속 홍 루 몽
續 紅 樓 夢

선문대학교 중한번역문헌연구소
최윤희 · 김명선　校註

이회문화사

있다.

　낙선재본 «續紅樓夢»은 24권의 체제로 이루어져 있다. 30회를 24권으로 나눈 것이므로 각권이 각회로 번역된 것은 아니지만, 회명을 앞당겨 쓰거나 미루어 표기를 했을 뿐 내용은 30회가 완역되어 있다. 특이할 만한 것은 «續紅樓夢»의 원전에 있는 序文이나 弁言는 생략하고, «續紅樓夢»의 창작동기를 밝히는 동시에 선한 인물의 대표로서 史太君, 악한 인물의 대표로서 王熙鳳을 내세워 경계로 삼아야 한다는 내용의 도입문이 본문 내용에 앞서 실려 있다는 점이다.

　이같은 «續紅樓夢»이 언제 우리나라에 유입되었는지 명확하게 결론 내릴 수 없다. 다만 李圭景(1788?)의 «五洲衍文長箋散稿» 卷7 <小說辯證說>에 «續紅樓夢»에 대한 기록이 보이고, 趙在三(1808~1866)의 «松南雜識» 권7 <稽古類·西廂記>에 «紅樓浮夢»에 대한 기록이 전하는 것으로 보아, «續紅樓夢» 역시 창작이 이루어지고 얼마 지나지 않은 19세기 후반 이전에 이미 조선에 유입되었을 것으로 추정된다. 이는 중국의 소설이 창작된 이후 단시간 내에 조선에 들어왔던 일반적 상황을 고려할 때 충분히 타당하다고 볼 수 있다. 이 작품은 19세기 어휘의 변천 상황을 고스란히 보여주고 있다는 측면에서 그리고 «續紅樓夢» 연구의 영역을 확대하고 심화시킬 수 있다는 측면에서 어학적 가치를 지니고 있다.

　본 교주본은 한국정신문화연구원에 소장되어 있는 낙선재본 «續紅樓夢» 한글 필사본 원문을 그대로 수록하되, 띄어쓰기만은 대략 현행 표기에 맞추어 하였다. 그리고 자주 출현하는 人名이나 地名은 중국어 원문과 대조하여 각 회 맨 처음에 한하여 괄호 안에 한자를 병기하였다. 필사본 원문이 훼손되어 잘 알 수 없는 글자에 대해서는 □으로 표기하였고, 필사하는 과정에서 잘못 표기된 글자에 대해서는 각주에서 오기임을 밝혀 두었다. 아울러 맨 뒤에는 중국 원문을 영인·수록하였다.

　이러한 조선시대 번역소설에 대한 원전 정리 및 주석 연구는 조선시대 중국소설의 전래와 번역 양상을 이해하고 한글 고어 자료를 발굴하는 데 도움이 될 것이다. 특히 국내에 유입되어 번역자와 필사자의 손길을 거치며 향유된 조선시대 번역소설은 우리 고전소설사의 성장·발전에 촉매제 역할을 하기도 했던 만큼 한국 고전소설의 특징을 보다 분명하게 이해하는 데 좋은 참고 자료가 될 것으로 기대한다. 특히 낙선재본 «續紅樓夢»에는 창작 당시의 생활상을 보여 줄 수 있는 속담이나 풍속과 관련된 내용들이 풍부하게 담겨 있어 한·중 비교 민속학 연구에도 활력을 불어 넣을 수 있을 것이다.

　끝으로 이 교주본의 초벌 입력과 한자 병기, 일차 주석은 최윤희 연구원이, 최종 주석과 교열은 김명선 연구원이 하였다. 마지막으로 최종 교정을 도와준 중한번역문헌연구소의 이수진·김영·이은주·연소영 연구원에게도 고마움을 전한다. 아울러 이 교주서는 2003년도 한국학술진흥재단의 기초학문육성지원사업(국학고전연구)의 일환으로 나오는 6종 8책 가운데 마지막 권임을 밝혀 둔다.

2004년 11월 3일

최윤희 김명선

차 례

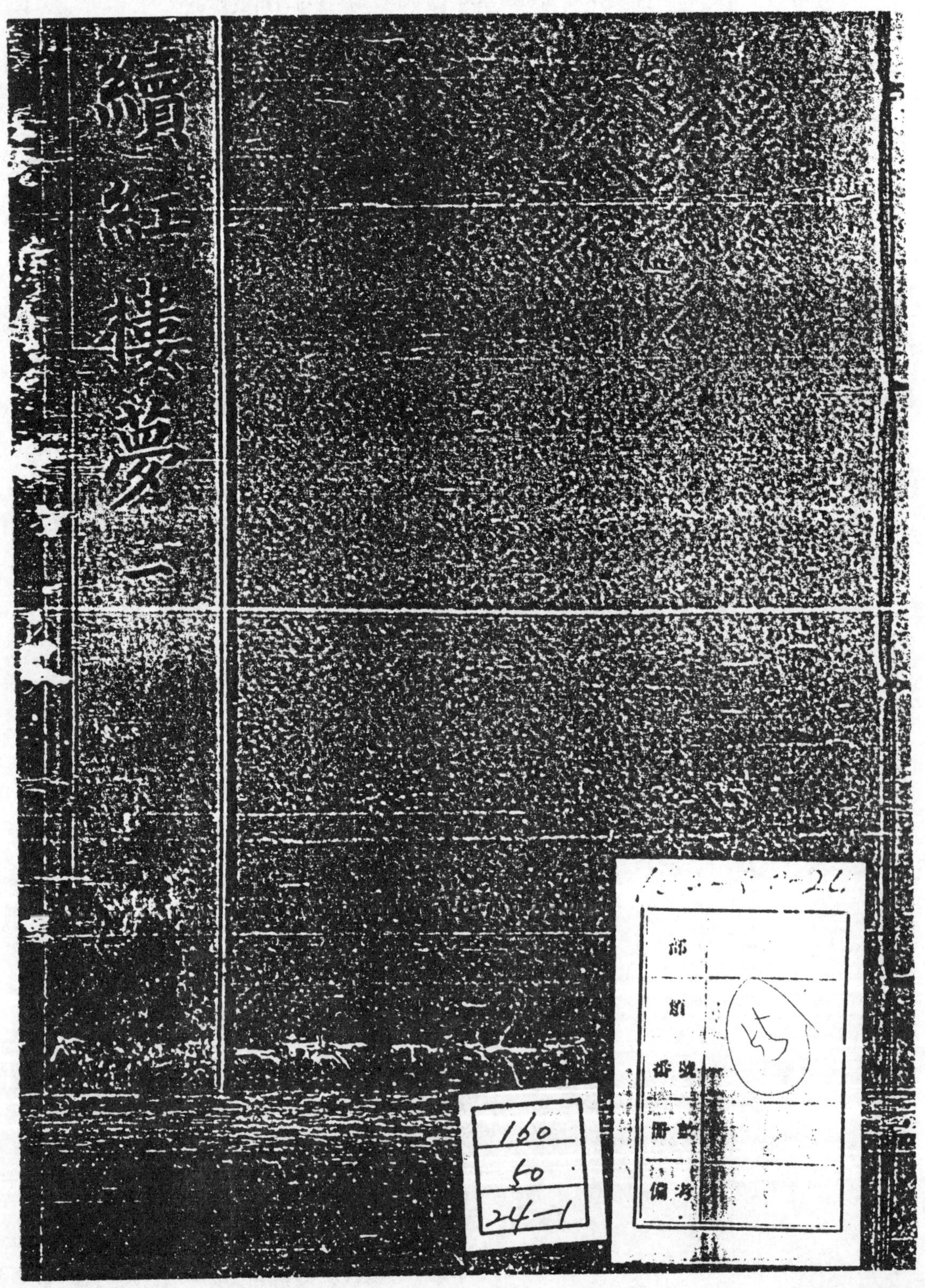

『續紅樓夢』의 내용과 낙선재본의 번역양상

崔　溶　澈(고려대 교수)

1. 『紅樓夢』 續書의 출현과 창작동기

『紅樓夢』 120회본이 1791년 北京에서 처음 간행된 이후에 중국 전역에서 널리 유행되기 시작하자 많은 독자들로부터 『홍루몽』의 후반부 내용에 대해 갖가지 평가가 엇갈려 나타나기 시작했다. 우선 曹雪芹의 생전에 필사본 80회만이 유통되었다는 사실을 알고 있었던 일부 사람들은 80회 이후의 후반 40회 부분이 조설근의 유고로서 어렵사리 수집, 정리되었다고 밝힌 程偉元과 高鶚의 序文이나 引言의 말을 근본적으로 믿으려 하지 않았으며, 따라서 120회본의 후반 40회 부분을 고악의 속서로서 간주하기 시작하였다.1) 속서의 작가들도 원작의 후반부 내용에 대하여 불만을 가지고 있었으므로 앞의 주장에 동조를 하는 입장이었지만, 구체적으로 고악을 속서의 작가로 치부하지는 않았다. 처음 나온 속서는 여전히 曹雪芹의 이름을 빌어서 사용하고 있는 逍遙子의 『後紅樓夢』이다. 이 책에는 정확한 연도도 기록하고 있지 않지만, 嘉慶 원년(1796)에 이미 독자들에게 알려지기 시작하였으므로 乾隆 말년에 만들어진 것으로 여겨지고 있다. 두번째 속서의 작자인 秦子忱은『續紅樓夢』을 짓기 전에 『후홍루몽』을 구입하여 전편을 통독하고 그 장단점을 지적하고 있다. 『홍루몽』의 속서가 쏟아져 나오는 시기는 대개 嘉慶 연간(1796-1820)과 道光 연간(1821-1850)이며, 光

---

1) 이러한 관점은 淸代에 裕瑞의 『棗窗閒筆』(『紅樓夢卷』 111쪽 수록)에서 구체적으로 지적되었으며, 新紅學 시기에 高鶚의 속서설을 주장한 胡適 등의 학자들도 그의 견해를 그대로 수용한 것에 불과하다.

緖 연간(1875-1908)에 나온 속서들은 이미 신문화를 수입하는 과정을 그려내고 있어 속서의 내용도 상당히 바뀌고 있다. 그러나 현대에 이르러서도『홍루몽』의 속서는 뒤를 이어 계속 간행되었으며, 심지어는 최근 수년 사이에도 여러 종이 나와 있다. 그러나 속서를 창작하게 되는 작가들의 기본적인 입장이나 주장은 청나라 때와 오늘날의 작가가 같을 수 없다.

　淸代의『홍루몽』속서 작가들이 문제를 삼은 것은 원작의 후반부에 나타난 주요 인물의 비극적 결말에 있었다. 이는 魯迅이『中國小說史略』에서 일찍이 지적한 바도 있지만 당시의 독자들은 소설의 비극적 결말에 대해 익숙해져 있지 않기 때문에 林黛玉의 죽음과 賈寶玉의 출가라는 비극적 결말에 대해 안타까움을 숨길 수 없었고, 이에 따라 새로운 방법을 동원하여 그들의 마음에 洽足한 속서를 만들고자 했던 것이다. 당시 속서의 작가들은 한편으로『홍루몽』이 얼마나 독자들로 부터 환영을 받는가를 잘 알고 있었으며, 또한 독자들이 이 책을 읽고 난 뒤에 어떠한 감정에 빠지는 가를 예리하게 관찰하고 있었던 것이다. 당시의 독자들은 생각컨대 두 가지 면에서『홍루몽』원작에 대해 나름대로의 불만을 제기하였을 것이다. 그 하나는 앞에서 지적한 대로 등장인물들의 비극적인 결말이며, 또 하나는 가보옥과 임대옥의 반봉건적, 반유교적인 사상이라고 할 수 있다. 물론 오늘날에는 조설근이 능히 그들의 사고방식을 이와 같이 반역적이고 반항적으로 그려낼 수 있는 용기와 안목이 있었음을 높이 평가하고 있기는 하지만 당시에는 부분적으로 이 점을 찬성하는 사람이 있었을지라도 공개적으로 나서서 극찬하는 경우는 드물었을 것이며, 대부분이 유학자 사대부들이었던 당시의 지식인 사회에서 자신들이 평소에 이상적으로 여기고 있던 유교사상과 공명의식을 집어넣어 새로운 속서를 창작하고 싶어 했을 것이다. 오늘날 전해오는 많은 속서들이 대부분 앞에서 지적한 이 두 가지 점에 초점을 맞추어 서술하고 있는 점에서 이러한 관점은 넉넉히 증명될 것이다. 비극적 결말을 되돌려 만족스러운 대단원의 결말을 이끌기 위해 일부 작가들은 120회 이후를 다시 써서 가보옥과 임대옥을 되살려 내거나 그들의 후손으로 사연을 이어가기도 하였고, 나머지 일부는 직접 제97회 이후에 연결하여 임대옥을 환생시키기도 하였다.2) 또 유교적 이상세계를 실현하기 위하여 대부분의 속서에서 賈寶玉은 환생이후에 과거에 급제하고 한림학사가 되거나 더 높은 공명을 취하게 되며, 또 가정적으로는 林黛玉과 薛寶釵를 동시에 아내로 취하고 晴雯과 襲人까지 시첩으로 맞아들이도록 안배하여 전통사회의 이상적인 인간상으로 만들어 놓기도 하였다. 이러한 변형은 당시의 사회적 분위기와 사대부들의 사상 및 당시 독자들의 구미에 맞도록 하기 위한 것으로 볼 수 있다.

　이에 반하여 오늘날의 작가들은 오히려 후반부의 내용을 더욱 철저한 비극으로 치닫게 하는 데 주력하고 있다. 脂硯齋의 부분적인 評語에 따르면 가씨 집안은 훗날 완전히 몰락하고 賈寶玉은 거지로 전락했을 것이라고 한다. 그런데 지금 남아있는 고악의 120회본은

---

2) 청대에 나온『홍루몽』속서는 대부분 이 두가지 유형으로 나뉘어지는데『續紅樓夢』(진자침)과 『紅樓夢補』(귀서자),『紅樓幻夢』(화월치인)이 원작의 97회 이후를 이어서 쓰고 있으며,『續紅樓 夢』(해포주인) 등의 나머지는 모두 원작의 120회 이후에 연계시키고 있다.

이 부분을 고쳐 평소에 공명을 극히 싫어하던 賈寶玉이 돌연 과거시험에 응시하여 급제하도록 하였고, 그가 출가한 뒤에도 함께 과거에 급제한 賈蘭 등이 성장함에 따라 가세가 회복된다는 내용을 집어넣었다고 본 것이다.

이들 현대의 속서 작가들은 주로 고증학적인 연구의 결과를 놓고 高鶚의 후반 40회가 지연재 평본에서 부분적으로 언급한 후반의 내용과 정확하게 부합하지 않는다는 점을 이유로 내세워 속서를 창작하고 있다. 사실 이러한 고증학적 연구라는 것도 신홍학 초기의 주장에 이어 일부 홍학가들 사이에 주장된 고악 속서설을 이어받은 것일 뿐, 학계에서 완전히 입증된 결론으로 굳혀진 것은 아니라고 할 수 있다. 오히려 최근에는 120회『홍루몽』에 수록된 程偉元과 高鶚의 증언을 부정할만한 새로운 물증이 없는 한 일단 그들의 말을 믿어야 한다는 견해가 더욱 강하게 일고 있는 실정이다. 그럼에도 불구하고 현대판 속서는 80회 이후를 새로 쓴 내용으로 등장하고 있다.[3]

청나라 때에 나온 속서의 종류는 지금까지 무려 30여 종에 이르는 것으로 알려져 있는데,[4] 그 중에서『속홍루몽』이라고 이름붙인 속서는 모두 세 가지가 있다. 먼저 나온 것이 秦子忱의『續紅樓夢』30회본이고, 이보다 약간 뒤에 나온 것이 海圃主人의『續紅樓夢』40회본이며,[5] 간행이 되지 못하고 원고로만 전해져 내려오는 張曜孫의『續紅樓夢』20회본[6]이 또 있다. 그러나 일반적으로 앞의 두 가지 속서가 알려져 있던 관계로 대부분의 연구서에는『속홍루몽』이 두가지 있다고 말하며 '秦續'과 '海續'으로 구분한다.

본 논문에서는 秦子忱의『續紅樓夢』의 서지사항과 작품의 내용을 소개하고 속서의 작자가 그려내고자 했던 새로운 인물형상과 이상세계관을 분석하고자 한다. 또한 국내에 전해

---

3) 호적 이후 신홍학 시기에 고악의 속서설이 강조되고 전 80회 부분의 지연재 평본이 중시되자 후반 40회는 내용적으로, 사상적으로 비판을 받으면서 부정되어 80회 이후를 새로 쓴 속서가 최근에 나오기 시작했다. 예를 들면, 張之의『紅樓夢新補』(30회본, 81-110회, 山西人民出版社, 1984년), 周玉淸의『紅樓夢新續』(40회본, 81-120회, 團結出版社, 1989년) 등이 있다.

4)『홍루몽』속서의 출판목록은 정확한 통계가 나와 있지 않으나, 지금까지 발견된 판본과 함께 문헌상 언급된 목록을 합하면 대략 30여 종이 넘는다. 청대(1644-1911)에 나온 속서로서 작자와 분량을 알 수 있는 것이 17종에 이르며, 제목만 알려진 것이 14종에 달한다. 중화민국 이후 최근까지 나온 속서도 6, 7종이 이상이 되고 있다. 여기서는 청대에 나온 속서만을 지칭한 것이다. 崔溶澈『淸代紅學硏究』淸代紅樓夢續書作品之評述(臺灣大學 博士論文, 1990) 및 崔溶澈 <紅樓夢續書硏究1--『後紅樓夢』에 대하여>『中國小說論叢』第一輯(중국소설연구회편, 1992.3) 참조.

5) 海圃主人『續紅樓夢』은 속표지에서 '續紅樓夢新編'으로 題目을 붙여 진자침의『속홍루몽』과 구분하고자 했다. 가경 10년(1805)에 처음 간행되었으며 원작의 120회 이후에 이어서 쓴 내용으로 賈政과 賈環, 賈蘭의 출세에 이어 寶釵에게서 유복자로 태어난 賈茂의 활약상이 드러나 작자가 과거시험과 관리생활에서의 이상세계를 그리고자 했던 것으로 평가되고 있다. 현대판본으로 춘풍문예출판사의『海續紅樓夢』(1987)과 북경대학출판사의『續紅樓夢新編』(1990) 등이 있다. 국내 소장된 고판본은 보이지 않는다.

6) 張曜孫의『續紅樓夢』은 미완성 원고 20회짜리다. 내용은 역시 원작의 120회 이후를 이어서 썼고, 回目이 없으며 제 1회에 丙辰年(1856) 가을부터 丁巳年(1857) 겨울까지의 일이 기록되어 있다. 北京大學出版社에서 이를 활자화하여『續紅樓夢稿』(1990)라는 이름으로 刊行하였다.

져 오는 낙선재본 번역소설인『속홍루몽』에 대한 번역양상도 아울러 간략하게 고찰하여
당시 국내에서의『홍루몽』열기와 아울러 중국소설 번역의 부분적인 양상을 알아보도록
한다.

2. 秦子忱『續紅樓夢』의 판본과 창작경위

『續紅樓夢』의 작자는 秦子忱이다. 권두에 실려있는 序文 및 題詞에 의하면 진자침의 子
忱은 그의 자이며 호는 雪塢라고 하고 隴西사람이며 일찍이 山東의 兗州都司(정사품 武官)
을 지낸 적이 있는 것으로 되어 있다. 그러나 아직까지 그의 본명이나 기타 상세한 약력
은 알려지지 않고 있다.

최초의 판본은 嘉慶 4년(1799)에 抱甕軒에서 간행한 것이다. 이 책의 속표지에는 "嘉慶
己未 新刊 /續紅樓夢 /抱甕軒"이라고 쓰여져 있다. 권두에는 맨 앞에 鄭師靖의 序文과 譚溁
의 題詞가 있고 凡例 六則, 弁言 및 題詞, 回目 등이 순서대로 수록되어 있으며 본문은 한
면에 9행, 한 행에 20자씩 인쇄되어 있다.

이보다 뒤에 나온 판본으로는 光緖 8년(1882) 抱甕軒 간행본과 같은 해에 나온 經訓堂
간행본 그리고 光緖 14년(1888)에 나온 善友堂 간행본 등이 있다. 또 石印本으로 民國 10년
(1921) 上海 大成書局 간행본이 있는데 회목의 삽화 8폭을 추가시키고 부록으로『續紅樓
夢』전도를 수록하고 있다. 鉛活字本으로는 民國 29년(1940)의 上海 新文化書社 간행본이
있으며 현대판본으로는 新式標點本으로 나온 臺灣의 文海出版社本『續紅樓夢』(연도 미상)
과 春風文藝出版社本『秦續紅樓夢』(1985), 北京大學出版社本『續紅樓夢』(1988)[7] 등이 있다.

우리나라에『속홍루몽』이 들어 온 것은 상당히 이른 것으로 추정된다. 문헌상에서 찾을
수 있는 기록은 李圭景(1788-?)의『五洲衍文長箋散藁』卷七의 小說辨證說에 나오는 것이 처
음이다.『홍루몽』『요재지이』등과 함께 거론하고 있는데, 대체로 1830년대 이전에는 유입
되었을 것으로 보고 있다.[8] 현재『속홍루몽』의 원본은 奎章閣과 高大 晩松文庫에 각각 일
부가 소장되어 있고, 精神文化硏究院에는 樂善齋本 번역소설의 일종으로 번역본이 남아있
다.

奎章閣 소장본의 경우 嘉慶 己未年(1797)의 抱甕軒 원본으로 보이는『속홍루몽』6책이
남아있는데, 목록에는 30권이라고 하였으나 실제로는 15권(15회)까지 절반 분량만 남아있
어[9] 원래는 12책짜리가 아닌가 생각된다. 또 目錄(『奎章閣圖書中國本綜合目錄』)에서는 작자

---

7)『秦續紅樓夢』(紅樓續書選), 秦子忱 撰, 楊力生·鍾離叔 校點, 春風文藝, 1985.『續紅樓夢』(紅樓夢
資料叢書·續書), 秦子忱 撰, 華世瑞 點校, 北京大出版, 1988. 두 현대 판본의 차이는 권두의 回
目과 凡例, 弁言 등의 수록순서가 다른 것 외에는 큰 차이점이 없으며 부분적으로 字句의 校勘
이 다를 뿐이다.
8) 崔溶澈, <紅樓夢의 韓國傳來와 影響 연구>, (『中國語文論叢』제4집, 1991) 참조.

를 '설오자'라고 하였으나 이는 '雪塢'와 '子忱'(진자침)을 구분하지 못한 데서 나온 오류이다. 크기는 가로 11.8cm 세로 17.6cm이며 원문이 들어있는 반곽의 크기는 가로 9.5cm, 세로 12.7cm이다. 『紅樓夢書錄』이나 『中國通俗小說總目提要』 등에서 소개된 바와 같이 서문과 제사, 범례, 변언 등이 모두 실려 있다. 속표지와 권두에는 '帝室圖書之章', '集玉齋', '朝鮮總督府圖書之印', '京城帝國大學圖書章', '서울大學校圖書' 등 다섯 개의 인장이 찍혀 있다.

高麗大 晚松文庫 소장본은 중간부분 3책만 남아있어서 서지사항이 분명하지 못한 상태이다. 역시 작자를 '설오자'라고 오기하였고, 소장되어 있는 것이 권11에서 권16까지 6회 분량으로 3책으로 되어 있는데 이를 '전 16책'이라고 오인하였다. 이 밖에 낙선재 번역본 『속홍루몽』에 대한 구체적인 번역양상은 아래에 별도로 상세히 고찰하고자 한다.　秦子忱의 『속홍루몽』은 嘉慶 2년인 1797년부터 쓰여지기 시작하여 嘉慶 4년인 1799년에 간행되었다. 이 책은 逍遙子의 『後紅樓夢』이 나온 이후에 두 번째로 나온 것으로서 이른바 『紅樓夢』 四大續書[10] 의 하나로 대단히 유행되었던 작품이다. 진자침이 『속홍루몽』을 쓰게 된 경위는 鄭師靖이 쓴 序文과 작자 자신이 쓴 弁言에 자세히 기록되어 있다.

이에 따르면 그는 1797년(丁巳年) 봄에 몸에 종기가 나서 집에서 정양하는 기회를 빌어 심심풀이로 친구로 부터 『홍루몽』을 빌려다 보고는 작품 속의 가보옥과 임대옥이 끝내 사랑의 결실을 이루지 못한 것을 한스럽게 여기던 나머지 친구 鄭師靖의 권유를 받고, 또 이미 간행된 『후홍루몽』을 구하여 읽은 후에 자극을 받아 새로운 속서를 쓰게 되었다고 한다.

秦子忱의 『속홍루몽』은 원작의 97회 이후를 이어서 지었으며, 천상세계와 저승세계를 오가며 현실세계와 마찬가지로 세속화시켜 묘사하였고 원작의 인물들이 이름을 바꾸지 않고 등장하는 것이 하나의 특징이며, 이에 따라 청나라 때부터 이미 "鬼紅樓"라는 별칭을 얻고 있었다.

우선 原本의 권두에 실린 鄭師靖의 序文을 보면 다음과 같다.

『紅樓夢』은 恨을 기록한 작품이라는 점에서 『西廂記』와 같지만, 독자들은 崔鶯鶯이나 張君瑞를 위해 코를 시큰거리며 슬퍼하지는 않으면서, 賈寶玉과 林黛玉을 위해서는 모두가 마음 아파한다. 이는 속서의 있고 없음에 의해 구분되기 때문이다. 그러나 헤어진 자를 다시 만나게 하는 것은 쉬우나 죽은 자를 살려내기란 결코 쉽지 않은 일이다.

雪塢 秦都闐[11]은 隴西지방의 대대로 명망있는 집안 출신으로 공무의 여가를 틈내어 저작을

---

9) 현재 소장본의 각 책별 수록분량은 다음과 같다. 第一冊(서, 제사 범례, 변언, 권12), 第二冊(권35), 第三冊(권67), 第四冊(권810), 第五冊(권1112), 第六冊(권1315). 각 권마다 대체로 23회 분량씩 묶었음을 알 수 있다.

10) 『홍루몽』 4대속서는 1800년 전후에 나와 유행한 판본으로서 逍遙子의 『後紅樓夢』, 秦子忱의 『續紅樓夢』, 王蘭沚의 『綺樓重夢』, 陳少海의 『紅樓復夢』 등을 이르는 것으로 後, 續, 重, 復라고 약칭하기도 한다. 이 보다 뒤에 나온 臨鶴山人의 『紅樓圓夢』이나 嫏嬛山樵의 『補紅樓夢』에서 이같이 언급하고 있다.

게을리 하지 않았다. 어쩌다 내게 말하기를 "(홍루몽 속서를 짓는 일은) 결코 어렵지 않은 일일세. 내가 반홍향을 태워서 이한천을 잇고, 두 연인을 환생시키는 월하노인이 되어 무릇 정을 가진 자들로 하여금 사랑을 이루도록 하여 독자들을 기쁘게 해 보겠네"라고 하였다. 그러나 아직 집필을 시작하기 전에 타인이 쓴 『후홍루몽』이 먼저 간행되었다. 하지만 같은 속서의 창작이라도 그 의도하는 바는 달랐다.

설오가 마침내 따로 『속홍루몽』 30권을 지어내니 원작에 이어서 덧붙이고자 한 것이지 결코 후에 나온 다른 속서와 우열을 가리고자 한 것은 아니었다. 내가 이 책을 읽어보니 그 뜻이 마치 하늘에 노닐고 극락에 이른 것 같으며 천당과 지옥을 오가며 삶과 죽음의 경계를 거침없이 드나들고 있어서, 여태껏 소리 죽이며 통한을 씹어 삼키던 '홍루'를 한번 뒤바꾸어 마음과 뜻을 후련하고 상쾌하게 하는 '홍루'로 만들었으니 이 또한 기특한 일이로다. 비록 그러하나 꿈속의 사람만을 위해 중매를 섰다는 생각은 든다.

무릇 杜鵑새 봄을 슬퍼하고 精衛새가 바다를 메운다는 말이 있어 그 사물의 어리석음을 알지만 사람들은 흉내를 내는 것이며, 곤현은 다시 잇기 어렵고 깨진 거울 거듭 붙이기 힘들다는 것은 하늘의 이치이지만 사람들은 그래도 해보려고 하는 것이다. 오직 정에 빠지지 않은 사람만이 바른 정을 얻을 수 있다면 또한 꿈에 떨어지지 않은 자만이 비로소 꿈의 진정한 맛을 얻을 수 있을진저!

설오가 꿈으로 꿈을 이었으니 이는 꿈으로 꿈을 깨치고자 한 것이로다. 아아, 꿈에는 끝남이 있지만 정에는 다함이 없나니, 비록 유희문자에 불과하다고는 하더라도 힘들어 하지 않고 소홀함이 없는 그 포부를 대체로 알겠도다. 이는 진정 금을 붙이는 진흙과 현을 잇는 아교와도 같으니 저 『서상기』의 뒤를 이어 지은 속서들과는 함께 논할 것이 못될 것이다. 설오는 그렇게 생각지 않으시는가.

수수의 정사정(호 약원)이 삼가 적음[12]

이글을 통해서 우리는 진자침이 『속홍루몽』을 짓기에 앞서 정사정과 구체적인 상의가 있었음을 알 수 있다. 정사정에 대해서도 상세한 인적사항을 알 수 없지만, 그가 진자침의 고향이나 집안의 내력을 잘 알고 있는 것으로 보아 오랜 친구사이인 것으로 보인다.

원본에는 정사정의 서문 뒤에 譚溁이란 사람의 題詞가 한 수 수록되어 있다. 역시 그가 어떤 인물인지에 대해선 알 수 없는 상태다.

將軍不好武	장군이 무공을 좋아하지 않으시고
更搜今求古	오히려 고금의 문학만을 찾으시네
只爲那金釵無主	다만 규중소저를 위한 주인이 없다하여
續纂黃粱離恨天堪補	황량몽을 이어 붙여 이한천을 기웠다네
仙緣了孽寃	신선의 인연으로 원한의 업보 끝내고
幻境無愁苦	몽환의 경지에는 슬픔과 고통 없다네
漫擬猜天曹地府	천상극락 지옥저승 멋을 부려 구성하여
筆藥生華原向夢中吐	붓끝에서 나는 필치 꿈 속 향해 토하였네
——調『南柯子』	

---

11) 都閫은 지방에 주둔하는 군대의 지도자를 말함.
12) '秀水弟鄭師靖藥園拜題', 이 글로 보아서 정사정과 작자인 진자침은 막역한 사이인 것으로 보임. 문중에서 특별한 경어를 쓰고 있지 않다.

易水第譚瀯拜題   역수의 담영이 삼가 씀[13]

다음으로는 작자 자신이 적은 『續紅樓夢』 凡例 6개항이 있는데 등장인물과 사용언어 및 환경묘사의 문제를 언급하고 『후홍루몽』과 달리 前書의 내용 요약을 싣지 않은 이유 등을 설명하고 있다.

一. 이 책에서 사용한 인명이나 인물의 역할은 모두가 원작에 있는 대로이다. '속'이라고 한 것은 원작 『홍루몽』을 이어서 썼다는 말이다. 원래는 함부로 새로운 인물을 붙일 수 없는 것이지만, 도사와 고승 두 사람이 大荒山 空空洞에서 도를 닦는데 시중드는 동자가 없으면 이치에 맞지 않는다고 여겨 松鶴童子 한 사람을 덧붙이고 나머지는 원작의 인물을 그대로 따르고 있다.

一. 원작 『홍루몽』에서 史湘雲의 남편이나 張金哥의 남편 등도 모두 이름을 밝히지 않아 부족한 감이 없지 않았는데, 만약 이 책에서도 이름을 붙이지 않는다면 독자들이 읽는 데 불편이 많을 것이다. 그리하여 지금 부득이 이 두 명의 이름을 만들어 넣었다. 비록 근거가 없는 것이지만 독자의 양해를 바란다.

一. 이 책의 등장인물은 모두 원작에서와 마찬가지의 언어와 말투를 사용하여 습관적인 방언을 그대로 활용하고 있다. 예를 들면 어제 밤(昨兒晚上), 오늘 아침(今兒早起), 내일 낮(明兒晌午) 등의 말도 '昨夜' '今晨' '明午'등으로 바꾸지 않았고, 방금(適才)은 '剛才兒'로, 결국(究竟)은 '歸根兒'로, 하루·이틀(一日·兩日)은 '一天·兩天'으로, 이때·그때(此時·彼時)는 '這會子·那會子' 등으로 사용하였다. 다른 것도 이에 준하여 유추할 수 있을 것이다. 전국의 독자들이 사방에 흩어져 있어 각 성마다 사용하는 방언이 다르므로 여기에 예시해 놓은 것이다.

一. 원작 『홍루몽』에서는 누각이나 정자, 수목과 화초, 실내장식, 의복과 음식, 골동품에 이르기 까지 상세하게 묘사하지 않은 것이 없었다. 이는 賈氏 집안의 부귀영화를 최대한 드러내어 독자의 마음을 놀라게 하고, 실제로 그러한 경지에 들어간 듯한 맛을 느끼도록 하기 위해서였다고 할 것이다. 이 책에서는 이를 거듭 반복하지 않고 다만 필요한 부분에만 간략히 묘사를 추가하였으며, 또 太虛幻境이나 천상과 저승의 모습을 그리는 데는 실제로 모두 비현실적인 허망한 세계이므로 일부러 망녕되게 묘사하려고는 않았다.

一. 원작 『홍루몽』에서는 권두에 한편의 '이끄는 말'이 있어 『홍루몽』이 만들어지게 된 유래를 밝힌 후에 본문으로 들어가 독자들에게 그 전후 사정을 알기 쉽게 하고 있다. 그러나 이 책은 林黛玉의 사망 이후부터 이어서 쓰는 속서이므로 '이끄는 말'이 없이 직접 본문으로 들어간다. 비록 돌연한 감은 있으나 이는 속서의 특징에서 말미암은 것이므로 설사 『속홍루몽』 제1회라고 명명했다 하더라도 원작의 제121회로 보아도 무방할 것이다.

一. 『후홍루몽』에서는 원작 『홍루몽』의 편폭이 방대하여 전국의 독자들이 혹은 구입을 못하였거나 설사 구입하였다고 해도 휴대하기가 불편하다는 이유를 들어 원작의 내용을 간략히 서술한 '事略' 한 단락을 만들어 권두에 수록하였다. 그러나 본서에서는 이를 거듭 흉내내지 않고자 한다. 대체로 원작을 읽은 독자가 다시 속서를 읽는 것이므로 전후가 분명할 것이다. 만약 원작을 읽지 못했다면 설사 '事略'을 붙여 놓는다고 해도 상세히는 알 수 없다. 그렇게 되면 속서가 아무리 볼 만하다고 하더라도 여전히 양초를 씹는 맛일 것이니 차라리 이러한 글은 없는 것이 나을 것이다.

---

13) 鄭師靖과 譚瀯에 대해서는 모두 未詳임.

7

고전소설에서의 범례는 일반적으로 소설작품의 여러 가지 특기사항을 작자 스스로 해명하는 하나의 양식으로서 독자들에게 이 책을 읽기 전에 주의할 점을 전해주고 있다.『홍루몽』판본 중에서는 초기 필사본인『甲戌本』에 범례가 있었고, 판각본인『程乙本』(1792)에서는 引言에서 범례의 형태를 취하여 7개항의 설명을 수록하고 있다.『속홍루몽』의 범례도 이러한 전통을 이어받은 것으로 보인다. 제1항과 제2항에서는 등장인물을 그대로 전서대로 따랐으나 송학동자와 사상운의 남편, 장금가의 남편 등을 부득이 첨가했음을 밝혔고, 제3항에선 원작의 언어습관을 그대로 따르기 위해서 북경어를 중심으로 사용했음을 밝히면서 예를 들어보였고, 제4항에선 환경묘사를 원작과 달리 더 이상 구체적으로 하지 않았으며 새로 나오는 천상세계나 저승의 모습도 비현실적인 부분이므로 상세한 묘사를 자제했다고 밝혔다. 제5항에선 원작과 같은 引言이 없는 이유를 설명하였고, 제6항에서는『후홍루몽』에 있는 원작의 내용개요가 불필요함을 역설하고 있다.

다음에는 작자 자신이 쓴『續紅樓夢』弁言을 읽어보자.[14]

『紅樓夢』이 人口에 膾炙된 지 수십 년이 되었다. 나는 과문한 탓에 그 동안 읽어 볼 기회가 없었다. 그러다가 지난 丁巳年(1797년) 봄 몸에 종기가 돋는 병에 걸려 휴가를 얻어 정양하게 되었다. 베개에 엎드려 신음하며 그 고초를 이기지 못하였는데 마침 동료에게서 이 책을 빌려 와 보면서 병고와 무료함을 함께 풀고자 했다. 한 달여가 지나자 병은 차츰 나아졌다. 나는 본시 천성이 어리석고 근심이 많은데다 또 夸父가 해를 좇던 일이나 杞人이 하늘 무너짐을 걱정하던 것과 같이 황당한 생각이 많은 사람이다. 그리하여 병은 다 나았지만 소설 속의 賈寶玉과 林黛玉의 애달픈 사연에 대해선 끝내 마음 한 구석에서 사라지지 않았다. 하늘을 기울 수 있는 돌이면서도 어찌하여 이 같은 부족함이 있을 수 있단 말인가.

휴가 중에 東魯書院을 지나다가 鄭藥園 훈장선생을 만나 우연히 이러한 얘기를 나누다 보니 藥園이 농담삼아 한 마디 한다. "어찌하여 자네가 한번 그 속서를 써 보지 아니 하는가." 나는 웃으면서 고개를 끄덕였지만 그저 한 때의 장난으로 여긴 것일 뿐이었다. 후에 藤縣(산동성)으로 자리를 옮긴 藥園이 다시 편지를 보내어 다음과 같이 알려 왔다. "『홍루몽』에 이미 속서가 나왔다네. 자네는 그 책을 보았는가." 나는 속으로 그 책이 나의 마음을 먼저 얻은 것을 다행으로 여기면서 수소문하여 그 책을 구입했다. 그 책의 전체를 읽고 나니 문사가 방대하고 시구가 참신하며 기특하여 짐짓 부러워 마지않았다. 그러나 한편으로 그 서술한 내용을 곰곰이 생각하니 대체로 원작과는 상반되는 듯하고, 언어와 말투에서도 원작과 제대로 부합되지 못하는 것 같아 종시 마음에 흡족하지 않았다. 나는 전에 마음먹었던 것이 불현듯 치솟아 올라 장난삼아 몇 권을 지어내어 전의 말을 실천하게 되었다. 문득 鄭藥園이 찾아와서 새로 쓴 속서를 보여주니 기이하게 여기며 말을 옮겨서 동료들 사이에 전해져 읽히게 되었다. 스스로 고루함을 부끄러워하며 졸작임에도 불구하고 독자제현이 읽어 주신다면 또한 한 때의 즐거움은 되리라. 다만 스스로의 추악함을 숨기겠다고 어찌 독자 여러분의 성원을 구하고자 하지 않을 것인가.

---

14) 弁言도 역시 머리말 혹은 서문과 같은 의미로 쓰이는 것임. 여기서 鄭師靖의 서문과 譚瀠의 제사, 作者의 범례 및 弁言의 순서로 인용한 것은 원판본(奎章閣所藏本)의 수록순서를 따른 것이다. 현대판본에서는 春風本만이 이 순서를 그대로 따랐고, 北京大本은 序, 詞, 弁言, 凡例의 순으로, 대만 文海本은 序, 弁言, 凡例, 題詞의 순으로 고쳐 수록했음.

가경 3년(1798) 9월 중순 설오 자침씨 연군의 관청 백벽헌에서 씀[15]

題 詞

堪嘆吾生眞懵懵	내 스스로 우매함을 탄식하노라
一往情深	언제나 정이 깊기만 하여
每代他人慟	매번 남을 위해 통곡한다네
曹子雪芹書可誦	조설근의 『홍루몽』은 읽을만 하나
收緣殊恨空洞洞	다만 인연 거둠이 공허하여 한스럽네
釵黛菱湘才伯仲	보차와 대옥, 향릉과 상운의 재주는 백중세
倜儻風流	소탈함에 풍류스러움 겸하였고
更有妖韶鳳	요염하고 아리따운 봉황들이라
斧在班門原許弄	班輸의 문 앞에서 도끼 한번 휘둘러 보듯
無端濫續紅樓夢	무단히 『홍루몽』 속서 한번 써 보았다네

작자는 우선 자신이 『紅樓夢』을 읽게 된 계기를 밝히면서 작품을 독파하고 난 다음에 작중 인물의 애달픈 사연에 대한 아쉬운 심경을 토로하고 있다. 그는 당시 賈寶玉과 林黛玉 간의 사랑이 이뤄지지 못한 것에 대해 크게 상심하던 일반 독자와 마찬가지의 감정을 갖게 되었던 것이다. 특히 그는 당시에 유행되던 두 가지 관점 중에서 林黛玉 옹호론자들의 편에 서서 두 사람의 못 다한 사랑을 이어갈 방도를 생각하게 되었다고 볼 수 있다. 이 때까지 그는 다른 독자 중에서도 이와 같은 생각을 가지고 속서를 만들고 있다는 점에 생각이 미치지는 못했다. 막역한 사이인 鄭師靖과의 대담을 통해 분명한 자신감을 가지기는 했지만 아직 실행에 옮기지는 않은 상태에 『후홍루몽』이 나온 사실을 鄭師靖으로부터 전해 듣고 그 책을 구하여 읽었다. 그러나 그는 그 속서가 자신이 생각하던 방향으로 이뤄지지 않았음을 알고는 스스로 새로운 속서를 창작하게 되는 것이다.

그가 『후홍루몽』을 보고 느낀 점은 그 문사가 비록 거창하고 시구가 참신하며 기이하기는 하지만, 대체로 주제가 원작과는 정반대이며, 언어의 맛도 원작과 제대로 부합하지 못하다는 점이었다. 『後紅樓夢』의 내용은 제120회 이후에 가보옥을 환속시키고 임대옥을 환생시켜 두 사람의 사랑을 다시 맺어준다는 줄거리이다. 게다가 죽은 晴雯의 혼백도 五兒의 몸을 빌어 돌아와 賈寶玉의 시첩으로 된다는 내용이므로 그 요지는 "대옥과 청문의 억울함을 풀기 위한 작품"[16]이라고 할 수 있을 것이다. 이러한 내용에 대해 秦子忱이 실제로 불만을 느낀 부분은 紅學史에서 오랫동안 문제로 삼아 온 '임대옥과 설보차의 우열비교'에 관한 것이다. 秦子忱은 '대옥을 칭송하고 보차를 폄하(褒黛貶釵)'한 『후홍루몽』의 기본적인 태도에 반대하고 '보차와 대옥의 동등한 지위와 화합(釵黛合一)'의 입장에서 『속홍루몽』을

---

15) '嘉慶三年九月中浣雪塢子忱氏題於兗郡營署之百覽軒', 설오는 진자침의 호이며, 산동성 연군에서 무관 지도자로 있었음. 兗郡은 지금 山東省 兗州.

16) 이 같은 평가는 仲振奎의 『紅樓夢傳奇』 跋文에 있는 "此書大可爲黛玉, 晴雯吐氣"라는 말에서도 확인됨.

지었던 것이다.

3. 秦子忱『續紅樓夢』의 내용과 중심사상

『홍루몽』에서는 작가 조설근이 반전통적이고 반유가적인 입장에서 참신한 모습의 가보옥과 임대옥의 형상을 만들어내었던 데에 반하여『속홍루몽』에서는 당시의 세속적인 부귀공명과 유가적으로 이상적인 세계를 만들고 있으며, 사상적으로도 유교와 불교, 도교를 하나로 하는 삼교일체의 사상을 담으면서 그 중에서도 특히 신유학사상을 중심으로 귀결시켜 나가고 있다. 이것은 당시 청대후기 사회의 일반적 문화사조와도 깊은 관련이 있다고 볼 수 있다.

우선 이 작품의 전반적인 줄거리를 요약해 보면 다음과 같다.[17]

이 책은『홍루몽』원본의 제97회 임대옥의 사망 이후부터 이야기가 전개된다.

林黛玉의 혼백은 태허환경으로 돌아가 이미 이곳에 와 있던 金釧兒, 晴雯, 元春, 尤二姐와 尤三姐, 秦可卿 등의 인물과 만난 다음에 새로 태허환경으로 돌아오는 迎春, 王熙鳳, 妙玉, 香菱 등의 인물을 연이어 맞이하게 된다. 대옥은 강주궁에 거처하면서 경환선녀가 하사하는 선약과 음식을 먹어 원기를 완전히 회복하였다. 이곳은 비록 하늘나라이지만 일상생활은 인간세계와 거의 다름이 없었다. 元春은 여전히 황비라 불리며 여러 사람 중에서 최고의 지위를 차지하고 있었으며 기타 인물들도 본래의 신분 지위를 유지하고 있었다. 지상에서의 원한이나 미움은 이곳에서 만난 다음 허심탄회한 대화와 반성을 통하여 거의 해소되었다. 다만 王熙鳳만은 그 죄악이 너무 중하였으므로 속죄의 기회를 주기 위해 원춘은 그녀에게 음계로 내려가 가모의 행방을 찾도록 하였다. 이때 鴛鴦과 尤三姐가 왕희봉과 함께 동참하였다. 또한 경환선녀가 임대옥에게 준 보물 호로박과 甄士隱이 향릉에게 준 返魂香, 尋夢香[18] 등의 신비로운 물건들이 인간세계의 친지들과 만나는데 도움을 주었다.

賈母 史太君은 세상을 하직하고 저승으로 들어갈 적에 데리고 갈 저승사자가 없었는데 충직한 늙은 하인 焦大가 병도 없이 돌연히 죽어서 가모를 모시고 가게 되었다. 저승으로 가는 길에 가모는 鮑二의 아내가 음행이 지나쳐 가축으로 환생한 것을 보고 돈을 주고 사들여서 데리고 다녔다. 또한 절에서는 秦鍾과 智能을 만나 역시 동행하였다. 酆都城에 이르러 그들은 우선 비싼 돈을 주고 서기를 매수하여 일을 잘 처리하도록 부탁하였다. 그 서기는 바로 예전에 향릉을 아내로 맞이하고자 사들였다가 薛蟠에게 빼앗기고 매맞아 죽은

---

17) 작품의 줄거리는 中國 江蘇省社會科學院에서 편한『中國通俗小說總目提要』(1990)가 가장 상세하게 요약되어 있어 이를 주로 참조한다. 이 책은 中國小說硏究會에서 공동번역하여『中國古典小說總目提要』(울산대학교 출판부)의 서명으로 총5권으로 완역 출간되었다.

18) 返魂香과 尋夢香은 모두 작자가 임의로 만든 것으로 각각 혼백을 환생시키며 꿈을 찾아 갈 수 있다고 하는 향.

馮淵이었다. 저승을 지키고 있는 풍도성의 성황[19]은 뜻밖에도 임대옥의 아버지 林如海였으며 어머니인 賈敏도 관청에서 일을 맡아 보고 있었고 이 밖에 賈珠, 司棋, 潘友安 등도 모두 임여해의 부하로서 하나씩 직책을 맡고 있었다. 임여해는 염라대왕과 좋은 관계를 유지하고 있었으므로 가모 등도 그의 덕택으로 풍도에서 머물게 되었다. 이곳에서의 생활도 인간세계와 거의 차이가 없었다.

한편 王熙鳳 등은 저승길을 찾아 들어갔는데 그곳의 사람들은 고달픈 생활을 하며 떼지어 돌아다니는 거지들도 있었다. 하루는 여관에 투숙하였는데 마침 성황이 보낸 사람들에 이끌려 잡혀오게 되었다. 그러나 가모 등을 만나고 그간의 상황을 전해 듣고는 안도의 한숨을 쉬었다. 가모와 임여해 부부는 비로소 寶玉과 寶釵[20], 黛玉 세 사람 사이의 혼인 문제에 얽힌 내막을 알게 되었고 청문 등의 억울함도 밝혀졌다. 그들은 만약에 풍속을 해치는 일만 아니라면 마땅히 사랑하는 사람들의 바람을 이루어 주도록 해야 한다고 생각했으며 과거의 일에 대해 가모와 왕희봉도 후회하게 되었다. 이때 張金哥의 고소로 말미암아 왕희봉이 만두암에서 재산을 갈취하고 남의 목숨을 해친 사건이 드러났으나 가주 등이 중간에서 힘써 결국 백은 삼천 냥을 배상하여 그녀가 저승에서 약혼자를 찾아 결혼식을 올리도록 하고는 겨우 해결을 보았다. 또 夏金桂는 죽어서 풍도성 밖에 살며 창녀로 전락하였는데 馮淵이 그녀를 사들여 첩으로 삼아 설반과의 악연을 매듭지었다. 가모 등이 지옥을 참관할 때 왕희봉은 자기의 모습이 지옥 속에서 죄를 받고 있는 것을 발견하고는 마음 속으로 크게 깨달아 두 개의 왕희봉도 하나가 되었다. 이 밖에도 지옥에 남아있던 趙姨娘, 馬道婆, 賈瑞 등도 여러 사람들의 부탁에 의해 구출하여 인간 세상에 환생하도록 하였다.

한편 毘陵驛을 떠났던 賈寶玉은 곧장 대황산으로 달려갔는데 柳湘蓮이 이미 먼저 도착해 있었다. 그들 두 사람은 함께 茫茫大士와 渺渺眞人의 문하에서 수행을 하였다. 그 중과 도사는 그들에게 말하기를 자신들은 비록 출가한 사람이지만 인간 세상에 온갖 바람을 이루어 주도록 하기를 좋아한다고 말하고 신선이나 불교의 도는 결국 正心誠意[21]에 불과하다고 하고 실제로 세속에 정상적인 이치가 회복되기를 바라는 것뿐이라고 말했다. 하루는 대사와 진인이 외출한 사이에 가보옥과 유상련이 오랫동안 수도를 닦던 끝에 문득 마음이 동하여 산을 내려와 유람하게 되었다. 도중에 그들은 두 선녀에게 잡혀서 구애를 받게 되었지만 제각각 마음 속에 둔 사람이 있었으므로 致知格物의 도리를 깨닫고 진짜와 가짜를 분별할 수 있게 되었으므로 두 선녀에게 잡혀 있었지만 마음은 전혀 흔들리지 않았다. 그리하여 두 선녀는 본 모습을 드러내었는데 바로 도사와 진인이었다. 그들은 이 두 사람에게 "너희는 이미 도를 깨달았으니 상제에게 상주하여 너희 마음속에 있는 사람과 만날 수 있도록 도와주겠다"라고 약속하였다. 얼마 후 진사은의 도움으로 가보옥과 유상련의 혼백

---

19) 酆都城은 저승세계를 말하며, 城隍은 성지를 지키는 신.
20) 薛寶釵를 일부 현대 번역본에서는 '설보채'라고 음을 달고 있으나 '설보차'가 맞는 발음임.
21) '正心誠意'와 뒤의 '致知格物'은 모두 『大學』에 나오는 구절로 신유학사상에서 가장 중시하던 말임.

은 태허환경으로 올라가 우이저의 주재 하에 柳湘蓮은 尤三姐와 혼인을 이루었으나 보옥과 대옥은 비록 서로의 정이 지극하였지만 부모의 명이 없어 혼사를 이루지 못하였다. 黛玉과 晴雯의 재촉으로 寶玉은 우선 金釧兒와 합방을 하였다. 보옥과 대옥이 가모 등의 소식을 들은 후에 보옥은 대옥의 편지를 가지고 유상련과 함께 풍도성으로 달려가 임여해 부부에게 대옥과의 혼인을 간청하였다. 이 무렵 인간세상의 寶釵는 자신의 시 작품을 불에 태워 전함으로써 그리운 정을 나타냈는데 黛玉도 반혼향의 힘을 빌어 하계로 내려와 보차와 서로 만났다. 두 사람은 그간의 오해를 풀고 서로의 입장을 충분히 이해하게 되었다. 마침 이때 林如海는 임기가 끝나 음계의 여러 사람들과 태허환경을 방문하게 되어 수년간 헤어졌던 가족들과 다시 만나게 되었다. 가모의 주재 하에 보옥과 대옥의 혼례도 성대히 치루어지고 신방에 들었을 때는 하계에서 보차도 달려와 세 사람이 함께 즐거움을 나누었다.

이때 하늘의 천제와 지상의 황제도 동시에 칙명을 내려 태허환경에 박명한 여자들이 모두 다시 환생하도록 명하였고 가보옥과 유상련도 인간세상으로 돌아오도록 하였다. 林如海는 京都의 城隍으로 부임하였고 가모 등의 가족 등도 함께 부임하였다. 7월15일을 전후하여 원래 가씨 집안에 있었던 여러 사람들은 지금 일부는 신선이 되고 일부는 귀신이 되고 또 여전히 인간으로 남아있던 사람들이 모두가 한꺼번에 서울 장안으로 모이니 전에 없던 대성황을 이루게 되었다. 그 후 새로운 세속에서의 생활이 시작되었다.

한편 몹쓸 짓을 하던 사내들은 중과 도사의 덕택으로 개과천선하였고 迎春과 孫紹祖도 다시 부부로 만났으며, 史湘雲의 남편도 이승으로 돌아와 임여해의 아들로 되어 이름을 林嗣玉[22]이라 했다. 이미 시집간 花襲人은 후회하다 못해 스스로 자결하였는데 가보옥과 청문 등이 태허환경으로 가서 그녀를 데리고 돌아왔다. 다만 妙玉과 惜春 두 사람은 일찍이 도를 깨달아서 석춘은 태허환경으로 돌아가 경환선녀의 뒤를 이어 직책을 맞게 되었다. 賈寶玉은 열심히 주위의 사람들의 어려운 사정을 돕고 사랑하는 남녀의 혼인을 성사시키기 위해 힘써서 습인의 전 남편 蔣官이나 보옥의 하인 茗烟 등도 새로운 아내를 맞이하게 되었다.

얼마 후 賈寶玉은 進士로 급제하여 翰林이 되었다. 元春이 두 번째 친정나들이를 한 후 가씨 집안의 남자들은 대부분 관직이 높아졌다. 賈政은 공부상서로 승진하였으며 賈赦는 연로하여 퇴직하였으나 세습직위와 연봉을 그대로 받고 있었고, 賈珍은 경영부총재가 되었으며 賈蘭은 국자감 좨주의 직함을 받았다. 혼인한 젊은 여자들은 모두 아들을 낳았는데 이를 합하면 3대에 걸쳐 열대여섯 명에 달하여 앞으로 번성할 징조를 보였다. 林黛玉의 딸은 장차 새로운 황비가 되리라고도 했다. 임여해는 3년간의 임기를 마치고 다시 하늘나라의 관직으로 올라갔으며 가모 등도 조상들을 만나러 승천하였다. 賈寶玉은 賈母를 모시고 가는 중에 太虛幻境을 다시 한번 노닐게 되었다. 이때 태허환경은 이미 太虛仙境으로 이름

---

22) 林嗣玉은 『속홍루몽』에 처음 이름이 등장하는데, 범례에서 작자는 사상운의 남편 이름이 원작에 나오지 않으므로 부득이 만들어 넣는다고 이미 밝힌 바 있다.

을 바꾸었고 離恨天과 薄命司도 補恨天과 鍾情司로 개명한 상태였다. 그리고 원래 있던 시구도 바뀌어 '색은 즉 공이로다. 천지가 어찌하여 남녀를 낳았는가. 정은 성에서 나온 것이니 성현은 다만 정절과 음란만을 분별할 따름'이라고 쓰여 있었고, 또 '온 천하의 재자와 가인들은 영원히 사랑할지니 세상에 어리석은 남녀들 제도하여 모든 부부들을 함께 올라 살게 하리라'고 했다.

이상의 내용에서 알 수 있듯이 진자침의『속홍루몽』은 원작의 인물이 그대로 등장하고 있으며, 인물간의 관계나 감정도 크게 변화하지 않은 상태를 기반에 두고 변화와 발전을 시도하고 있다. 우선 작자는 전지적인 관점에서 前書에서 사라진 인물을 천상세계에서 그대로 되찾아 나와 새로운 관계로 발전시키고 있는데 이러한 과정에서 전혀 예측불허의 별도 사건을 발생시키는 것 보다는 주로 이미 알려진 등장인물간의 못다한 사랑을 이어가도록 환경을 설정하고 있다. 천상과 지상을 연결시키는 고리로서 반홍향이나 심몽향을 설정한 것도 작자로서는 가능한 한도의 합리성을 추구하고자 했기 때문이지만, 설반의 처인 하금계가 풍연에게 팔려가도록 만들거나 왕희봉이 장금가에게 저승에서 고소를 당하도록 설정한 것은 분명히 인과응보의 설을 그대로 답습한 것에 불과한 것이었다. 그러나 작자는 저승에서조차도 연줄과 뇌물에 의하여 죄를 숨기고 사건을 은폐, 축소할 수 있음을 보여주어 현실세계에서의 비리와 불합리성을 더욱 극명하게 풍자하고 있다.

『속홍루몽』에서 등장인물이 출가했거나 사망했다가 환생하고 환속하도록 설정한 것은 속서의 창작속성상 부득이한 일이며 이것만을 문제 삼아 일방적으로 속서의 가치를 평가절하 할 수는 없다. 중국문학사에서 삶과 죽음을 넘나들면서 생사를 초월한 진솔한 사랑의 이야기는 오래전부터 전해져 내려온 전통이며 그것은 오히려 수많은 사람들로부터 추앙을 받아왔던 소재들이다. 예를 들면 당대 전기소설의『離婚記』에서나 원대잡극의『竇娥寃』, 명대의『牡丹亭』에 이르기까지 진실함을 증명하기 위하여 삶과 죽음의 경계를 오간 고사는 적지 않다.23)『속홍루몽』의 경우에는 물론 그만한 진실성의 확보와 문학적 기교의 능숙함이 부족할지는 모르지만 최소한 속서의 작가가 그러한 입장에서 창작에 임하였다는 점을 추정할 수는 있을 것이다.

대단원의 결말처리 문제 또한 그동안 우리들은 고전소설의 두드러진 결점으로 치부해 왔던 것이 사실이며24)『홍루몽』이 비극적 결말을 견지함으로 인하여 더욱 더 뛰어난 평가를 획득할 수 있었음을 부인할 수는 없지만 최근의 연구결과에서는 고전소설에서 나타나는 대단원의 결말처리를 오히려 낙관적이고 활달하며, 사학함에 굴하지 않는 강인한 성격

---

23) 湯顯祖의『모란정(牡丹亭)』題詞에 의하면 "정이란 어디에서 생기는지 알 수 없지만 일단 생기면 깊어만 진다. 산 자를 죽게 만들고 죽은 자를 다시 살려낼 수도 있는 것이 바로 정이다" (情不知所起, 一往而深. 生者可以死, 死可以生.)라고 갈파하고 있다. 탕현조,『牡丹亭』, 臺北 西南書局本.

24) 이러한 관점은 처음 주로 魯迅과 胡適의 소설연구에서 비롯되었으며,『홍루몽』의 속서들이 정당한 평가를 받지 못했던 중요한 원인으로 이 문제가 지적되었다. 魯迅 <中國小說的歷史的變遷>, 胡適 <文學進化觀念與戲劇改良> 참조.

에서 나온 것으로 볼 수도 있지 않느냐는 견해도 제시되고 있어 주목된다.[25] 어쨌든 속서의 작자는 당시 독자들의 입장에 서서 원작에서 미진하거나 미흡하다고 생각되었던 부분을 다시 창작해 낸 것이라고 볼 수 있으며, 이러한 현상은 작품자체의 문학적 성과나 예술적 수준에 대한 평가보다도 당시의 독자들에게 나타난 하나의 구체적이고 뚜렷한 반응이라고 하는 면에서 주목받아야 한다고 생각한다. 그러나 오늘날까지 중국소설에 대한 독자층의 연구나 또한 독자의 반응에 대한 체계적인 연구가 미흡함은 여전히 아쉬움이라고 하겠다. 지금까지 전해오는 수많은 명작소설의 속서들은 그러한 연구의 좋은 자료로 활용될 수 있을 것이다.

그러면 여기에서 역대 문인들의 평가와 견해를 알아보기로 하자. 청나라 당시의 평가는 주로 일부 홍학가의 평론에서나 후세의 속서작품 속에 나타나고 있다.

가장 먼저 『홍루몽』의 각종 속서를 체계적이고 구체적으로 평가한 裕瑞의 『棗窓閑筆』에서는 "雪塢의 『續紅樓夢』 30회는 황당무계하면서도 또 원작에서의 의도를 잃고 있다"[26]고 부정적인 평가를 내리고 있으며 청말의 저명한 문인이며 『홍루몽』 평점비평가이기도 한 姚燮도 『讀紅樓夢綱領』에서 『續紅樓夢』을 언급하고 있는데 작자와 간행연도, 정사정의 서문에 쓰인 내용을 요약하여 전해주고 있으며 전반적인 작품평가는 유보하고 있다.

이밖에 작자미상인 『海漚閑話』에서는 『水滸傳』의 속서인 『蕩寇志』와 이 『속홍루몽』의 우열을 다음과 같이 비교하고 있다.

> 『수호전』의 뒤에 『탕구지』가 나왔는데 그 주인공은 수호의 인물이 환생한 것이다. 『홍루몽』이 나온 이후에도 『속홍루몽』이 나왔는데 그 주인공들도 역시 홍루인물이 모두 환생한 것이다. 이러한 사상은 이제 혐오스럽기 그지없다. 작자는 그저 옛것을 빌어 새로운 것을 전해보려고 하지만 과연 전해질 것인지 두고 보아야 할 것이다. 두 작품의 문장을 가늠해 보면 『탕구지』는 그런대로 괜찮은 편이지만 『속홍루몽』은 엉망이다. 『탕구지』가 아직도 거리에서 구하기 쉬운데 반해 『속홍루몽』은 보기 드물어졌는데 이로보아 전해지는 것이 차이가 남을 알 수 있다.[27]

청말 吳克岐는 『懺玉樓叢書提要』에서 『속홍루몽』에 대해 비록 귀신이 섞여 나오고 있어 황당무계하기는 하지만 문장력에서는 그 보다 앞서 나온 『후홍루몽』을 능가한다고 평하고 있다.

> 이 책은 『후홍루몽』 이후에 쓰여 졌는데 사람들은 그 작품 속에서 사후세계를 많이 묘사하고 있다고 하여 우스개로 '鬼紅樓'라 부르기도 한다. ……내가 이 책을 보니 신선과

---

25) 趙建忠, 『紅樓夢續書硏究』, 北京, 中國藝術硏究院 硏究生部 碩士論文, 1992. ‖ 이 논문에서는 각 續書작품을 별도로 나누어 분석하지 않았지만, 홍루몽 속서의 가치 문제를 다루면서 별도로 홍루몽 속서의 大團圓 방식과 중화민족의 심미의식 문제를 분석하고 있다.
26) 一粟 『紅樓夢書錄』 95쪽 참조.
27) 一粟 『紅樓夢書錄』 95쪽.

사람과 귀신이 한마당에 뒤섞여 나오고 있어서 황당무계하기가 그지없다. 마땅히 해암거사의 평가에 올려서도 차등의 수준에 놓여 지리라. 그러나 필설이 명쾌하여 읽다보면 또한 입안에 든 밥을 토할 만큼 재미를 느끼는 곳도 있으니 무미건조한 『후홍루몽』보다는 한 수 위라는 생각이 든다. 해암거사는 어떻게 생각할 것인지 자못 궁금하다.28)

기타 속서에서 『속홍루몽』을 거론하고 있는 경우는 다음의 두 가지다.

초기 속서 4종을 동시에 거론하고 있는 臨鶴山人이 지은 『紅樓圓夢』의 경우에는 다만 자신의 속서이전에 네 편의 속서가 나와 유행하고 있으나 그 모두가 새로 나온 이 『홍루원몽』을 따르지 못한다고 강조하는 대목에 나온다.29)

嘉慶 甲戌年(1814) 7月에 쓴 嫏嬛山樵의 서문이 있는 『補紅樓夢』 제1회에는 자신의 속서가 나오기 이전에 4종의 속서가 유행하고 있으며, 그 중에서 秦雪塢(즉 秦子忱)의 『속홍루몽』이 그나마 볼만은 하지만 사람과 귀신이 섞여 나오고 있어서 이치에 맞지 않다고 지적하고 있다.30) 이로보아 진자침의 『속홍루몽』이 鬼紅樓라는 별칭이 있었음에도 불구하고 당시 유행하던 네 종의 『홍루몽』 속서 중에서는 가장 볼 만한 작품이었음을 알 수 있다. 이 책의 제48회에는 보다 구체적으로 등장인물의 입을 통하여 기존의 속서를 열람하고 평가하는 대목이 있다. 부분적으로 인용하면 다음과 같다.

> 먼저 어떤 이가 『후홍루몽』을 지었는데, 또 다른 이가 새로 『기루중몽』을 만들어냈습니다. 산동의 도곤부에 있는 진설오는 『후홍루몽』의 내용이 제대로 겸비하지 못한 것을 보고 따로 『속홍루몽』을 지어 냈습니다. 그러더니 또 어떤 이가 보고서는 『후홍루몽』이고 『속홍루몽』이고 모두 좋지 않다고 하고는 『홍루부몽』을 만들었지요. 그래서 모두 네 편의 속서가 이뤄진 것입니다. ……보차는 『속홍루몽』과 『홍루부몽』을 이틀간 보더니…… 이 『속홍루몽』은 비록 얼마간 사회적인 영향력이 있다고는 하지만 다만 십여 명의 인물을 환생시켜 말을 만들었으니 『후홍루몽』보다 더욱 황당하기가 심하다고 평했다.31)

이상 여러 가지 상황으로 미루어보면 『속홍루몽』의 사상적 입장이나 인물안배에 대하여

---

28) 一粟 『紅樓夢書錄』 95-96쪽에서 인용. 여기에서 인용된 청말 홍학가들의 평론문을 원문대로 구하지 못한 것은 큰 아쉬움이다. 一粟의 『紅樓夢卷』에 수록된 자료도 원작에 대한 것까지만 節錄하였을 뿐이어서 裕瑞의 『棗窓閑筆』의 속서에 관한 평론을 볼 수 없었고, 吳克岐가 이 글에서 언급한 海盦居士의 속서 평론문도 찾아볼 수가 없다. 海盦居士의 『悟石軒石頭記集評』(光緒13年 1887년, 紅藕花盦刊本)의 上卷 부분(石頭臆說)은 수록되어 있으나 막상 각종 續書의 평가가 수록된 下卷 부분은 싣지 않고 있다. 앞으로 이들 자료의 광범위한 수집이 필요한 실정이다.

29) 『紅樓圓夢』 楔子: "不特現在的'復夢', '續夢', '後夢', '重夢'都趕不上." 北京大學出版社, 1988年.

30) 『補紅樓夢』 제1회 "那裡知道過了幾時, 忽然聽見又有 『後紅樓夢』 及 『綺樓重夢』, 『續紅樓夢』, 『紅樓復夢』 四種新書出來. 空空道人不覺大驚, 便急急索觀了一遍, 那裡還是 『石頭記』 口吻, 其間紕繆百出, 怪誕不經. 惟有秦雪塢 『續紅樓夢』 稍可入目, 然又人鬼淆混, 情理不合, 終非 『石頭記』 的原本." 現代版本으로 北京大學出版社本(1988), 北岳文藝出版社本(1988) 등이 있음.

31) 『補紅樓夢』 제48회, 앞의 책.

대부분의 청대 홍학가나 기타 속서의 작자들이 비판적으로 평가하고 있음을 알 수 있다. 그러나 속서의 작가들은 자신의 속서를 강조하기 위하여 앞의 속서를 낮게 평가하는 것이 일반적인 경향이므로 어느 정도는 이해할 수 있을 것이다. 그럼에도 불구하고 다른 여러 속서에 비해서 진자침의『속홍루몽』은 그래도 넓은 범위에 영향을 끼치고 있었으며 문장력에서도 약간은 우세했던 것으로 평가되고 있다. 다만 천상과 저승의 세계를 묘사하고 있는 점에 대해 하나같이 비판의 화살을 돌리고 있는 실정이다. 그러나 인정세태의 묘사나 벼슬아치의 모습을 그려낸 데에선 다른 속서들보다 나은 작품이라고 평할 수 있을 것이다.

4. 樂善齋本『續紅樓夢』의 번역양상

낙선재본 번역소설 중에 포함되어 있는『홍루몽』계열 6종의 번역본 중에서『속홍루몽』은 진자침의『속홍루몽』을 번역한 것이며, 원작 30회 짜리를 모두 24회분으로 번역해 놓았다. 다른 낙선재본 번역소설과 마찬가지로 미려한 궁체로 쓰여져 있으며『홍루몽』속서 5종의 하나다.『홍루몽』120회본은 상단에 원문과 발음을 달고 하단에 번역을 대조한 특이한 번역본이지만32) 속서 번역본은 전체를 우리말로만 번역해 놓았으며, 원본의 각 회를 그대로 번역본의 각 권으로 만들지 않았기 때문에 원본과 대조하기가 쉽지 않다. 그러나 초보적으로 조사한 결과 극히 일부의 자구를 제외한 거의 전문이 완역된 것으로 보인다.

이 번역본은 한 면에 9행, 한 행에 17자 내외씩 적고 있으며 책의 크기는 가로 18cm, 세로 27cm 가량이다. 이 책도 역시 다른 낙선재본 번역소설의 경우와 마찬가지로 번역자와 번역연대 및 필사년대를 고찰할 만한 아무런 근거를 남겨두지 않고 있다. 대체로 李秉岐의 설을 따라 高宗 21년(1884)을 전후하여 文士 李鍾泰를 비롯한 역관들의 번역인 것으로 추정된다.

각 권별로 원본과의 번역 분량이 다르게 나타난다. 원본『속홍루몽』은 30권(30회)분량으로 되어 있지만, 낙선재본 번역본에서는 이를 24권으로 줄여 놓았다. 그러나 권수는 줄었지만 내용을 축역을 한 것은 아니고 거의 완역한 것으로 보인다. 다만 부분적으로 일부 난해하거나 번역하기에 불편한 단락을 생략한 곳은 있다. 각 권의 분량은 대체로 50여 장 전후로 맞추어 책을 엮었는데, 이러한 과정에서 굳이 원본의 횟수와 맞출 필요를 느끼지 않았는지도 모른다. 번역본의 첫 대목은 원본 각 회의 첫머리와 일치하지 않으며, 세 군데를 제외하면 거의 중간부분에서 부터 시작되는 경우가 많아 원본과의 字句대조가 쉽지 않은 실정이다.

---

32) 낙선재본『홍루몽』번역본에 관한 것은 필자의 <樂善齋本 完譯紅樓夢 初探>(『中國語文論叢』 제1집, 1988.12. 高大中國語文硏究會)을 참조할 것.

　　번역본의 회목은 원본에서 따가지고 왔으나, 회목의 시작과 동시에 번역이 시작되는 곳
은 第5卷(번역본 권지사), 第22卷(번역본 권지십칠), 第27卷(번역본 권지이십일) 등 세 부분이다.
번역본 권지일의 경우는 특이하게 권두에 원본에는 없는 장편의 서문 형식의 평론을 싣고
있다.(아래에 별도로 인용함) 그리고는 원문 첫머리부터 착실하게 직역을 위주로 시작하고
있는데 원본의 第1卷이 끝나도 번역은 계속되고 있다. 그것은 원본 第1卷의 분량이 적어
(원본 12쪽 분량) 번역본 각 권의 50여 장을 채우기에는 모자랐기 때문이었을 것이다. 원본
第2卷의 회목을 그대로 적은 상태에서 번역본의 第1卷은 계속되며, 54장을 채우고는 번역
본 제2권으로 넘어가는데 일단 앞에다 원본의 회목을 기록하고(번역본 제 2권은 원본 第2卷
의 회목 후반 구절만 썼음) 원본 第2卷의 중간부분에서 시작하여 진행하고 있다. 번역본 제2
권의 경우에는 원본 第2卷의 중간부분에서 시작하였으므로 원본 第3卷의 중간까지 번역을
계속하여 51장을 채우고 있다. 이 때 중간에 원본 第3卷의 회목이 나오므로 역시 문중에서
회목을 그대로 적어 내려갔으며 번역본 제3권의 회목은 아직 번역이 시작되지 않은 원본
第4卷의 회목을 앞당겨서 사용하고 있다. 그러다가 원본 第5卷에 이르면 번역본 제4권과
똑같이 맞아 떨어져 회목과 첫대목이 같이 시작되고 있다. 뒤의 번역이 모두 이러한 방식
으로 진행되고 있으며, 아직 원문에 이르지 않았으면서 회목을 앞당겨 사용하는 경우가 원
본 제7권, 8권, 11권, 15권, 16권, 17권, 21권, 25권, 26권 등이고, 앞뒤의 분량상 부득이 회
목이 본문속으로 들어가는 경우가 제 3권, 6권, 10권, 14권, 20권, 24권 등 여섯회이다. 따
라서 원본의 30권은 번역본에서 24권으로 줄어드는 것이다.[33]

　　앞에서 지적한 대로 이 번역본의 처음 대목은 원본『속홍루몽』에는 없는 부분이다. 혹은
다른 판본에서 옮겨 온 것이 아닌가 의심하지만, 이 글과 동일한 원본을 찾을 수 없으며,
또 그 내용을 자세히 살펴보면 원본의 권두에 실린 작자의 서문(弁言)이나 범례의 내용이
간혹 드러나는 것으로 보아 이는 번역자가 만들어낸 일종의 서문으로 보아도 무방할 듯
싶다. 다음에 그 전문을 인용한다.

<속홍루몽 권지일>

　　<1-1a>[34]홍루몽(紅樓夢) 본셔(本書) 일빅이십 회의 금룡(金陵) 가시(賈氏) 집 전후리력
(前後來歷)을 긔록(記錄)ᄒ엿ᄂ디 그 부귀영광(富貴榮光)과 풍월번화(風月繁華)ᄒ미 닑ᄂ
쟈로 ᄒ여금 ᄆᄋᆷ이 즐겁고 눈의 깃거 당시의 훤쟈(喧藉)ᄒ고 지금의 유젼(流傳)ᄒ나 다만
흠ᄉ(欠事)되기는 가보옥(賈寶玉)은 출류지ᄌ(出類才子)오, 림대옥(林黛玉)은 결세가인(絶
世佳人)으로 겸ᄒ여 중표형뎨(中表兄弟) 되고 ᄯ오흔 동실거싱(同室居生)ᄒ여 견권(繾綣)ᄒ

---

33) 원본 제2권의 경우 번역본 제1권의 본문 속에 회목이 들어 있지만, 다시 번역본 제2권의 회목
　　으로 그 중 한 구절이 나오게 되는데 이는 처음에 번역방법이 아직 고정되지 않은 상황에서
　　나온 결과로 보인다.
34) 낙선재본의 쪽수인용은 <1-1a>과 같이 표기하며 이는 第1冊(즉 第1卷) 第1葉의 앞면을 말하고
　　<1-1b>는 같은 葉의 뒷면을 가리킨다. 인용문에서의 띄어쓰기와 표점부호 및 괄호속에 漢字를
　　附記한 것도 독자의 이해를 위해 필자가 넣은 것이다.

졍회(情懷)와 <1-1b> 권면흔 의ᄉᆞ(意思) 비홀 더 업스디 능히 례(禮)를 직희고 의(義)를 죠ᄎᆞ 죵리의 일호(一毫) ᄉᆞ졍(私情)이 없스니 가위 군ᄌᆞ호구(君子好逑)오, 슉녀가위(淑女佳偶)니 흔 기를 궐ᄒᆞ면 가치 아닌지라 상텬(上天)이 뎡녕 유의(留意)ᄒᆞ샤 두 사람을 내여 계시거늘 호ᄉᆞ다마(好事多魔)ᄒᆞ고 귀믈(鬼物)이 싀긔ᄒᆞ미 잇셔 월노(月老)의 홍승(紅繩)이 그 발을 미지 못ᄒᆞ여 필경 조혼 인연(因緣)이 악흔 인연이 되여 더옥 ᄃᆡ옥(黛玉)은 공교히 뇨축(夭促)ᄒᆞ고 보옥(寶玉)은 심화(心火)로 풍증이 나며 출가(出家)ᄒᆞᄂᆞᆫ 디경의 니르니 텬쟝디구(天長地久)ᄒᆞ나 이<1-2a> 흔(恨)이야 엇지 젼ᄒᆞ랴. 그러나 진기(眞個) 그 사름이 잇다 ᄒᆞ면 죠물(造物)이 그리 구쳐(苟且)홀 니가 업스며 만일 두찬(杜撰)ᄒᆞ여 내여시면 작ᄌᆞ의 명의ᄒᆞ믈 치탁(猜度)ᄒᆞ기가 어렵더니 다힝흔 거시 엇더흔 문인ᄌᆡᄉᆞ(文人才士) ᄆᆞᆫ져 내 ᄆᆞ음을 어더 『속홍루몽』 삼십회를 지어 내여 원홍루(原紅樓)의 흠시된 거슬 모다 뒤집어 기권 뎨일회가 림ᄃᆡ옥이 션경의 드러가 션단(仙丹) 한 입의 환싱(還生)홀 ᄲᅮᆫ 아니라 신긔가 츙실ᄒᆞ여지고 맛ᄎᆞᆷ내 보옥으로 더브러 어진 인<1-2b>연을 미ᄌᆞ시니 가히 쳔고(千古)의 뎨일쾌ᄉᆞ(第一快事)라 홀 거시오. 기여(其餘) 졔인(諸人)은 젼싱분슈(前生分數)ᄃᆡ로 션악을 분별ᄒᆞ여 보응(報應)이 쇼연(昭然)ᄒᆞ니 엇지 두렵지 아니랴. 이 ᄎᆡᆨ이 원『홍루몽』을 니어 지엇기로 상하 인물과 ᄃᆡ쇼 루각(樓閣)과 여외 범ᄇᆡᆨ(凡百)을 일병(一倂) 원홍루로 죠ᄎᆞ 변기치 아니ᄒᆞ기ᄂᆞᆫ 보ᄂᆞᆫ 쟈로 의현(疑眩)ᄒᆞ미 업게 ᄒᆞ미니 연즉 이 ᄎᆡᆨ 뎨일회(第一回)를 원홍루(原紅樓) 일ᄇᆡᆨ이십일회로 당ᄒᆞ여 보ᄂᆞᆫ 거시 죠흘지라. 오희라 물론 남녀ᄒᆞ고 착흔 거슬 ᄲᅡ흐며 <1-3a> 덕된 거슬 심어야 삼싱셰계(三生世界)의 ᄌᆞ연 귀히 되ᄂᆞ니 ᄉᆞᄐᆡ부인(史太夫人) ᄀᆞᄐᆞᆫ 이ᄂᆞᆫ 착흔 집심(執心)과 어진 힝ᄉᆞ(行事)로 텬록(天祿)이 쟝구(長久)ᄒᆞ고 ᄌᆞ손이 번셩ᄒᆞ며 구십(九十) 향슈(享壽)ᄒᆞ고 오복이 겸비ᄒᆞ여 고지 남ᄌᆞ(男子)의게 비ᄒᆞ면 당나라 곽분양(郭汾陽)[35]과 방블ᄒᆞ고 왕봉져(王鳳姐)의 니ᄅᆞ러ᄂᆞᆫ 령리(伶俐)흔 셩격과 공교(工巧)흔 언ᄉᆞ(言辭)로 겸ᄒᆞ여 ᄌᆞ식(紫色)을 밋고 경솔 방쟈ᄒᆞ다가 필경 희(害)를 당ᄒᆞ여 가피산란(家避産亂)ᄒᆞ고 ᄋᆞ둘도 두지 못ᄒᆞ고 필경 몸을 맛쳐시니 고어(古語)의 필부경셩(匹婦傾城)이라 ᄒᆞ미 졍<1-3b>히 봉져를 니르미니 가히 경계치 아니ᄒᆞ리오.

이 대목을 읽어보면 원본을 가지고 번역한 것처럼 보이지만, 중국 원본에서는 찾을 수 없다. 만약 이 글이 번역자의 글이거나 적어도 우리나라에 전래된 판본에만 있던 글이었다면 韓國 紅學史의 중요한 資料가 될 수 있을 것이다.[36] 내용을 보면 작자 자신의 말투로 되어 있어서 서문의 형식을 띠고 있는데, 원본 序文(鄭師靖)이나 弁言(작자 秦子忱)과 같이 상세한 창작과정을 거의 생략하면서 주로 『속홍루몽』의 창작동기를 밝히고 누각 등의 배경묘사가 원『홍루몽』과 같고, 『속홍루몽』의 제1회를 원『홍루몽』의 121회로 보아도 무방하리라는 凡例 넷째, 다섯째 항목을 간략히 옮기고 끝으로 등장을 비교하여 선한 인물의 대

---

35) 郭汾陽은 당나라 郭子儀로서 부귀영화를 한 몸에 갖추고 있는 팔자 좋은 인물로 일컬어 왔다. 우리말에 '곽분양팔자'란 말도 그러한 뜻이다. 조선후기의 국문소설 중에 작자미상으로 『곽분양전』이 전한다.

36) 지금까지 알려진 낙선재본 번역소설 중에서 번역자가 임의로 서문 등을 쓴 경우는 거의 없다. 낙선재본을 만들게 된 동기는 궁중에서의 필요에 의한 것인데, 어떠한 경위에선지 작품의 작자나 판본 등에 관계될 만한 자료는 고의로 모두 삭제시킨 흔적이 보인다. 이 글에서도 비록 작자 자신의 말투를 사용하고 있으나 원본에서 드러난 작자나 서문의 필자 또는 기타 고증이 될 만한 말은 철저하게 가려져 있다. 그러나 일단은 원본에 없는 독특한 글로서 우리나라의 독자 또는 번역자가 가필한 것으로 보인다.

표로서 史太君, 악한 인물의 대표로서 王熙鳳을 내세워 경계로 삼고자 하였다.

앞의 인용부분에 이어 원본의 첫대목이 이어지고 있다. 원본 第一卷 "話說林黛玉, 自那日屬纊以後, 一點靈魂出殼, 亦不知其死. 出了瀟湘館, 悠悠蕩蕩而行. 四顧茫茫, 不知身在何所. 心中正然驚疑."(1쪽)으로 시작되고 있는데 낙선재본에선 본문에 섞여서 자연스레 시작되고 있다.

> <1-3b>화셜 림대옥이 그날 별셰혼 후로 붓허 일졈 령혼이 쇼스나셔 쏘혼 스스로 그 죽은 줄을 아지 못ᄒ고 쇼샹관을 나와 표탕ᄒ여 힝ᄒ며 스면을 도라보미 어내 곳인지 아지 못ᄒ여 졍히 놀ᄂ고 의심ᄒ더니……

원본 제1권이 끝나는 부분에 있는 "不知葫蘆裡到底是什麼故事, 且聽下回分解."(春風本 12쪽)의 대목과 원본 제2권의 回目 및 시작 부분인 "話說林黛玉候深夜人靜之時, 獨坐繡榻, 剔亮燈燭, 焚起一爐好香來, 意秉虔誠, 拿起葫蘆, 秋波凝睇, 覷向玻璃小鏡中一看."(春風本 13쪽)의 대목을 낙선재본에서는 전혀 변형시킴이 없이 다음과 같이 번역하고 있다.

> <1-34a>아지 못게라 호로 속의 도져히 무슨 일인고 하회를 보아 분히ᄒ라
> <1-34b>신원앙봉져슈허경　구묘옥향룡인친븨
> 　화셜 림대옥이 밤이 깁고 사룸이 고요혼 ᄯ를 기다려 홀노 슈탑 우히 안즈 등쵹을 붉히고 조혼 향을 픠으고 뜻을 졍셩드려 먹고 호로를 쓰러 노흐며 츄파를 모화 현미경을 향ᄒ여 혼 번 보니……

여기에서 원본 第2卷의 回目을 기록했음에도 불구하고 번역본 제2권을 만들 때 다시 회목을 기록하는데 어찌된 일인지 下聯만 기록하여 '구묘옥향룽인친븨'만 남아 있다.

번역본 제1권의 끝과 제2권의 시작 부분은 이야기의 진행을 돕기 위하여 한 단락을 반복하여 설명하고 있다. 그러나 원문은 이미 제2권의 중간에 접어든 상태다.

> 심중의 황연히 ᄭᆡᄃᆞᆺ고 몸을 날려 나려가고져 ᄒ니 엇지된고 하회의 분히ᄒ라
> **쇽홍루몽 권지이**
> 　　구묘옥향룽인친븨
> 챠셜 왕희봉이 몸을 날려 나려 가고져 ᄒ더니 다만 량긔 사룸이 잇셔 량편의셔 붓드러가지고 나는 드시 힝ᄒᄂ디 발이 짜히 닷지 아니ᄒ고 다라셔 혼 식경이 되미 안긔가 광명ᄒ여지고 젼면의 무슈혼 루디와 뎐각이 드러나ᄂ지라.

이 부분은 원본(춘풍본) 20쪽에서 시작되며 "且說, 王熙鳳……意欲飛身下去, 只覺有兩個人兩邊攙架起來, 行走如飛, 脚不沾地. 走了有頓飯之時, 覺得眼界光明, 前面顯出無數的樓臺殿閣."로 되어 있다. "且說, 王熙鳳…" 이후 60자는 번역본 1권에서 번역이 되었는데, 문장이 완전히 끝난 상태가 아닌데도 불구하고 강제로 중단시키고 이곳에서 다시 번역본 제2권을 만들고 있다.

이 책의 구체적인 번역양상을 간략하게 살펴보면 대체로 중국어를 한자음대로 사용한 경우와 우리식의 한자어로 바꾼 경우가 있고, 또 문맥에 관계없이 직역을 한 경우와 부드럽게 의역을 한 경우가 있다. 유형별로 예를 들어 본다.

첫째, 중국어의 한자음을 그대로 쓰는 경우는 다시 고유명사와 일반명사로 나눌 수 있는데, 일반명사의 경우 칭호가 가장 많고 그 다음이 성어 등이다. 예를 들면 칭호의 경우 노태태(老太太), 태태(太太), 노야(老爺), 보이야(寶二爺), 셜이마(薛姨媽), 류로로(劉老老), 조이랑(趙姨娘), 챠환(丫鬟) 등이며, 성어의 경우에는 명모호치(明眸皓齒), 변홰무궁(變化無窮) 등이 보인다. 그리고 번역이 가능함에도 불구하고 원문의 한자음을 그대로 쓴 경우는 '태태를 복시(服侍)ㅎ던 챠환', '십분열요(十分熱鬧)ㅎ지라', '도로혀 간졍(干淨)ㅎ지라', '경희(驚喜)ㅎ믈 금치 못ㅎ여', '량기(兩個) 사롬이 잇셔', '화류(花柳)가 명미(明媚)ㅎ더' 등의 예가 있다.

둘째, 우리식의 한자어로 바꾼 경우를 예로 들면 다음과 같다.

屬纊 : 림대옥이 그날 별세(別世)ㅎ 후로붓허
彩轎 : 채여(彩輿)를 준비ㅎ여
父母雙亡 : 부모구몰(父母具歿)ㅎ고
麗人 : 일기 미인(美人)이 다라 나오며
小炕桌 : ㅎ쟝 교의(交椅)를 노왓눈디
叩見 : 배현(拜見)ㅎ믈
躬身 : 국궁(鞠躬)ㅎ며
合卺 : 즉일 쵸례(醮禮)를 힝ㅎ여

대부분 어려운 원문의 한자를 알기 쉬운 다른 한자어로 바꾸고 있음을 알 수 있다. 이것은 번역본에 한자를 직접 쓸 수 없는 까닭에 음으로만 읽어 내려감을 감안하였기 때문일 것이다.

셋째는 직역한 경우인데 '我們'이나 '他們', '姑娘們', '丫頭們'과 같은 복수형이 모두 '우리 무리', '져의 무리', '고낭무리', 'ᄋ두무리'와 같이 무리라는 말을 넣어 번역이 되었고, '但見'이 '다만 보니'로, '笑容可掬'이 '웃는 얼굴이 가히 움킬만 ㅎ지라'로 되어 있다. 또 원래 여인네를 욕하는 말로 쓰이는 '小蹄子'를 돼지 고기라는 원의만을 좇아 '젹은 도야지 ᄌ식아'로 풀어서 이해하기 어렵게 하였고, 원래 물건이란 뜻이지만 사람을 무시하여 쓰이는 말인 東西를 원의에만 따라 '兩個東西'를 '량기 물건'으로 옮겼으며, 백년가약의 결혼하는 것을 의미하는 '百年之好'를 다만 '빅년의 죠흔 거슬 셩취ㅎ고'로만 직역해 놓았다.

넷째, 비교적 의역에 가깝게 번역한 경우는 '鼓樂'을 '풍악소리 나고'로, '曉行夜住, 飢餐渴飲'을 '여러 날 힝ㅎ더니' 로 옮긴 것 등을 예로 들 수 있겠다.

이 밖에 한자음을 잘못 읽은 경우는 '金釧兒'(금천아)를 계속 '금순아'로 오독하고 있는 예가 있으며, 너무 직역 위주로 하여 오늘날 해석상의 부자연스러움을 야기하는 경우로 '莫非'를 그대로 옮겨서 '莫非我身已死?'를 '내 몸이 임의 죽지 아니미 아니라'로 번역했는

데 이는 원래 "내 몸이 이미 죽은 것이 아닌가?"의 뜻이다. 또 '難道敎我把你叫媽媽不成'에서 '難道'는 '설마 ……은 아니겠지' 라고 옮겨야 하는 말인데 이를 직역하여 '날로 ᄒ여금 너를 마마라 부르기 여렵도다'로 번역한 것은 잘못된 것이다.

이 번역본은 거의 전문을 번역하고 있지만 군데군데 일부 자구를 생략한 경우가 있는데, 주로 간단한 詩句가 많이 생략되었다. 예를 들면 원본 제1권에 太虛幻境의 對聯(2쪽) '假作眞時眞亦假, 無爲有處有還無'와 '厚地高天堪嘆古今情不盡, 癡男怨女可憐風月債難酬' 및 『속홍루몽』의 작자가 새로 만든 眞如福地의 對聯이 함께 생략되었다. 또 제3권에 가보옥이 도사와 고승에 이끌려서 대황산 청경봉 공공동에 들어가는 대목에 나오는 詩句인 '取經天竺唐三藏, 夢醒黃粱呂洞賓'과 對聯 '栽培心上地, 涵養性中天'이 생략되었다. 그러나 시구마다 모두 생략된 것은 아니고 줄거리의 진행상 매우 중요하다고 판단되는 것은 원문의 발음과 토씨, 그리고 하단에 번역을 雙行으로 함께 수록하고 있다. 예를 들면 제1권에 林黛玉과 薛寶釵를 동시에 묘사하고 있는 五言絶句[37]는,

감탄졍긔덕(堪嘆停機德)이오	견디여 길숨틀 머무ᄂ 덕을 탄식ᄒ고
슈련영셔지(誰憐詠絮才)아	뉘가 버들기지 읍쥬어리ᄂ 지조를 어엿비 너기ᄂ냐
옥디림즁괘(玉帶林中掛)오	옥디ᄂ 슈플 가온디 달녀잇고
금잔셜리미(金簪雪裡埋)라	금잔은 눈 속의 뭇쳣더라 <1-21b>

와 같이 번역되어 있다.

본문 중에 번역이 부분적으로 생략된 곳이 있다. 한 가지만 예를 들면 원본 제23권(번역본 18권) 다음의 구절에서 밑줄 친 곳을 번역하지 않았다. (▼표시는 생략된 부분)

蔣玉函不悅道: "你自從進了我家的門, 我那一樣兒待你不好. 眞是心坎兒上溫存, 手掌兒上奇擎, 眼皮兒上供養, 那一天晚上又不是臉兒相偎, 腿兒相壓, 手兒相持呢. 我想就是寶二爺當日也未必把你如此的看待. 你說寶二爺當日總是把你姐姐長, 姐姐短的稱號.(춘풍본 331-332쪽)

쟝옥함이 죠치아냐 니르디 네가 내집의 드러오믈 붓허 내가 무슨 한 가지나 너를 죠히 디졉지 아니ᄒᄂ냐 ▼나ᄂ 싱각건디 곳 보이야가 당일이라도▼ 다만 너를 져겨라 칭호ᄒ엿기로 <18-1b /18-2a>

이 밖에 원본 제2권(춘풍본 23쪽)에는 왕희봉에게 내리는 天帝의 敎旨가 나오는데, 번역본에서는 이를 시의 번역과 마찬가지로 두 칸을 내려 쓰고 있지만 번역은 하지 않고 원문의 한자음대로 적으면서 토씨를 넣어 읽을 수 있도록 하였다. 처음 한 대목을 인용하면 다음과 같다. (띄어쓰기와 漢字는 필자가 넣음)

---

37) 이 시는 『홍루몽』 제5회의 태허환경에서 나온 예언시로 그대로 인용됨.

> 개문곤의규범(蓋聞閫儀閨範)은 단유뢰어현원(端有賴於賢媛)이오,   스덕삼종(四德三從)은
> 망윤부어내죄(望允孚乎內助)라. 즈이왕시희봉(茲爾王氏熙鳳)이 질수난혜(質雖蘭蕙)나 식잡
> 훈위(識雜薰蕕)라, 이구복방(利口覆邦)ᄒ고 교언난덕(巧言亂德)이라. <2-9b>

이상에서 여러 방면으로 낙선재 번역본『속홍루몽』의 번역양상을 간략하게 살펴보았다. 이 책의 경우 번역양상에서 다른 번역소설과 거의 차이가 없으나 비교적 주목을 받지 못하였던『홍루몽』속서에 까지 거의 완전한 번역을 하였다는 것은 당시에『홍루몽』및 그 계열의 소설이 상당히 주목받고 있었음을 반증하는 것이라고 생각된다.

5. 맺 음 말

『續紅樓夢』에는 秦子忱의 작품외에 海圃主人과 張曜孫의 작품이 있지만 여기서는 당시 가장 유행했고 여러 속서 중에서도 상당히 높은 평가를 받았으며, 우리나라 낙선재번역소설로도 남아있는 秦子忱의『속홍루몽』만을 검토대상으로 하였다.

秦子忱의『續紅樓夢』은 우선 작품의 구상과 창작경위가 뚜렷하게 序文이나 凡例, 弁言 중에 드러나 있으며,『후홍루몽』의 경우와는 달리 속서로서의 입장을 분명히 밝히고 있다. 그러면서 원작『홍루몽』에서의 아쉬운 점을 토로하고 자신의 작품보다 앞서 나온『후홍루몽』에 대한 불만을 이유로 들어 속서 창작의 당위성을 설명하고 있다. 줄거리는 비록 천상과 저승세계를 오가는 낭만주의적인 구성방식을 택하였으나 원작에서의 주요인물을 그대로 등장시키고 인물간의 관계나 환경묘사에서도 별도의 개작을 시도하지 않았고 심지어 작중인물의 사용언어에 까지 그대로 원작의 맛을 살려내려고 노력했음을 작자는 특별히 제시하고 있다.

이 작품에서 작자는 賈寶玉과 林黛玉의 사랑을 끝내 완성시키고자 하는 데에 주안점을 두었으며 천상의 黛玉과 지상의 寶釵가 다함께 보옥의 아내가 되게 함으로써 '釵黛合一說'의 입장을 취하고 있음을 알 수 있다. 이러한 관점은 원작『홍루몽』이 유행한 이후에 널리 퍼진 독자들의 반응 중의 하나였으며 작자는 이 점을 구체적으로 실현시킨 것에 불과하다. 또한 당시 민중들의 이상적인 부귀공명의 세계를 구현시킴으로서 대리만족감을 주도록 하는 통속성과 유불선 삼교일체 속에서도 유가적 가치관을 중심으로 하려는 의도가 드러나고 있다. 이러한 현상은 당시의 여러가지 사회현상이나 다양한 '紅樓文化'를 이해하는 데도 중요한 단서를 제공할 것으로 생각된다.

낙선재본『속홍루몽』은 원작의 30회를 24회 분량으로 만들었지만 원문을 거의 모두 번역한 완역본으로서 국내『홍루몽』연구사에서 중요한 자료의 하나일 뿐만 아니라 한국 번역문학사에서도 충분한 위치를 차지하는 작품으로 생각된다. 일부 직역이나 의역, 축역 및 첨역의 대목이 나타나지만 전체적으로 보면 다른 낙선재본 번역소설과 커다란 차이는 없

는 것으로 보인다.

끝으로 강조하고자 하는 것은『홍루몽』의 연구에 있어서 續書의 연구도 하나의 중요한 대상이 될 수 있으며, 특히『홍루몽』의 독자층에 관한 고찰이나 당시 민중들의 문화인식 내지는 다양하게 드러나고 있는 청대후기의 '홍루문화'를 이해하는데 다른 어떤 것보다도 중요한 자료의 하나라는 점이다.

(본고는 1994년『중국소설논총』제3집에 발표한 논문을 일부 수정한 것임, 2004. 9. 研紅軒)

＜ 參 考 文 獻 ＞

曹雪芹 著,『紅樓夢』, 人民文學出版社, 北京, 1982.

안의운·김광열 역,『완역홍루몽』, 청년사, 1990.

秦子忱 撰,『秦續紅樓夢』, 春風文藝出版社, 瀋陽, 1985.

『續紅樓夢』, 北京大學出版社, 北京, 1988.

『續紅樓夢』, 奎章閣所藏本, 現存 6冊 15卷.

雪塢 著,『續紅樓夢』(中國通俗章回小說叢刊 一種), 文海出版社, 臺北

낙선재본『속홍루몽』, 韓國精神文化研究院 所藏, 全24卷.

海圃主人 撰,『海續紅樓夢』, 春風文藝出版社, 瀋陽, 1987.

『續紅樓夢新編』, 北京大學出版社, 北京, 1990.

張曜孫 撰,『續紅樓夢稿』(『續紅樓夢新編』과 合本).

一粟 編著,『紅樓夢書錄』(增訂本), 上海古籍出版社, 上海, 1981.

『古典文學研究資料彙編·紅樓夢卷』中華書局, 北京, 1963.

馮其庸·李希凡 主編,『紅樓夢大辭典』, 文化藝術出版社, 北京, 1990.

江蘇省 社會科學院 明清小說研究中心編,『中國通俗小說總目提要』, 中國文聯出版公司, 北京, 1990.

崔溶澈,『清代紅學研究』, 國立臺灣大學 博士論文, 臺北, 1990.

趙建忠,『紅樓夢續書研究』, 北京:中國藝術研究院 碩士論文, 1992.

崔溶澈, <『紅樓夢』續書研究 I —『後紅樓夢』에 대하여>,『中國小說論叢 I 』, 학고방, 1992..

楊林染, <紅樓夢早期續書所反映的清後期社會思潮>,『複印報刊資料·紅樓夢研究』(1993年 第2期).

[쇽홍루몽續紅樓夢 권지일卷之一]

1

강쥬궁대옥오텬긔　태허경경환담인과
絳珠宮黛玉悟天機　太虛境警幻談因果

【1】《홍루몽紅樓夢》 본셔 일빅 이십 회의 금릉(金陵) 가시(賈氏) 집 젼후 력력을 긔록ᄒ엿ᄂ디 그 부귀영광과 풍월번화ᄒ미 닑ᄂ 쟈로 ᄒ여곰 ᄆ음이 즐겁고 눈의 깃거 당시의 훤쟈(喧藉)ᄒ고 지금의 유젼ᄒ나 다만 흠ᄉ(欠事)되기ᄂ 가보옥은 츌류지ᄌ오 림대옥은 졀셰가인으로 겸ᄒ여 즁표형뎨(中表兄弟)되고 ᄯ혼 동실 거싱ᄒ여 견권ᄒ 졍회와 【2】 젼면(纏綿)ᄒ 의시 비홀 디 업ᄉ디 능히 례롤 직희고 의롤 죠ᄎ 종리의 일호 ᄉ졍이 업ᄉ니 가위 군ᄌ호구(君子好求)오, 슉녀가위(淑女可爲)니 ᄒ 긔롤 궐(闕)ᄒ면 가치 아닌지라. 샹텬이 명명유의ᄒ샤 두 사름을 내여 계시거눌 호시다마ᄒ고 귀믈이 싀긔ᄒ미 잇셔 월노의 홍승(紅繩)이 그 발을 미지 못ᄒ여 필경 죠흔 인연이 악ᄒ 인연이 되여 디옥은 공교히 뇨쵹(夭促)ᄒ고 보옥은 심화(心火)로 풍증이 나며 츌가ᄒᄂ 디경의 니르니 텬장디구(天長地久)ᄒ나 이 【3】 훈이야 엇지 진(盡)ᄒ랴. 그러나 진긔 그 사름이 잇다 ᄒ면 죠믈이 그리 구쳐홀 니가 업ᄉ며, 만일 두찬(杜撰)ᄒ여 내여시면 쟉ᄌ의 명의ᄒ믈 최탁ᄒ기가 어렵더니 다힝ᄒ 거시

엇더ᄒ 문인진시 몬져 내 ᄆ음을 어더 《쇽홍루몽續紅樓夢》 삼십 회롤 지어내여 원 홍루의 흠시(欠事) 된 거슬 모다 뒤집어 기권(開卷) 뎨일회가 림대옥이 션경의 드러가 션단 한 입의 환싱홀 ᄲᅮᆫ 아니라 신긔가 츰실ᄒ여지고 맛ᄎ내 보옥으로 더브러 어진 인 【4】 연을 미ᄌ시니 가희 쳔고의 뎨일 쾌시라 홀 거시오, 기여 졔인은 젼싱 분슈디로 션악을 분별ᄒ여 보응이 쇼연(所然)ᄒ니 엇지 두렵지 아니랴! 이 칙이 원(原) 《홍루몽紅樓夢》을 니어 지엇기로 샹하 인믈과 대쇼루각과 여외(餘外) 범빅(凡百)을 일병 원 홍루(紅樓)로 죠ᄎ 변기치 아니ᄒ기ᄂ 보ᄂ 쟈로 의현(疑眩)ᄒ미 업게 ᄒ미니 연즉 이 칙 뎨일회롤 원홍루 일빅 이십일 회로 당ᄒ여 보ᄂ 거시 조흘지라. 오회라! 믈론 남녀ᄒ고 챡ᄒ 거슬 ᄲᅡᄒ며 【5】 덕된 거슬 심어야 삼싱 셰계의 ᄌ연 귀히 되ᄂᄂ니 ᄉ태부인 ᄀᆺ튼 이ᄂ 챡ᄒ 집심(執心)과 어진 힝ᄉ로 텬쥭(賤族)이 쟝구ᄒ고 ᄌ손이 번셩ᄒ며 구십 향슈(享壽)ᄒ고 오복이 겸비ᄒ여 고지 남ᄌ의게 비ᄒ면 당나라 곽분양(郭汾陽)과 방블ᄒ고, 왕봉져의 니르러ᄂ 령리ᄒ 셩격과 공교ᄒ 언ᄉ로 겸ᄒ여 ᄌ식을 밋고 경솔방쟈ᄒ다가 필경 희롤 당ᄒ여 가되 산란(散亂)ᄒ고 ᄋ둘도 두지 못ᄒ고 필경 몸을 맛쳐시니 고어의 '쳘부경셩(哲婦傾城)'이라 ᄒ미 졍 【6】 히 봉져롤 니르미니 가히 경계치 아니ᄒ리오.

화셜, 림대옥(林黛玉)이 그 날 별셰ᄒ 후로붓허 일졈 령혼이 쇼ᄉ나셔 ᄯ혼 스스로 그 죽은 쥴을 아지 못ᄒ고 쇼상관(瀟湘館)을 나와 표탕(飄蕩)ᄒ여 힝ᄒ며 ᄉ면을 도라보미 어내 곳인지 아지 못ᄒ여 졍히 놀ᄂ고 의심ᄒ더니 홀연 드르니 대면(對面)ᄒ여 풍악 소리 나고 슈노혼 긔와 푸른 긔가 나붓겨 오며, 다만 보니 녀동(女童) 슈비 앏흘 향ᄒ여 머리롤 좁ᄂ디1) 그 즁 일인이 명모호치(明眸皓齒)로 거믄 털이 니마롤 【7】 가리며 웃고 무ᄅᄃ,

"고랑(姑娘)아, 가히 좃트냐? 셔로 리별ᄒ 지 슈 년의 고랑이 가히 도로혀 나롤 아라 보깃

<hr>

1) 【좁다】圖 조아리다. ¶ 稽 ∥ 다만 보니 녀동 슈비 앏흘 향ᄒ여 머리롤 좁ᄂ디 그 즁 일인 이 명모호치로 거믄 털이 니마롤 가리며 웃고 무ᄅᄃ (只見女童數輩上前稽首, 內有一人, 明眸 皓齒, 鬖髮垂鬌, 笑向道.) <續紅 1:6>

느냐?"

딘옥이 그 말을 듯고 즈셰히 그 사룸을 보
민 면모는 십분 익으나 믄득 흔 씨의 져의 명짜
(名字)는 싱각지 못홀지라. 이의 무르디,

"네가 이 누구냐? 죠히 어디셔 본 둣호도
다."

그 사룸이 웃고 디답호디,

"나는 태태(太太)롤 복시(服侍)호던 챠환
금슌익[金釧兒]어늘 고랑이 엇지 믄득 니졋느
냐?"

딘옥이 그 말을 듯고 경의호믈 니긔지 못
호여 니르디,

"네가 어내 【8】 희의 우믈의 더져 죽지 아
니호엿느냐? 엇지호여 쏘 여긔 이시며 여긔는
무슨 디방(地方)이냐?"

금슌이 디답호디,

"이 곳은 '태허환경(太虛幻境)'이라 니르는
디 텬션의 극락세계라. 우리 무리 경환션고(警
幻仙姑)의 명을 밧들고 치여(彩輿)롤 죠비호여
특별이 와셔 고랑을 영졉호노라."

대옥(黛玉)이 니르디,

"내가 무슨 경환션고롤 아지 못호는디 그
가 나롤 마즈 가기는 무슨 연괴냐?"

금슌이 니르디,

"텬긔롤 미리 루셜(漏泄)치 못호니 경환션
고롤 졉견호면 즈연 씨치리라."

【9】 호고 말호며 몃 기 녀동이 치여롤 메
여오니, 금슌이 대옥을 붓드러 안치민 스긔 녀
동이 메여 가지고 나는 듯시 다르며 젼면의 슈
노흔 긔가 길을 인도호고 푸른 긔가 표양(飄揚)
호며 풍악이 움죽여 십분 열요(熱鬧)호지라. 대
옥이 교중의 안져 심중의 호의(狐疑)호며 머리
롤 굽혀 흔 번 보민 즈긔 몸 우히 화관(花冠)과
슈복(繡服)이 아오로 집의셔 장쇽흔 거시 아니
라. 황연이 씨치기롤,

'내 몸이 임의 죽지 아니미 아니라.'

돌쳐 싱각호미 병 중의 시쵸(詩草)롤 블 【
10】 지르고 즈견(紫鵑)의 비통호던 일이 완연호
며 쏘 보옥(寶玉)이 과연 진긔 보챠(寶釵)와 성
친호여 목하(目下)의 광경이 엇더호지 아지 못
홀지라. 눈믈이 흐르믈 씨둣지 못호다가 홀연
싱각을 돌쳐 니르디,

'내가 싱내의 명이 박호여 부뫼 구몰(俱沒)

호고 외죠모의 집의 의지호니 노태태(老太太)
비록 십분 스랑은 호나 도져히 즈긔 집의 비
(比)치 못호깃고 보옥(寶玉)이 임의 무옴을 져바
리니 다시 무어슬 바라리오. 죽으미 도로혀 간
졍(干淨)호지라. 임의 풍악이 와셔 【11】 졉인(接
引)호니 반드시 텬션(天仙)의 복디(福地)라. 져의
무리가 나롤 다려 어내 곳으로 뫼여 가는가 보
리라'

호고 츠츠 힝호더니 먼니 보미 일기 셕두
피(石頭牌)롤 세운 곳이 잇는디, 심히 령롱호고
샹면의 빗기 네 긔 금즈로 '태허환경(太虛幻境)'
이라 뼈 붓친지라. 굴너 피방을 지느미 믄득 흔
궁문(宮門)이 이시디 금벽이 휘황호고 샹면의
빗기 네 긔 금즈로 '얼히졍텬(孽海情天)'이라 뼈
붓쳣는지라. 딘옥이 보기롤 맛치미 심중의 이샹
히 너겨 니르디,

'져러툿 극히 죠흔 곳의 【12】 엇지호여 져
모양 셜화롤 뼈 붓친고?'

졍히 싱각호며 다만 보니, 교즈(轎子)가 나
는 듯시 다라 궁문을 굴너 지나고 후면의 쏘 일
좌 피방이 이시디 샹면의 네 긔 '진여복디(眞如
福地)'라 대즈(大字)로 빗기 뼈 붓친지라. 대옥
이 쏘 싱각호디,

'이 곳의 편익 붓친 셜홰 엇지호여 젼면
(前面)과 더브러 크게 굿지 아니호니 졍히 아지
못게라 이 거시 무슨 의견인고?'

쏘 굴너 피방을 지나미 일좌 궁문이 이시
디 샹면의 빗기 '복션화음(福善禍淫)' 네 긔 금
즈 편익을 【13】 뼈 붓친지라. 딘옥이 졍히 침음
호여 구경호는 스이의 홀연 보니 젼면의 별노이
일기 동쳔이 되고 궁문이 놉히 솟고 뎌각이 의
의(巍峨)호여 십분 가려(佳麗)호고 두 층을 굴너
지나미 믄득 일기 곳츠로 막은 문이 잇는지라.
그 문을 들미 량방(兩旁)의 곡난과 층디 잇고
중간 셕난간 쇽의 흔 포귀 신션의 플을 심어시
디 흔 줄기 그윽흔 향취가 사룸의 심폐(心肺)롤
젹시는지라. 녀동(女童) 무리 교즈롤 나려 노호
미 다만 보니 방중의 쥬렴이 썰치는 곳의 【14】
일기 미인이 짜라나오며 웃는 얼골이 가히 움킬
만 흔지라. 쌜니 니르디,

"고랑(姑娘)이 오셔시며 가히 죠히 지내는
가?"

대옥이 즈셰히 그 사룸을 보니 긴 눈셥과

빠혀난 목의 언쇼ᄒᄂᆫ 거시 언연(嫣然)ᄒᆞ지라. 경회ᄒᆞᄆᆯ 금치 못ᄒᆞ여 니ᄅᆞᄃᆡ,

"네가 청문(晴雯)이 아니냐? 엇지ᄒᆞ여 이곳의 잇ᄂᆞ뇨?"

청문이 ᄃᆡ답ᄒᆞᄃᆡ,

"말을 ᄒᆞ려 ᄒᆞ면 길지라. 청컨ᄃᆡ 고랑은 궁즁의 드러가 셔셔히 픔ᄒᆞ리라."

ᄒᆞ고 말ᄒᆞ며 급히 거러 옮흐로 와 ᄃᆡ옥을 붓드러 교ᄌᆞ의【15】 나게 ᄒᆞ니 ᄃᆡ옥이 청문(晴雯)을 붓들고 가비야이 연보(蓮步)ᄅᆞᆯ 옴겨 궁문의 다라드니 다만 보미 금벽이 찬란ᄒᆞ여 사ᄅᆞᆷ의 안목의 쏘이고 비단 ᄌᆞ리와 슈노흔 요와 치식 의쟝과 구슬 병풍이 인셰의 잇ᄂᆞᆫ 비 아니오, 졍즁(正中)ᄒᆞ여 일좌 탑샹의 흔 쟝 교의(交椅)ᄅᆞᆯ 노왓ᄂᆞᆫᄃᆡ ᄌᆞ단향(紫檀香)으로 죠직흔 거시 극히 공교ᄒᆞ고 그 우희 젹은 금화로ᄅᆞᆯ 노화시ᄃᆡ 피오ᄂᆞᆫ 향이 무슨 향인지 모ᄅᆞ고, 겻히 흔 반 블쉬(佛手) 이시ᄃᆡ 금식(金色)이 현황ᄒᆞ고 이샹흔 향긔 코의 부【16】 더치ᄂᆞᆫ지라.

금슌이 몬져 슈침과 의ᄌᆞᄅᆞᆯ 가져 졍돈ᄒᆞ여 노코 ᄃᆡ옥을 양[향]ᄒᆞ여 좌뎡흔 후의 드듸여 향다(香茶)ᄅᆞᆯ 밧드러 올니고 십슈 기 션녜 모다 봉용(丰容)흔 ᄌᆞ티로 우의(羽衣)가 편쳔(蹁躚)ᄒᆞ며 올나와 참션흔 후의 바야흐로 졔계히 쑤러안거늘 ᄃᆡ옥이 몸을 니러 ᄲᆞᆯ니 청문을 명ᄒᆞ여 져 무리를 ᄭᅳ러 일회여게 ᄒᆞ니 션녀 등이 니ᄅᆞᄃᆡ,

"낭낭이 오늘날 쳐음으로 도라오시미 니셰가 맛당히 고두(叩頭) 하례ᄒᆞᆯ지라."

ᄒᆞ거늘 ᄃᆡ옥이 말【17】을 듯고 가마니 ᄉᆡᆼ각ᄒᆞᄃᆡ,

'내가 녀ᄋᆞ로 잇ᄂᆞᆫᄃᆡ 져 무리가 엇지ᄒᆞ여 날다려 낭낭(娘娘)이라 니ᄅᆞᄂᆞᆫ고?'

급히 청문다려 무러 니ᄅᆞᄃᆡ,

"져져야 네 말ᄒᆞ여라. 이 곳이 도져히 무슨 디방이며 져 무리ᄂᆞᆫ 도시 엇더흔 사ᄅᆞᆷ이며 네가 금슌으로 더브러 엇지ᄒᆞ여 이 곳의 잇ᄂᆞᆫ고?"

청문이 웃고 니ᄅᆞᄃᆡ,

"이곳은 텬션(天仙)의 청허(淸虛)흔 ᄆᆞ올이라 일홈은 갈온[2] 태허환경(太虛幻境)이오, 이

궁은 강쥬궁(絳珠宮)이라 일홈ᄒᆞ고, 뎐샹의 일위 경환션괴(警幻仙姑) 이시ᄃᆡ 과거미릭지【18】 ᄉᆞᄅᆞᆯ 모다 아ᄂᆞᆫ지라. 내가 젼일 올 ᄯᅦ의 졔가 졉인ᄒᆞ여 쥬믈 닙엇고, 당시의 졔가 나ᄅᆞᆯ 디ᄒᆞ여 말ᄒᆞᄃᆡ, '고랑(姑娘)은 무슨 강쥬션쵸(絳珠仙草)오, 보이야(寶二爺)ᄂᆞᆫ 무슨 신영시ᄌᆞ(神瑛侍者)오? 우리 무리 삼위 고랑(姑娘)과 련이내내(璉二奶奶)ᄂᆞᆫ 도시 무슨 박명ᄉᆞ(薄命司)의 션고(仙姑)오, ᄯᅩ 무슨 금릉십이ᄎᆞ(金陵十二釵)의 칙ᄌᆞ가 잇고 내가 금슌ᄋᆞ로 더브러 도시 부칙ᄌᆞ의 명뼈 잇ᄂᆞᆫᄃᆡ 그 즁의 졍미(精微)ᄒᆞ고 ᄌᆞ셔흔 거슨 우리 무리 푸러 알냐?' ᄒᆞᄃᆡ 투쳘치 못흔지라. 고랑이 오늘날 쳐음으로 니ᄅᆞ러 신샹【19】이 노곤흔 거술 면치 못ᄒᆞᆯ 듯ᄒᆞ니 ᄒᆞ로밤 헐식(歇息)ᄒᆞ기ᄅᆞᆯ 기다려 졔가 명일의 반ᄃᆞ시 와셔 비례ᄒᆞᆯ 거시니 그 ᄯᅦ의 고랑이 동[당]면ᄒᆞ여 져다려 내령(來歷)[3]을 무러 보면 ᄌᆞ연 명빅히 알니라."

ᄃᆡ옥이 그 말을 듯고 졈두ᄒᆞ며 탄식ᄒᆞ여 니ᄅᆞᄃᆡ,

"원러 이 ᄀᆞᆺ도다"

졍히 아리ᄅᆞᆯ 죠ᄎᆞ 무ᄅᆞ려 ᄒᆞ더니, 다만 보니 금슌이 픔ᄒᆞ여 니ᄅᆞᄃᆡ,

"경환션괴(警幻仙姑) 사ᄅᆞᆷ을 부려 션단 흔 닙과 션쥬(仙酒) 흔 병과 션과(仙果) 흔 홉 쥬효(酒肴) 네 픔을 보내엿다."

ᄒᆞ거늘 ᄃᆡ옥이 청문【20】을 향ᄒᆞ여 웃고 니ᄅᆞᄃᆡ,

"내가 오히려 뵈옵지 못ᄒᆞ엿ᄂᆞᆫᄃᆡ 션괴 도로혀 몬져 은혜로 쥬믈 베푸러시니 진긔 믈니치미 공슌치 못ᄒᆞ고 바드미 붓그러오미 잇ᄂᆞᆫ지라. 엇지ᄒᆞ여야 죠흐랴?"

청문이 니ᄅᆞᄃᆡ,

"션고의 아름다온 ᄯᅳᆺ이니 고랑이 영슈(領受)ᄒᆞᄂᆞᆫ 거시 비로쇼 올흐리라."

ᄃᆡ옥이 듯고 졈두ᄒᆞ니 어시의 청문이 여러 션녀ᄅᆞᆯ 거ᄂᆞ리고 례믈을 가져 바다 노코 온 사ᄅᆞᆷ을 보낸 후의 금슌이 니ᄅᆞᄃᆡ,

"고랑이 원로의 노곤ᄒᆞ여 반ᄃᆞ시 쥬【21】렷실 거시니 가히 쥬과ᄅᆞᆯ 가져 여간 먹고 이즈

---

2) 【갈온】團 이른바. ¶ 曰 ‖ 이곳은 텬션의 청허흔 ᄆᆞ올이라 일홈은 갈온 태허환경이오 (此乃天仙淸虛之府, 名曰太虛幻境.) <續紅 1:17>

⇒ 골온

3) 【내령】團 내력(來歷). ¶ 底裏 ‖ 그 ᄯᅦ의 고랑이 동면ᄒᆞ여 져다려 내령을 무러 보면 ᄌᆞ연 명빅히 알니라 (那時姑娘當面問他底裏, 自然明白的了.) <續紅 1:9> ⇒ 닉력, 닉령

음을 지내면 다만 경환션괴 믄득 올ᄂᆞᆫ지 가히 정치 못ᄒᆞ리라."

대옥이 우ᄉᆞ며 니ᄅᆞᄃᆡ,

"쇽담의 니ᄅᆞ기ᄅᆞᆯ 'ᄒᆡᆼᄀᆡᆨ이 좌ᄀᆡᆨ의게 졀ᄒᆞᆫ다'[4] ᄒᆞᄂᆞᆫᄃᆡ 엇지 도로혀 션고ᄅᆞᆯ 슈고ᄒᆞ여 몬져 오게 ᄒᆞᆯ 리 이시리오. 우리 무리 졈심을 먹고 몬져 가셔 밧드러 뵈ᄋᆞᆸᄂᆞᆫ 거시 바야흐로 올흐리라."

청문(晴雯)이 드ᄃᆡ여 여러 션녀로 ᄒᆞ여곰 쥬과와 효찬을 가져 ᄇᆡ반의 버려 올니니 진ᄀᆡ【22】상계 션픔이라. 모다 무ᄉᆞᆫ 일홈인지 아지 못ᄒᆞ고 다만 향긔롭고 아름다온 거시 이상ᄒᆞᆫ지라. 대옥이 이ᄯᅢ의 복즁이 ᄆᆡ우 쥬린지라. 드ᄃᆡ여 션단 ᄒᆞᆫ 닙ᄒᆞᆯ 가져 술의 타셔 마시고 ᄯᅩ 쥬과의 각 픔을 맛보니 ᄒᆞᆫ 쥴기 더운 긔운이 용천혈(涌泉穴)노븟허 곳 니환궁(泥丸宮)을 ᄯᅮ러 경신이 돈연이 쟝(壯)ᄒᆞ여 지ᄂᆞᆫ지라. 웃고 청문을 향ᄒᆞ여 니ᄅᆞᄃᆡ,

"내가 평일의 술 먹기ᄅᆞᆯ 조하 아니ᄒᆞ여 반잔을 먹으나 믄득 현운즁(眩暈症)이 나더【23】니 금일 이 술은 도로혀 셕 잔을 먹으ᄃᆡ 다만 취치 아니ᄒᆞᆯ ᄲᅮᆫ 아니라 도로혀 경신이 비샹ᄒᆞ믈 ᄁᆡ닷깃노라."

청문이 말을 듯고 대옥(黛玉)을 향ᄒᆞ여 ᄒᆞᆫ ᄎᆞ례ᄅᆞᆯ ᄌᆞ셰히 보다가 희식을 금치 못ᄒᆞ여 니ᄅᆞᄃᆡ,

"고랑의 면식이 젼연이 당일의 병드럿던 모양이 아니라. 진ᄀᆡ 모란과 부용도 이ᄀᆞᆺ치 어엿브고 고은 거시 업셔 더옥 눈셥 ᄭᅳᆺ과 눈부리의 봉용(丰容)ᄒᆞᆫ 운치가 드러ᄂᆞ니 만일 능히 우리 보이야(寶二爺)ᄅᆞᆯ 가ᄅᆞ쳐 만나 보게 ᄒᆞ【24】면 도로혀 즐거워 무ᄉᆞᆫ 모양이 될ᄂᆞᆫ지 아지 못ᄒᆞ리로다."

대옥이 웃고 니ᄅᆞᄃᆡ,

"너의 무리 챠환비(丫鬟輩)가 엇지 나ᄅᆞᆯ 희롱ᄒᆞ여 내ᄂᆞ뇨?"

청문이 웃고 니ᄅᆞᄃᆡ,

"고랑이 밋지 아니커든 내가 면경(面鏡)을 가져 올 거시니 고랑이 ᄒᆞᆫ 번 빗최여 보면 믄득 알니라."

ᄒᆞ고 말ᄒᆞ며 내간(內間)을 향ᄒᆞ여 면경을 가져다가 미러 쥬니 대옥이 바다셔 ᄒᆞᆫ 번 빗최여 보니 심즁의 환희ᄒᆞ믈 ᄁᆡ돗지 못ᄒᆞ고 어시의 ᄎᆞᄅᆞᆯ 마시ᄆᆡ 원즁(院中)을 향ᄒᆞ여 ᄒᆞᆫ【25】가히 ᄒᆞᆫ 차례ᄅᆞᆯ 깃거 ᄒᆞᆫ 번 강쥬션쵸(絳珠仙草) 본 후의 바야흐로 녀동 무리ᄅᆞᆯ 분부ᄒᆞ여 션고긔 빈알ᄒᆞ라 가ᄌᆞ ᄒᆞ니 ᄉᆞᄀᆡ 녀동이 교ᄌᆞᄅᆞᆯ 메여 오거ᄂᆞᆯ 대옥이 무ᄅᆞᄃᆡ,

"이 곳의셔 션고 쥬졉(住接)ᄒᆞᆫ 쳐쇼의 가기가 언마나 되ᄂᆞ냐?"

즁션녜 ᄃᆡ답ᄒᆞᄃᆡ,

"믄득 량좌 ᄑᆡ방 즁간의 잇ᄂᆞᆫ 고궁이 믄득 션고의 곳이라."

ᄒᆞ니 ᄃᆡ옥이 니ᄅᆞᄃᆡ,

"그러ᄒᆞ면 길이 머지 아니ᄒᆞ고 이 곳의 ᄯᅩ ᄒᆞᆫ 한 잡인이 왕ᄅᆡᄒᆞᄂᆞᆫ 이 업ᄉᆞ니 우리 무리 경히 거러 ᄒᆡᆼᄒᆞ【26】여 션경을 구경ᄒᆞᄂᆞᆫ 거시 엇지 의취 업ᄉᆞ랴. 청문 너ᄂᆞᆫ 집의 잇셔 슈은[응](酬應)ᄒᆞ고 다만 금순ᄋᆞᄅᆞᆯ 가ᄅᆞ쳐 션녀 몃 위ᄅᆞᆯ 다리고 나ᄅᆞᆯ ᄯᆞ라라"

ᄒᆞ고 말ᄒᆞ며 믄득 가비야이 연보(蓮步)ᄅᆞᆯ 옴겨 다라 궁문의 나셔 다만 보ᄆᆡ ᄒᆞᆫ 죠각 쳥ᄐᆡ ᄇᆡᆨ셕(靑苔白石)의 반졈 틋글이 업고 ᄉᆞ면의 옥우(玉宇)와 경루가 놉히 운즁의 ᄭᅩᆺ치고 위이ᄒᆞ여[5] ᄒᆡᆼᄒᆞ여 오ᄆᆡ 다만 몸이 가비얍고 거름이 건쟝ᄒᆞ고 긔운이 샹연(爽然)ᄒᆞ고 경신이 ᄆᆞᆰ으믈 ᄁᆡ다ᄅᆞᆯ지라. 이의 웃고 금순ᄋᆞ【27】ᄅᆞᆯ 향ᄒᆞ여 니ᄅᆞᄃᆡ,

"션고의 쥰 바 단약이 크게 의식 잇도다. 내가 왕일의 집의 이실 ᄯᅢᄂᆞᆫ 샹히 병의 샹ᄒᆞ여

---

4)【行客拜坐客 행객배좌객】xíngkèbàizuòkè <諺> ᄒᆡᆼᄀᆡᆨ이 좌ᄀᆡᆨ의게 졀ᄒᆞᆫ다 *指外來的客人要先拜訪當地的主人.‖ "俗云'~', 那有反勞仙姑先來之理. 我們吃些點心, 先去奉謁仙姑纔是正理." 쇽담의 니ᄅᆞ기ᄅᆞᆯ ᄒᆡᆼᄀᆡᆨ이 좌ᄀᆡᆨ의게 졀ᄒᆞᆫ다 ᄒᆞᄂᆞᆫᄃᆡ 엇지 도로혀 션고ᄅᆞᆯ 슈고ᄒᆞ여 몬져 오게 ᄒᆞᆯ 리 이시리오 우리 무리 졈심을 먹고 몬져 가셔 밧드러 뵈ᄋᆞᆸᄂᆞᆫ 거시 바야흐로 올흐리라 (續紅 3:21) "安太太聽了這話, 笑顏逐開, 說: '等我瞧瞧去!' 說着, 也不等人攙, 站起來往外就走. ……公子也笑道: '講~, 也是等他二位來, 難道母親就這樣跑到街上去不成?'" (兒女 12)

5)【위이ᄒᆞ다】형 위이(逶迤)하다. 구불구불하다. ¶ 逶迤 ‖ 위이ᄒᆞ여 ᄒᆡᆼᄒᆞ여 오ᄆᆡ 다만 몸이 가비얍고 거름이 건쟝ᄒᆞ고 긔운이 샹연ᄒᆞ고 경신이 ᄆᆞᆰ으믈 ᄁᆡ다ᄅᆞᆯ지라 (迤邐行來, 但覺身輕步, 氣爽神清.) <續紅 1:26>

쇼샹관으로 죠츠 이홍원(怡紅院)의 니르미 믄득 천긔(喘氣)가 나셔 견딜 슈 업더니 금일의 이 길을 다라오미 도로혀 다리 우히 굿센 긔운이 잇는 듯ᄒᆞ도다."

금슌이 디답ᄒᆞ디,

"가히 그러치 아니ᄒᆞ랴? 어내 희의 내가 우믈의 더진 후로 아지 못게라 엇지 그러ᄒᆞᆫ 지 심히 후두(糊塗)ᄒᆞ여 이 곳의 니르미 복중의 믈이 챵ᄒᆞ여 실노이 견디지 못 【28】 ᄒᆞ여 왼 짜히셔 구을더니 다힝이 경환선긔 나롤 위ᄒᆞ여 ᄒᆞᆫ 닙 션단을 먹여 쥬더니 흐즈음 공부(工夫)가 못 되여 그 믈이 입 쇽으로 토홀 뿐이 아니라 아리로 죠츠 믄득 오좀이 싸듯 곳 흘너 나와 가히 앗가 온 거시 태태의 샹 쥬어 넘습ᄒᆞ든 도홍(桃紅) 슈흔 즁의(中衣)롤 젼슈히 격셔 바리게 되고 우리 모친이 쥰 혜ᄌᆞ(鞋子)롤 다 샹ᄒᆞ여 바리고 내가 믄득 쇼셩ᄒᆞ여 나미 눈이 붉고 귀가 통챵(通暢)ᄒᆞ며 심즁이 쳥샹ᄒᆞᆫ지라. 십분 감격ᄒᆞ나 다만 의 【29】 샹과 혜ᄌᆞ롤 샹ᄒᆞ여 바린지라. 내가 도로혀 원망ᄒᆞ여 니르기롤 '션고야 너 노인이 임의 ᄌᆞ비지심으로 사름을 구ᄒᆞ여 쥬량이면 엇지ᄒᆞ여 사름 구ᄒᆞᆫ 법을 아지 못ᄒᆞᄂᆞ냐? 내가 샹히 사름의 말을 드르니 하슈의 빠지던지 우믈의 더지던지 건져 낼 쩌의 사름을 가져 것 구로 니르혀면 복 즁의 믈이 모다 입 쇽으로 죠츠 나오게 ᄒᆞ여야 바야흐로 올커눌 엇지ᄒᆞ여 나롤 일기 환약을 먹여 쥬어 믈이 모다 아리로 죠츠 나오게 ᄒᆞ 【30】 여 내 바지와 신을 샹ᄒᆞ여 쥬니 날노 ᄒᆞ여곰 이 곳의 이셔 볼기짝을 드러 내고 발을 벗고 일ᄌᆞ(日子)롤 지내라 ᄒᆞᄂᆞ냐' 말ᄒᆞ미 션긔 홀 일 업셔 젼 모양으로 ᄀᆞ치 ᄒᆞᆫ 벌 의복과 ᄒᆞᆫ 빵 혜ᄌᆞ롤 무러 쥬니 내가 이제 입고 신은 거시 그 거시 아니냐."

ᄒᆞᆫ 추례 말의 대옥이 슈건을 가져 입을 막으며 희희(嬉嬉) 웃고 니르디,

"너 무지ᄒᆞᆫ 거시 입부리로 져런 말을 ᄒᆞ여 내니 엇지 붓그럽지 아니ᄒᆞ냐."

금슌이 경희 디답고져 ᄒᆞ더니 다만 드르미 더면 【31】 ᄒᆞ여 사름이 이셔 말ᄒᆞ디,

"져가 림고랑(林姑娘)이 아니냐?"

대옥(黛玉)이 머리롤 드러 ᄌᆞ셰히 보미 ᄒᆞᆫ 낫 ᄋᆞ뒤(丫頭) 한 낫 미인을 짜라 넘넘이 오는지라. 쑬니 금슌ᄋᆞ 다려 무르디,

"젼면의 오는 이가 믄득 경환선랑(警幻仙娘)이냐?"

금슌이 ᄌᆞ셰히 ᄒᆞᆫ 번 보고 니르디,

"져 오는 이가 션괴 아니라 우리 동부의 숑[쇼]용(小蓉)의 대내내(大奶奶)라."

ᄒᆞ거눌 대옥이 니르디,

"원리 져도 이곳의 잇도다. 가히 니르디 타향의 고지(故知)롤 만낫다 ᄒᆞ리라."

말ᄒᆞ며 다만 보니 진시 등이 임의 옯히 니 【32】 르러 웃는 얼골이 가히 움킬지라. 무르디,

"고랑(姑娘)이 죠히 잇더냐? 멋 히롤 보지 못ᄒᆞ엿더니 모양이 더옥 표치(標致)ᄒᆞ도다. 내 이제 고랑의 명에 니르믈 듯고 짜라 문안ᄒᆞ라 왓거눌 아지 못게라 고랑이 쏘 어디롤 향ᄒᆞ여 가ᄂᆞ냐?"

대옥이 진시(秦氏)의 손을 쓰러 쥐고 우스며 니르디,

"대내내(大奶奶)야, 네가 져 멋 히 동안의 가히 죠히 지내엿ᄂᆞ냐? 내가 맛춤내 너의 여긔 잇는 쥴은 아지 못ᄒᆞ엿도다. 내 이제 경환선고의 곳의 가셔 비현ᄒᆞ려 【33】 ᄒᆞ니 너는 몬져 나 잇는 곳의 니르러 나롤 기다리고 머믈너 잇게 ᄒᆞ라. 우리 무리 만각(晚刻)의 조히 다쇼 셜화롤 펴리라."

ᄒᆞ니 진시 니르디,

"믄득 그리홀 양이면 하늘이 일지 못ᄒᆞ니 고랑은 쳥컨디 가게 ᄒᆞ라."

량인이 말을 맛치미 손을 난호와 가더라.

대옥이 쏘 닷기롤 언마 못ᄒᆞ여 션고의 궁 문의 니르니 다만 보미 편익 우히 빗기 '니한 텬(離恨天)' 세 긔 대ᄌᆞ롤 썻ᄂᆞᆫ지라. 졍히 그 남 은 거슬 보고ᄌᆞ ᄒᆞ더니 다만 보미 경환선괴 일 【34】 반 션녀롤 영숄ᄒᆞ고 마ᄌᆞ 나오거눌 대옥 이 몬져 션고롤 향ᄒᆞ여 ᄒᆞᆫ 번 보니 션풍도골(仙風道骨)이 별노이 일단 풍취 잇고 우의 편쳔(翩躚)ᄒᆞᆫ 거시 별노이 일번 운치가 잇셔 롱취암(櫳翠庵) 니고(尼姑) 묘옥(妙玉)의게 비ᄒᆞ미 더옥 광치가 사름을 움죽이믈 씨다룰지라. 년망히 앏흘 향ᄒᆞ여 례롤 베푸러 니르디,

"뎨ᄌᆞ는 하계범골(下界凡骨)이오, 심규약질(深閨弱質)노 우연이 ᄒᆞᆫ 싱각 어린 졍욕을 인ᄒᆞ여 드디여 스스로 신명을 바렷더니 이의 바리지 아니코 문하의 【35】 거두어 두믈 닙으니 일졀

어리셕은 인연을 인호여 션고의 지시호여 쥬시믈 바라노라.”

경환이 보미 디옥이 용홰 졀셰호고 거지 유한혼지라. 졈두호며 가마니 탄식호믈 금치 못호고 련망히 손을 쓰러 셔로 잡으며 웃고 니르디,

“현미는 반드시 과히 겸손치 말나. 너와 내가 본시 즈미(姊妹)로 네 다만 일단 인괘(因果)가 쇽(俗)의 이시믈 인혼 고로 네가 진셰의 격강호여 일번 젼셩 죄업을 맛게 호미라. 쏘 청컨디 드러와 안즈셔 셔셔 【36】 히 너다려 고호여 니르리라.”

어시의 량인이 손을 쓰을고 팔을 당긔며 거러 궁으로 드러와 믄득 졍즁(正中)혼 좌탑 우히 잇셔 손님은 동의호고 쥬인은 셔편으로 호여 일졔히 좌의 들미 녀동이 츠롤 밧드러 올니고 츠롤 파호미 대옥이 몬져 흠신(欠身)호여 무르디,

“맛쵸와 션고의 가르치믈 닙으니 인과(因果) 일졀을 청컨디 흐미혼 믈가흘 가르쳐 쥬어 뻐 무식혼 거술 열게 호라.”

경환이 우스며 니르디,

“말홀 양이면 말이 길지라. 【37】 져 가보옥(賈寶玉)은 졔 젼신이 녀와시(女媧氏)의 하늘을 깁고 남은 바 혼 덩이 완만혼 돌이라. 투태(投胎)호믈 지내지 못호고 몬져 젹하궁(赤霞宮) 신영시지(神瑛侍者) 되엿는디 그 써의 현미는 션[셔]텬(西天) 령하안(靈河岸) 삼싱셕(三生石)가의 혼 줄기 션쵸로 일홈은 굴온6) 강쥬(絳珠)라. 우로(雨露)가 건긔(愆期)호믈7) 인호여 졈졈 쇠잔혼디 나아가더니 신영시즈(神瑛侍者)가 날마다 감노슈(甘露水)로 뻐 대여 쥬고 일월 졍화롤 밧고 산쳔 령긔롤 잡은 고로 능히 변화호여 사름이 되엿는지라. 네가 보옥으로 더 【38】 브러 량기 인이 싱젼의 견권(繾綣)호고 ㅅ후의 젼면(纏綿)호기는 블과시(不過是) 졍으로써 졍을 기울 짜롬이니라.”

대옥이 그 말을 듯고 가마니 혜아려 니르디,

‘원리 이 ㄳ도다. 보옥이 그 모양 완죄[顚頑]오, 나의 이 모양 다병(多病)혼 거시 본리 완만혼 돌과 무지혼 쵸목이로다.’

싱각을 파호미 쏘 션고롤 향호여 니르디,

“뎨지 보옥으로 더브러 임의 졍으로써 졍을 기우량이면 졔가 믄득 ᄆᆞ옴을 져바리는 거시 올치 못호여 뎨즈로 호여곰 구쳔(九泉)의 【39】 한을 먹음게 호도다.”

경환이 웃고 니르디,

“홀 슈 업스디 호는 밧 즈(者)는 하늘(天)이오, 니르지 못홀 디 니르는 밧 즈(者)8)는 명(命)이라. 너와 다못 보옥의 일은 하눌이오 쏘혼 명이니라.”

대옥이 말을 듯더니 두 눈셥을 삥긔믈 금치 못호며 혼 쇼리 긴 탄식을 니르디,

“쥬역의 건곤을 머리로 호고 《시젼詩傳》의 <관져關雎>롤 몬져 호여시니 인륜은 왕화(王化)의 근원이오, 종졍(鍾情)호는 바는 샹텬도 금치 아니호시는지라. 뎨지 보옥으로 더브러 혼 조각 연분이 지졍 【40】 의 나미오, 아오로 샹풍(傷風)호고 픠쇽(敗俗)호며 유장(窬墻)호고 찬혈(鑽穴)호는디 비길 비 아니라. 텬디지대(天地之大)로 사름으로 뻐 무어슬 용납지 아니호시리오마는 엇지 가각(苛刻)호미9) 그 지경의 니르고 뎨지 실노이 쎠둧지 못홀 비로다.”

경환(警幻)이 웃고 니르디,

“현미야, 네가 엇지호여 일셰의 총명호더니 혼 써는 후두호냐? 내가 쏘 너롤 가르쳐 일기 믈건을 보게 홀 거시니 네 즈연 명빅호여지

---

6) 【굴온】 [관] 이른바. ¶ 曰 ∥ 그 써의 현미는 션[셔]텬 령하안 삼싱셕 가의 혼 줄기 션쵸로 일홈은 굴온 강쥬라 (那時, 賢妹乃西天靈河岸三生石畔的一株仙草, 名曰絳珠.) <續紅 1:37> ⇒ 갈온

7) 【건긔호다】 [동] {건기(愆期)하다.} 기약을 어기다. ¶ 愆期 ∥ 우로가 건긔호믈 인호여 졈졈 쇠잔혼디 나아가더니 (因雨露愆期, 漸就蔫萎." <續紅 1:37>

8) 【밧 즈】 [관] …바 자(者). ¶ 者 ∥ 홀 슈 업스디 호는 밧 즈는 하늘이오 니르지 못홀 디 니르는 밧 즈는 명이라 너와 다못 보옥의 일은 하눌이오 쏘혼 명이니라 (莫之爲而爲者, 天也; 莫之致而致者, 命也.) <續紅 1:39>

9) 【가각호다】 [동] 가각(苛刻)하다. 가혹(苛酷)하다. ¶ 苛毒 ∥ 텬디지대로 사름으로 뻐 무어슬 용납지 아니호시리오마는 가각호미 그 지경의 니르고 뎨지 실노이 쎠둧지 못홀 비로다 (天地之大, 于人何所不容, 奈何苛毒至此? 弟子實所不解.) <續紅 1:40>

리라.”

ᄒ고 드디여 녀동을 부르니 일기 세녜 답응ᄒ고 다 【41】 라오거눌 경환이 니르디,

“네 가셔 박명ᄉ(薄命司) 칙쟝 속의 니르러 금룽 십이차 졍부(正副) 칙즈롤 일병(一倂) 가져오게 ᄒ라.”

녀동이 령명ᄒ고 간 지 언마 못ᄒ여 ᄒᆫ 뭉치 칙즈롤 안고 회회이 우스며 다라와 젹은 탁즈 우히 노커눌 디옥이 믄득 우ᄒ로 짜힌 일권 칙즈롤 가져 펴 노코 졍신을 머믈너 보니 쳣 쟝 우히 두 쥬 셕은 나무롤 그리고 ᄒᆫ 오리 옥디롤 걸고 하면의 ᄒᆫ 덤이 빅셜을 그리고 빅셜 속의 ᄒᆫ 쥴기 금잔[金簪]을 그리고 【42】 후면의 일속 오언 졀귀의 뼈 니르디,

감탄졍긔덕(堪嘆停機德)이오,
슈련영셔지(誰憐咏絮才)아?
옥디림즁괘(玉帶林中掛)오,
금잔셜리미(金簪雪裏埋)라.

견디여 길숨틀 머무ᄂᆫ 덕을 탄식ᄒ고,
뉘가 버들기지10) 읍쥬어리ᄂᆫ 지조롤 어엿비 너기ᄂᆫ냐?
옥디ᄂᆫ 슈플 가온디 달녀 잇고,
금잔은 눈 속의 뭇쳣더라.

디옥이 셩내의 령오ᄒᆫ지라. 두어 번 넘ᄒ더니 임의 명빅히 찌듯고 우스며 경환다려 무르디,

“즈셰히 이 글을 보니 블과시 우리 무리 두 사롬의 셩명이라 가히 무슨 인과가 그 우히 잇ᄂᆞ냐?”

경 【43】 환이 니르디,

“네가 다만 져 탄식 ‘탄(嘆)’ ᄯ와 슬플 ‘연(憐)’ ᄯ롤 즈셰히 싱각ᄒ여 보면 믄득 가히 뼈 명빅ᄒ여지리라.”

대옥이 웃고 니르디,

“본리 믄득 져 두 긔 글즈 우히 잇셔 분변

ᄒ미로다. ᄯ 뎨지 인연이 드디지 못ᄒᆷ를 인ᄒ여 ᄒᆫ을 먹음어 망ᄒ여시니 이ᄂᆞ 박명ᄒ다 혬홀지라. 맛당히 가탄코 가련ᄒ려니와 만일 보져져(寶姐姐)롤 말홀 양이면 져ᄂᆞ 이졔 혼인이 여의이 되고 부챵부슈ᄒ니 무슨 가탄과 가련ᄒ미 이시랴?”

경환이 【44】 니르디,

“사롬의 박명되미 만나ᄂᆞ 분쉬 각각 ᄀᆺ지 못ᄒ미 이시니 가히 일톄로 의론치 못ᄒ리라.”

ᄒ고 인ᄒ여 칙즈롤 가져 ᄯ 한 쟝을 들고 가르치며 니르디,

“네 보와라. 져 ᄒᆫ 쟝은 이 원츈져져(元春姐姐)오, 이 ᄒᆫ 쟝은 영츈져졔(迎春姐姐)라. 져 두 사롬이 일기ᄂᆞ 귀비낭낭이오, 일기ᄂᆞ 고명부인이니 엇지 박명타 혬ᄒ리오마ᄂᆞ 다만 부귀가 기지 못ᄒ고 영홰 오러지 못ᄒᆷ를 인ᄒ미 그러므로뼈 믄득 박명이라 니르ᄂᆞ니 이졔 너의 원비 져졔 동 【45】 변 젹하궁(赤霞宮)의 잇셔 거쥬ᄒ고 기여 즈미 무리 각인이 각기 박명되ᄂᆞ 곳이 이시니 엇지 능히 셔로 ᄀᆺ트랴? 네가 뒤홀 죠ᄎ 쟝슈대로 싸라 보아 가면 즈연 알니라.”

대옥이 말을 듯고 믄득 졍부(正副) 칙즈롤 낫낫치 졍신을 머믈너 도져히 일편을 보니 그 즁의 ᄒᆫ 번 보와 믄득 알 것도 잇고 참녕[參詳]ᄒ여11) 알 것도 잇고 크게 명빅지 못ᄒᆫ 것도 잇ᄂᆞ지라. 드디여 칙즈롤 가져 합ᄒ여 노코 흠신ᄒ며 웃고 니르디,

“허다ᄒᆫ 칙즈롤 일 【46】 시의 능히 깁고 그 미묘ᄒᆫ 거술 궁구치 못ᄒ나 다만 보져져의 박명타 ᄒᆫ은 뎨지 도져히 능히 의심ᄒ미 업지 못ᄒ니 인ᄒ여 션고의 명빅히 지시ᄒᆷ를 바라노라.”

경환이 웃고 니르디,

“미리 ᄒᆫ 텬긔롤 내가 감히 누셜치 못홀 거시오. 네가 보옥으로 더브러 다만 인계의 어진 인연이 이실 ᄲᆞᆫ 아니라 겸ᄒ여 텬티(天台)의 젼싱 연분이 잇ᄂᆞ지라. 네가 임의 보져져의 일을 의혹ᄒ량이면 내가 너롤 젹은 믈건을 쥴 거

---

10) 【버들기지】 圀 버들개지. ¶ 絮 ‖ 견디여 길숨틀 머무ᄂᆞ 덕을 탄식ᄒ고 뉘가 버들기지 읍쥬어리ᄂᆞ 지조롤 어엿비 너기ᄂᆞ냐 (堪嘆停機德, 誰憐咏絮才.) <續紅 1:42> ⇒ 버들ᄀ야지, 버들기아지, 버들기야지

11) 【참녕ᄒ다】 圄 참녕하다. 자세히 살피다. ¶ 參詳 ‖ 그 즁의 ᄒᆫ 번 보와 믄득 알 것도 잇고 참녕ᄒ여 알 것도 잇고 크게 명빅지 못ᄒᆫ 것도 잇ᄂᆞ지라 (內中也有一看便知的, 也有參詳而知的, 也有不大明白的.) <續紅 1:45>

시니 네 【47】 가지고 가셔 삼경 인졍(人靜)훈 씨룰 기다려 홀노 즁뎡의 안즈 분향ᄒ고 훈 번 보면 분슈롤 알니라."

ᄒ고 말ᄒ며 인ᄒ여 스후ᄒᄂ 녀동을 향ᄒ여 니르디,

"내 호로병을 가져 오라."

ᄒ니 녀동이 응락ᄒ고 가더니 즉시 훈 기 젹은 호로병을 가져다가 대옥의게 미러 쥬니 대옥이 바다 훈 번 보미 샹면의 죠긱훈 바 산슈인믈(山水人物)과 슈목화회(樹木花卉)와 츙어금죠(蟲魚禽鳥)가 극히 졍묘ᄒ고 부리 우히 뉴리 현미경을 박앗ᄂᄃ 믄득 셰샹의셔 파ᄂ 셔 【48】 호풍경(西湖風景) 그린 것 곳톤지라. 보기룰 맛츠미 믄득 금슌ᄋ룰 쥬어 거두어 가지게 ᄒ고 몸을 닐며 웃고 니르디,

"텬싀이 느껴시니 션고ᄂ 쳥컨디 휼싀ᄒ라. 명일의 다시 와 가르치믈 쳥ᄒ리라."

경환이 니르디,

"현미룰 몬져 강굴(强倔)케12) ᄒ여시니 우즈의 금일의 능히 회비 못ᄒᆯ 용셔ᄒ라."

ᄒ고 어시의 이인이 손을 닛글고 궁문 밧긔 나셔 쟉별ᄒ더라.

대옥이 모든 션녀룰 다리고 인ᄒ여 녯길노 죠츠 도라올 시 젼면의 량 【49】 더 궁등(宮燈)이 인도ᄒ고 후면의 금슌이 훈 손의 호로병을 밧들고 훈 손의 젹은 등을 드러 언마 못ᄒ여 강쥬궁의 도라오니 쳥문(晴雯)이 넘즈(簾子)룰 들며 웃고 니르디,

"쇼용대내내(小蓉大奶奶)가 셔쥬ᄋ(瑞珠兒)와 ᄀ치 온지 죠히 반일이 되엿다."

ᄒ고 진시 믄득 마즈 나오며 니르디,

"고랑(姑娘)이 경환션고(警幻仙姑)룰 만나 보왓ᄂ냐?"

대옥이 웃고 디답ᄒ디,

"경환 보기룰 위ᄒ여 대내내로 오리 기다리게 ᄒ엿도다. 우리 무리 동편 글방 속의 드러가셔 죠히 셜화ᄒ자."

ᄒ고 【50】 셔로 손을 쯔을고 그 방 속의 드러가니 포진(布陳)ᄒ여 노흔 거시 광치탈목(光彩奪目)ᄒ더라.

량인이 디뎐ᄒ여 안즈미 셔쥬이(瑞珠兒) 드러와 고두ᄒ거ᄂᆯ 대옥이 년망히 붓드러 일회ᄒ고 그 쥬인을 짜라 죽으믈 챡실히 포장(襃奬)훈 후의 금슌이 챠룰 올니거ᄂᆯ 진시 무르디,

"노태태 여금의 강건ᄒ시고 량위 노야와 량위 태태도 모다 죠흐시냐?"

대옥이 디답ᄒ여 니르디,

"노태태와 렬위 노인이 각기 강건ᄒ시니라."

진시 쏘 무르디,

"우리 동부 속의 태야(太爺)와 【51】 태태(太太)도 가히 죠흐시냐?"

더옥이 디답ᄒ디,

"도시 죠흐시나 아지 못게라 대노야긔셔 엇지훈지 금단을 즈시고 신션 되여 가시다 ᄒ더라."

진시 니르디,

"우리 무리 대노야의 비위 긔운이 고괴(古怪)ᄒ샤 복을 바리고 누릴 쥴을 모르시며 아지 못게라 용대질(蓉大侄)이 이졔 쇽현(續弦)ᄒ엿ᄂ냐 못ᄒ엿ᄂ냐?"

대옥이 니르디,

"호시 집 고랑을 쇽현ᄒ엿ᄂᄃ 모양과 셩픔이 대내내로 더브러 언마 틀니지 아니타 ᄒ더라."

진시 쏘 니르디, "

"우리 무리 【52】 쥬대심랑(珠大嬸娘)과 련이심랑(璉二嬸娘)과 졔위 고랑이 가히 모다 죠흐냐?"

대옥이 니르디,

"져 무리 모다 죠흐나 이져져(二姐姐)가 손가의 집과 셩친ᄒ엿ᄂᄃ 드르니 이져부(二姐夫)의 쟉인(作人)되미 심히 괴당(乖張)ᄒ여13) 이졔 이져져가 미우14) 득의치 못ᄒ고, 삼미(三妹)ᄂ 드르니 이 구시(舅氏)가 량도(糧道) 쇼임의 잇셔 쥬통졔(周統制)의 공즈로 더브러 언약은 미즈시

<hr>

12) 【강굴ᄒ다】 혱 강굴(强倔)하다. ¶ 玉趾先施 ∥ 현미룰 몬져 강굴케 ᄒ여시니 우즈의 금일의 능히 회비 못ᄒᆯ 용셔ᄒ라 (有芳賢妹玉趾先施, 恕愚姊今日不能回拜了.) <續紅 1:48>

13) 【괴당ᄒ다】 혱 {괴장(乖張)하다.} 괴팍하다. ¶ 乖張 ∥ 드르니 이져부의 쟉인되미 심히 괴당ᄒ여 (聽見說二姐夫爲人脾氣乖張.) <續紅 1:52>

14) 【미우】 튀 매우. ¶ 很 ∥ 이졔 이져져가 미우 득의치 못ᄒ고 (二姐姐如今很不得意.) <續紅 1:52> ⇒ 마이, ᄆ이, 미오, 미이

나 아직 셩친은 아니ᄒ고, ᄉ미미ᄂᆞᆫ 친사 뎡혼
ᄃᆡ가 업다 ᄒ더라.”

진시 니ᄅ디,

“젼일의 원비낭낭(元妃娘娘)이 니ᄅ러 계시
기의 내가셔【53】문안ᄒᄂᆞᆫ ᄯᅵ의 낭낭이 날다려
말ᄒ시기를 영춘고랑이 미구의 이리로 올 거시
니 이졔 져의 쥬졉ᄒᆯ15) 방을 슈리ᄒ여 쥰다 ᄒ
더라.”

디옥이 니ᄅ디,

“내가 방ᄌᆞ 황홀이 드러보니 경환도 져쳐
로 말ᄒᄂᆞᆫ지라. 가련ᄒ다. 이져져의 노실(老實)
ᄒ고 나약ᄒ믈 도로혀 이러틋 박명ᄒ도다.”

진시 듯고 졈두ᄒ고 ᄎᆞ탄ᄒ기를 ᄒᆫ ᄎᆞ례
ᄒ더니 홀연 웃고 니ᄅ디,

“내가 너다려 반일 무러 보ᄂᆞᆫ 말이 잇기로
맛춤내 ᄒᆫ 사ᄅᆞᆷ을【54】니졋도다. 보이슉(寶二
叔)이 졔가 가히 죠히 지내고 금년이 임의 십
팔구 셰ᄂᆞᆫ 되엿시리니 아지 못게라 가히 일즉
ᄎᆔ친ᄒ엿ᄂᆞ냐 못ᄒ엿ᄂᆞ냐?”

대옥이 보옥의 말을 무러보믈 당ᄒᄆᆡ 눈이
붉어지믈 ᄭᆡ닷지 못ᄒ고 눈믈을 흘니며 머리를
슉이고 디답지 못ᄒ거늘 쳥문(晴雯)이 말겻츨16)
다라 니ᄅ디,

“대내내(大奶奶)야 네가 져러틋 말ᄒᄂᆞᆫ 거
슬 가히 림고랑(林姑娘)을 가ᄅ쳐 엇지 디답ᄒ
라 ᄒᄂᆞ냐? 네가 경환션고의 ᄒ던 말을【55】듯
지 못ᄒ엿ᄂᆞ냐?”

진시 니ᄅ디,

“내 듯지 못ᄒ엿노라.”

쳥문(晴雯)이 니ᄅ디,

“네 임의 아지 못ᄒ면 내가 밤의 ᄌᆞᄂᆞᆫ ᄯᅵ
를 기다려 셔셔히 너다려 고ᄒᆯ 거시오. 네 가히
싱각ᄒ여 보라. 림고랑이 무어슬 위ᄒ여 우리
무리 이곳의 니ᄅ럿ᄂᆞ냐? 이야(噯喲) 네가 도로
혀 슐항 속의 잇셔 일ᄌ(日子)를 보내ᄂᆞᆫ 것 ᄀᆞᆺ
도다.”

이 ᄒᆫ 말이 도로혀 대옥을 가져 우슘을 ᄭᅳ
러 내게 ᄒ고 쳥문이 니ᄅ디,

“고랑은 너모 슬허ᄒ지 말나. 우리 무리
이졔 텬【56】션복디(天仙福地)의 니ᄅ러 구속
ᄒᆯ 비 업고 ᄌᆞ지(自在)히17) 쇼견ᄒᄂᆞᆫ 거시 죠히
누리ᄂᆞᆫ 거시 아니냐? 비컨디 습인(襲人) ᄀᆞᆺ튼
믹낭ᄒᆫ18) 도야지 삿기가 본리 져의 명슈가 내
게 비ᄒ면 죠ᄒ니 나ᄂᆞᆫ 져롤 ᄒᆯ 거시 업고 져
롤 긔올닐 것도 업고 다만 져의 시죵 결과 되ᄂᆞᆫ
거슬 볼 ᄯᆞᄅᆞᆷ이니라.”

진시 웃고 니ᄅ디,

“가히 올치 아니랴! 비컨디 우리 무리 용
대야(蓉大爺)가 이졔 호가의 고랑을 ᄎᆔᄒ여시니
어내 곳의 능히 나롤 싱각ᄒ리오. 져거손 긔ᄇᆞᆯ
것【57】도 아니오, ᄒᆞᆯ 것도 아니오, 무ᄉᆞᆫ 별
슈가 이시랴?”

쳥문이 니ᄅ디,

“엇지 다만 별 슈가 업슬 ᄲᅮᆫ 아니라 나 보
기의 쇼용대야가 년경(年輕)ᄒ고 방양[狂樣]ᄒᆫ
범졀노 다만 두리건디 니블 속의 잇셔 당일의
대내내와 더브러 엇지 죠ᄒᆞ던 녯 젼례롤 가져
모다 시로 ᄎᆔ친ᄒᆞᄃᆡ 내내의게 고ᄒ리라.”

진시 웃고 혀ᄎᆞ며 니ᄅ디,

“너 ᄀᆞᆺ튼 도야지 ᄌᆞ식이 ᄯᅩ 긔여히 나ᄒᆞᆯ
가ᄅ쳐 너의 입부리롤 가져 ᄒᆞᆯ게19) ᄒᄂᆞ냐?”

대옥이 슈건을 가져 입을【58】ᄲᅢ며 웃고
니ᄅ디,

---

15)【쥬졉ᄒ다】圖 {주접(住接)하다.} 잠시 머물
　　다. ¶ 住 ∥ 영춘 고랑이 미구의 이리로 올 거
　　시니 이졔 져의 쥬졉ᄒᆯ 방을 슈리ᄒ여 쥰다 ᄒ
　　더라 (迎姑娘不久也要來, 現在給他修理住房呢.)
　　<續紅 1:53>

16)【말겻츠】圐 참견. ¶ 揷嘴 ∥ 대옥이 보옥의
　　말을 무러보믈 당ᄒᄆᆡ 눈이 붉어지믈 ᄭᆡ닷지
　　못ᄒ고 눈믈을 흘니며 머리롤 슉이고 디답지
　　못ᄒ거늘 쳥문이 말겻츨 다라 니ᄅ디 (黛玉見
　　問出寶玉來, 不覺眼圈兒一紅, 流下淚來, 低頭不
　　答.) <續紅 1:54>

17)【ᄌᆞ지히】圕 {자재(自在)히.} 마음대로. ¶ 自
　　在 ∥ 고랑은 너모 슬허ᄒ지 말나 우리 무리 이
　　제 텬션복디의 니ᄅ러 구속ᄒᆯ 비 업고 ᄌᆞ지히
　　쇼견ᄒᄂᆞᆫ 거시 죠히 누리ᄂᆞᆫ 거시 아니냐 (姑娘
　　不用傷心, 咱們如今到這天仙福地來, 無拘無束,
　　自在逍遙, 好不舒服受用呢.) <續紅 1:56>

18)【믹낭ᄒ다】圗 맹랑(孟浪)하다. 하는 짓이 만
　　만히 볼 수 없을 만큼 똘똘하고 깜찍하다. ¶
　　浪 ∥ 비컨디 습인 ᄀᆞᆺ튼 믹낭ᄒᆫ 도야지 삿기가
　　본리 져의 명슈가 내게 비ᄒ면 죠ᄒ니 (譬如襲
　　人那個浪蹄子, 本來他的命比我好.) <續紅 1:56>

19)【ᄒᆞᆯ다】圖 훑다. 찟다. ¶ 撕 ∥ 너 ᄀᆞᆺ튼 도야
　　지 ᄌᆞ식이 ᄯᅩ 긔여히 나ᄒᆞᆯ 가ᄅ쳐 너의 입부리
　　롤 가져 ᄒᆞᆯ게 ᄒᄂᆞ냐 (呸! 你這個蹄子, 又要敎
　　我撕你的嘴呢.) <續紅 1:57>

“졍경(正經)의 말이나 ᄒ리라. 대내내야 네 집이 이졔 어듸 잇ᄂ냐?”

진시 니ᄅ디,

“고랑이 도로혀 아니 못ᄒᄂ냐? 우리 무리가 도시 박명스(薄命司) 부즁의 잇ᄂ디 그 속의 디방이 관챵(寬敞)ᄒ고 동셔 량샹(兩廂)이 도시 한 원즁이오, 방옥이 미우 졍졔흔지라. 내가 온지ᄂ 여러 히 못되나 우리 우가의 삼이아(三姨兒)와 이이야(二姨兒)가 련속히 왓ᄂ디 우리 무리 여금의 여러히 쥬졉흔 거시 도로혀 열요(熱鬧)ᄒ고 져 무리 ᄌ민가 말ᄒ기롤 【59】 명일의 와셔 고랑긔 문안흔다 ᄒ더라.”

대옥이 웃고 니ᄅ디,

“너의 무리 삼이야ᄂ 쟉인되미 도로혀 사롬으로 ᄒ여곰 가히 공경홀 만ᄒ고 이이야ᄂ 진기 우슴 밧탕 될 만흔지라. 긔여히 년이가(璉二哥)롤 쥬어 쟉첩ᄒ기의 그 씨의 우리 보져져(寶姐姐)와 쥬대슈ᄌ(珠大嫂子)로 더브러 모다 져롤 대신ᄒ여 흔 줄기 쌈을 내엿ᄂ디 져ᄂ 도로혀 양양득의흔 체 ᄒ다가 후리의 구ᄐ여 봉ᄋ두(鳳丫頭)의 함졍의 ᄲᅡ졋도다.”

진시 니ᄅ디,

“우리 련이심랑(璉二嬸娘)의 그 사 【60】 롬 되오미 너도 보왓거니와 모양과 셜화와 힝ᄉ흔ᄂ 거시 흔 가지도 사롬을 가ᄅ쳐 편이 아니치 못홀지라. 다만 져의 병근이 대총이 단 것 그릇슬 단단이 안고 즐겨 손의 바리지 아니ᄒ더라.”

쳥문이 웃고 니ᄅ디,

“이야(噯喲), 대내내가 별노이 련이내내(璉二奶奶)의 단 것[20] 먹ᄂ 거슬 고이히 너기지 말나. 나 보기의 이야가 너모 졍경(正經)치[21] 못ᄒ니 네 니졋ᄂ냐? 어내 날의 우리 무리 즁인이 안ᄌ셔 흔가히 셜화ᄒᄂ 스이의 대내내가 소대야 【61】 롤 졔긔ᄒ미 이이야의 졍신이 도로혀 대내내의게 비ᄒ여 챡급ᄒ게 구니 내가 보기의 그 씨 광경이 다만 두리건디 대내내의 별셰흔 후의 계가 쇼대야로 더브러 결단코 교합이 되여 시리라.”

말ᄒ미 진시와 대옥이 모다 웃고 니ᄅ디,

“너의 져 입부리가 진기 춤지 못ᄒᄂ냐! 어셔 가셔 포진(鋪陳)이나 슈습ᄒ라. 밤이 깁허시니 대내내롤 쳥ᄒ여 평안이 쉬게 ᄒ리라.”

쳥문(晴雯)이 니ᄅ디,

“금슌ᄋ로 ᄒ여곰 【62】 이 곳의 잇셔 고랑을 복시케 ᄒ고 나ᄂ 대내내와 더브러 셔편 방 속의셔 잘 거시니 우리 도로혀 죠흔 셜화 홀 거시 잇ᄂ니라.”

어시의 대기 훗허져 각각 침쇼로 도라가고 디옥은 몬져 ᄌ고 금슌ᄋᄂ 하면 쇼탑 우희셔 ᄌ려 ᄒ더니 디옥이 무ᄅ디,

“금슌아 네가 조히 태태롤 복시ᄒ여시니 태태긔셔 미우 보이야롤 ᄉ랑ᄒ시ᄂ지라. ᄋ두(丫頭)[22] 무리로 더브러 희롱ᄒ고 담쇼ᄒᄂ 거슨 상히 잇ᄂ 일이어 【63】 ᄂᆯ 너ᄂ 엇지 범ᄒ엿관디 우믈의 ᄲᅱ여드럿ᄂ냐?”

금슌이 니ᄅ디,

“어내 히 여름 날의 태태가 잠이 찌시기의 내가 태태롤 위ᄒ여 다리롤 치다가 믄득 곤ᄒ여 조을더니 아지 못게라 보이야가 년ᄌ시 보고 다라드러 경경히 내 쌈 우희 손을 대여 만지거놀 내가 찌여 보니 태태긔셔 인ᄒ여 눈을 감고 ᄌᄂ지라. 나ᄂ 다만 도로혀 태태가 잠이 깁흔 줄노 짐쟉ᄒ고 가마니 보이야롤 향ᄒ여 말ᄒ기롤 【64】 ‘금ᄌ미 우믈 속의 ᄲᅡ진 거시 너로 말미얌은 일인디 너ᄂ 이즈음의 무어시 분망ᄒ냐’ 흔 귀졀 말이 밋쳐 맛치지 못ᄒ여 뉘 알니 태태가 겨유 잠이 찌여 믄득 드러 보시고 몸을 번드겨 니러ᄂ며 흔 마디 혀츠고 몬져 나롤 쌈을 치거놀 믄득 놀나 급히 ᄶᅮ러 안ᄌ며 머리롤 두드리고 태태긔 이걸ᄒ여 말ᄒ기롤 ‘내가 다시 감히 못흔다’ ᄒ디 태태긔셔 엇지 즐겨 드ᄅ시리

---

20) 【단 것】� 단 것. 식초(食醋). ¶ 醋 ‖ 대내내가 별노이 련이내내의 단것 먹ᄂ 거슬 고이히 너기지 말나 (大奶奶也別單怪璉二奶奶吃醋) <續紅 1:60> ‖ “吃醋”는 중국어 구어체로 ‘질투하다’의 뜻이다.

21) 【졍경ᄒ다】㴞 {졍경(正經)하다.} (품행이나 태도가) 올바르다. 단정하다. 성실하다. ¶ 正經 ‖ 대내내가 별노이 련이내내의 단 것 먹ᄂ 거슬 고이히 너기지 말나 나 보기의 이야가 너모 졍경치 못ᄒ니 (大奶奶也別單怪璉二奶奶吃醋, 我看那個二姨兒也就不大正經.) <續紅 1:60>

22) 【ᄋ두】㋱ 아두(丫頭). ¶ 丫頭 ‖ ᄋ두 무리로 더브러 희롱ᄒ고 담소ᄒᄂ 거슨 상히 잇ᄂ 일이어놀 너ᄂ 엇지 범ᄒ엿관디 우믈의 ᄲᅱ여드럿ᄂ냐 (寶二爺和丫頭們玩笑也是常有的事, 你也犯不上跳井啊.) <續紅 1:62> ⇒ 츳두

오. 믄득 사룸을 시겨 우리 【65】 노모의게 분부
ㅎ여 즉긔의 다려 내여 가게 ㅎ니 고랑아 네 싱
각ㅎ여 보라. 우리 무리 집 속의 ㅇ두무리들이
뉘 입쌀 우희 연지가 보이야(寶二爺)의 먹어보
지 못혼 거시 업스니 그가 모다 죽기를 츠젓ᄂ
냐? 다만 사룸은 쌤이 잇고 나무는 썹질이 잇는
지라. 태태가 나롤 드러 내기로 쇼요혼 거슨 사
룸 사룸이 모다 아랏시니 내 도로혀 무슨 의취
이시랴? 나는 다만 알기롤 혼 번 우믈의 쒸여
들면 가히 뼈 붓그러오 【66】 믈 막으리라 ㅎ더
니 뉘 알니 쒸여 나려 가미 믄득 올나오지는 못
ㅎ엿노라.”

대옥이 니르디,

“태태가 너롤 칠 쩌의 보이야가 엇던 모양
이더냐?”

금순이 니르디,

“보이야가 태태의 몸 번드기믈 보고 제가
일죽 쒸여 다라나 영ᄌ(影子)도 업더라.”

대옥이 니르디,

“네가 우믈의 쒸여 든 후의 노야가 아르시
고 보이야롤 혼 츠례 미우23) 치더라.”

금순이 이쩌의 임의 잠이 드럿는지라. 뭇
는 거술 견디지 못ㅎ여 코홀 고으는 쇼리로 【67
】 디답ㅎ디,

“아미타불 치는 거시 맛당혼지라.”

ㅎ고 믄득 혼침(昏沈)ㅎ게 코홀 고으니 디
옥이 스스로 죠히 웃고 믄득 가마니 니러나 의
복을 닙고 경환의 쥬던 바 호로롤 가지고 쏘혼
숀으로 촉블을 잡고 외간으로 다라나와 호로와
촉디롤 격은 탁ᄌ 우희 노코 금노의 향을 피오
고 반슬(盤膝)ㅎ고 탑상(榻上)의 안ᄌ셔 호로롤
가져 경경히 쓰러 눈을 현미경 속을 죠ᄎ 혼 번
보미 아지 못게라 호로 속의 도져히 무슨 일인
고? 하회롤 보와 분 【68】 히ㅎ라.

---

23) 【미우】 閩 매우. ¶ 狠狠的 ∥ 네가 우믈의 쒸
여 든 후의 노야가 아르시고 보이야롤 혼 츠례
미우 치더라 (你跳了井之後, 老爺知道了, 把寶
二爺狠狠的打了一頓呢.) <續紅 1:66> ⇒ 마이,
므이, 미오, 미이

2
신원양봉져슈허경 구묘옥향릉인친뷔
訊鴛鴦鳳姐受虛驚　救妙玉香菱認親父

화셜, 림대옥(林黛玉)이 밤이 깁고 사룸이 고요훈 씨롤 기다려 홀노 슈탑 우희 안즈 등촉을 붉히고 죠흔 향을 픠오고 뜻을 졍셩드려 먹고 호로롤 쓰러 노흐며 츄파(秋波)롤 모화 현미경을 향흐여 훈 번 보니 그 속이 십분 관챵(寬敞)흐고 은은이 루각과 뎐각의 형톄가 잇셔 더옥 볼스록 더옥 진젹흐여 완연이 대관원 관경과 ㄱ고 쏘 즈셰히 【69】 보니 믄득 쏘 즈긔의 쥬졉흐던 쇼샹관(瀟湘官)과 ㄱ고 쏘 보니 보옥이 그 속의 잇셔 가슴을 치며 발을 구르고 호도대곡(嚎啕大哭)흐눈디 귀 속의 완연이 들니기롤 졔가 울며 니르디,

"림미미야 이 거시 우리 부모의 훈 바오, 아오로 내가 무음을 겨바린 거시 아니니 네가 구쳔하(九泉下)의 잇셔 긔여히 나롤 한치 말나."

흐눈지라. 대옥이 보다가 훈 츠례 무음이 싀여지믈 씨둣지 못흐고 눈 가온디 눈믈이 흘너 나리눈지라. 샐니 슈건을 가져 뗏고 심즁의 【70】 가마니 싱각흐디,

'져 쇼쇼훈 호뢰(葫蘆)가 엇지 져 모양 긔묘흐고 진긔 션가의 믈건이라. 니른바 병 가온

디 일월이오 스미 속 건곤이로다.'

싱각을 파흐미 쏘 호로롤 가져 다시 보니 믄득 대관원은 보지 못흐고 쏘 쟉일의 경환션고의게 비현홀 씨의 보든 바 태허환경(太虛幻境)이라. 홀연이 보니 보옥이 옳홀 향흐여 먼니셔 오더니, 졈졈 갓가올스록 졈졈 진젹흐여 곳 즈긔 면젼의 니르러 크게 부르지져 니르디,

"미미가 원리 여긔 잇눈 거【71】 술 날노 흐여곰 죠히 싱각게 흐엿도다."

디옥이 훈 번 놀나 쌜니 호로롤 노화 바리고 옳홀 향흐여 훈 번 보니 궁문이 단단이 닷쳐 잇고 외면의 렴즈(簾子) 것눈 쇼리만 들니눈지라. 대옥이 벙벙훈 지 반향의 다시 호로롤 드러 보니 다만 보옥이 도로혀 면젼의 잇눈디 아오로 이왕 쟝속이 아니오, 머리의 승모(僧帽)롤 니고 몸의 승의롤 닙고 디옥을 향흐여 우스며 니르디,

"미미야 내 가히 진긔 화상의 당흐냐?"

말이 밋쳐 다흐지 못흐여【72】 다만 보니 훈 기 머리 헌 화상(和尙)과 훈 기 발 것눈 도인이 일졔히 앏흐로 와셔 보옥을 쓰을고 믄득 다라나눈디 졈덤 다룰스록 졈졈 머러져 뵈지 아니흐눈지라. 디옥이 보면셔 췌훈 듯 어리셕은 듯 졍히 호로롤 노화 바리랴 흐더니 귓 속의 은은이 곡읍흐눈 쇼리 들니눈 듯훈지라. 쏘 졍신을 뎡흐여 보니 믄득 녕국부(榮國府) 광경과 ㄱ고 다만 보니 삼인이 우러셔 훈 뭉치 되엿눈지라. 일긔눈 왕부인(王夫人)과 ㄱ고 일긔눈【73】 보챠(寶釵)와 ㄱ고 일긔눈 습인(襲人)과 ㄱ튼지라. 디옥이 보미 스스로 무음을 슬허흐더니 홀연 보니 스면의 흑운이 버러 니러나며 호로롤 가져 덥허 칠흑이 되고 훈 가지도 잇눈 비 업눈지라. 디옥이 호로롤 놋쳐 바리고 벙벙이 안즈셔 싱각흐디 방즈 호로 속의 븨눈 광경이 심즁의 일곱 번 올으고 녀덟 번 나리나 훈 씨의 투쳘(透徹)이 씨둧지 못흐고 쏘 즁인이 씨여셔 긔여히 힐문(詰問)홀가 두려워 다만 쵹디롤 쓰을고 호로롤【74】 잡고 가마니 방 속으로 도라오니 금슌으는 인흐여 코 고으며 잠이 깁히 드는지라. 졍졍히 호로롤 거두고 등불을 쓰고 오술 그르고 취침흐여 뜻이 벼기 우희셔 깁히 싱각흐고즈 흐더니, 뉘 알니 션단과 션쥬롤 먹은 후로 졍신이 춤만흐여 머리롤 훈 번 벼기의 붓치고

믄득 잠이 들고 츳일 청신(淸晨)의 쇼셰롤 맛치 미 몬져 젹하궁(赤霞宮)으로 가셔 원비(元妃)긔 알현ᄒᆞ니 원비 홀노 거ᄒᆞ여 젹막ᄒᆞ다가 대옥의 니ᄅᆞ믈 듯고 깃브믈 이긔【75】지 못ᄒᆞ여 몬져 군신의 례롤 ᄒᆡᆼᄒᆞ고 다시 ᄌᆞ미의 졍을 펴미 십분 친열(親熱)ᄒᆞᆫ지라. 원비 ᄯᅩ 말ᄒᆞ되 영츈(迎春)이 미구의 본위로 도라온다 ᄒᆞ고 머믈너 조반을 ᄀᆞ치 먹고 바야흐로 도라왓더니, 원비 즉시 궁ᄋᆞ롤 부리여 와셔 문안ᄒᆞ고 ᄯᅩ 허다ᄒᆞᆫ 례믈을 보내고 이어셔 경환션괴(警幻仙姑) 와셔 회비ᄒᆞᄂᆞᆫ지라. 대옥이 ᄯᅩ 호로 속의셔 보던 바 광경을 가져 지삼 가ᄅᆞ치믈 구ᄒᆞ니 션괴 다만 니ᄅᆞ되,

"불구의 스스로 알지라. 텬긔롤 가히 미리 누【76】셜치 못ᄒᆞ리라."

ᄒᆞ니 대옥이 깁히 궁구치 못ᄒᆞ고 경환이 간 후의 ᄯᅩ 우이져(尤二姐)와 우삼져(尤三姐)의 ᄌᆞ미가 와 보ᄂᆞᆫ디 블과시 피ᄎᆞ의 리별 후 졍화만 펼 ᄲᅮᆫ이라. 대옥이 일일이 회비ᄒᆞ고 호로는 죠반 후의 대옥이 원즁의 잇셔 한가히 거ᄅᆞ며 졍히 션녀 무리 감노슈(甘露水)롤 가져 강쥬쵸(絳珠草)롤 디여 쥬믈 보더니, 다만 보미 쳥문(晴雯)이 쟝속ᄒᆞᆯ 졍졔히 ᄒᆞ고 희희히 우ᄉᆞ며 드러와 말ᄒᆞ되,

"고낭아, 내가 몃출 동안의 밧긔 나가 노니지 못【77】ᄒᆞᆫ지라. 금일은 한가히 무ᄉᆞᄒᆞ니 대내내(大奶奶)의 집의 가셔 져의 무리로 더브러 셜화롤 ᄒᆞ랴 ᄒᆞ니 고낭이 가히 즐겨 가게 ᄒᆞ깃ᄂᆞ냐?"

디옥이 니ᄅᆞ되,

"도시 흔가ᄒᆞ니 네가 믄득 노닐나 가고 져 무리롤 보거든 나롤 디신ᄒᆞ여 문후나 ᄒᆞ라."

쳥문이 답응ᄒᆞ고 우슴을 ᄯᅴ고 깃거 나가더니 흔 잔 ᄎᆞ 마시는 동안이 못되여 황황히 ᄲᅱ여 드러오며 니ᄅᆞ되,

"너의 무리는 쾌히 보라. 젼면의 일긔 녀인이 오ᄂᆞᆫ디 모양이 심히 흉악ᄒᆞ여 사롬을【78】놀내고 죠히 원앙져져(鴛鴦姐姐)의 모양과 ᄀᆞᆺ더라."

디옥 등이 말을 듯고 일졔히 궁문 밧긔 나와 보니 그 오는 녀지 두발을 훗허 바리고 눈을 부릅ᄯᅳ고 혀롤 토ᄒᆞ며 혼들고 오ᄂᆞᆫ지라. 쳥문이 사롬 만흐믈 밋고 담을 크게 ᄒᆞ여 무ᄅᆞ되,

"네가 원앙져져가 아니냐?"

그 녀지 혀가 입쌀 밧긔 나와 입으로 능히 말을 못ᄒᆞ고 오죽 겸두ᄒᆞ고 락루ᄒᆞᆯ ᄲᅮᆫ이라. 대옥이 져 모양 광경을 보미 심즁의 임의 명빅ᄒᆞᆫ지라. 믄득 금슌을 가ᄅᆞ쳐,

"쾌히【79】션고의 곳의 가셔 원앙져져가 오믈 고ᄒᆞ고 션괴 급히 와셔 흔 번 구ᄒᆞ여 쥬믈 쳥ᄒᆞ게 ᄒᆞ라."

금슌이 답응ᄒᆞ고 나는 ᄃᆞ시 가더라. 쳥문(晴雯)이 즁션녀(衆仙女)로 더브러 원앙을 ᄯᅳ으러 방즁의 드리더니 금슌이 ᄲᅱ여 오며 쳔쵹(喘促)ᄒᆞ여 드러오며 니ᄅᆞ되,

"션괴 흔 닙 션단(仙丹)을 쥬며 감노슈(甘露水)의 타셔 반은 혀 우희 바ᄅᆞ고 반은 먹이량이면 믄득 죠흐리라 ᄒᆞ더라."

쳥문이 바다셔 ᄲᅳᆯ니 가ᄅᆞ친 디로 ᄀᆞᆺ치 ᄒᆞ엿더니 흔 ᄣᅵ가 못ᄒᆞ여 과연 졔가 눈을 감고 혀【80】롤 거두더니 방ᄌᆞ 눈을 ᄯᅳ고 곡을 내며 니ᄅᆞ되,

"내가 죠히 괴롭도다."

쳥문이 ᄲᅳᆯ니 블너 니ᄅᆞ되,

"져져야 네 보와라. 우리 무리가 모다 여긔 잇ᄂᆞ니라."

원앙이 ᄉᆞ면을 바라보며 니ᄅᆞ되,

"여긔가 무슨 디방이며 엇지 림고랑(林姑娘)이 이 곳의 이시며 너의 무리가 엇지 뭉치여 흔 뭉치 되엿ᄂᆞ냐?"

디옥(黛玉)이 밋쳐 디답지 아니ᄒᆞ여 쳥문(晴雯)이 ᄯᅩ 니ᄅᆞ되,

"이 곳은 태허환경(太虛幻境)이오, 림고랑 젼신은 이 곳 셔샹션지오, 여긔는 믄득 져의 강쥬궁(絳珠宮)이오, 우리는 도【81】시 박명스(薄命司) 션녜라. 그런 바로뻐 너도 이의 니ᄅᆞ럿는 거시니라."

원앙(鴛鴦)이 말을 듯더니 겸두ᄒᆞ며 니ᄅᆞ되,

"원리 이러ᄒᆞ도다. 너의 무리가 일죽 노태태(老太太)롤 뵈왓ᄂᆞ냐?"

디옥이 노태태 삼 ᄍᆞ롤 듯고 심즁의 놀나고 이상히 녀겨 급히 무ᄅᆞ되,

"네가 엇지 노태태롤 무러내ᄂᆞ냐? 노태태가 하늘의 도라가시미 아니냐?"

원앙이 니ᄅᆞ되,

"가히 그러치 아니랴. 젼일 만간(晩間)의 노태태긔셔 하늘노 도라가시는 디 내 싱각ᄒᆞ니 내가 노태태룰 일쟝(一場)을 복시(服侍)【82】ᄒᆞ엿ᄂᆞᆫ디 쟝리의 결괘 엇더ᄒᆞ믈 아지 못ᄒᆞ고 쏘 사롬의 권투(圈套)의 싸질가 두려 노태태 안쟝ᄒᆞ시믈 싸라 내 믄득 ᄌᆞ쳐ᄒᆞ랴 ᄒᆞ더니 황홀 간의 사롬이 나롤 ᄭᅳ러 결항ᄒᆞᄂᆞᆫ24) 디경의 니른지라. 내 모호히25) 긔역(記憶)ᄒᆞ니 죠히 동부 쇽 쇼용대내내(小蓉大奶奶) ᄀᆞᆺ튼지라. 그 후로 내 심즁이 심히 후두ᄒᆞ더니 아지 못게라 엇지 믄득 이 곳의 니른럿ᄂᆞᆫ뇨?"

대옥이 ᄒᆞᆫ 번 가뫼(賈母) 홍셔(薨逝)ᄒᆞ시믈 드르미 통곡이 니러나믈 찌듯지 못ᄒᆞ거늘 쳥문(晴雯)이 【83】 샬니 니른디,

"고랑(姑娘)아! 네가 쏘 후두ᄒᆞ도다. 노태태(老太太)긔셔 하늘노 도라가 계시니 우리 즁인이 죠히 단원(團圓)이 되거늘 네가 곡ᄒᆞᄂᆞᆫ 거시 가히 다른 죠건이 잇ᄂᆞ냐?"

대옥이 밧비 눈믈을 ᄢᅵᄉᆞ며 니른디,

"내가 졍을 잇지 못ᄒᆞ미로다. 이 거시 내가 평일의 우는 디 익은 연괴라."

ᄒᆞ고 졍히 말ᄒᆞᄂᆞᆫ ᄉᆞ이의 다만 드르니 원ᄌᆞ(院子) 쇽의 사롬이 잇셔 말ᄒᆞ디,

"원앙져졔(鴛鴦姐姐) 발셔 왓ᄂᆞ냐? 미우 거름을 잘 것ᄂᆞᆫ도다. 나는 ᄒᆞ로밤을 분망케 지내엿ᄂᆞᆫ디 져는 도로 【84】 혀 나보다 몬져 왓도다."

즁인이 보니 믄득 진시(秦氏)라. 문의 드러오며 니른디,

"금슌아, 쾌히 찻 그릇슬 가져와 먹게 ᄒᆞ라. 이제 내가 미우 곤핍ᄒᆞ도다."

대옥이 마ᄌᆞ며 웃고 니른디,

"네가 져 모양 괴로오믈 당ᄒᆞ엿도다. 네 임의 져 모양 츠ᄉᆞ(差使) 피량이면 무어슬 위ᄒᆞ여 우리의게 ᄒᆞᆫ 마디롤 고치 아니ᄒᆞ엿ᄂᆞ냐?"

진시(秦氏) 니른디,

"경환(警幻)이 다만 지쵹ᄒᆞ여 급히 가라 ᄒᆞ기로 내가 의상을 밧고와 닙을 틈이 업시 급히 가시니 엇지ᄒᆞ기의 너의 다 【85】 려 고ᄒᆞ랴?"

더옥이 니른디,

"대내내(大奶奶)는 어셔 안ᄌᆞ 쉬게 ᄒᆞ라."

어시의 즁인이 일졔히 안ᄌᆞ미 션녀 무리 챠롤 밧드러 올니고 더옥(黛玉)이 몬져 원앙(鴛鴦)다려 무른디,

"노태태(老太太)긔셔 무슨 병환을 어더 하늘노 도라갓ᄂᆞ냐?"

원앙이 ᄒᆞᆫ 마디 탄식ᄒᆞ며 니른디,

"말ᄒᆞᆯ 양이면 심히 긴지라. 대노얘 슈단을 일희여 내여 가산을 젹몰(籍沒)ᄒᆞ게 되고, 동부(東府) 쇽 진대야(珍大爺)와 홈긔 군디의 발ᄒᆞ여 보내여 효력(效力)ᄒᆞ게 ᄒᆞ고 쏘 이노얘(二老爺) 강셔(江西)의 잇셔 량도(粮道) 쇼임이 된 거【86】슬 년루(連累)되여 혁직(革職)ᄒᆞ여 도라오고 보옥(寶玉)이 풍병이 나셔 블셩인ᄉᆞᄒᆞ니 고랑아 네 싱각ᄒᆞ여 보라. 노태태긔셔 독노ᄒᆞ신26) 년긔로 엇지 져 모양 난쳐ᄒᆞᆫ 거슬 견디시리오. 그러므로써 날마다 쇠로ᄒᆞ샤 캉 우희 병와(病臥)ᄒᆞ신지 몃칠이 못되여 일즉 하늘노 도라가 게시니 져 노인 네 임의 여긔 게시지 아니면 믄득 어내 곳으로 향ᄒᆞ여 가셧ᄂᆞ냐?"

진시(秦氏) 니른디,

"내 싱각ᄒᆞ니 노태태는 년고ᄒᆞ신 사롬이라. 반ᄃᆞ시 우리 무리와 ᄀᆞᆺ치 일양이 되【87】지 아닐지라. 다만 두리건디 텬년(千年)을 맛ᄎᆞ미 필연 집으로 도라가 계시리라."

원앙(鴛鴦)이 믄득 챡급(着急)ᄒᆞ여 니른디,

"이쳐럼 말ᄒᆞᆯ 양이면 내 가히 공즁의 업드러진 혬이 아니냐? 대내내야 네가 나롤 희롱ᄒᆞ여 이 디방의 니른럿시니 네가 도로혀 나롤 가져다가 노태태의 곳으로 보내 쥬어야 내가 방ᄌᆞ 그만 이시리라."

더옥이 말을 듯고 쏘 ᄆᆞ음의 슬푸미 니러나믈 찌듯고 니른디,

"원앙져져(鴛鴦姐姐)야 챡급히 구지 말나.

―――――――――――――――――――

24)【결항ᄒᆞ다】⬚ 결항(結項)하다. 목 매다. ¶ 上吊‖ 황홀 간의 사롬이 나롤 ᄭᅳ러 결항ᄒᆞᄂᆞᆫ 디경의 니른지라 (恍恍惚惚的像個人把我抽着上了吊了.) <續紅 1:82>

25)【모호히】⬚ 모호(模糊)히. ¶ 模糊‖ 내 모호히 긔역ᄒᆞ니 죠히 동부 쇽 쇼용 대내내 ᄀᆞᆺ튼지라 (我模糊記得, 好像東府裡的小蓉大奶奶似的.) <續紅 1:82>

26)【독노ᄒᆞ다】⬚ 나이가 들다. 연로(年老)하다. ¶ 上年紀‖ 고랑아 네 싱각ᄒᆞ여 보라 노태태긔셔 독노ᄒᆞ신 년긔로 엇지 져 모양 난쳐ᄒᆞᆫ 거슬 견디시리오 (姑娘你想, 老太太是上了年記的人, 如何禁得這些懊嘈呢.) <續紅 1:86>

내가 경환선고(警幻仙姑)룰【88】보고 노태태(老太太)의 햐락27)을 빙쥰(憑準)ᄒ여 본 후의 우리 무리 다시 샹량ᄒ여 볼 거시오, 네 ᄯ 말ᄒ라. 이위(二位) 태태와 내내 무리와 고랑 무리의 광경이 모다 죠흐시냐?"

원앙이 니르디,

"량위 태태의 신샹은 모다 강건ᄒ시나 다만 가즁(家中)이 허다 불ᄒᆡᆼᄒᄆᆞᆯ 만나미 ᄲᅢᆷ 우희 모다 늙은 태되 드러나고 이고랑(二姑娘)은 가련ᄒᆫ 거시 이고야(二姑爺)의 박디ᄒᄆᆞᆯ 밧다가 불ᄒᆡᆼᄒ여 즈레 죽어시니 아지 못게라 가히 이 곳의 니르럿ᄂ냐?"

진시(秦氏) 니르디,

"온지가 죠히 여러 일【89】지 지내엿ᄂ지라. 이제 원비낭낭의 곳의 이셔 머무ᄂ니라."

대옥이 니르디,

"내가 전일의야 비로소 아랏ᄂ디 밋쳐 가셔 져룰 보지 못ᄒ엿노라."

원앙(鴛鴦)이 ᄯ 니르디,

"삼고랑(三姑娘)은 츌가ᄒ엿ᄂ디 믄득 길이 너모 멀고 ᄉ고랑(四姑娘)은 샹히 언쇼룰 아니ᄒ니 심즁의 별도이 놉흔 의견을 둔 ᄃᆺᄒ고 진대내내(秦大奶奶)ᄂ 현져히 늙어가고 쥬대내내(周大奶奶)ᄂ 전 모양이오, 련이내내(璉二奶奶)ᄂ 병드러 블셩 모양이 되고 가산을 젹몰(籍沒)홀 ᄯᅥ의 져ᄭᅡ지 갈년(關聯)이 되【90】여 제집 믈건가지 젹몰ᄒ기룰 간쳥ᄒ게 되고 노태태의 ᄉ셰룰 담착(擔着)ᄒ여 ᄯ 은젼을 쓸 거시 업고 ᄯ 남의 시비룰 바드미 각금 혼도(昏倒)ᄒ게 지내니 아지 못게라 이졔ᄂ 무슨 광경이 되엿ᄂ지 모르노라."

진시(秦氏) 니르디,

"이러툿 말ᄒᆞᆯ 양이면 다만 두리건디 져도 우리 무리 일류 사ᄅᆞᆷ이라. 굿ᄐ여 이 곳으로 올 터이니, 우리 무리 더옥 열요(熱鬧)ᄒ리로다."

디옥이 웃고 니르디,

"무슨 열요ᄒ깃ᄂ냐? 블과시 셜빈ᄒᄂ28)입부리로 사ᄅᆞᆷ【91】의 혐의만 어드리라."

진시 ᄯ 웃고 니르디,

"고랑이 말을 져쳐럼 ᄒ니 내가 도로혀 싱각ᄒᄂ 일이 잇도다. 어내 날의 내가 대관원(大觀園)의 닐러 져룰 ᄒᆫ 츠례룰 경계ᄒ여 가르치디 다만 졔가 긔여히 ᄭᅵᆺ지 못ᄒ더라."

즁인이 졍히 셜화ᄒᄂ 스이의 즁션녜(衆仙女) 셕식을 올니거늘 디옥이 믄득 명ᄒ여,

"젼일의 션괴 보낸 슐을 가져오라."

ᄒ여 즁인이 몃 잔식 먹고 밥을 맛치미 ᄯ ᄒᆫ 츠례 흔담ᄒ다가 각기 허여지니【92】라. 당야(當夜)의 디옥이 믄득 원앙(鴛鴦)을 머믈너 ᄌ긔 방즁의셔 ᄌ게 ᄒ고 가마니 무르디,

"져져야, 네가 방ᄌ 보옥(寶玉)이 풍병 드럿다 말ᄒ니 내가 오던 ᄢᅵᄂ 져의 병들미 통령옥(通靈玉) 일흔 연고룰 위ᄒ민 쥴 아랏더니 아지 못게라 그 후의 엇지ᄒ여 풍병이 되엿ᄂ냐?"

원앙(鴛鴦)이 탄식ᄒ며 니르디,

"고랑아, 네가 엇지 알깃ᄂ냐? 믄득 고랑의 별셰ᄒ던 그 날의 져 편의셔ᄂ 믄득 보고랑을 츠례ᄒ여 다려 왓더니, 뉘 알니 보이애(寶二爺) 면ᄉ룰 들【93】고 ᄒᆫ 번 보더니 크게 부르지져 니르디, '날노 ᄒ여곰 츄ᄒ여 오기ᄂ 림고랑(林姑娘)인디 엇지ᄒ여 ᄯ 보고랑(寶姑娘)으로 밧고 왓ᄂ뇨?' 태태 믄득 져룰 위로ᄒ여 니르디, '림고랑은 이졔 병드러 죽게 되엿기로 그러므로 ᄡᅥ 보고랑을 디신 츄ᄒ여 왓다.' ᄒ니, 보옥이 듯더니 믄득 혼도(昏倒)ᄒ여지고 언마 동안의 겨유 ᄭᅢ여나기ᄂ ᄒ나 그 후의 믄득 풍병이 발ᄒ여 낫ᄂ니라."

디옥이 니르디,

"져져야, 네 말이 내가 너모 명빅지 못ᄒ도다. 우리 무리 이 모【94】양 사ᄅᆞᆷ의 집이 보이야(寶二爺)로 더브러 친사(親事)룰 뎡ᄒᆞᆯ 양이면 ᄌ연 미픠 잇고 륙례(六禮)룰 ᄒᆡᆼᄒᆞᆯ 터인디 엇지ᄒ여 내가 일졈 셩긔(聲氣)룰 아지 못ᄒ고 ᄒ믈며 보고랑은 일위 쳔금 소졔라 츄ᄒ다 말ᄒ고 믄득 입긱(立刻)의 츄ᄒ여 오며 임의 보져져룰 츄ᄒ여 왓시면 보옥(寶玉)이 ᄯ 엇지 림고랑

---

27)【햐락】圕｛하락(下落 xiàluò).｝행방(行方). 소재(所在). 즁국어 차용어. ¶ 下落 ǁ 내가 경환선고룰 보고 노태태의 햐락을 빙쥰ᄒ여 본 후의 우리 무리 다시 샹량ᄒ여 볼 거시오 (等我見了警幻仙姑, 問準了老太太的下落, 咱們再作商量.) <續紅 1:88> ⇒ 햐낙

28)【셜빈ᄒ다】圕 셜빈(舌貧)하다. 수다스럽다. 말이 많다. ¶ 貧嘴 ǁ 무슨 열요ᄒ깃ᄂ냐 블과시 셜빈ᄒᄂ 입부리로 사ᄅᆞᆷ의 혐의만 어드리라 (熱鬧什麼呢, 不過是兩片子貧嘴, 怪討人嫌的!) <續紅 1:90>

(林姑娘) 말을 들녜여 내더냐? 도저히 무슨 연
괴 잇눈지 모로리로다."

원앙(鴛鴦)이 흔 마디 탄식흐며 니르디,

"그 거시 도시 련이내내(璉二奶奶)의 공교
히 간판흔 지【95】 져귀29)라. 고랑이 긔억지 못
흐느냐? 작년의 노야긔셔 보옥(寶玉)을 셔지의
보내여 글닑게 흐고 노얘태태롤 향흐여 말흐디,
'보옥이 장대(長大)흐여가니 맛당이 친사롤 뎡흐
리라' 흐미 태태 믄득 그 말을 가져 노태태긔
고흐미 련이내내(璉二奶奶) 믄득 겻히 잇다가
말기슬 다라 니르디, '이제 금옥 인연을 바려두
고 다시 어내 곳의 가셔 츠즈려 흐느냐' 흐며
졔가 믄득 흔갈ㄷ치 힘 뼈 부츄기며 가마니 셜
이마마(薛姨媽媽)롤 향흐여 친사 뎡홀 쥴노 말
흐니 고【96】 랑아! 네 싱각흐여 보라. 우리 무
리 이 모양 사롬의 집의 보옥(寶玉)의 져 모양
품격으로 셜이마미(薛姨媽媽) 무어슬 즐겨 아니
미 이시랴. 흔 입으로 믄득 응락흐니 져 일이
본시 보옥을 속이고 흔 짓시라. 보옥이 젼연이
아지 못흐더니 습인(襲人)이 그 분슈롤 씨쳐내
고 믄득 보옥이 평일의 고랑과 더브러 흔 곳의
잇셔 쟝셩흐기로 졍분이 즈별(自別)홀30) 쥴을
태태긔 고흐고 아오로 쏘 말흐기롤 보이야가 젼
년의 즈견(紫鵑)의 희롱의 말을 인흔【97】여
믄득 병드러 위경(危境)을 지내여시니 이제 만
일 져롤 위흐여 보고랑으로 친스롤 뎡흐엿다 흐
면 졔 결단코 듯지 아니리라 흐미 태태 심히 난
쳐흐여 믄득 말흐기롤 '져런 스졍을 엇지흐여
일즉 말 아니흐고 이제 싱뿔이 임의 익은 밥이
되여시니31) 무슨 의스로 셜이 태태롤 향흐여
퇴혼흐즈 말흐랴.' 련이내내 믄득 말흐디 '그 거
슨 히로옵지 아니타' 흐고 졔가 믄득 그 모양
묘계롤 싱각흐여 내엿더니 후리의 보옥의 병【
98】이 미우 즁흐미 노태태 긔여히 보고랑을 취
흐여다가 깃븐 일을 보랴 흐미 련이내내의 말이
'보옥의 병증은 후두하고 림고랑의 병이 쏘 깁
흔지라.' 셜안(雪雁)을 블너다가 보고랑을 붓드
러 쵸례(醮禮)롤 지내눈디 보옥(寶玉)을 속여 림
고랑(林姑娘)이라 니르미 보옥이 속고 과연 환
텬희지(歡天喜地)흐여 비례롤 맛치고 신방의 드
러가 면스롤 들고 흔 번 보미 진기 보고랑이오,
림고랑이 아니라. 보옥이 긔(氣)가 올나 대규일
셩(大叫一聲)의 혼도흐여 상상(床上)의 누으미【
99】 즁인이 졍히 분망흐여 져롤 구흐는 씨의 쇼
상관(瀟湘館) 사롬이 와 보흐기롤 림고랑이 긔
진(氣盡)되엿다 흐눈지라."

디옥이 듯기롤 여긔 니르러는 졀노 흔 마
디 이야(噯喲)의 반향을 말을 내지 못흐다가 홀
연이 우스며 니르디,

"구튀여 보옥을 공동흐여32) 풍병이 되게
흐니 무슨 묘흔 계괴라 혬흐지 못흐리로다."

원앙(鴛鴦)이 대옥(大屋)의 광경을 보미 스
스로 실언흐믈 뉘웃쳐 련망히 플쳐 권흐디,

"져거시 도시 지나간 일이라. 고【100】 랑
이 이제 지위 신션의 반렬(班列)의 이시니 엇지
반드시 번뇌(煩惱)흐믈 츠즈리오."

디옥이 웃고 니르디,

"가히 그러치 아니랴. 우리 무리는 즈는
거시 죠타."

흐고 어시의 안침(安寢)흐고 츠일 쳥신(淸
晨)의 니러 쇼세롤 맛치미 원앙(鴛鴦)이 믄득 몬
져 경환(警幻)의 곳의 니르러 약 쥰 은혜롤 스
례흐고 쏘 진시(秦氏)와 다못 우가(尤家) 즈미로
더브러 흔 차례 담쇼흐고 비로소 젹하궁(赤霞
宮)의 니르니 문 직흰 태감(太監)이 리력을 아라

---

29)【지져귀】명 짓. ¶ 勾當 ‖ 그 거시 도시 련
  이내내의 공교히 간판흔 지져귀라 (這都是我們
  璉二奶奶幹的勾當.) <續紅 1:95>

30)【즈별흐다】형 자별(自別)하다. 각별(各別)하
  다. 본디부터 남다르고 특별하다. 친분이 남보
  다 특별하다. ¶ 습인이 그 분슈롤 씨쳐내고
  믄득 보옥이 평일의 고랑과 더브러 흔 곳의 잇
  셔 쟝셩흐기로 정분이 즈별홀 쥴을 태태긔 고
  흐고 (後來襲人知道了, 就將寶玉素日和姑娘你們
  倆小小兒在一處長大的情分, 告訴了太太.) <續紅
  1:96>

31)【生米已經做成熟飯 생미이경주성숙반】<諺> 싱
  쏠이 발셔 밥이 되다 *比喩事情已經做成, 無法再
  改變了。‖ "就說個這個話爲甚麼不早說呢, 如今
  生米已經做成熟飯了, 難道好意思去向姨太太家
  說着退親麼." 져런 스졍을 엇지흐여 일즉 말 아
  니흐고 이제 싱뿔이 임의 익은 밥이 되여시니
  무슨 의스로 셜이 태태롤 향흐여 퇴혼흐즈 말
  흐랴 (續紅 1:97) ⇒ 生米已成熟飯

32)【공동흐다】동 위협하다. ¶ 구튀여 보옥을
  공동흐여 풍병이 되게 흐니 무슨 묘흔 계괴라
  혬흐지 못흐리로다 (仍舊把寶玉弄瘋了, 也算不
  得什麼妙計.) <續紅 1:99>

가지고 입품ᄒ엿더니, 언마 못 되여 원비 뎐【101】샹의 오르시고 원앙(鴛鴦)을 블너드려 몬져 대례롤 ᄒᆡᆼᄒᆞᆫ 후의 ᄒᆞᆫ 겻히 시립(侍立)ᄒᆞ고 원비 가즁의 별우ᄉ졍(別後事情)을 무르시니, 원앙(鴛鴦)이 일일이 붉히 알외미 원비 노ᄉᆡᆨ(怒色)을 머금고 니르시ᄃᆡ,

"져 모양 ᄉᆔ례(事體)롤 젼일의 이고랑(二姑娘)이 임의 날ᄃᆞ려 고ᄒᆞ엿ᄂᆞᆫ지라. 비록 가운(家運)의 쇼관이나 그러나 도져히 봉ᄋᆞ뒤(鳳丫頭) 지조롤 밋고 망녕도히 일을 지어 노태태와 태태긔셔 졔게 몽폐(蒙蔽)ᄒᆞ미 되여 그런 쇼치라. 젼일의 경환(警幻)이 내 곳의셔 보옥과 림ᄆᆡᄆᆡ의 일단 인연을 졔【102】긔ᄒᆞ기의 내 드러미 깁히 분완(憤惋)ᄒᆞ더니 이졔 ᄯᅩ 네 말을 드러미 봉ᄋᆞ뒤(鳳丫頭) 진긔 사름 갑시 가지 못ᄒᆞᄂᆞᆫ지라. 네가 경환ᄃᆞ려 무러 보왓ᄂᆞᆫ냐? 노태태긔셔 이졔 어내 곳의 계시다 ᄒᆞ더냐?"

원앙이 알외ᄃᆡ,

"노지 경환ᄃᆞ려 무르니 졔 말숨이 우리 무리 태허환경(太虛幻境)이 샹계 아리와 하계 우히 잇셔 본시 허무표묘(虛無縹緲)ᄒᆞᆫ 곳이라. 이 곳의 명ᄍᆞ(名字)가 잇지 못ᄒᆞᆫ 사름은 능히 니르지 못ᄒᆞᄂᆞ니 노태태가 텬년(天年)으로 셰상을 맛츠시미 필연 몬져 디부(地府)로 도라가 넘【103】왕(閻王)을 뵈옵고 션악을 ᄉᆞ실(査實)ᄒᆞᆫ 후의 샹계의 보내여 젼셰의 죠션(祖先)으로 더브러 셔로 뫼실 거시니 엇지 능히 이 곳의 니르시랴 ᄒᆞ더이다."

원비 니르ᄃᆡ,

"노태태 귀ᄒᆞ여 일품 대부인이 되시고 평싱의 근심ᄒᆞ며 착ᄒᆞᆫ 일을 즐겨 ᄒᆞ시고 베플기롤 죠하ᄒᆞ샤 아오로 죄악이 업스니 믄득 념왕의 곳의 니론 디도 가히 두릴 비 업스나 오직 도산금슈(刀山劍樹)와 우귀ᄉ신(牛鬼蛇神)을 노인내 일쯕 보지 못ᄒᆞ여 계시니 놀나오믈 바드믈 면치 못ᄒᆞ시고 ᄯᅩ 사름【104】이 복시(服侍)ᄒᆞ리 업스리니 엇지ᄒᆞ면 죠ᄒᆞ랴?"

원앙(鴛鴦)이 알외ᄃᆡ,

"노지(奴才) 본디 노태태롤 위ᄒᆞ여 온지라. 노즈의 의ᄉᆞ는 긔여히 경환의게 구ᄒᆞ여 ᄒᆞᆫ 오리 붉은 길을 가르쳐 쥬면 몸소 디부의 니르러 노태태의 하락(下落)을 ᄎᆞ즈랴 ᄒᆞ오니 노지 여긔 머믈너 잇셔 심즁이 엇지 평안ᄒᆞ오릿가?"

원비(元妃) 알외ᄂᆞᆫ 말을 듯고 반향을 침음ᄒᆞ시더니 겸두(點頭)ᄒᆞ며 니르ᄃᆡ,

"너 ᄀᆞᄐᆞᆫ ᄋᆞ뒤 진긔 죠하 가히 아롬다온지라. 젼일의 경환이 말ᄒᆞ기롤 봉아뒤(鳳丫頭) 블【105】구의 온다 ᄒᆞ니 져 오기롤 기다려 내 스스로 쳐치ᄒᆞᆯ 도리 이시니 너는 몃 날을 헐식(歇息)ᄒᆞ더 다시 이고랑(二姑娘) 집 속의 니르러 셜화나 ᄒᆞ라 가라."

ᄒᆞ고 말이 맛츠미 원비는 몸을 니러 내뎐으로 드러가시고 이곳의 궁이(宮娥) 원앙을 닛그러 셔편 격은 원낙(院落)의 니르니 삼간(三間) 졍방(正房)을 십분 셩치ᄒᆞ게33) 쑤민지라. 다만 드르미 영춘(迎春)이 안의셔 무르ᄃᆡ,

"원앙 져졔 오ᄂᆞ냐?"

원앙이 듯고 몃 거름을 쮜여 문의 드러가 문안ᄒᆞ니 영춘이 눈믈을 먹음고【106】손을 ᄭᅳ을고 별후의 가즁 ᄉᆞ졍을 무러보고 피ᄎᆞ의 ᄒᆞᆫ지위 비감ᄒᆞ고 믄득 원앙을 머믈며 쟉반ᄒᆞ며 츠인을 부려 대옥(黛玉)의게 고ᄒᆞ니 대옥이 즉시 와셔 영춘(迎春)을 만나보고 몃 날을 지내미 영춘을 쳥ᄒᆞ여 강쥬궁(絳珠宮)의 니르러 함긔 거쥬ᄒᆞ며 량인이 한가ᄒᆞ여 일이 업ᄂᆞᆫ지라. 바독을 아니 두면 글을 읇쥬어려 도로혀 십분 쾌락ᄒᆞ더라.

차셜, 왕희봉(王熙鳳)이 작고ᄒᆞᆫ 후로 죠츠 일졈 령혼이 표표탕탕(飄飄蕩蕩)ᄒᆞ니 몸이 어내 곳【107】의 잇ᄂᆞᆫ 쥴을 아지 못ᄒᆞ며 다만 들니ᄂᆞᆫ 거시 일편 곡셩이라. 머리롤 낫초와 나리롤 보미 다만 ᄌᆞ긔롤 상 우히 누이고 가련(賈璉)과 평ᄋᆞ(平兒)와 교져(巧姐)와 ᄋᆞ환 복부비 상을 둘너 통곡ᄒᆞᄂᆞᆫ지라. 심즁의 황연(怳然)이 ᄭᆡᄃᆞᆺ고 몸을 날녀 나려 가고져 ᄒᆞ니 엇지 된고? 하회의 분히ᄒᆞ라.

[쇽홍루몽續紅樓夢 권지이卷之二]

---

33)【셩치ᄒᆞ다】⟨형⟩ 셩치(盛熾)하다. ¶ 別致 ‖ 이 곳의 궁이 원앙을 닛그러 셔편 격은 원낙의 니르니 삼간 졍방을 십분 셩치ᄒᆞ게 쑤민지라 (這裡宮娥引了鴛鴦到西邊一個小小院落, 三間正房, 却盖得十分別致.) <續紅 1:105>

【1】 챠셜, 왕희봉(王熙鳳)이 몸을 날녀 나려 가고져 ᄒ더니 다만 량기 사ᄅᆷ이 이셔 량편의셔 붓드러가지고 나는 ᄃ시 힝ᄒᄂᆫᄃᆡ 발이 짜히 닷지 아니ᄒ고 다라셔 흔식경이 되ᄆᆡ 안기(眼界)가 광명ᄒ여지고 젼면의 무슈ᄒᆫ 루ᄃᆡ와 뎐각이 드러나ᄂᆫ지라. 심즁의 졍히 깃거ᄒ더니 홀연 드르니 붓들고 오던 두 사ᄅᆷ이 ᄯᅮ지져 니르ᄃᆡ,

"젹은 도야지 【2】 ᄌ식아! 네가 희가 일셩 오시(午時)로 잇ᄂᆫ 줄만 아ᄂᆞ냐? 너도 오ᄂᆞᆯ날이 잇도다."

봉졔(鳳姐) 혼 번 놀나 ᄌ셰히 보니 원리 우이져(尤二姐)와 우삼져(尤三姐) ᄌᄆᆡ 량인이라. 봉졔 니르ᄃᆡ,

"이야(噯喲), 내가 너롤 누군지 몰낫더니 원리 너의 무리 량기 믈건이로다. 엇지 감히 입을 열며 믄득 나롤 ᄯᅮ짓ᄂᆞ뇨?"

우이졔 ᄯᅮ지져 니르ᄃᆡ,

"네가 믄득 엇지ᄒ깃ᄂᆞ냐? 이 곳이 너의 무리 녕국부(榮國府)오, 네가 ᄯᅩ 당가(當家)ᄒᆫ 내내(奶奶)로 사ᄅᆷ이 감히 너롤 거우리³⁴⁾ 업ᄂᆫ 줄 아ᄂᆞ냐? 오ᄂᆞᆯ날은 니 가 【3】 히 원슈롤 갑흘지니 봉ᄋᆞ두(鳳丫頭)야, 니가 ᄯᅩ 너다려 뭇ᄂᆞ니 니가 죠히 외면의 잇셔 거쥬ᄒ고 ᄯᅩ 너의 힝ᄉᆞᄒᄂᆫᄃᆡ 거리끼ᄆᆡ 업거ᄂᆞᆯ 네가 무어술 위ᄒ여 나롤 쇽여 집 쇽의 ᄯᅳ러다가 쳔방빅계로 나롤 졸나 죽인 후의 네가 비로쇼 긔운을 폇ᄂᆞ냐?"

봉졔(鳳姐) 니르ᄃᆡ,

"붓드러 쥬ᄂᆫ 거술 아지 못ᄒᄂᆫ 믈건아! 네가 임의 우리 집으로 싀집 왓시면 너롤 가ᄅᆞ쳐 밧긔 잇게 ᄒ깃ᄂᆞ냐? 그러ᄒ면 도져히 무슨 명식(名色)이라 혬ᄒ랴? 니가 죠흔 의ᄉᆞ 【4】 로 방옥(房屋)을 슈습ᄒ고 친히 가셔 너롤 영졉ᄒ여 도라와셔 일마다 너롤 샹두롤 양ᄒ여 쥬엇거ᄂᆞᆯ 네가 ᄌ긔의 명이 져르고 복이 박ᄒ여 누리지 못ᄒ고 죽엇거ᄂᆞᆯ 네가 도ᄅᆞ혀 니 졍은 아지 못ᄒ고 입부리로 져런 말을 지어 니ᄂᆞ냐?"

우이졔(尤二姐) 니르ᄃᆡ,

"네가 날노 더브러 공교히 분변 말나. 네

___

34) 【거우다】 圖 거스르다. 대적(對敵)하다. ¶ 惹 ‖ 네가 ᄯᅩ 당가ᄒᆫ 내내로 사ᄅᆷ이 감히 너롤 거우리 업ᄂᆫ 줄 아ᄂᆞ냐 (你又是當家奶奶莫人敢惹? 我今兒可要報仇呢.) <續紅 2:2>

가 나롤 반이(搬移)ᄒ여 집 쇽의 니르러 노코 져졔 길고 져졔 져르다 ᄒ 거술 어내 ᄉ졍을 내가 너의 눈셥이 놉고 눈이 나즌 줄을 보지 못ᄒ 【5】 엿ᄂᆞ냐? 일졈이나 공경ᄒᄂᆫ 거시 거즛ᄒᄂᆫ 모양이라. 네가 블과시 네 한ᄌ(漢子)롤 위ᄒ여 나롤 가져 비포(擺布)ᄒ여 죽이고 네가 믄득 한ᄌ롤 직회여 빅두(白頭)가지 동쥬(同住)ᄒ려 ᄒ더니 엇지ᄒ여 이 곳의 즈례 니르럿ᄂᆞ냐?"

봉졔(鳳姐) 니르ᄃᆡ,

"이야(噯喲), 네가 죠히 낫가죽 업ᄂᆫ 믈건이로다. 더욱 못된 말을 발ᄒ여 너여 무슨 노퍼(老婆)며 무슨 한지라 니르ᄂᆞ냐? 네가 임의 졍(正)으로 힝ᄉᆞ롤 홀 양이면 무어술 위ᄒ여 이야(二爺)가 도라온 지 몃 날이 못 되여셔 네가 믄득 잉 【6】 틱ᄒ다 ᄒ엿ᄂᆞ냐? 네 보라, 그 일이 그리ᄒ여야 되깃ᄂᆞ냐?"

우이졔(尤二姐) 니르ᄃᆡ,

"ᄋᆞ둘 낫고 ᄯᅡᆯ 기르ᄂᆫ 거슨 사ᄅᆷ의 의법ᄒᄂᆫ 도리니 무어술 사ᄅᆷ이 두려ᄒᄆᆡ 이시랴? 너의 교져(巧姐)도 네가 본가의 잇실 ᄯᅢ의 다리고 온 거시냐?"

우삼졔(尤三姐) 니르ᄃᆡ,

"져져야, 네 입부리로 엇지 져롤 이긔여 니깃ᄂᆞ냐? 너는 다만 져롤 잡아 의복을 벗겨 노흐라. 니가 긔계롤 가져다가 져롤 슈습ᄒ여 보리라."

ᄒ고 말ᄒ며 혼 마디 그으는 쇼리의 원앙검(鴛鴦劍)을 ᄲᅢ혀니니 봉졔 혼 【7】 번 보ᄆᆡ 놀나 혼불부체(魂不附體)ᄒᄂᆫ지라. 다만 보니 젼면의 머지 안케 일디(一帶) 쟝원(墻垣)이 잇ᄂᆫ지라. 믄득 량슈로 오슬 거더잡고 앏흐로 향ᄒ여 ᄯᅱ여 가니 우삼졔 뒤흘 죠ᄎᆞ ᄯᅡ르더니 더면ᄒ여 일긔 미인이 오ᄂᆞᆫᄃᆡ 뒤히 두 사ᄅᆷ이 ᄯᅡ라 금합(金盒)을 밧들고 염염(冉冉)히 오거ᄂᆞᆯ 봉졔 혼 번 보고 고셩으로 부르지져 니르ᄃᆡ,

"쾌히 사ᄅᆷ을 구ᄒ라! 우가 삼ᄋᆞ뒤 나롤 죽이려 혼다."

ᄒ니 원리 젼면의 오ᄂᆞᆫ 이ᄂᆫ 원앙(鴛鴦)이라. 원비의 명을 밧드러 영츈(迎春)과 디옥(黛玉)의게 【8】 과ᄌ(果子)롤 보ᄂᆞ라 오ᄂᆞᆫ지라. 원앙이 졍신을 머믈너 혼 번 보니 젼면의 다라오ᄂᆫ 이ᄂᆫ 봉졔(鳳姐)오, 뒤히 ᄯᅡ르ᄂᆫ 이ᄂᆫ 우삼졔(尤三姐)라. 련망히 몃 거름을 ᄯᅱ여 봉져롤 픔

속의 끄어 너코 꾸지져 니르디,

　"삼고랑(三姑娘)은 시러곰 례가 업지 못ᄒ리라. 낭낭긔셔 아르시면 죄롤 엇는 거시 편치 못ᄒ리라."

　우삼졔 보검을 거두고 웃고 니르디,

　"늬가 봉져롤 놀닉는 거시니 엇지 믄득 져롤 죽이잇ᄂ냐?"

　원앙이 봉져의 손을 끄을며 니르디,

　"이내내야 너 노인 【9】 네가 엇지 여긔롤 왓ᄂ냐?"

　봉졔 니르디,

　"늬가 도로혀 뜻의 원치는 아니ᄒ나 가히 나 ᄒ는 디로 맛겨 두깃ᄂ냐? 이 곳은 무슨 디 방인디 져 모양 톄면이 잇고, 너의 무리는 엇지 ᄒ여 모다 여긔 잇ᄂ냐?"

　원앙이 니르디,

　"이거슨 태허환경(太虛幻境)이오, 일위 경환션괴(警幻仙姑) 이시니 중간 졍뎐은 션고의 거쥬ᄒ는 곳이오, 동편 일디 홍쟝(紅墻)은 원비 낭낭의 격하궁(赤霞宮)이오, 셔편 일디 분쟝(粉墻)은 림고랑(林姑娘)의 강쥬궁(絳珠宮)이오, 량편의 쩍지은 뎐각은 도시 원망ᄒ는 분(粉)과 【10】 슈심ᄒ는 향과 아춤 구름과 져녁 비와 여른 명과 어리셕은 졍 등 관시(官司)니 믄득 우리 무리 이 사롬들이 거쥬ᄒ는 곳이니라."

　봉졔 니르디,

　"나는 일기 궁이 업ᄂ냐?"

　원앙이 니르디,

　"이시니 동편 월낭(月廊) 아리 뎨일 곳이 믄득 이내내(二奶奶)의 거쥬홀 궁이라."

　경환이 말ᄒ디,

　"우리 무리는 도시(都是) 져 마을35) 속의 흔 무리 원가(寃家)오, 오죽 이내내는 져 마을 속의 일기 도춍(都總) 원기(寃家)라."

　ᄒ더라.

　봉졔 웃고 니르디,

　"그는 그만ᄒ려니와 우리 무리 이졔 몬져 【11】 어늬 곳으로 가야 죠흐랴?"

　원앙(鴛鴦)이 니르디,

　"이내내가 쮜여 오노라 ᄒ고 두 발이 누구러지고 의샹이 훗터져시니 궃가온디로 죠ᄎ 몬져 젹하궁(赤霞宮)이 고랑의 집 속의 가셔 젹이 쉬고 쇼셰나 곳치고 낭낭긔 븨옵고 다시 림고랑의게 가량이면 길이 순편ᄒ리라."

　봉졔 니르디,

　"이 거시 도시 우가 삼ᄋ두가 야료(惹鬧)ᄒ여36) 날노 ᄒ여곰 면죄가 모다 바리게 되엿도다."

　우삼졔 말 디답 아니ᄒ고 입부리롤 모흐며 웃기만 ᄒ더라.

　어시의 원앙(鴛鴦)이 량기 【12】 태감을 부려 과합을 가져 강쥬궁(絳珠宮)의 몬져 보니게 ᄒ고 삼인이 홈긔 젹하궁 영츈(迎春)의 방 속의 니르러 봉졔(鳳姐) 니르디,

　"엇지ᄒ여 이고랑은 집의 업ᄂ냐?"

　원앙이 츠롤 올니고 니르디,

　"이고랑은 림고랑이 마즈다가 궃치 쥬졉ᄒ시ᄂ지라. 이내내가 곤핍홀 둧ᄒ니 츠롤 먹고 흐즈음 쉬게 ᄒ라."

　ᄒ고 드디여 궁ᄋ롤 명ᄒ여 믈을 가져오게 ᄒ고 쟝염(妝奩) 졔구롤 옴겨오니 봉졔 시로이 쟝쇽ᄒ고 의샹을 졍돈ᄒ며 원앙이 몬져 궁의 드러가 원 【13】 비긔 알외랴 가더니 흔 식경만의 비로쇼 나오며 니르디,

　"낭낭의 신샹이 쾌치 못ᄒ샤 나와 사롬을 보지 아니ᄒ시ᄂ디 이내내 왓단 말을 드르시고 도로혀 고이히 너기는 의시 계신 둧ᄒ며 친필노 일도(一道) 의지(懿旨)롤 뻐셔 봉ᄒ고 나롤 명ᄒ여 이내내롤 쥬어 ᄌ긔가 여러 닑으라 ᄒ시더라."

　봉졔 놀라 니르디,

　"이 거시 무슨 의신고? 너 또 문ᄯᄅ롤 아지 못ᄒ니 이 거시 나롤 어렵게 구는 거시 아니냐?"

　원앙(鴛鴦)이 니르디,

　"우리 무리 모다 강쥬궁(絳珠宮)의 니르러

---

35) 【마을】 圏 관아(官衙). ¶ 司 ∥ 우리 무리는 도시 져 마을 속의 흔 무리 원가오 오죽 이내내는 져 마을 속의 일지 도춍 원기라 (我們都是這些司裏的一伙寃家, 惟有二奶奶是這些司裏的一個總寃家頭兒.) <續紅 2:10> ⇒ 마올, ᄆᆞ올, ᄆᆞᆯ

36) 【야료ᄒ다】 圏 야료(惹鬧)ᄒ다. 생트집을 부리며 함부로 떠들어대다. ¶ 鬧 ∥ 이 거시 도시 우가 삼ᄋ두가 야료ᄒ여 날노 ᄒ여곰 면죄가 모다 바리게 되엿도다 (這都是尤家三丫頭, 鬧的來把我一輩子的臉都丢了.) <續紅 2:11>

림고랑(林姑娘)【14】과 다믓 이고랑(二姑娘)을 보고 져 무리를 가르쳐 넘ᄒ여 이내내(二奶奶)로 듯게 ᄒ미 죠치 아니ᄒ랴?"

봉졔 니르디,

"이러ᄒ면 심히 죠타."

ᄒ고 다만 보니 방ᄌ 과ᄌ 보니던 량기 태감이 도라와 고ᄒ디,

"과ᄌ를 보니여 니르럿더니 이위 고랑긔셔 낭낭긔 고두샤은ᄒ다 ᄒ더라."

원앙이 니르디,

"너의 무리 온 거시 죠흐니 이 거시 낭낭의 일도(一道) 의지(懿旨)라. 너의 무리 뫼시고 강쥬궁(絳珠宮)으로 가ᄌ."

ᄒ며 어시의 삼인이 젹하궁(赤霞宮)의 나와 셔셔히 힝ᄒ여 슈리를 가셔 강쥬【15】궁 문어귀의 니르니 금슌으와 청문(晴雯)이 우ᄉ며 마ᄌ나와 니르디,

"이내내 가히 죠흐냐? 우리 무리 여긔 잇셔 반일을 기다렷노라."

봉졔 니르디,

"원리 너의 량인이 여긔 잇셔 미우 열요(熱鬧)이 지니리로다."

청문이 웃고 니르디,

"이내내의 입부리가 반졈도 곳치미 업도다."

어시의 즁인이 궁문의 드러가니 진시(秦氏)와 우이졔(尤二姐) 원즁의 잇다가 피ᄎ의 죠흐냐 뭇고 다만 드르니 념ᄌ(簾子) 것는 쇼리의 영츈(迎春)과 【16】 디옥(黛玉)이 마ᄌ 나오며 셔로 보미 슬픈 것과 깃븐 거시 교합(交合)ᄒ고 한훤(寒暄)을 편 후의 원앙(鴛鴦)이 다라드러 니르디,

"낭낭긔셔 의지를 나려 이내내를 쥬어 계시니 청컨디 량위 고랑은 대신 베푸러 닑게 ᄒ라."

영츈이 니르디,

"봉졔 겨우 왓거늘 무슨 의지가 나려 계시냐?"

원앙이 니르디,

"이내내 겨유 젹하궁(赤霞宮)의 니르미 낭낭 말슴이 '오늘은 신샹이 샹쾌치 못ᄒ여 셔로 보지 못ᄒ다.' ᄒ시고 믄득 일도(一道) 의지(懿旨)를 나려 계신디 이내내가 글ᄌ【17】를 아지

못ᄒ믈 인ᄒ여 그러므로 써 다리고 와셔 고랑 무리를 청ᄒ여 디신 닑어 져로 듯게 ᄒ노라."

영츈(迎春)이 니르디,

"의지를 가져오라. 니가 믄득 져를 디신ᄒ여 닑으리라."

디옥이 급히 니르디,

"져러케는 ᄒ지 못ᄒ리라. 낭낭이 의지를 나려 계시니 반드시 향안을 비셜ᄒ고 봉져로 ᄒ여곰 머리를 굽히고 ᄭ러 안ᄌ 닑는 거슬 듯게 ᄒ여야 비로쇼 례의 합ᄒ리라."

청문(晴雯)이 듯고 샐니 향안을 옴겨오고 의지를 밧드러 노흐니 【18】 봉졔 다만 공경ᄒ여 머리를 굽히고 ᄭ러 단정히 안ᄌ니 영츈이 비로쇼 의지를 여러 노코 고셩ᄒ여 넘ᄒ야 니르디,

개문곤의규범(盖聞閫儀閨范)은 단유뢰어현원(端有賴于賢媛)이오, ᄉ덕삼죵(四德三從)은 망윤부어ᄂ지(望允孚乎內助)라. ᄌ이왕시희봉(茲你王氏熙鳳)이 질슈난혜(質雖蘭慧)나 식잡훈위(識雜薰蕕)라. 이구복방(利口覆邦)ᄒ고 교언난덕(巧言亂德)이라. 견졍ᄌ슈(堅貞自守)의 힝면유박블슈(幸免帷薄不修)ᄒ나 니욕훈심(利欲薰心)의 경도보게블식(竟蹈簠簋不飾)이라. 가ᄌ쵸몰(家資抄沒)의 ᄌ손(子孫)이 미무가입츄(無可立錐)오, 골【19】 육류리(骨肉流璃)의 공업(功業)이 도셩화병(都成畵餠)이라. 황부망언금옥(況復妄言金玉)의 ᄉ치졍원녀(使痴情怨女)로 홍분미향(紅粉埋香)ᄒ고, 교롱긔관(巧弄機關)의 치박힝격[졍]랑(致薄倖情郞)이 치의탁발(緇衣托鉢)이라. 규궐유리(揆厥由來)ᄒ면 죄막대언(罪莫大焉)일 시 본응졔명션젹(本應除名仙籍)ᄒ고 벌부륜회(罰赴輪回)로디, 단렴이부셩(但念爾賦性)이 총명(聰明)ᄒ고 언ᄉ완묘(言詞婉妙)ᄒ며 반의희치(斑衣戲彩)는 효노리ᄌ지오친(效老萊子之娛親)ᄒ고, 슉슈승환(菽水承歡)은 법ᄌ여시지량지(法子與氏之養志)ᄒ니, 공감보과(功堪補過)의 죄가죵경(罪可從輕)이오. 공유(恭惟) 조모태부인(祖母太夫人)이 난병(鸞軿)이 미반(未返)【20】ᄒ고 학어난봉(鶴馭難逢)이라. 혼표낭원지풍(魂飄閬苑之風)ᄒ며 빅링요디지월(魄泠瑤臺之月)이라. 구즁텬노(九重泉路)의 불무우귀ᄉ신(不無牛鬼蛇神)이오, 십젼삼나(十殿森羅)가 반시도산검

쉬(半是刀山劍樹)라.　　　파파빅발(皤皤白髮)이 난면공포지우(難免恐怖之憂)여늘　묘묘황텬(渺渺黃泉)의　슈시졔유지반(誰是提携之伴)고? 금칙희봉(今敕熙鳳)은　의졍(擬正)ᄒᆞ여　슈이유모지쵸심(遂爾孺慕之初心)ᄒᆞ고, 원앙(鴛鴦)은 의비(擬陪)ᄒᆞ여 셩피슌쥬지쇼질(成彼殉主之素志)시,　병셕운거이승(幷錫云車二乘)과　너감이명(內監二名)ᄒᆞᄂᆞ니　슉흥야미(夙興夜寐)의　죠져풍도(早抵酆都)ᄒᆞ고,　ᄉᆞ쥰공셩(事竣功成)의 속귀환경(速歸幻境)ᄒ【21】라. 오희(于戲)라, 여일인(余一人)이 기ᄒᆞ이뉴기유(其瑕而錄其瑜)ᄒᆞ여　용관후요(用觀後效)ᄒᆞᄂᆞ니, 이희봉(爾熙鳳)은 면기신이혁기구(勉其新而革其舊)ᄒᆞ여 이쇽젼건 (以贖前愆)케 ᄒᆞ고 왈왕흠지(曰往欽哉)ᄒᆞ여 믈부너명(勿負乃命)ᄒᆞ라.

ᄒᆞ엿더라.

즁인이 듯기를 맛ᄎᆞ미 모나 ᄒᆞᆫ 번 놀나믈 먹음고 원앙(鴛鴦)이 니ᄅᆞ되,

"너가 오릭 이 ᄆᆞ음을 두엇ᄂᆞᆫ지라. 맛쵸와 보니 낭낭이 친필노 의지(懿旨)를 ᄡᅳ시기의 너 믄득 몃 분(分)이나 져 일을 위ᄒᆞ시믈 짐작ᄒᆞ엿더니 이졔 가히 나의 본심을 일우게 ᄒ도【22】다."

다만 보니 봉졔(鳳姐) 도로혀 ᄯᅡ 아릭 ᄭᅮ러 두려ᄒᆞ믈 니ᄂᆞᆫ지라. 딕옥(黛玉)이 웃고 ᄭᅳ러 니ᄅᆞ혀며 니ᄅᆞ되,

"닑기를 다ᄒᆞ여시니 너는 니러나라. 네가 ᄎᆞ시 되엿도다. 원비낭낭긔셔 너를 파졍ᄒᆞ여 디부의 가셔 노태태를 뫼셔 오게 ᄒᆞ시니 미우 깃부도다."

봉졔 바야흐로 니러셔며 니ᄅᆞ되,

"너가 져 말을 밋지 못ᄒᆞ깃노라. 방ᄌᆞ 넘ᄒᆞᆫ 거시 도시 문지니 너가 ᄒᆞᆫ 귀졀도 ᄭᅢ치지 못ᄒᆞᆯ지라. 너의는 말ᄒᆞ여 날노 자셰히 알게 ᄒᆞ라."

영츈(迎春)이 드듸여 다시 ᄒᆞᆫ 귀를【23】 넘ᄒᆞ며 ᄒᆞᆫ 귀를 강ᄒᆞ여 귀졀마다 삭여 들니니 즁인은 모다 말을 아니ᄒᆞ고 모다 우슴을 먹음더라. 봉졔(鳳姐) 손벽치며 니ᄅᆞ되,

"아미타불, 하늘이 머리 우희 계신더 나를 원굴(冤屈)히 죽게 ᄒᆞ시도다. 가산을 격몰ᄒᆞᆫ 일은 본시 대노야(大老爺)와 진대거(珍大哥)게 요란 ᄶᅵ어낸 일이오, 나는 블과시 여간 리식(利息)

취ᄒᆞ기를 위ᄒᆞ여 외간의 방치(放債)[37]량이나 ᄒᆞᆫ 거시어늘 믄득 '보게블식簠簋不飾'으로 혬ᄒᆞ시니 하늘과 ᄀᆞᆺ치 큰 일을 모다 너 머리 우희 두엇도다. 어니 히 동부(東府) 쇽 대노【24】야 싱일의 너가 후원 속의 잇셔셔 노대(老大)를 만ᄂᆞ니 져 단명귀(短命鬼)가 너 ᄲᅣᆷ을 마지며 미우의시 잇는 거슬 격근지라. 져 ᄒᆞᆫ 가지를 가져 ᄯᅩ 날노 ᄒᆞ여곰 '유박(帷薄)을 닥지 아니ᄒᆞ엿다' ᄒᆞ도다."

영츈(迎春)이 웃고 니ᄅᆞ되,

"이슈ᄌᆞ(二嫂子)야, 네가 명빅히 듯지 못ᄒᆞ엿도다. 낭낭의 본시 ᄡᅳ신 거슨 '힝면(幸免)'이라ᄒᆞᆫ 두 ᄌᆞ 글ᄌᆞ오 아오로 실노 이 네가 그 일이 잇다 ᄒᆞ고ᄂᆞᆫ 말ᄒᆞ신 거시 아니니라."

봉졔 니ᄅᆞ되,

"그 거슨 범치 아니ᄒᆞ여 힝면ᄒᆞᄂᆞᆫ 곳의 말이 니ᄅᆞ럿도다."

청문(晴雯)이 ᄲᅡᆯ【25】니 말을 다라 니ᄅᆞ되,

"져 거슨 이ᄂᆡᄂᆡ(二奶奶)가 엇지 힝면ᄒᆞᆫ 거시 아니냐? 그 날의 이ᄂᆡᄂᆡ의 뙤가 놉고 셔더야(瑞大爺)의 담이 젹지 아니코 만일 졔가 졍이 굼ᄒᆞ여 청홍죠빅(靑紅皂白)을 혜지 아니코 너 노인ᄂᆡ를 안아 가지고 셕벽 뒤로 드러가더면 네가 엇지 능히 면ᄒᆞ엿시랴?"

봉졔(鳳姐) 혀ᄎᆞ며 니ᄅᆞ되,

"네 어믜 개 방긔 ᄶᅱᄂᆞᆫ 도야지 ᄌᆞ식이 더옥 말을 마구 ᄒᆞ도다."

우이졔(尤二姐) 웃고 니ᄅᆞ되,

"청고랑(晴姑娘) 죠흔 히ᄌᆞ(孩子)가 네 ᄒᆞᆫ 마디 말이 엇지 믄득 너 심곡을 일위여 너ᄂᆞ냐?"

즁인이【26】 다 웃고 봉졔 챡급(着急)ᄒᆞ여 니ᄅᆞ되,

"너의 무리는 졍경(正經)의 말이나 드르라. 젼일 나 올 ᄴᅵ의 보형뎨(寶兄弟)가 죠히 집 쇽의 잇셔 보ᄆᆡᄆᆡ(寶妹妹)로 더브러 두 졍이 블덩

---

37) 【ᄶᅵ다】 툉 떠들다. ¶ 鬧 ∥ 가산을 격몰ᄒᆞᆫ 일은 본시 대노야와 진대거게 요란 ᄶᅵ어낸 일이오 나는 블과시 여간 리식 취ᄒᆞ기를 위ᄒᆞ여 외간의 방치 량이나 ᄒᆞᆫ 거시어늘 (抄家的事, 原是大老爺和珍大哥哥鬧出來的亂子,　 我不過是放了點子零碎帳在外頭,　 月間求幾個利錢.)　<續紅2:23>

이 又고 어너 날의 구노야(舅老爺)의 집의 갈 적의 급급히 비명(焙茗)을 부려 말을 쒸여와 쥬인다려 고ᄒᆞ기를 이야(二爺)긔셔 말ᄒᆞ시디, '이 내내를 가르쳐 바룸 부는 곳의 셧지 말나.' ᄒᆞ여시니 이거슨 도시 원앙져져(鴛鴦姐姐)의 친히 본 일이어눌 이졔 의지(懿旨) 우희 쓰시기를 무슨 '치의탁발(緇衣托鉢)'이라 ᄒᆞ여 계시니 이거시 겨【27】을 외38)룰 가지 잇ᄂᆞᆫ 곳의 쓰러 너흐미 아니냐? 림미미(林妹妹)가 이졔 여긔 이시니 네가 보형뎨(寶兄弟)로 더브러 량인의 쇽ᄉ 졍이야 니가 엇지 능히 도져히 알리오? 노태태 말솜이 보ᄋ두(寶丫頭)ᄂᆞᆫ 은즁(穩重)ᄒᆞ고 림ᄋ두(林丫頭)ᄂᆞᆫ 다병ᄒᆞ다 ᄒᆞ시기로 그를 위ᄒᆞ여 나의 ᄒᆞᆫ 거슨 블과시 노인ᄂᆡ 등디를 슌ᄒᆞ여 쒸여 올나간 거시어늘 믄득 금옥인연(金玉姻緣)이란 거슬 망녕도이 말ᄒᆞ엿다 ᄒᆞ시니 본디 노태태와 노야와 태태가 구[주]쟝(主張)ᄒᆞ신 거시니 엇지 능히 날노 말미암앗시랴?【28】 니가 긔여히 너의 두 사룸의 빗쇽 버러지라야 능히 너의 량인의 심ᄉ를 알 거시니 니가 금옥 인연 말을 몬져 지어냇시면 날노 ᄒᆞ여곰 니 입부리 우희 뎡(疔)이 나셔 혓긋치 녹아 나리라."

디옥(大屋)이 졍식ᄒᆞ고 니ᄅᆞ디,

"봉져(鳳姐)야, 너 ᄒᆞᄂᆞᆫ 말이 도시 무슨 말이냐? 방ᄌ39) 원비긔셔 너룰 칙망ᄒᆞ신 말솜은 도시 낭낭의 명의시니 날노 더브러 무슴 간셥이 되ᄂᆞ냐? 네 과연 원굴(寃屈)ᄒᆞ거든 믄득 격하궁(赤霞宮)의 가셔 쳥원이나 ᄒᆞ여 볼 거시어눌 여긔셔 잡【29】되히 말ᄒᆞ여 눌노 ᄒᆞ여곰 드ᄅᆞ라 ᄒᆞᄂᆞ냐?"

말ᄒᆞ며 긔(氣)를 올니고 방을 드러가더라. 영츈이 니ᄅᆞ디,

"이슈ᄌ(二嫂子)야! 네가 올치 아니미 업지 못ᄒᆞ도다. 인연이 진실노 하눌이 뎡ᄒᆞ여 쥬시나

네 무어슬 위ᄒᆞ여 사룸이 병드러 죽기룰 ᄯᆞ라 그 사룸의 집 사룸 셜안(雪雁)을 블너다가 보미 미를 쓰러ᄂᆞ녀 보형뎨룰 쇽엿ᄂᆞ냐?"

봉졔 니ᄅᆞ디,

"임의 ᄉ졍 간판ᄒᆞᆫ 거시 그릇 되여시니 나룰 가르쳐 다시 무슨 법이 이시랴!"

진시(秦氏) 니ᄅᆞ디,

"반ᄃᆞ시 쵸죠(焦躁)【30】 말며 원비낭낭의 ᄯᅮ지람도 원(怨)치 못ᄒᆞᆯ 거시오, 림고랑(林姑娘)의 긔ᄂᆞᆫ 것도 원치 못ᄒᆞᆯ지라. 대총 이심낭(二嬸娘)이 평일의 총명을 밋고 간판을 억지로 ᄒᆞᆫ 탓시니 니른바 '공의 웃듬이오 죄의 괴쉬'〔功之首, 罪之魁也〕라. 져 일은 반ᄃᆞ시 졔긔치 말고 원앙져져(鴛鴦姐姐)로 더브러 샹면ᄒᆞ여 명일의 엇지 발힝ᄒᆞᆯ 거슬 뎡ᄒᆞᄂᆞᆫ 거시 올ᄒᆞ니라."

영츈(迎春)이 쳥문(晴雯)을 향ᄒᆞ여 니ᄅᆞ디,

"네가 사룸을 부려 쥬방의 보너여 찬슈룰 지쵹게 ᄒᆞ라. 이내내(二奶奶)가 요란ᄒᆞ게 반일【31】을 지너여시니 쥬리실 듯 ᄒᆞ리라."

쳥문이 답응ᄒᆞ고 요리ᄒᆞ라 ᄒᆞ더라. 영츈이 믄득 봉져룰 쓰을고 홈긔 방즁의 드러가 디옥(黛玉)을 보니 디옥이 벽을 향ᄒᆞ여 누엇ᄂᆞᆫ지라. 봉졔(鳳姐) 캉 엽히 빗겨 안ᄌ 디옥의 쌤을 쓰러 픔 속의 너코 우ᄉ며 니ᄅᆞ디,

"네가 긔룰 너지 말나. 도시 니가 잘못ᄒᆞᆫ 거시니 치려 ᄒᆞ던지 ᄯᅮ짓던지 너 밧기룰 원ᄒᆞ노라. 명일은 니가 디부(地府) 속으로 가려 ᄒᆞ니 그곳의 가셔 넘탐ᄒᆞ여 보와 보형뎨(寶兄弟)가 과연 츌가ᄒᆞ【32】엿거든 텬이디각(天涯地角)을 블계ᄒᆞ고 니가 긔여히 져룰 ᄎᆞᆺ다가 두 숀으로 미미의 픔 속의 너허 쥬어 공을 가져 죄룰 쇽ᄒᆞ리라.〔將功折罪〕"

영츈이 웃고 니ᄅᆞ디,

"림미미야, 져룰 용셔ᄒᆞ라. 너 듯기의 져의 말ᄒᆞᄂᆞᆫ 거시 가련치 아니ᄒᆞ냐?"

디옥이 견디다 못ᄒᆞ여 우ᄉ며 숀을 돌나40)

---

38) 【冬瓜 동과】dōngguā <名> [둥과] 동화 (譯下 菜蔬 10b) 「겨을외 ‖ "這不是~拉到茄子地裡去了." 이 거시 겨을외룰 가지 잇ᄂᆞᆫ 곳의 쓰러 너흐미 아니냐 (續紅 2:27) [둥과 /둥과] 「동화 /동화 ‖ "這藕菜、黃瓜、茄子、生葱、薤、蒜、蘿蔔、~、胡蘆、芥子、蔓菁、赤根、海帶." 이 녓근 외 가지 파 부치 마늘 댓무수 동화 박 계ᄌ 쉿무수 시근치 다스마 (翻老 下38a) 이 녇근ᄌ 외 가지 파 부치 마늘 닷무우 동화 박 계ᄌ 쉬무우 시근치 다스마 (老下 34b)

39) 【방ᄌ】囝 {방재(方纔fāngcái).} 방금. 금방. 중국어 차용어. ¶ 適纔 ‖ 방ᄌ 원비긔셔 너룰 칙망ᄒᆞ신 말솜은 도시 낭낭의 명의시니 날노 더브러 무슴 간셥이 되ᄂᆞ냐 (適纔責備你的這些話, 乃是元妃娘娘的旨意, 與我甚麼相干呢.) <續紅 2:28>

40) 【돌ㄴㅡ】囝 돌리다. ¶ 回 ‖ 디옥이 견디다 못ᄒᆞ여 우ᄉ며 숀을 돌나 경경히 봉져룰 ᄒᆞᆫ 번

경경히 봉져롤 흔 번 치며 니르디,

"너의 여무진 입부리41)가 어니 쩌나 능히 곳치깃느냐?"

다만 보니 쳥문이 다라와 고ᄒ디,

"쥬안을 비셜ᄒ엿다."

ᄒ거눌 어시의 삼인이 다라나와 보【33】니 쥬안 두 상을 버렷는지라. 영츈이 디옥을 향ᄒ여 니르디,

"우리 륙인은 흔 상의 안ᄌ 먹으며 죠히 셜화홀 거시오, 져 흔 상은 원앙져져의게 양ᄒ여 져의 무리 안게 ᄒ리라."

어시의 디옥(黛玉)과 영츈(迎春)과 진시(秦氏)와 봉져(鳳姐)와 우이져(尤二姐) 우삼져(尤三姐) ᄀᆺ치 안고, 원앙(鴛鴦)과 쳥문(晴雯)과 금슌ᄋ와 셔쥬ᄋ(瑞珠兒)가 홈긔 안져 졍히 슐을 마시며 한담ᄒ더니 경환션괴(警幻仙姑) 일기 션녀를 부려 말ᄒ디,

"너의 무리 친척이 쏘 삼인이 왓시니 일위는 내내(奶奶)오 일위는 니고(尼姑)오 일위는 도【34】시(道士)니라."

즁인이 모다 이샹히 너겨 니르디,

"도시 이 누군고?"

우삼져(尤三姐) 니르디,

"믄득 어니 히의 나룰 보니여 오던 다리져는 도시 아니냐?"

션녜 니르디,

"져 도스는 다리룰 져지 아니ᄒ고 말ᄒ기룰, '져의 녀ᄋ룰 다려 왓다.' ᄒ더라."

즁인이 드르미 더욱 모챡부득(摸着不得)홀지라.

원러 이 도스는 뉜고? 믄득 진스은[甄士隱]이라. 그 날의 쵸암(草庵) 쇽의셔 가우쳔(賈雨村)을 리별흔 후로 죠ᄎ 셜반(薛蟠)의 문의 니르러 졍히 향룽(香菱)이 희산병으로 위태ᄒ믈 다ᄃ라 스은이 믄득 공즁의 잇셔 스【35】미룰 흔 번 펴미 향룽의 령혼이 몸의 버셔나 져룰 짜라 표표탕탕ᄒ여 닷기룰 여러 쩌 ᄒ미 스은이 블너 니르디,

"영년(英蓮)아, 나의 ᄋ희가 능히 아비롤 아라보느냐?"

향룽이 졍히 심즁의 혼미ᄒ더니 홀연이 사룸이 잇셔 져룰 부르는지라. 거름을 그치고 졍신을 머믈너 ᄌ셰히 보니 일위 도시 학챵윤건(鶴氅綸巾)과 션풍도골(仙風道骨)노 면젼의 잇는지라. 향룽이 겻구로 몃 거름을 믈너 셔며 니르디,

"너는 엇던 사룸이완디 나롤 쓰러 이곳의 니【36】 르럿느뇨? 우리 무리 셜가(薛家)의 집이 가히 죠치 아니ᄒ랴?"

스은이 웃고 니르디,

"나의 ᄋ희야! 네가 엇지 알깃느냐? 니가 믄득 너롤 나흔 아비니 셩은 진[甄]이오 명은 비(費)오 ᄌ는 스은(士隱)이오 집은 고쇼챵문(姑蘇閶門) 안 인쳥항(仁淸巷) 호로묘(葫蘆廟) 겻히 잇고 네 모친 봉시(封氏)가 슬하의 ᄋ둘은 업고 다만 너 흔 딸을 나ᄒ엿는디 쇼명(小名)은 영년(英蓮)이라. 오셰샹의 샹원가졀(上元佳節)을 인ᄒ여 가인 곽계(霍啓)가 너롤 안고 거리 우희셔 관등ᄒ다가 흔 쩌의 일허 바리고 곽계는 죄롤 두려워 가마 【37】 니 도망ᄒ고 후러의 호로묘의셔 블을 일허 가산을 년ᄒ여 티와 바리고 니가 네 모친으로 더브러 너의 외죠의 집의 가셔 쥬졉ᄒ더니 어니 히의 한 승인과 한 도스롤 만나 보와 니 믄득 홍진을 바리고 져 무리롤 짜라 츌가ᄒ여 이졔 임의 슈련ᄒ여 반션(半仙)의 톄양을 일웟는지라. 이졔 너의 죄얼이 임의 찬 쥴을 알고 특별이 너롤 보니여 태허환경(太虛幻境)의 니르러 죄안(罪案)을 미ᄌ 쎠 부모의 지졍을 완젼케 ᄒ노라."

향룽이 말을 듯고 련망 【38】 히 쑤러 업디며 스은의 스미롤 쓰을고 방셩대곡ᄒ며 니르디,

"녀이 쟝셩흔 지 이십여 년의 다만 사룸의 도젹ᄒ여 판 비 되믄 아나 아오로 가향과 부모가 엇던 사룸인지 긔역지 못ᄒ더니 이졔 니르러 겨유 부친을 아라 보와시니 아지 못게라 우리 모친은 이졔 어디 계시뇨? 바라건디 부친은 나롤 다리고 가셔 모친을 보게 ᄒ쇼셔!"

스은이 탄식ᄒ여 니르디,

"니 ᄋ희야, 네 모친이 이졔 너의 외죠의

치며 니르디 (黛玉不由得也笑了. 回過手來輕輕的打了一下道.) <續紅 2:32>

41)【貧嘴 빈취】 pínzuǐ <名> 여무진 입부리 *愛多說廢話或開玩笑的話. ‖ "我看你這貧嘴, 幾時纔改呢." 너의 여무진 입부리가 어니 쩌나 능히 곳치깃느냐 (續紅 2:32)

집의 잇거니와 너는 산 사룸이 아니라. 음양【39】이 기리 격ᄒ니 엇지 능히 셔로 보랴? 너는 반ᄃ시 비상(悲傷)ᄒ여 말나. 모녜 셔로 만날 ᄶᅵ 이실 거시니 이졔 날과 ᄀᆞ치 태허환경의 니ᄅᆞ러 너의 무리 ᄌᆞ미로 더브러 셔로 만나면 ᄯᅩᄒᆞᆫ 가히 젹막ᄒᆞᆫ 거슬 위로ᄒ리라.”

향릉이 텽파의 우름을 긋치고 니ᄅᆞᄃᆡ,

“ᄌᆞ미ᄂᆞᆫ ᄯᅩ 엇더ᄒᆞᆫ 사룸인고?”

ᄉᆞ은이 니ᄅᆞᄃᆡ,

“져긔 니ᄅᆞ면 ᄌᆞ연 알니라.”

ᄒ고 일변 말ᄒ며 일변 향릉을 잡고 완완히 힝ᄒ여 굴너 ᄒᆞᆫ 산모롱이롤 지나며 보니 일기 녀ᄌᆞᆯ 머리롤 ᄲᅵ치고 터럭이【40】 헛트러지고 혈흔이 모호ᄒᆞᆫ더 호읍(號泣)ᄒ며 ᄲᅱ여 오거놀 ᄉᆞ은이 웃고 향릉을 가ᄅᆞ쳐 니ᄅᆞᄃᆡ,

“이도 너의 무리 ᄌᆞ미 아니냐?”

향릉이 말을 듯고 ᄒᆞᆫ 번 놀나며 읇흐로 향ᄒ여 ᄌᆞ시 보고 급히 무ᄅᆞᄃᆡ,

“네가 롱췌암(櫳翠庵) 묘ᄉᆞ뷔(妙師父) 아니냐?”

그 녀ᄌᆞ 머리롤 드러 ᄒᆞᆫ 번 보며 니ᄅᆞᄃᆡ,

“너는 향릉 고랑이 아니냐?”

원리 그 녀ᄌᆞ는 과연 묘옥(妙玉)이라. 그 날의 강도의 겁박ᄒ여 가믈 입으미 여러 강도들이 모다 몬져 아ᄉᆞ려 ᄒᆞ여 각기 셔로 ᄉᆞ양치 아니ᄒᆞᄆᆞ로 닷토미 니러나더니 그【41】 즁의 일기 강되 분이 극ᄒ여 ᄒᆞᆫ 마ᄃᆡ 브ᄅᆞ지지고 ᄒᆞᆫ 칼노 묘옥을 질너 쥭이니 져의 삼혼칠ᄇᆡᆨ이 모도여 ᄒᆞᆫ 곳의 이시나 다만 노졍(路程)이 희미ᄒᆞᆷ믈 인ᄒ여 도라갈 비 업ᄂᆞᆫ지라. 졍히 비읍(悲泣)ᄒᆞ더니 홀연 향릉을 보미 진기 친쳑을 맛남 ᄀᆞᆺ툰지라. 드듸여 그 밤의 강도의게 쥭은 연유롤 ᄒᆞᆫ 츠례 하쇼연ᄒ고 향릉은 ᄌᆞ긔의 희산병과 부친 아라 본 셜화롤 붉히 고ᄒ더니 진ᄉᆞ은이 묘옥의 ᄲᆞᆷ 우흘 향ᄒ여 한 입 긔운을 ᄲᅵᆷ으미 화광이【42】 붉아지는 ᄃᆞᆺᄒᆞᆫ지라. 즁인이 모다 ᄒᆞᆫ 번 놀나고 ᄌᆞ셔히 보니 묘옥이 혼신 혈흔이 젼혀 업셔지고 의연이 화용월태가 더욱 드러가 가려ᄒᆞ미 비상ᄒᆞᆫ지라. 향릉과 묘옥이 일졔히 환희ᄒ여 ᄉᆞ은의 구ᄒᆞ여 쥰 은혜롤 샤례ᄒ고 홈긔 태허환경으로 다라올 시 언마 못ᄒᆞ여 다만 보니 젼면의 일편 광명ᄒᆞ미 진기 류리(琉璃) 셰계라. 층루는 푸른 거시 쇼ᄉᆞ나고 비각은 붉은 거시 흐ᄅᆞᄂᆞᆫ더 먼니

일위 션괴 오며 ᄉᆞ은을 향ᄒᆞ여 머리롤 죠으【43】며 니ᄅᆞᄃᆡ,

“노션싱이 일단 인과롤 요당(了當)ᄒ기의 신고ᄒ도다.”

ᄉᆞ은이 머리롤 죠으며 웃고 대답ᄒᆞᄃᆡ,

“인과는 비록 맛치미 되나 다만 두리건ᄃᆡ 능히 결국은 되지 못ᄒ리라.”

ᄒ고 인ᄒ여 묘옥과 향릉을 향ᄒ여 니ᄅᆞᄃᆡ,

“이 분이 믄득 경환션괴시니라.”

향릉이 묘옥과 더브러 일졔히 읇흐로 가 례롤 베푸니 션괴 우스며 니ᄅᆞᄃᆡ,

“량위 현미야, 너의 무리 홍진 가온ᄃᆡ 잇셔 몃 희롤 들네여 지니여시니 아지 못게라 무ᄉᆞᆫ 복분을 누럇ᄂᆞ【44】냐?”

량인이 ᄀᆞ치 니ᄅᆞᄃᆡ,

“뎨ᄌᆞ 등이 우몽(愚蒙)ᄒ니 젼혀 션고의 지시ᄒᆞ시믈 바라노라.”

경환이 년망히 붓드러 니ᄅᆞ혀며 ᄉᆞ은을 향ᄒ여 니ᄅᆞᄃᆡ,

“노션싱은 압 뎐(殿)의 가셔 쉬게 ᄒ라. 니가 져 무리롤 다리고 강쥬궁(絳珠宮)의 가셔 져의 무리 ᄌᆞ미로 ᄒᆞ여곰 셔로 모히게 ᄒ리라.”

향릉이 급히 말ᄒᆞᄃᆡ,

“부친은 긔여히 가마니 닷지 말나.”

ᄉᆞ은이 ᄃᆡ답ᄒᆞᄃᆡ,

“니가 금일은 곤핍ᄒ니 압 뎐의 가셔 일야롤 좌공ᄒ고⁴²⁾ 명죠의 산으로 도라갈 거시오, 니가 오히【45】려 너다려 부탁홀 말이 이시니 너는 방심ᄒ라.”

ᄒ고 말이 맛ᄎᆞ미 스스로 압 뎐의 가 좌공ᄒ더라.

어시의 경환이 몬져 일기 션녀롤 부려 가셔 통ᄒ게 ᄒ고 뒤흘 ᄯᅡ라 량인이 손을 ᄭᅳ을고 완완히 힝ᄒ더라. 져 곳의 쳥문 등이 션녀의 와 통ᄒᆞᆷ믈 듯고 즉시 문의 나와 보니 과연 삼인이 오ᄂᆞᆫ지라. 금슌이 박슈(拍手)ᄒ며 니ᄅᆞᄃᆡ,

“우리 무리 이곳이 더욱 열요ᄒ도다.”

---

42)【좌공ᄒ다】图 좌공(坐功)하다. 가부좌 틀고 수도하다. ¶ 打坐 ‖ 니가 금일은 곤핍ᄒ니 압 뎐의 가셔 일야롤 좌공ᄒ고 명죠의 산으로 도라갈 거시오 (我今日也乏了, 且在前殿打坐一宵, 明早回山.) <續紅 2:44>

피츠의 죠흐냐 뭇고 궁문의 드러가니 디옥과 영춘과 봉져 등이 모다 마즈 나오며【46】중인이 셔로 보미 깃브며 슬푸미 교집ᄒ고 경환이 몬져 말ᄒ디,

"우리가 의구히 안즈 말ᄒ는 거시 바야흐로 죠코 나는 묘고(妙姑)로 더브러 쇼찬(素饌)을 먹는다."

ᄒ고 어시의 져 두 사룸은 탑샹의 잇셔 디면ᄒ여 안고 향릉이 믄득 디옥을 갓가이 안즈셔 드디여 보옥이 쵸시 쟝원이 되고 화샹(和尙)을 ᄯ라 출가ᄒ 스연과 습인(襲人)이 쟝옥함(蔣玉函)의게 싀집가고 하금계(夏金桂)가 독약을 베푸러 스스로 히 당ᄒ 스단을 일일이 말ᄒ여 니니 중인이 드르미 이샹히 너기【47】는 이도 잇고 비감ᄒ는 이도 잇고 탄식ᄒ는 이도 잇고 칭찬ᄒ는 이도 이시디 오즉 림디옥은 눈두덩43)이 벌거ᄒ여지며 머리롤 숙여 말을 아니ᄒ고 믁믁히 싱각ᄒ는 비 잇는 둧ᄒ거눌 진시 니르디,

"보이슉이 옥을 머금고 낫시니 믄득 티 속의셔 씌고 온 신션의 톄양이라. 후일의 필연 정과(正果)롤 일울 거시니 셔로 볼 ᄯ가 업지 아닐지라. 엇지 반드시 비샹ᄒ여 ᄒ리오? 우리 무리 금일의 셔로 모도여시니 졍히 눈믈을 파ᄒ여 우슴을 숨【48】아야 비로쇼 올흘지라. 더은 슐을 밧고와 와셔 다시 몃 잔식 먹즈."

ᄒ니 어시의 션녀 무리 슐을 쳐 올니거눌 일졔히 잔을 드러 셔로 스양ᄒ더니 봉졔 잔을 들고 묘고롤 향ᄒ여 우스며 니르디,

"묘스부야, 그 날 디관원(大觀園)의셔 네가 도젹의 겁탈ᄒ여 가믈 닙은 후로 너가 일야롤 눈을 븟치지 못ᄒ고 니 싱각ᄒ니 네가 져 모양로 격격ᄒ 일기 사룸으로 강도 일인도 지팅하여 니지 못ᄒ깃거든 ᄒ믈며 흔 무리 강되랴? 그 아리 말【49】은 너가 감히 형언을 못ᄒ노라."

묘옥이 말을 듯더니 긔가 올나 탁즈롤 흔 번 박츠며 니르디,

"이내내야, 이 거시 무슨 말이냐? 너가 이계 흔 번 죽기롤 바린 거슨 본시 명쳘보젼ᄒᄆ

위흔 거신디 너는 엇지ᄒ여 도로혀 져런 더러온 말을 지어ᄂᆞᄂ냐? 니 드르니 네가 명일의 디부로 간다 ᄒ니 다만 너롤 위ᄒ여 쥰 거시 악귀 무리롤 마조치지 아니ᄒ여야 비로쇼 너의 아롬다온 일이라. 만일 악귀롤 만나면 그 ᄯᅢ의 날ᄀᆞᆺ치 흔 번 죽【50】기롤 구ᄒ여도 다만 두리건디 능치 못ᄒ리라."

영춘이 웃고 니르디,

"이슈즈의 희롱으로 흔 말을 묘스뷔 엇지 착급히 구ᄂ냐?"

뉘 알니 묘고의 한 말노 도로혀 원앙으로 졔셩(提醒)ᄒ여 너여 ᄲᅵ니 니르디,

"이고랑아! 묘스뷔 비록 극진흔 말을 ᄒ여시나 즈셔히 싱각ᄒ니 도로혀 미우 올흔지라. 우리 이내내와 날노 더브러 량기 년경(年輕)흔 부모오 량기 쇼태감(小太監)이 무어시 혬치리오. 만일 노샹의셔 악인을 만나면 가히 엇지 쳐치ᄒ랴?"

영춘이 밋【51】쳐 디답 아니ᄒ여 우이졔 니르디,

"너가 도로혀 쥬의(主意) 이시니 션고와 샹량ᄒ여 우리 이야롤 츠즈와 져 무리롤 ᄯᅡ라가게 ᄒ면 엇지 방심치 못ᄒ랴?"

영춘이 웃고 니르디,

"그야 엇지ᄒ깃ᄂ냐? 이곳이 도시 션녀 무리가 잇는디 어디 이야 무리롤 안돈흘 쳐쇠 이시랴?"

봉졔 니르디,

"우리는 이곳의셔 졍경(正經)의 일을 샹량ᄒ는디 져는 ᄯᅩ 져의 무리 이야 신샹의 싱각이 니르도다."

우이졔 니르디,

"나는 이야롤 싱각ᄒ기는 본시 너희롤 보호ᄒ려 ᄒ【52】미오, 나롤 위ᄒ믄 아니니라."

우삼졔 웃고 니르디,

"봉ᄋ두야, 네가 우리 져져로 더브러 말ᄯᅵ름ᄒ지 말나. 져의 말을 당흘 슈는 업스나 너는 맛당히 즁인을 디ᄒ여 나롤 향ᄒ여 세 번 고두(叩頭)ᄒ여라. 명일의 너롤 보호ᄒ여 갈 젹의 니 슈즁의 원앙검(鴛鴦劍)과 다리 아러 구름 긔운을 의지ᄒ면 믄득 몃 빅 기 악귀롤 만나도 너롤 관속ᄒ여 평안이 일이 업게 ᄒ리라."

즁인이 드르미 모다 졔셩(齊聲)ᄒ여 죠타

---

43)【눈두덩】圈 눈두덩. ¶ 눈두덩 (眼稜) <水滸 23b> <水滸 2:10> 眼圈兒 ∥ 오즉 림디옥은 눈두덩이 벌거ᄒ여지며 머리롤 숙여 말을 아니ᄒ고 믁믁히 싱각ᄒ는 비 잇는 둧ᄒ거눌 (惟有 林黛玉眼圈兒一紅, 低頭不語, 默默如有所思.) <續紅 2:47>

니르고 봉제 겹두ᄒ며 웃고 니르되,

"삼미미야, 【53】 네가 나다려 고두ᄒᄆᆫ 구
치 아니ᄒᆫ다 ᄒ여도 니가 믄득 진졍으로 네게
고두ᄒᆯ 거시니 너는 다만 나ᄅᆯ 보호ᄒ여 가게
ᄒ라. 니가 방ᄌ44) 림고랑의게 보형뎨ᄅᆯ 츠ᄌ
오마 허락ᄒ여시니 슌편(順便)의 류이야(柳二爺)
ᄅᆯ 마ᄌ 츠ᄌ 도라와 썅슈로 현미의 폼 쇽의 보
ᄂ여 너의 은혜ᄅᆯ 갑는 거시 올치 아니랴?"

영츈이 니르되,

"삼져져야, 네 이제 드러보ᄂᆫ냐? 져 일을
네가 다시 ᄉ양치 못ᄒ리라."

말ᄒ미 즁인이 모다 웃고 디옥이 니르되,

"너의 무리는 모다 여무진 입부 【54】 리ᄅᆯ
거두고 일ᄌᆨ 밥이나 먹고 봉져로 쉬게 ᄒ라. 명
일의 도로혀 신고ᄒᄆᆯ 당ᄒ리라."

말ᄒ며 드디여 션녀 무리로 밥을 올니라
ᄒ여 즁인이 먹기ᄅᆯ 맛츠미 죵편ᄒ여45) 훗허
안졋더니 우삼졔 가마니 향릉의 숀을 ᄭᅳ을고 우
스며 니르되,

"림고랑아 네가 져 쇽으로 드러오라. 니
너와 더브러 ᄒᆯ 말이 잇다."

ᄒ고 믄득 향릉을 ᄭᅳ을고 방 쇽으로 드러
가니 아지 못게라 우삼졔 무슴 말을 ᄒ고 하회
의 분히ᄒ라.

---

44) 【방ᄌ】 田 {방재(方纔fāngcái).} 방금. 금방.
중국어 차용어. ¶ 纔剛 ‖ 너가 방ᄌ 림고랑의
게 보형뎨ᄅᆯ 츠ᄌ 오마 허락ᄒ여시니 슌편의
류이야ᄅᆯ 마ᄌ 츠ᄌ 도라와 썅슈로 현미의 폼
쇽의 보ᄂ여 너의 은혜ᄅᆯ 갑는 거시 올치 아니
랴 (我纔剛兒已經許下給林妹妹找寶兄弟呢, 順便
把柳老二找了回來, 雙手兒也送到妹妹的懷裏, 答
報你的恩, 好不好呢?) <續紅 2:53>

45) 【죵편ᄒ다】 圐 {죵편(從便)하다.} 편한 대로
하다. ¶ 隨便 ‖ 즁인이 먹기ᄅᆯ 맛츠미 죵편ᄒ
여 훗허 안졋더니 (大家吃完, 出席, 盥漱畢, 隨
便散坐.) <續紅 2:54>

3
황천노모녀교상봉 청경봉붕우긔우합
黃泉路母女巧相逢 靑埂峰朋友奇遇合

【55】화셜, 우삼졔(尤三姐) 향릉(香菱)을 끄을고 방 속의 드러가 가마니 웃고 니르디,

"미미야 너가 무슨 말이 너를 더호여 홀 거시 이시니 너는 쳔만 다른 사롬다려는 고치 말나. 니 드르니 진ᄉ뷔(甄師父) 임의 슈련호여 반션(半仙)의 톄양이 되엿다 호니 무릇 동도(同道)의 사롬은 결단코 아라보지 못홀 니 업스니 네 가히 나를 더신호여 류샹련(柳湘蓮)의 햐락(下落)을 무러보라."

향릉이 듯고 참지 못호여 우슴을 일워니며 졍히 져를 죠롱호【56】랴 호더니 다만 디옥이 희희히 우스며 드러와 니르디,

"죠흔 셜화는 사롬을 피치 아니호다〔好話不背人〕호니 너의 무리 무슨 ᄉᄉ 말이 잇셔 여긔 셔 말호ᄂ냐?"

우삼졔 사롬이 드러오믈 보고 ᄌ셔히 넌지 보지도 아니호고 뒷문으로 죠ᄎ 다라나ᄂ지라.

향릉이 웃고 방ᄌ 우삼져의 호던 말을 디옥다려 고호니 디옥이 듯더니 뺨을 붉히고 향릉의 숀을 잡고 무슨 홀 말이 잇는 둣호나 입의 니지 못호는 의시 잇는지라. 향릉이 극히 총명

혼 사롬으로 임【57】의 그 뜻을 집쟉호고 웃고 니르디,

"너가 아는지라. 명일의 일졍 너의 무리롤 더신호여 우리 부친긔 탐문(探問)호는 거시 믄 득 올흐리라."

디옥이 이의 향릉을 끄을고 다라나오며 웃 고 니르디,

"우리 무리 금일의 모다 져집 쇽의셔 잘 거시니 일즉 뎡호여야 져 무리를 가르쳐 침구룰 슈습홀 거시오, 묘옥이 몬져 니르럿기의 니 도로혀 경환션고(警幻仙姑)의 지교(指敎)호믈 구ᄒ랴 ᄒ고 믄득 머믈너 져곳의 잇ᄂ니라."

진시(秦氏) 니르디,

"너가 이심랑(二嬸娘)과 원앙져져(鴛鴦姐姐)로 【58】 더브러 셔편 글방의셔 잘 거시니 우리 무리 몃 히룰 얼골을 보지 못호엿기로 도로혀 셜화홀 거시 잇노라."

영츈(迎春)이 니르디,

"미우 죠흐니 룽고랑(菱姑娘)이 믄득 나룰 ᄯ라 림미미(林妹妹)의 방 쇽의 머믈 거시오, 우이져와 삼져는 도라가지 말나. 우리가 늣게야 열요(熱鬧)호게 지니리라."

우삼졔 니르디,

"나는 임의 져 무리로 ᄀᆺ치 디부(地府)의 가기롤 허락호여시니 도라가셔 힝구(行具)롤 슈습호려 호노라."

우이졔 니르디,

"우리 ᄌ미 홈긔 도라가셔 명일의 픠방(牌坊) 【59】 가의셔 젼송호는 연셕(宴席)을 버리고 너의 무리롤 기다리리라."

말호미 션녀 무리 ᄎ룰 밧드러 올니엿거눌 즁인이 혼 ᄎ례 먹고 경환(警幻)과 묘옥(妙玉)과 우시(尤氏) ᄌ미 쟉별호고 각각 도라가니라.

이곳의셔 영츈(迎春), 대옥(黛玉), 봉져(鳳姐), 진시(秦氏), 향릉(香菱), 쳥문(晴雯), 금순ᄋ[金釧兒], 셔쥬ᄋ(瑞珠兒) 아홉 사롬이 쏘 혼 ᄎ례 말호다가 각기 침쇼로 도라가더라.

ᄎ일 쳥신의 향릉이 니러나 쇼셰롤 맛치고 몬져 경환의 뎐각의 가셔 져의 부친 가는 거술 볼 시 진ᄉ은이 쏘 혼 ᄎ례 권위(勸慰)호고 젹은 【60】 비단갑을 쥬ᄂ디 우희 쓰기롤,

'신션의 집의 묘히 쓰는 거시니 공경호여 삼가셔 여러 보라.'

ᄒᆞ엿ᄂᆞᆫ지라. 향릉이 션가의 보빈 줄 알ᄆᆡ 감히 ᄌᆞ셔히 보지 못ᄒᆞ고 긴긴(緊緊)히 거두어 감쵸고 ᄯᅩ 상련(湘蓮)과 보옥(寶玉)의 햐락(下落)을 무ᄅᆞ니 스은이 다만 '쳥경봉(靑埂峰)' 셰 긔 글ᄌᆞ롤 말ᄒᆞ고 믄득 뎐문(殿門)으로 나가더니 홀연이 뵈지 아닌ᄂᆞᆫ지라. 향릉이 병병ᄒᆞᆫ46) 지 반향의 ᄒᆞᆫ ᄎᆞ례 비샹(悲傷)ᄒᆞ고 졍히 도라오고져 ᄒᆞ더니 먼 곳의 우이져 ᄌᆞ믜 량인이 숀으로 블너 니ᄅᆞ디,

"이곳【61】으로 오라!"

ᄒᆞ거ᄂᆞᆯ 향릉이 말을 듯고 다만 ᄯᅡ라가셔 픠방 가의 니ᄅᆞ니 션녀 무리 병쟝(屛障)47)과 쥬과롤 버려노코 수후(伺候)ᄒᆞᄂᆞᆫ지라. 삼인이 안기롤 뎡ᄒᆞᄆᆡ 우삼졔 믄득 웃고 니ᄅᆞ디,

"노빅뷔(老伯父) 가시고 나의 ᄒᆞ던 말을 네가히 무러 보왓ᄂᆞ냐?"

향릉이 디답ᄒᆞ디,

"무러 보다가 도로혀 우리 부친이 말ᄒᆞ기롤 날다려 '붓그럼 아니 타고 엇지 사ᄅᆞᆷ을 디신ᄒᆞ여 져런 말을 무러보ᄂᆞ냐?' ᄒᆞ더라."

우삼졔 웃고 니ᄅᆞ디,

"이거슨 네가 ᄭᅮ며 ᄒᆞᄂᆞᆫ 말이라. 노빅부긔셔 엇지【62】져런 졍졍(正經) 못 되ᄂᆞᆫ 말ᄉᆞᆷ을 ᄒᆞ실가 보냐?"

향릉이 졍히 디답고져 ᄒᆞ더니 다만 우이졔 니ᄅᆞ디,

"져 편이 져 무리 ᄒᆞᆫ ᄶᅦ가 모다 온다."

ᄒᆞ거ᄂᆞᆯ 즁인이 보니 과연 량긔 태감이 운거(雲車) 이승(二乘)을 어거ᄒᆞ고 후면의 힝쟝을 출혀시디 몸의 강식오ᄌᆞ(絳色襖子)롤 닙고 머리의 쵸셔피(貂鼠皮) 편모롤 ᄲᅥ시니 더옥 출즁ᄒᆞᄆᆡ 드러나고 ᄶᅱ히 ᄯᅡ로ᄂᆞᆫ 이ᄂᆞᆫ 믄득 영츈·디옥·진시·원앙·쳥문 등이라. 일졔히 니ᄅᆞᄆᆡ 즁인이 봉져롤 양ᄒᆞ여 샹좌ᄒᆞ게 ᄒᆞ고 량편의 우이【63】져와 원앙을 안치고 쳥문은 병을 밧들고 진시ᄂᆞᆫ 잔을 잡고 영츈과 대옥과 우이져 무.리 각인이 친히 셕 잔식 권ᄒᆞ니 봉져 삼인 등이 마시기롤 맛치ᄆᆡ ᄯᅩ 각인을 ᄒᆞᆫ 잔식 회샤(回謝)ᄒᆞ고 바야흐로 셔ᄎᆞ(序次)롤 의지ᄒᆞ여 안ᄌᆞᄆᆡ 봉졔 ᄒᆞᆫ 쇼릭 탄식을 니며 디옥을 향ᄒᆞ여 니ᄅᆞ디,

"림미미야 네 아ᄂᆞ냐? 니 평일의 노태태 면젼의 잇셔 범ᄉᆞ롤 입부리 놀니기의 익은지라. 실노이 너가 대ᄉᆞ롤 간판ᄒᆞᆫ 거시 믹우 실슈ᄒᆞᄆᆡ 되ᄆᆡ 너가 후회ᄒᆞᆫ【64】여도 밋지 못ᄒᆞᆯ지라. ᄆᆡ미가 나롤 한ᄒᆞᄂᆞᆫ 거슨 이로 말ᄒᆞ지 말고 보형뎨가 죠히 져 ᄉᆞ정을 위ᄒᆞ여 출가(出家) 가지 ᄒᆞ여시니 져도 응당 나롤 한ᄒᆞᆯ 거시오, 믄득 보미미도 이졔 싱과뷔(生寡婦) 되여시니 져도 ᄯᅩ 나롤 한치 아니ᄒᆞ깃ᄂᆞ냐? 너가 진긔 대관원 속의 모반ᄒᆞᆫ 죄인의 괴쉬 된지라. 어졔 밤의 용대내내(蓉大奶奶)가 나롤 슈죄ᄒᆞᄂᆞᆫ디48) 능히 ᄯᅡ홀 ᄯᅮᆲ코 드러가지 못ᄒᆞᄆᆞᆯ 한ᄒᆞ고 이어셔 쳥문ᄋᆞᄅᆡ 나롤 한밧탕 슈죄ᄒᆞᄂᆞᆫ 말이 태태긔셔 당일의【65】져롤 드러낸 거시 나의 꾀이믈 인ᄒᆞ여 그리 되엿다 ᄒᆞ며 다만 금슌ᄋᆡ의 우믈의 ᄲᅢ진 거슨 니 신샹의 밀치지 아니ᄒᆞᄂᆞᆫ지라. 현미야, 네 가히 다시 나롤 회포(懷抱)의 두지 말고 다만 나의 ᄒᆞᆫ ᄎᆞ례 신고(辛苦) 밧ᄂᆞᆫ 거슬 보와 공으로 ᄡᅥ 죄롤 속게 ᄒᆞ라."

디옥이 니ᄅᆞ디,

"져져ᄂᆞᆫ 네가 다시 져런 수단은 졔긔치 말고 다만 노샹의셔 졍신을 머믈고 보즁ᄒᆞ여 노태태롤 ᄎᆞᄌᆞ 뵈ᄋᆞᆸ게 ᄒᆞ디 몬져 사ᄅᆞᆷ을 부려 우리의게 통긔ᄒᆞ여야 우리 믄득 방심ᄒᆞ리라. 우삼져【66】져와 원앙 져져도 노샹의셔 죠히 졍신을 머믈너 죠응ᄒᆞ고 노태태롤 뵈ᄋᆞᆸ거든 우리 무리롤 디신ᄒᆞ여 문안ᄒᆞ라."

량인이 답응ᄒᆞ고 니ᄅᆞ디,

"너의ᄂᆞᆫ 다만 방심ᄒᆞ라."

진시 니ᄅᆞ디,

"하ᄂᆞᆯ이 느겨가니 이심랑은 쳥컨디 ᄎᆞ(車)

---

46)【병병ᄒᆞ다】 圈 병병하다. 멍하다. ¶ 怔 ∥ 향릉이 병병ᄒᆞᆫ 지 반향의 ᄒᆞᆫ ᄎᆞ례 비샹ᄒᆞ고 (香菱怔了半晌, 悲傷了一回.) <續紅 2:60>

47)【병쟝】 圈 병쟝(屛障). 병풍(屛風). ¶ 圍屛 ∥ 션녀 무리 병쟝과 쥬과롤 버려노코 수후ᄒᆞᄂᆞᆫ지라 (早有仙女們擺着圍屛、卓椅、酒果伺候着呢.) <續紅 2:61>

48)【슈죄ᄒᆞ다】 동 수죄(數罪)하다. 죄를 세어 들추어 내다. ¶ 數落 ∥ 어졔 밤의 용대내내가 나롤 슈죄ᄒᆞᄂᆞᆫ디 능히 ᄯᅡ홀 ᄯᅮᆲ코 드러가지 못ᄒᆞᄆᆞᆯ 한ᄒᆞ고 이어셔 쳥문ᄋᆞᄅᆡ 나롤 한밧탕 슈죄ᄒᆞᄂᆞᆫ 말이 태태긔셔 당일의 져롤 드러낸 거시 나의 꾀이믈 인ᄒᆞ여 그리 되엿다 ᄒᆞ며 (昨兒晚上敎蓉大奶奶把我數落的恨不能鑽到地縫裏. 接着, 晴雯這個丫頭也數落了我一頓, 說太太當日攘他, 只怕也是我調唆的.) <續紅 2:64> ⇒ 수죄ᄒᆞ다

의 오르게 ᄒ라.”

봉졔 몸을 니러 졍히 쟉별코져 ᄒ더니 경환이 묘옥으로 더브러 희희히 우스며 다라와 니르디,

“우리 무리 더디 왓도다. 쾌히 술을 가져 오라. 우리도 곳츨 비러 부쳐님긔 드리려 [借花獻佛] ᄒ노라.”

쳥문이 쌀니 술 【67】을 보너니 미인이 쪼셕 잔식 권ᄒ고 각기 회샤ᄒ고 피츳의 눈물을 ᄲ려 니별ᄒᆯ 시 봉져와 원앙은 츠의 안고 우삼져는 슈건의 구롬을 멍에ᄒ고 량긔 태감은 술위롤 어거ᄒ고 나는 ᄃ시 가더라. 이젹의 영춘은 젹하궁으로 도라가고 향릉은 시 짓는 것 비호기롤 인ᄒ여 디옥으로 더브러 홈긔 쥬졉ᄒ고 우이져와 진시는 각기 집으로 도라가고 묘옥은 인ᄒ여 경환으로 더브러 동쳐ᄒ더라.

츠셜, 가뫼(賈母) 그 날의 홍셔(薨逝)ᄒᆫ 후로 쵸ᄎ 일졈 령 【68】혼이 부문(府門)을 나오미 ᄉ면이 망망ᄒ여 노졍(路程)을 분변치 못ᄒᆯ지라. 졍히 우구(憂懼)ᄒ더니 후면의 사롬이 잇셔 고셩ᄒ여 부르디,

“젼면의 가는 이가 노태태 아니시냐?”

가뫼 머리롤 돌나보니 동부 속 쵸디(焦大)라. 가뫼 무르디,

“네가 무어슬 ᄒ라 오는냐?

쵸디 답ᄒ디,

“노지 ᄉ라셔 이만치 년긔가 되엿는디 이제 노태태가 셰상을 바리시미 노지 쇼야 무리의 슈즁의 잇셔 지니ᄌ ᄒ니 무숨 의취 이시랴? 노태태롤 ᄯ라 와셔 노태야의 무리롤 뵈옵 【69】 는 것만 ᄀᆺ지 못ᄒ지라. 산도야지가 긔가 ᄉ랑 아니ᄒ믈 혐의ᄒ는 것 〔活的猪嫌狗不愛的〕 보다 날 듯ᄒ기로 그러므로뼈 쟉야의 독쥬롤 통음ᄒ고 몃 츠례 근두쳐셔49) 믄득 ᄯ라왓노라.”

가뫼 웃고 니르디,

“늙은 얼쟝(孽障)아! 네가 ᄉ라셔 ᄯ라온 거시 미우 죠흔지라. 니가 졍히 슉면(熟面)ᄒᆫ 사

룸이 업셔 츳지려 ᄒ고 네가 긔위(既爲) 왓시니 나롤 위ᄒ여 밧비 가셔 교ᄌ롤 셰내여 오라. 니가 거러셔는 힝치 못ᄒ리라.”

쵸디 디답ᄒ디,

“젼면이 믄득 음양교계(陰陽交界)되는 곳이니 노태태의 【70】 교ᄌ롤 예비ᄒ여 가지고 그 곳의셔 ᄉ후ᄒ마.”

ᄒ나 가뫼 듯고 머리롤 드러 ᄒᆫ 번 보니 과연 일좌 픠루(牌樓)가 잇는디 인연(人煙)이 복쥬ᄒ고 거민 훤동(喧動)ᄒ는지라. 쵸디 고셩ᄒ여 부르지져 니르디,

“너의 무리 뉘가 녕국부(榮國府)의셔 노태태의 교ᄌ롤 예비ᄒ여 등디ᄒ엿느냐?”

ᄒᆫ 무리 사롬이 디답ᄒ디,

“우리 무리 믄득 그리ᄒ여시니 너 노인은 누군고?”

쵸디 니르디,

“너의 잡죵들아, 어셔 메워 오라. 노태태가 니르시는디 네가 나롤 아라 무엇ᄒ느냐?”

즁인이 듯 【71】 고 년망히 교ᄌ롤 메워 노ᄒ니 가뫼 교ᄌ의 오르고 쵸디 쏘 니르디,

“힝탁과 샹ᄌ 등믈을 착실히 메고 긴ᄒ게 ᄯ라라. 노태태긔셔 노샹의셔 사롬을 샹급ᄒ시기롤 기다리라.”

ᄒ고 쏘 니르디,

“나의 탈 나귀는 어디 잇느뇨?”

일긔 쇼시(小厮) 나귀롤 ᄭ어 오며 니르디,

“쵸대야아, 이 나귀는 림대야와 뇌대야가 나롤 쥬어 예비ᄒ게 ᄒ엿느니라.”

쵸디 니르디,

“니가 아랏도다. 너의는 나롤 붓드러 나귀의 오르게 ᄒ라.”

쇼시 쵸디롤 나귀의 올녀 쥬고 교ᄌ롤 ᄯ라 【72】 완완이 힝ᄒ며 다만 보니 왕리ᄒ는 이는 낙역부졀(絡繹不絶)ᄒ더 긔치와 긔로 인졉ᄒ며 말도 타고 교ᄌ도 타고 쇼일노 가는 이도 이시며 칼도 쓰고 털삭도 ᄭ이는 이도 잇고 이편의 오는 이는 환텬희디(歡天喜地)ᄒ는 이도 잇고 슈미누안(愁眉淚眼)으로 오는 이도 잇는지라. 가뫼 교즁(轎中)의 안겨 일편 광경을 보미 다만 합장념불(合掌念佛)만 ᄒᆯ ᄯ롬이라.

힝ᄒᆫ 지 여러 쎠의 홀연 보니 디면ᄒ여 ᄒᆫ 무리 죄범(罪犯)이 오는디 신샹의 각식 즘성의

---

49)【근두치다】圖 【근두(筋斗)치다.】 재주넘다. ¶ 跌拌 ‖ 그러므로뼈 쟉야의 독쥬롤 통음ᄒ고 몃 츠례 근두쳐셔 믄득 ᄯ라왓노라 (所以, 昨兒 晚上痛痛的喝了些酒, 跌拌了幾下子, 也就赶着來了.) ＜續紅 2:69＞

껍질을 닙고 후면의 몃 기 관치50)가 따르며 【73
】손의 막디와 곤쟝을 들고 모라오더니 홀연 드
르니 죄범 너의 흔 부인이 고셩ᄒᆞ여 부르지지
디,

　　"나귀 등의 안진 이가 쵸디가 아니냐? 나
를 구ᄒᆞ라."

　　쵸디 무르디,

　　"네가 누구냐?"

　　그 부인이 니르디,

　　"나는 포이(鮑二)의 녀이라. 너 노인네가
긔역지 못ᄒᆞ느냐?"

　　초디 니르디,

　　"너 믹낭흔 믈건아! 쇼리를 가마니 ᄒᆞ라.
노태태긔셔 놀나신다."

　　그 부인이 듯더니 더옥 고홈 질너 니르디,

　　"교즈 속의 안즌 이가 노태태시냐? 노죠종
(老祖宗)아, 나를 흔 번 구ᄒᆞ라!"

　　ᄒᆞ거ᄂᆞᆯ 가뫼 말을 듯 【74】고 썰니 교즈를
멈츄고 보니 그 부인이 옯히 와셔 곡ᄒᆞ며 니르
디,

　　"노죠종아, 가히 나를 블샹히 너기라! 념왕
노야긔셔 니가 젼셩의 쥬인을 달너여 음흔 죄를
범ᄒᆞ엿다 ᄒᆞ시고 나를 벌쥬어 노시 되여 괴로오
믈 밧긔 ᄒᆞ시니 노죠종아! 가히 나를 블샹히 너
겨 구ᄒᆞ라. 니 다시는 감히 믹낭흔51) 일을 아니
ᄒᆞ리라."

　　쵸디 나귀의 나려 ᄶᅮ지져 굴오디,

　　"어셔 갈지라. 믹낭흔 믈건이 평일의 연지
를 문디고 분을 바를 젹의는 능히 엇던 모 【75
】양이 비로쇼 죠흘지 한ᄒᆞ더니 금일은 즈작즈
슈(自作自受)ᄒᆞ는 거신디 노태태긔셔 무슨 슈단
이 이시리오?"

　　가뫼 니르디,

　　"쵸디야, 니 싱각ᄒᆞ니 네가 비록 팔구십
셰된 노믈이나 나를 복시(服侍)ᄒᆞ는 거시 도져
히 방편치 못ᄒᆞ고 져 포이가는 비록 평샹(平常)
ᄒᆞ나 도져히 집의 부리던 녀인이라. 네 가셔 져
관치와 샹량ᄒᆞ여 져의 무리가 우리로 ᄒᆞ여곰 쇽

낭(贖良)ᄒᆞ여 가게 ᄒᆞᆯ는지 의론ᄒᆞ여 보라."

　　쵸디 답응ᄒᆞ고 썰니 옯흐로 가 관치를 향
ᄒᆞ여 공슈ᄒᆞ며 니르디,

　　"즁위 【76】 노야는 잠간 셧거라. 니 무슨
스단이 잇셔 즁위와 샹량ᄒᆞ려 ᄒᆞ노라. 방즈 져
부인은 우리 부즁의 오린 사롬이라. 우리 노태
태긔셔 긔여히 져롤 다려다가 복시코져 ᄒᆞ시니
즁위는 인졍으로 뻐 날노 ᄒᆞ여곰 쇽량ᄒᆞ게 ᄒᆞ
라."

　　일기 모즈 빗두로 쁜 사롬이 옯흐로 나셔
며 ᄶᅮ지져 왈,

　　"무슨 말고? 네가 등심지의 지룰 먹엇느
냐? 이러틋 경교(輕巧)흔 말을 ᄒᆞᄂᆞᇰ뇨? 죄범 무
리롤 도시 념왕 야야긔셔 친히 졈고ᄒᆞ여 니여
보니신 거술 뉘가 감히 졍(情)을 쓰랴?"

　　쵸디 웃 【77】고 니르디,

　　"죠흔 형뎨야, 너는 긔롤 너지 말나. 우리
무리 아문의 출입ᄒᆞᄂᆞᆫ 사롬이 일호도 쟉폐(作
弊)룰 아니홀 양이면 가히 무어슬 의지ᄒᆞ고 밥
먹으며 옷 닙깃느냐? 거거 무리는 너의로 원통
ᄒᆞ게 아니ᄒᆞᄂᆞᆫ 거시 믄득 올흐리라."

　　ᄒᆞ고 말ᄒᆞ며 샹즈 속으로 죠ᄎᆞ 흔 뭉치 원
보(元寶)를 집어니여 웃고 니르디,

　　"이 거시 죡히 오뷕 량 즁은 되는지라. 너
의 무리룰 공경ᄒᆞ여 ᄎᆞ나 스셔 먹게 ᄒᆞ노라."

　　그 사롬이 듯더니 니르디,

　　"져 믈건을 너의 노인네 도로 거두라. 우
리 무리는 가실도 업스니 무 【78】 어시 쓰랴?"

　　포이기 듯고 썰니 ᄶᅮ러 안즈 머리룰 두다
리며 곡ᄒᆞ여 니르디,

　　"노야 무리는 은혜룰 시힝ᄒᆞ게 ᄒᆞ라. 젹션
을 ᄒᆞ는 거시 죠흐리라."

　　ᄒᆞ니 한 관치 믄득 눈을 홀기여 보더니 고
셩ᄒᆞ며 니르디,

　　"노삼(老三)과 노오(老五)야, 네 보라. 우리
가 쟉야의 외 속의셔 외롤 고르기로 못춤니 져
런 묘흔 사롬을 그져 바려 두엇도다."

　　ᄯᅩ 포이가다려 무르디,

---

50)【관치】圖 {관차(官差).} 관아(官衙)에서 파견
　　하는 아젼. ¶ 解差 ‖ 후면의 몃 기 관치가 따
　　르며 손의 막디와 곤쟝을 들고 모라오더니 (後
　　面跟着幾個解差, 手提悶棍, 搖頭晃胸而來.) <續
　　紅 2:72>

51)【믹낭ᄒᆞ다】閔 맹랑(孟浪)하다. 하는 짓이 만
　　만히 볼 수 없을 만큼 똘똘하고 깜찍하다. ¶
　　浪 ‖ 가히 나롤 블샹히 너겨 구ᄒᆞ라 니 다시는
　　감히 믹낭흔 일을 아니ᄒᆞ리라 (只許受苦, 不許
　　下駒. 老祖宗可憐我罷, 我再不敢浪了!) <續紅
　　2:74>

"네 년긔가 언마나 디엿느냐?"

포이기 디답ᄒ되,

"삼십이 못 되엿다."

ᄒ나 그 관치 흡흡히 웃고 니ᄅ되,

"너의 져 모양 쥰쵸(俊俏)ᄒ 거 【79】ᄉ로 본되 금옥은 그 밧기오 헌솜은 그 가온되라.52) 그만두라. 우리 무리 죠흔 일을 힝홀 거시니 노야는 져를 다려가게 ᄒ라."

말이 맛치며 쵸더 슈즁을 향ᄒ여 원보(元寶)를 바다 가지고 다른 죄범을 압령ᄒ여 득의ᄒ여 가더라.

포이기 지나와 가모긔 머리를 죠으니 쵸더 니ᄅ되,

"포고랑ㅇ, 네 가모를 도라보라. 방즈 네 모양으로 너가 너를 디신ᄒ여 붓그러오믈 견디지 못ᄒ엿노라."

가뫼 니ᄅ되,

"잡말 말나. 우리 무리 길이나 어셔 가즈."

ᄒ니 포이기 니ᄅ되,

【80】 "쵸더야 네가 도져히 나를 위ᄒ여 교즈를 뫼시게 ᄒ라."

쵸더 노ᄒ여 니ᄅ되,

"쭉흔 줄 모로는 믈건아, 방즈 교즈를 너가 메고 왓는되 네가 공교히 나를 이쳐럼 비포ᄒ느냐?"

포이기 니ᄅ되,

"너 노인니는 긔니지 말나. 져 산 모롱이를 지니면 믄득 풍도셩(酆都城) 십리포(十里鋪)오, 그 곳의 니고암(尼姑庵)이 잇는지라. 노태태를 뫼셔 츠를 먹고 쉬시게 ᄒ고 너가 노태태긔 쳥ᄒ여 의샹을 어더 밧고와 닙으려 ᄒ기로 너 몬져 급히 가려 ᄒ노라."

쵸더 웃고 니ᄅ되,

"젹은 믈건이 【81】 별노이 ᄉ단이 잇도다. 몬져 가라."

ᄒ고 쏘 힝ᄒ여 ᄉ오리 만의 산파(山坡)의 지나며 과연 보니 인연(人烟)이 복쥬(輻輳)ᄒ여

열요ᄒ미 비샹(非常)ᄒ고 길 남편의 젹은 ᄉ당 집이 이시되 우희 '관음암(觀音庵)' 삼 ᄧ를 뻐 붓친지라. 포이기 등되ᄒ여 잇다가 나와 교즈를 나리고 가모를 미셔 너니 일긔 니긔 엽[영]겹(迎接)ᄒ며 니ᄅ되,

"노시쥬(老施主)는 쳥컨되 션당의 니ᄅ러 안즈시게 ᄒ라."

ᄒ며 포이가를 향ᄒ여 니ᄅ되,

"네가 미우 낫치 익으니 네가 녕국부의 잇는 포이슈가 아니냐?"

포이기 웃고 니ᄅ되,

【82】 "노니긔 긔역ᄒ는 분쉬 미우 죠토다. 이 분은 우리 노태태시니 녕국공(榮國公) 노야의 일품 부인이시니라."

노니긔 니ᄅ되,

"원리 노태태시거놀 공경ᄒ믈 일헛다."

ᄒ고 어시의 가모를 뫼셔 션당의 니ᄅ되 젹은 니괴 츠를 올녀 가모긔 드리고 믄득 꾸러 문안ᄒ거놀 가뫼 숀을 펴 츠를 바드며 니고를 즈셔히 보다가 포이가를 향ᄒ여 니ᄅ되,

"네 보라. 져 젹은 니괴 만두암(饅頭庵)의셔 보던 지릉(智能)과 ᄀᆺ지 아니ᄒ냐?"

포이기 밋쳐 디답지 아냐 노니괴 몬져 말ᄒ되,

"이 거시 시 【83】 로이 거둔 도데(徒弟)라. 졔 말이 친쳑 츠즈믈 위ᄒ여 왓다 ᄒ더니 후리의 일위 진가 셩 가진 샹공을 츠즈 가지고 져 두 사름이 별노이 친열흔 광경이라. 언어로뻐 형용키 어려오니 나의 의ᄉ는 져를 퇴속(退俗)ᄒ게 권ᄒ려 ᄒ노라."

가뫼 드르미 아오로 진가 셩 가진 이가 누군지는 싱각 아니ᄒ고 다만 우스며 니ᄅ되,

"가히 올흐니 년경(年輕)흔 ㅇ히 둘은 다시 경이히 출가를 말게 ᄒ라."

셜화ᄒ는 ᄉ이의 포이기 일즉 틈을 타 쟝속을 곳치고 나와 ᄉ후(伺候)ᄒ거놀 가뫼 웃고 니 【84】 ᄅ되,

"믹낭흔 원슝의53) 졍긔가 너 의샹을 도젹ᄒ여 닙엇도다."

---

52) 【金玉其外, 敗絮其中 금옥기외, 패서기즁】 jīnyùqíwài, bàixùqízhōng <諺> 금옥은 그 밧기오 헌솜은 그 가온되라 *指人外表像金玉, 內裏却是破棉絮. 比喩外表華美, 內質破敗, 指人或物表裏不一.‖ "這麽個性俊的模樣兒, 原來是'~'的." 너의 져 모양 쥰쵸흔 거ᄉ로 본되 금옥은 그 밧기오 헌솜은 그 가온되라 (續紅 2:78)

53) 【원슝의】 명 원숭이. ¶ 猴 ‖ 믹낭흔 원슝의 졍긔가 너 의샹을 도젹ᄒ여 닙엇도다 (浪猴兒精, 多早晚兒可就把我的衣裳詭弄出來穿上了.) <續紅 2:84> ⇒ 원싱이

노니괴 웃고 디답ᄒ더,

"져 슈즈(嫂子)는 노태태의 집을 관셥(管攝)ᄒᄂᆫ 사롬이라. 니 감히 말을 못ᄒ거니와 앗가 우리 이곳의 잇셔……"

포이기 챡급ᄒ여 년망히 눈을 흘기여 보며 니ᄅ디,

"너ᄂᆫ 가셔 졈심과 과즈롤 간검(看檢)ᄒ여 와 노태태 즈시게 ᄒ라. 우리 무리 밧비 셩 ᄂᆡ 로 드러갈 거시니 무ᄉᆫ 결을의 너와 더브러 심 샹ᄒᆫ 셜화롤 ᄒ깃ᄂᆞ냐?"

노니괴 그 뜻을 짐쥭ᄒ고 우ᄉ며 밧비 지 롱을 명ᄒ여 과 【85】 즈와 졈심을 버려 올니니 가뫼 련ᄒᄆᆯ ᄯᅡ라 먹기롤 맛츠미 쵸디 드러와 블너 니ᄅ디,

"포고랑아, 너 탈 교즈가지 어디 노와시니 노태태긔 쳥ᄒ여 힝ᄒ시게 ᄒ라. 니가 밧긔셔 드ᄅ니 셩 밧근 한잡(閑雜)ᄒ여 머무지 못ᄒ깃 고 셩ᄂᆡ 셩황노야(城隍老爺)의 아문(衙門) 셔편 이 ᄒᆫ 곳 관시 이시디 미우 아졍(雅靜)ᄒ고 ᄯᅩ 아문이셔 샹게54) ᄌᆞ가오니 명죠의 몬져 디노야 아문의 니ᄅ러 졈고ᄒᄆᆯ 지벌 거시니 더디면 셩 의 드지 못ᄒ리라."

포이기 붉히 고ᄒ고 가모롤 뫼셔 오더니 노니괴 교즈 【86】 타ᄂᆫ 거슬 보고 바야흐로 드 러가더라.

어시의 쥬복(主僕) 삼인이 우이(迤邐)ᄒ 여55) 힝ᄒ며 바라보니 일좌 셩디(城池)가 잇ᄂᆫ 디 루쳡(樓堞)이 외아(巍峨)ᄒ지라. 쵸디 믄득 교부롤 분부ᄒ여,

"죠심ᄒ여 셔셔히 뫼시라. 나ᄂᆫ 몬져 관ᄉ 롤 보라 간다."

ᄒ고 나귀롤 치쳐 나ᄂᆫ ᄃᆞ시 가더라. 가뫼 셩의 드러가 교즁의 안즈 보니 륙가삼시(六街三 市)가 열요ᄒ미 비샹ᄒ고 쵸관(楚館)과 진뤼(秦 樓) 도시 인셰와 갓튼지라. 졍히 보ᄂᆫ 써의 다 만 드ᄅ니 쵸디 부ᄅ지져 니ᄅ디,

"밧비 뫼셔 이곳으로 오라. 교부 무리 듯 고 쵸 【87】 디롤 ᄯᅡ라 일좌 공간의 니ᄅ러 교즈

롤 나려 노흐니 포이기 가모롤 뫼셔 샹방(上房) 으로 드러가 보미 포셜ᄒᆫ 거시 심히 유아(幽雅) ᄒ지라. 가뫼 곤핍ᄒ여 겹침56)의 업디여 눈을 감고 졍신을 기ᄅ며 쵸디 포이가롤 향ᄒ여 굴오 디,

"너가 임의 쥬인을 향ᄒ여 붉히 말ᄒ여시 니 쥬반다슈(酒飯茶水)와 등쵹(燈燭) 시탄 갑슬 오량 은즈의 뎡ᄒ엿ᄂᆞᆫ지라. 노태태 ᄭᅵ시기롤 기 다려 네가 믄득 ᄉᆞ후ᄒ여 낫츨 씻고 밥을 ᄌᆞ시 게 ᄒ며 힝니와 샹즈롤 죠검(照檢)ᄒ라. 나ᄂᆫ 대 노야 【88】 원문(轅門)의 니ᄅ러 명일의 졈고 ᄒ 시미 무ᄉᆫ 규모로 ᄒ시ᄂᆞᆫ지 념탐ᄒ여 죠히 예비 케 ᄒ리라."

ᄒ고 말이 맛츠미 ᄒᆫ 길노 가더라. 가뫼 잠시롤 죠을다가 니러나며 포이가롤 향ᄒ여 니 ᄅ디,

"네가 이리 오라. 니 ᄌᆞ셔히 보미 네가 임 의 우리집 사롬이라 ᄒ거ᄂᆞᆯ 니 엇지 ᄒᆫ 번도 보 지 못ᄒ엿ᄂᆞ냐?"

포이기 디답ᄒ디,

"노즈 무리 너외 량구ᄂᆞᆫ 본시 진대야(珍大 爺)의 곳 사롬이라. 련이애(璉二爺) 노즈의 남인 (男人)을 ᄉᆞ랑ᄒ시기로 비로쇼 너머 와셔 다만 외변의 잇셔 ᄉᆞ환ᄒ여 【89】 시니 엇지 능히 용 이ᄒ미 노태태긔 뵈오랴?"

가뫼 웃고 니ᄅ디,

"그러ᄒ기로 나 보기의 눈의 미오 셩되도 다. 어너 희의 봉ᄋ두의 집 쇽의 잇셔 드ᄅ니 말ᄒ기롤 네가 넘왕 노퓌라 ᄒ더니 믄득 네가 그러ᄒᆫ가 보도다."

포이기 얼골을 붉히고 디답ᄒ디,

"이 말숨이 노태태긔셔 사롬의 단쳐롤 들 츄어 ᄂᆡ시미로다."

졍히 말ᄒ미 쥬인의 노퓌 셰슈믈을 올니거 ᄂᆞᆯ 가뫼 관슈롤 맛친 후의 밥을 올니니 팔개 쇼 쳡과 팔기 대완과 일개 화뢰(火爐)라. 가뫼 【90

---

54) 【샹게】 명 {상거(相去).} 서로 떨어진 거리(距 離). ¶ 離 ‖ 셩ᄂᆡ 셩황노야의 아문 셔편이 ᄒᆫ 곳 관시 이시디 미우 아졍ᄒ고 ᄯᅩ 아문이셔 샹 게 ᄌᆞ가오니 (城內城隍老爺衙門西邊, 有一所大 公館, 又雅靜又離衙門近.) <續紅 2:85>

55) 【우이ᄒ다】 형 우이(迤邐)하다. ¶ 迤邐 ‖ 어 시의 쥬복 삼인이 우이ᄒ여 힝ᄒ며 바라보니 일좌 셩디가 잇ᄂᆞ디 (這裏主僕三人迤邐行來, 早 望見一座城池.) <續紅 2:86>

56) 【引枕 인침】 yǐnzhěn <名> 겹침 *中間有方穴 的枕頭, 側臥時可以置耳。‖ "賈母也覺得乏倦, 伏了~閉目養神。" 가뫼 곤핍ᄒ여 겹침의 업디 여 눈을 감고 졍신을 기ᄅ며 (續紅 2:87)

】량비 쥬롤 마시고 씌반(喫飯)ᄒ믈 맛치미 포이개 ᄎ롤 올닌 후의 스스로 나아가 밥을 먹더라.

가뫼 좌탑의 나려 한가히 건니더니 쵸디 다라와 고ᄒ디,

"노지 방즈 아문 속의 가셔 탐문ᄒᄂ디 일개 년경ᄒ 셔리(書吏)롤 만나보니 졔 말슴이 이곳의 톄례(體禮)ᄂ 양계(陽界)의 관직은 론란말고 일졀 당의 올나 꾸러 안즈 호명ᄒ믈 드르며 만일 죄괘 업스면 믄득 죠ᄒ나 죄괘 잇ᄂ 이ᄂ 즉긱의 형구의 올닌다 ᄒ기로 노지 져롤 원보(元寶) 십기롤 쥴쥴노 허락ᄒ미 졔가 비 【91】 로쇼 말ᄒ기롤 명일의 긔셰롤 보와 쥬션ᄒ마 ᄒ기로 노지 홋길을 싱각ᄒ고 몬져 은즈롤 쥬엇다."

ᄒ니 가뫼 말을 드르미 스스로 싱각ᄒ죽 평싱의 비록 큰 악ᄒ 일은 업스나 종시 방심치ᄂ 못ᄒ지라. 믄득 니르디,

"잇ᄂ 은즈롤 네가 다만 가지고 쥬션이나 잘 ᄒ라. 너ᄂ 명일의 가히 무슨 모양을 지낼 터이냐?"

쵸디 니르디,

"노지 무어슬 두려ᄒ랴? 당년의 노태야롤 짜라 츌군홀 씌의 무슨 신감고(辛甘苦)함을 지니여 본 거시 업스리오? 성황노야(城隍老爺) 【92】의 졉고ᄒ믈 니르지 말고 믄득 넘나던 샹의 우ᄒᄂ 도산(刀山)이오, 아러ᄂ 기롬가미라도 져롤 두리지 아닌ᄂ다."

ᄒ니 가뫼 그 말을 듯고 대쇼ᄒ더라. 쵸디ᄂ 십개 원보롤 취ᄒ여 가지고 가모ᄂ 포이가롤 다리고 ᄒ ᄎ례 한담ᄒ다가 비로쇼 취침ᄒ더라.

ᄎ일 평명의 쵸디 교부롤 지쵹ᄒ여 가모의 쇼세 맛치믈 기다려 교즈의 뫼시고 포이가와 쵸디ᄂ 거러 짜라 ᄒ 씌가 못 되여 원문 밧긔 니르러 보니 일개 년경ᄒ 셔리가 싱기 【93】 미 미쳥목슈(眉淸目秀)ᄒ고 치빅슌홍(齒白唇紅)ᄒ지라. 그곳의 잇다가 희희히 우스며 손으로 지졈ᄒ여 교즈롤 가르쳐 메고 각 문 셔편 일기 원즈(院子) 속의 드러가 나려 노케 ᄒ고 즈긔가 교즈 옮히 니르러 공경ᄒ여 읍ᄒ며 니르디,

"만싱이 노태태의 평안ᄒ시믈 쳥ᄒ노라."

가뫼 보기의 졔 인믈이 풍류롭고 언에 공교ᄒ지라. 믄득 십기 원보의 력량인 줄 알고 썰

니 홈신ᄒ며 웃고 니르디,

"네 가히 우리 무리의 모든 일을 죠히 쥬션ᄒ라. 젼혀 너만 바라노 【94】 라."

그 셔리 디답ᄒ디,

"노태태ᄂ 다만 방심ᄒ라. 만싱이 엇지 힘을 다ᄒ지 아니미 이시리오?"

가미 또 무르디,

"그디의 죤셩은 무어시뇨?"

그 사롬이 웃고 니르디,

"만싱의 셩은 풍(馮)이오, 명은 년(淵)이오, 강남 샹쥬인(常州人)이라. 부친이 벼슬도 지니고 다만 만싱이 쳡을 스믈 인ᄒ여 금릉 짜 일개 셜가 셩 가진 사롬으로 더브러 피ᄎ의 스기롤 닷토ᄂ디 졔가 믄득 지믈을 의지ᄒ며 형셰롤 밋고 만싱을 짜려 죽인지라. 그러므로 만싱이 이곳의 니르러 고장(告狀)ᄒ 【95】 엿더니 관ᄉ의셔 ᄉ실ᄒ미 셜가 셩 가진 이가 만싱으로 더브러 견셰의 원얼(寃孽)이 잇고 또 졔가 양슈(陽壽)가 맛지 못ᄒ여 뼈 결안(結案)ᄒ기 어려온지라. 다ᄒᆡᆼ이 샹황 대노애 남방 사롬으로 셩이 림신디 만싱의 연고 업시 원통 바드믈 블샹히 너기고 또 글 닑은 사롬이라 ᄒ여 믄득 이곳 아문의 륙방(六房) 총판의 과궐의 보슈ᄒ엿기로 이졔 몃 희롤 죠히 지니노라."

가뫼 또 무르디,

"대노야ᄂ 남방 어니 곳 사롬이냐?"

풍년이 디답ᄒ디,

"쇼쥐부(蘇州府) 사롬으로 당년의 양쥬(揚州) 념 【96】 운ᄉ(鹽運司) 쇼임을 지니고 방즈……"

말이 여긔 니르러 다만 보니 의문(儀門) 속으로 죠ᄎ 일기 쟝쉬 나오며 부르디,

"풍총판(馮總辦)이 어디 잇ᄂ냐?"

풍총판이 급히 답응ᄒ고 뛰여 옮히 니르러 우슴을 씌고 니르디,

"반이애(潘二爺) 무슨 분뷔 잇ᄂ냐?"

그 쟝쉬 니르디,

"노애 '오놀은 신샹이 미우 샹쾌치 못ᄒ기로 너로 ᄒ여곰 졉고홀 화명(花名) 칙즈롤 가지고 셔방(書房) 속으로 드러 와셔 뵈라' ᄒ시니 싱각건디 쇼야(少爺)롤 맛겨 졉고ᄒ실ᄂ지 가히 뎡치 못ᄒ리라."

풍년이 듯고 썰니 칙즈롤 【97】 가져 일변

여러 보며 일변 교즈 옳히 니르러 무르디,

"노태야의 존휘는 가대션(賈代善)이오, 노태태 본집 셩은 가히 스시(史氏)며 금년의 팔십삼 셰 되엿느냐?"

가뫼 밋쳐 디답지 못ᄒ여 그 쟝쉬 부르지져 니르디,

"노야긔셔 셔방의 잇셔 기다리시는디 무엇ᄒ노라 ᄒ고 잡말노 이룰 뭇고 져룰 무러 보느냐?"

풍년이 감히 태만치 못ᄒ여 샐니 칙즈룰 가지고 쟝슈룰 ᄯᅡ라 드러가더라. 가뫼 포이가룰 향ᄒ여 니르디,

"너의 무리 드러보느냐? 졔 우리가 셜반(薛蟠)의 친쳑 [98] 이 되는 줄을 아지 못ᄒ는가 보도다. 졔 믄득 향릉 스믈 위ᄒ다가 셜반의 타스(打死)ᄒ믈 입은 그 공지로다."

쵸더 니르디,

"그 거슨 샹관되미 아니라. 져 무리 리역(吏役)을 당ᄒ는 사룸들이 다만 거믄 안쳥(眼晴)의 흰 은즈만 아라 볼 줄 만 아는지라. 엇지 남의 친쳑이야 아른 쳬 ᄒ랴?"

가뫼 니르디,

"졔가 방즈 말ᄒ기룰 이곳 대노얘 셩이 림시오 양쥬 넘운스룰 지니엿다 ᄒ니 우리 무리 림고 노얘 아니냐? 가히 앗갑다 져 뎡ᄯᅡ룰 뭇지 못ᄒ엿도다."

졍히 말ᄒ며 보 [99] 니 풍년이 헐헐히며 뛰여 교즈 옳히 니르러 희희 우스며 니르디,

"노태태야, 미우 깃브도다. 방즈 만싱이 칙즈룰 가지고 가미 노얘 보더니 머리룰 슉이고 ᄒ즈음 침음ᄒ다가 믄득 분부ᄒ여 쇼야룰 쳥ᄒ야 오라 ᄒ미 쇼얘 나와 칙즈룰 보더니 졔가 믄득 노야긔 품ᄒ고 친히 나와 볼 줄노 쳥ᄒ니 만싱이 비록 그 즁간 스졍은 아지 못ᄒ나 그 광경을 보미 도로혀 노태태가 무슨 친쳑이 되는 것ᄀᆞᆺ고 노얘 이졔 니간으로 드러가시니 싱각건디 필시 태태긔 고ᄒ라 [100] 가미라. 그런 바로ᄡᅥ 만싱이 몬져 와 쇼식을 통ᄒ느니 만일 친쳑이 되는 거슬 아라니거든 노태태긔 쳥ᄒ느니 만싱을 샹급ᄒ던 은즈 일졀을 노야긔 졔긔치 말나. 만싱이 즉직의 밧치리라."

가미 웃고 니르디,

"이 거슨 무슴 방해로오미 이시랴? 스쇼ᄒ"

필쵀(筆債)[57]야 어ᄂᆡ 아문 쇽의 업스랴? 다만 너가 본디 림가 셩 가진 녀셔는 이시디 아오로 즈식은 업고, 다만 일긔 녀ᄋᆞ만 두엇더니 거년의 죽엇는디 이졔 노얘 어ᄂᆡ 곳의셔 낫느냐?"

포이기 듯고 샐니 말 [101] 을 니어 니르디,

"그 노야가 져곳의셔 벼슬ᄒᆞ신 지 여러 히 된지라. 고노태태가 믄득 다시 늙으니룰 어더셔 ᄋᆞ둘을 낫치 못ᄒ엿시랴?"

풍년이 크게 우스며 졍히 셜화ᄒ더니 당샹의셔 호령쇼리 나며 니르디,

"한잡인을 믈너가라. 쇼얘 나오신다."

ᄒ거늘 가뫼 교즁의 잇셔 졍신을 머믈너 즈셰히 보니 아지 못게라 이 엇던 사룸인고? 하회의 분ᄒᆡ ᄒ라.

[쇽홍루몽續紅樓夢 권지삼卷之三]

【1】 화셜, 가뫼(賈母) 교즁의 잇셔 졍신을 머믈너 즈셰히 보니 량삼개 쇼시(小廝) 일위 쇼년 공즈룰 옹위ᄒ여 오는디 싱기미 긔위헌앙(器宇軒昂)ᄒ고 미목이 쳥슈ᄒ며 년긔 이십여 셰는 된지라. 가뫼 즈셰히 보다가 크게 놀ᄂᆞ며 울고 니르디,

"오는 거시 우리 쥬ᄋᆡ(珠兒) 아니냐?"

그 공지 가모룰 보더니 믄득 옳흐로 와 다리룰 안고 통곡ᄒ니 즁인이 그 연고룰 ᄭᆡ치지 못ᄒ여 졍히 【2】 경의ᄒ는 즈음의 당샹의셔 호통 삼츠의 대문과 의문(儀門)이 일졔히 통개(洞開)ᄒ며 팔기 쇼시 나와 가모의 교즈룰 메고 그 공즈는 교즈치룰 붓들고 몸을 굴너 의문의 드러가더니 일명 긔픠관(旗牌官)이 ᄯᅮ러 품ᄒ디,

"쳥컨디 노태태(老太太)는 당샹으로 올으라."

ᄒ며 쏘 호통 삼츠의 팔개 쇼시 메워 들고 대당(大堂)으로 올나 가셔 이당(二堂)의 드러가 비로쇼 교즈룰 나려놋터니 일위 관원이 금의슈복으로 교즈 겻히 공슈ᄒ고 셔거늘 가뫼 교즈의

---

57) 【필쵀】 圖 필채(筆債). 원고료. ¶ 筆債 ǁ 스쇼ᄒᆞ 필쵀야 어ᄂᆡ 아문 쇽의 업스랴 (些小筆資, 那個衙門裏沒有.) <續紅 2:100>

나려 ᄌᆞ세히 보니 과연 림여ᄒᆡ(林如海)【3】라. 참지 못ᄒᆞ여 크게 곡을 ᄂᆡ니 림공(林公)도 스ᄉᆞ로 샹감ᄒᆞ여 셜니 평안ᄒᆞ믈 청ᄒᆞ며 죠흐믈 뭇기ᄅᆞᆯ 맛치ᄆᆡ 량편의셔 몃 ᄀᆡ 복뷔 얼픗 나와 가모ᄅᆞᆯ 뫼시고 쇽으로 드러갈 ᄉᆡ 겨유 ᄐᆡᆨ문(宅門)의 니ᄅᆞ러 보니 량개 ᄋᆞ환이 부인을 옹위ᄒᆞ여 곡ᄒᆞ며 나오거ᄂᆞᆯ 가뫼 져 녀ᄋᆡ 가민인 쥴 아라 보고 모녀 량인이 포두통곡(抱頭慟哭)ᄒᆞ거ᄂᆞᆯ 림여ᄒᆡ 겻ᄒᆡ 잇셔 권ᄒᆞ여 니ᄅᆞᄃᆡ,

"노태태야, 금일 모녜 샹봉ᄒᆞ여시니 정히 맛당이 환희ᄒᆞᆯ 거시오 부인은 반ᄃᆞ시 곡ᄒᆞ지 말고【4】노태태ᄅᆞᆯ 양ᄒᆞ여 샹방(上房)으로 가시게 ᄒᆞ라."

어시의 즁인이 눈믈을 곳치고 모녜 숀을 ᄯᅳ을고 창문의 니ᄅᆞ니 ᄋᆞ두 무리 일즉 바올을 들고 샹방으로 드러가ᄆᆡ 방즁의 진셜ᄒᆞ여 노흔 거시 십분 정치ᄒᆞ고 비록 유명이 격ᄒᆞ여시나 진셰와 다ᄅᆞ미 업ᄂᆞᆫ지라. 림공 부뷔 가모ᄅᆞᆯ 양ᄒᆞ여 샹좌의 안치고 거듭 고두비례ᄒᆞ니 가뫼 답례ᄒᆞ고 가쥐 와셔 고두비알을 마치ᄆᆡ 일졔히 좌의 드러가며 가뫼 무ᄅᆞᄃᆡ,

"고노애(姑老爺) 양쥐(揚州)셔 홍셔(薨逝)ᄒᆞᆫ 후로 좃ᄎᆞ 믄【5】득 이곳의 셩황신(城隍神)이 되여시며 쥬ᄋᆞ(珠兒)ᄂᆞᆫ 엇지 시러곰 이곳의 니ᄅᆞ럿ᄂᆞ뇨?"

림공이 우ᄉᆞ며 ᄃᆡ답ᄒᆞᄃᆡ,

"쇼셰(小婿) 그 ᄒᆡ의 관ᄉᆞ 바리므로븟허 념왕긔 뵈니 념왕이 ᄉᆞ실ᄒᆞᄆᆡ 쇼셰 념운ᄉᆞ(鹽運司) 쇼임을 지ᄂᆡᄂᆞᆫᄃᆡ 샹고(商賈)의 돈을 탈취 아니ᄒᆞ므로ᄡᅥ 십분 경즁ᄒᆞ여 ᄒᆞ고 옥뎨긔 쥬문(奏聞)ᄒᆞ여 풍도셩황(酆都城隍)을 ᄎᆞ뎡ᄒᆞ여 념왕을 도와 일을 판리케 ᄒᆞ고 대질ᄋᆞᄂᆞᆫ 념왕이 졔 문무을 ᄉᆞ랑ᄒᆞ여 믄득 칙샹 아릐 머믈너 문부(文部)ᄅᆞᆯ 맛게 ᄒᆞ고 후릐의 쇼셰 도임ᄒᆞ【6】여 친쳑으로 아라두고 졔 고모가 믄득 여긔 이실 쥴을 뉘 알니오 쇼셰 이졔 ᄌᆞ식이 업ᄉᆞ믈 념왕긔 청ᄒᆞ여 질ᄋᆞᄅᆞᆯ 가져 더브러 나려와 나ᄅᆞᆯ ᄃᆡ신ᄒᆞ여 집의 ᄉᆞ무ᄅᆞᆯ 관셥게 ᄒᆞ고 어ᄂᆡ ᄒᆡ의 동부 쇽의 경대기(敬大哥) 니ᄅᆞ럿기로 경히 져ᄅᆞᆯ 다리고 가셔 노태야(老太爺)ᄅᆞᆯ 보고 쇼셰 져로 더브러 지삼 말을 ᄒᆞᄆᆡ 졔가 비로쇼 나ᄅᆞᆯ 쥬어 머믈게 ᄒᆞ엿노라."

가뫼 듯고 십분환희ᄒᆞ여 니ᄅᆞᄃᆡ,

"진ᄀᆡ 텬연(天緣)이 쥬교(湊巧)ᄒᆞ미오 고노야의 덕ᄒᆡᆼ으로 니ᄅᆞᆫ ᄇᆡ로다."

가부인【7】이 ᄯᅩ 가졍(賈政)과 가ᄉᆞ(賈赦)와 형(邢) 왕(王) 이부인이 모다 죠흐냐 무ᄅᆞ니 가뫼 믄득 가ᄉᆡ(賈赦) 죄ᄅᆞᆯ 범ᄒᆞ여 가산을 젹몰ᄒᆞᆫ 셜화ᄅᆞᆯ ᄒᆞ니 림공 부뷔 탄식ᄒᆞ믈 이긔지 못ᄒᆞ고 가뫼 ᄯᅩ 가쥬ᄅᆞᆯ 향ᄒᆞ여 니ᄅᆞᄃᆡ,

"너의 난ᄋᆡ(蘭兒) 네 식부의 직희고 양휵ᄒᆞ믈 닙어 졔가 이졔 십칠팔 셰가 되엿ᄂᆞᆫᄃᆡ 시문을 죠히 짓고 글닑기ᄅᆞᆯ ᄉᆞ랑ᄒᆞᄂᆞ니라."

가쥐(賈珠) 듯더니 심즁이 참연(慘然)ᄒᆞ믈 ᄭᆡᄃᆞᆺ지 못ᄒᆞ고 셜니 니러셔 ᄃᆡ답ᄒᆞ여 니ᄅᆞᄃᆡ,

"이거시 도시 노태태의 쇼일의 교양ᄒᆞ시미로다."

가【8】부인이 입을 니어 니ᄅᆞᄃᆡ,

"우리 ᄃᆡ옥ᄋᆞ뒤(黛玉丫頭) 금년의 십칠팔 셰ᄂᆞᆫ 되엿ᄂᆞᆫᄃᆡ 노태태(老太太) 져ᄅᆞᆯ 다려다가 집의 두시고 은혜로 기ᄅᆞ신다 ᄒᆞ니 아지 못게라 어린 ᄢᆡ의 비ᄒᆞ여 젹이 쟝셩ᄒᆞ엿ᄂᆞᆫ지 도로혀 그 모양으로 약ᄒᆞᆫ지……"

말ᄒᆞ며 ᄆᆡ우 츄연(愀然)ᄒᆞ여 ᄒᆞ거ᄂᆞᆯ 가뫼 말을 듯고 벙벙ᄒᆞᆫ지 반향의 니ᄅᆞᄃᆡ,

"엇지 너의 무리 ᄃᆡ옥ᄋᆞ두ᄅᆞᆯ 보지 못ᄒᆞ엿ᄂᆞ냐? 졔가 죽은 지 일 년이나 되엿ᄂᆞᆫᄃᆡ 가히 어ᄃᆡ로 갓시랴?"

가부인이 듯더니 놀나 면목이 빗출 곳치고【9】반향의 울며 니ᄅᆞᄃᆡ,

"엇지 우리 ᄃᆡ옥이 죽은 지가 일 년이 너멋ᄂᆞᆫᄃᆡ 우리 무리ᄂᆞᆫ 이곳의 의셔 져를 보지 못ᄒᆞ엿ᄂᆞᆫ고? ᄉᆡᆼ각건ᄃᆡ 필시 노야가 아문(衙門)의 츌입ᄒᆞᄂᆞᆫ 사ᄅᆞᆷ을 쇼홀이 아라 크게 아른 체 아니ᄒᆞ고 ᄃᆡ옥 쇽으로 보ᄂᆡ여 갓거나 그러치 아니ᄒᆞ면 믄득 어ᄂᆡ 곳으로 보ᄂᆡ여 환ᄉᆡᆼᄒᆞ게 ᄒᆞᆫ 거시니 이 거슬 엇지 견ᄃᆡ랴! 우리 ᄋᆞᄒᆡ야, 너ᄅᆞᆯ 괴롭게 구럿도다."

말ᄒᆞ며 믄득 방셩대곡ᄒᆞ니 가뫼 참지 못ᄒᆞ여 역시 곡을 니ᄅᆞ혀거ᄂᆞᆯ 림공이 ᄆᆞ음이 슬【10】허 락누(落淚)ᄒᆞ며 믄득 가쥬ᄅᆞᆯ 향ᄒᆞ여 니ᄅᆞᄃᆡ,

"질ᄋᆞ야, 네 가셔 풍춍판(馮總辦)을 불너 져다려 분부ᄒᆞᄃᆡ 샹년의 졈고ᄒᆞ던 치부ᄎᆡᆨ[58]을

58) 【치부ᄎᆡᆨ】 [명] 치부책(置簿冊). ¶ 號簿 ‖ 네 가셔 풍춍판을 불너 져다려 분부ᄒᆞᄃᆡ 샹년의 졈

가지고 즈셰히 스실ㅎ여 림디옥의 명ㅉ가 잇는
지 업는지 보고 다시 념왕부 쇽 최판관(崔判官)
아문의 가고 젼륜왕(轉輪王) 부즁의 츌입ㅎ는
치부를 가져 모다 스실ㅎ면 믄득 림미미(林妹
妹)의 햐락(下落)을 알지니 져로 ㅎ여곰 붉히 스
실ㅎ고 즉직의 회보케 ㅎ라.”

가취 답응ㅎ고 곳 가더라. 림공이 쏘 져의
모녀를 권ㅎ여 니르디,

“부인은 【11】 반드시 곡ㅎ지 말고 다만 방
심ㅎ라. 디옥이 우리 무리 관쇽ㅎ다 말 말고 도
로혀 츠즈니지 못홀가 두려ㅎ며 믄득 사롬의 집
의 환싱ㅎ엿다 ㅎ디 도로혀 용이히 판리(辦理)
홀 거시니 노태태 년긔 만ㅎ신디 노인으로 ㅎ여
곰 과히 비샹케 말나.”

가부인이 눈믈을 거두고 무러 니르디,

“너 싱각ㅎ니 디옥 격은 ㅇ히 삼지팔난(三
災八難)은 잇다 ㅎ여도 아지 못게라 무슨 리해
되는 병을 어더 믄득 죽엇느뇨?”

가취 실샹을 말ㅎ즈 ㅎ나 쏘 가부인이 번
뇌홀가 두려워 【12】 믄득 눈믈을 흘니며 모호히
디답ㅎ디,

“져 ㅇ히 싱긴 거시 너모 약ㅎ고 쏘 미우
총명도 ㅎ고 가히 다심(多心)도 ㅎ며 너 집의
니르므로붓허 샹히 히슈(咳嗽)ㅎ기로 너가 져를
인삼양영환(人蔘養榮丸)도 만히 먹이고 미일의
연와탕(燕窩湯)을 고와 죠셥ㅎ여 쥬나 능히 효
험을 보지 못ㅎ고 도져히 토혈ㅎ다가 망ㅎ엿
다.”

ㅎ고 말이 여긔 니르미 쏘 곡ㅎ디,

“나의 공교혼 ㅇ히 진긔 날노 ㅎ여곰 후히
ㅎ나 밋지 못ㅎ도다.”

가부인이 그 뜻을 끼치지 못ㅎ고 다만 디
【13】 답ㅎ디,

“노태태는 후회치 마르쇼셔. 도시 계가 복
분(福分)이 업는 거시오. 노태태긔셔 날노 져를
스랑ㅎ시도다.”

모녜 졍히 말ㅎ더니 노픠 드러와 픔ㅎ디,

“죠반을 굿쵸왓시니 어니 곳의 버려 올니
리잇가?”

ㅎ거늘 림공이 니르디,

“노태태 겨유 오샤 신지(身子) 곤핍ㅎ실 거
시니 죠반을 믄득 져 쇽의 버려 올니고 네 남인
(男人)다려 닐너 오늘 밤의 쥬셕을 판비(辦備)ㅎ
고 혹시 희즈(戱子)를 등디ㅎ던지 혹시 풍악을
디령ㅎ던지 노태태의 드르시기를 슈후케 ㅎ라.”

가취 샐니 말녀 니르디,

“희 【14】 즈를 등디 말고 너의 무리 고랑
의 햐락(下落)을 츳기를 기다려 너가 다시 무어
슬 드롤난지 ㅎ리라.”

말ㅎ미 다만 가취 드러와 고ㅎ디,

“풍춍판이 임의 명을 죠츠 스실ㅎ라 갓다.”
ㅎ더라.

어시의 츠환 무리 밥을 올니니 가모는 졍
즁의 안고 림공 부부는 그 겻히 안고 가쥬는 히
[하]면의 뫼셔 술을 마시는 즁의 가부인이 믄득
스긔야(司棋兒) 부르니 일긔 년경혼 부인이 다
라나와 쑤러 안즈 가모의게 머리를 죠으니 가취
즈셰히 보고 무르디,

“네가 이고랑의 ㅇ뒤 아니냐?”

가부인이 디 【15】 답ㅎ디,

“긔가 아니면 뉘리오? 젼일의 림공이 당의
안즈 졈고ㅎ다가 졔 래력(來歷)을 무러니니 졔
가 고구(姑舅) 거거(哥哥) 반우안(潘又安)으로 더
브러 혼인을 일우지 못ㅎ고 쌍쌍이 즈진(自盡)
ㅎ엿는지라. 림공이 져의 무리 의긔(義氣) 이시
믈 블샹히 너겨 가즁의 머믈너 두어 짝지어 부
부를 삼앗다.”

ㅎ니 가취 니르디,

“나는 다만 졔가 올치 못ㅎ미 이시믈 알고
드러니여 보니엿더니 아오로 졔가 져런 스졍이
잇는 줄은 아지 못ㅎ엿도다. 가히 앗갑다! 녕ㅇ
뒤(迎丫頭) 진긔 노실(老實)ㅎ디 졔 노뷔 엇지 【
16】 후두훈 믈건이던지 손가 녀셔를 어더 쥬엇
는디 사롬되미 극히 평샹ㅎ여 무단이 녕ㅇ로 ㅎ
여 복기여 죽게 ㅎ엿도다.”

가부인이 놀나며 니르디,

“녕ㅇ뒤 진긔 죽엇는지 노애 미일 졈고ㅎ
는디 엇지 져의 명ㅉ는 업는고?”

림공이 이샹히 너겨 니르디,

“셰샹의 녀ㅇ들이 모다 우리 무리 관쇽ㅎ
는 디 붓지 아니ㅎ엿는지?”

졍히 말이 여긔 니르러 챵 밧긔 사롬이 잇

___

고ㅎ던 치부칙을 가지고 즈셰히 스실ㅎ여 림디
옥의 명ㅉ가 잇는지 업는지 보고 (你去叫馮書
爲來, 吩咐敎他在上年過堂的號簿上查一査, 看有
林黛玉的名字沒有?) <續紅 3:10>

셔 품ᄒ디,

"반우안(潘又安) 이노야(二老爺)긔 품홀 말이 잇다."

ᄒ거눌 림공이 니르디,

"드러와 말ᄒ게 【17】 ᄒ라. 여긔는 져 피홀 사룸이 업다."

ᄒ니 반우안이 드러와 가모긔 고두ᄒ고 림공의 귀의 다혀 가마니 몃 구졀 말ᄒ니 림공이 믁연양구(默然良久)의 눈셥을 찡긔고 니르디,

"아랏노라."

가부인이 니르디,

"너의ᄂ 쇽이지 말나. 디옥의 햐락을 찻지 못ᄒ면 너가 그져 잇지 아니리라."

림공이 니르디,

"부인은 챡급ᄒ여 말나. 너가 별노이 츠질 도리 이시니 질ᄋᄂ 명죠의 친히 사룸을 다리고 십팔층 디옥(地獄)과 칠십이 ᄉ(司)의 가 ᄒ밧탕 ᄉ실ᄒ여 보고 반우안은 쟝쇽을 곳치고 셩니 셩 【18】 외 향촌방옥(鄕村房屋)과 암관ᄉ원(庵觀寺院) 각쳐의 단녀 츠ᄌ량이면 결단코 츳지 못홀니 업고 풍총판은 고시방(告示榜)을 뻐 각쳐의 부쳐 샹격(賞格)을 다라 츠ᄌ 보게 ᄒ라."

반우안이 답응ᄒ고 나가더라.

엇지의 즁인이 밥을 먹고 츠롤 마시더니 쵸디(焦大) 포이가(鮑二家)로 더부러 다라와 림공부부의게 고두ᄒ고 쵸디 림공긔 명일의 념왕 보ᄂ 규구(規矩)롤 무러 보고 노샹의셔 포이가 쇽량ᄒ ᄉ연을 고ᄒ니 림공이 웃고 니르디,

"노태태ᄂ 친히 가시지 말고 너의 무리도 가지 말지라. 【19】 명일의 너가 부즁의 드러가 념왕긔 면품(面稟)홀 거시니 너의 무리ᄂ 방심ᄒ고 모다 가셔 밥이나 먹으라."

ᄉ긔(司棋) 드디여 져 두 사룸을 다리고 가셔 관디ᄒ더라. 림공이 오즉 져의 모녀가 슬허홀가 두려 우스며 니르디,

"부인은 질ᄋ로 더브러 엇지 노태태롤 뫼시고 화원 속의 가셔 흔가히 노니시게 ᄒ고 도라와 골픽 쇼견이나 ᄒ시게 ᄒ라. 나는 셔방(書房)의 니르러 져 무리롤 최쵹ᄒ여 문셔롤 막비ᄒ여 가지고 명죠의 부중의 나아가 념왕긔 품과(稟過)ᄒ 후의 믄득 노태 【20】 태롤 머믈너 이곳의 잇셔 금년을 지니시고 내가 명년의 텬즈의 승품(陞品)ᄒ여 올나가기롤 기다려 ᄒᆱ긔 하놀의

올나가시게 ᄒ리라."

ᄒ고 말이 맛츠미 각기 몸을 니러 가더라.

가부인이 질ᄋ로 더브러 가모롤 뫼시고 화원 각쳐의 니르러 흔가히 노닐고 츠일의 림공이 부즁의 드러가 ᄉ무롤 판리(辦理)ᄒ고 오후의 바야흐로 도라와 가모롤 향ᄒ여 니르디,

"쇼셰(小婿) 금죠의 념왕을 뵈옵고 노태태의 일을 붉히 품ᄒ미 믄득 최ᄌ롤 ᄉ실흔죽 노태태긔셔 일셩 【21】 의 과악(過惡)이 업ᄂ지라. 념왕이 심히 깃거ᄒ여 일졀 윤죵(允從)ᄒ시다."

ᄒ며 쵸디롤 부르니 쵸디 림공의 도라오믈 보고 일죽 문외의 잇셔 ᄉ후ᄒ더니 흔 번 브르믈 듯고 밧비 드러와 머리롤 죠으며 니르디,

"노지 여긔 잇다."

ᄒ니 림공이 니르디,

"너 늙은 업츅아! 룡왕긔셔 말ᄒ시기롤, '네가 미양 술을 취ᄒ면 쥬복의 명분을 아지 못ᄒ고 사룸을 ᄭ짓기롤 죠하ᄒ니 맛당히 발셜디옥(拔舌地獄)의 가둘 거시로디 네가 노태야롤 ᄯ라셔 쥭을 힘을 다 【22】 ᄒᄆᆯ 인ᄒ기로 아직 은혜롤 더ᄒ여 뻐 스스로 시로와지ᄂ 길을 쥰다.' ᄒ시니 네 가쟝 허믈을 곳쳐야 비로쇼 죠ᄒ리라."

쵸디 샐니 ᄭ러 고두샤은(叩頭謝恩)ᄒ고 림공이 ᄯ 니르디,

"포이가ᄂ 슈쇽(收贖)ᄒ여 쥬믈 허락지 아니ᄒ시기의 너가 진삼 간구ᄒ미 념왕이 부득이ᄒ여 도로혀 날노 ᄒ여곰 노싀롤 ᄉ 져의 환싱ᄒᄂ 쥬인을 갑하 쥬어 뻐 그 문안을 맛게 ᄒ라 ᄒ시더라."

포이긔 말을 듯고 역시 고두샤은ᄒ고 흔긔 환열치 아니리 업더라.

지셜, 가보 【23】 옥(賈寶玉)이 그날 향시의 츌쟝ᄒᄆ로 죠츠 죠인총즁(稠人叢中)의 잇셔 그 머리 헌 화샹(和尙)을 보고 믄득 틈을 타 가량을 바리고 그 화샹을 ᄯ라갈 식 그 화샹이 보옥의 ᄲ ᄋᆨ 우홀 향ᄒ여 흔 입긔운을 블미 믄득 심즁이 미혹ᄒ믈 ᄭ ᄃᆺ고 다리 아러 구룸이 나ᄂ 모양 ᄀᆺ트여 흔 ᄶ가 못ᄒ여 셩지와 방옥(房屋) 그림ᄌ 가지련ᄒ여 모다 뵈지 아니ᄒ고 다만 흔 낫 다리 져ᄂ 도인이 그곳의 잇셔 흡흡대쇼ᄒ며 니르디,

"이리 오라. 텬륜지졍(天倫至情)을 가히 비

샤치 아니치 못ᄒᆞ리라."

【24】 ᄒᆞ고 어시의 승도 량인이 보옥을 닛글고 하슈가의 니ᄅᆞ러 보니 일 쳑 대션이 그 쇽의 ᄆᆡ혀 잇ᄂᆞᆫ지라. 보옥을 다려 션두의 올니고 ᄒᆞ여곰 비례케 ᄒᆞ니 보옥이 이ᄯᅢ의 명ᄇᆡᆨ히 져의 부친이 션즁의 안ᄌᆞ 이시믈 보ᄆᆡ 심즁이 황홀ᄒᆞ여지고 입 쇽으로 말이 나오지 아니ᄒᆞ고 내 몸을 부득ᄌᆞ유(不得自由)ᄒᆞᄂᆞᆫ 모양 ᄀᆞᆺᄐᆞ여 고두ᄒᆞ믈 겨유 맛치ᄆᆡ 량인이 믄득 져ᄅᆞᆯ 븟들고 언덕으로 올나가 다리가 ᄡᅡ히 븟지 못ᄒᆞ고 나는 ᄃᆞ시 힝ᄒᆞ여 몃 ᄯᅢ가 못되여 다만 보니 젼 【25】 면의 일좌 고산(高山)이 만쟝(萬丈)이 ᄎᆞ아(嵯峨)ᄒᆞ여 곳 운환(雲漢) 즁의 ᄭᅩᆺ쳐 잇고 산 어귀의 드러가ᄆᆡ 돈연이 안계가 광명ᄒᆞ여 별노이 ᄒᆞᆫ 셰계라. 보옥이 이ᄯᅢ의 심즁이 비로쇼 쳥상ᄒᆞ여지고 눈을 드러 보ᄆᆡ 그 화샹과 도ᄉᆡ 돈연이 형용이 곳치여 무ᄉᆞᆫ 머리 헐고 발을 젓ᄂᆞᆫ 형샹이랴. 일ᄀᆡᄂᆞᆫ 비로모(毗盧帽)ᄅᆞᆯ 니고 몸의 가ᄉᆞ(袈裟)ᄅᆞᆯ 입엇ᄂᆞᆫᄃᆡ ᄇᆡᆨ면쟝슈(白面長鬚)오, 일ᄀᆡᄂᆞᆫ 머리의 눈건(輪巾)을 니고 몸의 학챵의ᄅᆞᆯ 닙엇시ᄃᆡ 아롬다온 눈과 긴 슈염이 표표ᄒᆞ여 신션의 긔ᄀᆡ이 【26】 시니 보옥이 보ᄆᆡ 놀나믈 먹음고 몸을 굽혀 졀ᄒᆞ며 무ᄅᆞᄃᆡ,

"쳥컨ᄃᆡ 량위 ᄉᆞ부의 법호(法號)ᄅᆞᆯ 알고ᄌᆞᄒᆞ노라."

그 화샹이 웃고 니ᄅᆞᄃᆡ,

"나ᄂᆞᆫ 망망대ᄉᆞ(茫茫大士)오 져위 도우(道友)ᄂᆞᆫ 묘묘진인(渺渺眞人)이라. 우리 량인이 ᄀᆡ벽되므로븟허 믄득 이 산의 잇셔 거쥬ᄒᆞ엿노라."

보옥이 ᄯᅩ 무ᄅᆞᄃᆡ,

"이 산 일홈은 무어시뇨?"

그 도인이 ᄃᆡ답ᄒᆞᄃᆡ,

"이 산 일홈은 대황산(大荒山)이오, 즁간의 가쟝 놉ᄒᆞᆫ 봉오리가 믄득 쳥경봉(靑埂峰)이라 일홈ᄒᆞ고 하면의 일ᄀᆡ 동뷔이시니 일홈은 공공동(空空洞)이라. 믄득 우리 량인 【27】 의 슈련ᄒᆞᄂᆞᆫ 곳이니 네가 ᄯᅩ 우리ᄅᆞᆯ ᄯᅡ라 이곳으로 오라. 도ᄅᆞ혀 일ᄀᆡ 붕우가 거긔 잇ᄂᆞ니라."

보옥이 드ᄅᆞᄆᆡ 깃브믈 이긔지 못ᄒᆞ여 믄득 ᄯᅡ라 완보로 힝ᄒᆞ여 동문 어귀의 니ᄅᆞᄆᆡ 다만 보니 샹면의 일ᄀᆡ 줄노 민ᄃᆞᆫ 편ᄋᆡᆨ을 다라시ᄃᆡ '위션최락(爲善最樂)' ᄉᆞᄀᆡ 대ᄌᆞᄅᆞᆯ 삭여 잇고 량편의 일ᄉᆡᆼ 련귀을 삭엿ᄂᆞᆫᄃᆡ

栽培心上地, 涵養性中天.

ᄆᆞᄋᆞᆷ 우희 ᄯᅡ흘 ᄌᆡ비ᄒᆞ고 셩픔 가온ᄃᆡ 하ᄂᆞᆯ을 함양ᄒᆞ라.

ᄒᆞ엿ᄂᆞᆫ지라. 보옥이 웃고 니ᄅᆞᄃᆡ,

"ᄉᆞ부야, 이 모양 션경의 엇지ᄒᆞ여 사ᄅᆞᆷ 놀니뇨? 【28】 글귀ᄅᆞᆯ ᄲᅧ 붓치지 아니ᄒᆞ고 엇지 난슉(爛熟)ᄒᆞᆫ 편ᄋᆡᆨ을 가져 이곳의 파셔 거럿ᄂᆞ냐?"

노승되 듯고 흡흡히 대쇼ᄒᆞ며 니ᄅᆞᄃᆡ,

"네가 져 련귀의 ᄉᆞ연이 극히 난슉다 니ᄅᆞᄂᆞ냐? 입 쇽의ᄂᆞᆫ ᄌᆞ연 난슉다 니ᄅᆞ려니와 몸쇼 힝ᄒᆞ여 가량이면 믄득 ᄆᆡ우 싱되믈 ᄭᆡ다를지라. 네 능히 져 열네 ᄀᆡ 글ᄌᆞᄅᆞᆯ 몸의 본밧고 ᄆᆞᄋᆞᆷ으로 힝ᄒᆞ면 믄득 즁의문의 뎨일의 뎨 되리라."

보옥이 드ᄅᆞᄆᆡ 믄득 어름을 니마의 던 ᄃᆞᆺᄒᆞ여 황연이 크게 ᄭᆡᄃᆞᆺ고 그 화샹이 동문 돌골 【29】 희〔石環〕ᄅᆞᆯ 경경히 치며 숑학(松鶴)이라 부ᄅᆞ니 돌문이 열니며 일지 죵지 나오며 무ᄅᆞᄃᆡ,

"ᄉᆞ뷔 도라 오시ᄂᆞ냐?"

ᄒᆞ고 몬져 쒸여 드러가더라.

승도 량인이 보옥을 닛글고 동문의 드러가ᄆᆡ 다만 보니 긔화이쵸(奇花異草)의 쳥향(淸香)이 박비(撲鼻)ᄒᆞ고 반졈 틧글이 업고 우편이 심슈ᄒᆞᆫ지라. 보옥이 졍히 ᄉᆞ량ᄒᆞᄂᆞᆫ ᄌᆞ음의 쇽으로 일개 쇼년이 나오ᄂᆞᆫᄃᆡ 웃ᄂᆞᆫ 얼골이 가히 움킬만ᄒᆞ고 니ᄅᆞᄃᆡ,

"ᄉᆞ뷔 신고ᄒᆞ시도다. 보형뎨도 오ᄂᆞ냐?"

보옥이 자셰히 보니 다른 사ᄅᆞᆷ이 아니오 믄득 류샹련(柳湘蓮)이라. 대 【30】 희과망(大喜過望)ᄒᆞ믈 금치 못ᄒᆞ니 량인이 셔로 보ᄆᆡ 븟들고 급히 무ᄅᆞᄃᆡ,

4

관음암봉제우진종 풍도성원앙견가모
觀音庵鳳姐遇秦鍾 酆都城鴛鴦見賈母

"류이기(柳二哥) 원리 여긔 잇고 별리의 무양이 지니엿ᄂᆞ냐?"

샹련이 급히 우ᄉᆞ며,

"조호냐?"

뭇고 셔로 손을 쓰러 잡으니 승도 량인이 믄득 우숨을 일워내며 니ᄅᆞ디,

"너의 두 사롬이 가히 타향의 고인을 만낫다 니롤지라. 션당(禪堂)의 드러가 다시 졍회롤 파라."

ᄒᆞ고 몬져 드러가니 보옥과 샹련이 뒤흘 ᄯᆞ라 드러가 몬져 ᄉᆞ뎨의 례롤 힝ᄒᆞ고 뒤히 붕우지졍을 펼 시 송학동ᄌᆞ(松鶴童子) 츠롤 밧드러 올니거놀 마 【31】 시기롤 파ᄒᆞ미 보옥이 몬져 니러셔며 웃고 니ᄅᆞ디,

"뎨ᄌᆞᄂᆞᆫ 하계 범골노 량위 션ᄉᆞ의 바리지 아니시믈 입어 졔도(濟度)ᄒᆞ여 산으로 다려오시니 원컨디 션ᄉᆞᄂᆞᆫ ᄌᆞ비지심을 발ᄒᆞ여 참션ᄒᆞ며 오도(悟道)ᄒᆞᄂᆞᆫ 노경(路徑)과 명심ᄒᆞ며 견셩(見性)ᄒᆞᄂᆞᆫ 공부롤 지시ᄒᆞ셔야 뎨ᄌᆞ의 쳔리부급(千里負笈)ᄒᆞ미 헛되지 아니리라."

승도 량인이 우ᄉᆞ며 니ᄅᆞ디,

"네가 본리 어리셕은 사롬이로다. 유(儒)·셕(釋)·도(道) 삼교가 일홈은 비록 다르나 리치ᄂᆞᆫ ᄒᆞᆫ 가지라. 셕·도 량가의 명심견셩(明心見性)ᄒᆞᄂᆞᆫ 거슨 즉 유교의 극긔 【32】 복례(克己復禮)ᄒᆞ미오, 셕·도 량가의 입졍참션(入靜參禪)ᄒᆞᄂᆞᆫ 거슨 즉 유교의 졍심셩의(正心誠意)ᄒᆞᄂᆞᆫ 거시오, 셕·도 량가의 졍혜(定慧)란 거슨 즉 유교의 신독(愼獨)이라. 네가 방ᄌᆞ 동문의 련귀롤 보고 믄득 뼈 난슉ᄒᆞ다 ᄒᆞ니 가히 보건디 너는 갓가온 거슬 바리고 먼 거슬 구ᄒᆞᄂᆞᆫ지라. 우리 무리 이졔 너의 쇼시(小時)의 닑은 바롤 말ᄒᆞ여 널노 ᄒᆞ여곰 듯게 ᄒᆞ리라. 비컨디 도란 밧 ᄌᆞᄂᆞᆫ 가히 슈유도 ᄯᅥ나지 못ᄒᆞᆯ지니 가히 ᄯᅥ나면 되 아니라. 이런 고로 군ᄌᆞᄂᆞᆫ '그 보지 못ᄒᆞᄂᆞᆫ 바의 경계ᄒᆞ며 그 듯지 못 【33】 ᄒᆞᄂᆞᆫ 바의 공구(恐懼)ᄒᆞᆫ다.' ᄒᆞ니 이 거시 믄득 지극히 ᄲᆞ른 노경이오, '례 아니면 보지 말며 례 아니면 듯지 말며 례 아니면 말ᄒᆞ지 말며 례 아니면 움죽이지 말나.' ᄒᆞ니 이 거슨 믄득 졀묘ᄒᆞᆫ 구결(口訣)이오, '사롬이 ᄒᆞ나흘 능히 ᄒᆞ거든 너 몸은 빅을 ᄒᆞ며 사롬이 능히 열흘 ᄒᆞ거든 너 몸은 쳔을 ᄒᆞ라.' ᄒᆞ니 이 거슨 믄득 극진ᄒᆞᆫ 공뷔라. 네가 만일 긔여히 통관운긔(通關運氣)와 감니연홍(坎離鉛汞)의 일을 강구ᄒᆞᆯ 양이면 곳 믄득 혹셰무민(惑世誣民)ᄒᆞᄂᆞᆫ 말이니 우리 량인의 알 비 아니라."

【34】 보옥이 말을 드ᄅᆞ미 대경실식ᄒᆞᄆᆞᆯ 금치 못ᄒᆞ고 니ᄅᆞ디,

"션ᄉᆞ의 져럿툿 강론ᄒᆞ시믈 죠ᄎᆞ량이면 엇지 능히 신션을 일우고 부쳐가 되며 빅일의 승텬ᄒᆞ리오?"

그 승도 량인이 우ᄉᆞ며 니ᄅᆞ디,

"너ᄂᆞᆫ 진긔 어리셕은 사롬이로다. 지나ᄂᆞᆫ 밧 지 화ᄒᆞ고 잇ᄂᆞᆫ 밧 ᄌᆞ의 신령ᄒᆞ여 샹희가 텬디로 더브러 홈긔 흐르ᄂᆞ니 엇지 다만 빅일승텬홀 ᄯᆞ름이랴?"

보옥이 듯더니 황연대오(恍然大悟)ᄒᆞ며 깃거 슈무족도(手舞足蹈)ᄒᆞᄆᆞᆯ 일워내며 니ᄅᆞ디,

"원리 션불의 도가 반ᄃᆞ시 다른 디 【35】 구홀 거시 아니라. 다만 졍심셩의(正心誠意)홀 ᄯᅮᆫ이라."

ᄒᆞ니 승도 량인이 박쟝대쇼ᄒᆞ며 니ᄅᆞ디,

"완만ᄒᆞᆫ 돌이 머리롤 쓰더기ᄂᆞᆫ도다. 이졔

네가 임의 씨다르시니 믄득 여긔 잇셔 샹련과
더브러 동심합력(同心合力)ᄒ여 우리 무리 젼ᄒᆫ
바 구결(口訣)과 쥬던 바 심법(心法)을 가져 날
노 시로이 ᄒ여 삼월의 어긔지 아니ᄒᄂᆫ 씨의
니르러 우리 량인이 다시 와 흐미ᄒᆫ 믈가홀 지
졈홀 거시오. 이졔 오히려 맛치지 못ᄒᆫ 인과가
잇기로 도로혀 산의 나려 다르려 ᄒᆫ다."

ᄒ고 말ᄒ 【36】 며 믄득 몸을 니러 숑학을
향ᄒ여 니르디,

"네가 여긔 잇셔 죠히 너의 량위 스형을
스후ᄒ라."

ᄒ고 믄득 동문으로 나가거늘 보옥과 샹련
이 보내여 문밧긔 나미 져 두 사ᄅᆷ이 스미롤 ᄒᆫ
번 썰치더니 임의 뵈지 아닌ᄂᆫ지라. 보옥이 신
혼을 니여 벙벙이 셧거늘 샹련이 웃고 니르디,

"보형뎨야, 엇지ᄒ여 져리ᄒᄂ냐?"

보옥이 비로쇼 머리롤 두루혀며 샹련의 손
을 잡고 니르디,

"류이가야, 네가 져 량위 션스롤 ᄯᆞ라와셔
슈련ᄒᆫ 지가 희가 만흐니 싱각건 【37】 디 반션
의 신톄가 이시리라."

샹련이 니르디,

"너ᄂᆫ 드러와 안즈면 니가 셰셰히 고ᄒ리
라."

ᄒ고 다시 션방의 드러가 대면ᄒ여 안즈며
샹련이 몬져 무르디,

"보형뎨야, 너ᄂᆫ 후문(侯門)의 공즈오 국가
의 훈쳑(勳戚)이라. 무어슬 위ᄒ여 가향(家鄉)을
포기ᄒ고 골육을 비각(排却)ᄒ고 져 두 사ᄅᆷ을
ᄯᆞ라 황냥ᄒᆫ 산즁의 드러와 무한ᄒᆫ 고쵸롤 바드
랴 ᄒᄂ냐?"

보옥이 웃고 디답ᄒ디,

"류이가야, 네 져 말이 미오 통치 못ᄒ도
다. 너ᄂᆫ 당디(當代)의 호걸(豪傑)이오, 환문(宦
門)의 셰예(世裔)라. 너ᄂᆫ ᄯᅩ 무어슬 위ᄒ 【38】
여 여긔 니르럿ᄂ냐?"

샹련이 웃고 니르디,

"나ᄂᆫ 일단 졍연(情緣)이 잇기로 부득블 이
ᄀᆞ치 ᄒ노라."

보옥이 니르디,

"너ᄂᆫ 일단 졍연이 잇고 나ᄂᆫ 쵸목이라 맛
당히 일단 졍연이 잇지 못ᄒ랴?"

량인이 셔로 보며 웃고 숑학 동지 ᄎ롤 올

니거늘 보옥이 손으로 ᄎ 그르슬 밧들고 샹련을
향ᄒ여 ᄒᆫ 마디 탄식ᄒ며 니르디,

"류이가야, 쇼뎨가 ᄒᆫ 싱각 어리셕은 졍으
로 ᄭᅮᆷ 속의 태허환경(太虛幻境)의 드러가믈 인
ᄒ여 홍진을 바리고 션스롤 ᄯᆞ라 이곳의 니르기
ᄂᆫ 졍도롤 닥가 일우고 【39】 거듭 태허환경의
도라가 반드시 쇼원 일우기롤 바라더니, 뉘 알
니 량위 션시 도로혀 반일 스셔(四書) 공부롤
강론하여 날노 ᄒ여곰 크게 바라ᄂᆫ 바롤 일케
ᄒ도다."

샹련이 웃고 디답ᄒ디,

"형뎨야, 네가 맛춤니 량위 션스의 리력을
아지 못ᄒᄂ도다. 져가 비록 츌가ᄒᆫ 사ᄅᆷ이나
극히 사ᄅᆷ의 죠흔 일을 셩취ᄒ여쥬믈 스랑ᄒ기
로 젼즈의 우형이 여긔 니르미 션스의 입으로
스셔 몃 귀결 쥬믈 닙어 졍심ᄒ고 비화 가더니
과연 긔묘ᄒ미 잇고 어ᄂ 날 【40】 우연이 한담
ᄒ다가 나의 일단 츙곡(衷曲)을 가져 ᄒᆫ 두 가
지롤 젹이 드러니엿더니 져 량인이 듯고 몬져
너의 명ᄶᆞ롤 부르며 말ᄒ디, '네가 미구의 여긔
니르리라.' ᄒ고 ᄯᅩ 니르디, '다만 너의 무리ᄂᆫ
뜻 셰우기롤 진젹(眞的)ᄒ고 셩실(誠實)이 ᄒ여
닥가 공힝(功行)이 원망ᄒᄂᆫ 디 니르면 너의 무
리로 ᄒ여곰 ᄆᆞᆷ이 맛고 뜻과 ᄀᆞᆺ트여 텬하 사
ᄅᆷ으로 ᄒ여곰 우리 량긔의 슈단을 알게 ᄒ고
너의 무리 유가의셔 흥샹 말ᄒ기롤, '우리 무리
가 허무젹멸(虛無寂滅)ᄒ여 쓸 디 업 【41】 ᄂ
이단이라 일ᄏᄂᆫ 거슬 면케 ᄒ리라.' ᄒ니 보형
뎨야, 내 싱각건디 져의 무리의 이 말이 비록
황당ᄒᆫ 듯ᄒ나 가히 밋지 아니치 못홀 거시오.
우리 임의 여긔 니르러 츌가ᄒ여시니 믄득 져
무리의 젼ᄒᆫ 바 심법을 가져 브즈러니 공부롤
뻐 내고 ᄯᅩ 져 무리 응시ᄒ여 엇지ᄒ여 쥬ᄂ지
보리라."

보옥이 듯고 환희ᄒ여 니르디,

"쇼뎨ᄂᆫ 무지ᄒᆫ 거시라. 오히려 이가의 지
교(指敎)ᄒ믈 바라노라."

샹련이 니르디,

"방즈 션스의 말이, '완셕이 졈두ᄒ다.' ᄒ
ᄂᆫ 그 귀결 【42】 을 네가 무슨 말인지 ᄭᅢ치ᄂ
냐?"

보옥이 니르디,

"그 거슨 블과시 쇼뎨로뻐 완셕이라 비유

ᄒᆞ는 말이로다."

샹련이 웃고 니ᄅᆞ디,

"아니라. 져의 무리 말이 이 덩이 석튀가 믄득 너의 변화ᄒᆞᆫ 몸이라. 본시 녀와ᄭᅵ의 하ᄂᆞᆯ을 깁고 나믄 빈 디 이졔 쳥경봉두의 잇는 고로 션시 일노ᄡᅥ 우슴을 취ᄒᆞ미니라."

보옥이 듯고 믄득 즉긱의 쳥경봉의 올나가 보기ᄅᆞᆯ 요구ᄒᆞ니 샹련이 다만 져ᄅᆞᆯ 다리고 후원의 니르러 보미 쳥취(靑翠)ᄒᆞᆫ 빗치 하ᄂᆞᆯ의 춤예ᄒᆞ고59) ᄒᆞᆫ 봉오리 【43】 가 놉히 셧는지라. 량인이 드듸여 반연(攀然)ᄒᆞ여 졀뎡의 니르니 일졔 셕긔가 대략 칠쳑이나 놉고 령롱쳑투(玲瓏剔透)ᄒᆞ여 형연ᄒᆞᆫ 빗치 옥과 ᄀᆞᆺ고 그 덩이 통령옥(通靈玉)으로 더브러 비록 대쇼지츤 이시나 아오로 춤치(參差)ᄒᆞᆫ 거슨 업는지라. 보옥이 보미 경이ᄒᆞᄆᆞᆯ 이긔지 못ᄒᆞ여 ᄒᆞᆫ ᄎᆞ례 비탄ᄒᆞ다가 홀디(忽地)의 시흥이 발연ᄒᆞ여 일긔 기와 죠각을 쥬어 가지고 믄득 셕두(石頭) 졍면을 향ᄒᆞ여 시ᄒᆞᆫ 슈ᄅᆞᆯ 지어 니르디,

> 문ᄌᆞ령롱질ᄌᆞ견(文自玲瓏質自堅)ᄒᆞ니
> 【44】 긔경죠탁식형연(幾經彫琢色瑩然)고
> ᄒᆡᆼ무졍위함젼히(幸無精偉銜塡海)오
> ᄂᆡ유와황연보텬(賴有媧皇煉補天)을

문치 스ᄉᆞ로 령롱ᄒᆞ고 밧탕이 스ᄉᆞ로 견고ᄒᆞ니,

몃 번 죠탁ᄒᆞᄆᆞᆯ 지니여 빗치 형연ᄒᆞ엿는고.

다ᄒᆡᆼ히 졍위가 먹음어 바다 메히는 거슨 업고,

힘닙어 와황이 취련ᄒᆞ여 하ᄂᆞᆯ 깁는 거슨 잇더라.

> 일괴도뉴형뢰락(一塊徒留形磊落)이오
> 삼싱공결의젼면(三生空結意纏綿)을
> 귀뢰쳥경슈지긔(歸來靑埂誰知己)냐
> 홀닙봉두디미젼(屹立峰頭待米顚)을

한 덩이는 흔ᄀᆞᆺ 형샹이 뢰락ᄒᆞᄆᆞᆯ 머믈넛고,

셰 번 싱ᄒᆞ미 공연이 ᄠᅳᆺ이 젼면ᄒᆞᄆᆞᆯ 믹ᄌᆞᆺ더라.

도라와 쳥경봉의 뉘 지긔가 될고?

놉히 봉두의 셔셔 미젼을 기다리더라.

샹련이 일련을 넘ᄒᆞ고 우스며 니ᄅᆞ디,

"보형뎨야, 네가 진긔 가히 흐ᄅᆞᆯᄭᅩᆺ치 갈스록 졍이 깁다 니ᄅᆞ리로 【45】 다. 져 시 짓는 도는 니 능치 못ᄒᆞ기로 감히 면강(勉强)ᄒᆞ여 화답지 못ᄒᆞ노라."

졍히 말ᄒᆞ미 송학동지 산하의 잇셔 브ᄅᆞ지져 니ᄅᆞ디,

"량위 ᄉᆞ형은 나려와 밥을 먹으라. 공부ᄅᆞᆯ 홀 ᄯᅢ가 되ᄂᆞ니라."

량인이 비로쇼 산의 나려 션당의 니르러 좌ᄒᆞ미 송학이 밥을 버려 올니니 무비호마반(無非胡麻飯)과 복ᄉᆞ포와 고ᄉᆞ리국과 노어회류라. 량인이 먹기ᄅᆞᆯ 맛치고 ᄒᆞᆫ ᄎᆞ례 한담ᄒᆞ다가 샹련이 믄득 송학을 불너 니ᄅᆞ디,

"우리 무리 포단(蒲團)을 가져다가 좌탑 우히 펴노ᄒᆞ라. 우리들 【46】 이 좌공을 ᄒᆞ리라."

송학이 답응ᄒᆞ며 눈을 흘긔여 두 사람의 ᄲᅡᆷ 우ᄒᆞᆯ 향ᄒᆞ여 ᄌᆞ셰히 보고 웃고 니ᄅᆞ디,

"나 보기의 량위 ᄉᆞ형의 져 모양 품격으로 흔곳의 잇셔 좌공을 ᄒᆞ면 니 가히 방심치 못ᄒᆞᆯ지니 션ᄉᆞ의 젼ᄒᆞ여 쥰 도ᄅᆞᆯ 이즐 ᄲᅮᆫ 아니라 도로혀 우리 무리 션가의 톄통을 일허 바리리라."

샹련이 ᄒᆞᆫ 마디 크게 ᄭᅮ지즈며 니ᄅᆞ디,

"방긔 ᄭᅱ지 말나. ᄯᅩ 치기ᄅᆞᆯ 요구ᄒᆞᄂᆞ냐?"

송학이 년망히 웃고 다ᄅᆞ며 져의 무리ᄅᆞᆯ 디신ᄒᆞ여 포진(鋪陳)ᄒᆞ라 가더라.

【47】 지셜, 왕희봉(王熙鳳)과 우삼져(尤三姐)와 원앙(鴛鴦) 삼인이 태허환경(太虛幻境)을 ᄯᅥ나미 슬위 닷는 거시 나는 듯ᄒᆞ여 ᄒᆡᆼᄒᆞᆫ 지 언마 못ᄒᆞ여 다만 보니 음풍이 참담(慘淡)ᄒᆞ고 흑 뮈 미만(迷漫)ᄒᆞ여 태허환경의 광명ᄒᆞᆫ 경샹과 ᄀᆞᆺ지 아니ᄒᆞ고 ᄯᅩ 보미 왕릭ᄒᆞ는 ᄒᆡᆼ인이 락역부졀(絡繹不絶)ᄒᆞᆫ디 비환과 고락이 각각 ᄀᆞᆺ지 못ᄒᆞ지라. 삼인이 모다 감탄ᄒᆞᄆᆞᆯ 이긔지 못ᄒᆞ고 원앙이 우삼져ᄅᆞᆯ 향ᄒᆞ여 니ᄅᆞ디,

"고랑아, 네 보와라. 일식이 셔흐로 나려가

미 하늘이 일지[60] 못ᄒ니 일즉 햐쳐롤 ᄎ줄지 【48】 라. 우리들이 남ᄌ와 다르니 늣기의 니르러 쥬졉ᄒ 곳이 업ᄉ면 되지 못ᄒ리라."

우삼졔 니르디,

"먼니 바라보니 젼면의 ᄒ 포귀[61] 슈림이 잇눈지라. 그 속의 필연 인개 이실 거시니 니 몬져 가 햐쳐롤 엇기롤 기다리고 너의 무리눈 뒤ᄯ라 셔셔히 오라."

말ᄒ며 ᄒ 번 구롬 빗출 펴 경긱의 니르러 보니 인연(人烟)이 죠밀ᄒ여 열요ᄒ미 비샹(非常)ᄒ고 길 남편의 젹은 ᄉ당집이 잇눈디 우희 '관음암(觀音庵)' 삼ᄌ롤 ᄡ 붓치고 겻히 목비(木碑)롤 셰우고 우히 쓰기롤 '이 암ᄌ의셔 【49】 왕리ᄒ눈 녀권(女眷)을 쥬졉시긴다' ᄒ엿눈지라. 우삼졔 대회ᄒ여 년망히 문골희롤 몃 번 두드리미 노니괴 나와 문을 열며 우삼져롤 보고 니르디,

"고랑은 어디로 죠ᄎ 오노냐?"

우삼졔 디답ᄒ디,

"우리 무리눈 태허환경으로 죠ᄎ 오눈디 특별이 보찰(寶刹)을 비러 ᄒ로밤을 쥬졉게 ᄒ랴?"

ᄒ고,

"후면의 ᄯ 운거이승(雲車二乘)이 잇셔 즉긱의 믄득 니르리라."

노니괴 니르디,

"임의 그러ᄒ면 쳥컨디 고랑은 몬져 안의 드러가 안고 니가 도뎨롤 가르쳐 문 밧긔 잇다가 쳥ᄒ 【50】 여 부르눈 거시 올흐리라."

삼졔 듯고 문 안흐로 드러가니 그 속으로 일기 젹은 니괴 나오거놀 노괴 믄득 니르디,

"지릉아(智能兒), 녜가 문 밧긔 가 기다려 두 량 거지(車子) 니르거든 넛그러 드리라."

ᄒ고 우삼져롤 다리고 션당으로 드러가며 지릉은 묘문의 나아가 동을 향ᄒ여 바라보미 두 량 거지 옮흐로 오눈지라. 블너 니르디,

"이곳으로 오라. 방ᄌ 일위 고랑이 몬져 와셔 여긔 잇다."

ᄒ니 쇼태감(小太監)이 듯고 일졔히 슐위

룰 모라 묘문의 드러가 봉져(鳳姐)와 원앙(鴛鴦)이 슈레의 나리며 보 【51】 니 지릉이 면젼의 잇눈지라. 봉졔 믄득 원앙을 향ᄒ여 니르디,

"네 보라. 져 쇼니고(小尼姑)가 형샹이 누구와 ᄀ트냐?"

원앙이 ᄌ셰히 ᄒ 번 보고 니르디,

"네가 만두암(饅頭庵)의 잇던 지릉ᄋ가 아니냐?"

지릉이 듯고 져 량인을 ᄒ 번 보며 니르디,

"너의 무리 어디로셔 오느냐? 죠히 가부(賈府)쇽의 련이내내(蓮二奶奶)와 원앙고랑(鴛鴦姑娘)과 ᄀ도다."

봉졔 우스며 니르디,

"가히 그가 아니랴?"

원앙이 니르디,

"미우 죠ᄒ니 친ᄒ 사롬이 이시미 믄득 노태태의 햐락을 탐문ᄒ기가 죠흐리라."

지 【52】 릉이 니르디,

"노태태 지나가신 지가 몃 날이 되엿눈디 내내가 고랑으로 더브러 노태태롤 ᄎᄌ라 오느냐?"

봉졔 흠신(欠伸)ᄒ며 니르디,

"이야(噯喲), 니가 곤핍ᄒ믈 견되지 못ᄒ기시니 너의 집 쇽의 드러가 셔셔히 말ᄒ리라."

ᄒ고 즁인은 안흐로 드러가고 쇼태감은 슐위롤 미러 대뎐 월낭 아리 니르러 안돈(安頓)ᄒ고 각기 혈식(歇息)ᄒ라 가더라. 우삼졔 졍히 노니고로 더브러 한담ᄒ더니 밧긔셔 사롬이 셜화ᄒ믈 듯고 믄득 져의 무리 니른 줄 알고 련망히 마ᄌ나와 【53】 니르디,

"너의 무리 거ᄌ가 미우 더디 오도다. 니가 니른 지가 죠히 흔식경은 되엿노라."

봉졔 니르디,

"네가 엇지 햐쳐롤 어디 노코 우리 무리롤 마ᄌ라 오지 아니ᄒ엿느냐?"

우삼졔 니르디,

"네가 더옥 광증(狂症)이 발ᄒ여 춤지 못ᄒ도다. 엇지 니가 마ᄌ라 가기롤 구ᄒ엿느냐?"

---

60) 【일ㅡ】⑱ 이르다. ¶ 루 ‖ 일식이 셔흐로 나 려가미 하눌이 일지 못ᄒ니 일즉 햐쳐롤 ᄎ줄 지라 (你看日色平西, 天也不早了, 也要早些找個 下處.) <續紅 3:47>

61) 【포귀】⑱ 포기. ¶ 叢 ‖ 먼니 바라보니 젼면 의 ᄒ 포귀 슈림이 잇눈지라 (遠遠望見前面一 叢樹林, 那裡必有人家, 待我前去深個下處, 你們 隨後慢來.) <續紅 3:48> ⇒ 퍼피, 퍼기, 퍽이

봉졔 니르디,

"너는 본시 우리 무리 몸을 호위ᄒᆞᄂᆞᆫ 부쟉이라. 방즈 너는 옯흐로 몬져 오고 우리 무리는 졍히 따라오더니 홀연이 슈삼기 걸인이 쮜여 나오ᄂᆞᆫ디 혼신(渾身) 샹히 격신【54】이 되여 흔 오리 실을 븟치지 못ᄒᆞ고 슐위박히롤 붓들고 다만 돈을 구ᄒᆞᄂᆞᆫ디 쇼태감이 미우 ᄶᅮ지ᄌᆞ나 엇지 즐겨 드르랴? 다힝히 니 슐위 쇽의 흔 ᄭᅳ어미 돈이 잇기로 몬져 일빅을 쥬나 믈너가지 아니코 다시 일빅을 쥬어도 도로혀 믈너가지 아닛ᄂᆞᆫ지라. 니가 챡급ᄒᆞ여 ᄭᅳ어미[62])가지 년ᄒᆞ여 집어 쥬미 져의 무리 비로쇼 허여져 가니 니가 놀나 ᄆᆞ음이 오히려 쮜노ᄂᆞᆫ도다. 그런 즁 니가 돌나 피리챵(玻璃窓)으로 죠ᄎᆞ 보니 원앙겨져는 도로혀【55】 눈을 감고 안져셔 일 업ᄂᆞᆫ 사롬과 ᄀᆞᆺ더라."

원앙이 웃고 디답ᄒᆞ디,

"가히 나다려 ᄒᆞ여곰 무슨 슈단을 너라 ᄒᆞᄂᆞ냐? 나도 ᄆᆞ음이 챡급ᄒᆞ미 엇더ᄒᆞ깃ᄂᆞ냐? 다만 그 사람들의 격신 모양을 엇지 눈을 ᄶᅥ 보리오."

노니괴 웃고 니르디,

"고랑과 내내 무리는 도시 규즁의셔 어엿비 기른 사롬이라. 져 모양 사롬을 엇지 보와시리오? 져 무리 걸인은 이곳의 흥샹 잇셔 우리 무리 익이 본 고로 고이히 너기지 아니ᄒᆞᆫ다 ᄒᆞᄂᆞᆫ지라. 밧비 션당의 드러가 헐식ᄒᆞ게 ᄒᆞ라."

어시【56】의 즁인이 션당으로 드러가 일졔히 좌뎡ᄒᆞ미 노니괴 믄득 지룽(智能)을 블너 니르디,

"니 방즈 무러 보니 도시 가부 샹의 내내와 고랑 무리라. 가히 힝니롤 반운(搬運)ᄒᆞ여 쇽으로 드러오고 쥬방의 말ᄒᆞ여 샹등 쥬반을 슈습ᄒᆞ며 죠흔 차롤 다려오게 ᄒᆞ라."

지룽이 답응ᄒᆞ고 가더라. 봉졔 니르디,

"져 지룽이 노스뷔 어니 ᄶᅥ의 거두워 둔 도뎨야? 졔가 우리 무리의 녯날 아던 사롬이로라."

노니괴 ᄶᅩ 지룽의 리력을 가져 일편을 말ᄒᆞ니 봉졔 드르미 져 진샹공(秦相公)이 누군【57】지ᄂᆞᆫ 아른 체 아니ᄒᆞ더라. 원앙이 니르디,

"노스부야, 방즈 지룽의 말이, '우리 노태태긔셔 이곳으로 지나가시더라.' ᄒᆞ니 이졔 지나가신 지가 여러 날이 되여시미 노태태가 어디 계신 줄을 노스뷔 가히 알깃ᄂᆞ냐?"

노니괴 디답ᄒᆞ디,

"노태태 지나가신 일즈가 오리기는 ᄒᆞ나 이졔 햐락(下落)은 믄득 알기 어려온지라. 이곳 규구(規矩)는 믈론 모인ᄒᆞ고 셩의 드러온 후의 쳣날은 셩황노야(城隍老爺) 아문의 가셔 졈고ᄒᆞ고 뎨 이일의 바야흐로 념왕긔 뵈와 션악을 ᄉᆞ실ᄒᆞ여 샹계【58】의 보니여 골육이 완취(完聚)ᄒᆞᄂᆞᆫ 이도 잇고 환셩ᄒᆞ여 셰샹의 나여 보니ᄂᆞᆫ 이도 잇고 각쳐 디옥 쇽의 너허 죄롤 밧게 ᄒᆞᄂᆞᆫ 이도 잇셔 죵죵 ᄒᆞᆫ ᄀᆞᆺ지 아니ᄒᆞ니 우리 무리 엇지 능히 노태태의 햐락을 알냐?"

봉졔 듯더니 챡급(着急)ᄒᆞ여 니르디,

"이 거슨 가히 엇지ᄒᆞ여야 죠ᄒᆞ냐? 우리 삼인이 본디 틱허환경으로 죠ᄎᆞ 원비낭낭(元妃娘娘)의 명을 밧들고 노태태롤 ᄎᆞᆽ 뵈오려 왓시니 니 싱각건디 노태태 일싱의 챡흔 거술 죠ᄒᆞ시니 결단코 디옥의 드러가실 념녀는 업술지【59】라. 이ᄶᅥ의 혹 샹계의 올나 가셧거나 혹 황[환]셩ᄒᆞ여 셰샹의 나가 계시거나 모다 알 슈 업스니 우리 무리로 ᄒᆞ여곰 엇진 모양으로 ᄎᆞ자라?"

우삼졔 니르디,

"너는 급히 구지 말나. 명일의 셩황 아문의 니르러 믄득 죠히 ᄎᆞᆽ보리라."

봉졔 니르디,

"우리는 본시 태허환경 사롬이오, 셩황 아문의 관활흔 바의 븟지 아니ᄒᆞ여시니 무어술 위ᄒᆞ여 츌두노면(出頭露面)ᄒᆞ고 슈치롤 도라보지 아니코 스스로 아문의 올나가셔 사롬으로 ᄒᆞ여곰 졈고케【60】 ᄒᆞ깃ᄂᆞ냐?"

원앙이 니르디,

"이내내야, 우리 무리 쳔만신고(千萬辛苦)ᄒᆞ기는 본리 노태태롤 위ᄒᆞ여 온 거시라. 츌두노면ᄒᆞᄂᆞᆫ 말은 구ᄐᆡ여 ᄒᆞ지 말나."

봉졔 니르디,

"네가 더욱 후두ᄒᆞ도다. 믄득 우리 무리

---

62) 【ᄭᅳ어미】 囘 꿰미. ¶ 串子 ‖ 니가 챡급ᄒᆞ여 ᄭᅳ어미가지 년ᄒᆞ여 집어 쥬미 져의 무리 비로쇼 허여져 가니 니가 놀나 ᄆᆞ음이 오히려 쮜노ᄂᆞᆫ도다 (我着了急, 連串子拿了出去, 他們纔散了, 嚇的我這會子心還跳呢.) <續紅 3:54>

명일의 출두노면ㅎ고 셩황긔 뵙는 더도 감히 셩
황다려 노태태롤 츠즈니라 ㅎ리오?"

노니괴 권ㅎ여 니르디,

"내내와 고랑은 급ㅎ여 ㅎ지 말나. 노샹의
신고ㅎ여시니 이쩌의 쥬려실지라. 밥이나 올녀
먹고 우리가 너의 무리롤 더신ㅎ여 쥬【61】의
롤 싱각ㅎ여 니리라."

ㅎ고 어시의 지릉을 분부ㅎ여 쥬반을 올녀
먹은 후의 이어 츠롤 드리거눌 봉졔 츠 그릇슬
바드며 웃고 니르디,

"노스부야, 네가 방즈 말ㅎ기롤 우리롤 더
신ㅎ여 쥬의롤 싱각ㅎ마 ㅎ여시니 가르쳐 쥬믈
구ㅎ노라."

노니괴 더답ㅎ디,

"나의 우견을 죠츠량이면 내내와 고랑은
셩으로 드러가지 말고 여긔 이시라. 우리 도뎨
지릉의 중표형뎨(中表兄弟) 진샹공(秦相公)이 잇
눈디 블시의 져 미즈(妹子)롤 보라 오니 내내가
져롤 멋 량 은즈롤 쥬고 져롤【62】부탁ㅎ여 각
쳐의 단니며 노태태의 햐락을 탐문ㅎ여 만일 진
젹흔 쇼식을 엇거든 너의 다시 샹량ㅎ는 거시
엇지 온당치 아니ㅎ랴?"

봉졔 듯고 졈두ㅎ며 니르디,

"이러ㅎ면 심히 죠흐니 믄득 노스부의 ㅎ
라 ㅎ는디로 ㅎ리라."

중인은 모다 환희ㅎ디 오즉 지릉은 흔 쥴
기 쩜을 니니 져의 본샹이 탄로홀가 두리미나
가히 엇홀 길히 업는지라. 다만 힝니롤 반운(搬
運)ㅎ여 니간으로 드러가 져의 무리롤 더신ㅎ여
포셜(鋪設)ㅎ여 노코 중인이 흔 추례【63】한담
ㅎ다가 쟝춧 침쇼로 도라가려 ㅎ더니 우삼졔 노
니고다려 무르디,

"너의 무리 이곳의 가히 편히 머믈 곳이
잇느냐?"

노니괴 니르디,

"션당 셔편의 젹은 후원이 니시디 극히 유
벽ㅎ니 내내와 고랑 무리는 그곳으로 드러가
라."

우삼졔 봉져와 원앙을 향ㅎ여 니르디,
"너의는 드러가지 아니ㅎ려 ㅎ느냐?"
봉졔 니르디,

"네가 원앙으로 더브러 몬져 가라. 나는
뒷ᄯ라 가리라."

ㅎ니 우삼져와 원앙은 몬져 가고 봉져는
셔셔히 입 속의 빈랑(檳榔) 찍긔63)롤 토ㅎ여 바
【64】리고 옥난향(玉蘭香)을 먹은 후의 완보ㅎ
여 션당으로 나와 셔편을 향ㅎ여 가더니 뉘 알
니. 진종(秦鍾)이 지릉으로 더브러 싱젼의 교합
ㅎ기롤 과도히 ㅎ다가 병드러 망흔 후의 지릉이
츠즈오믈 인ㅎ여 량인이 비록 졍의는 심밀ㅎ나
감히 노니고의 면젼의 잇셔 혁[형]젹(形迹)은 드
러니지 못ㅎ고 미일 황혼시의 틈을 타셔 계 믄
득 지릉의 방중의 쒸여 드러가 노니괴 잠들고
지릉이 나오기롤 기다려 운우지락(雲雨之樂)을
ㅎ는지라. 이젯 날의 경히 지릉의【65】방 속의
잇셔 가마니 기다리기롤 낭구히 ㅎ나 지릉의 오
는 거슨 보지 못홀지라. 다만 쟝하의 업더여 쟝
구무롤 뚤코 밧글 향ㅎ여 몰너 보더니 홀연 일
위 부인이 셔편으로 향ㅎ여 가는지라. 이쩌의
월식이 몽롱ㅎ기로 누군지는 진젹히 보지 못ㅎ
고 다만 흰 썀으로 번드겨 지나는지라. 진종의
싱각의 지릉이 후원의 니르러 쇼피ㅎ는 쥴만 알
고 믄득 담을 크게 ㅎ여 슈족을 가비야이 노화
후원문 어귀의 니르러 문을 밀치니 문빗쟝이 긴
【66】긴히 꼿쳐는지라. 심중의 암쇼ㅎ며 니르
디,

'져 고이흔 도야지 즈식이 오늘날의 쏘 믹
낭ㅎ게 문을 긴히 닷쳣느냐?'

경히 싱각ㅎ는 츠의 문이 열니며 일긔 부
인이 다라 나오거눌 진종이 넌지 즈셰히 보지
아니ㅎ고 급히 다라드러 숀을 잡으며 웃고 니르
디,

"네 스뷔 이졔야 즈더냐?"

봉졔 놀나 혼블부쳬(魂不附体)ㅎ여 큰 쇼
리로 부르지져 니르디,

"죠치 못ㅎ다. 도젹이 잇다."

ㅎ거눌 우삼졔 범졀이 경쳡편리(輕捷便利)
흔지라. 옵흐로 다라드러 흔 거름의 진종을 것
【67】구르치고 원앙이 믄득 쇼리ㅎ디,

"노스부야, 쾌히 등을 가지고 와셔 도젹을
잡으라."

---

63) 【찍긔】图 찌끼. 찌꺼기. ¶ 渣兒 ‖ 봉져는 셔
셔히 입 속의 빈랑 찍긔롤 토ㅎ여 바리고 옥난
향을 먹은 후의 완보ㅎ여 션당으로 나와 셔편
을 향ㅎ여 가더니 (鳳姐這裡慢慢的口里吐净了
檳榔渣兒, 裝了一袋玉蘭香吃着, 緩步出了禪堂,
向西而去.) <續紅 3:63> ⇒ 찍기

션당 속의 노니괴 밧긔셔 도젹 잇다고 ㅎ 믈 듯고 믄득 슈각(手脚)이 황난ㅎ여 썰니 지릉 을 명ㅎ여 등블을 잡고 스도(師徒) 량인이 다라 앏흐로 와 보니 우삼졔 일인을 누여 놋코 다만 부ㄹ디,

"쾌히 승삭64)을 가져 이 거슬 동히라."

ㅎ거눌 지릉이 흔 번 보미 진죵이믈 아라 보고 놀나 벙벙ㅎ며 ᄡ우러 안ᄌ 익걸ㅎ며 니ㄹ 디,

"이내내와 삼고랑은 긔롤 닛지 말나. 졔가 믄득 보 【68】 이가(寶二家)의 븡위오 쇼용대내 내(小蓉大奶奶)의 형뎨니라."

봉졔 니ㄹ디,

"엇지 진죵 쇼익가 져 모양 낫 업논 지져 귀65)롤 지어 니엿ㄴ냐?"

진죵이 ᄯ 우희 잇셔 헐헐이며66) 니ㄹ디,

"련이심낭(蓮二嬸娘)아, 너가 죽을 죄로 그 롯 사롬 알기롤 지릉으로 당ㅎ여 보와시니 이심 낭은 나롤 용셔ㅎ라."

봉졔 니ㄹ디,

"우져져는 져롤 노화 바리라."

우삼졔 흔 번 손을 늣츄미 진죵이 만면슈 참(滿面羞慚)으로 ᄶ여 니러나 봉져롤 향ㅎ여 문안ㅎ더니 노니괴 지릉의 쌤 우홀 향ㅎ여 모질 게 밀치 【69】 고 혀ᄎ며 니ㄹ디,

"낫 업논 믈건아, 평일의논 즁표형뎨로 요 란 부렷거니와 금일도 가히 그리ㅎ랴? 내내와 고랑이 임의 진샹공을 아라 보와시니 쳥컨디 션 당의 니르러 셔셔히 강론ㅎᄌ."

ㅎ니 어시의 즁인이 션당의 드러가 안ᄌ미 봉졔 니ㄹ디,

"진죵 쇼익 어디 잇ㄴ냐?"

진죵이 다만 급히 앏히 니ㄹ니 봉졔 웃고 니ㄹ디,

"죠흔 히ᄌ(孩子)야, 멋 히롤 보지 못ㅎ더 니 네가 뭇춤니 져 모양 믹낭흔67) 짓슬 지어니 엿ㄴ냐?"

진죵이 웃고 디답ㅎ디,

"이거시 도시 【70】 이심낭의 허믈이니라."

봉졔 니ㄹ디,

"이야(噯喲), 너의 무리논 드러보라. 져 량 인이 부졍흔 일을 간판ㅎ엿논디 엇지ㅎ여 도시 나의 허믈이라 ㅎㄴ냐?"

진죵이 니ㄹ디,

"어니 희의 우리 져져롤 위ㅎ여 츌빈(出殯) 홀 ᄯ의 이심낭이 만일 나롤 다려 만두암(饅頭 庵)의 거쥬치 아니터면 엇지 져런 부졍흔 일이 이시랴?"

봉졔 웃고 니ㄹ디,

"그리 말홀 양이면 보옥(寶玉)도 일졍 너의 무리가 유인ㅎ여 그릇되게 ㅎ도다. 노스부야, 네 가 방ᄌ 진샹공을 말ㅎ나 나는 싱각이 져긔 밋 지 못ㅎ더 【71】 니 졔가 과연 니 질ᄋ의 쇼구지 라. 노스부는 네 가히 지릉을 우리 무리의게 양 ㅎ여 쇽낭(贖良)ㅎ여 가져다가 져의 량인의 싱 스 인연을 성취케 ㅎ면 너 츌가흔 사롬의 죠흔 일이 될 거시오, 우리는 죠히 져롤 시겨 노태태 롤 ᄎᄌ라 가게 ㅎ리라."

노니괴 디답ㅎ디,

"미우 죠흐니 니 일죽 져로 ㅎ여곰 퇴쇽 (退俗)게 ㅎ리라."

진죵이 니ㄹ디,

"젼ᄌ의 니 드ㄹ니 지릉의 말이, '노태태의 지나가신 거시 여러 날이 되엿다.' ㅎ논디 이심 낭은 ᄯ 엇지 와셔 ᄎᄌ려 ㅎㄴ냐?"

봉졔 니 【72】 디,

"우리 무리 이졔 모다 티허환경의 잇고 너 의 져져도 그곳의 이시며 우리 무리가 원비낭낭 의 명을 밧들고 노태태롤 ᄎᄌ려 ㅎ미오, 져 무 리 량인을 네 가히 아라 보ㄴ냐?"

---

64) 【승삭】 圐 승삭(繩索). 노끈과 새끼줄. ¶ 繩 子 ‖ 우삼졔 일인을 누여 놋코 다만 부ㄹ디 쾌 히 승삭을 가져 이 거슬 동히라 ㅎ거눌 (只見 尤三姐揪着一個人, 只叫快拿繩子來梱了他.) <續 紅 3:67>

65) 【지져귀】 圐 짓. ¶ 勾當 ‖ 봉졔 니ㄹ디 엇 지 진죵 쇼익가 져 모양 낫 업논 지져귀롤 지 어 니엿ㄴ냐 (鳳姐道: "怎麽是秦鐘這个小子麽? 好小子, 幹起這樣沒臉的勾當來了.") <續紅 3:68>

66) 【헐헐이다】 圄 헐떡이다. ¶ 哼哼 ‖ 진죵이 ᄯ 우희 잇셔 헐헐이며 니ㄹ디 (秦鍾在地下哼 哼道.) <續紅 3:68> ⇒ 헐헐리다, 헐헐히다

67) 【믹낭ㅎ다】 圀 맹랑(孟浪)하다. 하는 짓이 만 만히 볼 수 없을 만큼 똘똘하고 깜찍하다. ¶ 把戱 ‖ 죠흔 히ᄌ야 멋 히롤 보지 못ㅎ더니 네 가 뭇춤니 져 모양 믹낭흔 짓슬 지어니엿ㄴ냐 (好孩子, 幾年沒見, 你竟幹出這些把戱來了.) <續 紅 3:69>

진죵이 ᄌ셰히 우삼져와 원앙을 ᄒᆞᆫ 번 보고 우스며 니르ᄃᆡ,

"져 일위ᄂᆞᆫ 원앙져져와 ᄀᆞ튼지라. 너가 노태태 집 속의셔 보와 지니고 져 일위 져져ᄂᆞᆫ 얼골이 심히 익으나 다만 누군지ᄂᆞᆫ 싱각이 나지 못ᄒᆞ노라."

우삼졔 웃고 니르ᄃᆡ,

"죠흔 격은 원숭이 ᄋ히야, 너가 네 미부의 셋지 이모어 【73】 눌 네가 이졔 나롤 가져 항렬은 더져바리고 날다려 져져라 부르ᄂᆞ냐? 니가 네 미부의 낫출 보지 아니량이면 네 킷부리롤 미우 치리라."

진죵이 웃고 련망이 우삼져롤 향ᄒᆞ여 문안ᄒᆞ고 ᄯᅩ 원앙을 향ᄒᆞ여 읍ᄒᆞ며 니르ᄃᆡ,

"이심낭과 삼이낭은 방심ᄒᆞ라. 질이 명일의 일죽 셩황 아문의 드러가셔 그곳의 풍총판(馮總辦)이란 사롬이 이시ᄃᆡ 날노 더브러 가쟝 죠하ᄒᆞ니 져다려 무러보면 필연 노태태의 햐락을 알니라."

봉졔 니르ᄃᆡ,

"그러ᄒᆞ면 미우 죠흐 【74】 니 니 너롤 위ᄒᆞ여 죠흔 일을 셩취ᄒᆞ여 쥬거눌 지룡은 엇지 슈괴(羞愧)ᄒᆞ여 피ᄒᆞᄂᆞ냐? 니가 너의 스부다려 명빅히 말ᄒᆞ여시니 지룡아 너ᄂᆞᆫ 방심 대답ᄒᆞ고 너의 녀셔롤 다리고 네 방으로 가게 ᄒᆞ라. 나ᄂᆞᆫ 너의 스부로 더브러 편히 쉬려 ᄒᆞ노라."

량인이 듯고 면피가 두터이 ᄲᅡᆼᄲᅡᆼ이 가더라.

초일 평명(平明)의 봉져 등이 밋쳐 니러나지 못ᄒᆞ여 다만 드르니 문 밧긔셔 사롬은 고함ᄒᆞ고 몰은 부르지지며 묘문을 두다려 큰 쇼리 나ᄂᆞᆫ지라. 원앙이 급히 니 【75】 러 의복을 닙고 져 량인을 밀치며 니르ᄃᆡ,

"이내내와 삼고랑아, 쾌히 니러나라. 외변의 훤홰(喧譁) 미우 되니 부득블 무슨 ᄉ졍인지 아라 보리라."

ᄒᆞ고 말ᄒᆞ며 급히 캉 아리 나려 밧긔 나가 노니고롤 밀쳐 ᄯᅵ이니 노니괴 년망히 니러나 묘문을 열고 보니 ᄒᆞᆫ 무리 ᄋ역이 드러오며 부르지져 니르ᄃᆡ,

"어졔 늣게야 져 곳의 면임과 동쟝이 대노야긔 고ᄒᆞ여 말ᄒᆞ기롤 너의 암즁의 미인 ᄀᆞ튼 삼기 고랑을 감쵸와 두엇다 ᄒᆞ니 너의ᄂᆞᆫ 가히 져 【76】 무리롤 노와 보니지 말나. 대노야긔셔 즉긔의 노파 무리롤 부려 와셔 보게 ᄒᆞ시ᄂᆞ니라."

노니괴 드르미 미우 놀나 나ᄂᆞᆫ ᄃᆞ시 ᄶᅱ여 드러오며 니르ᄃᆡ,

"내내와 고랑아, 죠치 못ᄒᆞ도다. 너의 무리 이곳의 쥬졉ᄒᆞᄂᆞᆫ 거슬 대노얘 아르시고 허다 ᄋ역을 ᄎᆞ졍(差定)ᄒᆞ여 묘문을 파슈(把守)케 ᄒᆞ고 즉긔의 사롬을 브려 와셔 본다 ᄒᆞ더라."

봉졔 듯고 대경실식(大驚失色)ᄒᆞ여 니르ᄃᆡ,

"져 거슬 엇지ᄒᆞ랴? 져 모양 ᄀᆞ튼 후두흔 대노야가 잇도다. 우리ᄂᆞᆫ 져의 관할(管轄)ᄒᆞᄂᆞᆫ ᄃᆡ 붓지 아니ᄒᆞ엿 【77】 ᄂᆞᆫᄃᆡ 셔로 보와 무엇ᄒᆞ며 ᄒᆞᄆᆞᆯ며 나ᄂᆞᆫ 오픔 부인이오 유부지녜라. 셔로 보와든 져의가 감히 엇지ᄒᆞ랴? 다만 너의 량인이 도로혀 난쳐ᄒᆞ미 잇도다."

원앙이 니르ᄃᆡ,

"이내내의 말이 무슨 말이냐? 일죽 샹량ᄒᆞ여 도망ᄒᆞᄂᆞᆫ 것만 ᄀᆞ지 못ᄒᆞ니 그리ᄒᆞ여야 도로혀 온당ᄒᆞ리라."

노니괴 니르ᄃᆡ,

"그 거슨 되지 못홀 거시니 허다흔 아역이 호랑 ᄀᆞᄐᆞ여 묘문을 직희니 너의 무리가 난다 ᄒᆞ여도 나라셔 나지 못홀지라. 다만 져의 무리 와셔 보기 【78】 롤 기다려 다시 샹량케 ᄒᆞ라."

우삼졔 딕로ᄒᆞ여 니르ᄃᆡ,

"너가 원앙금(鴛鴦劍)을 가지고 나가셔 그 무리롤 모다 죽이리라."

ᄒᆞ고 졍히 분망(奔忙)ᄒᆞᄂᆞᆫ 즈음의 원니의셔 부인의 셩음이 나며 무르ᄃᆡ,

"노니고야, 니러낫ᄂᆞ냐?"

니괴 듯고 년망히 나와 보니 량위 부인이 왓시ᄃᆡ 일위ᄂᆞᆫ 포이가(鮑二家)오 일위ᄂᆞᆫ 미우 아라보지 못홀지라. 니괴 대희ᄒᆞ여 니르ᄃᆡ,

"내내와 고랑은 두려 말나. 젼일의 노태태롤 ᄯᅡ라 가던 포이슈(鮑二嫂)가 와시니 너의ᄂᆞᆫ 져다려 무르면 믄득 노태태의 햐 【79】 락을 알니라."

봉져 등이 련망히 나와 ᄒᆞᆫ 번 보고 크게 깃거 무르ᄃᆡ,

"너의 량인이 어디로 죠ᄎᆞ 와시며 져ᄂᆞᆫ ᄉ긔(司棋)가 아니냐?"

량인이 일졔히 드러와 우스며 니르ᄃᆡ,

"원리 이내내가 여긔 오셧도다. 림고랑(林姑娘)은 오시지 아니ᄒ엿ᄂ냐?"

봉졔 무ᄅ디,

"너의 량인이 어듸로 죠ᄎ왓ᄂ디 엇지ᄒ여 림고랑 온 거슬 뭇ᄂ냐?"

포이기 디답ᄒ디,

"이내내가 원리 아지 못ᄒ도다. 이곳 셩황노야는 믄득 림노애(林老爺)라. 전일의 노태태긔셔 친쳑 되믈 아ᄅ시고 고태태긔셔 림【80】고랑이 별셰는 ᄒ엿ᄂ디 이곳의 니ᄅ지 아니ᄒ므로 노졍(路程)의 희미ᄒᆯ가 두리워 이졔 스면 셩문의 고시방을 븟쳐 두로 ᄎᆺᄂ디 쟉일 늣게야 져 곳의 면임이 보ᄒ여 말ᄒ기를, '관음암(觀音庵)의 삼위 미인이 쥬졉(住接)ᄒ엿다.' ᄒ민 고태태긔셔 그 즁의 림고랑이 잇ᄂ가 의심ᄒ여 그러므로 뻐 아역을 파졍ᄒ고 우리를 보니여 보라 왓노라."

봉져 등 삼인이 듯고 진긔 희츌망외(喜出望外)라. 봉졔 니ᄅ디,

"방ᄌ 노스뷔 말ᄒ기를 셩황노애 사름을 부려와셔 【81】 우리 무리를 본다 ᄒ기의 우리가 모다 놀나 후두ᄒ엿도다."

노니괴 웃고 니ᄅ디,

"져 말이 필시 아역비가 그릇 발셜(發洩)ᄒ여 도로혀 내내와 고랑 무리로 ᄒ여곰 놀나믈 밧게 ᄒ엿도다."

원앙이 웃고 니ᄅ디,

"이 거시 도시 포이슈ᄌ의 허믈이로다. 졔가 당년의 말ᄒ기를, '우리 이내내가 념왕노픠(閻王老婆)라.' ᄒ더니 오늘날 거의 셩황 노야를 가ᄅ쳐 셔로 보랴 ᄒ엿도다."

말ᄒ미 즁인이 모다 웃고 봉졔 ᄯ 무ᄅ디,

"너의 무리 량인이 엇지 능 【82】 히 고노야의 아문의 니ᄅ럿ᄂ냐?"

스긔와 포이기 각기 ᄌ긔의 시죵을 일일이 말ᄒ미 봉졔 니ᄅ디,

"너의 무리 량긔 도야지 ᄌ식이 도로혀 복분이 잇ᄂ디 내가 도로혀 너의 무리를 더신ᄒ여 허다ᄒᆫ 원굴(冤屈)ᄒᆯ 바닷도다. 포이가야, 니 너의를 한치 아니ᄒ고 우리 야야의 심샹(尋常)ᄒ미라. 스긔야, 네가 고구가가(姑舅哥哥)로 더브러 통졍(通情)ᄒᆯ 양이면 맛당히 비밀이 ᄒᆯ 거시어늘 엇지ᄒ여 네 고랑의 향대아(香袋兒)를

가져다가 산셕(山石) 뒤히 더져 바려 츙대져(儱大姐) 【83】 로 ᄒ여곰 집어다가 디태태긔 드려 죠히 눌노 태태의 슈죄ᄒ시믈 밧긔 ᄒ도다!"

스긔 쌤을 붉히며 져두부답(低頭不答)ᄒ더라. 포이개 웃고 니ᄅ디,

"이내내야, 우리 무리 이졔는 모다 허믈을 곳쳐시니 부디 용셔케 ᄒ라. 그리ᄒ여야 우리 무리가 면피[68]를 둘 터이고 스고랑은 나가셔 너의 무리다려 고ᄒ여 급히 가셔 노태태와 고태태의게 쇼식을 고ᄒ고 다시 몃 량 교ᄌ를 메여 등디케 ᄒ라."

스긔 년망히 가더라.

어시의 노니괴 환희ᄒ미 비샹ᄒ여 【84】 급히 지룽을 시겨 죠반을 슈습ᄒ게 ᄒ고 진죵이 드러와 봉져를 향ᄒ여 깃브믈 칭도(稱道)ᄒ니 봉졔 우스며 니ᄅ디,

"노태태는 햐락이 계시고 이곳 셩황은 믄득 우리 림노애라. 네가 지룽과 더브러 우리를 ᄯ라오게 ᄒ라."

진죵이 니ᄅ디,

"이심낭이 이러틋 ᄉ양ᄒ시니 내 져긔 탁신(託身)ᄒᆯ 곳이 업더니라."

노니괴 니ᄅ디,

"이러ᄒ면 심히 죠ᄒ니 지룽의 죵신토록 의지ᄒ미 잇도다."

봉졔 니ᄅ디,

"네 날노 도뎨를 일허바리니 우리 【85】 가 불안ᄒ도다."

노니괴 디답ᄒ디,

"그는 관겨치 아니ᄒ니 다른 도뎨 만흔지라. 다만 쳥ᄒ느니 내내는 대노야 면젼의 잇셔 우리 무리를 졔긔(提起)ᄒ여 시쥬(施主)나 만히 ᄒ시게 ᄒ라."

졍히 말ᄒ미 지룽이 죠반을 올니거늘 즁인이 환희ᄒ게 먹고 다만 보니 반우안(潘又安)이 드러와 몬져 봉져를 향ᄒ여 문안ᄒ고 픔ᄒ여 니ᄅ디,

"쇼지 방ᄌ 도라가 노태태와 고태태긔 고

---

68 【면피】 圏 {면피(面皮).} 체면(體面). ¶ 臉 ‖ 이내내야 우리 무리 이졔는 모다 허믈을 곳쳐시니 부디 용셔케 ᄒ라 그리ᄒ여야 우리 무리가 면피를 둘 터이고 (二奶奶, 我們如今都改了, 求你老人家當着老姑姑給我們留點臉兒罷!) <續紅 3:83>

ᄒᆞ엿더니 모다 환희ᄒᆞ샤 즉긱의 교ᄌᆞ롤 가지고
내내와 고랑 무리롤 영졉 【86】 ᄒᆞ여 오라 ᄒᆞ시
기의 임의 등ᄃᆡᄒᆞ엿다."

ᄒᆞ니 봉져 등 삼인이 몸을 니러 노니고롤
향ᄒᆞ여 슈고ᄒᆞ믈 샤례ᄒᆞ고 ᄯᅩ 십 량 은ᄌᆞ롤 내
여 시쥬ᄒᆞ니 니괴 천은만샤(千恩萬謝)ᄒᆞ고 되셔
교ᄌᆞ의 오ᄅᆞ믈 보고 가더라. 봉져 등이 발힝홀
시 다만 보니 졍긔(旌旗)와 고악(鼓樂)이 전추후
응(前遮後應)ᄒᆞ여 열요ᄒᆞ미 비샹ᄒᆞ미 십분 득의
(得意)ᄒᆞ여 셩황 원문의 다ᄃᆞᄅᆞ니 군노 무리 곤
쟝을 가져 관광ᄒᆞᄂᆞ 사ᄅᆞᆷ들을 밀쳐 헷치고 ᄒᆞᆫ
마ᄃᆡ 호령의 즁문이 통긔(洞開)ᄒᆞ며 즁당의 【87
】 드러가 바야흐로 교ᄌᆞ의 나리니 량편의 허다
ᄒᆞᆫ 복부 무리 얼픗69) 나셔며 져 삼인을 되셔
졍문의 드러가미 가부인으로 더브러 샹방
의 잇셔 기다가 삼인이 드러오믈 보미 우희 우
비(又喜又悲)ᄒᆞ며 가뫼 니ᄅᆞ되,

"우리 봉ᄋᆞ두(鳳丫頭)와 원앙(鴛鴦)이 모다
오ᄂᆞ냐? 져 일위 고랑은 뉜고? 니 싱각의 '너의
무리 년경(年輕)ᄒᆞᆫ ᄋᆞ히 둘이 이후 몃 히 동안
복분을 누리리라' ᄒᆞ더니 엇지ᄒᆞ여 모다 이곳으
로 다라왓ᄂᆞ냐?"

봉져 등이 가모롤 뵈옵고 믄득 ᄊᆞ러 안 【
88】 ᄌᆞ 통곡ᄒᆞ니 가부인이 쌜니 져 무리롤 븟드
러 일회ᄒᆞ며 권ᄒᆞ여 니ᄅᆞ되,

"청컨디 노태태ᄂᆞ 드러오쇼셔. 우리 무리
셔로 만나미 맛당히 환희ᄒᆞᄂᆞ 거시 올흐리라."

ᄒᆞ고 어시의 즁인이 방의 드러가 일일이
례롤 힝ᄒᆞᆫ 후의 가뫼 무ᄅᆞ되,

"져위 고랑이 얼골은 익으나 엇지 뉜지 싱
각이 나지 못ᄒᆞᄂᆞ냐?"

봉졔 디답ᄒᆞ되,

"져ᄂᆞ 우리 진디슈(珍大嫂)의 졔 삼미지(三
妹子)라. 어닉 히의 류샹련(柳湘蓮)이 퇴혼ᄒᆞ믈
인ᄒᆞ여 ᄌᆞ쳐ᄒᆞᆫ 사ᄅᆞᆷ이 믄 【89】 득 그라."

ᄒᆞ니 우삼졔 말홀 슈ᄂᆞ 업고 미우 한ᄒᆞ여
봉져롤 ᄒᆞᆫ 눈으로 흘기니 가뫼 니ᄅᆞ되,

"우삼고낭이 온 지 년디(年代) 임의 오리거
눌 너의 엇지ᄒᆞ여 ᄒᆞᆫ 곳의 모혀 잇셧ᄂᆞ냐?"

봉졔 디답ᄒᆞ되,

"우리 죠흔 스ᄅᆞᆷ들은 모다 태허환경(太虛
幻境)의 잇고 이곳 광활ᄒᆞᄂᆞ 디ᄂᆞ 붓지 아니코
원비낭낭과 림미미와 영미미가 모다 노태태긔
디신 문안ᄒᆞ여 달나 ᄒᆞᆫ다."

ᄒᆞ니 가뫼 듯더니 경희ᄒᆞ여 니ᄅᆞ되,

"네 말이 진젹ᄒᆞ냐? 너의 림미미와 원비
져져가 모다 어 【90】 니 곳의 잇ᄂᆞ냐?"

봉졔 쇼리롤 놉혀 니ᄅᆞ되,

"태허환경의 잇다."

ᄒᆞ니 가뫼 니ᄅᆞ되,

"무어슬 태허환경이라 ᄒᆞ며 그 디방이 우
리 이곳의셔 가기가 언마나 되ᄂᆞ냐?"

봉졔 니ᄅᆞ되,

"태허환경이라 ᄒᆞᄂᆞ 디방이 샹계 아릭와
하계 우희 잇셔 허무표묘(虛無縹緲)ᄒᆞᆫ 곳이오,
도시 션인의 쥬졉ᄒᆞᄂᆞ 비라."

ᄒᆞ니 가부인이 니ᄅᆞ되,

"이러틋 말ᄒᆞ면 너의 무리 ᄌᆞ미가 이졔 도
시 신션이 되여시며 더옥이 임의 ᄒᆞᆫ 곳의 잇다
ᄒᆞᄂᆞ디 무어슬 위ᄒᆞ여 【91】 너의 무리와 갓치
오지 아니ᄒᆞ엿ᄂᆞ냐?"

원앙이 디답ᄒᆞ되,

"우리 무리 아오로 고노야와 고태태가 이
곳의 계신 줄은 아지 못ᄒᆞ고 내가 본디 노태태
별셰ᄒᆞ시미 복시(服侍)홀 사ᄅᆞᆷ이 업ᄉᆞ믈 위ᄒᆞ여
내 믄득 ᄌᆞ익(自縊)ᄒᆞ고 ᄎᆞᄌᆞ 왓더니 ᄎᆞᄎᆞ 태허
환경의 니ᄅᆞ러 비로쇼 원비낭낭과 림고낭이 도
시 그곳의 션진 줄 알고 낭낭과 고낭이 노태태
롤 방심ᄒᆞ지 못ᄒᆞ여 그러므로 뼈 우리 무리 삼
인을 ᄎᆞ졍ᄒᆞ여 ᄎᆞᄌᆞ라 와시니 림고랑은 그곳의
일홈 잇ᄂᆞ 【92】 셔[쇼]샹션ᄌᆞ(瀟湘仙子)라. 엇지
능히 스스로이 ᄯᅥ나오리오?"

가뫼 듯더니 더옥 환희ᄒᆞ여 니ᄅᆞ되,

"나의 져 원앙ᄋᆞ뒤 진긔 내가 져롤 귀히
안 거술 져바리지 아니ᄒᆞ도다."

가부인이 ᄯᅩ 봉져다려 무ᄅᆞ되,

"대옥 ᄋᆞ히 그곳의 잇ᄂᆞ디 가히 ᄉᆞ후(伺候)
ᄒᆞᄂᆞ 사ᄅᆞᆷ이나 잇ᄂᆞ냐?"

봉졔 웃고 니ᄅᆞ되,

"고태태ᄂᆞ 방심ᄒᆞ라. 그곳의 원비낭낭 외
의ᄂᆞ 계가 믄득 데 이위라. 엇지 감히 ᄉᆞ후ᄒᆞᄂᆞ
사ᄅᆞᆷ이 업ᄉᆞ리오? ᄒᆞ믈며 계게 몸 갓가히 복시

---

69) 【얼픗】㊢ 얼픗. 어렴픗이. ¶ 閃∥ 량편의 허
   다ᄒᆞᆫ 복부 무리 얼픗 나셔며 져 삼인을 되셔
   졍문의 드러가미 (兩邊閃出許多僕婦來, 擁了他
   們三人進了宅門.) <續紅 3:87> ⇒ 얼픗, 얼프시

ㅎ는 이가 청문(晴雯)과 금순이[金釧兒] 잇고 【93】 겸ㅎ여 셜이태태(薛二太太)의 집 향릉(香菱)이 이시며 동부 속의 용ㅇ식부(蓉兒媳婦)와 우가(尤家) ㅈ미(姊妹)와 롱취암(櫳翠庵)의 묘옥(妙玉)이 홈긔 모혀 이시며 원비낭낭의 곳의ᄂ 영미미(迎妹妹) 잇셔 도시 열요히 지낸다."

ㅎ니 가뫼 니른디,

"쟉일의 대옥ㅇ의 하락을 모로기로 네 고마(姑媽)가 챡급ㅎ여 칠십이ᄉ(七十二司)와 십팔층디옥(十八層地獄)을 모다 뒤져도 찻지 못ㅎ엿더니 이졔 졔가 하락이 이시니 네 고낭이 비로쇼 방심ㅎ리라."

가부인이 눈믈을 흘니며 니른디,

"니 이졔 비록 방심은 ㅎ나 【94】 다만 아지 못게라 우리 모녜 어내 ᄶᅵ의 능히 상면ㅎ랴?"

가뫼 니른디,

"그 거슨 챡급(着急)ㅎ여 말나. 고노야의 도라오기를 기다려 상량(商量)ㅎ는 거시 죠흐리라."

가부인이 다만 졈두식누(點頭拭淚)ㅎ고 도라 스긔를 보며 니른디,

"너ᄂ 엇지 추를 따라오지 아니ㅎ며 쥬방의 일너 죠반을 예비케 아니ㅎ느냐?"

스긔 밧비 가셔 추를 가져오며 쥬방의 분부ㅎ더라. 봉졔 셜니 니른디,

"우리 무리 관음암(觀音庵)의셔 밥을 먹어시니 다만 노태태와 고태태의 밥을 등디케 ㅎ라."

가 【95】 뫼 봉져다려 무른디,

"집 속의 너의 공공(公公)과 파파(婆婆)와 보옥(寶玉) 형뎨(兄弟) 져 무리가 모다 죠흐냐?"

봉졔 디답ㅎ디,

"이위 노야와 이위 태태ᄂ 모다 죠흐시나 다만 보형뎨가 향릉의 말을 드르니 향시 뎨 칠명 거인(擧人)의 ᄶᅵ흰 후의 무슨 머리 헌 화상(和尙)을 따라 출가ㅎ엿다."

ㅎ니 가뫼 듯고 대경실식(大驚失色)ㅎ여 니른디,

"엇지ㅎ여 보옥이 출가ㅎ여 화상이 되여 갓느냐? 그 거슬 엇지 견디며 져 용녈ㅎ ㅇ희가 식부도 취ㅎ여 오고 향시의 춤예ㅎ엿ᄂ디 복을 누 【96】 리지 아니코 무어슬 위ㅎ여 출가ㅎ엿느냐?"

봉졔 밋쳐 답지 못ㅎ여 원앙이 니른디,

"도시 림고낭을 위ㅎ미라."

ㅎ니 봉졔 급히 원앙을 향ㅎ여 눈쥬니 가뫼 ᄯᅳᆺ을 짐쟉ㅎ고 탄식ㅎ며 니른디,

"도시 나의 허믈이라. 후회ㅎ들 무엇ㅎ랴?"

가부인이 드러보미 슈쟉이 고이ㅎ고 또 봉져의 원앙 눈쥬ᄂ 거슬 보미 도져히 무러보지 아니ㅎ고 탄식ㅎ며 니른디,

"져 ᄒᆡ지 엇지 져런 후두ㅎ 일을 지어내여 사름으로 ㅎ여곰 샹ㅎ게 ㅎ며 져의 【97】 취ㅎ여 온 거슨 뉘 집 고낭인고? 가히 우리 녕ㅇ로 ㅎ여곰 세월을 허송케 ㅎ미 아니냐?"

가뫼 탄식ㅎ며 니른디,

"믄득 셜이태태(薛二太太)의 녀ㅇ를 취ㅎ엿느니라.".

가부인이 니른디,

"일홈을 보츠(寶釵)로 부른ᄂ 거시 아니냐?"

봉졔 디답ㅎ디,

"믄득 긔니 고태태가 도로혀 긔역ㅎ시도다."

졍히 말ㅎ는 ᄶᅵ의 가쥬(賈珠) 드러와 샹방문 어귀의 셔셔,

"미미의 무리 죠흐냐?"

뭇거늘 봉졔 놀나 몸을 닐며 니른디,

"엇지ㅎ여 대거게 이곳의 잇느냐?"

가부인이 믄득 가쥬의 곡졀을 가져 봉져 【98】 다려 일편을 고ㅎ니 봉졔 니른디,

"원앙져져야, 네 가셔 나를 디신ㅎ여 대거거의게 문안ㅎ고 믄득 말ㅎ기를 가즁의 디슈지(大嫂子) 미우 죠히 이시며 난이(蘭兒) 거인(擧人)의 ᄲᅡ혓다 말ㅎ라."

가쥬 환희ㅎ여 니른디,

"이 거슨 도시 이심낭의 스랑ㅎ 바 쇼치(所致)로다."

가뫼 니른디,

"너의 보옥 형뎨ᄂ 거인의 ᄲᅢ혓ᄂ디 져 ㄓ튼 하류읫 거시 복을 누리지 아니코 화상을 따라 출가ㅎ엿다 ㅎ니 쥬ㅇ야, 네가 밧긔 잇셔 넘문(廉問)ㅎ여 만일 계가 어내 곳의 잇셔 출가ㅎ 【99】 줄 알거든 나를 위ㅎ여 져를 슬녀 잡아오게 ㅎ라."

가부인이 웃고 니르디,

"이 거슨 노태태가 긔가 나셔 싱각이 후두
ᄒ시도다. 음양이 길이 격ᄒ고 슈회 각기 경슈
가 이시니 엇지 능히 살녀 잡아오리오? 만일 도
시 사롬의 셩픔디로 ᄒ고ᄌ ᄒ여 술녀 잡아 오
량이면 봉ᄋ뒤 일즉 련ᄋ롤 가져 술녀 잡아 오
리라."

봉졔 웃고 니르디,

"고태태 비로쇼 질부(姪婦)롤 보시더니 믄
득 희롱의 말숨을 ᄒ시니 무어슬 위ᄒ여 우리
대거롤 가르쳐 우리 대슈즈【100】 롤 가져 살녀
잡아 오지 아니ᄒᄂ냐?"

말ᄒ미 가쥐 웃고 졍히 담쇼ᄒ더니 다만
드르니 외면의셔 호통 쇼리 나며 문을 여ᄂ지
라. 가쥐 쌀니 믈너 나가며 니르디,

"고노얘 도라오신다."

ᄒ니 엇지 된지 알냐 ᄒ거든 하회의 분히
ᄒ라.

[쇽홍루몽續紅樓夢 권지亽卷之四]

5

경싱진원비개슈연 득가보더옥위방심
慶生辰元妃開壽宴 得家報黛玉慰芳心

【1】 화셜, 봉져(鳳姐) 등이 림여히(林如海)의 도라오믈 듯고 일졔히 니르셔 의상을 졍돈ᄒ고 비현ᄒ믈 예비ᄒ더니 림공(林公)이 웃고 드러와 니르디,

"고낭(姑娘) 무리 모다 니르럿도다. 우리 도시(都是) 지친이니 반ᄃ시 례슈(禮數)를 ᄎ쵸 말고 내간의 드러가 안게 ᄒ라."

봉져와 우삼져(尤三姐)와 원앙(鴛鴦)이 임의 비례ᄒ미 림공이 세 번 읍으로 답례ᄒ고 ᄋ 두 무리 바올을 들고 져 삼 【2】 인을 양ᄒ여 내실의 안게 ᄒ고 스긔(司棋) 믄득 드러가며 림공이 믄져 가모(賈母)로 더브러 깃브믈 칭도ᄒ 후의 좌의 드니 가부인이 믄득 봉져의 말ᄒ 바 더옥(黛玉)이 태허환경(太虛幻境)의 잇는 광경을 가져 일편을 말ᄒ니 림공이 스스로 환희ᄒ여 니르디,

"내가 젼일의 최판관(崔判官) 아문(衙門) 쇽의 잇셔 대옥의 셜화를 졔긔ᄒ미 최판관이 말ᄒ기를 '태허환경이란 곳이 잇는디 당일 빅락쳔(白樂天)의 《쟝한가長恨歌》 우희 ᄒ기를 '홀문히 샹유션산(忽聞海上有仙山)ᄒ니 산지허무 【3】 표

모간(山在虛無縹緲間)을 루각(樓閣)이 령롱오운긔(玲瓏五雲起)ᄒ니 기중의 쟉약다션지(綽約多仙子)라.' ᄒ 거시 믄득 그 디방이라. 이제 녕ᄋ 고낭이 집의 니르지 아녀시면 반ᄃ시 태허환경의 올나 가시리라.' ᄒ기의 내가 도로혀 겸양ᄒ여 말ᄒ기를, '엇지 능히 그리 되깃ᄂ냐?' ᄒ엿더니 뉘 알니? 과연 그 말의 응ᄒ도다."

가부인(賈夫人)이 니르디,

"노야야 긔여히 쥬의(主意)를 싱각ᄒ여 우리 모녀로 ᄒ여곰 ᄒ 번 보게 ᄒ라."

림공이 듯더니 흔즈음 침음(沈吟)ᄒ며 탄식ᄒ여 니르디,

"부인은 급히 【4】 구지 말나. 내 싱각ᄒ니 녀ᄋ 신션의 반렬(班列)의 거ᄒ미 스스로 능히 스스로이 직슈(職守)를 써나지 못 ᄒ 거시오, 우리 무리도 관직 칙임이 이시미 감히 이 ᄯ흘 쳔단(擅斷)이 써나지 못ᄒ지라. 내가 도임ᄒ 지 임의 구 년이 ᄎ시미 명년은 필연 텬죠의 승ᄎ(陞差)ᄒ 거시니 그 ᄯ의 ᄀ치 태허환경의 니러 모녜 샹봉ᄒ미 블과(不過) 젼안의 이졔 다만 가셔(家書)를 ᄡ 니여온 사ᄅᆷ을 븟쳐 보내여 녀ᄋ의 ᄆ음을 위로ᄒ면 믄득 져를 본 모양과 ᄀ ᄐ리라."

가부인 【5】 이 눈믈을 흘니며 니르디,

"이쳐럼 ᄒ 양이면 도로혀 일 년 광경이 나마시니 날노 ᄒ여곰 엇지 견디여 지내랴?"

림공이 니르디,

"부인은 ᄆ음을 슬허 말나. 허다ᄒ 광음도 모다 견디여 지내엿거든 엇지 일 년이야 지내지 못ᄒ랴? 우리 가셔를 ᄡ셔 량기 태감(太監)을 부리여 믄져 도라가게 ᄒ고 삼위 고낭은 머믈너 두어 노태태를 뫽ᄒ여 뫼시고 잇다가 명년의 우리와 ᄀ치 흔뭉치 되여 가미 늣지 아니리라."

말이 여긔 니르미 원앙이 나 【6】 와 니르디,

"방즈 우리 삼인이 샹량ᄒ니 내가 이내내로 더브러 용이(容易)ᄒ게 노태태를 뵈와시니 ᄎ마 급히 써나지 못ᄒ 거시오, 보고낭(寶姑娘)은 믄득 능히 오리 머무지 못ᄒ지라. 졔가 믄져 도라가믈 고ᄒ다."

ᄒ니 림공이 니르디,

"임의 이러ᄒ면 삼고량과 량개(兩個) 태감을 머믈너 멧 날을 지내게 ᄒ여 우리로 ᄒ여곰

져기 지쥬(地主)의 졍의롤 다ᄒ리라."

가부인이 니ᄅ디,

"그 거슨 ᄌ연 그리홀지라. 금일의 가히 외변의 분부ᄒ여 ᄒᆞᆫ 무리 희ᄌ(戱子)롤 곳 【7】 블너 후원의 예비(豫備)ᄒ여 노태태와 져 무리 ᄌ민로 더브러 드ᄅ시게 ᄒ고 겸ᄒ여 원비낭낭긔 효셩(孝誠)ᄒᄂᆫ 폐빅(幣帛)과 렬위 ᄌ민의게 보내ᄂᆫ 례믈을 쥰비ᄒ고 녀ᄋᆞ의게 쥴 의복과 즙믈을 판리ᄒ여 림시(臨時)의 군식ᄒᆞᆷ믈 면케 ᄒ라."

림공이 니ᄅ디,

"그 거슨 ᄌ연 그리 ᄒ리니 질ᄋᆞ롤 부탁ᄒ여 우리롤 디신ᄒ여 간판ᄒ게70) ᄒ여야 네 뜻의 마ᄌ리라."

말이 맛ᄎ미 림공이 믄득 니러셔며 니ᄅ디,

"내 죠반은 가져 셔방 속의 버리게71) ᄒ고 이곳의셔ᄂᆞ 노태태 【8】 로 더브러 셜화나 만히 ᄒ게 ᄒ라."

어시의 가부인이 믄득 ᄉᆞ룸을 직쵹ᄒ여 화원을 쇄쇼(灑掃)ᄒ고 희ᄌ롤 등디ᄒ여 ᄌ민 무리로 더브러 노닐녀 ᄒ시고 ᄯᅩ 림공긔 고ᄒ여 진죵(秦鍾)과 지릉ᄋᆞ(智能兒)롤 아문의 드러와 거쥬케 ᄒ니 지릉이 일노 죠ᄎ 두발을 기ᄅ고 환속ᄒ니라.

지셜, 림디옥(林黛玉)이 봉져(鳳姐) 등의 가므로븟허 미일의 향릉(香菱)을 다리고 시률을 강구ᄒ니 도로혀 쾌락ᄒ지라. ᄒ로ᄂᆞᆫ 우연이 안ᄌ 한담ᄒ다가 녯 일을 졔긔ᄒ니 향릉이 디옥을 【9】 향ᄒ여 니ᄅ디,

"젼일의 우리 부친이 산의 도라갈 ᄯᅵ의 십분 쵹박ᄒ나 내가 고낭 무리롤 디신ᄒ여 보이야(寶二爺)와 류이야(柳二爺)의 햐락을 무ᄅ미 우리 부친이 다만 쳥경봉(靑埂峰) 삼 ᄯᅡ롤 말ᄒ며 믄득 보지 못ᄒ기시니 아지 못게라 쳥경봉은 무슨 디방인지? 고랑은 엇지 일통디(一統地)와 여디도(輿志圖)72) 우히 ᄒᆞᆫ 번 사실(査實)ᄒ여 보면 어내 싱인지 어내 쥬현의 관활ᄒᆞᆫ 비 되ᄂᆞᆫ지 알

니라."

디옥이 듯고 한즈음 침음ᄒ다가 웃고 니ᄅ디,

"내 긔억ᄒ니 어내 【10】 히의 보이야가 통령옥(通靈玉)을 일허실 ᄯᅵ의 묘옥(妙玉) 니괴 계겸을 치ᄂᆞᆫ디 샹면의 쳥경봉 삼 ᄯᅵ 잇고 ᄯᅩ 무슨 '입아믈러일쇼봉(入我門來一笑峰)이라.' ᄒᆞᆫ 셜화이시니 싱각건디 그 화샹(和尙)과 도ᄉᆞ(道士) 반ᄃ시 범인이 아니라. 임의 져 무리 량인을 졔도ᄒ여 다리고 가시니 필연 져 량긔가 본디 션근(仙根)이 잇셔 바야흐로 이런 긔이ᄒᆞᆫ 만ᄂᆞᆫ 거시 잇고 져 쳥경봉이라 ᄒᆞᆫ 거ᄉᆞᆫ 블과시 산 일홈이라. 태허환경(太虛幻境)으로 더브러 일반이니 여디도(輿志圖) 우히 엇지 ᄉᆞ실ᄒ여 내깃ᄂᆞ냐? 젼일의 【11】 우삼졔(尤三姐) 어리셕은 졍이 ᄭᅳᆫ치지 못ᄒ엿기로 그쳐럼 무러보미 잇거니와 나ᄂᆞᆫ 이졔 진셰의 속련(俗緣)을 가져 모다 심샹히 보ᄂᆞᆫ지라 우리 ᄌ민 무리 ᄒᆞᆫ 곳의 잇셔 구속ᄒ미 업고 임의로 쇼견ᄒ미 도로혀 샹쾌ᄒᆞᆷ믈 ᄭᅢᄃᆞᆯ리로다."

향릉이 우ᄉᆞ며 니ᄅ디,

"고낭의 말슴이 죠커니와 다만 두리건디 림시(臨時)ᄒ여 ᄯᅩ ᄆᆞ음디로 못홀지라. 우리 부친이 ᄭᅳᆯ ᄯᅵ의 나롤 일기 젹은 비단갑을 쥬ᄂᆞᆫ디 우히 쓰기롤 '션가묘용, 경근개간(仙家妙用, 敬謹開看)' 여덟 ᄌ롤 뼛지라. 이 【12】 졔 ᄋᆞ두 무리 엇기롤 ᄯᅡ라셔 우리가 열어 가마니 볼 거시니 아지 못게라 그 속이 무슨 묘리 잇ᄂᆞᆫ지?"

디옥이 웃고 니ᄅ디,

"네가 그날 그 믈건을 가져왓ᄂᆞᆫ디 여러 날이 되여시나 내가 밋쳐 보지 못ᄒ여시니 네 어디 감쵸와 두엇ᄂᆞ냐?"

향릉이 디답ᄒ디,

"고랑이 무심ᄒ엿ᄂᆞ냐? 그 호로(葫蘆)와 ᄀᆞ치 셔방 속의 감쵸와 두엇노라."

ᄒ고 드디여 방중의 드러와 비단갑과 호로롤 모다 가져다가 디옥을 밀위여73) 쥬니 디옥

---

70) 【간판ᄒ다】 동 (간판(幹辦)하다.) 일을 처리하다. ¶ 辦 ‖ 그 거슨 ᄌ연 그리 ᄒ리니 질ᄋᆞ롤 부탁ᄒ여 우리롤 디신ᄒ여 간판ᄒ게 ᄒ여야 네 뜻의 마ᄌ리라 (依我的主意, 這些事你竟托大侄兒替咱們辦一辦, 免得外頭弄來的不合你的意思.) <續紅 4:7>

71) 【버리다】 동 벌이다. 정렬(整列)하다. 여러 가지 물건을 늘어놓다. ¶ 擺 ‖ 내 죠반은 가져 셔방 속의 버리게 ᄒ고 이곳의셔ᄂᆞ 노태태로 더브러 셜화나 만히 ᄒ게 ᄒ라 (把我的早飯擺在書房裡去, 這裡讓老太太和姑娘們多說說話兒) <續紅 4:7>

72) 오역임. 원문에는 《一統地輿志》로 책명임.

이 바드며 갑 우히 팔 긔 글즈롤 보【13】고 인
흐여 향릉을 쥬며 니르디,

"이거시 너의 부친이 너롤 쥰 거시니 내
엇지 감히 탁봉(坼封)ᄒ리오? 네 몬져 써혀 보
와 만일 나도 볼 만ᄒ거든 다시 보는 거시 늣지
아니리라."

향릉이 웃고 니르디,

"고랑이 너모 다심(多心)ᄒ도다."

하고 믄득 금갑을 써혀 보니 량종(兩種)
명향(名香)이 각 오십 미(枚)니 일명은 반혼향
(返魂香)이오, 일명은 심몽향(尋夢香)인디 흠긔
칠촌쟝단(七寸長短)이 되고 각기 금즈로 뜻을
긔록ᄒ여시니 그 말의 닐너시디,

【14】 반혼향이란 거슨 텬츅국의셔 나는디
ᄉ로면 능히 망인의 혼이 도라와 싱즈로 더
브러 셔로 모히게 ᄒ고, 심몽향이란 거슨 셔
번의셔 나는디 ᄉ로면 능히 싱즈의 꿈을 보
내여 망인으로 더브러 셔로 모도이게 ᄒ니,
ᄒ 가지는 한 무뎨(漢武帝)의 어든 비오 한
가지는 쵸양왕(楚襄王)의 득ᄒ 비라. 뜻을 졍
셩으로 잡으면 신효치 아니미 업스나 가쟝
잉티ᄒ 이롤 긔ᄒᄂ니라.(返魂香出自天竺國, 焚
之能返亡人之魂, 與生者相會, 尋夢香出自西番, 焚之
能送生人之夢, 與亡人相會, 一是漢武帝所制, 一是楚
襄王所制, 意秉虔誠, 無不神效 切忌孕娠.)

ᄒ엿더라.

【15】 향릉이 보고 우스며 니르디,

"본리 량종 명향이라. 고낭아, 네 보라. 사
연 쓴 거시 도로혀 의취(意趣) 잇도다."

디옥이 바다 보며 웃고 니르디,

"이거시 너의 부친이 너롤 ᄉ랑ᄒ신 의ᄉ
라. 널노 ᄒ여곰 반혼향을 ᄉ로면 믄득 가히 너
의 집의 도라가 너의 대야롤 볼 거시오, 다시
셜대가(薛大哥)롤 가르쳐 심몽향을 ᄉ로면 믄득
가히 이곳의 니르러 너롤 볼 거시니 니부인(李
夫人)이 한무뎨(漢武帝)롤 보고 쵸양왕(楚襄王)
이 신녀(神女)롤 모드는 거시 과연 의취 잇도
다."

향릉【16】이 웃고 니르디,

"고낭아, 엇지 련이내내(蓮二奶奶)롤 ᄯ라
져 모양 말ᄒ기롤 비홧ᄂ냐? 긔여히 내가 무슨
말을 지어내면 고낭이 ᄯ 맛당히 챡급ᄒ여 사롬
을 혀츠지 아니랴?"

디옥이 니르디,

"너의 ᄒ고 시분 디로 무슨 말을 지어내
라. 내 모음이 임의 졍ᄒ여 ᄒ 틋글이 무드지
아니ᄒ고 각인이 각기 졍노(正路)롤 간판ᄒ는
거시 올흐리라."

향릉이 웃스며 디답ᄒ디,

"임의 져 모양이면 전일의 우삼고낭이 류
이야롤 탐문(探問)훌 적의 고낭이 무【17】 어슬
위ᄒ여 즈셰히 드러보고 ᄯ 엇던 모양이더냐?"

디옥이 졍히 호로(葫蘆)롤 만지다가 믄득
우스며 ᄒ 번 혀츠고 니르디,

"네가 밋지 아니커든 다만 이 호로롤 보
라. 그 속이 무어신지에 믄득 알나."

향릉이 바다보고 니르디,

"죠히 셔호(西湖) 경치오, 그 속의 무슨 녯
일이 이시랴?"

말ᄒ며 믄득 피리경(玻瓈鏡)을 가져 눈 우
히 다히고 보기롤 흐즈음 ᄒ더니 홀연 호로롤
바리고 ᄯ지져 니르디,

"죠흔 면피(面皮)업는 챵괴(娼姑)로다."

디옥이 듯고 놀나 벙벙ᄒ더【18】니 홀연
무르디,

"네가 누구롤 ᄯ짓ᄂ냐?"

향릉이 디답ᄒ디,

"우리 무리 쥭은 귀내내(鬼奶奶)로다."

디옥이 ᄯ녀 니르디,

"네 무슨 ᄉ단을 보왓ᄂ냐?"

향릉이 니르디,

"호로 속의 미우 죠흔 방즈(房子)가 잇는디
우리 무리 쥭은 귀내내가 일긔 쇼연(少年) 샹공
으로 더브러 흠긔 안져셔 량인이 다만 ᄒ 잔 술
을 가지고 ᄒ 먹음식 셔로 먹으니 그런 모양은
진긔 보기 어려온지라. 내가 그러므로 아리롤
향ᄒ여 보지 아니ᄒ노라"

디옥이 밋지 아니ᄒ여 호로롤【19】잡고
거울 속을 향ᄒ여 즈셰히 바라보미 아오로 칠흑
(漆黑)ᄒ고 ᄒ 가지도 잇는 빗 업슨지라. 텬긔
(天機)가 긔묘(奇妙)ᄒ믈 알고 믄득 무르디,

---

73)【밀위다】圖 밀다 ¶ 遞 ∥ 드디여 방즁의 드
　　러와 비단갑과 호로롤 모다 가져다가 디옥을
　　밀위여 쥬니 (香菱遂走至櫥邊, 伸手將錦匣兒并
　　葫蘆取了下來, 遞與黛玉.) <續紅 4:12>

"너의 본 쇼년이 누군지 알깃ᄂᆞ냐?"

향릉이 디답ᄒᆞ디,

"그 사ᄅᆞᆷ의 모양을 어디셔 본 듯ᄒᆞ여시나 다만 누군지는 말ᄒᆞᆯ 슈 업노라."

디옥이 입을 ᄶᆞ라 믄득 니ᄅᆞ디,

"너 보기의 보옥(寶玉)과 ᄀᆞᆺ지 아니ᄒᆞ더냐"

향릉이 큰 우음을 니러나믈 ᄭᅴᆺ지 못ᄒᆞ며 니ᄅᆞ디,

"그가 가히 그러치 아니랴? 고낭이 ᄌᆞ긔가 촛병(醋甁) 마【20】시는 말을 가져 모다 입을 ᄶᆞ라 말ᄒᆞ여 내ᄂᆞ냐?"

디옥이 스스로 실언ᄒᆞᄆᆞᆯ ᄭᅴᆺ고 얼골을 붉히며 웃고 믄득 향릉의 입부리를 막으며 량인이 졍히 희쇼(喜笑)ᄒᆞ더니 밧긔셔 거름 소리 나며 쳥문(晴雯)과 금슌이[金釧兒] 드러오ᄂᆞᆫ지라. 련망히 금갑과 호로를 가져 감쵸고 량인이 드러오며 쳥문이 몬져 ᄂᆞ오며 니ᄅᆞ디,

"내가 금일이 용대내내(蓉大奶奶)와 우이져(尤二姐)와 묘ᄉᆞ부(妙師父)로 더브러 반일 골픠를 ᄒᆞ여 져 무리 과실을 만히 먹엇도다."

말ᄒᆞ며 믄득 ᄉᆞ【21】미 속을 향ᄒᆞ여 슈건을 집어 내여 ᄲᅡᆫ 거슬 펴니 도시 숑ᄌᆞ와 힝인(杏仁)과 건포도와 밀죠(蜜棗)의 뤼라. ᄒᆞᆫ 무더기를 디옥의 면젼의 노코 ᄯᅩ 향릉과 금슌ᄋᆡ롤 ᄒᆞᆫ 무더기식 난화 쥬니 금슌이 바드며 웃고 니ᄅᆞ디,

"네가 오ᄂᆞᆯ의 손슈74)가 죠하 이쳐럼 어든 거시 무어시 희한타 ᄒᆞ랴?"

디옥이 쳥문을 향ᄒᆞ여 니ᄅᆞ디,

"올ᄒᆡ가 졈졈 진ᄒᆞ여 원비낭낭의 싱일이 니ᄅᆞ니 우리 무리 가히 무ᄉᆞᆫ 례믈을 판비(辦備)ᄒᆞ여 보내는 거시 죠흐리라."

쳥문이 【22】 디답ᄒᆞ디,

"우리 무리 이곳의 잇는 바 믈건은 낭낭의 곳의 모다 이시니 비록 몃 가지를 보낸다 ᄒᆞ여도 긔특(奇特)ᄒᆞ미 되지 못 ᄒᆞᆯ지라. 내 쥬견으로 ᄒᆞᆯ 양이면 젼일의 낭낭긔셔 니ᄅᆞ기를, '이곳의 놀나 올 ᄯᅦ의 고낭의 겻히 잇는 강쥬션쵸(絳珠仙草)가 보기의 미우 ᄉᆞ랑스러온디 내 곳의ᄂᆞᆫ

업다.' ᄒᆞ셔시니 이졔 몃칠 틈이 잇ᄂᆞᆫ지라. 엇지 강쥬션쵸 ᄉᆞ면의 픠인 년ᄒᆞ 뿔히를 옮겨내여 옥분(玉盆)의 심으기를 원 모양ᄀᆞᆺ치 ᄒᆞ고 쥬홍가ᄌᆞ(朱紅架子)의 담아 보내면 미우 신【23】긔도 ᄒᆞ고 ᄯᅩ 낭낭의 의ᄉᆞ에 합ᄒᆞᆯ 거시니 엇지 다른 디 비ᄒᆞ여 낫지 아니ᄒᆞ냐?"

디옥이 듯더니 졈두(点頭)ᄒᆞ며 니ᄅᆞ디,

"그 거시 죠타. 네 의ᄉᆞ디로 비포ᄒᆞ여 미일의 감노슈(甘露水)를 디여 쥬면 칠팔 일의 지나지 아니ᄒᆞ여 믄득 가히 쟝셩ᄒᆞ여지리라."

쳥문이 답응ᄒᆞ고 즉시 비포(培布)ᄒᆞ더라.

몃 날을 지내미 졔셕(除夕)이 당ᄒᆞ엿ᄂᆞᆫ지라. 태허경믈(太虛景物)은 인셰의 번화홈과 ᄀᆞᆺ지 아니ᄒᆞ여 오죽 향긔만 날 ᄲᅮᆫ이러라. 초일 원죠(元朝)의 원비 탄신이라. 디옥이며 경【24】환(警幻)으로붓허 모다 공경ᄒᆞᄂᆞᆫ 례믈이 잇ᄂᆞᆫ디 원비 홀노 디옥의 보낸 바 강쥬션쵸를 보고 희블ᄌᆞ승(喜不自勝)ᄒᆞ여 즉긱의 원중(院中)의 버려 노코 크게 잔치를 비셜ᄒᆞ여 기다리더니 디옥과 향릉과 우삼져와 진가경(秦可卿)과 묘옥과 경환 등이 일졔히 니ᄅᆞ거ᄂᆞᆯ 영츈(迎春)이 원비를 디신ᄒᆞ여 손님을 영졉(迎接)ᄒᆞ여 궁의 드러가 몬져 죠하(朝賀)ᄒᆞᄂᆞᆫ 례를 힝ᄒᆞᆫ 후의 셔ᄎᆞ(序次)를 의지ᄒᆞ여 안ᄌᆞ미 원비 몬져 디옥을 향ᄒᆞ여 웃고 니ᄅᆞ디,

"젼일의 내가 【25】 미미의 곳의셔 우연이 보니 강쥬션쵸의 향염(香艶)ᄒᆞ미 이샹ᄒᆞᆫ지라. 십분 ᄉᆞ랑ᄒᆞ엿더니 이졔 쥬믈 당ᄒᆞ미 죡히 다졍ᄒᆞᆷ을 보리로다"

대옥이 몸을 니러 디답ᄒᆞ디,

"낭낭의 쳔츄졀(千秋節)의 신민(臣妹)가 뼈 공경ᄒᆞᆯ 거시 업ᄂᆞᆫ디 비박(非薄)ᄒᆞᆫ 젹은 플을 엇지 감히 스스로 ᄉᆞᆺᄉᆞ로이 두리오?"

원비 ᄯᅩ 묘옥 등 계인으로 더브러 ᄒᆞᆫ 차례 한담을 펴고 이의 명ᄒᆞ여 쥬연(酒筵)을 버려 올녀 즁인이 쾌챵(快暢)ᄒᆞ게 마실 시 션녀 무리를 분부ᄒᆞ여 균텬악(鈞天樂)을 알외【26】고 ᄯᅩ 예샹우의곡(霓裳羽衣曲)을 노러ᄒᆞ게 ᄒᆞ니 음향(音響)과 졀쥬(節奏) 인셰의 잇는 비 아니라. 슈유(須臾)의 ᄉᆞ면이 긋치미 원비 웃고 니ᄅᆞ디,

"져 모양 가무는 실노이 보고 듯기가 슬흔지라. 내 의ᄉᆞ는 오ᄂᆞᆯ날 ᄌᆞ민들이 모도혀시니 례슈(禮數)를 구이치 말고 여러히 시령(猜令)을

---

74) 【손슈】圖 재수. ¶ 彩頭 ‖ 네가 오ᄂᆞᆯ의 손슈가 죠하 이쳐럼 어든 거시 무어시 희한타 ᄒᆞ랴 (你今兒不過是彩頭好, 贏了些嘴頭子吃, 你可沒得看見個稀罕的事兒.) <續紅 4:21>

힝흐는 거시 도로혀 의취 이시리라."

디옥 등 졔인이 흠긔 몸을 니러 디답흐디,

"금일은 낭낭의 쳔츄일이오, 쏘 완죠가졀(元朝佳節)이라. 톄례(体禮)가 관계흔 비니 신미 무리 엇지 감히 방즈흐리오?"

원비 【27】 웃고 니르디,

"져 몃 히 동안의 내가 궁중의 이시미 실노이 문구의 례슈(禮數)롤 견디지 못흐엿더니 오늘날 죠히 진셰롤 써나시니 너의 무리 여젼이 례슈롤 구익흐면 날노 흐여곰 실노이 어려온지라. 져 강쥬션쵸롤 내가 십분 스랑흐니 믄득 일노뼈 글졔롤 삼고 칠률(七律) 일슈식 지으려 흐니 너의 무리 시롤 능히 흐는 쟈는 운(韻)을 화답흐여 짓는 거시 엇지 아름답지 아니흐랴?"

즁인이 듯고 쏘 니르디,

"낭낭의 춍명이 텬죵(天縱)되시고 학문 【28】 이 연심(淵深)흐신디 신미 등의 쳔누(淺陋)흔 학식으로 엇지 감히 뒤흘 짜르리오?"

원비 우스며 니르디,

"과히 겸샤 말나."

궁녜 문방 졔구롤 올니니 원비 부술 드러 흔 번 두로미 시가 일우엿는지라. 디옥을 쥬니 디옥이 바다셔 닑어 니르디,

즈시녕하블후신(自是靈河不朽身)으로
우인일념젹홍진(偶因一念謫紅塵)을
분릭난혜요지픔(分來蘭蕙瑤池品)흐야
졈단풍화샹원츈(占斷風花上苑春)을

스스로 녕하의 셕지 아니흔 몸으로,
우연이 흔 싱각을 인흐여 홍진의 귀양왓더라.

난혜와 요지의 픔을 난호와,
풍화의 샹원 봄을 쟝졈흐여다 흐엿더라.

【29】 쳥보입념향쳘골(靑甫入簾香徹骨)이오
틱쵸요최취영인(苔初繞砌翠迎人)을
방즈별유쇼혼쳐(芳姿別有銷魂處)흐니
미허범파강호빈(未許凡葩强效顰)을

푸른 거시 겨유 바올의 들미 향긔가 뼈의 스뭇치고,
닛기가 쳐음으로 셤돌의 두르미 푸른 거시

사롬을 맛더라.

꼿다온 즈틱가 별노이 혼을 스로는 곳이 이시니,

범샹흔 꼿 블휘가 강잉흐여 효빈흐믈 허치 아니흐더라.

디옥이 닑기롤 맛치미 년셩(連聲) 칭찬흐니 원비 표상(褒奬)이 과흐믈 스양흐고 향릉 묘옥 영츈 등 즁인이 츠례로 보미 도시 칭찬흐믈 마지 아니흐더라. 원비 궁녀롤 명흐여,

"더온 술을 밧고와 올녀 각기 흔 잔식 먹고 시흥(詩興)을 돕즈."

흐니 즁인이 【30】 모다 흔 츠례 마시고 향릉이 믄득 부술 잡아 우스며 흔 슈롤 뼈셔 몸을 굽혀 원비긔 드리고 니르디,

"비지 쳐음으로 비호는 범샹흔 글귀가 쪽히 뼈 낭낭의 봉안(鳳眼)으로 보시는 거술 당치 못흐리로다"

원비 바다 보니 우히 뼈시디,

블션영영쟝샹신(不羨盈盈掌上身)흐니
유방일누졍무진(幽芳一縷靜無塵)을
강셩셔디유가화(康成書帶留佳話)오
무슉운챵졈죠츈(茂叔芸窓占早春)을

영영흔 숀바닥 우히 몸을 블워 아니흐니
그윽흐고 꼿다온 흔 오리가 고요흐여 씌글이 업더라.

강셩의 셔디는 아름다온 말을 머믈고
무슉의 운챵의 니른 봄을 쟝졈흐엿더라.

【31】 호강과감찬슈식(號絳果堪餐秀色)이오
명쥬미허근교인(名珠未許近鮫人)을
동황유의년션골(東皇有意憐仙骨)흐야
빅옥죠란호취빈(白玉雕欄護翠顰)을

붉다 닐ㅋ르미 과연 견디여 슈식을 먹음즉 흐고

구술이라 일홈흐미 교인을 갓가히 흐믈 허치 아니흐더라.

동황이 유의흐여 신션의 뼈롤 어엿비 너겨 빅옥 삭인 난간의 푸르게 찡긘 거술 호위흐더라.

원비 보고 경희(警喜)ᄒ여 니르딕,

"내가 도로혀 룽고낭(菱姑娘)의 이런 시지 잇ᄂ 거ᄉᆯ 아지 못ᄒ여시니 가히 공경ᄒ고 가히 블읩도다."

딕옥이 웃고 딕답ᄒ딕,

"져의 텬분(天分)이 본딕 놉고 ᄯᅩ 전심치지(轉心致志) ᄒ기로 비혼지 몃 히 못ᄒ여 거연(居然)이 늙은 슈단이 되엿다."

【32】 ᄒ니 원비 웃고 니르딕,

"이러틋 말ᄒ면 일정 너의 도뎨(徒弟)로다."

대옥이 한 번 웃고 묘옥(妙玉)이 부술 ᄯᅳᆯ며 니르딕,

"쇼니(小尼)도 긔여히 취틱(醜態)롤 드리리라."

ᄒ고 쓰기롤 맛ᄎᄆᆡ 원비긔 드리니 원비 바다보ᄆᆡ 닐너시딕,

삼싱셕반구시신(三生石畔舊時身)으로
유득방휘졉후진(留得芳徽接後塵)을
습취믹슈션려완(拾翠每羞仙侶玩)이오
답쳥녕년믹두츈(踏青寧年陌頭春)가

삼싱 돌가의 녯 ᄲᅵ 몸으로
곳다온 ᄌᆞ틱롤 머믈너 후진을 졉ᄒ더라.
푸른 거ᄉᆯ 쥬으ᄆᆡ 미양 션녀의 구경ᄒᆞᆷᆯ 붓그려 ᄒ고
푸른 거ᄉᆯ 볿으ᄆᆡ 엇지 믹두의 봄을 블워ᄒ랴?

【33】요경요란풍전영(饒卿曩娜風前影)ᄒ야
동아쇼요함외인(動我逍遙檻外人)을
약ᄉ이홍공ᄌᆞ견(若使怡紅公子見)ᄒ면
요란긔도환빈빈(繞欄幾度喚顰顰)고

경의 요라ᄒᆫ 바롬 읇히 그림ᄌᆞ가 넉넉ᄒ여
우리 쇼요ᄒᆫ 난간 밧 사롬을 움죽이더라.
만일 이홍공ᄌᆞ로 ᄒ여곰 보량이면
난간을 둘너 몃 도나 빈빈을 블너실고?

원비 보기롤 맛ᄎᄆᆡ 웃고 니르딕,

"ᄉ부의 시 지은 거시 진긔 묘ᄒ도다. 향

염(香艶)ᄒᆫ 가온딕 인ᄒ여 연하(煙霞)의 긔운을 ᄢᅴ여시나 다만 결귀(絶句)의 ᄉ연이 희학의 갓가오니 다만 두리건딕 림림가[민민](林妹妹) 긔여히 큰 잔 술노 벌을 ᄒ리라."

딕옥이 듯고 샬니 시롤 바 【34】 다 보며 웃고 니르딕,

"낭낭이 아지 못ᄒ시ᄂ냐? 묘ᄉ뷔 본딕ᄂ 죠흔 사롬이러니 이졔ᄂ 강포(强暴)롤 ᄯᅡ라셔 못된 거ᄉᆯ 비홧도다. 졔가 급히 긔딕ᄒ여 스스로 함외인(檻外人)이라 닐ᄏᆞᆯ기로 그러므로 ᄡᅥ 강도로 ᄒ여곰 져롤 잡아 함내(檻內)로 ᄯᅳ러드렷ᄂ니라."

즁인이 듯고 일졔히 우스며 니르딕,

"묘ᄉ부야, 네 반드시 져의 벌ᄒ기롤 기다리지 말고 ᄌᆞ긔가 몬져 ᄒᆫ 잔을 먹게 ᄒ라."

말ᄒᄆᆡ 묘괴 붉은 긔운이 만면(滿面)ᄒ여지고 다만 ᄒᆫ 잔을 먹더라. 딕옥이 묘고의 술 먹ᄂ 틈 【35】 을 ᄯᅡ라 부술 ᄯᅳ러 믄득 ᄒᆫ 슈롤 화답ᄒ여 가지고 몸쇼 원비긔 올니니 원비 바다 넘ᄒ여 니르딕,

션긔식파괴젼신(仙機識破愧前身)ᄒ니
쥬경침연강위진(珠竟深淵絳委塵)이라.
위보당시감로틱(爲報當時甘露澤)ᄒ야
량셩금일태허츈(釀成今日太虛春)을

션긔롤 아라 ᄭᅢ치ᄆᆡ 젼신을 붓그려ᄒ니,
구술이 ᄆᆞᆺ춤내 년못시 잠기고 붉은 거시 뒷글의 바렷더라.
당시의 감노의 은틱 갑기롤 위ᄒ여,
금일의 틱허의 봄을 비져 일위엿더라.

녕하고부삼싱원(靈河辜負三生願)이오
샹관쳐량진셰인(湘館淒凉再世人)을
일ᄌᆞ동풍취한거(一自東風吹恨去)로
【36】 쳥산뎐각구미빈(青山展却舊眉顰)을

녕하의 삼싱 원ᄒᄂ 바롤 져바리고,
샹관의 진셰 사롬이 되ᄆᆡ 쳐량ᄒ더라.
한 번 동풍이 한을 부러가므로붓허,
쳥산의 녯 눈섭을 ᄶᅵᆼ긔ᄂ 거ᄉᆯ 펴바리더라.

원비 넘ᄒ여 뭇춤미 즁인이 모다 니ᄅ더,

"도져히 쇼샹(瀟湘) 션ᄌ(仙子)가 즁인으로 더브러 ᄀᆺ지 아니ᄒ도다."

원비 우스며 니ᄅ더,

"경환대ᄉ(警幻大師)ᄂᆫ ᄌ연 우리로 더브러 챵화(唱和)ᄒᄂᆫ 거슬 번셜이75) 너길 거시오, 대쇼 내내ᄂᆫ 내가 아는 비라. 시 짓ᄂᆫ 거시 본디 방한이 잇ᄂᆫ디 이미미ᄂᆫ 네가 무어슬 위ᄒ여 한 슈도 짓지 아니ᄒᄂ냐?"

영츈(迎春)이 우스며 니ᄅ더,

"신미(臣妹)가 평일의 본디 시ᄅᆯ 짓지 못ᄒᄂ지라. 방ᄌ 우연이 흥이 【37】 나셔 빗 속의 글쵸ᄅᆯ 싱각ᄒ여 몃 귀ᄅᆯ 지으려 ᄒ더니 이제 져 ᄉ슈 시ᄅᆯ 보미 나의 시흥을 가져 일즉 놀나셔 구쇼(九霄) 밧그로 훗허져 가시니 가히 앗갑다. 보차(寶釵)와 샹운(祥雲)과 탐츈(探春) 져 무리 삼인이 능히 좌의 잇지 못ᄒ엿도다. 만일 져 무리가 잇더면 금일 ᄯᅩ 시ᄉᄅᆯ 일위여시리라."

ᄒ니 원비 탄식ᄒ며 니ᄅ더,

"유명(幽明)이 길이 다ᄅ니 우리 무리 엇지 능히 져 무리로 더브러 챵화ᄒ랴? 내 싱각ᄒ니 우리 무리 필젹은 져 무리가 계졈치기76) 외의ᄂᆫ 【38】 능히 보지 못ᄒᆯ 거시오 져의 무리 필젹은 우리가 도로혀 보리로다"

디옥이 샐니 무ᄅ더,

"유명이 길이 격ᄒ지라. 져 무리 임의 능히 져 필젹을 보지 못ᄒᄂ디 우리ᄂᆫ 엇지 능히 져의 필젹을 보ᄂ냐?"

원비 니ᄅ더,

"네가 원리 아지 못ᄒ도다. 쟉일은 졔셕(除夕)이오, 오늘은 원죄(元朝)라. 죠뎡의셔 다 계ᄉ 지내ᄂᆫ 식례(式例) 잇셔 례부의셔 지어 밧친 졔문을 한 번 닑고 쇼화(燒火)ᄒ면 우리 이곳의셔 믄득 어더보고 ᄯᅩ 빅과셔민(百家庶民)의 집의셔 시졀을 당ᄒ미 쇼 【39】 화ᄒᄂᆫ 금은 폐빅과 만쟝(挽章) 지은 시문가지 다만 셩명만 며여 노ᄒ면 ᄯᅩ혼 어더보지 못ᄒᆯ 니가 업ᄂ니라."

진시(秦氏) 입을 니어 니ᄅ더,

"림고낭은 여긔 온지 오려지 못ᄒ여 혹시 아지 못ᄒ나 질부ᄂᆫ 여긔 온지 오련지라. 미년 결셔(節序)와 시령(時令)의 쳔빅 사름의 집 쇼화ᄒᆫ 금은 폐빅이 도시 픠방(牌坊) 밧긔 ᄲᅥ혀 잇ᄂ지라. 금일 오경의 죠하(朝賀)ᄒᄂᆫ디 ᄉ후ᄒ기로 오히려 사름을 부리여 슈습ᄒ기ᄅᆯ 결을치 못ᄒ엿노라."

디옥과 영츈 량인이 그 말을 듯 【40】 더니 눈두덩이 일졔히 붉어지미 무어슬 위ᄒ여 그러ᄒ고? 영츈의 싱각은 손쇼죄(孫紹祖)라. 졔 비록 텬리(天理)ᄂᆫ 업ᄂᆫ 거시나 오히려 부부의 졍은 잇ᄂ지라. 도로혀 시졀의 졔ᄉ 지내기ᄅᆯ 싱각ᄒ미오. 디옥의 싱각은 ᄌ긔가 아오로 부모와 형뎨가 업고 외죠모의 집의 붓치여 이셔시니 이ᄶᆡ ᄅᆯ 당ᄒ여 반드시 사름이 져ᄅᆯ 싱각ᄒ리 업슬지라. 원비 져 량인의 경샹(景象)을 보고 졍히 말노ᄡᅥ 플랴 ᄒ더니 일기 궁이 드러와 ᄶᅮ러 알외더,

"우삼 【41】 고낭이 도라와 궁문 밧긔셔 명을 기다린다."

ᄒ니 즁인이 듯고 일졔히 대희ᄒ며 원비 웃고 니ᄅ더,

"내가 일즉롤 혜여보니 져 무리 맛당히 긔별이 이실 거시오, 엇지ᄒ여 일인만 홀노 도라오며 아지 못게라 봉ᄋ두와 원앙은 노태태ᄅᆯ 츠ᄌ 뵈왓ᄂᆫ지 삼고낭을 드러오게 쳥ᄒ라."

궁이 답응ᄒ고 나가더니 우삼졔 힝쟝 ᄀᆺ촌치 드러와 원비긔 몬져 례ᄅᆯ 힝ᄒᆫ 후의 즁ᄌ미로 더브러 한훤(寒喧)을 펴미 원비 졔가 힝역의 노고ᄒᆷᄅᆯ 위ᄒ 【42】 여 슈셕(首席)의 안ᄌ라 명ᄒ니 우삼졔 샤례ᄒ고 안ᄌ 드러여 ᄌ긔 삼인이 흠긔 디부(地府)의 가셔 몬져 관음암(觀音庵)의셔 진죵(秦鍾)을 만나 보고 그 후의 림고야(林古爺)의 부중의 니르러 가모(賈母)ᄅᆯ 뵈온 말을 죵두지미(從頭至尾)히 일편을 옴기니 원비 즁인으로 더브러 듯더니 각기 대희ᄒ고 디옥이 드러오미 져의 부뫼 이졔 풍도(酆都)의 셩황(城隍)이 되고 ᄯᅩ 가모로 더브러 친쳑을 츳ᄌᆺᄂᆫ지라. 진

---

75) 【번셜이】 뭐 번셜(煩屑)이. 번거롭게. ¶ 屑 ‖ 경환대ᄉᄂᆫ ᄌ연 우리로 더브러 챵화ᄒᄂᆫ 거슬 번셜이 너길 거시오 (我們警幻大師自然不屑與 我們唱和的.) <續紅 4:36>

76) 【扶乩 부계】 fújī <名> ᵀ계졈치기 *占術之一 。把木製的丁字架置于沙盤上, 兩人各扶一端, 精神降臨後, 木架下垂的乩筆在沙上畵出文字, 作爲神的啓示, 示以吉凶。‖ "我仔細想來, 我們的字迹, 他們除了~, 萬不能夠見的." 내 싱각ᄒ니 우리 무리 필젹은 져 무리가 계졈치기 외의ᄂᆫ 능히 보지 못ᄒᆯ 거시오 (續紅 4:37)

기 희츌망외(喜出望外)ᄒ여 ᄲᆞᆯ니 무르디,

"삼져져야, 너 보기의 우리 부뫼 도시 강건(康健)ᄒ시더냐?"

우 【43】 삼졔 디답ᄒ디,

"너ᄂᆞᆫ 방심ᄒ여라. 고노야와 고태태 노인 내가 신지(身子) 미우 죠흐시고 비록 디부 관원이나 인셰(人世)로 더브러 다르미 업고 아문(衙門) 속의 미일 열요(熱鬧)ᄒᆫ 거시 엇더ᄒ며 가부샹(賈府上) 쥬대야(珠大爺)가 스긔(司棋)로 더브러 모다 고노야 아문 속의 잇더라."

디옥이 드르미 일변 환희ᄒ며 일변 샹심ᄒ여 니르디,

"삼져져야, 네가 몃칠을 쉬거든 내가 네게 고ᄒ여 나ᄅᆞᆯ 다려다가 디부의 보내 쥬어 우리 노태태와 부모ᄅᆞᆯ 만나 뵈옵게 ᄒ라."

원비 웃고 니르디,

"림민미야, 네 【44】 가 싱각건디 환희ᄒ미 변ᄒ여 후두(糊塗)ᄒ엿도다. 네가 엇지 져 무리의게 비ᄒ랴? 네가 이곳의 명짜 잇ᄂᆞᆫ 사롬인디 엇지 능히 스스로이 직슈(職守)ᄅᆞᆯ ᄶᅥ나며 네가 만일 벅벅이 디부의 드러갈 터이면 전일의 일족 임의 갓시리라."

우삼졔 니르디,

"고태태가 그곳의 잇셔 너ᄅᆞᆯ 싱각ᄒ미 급ᄒ미 엇더ᄒ깃ᄂᆞ냐? 고노야의 말ᄉᆞᆷ이, '반드시 명년의 과만(瓜滿)이 ᄎ고 텬죠(天曹)의 승ᄎ(承差)ᄒ기ᄅᆞᆯ 기다려 바야흐로 능히 셔로 보리라.' ᄒ시니 이제 임의 정월 쵸일일이 된지 【45】 라. 대략(大約)이 금년 내의ᄂᆞᆫ 가히 샹면ᄒᆞᆯ 거시니 네가 ᄯᅩ 엇지 분망(奔忙)히 구ᄂᆞ냐?"

원비 니르디,

"봉ᄋᆞ두와 원앙은 엇지 도라오지 아니ᄒ엿ᄂᆞ냐? 싱각건디 노태태가 머믈너 두어 계시도다."

우삼졔 디답ᄒ디,

"과연 노태태 져 무리ᄅᆞᆯ 보시미 환희ᄒ미 엇더ᄒ시며 노화보내려 아니ᄒ시기로 림고얘 믄득 져 무리ᄅᆞᆯ 머믈너 두어 텬죠의 승챠ᄒᆞᆯ ᄶᅵ의 노태태와 ᄀᆞᆺ치 가게 혼다."

ᄒ니 원비 니르디,

"그러ᄒ면 믄득 죠흐니 내가 방심ᄒ리로다."

영춘이 니 【46】 르디,

"내가 도로혀 스긔의 져 ᄀᆞᆺ튼 도야지 ᄌᆞ식이 그러툿 죠흔 곳을 어들 쥴을 바라지 못ᄒ엿노라."

우삼졔 니르디,

"이졔 져의 무리 량긔가 모다 나ᄅᆞᆯ 보내여 오ᄂᆞᆫ디 하나흔 림고태태(林姑太太)가 방심치 못ᄒ여 져 무리ᄅᆞᆯ 부려와셔 림민미ᄅᆞᆯ 보게 ᄒ고 노샹의 ᄯᅩ 우리로 작반(作伴)케 ᄒ미오, 둘지ᄂᆞᆫ 져의 말이 긔여히 와셔 너희ᄅᆞᆯ 본다 ᄒ더라."

영춘이 무르디,

"져의가 이졔 어내 곳의 잇ᄂᆞ냐?"

우삼졔 디답ᄒ디,

"져의가 림민미 곳의 잇셔 쳥문(晴雯)과 ᄀᆞᆺ치 가지 【47】 고 온 믈건을 슈습(收拾)ᄒᆞᄂᆞ니라. 림고태태가 녀ᄋᆞ 스랑ᄒ미 승ᄒ여 슈식(修飾)과 의복(衣服)과 찬믈(饌物)을 모다 슈삼 태(馱)식 시러 왓노니라."

원비 우스며 니르디,

"네가 방ᄌᆞ 사롬의 집의 시졀을 당ᄒ미 금은 폐빅 쇼화(燒火)ᄒ단 말을 듯고 눈이 붉어지더니 네가 이졔 슈삼 태 믈건이 이시니 가히 죠흔 거슬 졈검(點檢)ᄒ여 우리 즁인을 분급(分給)ᄒ라."

디옥이 ᄲᆞᆯ니 몸을 니러 우스며 니르디,

"우리 모다 모친이 ᄌᆞ연 낭낭긔 효경(孝敬)홀 믈건도 이실 거시오, 믄득 ᄌᆞ민 무리의게 보내ᄂᆞᆫ 것 【48】 도 이실지니 다시 가셔 보기를 기다려 즉시 난호와 보내려 ᄒ나 다만 두리건디 무슨 희귀혼 믈건이 가히 낭낭의 어용(御用)을 홀 거시 업슬지라. 다만 머믈너 사롬을 샹급(賞給)게 ᄒ라."

원비 웃고 니르디,

"내가 너ᄅᆞᆯ 희롱ᄒᄂᆞᆫ 말이니 너 ᄌᆞ긔(自己)나 머믈너 두고 쓰게 ᄒ라. 우리 무리 이졔 신션의 반렬의 버러이시니 져 의복과 긔명을 쓸 디 업ᄂᆞᆫ디 고태태 가만히 보내여 너ᄅᆞᆯ 쥬니 가히 텬하의 부모된 ᄆᆞᄋᆞᆷ을 알지라. 궁녀 무리ᄂᆞᆫ 더운 슐을 가져오라. 우 【49】 삼져가 신고(辛苦)ᄒ여시니 우리 즁인이 셕 잔식 공경홀 거시오, 우리도 다시 몃 잔식 먹을 지라. 오늘날 일죽 밥을 먹고 림민미로 ᄒ여곰 일죽 도라가셔 가셔(家書)ᄅᆞᆯ 보와야 졔 ᄆᆞᄋᆞᆷ이 비로쇼 안온ᄒ리라."

어시의 궁ᄋᆞ 무리 더운 슐을 쳐 올리고 니

어 밥을 버려 노호미 먹기롤 파호고 원비 디옥을 향호여 웃고 니르디,

"너는 몬져 가셔 가셔롤 보게 호라. 다른 즈미 무리는 일이 업스니 나와 굿치 하로롤 열요히 지내다가 늣기롤 기다려 도라가게 호라."

【50】 즁인이 듯고 일졔히 니러셔며 니르디,

"낭낭의 잔치 쥬시믈 닙어 흠긔 슐이 취호고 덕이 비부르며 낭낭긔셔 반일(半日)을 노양호시미 봉톄(鳳體) 곤핍호실 둧호니 쳥컨디 환궁호여 쉬시게 호라."

호고 말이 맛치미 일졔히 니러 고두샤은호니 원비 쏘호 몸을 니러 웃고 니르디,

"임의 이러호면 내가 강잉(强仍)호여 머믈지 못홀지니 이미미는 나롤 디신호여 손님을 보내라."

호고 즉시 환궁호더라.

진시(秦氏) 우삼져(尤三姐)의 손을 붓들고 니르디,

"삼이야(三姨兒)야, 네가 우리 형뎨롤【51】보앗느냐? 너 보기의 가히 젼의 비호면 미우 분쉬 잇더냐?"

우삼졔 웃고 디답호디,

"말을 내량이면 미우 기니 우리 무리 집의 도라가셔 셔셔히 고호리라."

영츈이 보내여 궁문의 니르러 디옥을 향호여 니르디,

"네가 도라가 요리(料理)호기롤 타당히 혼 후의 스긔롤 가르쳐 내곳으로 오게 호라."

디옥이 디답호디,

"내가 아랏다."

호며 쏘 우삼져롤 향호여 니르디,

"오늘은 네가 곤핍홀 거시니 명일의 내가 몸쇼 가셔 네게 고두호고 회샤(回謝)호리라."

우삼졔 즁인으로【52】더브러 흠긔 니르디,

"우리도 명일의 졔회(齊會)호여 네게 치하호라 가리라."

호고 각기 분노(分路)호여 도라가더라.

챠셜, 림디옥(林黛玉)이 금슌ᄋ[金釧兒]와 몃 긔 션셔[녀]롤 다리고 강쥬궁(絳珠宮)의 도라오니 쳥문(晴雯)과 스긔(司棋) 마즈라 나오며 웃고 니르디,

"고낭(姑娘)이 도라오느냐? 오늘 연션의 엇지호여 이 모양 일즉 허여겻느뇨?"

디옥이 디답호디,

"낭낭긔셔 우삼져 무리 오기롤 위호여 그러므로써 명호여 일즉 허여지게 호여 계시니라."

스긔 방즈 다라드러 디옥의게 고두(叩頭)호니 디옥이 셜니【53】져롤 붓드러 니르혀며 굴오디,

"노태태와 우리 부뫼 모다 강건호시더냐?"

스긔 디답호디,

"삼위 노인긔셔 모다 죠흐시고 고낭이 싱각이 과홀가 두려워 그러므로써 나롤 보내여 고낭을 보게 호미오, 디략(大約)이 금년 내에 노야긔셔 필연 놉히 승텬(昇天)호실터이니 그 ᄣᆡ의 골육이 단췌(團聚)호실지라. 고낭을 가르쳐 '착급히 구지 말고 견디여 지내라.' 호시며 가져온 믈건은 방즈 쳥문져져(晴雯姐姐)로 더브러 일일이 죠슈(照數)호여 거두워 노코 캉 우희 노힌 거시 고노야의 셔간【54】이라."

호니 디옥이 급히 가셔(家書)롤 취호여 보니 지면 우희 '인녀옥ᄋ슈탁(愛女玉兒手拆)' 녀셧 글즈롤 크게 뼛는지라. 견디지 못호여 눈믈을 나리며 봉한 거슬 쪄혀 즈셰히 보니 우희 뼛시디,

"네 부모가 덕이 업셔 즁년의 셔로 니어 별셰(別世)호엿더니 다힝이 샹텬의 권익(眷愛)호시믈 마즈 풍도(酆都) 셩황(城隍)의 보슈(補授)호여시미 괴로온 바는 업스나 오즉 싱각이 너 혈혈(孑孑)훈 약즈(弱子)롤 끼쳐두어 의지홀 곳이 업더니 너의 외죠【55】모의 즈비호시믈 힘입어 졍셩으로 옴겨다가 붓치여 먹은 지 십 년의 ᄆᆞ음 슬허호미 텨리라. 바야흐로 양휵호여 셩인이 되고 년긔가 임의 빈혀 곳기의 밋쳣는지라. 진루(秦樓)의 롱옥(弄玉)은 엇지 봉을 닛쯔는 퉁쇼롤 근심호며 요지의 비셩은 구슬 슐위 멍에호미 젹지 아니터니 엇지 긔약호랴? 슈는 가죠화(賈造化)롤 ᄯᅡ라 홀연이 요쵹(夭促)호는 디걸(大傑)인지라. 젼일의 외조뫼 텬디의 도라오시【56】믈 인호여 비로쇼 시죵을 알고 인호여 크게 디부의 ᄎᆞᆽ나 묘연(渺然)이 영향(影響)이 업는지라. 졍히 통도(痛悼)호는 즈음의 봉져 질뷔 원문(轅門)의 왓기로 비로쇼 네가 일홈이 신션의 반

렬의 버럿고 영화로이 ᄌᆞ부의 올혼 줄을 알지
라. 신령은 표묘(縹緲)ᄒᆞᆫ 시골의 놀고 아졍(雅
正)ᄒᆞᆫ 거슨 쇼상(瀟湘)의 칭호를 어덧ᄂᆞᆫ지라. ᄋᆞ
녀의 졍이 임의 은근ᄒᆞ미 부모의 ᄆᆞ옴이 져기
위로ᄒᆞ미 되ᄂᆞᆫ지라. 이졔 내가 디부의 직임이
임【57】의 십 년이 ᄎᆞ미 텬죠의 승텬ᄒᆞ믈 기다
려 셔로 만나미 날이 이실지라. 너다려 부탁ᄒᆞ
ᄂᆞ니 삼가 비상(悲傷)ᄒᆞ여 말고 ᄯᅥ로 보즁ᄒᆞ믈
더ᄒᆞ게 ᄒᆞ라. 이졔 우삐(尤氏) 규슈(閨秀)의 슐
위 돌니믈 인ᄒᆞ여 특별이 ᄉᆞ긔 부부를 챠뎡(差
定)ᄒᆞ여 흠긔 가셔 보게 ᄒᆞ고 네게 약간 의복과
약간 필육과 약간 긔명(器皿)과 약간 찬슈(饌需)
를 아오로 븟치ᄂᆞ니 원비낭긔 진공(進貢)도
ᄒᆞ고 아오로 모든 ᄌᆞ미의게 난호와 쥬게 ᄒᆞ라.
긔【58】름지지 못ᄒᆞᆫ 믈건이나 디룡이 죠슈ᄒᆞ여
거두어 밧는 거시 가ᄒᆞ리라.”
　ᄒᆞ엿더라.
　디옥이 보기를 맛치미 희음업시77) 눈믈을
나리니 쳥문이 권ᄒᆞ여 니ᄅᆞ디,
　“고냥아, 내가 방ᄌᆞ ᄉᆞ긔의 말을 드ᄅᆞ니
고노야와 고태태 이졔 디부셩황(地府城隍)이 되
시고 ᄯᅩ 노태태와 더브러 친쳑이 모도여 계시니
고냥이 맛당이 환희ᄒᆞ실 거시오, ᄒᆞ믈며 고노야
가 미구(未久)의 승텬ᄒᆞ시면 믄득 샹면ᄒᆞ실터인
디 엇지 괴로이 신졍(新正) 길일(吉日)의 부즈럽
시 샹심【59】ᄒᆞᄂᆞ냐?”
　디옥이 비로쇼 눈믈을 ᄲᅵ스며 ᄉᆞ긔를 향ᄒᆞ
여 니ᄅᆞ디,
　“이고냥이 너로 ᄒᆞ여곰 늣기의 오라 ᄒᆞ여
계시니 밥을 일즉 먹고 가게 ᄒᆞ며 쳥문져겨는
낭낭과 이고냥긔 드리는 려[례]믈을 죠슈(照數)
ᄒᆞ여 내여 ᄉᆞ긔를 븟치여 보내게 ᄒᆞ고 모든 ᄌᆞ
미의게 보내는 믈건도 ᄉᆞ출(査出)ᄒᆞ여 명일의
다시 보내게 ᄒᆞ라.”
　쳥문 등이 답응(答應)ᄒᆞ고 나아가며 금슌
이 ᄎᆞ를 가져 드려오고 니ᄅᆞ디,
　“반우안(潘又安)이 원문(院門) 안의 잇셔
고냥의게 고두(叩頭)ᄒᆞ다”
　ᄒᆞ니 디옥이 니ᄅᆞ디,
　“져로【60】ᄒᆞ여곰 밧긔셔 쉬게 ᄒᆞ고 내가

답셔 쓰기를 기다려 의구히 져 무리 부부를 챠
뎡(差定)ᄒᆞ여 도라가게 ᄒᆞ리라.”
　금슌이 듯고 믄득 고ᄒᆞ라 나가더라. 디옥
이 ᄎᆞ를 드러 마시미 향릉(香菱)이 두 긔 보ᄌᆞ
를 ᄯᅳ을고 우스며 드러오니 디옥이 무ᄅᆞ디,
　“우리 무리 한뭉치 되여 오ᄂᆞᆫ디 엇지ᄒᆞ여
네가 어디로 간지 보지 못ᄒᆞ엿ᄂᆞ냐?”
　향릉이 웃고 디답ᄒᆞ디,
　“방ᄌᆞ 즁인이 분노(分路)ᄒᆞᄂᆞᆫ ᄯᅥ의 쇼내내
(小奶奶)가 숀으로 나를 부ᄅᆞ기의 내가 믄득 져
를 ᄯᅡ라가 픽방(牌坊) 가의 니ᄅᆞ니 과【61】 연
의복 샹ᄌᆞ와 믈건 보ᄶᆞᆷ이 잇ᄂᆞᆫ디 도시 각인(各
人)의 집의셔 븟쳐온 거시라 니 믄득 나의 일긔
보ᄶᆞᆷ을 ᄎᆞᆽ 가지고 도로혀 고냥의 보ᄶᆞᆷ도 잇기
로 내가 모다 가져왓다.”
　ᄒᆞ고 믄득 보ᄶᆞᆷ을 가져 앏히 노흐니 디옥
이 바다 보미 우회 ᄲᅥᆺ시디, ‘림빈경미미(林顰卿
妹妹)ᄂᆞᆫ 긔탁(收拆)ᄒᆞ라.’ ᄒᆞ고 아리 ᄡᅳ기를, ‘우
ᄌᆞ(愚姊) 셜보차(薛寶釵)ᄂᆞᆫ 근봉(謹封)이라.’ ᄒᆞ
엿ᄂᆞᆫ지라. 디옥이 보미 눈이 붉어지며 니ᄅᆞ디,
　“원리 보져졔 도로혀 나를 싱각ᄂᆞᆫ다.”
　ᄒᆞ고 드듸여 보ᄶᆞᆷ을 가져 경경(輕輕)히 여
러 보니【62】 그 속의 무비쥬단(無非綢緞)과 금
은(金銀)의 류(類)오, ᄯᅩ 일봉 셔간이 잇ᄂᆞᆫ디 우
히 ᄡᅳ기를, ‘빈경미미(顰卿妹妹) 옥젼(玉展)이라.’
ᄒᆞ엿ᄂᆞᆫ지라. 디옥이 보미 심즁의 더옥 감동ᄒᆞ여
믄득 금슌으를 가ᄅᆞ쳐 등블을 혀 오게 ᄒᆞ고 탁
봉ᄒᆞ여 ᄌᆞ셔히 보니 아지 못게라 편지 가온디
무슨 말인고 하회의 분ᄒᆞ라.

---

77)【희음업시】囲 하염없이. ¶ 撲簌簌 ‖ 디옥
　이 보기를 맛치미 희음업시 눈믈을 나리니 (黛
　玉看畢, 撲簌簌眼中流下淚來.) <續紅 4:58>

再建桃花社　重塡柳絮同
韻華警半改　氣運嘆中哀

슬은 이홍원을 향ᄒ여 픔을 논난ᄒ고 츠는 농취암【64】을 의지ᄒ여 찌치더라.

히당곳히 닷토와 운을 화답ᄒ고 노화 눈의 희롱ᄒ여 시를 련귀ᄒ더라.

두 번 도화 시ᄉ를 셰우고 거듭 뉴셔 ᄉ곡을 메더라.

쇼화ᄂᆞᆫ 반이나 곳친 거술 놀나고 긔운은 가온디 鑛ᄒ 거술 탄식ᄒ더라.

雁序傷兄劣　萱堂賴母慈
望希家有鳳　誤取嫂爲獅
苦口咈吾諫　甘心受彼欺
蒹葭欣倚玉　月老許牽絲

기러기 츠례ᄂᆞᆫ 형의 용녈ᄒ믈 슬허ᄒ고 헌 쵸집의 모친이 ᄉ랑ᄒ믈 힘 닙엇더라.

바라는 거ᄉ 집의 봉이 이시믈 기다렷더니 그릇 슈시의 ᄉ지된 거술 취ᄒ여 왓【65】더라.

괴로온 입은 내 간ᄒᄂᆞᆫ 거술 거살니고 ᄆᆞ음의 단 거ᄉ 져 쇽이는 거술 밧더라.

겸가는 옥을 의지ᄒ 거술 깃거ᄒ고 월노는 실 쏘으는 거술 허락ᄒ더라.

靑鳥傳佳信　紅鸞近吉期
結縭縭得偶　染疾忽生悲
瞥見金鸞惱　頻窺雪雁疑
絳軒虛好夢　湘館痛相思

청죠ᄂᆞᆫ 아롬다온 쇼식을 젼ᄒ고 홍난은 길ᄒ 긔약이 갓가왓더라.

슈건을 미이미 딱 어든 거술 즈랑ᄒ더니 병이 무들미 홀연이 슬픈 거시 나더라.

별안간의 금잉이 노ᄒᄂᆞᆫ 거술 보고 ᄌ죠 셜안의 의심ᄒᄂᆞᆫ 거술 엿보더라.

강셜헌의【66】 죠흔 꿈이 헛되고 쇼샹관의 셔로 ᄉᆡᆼ각이 슬푸더라.

況我於歸日　當卿屬纊時
焚巾憐妹苦　托鉢通郎痴

6

시진셩과명심견셩　시슈단허긔ᄉ회싱
詩眞誠果明心見性　施手段許起死回生

화셜(話說), 림딕옥(林黛玉)이 보챠(寶釵)의 셔찰을 보미 샹감(傷感)ᄒ믈 이긔지 못ᄒ여 급히 봉피(封皮)를 쎠히고 ᄌ셔【63】히 보니 오언 비률시 일쉬라 ᄒ여시디,

久結金蘭契　相憐絶世姿
花前肩每幷　月下步同移
午倦停針早　宵長罷繡遲
清談消俗障　雅謔解人頤

오릭 금난의 계분을 미즈시니 셔로 졀셰ᄒ 즈틱를 어엿비 너기더라.

곳 앏히 엇긔를 미양 아오르고 달 아릭 거름을 홈긔 옴기더라.

낫의 게으르미 바늘 멈츄미 일고 밤이 길미 슈 놋ᄂᆞᆫ 거술 파ᄒ미 더듸더라.

묽은 셜화ᄂᆞᆫ 시쇽 마쟝을 슬오고 아담ᄒ 희학은 사름의 턱을 플더라.

洒向怡紅品　茶憑櫳翠遺
海棠爭步韻　蘆雪戲聯詩

紅葉句休賦 白頭吟敢辭
悠悠生死恨 只我兩人知

흐믈며 나의 우귀ᄒᆞᄂᆞᆫ 날이 경의 쇽광ᄒᆞᄂᆞᆫ
ᄯᆡ롤 당ᄒᆞ엿더라.

슈건을 술오미 미미의 괴로오믈 블샹히 너
기고 바리롤 의탁ᄒᆞ미 낭군의 어리셕으믈 통
한히 너기더라.

홍엽의 글귀롤 짓지 말며 빅두음 쥬어리ᄂᆞᆫ
거슬 감히 ᄉᆞ양ᄒᆞ랴?

유유ᄒᆞᆫ 싱ᄉᆞ의 한을 다만 우리 량인이 안
다.

ᄒᆞ엿더라.

쇽된 글귀롤 뼈서 빈경 현미 쟝ᄎᆞ의 드리
고 우 【67】 ᄌᆞ 셜보챠ᄂᆞᆫ 웃기술 거두노라.

ᄒᆞ엿더라.

디옥이 닑기롤 맛ᄎᆞ미 ᄒᆞᆫ ᄎᆞ례 샹심ᄒᆞ믈
금치 못ᄒᆞ여 눈믈을 나리니 이ᄯᆡ의 향릉이 임의
ᄌᆞ긔의 보쌈을 가져 펴 보기롤 맛치고 다라와
디옥이 시젼(詩箋) 시롤 가지고 눈믈을 흘니ᄂᆞᆫ
거슬 보미 손을 펴 아ᄉᆞ 가지고 일편을 닑을 시
'그릇 슈시롤 취ᄒᆞ여 ᄉᆞᄌᆞ가 된다'ᄂᆞᆫ 글귀의 니
ᄅᆞ러ᄂᆞᆫ 져의 이젼(以前) 한을 동ᄒᆞ여 내ᄂᆞᆫ지라.
눈믈이 흐르며 ᄆᆞ음을 슬허ᄒᆞ거놀 쳥문(晴雯)이
드러오다가 보고 니ᄅᆞ디,

"너의 량 【68】 인이 ᄯᅩ 무ᄉᆞ 일노 머리롤
다히고 곡ᄒᆞᄂᆞ냐?"

향릉(香菱)이 디답ᄒᆞ디,

"이 거시 우리 무리 셜고낭(薛姑娘)이 림고
낭(林姑娘)긔 드리ᄂᆞᆫ 편지라. 그러므로뼈 림고낭
이 보고 샹심ᄒᆞᄂᆞ니라."

쳥문이 니ᄅᆞ디,

"네 념(念)ᄒᆞ여 날노 듯게 ᄒᆞ라."

향릉이 니ᄅᆞ디,

"일슈 오언비률(五言排律) 시니라."

쳥문이 듯고 머리롤 흔들며 니ᄅᆞ디,

"엇지 용이(容易)히 보깃ᄂᆞ냐? 져 무리 흔
기 글ᄌᆞ롤 명빅히 쓰지 아니코 몃 귀졀 글귀로
져졋다 마ᄅᆞᆫ다 요란을 부려 사ᄅᆞᆷ으로 ᄒᆞ여곰 모
다 ᄭᆡᄃᆞᆺ지 못ᄒᆞ게 ᄒᆞᄂᆞᆫ도다. 내 【69】 믄득 온지

몃 히 동안의 친흔 사ᄅᆞᆷ이 나롤 위ᄒᆞ여 제문(祭
文) 술오ᄂᆞᆫ 이가 업더니 다만 긔억ᄒᆞ니 어내 히
츄일(秋日)의 졀긔(節氣)날은 아닌디 홀연이 쇼
내내의 무리가 픠루(牌樓) 가의 잇셔 깁 밧탕의
쓴 쟝편 대론 흔 벌을 어덧ᄂᆞᆫ디 도시 무슨 말을
뼛ᄂᆞᆫ지 모ᄅᆞ고 말하기롤 '보이야가 나롤 쥬어
보내엿다.' ᄒᆞᄂᆞᆫ디 내가 무슨 글진 줄은 아라보
지 못ᄒᆞ기로 져 무리의게 쳥ᄒᆞ여, '넘ᄒᆞ여 나롤
듯게 ᄒᆞ라.' ᄒᆞ미 뉘 알니 쇼내내ᄂᆞᆫ 날과 ᄀᆞᆺ치
글ᄌᆞ롤 아라보지 못 【70】 ᄒᆞ고 다힝이 우이겨
삼겨 량긔가 겨유 일편을 넘ᄒᆞᄂᆞᆫ디 나ᄂᆞᆫ 말흔
거시 도시 무어신지 ᄭᆡ치지 못ᄒᆞ고 다만 긔억ᄒᆞ
기ᄂᆞᆫ 무슨 부용(芙蓉) 꼿포귀가 잇다 ᄒᆞ더라."

디옥이 듯고 쌜니 니ᄅᆞ디,

"올타. 그거시 믄득 보이야가 네게 졔(祭)
지내ᄂᆞᆫ '≪부용녀ᄋᆞ뇌芙蓉女兒誄≫'라. 어내 히의
네게 졔 지내ᄂᆞᆫ ᄯᆡ의 그 글을 내가 보왓고 그
쇽의 내가 보이야롤 디신ᄒᆞ여 곳쳐 쥰 글귀도
잇ᄂᆞᆫ디 그 글쟝을 네가 그져 거두워 두엇ᄂᆞ냐?"

쳥문(晴雯)이 니ᄅᆞ디,

"그 ᄯᆡ의 져의 무리 넘ᄒᆞᄂᆞᆫ디 내가 ᄒᆞᆫ 귀
【71】 도 ᄭᆡ치지 못ᄒᆞ여 져의 삼미의게 쳥ᄒᆞ여
ᄯᅳᆺ을 일너달나 ᄒᆞ여 도져(到底)의 역시 ᄭᆡ치지
못ᄒᆞᄂᆞᆫ지라. 내 믄득 긔(氣)롤 올녀 급히 졉어
실쳡 쇽의 너허 두엇ᄂᆞᆫ디 아지 못게라 이졔 그
져 잇ᄂᆞᆫ지 ᄎᆞᄌᆞ 보리라."

ᄒᆞ고 믄득 바ᄂᆞ질 고리롤 가져다가 실쳡을
내여 두어 번득이미 과연 흔 폭 깁을 졉어 너흔
거시 잇ᄂᆞᆫ지라. 디옥의게 밀위여 쥬니 디옥이
바다보미 과연 부용뇌(芙蓉誄) 졔문이라. 드더여
죵두지미(從頭至尾)ᄒᆞ여 낭연(朗然)이 일편을 웨
며 귀졀 【72】 을 죠ᄎᆞ ᄯᅳᆺ을 니ᄅᆞ니 쳥문이 듯고
환희ᄒᆞ여 니ᄅᆞ디,

"고낭의 넘ᄒᆞᄂᆞᆫ 거시 과연 듯기 죠토다.
져 무리ᄂᆞᆫ 엇지 져러케 닑어 보왓ᄂᆞ냐!"

말ᄒᆞ며 목이 메고 곡을 내니 향릉이 겻희
잇다가 손가락으로 졔 쌤을 그어 붓그리며 니ᄅᆞ
디,

"네 이졔ᄂᆞᆫ 다시 감히 사ᄅᆞᆷ을 웃깃ᄂᆞ냐?"

쳥문이 밀치며 니ᄅᆞ디,

"사ᄅᆞᆷ의 심즁의 견디기 어려온 거시 무엇
ᄀᆞᆺ튼지 모ᄅᆞᄂᆞᆫ디 너ᄂᆞᆫ 도로혀 남을 희롱ᄒᆞᄂᆞ
냐?"

딕옥이 넘ᄒ기를 맛치미 여전이 졉어 실쳡 속의 너【73】흐려 ᄒ더니 ᄯ 한 벌 니금(泥金) 분홍 젼지(箋紙)가 잇ᄂ지라. 집어 내여 한 번 보니 샹면의 ᄡ기를, 《ᄬ죠망강남雙調望江南》 ᄉ곡(詞曲) 일쉬라.' ᄒ엿거늘 셰셰히 한 번 닑고 미러 향릉을 쥬며 니ᄅ디,

"네 보와라. 이 ᄉ곡이 엇더ᄒ냐?"

향릉이 바다 가지고 일편을 낭독ᄒ니 쳥문이 니ᄅ디,

"이 거ᄉ ᄯ 데이ᄎ 동일(冬日)의 어든 거시니 너희ᄂ 나를 위ᄒ여 강ᄒ여 들나."

향릉이 믄득 한 ᄎ례 강ᄒ니 쳥문이 듯다가 오술 더ᄒ미 도로혀 취운구(翠雲裘)를 보고 믹믹(脉脉)ᄒ【74】여 사ᄅ으로 ᄒ여곰 근심ᄒ다 ᄒᄂ 글귀의 니ᄅ러ᄂ ᄯ ᄆ음을 슬허ᄒ니 딕옥이 젼ᄒ여 니ᄅ디,

"쳥문져져야, 너ᄂ 슬허 말나. 네가 ᄌ셰히 싱각ᄒ여 보라. 너의 이거시 믄득 내게 비ᄒ면 낫지 아니ᄒ냐?"

쳥문이 눈믈을 ᄢ스며 니ᄅ디,

"고낭은 엇지 괴로이 져 모양 말을 ᄒᄂ냐? 보이야가 무어슬 위ᄒ여 츌가ᄒ여시며 보고 낭과 습인(襲人)가지 련ᄒ여 일졔히 모다 바리고 간 거시 도져히 누구를 위ᄒ미냐?"

졍히 말ᄒ미 ᄉ긔 드러오ᄂ지라. 쳥【75】문이 ᄲᆯ니 ᄉ곡을 가져 실쳡 속의 너코 바ᄂ질 고리가지 ᄯ러가지고 닷더라. ᄉ긔 우스며 니ᄅ디,

"고낭이 아직 ᄌ지 아니ᄒ엿ᄂ냐? 원비낭낭이 이고낭과 더브러 나를 부려 고낭긔 회샤ᄒ라 ᄒ더라."

딕옥이 웃고 니ᄅ디,

"네 엇지 이져져의 곳의 가셔 셜화를 아니ᄒ엿ᄂ냐?"

ᄉ긔 디답ᄒ디,

"내가 본디 이고낭의 곳의 잇더니 다만 낭낭이 분부ᄒ시기를, '이곳은 션가 쳥허디뷔(淸虛之府)라. 남ᄌ 무리를 용납ᄒ여 이곳의 니ᄅ지 못ᄒ리라.' ᄒ여 그러므로ᄡ 날노 ᄒ【76】여곰 도라와 반우안(潘又安)을 약속게 ᄒ고 ᄯ 고낭긔 고ᄒ여 회답 편지를 ᄡ 일즉 우리 무리를 노화 보내라 ᄒ니 이거시 낭낭의 근신ᄒ신 의ᄉ라. 내 싱각ᄒ니 반우안이 비록 남지나 져도 쟝

뷔 잇ᄂ지라. 엇지 감히 션녀 무리 욻히 잇셔 무례히 굴냐?"

딕옥이 웃고 니ᄅ디,

"이거시 블과시 혐의를 피ᄒᄂ 의ᄉ라. 내가 방ᄌ 금슌ᄋ를 ᄒ여곰 이쳐럼 말노 졔게 분부ᄒ엿ᄂ지라. 내가 명일은 믄득 가져를 ᄡ셔 너의 무리를 도로 보내ᄂ 거시 믄득 올ᄒ【77】리라."

ᄉ긔 졍히 디답고져 ᄒ더니 쳥문이 드러오며 노식이 만면ᄒ여 니ᄅ디,

"ᄉ긔미미야, 내가 너다려 무러볼 말이 이시니 네가 그 ᄶ의 너의 표뎨(表弟)로 더브러 수단을 니ᄅ혀 내여 나를 히ᄒ여 죠히 괴롭게 굴고 이졋날 너의 무리 냥구ᄌ(兩口子)ᄂ 도로혀 죠흔 곳을 어더 고노야 아문 속의 투탁(投託)ᄒ여 잇고 방ᄌ 낭낭긔셔 도로혀 반우안 ᄀᄐᆫ 잡쥬이 수단을 낼가 두려워ᄒ시니 졔가 감히 일졈 수단을 내량이면 내가 믄득 겨를 잡아 힘쥴을 모다 ᄲ라히리【78】라."

말ᄒ미 ᄉ긔 낫빗츨 븕히며 머리를 슉이고 감히 한 쇼리도 내지 못ᄒᄂ지라. 향릉이 웃고 니ᄅ디,

"쳥문져져야, 네가 엇지 괴로이 져리ᄒᄂ냐? ᄌ미 무리 여러 히를 셔로 보지 못ᄒ고 ᄒ믈며 졔가 ᄯ 고노야와 고태태긔셔 원노풍진(遠路風塵)의 파뎡ᄒ여 보내여 계신디 네가 엇지 즁인을 디ᄒ여 져로 ᄒ여곰 낫츨 드지 못ᄒ게 ᄒᄂ냐?"

쳥문이 디답ᄒ디,

"룽고낭아, 네가 엇지 아ᄅᄂ냐? 어내 히의 태태긔셔 나를 드러내신 거시 젼혀 져 무리가 요란【79】을 부리미라. 고낭아, 네가 져다려 무러보라. 졔 가히 원앙져져로 ᄒ여곰 티호셕(太湖石) 등 뒤히 잇셔 잡앗ᄂ지 못 잡앗ᄂ지 긔억홀 거시니 긔시의 원앙져졔 만일 바로 노태태긔 고ᄒ엿더면 믄득 슈락셕츌(水落石出)이 되엿실지라. 엇지 후러의 일쟝 시비가 이시랴? 뉘 알니 원앙져졔 ᄯ 져 무리를 위ᄒ여 ᄌ비지심(慈悲之心)을 발ᄒ여 복즁의 ᄎᆷ아두엇더니 편벽도히 원슈가 길이 좁아 죵대져(傯大姐)가 ᄯ 티호셕 등 뒤히셔 향뎌야(香袋兒)를 집엇ᄂ디 우히다【80】가 져의 무리 량긔의 붓그럼 아니타ᄂ 힝락도(行樂圖)를 슈 노핫ᄂ디 아지 못게라

엇지ᄒᆞ여 태태의 슈중의 드러가 태태로 ᄒᆞ여곰 긔가 올나 이내내 방 속을 뒤져 특별이 나ᄅᆞᆯ 잡아다가 크게 ᄒᆞᆫ ᄎᆞ례ᄅᆞᆯ 쑤지즈며 말ᄒᆞ기ᄅᆞᆯ '내가 면뫼(面貌) 요악(妖惡)ᄒᆞ고 호리(狐狸)의 경령 ᄀᆞᆺᄐᆞ여 보옥을 가져 도시 유인ᄒᆞ여 그릇 피게 ᄒᆞ엿다 ᄒᆞ시니 그 말숨이 도시 져의 노모 왕션보(王善保) 가의 혀줄기를 쌘힐 거시 지어낸 말이라. 만일 젼일의 원앙져져가 날다려 고치 아니【81】ᄒᆞ더면 내가 엇지 능히 아랏시랴? 티티긔셔 나ᄅᆞᆯ 드러낸 거시 도시 향대야 일건(一件)을 위ᄒᆞ미라. 다힝히 노태야긔셔 안쳥(眼睛)이 계시고 후리의 이내내가 졔 집 속의셔 진젹ᄒᆞᆫ 쟝물을 뒤여내미 졔가 실범(實犯)이 된지라. 만일 그러치 아니터면 내 비록 황하슈(黃河水)의 쒸여 드러간다 ᄒᆞ여도 씨기를 묽게 못ᄒᆞ엿시리라.”

ᄉᆞ긔 드ᄅᆞ미 엇지 ᄒᆞᆯ 길 업셔 다만 붓그러오믈 먹음고 익걸ᄒᆞ며 니ᄅᆞ디,

“죠흔 져져야, 네가 고랑(姑娘) 무리ᄅᆞᆯ 디ᄒᆞ여 날로 ᄒᆞ여곰 낫빗츨 두게 ᄒᆞ【82】라. 내가 ᄒᆞᆫ 씨의 길을 잘못 드러시니 후회ᄒᆞᆫ들 엇지 밋츠랴? 죠흔 져져야, 내가 너ᄅᆞᆯ 위ᄒᆞ여 고두ᄒᆞ리라.”

ᄒᆞ고 말ᄒᆞ며 믄득 쑤러 안즈니 대옥과 향릉이 일졔히 우슴을 니ᄅᆞ혀며 니ᄅᆞ디,

“쳥문져져야, 너의 무리 그 말이 젼셰의 연고(緣故)ᄅᆞᆯ 인ᄒᆞ미오, 졔가 유의(有意)ᄒᆞ여 너ᄅᆞᆯ 히ᄒᆞᆫ 거슨 아니니 지나간 일이라. 구ᄐᆞ여 다시 졔긔ᄒᆞᆯ 거시 아니오. 졔가 잘못ᄒᆞᆫ 거술 아라시니 너는 그만두라.”

쳥문이 듯더니 춤지 못ᄒᆞ여 우슴을 터지며 한 손으로 ᄉᆞ긔ᄅᆞᆯ 쓰러 니ᄅᆞ혀【83】며 니ᄅᆞ디,

“내 ᄆᆞᆺ춤내 너 ᄀᆞᆺᄐᆞᆫ 격은 도야지 ᄌᆞ식이 져마치 큰일을 부ᄅᆞ지져 낼 줄은 싱각지 못ᄒᆞ엿노라. 나는 다시 말을 아니ᄒᆞᆯ 거시니 네 노모ᄅᆞᆯ 가ᄅᆞ쳐 나ᄅᆞᆯ 당부ᄒᆞᄂᆞᆫ 거시 올흐리라.”

졍히 말ᄒᆞ미 금쉰[金釧]이 드러오며 니ᄅᆞ디,

“날이 느져 가ᄂᆞᆫ디 고낭 무리 ᄌᆞ신 거시 업기로 내가 다과ᄅᆞᆯ 쥰비ᄒᆞ여 왓시니 중인이 먹게 ᄒᆞ라.”

ᄒᆞ고 믄득 탁ᄌᆞ(卓子) 우희 버려 올니니 딕옥 등 오인이 흔뭉치 되여 먹고 쏘 한 ᄎᆞ례

한담ᄒᆞ다가 대옥이 ᄉᆞ긔ᄅᆞᆯ 향ᄒᆞ여 니ᄅᆞ디,

“야【84】 심 ᄒᆞ여시니 너는 편히 쉬라 가라. 우리도 즈려 ᄒᆞ노라.”

ᄉᆞ긔 답응ᄒᆞ고 나아가거눌 쳥문이 웃고 니ᄅᆞ디,

“ᄉᆞ긔민민(司棋妹妹)야, 네가 가히 죠히 너의 무리ᄅᆞᆯ 약속ᄒᆞ라. 이곳이 텬션복디(天仙福池)니 너의 무리 간졍(乾淨)치 못ᄒᆞᆫ 일은 쓰려[78]ᄒᆞ지 못ᄒᆞ리라.”

ᄉᆞ긔 우스며 니ᄅᆞ디,

“너의 입부리의 죠흔 말이나 ᄒᆞ라.”

ᄒᆞ며 각기 허여지더라. 쳥문이 우스며 드러와 침구ᄅᆞᆯ 포셜(鋪設)ᄒᆞ고 각기 즈며 ᄎᆞ일의 딕옥이 답셔ᄅᆞᆯ 쓰고 쏘 몃 가지 이샹ᄒᆞᆫ 례믈을 쥰비ᄒᆞ여 ᄉᆞ긔의 부부ᄅᆞᆯ 맛【85】겨 풍도셩(酆都城)으로 도라가게 ᄒᆞ니라.

직셜, 가보옥(賈寶玉)이 류샹련(柳湘蓮)으로 더브러 쳥경봉(靑埂峰) 아리 공공동(空空洞) 안의 잇셔 미일의 션ᄉᆞ의 젼슈ᄒᆞᆫ 구결(口訣)과 심법(心法)을 가져 공부ᄅᆞᆯ 일워내니 도로혀 십분 쾌락ᄒᆞᆫ지라. 쇼광(韶光)이 임념(荏苒)ᄒᆞ여 임의 삼월이 느졋ᄂᆞᆫ지라. 일일은 쳥신(淸晨)의 니러나 보니 하늘이 붉으며 긔운이 묽고 혜풍(惠風)이 화챵ᄒᆞᆫ지라. 샹련이 보옥다려 니ᄅᆞ디,

“너와 내가 공부ᄅᆞᆯ 쓴 이후로붓허 비록 너모 괴로오믄 씨다ᄅᆞ나 그러ᄒᆞ나 다만 효험은 잇【86】ᄂᆞᆫ지라. 나는 근리의 긔운이 샹연(爽然)ᄒᆞ고 졍신이 묽고 골격이 가비얍고 톄양이 건쟝ᄒᆞ여 표표(飄飄)ᄒᆞ여 구름을 업슈히 너기는 긔운이 잇고 너도 이졔 범빅(凡百)이 슈면앙비(粹面盎背)ᄒᆞᄂᆞᆫ 광경이 잇ᄂᆞᆫ지라. 네가 본리 싱긴 거시 미옥 ᄀᆞᆺᄐᆞ디 다만 부귀와 번화의 쇼요(騷擾)ᄒᆞᆫ 바를 인ᄒᆞ여 일단 온윤(溫潤)ᄒᆞᆫ 빗치 격더니 이졔 보기의 진긔 양지(羊脂) 빅옥 가온디 한층 보비 긔운이 쑤려져 나오니 일홈을 보옥이라 ᄒᆞᆫ 거시 가히 명실(名實)이 셔로 합ᄒᆞ다 니ᄅᆞ리【87】로다.”

보옥이 듯고 크게 우스며 니ᄅᆞ디,

“류이가(柳二家)야, 너와 내가 뎨형으로 본

---

78) 【쓰리다】 동 꺼리다. ¶ 忌諱 ‖ 이곳이 텬션복디니 너의 무리 간졍치 못ᄒᆞᆫ 일은 쓰려 ᄒᆞ지 못ᄒᆞ리라 (這是天仙福地, 你們老老實實的睡, 忌諱着些兒, 莫要不乾不淨的.) <續紅 4:84>

디 희롱의 말이 업거늘 이졔 가히 너롤 벌ᄒᆞ리
로다."

샹련이 니ᄅᆞ디,

"아오로 셔로 희롱ᄒᆞ미 아니라. 네가 밋지
아니커든 거울을 빗최여 보라. 네가 이젼 모양
과 ᄀᆞᆺ튼지 아니 ᄀᆞᆺ튼지 알리라."

보옥이 과연 거울을 취ᄒᆞ여 한 번 빗최여
보미 깃브미 낫빗히 드러나믈 ᄭᅵᄃᆞᆺ지 못ᄒᆞ여 슬
오디,

"류이가야, 내가 오늘이야 비로쇼 우리 유
가(儒家)의 도(道)가 션블(仙佛)의 도(道)와 ᄀᆞᆺ튼
믈 미들 【88】지라. 도시 셰샹 사ᄅᆞᆷ들이 긔픔의
걸씬79) 바와 인욕의 가린 비 되여 셩습이 되여
슘히지 못ᄒᆞ고 죵일의 셩식(聲色)과 화리(貨利)
의 희미ᄒᆞ다가 밋 흐미ᄒᆞ여 죽기의 니ᄅᆞ미 ᄯᅩ
망녕도히 션블의 쟝싱ᄒᆞᄂᆞᆫ 거술 싱각ᄒᆞ니 엇지
가히 우읍지 아니ᄒᆞ냐?"

샹련이 니ᄅᆞ디,

"보형뎨야, 네가 도져히 극히 춍명ᄒᆞᆫ 사ᄅᆞᆷ
이라. 한 번 ᄭᅵ치미 믄득 투쳘(透徹)이 ᄭᅵ치도
다. 오늘날 텬긔 쳥화(晴和)ᄒᆞ니 우리 엇지 산의
나려가 노닐지 아니ᄒᆞ랴? 쳣지ᄂᆞᆫ 가히 ᄡᅥ 혈【
89】믹을 류통(流通)ᄒᆞ며 졍신을 발양(發揚)ᄒᆞᆯ
거시오, 둘지ᄂᆞᆫ 가히 ᄡᅥ 화류(花柳)롤 널니 보와
졍을 깃겁게 ᄒᆞ며 셩품을 화홀지라. 그동안의
우리가 너모 신고ᄒᆞ엿ᄂᆞ니라."

보옥이 듯고 환희ᄒᆞ여 니ᄅᆞ디,

"졍히 내 ᄯᅳᆺ의 마ᄌᆞ니 네가 엇지 원앙검
(鴛鴦劍)을 가지고 가셔 관활(寬闊)ᄒᆞᆫ 디방의 니
ᄅᆞ러 시험ᄒᆞ여 한 ᄎᆞ례 춤을 츄량이면 쇼뎨 가
ᄅᆞ치믈 바드리라."

샹련이 드디여 원앙검을 가지고 숑학(松
鶴) 동자롤 블너 당부ᄒᆞ디,

"너ᄂᆞᆫ 집의 잇셔 문호(門戶) 직희믈 죠심ᄒᆞ
라. 우리가 【90】산의 나려 노다가 즉시 도라오
리라."

숑학이 답응ᄒᆞ며 웃고 니ᄅᆞ디,

---

79) 【걸ᄭᅵ다】圖 거리끼다. 얽매이다. ¶ 拘ǁ 도
시 셰샹 사ᄅᆞᆷ들이 긔픔의 걸씬 바와 인욕의 가
린 비 되여 셩습이 되여 슘히지 못ᄒᆞ고 (總因
世上的人爲氣稟所拘, 人欲所蔽, 習焉而不察, 終
日迷於聲色貨利.) <續紅 4:88> ⇒ 거리기다, 거
리ᄭᅵ다, 거릿기다, 거릿ᄭᅵ다, 걸니ᄭᅵ다, 걸리ᄭᅵ
다, ᄀᆞ리ᄭᅵ다

"량위 스형아, 가셔 놀냐거든 놀녀니와 긔
여히 류신(劉晨)과 완죠(阮肇)의 그릇 텬티(天台)
의 드러간 거슨 비호지 말나. 그러면 믄득 능히
도라오지 못ᄒᆞ리라."

량인이 말을 듯고 일졔히 ᄭᅮ지져 니ᄅᆞ디,

"무슨 말고? 스부의 도라오시기롤 기다려
고ᄒᆞ고 너롤 치리라."

말ᄒᆞ며 샹련이 보옥의 숀을 ᄭᅳ을고 거러
동문(洞門)의 나와 우이ᄒᆞ여 산의 나리니 챵숑
취쥭(蒼松翠竹)은 쳥벽(青碧)이 하ᄂᆞᆯ의 졉ᄒᆞ고
긔화이쵸(奇花異草)ᄂᆞᆫ 유 【91】향(幽香)이 코홀
ᄶᅵᄅᆞᄂᆞᆫ지라. 힝ᄒᆞ 지 십여 리 만의 바야흐로 디
형이 평탄ᄒᆞ며 스면의 도화 빗치 무릉원(武陵
源) 광경과 방블(彷佛)ᄒᆞᆫ지라 보옥이 크게 깃거
니ᄅᆞ디,

"류이가야, 내가 어려셔 도연명(陶淵明)의
《도화원긔桃花源記》롤 닑고 ᄯᅳᆺ의 니ᄅᆞ기롤 문인
의 희롱ᄒᆞᆫ 문필노 거즛 베픈 스연인가 ᄒᆞ엿더니
금일 친히 그 디경을 지내여 보니 비로쇼 고인
이 나롤 쇽이지 아니믈 미드리로다. 이곳이 미
우 관활(寬闊)ᄒᆞ니 너ᄂᆞᆫ 믄득 칼홀 츔츄어 니러
나면 가히 도화로 ᄒᆞ여곰 【92】싀티(色態)가 쟝
(壯)ᄒᆞ여 지리라."

샹련이 믄득 원앙검을 글너내여 몬져 격식
을 츌히며 믄득 빗기 힝ᄒᆞ고 굴곡ᄒᆞᆫ 거름으로
츔츄어 내니 다만 보미 ᄒᆞᆫ 죠각 찬 빗치 혼신
(渾身)을 둘넛ᄂᆞᆫ지라. 보옥이 숀벽치며 죠타 ᄒᆞ
믈 마지 아니ᄒᆞ고 샹련이 츔츄기롤 맛치미 칼홀
거두고 웃고 니ᄅᆞ디,

"무스(武事)가 잇ᄂᆞᆫ 쟈ᄂᆞᆫ 반ᄃᆞ시 문비(文
備)가 잇다 ᄒᆞ니 다만 내가 어려셔 비호믈 일허
시스(詩詞) 우희 믄득 능치 못ᄒᆞ나 다만 죠히
일쳑 <긔싱쵸寄生草>롤 챵(唱)ᄒᆞ여 너로 ᄒᆞ여곰
듯게 ᄒᆞ리라."

【93】보옥이 더욱 환희ᄒᆞ여 니ᄅᆞ디,

"이러ᄒᆞ면 미우 죠타."

ᄒᆞ니 샹련이 숀으로 칼등을 치며 고셩(高
聲)ᄒᆞ여 챵ᄒᆞ야 니ᄅᆞ디,

원앙검을 츔츄어 파ᄒᆞ미 쳐량ᄒᆞ여 눈믈이
흐ᄅᆞ고져 ᄒᆞ더라. 대황산의 모질게 홍진을 챵
득ᄒᆞᆫ 거시 투쳘ᄒᆞ니 스별싱니ᄒᆞᄂᆞᆫ 거술 엇지
홀 길이 업도다. 가쟝 죠흔 인연을 어내 날의

바야흐로 샹취ᄒ고. 공연이 쳥텬벽히의 홈긔 망망ᄒ믈 더ᄒ여시니 엇지 져 【94】 츈화와 츄월이 히마다 녜 되ᄂᆞᆫ 거슬 당ᄒ랴! (舞罷鴛鴦劍, 凄凉淚慾流. 大荒山猛參得紅塵透, 沒來由死別生離骤. 好姻緣何日方成就, 空對着青天碧海兩茫茫, 怎當他春花秋月年年舊!)

샹련이 챵ᄒ여 맛치민 보옥이 듯고 우ᄉ며 니ᄅᆞᆯ,

"챵ᄒᄂᆞᆫ 거시 죠히 셩운(聲韻)이 깅쟝(鏗鏘)ᄒ나 금셕ᄉ쥭(金石絲竹)으로뻐 응치 못ᄒ미 앗갑도다. 다만 곡죠 가온디 너모 강긔(感慨)ᄒ고 님니(淋漓)ᄒ믈 씨듯깃시니 두리건디 우리 무리 츌가ᄒᆫ 사롬의 구긔(口氣)와 ᄌᆞᆺ지 못ᄒ리라."

샹련이 크게 웃고 니ᄅᆞᆯ,

"네 이 말이 남을 너모 희롱ᄒᄂᆞᆫ 말이로다."

보옥이 우ᄉ며 디답ᄒᆡ,

"그거슨 【95】 그만 ᄒ고 우리가 앏흐로 가셔 도화의 근원을 츠져 도로혀 무슨 인가(人家) 잇ᄂᆞᆫ지 업ᄂᆞᆫ지 아라보며 슐집이 잇거든 슈삼비룰 ᄉ셔 먹어뻐 묽은 흥을 돕ᄂᆞᆫ 거시 엇지 의취(意趣)가 되지 못ᄒ랴?"

샹련이 죠타 니ᄅᆞ고 량인이 도화 잇ᄂᆞᆫ 디룰 따라 힝ᄒᆞ 지 슈리의 은은이 도화 그림즈 속의 루디(樓臺)와 뎐각(殿閣)이 드러나ᄂᆞᆫ지라. 보옥이 대희ᄒ여 니ᄅᆞᆯ,

"이 ᄀᆞ튼 황량ᄒᆫ 산 쇽의 엇지 져런 곳이 이시랴? 우리가 진긔 당일 도연명의셔 승(勝)ᄒ도다."

샹련이 디답ᄒ 【96】 ᄃᆡ,

"내가 여긔 온 지 히가 오릭고 산의 나려 단닌지 몃 추례룰 ᄒ여시나 엇지 져 디방이 잇ᄂᆞᆫ 거슬 보지 못ᄒ엿ᄂᆞ냐?"

량인이 말ᄒ며 츠ᄌ 드러가니 한 줄기 하슈믈이 길을 막ᄂᆞᆫ 디 흰 빗치 쇼ᄉ며 푸른 빗치 번득이ᄂᆞᆫ지라. ᄯᅩ 츠ᄌ 믈구븨 좁은 곳의 니ᄅᆞ니 한 낫 빅셕 난간 ᄒᆫ 돌다리 잇셔 져편 표묘ᄒᆫ 루각 아리로 련ᄒᆞᆫ지라. 량인이 완보(緩步)ᄒ여 다리로 죠츠 우이ᄒ여 드러가니 슈양(垂楊) 그림즈 속의 일디 분쟝(粉牆)이 잇고 그 속의 슈층비뤄(數層飛樓) 잇 【97】 셔 곳 운환(雲漢)의

접ᄒᆞᆯ고 지은 거시 십분 화려ᄒᆞᆫ지라. 분쟝 머리의 니ᄅᆞ러 보니 붉은 문이 반긔ᄒ고 굽은 길이 그윽ᄒᆫ 곳을 통ᄒᆞᆫ지라. 량인이 거름을 멈츄고 비회쳠망(徘徊瞻望)ᄒ더니 문 쇽으로 죠츠 일긔 이팔 녀낭(女娘)이 다라 나오ᄂᆞᆫ디 운빈화안(雲鬢花顔)의 환픠(環佩) 쇼리 산산(珊珊)ᄒ며 져 두 사롬을 보고 아오로 슈습(羞濕)ᄒ미 업시 웃고 무ᄅᆞᆮ,

"이위 션낭은 존셩대명(尊姓大名)이 무어시며 여긔 와셔 무엇ᄒ려 ᄒᄂᆞ냐?"

량인이 듯고 다만 졍ᄉ(正色)ᄒ여 디답ᄒᆡ,

"쇼승(小僧)과 쇼도(小道)ᄂᆞᆫ 망망대ᄉ(茫茫大士)와 【98】 묘묘진인(渺渺眞人)의 도뎨로 이졔 공공동(空空洞) 내의 잇셔 슈힝ᄒ다가 이의 츈광이 명미(明媚)ᄒ믈 인ᄒ여 산의 나려 한가히 것다가 우연이 이곳의 니ᄅᆞ나 이곳이 무슨 일홈인지 아지 못ᄒ고 져러툿 부려(富麗)ᄒ믈 바라건디 신션져져(神仙姐姐)ᄂᆞᆫ 명빅히 지시ᄒ라."

그 녀낭이 웃고 니ᄅᆞᆯ,

"이곳은 텬태산(天台山)이오, 이 루샹(樓上)은 옥진션ᄌ(玉眞仙子) ᄌᆞ미(姊妹) 량인의 거취라. 당일의 류신(劉晨) 완죠(阮肇)가 약을 키다가 그릇 이곳의 드러와 우리 집 션고 ᄌᆞ미 량인으로 더브러 죠흔 인연을 미즌지라. 져 【99】 량인이 몡에룰 돌닌 후로붓허 지금 쳔유여 년의 다시ᄂᆞᆫ 사롬이 능히 여긔 니ᄅᆞᄂᆞᆫ 이가 업더니 금일 냥위가 광림(光臨)ᄒ시니 진긔 삼싱의 다 힝ᄒ미 잇도다. 쾌히 쇽의 니ᄅᆞ러 ᄎᆞ룰 드리믈 쳥ᄒ노라."

샹 · 보 량인이 듯고 놀나 반향을 벙벙ᄒ다가 디답ᄒ여 니ᄅᆞᆯ,

"신션져져야, 우리 량인이 어리셕은 졍의 결박ᄒᆫ 바룰 입으믈 인ᄒ여 그러므로뻐 진연(塵緣)을 버혀 바리고 여긔 와셔 도룰 씨쳣시니 비록 져져의 ᄉ랑ᄒ믈 닙으나 결 【100】 단코 감히 명을 좃지 못ᄒ리라."

그 녀낭이 ᄯᅩ 웃고 니ᄅᆞᆯ,

"량위 션낭이 엇지ᄒ여 한 셰샹의 춍명ᄒ더니 한 씨ᄂᆞᆫ 후두ᄒᆞ냐? 임의 여긔 니ᄅᆞᆯ시면 믄득 신션이 된지라. 오히려 무슨 도룰 가히 씨다ᄅᆞ랴? ᄒ믈며 ᄯᅩ 너의 무리 버혀 ᄡᆞᆫᄒᆫ 거슨 본시 진셰의 인연이오, 이거슨 텬샹의 연분이니

엇지 진셰 인연과 비기랴? 다만 두리건더 너의 무리 죠흔 긔회를 그릇 지내여 노코는 등롱(灯籠)을 가져도 도로혀 츠줄 곳이 업스리라."

샹·보 량인이 【101】 듯고 지삼 스양ᄒᆞ니 그 녀냥이 셩내여 니르디,

"너의 무리 분복업는 믈건이 진졍 드러쥬는 거술 아지 못ᄒᆞ도다. 너의 무리 임의 여긔 니르미 다만 두리건더 너의 무리 ᄒᆞ고즈 ᄒᆞ는 디로 되지 못ᄒᆞ리라."

ᄒᆞ며 말ᄒᆞ고 믄득 머리 우홀 향ᄒᆞ여 일기 금츠(金釵)를 쌘혀 가지고 량인을 향ᄒᆞ여 더져 오니 홀연 화ᄒᆞ여 한 오리 오식 치승(彩繩)이 피며 져 량인을 잡아 목을 동히고80) 그 녀냥이 쯔을며 믄득 닷거늘 샹련이 챡급ᄒᆞ여 믄득 원앙 검을 쌘혀 치승 【102】 을 쓴코즈 ᄒᆞ나 다만 몸이 ᄆᆞ음디로 못ᄒᆞ고 손을 능히 움즉이지 못ᄒᆞ며 보옥은 더옥 말홀 뵈 업는지라. 다만 두리다가 옮흐로 다르며 거둘 슈가 업스니 량인이 무가내하(無可奈何)라. 다만 져를 싸라 루하(樓下)의 니르러 스다리의 오르면셔 져 녀냥이 블너 니르디,

"이위 션고야, 션냥이 니르럿다."

ᄒᆞ더니 다만 드르니 한 덩이 환픠(環佩) 졍당(玲珰)ᄒᆞ며 향풍(香風)이 얼골의 부디치는지라. 샹·보 량인이 ᄆᆞ음이 표탕(飄蕩)ᄒᆞ고 정신이 흔들니믈 견디지 못ᄒᆞ여 련 【103】 망히 셩픔을 졍ᄒᆞ고 정신을 평안이 ᄒᆞ며 니치(理致)로뻐 욕심을 졔어ᄒᆞ고 눈을 뎡ᄒᆞ여 한 번 보니 대면(對面)ᄒᆞ여 량위 션지 셧시더 싱긴 거시 미려(美麗)ᄒᆞ미 이샹ᄒᆞ고 광치(光彩) 찬란ᄒᆞ며 웃는 빗치 얼골의 가득ᄒᆞ여 니르디,

"냥위 션랑은 안기를 쳥ᄒᆞ노라."

쯔을고 오던 그 녀냥이 치승을 가져 한 번 쯔을미 샹·보 량인이 임의 교의(交椅) 우희 안고 그 치승은 의구히 금빈혀 되여 귓밋히 꼿쳐 잇고 손을 드러 챵밧글 향ᄒᆞ여 한 번 부르미 일 【104】 기 챳반이 드러오는지라. 네 잔 향다(香茶)를 버려 노왓거늘 바다셔 손님을 몬져 ᄒᆞ고 쥬인을 뒤히 ᄒᆞ여 난호와 드리기를 맛치미 쏘

우스며 니르디,

"량위 션고야, 너 보기의 져 량긔의 모양이 가히 당일의 류낭(劉郞)과 완낭(阮郞)의 비ᄒᆞ여 엇더ᄒᆞ냐?"

량위 션지 츄파(秋波)를 빗기 홀리며 한 마디 웃고 쇼리를 낫쵸와 쑤지져 니르디,

"어리셕은 아두야, 쾌히 가셔 쥬안을 쥰비ᄒᆞ여 올니고 쳔금 일직(一刻)을 그릇치지 말나."

그 녀냥이 답응ᄒᆞ고 춧그릇슬 가지고 가더라. 【105】 어시의 량위 션지 무르디,

"션낭의 죤명대셩은 무어시며 션향(仙鄕)은 어내 곳이냐?"

ᄒᆞ니 엇지 디답ᄒᆞ고 하회의 분히ᄒᆞ라.

[쇽홍루몽續紅樓夢 권지오卷之五]

【1】 화셜, 어시의 량위 션지 무르디,

"션낭의 죤명대셩은 무어시며 션향은 어내 곳이냐?"

샹(湘)·보(寶) 량인이 졍히 ᄆᆞ음을 평안이 ᄒᆞ고 셩픔을 뎡ᄒᆞ는 즈음의 홀연 뭇는 말을 듯고 놀나 감히 우러러 보지 못ᄒᆞ고 다만 국궁(鞠躬)ᄒᆞ며 공경ᄒᆞ여 디답ᄒᆞ디,

"뎨즈 량인은 하계 범골(凡骨)노 일명은 가보옥(賈寶玉)이오, 일명은 류샹련(柳湘蓮)이라. 도시 한 싱각 어 【2】 리셕은 졍이 일우지 못ᄒᆞ믈 인ᄒᆞ 고로 홍진(紅塵)을 바리고 산의 드러와 도롤 찻더니 다힝히 망망대스(茫茫大士)와 묘묘진인(渺渺眞人)의 바리지 아니믈 닙어 문하의 거두워 두며 우리 무리 공힝(功行)이 원만ᄒᆞ기를 기다려 우리 쇼원디로 일위여 쥬실 줄노 허락ᄒᆞ여 계시니 이쩌의 비록 션고의 스랑ᄒᆞ믈 닙으나 실노 감히 명을 죠출 길이 업스니 빌건디 량위 션고는 즈비지심(慈悲之心)을 발ᄒᆞ여 우리를 노화 보내시면 믄득 니마를 슐온디도 【3】 ᄆᆞ음을 다ᄒᆞ미 업스리라."

량위 션괴 듯더니 웃고 니르디,

"너의 무리 심스를 우리 이왕의 아는지라. 우리 즈미가 도로혀 림대옥(林黛玉)과 우삼졔(尤三姐)와 ᄌᆞ지 못ᄒᆞ랴? 너의 만일 우리를 죠츠 죠흔 일을 셩취ᄒᆞ량이면 너의로 ᄒᆞ여곰 즉긱의

---

80) 【동히다】 圖 동이다. 묶다. ¶ 套 ∥ 홀연 화ᄒᆞ 여 한 오리 오식 치승이 피며 져 량인을 잡아 목을 동히고 (忽然化作一條五色彩繩, 將他二人 的脖項套住.) <續紅 4:101>

림대옥과 우삼져로 더브러 셔로 볼 거시니 무슨
공힝이 원만ᄒ기롤 기다리지 아니ᄒ리라.”

량인이 드ᄅᄆᆡ 크게 놀나며 가마니 싱각ᄒ
ᄃᆡ,

'만일 진졍ᄒᆞᆫ 신션 곳 아니면 엇지 져 량
기의 【4】 셩명을 모다 련(連)ᄒ여 블너내랴?'

ᄒ고 량인이 썰니 몸을 니러 니ᄅᄃᆡ,

“량위 션고긔셔 과연 능히 우리로 ᄒ여곰
즉긔의 믄득 림·우 량인을 셔로 보게 ᄒ시면
그 ᄯᆡᄂᆞᆫ 션고의 명ᄒ 바롤 좃지 아니미 업ᄉ리
라.”

션괴 듯고 우ᄉ며 니ᄅᄃᆡ,

“그거시 무슴 어려오랴? 멀면 쳔리 밧긔
잇고 갓가 오면 눈 앏히 잇ᄂᆞ니 너의 무리 보
라. 져 집 쇽의 안즌 거시 져 무리 량기가 아
니냐?”

쇽여셔 샹·보 량인이 머리롤 돌쳐보게 ᄒ
고 다만 드ᄅᄂᆡ 량위 션 【5】 지 웃고 니ᄅᄃᆡ,

“이곳의 잇다.”

ᄒ거늘 량인이 썰니 머리롤 돌나보니[81] 엇
지 량위 션지리오? 과연 림대옥(林黛玉)과 우삼
져(尤三姐) 량인이 단졍히 교의 우희 안졋는지
라. 보옥이 깃거 급히 미미 량기 ᄌ(字)롤 블너
내랴 ᄒ더라. 샹련이 썰니 ᄭᅮ지져 니ᄅᄃᆡ,

“네가 션ᄌ의 젼슈(傳受)ᄒ신 구결을 이졋
ᄂᆞ냐? 니론바 아ᄂᆞᆫ 거슬 일위ᄂᆞᆫ 거시 믈을 격ᄒ
ᄂᆞᆫᄃᆡ 잇ᄂᆞᆫ 쟈ᄂᆞᆫ 말ᄒ건디 나의 아ᄂᆞᆫ 거슬 일우
고져 ᄒᆞᆯ진디 곳 믈건의 나아가 그 리치롤 궁구
ᄒᆞᄂᆞᆫᄃᆡ 잇ᄂᆞᆫ 거 【6】 시라.”

보옥이 듯고 황연대오(晃然大悟)ᄒ여 가마
니 싱각ᄒᄃᆡ,

'림미미 평일의 사롬되오미 믄득 졔가 죽
은 후 령혼이라 ᄒ여도 결단코 즐겨 류이가롤
당착(撞着)ᄒ여 날노 더브러 셔로 보지 아닐지
니 졍히 져 션ᄌ의 무슨 눈을 가리ᄂᆞᆫ 법이라.'

ᄒ고 심즁의 챡급(着急)ᄒ여 믄득 통령옥
(通靈玉)을 ᄲᅥ혀 나려 림대옥의 ᄲᅣᆷ 우홀 바라고
치며 샹련은 원앙검(鴛鴦劍)을 ᄲᅢ혀 우삼져롤

바라고 ᄯᅵᆨ더니[82] 다만 드ᄅᄂᆡ 큰 쇼리 나며 ᄯᅡ
히 ᄶᅵ여지고 산이 문허지ᄂᆞᆫ 형샹 ᄀᆞᆺ【7】 ᄐᆞᆫ지
라. 샹·보 량인이 진동ᄒ여 일졔히 것구러지고
졍히 미혹ᄒᄂᆞᆫ 스이의 겻희 사롬이 잇셔 블너
니ᄅᄃᆡ,

“이위 ᄉ형(師兄)은 니러나라. ᄉ뷔 도라오
시니 너의 무리ᄂᆞᆫ 쾌히 고ᄒ여 죠히 나롤 치게
ᄒ라.”

샹·보 량인이 ᄶᅵ인지 한즈음의 눈을 ᄯᅥ보
니 다른 사롬이 아니오, 믄득 숑학동ᄌ(松鶴童
子)라. 련망히 니러나며 니ᄅᄃᆡ,

“네가 어내 곳을 죠ᄎ 오ᄂᆞ냐?”

숑학이 웃고 니ᄅᄃᆡ,

“너의 무리 보라. 이곳이 어내 곳이냐?”

량인이 믄득 ᄉ면을 ᄌ셰히 보ᄆᆡ 원리 공
공동(空空洞) 원지(院子) 【8】 라. 보옥이 보며
졍츙증[83]이 나거늘 숑학이 경경히 졔 ᄲᅣᆷ을 한
번 치고 우ᄉ며 니ᄅᄃᆡ,

“붓그럼 아니 타ᄂᆞᆫ 거시 미미가지 련ᄒ여
모다 블너 내더냐?”

량인이 비로쇼 션ᄉ의 환슐노 져의 무리롤
시험ᄒᆞᆫ 거시 명빅히 알지라. 보옥이 붓그려 숑
학을 향ᄒ여 한 번 혀츠며 썰니 통령옥을 가져
목 우희 걸고 샹련은 보검을 거두고 동ᄌ롤 ᄯᅡ
라 션당의 드러가니 승도 량 ᄉ뷔 더면ᄒ여 탑
샹의 안ᄌ셔 져의 드러오믈 보고 일졔히 졈두
(點頭)ᄒ며 칭 【9】 찬ᄒᄃᆡ,

“유ᄌ(孺子)롤 가히 가ᄅ치리로다.”

ᄒ거늘 냥인이 썰니 앏흐로 가 비현(拜見)
ᄒ믈 맛치고 겻희 교의(交椅) 우희 안ᄌ니 그
화샹이 보옥을 향ᄒ여 웃고 니ᄅᄃᆡ,

“내가 방ᄌ 쳥경봉(靑埂峰)으로 죠ᄎ 너의
지은 바 셕두시(石頭詩)롤 보ᄆᆡ 심히 아름다온
지라. 네 임의 너의 리력을 아랏시니 내 이졔

---

81) 【돌나보다】 동 돌려보다. ¶ 량인이 썰니 머
리롤 돌나보니 엇지 량위 션지리오 과연 림대
옥과 우삼져 량인이 단졍히 교의 우희 안졋ᄂ
지라 (二人忙回過頭來看時, 那裏是兩位仙子了,
果然就是林黛玉, 尤三姐二人, 端然坐在椅上.)
<續紅 5:5>

82) 【ᄯᅵᆨ다】 동 찍다. ¶ 砍 ∥ 샹련은 원앙검을 ᄲᅢ
혀 우삼져롤 바라고 ᄯᅵᆨ더니 (湘蓮也拔出鴛鴦劍
來, 望着尤三姐砍來.) <續紅 5:6>

83) 【졍츙증】 명 정충증(怔忡症). ¶ 량인이 믄득
ᄉ면을 ᄌ셰히 보ᄆᆡ 원리 공공동 원지라 보옥
이 보며 졍츙증이 나거늘 숑학이 경경히 졔 ᄲᅣᆷ
을 한번 치고 우ᄉ며 니ᄅᄃᆡ (二人便望四下裡
仔細一看, 原來就是空空洞的院子. 寶玉看了發起
怔來, 只見松鶴輕輕的在他臉上彈了一下, 笑道.)
<續紅 5:8>

너다려 붉히 말ᄒ리라. 네 본시 녀와씨의 하ᄂᆞᆯ을 깁고 남긴 바 한 덩이 완만ᄒᆞᆫ 돌이라. 당일의 내가 너롤 다리고 챵명(昌明)ᄒᆞ고 륭성ᄒᆞᆫ 나라와 부귀ᄒᆞ고 번화ᄒᆞᆫ 싸히 【10】 니르러 변화ᄒᆞ여 사ᄅᆞᆷ이 되게 ᄒᆞ고 네가 공을 세우고 업을 심으며 후리롤 넉넉히 ᄒᆞ고 젼일의 빗나게 ᄒᆞ여 형샹이 단쳥(丹靑)으로 그리고 일홈이 쥭빅의 드리오믈 바라더니 뉘 알니? 네가 본셩의 희미ᄒᆞ고 지죠롤 밋고 ᄯᅳᆺ을 방ᄌᆞ히 ᄒᆞ기로 그러므로ᄡᅥ 바야흐로 이번 마쟝(魔障)이 잇ᄂᆞᆫ지라. 네가 강쥬션쵸(絳珠仙草)로 더브러 원리 젼 인연이 이시나 다만 너의 량인의 셩졍이 다 ᄒᆞᆫ 곳 편벽(便僻)ᄒᆞᆫ디 의지ᄒᆞ여 이락(哀樂)이 ᄯᅥᆺᄯᅥᆺᄒᆞᆷ믈 어긔여 졍도 【11】 롤 일코 화긔의 히로온 고로 한 번 젼픠(顚沛)ᄒᆞᆷ믈 마나게 ᄒᆞ미오, 류현뎨(柳賢弟)의 일도 ᄯᅩᄒᆞᆫ 모다 이와 ᄀᆞᆺ트니 쇽담의 니르기롤, '와셔 시비롤 말ᄒᆞᆫ 쟤 믄득 시비ᄒᆞᄂᆞᆫ 사ᄅᆞᆷ이라.' ᄒᆞ여시니 이제 우리 량인이 도로혀 능히 그 칙망을 ᄉᆞ양치 못ᄒᆞᆯ지라. 그러므로ᄡᅥ 젼일의 산의 나려 ᄉᆞ대부쥬(四大部州)의 여러 신션을 모도여 보고 태허환경(太虛幻境) 속의 잇ᄂᆞᆫ 바 홍루몽(紅樓夢) 가온디 벅벅이 방셕(放釋)ᄒᆞ여 환싱ᄒᆞᆯ 귀혼을 가져 흠긔 명씨와 ᄉᆞ실(事實)을 ᄡᅥ 내여 그 【12】 칙ᄌᆞ롤 가지고 연명ᄒᆞ여 샹뎨긔 쥬문ᄒᆞ엿더니 비답(批答)을 밧드러 ᄒᆞ시기롤 '모롬죽이 인간 뎨왕을 회동(會同)ᄒᆞ여 가지고 면의(面議)ᄒᆞᆫ 후의 별노이 명을 내리리라.' ᄒᆞ여 계시니 셩지 한 번 나리기롤 기다려 그 ᄯᅢ가 믄득 너의 무리 단원(團圓)ᄒᆞᄂᆞᆫ 날이니라."

샹·보 량인이 듯고 블승대희(不勝大喜)ᄒᆞ여 년망히 비샤ᄒᆞ며 보옥이 ᄯᅩ 니르디,

"쳥컨디 뭇ᄂᆞ니 션ᄉᆞ의 말ᄉᆞᆷᄒᆞ신 바 강쥬션쵀 림디옥(林黛玉)의 젼신이 아니냐? 뎌지 젼일의 션시 꿈 속을 【13】 죠ᄎᆞ 잇그러 태허환경의 드러가믈 닙어 일죽 그 션쵸롤 보와 지내엿시니 다만 아지 못게라 림디옥의 령혼이 오히려 태허디경의 잇ᄂᆞ냐?"

화샹(和尙)이 웃고 니르디,

"졔가 그 속의 션진니 엇지 그곳의 잇지 아닐 니가 이시랴?"

보옥이 ᄯᅩ 니르디,

"ᄉᆞ뷔 바리지 아니믈 닙어 문하의 거두어 계시고 임의 삼월 공부롤 ᄡᅥ 지내여시니 아지 못게라 이쩌의 뎨ᄌᆞ의 육신도 가히 거듭 태허디경의 올낫ᄂᆞ냐?"

승도 량인이 일졔히 우스며 니르디,

"인심이 【14】 부쥭ᄒᆞ여 등롱망쵹(得隴望蜀)을 ᄒᆞᄂᆞᆫ도다. 너 량인의 공뷔 블과시 겨유 졍도(正途)의 드러와 능히 졍심셩의(正心誠意)ᄂᆞᆫ ᄒᆞ나 오히려 과화존신(過化存神)ᄒᆞᄂᆞᆫ 지위의 니르지 못ᄒᆞ엿ᄂᆞᆫ디 엇지 믄득 태허디경의 오ᄅᆞ기롤 싱각ᄒᆞᄂᆞ냐?"

보옥이 듯고 다시 뭇고져 ᄒᆞ더니 숑학이 드러와 품ᄒᆞ디,

"후원동 진노션싱[甄老先生]이 와셔 비알ᄒᆞ다."

ᄒᆞ니 승도 량인이 ᄲᅡᆯ니 몸을 니러 나아가 마졸 시 진ᄉᆞ은[甄士隱]이 희희이 우스며 드러와 셔로 보고 읍을 맛치미 ᄉᆞ은이 웃고 니르디,

"이위 【15】 션ᄉᆞ야, 공희(恭喜)ᄒᆞ도다. 젼일의 여러 션인이 연명(連名)ᄒᆞ여 쥬달ᄒᆞᆫ 일은 샹뎨긔셔 임의 윤하(允下)ᄒᆞ여 계시니 대략 이긔 한 뎡ᄒᆞ기롤 본년 칠월 십오일 우란분회(盂蘭盆會)의 대즁을 방셕(放釋)ᄒᆞ여 환싱케 ᄒᆞᄂᆞᆫ지라. 긔한을 님ᄒᆞ여 다만 두리건디 션ᄉᆞ의 무리 ᄯᅩ 한 번 노고ᄒᆞ미 이시리로다."

승도 량인이 우스며 니르디,

"츌가ᄒᆞᆫ 사람이 ᄌᆞ비로ᄡᅥ 근본을 삼ᄂᆞ니 졍히 맛당히 힘을 다ᄒᆞ여 ᄡᅥ 샹뎨의 인퇵(仁澤)을 널닐 거시니 엇지 가히 슈고로오믈 ᄭᅥ리랴?"

이의 샹 【16】 보 량인을 향ᄒᆞ여 니르디,

"겨위 진노션싱을 너의 가히 알깃ᄂᆞ냐?"

량인이 국궁(鞠躬)ᄒᆞ며 디답ᄒᆞ디,

"오리 존명은 드러시나 얼골은 뵈옵지 못ᄒᆞ엿노라."

ᄉᆞ은이 우스며 니르디,

"쇼뎨의 셩은 진[甄]이오, 명은 비(費)오, ᄌᆞᄂᆞᆫ ᄉᆞ은(士隱)이오 쇼쥬인(蘇州人)이라. 쇼녀롤 일코 집이 화지 만나믈 인ᄒᆞ여 그러므로ᄡᅥ 션ᄉᆞ롤 따라 이곳의 니ᄅᆞ러 이왕 졍도롤 닥가 일우고 젼일의 쇼녀의 령혼을 보내여 태허디경의 도라가게 ᄒᆞ엿더니 이제 드르미 샹뎨긔셔 긍측(矜恻)히 【17】 너기샤 환싱케 ᄒᆞ여 계시니 그러므로ᄡᅥ 특별이 와 ᄉᆞ형긔 비옵고 겸ᄒᆞ여 량위롤 위ᄒᆞ여 깃븐 쇼식을 보ᄒᆞ노라."

화샹이 웃고 니르디,

"방즈 져 량인이 졍히 태허디경의 가셔 한 번 놀기를 구ᄒᆞ더니 공교히 존개 믄득 니르럿도다. 존형이 엇지 져 무리를 셩취케 아니ᄒᆞ여쥬랴? 그러ᄒᆞ여야 쟝리의 죠히 봉호(封號)를 어드리라."

ᄉᆞ은이 디답ᄒᆞ디,

"이 일은 량위 션ᄉᆞ의 ᄆᆞ음 허비ᄒᆞ믈 기다리지 아니홀지라. 쇼뎨가 스스로 방술(方術)이 잇셔 【18】 져 량인의 진혼(眞魂)을 가져 다려다가 태허환경의 보내여 근본 쇼원을 맛게 ᄒᆞ여쥬디 다만 져의 량개(兩個)의 육신은 오히려 ᄉᆞ형의 죠검(照檢)ᄒᆞ여 쥬믈 기다리노라."

승도 량인이 일졔히 우스며 니르디,

"그 일은 존형이 방심ᄒᆞ라. 림시(臨時)ᄒᆞ여 우리 무리 스스로 죠응홀 묘법이 이시리라."

7

벽락황천심종멱젹 홍안빅발통즈스부

碧落黃泉尋踪覓迹 紅顔白髮慟子思夫

승도 량인이 드르미 희츌망외(喜出望外)ᄒ여 셜니 무르디,

"방즈 노션싱의 말슴이 녕이를 보내여 태허디경의 도라갓다 ᄒ니 아지 못게라 녕으는 이 뉜고? 금 【19】 릉십이챠(金陵十二釵) 슈 안의 드럿느냐?"

진스옹[은]이 웃고 디답ᄒ디,

"량위가 원리 아지 못ᄒ리라. 쇼녀 영년(英蓮)이 샹원(上元) 가졀(佳節)을 인ᄒ여 가인이 안고 나아가 관등(觀燈)ᄒ다가 일허 바렷더니 어내 악인이 가져다가 셜가(薛家)의 파라 일홈을 곳쳐 향릉(香菱)이라 ᄒ 거시 곳 쇼뎨로라."

샹·보 이인이 듯고 다시 례ᄒ며 니르디,

"만싱비가 노빅부(老伯父)의 대개 오시믈 아지 못ᄒ여 만히 득죄(得罪)ᄒ엿ᄂ지라. 향릉은 곳 만싱비의 슈(嫂)시라."

ᄒ니 스은이 ᄯ혼 셜니 답례ᄒ 【20】 며 니르디,

"우리 무원시 죤부(尊父)의 동종(同宗)이 되노라."

보옥이 더욱 환희ᄒ여 니르디,

"방즈 노빅부긔셔 개연이 만싱비의 혼이 태허디경의 오르기롤 허락ᄒ여 계시니 아지 못게라 무슨 션슐이 잇느뇨? 오히려 붉히 지시ᄒ믈 바라노라."

스은이 웃고 디답ᄒ디,

"냥위ᄂ 의심치 말나."

말ᄒ며 견디 쇽으로 젹은 지갑을 내여 펴 노코 량지(兩支) 명향을 집어 내여 각기 한 오리식 난호와 쥬며 니르디,

"너의 무리 오ᄂ 져녁 잘 쩌롤 림ᄒ여 【21】 가히 이 향을 가져 블의 태여 버기[84] 가의 ᄭ즈 두면 스스로 긔이ᄒ 효험이 이시리라."

량인이 바드며 ᄯ 한 번 샤례ᄒ더니 송학이 쥬과롤 버려 올니미 즁인이 쾌챵히 한 츠례 마시고 ᄯ 텬긔(天機)롤 담론ᄒ다가 승도와 스은은 후동 쇽의셔 ᄌᆾ치 쉬고 샹·보 량인이 침실의 도라와 등을 혀고 향을 내여 즈셰히 보니 ᄯ혼 신긔ᄒ 거시 업ᄂ지라. 드디여 등블을 향ᄒ여 티이미 다만 ᄒ 줄기 묽은 향긔 뇌후(腦後)로 드러가 사 【22】 롬으로 ᄒ여곰 신혼이 홈긔 취ᄒ지라. 향인이 다만 곤ᄒ믈 ᄭᅵᆺ도고 죠을 기롤 싱각ᄒ미 보옥이 뭇고 니르디,

"무슨 의시 잇다."

ᄒ고 몬져 침구롤 펴 노코 쟝춫 의복을 그르려 홀 시 샹련이 우스며 니르디,

"보형데야, 의복을 벗지 못홀지라. 우리 무리 젹신노톄(赤身露體)로 태허디경의 오르리오?"

한 말이 보옥을 ᄭᅵᆮ여내여 믄득 우스며 니르디,

"류이가야, 네가 진긔 졍셰(精細)ᄒ 사롬이로다. 만일 우리ᄌᆾ치 츄쥴(醜拙)ᄒ량이면 다만 두리 【23】 건디 태허디경의 니르미 도로혀 우삼져(尤三姐)로 놀나 ᄶᅱ여가 그림지 업셔지리라."

샹련이 우스며 니르디,

"쇼리롤 잠잠ᄒ고 어셔 즈즈."

ᄒ고 량인이 옷닙은 치 침두(寢頭)의 의지ᄒ엿더니 즉긱의 몽경(夢境)의 드러간지라. 쳐음은 다만 귓가의셔 바롬 쇼리 나더니 한즈음을

---

84) 【버기】 몡 벼개. ¶ 枕 ∥ 너의 무리 오늘 져녁 잘 쩌롤 림ᄒ여 가히 이 향을 가져 블의 태여 버기 가의 ᄭᅩ즈 두면 스스로 긔이ᄒ 효험이 이시리라 (你們二位今晚臨睡時, 可將此香點着挿在枕傍, 自有奇驗.) <續紅 5:21> ⇒ 버개

71

멈츄미 믄득 안계(眼界)가 광명ᄒ여져 진기 류리세계(琉璃世界)라. 일죽 바라보니 진스은이 그 곳의 잇셔 손으로 부ᄅ거늘 샹·보 량인이 한 번 보미 각기 환희ᄒ며 보 【24】 옥이 니ᄅ디,

"진노빅이 엇지 이모양 쾌히 오셧ᄂ냐?"

스은이 니ᄅ디,

"내가 여긔 잇셔 기다린지가 오ᄅᆫ지라. 너의 무리ᄂ 내 손을 ᄯ라 보아라. 젼면의 은은약약(隱隱弱弱)ᄒᆫ 곳이 태허환경이 아니냐? 보옥이 슈츠 지내여 보와시니 이 픠방(牌坊)을 죠츠 가면 만무일실(萬無一失)ᄒᆯ 거시오 나ᄂ 믄득 셔로 ᄯᅡᆨ 지어 가기 편치 아니타."

ᄒ고 말ᄒ며 드디여 픔 속을 죠츠 일봉 셔신을 내여 보옥을 쥬며 니ᄅ디,

"이 편지 봉은 량위가 가지고 가셔 우리 녀ᄋ 【25】 롤 쥬ᄂ 거시 죠흐리라."

보옥이 바다 픔 속의 너코 환텬희디(歡天喜地)ᄒ여 일죽이 픠방을 죠츠 슈리롤 힝ᄒ더니 셕비 하나히 이시디 우희 쓰기롤 '이한텬(離恨天)' 세 개롤 금즈로 셧ᄂ지라. 보옥이 보미 깃브믈 이긔지 못ᄒ고 이의 샹련을 향ᄒ여 니ᄅ디,

"류이가야, 이 곳을 내가 비록 슈츠 지낫시나 심즁이 죵리 황홀(恍惚)ᄒ고 내가 다만 긔역ᄒ기롤 당즁ᄒ여 잇ᄂ 뎐각이 경환션고(警幻仙姑)의 잇ᄂ 빈 줄은 알고 다른 사롬의 거쥬ᄒᄂ 곳은 【26】 긔억지 못ᄒ노라."

샹련이 니ᄅ디,

"내 말디로 ᄒ량이면 우리 무리 몬져 가셔 경환션고 보기롤 구ᄒ여 리력을 붉히 말ᄒ고 인도ᄒ여 쥬믈 간쳥ᄒ면 일이 비로쇼 온당ᄒᆯ 거시오 만일 실슈ᄒ면 도로혀 블미ᄒ리라."

보옥이 심즁의 비록 더옥 보기ᄂ 급ᄒ나 임의 샹련을 홈긔 왓시미 갈등(葛藤)이 날가 두려워 련망히 올타 답응ᄒ고 일계히 졍즁 뎐문을 두다리니 궁문 밧긔 오륙 개 션녜 락화(洛花)롤 쇄쇼(灑掃)ᄒ다가 【27】 져 량개 오믈 보고 모다 이샹히 너기며 니ᄅ디,

"어내 곳의셔 온 승도빈(僧道輩)고 옳흐로 가지 말나. 황건력시(黃巾力士) 너의 무리롤 치리라."

샹·보 량인이 련망히 우스며 니ᄅ디

"신션져져(神仙姐姐)야, 우리 량개ᄂ 션고

의 녯날 문싱이라. 특별이 와셔 비알(拜謁)ᄒ려 ᄒ니 쳥컨디 져져 무리ᄂ 디신 한 마디 통ᄒ기롤 가보옥, 류샹련이 뵈옵기롤 구ᄒᆫ다 말ᄒ라."

션녀 즁의 일개 어린 녀량(女娘)이 져 두 사롬을 눈을 모화 ᄌ셰히 보더니 가마니 다른 션녀롤 향ᄒ여 니 【28】 ᄅ디,

"져져야, 너ᄂ ᄌ셰히 보라. 져 젹은 화샹이 어내 희의 ᄌ금관(紫金冠) 쓰고 오던 그가 아니냐? 이계ᄂ 쟝대ᄒ여 졋ᄂ디 엇지ᄒ여 쏘 츌가가 되엿ᄂ고?"

일개 션녜 웃고 디답ᄒ디,

"그가 아니면 이 누구리오? 나ᄂ 쏘흔 긔억ᄒ니 그 희의 션괴(仙姑) 져롤 다리고 와셔 슐을 베플고 풍악을 지으며 하로롤 즐기다가 늦기의 니ᄅ러 너와 다믓 져져로 ᄒ여곰 져롤 ᄯᅡᆨᄒ여 쥬어시니 싱각건디 졔가 단 것슬 맛보왓ᄂ지라. 이계 쏘 와시니 이 ᄎ 【29】 례ᄂ 다만 두리건디 맛당히 네게 돌림 ᄎ례가 되리라."

그 어린 녀량이 말ᄒᄂ 이롤 향ᄒ여 한 번 혀ᄎ고 우스며 궁으로 드러가거늘 보옥이 그런 말을 드르미 즐겨 심홰(心花) 모다 열니ᄂ지라. 샹련이 보옥을 한 번 누르며 나죽이 무ᄅ디,

"보형뎨야, 너ᄂ 가마니 지낸 일을 모다 날노 ᄒ여곰 듯게 ᄒ니 진개 그런 일이 잇셧ᄂ냐?"

보옥이 낫 빗출 븕히고 니ᄅ디,

"네가 져 무리의 말을 밋ᄂ냐?"

졍히 말ᄒ미 그 어린 녀량이 궁 【30】 을 나오며 웃고 니ᄅ디,

"션고긔셔 쳥ᄒ신다."

ᄒ니 샹·보 량인이 의관을 졍졔ᄒ고 공경ᄒ여 궁으로 드러가니 경환이 희희히 웃고 마즈 나오며 니ᄅ디,

"미우 깃브도다. 너의 무리 공힝(功行)이 원만(圓滿)ᄒ여시나 다만 너의 무리의 치졍(癡情)과 얼쟝을 인ᄒ여 도로혀 우리 츌가ᄒᆫ 사롬을 들네여 안졍치 못ᄒ고 너의 무리롤 위ᄒ여 즁미 노ᄅ술85) ᄒ도다."

---

85) 【撮合山 촬합산】 cuōhéshān <名> 즁미, 保山 (譯補 婚娶 27a) 媒人, 노고 (大方 水滸 4b) 媒人。(語覽 水滸 37b) 媒人名, 一名敖山, 一名還山。敖南還北仙人勸之相連。(語覽 西廂 104a) 昔有敖不二山南北相背, 仙人勸二山相合, 以比媒人。(博文 西廂 126) "~的。" 노구질 (水滸

샹·보 량인이 련망히 옮흐로 가 빵빵이 고두ㅎ고 례롤 맛치미 빈쥬(賓主)롤 난호아 【31】 즈미 션녜 초롤 드리고 보옥이 몬져 몸을 니러 우스며 니르되,

"뎨즈 량인의 리력을 션괴 임의 명빅히 아라 계시니 뼈 다시 번독(番讀)홀 거슨 업스나 다만 니른바 그 사롬이 홈긔 션고의 문하의 잇다 ㅎ니 션고가 즈비의 무옴으로 인도ㅎ여 급히 굽혀 셩취ㅎ여 쥬시면 뎨즈 등이 은혜 감동ㅎ미 적지 아니ㅎ리라."

션괴 웃고 니르되,

"뉴성의 일은 도로혀 용이혼 거시 졔 친져 져가 잇셔 쥬쟝ㅎ면 믄득 가히 셩취되려니와 존 긔 【32】 의 일은 내가 믄득 능히 둥굴게 홀 슈 업스니 져 쇼샹 션즈의 비위(脾胃) 긔운은 네가 평일의 지내여 본 거시니 계쇽 너의 량인의 졍 분이 싱스 간의 젼면(纏綿)ㅎ다 말ㅎ나 다만 두 리건더 부모의 명과 미즈86)긔 말이 업스니 뭇 춤내 힘을 허비ㅎ여야 되리라."

보옥이 듯고 반향을 침음ㅎ다가 디답ㅎ여 니르되,

"뎨즈의 이번 온 거시 다만 한 번 샹면ㅎ고 한 번 괴로온 무옴을 하슈거리기롤87) 구ㅎ미오, 셩취ㅎ는 일의 니르러는 데 【33】 지 별노이 법을 베플니라."

션괴 듯고 우스며 디답ㅎ되,

"임의 이러ㅎ면 내가 몬져 사롬을 시겨 너의 무리롤 위ㅎ여 한 마디롤 통ㅎ여 알게 ㅎ리라."

ㅎ고 션녀롤 브르니 일개 어린 녀낭이 다라오거눌 션괴 니르되,

"네가 강쥬궁(絳珠宮)과 박명스(薄命司) 량 쳐의 가셔 한 마디롤 통ㅎ여 믄득 보이야와 류이야가 니르럿다 말ㅎ고 져의 무리 광경이 엇더혼 지 본 후의 쇽히 도라오라."

녀낭이 답응하고 가더라.

지셜, 림디옥(林黛玉)이 스긔(司棋)의 【34】

부부롤 돌나 보낸 후로 좃ᄎ 련일의 우삼겨 등으로 더브러 왕리ㅎ여 회샤ㅎ기로 몃 날을 열요이 지내고 인ㅎ여 영츈(迎春)을 머믈너 혼 가지로 쥬졉(住接)홀 시 하로는 청신(淸晨)의 니러나 한가ㅎ여 일이 업눈지라. 졍히 영츈과 향룽(香菱)으로 더브러 보챠(寶釵)의 편지 부치던 말을 ㅎ미 대옥이 시로이 심즁의 십분(十分) 감격(感激)ㅎ여 향룽의게 반혼향(返魂香)을 다시 구ㅎ여 스로고 보챠로 더브러 꿈 가온더 셔로 보기롤 요구ㅎ니 향룽이 응낙ㅎ고 겸ㅎ 【35】 여 집의 도라가 셜이마(薛姨媽)와 아오로 즈긔의 희ᄋ롤 보려ㅎ고 오즉 영츈은 무옴의 걸닌 거시 업눈지라. 져 량인의 이러톳 의존ㅎ믈 듯고 도로혀 우스며 니르되,

"너의 무리 결년혼 일이 너모 만토다. 반혼향을 스로량이면 령험(靈驗)이 잇눈지 아나냐?"

대옥이 웃고 니르되,

"이져져야, 너는 우리 무리 흔가혼 일을 아른 쳬 말나. 누가 너ᄀᄎ 이져부(二姐夫)롤 졔 긔홀 양이면 한ㅎ여 치아롤 모다 가느냐?"

졍히 말ㅎ미 쳥문이 쌤의 가득흔 붉은 빗ᄎ로 【36】 쐬여 드러오며 니르되,

"림고낭아, 보이야가 츠져 이 곳의 니르럿도다."

대옥이 드르미 놀나 무옴이 돌돌(突突)이 쒸놀며 급히 무르되,

"이거시 뉘가 말ㅎ더냐?"

쳥문(晴雯)이 디답ㅎ되,

"방즈 경환션고(警幻仙姑)가 션녀 무리롤 부려 말ㅎ기롤 보이야와 류이야 량인이 모다 승

---

86) 【媒妁 매작】 méishuò <名> 즁미쟝이 媒, 謀也; 妁, 勺也。勺量其年齒家閥而謀之也。(廣物譜 2 禮節 1a) 미작 ∥ "只怕沒有父母之命, ~之言, 竟有些兒費力呢!" 다만 두리건더 부모의 명과 미즈긔 말이 업스니 뭇춤내 힘을 허비ㅎ여야 되리라 (續紅 5:32)

87) 【하슈거리다】 圖 참소(讒訴)하다. ¶ 訴苦 ∥ 뎨즈의 이번 온 거시 다만 한 번 샹면ㅎ고 한 번 괴로온 무옴을 하슈거리기롤 구ㅎ미오 셩취ㅎ는 일의 니르러는 뎨지 별노이 법을 베플니라 (弟子此來, 只求相見一面, 訴一訴苦心. 至於成全一事, 弟子另行設法.) <續紅 5:32> ⇒ 하슷그리다, 하슷거리다

19:40) 노구질, 又둥미 (奎章 水滸 19:66) 노구집, 쑤쟝이집 (語覽 水滸 44a) ᛏ즁미 노룻 ∥ "只因你們這些痴情孼債, 倒鬧的我們出家人不得安靜, 倒成了你們的~了." 다만 너의 무리의 치졍과 얼쟝을 인ㅎ여 도로혀 우리 출가혼 사롬을 들네여 안졍치 못ㅎ고 너의 무리롤 위ㅎ여 즁미 노룻슬 ㅎ도다 (續紅 5:30)

인과 도스롤 짜라 대황산(大荒山)의셔 츌가ᄒᆞ엿
더니 이제 모다 닥가셔 공힝(功行)이 원만ᄒᆞ기
로 져의 스부가 특별이 져 두 사롬을 이곳의 보
내여 고낭(姑娘)과 우삼고낭(尤三姑娘)으로 더브
러 셔로 【37】 뫼게 ᄒᆞ엿ᄂᆞ니라.”

영츈과 향룽은 듯더니 십분(十分) 환희(歡
喜)ᄒᆞ고 다만 림딕옥은 눈믈을 흘니며 급히 슈
건을 잡아 쌈을 가리며 말ᄒᆞ딕,

“그만두라. 내가 져롤 보지 아니ᄒᆞ리라.”

영츈이 셜니 젼ᄒᆞ여 니ᄅᆞ딕,

“림미미야, 네가 쏘 엇지 져리 괴로이 구
ᄂᆞ냐? 가련ᄒᆞ다. 보형데가 천만신고(千萬辛苦)
ᄒᆞ여 가향을 바리고 엇더ᄒᆞᆫ 승도롤 짜라 어내
곳의 잇셔 ᄒᆞᆫ 츠례 죄롤 바닷ᄂᆞᆫ지 졔가 일편(一
片) 진셩(眞誠)이 잇기로 바야흐로 능히 견딕여
이곳의 니ᄅᆞ 【38】 럿ᄂᆞᆫ딕 너는 엇지ᄒᆞ여 도로혀
이 모양 말을 ᄒᆞ여 내ᄂᆞ냐? 너의 의스롤 내가
터득ᄒᆞᄂᆞᆫ 거시니 필시 나와 룽고낭이 모다 여긔
잇기의 네 쌈 우회 의시 죠치 못ᄒᆞᆷ믈 위ᄒᆞ미라.
그 연고롤 위홀 양이면 진긔 쇽되기 극ᄒᆞ도다.
너의 무리 량인의 ᄉᆞ졍을 우리 무리 량인이 도
로혀 아지 못ᄒᆞᄂᆞᆫ 거시 이시랴?”

대옥이 듯고 영츈을 한 번 밀치며 니ᄅᆞ딕,

“이져져야, 네 싱각건딕 너의 형데 왓단
말을 듯고 널노 ᄒᆞ여곰 환희ᄒᆞᆫ 거시 【39】 후두
ᄒᆞ게 되엿도다. 네 싱각ᄒᆞ여 보라. 이 곳의 우리
부모도 잇지 아니ᄒᆞ고 쏘 노태태(老太太)와 구
야(舅爺)와 구모(舅母)가 모다 아니 계시니 네가
날노 ᄒᆞ여곰 셔로 보라 ᄒᆞᄂᆞᆫ 거시 나롤 가ᄅᆞ쳐
음분(淫奔)ᄒᆞᄂᆞᆫ 하쳔(下賤)이 되라 ᄒᆞᄂᆞ냐?”

영츈이 웃고 니ᄅᆞ딕,

“원릭 이 연고롤 위홀 양이면 그거슨 무슴
난쳐ᄒᆞᆫ 거시 업스니 보형데ᄂᆞᆫ 독셔(讀書)ᄒᆞ고
명니(明理)ᄒᆞᆫ 사롬이라. 내가 져롤 보고 몬져 그
ᄉᆞ연을 가져 고홀 거시니 너의 무리 량인이 죠
히 샹면ᄒᆞ게 ᄒᆞ고 다시 보형데롤 【40】 시겨 한
츠례 신고ᄒᆞ여 디부의 도라가 노태태와 고야(姑
爺)와 고마(姑媽)의게 뵙게 ᄒᆞ면 무슨 온당치 못
ᄒᆞᆫ 곳이 이시랴?”

대옥이 듯더니 머리롤 슉이고 눈을 ᄭᅵᆺ스며
믄득 말을 아니ᄒᆞ거늘 영츈이 믄득 향룽을 ᄯᅳ을
고 니ᄅᆞ딕,

“룽고낭아, 우리 무리 몬져 원즁의 가셔

보형뎨 오기롤 기다리ᄌᆞ. 가히 어엿브다. 졔가
도져히 견딕여 이곳의 니ᄅᆞ도다.”

향룽이 칭찬ᄒᆞ며 니ᄅᆞ딕,

“보이야 ᄀᆞᆺ튼 그 모양 사롬은 세상의 다시
데이기(第二個)롤 츠져내지 【41】 못ᄒᆞ리로다. 믄
득 이고야와 우리 무리 그 일기롤 잡아셔 비ᄒᆞ
면 진긔 텬디(天地)가 샹격(相隔)홀 터인딕 림고
랑은 도로혀 즐겨 셔로 보지 아니ᄒᆞ려 ᄒᆞ니 너
ᄌᆞ긔 심즁의ᄂᆞᆫ 그리 ᄒᆞ짓ᄂᆞ냐?”

말ᄒᆞ며 영츈의 손을 ᄭᅳ을고 원즁의 니ᄅᆞ러
보옥을 기다리라 가더라. 이곳의셔 대옥이 져
량인의 가는 거슬 보고 일변 눈믈을 ᄭᅵᆺ스며 일
변 쳥문을 블너 앏히 니ᄅᆞ미 귀의 딕히고 쇼릭
롤 나쵸와 니ᄅᆞ딕,

“네가 쾌히 나가 져롤 마지라. 가셔 【42】
네가 가마니 져다려 고ᄒᆞ기롤 져의 괴로온 곳과
져의 원굴(冤屈)ᄒᆞᆫ 거슬 내가 모다 아랏다 말ᄒᆞ
며 이고낭과 이져져와 룽고낭이 샹면ᄒᆞᄂᆞᆫ 딕롤
당ᄒᆞ여 이런 말을 ᄒᆞ여셔 져의 무리로 하여곰
드러보고 무슨 말노 강론ᄒᆞᆷ믈 당케 말고 둘지ᄂᆞᆫ
셜화ᄒᆞᄂᆞᆫ 것과 거동ᄒᆞᆷ믈 도시 규구(規矩)롤 츠
힐 거시오 힝혀 흥을 놉혀 졍을 니겨 어려실 ᄯᅵ
의 모양 ᄀᆞᆺ치 말고 네가 그리알고 가더 ᄋᆡ야! 져
져근 죠죵(祖宗)이 진긔 내 명궁(命宮)의 마셩
(魔星)이 되도다.”

쳥 【43】 문이 듯고 우스며 니ᄅᆞ딕,

“고낭의 ᄆᆞ음 쓰는 거시 너모 졍쇄(精碎)ᄒᆞ
도다. 이거시 무슨 사롬이 웃는 말을 두려ᄒᆞ미
이시랴? 져 무리ᄂᆞᆫ 웃는 말을 범홀 리가 업고
우리 무리ᄂᆞᆫ 그런 심졍이 잇짓ᄂᆞ냐?”

딕옥이 셩내며 니ᄅᆞ딕,

“네가 이쳐럼 죠하ᄒᆞ니 뉘가 져쳐럼 죠하
ᄒᆞ랴? 오늘 밤의 네가 믄득 져롤 복시(服侍)ᄒᆞ
라 가거라.”

쳥문이 머리롤 흘들며[88] 웃고 니ᄅᆞ딕,

“남은 졍경(正經)의 말을 ᄒᆞ거늘 고낭은 져
쳐럼 말을 내여 날노 ᄒᆞ여곰 무어시건 【44】 믄
득 감히 고낭보다 몬져 샹관이 되라 ᄒᆞᄂᆞ냐?”

---

88) 【흘들다】 圖 흔들다. ¶ 扭 ‖ 딕옥이 셩내며
니ᄅᆞ딕 네가 이쳐럼 죠하ᄒᆞ니 뉘가 져쳐럼 죠
하ᄒᆞ랴 오늘 밤의 네가 믄득 져롤 복시ᄒᆞ라 가
거라 쳥문이 머리롤 흘들며 웃고 니ᄅᆞ딕 (黛玉
使性子道: “你是個好的, 誰有你好呢, 今兒晚上
你就服侍他去. 晴雯扭着頭笑道.) <續紅 5:43>

대옥이 더옥 챡급(着急)ᄒ여 니ᄅ디,

"올타! 고내내야, 쾌히 가라. 다시 한즈음을 더디면 사ᄅ름들이 니ᄅ리라."

청문이 비로쇼 우ᄉ며 쮜여 나는 ᄃ시 영춘과 향릉의 앏홀 ᄯᅡ라 니ᄅ러 일변 말ᄒ여 니ᄅ디,

"량위 고낭은 셔셔히 힝ᄒ라. 잘못ᄒ다가 것구러지리라.[89] 내가 궁문 밧긔셔 바라미 즉긱의 보지 못ᄒ도다."

향릉이 우ᄉ며 니ᄅ디,

"청문져져야, 나보기의 보이야의 오는 거슬 네가 【45】 림고낭의 비ᄒ면 환희ᄒ는 거시 도로혀 긴(緊)ᄒ도다."

청문이 쮜놀며 웃고 니ᄅ디,

"너는 져런 말을 가져 나롤 희롱 말나. 나의 면피가 임의 챵원ᄀᆞᆺ치 두터워시니 도로혀 무어슬 두려ᄒ랴? 이즈음의 네가 가히 림고낭으로 더브러 희롱말나. 계가 임의 곡(哭)을 지내여 가련이 되엿ᄂ니라."

영춘이 우ᄉ며 니ᄅ디,

"너는 네가 가거라 우리 무리는 너의 당부ᄒ는 거슬 기다리지 아니ᄒ노라."

청문이 듯고 우ᄉ며 쮜여 궁문 【46】 밧긔 니ᄅ러 바라보니 과연 먼니셔 보옥이 금슌이[金釧兒] 손을 잡고 담쇼ᄒ며 오는지라. 청문이 한 번 보민 ᄯᅩ 깃브고 ᄯᅩ 슬푸고 ᄯᅩ 한ᄒ며 니ᄅ디,

"금슌이 져 젹은 도야지 ᄌᆞ식이 발셔 가셔 져롤 영졉ᄒ여 도로혀 션슈(先手)롤 쎄섯도다."

정히 말ᄒ미 보옥이 임의 궁문의 니ᄅ러 믄득 청문을 보고 견디지 못ᄒ여 흔 ᄎᆞ례 ᄆᆞ옴을 슬허ᄒ고 샐니 금슌의 손을 노치며 쮜여 올나 한 손으로 청문의 목을 ᄯᅳ러 잡고 눈믈을 흘니며 【47】 니ᄅ디,

"우리 친져져야, 네가 져 몃 히 동안의 가히 죠히 스라 잇더냐? 싱각ᄒ여 나롤 샹ᄒ게 ᄒ엿도다."

청문이 심즁의 비록 십분 친익(親愛)ᄒ미 이시나 금슌을 겻히 셰이고 져롤 ᄯᅳ러잡는 거시 ᄆᆞ옴의 죠치 못흔지라. 믄득 보옥의 손을 밀치며 곡ᄒ여 니ᄅ디,

"우리 쇼야아, 네가 엇지 도로혀 져런 병근이 그져 잇ᄂ냐? 림고낭이 울며 즐겨 너로 더브러 보지 아니ᄒ려는 거슬 원망ᄒ지 못ᄒ리라."

보옥이 듯더니 놀나 한 번 쮜놀 【48】 며 급히 무ᄅ디,

"죠혼 져져야, 네가 날다려 고ᄒ라. 림미미가 무어슬 위ᄒ여 울며 즐겨 날노 더브러 얼골을 아니 보려 ᄒ더냐? 싱각건디 계가 심즁의 오히려 나롤 한ᄒᄂ 보다."

청문이 눈믈을 쎳고 보옥을 ᄯᅳ을고 문 젓히 니ᄅ러 쇼리롤 나쵸와 말ᄒ디,

"보이야가 림고낭이 나롤 보려 이야롤 영졉ᄒ라 보내ᄂ디 나롤 가ᄅ쳐 가마니 너다려 말ᄒ기롤 너의 원굴홈과 너의 고싱흔 거슬 계가 모다 아랏다 ᄒ며 이계 【49】 이고낭과 룡고낭이 모다 이곳의 이시니 한즈음의 샹면ᄒᄂ디 너롤 가ᄅ쳐 다른 사ᄅ름으로 더ᄒ여 이러타 져러타 말을 마라. 다른 사ᄅ름을 등 뒤히 잇셔 강론케 말게 ᄒ며 둘지는 언어와 동지롤 규구가 잇게 ᄒ며 너롤 가ᄅ쳐 정신을 미우 쓰라 ᄒ더라."

보옥이 청문의 일변 부탁ᄒ믈 드ᄅ미 믄득 대옥의 심즁의 아오로 한ᄒ는 ᄯᅳᆺ이 업스믈 알고 ᄯᅩ 평일의 깁히 대옥의 셩졍이 면강(勉强)ᄒ기롤 죠하ᄒ여 사ᄅ름의 면젼의 잇셔 【50】 일졈 그른 곳이 업는 줄을 아는지라. 이의 웃고 니ᄅ디,

"미미가 너모 다심(多心)ᄒ도다. 엇지 져져롤 브려 나롤 이쳐럼 당부ᄒᄂ냐? 내가 믄득 후두흔 버러지로 도시 사ᄅ름을 더ᄒ여 피ᄒ고 휘홀 줄을 아지 못ᄒᄂ냐? 믄득 당년의 집의 잇셔 우리 무리가 한 뭉치 되여 희롱ᄒ고 노닐 젹의도 오히려 사ᄅ름을 휘ᄒ고 피홀 줄을 아랏거든 허믈며 이계 져의 무리 옯히 이시미냐?"

청문이 웃고 니ᄅ디,

"네 감히 입부리로 말ᄒᄂ 거슨 도로혀 듯기 【51】 죳케 ᄒᄂ다. 방ᄌᆞ[90] 나롤 보더니 네가

---

89) 【것구러지다】圖 거꾸러지다. ¶ 倒 ‖ 청문이 비로소 우ᄉ며 쮜여 나는 ᄃ시 영춘과 향릉의 앏홀 ᄯᅡ라 니ᄅ러 일변 말ᄒ여 니ᄅ디 량위 고낭은 셔셔히 힝ᄒ라 잘못ᄒ다가 것구러지리라 내가 궁문 밧긔셔 바라미 즉긱의 보지 못ᄒ도다 (晴雯這纔笑着跑了, 如飛的趨到迎春, 香菱的前頭, 口裏一面說道: "二位姑娘慢慢的走, 看仔細絆倒了, 讓我在宮門外望一望, 看來了沒有?") <續紅 5:44> ⇒ 것구러디다, 것구ᄅ지다, 굿구러디다

엇지ᄒᆞ엿ᄂᆞ냐?"

보옥이 웃고 니ᄅᆞ디,

"우리 죠흔 져져야, 우리 무리 ᄯᅥᄂᆞ눈지 죠히 몃 ᄒᆡ가 되엿눈지라. 내가 이졔 용이ᄒᆞ게 져겨의 얼골을 보미 다만 졍을 스스로 금치 못ᄒᆞ니 엇지 도로혀 내가 견디리오?"

쳥문이 우수며 니ᄅᆞ디,

"네가 나ᄅᆞᆯ 보미 믄득 졍을 스스로 금치 못ᄒᆞ여 견디지 못한다 ᄒᆞ니 한즈음의 림고낭을 볼 양이면 더옥 졍을 스스로 금치 못ᄒᆞ여 미우 견디지 못홀지니 고낭의 부탁【52】ᄒᆞᆫ 거시 헛되미 되리로다."

졍히 말ᄒᆞ미 금슌이 궁문 안의 니ᄅᆞ러 한 번 눈을 둘너 보고 우수며 니ᄅᆞ디,

"이야는 쾌히 드러가라. 이고낭이며 룽고낭이 모다 원즁의 잇셔 기다리ᄂᆞ니라."

보옥이 듯고 믄득 한 손을 쳥문을 ᄭᅳ을고 한 손으로 금슌을 ᄭᅳ을며91) 속으로 드러가니 량인이 손을 ᄲᅵ치며 웃고 니ᄅᆞ디,

"방ᄌᆞ 너다려 부탁ᄒᆞᆫ 거시 무슨 말이냐? 엇지ᄒᆞ여 모다 이져바렷ᄂᆞ냐?"

금슌이 ᄯᅩ 니ᄅᆞ디,

"나보기의 이야의 ᄒᆞ는 즈시 기가 똥【53】먹는 거술 곳치지 못ᄒᆞ엿도다. 방ᄌᆞ 길거리 우희 잇셔 믄득 우리ᄅᆞᆯ 더브러 엇던 모양을 ᄒᆞ더면 비로쇼 죠흐랴?"

쳥문이 웃고 니ᄅᆞ디,

"격은 도야지 ᄌᆞ식아, 네가 쇼식을 어더 가지고 믄득 몬져 믈흐ᄅᆞᆺ시 다라 가기로 나는 아모 분슈를 아지 못ᄒᆞ엿도다."

보옥이 우스며 져 량인의 손을 노치고 다라 문 속의 드러와 한 번 영츈을 보미 견디지 못ᄒᆞ여 눈의 가득ᄒᆞᆫ 눈믈노 몬져 평안ᄒᆞᆷ믈 쳥ᄒᆞ니 영츈이 ᄲᆞᆯ니 져ᄅᆞᆯ ᄭᅳ어 니ᄅᆞ며【54】역시 견디지 못ᄒᆞ여 믄득 곡ᄒᆞ거늘 향릉이 눈믈을 ᄎᆞᆷ고 권ᄒᆞ여 니ᄅᆞ디,

"이고낭은 보이야ᄅᆞᆯ 쳥ᄒᆞ여 속의 드러가 안고 ᄡᅥ ᄆᆞ음을 슬허 말나. 림고낭이 알면 더옥

곡을 내여 샹ᄒᆞ리라."

영츈이 듯고 믄득 눈믈을 그치며 보옥을 ᄭᅳ어 방즁의 니ᄅᆞ니 보옥이 거듭 례를 ᄒᆡᆼᄒᆞ여 맛ᄎᆞ미 삼인이 믄득 디면ᄒᆞᆫ 곳의 안ᄌᆞ미 금슌이 ᄯᅡ라 챠를 올니거늘 보옥이 챠를 바드며 ᄉᆞ면을 바라 한 번 보미 쥬렴슈막(珠簾繡幕)과 분벽ᄉᆞ챵(粉壁紗窓)이【55】진셜ᄒᆞᆫ 거시 심히 아졍(雅正)ᄒᆞᆫ지라. 심즁의 십분(十分) 흔희(欣喜)ᄒᆞ고 ᄎᆞ를 파ᄒᆞ미 영츈이 무ᄅᆞ디,

"보형뎨야, 젼일의 룽고낭이 여긔 니ᄅᆞ러 말ᄒᆞ기를, '네가 뎨칠명 거인(擧人)의 ᄲᅡ혓다.' ᄒᆞ기의 우리 무리 미우 깃거ᄒᆞ엿더니 후릐의 ᄯᅩ 드ᄅᆞ니 네가 일기 화샹을 ᄯᅡ라 츌가ᄒᆞ여 갓다ᄒᆞ니 그 화샹은 도져히 엇던 활블(活佛)이고 너는 그를 ᄯᅡ라 가셔 어ᄂᆞ 곳의 츌가ᄒᆞ엿더냐? 네 ᄉᆡᆼ각ᄒᆞ여 보라. 노야와 태태가 도시 독노(獨老)ᄒᆞ신 터히라 이후는 도시 누【56】를 의탁ᄒᆞ랴 ᄒᆞᄂᆞ냐?"

보옥이 드ᄅᆞ미 눈믈이 만면ᄒᆞ여 니ᄅᆞ디,

"이져겨의 말슴이 비록 큰 도리가 관계되나 다만 내 ᄉᆡᆼ각이 내가 림미미로 더브러 어려셔븟허 일쳐의셔 쟝셩ᄒᆞ여 졍의(情義)가 심즁ᄒᆞ다가 일죠의 ᄌᆞ로 ᄒᆞ여곰 황텬의 한을 먹음게 ᄒᆞ여시니 내 ᄆᆞ음의 엇지 견디랴? 그러므로써 내 ᄆᆞ음이 통분(痛忿)ᄒᆞ여 노야와 태태가지 련ᄒᆞ여 도라보지 못ᄒᆞ고 셰샹을 바리랴 ᄒᆞ더니 다ᄒᆡᆼ히 망망대ᄉᆞ(茫茫大士)와 묘묘진인(渺渺眞人)을 만나 나ᄅᆞᆯ【57】ᄭᅳ을고 대황산(大荒山) 공공동(空空洞) 속의 니ᄅᆞ러 류샹련(柳湘蓮)으로 더브러 한 곳의 잇셔 슈련ᄒᆞ여시니 이졔 비록 슈련ᄒᆞᆫ 거시 능히 육신으로 승텬은 못ᄒᆞ나 도힝을 어덧다 혬홀지라. 젼일의 진노빅[甄老伯]이 향을 쥬고 인도ᄒᆞ여 쥬기로 류이가와 더브러 바야흐로 능히 여긔 니ᄅᆞ럿노라."

향릉이 ᄲᆞᆯ니 무ᄅᆞ디,

"보이야아, 우리 부친이 와 계시냐? 젼일의 부친 말슴이 너의 무리 도시 쳥경봉(靑埂峰)의 잇다 ᄒᆞ더니 엇지ᄒᆞ여 ᄯᅩ 대황산이 되엿【58

---

90)【방ᄌᆞ】圖 {방재(方纔fāngcái).} 방금. 금방. 중국어 차용어. ¶ 纔剛兒 ‖ 쳥문이 웃고 니ᄅᆞ디 네 감히 입부리로 말ᄒᆞ는 거슨 도로혀 듯기 죳케 ᄒᆞᄂᆞᆫ다 방ᄌᆞ 나ᄅᆞᆯ 보더니 네가 엇지ᄒᆞ엿ᄂᆞ냐 (晴雯笑道: "敢是你嘴裏說的倒好聽, 纔剛兒見了我可是怎麼了呢?") <續紅 5:50>

91)【ᄭᅳ을다】圖 끌다. ¶ 拉 ‖ 보옥이 듯고 믄득 한 손을 쳥문을 ᄭᅳ을고 한 손으로 금슌을 ᄭᅳ을며 속으로 드러가니 (寶玉聽了, 便一手拉了晴雯, 一手拉了金釧兒往裏所走, 二人摔手笑道.) <續紅 5:52> ⇒ ᄭᅳᆯ-, ᄭᅳᆯᄉᆞ다

】 ᄂ냐?"

　보옥이 대답ᄒ되,

　"쳥경봉은 믄득 대황산의 일기 봉오리 일홈이오, 진노빅이 져져 쥬는 가셔 일봉이 여긔 잇다."

　ᄒ고 말ᄒ며 폼 속으로셔 내여 향룽을 쥬니 향룽이 바다 보며 련망히 스미 속의 집어너코 니ᄅ되,

　"이고낭아, 우리 부친의 셔간 말노 의거ᄒ량이면 우리 무리 이 사ᄅ롬들이 맛춤내 환싱ᄒ올 쇼식이 이시니 믄득 우웁도다. 사ᄅ롬이 죽어셔 엇지 능히 ᄉ라나ᄂ냐?"

　보옥이 니ᄅ되,

　"젼일 진노빅이 량위 션 【59】 ᄉ롤 디ᄒ여 말ᄒ나 다만 오지 아니ᄒ 텬긔롤 션시 즐겨 ᄭᅵ쳐 말 아니ᄒ고 다만 모호히 몃 귀결을 말ᄒ시니 우리 무리 츌하리 그 잇ᄂ 거슬 밋고 가히 그 업ᄂ 거슨 밋지 못ᄒ올지라. ᄒᆞ믈며 몃 날 광음이 넘어시니 너의 무리 기다려 보ᄂ 거시 올ᄒ리라."

　영츈이 듯더니 긔운을 길게 쉬며 니ᄅ되,

　"너의 무리ᄂ 도시 졍도 잇고 의도 이시니 모다 환싱ᄒ여 가려니와 나ᄂ 다만 경환션고(警幻仙姑)의 곳의 머믈너 이시리라."

　보옥이 디답ᄒ되,

　"이 【60】 져져야, 너ᄂ 두리ᄂ 비 이져부(二姐夫)의 후두ᄒ 믈건을 위ᄒ미니 너ᄂ 다만 방심ᄒ라. 우리 ᄉ부의 슈단이 고강(高强)ᄒ시니 회싱ᄒᄂ 시졀을 기다려 ᄉ쇼죠(孫紹祖)롤 잡아다가 흉당(胸膛)을 헷치고 별노이 다른 쟝부롤 밧고와 너ᄒ면 도로혀 무어슬 두려ᄒ랴?"

　영츈이 듯고 우스며 니ᄅ되,

　"풍증의 말을 쏘 ᄒᄂ도다."

　향룽이 참지 못ᄒ여 크게 웃더라. 보옥이 반일을 말ᄒ나 대옥의 나오ᄂ 거슨 보지 못ᄒ올지라. 심즁의 챡급ᄒᄆᆞᆯ 견ᄃ지 【61】 못ᄒ여 가마니 영츈다려 무ᄅ되,

　"림미미 도져히 어내 곳의 잇ᄂ냐?"

　영츈이 우스며 방 속을 향ᄒ여 입짓ᄒ고92)

니ᄅ되,

　"졔가 즐겨 나오지 아니ᄒ니 우리 무리 량인이 너롤 다리고 드러가 죠히 셔로 보게 ᄒ리라. 졔가 방ᄌᆞ 울며 즐겨 너롤 보지 아니려 ᄒ기로 우리 무리 미우 젼ᄒ여 이졔ᄂ 볼 듯ᄒ지라. 향자(向者)의 원비낭낭(元妃娘娘)이 련이슈ᄌ(蓮二嫂子)와 원앙져져(鴛鴦姐姐)로 ᄒ여곰 디부 속의 니ᄅ러 노태태의 거취롤 ᄎᆞᆽ 보미 비로쇼 림고노얘 이졔 【62】 풍도셩황(酆都城隍)이 되고 노태태로 더브러 친쳑인 쥴을 아랏고 이졔 봉져져(鳳姐姐)와 원앙져져와 쥬대거거(珠大哥哥)가 모다 고노야의 아문(衙門)의 잇셔 머믈고 젼일의 고마미(姑媽媽) 림미미 쥬ᄂ 셔간이 왓ᄂ디 말ᄒ기롤, '금년 내의 고노야긔셔 텬죠의 승텬ᄒ시ᄂ디 일졔히 그곳의 니ᄅ러 셔로 모힌다.' ᄒ여시니 림미미의 의ᄉᆞᄂ 너로 ᄒ여곰 명일의 디부 속의 가셔 노태태와 고야와 고마롤 뵈옵고 너의 무리 량인의 일단 인연을 가져 넓히 고ᄒ고 고야와 고 【63】 마의 말ᄉᆞᆷ을 기다린 후의 졔가 비로쇼 즐겨 너로 더브러 셩혼ᄒ올 터이나 다만 디부 속의 왕리ᄒᄂ 거슬 네가 도져히 즐겨ᄒ랴 즐기지 아니ᄒ랴?"

　보옥이 듯고 우스며 니ᄅ되,

　"다만 림미미가 나롤 한치 아니ᄒ며 나롤 노치 아니ᄒ고 셔로 보며 셜화롤 펴량이면 내가 디부 속의 가셔 노태태와 고야와 고마롤 뵈옵ᄂ 거슨 말ᄒ지 말고 믄득 날노 ᄒ여곰 념황뎐 우히 칼산과 기름 가마 속으로 간다 ᄒ여도 내 ᄯᅳᆺ의 원ᄒ리라."

　영 【64】 츈이 듯고 우스며 니ᄅ되,

　"ᄋᆡ야(噯喲), 너의 무리 량인이 도져히 남보다 십 비 되ᄂ 인연을 미졋도다. 엇지ᄒ여 경의가 져 지경의 니ᄅ럿ᄂ냐? 림미미야 네가 챵문을 격ᄒ여 져 말을 드러보고 도로혀 곡ᄒ깃ᄂ냐? 우리가 보형뎨롤 다리고 너롤 보라 드러가리라."

　쳥문이 일쪽 도홍룽(桃紅綾) 념ᄌ(簾子)롤 드러 니ᄅ혀며 영츈이 보옥을 ᄭ으을고 향룽과 ᄀᆞᆺ치 일졔히 드러가니 남편 격은 캉 우히 일기 방침을 노코 량편의 좌 【65】 요와 의ᄌᆞ롤 버리고 디옥이 셔편 좌요 우히 안ᄌ 의ᄌᆞ롤 의지ᄒ고 슈건으로 ᄲᅡᆷ을 가리고 안졋다가 보옥이 드러오믈 보고 몸을 돌치며 곡을 내거눌 보옥이 더ᄒ

---

92)【입짓ᄒ다】圖 입을 내밀다. 입을 내밀어 신호하다. ¶ 努嘴 ∥ 영츈이 우스며 방 속을 향ᄒ여 입짓ᄒ고 니ᄅ되 (迎春笑着向裏間屋裏努嘴兒道.) <續紅 5:61>

미 무움이 비통호여 눈믈이 믄득 빗방울궃치 굴
너 나리며 목이 메여 한 귀졀 말도 못호는지라.
량인이 반시긱을 곡호거눌 영츈이 엇지홀 길 업
셔 다만 보옥을 붓드러 동편 좌요 우히 안치고
즈긔가 보옥의 겻히 안즈 슈건으로 져롤 디신호
여 눈믈【66】을 삣기고 향릉은 셔편의 잇셔 디
옥을 겻호여 안즈 또 혼 슈건으로 디신 눈믈을
삣기고 쳥문은 믄득 한 반(盤)의 네 종즈 추롤
버려 드리미 영츈(迎春)과 향릉(香菱)이 한 잔식
가지고 보옥과 대옥의 입가의 디혀 권호니 량인
이 몃 먹음 마시미 비로쇼 곡을 그치고 보옥이
겨유 말호여 니르디,

"림미미야, 나의 심통을 능히 뒤져내여 이
탁즈 우히 노치롤 못호도다."

대옥이 드르미 목이 밋쳐 니르디,

"너는 말을 말나. 나는 모다 아랏시며 내
가【67】네 무음을 원망치 아니호고 다만 나의
박명(薄命)호믈 원호노라."

영츈이 우스며 니르디,

"죠토다. 량인이 이쳐럼 말호니 우리 무리
는 방심호리로다. 룽고낭아, 우리가 밧긔 나가셔
바독이나 두라 가고 져 무리롤 양호여 죠히 홈
긔 안게 호고 림미미 다시 곡호는 거슨 우리 무
리 아른 쳬 말 거시오, 금슌으는 쥬방의 분부호
여 보이야의 죠반을 쥰비호라."

믄득 향릉과 궃치 밧그로 나가더라.

어시의 디옥이 져 두 사롬 가는【68】거슬
보고 믄득 고기롤 슉이며 한 말도 발치 아니호
거눌 보옥이 비로쇼 눈을 흘녀 디옥을 향호여
즈세히 보니 엇지 젼일의 병드러 쳠약(悇弱)호
디 비기랴? 두 쌤 우히 진긔 븕은 거슨 븕고 흰
거슨 희며 안치가 형연호여 가을 믈결 궃튼지
라. 보옥이 이씨의 깃거 심폐가 모다 열니고 말
을 싱각호여 내려호나 또 무슨 말을 호는 거시
죠홀지 아지 못호여 반향을 벙벙호다가 겨유 말
을 내디,

"내가 긔역호노니 내가【69】풍병이 발한
후의 네가 내 방 속의 니르러 나롤 한 츠례 보
와시니 가히 그러호냐?"

디옥이 드르미 겸두호거눌 보옥이 또 니르
디,

"그 씨의 내 심즁이 희미호고 후두혼디 습
인(襲人)의 말을 드르니 우리 량인이 쌤을 디호

여 반일을 웃다가 네가 말호기롤, '보옥아, 네가
무어슬 위호여 풍증이 발호엿느냐?' 내 말이,
'내가 림고낭을 위호여 풍병이 낫다 호더라.' 호
니 그도 가히 잇는 말이냐?"

디옥이 듯더니 머리롤 두루며 니르디,

"네【70】가 도로혀 그 말을 호느냐? 도시
네가 들네여 내여 날노 호여곰 염치가 모다 더
럽게 되여시니 너는 다시 녯 일을 졔긔치 말나.
졔긔호미 내가 심즁의 견디지 못호리로다."

보옥이 쏼니 니르디,

"미미가 녯 일 말호는 거슬 슬혀홀 양이면
우리 무리 즉긔의 신션혼 말을 홀지라. 방즈 이
져져의 말이 노태태가 고야와 고마로 더브러 디
부 속의 잇셔 친쳑되는 줄을 아라내고 고야와
고마긔셔 미미 쥬는 편지가 왓다 호니【71】그
도 가히 잇느냐?"

대옥이 졈두(點頭)호며 쳥문(晴雯)을 향호
여 니르디,

"젼일 셔간을 추즈내여 이야롤 쥬어 보게
호라."

쳥문이 믄득 추져 쥬니 보옥이 바다 즈세
히 보고 우스며 니르디,

"네 보라. 텬연(天緣)이 긔교혼 거시 믄득
극혼 곳의 니르다 혬홀지라. 싱각건디 샹텬(上
天)이 우리 량인을 가련이 너기시는 의시로다."

디옥이 니르디,

"내 싱각호니 네가 명일의 믄득 한 츠례
갈 거시니 이곳의 머믈너 잇는 거시 아졍치 못
호리라."

보옥이【72】졍히 디답고져 호더니 금슌이
세슈믈을 드려오거눌 보옥이 보고 쏼니 승모(僧
帽)롤 가져 버셔나리니 일긔 핀머리93)가 드러나
는지라. 대옥과 쳥문과 금슌이 일졔히 웃거눌
보옥이 씨치지 못호여 무르디,

"너의 무리 나의 무어슬 웃느냐?"

대옥이 니르디,

"네 보라. 져 핀머리가 도로혀 우슴을 블
너 내지 아니랴?"

---

93)【핀머리】명 민머리. 대머리. ¶ 光葫蘆 ‖ 보
옥이 보고 쏼니 승모롤 가져 버셔나리니 일긔
핀머리가 드러나는지라 대옥과 쳥문과 금슌이
일졔히 웃거눌 보옥이 씨치지 못호여 무르디
(寶玉見了, 忙將僧帽摘下, 露出一個光葫蘆來, 招
的黛玉、晴雯、金釧兒一齊笑起來.) <續紅 5:72>

보옥이 듯고 우스며 중의 의복을 버셔 바리고 월빅식(月白色) 오즈(襖子)롤 닙고 낫출 삐스며 청문이 슈건을 드리거늘【73】이의 청문다려 무르디,

"원비낭낭(元妃娘娘)이 어내 곳의 계시냐? 내 가셔 문안흐리라."

청문이 디답흐디,

"동편 일디 홍쟝(紅墻)이 믄득 낭낭의 젹하궁(赤霞宮)이니라."

디옥이 니르디,

"다만 두리건디 낭낭이 네 져 모양 독두(禿頭)롤 보시면 도로혀 긔(氣)롤 내실 거시니 청문져져야, 네가 시로 지은 초피(貂皮) 오즈와 쟝단(長短)이 져의게 마줄 듯흐고 고태태 나롤 쥬신 쟝식 과즈가 나 닙기의 너모 기니 져가 닙을 만흐고 다만 일쌍 혜즈와 일졍 모즈가 업도다."

청문이 한【74】번 싱각흐여 니르디,

"금슌미미야, 네가 젹하궁의 가셔 그곳 쇼태감(小太監)의게 혜즈 한 쌍을 비러오고 내가 비졉(褙接)흔 금박지(金箔紙)롤 가져 일기 즈금관(紫金冠)을 민드러 잠간 쓰고 가셔 낭낭긔 뵈옵게 흐고 반일 만의 도라오기롤 기다려 다시 우리 무리의 빗 등의 난 두발을 가져 져롤 위흐여 망건(網巾)을 결어94) 노흐량이면 일신 제구가 젼슈히 될 거시오 가히 화샹의 겹띌을 버셔 바리리라."

보옥이 듯고 대쇼흐더라. 청문이 쥬효(酒肴)롤 가져【75】탁즈 우희 버려 노흐니 대옥이 니르디,

"청문져져야, 가히 션고의 보내여 온 술을 더혀다가 이야가 먹게 흐라. 나는 외간의 가셔 이고낭과 릉고낭을 쩍지어 밥을 먹으리라."

영츈이 밧긔 잇셔 듯고 니르디,

"우리 무리 임의 이곳의 잇셔 밥을 먹고 츠가지 마셧시니 너는 믄득 방 속의 잇셔 먹게 흐라."

어시의 청문이 술을 쳐 올니니 보옥이 썔니 첫 잔을 가져 공경흐여 디옥의 옯히 노코 즈긔는 바야흐로 둘지 잔을 먹으【76】니 디옥이 아오로 말을 아니흐고 청문을 가르쳐 찬슈(饌需) 내의 가히 먹엄즉흔 거슬 가져 모다 보옥의 옯히 옴겨 노흐니 량인이 아오로 말은 아니흐나 무음으로 뻐 셔로 빗츌 짜롬이라. 밥을 맛치미 금슌이 임의 일쌍 혜즈롤 가져 왓눈지라. 보옥이 바다 보미 도로혀 시쳬(時體) 모양이라. 썔니 승혜(僧鞋)롤 벗고 발의 신으니 격식의 맛눈지라. 청문이 비졉흔 금박지롤 취흐여다가 몬져 양즈롤 민돈 후의 비졉을 흐여 내【77】거늘 디옥이 쳥식단(靑色緞)을 취흐여 져롤 쥬어 모즈롤 민둘게 흐고 보옥이 혜즈롤 신고 밧그로 나와 영츈과 향릉을 더브러 흔 츠례 한담흐고 쏘 ᄌᆞ치 원중의 니르러 강쥬션쵸(絳珠仙草)롤 구경흐더니 금슌이 다라와 니르디,

"이야야 의샹과 모즈가 모다 쥰비 되여시니 일죽 낭낭의 곳의 가게 흐라."

보옥과 영츈과 향릉이 일졔히 드러오니 대옥과 청문이 임의 즈금관과 편모롤 민드러 노코 져롤 위흐여 두샹【78】의 씌우고 쏘 챵포와 [와]마과즈롤 내여 몸 우희 닙혀 노흐니 쟝단과 화렵95)이 참치(參差)흐미 업눈지라. 영츈이 보고 우스며 니르디,

"이계야 사롬모양 ᄀᆞᆺ지 아니흐냐? 방즈 문속으로 죠츠 드러오며 보미 져의 쟝속흔 거시 엇더흔 모양이더냐? 무움이 슬허홀 쁜이 아니라. 쏘 사롬의 우슘을 쯔러내도다. 림미미야, 우리 무리 량기가 져롤 다리고 갈 거시오 방자 릉고낭이 말흐기롤 '보형뎨가 왓시니 졔가 이곳의셔 머무【79】눈 거시 방편(方便)치 못홀지라. 잠간 내 곳의 잇셔 슈일을 머믈고 보형뎨 가기

---

94)【결-】동《결다》 대, 갈대, 싸리 따위로 씨와 날이 서로 어긋매끼게 엮어 짜다. ¶ 扎 ‖ 반일 만의 도라오기롤 기다려 다시 우리 무리의 빗 등의 난 두발을 가져 져롤 위흐여 망건을 결어 노흐량이면 일신 제구가 젼슈히 될 거시오 가히 화샹의 겹띌을 버셔 바리리라 (等到下半天回來, 再把咱們梳下來的頭髮給他扎個網巾. 這一身都齊全了, 可就脫了和尚殼兒了.) <續紅 5:74> ⇒ 겻-

95)【화렵】명 폭. ¶ 寬窄. ‖ 보옥과 영츈과 향릉이 일졔히 드러오니 대옥과 청문이 임의 즈금관과 편모롤 민드러 노코 져롤 위흐여 두샹의 씌우고 쏘 챵포와 와마과즈롤 내여 몸 우희 닙혀 노흐니 쟝단과 화렵이 참치흐미 업눈지라 (寶玉、迎春、香菱三人一齊走了進來, 只見黛玉、晴雯早已將紫金冠襯帽做成了, 替他載在頭上, 又拿出小毛袍褂替他穿上, 長短寬窄倒也將就去得.) <續紅 5:78>

롤 기다려 졔가 다시 오마' ᄒ더라."

디옥이 드르미 졔 말이 유리(有理)ᄒ지라. 드디여 셔로 머믈지 아니ᄒ고 이의 져 삼인을 보내여 궁문 밧긔 니르러 가는 거슬 보고 바야흐로 도라보며 금슌이 믄득 탁ᄌ룰 쎄스며 짜홀 쇄쇼(灑掃)ᄒ더라. 대옥이 가마니 쳥문을 향ᄒ여 니르디,

"져져야, 내가 너로 더브러 샹량ᄒᆯ 말이 잇도다. 내 ᄉᆼ각ᄒ니 보이야의 오미【80】 아오로 쥬졉(住接)ᄒᆯ 곳이 업ᄂᆫ지라. 낭낭의 곳은 국가의 졔도가 아오로 외쳑을 머믈너 두ᄂᆫ 법이 업고 이져져의 곳은 미우 방편치 못ᄒ고 다른 곳은 말ᄒ여 쓸디 업ᄂᆫ지라. 셰셰히 ᄉᆼ각ᄒ미 일간 옥ᄌ(屋子)룰 어더 낸다 ᄒ여도 져 일인이 홀노 ᄌ게 ᄒ량이면 우리 무리가 대단이 방심치 못ᄒᆯ 거시오, 둘지ᄂᆫ 위인이 그 쇽 ᄌ셔ᄒᆫ 거슨 모르고 의구(依舊)히 듯기 죠치 못ᄒᆫ 말을 ᄒᆯ 거시오, 셋지ᄂᆫ 져의 병근을 너도 알 거시니 날노 ᄒ여【81】 곰 실노이 ᄒᆯ 슈 업ᄂᆫ지라. 죠흔 져져야 나의 의ᄉᆫ 오늘 밤의 네가 원굴(冤屈)ᄒᆫ 거슬 밧게 ᄒ라."

쳥문이 웃고 니르디,

"고낭이 진긔 날노 더브러 희롱ᄒᄂᆫ냐? 고낭은 쳔금귀톄(千金貴體)로 긔여히 례졀 직희기를 구ᄒ시ᄂᆫ디 우리 무리 노지(奴才)된 거슨 믄득 십삭(十朔) 만의 ᄉᆼ산ᄒᆫ 거시 아니냐? 고낭은 벅벅이 긔역ᄒᆯ지라. 당일의 태태게셔 무어슬 위ᄒ여 나롤 드러내여시며[96] 내가 이졔 다시 죤즁(尊重)치 못ᄒ다가 쟝리의 무슨 면피(面皮)룰 가지고 사룸【82】을 보랴? 블과시 내가 고낭을 일쟝 복시(服侍)ᄒ미라. ᄉᆼ각건더 후일의 이야긔셔 밝은 달을 짜라 다룰 젹의 고낭의 남은 빗출 바ᄂᆫ 거시 믄득 은혜롤 닙으미라. 금야의ᄂᆫ 가히 고낭의 좌뎡(坐定)ᄒ믈 좃지 못ᄒ리라."

디옥이 챡급ᄒ여 니르디,

"죠흔 져져야, 내가 ᄒᆯ 슈 업기로 바야흐

로 네게 간쳥(懇請)ᄒ엿더니 네가 고집(固執)ᄒ고 즐겨 아니ᄒ면 이거시 안심ᄒ여 나의 명졀(名節)을 허러바리미 아니냐?"

쳥문이 디옥을 보며 한 번 웃고 금슌【83】을 향ᄒ여 입짓ᄒ니 디옥이 짐쟉ᄒ고 우스며 졈두(點頭)ᄒ고 니르디,

"그만 잇거라. 보이애 도라 오거던 네가 믄득 이 말을 가마니 져다려 고ᄒ여 졔가 즐겨 좃거든 우리 무리 믄득 한 탁ᄌ 쥬쳔(酒饌)롤 버려 열요(熱鬧)히 안ᄌ 셜화롤 ᄒᆯ 거시오, 졔가 만일 즐겨 아니ᄒ량이면 도로혀 다른 ᄉᆼ각을 두ᄂᆫ 거시니 내가 믄득 방문을 걸고 다시ᄂᆫ 져롤 아른 쳬 아니리라."

량인의 이쳐럼 의론ᄒᄂᆫ 거슨 금슌이 대쇼ᄒ기의 골몰(汨沒)ᄒ여【84】 아오로 아라듯지 못ᄒ더라. 쳥문이 일변 빗 등의 나린 두발을 취ᄒ여 망건을 미ᄌ미 대옥이 쏘 쳥식단을 쥬어 편모롤 민들게 ᄒ고 이마 우희 일긔 대진쥬롤 박게 ᄒ더라. 금슌이 짜홀 쓸고 한 탁ᄌ 쥬과롤 졍돈ᄒ여 ᄉ후(伺候)ᄒ더니 블 혈 ᄯᅦ의 니르러 보옥이 도라와 문을 들며 믄득,

"더웁다."

부르지지고 단츄룰 ᄲᅡ히거눌 쳥문이 샐니 가로 막으며 니르디,

"츈텬(春天)의 털구무가 열녓ᄂᆫ디 마고풍한을 당케【85】 말고 한즈음 지나거든 다시 벗게 ᄒ라."

대옥이 쳥문이 보옥으로 더브러 말ᄒ믈 보고 믄득 금슌으로 더브러 연괴 잇다 핑계ᄒ고 셔편 방 쇽으로 가더라. 쳥문이 드디여 보옥을 교의(交椅) 우희 안치고 디옥의 방자ᄒ던 셜화룰 모다 고ᄒ니 보옥이 믄득 쳥문을 ᄯᅳ으러 품 쇽의 너코 우스며 니르디,

"미미가 즐겨 아니ᄒ면 그만두려니와 너도 엇지ᄒ여 즐겨 아니ᄒ랴 ᄒᄂᆫ냐? 너의 무리 너모 모질도다."

쳥문이 숀가락을 가져 보【86】옥의 니마 우흘 향ᄒ여 한 번 지르고 우스며 니르디,

"개가 여덟 뭉치 쏭을 거두ᄂᆫ디 쏙짓ᄂᆫ 사룸이 잇셔야 믄득 그만 ᄒ깃ᄂᆫ냐? 네가 대황산(大荒山)의 잇셔 화상(和尙)을 짜라 죄 밧ᄂᆫ 이보다 나으랴?"

보옥이 우스며 니르디,

---

96)【면피】[명][면피(面皮).] 체면(體面). ¶臉 ‖
고낭은 벅벅이 긔역ᄒᆯ지라 당일의 태태게셔 무
어슬 위ᄒ여 나롤 드러 내여시며 내가 이졔 다
시 죤즁치 못ᄒ다가 쟝리의 무슨 면피롤 가지
고 사룸을 보랴 (姑娘也是知道的, 當日太太爲什
麼撞出我來, 我如今自己再不尊重些兒, 將來拿什
麼臉見人呢.) <續紅 5:81>

"착급ᄒᆞ여 구지 말나. 모다 내가 명을 좃는 거시 올흐리라."

청문이 듯고 쟝ᄎᆞᆺ 버셔나 닷고ᄌᆞ ᄒᆞ거늘 보옥이 ᄯᅩ 니ᄅᆞ디,

"죠흔 져져야, 네 보라 이거시 무어시냐?"

ᄒᆞ고 드디여 ᄌᆞ긔의 도포ᄌᆞ락을 헷치고 몸의 붓쳐 입【87】은 홍릉(紅綾) 오ᄌᆞ(襖子)를 드러내니 청문이 보미 ᄌᆞ긔가 당일의 버셔준 옷시라. ᄆᆞ음이 한 번 동ᄒᆞ여 믄득 손으로 ᄲᅥ 번득이며 ᄌᆞ셰히 보더니 막지 아니ᄒᆞᆫ 보옥이 져의 목을 잡고 한 번 맛하 보거늘 청문이 한 번 혀ᄎᆞ며 련망히 썰치고 닷더니 대옥과 금슌이 셔편 방으로 죠ᄎᆞ 일ᄡᅡᆼ 류리등(琉璃燈)을 가지고 오거늘 보옥이 련망히 몸을 닐고 우ᄉᆞ며 니ᄅᆞ디,

"원비낭낭을 뵈오니 미미의 죠흐냐 무ᄅᆞ시더라."

대옥이 니ᄅᆞ디,

"원비낭낭이 너를 【88】 보시고 가히 무슨 말슴을 ᄒᆞ시더냐?"

보옥이 니ᄅᆞ디,

"원비져졔 한 번 보시더니 몬져 한밧탕 신칙(申飭)ᄒᆞ시ᄂᆞᆫ 말슴이 내가 무어슬 위ᄒᆞ여 노야와 태태를 바리고 화상을 ᄯᅡ라갓더냐 ᄒᆞ시더라."

디옥이 겸두ᄒᆞ며 웃고 니ᄅᆞ디,

"그 신칙이 미우 올흐시니 도로혀 무슨 말노 디답ᄒᆞ엿ᄂᆞ냐?"

보옥이 웃고 니ᄅᆞ디,

"너 림미미가 독셔(讀書)ᄒᆞ고 명례(明禮)ᄒᆞᆫ 사ᄅᆞᆷ이라. 져가 그 모양 말ᄒᆞ면 너는 믄득 엇던 모양을 디답ᄒᆞ깃ᄂᆞ냐? 한 귀졀 입부리 놀니지 못 【89】 ᄒᆞ깃더라."

디옥이 드ᄅᆞ미 입을 막으며 웃고 니ᄅᆞ디,

"그거슨 당연이 그러ᄒᆞ리라."

졍히 말ᄒᆞ미 금슌이 드러오며 니ᄅᆞ디,

"등불을 모다 혀시니 이야와 고낭은 속의 드러 안ᄌᆞ라."

보·디 이인이 듯고 드러가니 캉 우희 한 탁ᄌᆞ 쥬과를 버려 노핫고 당즁ᄒᆞ여 량기 큰 좌료를 펴고 한 편의 일개 젹은 좌료를 펴 노혼지라. 디옥이 니ᄅᆞ디,

"이거시 청문져져의 간판ᄒᆞᆫ 법졔냐?"

청문이 우ᄉᆞ며 디답ᄒᆞ디,

"고낭이 방ᄌᆞ 말슴이 즁인이 열요 【90】 히 지내ᄌᆞ ᄒᆞ여시니 만일 이 모양 비셜을 아니ᄒᆞ면 우리 무리 량인이 가히 엇더케 안ᄌᆞ랴?"

디옥이 우ᄉᆞ며 말 아니ᄒᆞ고 텬긔가 온화ᄒᆞ믈 인ᄒᆞ여 쵸피(貂皮) 오ᄌᆞ를 벗고 다만 도홍릉(桃紅綾) 쇼음 둔 오ᄌᆞ를 닙고 보옥은 쳥ᄉᆞᆨ릉(靑色綾) 오ᄌᆞ를 닙고 편모를 밧고와 쓰고 량인이 캉의 안ᄌᆞ미 쳥문과 금슌이 슐을 쳐 올니고 믄득 량편의 안ᄌᆞ니 보옥이 슐을 마시며 다른 말은 아니ᄒᆞ고 다만 디옥의 죽는 림시(臨時)의 일을 무ᄅᆞ니 디옥이 눈셥을 찡 【91】 그며 니ᄅᆞ디,

"너다려 녯 일을 졔긔치 말나 말ᄒᆞ엿거늘 네 ᄆᆞ음의 번거ᄒᆞᆫ 거시 괴롭지 아니ᄒᆞ냐? 내가 너로 ᄒᆞ여곰 신션ᄒᆞᆫ 일을 보게 ᄒᆞ리라. 쳥문 져져야, 젼일 보져져의 붓쳐온 시문을 ᄎᆞ즈내게 ᄒᆞ라."

보옥이 듯고 경아(驚訝)ᄒᆞ여 니ᄅᆞ디,

"보져져의 시가 엇지 능히 이곳의 니ᄅᆞ럿ᄂᆞ냐?"

디옥이 웃고 니ᄅᆞ디,

"너의 부용뢰(芙蓉誄)ᄂᆞᆫ 엇지 능히 니ᄅᆞ럿ᄂᆞ냐?"

보옥이 듯고 졍히 부용뢰 말을 ᄌᆞ시 무ᄅᆞ려 ᄒᆞ더니 청문이 시를 ᄎᆞ즈내여 보옥을 쥬【92】니 보옥이 바다 일편을 보고 눈믈이 만면ᄒᆞ며 니ᄅᆞ디,

"림미미야, 네 보라. 이 뜻이 보져져가 나를 디신ᄒᆞ여 원통한 거슬 분변ᄒᆞ엿도다. 다만 홍엽 글귀를 짓지 말고 빅두(白頭) 읍쥬어린 거슬 감히 ᄉᆞ양ᄒᆞ랴? ᄒᆞ미 날노 ᄒᆞ여곰 낡으미 코히 시도다. 그만두라. 나ᄂᆞᆫ 다만 림미미만 도라볼 거시오 믄득 보져져ᄂᆞᆫ 도라보지 못ᄒᆞ리라."

디옥이 디답ᄒᆞ디,

"네가 젼일의 그 일 힝ᄒᆞᆫ 거시 너모 밍낭(孟浪)ᄒᆞ도다. 내가 이 시문을 어든 후로 죠 【93】 ᄎᆞ 심즁의 십분 감격ᄒᆞ여 졍히 집의 니ᄅᆞ러 보져져와 더브러 꿈 속의 셔로 모도이려 ᄒᆞ더니 편벽도히 네가 ᄯᅩ 왓도다. 내 말디로 ᄒᆞ량이면 네가 그 곡졀을 가져 셰셰히 ᄲᅥ내여 보져져의게 셔간을 붓치려 ᄒᆞ면 내가 너를 디신ᄒᆞ여 씌고 가셔 져로 ᄒᆞ여곰 방심케 ᄒᆞᄂᆞᆫ 거시 믄득 올코 이후의 도라간다 ᄒᆞ여도 샹면ᄒᆞ기 죠홀지라. 만일 날만 도라보고 보져져를 도라보지 아니ᄒᆞ면

무슨 사룸이 되깃느냐?"

보옥이 【94】 듯고 졈두ᄒ며 니르디,

"명일의 내가 믄득 셔간은 쓰려니와 다만 아지 못게라 미미가 무슨 션슐이 잇관디 가히 보져져로 더브러 ᄭᅮᆷ 속의 셔로 모드느냐?"

디옥이 믄득 향릉의게 반혼향을 비러온 셜화롤 일편을 옴기니 보옥이 ᄯᅩ 경희ᄒ여 니르디,

"우리 무리도 진노빅이 향을 쥬믈 입어 방즈 능히 이곳의 니르럿는지라. 미미야, 네가 졔게 그 향이 잇는 거슬 알고 무어슬 위ᄒ여 일죽 비러다가 날노 더브러 ᄭᅮᆷ 속의 모 【95】 되지 아니ᄒ엿느냐?"

디옥이 니르디,

"네가 ᄯᅩ 마고 말ᄒ는도다. 내가 ᄭᅮᆷ 속의 너룰 모되여 무어슬 ᄒ랴?"

보옥이 니르디,

"이쳐럼 말ᄒ면 미미가 도로혀 나룰 한ᄒ는도다. 내 드르니 대슈즈(大嫂子)의 말이 네가 림종시의 크게 한 마디 부르며, '보옥아, 네가 죠흐냐?' 네기 즈룰 말ᄒ고 믄득 말 아니ᄒ더라 ᄒ니 이졔 니르러 내가 도시 그 아리 말은 무슨 말인지 췌탁지 못하니 죠흔 미미야, 네가 나다려 그 아리 말을 고ᄒ라."

디옥이 듯고 머리룰 【96】 흔들며 도시 말디답이 업거놀 보옥이 졔가 아른 체 아니믈 보고 즈긔가 우스며 니르디,

"내가 췌탁(揣度)ᄒ여시니 필시 말ᄒ기룰, '보옥아, 네가 죠히 량심이 업다.' ᄒ미 아니냐?"

쳥문과 금슌이 일졔히 우슴을 니르혀고 디옥도 견디지 못ᄒ여 우스며 니르디,

"그만두라. 네가 나룰 요디(饒貸)ᄒ여라. 너는 져 무리 량인으로 더브러 녯 말을 펴게 ᄒ고 나룰 양ᄒ여 눈을 감고 졍신을 기르게 ᄒ라."

ᄒ며 믄득 안식(案息)을 쓰러다가 빗구로97) 누어 【97】 한 손으로 턱을 밧치고 눈을 감고 즈는디 겸ᄒ여 삼분 쥬긔(酒氣)룰 ᄯᅴᆫ지라. 두 ᄲᅣᆷ이 홍윤(紅潤)ᄒ여 진기 일폭 미인이 츈슈(春睡)되라. 보옥이 눈을 굴니지 아니코 흘녀 보며 어리셕은 의ᄉ룰 발ᄒ거놀 쳥문이 등잔 뒤히 잇셔 보옥을 향ᄒ여 우스며 몬져 눈쥬고 후의 손 모양을 움죽여 안고 입쑬을 졉ᄒ는 모양을 지으며 ᄯᅩ 디옥을 가르치니 보옥이 다만 머리롤 흔들며 혀룰 쎈히고 우스며 감히 쇼루히 못ᄒ더니 다만 드르 【98】 니 디옥이 코 속으로 흔 마디 우스며 니르디,

"쳥문져져야, 네가 무어슬 그리ᄒ느냐? 네가 너의 무리 이야다려 무러보라. 졔가 도져히 감히 그리ᄒ깃느냐 그리 못ᄒ깃느냐?"

보옥이 썰니 우스며 니르디,

"이거슨 내가 진기 감히 못ᄒ느니 내가 두리건디 미미가 노ᄒ여 나룰 아른 체 아니ᄒ리라."

디옥이 우스며 니러 안즈 니르디,

"쳥문져져야, 네가 드러보느냐?"

쳥문이 의ᄉ 죠치 못ᄒ믈 씨둣고 이의 니르디,

"야심(夜深)도 ᄒ고 슐도 진ᄒ여시니 쳥컨 【99】 디 이야는 평안이 쉬게 ᄒ라. 내가 몬져 져의 무리롤 디신ᄒ여 캉 우히 포진(鋪陳)ᄒ라 간다."

ᄒ니 어시의 보·디 량인이 돗글98) 쩌나며 비반(杯盤)을 거더 바리고 졍히 추룰 먹더니 쳥문이 다라오며 웃고 니르디,

"금슌미미야, 고낭이 너로 ᄒ여곰 이야룰 ᄯᅡ라가셔 복시(服侍)케 ᄒ느니라."

금슌이 ᄲᅣᆷ을 붉히며 니르디,

"내가 이야 복시ᄒ는디 익지 못ᄒ고 너는 어려셔붓허 복시 아니ᄒ엿느냐?"

쳥문이 니르디,

"너 ᄒ고 시븐 디로 못되리라."

ᄒ고 말ᄒ 【100】 며 믄득 금슌으로 안고 가니 금슌이 급ᄒ여 부르지져 니르디,

"쳥문져져야, 네가 이쳐로 억탁(抑度)으로 ᄒ다 가는 내가 긔여히 우믈의 ᄲᅴ여 들니라."

쳥문이 엇지 아른 체ᄒ리오? 져룰 가져 셔

---

97)【빗구로】⊞ 비뚤게. ¶ 歪 ∥ 믄득 안식을 쓰러다가 빗구로 누어 한 손으로 턱을 밧치고 눈을 감고 즈는디 겸ᄒ여 삼분 쥬긔롤 ᄯᅴᆫ지라 (便挪過靠枕來, 歪倒身子, 一手支頤, 合目而眊. 兼之帶了三分注意.) <續紅 5:96>

98)【돗】⑩ 돗자리. 자리. ¶ 席 ∥ 어시의 보디 량인이 돗글 쩌나며 비반을 거더 바리고 졍히 추룰 먹더니 쳥문이 다라오며 웃고 니르디 (於是, 大家起了席, 撤去杯盤. 正在漱口吃茶.) <續紅 5:99>

편 방 속의 미러너코 또 보옥을 다려 드러가게
ᄒ고 문빗쟝을 밧그로 쏘즈며 귀롤 기우려 ᄌ세
히 드르니 다만 량인이 희희히 웃고 아오로 다
른 셜화ᄒ는 거슨 듯지 못ᄒ지라. 경히 몸을 굴
녀 도라 셔려 ᄒ다가 홀연 드르니 보옥【101】
이 웃고 니르디,

"내가 너롤 안아 가지고 너다려 한 마디
림미미라 부롤 거시니 너는 가히 답응ᄒ는 거시
죠킷ᄂ냐 죠치 아니ᄒ깃나냐?"

금슌이 웃고 니르디,

"내 감히 못ᄒ 거시니 두리는 거시 림고낭
이 알면 또 긔롤 내리라."

보옥이 또 웃고 니르디,

"그리 아니ᄒ량이면 내가 너롤 안고 한 마
디 쳥문져져라 부롤 거시니 네가 답응ᄒ는 거시
죠ᄒ라?"

금슌이 웃고 니르디,

"내가 그도 아니ᄒ기시니 날다려 다른 사
롬의 빗출 빌나 ᄒ【102】ᄂ냐?"

보옥이 또 니르디,

"네가 모다 즐겨 아니ᄒ량이면 내가 믄득
너롤 안고 친친으의 금슌으 미미라 부르면 그거
슨 네가 맛당히 답응ᄒ리라."

다만 드르미 금슌이 한 번 혀츠며 니르디,

"져 면피(免避) 두터온 모양이 긔여히 날노
ᄒ여곰 한ᄒ여 죽게 ᄒ려 ᄒᄂ냐?"

쳥문이 듯기롤 이의 니르미 참지 못ᄒ여
우슴이 나는지라. 입부리롤 부둥키고 다라와 디
옥다려 고ᄒ니 디옥이 웃고 니르디,

"져의 ᄒ는 디로 둘 거시니 졔 말【103】
을 드러 무엇ᄒ랴? 우리 무리 취침ᄒᄌ."

ᄒ니 쳥문이 복시ᄒ고 안침(安寢)ᄒ더라.
지셜, 우시(尤氏) ᄌ미 류샹련(柳湘蓮)이 니
르럿단 말을 듯고 십분 환희ᄒ니 챠텽하회분셕
ᄒ라.

[쇽홍루몽續紅樓夢 권지륙卷之六]

【1】지셜, 우시(尤氏) ᄌ미(姊妹) 류샹련
(柳湘蓮)이 니르럿단 말을 듯고 십분(十分) 환희
(歡喜)ᄒ며 진시(秦氏) 또 겻츨 죠츠 부츄겨 이

져져(二姐姐)로 ᄒ여곰 쥬혼(主婚)ᄒ고 경환(警
幻)이 즁미되여 믄득 져 량인을 가져 즉일 쵸례
롤 힝ᄒ여 빅년의 죠혼 거술 셩취ᄒ고 초일의
몬져 사롬을 부려 강쥬궁(絳珠宮)의 니르러 치
하ᄒ니 이곳의셔 보옥이 셰슈ᄒ고 몸쇼 샹련의
곳의 니르러 깃【2】브믈 하례ᄒ ᄉ 량인이 셔
로 보미 보옥(寶玉)이 믄득 디옥(黛玉)의 례졀
직희던 곳을 가져 일편을 고ᄒ니 샹련이 깁히
공경ᄒ믈 더ᄒ고 드디여 긔연(慨然)이 보옥을
ᄯ라 홈긔 풍도셩(酆都城)의 가믈 원ᄒ니 보옥
이 크게 깃거 삼일 지나기롤 가드려 홈긔 가기
롤 뎡ᄒ고 또 우시 ᄌ미와 진시롤 쳥ᄒ여 내여
녯날 셜화롤 펴고 드디여 샹련의 곳의 잇셔 죠
반을 먹고 바야흐로 도라오더라.

디옥이 잇ᄯ의 임의 가모(賈母)와 ᄌ긔의
부모게 문【3】안ᄒ는 셔간을 써 내여 견봉(遣
封)ᄒ엿더니 샹련의 홈긔 가믈 듯고 디옥 환희
ᄒ여 믄득 쳥문으로 ᄒ여곰 필육을 취ᄒ여 내여
보옥과 샹련을 위ᄒ여 힝즁(行中) 의복을 짓고
또 보옥을 지쵹ᄒ여 보챠[寶釵]의게 붓치는 셔
찰을 쓰게 ᄒ여 모든 일이 졍당히 되고 뎨삼일
의 니르러 크게 연셕(宴席)을 비셜ᄒ고 즁인을
쳥ᄒ여 와 보옥은 샹련을 ᄯ ᄒ여 밧긔 잇고 디
옥은 영춘(迎春)과 향룽(香菱)과 우이져(尤二姐)
의 ᄌ미와 진씨와 묘옥(妙玉)과 경【4】환(警幻)
을 ᄯ지어 내실의 잇셔 하로롤 열요히 지내고
뎨ᄉ일의 니르미 보옥이 몬져 젹하궁(赤霞宮)의
니르러 원비긔 하직ᄒ니 원비 또 허다 의복을
샹쥬고 아오로 량명(兩名) 쇼태감(小太監)으로
ᄉ역(使役)ᄒ게 ᄒ시미 방ᄌ 도라와 대옥과 쳥
문과 금슌으로 더브러 일쟝을 들네고 젼별(餞
別)훈 후의 박명ᄉ(博命司)의 니르러 샹련을 다
리고 발힝ᄒ여 디부로 가더라.

지셜, 가졍(賈政)이 ᄉ태부인(史太夫人)의
신톄롤 밧들고 안쟝훈 후 도라와 벼술의 거ᄒ미
근신(勤愼)이【5】 밧드니 셩권(聖眷)이 날노 놉
하 몃 ᄠ롤 못ᄒ여 믄득 공부시랑(工部侍郎)의
승탁(昇擢)ᄒ엿더라. 하로는 퇴죠ᄒ여 도라와 원
즁의 니르러 드르니 샹방 속의셔 일편 곡셩이
나거늘 급히 드러와 보니 왕부인(王夫人)이 곡
ᄒ는디 두 궛밋히 헛트러진 거동이 잇고 평샹을
치며 방망츄99)롤 굴니고 다만 부르지지기롤,

---

99)【방망츄】圈 망치. ¶ 급히 드러와 보니 왕부

"보옥 내 ᄋ희야! 네가 도져히 어내 곳의 잇셔 출가ᄒ엿ᄂ냐? 날노 ᄒ여곰 엇지 한즈음이나 너롤 싱각지 아니ᄒ랴?"

ᄒ며 ᄯ [6] 보니 보츠와 니환(李紈)과 셕츈(惜春)과 아오로 ᄋ두(丫頭)와 노파(老婆)의 무리한 곳의 셔셔 비곡(陪哭)ᄒ는지라. 이 모양 광경을 보고 락루(落淚)ᄒ믈 금치 못ᄒ며 이의 권ᄒ여 니ᄅ기롤,

"ᄋ희가 죽지 아니ᄒ면 지믈이 훗허지지 아니ᄒᆫ다 ᄒ니 이거시 일뎡ᄒ 도리라. 만일 ᄶᆞ롤 ᄯᆞ라 샹히 곡ᄒ면 무익홀 ᄲᆞᆫ 아니라 ᄯᅩ 공연히 신샹의 히로오리라."

왕부인이 울며 디답ᄒ디,

"노야의 말숨이 유리ᄒ나 다만 졔가 [7] 과연 죽어시면 내가 도로혀 어히업셔 져롤 싱각지 아니ᄒ렷마ᄂᆞ 쟉야의 내 일몽을 어드니 꿈의 일긔 졋친 산 너른 들 디방의 니ᄅ러 보니 보옥이 일개 쇼년 도스와 ᄀᆞᆺ치 회회히 우스며 셕동(石洞) 쇽으로 죠츠 나오거눌 내가 믄득 져롤 블너 말ᄒ기롤, '보옥아, 엇지ᄒ여 네가 집의 도라오지 아니ᄒᄂ냐?' ᄒᄆ 졔 디답이, '내가 긔여히 텬샹의 니ᄅ러 림미미(林妹妹)롤 ᄎᆞᄌ라 간다.' ᄒ기의 내가 믄득 ᄯᆞ라 가셔 긔여히 져롤 ᄯᅳ을고 도라오려 [8] ᄒ더니 난디업ᄂ 일긔 노도시(老道士) 도포 ᄉᆞ민롤 한 번 썰치ᄆ 내가 믄득 반공 즁으로 죠츠 ᄶᅥ러지는 것 ᄀᆞᆺ른지라. 놀나 내가 일신의 링한(冷汗)이 나며 ᄭᅢ여 드ᄅ니 졍히 삼경이 된지라. 내가 싱각ᄒ니 림더옥(林黛玉)이 임의 죽엇ᄂ디 졔가 이졔 긔여히 텬샹으로 ᄎᆞᄌ라 간다 ᄒ니 이거시 필야(必也) 샹셔롭지 못ᄒ 죠짐이라 가련ᄒ다. 우리 무리 고식(姑息)이 다시ᄂ 능히 졔 얼골을 보지 못ᄒ리라."

가졍이 듯고 졍히 몽경(夢境)이 미들 거시 업ᄂᆞᆫ [9] 줄노 ᄭᅢ쳐 말ᄒ려 ᄒ더니 가련(賈璉)이 평ᄋ(平兒)와 ᄀᆞᆺ치 와셔 왕부인(王夫人)의 광경을 보ᄆ 믄득 보옥을 싱각ᄒ믠줄 알지라. 가련이 료량(料量)ᄒᄆ 능히 곳게 권치 못홀 줄

인이 곡ᄒᄂ디 두 귓밋히 헛트러진 거동이 잇고 평샹을 치며 방망츄롤 굴니고 다만 부ᄅ지지기롤 (只見王夫人在炕上哭的兩鬂蓬松, 捶床搗的枕的只叫.) <續紅 6:5> ⇒ 방마치, 방츄, 방치, 방츄

알고 이의 거즛말을 지어 니ᄅ디,

"태태ᄂ 반ᄃ시 곡ᄒ지 말지라. 질이(姪兒) 어졔 밧긔 잇셔 무슨 말을 드러보니 사롬이 말ᄒ기롤 이곳의셔 삼빅여 리롤 더 가면 굉은스(宏恩寺)라 ᄒᄂ 큰 졀이 잇ᄂ디 그곳의 화샹(和尚)이 가쟝 만코 기 즁의 시로 출가ᄒ 화샹이 이시더 [10] 사롬마다 말ᄒ기롤, '졔가 싱기미 총명ᄒ고 쥰슈ᄒ여 대가 공즈와 ᄀᆞᆺ더라.' ᄒ니 질이 명일의 건쟝ᄒ 말을 타고 쾌히 그곳의 니ᄅ러 한 번 사실(查實)ᄒ여 볼 거시니 보형뎨가 년경(年輕)ᄒ므로 져 무리 화샹이 유인(誘引)ᄒ여 갓ᄂ지 가히 아지 못ᄒ리라."

ᄒ니 왕부인이 드ᄅᄆ 진젹ᄒ므로 밋고 믄득 곡을 아니ᄒ며 근져(根底)롤 궁구ᄒ랴 ᄒ여 다시 그 연유롤 무러보니 가련이 ᄯᅩ 거즛말을 ᄭᅮ며 디답ᄒ거눌 가졍이 알기의 가련이 거 [11] 즛말을 지어 왕부인의 깃거ᄒᆞ믈 도모ᄒ미라. 역시 ᄯᆞ라 몃 귀졀을 말ᄒ고 믄득 가련과 ᄀᆞᆺ치 셔방으로 나아가더라.

어시의 니환(李紈)이 보챠(寶釵)롤 권ᄒ여 멈츄고 왕부인을 복시ᄒ여 죠반을 먹고 각기 허여지ᄆ 보챠 방즁의 도라와 고요히 평샹 우히 안즈 젼후롤 싱각ᄒᄆ 다시 샹심ᄒ믈 ᄭᅢ닷지 못ᄒ고 ᄯᅩ 싱각ᄒ기롤,

'만일 보옥과 더브러 인연이 업다 말ᄒ면 엇지ᄒ여 금옥(金玉)이 셔로 ᄯᅥᆨ짓는 징험이 잇고 만일 보옥과 [12] 더브러 인연이 업다 말ᄒ면 엇지ᄒ여 림미미가 즁간의 잇셔 샹관이 되는고? ᄯᅩ 싱각ᄒ기롤 보옥이 대옥으로 더브러 져의 량개의 졍분 두터온 바ᄂ 대관원(大觀園)의 잇는 사롬이 일개도 도시 아지 못ᄒ엿ᄂ지 엇지ᄒ여 노태태(老太太)와 노야(老爺)와 태태(太太)가 믄득 림미미롤 가져 ᄯᅥᆨ지어 쥬지 못ᄒ고 편벽도히 ᄉᆞ근취원(舍近取遠)ᄒ여 나롤 다려다가 혼취시겟ᄂ고? 이졔 죽는 이는 죽고 다라ᄂᄂ 이ᄂ 다라ᄂ고 싀집가는 이ᄂ 싀집 갓ᄂ디 유독 나만 유 [13] 시무죵(有始無終)ᄒ여 낫츨 드러 사롬을 보지 못ᄒ게 되며 쟉야의 태태긔셔 ᄯᅩ 몽즁의 만나보니 졔가 긔여히 하놀의 올나가 림미미롤 ᄎᆞᄌ련다 ᄒ니 이거시 더옥 긔괴(奇怪)ᄒᄆ 극ᄒ지라. 내가 계셕(除夕)의 림미미의게 븟친 시문은 블과시 한 ᄯᅢ의 심회롤 감동ᄒ여 지은 거시오, 무료ᄒᄆ 극ᄒ여 그만두엇거눌 림

미가 진긔 신션이 되여갓는고. 이아[噯喲] 빈ᄋ
(颦兒)야, 네가 진긔 신션이 되여시면 맛당히 나
롤 다려가야 우리 ᄌ민 무리의 일쟝화【14】호
(一場和好)ᄒ던 거시 헛되지 아니홀 거시오, 나
도 샹히 꿈을 쑤거놀 엇지ᄒ여 너의 무리 량인
을 보지 못ᄒ는고?'

싱각이 이의 니르미 쏘 눈믈이 굴너 나리
니 잉이(鶯兒) 권ᄒ여 니르되,

"고낭아, 태태긔셔 겨유 우름을 긋치셧거
눌 고낭이 엇지 쏘 ᄆ음을 슬허내나뇨? 만일 태
태가 지나다가 보시면 쏘 스스로 곡을 ᄒ시리
라."

졍히 말ᄒ미 츄문(秋紋)과 ᄉ월(麝月)이 드
러와 말ᄒ되,

"ᄉ태(史太) 고낭이 온다."

8

몽샹봉챠대량무혐 셔유졍견잉각위쥬
夢相逢釵黛兩無嫌 敍幽情鵑鶯各爲主

ᄒ거늘 보챠 몸을 니러 쟝촛 나아가 맛고
져 【15】 ᄒ더니 ᄉ샹운(史湘雲)이 취루(翠縷)를
다리고 임의 드러와 피ᄎ(彼此)의 한훤(寒喧)을
펴고 대좌ᄒ미 샹운이 니ᄅ디,

"우리 무리 죠히 몃 달을 못 보왓도다. 내
사름의 말을 드ᄅ니 엇지ᄒ여 태태가 널노 더브
러 미일의 봉[곡](哭)만 흔다 ᄒ니 내 싱각ᄒ미
보옥이 졔가 블과시 림미미의 연고를 위ᄒ여 한
ᄭᅵ의 생각이 열니지 못ᄒ여 손실(損失)ᄒ믈 무
릅쓰고 화샹을 따라간 거시니 졔가 밧긔 나가
죄를 바드량이면 졔가 집 싱각이 아니낫가 두립
【16】 지 아니ᄒ고 다만 일후의 뉘웃치미 나셔
ᄎᄌ 도라올눈지 가히 뎡치 못ᄒᆯ 거시오, 둘지
는 너의 무리 가[간]련(干練)ᄒᆫ 사름을 두려 각
쳐로 가셔 ᄎ져 보는 거시 죠코 만일 날마다 다
만 곡만ᄒ면 이거시 쟝진(長進)ᄒᆫ 도리 아니
오, 금일의 내가 용이히 틈을 타셔 너의 무리를
보려ᄒ여 한 번 문의 드러보미 태태는 곡ᄒ여
ᄲᅡᆷ이 밀(蜜)ᄶᅵ기쳐럼 누ᄅ고 안포(眼胞)는 도화
빗 ᄀᆺ기의 내가 미우 한 ᄎ례를 권ᄒ다가 이곳
의 니ᄅ미 네가 ᄯᅩ 곡흔 광경 【17】 이니 내 ᄆ

옴의 엇지 견디게시며 ᄒ믈며 져져는 평일의 의
리의 붉은 사름이라. 노인네가 ᄶᅵ로 곡ᄒ신디도
져졔 도로혀 말니는 거시 올커늘 네 엇지ᄒ여
ᄯᅡ라 스스로 곡을 ᄒᆯ가 보냐?"

보챠 샹운의 손을 잡으며 눈믈을 흘니고
니ᄅ디,

"미미야, 네가 엇지 내 심즁의 괴로오믈
알냐? 내 싱각의 너를 다려다가 한가히 셜화ᄒ
여 나의 슈심ᄒᄂᆫ 거슬 플녀 ᄒ더니 ᄯᅩ 드ᄅ미
네가 집 속의 잇셔 한가흔 틈을 엇지 못흔다 ᄒ
【18】 고 겸ᄒ여 우리 집 ᄉ고(事故)도 년면(連
綿)ᄒ기로 그러므로써 지쳬된 거시오, 어졔 밤
의 태태긔셔 꿈의 보니 보이애 텬샹의 니ᄅ러
림미미를 ᄎᆺᄂᆫ다 ᄒ기로 오늘 아춤의 내 겨유
머리를 빗고 낫더니 치운(彩雲)이 믄득 와셔 부
ᄅ지지기를 태태긔셔 곡을 그치지 아니ᄒᆫ다 ᄒ
기의 내가 대슈ᄌ(大嫂子)와 ᄉ고낭(四姑娘)과
ᄀᆺ치 일졔히 가셔 아모리 권ᄒ여도 그치지 아니
ᄒ시더니 련이가가(璉二哥哥) 여ᄎ여ᄎ 말씀ᄒ
미 태태긔셔 미드시고 비로쇼 곡을 아니ᄒ시더
【19】 라."

샹운이 니ᄅ디,

"엇지ᄒ던지 져져는 스스로 곡을 말지라.
련이가가 임의 친히 가셔 ᄎᆺᄂᆫ다 ᄒ여시니 ᄌ연
영ᄌ(影子)가 잇기로 졔가 비로쇼 감히 승당(承
當)흔 거시오, 혹ᄌ 보거게(寶哥哥) 믄득 그 곳
의 잇는 것도 가히 아지 못ᄒ리라."

보챠 눈믈을 흘니며 니ᄅ디,

"미미야, 네가 져런 후두흔 말을 ᄒ여 내ᄂ
눈다. 네 싱각ᄒ여 보라. 졔가 임의 거인(擧人)
의 ᄲᅢ인 사름이라 국가의셔 ᄉ면의 고시방(告示
訪)을 븟치고 ᄎᆺ는디도 오히려 ᄎᆺ지 못ᄒ거든
엇지ᄒ며 련 【20】 이가랴? 내가 져의 ᄒᄂᆫ 광경
을 보건디 태태를 속이는 것 ᄀᆺ고 둘지는 내 심
즁의 홀노 져건ᄉ(這件事)만 위ᄒ미 아니라 다
만 나의 명슈(命數) 괴로오믈 탄식ᄒᆯ 거시오, 우
리 ᄌ미 무리 어려셔붓혀 한 뭉치 되여 쟝대(長
大)ᄒ여시니 뉘 도로혀 누구를 모ᄅ며 믄득 보
옥이 빈ᄋ(顰兒)로 더브러 져의 무리 량기의 평
일 광경을 네가 도로혀 모로는 거시 이시랴?"

샹운이 샐니 디답ᄒ디,

"내 엇지 아지 못ᄒ깃ᄂ냐? 너도 긔역ᄒ리
라. 어내 히의 ᄌ견(紫鵑)이 보 【21】 옥을 한 귀

결 희롱읫 말노 공동ㅎ미 졔가 즉직의 풍증이 발ㅎ여시니 도로혀 무어시 알기 어려오미 이시랴?"

보치 니르디,

"네가 가히 말ㅎ여라. 사롬마다 모다 그 스졍을 아는디 편벽도이 노태태와 태태긔셔는 아지 못ㅎ시고 거년의 사롬을 부리여 우리 마마긔 의혼ㅎ는디 마미 도로혀 날과 더브러 샹량(商量)ㅎ시니 미미야 네 싱각ㅎ여 보라. 그 즈음의 나는 어린 녀지라. 가히 날노 ㅎ여곰 즈긔가 무슴 말을 ㅎ깃느냐? 즈연 부모의 명【22】을 죠출 ᄯ롬이오, 너도 보왓거니와 혼인ㅎ여 문의 드러온 그 모양은 내 뺨 우희 실노 이 의스가 업는지라. 그 즈음의 샹하의 모다 밋지 못ㅎ고 과부(寡婦)라 말홀 양이면 ᄯ 진기 과부는 아니오, ᄯ 과부가 아니라 ㅎ면 ᄯ 과부 모양이 되여시니 이거시 산 사롬의 쳐즈가 되엿느냐?"

말ㅎ며 ᄯ 눈믈을 흘니니 샹운이 밋쳐 디답 못ㅎ여 취뤼(翠縷) 겻히 잇셔 입을 ᄯ라 니르디,

"이내내의 말슴이 그릇도다. 이내내가 ᄯ 사롬의게 싀집갈 곳【23】이 업스랴? 엇지ㅎ여 산 사롬의 쳐즈라 말ㅎ리오? 습인(襲人) 겨져 ᄀᆺᄐᆫ 이야 바야흐로 산 사롬의 쳐라 혬ㅎ랴?"

샹운이 샐니 ᄭᅮ지져 니르디,

"젹은 도야지 즈식이 ᄯ 마구 입부리롤 놀니는도다."

취뤼 믄득 말을 아니ㅎ더라. 샹운이 니르디,

"져져야, 네가 허다ᄒᆫ 거술 참으라. 각인의 명쉬(命數) 도시 뎡ㅎ미니 믄득 날과 ᄀᆺᄐ랴? 우리 슉슉(叔叔)과 심낭(嬸娘)이 나롤 위ㅎ여 다 쇼 심녀(心慮)롤 허비ㅎ여 혼쳐 갈희는 거시 가슈(家數)도 죠코 지모(才貌)도 죠키롤 골나내【24】여 우리 무리 녀ᇢ 되여셔 죵신 의탁ㅎ미 잇기롤 혬ㅎ미러니 뉘 알니? 이즈음의 도로혀 이 모양이 되여시니 다만 즈긔의 명궁(命宮)만 한ㅎ지 가히 무슨 법이 이시랴?"

말ㅎ며 눈믈을 흘니고 ᄯ 쇼리롤 나쵸와 말ㅎ여 니르디,

"ᄒᆞᆷ믈며 져져는 임의 잉태ㅎ여시니 쟝리의 일남반녀(一男半女)롤 나ㅎ노ㅎ면 믄득 죵신 의탁(依託)이 될지니 네가 내게 비ㅎ면 나혼 거시

만치 아니ㅎ랴?"

보치 졍히 디답ㅎ고져 ㅎ더니 취뤼 ᄯ 니르디,

"이내내야, 네【25】아지 못ㅎ도다. 우리 무리 고낭은 총명이 태과(太過)ㅎ기로 히롤 당ㅎ엿거니와 너의 무리 보라. 벼룩과 니와 모긔와 파리와 기미와 벌과 나뷔와 나무닙과 꼿숑이와 박셕100)과 기와가 져의도 모다 음양을 ᄀᆺ쵸와 지내거놀 도라가는 ᄲᅮ리와 ᄶᅥ러진 입히 굴너 즈긔의 신샹의 니르러 도로혀 편음령양이 되엿느냐?"

말ㅎ미 즁인이 대쇼ㅎ고 샹운이 우스며 한 입을 혀츠며 ᄭᅮ지져 니르디,

"젹은 도야지 즈식이 엇지ㅎ여 ᄯ 혼잡히【26】구느냐?"

취뤼 고개롤 도로혀며 니르디,

"사롬이 이마치 컷는디 죵리의 무어시 음양인지 아지 못ㅎ더니 고낭이 어내 날은 나롤 가르쳐, '가셔 고야(姑爺)롤 복시ㅎ라.' ㅎ기의 내가 그날이야 비로쇼 음양을 아랏더니 뉘 알니? 고낭의 명슈가 죠치 못ㅎ여 고야로 ㅎ여곰 히롭게 ㅎ여 노코 이즈음의 날가지 련ㅎ여 누(累)가 되여 다시 무어시 이 음양인지 아지 못ㅎ게 되엿도다."

ᄒᆞᆫ 츠례 셜화의 보챠도 견디지 못ㅎ여 우슴을 일워내고 샹운이 우스【27】며 그 입을 막고 ᄭᅮ지져 니르디,

"죠흔 면피 업는 젹은 도야지 샷기야! 쾌히 나롤 위ㅎ여 입부리롤 ᄭᅵ고 굴너 나가거라. 더옥 말홀스록 더옥 더러온 쇼리롤 내나냐?"

취뤼 우스며 대답ㅎ디,

"고낭이 도로혀 사롬이 말을 죠히 못ㅎ다. 고이히 아느냐? 내가 대춍(大總) 이 말을 아니 홀 양이면 너의 무리 량인이 이즈음의 도로혀

---

100)【박셕】圀 '젼셕(磚石)'에서 와젼(訛傳)된 것임. 벽돌. ¶ 磚頭兒 ∥ 벼룩과 니와 모긔와 파리와 기미와 벌과 나뷔와 나무닙과 꼿숑이와 박셕과 기와가 져의도 모다 음양을 ᄀᆺ쵸와 지내거놀 도라 가는 ᄲᅮ리와 ᄶᅥ러진 입히 굴너 즈긔의 신샹의 니르러 도로혀 편음령양이 되엿느냐 (他連虼蟻、蚊子、蒼蠅、螞蟻、蝴蝶兒、蜜蜂兒、樹葉兒、花瓣兒、磚頭兒、瓦片兒的陽陰, 他都能够辨得出來的, 舊根落葉輪到自己身上, 倒成了個孤陽寡陰了.) <續紅 6:25>

눈믈만 흘엿시리라."

샹운이 우스며 니르디,

"그러흐면 말흐는 거시 죠흐니 네 말 쑨이 아니라 도로 【28】 혀 네 어믜의 무손 말이 잇거든 네가 무옴 슷 입부리롤 싸라 모다 말흐고 빗 속의 거두어 두어 번민(煩悶)흐여 죽게 말나."

졍히 말흐미 니환(李紈)이 드러오며 웃고 니르디,

"스미미(史妹妹)야, 어내 찌의 와시며 엇지 흐여 우두(丫頭) 무리 날다려 한 마디롤 고치 아니흐엿느냐?"

샹운이 디답흐디,

"대슈즈(大嫂子)야, 가히 죠히 잇더냐? 내가 이 곳의셔 졍히 보져져롤 권흐기로 밋쳐 네 곳의 니르러 안부롤 뭇지 못흐엿노라."

니환이 웃고 니르디,

"엇지 감히 바 【29】 라랴? 너의 무리 무손 말을 흐건디 나 듯기의 웃는 쇼리 미우 열요(熱鬧)흐도다."

보치 대답흐디,

"져 취루이 우리 무리 즈미가 졍히 말흐는 디 졔가 겻희셔 우슨 말을 부르지져 내기의 그러므로써 우리 무리 모다 우셧노라."

니환이 웃고 니르디,

"도져히 무손 우슨 말이건디 너의 무리 홍당대쇼(哄堂大笑)흐엿느냐? 나도 드러보즈."

샹운이 웃고 니르디,

"대슈즈야, 네가 져다려 무러보라. 무손 말을 지어내엿는지 네 싱각흐여 보라 졔 입 쑤리의 무손 졍경(正經) 【30】 읫 말이 잇깃느냐? 블과시 체면(體面) 업는 셜홰니 우리 무리는 추롤 먹고 모다 샹방(上房)의 니르러 태태롤 뫼시고 골픽 쇼일이나 흐여 노인네로 흐여곰 민망흐믈 플게 흐리라."

졍히 말흐미 셕츈(惜春)과 평이(平兒) 모다 니르러 피추의 죠흐나 무손 흔 추례 한담흐다가 일졔히 왕부인 샹방의 니르니 왕부인이 좌탑 우 히 빗기 안고 옥슌[玉釧]이 겻히 안져 다리롤 치이더니101) 샹운 등의 드러오믈 보고 년망히

몸을 니러 샹운을 양흐여 캉 우히 【31】 안게 흐고 니르디,

"멋 날 동안의 대고낭(大姑娘)을 다려 오기롤 싱각흐나 가즁(家中)의 스고(事故)롤 인흐여 밋쳐 못흐엿더니 이졔 네가 온 거시 미우 죠토다. 보져져와 샹미미가 도시 너 오기롤 싱각흐여시니 네가 믄득 여긔 잇셔 멋츨 머믈게 흐라. 우리 우히와 너의 즈미 무리 년경(年輕)흐더엇지흐여 도시 져 모양 복분(福分)이 업느냐?"

말흐며 쏘 눈믈을 흘니거놀 샹운이 무르디,

"멋츨 동안의 이태태가 오지 아니흐엿느냐?"

왕부인이 니르디,

"져 이태태 【32】 가 스스로 집을 반야(搬野)흐여 가고 과익(蝌兒) 겨유 친사(親事)롤 일우고 향릉(香菱)이 믄득 어린 히즈(孩子)롤 두고 죽어시니 비록 유모가 잇다흐나 도로혀 이태태가 친히 죠검(照檢)흐며 반우(蟠兒)는 샤(赦)롤 만나 도라와 도로혀 십분 향방을 아지 못흐는지라. 그러므로 져 이마마가 지금의 쏘 즈죠 오지 못흐느니라."

니환이 웃고 니르디,

"스대미미(史大妹妹)야, 태태와 더브러 골 픽롤 흐고져 홀진디 태태는 엇지 사롬으로 흐여 곰 슐위롤 멍에 흐여 이태태롤 엽졉흐지 아니흐 느뇨?"

보치 샐니 니르 【33】 디,

"태태는 사롬을 부려 보내지 말나. 어졔 드르니, '쇼질이 요소이 신샹이 블평흐다.' 흐고 스대미미는 이 머믈너 잇는지라. 대략 우리 미미 러일 오지 아니흐면 모리는 일졍 오리라."

왕부인이 니르디,

"임의 이러할 양이면 그만두라. 우리는 곳 골픽나 흐즈. 다만 노태태 기세(棄世)흐신 후로 내가 곳 이 노름을 즐겨 아니흐고 본러 지죠도 능치 못흐여 이졔 안졍(眼睛)이 흐리고 졍신이 쓰르니 엇지 너의 년경흔 사롬의 젹쉬 되리오? 블과 공연이 【34】 즛거릴102) 쑨이로다."

---

101) 【치이다】 图 치게 하다. ¶ 捶 ∥ 왕부인이 좌탑 우희 빗기 안고 옥슌이 겻히 안져 다리롤 치이더니 샹운 등의 드러오믈 보고 년망히 몸을 니러 샹운을 양흐여 캉 우희 안게 흐고 니르디 (只見王夫人歪在榻上, 玉釧兒在傍邊捶腿. 見湘雲衆人進來, 連忙起身讓湘雲到炕上去坐.)
<續紅 6:30>

102) 【즛거리다】 图 짓거리다. 지껄이다. ¶ 瞎鬧 ∥ 본러 지죠도 능치 못흐여 이졔 안졍이 흐리

옥슌이 듯고 믄득 캉 우희 탁즈룰 노코 홍젼(紅氈)을 펴미 왕부인과 니환과 샹운과 보챠와 셕츈과 평으 등 녀셧 사롬이 죵일 즐기다가 느즌 밥 ᄶᅵ의 바야흐로 파ᄒᆞ고 승부룰 헤여보니 다만 샹운 하나히 니긔고 다른 사롬은 모다 졋더라. 이의 모든 사롬이 느즌 밥을 먹고 ᄯᅩ 안즈 한즈음 말ᄒᆞ다가 쟝춧 훗허지고져 홀 ᄶᅵ의 왕부인이 무르디,

"스대고낭(史大姑娘)아, 네 져녁의 어내 방의 머믈는지 네 스스로 굴희여 【35】 쳐ᄒᆞ라."

샹운이 니르디,

"내 보져져의 방의 잇셔 머믈너야 우리 즈미들이 밤의 ᄯᅩ 말ᄒᆞ기 죠흐리라. 이졔 봄날이 오히려 칩고 시방이 ᄯᅩ 오히려 더워 거쳐ᄒᆞ기 죠커니와 쟝리의 여름이 되면 내 ᄯᅩ 너의 보져져로 ᄒᆞ여곰 이홍원(怡紅院)으로 반이(搬移)홀 거시니 그곳은 ᄯᅩ흔 시원ᄒᆞ고 졍벽(靜僻)ᄒᆞ여 쟝리의 곳 으히룰 나ᄒᆞ도 즛거릴 사롬이 업스리라."

샹운이 니르디,

"노인네 싱각이 가쟝 올토다. 그런 큰 집의 다만 대슈즈 다뭇 스미미가 머믈 【36】 면 ᄯᅩ흔 너모 쳥링(淸冷)홀 ᄃᆞᆺᄒᆞ도다."

ᄒᆞ고 말ᄒᆞ다가 왕부인이 져 미미들을 보내여 방문 어귀의 니르러 모다 하직ᄒᆞ고 각기 훗허질 시 왕부인과 니환과 셕츈과 평으의 각각 스스로 집의 도라가믄 니르지 말고 다만 샹운과 보치 방의 도라와 안즈미 잉이(鶯兒) 등블을 혀 오거눌 샹운이 니르디,

"내 오늘의 근본 원즁(園中)의 가셔 노닐즈 ᄒᆞ엿더니 오히려 ᄯᅩ 죵일 골피ᄒᆞ엿도다. 리일은 우리 모다 그 곳으로 갈지니 쳣지는 대슈즈와 스미미 【37】 룰 볼 거시오, 둘지는 내 ᄯᅩ 쇼샹관(瀟湘館)의 가 림미미의게 치졔(致祭)ᄒᆞ고 그 곳의 잇는 죽림(竹林)을 볼 거시로디 다만 두리 건디 림져졔 긔셰흔 후로붓허 바려두어 젼 모양과 ᄀᆞᆺ지 아니ᄒᆞ리라."

보치 니르디,

<hr>

고 졍신이 ᄯᅳ르니 엇지 너의 년졍흔 사롬의 젹쉬 되리오 블과 공연이 즛거릴 ᄲᅮᆫ이로다 (本來武藝兒就有限, 如今眼睛也花了, 精神也短了, 那裏是你們年輕兒家的敵手呢, 不過是瞎鬧罷了.)

"네 말이 올흐나 ᄯᅩ 보지 못ᄒᆞ엿도다. 즈견(紫鵑) ᄀᆞᆺ튼 이런 챠환(丫鬟)은 진긔 젹담츙심(赤膽忠心)이라 ᄒᆞ리로다. 이졔 비록 스고낭을 복시(服侍)ᄒᆞ나 미일의 틈을 타 쇼샹관의 가 졍히 쇼쇄(掃灑)ᄒᆞ고 분향공다(焚香供茶)ᄒᆞ여 곳림미미의 싱시와 ᄀᆞᆺ게 ᄒᆞ니 네 니르디, 어려오냐 【38】 어렵지 아니ᄒᆞ냐?"

샹운이 듯고 ᄯᅩ 탄샹(歎傷)ᄒᆞ여 니르디,

"진긔 어렵도다. 아지 못게라 림져졔 엇지 슈덕(修德)ᄒᆞ여 이런 긔이흔 챠환을 어덧는고? 너는 보라 우리 이런 못된 챠환들은 다만 입부리만 놀닐 쥴 아는도다."

츄뤼 웃고 니르디,

"나는 블과시 입부리가 쾌(快)ᄒᆞ여 남과 슈쟉기룰 잘 ᄒᆞ거눌 고낭은 내 말을 일분 젼(錢)도 ᄲᅩ지 아니케 아는 도다. 내 ᄆᆞᄋᆞᆷ의 고낭 디졉ᄒᆞ는 분슈는 곳 즈견져져(紫鵑姐姐)가 림고낭 디졉ᄒᆞ는 분슈와 ᄯᅩ흔 한 가지 【39】 로다."

샹운이 니르디,

"네 말ᄒᆞ지 말나. 네 ᄯᅩ 나룰 져쥬(咀呪)ᄒᆞ여 죽과져 ᄒᆞ는 거시 아니냐? 너는 이 죠흔 사롬이라. 텬하의 뉘 다시 너 ᄀᆞᆺ튼 사롬이 이시랴? 그만두고 샐니 나룰 위ᄒᆞ여 츠룰 가져 오라."

츄뤼 그졔야 입부리룰 놀니며 츠룰 ᄯᅡ라 가는지라. 샹운이 ᄯᅩ 니르디,

"림져져의 말을 니르혀 내면 ᄯᅩ 내 ᄆᆞᄋᆞᆷ의 비샹ᄒᆞ도다. 드르니 즈견이 말ᄒᆞ디, 림져졔 님죵홀 ᄶᅵ의 시쵸(詩草)룰 가져 모다 술오고 ᄯᅩ 보거거의 명ᄶᅡ룰 블너 말ᄒᆞ 【40】 디, '네 이 죠흔 글쵀로다' ᄒᆞ고 곳 긔가 막혀 ᄒᆞ더라 ᄒᆞ니 이거술 싱각홀진디 사롬의 ᄆᆞᄋᆞᆷ으로 ᄒᆞ여곰 실노 비샹ᄒᆞ여 견딀 길이 업도다."

보치 니르디,

"엇지 올치 아니ᄒᆞ랴? 내 쟉야의 져룰 싱각ᄒᆞ여 반밤이나 ᄆᆞᄋᆞᆷ이 비샹ᄒᆞ여 져룰 위ᄒᆞ여 일슈 시룰 지어 보의 ᄲᅩ 살와시니 아지 못게라 져의 혼령이 구텬지하(九泉之下)의 잇셔 아느냐, 아지 못ᄒᆞ느냐?"

샹운이 듯고 그 글쵸룰 ᄎᆞᆺ 보고져 ᄒᆞ디 보치 잉으로 ᄒᆞ여곰 가져다가 샹운 【41】 을 뵈니 샹운이 즈셰히 한 번 넑고 ᄯᅩ흔 ᄆᆞᄋᆞᆷ이 비샹ᄒᆞ여 눈믈을 흘니며 니르디,

"보져져야, 너도 곳 졍의(情義) 겸진(兼盡)ᄒ다 ᄒ리로다. 림져졔 구텬의셔 아롬이 이시면 일졍 너롤 감격ᄒ여 ᄒ리라."

ᄒ더 보치 쏘ᄒ 졈두(點頭)ᄒ더라. 이인이 등하(燈下)의 샹더ᄒ여 한즈음 눈믈을 흘니더니 잉으와 취뤼 츠롤 ᄯᆞ라오거늘 량인이 츠롤 먹기롤 맛츠미 금침(衾枕)을 포셜(鋪設)ᄒ고 단쟝(殘粧)을 그르고 일졔히 도라가 즈더라.

샹운이 평일의 【42】 긔력이 왕셩ᄒ여 머리롤 벼개의 한 번 붓치미 곳 깁히 잠들고 보챠는 다만 심회(心懷)가 염염(懕懕)ᄒ믈 ᄭᆡ다라 니블 속의셔 젼젼블미(輾轉不寐)ᄒ다가 일졍만의 겨유 잠드더니 져의 일졈 령혼이 몸을 ᄯᅥ나 갈 시 다만 드르니 귓가의 사롬이 잇셔 쇼리롤 나죽이 ᄒ여 브르디,

"보져져야, 너는 져허ᄒ지 말나. 내 너롤 보라 왓노라."

ᄒ거놀 보치 ᄭᅮᆷ 속의 드르미 방블(彷彿)히 림대옥의 셩음이라. ᄶᅡᆷ쥭 놀나 ᄆᆞ음이 황홀ᄒ여 쏘 대옥 【43】 이 임의 쥭은 듯도 ᄒ고 쏘 스라실 ᄯᅢ 광경 ᄀᆞᆺ튼지라. ᄲᆞᆯ니 무러 니르디,

"빈으야 네 어디 잇ᄂᆞ냐? 엇지ᄒ여 광명정대(光明正大)히 나오지 아니ᄒᄂᆞ뇨?"

ᄒ니 황홀간의 림디옥이 웃고 옳흐로 나아오니 원러 대옥의 진혼(眞魂)이 보옥을 보내여 간 후의 반혼향(返魂香)을 픠우고 태허환경(太虛幻境)으로 죠츠 왓는지라. 일단 신광(神光)이 모다 반졈 음산(陰散)ᄒ 귀긔(鬼氣) 업는지라. 이러므로써 보치 죠곰도 졉화(接話) 아니ᄒ고 져롤 즈셰히 보니 다만 졔 몸의 도홍 빗 비단 【44】 젹은 마과즈롤 닙고 얼골의 반졈 병식이 업스며 다만 향염(香艶)이 사롬을 핍박ᄒ믈 ᄭᆡ드롤지라. 드디여 환희ᄒ믈 금치 못ᄒ여 웃고 무러 니르디,

"림미미야, 네 요ᄉᆞ이 어디 잇셧던고? 우리 무리 도로혀 한 번도 너롤 보지 못ᄒ엿도다."

ᄒ니 디옥이 길게 한숨 쉬고 니르디,

"나도 곤ᄒ다. 져져야, 우리 쏘 안졋다가 말ᄒ즈."

이의 두 사롬이 캉 가의 안졋더니 디옥이 니르디,

"보져져야, 나는 이 태허환경으로 죠ᄎ 왓노라. 다만 어졔 【45】 밤의 져져의 쥬신 시글을 보고 ᄆᆞ음의 실노 감격(感激)ᄒ지라. 이러므로 오늘 특별이 너롤 보라 왓노라."

보치 듯고 ᄆᆞ음의 황연(恍然)이 ᄭᆡ드라 대옥의 령혼인 줄 아라 비록 져기 두리미이시나 대옥의 일단 온유화이(溫柔和藹)ᄒ 션풍(仙風)이 이시믈 보미 도로혀 친근ᄒ믈 ᄭᆡ닷지 못ᄒ여 한 뭉치 되여 대옥을 가져 픔 속의 ᄭᅵ고 니르디,

"빈으야, 내 쏘 너다려 뭇ᄂᆞ니 네 엇지ᄒ여 스스로 몸을 바리고 이졔 나롤 괴롭게 ᄒᄂᆞ냐?"

대옥이 쏘 숀을 가 【46】 져 보챠의 뺨을 어로 만즈며 니르디,

"만ᄉᆞ 모다 뎡ᄒ 쉬 잇ᄂᆞ지라. 미미는 즐겨 져져롤 미원(埋怨)치 아니ᄒ거눌 져져는 엇지ᄒ여 도로혀 미미롤 미원ᄒᄂᆞᆫ고?"

보치 니르디,

"'셩문실화(城門失火)의 앙급지어(殃及池漁)라' ᄒ니 내 엇지 너롤 미원치 아니ᄒ리오?"

대옥이 웃고 니르디,

"져져야, 네 이 말을 내 아지 못ᄒ리로다. 필경 뉘가 이 셩문(城門)이며 뉘가 이 지어(池魚)냐?"

보치 쏘 웃고 니르디,

"너는 이 셩문이오 나는 이 지에니 무슴 알기 어려오미 이시리 【47】 오?"

디옥이 웃고 니르디,

"네 이 말이 아마도 이 뒤ᄒ103) 말이로다."

보치 웃고 니르디,

"내 말은 죠곰도 뒤ᄒ지 아니ᄒ여시니 네 다시 즈셰히 싱각ᄒ여 보라."

대옥이 웃고 니르디,

"나는 쏘 다시 즈셰히 싱각지 아니ᄒ노라. 네 블과 내가 계집 으희라 ᄒ여 업슈히 너겨 입부리의 다른 말은 내지 아니ᄒ고 너 홀 디로 핑계ᄒᄂᆞ냐? 내 쏘 너와 분변치 아니ᄒ거니와 내 쏘 너다려 뭇ᄂᆞ니 네 어졔 밤의 나롤 쥰 글의 '탁발통낭치(托鉢慟郎痴)'라 ᄒᄂᆞᆫ 【48】 글귀 이시니 네 알니라. 네 져 한 사롬이 즁이 되여 이

---

103) 【뒤ᄒ다】 圐 뒤집다. ¶ 顚倒 ‖ 디옥이 뭇고 니르디 네 이 말이 아마도 이 뒤ᄒ 말이로다 (黛玉笑道: "你這個話只怕是說顚倒了罷!") <續紅 6:47>

제 어디 잇는고?"

보치 웃고 니르디,

"이야(曖啋), 네 엇지 니르디, '졔가 이 무리의 한 무리 사롬이라.' 호느냐? 내 엇지 졔가 이졔 어디 잇는 줄 알니오? 어졔 태태긔셔 꿈의 졔롤 보미 말호디, '텬샹의가 너롤 츠져 가겟노라.' 호여시니 나는 보건디 졔가 리일 텬샹의 나아가 너롤 츠줄 거시니 그찌의도 네가 쏘 말호디, '졔가 누구와 한 뭉치 사롬이라.' 호깃느냐?"

대옥이 듯고 쏘 우스며 니 【49】 르디,

"져져야, 너는 구틔여 날과 이런 말을 말나. 내 쏘 너다려 뭇느니 셜亽 졔가 과연 내게 오량이면 내 일졍코 졔롤 권호여 일즉이 집으로 도라가게 홀 거시니 너는 가히 죠흐랴 죠치 아니호랴?"

보치 웃고 니르디,

"그는 다만 미미가 져져롤 디졉호는 졍분만 볼 쑨이로다."

대옥이 쏘 웃고 니르디,

"셜亽 졔가 텬샹으로 가지 아니호고 곳 집으로 도라가면 아마도 그 찌의 져져가 쏘 즐겨 미미롤 싱각지 아니홀 듯호도다."

보치 듯고 급히 니 【50】 르디,

"빈ᄋ야, 네 엇지 쏘 이런 간교(奸巧)호 말을 호느냐? 내 어졔 간졀히 말호지 아냣다 니르기 어렵도다."

디옥이 희희히 웃고 니르디,

"내 이 긔롱의 말을 호면 보챠뒤(寶丫頭) 쏘 챡급호여 호리라. 내 쏘 너와 말노 호지 아니호고 한 글을 줄 거시니 너는 스스로 보라."

언필의 곳 보옥의 글을 가져 스미로 죠츠 내여 보챠롤 쥬니 보채 바다 피봉(皮封)을 쩌히고 즈셰히 보미 그 글의 호여시디,

　이홍원(怡紅院) 탁옥(濁玉)은 삼가 글을 형무군(蘅蕪君) 져져 【51】 쟝츠(將次)의 올니나니, 그윽이 싱각건디 옥은 오활(迂闊)호고 아득호 셩품으로 한굴ᄀ치 셩졍이 어리셕은지라. 오내(五內)의 亽츙(私衷)을 혜아리건디 긍셔(矜恕)호믈 닙으리로다. 쳥경봉(靑埂峰)의 오므로붓허 드디여 황뎡지비(黃庭之秘)롤 찌드라 듯힝이 반 년을 닥가 필경 능히 삼월

(三月) 블위(不違)호여시니 편범보벌(片帆寶筏)은 일즉이 얼희미진(孼海迷津)을 건넛고 일판심향(一瓣心香)은 거듭 태허환경의 드러가 쇼샹 션 【52】 즈는 지셰 인연이므로 슬퍼 호엿고 부용 녀ᄋ는 삼싱 언약이 니롤믈 깃거호는지라. 녯 밍셰롤 벽낙(碧落)의 미지미 월뇌(月老) 실을 닛글미 업스믈 붓그려 호엿고 시 亽즈(使者)롤 황텬의 밧들미 다시 빙인(氷人)을 츠즈 독긔롤 잡앗도. 오죽 원컨디 륙례(六禮)롤 일즉 일우미 비록 쳔리라도 엇지 쩌리며 다만 일싱으로 호여곰 원이 일우미 비록 만번 죽으나 그 엇지 亽양호리오 마는 다만 【53】 싱각건디 힝졍호 지 임의 오리미 셰월이 쏘 먼지라. 고당(高堂)의 의려지탄(倚閭之嘆)이 잇고 규즁의 빅두탄식(白頭歎息)이 이시니 의(義)로 혜아려 보건대 평안호기 어렵고 므음을 어루만지미 참지 못호깃도다. 밍광(孟光)의 현슉(賢淑)호믈 알건디 등하(燈下)의 아름다온 글을 닑을 거시오, 졍녀(偵女)의 리혼(離魂)을 비러 월하의 대신 기러기 글즈롤 드리노니 호믈며 션亽의 즈비호믈 힘닙어 날노 옥반남 【54】 젼(玉返藍田)호믈 허호고 다시 샹뎨의 홍즈(鴻慈)호시믈 무릅 뼈 아오로 호여곰 쥬환(珠還) 합호케 호실지니 경진젼말(敬陣顚末)호여 봉샹각단(封上閣端)호느니 오히려 빌건디 이후의 문한문난(問寒問暖)호여 져 당샹의 두 사롬을 밧들고 고슬고금(鼓瑟鼓琴)호여 우리 한 샹의 셰히 죠하호믈 련홀지니 셔블진언(書不盡言)호여 낫츠로 말호기롤 기다리노라.

　호엿더라.

보채 보기롤 맛치고 경희(驚喜)호믈 찌돗지 못호 【55】 여 이의 몬져 대옥을 가져 품의 너코 웃고 무러 니르디,

"네 이거슬 날다려 니르라. 졔 필경 누구와 한 무리 사롬이뇨?"

대옥이 우스며 인걸호여 니르디,

"내 다시는 감히 이 말을 아니홀 거시니 죠흔 져져는 나롤 용셔호라."

보채 웃고 니르디,

"인걸호여 쁠 디 업도다. 네 모다 날다려 닐너야 내 너롤 용셔호리라."

ᄒ고 말ᄒ며 희롱ᄒᄆᆯ 마지 아니ᄒ니 대옥이 얼골이 붉어지며 다만 손으로 보챠ᄅᆯ 향ᄒ여 한 번 【56】 가ᄅ치고 ᄯᅩ ᄌ긔ᄅᆯ 향ᄒ여 한 번 가ᄅ치거ᄂᆞᆯ 보치 그졔야 웃고 니ᄅᄃᆡ,

"너ᄅᆯ 용셔ᄒ리라."

ᄒ고 다시 글월을 가져 가ᄅ치며 무러 니ᄅᄃᆡ,

"이 두 글귀ᄂᆞᆫ 내 엇지ᄒ여 분명히 아지 못ᄒ깃ᄂᆞ냐? '시 ᄉᄌᄅᆯ 황텬의 밧들미 다시 빙인을 ᄎᄌ 독긔ᄅᆯ 잡ᄂᆞᆫ다.' ᄒ니 이 엇지 니ᄅᆫ 말이뇨?"

대옥이 보챠의 귀의 다혀 보옥의 리왕ᄒ던 힝격과 ᄌ긔 부뫼 목하(目下)의 풍도셩황(酆都城隍)이 되여 가모(賈母)와 더브러 친쳑이 단취(團聚)ᄒᆫ 말을 모다 【57】 ᄌ셰히 한 번 말ᄒ니 보치 듯고 크게 깃거ᄒᄆᆯ 이긔지 못ᄒ여 ᄲᆯ니 무러 니ᄅᄃᆡ,

"이졔 이 말과 ᄀᆺ틀진디, '회싱ᄒ여 난다.' ᄒᄂᆞᆫ 일졀이 믄득 이 쳔만(千萬) 진젹(眞的)ᄒ도다."

디옥이 니ᄅᄃᆡ,

"이거ᄉᆫ ᄯᅩ 향릉져져(香菱姐姐)의 부친이 져의게 쥰 글월의 이러케 ᄡᅧ시니 대략 뎡ᄒᆫ 긔약이 칠월 십오일의 잇다."

ᄒ고 ᄯᅩ 말ᄒ디,

"내 두 텬긔(天機)ᄅᆯ 가히 십분 누셜치 못ᄒ리라 하니 우리도 ᄌ셰히 아지 못ᄒ고 다만 듯기의 죠흘 ᄲᅵ이로다. 앗 【58】 가 나와 향릉져졔 한 가지로 와 져ᄂᆞᆫ 너의 집의 이마마(二媽媽)ᄅᆯ 보라 갓ᄂᆞ니라."

보치 듯고 놀나 깃거 니ᄅᄃᆡ,

"원리 태허환경의 다만 너 한 사ᄅᆷ ᄲᅮᆫ 아니로다."

대옥이 ᄯᅩ 태허환경의 원비(元妃) 이하 모든 사ᄅᆷ의 잇슴과 다믓 봉져(鳳姐)와 원앙(鴛鴦)이 디부(地府)의 간 말을 가져 한 번 말ᄒ니 보치 웃고 니ᄅᄃᆡ,

"이리 말ᄒ량이면 너의 잇ᄂᆞᆫ 디가 오히려 집의 비컨디 더욱 열요(熱鬧)ᄒ도다. 죠흔 미미야, 네 무슨 법이 잇셔 나ᄅᆯ 다려 넛그러 태허환 【59】 경의 가 져의들을 보게 ᄒ깃ᄂᆞ냐?"

대옥이 듯고 한즈음 침음ᄒ다가 니ᄅᄃᆡ,

"이 ᄯᅩᄒᆫ 용이(容易)ᄒ니 향릉져져의 부친

이 두 가지 명향(名香)을 가져 져롤 쥬니 하나흔 일홈이 반혼향(返魂香)이라 ᄒ고 하나흔 일홈이 심몽향(尋夢香)이라 ᄒᄂᆞᆫ지라. 지금 우리 량인이 곳 반혼향을 피오고 겨유 능히 집의 왓시니 우리 도라가 향릉져져롤 향ᄒ여 몃 가지 심몽향을 달나ᄒ여 쳥문져져(晴雯姐姐)로 ᄒ여곰 네게 보낼 거시니 너 ᄒ고 시 【60】 븐 디로 ᄶᅵᄅᆯ 짜라 피오디 다만 졍셩을 드려야 가히 ᄭᅮᆷ이 태허의 드려갈 거시오, ᄯᅩ 다만 긔ᄒᄂᆞᆫ 거슨 아히 빈 사ᄅᆷ이니라."

보치 ᄋᆞ히 빈 사ᄅᆷ은 긔ᄒ다 ᄒᄂᆞᆫ 말을 듯고 결노 ᄲᅢᆷ이 붉어 오거ᄂᆞᆯ 디옥이 져의 광경을 숨히고 곳 손을 가져 보챠의 픔 속을 향ᄒ여 어루만지며 웃고 니ᄅᄃᆡ,

"보져져야, 네 나ᄅᆯ 속이지 말나. 네 실샹으로 내게 고ᄒ여야 나도 일ᄌ롤 갈히여 쳥문을 보내여 일변 치하(致賀)ᄒ고 일변 향을 보 【61】 닐 거시니 모다 달이 ᄎᆞ야 가히 피오리라."

보치 듯고 속이지 못ᄒᆯ 줄 알고 ᄯᅩ 대옥의 귀의 다혀 말ᄒᄃᆡ,

"ᄌ긔가 잉태ᄒᆫ 지 칠팔 삭이 되엿노라."

ᄒ거ᄂᆞᆯ 디옥이 듯고 십분 환희ᄒ여 ᄯᅩ 보챠의 귀의 다혀 웃고 니ᄅᄃᆡ,

"져져야, 분만(分娩)ᄒᆯ ᄯᆡ의 니르러 ᄯᅩᄒᆫ 일졈 졍신을 머므르라. 다만 두리건대 어린 ᄋᆞ히 입 속의 한 덩이 옥이 ᄯᅥ러질가 ᄒ노라."

보치 듯고 디옥을 향ᄒ여 춤 밧트며 ᄌ긔도 웃더라. 디옥이 믄득 니러나며 【62】 니ᄅᄃᆡ,

"보져져야, 너ᄂᆞᆫ 가쟝 죠셥(調攝)ᄒ여 ᄆᆞ음의 번뇌(煩惱)치 말고 구고긔 나ᄅᆯ 위ᄒ여 쳥안(請安)ᄒ고 ᄌ미 등의게도 모다 나ᄅᆯ 위ᄒ여 안부ᄒ라. ᄯᆡ가 느져시미 ᄯᅩ ᄌ견(紫鵑)을 보라 가려ᄒ니 졔 일즉 내게 복시(服侍)ᄒ던 거슬 잇지 못ᄒ노라. ᄯᅩ 네게 부탁ᄒ노니 다만 나의 지금 ᄒ던 말을 긔록ᄒ여 두어야 곳 올흐리라."

보치 듯고 련망히 븟드러 머무ᄅᆞ며 니ᄅᄃᆡ,

"미미야, 내 ᄯᅩ 너다려 무ᄅᆯ 말이 잇노라. 네 앗가 향릉의 부친이란 【63】 말을 ᄒ니 졔가 본리 어려실 ᄯᆡ의 ᄉᆞ왓거ᄂᆞᆯ 이졔 져의 부친이 뉘뇨?"

대옥이 니ᄅᄃᆡ,

"리일 네가 이마마롤 보면 이마미 ᄌᆞ연 너

다려 니르리라."

　ᄒᆞ고 말을 맛츠며 보챠롤 가져 힘뻐 한 번 ᄆᆞᆯ니치ᄂᆞᆫ지라. 보치 믄득 ᄭᅮᆷ을 ᄭᅢᄃᆞ르미 오히려 ᄆᆞ옴이 번뇌ᄒᆞᄆᆞᆯ ᄭᅢᄃᆞᆺ거놀 졍신을 뎡ᄒᆞ고 ᄌᆞ셰히 대옥의 면모(面貌)와 몽중의 슈쟉ᄒᆞ던 일을 가져 그린 ᄃᆞ시 한 번 싱각ᄒᆞ미 ᄆᆞ옴의 심히 긔이ᄒᆞ고 ᄯᅩ 버개104) 가흘 어루만지미 【64】 한 낫 죠희 죠각이 잇ᄂᆞᆫ ᄃᆞᆺᄒᆞᆫ지라. 련망히 니러 안ᄌᆞ 의샹을 닙고 ᄉᆞ면으로 바라보니 혼실(昏室)이 혼흑(昏黑)ᄒᆞ고 죠희 창이 져기 붉거놀 믄득 잉ᄋᆞᆯ 부르니 이ᄶᅥ의 잉이 졍히 판벽(板壁) 밧 탑상(榻上)의셔 누어 ᄌᆞ며 게으른 허리롤 펴더니 다만 드르미 보치 블너 니르디,

"샐니 등블을 혀 오라."

ᄒᆞ거놀 잉이 눈을 부븨고 옷슬 닙고 샹의 나려 훈롱(熏籠)의 잇ᄂᆞᆫ 슷블을 ᄎᆞᄌᆞ 등을 혀오며 무러 니르디,

"고낭아, 지금 등블을 ᄒᆞ여 무엇 【65】 ᄒᆞ려 ᄒᆞᄂᆢ? 아마도 네 비가 알프냐?"

보치 니르디,

"잡말 말고 등블을 가져오라."

잉이 샐니 등블을 가져 보챠의 앏히 니르니 보치 믄득 글월을 가져 등하(燈下)의 한 번 보니 과연 이 일쟝 니금(泥金) 칠ᄒᆞᆫ 도홍화젼(桃紅花箋)이오 우희 필격은 보옥의 쁜 거시라. ᄯᅩ ᄌᆞ셰히 한 번 닑으니 앗가 몽중과 한 ᄌᆞ도 틀니지 아니커놀 ᄆᆞ옴의 더옥 이샹히 너기더니 잉이 무러 니르디,

"고낭아, 네 엇지 반야(半夜) 삼경(三更)의 무슨 글월을 보ᄂᆞᄂᆢ? 싱 【66】 각건디 어제 왕태의가 쥬던 그 보산무우산(保産無憂散)이라 ᄒᆞᄂᆞᆫ 약방문(藥方文)이냐?"

보치 셩내여 니르디,

"너는 그거술 아른 체 말고 등블을 탁상의 노코 너는 가셔 잠이나 ᄌᆞ라."

잉이 감히 다시 뭇지 못ᄒᆞ고 다만 등블을

노코 스스로 ᄌᆞ라 가더라. 보치 다시 글월을 가져 등블을 향ᄒᆞ여 번복ᄒᆞ여 한 ᄎᆞ례 보며 ᄆᆞ옴의 가마니 혜아리더,

'대옥이 과연 신션이 되고 보옥이 ᄯᅩᄒᆞᆫ 도롤 닥가 어드미 아니냐? 만일 ᄭᅮᆷ이라 ᄒᆞ면 엇지 ᄯᅩ 이 일봉 【67】 글월이 이시리오?'

ᄒᆞ고 ᄯᅩ 자긔의 ᄲᅡᆷ을 어로 만져 니르디,

"내가 도로혀 ᄭᅮᆷ을 ᄭᅢ지 못ᄒᆞ엿다 ᄒᆞ면 엇지 ᄯᅩ 잉이 등블 혀미 잇ᄂᆞᆫ고?"

졍히 어리셕게 싱각ᄒᆞ더니 다만 드르미 ᄉᆞ상운(史湘雲)이 겻히 잇셔 게론 허리롤 펴며 한숨 쉬거놀 샐니 머리롤 돌나 보니 샹운이 졍히 잠을 ᄭᅢᆯ락말락ᄒᆞ여105) 슈죡(手足)을 펴 ᄇᆞ리고 거의 니블을 모다 버슨지라. 보치 ᄆᆞ옴의 급히 ᄭᅢᄃᆞ라 샐니 져롤 밀며 니르디,

"운미미, 너는 잠을 ᄭᅢ라."

【68】 샹운이 놀나 ᄭᅢ여 눈을 ᄯᅥ 한 번 보니 보치 옷슬 닙고 니블을 두르고 안ᄌᆞ시며 ᄯᅩ 등블이 혀 잇거놀 샐니 무러 니르디,

"보져져야, 네 무ᄉᆞᆷ 일인고? 죠흔 쇼식이 잇ᄂᆞ냐?"

보치 웃고 니르디,

"네 엇지 ᄯᅩ 잉ᄋᆞ들과 쇼견이 ᄀᆞᆺ튼뇨? 너는 옷슬 닙고 니러 안ᄌᆞ라. 내 널노 ᄒᆞ여곰 한 믈건을 보게 ᄒᆞ리라."

샹운이 듯고 ᄯᅩ 옷슬 닙고 안ᄌᆞ더니 보치 글월을 가져 샹운을 쥬며 ᄯᅩ 손을 늘히여106) 탁ᄌᆞ의 등블을 ᄀᆞᆺ가히 옴겨오니 샹운이 바 【69】 다 등블을 향ᄒᆞ여 한 번 ᄌᆞ시 보니 크게 놀나 니르디,

"반야 삼경의 이 글월이 어대로 죠ᄎᆞ 왓ᄂᆞᆫ

---

104) 【버개】 명 벼개. ¶ 枕 ‖ 졍신을 뎡ᄒᆞ고 ᄌᆞ셰히 대옥의 면모와 몽중의 슈쟉ᄒᆞ던 일을 가져 그린 ᄃᆞ시 한 번 싱각ᄒᆞ미 마음의 심히 긔이ᄒᆞ고 ᄯᅩ 버개 가흘 어루만지미 한 낫 죠희 죠각이 잇ᄂᆞᆫ ᄃᆞᆺᄒᆞᆫ지라 (定了一定神, 細將黛玉的 面貌, 幷夢中所言之事, 摹擬着想了一番, 心中甚 是驚異, 又在枕邊模了一模, 像有個紙片兒似的.) <續紅 6:64>

105) 【-락】 □ ((받침 없는 용언의 어간, 'ㄹ' 받 침인 용언의 어간 뒤에 붙어)) (주로 '-락-락ᄒᆞ 다' 구성으로 쓰여) 뜻이 상대되는 두 동작이나 상태가 번갈아 되풀이됨을 나타내는 연결어미. ¶ 샐니 머리롤 돌나 보니 샹운이 졍히 잠을 ᄭᅢᆯ락말락ᄒᆞ여 슈죡을 펴 ᄇᆞ리고 거의 니블을 모다 버슨지라 보져져야 네 무ᄉᆞᆷ 일인고 죠흔 쇼식이 잇ᄂᆞ냐 (忙回過頭看時, 只見湘雲正在將 醒未醒之時, 手足幷伸, 幾乎把被兒都登開了.) <續紅 6:67>

106) 【늘히다】 동 늘이다. ¶ 伸 ‖ 보치 글월을 가져 샹운을 쥬며 ᄯᅩ 손을 늘히여 탁ᄌᆞ의 등블 을 ᄀᆞᆺ가히 옴겨오니 (寶玉將書啓遞與湘雲, 又伸 手將桌上的燈臺移近了些.) <續紅 6:68>

고?"

ㅎ거눌 보쳐 믄득 대옥의 령혼이 꿈의 와 글을 전ㅎ던 시종을 가져 일편을 말ㅎ니 샹운이 듯고 쏘 대희ㅎ여 니르디,

"져져야, 네 리일 일죽이 사롬을 보내여 이마마롤 영졉ㅎ여다가 무러보라. 만일 이마마도 꿈의 향릉을 보왓시량이면 이 일이 가히 진젹다 ㅎ리로다. 엇지 림챠뒤 네게 탁몽(托夢)ㅎ여 반밤 슈【70】쟉을 ㅎ엿거눌 네 엇지 나롤 한 번도 부르지 아니ㅎ엿느뇨?"

보쳐 웃고 니르디,

"네가 이 말이 쏘 사롬으로 ㅎ여곰 웃게 ㅎ는도다. 져 일인의 혼이 엇지 능히 두 사롬의 꿈의 뵈리오?"

샹운이 듯고 쏘 글월을 한 번 보고 니르디,

"네 리일이 글월을 가져 두 분 노인긔 보내여 보시게 ㅎ여 깃거ㅎ시게 아니ㅎ는고!"

보쳐 니르디,

"내 의스의는 이 글월을 구투여 노야와 태태긔 보시게 아니ㅎ리니 네 보라. 이 글월읫 말이 전슈(全數)히 우【71】리 스졍을 말ㅎ여시니 져허컨디 노애 보시면 도로혀 셩내실 듯ㅎ니 내가 리일 다만 꿈의 림미미롤 본 말을 가져 태태긔 고ㅎ고 다시 이마마의 말을 드러보와 져도 꿈의 향릉을 보와시면 곳 십분 가신(可信)ㅎ미 이시리니 엇지 반드시 이 일봉 글월의 관계ㅎ미 되랴?"

ㅎ고 말ㅎ며 쏘 글월을 가져 한 번 보고 거두어 노코 손을 늘히여 챵 우희 실 끼인 바눌을 쎈혀 내여 즈긔 닙은 져고리 깃슬 뜻고 글월을 그 속의 너코 호【72】아[107] 미며 쏘 샹운으로 더브러 한즈음 말ㅎ더니 어언 간의 닭이 울고 하눌이 밝은지라. 일졔히 의복을 닙고 쇼셰롤 맛치미 잉으와 취뤼 겨유 침금을 슈습ㅎ엿더니 셕츈(惜春)이 쎌니 다라와 급히 무르디,

"보져져야, 네 쟉야 꿈의 림져져롤 보왓느냐 아니 보왓느냐?"

보쳐 듯고 크게 놀나 니르디,

"스고낭아. 네 엇지 아느냐?'

셕츈이 니르디,

"지금 즈견(紫鵑)이 내게 고ㅎ여 말ㅎ디, 계가 쟉야 몽중의 림고낭이 와셔 져와 죠히 한 즈음 말ㅎ【73】미 림고낭의 말이 원러 너의게 탁몽ㅎ여 왓돈다 ㅎ더라 ㅎ니 내 드르미 가쟝 고이ㅎ지라. 이러므로 내 쇼셰롤 맛치고 몬져 여긔와 뭇느니 네 과연 이 꿈을 꾸엇느냐, 아니 ㅎ엿느냐?"

보챠와 샹운이 듯고 모다 대경(大驚)ㅎ여 보쳐 곳 꿈의 대옥 본 말을 셕츈의게 일편을 말ㅎ니 셕츈이 광희(狂喜)ㅎ믈 이긔지 못ㅎ여 니러나 니르디,

"이리 말홀 양이면 림져져는 일졍 신션이 되엿고 보거거는 일졍 득도ㅎ여시니 대략 회셩ㅎ는 일【74】도 쏘ㅎ 진젹ㅎ미 이거시 진실노 사롬의 의스의 밋지 못홀 일이로다. 우리 챠나 먹고 ᄌᆺ치 웃방의 가 태태긔 고ㅎ여 쏘ㅎ 태태로 ㅎ여곰 듯고 환희케 ㅎ며 다시 칠월을 기다려 보는 거시 올토다."

모다 졍히 챠롤 먹고 의론ㅎ더니 다만 드르미 밧겻[108] 방으로셔 즈견과 잉이 지져괴며 오더니 잉이 니르디,

"내가 곳 한 귀졀 말을 홀 거시니 너는 나롤 쑤짓지 말나. 네가 림고낭의게 비ㅎ건대 도로혀 더 사람의게 힐난(詰難)ㅎ다 니르【75】기 어렵도다."

쏘 드르미 즈견이 니르디,

"내 너롤 쑤지져 무엇ㅎ며 네 무엇ㅎ여 림고낭이 분슈(分數) 업시 싱젼스후(生前死後)의 보이야의게 힐난ㅎ다 말을 ㅎ는고? 너 ᄀᆺ튼 챠환은 말 말고 곳 이너니도 지금의 쏘 림고낭의 이런 말을 니르기롤 죠하 아니ㅎ느니라."

쏘 드르미 잉이 니르디,

"네 나와 닷토지 말나. 네 지죠가 잇셔 능히 림고낭으로 ㅎ여곰 관쇽의셔 스라나게 ㅎ면 내 바야흐로 네게 항복ㅎ리라."

ㅎ고 쏘 드르니 즈견이 니르디,

---

107)【호다】圖 호다. 꿰매다. ¶ 縫 ‖ 즈긔 닙은 져고리 깃슬 뜻고 글월을 그 속의 너코 호아 미며 (將自己貼身穿的紅綾小襖襟子拆開, 將書子放在裏頭仍舊縫好.) <續紅 6:72>

108)【밧겻】圖 바깥. ¶ 外邊 ‖ 모다 졍히 챠롤 먹고 의론ㅎ더니 다만 드르미 밧겻 방으로셔 즈견과 잉이 지져괴며 오더니 잉이 니르디 (大家正然吃茶議論, 只聽外邊房裡, 紫鵑、鶯兒拌起嘴來.) <續紅 6:74>

【76】 "네 지죠가 잇셔 능히 보이야로 ㅎ
여곰 화샹(和尙)이 되여 가지 아니케 ㅎ면 내
바야흐로 네게 항복ㅎ리라."

ㅎ거늘 보챠와 셕츈이 듯고 졍히 발작(發
作)ㅎ고즈 ㅎ더니 다만 보미 샹운이 희희히 웃
고 다라가 즈견 등 량인을 가져 귓부리109)롤 치
고 잡아 쓰어와 웃고 니르디,

"너의들 젹은 도야지 삿기야, 무어슬 위ㅎ
여 이쳐럼 고이흔 일을 니르혀 내느뇨? 너의도
싱각ㅎ여 보라. 너의 두 낫 쥬인이 평일의 엇더
흔 화긔(和氣)로 지내다가 지금 하나혼 【77】 죽
고 하나혼 스라시디 일향 피츠(彼此)업시 극진
이 스랑ㅎ여 ㅎ거늘 너 량개 즘싱년은 도로혀
져의 량개로 ㅎ여곰 원통흔 디경을 당케 ㅎᄂ
냐?"

잉오와 즈견이 각각 머리롤 슉이고 말이
업더라. 샹운이 또 웃고 니르디,

"보져져야, 네 이 량개 챠환은 진개 한 빵
죠흔 사룸이니 하나혼 이 꾀꼬리가 싱황(笙簧)
을 공교히 희롱홈 ᄀ고 하나혼 이 두견이 벽혈
(碧血)노 우는 것 갓트니 진졍 엇기 어렵도다.
내 보거거의 글월을 한 번 곳치려 ㅎ니 【78】 그
글의 우리 한 샹(床)의 셰히 죠하ㅎ믈 런ㅎ엿다
ㅎ니 그 셕삼 尼의 다시 두 획을 더ㅎ여 다스
오 尼롤 민들미 죠치 아니냐?"

보치 듯고 셕츈이 그 글 리력을 무롤가 두
려 셜니 샹운을 향ㅎ여 눈쥬며110) 웃고 니르디,

"운챠두야, 너는 못된 입부리롤 놀니지 말
나."

ㅎ고 졍히 담쇼홀 쩌의 다만 보미 노파 무
리 보ㅎ더,

"이태태 오신다."

---

109) 【귓부리】 閏 귓볼. ¶ 耳朵 ‖ 다만 보미 샹
운이 희희히 웃고 다라가 즈견 등 량인을 가
져 귓부리롤 치고 잡아 쓰어 와 웃고 니르디
(只見湘雲笑嘻嘻的走去, 將他二人撑着耳朵拉了
進來.) <續紅 6:76> ⇒ 귀쌀, 귓볼

110) 【눈쥬다】 閏 눈짓하다. ¶ 遞眼色 ‖ 보치 듯
고 셕츈이 그 글 리력을 무롤가 두려 셜니 샹
운을 향ㅎ여 눈쥬며 웃고 니르디 운챠두야 너
는 못된 입부리롤 놀니지 말나 (寶釵聽了, 恐怕
惜春追問書子的話, 忙與湘雲遞了個眼色, 笑道:
"雲丫頭, 你收了你的貧嘴罷.") <續紅 6:78> ⇒
눈주다

9

쇼녕형희강영희당 모황츙지취이홍원
小寧馨喜降榮禧堂　母蝗虫再醉怡紅院

ᄒ거늘 삼인이 듯고 이샹히 너겨 련망히 일시의 샹방(上房)의 니르니 다만 보미 셜이미 왕부인(王夫人)으로 【79】 더브러　한훤(寒暄)을 펴고 겨유 좌뎡(坐定)ᄒ엿다가 이의 삼인의 오ᄂᆞᆫ 거슬 보고 셜이미 곳 보챠다려 무르디,

"고낭아, 네 쟉야 ᄭᅮᆷ의 림민민를 보왓ᄂᆞ냐?

보치 웃고 니르디,

"내 혜아리건디 마미(媽媽) 쟉야의 필경 몽즁의 향릉을 보와시리라."

왕부인이 듯고 이샹히 너겨 니르디,

"너의 모녀들이 엇지 오늘날 겨유 만나 피ᄎᆞ의 모다 쟉야 몽즁ᄉᆞ를 아ᄂᆞ냐?"

셜이미 니르디,

"겨겨야, 네 드르면 진개 긔괴히 너기리라. 쟉야의 내 ᄭᅮᆷ의 향릉이 와셔 졔 【80】 날다려 말ᄒ디, '졔 죽은 후로 부친을 만나미 그 부친이 임의 졀반이나 신션이 되엿고 일홈은 무슨 진ᄉᆞ은[甄土隱]이라 부르며 겨를 낫[낫]그러 묘옥의 령혼과 ᄀᆞ치 다 경환션고의게로 보내니 그 디명은 무슨 경이라.' ᄒ더라."

보치 ᄲᅡᆯ니 니르디,

"아마도 이 태허환경(太虛幻境)이로다."

셜이미 머리 죠아 니르디,

"졍히 올흐나 내 ᄲᅩ흔 이 글ᄌᆞ를 비호지 못ᄒ엿노라. 졔 ᄲᅩ 말ᄒ디, '원비낭낭과 영고낭과 림고낭과 동부 쇽 쇼용대내내(小蓉大奶奶)와 우시 두 ᄌᆞ미 【81】 와 롱취암(櫳翠庵) 묘ᄉᆞ부(妙師父)와 쳥문(晴雯)과 금슌ᄋᆞ[金釧兒]와 셔쥬ᄋᆞ(瑞珠兒) 졔인이 다 그곳의 흠긔 머믈너 심히 열요(熱鬧)ᄒ다 ᄒ더라."

왕부인이 듯고 블승경아(不勝驚訝)ᄒ여 니르디,

"원리 이런 긔이ᄒᆞᆫ 일은 듯지 못ᄒ엿도다. 겨의 여려 사롬이 임의 죽엇거눌 엇지 친척과 쥬복(主僕)의 혼령이 도로혀 능히 한디 모혀 머무ᄂᆞᆫ고? 필경 죽어도 ᄉᆞ라심과 ᄀᆞᆺ도다."

셜이미 니르디,

"ᄯᅩ 긔이ᄒᆞᆫ 일이 잇도다. 졔가 ᄯᅩ 말ᄒ디, '겨의 림노야와 고태태 지금의 풍도셩황(酆都城隍)이 되여시 【82】 며 노태태로 더브러 친척이 모혓고 봉ᄎᆞ두(鳳丫頭)와 원앙(鴛鴦)과 쥬대(周大) 외싱(外甥)가지 모다 고노야 아문(衙門)의 잇셔 머믄다' ᄒ더라."

왕부인이 듯고 다시 이샹히 너겨 니르디,

"홍샹 드르미 사롬이 말ᄒ디, '음계(陰界)와 양계(陽界)가 ᄀᆞᆺ다' ᄒ나 뉘 ᄲᅩ흔 보와시리오마ᄂᆞᆫ 이 말과 ᄀᆞᆺ틀진디 과연 진젹ᄒᆞᆫ 일이로다."

셜이미 ᄯᅩ 니르디,

"이보다 더옥 긔이ᄒᆞᆫ 일이 이시니 졔가 ᄯᅩ 말ᄒ디, '쟉일의 보옥(寶玉)이 류샹련(柳湘蓮)과 ᄀᆞᆺ치 태허환경의 갓다.' ᄒ더라."

왕부인이 듯고 크게 놀나 【83】 니르디,

"이 ᄲᅩ흔 극히 괴이ᄒᆞ도다. 내 쟉야 ᄭᅮᆷ의 보니 보옥이 한 낫 년경(年輕)ᄒᆞᆫ 도ᄉᆞ로 더브러 텬샹으로 림고낭을 ᄎᆞᄌᆞ려 가랴 ᄒ더니 그 도ᄉᆡ 이 류샹련이 아닌가 아지 못게라 이 류샹련은 ᄯᅩ 엇던 사롬인고?"

셜이미 니르디,

"겨겨야, 네 엇지 이것노냐? 류샹련은 곳 반ᄋᆞ(蟠兒)의 죠흔 붕위(朋友)니 향ᄌᆞ의 반이 겨의게 치믈 닙엇더니 그 후의 반이 무역(貿易)ᄒ고 도라오ᄂᆞᆫ 길의 도젹을 만낫더니 졔가 ᄯᅩ 구ᄒ여 쥬엇ᄂᆞᆫ지라. 일노 죠ᄎᆞ 이 두 사롬 【84】 이 결위형뎨(結爲兄弟)ᄒ엿고 련이애 ᄯᅩ 겨를

위흐여 우가 삼고냥의게 뎡혼흐엿더니 그 후의
졔가 퇴혼흔지라. 이러므로 우삼고냥이 곳 즈결
흐여시니 엇지 이 일을 져겨가 싱각지 못흐노
냐?"

왕부인이 니ᄅ더,

"올치 아니랴. 내 이졔 싱각건더 신혼(神
魂)이 후두흐믈 아지 못흐엿도다. 보옥이 쏘 엇
지 져와 한 곳으로 갓는고?"

셜이민 니ᄅ더,

"드ᄅ니 져 즈음긔 우삼고냥의 죽은 후의
류샹련이 곳 밋친 도스롤 ᄯᆞ라 츌가흔지라. 우
리 반이 져롤【85】 찻지 못흐고 쏘 몃츌을 울엇
시니 싱각건더, '승되(僧道) 흔 가지라.' ᄒ니 외
싱(外甥)이 져와 무슴 만나보지 못홀 일이 이시
리오?"

왕부인이 니ᄅ더,

"아지 못게라 져의 태허환경의 가 쏘 엇더
흔 모양이 되여실고?"

셜이민 니ᄅ더,

"향릉이 말흐더, 져의 태허환경의 간 후의
우리 고냥이 쥬혼(主婚)ᄒ고 경환선괴(警幻仙姑)
즁민 되여 곳 져의 미뎨롤 가져 류샹련과 결친
흐엿고 림고냥은 져의 부모의 명이 업스므로 보
옥을 디부로 보내여 고【86】 노야와 고태태의게
쳥ᄒ라 갓ᄂᆞ니라."

왕부인이 듯고 착급(着急)ᄒ여 니ᄅ더,

"이리 말홀 양이면 우리 보옥이 쏘 죽지
아니흐엿ᄂᆞ냐? 그러치 아니면 엇지 능히 디부로
갓시리오?"

셜이민 니ᄅ더,

"져져야, 너는 쏘 착급히 구지 말나. 내가
쏘 이 말을 향ᄅ다려 무ᄅ민 향릉이 말흐더,
'외싱과 샹련이 임의 슈련득도(修鍊得道)ᄒ엿고
쏘 져의 스부 망망대스(茫茫大士)와 묘묘진인(渺
渺眞人)이 잇셔 가만흔 쇽의 신통(神通)을 부려
져져 무리로 ᄒ여곰 일단 인과롤【87】 셩취케
ᄒ니 이러므로 져의 무리 승텬입디(昇天入地)ᄒ
고 왕리 즈유(自由)ᄒᆞᆫ 거시니 실노이 사후(死
後) 령혼(靈魂)이 아니오?"

향릉이 쏘 말흐더,

"쟝리 태허환경의 잇는 여러 령혼이 모다
회싱홀 듯ᄒ더라."

ᄒ며 쏘 보챠롤 향ᄒ여 니ᄅ더,

"고냥아, 네 쟉야 ᄭᅮᆷ의 림민민롤 보니 졔
가 너와 엇지 말흐더뇨?"

보치 ᄲᆞ니 디답흐여 니ᄅ더,

"쟉야 ᄭᅮᆷ의 림민민 말흐던 거시 마마의 니
ᄅ는 향릉의 말과 한 즈도 틀니지 아니ᄒ니 진
긔 고이흐고 림민민 쏘【88】 내게 고ᄒ여 말흐
더, '향릉이 마마롤 보라 간다.' ᄒ고 져도 쏘
즈견을 보라 간다 흐더니 오늘 쳥신(淸晨)의 스
고냥이 곳 우리집의 와 말흐더, '즈견이 쟉야의
쏘 림민민롤 몽중의 보왓시더 그 말ᄒ는 거시
지금 말흐던 것과 일양(一樣)이라. 우리 삼인이
졍히 이상히 너겨 홈긔 태태긔 가셔 고흐고 마
마롤 뫼셔와 이 ᄭᅮᆷ을 디졀흐려111) ᄒ더니 뉘 알
니오 마미 영졉(迎接)지 아냐도 왓도다."

셜이민 니ᄅ더,

"올치 아니랴? 내 싱각흐미 이 ᄭᅮᆷ이 긔이
ᄒ여【89】 평시(平時)의 보는 것과 ᄀᆞᆺ튼지라. 이
러므로 내 오늘 쳥신의 니러나 보미 네 질이 어
졔보다 나흔지라. 곳 쇼셰흐고 챠롤 멍에ᄒ
여112) 몬져 여긔와 너다려 ᄭᅮᆷ 유무롤 뭇더니 과
연 너도 림민민롤 몽중의 보와시니 진개 사롬의
의스의 밋지 못홀 긔이흔 일이로다."

왕부인이 져 모녀의 말을 듯고 겨유 방심
(放心)ᄒ고 이의 길게 한 쇼리 탄식흐고 니ᄅ더,

"이태태야, 네 보아라. 져의 무리 이쳐럼
열요흐니 진개 노태태의 말슴의 '원개(冤家) 아
니면【90】 셔로 모히지 아니흐다.' 니롬과 ᄀᆞᆺ도
다. 네 보라. 우리 보옥이 싱내의 긔벽이 젹어
곳 다른 어린 ᄋᆞ희와 ᄀᆞᆺ지 아니터니 편벽도히
림츄두와 졍분이 이 지경의 니ᄅ니 우리 어
룬113)되니야 엇지 여긔 유심(留心)ᄒ여시리오?"

---

111)【디졀ᄒ다】圖 미상. ¶ 對 ‖ 우리 삼인이
　　졍히 이샹히 너겨 홈긔 태태긔 가셔 고흐고 마
　　마롤 뫼셔 와 이 ᄭᅮᆷ을 디졀흐려 흐더니 뉘 알
　　니오 마미 영졉지 아냐도 왓도다 (我們三個正
　　在驚異, 要同上來告訴了太太, 接了媽來對一對這
　　個夢, 　誰知道媽媽不用接去就來了呢.) <續紅
　　6:88>

112)【멍에ᄒ다】圖 타다. ¶ 套 ‖ 곳 쇼셰흐고
　　챠롤 멍에흐여 몬져 여긔와 너다려 ᄭᅮᆷ 유무롤
　　뭇더니 과연 너도 림민민롤 몽중의 보와시니
　　진개 사롬의 의스의 밋지 못홀 긔이흔 일이로
　　다 (我就趂着梳了頭, 洗了臉, 敎他們套上車, 先
　　到這裡來問問你做夢來沒有? 　果然你也夢見你林
　　妹妹了.) <續紅 6:89> ⇒ 멍의ᄒ다

모다 말ᄒ되,

"보챠두ᄂᆞᆫ 인픔이 은즁(穩重)ᄒ고 림챠두ᄂᆞᆫ 신샹의 병이 만타ᄒ여 이러므로 져의 대소ᄅᆞᆯ 셩 취ᄒ미오 본ᄅᆡ ᄆᆞ옴이 편벽도이 하나의게ᄂᆞᆫ 후 ᄒ고 하나의게ᄂᆞᆫ 박ᄒ미 아니러니 뉘 알니오 이 졔 하나 【91】 혼 쥭고 하나혼 츌가ᄒ여 승텬입 디(昇天入地)ᄒ다 들네니 이 아니 보챠두만 괴 롭게 ᄒᄂᆞᆫ 일이 아니냐? 비록 말ᄒ기ᄅᆞᆯ 져의 무 리 후일의 다시 회셩ᄒᆞᆫ다 ᄒ나 이런 묘묘명명(渺渺冥冥)ᄒᆫ 일은 사름으로 ᄒ여곰 엇지 미드 며 ᄒᄆᆞᆯ며 져의 무리 과연 회셩ᄒᆞᆯ량이면 보챠두 와 림챠뒤 엇지 ᄎᆞ셔(次序)ᄅᆞᆯ 분변ᄒ리오?"

보치 ᄉᆡᆯ니 니ᄅᆞ되,

"태태ᄂᆞᆫ ᄯᅩ 구ᄐᆡ여 이런 일을 근심치 말 나. 이졔 세 사름의 ᄭᅮᆷ이 셔로 ᄀᆞᆺᄐᆞ니 회셩ᄒᆞᆫ다 말도 무거(無据)ᄒ다 ᄒᆞᆯ 슈 업 【92】 고 ᄒᄆᆞᆯ며 져의 무리 니ᄅᆞ되, '졍약(定約)이 칠월의 잇다' ᄒ니 여러 달 동안이 될지라. ᄯᅩ 쇼식을 다시 드러 보리라. 나의 림미미ᄂᆞᆫ 본더 어려실 졔로 븟허 한가지로 ᄌᆞ라고 피ᄎᆞ의 ᄯᅩ 졍의(情意) 샹 합(相合)ᄒ니 태태ᄂᆞᆫ 구ᄐᆡ여 엇지 ᄎᆞ셔ᄅᆞᆯ 뎡ᄒ 던지 념려 말나. 녯 젹의 욧인군(堯仁君)이 두 ᄯᅡᆯ 아황(娥皇), 녀영(女媖)으로써 슌인군(舜仁君) 과 비필(配匹)ᄒ여시니 져의 친ᄌᆞ미 량인이 뉘 가 크고 뉘가 젹다 니ᄅᆞ기 어렵도다."

왕부인이 듯고 일희일비(一喜一悲)ᄒ여 니 ᄅᆞ되,

"우리 ᄋᆞ희 【93】 야, 네 이 진개 챡ᄒᆞᆫ 것 들이로다. 이쳐럼 무던ᄒ니 엇지 사름으로 ᄒ여 곰 ᄉᆞ랑치 아니리오?"

셜이미 니ᄅᆞ되,

"우리 보챠뒤 어렷실 졔븟허 곳 셩졍이 이 ᄀᆞᆺ튼지라. 이러므로 아모 사름이라도 셔로 화합 히 지내며 ᄒᄆᆞᆯ며 림고낭은 내 져ᄅᆞᆯ 보미 심히 ᄉᆞ랑ᄒᄂᆞ니 이ᄂᆞᆫ 져의 ᄌᆞ미들이 젼셰의 미진 인 연이 깁ᄒ므로 금셰의 능히 한 가지로 모혀시니 내 싱각건대 이런 사름들은 곳 삼쳐ᄉᆞ쳡(三妻四

妾)이 되여도 허믈이 업술 거 【94】 시니 다만 져의 부쳐(夫妻) ᄌᆞ미들이 화긔(和氣)로 지내면 죠흘 ᄹᅳᆫ이오 뉘 크다 ᄒ며 뉘 젹다 ᄒ리오?"

왕부인이 ᄯᅩ혼 졈두(點頭)ᄒ고 니ᄅᆞ되,

"이태태 ᄀᆞᆺ튼 이런 인졍을 혜아리시는 이 ᄂᆞᆫ 실노 엇기 어렵도다. 쟝ᄅᆡ의 과연 이 모양이 량이면 너의 모녀 이인이 우리 모ᄌᆞ 량인을 셩 취(成就)ᄒ여 쥬미로다."

졍히 말ᄒᆞᆯ 즈음의 다만 보니 니환(李紈)과 평이(平兒) 일졔히 드러와 셜마마ᄅᆞᆯ 향ᄒ여 문 안ᄒ기ᄅᆞᆯ ᄆᆞ치고 곳 ᄎᆞ례로 안졋더니 셕츈이 드 더여 셜이 【95】 마와 보챠와 ᄌᆞ견의 세 ᄭᅮᆷ이 셔 로 ᄀᆞᆺ튼 말을 니환과 평ᄋᆞ의게 일편을 고ᄒ니 두 사름이 듯고 ᄯᅩ 모다 깃거ᄒ더라. 셜이미 ᄯᅩ 향릉이 현몽(現夢)ᄒ여 니ᄅᆞ되,

"가쥬(賈珠)도 림공(林公) 아문(衙門)의 잇 셔 대신 가ᄉᆞᄅᆞᆯ 총찰(總察)ᄒ다."

니ᄅᆞ던 말을 니환의게 고ᄒ니 왕부인과 니 환이 ᄯᅩ 눈물을 흘니더라. 모다 안져 한 지위 한담ᄒ다가 죠반을 츌혀 모다 먹고 ᄉᆞ샹운이 곳 셜이마ᄅᆞᆯ 마져 대관원(大觀園)으로 놀나 갈 시 이의 노파 무리와 젹은 츠환 【96】 들이 ᄯᅮᆯ셔 길 을 인도ᄒ고 셜이마와 샹운과 왕부인 등이 일졔 히 완힝(緩行)으로 원즁의 나아갈 시 ᄎᆞ시ᄂᆞᆫ 모 춘(暮春)이라 일난풍화(日暖風和)ᄒ고 화류(花柳) 가 명미(明媚)ᄒᆫ지라. 우이(逌邐)ᄒ여 힝ᄒ더니 믄득 바라보미 쇼샹관(瀟湘館)의 취쥭(翠竹)이 참텬(參天)ᄒ고 록음(綠陰)이 만디(滿地)ᄒ거ᄂᆞᆯ 샹운이 곳 쇼샹관으로 가 보고ᄌᆞ ᄒ더니 다만 보미 ᄌᆞ견이 ᄉᆡᆯ니 옷고름의 열쇠ᄅᆞᆯ 글너 내여 방문을 여니 셜이마와 왕부인과 ᄉᆞ샹운 등이 일 졔히 드러와 보미 긔명(器皿)과 포진(鋪陳)이 모 다 【97】 졍결ᄒ여 완연이 디옥의 싱시와 일반이 라. 모다 탄식ᄒ거ᄂᆞᆯ 보치 드러여 ᄌᆞ견의 평일 의 진심ᄒ여 쇼쇄ᄒ던 말을 가져 일편을 옴기니 셜이미 듯고 감샹ᄒᄆᆞᆯ ᄭᅵ닷지 못ᄒ여 ᄌᆞ견을 블 너 앏흐로 오라 ᄒ여 엇기ᄅᆞᆯ 치며 니ᄅᆞ되,

"내 도로혀 네가 이런 츙심이 잇는 챠환인 쥴 몰낫도다. 네 싱각ᄒᄂᆞ냐? 어내 희의 내가 너의 고낭으로 더브러 긔롱ᄒ더니 네가 곳 졍말 인 쥴 알고 밧비 나와 말니더라. 후일 【98】 의 너의 고낭이 회셩ᄒ거든 내가 너의 태태로 더브 러 말ᄒ여 너ᄅᆞᆯ 방 즁의 두고 너ᄅᆞᆯ 위ᄒ여 녀셔

---

113) 【어룬】 몡 어른. ¶ 大人 ‖ 우리 보옥이 싱 내의 긔벽이 젹어 곳 다른 어린 ᄋᆞ희와 ᄀᆞᆺ지 아니터니 편벽도히 림츠두와 졍분이 이 지경의 니ᄅᆞ니 우리 어룬되니야 엇지 여긔 유심ᄒ여시 리오 (你看我們寶玉生成的脾性, 小小兒就與別的 小孩子不同, 偏他就和林丫頭情分到這步田地, 我 們做大人的那裡留心到這上頭呢.) <續紅 6:93>

룰 어더 쥬리라.”

즈견이 뺨이 붉어 니르디,

“이태태야, 노인내가 정대치 못ᄒ도다.”

샹운이 곳 자견으로 ᄒ여곰 향을 가져오라 ᄒ여 친히 화로의 피오고 눈믈을 흘니며 입으로 한 츠례 암축(暗祝)ᄒ니 여러 사룸이 쏘 한 츠례 눈믈을 흘니고 반향을 비회ᄒ다가 흠긔 쇼샹관으로 나아와 이홍원(怡紅院)으로 올 시 쏘 보미 화목이 【99】 만디ᄒ고 인격이 고요ᄒ디 다만 몃 긔 노파만 잇셔 슈직(守職)ᄒ거늘 중인이 이런 쳐량ᄒ 경상을 보고 감회ᄒ믈 면치 못ᄒ여 보옥이 집의 이 가쟝 화려ᄒ던 일을 싱각ᄒ고 샹심ᄒ믈 마지 아니ᄒ더라. 왕부인이 믄득 셜이마롤 향ᄒ여 의론ᄒ디, 보챠로 ᄒ여곰 젼일과 ᄀᆞ치 이홍원으로 반이(搬移)ᄒ여 쟝리 분산홀 ᄲᅵᆷ의 고요ᄒ믈 취ᄒ노라 ᄒ니 셜이미 쏘 십분 즐겨 ᄒᄂᆞᆫ지라. 왕부인이 평ᄋᆞ의게 분부ᄒ여 림지 【100】 효(林之孝)의게 말ᄒ여 이홍원을 슈리ᄒ라 ᄒ고 퇴일ᄒ여 반이케 ᄒ더라. 모다 ᄒᆫ 츠례 한담ᄒ고 쏘 즈룽쥬(紫菱洲)와 우향ᄉ(藕香榭)와 형무원(蘅蕪院)과 츄샹지(秋爽齋)와 란향ᄋᆞ(暖香塢)의 가 두로 구경ᄒᆫ 후의 도향촌(稻香村) 니환의 잇ᄂᆞᆫ디 와셔 셕식을 먹을 시 샹운이 쏘 왕부인을 권ᄒ여 탐츈(探春)을 영졉ᄒ여 와셔 여러 날 머믈게 하려 ᄒ거늘 왕부인이 쏘 허락ᄒ고 각각 허여져 가더라. 왕부인이 드대여 셜이마와 보챠와 즈견의 세 사룸의 꿈 【101】 이 셔로 ᄀᆞᄐᆫ 말을 가져 일일히 가졍(賈政)의게 고ᄒ니 아지 못게라 가졍이 엇지 대답ᄒ고 하회의 분히ᄒ라.

[속홍루몽續紅樓夢 권지칠卷之七]

【1】 화셜, 왕부인(王夫人)이 셜이마(薛二媽)와 보챠(寶釵)와 즈견(紫鵑)의 세 꿈이 셔로 ᄀᆞᄐᆞᆷ을 가져 가졍의게 고ᄒ니 가졍은 본디 글 닑은 사룸이라. 엇지 이 허탄ᄒᆫ 말을 즐겨 미드리오 마는 왕부인의 말이 십분(十分) 명빅(明白)ᄒ고 쏘 왕부인이 보옥을 싱각ᄒ여 병이 날가 두려 다만 디답ᄒ여 니르디,

“귀신의 도가 변홰무궁(變化無窮)ᄒ니 우리 무리 다만 젹덕(積德)을 힝ᄒ면 혹 하 【2】 놀이 어엿비 너기샤 젼화위복(轉禍爲福)이 될ᄂᆞᆫ지 모롤지니 황당ᄒᆫ 일은 결단코 사룸을 향ᄒ여 니르지 말고 다만 되여가는 디로 ᄒᄂᆞᆫ 거시 죠토다.”

ᄒ니 왕부인이 졈두(點頭)ᄒ더라. 이 날은 쉬고 명일의 니르러 왕부인이 믄득 사룸을 식여 탐츈(探春)을 영졉ᄒ여 와셔 ᄉᆞ샹운(史湘雲)으로 더브러 츄샹지(秋爽齋)의 흠긔 머믈게 ᄒ고 쏘 퇴일ᄒ여 보챠롤 가져 이홍원(怡紅院)의 반이(搬移)ᄒ고 이마마(二媽媽)롤 머므러 보챠로 더브러 ᄲᅡᆨ을 지어 지내더라.

광음 【3】 이 임염(荏苒)ᄒ여 일삭이 지나미 단양일(端陽日)이 ᄌᆞ가온지라. 일일은 쳥신(淸晨)의 니르나 보치 믄득 복중이 블평ᄒ믈 ᄯᅵ ᄃᆞᆺ고 가마니 겨의 모친긔 고ᄒ니 셜이미 쏘ᄒᆫ 분만될 줄 짐작ᄒ고 샹방(上房)의 가 왕부인을 향ᄒ여 의론ᄒ디,

“노셩ᄒ ᄋᆞ히 바들 노파롤 영졉ᄒ려 ᄒ다.”

ᄒ니 왕부인이 머리롤 슉이고 싱각ᄒ여 니르디,

“내 싱각건디 젼일 보옥이 날 ᄯᅵ의 밧던 노퍼 가쟝 맛당ᄒ여 심히 노셩(老成)ᄒ고 단련(鍛鍊)ᄒ디 가셕ᄒ다. 임의 【4】 죽엇고 죠이낭(趙姨娘)이 환ᄋᆞ(環兒) 나흘 ᄯᅵ의 밧던 마도파(馬道婆)는 지금 죽은 말은 말 말고 이제 ᄉᆞ랏다 ᄒ여도 그런 노챵부(老娼婦)는 쓸디 업고 봉챠뒤(鳳釵頭) 교져(巧姐) 나흘 ᄯᅵ의 바던 노파는 그 누구던지 싱각지 못ᄒ니 내가 평고낭(平姑娘)다려 무러보면 곳 알니라.”

ᄒ고 말ᄒ며 믄득 옥슌ᄋᆞ[玉釧兒]롤 부려 평아(平兒)롤 쳥ᄒ니 한 시긱이 못되여 평이 니ᄅᆞ거늘 왕부인이 믄득 쇼리롤 나죽이 ᄒ여 무러 니르디,

“네 가히 싱각ᄒ깃ᄂᆞᆫ냐? 어내 ᄒᆡ의 너의 내내(奶奶)가 교져(巧姐) 나흘 젹 【5】 의 밧던 노퍼 이 뉘 던고?”

평이 한즈음 싱각ᄒ다가 니르디,

“나도 즈셰히 싱각지 못ᄒ나 아마도 류로뢴(劉老老) ᄃᆞᆺᄒ도다.”

셜이미 쳥료(聽了)의 샐니 니르디,

“네 말이 올토다. 너 류로로롤 보니 그 사룸이 비록 향암(鄕闇)된 사룸이나 도로혀 진실

무위(眞實無僞)ᄒ고 ᄯᅩ 나히 만코 지낸 일도 소
만ᄒ니 그를 쳥ᄒᆞ여 오는 거시 올흐리로다."

평이 니ᄅᄃᆡ,

"류로뢰 평일의 ᄒᆡᆼ샹 이런 일을 잘ᄒ고 ᄯᅩ
흔 사름이 심히 맛당ᄒ니 비록 언어와 힝식 사
룸의게 우음을 취ᄒᆞ【6】디 도로혀 셩졍이 담
(淡)ᄒᆞ여 남의 믈건을 탐ᄒ미 업ᄂᆞ니라. "

왕부인이 니ᄅᄃᆡ,

"임의 니ᄅ러ᄒᆞ면 네 곳 사름을 시겨 림지효
(林之孝)의게 고ᄒᆞ여 슈레를 메여 가 류로로를
영졉ᄒᆞ여 즉시 오게 ᄒ미 올흐니라."

평이 ᄃᆡ답ᄒ고 스스로 가셔 쥬션(周旋)ᄒᆞ
더라. 셜이미 이홍원으로 도라와 류로로를 영졉
ᄒᆞ여 온단 말을 보챠의게 고ᄒ니 보치 이ᄯᅥ의
졍히 탐츈과 샹운으로 더브러 한가히 ＜달싱편
達生篇＞의 잇는 싱산ᄒᆞᄂᆞ 법을 의론ᄒᆞ더니 사
【7】룸을 시겨 류로로 영졉ᄒᆞ단 말을 듯고 눈
셥을 ᄶᅵᆼ긔며 니ᄅᄃᆡ,

"마미 앒히 계시면 믄득 죠흘 거시니 구ᄐᆞ
여 져 무리를 블너와 열요(熱鬧)히 구러 사름으
로 ᄒᆞ여곰 블평케 ᄒ리오?"

셜이미 듯고 우ᄉᆞ며 니ᄅᄃᆡ,

"대고낭(大姑娘)과 삼고낭(三姑娘) 무리는
모다 드ᄅ라. 내 곳 여러 ᄋᆞ희를 나핫시대 한
번도 감히 ᄋᆞ희 밧는 노파를 쳥치 말나 니ᄅ미
업거눌 너의 무리는 드ᄅ라. 보져져(寶姐姐)의
말이 올흐냐, 올치 아니냐? 쳐음으로 ᄋᆞ희를 나
ᄒ며 엇지 ᄋᆞ희 밧는 【8】노파를 슬희여ᄒᆞᄂ
냐?114) ᄉᆞ룸의 지각(知覺)이 아니로다."

즁인이 모다 웃더라. 탐츈(探春)이 니ᄅᄃᆡ,

"져져야, 이마의 말슴이 올흐니 필경 단련
흔 사름이 잇셔야 죠흘 거시오, 모든 일을 우리
여러 사름이 각기 쥬견(主見)이 잇거눌 엇지 져
의 무리 지져괴는 말을 모다 죠ᄎ리오?"

졍히 의론ᄒᆞ더니 사름이 와셔 보ᄒᆞᄃᆡ,

"류로뢰 왓다."

ᄒᆞ거눌 셜이미 믄득 탐츈을 머믈너 보챠로

더브러 작반(作伴)ᄒ고 ᄌᆞ긔는 ᄉᆞ샹운(史湘雲)으
로 더브러 샹방으로 와 한 번 문 【9】의 드러보
니 류로뢰 왕부인과 대좌ᄒᆞ여 챠를 먹다가 져의
무리 오믈 보고 련망히 니러나거눌 셜이미 웃고
무러 니ᄅᄃᆡ,

"로로야, 평안ᄒᆞ더냐? 우리 무리 일년이나
넘도록 못 보왓더니 네 엇지 늙어가도록 더옥
졍신이 죠흐냐?"

류로뢰 웃고 니ᄅᄃᆡ,

"고태태(姑太太)야, 만복을 쳥ᄒᆞᄂᆞ니 너 노
인내의 손(孫)보믈 치하ᄒᆞ노라. 내가 노태태 귀
텬ᄒ신 후의 한 번 왓고 그 후의 교고낭(巧姑
娘)을 보내고 우리 집의 도라가 살님의 골몰(汨
沒)ᄒᆞ여 한 번 【10】도 틈이 업셔 오지 못ᄒᆞ여
시나 노태태와 고태태의 나를 졉ᄃᆡᄒ던 은혜를
싱각ᄒ미 엇지 일신들 니ᄌ리오? 지금 고태태가
사름을 브러 나를 영졉ᄒ시믈 듯고 내 졍히 밥
을 먹다가 급히 슈져를 노코 곳 니ᄅ럿노라. 이
한 분은 ᄉᆞ대고낭(史大姑娘)이 아니시냐?"

샹운이 웃고 니ᄅᄃᆡ,

"로로야, 네 죠흐냐? 네 엇지 외손ᄌᆞ와 외
손녀를 아니 다려왓ᄂᆞ냐?"

류로뢰 니ᄅᄃᆡ,

"익야(噯喲), 우리 고내내야. 져의 무리 이
졔는 모다 쟝셩ᄒᆞ여시나 ᄯᅩ 지각도 업고 ᄯᅩ 신
【11】샹의 닙을 것도 업고 다리고 오면 우음을
취ᄒ깃기로 아니 다리고 왓노라."

졍히 말홀 ᄯᅥ의 다만 보니 잉이 황황급급
히 다라와 니ᄅᄃᆡ,

"태태야, 삼고낭이 나를 시겨 와 류로로를
쳥ᄒᆞ여 ᄲᆞ니 오라 ᄒ더라."

왕부인과 셜이미 듯고 슈각(手脚)이 황망
ᄒᆞ여 즉시 샹운과 평ᄋᆞ를 쳥ᄒᆞ여 류로로를 ᄶᅥ붓
드러115) 발이 ᄯᅡ히 붓지 아니케 나는 ᄃᆞ시 이홍
원으로 향ᄒᆞ여 올 시 왕부인과 셜이마는 뒤히셔
지쵹ᄒᆞ여 겨유 문 어귀의 니ᄅ니 발셔 ᄋᆞ희 【12

---

114) 【슬희여ᄒᆞ다】圈 싫어하다. ¶ 厭煩 ∥ 너의
무리는 드ᄅ라 보져져의 말이 올흐냐 올치 아
니냐 쳐음으로 ᄋᆞ희를 나흐며 엇지 ᄋᆞ희 밧는
노파를 슬희여ᄒᆞᄂᆞ냐 ᄉᆞ룸의 지각이 아니로다
(你聽你寶姐姐說的好不好, 養頭生兒孩子厭煩老
老了, 這不成了個人精了麽!) ＜續紅 7:8＞ ⇒ 스
려ᄒ다, 슬희여ᄒ다

115) 【ᄶᅥ붓드-】圖 《ᄶᅥ붓들다》 껴붙들다. 'ᄶᅥ붓들
다'의 'ㄹ' 벗어난 줄기. ¶ 攙 ∥ 왕부인과 셜이
미 듯고 슈각이 황망ᄒᆞ여 즉시 샹운과 평ᄋᆞ를
쳥ᄒᆞ여 류로로를 ᄶᅥ붓드러 발이 ᄯᅡ히 붓지 아
니케 나는 ᄃᆞ시 이홍원으로 향ᄒᆞ여 올 시 (王
夫人, 薛姨媽聽了慌了手脚, 就請湘雲, 平兒攙了
劉老老的脅窩, 抽得脚不沾地如飛的向怡紅院來.)
＜續紅 7:11＞ ⇒ ᄶᅥ붓드-, ᄶᅥ붓들다

】우룸 쇼리 들니더라. 원리 류로로는 오러 크게 단련흔 숌씨라. 런망히 나아가 ᄋ히룰 안아 니르혀고 즉시 태(胎)룰 가르고 강보(襁褓)로 싸셔 캉 우희 편안히 노코 쏘 보챠룰 붓드러 니블 속의 안치고 노파 무리룰 블너 쇼쇄(掃灑)룰 졍결히 흐고 믈을 가져 손을 삣기룰 뭇츠미 그졔야 왕부인과 셜이마룰 향흐여 웃고 니르디,

"두 분 고태태야, 크게 치하흐노라. 이는 곳 일위 공지로다."

왕부인이며 셜이미 듯고 각각 대희흐여 썰【13】니 사룸을 명흐여셔 방의 가셔 가졍(賈政)의게 고흐여 알게 흐니 가졍이 쏘흔 십분 환희흐며 보옥을 싱각고 한 지위 감샹흐믈 니긔지 못흐더니 이의 급히 왕태의(王太醫)룰 쳥흐여 와 보챠룰 가져 진믹(診脈)흐고 쏘 ᄋ히룰 보게 흐니 왕태의 다만 말흐디,

"산모와 ᄋ히 모다 병이 업스니 산모는 궁귀탕(芎歸湯) 두 쳡을 먹이고 ᄋ히는 겨기 일랄금(一捏金)을 먹이디 다른 약은 쓰지 말고 오즉 음식으로 죠양(調養)흐는 거시 올토다."

흐더라. 왕태의 간【14】 후의 가졍이 쏘 가묘(家廟)의 올나 텬디(天地)와 죠션(祖先)긔 샤례흐고 드디여 ᄋ히 일홈을 가계(賈桂)라 흐니 난쵸(蘭草)와 계슈(桂樹)의 일졔히 곳다온 뜻을 취흐엿더라. 가샤(賈赦)와 형부인(邢夫人)과 다못 녕부(寧府) 즁의 가진(賈珍)과 우시(尤氏) 등이 모다 일졔히 와셔 환희흐더라.

삼일의 니르러 가졍이 이의 사룸을 보내여 남안태비(南安太妃)와 셔평군왕(西平郡王)과 북졍군왕(北靜郡王)과 무릇 친의(親誼) 잇는 이와 교호(交好)흐는 사룸의 집의 알게 흐니 모다 희단일합(喜蛋一盒)을 보내고 기외 각쳐의셔【15】도 모다 쥭미(粥米)와 쳠분(添盆)흐는 례믈을 궤숑(饋送)흐더라. 이 날은 모든 친우외긱(親友外客)은 쳥(請)치 아니흐고 다만 즈긔 집의셔 잔치흐디 외면 셔방(書房)의는 가샤(賈赦)와 가졍(賈政)과 가진(賈珍)과 가련(賈璉)과 난가ᄋ(蘭哥兒)와 다못 죡즁의 몃 개 즈뎨(子弟)들이 여러 즈리의 안고 내권(內眷)들은 ᄋ히 삣기는 거슬 보려흐여 모다 이홍원의 모혀시니 십금격즈(十錦擱子) 밧근 셜이마(薛姨媽)와 형부인(邢夫人)과 왕부인(王夫人)과 우시(尤氏)와 니환(李紈)과 평ᄋ(平兒) 녀셧 사룸이 두 즈리의 안고 격즈

안히는 보챠의 와실(臥室)이라. 류로로와【16】수샹운과 형슈연(邢岫烟)과 셜보금(薛寶琴)과 탐츈(探春)과 교져ᄋ(巧姐兒)와 다못 보챠와 아오로 일곱 사룸이 한 즈리의 안즈시며 셕츈은 오도(悟道)흘 ᄆ음이 간졀흐여 즐겨 산실의 니르지 아니흐고 다만 왕부인 샹방의 잇셔 쇼찬(素餐)으로 먹고 겸흐여 문호(門戶)룰 숨히더라.

챠셜, 류로뢰 음쥬흘 즈음의 믄득 톄경(體鏡) 문병(門屛)을 보고 이의 가르치며 웃고 니르디,

"렬위 내내야, 내 긔록흐니 어내 히의 노태태 싱시의 날노 흐여곰 원즁의셔 하로룰 노더니 그쩌의 내【17】 술이 취흐믈 인흐여 측간의 단녀올 시 곳 길을 일허 스면으로 방황흐다가 믄득 이 곳의 니르니 뉘 알니오 요요젹젹(寥寥寂寂)흐디 한 낫 개도 업고 다만 이 큰 거울만 잇는지라. 그 거울 속의 내 그림지 빗쵀거늘 내 ᄆ음의 황홀흐여 혜오디, '다만 우리 친가뫼 왓다.' 흐여 내 곳 져와 한 츠례 말흐미 엇지흔지 내가 무어시라 흐면 져도 무어시라 흐고 내가 우스면 져도 웃더라."

말흐니 보챠와 샹운 등 오인이 모다 대쇼흐고 류로뢰 쏘 니르디,

【18】"그 쩌의 내 쏘 앏으로 가 만지다가 내 이마룰 부디즈니116) 믄득 '화랑(嘩啷)'흔 한 쇼리의 문이 열니거눌 내 드러가 한 번 보니 션명졍졔(鮮明整齊)흔 샹(床)과 쟝(帳)이 잇는지라. 졍신을 일코 것구러져 즈더니 이윽고 쌤이 길고 킈 큰 일위 고낭이 와셔 나룰 블너 끼여 도로 셕샹(席上)으로 보내엿더니 이졔 내 온 지 슈삼일의 유심흐여 보디 여러 고낭 무리 즁의 엇지 그 고낭을 보지 못흐깃ᄂ뇨?"

탐츈이 듯고 져 말흐는 거시 이 습인(襲人)인 줄 알고 이의 디답【19】흐디,

"로로야, 네 그 챠환을 아지 못흐ᄂ냐? 곳 우리 이거거 방의 잇는 사룸이니 우리 이거거

---

116)【부딪다】동 부딪히다. ¶ 碰 ‖ 류로뢰 쏘 니르디 그 쩌의 내 쏘 앏으로 가 만지다가 내 이마룰 부디즈니 믄득 화랑흔 한 쇼리의 문이 열니거눌 (劉老老又道: "後來我摸到跟前碰了我的頭, 這纔'嘩啷'的一聲, 門兒開了.") <續紅 7:18> ⇒ 부디이다, 부듸잇-, 부듸잇다, 부더이다, 브드잇-, 브드잇다, 브딋-, 브ᄃ잇-, 브ᄃ잇다, 브더이다, 브더잇다, 브더치다

출가ᄒᆞ므로 태태긔셔 져롤 보내여 츌가ᄒᆞ니라."

류로뢰 졈두ᄒᆞ고 탄식ᄒᆞ며 니ᄅᆞ디,

"보이야의 말을 홀진디 태태긔셔 싱각ᄒᆞ시고 눈믈을 흘니시ᄂᆞᆫ 거시 고이치 아니토다. 너의 무리 싱각ᄒᆞᄂᆞ냐? 어내 희의 졔가 나롤 쓰어 잡고 다라난 계집 ᄋᆞ히 죵젹을 무러 날노 ᄒᆞ여곰 피ᄒᆞ지 못ᄒᆞ게 ᄒᆞ여 다만 입을 따라 거즛말노 디답ᄒᆞ엿더【20】니 이제 내가 져의 아롬다온 모양을 싱각ᄒᆞ미 ᄆᆞ음의 불평ᄒᆞᆷ믈 ᄭᆡᄃᆞᆺ깃도다."

말ᄒᆞ며 슈건을 가져 눈믈을 뼛거늘 샹운이 류로뢰 구일ᄉᆞ(舊一事)롤 말ᄒᆞᆷ믈 듯고 믄득 젼일의 원앙의 말ᄒᆞ던 아픠령(牙牌令)을 싱각ᄒᆞ여 내고 ᄯᅩ 보미 류로뢰 보옥을 말ᄒᆞ며 눈믈을 흘니ᄂᆞᆫ 거슬 보고 급히 막아 니ᄅᆞ디,

"오늘 큰 깃븐 일이 너ᄂᆞᆫ 이런 말을 ᄒᆞ지 말나. 태태 무리 ᄯᅩ 샹심ᄒᆞ여 ᄒᆞ시ᄂᆞ니라. 내 의ᄉᆞᄂᆞᆫ 우리 무리 오늘날 ᄯᅩ 셕년(昔年)과 ᄀᆞᆺ치【21】쥬령(酒令)을 힝ᄒᆞ여 놀미 엇더ᄒᆞ냐?"

류로뢰 듯고 우ᄉᆞ며 니ᄅᆞ디,

"죠혼 고내내야, 너의 무리 나롤 용셔ᄒᆞ라. 나의 더러온 거시 도로혀 버릴 거시 업다 니ᄅᆞ리오?"

탐츈과 보치 듯고 일졔히 우ᄉᆞ며 니ᄅᆞ디,

"로로야, 네 그 말ᄒᆞᄂᆞᆫ 거시 가쟝 죠토다. 블과 모다 담쇼(談笑)ᄒᆞ여 쥬후(酒後)의 번민ᄒᆞᆷ믈 면코즈 ᄒᆞ미로다. ᄉᆞ대미미(史大妹妹)야, 네 무슴 죠혼 쥬령이 잇셔 힝코져 ᄒᆞᄂᆞ냐?"

샹운이 니ᄅᆞ디,

"내 도로혀 한 쥬령이 이시니 이ᄂᆞᆫ 네 미부가 아문(亞門)의셔 어든 거시라. 【22】 비록 십분 죠타 니ᄅᆞ지 못ᄒᆞ나 ᄯᅩ혼 젹은 취미가 잇ᄂᆞ니라."

말ᄒᆞ며 곳 취루(翠縷)롤 향ᄒᆞ여 니ᄅᆞ디,

"네 그 쥬령을 가져오라."

취뤼 디답ᄒᆞ고 가더니 이윽고 가져다가 샹운을 쥬미 여러 사름이 보니 다만 이 네 개 골픠라. 샹면의 삭인 거슨 다 붉고 푸른 졈슈가 아니오 일면의 두 ᄌᆞ식 삭여시니 륙면의 아오로 열두 지라. 데일개 골픠 우희 삭인 거슨 공ᄌᆞ(公子), 노승(老僧), 쇼부(少婦), 도고(屠沽), 기녀(妓女), 걸ᄋᆞ(乞兒) 열두 지오, 데이개 골픠 우희 삭인 거슨 쟝대(章臺) 【23】 방쟝(方丈), 규각(閨

閣), 시졍(市井), 화가(花街), 고묘(古墓) 열두 ᄌᆞ오, 데삼개 골픠 우희 삭인 거슨 쥬마(走馬), 참션(參禪), ᄌᆞ슈(刺繡), 휘권(揮拳), 미쵸(賣俏), 감면(酣眠) 십이 지니 더져 합ᄒᆞ여 녀셧 글귀롤 니ᄅᆞ미 그 글귀의 ᄒᆞ여시더,

공ᄌᆞ쟝대쥬마(公子章臺走馬)
노승방쟝참션(老僧方丈參禪)
쇼부규각ᄌᆞ슈(少婦閨閣刺繡)
도고시졍휘권(屠沽市井揮拳)
기녀화가미쵸(妓女花街賣俏)
【24】 걸ᄋᆞ고묘감면(乞兒古墓酣眠)

공ᄌᆞᄂᆞᆫ 쟝대의셔 말을 달니고
노승이 방쟝의셔 참션ᄒᆞ도다.
져믄 지어미가 곳 규각의셔 슈 노코
븩쟝이 시졍의셔 쥬머괴롤 두ᄅᆞ고
기녀가 곳거리의 아롬다온 거슬 ᄌᆞ랑ᄒᆞ고
걸ᄋᆞ가 고묘의셔 달게 ᄌᆞ도다

이 령(令)을 힝홀 ᄯᅢ의 만일 더져 이디로 말을 일운 쟈ᄂᆞᆫ 좌즁이 각각 일비식 권ᄒᆞ여 ᄒᆞ례ᄒᆞ고 만일 더지기롤 참치(參差)케 ᄒᆞ여 명목(名目)이 셧기면 곳 그 사름과 그 일의 경즁(輕重)을 짐쟉ᄒᆞ여 ᄡᅥ 벌쥬 잔 슈 다과(多寡)롤 뎡ᄒᆞ디 데ᄉᆞ개 골픠ᄂᆞᆫ 이 령져(令底)라 ᄒᆞᄂᆞᆫ 거시니 ᄯᅩ혼 류면이로디 일면의 ᄯᅩ 두 ᄌᆞ식 삭여시니 무젼(拇戰), 멱구(覓句), 비샹(飛觴), 아미(雅謎), 쇼어(笑語), 이쇼(泥塑) 열두 지라. 그 셰 낫 골픠와 일졔히 더져 만【25】일 식양(色樣)이 참치ᄒᆞ면 벌쥬 몃 잔을 먹으디 ᄯᅩ 령져가 무슨 글ᄌᆞ롤 보와 만일 무젼(拇戰)[주먹으로 희롱ᄒᆞ단 말이라] 두 글ᄌᆞ롤 만나 벌을 당ᄒᆞᄂᆞᆫ 쟈ᄂᆞᆫ 벌쥬롤 가져 셕샹 일인으로 더브러 셔로 쥬먹을 쥐여 그 속읫 거슬 아라내여 지ᄂᆞᆫ 재 슐을 마시고 만일 멱귀(覓句)[글귀롤 짓ᄂᆞᆫ단 말이라] 두 글ᄌᆞ롤 만나 벌을 당ᄒᆞᄂᆞᆫ 쟈ᄂᆞᆫ 벌쥬롤 가져 면젼의 노코 ᄌᆞ긔 셕샹의 픙치(風致)로 혹 시나 혹 즐 글이나 혹 녯 글귀나 블너 합당ᄒᆞ면 벌을 면ᄒᆞ고 평슌(平順)ᄒᆞ면 반감(半減)ᄒᆞ고 【26】 평슌치 못ᄒᆞ면 가벌ᄒᆞ며 만일 비샹(飛觴)[잔을 날니단 말이라] 두 글ᄌᆞ롤 만나 벌을 당ᄒᆞᄂᆞᆫ 쟈ᄂᆞᆫ 벌쥬롤 가져 계 ᄯᅳᆺ디로 동셕지인(同席之人)을 쥬어 디신 먹게

호며 만일 아미(雅謎)[슈지젓기호단 말이래] 두 글즈
롤 만나 벌을 당호는 쟈는 벌쥬롤 가져 옯히 노
코 즈긔가 한 마디 슈지젓기호여 동셕이인으로
호여곰 아라내게 호디 아지 못호는 쟈는 즈긔가
가벌(加罰)호며 만일 쇼어(笑語)[우스며 말호단 말이
래 【27】 두 글즈롤 만나 벌을 당호는 쟈는 벌
쥬롤 옯히 노코 즈긔가 한 우은 말을 일너 동셕
지인이 모다 우스면 벌을 면호고 다 웃지 아니
면 즈긔가 가 벌호며 만일 이쇼(泥塑)[진흙으로 화
샹을 민돈거시래 두 글즈롤 만나면 벌쥬롤 가져
스스로 마시디 졔 뜻디로 동셕의 일인을 가라쳐
호여곰 이쇼 모양으로 동치 아니케 호여 술을
모다 마신 후의 긋치디 만일 웃고 동호는 쟈는
디신 벌호느니 이 여섯 가지롤 희롱호믄 불과
벌을 당혼 사롬이 술 【28】 을 만히 먹어 취호고
활발호고 열요(熱鬧)혼 뜻을 취호미라."

　　호여 샹운이 쥬령을 가져 즈셰히 니르니
모다 깃거 힝호기롤 원호디 오죽 류로뢰(劉老
老) 눈셥과 코롤 삥긔며 니르디,

　　"고내내야, 이 쥬령이 져기 현란(絢爛)호고
내 쏘한 글즈롤 모로니 나는 참예치 못홀지라.
헴의 치지 말나."

　　샹운이 니르디,

　　"로로야, 너는 방심호라. 너롤 죠롱홀 사롬
이 업스니 교고냥으로 호여곰 너롤 디신호여 글
즈롤 보와 쥬미 곳 죠흐리라."

　　교졔 쏘 【29】 웃고 니르디,

　　"건냥아, 너는 방심호라. 내 너롤 디신호여
글즈롤 보와 쥬리라."

　　호니 이의 샹운이 잉오롤 명호여 골픠 그
르술 가져다가 탁샹의 노코 쏘 일곱 사롬의 졋
가락을 가져 각각 한 쑉식 취호여 탁즈 우희 더
져 졋가락 노힌 쟝단(長短)을 보와 골픠 더지는
션후 차셔(次序)롤 졍호니 형슈연(邢岫烟)이 졔
일이오 보금(寶琴)이 졔이오 교져(巧姐)가 졔삼
이오 샹운(湘雲)이 졔스오 보차(寶釵)가 졔오오
탐츈(探春)이 졔륙이오 류로뢰(劉老老) 졔칠이라.
이의 취루(翠縷)와 잉오(鸎兒) 등이 더 【30】 운
술을 가져오믹 다만 보니 형슈연이 골픠롤 가지
고 우스며 니르디,

　　"나도 아지 못게라 더져 무슨 우은 쇼리가
나리오?"

　　호고 곳 더지니 모다 볼 찌의 도고방쟝쥬

민(屠沽方丈走馬)라 일졔히 모다 웃고 샹운이
니르디,

　　"도고는 쥬마호는 사롬이 아니오, 방쟝은
쏘 쥬마호는 짜히 아니니 맛당히 삼비(三杯)롤
벌호리라."

　　호고 쏘 령져(令底)롤 보니 이 무젼(拇戰)
두 글지라. 샹운이 쏘 웃고 니르디,

　　"형져져야, 네 눌노 더브러 쥬먹 희롱을
호는 거시 죠흐냐?"

　　호고 눈짓호니 슈연 【31】 이 그 뜻을 알고
니르디,

　　"우리 무리 이졔 쇼릭롤 놉혀 쥬먹을 부릭
면 져허호건디 태태긔셔 드릭시기의 죠치 아닐
거시오, 쏘 오희가 놀날 듯호니 각각 손가락을
내여 노하 길고 져른 거술 보와 승부롤 갈히는
거시 가쟝 죠흐니 내 곳 갓가히 안즛는 류로로
로 더브러 내기 호리라."

　　류로뢰 웃고 니르디,

　　"내 이졔 늙어 손가락이 모다 강호여 쓰기
의 슌치 아니호니 고내내야, 져기 내게 샤양호
미 죠타."

　　말호고 이인이 일졔 【32】 히 손가락을 펴
내니 즁인이 보믹 류로로는 무명지(無名指)롤
내여 노코 형슈연은 즁지(中指)롤 내여 노홧 거
눌 즁인이 모다 우스며 니르디,

　　"로뢰 졋도다."

　　슈연이 곳 벌쥬 삼비롤 가져 류로로 옯히
노흐니 류로뢰 웃고 니르디,

　　"내 다만 혜아리건디 고내내 일졍코 젹은
손가락을 낼 듯호지라. 이러므로 내 무명지롤
내엿더니 뉘 알니? 도로혀 벌을 당호엿도다."

　　하고 말호며 술을 한 번 마시여 다호니 그
다음은 곳 맛당히 보금이 더질지 【33】 라. 보금
이 골픠롤 가지고 우스며 더져 니르디,

　　"더지기롤 잘 호리라."

　　호거눌 즁인이 일졔히 보니 이 쇼부시졍감
면(少婦市井酣眠)이라. 쏘 모다 웃고 샹운이 쏘
흔 우스며 니르디,

　　"죠히 넘치 업는 쇼뷔로다. 엇지 시졍의
가셔 잠을 깁히 즈느고? 맛당히 다셧 잔을 벌호
리라."

　　호고 쏘 졍히 령져롤 보니 이 멱구(覓句)
두 글지라. 쏘 니르디,

"이 령져가 도로혀 죠흐니 네 샬니 글을 지으라. 짓기롤 잘못ᄒ면 가히 비벌ᄒ리라."

ᄒ니 챠환 무리 술 【34】 을 ᄯ라오거늘 보금(寶琴)이 졋가락을 가지고 과실 졉시의 복송 회와 술구롤 가ᄅ쳐 글을 읇허 니ᄅ디,

"텬샹의 벽도ᄂᆞᆫ 니슬을 화ᄒ여 심엇고 히가의 붉은 술구ᄂᆞᆫ 구름을 의지ᄒ여 심엇더라."

ᄒ니 샹운이 니ᄅ디,

"이ᄂᆞᆫ 난슉(爛熟)ᄒᆞᆫ 두 귀 녯 사름의 시라. 인인이 다 말홀 거시니 이ᄂᆞᆫ 능ᄒ다 홀 거시 업도다."

보금이 니ᄅ디,

"이 술은 곳 맛당히 네가 벌노 먹으미 올흐리라. 네 앗가 말ᄒ디, '원러 녯 사름의 글귀도 쓴다 ᄒ더니 엇지 이졔 네 ᄯᅩᄒᆞᆫ 【35】 란슉ᄒᆞᆷ을 혐의ᄒᆞ며 ᄯᅩ 이거시 글졔롤 내고 운을 한ᄒᆞᆫ 거시 아니어든 엇지 시로 짓고ᄌ ᄒᆞᄂᆢ?"

보치 웃고 니ᄅ디,

"내 ᄒᆞᆫ 공도(公道)의 말을 ᄒ리라. 금ᄋᆞ의 말ᄒᆞᆫ 거슨 경인(驚人)귀가 아니오 운ᄋᆞ의 최망ᄒᆞᆫ 것도 의리 업스니 이 모다 셕 잔 술을 너의 두 사름이 평분(平分)ᄒ라."

보금이 듯고 곳 술을 가져 셕 잔을 ᄯ라 샹운의 읇히 노커늘 샹운이 다만 두 잔만 츳지ᄒ고 그 ᄒᆞᆫ 잔은 셔로 둣토더라. 다만 드ᄅ미 탐츈이 니ᄅ디,

"노태태 싱시의 일죽 말ᄉᆞᆷᄒ시 【36】 디, '우리 무리 모다 컷시니 셩명(姓名)을 졔긔ᄒ여 칭호 말나.' ᄒ엿거늘 엇지 보져졔 ᄯᅩ 셩명을 졔긔ᄒ여 부ᄅᄂ고? 이 ᄒᆞᆫ 잔 술은 맛당히 보져져롤 벌ᄒ여야 올타."

ᄒ거늘 보치 웃고 니ᄅ디,

"네 날다려 보져져라 부ᄅ니 이ᄂᆞᆫ 셩명을 부ᄅᄂᆞᆫ 거시 아니냐? 이 술을 우리 두 사름이 ᄯᅩ 난ᄒ오리라."

ᄒ니 즁인이 일졔히 모다 니ᄅ디,

"가쟝 올토다."

ᄒ니 이의 모다 마시기롤 맛ᄎᆞᆷ미 츠례가 교져(巧姐)의게 니ᄅᆫ지라. 다만 보니 교졔 골ᄑᆡ[117]롤 가지고 몬져 【37】 우스며 니ᄅ디,

"내 지기롤 잘 ᄒ지 못ᄒ여도 너의 무리ᄂᆞᆫ 웃지 말나."

ᄒ고 흔드러 더지미 모다 보니 이 공ᄌ화가참션(公子花街參禪)이라. 샹운이 웃고 니ᄅ디,

"과연 더지기롤 잘 ᄒ엿도다. 비록 본식(本色)은 아니나 ᄯᅩᄒᆞᆫ 벌을 면ᄒ리로다. 공ᄌ 곳거리의 가 참션ᄒᆞ기롤 싱각ᄒᆞ니 이런 죠혼 공ᄌᄂᆞᆫ 엇지 벌쥬롤 ᄒ리오?"

ᄯᅩ 령져롤 보니 이 무젼 두 글지라. ᄯᅩ 니ᄅ디,

"임의 벌쥬롤 아얏시니 ᄯᅩᄒᆞᆫ 구ᄐᆞ여 사름으로 더브러 쥬먹 나기롤 홀 거시 【38】 업슬지라. 우리 교고낭이 더지기롤 과연 공교히 ᄒ엿도다."

교졔 ᄯᅩ 깃거 니ᄅ디,

"내가 더진 이 명식(名色)이 가쟝 맛당히 이심낭(二嬸娘)의게 ᄉᆞ양ᄒ여 더지ᄂᆞᆫ 거시 올토다."

ᄒ니 모다 ᄯᅩ 웃고 샹운이 니ᄅ디,

"이 가히 날노 ᄒ여곰 더지게 홀지라. 내 샹앙(商鞅)의 위법ᄌ폐(爲法自弊)ᄒᆞᄂᆞᆫ 거슬 비호면 곳 못 쓰리로다."

ᄒ고 말ᄒᆞ며 즉시 힘뼈 더지며 련망히 보고 몬져 스스로 우스며 움죽이지 아니ᄒ거늘 즁인이 보니 이 노승규각미쵀(老僧閨閣賣俏)라 모다 웃고 샹운이 니 【39】 ᄅ디,

"내 이 슌은 진개 미롤 당ᄒ리로다. 엇지 더져 큰 벌을 당ᄒ엿ᄂᆞᆫ고?"

다시 령져롤 보고 ᄯᅩ 우스며 니ᄅ디,

"아미타블아! 목슘을 구ᄒ시미 잇도다."

즁인이 한 번 보니 ᄯᅩ 이쇼(泥塑) 두 글지라. 모다 놀나 졔가 누구롤 식여 이쇼롤 홀ᄂᆞᆫ지 아지 못ᄒ더니 샹운이 니ᄅ디,

"ᄎᆔ루야, 열 잔 술을 가져오라."

ᄎᆔ뤼 듯고 급히 가 한 쇼반의 열 잔 술을 노화와 샹운의 읇히 놋커늘 샹운이 스미롤 것고 한 잔을 드러 셔셔히 입쌀 가의 다히고 졍신 【40】 을 머믈너 즁인을 향ᄒ여 한 번 숣히미[118]

---

117) 【골ᄑᆡ】 圐 골패(骨牌). ¶ 骰子 ‖ 다만 보니 교졔 골ᄑᆡ롤 가지고 몬져 우스며 니ᄅ디 내 지기롤 잘 ᄒ지 못ᄒ여도 너의 무리ᄂᆞᆫ 웃지 말나

118) 【숣히다】 圐 살피다. ¶ 瞟 ‖ 샹운이 스미롤 것고 한 잔을 드러 셔셔히 입쌀 가의 다히고

ᄒ고 흔드러 더지미 모다 보니 이 공ᄌ화가참션이라 (只見巧姐抓起骰子來, 先笑道: "我擲的不好了, 你們可莫要笑." 刷拉的扔了下去, 大家看時, 乃是 "公子花街參禪".) <續紅 7:36>

다만 보니 류로뢰 경히 졋가락을 가져 하육원즈(蝦肉圓子)라 ᄒᆞᄂᆞᆫ 썩을 집어 입을 버리고 겨유 먹으려 홀 ᄯᅴ의 샹운이 섈니 가ᄅᆞ쳐 니ᄅᆞ디,

"로로야, 이쇼ᄒᆞ라."

ᄒᆞ니 원리 류로로ᄂᆞᆫ 비록 향거(鄕居)ᄒᆞᄂᆞᆫ 사ᄅᆞᆷ이나 ᄯᆡ로 셩내(城內) 친우의 집의셔 술을 먹어 미양 남의 우음을 취홀 줄 아ᄂᆞᆫ지라. 졔가 곳 입을 버리고 눈을 바로 쓰고 졋가락으로 하원즈를 집어 가지고 입의 다히고 반졈도 움죽이지 아니【41】ᄒᆞ니 좌즁이 모다 바라보다가 챠환 무리 모다 흡흡대쇼(哈哈大笑)ᄒᆞᄂᆞᆫ지라. 졋가락으로 죠ᄎᆞ 써러져 나리거늘 류로뢰 섈니 졋가락을 가지고 써러진 거술 집으라 가니 샹운이 웃고 니ᄅᆞ디,

"이쇼를 못ᄒᆞ여시니 섈니 이 아홉 잔 술을 가져 류로로의게로 보내라."

류로뢰 그졔야 웃고 니러나 니ᄅᆞ디,

"그만두라. 고내내야, 내 원즈가 써러져 시 치마를 더러일가 져허ᄒᆞ미니 이ᄂᆞᆫ 위령(違令)ᄒᆞ미 아니로다."

【42】ᄒᆞ나 샹운이 엇지 즐겨 드ᄅᆞ리오! 도로혀 탐츈이 즁간의셔 화호(和好)시겨 량인이 모다 셕 잔식 먹고 바야흐로 긋치더라. 보치 웃고 니ᄅᆞ디,

"ᄯᅩ 내게 ᄎᆞ례가 니ᄅᆞ도다. 아지 못게라 무어술 더져낼고?"

슈연이 웃고 니ᄅᆞ디,

"져져야, 치하ᄒᆞ노라. 네 이졔 싱남ᄒᆞ여시미 즈연 죠혼 거술 더져 내리라."

샹운이 니ᄅᆞ디,

"이야, 네 ᄯᅩ 대고즈(大姑子)를 긔롱ᄒᆞᄂᆞᆫ 말이로다. 골픠 더지ᄂᆞᆫ 거시 싱남혼 것과 무어시 샹관되리오? 골픠ᄂᆞᆫ 숀으로 더지ᄂᆞᆫ 거시【43】어니와 ᄋᆞ히도 숀으로 낫ᄂᆞᆫ다 니ᄅᆞ기 어렵도다."

보치 웃고 샹운의게 춤 밧트니 모다 ᄯᅩ혼 웃더라. 다만 보니 보치 더지더니 즈긔 몬져 깃거 니ᄅᆞ디,

"이거시야 내가 겨유 본식을 더져시니 섈니 술을 가져오라. 미인(每人)긔 내 몬져 한 잔

정신을 머믈너 즁인을 향ᄒᆞ여 한 번 슒히미 (湘雲挽了挽袖子,　端起一杯來慢慢的放在唇邊, 留神把衆人一瞟.) <續紅 7:40> ⇒ 슒히다

식 권ᄒᆞ노라."

즁인이 보미 이ᄂᆞᆫ 노승쟝방참션(老僧丈方參禪)이라. 모다 일졔히 쇼리 질너 굴치(喝彩)ᄒᆞ여 니ᄅᆞ디,

"과연 더지기를 잘 ᄒᆞ엿도다. 우리 무리 이 한 잔 술을 바드려 ᄒᆞ노라."

교졔 ᄯᅩ 웃고 니ᄅᆞ디,

"내 말ᄒᆞ기를 【44】 '우리 이심낭이 화샹(和尙)을 더져 내리라.' ᄒᆞ엿더니 과연 화샹을 더져 내엿도다."

샹운이 웃고 니ᄅᆞ디,

"다만 죠곰 틀니미 잇도다. '늙을 노(老)' ᄯᅡ를 곳쳐 '져믈 쇼(少)' ᄯᅡ를 민드러야 십분 맛당ᄒᆞ리로다."

보치 웃고 니ᄅᆞ디,

"너ᄂᆞᆫ 나를 죠롱치 말나. 지금은 ᄯᅩ 용셔ᄒᆞ거니와 너의 져녁의 잘 ᄯᆡ를 기다려 내 너와 산쟝(算帳)ᄒᆞ리라."

즁인이 모다 웃고 각각 한 잔식 마시고 다시 령져를 보지 아니ᄒᆞ더라. 뎨륙 ᄎᆞ례ᄂᆞᆫ 탐츈의게 도라오니 탐 【45】 츈이 니ᄅᆞ디,

"나ᄂᆞᆫ 하늘이 쥬신디로 ᄒᆞ리라."

ᄒᆞ고 더지미 보니 이ᄂᆞᆫ 걸ᄋᆞ쟝대즈쉬(乞兒章臺刺繡)라 웃고 니ᄅᆞ디,

"너의 무리 나의 더진 거술 보라. 이 ᄯᅩ혼 무어술 벌홀 거시 이시리오? 쟝대가 비록 노리ᄒᆞᄂᆞᆫ ᄯᅡ히나 엇지 한 두 긔 걸인이 업스며 져 닙은 현슌빅결(懸鶉百結)이 즈긔로 ᄒᆞ여곰 침션을 가져 호아119) 미지 아닛ᄂᆞᆫ다 니ᄅᆞ기 어렵도다."

샹운이 웃고 니ᄅᆞ디,

"삼져져야, 너ᄂᆞᆫ 리치(理致)업ᄂᆞᆫ 억탁(臆度)의 쇼리를 말나. 쟝대 슈즈ᄂᆞᆫ 다만 기녀가 가ᄒᆞ고 타인은 모다 【46】 벌을 당홀지니 만일 네 말ᄀᆞ치 걸인이 당ᄒᆞ다 하면 노승과 도괴(屠沽) 뉘 당치 아니리오?"

탐츈이 웃고 니ᄅᆞ디,

"네 말디로 ᄒᆞ면 언마 벌을 ᄒᆞ리오?"

---

119)【호다】튕 호다. 꿰매다. ¶ 縫 ‖ 쟝대가 비록 노리ᄒᆞᄂᆞᆫ ᄯᅡ히나 엇지 한 두 긔 걸인이 업스며 져 닙은 현슌빅결이 즈긔로 ᄒᆞ여곰 침션을 가져 호아 미지 아닛ᄂᆞᆫ다 (章臺雖係遊賞之地, 豈無一二乞兒, 他穿的那鶉衣百結, 難道不許自己用針線縫縫麼?) <續紅 7:45> ⇒ 호오-

샹운이 니르디,

"삼비가 무던ᄒ리로다.120)"

탐츈이 니르디,

"곳 이대로 ᄒ라. 내 ᄯ 령져가 무어신고 보리라."

ᄒ고 한 번 보니 아미(雅謎) 두 글지라 ᄯ 웃고 니르디,

"슐을 부어오라. 내 슈지졋기121)롤 말ᄒ 거시니 너의 무리 아라내라. 만일 아지 못ᄒ면 나롤 디신ᄒ여 슐 마시지 아니ᄒ랴!"

샹운이 니【47】르디,

"우리 몬져 말ᄒ엿거니와 시졍 쇽담은 말고 문아(文雅)ᄒ여야 바야흐로 쓰리라."

셕츈이 니르디,

"너는 방심ᄒ라. 이는 나롤 업슈히 너길 거시 아니니 내 몬져 하나홀 말ᄒ거든 형미미는 아라내라."

ᄒ고 니르디,

"잇ᄭ122) 흔젹은 셤돌의 올나 푸르럿고 플빗츤 바을의 드러 묽앗시니 골픠 일홈 셕 ᄌ로 플나."

슈연이 한 번 싱각ᄒ고 니르디,

"아마도 <만졍방滿庭芳>이로다."

탐츈이 웃고 졈두ᄒ여 니르디,

"내 다시 말홀 거시니 금미미는 아라내【48】라."

ᄒ고 니르디,

"구텬챵합(九天閶闔)은 궁뎐(宮殿)을 여럿고 만국의관(萬國衣冠)은 면류(冕旒)의 졀ᄒ여시니 ᄯ 골픠 일홈 셕 ᄌ로 플나."

보금이 웃고 니르디,

"이거슨 더욱 아라내기 죠흐니 죠텬ᄌ(朝天子) 아니면 무어시랴?"

탐츈이 니르디,

"올토다. 모다 가쟝 령리(怜悧)ᄒ도다. 내 우리 교고낭을 위ᄒ여 하나홀 말ᄒ리라."

ᄒ고 니르디,

"혹 왈 '방언인개엄비이과지(放焉, 人皆掩鼻而過之)라' ᄒ니 네 이 무어신고 아라내라."

교졔 웃고 니르디,

"이는 우리 내마ᄌ(奶媽子)의 흉샹 ᄒ시는 일이니 무슨 아라내기 어려오미 이시리【49】오?"

ᄒ니 중인이 ᄯ흔 웃더라. 탐츈이 니르디,

"로로야, 내 ᄯ 너롤 위ᄒ여 하나홀 말ᄒ리라."

ᄒ고 니르디,

"한 구븨 셔ᄌ(西子)의 팔이오, 일곱 구무123) 비간(比干)의 ᄆ음이라 ᄒ니 한 과실 일홈으로 플나."

류로뢰 듯고 한 ᄎ례 침음ᄒ다가 이의 한 죠각 련근(蓮根)을 집어내여 니르디,

"고내내야, 이거시 아니냐?"

탐츈이 웃고 니르디,

"내 이 세 잔 슐을 져허컨디 밀월 디 업스니 로로(老老) 가지 모다 아라내는도다. 보져져야, 내 너롤 위ᄒ여 한 골픠 일홈을 말홀【50】거시니 네 아라내라."

ᄒ고 니르디,

"ᄌ로온현(子路愠見) 왈 '증셕후(曾晳後)'라 ᄒ니 무어시뇨?"

---

120)【무던ᄒ다】혱 무던하다. 괜찮다. ¶ 罷了 ‖ 탐츈이 웃고 니르디 네 말디로 ᄒ면 언마 벌을 ᄒ리오 샹운이 니르디 삼비가 무던ᄒ리로다 탐츈이 니르디 곳 이대로 ᄒ라 내 ᄯ 령져가 무어신고 보리라 (探春笑道: "依你說罰多少呢?" 湘雲道: "不過三杯罷了." 探春道: "就這樣罷, 我且看令底是什麼?") <續紅 7:46>

121)【슈지졋기】명 수수께끼. ¶ 謎 ‖ 한 번 보니 아미 두 글지라 ᄯ 웃고 니르디 슐을 부어오라 내 슈지졋기롤 말홀 거시니 너의 무리 아라 내라 만일 아지 못ᄒ면 나롤 디신ᄒ여 슐 마시지 아니ᄒ랴 (乃是雅謎, 遂又笑道: "斟酒來罷, 我說謎你們猜罷, 猜不着的怕不替我喝麼!") <續紅 7:46> ⇒ 수수격기, 수수잡기, 슈슈잡기, 슈시격기, 슈지, 슈지겻기, 슈지졋기

122)【잇ᄭ】명 이끼. ¶ 苔 ‖ 너는 방심ᄒ라 이는 나롤 업슈히 너길 거시 아니니 내 몬져 하나홀 말ᄒ거든 형미미는 아라내라 ᄒ고 니르디 잇ᄭ 흔젹은 셤돌의 올나 푸르럿고 플빗츨 바을의 드러 묽앗시니 곡픠 일홈 셕 ᄌ로 플나 ("你放心, 這也短不住我. 我先說一個邢妹妹猜罷: '苔痕上階綠, 草色入簾靑', 曲牌名, 三字解.") <續紅 7:47> ⇒ 닛ᄭ, 익기, 잇긔, 잇기

123)【구무】명 구멍. ¶ 窺 ‖ 로로야 내 ᄯ 너롤 위ᄒ여 하나홀 말ᄒ리라 ᄒ고 니르디 한 구븨 셔ᄌ의 팔이오 일곱 구무 비간의 ᄆ음이라 ᄒ니 한 과실 일홈으로 플나 (老老我也給你說一個罷: '一灣西子臂, 七窺比干心', 猜一果名.) <續紅 7:49> ⇒ 굼, 궁ㄱ, 쑹ㄱ

보치 웃고 니르디,

"블과시 한 졈 블도뒤(不到頭)로다."

탐츈이 웃고 니르디,

"오늘 가히 운으로 지게 ᄒ리로다. 네 두 귀 스셔(四書)롤 아라내라."

샹운이 니르디,

"너는 말ᄒ라. 무어슬 말ᄒ던지 거리끼미 업시 내가 모다 아라내리라."

탐츈이 이의 졋가락을 가져 탁샹의 가 슐을 뭇쳐 'ᄒ야곰 령(令)'ᄯ 하나흘 쓰고 스셔 두 글귀로 플나 ᄒ니 샹운이 한즈음 보다가 웃고 니르디,

【51】 "이 쏘흔 무어시 어려오리오? 긔블 능령(旣不能令) 우블슈명(又不受命)이란 말이 아니냐?"

탐츈이 웃고 니르디,

"이졔야 겨유 너롤 익엿도다. 밧비 세 잔 슐을 가져다가 먹으라."

샹운이 웃고 니르디,

"탐챠뒤 챡급(着急)ᄒ도다. 내가 아라내엿거늘 엇지 올치 아니타 니르ᄂ뇨? 네 말ᄒ디, '이 두 글귀가 아니라 ᄒ면 쏘 무슨 두 글귀뇨? 네 쏘 말ᄒ라. 네 말흔 거시 만일 나의 아라낸 것 보다 더옥 합당ᄒ면 내 졍원(情願)으로 너롤 디신ᄒ여 슐을 마시리라."

탐츈이 니르디,

【52】 "진졍 후회 못ᄒ리라. 내 이 두 글귀는 곳 폐인유장챵ᄌ조군(嬖人有臧倉者阻君) 군시이블과리얘(君是以不果來也)니라."

ᄒ니 샹운이 즁인으로 더브러 듯고 일졔히 한 번 싱각ᄒ미, 과연 탐츈의 말흔 거시 샹운의 아라닌 것 보다 더옥 합당흔지라. 모다 각각 탄복ᄒ고 샹운이 세 잔 슐을 가져 탐츈으로 더브러 난화 먹은 후의 골퓌 그르슬 가져 류로로의 읇히 노코 우스며 니르디,

"로로야, 맛당히 네가 더지리라."

류로뢰 웃고 니르디,

"내 임의 취ᄒ여시니 도로혀 무어슬 더【53】지리오?"

샹운이 니르디,

"쥬령(酒令)이 군령(軍令)과 ᄀᆺ ᄐ니 로로야, 엇지 더지지 아니ᄒ리오?"

류로뢰 마지 못ᄒ여 골퓌롤 가지고 교겨롤 향ᄒ여 니르디,

"고낭아, 네 나롤 디신ᄒ여 보라."

ᄒ고 더지며 웃고 니르디,

"이 무어신고?"

교졔 니르디,

"이는 기녀고묘휘권(妓女古墓揮拳)이라."

ᄒ니 류로뢰 웃고 니르디,

"죠흔 화랑ᄌ[124]야, 싱각건디 노고의게 긔가 막혀 고묘(古墓)로 다라나 귀신과 ᄲᅡ호ᄂ도다. 이거시 벌쥬가 가ᄒ냐, 가치 아니냐?"

샹운이 웃고 니르디,

"엇지 벌을 아니ᄒ리【54】오? 기녀롤 더져 내여시니 도로혀 만흔 벌쥬롤 당ᄒ리로다."

류로뢰 니르디,

"령져는 이 무어신고?"

교졔 니르디,

"이 쇼어(笑語) 두 글지니 너 로인내가 맛당히 우슨 말을 니르라."

류로뢰 듯고 웃고 니르디,

"이야, 내가 곳 남의 우슴을 취ᄒ는 사롬이니 엇지 벌노 이 우슨 말을 말ᄒ리오?"

교졔 니르디,

"너 노인내야, 우슨 말을 아니ᄒ면 이 벌쥬롤 곳 ᄌ긔가 다 먹으리라."

류로뢰 웃고 니르디,

"이러ᄒ량이면 내 곳 말ᄒ리라."

ᄒ고 몬져 희슈(咳嗽)[125] 흔 쇼리【55】ᄒ고 목구무롤 졍히 ᄲᅥᆺ거늘 즁인이 모다 담쇼롤 긋치고 고요히 안ᄌ 류로로의 우슨 말ᄒ는 거술 듯더니 류로뢰 말ᄒ여 니르디,

"한 사람이 세 쌀이 잇셔 세 스회롤 어덧더니 일일은 쟝인의 싱일이라. 세 스회 모다 와

---

124) 【화랑ᄌ】 圀 {화낭자(花娘子).} 화냥년. ¶
浪蹄子 ∥ 죠흔 화랑ᄌ야 싱각건디 노고의게 긔
가 막혀 고묘로 다라나 귀신과 ᄲᅡ호ᄂ도다 이
거시 벌쥬가 가ᄒ냐 가치 아니냐 (好個浪蹄子,
想是受了老鴇子的氣, 跑到墳院裡打鬼去了. 這可
罰酒不罰酒呢?) <續紅 7:53>

125) 【희슈】 圀 {해수(咳嗽).} 기침. ¶ 咳嗽 ∥ 류
로뢰 웃고 니르디 이러ᄒ량이면 내 곳 말ᄒ리
라 ᄒ고 몬져 희슈 흔 쇼리 ᄒ고 목구무롤 졍
히 ᄲᅥᆺ거늘 (劉老老笑道: "這麼樣, 我就說一個
罷." 說着, 便先咳嗽了一聲, 打掃淨了嗓子.) <續
紅 7:55>

셔 헌슈(獻壽)홀 시 시골집이 널지 못ᄒ여 다만
ᄒᆫ ᄌᆞ리의 안ᄌᆞ고 방즁의 일기 팔션(八仙) 교ᄌᆞ
룰 노코 빙부모(聘父母)논 남향ᄒᆞ여 안고 대고
야와 대고낭은 셔향ᄒᆞ여 안고 이고야와 이고낭
은 동향ᄒᆞ여 안고 삼고야 삼고낭은 북향ᄒᆞ여 안
【56】ᄌᆞ 술을 먹을 시 뉘 알니? 져 노인이 편
벽도히 삼위 고야의 지학을 시험코ᄌᆞ ᄒᆞ여 믄득
말ᄒᆞ여 니ᄅᆞ디, '우리 무리 오늘날 지친이 모혀
술을 먹으니 반ᄃᆞ시 쥬령을 ᄒᆡᆼᄒᆞᄂᆞᆫ 거시 죠토
다. 내 의ᄉᆞ의ᄂᆞᆫ 두 귀 ᄉᆞ셔(四書)의 잇ᄂᆞᆫ 말을
말ᄒᆞ디, 두 머리의 사름 인(人) ᄯᆞ가 잇셔야 맛
당ᄒᆞ니 아지 못게라 삼위 고낭은 즐겨 가ᄅᆞ치믈
ᄉᆞ양치 아니ᄒᆞ랴?' 대고야가 한ᄌᆞ음 침음ᄒᆞ다가
련망히 니러나 말ᄒᆞ여 니ᄅᆞ디, '인룽굉도 비도
굉인(人能宏道 非道宏人)이라.' ᄒᆞ니 쟝인과 쟝
【57】뫼 듯고 깃거 견디지 못ᄒᆞ고 대고낭의 깃
거흠도 언어로 니ᄅᆞ기 어렵더라. ᄯᅩ 이고야가
니러나 말ᄒᆞ여 니ᄅᆞ디, '인쟈안인(仁者安仁) 지
쟈리인(智者利仁)이라.' ᄒᆞ니 쟝인 쟝뫼 듯고 더
옥 손등을 두다려 칭찬ᄒᆞᄆᆞᆯ 마지 아니ᄒᆞ고 이고
낭도 즐겨ᄒᆞ미 하늘의 다핫시디 다만 삼고야가
챡급(着急)ᄒᆞ여 ᄲᅣᆷ이 붉고 머리 우희 ᄯᆞᆷ이 흘너
일언을 못ᄒᆞ미 삼고낭으로 ᄒᆞ여곰 ᄲᅣᆷ이 희고 긔
가 막혀 가슴이 벌덕여 가마니 삼고야의 녑젹다
리룰 한 번 쥐니 삼【58】고 얘 삼고낭의 머리
룰 휘여 잡고 한눈으로 흘긔며 니ᄅᆞ디, '인월블
회(人越不會) 월내령인(越來拎人)이라.' ᄒᆞ더라."
   ᄒᆞ니 즁인이 모다 흡흡대쇼ᄒᆞ더라. 다만
드ᄅᆞ니 샹운이 탐츈을 향ᄒᆞ여 니ᄅᆞ디,
   "삼겨져야, 네 드ᄅᆞ라. 류로로의 져 말이
곳 너룰 희롱ᄒᆞᄂᆞᆫ 말이니라."
   ᄒᆞ니 아지 못게라 탐츈이 엇지 대답ᄒᆞᆫ고?
하회의 분히ᄒᆞ라.

10
간ᄌᆞ평ᄋᆞ도신명 체혼인가환대부모
艱子嗣平兒禱神明 滯婚姻賈環懟父母

화셜, 류로뢰(劉老老) 우슨 말을 가져 니ᄅ기를 맛ᄎ【59】미 셕샹(席上) 졔인과 챠환(丫鬟) 무리 모다 흡흡대쇼홀 시 샹운(湘雲)이 탐츈(探春)을 향ᄒᆞ여 니ᄅ디,

"로로의 우은 말을 드ᄅ라. 졔가 필경 희롱ᄒᆞ미니라."

탐츈이 듯고 우스며 니ᄅ디,

"로로의 우슨 말이 묘ᄒᆞ도다. 네 스스로 말ᄒᆞ라. 맛당히 벌쥬(罰酒)를 언마나 ᄒᆞ깃ᄂᆞ냐? 시셔(侍書)야 큰 잔을 가져오라."

시셰 답응ᄒᆞ고 가더라. 류로뢰 착급히 우스며 비러 니ᄅ디,

"고내내(姑奶奶)야, 내 이 말ᄒᆞᆫ 거시 원러 녜로브터 젼ᄒᆞ여 오는 우슨 말이오 죠곰도 내가 시로 지어낸 말이 아니니【60】엇지 감히 내가 고내내를 희롱ᄒᆞ리오?"

탐츈이 웃고 니ᄅ디,

"속담의 니ᄅ기를, '난쟝이를 더ᄒᆞ여 ᄧᆞᄅ

단 말을 아니ᄒᆞᆫ다.126)' ᄒᆞ니 로뢰 엇지ᄒᆞ여 다만 삼고낭(三姑娘)만 말ᄒᆞᄂᆞ냐?"

류로뢰 웃고 니ᄅ디,

"고내내야, 나의 이야기의 원러 삼위(三位) 고야(姑爺)와 삼위(三位) 고낭(姑娘)이 이시니 네 날노 ᄒᆞ여곰 엇지 스스로 가감(加減)ᄒᆞ라 ᄒᆞᄂᆞ뇨?"

탐츈이 ᄯᅩ 웃고 니ᄅ디,

"네 스스로 가감치 못ᄒᆞᆫ다 ᄒᆞ니 다만 로뢰 변통(變通)ᄒᆞ여 혹 대고야(大姑爺)가 무던치 못ᄒᆞᆫ다 니ᄅ거나 혹 이고야(二姑爺)가 무던치【61】못ᄒᆞᆫ다 일너도 가치 아니미 업거ᄂᆞᆯ 엇지 다만 삼고야(三姑爺)가 무던치 못ᄒᆞᆫ다 니ᄅᄂᆞ뇨?"

ᄒᆞ니 이 말이 분명히 탐츈의 억지의 말이로ᄃᆡ 류로로는 이 향암(鄕闇)된 사ᄅᆞᆷ이라. 일시의 혜여나지 못ᄒᆞ여 다만 디답ᄒᆞ여 니ᄅ디,

"이는 어렵도다. 내 대고야를 무던치 아니타 니ᄅ 량이면 형대고내내(邢大姑奶奶) 의심이 이실 듯ᄒᆞ고 만일 이고야(二姑爺)가 무던치 아니타 니ᄅ량이면 ᄯᅩ 셜이고내내(薛二姑奶奶)의 ᄭᅮ지람이 이실 듯ᄒᆞ도다."

슈연(岫烟)과 보금(寶琴) 량인이 듯고 일졔히 우스며 니ᄅ디,

【62】"고이ᄒᆞ게 니ᄅᄂᆞᆫ도다. 로로의 우슴의 말이 모다 우리 무리를 죠롱ᄒᆞᆫ 거시니 더욱 맛당히 벌ᄒᆞ리로다."

탐츈이 웃고 니ᄅ디,

"너의 무리는 드ᄅ라. 대고야 이고야를 말ᄒᆞ량이면 너의 량인의 의심과 ᄭᅮ지람을 당홀가 두린다 ᄒᆞ니 이는 다만 나를 능답(陵踏)ᄒᆞ미 아니냐?"

류로뢰 듯고 가히 디답홀 말이 업셔 급히 숀을 가져 ᄌᆞ긔 입부리를 한 번 치고 우스며 니ᄅ디,

"고내내야, 나는 다만 우은 말을 ᄒᆞ여 즁인으로 웃고ᄌᆞ ᄒᆞ엿【63】거ᄂᆞᆯ 엇지 다른 싱각이 잇셔 이 긔휘(忌諱)ᄒᆞᄂᆞ 거슬 범ᄒᆞ여시리오?

---

126) 【난쟝이를 더ᄒᆞ여 ᄧᆞᄅ단 말을 못ᄒᆞᆫ다】⬚ 난쟁이 앞에서 짧단 말을 못한다. ¶ 當着矬子不說短話. ‖ 탐츈이 웃고 니ᄅ디 속담의 니ᄅ기를 난쟝이를 더ᄒᆞ여 ᄧᆞᄅ단 말을 아니ᄒᆞᆫ다 ᄒᆞ니 로뢰 엇지ᄒᆞ여 다만 삼고낭만 말ᄒᆞᄂᆞ냐 (探春笑道: "俗語說的好, 當着矬子不說短話, 老老爲什麽盡自只說三姑娘呢?") <續紅 7:60>

죠흔 고내내 무리야! 너의 무리는 또 벌을 ᄒᆞ지 말나. 내 믄득 골픠 더진 벌쥬를 가져 스스로 먹는 거시 올토다."

샹운(湘雲)이 듯고 셜니 탐츈을 향ᄒᆞ여 눈 짓ᄒᆞ고 우스며 니ᄅᆞ디,

"삼져져(三姐姐)야, 곳 이더로 ᄒᆞ리라. 로로 야, 네가 앗가 더진 골픠는 기녀고묘휘권(妓女 古墓揮拳)이니 기녀가 비록 하쳔(下賤)이나 필경(畢竟)은 녀지니 엇지 휘권(揮拳)ᄒᆞᆯ 리치가 이시며 ᄒᆞ믈며 고묘(古墓)는 더욱 당치 아니니 본디 당당히 벌쥬 【64】 오비(五杯)를 ᄒᆞᆯ 거시로디 또 우슴의 말을 ᄒᆞ여 사름의게 핍박(逼迫)ᄒᆞ여시니 다시 비롤 더ᄒᆞ미 올토다. 취루(翠縷)야, 열 잔 슐을 부어 오라."

취뤼 한 쇼리 답응ᄒᆞ고 몸을 두로혀 한 낫 쇼반을 가져 열 잔 슐을 밧쳐 와 셕샹(席上)의 놋커눌 샹운이 믄득 한 잔을 가져 류로로의 입 쇌의 다히니 류로뢰 한숨의 마시는지라. 샹운이 셜니 또 한 잔을 가져오거눌 류로뢰 웃고 니ᄅᆞ디,

"죠흔 고내내야, 날노 ᄒᆞ여곰 쉬여 셔셔히 먹게 ᄒᆞ라."

탐츈이 믄득 졋가락을 【65】 가져 한 덩이 찍기[127] 고기를 집어 류로로의 입의 넛커눌 류로뢰 뻡어 삼키고 샹운이 가졋던 슐노 또 류로로의 입쇌[128]의 다히거눌 류로뢰 샤양치 못ᄒᆞ여 또 먹고 보금이 또 흔 덩이 오리고기를 가져와 져를 먹이니 이러므로 샹운이 잠간 스이의 련ᄒᆞ여 슐을 먹이미 류로뢰 스양치 못ᄒᆞ고 슌히 먹어 부지블각(不知不覺)의 열 잔 슐을 가져 모다 먹을 시 다만 밧비 먹으므로 인ᄒᆞ여 기춤[129]이 니러나거눌 교졔(巧姐) 류로로의 등을 향ᄒᆞ여 위 【66】 ᄒᆞ여 두다리고 취뤼 반을 거두는지라. 류로뢰 그졔야 취ᄒᆞᆷ믈 씨듯더니 믄득 보미 시녜 일개 마노(瑪瑙)로 민돈 큰 쥬히ᄌᆞ(酒海子)를 가져오거눌 류로뢰 밧비 바다 한 번 보고 우스며 니ᄅᆞ디,

"이 잔이 가쟝 젼일 롱취암(櫳翠庵)의셔 챠 먹던 잔 모양과 ᄀᆞᆺ도다. 고낭아, 네 이거슬 가지

고 나를 위ᄒᆞ여 한 잔 챠를 따라오라."

탐츈이 웃고 니ᄅᆞ디,

"로로야, 내가 감히 너를 벌ᄒᆞᆯ 말을 못 ᄒᆞ엿더니 이제 시셰 히ᄌᆞ를 가져오니 내가 네게 한 잔을 공경ᄒᆞ 【67】 미 올토다. 네 싱각ᄒᆞ라. 네가 앗가 니ᄅᆞ던 우순 말이 다힝이 내가 츌가 ᄒᆞ지 일 년이 지나고 붓그러오미 젹으믈 힘닙엇 도다. 만일 계집 ᄋᆞ희로 집의 이실 ᄯᅢ ᄀᆞᆺ트면 네가 앗가 말ᄒᆞ디, '삼고애 져러틋 노졸(露拙)ᄒᆞ고 삼고낭이 져러틋 챡급(着急)ᄒᆞ다.' 니ᄅᆞ는디 날노 ᄒᆞ여곰 엇지 여긔 안졋깃느냐?"

즁인이 모다 대쇼ᄒᆞ더라. 믄득 보미 우시 (尤氏) 니환(李紈) 량인이 다라와 우스며 니ᄅᆞ 디,

"너의 무리 무슨 노리를 ᄒᆞ느냐? 앗가 희 희홉홉히 한 쎄가 열요ᄒᆞ게 우셔 【68】 태태 무리 말슴ᄒᆞ디 쇼ᄋᆞ(小兒) 씨일가 두렵다 ᄒᆞ여 우리 량인을 보내여 와 너의 무리를 신칙(申飭)ᄒᆞ 노라."

보치(寶釵) 듯고 진졍의 말인 줄 아라 믄 득 니ᄅᆞ디,

"내 너의 무리다려 말ᄒᆞ여 너모 열요치 말나 ᄒᆞ엿더니 이제 필경 티티 무리로 ᄒᆞ여곰 드ᄅᆞ시게 ᄒᆞ엿도다."

샹운이 니ᄅᆞ디,

"보져져야, 네 져의 무리의 말을 밋느냐? 태태긔셔 이곳 대슈ᄌᆞ(大嫂子)를 보내여 보시는 거슨 혹 졍리(情理)의 그러ᄒᆞᆯ 듯ᄒᆞ거이와 무슨 죠흔 의스로 져곳 대슈ᄌᆞ를 부 【69】 려 오게 ᄒᆞ 여시리오?"

우시 웃고 니ᄅᆞ디,

"너는 진개 류리(琉璃) ᄀᆞᆺ튼 사름이로다. 극히 투철(透徹)ᄒᆞ디 네 또 아지 못ᄒᆞ는도다. 태 태긔셔 너의 대슈ᄌᆞ는 나히 젹고 ᄆᆞ음이 연(軟)

---

127) 【찍기】團 찌끼. 찌꺼기. ¶ 糟 ‖ 탐츈이 믄 득 졋가락을 가져 한 덩이 찍기 고기를 집어 류로로의 입의 넛커눌 (探春便用筷子來了一塊 糟魚, 喂到劉老老嘴里.) <續紅 7:65> ⇒ 찍긔

128) 【입쇌】團 입술. ¶ 唇 ‖ 샹운이 가졋던 슐 노 또 류로로의 입쇌의 다히거눌 류로뢰 샤양 치 못ᄒᆞ여 또 먹고 보금이 또 흔 덩이 오리고 기를 가져와 져를 먹이니 (湘雲端着酒, 又放在 劉老老的唇邊, 劉老老推辭不過, 只得又喝了. 寶 琴也來了一塊鵝掌來喂他.) <續紅 7:65> ⇒ 입 슘, 입슈얼, 입스얼, 입시우리, 입시울, 입시움

129) 【기춤】團 기침. ¶ 咳嗽 ‖ 다만 밧비 먹으 므로 인ᄒᆞ여 기춤이 니러나거눌 (只因吃緊了, 嗆的咳嗽起來.) <續紅 7:65>

ᄒᆞ여 너희를 거느리지 못홀가 져허ᄒᆞ여 말ᄉᆞᆷᄒᆞ
디 우리가 노련(老鍊)타 ᄒᆞ여 이러므로 우리로
ᄒᆞ여곰 너희를 가ᄅᆞ치ᄂᆞ니 도로혀 말ᄒᆞ디 뉘 내
게 항복지 아니타 ᄒᆞ리오? 내 곳 너를 것구ᄅᆞ
쳐130) 한 ᄎᆞ례 손바닥을 치리라."

탐춘이 웃고 니ᄅᆞ디,

"너의 무리는 드르라. 져 늙어 가시【70】
는 태태긔셔 도로혀 너희를 보내여 우리를 가ᄅᆞ
치시리오? 네가 우리 무리를 거느리지 못홀 거
시니 다만 우리 무리는 로로 벌ᄒᆞ는 한 대ᄒᆡᄌᆞ
(大海子)의 슐을 가져 도로혀 너를 벌ᄒᆞ노라."

ᄒᆞ며 시셔를 블너 한 ᄒᆡᄌᆞ의 슐을 ᄯᅡ라오
라 ᄒᆞ니 우시 황망ᄒᆞ여 ᄯᅩ 웃고 니ᄅᆞ디,

"그만두라. 고내내야, 공연이 지져괴지 말
나. 내 밧긔셔 먹기를 젹지 아니케 ᄒᆞ여시니 네
보라. 내 ᄲᅣᆷ이 이 모양으로 븕엇도다. 내 실노
네게 고ᄒᆞ노라. 이위(二位) 태태(太太)와 이태태
(姨太太)가 모【71】 다 슐을 만히 먹고 한 ᄎᆞ례
더우믈 견디지 못ᄒᆞ여 모다 힝각131) 아리 가셔
훗터져 안ᄌᆞ 바람을 ᄡᅬ이더니 우리 량인이 드ᄅᆞ
미 너의 무리 여긔 잇셔 웃기를 가쟝 열요히 ᄒᆞ
는지라. 이러므로 우리 무리 왓시니 너의 우리
필경 여러 번 웃는 거시 무슴 일이뇨?"

교졔 웃고 이ᄅᆞ디,

"대랑아, 내 네게 고ᄒᆞ노라. 우리 류로뢰
우은 말을 ᄒᆞ미 고미(姑媽) 듯고 니ᄅᆞ디, '삼고
낭의 말ᄒᆞ는 거시 올치 아니타.' ᄒᆞ는지라. 이러
므로 류로로를 슐【72】 노 벌ᄒᆞ려 ᄒᆞ노라."

니환이 웃고 니ᄅᆞ디,

"이야(嗳哟), 필경 무슨 우은 말이완디 삼
고낭이란 말이 잇는고?"

류로뢰 믄득 져 량인의 손을 잡고 니ᄅᆞ디,

"량위 내내는 안ᄌᆞ라. 내 너의게 이 우은
말을 고ᄒᆞ리니 량위 내내는 나를 위ᄒᆞ여 리치
(理致)를 평론ᄒᆞ여 보라. 벌이 맛당ᄒᆞ냐 아니ᄒᆞ
냐?"

우시와 니환이 듯고 믄득 류로로의 겻히
안ᄌᆞ니 류로뢰 드디여 앗가 우슨 말을 가져 ᄯᅩ

한 번 일편을 말ᄒᆞ니 우시와 니환이 ᄯᅩ한 대쇼
ᄒᆞ고 니환이 웃【73】고 니ᄅᆞ디,

"로로야, 날노 ᄒᆞ여곰 공도(公道)의 말을
홀진디 로로를 한 ᄒᆡᄌᆞ 슐노 벌ᄒᆞ미 과치 아니
토다."

류로뢰 니ᄅᆞ디,

"이야! 우리 대내내야, 앗가 ᄉᆞ대고내내(史
大姑奶奶)가 임의 나를 열 잔을 먹엿거늘 이번
의 ᄯᅩ 나를 이 큰 ᄒᆡᄌᆞ로 벌ᄒᆞᄂᆞ냐? 내 진실노
취ᄒᆞ여 죽으리로다."

우시 웃고 니ᄅᆞ디,

"로로야, 드르라. 내 공도의 말을 ᄒᆞ리라.
우리 삼고낭의 셩픔은 너도 ᄯᅩ한 알거니와 어려
실 제 집의 잇셔도 믄득 셩벽(性癖)이 만핫고
이졔 일위 삼고야는 ᄯᅩ 문무젼ᄌᆡ(文武全才)의
사름이【74】라. 네 져를 가져 이야기의 못된
녀셔(女壻)의게 비ᄒᆞ니 제가 원통ᄒᆞ여 너를 벌
ᄒᆞ려 ᄒᆞ리로다. 내 말디로 화호(和好)ᄒᆞ여 이 한
ᄒᆡᄌᆞ 슐을 가져 너는 졀반을 먹고 우리 무리는
너를 위ᄒᆞ여 졀반을 먹으면 죠ᄒᆞ냐 죠치 아니ᄒᆞ
냐?"

류로뢰 ᄯᅩ 디답홀 말이 업셔 다만 응낙(應
諾)ᄒᆞ거늘 탐춘이 드디여 시셔를 명ᄒᆞ여 한 ᄒᆡ
ᄌᆞ를 가득히 쳐셔 류로로 옯흐로 보내니 로뢰
웃고 니ᄅᆞ디,

"이는 내 명을 다ᄒᆞ게 ᄒᆞ미로다."

니환이 듯고 ᄲᆞᆯ니 잔을 가져 한 잔【75】
을 ᄯᅡ라내여 우시를 쥬고 ᄌᆞ긔가 ᄯᅩ 잔을 가져
한 잔을 ᄯᅡ라오니 원리 이 마노쥬ᄒᆡᄌᆞ(瑪瑙酒海
子)는 곳 한 덩이 마노셕(瑪瑙石)으로 삭여 낸
거시라. 외면 드러는 디는 슐 담은 거시 한(限)
이 잇고 속 슘은 곳은 슐을 가져 가쟝 만히 감
쵸는지라. 류로뢰 보미 져 두 사름이 두 잔을
ᄯᅡ라내고 ᄒᆡᄌᆞ 속의 담은 슐이 블과 두어 잔이
잇는지라. 드디여 다시 닷호지132) 아니ᄒᆞ더라.

---

130)【것구ᄅᆞ치다】圖 거꾸러뜨리다. ¶ 揪倒 ‖
　　도로혀 말ᄒᆞ디 뉘 내게 항복지 아니타 ᄒᆞ리오
　　내 곳 너를 것구ᄅᆞ쳐 한 ᄎᆞ례 손바닥을 치리라
　　(還說誰要不服我管，就教我把他揪倒打一頓巴掌
　　呢.) <續紅 7:69>

131)【힝각】圖 행각(行閣). 졍당(正堂) 앞에 좌우
　　두 옆에 달아 지은 장랑(長廊). 월랑(月廊). 곁
　　채. ¶ 抱廈 ‖ 내 실노 네게 고ᄒᆞ노라 이위 태
　　태와 이태태가 모다 슐을 만히 먹고 한 ᄎᆞ례
　　더우믈 견디지 못ᄒᆞ여 모다 힝각 아리 가셔 훗
　　터져 안ᄌᆞ 바람을 ᄡᅬ이더니 (我實告訴你們罷,
　　二位太太和姨太太都吃了酒, 這會子害熱, 都到
　　抱廈底下散坐着風凉去了.) <續紅 7:71>
132)【닷호다】圖 다투다. ¶ 分競 ‖ 류로뢰 보미

우시와 니환이 잔을 가져 한 번 마시기룰
다ᄒᆞ고 류로로룰 힝ᄒᆞ여 잔이 븨엿시믈 뵈니 류
로로【76】가 히ᄌ룰 드러 마시다가 잔이 븨엿
시믈 보고 나려 노ᄒᆞ미 슐이 ᄯᅩ 쇼ᄉ 나거ᄂᆞᆯ 류
로뢰 이샹히 너겨 니ᄅᆞᆮ,

"엇지 이 히지 화슈분133)이 되여 이쳐럼
이샹ᄒᆞ뇨? 내 다시 한 숨으로 마시고 슐이 ᄯᅩ
잇나 업나 보리라."

ᄒᆞ고 잔을 드러 한 번 마시고 겨유 탁샹의
노ᄒᆞ니 슐이 ᄯᅩ 쇼ᄉ 오ᄅᆞ거ᄂᆞᆯ 류로뢰 손벽치며
웃고 니ᄅᆞᆮ,

"진기 긔이ᄒᆞ도다."

샹운이 믄득 ᄯᅩ 부츄겨 니ᄅᆞᆮ,

"로로야, 네 다시 한 숨의 마시면 이보다
더옥 죠흔 거시 뒤히 ᄯᅩ 이시리라."

류【77】로뢰 이 계퓐 줄 모ᄅᆞ고 과연 잔
을 드러 한숨의 마시고 히ᄌ룰 노ᄒᆞ미 다만 머
리 어줄ᄒᆞ고134) 눈이 현황(眩慌)ᄒᆞ여 믄득 손을
두ᄅᆞ기룰 마지 아니코 발목이 슌ᄒᆞ여 캉 우희
것구러지거ᄂᆞᆯ 보치 ᄲᆞᆯ니 벼개룰 가져 미러 보내
니 샹운이 믄득 류로로의 머리룰 드러 벼개룰
볘여 쥬ᄂᆞᆫ지라. 보치 원망ᄒᆞ여 니ᄅᆞᆮ,

"이ᄂᆞᆫ 다 삼미미가 지져괴여 로로로 ᄒᆞ여
곰 우은 말을 ᄒᆞ게 ᄒᆞ고 네가 ᄯᅩ 중간의 잇셔
공연이 충졀(忠節)을 내여 져 모양 대취케 ᄒᆞ여
【78】시니 만일 태태긔셔 이ᄅᆞ시면 도로혀 칙
망이 이시리라."

탐츈이 웃고 니ᄅᆞᆮ,

"이ᄂᆞᆫ 다 운ᄋᆞ가 부츄겨135) 낸 일이니 나
ᄂᆞᆫ 본러 이런 ᄆᆞ옴을 두지 아냣노라."

샹운이 웃고 니ᄅᆞᆮ,

"엇지 나룰 죠ᄅᆞᄂᆞ뇨? 마노쥬히ᄌ(瑪瑙酒
海子)도 내가 사롬을 식여 가져 왓다 니ᄅᆞ지 못
ᄒᆞ리로다. 내 싱각건더 태태긔셔 아ᄅᆞ셔도 가히
칙망훌 거시 업ᄉ리니 다른 사롬들은 다만 취토
록 슐마시ᄂᆞᆫ 거시 죠흐리로다."

교졔 웃고 니ᄅᆞᆮ,

"샹관 업ᄉ리라. 우리 류로뢰 향내 왓실

져 두 사롬이 두 잔을 ᄯᅡ라 내고 히ᄌ 속의 담
은 슐이 블과 두어 잔이 잇ᄂᆞᆫ지라 드디여 다시
닷호지 아니ᄒᆞ더라 (劉老老見他二人舀出兩杯來,
海子裡所剩的酒不過只有兩杯了, 遂也不再分競.)
<續紅 7:75> ⇒ 닷토다, ᄃ토다, ᄃᆺ토다

씨【79】의 취치 아니ᄒᆞ엿더냐? 블과시 한 ᄎᆞ례
ᄌᆞ면 믄득 관겨치 아니터라. 우리 쥬셕(酒席)을
것고 모다 이 힝각 아리 가셔 태태 무리로 더브
러 한 ᄎᆞ례 말ᄒᆞ고 이곳은 우리 이심낭을 머믈
너 쉬여 ᄋᆞ희룰 졋 먹이게 ᄒᆞ리라."

우시 웃고 니ᄅᆞᆮ,

"네가 우리 무리게 비컨더 도로혀 싱각이
쥬밀(周密)ᄒᆞ니 후일 츌가하면 진기 너의 마마
의 힝격을 본바드리로다."

ᄒᆞ니 모다 웃더라. 이의 챠환 무리 쥬셕을
것고 슈연과 보금과 샹운과 탐츈 ᄉ인【80】이
밧그로 향ᄒᆞ여 가고 보챠ᄂᆞᆫ ᄯᅩ 편히 누엇거ᄂᆞᆯ
교졔 니환을 향ᄒᆞ여 니ᄅᆞᆮ,

"대낭(大娘)아, 너의 무리ᄂᆞᆫ 모다 드러오라.
우리 평이미(平姨媽) 어디로 갓ᄂᆞ뇨?"

니환이 웃고 니ᄅᆞᆮ,

"고낭아, 아지 못게라 평이미 젼일의 엇지
너의 이마마룰 ᄯᅡ라 비화 일동일졍이 귓것136)
들닌 것 ᄀᆞᄐᆞ여 심히 황망ᄒᆞ니 집의 무슨 믈건

---

133) 【화슈분】 명 화수분. 재물이 계속 나오는 보
물단지. ¶ 聚寶盆 ‖ 류로뢰 이샹히 너겨 니ᄅᆞ
더 엇지 이 히지 화슈분이 되여 이쳐럼 이샹ᄒᆞ
뇨 내 다시 한 숨으로 마시고 슐이 ᄯᅩ 잇나 업
나 보리라 (劉老老詫異道: '怎麼這個海子成了聚
寶盆了, 作的這樣有趣兒. 我再喝你一氣子, 看你
還有沒有了?'") <續紅 7:76>

134) 【어줄ᄒᆞ다】 형 어지럽다. 어질하다. ¶ 暈 ‖
과연 잔을 드러 한숨의 마시고 히ᄌ룰 노ᄒᆞ미
다만 머리 어줄ᄒᆞ고 눈이 현황ᄒᆞ여 믄득 손을
두ᄅᆞ기룰 마지 아니코 발목이 슌ᄒᆞ여 캉 우희
것구러지거ᄂᆞᆯ (果眞的端起來又喝了一氣子. 放下
海子, 只覺頭暈目眩, 扎掙不住, 順跨兒就倒在炕
上.) <續紅 7:77> ⇒ 어즐ᄒᆞ다

135) 【부츄기다】 동 부추기다. ¶ 攛掇 ‖ 탐츈이
웃고 니ᄅᆞᆮ 이ᄂᆞᆫ 다 운ᄋᆞ가 부츄겨 낸 일이니
나ᄂᆞᆫ 본러 이런 ᄆᆞ옴을 두지 아냣노라 (探春笑
道: "都是雲兒攛掇的來, 我也本來沒有留這些
心.") <續紅 7:78> ⇒ 부초기다, 부촉이다, 부촉
이다, 부축이다, 붓츄기다

136) 【귓것】 명 귀신(鬼神). ¶ 毛鬼神 ‖ 평이미
젼일의 엇지 너의 이마마룰 ᄯᅡ라 비화 일동일졍
이 귓것 들닌 것 ᄀᆞᄐᆞ여 심히 황망ᄒᆞ니 집의 무
ᄉᆞ 믈건을 내여 바린 ᄃᆺᄒᆞ도다 (姑娘, 你那個平
姨媽當日不知怎麼跟着你媽媽學來, 就學的一模一
樣的毛鬼神似的, 很怕裡丟了什麼東西.) <續紅
7:80> ⇒ 귀것, 귓거, 귓것ㅅ

을 내여 바린 듯ᄒ도다.”

티티 무리 겨유 ᄌ리를 떠나면 졔가 곳 것구러져 집으로 가더라. 우시 웃고 니ᄅᄃᆡ,

“구ᄐᆡ여 집의 믈건 내여 바렷【81】실가 져허ᄒ미 아니라 다만 져허컨ᄃᆡ 져의 노ᄌᆞ(老子) 이 틈을 타 무슨 포이가(鮑二家)를 모라와 집의셔 슐먹는 거슬 막으려 ᄒ미니 이러므로 망망(忙忙)히 잡으라 가미니라.”

교졔 웃고 니ᄅᄃᆡ,

“이는 업는 일이라. 우리 부친이 야야 무리를 뫼시고 셔방(書房)의셔 슐을 먹으니 우리 평이미 두리건ᄃᆡ 샹방의 ᄉ고낭을 보라 간 듯ᄒ도다.”

졍히 말ᄒᆯ 시 다만 보니 평이(平兒) 희희히 웃고 나와 니ᄅᄃᆡ,

“로뢰 ᄯ 췌ᄒ엿도다. 이 엇진 일이뇨? 한 번 오면 한 번 췌ᄒ는도다. 지금【82】티티 분부ᄒ시ᄃᆡ, ‘ᄌ리를 가져 밧게 포진(鋪陳)ᄒ고 고낭 무리를 권ᄒ여 나아가 흠긔 밥 먹으라.’ ᄒ시더라. 여긔는 로로와 져 심낭을 머믈너 누엇게 ᄒ고 몃 그릇 치쇼를 머믈너 노노의 찌기를 기다려 져녁의 단췌(團聚)ᄒ여 흠긔 죽을 먹으리로다. 밧긔 포진이 임의 모다 졍ᄒ여시니 량위 대내내는 쳥컨ᄃᆡ 나아가미 죠토다. 태태 무리 모다 기다리시ᄂᆞ니라. 우리 고낭도 ᄯ 오라.”

ᄒ니 교졔 웃고 니ᄅᄃᆡ,

“이마야, 내 지금 시쟝치[137] 아니니【83】져녁을 기다려 너의 무리와 흠긔 죽을 먹으리라. 내 ᄯ 이곳의 잇셔 이심낭의 찌기를 기다려 쇼ᄋ의 졋 먹는 거슬 보려 ᄒ노라.”

우시와 니환과 평이 모다 웃고 드ᄃᆡ여 각각 밧긔 가셔 밥을 먹더라. 교졔 방의 드러가 내마ᄌ(奶媽子)로 ᄒ여곰 쇼ᄋ를 가져 젹은 니블노 ᄲᅡ 안고 교졔 보챠를 밀며 니ᄅᄃᆡ,

“이심낭아 찌이라. ᄋ히 쥬려 우는도다.”

보치 놀나 몸을 번드쳐[138] 니러 안ᄌ며 웃고 니ᄅᄃᆡ,

“고낭아, 네 엇지 밥 먹으라 가지 아니ᄒ

【84】교졔 니ᄅᄃᆡ,

“내 지금 시쟝치 아니ᄒ도다. 내가 ᄋ희 울믈 듯고 내마ᄌ로 ᄒ여곰 안고 왓시니 네 져를 위ᄒ여 져슬 먹이라.”

보치 듯고 믄득 ᄋ희를 바다 픔의 노코 졍졍히 져슬 먹이며 옷깃 한 ᄌ락을 가져 가슴 앏흘 덥흐니 교졔 웃고 니ᄅᄃᆡ,

“내 특별이 너의 졋 먹이는 거슬 보려 ᄒ거늘 네 엇지 ᄯ 덥느뇨?”

말ᄒ며 믄득 손을 펴 보챠의 옷 가슴을 거드치니 보치 웃고 니ᄅᄃᆡ,

“이런 큰 고낭은 쟝ᄎ 출가(出嫁)ᄒᆯ 사롬이어놀 도로혀 이쳐【85】럼 어리셕게 구느뇨?”

교졔 웃고 니ᄅᄃᆡ,

“이심낭아, 네 보라. 우리 평이마는 졔가 도로혀 네게 비ᄒ면 나히 만코 져의 어린 ᄋ희는 도로혀 네 어린 ᄋ희 보다 격으ᄃᆡ 오히려 너ᄀᆞ치 이러케 ᄉ랑치 아니ᄒ더라.”

보치 듯고 우스며 니ᄅᄃᆡ,

“너는 가라. 녀ᄒᆡᄋ(女孩兒)가 아른 쳬ᄒ는 일이 너모 만토다.”

졍히 말ᄒᆯ 씨의 다만 드ᄅ니 류로뢰 하픠음ᄒ고[139] 한 번 게으른 허리를 펴며 한 번 방긔를 쒸미 산이 곳 울이는 듯ᄒ거눌 교졔 다만 즐겨 흡흡대쇼ᄒ고【86】보챠는 우셔 졋시 움즉이미 쇼ᄋ로 ᄒ여곰 목이 며여 기춤ᄒ고 내마ᄌ와 잉ᄋ는 ᄯ혼 우슘을 참지 못ᄒ여 밧그로 나아가더라. 믄득 보미 류로뢰 엉긔여 밧그로 나아가거눌 보치 섈니 잉ᄋ를 블너 로로를 ᄯ라가 업더지나 숣히라 ᄒ니 잉이 졍히 내마ᄌ로 더브

---

137) 【시쟝ᄒ다】동 시장하다. 배고프다. ¶ 餓 ‖ 교졔 웃고 니ᄅᄃᆡ 이마야 내 지금 시쟝치 아니니 져녁을 기다려 너의 무리와 흠긔 죽을 먹으리라 (巧姐笑道: “姨媽, 我這會子也不餓了, 等着晚上同他們喝點兒粥罷.”) <續紅 7:82> ⇒ 시장ᄒ다

138) 【번드치다】동 뒤집다. ¶ 翻 ‖ 보치 놀나 몸을 번드쳐 니러 안ᄌ며 웃고 니ᄅᄃᆡ (寶釵驚醒, 翻身坐了起來, 笑道.) <續紅 7:83> ⇒ 번뒤치다, 번뒤티다, 번드티다, 번듯ㅊᅳ, 번듸치다, 번듸티다

139) 【하픠음ᄒ다】동 하품하다. ¶ 打哈息 ‖ 다만 드ᄅ니 류로뢰 하픠음ᄒ고 한번 게으른 허리를 펴며 한번 방긔를 쒸미 산이 곳 울이는 듯 ᄒ거놀 교졔 다만 즐겨 흡흡대쇼ᄒ고 (正說時, 只聽劉老老打了個哈息, 一伸懶腰, 放了個山響的大屁出來,　把個巧姐只樂得哈哈大笑起來.) <續紅 7:85> ⇒ 하픠옴ᄒ다, 하외옴ᄒ다, 하회옴ᄒ다

러 셔로 웃다가 한 번 부르는 쇼리롤 듯고 련망
히 나와 밧그로 따라 가니 원리 이씨의 셜이마
와 형부인 무리 임의 밥을 먹고 각각 챠롤 먹다
가 믄득 보 【87】 민 류로뢰 황망히 다라 나오고
잉이 뒤히 잇셔 부축(副軸)ᄒᆞ엿는지라. 평이 한
번 보고 곳 졔가 칙간(厠間)을 츠즈가는 줄 안
고 련망히 또 따라오더라. 류로뢰 황망히 니르
디,

"고낭아, 셜니 내 치마롤 가져 나롤 위ᄒᆞ
여 그르라. 나도 그르기 어렵도다."

평이 손을 펴 져롤 위ᄒᆞ여 치마롤 그롤 시
겨유 언마 벗기지 못ᄒᆞ여 믄득 쥬춤 안거놀 잉
ᄋᆞ와 평ᄋᆞ 량인이 또 엇지홀 길 업스디 혹 손을
쩌히면 졔가 칙 즁의 샌질가 두려 한 손으로 코
롤 쌰 쥐고 【88】 한 손으로 져롤 잡고 잇더니
이윽고 똥 누기롤 맛츠미 량인이 져롤 붓드러
셔셔히 도라오니 츠시는 임의 등블 혈 쩌의 니
르럿는지라. 형부인과 우시는 임의 집으로 도라
가고 보금과 슈연과 탐츈 샹운 등 스인도 모다
츄샹지(秋爽齋)로 가고 다만 셜이마 왕부인과
니환과 교져 스인이 보챠의 곳의 잇셔 ᄋᆞ히 잠
지이는 거술 보다가 한 번 류로로의 오는 거술
보고 모다 니러나거놀 류로뢰 우스며 니르디,

"량위 고태태야, 우은 말을 말나. 내 고내
내로 ᄒᆞ여곰 【89】 우은 말노 짓거리다가 또 똥
을 쌔게 ᄒᆞ엿도다."

왕부인이 웃고 니르디,

"로로야, 요스이 널노 ᄒᆞ여곰 심히 괴롭게
ᄒᆞ엿노라. 무슨 죠흔 먹을 거슨 업스나 슐을 두
어 잔 먹은 것도 우리 쥬인의 공경ᄒᆞ는 뜻이니
라."

류로뢰 니르디,

"아미타블! 고태태야, 이런 말을 말나. 내
진실노 당치 못 홀노다."

셜이미 웃고 니르디,

"로로야, 이졔 년긔(年紀)가 만토다. 네 보
라. 오늘 우리 여러 고낭 무리 하나토 고요ᄒᆞ
거술 죠하ᄒᆞ는 이 업셔 죠히 로로롤 죠롱ᄒᆞ 【90
】 여시니 엇지 괴로운 거술 견더엿느냐? 평고낭
아, 이졔 로로롤 위ᄒᆞ여 죽을 먹게 ᄒᆞ라."

평이 듯고 셜니 챠환 무리의게 분부ᄒᆞ여
시로 탁즈롤 노코 몃 졉시 쳥결한 치쇼롤 버리
며 아오로 두 완의 증주즈(蒸肘子)와 양압즈(釀

鴨子)롤 버려 노핫거놀 류로뢰 보챠와 교져 미
인이 다만 두 완 죽과 여간 치쇼롤 먹고 즉시
명ᄒᆞ여 거두라 ᄒᆞ며 또 안즈 챠롤 먹고 한즈음
한담ᄒᆞ다가 셜이미 믄득 류로로롤 머믈너 이홍
원(怡紅院)의 잇게 ᄒᆞ니 이는 밤의 잠이 아 【91
】 니 올가 ᄒᆞ여 셜화코져 ᄒᆞ미더라. 이곳의 또
보채 잉ᄋᆞ와 다못 내마즈롤 다리고 ᄋᆞ히롤 보살
피며 왕부인과 니환과 교져와 평ᄋᆞ는 드디여 각
각 혀여져 가더라.

챠셜, 평이 한 손으로 교져롤 잡고 한 손
으로 한 슈건의 싼 믈건을 가지고 한가지로 완
완히 힝ᄒᆞ더니 교졔 무러 니르디,

"이마야, 네 손의 가진 거시 무슨 믈건이
뇨?"

평이 니르디,

"이는 이심낭의 분만할 쩌의 희단(喜蛋)이
라. 태태 나롤 다섯 개롤 쥬거놀 오늘 엇지 능
히 이거술 먹으리오? 내 이 【92】 러므로 슈건의
쌰 집의 도라가 네 내마즈롤 쥬어 먹이려 ᄒᆞ노
라."

교졔 또 니르디,

"태태가 너롤 희단 쥬시믄 원리 너로 ᄒᆞ여
곰 먹게 ᄒᆞ엿거놀 또 나의 내마즈롤 쥬어 먹이
믄 무슴 일이뇨?"

평이 웃고 니르디,

"녀희아가 아는 거시 너모 만토다."

교졔 웃고 니르디,

"내 오늘 이심낭의 나흔 ᄋᆞ히롤 보고 심히
스랑ᄒᆞ노라. 내 긔록ᄒᆞ니 져 한 희의 우리 마미
(媽媽) ᄋᆞ히롤 나핫다가 기르지 못ᄒᆞ여시니 그
러치 아니터면 이졔 가쟝 컷스리로다."

평이 듯고 ᄆᆞ음의 감샹 【93】 ᄒᆞ여 눈가히
붉더라. 겨유 즈긔 원즁의 니르미 일쪽 풍ᄋᆞ(豊
兒)와 쇼홍(小紅)이 잇셔 나아와 맛거놀 평이 니
르디,

"너의 이 두 믈건은 엇지 일개 사롭도 와
셔 등롱(燈籠)을 가지고 우리롤 영졉지 아니ᄒᆞ
느뇨? 우리 흑야(黑夜)의 밍인ᄀᆞ치 어로만져 왓
시니 다힝히 미든 거슨 붉은 하놀이로다. 만일
하놀이 흐리더면 길이 눈의 뵈지 아니ᄒᆞ여시리
니 고낭이 엇지 길을 츠져 와시리오?"

쇼홍이 웃고 니르디,

"이내내야, 내 네게 연고(緣故)롤 고ᄒᆞ리라.

오늘 태태긔셔 우리 【94】 집의 사롬 업눈 거슬 아르시고 낫졔140) 사롬을 식여 한 큰 병 슐과 네 완 치쇼와 두 반 쩍141)과 한 그릇 대미반(大米飯)을 보내여 계시거눌 우리 무리 즉시 고낭의 집의 두엇더니 뉘 알니 노내내 즈긔 쇼견이 붉지 못ᄒ여 다른 사롬이 보지 못ᄒ눈 디 한 큰 병 슐을 가져 한 사롬이 모다 먹어 업시ᄒ여시미 한 지위 취ᄒ여 인스를 출히지 못ᄒ고 블너도 니러나지 아니ᄒ눈지라. 여러 간 집 속의 우리 량인만 나마 두리믈142) 견디지 못ᄒ며 ᄯᅩ 등블이 어디 잇 【95】 눈지 찻지 못ᄒ여 나와셔 맛지 못ᄒ여시나 ᄆᆞ음의 급ᄒᆞᆫ 엇더타 ᄒ리오?"

교졔 니르디,

"이눈 모다 이미미 평일의 인션(仁善)ᄒᆞ미 태과(太過)ᄒ여 사롬마다 긔탄이 업스미로다. 대져 우리 마마긔셔 져의 무리를 살녀 두미니 다시눈 감히 못ᄒ리라."

ᄒ고 말ᄒ며 즈긔가 집으로 향ᄒ여 옷슬 밧고와 닙으라 가며 풍으도 ᄯᅩ한 ᄯᅡ라가더라. 평이 쇼홍다려 무러 니르디,

"이야(二爺)가 엇지 도로혀 도라오지 아니ᄒ엿눈냐?"

쇼홍이 니르디,

"외간 말을 드르니 대노야와 이 【96】 노얘 일즉 허여지고 한 무리 쇼야들만 머무러 이시며 ᄯᅩ 이태태집 셜대야를 열요(熱鬧)히143) ᄒ리라."

평이 니르디,

"임의 그러ᄒᆞᆯ 양이면 네가 곳 풍으로 더브러 고낭을 뫼시고 놀나 가라. 졔가 밥을 먹은지 언마 못되여 즈면 밥이 체ᄒᆞᆯ가 져허ᄒ노라. 내 지금은 너의 무리로 스환(使喚)시길 일이 업스니 챠와 믈을 모다 예비(豫備)ᄒ엿다가 이얘 도라오시면 너를 시겨 곳 가게 ᄒ리라."

쇼홍이 디답ᄒ고 각각 가더라. 【97】 평이 슈건의 ᄲᅡᆫ 거슬 노코 손을 씻고 쟝향(藏香)과 단향(檀香)을 내여 화로의 픠오고 공경ᄒ여 셰 번 머리를 좁고144) 두 번 만복(萬福)을 부르고 정셩으로 ᄯᅳᆺ을 잡아 가마니 텬디신명보살(天地神明菩薩)과 아오로 거셰(去世)ᄒ신 노태태 혼령긔 비러 말ᄒ디,

"오즉 싱각건디 가련(賈璉)이 나히 삼십의 니르디 쥬식(酒色)의 침혹(沈惑)ᄒ여 쳐쳡이 모다 죽으며 겨유 한 ᄯᆞᆯ만 잇고 오히려 스속(嗣續)이 업스니 오즉 비ᄂᆞ니 신명은 도으샤 일즉 스속을 쥬쇼셔."

도츅(禱祝)ᄒ기를 마츠미 그졔야 의샹을 밧고와 【98】 닙고 홀노 은등잔을 디ᄒ여 젼일 봉져 이실 씨의 그 한 번 긔셰 번화ᄒᆞᆫ 광경을 싱각ᄒ미 이졔 비록 산업(産業)을 회복ᄒ다 말ᄒ여도 쇼입(所入)이 쇼출(所出)을 당치 못ᄒ여 엇지 가련의 낭비ᄒᆞᆫ 거슬 견디여 가리오? 졍히 감샹(感傷)ᄒ여 홀 씨의 다만 드르니 원중으로셔는 신 쇼리 나눈지라. 믄득 가련이 오눈 줄 알고 평이 본디 가련의 셩품을 아눈지라 거줏 잠즈눈 체 ᄒ고 누엇더니 다만 보미 가련이 젼도(顚倒)히 드라드러와 입으로 죠히 지져괴며

---

140) 【낫ᄌ】 圆 «낮» 낮. ¶ 晌午 ‖ 오늘 태태긔셔 우리 집의 사롬 업눈 거슬 아르시고 낫졔 사롬을 식여 (今兒太太知道咱們屋裡沒人, 晌午差人.) <續紅 7:94> ⇒ 나됴, 나죵, 나죄, 낫, 낫, ᄂᆡ동

141) 【쩍】 圆 떡. ¶ 餑餑 ‖ 通稱 쩍 <漢淸 餑餑 12:44a> 餑餑 ‖ 큰 병 슐과 네 완 치쇼와 두 반 쩍과 한 그릇 대미반을 보내여 계시거눌 우리 무리 즉시 고낭의 집의 두엇더니 (賞了一大壺酒, 四碗菜, 兩盤餑餑, 一鼓子大米飯, 我們就放在姑娘屋裡.) <續紅 7:94>

142) 【두리다】 圄 두려워ᄒ다. ¶ 害怕 ‖ 여러 간 집 속의 우리 량인만 나마 두리믈 견디지 못ᄒ며 ᄯᅩ 등블이 어디 잇눈지 찻지 못ᄒ여 나와셔 맛지 못ᄒ여시나 ᄆᆞ음의 급ᄒᆞᆫ 엇더타 ᄒ리오 (兩三間屋子就剩下我們倆人, 又怪害怕的, 又找不着燈籠放在那裏了, 心里也急的什麼似的.) <續紅 7:94>

143) 【열요히】 圕 {열요(熱鬧)히.} 떠들썩하게. ¶ 熱鬧 ‖ 외간 말을 드르니 대노야와 이노애 일즉 허여지고 한 무리 쇼야들만 머무러 이시며 ᄯᅩ 이태태집 셜대야를 열요히 ᄒ리라 (聽見外頭說, 大老爺, 二老爺早就散了, 剩下一伙小爺們, 又把姨太太家薛大爺也邀了來了, 這會子只怕正喝到熱鬧中間了.) <續紅 7:96>

144) 【좁다】 圄 조아리다. ¶ 磕 ‖ 쟝향과 단향을 내여 화로의 픠오고 공경ᄒ여 셰 번 머리를 좁고 두 번 만복을 부르고 정셩으로 ᄯᅳᆺ을 잡아 가마니 텬디신명보살과 아오로 거셰ᄒ신 노태태 혼령긔 비러 말ᄒ디 (取出一支藏香, 又取了些檀香點着, 焚在爐內, 恭恭敬敬磕了三個頭, 起來又福了兩福, 意秉虔誠, 暗暗的禱告天地神明菩薩, 并去世的老太太的靈魂.) <續紅 7:97>

일 【99】 변으로 모즈롤 벗고 옷슬 그른며 니른
디,

　　"엇지 집안의 일인도 집안의 업논고? 오늘
늣도록 모다 어디로 낭(浪)ᄒ라 갓느냐?"

　　ᄒ다가 한 번 머리롤 돌나 평으의 캉 가
히셔 즈믈 보고 샬니 몸 가홀 향ᄒ여 죠고만 죠
희롤 취ᄒ여 심지145)롤 부븨여 가마니 와 평으
의 코구무롤 지르려 ᄒ다가 겨유 얇히 니른미
평이 홀연이 한 번 우스니 가련이 도로혀 놀나
웃고 니른디,

　　"쟉야의 쏘 너롤 슈고시기미 업거놀 오늘
이디지 곤ᄒ냐?"

　　평이 웃고 니른디,

　　"쇼리롤 나 【100】 죽이 ᄒ라. 져긔셔 고낭
이 아니 즈느냐? 만일 드르면 이 무슨 의스(意
思)라 ᄒ리오?"

　　가련이 웃고 니른디,

　　"내 곳 쇼리롤 나죽이 ᄒ여 말ᄒ리라. 네
보라. 이 셜대스지(薛大傻子) 용녈ᄒ냐 용녈치
아니냐? 내가 으들이 업스믈 위ᄒ여 계가 도로
혀 무움이 급ᄒ여 지금 계가 민돈 무슨 종즈단
(種子丹)이란 약을 가져 쇼시(小廝)롤 식여 한
첩을 보내여 날노 ᄒ여곰 진실노 즉긱의 황쥬
(黃酒)롤 타 먹게 ᄒ라 ᄒ고 계 니른디, '이 약
은 빅발빅(百發百)ᄒ다 ᄒ니 내 태태의 말더로
ᄒ리라. 내가 술 긔운 【101】 을 빌면 두 숨의
먹을 거시니 우리 오늘날 시험ᄒ면 곳 약이 신
효ᄒ 거슬 알니라."

　　ᄒ니 평이 엇지 디답ᄒ고 하회의 분히ᄒ
라.

[쇽홍루몽續紅樓夢 권지팔卷之八]

　　【1】 화셜, 가련(賈璉)이 말ᄒ디,

　　"오늘 날이 약을 시험ᄒ면 곳 신효(神效)ᄒ

---

145) 【심지】 몡 심지. ¶ 紙捻兒 ‖ 한 번 머리롤
돌나 평으의 캉 가 히셔 즈믈 보고 샬니 몸 가
홀 향ᄒ여 죠고만 죠희롤 취ᄒ여 심지롤 부븨
여 가마니 와 평으의 코구무롤 지르려 ᄒ다가
(見平兒在炕沿上盤膝打盹, 忙在靴桶內取了些紙,
拈了個紙捻兒, 悄悄來□平兒的鼻孔.)　　<續紅
7:99>

거슬 알니라."

　　평이(平兒) 웃고 니른디,

　　"네 쏘 공연이 지져괴지 말나. 이 약이 먹
을 거신지 아니 먹을 거신지 모른고 엇지 거연
(居然)이 먹으며 ᄒ믈며 으돌 낫는 법은 첫지는
즈긔가 챡ᄒ 일을 ᄒ여야 될 거시니 네 져 못된
버릇슬 곳쳐야 곳 으돌 이실 거시오, 둘지는 즈
긔가 정신을 보양(保養) 【2】 ᄒ여야 될 거시니
네 젼일의 내내로 더브러 고요ᄒ 씨롤 타 빅쥬
(白晝)의 문을 걸지 아니면 곳 여러 가지 모양
으로 노리ᄒ여 지져괴니 엇지 능히 으돌을 나흐
리라."

　　가련이 쳥파(聽罷)의 희희히 웃고 니른디,

　　"이러ᄒ 스졍을 네가 엇지 모다 아느냐?"

　　평이 웃고 니른디,

　　"이야(噯喲), 엇지 다만 알기만 ᄒ리오? 어
내 씨의 내 쏘 보지 못ᄒ엿느냐? 내내(奶奶)와
우리 무리 한 디 잇는 말은 니른지 말고 곳 우
리[이]이야(尤二姨兒)와 츄동(秋桐)과 너의 무리
이왕 ᄒ던 일을 네가 쏘 내가 아지 못ᄒ다 니른
【3】 느냐?"

　　가련이 웃고 니른디,

　　"이런 말을 ᄒ량이면 너는 이 나의 총찰
(總察)ᄒ는 쥬인이니 가쟝 죠토다. 네 곳 너의
내내와 우이이으(尤二姨兒)와 츄동과 다만 너와
더브러 네 사롬의 죠흔 곳을 즈셰히 폄론(貶論)
ᄒ여 날노 듯게 ᄒ라. 네가 공도(公道)며 공되
아니믈 보리라."

　　평이 듯고 코ᄒ로 한 번 우스며 니른디,

　　"구ᄐ여 날노 평론케 말니로다. 날노 보건
디 우리 스인이 하나토 네 뜻의 맛지 아니ᄒ니
엇지 모다 고낭(姑娘)과 포이가(鮑二家)의 죠흔
곳을 밋츠리오? 져는 본디 경낭(輕浪)ᄒ 【4】 고
쏘 너로 ᄒ여곰 환희케 홀 줄을 아느니라."

　　가련이 니른디,

　　"이야, 이는 쏘 맛당히 네가 블평ᄒ염죽ᄒ
도다. 너도 싱각건디 젼일의 져의 삼인이 이실
씨의 네 가쟝 원통ᄒ 거슬 바닷더니 이졔는 네
홀노 픠왕(覇王)이 되여 극히 쾌활(快活)ᄒ거놀
도로혀 무슨 블평ᄒ 말을 니른혀 무엇ᄒ리오?"

　　평이 니른디,

　　"내가 쏘흔 희흔(稀罕)ᄒ 사롬이 아니니 엇
지 홀노 픠왕이 되리오? 다만 구ᄒ건디 우리 노

야는 내일붓허 일졈 쟝부(丈夫)의 지긔롤 세워 범스(凡事)롤 모다 【5】 챡히 ㅎ여 일후(日後)의 못된 지경의 니르지 아니ㅎ면, 내 곳 노야의 큰 은혜롤 닙으미니 다시 무슨 타의(他意)이시리오?"

가련이 박슈(拍手)ㅎ고 우스며 니르디,

"그만두라. 다시 말 말고 즈는 거시 죠흐리로다."

말을 맛고 믄득 신과 보션146)을 벗고 즈긔가 몬져 즈려 ㅎ더니 평이 셔셔히 긔명(器皿)을 슈습ㅎ고 단장(丹粧)을 그르고 방문을 닷고 홀노 단향(檀香) 화로가의 안즈 향내롤 맛트니 가련이 니르디,

"너도 쏘흔 잘지어다. 지금 삼경(三更)이 되엿거늘 도로혀 등블을 혀고 기름을 달니 【6】 느냐?"

평이 웃고 니르디,

"우리 가히 몬져 강론ㅎ고 즈리라. 너는 나롤 위ㅎ여 일을 진실ㅎ게 홀 거시오, 져격과 ㄱ치 슐을 먹어 취ㅎ고 내내롤 억늑(抑勒)으로 ㅎ던 모양을 ㅎ지 말나."

가련이 웃고 니르디,

"올토다. 비컨디 과인이 원안승교(願安承敎)ㅎ는 거시 죠흐냐, 죠치 아니ㅎ냐?"

평으 쏘 웃고 다만 등블을 쓰고 취침ㅎ더라.

지셜, 가환(賈環)이 셔방(書房)의셔 허여진 후의 곳 슐을 먹어 반감(半酣)ㅎ고 가마니 샹방(上房)의 니르러 즈되, 한편으로 가정(賈政)과 왕부인(王夫人)이 다 【7】 즈는 거술 알고 계가 즉시 치운(彩雲)을 ᄎᆞᆽ 져의 집으로 쓰으러 가 방문을 닷고 필갑(筆匣)을 헷치고 두 개 희단(喜蛋)을 내여 치운을 쥬며 웃고 니르디,

"죠흔 져져(姐姐)야, 네 보라. 이는 내가 태태(太太)긔 어더 온 거시라. 내가 스스로 즐겨 먹다가 특별이 남겨셔 너롤 쥬어 먹게 ㅎ노라."

치운이 바다 한 번 보더니 인ㅎ여 탁샹의 노코 코흐로 우스며 니르디,

"오늘 집의 깃분 일이 잇셔 내가 만흔 슐과 만흔 고기롤 죵일 먹엇거늘 지금 네가 날노

ㅎ여곰 억탁(臆度)으로 이거술 【8】 먹으라 ㅎ느냐? 네 도로혀 나롤 ᄉᆞ랑홀 쥴을 아느니 다샤(多謝)ㅎ거니와 두엇다가 네 리일 일죠(一早) 이러나 먹으라."

가환이 웃고 니르디,

"죠흔 쥰지(蠢才)야! 희단 먹는 도리(道理)도 분명히 아지 못ㅎ도다. 이거슨 먹으면 ㅇ희롤 낫느니라. 내가 지금 사름이 잇셔 날다려 아비라 부르는 거술 보면 곳 시훤ㅎ리라.147)"

치운이 듯고 쌤을 향ㅎ여 춤 밧고 니르디,

"이 후두[糊塗]흔 거샤! 내 너다려 뭇느니 우리 량인이 노야(老爺)와 태태 앏희셔 명빅흔 일을 ㅎ여 지내엿느냐? 【9】 내가 당쵸(當初)의 너로 더브러 일쟝 죠하ㅎ다가 지금 일죠의 졀의(絶義)ㅎ면 내 ᄆᆞ음의 블인(不忍)ㅎ려니와 네가 싱각ㅎ여 보라. 우리 무리 희마다 나히 만하 가는디 만일 ㅇ희롤 나흐면 네가 날노 ㅎ여곰 죽게 ㅎ미냐? 도로혀 살게 ㅎ미냐? 네가 지금 날노쎠 이 희단을 먹으면 진실로 네가 곳 스귀(死鬼) 이내내(姨奶奶)와 후두흔 거시 일양이니라."

가환이 듯고 셩내여 슐긔운을 빌고 곳 지져괴며 니르디,

"너는 방심(放心)ㅎ라. 내 비록 태태의 쇼싱은 아니나 쏘흔 노야 【10】 의 쇼싱이 아니라 니르지 못ㅎ리라. 네 혜아려 보라. 보옥(寶玉)의 집 속의 챠환(丫鬟)이 언마며 쏘 보고낭(寶姑娘)의게 쟝가롤 드럿거늘 제 ᄆᆞ음의 오히려 부죡흔 뜻이 잇셔 어졔 네가 태태의 말슴을 듯지 못ㅎ엿느냐? 졔가 이졔 쏘 하늘노 림고낭을 ᄎᆞ즈라 간다 ㅎ더라. 져는 열 달의 나핫거니와 나는 곳 열 달의 낫치 아니ㅎ엿느냐? 노야와 태태는 쏘 너모 편심(偏心)으로 일을 ㅎ지 말나. 나롤 위ㅎ여 집의 챠환도 두지 아니ㅎ고 쏘 뎡혼(定婚)홀 경영도 아니ㅎ시니 날노 ㅎ여 【11】 곰 한 무리 광군(光棍)148)으로 돌녀 보내랴 ㅎ느냐? 내 싱

---

146) 【보션】 圀 버선. ¶ 襪 ‖ 말을 맛고 믄득 신과 보션을 벗고 즈긔가 몬져 즈려 ㅎ더니 (說畢, 便脫了靴襪, 自己先睡下了.) <續紅 8:5>

147) 【시훤ㅎ다】 圀 시원하다. ¶ 舒服 ‖ 이거슨 먹으면 ㅇ희롤 낫느니라 내가 지금 사름이 잇셔 날다려 아비라 부르는 거술 보면 곳 시훤ㅎ리라 (這是吃了要養兒子的, 我這會子盼着有人也把我叫爺爺, 我纔舒服呢.) <續紅 8:8>

148) 【광군】 圀 {광곤(光棍guānggùn).} 무뢰배(無賴輩). ¶ 光棍 ‖ 나롤 위ㅎ여 집의 챠환도 두지 아니ㅎ고 쏘 뎡혼홀 경영도 아니ㅎ시니 날노 ㅎ여곰 한 무리 광군으로 돌녀 보내랴 ㅎ는

각건디 이졔 너로 더브러 죠하ᄒᆞ여 ᄋᆞ히롤 낫는
다 ᄒᆞ여도 ᄯᅩᄒᆞᆫ 무슨 목 버힐 죄는 되지 아니리
라. 이졔 나롤 위ᄒᆞ여 뎡혼홀 일을 경영치 말고
ᄯᅩ 집의 사롬을 두지 아냐도 내 급ᄒᆞ면 ᄯᅩᄒᆞᆫ 태
태 앏히 잇는 삼칠이 이십 일 되는 무슨 챠환과
노파롤 혜지 아니ᄒᆞ고 내 일졔히 흐려 노홀 거
시니 그 ᄯᅢ의 내 보리라. 노야와 태태 믄득 나
롤 가져 죽이랴?"

치운이 밧비 와 져의 입부리[149]롤 막고 니
ᄅᆞ디,

"쇼죠【12】종(小祖宗)아, 너는 가마니 ᄒᆞ
라. 여긔셔 노야와 태태 계신 디가 다만 ᄒᆞᆫ 겹
판쟝(板墻)[150]이 가려시니 만일 드르시면 네가
견디지 못ᄒᆞ리라! 급히 다라ᄂᆞ라. 죠흔 죠종아,
너는 다만 나롤 ᄉᆞ랑ᄒᆞ미 무방(無妨)ᄒᆞ도다."

가환이 밋쳐 답지 못ᄒᆞ여 다만 드르미 져
곳의 잇는 쥬이랑(周姨娘)이 무러 니ᄅᆞ디,

"삼가ᄋᆞ(三哥兒)야, 네 엇지민고? 노애 이
곳의셔 무르신다."

---

150)【판쟝】㘘 판쟝. ¶ 板壁 ‖ 판쟝 <譯補 屋宅
14b> 판쟝 (版墻) <廣物譜 宮室 2:3a> 板墻 ‖
여긔셔 노야와 태태 계신 디가 다만 ᄒᆞᆫ 겹 판
쟝이 가려시니 만일 드르시면 네가 견디지 못
ᄒᆞ리라 (這里離老爺, 太太只隔一堵板墻, 仔細聽
見了, 你就要吃不了的兜着走呢!) <續紅 8:12>
⇒ 바롬벽

149)【입부리】㘘 입부리. 주둥이. ¶ 嘴 ‖ 치운이
밧비 와 져의 입부리롤 막고 니ᄅᆞ디 (急的彩雲
忙來握他的嘴, 道:) <續紅 8:11> ⇒ 닙부리, 입
브리, 입쌀리

11
풍도셩가뫼완신츈 망향디봉져발구교
酆都城賈母玩新春 望鄉臺鳳姐潑舊醋

ㅎ거눌 가환이 듯고 그졔야 감히 지져괴지 못ㅎ고 드디여 치운으로 더브러 가마니 흔 츠례 경회롤 펴고 각각 도라가 즈더라.

【13】 원리 쥬이낭이 왕부인 와실(臥室) 캉가 판벽(板壁) 뒤히셔 잘 시 몬져 가졍과 왕부인을 뫼셔 잠든 후의 즈긔가 겨우 옷술 그르고 취침ㅎ엿더니 믄득 가환이 져곳의셔 지져괴믈 듯고 즈셰히 귀롤 기우려 드르미 젼혀 범샹(犯上) 무례(無禮)흔 말이라. 오즉 두리건디 가졍이 드르면 가환이 크게 괴르오믈 당홀가 ㅎ며 인ㅎ여 젼일 죠이낭(趙姨娘)으로 더브러 일쟝 동亽(同事)ㅎ던 거슬 싱각ㅎ고 토亽호비(兎死狐悲)ㅎ는 싱각이 동ㅎ여 드디여 판벽을 격ㅎ여 져롤 한 쇼 【14】 리 경계ㅎ여 두리게 흔 뜻이러니 뉘 알니 이 한 번 무른 거시 도로혀 가졍의 드르미 되여 샐니 무러 니르디,

"환ㅇ(環兒)야, 거긔셔 무엇ㅎㄴ뇨?"

쥬이낭이 듯고 쏘흔 놀나 련망히 져롤 디신ㅎ여 방츠(防遮)ㅎ여 니르디,

"다른 일이 아니라 챠환 무리로 더브러 말ㅎㄴ이다.."

가졍이 탄식고 니르디,

"이 못된 거스 엇지ㅎ면 죠흐랴? 죵일 일졈 졍도롤 힘쁘지 아니코 이러툿 유심방탕(游心放蕩)ㅎ니 아지 못게라 쟝리 무슨 지목(材木)이 되리오?"

왕부인이 비록 즈 【15】 는 즁이나 일죽 가환의 지져괴믈 드르디 다만 그 말이 명빅ㅎ지 못흔 가온디 쏘 가졍이 듯고 노홀가 져허ㅎ여 이러므로 다만 듯지 못흔 체ㅎ고 잇더니 이졔 가졍의 심히 한ㅎ믈 보고 이의 권ㅎ여 니르디,

"노야는 쏘 반드시 환ㅇ롤 위ㅎ여 노ㅎ지 말나. 이졔 쥬ㅇ(珠兒) 임의 죽고 보옥이 쏘 츌가ㅎ고 우리 무리 다만 져 일개 ㅇ둘만 남앗시며 졔 모친이 쏘 죽엇는지라. 호블호(好不好) 간의 노야는 셔셔히 져롤 교훈ㅎ미 가ㅎ도다. 내 싱각ㅎ미 졔가 【16】 이졔 나히 격지 아니ㅎ니 혹 져롤 위ㅎ여 식부(媳婦)롤 엇거나 혹 몬져 일개 챠환을 두면 쏘흔 가히 졔 모옴을 진졍케 ㅎ리라."

가졍이 탄식고 니르디,

"나도 오리 이 모옴이 이시되 다만 이 젹은 즈식의 모양이 즈라도 쏘흔 눈의 츠지 아니홀 거시오. 셩품이 고이ㅎ고 학문이 평샹(平常)ㅎ고 쏘흔 이 셔츌(庶出)이라. 뉘 집의 죠흔 녀히ㅇ(女孩兒)가 잇다 ㅎ여도 즐겨 져롤 주랴! 죠흔 벌렬(閥閱) 잇는 사롬의 집으로 더브러 의혼ㅎ는 거슨 니르지 말고 곳 즈긔 친우가(親友家)의 【17】 죠흔 녀히ㅇ가 잇셔도 우리 쏘흔 입을 열기 어렵도다."

왕부인이 니르디,

"노야는 넘려ㅎ시미 너모 과ㅎ도다. 우리 무리 깃튼 이런 집 즈뎨는 지용이 평샹ㅎ여도 곳 이리져리 말ㅎ여 가면 쏘흔 식부롤 뎡치 못홀 리가 업슬지니 면강(勉强)ㅎ여 식부롤 취ㅎ고 대亽롤 일우면 졔가 곳 모옴의 흡죡ㅎ여 ㅎ리라."

가졍이 듯고 우亽며 니르디,

"태태야, 너는 진개 부인의 쇼견이라. 네가 쏘 아지 못ㅎ리로다. 셰샹의 남즈의 무리는 아름다온 【18】 식 보는 눈이 다르미 업스니 우리 집의 여러 노쇼 식부들이 뉘 아니 츌류발최(出類撥萃)흔 지목이리오? 이졔 홀노 져롤 위ㅎ여 평샹흔 식부롤 취ㅎ면 여러 쥬리[妯娌] 무리의

게 비교ᄒᆞ기 어려오리니 다만 능히 ᄌᆡ로 안돈(安頓)케 못홀 ᄲᅮᆫ 아니라 도로혀 별노이 충졀(忠節)을 ᄂᆡ리라."

왕부인이 니ᄅᆞ디,

"내 말ᄒᆞᆫ 거슨 모양이 평샹ᄒᆞ다 니ᄅᆞᆷ이 아니라 가문이 평샹ᄒᆞᄆᆞᆯ 니ᄅᆞᄆᆞ니 비록 셔민 농쟝 무리 집의도 죠흔 녀ᄒᆡ이 업다 니ᄅᆞ기 어려오니 엇【19】지 반ᄃᆞ시 고관현환(高官顯宦)ᄒᆞᄂᆞᆫ 집의 가 구ᄒᆞ리오?"

가졍이 웃고 니ᄅᆞ디,

"내 쇼견으로 보건디 농쟝 무리 집의 죠흔 녀ᄒᆡᄋᆞ가 잇셔 우리 무리 셰리(勢利)ᄅᆞᆯ 의지ᄒᆞ여 빙례(聘禮)ᄒᆞ여 온다 ᄒᆞ여도 ᄯᅩ혼 남의 집 죠흔 ᄌᆞ식을 바리게 ᄒᆞ미로다."

왕부인이 듯고 우스며 니ᄅᆞ디,

"노야의 이 말 ᄀᆞᆺ틀진디 우리 환ᄋᆞᄂᆞᆫ 곳ᄒᆞᆫ 무리 광군[光棍]으로 늙히려 ᄒᆞᄂᆞ뇨? 내 쥬견 ᄀᆞᆺ틀진디 리일 계ᄋᆞ(桂兒)의 십이일의 셜이 태태의 집의셔 요거(搖車)와 례믈(禮物)을 보낼 거시니 우리 ᄯᅩ혼 친쳑을【20】쳥ᄒᆞ여 술을 먹을지라. 그 ᄶᆞ를 타 일개 죠흔 챠환을 갈히여 ᄌᆡ를 위ᄒᆞ여 집의 두어 한 방의 잇게 ᄒᆞ면 계가 죵일 유탕(流湯)ᄒᆞ여 챠환 등으로 더브러 긔롱ᄒᆞ미 업스리라. 계가 임의 어믜 업는 ᄌᆞ식이라 심히 스스로 몸을 바리니 만일 다른 연괴 이시면 겻히 사롬들이 우리 무리ᄅᆞᆯ 가져 가쟝 챡ᄒᆞ다 니ᄅᆞ지 아니ᄒᆞ리라."

가졍이 니ᄅᆞ디,

"이ᄂᆞᆫ ᄯᅩ 맛당히 힝ᄒᆞ염죽ᄒᆞ도다. 리일 네가 곳 일개 챠환을 갈히여151) ᄌᆡ를 위ᄒᆞ여 방의 누고【21】나노 ᄯᅩ혼 련ᄋᆞ(璉兒)의게 분부ᄒᆞ여 외간의 탐쳥(探聽)ᄒᆞ여 어내 농쟝의 집의 죠흔 녀ᄒᆡ가 이시디 용뫼 가히 쥬리 무리의게 비ᄒᆞ염죽ᄒᆞ거든 우리 곳 사름을 보내여 의혼ᄒᆞ디 그 사롬의 즐겨 듯고 듯지 아니ᄒᆞᄂᆞᆫ 거슨 다만 환ᄋᆞ의 복분(福分)의 잇도다."

ᄒᆞ고 노부체(老夫妻) 샹량ᄒᆞ기ᄅᆞᆯ 맛치미 이튼날 류로로(劉老老)ᄅᆞᆯ 보내여 간 후의 왕부인이 심내의 계교ᄅᆞᆯ 뎡ᄒᆞ미 이시니 대져 왕부인

---

151)【갈히다】圖 가리다. 선택하다. ¶ 挑 ‖ 리일 네가 곳 일개 챠환을 갈히여 ᄌᆡ를 위ᄒᆞ여 방의 두고 (明日你就挑一個丫頭給他放在房裡!) <續紅 8:20>

이 젼일붓허 가환이 치운으로 더브러 죠하ᄒᆞᄆᆞᆯ 보앗시디 다만 가【22】졍을 더ᄒᆞ여 말ᄒᆞ미 업더니 당일의 짐ᄌᆞᆺ 부내(府內)의 잇는 챠환을 가져 일졔히 닐크러 귷히다가 나죵의 치운을 ᄲᅢ내여 가졍의게 알게 ᄒᆞ고 곳 계가ᄋᆞ(桂哥兒)의 십이일 되는 놀 요거ᄅᆞᆯ 희롱ᄒᆞ고 친쳑이 졔회(際會)홀 ᄶᆡ의 가환과 치운 량인으로 방의 모히게 ᄒᆞ니 가환과 치운이 ᄯᅩ혼 희츌망외(喜出望外)ᄒᆞ여 바야흐로 긔탄(忌憚) 업시 즐기미 이젼의 은근히 ᄒᆞ던 모양과 ᄀᆞᆺ지 아니ᄒᆞ더라.

지셜, 반우안(潘又安)과 ᄉᆞ긔(司棋) 부뷔 우삼져(尤三姐)ᄅᆞᆯ【23】태허환경(太虛幻境)으로 보내여 대옥(黛玉)으로 더브러 셔로 본 후의 져 두 사롬이 인ᄒᆞ여 디부(地府)로 도라오미 쥬야로 풍우(風雨)ᄅᆞᆯ 무릅쓰고 힝ᄒᆞ다가 일일은 풍도(酆都)의 니ᄅᆞ러 아문(衙門)의 나아가 가모(賈母)와 림공(林公) 부부긔 뵈옵고 대옥이 픔계ᄒᆞᆫ 글월과 붓쳐 온 의믈(衣物)을 드리니 가모와 림공 부뷔 모다 대희ᄒᆞ더라. 림여히(林如海) 즉시 대옥의 글월을 가져 ᄶᆞ혀 보니 ᄒᆞ여시되,

녀옥은 슬하ᄅᆞᆯ ᄯᅥ나므로 붓허 이졔【24】니ᄅᆞ히 십유여 년이라. 고독경경(孤獨榮榮)ᄒᆞ여 형영(形影)이 샹죠(相弔)ᄒᆞ더니 다ᄒᆡᆼ히 외조모의 ᄉᆞ랑ᄒᆞ시믈 힘 닙어 경스로 오게 ᄒᆞ샤 의복과 약믈노 무양셩닙(撫養成立)ᄒᆞ시니 바야흐로 다ᄒᆡᆼ히 일기 여ᄉᆡᆼ(餘生)이 져기 구원의 ᄉᆞ랑ᄒᆞ신 싱각을 위로ᄒᆞ엿더니 뜻 아닌 시운이 부졔(不齊)ᄒᆞ여 홀연 요ᄉᆞ(夭死)ᄒᆞ믈 만나미 우연이 한 번 어리셕은 싱각을 인ᄒᆞ여 드디어 빅년 한을 픔엇시디 일루(一縷)【25】유혼(幽魂)이 다ᄒᆡᆼ히 태허(太虛)의 머믈너 명월쳥풍(明月淸風)의 죠곰도 괴로오미 업더니 어졔 ᄉᆞ긔 부뷔 우져ᄅᆞᆯ 호숑(護送)ᄒᆞ여 오믈 인ᄒᆞ여 글월을 밧ᄌᆞ와 넑으미 비로쇼 부모 대인이 풍도셩(酆都城)의 영화로이 님ᄒᆞ시고 외조모로 더브러 모도여 계신 줄 알고 녕ᄋᆞ의 ᄆᆞ음의 그으기 위로ᄒᆞ오나 다만 싱각건디 ᄌᆞ위블원(慈幃不遠)ᄒᆞ디 지쳑(咫尺)이 텬이(天涯)오, 음신(音信)은 비록 통ᄒᆞ나 샹봉홀 날이 업스니 이롤 싱【26】각ᄒᆞ미 간쟝이 단졀(斷絶)ᄒᆞ오니 오즉 원컨디 일즉 샹계(上界)로 올나 텬죠의 쳔젼(遷轉)ᄒᆞ시믄 녀ᄋᆞ의 일

야로 옷기술 닛그러 바라는 비로쇼이다. 이졔
스긔 부부룰 보내여 슐위룰 도로혀 갓쵸 품
ᄒ여 공순히 ᄌ안(慈安)을 쳥ᄒ느니 픔ᄒ믈
림ᄒ미 눈물을 흘녀 부지쇼운(不知所云)이로
쇼이다.

ᄒ엿더라. 림여히 보기룰 맛치고 샹심(傷
心) 락루(落淚)ᄒ믈 ᄭᆡᄃᆞ지 못ᄒ며 가모와 가부
인이 모다 눈물을 흘니 【27】 다가 가뫼 니르디,
"고노야(姑老爺)가 늙어 우리 무리로 ᄒ여
곰 듯게 ᄒ라."
림공이 드디여 또 한 번 닑으니 가모와 가
부인이 모다 곡ᄒ기룰 마지 아니ᄒᄂᆞᆫ지라. 림공
이 권ᄒ여 니르디,
"노태태(老太太)야, 샹심치 말나. 외손녀이
임의 안신(安身)ᄒ 곳이 잇고 쟝리의 셔로 만날
날이 머지 아니리라."
말ᄒ며 졍히 스긔의게 무러 더옥이 태허환
경의 잇는 광경을 ᄌ세히 알고져 ᄒ더니 다만
보미 봉져(鳳姐)와 원앙(鴛鴦)이 방 속의 잇셔
바올152)을 것고 밧글 향 【28】 ᄒ여 바라 보거놀
림공이 보고 샐니 몸을 니러 니르디,
"내 잠간 셔방으로 가 안줄 거시니 고낭
무리로 ᄒ여곰 나와 또흔 져의 미미의 글월을
보게 ᄒ라."
말을 맛고 스스로 나아가는지라. 봉져 림
공의 나아가믈 보고 런망히 다라나와 스긔룰 향
ᄒ여 무러 니르디,
"미미의 몸이 편안ᄒ며 져의 광경이 근리
의 엇더ᄒ더뇨?"
스긔 디답ᄒ여 니르디,
"고낭의 신샹이 가쟝 죠ᄒ디 다만 노태태
와 고노야와 고태태룰 싱각ᄒ여 ᄆᆞ음이 십분 【
29】 착급(着急)ᄒ나 그곳 광경이 우리 이곳의
비컨디 도로혀 나흐미 잇고 원비낭낭(元妃娘娘)
과 다못 이고낭 졔인이 모다 이내내의 안부룰
뭇더라."
봉져 니르디,
"원비낭낭과 다만 이고낭이 모다 평안ᄒ더

냐? 이고낭이 엇지 너룰 머믈녀 여러 날 두지
아니ᄒ더뇨?"
스긔 니르디,
"이고낭이 도로혀 머믈고ᄌ ᄒ디 다만 나
와 다못 반우안이 한 가지로 갓시미 그곳은 모
다 션녀 무리 모힌 곳이라. 출입이 크게 방편
(方便)치 못ᄒ니 이러므로 고낭이 나룰【30】시
겨 일즉 도라왓ᄂᆞ니라."
봉져 졈두(點頭)ᄒ고 또 가부인(賈夫人)을
향ᄒ여 니르디,
"고태태는 가히 방심홀지라. 내 일즉 말ᄒ
디 미미가 그 곳의 잇셔 가쟝 죠타 니르디 고태
태 도로혀 밋지 아니ᄒ더니 이졔 스긔 도라와
회셔(回書)룰 어더시니 이졔야 내 말이 허황치
아닌 줄 알니라."
가부인이 니르디,
"고낭아, 네가 지금 보지 아니ᄒ엿ᄂᆞ냐?
너의 미미 글월 우히 뻣시디 다만 져의 부모들
과 일즉 샹면(相面)ᄒ믈 바라노라 ᄒ고 또 아지
못게라 너 【31】 의 고노야(姑老爺)가 어내 ᄶᅵ의
바야흐로 능히 쳔승(遷陞)홀ᄂᆞᆫ지 날노 ᄒ여곰
ᄆᆞ음이 착급ᄒ여 엇지 견디리오?"
말ᄒ며 또 눈물을 흘니거놀 가뫼 듯고 권
ᄒ여 니르디,
"고내내야, 너는 반ᄃᆞ시 착급히 말나. 네가
듯지 못ᄒ엿ᄂᆞ냐? 고노얘 말ᄒ디 날ᄯᅵ룰 혜면
틀니미 만치 아니타 ᄒ더라."
가부인이 눈물을 ᄲᅵᆺ고 또 스긔룰 향ᄒ여
무러 니르디,
"네 보니 고낭의 얼골이 엇더 ᄒ더뇨? 녀
외더냐, 여외지 아니터냐?"
스긔 니르디,
"고낭의 모양 【32】 이 어디 이젼과 ᄀᆞᄐᆞᆫ
약ᄒ 모양이리오? ᄲᅡᆷ 우히 붉은 것도 잇고 흰
것도 이시니 그 일죵 유한ᄒ 톄도(體度) 그림으
로 그려내지 못홀지니 고태태는 방심ᄒ라. 그곳
의 먹을 것과 ᄡᆯ 것과 닙을 거시 모다 넉넉ᄒ고
신변(身邊)의 갓가히 뫼시는 이는 쳥문(晴雯)과
금슌ᄋ[金釧兒] 량기 차환이 이시니 다시는 그
런 쇼요ᄌᆞ지(逍遙自在)ᄒ는 모양은 업슬지라. 고
태태는 심중의 거리끼지 말나."
가부인이 니르디,
"쳥문과 금슌ᄋ 량인의 명ᄯᅡᄂᆞᆫ 내 도로혀

---

152) 【바올】 圖 발. ¶ 簾子 ∥ 다만 보미 봉져와
　　원앙이 방 속의 잇셔 바올을 것고 밧글 향ᄒ여
　　바라보거놀 (只見鳳姐, 鴛鴦在里間掀着簾子向外
　　張望.) <續紅 8:27> ⇒ 바올

가쟝 익이 드러시더 다 【33】 만 져의 모양을 싱각지 못ᄒ리로다. 이 량기 챠환이 나히 젹을 거시어놀 엇지 모다 죽엇ᄂ뇨?"

ᄉ긔 이 두어 귀졀 말 무ᄅᄆᆯ 보고 곳 ᄲᅢᆷ이 붉어 능히 디답지 못ᄒ거놀 봉졔 ᄲᆞ니 니ᄅ디,

"쳥문은 나의 보형뎨의 집 쇽 챠환이니 어내 히의 ᄉ긔와 반우안 무리들이 셔로 즐겨 ᄒ여 원ᄌ(園子) 쇽 태호셕(太湖石) 등 뒤히 향 젼더ᄅᆯ 바렷더니 용렬ᄒᆫ 대져이(大姐兒) 보고 태태가 아ᄅᆯ실가 념녀ᄒ며 믄득 의심ᄒ디 챠환 무리 쇽의 용렬ᄒᆫ 거 【34】 시 잇셔 보형뎨ᄅᆯ 져허ᄒ여 유인(誘引)ᄒ여 내여 그른 일을 ᄒᆡᆼᄒᆫ다 ᄒ더니 져의 모친 왕션보(王善保)가 쳥문으로 더브러 인체(礙滯)ᄒ미 잇ᄂ지라. 졔가 곳 태태 앏ᄒ 잇셔 쳥문의 허다 죠치 아닌 곳을 말ᄒ거놀 태태 믄득 셩내여 이 챠환을 가져 루명(陋名)을 씌여 모라 내치미 이 챠환이 이미히 긔가 올냐 죽으니라. ᄯᅩ 금슌ᄋᄂ는 우리 태태의 챠환이니 어내 히 여름날의 태태긔셔 가미(假寐)ᄒ고 누엇더니 졔가 믄득 보옥으로 더브러 괴롱읫 말ᄒ다 【35】 가 태태 ᄭᅢ여 듯고 크게 ᄭᅮ짓고 ᄯᅩᄒᆫ 모라 내치니 이 챠환도 졔가 븟그럽고 분ᄒ여 우믈의 더져 죽으니라."

가부인이 듯고 졈두ᄒ며 니ᄅ디,

"이 량기 챠환이 임의 니ᄅ톳 ᄒᆡᆼ실이 부졍ᄒ면 엇지ᄒ여 너의 미미가 져의 무리로 ᄒ여곰 복시(服侍)케 ᄒᄂ뇨?"

봉졔 웃고 니ᄅ디,

"고태태야, 듯기를 명빅히 못ᄒ엿도다. 이 량개 챠환이 원리 죠흔 사롬이로디 모다 원통히 죽엇ᄂ니라."

가부인이 니ᄅ디,

"쳥문이라 ᄒ 【36】 눈 챠환은 졔가 원통ᄒ다 니ᄅ면 올커니와 엇지 금슌ᄋ도 원통ᄒ다 ᄒ리오?"

봉졔 웃고 니ᄅ디,

"노인내야, 아지 못ᄒᄂᆫ도다. 원리 우리 보형뎨가 몬져 져ᄅᆯ 블너 내엿고 져ᄂᆫ 블과 두어 귀졀 말ᄒ디, '금빈혀가 우믈 쇽의 ᄯᅥ러졋시니 네 엇지 챡급ᄒ여 ᄒᄂᆫ고?' ᄒ엿거놀 이 귀졀 말이 태태로 ᄒ여곰 듯고 믄득 치고 모라 내쳣시나 필경(畢竟)은 아모 구추ᄒᆫ ᄉ졍이 업ᄂ니

라."

가부인이 웃고 니ᄅ디,

"이 말이 곳 올 【37】 토다. 이리 보량이면 너의 보형뎨ᄂ 쏘ᄒᆫ 일개 젹은 실업손[153) ᄌ식이니 엇지 이런 실업손 사롬이 도로혀 츌가ᄒ엿ᄂ뇨? 가히 사롬으로 ᄒ여곰 아지 못ᄒ리로다."

봉졔 니ᄅ디,

"이ᄂᆫ 모다 어려셔 ᄒᆫ 일이어니와 그 후ᄂᆫ 엇지ᄒ여 츌가ᄒ엿ᄂᆫ지 내가 ᄯᅩᄒᆫ 아지 못ᄒ리라."

가뫼 한숨 쉬고 니ᄅ디,

"고내내야, 내가 ᄯᅩᄒᆫ 늙어 쓸디 업고 ᄯᅩ 모든 일을 모다 아른 쳬 아니ᄒ엿더니 져의 무리 모다 쇽이고 즐겨 내게 【38】 고치 아니ᄒ미 나는 다만 알기를 하나흔 우믈의 더져 죽고 하나흔 졔가 잘못ᄒ여 나간 줄노 아랏더니 엇지 져의 무리 이러ᄒᆫ 갈등의 일이 잇ᄂᆫ 줄 아랏시리오?"

봉졔 니ᄅ디,

"이런 일을 뉘 감히 노죠종(老祖宗)으로 ᄒ여곰 아ᄅ시게 ᄒ리오? 너 노인내야, 긔록지 못ᄒᄂ뇨? 보형뎨 노야긔 한 ᄎᆞ례 치믈 견디미 이 엇지ᄒ미뇨?"

가뫼 니ᄅ디,

"이 진납이[154) 삿기야, 모다 너의 과실이로다. 이 ᄀ톤 ᄉ졍은 맛당히 나롤 쇽일 【39】 일도 잇고 ᄯᅩᄒᆫ 날노 ᄒ여곰 알게 ᄒᆯ 일도 잇거놀 너의 무리 일병 쇽이기를 못 밋출 ᄃ시 ᄒ여 일이 들네여 죽ᄂ 사롬은 죽고 츌가ᄒᄂ 사롬은 츌가케 ᄒ엿다가 지금이야 네가 겨유 이러ᄒ다 져러ᄒ다 말ᄒᄂ냐?"

봉졔 듯고 머리롤 슉이고 급히 가부인의 연디(烟袋)롤 가지고 담베롤 담으라 가는 쳬 ᄒ고 가더라. 가부인이 믄득 챠환과 노파 무리로

---

153) 【실없다】혱 말이나 하는 짓이 실답지 못하다. ¶ 淘氣 ‖ 이리 보량이면 너의 보형뎨ᄂ 쏘ᄒᆫ 일개 젹은 실업손 ᄌ식이니 엇지 이런 실업손 사롬이 도로혀 츌가ᄒ엿ᄂ뇨 (這樣看起來, 你寶兄弟也是一個小淘氣精兒了, 怎麽這樣一個淘氣的人, 如今倒又出了家了?) <續紅 8:37>

154) 【진납이】몡 잔나비. 원숭이. ¶ 猴 ‖ 가뫼 니ᄅ디 이 진납이 삿기야 모다 너의 과실이로다 (賈母道: "猴兒精, 都是你們的過失.") <續紅 8:38> ⇒ 잔나븨, 진나븨, 진납, 진ᄂ비, 짓납이

호여곰 오라호여 디옥이 붓쳐 온 물건을 가져 분명히 【40】 졍검호여 난홀 거슨 난호고 둘 거슨 두어 겨유 슈습호미 밥을 버려 먹고 각각 편홀 디로 허여져 방으로 도라가 안침(安寢)호더라.

림공이 와실(臥室)의 나와 등하의 다시 디옥의 픔계흔 글월을 가져 펴셔 노코 ᄌ세히 한 번 보다가 가부인다려 무러 니ᄅ디,

"내가 녀ᄋ의 글 속의 말을 ᄌ세히 보니 필경 무슨 연괴 그 속의 잇도다. 너는 드ᄅ라. 내 말호리라. '우연이 한 싱각 어리셕으믈 인호여 드디여 빅년 흔을 【41】 픔엇다.' 호니 도로혀 무슴 심원(心願)을 좃지 못호미 잇셔 한을 픔고 죽은 의ᄉ ᄌ도다."

가모인이 듯고 놀나 셜니 니ᄅ디,

"너는 다시 한 번 넑으라. 내가 드ᄅ리라."

림공이 드디여 다시 한 번 넑으니 가부인이 듯기롤 다호고 반향이나 침음호다가 니ᄅ디,

"올타. 고이호도다. 내 다만 무ᄅ디 '졔가 무슨 병의 죽엇ᄂ뇨?' 호여도 노태태 져의 무리들이 곳 모호히 디답호더니 일일은 내가 무ᄅ디, '보옥이 엇지호여 밋쳣다 호ᄂ뇨?' 호 【42】 니 원앙이 다만 한 귀졀 말호디, '도시 림고낭(林姑娘)을 위흔 일이라.' 호니 봉챠뒤 믄득 셜니 져의게 한 번 눈짓호미 내가 다시 감히 뭇지 못호엿더니 금일 청문과 금슌ᄋ 량기 챠환의 말을 니ᄅ혀 내미 그 중의 ᄯ 보옥이 잇고, 노태 ᄯ 봉챠두의게 말호디, '모다 져의 무리들이 속이믈 인호여 일이 들네여 죽는 이는 죽고 출가호는 이는 출가호엿다.' 호니 ᄌ세히 궁구(窮究)호건디 이 아니 보옥이 우리 디옥 【43】 으로 더브러 무슨 일이 잇ᄂ냐?"

호고 말호다가 ᄯ 목이 메거눌 님공이 듯고 믄득 글월을 가져 짜히 더지며 니ᄅ디,

"만일 과연 이 ᄀᄐ면 이런 챠환이 도로혀 우리 녀히아가 되리오?"

가부인이 니ᄅ디,

"노야는 ᄯ흔 챡급히 구지 말나. 내 싱각건디 우리 챠환이 단졍코 이의 니ᄅ지 아닐 거시니 다만 두리건디 그 중의 다른 연괴 잇ᄂ지 ᄯ흔 아지 못호리로다."

림공이 니ᄅ디,

"이 보옥 질ᄋ롤 내가 ᄯ 보지 못호여시니

【44】 아지 못게라 위인이 엇더호뇨?"

가부인이 니ᄅ디,

"내 져롤 볼 ᄯ의 계가 블과 삼ᄉ 세 되여시나 원러 사롬의 뜻의 가호더니 근일의 타인의 말을 드ᄅ미 지금은 필경 뎨일등 인물이라 호더라."

림공이 ᄯ 니ᄅ디,

"아지 못게라 져의 학문이 엇더호고?"

가부인이 니ᄅ디,

"임의 능히 거인(擧人)이 되여시니 학문이 ᄌ연 죠흐리라."

림공이 텽파(聽罷)의 한즈음 침음호다가 홀연이 탁ᄌ롤 한 번 치고 니ᄅ디,

"올토다. 【45】 부인아, 내 싱각건디 보옥 질ᄋ도 유지유모(有才有貌)호고 우리 디옥 녀ᄋ도 ᄯ흔 유지유모호며 ᄯ 어려실 졔붓허 흔 곳의 잇셔 ᄌ라낫시니 다만 두리건디 져의 무리 피ᄎ의 이모(愛慕)호는 뜻이 이실 듯호고 그 후의 보옥 질이 셜가 녀희ᄋ의게 쟝가드럿시니 이는 피ᄎ의 모다 원(願)을 일우지 못호미 아니냐?"

가부인이 듯고 졈두호여 니ᄅ디,

"올토다. 노야의 짐쟉이 진기 그ᄅ지 아니토다. 쟉일의 원앙이 말호디, '보옥 【46】 이 츌가흔 거슨 림고낭을 위호엿다.' 호고 지금 노태태씨 원(怨)호여 말호디, '죽는 사롬은 죽고 츌가호는 사롬은 츌가호여 가믄 모다 봉챠두의 속인 허믈이라.' 호거눌 봉챠뒤 이 말을 듯고 졔가 곳 나롤 위호여 담베 담으라 가는 쳬 호고 가니 일노 말미암아 보건디 이런 연괴 아니면 이 무슨 일이리오?"

림공이 한 번 쇼리 질너 니ᄅ디,

"부인아, 내 싱각건디 ᄌᄌ가인(才子佳人)의 일이 녜로 죠ᄎ 잇셔 후셰의 젼호여 【47】 미담을 삼으나 만일 《셔샹긔西廂記》 ᄀᄐ 고ᄉ는 곳 지극히 통(通)치 못호리로다. 내 흥샹 최판관(崔判官)으로 더브러 우스며 말호기롤 져가 치가(治家)롤 엄히 못호엿다. 호더니 이졔 필경 내게 도라올 쥴은 싱각지 못호엿노라."

가부인이 니ᄅ디,

"노야는 반ᄃ시 호란(胡亂)이 싱각지 말고 다만 방심호라. 우리 다시는 그런 녀ᄋ롤 낫치 아니리라. 네 싱각호라. 디옥이 만일 최잉잉(崔

鴛鴦)이 ㄼ툴진디 졔가 ㅼ호 엇지 죽어시리오?
내가 오릭 ㅁ음 【48】 의 거리ㅼㅕ155) 은근흔 곳의
셔 원앙다려 뭇고져 ㅎ디 다만 종일 이목(耳目)
이 번다(煩多)ㅎ고 ㅼㅗ 죠치 아닌 말을 사롬을
디ㅎ여 근져를 깁히 키여 뭇기 어려오니 엇지
인젹이 고요흔 곳을 어더 바야흐로 ㅈ셰히 원앙
챠두다려 힐문(詰問)ㅎ여 이 일노 ㅎ여곰 슈락
셕츌(水落石出)케 ㅎ리오?"

림공이 듯고 한 번 성각ㅎ다가 니ㄹ디,

"잇도다. 지 명일은 청명가졀(淸明佳節)이
라. 셰샹 사롬이 모다 분묘(墳墓)의 졔ㅅ 지내려
ㅎㄴ니 우리 이곳의셔도 크게 귀문 【49】 관(鬼
門關)을 열고 망혼(亡魂)을 노하 츌입ㅎ여 금은
폐빅을 거두게 ㅎ고 우리 미리 교ㅈ롤 예비ㅎ엿
다가 그 날 태태긔 청ㅎ여 두로 유완(游玩)ㅎ다
가 도라오게 ㅎ고 ㅼㅗ 다시 칠십이 ㅅ(司)와 십
팔 층 디옥(地獄)의 니ㄹ러 그 허다흔 슈지(受
罪)ㅎㄴ 사롬을 구경케 ㅎ면 이 곳 종일 공뷔
(工夫) 되리니 네가 방법을 성각ㅎ여 원앙을 집
의 머믈너 두고 ㅈ셰히 졔게 연고롤 무ㄹ면 엇
지 죠치 아니랴?"

가부인이 듯고 깃거 니ㄹ디,

"이 ㄼ트면 【50】 심히 죠토다."

ㅎ고 부쳐 량인이 의론을 임의 뎡ㅎ고 ㅼㅗ
한즈음156) 한담ㅎ다가 바야흐로 쌍쌍이 도라가
ㅈ더라.

명일의 가부인이 믄득 림공이 가모와 봉져
롤 청ㅎ여 나아가 유완ㅎ고ㅈ 흔다 말을 한 번
말ㅎ니 가모와 봉졔 평일의 가쟝 유완ㅎ기롤 깃
거ㅎ더니 청명일이 니ㄹ미 림공이 믄득 분부ㅎ
여 교마(轎馬) 인부와 긔치(旗幟)와 일산(日傘)을
졍비ㅎ여 졍당히 ㅎ고 가부인은 다만 신샹이 블
평ㅎ 【51】 여 능히 뫼시지 못ㅎ리라 츄탁(推託)
ㅎ고 ㅼㅗ 원앙을 머믈너 쥬머니 슈롤 치게 ㅎ디
가모와 봉져는 큰 교ㅈ의 흠긔 안고 가쥬(賈珠)
는 말을 타고 앏히 잇셔 길을 인도ㅎ고 스긔와
포이가와 아으로 여러 개 가인(家人) 식부, 챠환
무리도 젹은 교ㅈ의 안고 반우안과 쵸디(焦大)

도 말을 타고 모든 별이 달을 밧드ᄃ시 부(府)
로 죠츳 나아갈 시 일노의 위뮈(威武) 가쟝 진
동ㅎ더라.

ㅊ셜, 가부인이 가모롤 보내여 간 후의 와
실의 도라와 원앙을 블 【52】 너 니ㄹ디,

"앏흐로 오라."

ㅎ고 젹은 등샹을 가져다가 져롤 명ㅎ여
안ㅈ라 ㅎ거늘 원앙이 웃고 무러 니ㄹ디,

"아지 못게라 고태태는 무슨 쥬머니 슐 칠
거시 잇ㄴ뇨? 다만 가져오라. 고태태 날노 ㅎ여
곰 치라 ㅎ시믄 올커니와 다만 져허컨디 내 슈
단이 평샹(平常)ㅎ여 친 거시 능히 고태태의 뜻
의 맛지 못홀가 ㅎ노라."

가부인이 웃고 니ㄹ디,

"내가 어디 무슨 쥬머니 슐 칠 거시 이시
리오? 너는 안지라. 내 한 귀졀 긴요(緊要)흔 말
이 잇셔 너다려 【53】 뭇고져 ㅎ노라."

원앙이 듯고 믄득 몸을 기우려 등샹 우희
안ㅈ며 니ㄹ디,

"아지 못게라 고태태는 나의게 무슨 말을
뭇고ㅈ ㅎ시는지 이러툿 비밀ㅎ시뇨?"

가부인이 니ㄹ디,

"향시 어내날 내 무ㄹ디 너의 보옥이 엇지
ㅎ여 츌가ㅎ엿ㄴ뇨? ㅎ엿더니 내 너의 한 귀졀
말을 드ㄹ미, '모다 림고낭을 위ㅎ엿다.' ㅎ거늘
너의 이내내 곳 련망히 너롤 한 눈으로 직시(直
視)ㅎ미 네가 ㅼㅗ 감히 다시 말을 못ㅎ고 나도
져의 의ㅅ롤 슮히고 【54】 ㅼㅗ 다시 뭇지 못ㅎ
엿거니와 필경 보옥의 츌가흔 거시 엇지ㅎ여 림
고낭을 위ㅎ엿다 ㅎ민고? 이 속의 별노이 무슨
연괴 잇ㄴ냐? 우리 ㅇ희야, 네가 실노이 내게
흔 번 고홀 거시오, 가히 거즛말을 말지니라."

원앙이 쳥파의 썰니 니러나 니ㄹ디,

"고태태 이 말을 뭇지 아니ㅎ시면 우리 아
리 사롬된 이가 ㅼㅗ 감히 어즈러이 말을 못ㅎ려
니와 고태태 임의 날다려 무ㄹ시니 감히 거즛말
을 고ㅎ리 잇고? 이 일은 【55】 모다 우리 이내
내가 ㅅ졍(事情)을 가져 잘못 쥬션(周旋)ㅎ미로

---

155) 【거리ㅼㅣ다】 톙 거리끼다. ¶ 내가 오릭 ㅁ음
의 거리ㅼㅕ 은근흔 곳의셔 원앙다려 뭇고져 ㅎ
디   (我久已有心要在背地里問問鴛鴦.) <續紅
8:48> ⇒ 거리기다, 거릿기다, 거릿ㅼㅣ다, 걸니ㅼㅣ
다, 걸리ㅼㅣ다, 걸ㅼㅣ다, ᄀ리ㅼㅣ다

156) 【한즈음】 图 한동안. 꽤 오랫동안. ¶ 一會
子‖부쳐 량인이 의론을 임의 뎡ㅎ고 ㅼㅗ 한즈
음 한담ㅎ다가 바야흐로 쌍쌍이 도라가 ㅈ더라
(夫妻二人計議已定, 又說了一會子閑話, 這纔雙
雙歸寢.) <續紅 8:50>

다. 당일의 노태태가 고낭을 영접ᄒ여 집으로
오미 그 씨의 고낭은 겨유 오셰오, 보옥은 겨유
류셰라. 형미(兄妹) 량인이 한 번 샹면ᄒ미 곳
가쟝 졍이 두텁고 ᄯᅩ 모다 노태태를 뫼시고 한
탁ᄌ의 밥 먹고 한 샹의 잠ᄌ니 다른 ᄌ미 무리
의게 비컨디 특별이 다르더라."

가부인이 이 말을 듯고 믄득 졈두ᄒ며 니
르디,

"그 후는 엇지ᄒ엿는고?"

원앙이 니르디,

"그 후의 고낭의 나히 【56】 만흔지라. 원
비낭낭이 부내의 셩친(省親)ᄒ실 씨의 ᄯᅩ 대관
원(大觀園)을 지엇는지라. 낭낭이 져 ᄌ미 무리
를 명ᄒ여 모다 원즁으로 반이(搬移)ᄒ여 머믈
나 ᄒ시미 우리 집의 삼위(三位) 고낭과 ᄯᅩ 셜
이태태(薛姨太太) 집 보고낭(寶姑娘)이 원즁의
잇셔 씨로 글을 지으며 십분 친근ᄒ더니 홀연
일일은 고낭의 챠환 ᄌ견(紫鵑)이 보옥으로 더
브러 긔롱으로 져를 속여 말ᄒ디, '쇼쥐(蘇州)
고태태의 집의셔 사람을 보내여 고낭을 영접ᄒ
여 간다.' ᄒ니 보 【57】 옥이 이 말을 듯고 ᄆ
음의 착급ᄒ여 즉긱의 풍증이 동ᄒ여 인ᄉ를 아
지 못ᄒ더라."

가부인이 웃고 니르디,

"이쳐럼 말ᄒ량이면 보옥이 필경 용렬ᄒᆫ
사람이 되엿실 듯ᄒ거늘 후리의 엇지 치료ᄒ여
나핫ᄂ뇨?"

원앙이 니르디,

"노태태긔셔 크게 놀나 왕태의(王太醫)를
쳥ᄒ여 죠히 여러 쳡 약을 먹이디 도시 효험을
보지 못ᄒ엿더니 그 후의 ᄌ견으로 ᄒ여곰 보옥
을 디ᄒ여 거즛 니르디, '향시 말이 너를 긔롱
【58】 으로 속엿노라.' ᄒ니 그졔야 병이 졈졈
나핫ᄂ니라."

가부인이 니르디,

"이 용렬ᄒᆫ ᄋ히는 이 무슴 연괴뇨?"

원앙이 니르디,

"고태태는 싱각ᄒ라. 졔 ᄆ음의 싱각이 간
졀ᄒ여 단졍코 림고낭으로 더브러 결친ᄒ고ᄌ
ᄒ는 의시로디, 다만 나히 어린지라. ᄌ긔가 입
으로 니르지 못ᄒ디 그 씨의 우리 여러 사람은
모다 져의 심ᄉ를 아랏더니 뉘 알니오 노태태와
다못 태태 다만 말ᄒ디, '져의 형미 이인이 어

려실 졔붓허 한 곳 【59】 의 잇셔 ᄌ라낫시미 츔
아 ᄶᅥ나지 못ᄒᆫ 의시라.' ᄒ고 도시 이 일은 싱
각지 아니ᄒ더라."

ᄒ니 가부인이 니르디,

"보옥이 한 귀졀 긔롱의 말을 위ᄒ여 급히
풍병이 낫시니 이는 졔 ᄆ음의 우리 고낭이 잇
는 거시어니와 아지 못게라 우리 고낭의 ᄆ음의
도 ᄯᅩᄒᆫ 보옥이 잇ᄂ냐? 업ᄂ냐?"

원앙이 웃고 니르디,

"고태태야, 이 말을 뭇ᄂ냐? 고낭의 ᄆ음
의 엇지 보옥이 업ᄉ량이면 엇지 보고낭의게 쟝
가 간단 말을 듯고 믄득 병이 나 【60】 죽엇시리
오?"

가부인이 듯고 변식(變色)ᄒ여 니르디,

"우리 ᄋ히야, 네 이 말노 볼진디 고낭과
다못 보옥이 무슴 구ᄎᆫ ᄉ졍이 잇다 니르ᄂ
냐?"

원앙이 년망히 디답ᄒ여 니르디,

"고태태야, 엇지 이쳐럼 의심ᄒ여 말ᄒᄂ
냐? 고낭의 글 닑고 셩벽(性癖)이 잇는 셩품은
니르지 말고 곳 우리 보이야도 ᄯᅩᄒᆫ 대가 공ᄌ
로 부즁의 ᄯᅩᄒᆫ 여러 챠환과 노파 무리 잇셔 죵
일 ᄀᆺ치 이시니 엇지 능히 도리의 어귄 일을 힝
ᄒ리오? 다만 져의 량인 【61】 이 평일의 피ᄎ
이모지심(愛慕之心)을 두어 쟝리의 노태태 져의
를 위ᄒ여 이 일을 셩취ᄒ시믈 바랏고 의외에
ᄯᅩ 보고낭이 잇셔 즁간의셔 막을 줄을 혜ᄋ리지
못ᄒ지라. 이러므로 져의 량인이 다 ᄆ음을 일
우지 못ᄒ여 이쳐럼 일이 열요(熱鬧)ᄒ여 죽는
이는 죽고 츌가ᄒ는 이는 츌가ᄒ여 간지라. 이
졔 노태태 이 일을 졔긔(提起)ᄒ여 후회ᄒ시미
무어시 비ᄒ리오?"

가부인이 듯고 겨유 방심ᄒ여 웃고 니르
디,

"이 보고낭의 모양 【62】 은 ᄌ란 후의 우
리 고낭의게 비컨디 엇더ᄒ뇨?"

원앙이 니르디,

"모양을 의론홀진디 ᄯᅩᄒᆫ 고낭으로 더브러
틀니미 만치 아니니 모다 모양이 쥰미(俊美)ᄒ
니라."

가부인이 니르디,

"필경 우리 고낭에게 비ᄒ면 나으냐, 낫지
아니ᄒ냐?"

원앙이 니르디,

"날노 보건디 쏘흔 능히 고낭보다 낫지 못 흐니라."

가부인이 니르디,

"보고낭이 임의 고낭보다 낫지 못흔 곳이 이시면 노태태 엇지흐여 스근취원(舍近取遠)흐 엿느뇨?"

원앙이 웃고 니르디,

"고태【63】태야, 내가 지금 말흐지 아냣 느냐? 이는 쏘흔 우리 이내내의 일졈 스심(私 心)으로 말흐디 보옥은 태중붓허 입의 믈고 나 온 한 덩이 옥이 잇고 보고낭도 쏘흔 화샹(和 尙)이 쥰 금쇄(金鎖)가 이시니 이는 텬싱비필(天 生配匹)이라 흐여 이러므로 힘뼈 권흐여 혼인을 뎡흐엿느니라."

가부인이 니르디,

"이 믄득 올토다. 네 말디로 흐량이면 보 고낭도 쏘흔 쥰미흔 모양이라. 엇지흐여 보옥이 도로혀 보옥이 뜻과 ᄀᆞ지 못흐며 당일 뎡혼홀【 64】 ᄯᅢ의 겨는 스스로 아지 못흐엿더냐?"

원앙이 니르디,

"원리 보옥이 듯지 아닐가 져허흔지라. 이 러므로 겨룰 속여 도시 알게 아니흐엿고 곳 고 낭도 보고낭과 뎡혼흔 일을 아지 못흐엿다가 그 후의 통령옥(通靈玉)을 바리미 쏘 풍증병이 발 흐여시며 노태태 보고낭을 다려와 쟝디히 혼인 흐고ᄌ 흐디 쏘흔 보옥이 듯지 아닐가 져허흐여 다만 겨룰 속여 니르디, '너로써 림미미로 뎡혼 흐리라.' 흐더니 그 ᄯᅢ의 고낭【65】이 쇼샹관 (瀟湘館)의 잇셔 긴착(緊着)히 병이 드럿는지라. 이내내 곳 말흐디, '고낭의 챠환 셜안(雪雁)을 블너 내여 보고낭을 쪄붓드러157) 비당(拜堂)흐 여 보옥을 속이리라.' 흐엿더니 뉘 알니오 그 후의 혼인을 림흐여 보옥이 과연 깃브믈 이긔지 못흐여 텬디긔 비샤흐다가 면스(綿絲)롤 벗기고 보미 이는 보고낭이라. 보옥이 곳 것구러져 혼 미(昏迷)흐니 이러틋 졍히 슈란홀 ᄯᅢ의 겨 곳

사룸이 잇셔 와 말흐디, '고낭도 기셰(棄世)흐엿 다 흐【66】더라."

가부인이 듯고 크게 놀나 니르디,

"이ᄀᆞ치 말흐면 우리 고낭이 이 아니 즈긔 가 죽기롤 결단흐미냐?"

원앙이 니르디,

"고낭이 이젼 몃칠붓허 병이 드러시나 후 의는 대져 보고낭의게 쟝가롤 드럿다 흐는 쇼문 을 듯고 일이 ᄆᆞ음과 ᄀᆞ치 못흔지라. 병이 엇지 도로혀 낫기롤 바라리오?"

가부인이 니르디,

"고낭이 죽은 후의는 보옥도 쏘흔 싱각흐 미 업술 거시어늘 엇지흐여 쏘 츌가흐엿느뇨?"

원앙이 니【67】르디,

"고낭 죽은 후의 보옥이 곳 죵일 풍증이 발흐여 ᄯᅢ로 통곡흐더니 후의 노태태 기셰흐시 미 나도 쏘흔 즈쳐(自處)흔지라. 졔가 그 후의 쏘 엇지흐여 츌가흔지 나도 쏘흔 아지 못흐노 라. 내가 어졔 니르던 말도 쏘흔 짐쟉건디 졔가 도시 이 일을 위흐여실 듯흐미로다."

가부인이 듯고 한 번 링쇼(冷笑)흐며 니르 디,

"이 믄득 올토다. 내 이졔야 명빅히 아랏 노라. 내 싱각건디 이 일이 비록 봉챠두의 스심 이라 니르나 쏘흔 노태태【68】와 태태의 뜻이 셜가의 지믈이 만흐믈 위흐미니 블과시 죠혼 례 믈을 어덧시려니와 도로혀 능히 셜가의 지믈을 모다 어덧다 흐기 어려오리라."

원앙이 듯고 련망히 우스며 니르디,

"고태태야, 구ᄐᆞ여 이쳐럼 다심(多心)치 말 나. 범시(凡事) 모다 뎡쉬(定數) 잇고 흐믈며 고 낭은 이졔 신션이 되엿고 노태태도 후회흐시미 비홀 디 업거늘 고태태는 도로혀 이 일을 졔긔 흐여 무엇흐리오?"

가부인이 니르디,

"내가 죠곰도 다심흐미 아니라. 오쥭【69】 져허컨디 우리 녀히ᄋᆞ가 스롬이 못되여 날노 흐여곰 낫출 들기 어려울가 흐엿더니 졔가 임의 샹풍피화(傷風敗化)흔 스졍이 업슬량이면 내 곳 방심흐리라. 보옥은 츌가흐던지 아니흐던지 나 와 더브러 무슨 샹관이 이시리오? 내가 지금 너 다려 뭇던 말을 노태태와 너의 이내내 도라 오 시거든 네가 단졍코 겨의 무리롤 디흐여 말흐지

---

157) 【쪄붓드-】 동 《쪄붓들다》 껴붙들다. '쪄붓들
다'의 'ㄹ' 벗어난 줄기. ¶ 攙 ‖ 이내내 곳 말
흐디 고낭의 챠환 셜안을 블너 내여 보고낭을
쪄붓드러 비당흐여 보옥을 속이리라 (二奶奶就
說, 把姑娘的丫頭雪雁叫了過來, 攙着寶姑娘拜
堂, 哄哄寶玉.) <續紅 8:65> ⇒ 쪄붓드-, 쪄붓들
다

말나. 고낭이 임의 죽어시니 도로혀 이거슬 제긔ᄒ여 무엇ᄒ리오?"

원앙【70】이 니르디,

"고태태의 쇼견(所見)이 가쟝 올토다. 내가 또ᄒᆫ 가히 져의 무리를 디ᄒ여 말ᄒ지 못ᄒ리라. 만일 내가 말ᄒ면 이 아니 내가 고태태의 앏히셔 부졀업슨 혀를 놀니미냐?"

ᄒ더라.

직셜, 가모 등이 셩의 나아가 유완홀 시 가쥬는 앏히 잇셔 말을 타고 길을 인도ᄒ며 모든 쇼솔(所率)들이 풍도셩 동문으로 나아갈 시 다만 보미 왕리ᄒᆞ는 ᄒᆡᆼ인이 손의 금은을 가진 이도 잇고 등의 보찜을 진 이도 잇고 샹즈를 멘 이도 잇【71】셔 가쟝 열요히 락역부졀(絡繹不絶)ᄒ다가 이 일ᄒᆡᆼ 오는 거슬 보고 모다 량편으로 향ᄒ여 회피ᄒ더라. 한 시긱이 못되여 셩 밧너른 곳의 니르미 다만 보니 남향ᄒ여 한 큰 집을 지엇거늘 그 집의 니르러 가쥬 몬져 하마(下馬)ᄒ여 분부ᄒ야 가모를 뫼셔 교즈의 나려 그 집으로 드러가시게 ᄒ니 다만 보미 그 속의 결치현등(結彩縣燈)ᄒ여 포진(鋪陳)ᄒᆫ 거시 십분 화려ᄒ더라. 스긔 또ᄒᆫ 봉져를 뫼셔 교즈의 나리미 가모는 믄득 졍즁【72】ᄒ여 한 탑샹의 안고 봉져는 드디여 스긔를 명ᄒ여 교의(轎椅)를 가져다가 가모의 몸 뒤히 안고 스긔와 포이가는 량편으로 시립ᄒ고 가쥬는 곳 문어귀의 안즈 허다ᄒᆫ 남녀노쇼가 왕리ᄒ여 금은을 취ᄒ미 십분 열요ᄒᆷ믈 보더니 반우안이 챠를 가져 오거늘 스긔 년망히 바다 가더라. 봉져 눈을 드러 젼면을 바라보미 한 쳠ᄒ 긴 집을 지어시니 심히 다관(茶館)과 ᄀᆞᆺ더라. 문외에 일긔 봉두젹각(赤脚)으로 모양이 징영(猙獰)ᄒᆫ【73】악귀가 셔 잇고 또 보미 한 무리 죄인과 ᄀᆞᆺ튼 모양의 사룸이 잇셔 그 앏히 니르면 그 악귀 한 반 챠를 내여 미인(每人)의게 한 그릇식 난화쥬어 먹기를 다ᄒ미 사룸으로 ᄒ여곰 거ᄂᆞ려 동으로 가더라. 봉져 챳 그릇슬 바다 가지고 스긔를 향ᄒ여 니르디,

"네가 대야의게 가셔 무르라. 져 챠 파는 악귀는 엇지 다만 나가는 사룸의게만 쥬어 먹게 ᄒ고 드러오는 사룸의게는 먹게 아니ᄒ니 이 무슨 연괴뇨?"

스긔 드디여 다라와 가쥬의【74】게 무르니 가쥬 니르디,

"져 집 쇽의 잇는 거슨 도시 챠룰 파는 거시 아니라 곳 미혼탕(迷魂湯)이라 ᄒᆞ는 거시니 져 나가는 사룸들은 모다 발송(發送)ᄒ여 환싱ᄒᆞᄂᆞ니라. 미인의게 일긔 미혼탕을 쥬어 먹이미 졔가 환싱ᄒ여 사룸이 되여도 곳 능히 젼싱의 일을 아지 못ᄒᆞᄂᆞ니라. 네 가셔 노태태와 이내 내긔 쳥ᄒ여 밧긔 나아가 안즈 젼두(前頭)의 륙도(六道) 륜회(輪回)ᄒᆞ는 거슬 보고 후변의 망향디(望鄉臺)를 구경케 ᄒ라."

스긔 듯고 련망히 다라와 가모와【75】봉져의게 고ᄒ고 포진(鋪陳)을 거두어 밧그로 향ᄒ여 반이(搬移)ᄒ미 과연 보니 남편의 녀셧 술위가 잇는디 샹면의 일긔 젹발홍슈(赤發紅須)의 귀왕(鬼王)이 잇셔 져 무리 환싱ᄒᆞ는 사룸을 가져 술위 우히 안쳐 한 번 구을니미[158] 믄득 뵈지 아니터라. 또 븍편의 일좌 고디(高臺)가 이시니 대략 놉히가 빅여 쳑이오, 스면의 모다 스다리[159]가 이시미 다만 보니 허다 노쇼남녜 잇셔 닷토와 스면으로 더위잡아[160] 오르더라. 봉졔 보고 또ᄒᆫ 고흥(高興)이【76】니러나 망향홀 싱각이 잇는지라. ᄲᆞᆯ니 가모를 향ᄒ여 니르디,

"노태태야, 엇지 망향디의 올나가 가향(家鄉)을 바라보지 아니ᄒ리오?"

가뫼 니르디,

"나는 경력이 만흔 사룸이오, 슈족도 편치 못ᄒ여 공연이 분쥬홀 길이 업고 져의 무리를 바라보면 ᄆᆞ음의 도로혀 견딜 길이 업스니 올나가지 아니미 죠토다."

---

158)【구을니다】동 굴리다. ¶ 轉 ‖ 샹면의 일긔 젹발홍슈의 귀왕이 잇셔 져 무리 환싱ᄒᆞᄂᆞᆫ 사룸을 가져 술위 우히 안쳐 한 번 구을니미 믄득 뵈지 아니터라 (上面站着個赤發紅須的鬼王, 將那些脫生轉世的人推上車輪,　轉了下去就不見了.) <續紅 8:75>

159)【스다리】명 사다리. ¶ 階梯 ‖ 또 북편의 일좌 고디가 이시니 대략 놉히가 빅여 쳑이오 스면의 모다 스다리가 이시미 (北邊有一座高臺, 約高百餘尺, 四面俱有階梯.) <續紅 8:75> ⇒ 다리, 스드리

160)【더위잡다】동 붙잡다. 끌어잡다. 움켜잡다. ¶ 攀援 ‖ 다만 보니 허다 노쇼남녜 잇셔 닷토와 스면으로 더위잡아 오르더라 (只見有許多的老少男婦爭鬧着四面攀援而上.) <續紅 8:75> ⇒ 더위줍다

봉졔 니르디,

"노태태는 올나가 편치 못ᄒ시거니와 나는 올나가려 ᄒᄂ니 아지 못게라 가히 힝ᄒ랴, 힝 【77】 치 못ᄒ랴?"

가뫼 니르디,

"네가 임의 고흥이 잇셔 올나가려 ᄒ면 내가 너의 대거거(大哥哥)의게 무러 보리라."

ᄒ고 이의 가쥬를 향ᄒ여 니르디,

"너의 미미 망향디로 올나가 놀녀ᄒ니 가히 힝ᄒ랴?"

가쥬 니르디,

"임의 져 심낭(嬋娘)이 디의 올나가려 ᄒ면 나의 분부ᄒ믈 기다려 잡인을 갓가히 말고 바야흐로 올나가도 늣지 아니리라."

ᄒ고 이의 가쥬 반우안을 블너 와,

"하예(下隸)[161]들의게 분부ᄒ여 디하의 잡인을 먼니ᄒ며 곳 디의 올나가 【78】 는 사롬이라도 져의 무리로 ᄒ여곰 흔 추례 기다리라."

ᄒ니 반우안이 답응ᄒ고 하예 등을 다리고 가더니 잠간 스이의 망향디 샹하의 잇는 사롬을 모다 치워 간졍(乾淨)이 ᄒ엿거눌 봉졔 스긔롤 머믈너 가모긔 복시(服侍)케 ᄒ고 즈긔는 포이가롤 다리고 교즈의 안즈 스스로 가미 가쥬 쏘 반우안을 시겨 따라가 다만 디하의 잇셔 슯히라 ᄒ니 원리 이 망향디는 이곳의셔 샹게 일 리 남즛흔지라. 가모와 가쥬 그 집 속의 【79】 안즈 져의 무리 디의 올나가는 거슬 바라보더라.

각셜, 봉졔 교즈의 안즈 디 아러 니르러 교즈의 나리미 포이개 샐니 져롤 뫼셔 두 손으로 옷슬 거두어 잡고 스다리로 더위잡아 층층이 올나가미 언미 못되여 샹두(上頭)의 림흔지라. 다만 보미 디 우히 도시 집이 업고 원리 쳥옥(靑玉)을 빠하 믿드러시니 스방이 졍졔ᄒ여 반이랑 남즛흔 평디오, 쏘 스면의 빅셕(白石) 난간이 잇더라. 봉졔 난간을 붓들고 이윽히 헐헐이다가[162] 【80】 아리롤 향ᄒ여 한 번 보미 연뮈 미만(彌漫)ᄒ여 동셔 남븍을 분변치 못흘지라.

셔셔히 졍신을 뎡ᄒ고 즈셰히 바라보미 홀연이 일더 루디(樓臺)와 방스(房舍)가 뵈디 진짓 영국부(榮國府) 광경이라. 집 형셰롤 짜라보니 즈긔 집 속의 스챵(紗窓)이 반개(半開)ᄒ엿ᄂ디 평으와 교졔 모다 캉 우히 안즈 바ᄂ질 ᄒᄂ지라. 봉졔 보고 즈연 ᄆ음이 비샹ᄒ여 눈믈이 흐르믈 씨둣지 못흘지라. 썔니 슈건을 가져 눈믈을 씻고 다시 즈셰히 보미 【81】 가련이 일개 년쇼흔 부인으로 더브러 후원 츈등(春凳) 우히 잇셔 셔로 안고 긔롱ᄒ미 무쇼부지(無所不至)흔지라.

---

161) 【하예】 명 하예(下隸). 하인. 종. ¶ 皂班 ‖ 이의 가쥬 반우안을 블너 와 하예들의게 분부ᄒ여 디하의 잡인을 먼니ᄒ며 곳 디의 올나가ᄂ 사롬이라도 져의 무리로 ᄒ여곰 흔 추례 기다리라 ᄒ니 (於是, 賈珠便叫過潘又安來: "吩咐皂班上的人, 把臺下的閑人攢淨: 就是應上臺的人, 也敎他們等一會兒.") <續紅 8:77>

162) 【헐헐이다】 동 헐떡이다. ¶ 喘息 ‖ 봉졔 난간을 붓들고 이윽히 헐헐이다가 아리롤 향ᄒ여 한번 보미 연뮈 미만ᄒ여 동셔 남븍을 분변치 못흘지라 (鳳姐扶了欄杆喘息了片刻, 望下一看, 但見烟霧彌漫, 不辨東西南北.) <續紅 8:79> ⇒ 헐헐리다, 헐헐히다

12
쟝금가란예투공쟝　하금계과관쇼픙졍
張金哥攔興投控狀　夏金桂假館訴風情

봉졔 이 광경을 보고 심즁의 긔운이 오ᄅ며 두 눈이 어두어, "이야!(嗳哟)" 한 쇼린의 짜히 것구러지니 포이개 놀나 혼블부톄(魂不附體)ᄒ여 련망히 븟드러 니ᄅ혀 폼 속의 안고 두리기를 마지 아니ᄒ더니 다만 보미 봉졔 ᄭᅵ여나 ᄭᅮ지져 니ᄅ디,

"념치 업ᄂᆞᆫ 못된 챵부야!"

ᄒ거놀 포이개 무러 니ᄅ디,

"이내내야, 네 엇진 일이뇨?"

【82】봉졔 비로쇼 ᄌᆞ긔 것구러졋던 줄을 명빅히 알고 ᄯᅩ 포이개 져다려 뭇ᄂᆞᆫ 쇼린를 드ᄅ미 더옥 긔운이 니러나 바로 말ᄒ고즈 ᄒ디 말이 아롬답지 못ᄒ고 ᄯᅩ 져허ᄒ디 포이개 심즁의 져의 봉졉흔 거슬 우올가 ᄒ여 다만 니ᄅ디,

"너는 나를 븟드러 니러나게 ᄒ라. 무슨 가향(家鄕)을 바라리오? 도로혀 날노 ᄒ여곰 심즁이 답답ᄒ도다."

포이개 니ᄅ디,

"이내내야, 너 노인네는 무어슬 바라보고 엇지 곳 것구러지ᄂᆞ뇨?"

봉졔 니ᄅ디,

"너【83】는 이거슬 아른 체 말나. 우리 디의 나려 가미 올토다. 너는 가히 나를 부츅ᄒ라. 내가 량각(兩脚)의 긔운이 업도다."

포이개 감히 다시 뭇지 못ᄒ고 다만 죠심ᄒ여 져를 부츅ᄒ고 디의 나릴 시 겨유 슈삼 층을 나리다가 봉졔 아릭를 바라보고 심즁의 두려 다리의 더옥 힘이 업셔 졍히 엇지홀 줄 모로더니 다만 보미 진죵(秦鍾)이 디하의셔 블너 니ᄅ디,

"이심낭(二嬸娘)아, 겁내지 말고 다만 것기를 분명히 ᄒ라. 내 올나가 너를 붓드【84】러 나리게 ᄒ리라."

말ᄒ며 즉시 두 숀으로 옷슬 거두어 잡고 한숨의 다라 올나 오거놀 봉졔 니ᄅ디,

"너 이 쇼ᄌᆞ(小子)야, 일죽 엇지 너를 보지 못ᄒ더뇨? 너ᄂᆞᆫ 쌤을 돌니라. 내가 네 엇기를 붓들고 나려가리라."

진죵이 웃고 니ᄅ디,

"내가 어졔 일죽이 몬져 왓시니 이 집을 곳 내가 져의 무리로 ᄒ여곰 슈습(收拾)게 ᄒ엿노라."

말ᄒ며 즉시 엇기를 도로ᄒ니 봉졔 한 숀으로 져의 엇개를 집고 셔셔히 거러 나려올 시 봉졔 니ᄅ디,

【85】"우리 온 지 반일의 엇지 너를 보지 못ᄒ엿ᄂᆞ뇨?"

진죵이 니ᄅ디,

"내가 다만 노태태 오실 줄 아라시더 지금은 도로혀 일도다. 내 몬져 앏히 가셔 내 금은을 츠ᄌᆞ라 갓다가 오노라."

봉졔 니ᄅ디,

"이졔 너의 집의 도로혀 엇던 사롬이 잇ᄂᆞ뇨? 뉘 너를 위ᄒ여 금은을 술으ᄂᆞᆫ고?"

진죵이 니ᄅ디,

"우리 집의 어디 도로혀 무슴 친쳑이 이시리오? 블과시 평일의 셔로 죠하ᄒ던 붕우 즁의 너의 집 보이슉(寶二叔)이 잇고 ᄯᅩ 우리 셔로 죠하ᄒᄂᆞᆫ 류이【86】가(柳二哥)가 잇셔 명졀을 당ᄒ면 져기 지젼(紙錢)을 술오더니 뉘 알니오 지금은 져 무리가지 업셔 도로혀 날노 ᄒ여곰 부졀업시 한 ᄎᆞ례 왕린ᄒ엿노라."

봉졔 니ᄅ디,

"드ᄅ니 져의 량인이 이졔 모다 츌가ᄒ엿

다 ㅎ니 네 도로혀 져 무리 지젼을 바라느냐? 네가 만일 쓸 돈이 업거든 내가 집의 가셔 너롤 쥬는 거시 올토다."

일변을 말ㅎ며 발셔 디의 나리미 교뷔(轎夫) 교ㅈ롤 메워 오거눌 봉졔 교ㅈ의 오르고 여러 사룸이 옹위(擁衛)ㅎ여 【87】 그 집으로 도라오니 가뫼 우ㅅ며 무러 니르디,

"네 긔여히 망향디의 단녀 오더니 필경 집 속의 엇던 사룸을 바라보왓느뇨?"

봉졔 니르디,

"무어술 바라보와시리오? 도로혀 심즁의 답답ᄒ 긔운만 내엿도다."

ㅎ고 졍히 또 말ㅎ려 ㅎ더니 믄득 보미 가쥐 문어귀의 셧다가 련망히 니르디,

"내가 바라보니 우리 집 캉 우히 두 사룸이 안ㅈ시미 평ᄋ와 교졔 바ᄂ질ᄒ는 모양 ᄀᆺ고 다시는 다른 사룸을 보지 못ᄒ엿노라."

가뫼 듯고 또ᄒ 【88】 감샹ᄒ여 ᄒ는지라. 포이개 니르디,

"이내내는 필경 무어술 보고 홀연 것구러졋느뇨?"

봉졔 거즛 ᄯ지져 니르디,

"이 못된 즘성아, 네가 나롤 부츅지 아냣시니 내 엇지 거구러지지 아니리오? 다힝히 디 우히 다시 다른 사룸이 업셔 붓그러오믈 면ᄒ엿거니와 네가 도로혀 감히 말ᄒ느냐?"

가뫼 진졍의 말인 줄 알고 도로혀 포이가 롤 ᄒ 츠레 ᄯ짓더라. 봉졔 겨유 안ㅈ 챠롤 먹으려 홀 시 다만 보니 쵸대(焦大)가 여 【89】 러 사룸을 다리고 루고(樓庫)의 즙믈(什物)을 메고 와 회보ᄒ려 ᄒ거눌 가쉬 ᄲᆯ니 막ㅅ르163) 니르디,

"쵸대야, 너는 져의 무리롤 다리고 아문으로 가셔 나의 가기롤 기다려 즙믈을 난호는 거시 올토다."

쵸대 답응ᄒ고 련망히 믈너와 즙믈 멘 사룸을 거느리고 스스로 가더라. 가뫼 이의 가쥬

롤 향ᄒ여 니르디,

"우리 무리 나온 지 반일이 넘어시니 맛당히 도라가리라."

가쥐 니르디,

"이곳의 노태태롤 위ᄒ여 졈심을 예비ᄒ 【90】 여시니 쳥컨디 노태태는 져 이심낭으로 더브러 져기 햐져(下箸)ᄒ고 셩의 드러가 즉시 칠십이 ㅅ(司)로 가셔 구경ᄒ고 다시 아문으로 도라가면 분분히 출입ᄒ는 거술 면ᄒ리라."

가뫼 니르디,

"임의 이 ᄀᆺ투면 곳 졈심을 가져오라. 날이 임의 느졋도다."

이의 가쥐 반우안을 지쵹ᄒ여 졈심을 츌혀 오거눌 ㅅ긔 샬니 바다 나아가 탁ㅈ 우히 버려 노ᄒ니 가뫼 봉졔로 더브러 졈심을 먹고 한 그룻 연와탕(燕窩湯)을 먹으미 가뫼 즉시 ㅅ긔 【91】 분부ᄒ여 다시 졈심을 츌혀 즁인을 쥬어 먹기롤 맛고 가모와 봉져롤 뫼셔 교ㅈ의 오르미 봉졔 또 진죵을 명ᄒ여 ㅈ긔 교ㅈ롤 ᄯᅡᄅ게 ᄒ여 말 뭇기의 편케 ᄒ고 가쥬는 또 말 타고 길을 인도ᄒ여 일졔히 셩으로 나아갈 시 대로로 슌히 힝ᄒ며 다만 보니 륙가(六街) 삼시(三市)의 열요ᄒ미 비샹ᄒ지라. 여러 구븨164)롤 지나미 발셔 왕부의 졍문을 바라보니 긔샹이 외외(巍巍)ᄒ더라. 동문으로 말미암아 도라 동협 길노 향ᄒ여 【92】 일직히 부즁 뒤히 니르미 홀연 일좌 호두문(虎頭門)이 뵈는디 풍연(馮淵)이 그곳의 잇셔 숀의 열쇠롤 가지고 기다리다가 져 무리 니르믈 보고 즉시 문을 열고 각각 스스로 회피ᄒ여 가더라. 가쥐 하마(下馬)ᄒ여 교부롤 명ᄒ여 교ㅈ롤 나려 노코 씨긔와 포이가는 가모와 봉져롤 뫼셔 앏히 잇고 가쥬와 진죵은 뒤히 잇셔 ᄯᅡᄅ고 그 나마는 모다 밧긔셔 ㅅ후(伺候)ᄒ여 후두문으로 나아갈 시 다만 일단 음긔(陰記)가 사룸의 ᄲᅧ롤 침노ᄒ는지라. 또 보미 량 【93】 편 힝각의 일디 방옥(房屋)이 븩여 간을 년ᄒ엿시디 미문(每門)의 일개 샹뫼(像貌) 징영ᄒ 악귀가 셧거눌 가뫼 이런 광경을 보고 심즁의 두리믈 씨둣지 못ᄒ여 이의 가쥬롤 향ᄒ여 니르

---

163) 【막ㅈ르다】 圖 막지르다. 막다. 거졀(拒絶)ᄒ다. ¶ 攔住 ‖ 가쥐 샬니 막ㅈ르 니르디 쵸대야 너는 져의 무리롤 다리고 아문으로 가셔 나의 가기롤 기다려 즙믈을 난호는 거시 올토다 (賈珠忙攔住道: "焦大, 你就帶了他們, 都擡到衙門裡去罷 ; 等我回去, 按着份兒分就是了.") <續紅 8:89>

164) 【구븨】 명 굽이. ¶ 彎子 ‖ 여러 구븨롤 지나미 발셔 왕부의 졍문을 바라보니 긔샹이 외외ᄒ더라 (轉了幾個彎子, 早望見王府的正門, 氣象巍峨.) <續紅 8:91> ⇒ 구비

디,

　"이 디방의 무슴 가히 노닐 곳이 잇느뇨? 보미 가쟝 사름으로 흐여곰 두립도다.".

　가쥐 웃고 니르디,

　"이는 모다 셩인이 후셰의 가르치믈 드리워 사름으로 뻐 챡흔 거술 힘쓰게 흐시는 의시니 비컨디 셰샹 사름이 드러나게 악흔 일을 흐면 나라히 【94】 뎡흔 형벌이 잇거니와 오죽 은미(隱微)흔 악이 잇셔 국법이 밋지 못흔 쟈는 죽은 후의 반드시 디옥의 드러가느니 이러므로 이 뎨일층 디옥은 곳 왕망(王莽) 죠죠(曹操) 진회(秦檜) ㅈ튼 사름들이오, 뎨이층은 곳 니림보(李林甫), 양국튱(楊國忠), 왕안셕(王安石), 채경(蔡京) ㅈ튼 여러 사름이니 이 여러 사름은 모다 영세만겁(永世萬劫)의 환싱치 못흐고 그 나마 죄범은 모다 년한(年限)이 잇셔 년한이 츠면 즉시 느와 환싱흐디 혹 사름이나 혹 즘싱이나 모다 죄의 경즁을 분변흐여 【95】 쟉뎡(酌定)흐디 이 동편 일디는 모다 남즈의 옥이오, 셔편 일디는 모다 녀인의 옥이라. 노태태 임의 보시기의 두려흐시거든 구틔여 다 여러 보시지 말고 다만 보기의 죠흔 곳을 굴희여 한 두 곳 보시미 곳 올흐니라."

　가뫼 니르디,

　"녯 사름은 우리 무리 반드시 볼 거시 업고 우리 무리 쏘흔 져의와 ㅈ치 악ᄉ(惡事)룰 힝치 아냣시니 다만 이졔 셰샹의 흥샹 잇는 죄얼(罪孽)을 굴희여 한 두 곳 보와 눈과 ᄆᆞ음을 경동(驚動)케 흐면 다만 즈긔의게 만유(萬有) 죠흘 쑌 【96】 아니라 겸흐여 가히 타인을 징계흐리라."

　가쥐 듯고 즉시 귀졸의게 분부흐여 목하(目下)의 속히 보복 밧는 옥문을 열미 다만 보니 문 직흰 악귀 손의 낭아챵(狼牙槍)을 가지고 징연흔 한 쇼리의 옥문을 열거늘 가모 등이 나아가 한 번 보니 다만 릉긔(冷氣) 습인(襲人)흐는지라. 그 속의 호텬동디(呼天動地)흐는 곡셩이 귀의 진동흐미 칼산의 오르는 이도 잇고 기름 가마의 나리는 이도 잇고 비룰 가르고 넘통을 쓰어내는 이도 잇고 능지 【97】 쳐ᄉ(凌遲處死)흐는 이도 잇고 졀구165)의 찌으며 미의 가는 이

도 잇셔 죵죵 쳐참(凄慘)흔 거시 한 두 가지 아니라. 가뫼 보고 다만 합쟝념블(合掌念佛)흐여 비련츠탄(悲憐嗟歎)홀 쑌이러라. 봉졔 가모의 뒤히 잇다가 놀나 분면(粉面)이 누르러지고 혼신이 썰녀 샐니 가모를 가져 한 손으로 끄어 잡고 니르디,

　"노태태야, 나는 이거술 보지 못흐리로다. 내 보미 져 여러 남즈들이 젹신로톄(赤身露體)로 혈젹(血迹)이 림리(淋漓)흐니 두럽고 슈참(羞慚)흐도다. 우리 셔편 녀옥으로 구경흐 【98】 라 가미 죠토다."

　가뫼 듯고 겸두흐며 졍히 가쥬롤 명흐여 문을 잠으려 홀 시 다만 드르니 그 속의 사름이 잇셔 크게 블너 니르디,

　"오신 이는 이 노태태가 아니시냐? 나롤 구흐여 달나."

　흐니 아지 못게라 이 누군고? 챠텽하회분히흐라.

[속홍루몽續紅樓夢 권지구卷之九]

　【1】 화셜, 가뫼(賈母) 가쥬(賈珠)롤 명흐여 옥문(獄門)을 잠으려 홀 시 홀연 드르니 그 안의 사름이 이셔 크게 블너 니르디,

　"오신 이는 이노태태(二老太太) 아니시냐? 나롤 구흐라, 이슈즈(二嫂子)야. 내 다시는 감히 못흐리라."

　가뫼 이 말을 듯고 졍신을 머믈녀 한 번 보니 음산(陰山) 뒤흐로 일개 쇼년이 뛰여 나오는디 젹신(赤身)으로 얼골이 누르고 살이 녀윈166) 거시 앏히 ᄯ우러 안졋 【2】 거늘 봉졔 눈부리로 밧셔 보고 가셴(賈瑞)줄 알며 쏘 져의 젹

가르고 넘통을 쓰어내는 이도 잇고 능지치ᄉ흐는 이도 잇고 졀구의 찌으며 미의 가는 이도 잇셔 죵죵 쳐참흔 거시 한 두 가지 아니라 (也有上刀山的, 也有下油鍋的, 也有剖腹挖心的, 也有凌遲支解的, 也有舂碓磨磨的, 種種凄慘, 不一而足.) <續紅 8:97> ⇒ 졀고

166) 【녀외다】 톙 여위다. ¶ 瘦 ∥ 음산 뒤흐로 일개 쇼년이 뛰여 나오는디 젹신으로 얼골이 누르고 살이 녀윈 거시 앏히 ᄯ우러 안졋거늘 (只見陰山背後跳出一个後生來, 赤條精光, 面黃肌瘦的跪在面前.) <續紅 9:1>

---

165) 【졀구】 톙 졀구. ¶ 春碓 ∥ 칼산의 오르는 이도 잇고 기름 가마의 나리는 이도 잇고 비룰

신을 보고 즈연 쌤이 붉어 피흐여 나오더 가모
는 늙은 눈이 흐려 뉜지 모르고 쌜니 무러 니르
디,

"너는 뉘 집 우히완디 나히 젹거눌 무솜
죄롤 범흐엿느뇨?"

가셰 울며 니르디,

"노태태야, 손즈롤 아지 못흐시느냐? 나의
일홈은 가셰라 부르느니 집 셔당(書堂)의 션싱
은 곳 나의 야야(爺爺)로라."

가뫼 듯고 쏘 즈셰히 보다가 겨유 아라보
고 쌜니 무러 니르디,

"네가 이 셔우(瑞兒)냐? 네 무숀 [3] 죄롤
범흐엿느냐? 내게 고흐라. 내 너롤 위흐여 너의
고태태(姑太太)긔 쳥흐려니와 쏘흔 너의 복분(福
分)의 잇느니라. 이야(曖喲), 어린 우히가 스라셔
즐겨 죠흔 일을 힝치 아니흐다가 이졔야 겨유
후회흐는도다."

가셰 고두흐고 니르디,

"노태태야, 너는 다만 우리 이슈즈로 흐여
곰 특별이 은혜롤 베플게 흐라. 졔가 한 번 말
흐면, 내 죄얼(罪孼)이 곳 플니리라. 이슈즈야,
내 다시는 감히 못흐리니 네 엇지 피흐여 다라
나느뇨?"

가뫼 듯고 그 뜻을 아 [4] 지 못흐고 쌜니
머리롤 돌나 봉져롤 향흐여 니르디,

"네 드르라. 이 셔우가 엇지흐여 너로 흐
여곰 은혜롤 베푸러 한 번 말흐라 흐느뇨? 내
쏘흔 져의 말을 명빅히 아지 못흐리니 너는 도
져히 졔가 무솜 죄롤 범흔지 알며 졔가 쏘 당일
의 무숀 병으로 죽엇느지 짐쟉흐느냐?"

봉졔 쌤이 붉어 니르디,

"노태태는 이 무숀 말슴고? 내 엇지 졔가
무솜 죄롤 범흐엿느지 알며 쏘흔 무숀 병의 죽
엇시믈 아지 못흐느니 노태태는 [5] 다만 져로
흐여곰 스스로 말흐게 흐는 거시 곳 올토다."

가뫼 니르디,

"네가 지금 져의 말을 듯지 못흐엿느냐?
너로 하여곰 은혜롤 베푸러 한 번 말흐더라."

봉졔 머리롤 한 번 숙이고 니르디,

"졔가 엇지 날노 흐여곰 무숀 은혜롤 베플
나 흐며 쏘 무숀 한 말을 흐라 흐느뇨?"

흐더니 다만 드르미 가셰 안히셔 대곡(大
哭)흐며 니르디,

"이슈즈야, 너는 나롤 용셔흐라. 내 다시는
감히 못흐리니 엇지 날노 흐여곰 그런 말을 노
태태의게 말 [6] 흐라 흐느뇨?"

봉졔 니르디,

"노태태는 반드시 져의 죄과(罪過)롤 궁구
치 말고 다만 져다려 곳치깃느냐, 곳치지 못흐
깃느냐? 무르라."

가뫼 밋쳐 디답지 못흐여 쏘 드르니 가셰
곡흐며 니르디,

"내 곳치리라. 견슈히 곳치리라."

흐니 가쥬(賈珠)는 원리 십분 춍명흔 사롬
이라. 져의 무리 이쳐럼 말흐믈 듯고 쌜니 니르
디,

"노태태는 쳥컨디 나아오라. 내 져다려 무
르리라."

흐니 가모와 봉졔 모다 나오거눌 가쥬 겨
유 나가미 가셰 급히 쯔 [7] 어 잡고 니르디,

"대거거(大哥哥)야, 너는 나롤 구흐라. 내
치우믈167) 견디기 어렵도다."

가쥬 니르디,

"셔노대(瑞老大)야, 네가 어내의 왓더뇨?
내가 엇지흐여 너의 이의 잇는 줄을 아지 못흐
엿느냐? 네가 본디 대가(大家) 즈뎨어눌 내 지
금 너와 이슈즈의 말흐는 거슬 드르미 네 도로
혀 사롬이라 흐랴? 엇지 독륜픽샹(瀆倫敗喪)흔
일을 흐엿느냐?"

가셰 울며 니르디,

"내가 죠곰도 독륜픽샹흔 일을 흐지 아냣
노라. 그 히 동부(東府) 대노야(大老爺) 싱일의
내가 화원의셔 우리 이 [8] 슈즈롤 만나 보미
나는 원리 나히 어리고 일을 모르는지라. 이슈
즈로 더브러 두어 귀졀 지각 업는 말을 흐고 다
시 다른 일은 짓지 아냐시나 내가 그날붓허 샹
스병을 어더 다시 싱도(生道)롤 엇지 못흐고 죽
엇시니 대거거는 밋지 아니커든 다만 우리 이슈
즈의게 무르면 곳 알니라."

가쥬 텽파(聽罷)의 링쇼(冷笑)흐며 니르디,

"이는 너의 즈쟉지얼(自作之孼)이니 내가

---

167) 【치우-】 형 《칩다》 춥다. ¶ 凍 ‖ 가셰 급히
쯔어 잡고 니르디 대거거야 너는 나롤 구흐라
내 치우믈 견디기 어렵도다 (只見賈瑞忙拉住哭
道: "大哥哥, 你救我罷, 我凍的受不得了.") <續
紅 9:10> ⇒ 치오-, 칩다

쏘혼 이런 일을 아른 체 아니리라."

　가셰 다시 꾸러 빅단 이언으로 읍고(泣告)ㅎ거놀 가쥐 반향 【9】을 침음(沈吟)ㅎ다가 니ㄹ디,

　"너는 진짓 고치미냐 도로혀 거즛말이냐?"

　가셰 니ㄹ디,

　"이졔 나롤 벌ㅎ여 음산 뒤히셔 얼게 ㅎ미 진실노 견디지 못ㅎ리니 엇지 도로혀 진개 곳치미 아니랴?"

　가쥐 니ㄹ디,

　"'고희무변(苦海無邊) 회두시안(回頭是岸)이라' ㅎ니 너 임의 진기 곳쳐시면 쏘혼 죠흔 말이로다. 내가 도라가 고노야긔 쳥ㅎ여 너의 복분을 보미 죠토다."

　말ㅎ며 즉시 귀졸(鬼卒) 등의게 분부ㅎ여,

　"가셔롤 죠히 디졉ㅎ고 몬져 두 벌 의복을 쥬어 【10】 잠간 엄신(掩身)케 ㅎ라."

　ㅎ고 언필(言畢)의 다라나와 사름을 명ㅎ여 옥문을 슘혀 잠으라 ㅎ고 믄득 가셔의 말을 가모의게 회보ㅎ고 쏘 귀졸의게 분부ㅎ여 셔편 옥문을 열미 가모와 봉졔 급히 다라와 보니 그 속의 음풍(陰風)이 참참(慘慘)ㅎ고 칼산과 기름가미 모다 남즈의 옥과 일양 일너라. 홀연 보미 즁간의 큰 밋돌이 이시디 일개 부인을 것구로 다라 미168)로 갈미 다만 아리 졀반만 남아 눈빗 ㅊ튼 일빵 다리만 잇거놀 봉졔 보고 【11】 ㅈ연 심담이 붕렬(崩裂)혼지라. 쇼리롤 나죽이 ㅎ여 스긔(司棋)롤 향ㅎ여 무러 니ㄹ디,

　"너는 보라. 아지 못게라 이 뉘 집 식부(媳婦)며 무슨 죄롤 범ㅎ여 이런 가련혼 형벌을 당ㅎ눈고? 이 두 다리가 이러툿 희고 고으니 일졍코 나히 젹은 아롬다온 인물이로다."

　스긔 미쳐 디답지 못ㅎ여셔 포이개(鮑二家) 겻히 잇다가 내다라 니ㄹ디,

　"쟉야의 이내내(二奶奶) 발을 삐스미 내가 네 다리롤 보니 져 다리의 비ㅎ면 더옥 흰 듯ㅎ더라."

　ㅎ니 봉졔 그 쌈을 향ㅎ여 【12】 한 번 춤밧고 꾸지져 니ㄹ디,

　"지각업눈 계집아 홀 쇼리 아니홀 쇼리롤 헤지 아니코 입부리로 나오눈 디로 너의 낭낭을 침범ㅎ느냐? 다힝이 대야(大爺)와 진샹공(秦相公)이 오지 아냣도라."

　가뫼 듯고 쏘혼 우스며 니ㄹ디,

　"이 못된 즘싱아, 이러툿 입부리가 쾌ㅎ냐? 너는 나롤 짜라 쏘 동편으로 보라가미 죠토다."

　포이개 꾸지롬을 듯고 지져괴며 가모롤 짜라 동편으로 가더라.

　봉졔 스긔롤 다리고 셔흐로 향ㅎ여 한 모롱이169)롤 지나미 다 【13】 만 보니 셔븍 모롱이의 일기 큰 항아리가 잇눈디 그 속의 신 쵸(醋)롤 가득히 담앗시디 일개 젹신(赤身)의 부인을 너헛거놀 ㅈ시 한 번 보니 봉져와 일양이라. 스긔 놀나 면면샹고(面面相顧)ㅎ고 감히 말을 못ㅎ고 봉져도 놀나 정신을 출히지 못ㅎ다가 이윽고 무러 니ㄹ디,

　"너는 뉘 집 식부뇨?"

　ㅎ니 그 부인이 쏘혼 니ㄹ디,

　"너는 뉘 집 식부뇨?"

　ㅎ며 봉졔 니ㄹ디,

　"네 셩이 무어시뇨?"

　ㅎ니 그 부인이 쏘혼 니ㄹ디,

　"네 셩이 무어시뇨?"

　ㅎ거놀 봉졔 심즁의 【14】 챡급ㅎ여 즉시 그 부인의 팔을 한 번 쓰어 잡으미 그 부인이 놀나 한 번 쇼리 지르고 다라나와 젹신으로 면젼의 셧시미 졍히 흰 양(羊)과 ㅊ튼지라. 봉졔 져롤 ㅈ셰히 보니 혼신(渾身) 샹히 한 곳도 ㅈ긔와 ㅊ지 아니미 업거놀 만면슈참(滿面羞慚)ㅎ여 셜니 ㅈ긔 옷기슬 드러 져롤 위ㅎ여 가리미 그 부인이 앏흐로 와 봉져롤 한 번 안더니 홀연 종젹이 업거놀 봉져와 스긔 놀나 눈을 직시ㅎ고 입이 쎗쎗ㅎ여170) 반향이나 말을 못 【15】 ㅎ다

---

168) 【미】圄 맷돌. ¶ 磨 ∥ 홀연 보미 즁간의 큰 밋돌이 이시디 일개 부인을 것구로 다라 미로 갈미 다만 아리 졀반만 남아 눈빗 ㅊ튼 일빵 다리만 잇거놀 (忽見中間有大磨一盤, 將一個婦人倒懸入磨, 磨的只剩下下半截子雪白的兩只光腿, 一雙小脚兒.) <續紅 9:10>

169) 【모롱이】圄 모퉁이. ¶ 犄角 ∥ 다만 보니 셔븍 모롱이의 일기 큰 항아리가 잇눈디 그 속의 신 쵸롤 가득히 담앗시디 그 속의 신 쵸롤 가득히 담앗시디 일개 젹신의 부인을 너헛거놀 (只見西北犄角上放着一個大缸, 滿滿的盛着一缸釅醋, 裏面泡着一個赤條精光的婦人.) <續紅 9:14> ⇒ 모롱

170) 【쎗쎗ㅎ다】圄 뻣뻣하다. ¶ 못 ∥ 홀연 종젹이 업거놀 봉져와 스긔 놀나 눈을 직시ㅎ고 입

가 졍신을 진뎡ᄒᆞᆷ애 ᄆᆞᄋᆞᆷ의 황연대오(恍然大悟)
ᄒᆞ여 평의 투긔ᄒᆞ던 심쟝이 즉긔의 빙셜(氷雪)
스듯ᄒᆞ고 스긔도 몃 분 짐쟉ᄒᆞ되 다만 감히 말
을 못ᄒᆞ고 봉져롤 부츅ᄒᆞ여 동으로 오ᄆᆡ 다만
보니 일좌 칼산의 일만 날이 결워 셧거놀 가뫼
숀으로 일인을 가ᄅᆞ치며 ᄭᅮ지져 니ᄅᆞ되,

"량심이 업눈 늙은 개도야지야, 이눈 너의
ᄌᆞ쟉지얼(自作之孽)이니 뉘 능히 너롤 구ᄒᆞ리
오?"

ᄒᆞ거놀 봉졔 ᄌᆞ셔히 보니 이눈 마도퓌(馬
道婆)라. 스각(四脚)을 버려 칼산의 걸녀 【16】
잇셔 다만 부ᄅᆞ지지되,

"노태태야, 은혜롤 베푸러 나롤 구ᄒᆞ라. 내
다시는 감히 사ᄅᆞᆷ을 방ᄌᆞ치[171] 아니리라."

봉졔 듯고 셩니 가모롤 ᄭᅳ어 잡으며 니ᄅᆞ
되,

"노태태야, 져롤 아른 체 말나. 이러ᄒᆞᆫ 노
챵부(老娼婦)눈 이졔야 맛당토다."

가뫼 니ᄅᆞ되,

"아미타블! 이 곳의 과연 봉졔 쇼연(所緣)
ᄒᆞ도다. 너의 쇼ᄋᆞ들은 가히 두려오냐, 두렵지
아니ᄒᆞ냐?"

봉졔 니ᄅᆞ되,

"엇지 두렵지 아니리오? 내가 놀나 다리가
모다 젼근(轉筋)이 되니 이 무슨 노리라 ᄒᆞ리
오? 심히 사ᄅᆞᆷ【17】을 두렵게 ᄒᆞᄂᆞᆫ지라. 노태
태는 일즉 도라가미 죠토다."

가뫼 니ᄅᆞ되,

"ᄯᅩᄒᆞᆫ 그만두라. 다시 ᄯᅩ 본다 ᄒᆞ여도 블
과 여러 슈죄(受罪)ᄒᆞᄂᆞᆫ 사ᄅᆞᆷ ᄲᅮᆫ이니 볼 거시
업고 ᄆᆞᄋᆞᆷ이 고약ᄒᆞ여 춤지 못ᄒᆞ리로다."

봉졔 듯고 셩니 가모롤 모셔 한 번 몸을
도로혀려 홀 시 홀연 보니 그 속으로셔 일긔 봉
두귀면(蓬頭鬼面)의 사ᄅᆞᆷ이 머리의 칼을 ᄶᅵ우고
발을 잠앗는되 긔여 나와 가모의 옷기술 ᄭᅳ어
잡고 대곡ᄒᆞ여 니ᄅᆞ되,

"노태태야, 나롤 한 번 구ᄒᆞ라. 내 다시는
감히【18】 못된 ᄆᆞᄋᆞᆷ을 두지 아니리라."

가뫼 도로혀 몃 거름을 믈너셔다가 ᄌᆞ시
져롤 보니 필경 인형(人形)ᄀᆞᆺ지 아닌지라. 어디

<hr>

이 ᄲᅦᆺᄲᅦᆺᄒᆞ여 반향이나 말을 못ᄒᆞ다가 (忽然間
踪影全無, 唬得鳳姐和司棋目瞪口呆, 半晌說不出
話來.) <續紅 9:14>

닌 줄 알니오? 다만 드ᄅᆞ미 봉졔 뒤히 잇셔 블
너 니ᄅᆞ되,

"네가 죠이낭(趙姨娘)이 아니냐?"

그 부인이 니ᄅᆞ되,

"이내내(二奶奶)야, 너눈 나롤 구ᄒᆞ라. 큰
사ᄅᆞᆷ은 젹은 사ᄅᆞᆷ의 허믈을 긔록지 아니ᄒᆞ다 ᄒᆞ
니 내 다시눈 감히 너의 무리 앏히셔 못된 심졍
을 먹지 아니리라."

가뫼 듯고 ᄯᅩ ᄌᆞ셔히 보니 과연 죠이낭이
라. 가뫼 ᄭᅮ지져 니ᄅᆞ되,

"이 지각【19】 업눈 노파야, 너눈 ᄯᅩ 싱각
ᄒᆞ여 보라. 네가 우리 집의 이실 ᄯᅢ의 나와 다
믓 너의 노야와 태태 그 어내 사ᄅᆞᆷ이 너롤 죠히
디졉지 아니ᄒᆞ더뇨? 너눈 블과시 챠환비(丫鬟
輩)의게도 밋지 못ᄒᆞ리로다. 곳 괴믈ᄀᆞᆺ치 고약
ᄒᆞᆫ ᄆᆞᄋᆞᆷ을 내여시니 네 스스로 말ᄒᆞ라. 이졔 죄
밧눈 거시 도로혀 올치 아니ᄒᆞ냐?"

죠이낭이 듯고 련ᄒᆞ여 고두의 고ᄒᆞ며 니ᄅᆞ
되,

"노태태야, 다시눈 감히 어즈러온 말을 아
니ᄒᆞ리라. ᄌᆞ금(自今) 이후(以後)로눈 내 젼슈히
곳칠 거시니 노태태【20】 눈 나와 다믓 환ᄋᆞ(環
兒)롤 보지 말고 다만 삼고낭(三姑娘)의 안면만
보와 일졈 은혜롤 베플나."

가뫼 비록 져의 힝실이 단졍치 못ᄒᆞ믈 분
히ᄒᆞ나 필경 사랑ᄒᆞ눈 싱각이 잇셔 져의 탐츈을
말ᄒᆞ여 내믈 듯고 ᄌᆞ연 샹심락루(傷心落淚)ᄒᆞ여
니ᄅᆞ되,

"너눈 아직 가라. 내 도라가 고노야긔 쳥
홀 거시니 너눈 쇼식을 기다리미 올흐리라."

죠이낭이 고두샤은(叩頭謝恩)ᄒᆞ고 가더라.

봉졔 가모롤 뫼셔 옥문을 나아올 시 가쥐
사ᄅᆞᆷ을 시겨 문을 닷고 잠을쇠로【21】 잠은 후
의 ᄯᅩ 노태태의게 쳥ᄒᆞ여 무ᄅᆞ되,

"노닐기롤 엇지ᄒᆞ여 계시뇨?"

가뫼 웃고 니ᄅᆞ되,

"이눈 젼혀 사ᄅᆞᆷ으로 ᄒᆞ여곰 놀나게 ᄒᆞ여
시니 도로혀 무어슬 잘 노니럿시리오? 아문으로
도라가리라."

<hr>

171) 【방ᄌᆞᄒᆞ다】 圖 해코지하다. ¶ 鎭魘 ∥ 노태
태야 은혜롤 베푸러 나롤 구ᄒᆞ라 다시눈 감히
사ᄅᆞᆷ을 방ᄌᆞ치 아니리라 (老太太開恩救命罷, 我
再不敢鎭魘人了.) <續紅 9:16>

ᄒ니 가쥐 이의 교부(轎夫)룰 명ᄒ여 교ᄌ
룰 메여오민 가모와 봉졔 일졔히 교즈의 올나
호두문(虎頭門)으로 나아가 오든 길노 말미암아
도라갈 시 봉졔 교내(轎內)의셔 진종(秦鍾)이 져
의 교ᄌ치172)룰 붓드럿시믈 보고 이의 무러 니
ᄅ디,

"진종아, 엇지 보지 못 【22】 ᄒ엿더뇨? 그
ᄉ이 어디로 갓더뇨?"

진종이 웃고 니ᄅ디,

"져 곳의 한 번 옥문을 열미 내 일즉 구을
너 드러가 각쳐의 구경ᄒ다가 노태태 아문으로
도라가신단 말을 듯고 지금 다라 왓노라."

봉졔 니ᄅ디,

"네 도시 무어슬 보왓느냐?"

진종이 니ᄅ디,

"남ᄌ의 옥의 가셔 내 보니 칼산 우희 일
인이 잇시디 졔가 나룰 아라보고 나룰 디ᄒ여
말ᄒ디, '져는 쥬셔(周瑞)의 슈양지(收養子)라.'
ᄒ고 다만 날다려, '져의 명을 구ᄒ라.' ᄒ니 내
가 놀나 련망히 【23】 다라 나왓노라. 이야(嗳
喲), ᄯ 녀인의 옥의 다시 괴이ᄒ 모양이 이시
니 젹신의 녀인이 부지기쉬(不知其數)로디 모다
보와도 평샹(平常)ᄒ나 오즉 셔북 모롱이의 쵸
항아리 쇽의 일개 녀인을 담아시디 가장 아름답
고 믄득 나의 오믈 보더니 붓그려 항아리 밋흐
로 드러가려 ᄒ는지라. 내 곳 손을 펴 항아리
쇽으로 너흐려 ᄒ니 졔가 곳 내 손을 잡아 머무
ᄅ고 입으로 한 번 힘껏 ᄲᆸ으미 지금가지 내 손
가락이 알푸도다."

봉졔 쳥 【24】 파의 ᄭ지져 니ᄅ디,

"네 이 못된 젹은 믈건아, 사름마다 일개
부인이 잇거놀 네가 남의 부인을 만져 무엇ᄒ려
ᄒ더냐? 손가락 믈니기룰 가장 잘ᄒ엿도다."

ᄒ여 량인이 련ᄒ여 슈쟉ᄒ다가 부지불각
(不知不覺)의 큰 거리 우희 니ᄅ미 홀연 보니
인총(人叢) 쇽으로셔 일개 녀지 다라나와 가모
의 교ᄌ 앏희셔 원통(寃痛)ᄒ믈 하쇼연ᄒ며 고
쟝(故障)을 드리거놀 봉졔 급히 진종을 명ᄒ여
앏흐로 가고 ᄒ는 거시 무슨 일인가 드러보라 【

25】 ᄒ니 진종이 나는 ᄃ시 앏흐로 나아가미 다
만 보니 가쥐 말긔 나려 고쟝(故障)을 바다 한
번 ᄌ셰히 보더니 련망히 픔 쇽의 지ᄅ고173) 사
룸을 명ᄒ여 녀ᄌ룰 거느려 풍연(馮淵)의게 분
부ᄒ여 압령(押領)ᄒ라 ᄒ거놀 진종이 곳 그 녀
ᄌ룰 따라가 ᄌ셰히 그 원위(原位)룰 가져 일편
을 뭇더니 놀나 헐더기며 다라 봉져의 교ᄌ 앏
히 니ᄅ러 쇼리룰 나죽이 ᄒ여 니ᄅ디,

"이심낭아, 져 녀히ᄌ(女孩子)의 고쟝ᄒ 거
슨 곳 네 일이러라."

【26】 봉졔 니ᄅ디,

"그것말174)이로다. 내 ᄯ 졔가 뉜 줄 아지
못ᄒ거놀 졔 나룰 고쟝ᄒ여 무엇ᄒ리오?"

진종이 니ᄅ디,

"그 히이 우리 무리 우리 져져룰 위ᄒ여
송빈(送殯)ᄒ 시 네가 날과 보이슉(寶二叔)을 거
느리고 만두암(饅頭庵)의 잇셔 머믈 ᄯ의 네 늙
은 녀승과 더브러 한 가지 무슨 일을 샹량ᄒ엿
더니 이졔 고쟝ᄒ 거슨 곳 이 일이라. 그 녀히
ᄌ는 무슨 쟝금가(張金哥)라 부ᄅ더라."

봉졔 듯고 다만 셔늘ᄒ 한 줄기 긔운이 니
마 우흐로 나오믈 ᄭᅵᆺ 【27】고 ᄲᆞᆯ니 무러 니ᄅ
디,

"네 져의 고쟝을 보왓느냐 못ᄒ엿느냐?"

진종이 니ᄅ디,

"쥬대애(珠大爺) 픔 쇽의 ᄭᅩ즛기로 보지 못
ᄒ고 그 녀히ᄌ는 풍셔판(馮書判)이 압령ᄒ여
가더라."

ᄒ니 봉졔 듯고 인ᄒ여 싱각ᄒ디,

'교부가 드ᄅ면 죠치 못ᄒ 듯ᄒ여 다시 ᄯ
뭇지 못ᄒ고 교ᄌ 쇽의 안ᄌ 길의 과경을 볼 ᄆ
음도 업고 가슴이 벌덕여 졍히 십오 긔 믈통이

---

172) 【교ᄌ치】 몡 교자(轎子)채. ¶ 轎杆 ‖ 봉졔
교내의셔 진종이 져의 교ᄌ치룰 붓드럿시믈 보
고 이의 무러 니ᄅ디 (鳳姐在轎內, 只見秦鍾扶
着他的轎杆, 乃問道.) <續紅 9:21> ⇒ 교ᄌ채

173) 【지ᄅ다】 동 찌르다. ¶ 揣 ‖ 다만 보니 가
쥐 말긔 나려 고쟝을 바다 한 번 ᄌ셰히 보더
니 련망히 픔 쇽의 지ᄅ고 사름을 명ᄒ여 녀ᄌ
룰 거느려 풍연의게 분부ᄒ여 압령ᄒ라 ᄒ거놀
(只見賈珠下馬接了狀子, 細看了一遍, 連忙揣在
懷內, 命將女子着人帶去交付馮淵押管.) <續紅
9:25> ⇒ 디ᄅ다, 딜ᄅ-, 지르다

174) 【그것말】 몡 거짓말. ¶ 胡說 ‖ 봉졔 니ᄅ디
그것말이로다 내 ᄯ 졔가 뉜 줄 아지 못ᄒ거놀
졔 나룰 고쟝ᄒ여 무엇ᄒ리오 (鳳姐道: "胡說,
我又不認得他是誰,　他告我什麼呢?") <續紅
9:26>

오르락 나리락 ᄒᆞᄂᆞᆫ 것 ᄀᆞᆺ더라.'

한 시긱이 못 되여 아문의 니르미 군뢰 바라롤 치며 【28】 쇼리 ᄒᆞ더니 즁문을 통개(洞開)ᄒᆞᄂᆞᆫ지라. 일죽히 이당의 니르러 교ᄌᆞ롤 나려 노ᄒᆞ미 가모와 봉졔 교ᄌᆞ롤 나리며 다만 보니 가부인과 원앙이 마ᄌᆞ 나올 시 가부인이 웃고 니르디,

"거의 반년이 ᄀᆞᆺ갑도록 도시 나아가 노닐지 못ᄒᆞ엿거니와 본디 이곳의 ᄯᅩᄒᆞᆫ 가히 노닐 디가 업스니 태반이나 흉신(凶神) 악귀(惡鬼) 쑌이로다."

가뫼 ᄯᅩᄒᆞᆫ 웃고 니르디,

"무어슬 노니럿다 ᄒᆞ리오? 도시 사롬으로 ᄒᆞ여곰 심히 두리게만 ᄒᆞ도다."

가 【29】 부인이 봉져의 낫치 금빗 ᄀᆞᆺᄐᆞᆯ 보고 샬니 무러 니르디,

"이내내야, 네 엇지ᄒᆞ여 낫비치 가쟝 죠치 못ᄒᆞ니 싱각건디 셩 밧긔 나아가 풍한(風寒)을 바든 ᄃᆞᆺᄒᆞ도다."

봉졔 니르디,

"다만 복즁(服中)이 알프믈 씨ᄃᆞᆺ노라."

가뫼 듯고 ᄯᅩᄒᆞᆫ 봉져를 가져 한 번 보다가 믄득 니르디,

"오늘 텬긔 온화ᄒᆞ여 반ᄃᆞ시 풍한을 바드미 아니라. 싱각건디 져의 여러 디옥(地獄) 속의 죄 밧ᄂᆞᆫ 거슬 보고 놀난 ᄃᆞᆺᄒᆞ도다. 샬니 네 방의 도라가 의 【30】 샹을 벗지 말고 한ᄌᆞᆷ 누어시디 니블 덥기롤 덥게 ᄒᆞ라."

말ᄒᆞ며 모다 샹방으로 나아갈 시 옷슬 밧고와 닙고 가뫼 가부인으로 더브러 디옥의 일과 다뭇 가셔와 죠이낭의 가련ᄒᆞᆫ 모양을 강론ᄒᆞᆯ 시 봉졔 발셔 원앙을 닛글고 ᄌᆞ긔 와실의 니르러 의복을 밧고와 닙고 원앙의 손을 ᄯᅳ어 잡고 눈믈을 흘녀 니르디,

"원앙져져(鴛鴦姐姐)야, 네 한 방법을 싱각ᄒᆞ여 나룰 구ᄒᆞ라."

원앙이 크게 놀나 니르디,

"이내내야, 엇지 흔 【31】 일이뇨? 엇지 이런 말을 ᄒᆞᄂᆞ냐?"

봉졔 쇼리롤 나죽이 ᄒᆞ여 니르디,

"죠흔 져져야, 져기 가마니 잇거라. 내 네게 고ᄒᆞ리라. 어내 ᄒᆡ의 내가 쇼용디내내(小庸大奶奶)롤 위ᄒᆞ여 숑빈(送殯)ᄒᆞᆯ 씨의 보옥과 진

쥼을 거느리고 만두암의 잇셔 슈일을 머무지 아니ᄒᆞ더냐? 그 씨의 노고고지(老姑姑子) 날노 더브러 샹량ᄒᆞ여 한 가지 지각업ᄂᆞᆫ 일을 ᄒᆞ엿노라. 일기 쟝향환(張鄕宦)이 잇셔 졔게 한 ᄯᅡᆯ이 이시디 일홈을 금가(金哥)라 부르니 원리 일기 슈비(守備) 벼슬ᄒᆞᄂᆞᆫ 【32】 사롬의 아ᄃᆞᆯ의게 뎡혼ᄒᆞ엿더니 그 후의 쟝안(長安) 부지부(府知府)의 쳐남 이안히[李衙內]가 금가의 아름다온 모양을 보고 ᄯᅩᄒᆞᆫ 안히롤 삼으려 ᄒᆞ디 슈비의 집의셔 듯지 아니코 관가롤 졍홀 시 우리 집이 운졀도(雲節度) 집으로 더브러 친쳑이 되믈 인ᄒᆞ여 노고고지(老姑姑子) 내게 쳥ᄒᆞ여 운졀도의게 말ᄒᆞ여 슈비의 집을 억탁(抑託)으로 눌너 퇴혼케 ᄒᆞ엿더니 뉘 알니오 이 녀힌지 ᄯᅳᆺ을 직희고 죳지 아니ᄒᆞ여 스스로 목미여 죽고 슈 【33】 비의 아ᄃᆞᆯ도 일개 졍죵(情種)이라. 금가의 죽으믈 듯고 져도 ᄯᅩᄒᆞᆫ ᄌᆞ쳐(自處)ᄒᆞ여 죽으니 내 이 일을 지으므로브허 일일을 살면 일일이 ᄆᆞᄋᆞᆷ의 걸니다가 이졔 겨유 방심(放心)ᄒᆞ엿더니, 뉘 ᄯᅩ 알니오? 오늘 디로(大路) 샹의 일개 녀힌지 잇셔 노태태의 교ᄌᆞ롤 ᄯᅳ으러 잡고 원통(冤痛)흔 고쟝을 알외더니 내 진죵의 말을 드르미 곳 쟝가의 집 녀힌ᄌᆞ오, 고쟝흔 일은 곳 나의게 당흔 일이라. 내 싱각건디 이 일을 만일 고노얘 알면 내가 낫출 가 【34】 히 어디 두리오?"

진죵이 ᄯᅩ 말ᄒᆞ디,

"고쟝은 대얘(大爺) 품 속의 지르고 그 녀힌ᄌᆞᄂᆞᆫ 풍셔판의게 붓쳐 거ᄂᆞ려 가더라 ᄒᆞ니 죠흔 져져야, 이 틈을 타 샬니 대야의 방의 가 곳 말ᄒᆞ디, '내가 대거거긔 쳥ᄒᆞᄂᆞ니 아모죠록 한 방법을 싱각ᄒᆞ여 이 일을 가져 스스로이 결단(決斷)ᄒᆞᄂᆞᆫ 거시 곳 죠코 쳔만부탁(千萬付託)ᄒᆞ여 노고야로 ᄒᆞ여곰 알게 말나 ᄒᆞ라.' 이졔 은ᄌᆞ(銀子)롤 쓸 터이면 내 ᄯᅩᄒᆞᆫ 슈응(酬應)ᄒᆞ리라. 만일 능히 내 톄면을 보젼케 ᄒᆞ면 【35】 이ᄂᆞᆫ 곳 우리 집 문호의 톄면을 보젼ᄒᆞ미니 죠흔 져져야, 너ᄂᆞᆫ 곳 샬니 가라 ᄌᆞ셰히 보와 대얘 밧그로 나아갓거든 ᄯᅩᄒᆞᆫ 가히 힘뼈 ᄎᆞ즈보라."

원앙이 듯고 대경(大驚)ᄒᆞ여 니르디,

"우리 내내야, 네 엇지ᄒᆞ여 이런 일가지 모다 아른 쳬ᄒᆞ엿ᄂᆞ뇨? 다힝이 고노야(姑老爺)가 우리 집 친쳑이 되엿도다. 만일 다른 아문의 가셔 고ᄒᆞ더면 엇지ᄒᆞ여시리오? 이ᄂᆞᆫ 도로혀 이

내내의 복분(福分)이 크다 니ᄅ리로다. 만일 이 일을 양계(陽界)의셔 범ᄒ엿【36】더면 다만 두리건디 이야(二爺)가지 죄의 밋츨 번ᄒ엿도다."

봉졔 듯고 착급ᄒ여 니ᄅ디,

"죠흔 져져야, 이즈음의 네 도로혀 이런 말ᄒ여 무엇ᄒ리오? 샐니 가라. 이쩌ᄅ롤 지내면 대애 나아갓실 거시니 곳 쥬션(周旋)ᄒ기 어려오리라."

원앙이 니ᄅ디,

"이내내야, 네 ᄯ또흔 착급ᄒ여 말나. 내 싱각건디 대야ᄂ 는 ᄯ또흔 극히 총명흔 사ᄅᆷ이라. 졔가 우리 집 톄면(體面)을 도라보지 아니흔다 니ᄅ기 어려올 거시오, 둘지ᄂ 이 일을 ᄯ또흔 몬져 노태태【37】의게 고ᄒ디 고태태롤 디ᄒ여 길의셔 사ᄅᆷ이 잇셔 교ᄌ롤 잡고 고쟝ᄒ더란 말을 니ᄅ지 말게 ᄒ라. 내 몬져 노태태롤 쳥ᄒ여 와 연고(緣故)롤 말ᄒ여 밝히고 내 다시 가셔 대야롤 찾ᄂ 거시 바야흐로 온당(穩當)ᄒ니 그러치 아니면 너ᄂ 일기 겸은 내내오, 나ᄂ 일개 큰 챠환이라. 노태태의게 아ᄅ시게 아니ᄒ고 스스로이 대야의 방으로 가면 무엇ᄒ리오!"

봉졔 니ᄅ디,

"너의 말이 가쟝 올토다. 곳 이ᄀ치 급히 쥬션ᄒ라. 내 ᄆ음이 이 【38】 즈음의 곳 괴양이175) 할퀸 것 ᄀ도다."

원앙이 답응ᄒ고 련망히 나아가더니 다만 보민 가뫼 홀노 교의(轎椅) 우히 안ᄌ 챠롤 먹고 가부인은 한편 캉 우히 잇셔 샹ᄌ롤 열고 무슨 믈건을 찾ᄂ 모양 갓더라. 원앙이 샐니 가모롤 향ᄒ여 눈짓ᄒ민 가뫼 뜻을 알고 곳 니러나 와 니ᄅ디,

"봉챠두ᄂ 이소이 젹이 나으냐 낫지 못ᄒ냐? 내 ᄯ또흔 져롤 보라 가리라."

말을 맛츠며 곳 원앙을 붓들고 봉져의 와실(臥室)노 나올 시 봉졔 가모【39】롤 보고 비록 붓그러오믈 ᄭᅵ다ᄅ나 ᄯ또흔 엇지홀 길 업셔 다만 낫출 무릅쓰고 눈믈을 흘니며 고쟝 일졀을 가져 ᄌ셰히 일편을 말ᄒ니 가뫼 ᄯ또흔 놀나 반향을 벙벙ᄒ다가 니ᄅ디,

"이 진납의 ᄭᅵ[猴兒精]야, 젼일 집의셔 요란

---

175) 【괴양이】囝 고양이. ¶ 猫 ‖ 내 ᄆ음이 이 즈음의 곳 괴양이 할퀸 것 ᄀ도다 (我心里這會子就像猫抓的似的.) <續紅 9:38>

ᄒ던 일도 그 속의 네가 참예ᄒ엿고 오늘 이 곳의셔도 남의게 고쟝을 당ᄒ니 이야(嗳喲) 년경흔 사ᄅᆷ이 총명이 유여홈도 ᄯ또흔 죠흔 일이 아니로다. 네 샐니 가 너의 디야롤 ᄎᄌ 곳 나의 말을 【40】 젼ᄒ디 가시(賈氏) 문호의 톄면이 요긴(要緊)ᄒ다 ᄒ여 져로 ᄒ여곰 이 일을 가져 스스로이 결말(結末)ᄒ게 ᄒ라. 은ᄌ롤 쓰려 ᄒ면 내가 ᄯ또흔 슈응ᄒ려니와 다만 고노야로 ᄒ여곰 알게 마ᄂ 거시 곳 올흐리라. 다힝이 이 일을 너의 고태태긔 고치 아냣노라."

원앙이 한 쇼리 답응ᄒ고 스스로 가더라.

봉졔 가모의게 몃 귀졀 말을 듯고 머리롤 숙여 가히 대답지 못ᄒᄂ지라. 다만 눈믈만 구슬ᄀ치 ᄬᄬ이 어즈러이 흐르거놀 가뫼 보고【41】 도로혀 ᄆ음의 견디지 못ᄒ여 측은지심(惻隱之心)이 니러나 니ᄅ디,

"내 ᄆ음이 고약ᄒ도다. 너ᄂ 두려 말나. 네 대거ᄂ 는 일개 극히 간샹(奸狀)흔 사ᄅᆷ이니 이만 젹은 일을 결단코 쥬션치 못홀 니 업고 ᄒ믈며 노고야가 아드라 ᄒ여도 ᄯ또흔 대단이 관계될 일이 아니니 너롤 당샹의 ᄭᅳ러 나려 한즈음 판ᄌ로 친다 니ᄅ기 어려오리라."

봉졔 듯고 머리롤 숙이고 울며 니ᄅ디,

"져 디두(擡頭)ᄒᄂ 사ᄅᆷ이 셩화ᄀ치 견디지 못ᄒ니 도로혀 져 【42】 거술 능히 금ᄒ랴?"

졍히 말홀 ᄯᅥ의 다만 보니 가부인이 나아와 웃고 니ᄅ디,

"봉고낭아, 네가 이즈음의 져긔 나흐냐? 내 너롤 위ᄒ여 약 한 환을 ᄎᄌ 황쥬(黃酒)의 타셔 가져 왓시니 네 먹으면 곳 나흐리라."

ᄒ더니 그 뒤히 스긔(司棋)가 과연 한 병 더운 술을 가지고 왓거놀 봉졔 감히 스양치 못ᄒ고 다만 바다 먹더라.

챠셜, 원앙(鴛鴦)이 일즉 가쥬(賈珠)의 방 속으로 오민 다만 보니 가쥐 졍히 의복을 밧고 와 넙고 무릅홀 도스리고 탑샹의 【43】 안져 손의 일쟝 고쟝을 가지고 반복ᄒ여 보다가 원앙이 오믈 보고 샐니 눗코 흠신(欠身)ᄒ며 웃고 니ᄅ디,

"원앙 져져야, 귀긱(貴客)이로다. 무슨 ᄉ졍이 잇셔 왓ᄂ냐?"

원앙이 니ᄅ디,

"노태태가 나롤 보내여 대야긔 오늘 고쟝

혼 그 녀희즈롤 말ᄒ라 ᄒ시더 그 고쟝 당혼 이
ᄂᆞᆫ 련이ᄂᆡᄂᆡ(璉二奶奶)라. 이제 이ᄂᆡᄂᆡ 놀나기롤
대단이 ᄒ엿거늘 노태태 대야로 ᄒ여곰 용심(用
心)ᄒ여 져의 무리롤 디신ᄒ여 스스로이 일을
플게 ᄒ고 고노야로 ᄒ여곰 알【44】게 말나 ᄒ
시며 이ᄂᆞᆫ 다만 이ᄂᆡᄂᆡ 일인의 톄면의만 관계홀
ᄲᅮᆫ 아니라 우리 가시 문하의 톄면가지 젼혀 믄
허바리ᄂᆞᆫ 쟉시라 ᄒ시더라."

가쥬 텽파의 탁즈롤 한 번 치며 니ᄅ디,

"내가 이곳의 잇셔 졍히 고쟝을 보미 ᄆᆞ음
의 오히려 이 ᄉᆞ졍(事情)을 의심ᄒ엿더니 이제
네 말을 드르미 이 일이 과연 진젹(眞的)ᄒ도다.
엇지 너의 이ᄂᆡᄂᆡ가 일기 년경혼 부인으로 이ᄀᆞ
치 담이 크뇨? 당일의 용가ᄋᆞ(蓉家兒) 식부롤
위ᄒ여 송빈홀 ᄯᅥ의 다시 우【45】 리 집의 일개
지각이 잇ᄂᆞᆫ 사롬이 업지 아니홀 ᄃᆞᆺᄒ거늘 곳
너의 이ᄂᆡᄂᆡ ᄆᆞ음ᄃᆡ로 호란(胡亂)ᄒ게 일을 힝
ᄒ엿ᄂᆞ냐?"

원앙이 니ᄅ디,

"그 희이 용대ᄂᆡᄂᆡ(蓉大奶奶) 죽으미 진대
애(珍大爺) 태태긔 쳥ᄒ여 이ᄂᆡᄂᆡ롤 가져 마즈
가 가무(家務)롤 보술피ᄂᆞᆫ지라. 이러므로 노인네
태태 무리들은 모다 털함ᄉ(鐵檻寺)의 니ᄅ럿다
가 각각 집으로 도라가고 다만 이ᄂᆡᄂᆡ 잇셔 보
옥과(寶玉) 진죵(秦鍾) 량인을 거느리고 슈삼 일
을 머무럿더니 뉘 알니오 곳 이런 일을 지어내
【46】엿도다. 싱각건더 이ᄂᆡᄂᆡ도 단졍코 남을
위ᄒ여 공연이 슈고치 아니홀 거시니 반ᄃᆞ시 그
사롬의게 무슨 졍의롤 바드미 이실 ᄃᆞᆺᄒ도다."

가쥬 니ᄅ디,

"가히 올토다. 그 고쟝 우희 명빅히 쓰엿
시더 남의 삼쳔 량 은즈롤 밧고 량기 인명을 핍
박(逼迫)ᄒ여 죽엇다 ᄒ니 니ᄅ기 어렵도다. 너
의 이ᄂᆡᄂᆡ가 이런 일을 지으미 너의 이애 ᄯᅩ혼
한 번도 아른 체ᄒ지 아니ᄒ엿ᄂᆞ냐?"

원앙이 웃고 니ᄅ디,

"이애 도로혀 능히 이ᄂᆡᄂᆡ롤 아른 체ᄒ리
오? 제【47】 가 즈긔 압일도 오히려 슈습지 못
ᄒᄂᆞ니 다만 은이 이시면 ᄆᆞ음ᄃᆡ로 어즈러이 쓰
기만 ᄒᄂᆞ니라."

가쥬 텽파의 탄식고 니ᄅ디,

"이ᄂᆞᆫ 엇진 말이뇨? ᄯᅩ혼 그만두라. 너ᄂᆞᆫ
노태태와 다믓 너의 이ᄂᆡᄂᆡ긔 고ᄒ여 져의 무리

로 ᄒ여곰 방심케 ᄒ라. 내가 곳 스스로 가셔
풍셔판(馮書判)을 ᄎᆞᄌ 우리 계칙을 샹량ᄒ여
쥬션ᄒ여 보미 죠흐디 대략 몃 량 은즈롤 ᄲᅥ야
바야흐로 온당ᄒ리라."

원앙이 니ᄅ디,

"노태태 ᄯᅩ혼 말ᄉᆞᆷᄒ시더 은즈ᄂᆞᆫ 대야가
짐작ᄒ여 쓰ᄂᆞᆫ 거시 곳 올【48】ᄒ더 다만 톄면
을 허러 바리지 말나 ᄒ더라. 노태태 ᄯᅩ혼 회신
을 기다리시니 나ᄂᆞᆫ 곳 가노라."

ᄒ고 언파의 스스로 가더라. 가쥬 ᄯᅩ혼 고
쟝을 가져 한 번 보다가 다시 품 속의 너코 화
ᄌ(靴子)롤 신고 편모(偏帽)롤 쓰고 큰 당으로
다라 올나가 반우안(潘又安)을 블너와 분부ᄒ여
니ᄅ디,

"내가 밧그로 나가려 ᄒᄂᆞ니 노야긔셔 뭇
거든 네 곳 말ᄒ디, '노태태가 나롤 시겨 쥬단
(綢緞)을 ᄉᆞ라가더라.'고 ᄒ라."

반우안이 무러 니ᄅ디,

"대야ᄂᆞᆫ 챠롤 타고 가려 ᄒᄂᆞ냐? 도로혀
말을 타고【49】 가려 ᄒᄂᆞ냐?"

가쥬 니ᄅ디,

"챠와 말은 일졀 쓰지 아니ᄒ고 보힝으로
노니ᄂᆞᆫ 거시 죠흐며 ᄯᅩ혼 쇼시(小廝) 무리로 근
슈(跟隨)케 아니ᄒ노라. 다시 한 말을 부탁ᄒᄂᆞ
니 노야의 앏희셔 구퇴여 오늘날 노태태 도라오
시ᄂᆞᆫ 길의 사롬이 잇셔 고쟝ᄒ더란 말을 니ᄅ지
말나."

ᄒ니 반우안이 답응ᄒ더라. 가쥬 드ᄃᆡ여
협문(夾門)으로 죠츠 거러 나아가니 원리 풍연
(馮淵)의 우거(寓居)ᄒᄂᆞᆫ 곳은 아문 뒤히 잇ᄂᆞᆫ지
라. 흥샹 풍연이 가쥬롤 쳥ᄒ여 우쇼(寓所)의 니
ᄅ러 음쥬한【50】 담(飮酒閑談)ᄒᄂᆞᆫ지라. 이러므
로 가쥬 ᄯᅩ혼 위의롤 썰치고 일죽히 풍연의 문
앏히 니ᄅ러 문고리롤 두어 번 치더니 다만 드
ᄅ미 그 속으로셔 일개 쇼시가 나아와 문을 열
고 한 번 보미 이 가쥬라. 나ᄂᆞᆫ ᄃᆞ시[176] 다라드

---

176) 【ᄃᆞ시】囘 ((어미 '-은', '-는' '-을' 뒤에 쓰
  여)) 짐작이나 추측의 뜻을 나타내는 말. 듯이.
  ¶ 似的 ‖ 다만 드르미 그 속으로셔 일개 쇼시
  가 나아와 문을 열고 한 번 보미 이 가쥬라 나
  ᄂᆞᆫ ᄃᆞ시 다라드러 가 고셩ᄒ여 지져괴더 더쇼
  야가 왓다 ᄒ니 (只聽裏面出來了一個小廝開了
  門, 一見是賈珠, 飛也似的跑了進去, 高聲嚷道:
  "大少爺來了!") <續紅 9:50>

러가 고셩(高聲)ᄒ여 지져괴뎌,

"뎌쇼야(大少爺)가 왓다."

ᄒ니 가쥐 이 거동을 보고 ᄆ음의 의혹이 동ᄒ여 련망히 ᄯ라 드러가미 겨유 원문(院門)의 니르러 다만 보니 풍연이 츈풍(春風)이 만면ᄒ여 방즁으로 죠ᄎ 마즈나와 웃고 니르디,

"대야【51】야, 오ᄂᆞᆯ 반일을 슈고ᄒ엿거ᄂᆞᆯ 도로혀 이쳐럼 고흥(高興)이 잇ᄂᆞ냐?"

가쥐 니르디,

"내가 한 가지 요긴ᄒᆞᆫ 일이 잇셔 특별이 너를 ᄎᆞᆽ 왓노라."

풍연이 웃고 니르디,

"대야의 일은 내 짐쟉ᄒ노라. 반드시 교ᄌᆞ를 막고 고쟝ᄒᄂᆞᆫ 일을 위ᄒ미로다."

가쥐 니르디,

"네 임의 이 일을 아랏시면 더옥 쥬션ᄒ기 죠토다."

졍히 말ᄒᆞᆯ ᄶᆡ의 진죵이 ᄯᅩᄒᆞᆫ 방 속으로 죠ᄎ 웃고 다라 나와 니르디,

"죠토다. 대슉(大叔)도 ᄯᅩᄒᆞᆫ 치ᄒᄒ라 왓ᄂᆞ냐?"

가쥐 방의 나아가 진죵을 향ᄒ여 니【52】르디,

"젹은 믈건아, 네가 그 ᄉᆞ이 어ᄂᆡ ᄶᆡ의 왓더뇨? 풍연이 무ᄉᆞᆫ 깃븐 일이 잇ᄂᆞ냐?"

풍연이 웃고 니르디,

"대야야, 져의 무샹ᄒᆞᆫ 말을 듯지 말나."

진죵이 니르디,

"이야(噯喲) 대슉은 ᄯᅩᄒᆞᆫ 외인이 아니라. 네가 져 노인내를 속여 무엇ᄒ려 ᄒᄂᆞ뇨?"

말ᄒ며 곳 가쥬를 향ᄒ여 입짓ᄒ니177) 가쥐 캉 우흘 향ᄒ여 한 번 보미 한 탁ᄌᆞ 쥬셕(酒席)을 버렷거ᄂᆞᆯ 진죵이 웃고 ᄯᅩ 셔고(書庫) 뒤흐로 향ᄒ여 입짓ᄒ미 가쥐 과연 셔고 뒤히 니르러 한 번 보니【53】일개 미모 쳥년의 부인이 거긔 잇셔 붓그러오믈 머금고 안졋다가 가쥬를 보고 련망히 니러나 옷ᄉᆞ미로써 낫츨 가리거ᄂᆞᆯ 가쥐 보고 흡흡대쇼ᄒ며 니르디,

---

177)【입짓ᄒ다】國 입을 내밀다. 입을 내밀어 신호하다. ¶ 努嘴兒 ∥ 말ᄒ며 곳 가쥬를 향ᄒ여 입짓ᄒ니 가쥐 캉 우흘 향ᄒ여 한번 보미 한 탁ᄌᆞ 쥬셕을 버렷거ᄂᆞᆯ (說着, 便向買珠努嘴兒, 買珠向炕上一看, 只見擺着一桌酒席.)　　<續紅 9:52>

"노풍(老馮)아, 네 엇지 이런 일을 ᄒᄂᆞ뇨?"

풍연이 웃고 가쥬의 손을 잡고 니르디,

"대야야, 너는 몬져 나가미 죠토다. 우리 ᄯᅩ 졍경(政經)의 일을 가져 온당ᄒ게 샹냥ᄒ디 내 셔셔히 네게 이 희ᄉᆞ(喜事)의 연고롤 말ᄒᆞᆷ 기다리라. 쇼뎨 임의 대야의 후ᄋᆡ(厚愛)ᄒᆞᆷ을 힘 닙어시니 결단코【54】너를 속이고 쥬ᄉᆞ(做事)ᄒᆞᆯ 길이 업ᄂᆞ니라."

가쥐 그 말을 듯고 곳 다라나와 빈쥬(賓主)롤 난화 좌뎡ᄒᆞ미 쇼시 챠룰 드려오거ᄂᆞᆯ 가쥐 잔을 밧고 우ᄉᆞ며 풍연을 향ᄒ여 니르디,

"오ᄂᆞᆯ 쳥원ᄒ던 녀희지 어디 잇ᄂᆞ뇨?"

풍연이 니르디,

"녀금ᄌᆞ(女禁子)의게 붓쳐 반방(班房)으로 ᄀᆞ시니 내가 다만 져다려 멋 귀졀 말을 무러보미 졔 니르디, '사름의 억탁으로 혼인 믈니믈 닙어 부뷔 ᄡᅡᆼ망(雙亡)ᄒᆞᆫ 일이라.' ᄒ더라."

가쥐 니르디,

"고쟝이 내게 이시니 져 고ᄒᆞᆫ 거슨 곳 우리 ᄉᆞ(舍) 뎨부(弟婦)의【55】일이라. 당일의 우리 뎨뷔 운졀도(雲節度)로 더브러 친쳑인 고로 쟝가(張家)의 집의셔 우리 뎨부긔 쳥ᄒ여 운노야긔 말을 비최여 져 슈비가(守備家)룰 억늑(抑勒)ᄒ여 퇴혼케 ᄒ니 그 ᄶᆡ의 우리 뎨뷔 나히 어리고 지각이 젹어 다만 쟝가의 집 안면만 본 일이오 기실은 뇌믈을 밧고 쟉폐(作弊)ᄒᆞᆫ 일이 아니라. 만일 노야긔 픔ᄒ여 좌긔ᄒ여 죄롤 會히면 반드시 ᄉᆞ뎨부로 ᄒ여곰 당의 나와 대질(對質)ᄒᆞᆯ 거시니 우리 집 톄면의 거리끼미 잇ᄂᆞᆫ지라. 이러므로 내 특별【56】이 와 너로 더브러 샹냥ᄒ노니 ᄉᆞᄉᆞ로이 화호(和好)ᄒ면 좌ᄎᆞ(座次) 광치가 이실 거시로디 아지 못게라 네 무ᄉᆞᆫ 고견(高見)이 잇ᄂᆞ뇨?"

풍연이 니르디,

"이 일은 ᄯᅩᄒᆞᆫ 쥬션ᄒ기 용이(容易)ᄒ니 나의 의ᄉᆞ는 몬져 그 녀희ᄌᆞ롤 가져 다려와 우리 무리 져로 더브러 강론ᄒ여 져룰 멋 량 은ᄌᆞ롤 쥬어 집을 평안케 ᄒ디 졔 만일 드르면 곳 죠코 만일 졔가 듯지 아니면 우리 무리 ᄯᅩᄒᆞᆫ 다시 방법을 베플미 죠치 아니랴?"

가쥐 니르디,

"이 ᄀᆞᆺ트면 심히 묘ᄒ【57】도다."

풍연이 믄득 쇼시를 블너 나와 녀금ᄌᆞ(女禁子)의게 젼령ᄒᆞ여 쟝금가를 즉ᄀᆡᆨ의 다려 오라 ᄒᆞ니 쇼시 슈명ᄒᆞ고 가더니 언마 못되여 다만 보ᄆᆡ 녀금ᄌᆡ 쟝금가를 ᄭᅳ어 나오거ᄂᆞᆯ 풍연이 ᄲᅧᆯ니 일개 좌료(坐褥)를 취ᄒᆞ여 대계(臺階) 우희 펴고 져를 명ᄒᆞ여 안게 ᄒᆞ며 가ᄎᆔ 바야흐로 져의 가향(家鄉)과 관젹(貫籍)이며 아오로 고쟝ᄒᆞᆫ 원위(怨委)를 무ᄅᆞ니 쟝금개 곡ᄒᆞ며 일편을 알외거ᄂᆞᆯ 가ᄎᆔ 드ᄅᆞᄆᆡ 고쟝의 ᄡᅳ인 것과 일호도 ᄎᆞ착(差錯)이 업ᄂᆞᆫ지라. 이의 웃고 【58】 니ᄅᆞᄃᆡ,

"내 이졔 너의를 ᄃᆡ신ᄒᆞ여 이 일을 화호(和好)ᄒᆞ려 ᄒᆞᄆᆡ 이러므로 너를 쳥ᄒᆞ여 왓ᄂᆞ니 너로 더브러 샹량ᄒᆞ리라. 너의 고쟝ᄒᆞᆫ 바 사ᄅᆞᆷ이 졍원(情願)으로 당일의 어더 간 너의 집 삼쳔 량 은ᄌᆞ를 가져내여 너를 위ᄒᆞ여 집을 평안케 ᄒᆞ고 량편이 숑ᄉᆞ를 긋치면 죠치 아니ᄒᆞ랴? 내 ᄉᆡᆼ각건ᄃᆡ 너도 ᄯᅩᄒᆞᆫ 향환(鄉宦)ᄒᆞᄂᆞᆫ 사ᄅᆞᆷ의 집 쇼졔라. 츌두노면(出頭露面)ᄒᆞ여 당(堂)의 나와 공쵸(供招)ᄒᆞᄂᆞᆫ 것도 ᄯᅩᄒᆞᆫ 아졍치 못ᄒᆞ고 만일 일을 그ᄅᆞᆺ 니ᄅᆞ면 왕【59】법은 ᄉᆞᄉᆡ(私事) 업ᄂᆞᆫ지라. 숀을 잠으지 아니면 곳 타둔(打臀)ᄒᆞᆯ지니 너의 이런 아름다온 사ᄅᆞᆷ이 엇지 ᄎᆞ경을 당ᄒᆞ리오?"

진죵이 겻ᄒᆡ 잇다가 말깃[178] 다라 니ᄅᆞᄃᆡ,

"쟝고낭아, 내 네게 고ᄒᆞ노라. 당샹의셔 판ᄌᆞ로 칠진ᄃᆡ 도로혀 옷술 버술지니 네 ᄉᆡᆼ각ᄒᆞ여 보라."

풍연이 니ᄅᆞᄃᆡ,

"너ᄂᆞᆫ 즁간의 잇셔 공연이 들네지[179] 말나. 쟝쇼져야, 내 너로 더브러 졍경(政經)의 말을 ᄒᆞ리라. 이 한 분은 곳 가부 즁의 쥬대얘(珠大爺)시니 네가 고ᄒᆞᆫ 거ᄉᆞᆫ 곳 져의 뎨뷔(弟婦)라. 모다 우【60】리 노야의 지친이니 쇽어(俗語)의 니ᄅᆞᄃᆡ, '관원이 친ᄒᆞᆫ 이의게 삼분이나 향ᄒᆞᆫ다.' ᄒᆞ미 올토다. ᄂᆡ 반ᄃᆞ시 당샹을 가고ᄌᆞ ᄒᆞ면 다만 두리건ᄃᆡ 능히 관원을 결우지 못ᄒᆞ리니 내 말과 ᄀᆞᆺ치 ᄉᆞ화(私和)ᄒᆞ면 은ᄌᆞ(銀子)도 엇고 ᄯᅩᄒᆞᆫ 쇼죠(所遭)를 당치 아니ᄒᆞ리니 엇지 죠치 아니랴?"

쟝금ᄀᆡ 니ᄅᆞᄃᆡ,

"져 분이 곳 가부 즁 대얘시냐? 너의 무리 원ᄅᆡ 국가 훈쳑(勳戚)이어ᄂᆞᆯ 도로혀 사ᄅᆞᆷ의 은ᄌᆞ를 도모ᄒᆞ여 나를 이ᄀᆞᆺ치 괴롭게 ᄒᆞᄂᆞ냐? 이졔 비록 니ᄅᆞᄃᆡ, '나의 삼쳔【61】량 은ᄌᆞ를 쥬어 내 집을 평안케 ᄒᆞᆫ다 ᄒᆞ여도 내 ᄯᅩᄒᆞᆫ 쟝부(丈夫)가 어ᄃᆡ 잇ᄉᆞ믈 찻지 못ᄒᆞ여시니 내[일]개 녀ᄋᆡ ᄉᆞᄉᆞ로 엇지 셰월을 보내리오?"

진죵이 듯고 우ᄉᆞ며 니ᄅᆞᄃᆡ,

"네가 원ᄅᆡ 쟝부를 찻ᄂᆞ냐? 네 나를 보라. 올흐냐 올치 아니냐?"

가ᄎᆔ ᄲᅧᆯ니 ᄭᅮ지져 니ᄅᆞᄃᆡ,

"네 ᄯᅩᄒᆞᆫ 감히 어ᄌᆞ러이 말ᄒᆞᄂᆞ냐? 진죵이 웃고 다시 말을 아니ᄒᆞ더라."

가ᄎᆔ 니ᄅᆞᄃᆡ,

"네 임의 이리 말ᄒᆞ량이면 ᄯᅩᄒᆞᆫ 쥬션ᄒᆞ기 용이(容易)ᄒᆞ리라. 너의 쟝부의 명ᄧᆞᄂᆞᆫ 무어시라 부ᄅᆞᄂᆞ냐?"

【62】 쟝금개 니ᄅᆞᄃᆡ,

"내 져의 명ᄧᆞ를 아지 못ᄒᆞ노라."

가ᄎᆔ 니ᄅᆞᄃᆡ,

"셩은 무어시뇨?"

금개 이윽히 ᄉᆡᆼ각다가 니ᄅᆞᄃᆡ,

"대개 셩이 최개(崔家)니라."

가ᄎᆔ 듯고 우ᄉᆞ며 니ᄅᆞᄃᆡ,

"엇지 져의 쟝부의 셩도 모ᄅᆞ고 도로혀 대개 최가라 말ᄒᆞᄂᆞ뇨? 이 ᄀᆞᆺ틀진대 너의 일쟝 고쟝이 태반(太半)이나 ᄯᅩᄒᆞᆫ 거ᄌᆞᆺ말이로다."

금ᄀᆡ 챡급(着急)ᄒᆞ여 니ᄅᆞᄃᆡ,

"남의 일개 녀히ᄌᆞ로 뎡혼ᄒᆞᄆᆡ 이시나 엇지 쟝부의 셩명을 능히 탐지(探知)ᄒᆞ여 알니오?"

가ᄎᆔ 웃고 니ᄅᆞᄃᆡ,

"임의 셩명을 탐지【63】키 어려오면 엇지 ᄯᅩᄒᆞᆫ 대개 셩이 최가믈 아ᄂᆞ뇨?"

금개 니ᄅᆞᄃᆡ,

"이ᄂᆞᆫ ᄯᅩᄒᆞᆫ 연고(緣故)이시니 당일 져 집의셔 빙례(聘禮) 보낼 ᄣᅢ의 우리 거게(哥哥) 곳 날노 더브러 ᄀᆡ롱ᄒᆞ여 지져괴거ᄂᆞᆯ 내가 대단이 챡급ᄒᆞ여 져를 향ᄒᆞ여 한 번 혀를 찻더니 우리 거게 니ᄅᆞᄃᆡ, '너의 구가의 셩이 최가믈 알니로다.

178) 【말깃】 명 말깃. ¶ 挿嘴 ‖ 진죵이 겻ᄒᆡ 잇다가 말깃 다라 니ᄅᆞᄃᆡ (秦鍾在傍挿嘴道.) <續紅 9:59> ⇒ 말겻ᄎᆞ

179) 【들네다】 동 들레다. 큰소리로 떠들다. 시끄럽게 하다. ¶ 胡攪 ‖ 풍연이 니ᄅᆞᄃᆡ 너ᄂᆞᆫ 즁간의 잇셔 공연이 들네지 말나 (馮淵道: "你莫在頭胡攪.") <續紅 9:59>

네가 나롤 향ᄒ여 혀ᄎᄂᆫ 쇼리가 최呕 음 ᄀᆺ도
다 ᄒ기로 내 겨유 최가믈 아랏노라."

졔인이 일졔히 웃더라. 풍연이 니ᄅ더,

"이 ᄀᆺᄐ면 더욱 용이ᄒ도다. 【64】 다만
셩이 최가오, 져의 부친이 슈비(守備) 벼슬을 지
내여시면 곳 너의 쟝뷔로다."

금개 니ᄅ더,

"너의 무리ᄂᆫ 나롤 쇽이지 말나. 내 져의
모양을 아노라."

진종이 쳥파의 박슈(拍手)ᄒ고 우ᄉ며 니
ᄅ더,

"셩명은 도시 아지 못ᄒ고 도로혀 모양은
아랏시니 이ᄂᆫ 반ᄃᆺ시 녀의 무리 량인이 일즉
무ᄉᆫ 말이 잇도다."

금개 니ᄅ더,

"너ᄂᆫ 공연이 침노치 말나. 네게 ᄌ셰히
말ᄒ리라. 당일의 우리 모친이 져와 셔로 보려
ᄒᄆ로 져롤 쳥ᄒ여 와 【65】 방으로 드러와 안
ᄌ시미 내가 챵 구무180)로 잠간 보왓노라."

ᄒ니 즁인이 모다 웃더라. 풍연이 니ᄅ더,

"임의 이리 말홀진디 우리 무리 리일 곳
너롤 위ᄒ여 이 사롬을 ᄎ줄 거시니 만일 진개
네 쟝부롤 ᄎᄌ량이면 네 가히 다른 말을 못ᄒ
리라."

금개 니ᄅ더,

"너의 무리 과연 져롤 ᄎᄌ내면 내 ᄃᆺ시
너의 말디로 죠ᄎ리라."

풍연이 니ᄅ더,

"임의 이러ᄒ면 녀금ᄌ(女禁子)ᄂᆫ 와셔 이
쇼져의 잠은 거슬 열고 관미(官媒) 왕마마(王媽
媽) 집으로 보내여 머 【66】 믈게 ᄒ디 져로 ᄒ
여곰 다반을 죠히 공급ᄒ고 죠곰도 태만이 구지
말며 멋 량 은ᄌ롤 쓴 후의 져로 ᄒ여곰 이 곳
의 와셔 밧게 홀 거시니 너의 무리ᄂᆫ 곳 가라."

녀금지 샬니 져롤 위ᄒ여 잠은 거슬 열고
숀을 닛글고 스스로 가더라. 가쥐 풍연을 향ᄒ
여 우ᄉ며 니ᄅ더,

"공ᄉ(公事)ᄂᆫ 맛쳐시니 맛당히 너ᄂᆫ ᄉᄉ

---

180) 【구무】 圐 구멍. ¶ 眼兒 ‖ 어름 녹아 당일
의 우리 모친이 져와 셔로 보려ᄒᄆ로 져롤 쳥
ᄒ여 와 방으로 드러와 안ᄌ시미 내가 챵구무
로 잠간 보왓노라 (當日我母親要相看他, 所以把
他請進臥房裡來坐,　我是從窓戶眼兒裡看見的.)
<續紅 9:65> ⇒ 굼, 궁ㄱ, 쑹ㄱ

(私事)롤 말ᄒ라."

풍연이 ᄯᅩᄒ 웃고 니ᄅ더,

"쟉일(昨日)의 우연이 쳥루(靑樓)의 가셔
한 번 노닐다가 한 녀ᄌ롤 만나보니 졔가 젼셩
의 량가(良家) 【67】 ᄌ녀로 셩픔이 음난(淫亂)ᄒ
거슬 인ᄒ여 죽은 후의 그 죄로 쳥루의 기녜 되
여시디 관(館)의 니론 지 오러지 아니므로 비파
타ᄂᆫ 거시 오히려 익지 못ᄒ지라. 이러므로 졉
긱(接客)지 못ᄒ더니 쇼뎨 져의 아롬다온 모양
을 ᄉ랑ᄒ여 져롤 엽[영]졉ᄒ여 집으로 와 쟉쳡
(作妾)ᄒ고ᄌ ᄒ미 져도 ᄯᅩᄒ 원ᄒ나 다만 졔가
관기(官妓)라 ᄯᅩᄒ 모롬즉이 노야긔 고ᄒ여 칙
ᄌ의 졔명(除名)ᄒ여야 바야흐로 온당홀지라. 내
졍히 진경경(秦鯨卿)으로 더브러 샹 【68】 의ᄒ
여 대야긔 간쳥(懇請)ᄒ려 ᄒ엿더니 쳔만의외(千
萬意外)에 대야 오시미 이러툿 공교(工巧)ᄒ니
진실노 쇼뎨의게 다힝ᄒ미로다. 쇼시(小廝)야,
와셔 쥬셕을 다시 버리고 시낭ᄌ롤 쳥ᄒ여 나와
대야롤 위ᄒ여 숀으로 한 잔을 밧들게 ᄒ라."

ᄒ니 쇼시 답응ᄒ고 급히 남은 쥬셕을 가
져 거두고 신션ᄒ 쥬효(酒肴)로 밧고거놀 풍연
이 믄득 가쥬의게 샹좌(上坐)롤 ᄉ양ᄒ고 ᄌ긔
와 다믓 진종이 더면ᄒ여 뫼시고 술을 부어와
한 슌(巡)을 마 【69】 실 시 진종이 믄득 쇼리롤
놉혀 블너 니ᄅ더,

"하고낭(夏姑娘)아, 밧비 나아오라. 외양을
출히지 말지니 대야ᄂᆫ 외인이 아니라."

ᄒ고 졍히 말홀 ᄶᅵ의 믄득 일진 향풍(香
風)이 닐며 일위 미인이 셔고(書庫) 뒤흐로 죠ᄎ
나오거놀 풍연이 가쥬롤 가ᄅ쳐 니ᄅ더,

"이 분은 곳 대노야(大老爺)의 쇼애(小爺)
니 밧비 나와 졀ᄒ여 뵈오라."

그 부인이 듯고 우홀 향ᄒ여 경경(輕輕)히
쳥안ᄒ고 겨유 무릅흘 ᄭᅮᆯ녀 ᄒ미 가쥬 니러나
막ᄌ라 니ᄅ더,

"다만 샹례(常禮)로 힝ᄒ라."

ᄒ 【70】 니 그 부인이 듯고 다만 ᄯᅩ 두 번
쳥안ᄒ며 믄득 술병을 가져와 미인(每人)의게
한 잔식 붓고 겨유 풍연의게 갓가히 안졋더니
쇼시 촉블을 혀오거놀 가쥬 촉하의 ᄌ셰히 그
부인을 한 번 보니 과연 팔구 분 ᄌ식(姿色)이
잇ᄂᆫ지라.

이의 우ᄉ며 니ᄅ더,

"고낭의 귀셩(貴姓)이 무엇고?"

그 부인이 쇼리롤 나죽이 ᄒ여 니ᄅ디,

"셩이 하가(夏家)로라."

가쥐 ᄯ 무ᄅ디,

"좃다온 일홈이 무어시뇨?"

부인이 ᄯ 니ᄅ디,

"쳔ᄒᆫ 일홈은 금계(金桂)로라."

가쥐 웃【71】고 다시 무러 니ᄅ디,

"싱젼의 쟝뷔 잇더냐 업더냐?"

그 부인이 듯고 얼골이 븕어 쇼리롤 나죽이 ᄒ여 니ᄅ디,

"업노라."

진죵이 니ᄅ디,

"네가 싱젼의 호음(好淫)ᄒ다 니ᄅ더니 원리 쟝뷔 업스니 다만 들고기만 죠하 먹엇느냐? 가셕(可惜)도다. 우리 량인이 싱젼의 엇지 만나지 못ᄒ엿던고?"

ᄒ니 원리 이 부인은 뉜고? 곳 셜반(薛蟠)의 쳐 하금계(夏金桂)니 독약을 베푸러 가마니 향릉(香菱)을 해ᄒ려 ᄒ다가 그릇 ᄌ긔 셩명을 샹ᄒᆫ지라. 넘왕이 져의 싱젼【72】의 호음ᄒᆷ믈 인ᄒ여 져롤 벌ᄒ야 쳥루의 기녀롤 숨으미 다만 비파타기와 노리부ᄅ기의 익지 못ᄒ여 오히려 졉긱(接客)지 못ᄒ엿더니 일일은 우연이 풍연으로 더브러 셔로 만나 피ᄎᆞ(彼此) 이모지졍(愛慕之情)이 이시나 풍연이 쳥루의 왕리ᄒ기 블편ᄒ므로 집으로 다려와 속량(贖良)ᄒ여 쟉쳡ᄒ려 ᄒ여시미 다만 풍연의게 말을 드러가쥐 본관(本官)의 쇼애(少爺)롤 아디 계가 곳 셜반의 표형(表兄)인 줄을 아지 못ᄒ엿다가 이졔 가쥐 져【73】의 쟝부 무ᄅ믈 보고 디답기 어려온지라. 다만 모호히[181] 응답ᄒ여, '쟝뷔 업노라.' ᄒ더라. 가쥐 져의 풍졍(風情)이 유탕(遊蕩)ᄒ믈 보고 ᄯᅩᄒᆫ 졍을 금치 못ᄒ여 웃고 니ᄅ디,

"네 챵ᄒᆯ 줄 아느냐?"

하금계 듯고 ᄲ이 븕어 니ᄅ디,

"본디 쳥루의 니른지 오리지 아니ᄒ여 오히려 챵을 비호지 못ᄒ엿노라."

가쥐 웃고 니ᄅ디,

"엇지 이럴 니 이시리오? 너 ᄀᆞᆮ튼 이런 총명ᄒᆫ 사롬이 한두 곡죠도 비호지 못ᄒ엿다 니ᄅ기 어렵도다."

하금계 웃【74】고 니ᄅ디,

"하로 남ᄌᆞ시 비화시미 겨유 두 곡죠롤 아랏시나 사롬의 앏히셔 붓그러워 부ᄅ지 못ᄒ노라."

가쥐 웃고 니ᄅ디,

"묘ᄒ도다. 네 무슨 두 곡죠롤 아느뇨? 블너 날노 ᄒ여곰 듯게 ᄒ라."

하금계 니ᄅ디,

"하나흔 푸러 여지 못ᄒ는 련환구(連環扣)오, 하나흔 가쟝 번뇌ᄒᆫ 춘삼월(春三月)이라."

가쥐 듯고 머리롤 흔드러 니ᄅ디,

"죠치 아니타. 이 두 곡죠는 내가 모다 ᄉᆞ랑ᄒ여 듯지 아니ᄒ느니 나는 다만 ᄉᆞ랑ᄒ여 듯는 거슨 풍아괄(風兒刮)이란【75】곡죄니 네 아느냐 아지 못ᄒ느냐?"

하금계 듯고 ᄲᆞᆷ을 븕히고 머리롤 슉여 옷고름을 잡아 희롱ᄒ거늘 진죵이 우스며 니ᄅ디,

"풍대거(馮大哥)야, 너는 드ᄅ라. 대애 너의 져 사롬으로 ᄒ여곰 풍아괄(風兒刮)을 부르게 ᄒ는다. 나는 ᄯᅩ 져의 아마 브ᄅ는 거슬 드롤지니 계 만일 아지 못ᄒ거든 도로혀 아릿다온 쇼리와 고은 긔운으로 친친(親親)이라 부ᄅ는 거시 듯기의 곳 죠흐리로다."

풍연이 져 량인의 희학(戲謔)ᄒ믈 보고 밧비 막ᄌᆞᄅ며[182] 웃고 니ᄅ디,

"오늘【76】은 하놀이 ᄂᆞ졋고 쇼뎨의 우거(寓居)ᄒ는 곳은 곳 아문(衙門) 뒤히라. 만일 비파롤 타다가 져허컨디 노애 드ᄅ시고 무ᄅ면 디답ᄒ기 어렵도다. 대애 임의 고흥(高興)으로 져롤 ᄉᆞ랑ᄒ시면 내가 리일 쇼연(小宴)을 베프러 셩외(城外) 망호뎡(望湖亭)의 가 ᄯᅩ 몃 개 비파 타는 사롬을 블너 ᄆᆞ음디로 죵일 열요(熱鬧)ᄒ리라. 리일은 아모 공ᄉᆞ(公事)도 업스니 곳 진경경(秦鯨卿)을 쳥ᄒ여 뫼시려니와 ᄯᅩ 대야의 큰 힘을 비러 쇼뎨롤 위ᄒ여 이 일을 셩취케 ᄒ시

---

181)【모호히】⊞ 모호(模糊)히. ¶ 含糊 ∥ 다만 모호히 응답ᄒ여 쟝뷔 업노라 ᄒ더라 가쥐 져 의 풍졍이 유탕ᄒ믈 보고 ᄯᅩᄒᆫ 졍을 금치 못ᄒ 여 웃고 니ᄅ디 (只得含糊答應說沒有. 賈珠見他 風情流蕩, 眉目動人, 也覺情不自禁, 乃笑問道.) <續紅 9:73>

---

182)【희학ᄒ다】⊞ {희학(戲謔)하다.} 농지거리하다. ¶ 戲謔 ∥ 풍연이 져 량인의 희학ᄒ믈 보고 밧비 막ᄌᆞᄅ며 웃고 니ᄅ디 (馮淵見他人更番戲謔, 忙欄着笑道.) <續紅 9:75>

면 슐병【77】을 가져다가 대야긔 한 잔을 공경
ᄒ리라.”

가쥐 쳥파의 흡흡대쇼ᄒ여 니ᄅ디,

“노풍(老馮)아, 챡급(着急)ᄒ여 쵸롤 먹으려
ᄒᄂ냐? 내 엇지 즐겨 남의 스랑ᄒᄂ 믈건을 아
스리오? 임의 나롤 러일의 쳥ᄒ니 나도 오ᄂᆯ 일
이 잇ᄂ지라. 잠간 니별(離別)을 고ᄒ고 너의 무
리의게 스양ᄒ여 죠히 일야(一夜)롤 즐기게 ᄒ
리라. 진경경아, 너도 나롤 ᄯ라 도라가미 죠토
다.”

진죵이 웃고 니ᄅ디,

“오ᄂᆯ은 나의 번(番)이 아니라. 고노애 ᄯ
ᄒ 나롤 부ᄅ지 아니시리【78】니 너의 노인내
야 날노 ᄒ여곰 이곳의 잇셔 다시 여러 잔 슐을
먹고 져의 량인이 동방(洞房)으로 드러가ᄂ 거
슬 보고 도라가게 ᄒ라.”

가쥐 ᄯᄒ 웃고 니ᄅ디,

“젹은 진납이 ᄶ야, 네 엇지 이처럼 츔을
곳 홀니ᄂ뇨?”

ᄒ니 즁인이 일졔히 대쇼ᄒ더라. 가쥐 그
계야 방문으로 ᄯ라 나올 시 진죵과 풍연 량인
이 일죽 대문(大門)의 보내여 나아와 공슈(拱手)
ᄒ고 리별ᄒ니라.

13

포형뎨샹봉블샹식 친고질완취허완인
胞兄弟相逢不相識 親姑侄完聚許完姻

지셜, 가쥬 풍연의 우쇼(寓所)로 죠ᄎ 아문
의 도라오미 일이 쏘흔 공교히 되여 림공(林公)
【79】이 맛춤 최판관(崔判官)의 쥬셕(酒席)의
갓다가 오히려 도라오지 아냣ᄂ지라. 가쥬 샹방
(上房)으로 나아가미 다만 보니 가부인(賈夫人)
이 림공 기다리믈 위ᄒ여 캉 우희셔 옷 닙은 치
가미(假寐)ᄒ거놀 가쥬 ᄎ환(丫鬟) 무리를 향ᄒ
여 손짓ᄒ고 곳 일즉히 가모(賈母)의 방중으로
오니 가뫼 오히려 ᄌ지 아니ᄒ고 졍히 원앙(鴛
鴦)으로 더브러 쟝가(張家) 녀힌ᄌ(女孩子)의 고
쟝(故障)ᄒ 일을 의론ᄒ다가 가쥬 드러오믈 보
고 블승환희(不勝歡喜)ᄒ여 샐니 무르디,

"ᄉ졍을 온당이 판단ᄒ엿ᄂ냐?"

가쥬【80】 곳 가모의 겻희 ᄀᆺ가히 가 무릅
흘 ᄭᅳᆯ고 안즈 쇼리를 나즉이 ᄒ여 니르디,

"심히 온당이 ᄒ엿시디 다만 그 슈비(守備)
의 아들이 햐락(下落)이 업고 쏘 져의 명ᄶᆞ를
무어시라 부ᄅᆫᄂ지 아지 못ᄒ니 만일 져를 ᄎᄌ
면 쟝가 녀힌지 ᄉᄉ히 순죵(順從)ᄒ려니와 만
일 ᄎ인을 ᄎᄌ내지 못ᄒ면 도로혀 져기 말이
되리니 졔가 니르디, 져는 녀힌지라. 쟝뷔 업ᄉ

면 엇지 셰월을 지내리오."

가뫼 쳥파(聽罷)의 웃고 니르디,

"이 젹은 즘싱아, 도【81】로혀 이런 ᄉ단
(事端)이 이시니 단졍코 녀셔(女婿)를 ᄎᄌ려 ᄒ
면 엇지 어렵지 아니ᄒ랴?"

가쥐 졍히 디답고져 ᄒ더니 다만 드르미
봉졔(鳳姐) 안흐로셔 바올을 들고 밧글 향ᄒ여
블너 니르디,

"원앙져져(鴛鴦姐姐)야, 네 대거거(大哥哥)
의게 무러 보라. 진죵을 시겨 모양을 ᄭᅮ며 슈비
의 ᅌᅡ들을 민드러 져를 속이면 가히 쓰깃ᄂ냐
쓰지 못ᄒ깃ᄂ냐?"

가쥐 쳥파의 웃고 니르디,

"엇지 쓰리오? 다만 진죵이 임의 지릉ᅌᅵ
(智能兒)의게 쟝가들 ᄲᅮᆫ 아니라 ᄒᄀᆯ며 쟝【82
】가(張家) 녀힌지 져의 쟝부의 모양을 아ᄂ니
엇지 져를 속이리오?"

봉졔 바을 안희셔 ᄭᅮ지져 니르디,

"넘치업ᄂ 젹은 즘싱아, 임의 모양을 알량
이면 엇지ᄒ여 ᄌ긔가 셔셔히 찻지 아니ᄒ고 지
금 거즛말을 가져 사름을 억륵(抑勒)으로 ᄒᄂ
뇨? 쏘 져의 어믜 일홈과 셩을 아지 못ᄒ니 사
름으로 엇지 져를 디신ᄒ여 ᄎᄌ리오?"

가쥐 밧긔셔 듯고 우ᄉ며 디답ᄒ여 니르
디,

"이심낭(二嬸娘)아, 챡급지 말나. 우리 러일
풍셔판(馮書判)으로 더브【83】러 샹량ᄒ여 별
노이 법을 ᄉᆡᆼ각ᄒ여 판단ᄒ미 곳 올토다."

가뫼 쏘흔 웃고 니르디,

"봉챠두야, 챡급지 말나. 우리 무리 다만
이 일을 가져 너의 대거거의게 붓쳐 두면 곳 결
말홀 거시니 너는 다만 우리 량인의 오늘 난호
와 온 즘믈(什物) 샹ᄌ룰 열고 삼쳔 량 은ᄌ룰
내여 러일 원앙을 시겨 너의 대거거의게로 보내
라. 다른 ᄉ졍은 우리 모녀 무리 일졀(一切) 아
른 쳬 아닐지니 너의 대거게 쥬션ᄒ기룰 온당치
아니케 ᄒ면【84】내 져룰 ᄭᅮ짓나 ᄭᅮ짓지 아니
ᄒ나 네 보라."

가쥐 듯고 련망히 우ᄉ며 니러나 니르디,

"노태태ᄂ 다만 방심(放心)ᄒ라. 은ᄌ(銀子)
ᄂ 원리 즁흔 믈건이니 임의 너의 노인내 즐겨
은ᄌ룰 내면 다른 일이라도 쏘흔 죠히 쥬션ᄒ리
라. 텬하의 건너지 못ᄒᄂ 하쉬(河水) 이시리오?

144

우리 리일 다만 져를 디신ᄒ여 찻기를 허락ᄒ면
곳 죠흐리라."

가뫼 텽파의 만심환희(滿心歡喜)ᄒ여 졍히
말ᄒ고져 ᄒ더니 홀연 드르미 젼면(前面)의셔
취타(吹打)ᄒ고 문【85】을 열거늘 믄득 림공이
도라오는 줄 알고 가쥐 련망히 하직고 마즈 나
올 시 겨유 샹방의 니르미 림공이 임의 드러오
는지라. 드디여 림공으로 더브러 한 지위 한담
(閑談)ᄒ고 겨유 즈긔 방즁의 도라오미 친근이
ᄉ환(使喚)ᄒ는 쇼시 잇셔 뫼셔 의복을 벗기고
샹의 올나 평안이 쉴 시 벼개 우희셔 번복(飜
覆)ᄒ미 능히 잠을 일우지 못ᄒ더니 곳 삼경 ᄳ
의 비로쇼 즈다가 이튼날 일고삼쟝(日高三丈)이
되여 바야흐로 ᄶ여 니러나 옷닙기【86】를 맛
치미 다만 보니 진종이 희희히 웃고 다라와 니
르디,

"대슉(大叔)아, 공희(恭喜), 공희ᄒ노라! 쟝
가 녀ᄒ의 쟝뷔 하락이 잇도다."

ᄒ거늘 가쥐 듯고 경희(驚喜)ᄒ여 니르디,
"네 어디셔 쇼식을 어덧ᄂ냐?"

진종이 웃고 니르디,

"쟉야의 내 일족 집의 도라가지 아니코 곳
노풍의 집의 잇셔 져와 일야를 짓거렷노라. 우
리 대슉을 보내여 간 후의 큰 완(碗)으로 슐을
먹을 시 노풍을 난취(爛醉)케 먹여 동방(洞房)의
나아가 벼긔의 누어 움죽이지 못ᄒ엿더【87】 니
뉘 알니오 노풍은 노간거활(老奸巨滑)이라. 벼개
를 붓들고 블너 니르디, '진경경(秦鯨卿)아, 외간
집 쇽 셔탑(書榻) 우희 한 벌 가히 볼 칙이 이
시니 너는 나를 디신ᄒ여 가져오라.' ᄒ거늘 내
곳 진졍인 줄 알고 겨유 져의 문 밧긔 나오미
다만 드르니 방 쇽의셔 징연 일셩의 문고리를
거더라."

가쥐 듯고 흡흡대쇼ᄒ여 니르디,

"젹은 진납이야, 네 ᄯ흔 너모 춤을 흘니
눈도다."

진종이 웃고 니르디,

"져의가 나를 쇽엿시미 내 엇지 즐겨 져를
용【88】 셔ᄒ리오? 내 곳 져의 집 외간의 노힌
일좌(一座) 죽샹(竹床)을 가져 져의 누은 판벽
(板壁) 뒤히 옴겨 노코 그 우희 누어 져의 동졍
을 듯다가 닭이 울미 내 겨유 잠드럿더니 오늘
쳥신(淸晨)이 니러나 한 번 방문을 열고 곳 나

를 찻거늘 내 다만 니르디, '졔 나를 치고져 ᄒ
는가.' ᄒ여 놀나 다라나고즈 ᄒ엿더니 졔 도로
혀 나를 블너 머무르고 날노 ᄒ여곰 샬니 도라
와 대슉긔 말ᄒ디, '쟝금가의 쟝부의 햐락(下落)
을 지금 우리 져 사름이 ᄯ흔 안다.' ᄒ라."

가【89】 쥐 듯고 환희ᄒ여 니르디,

"이는 ᄯ흔 긔괴(奇怪)ᄒ도다. 졔가 엇지
능히 아ᄂ뇨?"

진종이 니르디,

"노풍이 말ᄒ디, '쟉야의 져의 죵용이 슈쟉
ᄒ다가 우리 등의 쟝가(張家) 녀ᄒ즈(女孩子) 심
문(審問)ᄒ는 일을 졔괴ᄒ미 져의 일인이 말ᄒ
디, 졔가 젼일 쳥루의 이실 ᄣ의 일즉 일개 년
경ᄒ 공즈를 만나니 일홈을 최문셰(崔文瑞)라
부르고 져의 부친이 슈비 벼술을 지내여시며 져
를 위ᄒ여 뎡ᄒ 식부는 쟝향환(張鄕宦)의 집 ᄉ
고낭(四姑娘)이러니 사름이 잇셔 져의 혼ᄉ【90
】를 타파(打破)ᄒ지라. 져의 식뷔(媳婦) 구가(舅
家)의 오지 못ᄒ고 즈쳐(自處)ᄒ여 죽고 져도 ᄯ
흔 의를 죠ᄎ 죽엇다 ᄒ니 일노ᄡ 볼진디 이 쟝
금가의 쟝뷔 아니냐?' ᄒ더라."

가쥐 샬니 무러 니르디,

"졔가 가히 이 사름의 머무는 곳을 알깃ᄂ
냐?"

진종이 니르디,

"내 ᄯ흔 져다려 무러 왓노라."

노풍이 말ᄒ디,

"졔가 안다 ᄒ디 곳 쳥루의셔 샹게 머지
아니ᄒ여 일좌(一座) 관졔묘(關帝廟)가 이시니
이 최샹공(崔相公)이 곳 그 묘즁의셔 머믄다 ᄒ
더라."

가쥐 듯고 한 번 손벽치며 웃고 니르디,

"극히【91】 묘ᄒ도다. 극히 묘ᄒ도다. 내
이 일을 위ᄒ여 일야를 쥬져(躊躇)ᄒ엿더니 엇
지 알니오? 이런 공교ᄒ미 잇도다. 너는 노풍긔
말ᄒ라. 졔가 쟉야의 도로혀 즈랑ᄒ디 져의 져
일인이 도시 졉긱ᄒ미 업다 ᄒ더니 오늘 쳣 밤
의 곳 최샹공을 안다 복쵸(服招)ᄒ엿도다."

진종이 웃고 니르디,

"내가 져의 모양을 보니 곳 져로 ᄒ여곰
최샹공을 아지 못ᄒ다 ᄒ여도 ᄯ흔 반ᄃ시 개봉
(開封) 아니ᄒ 믈건이 아니로다."

가쥐 웃고 니르디,

"그러ᄒᆞ여도 그만두고 그러치 【92】 아냐도 그만두라. 쇽어(俗語)의 니ᄅᆞ미 죠토다. '향긔로온 기름의 ᄡᆞᆫ나믈을 셧거도 각인(各人)의 ᄆᆞᄋᆞᆷ의 다 ᄉᆞ랑ᄒᆞᆫ다' ᄒᆞ니 다만 노풍으로 ᄒᆞ여곰 각인의 ᄉᆞ랑ᄒᆞᄂᆞᆫ 양으로 알니로다. 우리 무리와 무어시 샹관이 되리오? 졔가 쟉일의 고흥(高興)을 발ᄒᆞ여 말ᄒᆞ여 말ᄒᆞ되, '우리ᄅᆞᆯ 쳥ᄒᆞ여 셩외 망호뎡(望湖亭)의 가 하로ᄅᆞᆯ 즐기즈 ᄒᆞ더니 필경 이 거즛말이냐? ᄯᅩᄒᆞᆫ 진졍의 말이냐?"

진종이 니ᄅᆞ되,

"이ᄂᆞᆫ 진졍으로 쳥ᄒᆞ미니 이즈음을 지내여 북을 【93】 두 번 치면 졔가 곳 아문의 와 고노야긔 ᄉᆞ후(伺候)ᄒᆞ여 문셔(文書)의 슈결(手決) 두고 우리 두 스름을 약회(約會)ᄒᆞ여 한가지로 셩외로 나아가려 ᄒᆞᄂᆞ니라. 오늘 일죽이 교즈(轎子)ᄅᆞᆯ 셰내여 져의 져 일인을 가져 망호뎡으로 보내여 기다리게 ᄒᆞ고 ᄯᅩ 가인을 시겨 쥬셕을 판비(辦備)ᄒᆞ여 가ᄂᆞ니라."

가쥐 웃고 니ᄅᆞ되,

"죠토다. 임의 졔가 진심으로 우리ᄅᆞᆯ 쳥ᄒᆞᆯ진디 우리도 ᄯᅩᄒᆞᆫ 져의 아름다온 ᄯᅳᆺ을 져바리지 말지라. 너는 셔셔히 나아가 반우 【94】 안(潘又安)의게 고ᄒᆞ여 져로 ᄒᆞ여곰 우리 집의 챠ᄅᆞᆯ 가져 메여 예비(豫備)ᄒᆞ엿다가 노풍 오기ᄅᆞᆯ 기다려 우리 무리 한 가지로 ᄎᆞ(車)의 안져 셩의 나가는 거시 죠치 아니랴?"

진종이 답응ᄒᆞ고 ᄯᅩ 안즈 이윽히 다른 말 ᄒᆞ다가 바야흐로 가더라. 가쥐 쇼시ᄅᆞᆯ 블너와 샹즈ᄅᆞᆯ 열고 한 벌 시 옷슬 내여 닙고 ᄯᅩ 일봉 쇼원과즈(蘇元鍋子)ᄅᆞᆯ 내여 쇼시ᄅᆞᆯ 명ᄒᆞ여 가져 뼈 샹급(賞給)ᄒᆞ기ᄅᆞᆯ 편케 ᄒᆞ더라. 언마 못되여 림공이 문셔의 슈결(手決)을 두고 후당 【95】 의 도라올 시 가쥐 믄득 림공의게 셩의 나아가 노닐믈 품ᄒᆞᆫ디 림공이 막지 못ᄒᆞ여 다만 말ᄒᆞ되,

"일죽 가셔 일죽 도라오고 다ᄉᆞ(多事)히 구지 말나."

ᄒᆞ니 이의 가쥐 진종을 다리고 의문(儀門) 밧긔 다라나와 바라보미 풍연이 일죽 그곳의 잇셔 기다리ᄂᆞᆫ지라. 삼인이 일졔히 ᄎᆞ의 오ᄅᆞ미 ᄎᆞ뷔(車夫) 모을고 원문(轅門)으로 나아갈 시 가쥐 슐위 우희셔 풍연다려 무ᄅᆞ되,

"노풍아, 네 쟉일의 말ᄒᆞ되, '너의 져 일인이 도시 졉긱ᄒᆞ미 업다.' ᄒᆞ더니 졔가 【96】 ᄯᅩ 어디로 죠ᄎᆞ 최슈비(崔守備)의 아들을 아랏느냐? 이 아니 네가 져ᄅᆞᆯ 위ᄒᆞ여 억탁으로 졍경(正經)의 사롬으로 츙슈(充數)ᄒᆞ미냐?"

풍연이 웃고 니ᄅᆞ되,

"대야는 엇지 반드시 내 이 말을 힐난(詰難)ᄒᆞᄂᆞ뇨? 념왕이애 말ᄒᆞ되, '졔가 싱젼의 음난ᄒᆞ다.' ᄒᆞ여 그러므로 벌ᄒᆞ여 쳥루의 들게 ᄒᆞ여시니 너도 싱각ᄒᆞ라. 텬하(天下)의 호음(好淫)ᄒᆞᄂᆞᆫ 황화녀(黃花女)가 잇느냐? 블과시 졔가 붓그려 즐겨 져의 쟝부(丈夫)의 셩명과 다못 져의 호음ᄒᆞᆫ 실젹(實積)을 니ᄅᆞ지 아니미니 【97】 네 날다려 져의 낡은 믈건인 줄 아지 못ᄒᆞ다 니ᄅᆞᄂᆞ냐? 나ᄂᆞᆫ 블과 져의 풍류미모(風流美貌)ᄅᆞᆯ ᄉᆞ랑ᄒᆞ므로 스셔 쳡을 숨으려 ᄒᆞ엿시니 무비락(無非樂)을 취ᄒᆞᄂᆞᆫ 의ᄉᆡ(意思)라. 셩인이 니ᄅᆞ시되, '사롬이 몸을 졍ᄒᆞ게 나오거든 그 졍ᄒᆞᆫ 거슬 허여ᄒᆞ고 그 가ᄂᆞᆫ 거슬 보젼치 못ᄒᆞ다.' ᄒᆞ시리라."

졍히 말이 이의 니ᄅᆞ더니 다만 드ᄅᆞ미 진종이 대쇼(大笑)ᄒᆞ여 니ᄅᆞ되,

"풍대거야, 너의 이 귀결 말이 심히 유리(有理)ᄒᆞ도다. 이후의 졔가 ᄯᅩ 나ᄅᆞᆯ 보거든 우리 량인이 【98】 ᄯᅩᄒᆞᆫ 그 말을 니ᄅᆞ혀 낼 거시니 져ᄂᆞᆫ 맛당히 말ᄒᆞ되, '여기진야(與其進也)오, 블여기퇴애(不與其退也)라.' ᄒᆞ리니 너ᄂᆞᆫ 진개 일개 군ᄌᆞ(君子)로다."

풍연이 밋쳐 답지 못ᄒᆞ여 가쥐 ᄭᅮ지져 니ᄅᆞ되,

"네 ᄯᅩ 혼잡히 입부리ᄅᆞᆯ 놀니ᄂᆞᆫ도다. 노풍아, 너는 져ᄅᆞᆯ 아른 체 말고 너는 네 말만 ᄒᆞ라. 졔가 필경 최가 셩(姓) 가진 이로 더브러 연괴 잇느냐 업느냐?"

풍연이 웃고 니ᄅᆞ되,

"쟉야의 나도 ᄯᅩᄒᆞᆫ 이 모양으로 졔게 무럿더니 뉘 알니오 졔 말ᄒᆞ되, '이 최공ᄌᆞᄂᆞᆫ 일긔 【99】 졍인군ᄌᆞ(正人君子)라. 졔가 원리 의ᄅᆞᆯ 죠ᄎᆞ 죽엇다 말ᄒᆞ니 결단코 즐겨 화류(花柳)ᄅᆞᆯ 탐치 아닐지라. 다만 져의 쳐ᄌᆞᄅᆞᆯ 찻지 못ᄒᆞᆷ을 인ᄒᆞ여 쳐음으로 쳥루의 와 져ᄅᆞᆯ ᄎᆞᄌᆞ려 ᄒᆞ다가 다만 우리 무리로 더브러 한 번 디면ᄒᆞ여 가향(家鄕)이 어늬 곳이며 다못 져의 안히 ᄎᆞᆺᄂᆞᆫ 곡졀을 말ᄒᆞ엿고 다시ᄂᆞᆫ 별일이 업다ᄒᆞ니 너의 무리 만일 밋지 아니커든 최공ᄌᆞᄅᆞᆯ ᄎᆞᄌᆞ 한 번 무

러 보면 곳 알니라."

가쥐 니르티,

"이리 말ㅎ량이면 져【100】최공즈는 가히 스괴옴죽흔 벗이라. 우리 무리 힘뻐 져룰 더신ㅎ여 죠흔 일을 셩취ㅎ미 곳 죠흐니 나의 쥬견(主見)더로 홀진더 망호뎡의 니르러 몬져 죠반(早飯)을 먹고 진경경(秦鯨卿)은 곳 가셔 한 츠례 슈고ㅎ라. 네가 관데묘(關帝廟)의 가셔 최공즈룰 츠즈면 우리 무리는 셔셔히 술을 먹고 너룰 기다리리라. 만일 이 사룸을 츠즈면 쳣지는 사룸의 집 죠흔 일을 셩취ㅎ미오, 둘지는 우리 무리 원통흔 송ㅅ(訟事)룰 결단ㅎ미니 일거량득(一擧兩得)【101】이라. 너의는 니르라. 죠흐냐 죠치 아니냐?"

풍·진 량인이 길희셔 술위룰 련ㅎ고 말을 한가지로 ㅎ여 셩으로 나아가 망호뎡을 향ㅎ여 가더라. 지셜, 가보옥(賈寶玉)과 다못 류샹련(柳湘蓮) 두 사룸이 태허환경(太虛幻境)을 쩌나 힝ㅎ니 아지 못게라 무슴 일이 잇는고? 챠텽하회분히ㅎ라.

[쇽홍루몽續紅樓夢 권지십卷之十]

【1】화셜, 가보옥(賈寶玉)과 다못 류샹련(柳湘蓮) 두 사룸이 태허환경(太虛幻境)을 쩌나 므로붓허 곳 죠흔 노시룰 셰내여 타고 량명(兩名) 쇼태감(小太監)을 거느리고 여러 날 힝ㅎ더니 일일은 풍도(酆都) 근쳐 이십 리 포(鋪)의 니르러 쥬막의셔 머믈 시 샹련이 보옥을 향ㅎ여 니르티,

"지금 모츈(暮春) 텬긔(天氣)의 화류(花柳)가 명미(明媚)흔디 우리 무리 다만 길의 분치(奔馳)ㅎ고 잠간도 노니지 못ㅎ【2】엿더니 오늘 임의 이십 리 포의 니르미 풍도셩(酆都城)의셔 머지 아니ㅎ지라. 나의 쥬션더로 홀진더 몬져 쇼태감 무리룰 보내여 노시와 힝리(行李)룰 거느려 셩의 드러 햐쳐(下處)룰 찻게 ㅎ고 우리 량인은 시오술 밧고와 닙고 셔셔히 노닐며 힝ㅎ여 쏘흔 져의 명부(冥府) 경치가 가히 양셰(陽世)로 더브러 갓고 갓지 아닌 거슬 구경흔이만 ㅈ지 못ㅎ니 네 뜻의 엇더ㅎ뇨?"

보옥이 듯고 환희(歡喜)ㅎ여 니르티,

"이러ㅎ면 심히 묘ㅎ도다. 우리 무리 겸【3】쇼이(店小二)룰 블너다가 져의 이곳의 무슨 열요(熱鬧)흔 경치 잇는 곳이 잇느냐 ㅎ여 뭇기룰 명빅히 흔 후의 즉시 가셔 구경ㅎ면 우리 몃 거름 것는 거슬 덜니라."

샹련이 겸두(點頭)ㅎ여 니르티,

"극히 죠토다."

ㅎ고 이의 겸쇼이룰 블너 져다려 무러 니르티,

"가히 무슨 경치 잇는 곳이 잇느뇨?"

겸소이 웃고 니르티,

"두 분 노야(老爺)야, 우리 이 이십 리 포는 원리 젹은 디방(地方)이라. 엇지 무슨 경치 이시리오. 다만 셩의셔 삼 리 남줏흔 곳의 남【4】으로 향ㅎ여 한 곳 갈나진 길이 이시니 그 길노 가면 일좌 망호뎡(望湖亭)이 이시더 앏흐로 큰 믈을 림ㅎ고 뒤흐로 져즈거리룰 통ㅎ미 쵸관진뤼(楚館秦樓) 갓ㄱ지[183]로 다 이시니 우리 풍도의 데일(第一) 승경(勝境)이라 니르느니라. 량위(兩位) 노야는 필경 셩으로 드러가려 ㅎ면 블과 언마 길을 도지 아니ㅎ여도 쏘흔 가히 구경ㅎ리라."

샹·보 량인이 듯고 대희ㅎ여 드디여 쇼태감을 명ㅎ여 노시와 힝리룰 거느리고 몬져 셩의 드러가 졍셜(定設)흔 【5】공관(公館)을 츠즈 셩황(城隍) 아문(衙門)의 다라가 근친(近親)ㅎ기의 편케 ㅎ라 ㅎ고 두 사룸이 시오술 밧고와 닙고 쥬막의 식가(食價)룰 혜여 쥬고 일노의 희희담쇼(嬉嬉談笑)ㅎ고 셔셔히 힝흘 시 언마 못 되여 일죽 바라보미 셩궐(城闕)이 외연(巍然)ㅎ더 남으로 향ㅎ야 과연 한 곳 갈나진 길이 잇는지라. 이인이 드디여 그 길노 말미암아 나아가 겨유 삼리즘[184] 힝ㅎ미 한 뎡지 잇는더 현판(懸板)

---

183) 【갓ㄱ지】團 가지가지. ¶ 俱 ‖ 앏흐로 큰 믈을 림하고 뒤흐로 져즈거리룰 통ㅎ미 쵸관진뤼 갓ㄱ지로 다 이시니 우리 풍도의 데일 승경 이라 니르느니라 (前臨大湖, 後通街市, 楚館秦樓, 樣樣俱全, 算我們酆都第一勝境.) <續紅 10:3>

184) 【-즘】團 ((일부 명사 또는 명사구 뒤에 붙어)) '정도'의 뜻을 더하는 접미사. ¶ 許 ‖ 이인이 드디여 그 길노 말미암아 나아가 겨유 삼리즘 힝ㅎ미 한 뎡지 잇는더 현판 우희 망호뎡

우희 '망호뎡望湖亭' 삼 개 대즈롤 빗기 뼛고 앏히 한 큰 시내히 이시 【6】 더 푸른 믈이 증청(澄淸)ᄒᆞ고 년닙히 푸른 개(蓋)롤 밧든지라. 이 인이 보고 십분 환희(歡喜)ᄒᆞ다가 쏘 보미 뎡즈 가의 다방(茶房)과 쥬스(酒肆)가 버러잇고 뎡즈 우희 여러 탁즈롤 베푸러 챠 먹는 이도 잇고 술 먹는 이도 잇는지라. 샹·보 이인이 뎡즈의 올나가 쏘흔 간졍(乾淨)ᄒᆞᆫ 탁즈롤 갈히여 낫출 디ᄒᆞ여 안잣더니 쥬당지(走堂的) 보고 섈니 두 그릇 챠롤 보내여 오며 쏘 네 가지 과실(果實)을 노흐니 무비과즈(無非瓜子)와 송화(松花)와 힝인(杏仁) 죵류라. 이인이 졍히 챠롤 【7】 먹고 한담(閑談)ᄒᆞᆯ 시 홀연 드르니 일진(一陣) 비파(琵琶) 쇼리 날녀와 귀의 들니거늘 보옥이 손으로 챳 그릇슬 밧치고 귀롤 기우려 드롤 시 흥이 나믈 씨둧지 못ᄒᆞᆫ지라. 샹련이 웃고 니르디,

"보형뎨야, 네 엇지 쏘 틋글 무옴을 동ᄒᆞᆫ뇨?"

보옥이 웃고 니르디,

"아니라. 내 항샹 빅락쳔(白樂天)의 <비파힝琵琶行>을 싱각ᄒᆞ여 몸이 능히 구강(九江) 뎡즈(亭子) 우희 니르러 한 번 보지 못ᄒᆞᆷ믈 한(恨)ᄒᆞ더니 오놀날 이 뎡즈가 앏흐로 대호(大湖)롤 림ᄒᆞ여 구강 뎡즈와 【8】 방블(彷佛)ᄒᆞ고 쏘 비파셩(琵琶聲)을 드르미 감동ᄒᆞ미 이시믈 씨둧지 못ᄒᆞ노라."

샹련이 듯고 졍히 디답고져 ᄒᆞ더니 홀연 드르미 노리쇼리 완젼(婉轉)ᄒᆞ여 슌풍(順風)으로 마죠 와 즈구(字句)가 분명흔디 그 일죵 쳥아흔 쇼리 사롬의 혼빅(魂魄)을 움죽이는지라. 샹·보 이인이 듯고 셔로 더ᄒᆞ여 우움을 씨둧지 못ᄒᆞ디 다만 비파와 노리쇼리 어디로셔 죠ᄎᆞ 오는 줄 아지 못ᄒᆞ여 졍히 ᄎᆞ즈 보려 ᄒᆞ더니 홀연 보미 쥬당지 한 그릇 더운 오리고기찜을 가지고 오다 【9】 가 구을너 병풍을 지나가거늘 보옥이 보고 믄득 병풍 틈으로 죠ᄎᆞ 여허보미[185] 후면의 쏘 삼간(三間) 졍방(正房)이 잇는디 방 속의셔 일개 쇼희지(小孩子) 다라나와 쥬당지 가진 거슬 바다 드려가고 쥬당지는 믈너 나오거늘 보옥이 믄득 손을 쳐 쥬당지롤 블너 앏흐로 오라 ᄒᆞ고 무

러 니르디,

"이 뒤히 뎡즈는 쏘흔 너의 무리 집이냐?"

쥬당지 디답ᄒᆞ여 니르디,

"졍히 올토다. 이 뎡즈는 원리 관가(官家) 집이라. 우리 무리 블과 비러셔 챠롤 【10】 팔고 후면의 방즈(房子)는 쇼졈(小店)의셔 스스로 지어 뼈 러왕ᄒᆞ는 긱상(客商)들을 우거(寓居)ᄒᆞ게 ᄒᆞ는 곳이니, 오놀은 우리 이곳의 일위 풍션싱(馮先生)이 잇셔 여긔셔 쥬연(酒筵)을 베플고 손을 디졉ᄒᆞᄂᆞ니라."

보옥이 쏘 무러 니르디,

"지금 드르미 비파쇼리 곳 후면 방 즁의셔 타는 거시냐?"

쥬당지 니르디,

"졍히 올토다."

보옥이 쏘 니르디,

"이 엇던 사롬이 타ᄂᆞ뇨?"

쥬당지 웃고 니르디,

"우리 노야야, 내 보건디 네 년긔(年紀)가 쏘흔 십팔구나 되여시니 엇지 도로혀 【11】 이곳치 겁내ᄂᆞ냐? 비파 타는 이는 무비(無非) 노는 계집이니 도로혀 무숨 사롬이 이시리오?"

샹련이 듯고 우스며 니르디,

"너는 져의 겁내믈 웃지 말나. 졔 본디 대가(大家) 공즈(公子)로 엇지 가히 무슨 노는 계집인 줄 알니오!"

쥬당지 웃고 니르디,

"임의 이러ᄒᆞ면 너는 엇지 져로 ᄒᆞ여곰 구경케 아니ᄒᆞ는고? 우리 쇼졈 졍방 뒤히 쏘 삼간 젹은 집이 이시니 마루가 쏘흔 아졍(雅靜)ᄒᆞ고 쥬셕도 쏘흔 쥰비흔 거시 이시니 량개 식부롤 블너와 챵ᄒᆞ고 시분 디로 챵 【12】 ᄒᆞ고 즐기고 시븐 디로 즐겨도 블과 몃 낫 돈을 쓰지 아니리라."

샹련이 듯고 졈두ᄒᆞ고 우스며 니르디,

"네 임의 이러툿 열요(熱鬧)타 말ᄒᆞᆯ진디 네

삼 개 대즈롤 빗기 뼛고 (二人逐由岔道而進, 走了約有三里許, 果見一亭, 匾上橫書, '望湖亭'三個大字.) <續紅 10:5>

185) 【여허보다】 圖 엿보다. ¶ 뫌 ∥ 보옥이 보고 믄득 병풍 틈으로 죠ᄎᆞ 여허보미 후면의 쏘 삼간 졍방이 잇는디 방 속의셔 일개 쇼희지 다라나와 쥬당지 가진 거슬 바다 드려가고 쥬당지는 믈너 나오거늘 (寶玉見了, 便從屛風縫兒裡望後一張, 但見後面還有三間正房, 房裡走出一個小厮來, 將走堂的端的接了進去, 依舊退了出來.) <續紅 10:9> ⇒ 여셔보다, 여어보다, 여워보다

곳 가 마루를 경히 쓰러 슈습ᄒ기를 온당히 ᄒ
후의 다시 와 우리 무리를 거느려 드드가게 ᄒ
라."

쥬당지 듯고 희식이 만면ᄒ여 련망히 답응
ᄒ고 가더라.

보옥이 칭원(稱寃)ᄒ여 니르디,

"류이거(柳二哥)야, 우리 무리 천신만고(千
辛萬苦)ᄒ여 여긔 오믄 이 무어슬 ᄒ라 왓느뇨?
네 엇지 ᄯ 고흥(高興)으【13】로 계집노리 ᄒ
려 ᄒ느냐?"

샹련이 듯고 우스며 니르디,

"쥬당지가 너다려 겁낸다 말ᄒ미 고이치
아니ᄒ니 과연 극히 겁내는도다. 가곡(歌曲)을
드르면 곳 계집노리 ᄒ다 니르기 어렵도다."

보옥이 웃고 니르디,

"비록 이ᄀᆺ치 말ᄒ나 나는 다만 져허ᄒ건
디 우삼졔(尤三姐) 알면 져기 편치 아니미 이실
가 ᄒ노라."

샹련이 듯고 대쇼ᄒ여 니르디,

"이야(噯喲), 너는 가장 나를 위ᄒ여 죠심
ᄒ지 말나. 내 엇지 너ᄀᆺ치 져러틋 심히 져허ᄒ
미 이시리오?"

보옥이 경히 말【14】을 디답ᄒ려 ᄒ더니
다만 보미 쥬당지 희희히 웃고 다라나와 니르
디,

"슈습ᄒ기를 온당히 ᄒ여시니 쳥컨디 이위
노야는 드러오라."

이의 두 사름이 쥬당지를 ᄯ라 구을너 병
풍으로 지나미 다만 보니 집 속의 슐위와 교지
잇고 샹면의 삼간 졍방과 량편의 죽간(竹竿) ᄒᆼ
각(行閣)이 잇고 겻히 한 월문(月門)이 잇거늘
쥬당지 져 두 사름을 잇그러 월문으로 나아가미
겨유 졍방 등 뒤히 니르러 과연 삼간 젹은 집이
잇는디 십분 아졍【15】ᄒ지라. 이인이 믄득 졍
즁(正中)ᄒ 탁즈의 대면(對面)ᄒ여 안져 쥬당지
의게 분부ᄒ여,

"몬져 과실 졉시를 보내고 ᄯ 슐을 더허
와 두 사름이 더ᄒ여 마시게 ᄒ고 챵ᄒ는 사름
을 블너오기를 기다려 다시 편홀 디로 치(菜)를
가져 오라."

쥬당지 일일이 답응ᄒ고 쥬과(酒果)를 보
내며 스스로 식부를 부르려 내려가더라. 샹·보
이인이 슐을 쳐셔[186] 더ᄒ여 마시니 원러 이 집

은 경히 정방 후챵으로 디면ᄒ여 샹게 블원ᄒ지
라. 홀연 드르미 풍류 소리【16】돈연(頓然)이
그치더니 그 즁의 한 사름이 잇셔 **흡흡**히 대소
ᄒ며 니르디,

"노풍(老馮)아, 극히 묘ᄒ도다! 네 어졔 도
로혀 나를 속여 말ᄒ디, '졔 처음으로 청루의
와 오히려 챵을 비호지 못ᄒ엿다.' ᄒ더니 네
드르라. 지금 챵ᄒ는 거시 엇지 곳 오리 대격
(大敵)을 지낸 솜씨라도 이의셔 지나지 못ᄒᆺ
는고?"

ᄒ며 ᄯ 드르미 한 사름이 우스며 니르디,

"오늘은 근본 셩심셩의(誠心誠意)로 대야를
공경ᄒ미니, 대애 임의 죠화 드르량이면 이는
곳 쇼뎨의 복분이 니【17】르럿도다. 도시 바라
건디 네 우리 무리를 디신ᄒ여 이 일을 셩취게
ᄒ면 일후의 널노 ᄒ여곰 즐길 날이 만흐리라."

보옥이 듯고 가마니 샹련을 향ᄒ여 우스며
니르디,

"네 드럿느냐 못ᄒᆺ엿느냐? 이 량개 원가
(寃家)는 아지 못게라 이 엇더ᄒ 사름이며 이
챵ᄒ는 사름은 ᄯ 아지 못게라 엇더ᄒ 옥텬션인
(玉天仙兒)고? 내 가셔 챵 구므로 져의를 엿보
믈 기다리라?"

샹련이 웃고 니르디,

"이야(噯喲), ᄌ셰히 보면 일을 ᄌ아내리
라."

보옥이 숀을 흔들【18】며 니르디,

"샹관 업도다. 불과시 기녜(妓女)니 뉘 집
내권(內眷)이 사름이 보는 거슬 져허ᄒ다 니르
기 어려오리라."

말ᄒ며 가마니 거러 챵 밋히 니르러 챵 죠
희를 춤을 뭇쳐 뚤고 안을 향ᄒ여 엿볼 시 다만
보니 졍즁 탁샹의 량기 쇼년이 디면ᄒ여 안졋는
디 의관이 졔졔(齊齊)ᄒ고 두 겻히 삼기 기녜
안져시미 모다 의샹이 화려ᄒ고 고은 ᄌᄐ 가히
보암즉ᄒ더니 동편 일인의 면뫼(面貌) 져기 셔
로 익으디 일시의 뉜 줄 싱각지 못ᄒ여 심즁【
19】의 경히 경의(驚疑)ᄒ더니 다만 보미 샹면

---

186) 【치다】 동 술을 부어 잔을 채우다. ¶ 斟 ∥
샹 보 이인이 슐을 쳐셔 더ᄒ여 마시니 원러
이 집은 경히 정방 후챵으로 디면ᄒ여 샹게 블
원ᄒ지라 (這裡, 湘、寶二人斟酒對飮. 原來這敞
廳正對着正房的後窓相離不遠.) <續紅 10:55>

의 안존 쇼년이 웃고 니ᄅ더,

 "노풍아, 장내의 내가 너희롤 위ᄒᆞ여 조혼 일을 셩ᄎᆔᄒᆞ면 네 가히 져로 ᄒᆞ여곰 엇지 너게 회샤(回謝)ᄒᆞ려 ᄒᆞᄂᆞ냐?"

 ᄒᆞ며 ᄯᅩ 보미 하면의 안존 사롬이 웃고 디답ᄒᆞ여 니ᄅ더,

 "그거슨 ᄯᅩ흔 대야의 뜻대로 ᄒᆞ리니 져로 ᄒᆞ여곰 무어슬 회샤ᄒᆞ라 ᄒᆞ면 졔 감히 엇지 어긔리오?"

 ᄒᆞ며 ᄯᅩ 보미 샹면(上面)의 쇼년이 웃고 니ᄅ더,

 "내 싱각건디 장리 내가 너희롤 위ᄒᆞ여 죠 혼 【20】 일을 셩ᄎᆔ흔 후의ᄂᆞᆫ 곳 명분(名分)이 그 속의 잇ᄂᆞᆫ지라. 내 ᄯᅩ흔 의ᄉᆞ디로 ᄒᆞ기 어려오니 이ᄶᆡ롤 밋쳐 오히려 판이 졍(定)치 아냐셔 네 져로 ᄒᆞ여곰 네 픔의 안즈 네가 쥭간 먹는 거슬 날노 ᄒᆞ여곰 보게 ᄒᆞ면 이러틋 한 번 즐기미 곳 졔가 내게 회샤(回謝)ᄒᆞ엿다 니롤 거시니 죠ᄒᆞ냐 죠치 아니냐?"

 ᄒᆞ며 ᄯᅩ 하면의 쇼년이 웃고 니ᄅ더,

 "대야의 말이 도로혀 올ᄒᆞ디 다만 너모 슈통ᄒᆞ니 졔가 반ᄃᆞ시 즐기지 아닐가 ᄒᆞ노라."

 ᄒᆞ며 ᄯᅩ 동편의 【21】 면뫼 셔로 익던 기녜 웃고 니ᄅ더,

 "나ᄂᆞᆫ 못ᄒᆞ리로다. 이거시 무슨 모양이리오."

 ᄯᅩ 샹면의 쇼년이 웃고 니ᄅ더,

 "이야, 너ᄂᆞᆫ 내 말을 비각(排却)지 말나. 네 쇼진이(小秦兒) 이곳의 업ᄂᆞᆫ ᄶᆡ롤 타 별노이 져의 가죽 잔을 먹으면 이 ᄯᅩ흔 너의 복분(福分)이니 이 지위롤 지내여 쇼진이 도라와 보면 다만 져허컨더 이의셔 더흔 괴롱을 지어내리니 네가 듯나 아니듯나 보리라."

 ᄒᆞ며 ᄯᅩ 하면 쇼년이 웃고 니ᄅ더,

 "올토다. 대야ᄂᆞᆫ 말을 말나. 싱각건디 져의 ᄌᆞ긔(自己)ᄂᆞᆫ 단 【22】 졍코 즐기지 아닐 거시니 내가 한 번 져의 가죽 잔〔皮杯〕을 먹으면 너 보ᄂᆞᆫ 디ᄂᆞᆫ ᄯᅩ흔 일양(一樣)일 듯ᄒᆞ다."

 ᄒᆞ고 말ᄒᆞ며 믄득 한 입의 슐을 먹음고 동편으로 다라가 져 면모 익던 기녀롤 픔 속의 안고 입부리롤 마죠 다히고 먹이거늘 보옥이 챵 밧긔 잇셔 보다가 졍신을 일코 ᄭᅵ닷지 못ᄒᆞ여 크게 한 쇼리 질너 니ᄅ더,

 "죠토다!"

 ᄒᆞ고 흡흡대쇼ᄒᆞ더니 다만 드르미 속의셔 사롬이 잇셔 ᄭᅮ지져 니ᄅ더,

 "엇더흔 사롬이 큰 담(膽)으로 여 【23】 긔 잇셔 여허보는고?"

 ᄒᆞ고 '지루(吱嘍)' 일셩(一聲)의 챵문을 밀쳐 여더니 량개 쇼년이 일졔히 대로(大怒)ᄒᆞ여 니ᄅ더,

 "너의 무리ᄂᆞᆫ 무엇ᄒᆞ려 ᄒᆞᄂᆞᆫ 사롬이완더 여긔셔 혼잡히 우스믄 무슴 일이오?"

 샹련이 졍히 홀노 안즈 슐을 먹다가 홀연이 사롬이 잇셔 챵을 열며 ᄭᅮ지져 무ᄅᆞ믈 듯고 믄득 블열(不悅)흔 ᄆᆞ음이 잇셔 셸니 디답ᄒᆞ여 니ᄅ더,

 "너희ᄂᆞᆫ 스스로 너의 슐을 먹고, 우리ᄂᆞᆫ 스스로 우리 슐을 먹을 시 우리 무리 일을 웃ᄂᆞ니 【24】 너의 무리로 더브러 무슨 샹관이 잇ᄂᆞ뇨? 너의 무리 도로혀 우리 무리로 웃지 못ᄒᆞ게 흔다 니ᄅ지 못ᄒᆞ리라."

 다만 보미 져 량개 쇼년이 일졔히 니ᄅ더,

 "거즛말이로다. 너의 무리 임의 너의 일노 우스량이면 엇지ᄒᆞ여 우리 챵 밋히 와셔 우스며, 네 보라 챵 죠희[187]의 구뭐 졔가 ᄯᅮ른 거시 아니냐? 져의 담이 하늘ᄀᆞ치 크도다. 오히려 져긔 잇셔 아모 일도 업ᄂᆞᆫ 사롬쳐로 웃ᄂᆞ뇨?"

 샹련이 ᄌᆞ시 보니 보옥이 도로혀 거긔 잇셔 【25】 비롤 잡고 우스며 니ᄅ더,

 "이야(曖唎), 내가 즐거워 쥭으리로다. 내가 오늘 죠흔 모양을 보왓도다."

 그 쇼년이 대로ᄒᆞ여 니ᄅ더,

 "너ᄂᆞᆫ 드ᄅ라. 말ᄒᆞᄂᆞᆫ 거시 듯기의 죠ᄒᆞ냐 죠치 아니냐? 어디로셔 온 들송ᄋᆞ지[188]완더 ᄯᅩ

---

187) 【죠희】 圖 죵이. ¶ 紙 ‖ 너의 무리 임의 너의 일노 우스량이면 엇지ᄒᆞ여 우리 챵 밋히 와셔 우스며 네 보라 챵 죠희의 구뭐 졔가 ᄯᅮ른 거시 아니냐 (你們旣然笑你們的, 爲甚麼笑到我們窓根底下來了? 你瞧瞧這窓紙上的窟窿, 不是他戳的嗎?) ＜續紅 10:24＞

188) 【들송ᄋᆞ지】 圖 들송아지. ¶ 野黃子 ‖ 너ᄂᆞᆫ 드ᄅ라 말ᄒᆞᄂᆞᆫ 거시 듯기의 죠ᄒᆞ냐 죠치 아니냐 어디로셔 온 들송ᄋᆞ지완더 ᄯᅩ흔 쇼식을 듯지 못ᄒᆞ고 곳 어룬의게 침범ᄒᆞᄂᆞ뇨 (你們聽聽, 說的好聽不好聽? 那裏來的野黃子, 也不打聽打聽就在太歲頭上動土來了!) ＜續紅 10:25＞

흔 쇼식을 듯지 못ᄒ고 곳 어룬의게 침범(侵犯)ᄒᄂᆞ뇨!"

샹련이 쳥파(聽罷)의 대로ᄒ여 니ᄅ디,

"너의 무리 ᄀᆞᆺ튼 믈건들은 입의 나오는 디로 혼잡히 욕ᄒᄆᆞᆫ 엇지미뇨? 너의 무리는 블과시 두어 개 기녀롤 블너 여긔셔 탄챵(彈唱)ᄒᆯ 【26】 ᄲᆞᆫ이니 곳 우리 적은 아ᄋᆞ가 챵 아리셔 여ᄒᆞ보왓다 ᄒᆞ거놀 ᄯᅩᄒᆞᆫ 허믈이 되지 아니리니 엇지 너의 무리가 ᄭᅮ짓ᄂᆞ뇨? 너의 집 내권(內眷)을 여허보왓다 니ᄅ기 어렵도다."

량긔 쇼년이 듯고 일졔히 대로ᄒ여 니ᄅ디,

"죠흔 들송ᄋᆞ지야, 더욱 입부리로 나오는 디로 난만(爛漫)이 침범ᄒᄂᆞᆫ도다. 쇼시(小厮) 무리야, ᄲᆞᆯ니 이 량개 송ᄋᆞ지189)롤 가져 노ᄒᆞ로 동혀 거ᄂᆞ리고 아문(衙門)으로 가라!"

샹련이 듯고 크게 노ᄒᆞ여 챵 밋ᄒᆞ로 ᄲᅱ여 니ᄅ러 쥬머괴롤 베플 【27】 고 ᄉᆞ미롤 거드며 쟝ᄎᆞᆺ 용무(用武)ᄒᆯ 형셰 잇더니 홀연 보미 문 안ᄒᆞ로 죠ᄎᆞ 일개 쇼년이 다라나와 ᄲᆞᆯ니 무러 니ᄅ디,

"대숙(大叔)아, 엇진 일이뇨? 엇더ᄒᆞᆫ 사롬이 이ᄀᆞᆺ치 담이 크냐? 내가 져의 머리 우희 몃 개 대골(大骨)이 잇ᄂᆞᆫ가 보리라."

샹련이 한 번 보미 이 진종(秦鍾)인 쥴 알고 ᄲᆞᆯ니 블너 니ᄅ디,

"온 이는 이 진경경(秦鯨卿) 형뎨 아니냐?"

진종이 ᄌᆞ셰히 샹련을 한 번 보다가 이의 크게 블너 니ᄅ디,

"네 류이개(柳二哥) 아니냐?"

보옥이 겨유 우슴을 긋치고 샹 【28】 련이 량개 쇼년으로 더브러 지져괴믈 보고 졍히 말ᄒᆞ고져 ᄒᆞ더니 홀연 보미 진종이 나아와 샹련으로 더브러 셔로 아른 체ᄒᆞ거놀 ᄲᆞᆯ니 고셩(高聲)ᄒᆞ여 부ᄅ디,

"진경경아, 네 어디로셔 왓ᄂᆞ뇨? 날노 ᄒᆞ여곰 죠히 싱각ᄒᆞ엿노라."

진종이 듯고 ᄌᆞ셰히 한 번 보더니 이 보옥인 쥴 알고 크게 블너 니ᄅ디,

"쥬대슉(珠大叔)아, ᄭᅮ짓지 말나. 큰 믈이 룡왕묘(龍王廟)의 ᄲᅵᆯ니ᄂᆞᆫ도다. 져는 곳 너의 집 보이슉(寶二叔)이니라."

가쥬(賈珠)와 풍연(馮淵) 량인이 듯고 일졔히 졍츔(怔忡) 【29】 이 나더니 보옥이 믄득 진종의게 무러 니ᄅ디,

"져위는 필경 뉘뇨?"

진종이 니ᄅ디,

"져는 곳 녕형쥬(令兄珠) 대얘니 네 엇지 아지 못ᄒᄂᆞ뇨?"

보옥이 듯고 곳 한 손으로 진종의 손을 ᄭᅳ어 잡고 대샹(臺上)으로 죠ᄎᆞ ᄲᅱ여 드러와 가쥬의게 쳥안ᄒᆞ거놀 가쥬 ᄯᅩᄒᆞᆫ 보옥을 당긔여 픔 속의 안고 형데(兄弟) 이인이 대곡(大哭)ᄒᆞ더라. 류샹련도 ᄯᅩᄒᆞᆫ 대샹으로 죠ᄎᆞ ᄲᅱ여 드러와 ᄲᆞᆯ니 풍연으로 더브러 읍ᄒᆞ여 례롤 출히고 각각 셩명을 펴며 ᄯᅩ 보쥬 형데롤 가져 곡ᄒᆞ 【30】 ᄂᆞᆫ 거술 말니미 풍연이 소시의게 분부ᄒᆞ여 ᄯᅡ로 쥬셕을 출히라 ᄒᆞ더니 머리롤 도로혀 한 번 보미 그 삼 개 기녜 일죽 임의 피ᄒᆞ여 그림ᄌᆞ도 업ᄉᆞ니 이는 엇진 연괴(緣故)뇨? 원리 하금계(夏金桂)의 눈이 밝아 가쥬 챵을 열고 ᄭᅮ지즐 ᄭᅢ로붓허 졔가 곳 보옥인 쥴 보고 심즁의 졍히 경의(驚疑)ᄒᆞ고 ᄯᅩ 진종이 보이슉이라 부ᄅᄂᆞᆫ 말을 듯고 붓그려 스스로 용납ᄒᆞᆯ ᄯᅡ히 업셔 ᄲᆞᆯ니 져의 동반(同伴) 량인을 ᄭᅳ을고 샹방(上房)으로 나라가 문을 잠으 【31】 더라.

가쥬 보옥을 븟드러 니ᄅ혀고 ᄯᅩ 샹련으로 더브러 례롤 펴며 믄득 져 량인의 리력(來歷)을 무ᄅ니 샹·보 량인이 드디여 승도(僧道)롤 ᄯᅡ라 출가ᄒᆞᆷ과 다믓 태허환경(太虛幻境)의 니른 후의 다시 디부(地府)의 와 노태태롤 ᄎᆞᆺᄂᆞᆫ 말을 죵두지미(從頭至尾)히 일편을 말ᄒᆞ미 가쥬 듯고 크게 깃거 ᄯᅩᄒᆞᆫ ᄌᆞ긔와 다믓 풍연과 진종의 곡졀을 가져 일일이 보옥의게 고ᄒᆞ고 드디여 즁인을 블너 챠롤 메여 모다 일죽 부즁(府中)으로 도라가게 ᄒᆞᆯ ᄉᆡ 풍 【32】 연이 ᄲᆞᆯ니 막아 니ᄅ디,

"보이야와 류이애 금일 쳐음으로 니ᄅ럿거놀 쇼뎨 공경ᄒᄂᆞᆫ ᄯᅳᆺ을 일우지 못ᄒᆞ여시니 감히 머무지 못ᄒᆞ나 다만 슐위는 젹고 사롬은 만하 타기 어려오니 몬져 사롬을 시겨 도라가 노태태롤 위ᄒᆞ여 치하(致賀)ᄒᆞ고 쇼식을 젼ᄒᆞ여 ᄯᅩ 몃

---

189) 【송ᄋᆞ지】 圏 송아지. ¶ 黃子 ∥ 쇼시 무리야 ᄲᆞᆯ니 이 량개 송ᄋᆞ지롤 가져 노ᄒᆞ로 동혀 거ᄂᆞ리고 아문으로 가라 (小厮們過去, 快把這兩個野黃子拿繩子拴了, 帶到衙門裡去!) <續紅 10:26>

151

필 말을 긋쵸아 와 셩으로 드러가게 ᄒ면 쏘흔
보기의 죠흘지니 대야는 한 지위 안즈 ᄆ음대로
쥬셕(酒席)을 맛치고 도라가는 거시 엇더ᄒ뇨?"

가쥐 져의 말이 유리(有理)ᄒ 【33】 믈 듯
고 몬져 소시ᄅᆞᆯ 보내여 쇼식을 보ᄒ게 ᄒ더라.
풍연이 쏘 사ᄅᆞᆷ을 명ᄒ여 다시 쥬셕을 츌혀 모
다 례ᄅᆞᆯ 펴고 곳 안즈미 풍연이 ᄎᆞ례대로 슐을
보니기ᄅᆞᆯ 맛치미 믄득 소시의게 무러 니ᄅᆞ대,

"져의 무리 삼인은 어대로 긋ᄂᆞ뇨?"

소시 샹방을 향ᄒ여 눈짓ᄒ고 앏흐로 향ᄒ
여 홈긔 안즈 쇼리ᄅᆞᆯ 나죽이ᄒ여 니ᄅᆞ대,

"하고낭(夏姑娘)이 노야ᄅᆞᆯ 쳥ᄒ여 말ᄒ고ᄌᆞ
ᄒ더라."

ᄒ니 풍연이 듯고 우스며 니ᄅᆞ대,

"보이야와 류이애 모다 외인(外人)이 【34】
아니라. 엇지 쏘 이상흔 일을 지어 니ᄅᆞ혀ᄂᆞ
뇨?"

보옥이 웃고 니ᄅᆞ대,

"져의 무리 임의 즐겨 외ᄀᆡᆨ(外客)을 보지
아니ᄒᆯ 양이면 풍대거(馮大哥)ᄂᆞ 쏘흔 쟝황히
구지 말나. 오늘 쇼데 임의 챵 밧긔셔 가ᄅᆞ치믈
바닷노라."

ᄒ니 풍연이 흡흡대쇼ᄒ며 니ᄅᆞ대,

"이야(二爺)아, 너는 가히 말ᄒ라. 령형이
사ᄅᆞᆷ을 괴롭게 ᄒ엿ᄂᆞ냐, 아니ᄒ엿ᄂᆞ냐?"

가쥐 듯고 쏘흔 웃스며 니ᄅᆞ대,

"ᄌᆞ긔가 존즁치 못ᄒ단 말은 니ᄅᆞ지 아니
코 엇지 도로혀 내게로 미ᄂᆞ뇨. 너다려 권 【35
】 ᄒᄂᆞ니 별노이 져ᄅᆞᆯ 블너오라. 이제야 쏘 무
어시 붓그러오리오?"

풍연이 듯고 믄득 우스며 샹방으로 향ᄒ여
가더라.

가쥐 쏘 진죵다려 무러 니ᄅᆞ대,

"네가 쥬션ᄒ여 최공ᄌᆞ(崔公子)ᄅᆞᆯ 찻더니
ᄎᆞ젓ᄂᆞ냐 ᄎᆞᆺ지 못ᄒ엿ᄂᆞ냐?"

진죵이 대답ᄒ여 니ᄅᆞ대,

"임의 ᄎᆞ젓시대 계가 말ᄒ기를 졔 몸의 의
복이 남루(襤褸)ᄒ여 와셔 보기가 블편(不便)타
ᄒ여 명일의 날노 ᄒ여곰 의복을 가져 졔게 몃
벌을 빌니면 졔가 닙고 친히 아문(衙門)으로 가
뵈오리라 ᄒ더라. 내 【36】 싱각건대 보이슉이
이번 오미 노태태ᄅᆞᆯ ᄎᆞᄌᆞ려 ᄒ미니 고노야와 고
태태 단졍코 응낙지 아닐 니 업스리니 대슉은

가히 이 긔회ᄅᆞᆯ 타 고노야긔 품ᄒ여 풍대거와
최공ᄌᆞ 일을 일병 져의ᄅᆞᆯ 위ᄒ여 셩취케 ᄒ면
세 가지 깃브미 문의 림ᄒᆞᆯ지니 엇지 더옥 열요
(熱鬧)치 아니리오?"

가쥐 졈두(點頭)ᄒ거늘 보옥이 샐니 무ᄅᆞ
대,

"무슨 일이뇨?"

가쥐 드디여 쏘 하금계(夏金桂)와 쟝금가
(張金哥)의 곡졀을 가져 일편으로 고ᄒ니 보옥
이 듯고 한 번 놀나 이의 가마니 가 【37】 쥬ᄅᆞᆯ
향ᄒ야 니ᄅᆞ대,

"내 앗가 져 부인의 얼골을 보미 십분 의
심되더니 이졔 그 일홈을 드ᄅᆞ미 과연 곳 긔로
다. 이ᄅᆞᆯ 가히 엇지 쳐결(處決)ᄒ리오?"

가쥐 듯고 쏘흔 놀나 니ᄅᆞ대,

"네 졔ᄅᆞᆯ 아ᄂᆞ냐? 네 말ᄒ라. 졔가 필경
뉘뇨?"

보옥이 니ᄅᆞ대,

"져ᄂᆞ 곳 표형(表兄) 셜반(薛蟠)의 쳬니 싱
젼의 근본 졍도(正道)ᄅᆞᆯ 힝치 아냐 향릉(香菱)을
암희(暗害)ᄒ다가 ᄌᆞ긔가 그릇 독약을 먹고 죽
으니라."

가쥐 듯고 쏘흔 반향(半晌)이나 믁믁ᄒ다
가 홀연 다리ᄅᆞᆯ 한 번 쳐 니ᄅᆞ대,

"하 【38】 ᄂᆞᆯ 그믈이 회회(恢恢)ᄒ도다. 우
리 이 노풍은 곳 당연의 향릉을 스고져 ᄒ다가
셜반의 지물과 셰ᄅᆞᆯ 밋고 이미히 쳐 죽이믈 입
은 사ᄅᆞᆷ이라. 그 후의 넘왕 안하(案下)의 고ᄒ여
칙자ᄅᆞᆯ 샹고ᄒ미 셜반의 슈한(壽限)이 다ᄒ지
아니믈 인ᄒ여 잠간 이 송안(訟案)을 가져 믈니
쳐 두엇더니 지금은 임의 싱쌀이 익은 밥이 되
여시니 형셰가 당긔여 돌니기 어려온지라. 러일
그른 거슬 가져 그른 대로 나아가고 노야긔 품
ᄒ고 곳 하금계ᄅᆞᆯ 가져 풍연의게 【39】 비필ᄒ여
ᄡᅥ 셜반의 명을 갑ᄂᆞ 죄ᄅᆞᆯ 당ᄒ여 송안을 요감
(了勘)ᄒ니만 긋지 못ᄒ니 내 싱각건대 셜표데
(薛表弟)ᄂᆞ 임의 향릉이 이시니 엇지 반ᄃᆞ시 이
졍렬(貞烈) 업ᄂᆞ 지어미[190]ᄅᆞᆯ ᄎᆞᄌᆞ 안희ᄅᆞᆯ 숨으

---

190) 【지어미】 圐 지어미. 아내. ¶ 婦 ‖ 내 싱각
건대 셜표데ᄂᆞ 임의 향릉이 이시니 엇지 반ᄃᆞ
시 이 졍렬 업ᄂᆞ 지어미ᄅᆞᆯ ᄎᆞᄌᆞ 안희ᄅᆞᆯ 숨으리
오 (我想薛蟠表弟既有了香菱, 何必要此不貞之婦
爲妻呢?) <續紅 10:39>

리오?"

보옥과 샹련과 진종 삼인이 듯고 쇼리롤 일졔히 ᄒ여 니ᄅ디,

"죠토다."

ᄒ여 졍히 담론홀 ᄉ이의 다만 보니 풍연이 낫치 붓그러온 빗치 잇셔 섬어히191) 나아와 니ᄅ디,

"쇼뎨 공경ᄒᄂ 뜻이 졍셩되지 못ᄒ도다. 우리 져 한 사롬이 홀연 【40】 이 풍한(風寒)을 바다 명문(命門)이 심히 알푸므로 내가 부득이 ᄒ여 교ᄌ(轎子)롤 쥰비ᄒ여 져의 무리롤 모다 도라보내엿노라."

가쥐 듯고 ᄯ흔 섬어히 대답ᄒ여 니ᄅ디,

"이곳의 ᄯ흔 져의 무리롤 쓰지 아니홀 거시니, 져의 무리 가ᄂ 디로 바려두라."

졍히 말홀 ᄉ이의 다만 보니 쥬당지(走堂的) 량개 기녀롤 다리고 나아오거놀 샹련이 한 번 보고 쎨니 니ᄅ디,

"ᄯ흔 쓰지 아닐지니 져의 무리로 ᄒ여곰 도라가게 ᄒ라. 한 지위 지난 후의 져의 샹젼(賞錢)을 분급(分給) 【41】 ᄒ미 곳 죠토다."

ᄒ니 즁인이 그 연고롤 아지 못ᄒ다가 ᄯ 시죵을 무러 알고 모다 일졔히 웃더라. 풍연이 믄득 이 량개 기녀롤 머믈너 탄창(彈唱)ᄒ여 술을 붓게 ᄒ고ᄌ ᄒ거놀 가쥐 쎨니 막아 니ᄅ디,

"구ᄐ여 이ᄀ치 말고 우리 무리 일죽 밥먹으미 죠토다. 다만 져허컨디 노태태 이 쇼식을 드ᄅ시고 ᄆ음의 필연 기다리시미 간절(懇切)홀가 ᄒ노라."

풍연이 듯고 믄득 쥬당지192)의게 분부ᄒ디,

"후면의셔 쓴 쥬셕 쇼비롤 모다 일졔히 나의 【42】 쟝ᄭ의 올니라."

쥬당지 듯고 즉시 량개 기녀롤 보내여 가더라.

이의 가쥐 밥을 지쵹ᄒ여 먹기롤 맛치고 졍히 양치ᄒ고193) 츠롤 먹을 시 다만 보더니 반우안(潘又安)이 혼신(渾身)의 ᄯ이 흐ᄅ며 다만

드러와 몬져 보옥의게 쳥안ᄒ고 믄득 니ᄅ디,

"노태태긔셔 이야의 오믈 드ᄅ시고 환희ᄒ시ᄂ ᄆ음이 비홀 디 업스디 ᄆ춤 왕부(王府)의셔 사롬을 보내여 고노야롤 쳥ᄒ여 공ᄉ롤 의론홀 시 아문의 각행인역(各行人役)이 모다 ᄉ후(伺候)ᄒ라 갓ᄂ지라. 노태태 십분 【43】 착급ᄒ여 쇼시로 ᄒ여곰 몃 필 말을 판비(辦備)ᄒ여 와시니, 쳥컨디 이야 무리ᄂ 일죽 도라가라."

보옥이 듯고 셜니 니러나 풍연으로 더브러 읍ᄒ여 쳥샤ᄒ믈 일ᄏ고 이의 모다 ᄎ 타ᄂ 이ᄂ ᄎ롤 타고 말 타ᄂ 이ᄂ 말을 타 여러 거리와 골목을 지내더 거리 우희 경치도 볼 싱각이 업고 일죽 원문(轅門)의 니ᄅ러 거마(車馬)롤 나려 보힝으로 드러ᄀ 시 겨유 이당(二堂)의 니ᄅ미 다만 보니 원앙이 가모롤 뫼시고 마ᄌ 나오거놀 보옥이 한 번 보고 급히 ᄲ러 【44】 안즈니, 가뫼 ᄯ흔 블문곡직(不問曲直)ᄒ고 다라드러 ᄭ어 안고, 'ᄋ희냐, 어미냐' ᄒ며 한 뭉치 되여 울거놀 가쥐 보고 셜니 진종을 명ᄒ여 몬져 류샹련으로 더브러 셔방(書房)의 가셔 안게 ᄒ고 가부인이 ᄯ흔 마ᄌ 나와 보옥을 ᄭ러 잡고 한 ᄎ례 곡ᄒ거놀 모다 권히(勸解)ᄒ여 긋치고 가모롤 붓드러 도로 샹방의 니ᄅ미 보옥이 다시 가모와 가부인과 가쥬로 더브러 졀ᄒ고 ᄎ례로 안줄 시 가뫼 한탄ᄒ여 니ᄅ디,

"죠흔 쇼ᄌ야, 네 어디로 가셔 츌가 【45】 ᄒ여시며 지금은 네가 도로혀 사롬이냐 귀신이냐?"

보옥이 듯고 눈물을 홀니고 믄득 승도(僧道)롤 ᄯ라 대황산(大荒山)의 잇셔 샹련으로 더브러 한가지로 슈도(修道)ᄒ던 일과 다믓 진ᄉ은[甄士隱]이 향(香)을 쥬거놀 태허환경(太虛幻境)의 니ᄅ러 대옥(黛玉)을 보고 ᄯ 디부의 와

---

191) 【섬어히】 [부] {섬어(譫語)히.} 계면쩍게. ¶ 訕訕的 ‖ 졍히 담론홀 ᄉ이의 다만 보니 풍연이 낫치 붓그러온 빗치 잇셔 섬어히 나아와 니ᄅ디 (正在談論之間, 只見馮淵面有愧色, 訕訕的進來道.) <續紅 10:39>

192) 【쥬당지】 [명] 주당지(走堂的). 찻집이나 객점의 심부름꾼. 중국어 차용어. ¶ 走堂的 ‖ 풍연이 듯고 믄득 쥬당지의게 분부ᄒ디 후면의셔 쓴 쥬셕 쇼비롤 모다 일졔히 나의 쟝ᄭ의 올니라 (馮淵聽了, 便吩咐走堂的: "連後面所用的酒席都一齊開在我的帳上.") <續紅 10:42>

193) 【양치ᄒ다】 [동] 양치(養齒)하다. ¶ 漱口 ‖ 졍히 양치ᄒ고 츠롤 먹을 시 다만 보더니 반우안이 혼신의 ᄯ이 흐ᄅ며 다만 드러와 (正在漱口吃茶, 只見潘又安跑的渾身汗津津的進來.) <續紅 10:42>

친척을 구호 말을 가져 죵두지미(從頭至尾)히
일편을 말호거눌 가뫼 듯고 바야흐로 환희호여
졍히 대옥의 광경을 뭇고져 호더니 다만 보니
봉졔(鳳姐) 후변(後邊)으로죠츠 다라 나오거눌
보옥이 한 번 보고 【46】 샐니 봉져의게 쳥안호
고 모다 한 지위 눈믈을 흘니더니 가뮈 봉져의
오믈 보고 쏘혼 셔방으로 가셔 샹련으로 더브러
담화호려 호더라.

　　각셜, 가부인이 원앙(鴛鴦)의게 스스로이
무른 후로부허 임의 보옥(寶玉)과 대옥(黛玉) 이
인이 모다 구추(苟且)호 힝실이 업눈 줄 알고
죵용히 림공(林公)의게 고호여 부부 이인이 십
분 감탄호더니 지금 보옥이 대황산의셔 득도호
고 태허환경을 츠즈 가며 쏘 디부의 와셔 친척
을 구호믈 보니 가위 졍의(情義) 겸진(兼盡)호고
【47】 쏘 보미 보옥의 위인이 용뫼(容貌) 슈미
(秀美)호고 풍치 언연(嫣然)혼지라. 모음의 극히
환희호디 다만 봉져의 공연이 다스(多事)홈과
가모의 져기 편벽된 곳이 이시믈 한호눈지라.
이러므로 즘즛194) 외면을 담담(淡淡)이 구러 죠
곰도 대옥의 태허환경의 잇눈 광경을 키여 뭇지
아니호고 쏘혼 대옥의 혼인 일졀도 아른 쳬 아
니호눈지라. 가뫼 참지 못호여 이의 봉져룰 향
호여 우스며 니르디,

　　"죠토다. 우리 한 무리 모음을 놋치 못호
다가 이졔야 모다 모 【48】 옴을 노호리로다. 어
려온 일은 너의 보형뎨가 쳔신만고(千辛萬苦)
호여 화샹(和尚)을 따라가 츌가호미오, 쏘 어려
온 일은 졔가 운텬무디(雲天霧地)의 태허환경을
츠즈 니르러 너의 미미룰 보왓고 쏘 어려온 일
은 졔가 쳔산만슈(千山萬水)의 이곳으로 다라
와시니 쟝리의 림미미가 너의 보형뎨로 더브러
셩친(成親)호여 썅썅이 회싱(回生)호여 집의 니
르면 다만 너의 노야와 태태가 의지호미 이실
쑨 아니라, 곳 나와 다믓 고태태도 구텬지하(九
天地下)의 잇셔 심녀(心慮)룰 덜니라."

　　봉졔 듯 【49】 고 우스며 니르디,

<hr>

194) 【즘즛】 囹 짐짓. 일부러. ¶ 故意 ‖ 이러므로
　　즘즛 외면을 담담이 구러 죠곰도 대옥의 태허
　　환경의 잇눈 광경을 키여 뭇지 아니호고 쏘혼
　　대옥의 혼인 일졀도 아른 쳬 아니호눈지라 (所
　　以故意的臉上放的淡淡的，　并不追問黛玉在太虛
　　幻境的光景，　也不承攬黛玉的親事.)　　＜續紅
　　10:47＞ ⇒ 진짓, 즘즛, 짐즉, 짐즛, 짐줏

"가히 올치 아니호냐. 젼일의 내 태허환경
의 니르미 림미미 쏘혼 져기 나롤 노호눈 의사
잇거눌 내 곳 긔롱(譏弄) 겸 진졍(眞正) 겸 졔게
비러 말호디, '너눈 나롤 한치 말나. 이눈 모다
나의 입부리가 쾌혼 곡졀이니 내 후일 디부의
가 너룰 디신호여 보형뎨의 하락(下落)을 탐지
호면 엇지 히각텬이(海角天涯)롤 져허호리오. 내
필경 져룰 츠져 도라와 쟝공쇽죄(將功贖罪) 호
리라.' 호엿더니 뉘 알니오 내 이 입부리가 과
연 쳔령만응(千靈萬應)호여 필경 보형뎨 【50】
로 호여곰 여긔 니르러 왓시니 이눈 쏘혼 나의
복긔(福氣)가 만코 졍경(政經)이 간졀혼 연괴니
지금은 쏘혼 내 다른 말을 니롤 거시 업고 다만
구호건더 고태태눈 금구옥연(金口玉言)으로 한
귀졀 말숨을 내여 하늘의 운무룰 헷친 듯호게
호라."

　　가부인이 듯고 짐즛195) 링쇼(冷笑)호여 니
르디,

　　"이야(噯喲), 고낭아! 네 말호눈 거시 모다
무슨 말이냐? 너의 보형뎨 이왕 금옥 ㄱ튼 호연
(好緣)을 미즛고 쏘 네가 젼력호여 이 일을 일
위엿거눌 오놀 네 엇지 쏘 이런 말을 니롤 【51
】 뇨? 너의 대옥 미미로 호여곰 보형뎨의게 쥬
어 부방을 짓눈다 니르기 어렵고 호믈며 쏘 졔
가 복긔가 업셔 임의 죽엇눈지라. 우리 모녀 무
리 쟝리의 졍히 죠히 골육(骨肉)이 완취(完聚)홀
거시니 쏘 무슨 회싱을 호게 호며 쏘 금도 업고
옥도 업고 병도 만코 지앙도 만흐니 엇지 무슨
보고낭의 가히 취홀 일이 이시믈 본바드리오?
내 단졍코 즐겨 져룰 노화 회싱케 아니호리라."

　　호니 봉졔 듯고 만면슈참(滿面羞慚)호여
졍히 무슨 말을 호고즈 호더니 홀 【52】 연 보미
보옥이 니러나 머리룰 가져 가부인의 가슴의 박
고 대곡일셩(大哭一聲)의 임의 혼졀(昏絶)혼지라.
아지 못게라 보옥의 셩명이 엇지된고 호회의 분
히호라.

<hr>

195) 【짐즛】 囹 짐짓. 일부러. ¶ 故意 ‖ 가부인이
　　듯고 짐즛 링쇼호여 니르디 (賈夫人聽了, 故意
　　的冷笑道.) ＜續紅 10:50＞ ⇒ 즘즛, 즘즛, 진짓,
　　짐즉, 짐즛

14

림여히임만젼텬죠 가부인환경봉교녀
林如海任滿轉天曹 賈夫人幻境逢嬌女

화셜, 보옥(寶玉)이 가부인(賈夫人)의 한 번 말ᄒᆞᆷ믈 듯고 다만 알기를 대옥(黛玉)의 혼인 일을 응락지 아니ᄒᆞᆫ다 ᄒᆞ여 심중의 챡급ᄒᆞ여 곳 다른 일을 도라보지 아니코 머리를 가부인의 품 속의 박고 대곡일【53】셩(大哭一聲)의 스지(四肢)가 뻣뻣ᄒᆞ여 긔운이 업는지라. 가부인과 가모(賈母)와 봉져(鳳姐) 삼인이 놀나 일졔히 끄어 노코 인즁(人中)을 만지는 이도 잇고 다리를 쥬무르는 이도 잇셔 한 식경이나 지져괴더니 그계야 졈졈 ᄭᆡ여나더 일양(一樣) 곡ᄒᆞᆷ믈 마지 아니ᄒᆞᆫ는지라. 가부인이 그계야 방심(放心)ᄒᆞ나 심중의 가련히 너겨 손으로 져의 목을 어로만지며 니르더,

"너는 용렬(庸劣)ᄒᆞᆫ 쇼지 되지 아니랴? 내 ᄯᅩᄒᆞᆫ 너다려 뭇느니 너의 미미가 무슨 죠흔 곳이 잇셔 너의 무리의 졍의(情義)가 이 디경의【54】니르며 네 ᄯᅩᄒᆞᆫ 나의 말이 맛치기를 기다려 보지 아니ᄒᆞ고 급히 이 모양을 일위니 이런 셩격은 모다 너의 마마(媽媽)의 평일의 기르신 연괴로다."

보옥이 듯고 다시 말이 업고 다만 머리를

숙여 오오(嗚嗚)히 울거늘 가뫼 ᄯᅩᄒᆞᆫ 권ᄒᆞ여 니르더,

"보옥아, 내 ᄆᆞ음이 괴괴(怪怪)ᄒᆞ도다. 너는 곡을 긋치라. 너의 고미(姑媽) 임의 허락ᄒᆞ여시니 우리는 리일 다만 빙믈(聘物)을 판비(辦備)ᄒᆞ미 죠토다."

봉졔 겻히 잇다가 ᄯᅩᄒᆞᆫ 웃고 니르더,

"이 보형뎨야, 너는 챡급히 구지 말나. 아【55】ᄌᆞ의 고태태의 말슴ᄒᆞ신 여러 말이 원리 나의게 노ᄒᆞ신 의시니 쳔만 가지가 모다 내 평일의 입부리가 쾌흔 곡졀이니 이졔 내 졍원(情願)으로 너를 더신ᄒᆞ여 고태태(姑太太)의게 비오ᄂᆞ니 져 노인내는 ᄯᅩ 무슨 죠흔 의ᄉᆞ로 나의 낫출 도라보지 아니리오? 너는 보라. 내 너를 더신ᄒᆞ여 ᄭᅮ러 안즈리라."

말ᄒᆞ며 즉시 ᄭᅮ러 안기를 고든 말둑ᄀᆞ치 ᄒᆞ거늘 가모와 가부인이 모다 우을 시 가부인이 웃고 니르더,

"고낭아, 셜니 니러나라. 내 너로 더브러 짓거리지 아【56】니ᄒᆞ노라. 이 일은 ᄯᅩᄒᆞᆫ 너의 고뷔(姑夫) 도라오기를 기다려 샹량(商量)ᄒᆞ여 졍탈(定奪)ᄒᆞ미 바야흐로 올흐니 나의 한 사롬이 곳 능히 쥬쟝(主張)흔다 니르기 어렵도다."

봉졔 짜히 ᄭᅮ러 안즈 우스며 니르더,

"보형뎨야, 너는 듯느냐 듯지 아니ᄒᆞ느냐? 고태태의 말슴 ᄒᆞ시는 거시 곳 응낙ᄒᆞ시는 말슴이니 고태태 응낙ᄒᆞ시면 고노애 도로혀 무슴 말슴이 이시리오? 내 몬져 너를 더신ᄒᆞ여 고태태의게 쳥샤ᄒᆞ여 한 번 졀ᄒᆞ리라."

말ᄒᆞ며 믄득 졀ᄒᆞ려 ᄒᆞ거늘 가부인이 셜【57】니 ᄭᅳ어 잡고 우스며 니르더,

"고낭아, 너는 니러나라. 우슴을 니르혀지 말지니라."

가뫼 ᄯᅩᄒᆞᆫ 웃고 니르더,

"필경은 우리 봉챠뒤(鳳丫頭) 한 지위 입부리를 잘 놀녀 가히 져 노태태로 ᄒᆞ여곰 ᄆᆞ음이 플니게 ᄒᆞ엿도다."

보옥이 졍히 오열(嗚咽)ᄒᆞ다가 이 말을 듯고 ᄯᅩᄒᆞᆫ 우음을 견디지 못ᄒᆞ여 낫출 도로혀거늘 봉졔 보고 긔여 니르나 보옥을 가르치고 우스며 니르더,

"네 일변으로 곡ᄒᆞ고 일변으로 우스미 두 눈의 무슨 믈이 흐르느뇨?"

【58】 즁인이 또 모다 웃더라. 다만 보니 원앙(鴛鴦)이 일완(一碗) 계원탕(桂圓湯)을 가져 보옥을 쥬어 마시기롤 다ᄒᆞ미 가부인이 또 사름을 명ᄒᆞ여 벼개롤 가져와 곳 보옥으로 ᄒᆞ여곰 캉의 누어 졍신을 죠양(調養)ᄒᆞ게196) ᄒᆞ고 겨롤 위ᄒᆞ여 니블을 덥흐며 또 ᄉᆞ긔(司棋)롤 명ᄒᆞ여 쥬하(廚下)의 가 분부ᄒᆞ여 쥬셕(酒席)을 판비케 ᄒᆞ더라. 졍히 말ᄒᆞᆯ ᄉᆞ이의 다만 보니 반우안(潘又安)이 량명(兩名) 쇼태감(小太監)을 거ᄂᆞ려 와셔 가모와 가부인긔 쳥안ᄒᆞ거놀 보옥이 보고 니러 안ᄌᆞ 니러【59】 디,

"힝리(行李)가 모다 왓ᄂᆞ냐?"

반우안이 니ᄅᆞ디,

"방ᄌᆞ 뉴이애(柳二爺) 쇼지(小的)로 ᄒᆞ여곰 외면의 가 져의 무리롤 ᄎᆞᆺ 왓ᄂᆞ이다."

보옥이 니ᄅᆞ디,

"네 옷샹ᄌᆞ롤 가져와 원앙져져(鴛鴦姐姐)의게 쥬고 샹ᄌᆞ 속의 명텹갑(名帖匣)이 이시리니 가져오라."

가부인이 믄득 쇼태감을 향ᄒᆞ여,

"원비낭낭(元妃娘娘)의게 긔거(起居)롤 뭇고 사름을 명ᄒᆞ여 외변 방으로 거ᄂᆞ려 가셔 관디(款待)케 ᄒᆞ라."

다만 보미 반우안이 두 ᄯᅥᆨ 샹ᄌᆞ롤 가져와 원앙을 쥬고 또 명텹갑을 가져 보옥을 쥬미 보옥이 바다 열【60】고 대옥의 픔계(稟啓)ᄒᆞᆫ 글월을 가져 가부인을 쥬어 니ᄅᆞ디,

"이는 미미가 고부(姑夫)와 고마(姑媽)긔 쳥안ᄒᆞᆫ 픔계라."

ᄒᆞ거놀 가부인이 바다 호봉(護封)을 ᄯᅥ히고 한 번 보다가 겨유 거두랴 ᄒᆞᆯ 시 봉졔 웃고 니ᄅᆞ디,

"고태태야 넑어 내게 들니라. 샹면의 쓴 거시 모다 무어시뇨?"

가부인이 웃고 니ᄅᆞ디,

"무슨 별말은 업고 블과시 쳥안(請安)ᄒᆞᆫ 몃 글지니라."

봉졔 웃고 니ᄅᆞ디,

"엇지 또흔 보형뎨의 온단 말을 아니 ᄠᅥᆺᄂᆞ뇨?"

가뫼 혀츠며 니ᄅᆞ디,

"이 진납비197) ᄋᆞ히야, 또 잡【61】히 말ᄒᆞᄂᆞ냐? 너의 미미 엇지 ᄌᆞ긔가 이런 말을 ᄠᅥᆺ시리오!"

봉졔 슈건을 가져 입부리롤 잡고 우ᄉᆞ며 니ᄅᆞ디,

"내 곳 림미미(林妹妹)롤 아ᄂᆞ니 졔가 필경 이런 졍셰(精細)흔 ᄆᆞ음이 잇셔 ᄌᆞ긔의게 긴졀(緊切)흔 말을 가져 모다 ᄠᅥᆺ시리라."

ᄒᆞ니 즁인이 모다 웃더라.

졍히 담쇼ᄒᆞᆯ 즈음의 홀연 드ᄅᆞ미 외면의 한 무리 지져괴는 소리 나거놀 다만 드ᄅᆞ니 쵸대(焦大) 원ᄌᆞ(院子) 속의 잇셔 지져괴여 니ᄅᆞ디,

"여러 념치업는 잡죵들을 가져 모다 나롤 위ᄒᆞ여 칼을 【62】 ᄢᅵ워 원문(轅門) 밧 셕ᄉᆞᄌᆞ(石獅子) 우히 두라."

가부인이 듯고 크게 놀나 ᄲᆞ리 무러 니ᄅᆞ디,

"이 늙은 업쟝(業障)아! 또 누구롤 잡되히 ᄭᅮ짓ᄂᆞ뇨?"

ᄒᆞ더니 또 드ᄅᆞ미 쵸대 지져괴여 니ᄅᆞ디,

"고노애 벼슬 승탁(昇擢)ᄒᆞ여 밧긔 몃 개 보희ᄒᆞ는 사름이 왓거놀 나의 문셔방으로 일인을 블너 져의 무리의게 한 냥 은ᄌᆞ롤 샹급ᄒᆞ엿더니 져의 무리 도로혀 젹으믈 혐의(嫌疑)ᄒᆞ여 니ᄅᆞ디, '우리 무리는 도시 텬샹(天上)으로 죠ᄎᆞ 온 사름이라. 본젼을 만히 ᄠᅥᆺ시니 미【63】인의게 일개 큰 원보롤 샹급지 아니면 단졍코 밧지 아니리라.' ᄒᆞ미 내가 겻히 잇셔 볼 길히 업셔 져의 무리와 두어 귀졀 말ᄒᆞ엿더니, 우악(愚惡)흔 무리들이 개개히 날과 더브러 눈을 부릅 ᄯᅥ ᄲᅡ호려 ᄒᆞ니 이런 쳘 모ᄅᆞ는 왕팔고쟈(王八羔子)198)는 만일 져희롤 가져 낫낫치 칼 ᄢᅵ우지

<hr>

196) 【죠양ᄒᆞ다】 國 조양(調養)하다. 조리(調理)하다. ¶ 養 ∥ 가부인이 또 사름을 명ᄒᆞ여 벼개롤 가져 와 곳 보옥으로 ᄒᆞ여곰 캉의 누어 졍신을 죠양ᄒᆞ게 ᄒᆞ고 겨롤 위ᄒᆞ여 니블을 덥흐며 (賈夫人又命人取出枕頭來, 就命寶玉順跨兒躺在炕上養養神兒, 給他盖上了被窩.) <續紅 10:58>

197) 【진납비】 國 잔나비. 원숭이. ¶ 猴兒 ∥ 가뫼 혀츠며 니ᄅᆞ디 이 진납비 ᄋᆞ히야 또 잡히 말ᄒᆞ ᄂᆞ냐 너의 미미 엇지 ᄌᆞ긔가 이런 말을 ᄠᅥᆺ시리 오 (賈母啐道: "猴兒, 又混說來了. 你妹妹怎麼好意思自己寫上這些話呢!") <續紅 10:60> ⇒ 잔나 븨, 진나븨, 진납, 진납이, 진납이, 진ᄂᆞ비, 짓납이

198) 【왕팔고ᄌᆞ】 國 {망팔(忘wàng八羔子).} 仁義

아니면 쏘혼 우리 아문(衙門)의 위엄을 아지 못
흐리라."

흐거늘 가부인이 듯고 급히 반우안을 명흐
여 나아가 탐지(探知)흐라 흐니 반우안이 나는
드시 가거늘 쵸디 쏘【64】흔 전도히 다라가더
라.

언마 못되여 다만 보민 반우안이 다라느와
몬져 가 부인긔 청안(請安)흐고 치하흐여 니르
디,

"고노얘 텬죠 벼슬을 승탁(昇擢)흐시민 넘
왕(閻王)이 방즈 옥지 칙셔(勅書)롤 바다보고 인
흐여 고노야(姑老爺)롤 머믈너 왕부(王府)의셔
쥬반을 먹으니 다만 겨허컨디 늣게야 도라오시
리라. 보희흐는 사롬은 쇼지(小的)가 쏘 문셔방
으로 흐여곰 미인(每人)의게 두 량 은즈롤 더
쥬어시니 모다 오인의 합흐여 십오 량 은즈롤
샹급(賞給)흐여 임의 갓【65】느니라."

가부인과 가모와 봉졔 일졔히 환희홀 시
봉졔 웃고 니르디,

"고태태야, 진실노 깃브도다. 고노얘 승탁
흐고 보형뎨 쏘 왓시니 너의 노인네 쟝츳 우리
미미로 더브러 샹면(相面)홀 날이 ㅈ가온지라.
두 가지 깃브미 문의 림흐여시니 진실노 하늘이
사롬의 원을 좃츠시도다. 보형뎨야, 너는 샐니
캉의 나려오라. 우리 무리 몬져 고태태롤 위흐
여 하례흐리라."

가부인이 웃고 니르디,

"이야(嘍啾), 고낭아 너의 보형뎨 겨유 져
기 나【66】하시니 너는 져로 흐여곰 한즈음 더
누어 정신을 기르게 흐라. 쏘 무슨 하례흔다 지
져괴느뇨?"

봉졔 듯고 샐니 보옥을 향흐여 우스며 니
르디,

"네 드럿느냐 아니 드럿느냐? 너는 보라.
고태태 진심으로 너롤 이쳐럼 스랑흐니 셰샹의
다른 빙모(聘母)가 녀셔(女婿) 스랑흐는디 비컨
디 특별이 다르도다."

孝悌와 忠信廉恥의 팔덕을 잊어버렸다는 뜻으
로 '무뢰한'을 일컫는 말. 비속어. ¶ 王八羔子
‖ 이런 철 모르는 왕팔고자는 만일 져희롤 가
져 낫낫치 칼 씨우지 아니면 쏘혼 우리 아문의
위엄을 아지 못흐리라 (好一起不知好歹的王八
羔子, 若不把他們一個一個的枷號起來, 他們也不
知道我們這個衙門裡的厲害.) <續紅 10:63>

흐민 가부인과 가모와 보옥이 모다 웃더
라.

보옥이 우스며 캉 가흐로셔 죠츠 짜히 나
리민 다만 보니 가쥬 류샹련과 진종을 거느리고
드【67】러와 모다 방문 어귀의셔 가부인긔 하
례흐니 보옥이 쏘혼 밧비 짜라 궤좌(跪坐)흐여
청안흐기롤 맛츠민 드디여 가쥬롤 짜라 셔방(書
房)으로 가 샹련(湘蓮)으로 더브러 담화흐려 흐
더라. 가부인이 믄득 스긔의게 분부흐여 쥬연을
판비흐라 흐거늘 가뫼 니르디,

"쥬셕을 아직 셔셔히 흐라. 지금 우리 오
히려 비골푸지 아니니 므음껏199) 한 지위 기다
려 고노얘 도라오시거든 모다 한 곳의 모도혀
져기 슐 먹고 열요(熱鬧)히 지내리라."

가부【68】인이 듯고 믄득 응낙흐여 사롬
을 명흐여 몬져 죠고만 졈심을 출혀 셔방(書房)
의 보내여 노야 무리로 먹게 흐라 흐더라.

이윽흐여 림공(林公)이 바라롤 울니고 벽
졔(辟除)흐며200) 부즁으로 도라오거늘 보옥과
샹련이 샐니 마져 이당(二堂)으로 나아가 청안
흐고 뵈오니 림공이 샹·보 이인을 보민 모다
의푀(儀表) 당당(堂堂)흐고 용뫼(容貌) 슈미(秀
美)흔지라. 심즁의 대희흐여 곳 한 손으로 보옥
을 쓰을고 한 손으로 샹련을 쓰으러 곳 안홀 향
흐여 가니 봉졔 보고 샐니【69】후면으로 가모
의 방즁으로 피흐여 가더라. 가뫼 림공의 보옥
과 샹련을 쓰을고 드러오믈 보고 샐니 몸을 니
러 마즈 우스며 니르디,

"고노야아, 승탁흐미 크게 깃브고 너의 질
이(姪兒) 쏘혼 왓시민 졔가 대황산(大荒山)의셔

---

199)【므음껏】㊌ 마음껏. ¶ 索性 ‖ 쥬셕을 아직
   셔셔히 흐라 지금 우리 오히려 비골푸지 아니
   니 므음껏 한 지위 기다려 고노얘 도라오시거
   든 모다 한 곳의 모도혀 져기 슐먹고 열요히
   지내리라 (酒席且慢些兒, 我們此時尚不覺餓, 索
   性等一會兒姑老爺回來,　大家在一處吃酒也熱鬧
   些兒.) <續紅 10:67>
200)【벽졔흐다】㊀ {벽졔(辟除)하다.} 지위가 높
   은 사람이 행차할 때 구종 별배가 잡인의 통행
   을 금하다. ¶ 響道 ‖ 이윽흐여 림공이 바라롤
   울니고 벽졔흐며 부즁으로 도라오거늘 보옥과
   샹련이 샐니 마져 이당으로 나아가 청안흐고
   뵈오니 (話休絮煩, 約有定更以後, 林公這纔鳴鑼
   響道, 回到府中. 寶玉、湘蓮諸人忙迎出二堂, 請
   安叩見.) <續紅 10:68>

슈도ᄒᆞ다가 져의 션시 지인(指引)ᄒᆞ여 몬져 태허환경(太虛幻境)의 니ᄅᆞ럿더니 이졔 ᄯᅩ 블원쳔리(不遠千里)ᄒᆞ고 고부와 고모를 보라 왓시니 고노야, 너는 졍신을 머믈너 이 질ᄋᆞ를 보라. 가히 죠ᄒᆞ냐 죠치 아니ᄒᆞ냐? 보옥아, 너는 너의 고부긔 졀ᄒᆞ엿【70】ᄂᆞ냐 아니ᄒᆞ엿ᄂᆞ냐?"

림공이 말을 듯고 밋쳐 회답(回答)지 못ᄒᆞ여 보옥과 샹련이 ᄭᅮ러 안져 겨유 졀ᄒᆞ려 ᄒᆞ거늘 림공이 ᄲᆞᆯ니 쓰러 니ᄅᆞ혀고 명ᄒᆞ여 각각 ᄎᆞ셔(次序)를 좃ᄎᆞ 안게 ᄒᆞ더니, 림공이 우스며 가모를 향ᄒᆞ여 니ᄅᆞ디,

"질이 긔위(器宇) 헌앙(軒昻)ᄒᆞ고 토쇽(吐屬)이 풍아(風雅)ᄒᆞ니 진짓 흥가(興家)ᄒᆞᆯ 큰 그ᄅᆞ시라. 이는 도시 노태태의 복퇵(福澤)이 대대로 젼ᄒᆞᆫ 쇼치로다."

가뫼 웃고 니ᄅᆞ디,

"이야(噯喲), 우리 고노야야 무슨 복택이 대대로 젼ᄒᆞ미 이시리오. 다만 일개 용렬ᄒᆞᆫ 쇼【71】지로다. 졔 오륙 셰로 좃ᄎᆞ 져 대옥ᄆᆡᄆᆡ를 마져 집의 오미, 량인이 모다 나의게 ᄯᅡ라 한 탁즈의 밥 먹고 한 샹의 잠즈미 곳 졍의(情義)가 만분(萬分)이나 갓가오나 우리 대인(大人) 된 니들은 다만 니ᄅᆞ디, 져의 형ᄆᆡ(兄妹) 무리 원릭 어려실 졔붓허 한 곳의 잇셔 즈라ᄂᆞ미 즈연 다른 즈미와 ᄀᆞᆺ지 안타 ᄒᆞ더니 엇지 져의 무리 후릭 혼인을 싱각ᄒᆞ여시리오. 그후의 편벽도이 원가(寃家)를 만나 너의 이슈즈(二嫂子) ᄆᆡ뎨(妹弟) 셜이태태(薛二太太)가 가권(家眷)을 다리고 ᄯᅩᄒᆞᆫ 왓시미 그 앏히【72】ᄯᅩᄒᆞᆫ 일개 녀히ᄋᆞ(女孩兒)가 잇ᄂᆞᆫ지라. 너의 이슈지 ᄯᅩᄒᆞᆫ 편벽도이 가쟝 샤랑ᄒᆞ여 곳 져를 위ᄒᆞ여 빙취(聘娶)ᄒᆞ엿더니, 뉘 알니오 우리 져 외손녀이(外孫女兒) 곳 이 일을 위ᄒᆞ여 한 번 병들미 다시 능히 낫지 못ᄒᆞ고 ᄯᅩ 용렬ᄒᆞᆫ 쇼즈를 희롱ᄒᆞ여 츌가방도(出家訪道)ᄒᆞ고 샹텬입디(上天入地)ᄒᆞᄂᆞᆫ 디경의 니ᄅᆞ러시니 내 이 늙은 ᄲᅣᆷ이 가히 고노야(姑老爺)와 노내내(老奶奶)를 보지 못ᄒᆞᆯ너니 이졔 졔가 쳔산만슈(千山萬水)와 운텬무디(雲天霧地)를 지내여 이곳의 니ᄅᆞ러 왓시니 졍히 가련토다. 고노야와 고【73】내내는 져를 셩취(成就)ᄒᆞ여201) 쥬면 곳 나의 늙은 ᄲᅣᆷ을 셩취ᄒᆞ미로다."

림공은 본디 총명ᄒᆞᆫ 사름이라. ᄯᅩ 가부인이 원앙(鴛鴦)의 한 말 ᄒᆞ던 거슬 고ᄒᆞ믈 듯고 임의 보옥의 이번 오미 대옥의 혼인 일을 위ᄒᆞᆫ 줄 아랏더니 한 번 가모의 말을 듯고 ᄯᅩᄒᆞᆫ 우스며 니ᄅᆞ디,

"노태태의 이 말ᄉᆞᆷ은 쇼셰(小婿) ᄯᅩᄒᆞᆫ 분명히 아랏노라. 다만 녀ᄋᆞ의 죵신대ᄉᆞ(終身大事)니 맛당히 노낭(老娘)으로 ᄒᆞ여곰 쥬쟝ᄒᆞ여 ᄒᆞ미 곳 올흐니 노태태는 다만 너의 녀ᄋᆞ로 더브러 샹량ᄒᆞ【74】라."

가뫼 듯고 우스며 니ᄅᆞ디,

"이는 곳 어렵도다."

방즈 고내내 말ᄒᆞ디,

"고노애 도라와 쥬쟝ᄒᆞ기를 기다린다 ᄒᆞ더니 지금은 고노야가 ᄯᅩ 말ᄒᆞ디 맛당히 고내내 쥬쟝ᄒᆞ다 ᄒᆞ니 이는 엇지ᄒᆞ면 죠ᄒᆞ랴? 봉ᄎᆞ두는 어디로 피ᄒᆞ여 갓ᄂᆞ뇨? 져를 블너 이곳의 ᄭᅮ러 안게 ᄒᆞ리라."

말ᄒᆞ미 즁인이 일졔히 모다 웃더라. 가부인이 우고 니ᄅᆞ디,

"노태태는 챡급(着急)지 말나. 질이 오날 겨유 오미 범졀(凡節)이 뎡돈(整頓)치 못ᄒᆞ엿ᄂᆞᆫ지라. 이 ᄉᆞ졍의 큰 판은 임의 뎡ᄒᆞ여시니 엇지【75】반ᄃᆞ시 밧비 이 한 지위의 결단ᄒᆞᆯ즈 ᄒᆞᄂᆞ냐! 류샹공(柳相公)과 대질이(大姪兒) 모다 이곳의 안져시니 엇지 져 봉ᄎᆞ두를 블너 ᄭᅮ러 안게 ᄒᆞᄂᆞᆫ고! 이 노인네는 진긔 늙어 망령202)이로다."

ᄒᆞ니 즁인이 ᄯᅩ 모다 웃더라.

가뫼 웃고 니ᄅᆞ디,

"이 무슨 모양이뇨? 너의 부부 량인이 셔

---

201)【셩취ᄒᆞ다】圖 셩취(成就)하다. 셩사(成事)되다. 도와서 일을 이루게 해주다. ¶ 成全 ‖ 내 이 늙은 ᄲᅣᆷ이 가히 고노야와 노내내를 보지 못ᄒᆞᆯ너니 이졔 졔가 쳔산만슈와 운텬무디를 지내여 이 곳의 니ᄅᆞ러 왓시니 졍히 가련토다 고노야와 고내내는 져를 셩취ᄒᆞ여 쥬면 곳 나의 늙은 ᄲᅣᆷ을 셩취ᄒᆞ미로다 (我這副老臉可也見不得姑老爺、姑奶奶了. 如今只是可憐他千山萬水, 雲天霧地的奔到這裡來, 姑老爺、姑奶奶成全成全他, 就是成全我的老臉了.) <續紅 10:72>

202)【망령】圐 망령(妄靈). 늙거나 졍신이 흐려서 말이나 행동이 졍상을 벗어남. 또는 그런 상태. ¶ 背晦 ‖ 류샹공과 대질이 모다 이곳의 안져시니 엇지 져 봉ᄎᆞ두를 블너 ᄭᅮ러 안게 ᄒᆞᄂᆞᆫ고 이 노인네는 진긔 늙어 망령이로다 (柳相公、大姪兒都在這裏坐着, 怎麼叫人家鳳丫頭出跪着來呢! 老人家眞是老背晦了.) <續紅 10:75>

로 츄탁(推託)ᄒ여 진시 결뎡치 아니ᄒ니 날노 ᄒ여곰 다시 무슴 방법이 이시리오. 내 이 늙은 쌤은 쓸디업스니 너의 대로 쥬롱ᄒ여 말ᄒ라."

샹련이 듯고 우스며 니러나 림공을 향ᄒ여 ᄯ 대황【76】 산의셔 승도의 말ᄒ던 바 인과(因果)와 아오로 진스은[甄士隱]의 말ᄒ 바 회싱(回生)ᄒᄂ 일을 ᄌ셰히 고ᄒ니 림공이 듯고 더옥 희싴이 잇셔 쟝ᄎ 말ᄒ고져 ᄒ더니 다만 드ᄅ믹 가뫼 무러 니ᄅ디,

"류샹공아, 네 혼인 일을 요당(了當)ᄒ엿ᄂ냐?"

샹련이 디답ᄒ여 니ᄅ디,

"태허환경(太虛幻境)의 졔 집 져져(姐姐)가 잇셔 쥬쟝ᄒᄂ지라. 이러므로 당쟝의 곳 요당ᄒ엿노라."

가뫼 듯고 졈두ᄒ며 다시 무ᄅ려 ᄒ더니 다만 드ᄅ믹 가부인이 니ᄅ디,

"좌뎡ᄒ 지 다시 ᄒ 지위 되엿도다. 노【77】 태태와 다믓 노야 무리 도로혀 밥을 먹지 아니코 노야의 도라오기ᄅ 기다리더니 지금은 져허컨디 ᄯᄒ 비골프리로다."

림공이 듯고 니ᄅ디,

"엇지 지금가지 도로혀 밥을 버리지 아니ᄒ고 나의 도라오기ᄅ 기다렷ᄂ냐?"

가뫼 웃고 니ᄅ디,

"이ᄂ 나의 쥬견(主見)이니 오늘은 크게 깃븐 일이라. 고노야의 도라오시기ᄅ 기다려 모다 안져 열요히 지내미 죠코 우리ᄂ 지금 졈심을 먹어 ᄯᄒ 비골프지 아니ᄒ도다."

가부인이 니ᄅ디,

"하늘 일지 아냐시니 곳 탁ᄌ【78】ᄅ 버리라. 이곳의셔 일좌(一座) 둥근 탁ᄌᄅ 가져 버려셔 노야와 노태태 무리ᄅ 뫼시고 모다 담화(談話)ᄒ고 열요히 지내며 나ᄂ 질ᄋ들을 위ᄒ여 술 치ᄂ203) 거슬 보다가 후면 방 쇽의 가 봉고낭을 뫼시리라."

ᄒ거ᄂ 샹·보 이인이 말을 듯고 일졔히 니러나 사례ᄒ여 니ᄅ디,

"질ᄋ비가 감히 당치 못ᄒ깃시니 고태태ᄂ

청컨디 그만두라."

림공이 니ᄅ디,

"임의 이러ᄒ면 부인은 후변으로 가라. 이곳의 내가 잇셔 슐을 보술피미 ᄯᄒ 올타."

가부인이【79】 듯고 그졔야 후변으로 향ᄒ여 가더라.

림공이 챠환(丫鬟)과 복부(僕婦) 무리의게 분부ᄒ여 둥군 탁ᄌᄅ 가져와 졍중의 버려노코 과실 졉시ᄅ 베플며 챠환으로 슐을 부어 오믹 림공이 일일이 슐을 권ᄒ 시 가모ᄂ 상좌의 안고 그나마ᄂ 각각 쟝유빈쥬(長幼賓主)ᄅ 죠츠 셔로 안ᄌ니 진죵(秦鍾)은 비록 아문의 잇셔 챠스ᄅ 당ᄒ나 림공이 죠곰도 즐겨 가비야이204) 보지 아니ᄒ고 다만 친척(親戚)으로 대졉ᄒᄂ지라. 그러므로 ᄯᄒ 하좌(下座)의 안졋더【80】 니 슐이 반감의 니ᄅ믹 림공이 급히 보옥의 지학을 시험코져 ᄒ여 곳 사ᄅ을 명ᄒ여 필묵을 가져와 보옥으로 ᄒ여곰 거년(去年) 향시(鄕試) 쟝중(場中)의 셰 가지 지죠ᄅ 가져 뼈낼 시 림공이 보고 졈두ᄒ여 청샹블이(稱賞不已)ᄒ며, 가뫼 보고 더욱 환희ᄒ여 니ᄅ디,

"고노야아, 너ᄂ 네 질ᄋ의 문쟝을 보믹 도로혀 죠흐냐?"

림공이 웃고 니ᄅ디,

"쇼년 긔지ᄅ 가히 공경ᄒ염죽ᄒ도다."

가뫼 니ᄅ디,

"졔 집의 이실 ᄯ의 흥샹 져의 ᄌ민들과 더브러 글【81】을 지으믹 내 져의 말을 드ᄅ믹 스집(辭集)이 가쟝 둑거온205) 한 칙자가 된다 ᄒ더라."

림공이 듯고 ᄯ 보옥을 향ᄒ여 시ᄉ(詩詞)ᄅ 츠ᄌ 보고져 ᄒ거ᄂ 보옥이 브득이 ᄒ여 다

---

203) 【치다】圖 술을 부어 잔을 채우다. ¶ 斟 ‖ 나ᄂ 질ᄋ들을 위ᄒ여 술 치ᄂ 거슬 보다가 후면 방쇽의 가 봉고낭을 뫼시리라 (我看着給爺們斟了酒, 到後邊房裏陪鳳姑娘去.) <續紅 10:78>

204) 【가비야이】圖 가벼이. 가볍게. ¶ 輕 ‖ 진죵은 비록 아문의 잇셔 챠스ᄅ 당ᄒ나 림공이 죠곰도 즐겨 가비야이 보지 아니ᄒ고 다만 친척으로 대졉ᄒᄂ지라 그러므로 ᄯᄒ 하좌의 안졋더니 (秦鍾雖在衙門當差, 林公幷不肯輕視, 仍以親戚相待, 故也坐在下首.) <續紅 10:79>

205) 【둑거오-】圖 두껍다. ¶ 厚 ‖ 가뫼 니ᄅ디 졔 집의 이실 ᄯ의 흥샹 져의 ᄌ민들과 더브러 글을 지으믹 내 져의 말을 드ᄅ믹 스집이 가쟝 둑거온 한 칙자가 된다 ᄒ더라 (賈母道: "他在家時, 時常和他姊妹們做詩, 我聽見說集的有好厚的一本子了呢.") <續紅 10:81>

만 히당(海棠) 국화(菊花)시룰 가져 긔록ㅎ여 나아오니 림공 더옥 환희ㅎ여 크게 칭찬ㅎ더라. 가뫼 웃고 니르디,

"고노야아, 너는 가히 방심ㅎ라. 우리 리일의 길일 퇵ㅎ여 빙례(聘禮) 례룰 힝ㅎ리라."

림공이 웃고 니르디,

"노태태야, 굿투여 이러틋 다심(多心)ㅎ지 말나. 외싱(外甥)의 녀ᄋ는 【82】 원리 노태태의 곳의 잇셔 ᄌ랏는지라. 노태태 우리 무리로 ᄒ여곰 반젼(飯錢)을 쓰지 아니ㅎ여도 곳 올흘지니 우리 무리 엇지 감히 노태태로 ㅎ여곰 빙례룰 힝코져 ㅎ리오?"

가뫼 듯고 더옥 환희ㅎ여 보옥을 향ㅎ여 우스며 니르디,

"너는 너의 고부의 말을 드럿느냐. 도로혀 결ㅎ지 아느뇨?"

보옥이 듯고 얼골이 붉어 겨유 몸을 닐녀 홀 시 림공이 련망히 눌너 머믈며 니르디,

"노태태야, 우리는 지친골육(至親骨肉)이라 외인(外人)의 비치 못홀지니 다만 【83】 져의 히자(孩子) 무리들이 피ᄎ(彼此)의 졍의(情義) 샹합(相合)ㅎ면 우리 부모된 이가 ᄯ혼 방심홀지니 엇지 이런 쇽투(俗套)의 례룰 강구ㅎ리오."

가뫼 웃고 니르디,

"고노야는 ᄯ혼 너모 파탈(擺脫)ㅎ도다.206) 비록 이ᄀᆺ치 말ㅎ나 빙폐는 곳 미더온 언약이라. 내 싱각건디 다른 믈건은 너의 무리의게 신긔홀 거시 업스니 다만 져의 한 덩이 통령옥(通靈玉)은 져의 어믜 태즁으로븟허 씌고 나온 보 피라. 보옥아! 섈니 너의 통령옥을 가져 내여 챠환 무리로 ㅎ여곰 너의 고태 【84】 태긔 보내라."

보옥이 듯고 섈니 옷슬 헷치고207) 속으로 좃ᄎ 통령옥을 내여 가모긔 젼ㅎ니 가뫼 바다 챠환을 명ㅎ여 가부인의 잇는 곳으로 보내더라. 가뫼 ᄯ 니르디,

"고노애 승탁ㅎ여시니 아지 못게라 어내 ᄡᅥ의 긔졍(起程)ㅎ여 부임(赴任)ㅎ느뇨?"

림공이 우스며 니르디,

"목하의 풍도셩황(酆都城隍)의 오히려 보궐(補闕)ㅎ 사룸이 업스니 쇼셔(小婿)의 ᄯᅳ의는 념왕(閻王)긔 간쳥ㅎ여 몬져 최판관(催辦官)으로 ㅎ여곰 잠간 겸관(兼官)케 ㅎ여 쇼셰 교대(交代)룰 어더야 바야흐로 능히 퇵 【85】 일ㅎ여 긔졍ㅎ리라."

가뫼 듯고 우스며 니르디,

"내 ᄯ 한 가지 일이 잇셔 고노야긔 쳥ㅎ려 ㅎ노라. 어졔 우리 무리 디옥(地獄)의 가셔 구경홀 시 남ᄌ 옥즁의 우리 집 일긔 손지(孫子) 이시니 일홈은 가셔(賈瑞)라 부르고, 녀인 옥즁의 일개 쳡이 이시니 져의 셩은 죠개(趙家)라. 져의 무리 두 사룸이 고노야긔 쳥ㅎ여 은혜룰 베푸러 념왕긔 쥬션(周旋)ㅎ여 져의 무리룰 노와 환싱ㅎ여 달나 ㅎ더라."

림공이 듯고 이샹히 녀겨 니르디,

"이 두 【86】 사룸은 쇼셰 오히려 보지 못ㅎ여시니, 리일 칙ᄌ룰 샹고ㅎ믈 기다려 만일 무슨 십간대악(十奸大惡)이 아니어든 ᄯ혼 가히 변통(變通)ㅎ여 쥬션ㅎ리라."

가쥐 듯고 ᄯ혼 몸을 니르혀 림공을 향ㅎ여 우스며 니르디,

"질ᄋ도 ᄯ혼 일종 공안(公案)을 ᄉ츌(査出)ㅎ믹 그 계집의 일홈은 쟝금가(張金哥)라 부르는디 본리 최슈비(崔守備)의 ᄋ돌과 뎡혼ㅎ엿더니, 져의 부뫼 져룰 핍박(逼迫)ㅎ여 곳쳐 다른 사룸의게 혼인ㅎ려 ㅎ믹 이 계집이 듯지 아니ㅎ고 ᄌ쳐(自處)ㅎ여 죽으며 져의 【87】 쟝부 최문셔(崔文瑞)도 져의 안히 슈졀(守節)ㅎ여 죽으믈 듯고 ᄯ혼 의룰 죠ᄎ ᄌ쳐ㅎ지라. 이졔 일남 일녜 모다 명ᄉ(冥司)의 이시니 질ᄋ는 고노야긔 쳥ㅎ느니 은혜룰 베푸러 판단ㅎ여 부부룰 숨아 ᄡᅥ 풍화(風化)룰 붉힐가 ㅎ노라."

가뫼 듯고 믄득 어졔 고쟝(告狀)ᄒ 녀희ᄌ의 일이 임의 타텹(妥帖)된 쥴을 알고 크게 깃브믈 니긔지 못ㅎ여 니르디,

"고노야아, 이런 죠흔 일은 곳 우리 무리

<hr>

206) 【파탈ㅎ다】 혱 {파탈(破脫)하다.} 소탈하다. 시원스럽다. ¶ 撤脫 ‖ 가뫼 웃고 니르디 고노야는 ᄯ혼 너모 파탈ㅎ도다 비록 이ᄀᆺ치 말ㅎ나 빙폐는 곳 미더온 언약이라 (賈母笑道: "姑老爺也太撤脫了. 雖如此說, 聘禮無非是個信行兒.") <續紅 10:83>

207) 【헷치다】 동 헤치다. ¶ 解開 ‖ 보옥이 듯고 섈니 옷슬 헷치고 속으로 좃ᄎ 통령옥을 내여 가모긔 젼ㅎ니 가뫼 바다 챠환을 명ㅎ여 가부인의 잇는 곳으로 보내더라 (寶玉聽了, 忙解開衣鈕, 從內里摘下通靈玉來, 遞與賈母.) <續紅 10:84>

벼슬ᄒᆞᄂᆞᆫ208) 사룸의 벅벅이 지을 비라. 너의 대질ᄋᆡ 말ᄒᆞ미 가쟝 올토【88】다."

림공이 웃고 니ᄅᆞᄃᆡ,

"이런 죠흔 일은 원리 맛당히 지을 비로ᄃᆡ 다만 내가 요소이 엇지 이런 한가ᄒᆞᆫ 결을이 이시리오. 대질ᄋᆡ(大姪兒)와 다믓209) 풍셔판(馮書辦)이 이시니 샹량ᄒᆞ여 쥬션ᄒᆞ미 곳 올토다."

가쥬 웃고 니ᄅᆞᄃᆡ,

"풍셔판이 즈긔ᄂᆞᆫ ᄯᅩ흔 일이 잇셔 고노야긔 시은(施恩)ᄒᆞ기ᄅᆞᆯ 구ᄒᆞᄂᆞ니라."

림공이 링쇼(冷笑)ᄒᆞ고 니ᄅᆞᄃᆡ,

"졔 ᄯᅩ 무숨 일이 잇셔 내게 구ᄒᆞᄂᆞ뇨?"

가쥬 니ᄅᆞᄃᆡ,

"고노야ᄂᆞᆫ 풍셔판의 싱젼의 쳡을 스려 ᄒᆞ다가 사룸의 타스(打死)ᄒᆞ믈 당흔 일을 긔록지 못ᄒᆞᄂᆞ냐?"

【89】림공이 니ᄅᆞᄃᆡ,

"올토다. 이 일은 내 향시(鄕市) 도임흔 후의 졔 임의 내게 고ᄒᆞ여시나, 이 흉범(凶犯)의 슈한(壽限)이 다치 아니믈 인ᄒᆞ여 잠간 이 옥안(獄案)을 가져 믈니쳐 두엇더니 졔가 이졔 내게 간쳥ᄒᆞᄂᆞᆫ 의ᄉᆞ가 엇지코져 ᄒᆞ미뇨?"

가쥬 몸을 굽히고 우스며 니ᄅᆞᄃᆡ,

"풍셔판을 타스흔 흉범은 곳 질ᄋᆡ의 표뎨(表弟)오, 일홈을 셜반(薛蟠)이라 부르니 이ᄂᆞᆫ 우리 이마(姨媽)의 ᄋᆞ둘이니라."

림공이 듯고 우스며 니ᄅᆞᄃᆡ,

"이 셜반은 곳 셜이태태(薛二太太)의 ᄋᆞ둘이냐? 너의 【90】고마(姑媽)의 말솜을 익이 드ᄅᆞ미 셜이태태ᄂᆞᆫ 이 일개 가장 죠흔 사룸이라. 엇지 이런 블쵸(不肖)흔 ᄋᆞ둘을 나핫ᄂᆞ뇨? 가히 앗갑도다. 풍연이 이졔 필경 엇지코져 ᄒᆞᄂᆞ뇨?"

가쥬 쟝ᄎᆞᆺ 하금계(夏金桂)의 말을 일너 내려 ᄒᆞ다가 ᄯᅩ흔 블편ᄒᆞ믈 ᄭᅦᄃᆞᆺ고 다만 가마니 진죵을 가져 한 번 밀치니 진죵이 니러나 우으며 니ᄅᆞᄃᆡ,

"풍셔판이 이졔 ᄯᅩ 쳡을 스려 ᄒᆞᄂᆞ니라."

림공이 듯고 슈염을 만즈며 웃고 니ᄅᆞᄃᆡ,

"졔가 쳡을 스고져 ᄒᆞ면 다만 졔 ᄯᅳᆺ더로 스는 거시 올【91】ᄒᆞ니 ᄯᅩ 사룸이 잇셔 겨롤 타스ᄒᆞᆯ가 져허ᄒᆞᆫ다210) 니ᄅᆞ기 어렵도다."

진죵이 웃고 니ᄅᆞᄃᆡ,

"사룸이 타스(打死)ᄒᆞᆯ가 져허ᄒᆞ미 아니라 다만 젼일의 쳥루(靑樓)의 보내여 기싱 된 그 부인이 원리 셜반(薛蟠)의 안히러니 풍셔판이 스셔 쳡을 삼을 의시 잇셔 고노야긔 쳥ᄒᆞ여 칙즈의 져의 명ᄫᆞᄅᆞᆯ 업게 ᄒᆞ려 ᄒᆞᄂᆞ니라."

림공이 니ᄅᆞᄃᆡ,

"이럿툿 니ᄅᆞᆯ량이면 풍셔판이 곳 죄ᄅᆞᆯ 당ᄒᆞ염즉ᄒᆞ도다. 넘왕이 임의 져의게 허락ᄒᆞ여 쟝리 결안(決案)ᄒᆞ리라【92】ᄒᆞ엿거늘, 졔가 엇지 ᄯᅩ 남의 쳐즈ᄅᆞᆯ 도모ᄒᆞᄂᆞ뇨?"

가쥬 듯고 ᄭᅢ니 니러나 웃고 니ᄅᆞᄃᆡ,

"풍셔판이 쳐음의ᄂᆞ 근본 셜반의 안히를 아지 못ᄒᆞ엿다가 오늘 망호뎡(望湖亭)의 질ᄋᆡᄅᆞᆯ 쳥ᄒᆞ여 구경ᄒᆞᆯ 시 그 부인을 블너 와 탄창(彈唱)ᄒᆞ여시나 ᄯᅩ흔 즈시 아지 못ᄒᆞ엿고 츄후의야 도로혀 질ᄋᆡ 형뎨들이 와셔 겨유 졔가 셜반의 식ᄫᅵᆫ 줄 아랏시니 질ᄋᆡᄂᆞᆫ 싱각건디 졔 싱젼의 부인이 되여 단졍치 못ᄒᆞ여시니 셜가의셔 ᄯᅩ흔 겨롤 ᄒᆞ여 무어【93】술 ᄒᆞ며 ᄒᆞ믈며 졔가 풍연(馮淵)으로 더브러 임의 싱 ᄲᅮᆯ이 익은 밥이 되여시니 고노야ᄂᆞᆫ 은혜롤 베푸러 곳 이 부인을 가져 풍연의게 비필ᄒᆞ여 넘왕긔 픔ᄒᆞ여 ᄡᅥ 셜반의 샹명(償命)ᄒᆞᄂᆞᆫ 죄ᄅᆞᆯ 디신ᄒᆞ게 ᄒᆞ면 도로혀 량젼기미(兩全其美)ᄒᆞᆯ 듯ᄒᆞ니 아지 못게라 고노야의 의향은 엇더ᄒᆞ뇨?"

림공이 듯고 침음(沈吟) 반향(半晌)의 크게 한 소리 질너 니ᄅᆞᄃᆡ,

"도로혀 올토다. 다만 가셕(可惜)흔 거슨

---

208)【벼슬ᄒᆞ다】圖 벼슬하다. ¶ 做官 ‖ 고노야아 이런 죠흔 일은 곳 우리 무리 벼슬ᄒᆞᄂᆞᆫ 사룸의 벅벅이 지을 비라 너의 대질ᄋᆡ의 말ᄒᆞ미 가쟝 올토다 (姑老爺, 這樣好事, 是我們做官的人應該作的, 你大姪兒說的很是.) <續紅 10:87>

209)【다믓】團 더불어. 함께. ¶ 和 ‖ 이런 죠흔 일은 원리 맛당히 지을 비로ᄃᆡ 다만 내가 요스이 엇지 이런 한가흔 결을이 이시리오 대질ᄋᆞ와 다믓 풍셔판이 이시니 샹량ᄒᆞ여 쥬션ᄒᆞ미 곳 올토다 (這些好事原是該作的, 只是我這幾天那有這箇閑工夫. 有大姪兒和馮書辦商量着爲也就是了.) <續紅 10:88> ⇒ 다못, 다믓

210)【져허ᄒᆞ다】圖 두려워하다. ¶ 害怕 ‖ 졔가 쳡을 스고져 ᄒᆞ면 다만 졔 ᄯᅳᆺ더로 스는 거시 올ᄒᆞ니 ᄯᅩ 사룸이 잇셔 져롤 타스ᄒᆞᆯ가 져허ᄒᆞ다 니ᄅᆞ기 어렵도다 (他要買妾, 只管盡他買罷了, 難道又害怕有人來打死他麽?) <續紅 10:91>

너의 무리 셜이태태 임의 죠흔 ᄋ들을 낫지 못
ᄒ고 엇지ᄒ여 쏘흔 죠흔 식 【94】 부롤 엇지 못
ᄒ엿ᄂ뇨? 노태태 가히 알니로다. 졔 싱젼의 어
더케 단졍치 못ᄒ엿ᄂ뇨?"

가뫼 듯고 우스며 니ᄅ디,

"내 늙은지라. 집의 잇셔도 쏘흔 이런 일
을 ᄌ셰히 아지 못ᄒ여시나 다만 져의 무리 말
ᄒ믈 드ᄅ미 이 식부가 가쟝 무던치 못ᄒ여 반
ᄋ가 관ᄉ(官司)의 범ᄒ여 슈금(囚禁) 즁의 이시
미 졔가 곳 쳥링(淸冷)ᄒ믈 견디지 못ᄒ여 오러
져의 쇼슉(小叔)과 ᄋ롤 ᄉ모ᄒ미 다힝히 과이
(蝌兒) 챡ᄒ믈 힘닙엇도다. 그러치 아니터면 필
경 일을 내여시리 【95】 라. 고노야야 이쳐럼 판
결ᄒ미 가쟝 죠흐니 다만 반ᄋ의 죄명을 감ᄒᆯ
ᄲ 아니라, 픙셔판이 쏘흔 고노야의 은뎐(恩典)
을 감격ᄒ여 ᄒ리라. 쟉일의 내가 픙셔판을 보
니 쏘흔 이 년경흔 쥰물(俊物)이라. 필경 과ᄋ
(蝌兒)로 더브러 틀니미 만치 아니ᄒ니 도로혀
그 젹은 즘싱도 편의케 ᄒ미니라."

졍히 이쳐럼 말ᄒᆯ 시 다만 보니 가부인이
희희히 웃고 다라나오며²¹¹⁾ 니ᄅ디,

"노태태ᄂ 가쟝 셩품이 급ᄒ도다. 엇지 질
ᄋ의 통령옥(通靈玉)을 가져 아스내엿ᄂ뇨?"

가뫼 웃고 【96】 니ᄅ디,

"내 너의 무리 다른 의ᄉ 이실가 져허ᄒ여
옥을 보내여시니 내가 곳 방심(放心)ᄒ리로다."

가부인이 웃고 니ᄅ디,

"내가 봉고낭(鳳姑娘)의 말을 드ᄅ미 이 한
덩이 옥은 곳 질ᄋ의 명근(命根)이라. 이 옥을
아스면 졔가 곳 병이 날 돗ᄒ니 다만 외손녀ᄋ
롤 너의 노인내가 져롤 바리지 아니면 곳 올ᄒᆯ
지라. 엇지 반드시 빙폐(聘幣)의 이시리오! 이
한 덩이 옥을 젼과 ᄀ치 질ᄋ로 ᄒ여곰 가지게
ᄒ라. 우리 무리도 쏘흔 아모 회례(回禮)도 업ᄉ
니 이곳의 젼일 노태야가 져의 【97】 고부롤 쥬
신 한 벌 벽화시(碧霞璽)란 씌가 이시니 쏘흔
질ᄋ롤 쥬어 가지게 ᄒ면 우리 회례라 니ᄅ리

---

211) 【다라나오다】 圖 달려나오다. ¶ 走出來 ∥
정히 이쳐럼 말ᄒᆯ 시 다만 보니 가부인이 희희
히 웃고 다라나오며 니ᄅ디 노태태ᄂ 가쟝 셩
품이 급ᄒ도다 엇지 질ᄋ의 통령옥을 가져 아
ᄉ내엿ᄂ뇨 (正說到這裡, 只見賈夫人笑嘻嘻的走
了出來, 道: "老太太好性急啊, 怎麽把二侄兒的
通靈玉都摘下來了呢?") <續紅 10:95>

라."

가뫼 텽파(聽罷)의 깃브믈 니긔지 못ᄒ여
샬니 보옥을 명ᄒ여 일졔히 바다와 허리 ᄉ이의
감쵸게 ᄒ더라.

가부인이 니ᄅ디,

"슐을 가져오라. 내가 필경 너의 무리롤
한 잔식 권ᄒ리라."

즁인이 일졔히 니러나 니ᄅ디,

"슐은 넉넉ᄒ니 고태태ᄂ 밥을 쥬쇼셔."

이의 챠환 무리 슐을 부어와 모다 일 비식
마시미 겨유 밥을 버려 왓거놀 모다 먹 【98】 기
롤 맛츠고 쏘 흐터 안ᄌ 한 지위 말ᄒ다가 각각
흐터져 갈 시 샹·보 이인이 가쥬의 방으로 안
침(安寢)ᄒ라 가더라.

이튼날 림공이 왕부의 나아가 샹항(上項)
일을 가져 일일이 념왕(閻王)긔 품쳥(稟請)ᄒ니
념왕이 엇지 쳐결ᄒ엿ᄂ고 챠텽하회분회ᄒ라.

[쇽홍루몽續紅樓夢 권지십일卷之十一]

【1】 화셜, 림공(林公)이 왕부(王府)의 나아
가 샹항(上項) 일을 가져 일일이 념왕(閻王)긔
품쳥(稟請)ᄒ미 념왕이 림공의 텬죠(天曹)의 승
탁(昇擢)ᄒ믈 인ᄒ여 막ᄌᄅ기 어려온지라. 일일
이 모다 응락ᄒ거놀 림공이 부즁(府中)으로 도
라와 일변으로 셩황인부(城隍印符)롤 가져 최판
관(崔辦官)의게 보내여 겸관(兼官)ᄒ게 ᄒ고 일
변으로 픙연(馮淵)의게 분부ᄒ여 가셔(賈瑞)와
죠이랑(趙姨娘) 량인으로 노화 보내여 【2】 환싱
케 ᄒ고 쏘 쟝금가(張金哥)와 최문셔(崔文瑞)롤
블너 와 금화양쥬(金花羊酒)롤 ᄉ급(賜給)ᄒ여
판단ᄒ여 부부롤 삼으미 가쥬(賈珠) 가마니 가
모(賈母)롤 향ᄒ여 삼쳔 량 은ᄌ(銀子)롤 토득
(討得)ᄒ여 쟝금가롤 쥬어 집을 평안케 ᄒ고 쏘
하금계(夏金桂)롤 가져 쳥루안(靑樓案)의 졔명
(除名)ᄒ고 길일을 퇵ᄒ여 픙연으로 더브러 합
근(合卺)ᄒ게 ᄒ니 이런 졀목(節目)은 ᄌ셰히 말
ᄒᆯ 거시 업도다.

림공이 임쇼의셔 이왕 판단ᄒ여 낸 여러
죠건을 일일이 ᄉ판(査辦)ᄒ여 교디(交代)ᄒ기롤
쳥쵸(淸楚)히 【3】 ᄒ고 쏘 념왕긔 쳥ᄒ여 가모
와 가쥬롤 가져 홈긔 가려 ᄒ니 념왕이 림공의

거관(居官) 청신(淸愼)호믈 인호여 림별(臨別)의 표정(表情)홀 거시 업눈지라. 아오로 풍연과 진종(秦鍾)과 최문셔(崔文瑞) 삼인으로 호여곰 모다 혼가지로 솔권(率眷)호고 짜라가게 호미 남공이 고두샤은(叩頭謝恩)호고 부즁으로 도라와 길일을 틱하여 교마거쟝(轎馬車仗)을 쥰비호고 힝리(行李)룰 슈습호여 발정부임(發程赴任)호미 이날은 만셩즁의 관료신스(官僚紳士)들이 모다 셩외 망호뎡(望湖亭)의 가셔 전별(餞別)호니 가쟝 열요(熱鬧)【4】호더라.

지셜, 림디옥(林黛玉)이 보차(寶釵)로 더브러 몽즁 샹회(相會)훈 후의 태허(太虛)로 도라와 쳥신(淸晨)의 니러나 겨유 쇼셰롤 맛치미 다만 드르니 금순이[金釧兒] 외방의 잇셔 웃고 니르디,

"네 엇지 이러툿 일죽이 왓느뇨? 다만 겨허컨디 우리 고낭(姑娘)이 도로혀 쇼셰롤 맛치지 못호엿실 듯호도다."

디옥이 듯고 련망히 나와 마즈미 향릉(香菱)이 회회히 웃고 다라나오거눌 디옥이 웃고 니르디,

"져져(姐姐)야 네가 도라가기롤 가쟝 썰니 호엿도다. 이마(姨媽)와 쇼가이(小哥兒) 모다 평안혼【5】더냐?"

향릉이 웃고 니르디,

"고낭의 복을 힘닙어 우리 태태(太太) 가쟝 강건(康健)호시고 쇼가으도 쏘혼 병이 나핫더라. 고낭아, 너는 보고낭(寶姑娘)을 보왓느냐 못보왓느냐?"

디옥이 니르디,

"보왓노라. 뉘 알니오 운ᄋ(雲兒)도 쏘혼 그 곳의 잇셔 머무더라."

향릉이 니르디,

"네 쏘혼 운고낭을 보왓느냐?"

디옥이 니르디,

"시긱이 한뎡(限定)이 이시니 엇지 져롤 볼 결을이 이시리오? 나는 다만 보져져로 더브러 한 지위 말호고 곳 가셔 즈견(紫鵑)을 츠즈 겨유 두어 말호미 닭이 곳 우는【6】지라. 내 곳 급히 도라왓노라."

향릉이 니르디,

"보고낭은 도로혀 평안호더냐? 다만 져허컨디 심즁의 번뢰(煩惱)호여 모양이 쏘혼 젼과

ᄉᆺ지 못호리라."

디옥이 니르디,

"보져제 평일의 위인이 원리 광달(曠達)혼지라. 내 져의 모양을 보니 도로혀 네와 ᄀᆺ치 윤틱(潤澤)호더라."

향릉이 니르디,

"이러므로 우리 고낭의 한 무리가 되고 병이 업스므로 곳 샹두(上頭)의 거호엿도다. 네가 가히 보이아(寶二爺)와 류이애(柳二㸑) 이곳의 니룸과 다믓 우리 부친의 글월【7】 우히 말혼 바 회싱호는 일은 모다 져의게 고호엿느냐?"

디옥이 쌤이 붉어지며 쇼리롤 나죽이 호여 니르디,

"내 모다 져의게 고호엿노라. 보져져의 의스(意思)도 쏘혼 우리 이곳의 와셔 놀냐 호더, 다만 제가 이제 태긔(胎氣)가 잇눈지라. 내 말호디, '져의 분만혼 후롤 기다려 다시 사룸을 식여 져의게 향을 보내리라.' 호여시니 네 싱각건디 이 일이 가히 쓰랴 못쓰랴?"

향릉이 듯고 졍히 대답고져 호더니 다만 보미 쳥문(晴雯)이 샐니 다라나와 웃고 니【8】르디,

"죠흔 고낭들아, 너의 량인의 시죵(始終) 일을 내가 모다 드럿노라. 너의 량인이 가마니 쇼리 업시 집의 도라가고 엇지 곳 나롤 속이미 십분 비밀(秘密)호게 호뇨? 우리 무리는 곳 사룸이 아니라 니르기 어렵거눌 문득 즐겨 우리롤 거느리고 집으로 단니라 가지 아니호엿느뇨?"

디옥이 듯고 우스며 니르디,

"너의 져 셩픔을 뉘 아지 못호느냐? 만일 일죽 네게 고호면 네가 급호여 견디지 못호엿실 듯호니 이제는 네 쏘혼 챡급지 말나 쏘 여러 날【9】 지나지 아니호여 내가 즈연 너롤 시겨 한 지위 가게 호리라."

쳥문이 웃고 니르디,

"내 지금 고낭의 말을 드르니 보고낭이 티긔(胎氣)가 잇다 호니 ᄋ돌을 나핫느냐, 쌀을 나핫느냐?"

디옥이 듯고 우스며 혀 츠고 니르디,

"네가 쏘 어즈러이 뭇는도다. 그 사룸이 도로혀 싱산치 못호여시니 내 엇지 ᄋ돌을 나핫눈지 쌀을 나핫눈지 알니오?"

쳥문이 듯고 쏘혼 우스며 니르디,

"이졔 져의 무어슬 나흐믈 아른 체홀 거시 업스되 내 한 번 드르미 곳 즐겨【10】견되지 못ᄒ리로다."

향릉(香菱)이 우슘을 참지 못ᄒ여 니르되,

"너는 도로혀 취미(趣味) 잇는 사롬이로다. 져 보고낭의 싱산ᄒ미 너와 더브러 무슨 샹관이 잇관되 너의 즐기미 져러틋 ᄒ뇨?"

쳥문이 웃고 니르되,

"내 쏘흔 별노이 즐거오미 업스되 다만 즐거오믄 우리 보이애 어렷실 ᄶ의 그쳐럼 사롬을 괴롭게 보치더니 이졔 쏘 사롬이 잇셔 져다려 부친이라 부르는 말을 듯깃도다."

디옥과 향릉이 일졔히 슈건을 가져 입부리를 잡고 희희히【11】웃더니 디옥이 향릉의 손을 쯔을며 니르되,

"우리 방즁의 가셔 안즈 졍경(政經)의 말을 ᄒ미 죠토다. 져의 입부리의셔 나오는 디로 말ᄒ여 사롬을 웃게 ᄒ는 거슬 듯지 말나."

ᄒ고 량인이 일졔히 쇽으로 드러가 대면(對面)ᄒ여 안즈미 쳥문과 금슌이 챠롤 가져오고 쏘흔 모다 하변(下邊) 격은 교의(交椅) 우희 안졋더라. 디옥이 향릉을 향ᄒ여 니르되,

"보져졔 날다려 말ᄒ되 너의 심몽향(尋夢香)을 비러 우리 이곳의 와 놀고즈 ᄒ니 아지 못게라 너는 가히 응낙【12】ᄒ랴?"

향릉이 니르되,

"내가 쏘흔 심히 져롤 싱각ᄒ미 져로 ᄒ여곰 와셔 한 번 보는 거시 바야흐로 죠흐니 무슨 응낙지 아니미 이시리오? 다만 이 향이 원러 잉태(孕胎) 싱산(生産)ᄒ는 거슬 ᄌ가히 못ᄒ니 만일 더러온 긔운이 츙범(冲犯)ᄒ면 곳 령응(靈應)이 업ᄂ니 너는 가히 알니라. 져의 잉태가 필경 이졔 몃 달이나 되엿ᄂ뇨?"

디옥이 니르되,

"졔가 가마니 내게 고ᄒ여 말ᄒ되 임의 칠팔 삭212)이 지내엿다 ᄒ더라."

향릉이 듯고 반향(半晑)을 침음(沈吟)【13】ᄒ다가 니르되,

"나의 쥬견(主見)디로 홀진디 넉넉히 몃 날

─────────

212)【삭】몡 삭(朔). 개월(個月). ¶ 月 ‖ 대옥이 니르되 졔가 가마니 내게 고ᄒ여 말ᄒ되 임의 칠팔 삭이 지내엿다 ᄒ더라 (黛玉道: "他悄悄的告訴我說, 已經有七八個月了.") <續紅 11:12>

을 지내여 져의 달이 찬 후의 싱산ᄒ믈 기다려 가히 쓰리라."

쳥문이 니르되,

"엇지 네가 말홀스록 더욱 답답히 ᄒᄂ뇨? 사롬이 엇지 이거슬 기다리리오!"

향릉이 웃고 니르되,

"져져야, 너는 구틱여 챡급(着急)지 말나. 좌우간 이 한 차례 챠ᄉ(差使)는 다만 네가 당홀지니 엇지 반ᄃ시 밧븐 거시 이 한 지위의 잇시리오."

쳥문이 쳥파(聽罷)의 머리롤 슉이고 니르되,

"너의디로 무슨 심몽향(尋夢香)이 잇는지 반혼향(返魂香)이 잇는지【14】어대로 놀나가려 ᄒ던지 ᄆᆞ옴디로 ᄒ라. 가련토다! 사롬을 가져 경년렬셰(經年閱歲)의 집의 가도와 두미 사롬의 ᄆᆞ옴을 답답게 ᄒ여 가히 견디랴!"

금슌이 듯고 우스며 니르되,

"이야(嗳哟), 우리 집의 보이야 외에 쏘 너의 무슴 친척이 잇ᄂ뇨? 네 필경 누롤 싱각ᄒ여 이러틋 챡급ᄒ뇨? 너는 쏘흔 나롤 싱각ᄒ라. 우리 집의 도로혀 우리 모친과 다믓 우리 미미(妹妹)이시디 쏘흔 이쳐럼 챡급지 아니ᄒ노라."

쳥문이 듯고 셩내여 니르되,

"격은 즘싱아! 네 나롤 총【15】찰(總察)ᄒᄂ냐? 집의 비록 우리 부뫼 업스나 아모도 업다 니르기 어렵도다. 내 지금 표거거[表哥哥]와 슈슈(嫂嫂)롤 두어시니 곳 져롤 보라가는 거시 맛당치 아니ᄒ랴?"

금슌이 웃고 니르되,

"이야, 네 도로혀 너의 져 표슈슈(表嫂嫂)롤 졔긔(提起)ᄒᄂ도다. 너는 보라. 져의 못된 모양은 내 일졈도 보려 아니 ᄒ노라."

쳥문이 듯고 졍히 안식(顏色)을 변ᄒ려 ᄒ미 다만 보니 디옥이 웃고 니르되,

"너의 량인은 쳘업시 지져괴지 말나. 좌우간 보고낭의 만삭이 지내지 아니면 룡고낭이 단졍【16】코 즐겨 향을 쥬지 아닐지니 나의 권ᄒ는 디로 너의 량인은 닷토지 말고 다시는 이런 일을 구틱여 졔긔치 말나. 금슌ᄋᆞ는 격하궁(赤霞宮)으로 이져져(二姐姐)롤 쳥ᄒ라 가고, 쳥문 져져는 박명ᄉ(薄命司)로 우가(尤家) 량위(兩位) 져져와 다믓 쇼대내내(小大奶奶)롤 쳥ᄒ라 가셔

164

곳 말ᄒᆞ디, '향릉져졔 임의 왔다.' 말ᄒᆞ라. 우리 오늘 죵일 골픠 내기ᄒᆞ여 답답ᄒᆞᆫ 거슬 풀고 너의 량인의 한가(閑暇)ᄒᆞ여 다만 입ᄭᅵ름ᄒᆞ고 ᄌᆞ213) ᄒᆞᄂᆞᆫ 거슬 덜니라.”

쳥문과 금슌ᄋ 이인이 골픠 두 글ᄌᆞ롤 듯더 【17】 니 겨우 깃븐 낫치나 길을 난호아 숀을 쳥ᄒᆞ라 가더라. 언마 못되여 영츈(迎春)과 우이져(尤二姐)와 우삼져(尤三姐)와 진시(秦氏) 일졔히 니ᄅᆞ러 한온(寒溫)을 펴고 죠반 먹기롤 맛치미 녀덟 사롬이 두 판을 난호와 골픠로 승부롤 결을 ᄉᆡ 디옥과 영츈과 우삼져와 금슌ᄋ의 닷토ᄂᆞᆫ 거슨 죠희 골픠오, 향릉과 우이져와 진시와 쳥문의 닷토ᄂᆞᆫ 거슨 ᄶᅧ 골픠라. 죠히 하로롤 열요(熱鬧)ᄒᆞ다가 늦게야 바야흐로 허여지더라.

디옥이 영츈과 향릉 이인을 머믈너 강 【18】 쥬궁(絳珠宮)의 잇셔 ᄲᅥ지어214) 죠셕으로 바독두며 시롤 지으미 ᄯᅩᄒᆞᆫ 쾌락ᄒᆞ더니 광음(光陰)이 임염(荏苒)ᄒᆞ여 일 삭이나마 지내엿ᄂᆞᆫ지라. 일일은 한가ᄒᆞ여 일이 업더니 디옥이 죨연보챠롤 싱각ᄒᆞ고 문득 젼일 보챠로 더브러 몽즁의 샹회ᄒᆞ던 일을 영츈(迎春)의게 고ᄒᆞ니 영츈이 ᄯᅩᄒᆞᆫ 깃브믈 이긔지 못ᄒᆞ여 니ᄅᆞ디,

“보형뎨 간 지 여러 날이 되여시니 혜아리건디 ᄯᅩᄒᆞᆫ 회신(回信)이 이실 듯ᄒᆞ도다. 쟝리 너의 무리 대ᄉᆞ롤 일워 한가지로 회싱ᄒᆞ면 【19】 진개 ᄯᅡᆼ으로 깃부미 문의 니ᄅᆞ미니 우리 슉슉과 심낭(嬸娘)이 극히 환희ᄒᆞ실지라. 나는 싱각건디 보미미 지금은 ᄯᅩᄒᆞᆫ 분만홀 ᄯᆡ가 되엿실 듯ᄒᆞ니 네 엇지 쳥문(晴雯)을 시겨 져의게 향을 보내지 아니ᄒᆞᄂᆞ뇨? 곳 져의 진혼(眞魂)을 가져 다려와 우리 모다 한 번 모히면 엇지 아름답지 아니리오?”

디옥이 듯고 겨유 입을 열고져 ᄒᆞ더니 다만 보미 쳥문이 향릉(香菱)을 향ᄒᆞ여 우스며 니ᄅᆞ디,

“릉고낭아 너는 이고낭의 말을 드럿ᄂᆞ냐? 듯지 못 【20】 ᄒᆞ엿ᄂᆞ냐? 너의 져 무슨 보픠향(寶貝香)을 가져 두 가지만 샹급하라. 다만 ᄌᆞ긔

만 ᄉᆞ랑ᄒᆞ여 감쵸지 말 거시니 너로 ᄒᆞ여곰 ᄌᆞ긔만 날마다 집의 가 셜대야(薛大爺)와 모히면 ᄯᅩᄒᆞᆫ 의시 업도다.”

말ᄒᆞ미 즁인이 모다 웃더라. 향릉이 우스며 니ᄅᆞ디,

“너는 입부리의셔 나오ᄂᆞᆫ 디로 말을 말나. 쟝촛 내가 너의 입부리 ᄯᅵᆺᄂᆞᆫ 거슬 보리라.”

디옥이 니ᄅᆞ디,

“젼일의 졔가 곳 급ᄒᆞ여 견디지 못ᄒᆞ엿다 ᄒᆞ여도 죠히 여러 날을 견디엿거니와 지금은 ᄯᅩᄒᆞᆫ 맛 【21】 당히 갈 ᄯᆡ로다. 릉고낭아, 너는 져의게 몃 가지 향을 쥬라.”

향릉이 듯고 곳 숀을 펴 탁ᄌᆞ 우흐로 죠촛 일긔 젹은 비단갑을 가져 내여 열고 일지(一支) 반혼향(返魂香)과 일지(一支) 심몽향(尋夢香)을 내여 인단(引單) 가지 아오로 영츈을 쥬어 보게 ᄒᆞ니 쳥문이 보고 우스며 니ᄅᆞ디,

“이 비단갑을 내 일죽 보와시디 나는 다만 니ᄅᆞ디, '우리 림고낭(林姑娘)의 슈식갑(首飾匣)이라.' ᄒᆞ엿더니 일죽 이 속의 향을 감쵼 줄 아라시면 내 틈을 타 져 몃 가지롤 도젹질ᄒᆞ고 ᄯᅩᄒᆞᆫ 이쳐럼 야 【22】 야(爺爺) 내내(奶奶)라 칭호ᄒᆞ여 이걸치 아니ᄒᆞ여시리라.”

향릉이 니ᄅᆞ디,

“너는 입부리롤 놀니지 말나. 내 이 신긔로온 향이 내 숀으로 스스로 쥐치 아니면 다른 사롬은 ᄯᅩᄒᆞᆫ 갑을 여지 못ᄒᆞᄂᆞ니라. 네 임의 가랴ᄒᆞ면 곳 일죽 밥을 먹고 우리 모다 너롤 가져 보내여 픠방(牌坊) 밧긔 니ᄅᆞ러 내 너롤 위ᄒᆞ여 향을 픠오면 스스로 긔이ᄒᆞᆫ 증험이 이시리라.”

쳥문이 듯고 과연 환텬희디(歡天喜地)ᄒᆞ여 사롬을 명ᄒᆞ여 밥을 출혀와 모다 먹기롤 맛치미 졔가 곳 시로 쇼셰ᄒᆞ 【23】 고 한 벌 ᄉᆡ 옷슬 밧고와 닙고 일지 심몽향을 가져 신변(身邊)의 감쵸미 디옥(黛玉)과 향릉(香菱)과 영츈(迎春)과 금슌ᄋ[金釧兒] ᄉᆞ인이 져롤 보내여 강쥬궁(絳珠宮)으로 나올 ᄉᆡ 그ᄯᅢᄂᆞᆫ 즁하(仲夏) 졀긔(節氣)라. 셩류215)가 붉은 거슬 날니고 년엽(蓮葉)의

---

213) 【입ᄭᅵ름ᄒᆞ다】 圖 입씨름하다. ¶ 拌嘴 ‖ 우리 오늘 죵일 골픠 내기ᄒᆞ여 답답ᄒᆞᆫ 거슬 풀고 너의 량인의 한가ᄒᆞ여 다만 입ᄭᅵ름ᄒᆞ고ᄌᆞ ᄒᆞᄂᆞᆫ 거슬 덜니라 (我們今日鬪一天牌解解悶兒, 省得你們兩個人閑的只是要想拌嘴.) <續紅 11:16>

214) 【ᄲᅥ지-】 圖 《ᄲᅥ짓다》 짝짓다. ¶ 作伴 ‖ 디옥이 영츈과 향릉 이인을 머믈너 강쥬궁의 잇셔 ᄲᅥ지어 죠셕으로 바독두며 시롤 지으미 ᄯᅩᄒᆞᆫ 쾌락ᄒᆞ더니 (黛玉留下迎春、香菱二人在绛珠宮作伴, 以備朝夕下棋做詩, 倒也快樂.) <續紅 11:18> ⇒ ᄲᅥ짓다

푸른 거시 엉긘지라. 다만 희가 기러 보내기 어
려오믈 씨다룰지라. 다숫 사룸이 담쇼(談笑)ᄒᆞ며
가더니 일쪽 밧긔 니르러 일쪽 피방 밧긔 니르
러 향릉이 불을 가져 일지 반혼향을 피여 쳥문
의 살젹 가의 꼿고 손으로 져의 엇기룰 한 번
치고 【24】 한 쇼리로,

"가거라."

말ᄒᆞ미 다만 보니 쳥문이 두 발이 싸히 쩌
바룸을 어거(御車)ᄒᆞ여 힝홀 시 삽시간의 그림
ᄌᆞ도 뵈지 아니ᄒᆞ더라. 금슌이 손벽치며 흡흡대
쇼(哈哈大笑)ᄒᆞ여 니르디,

"이는 도로혀 가쟝 취미(趣味)가 잇도다.
릉고낭아 쳥문져져 도라오기룰 기다려 네 쏘ᄒᆞᆫ
나룰 일지향을 쥬어 피오면 나도 집의 가 우리
모친을 보리라."

향릉이 듯고 우ᄉᆞ며 니르디,

"올토다. 내가 곳 알니라. 네 가 보면 단졍
코 눈의셔 블이 날 줄 혜아리라."

금슌이 미쳐 답 【25】 지 못ᄒᆞ여 다만 드르
미 디옥이 니르디,

"금슌ᄋᆞ야, 너는 몬져 도라가 문호(門戶)
룰 보살피라. 이져져야, 우리 임의 나하시니 엇
지 경환션고(警幻仙姑)의 곳의 가 묘ᄉᆞ부(妙師
父)룰 ᄎᆞᄌᆞ 바독을 두지 아니리오?"

금슌이 듯고 겨유 말ᄒᆞ고 져ᄒᆞ더니 홀연
보니 셔편의 진이(塵埃) 근근히 니러나는지라.
먼니셔 바라보미 한 필 말이 앏셔고 후변의 일
승(一乘) 악대(樂隊)가 메인 교ᄌᆞ(轎子)가 잇고
쏘 말탄 사룸 하나히 뒤히 싸르고 다시 그 뒤ᄒᆞᆯ
보미 은은히 쏘 무슈ᄒᆞᆫ 교마(轎馬)와 인뷔 잇셔
옹위(擁衛)ᄒᆞ여 오거늘 디 【26】 옥 등 ᄉᆞ인이
모다 크게 놀날 시 영츈이 급히 니르디,

"림미미야, 우리 무리 쌸니 가ᄌᆞ. 네 보라.
이 여러 사룸이 오고 그 말탄 이는 남ᄌᆞ들과 굿
지 아니ᄒᆞ랴?"

디옥이 쏘ᄒᆞᆫ 챡급ᄒᆞ여 니르디,

"금슌ᄋᆞ야, 너는 쌸니 가셔 경환션고(警幻
仙姑)긔 쳥ᄒᆞ여 져로 나와 보면 곳 엇더ᄒᆞᆫ 사룸
인지 알니라."

금슌이 듯고 곳 져 곳으로 향ᄒᆞ여 쌸니 가
랴홀 시 홀연 보미 앏히 말탄 사룸이 나는 듯시
와 쇼리룰 놉혀 부르디,

"고낭무리는 져허ᄒᆞ지 말나. 나는 이 보이
야(二寶爺)룰 싸라 갓던 【27】 쇼태감(小太監)이
오, 후면 교ᄌᆞ의 안즌 이는 련이닌니(璉二奶奶)
라."

ᄒᆞ니 디옥 등 ᄉᆞ인이 듯고 일변으로 놀나
고 일변으로 깃븐지라. 영츈이 니르디,

"금슌ᄋᆞ는 닷지 말나. 임의 이슈지(二嫂子)
오시니 우리 무리 곳 이곳의 잇셔 져룰 기다리
다가 곳 말ᄒᆞ디, 우리 무리 특별이 나와 져룰
영졉ᄒᆞ노라 ᄒᆞ리라."

디옥과 향릉과 금슌이 일졔히 거름을 긋쳣
더니 언마 못더여 앏히 니른 인부(人夫)들이 교
ᄌᆞ(轎子)룰 나려 노코 후변의 말탄 이도 쏘ᄒᆞᆫ
말을 나리미 원리 일긔 【28】 쥰미(俊美)ᄒᆞᆫ 후싱
(後生)이라. 이 뉜 줄을 아지 못ᄒᆞ엿더니 다만
보미 졔가 앏흐로 가 교ᄌᆞ 문을 밀쳐 열고 픔ᄒᆞ
여 니르디,

"이심낭(二嬸娘)은 쌸니 교ᄌᆞ의 나리라. 고
낭 무리들이 여긔 잇셔 기다리다가 너룰 영졉ᄒᆞ
노니라."

ᄒᆞ더니 과연 보미 봉졔(鳳姐) 교ᄌᆞ 안흐로
셔 죠ᄎᆞ 나리다가 한 번 즁인을 보고 비희교집
(悲喜交集)ᄒᆞ여 쌸니 니르디,

"미미들은 모다 평안(平安)ᄒᆞ냐? 너의 무리
엇지 우리 무리 오는 쥴을 아랏ᄂᆞ뇨?"

영츈이 미쳐 입을 여지 못ᄒᆞ여 다만 드르
미 디옥이 무 【29】 러 니르디,

"져져야, 네 도라 오느냐? 노티티와 다못
우리 부친과 모친이 모다 어디 잇ᄂᆞ뇨?"

봉졔 듯고 급히 디옥의 손을 ᄭᅳ어 잡고 우
스며 니르디,

"미미야,, 공희대희(共喜大喜)ᄒᆞ노라. 고노
야(姑老爺)는 벼슬을 승탁ᄒᆞ시고 노티티와 고티
티는 모다 지금 오시며, 너는 보라. 견면의 오는
져 교ᄌᆞ는 곳 보형뎨니라. 내 너의 량인의 일을
위ᄒᆞ여 고티티의 앏히셔 두 무릅홀216) 가져 썩

---

215) 【셩류】圈 석류(石榴). ¶ 榴 ‖ 그 씨는 즁하
　　졀긔라 셩류가 붉은 거슬 날니고 년엽의 푸른
　　거시 엉긘지라 (時當仲夏, 榴火飛紅, 荷靑凝碧,
　　但覺日長層永.) <續紅 11:23>

216) 【무릅ᄒ】圈 무릎. ¶ 李羅盖兒 ‖ 내 너의 량
　　인의 일을 위ᄒᆞ여 고티티의 앏히셔 두 무릅홀
　　가져 썩거지도록 쑤러 안즈 우리 이졔 츅니 무
　　리 되여시니 네 엇지 도로혀 나룰 져져라 부르

거지도록 우러 안즈 우리 이제 축니(妯娌) 무리
되여시니 네 엇지 도로혀 나롤 져겨라 부르ᄂ
뇨?”

디옥이 듯고 그졔야 져 【30】 의 부뫼 모다
오시ᄂ 줄 알고 즈연 일쟝 샹심(傷心) 통곡(痛
哭)ᄒᄆᆡ 즁인이 졍히 말니더니 다만 보ᄆᆡ ᄯ오 일
승 큰 교즈와 일승 젹은 교지 니르니 졍히 이ᄂ
가부인(賈夫人)과 다못 스긔(司棋)라. 가부인이
귀로 곡셩(哭聲)을 듯고 샐니 명ᄒᆞ여, ‘교즈롤
머무르라.’ ᄒᆞ니 스긔 몬져 젹은 교즈의 나려
가부인을 뫼셔 나와 샐니 고ᄒᆞ여 니르디,

“져 곡ᄒᆞᄂ 이ᄂ 곳 고낭이라.”

ᄒᆞ거늘 가부인이 듯고 련망히 앎흐로 나와
모녀 이인이 머리롤 안고 통곡ᄒᆞ거늘,

ᄂ뇨 (我爲你們倆人的事，在姑太太跟前把牙羅盖
兒都跪折了. 咱們如今是妯娌們了，你怎麼還把我
敎姐姐呢?) <續紅 11:29>

15

강쥬궁보대혜량연 단쇼뎐승도진인과
絳珠宮寶黛締良緣 丹霄殿僧道陳因果

봉져와 영츈과 향릉 삼 【31】 인이 겻히 잇
셔 말닐 시 죠히 한 지위 지내미 가부인은 그졔
야 눈물을 거두고 더옥은 일양 곡을 그치지 아
니커눌 영츈이 샐니 져의 손을 쓰어잡고 권ᄒ여
니ᄅ디,

"림미미야 너는 우지 말나. 고마(姑媽)는
이 먼 길 풍진(風塵)의 신고(辛苦)를 바든 사롬
이라. 엇지 홀노 너의 곡ᄒ는 거슬 견디여 보리
오!"

가부인이 듯고 정신을 진뎡ᄒ여 영츈을 한
번 보더니 쏘한 져의 손을 쓰어 잡고 무러 니ᄅ
디,

"이는 이고낭이냐? 우리 ᄋ히야, 너의 고
미 여긔셔 너의 ᄌ미 둘을 볼 【32】 줄을 뜻ᄒ지
못ᄒ엿도다."

ᄒ며 쏘 향릉과 금슌ᄋ롤 가ᄅ쳐 무러 니
ᄅ디,

"이 량위는 뉘뇨?"

봉졔 샐니 디답ᄒ여 니ᄅ디,

"이 일개는 셜이티티(薛二太太)의 며ᄂ리니
일홈은 향릉(香菱)이라 부ᄅ고, 져 일개는 우리

미미의게 복시(服侍)ᄒ는 챠환 금슌이니라."

가부인이 듯고 졈두(點頭)ᄒ여 니ᄅ디,

"우리 무리 임의 젼두의 사롬을 보내여 쇼
식을 통ᄒ미 업거눌 고낭 무리는 엇지 쇼식을
알고 이러틋 먼리 우리 무리롤 영졉ᄒ라 왓ᄂ
뇨?"

영츈이 웃고 니ᄅ디,

"우리 【33】 무리 이 곳 태허환경은 인젹
(人迹)이 드믈게 니ᄅ는 곳이라. 엇지 능히 고마
(姑媽)의 오시는 쇼식을 알니오? 방ᄌ 우리 ᄌ
미들이 본디 쳥문(晴雯) 보내기롤 위ᄒ여 모다
나와 노다가 먼니 한 무리 교마(轎馬)롤 바라
보고 우리들이 놀나믈 니긔지 못ᄒ여 졍히 경환
션고롤 쳥ᄒ여 보게 ᄒ랴 ᄒ엿더니 곳 드ᄅ미
쇼태감이 큰쇼리로 웨여 니ᄅ디, '우리 이슈지
오신다.' ᄒ는지라. 이러므로 우리 이곳의 잇셔
져롤 기다리더니 나죵의 이슈ᄌ롤 보미 겨유 노
티티와 고부(姑夫)와 【34】 고미(姑媽) 모다 오시
는 줄 알고 우리 즁인이 환희ᄒ미 비홀디 업더
니 뉘 알니오? 림미미 도로혀 곡ᄒ기롤 긋치지
아니ᄒ는도다."

가부인이 듯고 겨유 말ᄒ고져 ᄒ더니 다만
드ᄅ미 봉졔 니ᄅ디,

"림미미야 너는 스스로 샹심치 말나. 우리
무리 몬져 고티티긔 강쥬궁(絳珠宮)으로 가기롤
쳥ᄒ노라. 노티티의 교ᄌ는 오기롤 셔셔히 ᄒ니
다만 져허컨디 이곳의셔도 도로혀 샹게 일이십
리 될 듯ᄒ고 이곳의 쏘한 안줄 곳이 업스니 모
다 셔셔 기다리지 못ᄒ 【35】 리로다."

더옥이 듯고 그졔야 눈물을 씻고 뿔니 금
슌ᄋ롤 명ᄒ여 몬져 도라가 쇼쇄(掃灑) 포진(鋪
陳)ᄒ라 ᄒ며 가부인의 앏흐로 다라와 ᄭ러 졀
ᄒ거눌 가부인이 밧비 쓰러 니ᄅ혀고[217] 믄득
져의 손을 잡고 쏘한 손으로 영츈의 손을 잡고
완보로 힝홀 시 봉졔 쏘 진죵(秦鍾)의게 분부ᄒ
디,

"교마 인부롤 일졔히 보내여 경내(境內)의

---

217) 【니ᄅ혀다】 图 일으키다. ¶ 拉 ‖ 가부인의
앏흐로 다라와 ᄭ러 졀ᄒ거눌 가부인이 밧비 쓰
러 니ᄅ혀고 믄득 져의 손을 잡고 쏘한 손으로
영츈의 손을 잡고 완보로 힝홀 시 (這纔走到賈
夫人的跟前，跪下磕頭． 賈夫人忙伸手拉了起來，
便拉了他的手，又一手拉了迎春的手，款步而行.)
<續紅 11:35>

머무지 아니케 ᄒ고 너는 ᄯᅩ 말을 타고 가셔 노
티티를 영졉ᄒ라."

ᄒ니 진죵이 응답ᄒ고 스스로 나아가 쥬션
(周旋)ᄒ더라. 가부인【36】이 ᄀᆞ치 힝ᄒ며 ᄌᆞ세
히 보옥의 얼굴을 한 번 보고 혜오ᄃᆡ,

'진시(眞是) 츄슈부용(秋水芙蓉)이라도 족
히 그 아름다오믈 비유치 못홀 거시오 ᄯᅩ 영츈
향룽 졔인을 한 번 보ᄆᆡ 깃브믈 ᄭᅵᆺ듯지 못홀지
라.'

겨유 픾방(牌坊)을 지나ᄆᆡ 문득 보니 경환
과 묘옥과 우이져와 우삼져와 진시 등이 마죠
나오다가 가부인을 보고 일졔히 쳥안ᄒ거늘 가
부인이 낫낫치 셩명을 뭇고 답례를 맛치ᄆᆡ 셔셔
히 힝홀 ᄉᆡ 언마 못디여 강쥬궁(絳珠宮)의 니
르러 영츈과 향룽과 진시【37】와 우이져와 우
삼져와 금슌ᄋ 등이 ᄎᆞ례로 다시 가부인으로 더
브러 힝례ᄒᄆᆡ 경환과 묘옥도 ᄯᅩ한 다시 고두
(叩頭)ᄒ거늘 가부인이 일일이 답례ᄒ고 각각
ᄎᆞ셔(次序)를 죠ᄎᆞ 안줄 ᄉᆡ 금슌이 챠를 드려
마시기를 맛츠ᄆᆡ 가부인이 몬져 경환을 향ᄒ여
ᄉᆞ례ᄒ여 니르ᄃᆡ,

"쇼뎨 의외에 요졀(夭折)ᄒ엿더니 션ᄉᆞ(先
師)의 바리지 아니시믈 힘닙어 문장(門墻)의 거
두어 두시고 범졀(凡節)을 고죠(高照)ᄒ시니 우
리 부뷔 분향(焚香) 졍츅(頂祝)ᄒ여 감격ᄒ믈 이
긔지 못ᄒ노라."

경【38】환이 웃고 니르ᄃᆡ,

"이는 쇼션(小仙)의 분내ᄉᆡ(分內事)라. 죠고
마흔 슈고로오믈 엇지 족히 닐ᄏᆞ르리오."

가부인이 ᄯᅩ한 묘고(妙姑)를 향ᄒ여 니르
ᄃᆡ,

"오리 드르니 우리 스승이 도법(道法)이 굉
심(宏深)ᄒ고 ᄌᆡ학(才學)이 극히 놉다 ᄒ니 가히
공경ᄒ고 가히 부럽도다."

묘옥이 디답ᄒ여 니르ᄃᆡ,

"쇼니(小尼)는 일호(一毫)도 지식이 업셔
법문(法門)의 더러이미 되니 참괴(慙愧) 참괴ᄒ
여라."

가부인이 ᄯᅩ 우이져를 향ᄒ여 니르ᄃᆡ,

"이는 아마도 우리 시 이니니(二奶奶)냐 ?
죠흔 풍류(風流) 인물이 진개 우리 봉고낭(鳳姑
娘)【39】으로 더브러 가히 병가졔구(幷駕齊驅)
ᄒ리로다."

우이져, ᄲᅡᆷ을 븕히고 가히 대답홀 말이 업
셔 다만 겸ᄉᆞ(謙辭)ᄒ더,

"블감당!"

이라 ᄒ니 가부인이 웃고 ᄯᅩ 우삼져를 향
ᄒ여 니르ᄃᆡ,

"삼고고야 너는 가히 크게 깃브도다. 젼일
의 너를 슈고로이 ᄒ여 너의 봉겨져 보내여 우
리 젹은 아문(衙門)의 왓시미 일졀(一切) 셜만
(褻慢)ᄒᆞᆫ 고낭이 가히 용셔ᄒ리라."

우삼졔 ᄯᅩ한 니러 디답ᄒ더,

"젼일의 내가 고티티(姑太太)의 곳의셔 들
네엿고[218] 올 ᄯᅢ의 믈건을 만히 샹샤(賞賜)ᄒ여
【40】계시니 실노 ᄆᆞ음의 불안ᄒ여라."

가부인이 ᄯᅩ 진시를 향ᄒ여 웃고 니르ᄃᆡ,

"이는 쇼용대내내(小蓉大奶奶)냐? 너의 아
ᄋᆞ가 ᄯᅩ한 나를 ᄯᅡ라 왓ᄂᆞ니 너는 져를 보왓ᄂᆞ
냐, 못 보왓ᄂᆞ냐?"

진시 ᄯᅩ한 ᄭᆡ니 니러나 웃고 디답ᄒ더,

"우리 무리 졍히 경환션고(警幻仙姑)의 곳
의 안ᄌᆞ 한담ᄒ더니, 홀연 금슌이 쟝황(張惶)이
와 한 쇼리 고ᄒ여 말ᄒ더, '고티티 오신다.' ᄒ
거늘 우리 무리 곳 한가지로 영졉ᄒ라 나왓고
아직 우리 아ᄋᆞ는 보지 못ᄒ엿노라. 젼일의 우
리 삼이이(三姨兒) 도라와 내【41】게 고ᄒ여
말ᄒ더, '우리 아ᄋᆞ가 ᄯᅩ한 고노야 아문의 잇셔
고노야와 고티티의 ᄉᆞ랑ᄒ시믈 닙어 져를 고호
(顧護)ᄒ신다.' ᄒ니 내 드르ᄆᆡ ᄆᆞ음의 실노 감
격ᄒ믈 니긔지 못ᄒ노라."

봉졔 니르ᄃᆡ,

"너의 아ᄋᆞ는 내가 져를 보내여 노티티를
영졉ᄒ라 가시니 노티티의 교ᄌᆞ는 힝ᄒ기를 가
쟝 셔셔히 ᄒᄂᆞᆫ지라. 다만 져허컨디 셕양시(夕
陽時)의 겨유 능히 올 듯ᄒ도다."

진시 듯고 졈두(點頭)ᄒ더라. 가부인이 ᄯᅩ
향룽(香菱)을 향ᄒ여 니르ᄃᆡ,

"이는 곳 셜대내【42】내(薛大奶奶)로다."

향룽이 ᄲᅡᆷ을 븕히고 ᄯᅩ한 니러나 대답ᄒ여

---

218)【들네다】團 들레다. 큰소리로 떠들다. 시끄럽
게 하다. ¶ 打擾 ‖ 우삼졔 ᄯᅩ한 니러 디답ᄒ더
젼일의 내가 고티티의 곳의셔 들네엿고 올 ᄯᅢ의
믈건을 만히 샹샤ᄒ여 계시니 실노 ᄆᆞ음의 불안
ᄒ여라 (尤三姐也站了起來, 答道: "前兒在姑太太
外打擾,　臨來又賞賜好些東西,　實在心裏不安.")
<續紅 11:39>

니르디,

"블감(不敢)ᄒᆞ여라. 비지(婢子) 어려실 ᄯᅢ로 붓허 사룸이 가유(假誘)ᄒᆞ여[219] 팔니믈 닙어시니 이ᄂᆞᆫ 편방(偏房)이라 감히 고티티의 이런 칭호롤 당치 못ᄒᆞ리로다."

가부인이 웃고 니르디,

"우리 ᄋᆞ회야, 너는 안ᄌᆞ라. 너의 무리 집의 ᄉᆞ졍을 내가 모다 아ᄂᆞ니 이졔 너의 무리 쥬뫼(主母) 임의 우리 풍셔판(馮書判)의게 싀집갓ᄂᆞ니라."

즁인이 듯고 모다 이샹히 너겨 아지 못ᄒᆞᄂᆞᆫ지라. 봉졔 입부리가 쾌【43】ᄒᆞ여 가부인의 입열기롤 기다리지 아니ᄒᆞ고 졔가 곳 여ᄎᆞ여ᄎᆞ히 하금계(夏金桂)의 곡졀을 가져 즁인의게 한 번 고ᄒᆞ니 즁인이 듯고 모다 입을 가리고 웃더라. 가부인이 ᄯᅩ 영츈을 향ᄒᆞ여 우스며 니르디,

"이고낭아, 나는 드르미 너의 녀셰(女壻) 가쟝 셩격이 죠치 못ᄒᆞ다 ᄒᆞ니 필경 엇더혼 모양이뇨?"

영츈이 탄식고 니르디,

"고마(姑媽)야, 일구난셜(一口難說)이니 이ᄂᆞᆫ 모다 질ᄋᆞ의 명슈(名數) 쇼치(所致)라. ᄯᅩ혼 무솜 원텬우인(怨天尤人)홀 거시 이시리오."

가부인이 듯고 졈두ᄒᆞ며 한 지【44】 위 탄식ᄒᆞ믈 마지 아니타가 졍히 머리롤 도로혀 더옥으로 더브러 말ᄒᆞ려 홀 시 다만 드르미 더옥이 가마니 향룽을 향ᄒᆞ여 니르디,

"너는 가히 나의 져 호로(葫蘆)롤 싱각ᄒᆞᄂᆞ냐?"

향룽이 ᄯᅩ혼 웃고 니르디,

"진개 션가의 보비라. 극히 묘ᄒᆞ도다."

가부인이 듯고 뿔니 무러 니르디,

"고낭아, 너의 무리 말ᄒᆞᆫ 거슨 무어시 션가 보비라 ᄒᆞᄂᆞ뇨?"

더옥이 가부인이 쪄다려 무르믈 보고 혜오디,

'가부인이 즁인과 말ᄒᆞ기롤 맛치고 져와 더브러 말ᄒᆞ고 ᄌᆞ혼【45】ᄂᆞᆫ 의ᄉᆞᆯ 잇다.'

ᄒᆞ여 ᄲᆞᆯ니 니러나 디답ᄒᆞ여 니르디,

"향일의 경환션괴 일기 격은 호로롤 쥬미 룽고낭이 말ᄒᆞ디, '션가(仙家) 보비(寶貝)라.' ᄒᆞ니 태태ᄂᆞᆫ 보고ᄌᆞ ᄒᆞ실진디 쳥컨디 내실(內室)노 드러가시미 죠토다."

가부인이 ᄯᅩ혼 그 ᄯᅳᆺ을 알고 문득 몸을 닐며 웃고 니르디,

"량위 션고와 고낭 무리들아, 내 잠간 뫼시지 못ᄒᆞ노라. 너의 미미의 방으로 보라 가리라."

말ᄒᆞ며 문득 내실노 향ᄒᆞ여 가거놀 더옥이 즉시 ᄯᅡ라 가니 봉졔 ᄯᅩ혼 내실노 가고ᄌᆞ ᄒᆞ거놀 진시【46】 밧비 가 ᄯᅳ어 잡고 쇼리롤 나죽이 ᄒᆞ여 니르디,

"이심낭(二嬸娘)아, 너는 엇지 눈치[220]가 업ᄂᆞ뇨? 남의 모녀 무리 여러 히 리별ᄒᆞ여 죠히 싱각ᄒᆞ다가 낫출 보고 곳 몃 긔졀 ᄉᆞ담(私談)이 업다 니르기 어려오리라. 너는 ᄲᆞᆯ니 가셔 무엇 ᄒᆞ려 ᄒᆞᄂᆞ뇨?"

봉졔 웃고 니르디,

"ᄯᅩ혼 올토다. 다힝이 네가 나롤 졔셩ᄒᆞ믈 힘닙어시니 너는 보라. 내가 진긔 혼이 업도다."

진시 듯고 겨유 말을 디답ᄒᆞ려 홀 시 다만 드르미 묘옥이 경환을 향ᄒᆞ여 니르디,

"방ᄌᆞ 부인 힝치 니【47】 르시미 우리 무리 근본 아지 못ᄒᆞ여 영졉ᄒᆞᄆᆞᆯ 일헛거니와 이졔 노티티 도로혀 뒤히 계시니 우리 무리 여긔 잇셔 한가히 안ᄌᆞᆺ시미 픠방의 가셔 영졉ᄒᆞᄂᆞᆫ 슐을 버리고 열요히 지내니만 ᄀᆞᆺ지 못ᄒᆞ고 이곳은 림태태로 ᄒᆞ여곰 림고낭과 더브러 말ᄉᆞᆷᄒᆞ게 ᄒᆞ리라."

즁인이 듯고 쇼리롤 일졔히 ᄒᆞ여 니르디,

"죠토다."

향룽이 영츈을 향ᄒᆞ여 니르디,

"이고낭아, 너는 가지 말고 이곳의 잇셔 련이너너(璉二奶奶)롤 뫼시고 ᄯᅩ혼 보슯혀 금슌ᄋᆞ고【48】 랑으로 ᄒᆞ여곰 쥬방(廚房)의 분부ᄒᆞ

---

219) 【가유ᄒᆞ다】 튐 가유(假誘)하다. 거짓 유인하다. ¶ 拐 ‖ 블감ᄒᆞ여라 비지 어려실 ᄯᅢ로붓허 사룸이 가유ᄒᆞ여 팔니믈 닙어시니 이ᄂᆞᆫ 편방이라 감히 고티티의 이런 칭호롤 당치 못ᄒᆞ리로다 (不敢, 婢子從小兒被人拐賣, 乃是偏房, 不敢當姑太太這樣稱呼.) <續紅 11:42>

220) 【눈치】 뎡 눈치. ¶ 眼色 ‖ 이심낭아 너는 엇지 눈치가 업ᄂᆞ뇨 남의 모녀 무리 여러히 리별ᄒᆞ여 죠히 싱각ᄒᆞ다가 낫출 보고 곳 몃 긔졀 ᄉᆞ담이 업다 니르기 어려오리라 (二嬸娘, 你怎麽沒~眼色了, 人家娘兒們離別了多少年, 好容易盼的見了面兒, 難道就沒有幾句私話說說麽!) <續紅 11:46> ⇒ 눈츼

여 쥬셕(酒席)을 판비(辦備)ᄒ게 ᄒ라. 한즈음 지내여 노티티 오시면 다만 져허컨디 곳 밥을 즈시려 ᄒ리라.”

영츈이 져의 말이 유리(有理)ᄒᄆᆯ 듯고 문득 봉져와 홈긔 즁인을 보낸 후의 금슌ᄋᆯ 블너 분부ᄒ디,

“쥬방의 명ᄒ여 쥬연을 판비ᄒ라.”

ᄒ니 금슌이 답응ᄒ고 스스로 가 쥬션ᄒ더라. 영츈이 문득 봉져로 더브러 디면ᄒ여 안고 스긔(司棋)ᄅᆯ 명ᄒ여 쏘ᄒᆫ 젹은 교의 우희 안게 ᄒ여 삼인이 피츠 리별【49】ᄒᆫ 후 사졍과 다믓 디부의 광경을 말ᄒ다가 대략 한 식경(食頃)이 지내미 홀연 드르니 디옥이 방 속의 잇셔 쏘 울기ᄅᆯ 오오(嗚嗚)히 ᄒ거늘 영츈이 웃고 니르디,

“이 빈ᄋ(顰兒)야, 진개 곡ᄒ기ᄅᆯ 죠하ᄒᄂᆫ도다. 임의 고마(姑媽)ᄅᆯ 보왓거늘 일양 곡ᄒᆫ 무슴 일이뇨? 우리 무리 지금 드러가 져의 무리ᄅᆯ 보미 죠토다.”

말ᄒ며 문득 봉져의 손을 잡고 다라 드러가 다만 보니 디옥이 가부인 폼 속의 안즈 한 숀으로 가부인의 목을 쓰어 잡고 가부인은【50】숀을 가져 져의 살젹의 다히고 져ᄅᆯ 위ᄒ여 훗튼 머리ᄅᆯ 쓰다듬거늘221) 봉졔 한 번 보고 즈연 우음을 금치 못ᄒ여 니르디,

“ 이야(噯喲), 이는 뉘 집 죠흔 쇼희지(小孩子)냐? 금년의 멷 살이 되엿시며 엇지 지롱ᄒᆯ 쥴을 아ᄂᆞ뇨!”

말ᄒ미 가부인이 쏘ᄒᆫ 웃고 디옥이 쏘ᄒᆫ 혀 츠며 련망히 니러나더라. 가부인이 웃고 니르디,

“고낭무리는 안즈라. 내 방즈 너의 미미다려 무르디, ‘젼일의 노티티긔셔 져ᄅᆯ 다려 집으로 마즈 가미 엇더ᄒ게 ᄆᆞ음을 뻐 져【51】ᄅᆯ 기르더뇨?’ ᄒ니 졔가 내게 고ᄒ여 말ᄒ디, ‘노티티와 구구(舅舅)와 구뫼(舅母) 모다 져ᄅᆯ 실노이 ᄉᆞ랑ᄒ고 즈미 무리도 쏘ᄒᆫ 져ᄅᆯ 어엿비 녀기디 다만 즈긔가 다병다지(多病多才)ᄒ여 복분(福分)이 젹어 노티티와 구구와 구모의 은혜ᄅᆯ

지내여 노티티 오시면 다만 져허컨디 곳 밥을 져바렷노라.’ ᄒ더라.”

봉졔 듯고 우스며 니르디,

“이 말은 내가 밋지 못ᄒ노라. 노티티와 구구와 구모의 져ᄅᆯ ᄉᆞ랑ᄒ엿다 말ᄒ면 이는 도로혀 잇ᄂᆞᆫ 일 이어니와 만일 즈미 무리ᄅᆯ 말ᄒᆯ진디 그 속의 다른 사롬은 도로혀 무던ᄒ거니와222) ᄋᆞ즉 봉【52】져져ᄂᆞᆫ 입부리가 쾌ᄒ여 가쟝 사롬의게 혐의(嫌疑)ᄅᆯ 밧ᄂᆞ니 이 말이 올치 아니토다.”

가부인이 웃고 니르디,

“고낭아, 너는 너의 미미ᄅᆯ 원통케 말나. 계가 말ᄒ디 네가 다른 사롬의 비컨디 더옥 져ᄅᆯ 별노이 ᄉᆞ랑한다 ᄒ더라.”

봉졔 듯고 우스며 니르디,

“나는 다만 밋지 못ᄒ노라. 만일 이런 말을 ᄒ여시면 엇지ᄒ여 쏘 눈이 붉도록 우럿ᄂᆞ뇨?”

가부인이 니르디,

“이는 방즈 너의 미미가 ‘너의 고뷔 어내 쩌의 오시ᄂᆞ냐?’ 뭇는지라. 내 말ᄒ디, ‘너의 고부의 말을 【53】 드르미, 계가 이 곳의 잇셔 머믈면 크게 편치 못ᄒ여 몬져 너의 대거거와 다믓 풍셔판(馮書判)과 반우안(潘又安)과 초대(焦大) 무리들을 거느리고 남편 문으로 가 옥황긔 죠현(朝見)ᄒ려 ᄒ다.’ ᄒ엿더니 계가 츠언을 듯고 쏘 오오(嗚嗚)히 우럿ᄂᆞ니라.”

봉졔 웃고 니르디,

“이는 곳 올토다. 나는 다만 알기ᄅᆯ 계가 고티티 앏히셔 나ᄅᆯ 훼방(毁謗)ᄒ엿다 ᄒ엿노라.”

디옥이 듯고 쏘ᄒᆫ 우스며 니르디,

“너는 젹인(賊人) ᄀᆞ치 담겁(膽怯)ᄒ여 말나. 날노 ᄒ여곰 곳 말ᄒ디, ‘네가 가쟝 남의 혐의(嫌疑)ᄅᆯ 밧ᄂᆞᆫ다.’ 닐【54】넛드라 ᄒ여도 쏘ᄒᆫ 무슴 너ᄅᆯ 두리미 업노라.”

봉졔 듯고 문득 디옥의 손을 쓰어 잡고 우스며 니르디,

---

221)【쓰다듬다】圖 쓰다듬다. ¶ 抹撒 ∥ 가부인은 숀을 가져 져의 살젹의 다히고 져ᄅᆯ 위ᄒ여 훗튼 머리ᄅᆯ 쓰다듬거늘 봉졔 한번 보고 즈연 우음을 금치 못ᄒ여 니르디 (賈夫人用手在他鬢角兒上替他抹撒頭髮. 鳳姐一見, 由不得大笑道.) <續紅 11:50>

222)【무던ᄒ다】圖 무던하다. 괜찮다. ¶ 罷了 ∥ 만일 즈미 무리ᄅᆯ 말ᄒᆯ진디 그 속의 다른 사롬은 도로혀 무던ᄒ거니와 ᄋᆞ즉 봉져져ᄂᆞᆫ 입부리가 쾌ᄒ여 가쟝 사롬의게 혐의ᄅᆯ 밧ᄂᆞ니 이 말이 올치 아니토다 (若說到姊妹們裏頭, 別人倒也罷了, 惟有鳳姐姐嘴尖舌快的最討人嫌. 是這個話不是呢?) <續紅 11:51>

"고내내야, 너는 날과 더브러 결우지 말나. 오늘은 우리 량인이 도로혀 고슈지간(姑嫂之間)이라. 내가 즈연 네게 죠곰 스양ᄒ미 이시려니와 내일은 우리가 곳 축니(妯娌)라. 그젹의는 내가 히 널노 더브러 혬을 닥그리라."

말ᄒ니 디옥이 쌤을 붉히고 또 져롤 향ᄒ여 한 번 혀츳거놀 영츈이 웃고 니르디,

"고마야, 너는 보라. 우리 이슈즈의 져 입부리는 텬셩【55】 공교(工巧)ᄒ여 긔롱을 죠하ᄒ고 우음을 즐겨 종일 희디(戲臺) 우희셔 노리홈과 다르미 업도다."

말ᄒ미 중인이 모다 웃더라. 다만 보미 금순이 한 반(盤) 챠롤 밧쳐 오거놀 가부인이 져롤 한 번 보다가 문득 봉져롤 향ᄒ여 니르디,

"이 챠환은 곳 너의 말ᄒ던 그 우물의 쮜여든 금순이냐?"

금순이 듯고 감히 대답지 못ᄒ고 다만 입을 빠쥐고 웃더라. 가부인이 니르디,

"너의 보형데 긔롱ᄒ미 고이치 아니토다. 원리 싱기미 가쟝 신령ᄒ도다. 네【56】 쟉일의 말ᄒ디 또ᄒ 죠곰 큰 으히 잇셔 브르기롤 무슴 쳥문(晴雯)이라 ᄒ다 ᄒ더니 엇지 져롤 보지 못ᄒᄂ뇨?"

봉졔 밋쳐 답지 못ᄒ여 영츈이 쎌니 니르디,

"방즈 우리 무리 뒤방의셔 곳 져롤 보내엿ᄂ니라."

가부인이 또 무러 니르디,

"졔가 이졔 어대로 향ᄒ여 갓ᄂ뇨?"

영츈이 문득 디옥의 향릉으로 더브러 향을 빌고 다못 보챠의 몽중 샹회(相會)홈과 또 보챠롤 식여 가 향을 보낸 말을 일일이 고ᄒ니 가부인과 봉졔 듯【57】고 일졔히 환희홀 시 가부인이 니르디,

"필경 너의 이곳이 션인의 거쳬(居處)라. 겨유 이런 묘ᄒ 법이 잇셔 오고 가는 거술 스스로 임의로 ᄒ거니와 만일 우리 무리 디부(地府) 속 ᄌ틀진대 다만 드러가는 사롬만 잇고 문득 나오는 사롬은 업도다."

졍히 이럿틋 말홀 시 홀연 드르미 외면(外面)의셔 말을 젼ᄒ여 니르디,

"원비낭낭 힝ᄎ 니르신다."

ᄒ거놀 중인이 쳥파(聽罷)의 일졔히 황망ᄒ여 의군(衣裙)을 다스리고223) 밧긔 나아가 영졉홀 시 겨유 다라 궁【58】 문 밧긔 나아가셔 문득 바라보미 동편 일디(一帶)의 취홰쵸젼(翠華招展)ᄒ고 슈개표양(繡盖飄楊)ᄒ 곳의 빵빵 궁션(宮扇)이 젼도(前導)ᄒ여 원비 봉년(鳳輦)의 안즈 졈졈 앏흐로 니르거놀 가부인이 중인을 거느리고 ᄭ우러 영졉ᄒ니 원비 년(輦)의 나려 쎌니 가부인을 붓드러 니르혀고 피츠의 한 지위 감샹홀 시 봉졔 쏘흔 쎌니 와 고두샤죄(叩頭謝罪)ᄒ거놀 원비 ᄯ러 니르혀고 몃 귀졀 말노 위로ᄒ더니 겨유 궁문으로 나아가고자 ᄒ미 다만 보니 졍남(正南) 대로(大路) 샹의 또 한 무리 사【59】롬이 오거놀 즈셰히 보니 졍히 이 가뫼(賈母)라. 한 손의 집힝이롤 집고 한 손으로 원앙의 엇게롤 붓들고 완보(緩步)로 오며 뒤히 ᄯ로는 이는 이는 진가경(秦可卿)과 향릉(香菱)과 우이져(尤二姐)와 우삼졔(尤三姐)라. 원비 보고 문득 영츈과 디옥을 거느리고 몃 거롬 맛더니 가뫼 보고 일쟝 샹심ᄒ다가 겨유 국례롤 힝코즈 홀 시 원비 런망히 안아 머므르고 모녀 스인이 또한 지위 곡ᄒ거놀 중인이 말녀 바야흐로 긋치미 인ᄒ여 원비의게 스양ᄒ여 몬【60】 져 힝케 ᄒ고 중인이 가모롤 뫼시고 거러 강쥬궁(絳珠宮)으로 드러가 힝례(行禮)롤 맛치미 믄득 원비의게 스양ᄒ여 탑 우희 안즈 거즁졍좌(居中正坐)ᄒ고 가모와 가부인은 두 편의 ᄌ치 안고 그나마 즈미 무리는 각각 츠례롤 죠츠 모다 하셕(下席)의 일즈로 안즈 챠롤 드리기롤 맛치미 원비 웃고 니르디,

"노티티와 다못 고티티 오시는디 우리 무리 엇지 일졈 쇼식도 쏘흔 아지 못ᄒ엿다가 방즈 쇼태감(小太監)이 궁으로 도라와 말슘을 젼홀 시 내 겨유 아랏【61】 노라."

가부인이 니르디,

"외신(外信)이 먼니 오미 도리(道理)의 맛당히 몬져 궁의 나아가 쳥안(請安)홀 거시어놀 엇지 감히 낭낭의 봉가(鳳駕)롤 슈고로이 ᄒ리오!"

---

223) 【다스리다】 圖 다스리다. 고르게 하다. ¶ 整理 ‖ 중인이 쳥파의 일졔히 황망ᄒ여 의군을 다스리고 밧긔 나아가 영졉홀 시 (衆人聽了, 一齊忙亂, 整理衣裙, 出外迎接.) <續紅 11:57> ⇒ 다술오다, 다술이다

원비 니ᄅᆞᄃᆡ,

"내가 고ᄐᆡᄐᆡ로 더브러 셔로 리별ᄒᆞᆫ 지 ᄒᆡ가 오련지라. ᄆᆞᄋᆞᆷ의 ᄯᅩᄒᆞᆫ 실노이 ᄉᆡᆼ각ᄒᆞ엿거ᄂᆞᆯ ᄒᆞ믈며 노ᄐᆡᄐᆡ가 ᄯᅩᄒᆞᆫ 오시미랴? 이곳은 ᄯᅩ 죠뎡 금디(禁地)가 아니라 반ᄃᆞ시 거리ᄭᅵᆯ[224] 거시 업ᄂᆞ니라."

가뫼 듯고 탄식ᄒᆞ여 니ᄅᆞᄃᆡ,

"낭낭의 승하(昇遐)ᄒᆞ신 후로브터 집안의 련ᄒᆞ여 불ᄒᆡᆼᄒᆞᆫ 일을 만나 가ᄑᆡ【62】인망(家敗人亡)ᄒᆞᆯ ᄃᆡ경의 니ᄅᆞ러 노쇼 여러 식부(媳婦)들이 죽엇ᄂᆞ니 다ᄒᆡᆼ히 내가 ᄃᆡ부의 니ᄅᆞ러 친쳑을 만낫도다. 그러치 아니ᄒᆞ면 엇지 능히 단원(團圓)ᄒᆞ엿시리오!"

원비 니ᄅᆞᄃᆡ,

"나도 ᄯᅩᄒᆞᆫ 원앙(鴛鴦)의 말ᄒᆞ믈 드럿노라. 이 즁의 곳 봉챠뒤 일반졈(一半點) 올치 아니미 잇ᄂᆞᆫ지라. 이러므로 내가 져ᄅᆞᆯ 벌ᄒᆞ여 ᄃᆡ부의 노ᄐᆡᄐᆡᄅᆞᆯ ᄎᆞᄌᆞ라 가게 ᄒᆞ엿ᄂᆞ니라."

봉졔 웃고 ᄲᆞᆯ니 니러나거ᄂᆞᆯ 원비 웃고 니ᄅᆞᄃᆡ,

"ᄯᅩᄒᆞᆫ 졔가 본ᄉᆞ(本事)가 잇다 니ᄅᆞ리로다. 필경 노ᄐᆡᄐᆡᄅᆞᆯ ᄎᆞᄌᆞ 왓【63】ᄂᆞ니라."

봉졔 웃고 니ᄅᆞᄃᆡ,

"이ᄂᆞᆫ 모다 낭낭의 졍셩으로 일운 ᄇᆡ라. 내가 무ᄉᆞᆷ 본ᄉᆡ 이시리오? 만일 고노애(姑老爺) 풍도셩황(酆都城隍)이 아니시면 다만 노ᄐᆡᄐᆡ만 ᄎᆞ져오지 못ᄒᆞᆯ ᄲᅮᆫ 아니라 ᄯᅩᄒᆞᆫ 져허컨ᄃᆡ 나죠ᄎᆞ 악귀들의게 난호와 먹으믈 닙을 번ᄒᆞ엿도다."

말ᄒᆞᄆᆡ 즁인이 모다 웃더라. 원비 무러 니ᄅᆞᄃᆡ,

" 보옥이 왓ᄂᆞ냐, 아니 왓ᄂᆞ냐?"

ᄒᆞ더니 다만 보니 진시 니러나 대답ᄒᆞ여 니ᄅᆞᄃᆡ,

"이ᄂᆞᆫ 노ᄐᆡᄐᆡ의 교ᄌᆞᄅᆞᆯ ᄯᅡ라 한가지로 왓시ᄃᆡ 도로혀 몃 집 가권이 잇【64】셔 안치(安置)ᄒᆞᆯ 곳이 업ᄉᆞ믈 인ᄒᆞ여 이졔 보아슉과 다ᄆᆞᆺ 우리 아ᄋᆞ가 모다 두 편 ᄒᆡᆼ각(行閣)의 가셔 져의 무리ᄅᆞᆯ 안치코져 ᄒᆞ려 ᄒᆞᄂᆞ니라."

원비 ᄯᅩ 무ᄅᆞᄃᆡ,

" 뉘 집 가권(家眷)이뇨?"

가부인이 문득 풍연과 진죵(秦鍾)과 최문셔(崔文瑞) 솔권(率眷)ᄒᆞ고 임쇼로 ᄯᅡ라 가ᄂᆞᆫ 일을 일일이 말ᄒᆞ거ᄂᆞᆯ 원비 졈두ᄒᆞ고 이의 가부인을 향ᄒᆞ여 웃고 니ᄅᆞᄃᆡ,

"고ᄐᆡᄐᆡ야 보옥과 다만 림ᄆᆡᄆᆡ의 일단 인과(因果)ᄂᆞᆫ ᄉᆡᆼ각건ᄃᆡ 너의 노인내도 ᄯᅩᄒᆞᆫ 알니라. 내가 오ᄂᆞᆯ 온 ᄯᅳᆺ은 일변 졉풍(接風)ᄒᆞ기도【65】위ᄒᆞ고 일변 ᄯᅩᄒᆞᆫ 즁ᄆᆡ가 되고져 ᄒᆞ미로라."

가부인이 밋쳐 답지 못ᄒᆞ여 다만 드ᄅᆞᄆᆡ 가뫼 우ᄉᆞ며 니ᄅᆞᄃᆡ,

"낭낭아, 이런 ᄆᆞᄋᆞᆷ을 허비(虛費)치 말나 우리 두 집의 친사(親事)ᄂᆞᆫ 임의 당면ᄒᆞ여 말ᄒᆞ야 일윗시니 쟉일의 림고노얘 우리 무리로 더브러 분로(分路)ᄒᆞᆯ ᄯᅢ의 내 임의 져로 더브러 말ᄒᆞ기ᄅᆞᆯ 명ᄇᆡᆨ히 ᄒᆞᆫ지라. 져의 도라오기ᄅᆞᆯ 기다리지 아니ᄒᆞ고 우리 무리 곳 일ᄌᆞᄅᆞᆯ 택ᄒᆞ여 져의 무리ᄅᆞᆯ 위ᄒᆞ여 혼ᄉᆞᄅᆞᆯ 완젼케 ᄒᆞ고ᄌᆞ ᄒᆞ노라."

원비 듯고 우【66】ᄉᆞ며 니ᄅᆞᄃᆡ,

"임의 이러ᄒᆞ면 릐일은 곳 륙월(六月) 십오일(十五日)이라. ᄯᅩ 망일(望日)이오, ᄯᅩ 텬은월덕부쟝샹(天恩月德不將上) 길일(吉日)이니 노ᄐᆡᄐᆡᄂᆞᆫ 쥬혼ᄒᆞ시고 나ᄂᆞᆫ 곳 즁ᄆᆡ되여 져의 무리ᄅᆞᆯ 위ᄒᆞ여 대ᄉᆞᄅᆞᆯ 완젼케 ᄒᆞ면 아지 못게라 고ᄐᆡᄐᆡ의 의향은 엇더ᄒᆞ뇨?"

가부인이 듯고 우ᄉᆞ며 니ᄅᆞᄃᆡ,

"임의 낭낭과 다ᄆᆞᆺ 노ᄐᆡᄐᆡ의 의ᄉᆡ 이 ᄀᆞᆺ트면 내 ᄯᅩᄒᆞᆫ 감히 ᄉᆞ양치 못ᄒᆞᆯ ᄇᆡ로ᄃᆡ 다만 아지 못게라 질ᄋᆞ의 말ᄒᆞᆫ 바 희ᄉᆡᆼᄒᆞᄂᆞᆫ 일이 필경이 진젹ᄒᆞᆫ가, 진젹지 아닌가 ᄒᆞ노라."

원비【67】니ᄅᆞᄃᆡ,

"이 일은 경환션고의게 무ᄅᆞ면 졔가 ᄌᆞ연 알니라."

가부인이 니ᄅᆞᄃᆡ,

"경환션고와 묘ᄉᆞ뷔 모다 이곳의 왓더니 후의 져의 무리 모다 노ᄐᆡᄐᆡᄅᆞᆯ 영졉ᄒᆞ라 간다ᄒᆞ더니 엇지 지금은 져의 량인이 모다 오지 아니ᄒᆞ엿ᄂᆞ뇨?"

가뫼 니ᄅᆞᄃᆡ,

"방ᄌᆞ 내가 ᄑᆡ방의셔 경환션괴 온 거ᄉᆞᆯ 보고 우리 무리 죠히 한 지위 말ᄒᆞ엿더니 후의 졔

---

224) 【거리ᄭᅵ다】 [형] 거리끼다. ¶ 拘泥 ‖ 이곳은 ᄯᅩ 죠뎡 금디가 아니라 반ᄃᆞ시 거리ᄭᅵᆯ 거시 업ᄂᆞ니라(這裏又非朝廷禁地, 原也不必拘泥的.) <續紅 11:61>

가 묘〈부로 더브러 말ᄒᆞ디, '이곳의 사ᄅᆞᆷ이 만
하 져의 량인이 잇기가 심히 비편(非便)ᄒᆞ니 리
일 다시 와 치하(致賀)ᄒᆞ리라.' ᄒᆞ미 【68】 이러
므로 각각 허여져 갓ᄂᆞ니라."

가부인이 듯고 겨유 입을 열고ᄌᆞ ᄒᆞ더니
다만 드ᄅᆞ미 봉계 겻히 잇셔 말ᄎᆞᆷ예ᄒᆞ여 니ᄅᆞ
디,

"고티티ᄂᆞᆫ 다만 방심ᄒᆞ고 이런 대〈ᄅᆞᆯ 완
견이 ᄒᆞ라. ᄯᅩᄒᆞᆫ 져의 회싱(回生)ᄒᆞᄂᆞᆫ 거시 진젹
ᄒᆞ고 진젹지 아니ᄒᆞᆫ 거리ᄭᅵ지225) 말나. 만일
과연 진젹ᄒᆞ면 져의 두 식구가 집의 도라가 영
화ᄅᆞᆯ 누리고 부귀ᄅᆞᆯ 바들지니 고티티ᄂᆞᆫ ᄯᅩᄒᆞᆫ 즐
겁지 아니타 니ᄅᆞ기 어렵고, 곳 진젹지 아니타
ᄒᆞ면 너의 노인내ᄂᆞᆫ 다만 녀셔와 녀ᄋᆞ 【69】ᄅᆞᆯ
가져 고노야의 임쇼로 가ᄂᆞᆫ 거시 곳 올흐니 도
로혀 무ᄉᆞᆫ 다른 ᄆᆞᄋᆞᆷ을 두리오?"

원비 듯고 우〈며 니ᄅᆞ디,

"너의 무리ᄂᆞᆫ 모다 봉ᄎᆞ두의 이 말을 드ᄅᆞ
라. 진실노 죽은 기러기ᄅᆞᆯ 가져 나무의셔 나려
온다 ᄒᆞ리로다. 고티티야 져의 공교ᄒᆞᆫ 입을 샹
급ᄒᆞ라."

가부인이 듯고 ᄲᅠᆯ니 니ᄅᆞ디,

"임의 낭낭이 이ᄀᆞᆺ치 용심(用心)ᄒᆞ시면 ᄯᅳᆺ
을 죠ᄎᆞ 곳 판리(辨理)ᄒᆞ미 올토다."

경히 이럿ᄐᆞᆺ 말ᄒᆞᆯ 시 다만 보니 량기 궁녜
나와 ᄭᅮ러 품ᄒᆞ여 니ᄅᆞ디,

"낭낭긔 품ᄒᆞᄂᆞ니 쥬연 【70】을 판비ᄒᆞ여
왓ᄂᆞ이다."

원비 듯고 문득 니러나 우〈며 니ᄅᆞ디,

"내 싱각건디 오늘 림미미 ᄯᅩᄒᆞᆫ 쥬연을 미
쳐 판비치 못ᄒᆞᆯ ᄃᆞᆺᄒᆞ미 내 져ᄅᆞᆯ 위ᄒᆞ여 몃 샹을
출혀 왓시니 나ᄂᆞᆫ 맛당히 이곳의 잇셔 낭ᄋᆞ무리
ᄅᆞᆯ 뫼셔 안ᄌᆞ 말ᄒᆞᆯ 거시로디 다만 내가 이곳의
이시면 모다 톄례(體例)의 거리껴 능히 편치 못
ᄒᆞᆯ지라. 내 ᄆᆞᄋᆞᆷ의 도로혀 블안ᄒᆞ니 내 잠간 리
별을 고ᄒᆞ고 리일 다시 노티티와 고티티ᄅᆞᆯ 영졉
ᄒᆞ여 우리 궁중으로 가셔 낭ᄋᆞ 무 【71】 리 다시

한담(閑談)ᄒᆞ니만 ᄀᆞᆺ지 못ᄒᆞ도다."

가모와 가부인 등이 듯고 머믈기 어려오믈
혜아리고 다만 쥬연을 출혀 온 거슬 샤례ᄒᆞ고
일졔히 보내여 강쥬궁(絳珠宮)으로 나올 시 원
비 년(輦)의 올나 가더라. 가모 등이 다시 드러
오미 향릉이 문득 가모와 가부인을 닛글고 원중
빅셕 난간(欄杆)의 니ᄅᆞ러 일쥬 강쥬션쵸(絳珠仙
草)ᄅᆞᆯ 구경ᄒᆞᆯ 시 원앙이 영츈으로 더브러 의론
ᄒᆞ여 원비의 보낸 쥬연(酒宴)을 가져 사ᄅᆞᆷ을 시
겨 낭하(廊下)의 보내여 두 ᄌᆞ리로 출히디 보【
72】옥과 다ᄆᆞᆺ 진죵과 샹련은 일셕(一席)의 안
고 하금계(夏金桂)와 쟝금가(張金哥)와 포이가
(鮑二家)와 지릉ᄋᆞ(智能兒)ᄂᆞᆫ ᄯᅩᄒᆞᆫ 일셕(一席)의
안게 ᄒᆞ고 샹방(上房)의 세 ᄌᆞ리ᄅᆞᆯ 버렷시디 영
츈은 더옥을 도와 ᄌᆞ리ᄅᆞᆯ 졍졔히 ᄒᆞ고 슐을 간
검(看檢)ᄒᆞᆯ 시 졍즁(正中) 일셕은 가뫼니 량편의
뫼시니ᄂᆞᆫ 향릉과 우삼져오, 즁편 일셕은 가부인
이니 량편의 뫼시니ᄂᆞᆫ 영츈과 우이져오, 셔편
일셕은 봉졔니 량편의 뫼시니ᄂᆞᆫ 진가경과 림디
옥이러라. 하면의 ᄯᅩᄒᆞᆫ 일셕을 버려시니 이ᄂᆞᆫ
원 【73】 앙과 〈긔라. 뫼시니ᄂᆞᆫ 금슌ᄋᆞ와 셔쥐
니 모다 개회챵음(開懷暢飮)ᄒᆞᆯ 시 무비(無非) 별
후졍〈(別後情事)ᄅᆞᆯ 강론ᄒᆞ더라. 곳 졈등(點燈)
ᄒᆞᆯ ᄯᅵ의 니ᄅᆞ러 겨유 밥을 맛치고 양치ᄒᆞ고226)
모다 훗허 안ᄌᆞ 챠ᄅᆞᆯ 먹을 시 가뫼 영츈을 향ᄒᆞ
여 니ᄅᆞ디,

"이곳의 다만 일개 방ᄌᆞ(房子)만 이시니 져
녁의 엇지 허다ᄒᆞᆫ 사ᄅᆞᆷ이 머믈니오?"

영츈이 니ᄅᆞ디,

"이 후면의 ᄯᅩ 일개 방지 잇ᄂᆞ니 임의 사
ᄅᆞᆷ을 식겨 쇼쇄(掃灑) 슈습(收拾)ᄒᆞ라 ᄀᆞᆺᄂᆞᆫ지라.
청컨대 노티티와 다ᄆᆞᆺ 고마ᄂᆞᆫ 져녁의 후변의 【
74】 머믈나."

가부인이 니ᄅᆞ디,

"금야ᄂᆞᆫ 내가 잠간 ᄯᅩ 너의 집 미미의 방
의셔 머무다가 리일 너의 아ᄋᆞ로 더브러 합근
(合졸)ᄒᆞᆷ을 기다려 내가 다시 후변으로 반이(搬
移)ᄒᆞ여 가리라. 오늘은 너의 이슈ᄌᆞ로 ᄒᆞ여곰

---

225)【거리ᄭᅵ다】휑 거리끼다. ¶ 管 ∥ 고티티ᄂᆞᆫ
　　다만 방심ᄒᆞ고 이런 대〈ᄅᆞᆯ 완견이 ᄒᆞ라 ᄯᅩᄒᆞᆫ
　　져의 회싱ᄒᆞᄂᆞᆫ 거시 진젹ᄒᆞ고 진젹지 아니ᄒᆞᆫ
　　거리ᄭᅵ지 말나 (姑太太只管放心完全了這件大事
　　罷, 也別管他回生是眞是假.) <續紅 11:68> ⇒ 거
　　리기다, 거릿기다, 거릿ᄭᅵ다, 걸니ᄭᅵ다, 걸리ᄭᅵ
　　다, 걸ᄭᅵ다, ᄀᆞ리ᄭᅵ다

226)【양치ᄒᆞ다】휑 양치(養齒)하다. ¶ 盥漱 ∥ 곳
　　졈등ᄒᆞᆯ ᄯᅵ의 니ᄅᆞ러 겨유 밥을 맛치고 양치ᄒᆞ고
　　모다 훗허 안ᄌᆞ 챠ᄅᆞᆯ 먹을 시 가뫼 영츈을 향ᄒᆞ
　　여 니ᄅᆞ디 (直至上燈, 方才飯畢盥漱, 大家散坐吃
　　茶.) <續紅 11:73>

노티티롤 뫼셔 머믈게 ᄒ라.”

봉졔 니르디,

“젼일의 원앙겨졔 말ᄒ디, ‘나도 쏘ᄒ 집이 잇다.’ ᄒ디 가련토다. 내 쏘ᄒ 하로롤 머무지 못ᄒ고 곳 디부로 갓더니 내 오늘은 쏘ᄒ 그 집으로 구경ᄒ라 가려 ᄒ노라.”

원앙이 듯고 우스며 니르디,

“이니니야, 【75】 너는 너의 집을 챳지 말나. 내가 방즈 사롬의 말을 드르미 보이애 임의 ᄎ지ᄒ엿다 ᄒ더라.”

봉졔 웃고 니르디,

“임의 졔가 ᄎ지ᄒ여시면 내가 다만 겨의게 스양ᄒ여 멈을게 ᄒ리라. 나는 곳 노티티롤 ᄯ라 가셔 머믈거시니 다만 아지 못게라 여러 내내와 고낭 무리는 모다 어대셔 머무르ᄂ뇨?”

영츈이 니르디,

“나는 룽고낭으로 더브러 곳 셔편간(西便間)의셔 머믈나.”

진시 니르디,

“나는 오늘 ᄯ 도라가지 아니ᄒ고 이심낭과 ᄒ가지로 노티티 【76】 롤 복시(服侍)ᄒ리라.”

우이졔 니르디,

“나도 쏘ᄒ 맛당히 이곳의 잇셔 노티티긔 복시ᄒ는 거시 올토다.”

봉졔 니르디,

“네가 쏘ᄒ 머믈면 져 삼이오(三姨兒) 일인으로 ᄒ여곰 엇지 도라가게 ᄒ리오?”

우삼졔 니르디,

“나도 쏘ᄒ 머무는 거시 올토다.”

봉졔 웃고 니르디,

“이야(嗳哟), 너는 묽은 체 말나. 싱각건디 네가 류샹련(柳相蓮)이 오늘 쏘ᄒ 온 줄을 아지 못ᄒ느냐?”

우삼졔 낫츨 붉히고 져롤 향ᄒ여 한 번 혀 츠니 중인이 모다 웃더라. 가뫼 웃고 니르디,

“내 쏘ᄒ 늙 【77】 어 졍신이 업도다. 류샹공이 쏘ᄒ 왓시니 일즉 져의 무리 ᄌ미롤 보내여 도라가미 올커늘 봉챠두는 엇지ᄒ여 일즉 말ᄒ지 아니ᄒ뇨? 이고낭과 삼고낭아, 너는 곳 일즉 도라가라.”

우시 ᄌ미 듯고 다만 하직을 고(告)ᄒ더라. 봉져와 진시와 향룽 삼인이 보내여 나갈 시 겨유 원문(院門)의 니르미, 봉졔 우이겨의 엇게

우흘 손으로 한 번 치거늘 우이졔 머리롤 도로 혀 니르디,

“져져야, 너는 무슨 말홀 거시 잇느냐?”

봉졔 우스며 니르디,

“내 네게 고ᄒ 【78】 노라. 너의 미뷔(妹夫) 비록 싱기미 쥰슈(俊秀)ᄒ나 이야(二爺)의 얼굴이 필경 쏘 나ᄒ니 너는 일졈 량심(良心)으로 대졉ᄒ는 거시 곳 올토다.”

우이졔 혀츠며 니르디,

“너는 방긔롤 쮜느냐?”

진시 웃고 니르디,

“이심낭은 방심(放心)ᄒ라. 관겨치 아니ᄒ니 우리 삼이야도 쏘ᄒ 남의게 스양홀 사롬이 아니라.”

말ᄒ미 중인이 모다 웃더라. 봉져 등이 우시 ᄌ미롤 보내고 도라와 겨유 안자미 다만 보니 스긔 나아와 니르디,

“보이애 노티티와 태태의 힝리(行李)와 의샹(衣箱)을 가 【79】 지고 왓도다. 원앙겨져야, 오라. 우리 모다 져곳으로 옴기리라.”

대옥이 보옥의 오믈 듯고 련망(連忙)히 몸을 니러 ᄌ긔 방중으로 피ᄒ여 가거늘 봉졔 보고 우스며 니르디,

“셜니 나롤 위ᄒ여 져롤 븟드러 머믈나. 이야, 어려실 ᄯᅦ로붓허 한 곳의셔 ᄌ라나고 거거, 미미라 블넛거늘 셜스 누구라 부르기는 죠치 아니ᄒ려니와 도로혀 뉜 줄이야 아지 못ᄒᄂ냐? 지금 ᄯ 피ᄒ여 니러나는도다.”

말ᄒ미 가모와 가부인이 모다 웃더라. 다만 보미 보옥이 다라드 【80】 러와 몬져 가모와 가부인긔 쳥안(請安)ᄒ고 ᄯ 영츈으로 더브러 셔로 보와 힝례ᄒ고 진시도 쏘ᄒ 보옥으로 향ᄒ여 힝례ᄒ고 스스로 셔편간으로 가 원앙과 스긔롤 도와 힝리(行李)롤 졍돈ᄒ더라. 보옥이 문득 의즈 우희 안거늘 가부인이 무러 니르디,

“우리 ᄋ희야 져의 무리 셰 집 권구(眷口)롤 모다 안치(安置)ᄒ기롤 온당히 ᄒ엿느냐?”

보옥이 대답ᄒ디,

“응당이 ᄒ여시니 모다 박명스(薄命司) 힝각 겻방227)의 안치ᄒ엿노라.”

---

227) 【겻방】 圈 옆방. 옆집. ¶ 配房 ∥ 응당이 ᄒ여
시니 모다 박명스 힝각 겻방의 안치ᄒ엿노라
(妥當了,　都安置在薄命司兩廊配房里了.)　<續紅

가부인이 니르디,

"너는 밥을 먹엇【81】 느냐, 아니 먹엇느니?"

보옥이 니르디,

"먹어시니 질ᄋ는 류샹련과 진종과 더브러 한 곳의 잇셔 이곳의셔 보낸 쥬셕을 먹엇노라."

가뫼 니르디,

"네가 금야의 어대셔 머믈랴 ᄒ느냐?"

보옥이 대답ᄒ여 니르디,

"져긔셔 내가 일좌(一座) 치면(体面) 죠흔 집을 보고 무르미 이는 봉져져의 집이라 니르기로 내가 곳 거긔셔 머믈니라."

가뫼 니르디,

"다만 너 일인이 머믈면 두려오니 맛당히 이곳으로 옴겨와 나를 ᄯ라 ᄌ면 ᄯ흔 가ᄒ리라."

보옥이 웃고【82】 니르디,

"두렵지 아니토다. 그 곳의 도로혀 진종이 잇셔 나를 위ᄒ여 쟉반(作伴)ᄒ엿느니라."

졍히 이럿틋 말ᄒ며 다만 보니 금순이 챠를 가져 오거늘 보옥이 일변으로 챠를 바드며 일변으로 쇼리를 나죽이 ᄒ여 무르디,

"림미미는 엇지 보지 못ᄒ느뇨?"

금순이 안흘 향ᄒ여 입짓ᄒ고 것구러져 가며 우슘을 ᄭᅵᆺ지 못ᄒ거늘 가뫼 ᄭᅮ지져 니르디,

"젹은 즘싱아, 죠히 챠를 보내라. 무어슬 웃느뇨? 너의 틱틱가 너를 ᄯᅡ리믈228)【83】 원망치 말나. ᄯᅩ 한 ᄎ례 우믈의 ᄲᅱ여 드는 거슬 네 도로혀 져허치 아니ᄒ다 니르기 어렵도다."

금순이 놀나 얼굴을 붉히며 니르디,

"이야가 가마니 날다려 림고낭을 뭇기로 내 지금은 우셧노라."

봉졔 듯고 우ᄉ며 니르디,

"봉형뎨야, 졔가 졍히 이곳의셔 죠히 안줏더니 너 오는 거슬 인ᄒ여 져로 ᄒ여곰 놀나 다라나게 ᄒ고 네 이졔 ᄯᅩ 가마니 져를 무르니 가히 금순ᄋ의 너를 우ᄉ믈 원망ᄒ랴?"

가뫼 듯고 ᄯᅩ흔 우ᄉ며 니르디,

"고내내야【84】 내 싱각건디 져의 ᄌ미 둘이 원리 어렷실 졔붓터 한곳의셔 ᄌ라나고 ᄒ믈며 리일은 곳 한방의 단취(團聚)ᄒᆯ 거시어늘 ᄯᅩ

피ᄒ여 무엇ᄒ리오? 외손녀ᄋ를 블너 내여 져의 무리로 ᄒ여곰 한 번 보게 ᄒᄂ 이만 ᄀᆺ지 못ᄒ도다."

가부인이 ᄯᅩ흔 웃고 니르디,

"노틱틱야, 내가 본러 져로 ᄒ여곰 나오라 ᄒ면 졔 엇지 즐겨나오리오? 임의 노틱틱 ᄆᆷ의 져의【85】 무리를 사랑ᄒ실진디 곳 질ᄋ(姪兒)로 ᄒ여곰 져의 미미 방으로 나아가 한 번 보게 ᄒ미 무방ᄒ도다."

봉졔 듯고 우ᄉ며 니르디,

"보형뎨야 너는 고틱틱의 말슴을 드럿느냐, 못드럿느냐? 도로혀 샐니 슉긔 죠케 드러가지 못ᄒ깃느냐?"

보옥이 듯고 드드여 봉져의 구긔(口氣)를 비러 과연 니르나 셔셔히 거러 드러가더니 겨유 한 번 문 난간(欄杆)을 건너미 믄득 보니 디옥이 의ᄌ 우희 안ᄌ 손으로 슈건 우희 미인 귀이개229)와 니ᄲᅱ시개230)를 가지고 등하의셔【86】 희롱ᄒ다가 한 번 보옥이 드러오믈 보고 샐니 슈건을 가져 ᄫᅡᆺ글 향ᄒ여 한 번 내치니 원러 져로 ᄒ여곰 드러오지 못ᄒ게 ᄒᄂ 의시로디 보옥(寶玉)이 아지 못ᄒ고 ᄯᅩ흔 안흐로 향ᄒ여 한거름 오거늘 디옥이 문득 셩내여 몸을 한 번 두루혀 니러 가니 보옥이 보고 다만 우ᄉ며 혀를 ᄲᆛ히고 믈너 나오거늘 봉졔 ᄫᅡᆺ긔 잇다가 흡흡대쇼ᄒ여 니르디,

"쇠못시 부딧고 나온다."

---

228) 【ᄯᅡ리다】圖 때리다. ¶ 打 ‖ 죠히 챠를 보내라 무어슬 웃느뇨 너의 틱틱가 너를 ᄯᅡ리믈 원망치 말나 ᄯᅩ 한 ᄎ례 우믈의 ᄲᅱ여 드는 거슬 네 도로혀 져허치 아니ᄒ다 니르기 어렵도다 (好好兒的送茶笑什麼呢? 怨不得你太太打你, 難道跳過一回井你還不害怕嗎?) <續紅 11:82>

229) 【귀이개】圖 귀후비개. ¶ 耳挖 ‖ 겨유 한 번 문 난간을 건너미 믄득 보니 디옥이 의ᄌ 우희 안ᄌ 손으로 슈건 우희 미인 귀이개와 니ᄲᅱ시개를 가지고 등하의셔 희롱ᄒ다가 (剛一跨門檻兒, 早瞧見黛玉在椅子上坐着, 手裏拿着手帕上拴的耳挖牙簽, 在燈下玩弄.) <續紅 11:85>

230) 【니ᄲᅱ시개】圖 이쑤시개. ¶ 牙簽 ‖ 겨유 한 번 문 난간을 건너미 믄득 보니 디옥이 의ᄌ 우희 안ᄌ 손으로 슈건 우희 미인 귀이개와 니ᄲᅱ시개를 가지고 등하의셔 희롱ᄒ다가 (剛一跨門檻兒, 早瞧見黛玉在椅子上坐着, 手裏拿着手帕上拴的耳挖牙簽, 在燈下玩弄.) <續紅 11:85>

11:80>

ᄒᆞ니 즁인이 모다 웃더라. 보옥이 ᄯᅩᄒᆞᆫ 의시 업ᄉᆞᆷ을 ᄭᅵᄃᆞᆺ고 다만 낫치 셤【87】어ᄒᆞ여231) 츄탁(推託)ᄒᆞ야 니ᄅᆞ디,

"노티티와 다못 고미들이 일노(一路)의 신고(辛苦)ᄒᆞ여시니 ᄯᅩᄒᆞᆫ 곤ᄒᆞ리라. 일즉 안헐(安歇)ᄒᆞ라. 나도 ᄯᅩᄒᆞᆫ 도라가 ᄌᆞ리라."

말ᄒᆞ며 하직을 고ᄒᆞ고 스스로 가더라. 원앙과 스긔와 금슌이 슈각(手脚)이 분망ᄒᆞ여 가모와 가부인의 힝리와 의샹을 가져 모다 후변 방즁으로 옴겨 와 포진ᄒᆞ기를 온당히 ᄒᆞ고 모다 ᄯᅩ 디옥의 방의 잇셔 한 지위 말ᄒᆞ다가 겨유 각각 도라가 ᄌᆞ고 이튼날 청신(淸晨)의 니러나 쇼셰ᄒᆞ기를 맛츠ᄆᆡ 가모와 가부인이 문득 보【88】옥을 거ᄂᆞ리고 젹하궁(赤霞宮)으로 와 원비긔 뵈오니 원비 곳 머믈너 이른 잔치를 베풀고 ᄯᅩ 금년옥쵹(金蓮玉燭)과 관포대리(冠袍帶履)를 쥬어 보,대 이인을 명ᄒᆞ여 즉일의 완혼(完婚)ᄒᆞ게 ᄒᆞᄆᆡ 가모와 가부인이 샤은(謝恩)ᄒᆞ기를 ᄆᆞᆺ치고 강쥬궁(絳珠宮)으로 도라오더라. 봉져와 영춘과 향릉과 진시 일즉 사ᄅᆞᆷ을 명ᄒᆞ여 현등결치(懸燈結彩)ᄒᆞ여 포진ᄒᆞ기를 환연일신(煥然一新)ᄒᆞ게 ᄒᆞ고 가뫼 원비의 곳의 향ᄒᆞ여 여덟 긔 능히 풍류 아는 궁녀와 량명찬례(兩名贊禮)ᄒᆞ는 쇼태감(小太監)을 어더 와 ᄲᅥ의 밋쳐【89】고악이 훤텬(喧天)ᄒᆞ며 보옥은 길복(吉服)을 밧고와 닙고 봉져와 영춘은 디옥을 부츅ᄒᆞ여 나와 ᄲᆞᆼᄲᆞᆼ이 텬디긔 졀ᄒᆞ고 동방으로 드러가 합근교비(合졸交拜)ᄒᆞ여 모든 일을 ᄆᆞᆺ츠ᄆᆡ 문득 보니 경환과 묘옥과 우시 ᄌᆞ믜 모다 와셔 치하ᄒᆞ고 각각 증궤(贈饋)ᄒᆞ는 믈건이 이시며 원비는 ᄯᅩ 태감을 시겨 허다ᄒᆞᆫ 쓰기 죠흔 믈건을 보내고 류샹련과 우삼계 모다 디부의 가 혼인을 지내므로 ᄯᅩᄒᆞᆫ 그 모양대로 한 벌 샹급(賞給)ᄒᆞ고 가부인도 ᄯᅩᄒᆞᆫ 사ᄅᆞᆷ을 시겨 원비긔 숑【90】례(送禮)ᄒᆞ고 ᄯᅩ 우삼져의게도 한 벌 하례(賀禮)를 보내니 이날은 모다 강쥬궁의셔 잔치를 버리고 보옥도 ᄯᅩᄒᆞᆫ 샹련과 진종을 청ᄒᆞ여 외실(外室)의셔 연회ᄒᆞ다가 늣게야 잔치를 파ᄒᆞ고 긱인이 각각 집으로 도라가거늘 영춘과 봉졔 긔롱읫 말노 짓거리

며 보옥을 가져 동방으로 보내여 드러가고 각각 스스로 훗허져가디 다만 금슌ᄋᆞ롤 머믈너 이 곳의 잇셔 등쵹을 보슯힐 시 이ᄠᅢᄂᆞᆫ 졍히 여름밤이라. 흰 달이 공즁의 빗겻거늘 금슌이 각쳐【91】등쵹을 모다 부러 ᄭᅳ고 쟝ᄎᆞᆺ 벼기의 나아가고져 ᄒᆞ다가 잠을 일우지 못ᄒᆞ여 젼젼비회(輾轉徘徊)ᄒᆞ더니 문득 싱각ᄒᆞ여 니ᄅᆞ디,

"엇지 신방(新房) 챵 밋히 가셔 한 번 듯지 아니리오."

ᄒᆞ고 졔 곳 경경(輕輕)히 다라나와 발ᄌᆞ최를 가마니ᄒᆞ여 디옥의 챵 아리 니ᄅᆞ러 ᄌᆞ세히 귀를 기우리고 듯기를 한 식경 ᄒᆞ다가 ᄌᆞ긔가 우슴이 나 겨유 몸을 돌니고져 ᄒᆞᄆᆡ 다만 ᄭᅵ다ᄅᆞ니 사ᄅᆞᆷ이 잇셔 븟치를 가져 졔 머리 우흘 한 번 치거늘 보옥이 놀나 머리를 도로혀 한 번 보니【92】청문(晴雯)이라. 련망히 손을 져허 청문으로 ᄒᆞ여곰 쇼리를 이지 못ᄒᆞ게 ᄒᆞ고 문득 져의 손을 ᄭᅳ어 잡고 홈긔 원즁 빅셕 난간 가의 가셔 일졔히 안고 이의 가마니 무러 니ᄅᆞ디,

"져져야 너는 어내 ᄯᅢ 도라왓ᄂᆞ뇨?"

청문이 니ᄅᆞ디,

"내 도라온 지 언마 못 되노라. 보고낭이 어졔야 일개 쇼가아(小賈兒)를 나핫ᄂᆞᆫ지라. 이러므로 오늘 내가 겨유 져를 다려왓더니 우리 무리 겨유 퓌방 이편의 니ᄅᆞ미 곳 묘ᄉᆞ부를 만ᄂᆞᆫ지라. 졔가 우리 무리의게 고ᄒᆞ여 말【93】ᄒᆞ디 '어졔 내가 간 후의 노티티와 고티티 모다 니ᄅᆞ러 원비낭낭의 명을 밧드러오늘 곳 보이야와 림고낭으로 ᄒᆞ여곰 셩혼ᄒᆞᄂᆞ니라.' ᄒᆞ거늘 림고낭이 노티티 여긔 이시믈 듯고 졔가 곳 챡급(着急)히 노티티롤 보고ᄌᆞ ᄒᆞᄂᆞᆫ지라. 우리 무리 겨유 드러와 보니 집 쇽의 젹젹히 일인도 업ᄉᆞ므로 우리 일즉 다라 후변(後邊)의 니ᄅᆞ미 고티티 스긔(司棋)롤 다리고 셔편 방의 잇셔 임의 문을 걸고 취침ᄒᆞ엿고 다힝히 노티티 동편 방의 잇셔 도로혀【94】 잠드지 아니ᄒᆞ엿ᄂᆞᆫ지라. 이계 보고낭이 노티티의 방의셔 노티티와 이너너와 원앙져져로 더브러 안ᄌᆞ 담화(談話)ᄒᆞ니 그곳도 ᄯᅩᄒᆞᆫ 나의 말춤예홀232) 곳이 업ᄂᆞᆫ지라. 내 도로

---

231)【셤어ᄒᆞ다】᠖ 서먹서먹하다. ¶ 訕訕的 ‖ 보옥이 ᄯᅩᄒᆞᆫ 의시 업ᄉᆞᆷ을 ᄭᅵᄃᆞᆺ고 다만 낫치 셤어ᄒᆞ여 츄탁ᄒᆞ야 니ᄅᆞ디 (寶玉也覺沒個意思, 只得臉上訕訕的推故道:) <續紅 11:87>

232)【揷嘴 삽취】chāzuǐ <動> 「말춤예ᄒᆞ다 ‖ "如今寶姑娘在老太太屋裏, 和老太太、二奶奶、鴛鴦姐姐坐着說話兒呢. 那裏也沒我~的地方兒." 이계 보고낭이 노티티의 방의셔 노티티와 이너너와

젼면으로 와 두른 츳주디 그림주도 보지 못홀지
라. 헤아리건디 네가 필경 남의 챵 밋히셔 가마
니 여허드르리라233) 호엿노라.”

금슌이 듯고 우스며 니르디,

“보고낭이 왓시면 나의 쥬견디로 이야와
다못 림고낭을 쳥호여 니러나게 호미 죠토다.”

쳥문이 니【95】르디,

“너는 아직 셔셔히 호라. 오늘은 져의 무
리 죠흔날이니 져의 무리로 호여곰 한 지위 더
즈게 호라. 보고낭과 노티터 담화호시면 즈연
쏘 한 지위 동안이 되리라. 내 한 지위 지내여
다시 보라 갈 거시니 만일 씨가 되엿거든 다시
져의롤 부루미 쏘흔 더디지 아니토다. 죠흔 미
미야, 네 지금의 챵 밋히 잇셔 무숀 말을 여허
드럿느뇨? 네 가히 실샹(實狀)으로 내게 고흐라.
네가 한 귀졀 거줏말을 호면 내가 릭일 림고낭
긔 고흐여 말흐디, ‘네가【96】챵 밋히셔 듯더
라.’ 호면 날노 호여곰 가히 너롤 잡아 머믈니
라.”

금슌이 웃고 니르디,

“죠흔 져져야, 너는 쳔만 번 부탁흐느니
림고낭긔 이 말을 고치 말나. 내 실샹디로 고흐
면 곳 죠흐리다. 내가 겨유 챵 밋히 니르러 드
르미 이야가 죠히 두어 귀 글을 외오는것 곳더
라.”

쳥문이 웃고 니르디,

“네 이거시 곳 거줏말234)이로다. 이야가
이런 씨의 도로혀 결을이 잇셔 글을 외오리오?”

금슌이 혀츠며 니르디,

“네 밋지 아니흐느냐? 내가 뎡녕(丁寧)이【
97】드럿시니 외는 거슨 이 무숀 다슈다병(多愁
多病)이라 흐며 쏘 무숌 경국경셩(傾國傾城)이라
흐미 나도 쏘흔 즈셰히 아지 못흐노라.”

쳥문이 듯고 겸두(點頭)흐고 우스며 니르
디,

“네 가히 림고낭이 무어시라 말흐믈 드럿

느뇨?”

금슌이 니르디,

“내가 다만 드르미 림고낭이 말흐디, ‘너는
엇지 그럴스록 쌤의 춤을 흘니느뇨?’ 흐거늘 이
애 말흐디, ‘네가 이즈음의도 쏘흔 셩픔을 부리
고 쌤을 붉히며 구구(舅舅)와 구모(舅母)긔 고흐
여 나롤 억탁(臆度)으로 흐여 너롤 위흐여 밍세
와 진언(眞言)【98】을 흐려 흐깃느냐?’ 흐거늘
내 이말을 드르미, 다만 니르디 림고낭이 드르
면 필연 셩 내리라 흐여 내가 곳 이야롤 위흐여
한 츠례 쌈을 흘엿더니 뉘 알니오 필경 셩은 아
니 내고 도로혀 우스며 말흐디, ‘네가 어렵도다.
이런 고담을 가져 모다 긔록흐느냐?’ 이 애 이
글귀 말을 듯고 웃더니 후의 내가 드르미 졔가
다만 부르디, ‘죠흔 미미야, 친미미야!’ 흐여 니
르디 ‘이졔야 네 몸의 향긔롤 맛탓노라.’ 흐미
내가 졍히 이 말가지 드럿더니【99】네가 곳 션
즈(扇子)롤 가지고 나롤 한 번 치미 날노 흐여
곰 혼이 업도록 놀낫노라.”

쳥문이 듯고 우스며 니르디,

“너는 보라. 져는 쳔금 쇼졔라. 네가 드른
이 여러 귀졀 말이 쏘흔 사룸으로 흐여곰 듯기
의 죠토다. 어디 너의 무리 못된 모양으로 젼일
의 흐던 말이 내 듯기의 고약흐믈235) 견디지 못
홈과 굿토리오?”

흐거늘 금슌이 듯고 쑬니 니러나 쳥문의
입을 찌즈려236) 흐거늘 쳥문이 웃고 니르디,

“나는 쏘흔 너의 이런 젹은 즘싱으로 더브
러 말【100】흐지 아니리라 내가 져곳의 가셔

원앙져져로 더브러 안즈 담화흐니 그곳도 쏘흔
나의 말춤예홀 곳이 업논지라 (續紅 11:94) ᛃ말
겻츨 달다 ‖ “黛玉見問出寶玉來, 不覺眼圈兒一
紅, 流下淚來, 低頭不答. 晴雯在傍~道.” 대옥이
보옥의 말을 무러보믈 당흐미 눈이 붉어지믈 씨
돗지 못흐고 눈믈을 흘니며 머리롤 슉이고 디답
지 못흐거늘 쳥문이 말겻츨 다라 니르디 (續紅
1:54)

---

233)【여허들-】동 《여허듣다》 엿듣다. ¶ 溜着聽
‖ 네가 필경 남의 챵 밋히셔 가마니 여허드르리
라 흐엿노라 (我就猜着你必定在人家窓根底下溜
着聽來了.) <續紅 11:94>

234)【거줏말】명 거짓말. ¶ 胡說 ‖ 쳥문이 웃고
니르디 네 이거시 곳 거줏말이로다 (晴雯笑道:
“你這就是胡說了.”) <續紅 11:96> ⇒ 거즌말, 그
준말, 그줏말

235)【고약흐다】형 고약하다. ¶ 生氣 ‖ 어디 너
의 무리 못된 모양으로 젼일의 흐던 말이 내 듯
기의 고약흐믈 견디지 못홈과 굿토리오 (那裏像
你前兒那個浪樣兒, 說的那些話, 我聽着怪生氣的.)
<續紅 11:99>

236)【찟다】동 찢다. ¶ 撕 ‖ 금슌이 듯고 쑬니
니러나 쳥문의 입을 찌즈려 흐거늘 쳥문이 웃고
니르디 (金釧兒聽了, 忙站起來要撕晴雯的嘴, 罵
道:) <續紅 11:99>

보고낭을 보려 ᄒᄂ니 너는 ᄶᄅᆯ 타 곳 져의 량인으로 ᄒᆞ여곰 니러나게 ᄒᆞ라.”

금슌이 듯고 졈두ᄒᆞ며 웃고 각각 가더라.

쳥문이 완보로 일즉 후방의 와 겨유 원즁의 니ᄅᆞ미 다만 보니 봉져와 원앙이 졍히 보챠의 몽즁 양혼(陽魂)을 가져 보내여 나와 겨유 ᄃᆡ계(臺階)의 나릴 시 봉졔 니ᄅᆞ디,

“쳥문아 ᄲᆞᆯ니 오라. 네 보고낭을 부츅ᄒᆞᆯ 거시니 졔가 이곳 길이 익지 못ᄒᆞ도다. 노티티져로 ᄒᆞ여곰 보형데 【101】 와 림미미를 보라가게 ᄒᆞ엿ᄂᆞ니라.”

쳥문이 듯고 ᄲᆞᆯ니 앏흐로 와 보챠를 부츅ᄒᆞ려 ᄒᆞᆯ 시 다만 드ᄅᆞ미 가뫼 방 속의셔 블너 니ᄅᆞ디,

“보챠두야, 너는 보옥을 보거든 가히 ᄒᆞᆫ 추례 죠히 져를 슈죄(受罪)ᄒᆞ여 네 분긔를 플나.”

보치 듯고 우ᄉᆞ며 니ᄅᆞ디,

“내 아랏노라. 노티티는 쳥컨대 평안이 쉬쇼셔.”

말을 맛치며 문득 쳥문의 엇게를 붓들고 셔셔히 거러 젼면(前面)으로 올 시 다만 보니 등쵹이 휘황ᄒᆞ여 이왕 어둔 ᄃᆡ로 오던 것 ᄀᆞᆺ지 아 【102】 니ᄒᆞ며 ᄯᅩ 보미 금병슈막(錦屛秀幕)과 보뎡금노(寶鼎金爐) 포진ᄒᆞᆫ 거시 십분 화려ᄒᆞᆫ지라. 심즁의 가마니 긔이ᄒᆞ믈 닐ᄏᆞᆺ고 인ᄒᆞ여 싱각ᄒᆞ디,

‘림미미는 죽은 후의 필경 이런 죠흔 거쳐ᄒᆞᆫ 곳이 이시니 가위 슈ᄉᆞ지일(雖死之日)이나 유싱지년(猶生之年)이로다.’

ᄒᆞ며 졍히 ᄎᆞ탄(嗟歎)ᄒᆞᆯ 시 다만 보미 금슌이 디옥의 방즁으로셔 다라나오며 보챠로 더브러 쳥안(請安)ᄒᆞ여 니ᄅᆞ디,

“고낭아 가히 죠흐냐? 림고낭이 고낭을 쳥ᄒᆞ여 방즁의 니ᄅᆞ러 안게 ᄒᆞ시ᄂᆞ니라.”

보치 듯고 우ᄉᆞ 【103】 며 니ᄅᆞ디,

“네가 금슌ᄋᆞ냐? 디옥 ᄌᆞ라기를 잘 ᄒᆞ엿도다.”

말ᄒᆞ며 문득 안흐로 향ᄒᆞ여 닷더라. 챠텽하히분히ᄒᆞ라.

[쇽홍루몽續紅樓夢 권지십이卷之十二]

【1】 화셜, 보치(寶釵), 금슌ᄋᆞ[金釧兒]를 ᄯᅡ라 안흐로 향ᄒᆞ여 닷더니 다만 보미 디옥(黛玉)이 한 벌 옥식빅졉문(玉色百蝶紋) 노혼 겹ᄉᆞ(袂紗) 오ᄌᆞ(襖子)를 닙고 일면(一面)으로 틴츄237)를 ᄶᅵ이며 희희히 우ᄉᆞ며 마ᄌᆞ 나와 니ᄅᆞ디,

“져져야 너는 가히 죠흐냐? 쳥문이 어졔 갓거늘 네가 엇지 이졔야 겨유 오ᄂᆞ뇨?”

보치 ᄯᅩᄒᆞᆫ 디옥의 손을 ᄭᅳ어 잡고 우ᄉᆞ며 니ᄅᆞ디,

“미미야 내가 오늘 편벽도히 오기를 공교 【2】 히 ᄒᆞ여 너의 죠흔 일을 져희ᄒᆞ도다.238)”

디옥이 듯고 ᄯᅩᄒᆞᆫ 우ᄉᆞ며 니ᄅᆞ디,

“엇지ᄒᆞ여 져져는 이런 말을 ᄒᆞᄂᆞ뇨? 나는 싱각건대 져졔 오늘 오는 거시 졍히 죠토다. 너는 안ᄌᆞ라.”

ᄒᆞ고 문득 보챠를 닛그러 캉 우흐로 와셔 ᄃᆡ면ᄒᆞ여 안줄 시 금슌이 챠를 가져 와 마시기를 맛ᄎᆞ미 디옥이 몬져 니ᄅᆞ디,

“져져야, 공희(恭喜)ᄒᆞ노라. 내 지금 금슌ᄋᆞ의 말을 드ᄅᆞ니 네가 일개 쇼가ᄋᆞ(小賈兒)를 나핫다 ᄒᆞ더라.”

보치 대답ᄒᆞ여 니ᄅᆞ디,

“가히 올치 아니랴! 이 일이 아 【3】 니더면 어졔 곳 왓시리라.”

디옥이 니ᄅᆞ디,

“네가 노태태(老太太)를 보왓ᄂᆞ냐?”

보치 니ᄅᆞ디,

“내가 노태태를 보미 집안 근일ᄉᆞ(近日事)를 뭇고 ᄯᅩ 디부(地府)의 일을 고ᄒᆞ여 죠히 한 지위 말ᄒᆞ다가 노태태 곳 봉져져(鳳姐姐)로 ᄒᆞ

---

237) 【틴츄】 團 단추. ¶ 紐子 ‖ 다만 보미 디옥이 한 벌 옥식빅졉문 노혼 겹ᄉᆞ 오ᄌᆞ를 닙고 일면으로 틴츄를 ᄶᅵ이며 희희히 우ᄉᆞ며 마ᄌᆞ나와 니ᄅᆞ디 (只見黛玉穿着件玉色百蝶紋搯金的夾紗襖子, 一面扣着紐子, 笑嘻嘻的迎子出來, 道.) ＜續紅 12:1＞ ⇒ 단쵸, 틴쵸

238) 【져희ᄒᆞ다】 團 {져희(沮戱)하다.} 훼방(毁謗)하다. 남을 지근덕거려 훼방하다. ¶ 打擾 ‖ 미미야 내가 오늘 편벽도히 오기를 공교히 ᄒᆞ여 너의 죠흔 일을 져희ᄒᆞ도다 (妹妹, 我今兒偏來的不巧了, 打擾了你們的好事了.) ＜續紅 12:2＞

여곰 나룰 보내여오라 ᄒ며 말ᄒ되, '임의 너의 미미 쳥문(晴雯)을 시겨 너룰 영졉ᄒ여 왓실진 디 네가 ᄯᅩᄒᆫ 일즉이 가셔 겨의 무리룰 보라.' ᄒᆞᄂᆞᆫ지라. 이러무로 내가 지금 왓고 고태태(姑太太) 노인내ᄂᆞᆫ 임의 잠드러 계신지라. 내가 감히 경동(輕動)치 못ᄒᆞ엿노라."

디옥이 【4】 니ᄅ되,

"져져야, 너ᄂᆞᆫ 구티여 밧바 말나. 좌우간 우리 무리 이곳 ᄉᆞ람을 러일 아츰의 네가 모다 상면(相面)ᄒᆞ리라."

보치 듯고 졈두ᄒᆞ며 ᄉᆞ면을 바라보미 보옥을 볼 길이 업ᄂᆞᆫ지라. 참지 못ᄒᆞ여 무러 니ᄅ되,

"미미야 엇지 츌가방도(出家訪道)ᄒᆞ던 사룸이 어대로 ᄌᆞᆺᄂᆞ뇨?"

디옥이 밋쳐 답지 못ᄒᆞ여 다만 드ᄅᆞ미 보옥이 마죠 뵈ᄂᆞᆫ 쟝 뒤히 잇셔 우ᄉᆞ며 니ᄅ되,

"내 여긔 잇셔 져져룰 위ᄒᆞ여 ᄭᅮ러 죄룰 쳥ᄒᆞ노라."

쳥문과 금슌의 듯고 모다 대쇼ᄒᆞᄂᆞᆫ지 【5】 라. 보치 링쇼(冷笑)ᄒᆞ여 니ᄅ되,

"죠흔 츌가방도ᄒᆞᆫ 사룸아, 네 나룰 위ᄒᆞ여 무ᄉᆞᆫ 죄룰 쳥ᄒᆞᄂᆞ뇨? 가련타! 태태ᄂᆞᆫ 죵일 너룰 위ᄒᆞ여 곡ᄒᆞ고 다반(茶飯)가지 감(減)ᄒᆞ엿거ᄂᆞᆯ 네 ᄯᅩᄒᆫ 도라가 쳥죄ᄒᆞᆯ 싱각을 아니ᄒᆞ고 ᄯᅩ 나룰 위ᄒᆞ여 쳥죄ᄒᆞᄂᆞ냐! 네가 도로혀 나와 다못 림미미(林妹妹)의 ᄌᆞ미 량인의 졍분을 아지 못ᄒᆞᆫ다 니ᄅᆞ기 어렵도다."

디옥이 듯고 샐니 니ᄅ되,

"져져야, 너ᄂᆞᆫ 말을 말나. 이ᄂᆞᆫ 모다 미미의 명궁(命宮)의 마셩(魔星)이 잇셔 져의 쥭기룰 한ᄒᆞ여 죠르믈 【6】 닙어 이졔 이 디경의 니ᄅ러 태태로 ᄒᆞ여곰 계념(繫念)ᄒᆞ시고[239] 져져로 누룰 밧게 ᄒᆞ니 나ᄂᆞᆫ 필경 죄의 괴쉬(魁首)로다."

보치 듯고 우ᄉᆞ며 니ᄅ되,

"이ᄂᆞᆫ 미미와 무ᄉᆞᆫ 샹관이 이시리오. 어내 거시 모다 져 사룸의 일이 아니냐! 방ᄌᆞ 노태태가 날노 ᄒᆞ여곰 가쟝 져룰 한 지위 슈죄(受罪)ᄒᆞ여 내 분긔(憤氣)룰 플나 ᄒᆞ시더니 이졔 미미 ᄯᅩ 져룰 위ᄒᆞ여 올치 아닌 쥴을 아ᄂᆞ니 날노 ᄒᆞ여곰 도로혀 무어슬 말ᄒᆞ리오? 나도 ᄯᅩᄒᆫ 져룰 말 아니ᄒᆞ리라."

금슌이 듯고 샐니 니ᄅ되,

"이 【7】 야(二爺)야, 너ᄂᆞᆫ 샐니 얼굴을 무릅쓰고 나오라. 이니니(二奶奶) 너룰 용셔ᄒᆞ도다."

다만 보미 보옥이 한 벌 빅ᄉᆞ(白紗) 젹삼을 닙고 한 ᄡᅡᆼ 붉은 신을 ᄭᅳ을고 쟝 뒤흐로 좃ᄎᆞ 다라나오더니 한 번 보차룰 보고 몬져 은근이 한 번 읍ᄒᆞᆫ 후의 낫츨 드러 니ᄅ되,

"져져야, 너ᄂᆞᆫ 쳥컨더 ᄯᅡ려가며 져다려 무ᄅᆞ라. '도로혀 감히 가셔 화샹(和尙)이 되겟ᄂᆞ냐, 감히 못되겟ᄂᆞ냐?' ᄒᆞ라."

즁인이 모다 웃더라 보치 디옥을 향ᄒᆞ여 우ᄉᆞ며 니ᄅ되,

"너ᄂᆞᆫ 보라 방ᄌᆞ 져룰 용 【8】 셔ᄒᆞ라 말ᄒᆞ더니 졔가 곳 와셔 긔롱ᄒᆞ도다."

디옥이 웃고 니ᄅ되,

"이ᄂᆞᆫ 모다 져져의 평일의 은혜 넓어 거리ᄭᅵ미 업ᄉᆞ미로다."

즁인이 ᄯᅩᄒᆫ 우ᄉᆞ미 보옥의 낫치 졈즉ᄒᆞ여240) 쳥문과 금슌아룰 향ᄒᆞ여 니ᄅ되,

"원리 너의 무리 두 사룸은 여긔 잇셔 나룰 보고 웃기다 ᄒᆞᄂᆞ냐! 쳥컨더 나아가라."

ᄒᆞ며 일변으로 ᄯᅩ 가마니 져 량인을 향ᄒᆞ여 눈짓ᄒᆞ니 쳥문과 금슌이 그 ᄯᅳᆺ을 알고 샐니 일졔히 다라 나가거ᄂᆞᆯ 보옥이 문득 문 【9】 을 잠으ᄂᆞᆫ지라. 쳥문과 금슌이 보옥의 문 잠으ᄂᆞᆫ241) 거슬 보고 훌일 업셔 모다 희희히 웃고

---

239) 【계념ᄒᆞ다】 통 계념(繫念)하다. ¶ 懸心 ‖ 져져야 너ᄂᆞᆫ 말을 말나 이ᄂᆞᆫ 모다 미미의 명궁의 마셩이 잇셔 져의 쥭기룰 한ᄒᆞ여 죠르믈 닙어 이졔 이 디경의 니ᄅ러 태태로 ᄒᆞ여곰 계념ᄒᆞ시고 져져로 누룰 밧게 ᄒᆞ니 나ᄂᆞᆫ 필경 죄의 괴쉬로다 (姐姐, 你不用說了, 這總是妹妹命裏帶來的魔星, 被他死活的纏住了. 如今鬧到這步田地, 敎太太懸心, 姐姐愛累, 我竟是個罪魁了.) <續紅 12:6>

240) 【졈즉ᄒᆞ다】 형 무안하다. 어색하다. ¶ 發訕 ‖ 즁인이 ᄯᅩᄒᆫ 우ᄉᆞ미 보옥의 낫치 졈즉ᄒᆞ여 쳥문과 금슌아룰 향ᄒᆞ여 니ᄅ되 (說的衆人又笑了, 笑的寶玉臉上發了訕的向晴雯、金釧兒道.) <續紅 12:8> ⇒ 졈즉ᄒᆞ다

241) 【잠으다】 통 잠그다. ¶ 쳥문과 금슌이 보옥의 문 잠으ᄂᆞᆫ 거슬 보고 훌 일 업셔 모다 희희히 웃고 다라 원즁으로 갈 시 (晴雯、金釧兒見寶玉揷了門, 由不得都嘻嘻的笑着走到院子裏.) <續紅 12:9>

다라 원중으로 갈 시 청문이 웃고 니르디,

"우리 이야는 오늘 진실노 입 큰 개가 똥 굴헝의 드러 입부리를 파뭇고 먹는 것 ᄀᆞᆺ트리로다."

금순의 니르디,

"이는 모다 방즈 림고낭이 이야로 더브러 샹량(商量)ᄒᆞ여 둔 거시니 우리 량인이 엇지 가마니 가셔 듯지 아니ᄒᆞ리오."

청문이 듯고 문득 우스며 금순ᄋᆡ 손을 ᄭᅳ어 잡고 경경히 거러 챵 밋히 니르러 귀를 【10】 기우리고 가마니 드를 시 다만 드르니 보치 안의 잇셔 니르디,

"너의 무리 필경 도로혀 회싱ᄒᆞ깃ᄂᆞ냐, 회싱치 아니ᄒᆞ깃ᄂᆞ냐? 모다 진졍으로 밝히 말ᄒᆞ라. 내가 도라가면 ᄯᅩᄒᆞᆫ 죠히 태태긔 고ᄒᆞ여 져 노인네로 ᄒᆞ여곰 방심케 ᄒᆞ리니 졍경(正經)의 말은 ᄒᆞ지 아니ᄒᆞ고 ᄯᅩ 희롱의 모양으로 문을 거러 무엇ᄒᆞ리오?"

ᄒᆞ며 ᄯᅩ 드르니 보옥이 웃고 니르디,

"져져야, 너는 죠급히 구지 말나. 회싱ᄒᆞᆫ 일은 안젼(眼前)의 ᄯᅩᄒᆞᆫ 맛당히 표가 이시리라. 네가 리일 【11】 도라갈 ᄯᅥ의 몬져 나의 통령옥(通靈玉)을 가지고 도라가 태태로 ᄒᆞ여곰 보와 방심케 ᄒᆞ미 곳 올토다. 지금 림미미가 져져의 먼길을 힝ᄒᆞ여 곤핍(困乏)ᄒᆞ믈 져허ᄒᆞ여 날노 ᄒᆞ여곰 문을 잠아시니 청컨디 져져는 의상(衣裳)을 벗고 누어 쉬라."

ᄒᆞ며 ᄯᅩ 드라미 보치 니르디,

"가히 올치 아니랴? 내가 ᄯᅩᄒᆞᆫ 몸이 곤ᄒᆞ믈 ᄭᅢ다르리로다. 빈ᄋᆞ(顰兒)야, 우리 무리 가히 몬져 말ᄒᆞᆯ지니 다만 우리 무리만 누어 담화ᄒᆞᆯ 거시오, 네 만일 보옥으로 ᄒᆞ여곰 와셔 공연이 들 【12】 네면 나는 가히 좃지 아니리라."

ᄒᆞ며 ᄯᅩ 드르미 디옥이 웃고 니르디,

"져져야, 너는 다만 방심ᄒᆞ라. 내가 잇도다. 너의 무리 량인이 여러 날 리별ᄒᆞ여시니 곳 두어 귀졀 말이 업지 아닐 듯ᄒᆞ도다."

ᄒᆞ며 ᄯᅩ 드르미 보옥이 우스며 니르디,

"일개 져져와 일개 미미야, 내가 곳 젹지 아닌 담(膽)이 잇도다 ᄒᆞ여도 감히 방탕(放蕩)이 굴냐? 너의 무리 량인은 ᄆᆞ음을 노코 다만 누엇시라. 날이 심히 더우니 내가 겻히 잇셔 너의 무리를 위ᄒᆞ여 붓치질ᄒᆞ 【13】 는 거시 죠흐냐,

죠치 아니ᄒᆞ냐?"

ᄒᆞ거늘 청문이 듯고 금슌ᄋᆞ로 향ᄒᆞ여 가마니 우스며 니르디,

"이는 도로혀 가쟝 취미(趣味)잇도다."

금슌이 섈니 우스며 손을 졋더라. 한 지위 지내여 ᄯᅩ 드르미 안의셔 보옥이 웃고 니르디,

"림미미야, 너는 긔록ᄒᆞᄂᆞ냐? 우리 어렷실 ᄯᅥ의 보져제 갓 오미 우리 무리 모다 이마(姨媽)의 앏히셔 술 마시며 오리고기를 먹을 시 그 ᄯᅥ의 보져제 이마를 가져 '마미 죠타, 죠치 아니타.' 부르더니 도로혀 싱각ᄒᆞ미 가쟝 언마 못된 【14】 돗ᄒᆞ여 엇지 지금의 졔가 ᄯᅩᄒᆞᆫ 힝지(孩子) 잇셔 져다려 마마라 부르ᄂᆞᆫ고! 우리 진실노 즐거오믈 이긔지 못ᄒᆞ리로다."

ᄒᆞ며 ᄯᅩ 드르미 보치 웃고 니르디,

"보옥아, 네가 감히 날노 더브러 긔롱ᄒᆞᄂᆞ냐242)! 빈ᄋᆞ야, 이는 모다 너의 꾀로다. 네 보라 내가 너를 용셔ᄒᆞ랴, 용셔치 아니ᄒᆞ랴?"

ᄯᅩ 드르미 보옥이 웃고 니르디

"이야(噯喲), 내가 오늘 가히 담이 크다 니르리로다. 져져와 미미의게 크게 득죄ᄒᆞ엿다."

ᄒᆞ며 삼인이 희희 흡흡히 한뭉치 되어 웃거늘 금슌이 챵 【15】 밧긔셔 듯다가 청문을 ᄭᅳ을고 가마니 우스며 니르디,

"이야, 우리 무리 다시 듯지 말고 가리라. ᄌᆞ셰히 드르면 우리로 ᄒᆞ여곰 죠치 못ᄒᆞ깃도다."

청문이 가마니 디답ᄒᆞ고 문득 져를 가져 다시 ᄭᅳ을고 원중 빅셕(白石) 난간(欄杆) 가의 니르러 안ᄌᆞ 졍히 져의 무리 방중지ᄉᆞ(房中之事)를 강론ᄒᆞ고ᄌᆞ 홀 시 다만 드르미 사름이 잇셔 밧긔셔 대문을 쳐 산이 울니는 돗ᄒᆞ거늘 량인이 놀나 텬식(天色)을 보미 동방(東方)이 미명(微明)ᄒᆞ고 금계(金鷄) 어즈러이 웃거늘 량인이 잠 【16】 간 담을 크게 ᄒᆞ고 다라 궁문의 니르러 무러 니르디,

"엇던 사름이 이ᄀᆞᆺ치 일죽이 와셔 문을 치ᄂᆞ뇨?"

---

242) 【긔롱ᄒᆞ다】 동 기롱(譏弄)하다. 조롱(嘲弄)하다. 희롱(戲弄)하다. ¶ 涎臉 ‖ 보옥아 네가 감히 날노 더브러 긔롱ᄒᆞᄂᆞ냐 빈ᄋᆞ야 이는 모다 너의 꾀로다 네 보라 내가 너를 용셔ᄒᆞ랴 용셔치 아니ᄒᆞ랴 (寶玉, 你敢和我涎臉! 顰兒, 這都是你的詭, 你看我餞你不餞你!) <續紅 12:14>

다만 드르미 외면의 답응ᄒᆞ는 이는 부인의 셩음이라. 졔가 니르디,

"고낭 무리야, 문을 열나. 나는 포이개(鮑二家)로라. 지금 림고노애(林姑老爺) 풍셔판(馮書判)을 시겨 와 보이야(寶二爺)ᄅᆞᆯ 위ᄒᆞ여 요긴ᄒᆞᆫ 글월을 보내엿시디 풍셔판이 즈긔는 오기 편치 못ᄒᆞ다 ᄒᆞ여 ᄯᅩ 나ᄅᆞᆯ 식여 보내여 왓노라."

청문과 금순이 듯고 셜니 대문을 열고 다만 보니 포이개 손의【17】일봉셔ᄅᆞᆯ 가지고 청문의게 젼ᄒᆞ여 쥬며 니르디,

"고낭 무리야, 가지고 드러가 보이야긔 쥬어 보게 ᄒᆞ고 곳 말ᄒᆞ디, '풍셔판이 박명ᄉᆞ(薄命司)의 잇셔 회신을 기다린다.' ᄒᆞ라."

청문이 니르디,

"너는 엇지ᄒᆞ여 드러오지 아니ᄒᆞ고 여긔셔 쉬ᄂᆞ뇨?"

포이개 니르디,

"이곳의 사름이 만코 ᄯᅩ 련이니닉(璉二奶奶)의 입부리가 사름을 위ᄒᆞ여 일분도 용셔치 아니ᄒᆞ니 드러가 져로 ᄒᆞ여곰 사름을 당면ᄒᆞ여 말ᄒᆞ여 낫치 업게 ᄒᆞ는 거시 죠치 아니ᄒᆞ니 내【18】가 곳 도라가리라."

ᄒᆞ고 언필의 스스로 가더라. 청문과 금순이 도로 문을 닷치고 일죽 상방(上房)으로 올시 금순이 무러 니르디,

"이 녀인이 뉘뇨? 내 엇지 져ᄅᆞᆯ 아지 못ᄒᆞ깃ᄂᆞ냐?"

청문이 니르디,

"뉘 ᄯᅩ 져ᄅᆞᆯ 알니오? 나는 ᄯᅩ흔 련이니닉의 말을 드르미 어내 히 이니닉(二奶奶) 싱일의 모다 노태태의 방중의셔 슐을 먹을 시 셰가 린이야(璉二爺)로 더브러 긔롱ᄒᆞ엿더니 그 후의 련이니닉 크게 일쟝(一場)을 들네여 졔가 곳 붓그려 즈쳐(自處)ᄒᆞ엿다 ᄒᆞ더라."

금순이 듯고 우【19】스며 니르디,

"고이ᄒᆞ도다. 졔가 드러오지 아니ᄒᆞᆷ은 련이니닉가 타인을 디ᄒᆞ여 져의 단쳐(短處)ᄅᆞᆯ 드러낼가 져허ᄒᆞ미로다."

ᄒᆞ고 량인이 일노(一路)의 담쇼ᄒᆞ며 오다가 동편 집 문머리의 니르러 문득 쇠고리ᄅᆞᆯ 몃 번 두다리니 다만 드르미 보옥이 안의 잇셔 무러 니르디,

"무어슬 ᄒᆞ려 ᄒᆞᄂᆞ뇨?"

금순이 블너 니르디,

"이야는 니러 나라고 노얘 사름을 식여 요긴ᄒᆞᆫ 글월을 보내여 왓도다."

ᄒᆞ며 다만 드르미 '화랑(嘩啷)' 일셩의 문이 임의 열니ᄂᆞᆫ지라. 보옥【20】이 다만 ᄯᆞ른243) 한삼(汗衫)을 닙고 신을 ᄯᅳ을고 나오다가 블문곡직ᄒᆞ고 몬져 청문의 한 편 쌤을 어로만지고 ᄯᅩ 금순ᄋᆞ의 턱을 한 번 치니 량인이 감히 쇼리ᄅᆞᆯ 못ᄒᆞ고 일졔히 져ᄅᆞᆯ 한 번 눈을 부릅 ᄧᅥ 보니 보옥이 웃고 글월을 바드며 다시 다라 드러오며 블너 니르디,

"청문져져야, 한 가지 납츅(蠟燭)을 혀 오라. 방 속이 어두어 도로혀 글즈ᄅᆞᆯ 보지 못ᄒᆞ리로다."

청문과 금순이 듯고 셜니 납츅을 혀 나아오미 다만 보니 디옥과 보챠 량인【21】이 모다 단삼(短衫)을 닙고 캉 가의 안졋다가 보옥이 글을 가지고 나와 츅하의셔 피봉(皮封) ᄯᅥ히믈 보고 져 량인이 곳 다라와 한 편의 일개식 보옥의 엇기ᄅᆞᆯ 붓들고 다만 보니 피봉 우희 크게 '이현질개탁(二賢侄開坼)' 다셧 글즈ᄅᆞᆯ 떳거눌 봉피ᄅᆞᆯ ᄯᅥ히고 모다 일졔히 보니 우희 뼛시디,

일젼의 손을 난호고 달녀 동졍(彤庭)의 나아가 텬안(天顔)을 죠현ᄒᆞ미 두터이 쟝뢰(奬賚)ᄒᆞᄆᆞᆯ 닙어 부죠(部曹)의 명ᄒᆞ여 즉시 궐(闕)을 샹고ᄒᆞ여 벼【22】슬을 계슈(繼受)ᄒᆞ게 ᄒᆞ미 졍히 기다릴 ᄉᆞ이의 홀연이 망망대ᄉᆞ(茫茫大士)와 묘묘진인(妙妙眞人)이 잇셔 낫ᄎᆞ로 일쟝 포문을 베프러 현질과 다못 쇼녀의 젼싱 일단 인괴(因果)ᄅᆞᆯ 알위더니 샹뎨(上帝)긔셔 민망히 너기시믈 무릅뼈 허ᄒᆞ여 ᄒᆞ야곰 회싱ᄒᆞ야 완취케 ᄒᆞ고 아오로 태허환경(太虛幻境)의 잇는 바 최즈의 든 일졀 어리셕

---

243)【ᄯᆞ르다】 [형] 짧다. ¶ 短 ∥ 보옥이 다만 ᄯᆞ른 한삼을 닙고 신을 ᄯᅳ을고 나오다가 블문곡직ᄒᆞ고 몬져 청문의 한편 쌤을 어로만지고 ᄯᅩ 금순ᄋᆞ의 턱을 한번 치니 량인이 감히 쇼리ᄅᆞᆯ 못ᄒᆞ고 일졔히 져ᄅᆞᆯ 한번 눈을 부릅ᄧᅥ 보니(寶玉之穿着件短汗衫兒, 趿拉着鞋兒走了出來. 不問靑紅皂白, 先摸了晴雯一個臉旦兒, 又打了金釧兒一個下頦兒, 二人不敢聲張, 一齊瞪了他一眼.) <續紅 12:20> ⇒ 댜르다, 댜ᄅ다, 뎌르다, 뎌ᄅ다, 뎔-, ᄯᆞᄅ다, 쟈ᄅ다, 져르다, 즈ᄅ다

은 혼을 가져 모다 방셕(放釋) 회싱(回生)ᄒ
여 ᄒ야곰 각각 원(願)을 좃게 ᄒ고 ᄯ 나의
일싱의 ᄌ식이 업고 다 【23】 만 일녀ᄅᆞᆯ 두믈
민망히 너기샤 ᄎᆞᆷ아 다시 별니(別離)케 못ᄒ
샤 즉시 명ᄒ여 현임(現任) 경ᄉ도(京師都)
셩황(城隍)으로 더브러 셔로 벼슬을 밧고게
ᄒ며 풍도(酆都) 임쇼의 ᄯᅡ라 간 친쳑과 막부
(幕夫)와 쟝슈(長隨)와 가인(家人)을 모다 거
ᄂᆞ리고 시 임쇼로 가믈 허ᄒ시니 대ᄉ(大士),
진인(眞人)의 쥬문(奏聞)ᄒᆞᆫ 글월과 아오로 밧
드러 온 샹뎨 어비(御批)ᄅᆞᆯ 가져 긔록ᄒ여 보
내여 보게 ᄒᆞᄂᆞ니 다시 바라건더 구을너 노
태태긔 드러 ᄡᅥ ᄌ희(慈姬)ᄅᆞᆯ 위로ᄒ라. 시싱
(侍生) 【24】 림여희(林如海)ᄂᆞᆫ 돈슈비(頓首拜)
ᄒ노라.

ᄒ엿더라.
보옥과 보챠와 디옥 삼인이 보기ᄅᆞᆯ 맛치ᄆᆡ
크게 깃브믈 이긔지 못ᄒ여 드대여 ᄯ 긔록ᄒᆞᆫ
바 쥬문을 펴볼 시 그 우희 ᄡᅥ시더,

망망대ᄉ와 묘묘진인 신(臣) 모모(某某)
ᄂᆞᆫ 근쥬(謹奏) 위앙간텬은(爲仰懇天恩) 부감은
곡시(俯鑒隱曲事)라. 그윽이 싱각건더 ᄌ미(紫
微) 형샹을 드리오ᄆᆡ 홀노 죠화(造花)의 권형
(權衡)을 잡앗고 쳥쇄(靑鎖)의 반렬(班列)을
ᄯᆞ르ᄆᆡ 난호와 격양(激揚)ᄒᆞᄂᆞᆫ 칙임을 당ᄒᆞᄂᆞᆫ
지라. 업디여 사실(查實)ᄒ【25】 건디 풍도셩
황(酆都城隍) 림여희의 녀ᄋ 디옥(黛玉)이 근
본 령희(靈河) 션쵸(仙草)로 낫다가 인셰(人
世) 명츄[쥬](明珠)로 격강ᄒᆞᄆᆡ 학문은 반희
(班姬)의게 지나고 지죠ᄂᆞᆫ ᄉ녀(謝女)의 ᄲᅱ여
난지라. 어린 나희 미드믈 일허 일즉 츈헌
[훤](椿萱)을 ᄶᅧ바리고 약ᄒᆞᆫ 긔식(氣息)이 사
ᄅᆞᆷ의게 의지ᄒ여 필경 쳠구의게 의탁ᄒᆞᆫ지라.
나히 겨유 빈혀 ᄭᅩ즈기의 밋ᄎᆞᄆᆡ 죠히 낭원션
낭(閬苑仙郎)을 만낫고 인연이 젼싱의 이시ᄆᆡ
일즉 신영시ᄌ(神瑛侍者)ᄅᆞᆯ 지엇도다. 졍이
셩품으 【26】 로셔 나ᄂᆞ니 인륜과 왕화(王化)
의 근원을 근본ᄒ엿고 례ᄂᆞᆫ 졍경(正經)을 직
희ᄂᆞ니 엇지 복샹(濮上)과 샹간(桑間)의 일이
리오? 만일 죵신 일을 의탁ᄒ면 곳 일싱 원
이 ᄆᆡ일울 거시어늘 엇지 ᄯᅳᆺᄒ여시리오! 홍안

(紅顔)이 박명(薄命)ᄒ여 홀연이 강리대도(僵
李代桃)ᄒᄆᆞᆯ 만낫고 가히 엇지ᄒ리오. 빅발이
혼모(昏耄)ᄒ여 드디여 이화졉목(移花接木)ᄒ
ᄆᆞᆯ 일윗시니 강운헌(絳雲軒) 속의ᄂᆞᆫ 일즉 한
ᄭᅮᆷ 인연이 업셧고 쇼샹관즁(瀟湘館中)의ᄂᆞᆫ 거
연이 빅년 한을 픔 【27】 은지라. 혼이 환경
(幻境)의 도라가미 ᄒᆞᆼ샹 표모(縹緲)ᄒᆞᆫ ᄯᅡ히
노랏고 일홈은 태허(太虛)의 긔록ᄒ여시ᄆᆡ 긔
리 인온(氤氳)ᄒᆞᆫ 칙ᄌ의 쥬(注) 내여시니 일
이 가쟝 샹심ᄒᆞ염죽ᄒ고 졍이 ᄌ못 가히 민
망ᄒ도다. 업대여 싱각건디 샹뎨 폐하ᄂᆞᆫ 놉흔
디 거ᄒᆞ샤 나즌 디ᄅᆞᆯ 드르시ᄆᆡ 진지(眞宰)ᄅᆞᆯ
십방(十方)의 지으시고 고요ᄒ기ᄅᆞᆯ 오로지 ᄒ
고 동(動)ᄒᆞᄆᆞᆯ 곳게 ᄒᆞᄆᆡ 복샹(福祥)을 삼계
(三界)의 쥬시ᄂᆞ니 고ᄒᆞᄂᆞᆫ 비 이시면 반ᄃᆞ시
응ᄒ고 감동ᄒᆞᄆᆡ 신령 【28】 치 아니미 업ᄂᆞᆫ
지라. 원컨더 음양블측(陰陽不測)ᄒᆞᆫ 신명(神
明)을 밝히샤 ᄡᅥ 쟝단(彰癉) 무ᄉ(無私)ᄒᆞᆫ 지
극ᄒᆞᆫ ᄯᅳᆺ을 뵈시더 널니 법력(法力)을 베프시
고 크게 ᄌ비ᄅᆞᆯ 내여 무릇 "홍루몽"의 유졍
(有情)ᄒᆞᆫ 믈건을 가져 ᄒᆞ여곰 널니 그윽ᄒᆞᆫ 혼
이 도라가게 ᄒ고 잇ᄂᆞᆫ 바 태허경(太虛境) 칙
ᄌ의 긔록ᄒᆞᆫ 사름을 모다 ᄒᆞ여곰 슈역(壽域)
의 나아가게 ᄒ여 낭지녀모(郞才女貌)로 모다
ᄒᆞᆼ려지연(伉儷之緣)을 일위고 얼희(蘖海) 졍텬
(情天)의 기리 샹ᄉ(相思)ᄒᆞᄂᆞᆫ 귀신이 업ᄉ면
쟝ᄎᆞᆺ 【29】 은혜가 텬샹의 가득ᄒᆞᄆᆡ 고명유구
(高明悠久)ᄒᆞᄆᆡ 무강(無疆)ᄒᆞᄆᆞᆯ 경츅(慶祝)ᄒ
고 덕이 인간의 넘지ᄆᆡ 셩셰승평(盛世昇平)ᄒᆞᆫ
샹셔(祥瑞)ᄅᆞᆯ 지을지니 신 등은 림표(臨表)
무임쳠텬앙셩(無任瞻天仰聖) 격졀병영지지(激
切屛營之至) ᄒᆞᄂᆞ이다.

ᄒ엿거눌 샹뎨(上帝) 어비(御批)ᄅᆞᆯ 밧들미
ᄒᆞ여시더,

가보옥(家寶玉)과 림디옥(林黛玉)의 일ᄉ
ᄅᆞᆯ 알외온 거슬 보니 졍이 ᄌ못 가히 민망ᄒ
도다. 짐이 임의 인간 뎨왕(帝王)의게 현몽(現
夢)ᄒ여 칠월(七月) 십오일(十五日) 우란승회
(盂蘭勝會)ᄅᆞᆯ 택일ᄒ여 태허 【30】 환경의 잇
ᄂᆞᆫ 바 칙ᄌ의 긔록ᄒᆞᆫ 사름으로 ᄒᆞ여곰 널니
회싱케 ᄒ여 ᄡᅥ 셩셰승평지셔(盛世昇平之瑞)

룰 드러나게 ᄒ노니 대ᄉ(大士)와 진인(眞人)
등은 긔약의 밋쳐 효유(曉諭)ᄒ믈 죠ᄎ 힝ᄒ
라.

ᄒ엿더라.
보옥이 간필(看畢)의 머리룰 두로혀 좌편
으로 보챠룰 바라보고 우편으로 ᄶ 디옥을 보며
흡흡대쇼ᄒ여 니ᄅ디,
"보겨겨와 림미미야, 이ᄂ 가히 날노 ᄒ여
곰 즐거워 죽게 ᄒᄂ도다."
ᄒ며 삼인이 모【31】다 환희ᄒ기룰 마지
아닐 시,

16

스태군시몽대관원　가존노우ᄋ털함ᄉ
史太君示夢大觀園　賈存老遇兒鐵檻寺

보치 니ᄅ디,

"금슌ᄋ야, 샐니 필연(筆硯)을 가져오라. 내가 한 쟝을 긔록ᄒ여 가지고 집으로 도라가 ᄯ흔 태태로 ᄒ여곰 드ᄅ시게 ᄒ여 환희케 ᄒ리라."

금슌이 듯고 샐니 필연을 가져 올 시 보치 니ᄅ디,

"림미미야, 너는 나ᄅᆞᆯ 위ᄒ여 고노야의 글월을 긔록ᄒ고 나는 쥬본(奏本)을 긔록ᄒ리라."

보옥이 듯고 문득 ᄉ미ᄅᆞᆯ 것고 와셔 져의 무리ᄅᆞᆯ 위ᄒ여 먹을 갈미 챠(釵)·대(黛) 이인이 각기 화젼지(花箋紙)ᄅᆞᆯ 가지고 등하의셔 곳【32】 일필휘지(一筆揮之)ᄒ더니 보치 드디여 ᄯᅩ 한 번 보고 졉어 ᄉ미 속의 넛터라. 쳥문이 문득 셰슈믈을 가져오거눌 모다 쇼셰ᄒ고 웃닙기ᄅᆞᆯ 겨유 맛치미 다만 보니 원앙(鴛鴦)이 다라와 무러 니ᄅ디,

"고낭무리는 니러낫ᄂᆞ냐, 아니ᄒ엿ᄂᆞ냐?"

쳥문이 샐니 니ᄅ디,

"임의 니러낫도다."

원앙이 니ᄅ디,

"고태태괴셔 일쪽 쇼셰ᄅᆞᆯ 맛치시고 보고낭의 오믈 드ᄅ시고 이곳으로 와셔 보시려 ᄒᄂ니라."

보치 샐니 니ᄅ디,

"우리 무리 곳 가셔 노태태긔 쳥안(請安)ᄒ려 ᄒ【33】엿더니 고노야의 글월이 오믈 인ᄒ여 ᄌ연 한 지위 더더엿노라."

ᄒ며 졍히 말홀 시 문득 보니 봉져는 가모ᄅᆞᆯ 뫼시고 ᄉ긔(司棋)는 가부인을 뫼시고 다라드러오거눌 보치 보고 샐니 마ᄌ 가부인으로 더브러 힝례홀 시 가부인이 련망히 ᄯᅳ러 니ᄅ혀거눌 가뫼 니ᄅ디,

"고내내야, 너는 보라. 져 녀희ᄋ(女孩兒)가 가히 죠ᄒ냐, 죠치 아니ᄒ냐? 져 미미로 더브러 진실노 텬싱(天生) 일디(一對)로다."

가부인이 듯고 ᄯᅩ흔 보챠ᄅᆞᆯ ᄌ셰히 보더니 급히 져의 숀을 잡고 우스며 니【34】ᄅ디,

"우리 ᄋ희야, 무던토다.244) 너의 모양이 필경 엇지ᄒ여 ᄌ라기ᄅᆞᆯ 진개 그림 속 사름 ᄀᆞᆺ트뇨? 내가 노태태의 말ᄉᆞᆷ을 드ᄅ미 네가 곳 너의 미미ᄅᆞᆯ 가쟝 ᄉ랑흔다 ᄒ니 쟝리의 너의 무리 ᄌ미 둘이 한곳의 잇셔도 내가 ᄯᅩ흔 방심ᄒ노라. 죵금(從今) 이후로 너로 ᄒ여곰 나ᄅᆞᆯ 부ᄅ기ᄅᆞᆯ 고미(姑媽)라 ᄒᄆᆞᆯ 허치 아니ᄒ노니 너는 ᄯᅩ흔 날다려 마마라 부ᄅ미 곳 올토다."

가뫼 듯고 우스며 니ᄅ디,

"가쟝 죠토다 이거시 올흐니 젼일의 셜이태태(薛二太太) ᄯᅩ흔 림챠두【35】로 ᄒ여곰 져다려 마마라 부ᄅ게 ᄒ엿더니 이제 보츠두가 너다려 마마라 부ᄅ미 졍리(情理)가 극히 온당(穩當)ᄒ도다. 어졔 ᄯᅩ 내가 말을 드ᄅ미 증숀(曾孫)을 어덧다 ᄒ니 고내내는 아ᄂ냐, 아지 못ᄒᄂ냐?"

가부인이 듯고 샐니 보챠ᄅᆞᆯ 향ᄒ여 우스며 니ᄅ디,

"고낭아, 너의게 가히 공희(恭喜)ᄒ리로다. 어내 ᄯᅢ의 가히 쇼가ᄋ(小賈兒)ᄅᆞᆯ 나핫ᄂ뇨?"

보치 졍히 답ᄒ고져 ᄒ더니 다만 드ᄅ미

---

244) 【무던ᄒ다】 图 무던하다. 괜찮다. ¶ 難爲 ‖ 우리 ᄋ희야 무던토다 너의 모양이 필경 엇지ᄒ여 ᄌ라기ᄅᆞᆯ 진개 그림 속 사름 ᄀᆞᆺ트뇨 (我的兒, 難爲你, 這個模樣兒到底怎麼長來! 眞像畵兒上畵的人了.) ＜續紅 12:34＞

보옥이 니르디,

"너의 무리는 또흔 노태태와 고마의게 안
즈시게 흐라. 내 노고야의 보 【36】 닌 글월을
가져 닑어 량위 노인긔 드르시게 흐리니 풍셔판
(馮書判)이 또 셔신을 기다리느니라."

가부인이 듯고 샐니 무러 니르디,

"너의 고부(姑父)의 글월이 왓느냐?"

보옥이 니르디,

"풍셔판을 식여 오경(五更)의 왓다."

흐거늘 가부인이 니르디,

"임의 이 곳트면 질으는 곳 닑어 노태태롤
위흐여 드르시게 흐라."

이의 가모와 가부인과 봉져와 보챠와 디
옥이 각각 츠셔(次序)롤 죠촌 안줄 시 보옥이
문득 글월과 다못 쥬본(奏本)을 가져 내여 종두
지미(從頭至尾)히 고성 【37】 낭독흐여 한 번 닑
으니 중인이 듯고 모다 환희흐디 오즉 림디옥이
교의(交椅) 우희 안즈 두로 싱각흐다가 또 눈물
을 흘니거늘 봉졔 니르디,

"림미미야, 너는 너모 곡흐믈 죠하 흐는도
다. 타인은 이 셔신(書信)오믈 듯고 모다 환희흐
거늘 편벽도히 너는 또 샹심흐니 싱각건대 네가
강쥬궁(絳珠宮)을 바리지 못흐여 흐미로다."

디옥이 니르디,

"너는 가쟝 후두[糊塗]흐도다. 네 즈셰히
싱각흐라. 우리 무리 태허환경 사롬을 모다 회
싱케 흐나 노태태와 【38】 다못 고부와 고미 또
흔 능히 회싱치 못흐시리니 이는 또 리별을 아
니흐랴! 내 엇지흐여 곡흐는 거시 맛당치 아니
리오?"

봉졔 니르디,

"나는 후두치 아니흐고 네가 곳 후두흐도
다. 너는 지금 듯지 못흐엿느냐? 고노야의 글월
우희 명빅히 쎠엿시대 츠마 골육으로 다시 니별
케 못흐므로 고노야롤 경스도(京師都) 셩황(城
隍)의 보궐(補闕)흐엿다 흐니 이 귀졀 말을 네가
아마도 듯지 못흐엿도다."

디옥이 니르디,

"비록 이 곳트나 필경은 음양이 셔로 격흐
미 이 【39】 시니 엇지 능히 흉샹 얼굴을 보리
오!"

가부인이 샐니 니르디,

"우리 으히야, 너는 샹심치 말나. 우리 무

리도 셩황이 되면 노태태 또흔 우리롤 짜라 임
쇼로 가시리니 모녀 무리 얼골을 보려 흐면 무
슴 어려울 거시 업술 거시니 젼일의 디부(地府)
의 잇실 쎠와 비치 못흐리라. 너는 싱각흐라.
너의 부친과 다못 나는 또흔 모다 반빅(半白)이
넘은 사롬이라. 곳 지금의 우리 무리로 흐여곰
회싱흐여도 또 능히 몃출을 인세(人世)의 이시
며 노태태는 더옥 되지 못 【40】 홀 일이로다.
흐믈며 너의 부친이 젼일의 양쥐(揚州) 잇셔 넘
운亽(鹽運司) 벼슬홀 쎠의 또흔 샹고(商賈)의 돈
을 밧지 아니흐여도 오히려 미일의 무음을 노치
못흐고 지내여시니 엇지 셩황으로 잇실 쎠와 곳
치 쇼요즈지(逍遙自在)흐미 이시리오!"

졍히 이러틋 말흘 시 다만 보니 영춘(迎
春)이 다라 드러와 몬져 보챠로 더브러 셔로 보
고 피츠 한온(寒溫)을 펴다가 문득 보옥을 향흐
여 니르디,

"보형데야, 너는 외변(外邊)의 가셔 안즛시
라. 룡고낭과 쇼대내내(小大奶奶) 모다 드러와
보미미 【41】 롤 보고즈 흐느니라."

보옥이 듯고 문득 니러나 가부인을 향흐여
니르디,

"내가 곳 가셔 풍셔판을 보고 고노야롤 위
흐여 회신(回信)을 쓰리라."

가부인이 니르디,

"네가 곳 가셔 쓰디 글월의 말을 '우리 무
리 모다 아랏다.'흐고 '이후의 다시 무슨 신식
(新息)이 잇거든 속히 다시 사롬을 식여 오라.'
말흐미 곳 올토다."

보옥이 듯고 스스로 가더라. 다만 보미 향
룽(香菱)과 긴시(秦氏) 또흔 다라 드러와 보챠로
더브러 셔로 보고 각각 별후졍亽(別後情事)롤
말흐고 모다 좌뎡홀 시 가부인 【42】 이 보챠롤
향흐여 우스며 니르디,

"고낭아, 내가 방즈 네게 무르디, '쇼가으
롤 어내 쎠 나핫는고?' 흐엿더니 네 도로혀 개
구(開口)치 못흐여셔 질이 곳 글월을 닑고즈 흐
여 우리 모녀의 말을 긋치게 흐엿도다."

보챠 니르디,

"샹월 십오일의 나핫노라."

가부인이 또 니르디,

"이졔 너의 파파(婆婆)와 다못 너의 마마
(媽媽)가 몸이 가쟝 평안흐냐?"

보치 니른디,

"이제 집안 일이 ᄆ음과 ᄀᆺ지 못ᄒ여 우리 태태와 마미 ᄯᅩᄒᆫ 용뫼(容貌) 늙어 계시니라."

가부인이 듯고 탄식ᄒ기롤 낭【43】구(良久)히 ᄒ더니 ᄯᅩ 향롱을 향ᄒ여 니른디,

"고낭아, 너는 필경 무슴 향이 잇셔 이ᄀᆺ치 긔묘(奇妙)ᄒᆫ뇨? 능히 네 미미롤 보내여 집의 니른게 ᄒ고 ᄯᅩ 능히 보고낭을 마ᄌ 왓느냐?"

향롱이 니른디,

"이 향은 우리 부친이 쥰 거시니 원리 션가(仙家)의 보비라. 하나흔 일홈이 반혼향(返魂香)이라 ᄒ고 하나흔 일홈이 심몽향(尋夢香)이라 ᄒ니 그 향을 픠오면 피츠의 왕리샹회(往來相會)ᄒ디 ᄯᅩᄒᆫ 모다 혼몽(魂夢)ᄒᆯ ᄯᅡ름이니라."

가부인이 니른디,

"너의 이 말과 ᄀᆺ툴진디 너의 무리 고【44】낭이 여긔 온 거시 필경 ᄭᅮᆷ이냐?"

향롱이 웃고 니른디,

"고태태의 이 말슴이 우읍도다. ᄭᅮᆷ이 아니며 져의 육신(肉身)이 진개 왓다 니른기 어렵도다."

가부인이 듯고 반향침음(半晌沈吟)의 니른디,

"졔가 임의 ᄭᅮᆷ이면 우리 무리 ᄯᅩᄒᆫ 맛당히 일쯕 져롤 보내여 도라가미 곳 올토다. 져허컨디 머믈기롤 오리 ᄒ면 져 태태가 집의셔 필경 놀나리라."

가뫼 ᄯᅩᄒᆫ 니른디,

"올토다. 우리 이곳의셔 져롤 머믈너 밥을 먹이는 거시 죠치 못ᄒ니 보챠두야, 너는 곳【45】도라가라. 오리 이시면 너의 태태 ᄆ음을 허비ᄒ시리라. 너는 도라가거든 곳 너의 고노야의 글월과 다뭇 승·도(僧道) 쥬본(奏本) 우희 ᄲᅵ인 여러 말을 몬져 너의 노야와 태태긔 고ᄒ여 져의 무리로 ᄒ여곰 방심케 ᄒ라."

보치 니른디,

"방ᄌᆺ 내가 고노야의 글월과 다뭇 쥬본 쵸(草)롤 모다 등츌(謄出)ᄒ엿노라. 계가 ᄯᅩ 말ᄒ디 통령옥(通靈玉)을 가지고 도라가 빙거(憑據)롤 삼으라 ᄒ니 그러치 아니면 태태는 도로혀 관계치 아니려니와 노야는 평일의 가쟝 귀신의 황탄(荒誕)ᄒᆫ【46】 말을 밋지 아니 ᄒ시ᄂᆞ니라."

가뫼 듯고 한즈음 싱각ᄒ다가 니른디,

"너의 노야의 셩품은 나도 ᄯᅩᄒᆫ 아더 져 옥도 ᄯᅩᄒᆫ 너의 녀셔(女婿)의 노치 못ᄒ는 믈건이라. ᄯᅩᄒᆫ 그만 두고 네가 몬져 도라가면 리일 내가 ᄯᅩᄒᆫ 룽고낭을 쳥ᄒ여 일지 향을 비러 픠오고 친히 집의 가셔 너의 노야롤 위ᄒ여 현몽ᄒ여[245] 낫츠로 계게 이런 인과롤 고ᄒ리니 계가 ᄯᅩᄒᆫ 능히 밋지 아니치 못ᄒ리라. 우리 ᄋᆞ히는 일쯕 도라가라."

보치 듯고 즉시 몸을 니러 하직【47】을 고홀 시 디옥이 니른디,

"져져야, 너는 아직 셔셔(徐徐)히 ᄒ라. 내 이곳의 경환션괴(警幻仙姑) 보내신 션쥐(仙酒)이시니 먹으면 빅병(百病)이 쇼졔(消除)ᄒᆞ니 너는 져긔 마시고 도라가 왕태(王太)의 약을 다시 먹이지 아니케 ᄒ리라."

금순이 듯고 ᄲᆞᆯ니 슐을 더혀 오니 보치 셔셔 셕 잔을 마시거놀 디옥이 인ᄒ여 쳥문을 명ᄒ여,

"보져져로 홈긔 가라."

ᄒ니 금순이 니른디,

"내가 이ᄂᆞ니로 더브러 갈지니, 내가 ᄯᅩᄒᆫ 우리 모친과 미미롤 보고ᄌ ᄒ노라."

가뫼 니른디,

"젹【48】은 즘싱아, 너는 혼잡(混雜)히 닷토지 말나. 쳥문이 네게 비ᄒ면 나히 만ᄒ니 계가 보챠롤 다리고 가야 우리 무리 져긔 방심(放心)ᄒ리로다. 네가 집의 도라가 너의 모친을 보려ᄒ면 리일 나롤 ᄯᅡ라 도라가는 거시 곳 올흐리라."

금순이 듯고 감히 말을 못ᄒ더라. 보치 하직을 고ᄒ거놀 즁인이 일졔히 강쥬궁(絳珠宮)의 나와 젼숑홀 시 디옥과 영츈과 향롱과 금순ᄋᆞ 소인이 인ᄒ여 보챠와 쳥문을 보내여 픠방(牌坊) 밧긔 니른럿더니 믄【49】득 보미 보옥이 박명ᄉ(薄命司)로 죠츠 나는 ᄃᆞ시 다라와 블너 니른디,

"보져져야, 너는 잠간 기다리라. 내 도로혀

<hr>

[245] 【현몽ᄒ다】 圖 현몽(現夢)하다. ¶ 托夢 ‖ 친히 집의 가셔 너의 노야롤 위ᄒ여 현몽ᄒ여 낫츠로 계게 이런 인과롤 고ᄒ리니 계가 ᄯᅩᄒᆫ 능히 밋지 아니치 못ᄒ리라 (親自到家給你老爺托托夢, 面告訴他這些因果, 他也就不能不信了.)
<續紅 12:46>

말이 잇셔 네게 고ᄒᆞ노라."

중인이 듯고 다만 거름을 멈츄고 기다리더니 보옥이 앏흐로 와 보챠를 향ᄒᆞ여 니르디,

"방ᄌᆞ 내 ᄯᅩ 량위 션ᄉᆞ의 글월을 바다 보니 말ᄒᆞ여시디, '나와 다믓 류샹련(柳湘蓮)의 육신이 모다 대황산(大荒山) 공공동(空空洞) 안히 이시미 겨의 무리 목하(目下)의 숑학동ᄌᆞ(松鶴童子)를 식여 텰함ᄉᆞ(鐵檻寺)로 보내여 간다.' ᄒᆞ여시니 네가 집의 가거든 가히 노야와 태【50】태긔 고ᄒᆞ여 사름을 식여 즉시 쇼식을 탐지ᄒᆞ여 만일 사름이 잇셔 우리 무리 육신을 가져 보내여 니르럿거든 곳 나룰 집의 메여와 쇼샹관(瀟湘館)의 안치(安置)ᄒᆞ고 류이가(柳二哥)의 육신은 곳 너의 집 셜이가(薛二哥)룰 쥬게 ᄒᆞ고 다시 사름을 식여 쇼쥬(蘇州)의 가 림미미의 령구(靈柩)룰 옴겨 와 칠월 십오일을 기다리면 우리 ᄉᆞ뷔 스스로 묘법(妙法)이 이시리라. 네가 나의 한 덩이 옥을 가지고 도라가 태태긔 쳥ᄒᆞ여 보시게 ᄒᆞ면 ᄯᅩᄒᆞᆫ 죠히 방심ᄒᆞ시리라."

보치 니르디,

"방【51】ᄌᆞ 노태태 말ᄉᆞᆷᄒᆞ시디, '이 한 덩이 옥은 너의 흉샹 가지고 노치 못ᄒᆞ는 거시니 가져 가지 말나. 리일 노태태긔셔 친히 집의 가 노야룰 위ᄒᆞ여 현몽ᄒᆞ리라.' ᄒᆞ시더라. 너는 가히 지금 이 말을 가져 노태태의게 한 번 고ᄒᆞ디, '나 일인의 말은 겨허컨디 노야가 반ᄃᆞ시 밋지 아닐 듯ᄒᆞ다.' ᄒᆞ라."

셜화(說話)ᄒᆞᆯ ᄉᆞ이의 문득 뫼방 밧긔 니른지라. 보옥과 보챠와 더옥 삼인이 셔로 낫츠로 더ᄒᆞ여 보미 ᄎᆞ마 분슈(分手)치 못ᄒᆞᆫ 모양이 잇더라. 다만 보미 향릉이【52】향을 픠워 보챠와 쳥문의 귀밋히 곳고 한 쇼리 "가라!" 말ᄒᆞ미 량인이 ᄦᅡᆼ으로 짜히 ᄶᅥ 번개와 별ᄌᆞ치 슈유의 뵈지 아니터라. 보옥과 영츈 등 오인이 오던 길노 도라올 시 향릉이 보옥을 향ᄒᆞ여 무르디,

"보이야야, 방ᄌᆞ 왓던 픙셔판이 곳 가냐 가지 아니ᄒᆞ엿ᄂᆞ냐?"

보옥이 니르디,

"간 지 죠히 한즈음 되엿ᄂᆞ니라."

향릉이 듯고 더옥을 향ᄒᆞ여 우ᄉᆞ며 니르디,

"고낭아, 나는 드르니 우리 쥬뫼(主母) 픙셔판의게 싀집가 지금 박명ᄉᆞ의 잇셔 머믄다【

53】ᄒᆞ니 우리 무리 엇지 가셔 겨롤 한 번 보고 븟그럽게 ᄒᆞ지 아니리오!"

더옥이 웃고 니르디,

"무슴 넘치 죠흔 사름을 겨롤 보와 무엇ᄒᆞ며 제가 ᄯᅩ한 무슨 븟그러오믈 알니오? 나는 가지 아니리라."

향릉이 더옥의 즐겨가지 아니믈 보고 문득 ᄯᅩ 영츈을 향ᄒᆞ여 니르디,

"이고낭아, 너는 나와 흠긔 노닐나 가미 죠토다."

영츈이 면박(面駁)지 못ᄒᆞ여 문득 보옥의게 무러 니르디,

"다만 겨허컨디 류샹련(柳相蓮)과 진죵(秦鍾)이 모다 그 곳의 이실 거시니 우리 무리 가면 크게 편【54】치 못ᄒᆞ리로다."

보옥이 니르디,

"샹관 업스리라. 겨의 무리 두 집이 샹게(相距) 가쟝 멀고 ᄒᆞ믈며 겨의 이인을 내가 임의 분부ᄒᆞ여 말ᄒᆞ디, '이곳은 녀션 잇는 디라. 겨의 무리 무고히 나와 어ᄌᆞ러이²⁴⁶⁾ 단니믈 헛치 아니리라.' ᄒᆞ엿노라."

영츈이 듯고 대옥을 향ᄒᆞ여 우ᄉᆞ며 니르디,

"림미미야, 네가 임의 가지 아니ᄒᆞ량이면 너는 곳 금슌으로 더브러 몬져 도라가라. 내가 릉고낭을 뫼시고 가셔 한 지위 단니리라. 보형뎨야 너는 우리 량인을 다【55】리고 가게 ᄒᆞ라."

보옥이 듯고 막ᄌᆞ르지²⁴⁷⁾ 못ᄒᆞ여 다만 영츈과 향릉을 짜라 박명ᄉᆞ(薄命司)로 갈 시 대옥은 금슌으로 다리고 스스로 강쥬궁(絳珠宮)으로 도라오니 피ᄎᆞ 분노(分路)ᄒᆞ여 가기룰 활 한 밧 탕즘ᄒᆞ여 문득 드르미 보옥이 머리룰 두루혀 블

---

246)【어ᄌᆞ러이】㊐ 어지러이. ¶ 無故 ‖ 이곳은 녀션 잇ᄂᆞ 디라 겨의 무리 무고히 나와 어ᄌᆞ러이 단니믈 헛치 아니리라 (說這裏乃是女仙之所, 不許他們無故出來亂走的.) <續紅 12:54> ⇒ 어ᄌᆞ러이

247)【막ᄌᆞ르다】㊂ 막지르다. 막다. 거절(拒絕)하다. ¶ 遞拗 ‖ 보옥이 듯고 막ᄌᆞ르지 못ᄒᆞ여 다만 영츈과 향릉을 짜라 박명ᄉᆞ로 갈 시 (寶玉聽了, 不好遞拗, 只得隨了迎春, 香菱往薄命司而來.) <續紅 12:55> ⇒ 막잘ㄴ-, 막ᄌᆞ르다, 막줄ㄴ-, 막줄르-

너 니ᄅᆞ디,

"금슌ᄋᆞ야, 너ᄂᆞᆫ 가쟝 미미를 뫼시고 가며 업드러지ᄂᆞᆫ 거슬 숣히쟈."

ᄒᆞ미 즁인이 모다 웃더라. 영츈이 웃고 니ᄅᆞ디,

"이야(嗳喲), 너ᄂᆞᆫ 겁내지 말나. 이ᄂᆞᆫ 우리 무리 왕리ᄒᆞ기를 익이248) ᄒᆞᆫ 길이니 우리 대관원(大觀園) 【56】 길의 비컨디 도로혀 단니기 죠ᄒᆞ니라. 너ᄂᆞᆫ 다만 너의 미미의 엎드러지ᄂᆞᆫ 것만 겨허ᄒᆞ니 다른 사름은 곳 사름이 아니라 니ᄅᆞ기 어렵도다."

말ᄒᆞ미 보옥이 가히 대답홀 말이 업셔 ᄌᆞ긔도 ᄯᅩᄒᆞᆫ 웃더라.

지셜, 보챠의 양혼(陽魂)이 쳥문(晴雯)의 음혼(陰魂)을 ᄯᆞ라 태허환경(太虛幻境)의 나아오미 귓 가의 다만 바름 쇼리만 들니더니 순식간의 문득 이홍원(怡紅院) ᄌᆞ긔 와실(臥室)이 바라뵈거늘 졍히 쳥문으로 더브러 말ᄒᆞ고ᄌᆞ ᄒᆞ더니 다만 쳥문이 겻히 잇셔 져를 한 번 【57】 힘뼈 밀치미 혼이 본톄(本體)로 도라가 "이야!" 일셩의 ᄭᆡᄃᆞ라니 다만 드ᄅᆞ미 잉이(鶯兒) 겻히셔 블너 니ᄅᆞ디,

"ᄉᆞ대고낭(史大姑娘)아, 샐니 도라오고 태태 무리긔 고치말나. 우리 고낭이 ᄭᆡ엿다 ᄒᆞᄂᆞᆫ지라."

보치 몽즁의 놀나 잉ᄋᆞ의 규함(叫喊)ᄒᆞᆷ믈 듯고 샐니 눈을 부븨고249) 보니 일식(日色)이 챵의 빗겻ᄂᆞᆫ디 대략 ᄉᆞ시(巳時)ᄂᆞᆫ 되엿ᄂᆞᆫ지라. 크게 놀나 련망히 니러 안ᄌᆞ 니ᄅᆞ디,

"잉ᄋᆞ야, 너ᄂᆞᆫ 무어슬 지져괴ᄂᆞ뇨?"

잉이 니ᄅᆞ디,

"고낭아, 네가 본러 실슈ᄒᆞ미 업거늘 오늘 엇지ᄒᆞ여 다른 사름이 모다 니러 【58】 나 쇼셰를 맛치디 너ᄂᆞᆫ 도로혀 잠을 ᄭᆡ지 못ᄒᆞ여 내가 여러 번 너를 흔들며 부ᄅᆞ디 네가 한 쇼리도 대답지 아니코 ᄯᅩ 대고낭(大姑娘)이 와셔 손을 네 니블의 너허 빅가지로 쥬무ᄅᆞ나,250) 네 일호 요동ᄒᆞ미 업ᄂᆞᆫ지라. 계가 챡급ᄒᆞ여 네가 무슨

고이ᄒᆞᆫ 병을 어덧ᄂᆞᆫ가 두려 날노 ᄒᆞ여곰 너를 보게 ᄒᆞ고 져ᄂᆞᆫ 친히 스스로 태태 무리의게 고ᄒᆞ라 갓ᄂᆞ니라."

보치 듯고 졈두ᄒᆞ며 ᄯᅩ 몽즁의 경황을 일일히 ᄉᆡᆼ각ᄒᆞ고 샐니 소미를 만ᄌᆞ미 과연 한 글월이 잇거늘 【59】 가져 내여 한 번 보고 도로 ᄉᆞ미의 너코 문득 옷슬 닙고 ᄯᅡ히 나려와 ᄉᆞ면으로 바라보며 무러 니ᄅᆞ디,

"잉ᄋᆞ야, 너ᄂᆞᆫ 가히 쳥문을 보왓ᄂᆞᆫ냐, 못 보왓ᄂᆞᆫ냐?"

잉이 듯고 놀나 니ᄅᆞ디,

"고낭아, 네가 엇지 귀신의 말을 ᄒᆞᄂᆞᆫ냐?"

졍히 이러틋 말홀 시 다만 보니 셜이마(薛二媽)와 다ᄆᆞ 왕부인(王夫人)과 ᄉᆞ샹운(史湘雲)이 일졔히 다라 드러와 한 번 보챠를 보고 모다 졍츙(怔忡)이 나더니 셜이미 니ᄅᆞ디,

"우리 ᄋᆞ히야, 네 엇지미뇨? 방ᄌᆞ 너의 ᄉᆞ대미미가 말ᄒᆞ디, 네가 잠을 ᄭᆡ지 아니ᄒᆞ 【60】 여 아모리 흔드러도 요동치 아니ᄒᆞ미 너의 태태가 놀나 일변 사름을 시겨 너의 련이거거(璉二哥哥)를 ᄎᆞᄌᆞ 져로 ᄒᆞ여곰 왕태의(王太醫)를 급히 쳥ᄒᆞ라 가고 일변으로 우리 무리ᄂᆞᆫ 이곳으로 너를 보라 왓노라. 엇지ᄒᆞ여 네가 지금은 도로혀 죠히 니러 나ᄂᆞ냐? 너ᄂᆞᆫ 필경 스스로 알지니 이 무슴 일인고?"

보치 웃고 니ᄅᆞ디,

"나도 엇지ᄒᆞ엿ᄂᆞᆫ지 ᄭᆡ듯지 못ᄒᆞ디, 한 연괴 이시니 태태와 다ᄆᆞ 마마와 ᄉᆞ대내내ᄂᆞᆫ 모다 안ᄌᆞ라. 내 셔셔히 고ᄒᆞ리라."

셜이미 듯고 【61】 문득 왕부인과 ᄉᆞ샹운으로 더브러 일졔히 캉 우히 안ᄌᆞ미 잉이 샐니 푸개(鋪盖)를 것고 셰슈물을 가지오거늘 보치 일변으로 쇼셰ᄒᆞ며 일변으로 쳥문이 쟉야의 집의

---

248) 【익이】图 익히. 익숙하게. ¶ 熟 ‖ 이는 우리 무리 왕리ᄒᆞ기를 익이 ᄒᆞᆫ 길이니 우리 대관원 길의 비컨디 도로혀 단니기 죠ᄒᆞ니라(這是我們 來來往往走熟了的一條路, 比咱們大觀園的路還好 走呢.) <續紅 12:55>

249) 【부븨다】图 비비다. ¶ 揉 ‖ 보치 몽즁의 놀 나 잉ᄋᆞ의 규함ᄒᆞᆷ믈 듯고 샐니 눈을 부븨고 보 니 일식이 챵의 빗겻ᄂᆞᆫ디 대략 ᄉᆞ시ᄂᆞᆫ 디엿ᄂᆞᆫ지 라 (寶釵在夢中驚醒, 聽見鶯兒叫喊, 忙揉了揉眼 看時, 但見日色橫窓, 約有巳牌時分.) <續紅 12:57> ⇒ 뱌븨다, 부쉬다, 비븨다

250) 【쥬무ᄅᆞ다】图 주무르다. ¶ 胳肢 ‖ ᄯᅩ 대고 낭이 와셔 손을 네 니블의 너허 빅가지로 쥬무 ᄅᆞ나 네 일호 요동ᄒᆞ미 업ᄂᆞᆫ지라 (後來史大姑娘 來了, 他把手伸到你被窩裏百樣的胳肢, 你連動也 不動一動.) <續紅 12:58> ⇒ 쥬무르다

와 심몽향(尋夢香)을 피오고 져룰 가져 다리고 태허환경의 가셔 가모와 가부인과 보옥과 대옥 등 졔인으로 더브러 셔로 본 일과 다못 림공이 글월과 승도의 쥬본(奏本)을 보낸 말을 죵두지미(終頭至尾)히 주셰히 한 번 말ᄒ고 쏘 긔록ᄒ여 온 글월과 쥬문쵸룰 내여 샹운을 쥬니【62】 샹운이 바다 한 번 보다가 문득 낭낭이 한 번 닑으미 왕부인과 셜이미 듯고 모다 각각 대희과망(大喜過望)ᄒ며 보치 쏘 가모의 친히 와 현몽ᄒ고즈흠과 다못 승도 량인이 송학동즈(松鶴童子)룰 식여 보옥과 류샹련의 육신을 보내여 텰함스(鐵檻寺)의 니른단 말을 한 번 고ᄒ니 왕부인이 듯고 더욱 환희ᄒ여 셜니 사룸을 명ᄒ여,

"림지효(林之孝)의게 알게 ᄒ여 져로 ᄒ여곰 밧비 힝ᄒ여 텰함스의 가 쥬지(主持) 무리의게 고ᄒ여 만일 무슨 쇼식이 잇거든 셜【63】 니와 품ᄒ라."

ᄒ여 졍히 분부ᄒᆯ 스이의 다만 보니 왕션보(王善保)의 식뷔 희희히 웃고 다라 드러와 몬져 왕부인과 셜이마긔 쳥안ᄒ고 쏘 샹운과 보챠로 더브러 안부룰 뭇고 니ᄅ디,

"져 곳 태태긔셔 우리 련이야가 왕태의룰 쳥ᄒ여 보고낭을 위ᄒ여 간병ᄒ단 말을 듯고 대태태 말ᄒ디, '어졔는 도로혀 죠히 만샥을 지내엿더니 오늘 엇지ᄒ여 홀연 쏘 병이 드럿느뇨?' ᄒ고 가쟝 ᄆᆞ음을 놋치 못ᄒ여 나룰 시겨와 탐지케 ᄒ노라."

왕【64】 부인이 듯고 니ᄅ디,

"무슴 큰병이 업스니 너는 쏘 안즈라. 내 네게 연고룰 말ᄒ리라."

왕션보의 식뷔 듯고 겨유 안즈믈 스양코즈 ᄒ다가 홀연 "이야(噯喲)" 일셩의 량안을 부릅뜨고[251] 크게 들네여 니ᄅ디,

"쳥고낭아, 나룰 용셔ᄒ라. 내 다시는 태태의 앏히셔 너룰 위ᄒ여 혀룰 놀니지 아니리라."

말ᄒ며 풍마(風魔)들닌 모양ᄀᆞᆺ치 즈긔 혼

신(渾身) 의복을 모다 벗고 속옷 씬ᄀ지 ᄯᆮ코 두 손으로 다만 두 다리 스이룰 쥐여뜻거놀 왕부인과 셜이미 놀나 일졔【65】 히 무러 니ᄅ디,

"이 엇진 일이뇨?"

샹운이 캉 우히 안즛다가 이 광경을 보고 문득 우슴을 니긔지 못ᄒᆫ지라. 보치 한 번 보고 곳 쳥문의 빌민[252] 쥴 아라 셜니 잉으룰 명ᄒ여 류가지(柳家的)로 ᄒ여곰 몃 쟝 누른 지젼(紙錢)을 가져다가 원 중의셔 술오고 입으로 가마니 몃 귀졀 말을 축원ᄒ미 다만 보니 왕션보의 식뷔 그졔야 들네지 아니코 "이야(噯喲)" 일셩의 ᄯᅡ히 것구러져 입의 흰 춤이 흐ᄅ거놀 중인이 일변 경겁(驚怯)ᄒ며 일변 우으미【66】 일시의 가중이 굉동(宏動)ᄒᄂ지라. 다만 보니 니환과 평으와 셕츈(惜春)과 교져(巧姐)와 즈견(紫鵑)과 수월(麝月)이 일졔히 올 시 류가지(柳家的), 잉으와 수월과 즈견으로 더브러 스인이 숀을 놀녀 왕션보의 식부룰 메여 하방(下房)으로 가셔 져기 탕슈(湯水)룰 먹이미 그졔야 ᄭᆡ여나 만면슈참(滿面羞慚)ᄒ여 가히 ᄒᆯ 말이 업셔 오즉 가마니 쳥문(晴雯)만 한(恨)ᄒ더라. 반향을 죠셥(調攝)ᄒ더니 왕부인이 문득 류가지룰 식여 져룰 가져 그곳으로 보내여 가고 아오로 형부인(邢夫人)과 우시(尤氏)룰 마즈와【67】 모다 담화케 ᄒ라 ᄒ더라.

셜이마와 왕부인 등이 이홍원(怡紅院)의셔 죠반 먹기룰 맛치미 왕부인이 쏘 사룸을 식여 탐츈을 마즈오라 ᄒ더니 언마 못더여 형부인과 우시 쏘혼 모다 오ᄂ지라. 왕부인이 드듸여 보챠의 몽중스룰 가져 중인의게 한 번 고ᄒ미 피츠 쏘 한 즘음 주셰히 무르며 태허환경(太虛幻境) 광경을 보치 쏘혼 주시 말ᄒ니 모다 듯고 환희ᄒ더라. 형부인이 웃고 니ᄅ디,

"내 도로혀 쳥문 ᄀᆞᆺ튼 격은 즘싱이 심히 모질믈[253] 아【68】지 못ᄒ엿도다. 방즈 왕션보

---

251) 【부릅뜨다】 图 부릅뜨다. ¶ 瞪 ‖ 왕션보의 식뷔 듯고 겨유 안즈믈 스양코즈 ᄒ다가 홀연 이야 일셩의 량안을 부릅뜨고 크게 들네여 니ᄅ디 (王善保家的聽了, 纔然要謝坐, 忽然"噯喲"了一聲, 兩只眼晴直勾勾的瞪了起來, 大嚷道:) <續紅 12:64> ⇒ 부룹쓰다, 부릅뜨다, 브르쁘다, 브릅쓰다, 브룹쓰다, 브르쓰다, 브ᄅ쁘다, 브르쓰다, 브릅쓰다

252) 【빌믜】 图 빌미. ¶ 作祟 ‖ 보치 한 번 보고 곳 쳥문의 빌민 쥴 아라 셜니 잉으룰 명ᄒ여 류가지로 ᄒ여곰 몃 쟝 누른 지젼을 가져다가 원 중의셔 술오고 (寶釵一見, 就知是晴雯作祟, 忙命鶯兒: "快教柳家的拿機張黃表紙錢來, 在院子裏焚化.") <續紅 12:65> ⇒ 빌믜, 빌미

253) 【모질다】 图 모질다. 사납다. ¶ 利害 ‖ 내 도로혀 쳥문 ᄀᆞᆺ튼 격은 즘싱이 심히 모질믈 아지 못ᄒ엿도다 (我到不知晴雯這個小蹄子利害多着

의 식부의 집으로 도라 왓더니 계가 몸의 븟허 입으로 져의 고구, 거거, 오귀(吳貴)를 부르며 짓거려 니르디, '져의 령구(靈柩)를 가져 샐니 츠즈내여 죠히 회성ᄒᆞ믈 예비케 ᄒᆞ라.' ᄒᆞ며 들네미 내가 방법이 업셔 다만 졔게 비러 말ᄒᆞ디, '죠흔 ᄒᆡᄌᆞ(孩子)야, 너는 다만 방심ᄒᆞ라. 내가 한 즈음 지내여 너의 태태긔 가셔 고ᄒᆞ여 너의 시톄(屍體)를 츠즈미 곳 올토다.' ᄒᆞ여 날노 ᄒᆞ여곰 머리가 짜히 닷토록 ᄒᆞ미 계가 그계야 가더라."

ᄒᆞ【69】니 우시 듯고 니르디,

"만일 이러툿 말ᄒᆞᆯ진디 봉챠두와 다못 우리 식부와 량개 미지(妹子) 쏘흔 모다 져의 무리 령구를 옴겨 달나 ᄒᆞ여야 곳 올토다."

왕부인이 니르디,

"이거슨 즈연 그러ᄒᆞ리라. 리일 내가 너의 슉슉(叔叔)과 더브러 샹량ᄒᆞ고 용가ᄋᆞ(蓉哥兒)를 식여 쇼쥬(蘇州)의 가 녀의 림미미의 령구를 옴겨 오게 ᄒᆞ고 곳 그 찌의 너의 식부와 다못 봉챠두의 령구를 쏘흔 옴겨 오며 너의 량개 미즈는 모다 이곳 셩 밧긔 무덧시니 그는 더옥 용히 ᄒᆞ도다."

우【70】시 니르디,

"내 싱각건디 림미미와 다못 봉츠두는 거년(去年)의 죽엇고 우리 이이ᄋᆞ(二姨兒)와 삼이ᄋᆞ(三姨兒)는 젼년(前年)의 죽어시니 년죠(年祚)가 오리지 아니ᄒᆞ니 도로혀 관겨치 아니커니와 다만 져허컨디 우리 식부의 죽은 년죠는 너모 오리니 신톄가 반드시 능히 온젼치 못ᄒᆞ리라."

보치 니르디,

"어제 나의 몽 중의 태허환경의 이실 쩌의 너의 아ᄋᆞ의 말을 드르미, '져의 ᄉᆞ뷔 님시(臨時)ᄒᆞ여 스스로 묘법이 이시리라.' ᄒᆞ니 싱각건디 져의 ᄉᆞ부는 임의 신션이라 즈연 무【71】 숨 묘법이 이실는지 쏘흔 모르거니와 내 싱각 ᄀᆞᆺ틀진디 다른 사롬의 령구는 믈론 년죠 원근ᄒᆞ고 도로혀 미쟝흔 디방이 이시니 모다 용이ᄒᆞ거니와 져의 시톄는 아즉 묘ᄉᆞ뷔 가히 사롬으로 ᄒᆞ여곰 어디로 츠즈라 가게 ᄒᆞ리오?"

즁인이 듯고 일졔히 탄식ᄒᆞ여 니르디,

"이는 진실노 어렵도다."

───────────────────

呢.) <續紅 12:67> ⇒ 모즈-, 모지-, 모디-, 모딜다

ᄒᆞ고 졍히 피츳 담론ᄒᆞ더니 다만 보미 옥순이[玉釧兒] 다라와 품ᄒᆞ여 니르디,

"노애 도라와 태태긔 쳥ᄒᆞ여 가셔 담화ᄒᆞ라 ᄒᆞ시더라."

ᄒᆞ거늘【72】 왕부인이 듯고 즉시 니러나 옥순ᄋᆞ룰 다리고 이홍원으로셔 나와 일즉 즈긔 샹방으로 도라갈 시 다만 보미 가졍(賈政)이 졍히 가련(賈璉)으로 더브러 안즈 말ᄒᆞ다가 왕부인의 드러오믈 보고 가련이 샐니 니러나 니르디,

"태태긔셔 방즈 날노 ᄒᆞ여곰 왕태의를 쳥케 ᄒᆞ엿더니 그 쳥ᄒᆞ라 갓던 사롬이 회보ᄒᆞ디, '오늘 계가 태의원 번의 잇셔 내뎡(內廷)의셔 졸연이 부르실가 져허ᄒᆞ여 감히 써나지 못ᄒᆞ며 졔 말ᄒᆞ디 리일 일즉 오리라.' ᄒᆞ더라."

【73】 왕부인이 밋쳐 답지 못ᄒᆞ여 가졍이 샐니 무러 니르디,

"뉘 쏘 병이 드럿ᄂᆞ뇨?"

왕부인이 웃고 니르디,

"말ᄒᆞ면 우은 일이오, 노애 쏘 맛당히 밋지 아니리라. 이식뷔(二媳婦) 어제 겨유 만삭이 지내고 금죠(今早)의 잠을 늣도록 씨지 못ᄒᆞ미 내가 놀나 다만 니르디 졔가 쏘흔 무슨 괴이흔 병을 어덧다 ᄒᆞ엿ᄂᆞ지라. 이러므로 련ᄋᆞ로 ᄒᆞ여곰 사롬을 식여 왕태의를 쳥ᄒᆞ라 갓더니 뉘 알니오 그 후의 씨여 니러나미 병이 아니오, 곳 쑴의 쳥【74】 문이 와셔 져를 닛그러 태허환경으로 갓ᄂᆞ니라."

ᄒᆞ며 겨유 이러툿 말ᄒᆞᆯ 시 다만 드르니 가졍이 웃고 니르디,

"이는 진개 괴괴흔 일이로다. 내 금죠의 아문(衙門)의셔 흔 우슨 말을 드러시니 외간 사롬들이 모다 지져괴여 니르디 요ᄉᆞ이 슈일 밤의 셩황묘(城隍廟)의 사롬이 잇셔 드르미 인미 들네며 니르디, '구셩황이 지금 교디를 어더 신셩황이 목하(目下)의 도임ᄒᆞ려 흔다.' ᄒᆞ며 쏘 사롬이 잇셔 말ᄒᆞ디, '신셩황은 곳 젼일의 양쥐(楊州)【75】 셔 념운ᄉᆞ(鹽運司) 벼슬ᄒᆞ던 림노야(林老爺)라.' ᄒᆞ니 네 말ᄒᆞ라 이 말이 황당ᄒᆞ냐, 황당치 아니ᄒᆞ냐?"

왕부인이 듯고 우스며 니르디,

"노야의 이 말 ᄀᆞᆺ틀진디 이 일이 필경 쳔만진젹(千萬眞的)ᄒᆞ도다. 어제 보챠두의 몽즁의

태허환경의 니르러 노태태와 고태태가지 모다
보왓고 또 림고노야의 글월과 다뭇 대수, 진인
의 쥬본을 등출(謄出)ᄒ여 왓시니 노애 한 번
보시면 또ᄒᆞᆫ 알니라. 옥슌ᄋᆞ야, 너는 가셔 너의
이내내긔 그 글죠롤 달나 ᄒ여 가져오라."

　　　옥슌이 【76】 듯고 나는 드시 가더니 언마
못디여 그 량개 글쵸롤 가져와 가졍을 쥬민 가
졍이 바다 한 번 보더니 가련을 바라 보고 우스
며 니르디,

　　　"내가 텬디간(天地間)의 이런 긔이ᄒᆞᆫ 일이
이실 쥴 밋지 못ᄒᆞ엿노라. 내 싱각건디 림고노
애 평일의 위인이 골경졍직(骨鯁正直)ᄒ여 혹
ᄉᆞ후(死後)의 신령(神靈) 되는 거시 또ᄒ 잇실
듯ᄒ고 보옥이 태허환경의 니르민 혹 겨의 슈도
ᄒᄂᆞᆫ ᄆᆞᆷ이 졍셩되여 션ᄉᆞ의 무ᄉᆞᆫ 지교(指教)
ᄒ믈 어듬도 또ᄒ 졍리(正理)의 그러ᄒᆞᆯ 둣ᄒ【
77】 디 ᄌᆞ고이리(自古以來)로 죽은 사롬이 회싱
ᄒᆞᆫ단 말은 듯지 못ᄒ여시니 이 일졀은 필경 날
노 ᄒ여곰 능히 의심이 업지 아니토다. 너는 이
글쵸롤 보라."

　　　가련이 바다 한 번 보고 ᄲᆞᆯ니 니러나 우스
며 니르디,

　　　"질ᄋᆞ의 낡은 글이 만치 못ᄒ여 능히 그
깁흔 뜻을 궁구치 못ᄒᆞ나 그러나 ᄒᆞᆼᄉᆞᆼ 시쇽 말
을 드르민, '셩텬ᄌᆞ(聖天子)ᄂᆞᆫ 빅신(百臣)이 셔로
돕고 대쟝군(大將軍)은 팔면위풍(八面威風)이라.'
ᄒ니 질ᄋᆞᄂᆞᆫ 싱각건디 지금 셩텬지 위의 계셔
은덕이 ᄉᆞ희의 더ᄒ시 【78】 니 신령이 감응ᄒᄂᆞᆫ
거시 또ᄒ 맛당ᄒᆞᆯ 듯ᄒ며 지어노야(至於老爺)ᄒ
야도 거관쳥졍(居官淸正)ᄒ여 위국위민(爲國爲
民)ᄒ시니 샹텬이 ᄀᆞ호(加護)ᄒᄉᆞ 복을 나리심도
이 또ᄒ 잇실 둣ᄒ니 질ᄋᆞ의 우견 ᄀᆞᆮ틀진디 출
하리 그 잇는 거술 미들지언졍 가히 그 업는 거
술 밋지 아닐지니 우리 무리 이졔 모다 벽벅이
예비ᄒᆞᆯ 일을 일죽 예비ᄒᆞ미 올토다."

　　　가졍이 듯고 오리 침음ᄒᆞ다가 니르디,

　　　"나는 싱각건디 이 일이 비록 말ᄒᆞ디 가신
(可信)ᄒᆞᆯ 둣ᄒ다 ᄒᆞ나 죵시 【79】 묘묘명명(渺渺
冥冥)ᄒ니 만일 이 일이 들네여 외간의셔 모다
알면 다만 친쳑, 붕우로 ᄒ여곰 우슘의 말ᄒᆞᆯᄲᆞᆫ
아니라 우희셔 아르시면 다만 두리건디 올치 아
니ᄒ 거술 탐문ᄒ시리라."

　　　왕부인이 니르디,

"방ᄌᆞ 이식뷔 쏘 말ᄒᆞ디, '노태태긔셔 ᄋᆞ즉
네가 이런 황탄ᄒᆞᆫ 일을 밋지 아니ᄒᆞᆯ가 겨허ᄒ여
도로혀 친히 집의 와 네게 현몽ᄒ시려 ᄒ다 ᄒ
더라."

　　　가졍이 듯고 쳐연(凄然) 탄식ᄒ여 니르디,

"노태태 기셰ᄒᆞ신 후로붓허 내가 또ᄒ 여
러 번 꿈의 【80】 비와시디 모다 모호(模糊)ᄒ더
니 임의 노인내가 집의 와 현몽ᄒ려 ᄒ실진디
오늘 가히 노태태의 샹방을 졍결이 쇼쇄(掃灑)
ᄒ고 한 탁ᄌᆞ 죠흔 찬믈을 예비ᄒᆞ엿다가 내가
져녁의 졔젼(祭奠)ᄒ고 곳 노태태 방 즁의셔 잘
거시니 쏘 무ᄉᆞᆫ 동졍이 잇ᄂᆞᆫ지 보와 우리 다시
도리롤 지을지니 리일은 곳 안남(安南) 태비(太
妃)의 탄신(誕辰)이라. 내 너롤 쳥ᄒ여 우리 무
리 샹량(商量)ᄒ리라. 지금 다른 례믈은 모다 잇
고 다만 일 개 여의(如意)가 업ᄉᆞ디 겨허컨디
노태태 【81】 의 다락 우희 도로혀 이실 둣ᄒ니
너는 가셔 ᄎᆞᆺ보라. 내 밥을 가져 셔방(書房)으
로 보내면 내가 곳 련ᄋᆞ와 ᄀᆞᆺ치 먹으리라."

　　　말을 맛치며 문득 가련으로 더브러 몸을
니러 셔방으로 가더라. 왕부인이 문득 호박(琥
珀)을 블너 와 져로 ᄒ여곰 몬져 가부인 방문을
열게 ᄒ고 왕부인이 드디여 안흐로 드러가 한
번보니 병쟝(屛帳)이 의연ᄒᆞ디 인망믈지(人亡物
在)ᄒ지라. 쳐완(悽惋)ᄒᆞᆯ믈 니긔지 못ᄒ여 오리
샹심ᄒᆞ다가 노파 무리의게 분부ᄒ여 슈습쇼쇄
(收拾掃灑)ᄒ 【82】 고 시로 한 벌을 포진(鋪陳)
ᄒ며 일변으로 루의 올나 한 가지 옥여의(玉如
意)롤 취ᄒ여 사롬을 명ᄒ여 가졍의게 보내디
모든 일을 맛치고 도라와 쏘 형부인과 우시와
탐춘과 샹운 졔인으로 더브러 즁인의 령구(靈
柩)롤 다려올 말을 한 ᄎᆞ례 의론ᄒᆞᆯ ᄉᆡ 쏘ᄒ 뉘
회싱ᄒᆞ며 뉘 회싱치 아니믈 아지 못ᄒ여 분분히
강론ᄒᆞ며 의심을 뎡치 못ᄒ여 죵일 지져괴다
가254) 늣게야 허여져 가더라.

　　　그 날 져녁의 가졍이 목욕지계(沐浴齋戒)
ᄒ고 곳 가모의 방 【83】 즁의 찬믈을 버리고 가

---

254) 【지져괴다】 圖 지저귀다. 떠들다. 소리치다.
¶ 鬧 ‖ 쏘ᄒ 뉘 회싱ᄒᆞ며 뉘 회싱치 아니믈 아
지 못ᄒ여 분분히 강론ᄒᆞ며 의심을 뎡치 못ᄒ여
죵일 지져괴다가 늣게야 허여져 가더라 (又不知
誰是回生的, 誰是不回生的, 紛紛講說, 俱各猜疑
不定. 鬧了一天, 到了晚上始各散去.) ＜續紅
12:82＞

ᄒ고 곳 가모의 방 【83】 즁의 찬믈을 버리고 가모의 화상(畫像)²⁵⁵)을 걸고 헌쟉(獻爵)ᄒ며 한 번 암츅(暗祝)ᄒ고 홀노 가모의 평일의 머무던 난각(暖閣) 안의셔 즈미 왕부인이 싱각ᄒ디,

'쳣지는 가졍이 나히 만흔 사롬으로 빈 방의셔 홀노 즈미 가쟝 ᄆ음을 놋키 어렵고, 둘지는 필경 무슴 영향이 잇는가 여허보리라.'²⁵⁶) ᄒ여 이의 가마니 사롬을 명ᄒ여 즈긔 와구(臥具)를 가져와 판벽(板壁) 뒤 호박의 즈는 방의셔 호박과 옥슌으로 다리고 흠긔 잘 시 죵야(終夜) 반측(反側)ᄒ여 졉목(接目)【84】지²⁵⁷) 못ᄒ고 벼개의 업대여 고요히 드르미 판벽 져편의셔 져기 무슨 쇼리가 잇시디 쏘 가졍의 쇼리는 듯지 못홀너니 이윽고 잔등(殘燈)이 명멸(明滅)흔디 옥슌으와 호박 이인이 코흘 고을고 잠드러니 오졍 씌의 니르러 홀연 드르니 옥슌이 몽 즁의 놀나 지져괴디,

"져져야, 잠간 셔 잇거라. 내 도로혀 말이 잇셔 네게 뭇고즈 ᄒ거늘 네 엇지 곳 가느뇨?"

왕부인이 듯고 ᄶ지져 니르디,

"격은 즘싱아, 네 엇지 잠고대²⁵⁸)를 ᄒ【85】 느뇨?"

ᄒ며 다만 보미 옥슌이 눈을 부비고 니러나 니르디,

"태태야 우리 져졔 노태태를 ᄯᅡ라 왓거늘 우리 무리 겨유 몃 귀졀 말을 ᄒ려 ᄒ미 노태태 져긔셔 곳 져를 부르니 졔가 ᄯᅡ라가도다."

왕부인이 듯고 이샹히 너겨 졍히 다시 뭇고즈 ᄒ더니 홀연 드르미 가졍이 판벽 져편의셔 "이야(嗳喲)" 일셩의 오열(嗚咽)ᄒᄂᆞᆫ 모양이 잇거늘 왕부인이 듯고 놀나 판벽을 격ᄒ여 몬져 한쇼리 히슈(咳嗽)흔 후의 무러 니르디,

"노야는 잠을 씨엿【86】 느냐?"

다만 드르미 가졍이 목이 메여 니르디,

"샐니 등 혀 오라."

왕부인이 듯고 련망히 니러나 의복을 닙고 호박과 옥슌으로 블너 니르혀 일지 납츅(蠟燭)을 혀고 삼인이 흠긔 다라 드러가니 믄득 보미 가모의 화상이 평일과 대샹부동(大相不同)ᄒ여 진개 산 사롬ᄀᆞᆺ치 미목이 모다 동(動)ᄒᄂᆞᆫ지라. 놀나 젼률(戰慄)ᄒ다가 다만 보미 가졍이 의복을 닙고 탑 샹의 안즈 얼굴의 눈물 흔젹을 씌엿더니 왕부인의 드러오믈 보고 샐니 니르【87】디,

"진개 극히 긔괴ᄒ도다. 내 겨유 잠이 들녀홀 시 믄득 보니 노태태긔셔 한 손의 집힝이²⁵⁹)를 집고 한 손으로 금슌으로 붓들고 다라 드러오미 셩음(聲音)과 쇼뫼(笑貌) 완연이 싱젼ᄀᆞᆺ더니 날노 더브러 흠긔 안즈 두어 시는 담화ᄒ는 노인내가 내게 말ᄒ더, '림고노얘 경도(京都) 셩황(城隍)의 승탁(昇擢)ᄒ여 칠월 십오일의

---

255) 【影像 영상】 yǐngxiàng <名> [잉샹] 화샹 ‖ "他在別處畫了一箇人的~, 就如活的只少一口氣哩。" 뎨 다른 듸셔 흔 사롬의 화샹을 그리니 곳 사니 ᄀᆞᆺ고 그저 흔 입긔운만 업더라 (朴新 3:41a) "這一晚, 賈政便齋戒沐浴, 就在賈母房中擺了供獻, 懸起賈母的~來." 그 날 져녁의 가졍이 목욕지계ᄒ고 곳 가모의 방 즁의 찬믈을 버리고 가모의 화샹을 걸고 (續紅 12:83) 畫像。‖ "其家後置周~于僧舍, 日輪一行者奉香火。" (夷堅甲志 6 周史卿) "不想使臣毛延壽問妾身索要金銀, 不曾與他, 將妾~點破, 不曾得見君王。" (漢宮秋 1) ⇒ 影圖

256) 【여허보다】 동 엿보다. ¶ 窺 ‖ 둘지는 필경 무슴 영향이 잇는가 여허보리라 ᄒ여 이의 가마니 사롬을 명ᄒ여 즈긔 와구를 가져와 판벽 뒤 호박의 즈는 방의셔 호박과 옥슌으로 다리고 흠긔 잘 시 (二來也要悄悄的窺聽, 到底有什麼影響, 內悄悄的命人將自己的臥具搬來, 就在板壁後琥珀睡的房內, 帶着琥珀, 玉釧兒同宿.) <續紅 12:83> ⇒ 여어보다, 여어보다, 여워보다

257) 【졉목ᄒ다】 동 {졉목(接目)하다.} 눈을 감다. ¶ 合眼 ‖ 죵야 반측ᄒ여 졉목지 못ᄒ고 벼개의 업대여 고요히 드르미 판벽 져편의셔 져기 무슨 쇼리가 잇시디 쏘 가졍의 쇼리는 듯지 못홀너니 (翻來覆去一夜不曾合眼, 不時的伏枕靜聽, 似乎板壁那邊微有聲息, 幷不聽見賈政言語.) <續紅 12:84>

258) 【撒囈怔 살예졍】 sā//yìzheng <動> [사이졍] 니러 셔셔 줌꼬디ᄒ다 (漢淸 睡臥 7:41b) 잠고대를 ᄒ다 ‖ "小蹄子, 你怎麼撒起囈怔來了?" 격은 즘싱아 네 엇지 잠고대를 ᄒᄂᆞ뇨 (續紅 12:84)

259) 【집힝이】 명 지팡이. ¶ 拐杖 ‖ 내 겨유 잠이 들녀홀 시 문득 보니 노태태긔셔 한 손의 집힝이를 집고 한 손으로 금슌으로 붓들고 다라 드러오미 셩음과 쇼뫼 완연이 싱젼ᄀᆞᆺ더니 날노 더브러 흠긔 안즈 두어 시는 담화ᄒ는 (我只覺剛然睡着, 就瞧見老太太一手拄着拐杖, 一手扶着金釧兒走了進來, 聲音笑貌宛若生前, 和我足足的坐着說了有兩個時辰的話.) <續紅 12:87>

등이 모다 임쇼의 짜라 와 인간향화(人間香火)를 누리게 혼다.' 호며 쏘 날 【88】 노 더브러 샹량호여 원앙을 가져 쥬으롤 쥬어 쟉첩(作妾)게 호려 호거늘 내 곳 답응호여 말호디 모든 일을 노태태의 쥬견대로 호시려 호며 그 남은 말은 모다 이식부의 쑴을 씐 후의 말호던 바와 ㄳ 튼지라. 내 곳 노인내의게 무르디, '태허환경 칙즈 우히 일홈 긔록흔 사롬이 필경 이 번지 빌건디 노태태는 밝히 뵈여 겨의 무리 령구(靈柩)롤 죠히 가져오게 호쇼셔.' 호니 노태태 문득 말호디, '금릉십이챠(金陵十二釵)롤 【89】 네가 아지 못흔다 니르기 어렵도다.' 호거놀 이 귀졀 말이 날노 호여곰 졍츙(怔忡)이 나게 호는지라. 내 다만 디답호디, '실노이 아지 못호니 고호건대 노태태는 밝히 뵈쇼셔.' 호니 노태태 쏘 말호디, '내가 네게 고호느니 너는 가히 명빅히 긔록호라. 원비(元妃)와 가영츈(賈迎春)과 림대옥(林黛玉)과 왕희봉(王熙鳳)과 진가경(秦可卿)과 진향릉(秦香菱)과 우이져(尤二姐)와 우삼져(尤三姐)와 쳥문(晴雯)과 금슌으(金釧兒)와 셔쥬으(瑞珠兒)와 다믓 니고(尼姑) 묘옥(妙玉)이니 아오로 십이 인이라. 이졔 묘옥은 【90】 졔 스스로 졍원(情願)으로 쳥호디 경환을 뫼시고 회싱호기롤 원치 아니호노라 호니 그 남아 십일 인은 모다 맛당히 회싱홀 스롬이니 이는 임의 죽은 십이챠오, 지금 지셰흔 셜보챠(薛寶釵)와 스샹운(史湘雲)과 니환(李紈)과 평으(平兒)와 탐츈(探春)과 셕츈(惜春)과 교져(巧姐)와 셜보금(薛寶琴)과 형슈연(邢岫煙)과 잉으(鶯兒)와 즈견(紫鵑)과 화습인(花襲人)은 쏘 스라 잇는 십이챠라. 만일 목젼(目前)의 사롬이 잇셔 보옥의 육신을 보내여 오거든 너는 가히 져롤 가쟝 죠리(調理)흐게 홀 거 【91】 시오, 죠곰도 어렵게 아지 말지로다. 씌가 한이 이시니 내가 쏘흔 도라가려 호노라.' 호거놀 내가 져 노인내 가고즈 흐믈 듯고 쓰어 머믈며 지금 가운(家運)과 즈숀 후리 일을 울며 무르니 노태태 니러나며 말호디, '다만 죠흔 일만 힝호고 젼졍(前程)을 뭇지 말나.' 호며 문득 금슌으롤 블너 '우리 도라가즈.' 호미 겨유 금슌이 다라오더니 노태태 곳 집힝이롤 가져 짜흘 한 번 치미 마른 우리 쇼릭 ㄳ튼지라. 내 곳 놀나 씨엿노라."

호거 【92】 놀 왕부인이 듯고 쏘흔 므움이

신산(辛酸)호믈 씌둦지 못호여 반향이나 오열호다가 니르디,

"임의 노태태긔셔 신령이 잇셔 집의 와 현몽호실진디 이 일이 가히 천만진젹호다 홀지니 노야는 쏘흔 다시 의혹지 말나. 내 싱각건디 다른 사롬의 령구는 비록 도뢰(道路) 머다 호여도 블과 몃 량 노비(努費)롤 쎠 일즉 사롬을 시겨 옴기라 가면 쏘흔 일호기 죠흐려니와 으즉 원비의 봉구(鳳柩)는 알외여 어비(御批)롤 쳥호지 아니면 【93】 엇지 감히 스스로이 힝호리오? 노야는 죠뎡의 드러가 지샹(宰相), 대인(大人)의게 고호고 우리 무리롤 위호여 한 번 알외믈 쳥호미 곳 죠토다."

가졍이 듯고 머리롤 흔드러 니르디,

"온당치 아니토다. 이런 황탄블경(荒誕不經)흔 일을 뉘 엇던 대담(大膽)으로 감히 만세황야(皇爺)의 앏희셔 어즈러이 쥬달(奏達)호리오?"

왕부인이 니르디,

"그러치 아니면 가히 엇지 쳐결(處決)호랴?"

가졍이 한 즈음 싱각다가 홀연 니르디,

"싱각건디 어졔 내가 식부의 몽중 【94】 의 긔록호여 온 쥬본을 보니 후면의 샹녜의 어비가 이시더 그 가온더 짐이 임의 인간 데왕의게 현몽호엿다 말이 잇는 듯호니 만일 과연 현몽흔 일이 이시면 다시 몃 날 지내지 아냐셔 쏘흔 동졍(動靜)을 알 거시오, 혹 현몽흔 일이 업다호여도 쏘 님시(臨時)호여 타인이 진개 모다 회싱호기롤 기다려 다시 대인 무리의게 쳥호여 대신 알외미 쏘흔 더디지 아니토다. 다만 외싱녀으(外甥女兒)와 다믓 련으식부(璉兒媳婦)와 용아식부(蓉兒媳婦)의 령 【95】 구롤 내가 리일 대노야와 진대질으(秦大侄兒)로 더브러 샹량호여 젼과 ㄳ치 용으롤 보내여 남방으로 도라가 옴겨오더 겨로 호여곰 셜니 힝호여 칠월 쵸십일의 밋쳐 경소로 니르는 거시 곳 죠코, 둘지는 사롬이 잇셔 보옥의 육신을 보내여 텰함스(鐵檻寺)로 온다 말이 이시니 내 싱각건디 내가 오늘 아문의 하직호고 친히 텰함스로 가셔 분향호고 쥬지(住持) 무리로 호여곰 경실(經室)을 쇼쇄호여 몬져 노태태롤 위호여 삼쳔경(三天經) 【96】 을 닑고 쥬지 무리의게 분부호여 즈셰히 탐지케 호는거

시 또흔 올토다.”

　왕부인이 듯고 졈두ㅎ여 니르디,
　“노야의 싱각이 가쟝 올토다.”

　ㅎ며 노부뷔 일변으로 담화ㅎ고 일변으로 가졍을 뫼셔 오슬 닙고 쇼셰ㅎ기를 맛치미 다시 가모의 화샹 앏히 니르러 비읍(悲泣)ㅎ여 한 번 졀ㅎ고 문득 호박과 옥쳔ㅇ롤 명ㅎ여 화샹을 거두고 찬믈을 믈니며 추롤 마시고 졈심을 먹은 후 아문으로 가니라. 왕부인이 호박을 다리【97】고 쇼쇄ㅎ기를 졍결이 ㅎ고 젼디로 문을 닷고260) 드디여 옥쳔ㅇ롤 다리고 이홍원으로 와셔 믄득 가모의 쟉일의 진개 집의 와 현몽흔 말을 셜이마와 스샹운과 탐츈과 보챠의게 한 번 고ㅎ니 졔인이 환희ㅎ더라. 셜이미 문득 사름을 명ㅎ여 셜반(薛蟠)과 셜과(薛蝌)의 뎨형(弟兄) 량인을 블너 와 져의게 고ㅎ여 말ㅎ고 셜과로 ㅎ여곰 사름을 식여 남방으로 도라가 향릉의 령구롤 가져오고 또 셜반으로 ㅎ여곰 쇼【98】식을 탐지ㅎ여 만일 사름이 잇셔 류샹련(柳湘蓮)의 육신을 가져 텰함스로 오거든 가히 집으로 메여와 한 간 바름 피홀 밀실(密室)을 쇼쇄ㅎ여 무옴을 뼈 보호ㅎ여 붕우의 환란 구ㅎ던 덕을 갑흐라 ㅎ니 셜반과 셜과 이인이 듯고 모다 일일이 디답ㅎ고 스스로 가셔 쥬션ㅎ더라.

　각셜, 가졍이 아문의 하직ㅎ고 죠반을 먹은 후의 츄(車)의 안즈 가련과 뇌대(賴大)와 니귀(李貴)와 림지효(林之孝)와 비명(焙茗)을 모다 다리고 셩으로 나와 일즉【99】텰함스로 나아가니 아지 못게라 츳시 엇지 된고? 챠텽하회분ㅎ 홀지어다.

[쇽홍루몽續紅樓夢 권지십삼卷之十三]

　【1】각셜, 가졍(賈政)이 아문(衙門)의 하직ㅎ고 죠반을 먹은 후 츄(車)의 안즈 가련(賈璉)

과 뇌대(賴大)와 니귀(李貴)와 림지효(林之孝)와 비명(焙茗) 등을 다리고 셩으로 나와 텰함스(鐵檻寺)의 니르니 본스(本寺) 쥬지(住持)가 대단월(大檀越)이 친히 와셔 분향흔단 말을 듯고 일족 스(寺) 즁 졔승(諸僧)의게 분부ㅎ여 일졔히 나와 마즐 시 가졍이 슐위의 나려 몬져 션당(禪堂)으로 가 오슬 밧고와 닙고 가련【2】은 림지효의게 분부ㅎ여 사름을 삭내여 경집을 지을시 훈쳑대가(勳戚大家)의긔 구죠 입으로 한 번 부는 힘을 허비치 아니코 집을 지어내미 즉시 현등결치(懸燈結彩)ㅎ며 법고(法鼓)와 금요(金鐃)롤 버려 노코 가졍을 쳥ㅎ여 나와 분향ㅎ고 례참홀 시 가졍의 셩품이 본디 강직ㅎ여 귀신의 묘명(渺冥)흔 일을 밋지 아니ㅎ더니 다만 가모의 현몽ㅎ믈 위흔지라. 이러므로 이곳의 와셔 경을 닑으니 또흔 신명(神明)을 공경ㅎ고【3】부모롤 싱각ㅎ는 의시러라. 분향ㅎ기롤 맛치고 곳 졀의셔 쇼찬을 먹고 대략 미말신쵸(未末申初)즘ㅎ여 겨유 부즁으로 도라가랴 홀 시 홀연간의 대풍이 니러나 발목양진(拔木揚塵)ㅎ며 경긱의 등화롤 다 쓰고 틋글과 모러가 눈의 드러 디면(對面)ㅎ여 사름을 보지 못ㅎ더니 믄득 드르미 공즁의셔 학 우는 쇼리 잇거늘 즁인이 모다 경의(驚疑)ㅎ여 졍신을 일고 죠곰도 동치 못ㅎ더니 다만 드르미 알연(嘎然) 일셩의 완연이 쩌러지는【4】거시 잇더니 슈유(須臾)의 대풍이 긋치ㄴ지라. 즁인이 다만 보니 한 짝 션학이 현샹호의(玄裳縞衣)로 날개가 슐위박휘261) 굿트며 등 우히 량인이 안즛시대 모다 눈을 감고 숨을 거두어 여치여취(如痴如醉)ㅎ는지라. 즈셰히 보니 이는 졍히 보옥(寶玉)과 류샹련(柳相蓮)이라. 가졍과 가련이 보고 일변으로 슬허하고 일변으로 깃거 셜니 니귀(李貴)와 비명과 림지효와 뇌대 등을 명ㅎ여 일졔히 손을 내여 져 량인을 메여 나려오미 다만【5】몸이 무겁고 또 연ㅎ기 쇼음 굿트여 능히 니러셔지 못ㅎ거늘 가련이 셜니 보옥의 숀을 쓰어 잡고 블너 니르디,

---

260) 【쇼쇄ㅎ다】图 소쇄(掃灑)하다. 청소하다. ¶
　打掃乾淨 ‖ 왕부인이 호박을 다리고 쇼쇄ㅎ기롤
　졍결이 ㅎ고 젼디로 문을 닷고 드디여 옥쳔ㅇ롤
　다리고 이홍원으로 와셔 (這裏王夫人督率着琥珀
　打掃乾淨, 仍然關好了門, 逐帶着玉釧兒仍到怡紅
　院來.) <續紅 12:97>

261) 【슐위박휘】图 수레바퀴. ¶ 車輪 ‖ 즁인이
　다만 보니 한 짝 션학이 현샹호의로 날개가 슐
　위박휘 굿트며 등 우히 량인이 안즛시대 모다
　눈을 감고 숨을 거두어 여치여취ㅎ는지라 (衆人
　看時, 只見一隻仙鶴, 元裳縞衣, 翅如車輪, 背上駄
　着兩個人, 俱各閉目斂息, 如痴似醉.) <續紅 13:4>
　⇒ 슐위박회

“보형뎨야, 노야(老爺)가 여긔 잇느니라.”

ᄒ며 다만 보믜 보옥이 일양 눈을 감고 숨을 거두며 대답지 아니ᄒ고 다시 샹련을 보와도 ᄯᅩᄒᆫ 이 ᄀᆞᆺ튼지라. 가졍이 이 광경을 보고 ᄯᅩᄒᆫ 감샹ᄒᆞᆯ 즈음의 홀연 보니 그 학이 두 날개ᄅᆞᆯ 거두고 ᄯᅡ히셔 한 번 구으더니262) 화ᄒ여 청쥰(淸俊)ᄒᆫ 일개 도동(道童)이 되여 가 【6】정을 향ᄒᆞ여 계슈(稽首)ᄒ며 니ᄅᆞ디,

“노대인긔 공희(恭喜)ᄒ노라. 쇼되(小道) 션ᄉᆞ의 명을 밧드러 특별이 공ᄌᆞᄅᆞᆯ 다리고 여긔 왓노라.”

가졍이 보고 경이ᄒᆞᆯ를 이긔지 못ᄒ며 이는 션동인 줄 알고 감히 태만(怠慢)치 못ᄒ여 련망히 답례ᄒ여 니ᄅᆞ디,

“션동을 슈고롭게 ᄒᆞ여 하강ᄒᆞ여시니 하관이 엇지 감히 당ᄒ리오? 다만 아지 못게라 쇼이 혼신(渾身)이 탄연(癱然)ᄒ여 입으로 능히 말을 못ᄒ니 이 엇진 연괴뇨?”

ᄒ니 원리 그 학은 곳 숑 【7】 학동ᄌᆞ(松鶴童子)의 화ᄒᆫ 비라. 가졍이 져다려 무ᄅᆞᆷ믈 보고 셜니 우스며 니ᄅᆞ디,

“져 두 사ᄅᆞᆷ의 진혼(眞魂)은 지금 태허환경(太虛幻境)의 잇셔 일쥭 몸의 드지 아닌지라. 이러므로 이 ᄀᆞᆺ트니 ᄯᅩ 쳥컨디 대인은 져 량인을 부즁으로 메여가 고요ᄒᆫ 집의 안치ᄒ고 용심ᄒ여 보호ᄒ여 칠월 십오일의 션ᄉᆞ(先師)오기ᄅᆞᆯ 기다려 친히 법력을 베푸러 져 량인의 진혼으로 ᄒ여곰 몸의 들게 ᄒ면 ᄌᆞ연이 목(目)이 총명ᄒ고 슈쥭(手足)이 령동(靈動)ᄒ리라.”

가졍이 【8】 쳥파(聽罷)의 그졔야 방심ᄒ여 셜니 배명을 명ᄒ여 말을 달녀 셩의 드러가 이 쇼식을 보ᄒᆞ게 ᄒ고 아오로,

“두 교ᄌᆞ(轎子)ᄅᆞᆯ 메여오라.”

ᄒ며 일변으로 사ᄅᆞᆷ을 명ᄒ여 샹, 보 이인을 가져 션당으로 메여 드러가게 ᄒ고 일면으로 쥬지ᄅᆞᆯ 명ᄒ여 숑학션동을 인도ᄒ여 긱방(客房)의 니ᄅᆞ러 챠ᄅᆞᆯ 더졉게 ᄒ더니 다만 보믜 그 션동이 ᄯᅡ히셔 한 번 구으더니 젼과 ᄀᆞᆺ치 화ᄒ여

션학이 되여 공즁으로 나라가는지라.

가졍 【9】 이 그졔야 숭도 이인이 과연 진션인 줄 알고 감격ᄒᆞᆷ믈 이긔지 못ᄒ여 공즁을 향ᄒ여 배샤(拜謝)ᄒ고 션당으로 나와 ᄯᅩ 보옥과 류샹련을 ᄌᆞ셰히 보니 보옥은 숭가 복식을 ᄒ엿고 샹련은 도가 쟝속을 ᄒ여시디 ᄲᅢᆺᄲᅢᆺ이263) 탑 샹의 누어 곳 쥭은 사ᄅᆞᆷ ᄀᆞᆺ튼지라. 숀으로 ᄲᅣᆷ을 만지믜 믄득 온긔(溫氣) 잇고 코 쇽의 ᄯᅩᄒᆫ 져기 숨긔 이시며 미인(每人)의 허리의 일개 보ᄌᆞᄅᆞᆯ 믜엿는지라. 글너 내여 열고 보니 원리 져 【10】 량인의 젼일 츌가ᄒᆞᆯ ᄯᅢ의 입고 간 의복이러라. 가졍이 보고 졈두ᄒ며 여러 지위264) 탄식ᄒ더니 다만 보믜 비명이 말을 달녀 오며 아오로 사ᄅᆞᆷ을 식여 두 교ᄌᆞᄅᆞᆯ 메웟고 셜반도 쇼식을 듯고 ᄯᅩᄒᆫ 말을 달녀 오거늘 가졍이 믄득 가련을 명ᄒ여 보옥을 안고 한 교ᄌᆞ의 안게 ᄒ고 니귀와 비명이 ᄯᅡᄅᆞ며 셜반으로 샹련을 안고 한 교ᄌᆞ의 안게 ᄒ고 뇌대와 림지효로 ᄯᅡᄅᆞ게 ᄒ며 ᄌᆞ긔는 인 【11】 ᄒ여 ᄎᆞ의 안ᄌᆞ 일졔히 셩으로 드러오믜 대략 졈등ᄒᆞᆯ ᄯᅢ는 ᄒ여 영국부(榮國府)의 니ᄅᆞ러 겨유 문의 다ᄃᆞᆯ믜 곳 드ᄅᆞ니 왕부인이

“ᄋᆞ희야, ᄋᆞ희야!”

---

262) 【구으-】 동 구르다. ¶ 홀연 보니 그 학이 두 날개ᄅᆞᆯ 거두고 ᄯᅡ히셔 한 번 구으더니 화ᄒ여 청쥰ᄒᆫ 일개 도동이 되여 가정을 향ᄒ여 계슈ᄒ며 니ᄅᆞ디 (忽見那只仙鶴收了雙翅, 就地一滾, 化做淸俊的一個道童, 向賈政稽首道.) <續紅 13:5> ⇒ 구을다

263) 【ᄲᅢᆺᄲᅢᆺ이】 부 ᄲᅢᆺᄲᅢᆺ이. ¶ 直挺挺 ‖ 보옥은 숭가 복식을 ᄒ엿고 샹련은 도가 쟝속을 ᄒ여시디 ᄲᅢᆺᄲᅢᆺ이 탑 샹의 누어 곳 쥭은 사ᄅᆞᆷ ᄀᆞᆺ튼지라(寶玉是僧家打扮, 相蓮是道家裝束, 直挺挺的睡在榻上, 就和死人一般.) <續紅 13:9> ⇒ ᄲᅥᄲᅥ시, ᄲᅢᆺ버지, ᄲᅢᆺ벗이, ᄲᅢᆺᄲᅢᆺ, ᄲᅢᆺᄲᅢᆺ시

264) 【지위】 명 차례. 번. ¶ 會 ‖ 가졍이 보고 졈두ᄒ며 여러 지위 탄식ᄒ더니 다만 보믜 비명이 말을 달녀 오며 아오로 사ᄅᆞᆷ을 식여 두 교ᄌᆞᄅᆞᆯ 메웟고 셜반도 쇼식을 듯고 ᄯᅩᄒᆫ 말을 달녀오거늘 (賈政見了, 點頭歎息了多會. 只見焙茗飛馬跑來, 幷命人擡了兩乘軟轎: 薛蟠得了信兒, 也飛馬而來.) <續紅 13:10>

17

텬상인간쌍반은죠 치남원녀대반유혼
天上人間雙頒恩詔 痴男怨女大返幽魂

ᄒ며 안흐로 좃ᄎ 곡ᄒ며 나아오니 가련이 교내(轎內)의 잇셔 니ᄅ디,

"이ᄂ 크게 깃븐 일이니 태태(太太)ᄂ 반ᄃ시 비샹치 말ᄅ시고 썰니 노파 무리로 ᄒ여곰 등쳬ᄌ(藤屈子)ᄅ 가져오게 ᄒ라."

ᄎ시 니환(李紈)과 평ᄋ(平兒) 등이 샹방 문어귀의 셧다가 듯고 썰니 노파 무리ᄅ 명ᄒ여 일개 등쳬ᄌᄅ 【12】 메여오미 다만 보니 가련이 교내(轎內)의셔 보옥의 허리ᄅ 안고 비명은 보옥의 다리ᄅ 들고 교ᄌ의 드러내여 등쳬ᄌ 우희 노코 즉시 보ᄌ(褓子)ᄅ 가져 벼개ᄅ 민ᄃ러 베게 ᄒ고 노파 무리 메고 곳 대관원(大觀園)으로 올 시 왕부인이 보고 믄득 곡ᄒ며 따라 드러오더라.

지셜, 보치(寶釵) 한 번 배명의 와셔 보ᄒ믈 듯고 일쯕 ᄌ견(紫鵑)을 명ᄒ여 쇼샹관(瀟湘館)을 슈습(收拾) 쇼쇄(掃灑)ᄒ기를 타당히 ᄒ고 샹(床)과 쟝(帳)을 비셜ᄒ엿더니 노파 무리 보 【13】 옥을 메여오ᄂ지라. 져의 그 모양을 보니

곳 어내 히의 미ᄅ 맛고 메여 드러오던 모양 ᄀᄐ며 쏘ᄒ 일개 젹은 화샹(和尙)을 메여 드러오ᄂ 것 ᄀᄐᆫ지라. ᄌ연 일쟝 샹심ᄒ여 눈믈을 흘니며 졍히 앏흐로 와 보고ᄌ 홀 시 다만 보미 가졍과 가련이 뒤히 ᄯᅡ랏거ᄂᆯ 졔가 믄득 잠간 회피(回避)ᄒ미 왕부인이 일면으로 곡ᄒ며 일변으로 노파 무리의게 분부ᄒ여 보옥을 샹 우희 편히 노케 ᄒ고 인ᄒ여 등쳬ᄌᄅ 가져 메여 【14】 니아가라 ᄒ며 믄득 샹 가의 안ᄌ 보옥의 손을 ᄭ어잡고 곳 참경(慘景)을 본 ᄃ시 울미 가졍이 쏘ᄒ 교의(轎椅)의 안ᄌ 탄식ᄒᄂ지라. 가련이 썰니 권ᄒ여 니ᄅ디,

"태태야, 구ᄐ여 스스로 샹심치 말나."

비록 말ᄒ디,

"져의 이 모양이 사ᄅᆷ으로 ᄒ여곰 보기 어렵다 ᄒ나 필경은 관계치 아니니 블과 몃칠을 지내면 져의 스ᄲᅥ 와셔 져ᄅ 구ᄒ리라. 태태긔셔 만일 이ᄀᄎ치 곡ᄒ면 다만 두리건디 져의 령혼이 태허환경의 잇 【15】 셔 쏘ᄒ 블안홀가 ᄒ노라."

ᄒ며 여러 번 권ᄒ미 왕부인이 비로쇼 눈믈을 거두더라. 가졍이 왕부인의 곡 아니믈 보고 이의 가련을 향ᄒ여 니ᄅ디,

"우리 무리ᄂ 외변으로 가리라. 이곳은 쏘ᄒ 져의 ᄌ미(姊妹) 무리로 ᄒ여곰 와셔 보게 ᄒ미 죠토다."

말을 맛치며 믄득 가련으로 홈긔 가더라. 보치, 가졍과 가련의 가믈 보고 비로쇼 보옥의 샹 앏히 와셔 ᄌ셰히 한 번 보고 손으로 져의 니마 우흘 어로만지다가 이의 왕 【16】 부인을 향ᄒ여 니ᄅ디,

"태태ᄂ 방심ᄒ고 너모 곡ᄒ지 말나. 이ᄂ 져의 혼이 몸의 도라오지 아니ᄒ므로 이 ᄀᄐ나 져의 스ᄲᅥ 임의 사ᄅᆷ을 보내여 왓시니 싱각건디 다시ᄂ 별노이 다른 근심이 업술 듯ᄒ도다."

왕부인이 졈두ᄒ며 니ᄅ디,

"우리 ᄋ희야, 나ᄂ 싱각건디 텬디극열(天地極熱)ᄒ니 너ᄂ 져의 화샹의 의복을 모다 벗기고 겹니블을 덥게 ᄒ고 챵의 쥭렴(竹簾)을 나리라. 비록 가히 더위ᄅ 밧게 못홀 거시나 쏘ᄒ 가 【17】 히 찬 거슬 밧게 못ᄒ리라."

보치 듯고 믄득 샹으로 올나 가보옥(賈寶玉)을 븟드러 니ᄅ혀 폼 속의 너흐미 다만 져의

몸이 연ᄒᆞ미 쇼음 ᄀᆞ튼지라. 왕부인이 샬니 져
룰 위ᄒᆞ여 의복과 신과 보션을 모다 벗기고 믄
득 겹니블을 덥고 보챠룰 명ᄒᆞ여 경경히 져룰
가져 나려 노하 몸을 기우려 눕게 ᄒᆞ고 보ᄌ로
민든 벼개룰 가져내고 슈침(繡枕)으로 밧근 후
의 ᄌ세히 보니 완연이 잠ᄌᆞᆫ 모양 ᄀᆞ튼여 얼
골의 샹시와 ᄀᆞ치 붉은 【18】 디ᄂᆞᆫ 붉고 흰 디ᄂᆞᆫ
흰지라. 왕부인이 보고 비로쇼 환회ᄒᆞ여 겨유
안치(安置)ᄒᆞ기룰 타당히 ᄒᆞ엿더니 다만 보미
셜이마(薛姨媽)와 ᄉᆞ샹운(史湘雲)과 탐춘(探春)과
셕춘(惜春)과 니환(李紈)과 평ᄋᆞ(平兒)와 교겨(巧
姐) 무리 모다 와 샹하의 니르러 ᄌ세히 보더니
ᄯᅩ한 환회ᄒᆞᄂᆞᆫ 이도 잇고 샹심ᄒᆞᄂᆞᆫ 이도 잇셔
만실(滿室)이 분분담론(紛紛談論)ᄒᆞ여 십분 열요
(熱鬧)ᄒᆞ더라. 이 날 져녁의 보치 계가ᄋᆞ(桂哥
兒)룰 편히 누이고 잉ᄋᆞ(鶯兒)와 ᄌ견(紫鵑)과
ᄉᆞ월(麝月)과 츄문(秋紋)을 다리고 쇼샹관의셔
ᄌ다가 이튼날 가졍이 【19】 겨유 아문의 단녀
오미 곳 가샤(賈赦)와 가진(賈珍)과 가환(賈環)과
가용(賈蓉)과 가란(賈蘭)과 가운(賈蕓)과 가근(賈
芹)과 가쟝(賈薔) 등이 일졔히 와 보옥을 보고
졍히 열요홀 즈음의 믄득 보니 림지회 황황히
다라와 품ᄒᆞ여 니르디,

"태감(太監) 하노애(夏老爺) 칙지룰 가지고
왓시니 쳥컨디 노야는 샬니 나아가 영졉ᄒᆞ라."

ᄒᆞ거놀 가샤와 가졍이 듯고 모다 크게 놀
나 죠복(朝服)을 밧고와 닙고 문 밧그로 다라나
가 ᄭᅮ러 영졉홀 시 다만 보니 하태감이 말을 타
고 칙지룰 지고 곳 대당(大堂) 쳠 【20】 하의 와
말을 나리고 칙지(勅旨)룰 향안(香案)의 밧쳐 노
ᄒᆞ미 가샤와 가졍 등이 모다 세 번 꿀고 아홉
번 고두ᄒᆞᄂᆞᆫ 례룰 맛치미 업디여 칙지 닑기룰
기다리더니

하태감이 칙지룰 펴고 닑으니 굴와시디,

짐이 젼일 만긔지가(晩期之暇)의 고금ᄉᆞ
칙(古今史冊)을 열람ᄒᆞ다가 우연이 신긔(身氣)
가 게으르믈 ᄭᅵ다라 궤(几)의 의지하여 가미
(假寐)ᄒᆞ더니 꿈의 보미 한 도ᄉᆞ와 한 즁이
의관이 녯 제도룰 좃 【21】 츳고 샹뫼(相貌)
쳥긔(淸奇)ᄒᆞ더니 짐을 닛그러 텬궁(天宮)으로
드러가미 샹데긔셔 셤돌의 나려 마ᄌ 드러가
요벽지궁(瑤碧之宮)을 향ᄒᆞ여 단쇼지뎐(丹霄

之殿)으로 오ᄅᆞ니 ᄌ리의 왕모의 복ᄉᆞ265)룰
버렷고 풍류ᄂᆞᆫ 균텬곡죠(鈞天曲調)룰 알외미
문답을 량구히 ᄒᆞ고 슈쟉(酬酌)을 심히 즐겁
게 ᄒᆞ더니 좌 샹의 대ᄉᆞ(大士)와 진인(眞人)
의 알왼 바가 보옥(寶玉)과 림대옥(林黛玉)의
인과 쥬본(奏本)을 내여 뵈여 닑게 ᄒᆞ시미 ᄌ
못 ᄌᆞᆫ못 심히 측연ᄒᆞ더니 【22】 ᄯᅩ 어비(御批)
룰 가져 뵈시미 칠월 십오일노 졍긔(定期)ᄒᆞ
여 대ᄉᆞ와 진인을 명하여 강셰(降世)ᄒᆞ여 널
니 법력을 베푸러 태허환경의 칙ᄌᆞ의 긔록ᄒᆞᆫ
사룸을 가져 모다 회싱케 ᄒᆞ여 ᄡᅥ 셩셰의 승
평(昇平)ᄒᆞᆫ 샹셔(祥瑞)룰 밝히라 ᄒᆞ엿거놀 짐
이 공경ᄒᆞ여 드르미 깁히 감열(感悅)ᄒᆞ엿고
ᄯᅩ 희부의 쥬룰 뵈시미, '임의 죽은 원임(原
任) 양쥬(楊洲) 념운ᄉᆞ(鹽運司) 림히(林海)ᄂᆞᆫ
싱젼의 츙직하니 맛당히 【23】 경도(京都) 셩
황(城隍) 벼슬을 승탁ᄒᆞ리라.' ᄒᆞᄂᆞᆫ 말이 잇더
니 이윽고 술이 취ᄒᆞ여 보내여 나오미 곳 보
니 림히 길 가의 업디여 뵈고 고두샤은ᄒᆞ거
놀 짐이 다시 져로 더브러 잠시 온유(溫諭)ᄒᆞ
다가 비로쇼 거연(遽然)이 ᄭᅵ엿노라. 짐은 ᄡᅥ
ᄒᆞ디 몽경(夢境)의 희미ᄒᆞ다 ᄒᆞ여 즐겨 밋지
아니ᄒᆞ엿더니 ᄯᅳᆺ지 못ᄒᆞ엿도다. 쟉일 죠됴
(早朝)의 한 도ᄉᆞ와 한 즁 잇셔 오문(午門)의
와 근현(覲見)ᄒᆞ기룰 고ᄒᆞ거놀 짐 【24】 이 즉
시 명ᄒᆞ여 드러오게 ᄒᆞ여 그 용모룰 보미 과
연 몽즁쇼견(夢中所見)과 ᄀᆞ트며 그 디쥬(對
奏)ᄒᆞᄂᆞᆫ 거술 드ᄅᆞ미 ᄯᅩ한 몽즁쇼문(夢中所
聞)과 다르미 업ᄂᆞᆫ지라. 이러므로ᄡᅥ 잠간 두
사룸을 가져 황각ᄉᆞ(皇覺寺) 고찰의 안치케
ᄒᆞ고 오즉 현슉귀비(賢淑貴妃)의 지궁(梓宮)은
ᄯᆞ로 유지(諭旨)룰 나려 내뎡(內廷)으로 ᄒᆞ여
곰 스스로 경근판리(敬謹辦理)ᄒᆞ게 ᄒᆞᆫ 후의
그림 대옥(黛玉) 이하 졔인(諸人)의 령구(靈
柩)ᄂᆞᆫ 벅벅이 승도의 쳥ᄒᆞᆫ 디로 털 【25】 함
ᄉᆞ(鐵檻寺)의 젼긔ᄒᆞ여 모히게 ᄒᆞ엿다가 우란
회(盂蘭會) 날을 기다려 승도로 ᄒᆞ여곰 쟉법
ᄒᆞ여 ᄡᅥ 셩취ᄒᆞᄂᆞᆫ 효험을 보게 ᄒᆞ고, 둘지ᄂᆞᆫ

---

265) 【복ᄉᆞ】 圖 복숭아. ¶ 桃 ‖ ᄌ리의 왕모의 복
ᄉᆞ룰 버렷고 풍류ᄂᆞᆫ 균텬곡죠룰 알외미 문답을
량구히 ᄒᆞ고 슈쟉을 심히 즐겁게 ᄒᆞ더니 (筵開
王母之桃, 樂奏鈞天之曲; 問答良久, 酬酌甚歡.)
<續紅 13:21>

임의 쟉고흔 [염]운스(鹽運司) 림히롤 경도 성황 벼슬을 졔슈ᄒ고 내 탕 은ᄌ 삼쳔 량을 상급ᄒ여 묘우(廟宇)롤 슈리케 ᄒ고 아오로 졔뎐(祭田) 빅모(百畝)롤 쥬어 향화지비(香火之費)롤 이 밧게 ᄒ고 ᄉ실(査實)ᄒ미 공부시낭 가졍은 곳 보옥의 아븨오, 림히의 쳐형이라. 가졍으로 ᄒ여 【26】 곰 즉시 유지롤 죠ᄎ 힝ᄒ디 흠챠(欽且)ᄒ라.

ᄒ엿더라.

가샤와 가졍 등이 ᄭ러 안ᄌ 칙지 듯기롤 맛ᄎ미 ᄯ 삼궤구고두(三跪九叩頭)ᄒ는 례롤 힝ᄒ여 샤은ᄒ고 셩지롤 가져 중졍(中庭)의 봉안(奉安)ᄒ고 비로쇼 하태감으로 더브러 셔로 례필(禮畢)의 믄득 안흘 향ᄒ여 하태감의게 양(讓)ᄒ여 드러가게 ᄒ미 하태감이 웃고 니ᄅ디,

"노야 무리의게 공희ᄒ노라. 이는 젼고의 듯지 못ᄒ 긔이한 일이어놀 【27】 이졔 귀부(貴府)의 낫시니 가히 공경ᄒ염죽ᄒ고 가히 치하ᄒ염죽ᄒ도다. 내가 오눌은 일이 분망(奔忙)ᄒ니 타일의 다시 와 노야 무리의 희쥬(喜酒)롤 마시리라."

ᄒ고 언필의 믄득 명ᄒ여,

"말을 ᄭ러오라."

인ᄒ여 쳠젼(檐前)의셔 말을 타고 스스로 가더라. 가샤와 가졍이 이 셩지롤 영졉ᄒ여 보미 진실노 깃브미 하눌노 죠ᄎ 나린지라. 이왕 만복의단(滿腹疑端)이 일시의 모다 플녀 믄득 가진과 가련 등을 향ᄒ여 샹량ᄒ고 인ᄒ여 가용을 【28】 명ᄒ여,

"림지효롤 거ᄂ리고 남방으로 도라가 대옥(黛玉)과 봉져(鳳姐)와 진시(秦氏)의 령구롤 가져오게 ᄒ고, 가샤는 왕션보(王善保)롤 식여 영츈(迎春)의 령구롤 가져오게 ᄒ고, 가진은 뇌디롤 식여 우이져(尤二姐)와 우삼져(尤三姐)의 령구롤 가져오게 ᄒ고 가련은 ᄯ 내왕ᄋ(來旺兒)롤 식여 쳥문(晴雯)과 금슌ᄋ[金釧兒] 와셔 류ᄋ의 령구롤 ᄎ게 ᄒ디 모다 칠월 쵸십일노 한ᄒ여 텰함ᄉ로 모도이게 ᄒ라."

ᄒ더니 이 쇼식이 일즉 안흐로 젼ᄒ여 니른지라. 왕부인과 【29】 셜이마와 다믓 만실인 등이 모다 환열ᄒ더라. 셜이미 믄득 노파롤 명ᄒ여 비명을 블너 나와 져로 ᄒ여곰 가중(家中)의 가 셜반의게 고ᄒ여 즉직의 노비롤 쥰비ᄒ여 셜과(薛蝌)로 ᄒ여곰 셩야(星夜)로 남방의 도라가 향릉(香菱)의 령구롤 옴겨오라 ᄒ니 비명이 답응ᄒ고 가더라.

지셜, 셜반이 쟉야의 류샹련을 가져 가중으로 메여 니ᄅ러 셔방(書房) 겻은 간 안의 편히 두고 량개 쇼시(小厮)롤 식겨 간슈(看守)케 ᄒ며 ᄌ긔는 인ᄒ여 【30】 보셤(寶蟾)의 방중으로 도라와 ᄌ미 보셤이 셜반의 드러오믈 보고 졔가 곳 긔운을 놉히고 쇼리롤 가븨야이 ᄒ여 니ᄅ디,

"대야야(大爺爺), 싱각건디 너는 밋쳣도다. 엇지 죽은 사룸을 가져 집안으로 메여 오ᄂ뇨?"

셜반이 니ᄅ디,

"어ᄌ러온 말이로다. 그는 나의 의뎨(義弟) 류노이(柳老二)라. 져의 ᄉ뷔 대황산(大荒山)으로 죠ᄎ 사람을 식여 털함ᄉ의 니ᄅ럿시미 태태긔셔 분부ᄒ여 날노 ᄒ여곰 져롤 집으로 메여 왓다가 칠월 십오일을 기다려 환 【31】 혼(還魂)케 ᄒᄂ니라."

보셤이 듯고 눈셥을 ᄭ긔며 입을 비져기고266) 우스며 니ᄅ디,

"태태는 ᄯ혼 망녕267)이로다. 친쳑도 아니오, 고구도 아니어놀 죽은 사람을 가져 희롱ᄒ니 ᄯ혼 악긔(惡鬼)가 두렵지 아니랴?"

셜반이 니ᄅ디,

"이는 더옥 어ᄌ러온 말이로다. 너는 아지 못ᄒ다 니ᄅ기 어렵도다. 내가 강남의셔 도라오는 길의 못된 사람을 만나미 그 사룸의 힘으로 내 명을 구ᄒ지 아니ᄒ엿ᄂ냐?"

보셤이 듯고 ᄯ 코 쇽으로 우셔 니ᄅ디,

"이야(噯喲), 【32】 나는 도로혀 네 명을 기

---

266) 【비져기다】 圖 비쭉이다. ¶ 撇 ‖ 보셤이 듯고 눈셥을 ᄭ긔며 입을 비져기고 우스며 니ᄅ디 (寶蟾聽了, 把眉頭子一攅, 嘴兒一撇, 笑道.) <續紅 13:31>

267) 【老背悔 노배회】 lǎobèihuǐ <形> 망녕 *老糊涂。‖ "太太也~了, 非親非故的, 把個死人弄了來, 也不害個羞氣." 태태는 ᄯ혼 망녕이로다 친쳑도 아니오 고구도 아니어놀 죽은 사람을 가져 희롱ᄒ니 ᄯ혼 악긔가 두렵지 아니랴 (續紅 13:31) "這壁廂拜了一會, 那壁廂問了一日, 可怎生無一個將咱支對? ……俺爹娘他須是~!" (凍蘇秦 2) ⇒ 老悖回

인이 구흔 줄을 아지 못흐고 나는 다만 알건디 네가 그 사룸의게 미룰 맛고 갈더268) 연못스로 드러가 한 입 더러온 믈을 마셧도다."

셜반이 보셤의 말을 듯고 만면(滿面) 통홍(通紅)흐여 가히 대답홀 말이 업눈지라. 감히 져룰 아른 체 못흐고 스스로 가셔 즈더니 이튼날 식후의 비로쇼 셔방으로 와셔 샹련을 보더니 텬긔극열(天地極熱)한지라. 다만 보미 샹련이 보즈룰 베고 옷 닙은 치 우러러 누엇【33】고 밀쳐도 동치 아니흐며 무러도 디답지 아니흐디 그 얼골이 붉은 둧흐고 흰 둧흐여 고은 거시 믈노 어린 둧흐거눌 셜반이 보고 믄득 쟉야의 보셤의 흐던 말이 싱각이 나셔 옛 졍이 동흐믈 씨둧지 못흐여 가마니 우스며 니르디,

"네 이 젹은 믈건아, 젼일의 거거(哥哥)가 너로 더브러 한 번 긔롱흐엿더니 네가 곳 그쳐럼 모질게 치믄 내 도로혀 혐의치 아니커니와 쏘 날노 흐여곰 그 갈더 연못 속의 더러온【34】믈을 먹게 흐여시니 지금은 내 가히 보리로다. 네 어디로 다라나리오? 이는 가히 나의 무음디로 흐리로다."

말흐며 믄득 량개 쇼시로 흐여곰 믈너 나아가라 흐며 샹련을 가져 경경히 안아 니르혀고 몬져 져룰 위흐여 옷과 신과 보션269)을 벗기고 다시 노흐미 다만 보니 져의 혼신(渾身)의 긔뷔(肌膚) 빙셜 굿튼지라. 더옥 스랑흐눈 무음이 발연흐더니 다만 씨다르미 사룸이 잇셔 져의 등 뒤히셔 한 쇼리 크게 지르고 밍렬(猛烈)【35】이 집힝이로 치거눌 셜반이 머리가 어즐흐고 눈의 블이나 졍히 혼미(昏迷)홀 즈음의 다만 드르니 비명이 밧그로셔 다라와 블너 니르디,

"셜대야(薛大爺)야, 이태태(二太太)긔셔 나룰 시겨 대야룰 위흐여 담화흐라 왓노라."

흐거눌 셜반이 졍히 신혼(神魂)이 혼난홀 즈음의 비명이 나오믈 보고 쏘흔 블문곡직(不問曲直)흐고 믄득 쌤을 치고 쑤지져 니르디,

"젹은 잡죵아! 엇지 나룰 치느뇨?"

비명이 졍히 죠흔 뜻으로 말흐려 흐다가 셜반의【36】게 한 번 쌤을 맛고 곡졀을 아지 못흐여 믄득 곡흐여 니르디,

"이태태긔셔 나룰 식여 담화흐라 왓시니 너는 맛당히 죠흘 거시어눌 엇지흐여 나룰 치며 내가 쏘 너의 셜가의 집 밥을 먹지 아니흐엿거눌 네가 나룰 치미 도로혀 올흐랴?"

흐고 머리로 셜반의 가슴의 부딧고 지져괴며 니르디,

"오늘 네가 곳 나룰 가져 너의 집의셔 쳐 죽이라. 돈 잇눈 지쥬(財主)야, 도로혀 능히 사룸을 위흐여 명을 갑깃【37】느냐?"

셜반이 긔가 막혀 두 숀을 쌔혀들고 지져괴여 니르디,

"죠흔 잡죵아, 도로혀 이리흐느냐?"

흐여도 비명이 즐겨 황[항]복지 아니흐고 더욱 들네눈지라. 즈연 쇼리가 집안을 경동(驚動)흐여 셜과와 다못 형슈연(邢岫烟)이 셔방의셔 일쟝 닷토믈 듯고 셜과는 련망히 밧그로 향흐여 닷고 슈연은 쏘흔 방문으로 나아가 뜰의셔 귀룰 기우리고 즈시 드르며 다만 보니 보셤이 져의 방즁으로셔 다라느와 슈연을【38】 향흐여 우스며 니르디,

"이내내(二奶奶)야, 너는 나아가 열요흔 거술 보지 아니흐느냐?"

슈연이 웃고 니르디,

"너는 싱각건디 밋쳣도다. 대야가 셔방의셔 누로 더브러 짜호눈지 아느냐? 우리 무리 엇지 나가 보리오?"

보셤이 머리룰 숙이고 니르디,

"너는 가지 아니려 흐느냐? 나는 가셔 보려 흐노라."

말흐며 계가 곳 다라 나올 시 겨유 셔방 젹은 간의 니르미,

"믄득 보니 셜쾌 북변의 셔셔 비명으로 더브러 담화흐며 일개【39】 셜반이 동편 의즈 우히 고개룰 숙이고 셩내여 안즈시며 쏘 보미 남

---

268)【갈더】명 갈대. ¶ 葦 ‖ 나는 도로혀 네 명을 기인이 구흔 줄을 아지 못흐고 나는 다만 알건디 네가 그 사룸의게 미룰 맛고 갈더 연못스로 드러가 한 입 더러온 믈을 마셧도다 (我倒不知你的命是人家救下的, 我只知道你敎人家楞了個扁飽, 還撳在葦塘裏喝了一口臭水呢.) <續紅 13:32> ⇒ 갈

269)【보션】명 버션. ¶ 鞋襪 ‖ 몬져 져룰 위흐여 옷과 신과 보션을 벗기고 다시 노흐미 다만 보니 져의 혼신의 긔뷔 빙셜 굿튼지라 더옥 스랑흐눈 무음이 발연흐더니 (先替他脫了上身的衣服, 仍舊放倒, 又替他拉了鞋襪. 但見他渾身的肌膚如氷雪一般, 愈覺淫興勃然, 連忙替他解開衣帶.) <續紅 13:34>

편 상 우희 일개 년경(年輕)흔 젹신(赤身)의 쇼
년이 누어시디 긔뷔 옥 깃튼지라. 다만 한(恨)흐
디, '사롬이 만하 능히 앏히 니르러 져롤 한 번
만지지 못흐리로다.' 흐더니 홀연 찌드르미 사
람이 잇셔 졔 니마 우흘 '당연(當然)' 일성의 밍
렬이 한 번 치거눌 보셤이 앏파 즉긔의 머리롤
붓들고 "이야!" 흐며 니러나거눌 셜반이 머리롤
드러보니 방즈 【40】 져롤 집힝이로 친 거시 비
명이 아닌 쥴을 찌둣고 졍히 보셤을 향흐여 져
의 맛당히 나오지 아니믈 꾸지즈라 흐더니 홀연
이 드르미 알연(嘎然) 일성의 일척 빅학(白鶴)이
챵으로 죠촛 나라 나가거눌 즁인이 모다 놀나더
니 비명이 니르디,

　　"이야야, 이 션학은 곳 류이야와 보이야롤
보내여 온 동지니 졔가 도로혀 능히 인형(人形)
을 변흐여 담화흐더라."

　　흐니 셜반이 둣고 바야흐로 방즈 즈긔와
다믓 【41】 보셤이 마진 거시 그 곡졀이 스스로
이시믈 알고 ᄆ옴이 즈연 가라안즈 샹련을 가져
즈긔의 친형뎨로 알고 감히 다시 다른 싱각을
내지 못흐니 일변으로 보셤을 꾸지져 믈니치고
일변으로 사롬을 식여 나아가 한 벌 겹니블과
일개 슈침을 가져와 즈긔도 감히 옯흐로 가지
못흐고 셜과롤 명흐여 샹련을 편히 누이고 인흐
여 량기 쇼시롤 명흐여 간슈케 흐고 쏘 비명을
향흐여 스과흔 후의 뎨형 【42】 이인이 모다 비
명을 짜라 영부(榮府)로 와 셜이마롤 보더니 뉘
알니오 배명이 셜이마롤 보고 믄득 방즈 지낸
연고롤 여ᄎ여ᄎ히 고흐미 셜이미 듯고 대로흐
여 믄득 셜반을 한 츠례 슈죄흐며 꾸짓고 인흐
여 셜반을 명흐여 뎐당푸리의 가셔 삼빅 량 은
즈롤 나이(挪移)흐여 즉일 발졍(發程)흐여 남방
으로 도라가 향릉의 령구롤 가져오게 흐미 모든
일을 임의 맛치고 셜이미 쏘흔 집의 도라가 여
러 날을 【43】 지내도록 죵시 샹련이 집의 이시
미 편치 못흐믈 찌다라 다만 셜반을 방심치 못
홀 뿐 아니라 쏘흔 보셤을 방심치 못흘지라. 믄
득 이런 연고롤 왕부인긔 고흐니 왕부인이 쏘흔
가련의게 고흐미 가련이 믄득 가진으로 더브러
샹의흐디 젼일의 우이져의게 쟝가들 쎠의 삿던
시 집을 슈습흐고 우노낭(尤老娘)을 영졉흐여
와 머믈게 흐고 샹련을 옴겨 와 칠월 십오일을
기다려 환혼흔 후의 곳 우삼져로 더 【44】 브러

이곳의셔 합근(合卺)케 흐리라 흐거눌 가진이
듯고 환희낙죵(歡喜樂從)흐더라.

　　광음이 임염(荏苒)흐여 칠월 쵸싱이 된지
라. 왕션보(王善保)는 영츈의 령구롤 옴겨오고
뇌대는 우시믜믜의 령구롤 옴겨오고 리왕ᄋ는
쳥문과 금슌ᄋ・셔쥬ᄋ(瑞珠兒)의 령구롤 옴겨
오고 쵸십, 십일 량일의 가용과 셜과 이인이 쏘
흔 대옥과 봉져와 진시와 향릉의 령구롤 옴겨
오거눌 가졍이 믄득 뇌더롤 식여 몬져 털함스
(鐵檻寺)의 봉챵(棚倉) 【45】 을 짓고 등칙(燈彩)
롤 달고 슈습흐기롤 십분 화려히 흔 후의 십개
령구롤 가져 각각 명분(名分)과 년치(年齒)롤 죠
ᄎ 모다 봉챵 안히 노코 곳 본스(本寺) 졔승을
명흐여 몬져 삼일경(三日經)을 닑으미 만셩빅셩
이 굉동(轟動)흐여 무론 노유남녀(老幼男女)흐고
모다 와셔 보기롤 노리 구경깃치 흐더라. 십오
일의 니르러 쳥신(淸晨)의 가졍 와 겨유 죠회(朝
會)의 드러가 어지(御旨)롤 쳥흐려 홀 시 태감
(太監) 하병츙(夏秉忠)이 말을 달녀와 구젼(口傳)
으로 어지롤 젼흐여 말흐디,

　　【46】 "쟉야의 삼경 시분의 승・도 이인이
황각스(皇覺寺)의 잇셔 셜단(說壇) 쟉법(作法)흐
고 쏘 한 낫 션단(仙丹)을 내여 감노(甘露)로 죠
화흐여 궁ᄋ롤 명흐여 낭낭의 구즁(口中)의 븟
더니 이윽고 낭낭의 코 속의 져기 츌입흐는 숨
이 잇거눌 쏘 인유(人乳)롤 부으미 곳 미목(眉
目)이 활동흐며 져의 무리 쏘 알외디, '오시(五
時) 삼긱(三刻)의 니르면 진혼이 몸의 븟허 즈연
회싱흐리라.' 흐거눌 만셰 황얘(皇爺) 룡안이 심
히 깃그샤 승・도 미인(每人)의게 팔인교(八人
轎) 일좌와 일픔(一品) 집스(執事)와 오픔 룡금
위(龍禁尉) 【47】 스원(四員)과 근슈(跟隨)롤 샹급
흐여 흐여곰 셜니 털함스의 가 쟉법게 흐시고
아오로 날노 흐여곰 와 노야 무리의게 젼유(傳
諭)흐여 속히 쥰죠(遵照) 판리(辦理)케 흐시니
나는 ᄎ스가 심히 밧븐지라. 나의 하마치 아니
흐믈 용셔흐라."

　　흐고 어필(語畢)의 말을 달녀 가더라. 가졍
이 하태감의 말을 듯고 믄득 가스롤 쳥흐여 와
샹량흐여 영(榮)・녕(寧) 량부의 외변(外邊)의는
다만 가샤롤 머믈고 안의는 보챠와 니환과 셕츈
과 교져와 가용의 쳐 호시(胡氏)와 다믓 미인의
【48】 갓가히 복시(服侍)흐는 챠환(丫鬟)만 머믈

201

고 그나마 쥬복(主僕) 남부(男婦)는 모다 털함사로 갈 시 이의 츳타는 이는 츳룰 타고 말타는 이는 말을 타 일졔히 부문으로 나올 시 옹위(擁衛)ᄒ여 도로의 찻고 ᄯ 짜라 구경ᄒᄂᆫ 사룸이 잇셔 심히 열요ᄒ더라. 믄득 털함사의 니른미, 왕부인과 형부인과 셜이마와 우시와 평ᄋᄂᆫ 차환과 노파 무리룰 거ᄂᆞ리고 모다 ᄉ중(寺中) 션당(禪堂)으로 가고 가졍과 가진과 가련 등은 모다 붕챵 안히 렬라(列羅)ᄒ엿더니 언마 못 돼여다【49】만 보니 그 승·되 팔인대교(八人大轎)의 안ᄌ 모든 집ᄉ(執事)들이 젼츳후응(前次後應)하여 오거늘 가졍이 자뎨룰 거ᄂᆞ리고 련망히 영졉ᄒ미 승·도 량인이 교ᄌ의 나려 피츳 례로 보고 빈쥬(賓主)룰 난호와 좌뎡ᄒ미 가졍이 그 승·도룰 자셰히 보미 어디 이젼의 머리가 헐고 다리룰 져는 형용 ᄌᆞ 트리오? 모다 풍이뉵졀(豊頤隆絶)과 미목슈염(眉目修髥)이 표표히 신션의 풍되 잇ᄂᆞᆫ지라. ᄆᆞ옴의 가마니 긔이ᄒᄆᆞᆯ 일ᄏᆞᆺ고 감히 태만치 못ᄒ여 ᄉᆞᆯ니 몸을 굽혀 우ᄉᆞ며 니른디,

"쇼【50】이 량위 션ᄉ의 대덕을 닙어 문쟝(門墻)의 거두어 두고 져의 무리 싱ᄉ 인과룰 셩취케 ᄒ시니 하관(下官)의 감격ᄒ미 비홀 디 업ᄂᆞᆫ지라. 다만 죠셕의 분향ᄒ여 ᄡᅥ 후은을 갑노라."

승·도 량인이 웃고 대답ᄒ여 니른디,

"빈승 등도 츌가ᄒᆫ 사룸이라. 원리 ᄌᆞ비로 ᄡᅥ 근본을 숨ᄂᆞ니 이런 젹은 슈고룰 엇지 대인으로 ᄒ여곰 말ᄉᆞᆷ케 ᄒ리오?"

가졍이 ᄯ 니른디,

"하관이 삼가 법유(法諭)룰 죠ᄎ 태허환경(太虛幻境) 졔인의 령구룰 가져 모다 임의 판【51】비ᄒ기룰 졍당이 ᄒ여시니 아지 못게라 량위 션ᄉᄂᆞᆫ 엇지 죠쳐ᄒᆞᆯᄂᆞᆫ지 가른치믈 비노라."

승·도 이인이 웃고 니른디,

"우리 두 사룸은 이 샹뎨 칙지(勅旨)룰 밧드러 와 혼원일긔(混元一氣) 진법(眞法)으로 긔ᄉ회싱(起死回生)케 ᄒᄂᆞᆫ 거시 진실노 세샹 승·도들이 강좌(講座)의 올나 법고(法鼓), 금뇨(金鐃)로 송경례참(誦經禮慘)ᄒᄂᆞᆫ 쟈의 비홀 비 아니라. 대인은 다만 남복(男僕) 슈십 인을 예비ᄒ여 몬져 관 ᄯ에룰 열고 ᄯ 노련ᄒᆞᆫ 부녀 슈십 인을 예비ᄒ여 ᄡᅥ 그 약을 먹이ᄂᆞᆫ디 편케【52】

ᄒ디 그나마 일은 모다 쓸디업ᄂᆞ니라."

가졍이 듯고 믄득 가련의게 분부ᄒ여 건쟝ᄒᆫ 남복을 ᄲᅩ바 노코 ᄯ 사름을 시겨 왕부인긔 고ᄒ여 노련ᄒᆫ 부녀룰 ᄲᅩ바 모든 일을 다 쥰비ᄒ엿더니 다만 보미 승·도 이인이 츳 먹기룰 맛치고 니러나 가ᄉ(袈裟)룰 닙고 각기 칠셩(七星) 보검(寶劍)을 가지고 져 십인의 령구 앏히 니르러 입으로 무어슬 념ᄒ며 한 령구마다 셰 번식 도라단니더니 믄득 쇼리룰 질너,

"즉속히 관을 열나."

ᄒ니 곳 림지효(林之孝)와 뢰대(賴大)【53】와 니귀(李貴)와 비명(焙茗)과 리왕ᄋ(來旺兒)와 홍ᄋ(興兒)와 쥬셔(周瑞)와 오신등(吳新登)과 김문샹(金文翔) 등이 잇셔 일졔히 답응ᄒ고 앏으로 나와 도치270)룰 들고 슈각(手脚)을 분망히 놀니더니 언마 못되여 십기 관지의 ᄲᅮ에룰 일졔히 열미 다만 보니 승·되 ᄯ 일긔 스긔병과 한가지 약뉴(楊柳)룰 가져내여 버들가지로 병 즁의 감로룰 뭇쳐 여러 관지룰 향ᄒ여 한 번식 ᄲᅮ리고 ᄯ 일개 호로(葫蘆)룰 기우려 열기 션단을 가져 내고 ᄯ 십개 젹은 찻잔을 가져 내여 병 즁의 감노룰 각기 반【54】잔식 붓고 가련을 명ᄒ여,

"가져 드러가 부녀로 ᄒ여곰 금단(金丹)을 가져 감노의 죠화ᄒ여 죽은 사룸의 입 쇽의 부으라."

ᄒ니 가련이 듯고 ᄉᆞᆯ니 다반(茶盤)을 가져와 션단가지 쇼반의 노코 들고 드러가더니 쥬셔의 식부와 림지효의 식부와 뢰대의 식부와 류식부와 왕ᄋ의 식부와 김문샹의 식부와 아오로 엽마(葉媽)와 젼마(田媽)와 츅마(祝媽)와 송미(宋媽) 일졔히 앏으로 나와 바다 잠간 담(膽)을 크게 ᄒ고 십기 관지 앏히 다라와 ᄲᅮ예룰 밀치미 다만 보니【55】져 십인의 안식이 싱시와 ᄀᆞ튼지라. 믄득 션단을 가져 감노의 죠화ᄒ여 져의 무리의 입 쇽의 부으미 대략 한식경271)은 ᄒ여

---

270)【도치】⑱ 도끼. ¶ 斧 ‖ 림지효와 뢰대와 니귀와 비명과 리왕ᄋ와 홍ᄋ와 쥬셔와 오신등과 김문샹 등이 잇셔 일졔히 답응ᄒ고 앏으로 나와 도치룰 들고 슈각을 분망히 놀니더니 (就有林之孝、賴大、李貴、焙茗、來旺兒、興兒、賴升、周瑞、吳新登、金文翔等一齊答應上前,　七手八脚, 斧鑿開施.) <續紅 13:53> ⇒ 돗긔
271)【頓飯之時　돈반지시】dùnfànzhīshí 한식경 ‖

가련이 믄득 봉져의 관 앏히 니르러 한 번 보니 져의 코 속의 격은 숨긔 잇고 미목(眉目)이 유동(流動)ㅎ는지라. 경희ㅎ믈 니긔지 못ㅎ여 샐니 손으로 가용을 부르니 가용이 믄득 다라와 한 번 보다가 급히 진시 관 앏흐로 다라가 한 번 보미 져의 단슌(丹脣)이 홀연 열니고 셩안(星眼)을 져기 쩌 즈못 싱긔 잇는지라. 쏘【56】흔 경희ㅎ여 밧비 와 가졍의게 픔ㅎ려 ㅎ더니 다만 드르미 승·도 이인이 니르더,

"졔공은 모름죽이 경동치 말고 고요히 기다리라. 지금 가히 부녀 무리롤 명ㅎ여 져의 무리롤 가져 관의 메여 내고 교즈의 메여 부즁의 니르러 져기 인유(人乳)롤 먹여 뻐 싱긔롤 돕게 ㅎ여 오졍(午正) 삼긱(三刻)의 니르면 진혼이 몸으로 도라와 즈연 니러날 거시니 대스(大事)가 완필(完畢) ㅎ엿는지라. 빈승 등은 하직을 고ㅎ고 가노라."

ㅎ거놀 가졍이 힘【57】을 다ㅎ여 만류ㅎ며,

"지공(齋供)을 쥰비ㅎ라."

분부ㅎ더니 승·도 이인이 웃고 니르더,

"빈승 등이 인간 연화(煙火)롤 먹지 아닌지 쳔유여년(千有餘年)이라. 대인은 구투여 비심(費心)치 말고 다만 구ㅎ건디 셩샹긔 쥬문ㅎ여 빈승 등을 위ㅎ여 봉호(封號)롤 쳥ㅎ고 스당을 셰우면 원이 죡ㅎ도다."

하며 머리롤 돌녀 쏘 짜라온 룡금위(龍禁尉) 스원(四員)을 향ㅎ여 스례ㅎ여 니르더,

"즁위(衆位) 대인을 슈고로이 ㅎ엿도다. 쳥컨더 교마와 집스롤 거느려 도라가 복【58】명ㅎ고 인ㅎ여 빈승 등을 대신ㅎ여 셩은을 고샤ㅎ라."

말을 맛치며 이인이 한 번 스미롤 썰치미272) 홀연 뵈지 아니ㅎ더라.

이쩌의 형·왕 이부인이 승·도 이인이 갓단 말을 듯고 일졔히 나와 십개 관 앏히 츠셔로 한 번 보고 모다 각각 대희ㅎ여 샐니 쥬셔의 식부 졔인을 명ㅎ여 일졔히 숀을 내여 져의 무리

롤 관의 메여내더니 가련이 보고 사롬을 명ㅎ여 교즈롤 메여와 일즈로 열 치롤 버려노코 왕부【59】인은 대옥을 안아 한 교즈의 안고, 형부인은 영츈을 안아 한 교즈의 안고, 셜이마는 향릉을 안아 한 교즈의 안고, 우시는 진가경을 안아 한 교즈의 안고, 왕으 식부는 우이져롤 안아 한 교즈의 안고, 류식부는 쳥문을 안고 한 교즈의 안고, 빅노파는 금슌으롤 안아 한 교즈의 안고, 뇌승 식부는 셔쥬으롤 안아 한 교즈의 안고 그 남아 쥬복 남녀들은 초도 타고 말도 타 일졔히 셩으로 드러가 부즁의 니르더라.

ㅊ셜, 왕부인이 교즈 안의셔【60】 대옥을 안흐미 다만 져의 몸이 곱기가 쇼음 굿투믈 쎄다롤지라. 인ㅎ여 져의 쌤을 돌녀 즈셰히 한 번 보니 진개 부용츌슈(芙蓉出水) 굿투여 광염(光艶)이 이샹ㅎ지라. 숀을 가져 한 번 어루만지니 필경 온긔가 잇고 쏘 져의 숀을 쯔어 와 한 번 보니 파쑉리굿치 곱고 다만 일누(一縷) 향긔가 스미로 죠ㅊ 나오거놀 심즁의 이샹히 너겨 니르더,

"보옥 쇼즈의 성스간 놋치 못ㅎ는 거시 고이치 아니토다. 과연 다른 고낭 무리는 져의게 비치 못ㅎ【61】리라."

ㅎ더라.

지셜, 보챠와 니환 등이 집의 잇셔 형·왕 이부인을 보내여 간 후의 니환이 교져롤 돌보와 봉져와 우이져 와실을 가져 쇼쇄 슈습ㅎ며 샹쟝(床帳), 피요(被褥)롤 베플고 쏘 즈릉쥬(茲菱洲)의 니르러 영츈의 머무던 방을 가져 쏘흔 쇼쇄ㅎ며 샹쟝, 피요롤 베플고 보챠도 쏘흔 잉으와 즈견과 흔 가지로 쇼샹관(瀟湘館)의 가 보옥의 샹을 디ㅎ여 대옥을 위ㅎ여 샹쟝, 피요롤 베플고 쏘 젼일 즈견이 머무던 방의 쳥문과 금슌【62】으롤 위ㅎ여 샹쟝, 피요롤 베푸럿더니 언마 못되여 왕부인과 형부인이 모다 영희당(榮禧堂)의 니르러 교즈의 나리고 교부(轎父)롤 믈니치거놀 노파 무리 일즉 등쳬즈(藤屉子)롤 예비ㅎ엿다가 져 륙인을 가져 츠셔(次序)디로 모다 각각 사롬의 방으로 메여 니르미 보챠와 즈견이

한식경 ‖ "約有~, 賈璉便走到鳳姐的棺前一看, 只見他鼻有微息, 眉目流動." 대략 한식경은 ㅎ여 가련이 믄득 봉져의 관 앏히 니르러 한번 보니 져의 코 속의 격은 숨긔 잇고 미목이 유동ㅎ는 지라 (續紅 13:55)

---

272)【썰치다】圖 떨치다. ¶ 捽 ‖ 말을 맛치며 이인이 한번 스미롤 썰치미 홀연 뵈지 아니ㅎ더라 (說畢, 二人一捽袍袖, 忽然不見.) <續紅 13:58>
⇒ 떨티다, 썰티다

대옥을 메여 나오믈 보고 일희일비ᄒᆞ여 스스로
손을 내여 대옥을 등쳬ᄌᆞ로 죠ᄎᆞ 안아 나려 샹
쟝 안의 노코 겨롤 위하여 넘습(殮襲)ᄒᆞᆫ 의샹을
벗기고 겹니【63】블을 덥흐며 쏘 ᄒᆞᆫ 벌 시 의
복을 가져 겻히 노하 뼈 환혼ᄒᆞᆫ 후의 닙기롤 예
비ᄒᆞ여 모든 일을 졍당히 ᄒᆞ더니 다만 보미 옥
슌이 다라와 니ᄅᆞ디,

"이위 태태긔셔 날노 ᄒᆞ여곰 이내내긔 고
ᄒᆞ디, '방즁의 잡인을 드러오지 못ᄒᆞ게 ᄒᆞ고 태
태 무리도 쏘ᄒᆞᆫ 오시지 아니ᄒᆞ나니 오졍 삼긱을
지내여 환혼ᄒᆞ기롤 기다려 다른 사롬을 드러오
게 ᄒᆞ라.' ᄒᆞ시고 지금 태태긔셔 사롬을 시겨
외간으로 인유롤 어드라 갓시니 한즈음【64】지
내여 가져오거든 이내내로 ᄒᆞ여곰 이야와 림고
낭을 위ᄒᆞ여 다 먹이게 ᄒᆞ시더라."

ᄒᆞ고 말을 맛치며 스스로 가더라. 보치 샐
니 자견(紫鵑)을 명ᄒᆞ여 문 우히 쥭념(竹簾)을
나리고 우스며 니ᄅᆞ디,

"태태긔셔 사롬으로 ᄒᆞ여곰 외간의 졋슬
어드라 갓시니 나는 싱각건디 외간의셔 어더오
는 거시 쏘ᄒᆞᆫ 구틔여 죠치 아니ᄒᆞ니 내 지금 졋
시 부럿고 계가의 쏘 ᄌᆞ니 너는 가셔 챳잔을 가
져와 나의 반잔즘 ᄯᆞᆫ는 거술 기다려 너의 고랑
을 위ᄒᆞ여 먹【65】이면 엇지 외간의셔 어더오
는 거시 비ᄒᆞ여 낫지 아니리오!"

ᄌᆞ견이 웃고 니ᄅᆞ디,

"챳잔의 ᄯᆞ면 다만 찰 ᄲᅮᆫ 아니라 쏘ᄒᆞᆫ 먹
이기 어려오리니 내 말디로 홀진디 이내내가 림
고낭의 몸의 갓가히 가셔 어린ᄋᆞ히 먹이는 모양
ᄀᆞᆺ치 겨롤 위ᄒᆞ여 입 속의 ᄯᆞ면 엇지 경편(輕
便)치 아니랴?"

보치 듯고 한 번 웃더니 과연 대옥의 신변
의 ᄀᆞᆺ가히 안ᄌᆞ 옷술 헷치고 졋슬 가져 입 속의
다히고 경경히 졋슬 ᄯᆞ내니273) 다만 대옥이 삼
키는 쇼리 완연【66】이 들니거늘 자견이 겻히
셔 크게 깃거 니ᄅᆞ디,

"이내내야, 이 법이 과연 죠흐니 엇지 쏘
ᄒᆞᆫ 이야롤 위ᄒᆞ여 죠금도 ᄯᆞ지 아니ᄒᆞᆫ뇨?"

보치 듯고 얼골이 붉어지고 우스며 니ᄅᆞ
디,

"이 챠환아, 쏘 입의셔 나오는 디로 어ᄌᆞ
러이 말ᄒᆞᄂᆞ냐? 네 가셔 외간의 어드라 간 인유
가 왓나, 아니 왓나 보라."

ᄌᆞ견이 듯고 샐니 다라나와 쓸의셔 한 번
바라보미 잉이 희희히 웃고 반잔 인유롤 가져오
거늘 ᄌᆞ견이 샐니 바다 안흐로 향ᄒᆞ여 다롤 시
【67】 겨유 문 난간을 넘으미 믄득 보니 보치
낫출 안흐로 향ᄒᆞ여 보옥의 신변의 ᄀᆞᆺ가히 안ᄌᆞ
졋슬 ᄯᆞ거늘 ᄌᆞ견은 본디 총명ᄒᆞᆫ 사롬이라. 곳
보챠의 겨롤 식여 나온 거시 원리 타인이 보고
우술가 져허ᄒᆞ미라 ᄒᆞ고 샐니 머리롤 돌녀 잉ᄋᆞ
로 더브러 우스며 손을 흔들고 경경히 믈너나와
가마니 잉ᄋᆞ롤 향ᄒᆞ여 우스며 니ᄅᆞ디,

"이곳은 인유롤 쓰지 아니ᄒᆞᄂᆞ니 네 방ᄌᆞ
보왓ᄂᆞ냐, 아니 보왓ᄂᆞ냐?"

잉이 웃고 니ᄅᆞ디,

"내 엇지 보지 못【68】ᄒᆞ여시리오? 우리
무리 드러가지 말지로다. 이 반잔 죠흔 인유롤
이곳의셔 임의 쓰지 아니면 엇지 가져다가 쳥문
과 금슌ᄋᆞ롤 먹이지 아니리오?"

ᄌᆞ견이 웃고 니ᄅᆞ디,

"가쟝 죠토다."

ᄒᆞ고 믄득 잉ᄋᆞ롤 ᄭᅳ을고 한가지로 가더
라.

지어(至於) 봉져와 영츈과 향능과 우삼져
등도 각각 집으로 메여와 모다 졀근(切近)ᄒᆞᆫ 친
쳑이 잇셔 이 법과 ᄀᆞᆺ치 쥬션ᄒᆞ니 이런 령쇄(零
瑣)ᄒᆞᆫ 말은 긔록홀 거시 업더라.

지셜(再說), 림대옥의 령혼이 태【69】허환
경의 잇셔 향일(向日)의 보치 집의 도라가고 가
뫼 현몽ᄒᆞᆫ 후의 모다 강쥬궁(絳珠宮)의 니ᄅᆞ러
피ᄎᆞ 쏘 연회ᄒᆞ고 왕리ᄒᆞ기롤 여러 날 죠히ᄒᆞ여
십분 열요ᄒᆞ더니 광음이 신속ᄒᆞ여 칠월 십ᄉᆞ일
의 니ᄅᆞ미 그날 죠반 후의 보옥이 졍히 샹련의
곳의셔 한화(閑話)ᄒᆞ고 도라오다가 홀연 보니
졍남방의 사롬이 말을 달녀 오는지라. 졈졈 ᄀᆞᆺ
가히 보니 믄득 가쥐(賈珠)라. 보옥이 샐니 마ᄌᆞ
나아가미 가쥐 하마(下馬)ᄒᆞ여 보옥으로 더브러
셔로【70】 보고 피ᄎᆞ 쳥안(請安)ᄒᆞ기롤 맛치미
한 가지로 강쥬궁으로 드러와 가모와 가부인을
보고 픔ᄒᆞ여 니ᄅᆞ디,

---

273)【ᄯᆞ다】图 짜다. ¶ 擠∥ 보치 듯고 한 번 웃
더니 과연 대옥의 신변의 ᄀᆞᆺ가히 안ᄌᆞ 옷술 헷
치고 졋슬 가져 입 속의 다히고 경경히 졋슬 ᄯᆞ
내니 (寶釵聽了, 笑了一笑, 果眞扣在黛玉的身邊,
解開衣鈕, 將乳頭兒送在他嘴裏, 輕輕的擠出乳來.)
<續紅 13:65>

"고노얘 언마 못되여 곳 오시면 샹뎨(上帝)의 은죠(恩詔)를 밧드러 티허환경의 벅벅이[274] 회싱홀 사룸을 가져 모다 명일 오시 삼긱의 환양(還陽)케 ᄒ고 ᄯ 시로 산쟉대션(散爵大仙)을 봉흔 진ᄉ은[甄土恩]을 시겨 친히 와 법을 지어 혼을 보내게 ᄒ시ᄂ니 이 공ᄉ 맛치기룰 기다려 고노야긔셔 즉시 솔권(率眷) 샹관ᄒ시ᄂ니라."

ᄒ거눌 가모와 가부인이 각각 대회【71】ᄒ여 영츈과 대옥을 블너내여 ᄯ흔 가쥬룰 보고 ᄯ 림공이 샹뎨긔 죠현ᄒ던 말을 한 지위 뭇다가 가쥐 믄득 젹하궁(赤霞宮)으로 원비게 뵈오라 가더라. 가뫼 믄득 영츈과 대옥을 지쵹ᄒ여 져의 무리로 ᄒ여곰 슈습ᄒ기룰 졍당히 ᄒ여 림시ᄒ여 총망치 아니케 ᄒ니 영츈이 웃고 니ᄅ디,

"우리 무리 ᄯ흔 무슴 슈습홀 거시 업ᄉ니 이곳의 믈건을 도로혀 능히 집으로 가져다가 쁜다 니ᄅ기 어렵도다. 우리 무리 이왕 림미미【72】로 더브러 말ᄒ엿노라. 우리 무리의 여간 믈건을 모다 경환션고(警幻仙姑)룰 쥬어 거두엇다가 고미(姑媽) 도임ᄒ여 무슴 쁠 거시 업거든 곳 ᄉ긔(司棋) 무리룰 시겨 가져가미 올토다."

가부인이 듯고 우ᄉ며 니ᄅ디,

"이ᄂ 모다 ᄉ쇼지시(小小之事)라. 내 싱각건디 너의 ᄌ미들이 여긔 니른 지 일년이 ᄌ가이 되미 ᄯ흔 경환션고의 죠응(照應)ᄒ시믈 힘넙어시니 너의 ᄌ미들은 엇지 오늘 모다 한디 모혀 경환션고의 곳의 가 ᄉ례ᄒ고 ᄯ 지교(指教)ᄒ믈 구ᄒ미 엇지 죠치 아【73】니리오?"

ᄒ거눌 영츈과 대옥이 듯고 믄득 봉져와 향릉과 청문과 금슌ᄋ의게 지휘ᄒ고 ᄯ 금슌ᄋ룰 시겨 진시와 다못 우시 ᄌ미의게 지휘ᄒ여 모다 일졔히 경환션고의 궁중으로 갈 시 경환이 중인의 니른단 말을 듯고 ᄯᆯ니 마ᄌ나와 우ᄉ며 니ᄅ디,

"즁위 ᄌ미야, 공희(恭喜)ᄒᄂ라. 너의 무리 고힝이 ᄯ흔 원만(圓滿)ᄒ도다."

대옥 등이 니ᄅ디,

"뎨자 등이 션고의 대덕을 닙어 죠응(照應)ᄒ신지 일년의 명일은 곳 배별(拜別)홀지라. 특【74】별이 와 샤은ᄒ노라."

언필의 일졔히 ᄭ러 안ᄌ려 ᄒ미 경환이 ᄯᆯ니 션녀 무리룰 명ᄒ여 모다 쓰러 니ᄅ혀 궁중의 니ᄅ러 각각 ᄎ셔룰 죠ᄎ 좌뎡ᄒ미 묘옥(妙玉)이 ᄯ흔 나와 져의 무리로 더브러 치하ᄒ거눌 봉졔 니ᄅ디,

"묘ᄉ부(妙師父)ᄂ 무어술 위ᄒ여 도라가지 아니키룰 구ᄒᄂ뇨? 우리 무리 한 곳의 잇셔 오리 노다가 너룰 홀노 이곳의 바려두니 우리 무리 무음의 심히 놋치 못ᄒ노라."

보옥이 웃고 니ᄅ디,

"이내내야, 나ᄂ 원【75】리 너의 무리의게 비치 못홀지니 이졔 만일 다시 홍진(紅塵)을 무릅쁘면 엇지 사룸의 우음을 닙지 아니리오?"

말ᄒ며 믄득 션녀룰 명ᄒ여 ᄎ룰 밧드러오라 ᄒ여 ᄎ룰 파ᄒ미 봉졔 경환을 향ᄒ여 니ᄅ디,

"우리 무리 오늘 첫지ᄂ 션고의 대덕을 샤례ᄒ며 둘지ᄂ 도로혀 션고의 지교룰 구코ᄌ ᄒ노라."

경환이 웃고 니ᄅ디,

"현미야, 너의 위인이 무슴 가ᄅ칠 거시 업ᄉ니 다만 죵금(從今) 이후로ᄂ 져 홍진 즁 일을 담연이【76】 보ᄂ 거시 곳 올홀지로다. 우리 빈경(嚬卿) 현미ᄂ 다만 총명이 태과(太過)ᄒ니 모롬즉이 혼후(渾厚)흔 거술 힘쁠 거시오 기외 ᄌ미 무리의 셩졍은 모다 편벽된 곳이 이시디 내 ᄯ한 허다흔 거술 말ᄒ지 못하노라. 내가 비밀히 감촌 즁화환(中和丸)이 이시니 너의 무리 미인이 한 환식 먹으면 각기 그 병디로 약이 되리라."

말을 맛치며 믄득 호로(葫蘆) 속으로 십환약을 기우려내여 사룸을 명ᄒ여 감노슈(甘露水)룰 취ᄒ여 와 미인이 일환식 먹【77】게 ᄒ거눌 더옥이 믄득 경환이 젼일의 쥰 호로룰 가져다가 도로 경환을 쥬니 경환이 밧고 ᄯ 사룸을 명ᄒ여 젹은 갑을 가져와 더옥을 쥬어 져로 ᄒ여곰 몸의 갓가히 가졋다가 인셰(人世)로 가지고 나아가라 ᄒ거눌 더옥이 바다보니 다만 갑 우히 녀덟 개 파리 머리 ᄌ튼 젹은 글ᄌ가 ᄶ여시니 닐너시디,

---

274)【벅벅이】㊒ 반드시. 틀림없이. ¶ 應 ‖ 고노애 언마 못되여 곳 오시면 샹뎨의 은죠룰 밧드러 티허환경의 벅벅이 회싱홀 사룸을 가져 모다 명일 오시 삼긱의 환양케 ᄒ고 (姑老爺少刻就到了. 奉上帝的恩詔, 着將太虛幻境應放回生之人, 俱限明日午時三刻還陽.) <續紅 13:70>

"구ᄒᆞᆫ 거시 이시면 반ᄃᆞ시 응ᄒᆞ고 감동
ᄒᆞ미 신령치 아니미 업다."

ᄒᆞ엿거늘 이거시 션가(仙家) 믈건이믈 알
고 련【78】망히 배샤(拜謝)ᄒᆞ고 몸의 간슈ᄒᆞ니
경환이 ᄯᅩ 향릉을 향ᄒᆞ여 니ᄅᆞᄃᆡ,

"죤옹이 너를 쥬신 그 향을 너흔 갑은 네
ᄯᅩ흔 가지고 도라가면 도로혀 쓸 곳이 이시리
라."

향릉이 듯고 졍히 답고져 ᄒᆞ더니 다만 드
ᄅᆞ미 봉졔 니ᄅᆞᄃᆡ,

"션고야, 너는 엇지 ᄯᅩ흔 내게 무어슬 쥬
지 아니ᄒᆞᄂᆞ뇨?"

경환이 웃고 니ᄅᆞᄃᆡ,

"현미야, 너는 이번의 도라가면 부영쳐귀
(賦詠處貴)ᄒᆞ며 복슈ᄡᅡ전(福壽雙全)ᄒᆞ리니 도로
혀 무어시 부죡ᄒᆞ리오?"

쳥문이 웃고 니ᄅᆞᄃᆡ,

"션고야, 너는【79】다만 그 돌노뼈 금을
믿ᄃᆞᆫ 법을 가져 우리 이내내롤 쥬어 져의 노
인내가 집의 도라가 ᄯᅩ 빗노리ᄒᆞᄂᆞᆫ275) 거슬 면
케 ᄒᆞ라."

말ᄒᆞ미 즁인이 모다 웃거늘 봉졔 허츠미
니ᄅᆞᄃᆡ,

"젹은 즘싱아, 지금 즁화환(中和丸)을 먹더
니 곳 입부리가 쾌ᄒᆞ도다."

ᄒᆞ니 즁인이 ᄯᅩ 웃더라. 졍히 담쇼홀 ᄉᆞ이
의 션녀 무리들이 와 보ᄒᆞ여 말ᄒᆞᄃᆡ,

"셩황 림대노야와 다못 진션인(甄仙人)이
모다 니ᄅᆞ도다."

경환이 ᄲᆞᆯ니 사름을 명ᄒᆞ여,

"앏 뎐각을 쇼쇄ᄒᆞ고 림공과【80】다닛 진
ᄉᆞ은을 위ᄒᆞ여 탑(榻)을 버려 쥰비ᄒᆞ라."

모든 ᄌᆞ미들이 듯고 련망히 경환의게 하직
을 고ᄒᆞ고 모다 도라가며 보옥과 샹련과 진죵은
몬져 알고 모다 영졉ᄒᆞ라 나가더니 언마 못 되
여 림공이 임의 니ᄅᆞ러 몬져 강쥬궁의 가셔 가
모롤 볼 시 대옥이 믄득 림공으로 더브러 셔로
보고 부녜(父女) 일쟝을 통곡ᄒᆞ며 향릉도 ᄯᅩ흔

스은으로 더브러 앏 뎐각의셔 리졍(離情)을 펴
더니 그 져녁의 가뫼 ᄯᅩ 사람을 명ᄒᆞ여 박명ᄉ
(薄命司)【81】봉져의 잇던 공한(空閒)ᄒᆞᆫ 집을
쇼쇄ᄒᆞ여 원앙(鴛鴦)으로 ᄒᆞ여곰 가쥬의 쳡을
삼아 합근지례(合졸之禮)롤 일우더라. 림공과 다
못 진스은이 곳 앏 뎐각의셔 졈간 하로 져녁을
머무ᄅᆞ고 이튼날은 곳 칠월 십오일이라. 림공과
가쥬와 다못 진죵 등이 픠방(牌坊) 남편의셔 향
안을 버리고 샹녜 칙지 닑기롤 기다리더니 진스
은이 믄득 법을 지어낼 ᄉᆡ 다만 보니 ᄯᅡ 우흐로
셔 금년화(金蓮花) 열 세 포귀가 슐위박휘276)
만흔 거시 나와 뼈 혼을 보낼【82】ᄯᅢ의 쇼용
(所用)을 예비ᄒᆞ며 경환과 묘옥 이인은 픠방 븍
편의셔 젼별쥬(餞別酒)롤 버리더니 언마 못되여
다만 보미 보옥과 샹련 이인이 몬져 니ᄅᆞ고 그
뒤는 곳 원비와 대옥 등 십일인이 셔셔히 오더
니 ᄯᅩ 그 뒤희는 가모와 가부인과 원앙 등 졔인
이 와 픠방 븍편의 니ᄅᆞ미 경환과 묘옥이 미인
의게 젼별쥬롤 쳐셔277) 권ᄒᆞ고 ᄯᅩ 픠방 남편의
니ᄅᆞ러는 ᄭᅮ러 칙지 닑는 거슬 드르니 그 가온
디 말이 ᄯᅩ흔 승·도의 알외던 바와 블【83】과
대동쇼이ᄒᆞ더라. 닑기롤 임의 맛츠미 경환과 묘
옥이 친히 원비롤 뫼셔 뎨일 포귀 금련화 우희
안치고 입으로 여러 말을 넘ᄒᆞ다가 쇼리롤 질
너,

"가라!"

ᄒᆞ더니 다만 보미 그 포귀 년홰 ᄯᅡ히 ᄯᅳ기
롤 한 길 남ᄌᆞ시ᄒᆞ여 유유탕탕히 표연이 가니
즁인이 보고 경이ᄒᆞ믈 이긔지 못ᄒᆞ며 진스은이
ᄯᅩ 방법을 지어내미 우삼져와 다못 류샹련이 ᄯᅩ
흔 두 포귀 년화의 인ᄌᆞ 염염(冉冉)이 가며 그
버거는 영츈과 향릉과 봉져와 우【84】이져와

---

275)【빗노리ᄒᆞ다】圖 빗내다. ¶ 放帳 ‖ 션고야
너는 다만 그 돌노뼈 금을 믿ᄃᆞᆫ 법을 가져 우
리 이내내롤 쥬어 져의 노인내가 집의 도라가
ᄯᅩ 빗노리ᄒᆞᄂᆞᆫ 거슬 면케 ᄒᆞ라 (仙姑, 你只把你
那個點石成金的法兒敎給我們二奶奶, 省得他老人
家回家去又該放帳了.) <續紅 13:79>

276)【슐위박휘】圖 수레바퀴. ¶ 車輪 ‖ 다만 보
니 ᄯᅡ 우흐로셔 금년화 열 세 포귀가 슐위박휘
만흔 거시 나와 뼈 혼을 보낼 ᄯᅢ의 쇼용을 예비
ᄒᆞ며 (只見就地生出金蓮花十三朵, 大如車輪, 以
備送魂之用.) <續紅 13:81> ⇒ 슐위박휘

277)【치다】圖 술을 부어 잔을 채우다. ¶ 斟 ‖
경환과 묘옥이 미인의게 젼별쥬롤 쳐셔 권ᄒᆞ고
ᄯᅩ 픠방 남편의 니ᄅᆞ러는 ᄭᅮ러 칙지 닑는 거슬
드르니 그 가온디 말이 ᄯᅩ흔 승도의 알외던 바
와 블과 대동쇼이ᄒᆞ더라 (警幻、妙玉每人斟過了
別酒, 又到牌坊南邊跪聽宣讀了勅旨. 其中的言語
亦與僧、道所奏, 不過大同小異.) <續紅 13:82>

진시와셔 쥬아 류인이 녀셧 포귀 년화의 안즈
쏘흔 공중으로 올나 표연이 가며 그 후의 비로
쇼 보옥과 대옥과 쳥문과 금슌ㅇ 스인이 네 포
귀 년화의 안즈 쏘흔 표표탕탕히 가미 진스은이
방법 짓기롤 맛치고 쏘흔 구름을 타고 따라와
셔로 보내여 뻐 문호(門戶)롤 가르치려 흐더라.
림공과 가모와 가부인이 이 모다 보고 경신을
일헛더니 믄득 보미 진종이 와셔 픔흐여 말흐
더,

  "풍연(馮淵)이 교마와 인부롤 【85】 모다 각
기 쥰비흐여 디경 밧긔셔 기다리더라."

  흐거늘 가모와 가부인이 쏘 경환과 묘옥으
로 더브러 칭샤흐며 하직을 고흐고 원앙(鴛鴦)
과 스긔(司棋)와 지릉ㅇ(智能兒)와 쟝금가(張金
哥)와 하금계(夏金桂)와 포이가(鮑二家)롤 거느
려 일졔히 교즈의 안고 림공은 가쥬와 진종과
반우안(潘又安)과 최문셔(崔文瑞)와 풍연과 쵸대
(焦大)롤 거느려 모다 말을 타고 샹관흐라 가미
경환과 묘옥 이인이 량구히 티식(太息)흐다가
믄득 션녀롤 거느려 스스로 궁으로 도라오더라.

18

가보옥쵸등한림원 림여히지슈도셩황
賈寶玉初登翰林院 林如海再授都城隍

챠셜(且說), 진【86】ᄉ은이 운광(雲光)을 타고 그 열셰 포귀 년화를 따라 졈졈 경ᄉ(京師)로 니를 시 믄득 슈즁의 쥬미(塵尾)를 가져 각인의 집 문호와 도로를 죠ᄎ 쓰면으로 지위ᄒ더니 다만 보미 그 열셰 포귀 년홰 홀연이 허여지며 각기 가ᄅ친 곳 마다 유유탕탕히 가더라.

츠셜(且說), 보옥(寶玉)과 대옥(黛玉)과 쳥문(晴雯)과 금슌ᄋ[金釧兒]의 안즌 네 포귀 금년이 나라 대관원(大觀園) 쇼샹관(瀟湘館) 뜰 압히 니르러 '솰연(唰然)' 일셩의 따히 쩌러지미 ᄉ개 령혼이 모다 한 번 놀나믈 입고 네 포【87】귀 금년이 홀연 뵈지 아니터니 보옥의 양혼(陽魂)이 졍신을 뎡ᄒ여 ᄉ면을 한 번 바라보미 과연 쇼샹관이라. 머리를 도로혀 보미 대옥과 쳥문과 금슌아의 음혼(陰魂)이 모다 거긔 잇셔 헐덕이거늘[278] 졍히 대옥의 음혼을 향ᄒ여 말ᄒ고ᄌ

---

278) 【헐덕이다】 圖 헐떡이다. ¶ 喘息 ‖ 머리를 도로혀 보미 대옥과 쳥문과 금슌아의 음혼이 모다 거긔 잇셔 헐덕이거늘 졍히 대옥의 음혼을 향ᄒ여 말ᄒ고ᄌ ᄒ더니 (回頭看了看黛玉、晴雯 、金釧兒的陰魂，都在那裏喘息，正欲向黛玉的陰

ᄒ더니 홀연 드ᄅ미 죽념(竹簾)이 동ᄒᄂ 쇼리 나더니 ᄌ견(紫鵑)이 방 쇽으로 죠ᄎ 다라나와 뜰의셔 술펴보고 ᄯ 보니 잉이 한 편으로셔 챳잔을 가지고 오거늘 보옥의 양혼이 보고 환【88】희ᄒ믈 니긔지 못ᄒ여 썔니 블너 니ᄅ디,

"ᄌ견과 잉ᄋ져져야, 너는 보라. 우리 무리 모다 집으로 도라왓노라."

ᄒ디 다만 ᄌ견과 잉ᄋ 량인은 곳 보는 것과 듯는 거시 죠금도 업는 것 ᄀᄐ여 일졈도 져를 아른 쳬 아니ᄒ고 각기 스ᄉ로 가는지라. 보옥의 양혼이 대옥의 음혼을 향ᄒ여 니ᄅ디,

"미미야, 너는 보라. ᄌ견과 잉이 엇지 ᄯ 한 우리 무리를 아른 쳬 아니ᄒᄂ뇨?"

대옥의 음혼이 니ᄅ디,

"올토다. 싱각건디 우리 무【89】리 지금도 오히려 귀혼(鬼魂)이라. 져의 무리 ᄌ연 보와도 보지 못ᄒ고 드러도 듯지 못홀 거시니 아직 져를 간셥지 말고 우리 무리 ᄯ 나아가 보리라. 우리 무리의 육신이 필경 이곳의 잇ᄂ냐, 업ᄂ냐?"

ᄒ고 ᄯ 쳥문과 금슌ᄋ의 음혼을 향ᄒ여 니ᄅ디,

"너의 무리도 ᄯ한 각기 스ᄉ로 너의 무리 육신을 ᄎᄌ라 가라."

말을 맛치고 믄득 보옥의 양혼과 홈긔 쇼샹관의 드러와 ᄌ시 볼 시 다만 보니 대면ᄒ여 두 벌 샹과 쟝을 버렷【90】ᄂ디 동편의 누엇ᄂ 거슨 보옥의 육신이오, 셔편의 누엇는 거슨 대옥의 육신이며 ᄯ 보니 보치 대옥의 신샹의 ᄀ가히 안ᄌ 져술 ᄲ셔 져를 먹이거늘 보옥의 양혼이 웃고 니ᄅ디,

"림미미야, 너는 보라. 보져졔 너를 ᄉ랑ᄒᄂ냐, ᄉ랑치 아니ᄒᄂ냐?"

ᄒ거늘 대옥의 음혼이 보고 ᄯ한 십분 감격ᄒ여 졍히 감샹ᄒ더니 다만 보미 보치 니러나며 져를 위ᄒ여 니블을 덥기를 죠히 ᄒ고 믄득 다라와 ᄉ면으로 한 번 슘【91】혀보다가 ᄌ긔가 우스며 보옥의 샹의 올나 옷슬 헷치고 겻히 누어 앗가 ᄒ던 법과 ᄀ치 졋슬 ᄲ셔 져를 먹이거늘 더옥의 음혼이 보고 우스며 보옥의 양혼을 가져 샹 우홀 향ᄒ여 한 번 밀치더니 믄득 임의 본톄로 도라갓더라.

魂說話.) <續紅 13:87> ⇒ 헐더기다

각셜(却說), 보치 졍히 보옥을 위ᄒᆞ여 졋술 먹이미 처음은 오히려 졋술 ᄲᅡ기가 힘이 드더니 츄후ᄂᆞᆫ 보옥이 스스로 졋술 믈고 ᄲᅢᄂᆞᆫ ᄃᆞᆺᄒᆞ거늘 ᄆᆞ음의 졍히 긔이히 너기더니 홀연 드ᄅᆞ미 【92】 져 편 상 우희셔 대옥이 ᄒᆞᆫ 쇼리로,

"이야(噯喲)!"

ᄒᆞ거늘 보치 놀나 련망히 니러나 머리ᄅᆞᆯ 두루혀 보니 대옥이 샹 우희셔 눈을 ᄯᅳ고 슈족을 모다 능히 운동ᄒᆞ거늘 블승환희ᄒᆞ여 ᄲᅡᆯ니 다라와 져의 상 가의 기우려 안ᄌ 경경히 무러 니ᄅᆞ되,

"미미야, 너의 진혼이 태허환경으로 죠ᄎ 도라왓ᄂᆞ냐?"

대옥이 졈두ᄒᆞ거늘 보치 졍히 다시 뭇고ᄌ ᄒᆞ더니 ᄯᅩ 드ᄅᆞ미 보옥이 져 편상 우희셔 블너 니ᄅᆞ되,

"보져져야, 내가 겨유 단 거술 【93】 맛보거늘 네가 엇지 ᄯᅩᄒᆞᆫ 가ᄂᆞ냐?"

보치 보옥의 말을 듯고 곳 져의 혼이 몸으로 도라온 줄 알고 ᄲᅡᆯ니 머리ᄅᆞᆯ 도로혀 니ᄅᆞ되,

"너ᄂᆞᆫ 가마니 졍신을 진졍ᄒᆞ라. 내 림미미ᄅᆞᆯ 안돈(安頓)ᄒᆞ고 즉시 가더라. 방자 너의 스ᄲᅱ 말ᄒᆞ되, '너의 무리로 ᄒᆞ여곰 미인의 죠금식 인유ᄅᆞᆯ 먹여 원긔(元氣)ᄅᆞᆯ 도ᄋᆞ라 ᄒᆞ지라. 태태긔셔 곳 사람을 식겨 졋술 어드라 갓시되 나ᄂᆞᆫ 져 허컨대 외간으로셔 어더온 거시 심히 간졍(乾淨)치 못ᄒᆞᆯ ᄃᆞᆺᄒᆞ지라. 이러므로 내 【94】 가 지금 가마니 너의 무리 량인을 위ᄒᆞ여 입의 졋술 ᄯᅥ 죠금식 먹여시니 이ᄂᆞᆫ 블과 일시 권되(權道)라. 네 지금 들네여279) 다른 사람이 모다 알면 이 무슨 모양이리오?"

졍히 이러ᄐᆞᆺ 말ᄒᆞᆯ 시 다만 보니 ᄌ견과 잉이 일졔히 다라와 부ᄅᆞ되,

"이내내야, 이 인위 과연 심히 묘ᄒᆞ도다. 우리 무리 방ᄌ 쳥문과 금슌ᄋᆞ 냥인을 위ᄒᆞ여 반잔식 먹엿더니 뉘 알니오 즉식의 모다 회싱ᄒᆞ여 지금은 ᄯᅩᄒᆞᆫ 능히 말을 ᄒᆞᄂᆞ니라."

량인이 일 【95】 면으로 말ᄒᆞ며 일면으로 다라나와 ᄌ셰히 볼 시 다만 보니 보치 이편 상 우희 기우려 안ᄌ 디옥을 향ᄒᆞ여 말ᄒᆞ며 져편 상 우희 보옥은 임의 옷술 닙고 니블을 ᄢᅵ고 니러 안ᄌ거늘 ᄌ견이 보고 블승경희ᄒᆞ여 니ᄅᆞ되,

"이야와 다못 림고낭이 ᄯᅩᄒᆞᆫ 모다 회싱ᄒᆞ도다. 잉ᄋᆞ 미미야, 너ᄂᆞᆫ ᄲᅡᆯ니 태태 무리의게 가셔 고ᄒᆞ라."

잉이 듯고 믄득 나ᄂᆞᆫ ᄃᆞ시 가더라. ᄌ견이 ᄯᅩ 디옥의 겻희 안ᄌ 무러 니ᄅᆞ되,

"고낭아, 네 지금은 가히 졍신이 명빅 【96】 ᄒᆞ냐?"

대옥이 ᄯᅩ 졈두ᄒᆞ여 니ᄅᆞ되,

"자견져져야, 나의 의상을 뉘가 벗겻ᄂᆞ뇨?"

ᄌ견이 니ᄅᆞ되,

"타인이 업고 곳 나와 다못 이내내니라."

대옥이 듯고 보챠ᄅᆞᆯ 향ᄒᆞ여 니ᄅᆞ되,

"져져야, 너ᄂᆞᆫ 상으로 올나와 나ᄅᆞᆯ 가져 ᄯᅳ러 니러 안치고 ᄌ견져져ᄂᆞᆫ 나의 의상을 가져 나ᄅᆞᆯ 위ᄒᆞ여 닙히고 벼기ᄅᆞᆯ 가져와 날노 ᄒᆞ여곰 의지ᄒᆞ여 안게 ᄒᆞ라. 곳 이 모양은 태태 무리게셔 와셔 보시면 아름답지 못ᄒᆞ리로다."

보치 니ᄅᆞ되,

"미미야, 나ᄂᆞᆫ ᄉᆡᆼ각건디 네가 방 【97】 ᄌ 환혼ᄒᆞᆫ 사람이라. 몸이 도로혀 약ᄒᆞ니 져허컨디 신긔(身氣) 허겁(虛怯)ᄒᆞᆯ ᄃᆞᆺᄒᆞ니 경편(輕便)이 누엇ᄂᆞᆫ 것만 ᄀᆞᆺ지 못ᄒᆞ고 좌우간 니블을 덥흘지니 ᄯᅩ 무어슬 져허ᄒᆞ리오?"

디옥이 니ᄅᆞ되,

"져져ᄂᆞᆫ 방심ᄒᆞ라. 샹관이 업ᄉᆞ니 내 신긔가 죠곰도 허겁지 아니ᄒᆞ고 도로혀 긔운이 묽고 졍신이 죠흐디 다만 혼신(渾身)의 일졈 힘이 업도다."

보치 듯고 ᄲᅡᆯ니 샹으로 올나와 디옥을 가져 붓드러 니ᄅᆞ혀 픔 속의 너코 숀으로 한 벌 총록겹스(蔥綠夾紗) 젹은 오ᄌ(襖子)ᄅᆞᆯ 【98】 가져 져ᄅᆞᆯ 위ᄒᆞ여 신상의 닙히거늘 ᄌ견이 믄득 져ᄅᆞᆯ 위ᄒᆞ여 스미ᄅᆞᆯ 펴고 딘츄280)ᄅᆞᆯ ᄢᅵ이며 ᄯᅩ 한 벌 도홍(桃紅) 겹스 쇼의(小衣)ᄅᆞᆯ 가져 숀으로 니블 속의 너허 져ᄅᆞᆯ 위ᄒᆞ여 경경히 죠히 닙

---

279) 【들네다】 통 들레다. 큰소리로 떠들다. 시끄럽게 하다. ¶ 네 지금 들네여 다른 사람이 모다 알면 이 무슨 모양이리오 (你一會兒嚷嚷的人家都知道了, 可是個什麼意思呢.) <續紅 13:94>

280) 【딘츄】 명 단추. ¶ 鈕 ‖ ᄌ견이 믄득 져ᄅᆞᆯ 위ᄒᆞ여 스미ᄅᆞᆯ 펴고 딘츄ᄅᆞᆯ ᄢᅵ이며 ᄯᅩ 한 벌 도홍 겹스 쇼의ᄅᆞᆯ 가져 숀으로 니블 속의 너허 져ᄅᆞᆯ 위ᄒᆞ여 경경히 죠히 닙히고 (紫鵑便替他伸袖扣鈕, 又取了桃紅夾紗小衣, 將手伸在被裏替他輕輕的穿好.) <續紅 13:98> ⇒ 단쵸, 딘쵸

히고 쏘 량개 안식(案息)을 가져다가 져롤 의지
ᄒ여 안게 ᄒ고 쏘 ᄌ견을 명ᄒ여 겻틱 안ᄌ 파
리치281)롤 가져 져롤 위ᄒ여 파리롤 쏫게 ᄒᆫ 후
의 보치 비로쇼 나려와 보옥을 가셔 보려 ᄒ더
니 다만 드ᄅ미 대옥이 쏘 블너 니ᄅ디,

"져져야!"

ᄒ거눌 보 【99】 치 듯고 썔니 몸을 도로혀
오니 디옥이 니ᄅ디,

"져져야, 너는 엇지 져와 다믓 나롤 가져
한 곳의 두엇ᄂ뇨?"

"한 지위 지내여 태태 무리 와셔 보시면
내 모양이 심히 편치 못ᄒ리로다."

보치 듯고 우스며 니ᄅ디,

"젼일의 노태태긔셔 집의 와 현몽ᄒ여 모
다 명빅히 노야기 고ᄒ여 말ᄒ디, '너의 무리
태허환경의 잇셔 노태태와 다믓 고태태 일을 쥬
관ᄒ여 너의 무리롤 가져 임의 인연을 일위여시
니 일후의 회싱ᄒ여도 쏘ᄒ 【100】 다시 죠쳐(措
處)홀 거시 업다.' ᄒ엿ᄂ지라. 이러므로 오늘도
태태긔셔 분부ᄒ여 너의 무리 량인을 가져 한
곳의 두고 나 일인으로 쏘ᄒ 죠용ᄒ기의 편케
ᄒ시미어늘 네 엇지 도로혀 쏘 부졀업슨 말을
내나냐?"

디옥이 듯고 쏘 니ᄅ디,

"임의 태태의 분부면 쏘ᄒ 그만두라. 져져
야, 너는 가셔 져의게 고ᄒ여 쳔만부탁(千萬付
託)ᄒ디 져로 ᄒ여곰 타인이 보ᄂ디 날과 더브
러 말을 말게 ᄒ라."

보치 듯고 우스며 니ᄅ디,

"이아(曖喲), 네 쏘ᄒ 너모 잡말ᄒᆫ도다.
젼 【101】 일의 태허환경의셔 그날 져녁의ᄂ 네
엇지 이런 잡말이 업고 스스히 모다 그 사름의
뜻을 죠ᄎᆺᄂ뇨?"

디옥이 듯고 우스면 져롤 향ᄒ여 한 번 허
츠고 니ᄅ디,

"너는 가라. 날과 힐난(詰難)ᄒ면 내 ᄌ견
을 디ᄒ여 너의 그날 져녁의 그 모양을 말ᄒ리
라."

ᄒ거눌 보치 듯고 우스며 쏘ᄒ 져의게 한
번 허츠고 겨유 몸을 두루히더니 다만 보미 보
옥이 일즉 빅방스(白紡紗) 고의282)와 옥식스 한
삼을 닙고 신을 어ᄌ러이 쯔을고 다라와 보챠롤
향ᄒ 【102】 여 은근이 한 번 읍ᄒ여 니ᄅ디,

"져져의 어진 덕과 져져의 죠흔 곳을 내
쏘ᄒ 한 말노 다ᄒ기 어렵도다."

ᄒ니 보치 엇지 디답ᄒ고 챠텽 하회분히ᄒ
라.

【1】 화셜(話說), 보옥(寶玉)이 보챠(寶釵)
롤 향ᄒ여 한 번 읍ᄒ여 니ᄅ디,

"져져(姐姐)의 어진 덕과 져져의 죠흔 곳을
내가 쏘ᄒ 한 말노 다ᄒ기 어렵도다."

보치 듯고 쏘ᄒ 샹심(傷心)ᄒ여 썔니 니ᄅ
디,

"너는 누어 정신을 죠양(調養)ᄒ라. 방ᄌ
환혼(還魂)ᄒ엿거늘 엇지 가히 의샹(衣裳)을 닙
고 싸흐로 나려 오ᄂ뇨?"

보옥이 겨유 대답ᄒ려 ᄒ더니 다만 드ᄅ미
잉이(鶯兒) 뜰의셔 지 【2】 져괴여 니ᄅ디,

"태태(太太)긔셔 오신다."

ᄒ고 쏘 드ᄅ미 왕부인(王夫人)이 뜰의셔
다라오며 말ᄒ여 니ᄅ디,

"삼스쳐(三四處)의셔 다 와 고ᄒ미 나의 다
리롤 가져 모다 단녀 알푸게 ᄒ엿도다."

보옥이 듯고 썔니 마ᄌ 문어귀의 니ᄅ러
한 번 왕부인이 드러오믈 보고 믄득 쑤러 안ᄌ
쳥안(請安)ᄒ거늘 왕부인이 한 번 보고 크게 놀
나 니ᄅ디,

"이 쏘ᄒ 죠토다. 엇지 방ᄌ 환혼ᄒ고 곳
싸흐로 다라오ᄂ뇨?"

말ᄒ며 즉시 보옥의 손을 쯔어잡고 눈믈을

---

281) 【파리치】 똉 파리채. ¶ 蠅拂子 ‖ ᄌ견을 명
ᄒ여 겻히 안ᄌ 파리치롤 가져 져롤 위ᄒ여 파
리롤 쏫게 ᄒᆫ 후의 보치 비로쇼 나려와 보옥을
가셔 보려 ᄒ더니 (又命紫鵑坐在傍邊, 拿蠅拂子
給他赶蒼蠅. 安置妥協, 寶釵這纔下來.) ＜續紅
13:98＞ ⇒ 프리채

282) 【고의】 똉 고의. ¶ 單褲兒 ‖ 다만 보미 보옥
이 일즉 빅방스 고의와 옥식스 한삼을 닙고 신
을 어ᄌ러이 쯔을고 다라와 보챠롤 향ᄒ여 은근
이 한번 읍ᄒ여 니ᄅ디 (只見寶玉早穿了白紡紗
單褲兒, 玉色紗衫兒單褲兒拉着鞋兒走了過來. 向
寶釵深深的作了一揖道.) ＜續紅 13:101＞

흘녀 니르디,

"우 【3】 리 ᄋ희(兒孩)야, 샐니 상(床) 우히 가셔 누으라. 오리 이시면 바람이 희로오리라. 니가 네 미미(妹妹)를 보고 오기를 기다려 우리 무리 다시 말ᄒ리라."

보옥이 니르디,

"태태ᄂᆞᆫ 방심ᄒ라. 샹관(相關)이 업ᄂᆞ니 나ᄂᆞᆫ 원리 림미미(林妹妹)의게 비치 못ᄒᆯ지라. 져의 무리ᄂᆞᆫ 스후환혼(死後還魂)ᄒ여시니 반ᄃᆞ시 죠심ᄒ여 죠양ᄒ려니와 나ᄂᆞᆫ 원리 대황산(大荒山)의셔 ᄌᆞ다가 지금은 다만 잠을 ᄭᅢ엿다 니를지니 몸이 본리 무병무익(無病無厄)ᄒ고 ᄯᅩ 곤핍(困乏)ᄒᆫ 거시 업ᄉ니 가히 무 【4】 어슬 져허 ᄒ리오? 한즈음 지녀여 의상을 닙고 ᄯᅩ 셔방(書房)의 가 노야(老爺)를 보려 ᄒ노라."

왕부인이 ᄉᆞᆯ니 니르디,

"너ᄂᆞᆫ 오늘 잠간 하로만 쉬고 러일(來日) 일즉 니러나 너의 노야긔 가셔 뵈읍ᄂᆞᆫ 거시 ᄯᅩ ᄒᆞᆫ 더디지 아니리라. 우리 ᄋ희야, 네가 니 말을 드러야 니가 곳 환희(歡喜)ᄒ리라."

말ᄒ며 즉시 보옥을 ᄭᅳ을고 져의 샹 가의 니르러 억지로 눌너 져로 ᄒ여곰 눕게 ᄒ고 비로쇼 대옥(黛玉)의 곳의 와 ᄒᆞᆫ 번 대옥을 보고 ᄯᅩ흔 ᄆᆞ음이 비샹(悲傷)ᄒ여 눈믈 【5】 을 흘니며 니르디,

"우리 ᄋ희야, 네 지금의 ᄆᆞ음이 허겁지283) 아니ᄒ냐? 엇지 방ᄌ 환혼ᄒ고 곳 니러 안것ᄂᆞ냐?"

대옥이 왕부인의 손을 ᄭᅳ어 잡고 울며 니르디,

"나의 ᄒᆞᆫ 사름을 위ᄒ여 노야와 태태로 ᄒ여곰 허다 원굴(寃屈)ᄒᆞᆷ을 밧고 ᄯᅩ흔 허다 경파(驚怕)ᄒᆞᆷ을 지녀시게 ᄒ니 외싱녀ᄋ(外甥女兒)ᄂᆞᆫ 진개 세상의 일개 죄인(罪人)이로라."

왕부인이 듯고 눈믈을 ᄡᅵ스며 니르디,

"우리 ᄋ희야, 너ᄂᆞᆫ 샐니 이런 말을 긋치라. 너ᄂᆞᆫ 곳 방ᄌ 환혼ᄒᆫ 사름이라. 몸 【6】 이 쳠약ᄒ니284) 엇지 가히 곡ᄒ리오?"

ᄯᅩ 보챠룰 향ᄒ여 니르디,

"고낭(姑娘)아, 너와 다믓 ᄌᆞ견(紫鵑)은 너의 미미롤 붓드러 누여 ᄒᆞᆫ 지위 고요히 죠셥(調攝)게 ᄒ미 곳 올토다."

하고 말을 맛치며 ᄌᆞ긔ᄂᆞᆫ 믄득 보옥의 신변(身邊)의 안ᄌᆞ ᄯᅩ 당일의 엇더케 승(僧)·도(道)를 ᄯᅡ라 출가(出家)ᄒᆞᆷ과 다믓 비릉역(毘陵驛)의셔 가졍(賈政)의게 뵈읍고 ᄯᅩ 태허환경(太虛幻境)과 디부(地府)의 갓던 여러 죠건을 셰셰히 탐문(探問)ᄒ미 보옥이 샹샹(床上)의 누어 여ᄎᆞ여ᄎ 일편을 고ᄒ니 왕부인이 듯고 비로 【7】 쇼 환희ᄒ여 이의 보챠룰 향ᄒ여 니르디,

"너ᄂᆞᆫ ᄯᅩᄒᆫ 져의 무리룰 위ᄒ여 져기 먹을 거슬 예비(豫備)ᄒ미 업ᄂᆞ냐? 나ᄂᆞᆫ 싱각건디 져의 무리ᄂᆞᆫ 방ᄌ 환혼ᄒᆫ 사름이라. 져기 음식을 나아와야 필경 ᄯᅩ 정신이 싱ᄒ리라."

보챠 니르디,

"죠됴(早朝)의 내가 곳 류식부(柳媳婦)의게 고ᄒ여 져로 ᄒ여곰 오리탕 연와죽(燕窩粥)을 죠곰 ᄡᅮ어 예비ᄒ라 ᄒ엿더니 이즈음의 모다 일웟ᄂᆞᆫ지 못ᄒ엿ᄂᆞᆫ지 모로리로다. 잉ᄋ야, 너ᄂᆞᆫ 가셔 보라. 만일 일위엿거든 네 【8】 가 곳 류슈ᄌ(柳嫂子)로 ᄒ여곰 가져오게 ᄒ라."

잉이 답응(答應)ᄒ고 겨유 ᄒᆞᆫ 번 몸을 도로히더니 다만 드르미 보옥이 블너 니르디,

"잉ᄋ져져야, 너ᄂᆞᆫ 류슈ᄌ의게 무러 무슴 슬믄 큰 고기가 잇거든 나룰 위ᄒ여 ᄒᆞᆫ 그릇만 ᄡᅳ흐러285) 오라. 니가 지금 심히 비골프니 다만 겨허컨더 믈근 죽이 구ᄐᆞ여 쓸더업슬 ᄃᆞᆺ하도다."

왕부인이 듯고 샹심ᄒ여 니르디,

"우리 ᄋ희야, 네가 본리 이런 기름진 믈

---

283) 【허겁ᄒ다】 圐 허겁(虛劫)하다. 지레 겁내다. ¶ 發慌 ‖ 우리 ᄋ희야 네 지금의 ᄆᆞ음이 허겁지 아니ᄒ냐 엇지 방ᄌ 환혼ᄒ고 곳 니러 안것ᄂᆞ냐 (我的兒, 你這會子心裏不覺怎麼發慌麼? 怎麼纔還了魂可就坐起來了呢.) <續紅 14:5>

284) 【쳠약ᄒ다】 圐 쳠약하다. ¶ 弱 ‖ 너ᄂᆞᆫ 곳 방ᄌ 환혼ᄒᆫ 사름이라 몸이 쳠약ᄒ니 엇지 가히 곡ᄒ리오 (你是纔還了魂的人, 身子是弱的, 那裏禁得住哭呢.) <續紅 14:6>

285) 【ᄡᅳ흐-】 圐 《ᄡᅳ흘다》 썰다. ¶ 잉ᄋ 져져야 너ᄂᆞᆫ 류슈ᄌ의게 무러 무슴 슬믄 큰 고기가 잇거든 나룰 위ᄒ여 ᄒᆞᆫ 그릇만 ᄡᅳ흐러 오라 너가 지금 심히 비골프니 다만 겨허컨더 믈근 죽이 구ᄐᆞ여 쓸더업슬 ᄃᆞᆺᄒ도다 (鶯兒姐姐, 你口問柳嫂子有甚麽燒煮的大肉, 給我片一盤子來, 我肚裏只覺餓的要緊, 只怕稀粥未必心中用.) <續紅 14:8>

건을 먹고ᄌ 아니ᄒ더니 가련(可憐)ᄒ다. 네가 도시 대황산【9】의셔 십분 쥬렷시믈 알니로다. 잉ᄋ야, 너는 가셔 류식부를 식여 노야의 져녁의 ᄌ시기를 예비ᄒ엿던 쇼녹미(燒鹿尾)와 쇼압ᄌ(燒鴨子)와 와쇼양육[鍋燒羊肉]을 가져 한 쇼반을 쓰흐러 오게 ᄒ라. 우리 ᄋ희야, 너는 가히 짐쟉(斟酌)ᄒ여 먹고 포식(飽食)지 말나. 그 거시 희롱(戲弄)으로 홀 일이 아니니라."

ᄯᅩ 보챠를 향ᄒ여 니르디,

"너가 방ᄌ 봉츠두(鳳丫頭)의 곳으로셔 왓노라. 너 보니 평ᄋ(平兒)와 다못 교졔(巧姐) 모다 다만 봉츠두의게셔만 모다 쥬션(周旋)ᄒ고 져 우이져(尤二姐)를 가져 스스로 요동(搖動)【10】케 ᄒ는 거시 심히 가련ᄒ지라. 너가 방ᄌ 너의 삼미미(三妹妹)와 다못 ᄉ디미미(史大妹妹)로 ᄒ여곰 져의 방 쇽의 잇셔 죠곰 조응(照應)케 ᄒ고 영츠두(迎丫頭)의 곳의도 ᄯᅩᄒ 다만 대태태(大太太)와 다못 너의 대슈ᄌ(大嫂子) 량인이 이시니 너가 그리로 보라 가리니 잉이 죽을 가져오거든 네가 곳 져의 량인을 보숣혀 먹이디 보옥을 보와 져의 ᄆᆞᆷ디로 만히 먹지 못ᄒ게 ᄒ라."

말을 맛치며 믄득 스스로 ᄌ룽쥬(紫菱洲)로 가더라. 보ᄎ 왕부인을 보니여 간 후의 인ᄒ여 디옥의 샹【11】 앏흐로 도라오니 다만 보미 디옥이 안식을 의지ᄒ여 눈을 감고 정신을 죠양ᄒ거ᄂᆞᆯ 보ᄎ 믄득 겻히 안ᄌ 졍히 ᄌ견으로 더브러 가마니 담화(談話)코져 ᄒ더니 다만 보미 보옥이 져편 상 우희셔 낫ᄎ로 안흘 향ᄒ고 누어 지져괴며 니르디,

"사ᄅᆞᆷ을 쥬려 죽게 ᄒ는도다. 이 밥이 엇지 이러ᄐᆞᆺ 어려오뇨?"

보ᄎ 듯고 우스며 겨유 ᄌ견을 보니여 가셔 지쵹고져 ᄒ더니 다만 보니 디옥이 눈을 ᄯᅳ고 우스며 니르디,

"져져야, 너는 듯ᄂᆞ냐? 엇지【12】 사ᄅᆞᆷ을 쥬려 지져괴게 ᄒᄂᆞ뇨?"

보ᄎ 우스며 니르디,

"너는 싱각ᄒ라. 졔가 여러 날 밥을 먹지 아니ᄒ여시니 엇지 져의 쥬리믈 고히 너기리오?"

디옥이 듯고 졈두(點頭)ᄒ여 니르디,

"져져의 말이 ᄯᅩᄒ 올토다. 나도 이즈음의

속이 븨믈 ᄭᅵᄃᆞᆺ깃노라."

ᄌ견이 듯고 보ᄎ의 분부를 기다리지 아니ᄒ고 믄득 다라가 밥을 지쵹홀 시 겨유 뜰의 니르미 곳 보니 잉아[ᄋ]와 다못 류식뷔 량기 봉합(捧盒)을 가지고 오거ᄂᆞᆯ ᄌ견이 보고 샐니 드러와 보【13】옥과 디옥의 앏히 각기 젹은 탁ᄌ를 놋커ᄂᆞᆯ 잉ᄋ와 류식뷔 봉합을 열고 디옥의 앏히ᄂᆞᆫ 네 졉시 졍교(精巧)ᄒ 남쇼치(南小菜)와 한 그릇 연와압탕쥭(燕窩鴨湯粥)을 노코 보옥의 앏히ᄂᆞᆫ 한 반(盤) 쇼녹미와 쇼양육과 쇼압ᄌ 세 ᄶᅳ어미며 일완(一碗) 연와계피탕(燕窩鷄皮湯)과 두 즁완(中碗) 대미반(大米飯)을 노핫거ᄂᆞᆯ 보옥이 한 번 보고 샐니 니러 안ᄌ 졋가락을 가져 ᄯᅩᄒ 혜지 아니ᄒ고 큰 입으로 어ᄌ러이 먹어 경긱(頃刻)의 두 완 밥을 먹기를 다ᄒ고 ᄯᅩ 고기를 집을 시 보ᄎ【14】 보고 우스며 니르디,

"무던ᄒ도다. 이왕 만히 먹엇시니 너는 도로혀 반 잔 쥭을 마시라."

보옥이 듯고 비로쇼 졋가락을 놋코 비를 어로만지며 웃고 니르디,

"이졔야 편ᄒ도다. 너가 ᄯᅩᄒ 쥭을 먹지 아니ᄒ리라. 림미미 먹는 거슬 가져 ᄯᅩ 무어시뇨?"

무르니 보ᄎ 니르디,

"림미미ᄂᆞᆫ 한 완 연와탕을 마시고 두 죠각 슌간치(筍乾菜)를 먹엇ᄂᆞ니라."

보옥이 ᄯᅩ 니르디,

"져져야, 너는 엇지 밥을 먹지 아니ᄒᄂᆞ뇨?"

보ᄎ 니르디,

"너가 방ᄌ 림미미를 뫼시고 져【15】 기 쥭을 먹어 임의 비가 부르도다."

보옥이 듯고 믄득 상의 ᄯᅱ여 나려와 졋가락을 가져 한 덩이 쇼녹미를 집어 가지고 이편으로 다라와 디옥의 입쌀의 다히고 우스며 니르디,

"미미야, 너는 이 한 덩이를 먹으라."

디옥이 보고 머리를 흔들며 눈셥을 찡그고 니르디,

"나는 방ᄌ 회싱(回生)ᄒ 사ᄅᆞᆷ이라. 쟝뷔(臟腑) 허약(虛弱)ᄒ니 엇지 이런 믈건을 먹으리오?"

보옥이 니르디,

"이는 스승의 꼬리라. 먹으면 하원(下元)을 더혀 록용(鹿茸) 공효(功效)보다 언마 틀니지 【16】 아니니 먹지 못홀 믈건을 너가 쏘흔 엇지 너롤 쥬랴?"

보치 쏘흔 우스며 니르디,

"이는 원리 죠흔 믈건이라. 다른 무슨 고기의 비치 못홀지니 네가 곳 이 한 덩이롤 먹어도 쏘흔 샹관이 업스리라."

말흐미 디옥이 홀 일 업셔 다만 입을 버리고 바다 먹거늘 보옥이 우스며 도로 한 번 와 쏘 한 졋가락을 크게 집어 보치의 입살의 다혀 먹이려 흐거늘 보치 보고 우스며 샐니 피흐여 니르디,

"내가 방즈 림미미로 더브러 한 가지로 먹어 비 【17】 가 부른지라. 쏘 이 거술 먹어 무엇 흐리오?"

보옥이 우스며 니르디,

"이는 나의 한 졈 죠흔 공경흐는 무옴이라. 져져의 하원은 이 더히는 거시 맛당치 아니타 니르기 어렵도다."

흐니 중인(衆人)이 모다 웃는지라. 보치 우스며 니르디,

"너의 무리는 보라. 이는 쏘 희롱이 아니냐?"

류식뷔 겻히셔 우스며 니르디,

"이니니(二奶奶)야, 너 노인내[네]는 먹어 이야(二爺)의 손을 붓그럽게 말나. 세샹의 타인의 부부(夫婦)들도 화긔(和氣)가 잇시면 원리 맛당히 니러 흐니라."

보옥이 듯고 잉오와 【18】 즈견을 향흐여 웃고 니르디,

"너의 무리 량인은 드르라. 가히 알니로다. 너의 량위(兩位) 고낭은 류슈즈만도 못흐도다."

말흐미 중인이 쏘 웃더라. 보치 보옥의 들네믈 바드미 방법이 업는지라. 다만 쏘 입을 여러 바다 먹는지라. 류식뷔 잉이 양치(養齒) 그릇슬 드러오며 즈견을 향흐여 니르디,

"즈견 져져야, 우리 무리 쏘흔 쥬션흐여 청문(晴雯)과 금슌ㅇ[金釧兒] 져져롤 위흐여 졈심(點心)을 먹이라 가리라."

【19】 보옥이 듯고 샐니 니르디,

"류슈즈야, 너는 곳 우리 방즈 먹는 거술 가져 합지 가지고 가셔 져의 량인을 쥬라."

류식뷔 듯고 우스며 봉합을 들고 스스로 가더라. 보치 잉오와 즈견을 향흐여 니르디,

"너의 무리 량인은 져의 무리 량인을 돌보와 먹게 흐고 너의들도 쏘흔 이 틈을 타 밥을 먹으라. 한즈음 지내면 다만 져허컨디 대내내(大奶奶)와 고내내(姑奶奶) 무리 모다 오실 거시니 그 씨는 쏘흔 가치 못흐고 흐들며 쏘 나도 한즈음 지내면 져의 무리 각쳐로 보라 가 【20】 려 흐노라."

견·잉 이인이 답응흐고 쏘 즉시 가더라. 보옥이 방중(房中)의 사롬이 업스믈 보고 믄득 대옥의 상 우히 안즈 한 손으로 보츠의 손을 쯔을고 쏘 흔[한] 손으로 대옥의 손을 쯔어 즈긔 코 우히 노코 이리 맛트며286) 져리 맛는지라. 량인이 우스며 일졔히 손을 샌혀 갈 시 보치 니르디,

"니 보니 이 방의 쏘흔 사롬을 써나게 못흐리로다. 다만 사롬이 업더니 네가 희롱을 흐는도다."

디옥이 니르디,

"너는 안졍(安靜)히 안즈시라. 이 즈음 사롬 업슬 씨롤 타셔 【21】 니 너의 무리로 흐여곰 한 믈건을 보게 흐리라."

흐며 믄득 니블 속으로 죠츠 일개 젹은 갑(匣)을 츠즈 내여 보옥을 보와 쥬며 니르디,

"이는 쟉일(昨日)의 경환션괴(警幻仙姑) 쥰 거시라. 나는 다만 져 거술 가져오미 업는가 흐엿더니 뉘 알니오 방즈 너가 다리롤 한 번 펴미 도로혀 져 거시 날노 흐여곰 한 번 누르게 흐여시니 이 쏘흔 심히 긔괴흐도다."

보치 바다 한 번 볼 시 다만 보니 갑 쑤에287) 우히 '유구필응 무감블령(有求必應, 無感

---

286) 【맛트-】图 《맡다》 맡다. ¶ 聞 ∥ 보옥이 방중의 사롬이 업스믈 보고 믄득 대옥의 상 우히 안즈 한 손으로 보츠의 손을 쯔을고 쏘 흔 손으로 대옥의 손을 쯔어 즈긔 코 우히 노코 이리 맛트며 져리 맛는지라 (這裏寶玉見房中無人, 便也坐在黛玉的床上, 一手拉了寶釵的手, 一手拉了黛玉的手, 放在自己鼻子上, 聞聞這個, 又聞聞那個.) <續紅 14:20>

287) 【쑤에】图 뚜껑. ¶ 盖 ∥ 보치 바다 한 번 볼 시 다만 보니 갑 쑤에 우히 유구필응 무감블령 여덟 즈롤 뗏거늘 (寶釵接來一看, 只見匣蓋兒上寫着, 有求必應, 無感不靈的八個字.) <續紅

不靈)' 여덟 즈롤 벗거놀 쑤에롤 【22】 벗기고 모다 즈셰히 한 번 보니 다만 허다 황지(黃紙) 오리롤 쑤미고 샹면(上面)의 쥬亽(朱砂)로 젼즈(篆字)롤 그렷시디 모다 즈셰히 분변흐여 아라 너니 네 귀(句) 글이 쎠엿시디,

"만응신부(萬應神符), 각의퍼대(各宜佩帶) 음양상봉(陰陽相逢), 량무죠이(兩無阻碍)라."

흐여시니 그 뜻이 일만 번 령응(靈應)흐는 부작을 각각 맛당히 찰지니 음양이 셔로 만나미 둘히 구이(拘碍)흐미 업다 흐미러라. 보치 보고 아지 못흐여 이의 대옥을 향흐여 니르디,

"너는 보라. 이 부작 우희 말이 사롬으로 흐여곰 아지 못 【23】 흐리니 필경 져 거술 무어시 쓰리오?"

디옥이 바다 즈셰히 보다가 믄득 싱각흐여 니르디,

"올토다 나의 싱각 곳틀진디 필시 우리 부친(父親)이 경도성황(京都城隍)이 되여 쟝리(將來)의 셔로 보면 필연 이 부작을 쓰리라."

보치 듯고 우스며 니르디,

"쏘흔 올흐니 네 말이 과연 그르지 아니토다."

흐고 쏘 보옥을 향흐여 니르디,

"네 명일(明日)의 노야롤 보거든 쏘흔 고노야(姑老爺)의 도임(到任)흐가 아니흐가 탐지(探知)흐여 보라. 나는 태태의 말씀을 드르니 황샹(皇上) 칙지(勅旨)롤 밧드러 내 【24】 탕은을 바다 너여 고노야롤 위흐여 묘우(廟宇)롤 슈리흔다 흐니 쏘흔 아지 못게라 이졔 시역(始役)을 흐엿느냐 아니흐엿느냐?"

보옥이 니르디,

"이 일은 너의 무리로 흐여곰 용심(用心)케 아니흐고 내 명일 즈연 탐지흐리라. 너의 무리는 져 갑 속을 보라. 도로혀 한 벌 젹은 칙즈(冊子)가 이시니 쏘흔 내여 보지 아니리오?"

보치 듯고 숀으로 가져 내니 과연 한 벌 칙지라 흐고 볼 시 쏘흔 모다 과두젼문(蝌蚪篆文)이라. 즈셰히 분변흐미 믄득 한 글즈 곳틔디 분명치 【25】 아닌지라. 이는 신션(神仙)의 비밀흔 긔틀인 줄 알고 감히 궁구(窮究)치 못흐더니 홀연 드르미 챵외(窓外)에 사롬의 신 쇼리 잇거놀 련망히 덥고 부쟉과 아오로 거두어 갑 속의

넛터니 다만 보미 즈견이 다라와 우스며 니르디,

"쳥문과 금슌이 쏘흔 져기 연와탕을 마시고 지금은 모다 즈더라. 방즈 태태긔셔 사롬을 시겨 이내내긔 고흐여 말흐라 흐시디 노야의 분부흐는 말씀이 져의 무리는 모다 방즈 환혼흔 사롬이라. 몸이 허약흐니 즁 【26】 인으로 리왕(來往)흐여 보게 말고 리일 조죠롤 기다려 비로쇼 내내와 고낭 무리로 흐여곰 오게 흐라 흐시더라 흐며 태태의 말씀도 이내내로 흐여곰 가쟝 이야와 다뭇 림고낭을 보숣혀 쏘흔 다른 곳의 가지 아니케 흐라 흐시더라."

흐거놀 보치 듯고 쎨니 갑을 가져 즈견을 쥬며 니르디,

"이는 너의 고낭의 요긴(要緊)흔 믈건이라. 네 가져다가 져롤 위흐여 죠흔 곳의 거두어 두고 죠심흐라."

흐니 즈견이 바다 한 번 보다가 이는 즁난(重難)흔 믈건인 【27】 쥴 알고 스스로 감쵸라 가더라. 디옥이 보옥을 향흐여 우스며 니르디,

"져져야 즈견의 말을 드럿느냐? 이 즈음의 쏘흔 사롬이 오지 아니흐리니 너는 사롬을 시겨 쇼가오(小哥兒)롤 안아 와 날노 한 번 보게 아니흐느뇨?"

보치 듯고 겨유 입을 열고즈 흐더니 믄득 보미 보옥이 니러나 곳 밧그로 닷거놀288) 보치 련망히 앏흐로 나아가 쓰어 머믈고 무러 니르디,

"너는 어디로 가느뇨?"

보옥이 니르디,

"림미미 쇼가오롤 보고즈 흐니 내가 사롬을 블 【28】 너 와 죠히 안흐라 가게 흐리라."

보치 니르디,

"너는 쏘 어즈러이 들네는도다. 엇지 네가 친히 가셔 사롬을 부르리오? 쎨니 나롤 위흐여 편히 안즈라. 만일 노태태(老太太)가 아르시면 쏘 엇지 말흐기가 맛당흐리오?"

졍히 말홀 쩌의 다만 보니 잉이 등블을 혀

---

288) 【닷-】 图 《닫다》 달리다. 달려가다. ¶ 跑 ‖ 보치 듯고 겨유 입을 열고즈 흐더니 믄득 보미 보옥이 니러나 곳 밧그로 닷거놀 보치 련망히 앏흐로 나아가 쓰어 머믈고 무러 니르디 (寶釵聽了纔要開口, 早見寶玉站了起來就往外跑, 寶釵連忙上前一把拉住問道.) <續紅 14:27>

와 탁조 우희 놋커늘 보치 곳 잉으롤 명ᄒ여 이
홍원(怡紅院)의 가 니마조(奶媽子)로 ᄒ여곰 계
가ᄋ(桂哥兒)롤 안아 오라 ᄒ니 잉이 답응ᄒ고
가더니 언마 못되여 다만 보미 스월(麝月)이 명
각등(明角燈)을 들고 내마【29】조ᄂᆫ 계가ᄋ롤
안앗시디 비단 강보(襁褓)로 ᄲ[싸]고 잉으ᄂᆫ 뒤
히셔 짜라 일졔히 다라 오거늘 보옥이 보고 련
망히 바다 품 속의 너코 주셰히 한 번 볼 시 다
만 보니 미목(眉目)과 면뫼(面貌) 주긔로 더브러
방블(彷彿)ᄒ지라. 주연 심즁의 대회(大喜)ᄒ여
샬니 대옥의 품 속의 너코 보츳롤 향ᄒ여 은근
이 한 번 웁ᄒ고 우스며 니ᄅ디,

"슈고롭도다. 다샤(多謝) 다샤ᄒ여라."

보치 얼골을 붉히고 셩내여 니ᄅ디,

"너ᄂᆫ 보라. 네가 일졈 모양이 잇ᄂᆫ냐? 이
거시 무슨 쇼리뇨?【30】ᄯᅩ흔 내마조 무리의 보
고 우슴의 말ᄒᆫ 거슬 져허치 아니코 필경 ᄯᅩ
흔 져런 아비된 톄통(體統)을 쓰어 니ᄂᆫ냐?"

보옥이 듯고 머리롤 돌나 한 번 보니 과연
니마조와 다못 잉ᄋ 스월이 모다 그 곳의 잇셔
입을 ᄲᅮ쥐고 우스며 ᄯᅩ흔 모양이 죠치 아닌지
라. 이의 잉으와 스월을 향ᄒ여 니ᄅ디,

"너의 무리 량인은 이 슈조(嫂子)롤 가져
외간(外間)으로 츠(茶)롤 먹으라 가게 ᄒ라. 한
즈음 기다려 내가 너의 무리롤 부ᄅ리니 너의
등은 다시 오라."

니마조와 다못 잉【31】으와 스월이 듯고
다만 우스며 모다 외간으로 향ᄒ여 가더라. 보
옥이 믄득 상 가ᄒ로 나아가 디옥의 계가ᄋ롤
닛글고 지롱(才弄)ᄒᄂᆫ 거슬 보더니 과연 보미
계가이 미목이 유동(流動)ᄒ여 지각(知覺)이 잇
슴 ᄀᆞᆺᄐᆫ지라. 보옥이 깃거 샬니 와 대옥의 가슴
을 헷치고 우스며 니ᄅ디,

"미미야, 져롤 위ᄒ여 졋슬 먹이라. 계가
즐겨 먹ᄂᆫ가 아니 먹ᄂᆫ가 보리라."

대옥이 착급(着急)ᄒ디 ᄯᅩ 계가ᄋ롤 가져
능히 움죽기지 못ᄒ더니 믄득 보옥이 와셔 가【
32】슴을 헷치고 한 낫 흰 졋슬 드러니거늘 대
옥이 급히 블너 니ᄅ디,

"져져야, 너ᄂᆫ 보ᄂᆫ냐? 져의 이런 들네ᄂᆫ
양을 네가 ᄯᅩ흔 아른 체 아니ᄒᄂᆫ냐? 쇼가ᄋ롤
놀닐가 ᄒᄂᆫ니 엇지 다만 이런 긔롱(譏弄)을 ᄒ
ᄂᆫ뇨?"

ᄒ거늘 보치 ᄯᅩ흔 웃고 샬니 보옥을 밀치
며 니ᄅ디,

"림미미ᄂᆫ 방조 회싱흔 사룸이라. 엇지 쇼
가ᄋ의 버둥거리ᄂᆫ 거슬 당ᄒ리오? 내 져롤 위
ᄒ여 졋슬 먹이거든 인ᄒ여 니마조로 ᄒ여곰 안
아 가셔 주게 ᄒ리라."

ᄒ고 이의 대옥의 품 속【33】으로 죠ᄎ
계가ᄋ롤 안아 너여 한 지위 졋먹이다가 비로쇼
니마조와 스월을 블너 와 도로 안고 도라가게
ᄒ니 이쩌의 주견이 ᄯᅩ흔 온지라. 보치 믄득 잉
ᄋ와 주견을 명ᄒ여 와구(臥具)롤 포진(鋪陳)ᄒ
고 모다 안침(安寢)ᄒ더라.

이튼날 쳥신(淸晨)의 보옥이 믄득 니러나
쇼셰(梳洗)롤 맛치고 몬져 가졍과 왕부인의 곳
의 와 쳥안ᄒᆯ 시 ᄎᆞ시(此時) 가졍이 죠회(朝會)
의 가고ᄌ ᄒ여 임의 니러낫거늘 보옥이 방즁의
니ᄅ러 져의 부모(父母)롤 보고 련망히 ᄯᅮ러 대
곡(大哭)ᄒᄂᆫ지【34】라. 왕부인이 ᄯᅩ흔 울고 가
졍도 ᄯᅩ흔 샹심ᄒ여 눈믈을 흘니고 샬니 보옥을
ᄯᅳ어 니ᄅ혀며 니ᄅ디,

"우리 ᄋ희야, 네 이졔 샹텬(上天)의 도으
심과 션ᄉ(仙師)의 주비(慈悲)롤 힘닙어 모든 일
이 여의(如意)흔지라, 종금(從今) 이후로ᄂᆫ 네
가히 셰심쳥녀[洗心滌慮]ᄒ여 일졀 젼과(前過)롤
곳치고 ᄯᅳᆺ을 결단ᄒ여 몸을 닥가 힘뼈 젼졍(前
程)을 도모ᄒ면 ᄯᅩ흔 너의 부뫼 너롤 나으믈 져
바리지 아니미니라."

보옥이 울며 샬니 "올타." 대답ᄒ거늘 가
졍이 눈믈을 ᄲᅥᆺ고 비로쇼【35】보옥을 명ᄒ여
겻히 안게 ᄒ려 ᄒ더니 다만 보미 가련(賈璉)과
가환(賈環)과 난가ᄋ(蘭哥兒) 슉질(叔姪) 삼인이
보옥이 와셔 가졍을 본단 말을 듯고 ᄯᅩ흔 일졔
히 와 셔로 보고 피ᄎ(彼此) 쳥안 위문(慰問)ᄒ
며 ᄯᅩ 모다 한 지위 감샹(感傷)ᄒ다가 비로쇼
각기 ᄎᆞ셔(次序)롤 죠ᄎ 량편 교의(交椅) 우희
렬좌(列坐)ᄒ더니 다만 드ᄅ미 가련이 몸을 굽
혀 품ᄒ여 니ᄅ디,

"질이(姪兒) 금죠(今早)의 니러나 왕아(旺
兒)의 와셔 보(報)ᄒᄂᆫ 말을 드ᄅ니 궁즁(宮中)
의 쇼식(消息)이 잇셔 니ᄅ디 낭낭(娘娘)이 작일
의 회싱ᄒ여 몸이 강건여샹(康健如常)【36】ᄒ
시미 어개(御駕) 친림위문(親臨慰問)ᄒ시고 귀비
(貴妃) 칭호(稱號) 외의 ᄯᅩ 일개 '황(皇)' ᄯᅡ(字)

롤 더 봉ᄒ엿다 ᄒ니 아지 못게라 노야와 태태
ᄂ 어내 씨의 진궁(進宮)ᄒ여 쳥안ᄒ려 ᄒᄂ뇨?"

가졍이 듯고 한즈음 침음(沈吟)ᄒ다가 니
ᄅ디,

"이 일은 아직 봉지(奉旨)치 못ᄒ여시니 가
히 죠ᄎ(造次)로 못홀지라. 내가 죠졍(朝廷)의
니ᄅ러 지샹대인(宰相大人)들의게 가ᄅ치믈 쳥
ᄒ거나 혹 져의 무리의게 더신 쥬달(奏達)ᄒ믈
구ᄒ여야 이 일을 바야흐로 가히 겅ᄒ(擧行)ᄒ
려니와 다만 림고노야(林姑老爺)롤 위 【37】 ᄒ
여 묘우 슈리ᄒᄂ 일은 내가 도로혀 너로 더브
러 샹량(商量)ᄒ려 ᄒ노라. 어졔 호부(戶部)의셔
임의 내탕은을 나린지라. 내 쟉일 ᄯᅩ 셩황묘(城
隍廟)의 니ᄅ러 형셰롤 ᄉᆞᆶ혀보니 다만 가히 대
강 슈리홀 거시오. 달니 경쟝(更張)홀 거시 업ᄂ
지라. 공부(工部) ᄉ관(司官) 일원(一員)을 픠송
ᄒ여 그 일을 감동케 ᄒ여시니 한즈음 지내여
너도 ᄯᅩᄒ 림지효(林之孝)롤 다리고 그곳의 니
ᄅ러 두로 혜아려 보라."

ᄒ거늘 가련이 듯고 ᄉᆞᆯ니 "올타" 답답[답
응]ᄒ더니 다만 보미 보옥이 니러나 【38】 픔ᄒ
여 니ᄅ디,

"젼일 우리 무리 태허환경의 이실 씨의 노
태태게셔 당면(當面)ᄒ여 분부ᄒ디, ᄒ여곰 노야
긔 고ᄒ여 고노야 묘우 겻히 ᄯᅡ로 한 곳 방즈
(房子)롤 셰워 뼈 노태태와 다믓 우리 대거거(大
哥哥)의 머믈믈 예비케 ᄒ고 묘내(廟內) 네 모롱
이의 ᄯᅩ 네 치 젹은 집을 지어 풍연(馮淵)과 진
죵(秦鍾)과 반우안(潘又安)과 최문셔(崔文瑞) ᄉ
인을 위ᄒ여 가권(家眷)을 안치(安置)케 ᄒ라 ᄒ
시고 젼일의 고노얘 ᄯᅩᄒ 발ᄒ디, 십오일의 도
임ᄒ여 공ᄉ(公事) 보기롤 맛치고 곳 우리 무리
【39】 집으로 와 노야와 셔로 모히ᄌ ᄒ더라."

가졍이 듯고 이샹히 너겨 니ᄅ디,

"음양(陰陽)이 길이 막혀시니 엇지 능히 셔
로 보리오?"

보옥이 니ᄅ디,

"어졔 우리 무리 올 씨의 경환션괴 쥰 빅
여 쟝 부쟉이 잇셔 신변의 찻시니 곳 가히 음양
이 셔로 보리라."

가졍이 듯고 반신반의(半信半疑)ᄒ여 다만
말ᄒ여 니ᄅ디,

"임의 이 ᄀᆞᆺ트면 네가 한즈음 지내여 그

부쟉을 가져다가 가즁졔인(家中諸人)의게 분급
(分給)ᄒ여 기다리ᄂ 거시 곳 올토다."

졍히 이러ᄐᆺ 말홀 시 다만 보 【40】 니 챠
환(丫鬟) 무리 연ᄌ계원탕(蓮子桂圓湯)을 가져다
가 미인(每人) 젼의 일긔(一器)식 놋커늘 가졍과
왕부인과 다믓 가련과 보옥과 가환과 가란(賈
蘭) 등 미인이 일긔 연ᄌ탕을 마시미 가졍이 비
로쇼 공복(公服)을 닙고 죠회[회]의 나아가더라.
보옥이 ᄯᅩ 가련과 환가ᄋ(環哥兒)와 난가ᄋ로
더브러 한즈음 셔회(叙懷)ᄒ고 ᄯᅩ 왕부인으로
더브러 한즈음 이리ᄒ다가[289] 모다 훗허져 가더
라. 보옥이 쇼샹관(瀟湘館)으로 도라와 겨유 한
번 문의 드러오미 믄득 보니 ᄉ샹운(史湘雲)과
탐츈(探春)과 셕 【41】 츈(惜春)과 니환(李紈) ᄉ
인이 모다 대옥의 겻히 렬좌ᄒ여 피ᄎ 모다 눈
이 븕도록 울다가 한 번 보옥이 나아오믈 보고
모다 니러나 피ᄎ 위문ᄒ고 ᄯᅩ 한 지위 눈믈을
흘니다가 보옥이 니ᄅ디,

"ᄉ대미미야, 나ᄂ 다만 니ᄅ디 너의 무리
가 어졔 필연 와셔 우리 무리롤 보리라 ᄒ미 우
리 무리 쟉일 너롤 죵일(終日)을 기다렷노라."

샹운(湘雲)이 니ᄅ디,

"네가 도로혀 말을 ᄒᄂ냐? 쟉일 우리 ᄆ
음의 급ᄒ미 무엇 ᄀᆞᆺ트리오마ᄂ 이심낭(二嬸娘)
이 ᄯᅩ 우리 무리로 ᄒ 【42】 여곰 우이져롤 죠응
케 ᄒ여 일즉 져녁이 되도록 들네고 그후의 이
심낭이 ᄯᅩ 분부ᄒ여 말ᄒ디, '명일을 기다려 다
른 곳의 가 져의 무리롤 보고 오늘은 져의 무리
로 ᄒ여곰 죠히 죠셥ᄒ라.' ᄒᄂ지라. 이러므로
나와 다믓 삼져졔(三姐姐) 늣게 츄샹지(秋爽齋)
로 갈 씨의 도로혀 내 집 문 앏흐로 지니ᄀᆺ고
ᄯᅩ 노파(老婆) 무리의게 무러 보미 말ᄒ디, '너
의 무리 임의 모다 잔다.' ᄒ거늘 우리 무리 량
인이 도로혀 쳥문, 금슌ᄋ 방의셔 한즈음 안ᄌᆺ
다가 바야흐 【43】 로 도라 ᄀᆺ노라."

보치 듯고 련망히 니ᄅ디,

"엇지 너의 무리 량인이 어졔 우이져의 방

<hr>

289) 【이리ᄒ다】 圖 총애(寵愛)하다. 응석이나 장난
이 심하다. 말썽을 일으키다. ¶ 撒嬌 ‖ 보옥이
ᄯᅩ 가련과 환가ᄋ와 난가ᄋ로 더브러 한즈음 셔
회ᄒ고 ᄯᅩ 왕부인으로 더브러 한즈음 이리ᄒ다
가 모다 훗허져 가더라 (這裏寶玉又和賈璉、環
哥兒、蘭哥兒叙了一會，又和王夫人撒了一會的嬌
兒, 這纔大家散去.) <續紅 14:40>

의셔 죵일을 들네엿느뇨?"

탐츈이 웃고 니르디,

"가히 올치 아니랴? 말ᄒ면 도로혀 크게 우을 일이로다. 우이졔 쟉일 오시(午時)의 환혼ᄒ 후 우리 무리 다만 져의게 삼ᄉ 귀졀(句節) 말을 무를 동안의 졔가 곳 니를 갈고 입을 실쥭이며 복즁(腹中)이 알프다 지져괴며 뒤흐로 안ᄌ려 ᄒ거눌 내 싱각건디 져의는 방ᄌ 환혼ᄒ 사름이라. 엇지 짜히 나리리오? ᄒ여 챠 【44】 환 무리로 ᄒ여곰 오좀 분지290)를 가져 와 지[灰]를 담고 모다 져를 붓드러 그 우히 안치고 들네기를 넉넉히 두어 시ᄀ(時刻)이나 되여 얼골이 통홍(通紅)ᄒ도록 힘을 쓰디 도시 누지 못ᄒ거눌 수대미미 말ᄒ디, '싱각건디 속이 응톄(凝滯)ᄒ 둣ᄒ니 져를 위ᄒ여 대황망쵸탕(大黃芒硝湯)을 다려 와 먹여 통긔(通氣)케 ᄒ라.' ᄒ거눌 내가 말ᄒ디, '져는 방ᄌ 환혼ᄒ 사름이라. 몸이 극히 허약ᄒ니 엇지 밍렬(猛烈)ᄒ 약을 쓰리오?' ᄒ여 우리 무리 량인이 졍히 샹량ᄒ 【45】 더니 홀연 드르미 졔가 방긔를 산이 울니도록 밍렬이 쒸여291) 오좀 분지를 쳐셔 당연이 한 쇼리가 울니거눌 운이(雲兒) 곳 우음을 이긔지 못ᄒ더니 졔가 비로쇼 말ᄒ디, '복즁이 져기 싀원ᄒ다.' ᄒ거눌 분지를 가져 내여 보니 일졈 똥도 업고 필경 한 덩이 누른 금이라. 우리 무리 모다 졍히 이샹히 너기더니 졔가 비로쇼 우리 무리의게 고ᄒ여 니르디, '졔가 당일의 원리 금을 먹고 죽엇노라.' ᄒ더라."

즁인이 듯고 모다 우술 ᄉ 니환 【46】 이 웃고 니르디,

"이는 모다 봉츠두의 과실(過失)이라. 너의 무리 량인이 어졔 봉츠두를 보왓느냐 보지 못ᄒ엿느냐?"

탐츈이 니르디,

"우리 무리 쟉일의 쏘ᄒ 져의 무리를 보라 가랴 ᄒ엿더니 태태긔셔 사름을 식여 고ᄒ여 말ᄒ디, 져의 무리로 ᄒ여곰 종용이 ᄒ로를 죠양케 ᄒ올지니 구퇴여 피ᄎ 리왕ᄒ여 들네지 말나 ᄒ신지라. 그러므로 우리 무리 쟉일의 쏘ᄒ 일즉 가셔 져를 보지 아니ᄒ엿노라."

보치 샐니 니르디,

"임의 이 ᄀᄐ면 【47】 한 지위 지내여 나도 쏘ᄒ 너의 무리로 더브러 한 가지로 져의 무리를 보라 가리라."

샹운이 니르디,

"임의 보져졔(寶姐姐) 가고ᄌ ᄒ면 우리 무리 모다 쏘ᄒ 갈지니 몬져 ᄌ룽쥬의 가셔 이져져(二姐姐)를 보고 다시 져편으로 가셔 봉져져(鳳姐姐)를 보면 이곳은 쏘ᄒ 림져져(林姐姐)로 ᄒ여곰 고요히 졍신을 기르게 ᄒ리라."

즁인이 듯고 일졔히 니러나 하직(下直)을 고ᄒ미 보치 쏘ᄒ 즁인을 짜라 모다 ᄌ룽쥬로 가니라. 보옥이 즁인을 보내여 간 후의 대옥을 향ᄒ여 우 【48】 ᄉ며 니르디,

"미미야, 네가 쟉일의 태허환경으로 죠ᄎ 가지고 온 격은 갑이 잇단 말을 방ᄌ 내가 노야긔 고ᄒ엿노라. 두리건디 고노야긔셔 오늘 오실 둣ᄒ니 일즉 부쟉을 내여 가즁 졔인의게 분급ᄒ여 츠게 ᄒ여 림시(臨時)ᄒ여 분망(奔忙)ᄒ믈 면케 ᄒ리라."

대옥이 니르디,

"너는 쏘ᄒ 탐문ᄒ미 업느냐? 묘우 슈리ᄒ는 일은 시역이 되엿다 ᄒ며 우리 부친은 필경 도임을 ᄒ엿다 ᄒ느냐?"

보옥이 니르디,

"묘우 슈리ᄒ는 일은 내가 방 【49】 ᄌ 쏘ᄒ 노태태의 분부디로 모다 노야긔 고ᄒ엿더니 이졔 임의 련이거거(璉二哥哥)를 식여 보슈히라 ᄌ고 지어(至於) 도임ᄒ는 일은 음양이 셔로 막히니 엇지 알니오? 다만 노태태긔셔 오시며 오시지 아니믈 보면 곳 알니로다."

디옥이 듯고 샐니 ᄌ견을 향ᄒ여 니르디,

"너는 가셔 어졔 보고낭(寶姑娘)이 너를 쥬던 그 격은 갑을 가져오라."

ᄌ견이 답응ᄒ고 즉시 갑을 가져 나와 디옥을 쥬니 디옥이 바다 쑤에를 열고 부쟉을 내

---

290) 【분지】 몡 분지. ¶ 盆子 ‖ 내 싱각건디 져의는 방ᄌ 환혼ᄒ 사름이라 엇지 짜히 나리리오 ᄒ여 챠환 무리로 ᄒ여곰 오좀 분지를 가져 와 지를 담고 모다 져를 붓드러 그 우히 안치고 (我想他是纔還了魂的人, 如何下得地呢, 敎丫頭們拿過尿盆子來, 墊了灰, 大家扶着他蹲在上頭.) <續紅 14:44>

291) 【쒸다】 동 꾸다. ¶ 放 ‖ 우리 무리 량인이 졍히 샹량ᄒ더니 홀연 드르미 졔가 방긔를 산이 울니도록 밍렬이 쒸여 (我們兩人正較量, 忽聽他猛然放了個山響的大屁.) <續紅 14:45>

여 보옥을 쥬어 혜여 보니 아오로 일빅 팔 【50
】 십 ᄉ쟝을 너헛는지라. 영(榮)·녕(寧) 량부(兩
府) 쥬복남녀(主僕男女), 친척(親戚) 등을 혜여
보니 졍히 그 슈와 맛거늘 보옥이 환텬희디(歡
天喜地)ᄒ여 부쟉을 가지고 다시 왕부인 샹방
(上房)으로 니ᄅ러 왕부인으로 더브러 량부의
쥬복샹하 각 방의 사름 슈디로 모다 난호기롤
졍당(停當)히 ᄒ여 챠환을 명ᄒ여 ᄌ세히 분급
ᄒ기롤 맛쳣더니 다만 보미 비명(焙茗)이 헐헐
히며 다라와 뜰의셔 블너 니ᄅ디,

"고낭 무리야, 샐니 이야롤 쳥ᄒ여 가게
ᄒ라. 노애 죠방(朝房)의 잇셔 사름을 식여 와
말ᄒ 【51】 디, 만셰야(萬歲爺)긔셔 이야롤 블너
보시려 ᄒ여 어셔방(御書房)의셔 셔셔 기다리시
ᄂ니라 ᄒ더라."

보옥이 듯고 다라나와 무러 니ᄅ디,
"무소 일이뇨? 내가 태태의 곳의 잇노라."
비명이 니ᄅ디,
"이야는 샐니 의샹을 닙고 가라. 만셰애
당각(當刻)의 블너 보시려 ᄒᄂ니 말이 임의 모
다 쥰비ᄒ엿고 노야는 죠방의셔 기다리ᄂ니라."

보옥이 듯고 샐니 나아가 왕부인긔 고ᄒ여
알게 ᄒ니 왕부인이 급히 츠환 무리롤 명ᄒ여
나는 ᄃ시 도향촌(稻香村)의 가셔 난가ᄋ 거인
(擧人)의 공 【52】 복(公服) 일건(一件)을 가져다
가 보옥을 뫼셔 닙히게 ᄒ고 대당(大堂)으로 다
라나오더니 믄득 보미 니귀(李貴) 말을 가지고
기다리거늘 보옥이 몸을 날녀 말긔 올나 부문
(府門)으로 나와 곡비292)롤 잡고 칫직을 더ᄒ미
언마 못되여 궐문(闕門)의 니ᄅ러 거러 드러갈
시 다만 보니 북졍왕(北靜王)과 다뭇 져의 부친
이 죠방의셔 안ᄌ 담화ᄒ고 다른 관원(官員)들
은 모다 죠회롤 파ᄒ여 도라가더라. 보옥이 북
졍왕을 보고 련망히 ᄭ러 고두쳥안(叩頭請安)ᄒ
디 북졍왕이 샐니 ᄭ어 니ᄅ 【53】 혀고 우ᄉ며
니ᄅ디,

"쟉일의 귀비낭낭(貴妃娘娘)이 환혼ᄒ신 후
의 만셰야 어개 힝림(幸臨)ᄒ여 보시거늘 낭낭

이 너의 무리의 태허환경의 잇던 일을 쥬달ᄒ지
라. 이러므로 금죠의 졍ᄉ(政事)롤 맛치시고 만
셰애 어셔방의 게셔 즉긱(卽刻)의 쇼견(召見)ᄒ
시니 너의 오미 가쟝 ᄲᆞᄅ고 가쟝 죠토다. 의관
(衣冠)을 졍졔(整齊)ᄒ고 나롤 ᄯᆞ라 나아가리라."

말ᄒ며 믄득 니러나 보옥의 손을 ᄭᅵ을고
룡금문(龍禁門) 협문(夾門)으로 죠ᄎ 드러가더
라. 가졍이 죠방의 홀노 안ᄌ ᄆᆞ음이 국츅블안
(踢縮不安) 【54】 ᄒ여 졍히 쇼견ᄒ시미 무솜 명
의가 계신지 모로더니 대략 두 시긱즘 ᄒ여 다
만 보니 북졍왕이 우음을 먹음고 보옥을 다리고
나와 가졍을 향ᄒ여 우ᄉ며 니ᄅ디,

"졍로(政老)야, 공희(恭喜) 공희ᄒ노라. 령
낭(令郎)이 쥬디(奏對)롤 샹명(詳明)이 ᄒ여 만셰
셩의(聖意)가 심히 깃거ᄒ시고 ᄯᅩ 하교(下敎)ᄒ
여 져롤 명ᄒ여 ᄉ셔(四書) 몃 대문(大文)을 외
오게 ᄒ시더니 ᄯᅩ흔 외오기롤 가쟝 샹의(上意)
에 합당케 ᄒ지라. 즉시 구젼(口傳)으로 칙지롤
나려 령낭을 가져 한림원시강(翰林院侍講)을 졔
슈(除授)ᄒ 【55】 시고 아오로 금련옥쵹(金蓮玉
燭)을 ᄉ급(賜給)ᄒ여 ᄒ야금 너의 싱질녀(甥侄
女)로 더브러 완혼(完婚)케 ᄒ시고 ᄯᅩ 한림원의
입번(入番)ᄒ여 공이 이시믈 기다려 별노이 은
뎐(恩典)을 더ᄒ게 ᄒ시니라."

ᄒ거늘 가졍이 듯고 련망히 북향샤은(北向
謝恩)ᄒ고 ᄯᅩ 북졍왕의 츄인(推引)ᄒ 덕을 샤례
(謝禮)ᄒ고 비로쇼 한가지로 죠회의 나려 부즁
으로 도라올 시 한 번 부문의 니ᄅ미 믄득 보니
허다 보희(報喜)ᄒ는 사름이 잇셔 문 밧긔셔 지
져괴며 샹급(賞給)을 쳥ᄒ거늘 가졍이 챠의 나
려 즉시 분부ᄒ여 보 【56】 희ᄒ는 사름을 후샹
(厚賞)ᄒ고 셔방으로 나아갈 시 믄득 보니 가샤
(賈赦)와 가진(賈珍)과 가련과 가환과 가용(賈蓉)
과 가란이 희긔(喜氣) 영영(盈盈)ᄒ여 모다 그
곳의셔 등후(等候)ᄒ거늘 보옥이 가샤와 가진을
보고 련망히 ᄭ러 쳥안ᄒ거늘 가샤와 가진이 샐
니 ᄭ러 니ᄅ혀고 가용이 ᄯᅩ흔 와셔 보옥으로
더브러 쳥안홀 시 모다 환희교집(歡喜交集)ᄒ고
ᄯᅩ 별후ᄉ졍(別後事情)을 한ᄌ음 펴더니 가졍이
ᄯᅩ 보옥을 다리고 가묘(家廟)의 니ᄅ러 한 번
계젼(祭奠)ᄒ고 믄득 쥬하(廚下)의 분부ᄒ여 가
연(家宴)을 쥰비ᄒ여 【57】 부ᄌ(父子)와 슉질과
형데(兄弟) 모다 영희당(榮禧堂)의셔 희쥬(喜酒)

롤 먹어 한가지로 텬륜지락(天倫之樂)을 펼 시 좌샹의 가샤와 가졍이 또 보옥의게 츙군보국(忠君報國)ᄒ는 큰 도리로 한 번 권계(勸戒)ᄒ며 곳 명월(明月)이 동으로 나기의 나[니]르러 바야흐로 연셕(宴席)을 것고 등블을 혀 오미 모다 쓸의셔 챠롤 먹고 납량(納凉)ᄒ더니 홀연 보니 림지회 황황(慌慌)히 다라나와 픔ᄒ여 니르디,

"지금 외면의 한 사롬이 왓시디 숀의 명텹(名帖)을 가지고 말ᄒ디, 셩황대노애(城隍大老爺) 사롬이 고【58】 요ᄒ 후롤 기다려 친히 와 모도이리라 ᄒ더니 겨유 명텹을 가져 노지(奴才)의 숀의 니르미 그 사롬이 곳 뵈지 아니ᄒ더라."

가시 듯고 명텹을 바다 등하(燈下)의 한 번 보미 다만 우희 띄여시디,

"우미쟝(愚妹丈) 림희(林海)는 돈슈비(頓首拜)라."

ᄒ엿거눌 블승경희(不勝驚喜)ᄒ여 샬니 가졍의게 젼ᄒ니 가졍이 바다 보고 련망히 보옥을 명ᄒ여 나아가 왕부인긔 고ᄒ여 알게 ᄒ고 아오로 가쥼 남부(男婦)들노 ᄒ여곰 몬져 부쟉을 치오고 다시 영희당을 쇼쇄(瀟灑)【59】 슈습(收拾)ᄒ고 내외(內外) 믈론ᄒ고 현등결치(懸燈結彩)ᄒ여 포진ᄒᄀ기롤 환연일신(煥然一新)히 ᄒ엿더니 대략 이경(二更) 쩌는 ᄒ여 노샹(路上)의 인연(人烟)이 고요ᄒ고 죠쟉(鳥雀)이 쇼리 업스미 홀연 먼니셔 징(鉦)을 울니며 길을 인도ᄒ는 쇼리 들니는지라. 곳 림공(林公)이 오는 쥴 알고 가사와 가졍이 ᄌ질을 거느리고 모다 공복롤 밧고와 닙엇더니 언마 못되여 과연 림공이 와 영희당의 니르러 교ᄌ(轎子)롤 나리거눌 가졍이 샬니 마ᄌ 올나 가 숀을 잡고 피츠 오리 비샹ᄒ다【60】 가 비로쇼 숀을 닛글고 안흐로 드러올 시 거듭 문이 통개(洞開)ᄒ지라. 일즉 가모(賈母)의 샹방의 니르미 등쵹(燈燭)이 휘황(輝煌)ᄒ고 즁인이 모다 부쟉을 챳시며 ᄌ셰히 림공을 보니 과연 산 사롬으로 다르미 업더라. 곳 가모의 뎡즁(正中) 탑샹(榻床)의 빈쥬(賓主)롤 난호와 좌졍(坐定)ᄒ미 가진이 또 보옥과 가련과 가환과 가용과 가난 등을 거느리고 일졔히 와 림공으로 더브러 쳥안비현(請安拜見)ᄒ거눌 림공이 일일히 답례ᄒ고 한즈음 한온(寒溫)을 펴미 형부인(邢婦人)과 왕부인 【61】 이 또한 와셔 셔로 보

고 비희교집(悲喜交集)ᄒ여 각각 츠셔롤 죠츠 안더니 챠환이 챠롤 드리거눌 먹기롤 다ᄒ미 림공이 믄득 당년의 양쥐(揚州)셔 연관(捐館)ᄒ과 다못 디부의 셩황이 되고 가쥬(賈珠)와 가모 만난 일을 가져 일일히 고ᄒ니 가스와 가졍 이인이 듯고 샬니 무르디,

"가뫼 지금 어디 잇느뇨?"

림공이 웃고 니르디,

"노태태긔셔 지금 임쇼로 따라와 계시나 다만 너의 무리 짓는 시 집이 오히려 락셩(落成)이 되지 못ᄒ므로 잠간 녕미(令妹)로 더브러 흠긔 머【62】 무시다가 집 짓는 거시 맛치믈 기다려 다시 반이(搬移)ᄒ여 가려 ᄒ시느니라."

가스와 가졍이 듯고 샬니 분부ᄒ디,

"츠(車)롤 메오고 말을 예비ᄒ여 기다려 한 즈음 지내여 고노야와 한가지고[로] 묘즁(廟中)으로 가 태태긔 뵈게 ᄒ라."

ᄒ거눌 챠환이 듯고 샬니 가셔 말을 젼ᄒ더라. 형부인과 왕부인이 또 가모와 가부인(賈夫人)이 디부의 잇는 광경(光景)을 뭇거눌 림공이 졍히 대답고ᄌ ᄒ더니,

19

영국부쟝등개귀연 셩황묘월야회신랑

榮國府張燈開鬼宴　城隍廟月夜會新郎

다만 보니 비명이 나는 드시 다라와 품ᄒ여 니ᄅ디,

"태태야, 대야(大爺)가 【63】 도라 오도다."

보옥과 가란 이인이 듯고 련망히 마즈 나가며 왕부인이 ᄯ 니러나 방문(房門) 어귀의셔 기다리더니 다만 보미 가쥬 한 손으로 보옥을 ᄭ을고 한 손으로 가란을 ᄭ어 영희당 병풍 밧그로 죠ᄎ 눈믈이 왕왕(汪汪)ᄒ여 다라 드러오거늘 왕부인이 한 번 보고 곳 방셩대곡(放聲大哭)ᄒ는지라. 가쥬 보고 쌀니 몃 거름 거러오다가 왕부인 앏히 ᄭ러 복디대곡(伏地大哭)ᄒ니 가ᄉ와 가졍과 가진과 가련과 보옥과 가환과 가용과 가란과 다몃 형부【64】 인 등이 일졔히 대곡ᄒ는지라. 림공이 겻히 잇셔 권ᄒ여 말니기를 량구(良久)히 ᄒ더니 모다 비로쇼 눈믈을 긋치고 시로 각각 존비쟝유(尊卑長幼)를 죠ᄎ 피ᄎ 힝례(行禮)ᄒ고 ᄯ 안즈 한 지위 별후 ᄉ졍을 펴더니 왕부인이 이의 림공을 향ᄒ여 눈믈을 흘니고 니ᄅ디,

"고노야야, 우리집이 이졔 샹텬(上天)의 도으시믈 힘입어 여러 사람이 모다 회싱ᄒ엿거니

와 고노야는 엇지 우리 무리 모즈(母子)를 가련히 너겨 ᄯ흔 너의 대질ᄋ(大姪兒)로 ᄒ여곰 【65】 회싱케 아니ᄒ ᄂ뇨?"

림공이 듯고 대답ᄒ여 니ᄅ디,

"대져 텬하(天下) 일이 모다 일졍(一定)흔 슈(數)가 잇ᄂ니 대질이 첫지는 져의 양록(陽祿)이 임의 진(盡)ᄒ여 능히 다시 인간복을 누리지 못홀 거시오. 둘지는 졔가 기셰(棄世)흔 년죠(年條)가 오러여 육신(肉身)이 임의 샹ᄒ여시니 엇지 능히 다시 인간을 밟으리오? 이졔 졔가 우리 무리를 짜라 쳥복(淸福)을 누리니 이도 ᄯ흔 인싱의 엇기 어려온 일이라. 고태태(姑太太)는 다만 방심ᄒ라. 우리 무리 지금 이곳 셩황이 되엿【66】ᄂ지라 필경 너의 모즈 무리로 ᄒ여곰 숭샹 얼골을 보게 홀지니 ᄯ흔 회싱홈과 일양(一樣)이리라."

왕부인이 듯고 ᄯ 눈믈을 흘니거늘 가쥬 죠흔 말노 한 ᄎ례 위로ᄒ미 왕부인이 비로쇼 샹심치 아니터라. 다만 보니 림공이 니러나 쇼샹관의 가 대옥을 보고즈 ᄒ거늘 가졍이 샐니 보옥을 명ᄒ여 앏히셔 길을 인도케 ᄒ고 ᄯ 가란을 명ᄒ여 가쥬를 닛그러 도향촌(稻香村)으로 가 니환으로 더브러 셔로 모히고 가ᄉ는 ᄯ흔 가환을 명ᄒ【67】여 인도ᄒ여 즈룽쥬로 가 영츈(迎春)을 보니 가졍과 가환 등은 안굿기 죠치 아닌지라. 모다 영희당으로 니ᄅ러 형·왕 이부인으로 더브러 샹의(相議)ᄒ여 영부(榮府)의ᄂ 보옥과 가환과 가란 숙질 삼인을 머믈너 집을 보게 ᄒ고 녕부(寧府)의ᄂ 가용을 머믈너 집을 보게 ᄒ고 가사와 가졍과 가진과 가련과 형부인과 왕부인 류인은 모다 거마(車馬)를 졍당히 예비ᄒ여 등후ᄒ다가 림공을 짜라 셩황묘의 니ᄅ러 가모를 뵈옵게 ᄒ더니 대 【68】 략 한 시긱은 ᄒ여 다만 보니 보옥과 가환과 가란이 림공과 가쥬와 가ᄉ를 닛글고 대관원(大觀園)으로 죠ᄎ 다라나오거늘 즁인이 오히려 만류(挽留)코즈 ᄒ더니 림공이 니ᄅ디,

"하늘이 ᄯ흔 일지 아니코 두분 형쉬(兄嫂) 임의 묘즁으로 가 가모를 보고자 홀진더 ᄯ흔 가쟝 죠흔 ᄶ로다."

가샤와 가졍이 듯고 다시 머무ᄅ기 어려온지라. 드디여 림공의게 ᄉ양ᄒ여 몬져 교즈의 안즈 힝케 ᄒ고 모다 챠도 타고 말도 타며 여러

220

명 심복(心腹) 가인(家人)을 거느【69】리고 힝
흔 지 언마 못되여 믄득 셩황묘문 앏히 니른지
라. 다만 보니 샹뫼(相貌) 징영(猙獰)흔 귀졸 두
어 무리 스후(伺候)흐다가 타졈(打點)흐고 개문
(開門)흐는지라. 일즉 단지(丹墀)의 니른미 믄득
녀비(女婢) 슈인(數人)이 잇셔 형·왕 이부인을
가져 뫼셔 츠의 나리고 가졍 등도 일졔히 말긔
나리더니 믄득 보니 림공이 당샹(堂上)의셔 공
손이 기다리다가 몬져 형·왕 이부인긔 스양흐
여 앏셔 힝케 흐고 즁인은 뒤히셔 짜라 퇵문(宅
門)으로 드러갈 시 다만 바라보니 가모와 다뭇
가【70】부인이 와 방 첨하(檐下)의셔 기다리거
늘 형·왕 이부인이 밧비293) 몃 거름을 거러 가
모를 붓들고 통곡(痛哭)흐니 가스와 가졍과 가
진과 가련이 쏘흔 모다 복디대곡흐고 가부인도
쏘흔 여취여치(如醉如痴)흐여 곡흐는지라. 림공
이 샬니 져의 슉질 스인을 쯔어 니른혀더니 가
뫼 눈믈을 쎄스며 니른디,

　　"너의 무리는 모다 곡흐지 말나. 내가 팔
십여 셰를 스라 쏘흔 셰샹 복을 누리기를 다흐
엿고 지금도 고노야를 짜라와 쳥복을 누리니 너
의 무【71】리 드른면 가쟝 희환(喜歡)흐는 거
시 올커늘 엇지 도로혀 곡흐뇨? 모다 드러오라.
우리 모즈 무리 안즈 죠히 담화흐리라."

　　형·왕 이부인과 다뭇 가스, 가졍 등이 듯
고 일졔히 눈믈을 거두고 모다 방즁의 니른러
각각 차셔디로 힝례흐거놀 가부인이 믄득 형·
왕 이부인과 다뭇 가모를 넛그러 모다 남편 캉
[炕] 우희 안고 림공은 스·졍 량공의게 샤양흐
여 북편 나한탑(羅漢榻) 우희 안고 진·련 형뎨
는 두 편 의즈(椅子) 우희 안고 자긔는 쥬셕(主
席)의 안즈 뫼시더니 포이개(鮑二家) 츠【72】를
드려올 시 포이개 눈이 쌔른지라 가련의 얼골을
보고 붓그러오믈 씨다라 스긔(司棋)로 흐여곰
북편의 니른러 츠를 드리게 흐고 즈긔는 남편
캉샹[炕上]의 니른러 츠를 드리니 즁인이 쏘흔
모다 즈셰히 아지 못흐더라. 츠를 파흐미 가뫼
형·왕 이부인을 향흐여 니른디,

"보옥과 다뭇 림차두(林丫頭)와 보[봉]츠두
무리 모다 환혼흐엿느냐 아니흐엿느냐?"

　　왕부인이 샬니 디답흐여 니른디,

　　"쟉일 오시의 모다 임의 환혼흐여시나 [다]
른 사룸은 스후(死後)【73】환혼흐엿는지라. 몸
이 약흐여 도로혀 죠히 죠셥흐디 다만 보옥은
겨유 환혼흐더니 곳 비가 골프다 지져괴여 먹을
것도 찻고 마실 것도 츠즈며 금죠의 임의 황샹
(皇上)의 쇼견흐시믈 닙어시며 원비(元妃) 환혼
흐신 후의 져의 무리 일을 쥬달흐지라. 이러므
로 쏘 은혜를 더흐여 한림시강 직함(職銜)을 샹
(賞) 쥬시고 쏘 금련옥쵹을 흠샤(欽賜)흐샤 외싱
녀으로 더브러 셩혼(成婚)케 흐시니 노태태는
드르시면 더옥 맛당히 환희흐리라."

　　가뫼 텽【74】파(聽罷)의 과연 환희흐여
우스며 니른디,

　　"젼일의 우리 무리 태허환경의 잇셔 너의
미미와 샹량흐여 임의 져의 무리를 위흐여 셩혼
흐여시니 지금은 구트여 이 일을 힝치 아니흐여
도 쏘흔 무던흘 거시로디 임의 만셰애 은혜를
베푸러 금련옥쵹을 쥬어 계시니 부득블(不得不)
쏘 쟝디히 친우(親友) 무리를 모화 일건스(一件
事)를 지으리로다."

　　가졍이 듯고 샬니 니러나 니른디,

　　"노태태의 싱각흐시미 가쟝 올토다. 금죠
의 보옥이 말흐디 노태태긔셔 묘우【75】 겻히
짜로 방옥(房屋)을 지어 머무르려 흐신다 흐니
으즈(兒子)의 우견(愚見) 궂틀진디 인흐여 노태
태긔 쳥흐여 집의 가셔 머믈너 써 죠셕공양(朝
夕供養)흐믈 편케 흐시고 외싱녀이 죠양흐여 몸
이 쟝실흐거든294) 친우 무리를 모화 몃칠을 열
요(熱鬧)코즈 흐노라."

　　가뫼 니른디,

　　"그만 두라. 너의 무리는 나를 쳥흐여 집
으로 가지 말지니 첫지는 내가 원리 옥지(玉旨)
를 밧드러 고노야를 짜라 왓고, 둘지는 내 이졔
쏘흔 쳥졍(淸淨)흐믈 죠하흐고 가즁(家中)으로
가면 인귀(人鬼) 혼잡(混雜)흐여 도【76】로혀

---

293) 【밧비】囝 바삐. 바쁘게. ¶ 忙緊 ∥ 다만 바라
　　보니 가모와 다뭇 가부인이 와 방 첨하의셔 기
　　다리거놀 형왕 이부인이 밧비 몃 거름을 거러
　　가모를 붓들고 통곡흐니 (早望見賈母和賈夫人在
　　臥房廊檐下站立等候, 邢王二夫人見了, 忙緊行了
　　幾步, 拉了賈母痛哭起來.) <續紅 14:70>

294) 【쟝실흐다】囼 {쟝실(壯實)하다.} 튼튼하다.
　　¶ 壯朗 ∥ 외싱녀이 죠양흐여 몸이 쟝실흐거든
　　친우 무리를 모화 몃칠을 열요코즈 흐노라 (等
　　外甥女兒身子養的壯朗了,　請請親友們也熱鬧幾
　　天.) <續紅 14:75>

편치 못ᄒ도다. 외손녀ᄋ(外孫女兒)는 어제 고노애 진사은(甄士隱)의 말을 드르미 칠월[일] 후는 졍긔(精氣) 복원(復元)ᄒ여 일졀(一切) 금긔(禁忌)가 업다 ᄒ니 그 씨의는 나의 방옥도 쏘ᄒ 지어시리니 너의 무리 데팔일의 니르러 친쳑 무리ᄅᆞᆯ 가져 모다 쳥ᄒ고 그 날 져녁의 나와 다못 고노야와 고내내(姑奶奶) 모다 집으로 가 져의 무리 비당(拜堂)ᄒ는 거슬 보미 쏘ᄒ 올토다.”

가시 듯고 림공을 향ᄒ여 니르ᄃᆡ,

“노태태의 이 말ᄉᆞᆷ ᄀᆞᆺ틀진디 외싱녀ᄋᆞᄅᆞᆯ 가져 고노야의 곳으로 보내여 【77】 오고 우리 무리는 고악치교(鼓樂彩轎)ᄅᆞᆯ ᄀᆞ쵸와 영취(迎娶)ᄒ면 엇지 더욱 톄졔(體制)가 잇지 아니리오?”

림공이 우스며 니르ᄃᆡ,

“대형(大兄)의 말이 비록 졍리(情理)의 합ᄒ나 다만 너와 나는 음양이 길이 다른지라. 만일 이곳의셔 영취ᄒ면 져 무지(無知)ᄒ 빅셩 무리 요괴(妖怪)로온 말을 지어내여 시비(是非)ᄅᆞᆯ 니르혀믈 면키 어렵고 ᄒ믈며 외싱녀ᄋᆞ는 원리 어려실 졔붓허 귀부(貴府)의셔 ᄌᆞ랏시니 구ᄐᆡ여 이 일을 힝치 말니로다.”

가부인이 쏘ᄒ 니르ᄃᆡ,

“녀셔(女婿)와 녀 【78】 ᄋᆞ는 모다 티허환경의셔 임의 인연(姻緣)을 일위여시니 지금은 블과(不過) 만세야의 샹사(賞賜)ᄅᆞᆯ 바든 연고(緣故)로 친우 무리ᄅᆞᆯ 쳥ᄒ여 비당ᄒ여 법을 좃는 거시니 량위(兩位) 거거(哥哥)와 슈ᄌᆞ야, 너의 무리 쏘ᄒ 일을 쟝황이 말나. 둘지는 우리 무리 쏘ᄒ 너의 무리 인간의 쥬셕(酒席)을 먹지 못ᄒ리니 그 날의 니르거든 우리 이곳의셔 몃 탁ᄌᆞᄅᆞᆯ 판비(辦備)ᄒ여 가지고 가는 거시 쏘ᄒ 올토다.”

졍히 이럿틋 말ᄒᆞᆯ 시 다만 보니 가쥐 외면으로 죠ᄎᆞ 다라드러 오 【79】 거늘 림공이 우스며 무러 니르ᄃᆡ,

“대질ᄋᆞ야 우리 무리 ᄒᆞᆫ가지로 나왓거늘 너는 엇지 뒤히 쩌러졋느뇨?”

가쥐 니르ᄃᆡ,

“보옥과 다못 난가이 질ᄋᆞᄅᆞᆯ 노와 도라 오게 아니ᄒᄂᆞᆫ지라. 쏘 져의 슉질들노 더브러 죠히 ᄒᆞᆫ ᄎᆞ례 담화ᄒᄃᆞ가 도라 왓노라.”

가졍과 왕부인 등이 듯고 쏘 모다 샹심ᄒ거늘 가쥐 니르ᄃᆡ,

“너의 무리는 샹심치 말나. 슈요(壽夭)가 각각 졍쉬(定數) 이시니 너의 무리는 다만 쥬ᄋ(珠兒)ᄅᆞᆯ 가져 내게 부치면 우리 모ᄌᆞ 무리 도로혀 쇼요ᄌᆞ지(逍遙自在) 【80】 ᄒ미 업스랴? 쟉일의 내가 임의 원앙(鴛鴦) 챠환을 가져 져의 쳡(妾)을 숨아시니 포이가는 가셔 너의 원앙 고낭을 쳥ᄒ여 나와 너의 량위 노야와 량위 태태긔 비현케 ᄒ라.”

포이개 답응ᄒ고 간 지 언마 못되여 원앙을 다리고 나오거늘 가뫼 분부ᄒ여 노야와 태태 무리ᄅᆞᆯ 위ᄒ여 ᄎᆞ례로 졀ᄒ게 ᄒ고 ᄒᆞᆫ 겻히 시립(侍立)ᄒ엿더니 즁인이 보미 다만 졔가 연환무계(烟鬢霧鬐)로 죠히 단쟝(丹粧)을 다시려 젼일 가즁의 녀히ᄋ(女孩兒)로 이실 졔와 비컨디 더욱 아 【81】 롬다오믈 ᄭᆡ다롤지라. 가시 보고 ᄆᆞ음의 스랑ᄒ옴도 잇고 쏘 ᄒᆞᆷ도 이시며 가련은 포이가ᄅᆞᆯ 보고 쏘ᄒ ᄆᆞ음이 산란ᄒ여 부ᄌᆞ 량인이 졍히 번뢰(煩惱)ᄒ믈 견디지 못ᄒ더니 홀연 드르미 가뫼 니르ᄃᆡ,

“하늘이 일지 아닌지라. 언마 못되여 닭이 울지니 너의 무리는 쏘ᄒ 모다 일죽 도라가라. 나도 쏘ᄒ 무슴 다른 말노 너의게 부탁ᄒᆞᆯ 일이 업노라. 우리 대태태는 진실ᄒ 사름이라. 죵금 이후로는 네가 쏘ᄒ 져 영챠두(迎丫頭)ᄅᆞᆯ 가져 져기 스랑ᄒ 【82】 고 련ᄋ(璉兒)와 다못 봉츠두 무리는 비록 네가 낫치 아니ᄒ여시나 쟝리 필경 너의 무리ᄅᆞᆯ 위하여 향화(香火)ᄅᆞᆯ 니을 사름이니 엇지 타인을 미드리오. 우리 대노야는 쏘ᄒ 늙엇도다. 모롬죽이 몸을 보양(保養)ᄒ믈 즁히 너기고 다시는 좌우의 격은 노파ᄅᆞᆯ 두지 말나. 우리 이노야(二老爺)와 이태태(二太太)는 무슴 다른 말ᄒᆞᆯ 거시 업스니 다만 아손(兒孫)은 스ᄉᆞ로 져의 무리 복이 이시리니 쏘ᄒ 가히 후ᄉ(後事)ᄅᆞᆯ 념려(念慮) 말고 쏘ᄒ 보옥을 너모 구속(拘束)지 말되 대져 치가(治家)ᄒᄂᆞᆫ 법은 ‘근검(勤儉)’ 두 ᄌᆞᄅᆞᆯ 힘 【83】 쓰미 곳 올흐리라. 진가ᄋ(珍哥兒)는 쏘ᄒ 년긔(年紀) 반빅(半白)의 갓가온 사름이라. 거년(去年)의 쏘 너의 슉슉(叔叔)로 더브러 ᄀᆞ치 군태(軍台)의 잇셔 괴로오믈 격거시니 쏘ᄒ 가쟝 믈졍(物情)을 알니라. 이후는 맛당히 일졈 바른 일을 힘뼈 너의 형뎨와 질ᄋ 무리ᄅᆞᆯ 위ᄒ여 본밧게 ᄒ고 다시는 날마다 무뢰(無賴)ᄒ 사름을 모화 가즁의셔 잡기ᄒ고

슐 먹어 방탕(放蕩)ᄒᄂᆫ 디경의 니르지 말나. 련
ᄋ야, 이졔 봉챠두와 다못 우이졔 모다 환혼ᄒ
여시니 평ᄋ가지 혜면 너이 【84】 집의 곳 곳송
이 ᄀᆺ튼 삼기 미인이라. 이후ᄂᆫ 다만 졍경(正經)
의 ᄉ업(事業)을 힘쁘고 다시ᄂᆫ 악쇼년으로 더
브러 남의 노파롤 츄심치295) 말나. 너ᄂᆫ 싱각ᄒ
여 보라. 이졔 너의 노친과 다못 너의 슉슉이
ᄯᅩᄒ 모다 늙고 형뎨와 질ᄋ 무리ᄂᆫ 모다 년쇼
(年少)ᄒ니 가즁의 다시 누롤 미드리오?"

말ᄒᄆᆡ 슉질 ᄉ인이 면면샹고(面面相顧)ᄒ
고 가히 대답홀 말이 업ᄂᆫ지라. 다만

"노태태의 교훈(敎訓)을 ᄉ례(謝禮)ᄒ노라."

말ᄒ며 가부인과 형부인과 왕부인은 그 말
을 듯고 모다 웃더라. 림 【85】 공 우ᄉ며 니ᄅ
디,

"량위 형슈와 량위 현질(賢姪)은 모다 쳥쿤
디 도라가라. ᄒᄂᆯ이 ᄯᅩᄒ 일지 아니니 만일 시
벽 빗치 한 번 빗최면 너의 무리 곳 우리 무리
롤 능히 보지 못ᄒ리라."

가샤와 가졍이 듯고 다만 형·왕 이부인과
한가지로 몸을 니러 눈믈을 먹음고 하직을 고ᄒ
거눌 림공이 인ᄒ여 대당의 니ᄅ러 보낼 시 져
의 무리 츠와 말을 타ᄂᆫ 거술 보고 가더라.

챠셜(且說), 가샤와 가졍이 집으로 도라오
ᄆᆡ 임의 동방(東方)이 져기 밝은지라. 각각 【86】
】 방으로 도라가 편킥(片刻)을 ᄌ더니 믄득 태
양(太陽)이 오르ᄂᆫ지라. 니러나 쇼세ᄒ고 가졍은
스스로 아문(衙門)으로 가고 왕부인은 졍히 가
련과 보옥으로 더브러 칠일이 지난 후의 친쳑을
쳥ᄒ고 가모와 가부인 영졉(迎接)홀 일을 샹량
ᄒ더니 다만 보니 니환이 ᄯᅩᄒ 나와 문안(問安)
홀 시 왕부인이 져의 눈이 울어 부으믈 보고 ᄯᅩ
샹심ᄒ여 눈믈을 흘니거눌 보옥이 보고 ᄉᆯ니 권
ᄒ여 니ᄅ디,

"태태와 다못 대슈ᄌᄂᆫ 모다 과히 샹심치
말나. 우리 거게 비 【87】 록 회싱치 못ᄒ여시나
지금 신령(神靈)이 되여 향연(香煙)을 누리고 우
리 무리 ᄯᅩ 능히 시시로 낫출 볼지니 ᄯᅩᄒ 회싱

ᄒᄆᆞ로 일양이로다. 대슈ᄌ야 너ᄂᆫ 곡을 말고
오늘 져녁을 기다려 너ᄂᆫ 츠의 안고 나ᄂᆫ 난가
ᄋ로 더브러 말을 타고 모다 셩황묘의 가셔 노
태태와 고마(姑媽)와 대거거와 다못 원앙 져져
롤 보더 네 만일 대거거롤 노치 못ᄒᆞ깃거든 곳
그 곳의셔 머믈면 ᄯᅩᄒ 죠흐리라."

왕부인이 듯고 ᄉᆯ니 니ᄅ디,

"ᄯᅩ 입부리의 나ᄂᆫ 디로 어ᄌ러이 말ᄒ 【
88】 ᄂᆫ 도다. 너의 노친(老親)이 몬져 분부ᄒ지
아니ᄒᆞ엿ᄂᆫ냐? 너의 무리로 슈ᄌ 무리 앏히셔
크니 격으니 업시 잡되히 긔롱윗 말을 말나 ᄒ
엿거눌 네 곳 긔억지 못ᄒ느냐?"

말ᄒ니 보옥이 혀롤 ᄶᅢ히ᄂᆫ지라. 가련이
듯고 우ᄉ며 니ᄅ디,

"보형뎨(寶兄弟)의 말이 비록 긔롱의 말이
나 리치(理致)롤 의론ᄒ면 우리 대슈ᄌ 무리 ᄯᅩ
ᄒ 묘즁의 가 노태태와 고마롤 보는 거시 곳 올
토다. 내 싱각건디 오늘 져녁의 평ᄋ로 ᄒ여곰
ᄯᅩᄒ 대슈ᄌ롤 ᄯᅡ라가 단녀 오 【89】 게 ᄒ리
라."

니환이 니ᄅ디,

"져 이심낭은 곳 방ᄌ 환혼ᄒ 사름이라 그
앏히 엇지 평이낭(平姨娘)을 ᄯᅥ나게 ᄒ리오?"

가련이 웃고 니ᄅ디,

"샹관 업도다. 지금 졍신이 가쟝 죠흐니
쟉일의 연와탕을 먹고 도로혀 물근 거술 혐의ᄒ
며 오늘 일즉 니러나 곳 짓거려 말ᄒ디 련엽깅
(蓮葉羹)이 싱각이 난다 ᄒ더라."

왕부인이 듯고 ᄉᆯ니 보옥다려 무러 니ᄅ
디,

"너의 림ᄆᆡᄆᆡ의 광경은 엇더ᄒ뇨?"

보옥이 웃고 니ᄅ디,

"그 광경을 볼진디 ᄯᅩᄒ 먹 【90】 고ᄌ ᄒ
ᄂᆫ 모양이 모다 ᄀᆺ도다."

왕부인이 듯고 우ᄉ며 니ᄅ디,

"임의 이러홀 양이면 류식부의게 분부ᄒ여
오늘 련엽깅을 민드ᄂᆫ 거시 곳 올토다."

ᄒ고 ᄯᅩ 니환을 향ᄒ여 니ᄅ디,

"임의 져의 무리 모다 졍신이 죠흐량이면
오늘 져녁의 보츠두로 ᄒ여곰 ᄯᅩᄒ 너의 무리롤
ᄯᅡ라 한가지로 가 노태태와 고마롤 보는 거시
더욱 죠토다."

니환이 니ᄅ디,

---

295)【츄심ᄒ다】圖 추심(追尋)하다. 쫓아다니다.
¶ 愛 ‖ 이후ᄂᆫ 다만 졍경의 ᄉ업을 힘쁘고 다
시ᄂᆫ 악쇼년으로 더브러 남의 노파롤 츄심치 말
나 (以後總要于些正經事業, 再不許和下作愛人家
的老婆了.) <續紅 14:84>

"나는 싱각건디 쏘흔 사름을 시겨 우리 진대슈즈(珍大嫂子)의게 한 쇼릭 알게 흐【91】리라."

왕부인이 니르디,

"내가 대태태로 더브러 말하리라. 우리 무리 한 지위 지내여 쏘 져편의 가 용가ᄋ(蓉哥兒) 식부롤 볼지니 내 너롤 딕신흐여 져의게 한 번 뭇는 거시 곳 올토다."

경히 이러틋 말홀 시 다만 보니 비명이 나와 픔흐디,

"셜대야(薛大爺)와 셜이애(薛二爺) 류이야(柳二爺)롤 다리고 와 결흐려 흐느니라."

가련과 보옥이 듯고 겨유 마즈 뜰의 니르미 곳 보니 셜반(薛蟠)과 셜과(薛蝌) 류샹련(柳湘蓮)이 다라 드러오거늘 니환이 샐니 스스로 회피흐여 가더라.【92】 져의 삼인이 샹방의 니르러 왕부인으로 더브러 청안흐고 회ᄉ(喜事)롤 치하(致賀)흐며 왕부인이 쏘 샹련으로 더브러 회ᄉ(回謝)롤 하례(賀禮)흐며 져의 대황산의 잇셔 보옥을 보호흐믈 샤례흐고 쏘 한 차례 우삼져(尤三姐)와 향릉(香菱)의 회싱흔 후 광경을 무르며 가모의 말흔 바 칠일 후의 친척 무리롤 청흐여 비당홀 말을 져의 삼인의게 한 번 고흐고 아오로 림시(臨時)흐여 셔간(書簡)으로 다시 청흐리라 흐미 샹련 등이 가더라. 왕부인이 쏘 가련과 【93】 보옥을 시겨 향릉과 다못 우삼져롤 가셔 보게 흐고 쏘 형부인의게 약회(約會)흐여296) 흠긔 녕부로 나아가 진시(秦氏)롤 보며 져곳 우시(尤氏)도 쏘흔 이곳으로 와 대옥을 보니 졔인이 피츠 왕릭(往來)흐여 종일 열요흐다가 져녁의 니르미 가경이 도라와 고흐여 니르디,

"오늘 황샹의 쇼견흐시믈 닙어 친히 셩지(聖旨)롤 밧드러시디 친척 등으로 궁의 나아가 낭낭을 위흐여 청안흐게 흐라시더라."

왕부인이 듯고 깃브믈 니긔지 못흐여 그 져녁으【94】로 황망히 일절 예비홀 일을 경당히 흐더니 이튼날 청신의 가샤와 가정과 다못

---

296)【약회흐다】⑧ {약회(約會)하다.} 약속하다. ¶ 約會 ‖ 왕부인이 쏘 가련과 보옥을 시겨 향릉과 다못 우삼져롤 가셔 보게 흐고 쏘 형부인의게 약회흐여 흠긔 녕부로 나아가 진시롤 보며 (王夫人又差了賈璉, 寶玉看望香菱和尤三姐, 又約會了邢夫人同過寧府去看望秦氏.) <續紅 14:93>

형부인이며 왕부인이 일졔히 궁의 나아가 원비로 더브러 청안흐니 쏘 일쟝샹감(一場傷感)흐믈 면치 못홀너라. 왕부인이 쏘흔 가모의 말흔 바 칠일 후의 친척을 청흐여 비당홀 말을 가져 원비긔 알외여 알게 흐니 원비 심히 깃거 쏘 허다 례믈을 샹샤흐더라. 가중으로 도라와 가경이 믄득 가련을 시겨 셩황묘의 니르【95】러 공쟝(工匠)을 지쵹흐여 칠일 뎡한(定限)흐여 필역(畢役)흐라 흐고, 져녁의 니르러 보옥, 가환, 가란 삼인이 우시와 니환과 평ᄋ와 보츠롤 보내여 모다 셩황묘의 니르러 가므로 더브러 청안샹회(請安相會)흐니 이런 일은 쏘흔 즈셰히 말홀 거시 업더라. 뎨칠일의 니르미 대옥과 영츈과 봉져와 우이져와 청문과 금슌ᄋ 륙인이 과연 졍신이 녜와 ᄀ틋여 모다 능히 뜰의 나려올 시 왕부인의 샹방의 니르러 고현(叩見)흐거늘 왕부【96】인이 깃거 눈섭이 열니며 웃고 가경을 청흐여 드러와 례 밧기롤 맛치미 믄득 사름을 시겨 모든 친척의 집의 보내여 셔간으로 청흐더니 이튼날 죠반(早飯) 후의 ᄉ후(史侯)의 부인(夫人)과 왕즈등(王子騰)의 부인과 형대구(邢大舅)의 내내(奶奶)와 셜이마(薛姨媽)는 향릉과 슈연(岫烟)과 보금(寶琴)을 거느리고 진웅가(甄應嘉)의 부인과 니심낭(李嬸娘)의 노낭(老娘)은 우삼져롤 거느리고 쏘 쥬통졔(周統制)의 부인과 교져의 파파(婆婆) 쥬안인(周安人)과 아오로 류노노(劉老老) 졔인이 모다 니르러시니 다만 보미 빈쥐 일【97】당(一堂)의 모혀 금화쥬취(錦花珠翠) 안목(眼目)을 현황케 흐고 비취병(翡翠屛)과 부용쟝(芙蓉帳)이 십분 열요흐더니 황혼(黃昏)의 니르러 보옥이 친히 말을 타고 셩황묘의 니르러 림공과 다못 가모와 가부인을 청흐여 집으로 오게 홀 시 언마 못되여 모다 큰 교즈의 안고 긔라산션(旗鑼傘扇)이 젼츠후응(前遮後應)흐여 일즉 영희당의 니르러 교즈롤 나린지라. 가샤와 가경이 즈질 등을 거느리고 림공을 영졉흐여 셔방으로 향흐여 가고 졔위 친척가의 태 【98】태와 내내와 고낭 무리는 모다 방문으로 다라나와 영졉홀 시 뜰의 잇난 사름이 부지기쉬(不知其數)러니 ᄉ긔와 포이개 가모와 가부인을 뫼셔 다라 드러와 모다 셔로 볼 시 쏘흔 샹심낙누(傷心落淚)흐는 이도 잇고 환희함쇼(歡喜含笑)흐는 이도 잇셔 일일히 한훤(寒暄)을 펴고 모다 가모의 젼일

머무던 샹방으로 니르러 각각 빈쥬쟝유(賓主長幼) 추셔디로 나아가 안더니 가모와 가부인이 믄득 여러 태태 무리로 더브러 몬져 한즈음 별후졍수롤 펴고 챠롤 파【99】ㅎ민 왕부인이 믄득 챠환 무리롤 명ㅎ여 어샤(御賜)ㅎ신 금련옥촉을 가져다가 졍즁 궤(几) 우히 노코 블을 혀니 다만 보민 향연(香煙)은 요요(繚繞)ㅎ고 촉염(燭焰)은 휘황ㅎ지라. 짜 우히 양담(洋毯)을 펴고 보옥과 대옥 이인을 닛그러 나와 몬져 대궐을 향ㅎ여 셩은(聖恩)을 고샤(叩謝)ㅎ 후의 쥬인과 친쳑의 죤비쟝유 추셔롤 죠추 일일히 배례(拜禮)홀 시 즁인이 보민 져 량인의 모양이 텬션(天仙) ᄀᆞᆺᄐᆞ니 진개 일디(一對) 가월너라. 모다 일졔히 칭찬블이(稱讚不已)ㅎ거놀 가뫼 깃【100】거 눈셥이 열니고 우스며 즁인을 향ㅎ여 니르디,

"모든 태태 무리야, 이는 곳 나의 늙어도 ᄆᆞ음의 잇지 못홀 일이로다. 이졔 샹텬의 도으시믈 힘닙어 싱인(生人) 수인(死人)이 모다 셩취ㅎ여시니 너의 무리는 모다 보라. 우리 외손녀ᄋᆞ와 다못 쇼손이(小孫兒) 가히 모다 아름답다 ㅎ랴, 아름답지 못ㅎ다 ㅎ랴?"

모든 부인 등이 듯고 쇼리롤 가죽이297) ㅎ여 칭찬ㅎ야 니르디,

"이는 도시 노태태의 평일의 젹공누인(積功累仁)ㅎ여 샹텬이 감동케 ㅎ시미라. 이러므로 이【101】런 젼고(前古)의 듯지 못ㅎ 긔이ㅎ 일이 이시니 우리 무리 이 일썅(一雙) 쇼부부(小夫婦)롤 보건디 진실노 텬샹의 금동옥녀(金童玉女)와 일반(一般)이니 뉘 집의 이 ᄀᆞᆺᄐᆞᆫ 복이 이시리오?"

말ㅎ민 가뫼 더욱 환열(歡悅)ㅎ더라. 챠텽하회분ㅎ(且聽下回分解)ㅎ라.

---

297)【가죽이】⊞ 가지런히. 나란히. ¶ 齊 ∥ 모든 부인 등이 듯고 쇼리롤 가죽이 ㅎ여 칭찬ㅎ야 니르디 이는 도시 노태태의 평일의 젹공누인ㅎ여 샹텬이 감동케 ㅎ시미라 (衆夫人們聽了齊聲贊道: "這都是老太太素日積功累仁的, 感格了上天.") <續紅 14:100> ⇒ 가죽히, ᄀᆞ즈기, ᄀᆞ죽이, ᄀᆞ죽히

[쇽홍루몽續紅樓夢 권지십오卷十之五]

【1】 화셜(話說), 가뫼(賈母) 즁인의 치하(致賀)ㅎ믈 보고 블승환희(不勝歡喜)ㅎ더니 이윽고 비례(拜禮)롤 맛치민 가뫼 왕부인(王夫人)다려 무러 니르디,

"이 방즁의 ᄌᆞ리롤 버리면 이 여러 사롬이 안지 못ㅎ랴."

왕부인이 디답ㅎ여 니르디,

"이곳은 모다 안지 못홀지라. 임의 쥬셕을 대관원(大觀園) 졍뎐(正殿)의 버려시니 그곳의 희ᄌᆞ(戲子)롤 예비ㅎ엿고 디방(地方)이 ᄯᅩᄒᆞᆫ 넓으니라."

가뫼 니르【2】디,

"임의 이러ㅎ량이면 너의 무리 곳 쥬친(周親家) 티티(太太)와 쇼쥬(小周) 친가모(親家母)와 진[甄]·니(李)·우삼위(尤三位) 친가티티(親家太太)와 형(邢)·왕(王) 이위 구티티(舅太太)와 다못 우리 집의 쇼후티티(小候太太)롤 모다 뫼시고 대관원으로 가셔 희ᄌᆞ롤 보게 ㅎ라. 텬식(天色)이 ᄯᅩᄒᆞᆫ 일지 아니ㅎ엿도다. 나와 다못 림고니니(林姑奶奶)는 모다 너의 무리 인간 음식을 먹지 아니ㅎ는지라. 이곳의 짜로 출혀 온 거시 잇노라. 우리 무리는 희ᄌᆞ(戲子)도 듯기의 쇽(俗)되고 ᄯᅩᄒᆞᆫ 징 북 쇼리도 짓거려 죠치 아니ㅎ니 가히 뫼시고 가【3】지 못홀지라. 이곳의 ᄯᅩ 두 ᄌᆞ리롤 버려 셜이티티(薛二太太)와 류노노(劉老老) 량인을 머믈너 져의 무리 권쇽(眷屬)을 거느리고 버려 안게 ㅎ고 우리 무리 곳 한가지로 죠히 담화ㅎ리라. 너의 무리 축니(妯娌) 량인은 진가ᄋᆞ(珍哥兒) 식부(媳婦)와 쥬ᄋᆞ(珠兒) 식부(媳婦)로 더브러 모다 져곳의 가 손님을 뫼셔 보솗리라. 우리 무리 이곳의는 봉챠두(鳳丫頭)와 보챠뒤(寶丫頭)이시니 ᄯᅩᄒᆞᆫ 가쟝 넉넉히 보솗히리라."

형·왕 이부인이 듯고 문득 모든 부인 무리롤 뫼셔 대관원으로 갈 시 가뫼 보내여【4】 방문 어귀의 니르러 우스며 니르디,

"즁위(衆位) 친가티티 무리야, 졍리(情理)롤 의죤컨디 내가 맛당히 뫼시고 가미 올흐디 다만 이졔 우리 무리가 음양(陰陽)이 길이 달나ᄒᆞ다

블편호 곳이 이시니 너의 무리는 가히 나의 죄
룰 용셔호라."

중인이 듯고 일졔히 샤례호여 니르디,

"노티티는 지금 신인(神人)이 되신지라. 우
리 무리 엇지 대젹호리오."

말을 맛치며 문득 모다 대관원으로 가더
라. 가뫼 셜이마(薛姨媽)의 손을 끄을며 웃고 니
르디,

"이티티(姨太太)야, 우리 무리 【5】는 모다
친쳑이라. 보옥의 스졍(事情)을 위호여 너의 무
리 모녀들노 호여곰 허다 용심(用心)호고 허다
원굴(寃屈)혼 거슬 밧게 호여시니 내 무옴의 가
쟝 거리끼노라."

셜이미 웃고 니르디,

"노티티는 엇지 이런 말숨을 호시느뇨? 우
리 무리는 모다 지친(至親)이라 도로혀 외인(外
人)이라 호랴! 전일의 림고낭이 져의 져져의게
탁몽(托夢)혼 후로붓허 우리 무리 곳 노티티긔
셔 고티티의 집의 니르신 줄을 알고 후의 또 회
싱호는 쇼식을 듯고 우리 무리 어내 날의 【6】
기다리지 아니호여시리오? 지금은 오러 기다리
던 모녀 무리룰 얼골을 보와시니 엇지 노티티는
도로혀 싱쇼혼298) 말숨을 호시느뇨? 이거시 고
티티룰 더호여 입으로만 호는 말이 아니라 내
평일의 림고낭(林姑娘) 보기룰 곳 우리 보챠두
와 일양으로 호느니 본디 일졈 다른 무옴이 업
노라."

가부인이 듯고 우스며 니르디,

"친가티티야, 내가 일죽 말을 드르니 네가
가쟝 너의 외싱녀ᄋ(外甥女兒)룰 스랑혼다 호디
방즈 우리 무리 노티티의 니르시믄 【7】 또혼 실
노 무옴의 거리끼시는 말숨이오, 죠곰도 싱쇼혼
연괴 아니라. 경리룰 의론컨디 미미된 이가 가
쟝 맛당히 늙은 져져룰 위호여 졀호야 샤례호미
올토다."

호거늘 셜이미 니르디,

"이야(噯喲)! 고티티야 네 말이 태중(太重)
호도다. 내 엇지 감히 당호리오! 우리 지금은

다만 져의 무리 부부와 다뭇 아롭다온 즈미 인
연을 일위여시니299) 이는 곳 너와 나의 일단 방
심홀 곳이라. 우리 노(老) 즈미 무리는 도로혀
무슨 말홀 거시 이시리오?"

졍히 이러툿시 말 【8】 홀 시 다만 보니 스
긔(司棋)와 호박(琥珀)과 포이개(鮑二家) 다라와
픔호여 니르디,

"쥬셕(酒席)을 모다 판비(辦備)호엿노라. 가
뫼 듯고 졈두호며 문득 봉져와 보챠룰 블너와
분부호여 니르디,

"동편은 너의 무리룰 위호여 두 즈리룰 버
리디 쳣 즈리 즁간의 이티티로 안게 호고 영챠
두(迎丫頭)와 봉챠두와 림챠두 삼인은 방즈 회
싱혼 사룸이라. 곳 쳣즈리의 뫼실지니 두리건디
이티티 너의 무리로 더브러 담화코즈 호실 듯호
고, 둘지 즈리 즁간은 류노노로 안게 호고 룽고
낭(菱姑娘)과 우삼 【9】 고낭(尤三姑娘)과 우이고
낭(尤二姑娘) 져의 무리 삼인은 쏘혼 방즈 회싱
혼 사룸이라. 둘지 즈리의 뫼셔 져의 무리로 호
여곰 태허환경(太虛幻境)의 광경을 가져 류노노
긔 고호여 져로 호여곰 듯고 고향의 가셔 죠히
고담(古談)을 말호게 호라. 셔편은 우리 메여온
두 즈리룰 가져 버리고 쏘혼 너의 무리 먹는 과
실과 치쇼룰 가져 몃 가지만 버리라. 쳣즈리 즁
간의는 너의 고마(姑媽)로 안게 호고 보챠두야,
너는 곳 너의 형뎨 식부와 다뭇 너의 스미미(四
妹妹)와 평ᄋ(平兒)룰 다리고 뫼셔 안줄지니 【10
】 너의 고미 쏘혼 너의 무리로 더브러 담화코즈
호시리라. 둘지 즈리 즁간은 내가 곳 안고 너의
금미미(琴妹妹)와 운미미(云妹妹)와 탐미미(探妹
妹)와 다뭇 너의 질녀 교져ᄋ(巧姐兒)로 호여곰
모다 느룰 짜라 안게 호리니 나도 쏘한 져로 더
브러 담화코즈 호노라. 너의 무리 량인은 곳 나
의 말호는 디로 이굿치 버리고 다시 무슨 친쇼
(親疎)며 쟝유(長幼)룰 의론치 말나. 내 너의 이
마와 고마와 류노노와 홈긔 잠간 벽스쥬(碧紗
櫥)의 가셔 안즈 쏘혼 나의 당일의 문방 믈건을
볼지니 아지 못게라 【11】 너의 노야와 티티 나

---

298) 【싱쇼호다】 圉 생소(生疎)하다. ¶ 生分 ‖ 지
금은 오러 기다리던 모녀 무리룰 얼골을 보와시
니 엇지 노티티는 도로혀 싱쇼혼 말숨을 호시느
뇨 (這如今好容易盼的娘兒們見了面, 怎麽老太太
倒說起生分話來了呢?) <續紅 15:6>

299) 【일위다】 圄 이루다. ¶ 다만 져의 무리 부부
와 다뭇 아롭다온 즈미 인연을 일위여시니 이는
곳 너와 나의 일단 방심홀 곳이라 (這要他們夫
妻和美, 姊妹投緣, 這就是你我的一件大歡心處.)
<續紅 15:7> ⇒ 닐외다, 닐우다, 닐위다

롤 위ᄒ여 녜와 ᄀ치 버렷ᄂ지 도로혀 나롤 위
ᄒ여 전당푸리로 보내엿ᄂ냐!."

    말ᄒ미 즁인이 모다 웃더니 류노뇌 우스
며 니르디,

    "아미타블(阿彌陀佛)! 노틔틔ᄂ 넘녀(念慮)
ᄒᄂ 거시 ᄯᅩᄒ 너모 과ᄒ도다. 이런 집의셔 만
일 전당을 내고ᄌ 홀진디 우리 이런 향촌의 사
롬은 엇지 가히 날을 지내리오."

    가뫼 듯고 우스며 니르디,

    "노틔틔야 너ᄂ 이러틋 말을 말나. 쇽어의
니르미 죠토다. '비얌이 구무의 걸님ᄀ치300) 옹
식ᄒ면 ᄯᅩᄒ 능히 전당【12】을 아니치 못ᄒ다'
ᄒ니 나ᄂ 다만 두리건디 겨의 무리 즐겨 ᄌ긔
방즁 믈건을 전당 아니홀 거시오. ᄌ연 모다 나
의 죽은 귀신의게 눈이 도라가리라."

    말ᄒ미 즁인이 모다 웃더라. 이의 가뫼
류노노롤 ᄭᅳ을고 모다 벽수쥬 안의 니르러 볼
시 다만 보니 일졀 포진(鋪陳)ᄒ 거시오, 완연이
가모의 싱시 경샹(景象)과 ᄀ튼지라. ᄌ연 심즁
의 환회ᄒ여 문득 샹(床)과 쟝(帳)을 가르치며
가부인을 향ᄒ여 니르디,

    "고니니야, 너ᄂ 보라! 이 한 벌 샹과 쟝은
곳 나의 당【13】일 ᄌᄂ 곳이라. 이 쟝ᄌ301)
쇽은 곳 디옥의 ᄌᄂ 곳이오, 이 쟝ᄌ 밧근 곳
보옥의 ᄌᄂ 곳이라. 겨의 무리 량인이 ᄋ시로
븟허 모다 나롤 ᄯᅡ라 잣ᄂ니라."

    가부인이 웃고 니르디,

    "노틔틔ᄂ 당일의 겨의 무리롤 ᄉ랑ᄒ시기
롤 너모 과히 ᄒ엿도다."

    졍히 이러틋 말ᄒ더니 다만 보미 봉져(鳳
姐)와 보치 나아와 픔ᄒ여 니르디,

    "쥬셕(酒席)을 모다 졍당히 버려시니 고틔
틔와 이틔틔롤 쳥ᄒ여 모다 ᄌ리의 오르게 ᄒ
라."

    가뫼 듯고 인ᄒ여 류노노와 다믓 가부인을
ᄭᅳ을고 나오니【14】좌츠(座次)ᄂ 이왕 가부인
이 뎡ᄒ엿ᄂ지라. 즁인이 감히 어긔지 못ᄒ며

ᄯᅩᄒ 사양치 못ᄒ여 모다 가모의 가르친 곳대로
일졔히 안줄 시 봉져와 보치 슐을 보숩히고 문
득 호박(琥珀)과 마노(瑪瑙) 이인을 명ᄒ여 동편
두 ᄌ리의 ᄉ후(伺候)ᄒ여 슐을 치고 치쇼롤 올
니며 ᄉ긔와 포이가ᄂ 셔편 두 ᄌ리의 ᄉ후ᄒ여
슐을 치고 치쇼롤 올닐 시 셕샹담화(席上談話)
ᄂ 무비(無非) 별후졍시(別後情事)라. ᄯᅩᄒ 심즁
의 죠흔 말을 ᄒ여 환쇼(歡笑)ᄒᄂ 이도 이시며
ᄯᅩᄒ 샹심(傷心)ᄒ【15】ᄂ 말을 ᄒ여 류톄(流
涕)ᄒᄂ 이도 잇셔 분분블일(紛紛不一)ᄒ여 오경
시(五更時)의 니르럿더니 홀연 드르미 외면의
징을 울니며 벽졔(辟除)ᄒᄂ 쇼리 나거놀 곳 림
공이 묘즁으로 도라가ᄂ 줄 알지라.

    이마마와 류노노와 가모와 가부인이 ᄯᅩᄒ
ᄌ리의 니러 허여져 안ᄌ 챠롤 먹다가 가부인이
문득 손을 드러 보챠와 디옥 이인을 블너 벽수
쥬 쇽의 니르러 모녀 무리 ᄉ담(私談)ᄒᄂ지라.
가뫼 셜이마와 류노노와 샹운과 탐츈 등으로 더
브러 ᄯᅩ ᄒ 츠례 디부(地府)와 다【16】 믓 태허
환경 말을 니르더니 다만 보니 쥬셔개(周瑞家)
나아와 픔ᄒ여 니르디,

    "져 곳 대관원 쥬셕도 ᄯᅩᄒ 파ᄒ여 즁위
친가틔틔 무리 모다 각기 ᄌ리롤 ᄎᄌ ᄌ라 가
더라."

    가뫼 듯고 다만 보니 셜이마와 류노니 모
다 곤ᄒ여 하픠음ᄒ거놀302) 의의 웃고 니르디,

    "고니니야, 우리 무리 ᄯᅩᄒ 도라가리라. ᄒ
놀이 일지 아니ᄒ엿도다."

    ᄒ더니 다만 보미 가부인이 한 손으로 보
챠롤 ᄭᅳ을고 한 손으로 디옥을 ᄭᅳ을고 다라 나
올 시 셜이미 디옥이 ᄯᅩ 곡ᄒ여【17】눈가히 븕
으믈 보고 문득 겨의 손을 ᄭᅳ어 잡고 우스며 니
르디,

    "우리 ᄋ히야, 너ᄂ 엇지ᄒ여 ᄯᅩ 곡ᄒᄂ뇨?
너의 무리 이졔 모다 회싱ᄒ엿고 고노야 고틔틔

---

300) 【蛇大窟隆大 사대굴륭대】 shédàkūlongdà <諺>
    비얌이 구무의 걸님ᄀ치 *比喩家業大開銷也大.‖
    "老老, 你快別說這個話, 俗語說的好: ~. 有時兒
    揹住了, 也不能不當的." 노틔틔야 너ᄂ 이러틋
    말을 말나 쇽어의 니르미 죠토다 비얌이 구무의
    걸님ᄀ치 옹식ᄒ면 ᄯᅩᄒ 능히 전당을 아니치 못
    ᄒ다 (續紅 15:11)

301) 【쟝ᄌ】 閔 장자. ¶ 櫥子 ‖ 이 쟝ᄌ 쇽은 곳
    디옥의 ᄌᄂ 곳이오 이 쟝ᄌ 밧근 곳 보옥의 ᄌ
    ᄂ 곳이라 (這個櫥子里邊就是黛玉的睡處, 這個
    櫥子外邊就是寶玉的睡處.) <續紅 15:13>

302) 【하픠음ᄒ다】 图 하품하다. ¶ 打哈息 ‖ 가뫼
    듯고 다만 보니 셜이마와 류노니 모다 곤ᄒ여
    하픠음ᄒ거놀 (賈母聽了, 看時只見薛姨媽、劉老
    老都困的打起哈息來了.) <續紅 15:16> ⇒ 하픠음
    ᄒ다, 하외움ᄒ다, 하희음ᄒ다

쏘 이곳 셩황이 되시고 노티티 쏘흔 임쇼의 짜
라와 계시니 너는 맛당히 희환(喜歡)홀 거시어
늘 방즈 무어슬 위흐여 곡흐느뇨? 네 리일은 너
의 보져져롤 짜라가 모든 일을 비흐더 무움을
노하 지내라. 네 몸이 쏘흔 병이 날가 넘려흐노
라.”

가부인이 니르디,

“져의 즈미 무리 나와 다못 노 【18】 티티
롤 머무러 이곳의 잇고즈 흐거늘 내 말흐디 우
리 무리 이졔 모다 셩인이 아니라 머므르면 모
든 일이 편치 아니타 흐엿더니 졔가 쏘 곡흐도
다.”

가뫼 니르디,

“우리 으히야, 너는 곡흐지 말나. 우리 무
리 다시 량일을 지내면 너의 무리롤 와셔 보리
라. 우리 무리 방옥(房屋)이 어졔야 바야흐로 모
다 지엇고 모든 일이 도로혀 모다 졍졔(整齊)치
못흐여시니 쏘 네가 셩혼 후 구일(九日)이 되면
너의 마미 자연 너롤 영졉흐여 회구지 【19】 례
(回九之禮)롤 힝홀 거시니 그 쩌의 우리 무리
쏘흔 친우롤 쳥흐여 묘즁의셔 죵일을 열요(熱
鬧)홀 거시오, 좌우간 모녀 무리 흥샹 얼골을
볼 거시니 엇지 머믈며 머무르지 아니흐는 디
이시리오.”

류노뫼 니르디,

“아미타블! 우리 노티티는 고낭 무리 노티
티와 다못 고티티롤 노와 도라가지 못흐게 흐믄
니르지 말나. 곳 나도 쏘흔 너의 노죠죵(老祖宗)
을 노와 도라가지 못흐게 흐노라. 이야(噯哟),
우리 무리는 향곡(鄕曲) 사룸이라. 희가 맛도록
어더 한가흔 결을이 잇 【20】 셔 셩의 드러가 묘
우의 오르리오. 다만 죠히 명년 스월 팔일을 기
다려 내가 다시 묘즁의 니르러 노죠죵을 위흐여
향을 픠오리라.”

말흐미 즁인이 모다 웃더라. 졍히 우슬
쩌의 다만 보니 형부인과 왕부인과 우시와 니환
고식(姑媳) 스인이 다라 드러오거늘 왕부인이
니르디,

“엇지 노티티와 다못 고티티는 모다 묘즁
으로 도라가려 흐시느뇨?”

가부인이 니르디,

“우리 무리 이곳의 머믈면 심히 방편(方便)
치 못흐니 량일을 지내여 다시 와 너의 무 【21

】 리롤 보리라. 우리 무리 묘즁의 모든 일이 오
히려 졍졔치 못흐여시니 구일이 되기롤 기다려
내 너의 외싱녀으롤 영졉흐여 회문(回門)흐려
흐니 그쩌의 쏘 두 분 구티티와 다못 너니 무리
와 고낭 무리롤 쳥흐여 모다 우리 묘즁의 니르
러 노닐니라. 구티티야 내 쏘흔 한 귀졀 말이
잇노라. 외싱녀으는 으시로붓허 구구(舅舅)와 구
미(舅媽) 과이(過愛)흐여 구쇽흔 거슬 지내지 못
흐여시니 모든 지각(知覺)이 밋지 못하는 일을
도로혀 바라건디 구구와 구모는 져롤 져 【22】
기 용셔흐미 죠토다.”

왕부인이 웃고 니르디,

“이야! 고티티는 엇지 쇽투(俗套)의 말을
흐느뇨? 이거시 어니 쩌의 비화 어든 말이냐.”

가뫼 웃고 니르디,

“이거시 무슨 쇽투라 니르리오. 네 쟉일의
고노야로 더브러 닷토와 한 벌 죠흔 톄면의 쟝
염을 판비(辦備)흐고 다시 몃 벌 스시(四時) 의
샹(衣裳)을 짓고즈 흐거늘 고노애 말흐디, ‘지금
녀으는 곳 회셩흔 사룸이라. 젼일 태허환경(太
虛幻境)의셔 귀혼이 되여실 쩌와 비치 못홀지니
우리 무리 쓰는 바 믈건은 인셰의셔 엇지 쓰 【
23】 는 바 믈건을 판비치 못흐느뇨?”

노애 말흐디,

“너는 가쟝 후두(糊塗)흐도다. 이졔 우리
무리 쓰는 바 은젼(銀錢)은 모다 인셰의 분화(焚
火)흐여 온 거시라. 이거슬 가지고 가셔 인간믈
건을 스려흐면 뉘 즐겨 응흐리오.”

고노니 듯고 미원(埋怨)흐며 말흐디,

“우리 집의 다만 이 일개 녀희으롤 나코
다른 즈식이 업거늘 한 벌 쟝염도 쏘흔 능히 판
비흐여 보내지 못흐랴! 당일의 스라셔 양쥐(楊
洲) 염원(鹽院)의 이실 쩌는 샹고(商賈) 무리의
돈을 밧지 아니흐여 일개 빈궁흔 관원이 되엿더
니 【24】 지금 죽은 후의도 셩황의 승품(陞品)흐
여 니르러시더 뉘 알니오! 쏘 일개 궁 셩황(城
隍)이 되엿도다.”

흐미 고노애 방차(防遮)홀 방법이 업셔 웃
고 니르디,

“너는 챡급(着急)지 말나. 내 한 법을 성각
흐여 판비흐미 곳 올토다 흐여시니 너의들은 성
각흐라. 외손녀이 우리 집의 니르미 도로혀 져
의 쁠 믈건이 부죡다 니르기 어렵거늘 쏘 무슴

쟝염을 요구ᄒᄂ뇨?"

설이미 듯고 가부인을 향ᄒ여 우스며 니ᄅ디,

"친가(親家) 티티(太太)야, 너는 ᄯᅩ 이쳐럼 용심치 말나. 【25】 이제 져의 보져의 믈건이 ᄯᅩᄒ 젹지 아니ᄒ니 잠간 ᄌ미 무리 한가지로 ᄡᅳ다가 우리 무리 젼당푸리303)의 리일 혬을 맑히믈 기다려 내가 져의 반ᄋ거거(蟠兒哥哥)로 ᄒ여곰 져를 위ᄒ여 의례히 일습(一襲)을 판비ᄒ여 보내미 곳 올토다."

가뫼 니ᄅ디,

"이티티야 너는 ᄯᅩᄒ 이 ᄆᆞᆷ을 허비(虛費)치 말나 방ᄌ 내가 다만 니ᄅ디, 내 물건을 너의 져부(姐夫)와 져져(姐姐)들이 모다 탕진(蕩盡)ᄒ엿더니 뉘 알니오 도로혀 여전이 잘 버려시니 리일 림챠두로 ᄒ여곰 져의 방의 【26】 반이(搬移)ᄒ여 가면 ᄯᅩᄒ 넉넉히 ᄡᅳ리라."

가부인이 니ᄅ디,

"이야! 노티티야, 우리 무리 ᄯᅩᄒ 가리라. 언마 못되여 닭이 울거놀 다시는 이런 일을 계긔치 말나. 나는 블과 우리 무리 낫출 위ᄒ여 친우로 ᄒ여곰 보기 죠케 ᄒ미오, 엇지 우리 집의 녀힉이 ᄡᅳᆯ 믈건 업스믈 위ᄒ미리오!"

가뫼 듯고 왕부인을 향ᄒ여 우스며 니ᄅ디,

"나는 드ᄅ니 져곳의 친쳑들이 모다 잔다ᄒ니 우리는 가히 져의들을 경동치 말니로다. 너의는 분부ᄒ여 외면의 ᄉ후 【27】 롤 일졔히 ᄒ게 ᄒ라. 하늘이 일지 아닌가 시부도다."

형·왕 이부인이 가히 머무지 못ᄒᆯ 줄 알고 다만 외면의 분부ᄒ여 ᄉ후케 ᄒ고 포이가는 가모롤 뫼시고 스긔는 가부인을 뫼시고 즁인이 일졔히 보내여 영희당(榮禧堂)의 니ᄅ러 가모와 가부인이 교ᄌ롤 타고 가는 거슬 보더라. 즁인

---

303) 【젼당푸리】 圏 {젼당푸리(典當鋪裏).} 젼당포(典當鋪). ¶ 當鋪 ∥ 이제 져의 보져의 믈건이 ᄯᅩᄒ 젹지 아니ᄒ니 잠간 ᄌ미 무리 한가지로 ᄡᅳ다가 우리 무리 젼당푸리의 리일 혬을 맑히믈 기다려 내가 져의 반ᄋ거거로 ᄒ여곰 져를 위ᄒ여 의례히 일습을 판비ᄒ여 보내미 곳 올토다 (如今他寶姐姐的東西也不少, 暫且姊妹倆大伙兒將就用着, 等俄們當鋪裏明幾算清了帳, 我敎他蟠兒哥哥也給他照樣兒備一副送來就是了.) <續紅 15:25>

이 인ᄒ여 샹방의 니ᄅ러 챠환과 노파 무리롤 시겨 긔명(器皿)을 슈습ᄒ고 등블을 ᄯᅵ고 비로쇼 모다 홋허져 각각 방으로 도라가 블과 편시(片時)롤 ᄌ미 동방이 【28】 밝은지라. 모든 친쳑들이 니러나 쇼셰롤 맛치고 ᄯᅩ 머믈너 졈심을 먹고 비로쇼 각귀 귀가ᄒ더라.

련일(連日) 일이 업다가 보(寶)·대(黛) 셩혼ᄒ 지 뎨 칠일의 니ᄅ미 그날은 가졍(賈政)이 죠회의 나려 ᄒ여 죠반을 먹고 보옥을 블너 분부ᄒ여 져녁의 묘즁의 가 가모와 가부인을 위ᄒ여 쳥안(請安)케 ᄒ더니 다만 보니 가련(賈璉)이 희희히 웃고 드러와 픔ᄒ디,

"한 가지 희한ᄒ 일이 잇셔 노야긔 아ᄅ시게 ᄒ노라."

가졍이 니ᄅ디,

"무슨 일이완디 네 이ᄀᆞ치 환희ᄒ 【29】 ᄂ냐? 안ᄌ 말ᄒ라."

가련이 교의(交椅)에 안ᄌ며 웃고 니ᄅ디,

"방ᄌ 형부(刑部) 당관(堂官) 죠젼친(趙全親)이 문의 니ᄅ러 슈본(手本)을 더지고 노야긔 뵈기롤 구ᄒ거놀 림지효 져의 힝실이 단졍치 못ᄒ여 노얘 평일의 져롤 긔디 아니ᄒ신 줄 알고 ᄒ믈며 져는 ᄯᅩ 본부 관원이 아닌지라. 감히 와 노야긔 픔ᄒ지 못ᄒ고 몬져 질ᄋ의게 고ᄒ거놀 질이 나아가 보고 져의 리력을 무ᄅ니 졔 말이 도로혀 가쟝 취미잇도다. 말ᄒ디, '졔가 일개 녀힉이 이시니 금년이 십팔 【30】 셰라. 싱기미 가쟝 사ᄅᆷ스럽더니 반년 젼의 귀혼(鬼魂)의게 얽미이믈 닙어 빅반(百般)으로 시약(施藥)ᄒ디 죠곰도 효험이 업ᄂ지라. 다만 죽기만 기다리디 졔 마음의 녀ᄋ롤 블샹히 너기나 구홀 방법이 업거놀 친히 셩황묘(城隍廟)의 가 분향ᄒ고 축원ᄒ되 다만 져의 녀힉ᄋ롤 보젼ᄒ여 병이 나으면 졔가 졍원(情願)으로 삼쳔 냥 은ᄌ롤 표시ᄒ여 묘우(廟字)롤 슈리ᄒ리라.' ᄒ엿더니 그 밤 ᄭᅮᆷ의 고노얘 일개 풍가(馮家) 셩 가진 샹공을 시겨 져의 녀ᄋ 방즁의 【31】 셔 쳥검홍발(靑臉紅髮)의 악귀롤 잡아 머믈고 져의 녀ᄋ의 명을 구ᄒ더니 그 샹공이 곳 져의게 분부ᄒ디, '너의 녀이 병이 하려시니 너는 구ᄐ여 보시(布施)ᄒ여 슈묘롤 말고 다만 네 허락ᄒ 삼쳔 량 은ᄌ롤 가져 한 벌 죠흔 샹등 쟝염을 판비ᄒ여304) 공부

---

304) 【판비ᄒ다】 图 {판비(辦備)하다.} 변통하여 준

시랑 가대인 부중으로 보내여 바드시게 ᄒᆞ면 곳 네가 원더로 힝ᄒᆞ다 니ᄅᆞ리라.' ᄒᆞ더니 지금 져의 녀ᄋᆞ의 병이 과연 나흔지라. 계가 감히 신인(神人)의 말을 어긔지 못ᄒᆞ여 지금 한 벌 샹등 쟝염【32】을 판비ᄒᆞ여 문샹(門上)으로 가져왓시더 다만 두리건더 노애 즐겨 허락지 아니실지라. 이러므로 계가 친히 와 연고롤 픔ᄒᆞ려 ᄒᆞ다 ᄒᆞ니 노야는 드ᄅᆞ라. 이 일이 진개 취미가 잇도다."

가정이 듯고 심히 이샹히 너기더니 다만 드ᄅᆞ미 왕부인이 웃고 니ᄅᆞ더,

"노야는 다만 져거술 바드라. 이는 노티티 젼일의 말ᄒᆞ시더, 고티티가 쟝염 업ᄉᆞ믈 위ᄒᆞ여 한즈음 고노야긔 하쇼연ᄒᆞ거늘 고노애 말ᄒᆞ더 내 방법을 싱각ᄒᆞ여 판단ᄒᆞ미 곳 올토다 ᄒᆞ엿【33】다 ᄒᆞ더니 지금은 노애 져의 녀ᄋᆞ의 명을 구ᄒᆞ여 계가 친히 거느리고 와시니 쏘 엇지ᄒᆞ여 밧지 아니리오."

가정이 웃고 니ᄅᆞ더,

"비록 이 ᄀᆞᆺᄐᆞ나 쏘ᄒᆞᆫ 맛당히 보옥을 시겨 묘즁의 가셔 고노야긔 무러 보는 거시 곳 올토다."

가련이 웃고 니ᄅᆞ더,

"노야는 근신(謹愼)ᄒᆞ시미 태과ᄒᆞ도다. ᄉᆞ졍이 만일 진뎍(眞的)지 아니ᄒᆞ면 죠당관(趙堂官) ᄀᆞᆺ튼 업쟝(業障)이 계가 남의게 편의ᄒᆞᆫ 거술 토식(吐色)지 아니면 곳 무던ᄒᆞ거늘 즐겨 즈긔 ᄋᆞ즈롤 내여 문의 와 얼골을 뵈와지라 구【34】ᄒᆞ리오?"

가정이 듯고 한즈음 침음ᄒᆞ다가 니ᄅᆞ더,

"쏘ᄒᆞᆫ 무던토다. 네가 곳 져의게 회답ᄒᆞ여 말ᄒᆞ더, '우리 가슉(家叔)이 이런 등한(等閒)ᄒᆞᆫ 일은 아른 체 아니신다.' ᄒᆞ여 져의 동졍을 보더 졔가 만일 일향 좃지 아니커든 네가 곳 즈긔의 쥬견더로 져거술 밧는 거시 곳 올흐더 가져

비(準備)하다. ¶ 辨 ‖ 너의 녀익 병이 하려시니 너는 구ᄐᆞ여 보시ᄒᆞ여 슈묘롤 말고 다만 네 허락ᄒᆞᆫ 삼쳔 량 은즈롤 가져 한 벌 죠흔 샹등 쟝염을 판비ᄒᆞ여 공부시랑 가대인 부즁으로 보내여 바드시게 ᄒᆞ면 곳 네가 원더로 힝ᄒᆞ다 니ᄅᆞ리라 (你的女兒好了, 幷不要你出布施修廟, 盡你許下的這三千兩銀子, 辦一副上好的嫁粧送到工部侍郎賈大人府上收了, 就算你還了願了.) <續紅 15:31>

온 사ᄅᆞᆷ을 샹급(賞給)ᄒᆞ고 쏘ᄒᆞᆫ 져의게 녕슈(領謝)ᄒᆞᆫ 명텹(名帖)은 쥬지 말나."

가련이 듯고 샐니 나와셔 방의 니ᄅᆞ러 죠당관을 향ᄒᆞ여 우스며 니ᄅᆞ더,

"방ᄌᆞ 죤긔 오신 뜻을 가져 가슉의【35】게 픔ᄒᆞ엿더니 가슉이 우연이 감환(感患)이 이시믈 인ᄒᆞ여 능히 나와 뫼시지 못ᄒᆞ고 말ᄒᆞ더, '죤긔(尊駕) 임의 환원(還願)ᄒᆞ신 믈건이라도 감히 이런 등한ᄒᆞᆫ 일을 샹관치 못ᄒᆞ노라.' ᄒᆞ더라."

죠당관이 우스며 니ᄅᆞ더,

"쇼뎨 녕슉대인(令叔大人)의 셩픔을 깁히 아더 다만 이 일은 곳 나의 환원ᄒᆞᆫ 거시오, 죠곰도 녕슉대인을 위ᄒᆞ여 표졍(表情)ᄒᆞᆫ 거시 아니라. 이야(二爺)는 다만 사ᄅᆞᆷ을 시겨 바다 드리미 죠토다."

가련이 듯고 곳 림지효의게 분부ᄒᆞ여 사ᄅᆞᆷ을 시겨 안흐로 옴겨 드【36】리고 가져온 사ᄅᆞᆷ을 오 량 은즈롤 샹급홀 시 죠당관이 챠롤 먹고 친히 의문(儀門)의 셔셔 일일이 모다 옴겨 가는 거술 보고 비로쇼 가련으로 더브러 쟉별ᄒᆞ고 말긔 올나 가더라. 가련이 도로 드러와 가정의게 회픔(回稟)ᄒᆞ니 가정이 문득 보옥을 명ᄒᆞ여

"져녁의 묘즁의 가모긔 쳥안ᄒᆞ라 가거든 겸ᄒᆞ여 쟝염 보낸 연고롤 무르라."

ᄒᆞ더니 쵸경 후의 보옥이 비명(焙茗)을 거느리고 말타고 가더니 대략 두시긔 즈음 ᄒᆞ여 보옥과 비명이 도라와 가정과 왕부【37】인긔 픔ᄒᆞ여 니ᄅᆞ더,

"노티티 슈일 간 안졍ᄒᆞ시더라. 쟝염 보낸 일을 무럿더니 뉘 알니오 고노애 오히려 아지못ᄒᆞ다가 풍연의 은휘(隱諱)ᄒᆞ여 힝ᄒᆞᆫ 줄 알더 일이 임의 일웟ᄂᆞᆫ지라. 만회ᄒᆞ기 어려워 고노애 다만 웃고 니ᄅᆞ더, '이 죠당관은 원리 쓸더 업는 믈건이오, ᄒᆞ믈며 져의 녕아롤 구ᄒᆞ여 져로 ᄒᆞ여곰 몃 낫 돈을 뻣시니 쏘ᄒᆞᆫ 그만두라.' ᄒᆞ더라."

가정이 듯고 졍히 다시 뭇고져 ᄒᆞ더니【38】다만 보미 비명이 손의 일개 비갑(拜匣)을 가져 탁 샹의 노커늘 왕부인이 문득 무ᄅᆞ더,

"이는 쏘 무어시뇨?"

비명이 픔ᄒᆞ더,

"고티티 져곳의셔 가져온 숀림 쳥ᄒᆞᆫ 명

텹(名帖)이니 후일은 곳 신이너니(新二奶奶)의 회문(回門)ᄒᄂ 날이라. 노즈(奴子)로 ᄒᆞ여곰 대신 쳥ᄒᆞ게 ᄒᆞ시더라. 고너니와 고티티 말ᄉᆞᆷᄒᆞ시디, '묘즁의 디방이 협쵝(狹窄)ᄒᆞ여 여러 쥬셕을 버리지 못ᄒᆞ니 노인내의 노야 무리와 티티 무리와 다믓 진대야와 진대너니ᄂᆞᆫ 타일의 다시 쳥ᄒᆞ고 지금 쳥ᄒᆞᄂᆞᆫ 【39】 남긱(男客)은 곳 련이야(璉二爺)로 죠ᄎᆞ 시쟉ᄒᆞ여 모다 져므신 내 졔야(諸爺) 무리오, 녀긱은 곳 쥬대너니(珠大奶奶)로 죠ᄎᆞ 시쟉ᄒᆞ여 모다 져무신 너니, 고낭 무리니 아오로 챠두와 노파 무리롤 만히 거ᄂᆞ려 술 치고 치쇼 드리ᄂᆞᆫ 거슬 ᄉᆞ후케 ᄒᆞ라.' ᄒᆞ더라."

왕부인이 듯고 한 번 우ᄉᆞ며 문득 보옥을 명ᄒᆞ여,

"비갑을 열고 쳥텹(請帖)을 내여 넑어 들니라. 후일의 쳥ᄒᆞᄂᆞᆫ 여러 져므신 내가 모다 번고 보리라."

보옥이 쳥텹을 내여 한 번 넑으니 남긱은 가련(賈璉)과 보옥(寶玉)과 가환(賈環)과 가란(賈蘭)과 가용(賈蓉) 【40】 과 류샹련(柳湘蓮)과 셜반(薛蟠)과 셜과(薛蝌) 팔인이오, 녀긱은 니환(李紈)과 봉져(鳳姐)와 평ᄋᆞ(平兒)와 우이져(尤二姐)와 셜보챠(薛寶釵)와 림디옥(林黛玉)과 진가경(秦可卿)과 호시(胡氏)와 영츈(迎春)과 탐츈(探春)과 셕츈(惜春)과 교져(巧姐)와 ᄉᆞ샹운(史湘雲)과 진향릉(甄香菱)과 형슈연(邢岫烟)과 셜보금(薛寶琴)과 우삼져(尤三姐) 아오로 십칠 인이러라. 가졍과 왕부인이 듯고 졈두ᄒᆞ며 인ᄒᆞ여 명ᄒᆞ디,

"비갑을 비명을 쥬어 명일 쳥신(淸晨)의 곳 쳥텹디로 가셔 쳥ᄒᆞ라."

ᄒᆞ더라. 노뷔 ᄯᅩ 보옥으로 더브러 한즈음 한화(閑話)ᄒᆞ다가 비로쇼 각각 방의 도라가 취침ᄒᆞ 【41】 더라.

뎨삼일의 니ᄅᆞ러 보옥(寶玉)이 사ᄅᆞᆷ을 시겨 이 여러 쳥ᄒᆞ디 참예혼 사ᄅᆞᆷ을 약회(約會)ᄒᆞ여 무론 남녀ᄒᆞ고 모다 오후의 영부(榮府)로 일졔히 모혀 졈심 먹고 쵸경(初更) 시분(時分)의 니ᄅᆞ러 챠도 타고 말도 타 등롱(燈籠)과 횃블이 일노(一路)의 휘황(輝煌)ᄒᆞ더니 셩황묘 뎐젼(前殿)의 니ᄅᆞ러 거마롤 나리미 문득 림공과 가쥬량인이 마ᄌᆞ 나와 져의 형뎨 슉질 팔인을 마ᄌᆞ셔 방으로 가고 가부인과 원앙(鴛鴦)도 ᄯᅩᄒᆞᆫ 마

ᄌᆞ 나와 니환(李紈)과 봉져(鳳姐) 등 십칠 인을 닛그러[305] 가모의 【42】 시로 지은 집으로 니룰 시 다만 보니 가뫼 손의 집힝이롤 집고 문의 의지ᄒᆞ여 기다리다가 한 번 져의 ᄌᆞ미들이 드러오믈 보고 손을 치며 웃고 니ᄅᆞ디,

"이야, 우리 ᄋᆞ희들아, 너ᄂᆞᆫ 보라 낫낫치 곳숑이와 비단뭉치[306]가 모다 오ᄂᆞᆫ도다. 젼일의 내가 집의 니룰 ᄡᅥ의ᄂᆞᆫ 다만 너의 파파 무리로 더브러 담화ᄒᆞ지라. ᄯᅩᄒᆞᆫ 결을이 업셔 너의 무리로 더브러 말을 ᄒᆞ지 못ᄒᆞ엿더니 오늘은 곳 너의 림미미의 회문(回門)ᄒᆞᄂᆞᆫ 날이라. 이러므로 너의 태 【43】 태 무리롤 쳥치 못ᄒᆞ고 다만 너의 ᄌᆞ미들을 영졉ᄒᆞ여시니 ᄯᅩᄒᆞᆫ 너의 ᄌᆞ미들의게 긔셰롤 ᄉᆞ양ᄒᆞ노라."

ᄒᆞ니 아지 못게라 니환 등이 엇지 디답ᄒᆞᄂᆞᆫ지 챠텽하회분ᄒᆡ ᄒᆞ라.

---

305) 【닛글다】 동 이끌다. ¶ 引 ‖ 가부인과 원앙도 ᄯᅩᄒᆞᆫ 마ᄌᆞ 나와 니환과 봉져 등 십칠인을 닛그러 가모의 시로 지은 집으로 니룰 시 (這裏賈夫人、鴛鴦也迎了出來, 將李紈、鳳姐等十七人引到賈母新盖的房子裏.) <續紅 15:41> ⇒ 잇그-, 잇글다

306) 【花攢錦簇 화찬금족】 huācuánjǐncù <成> 곳숑이와 비단뭉치 *富貴熱鬧的景象。‖ "噯喲, 我的兒們, 你看一個賽如一個的, ~的都來了." 이야 우리 ᄋᆞ희들아 너ᄂᆞᆫ 보라 낫낫치 곳숑이와 비단뭉치가 모다 오ᄂᆞᆫ도다 (續紅 15:42) "一面劉薛二內相, 每人送周守備一大杯, 觥籌交錯, 歌舞吹彈, ~飲酒." (金瓶 58) "月娘回家, 因見席上~, 歸到家中進入後邊院落, 見靜悄悄無個人接應." (金瓶 91)

20
가영츈패포박졍랑 스샹운슈구단명ᄋ
賈迎春擺布薄情郎 史湘雲搜求短命兒

화셜(話說), 니환(李紈)과 봉져(鳳姐) 등 십칠인이 가부인(賈夫人)과 원앙(鴛鴦)을 따라 셔변 편원(偏院)으로 드러올 시 다만 보니 가뫼(賈母) 문의 의지ᄒ여 기다리거늘 중인이 보고 련망히 몃 거름을 힝ᄒ여 앏희 니르러 일졔 【44】 히 쳥안ᄒ니 가뫼 우스며 니르디,

"고낭(姑娘) 무리야, 모다 드러오라. 너의 무리는 보라. 이는 나롤 위ᄒ여 지은 시 집이니 모다 가중 모양대로 지은지라. ᄯᅩ흔 한 편은 큰 '일만 만(萬)ᄯ 캉(炕)'이오, 한 편은 벽스쥬(碧紗櫥)니 방 속 진셜(陳設)도 ᄯᅩ흔 내가 친히 스스로 비포ᄒ여 버린 거시라. 너의 무리는 보라. 죠흐냐, 죠치 아니ᄒ냐?"

니환 등 중인이 보고 졔셩ᄒ여 니르디,

"노티티(老太太)ᄂ 슈복(壽福)이 ᄡᅡᆼ견흔 사름이라. 이문목견(耳聞目見)이 만ᄒ시니 무론 무어슬 비치 ᄒ시던 【45】 지 모다 타인의게 비ᄒ면 별노이 다르도다."

가뫼 웃고 니르디,

"너의 즈미들은 모다 만ᄯ 캉의 올나 안즈라. 우리 무리 오늘은 ᄯᅩ흔 시 모양으로 노닐나

ᄒᄂ니 미인(每人) 앏희 젹은 탁즈롤 놋코 탁즈 우희 일개 찬합(攢盒)과 일개 젹은 쥬효(酒肴)와 일ᄡᅡᆼ 졋가락과 일기 슐잔을 버렷다가 치쇼롤 올닐 ᄯ의 모다 젹은 졉시와 젹은 완(碗)으로 사름마다 각각 먹게 ᄒ리라. 우삼고낭(尤三姑娘)과 셜이고낭(薛二姑娘)과 형대고낭(邢大姑娘)과 스대고낭(史大姑娘)과 룽고낭(菱姑娘) 너의 오인은 긱(客)이라. 곳 【46】 몬져 올나가 옷깃 츠례로 몬져 안즈라. 그 버거는 곳 우리 무리 집의 노쇼(老小) 스위(四位) 고낭이 안고 ᄯᅩ 그 버거는 곳 우리 무리 집의 노쇼 팔위 니니가 맛당ᄒ니 우리 무리 곳 탁즈롤 가져 ᄯᅩ흔 모다 노흐라. ᄯ가 한(限)이 이시니 우리 ᄯᅩ흔 흠긔 슐 먹고 담화ᄒ리라."

가부인이 웃고 니르디,

"너의 무리ᄂ 모다 들라. 노티티긔셔 스졍(事情) 싱각ᄒ시기롤 널니 ᄒ시고 말을 니르시믈 ᄯᅩ 현쳡히 ᄒ시며 츠셔 난호기롤 ᄯᅩ흔 쳥쵸(淸楚)히 ᄒ시니 우리 무리 노인내롤 따르 【47】 지 못홀지라. 고낭 무리는 ᄯᅩ흔 다시 겸양치 말고 모다 노티티의 말슴ᄒ시는 츠셔(次序)디로 죠츠 올나 안즈라."

우삼져(尤三姐)와 스샹운(史湘雲) 중인이 듯고 ᄯᅩ흔 다시 스양치 못ᄒ고 모다 일졔히 캉의 올나 각각 츠셔디로 안줏더니 원앙이 다라나와 니환을 위ᄒ여 배례(拜禮)코즈 ᄒ니 니환이 보고 련망히 니러나 원앙의 손을 ᄯ어 잡을 시 그 눈믈이 곳 진쥬ᄀᆞ치 흐르거늘 가뫼 니르디,

"우리 ᄋᆞ히야, 너는 과샹치 말나. 한 지위 지내여 밥을 먹거든 원앙으로 ᄒ 【48】 여곰 너롤 거느려 겨의 방으로 가게 홀지니 너의 부부 량인은 ᄯᅩ흔 친근ᄒ여 지내라. 이는 도로혀 남의 우슴의 말이 두립다 니르기 어렵도다."

말ᄒ미 중인이 모다 웃더라. 다만 보니 모든 챠환 무리 슈각(手脚)이 황망ᄒ여 츠례디로 이십 좌(坐) 젹은 탁즈롤 노코 미 탁샹의 일개 찬합과 일개 젹은 쥬효와 한 벌 잔과 졋가락을 놋커늘 가모와 가부인과 원앙이 모다 안즌 후의 슐을 칠 시 가뫼 슐잔을 잡고 우스며 니르디,

"다힝 【49】 이 내가 지져괴여 ᄒ여곰 만ᄯ 캉을 민드럿도다. 만일 슈 간 캉이량이면 도로혀 너의 여러 사름이 안기 넉넉지 못홀 번ᄒ엿도다. 너의 무리는 모다 보라. 곳숑이와 비단

뭉치가 한 캉의 안줏시니 날노 ᄒ여곰 ·보믹 엇지 회환치 아니리오? 우리 아희야, 너의 무리는 ᄯᅩ 흔 잔 슐을 마시고 ᄯᅩ 몃 개 과실을 먹으라. 이는 모다 너의 무리가 스스로 가지고 온 믈건이니라."

중인이 듯고 일제히 니ᄅ디,

"우리 무리 ᄯᅩ 용이케 노틱틱와 고틱틱【50】의 금면(金面)을 뵈옵고 오늘이 쥬칙(酒菜)롤 양디로 모다 먹어시니 가히 거줏 외양을 짓ᄂ니 업노라."

가뫼 ᄯᅩ 디옥을 향ᄒ여 니ᄅ디,

"어졔 사롬이 잇셔 너롤 위ᄒ여 쟝염을 보내여 ᄌᆺ시리니 이는 그 물건을 보건디 가히 죠흐냐, 죠치 아니냐? 갑시 모다 언마나 되염죽ᄒ냐?"

디옥이 듯고 졍히 대답코져 ᄒ더니 다만 드ᄅ미 보치 니ᄅ디,

"가쟝 죠토다. 가지가지 모다 민들기롤 졍교히 ᄒ여 나의 쟝염의 비ᄒ건디 믹우 낫도다. 그 속의 룽나(綾羅)【51】 스단(紗緞)과 잠환(簪環) 슈식(首飾)이 모다 젼비(全備)ᄒ여시니 ᄯᅩ흔 갑시 슈 삼쳔 량 은ᄌ가 될 듯ᄒ도다. 쇼샹관(瀟湘館)은 터이 협착(狹窄)ᄒ니 엇지 이런 믈건을 버려노흐리오. 내 림믹믹로 더브러 샹량ᄒ여 우리 ᄌᆷ미 무리 한곳의 머믈게 ᄒ여시니 이홍원(怡紅院)은 너ᄅ고 ᄯᅩ 시훤흔지라. 이러므로 어졔 그 믈건을 가져 모다 이홍원의 버려노핫노라."

가뫼 듯고 환희ᄒ여 니ᄅ디,

"가쟝 죠토다. 이리ᄒ미 곳 올흐리라. 너의 ᄌᆷ미 무리 한곳의 머믈면 모든 일이 모다 편당(偏當)【52】 흔 거시 만코 ᄯᅩ흔 보옥 쇼지 오늘은 이 방으로 오고, 리일은 져 방으로 가지 아냐 외인으로 ᄒ여곰 보기의 고이ᄒ미 업스리라. 너의 ᄌᆷ미들은 모다 글 닑은 사롬이라. 보옥을 가져 너의 량인의게 부치ᄂ니 나는 ᄯᅩ흔 방심ᄒ노라. 너의 무리는 봉챠두(鳳丫頭)롤 ᄯᅡ라 비화 투긔(妬忌)ᄒ기롤 날마다 닭과 거위ᄀᆺ치 싸호지 말나."

봉졔 웃고 니ᄅ디,

"의야, 이 노틱틱(老太太)의 말슘이야 누롤 말ᄒ면 다만 누롤 말ᄒ 거시어늘 ᄯᅩ 다른 사롬을 ᄭᅳ어 달히는도다. 져의 【53】 량인이 모다 이

곳의 잇지 아니ᄒ랴! 노틱틱는 ᄆᆞ옵것 무러보라. 회싱흔 후로붓허 이 여러 날의 내가 여러 번 이야(二爺)의 우이져(尤二姐) 방의 가는 거술 마줏쳣더니 평이 지금 ᄋ희롤 비혀시더 눈으로 시로 셩혼흔 사롬을 보고 ᄯᅩ흔 피ᄒ려 ᄒ는지라. 이러므로 졔가 도로혀 나롤 ᄯᅡ라 ᄌᆞᄂ니라."

가부인이 드고 우스며 니ᄅ디,

"고낭아, 너의 입부리가 진개 험ᄒ도다. 노틱틱는 블과 한 귀결 긔롱(譏弄)의 말을 ᄒ엿거날 네 엇지 셔로 산쟝(算帳)ᄒ려 ᄒᄂ뇨? ᄯᅩ흔 교고낭(巧姑娘)의 우슴 【54】 의 말홀 거술 두리지 아니ᄒ느냐?"

말ᄒ미 중인이 모다 웃더라. 가뫼 웃고 니ᄅ디,

"고이ᄒ도다. 평이 드러올 쩌의 내가 보니 졔가 거롬 것는 거시 심히 경쾌치 아니터니 원리 내가 ᄯᅩ 증손을 엇게 되엿도다."

진시 웃고 니ᄅ디,

"노틱틱는 다만 증손(曾孫)을 어드실 ᄲᅳᆫ 아니라 도로혀 현손(玄孫)을 어드시리라. 우리 호시믹지(胡氏妹子) ᄯᅩ흔 ᄋ희 빈 지 륙칠 삭이 되엿ᄂ니라."

가뫼 듯고 더옥 환희ᄒ여 니ᄅ디,

"이는 가쟝 죠흐니 내가 가히 진개 노죠종(老祖宗)이라 니ᄅ리로다.【55】 내 ᄯᅩ흔 니졋도다. 뭇ᄂ니 너의 ᄌᆷ미들은 투긔ᄒᄂ냐, 아니ᄒᄂ냐?"

진시 듯고 슈건을 가져 입을 ᄲᅡ쥐고 희희히 웃고 니ᄅ디,

"노틱틱긔셔 이 말을 무ᄅ시니 우리 무리는 ᄯᅩ흔 능히 디답기 어렵도다. 호시믹ᄌᆞ는 ᄯᅩ흔 일개 진실흔 사롬이라. 우리 ᄌᆷ미들은 한 집의 두 벌 샹과 쟝을 버렷시더 아오로 무숨 닷토미 업스니 블과 왕ᄌᆞ(往者)롤 블츄(不追)ᄒ고 리ᄌᆞ(來子)롤 블거(不拒)홀 ᄯᅡ롬이로라."

중인이 듯고 모다 웃더라. 가뫼 우스며 셕샹(席上)을 향ᄒ여 한 번 바라보더니 이【56】 의 향룽(香菱)을 향ᄒ여 니ᄅ디,

"고낭아, 너의 쇼희ᄋᆞ는 지금의 ᄯᅩ흔 가쟝 ᄌᆞ랏실 둧ᄒ디 다만 져허컨디 너는 보면 도로혀 낫치 셔어ᄒ리라.307)"

---

307) 【셔어ᄒ다】 혱 서어(鉏鋙)하다. 서먹하다. ¶ 認生 ‖ 고낭아 너의 쇼희ᄋᆞ는 지금의 ᄯᅩ흔 가쟝

향릉이 웃고 니르디,

"가히 올치 아니리오. 즈라기는 가쟝 즈랏시디 모다 집안 사롬으로 더브러 낫치 셔어ᄒ나 다만 져의 내마즈(奶媽子) 일인만 알고 우리 티티의게도 모다 안기려 아니ᄒ고 나는 다만 져롤 부르면 계가 도로혀 우는도다."

가뫼 웃고 니르디,

"이리 말ᄒ량이면 고낭아, 너는 가히 슬희여 말나. 진개 반【57】ᄋ(蟠兒)의 죵지로다."

말ᄒ미 즁인이 모다 웃더라. 가부인이 웃고 니르디,

"날노 보건디 릉고낭은 도로혀 유복지인(有福之人)이로다. 나는 드르니 져의 무리 쥬뫼 당일 스랏실 ᄯᅵ의 가쟝 져롤 쳔답(踐踏)ᄒ더니 계가 이졔 도로혀 부부 ᄋ녀들이 단원(團圓)ᄒ엿고 져의 무리 쥬모는 우리 픙셔판(馮書判)의게 싀집가 남인(男人)을 억졔ᄒ여 ᄯᅡ히 니러나지 못ᄒ게 ᄒ미 이졔 픙셔판을 보니 곳 고양이 피ᄒ는 쥐 ᄀ도다."

보치 듯고 샐니 니르디,

"넘치업는 믈건을 한즈음 지내【58】여 고티티긔 쳥ᄒ고 져롤 블너 내여 내가 져의게 슈죄ᄒ여 한 츠례 ᄭᅮ지져 내 분을 플니라."

가부인이 웃고 니르디,

"이야, 고낭아, 계가 이졔는 너의 무리 집 사롬이 아니라. 네가 져롤 ᄭᅮ지져 무엇ᄒ리오!"

디옥이 ᄯᅩ 권ᄒ여 니르디,

"져져야, 네가 엇지 반ᄃ시 져롤 보리오. 내 싱각건디 계가 평일의 비록 톄면을 도라보지 아니ᄒ나 지금 져롤 블너 나와 우리 무리롤 보면 계가 단졍코 ᄯᅩ흔 즐겨 나오지 아니리라."

보치 듯고 비로쇼 말을 아【59】니터라. 다만 보니 가뫼 ᄯᅩ 셕샹을 향ᄒ여 한번 바라더니 우삼져롤 보고 웃고 무러 니르디,

"삼고낭아, 텬긔(天氣)가 심히 더운디 네 목 우희 한 오리308) 실을 미여 무엇ᄒ리오?"

우삼계 듯고 얼굴을 붉히며 웃고 니르디,

"노티티는 엇지 다만 우리 무리로 더브러 우슴을 취ᄒ시느뇨? 이거시 어디 실이리오? 다

만 일개 흔젹이로라."

가뫼 듯고 졈두ᄒ여 니르디,

"곳 올토다. ᄯᅩ흔 져의 무리 량위 션스의 법력이 거록ᄒ여 필경 샹흔 살을 가져 죠케 ᄒ엿도【60】다."

ᄯᅩ 가부인을 향ᄒ여 니르디,

"젼일의 우리 무리 어렷실 ᄯᅥ의는 다만 부모롤 ᄯᅡ라 날을 보낼 쥴만 알고 즈라기의 미쳐는 부뫼 뉘 집의 쥬고즈 ᄒ시면 곳 뉘 집으로 갈거시오, 엇지 즈긔가 녀셔(女婿)롤 갈힐 쥴 아랏시리오! 너는 보라 이 삼고낭은 안졍(眼睛)이 진개 슈졍 ᄀ도다. 류샹공이 진실노 셰샹의 쳣지 둘지 인진쥴 알고 굴희여 필경 싱스 간의 들네여 일위여시니 너는 말ᄒ라. 이는 셰샹의 일개 죠흔 고낭이 아니냐?"

말ᄒ미 우삼졔【61】얼굴을 붉히고 머리롤 슉여 감히 일언을 못ᄒ더라. 가뫼 ᄯᅩ 보금(寶琴)과 슈연(岫烟) 이인을 향ᄒ여 우스며 니르디,

"너의 무리 량개 고낭은 ᄯᅩ흔 모다 츌가흔지라. 셜이샹공은 내가 일즉 보왓는지라. 그 사롬의 지모ᄡᅡ젼(才貌雙全)흔 거슨 닐너 쓸디업고 아지 못게라 미한림(梅翰林)의 공즈(公子)는 인픔과 학문이 엇더ᄒ뇨?"

슈연이 웃고 니르디,

"우리 무리 이고야는 즈라기롤 ᄯᅩ흔 쳥슈히 ᄒ엿고 거년의 공인(貢人)의 ᄲᅡ혓느니라."

가뫼 듯고 환희ᄒ여 니르디,

"너의 무리 량인은【62】내가 평일의 가쟝 스랑ᄒ엿더니 이졔 모다 죠흔 녀셔롤 어더시니 내가 드르미 ᄆᆞ음의 심히 환희ᄒ도다."

말을 맛치고 ᄯᅩ 하셕(下席)으로 가셔 한 번볼 시 안즛는 이는 곳 스샹운이라. 즈연 한 번 탄식ᄒ고 니르디,

"이야, 나의 운챠두야, 도로혀 심히 가련토다. 어려셔븟허 져롤 보와시니 나는 다만 니르디, '져는 일개 유복(有福)ᄒ니라.' ᄒ엿고 즈라미 모양이 순후(純厚)ᄒ고309) 말이 넉넉ᄒ더니

---

308) 【오리】⑲ 실·나무·대 따위의 가늘고 긴 조각. 오라기. ¶ 條 ‖ 삼고낭아 텬긔가 심히 더운디 네 목 우희 한 오리 실을 미여 무엇ᄒ리오 (三姑娘, 怪熱的天氣, 你脖子上□上一條兒絲線做什麼呢?) <續紅 15:59>

309) 【순후ᄒ다】⑲ 순후(純厚)하다. ¶ 純純厚厚 ‖ 즈라미 모양이 순후ᄒ고 말이 넉넉ᄒ더니 엇지

즈랏실 듯ᄒ더 다만 져허컨더 너는 보면 도로혀 낫치 셔어ᄒ리라 (姑娘, 你那個小孩兒, 如今只怕也很出息了, 只怕見了你到要認生呢罷?) <續紅 15:56>

엇지 져의 명되 도로혀 타인의게 밋지 못홀 줄
아랏시리오!"

　　말ᄒᆞ미 스샹 【63】 운이 눈가히 붉더니 문
득 눈믈이 흐르더라. 가부인이 보고 샬니 다른
말을 내여 막즈르거놀310) 가뫼 쏘ᄒᆞᆫ 뜻을 알고
이의 탐츈을 향ᄒᆞ여 웃고 니르디,

　　"너의 녀셔는 위인이 엇더ᄒᆞ며 금년의 년
긔가 언마나 ᄒᆞ뇨?"

　　탐츈이 웃고 니르디,

　　"금년의 이십 일셰오. 글도 낡고 글삐도
쏘ᄒᆞᆫ 잘 쓰디 다만 ᄆᆞ음의 글 낡기롤 죠하ᄒᆞ지
아니ᄒᆞ고 죠하ᄒᆞᆫ는 거슨 다만 궁마(弓馬) 등 시
(事)라."

　　가뫼 듯고 우스며 니르디,

　　"올토다. 무쟝가(武將家)의 공즈는 태반이
나 글 낡기롤 죠하 아니ᄒᆞ 【64】 느니 늙은 갈미
기311) 집의 원리 봉황이 업느니라. 다만 멋 글
즈만 아라 흰 눈을 면ᄒᆞ면 쏘ᄒᆞᆫ 무던토다. 스챠
두(四丫頭)는 쏘 도고(道姑) 복식을 ᄒᆞ여시니 나
는 말을 드르미 네가 일심으로 츌가ᄒᆞ고즈 ᄒᆞᆫ다
ᄒᆞ니 어린 ᄋᆞ희 진개 호난(胡亂)이 들네미 심ᄒᆞ
도다. 너의 보옥거거는 츌가ᄒᆞ미 원리 너의 디
옥져져롤 위ᄒᆞ엿거니와 너는 츌가ᄒᆞ미 쏘 무어
슬 위ᄒᆞ엿느뇨?"

　　셕츈이 낫출 붉히고 우스며 니르디,

　　"노틱틱야 쏘 망녕의 말슴을 ᄒᆞ는도다. 사
룸마다 각기 【65】 지원(志願)이 이시니 셰샹의
츌가ᄒᆞᆫ는 이가 모다 위ᄒᆞᆫ 곳이 잇다 니르기 어
렵도다."

　　가부인이 듯고 우스며 니르디,

　　" 우리 ᄋᆞ희야, 너는 착급지 말나. 노틱틱
는 ᄆᆞ음의 너롤 ᄉᆞ랑ᄒᆞ여 이런 년경(年輕)ᄒᆞᆫ 사
룸이 공문(空門)의 드러가미 곳 가셕다 ᄒᆞ시미
니 다만 너는 오도(悟道)홀 ᄆᆞ음이 구드면 쟝리
의 일졍코 죠흔 곳이 이시리라."

　　가뫼 쏘 니르디,

　　"내가 쟉일 류노노(劉老老)의 말을 드르니
교졔 쏘ᄒᆞᆫ 파파의 집이 잇다 ᄒᆞ디 시골 지쥬(財
主)의 집이라 ᄒᆞ며 녀셰 쏘ᄒᆞᆫ 즈라기롤 잘ᄒᆞ엿

고 【66】 글 낡기도 죠하ᄒᆞᆫ다 ᄒᆞ더니 그 후의 내
가 그 쇼친(小親) 가모롤 보미 쏘ᄒᆞᆫ 심히 령리
ᄒᆞᆫ 사롬이오, 도로혀 나모라 홀 곳이 업스디 다
만 우리 이런 집의 녀ᄋᆞ롤 시골노 쥬어 보내미
필경 듯기의 심히 죠치 못ᄒᆞ도다."

　　봉졔 듯고 우스며 니르디,

　　"노죠종은 도로혀 아지 못ᄒᆞ는도다. 만일
시골노 쥬어 보내지 아니ᄒᆞ엿더면 지금 발셔 남
을 쥬어 쇼실(少室)이 될 번ᄒᆞ엿도다."

　　가뫼 듯고 대경ᄒᆞ여 니르디,

　　"네 이 말이 엇진 곡졀이뇨?"

　　봉졔 니르디,

　　"노틱틱 귀텬(歸天)ᄒᆞ신 후로붓 【67】 허 노
애 슈샹ᄒᆞ여 남으로 도라가고 나도 쏘 죽고 이
야도 쏘 대노애 블녀 군태샹(軍台上)으로 가고
보형데 쏘 풍증을 어더시니 집안의 일개 졍경인
(正經人)도 업고 환ᄋᆞᆫ는 이 믈건이 날마다 여러
무리 지인을 블너 집으로 와 잡기(雜技)ᄒᆞ니 그
즁의 쏘ᄒᆞᆫ 나의 거거(哥哥) 왕인(王仁)이 잇는지
라. 그 두 죠히 죽지 못홀 사롬이 돈을 지고 말
가지 팔며 곳 모다 싱각이 질녀와 외싱녀의 몸
의 니르러 대틱틱롤 씨와 교져롤 가져 일개 번
왕(藩王)의 집의 파라 쳡을 삼고즈 ᄒᆞ다가 다ᄒᆡᆼ
히 은즈(銀子) 【68】 롤 힐거치 아냐 평이 알고
틱틱로 더브러 샹량ᄒᆞ여 교져롤 다리고 류노노
의 집의 니르러 여러 날 피ᄒᆞ미 비로쇼 일쟝 시
비의 버셔난지라. 이러므로 틱틱 말슴ᄒᆞ시디,
'일즉 남을 쥬어 져의 무리 그른 ᄆᆞ음 먹는 거
슬 면케 ᄒᆞ니만 ᄀᆞᆺ지 못ᄒᆞ다.' ᄒᆞ여 류노노로
즁미롤 삼아 쥬가(周家) 셩(姓) 가진 집을 쥬엇
느니라."

　　가뫼 듯고 크게 노ᄒᆞ여 니르디,

　　"이거시 도로혀 되는 일이냐! 우리 무리

　　져의 명되 도로혀 타인의게 밋지 못홀 줄 아랏
시리오 (長的模樣兒純純厚厚的, 說個話兒豁豁綽
綽的,　　那知道他的命到比別人不及呢!) <續紅
15:62>

310) 【막즈르다】 동 막지르다. 막다. 거졀(拒絶)하
　　다. ¶ 打岔 ‖ 가부인이 보고 샬니 다른 말을
　　내여 막즈르거놀 가뫼 쏘ᄒᆞᆫ 뜻을 알고 이의 탐
　　츈을 향ᄒᆞ여 웃고 니르디 (賈夫人見了, 忙用別
　　話打岔. 賈母也會過意來, 乃向探春笑道.) <續紅
　　15:63>

311) 【갈미기】 명 갈매기. ¶ 老鸛 ‖ 무쟝가의 공
　　즈는 태반이나 글 낡기롤 죠하 아니ᄒᆞᆫ느니 늙은
　　갈미기 집의 원리 봉황이 업느니라 (武將家的公
　　子, 多一半兒都不愛念書, 老鸛窩裏原沒有鳳凰的.)
　　<續紅 15:64>

티티는 진개 죽은 나무토막이로다. 너의 무리는 사룸을 시겨셔 방의 【69】 가 못된 죵즈 환으룰 가져 나룰 위ᄒ여 블너오라. 내 져다려 무르려 ᄒᄂ니 져의 모친이 명부의 잇셔 죄룰 밧거늘 졔가 또 감히 악얼(惡孽)을 지으리오!"

가부인이 웃고 니르디,

"잇야, 노티티야, 일이 임의 지나갓고 ᄒ믈며 오늘 삼질으(三姪兒)는 우리 무리가 쳥ᄒ여 와시니 노티티는 져룰 위ᄒ여 일졈 용셔ᄒ라."

가뫼 탄식ᄒ여 니르디,

"이런 블쵸죵즈룰 나하시니 이는 곳 가문의 블ᄒ힝이로다. 아직 져룰 용셔ᄒ미 올흐니 만일 졔가 다시 허 【70】 믈을 곳치지 아니면 내가 져룰 잡아 산 치 디옥(地獄)으로 보내리라."

말ᄒ미 즁인이 모다 웃더라. 가뫼 또 영츈을 향ᄒ여 니르디,

"이고냥아, 네가 회싱ᄒ 후로브터 숀가(孫家)의 집의셔 필경 또 사룸을 시겨왓ᄂ냐, 아니 왓ᄂ냐?"

영츈이 듯고 눈믈을 흘녀 니르디,

"가히 누룰 시겨 왓시리오? 내가 젼일 태허환경(太虛幻境)의 잇셔 임의 말ᄒ엿거니와 내가 졍원(情願)으로 묘옥(妙玉)과 ᄀᆺ치 경환션고(警幻仙姑)룰 ᄯ라려 ᄒ엿더니 져의 무리 듯지 아니ᄒ고 억탁(臆度)으 【71】 로 나룰 꾀와312) 회싱ᄒ여시니 이졔는 내가 싱각건디 또 다른 길이 업스니 다만 쟝리 ᄉ미(四妹)룰 위ᄒ여 뎨지 되미 죠토다."

가부인이 듯고 탄식ᄒ여 니르디,

"이 일을 엇지 가히 쳐치ᄒ리오? 방즈 내가 ᄉ대고냥(史大姑娘)을 보고 ᄆ옴의 가쟝 죠치 아냣시나 고야(姑爺)의 단명ᄒ 거슨 또흔 엇지 홀 길이 업는 일이어니와 이 숀가 이고야(二姑爺)는 또 사라 잇셔 이 ᄀᆺ도다. 너의 무리 또한 쇼식을 듯지 못ᄒ엿ᄂ냐? 졔가 이졔 필경 쇽현(續弦)ᄒ엿ᄂ냐, 아니ᄒ엿ᄂ냐?"

평이 디답 【72】 ᄒ여 니르디,

---

312) 【꾀다】 圏 꾀다. 그럴 듯하게 남을 속이거나 부추기어 자기의 뜻대로 하게 하다. ¶ 擯掇 ∥ 내가 졍원으로 묘옥과 ᄀᆺ치 경환션고룰 ᄯ라려 ᄒ엿더니 져의 무리 듯지 아니ᄒ고 억탁으로 나룰 꾀와 회싱ᄒ여시니 (我情愿和妙玉都跟着警幻仙姑, 他們大家又都不依, 硬把擯掇着回生來了.) <續紅 15:71>

"이 말은 우리 무리 또흔 이야의게 무러 보와시민 말ᄒ디, '졔가 도로혀 쇽현ᄒ려 ᄒ나 뉘 집의 고냥이 잇셔 즐겨 화염(火焰) 즁으로 보내리오?' ᄒ니 일노뻐 보건디 지금 쇽현을 못 ᄒ엿도다."

가부인이 듯고 묵묵히 싱각ᄒᄂ 거시 잇ᄂ 듯ᄒ더니 홀연 보미 보옥이 외면으로 죠츠 희희히 우스며 다라드러 와 니르디,

"내 일이 잘되엿도다. 방즈 명을 구ᄒ여 쥴 사룸이 잇셔 왓ᄂ니라."

가뫼 ᄲᆯ니 무러 니르디,

"엇지 너의 무리 외간 【73】 쥬셕이 곳 파ᄒ엿ᄂ뇨?"

보옥이 웃고 니르디,

"오히려 일도다. 방즈 격은 졉시 드리기룰 맛쳐시니 도로혀 졈심 올니는 거시 업스리오?"

가부인이 웃고 니르디,

"엇지ᄒ여 너는 곳 즈리의 나왓ᄂ냐?"

보옥이 웃고 니르디,

"겨유 한 번 즈리의 안ᄌ더니 고노애 곳 나의게 ᄉ셔(四書) 오경(五經)과 ᄉ긔(史記), 강감(綱監)과 다못 고문시ᄉ(古文詩詞)룰 힐난ᄒ여 이거술 시험ᄒ고 또 져거술 무르니 져 노인내가 또흔 타인으로 더브러 담화ᄒ는 것만 바랏시디 오히려 일졀 업더니 이졔 【74】 야 진노빅(甄老伯)이 비회(拜會)ᄒ려 왓기로 내가 뱌[야]흐로 몸을 버셔낫노라."

가뫼 듯고 우스며 니르디,

"죠토다. 비로쇼 내 ᄆ옴의 맛노라. 집 쇽의 글 낡기룰 지쵹ᄒᄂ 어버이는 잇고 밧긔 또 글 낡기룰 지쵹ᄒᄂ 쟝인이 이시니, 보리라 네가 러일 글낡기룰 가히 용심ᄒ랴, 용심치 아니ᄒ랴?"

말ᄒ미 즁인이 모다 웃더라. 다만 보니 보옥이 일면으로 가모의 말을 듯고 일면으로 가부인 앏히 노힌 일비 쥬룰 숀으로 드러다가 한 입으로 【75】 마시여 다ᄒ거늘 가부인이 우스며 니르디,

"나는 너의 이 모양을 보니 필경 밧긔셔 너의 고뷔 너로 ᄒ여곰 슐을 먹게 아니ᄒ엿도다."

보옥이 웃고 니르디,

"고뷔 도로혀 먹으라 ᄒ시디 다만 나의 이

입이 글도 다 강(講)ᄒ지 못ᄒ여시니 엇지 슐을 먹을 결을이 이시리오"

가부인이 니르디,

"임의 이러ᄒ량이면 네가 곳 나의 곳의 안즈시라. 스긔(司棋)야, 따로 잔을 가져다가 너의 이야룰 위ᄒ여 슐을 따라오라."

보옥이 듯고 문득 가부인 겻 【76】 희 안졋더니 스긔 슐을 따라오고 또 겨룰 위ᄒ여 숑화(松花)와 힝인(杏仁)을 가져올 시 가부인이 니르디,

"우리 ᄋ희야 내 한가지 일이 잇셔 너로 더브러 샹량ᄒ리라. 나는 싱각건디 너의 이져계(二姐姐) 회싱ᄒ 지 여러 날이 되여시디 너의 이져부(二姐夫) ᄀᆺ튼 진납이 삿기가 필경 일 업는 사룸 모양 ᄀᆺ트니 이는 또ᄒ 스톄(事體)가 되지 못ᄒ엿는지라. 너는 셔방의 가셔 너의 고부로 더브러 샹량ᄒ여 엇더케 법을 싱각ᄒ여 너의 이져부룰 속여 놀내 【77】 면 져허컨디 졔가 또 회싱[심]ᄒ리라."

보옥이 듯고 우스며 니르디,

"이 일은 도로혀 쥬션ᄒ기 용이ᄒ니 진노빅이 이곳의 이실 쩨의 밋쳐 내가 곳 나아가 샹량ᄒ면 다만 져허컨디 진노빅이 무슨 법이 이실지 또ᄒ 가히 아지 못ᄒ리라."

말ᄒ며 곳 니러나 밧그로 향ᄒ여 닷더니 향릉이 쎨니 블너 니르디,

"보이야야, 너는 나룰 위ᄒ여 우리 부친긔 문후(問候)ᄒ고 져로 ᄒ여곰 리일 우리 집으로 가게 ᄒ라. 내가 도로혀 홀 말이 잇 【78】 노라."

보옥이 듯고 우스며 니르디,

"져져야, 나는 다만 다른 말만ᄒ고 필경 너룰 위ᄒ여 치하홀 거슬 니졋노라. 방즈 진노빅이 말ᄒ디, 졔가 임의 진노빅티티룰 가져 이곳으로 보내여 지금 셩외(城外) 공관(公館)의셔 머믈 시 셜대가(薛大哥)로 ᄒ여곰 리일 쳥신(淸晨)의 챠룰 메여 영졉게 ᄒ엿더니 셜이개(薛二哥) 임의 답응ᄒ엿ᄂ니라."

말ᄒ며 스스로 가는지라. 향릉이 듯고 대희과망(大喜過望)ᄒ며 즁인이 또 일제히 향릉을 위ᄒ여 치하ᄒ고 한 지위 환희ᄒ 【79】 더라.

가부인이 슐잔을 들고 스양ᄒ여 니르디,

"고낭 무리는 필경 모다 한 잔식 먹으라. 엇지 다만 담화만 ᄒ고 졋가락을 잡지 아니ᄒᄂ뇨?"

즁인이 졔셩ᄒ여 니르디,

"고티티야 우리 무리 슐을 모다 넉넉히 먹고 치쇼도 젹지 아니케 먹어시니 일즉 밥을 쥬시면 먹고 모다 캉의 나려 거닐고 또 각쳐로 구경ᄒ라 가리라."

가뫼 니르디,

"또ᄒ 죠토다. 싱각건디 져의 무리 또ᄒ 외양을 꾸밀 사룸이 업스리라."

가부인이 듯고 문득 분부ᄒ 【80】 여 밥을 올닐 시 모다 먹기룰 마치고 양치(養齒)ᄒ고 캉의 나려 산좌(散坐)ᄒ여 챠룰 먹을시 원앙이 니환을 쳥ᄒ여 져의 방으로 가즈 ᄒ거눌 니환이 이의 봉져 등 졔인을 향ᄒ여 니르디,

"너의 무리는 모다 노닐나 가지 아니려 ᄒᄂ냐?"

봉졔 웃고 니르디,

"방즈 노티티가 원리 너로 ᄒ여곰 가셔 대거거로 더브러 친근이 굴나 ᄒ엿거눌 네가 지금 또 우리의게 혼잡히 언약ᄒ여 무엇ᄒ리오."

니환이 웃고 니르디,

"너는 잠잠코 이시라. 다시 이러틋 【81】 ᄒ면 내가 네 입부리룰 찌즈리라."

가뫼 듯고 문득 스긔룰 향ᄒ여 니르디,

"너의 남인(男人)의게 고ᄒ여 져로 ᄒ여곰 셔방의 가셔 너의 대야긔 말ᄒ디, '내 져룰 쳥ᄒ여 담화ᄒ렷노라.' ᄒ라."

니환이 듯고 우스며 니르디,

"노티티야 밧긔셔 숀이나 디졉ᄒ라. 나는 지금 또ᄒ 삼십이 나믄 사룸이오, ᄋ즈도 또ᄒ 거인(擧人)의 쎈혓거눌 노죠죵은 우리룰 져 쇼미미 무리와 ᄀᆺ치 대졉ᄒᄂ냐? 이거시 우슴의 말이 아니리오!"

가뫼 듯고 우스며 니르디,

"너는 【82】 입으로 볜 말을 말나. 속어의 니르미, '죠토다 닛집313)을 펴고 닛집을 덥허도 필경 늙은이가 잇셔야 죠타.' ᄒ니 너의 지금 삼십여 셰 된 말은 말나. 내가 지금 도로혀 팔

---

313) 【닛집】 圐 잇짚. ¶ 稻草 ‖ 속어의 니르미 죠토다 닛집을 펴고 닛집을 덥허도 필경 늙은이가 잇셔야 죠타 ᄒ니 너의 지금 삼십여 셰 된 말은 말나 (俗語說的好, '鋪稻草, 盖稻草, 到底有個老頭兒好'. 別說你如今三十多歲了.) <續紅 15:82>

십여 세 되여시더 다만 너의 노태야가 이곳의
업도다. 만일 이곳의 이실 찌면 우리 무리 늙은
두 식귀 쏘흔 친근코즈 흐리라."

말흐미 중인이 모다 크게 웃더라. 림더옥
이 우스며 니환을 잡아 믈니쳐 니르더,

"대슈즈(大嫂子)야, 노티티가 너롤 말흐는
거술 고이히 너기지 말나. 【83】 네가 본더 머무
는 곳이 곳 도향촌(稻香村)이니 편 것과 쏘 덥
흔 거시 모다 도쵸(稻草)가 아니오 무어시뇨?"

니환이 웃고 니르더,

"이야, 너도 쏘흔 날노 더브러 입부리롤
놀니느냐? 고티티 앎히셔 나도 쏘흔 너의 다른
말은 니르기 죠치 아니더 나는 다만 네게 뭇느
니 보옥아 '네가 죠흐냐.' 흐는 네[四] 글즈는
내가 친히 귀로 듯고 이 거즛말이 아니니라."

더옥이 얼골을 붉히고 져의게 한 번 혀츠
며 졍히 담쇼홀 찌의 다만 보니 가쥐(賈珠) 방
문 어귀의 잇셔 무러 니르더,

【84】 "노티티야 나롤 블너 분부흐실 말이
잇느냐?"

중인이 가쥬롤 보고 쏘 모다 니환의게 눈
짓흐여 웃더니 다만 드르미 가뫼 가쥬롤 향흐여
니르더,

"너는 몬져 너의 방으로 가셔 기다리라.
우리 무리 츄후 곳 가리라."

흐거늘 가쥬 그 쇼연(所然)을 아지 못흐고
다만 한 쇼리 답응흐고 방으로 가더니 가뫼 원
앙을 향흐여 입짓흔더 원앙이 우스며 니환의 숀
을 닛글고 스스로 가더라 가부인이 중인을 향흐
여 우스며 니르더,

"노티티는 신개 고 【85】 흥이 잇는 노인네
로다. 무론 무슨 말을 흐며 무숨 일을 힝흐던지
모다 사롬으로 흐여곰 보기의 취미잇도다."

탐츈이 웃고 니르더,

"가히 올치 아니랴? 우리 무리로 볼진더
가즁(家中)의 이 일졈(一點) 복긔(福氣)도 쏘 도
로혀 노태태 일인의 짜하 온 거시라. 노인네 하
셰흐신 후로 가즁의 지내는 거시 아모 취미가
업술 뿐 아니라 곳 친쳑들이 온다 흐여도 쏘흔
빙셜 ᄀᆞ트여 일졈 열요(熱鬧)흔 긔운이 업도다."

졍히 니르듯 말홀 시 다만 보니 보옥이
깃 【86】 거 슈무죡도(手舞足蹈)흐여 다라나와
우스며 니르더,

"노티티와 고마야, 너의 무리는 모다 나아
가 열요흔 거술 보지 아니흐느냐?"

가부인이 니르더,

"이즈음의 가히 보암죽흔 열요흔 거시 잇
느냐?"

보옥이 니르더,

"방즈 내가 나아가 이져부(二姐夫)의 허다
죠치 아닌 곳을 모다 고흐엿더니 고노얘 듯고
쏘흔 가장 셩내며, 츄후 진노빅이 말흐더, '이
일은 쥬션흐기 용이흐다.' 흐고 졔가 곳 젼더314)
쇽으로 죠츠 일지향(一支香)을 쯔어내여 곳 등
블의 다히고 혀더니 대 【87】 략 한 잔 챠 먹을
동안은 흐여 필경 우리 량위 션스롤 쳥흐여 와
지금 이당(二堂)의 안즈 공안(公案)을 진셜흐고
일쟝 픠표(牌票)롤 뼈 일개 쳥검(靑臉) 악귀(惡
鬼)롤 식여 보내더니 필경 우리 이져부롤 잡아
지금 이당 단지하(丹墀下)의 쑤러 안쳣시니 쏘
흔 져롤 엇지 발낙(發落)홀는지 아지 못흐리로
다. 나는 보니 이당 등 뒤 챵 격즈(格子) 우히
씨은 거시 모다 류리(琉璃)니 너의 만일 열요흔
거술 보고즈 홀진더 모다 이당 등 뒤히 니르러
류리롤 격흐여 보면 가히 모다 보 【88】 리라."

중인이 듯고 모다 경이흐믈 이긔지 못흐더
영츈이 놀나 분면(粉面)이 탄 것 ᄀᆞ치 누르고
눈믈을 흘니거늘 봉졔 웃고 니르더,

"이민민야, 너는 이거시 엇지미뇨? 졔가
너롤 가져 고싱을 시겨 이 디경의 니르럿다가
오늘 겨유 사롬이 잇셔 너롤 위흐여 셜분(雪憤)
흐거늘 네가 엇지 쏘 져롤 블샹히 너기느뇨? 너
는 싱각건더 쏘 스미미롤 위흐여 뎨즈(弟子) 되
기롤 원치 아니흐는도다."

영츈이 웃고 니르더,

"나는 담이 젹어 이런 일을 드르면 심히
두렵 【89】 도다."

보옥이 웃고 니르더,

"이져져야, 방심흐라. 샹관이 업스니 블과
져롤 경계코즈 흐미오, 단당코 져의 명을 샹치
아니리라."

---

314) 【젼더】 圏 {전대(纏帶).} ¶ 紙袋 ‖ 츄후 진노
빅이 말흐더 이 일은 쥬션흐기 용이흐다 흐고
졔가 곳 젼더 쇽으로 죠츠 일지향을 쯔어내여
곳 등블의 다히고 혀더니 (後來甄老伯說這件事
容易辦. 他就從紙袋內取出一支香來, 就在燈上點
着.) <續紅 15:86>

가뫼 웃고 니ᄅ디,

"너의 무리ᄂ 모다 두리지 말나. 나의 집 힝이ᄅᆯ 가져오라. 내 너의 무리ᄅᆯ 다리고 이당 등 뒤흐로 가셔 필경 져의 무리가 엇더케 이 량심 업ᄂ 젹은 잡종을 쳐치ᄒᆞ나 보리라."

ᄒᆞ고 이의 가뫼 집힝이ᄅᆯ 쓰을고 몬져 힝ᄒᆞ며 가부인은 중인을 거ᄂ리고 뒤흘 ᄯᅡ로며 탐츈·샹운 이인이 영 【90】 츈을 븟들고 일졔히 이당 등 뒤히 니ᄅ러 류리ᄅᆯ 격ᄒᆞ여 한 번 바라볼 시 당샹의 등쵹이 휘황ᄒᆞ지라. 보기의 십분 분명ᄒᆞ니 샹면의 네 개 공안(公案)을 버리고 졍 중의ᄂ 일승(一僧), 일도(一道)가 안젓고 동편의ᄂ 진스은이 안고 셔편의ᄂ 림공이 안즈며 그 아리로 교위 우히 안존 이ᄂ 가련과 셜반과 류샹련과 셜과와 가환과 가용과 가란 칠인이오, 단지 아리ᄂ 량개 샹뫼(相貌) 징영ᄒᆞᆫ315) 악귀가 셧시ᄃ 손의 쇠ᄉ슬을 가지고 일개 슈 【91】 두 샹긔ᄒᆞᆫ 사름을 미여 단지(丹墀)의 ᄭᅮᆯ녓시니 ᄌ셰히 한 번 보미 이 손쇼죄(孫紹祖) 아니오 뉘리오! 중인이 졍히 경이ᄒᆞ더니 홀연 드ᄅ미 샹면의 안존 중과 도인이 림공을 향ᄒᆞ여 니ᄅ더,

"이 사름이 싱긴 거시 외양은 쳥슈ᄒᆞ고 속은 흐리니 그 병이 쟝부(臟腑)의 잇ᄂ지라. 침과 약으로 능히 곳치기 어렵고 복 중의 심통316)을 긁어내지 아니면 능히 곳치지 못ᄒᆞ리로다."

림공이 니ᄅ더,

"원컨디 션스의 법력을 구ᄒᆞ노라. 승·되 웃고 겸두ᄒᆞ더 【92】 니 홀연 경당목(驚堂木)을 가져 한 번 치고 크게 ᄭ우지져 니ᄅ더,

"귀졸(鬼卒) 무리야, 이 개 ᄀ튼 놈의 의복을 벗기라."

ᄒᆞ더니 다만 드ᄅ미 하면(下面)의셔 ᄉ후ᄒᆞ던 귀졸이 크게 한 쇼리 지ᄅ고 손쇼죠ᄅᆯ ᄭ어내여 일졔히 손을 내여 샹톄 의복을 모다 벗기니 이당 등 뒤히 중인들이 놀나 면면샹고(面面相顧)ᄒᆞ며 무ᄉ 일인지 아지 못ᄒᆞ더니 ᄯᅩ 드

ᄅ니 승·도 이인이 ᄭ우지져 니ᄅ더,

"귀졸 무리야, ᄲᆞᆯ니 이 개 ᄀ튼 놈의 심간(心肝)과 오쟝(五臟)을 긁어내라."

ᄒᆞ미 다만 보니 일개 도 【93】 야지 입과 개 니 가진 악귀들이 올나 와 손의 한 ᄌ로 셔리 ᄀ튼 비슈(匕首)ᄅᆯ 가지고 손쇼죠의 면젼의 다라와 한 번 번득이니317) 손쇼죄 놀나 ᄲᆞᆯ니 이걸ᄒᆞ여 니ᄅ더,

"량위 션ᄉ야, 내 다시ᄂ 감히 셩픔을 부리지 아니리라."

ᄒᆞ디 다만 보니 그 악귀 블문곡직(不問曲直)ᄒᆞ고 한 칼노 손쇼죠의 비ᄅᆯ 가ᄅ고 손을 너허 오쟝을 집어내거늘 이당 등 뒤히 중인이 놀나 실식(失色)ᄒᆞ여 ᄯᅩᄒᆞᆫ 혼신을 ᄯᅥᄂ 이도 이시며 ᄯᅩᄒᆞᆫ 말을 못ᄒᆞᄂ 이도 이시 【94】 며 ᄯᅩᄒᆞᆫ 호부호모(呼父呼母) ᄒᆞᄂ 이도 이시며 ᄯᅩᄒᆞᆫ 놀나 죽깃도다 말ᄒᆞᄂ 이도 잇셔 졍히 황난ᄒᆞ더니 ᄯᅩ 드ᄅ미 승·되 좌샹의셔 ᄭ우지져 니ᄅ더,

"ᄲᆞᆯ니 큰 그ᄅ시 ᄆᆰ은 믈을 가져와 져의 검고 흐린 심간을 가지고 가셔 나ᄅᆯ 위ᄒᆞ여 졍히 ᄲᅵᆺ고 나의 약가로 져의 심통의 ᄲᅮ리고 젼ᄀᆺ치 ᄎ례ᄅᆯ ᄎᄌ 비 속의 잘 너흐라."

말ᄒᆞ며 문득 일봉 약을 내더니 일개 귀졸이 앏흐로 와 렴망히 받고 한 그룻 ᄆᆰ은 믈을 가져 져의 심간을 일졔 【95】 히 믈의 너코 힘을 다ᄒᆞ여 번복ᄒᆞ여 ᄲᅵ셔 세 그룻 믈이 모다 흐리미 비로쇼 간졍(乾淨)ᄒᆞᆫ지라. 심통을 헷치고 약가로ᄅᆯ ᄲᆞ린 후의 ᄎ례디로 젼과 갓치 복중의 넛코 ᄲᆞᆯ니 두 손으로 챵구ᄅᆯ 가져 합ᄒᆞ고 ᄯᅩ 약가로ᄅᆯ ᄲᆞ리고 한 ᄎ례 부븨더니 홀여 드ᄅ미 손쇼죄 한 쇼리 "이야" ᄒᆞ고 니ᄅ더,

"가쟝 알푸도다."

---

315) 【징영ᄒᆞ다】 휑 쟁영(狰獰)하다. 흉악ᄒ... 狰獰 ‖ 단지 아리ᄂ 량개 샹뫼 징영ᄒᆞᆫ 악귀가 셧시ᄃ 손의 쇠ᄉ슬을 가지고 일개 슈두샹긔ᄒᆞᆫ 사름을 미여 단지의 ᄭᅮᆯ녓시니 ᄌ셰히 한 번 보미 이 손쇼죄 아니오 뉘리오 (丹墀下站着兩個相貌狰獰的惡鬼, 手提鐵鎖, 鎖着一個垂頭喪氣的人蜷在丹墀, 仔細一認, 不是孫紹祖是誰.) <續紅 15:90>

316) 【심통】 몡 심장 ¶ 心 ‖ 침과 약으로 능히 곳치기 어렵고 복 중의 심통을 긁어내지 아니면 능히 ᄀᆺ치지 못ᄒᆞ리로다 (非針灸藥餌所能療, 非剖腹挖心不能治也.) <續紅 15:91>

317) 【번득이다】 됨 번득이다. ¶ 晃 ‖ 다만 보니 일개 도야지 입과 개 니 가진 악귀들이 올나 와 손의 한 ᄌ로 셔리 ᄀ튼 비슈ᄅᆯ 가지고 손쇼죠의 면젼의 다라와 한 번 번득이니 손쇼죄 놀나 ᄲᆞᆯ니 이걸ᄒᆞ여 니ᄅ더 (只見上來了一个猪嘴獠牙的惡鬼, 手持一柄明晃晃的牛耳尖刀, 走至孫紹祖的面前, 晃了一晃, 嚇得孫紹祖忙哀告道.) <續紅 15:93>

ᄒᆞ거눌 이당 뒤 희셔 보던 즁인이 비로쇼 모다 방심ᄒᆞ고 영츈의 뺨 우희 긔식이 겨유 붉더니 홀연 드르미 승·도 이인이 【96】 림공을 향ᄒᆞ여 우스며 니르디,

"큰 공이 일웟도다. 명일은 스스로 긔이ᄒᆞᆫ 증험이 이실 거시니 지금은 져를 노하 도라가게 ᄒᆞ라."

ᄒᆞ거눌 다만 보니 림공이 흠신(欠身)ᄒᆞ여 치샤ᄒᆞ더니 그 승·되 문득 한 유지(油紙) 심지를 가져 블을 혀고 니러나 숀쇼죠의 뺨 우흘 향ᄒᆞ여 더지니 금빗치 한 번 번득여 곳 번개ᄒᆞᄂᆞᆫ 것 ᄀᆞᆺ더니 숀쇼죄 홀연 뵈지 아니ᄒᆞ고 다만 드르미 림공이 승·도 이인을 향ᄒᆞ여 우스며 니르디,

"량위 션쟝의 법 【97】 력이 과연 심오ᄒᆞ도다. 졔셰구인(濟世救人)ᄒᆞ여시니 그 공이 젹지 아니ᄒᆞ여라. 쇼뎨는 션ᄉᆞ의게 구ᄒᆞᄂᆞ니 우리 져 여러 후진을 ᄯᅩᄒᆞᆫ ᄌᆞ셰히 보라. 만일 그 즁의 ᄯᅩᄒᆞᆫ 셩경이 바르지 못ᄒᆞ니 잇거든 오히려 은혜를 베프러 셩취ᄒᆞ시기를 구ᄒᆞ노라."

ᄒᆞ니 승·도 이인이 듯고 문득 눈을 드러 가련으로 죠ᄎᆞ 보아와 ᄎᆞ례더로 가란의게 니르러 보기를 맛치고 이의 림공을 향ᄒᆞ여 니르디,

"셩인이 니르시디 오즉 샹지(上智)와 다못 하우(下愚)는 옴기지 아 【98】 닌ᄂᆞᆫ다 ᄒᆞ시니 방ᄌᆞ 녕질셔(令姪婿)는 곳 니른바 하우블이(下愚不移)라. 비를 가로고 쟝부를 ᄲᅦ지 아니면 능히 낫게 못ᄒᆞ리라."

ᄒᆞ며 이의 샹련과 셜과와 가란 삼인을 가르쳐 니르디,

"노션셩은 쳥컨디 보라. 져의 무리 세 분이 비록 샹지(上智)는 아니나 픔부(稟賦)ᄒᆞᆫ 거시 맑고 긔운이 만흐니 치료홀 거시 업다."

ᄒᆞ고 ᄯᅩ 가련과 셜반과 가환, 가용 스인을 가르쳐 니르디,

"곳 져의 무리 스위 ᄀᆞᆺ틀진디 비록 하우블이(下愚不移)는 아니나 픔부ᄒᆞᆫ 거시 탁ᄒᆞᆫ 긔 【99】 운이 만코 스인 즁의도 우리 진공의 녕셔(令婿)와 다못 가부인의 삼공지 더옥 심ᄒᆞ니 만일 일즉 광구(匡救)치 아니면 쟝리의 ᄯᅩᄒᆞᆫ 하우블이 지경의 니르리라."

ᄒᆞ거눌 진ᄉᆞ은과 림공이 듯고 문득 션ᄉᆞ의 방략(方略)을 구ᄒᆞ니 셜반과 가련과 가환과 가용 스인이 놀나 면여토식(面如土色)ᄒᆞ여 ᄯᅩ 다스리는 법이 엇더홀는지 몰나 면면샹고(面面相顧)ᄒᆞ고 감히 쇼리를 내지 못ᄒᆞ며 이당 뒤희셔 봉져와 평ᄋᆞ와 우이져와 향릉과 진가경과 호시 듯고 ᄯᅩᄒᆞᆫ 모다 【100】 놀나 낫츨 변ᄒᆞ고 가슴이 어즈러이 쮜놀 ᄉᆡ 림더옥이 셜니 머리를 두로혀 ᄉᆈ면으로 한 번 바라보더니 보옥이 보챠의 등뒤히 셔셔 혀를 ᄲᅡ히거눌318) 더옥이 곳 사름 틈을 죠ᄎᆞ 비븨고 나아가 보챠의 옷기슬 잡아 ᄯᅳ어 당긔며 귀의 다히고 쇼리를 나죽이 ᄒᆞ여 니르디,

"져져야 너는 가마니 져의게 고ᄒᆞ여 져로 ᄒᆞ여곰 피ᄒᆞ게 ᄒᆞ고 ᄯᅩ 부ᄌᆞ럽시319) 밧긔 나가지 못ᄒᆞ게 ᄒᆞ라."

ᄒᆞ거눌 보치 듯고 ᄯᅩᄒᆞᆫ 머리를 도로혀 보옥을 보더니 문득 【101】 더옥을 향ᄒᆞ여 우스며 숀을 흔드니 그 ᄯᅳᆺ이 다룸 아니라 보옥은 필경 이ᄀᆞᆺ지 아닐지니 져로 ᄒᆞ여곰 구ᄐᆡ여 두릴 거시 업다 ᄒᆞ미러라 량인이 경히 이러틋 황겁(惶怯)ᄒᆞ더니 다만 드르미 승·도 이인이 림공을 향ᄒᆞ여 니르디,

"져의 무리 스인이 비록 픔부ᄒᆞᆫ 거시 탁긔(濁氣)가 만ᄒᆞ나 블과 그 ᄆᆞ음이 믈욕(物慾)의 가린 배 되여 그러ᄒᆞ미오, 실노 그 본톄의 붉은 거슨 일즉 업지 아니ᄒᆞ니 이는 ᄯᅩᄒᆞᆫ 칼과 톱을 쓸 거시 업 【102】 고 내게 일죵 공셩침즁단(孔聖枕中丹)이 이시니 이는 공지 대셩뎐(大成殿)의셔 비밀이 지으신 거시라 인셰의 귀판(龜板)과 록갹(鹿角) 죵뤼 아니라. 다만 한 환만 먹으면 쳥승탁강(淸升濁降)ᄒᆞ고 졍지싱혜(定志生慧)ᄒᆞ여 비록 능히 명션복쵸(明善復初)치 못ᄒᆞ나 ᄯᅩᄒᆞᆫ

---

318) 【ᄲᅡ히다】 圖 뽑다. 빼다. ¶ 拔 ∥ 보옥이 보챠의 등 뒤히 셔셔 혀를 ᄲᅡ히거눌 더옥이 곳 사룸 틈을 죠ᄎᆞ 비븨고 나아가 보챠의 옷기슬 잡아 ᄯᅳ어 당긔며 귀의 다히고 쇼리를 나죽이 ᄒᆞ여 니르디 (只見寶玉站在寶釵的身後伸舌兒. 他便從人空裏擠了過去, 將寶釵的衣襟一拉, 附耳低聲道.) <續紅 15:100> ⇒ ᄲᅡ이다, 빼다, ᄲᅦ이다, ᄲᅢ히다, ᄲᅧ이다, ᄲᅢᆫ히다, ᄲᅦ다

319) 【부ᄌᆞ럽시】 田 부질없이. ¶ 冒冒失失 ∥ 져져야 너는 가마니 져의게 고ᄒᆞ여 져로 ᄒᆞ여곰 피ᄒᆞ게 ᄒᆞ고 ᄯᅩ 부ᄌᆞ럽시 밧긔 나가지 못ᄒᆞ게 ᄒᆞ라 (姐姐, 你就近悄悄的告訴他一聲兒, 叫他躲着些兒, 再別冒冒失失的出去了.) <續紅 15:100>

다시 하류의는 드러가지 아니리로다."

말ᄒ며 허리 스이로 죠츠 한 호로를 글너 내여 환약 스개를 가져 내여,

"ᄆᆡ인(每人)의 일환식 쥬어 ᄒ여곰 집의 니르러 림와(臨臥) 시의 무근슈(無根水)의 죠복ᄒ라."

ᄒ니 가련과 【103】 셜반과 가환과 가용 스인이 비로쇼 방심ᄒ고 일졔히 와 비샤ᄒ며 이당 뒤히 봉져 향릉 진시 졔인도 ᄯᅩ흔 ᄆᆞᄋᆞᆷ을 노ᄒ며 보옥도 공스(公事) 만는 거슬 보고 ᄯᅩ흔 다라 나오더니 다만 보ᄆᆡ 승·도와 진스은 삼인이 몸을 니러 하직을 고ᄒ거늘 림공이 강잉(强仍)ᄒ여 머무르지 못ᄒ고 한 번 치샤ᄒ며 가련 보옥 등을 거느리고 묘문(廟門)으로 보내여 나오ᄆᆡ 표연이 가더라.

가뫼 먼니셔 닭의 우는 쇼리를 듯고 샐니 분부ᄒ여 외면(外面) 【104】 의 챠를 디후ᄒ라 ᄒ니 아지 못게라 엇지 비치ᄒ고? 하회의 분히ᄒ라.

[쇽홍루몽續紅樓夢 권지십뉵卷之十六]

【1】 화셜(話說), 가뫼(賈母) 홀연 닭 우는 쇼리를 듯고 외면의 분부ᄒ여,

"샐니 챠를 디후ᄒ라."

더니 다만 보ᄆᆡ 원앙(鴛鴦)이 니환(李紈)을 거느리고 봉져(鳳姐) 졔인과 일졔히 드러와 비샤ᄒ고 하직을 고ᄒ거늘 가모와 가부인(賈夫人)이 보내여 대당(大堂)의 니르ᄆᆡ 다만 보니 림공(林公)이 졍히 단지(丹墀) 우희셔 가련(賈璉), 보옥(寶玉) 등을 권ᄒ여 말을 타게 ᄒ거늘 가련, 보옥이 지삼블긍(再三不肯)ᄒ고 모다 말을 【2】 ᄯᅳ을고 의문(倚門) 밧긔 니르러 비로쇼 말을 타고 가더라. 니환, 봉져 등이 ᄯᅩ 림공긔 비샤ᄒ니 림공이 ᄯᅩ흔 셔셔 멋 마디 인스의 말ᄒ고 겨의 무리 챠 타고 가는 거슬 본 후 비로쇼 가모와 가부인을 다리고 도라가더라.

챠셜(且說), 영(榮), 녕(寧) 량부(兩府)의 남녀친척(男女親戚) 졔인이 셩황묘(城隍廟)로 나오ᄆᆡ 일노(一路)의 거ᄆᆡ 닌닌(轔轔)ᄒ고 등쵹(燈燭)이 휘황ᄒ더니 각각 집의 니르기의 미쳐는 임의

축말인쵸(丑末寅初)는 되엿더라. 가련, 가환(賈環)과 가용(賈蓉), 셜반(薛蟠) 스인이 집의 니른 후의 각각 공셩침중 【3】 단(孔聖枕中丹)을 가져 법(法)과 ᄀᆞᆺ치 먹기를 맛치미 일야 노고ᄒ믈 인ᄒ여 한 번 잠이 깁히 드러 스시(巳時)나 ᄒ여 ᄭᆡ미 다만 심경(心境)이 광명(光明)ᄒ고 신긔(神氣) 청샹(淸爽)ᄒ믈 ᄭᆡᄃᆞᆺ고 이왕 힝흔 바 일은 싱각ᄒ미 심히 붓그러오니 진개 거빅옥(蘧伯玉)의 힝년(行年) 오십(五十)의 스십구년지비(四十九年之非)를 아는 것 ᄀᆞᆺ더라.

ᄌᆡ셜(再說), 보챠(寶釵)와 디옥(黛玉)이 ᄒᆞᆫ가지로 이홍원(怡紅院)의 머믈미 ᄯᅩ흔 쟉야의 노고흔 거술 인ᄒ여 한 번 ᄌᆞ고 ᄭᆡ니 임의 일고 삼쟝(日高三丈)흔지라. 량인이 련망히 쇼세를 맛치고 졍히 왕부인 쳐쇼의 【4】 가 쳥안(請安)코ᄌᆞ ᄒ더니 다만 보니 잉이(鶯兒) 황망히 다라와 픔ᄒ여 니르ᄃᆡ,

"이워 고낭(姑娘)아, 샐니 쇼세ᄒ라. 방ᄌᆞ 시셰(侍書) 져곳으로 죠츠와 말ᄒᆞᄃᆡ, 스대고낭(史大姑娘)이 묘중(廟中)으로 도라와 겨유 ᄌᆞ려 홀 시 곳 발열(發熱)ᄒ여 지금 병이 드러 인스(人事)를 모르미 삼고낭(三姑娘)이 두려 시셔를 보내여 태태(太太)긔 고ᄒ라 간다 ᄒ더라."

챠(釵)·디(黛) 이인이 듯고 모다 놀나 졍히 곡졀을 뭇고ᄌᆞ ᄒ더니 다만 드르미 보옥이 무러 니르ᄃᆡ,

"엇지ᄒ여 스대ᄆᆡᄆᆡ(史大妹妹)가 병이 드럿ᄂᆞ뇨? 보져져(寶姐姐)와 림ᄆᆡᄆᆡ(林妹妹)야, 너의 량인은 몬져 【5】 츄샹지(秋爽齋)의 가셔 져를 보라. 나도 오술 닙고 곳 가리라."

챠·대 량인이 듯고 문득 ᄌᆞ견(紫鵑)을 머믈너 보옥(寶玉)을 뫼셔 옷슬 닙게 ᄒ고 ᄌᆞ긔는 잉ᄋᆞ를 다리고 겨유 이홍원 월문(月門)으로 다라 나오니 곳 보ᄆᆡ 시셔(侍書)와 옥쳔이[玉釧兒] 왕부인을 뫼시고 져편으로 죠츠 오거늘 챠·대 이인이 보고 문득 거름을 멈츄고 왕부인이 앏히 니르기를 기다려 일졔히 쳥안ᄒ니 왕부인이 웃고 니르ᄃᆡ,

"너의 스대ᄆᆡᄆᆡ 평일의 본ᄃᆡ 쟝실(壯實)ᄒ여 한 번도 겨의 병 나믈 듯지 못ᄒ엿 【6】 더니 어졔 묘중으로 죠츠 도라오미 오히려 관겨치 아니ᄒ더니 엇지ᄒ여 잠시간의 곳 병이 나셔 인스를 모른다 ᄒᆞᄂᆞ뇨?"

보치 니르디,

"우리 무리도 방즈 드러시니 제가 엇지민지 아지 못ᄒ여 경히 져룰 보라가고즈 ᄒ노라."

더옥이 니르디,

"태태야, 맛당히 왕태의(王太醫)룰 불너 와 져룰 위ᄒ여 진믹(診脈)ᄒ면 곳 졔가 무슨 병인지 알니로다."

왕부인이 니르디,

"내 임의 사름을 시겨 너의 련이거거(璉二哥哥)의게 고ᄒ라 가시니 우리는 몬져 가셔 져룰 보리라."

말 【7】 ᄒ며 고식(姑媳) 삼인이 일졔히 츄샹지(秋爽齋)의 니르러 보니 샹운(湘雲)이 쟝 쇽의 누어 낫치 붉어 연지(臙脂)와 ᄀᆞᆺ고 입으로 능히 말을 못ᄒ며 다만 량안(兩眼)만 직시홀 ᄯᆞᆯ이라. 탐츈이 겻히 안즈 눈믈을 흘니고 왕부인도 보고 쏘흔 샹심ᄒ여 손으로 져의 니마룰 만지니 덥기 블 ᄀᆞᆺ튼지라. 급히 무르디,

"대고낭이 네 필경 엇더ᄒ지 ᄭᆡ닷ᄂᆞ냐?"

탐츈(探春)이 니르디,

"내 져다려 무르믹 한 쇼리도 대답지 못ᄒ니 임의 능히 언어룰 일우지 못ᄒᄂᆞᆫ도다."

보치 니 【8】 로디,

"삼미미(三妹妹)야, 너는 져로 더브러 쟉야의 도라 왓시니 필경 저의 무슨 병인지 알니라."

탐츈이 니르디,

"쟉야의 우리 무리 도라와 도로혀 안즈 한 ᄎᆞ례 챠 먹고 즈려 홀 시 내가 져의 졍치(精彩) 업는 모양을 보고 곳 져다려 무르디, '네 엇진 일이뇨?' ᄒ니 졔가 곳 눈믈을 뗏고 즐겨 말을 아니ᄒ다가 후의 나의 긴챡(緊着)히 무르믈 보고 더옥 곡ᄒᆞᆫ지라. 내 쏘흔 감히 다시 뭇지 못ᄒ고 다만 권히ᄒ여 흠긔 잣더니 오늘 아츰의 내 임의 니러나 쇼셰룰 맛 【9】 치디 도로혀 져의 니러나믈 보지 못홀지라. 내가 췌루(翠樓)로 ᄒ여곰 져룰 한 번 블넛더니 뉘 알니오 져 후두(糊塗)흔 믈건이 필경 져 고낭의 병이 난 거슨 아지 못하고 도로혀 말ᄒ디, '고낭이 쟉야의 ᄆᆞ음이 블평ᄒ여 지내여시니 져로 ᄒ여곰 오늘 한 즈음 더 즈게 ᄒ라.' ᄒ디 도로혀 내가 방심치 못ᄒ여 친히 져의 쟝을 열고 보미 임의 병이 나셔 이 모양이 되엿도다."

왕부인이 듯고 겨유 말ᄒ고즈 ᄒ더니 시셰픔ᄒ더,

"보이얘(寶二爺) 왕태의룰 【10】 다리고 왓다."

ᄒ거눌 탐츈(探春)과 보챠(寶釵), 더옥(黛玉) 삼인이 스스로 회피ᄒ더라. 왕부인이 사름을 명ᄒ여 쟝을 나리고 샹운의 두 손을 벼개로 쟝 밧긔 괴여 노코 분부ᄒ여 왕노야룰 쳥ᄒ여 드러오게 ᄒ라 ᄒ니 보옥이 듯고 왕태의로 더브러 흠긔 드러와 몬져 왕부인긔 쳥안ᄒ니 왕부인이 답례룰 맛치고 문득 왕태의룰 쳥ᄒ여 궤 우히 안즈 진믹ᄒ라 ᄒ니 왕태의 스샹운의 옥완(玉腕)을 잠간 보미 이곳의 챡긔(着己)흔 내권(內眷)인 쥴 알고 경경히 두 【11】 손의 믹을 보고 문득 니러나와셔 방의 니르러 가마니 보옥의게 무러 니르디,

"무릇 의가(醫家)의 병 보는 법이 망(望), 문(聞), 문(問), 졀(切)의 하나히 업셔도 가치 아니ᄒ니 이제 병인이 쟝릭(帳內)의 이시니 필연 요긴흔 내권이라. 바라고 듯는 두 글즈는 의존치 못ᄒ려니와 만일 쏘 뭇지 아니ᄒ면 이는 다만 믹만 가지고 병을 다스리미니 쳥ᄒ여 뭇ᄂᆞ니 필경 엇던 사룸이뇨? 바라건디 밝히 뵈여 뼈 약방문(藥房文)을 내기의 편케 ᄒ라."

보옥이 웃고 니르디,

"이는 곳 ᄉᆞ후야(史侯爺) 【12】 의 질녀ᄋ(姪女兒) 우리 노틱틱 본가 손녜(孫女)니라."

왕태의 니르디,

"이 고내내(姑奶奶)는 거년의 과거(寡居)흔 이가 아니냐?"

보옥이 니르디,

"경히 올토다."

왕태의 졈두(點頭)ᄒ고 니르디,

"나의 진믹흔 디로 볼진디 도시 풍한외감(風寒外感)이 아니라 이는 곳 졍욕(情欲)이 안흐로 샹ᄒ여 ᄆᆞ음이 울결(鬱結)ᄒᆞ미 잇셔 화긔가 샹승ᄒ여 뼈 담이 심규의 얽히믈 일위엿ᄂᆞᆫ지라. 이러므로 몸이 능히 동치 못ᄒ고 입으로 능히 말을 못ᄒᄂᆞ니 다시리는 법는 맛[당]히 개울슌긔(開鬱順氣)로뼈 쥬쟝을 삼으리라."

말을 맛치 【13】 고 부술320) 가져 한 방문

---

320) 【붓】圄 붓. ¶ 筆 ‖ 말을 맛치고 부술 가져
   한 방문을 내고 보옥을 쥬며 니르디 (說畢, 提

(方文)을 내고 보옥을 쥬며 니르디,

"이 한 졔 약을 먹으면 능히 말을 홀 거시오, 또 무힉하리라."

하며 곳 하직고 가는지라. 보옥이 보내고 도라와 약방문을 가지고 츄샹지로 와 겨유 문의 드러오미 탐츈의 집의셔 노파(老婆)롤 시겨 와 말호디,

"가즁(家中)의 일이 이시므로 탐츈을 영졉하여 가려 하노라."

하는지라. 왕부인이 싱각호디 샹운의 병세 침즁(沈重)하거늘 밤의 돌 볼 사룸이 업다 하여 정히 쥬져(躊躇)하다가 보옥의 드러오믈 보고 셜니 무르디,

"너 【14】의 스미미의 병을 왕대뷔(王大夫) 무어시라 하더냐?"

보옥이 니르디,

"졔가 말호디 죠곰도 감긔는 아니오, 곳 므음이 울결하미 잇다 하여 개울슌긔(開鬱順氣)하는 방문을 내고 말호디, '이 약 한 첩을 먹어 말을 하면 곳 죠흐리라.' 하더라."

말하며 문득 방문을 내여 왕부인을 쥬어 보게 하니 왕부인이 문득 보옥을 명하여 셜니 사룸을 시겨 약을 가져오게 하거늘 디옥이 방문을 닷고 쟝을 들고 샹운을 또 한 번 보다가 바야흐로 가더라. 왕부인이 탄식하여 【15】 니르디,

"이 어린 ㅇ히가 평일의 활달하더니 엇지 므음의 또 울결한 거시 잇느뇨? 편벽도이321) 오늘 삼고낭의 집의셔 또 사룸을 시겨 져룰 영졉하라 와시니 능히 져로 하여곰 도라가지 아니케 못홀지라. 이 밤의 가히 눌노 하여곰 이곳의 잇셔 져룰 보술피리오? 만일 말호디 수대고낭도 또한 보내여 집으로 도라가게 혼다 하면 너의 등은 보라, 병이 이 모양이 되여시니 엇지 남의 집으로 보내 【16】 이 업스니 엇지하여 일이 모다 이곳치 얽히엿느뇨?"

보치 니르디,

"태태는 구퇴여 쵸심(焦心)치 말나. 져녁의 내가 올마오는 거시 곳 올토다."

디옥이 니르디,

"보져져야, 너는 쇼가이(小哥兒) 잇셔 밤의 져술 먹으니 크게 방편치 못하지라. 다만 내가 올마오는 거시 편하도다."

왕부인이 웃고 니르디,

"너의 량인이 누구던지 하나만 오면 내가 죠히 방심하리라."

말하더니 다만 보니 탐츈이 의샹(衣裳)을 닙고 다라와 또 샹운을 보고 왕부인을 향하여 니르디,

"운미미(云妹妹), 약을 먹어 만일 낫 【17】 거든 태태는 가히 사룸을 시겨 나의게 쇼식을 견하면 내 죠히 방심하리라. 임의 집안의 일이 잇셔 나롤 영졉하니 나는 또한 일죽 도라가미 곳 올토다."

하거늘 이의 왕부인이 탐츈을 보내여 대당(大堂) 밧긔 니르러 그 챠 타고 가는 거술 보더라. 왕부인이 샹방(上房)으로 도라와 죠반 먹고 또 와셔 샹운을 보려 하더니 다만 보미 보옥이 외면으로 죠츠 희희히 웃고 다라 드러와 품하디,

"태태야, 져곳의 대낭(大娘)이 우리 이져부(二姐夫)롤 다리고 와시니 쳣지는 부형쳥죄(負荊請罪)하미 【18】 오, 둘지는 친히 스스로 챠의 안즈 우리 이져져(二姐姐)롤 영졉하라 왓다 하더라."

왕부인이 듯고 이샹히 너기믈 마지 아니커늘 보옥이 드디여 쟉야의 승 · 도 량인이 쟉법(作法)하여 숀쇼죠(孫紹祖)롤 가져오쟝(五臟)을 뻣던 일을 일편(一遍)을 말하니 왕부인이 듯고 깃브믈 니긔지 못하여 련망히 마즈 나올 시 다만 보니 형부인(邢夫人)이 숀쇼죠롤 거느리고 나와 피츠 쳥안하기를 맛치미 샹방으로 나아가 안게 하더니 형부인이 숀쇼죠의 입 열기롤 기다리지 아니하고 몬져 져 【19】 롤 위하여 쟉야 몽중의 셩황(城隍)의게 잡혀 묘즁의 니르러 일승, 일도가 비롤 혜치고 오쟝을 밧고믈 닙어 지금 부형쳥죄하고 영츈을 영졉하여 가는 말을 모다 말하니 왕부인이 듯고 블승환희(不勝歡喜)하여 또 다시 죠흔 말노 한 번 위로하고 이의 형 · 왕이부인이 보옥과 한가지로 숀쇼죠롤 닛글고 ᄌ릉주(紫菱州) 로와 영츈을 보니 진실노 또한 긔

筆立了一方, 遞與寶玉道.) <續紅 16:13>

321) 【편벽도이】 囲 편벽(偏僻)되이. 편벽스럽게.
¶ 偏偏兒 ‖ 편벽도이 오늘 삼고낭의 집의셔 또 사룸을 시겨 져룰 영졉하라 와시니 능히 져로 하여곰 도라가지 아니케 못홀지라 (這會子偏偏兒的三姑娘家又差人接來了, 又不能不敎他回去.) <續紅 16:15>

괴ᄒ도다. 숀쇼쥐 한 번 영춘을 보고 그 화이젼면(和藹纏綿)ᄒ는 광경이 곳 보옥이 더옥 봄과 일양이라. 도로혀 영【20】춘을 졸나 붓그럽게 ᄒ는지라. 보옥과 다뭇 형·왕 이부인이 모다 가마니 긔이ᄒᄆ믈 일ᄏ고 문득 보옥을 명ᄒ여 져로 더브러 밥을 먹게 ᄒ고 슈귤(繡橘)을 명ᄒ여 영춘을 뫼셔 시 오슬 닙게 ᄒ고 져의 부부를 보내여 雙雙이 집으로 도라가더라.

지셜(再說), 림더옥(林黛玉)이 츄샹지(秋爽齋)의 잇셔 탐츈(探春)을 보내여 도라간 후의 문득 ᄌ견(紫鵑)과 췌루(翠樓) 이인을 지쵹ᄒ여 약 다리기를 죠히 ᄒ고 췌루를 명ᄒ여 샹운을 안아 니르혀 픔 속의 너코 아관(牙關)을 만지ᄆᆡ 오【21】히려 긴챡히 다무지 아니ᄒ엿는지라. 샐니 ᄌ견을 명ᄒ여 슈건을 가져 샹운의 입의 다히고 ᄌ긔는 약을 술노 ᄶᅥ 셔셔히 먹이고 젼ᄌᆞ치 경경히 누이며 니블덥기를 죠히 ᄒ엿더니 대략 신말유쵸(申末酉初)는 ᄒ여 샹운의 긔식이 돌니고 더운 긔운도 ᄯᅩ훈 져기 감훈지라. 졍히 사름을 식여 왕부인긔 고ᄒ려 ᄒ더니 다만 보니 보옥이 회회히 웃고 드러와 니르디,

"미미야, 태태긔셔 날노 ᄒ여곰 와 ᄉ대미미(史大妹妹)를 보라 ᄒ시니 아지 못게 【22】라 이즈음 져기 나흐냐, 낫지 못ᄒ냐?"

더옥이 니르디,

"열긔도 져기 믈너가고 낫치 긔식도 ᄯᅩ훈 져기 보기 죠토다."

보옥이 듯고 문득 다라 앏흐로 니르러 샹운의 안식을 ᄌ세히 보다가 졍신 업시 숀으로 샹운의 니블을 들거늘 더옥이 보고 샐니 보옥의 숀을 믈니치고 쇼리를 나죽이 ᄒ여 니르디,

"네 엇지 더옥 도리 업는 거슬 비호느뇨? 너는 도로혀 니르디, '지금도 어리다.' ᄒ리오? 다힝이 췌뤼 이곳의 업셧도다. 만일 명일의 운이 병이 하【23】린 후의 알면 너의 도리 업는 거슨 니르지 말고 내가 사롬이 아니라 니르리라."

보옥이 웃고 니르디,

"이는 내가 우연이 보다가 졍신이 업셔 다만 너와 다뭇 보져져로 아랏시니 엇지 유심(有心)ᄒ미리오! 방ᄌ[322] 보져져가 ᄯᅩ훈 오고ᄌ ᄒ

다가 계가ᄋ(桂哥兒)의 졋먹이기를 위ᄒ여 능히 오지 못ᄒ니라."

더옥이 니르디,

"너는 도라가 보져져의게 고ᄒ여 말ᄒ디, '이곳의 내가 잇다.' ᄒ고 져로 ᄒ여곰 오게 말고 지금 ᄯᅩ 나를 위ᄒ여 와구(臥具)를 보내지 말나. 이곳의 삼고낭(三姑娘)의 거【24】시 이시니 다만 ᄌ견으로 ᄒ여곰 나의 붉은 빗 젹은 오ᄌ를 가져오게 ᄒ라. 밤의 셔눌훌 ᄃᆺᄒ니라. 너는 일죽 가셔 태태긔 고ᄒ고 ᄯᅩ훈 다시 오지 말나."

보옥이 듯고 눈셥을 찡긔고 니르디,

"금일 아춤붓허 우리 보져졔 졍히 오려 ᄒ거늘 네 편벽도히 막ᄌ르고ᄌ[323] ᄒ니 태태를 디ᄒ여 가히 날노 ᄒ여곰 엇지 말ᄒ랴?"

더옥이 듯고 쇼리를 나죽이 ᄒ여 허츠며 니르디,

"너는 이거시 무슨 말이뇨? 보져져는 지금 계가ᄋ이 잇는지라. 내가 오는 거시 ᄯᅩ훈 일양이【25】니 너는 곳 하로도 쪄나지 아니훈다 니르기 어렵도다."

말ᄒᄆᆡ 보옥이 답훌 말이 업셔 입으로 종아리며 한 지위 안졋다가 곳 겸즉히[324] 나가더라. 져녁의 ᄌ견이 젹은 오ᄌ를 가져오거늘 더옥이 명ᄒ여 탐춘의 쓰던 니블과 요를 가져 곳 샹운의 몸 엽희 펴 뻐 밤의 보슙히기의 편케 ᄒ고 ᄯᅩ ᄌ견과 췌루 이인을 명ᄒ여 곳 하면(下面) 탑샹의셔 ᄌ게 ᄒ여 부르기의 편케 ᄒ고 이

고ᄌ ᄒ다가 계가ᄋ의 졋먹이기를 위ᄒ여 능히 오지 못ᄒ니라 (纔剛兒寶姐姐原也要來的, 因爲桂哥兒撤了潑, 所以不能來了.) <續紅 16:23>

323) 【막ᄌ르다】 동 막지르다. 막다. 거절(拒絶)하다. ¶ 搶 ‖ 오직 쟝군이 힘뼈 역당을 막ᄌ르니 쳡이 나히 어려 금일 아춤붓허 우리 보져졔 졍히 오려ᄒ거늘 네 편벽도히 막ᄌ르고ᄌ ᄒ니 태태를 디ᄒ여 가히 날노 ᄒ여곰 엇지 말ᄒ랴 (早起正經人家寶姐姐要來, 你偏要搶着來, 當着太太家敎人家怎麽說呢?) <續紅 16:24> ⇒ 막잘ㄴ-, 막ᄌ르다, 막쥴ㄴ-, 막쥴ㄹ-

324) 【겸즉히】 부 계면쩍게. 무안하게. 어색하게. ¶ 訕訕的 ‖ 말ᄒᄆᆡ 보옥이 답훌 말이 업셔 입으로 종아리며 한 지위 안졋다가 곳 겸즉히 나가더라 (說的寶玉無言可對, 咕嘟着嘴坐了會子, 也就訕訕的回去了.) <續紅 16:25> ⇒ 뎜죽히, 겸죽히

---

322) 【방ᄌ】 부 {방재(方纔fāngcái).} 방금. 금방. 중국어 차용어. ¶ 纔剛 ‖ 방ᄌ 보져져가 ᄯᅩ훈 오

의 문을 닷고 ᄌ더니 대략 이경(二更) 시분(時
分)은 ᄒ여 스샹운이 홀연 찌여나셔 【26】 몸 가
의셔 한 사롬이 ᄌ는 줄 알고 다만 니ᄅ디, 이
는 탐츈이라 ᄒ여 한 쇼리,

"이야!"

ᄒ고 블너 니ᄅ디,

"삼져져야!"

ᄒ거눌 디옥이 졍히 몽롱(朦朧)홀 즈음의
홀연 드ᄅ니 샹운이 한 쇼리 삼져져(三姐姐)롤
부ᄅ거눌 경희(驚喜)ᄒᆵ믈 니긔지 못ᄒ여 곳 졔
가 ᄌ긔롤 그릇 탐츈으로 아는 줄을 아디 쏘흔
즘즛 모호히 무러 니ᄅ디,

"미미야, 너는 이즈음의 ᄆᆞ음이 져기 명빅
ᄒ냐? 너는 평일의 가쟝 광달(曠達)흔 사롬이라.
엇지 이런 고이흔 병을 어덧ᄂᆞ뇨?"

샹운이 듯고 눈물 【27】 을 흘녀 니ᄅ디,

"삼져져야, 너는 엇지 내 ᄆᆞ음의 고쵸(苦
楚)ᄒ는 거술 알니오? 쟉일의 우리 무리 림고노
야의 묘즁의 이실 젹의 보왓ᄂᆞ냐? 보거거와 다
믓 림져져 무리 량인이 싱ᄉ간 일쟝 열요(熱鬧)
ᄒ여 필경 량연(良緣)을 셩취ᄒ고 져의 무리의
복력(福力)을 힘닙어 여러 사롬이 회싱ᄒᆞ미 이
졔 쏘흔 모다 ᄡᅡᆼ을 일워쥬디 슈ᄌ(嫂子)도 여러
히 과거(寡居)ᄒ다가 쟉일의 노티티긔셔 쏘 져
로 ᄒ여곰 대거거의 혼령과 더브러 친근케 ᄒ시
니 싱각건디 져의 무리는 모다 됴흔 【28】 향을
살왓거니와 나는 곳 단두향(斷頭香)을 긔십 번
살왓다 니ᄅ디, 내 ᄆᆞ음이 엇지 견디기 어렵지
아니타 ᄒ리오? 어졔 져녁의 도라와 내가 리두
(來頭)롤 싱각ᄒᆞ미 더옥 살스록 취미 업슬지라.
엇지 홀지 몰나 ᄆᆞ음이 후두(糊塗)ᄒ여 곳 인ᄉ
(人事)롤 몰낫노라. 우리 ᄌ미 한 곳의 여러 날
머믈고 쏘흔 너의 위인을 아는지라. 이러므로
내 즐겨 사롬의게 고치 못ᄒ고 말을 가져 너롤
대ᄒ여 말ᄒᆞ느니 너는 【29】 명일의 일졀 타인의
게 고치 말나. 보져져는 도로혀 진실은 즁ᄒ거
니와 져 빈ᄋᆞ와 다믓 봉챠두는 모다 입이 쾌흔
사롬이니 져로 ᄒ여곰 듯게 ᄒ면 쏘 우순 말을
삼아 나롤 죠ᄅ리로다."

디옥이 듯고 참지 못ᄒ여 크게 우스며 니
ᄅ디,

"운ᄋᆞ야, 너는 보라. 내가 뉘뇨? 내가 입이
쾌ᄒ여 너롤 죠ᄅ는 거시 아니라, 곳 네가 입이

쾌ᄒ여 스스로 공쵸(供招)ᄒᆞ미로다."

21

류례고셩교져츌규 십월만즉평ㅇ싱즈
六禮告成巧姐出閨 十月孕足平兒生子

스샹운이 병 즁의 그릇 디옥을 탐츈인 쥴 알고 죠히 한 츠례 스담(私談)ᄒ엿더니 이졔 디옥이 련【30】ᄒ여 긔롱의 말을 ᄒ고 웃는 거슬 듯고 비로쇼 ᄆ옵의 즈긔(自己)가 사름을 그릇 알고 말을 부즈럽시 흔 쥴 아니 임의 말이 입의 나와시니 뉘웃츠나 밋지 못ᄒᆯ지라. 다만 니블을 들고 손을 내여 디옥의 목을 안고 우스며 니ᄅ더,

"삼져져는 어대 가고 엇지 신(新) 이슈즈(二嫂子)로 ᄒ여곰 슈고로이 왓ᄂ뇨? 보거거(寶哥哥)는 엇지 져를 노하 나오게 흔지 졔가 이즈음의 가쟝 나를 한(恨)ᄒ리라."

디옥이 샹운이 져의 목을 안는 거슬 보고 믄득 손으로 샹운의 쌤을 돌녀 졔 쌤의 다히【31】고 우스며 니ᄅ더,

"삼져져가 집으로 가미 내 죠혼 뜻으로 와 너를 뫼셔 쩍지어 지내려 ᄒ엿거늘 네 도로혀 이런 말을 ᄒᄂ냐? 보거거의 ᄆ옵의 견디지 못ᄒᄂ 거슨 도로혀 보져져가 잇셔 져를 위ᄒ여 플녀니와 운미미의 ᄆ옵의 견디지 못ᄒᄂ 거슨 사름으로 ᄒ여곰 방법이 업도다."

샹운이 웃고 한 번 혀츠며 니ᄅ더,

"의야, 너는 나롤 죠ᄅ지 말나. 늙은 가마괴는 도야지[325] 거믄 거슬 웃지 말지니 너는 엇지ᄒ여 혼인이 일우지 못ᄒᆯ믈 인ᄒ여 즈긔 몸을 히롭게 ᄒ【32】엿ᄂ뇨? 보옥아, '네 죠ᄒ냐.' ᄒᄂ 네 글즈는 들녀여 텬하 사름이 모다 알거놀 지금 도로혀 남을 웃ᄂ냐? 너는 싱각ᄒ여 보라. 우리 즈미들이 어려실 졔붓허 여러 ᄒ롤 셔로 귀밋치 갈니도록 지내다가 이졔 나의 명쉬 죠치 못ᄒ여 이런 결과의 니ᄅ럿시니 너는 가쟝 맛당히 나롤 블샹히 너겨 일졈 근심을 난호미 곳 올커놀 엇지 너는 도로혀 나롤 조ᄅ더 내가 한 귀졀 스담이 잇셔 즐겨 너롤 더ᄒ여 말 아니 ᄒᆯ믈 고이히 너기ᄂ냐?"

디옥이 듯【33】고 샹운의 쌤을 만지며 웃고 니ᄅ더,

"운ㅇ야 ᄯ 챡급히 구ᄂ냐? 너는 방심ᄒ라. 너의 이 일을 져져가 너롤 위ᄒ여 일졈 힘쓰미 곳 올토다. 내가 명일의 친히 묘즁으로 가 우리 부친을 보고 졔게 쳥ᄒ여 구을너 이위 션스의게 구ᄒ여 즈비롤 발ᄒ여 ᄯ혼 미부(妹夫)로 ᄒ여곰 회싱케 ᄒᆯ지니 너는 뜻의 맛ᄂ냐, 맛지 아니 ᄒᄂ냐?"

샹운이 듯고 우스며 니ᄅ더,

"너의 이 말이 곳 진졍이냐? 도로혀 나롤 긔롱으로 쇽이ᄂ냐? 네 만일 나의 이 일을 가져 대신 쥬션ᄒ여 일【34】 우면 내 졍원(情願)으로 너의 은혜롤 보답ᄒ리라."

디옥이 웃고 니ᄅ더,

"다른 일은 너롤 긔롱으로 쇽이는 거슨 관겨치 아니커니와 이 일을 엇지 사름을 쇽이리오! 다만 미뷔(妹夫) 셩명을 쇽여시니 쟝리의 혼을 츠즈려 ᄒ면 다만 일졈 힘을 허비ᄒᆯ 듯ᄒ도다."

샹운이 니ᄅ더,

"나는 싱각건더 이도 ᄯ혼 무슨 난쳐ᄒᆯ 거시 업스니 셩명은 비록 숨겨시나 용모는 가히 알 거시오 ᄒ믈며 너의 미부의 령귀(靈柩) 오히

---

325) 【도야지】 몡 돼지. ¶ 猪 ‖ 늙은 가마괴는 도야지 거믄 거슬 웃지 말지니 너는 엇지 ᄒ여 혼인이 일우지 못ᄒᆯ믈 인ᄒ여 즈긔 몸을 히롭게 ᄒ엿ᄂ뇨 (老鴉也別笑話猪黑, 你爲什麽因婚姻不遂作踐了自己的身子?) <續紅 16:31>

려 안장(安葬)치 못ᄒᆞ여시니 다만 션ᄉ(先師)를 쳥ᄒᆞ 【35】 여 관을 열고 모양을 보면 쏘ᄒᆞᆫ 혼이 잇셔 찻기 용이(容易)ᄒᆞᆯ 거시오, 만일 혹 ᄉ후 (死後) 용모를 분변키 어렵다 ᄒᆞ면 졔가 도로혀 ᄭᅵ친326) 화샹이 잇ᄂᆞ니라."

더옥이 우스며 니ᄅᆞ디,

"네 이 말은 도로혀 유리ᄒᆞ도다. 내 명일 의 곳 너의 말디로 ᄒᆞᆫ는 거시 올ᄒᆞ디 다만 네가 방ᄌ 말ᄒᆞ디 나의 은혜를 갑흐렷노라 ᄒᆞᆷ은 져졔 쏘ᄒᆞᆫ 당치 못ᄒᆞ여라. 지금 우리 무리 한 상(床) 의셔 누어 ᄌᆞ니 너는 곳 나를 가져 잠간 미부로 알고 네 평일의 미부 뫼시던 그 모양을 모다 가 져 내여 나를 【36】 뫼시면 쏘ᄒᆞᆫ 네가 내 은혜를 갑ᄒᆞ다 혬ᄒᆞ리니 엇더ᄒᆞᇇ뇨?"

샹운이 듯고 우스며 혀ᄎᆞ고 니ᄅᆞ디,

"개 방긔 ᄀᆞᆺ튼 말이로다. 나는 맛당히 보 거거가 아니며 너는 맛당히 너의 그 모양을 가 져 내지 못ᄒᆞᇰᄂᆞ냐?"

ᄒᆞ고 이인이 희희흡흡히 웃더니 하변 탑 샹의셔 ᄌ견(紫鵑)과 취루(翠樓) 이인이 믄득 놀 나 ᄭᅵ여 회쇼ᄒᆞᆫ는 쇼리를 듯고 곳 샹운의 병이 나흔 줄 알지라. 량인이 ᄲᅡᆯ니 의샹을 닙고 샹 (床) 가의 니ᄅᆞ러 ᄌ견이 니ᄅᆞ디,

"ᄉ대고낭아, 너는 나흐냐? 너의 무리 반 야(半夜) 삼 【37】 경(三更)의 무어슬 웃ᄂᆞ뇨?"

샹운이 웃고 니ᄅᆞ디,

"내 이즈음 젹이 나핫도다. 너는 보라. 너 의 고낭이 몽즁의 후두ᄒᆞ여 나를 져의 보이야로 아니 너는 말ᄒᆞ라. 우으냐, 우읍지 아니냐?"

ᄌ견이 듯고 우스며 머리를 흔들며 밋지 아니코 취루는 듯고 우스며 니ᄅᆞ디,

"림고낭이 고낭을 보이야로 아는 거시 쏘 ᄒᆞᆫ 고이치 아니토다. 본디 고낭의 킈가 크고 눈 셥과 눈이 보이야로 더브러 거의 방블(彷佛)ᄒᆞ 디 다만 부죡ᄒᆞᆫ 거시 잇다."

ᄒᆞ거늘 샹운이 듯고 말이 맛기를 기다 【38 】 리지 아니ᄒᆞ고 ᄲᅡᆯ니 ᄭᅮ지져 니ᄅᆞ디,

"젹은 즘싱아, 쏘 혼잡히 나를 침범ᄒᆞᄂᆞ냐?

무어시 죡지 아니ᄒᆞᆫ지 네 말ᄒᆞ여 알게 ᄒᆞ라."

ᄒᆞ거늘 ᄌ견은 임의 우슴을 니긔지 못ᄒᆞ여 샹 우희 구러지고 더옥은 몸을 번드겨 니러 안 ᄌ 슈건으로 입을 ᄯᅡ ᄶ ᆨ고 우스며 취루(翠樓)를 향ᄒᆞ여 니ᄅᆞ디,

"후두ᄒᆞᆫ 믈건아, 너는 아ᄌ라. 내 네게 고 ᄒᆞ리라. 방ᄌ 너의 고낭이 날노 ᄒᆞ여곰 져를 위 ᄒᆞ여 고노야긔 고ᄒᆞ고 이위 션ᄉ를 쳥ᄒᆞ여 너의 고야를 구ᄒᆞ랴 ᄒᆞ거늘 내가 곳 너의 고낭으로 【 39】 더브러 긔롱을 지져괴며 말ᄒᆞ디 져로 ᄒᆞ여 곰 나를 잠간 너의 고야로 알고 대졉ᄒᆞ라 ᄒᆞ미 우리들이 곳 이 말을 위ᄒᆞ여 우ᄉᆞᆺ거늘 네가 곳 곡졀(曲折)을 아지 못ᄒᆞ고 입의셔 나오는 디로 혼잡히 말ᄒᆞ도다."

취뤼 듯고 샹운을 향ᄒᆞ여 니ᄅᆞ디,

"고낭아, 너는 쏘ᄒᆞᆫ 너모 고지식ᄒᆞ도다. 져 림고낭이 우리를 위ᄒᆞ여 이런 하늘ᄀᆞᆺ치 큰 죠ᄒᆞᆫ 일을 셩취ᄒᆞᆯ진디 고낭이 곳 림고낭을 우리 고야 로 아는 거시 쏘ᄒᆞᆫ 무슴 네게 어려온 일이 이시 리오? 림고낭이 싱긴 【40】 거시 도로혀 쥰슈(俊 秀)치 못ᄒᆞ다 니ᄅᆞ기 어렵도다."

샹운이 듯고 우스며 ᄭᅮ지져 니ᄅᆞ디,

"너의 무리는 모다 드르라. 이 젹은 즘싱 이 더옥 말ᄒᆞᆫ는 모양이 죠치 아니토다. 너는 ᄲᅡᆯ 니 나를 위ᄒᆞ여 다리고 가셔 ᄌ라."

취뤼 듯고 쏘 더옥을 향ᄒᆞ여 우스며 니ᄅᆞ 디,

"고낭아, 내 너로 더브러 샹량(商量)ᄒᆞ리라. 너는 명일의 다만 고노야긔 고ᄒᆞ라 가라. 우리 고낭이 임의 즐겨ᄒᆞ지 아니면 나는 당일의 쏘ᄒᆞᆫ 우리 고야를 뫼신 사롬이라. 내가 곳 우리 고낭 을 대신ᄒᆞ여 너의 노 【41】 인네를 뫼시면 쏘ᄒᆞᆫ 일양이리라."

더옥이 텽파의 혀ᄎᆞ며 니ᄅᆞ디,

"ᄌ라 가라. 젹은 즘싱아, 네 도로혀 내게 ᄯᅳᆺ을 두니 가히 말지로다."

ᄒᆞ니 즁인이 쏘 모다 대쇼ᄒᆞ더라. ᄌ견이 곳 ᄆᆞ음이 령리(伶俐)ᄒᆞᆫ 사롬이라. 샹운이 죵일 을 식음을 먹지 아니믈 알고 ᄲᅡᆯ니 가셔 풍노(風 爐)의 붓치질ᄒᆞ여327) 두 그릇 우분계원탕(藕粉

---

326) 【ᄭᅵ치다】 통 끼치다. 남기다. ¶ 遺 ‖ 만일 혹 ᄉ후 용모를 분변키 어렵다 ᄒᆞ면 졔가 도로혀 ᄭᅵ친 화샹이 잇ᄂᆞ니라 (倘或怕死後容貌難辨, 他 還有遺下的一個影像圖兒呢.) <續紅 16:35> ⇒ 기 치다, 기티다, 깃치다, 깃티다, ᄭᅵ치다

327) 【붓치질ᄒᆞ다】 통 부채질하다. ¶ 搧 ‖ 샹운이 죵일을 식음을 먹지 아니믈 알고 ᄲᅡᆯ니 가셔 풍 노의 붓치질ᄒᆞ여 두 그릇 우분계원탕을 ᄯ려오

桂圓湯)을 쓰려오거늘 샹운과 더옥 등이 반 그
룻식 마시고 즈견과 취루룰 난호아 쥬어 모다
먹기룰 맛치고 다시 드러와 즈고 이튼날 쳥신의
니러나 【42】 미 샹운이 근본 큰 병이 업고 블과
일시 므움을 일우지 못ᄒ여 급ᄒ 화긔 샹승ᄒ
빌믜328)라. 이ᄢᆡ의 졍신이 여샹(如常)ᄒ지라. 더
옥이 보고 블승환희ᄒ여 셜니 즈견을 시겨 왕부
인긔 고ᄒ라 가게 홀 시 샹운이 분부ᄒ디,

"즈견져져야, 나와 다못 너의 고냥이 ᄒ
말을 즁인 앏히셔 한 즈도 드러내지 말나. 즁인
이 만일 알면 내 가히 너롤 쳐치ᄒ리라."

더옥이 우스며 니르디,

"너는 다만 방심ᄒ라. 우리 즈견의 입은
가쟝 고으디 도로혀 너의 취고냥 【43】 을 네가
져의게 한 쇼리 부탁홀지니라."

샹운이 니르디,

"격은 즘싱은 졔가 감히 한 즈라도 말ᄒ면
네 보라 내 져의 혀룰 쌘히리라."

취뤼 웃고 니르디,

"이야, 나는 이런 곡졀을 쏘ᄒ 아지 못ᄒ
니 혀룰 네가 용이히 쌘히드라 ᄒ여도 쏘 나는
도로혀 머믈너 고야긔 스후(伺候)코즈 ᄒ노라."

즁인이 쏘 모다 웃고 즈견은 져룰 한 번
밀치고 스스로 왕부인긔 고ᄒ라 가더라. 더옥이
우스며 허리롤 잡고 니르디,

"취고냥이 진개 심히 취미 잇도다."

샹운이 니르디,

"졔 【44】 가 나롤 가져 웃드라 ᄒ여도 쏘
ᄒ 방법이 업스니 져는 다만 혼잡히 침범홀 디
로 ᄒ라. 내가 쏘ᄒ 져룰 쑤즈질 결을이 업노
라."

더옥이 니르디,

"미미야 네가 말ᄒ디 미뷔 젼일의 힝낙도
(行樂圖)가 잇다 ᄒ더니 도로혀 집의 두엇ᄂᆞ냐,
가져왓ᄂᆞ냐?"

샹운이 니르디,

"가져왓노라."

더옥이 니르디.

"임의 네가 가져와시면 이즈음 사롬 업슬
ᄯᅢ룰 타 네가 곳 가져 나롤 쥬라. 한즈음 지내
여 다른 사롬이 오면 쏘 무르리라."

샹운이 듯고 믄득 의샹(衣箱) 쇽으로셔 일
【45】 개 죡즈룰 내여 더옥을 쥬거늘 더옥이 펴
셔 한 번 볼 시 샹면의 일개 쇼년을 그렷시디
미목(眉目)이 쳥슈(淸秀)ᄒ고 치빅(齒白) 슌홍(脣
紅)ᄒ디 다만 져기 여의고 약ᄒ지라. 더옥이 보
고 겸두ᄒ며 탄식ᄒ믈 씨둣지 못ᄒ미 샹운이 즈
연 오오(嗷嗷)이 울며 졍히 감샹ᄒ는 즈음의 홀
연 드르니 즈견이 쓸의셔 말ᄒ여 니르디,

"태태와 내내와 고냥 무리 모다 오ᄂᆞ니라."

샹·대 량인이 듯고 셜니 힝락도롤 거더
잠간 한 편의 노핫더니 다만 보미 왕부인(王夫
人)과 니환(李紈)과 봉져(鳳姐)【46】 와 보챠(寶
釵)와 셕츈(惜春) 오인이 일졔히 다라 드러오더
니 왕부인이 니르디,

"대고냥아, 네 필경 엇더ᄒ뇨? 쟉일의 우
리들노 ᄒ여곰 혼이 놀나게 ᄒ엿도다. 오늘은
싱각건디 다시 왕태의(王太醫)롤 쳥ᄒ여 와 멋
쳡 약을 더 먹어 죠리케 ᄒ리로다."

샹운이 니르디,

"내 젼일의 림고냥 노야 묘즁의 잇셔 져기
풍한(風寒)을 바다 병이 낫더니 쟉야의 약을 먹
은 후의 임의 ᄯᅡᆷ을 내고 오늘은 졍신이 도로혀
샹시와 ᄀᆞᆺ트니 왕태의롤 쳥홀 거시 업도다. 내
평일의 쏘ᄒ 져런 쁜 【47】 약 먹기룰 죠하 아니
ᄒ노라."

더옥이 니르디,

"운미미야, 내 말디로 ᄒ라. 쟉일의 일쳡
약을 먹고 가쟝 효험을 보와시니 네 오늘도 원
방문(方文)디로 일쳡을 먹으디 만일 방문을 곳
치면 다만 져허컨디 반드시 이 방문ᄀᆞᆺ치 령험치
(靈驗) 못ᄒ리라."

샹운이 우스며 겸두ᄒ고 곳 왕부인과 니환
등 오인을 권ᄒ여 일졔히 안줄 시 즈견과 취뤼
챠롤 가져오거늘 모다 챠롤 먹고 니환과 봉져와
셕츈 삼인이 샹운의게 어졔 손쇼죠(孫紹祖) 왓
던 모양을 고ᄒ거늘 디 【48】 옥이 믄득 틈을 타
가마니 왕부인과 보챠롤 닛글고 한편의 니르러
샹운의 심스와 다못 즈긔가 져녁의 친히 묘즁의
가셔 샹운을 위ᄒ여 션스롤 쳥홀 말을 일편 고

거놀 (知道湘雲一天沒進飮食, 忙去搉着風爐, 冲
了兩碗藕粉桂圓兒湯來.) <續紅 16:41>

328) 【빌믜】 圖 빌미. ¶ 샹운이 근본 큰 병이 업
고 블과 일시 므음을 일우지 못ᄒ여 급ᄒ 화긔
샹승ᄒ 빌믜라 (湘雲原無大病, 不過一時不能遂
心, 急火上攻所致.) <續紅 16:42> ⇒ 빌믜, 빌미

ᄒ니 왕부인과 보치 듯고 모다 십분 환희ᄒ더라. 졍히 담론홀 시 다만 보니 이마(姨媽)의 집의셔 노파(老婆)롤 시겨 비갑(拜匣)을 가지고 와 몬져 왕부인으로 더브러 쳥안(請安)ᄒ고 쏘 니환 등을 향ᄒ여 안부롤 뭇고 픔ᄒ디,

"우리 태태 나롤 식여 와 이곳의 태태와 내내와 고낭 무리롤 쳥ᄒ여 오라 ᄒ【49】시더라. 쟉일 우리 무리 신션(神仙) 친가노애, 친가태태롤 보내여 우리 집으로 왓는지라. 우리태태와 다못 대내내 모다 환희ᄒ는 거시 비홀더 업셔 샹량ᄒ고 친쳑 무리롤 쳥ᄒ여 집 안의셔 열요ᄒ디 다만 노틱틱와 다못 고틱틱롤 쳥ᄒ므로 빅쥬(白晝)가 쏘 편당치 못ᄒ지라. 이러므로 곳쳐 야회(夜會)롤 일위엿ᄂ니라."

왕부인이 듯고 블승환희ᄒ여 니환을 향ᄒ여 우스며 니르디,

"너의 무리는 이 룽고낭(菱姑娘)을 보라. 졔가 도로혀 유복ᄒ 사람이로다. 어렷실 ᄶᅥ의 【50】 남의게 꾀여329) 가믈 닙어 이태태(姨太太)의 집의 팔녀 비지(婢子) 되엿더니 즈라미 모양이 죠흔지라. 그 후의 반ᄋ(蟠兒)가 곳 방 속의 거두워두어 허다 원굴(寃屈)ᄒ 거술 바닷더니 필경 부지ᄒ여 ᄋ들을 나코 그 달의 병을 어더 죽엇다가 지금 쏘 스라나고 겸ᄒ여 부모롤 만나 보와시니 진긔 쳔빅가지 긔괴ᄒ 일이 세샹의 모다 잇도다. 너는 비갑(拜匣)을 열고 보라. 쳥ᄒ 이가 모다 뉘뇨?"

보치 듯고 비갑을 열고 쳥텹(請帖)을 가져 한 번 보더니 니르디,

"우리 무리 집의 사람이 가득히 【51】 잇고 쏘 동부(東府) 속 대슈즈(大嫂子)와 다못 량개 쇼대내내(小大奶奶)가 잇고 친쳑의 집의는 곳 운미미(云妹妹)와 다못 이져져(二姐姐)와 삼미미(三妹妹)니라."

샹운이 듯고 우스며 니르디,

"나는 가지 아니리라. 쟉일의 병이 그 모양을 일위여 왕태의 약가지 먹다가 오늘 잔치의 가면 타인으로 ᄒ여곰 보미 이 무슨 모양이리

오."

왕부인이 웃고 니르디,

"우리 ᄋ히야, 너는 이러틋 말나. 쟉일 네가 병 어든 말을 외인(外人)이 모다 아지 못ᄒ리니 다만 구경ᄒ라 가라."

샹운이 듯고 응낙ᄒ더니 봉졔 니르디,

"태태야, 나는 싱각 【52】 건디 평이 임의 만삭ᄒ 사람이라. 복즁이 심히 블너시니 져는 구틱여 가지 말지로다. 교져(巧姐)는 쟉일의 류노뇌(劉老老) 사람을 시겨330) 내게 말ᄒ디, 졔가 수 삼일 너의 셩으로 드러오고즈 ᄒ다 ᄒ니 대개 쥬가(周家)의셔 일즈(日子)롤 굴희여 교져롤 친영ᄒ려 ᄒ다 ᄒ더라. 쟉일의 스대미미 병이 잇셔 태태긔셔 ᄆ음이 블평ᄒ신지라. 이러므로 내가 쏘ᄒ 감히 고치 못ᄒ엿노라. 나는 싱각건디 교져롤 임의 남의 집의셔 쟝촛 친영ᄒ려 ᄒ니 나도 쏘ᄒ 집의 잇셔 져 【53】 롤 위ᄒ여 쥬션ᄒ리라. 오늘 이태태 그곳의셔 우리롤 모다 쳥ᄒ여시디 다만 져 우가(尤家) 이이ᄋ(二姨兒)로 ᄒ여곰 가게 ᄒ리라."

왕부인이 듯고 니르디,

"쏘ᄒ 가ᄒ도다. 나는 싱각건디 이즈음의 사람을 보내여 너의 이져져와 삼미미의게 가셔 무르디 져의 무리 능히 올는지 오지 못홀는지 보리라. 나의 의스의는 우리 무리 오늘 낫의 곳 가셔 쏘ᄒ 너의 이마(姨媽)의 신(新) 친가모(親家母)로 더브러 몬져 담화ᄒ고 너의 림미미와 다못 보옥은 머믈너 두엇다가 져녁의 몬져 묘즁으로 가셔 노틱 【54】 틱와 다못 너의 고ᄆ롤 보고 필경 한가지로 다시 가려 ᄒ니 너의 무리는 말ᄒ라. 죠ᄒ냐, 죠치 아니ᄒ냐?"

샹운·보챠·디옥 삼인이 이 뜻을 알고 졔셩ᄒ여 니르디,

"죠토다."

ᄒ고 이의 모다 쏘 안즈 한 지위 한화(閑話)ᄒ다가 바야흐로 흣허지더라. 오직(午刻)의 니르러 영츈, 탐츈, 두 집의셔 모다 사람을 보내

---

329) 【꾀다】 동 꾀다. 그럴 듯하게 남을 속이거나 부추기어 자기의 뜻대로 하게 하다. ¶ 拐 ‖ 어렷실 ᄶᅥ의 남의게 꾀여 가믈 닙어 이태태의 집의 팔녀 비지 되엿더니 즈라미 모양이 죠흔지라 (從小兒被人拐了去, 賣到姨太太家作婢女, 因爲模樣兒長的好) <續紅 16:50>

330) 【시기다】 동 시키다. ¶ 打發 ‖ 교져는 쟉일의 류노뇌 사람을 시겨 내게 말ᄒ디 계가 수 삼일 너의 셩으로 드러오고즈 ᄒ다 ᄒ니 대개 쥬가의셔 일즈롤 굴희여 교져롤 친영ᄒ려 ᄒ다 ᄒ더라 (巧姐呢, 昨日劉老老打發人來告訴我說, 他這兩三天兒里頭就要進城來呢, 大概周家要擇日子娶巧姐過門.) <續紅 16:52> ⇒ 식이다

여 말ᄒᆞ디,

"가즁의 일이 잇셔 고낭 무리 모다 능히 오지 못ᄒᆞ다."

ᄒᆞ거눌 이의 형·왕 이부인이 샹운·셕츈과 니환·보챠와 우이져롤 다리고 쏘 동부즁 우시와 진가 【55】 경(秦可卿) 이인을 약회(約會)홀 시 호시(胡氏)ᄂᆞᆫ 쏘ᄒᆞᆫ 만삭ᄒᆞᆫ 사롬이라. 즐겨 문의 나지 아니커눌 즉긔의 모다 륙칠 량(輛) 챠롤 타고 일졔히 셜이마의 집으로 올 시 겨유 대문의 들미 다만 보니 셜이마와 봉시내내(封氏奶奶)가 향릉(香菱)과 보셤(寶蟾)과 슈연(岫烟)을 거ᄂᆞ리고 일졔히 마ᄌ 나와 모다 셔로 보고 환희ᄒᆞ미 비샹ᄒᆞ여 한온(寒溫)을 펴고 믄득 안ᄒᆞ로 향ᄒᆞ여 문의 들기롤 ᄉ양ᄒᆞ더니 쏘 보니 보금과 우삼져와 류로로 삼인이 뜰의셔 영졉ᄒᆞ다가 피ᄎᆞ 안부롤 맛치고 왕부인이 류노노롤 향ᄒᆞ여 【56】 니르디,

"노노야, 너ᄂᆞᆫ 어내 ᄠᅵ의 입셩ᄒᆞ엿ᄂᆞ뇨?"

류노니 우ᄉ며 니르디,

"나ᄂᆞᆫ 오눌 죠죠(早朝)의 셩의 드러왓노라. 본리 태태의 곳으로 가려 ᄒᆞ다가 뉘 알니오 즁노의 오더니 이곳 고티티긔셔 쏘 챠롤 가지고 나롤 영졉ᄒᆞ라 왓ᄂᆞᆫ지라. 내 이러므로 지금 몬져 이곳으로 니르럿노라."

말하며 믄득 흠긔 샹방(上房)으로 올 시 형·왕 이부인이 몬져 봉시내내로 더브러 례롤 힝ᄒᆞ고 쏘 셜이마와 향릉으로 더브러 치하ᄒᆞ며 니환과 보챠 등도 모다 ᄎᆞ례디로 힝례ᄒᆞᆫ 후의 뎡좌ᄒᆞ 【57】 니 챠환이 챠롤 밧드러 오거눌 챠롤 파ᄒᆞ미 형·왕 이부인이 몬져 디옥이 묘즁의 간 것과 다못 평ᄋ 등이 능히 오지 못ᄒᆞᄂᆫ 연고롤 셜이마의게 고ᄒᆞ고 믄득 봉시내내로 더브러 이왕(以往) 졍ᄉ(情事)롤 한 지위 펴더니 향릉이 쏘 쇼히아(小孩兒)롤 안고 와 모다 돌녀 가며 지긔로온 거술 보더니 셜이미 믄득 분부ᄒᆞ여 몬져 몃 가지 과실을 버리고 슐을 더혀 와 마실 시 일변으로 풍류ᄒᆞᄂᆫ 녀당ᄌ(女檔子)와 다못 고담(古談)ᄒᆞᄂᆫ 녀션ᄋ(女先兒)롤 모다 블너 와 쳥안ᄒᆞᄆᆯ 맛치고 탁ᄌ 【58】 롤 버리고 홍담(紅氈)을 펴고 비파(琵琶)와 져와 싱황(笙簧)으로 열요히331) ᄒᆞ여 일죽 쵸경(初更) 시분의

니르러 바야흐로 파ᄒᆞ미 모다 산좌(散坐)ᄒᆞ여 챠롤 먹더니 다만 드르미 사롬이 나와 픔ᄒᆞ여

"가노티티와 림고티티가 오신다."

ᄒᆞ거눌 모다 듯고 일졔히 니러나 마ᄌ 나올 시 믄득 보니 포이가(鮑二家)ᄂᆞᆫ 가모롤 뫼시고 ᄉ긔(司棋)ᄂᆞᆫ 가부인을 뫼시고 교ᄌ의 ᄂᆞ려 드러올 시 후면의ᄂᆞᆫ 보옥이 디옥을 다리고 량인이 긴착(緊着)히 ᄯ르다가 즁인이 마ᄌ 나오ᄂᆞᆫ 거술 보고 디옥이 보옥을 향ᄒᆞ여 눈짓ᄒᆞ 【59】 니 보옥이 그 뜻을 알고 쇼리롤 나죽이 ᄒᆞ여 니르디,

"너ᄂᆞᆫ 죠히 갈지니 ᄌ셰히 보지 아니면 너머지리라. 나ᄂᆞᆫ 셔방(書房)으로 가노라."

말을 맛치며 드듸여 셔방으로 향ᄒᆞ여 가더라."

가뫼 셜이마롤 보고 우ᄉ며 니르디,

"내가 치하ᄒᆞ라 오기롤 더디ᄒᆞ엿노라. 어내 분이 곳 우리 무리 신션 친가모냐?"

ᄒᆞ더니 다만 보미 봉시내내 다라 나와 우ᄉ며 니르디,

"노티티야, 가히 죠흐냐? 너의 노인내ᄂᆞᆫ 바야흐로 진졍 노신션이로다. 내 엇지 감히 노인내의 이ᄀᆞᆺ치 칭호ᄒᆞᄆᆯ 당ᄒᆞ 【60】 리오!"

이의 가모의 손을 ᄭᅳ을고 샹방으로 나와 힝례ᄒᆞ려 홀 시 셔로 ᄉ양ᄒᆞ더니 샹면 캉 우희 쥬셕(酒席)을 임의 졍당히 버려시디 졍즁 캉 우슈셕의ᄂᆞᆫ 가모와 가부인을 안게 ᄒᆞ고 동편 한 ᄌ리의ᄂᆞᆫ 형·왕 이부인을 안게 ᄒᆞ고 셔편 한 ᄌ리의ᄂᆞᆫ 봉시내내와 다못 류노노롤 안게 ᄒᆞ디 셜이미 그 아리 잇셔 뫼시고 마ᄌ 캉 우희도 쏘ᄒᆞᆫ 세 ᄌ리롤 버려시니 슈셕(首席)의ᄂᆞᆫ 셕츈과 우시와 우삼졔 안ᄌ시디 뫼시ᄂᆞᆫ 이ᄂᆞᆫ 보금이오, 둘지 ᄌ리의ᄂᆞᆫ 니환과 우이져와 【61】 진가경이 안ᄌ시니 뫼시 니ᄂᆞᆫ 향릉이오, 셰짓 ᄌ리의ᄂᆞᆫ 샹운과 보ᄋ와 디옥이 안ᄌ시니 뫼시 니ᄂᆞᆫ 슈연이라. 챠환 무리 몬져 챠롤 가져온 후의 슐을 ᄯᅡ롤 시 가뫼 잔을 드러 봉시내내롤 향ᄒᆞ여 니

---

331)【열요히】⊞ {열요(熱鬧)히.} 떠들썩하게. ¶

熱鬧 ‖ 쳥안ᄒᆞᄆᆯ 맛치고 탁ᄌ롤 버리고 홍담을 펴고 비파와 져와 싱황으로 열요히 ᄒᆞ여 일죽 쵸경시분의 니르러 바야흐로 파ᄒᆞ미 (請安已畢, 安排桌椅, 鋪了紅氈, 便琵琶弦索笛管笙簫的熱鬧起來, 直唱到定更時分方罷.) <續紅 16:58>

르디,

　"친가태태야, 너는 여러 히 어내 곳의셔 머무다가 와시며 엇지 우리 친가공(親家公)을 만낫느뇨?"

　봉시내내 우스며 니르디,

　"나의 노틱틱야, 말홀진디 노인네의 우슴의 말이 되리라. 우리 무리 당일의 쇼쥬(蘇州) 챵문(閶門) 안 인쳥항(仁淸巷)의 잇셔 머무더니 녀이 오 세즘 되여 【62】 샹원(上元) 야(夜)의 등(燈)을 구경ᄒ다가 사름이 쐬여 가믈 닙엇더니 그 후의 격벽 호로묘(葫蘆廟)의셔 실화(失火)ᄒ여 우리 가산(家産)가지 쇼화(燒火)ᄒ엿ᄂ지라. 우리 부뷔 엇지홀 길 업셔 즉시 샹쥬(常州) 짜 우리 본가로 다라와 멋 히롤 머믈넛더니 그 후의 날을 지내기 어려오므로 우리 쟝뷔(丈夫) 곳 화샹(和尚)과 도ᄉ(道士)롤 짜라 출가ᄒ엿더니 금년의 우리 부친이 쏘 쟉고(作故)ᄒ고 나 일인만 나마 외로온 귀신ᄀᆞ치 되며 쏘 ᄒᆞᆫ 낫 돈이 업시 지내미 실노이 방법이 업ᄂ지라. ᄆᆞ음의 뎡ᄒ고 【63】 쟝춧 ᄌᆞ쳐(自處)ᄒ려 ᄒᆞ엿더니 우리 쟝뷔 임의 도라와 내게 말ᄒ디, '졔가 임의 슈도ᄒ여 신션이 되엿고 녀히ᄋᆞ도 죠흔 곳으로 가시니 내 너롤 보내여 녀ᄋᆞ의 집으로 가게 ᄒ리라.' 말ᄒ며 곳 포단(蒲團)을 가져 ᄯᆞᆯ의 펴고 우리 무리 량인이 그 우히 안ᄌᆞ미 졔가 날노 ᄒ여곰 눈을 감게 ᄒ더니 다만 귀 가의 바람 쇼리만 들니다가 블과 ᄒᆞᆫ 식경은 ᄒ여 곳 이곳 셩외(城外) 공관(公館)의 니르럿더니 그 이튼날 녀셔(女婿)가 곳 챠롤 가지고 와 나롤 영졉ᄒ여 와시니 이제 비록 녀히 【64】 ᄋᆞ는 보나 다만 내가 이곳의 잇셔 우리 친가태태의게 폐가 되게 ᄒ여시니 심즁의 심히 블안ᄒ여라."

　가뫼 니르디,

　"친가태태야, 일졀 이런 싱쇼(生疎)ᄒᆞᆫ 말을 말나. ᄌᆞ긔 녀ᄋᆞ의 집이 다른 곳의 비호랴? 우리 셜이닉ᄂᆞᆫ 쏘ᄒ 가쟝 친쳑을 ᄉᆞ랑ᄒᆞᄂᆞ니라. 네 쟉일의 너의 녀ᄋᆞ롤 보미 도로혀 졔의 모양을 알ᄀᆞᆺ드냐?"

　봉시내내 웃고 니르디,

　"오셰의 곳 일허시니 모양을 엇지 긔역ᄒ리오. 이 량일(兩日)내의 유심ᄒ여 졔의 언어와 힝ᄉ롤 보니 도로혀 일졈 졔의 【65】 어려실 ᄯᆡ와 ᄀᆞᆺ튼 거시 잇더라."

가뫼 웃고 니르디,

　"이즈음의ᄂᆞᆫ 졔가 필경 만복문쟝(滿腹文章)이 되엿도다. 시짓기롤 가쟝 죠히 ᄒ니 이ᄂᆞ 모다 우리 져 외손녀ᄋᆞ가 가르친 거시니라."

　봉시내내 웃고 니르디,

　"내 쟉일의 녀ᄋᆞ의 말을 드르니 대고낭이 당대의 뎨일 지녀(才女)라 ᄒ며 쏘 드르니 져의 무리 일단 싱ᄉ인과(生死因果)ᄂᆞ 진개 쳔고의 아름다온 말이로다. 방ᄌ 내가 노틱틱와 고틱틱로 더브러 담화ᄒᆞ엿고 필경 대고낭은 ᄌᆞ셰히 보지 못ᄒᆞ엿노라."

　가뫼 듯고 마즌 편 캉 우홀 가르 【66】 쳐 니르디,

　"져 셧지 ᄌᆞ리 우히 뎨이위가 아니냐!"

　셜이미 니르디,

　"나도 쇼홀(疏忽)이 ᄒᆞ엿도다. 림고낭은 노틱틱롤 짜라온 사롬이어눌 엇지 져롤 위ᄒ여 졈심을 출히지 아니ᄒᄂ뇨?"

　ᄒ고 셜니 머리롤 도로혀 무러 니르디,

　"고낭아, 너ᄂᆞ 츄후의 와시니 비골플[332] 듯ᄒ도다."

　말ᄒ니 이ᄶᅥ의 샹운(湘雲)과 보챠(寶釵)와 더옥(黛玉) 삼인이 졍히 낫츨 ᄒᆞᆫ디 다히고 가마니 셔로 슈쟉ᄒ디 림공이 임의 응낙ᄒ여 승·도롤 쳥ᄒ여 샹운을 위ᄒ여 죠흔 일을 셩취ᄒ리로다 ᄒ며 셜 【67】 이미 련ᄒ여 세 번이나 무르디 더옥은 일양 샹운으로 더브러 담화ᄒ며 죠금도 듯지 못ᄒᄂ지라. 셜이미 웃고 니르디,

　"이야, 너의 ᄌᆞ미 둘이 날마다 귀밋치 셔로 갈니도록 ᄒᆞᆫ곳의 이셔서 말을 다 못ᄒᆞ엿다 니르기 어렵거눌 이즈음의 필경 귀히 다혀 가마니 말ᄒᄂ 거시 모다 무어시뇨?"

　가뫼 보고 우스며 니르디,

　"올토다. 내 일을 쏘ᄒ 니졋도다. 너ᄂᆞ 져의 무리 ᄒᆞᆫ ᄌᆞ리롤 옴겨 와 우리 무리의 앏히 노ᄒ라. 다만 갓가이 안ᄌ 담화홀 ᄲᅮᆫ 아니라 【68】 쏘ᄒ 진친가(甄親家) 태태(太太)로 ᄒ여곰 져 ᄌᆞ미 둘을 보게 ᄒ리라."

　셜이미 듯고 셜니 챠환 무리롤 명ᄒ여 보챠의게 고ᄒ고 즉긱의 그 ᄒᆞᆫ ᄌᆞ리롤 탁ᄌᆞ가지

---

332) 【비골프다】혭 배고프다. ¶ 餓 ‖ 고낭아 너ᄂᆞ 츄후의 와시니 비골플 듯ᄒ도다 (姑娘你是後來的, 只怕也餓了.) <續紅 16:66>

드러와 졍즁 슈셕(首席) 앏희 노코 샹운과 디옥
과 보챠와 슈연 스인이 량편의 난호아[333] 안줄
시 가뫼 손으로 가르치며 봉시(封氏)를 향ᄒ여
니르디,

"친가태태야, 너는 져 ᄌ미들을 보라. 하나
혼 곳 우리 본가 손녀ᄋ오, 하나혼 곳 나의 외
손녀ᄋ오, 하나혼 네가 ᄌ연 알니라."

봉시내내 눈을 드러 져 스인을 ᄌ셰【69
】히 보다가 우스며 니르디,

"노틱티야, 엇지 고낭 무리가 개개히 졀등
ᄒ뇨? 림대고낭과 다못 우리 친가 태태의 대고
낭을 모다 보이야롤 쥬어시니 나는 드르미 보이
야도 ᄯ호흔 천의 하나흘 엇기 어려온 사롬이라
ᄒ니 월하노인(月下老人)이 진개 그릇 ᄯᅡᆨ을 뎡
ᄒ지 아니ᄒ엿도다. 아지 못게라 이 스대고낭은
뉘 집과 결친(結親)ᄒᄂ뇨?"

가뫼 니르디,

"내가 졍히 너의 무리의게 져의 스졍을 고
코ᄌ ᄒ노라. 져의 녀셔는 ᄯ호흔 지뫼 ᄯᅡᆼ젼흔 사
롬이로디 겨유 져의게【70】쟝가든 지 반 년 만
의 녀셔가 곳 쟉고(作故)ᄒ엿ᄂ니라. 방ᄌ 져 림
져졔 묘즁의 가 져의 이 일을 위ᄒ여 림고노야
와 더브러 샹량ᄒ엿더니 ᄯ호흔 텬연(天緣)이 공
교히 모혀 진친가(甄親家) 노애 ᄯ호흔 오신지라.
림고노애 곳 이 일을 가져 져로 ᄒ여곰 샹량ᄒ
엿더니 우리 션친가 노애 곳 젼력(全力) 담당(擔
當)ᄒ디 셩명을 아지 못ᄒ여 혼을 찻기 어렵더
니 다힝이 힝락도(行樂圖) 하나히 잇셔 림고노
애 이당(二堂) 우히 걸고 풍연(馮淵)과 진죵(秦
鍾)과 최문셔(崔文瑞)와 반우안(潘又安)으로 ᄒ
여【71】곰 드러와 그 모양을 보고 디부의 가셔
혼을 ᄎᄌ라 ᄒ엿더니 ᄯᅩ 뉘 알니오 일이 더옥
공교ᄒ여 져의 무리 스인이 보고 모다 말ᄒ디,
'이 사롬은 다만 알 쁜 아니라 ᄯᅩ 드르니 이는
최슈비(崔守備)의 ᄋ들과 흔가지로 한 디셔 머
무는 사롬이라. 제가 셩명을 숨기믈 인ᄒ여 념
왕(閻王)의 곳의 샹고홀 문세 업셔 져를 거둘
방법이 업ᄂ지라. 다만 져롤 유혼(遊魂)으로 혬

ᄒ엿더니 ᄋ즉 두리건디 이즈음의 도로혀 관뎨
묘(關帝廟)의 잇셔 몃 기 학ᄉᆼ(學生)을 모화 글
을 가르칠【72】ᄃᆺᄒ도다.' ᄒ거늘 고노애 ᄎ언
을 듯고 심히 환희ᄒ여 일변으로 보옥의게 고ᄒ
여 져로 ᄒ여곰 러일 스대고야(史大姑爺)의 령
구롤 몬져 묘즁으로 옴겨 가고 일변으로 진죵과
최문셔롤 시겨 디부로 가셔 혼을 ᄎ자 오게 ᄒ
여시니 량위 션신 한 번 오시면 곳 가망의 일이
이시리라."

즁인이 가모의 말을 듯고 무블환희(無不歡
喜)ᄒ더라. 봉시내내 믄득 샹운으로 더브러 치
하홀 시 샹운이 니르디,

"이는 모다 고노야와 진노빅의 대덕이니
내 맛당히 고낭태태【73】와 진노빅을 위ᄒ여
비례(拜禮)ᄒ미 곳 올토다."

왕부인이 니르디,

"우리 ᄋ ᄒ야, 너는 밧비 구지 말나. ᄯ호흔
고야(姑爺)의 회싱ᄒ믈 기다려 내가 너롤 다리
고 각쳐의 가셔 향을 픠오고 힝례케 ᄒ리라."

ᄒ니 즁인이 모다 샹운의게 치하ᄒ며 졍히
환희홀 즈음의 셜이미 즘즛 우스며 가부인과 봉
시내내롤 향ᄒ여 니르디,

"량위 친가태태야, 우리 무리 친가노애 한
분은 셩황이오, 한 분은 신션이라. 모다 본스(本
事)가 잇셔 죽은 사롬을 능히 살녀내니 너【74
】의 무리 량인은 ᄯ호흔 가히 어엿부도다.[334] 너
친가모는 엇지 일개 방법을 싱각ᄒ여 우리 보챠
두의 부친을 ᄯ호흔 나롤 위ᄒ여 ᄎᄌ오지 아니ᄒ
ᄂ냐?"

ᄒ거늘 즁인이 모다 대쇼ᄒ더니 보쳐 얼굴
을 붉히고 미원(埋怨)ᄒ여 니르디,

"이 마마(媽媽)야, 너 노인내는 두어 잔 술
을 먹고 우슨 말을 모다 말ᄒᄂ뇨?"

가부인이 웃고 니르디,

"우리 ᄋ히야, 너는 챡급히 구지 말나. 너
의 마미 너의 ᄌ미 무리 모다 ᄯᅡᆼᄯᅡᆼ이 ᄯᅡᆨ을 일우
믈 보고 져도 ᄯ호흔 ᄌ연 노흥(老興)이 나리라.

---

333)【난호다】圖 나누다. ¶ 分 ‖ 샹운과 디옥과
보챠와 슈연 스인이 량편의 난호아 안줄 시 가
뫼 손으로 가르치며 봉시롤 향ᄒ여 니르디 (湘
云、黛玉、寶釵、岫烟四人分兩面坐下.)　　＜續紅
16:68＞

334)【어엿부다】圐 불쌍하다. ¶ 可憐 ‖ 너의 무
리 량인은 ᄯ호흔 가히 어엿부도다 너 친가모는
엇지 일개 방법을 싱각ᄒ여 우리 보챠두의 부친
을 ᄯ호흔 나롤 위ᄒ여 ᄎᄌ오지 아니ᄒᄂ냐 (你
們兩人到底也可憐可憐你親家母麽, 怎麽想個法兒,
把我們寶丫頭他爺,　也替我找了回來呢.)　　＜續紅
17:74＞

진친가(甄親家)【75】 태태야, 우리 즈미 둘이 이 일을 위ᄒ여 도로혀 일졈 힘을 쓰는 거시 올토다."

말ᄒ미 즁인이 모다 대쇼ᄒ더니 다만 드러 류노뇌(劉老老) 우ᄉ며 니ᄅ디,

"고티티야, 내 ᄯ호 한가지 ᄉ졍을 가져 가ᄅ치믈 쳥ᄒ고ᄌ ᄒ노라. 죽은 지 ᄉ십여 년 된 사ᄅᆷ이 ᄯ호 능히 회싱ᄒᄂ냐, 못ᄒᄂ냐?"

가부인이 웃고 니ᄅ디,

"이런 일은 우리 무리 도라가면 ᄯ호 다른 사ᄅᆷ의게 가ᄅ치믈 구ᄒ려 ᄒᄂ니 ᄌ긔(自己)가 엇지 능히 알니오? 너는 ᄯ 말ᄒ라. 죽은 지 ᄉ십여 년 【76】 된 사ᄅᆷ이 필경 뉘뇨?"

류노뇌 웃고 니ᄅ디,

"이야, 고티티야 엇지 근겨(根底)[335]를 키여 못ᄂ뇨? 우리 늙으니가 아니오 내가 도로혀 누가 회싱ᄒ기를 바라리오."

봉시내내 니ᄅ디,

"노노야, 너는 ᄯ호 능히 회싱ᄒ고 회싱치 못ᄒᄂ 거슬 구ᄐ여 탐지(探知)치 말고 너는 다만 우리 친가태태의 일을 셩취ᄒᄂ 것만 탐지ᄒ면 네 일도 곳 일우리라."

ᄒ니 즁인이 듯고 모다 웃더라. 가뫼 니ᄅ디,

"노노야, 네가 젼일의 말ᄒ디 너는 시골 사ᄅᆷ이라 용이(容易)ᄒ게 셩의 드러오지 못ᄒ【77】 다 ᄒ더니 오늘은 ᄯ 무슴 바ᄅᆷ이 부러 셩의 드러왓ᄂ뇨?"

류노뇌 웃고 니ᄅ디,

"나ᄂ 원리 셩의 드러오기 쉽지 아니디 너의 무리 쥬친가(周親家) 내내(奶奶) 나ᄅᆯ 식여 부즁의 니ᄅ러 고티티를 보고 말ᄒ디 겨의 무리가 구월(九月) 안의 곳 교고낭(巧姑娘)을 친영ᄒ여 가리라 ᄒᄆ로 셩으로 향ᄒ여 드러오더니 뉘 알니오 즁노의셔 이곳의 고티티가 ᄯ 사ᄅᆷ을 시겨 ᄎ를 가지고 나ᄅᆯ 영졉ᄒ여 왓ᄂ니라."

가뫼 듯고 셜니 왕부인의게 무러 니ᄅ디,

"교져ᄂ 금년의 열 몃 살이 되【78】 엿ᄂ뇨?"

왕부인이 디답ᄒ디,

"금년의 십오 셰니 나홀[336] 의죤ᄒ면 남의 집을 주어 식부를 짓는 거시 도로혀 일도다."

가뫼 니ᄅ디,

"우리 무리 임의 남의 집을 쥬어시면 곳 당당히 남의 집 ᄒᄂ 디로 ᄒᄂ 거시 곳 올토다. 아모리 오려여도 필경은 남의 집으로 ᄒ여곰 친영ᄒ여 가게 홀지니 우리 무리 엇지 능히 일싱을 머믈니오? 십오 셰도 ᄯ호 너모 일지 아니타 ᄒ리로다. 나도 당일의 곳 십오 셰 되여 우리 무리 집으로 왓노라. 다만 아지 못【79】 게라 침션(針線) 믈건과 다못 쟝염도 모다 잇ᄂ냐, 업ᄂ냐?"

왕부인이 니ᄅ디,

"우리 무리 평ᄋᄂ 진개 죠흔 사ᄅᆷ이라. 교겨를 쥬가의 졍혼ᄒ 후로 계가 곳 날마다 침션을 부ᄌ런이 ᄒ여 지금의 모다 일웟고 그남아 목긔(木器) 긔명(器皿)은 다만 돈만 이시면 ᄯ호 무슴 판비(辦備)ᄒ기 어려온 곳이 이시리오? 쟉일의 류로리 사ᄅᆷ을 시겨 이 쇼식을 젼ᄒ엿ᄂ지라. 이러므로 오늘 봉챠두와 다못 교졔 모다 오지 못ᄒ니라."

류노뇌 듯고 셜니 니ᄅ디,

"임의 노티티의 금구옥언(金口玉言)【80】으로 허락을 ᄒ여시니 싱각건디 고노야와 고티티도 ᄯ호 다른 말슴이 아니 계시리라. 내가 명일의 구ᄐ여 다시 부즁으로 가지 아니코 일죽 겨의 무리 집으로 도라가 ᄯ 회답ᄒ시기를 기다리리라."

가뫼 니ᄅ디,

"우리 량위 태태ᄂ 아모 말이 업ᄉ려니와 다만 련ᄋ(璉兒)와 다못 봉챠두(鳳丫頭)의 ᄯ이 엇더ᄒᆫ지 아지 못ᄒ리로다."

형부인(邢夫人)이 니ᄅ디,

"노티티 임의 허락ᄒ여 계시면 겨의 무리 도로혀 무슨 말이 이시리오?"

가뫼 듯고 니ᄅ디,

"우리 집의 지금 가산(家産)이 능히 젼【81

---

335)【근겨】명 근저(根底). ¶ 根底 ‖ 이야 고티티야 엇지 근겨를 키여 못ᄂ뇨 우리 늙으니가 아니오 내가 도로혀 누가 회싱ᄒ기를 바라리오 (噯哟, 這個姑太太怎麽追根究底的問起來了. 除了我老頭子, 我還盼誰回生呢.) <紅樓 118:64>

336)【낳】명 나이. ¶ 歲數 ‖ 금년의 십오 셰니 나홀 의죤ᄒ면 남의 집을 주어 식부를 짓는 거시 도로혀 일도다 (今年十五歲了. 論起歲數來, 給人家作媳婦還小呢.) <續紅 16:78>

】과 굿지 못ᄒ여 이런 졍경(正經)의 일이 이시
면 모다 밧긔셔 챠대(借貸)ᄒ여 ᄡᅳᄂᆞ니 련이 지
금의 혼슈단ᄌᆞ(婚需單子)롤 모다 혬ᄒ엿ᄂᆞᆫ지 아
지 못ᄒ리로다. 이 한 벌 쟝염이 ᄯᅩᄒᆞᆫ 몃 낫 돈
으로 판비ᄒᆞ여 내지 못ᄒ리라.”

디옥이 니ᄅᆞ디,

“노틱틱야, 이런 ᄆᆞ음을 허비치 말나. 나와
다믓 보져져의 목긔(木器)와 동긔(銅器)와 은긔
(銀器)와 쥬셕(朱錫) 그ᄅᆞ슬 쓸 것과 못 쓸 거슬
민인이 졀반식 가져 내면 ᄯᅩᄒᆞᆫ 넉넉ᄒ리라.”

가뫼 니ᄅᆞ디,

“가쟝 죠토다. 임의 이러홀 양이면 져의
무리 혼ᄉᆞ롤 지내고 【82】 ᄌᆞ 홀진디 곳 져의 무
리로 ᄒ여곰 혼ᄉᆞ롤 지내게 ᄒ리니 져의 집의
방챠ᄒᄂᆞᆫ 회보롤 보내지 아니리라. 내 도로혀
한가지 일이 잇셔 너의 무리로 더브러 샹량ᄒ리
라. 청문(晴雯)과 금슌ᄋᆞ[金釧兒] 량개 챠환이
태허환경(太虛幻境)의셔 림챠두(林丫頭)롤 오리
복시(服侍)ᄒᆞ지라. 이졔 임의 ᄯᅡ라 회ᄉᆞᆼᄒ여시니
싱각건디 ᄯᅩᄒᆞᆫ 일졍ᄒᆞᆫ 도리가 이시미 일즉 보옥
을 위ᄒ여 방즁의 두면 ᄯᅩᄒᆞᆫ 져의 심ᄉᆞ롤 일웟
다 니ᄅᆞ리라.”

왕부인이 니ᄅᆞ디,

“우리 무리도 이 ᄆᆞ음이 ᄯᅩ 【83】 ᄒᆞᆫ 오리
이시디 다만 집안의 ᄯᅩ ᄌᆞ견(紫鵑)이 이시니 ᄌᆞ
견은 원리 녯날붓허 림고낭을 뫼신 사ᄅᆞᆷ이오 ᄒᆞ
믈며 ᄯᅩ 츙심실의(忠心實意) 잇ᄂᆞᆫ 일개 호챠두
(好丫頭)며 보챠두의 앏히도 ᄯᅩᄒᆞᆫ 잉ᄋᆞ(鶯兒)가
잇셔 만일 다른 챠환을 밧고와 두면 ᄯᅩ 후박(厚
薄)이 고로지 아니코 ᄯᅩ 만일 이 ᄉᆞ개 챠환을
가져 모다 보옥을 쥰다 니ᄅᆞ면 노야가 알고 방
즁의 둔 사ᄅᆞᆷ이 너모 만하 보옥의게 무익ᄒᆞ다
말홀가 두린지라. 이러무로 난쳐ᄒ미 잇노라.”

가뫼 니ᄅᆞ디,

“이ᄂᆞᆫ ᄯᅩ 무어시 두리리오.337) 뉘 집의 【84
】 삼쳐ᄉᆞ쳡(三妻四妾)이 업ᄉᆞ며 ᄯᅩ 모다 무익다
니ᄅᆞ기 어렵도다. 다만 이 일을 가져 보챠두·
림챠두 량인의게 맛겨 두어 만일 보옥의게 무익

---

337) 【두리다】 圖 두려워ᄒᆞ다. ¶ 怕‖ 이ᄂᆞᆫ ᄯᅩ 무
어시 두리리오 뉘 집의 삼쳐ᄉᆞ쳡이 업ᄉᆞ며 ᄯᅩ
모다 무익다 니ᄅᆞ기 어렵도다 (這又怕什麽呢,
誰家沒個三妻四妾的, 難道都無益了麽.) <續紅
16:83>

ᄒᆞᆫ 거ᄉᆞᆫ ᄋᆞ즉 져의 무리 량인의게 뭇ᄂᆞᆫ 거시 곳
올토다.”

말ᄒᆞ미 챠·대 량인이 감히 답언치 못ᄒ
고 셔로 보고 웃거ᄂᆞᆯ 가뫼 ᄯᅩ 니ᄅᆞ디,

“방ᄌᆞ 보옥이 우리 무리와 한가지로 오지
아니ᄒ엿ᄂᆞ냐? 엇지 반일이나 져롤 보지 못ᄒ엿
ᄂᆞ뇨?”

셜이미 ᄲᅡᆯ니 무러 니ᄅᆞ디,

“외싱(外甥)이 와시면 엇지 내가 도시 져롤
보지 못ᄒ엿 【85】 ᄂᆞ뇨?”

가부인이 니ᄅᆞ디,

“다만 싱각건디 셔방(書房)의셔 져의 거거
무리로 더브러 한 곳의 이실 ᄃᆞᆺᄒ도다.”

셜이미 듯고 챠환을 명ᄒ여,

“셔방의 가셔 보라.”

ᄒ니 챠환이 간 지 언마 못되여 도라와 픔
ᄒᆞ디,

“보이야와 류이야와 대야와 이야가 모다
셔방의셔 밥 먹고 지금 ᄉᆞ인이 모다 보은ᄉᆞ(報
恩寺)의 가셔 대ᄉᆞ고낭의 령구롤 메워 묘즁으로
오ᄂᆞᆫ 일을 쥬션ᄒᆞᆫ다 ᄒᆞ더라.”

가뫼 듯고 니ᄅᆞ디,

“이태태야, 쩌가 일지 아니ᄒ엿도다. 우리
밥을 먹으리라.”

봉시와 류노노와 형·왕 【86】 이부인이
모다 니ᄅᆞ디,

“실노 슐도 먹기롤 젹지 아니케 ᄒ여 모다
취ᄒ엿도다.”

셜이미 듯고 ᄯᅩ 민인의게 한 잔식 권ᄒ고
바야흐로 밥을 가져와 모다 먹기롤 맛치고 양치
ᄒ고 허여져 안ᄌᆞ 챠롤 먹고 ᄯᅩ 한즈음 담화홀
시 가모와 가부인이 즉시 분부ᄒ여 ᄉᆞ후케 ᄒ고
몸을 니러 하직ᄒ고 가니 즁인이 이문(二門) 밧
긔 니ᄅᆞ러 교ᄌᆞ의 올나가ᄂᆞᆫ 거슬 보고 우ᄉᆞᆷ져와
류노노와 형·왕 이부인이 니환과 우시와 무릇
졔ᄌᆞ미(諸姊妹) 등을 거ᄂᆞ리고 모다 셜이마로
더 【87】 브러 치샤ᄒ고 챠(車)의 올나 각귀[기]
기[귀]가ᄒ더라.

챠셜(且說), 형(邢)·왕(王) 이부인이 집의
니른 후의 각각 방즁의 니ᄅᆞ러 안침(安寢)ᄒ고
보챠(寶釵)와 디옥(黛玉)은 이홍원(怡紅院)의 니
ᄅᆞ미,

“믄득 청문(晴雯)과 금슌ᄋᆞ[金釧兒]와 ᄌᆞ견

(紫鵑)과 잉ㅇ(鶯兒) 스인이 잇셔 마즈 나와 보옥(寶玉)이 오히려 도라오지 아니믈 뭇거늘 챠·대 이인이 시 오슬 벗고 믄득 방즈 가모의 니른바 말을 겨의 스인의게 일편을 고ᄒ니 겨 스인이 듯고 모다 ᄆ음의 앗쓱ᄒ여338) 죠금도 회환ᄒᆫ 뜻이 업스디 쏘ᄒᆫ 짐즛 낫츠로 담연(淡然)ᄒᆫ 체ᄒ고 챠·디 【88】 이인을 뫼셔 오슬 벗기고 취침ᄒ더니 블과 잠간 즈미 동방이 긔명ᄒᆫ지라. 니러나 졍히 쇼셰ᄒ더니 다만 보미 보옥이 희희히 웃고 드러와 급히 무러 니르디,

"스대미미여!"

ᄒ거늘 디옥이 니르디,

"츄샹지(秋爽齋)로 자라 갓노라."

보옥이 니르디,

"네가 엇지 쏘 져룰 위ᄒ여 똑을 지으라 가지 아니ᄒᄂ뇨?"

디옥이 니르디,

"졔가 말ᄒ디 져의 병이 임의 하렷다339) ᄒ고 나룰 오지 말나 ᄒ더라."

보치 니르디,

"너의 무리의 쥬야 싱각ᄒᄂ 스대미뷔 회싱ᄒᄂᆫ 쇼식이 잇ᄂ 【89】 냐?"

보옥이 니르디,

"쟉야의 내가 류이거와 셜대거와 셜이거로 더브러 한가지로 밥먹고 나아가 곳 몃 개 건쟝ᄒᆫ 사룸을 삭내여340) 보은스(報恩寺)의 니르러 령구룰 가져 고노야 묘즁으로 메워오미 우리 스부와 진노빅[甄老伯]이 임의 그곳의 잇셔 기다리다가 즉시 명ᄒ여 관을 열더니 다만 보미 우리 스뷔 피발쟝검(披髮仗劍)ᄒ고 입으로 진언을 외오며 관 가흐로 셰 번 도더니 곳 금단 일개룰 가져 감노(甘露)의 죠화(彫化)ᄒ여 입 속의 넛터니 블과 한식경의 과연 보니 미목이 유 【90】 동ᄒ여 싱긔잇고 일이 쏘ᄒᆫ 공교ᄒ여 맛춤 진종(秦鍾)과 최문셰(崔文瑞) 져의 진혼(眞魂)을 ᄎᄌ 도라왓ᄂ지라. 겨유 져의 육신을 관즁의셔 메워

내여 쇼 탑샹의 노핫더니 졔가 곳 인야 ᄒ고 씨여ᄂ는지라. 이러므로 내가 곳 말을 치쳐 도라와 태태긔 고ᄒ고 쏠니 스대미미로 ᄒ여곰 챠(車)룰 가지고 가게 ᄒ엿ᄂᄂ니라. 한즈옴 지내여 메여 도라오면 쏘ᄒᆫ 사름이 잇셔야 보슙히기 죠흐리라."

챠·디 이인이 듯고 모다 대희ᄒ여 쏠니 쇼셰룰 맛치고 일졔히 츄샹지로 오 【91】 미 다만 보니 샹운이 일즉 쇼셰룰 맛치고 안식의 기디여 쟝연죽(長烟竹)을 들고 졍신이 업시 안졋거늘 보치 블너 니르디,

"운미미야, 우리 무리 너룰 위ᄒ여 치하ᄒ려 왓노라! 너는 엇지ᄒ여 졍신을 일헛ᄂ뇨?"

샹운이 듯고 몸을 니러 보니 챠·디·보 삼인이 일졔히 드러오ᄂᆫ지라. 오즉 겨의 무리 쏘와 져룰 희롱ᄒᄂᆫ가 져허ᄒ여 쏠니 니르디,

"너의 무리는 엇지 이러툿 일즉 니러낫ᄂ뇨? 쏘 모다 와셔 나룰 긔롱ᄒ려 ᄒ미 아니냐?"

보옥이 듯고 쏠니 쟉야의 【92】 관을 메여 묘즁으로 니르러 승·도 쟉법ᄒ던 말을 죵두지미(終頭至尾)히 일편으로 고ᄒ니 샹운이 바야흐로 희동안식(喜動顔色)ᄒ여 련망히 의복을 밧고와 닙고 취루(翠樓)룰 다리고 챠·보·디 삼인으로 더브러 일졔히 왕부인 샹방으로 니르니 이 찌의 왕부인이 임의 분부ᄒ여 교챠룰 메우고 쏘 쥬셔가(周瑞家)와 오신등(吳新登) 량개 년긔(年紀) 만코 일 아는 사름을 시겨 샹운을 보내여 집으로 가고 곳 그곳의 잇셔 보슙히게 ᄒ여 분별ᄒ기룰 모다 맛치미 한 번 보니 샹운이 드러와 【93】 하직을 고ᄒ려 ᄒ거늘 쏠니 마즈나와 져로 더브러 치하ᄒ고 모다 보내여 영희당(榮禧堂) 밧긔 니르러 ᄎ 타는 거슬 보고 인ᄒ여 보옥(寶玉)을 명ᄒ여 말을 타고 짜라보내고 도라

---

338) 【앗쓱ᄒ다】 圕 아뜩하다. 머리가 어지러워 자꾸 정신을 잃고 까무러칠 듯하다. ¶ 져 스인이 듯고 모다 ᄆ음의 앗쓱ᄒ여 죠금도 회환흔 뜻이 업스디 쏘ᄒᆫ 짐즛 낫츠로 담연흔 체ᄒ고 챠 디 이인을 뫼셔 오슬 벗기고 취침ᄒ더니 (他四人聽了，都礇在心坎兒上來了，都不好意思喜歡出來，却都故意的臉上放的淡淡的，服侍釵、黛二人脫衣就寢.) <續紅 16:87>

339) 【하리다】 圕 (병이) 낫다. ¶ 好 ‖ 졔가 말ᄒ디 져의 병이 임의 하렷다 ᄒ고 나룰 오지 말나 ᄒ더라 (他說他的病已經好了，不要我去了.) <續紅 16:88>

340) 【삭내다】 圕 삭내다. 고용하다. ¶ 雇 ‖ 쟉야의 내가 류이거와 셜대거와 셜이거로 더브러 한가지로 밥먹고 나아가 곳 몃 개 건쟝흔 사람을 삭내여 보은스의 니르러 령구룰 가져 고노야 묘즁으로 메워 오미 (昨兒晚上，我和柳二哥、薛大哥、薛二哥一同吃了飯，出去就雇了幾個閑漢到報恩寺把靈柩擡到姑老爺廟裏.) <續紅 16:89>

오라 ᄒ더라.

　오후의 가정(賈政)이 퇴죠ᄒ거놀 왕부인이 믄득 ᄉ샹운(史湘雲)의 녀셔 회싱홈과 다못 쥬가의셔 퇴일ᄒ여 교져롤 친영ᄒ려 홈과 아오로 노티티긔셔 분부ᄒ여 쳥문과 금슌ᄋ와 ᄌ견과 잉ᄋ롤 가져 모다 보옥으로 ᄒ여곰 방의 거두워 두게 ᄒᄂ 말을 일일이 고ᄒ니 가 【94】 졍이 쳐음의 샹운의 녀셔의 회싱ᄒ 일을 듯고 깃브믈 니긔지 못ᄒ다가 다시 쥬가의셔 교져롤 친영ᄒ 단말을 듯고 믄득 ᄆ음의 쥬져(躊躇)ᄒ여 오직 집 안의 지믈이 업셔 졸디의 쟝염을 판단ᄒ기 어려오믈 두리고 츄후의 ᄯᅩ 쳥문과 금슌ᄋ와 ᄌ견과 잉ᄋ ᄉ인을 모다 보옥으로 ᄒ여곰 방의 거두워 두라 ᄒᄂ 말을 듯고 믄득 눈셥을 씽긔며341) 니ᄅ디,

　"어린 ᄋ히 임의 량개 식부롤 두어시니 ᄯᅩ ᄉ십 셰 이후롤 기다려 쳡을 두 【95】 어도 ᄯᅩᄒ 더더지 아닐 거시오, 셜ᄉ 그러치 아니면 다시 일 이인만 두어도 ᄯᅩᄒ 올커놀 엇지 ᄉ인이나 두어 몸을 죠양(調養)ᄒᄂ 도리의 크게 블합게 ᄒ리오!"

　왕부인이 니ᄅ디,

　"이ᄂ 노티티의 우리롤 당면ᄒ여 분부ᄒ신 거시니 노야ᄂ 도로혀 져 노인네의 말을 어긔지 아니ᄒᄂ 거시 곳 올토다."

　가졍이 듯고 한즈음 침음ᄒ다가 니ᄅ디,

　"임의 노티티의 의양 이시면 우리 무리 곳 그디로 죠ᄎ 판리ᄒᄂ 거시 올토다. 나ᄂ 싱각 건디 량개 식뷔 다 글 닑 【96】 은 사ᄅᆷ이라. 너ᄂ 다만 져의 무리의게 고ᄒ여 보옥을 가져 져기 검쇽(檢束)ᄒ미 올토다."

　말ᄒ미 왕부인이 ᄯᅩᄒ 웃더라. 만각(晩刻)의 보옥이 도라와 가졍과 왕부인긔 고ᄒ디 샹운의 녀셰 회싱ᄒ 후의 져의 가즁(家中)으로 메여 와 져기 음식을 먹엇더니 지금은 졍신이 ᄎᄎ 쳥쾌ᄒ고 ᄯᅩᄒ 능히 언어롤 흔다 ᄒ거놀 노부뷔 블승환희(不勝歡喜)ᄒ여 이튼날 가졍이 죠회의 나아가 이 일을 븍졍왕(北靜王)긔 픔ᄒ여 알게

ᄒ니 븍졍왕이 듯고 믄득 공ᄉ(公事)롤 판리ᄒᄂ 결을 【97】 의 셩샹긔 면쥬(面奏)ᄒ니 셩심이 대열(大悅)ᄒ샤 인ᄒ여 칙지롤 나려,

　"그 셩 슘긴 곡졀을 ᄌ셰히 사실ᄒ라."

　ᄒ시거놀 븍졍왕이 ᄯᅩ 알외디,

　"졔가 원리 훈쳑ᄌ뎨(勳戚子弟)로 그 죠뷔 션뎨시(先帝時)의 득죄ᄒ믈 인ᄒ여 감히 셩명을 드러내지 못ᄒ미니이다."

　ᄒ거놀 셩심의 측은히 너기샤 인ᄒ여 림ᄒ(林海)의 무ᄉᄒ믈 싱각ᄒ샤 즉시 칙지롤 나려 림ᄒ롤 위ᄒ여 계후케 ᄒ고 샤셩 림시(臨時)ᄒ시고 일홈은 '셩옥'이라 ᄒ라 ᄒ시며 죠리ᄒ여 건쟝ᄒ기롤 기 【98】 다려 ᄒ부(該部)로 ᄒ여곰 거ᄂ려 인견ᄒ여 지죠롤 혜아려 퇴용(擇用)케 ᄒ라 ᄒ시니 셩지 나리미 만죠문무(滿朝文武)와 군민ᄉ셰(軍民士庶) 무블횐동ᄒ며 무릇 영·녕 량부와 다못 ᄉ시후(史氏侯) 집으로 더브러 과갈(瓜葛)이 잇ᄂ 지 모다 각기 분분환희ᄒ여 일죽 여러 날을 열요ᄒ더니 일일은 류노뉘 치하롤 ᄒ고ᄌ ᄒ며 겸ᄒ여 교져(巧姐)의 일을 위ᄒ여 왕부인을 보고 말ᄒ디,

　"쥬가의셔 구월 쵸이일노 퇴뎡(擇定)ᄒ여 교져롤 친영ᄒ여 간다 ᄒ거놀 가졍과 왕부인이 믄득 가련을 블 【99】 너 샹의홀 시 가련이 ᄯᅩᄒ 무ᄉᆷ 즐겨 아닐 곡졀이 업ᄉ디 다만 쟝염 판단ᄒ기롤 어려히 너겨 쥬져ᄒ거놀 왕부인이 ᄯᅩ 챠·대 이인의 졍원(情願)으로 각기 쟝염을 졀반식 내려 흔단 말을 고ᄒ니 가졍과 가련이 듯고 블승환희ᄒ여 비로쇼 허락ᄒ거놀 봉져ᄂ ᄯᅩ 류노노롤 머믈너 ᄡᅥ 죠만간의 평ᄋ의 분만홀 ᄯᅥ의 예비케 ᄒ고 몬져 왕ᄋ식부롤 쥬가의 보내여 져의 무리의게 알게 ᄒ고 왕부인이 ᄯᅩ 가졍을 향ᄒ여 샹량ᄒ디 쳥문과 금슌ᄋ 【100】 와 ᄌ견과 잉ᄋ의 방의 모히게 ᄒᄂ 일도 ᄯᅩᄒ 교져의 츌가ᄒᄂ 날의 ᄌᄎ 힝ᄒ여 ᄡᅥ 미비(糜費)롤 덜고ᄌ ᄒ거놀 가졍이 ᄯᅩᄒ 죳더라.

　광음이 신속(迅速)ᄒ여 임의 구월이 되미 가졍이 쵸일일 오고의 미리 셩황모의 니ᄅ디,

　"분향ᄒ고 가모와 가부인을 쳥ᄒ여 집으로 오게 ᄒ니 가뫼 믄득 분부ᄒ여 평일의 머무던 샹방을 슈습ᄒ여 인셰의 쓰ᄂ 바 일졀 오예지믈(汚穢之物)을 간졍히 치우고 쵸일일 져녁의 니ᄅ러 가부인이 몬져 몃 개 챠환과 복부롤 식 【

---

341) 【씽긔다】 图 찡그리다. ¶ 皺 ‖ 츄후의 ᄯᅩ 쳥문과 금슌ᄋ와 ᄌ견과 잉ᄋ ᄉ인을 모다 보옥으로 ᄒ여곰 방의 거두워 두라 ᄒᄂ 말을 듯고 믄득 눈셥을 씽긔며 니ᄅ디 (後來聽到將晴雯、金釧兒、紫鵑、鶯兒四個人都給寶玉放到房裏, 便皺眉道.) <續紅 16:94>

101】 겨 찬수(饌需)ᄅᆞᆯ 쥰비ᄒᆞᆫ 후의 가모와 한가지로 원앙과 ᄉᆞ긔와 포이가ᄅᆞᆯ 다리고 일졔히 교ᄌᆞ의 안ᄌᆞ 오거ᄂᆞᆯ 형·왕 이부인이 모든 ᄌᆞᄆᆡ 등을 거ᄂᆞ리고 몬져 마ᄌᆞ 샹방의 니ᄅᆞ러 챠ᄅᆞᆯ 먹고 잠간 쉬다가 믄득 의ᄌᆞᄅᆞᆯ 가져 가모ᄅᆞᆯ 메여 몬져 ᄒᆡᆼᄒᆞ고 가·형·왕 고슈(姑嫂) 삼인은 모든 ᄌᆞᄆᆡ 등을 거ᄂᆞ리고 뒤ᄒᆡ ᄯᅡ라 모다 대관원(大觀園)으로 와 몬져 쇼샹관(瀟湘館)으로 죠ᄎᆞ 이홍원(怡紅院)과 츄샹ᄌᆡ(秋爽齋)와 난향오(暖香塢)와 ᄌᆞ릉쥬(紫菱洲)와 형무원(蘅蕪院)과 도향촌(稻香村)을 ᄎᆞ례대로 일편을 구경ᄒᆞᆫ 후의 봉져의 곳【102】으로 올 ᄉᆡ 겨유 월문의 들ᄆᆡ 다만 드ᄅᆞ니 봉졔 방즁의셔 지져괴여 니ᄅᆞᄃᆡ,

"이이ᄋᆞ(二姨兒)야, 너ᄂᆞᆫ 필경 동ᄒᆞ여 보라. 날노 ᄒᆞ여곰 죽게 ᄒᆞᄂᆞᆫ도다. 오러지 아냐 보닐 쟝염(粧奩)342)을 내가 잠간 ᄉᆡᆼ각지 못ᄒᆞ여 곳 여러 가지 믈건을 이졋도다. 이즈음의 져 한 사ᄅᆞᆷ은 ᄯᅩ 펴바리고 ᄋᆞ희ᄅᆞᆯ 나흐려 ᄒᆞ여 움ᄌᆞᆨ이지 못ᄒᆞ고 다만 나 일인으로 ᄒᆞ여곰 슈족이 어ᄌᆞ러이 동케 ᄒᆞ거ᄂᆞᆯ 너ᄂᆞᆫ 겻ᄒᆡ 잇셔 일업ᄂᆞᆫ 사ᄅᆞᆷᄀᆞᆺ치 연쥭(烟竹)을 믈고 안졋도다. 너ᄂᆞᆫ ᄯᅩᄒᆞᆫ 나ᄅᆞᆯ 한 번 도으라. 엇지 곳 죽으【103】려 ᄒᆞᄂᆞᆫ 사ᄅᆞᆷ을 보고 모ᄅᆞᄂᆞᆫ 체 ᄒᆞᄂᆞ뇨?"

ᄒᆞ며 ᄯᅩ 드ᄅᆞᄆᆡ 우이졔 니ᄅᆞᄃᆡ,

"고낭을 ᄊᆞ며 보낼 믈건이 모다 너의 샹ᄌᆞ 쇽의 이시니 내가 엇지 모다 무어신지 아라 가히 날노 ᄒᆞ여곰 무ᄉᆞᆫ 일을 ᄒᆞ라 ᄒᆞᄂᆞ뇨? ᄒᆞᆯ 일이 올튼지 올치 아니튼지 네가 ᄯᅩᄒᆞᆫ 맛당히 ᄌᆞ셰히 말ᄒᆞ라."

ᄒᆞ며 ᄯᅩ 드ᄅᆞᄆᆡ 봉졔 니ᄅᆞᄃᆡ,

"네가 이곳의셔 일을 아니ᄒᆞ려 ᄒᆞ거든 져 ᄉᆡᆼ산ᄒᆞᄂᆞᆫ 사ᄅᆞᆷ의게 가셔 보ᄉᆞᆲ혀 쥬라"

ᄒᆞ며 ᄯᅩ 드ᄅᆞᄆᆡ 우이졔 일오ᄃᆡ,

"너ᄂᆞᆫ 더욱 조리 업ᄂᆞᆫ 말을 ᄒᆞᄂᆞᆫ도다. 내【104】ᄯᅩᄒᆞᆫ ᄉᆡᆼ산ᄒᆞ여 보지 못ᄒᆞ여시니 가히 무어ᄉᆞᆯ 알냐?"

ᄒᆞ며 ᄯᅩ 드ᄅᆞᄆᆡ 봉졔 니ᄅᆞᄃᆡ,

"ᄋᆡ야, 내가 분ᄒᆞ여 죽으리로다. 네가 져곳의 가 져의게 고ᄒᆞᄃᆡ '외가 익으면 ᄭᅩᆨ지343)가 ᄯᅥ러진다 ᄒᆞ니 ᄊᆡ가 되면 ᄋᆞ희 ᄌᆞ연 나오리니 ᄲᅳᆯᄃᆡ없ᄂᆞᆫ 잡말ᄒᆞ여 사ᄅᆞᆷ으로 ᄒᆞ여곰 웃게 말나.' ᄒᆞᄃᆡ 이 말을 네가 ᄯᅩᄒᆞᆫ 니ᄅᆞ지 못ᄒᆞᆫ다 니ᄅᆞ기 어렵도다."

가뫼 듯고 우ᄉᆞ며 니ᄅᆞᄃᆡ,

"봉챠두야, 너ᄂᆞᆫ 챡급지 말나 우리 무리 모다 너ᄅᆞᆯ 위ᄒᆞ여 밧븐 ᄃᆡ 도으라 왓노라."

봉졔 듯고 ᄲᆞᆯ니 마【105】ᄌᆞ 나와 우ᄉᆞ며 니ᄅᆞᄃᆡ,

"내 임의 노죠종(老祖宗)이 오시믈 듯고 ᄆᆞᄋᆞᆷ의 급ᄒᆞ미 엇더ᄒᆞᆫ지 모ᄅᆞ깃시ᄃᆡ 한 낫 몸이 모다 헤여나지 못ᄒᆞ니 사ᄅᆞᆷ으로 ᄒᆞ여곰 무ᄉᆞᆫ 방법이 이시리오? 고ᄐᆡᄐᆡ와 다ᄆᆞᆺ 이위 태태와 모든 ᄌᆞᄆᆡ 등이 모다 오시니 너의 무리ᄂᆞᆫ 보라. 우리 방즁이 산란ᄒᆞ여 발이나 드딀 틈이 잇ᄂᆞ냐?"

가뫼 즁인을 거ᄂᆞ리고 일졔히 나아가 바라볼 ᄉᆡ 샹ᄌᆞ와 궤가 ᄡᅡᄒᆡ 어ᄌᆞ러이 혀여졋고 교져ᄂᆞᆫ 캉의 안ᄌᆞ 오열ᄒᆞᄂᆞᆫᄃᆡ 류노뢰 겻ᄒᆡ 안ᄌᆞ 말니거ᄂᆞᆯ 가뫼 캉【106】가의 안ᄌᆞ 교져의 ᄉᆞᆫ을 잡고 권ᄒᆞᄃᆡ,

"우리 ᄋᆞ희야, 너ᄂᆞᆫ 구ᄐᆞ여 곡을 말나. 셰샹ᄉᆡ 모다 이 모양이니 대져 너ᄒᆡᄋᆞ된 이ᄂᆞᆫ 원ᄅᆡ 본가의 잇셔 평ᄉᆡᆼ을 보내ᄂᆞᆫ 법이 업ᄉᆞ니 나의 ᄆᆞᄋᆞᆷ이 블평ᄒᆞ도다. 네가 곳 ᄉᆡᆼ각지 못ᄒᆞᄂᆞ냐? 우리 거년의 한 풍류 곡죠ᄅᆞᆯ 드ᄅᆞ니 ᄀᆞᆯ와시되 'ᄎᆡ교(彩轎)가 문의 니ᄅᆞ면 깃거 ᄭᅱ논다.' ᄒᆞ니 너ᄂᆞᆫ 엇지 이러틋 곡ᄒᆞᄂᆞ뇨?"

말ᄒᆞᄆᆡ 즁인이 모다 웃더라. 가부인이 겨유 말ᄒᆞ려 ᄒᆞ다가 다만 보니 우이졔 투간(套間) 안흐로 죠ᄎᆞ 다라나와 블너 니ᄅᆞᄃᆡ,

"노【107】노야 ᄲᆞᆯ니 오라!"

ᄒᆞ거ᄂᆞᆯ 류노뇌 듯고 곳 안흐로 향ᄒᆞ여 닷더니 다만 드ᄅᆞᄆᆡ 그 안의셔 ᄋᆞ희 우ᄂᆞᆫ 쇼ᄅᆡ 나니 아지 못게라 필경 엇지된고? 하회의 분회ᄒᆞ라.

---

342) 【쟝염】 명 장염(粧奩). 혼수(婚需). ¶ 粧奩 ‖ 오러지 아냐 보닐 쟝염을 내가 잠간 ᄉᆡᆼ각지 못ᄒᆞ여 곳 여러 가지 믈건을 이졋도다 (這不是, 白日裏過嫁粧, 我一時兒想不到, 就忘下了好些的東西.) <續紅 16:102>

343) 【ᄭᅩᆨ지】 명 꼭지. ¶ 蔕 ‖ 외가 익으면 ᄭᅩᆨ지가 ᄯᅥ러진다 ᄒᆞ니 ᄊᆡ가 되면 ᄋᆞ희 ᄌᆞ연 나오리니 ᄲᅳᆯᄃᆡ 없ᄂᆞᆫ 잡말ᄒᆞ여 사ᄅᆞᆷ으로 ᄒᆞ여곰 웃게 말나 (說瓜熟蔕落, 到了時候兒, 自然要養的, 不用哼哼唧唧的, 看仔細人家笑話.) <續紅 16:104>

[쇽홍루몽續紅樓夢 권지십칠卷之十七]

22
츄긔급인함셩가우 이진위가챡인단랑
推己及人咸成佳偶 以眞爲假錯認檀郞

【1】 화셜, 가모(賈母)와 가부인(賈夫人)이 졍히 교져(巧姐)를 위로홀 시 다만 보니 우이졔(尤二姐) 토간(套間) 안으로 죠츠 다라나와 블너 니르디,

"노노야, 어셔 샐니 오라."

류노뇌(劉老老) 듯고 곳 안흐로 향ᄒ여 닷다가 ᄯ 안의셔 어린 ᄋ히 우는 거술 듯고 곳 평이(平兒) 임의 분만(分娩)된 줄 알지라. 샐니 우이져를 향ᄒ여 니르디,

"고낭(姑娘)아, 너는 드러가 보라. 크게 깃부미냐, 젹게 깃브미냐?"

우이졔 듯고 련망히 몸을 【2】 두로혀 드러가더니 언마 못 되여 다라 나오며 웃고 니르디,

"노티티(老太太)야, 크게 깃브미니 곳 일개 쇼희ᄌ(小孩子)로다."

가뫼 듯고 환희ᄒ여 니르디,

"오늘은 진개 세 가지 깃브미 문의 니르럿도다. 고낭이 츌가ᄒ고, 평ᄋ는 셩남ᄒ며, 봉챠두(鳳叉頭)는 ᄯ 셩일이 되여시니 다시 보옥(寶玉)의 방의 사롬 둔 것가지 혜면 이는 곳 네 가지 깃브미로다."

가부인이 웃고 니르디,

"오늘은 봉고낭의 셩일이냐? 내가 아지 못ᄒ여 ᄯᄒᆫ 슈연(壽宴)을 돕는 례믈을 ᄀ쵸지 못ᄒ엿노라."

봉졔 웃고 니르디,

"익야(嗳哟)! 고티티는 【3】 ᄯ 나롤 죠르지344) 말나. 요ᄉ이 슈일의 분망ᄒ여 믈오리 ᄀᆺ치 되여시니 엇지 도로혀 무ᄉᆫ 나의 셩일을 싱각ᄒ여시리오? 만일 노조종(老祖宗)의 졔긔(提起)ᄒ시미 아니터면 나의 ᄌᆨ긔죠츠 니져시리로다."

왕부인(王夫人)이 웃고 니르디,

"진개 노티티는 죠흔 졍신이니 우리는 엇지 이런 요긴(要緊)치 아닌 ᄉ졍을 긔억ᄒ리오?"

가뫼 웃고 니르디

"내 무ᄉᆫ 졍신이 죠흐리오? 나도 ᄯᄒᆫ 포이가(鮑二家)를 보고 싱각ᄒ엿노라."

말ᄒᆞ미 즁인이 모다 웃더라. 다만 보니 류노뇌 토간 안흐로 죠츠 다라나와 우스며 【4】 니르디,

"노티티와 고티티야, 대희대희ᄒ노라. 희고 살진 쇼가ᄋ(小哥兒)를 나핫도다."

가뫼 웃고 니르디,

"노티티야, 너롤 슈고케 ᄒ여시니 너는 깃부지 아니ᄒ냐? 산뫼 캉(炕)의 올낫느냐, 아니ᄒ엿느냐?"

류노뇌 니르디,

"모든 일을 모다 졍당히 ᄒ엿시니 노티티롤 속여 말ᄒ지 아니ᄒ노라. 나는 곳 이 한 일만 보ᇝ히는 늙은 믈건이라. 이즈음의 노티티와 고티티는 다만 드러가 보라."

가뫼 니르디,

"임의 이러ᄒ량이면 나와 다ᄆᆺ 고너니(姑奶奶)와 량개 티티(太太)는 드러가 보고 져 미미(妹妹)들은 삼일이 지나거든 드 【5】 러가게 ᄒ리라."

ᄒ고 이의 가모와 다ᄆᆺ 삼위 부인이 스스로 토간으로 가셔 령ᄋ롤 볼 시 봉졔 보챠(寶

---

344) 【죠르다】 图 조르다. ¶ 折受 ‖ 익야 고티티는 ᄯ 나롤 죠르지 말나 요ᄉ이 슈일의 분망ᄒ여 믈오리 ᄀᆺ치 되어시니 엇지 도로혀 무ᄉᆫ 나의 셩일을 싱각ᄒ여시리오 (嗳哟! 姑太太, 再別折受我了, 這兩日沒忙成個浪鴨子, 那裏還記得什麽生日呢.) <續紅 17:3> ⇒ 죠르다

釵)와 더옥(黛玉)을 향ᄒ여 니ᄅ디,

"이위 심낭(嬸娘)아, 너의ᄂ ᄯ흔 일졈 죠흔 일을 힝ᄒ라. 나의 ᄯ히 가득흔 믈건을 가져 나롤 위ᄒ여 슈습ᄒ여야 내 ᄯ흔 사롬을 블너 분만흔 사롬을 위ᄒ여 죽을 ᄲ게 ᄒ리라."

보치 니ᄅ디,

"우리 무리 쟉일의 가져온 샹ᄌ와 궤 속의 여러 믈건이 모다 잇고 ᄒ믈며 쟝염(妝奩)을 임의 가져 ᄀᆺ시니 너는 이즈음의 죠흘 거시어놀 엇지 ᄯ 무어【6】 술 분요(紛擾)히 구ᄂ뇨?"

디옥이 ᄯ 니ᄅ디,

"너는 우리가 너의 싀앗보라345) 가는 거술 두려 아니ᄒ면 우리 곳 너롤 위ᄒ여 밧바ᄒᄂ 거술 도으리라."

봉졔 웃고 니ᄅ디,

"이야! 내 도로혀 무슴 싀앗시 이시리오? 만일 평이 권을 잡지 아니ᄒ더면 이 일졈 믈건이 일즉 너의 련이거거(璉二哥哥)의 탕진ᄒ미 되여시리라."

니환(李紈)이 ᄯ흔 웃고 니ᄅ디,

"보믜믜와 림믜믜야, 우리가 겨롤 위ᄒ여 한 번 도와 쥬리라. 스리(事理)롤 의존ᄒ면 나는 곳 늙은 형쉬(兄嫂)니 맛당히 겨롤 위ᄒ여 일을 ᄒᆯ 거시【7】 아니ᄅ디 다만 금일은 ᄯ 일이 잇ᄂ 날이오, ᄯ 겨의 분쥬흔 모양을 내가 ᄯ 보미 심히 ᄆᆞ음의 블샹ᄒ다."

ᄒ며 믄득 보챠와 디옥으로 더브러 일졔히 손을 놀녀 겨롤 위ᄒ여 슈습ᄒ기롤 맛치미 봉졔 블너 니ᄅ디,

"쇼홍(小紅)아, 너니 등을 위ᄒ여 죠흔 챠롤 달혀 오라. 오늘은 모다 슈고롤 식엿노라."

말을 맛치지 못ᄒ여 다만 드ᄅ니 문 밧긔 고악(鼓樂)이 훤텬(喧天)ᄒ며 친영ᄒᄂ 이가 니ᄅ거놀 가모와 다믓 삼위 부인이 고악 쇼리롤 듯고 ᄯ흔 모다 토간(套間) 안ᄒ로셔 다라 나【8】오더니 가련이 드러와 품ᄒ디,

"노틱틱와 다믓 틱틱들은 모다 이곳의 잇ᄂ냐? 시 스돈들이 모다 니ᄅᄂ니라. 태태 샹방

의 일인도 업ᄉ디 다힝히 이졔 이미(姨媽) 져의 량개 심낭과 다믓 삼미미(三妹妹)와 스대미미(四大妹妹) 등을 거ᄂ리고 만히 온지라. 내가 방ᄌ 이마 무리로 ᄒ여곰 스돈을 모다 인도ᄒ여 틱틱 샹방으로 왓시니 쥬가(周家)ᄂ 원러 시골 사롬이라. ᄯ흔 무슴 고관대쟉(高官大爵)흔 사롬을 쳥ᄒ여 홈긔 친영ᄒ여 오지 아냐시니 스개 남긱(男客)은 모다 거인슈지(擧人秀才)오, 스개 녀긱은 모다 향간규슈(鄕間閨秀)의 모【9】 양이며 ᄯ흔 모다 싱긴 거시 사롬의 ᄯᆺ의 맛지 못ᄒᄂ도다."

가뫼 링쇼(冷笑)ᄒ고 니ᄅ디,

"편벽도히 네 안졍(眼睛)이 샌ᄅ미나 엇지 곳 져 사롬의 모양을 여허보왓ᄂ뇨?346)"

말ᄒ미 가련이 웃ᄉ며 혀롤 두ᄅ더라. 가뫼 ᄯ 니ᄅ디,

"임의 시 스돈들이 왓시면 우리 량위 틱틱와 다믓 쥬ᄋ식부(珠兒媳婦)와 봉챠두들은 썰니 가셔 시 스돈을 졉디ᄒ며 스챠두와 보챠두와 림챠두ᄂ 이곳의 잇셔 교져(巧姐)롤 보숣혀 옷슬 닙히고 머리롤 빗길지니 나는 싱각건디 져의 무리 곳의셔 친영ᄒ라 온 이【10】가 임의 무슨 관원(官員)이 업스면 우리 무리 곳의셔 신힝을 보내여 가ᄂ 이도 ᄯ흔 구틱여 부원(部院) 속의 벼술ᄒᄂ 노야(老爺)들은 쳥치 말고 곳 이틱틱(姨太太)의 집의 감싱(監生)으로 잇ᄂ 과ᄋ와 다믓 우리들이 다만 졍대(頂戴) 잇ᄂ 사롬의 보옥(寶玉)과 용가ᄋ(蓉哥兒)로 ᄒ여곰 가게ᄒ고 ᄯ 녀권(女眷)의ᄂ 우리 삼고낭(三姑娘)과 스대고낭(史大姑娘)과 릉고낭(菱姑娘)과 형대고낭(邢大姑娘) 스인을 가게ᄒ디 나의 다믓 고너너(姑奶奶)와 류노노(劉老老)ᄂ 모다 평ᄋ(平亞)의 방의 안ᄌ 한즈음 피ᄒᄂ 거시 올흐니 너의ᄂ 말ᄒ라. 죠흐냐, 죠치 아니ᄒ냐?"

형(邢)·왕(王) 이부인이 듯고 우스【11】며 니ᄅ디,

"노틱틱의 싱각이 가쟝 쥬밀(綢密)ᄒ도다. 우리 이곳 노틱틱의 분부더로 쥬션ᄒ미 곳 올흐리라."

---

345) 【싀앗보다】 圐 시앗보다. ¶ 看老包兒 ‖ 너는 우리가 너의 싀앗보라 가는 거술 두려 아니ᄒ면 우리 곳 너롤 위ᄒ여 밧바ᄒᄂ 거술 도으리라 (你要不怕我們看了你的老包兒去, 我們就替你幇個忙兒.) <續紅 17:6>

346) 【여허보다】 圐 엿보다. ¶ 瞧見 ‖ 편벽도히 네 안졍이 샌ᄅ미나 엇지 곳 져 사롬의 모양을 여허보왓ᄂ뇨 (你是你的眼睛兒尖, 怎麼可就偸着瞧見人家的模樣兒了呢.) <續紅 17:9>

말을 맛치며 믄득 니환과 봉져롤 거느리고 모다 져 편 샹방으로 가니라. 가모와 가부인이 도로 토간(套間)의 드러가 류노노로 더브러 한담ᄒ고 보챠와 디옥과 셕츈(惜春) 삼인은 교져롤 다려 의복을 죠히 닙히고 모다 캉 우희 안즈미 ᄯᅩ 교져 한 ᄎ례 눈물을 흘니더니 다만 보미 왕부인이 시 ᄉ돈, ᄉ위 녀권을 거느려 몬져 힝ᄒ고 뒤히 ᄉ샹운(史湘雲), 향릉(香菱)과 형슈연(邢岫烟), 탐【12】춘(探春)이 ᄯᅡ라 개개히 못가지 흔드ᄃᆞᆺ ᄯᅡ라 드러오거눌 셕츈(惜春)과 보챠(寶釵)라. 디옥이 일졔히 마즈 나와 모다 셔로 보고 각각 한온(寒溫)을 니롤 시 왕부인이 믄득 친영ᄒ라 온 ᄉ위 녀권의게 샹좌롤 ᄉ양ᄒ고 그 나마 ᄌ미 등은 각각 ᄎ셔(次序)롤 조차 량편의 렬좌ᄒ미 ᄌ긔는 쥬셕(主席)의 안고 챠·디 이인이 그 가의 뫼셔 안즈 챠롤 파ᄒ미 친영ᄒ라 온 녀권 중의 일인이 왕부인을 향ᄒ여 우ᄉ며 니로디,

"친가티티야, 우리가 방즈 져 편의 잇셔 희주(喜酒)도 ᄯᅩ흔 먹어시미 ᄯᅥ도【13】 ᄯᅩ 일지 아니ᄒ니 우리 일즉 신부롤 위ᄒ여 머리롤 ᄭᅮ미리라."

왕부인이 듯고 곳 사름을 명ᄒ여 쟝합(粧盒)을 가져오니 녀권들이 일졔히 손을 놀녀 교져롤 위ᄒ여 머리롤 ᄭᅮ미고 얼굴을 다듬아 모든 일을 임의 맛치미 믄득 몸을 니러 하직을 고ᄒ거눌 모다 나와 보낼 시 봉져(鳳姐)와 가련(賈璉)이 보옥과 난가ᄋ(蘭哥兒)롤 다리고 드러와 ᄯᅩ 교져롤 한 ᄎ례 위로ᄒ고 개유(開諭)ᄒ더니 드디여 보옥과 난가ᄋ롤 명ᄒ여 홍젼(紅氈)을 가져다가 치교(彩轎)의 살고 면ᄉ(面紗)롤 ᄡᅵ우【14】며 치교의 드러 안줄 시 등롱(燈籠)과 횃블이 길의 버럿고 고악이 훤텬(喧天)ᄒ여 친영ᄒ던 사름과 신힝 보는 사름이 녀권은 교즈의 안고 남직은 말을 타 십분 열요히 영국부(榮國府)로 나올 시 림지효(林之孝)롤 시겨 열쇠롤 가지고 일졔히 셩으로 나아가니 이ᄯᅢ는 임의 축말인쵸(丑末寅初)라. 가모와 가부인이 도로 ᄌ긔 샹방의 니르러 왕부인의게 부탁ᄒ디,

"젼면 병풍문을 봉ᄒ여 잠으고 가중 샹하 남녀인으로 ᄒ여곰 빅쥬(白晝)의 왕리ᄒ지 못ᄒ게 ᄒ여 우리로 ᄒ여곰 졍신【15】을 기르게 ᄒ며 보옥이 송친ᄒ고 도라오믈 기다려 곳 쳥문(晴雯)과 금슌ᄋ[金釧兒]와 ᄌ견(紫鵑)과 잉ᄋ(鶯兒)롤 위ᄒ여 머리롤 ᄭᅮ미고 얼골을 다ᄉ려 몬져 너의롤 위ᄒ여 비례ᄒ고 환혼인뎡(黃昏人靜)시롤 기다려 다시 문을 열고 와셔 보라."

ᄒ거눌 왕부인이 일일이 답응ᄒ더라.

챠셜(且說), 형(邢)·왕(王) 이부인을 향ᄒ여 니로디,

"우리 모다 ᄯᅩ 허여질지니 하로 져녁을 단련ᄒ엿더니 필경 한 ᄎ례 누어 졍신을 기르고 ᄌ하노라."

왕부인이 니【16】ᄅ디,

"가히 올토다. 나도 ᄯᅩ흔 견디지 못ᄒ리로다. 대티티(大太太)는 도라가 사름을 시겨 이고낭(二姑娘)이 오늘 능히 오며 아니 오믈 무러 보라. 내 챠롤 가져 져롤 영졉ᄒ라 가게 ᄒ리니 봉챠두는 도라가 련ᄋ의게 고ᄒ고 왕태의(王太醫)롤 쳥ᄒ여 평ᄋ의 모ᄌ롤 위ᄒ여 한 번 보고 약을 먹이게 ᄒ며 보챠두와 다못 림미미는 도라가 한 ᄎ례 누엇다가 니러나 곳 쥬션ᄒ여 져의 ᄉ인을 위ᄒ여 머리롤 ᄭᅮ미고 얼굴을 다ᄉ리디 ᄯᅩ흔 의샹을 잘 닙혓다가 보옥이 송친ᄒ고【17】 도라오고 노애 아문(衙門)의셔 도라오거든 대노야와 대티티와 진대노야(珍大老爺)와 진대니니(珍大奶奶)롤 모다 쳥ᄒ여 져의로 ᄒ여곰 힝례ᄒ고 져녁의 져르러 다시 노티티롤 뵈오면 엇지 져기 일이 덜니지 아니ᄒ리오"

중인이 듯고 일졔히 답응ᄒ며 모다 허여져 가더라.

챠셜(且說), 보챠(寶釵) 디옥(黛玉) 이인이 밤의 노고ᄒ믈 인ᄒ여 몸이 피곤ᄒ미 일노의 완보토 힝훌 시 보챠 디옥을 향ᄒ여 우ᄉ며 니ᄅ디,

"미미야 너는 보라. 명일의 져의 ᄉ인을 모다 방중의 두면 우리 량인이 일개 ᄉ환(使喚)훌 사름【18】도 업거눌 쟉야의 그러툿 열요훌 시 내가 일인을 ᄯᅡ라오라 ᄒ엿더니 ᄉ인 중의 일인도 응낙지 아니니 너는 말ᄒ라 사름으로 ᄒ여곰 구역347)이 나깃느냐, 아니 나깃느냐?"

---

347)【구역】뎽 구역(嘔逆). 구역질. ¶ 嘔 ‖ 쟉야의 그러툿 열요홀 시 내가 일인을 ᄯᅡ라오라 ᄒ엿더니 ᄉ인 중의 일인도 응낙지 아니니 너는 말ᄒ라 사름으로 ᄒ여곰 구역이 나깃느냐 아니 나깃느냐 (昨兒晩上那麽熱鬧, 我敎跟一個兒過來, 四個人一個兒也不肯. 你說嘔不嘔人?) <續紅

더옥이 웃고 니르디,

"이는 쏘한 고이홀 거시 업스니 져의도 명빅히 오늘 져의롤 위ᄒᆞ여 머리롤 ᄭᅮ미믈 알거늘 져의가 엇지 즐겨 낫출 들고 나와 사람을 보며 둘지는 너의도 알거니와 대슈ᄌᆞ(大嫂子)와 봉져 져의 셩픔이 쏘 사람으로 더브러 긔롱ᄒᆞ믈 죠하ᄒᆞ니 져의 무리 더옥 감히 오지 못ᄒᆞ리로다"

【19】 보치 웃고 니르디,

"가히 올토다. 나는 싱각건디 너의 셜안(雪雁)을 임의 티티긔셔 스고낭을 쥬고 ᄌᆞ견으로 밧고왓는지라. 이즈음의 쏘한 다시 스미미의게 달나 ᄒᆞ기 어렵고 츄문(秋紋)・ᄉᆞ월(麝月) 량인은 계가ᄋᆞ(桂哥兒)의 곳을 쏘 ᄶᅥ날 슈 업스니 이는 쏘한 엇지ᄒᆞ면 죠흐리오?"

더옥이 니르디,

"그 셜안은 내 쏘한 져롤 보려 아니ᄒᆞ니 일양 져로 ᄒᆞ여곰 스미미롤 ᄉᆞ후케 ᄒᆞ리라. 내 싱각건디 당일의 쏘 류오ᄋᆞ(柳五兒) 왓더니 엇지 이제 이 사람을 보지 못ᄒᆞ느뇨?"

보치 니르디,

"말ᄒᆞ려 ᄒᆞ면 말이 기도다."

ᄒᆞ고 쏘

【20】 "너의 보거거 출가한 후라."

ᄒᆞ는 한 귀졀 말을 겨유 ᄒᆞ더니 더옥이 우스며 보챠의 어[엇]긔롤 한 번 치고 니르디,

"져져야 너는 입의셔 나오는 디로 무어시 던지 모다 말을 ᄒᆞ느냐?"

보치 쏘 웃고 니르디,

"이거시 무슴 거리끼미 이시리오? 너는 보거거롤 부르지 아니한다 니르기 어렵도다."

더옥이 웃고 니르디,

"이는 편벽도이 너로 ᄒᆞ여곰 보형뎨라 말ᄒᆞ게 ᄒᆞ노라."

보치 웃고 니르디,

"곳 올토다. 보형뎨 츌가한 후로븟허 노야긔셔 집 안의 사람 만흐믈 혐의ᄒᆞ여 곳 져롤 보내 【21】 고ᄌᆞ ᄒᆞ엿더니 그 후의 죠이낭(趙二娘)의 친쳑 일홈을 젼괴(錢槐)라 부르는 이 잇셔 져의 쟝븨 우리 집 은고(銀庫)롤 츠지ᄒᆞ여 문셔롤 보더니 일일은 곳 져의 ᄋᆞᄌᆞ롤 위ᄒᆞ여 류오ᄋᆞ(柳五兒)롤 말ᄒᆞ거눌 류슈지(柳嫂子) 견집ᄒᆞ고 응낙지 아니ᄒᆞ엿더니 그 후의 젼괴가 노야긔셔

겨롤 내여 보내려 ᄒᆞ는 쇼식을 듯고 곳 져의 쟝부롤 ᄭᅬ여 노야긔 간쳥ᄒᆞ여 오ᄋᆞ롤 친영ᄒᆞ여 져의 집으로 갓더니 뉘 알니오 오이 져의 집의 니르던 져녁의 도시 의샹을 벗지 아니ᄒᆞ고 젼괴로 더브러 죽기 【22】 롤 무릅쓰고 들네는지라. 져의 엇지 홀 방법이 업셔 도로 류슈ᄌᆞ의 집으로 보내엿더니 이즈음의 다시 혼스롤 뎡ᄒᆞ려 ᄒᆞ나 다른 사람들이 이 쇼식을 듯고 모다 감히 와셔 말을 못ᄒᆞ여 이 챠환을 필경 스스로 바리게 되엿느니라."

더옥이 니르디,

"이리 말ᄒᆞ면 이 챠환이 필경 의긔 잇는 사람이로다. 너의 보형뎨 도라오기롤 기다려 우리 등이 샹량ᄒᆞ여 도로 져롤 드러오게 ᄒᆞ리라."

보치 웃고 니르디,

"네 이 일은 내가 쏘한 너로 ᄒᆞ여곰 보거라 【23】 부르게 ᄒᆞ여야 내 비로쇼 응낙ᄒᆞ리라."

더옥이 웃고 니르디,

"너는 쏘한 너모 진실ᄒᆞ도다. 미미의게 이 한 귀졀 말을 스양홀지니라. 이인이 이러틋 담쇼ᄒᆞ다가 임의 이홍원(怡紅院) 월문의 니르러 믄득 보니 쳥문(晴雯), 금슌ᄋᆞ[金釧兒]와 ᄌᆞ견(紫鵑), 잉ᄋᆞ(鸎兒)와 츄문(秋紋), ᄉᆞ월(麝月)과 내마ᄌᆞ(奶媽子)는 계가ᄋᆞ(桂哥兒)롤 안고 모다 마ᄌᆞ 나올 시 쳥문이 웃고 니르디,

"이위 너니는 오늘 곤홀 듯ᄒᆞ도다. 우리가 련ᄌᆞ계원탕(蓮子桂圓湯)을 예비ᄒᆞ여시니 져기 마시고 한ᄌᆞ음 누엇시라. 하늘이 일지 아니ᄒᆞ고 닭이 운지 쏘한 【24】 오리도다."

보치 니르디,

"계가ᄋᆞ는 엇지 오늘 ᄭᅵ기[348]롤 이ᄀᆞᆺ치 일죽ᄒᆞ엿느뇨?"

내마지 니르디,

"방ᄌᆞ 고악이 휜텬(暄天)ᄒᆞ여 지져긔는 쇼리의 엇지 능히 ᄌᆞ리오? 내 방ᄌᆞ 안고 스면으로 한 ᄎᆞ례 단녓노라."

보치 니르디,

"이즈음의 안졍ᄒᆞ니 너는 다시 져롤 달내

---

348) 【ᄭᅵ다】 통 깨다. ¶ 醒 ‖ 보치 니르디 계가ᄋᆞ 는 엇지 오늘 ᄭᅵ기롤 이ᄀᆞᆺ치 일죽 ᄒᆞ엿느뇨 (寶釵道: "桂哥兒怎麼今兒醒的這麼早呢?") <續紅 17:24>

여 가셔 주고 츄문·스월 량인도 가셔 쉬라. 너의 무리도 또흔 곤흐리라."

내마지 듯고 믄득 계가오를 안아 방으로 도라가며 츄문·스월이 뒤히 잇셔 셔로 짜룰 시 겨유 한 번 얼골을 돌니더니 다만 드르미 츄문이 꾸 【25】 지져 니르디,

"염치업는 못된 즘싱아! 너의 무리롤 러일이 되면 다시 너너라 부롤지니 내 또흔 긔(氣)가 나지 아니리오!"

스월이 니르디,

"너는 또흔 긔롤 내지 말지니 한즈음 지내여 내 져의게 무러 보룰 기다리라. 싱각건디 어내 희의 이얘 나롤 위흐여 머리롤 빗기더니 졔가 어디셔 돈치기흐다가349) 한 번 바올을 들고 드러와 보며 곳 말흐디, '오히려 얼굴을 다스리지 아냣거눌 곳 머리롤 쑤미느냐!' 흐니 이 말이 사롬으로 흐여곰 긔가 느랴, 아니 느 【26】 랴? 가히 보리라. 나눌 엇던 즘싱 화냥이 머리롤 쑤미느뇨?"

쳥문이 듯고 긔가 올나 뺨이 희여지며 보챠와 디옥을 향흐여 니르디,

"너니 둘은 듯느냐, 못 듯느냐?"

보치 니르디,

"너의 무리는 져룰 아른 체 말고 우리 모다 드르리라."

금슌이 니르디,

"너니무리는 도로혀 아지 못흐는도다. 쟉야의 져의 량인이 곳 이러툿 활이야 살이야 흐며 우리롤 죵야토록 쑤짓거눌 우리 등이 모다 감히 일언을 못흐다가 나죵의 잉오져졔 긔운을 견디지 못흐여 져 【27】 의게 두어 귀 말을 부럿더니 져의 등이 곳 말흐디 너는 보이야룰 술피라 오늘 져녁의 너룰 약하약하(若何若何) 흐리라 흐여 집의 입의 담지 못홀 말을 흔다."

흐니 디옥이 웃고 니르디,

"이야, 너의 등은 져의 등을 아른 체 마는 거시 곳 올토다. 모다 드러가 주리라."

금슌이 듯고 감히 다시 말을 못흐고 이의 모다 방으로 도라가더니 잉오와 주견이 계원탕(桂圓湯)을 가지고 와 미인이 반 그롯식 먹거눌 비로쇼 져 량인을 뫼셔 안침흔 후의 스인이 또흔 각기 가셔 주더라.

대약 【28】 한 시긱은 흐여 디옥이 한 번 잠을 씨미 믄득 보니 홍일(紅日)이 동승(東乘)흐여 그림지 챵의 가득흐거눌 보챠롤 보니 오히려 깁히 잠든지라. 샐니 밀쳐 니르디,

"져져야, 급히 씨이라. 희가 놉핫도다."

보치 경각흐여 챵을 바라 보다가 웃고 니르디,

"너는 경동치 말나. 어졔 인졍(寅正) 시의 겨유 잣시니 이즈음의 다만 두리건대 모든 집안 사롬이 도로혀 모다 씨지 아니흐여시리라. 어졔 일쥬일야(一晝一夜)롤 들네여 허리가 싀고 다리가 알프니 또 한 츠례 싀훤이350) 누 【29】 엇다가 다시 니러나미 또흔 더디지 아니리라."

디옥이 니르디,

"가히 올토다. ᄆᆞ옴디로 한 츠례 주면 또 져기 나으리라. 방즈 우리 샹량흐여 류오오룰 도로 블너 드리고즈 흐엿더니 도로혀 져 일인을 우리 량인이 또흔 쓰기의 넉넉지 못흐리로다. 내가 젼일의 타인의 말을 드르미 방관(芳官)과 우관(藕官)의 무리 지금 만두암(饅頭庵)의 잇셔 츌가흐엿다 흐니 내 져의 무리 몃 개롤 블너 도라 오고즈 흐디 다만 두리건대 노야와 티티 즐겨 죳지 아니실 듯흐다."

흐니 보치 【30】 니르디,

"네가 싱각흔 이 사름 등이 모다 나의 뜻의 맛지 아니흐도나. 당일 류오의 집의 이실 쩌의 우리 등의 쇼야(小爺)가 네가 기세흔 후의 도시 쑴의도 너룰 보지 못흔다 흐여 일졍코 외간의 잇셔 네 혼을 기다리려 홀 시 밤의 뫼시는 이는 곳 류오이라. 내가 안히 잇셔 드르미 계가 곳 일졈 죠치 아넌 일이 잇다 흐더니 지금 만일 져룰 도로 블너 드리면 다만 두리건디 우리도 뫼시지 못홀 거시오. 도로혀 또 쇼야로 흐여곰

---

349) 【돈치기흐다】 图 돈치기하다. ¶ 玩錢 ‖ 계가 어디셔 돈치기흐다가 한 번 바올을 들고 드러와 보며 곳 말흐디 오히려 얼굴을 다스리지 아냣거눌 곳 머리롤 쑤미느냐 흐니 이 말이 사롬으로 흐여곰 긔가 느랴 아니 느랴 (他在那邊玩錢, 一掀簾子進來看見了, 就說, '還沒開臉, 就上起頭來了!' 這個話, 說的氣人不氣人.) ＜續紅 17:25＞

350) 【싀훤이】 图 시원하게. ¶ 舒服 ‖ 어졔 일쥬일야룰 들네여 허리가 싀고 다리가 알프니 또 한 츠례 싀훤이 누엇다가 다시 니러나미 또흔 더디지 아니리라 (昨兒一天一夜, 鬧的人腰酸腿痛的, 且躺着舒服一會兒再起來也不遲.) ＜續紅 17:29＞

ᄆᆞ음의 잇지 못ᄒᆞ여 ᄒᆞ리라. 방 【31】 관 무리는 비록 령리(伶俐)ᄒᆞ다 ᄒᆞ나 필경 노ᄅᆡ 부르는 녀 희지라. 엇지 능히 ᄌᆞ견과 잉ᄋᆞᆺ치 우리 등을 ᄆᆞ음의 합당케 ᄆᆞ시리오. 나는 싱각건더 ᄉᆞ미미 (四妹妹) 쳐쇼의 도로혀 입화(入畵)와 취믁(翠墨) 량개 챠환이 이시니 셜안(雪雁)을 비록 ᄉᆞ미미 다려 달나 ᄒᆞ기가 죠치 아니타 니ᄅᆞ나 우리 만 일 져다려 개구(開口)ᄒᆞ면 졔가 ᄯᅩᄒᆞᆫ 즐겨 쥬지 아닐 리치(理致)가 업ᄉᆞ리라. 나의 ᄆᆞ음의는 리 일 도로 셜안을 달나 ᄒᆞ여 와 너를 ᄆᆞ시게 ᄒᆞ고 나는 리일 우리 마마(媽媽)의 챠환 즁의 하나흘 달나 ᄒᆞ여 【32】 와 나를 ᄆᆞ시미 죠흐리라. 져의 ᄉᆞ인은 만일 다시 우리게 ᄯᅡᄅᆞ기를 챠환ᄀᆞᆺ치 ᄒᆞᆫ 다 말ᄒᆞ면 리치의 당치 아닐 닷ᄒᆞ나 우리 방즁 으로 도라가면 져의 무리가 맛당히 우리를 ᄆᆞ심 즉 ᄒᆞᆫ 일이 이시면 ᄯᅩᄒᆞᆫ 도로혀 젼일과 ᄀᆞᆺ치 ᄆᆞ 실 거시니 지금 방의 거두워 두엇다 ᄒᆞ여도 곳 하늘노 올나ᄀᆞᆺ다 혬ᄒᆞ기 어렵도다."

디옥이 듯고 우ᄉᆞ며 니ᄅᆞ디,

"나는 곳 방관 무리의게 ᄯᅳᆺ이 잇는 거시 아니라 나는 류오ᄋᆞ의 말을 드ᄅᆞ미, 졔가 젼가 (錢家)로 더브러 쥭기를 【33】 무릅쓰고 들네여 즐겨 실신치 아니ᄒᆞ엿다 ᄒᆞ니 필경이 누를 위ᄒᆞ 민고? 만일 이 챠환이 평싱의 싀가351)를 말ᄒᆞ여 내지 아니면 내 ᄆᆞ음의 이샹히 너기를 참지 못 ᄒᆞ리로다. "

보치 듯고 반향을 침음ᄒᆞ다가 니ᄅᆞ디,

"네 싱각이 ᄯᅩᄒᆞᆫ 올토다. 원리 몸을 미뤄 여 사롬의게 밋치며 ᄆᆞ음을 츙후(忠厚)ᄒᆞ게 가 지는 거슨 곳 너와 나의 도리오. ᄯᅩᄒᆞᆫ 우리 글 닑은 거시 허시(虛事) 되지 아닐 거시로되 다만 이졔 단졍코 보옥의게 고치 못ᄒᆞᆯ지니 목하(目 下)의 져의 무리 ᄉᆞ인을 방 【34】 즁의 거두어 둔 것도 노야긔셔 블과 노틔틔의 말ᄉᆞᆷ을 거역지 못ᄒᆞ여 강잉(强仍)ᄒᆞ여 힝ᄒᆞ시나 그 환희치 아 니ᄒᆞ시믄 비홀 디 업거늘 엇지 감히 다시 류오 ᄋᆞ의 말을 졔긔ᄒᆞ리오? 아직 여러 날을 기다려 져의 무리 ᄉᆞ인을 거두어 둔 후의 보옥이 만일

힝신 가쟝 죠하 노야와 틔틔로 ᄒᆞ여곰 방심ᄒᆞ시 게 ᄒᆞ거든 기시(其時)의 다시 방법을 싱각ᄒᆞ여 판리(辦理)ᄒᆞᆫ 거시 곳 죠흐리라."

디옥이 듯고 우ᄉᆞ며 니ᄅᆞ디,

"져져(姐姐)의 니ᄅᆞ는 거시 가쟝 죠흐니 곳 그와 ᄀᆞᆺ치 ᄒᆞ리라. 오늘 【35】 져의 무리 ᄉᆞ인을 위ᄒᆞ여 머리를 ᄭᅮ미고 져녁의 방 속의 모히게 ᄒᆞᆯ지니 가히 져의 무리를 모다 어내 곳의 두는 거시 죠흐리오?"

보치 웃고 니ᄅᆞ디,

"나의 의ᄉᆞ는 져 셔편 두 격은 토간(套間) 을 통ᄒᆞ게 ᄒᆞ고 져의 무리 ᄉᆞ인을 모다 한곳의 두랴 ᄒᆞ니 너는 말ᄒᆞ라. 죠흐냐, 죠치 아니냐?"

디옥이 웃고 니ᄅᆞ디,

"이야! 우리 량인이 한곳의 잇셔도 져녁의 보옥을 만나미 희롱을 ᄒᆞ면 나도 안싴이 죠치 아니ᄒᆞ엿ᄂᆞ니 만일 져의 무리 ᄉᆞ인을 한곳의 두 면 더옥 죠흔 의시 업ᄉᆞ 【36】 리라."

보치 듯고 몸을 디옥의 앏흐로 향ᄒᆞ여 ᄌᆞ 가히 안고 우ᄉᆞ며 니ᄅᆞ디,

"네 엇지 이런 도리를 알니오? 내 ᄯᅩ 너다 려 무ᄅᆞ리라. 너와 나와 량인이 보옥으로 더브 러 셩혼ᄒᆞᆫ 후의 ᄯᅩᄒᆞᆫ 일인만 져와 더브러 머믈 ᄯᅵ가 모다 이셔시니 너는 이졔 ᄌᆞ셰히 싱각ᄒᆞ여 보라. 우리 일인이 져와 더브러 머믈면 져의 긔 롱ᄒᆞᄂᆞᆫ 모양이 엇더ᄒᆞ며 지금 우리 량인이 ᄀᆞᆺ치 한 곳의 이시면 져의 긔롱ᄒᆞᄂᆞᆫ 모양이 엇더ᄒᆞᆯ지 두 가지를 비교ᄒᆞᆯ진디 어내 거시 져의게 【37】 유익ᄒᆞ며 어내 거시 져의게 유익지 아닌지 네 가히 알니라."

디옥이 듯고 입을 쥐고 우ᄉᆞ며 니ᄅᆞ디,

"가히 올토다. 나는 보건디 우리 한 곳의 잇신 후로붓허 졔가 비록 긔롱이 업지 아니나 우리 각기 일인식 이실 ᄯᅢ의 비컨디 안졍ᄒᆞ미 만토다."

보치 웃고 니ᄅᆞ디,

"내 말이 엇더ᄒᆞ뇨? 너는 싱각ᄒᆞ라. 이졔 만일 져의 무리 ᄉᆞ인을 ᄉᆞ쳐(四處)의 각각 두면 다만 보옥이 졔 ᄯᅳᆺ디로 들네여 무쇼부지(無所不 知)ᄒᆞᆯ 뿐 아니라 져의 ᄉᆞ인이 필연 각기 지죠를 닷토와 내여 보옥의 환 【38】 희ᄒᆞᄂᆞᆫ 거슬 구ᄒᆞ 여 몸을 힝롭게 ᄒᆞᆯ지니 우리 량인이 가히 무슨 낫출 가지고 노틔틔와 틔틔를 보리오. 져의 무

---

351) 【싀가】 몡 시가(媤家). ¶ 婆家 ‖ 만일 이 챠 환이 평싱의 싀가를 말ᄒᆞ여 내지 아니면 내 ᄆᆞ 음의 이샹히 너기를 참지 못ᄒᆞ리로다 (萬一這丫 頭一輩子說不出婆家來,　　我心裏覺得怪不忍的.)

<續紅 17:33>

리 들네는 거손 말ᄒ지 말고 도로혀 우리 량인
이 쏘흔 분슈롤 모르는 것 ᄀᆺ트리라.”

디옥이 듯고 우스며 니르디,

“져져야 너의 말이 가쟝 올토다.”

미미의 우견은 블과 말ᄒ디 져의 무리 스
인이 한 곳의 이시면 톄면이 죠치 아니타 ᄒ미
로다.”

보치 웃고 니르디,

“이거시 무슴 관겨ᄒ미 이시리오. 비컨더
우리 즈미들이 ᄋ시로붓허 한 곳의 【39】 셔 즈
라나 졍이 골육 ᄀᆺ더니 이졔 쏘 ᄀᆺ치 일인을 셤
기니 남녀거싱(男女居生)은 인지대륜(人之大倫)
이라. 보텬솔토(普天率土)의 막블개연(莫不皆然)
ᄒ니 무슨 톄면의 구이ᄒ미 이시리오. 우리도
이 ᄀᆺ트니 져의 등도 즈연 일양이리라. 만일 존
비귀쳔(尊卑貴賤)을 의존치 아니ᄒ고 우리가 쏘
흔 져의 등으로 더브러 모다 일쳐의셔 열요ᄒ깃
다 말ᄒ면 이는 즈연 의시 죠치 아니니 도로혀
너의 말을 기다리랴.”

디옥이 듯고 환희ᄒ여 니르디,

“이 일은 진개 져져가 명빅흔 ᄆᆞ음의 홀노
의스롤 【40】 내미니 미미 탄복ᄒ믈 마지 아니ᄒ
노라. 이ᄀᆺ치 판리ᄒ면 다만 보옥의 몸의 유익
홀 ᄲᅢᆫ 아니라 쏘흔 져의 무리의게도 죠흘지니
무슨 보옥의 일동일졍(一動一靜)을 스인이 모다
ᄀᆺ치 보고 ᄀᆺ치 드러 닭과 거위ᄀᆺ치 닷토미 업
스리라.”

보치 듯고 우스며 니르디,

“빈ᄋ(顰兒)야, 너는 진개 령혜(穎慧)흔 사
롬이라. 젼일을 고ᄒ면 곳 훗일을 아는도다.”

이인이 셔로 대쇼ᄒ여 졍히 담화ᄒ더니 홀
연 드르미 외면의 사롬이 잇셔 월문 우희 쇠고
리롤 어즈러이 치거눌 이인이 듯고 련 【41】 망
히 니러나 의복을 닙고 캉(炕)의 나리더니 다만
드르미 잉의 쓸의 잇셔 무르디,

“뉘가 문의셔 부르ᄂᆞ뇨?”

문외의셔 대답ᄒ디,

“곳 내가 도라 왓노라. 엇지 지금가지 도
로혀 니러나지 아니ᄒ엿ᄂᆞ뇨?”

잉이 드르미 보옥의 셩음 ᄀᆺ튼지라. 즈긔
가 싱각ᄒ디 당쟝의 머리롤 ᄭᅮ밀 사롬이 나아가
문을 열미 죠치 아닌지라. ᄲᆞᆯ니 드러와 쳥문(晴
雯)을 향ᄒ여 니르디,

“져져야, 이야가 도라왓시니 너는 ᄲᆞᆯ니 가
문을 열나.”

쳥문이 웃고 니르디,

“너의는 모다 드르라. 츠인이 밋치도 【42
】 다. 네 숀은 도야지게 믈니지 아니ᄒ엿거눌
엇지 방즈352) 쓸노셔 드러오며 날노 ᄒ여곰 문
을 열나ᄒᆞ냐?”

잉이 ᄲᅣᆷ을 붉히며 니르디,

“필경 네가 이야로 더브러 내게 비컨더 더
옥 익도다.”

쳥문이 웃고 니르디,

“즈긔 즈미 즁의셔도 쏘흔 무슨 의졋흔 톄
ᄒᆞ뇨? 만일 이야로 더브러 익은 거슬 의론홀
진더 금슌ᄋᄂᆞᆫ 곳 태허환경(太虛幻境)의 잇셔
이야롤 뫼셧ᄂᆞ니라.”

금슌이 듯고 긔롤 올녀 니르디,

“너는 혼잡히 혀롤 놀니지 말나. 내 어내
날 져녁의 이야의게 무 【43】 러 보왓ᄂᆞ니 이얘
말ᄒ디 네가 어내 희 여름 붓치질 홀 ᄯᅥ의 임의
이야로 더브러 무슨 말을 ᄒ엿다 ᄒ거눌 이즈음
의 쏘 졍경(正經)의 사롬인 체 ᄒ는도다.”

쳥문이 듯고 ᄲᅣᆷ을 붉히며 니르디,

“격음 즘싱아! 너는 나의 문 열고 도라오
기롤 기다리라. 다시 너의 입부리롤 ᄲᅦᄂᆞ353) 거
시 곳 올흐리라.”

말ᄒ며 믄득 다라 나가 “화랑(嘩啷)” 일셩
의 문을 열거눌 보옥이 밧긔 잇셔 량구히 기다
리미 졍히 발쟉ᄒ고즈 ᄒ다가 믄득 싱각을 돌녀
니르디,

“어내 희의 【44】 문의셔 블너 열기롤 더디
ᄒᆞ므로 그릇 습인(襲人)을 한 번 찻더니 지금가
지 후회ᄒ는도다.”

ᄒ고 졍히 쥬져ᄒ더니 홀연 문 여는 쇼리
롤 듯고 머리롤 드러 한 번 보니 곳 쳥문이라.

---

352) 【방즈】 뿐 {방재(方纔fāngcái).} 방금. 금방. 중
국어 차용어. ¶ 巴巴兒 ‖ 네 숀은 도야지게 믈
니지 아니ᄒ엿거눌 엇지 방즈 쓸노셔 드러오며
날노 ᄒ여곰 문을 열나 ᄒᆞ냐 (你的手教猪咬了,
怎麼巴巴兒的從院子裏進來,　教我出去開門呢.)
<續紅 17:42>

353) 【ᄲᅦ다】 图 찢다. ¶ 撕 ‖ 격은 즘싱아 너는
나의 문 열고 도라오기롤 기다리라 다시 너의
입부리롤 ᄲᅦᄂᆞᆫ 거시 곳 올흐리라 (小蹄子, 你等
我開了門, 回來再撕你的嘴就是了.) <續紅 17:43>

깃브미 안싁의 넘쳐 일쯕 발쟉 아니ᄒᆞ믈 다힝히
너겨 쎨니 쳐의 손을 잡고 우스며 니ᄅᆞ디,

"금야의ᄂᆞᆫ 내가 다시 너ᄅᆞᆯ 노하 보내지 아
니리라."

쳥문이 급히 손을 져허 져로 ᄒᆞ여곰 어즈
러이 말ᄒᆞ여 사름의 의견의 거리끼미 업게 ᄒᆞ라
ᄒᆞᄂᆞᆫ 뜻을 뵈니 보옥이 웃고 쳥【45】문을 ᄯᅳ어
잡고 곳 안흐로 향ᄒᆞ여 다ᄅᆞ며 무ᄅᆞ디,

"이위티티ᄂᆞᆫ 니러낫ᄂᆞᆫ냐, 아니ᄒᆞ엿ᄂᆞᆫ냐?"

쳥문이 니ᄅᆞ디,

"우리도 ᄯᅩᄒᆞᆫ 방ᄌᆞ 니러나 쇼졔ᄅᆞᆯ 맛치고
도로혀 올나가지 못ᄒᆞ여시니 ᄯᅩᄒᆞᆫ 너니가 니러
나고 아니 니러나믈 모ᄅᆞ노라."

보옥이 웃고 니ᄅᆞ디,

"죠흔 일썅 게으른 사름이로다. 내가 곳
드러가 져의 등의 니블을 벗기미 곳 올토다."

ᄒᆞ며 이의 가마니 거러 내실노 드러올 시
다만 보니 보챠 디옥이 인이 캉 우희 디좌ᄒᆞ여
머리ᄅᆞᆯ 빗고 ᄌᆞ견(紫鵑)은 ᄯᅳᆯ ᄋᆞ리 잇셔 셰슈
그릇과 【46】 다ᄆᆞᆺ 비누354) 합을 취ᄒᆞ려 ᄒᆞ다가
보옥의 드러오믈 보고 보치 쎨니 무ᄅᆞ디,

"도라오기ᄅᆞᆯ 가장 쎨니 ᄒᆞ엿도다. 시 스돈
집의셔 ᄯᅩᄒᆞᆫ 너의ᄅᆞᆯ 머믈너 슐먹게 아니ᄒᆞ엿ᄂᆞ
냐?"

보옥이 니ᄅᆞ디,

"슐도 ᄯᅩᄒᆞᆫ 먹어시디 시 스돈 집의 슐이
별노 의시 업스니 엇지 오러 안즛실 리치이시리
오."

디옥이 니ᄅᆞ디,

"스대미미(史大妹妹)와 삼미미(三妹妹) ᄯᅩ
ᄒᆞᆫ 모다 ᄀᆞᆺ치 도라왓ᄂᆞᆫ냐? "

보옥이 니ᄅᆞ디,

"져의 탄 거슨 이 교ᄌᆞ(轎子)라. 엇지 믈을
ᄯᆞᄅᆞ리오. 나는 밧비 믈을 달녀 도라와시미 셜
노이(薛老二)와 용가【47】ᄋᆞ(蓉哥兒)와 란가ᄋᆞ
(蘭哥兒) 아오로 모다 뒤히 잇ᄂᆞ니라."

보치 웃고 니ᄅᆞ디,

"너는 ᄯᅩ 져의ᄅᆞᆯ 위ᄒᆞ여 머리ᄅᆞᆯ ᄭᅮ미ᄂᆞᆫ디

성각이 간졀ᄒᆞᆫ지라. 이러므로 믈을 나ᄂᆞᆫ ᄃᆞ시
달녀 왓시니 ᄯᅩᄒᆞᆫ 질ᄋᆞ의 우슴의 말을 두리지
아니ᄒᆞᄂᆞᆫ냐?"

보옥이 웃고 니ᄅᆞ디,

"져의ᄂᆞᆫ 모다 믈을 탈 쥴 모ᄅᆞ디 용가ᄋᆞᄂᆞᆫ
도로혀 져기 낫고 셜노이와 난가ᄋᆞᄂᆞᆫ 엇지 능히
믈을 달니리오? 이러므로 져의ᄂᆞᆫ 방ᄌᆞ 뒤히 ᄯᅥ
러졋ᄂᆞ니라. "

디옥이 듯고 우스며 니ᄅᆞ디,

"이리 말ᄒᆞ량이면 도시 네가 올치 못ᄒᆞ니
타인은 곳 니른 【48】 바 감히 뒤히 ᄯᅥ러지려 ᄒᆞ
미 아니라 믈이 나아가지 아닌 곡졀이라 ᄒᆞᆫ 말
과 ᄀᆞᆺ거늘 너는 필경 스스로 니ᄅᆞ디 감히 앎셔
랴 ᄒᆞ미 아니라 믈이 가쟝 닷는 곡졀이라 니ᄅᆞ
리로다."

말ᄒᆞ미 즁인이 모다 웃거늘 보옥이 니ᄅᆞ
디,

"이야, 너의ᄂᆞᆫ 엇지 돌녀 가며 한 마디식
나ᄅᆞᆯ 죵롱[죠롱]ᄒᆞ여 젼슈히 날노 ᄒᆞ여곰 이 한
가지 일을 인ᄒᆞ여 달녀 도라왓다 ᄒᆞ며 ᄯᅩᄒᆞᆫ 무
슴 사름의 우슴의 말을 ᄒᆞᄂᆞᆫ 거슬 두리미 이시
리오?"

보치 웃고 니ᄅᆞ디,

"우리 졍경의 말을 ᄒᆞ리니 【49】 티티긔셔
이즈음의 니러나 계시냐, 아니ᄒᆞ여 계시냐?"

보옥이 니ᄅᆞ디,

"내가 집의 니ᄅᆞᆯ 쎠의 도로혀 문을 거럿ᄂᆞᆫ
지라. 내 방ᄌᆞ 티티긔 쳥ᄒᆞ여 니러나시게 ᄒᆞ시
여시니 다만 져허컨디 이즈음의 바야흐로 머리
ᄅᆞᆯ 비스시리라."

보챠·디옥 이인이 이쎠의 임의 머리빗기
ᄅᆞᆯ 맛쳣더니 보옥의 말을 드ᄅᆞ미 왕부인이 ᄯᅩᄒᆞᆫ
니러ᄂᆞᆫ지라. 련망히 ᄶᅡ흐로 나려오니 ᄌᆞ견과 잉
이 셰슈믈을 가져오ᄂᆞᆫ지라. 급히 낫츨 ᄶᅵ스니
이인은 본릭 텬싱려질(天生麗質)이라. 약【50】
간 분과 연지ᄅᆞᆯ 바ᄅᆞᆯ ᄲᅮᆫ이니 쇼셰ᄅᆞᆯ 맛치고 졍
히 왕부인의 곳으로 와 쳥안(請安)ᄒᆞ려 ᄒᆞ고 믄
득 보니 왕부인이 옥슌ᄋᆞ[玉釧兒]ᄅᆞᆯ 식여와 말
ᄒᆞ디,

"티티긔셔 말슴ᄒᆞ시디 너니들은 쇼셰ᄅᆞᆯ 맛
치거든 몬져 오지 말고 곳 일즉 져의 무리 스인
을 위ᄒᆞ여 머리ᄅᆞᆯ ᄭᅮ미라. 노야긔셔 아문의셔
도라오시기ᄅᆞᆯ 일즉ᄒᆞ실 ᄃᆞᆺᄒᆞ니 더디게 말나."

---

354)【비누】圖 비누. ¶ 肥皂 ‖ ᄌᆞ견은 ᄯᅳᆯ ᄋᆞ리
잇셔 셰슈 그릇과 다ᄆᆞᆺ 비누 합을 취ᄒᆞ려 ᄒᆞ다
가 보옥의 드러오믈 보고 보치 쎨니 무ᄅᆞ디 (紫
鵑在地下取臉盆幷肥皂盒兒.) <續紅 17:46> ⇒ 비
노

ㅎ거눌 보치 듯고 우스며 니르디,

"네가 오기롤 가쟝 공교히 ㅎ엿도다. 내 정히 샤룸을 기다렷느니 너는 가셔 너의 모친과 다못 류 【51】 슈즈롤 블너와 져의 무리로 ㅎ여곰 돕게 ㅎ리라."

옥슌이 답응ㅎ고 가더니 언마 못되여 다만 보니 빅노파즈(白老婆子)와 류식뷔(柳媳婦) 모다 오디 숀의 봉합을 드럿다가 앏히 와 여니 곳 몃 그룻 계피합단탕(鷄皮鴿蛋湯)이라. 류식뷔 몬져 셰 그룻슬 가져 보옥과 보챠와 디옥 앏히 노코 니르디,

"너는 가히 무숨 남겨지355) 돈이 이시리오. 이후는 다시 이굿치 말나."

류식뷔 쏘 그 남은 탕을 가져 쳥문 등 스인 【52】 과 다못 츄문·스월과 내마즈 무리롤 난호아 쥬어 먹게 ㅎ고 비로쇼 쟝합(粧盒)을 가져올 시 류식부는 쳥문의 얼굴을 다스리고 빅노파즈는 금슌으의 머리롤 쑤미며 보챠는 잉으의 머리롤 쌋고 디옥은 즈견의 눈셥을 다스리미 보옥은 네 곳으로 왕리ㅎ며 연지와 분을 폄론ㅎ고 내마즈는 계가으롤 안고 노닐며 츄문과 스월은 한 편의 잇셔 입을 내밀고 한 츠레 긔가 올나 잔쇼리ㅎ더니 한 시긱이 못되여 임의 단쟝을 맛친지라. 챠·대 이인이 져 스인을 모 【53】 다 다스리고 왕부인 샹방으로 오니 왕부인이 즈셰히 솖혀보미 개개이 쳥아ㅎ고 호치ㅎ미 젼일의 비ㅎ여 더옥 아름다온지라. 무옴의 블승환희ㅎ더니 대략 스말오쵸(巳末午初)는 ㅎ여 가졍(賈政)이 아문으로셔 도라 오는지라. 드디여 가샤(賈赦)와 형부인(邢夫人)과 가진(賈珍)과 우시(尤氏)와 다못 모든 죡인(族人) 등을 쳥ㅎ여 오미 쟝유 츠례롤 죠츠 져 스인을 명ㅎ여 비례혼 후의 가졍은 믄득 남긱(男客) 등을 뫼셔 모다 외당으로 니르고 왕부인은 모든 녀권 무리롤 뫼셔 모다 샹방의셔 잔치롤 【54】 크게 버릴 시 츠시(此時)의 탐츈(探春)과 샹운(湘雲)이 쏘혼 도라오며 왕부인이 쏘 사룸을 시겨 영츈(迎春)을 영졉ㅎ여 오고 보옥(寶玉)은 쏘 셜과(薛蝌)롤 머믈너 졍히 죵일 열요히 지내더니 황혼의 니르미 형·

왕 이부인이 셜이마와 모든 즈미와 한가지로 쳥문 등 스인을 거느리고 병풍문(屛風門)을 열고 모다 가모의 샹방으로 올 시 믄득 보니 샹방의 등쵹이 휘황ㅎ고 가뫼 가부인으로 더브러 졍즁 탑샹의 대좌ㅎ여 챠롤 마시다가 즁인의 드러오믈 보고 썰니 니러나 우스며 니 【55】 르디,

"우리들이 너의 등을 한 지위 기다렷노라."

즁인이 보고 썰니 드러가 일졔히 치하ㅎ더니 왕부인이 믄득 분부ㅎ여 짜히 홍젼(紅氈)을 펴고 쳥문을 명ㅎ여 가모와 가부인을 위ㅎ여 비례ㅎ거눌 가부인이 스인을 블너 앏히 니르러 개개히 즈셰히 보미 심즁의 임의 환희혼지라. 믄득 디옥을 향ㅎ여 니르디,

"고낭아, 내 쏘혼 무슨 믈건을 가히 져의 들을 줄 거시 업스니 너는 가히 너의 비단을 가져 샹품 죠흔 빗 시쇽의 슈노혼 거술 골히여 미 【56】 인의게 일 쌍식 쥬면 곳 나의 비례젼(拜禮錢)이라 혬ㅎ리라."

디옥이 듯고 졍히 답응코즈 ㅎ더니 다만 드르미 스샹운이 웃고 니르디,

"고티터야, 우리 져져로 ㅎ여곰 믈건을 가져오게 말나. 어졔 드르니 만셰애(萬歲爺) 칙지가 잇셔 우리로 ㅎ여곰 고노야와 고티티롤 위ㅎ여 계후ㅎ라 ㅎ시고 셩명을 모다 흠챠(欽差)ㅎ여 계시디 다만 몸이 오히려 약ㅎ여 능히 뜰의 나려 단니지 못ㅎ는지라. 이러므로 도로혀 고야(姑爺) 묘즁(廟中)의 가셔 비례ㅎ지 못ㅎ엿느니라. 이번의 져의 무 【57】 리의게 샹샤홀 믈건은 내가 고티티롤 위ㅎ여 가져오는 거시 곳 올토다."

가부인이 듯고 썰니 샹운의 숀을 잡고 우스며 니르디,

"우리 우히야, 너는 이런 무옴을 쓰지 말나. 너의 무리 이 일은 내가 방즈 쏘혼 노티티로 더브러 샹량ㅎ엿느니 러일 너[네] 녀셔의 몸이 츙실ㅎ기롤 기다려 궐내의 인견혼 후의 만셰애 무슨 버슬노 샹을 쥬실는지 보와 그 쩌의 너의 녯 집을 쟉쳐(作處)ㅎ고 곳 노티터 방 앏히 짜로 한 치 시 집을 지어 머믈게 홀 거시오. 우리는 쏘혼 【58】 무슨 산업(産業)을 가히 너의 등을 줄 거시 업스니 곳 만셰애 샹급ㅎ신 멋 니랑 졔뎐(祭田)을 너의 등의게 쥬어 츠지케 ㅎ느니 츈츄졔스(春秋祭祀) 외에 남은 거슨 너의 녀

---

355) 【남겨지】 몡 나머지. ¶ 餘 ‖ 너는 가히 무숨 남겨지 돈이 이시리오 이후는 다시 이굿치 말나 (你可有什麼多餘的錢呢, 以後再不必了.) <續紅 17:51>

셔(女婿)룰 도와 비용ᄒᆞᆫ 거시 곳 올토다. 이번
의 져의게 샹샤ᄒᆞᄂᆞᆫ 거슨 너의 져져의 믈건이
ᄯᅩᄒᆞᆫ 만ᄒᆞ니 너의 믈건은 네가 스스로 머믈너
쓰라. 우리 ᄋᆞ히야, 너는 ᄯᅩᄒᆞᆫ 부뢰 업ᄂᆞᆫ 사ᄅᆞᆷ이
니 너의 슉슉(叔叔)과 심낭(嬸娘)을 혜아려 보건
ᄃᆡ 엇지 능히 너의 허다 소용(所用)을 보숣히리
오?”

샹운이 듯고 비로쇼 말을 아니커눌 더옥 【
59】이 우스며 니ᄅᆞᄃᆡ,

“나는 이졔 곳 너의 쇼고(小姑)니 너는 가
히 시시로 나룰 공경ᄒᆞᄂᆞᆫ 거시 올토다. 다시 젼
과 ᄀᆞᆺ치 내 압히셔 그 모양으로 방ᄉᆞ(放肆)ᄒᆞ랴
이면 내 가히 우리 아ᄋᆞ로 ᄒᆞ여곰 가쟝 너룰 가
ᄅᆞ치게 ᄒᆞ리라.”

말ᄒᆞ미 즁인이 모다 웃더라. 이의 가뫼 셜
이마룰 원ᄒᆞ여 가부인과 홈긔 캉 우희 안고 ᄯᅩ
형·왕 이부인은 캉 가의 안고 샹운, 탐춘 ᄌᆞ미
등은 동편 의ᄌᆞ 우희 안즈며 우시와 니환, 츅니
등은 셔편 의ᄌᆞ 우희 안고 쳥문 등 ᄉᆞ인은 한
겻히 시립ᄒᆞ게 ᄒᆞ며 ᄌᆞ긔ᄂᆞᆫ 일【60】개 나한(羅
漢) 의ᄌᆞ 우희 안즈미 챠환이 챠룰 드리거눌 챠
룰 파ᄒᆞ미 왕부인이 홈신ᄒᆞ여 가모룰 향ᄒᆞ여 니
ᄅᆞᄃᆡ,

“노티티의 가ᄅᆞ치시믈 쳥ᄒᆞ노니 우리 무리
다시 희쥬(喜酒)룰 예비ᄒᆞ여 ᄌᆞ시게 ᄒᆞ리라.”

가뫼 니ᄅᆞᄃᆡ,

“가히 말지어라. 너의ᄂᆞᆫ 이티티(二太太)로
더브러 낫의 모다 슐을 먹고 나와 다못 고니니
도 ᄯᅩᄒᆞᆫ 방ᄌᆞ 진식ᄒᆞ여시니 ᄯᅩ 모다 안즈 한ᄌᆞ
음 말ᄒᆞ다가 일즉 허여져 가고 운츄두도 보내여
도라갈지니 져의 녀셰 보숣펴쥬리가 업스며 둘
지ᄂᆞᆫ 보옥의 방즁의 사ᄅᆞᆷ을 두어시니 ᄯᅩ【61】
ᄒᆞᆫ 맛당히 일즉 져의 무리로 ᄒᆞ여곰 셩연(成緣)
ᄒᆞ게 ᄒᆞᄂᆞᆫ 거시 곳 올토다.”

셜이미 듯고 우스며 니ᄅᆞᄃᆡ,

“노티티야, 무론 모스ᄒᆞ고 다시ᄂᆞᆫ 져ᄀᆞᆺ치
쥬밀(稠密)이 싱각ᄒᆞᄂᆞᆫ 사ᄅᆞᆷ이 업스리로다.”

가뫼 ᄯᅩ 니ᄅᆞᄃᆡ,

“엇지 보옥이 드러와 너의 이마와 고마룰
위ᄒᆞ여 비례치 아니ᄒᆞᄂᆞᆫ뇨?”

왕부인이 니ᄅᆞᄃᆡ,

“외간의 쥬셕(酒席)이 ᄯᅩᄒᆞᆫ 방ᄌᆞ 파ᄒᆞ여시
니 다시 져허컨ᄃᆡ 긱을 보내고 오리라.”

졍히 말홀 씌의 과연 보니 보옥이 희희히
웃고 드러오다가 ᄯᅡ히 홍젼(紅氈) 편 거술 보고
쇼연(所然)을 아지 못홀지라. 믄득 보【62】챠룰
향ᄒᆞ여 눈짓ᄒᆞ니 보챠 짐즛 긔롱으로 입짓ᄒᆞ거
눌 보옥이 진졍인 쥴 알고 썔니 홍젼 가온ᄃᆡ 셔
셔 손으로 쳥문을 부ᄅᆞ거눌 쳥문이 챡급ᄒᆞ여 얼
골을 붉히며 웃고 다만 머리룰 흔드니 모든 방
쇽 사ᄅᆞᆷ이 일졔히 웃ᄂᆞᆫ지라. 가뫼 웃고 니ᄅᆞᄃᆡ,

“내가 아ᄂᆞᆫ 사ᄅᆞᆷ이 만ᄒᆞᄃᆡ 뉘가 방 쇽의
사ᄅᆞᆷ을 거두워 두어 썅썅이 비당(拜堂)ᄒᆞ더뇨?
너는 맛당히 너의 고마와 이마룰 위ᄒᆞ여 비례ᄒᆞ
ᄂᆞᆫ 거시 올토다. 져의 무리 너룰 위ᄒᆞ여 량개
현슉ᄒᆞᆫ 녀아룰 나하 너로 ᄒᆞ여곰 방【63】의 네
사ᄅᆞᆷ이나 거두워두게 ᄒᆞ여시니 일노 의론ᄒᆞ여
도 엇지 ᄯᅩᄒᆞᆫ 맛당히 비례치 아니ᄒᆞ리오.”

보옥이 듯고 과연 가부인과 셜이마룰 위ᄒᆞ
여 비례ᄒᆞ고 ᄯᅩ 가모의 분부룰 기다리더니 가뫼
니ᄅᆞᄃᆡ,

“시로 쳡을 거두미 원리 남지 어룬을 위ᄒᆞ
여 비례ᄒᆞᄂᆞᆫ 법을 듯지 못ᄒᆞ여시니 우리 등의게
ᄂᆞᆫ 비례치 말고 너는 다만 너의 량개 식부룰 위
ᄒᆞ여 미인의게 한 번 식읍ᄒᆞᄂᆞᆫ 거시 올토다.”

보옥이 듯고 과연 우스며 보챠와 더옥을
향ᄒᆞ여 두 번 읍ᄒᆞ니 즁인이 모다 웃더라. 보옥
【64】이 힝례키룰 맛치미 믄득 스스로 일개 의
ᄌᆞ룰 옴겨와 가모의 신변(身邊)의 안즈며 웃고
니ᄅᆞᄃᆡ,

“내 한 가지 ᄆᆞ옴의 일이 잇셔 노티티긔
쳥코ᄌᆞ ᄒᆞ노라.”

가뫼 웃고 니ᄅᆞᄃᆡ,

“ᄯᅩ 무슴 일이 잇ᄂᆞ뇨? 방 쇽의 ᄉᆞ인을 거
두워두고 도로혀 부족ᄒᆞ다 니ᄅᆞ기 어렵도다.”

보옥이 웃고 니ᄅᆞᄃᆡ,

“나의 일을 위ᄒᆞ미 아니라 나는 싱각건ᄃᆡ
우리 이 셰샹 텬의(天意) 도으시믈 닙고 노티티
의 홍복(洪福)을 싱ᄉᆞ 간의 일쟝을 들네다가 몸
금의 어진 쳐와 아름다온 쳡이 썅썅이 무리룰
일워시니 텬은죠덕(天恩祖德)을【65】 가히 보답
홀 길이 업ᄂᆞᆫ지라. 몸을 미뤄여 사ᄅᆞᆷ의게 밋ᄂᆞᆫ
일개 원심(願心)을 셰워 텬하 유졍ᄒᆞᆫ 사ᄅᆞᆷ으로
ᄒᆞ여곰 모다 권쇽(眷屬)을 일위기룰 원ᄒᆞᄂᆞ니
이졔 환ᄋᆞ(環兒)의 년긔 ᄯᅩᄒᆞᆫ 만코 란가ᄋᆞ(蘭哥
兒)의 년긔도 ᄯᅩᄒᆞᆫ 격지 아니ᄒᆞ니 모다 맛당히

성혼홀 찌오. 도로혀 우리 대슈즈(大嫂子)의 미
미긔 고낭이 이시던 비록 임의 진보옥[甄寶玉]
과 뎡혼ㅎ엿다 니르나 지금 오히려 친영치 아니
ㅎ엿시니 나는 쏘흔 져의롤 위ㅎ여 이 일을 셩
취코즈 ㅎ노라."

　　가뫼 니르디,

　　"이 셰 가지 일은 네가 맛당히 너의【66】
노야롤 디ㅎ여 말ㅎ미 올커눌 엇지 내게 쳥ㅎ느
뇨?"

　　부[보]옥이 니르디,

　　"이 셰 가지 일을 내 방즈 우리 노야긔 품
ㅎ여시디 노애 말ㅎ디, '환이 위인이 아름답지
못ㅎ여 반드시 타인이 녀ㅎ익(女孩兒)롤 즐겨
져롤 쥬지 아니리라.' ㅎ거눌 내 말ㅎ디, '환이
공셩침즁단(孔聖枕中丹)을 먹은 후로붓허 젼의
비ㅎ면 가쟝 아름다오니 나는 싱각건디 죠당관
(趙堂官)의 녀익 향즈의 귀슐(鬼術)을 어덧거눌
고노애 져롤 위ㅎ여 다스려 나하시니 이졔 미파
롤 시겨 가 말ㅎ면 다만 져허컨디 죠당관이 쏘
흔【67】방챠(防遮)치 아닐 둣ㅎ고 범학시(范學
士) 평일의 가쟝 난가익롤 스랑ㅎ더니 졔가 이
졔 녀이 잇셔 년긔 난가익로 더브러 샹등ㅎ니
즁미롤 보내여 말ㅎ면 단졍코 블응홀니 업술 거
시오. 오즉 진보옥은 지금 져의 부친을 짜라 변
방의 임의 가셔 글을 공부ㅎ느니 노틱틱는 사롬
을 시겨 진틱틱로 더브러 말슴ㅎ여 져로 ㅎ여곰
사롬을 변방의 보내여 진보옥을 영졉ㅎ여 오면
이 셰 가지 일이 쏘흔 모다 셩취홀 거시오. 쏘
셰 가지 일이 잇셔 노틱틱긔 품ㅎ여 아르시【68
】게 ㅎ느니 인싱의 졍과 인연은 모다 졍쉬(定
數) 잇느니 당일의 니향원(梨香院)의 일개 령관
(齡官)이 잇셔 졔가 쟝익(薔兒)로 더브러 졍연
(定緣)이 잇고 우리 봉져져의 챠환 쇼홍(小紅)은
운익로 더브러 졍연이 잇고 동부 즁 대슈즈의
챠환 일홈을 만이(萬兒)라 부르는 이는 비명(焙
茗)으로 더브러 졍연이 이시니 이 셰 가지 일은
노틱틱긔셔 대슈즈와 봉져져로 더브러 한 번 말
슴ㅎ여 져의 량개 챠환을 노하 보내고 쏘 만두
암(饅頭庵) 노니고즈(老尼姑子)로 더브러 말슴ㅎ
여 령관을 쏘 노하 보내게 ㅎ면 져의 무【69】
리로 각각 원ㅎ는 바롤 일울지니 이는 곳 나의
몸을 미뤄여 사롬의게 밋는 원심을 갑게 ㅎ미로
다."

　　우시(尤氏) 듯고 우스며 니르디,

　　"보형뎨야, 나는 네 이 말을 밋지 아니ㅎ
노라. 우리 챠환 등의 스졍을 네가 엇지 모다
알니오?"

　　보옥이 웃고 니르디,

　　"대수즈야, 너의 만익는 비명으로 더브러
어내 히 봄의 대거거의 곳의 잇셔 챵희(唱戲)ㅎ
여시미 내가 젹은 셔당(書堂)의 잇셔 친히 눈으
로 보왓노라."

　　우시 니르디,

　　"네가 그 씨의 엇지 내게 고치 아니ㅎ엿느
뇨?"

　　보옥이 니르디,

　　"이는 무순 죠흔 일이건디【70】엇지 너의
게 고ㅎ여 쏘 사단(事端)을 니르혀리오. 이러므
로 내가 곳 심즁의 참아 두웟노라 "

　　봉졔 니르디,

　　"보형뎨야, 우리 쇼홍은 쏘 어내 씨의 운
익로 더브러 연괴 잇는지? 내 엇지 이런 긔미롤
알니오 "

　　보옥이 웃고 니르디,

　　"이는 보겨졔 내게 고ㅎ미니 져는 쏘 어내
곳의셔 드럿는지 모르리로다."

　　가뫼 듯고 셜이마롤 향ㅎ여 니르디,

　　"이티티야, 너의는 모다 드르라. 내 평일의
가쟝 믜워ㅎ는 거슨 이런 남녀들이 본분을 직희
지 아니ㅎ는 일이어눌 뉘 알니오 지금 모다 우
【71】리 집의셔 낫도다. 이런 일을 엇지 보챠
두가 아느뇨?"

　　보쳐 듯고 믄득 어내 히의 젹취뎡(滴翠亭)
의 잇셔 호졉(蝴蝶)을 잡으려 ㅎ여 봉요교(蜂腰
橋)의 니르럿더니 쇼홍이 난간 속의 잇셔 니르
디, 가운(賈芸)의 슈건(手巾)을 보왓노라 ㅎ는
말을 드럿노라 ㅎ여 일편을 말ㅎ고 보옥이 쏘
어내 히의 니향원(梨香院)의 잇셔 령관이 짜히
'가쟝(賈薔)'이란 '쟝(薔)' 짜 쓰는 거슬 보왓고
쏘 가쟝이 령관을 위ㅎ여 시쟝356)을 스는 거슬
보왓다 ㅎ여 일편을 말ㅎ니 가뫼 듯고 형·왕

---

356)【시쟝】圖 새장. ¶ 雀兒戲臺 ‖ 쏘 가쟝이 령
관을 위ㅎ여 시쟝을 스는 거슬 보왓다 ㅎ여 일
편을 말ㅎ니 가뫼 듯고 형왕이 부인을 향ㅎ여
니르디 (幷賈薔給他買雀兒戲臺的話，也說一遍.
賈母聽了，向邢、王二夫人道.) <續紅 17:71>

이 부인을 향ᄒᆞ여 니른디,

"너의ᄂᆞᆫ 드르【72】라. 이런 일은 진개 우리 등이 몽미(夢寐)의도 싱각지 못ᄒᆞ던 비라. 디부의 잇ᄂᆞᆫ 진죵(秦鍾)과 지릉ᄋᆞ(智能兒)와 ᄉᆞ긔(司棋)와 반우안(潘又安)도 고노야가 오히려 져의 무리 죠흔 일을 셩취ᄒᆞ엿거든 ᄒᆞ믈며 ᄎᆞ인 등은 인셰의 이시니 엇지 도라보지 아니리오. 임의 보옥이 이 ᄀᆞᆺᄒᆞᆫ 죠흔 뜻이 이시니 진가ᄋᆞ 식부(珍哥兒媳婦)와 봉챠두ᄂᆞᆫ 곳 너의 무리 량개 챠환을 노와 보내라. 쟝리 보옥이 한림으로 말미암아 무슨 벼슬을 승픔(陞品)ᄒᆞ거든 져로 ᄒᆞ여곰 너의 미인의게 일개 챠환을 갑ᄂᆞᆫ 거시 곳 올【73】토다."

우시와 봉져 이인이 모다 각기 환희ᄒᆞ여 응낙ᄒᆞ더라. 당각(當刻)의 ᄯᅩ 모다 안ᄌᆞ 한즈음 한화(閑話)ᄒᆞ더니 가뫼 믄득 모다 지쵹ᄒᆞ여 허여져357) 가게 ᄒᆞ고 곳 명ᄒᆞ여 슐위를 메워 샹운을 보내니 보옥이 ᄎᆞ야의 쳥문 등을 다리고 인연을 일우더라. 이튼날의 니른러 가졍이 과연 미파를 식여 죠당관과 범학ᄉᆞ의 집의 가 친ᄉᆞ(親事)를 졔긔ᄒᆞ니 범학ᄉᆞᄂᆞᆫ 원리 글 닑은 사람이오. ᄯᅩ 평일의 가쟝 가란(賈蘭)을 ᄉᆞ랑ᄒᆞ엿ᄂᆞᆫ지라. 한 번 말ᄒᆞ미 곳 응락ᄒᆞ고 죠【74】당관은 비록 가부로 더브러 화목지 못ᄒᆞ나 져의 녀이 귀슐(鬼術)을 어드미 림공(林公)이 구ᄒᆞ믈 닙고 ᄯᅩ 가졍이 비록 공부시랑(工部侍郎)으로 형부(刑部)의 샹관이 업ᄉᆞ나 필경 샹ᄉᆞ(上司)가 되ᄂᆞᆫ지라. 이러므로 ᄯᅩ흔 락죵(樂從)ᄒᆞ거늘 가졍이 대열ᄒᆞ여 가모긔 픔ᄒᆞ고 몬져 빙례(聘禮)를 보내엿다가 모다 진보옥이 니른 연후의 영취케 ᄒᆞ미 가뫼 ᄯᅩ 림지효(林之孝)의 식부를 시겨 진부의 니른러 진보옥을 영졉ᄒᆞ여 도라와 니긔(李綺)로 더브러 완혼(完婚)홀 말을 진부인의긔 고ᄒᆞ니 진부인이 ᄯᅩ흔 십분 환【75】희ᄒᆞ여 믄득 가졍(賈政)의 글월을 밧고 퇵일ᄒᆞ여 가인(家人) 포용(包勇)을 식여 변방으로 가게 ᄒᆞ니 모든 일이 다 졍당ᄒᆞ엿ᄂᆞᆫ지라. 가모와 가부인이 이의

묘중으로 도라가더라.

챠셜(且說), 포용(包勇)은 본리 츙의 건복(健僕)이라. 쥬모(主母)의 명을 밧고 쥬ᄒᆡᆼ야슉(晝行野宿)ᄒᆞ여 블과 월여(月餘)의 변방의 니른러 진공[甄公]을 보고 글월을 올니니 진공이 보고 ᄯᅩ흔 환희ᄒᆞ여 퇵일ᄒᆞ여 진보옥[甄寶玉]으로 ᄒᆞ여곰 긔신(起身)ᄒᆞ여 경셩으로 도라오게 ᄒᆞ니 진보옥이 져의 부친긔 하직ᄒᆞ고 ᄌᆞ긔ᄂᆞᆫ 교ᄌᆞ의 안고【76】포용과 다못 친근ᄒᆞᆫ 쇼시(小厮) ᄉᆞ명(四名)은 모다 각기 잘 것ᄂᆞᆫ 노시를 타고 발졍(發程)ᄒᆞ여 경셩으로 올나올 시 일노의 풍우를 무롭쓰고 일삭즘 ᄒᆡᆼᄒᆞ니 ᄎᆞ시ᄂᆞᆫ 랍월텬긔(臘月天氣)라. 일일은 ᄒᆡᆼᄒᆞ여 경셩과 샹게 다만 이십여 리가 남앗더니 믄득 일긔 졸한(猝寒)ᄒᆞ고 대셜이 분분ᄒᆞᆫ지라. 진보옥이 몸이 블평ᄒᆞ믈 씨둣고 풍한을 피코ᄌᆞ ᄒᆞ여 젼면을 바라보니 일좌 쵼긔(村家) 이시디 십분 아치(雅致)ᄒᆞᆫ지라. 믄득 포용을 명ᄒᆞ여 앏흐로 가 방을 비러 풍셜을 피【77】케 ᄒᆞ라 ᄒᆞ니 포용이 듯고 노시를 타고 앏흐로 가더니 언마 못되여 도라와 픔ᄒᆞᆫ디,

"보내(堡內)의 쟝가(蔣家) 셩 가진 사람의 집이 잇셔 방옥(房屋)이 가쟝 유아(幽雅)ᄒᆞ디 쥬인이 집의 업ᄂᆞᆫ지라. 내가 임의 져의 집 노챵두(老蒼頭)의게 말ᄒᆞ여 비럿노라."

보옥이 듯고 만심환희(滿心歡喜)ᄒᆞ여 교ᄌᆞ와 노시를 지쵹ᄒᆞ여 그 보문으로 나아가미 다만 보니 그 우희 'ᄌᆞ단보(紫檀堡)'라 세 ᄌᆞ를 썻거ᄂᆞᆯ ᄯᅩ 일리즘 ᄒᆡᆼᄒᆞ미 과연 한 집 방옥이 이시디 짓기를 졍치(精致)ᄒᆞ게 ᄒᆞ엿고 다만 보니 노챵뒤 문을 열고【78】진보옥을 인도ᄒᆞ여 긱당(客堂) 우희 좌뎡케 ᄒᆞ며 화로(火爐)의 숫츌 더 뭇고 한 잔 더운 챠를 밧드러 와 먹기를 권ᄒᆞ며 스스로 가미 표용(包勇)과 다못 ᄉᆞ개 쇼시도 ᄯᅩ흔 스스로 가 ᄒᆡᆼ리(行李)와 마필(馬匹)을 보술피며 풍셜을 피ᄒᆞ더라. 진보옥이 홀노 안ᄌᆞ ᄉᆞ면 벽을 향ᄒᆞ여 여러 일홈 난 사람의 ᄌᆞ획(字劃)을 볼 시 찬 거술 견디지 못ᄒᆞ더니 홀연 드른미 병풍 뒤흐로셔 일위 부인이 나와 져를 쓰어잡고 곡ᄒᆞ여 니른디,

"우리 쇼야야, 너ᄂᆞᆫ 어디 ᄀᆞᆺ다가 왓ᄂᆞ뇨. 날노 ᄒᆞ여곰 가쟝 괴롭【79】게 ᄒᆞ엿다!"

---

357)【허여지다】圖 헤어지다. 나뉘어지다. 흩어지다. ¶ 散 ‖ 당각의 ᄯᅩ 모다 안ᄌᆞ 한즈음 한화ᄒᆞ더니 가뫼 문득 모다 지쵹ᄒᆞ여 허여져 가게 ᄒᆞ고 곳 명ᄒᆞ여 슐위를 메워 샹운을 보내니 (當下大家又坐着說了會子閑話, 賈母便催着大家散去, 卽命套車將湘雲送了回去.) <續紅 17:73> ⇒ 허여디다

23

진후회흑야암투환 념전정황천구염빅

眞後悔黑夜暗投繯 念前情黃泉求艷魄

ᄒ니 이 부인은 곳 뉘뇨? 원리 습인(襲人)이라. 쟝옥함(蔣玉函)의게 출가ᄒᄆ로붓허 비록 부뷔화락(夫婦和樂)ᄒ여 은졍이 가쟝 깁다 말ᄒ나 필경 보옥의 앏히 잇실 ᄯᅦ의 비컨디 부귀현슈(富貴懸殊)ᄒ고 긔샹이 형별(逈別)ᄒ지라. 미양 화젼월하(花前月下)의 경치롤 디ᄒ여 샹심ᄒ더니 이계 쟝옥함이 셩 내의 드러가 희ᄌ 구경ᄒ ᄯᅢ롤 만나미 ᄌ긔가 홀노 샹방의 안좃더니 홀연 보니 노챵뒤 드러와 말ᄒ디 한 힝로 ᄒᄂ 쇼년 샹공이 잇셔 잠간 긔당을 비러 안ᄌ 【80】 풍셜을 피ᄒ다 ᄒ거놀 습인이 듯고 졈두ᄒ며 응낙ᄒ고 졍히 젹젹무료(寂寂無聊)ᄒᄆᆯ 인ᄒ여 두봉관(斗篷冠)을 ᄡ고 홀노 나와 병풍 뒤히 셔셔 긱을 여허볼[358] 시 믄득 보니 진보옥의 형용과

---

358) 【여허보다】 圖 엿보다. ¶ 窺 ‖ 졍히 젹젹무료ᄒᄆᆯ 인ᄒ여 두봉관을 ᄡ고 홀노 나와 병풍 뒤히 셔셔 긱을 여허볼 시 문득 보니 진보옥의 형용과 동쟉이 가보옥으로 더브러 다르미 업ᄂ지라 (正在寂悶無聊之際, 披了斗篷, 竟獨自走了出來, 在屛風後~窺客, 瞥見甄寶玉形容擧止與賈寶玉無二.) <續紅 17:80> ⇒ 여셔보다, 여어보다,

동쟉이 가보옥을 더브러 다르미 업ᄂ지라. ᄆᆞ음이 졸연이 슬허 다시 싱각홀 결을 업시 곳 병풍 뒤흐로 죠ᄎ 나와 진보옥의 숀을 ᄭᅳ어 잡고 디곡ᄒ거놀 진보옥이 놀나 련망히 숀을 ᄲᅮ리치고 몃 거름 믈너나 니르디,

"나는 힝노지인(行路之人)이라. 우연이 몸이 곤ᄒᄆᆯ 인ᄒ여 잠간 【81】 귀쳐(貴處)롤 비러 져기 풍셜을 피ᄒ려 ᄒ미오. 낭ᄌ로 더브러 일즉 아지 못ᄒ노라."

습인이 울며 니르디,

"우리 쇼야야, 너는 가쟝 모질도다. 네가 승·도롤 죠ᄎ 츌가ᄒ 후로붓허 노야와 티티긔셔 곳 나롤 내여 보내려 ᄒ시니 가련토다. 우리 일즉 노야와 티티 앏히셔 명빅ᄒ ᄌ최롤 뵈지 아니ᄒ엿시니 내 입으로 엇지 너롤 위ᄒ여 슈졀ᄒᆫ단 말을 ᄒ리오. 이야! 홀 일 업시 날노 ᄒ여곰 사롬의게 싀집ᄀᆺ도다. 네가 지금의 어디로셔 도라오ᄂ다? 가쟝 모진 쇼얘로다. 【82】 네 엇지 도로혀 우리 등이 일즉 아지 못ᄒ다 ᄒᄂ뇨! 나는 블과 너롤 보고 한 번 내 ᄆᆞ음을 붉히려 ᄒ미니 내 도로혀 무숨 낫치 잇셔 너롤 ᄯᆞ라 도라가기롤 싱각ᄒ리오."

진보옥이 듯고 더옥 곡졀을 몰나 다만 뒤흐로 믈너나 ᄌ셰히 져롤 보미 용뫼(容貌) 슈미(秀眉)ᄒ고 거지(擧止) 요라ᄒ지라. ᄆᆞ음의 아롬다히 너기더 진퇴량난(進退兩難)ᄒ더니 홀연 보미 표용이 다라 드러와 무르디,

"대야야, 엇던 사롬이 곡ᄒᄂ뇨?"

진보옥이 니르디,

"표용아 너는 ᄲᆞᆯ니 와셔 보라."

표용이 련 【83】 망히 느러와 습인을 ᄌ셰히 보더니 놀나믈 ᄭᅢ닷지 못ᄒ미 진보옥을 향ᄒ여 니르디,

"대야야, 내가 고낭을 보니 가쟝 낫치 익어 어내 곳의셔 보든 ᄒ도다. 이야! 올토다. 거년(去年)의 노애 일이 잇셔 쇼지(小的)롤 영부(榮府)의 쳔거ᄒ여 갓더니 내 싱각ᄒ미 일야는 도적이 드럿ᄂ지라. 쇼지가 도로혀 일긔 괴슈(魁首)롤 쳐 죽엿더니 이튼날의 니르러 졍노야(政老爺)와 다ᄆᆺ 티티(太太) 털함ᄉ(鐵檻寺)로 죠ᄎ도라와 졍유(情由)롤 사문(査問)홀 시 내가 조인광(稠人廣) 좌즁의셔 도로혀 져 분 고낭을 본

여워보다

270

듯ᄒ도【84】 다."

진보옥이 듯고 ᄯᅩ 습인을 ᄌ셰히 보더니 홀연 한 가지 일을 ᄉᆡᆼ각ᄒ고 ᄭᆞᆯ니 무ᄅᆞ디,

"너는 보거거 방듕의 잇던 습인이 아니냐?"

습인이 듯고 곡ᄒ며 ᄯᅩᄒᆫ 진보옥을 시로 ᄌ셰히 보며 니ᄅᆞ디,

"네가 우리 보이애 아니면 필경 뉘며 너는 ᄯᅩ 엇지 나롤 알고 습인이라 부ᄅᆞᄂᆞ뇨?"

진보옥이 웃고 니ᄅᆞ디,

"너의 보옥의 셩은 가오, 내 셩은 진이니 비록 보옥이란 일홈은 ᄀᆞᆺᄐ나 ᄯᅩᄒᆫ 진·가 두 셩이 분별이 잇ᄂᆞ니 이러므로 ᄶᅧ져롤 필경 ᄌ셰히 아지 못【85】ᄒ엿노라."

습인이 듯고 바야흐로 사롬을 그롯 본 줄 알고 만면슈참(滿面羞慚)ᄒ여 뒤흐로 멷 거름을 믈너나며 눈믈을 ᄲᅵᆺ고 니ᄅᆞ디,

"원리 진공지로다. 내가 집의 이실 ᄶᅥ의 임의 사롬의 말을 드ᄅᆞ미 공ᄌ의 모양이 우리 보이야로 더브러 한 모양이라 ᄒ더 내 일죽 보지 못ᄒ엿더니 과연 말이 헛되지 아니토다. 다만 아지 못게라 공지 이ᄶᅥ의 어디로 가며 이곳의 엇지 니ᄅᆞ럿ᄂᆞ뇨?"

진보옥이 듯고 드듸여 ᄌ긔가 부인을 ᄯᅡ라 변방의 임의 니ᄅᆞ럿다가 이졔 가【86】 보옥과 림디옥이 회ᄉᆡᆼᄒ여 특별이 ᄶᅧ롤 영졉ᄒ여 경셩으로 도라가셔 니긔(李綺)로 더브러 셩혼ᄒᆞᆫ단 말을 종두지미(從頭至尾)히 일편을 말ᄒ니 습인이 듯고 ᄯᅩ 울며 니ᄅᆞ디,

"내 젼일의 ᄯᅩᄒᆫ 의희히 사롬의 말을 드ᄅᆞ미 영국부(榮國府)의셔 여러 사롬이 회ᄉᆡᆼᄒ여 그날 털함ᄉ의셔 승·되 쟉법ᄒ미 셩내, 셩외 사롬이 모다 동ᄒ여 열요(熱鬧)ᄒᆞᆷ믈 보고 분분이 강론ᄒᆞᆫ다 ᄒ더 나는 일개 년경(年輕)ᄒᆞᆫ 부녜라. 다만 능히 눈으로 보지 못ᄒᆞᆯ ᄲᅮᆫ 아니라 아오로 귀로 듯지도 못【87】ᄒ여시니 내가 누롤 향ᄒ여 쇼식을 탐지ᄒ여시리오. 이졔 내가 공지긔 쳥ᄒᆞᄂᆞ니 나롤 위ᄒ여 셔신(書信)을 젼ᄒ여 달나 ᄒ고 시부디 내가 글ᄌ롤 ᄡᆯ 줄 모ᄅᆞ니 내게 한 믈건이 잇셔 공지긔 쳥ᄒ여 가지고 가셔 보이야롤 보고 스스로이 ᄶᅧ롤 쥬는 거시 곳 올토다."

말을 맛치며 몸을 도로혀 울며 가ᄂᆞᆫ지라.

포용이 니ᄅᆞ디,

"대야는 엇지 ᄶᅧ의 명ᄶᆞ(名字)롤 알고 습인이라 부ᄅᆞᄂᆞ뇨?"

진보옥이 니ᄅᆞ디,

"내가 집의 이실 ᄶᅥ의 티티의 말솜을 드ᄅᆞ니 가부의 보옥이 츌【88】가ᄒᆫ 후로붓허 ᄶᅧ의 방즁의 일개 친근ᄒᆫ 챠환이 잇셔 부ᄅᆞ기롤 습인이라 ᄒ더 다만 현져ᄒᆫ ᄌ최가 업ᄂᆞᆫ지라. 이러므로 ᄶᅧ롤 보내여 타인의긔 싀집갓다 ᄒ더니 다만 아지 못게라 이 쟝가 셩 가진 사롬은 엇던 사롬이뇨? ᄶᅧ의 집지은 거슬 보미 도로혀 여간 의ᄉᆡ 잇도다."

포용이 니ᄅᆞ디,

"쇼지(小的) 방ᄌ ᄶᅧ의 노챵두의게 무ᄅᆞ미 졔가 말ᄒ디 ᄶᅧ의 쥬인은 '인인이(人人愛)'라 부른다 ᄒ거놀 내가 듯고 이샹히 너겻더니 졔가 비로쇼 말ᄒ디 ᄶᅧ의 쥬인은【89】 곳 희ᄌ 춍즁의 일개 유명ᄒᆫ 사롬이라 ᄒ더라."

진보옥이 듯고 우스며 니ᄅᆞ디,

"고이ᄒ도다. 셩이 쟝개라 ᄒ더니 원리 이 긔관(琪官)이로다."

졍히 이ᄀᆞᆺ치 말ᄒᆞᆯ 시 다만 보니 병풍 뒤흐로 죠츠 한 노픠(老婆) 나오더 손의 죠희로 ᄲᅡᆫ 거슬 가지고 습인이 뒤히 ᄯᅡ르더니 노픠 죠희로 ᄲᅡᆫ 거슬 드리거놀 습인이 니ᄅᆞ디,

"공ᄌ긔 쳥ᄒᆞᄂᆞ니 이 믈건을 가지고 영부의 니ᄅᆞ러 보이야롤 보고 쥬미 곳 올토다. 우리 집 쥬인이 업ᄉᆞ니 내 ᄯᅩᄒᆫ 감히 공ᄌ롤 머믈너 쥬반을 권치 못【90】ᄒ노라."

ᄒ고 언파(言罷)의 도로 노파롤 다리고 드러가더라. 진보옥이 죠희로 ᄲᅡᆫ 거슬 바다 펴보니 곳 한 벌 반즘 낡은 춍록ᄉᆡᆨ(葱綠色) 양츄ᄉ(洋縐紗) 한 건이라. 한즈음 번복ᄒ여 구경ᄒ미 ᄆᆞ음의 ᄯᅩᄒᆫ 감샹ᄒ미 잇ᄂᆞᆫ지라. 도로 ᄲᅡ셔 픔의 너코 포용을 향ᄒ여 니ᄅᆞ디,

"내 지금은 져기 하리고 우셜(雨雪)도 ᄯᅩ 격게 오니 우리 등이 셩으로 나아가리라."

포용이 듯고 ᄭᆞᆯ니 노싀롤 ᄭᅳ어내고 힝리롤 시ᄅᆞ며 노챵두(老蒼頭)의게 챠 갑슬 쥬고 진보옥을 쳥ᄒ여 나와 교ᄌ롤 타고 발졍(發程)ᄒ여359)【91】 가니라.

---

359)【발졍ᄒ다】圄 {발정(發程)하다.} 떠나다. ¶
　　起身 ‖ 포용이 듯고 ᄭᆞᆯ니 노싀롤 ᄭᅳ어내고 힝리

차셜(且說), 습인이 즈긔 방즁의 도라와 젼
후ᄉ를 싱각ᄒᆞ미 쳔만 가지로 붓그럽고 한이 되
ᄂᆞᆫ지라. 젼일의 보옥으로 더브러 은이가 엇더ᄒᆞᆯ
길히 업더니 이졔 쏘 사ᄅᆞᆷ의게 싀집오미 비록
쟝옥함(蔣玉函)의 모양이 풍류롭고 셩격이 유슌
ᄒᆞ여 평일의 온존(溫存)ᄒᆞᆫ 긔샹이 잇다 니ᄅᆞ나
필경 져의 하쳔(下賤)되믈 한ᄒᆞ며 ᄒᆞ믈며 졔가
사ᄅᆞᆷ의 ᄯᅳᆺ을 잘 바드니 엇지 졔가 우리 침셕(枕
席)간 광경을 져의 아ᄂᆞᆫ 사ᄅᆞᆷ의게 고ᄒᆞ여 날노
ᄒᆞ여곰 춰미가 업게 아닐 줄 알니【92】오. 보
옥이 만일 도라오지 아냐ᄒᆞ여시면 다만 내 명슈
(命數) 맛당히 이ᄀᆞᆺ다 일너 내 쏘ᄒᆞᆫ 타의(他意)
가 업ᄉᆞ려니와 편벽도히 졔가 쏘 도라와 림고낭
(林姑娘)과 다믓 쳥문(晴雯) 등도 쏘ᄒᆞᆫ 회싱ᄒᆞ여
시니 내 지금 ᄆᆞ음이 곳 ᄭᅳᆯᄂᆞᆫ 가마360) 우희 개
야미361)와 ᄀᆞᄐᆞ여 필경 엇지ᄒᆞ면 죠홀지 모ᄅᆞ리
로다. 이야! 하ᄂᆞ님아, 내 즈셰히 싱각건디 이졔
보이애 져녁의 즈면 좌편은 보고낭이오, 우편은
림고낭이오, 머리 우희ᄂᆞᆫ 쳥문과 금슌ᄋᆞ오, 발
아리ᄂᆞᆫ 즈견과 잉이니 져의 그곳의셔 도로【93
】혀 당일 져의 습인져져(襲人姐姐)를 싱각ᄒᆞ랴!
혹 이야로 ᄒᆞ여곰 명일의 슈젼을 보고 나를 싱
각ᄒᆞᆯ지라도 내 임의 남의게 싀집간 사ᄅᆞᆷ이라.
졔 엇지 즐겨 나를 쇽량(贖良)ᄒᆞ여 도라가리오.
셜ᄉᆞ 이야가 즐겨 ᄒᆞ여도 노야와 티티긔셔 쏘ᄒᆞᆫ
단졍코 즐기지 아니실 거시오. 셜ᄉᆞ 노야와 티
티긔셔 모다 즐겨 나를 쇽량ᄒᆞ여 도라가도 타인
은 도로혀 관계치 아니더 다만 쳥문이 잇셔 그
즘싱의 입부리가 곳 칼 ᄀᆞᄐᆞ미 나의 일싱이 져
의 혀 밋히 죽을 거시오. 즁인이【94】일졔히
쳔답(踐踏)ᄒᆞ면 곳 내 ᄆᆞ음의 잇ᄂᆞᆫ 쇼야도 쏘
ᄒᆞᆫ 반ᄃᆞ시 젼 모양디로 나를 ᄉᆞ랑치 아닐 거시
오. 셜ᄉᆞ 우리 쇼애 젼일 졍의(情誼)를 싱각ᄒᆞ고
여젼이 나를 죠타, 죠치 아니타 말ᄒᆞ여도 우연
이 입의 나오ᄂᆞᆫ 슌흔 말노 나를 부ᄅᆞ디 쥬의가
업고 복이 격은 즘싱아, 네 가쟝(家長) 옥함을
ᄯᅡ라 유졍흔 지 쟝근일년(將近一年)이라 ᄒᆞ면
도로혀 무ᄉᆞᆫ 낫치 잇셔 디답ᄒᆞ리오. 이 일을 싱

룰 시ᄅᆞ며 노쟝두의게 챠갑술 쥬고 진보옥을 쳥
ᄒᆞ여 나와 교ᄌᆞ를 타고 발졍ᄒᆞ여 가니라 (包勇
聽了, 忙去備上了牲口, 搭了行李, 賞了老蒼頭茶
資, 請甄寶玉出來, 坐了馱轎起身而去.) <續紅
17:90>

각ᄒᆞ미 오쟝이 문허지ᄂᆞᆫ362) ᄃᆞᆺᄒᆞ여 눈물이 여우
(如雨)ᄒᆞ고 졍셰 염염ᄒᆞ여 ᄯᅩ흔 다만 반을 먹【
95】을 ᄆᆞ음도 업더니 거의 황혼 ᄯᅢ의 니ᄅᆞ러ᄂᆞᆫ
노픠 드러와 니ᄅᆞ디,

"니니야, 노얘 도라오신다"

ᄒᆞ더니 다만 보니 쟝옥함이 밧그로셔 드러
와 젼삼(氈衫)을 벗고 픔으로셔 무ᄉᆞᆫ ᄲᅡᆫ 거슬
내며 희희히 웃고 습인을 쥬며 니ᄅᆞ디,

"져져야, 너는 가지고 시험ᄒᆞ여 보라. 죠흐
냐, 죠치 아니냐? 이 믈건이 졍히 너의 눈빗 ᄀᆞᆺ
튼 살의 맛도다."

ᄒᆞ니 아지 못게라 이 무ᄉᆞᆫ 믈건인고? 하회
의 분히ᄒᆞ라.

[쇽홍루몽續紅樓夢 권지십팔卷之十八]

【1】화셜(話說), 쟝옥함(蔣玉函)이 밧그로
셔 드러와 픔 속으로셔 무ᄉᆞᆫ ᄲᅡᆫ 거슬 내며 웃고
습인(襲人)을 쥬며 니ᄅᆞ디,

"져져야 너는 가지고 시험ᄒᆞ여 보라 죠흐
냐 죠치 아니냐 이 믈건이 졍히 너의 눈빗 갓튼
살의 맛도다."

습인이 바다 펴보니 이ᄂᆞᆫ 한 벌 금으로 삭

---

360)【熱鍋上螞蟻 열과상마의】 règuōshàngmǎyǐ <熱>
ᄭᅳᆯᄂᆞᆫ 가마 우희 개야미 *比喩心情焦急, 坐立不定
。‖ "我這會子心裏就像～一般, 到底不知怎麽着纏
好." 내 지금 ᄆᆞ음이 곳 ᄭᅳᆯᄂᆞᆫ 가마 우희 개야미
와 ᄀᆞᄐᆞ여 필경 엇지ᄒᆞ면 죠홀지 모ᄅᆞ리로다 (續
紅 17:92) "趙氏在屏風後急得像～一般, 自己隔着
屏風請敎大爺, 數說這些從前已往的話。" (儒林 6)
⇒ 熱整子上螞蟻

361)【개야미】 명 개미. ¶ 螻蟻‖ 내 지금 ᄆᆞ음이
곳 ᄭᅳᆯᄂᆞᆫ 가마 우희 개야미와 ᄀᆞᄐᆞ여 필경 엇지
ᄒᆞ면 죠홀지 모ᄅᆞ리로다 (我這會子心裏就像熱鍋
上的螞蟻一般, 到底不知怎麽着纏好.) <續紅
17:92> ⇒ 가야미, 가얌이, 개아미, 개암의, 개얌
이, ᄀᆞ미, ᄀᆞ야미

362)【문허지다】 통 무너지다. 상하다. ¶ 崩‖
이 일을 싱각ᄒᆞ미 오쟝이 문허지ᄂᆞᆫ ᄃᆞᆺᄒᆞ여
눈물이 여우ᄒᆞ고 졍셰 염염ᄒᆞ여 ᄯᅩ흔 다만
반을 먹을 ᄆᆞ음도 업더니 (想到這裏, 不覺五
內崩然, 淚如雨下, 情緒懨懨, 如痴如醉的也無
心茶飯.) <續紅 17:94> ⇒ 문허디다

인 벽하시(碧霞璽) 팔쇠363)라. 한 번 보고 도로 노흐미 눈믈이 흘너 낫히 가득 ᄒ거늘 쟝옥 함이 보고 이샹히 너기믈 니 【2】 괴지 못ᄒ여 셜니 픔의 안고 무ᄅᄃ,

"네 ᄯᅩ 엇지미뇨? 싱각건디 집의셔 너ᄅᆯ 극진이 디졉지 아니미니 네게 득죄ᄒ엿노라."

습인이 썀을 돌니며 니ᄅᄃ,

"내가 어내 ᄶᅵ의 가인으로 더브러 이러틋 힐난(詰難)ᄒ더냐?"

쟝옥함이 웃고 니ᄅᄃ,

"그러치 아니면 ᄯᅩ 무슨 일이뇨?"

습인이 부답ᄒ고 다만 눈믈만 흘니ᄂᆫ지라. 쟝옥함이 죠치 아냐 니ᄅᄃ,

"네가 내 집의 드러오므로붓허 내가 무슨 한 가지나 너ᄅᆯ 죠히 디졉지 아니ᄒᄂᆫ냐? 나는 싱각건디 곳 보이 【3】 야(寶二爺)가 당일이라도 다만 너ᄅᆯ 져겨라 칭호ᄒ엿기로 내 지금의 ᄯᅩᄒᆫ 날마다 입의 ᄶᅥ나지 아니코 너다려 져져(姐姐)라 부ᄅ거늘 네가 죵시 블쾌히 너기니 날노 ᄒ여곰 너ᄅᆯ 마마(媽媽)라 부ᄅ기 어렵도다."

습인이 니ᄅᄃ,

"너는 남을 죠ᄅ지 말나. 내가 한 가지 일이 잇셔 네게 무ᄅ려 ᄒ니 너는 가히 나ᄅᆯ 속이지 말나. 만일 실졍(實定)디로 내게 고ᄒ면 내 비로쇼 네가 진심으로 나ᄅᆯ ᄉᆞ랑ᄒ다 미드리라."

쟝옥함이 웃고 니ᄅᄃ,

"우리 져져야 내가 필경 엇던 일을 너ᄅᆯ 속 【4】 이ᄂᆫ뇨?"

습인이 니ᄅᄃ,

"나는 싱각건디 네가 날마다 셩내(城內)의셔 연희(演戲)ᄒ니 이런 일은 네가 필경 알니라. 나는 드ᄅ니 이졔 보이야 집으로 도라가고 칠월 십오일의 텰함ᄉ(鐵檻寺)의셔 승,되 쟉법ᄒ여 여러 사ᄅᆷ을 회싱케 ᄒ엿다 ᄒ니 이거시 가히 진 젹(眞的)ᄒᆫ 일이냐?"

쟝옥함이 듯고 반향을 벙벙이364) 잇다가 홀연 웃고 니ᄅᄃ,

"이ᄂᆫ 네가 어디셔 드른 말이냐? 너도 ᄯᅩ

ᄒ 극히 총명ᄒᆫ 사ᄅᆷ이라. 너ᄂᆫ 싱각ᄒ여 보라. 셰샹의 ᄯᅩᄒᆫ 사ᄅᆷ이 임의 죽엇다가 ᄉᆞ는 도리【5】가 이시랴?"

습인이 니ᄅᄃ,

"외간의셔 사ᄅᆷ마다 모다 이쳐럼 말ᄒ고 ᄯᅩ 말ᄒ디, 궁즁(宮中)의 낭낭(娘娘)이 ᄯᅩᄒᆫ 회싱ᄒ시고 림고노애(林姑老爺) ᄯᅩᄒᆫ 셩황(城隍)이 되엿다 ᄒ니 엇지 너ᄂᆫ 도로혀 나ᄅᆯ 속이ᄂᆫ뇨?"

쟝옥함이 니ᄅᄃ,

"그만두라. 내 너ᄅᆯ 권ᄒ여 링슈(冷水)ᄅᆯ 먹어 이런 망녕된 ᄆᆞ옴을 믈니치게 ᄒ리라. 너ᄂᆫ 원리 나의 힝미친영(行媒親迎)ᄒᆫ 안히365)오 내가 도젹ᄒ여 오미 아니라. 곳 보이야가 진졍 집으로 도라가드라 ᄒ여도 졔가 도로혀 능히 너ᄅᆯ 속량(贖良)ᄒ여 가랴! ᄒ믈며 졔가 【6】 이졔 현쳐(賢妻)와 미쳡(美妾)이 잇셔 무리ᄅᆯ 짓고 항렬을 일위여시니 ᄯᅩᄒᆫ 단졍코 즐겨 너 ᄀᆞᄐᆫ 파긔(破棄)된 믈건을 구치 아닐 거시오. 셜ᄉ 졔가 젼일 졍의(情誼)ᄅᆯ 싱각ᄒ고 도로혀 너ᄅᆯ 구ᄒ여도 너ᄂᆫ ᄯᅩᄒᆫ 맛당히 자셰히 혜여보라. 네가 만일 여젼이 져의 앏히 니ᄅᆫ면 비록 네가 복력이 죠타 ᄒ여도 엇지 나ᄅᆯ ᄯᆞ라 평싱의 날마다 쎤틈업시 한가지로 머무ᄂᆫ 것 ᄀᆞᄐ리오. 녯 글의 니ᄅᄃ, '대쟝뷔 출ᄒ리 닭의 입이 될지언졍 쇠 뒤가 되지 아니 ᄒᆫ 【7】 다.'366) ᄒ니 너ᄂᆫ 이 두 귀졀 말도 ᄯᅩᄒᆫ 아지 못ᄒ다 니ᄅ기 어렵도다."

습인이 니ᄅᄃ,

---

363) 【팔쇠】 囘 팔찌. ¶ 手鐲 ‖ 습인이 바다 펴보니 이ᄂᆫ 한 벌 금으로 삭인 벽하시 팔쇠라 (襲人接來, 打開一看, 見是一副鑲金碧霞璽的手鐲.) <續紅 18:1>

364) 【벙벙이】 囝 벙벙히. 멍하니. ¶ 呆 ‖ 쟝옥함이 듯고 반향을 벙벙이 잇다가 홀연 웃고 니ᄅᄃ (蔣玉函聽了, 呆了半晌, 忽然笑道.) <續紅 18:4>

365) 【안히】 囘 아내. ¶ 妻 ‖ 너ᄂᆫ 원리 나의 힝미친영ᄒᆫ 안히오 내가 도젹ᄒ여 오미 아니라 (你原是我明媒正娶之妻, 并不是我搶奪來的.) <續紅 18:5>

366) 【출하리 돍긔 입의 될디언뎡 쇠 뒤히 되디 말라】 囻 차라리 닭의 머리가 될지언정 소꼬리 되지 마라.¶ 출하리 돍긔 입의 될디언뎡 쇠 뒤히 되디 말라 (寧爲鷄口, 勿爲牛後.) <平山 3:62> 녯 글의 니ᄅᄃ 대쟝뷔 출ᄒ리 닭의 입이 될지언졍 쇠 뒤가 되지 아니 ᄒᆫ다 ᄒ니 너ᄂᆫ 이 두 귀졀 말도 ᄯᅩᄒᆫ 아지 못ᄒ다 니ᄅ기 어렵도다 (書上說的好, 大丈夫 '寧爲鷄口, 勿爲牛後'. 難道你連這兩句話也不懂得麽?) <續紅 18:6>

"나는 무슴 글의 말을 아지 못ᄒ더 나의 싱각 ᄀᆞ틀진디 네가 진개 쇠 뒤라 니ᄅ리로다."

쟝옥함이 듯고 우스며 니ᄅ디,

"필경 네가 글을 낡지 못ᄒ여시미 곳 이 두 졀 말을 바로 아지 못ᄒ엿도다."

습인이 니ᄅ디,

"내 가히 무슨 글인 줄 알니오마는 너는 다만 스스로 싱각ᄒ라. 너의 ᄒᆡᆼ신 다만 져허컨디 쇼와 더브러 틀니미 업도다."

말ᄒ미 쟝옥함이 안식이 통홍(通紅)ᄒ고 졍히 【8】 발쟉고ᄌ ᄒ다가 습인을 도라 보고 ᄎᆞ마 못ᄒ더니 다만 보니 노ᄑᆡ 드러와 무ᄅ디,

"노야(老爺)는 도로혀 밥을 먹엇ᄂᆞ냐?"

쟝옥함이 니ᄅ디,

"나는 임의 셩내의셔 밥을 먹엇거니와 너의 내내는 밥을 먹엇ᄂᆞ냐, 아니ᄒ엿ᄂᆞ냐?"

노ᄑᆡ 니ᄅ디,

"내내긔셔 오늘은 ᄯᅩ한 엇지ᄒᆞᆫ지 모로리로다. 다만 반 그릇 밥을 먹엇ᄂᆞ니라."

쟝옥함이 니ᄅ디,

"임의 이러ᄒᆞ량이면 네 가셔 한 병 더운슐을 가져오고 다시 몃 그릇 과실을 가져오라. 내가 너의 내내로 더브러 져기 【9】 먹고 링긔(冷氣)를 막으리라."

노ᄑᆡ 듯고 썰니 나아가 쥬과(酒果)를 가져오미 탁ᄌ 우히 버려노코 부븨 대ᄒ여 마실 시 습인이 엇지 슐 먹을 ᄆᆞ음이 이시리오마는 쟝옥함이 부드러온 졍과 슌ᄒᆞᆫ 말노 져의 관대슈단(款待手段)을 내여 권ᄒᆞᆷᄋᆡ 습인이 엇지ᄒᆞᆯ 방법이 업셔 다만 한 시긱이나 슐을 마시더니 필경 대취ᄒᆞ여 한가지로 ᄌᆞ니라.

지셜(再說), 진보옥(甄寶玉)이 셩의 드러와 몬져 가중(家中)의 니ᄅ러 진부인(甄夫人)을 보고 모ᄌ 량인이 별후졍ᄉ(別後情事)를 펴고 ᄯᅩ 한ᄌᆞ음이나 【10】 진공이 임쇼의 잇ᄂᆞᆫ 광경을 말ᄒ다가 오후의 니ᄅ러 믄득 챠(車)를 타며 포용(包勇)을 다리고 가졍(賈政)의 와셔 비현ᄒᆞᆯ 시 맛춤 가졍이 공부(工部)의 일이 잇셔 오히려 부중의 도라오지 아닌지라. 보옥이 듯고 련망히 마자 나와 피ᄎᆞ 한 번 보고 환약평싱(歡若平生)ᄒᆞ여 손을 잡고 각각 오리 쩌낫던 졍을 니ᄅ며 인도ᄒᆞ여 셔방(書房)으로 드러가 빈쥬(賓主)를

난호아 좌뎡ᄒᆞ미 비명(焙茗)이 챠롤 드리거늘 챠롤 파ᄒᆞ미 가보옥이 진보옥의 셩졍이 도학을 죠ᄒᆞ는 줄 알 【11】 고 몬져 니ᄅ디,

"거년 가을 과쟝의 한 번 리별ᄒᆞᆫ 후로붓허 한셔(寒暑)가 두 번 밧고엿더니 이졔 다힝이 ᄯᅩ 쳥범을 보니 오형(吾兄)의 도덕과 문쟝이 오ᄋᆞ로 더브러 나아가믈 알지니 니른바 ᄉ별(士別) 삼일의 괄목상대(刮目相對)라 ᄒᆞ는 말이 진개 헛되지 아니토다."

진보옥이 ᄯᅩ한 가보옥의 셩졍이 풍류룰 죠ᄒᆞ는 줄 알고 이의 우스며 대답ᄒᆞ디,

"엇지 감히 이 말을 감당ᄒᆞ리오. 거년의 오형이 텬태(天台)의 ᄌᆞ최룰 감최미 중심이 황혹(惶惑)ᄒᆞ더 쇼뎨는 진실노 오 【12】 형이 필경 죠ᄒᆞᆫ 곳이 이실 줄 아랏더니 이졔 과연 쇼료(所料)와 ᄀᆞ트니 진개 견고의 업는 긔ᄉ(奇事)라 이룰 거시오. 이졔 ᄯᅩ 몸을 미뤄여 사롬의게 밋쳐시니 니른바 인지(仁智)가 겸비ᄒᆞ미라. 쇼뎨는 ᄌᆞ금(自今) 이후의 비로쇼 풍류지ᄌ(風流才子)가 도학션싱(道學先生)으로 더브러 일반인 줄 알니로다."

ᄒᆞ며 이인이 피ᄎᆞ 대쇼ᄒᆞ더니 가보옥이 니ᄅ디,

"젼ᄌᆞ의 노빅뫼(老伯母) 포용을 보내여 간 후의 가모가 즉시 가슈(賈嫂)로 더브러 샹량ᄒᆞ고 영취일ᄉ(迎娶一事)를 이친가태태(李親家太太)의게 통긔(通奇)ᄒᆞ엿더니 져의 【13】 곳의셔 말ᄒᆞ디, '씨가 겨을이 진ᄒᆞ고 셰식이 ᄀᆞ가와 모든 일을 일졔히 판비치 못ᄒᆞ엿다.' ᄒᆞ고 명년 이월 십이일은 텬은샹길(天恩上吉)이라 튁뎡(擇定)ᄒᆞ여시니367) 아지 못게라 오형은 늣다 니ᄅ지 아니ᄒᆞ랴?"

진보옥이 듯고 우스며 니ᄅ디,

"오형의 권ᄒᆞᆷᄒᆞᆷ을 닙어 동류(同類)의게 싱각을 미뤄여시미 방ᄌᆞ 가모도 ᄯᅩ한 말이 이의 밋쳐시미 곳 명츈 이월이 잠간 ᄉᆞ이의 니룰지라. 무슨 느ᄌᆞ미 이시리오. 쇼뎨 도로혀 한 일이

---

367) 【튁뎡ᄒᆞ다】 圖 택정(擇定)하다. 골라 졍하다. ¶ 擇定 ‖ 져의 곳의셔 말ᄒᆞ디 씨가 겨을이 진ᄒᆞ고 셰식이 ᄀᆞ가와 모든 일을 일졔히 판비치 못ᄒᆞ엿다 ᄒᆞ고 명년 이월 십이일은 텬은샹길이 라 튁뎡ᄒᆞ여시니 (他那裏說, 時届殘冬, 年近歲逼, 諸事辦不齊備, 擇定明春二月二十日, 天恩上吉.) <續紅 18:13>

잇셔 밧드러 고흐느니 쇼데 금죠(今朝)의 길 【14】의 힝홀 시 우연이 풍셜을 만나 즈단보(紫檀堡)롤 츠즈드러가 쟝가 셩 가진 사롬의 집을 비러 잠간 쉬더니 홀연 병풍 뒤흐로셔 일개 쇼뷔 나와 그릇 쇼데롤 오형인 줄 알고 통곡블이(慟哭不已)흐거늘 쇼데 놀나 연고롤 므르미 비로쇼 오형의 고인(古人)인 줄 아랏더니 쇼데의 부탁흐여 한 믈건을 귀부(貴府)로 보내더라.”

흐고 말흐며 믄득 폼 속으로 일개 죠희로 싼 거슬 내여 가보옥을 쥬니 가보옥이 바다 펴 보미 당일의 쟝옥함으로 더브러 밧고던 송화(松花) 【15】 양츄스(洋縐紗) 한건(汗巾)이믈 알지니 이는 곳 습인의 구믈이라. 흔 츠례 샹심흐믈 씨돗지 못흐여 눈믈이 믄득 흐르더니 또 진보옥이 보고 우을가 흐여 급히 참거늘 진보옥이 분명이 보왓시더 짐줏 못 본 체흐고 입 안으로 시롤 읊허 니르디,

> 거셰대난경(去歲對鸞鏡)터니
> 금죠긔호건(今朝寄縞巾)을
> 환쟝구리의(還將舊來意)흐야
> 연취안젼인(憐取眼前人)을

> 거셰의 난경을 디흐엿더니
> 오늘 아춤의 비단슈건을 붓쳣도다.
> 도로혀 녯날 뜻을 가져
> 안젼의 사룸을 어엿비 보리라.

【16】 가보옥이 듯고 쟝탄(長歎) 일셩(一聲)의 드디여 또 흔 입으로 한 졀구롤 읊허 니르디,

> 총인구미옥(總因求美玉)흐야
> 반치실명화(反致失名花)롤
> 변허죵완벽(便許終完璧)이나
> 하릉엄구하(何能掩舊瑕)오

> 다만 아롬다온 옥을 구흐믈 인흐여
> 도로혀 명화롤 일헛도다.
> 믄득 맛춤내 구술을 완젼이 흐기롤 허흐나
> 엇지 능히 녯 씨롤 가리리오.

진보옥이 듯고 겨유 말흐려 흐더니 다만

보미 비명이 드러와 폼흐더

　“노애 드러오신다.”

흐거늘 량개 보옥이 일졔히 마즈 나아갈 시 가졍의 드러오 【17】 믈 보고 진보옥이 썔니 앏흐로 나아가 꾸러 쳥안(請安)흐니 가졍이 련망히 붓드러 니르혀고 손을 닛그러 흠긔 셔당(書堂)으로 드러가 인흐여 빈쥬롤 난화 안줄 시 가보옥은 친히 챠롤 밧드러 나아오고 인흐여 한 겻히 시좌흐엿거늘, 가졍이 드디여 진보옥을 향흐여 겨의 부친이 변방의 잇는 일과 다뭇 겨의 근일의 학업 문쟝을 한즈음 뭇더니 진보옥이 비로쇼 하직흐고 부즁으로 도라가니라.

가보옥이 손을 보내여 도라간 후의 믄득 겨의 부친을 【18】 짜라 샹방으로와 또 왕부인으로 더브러 한즈음 한화(閑話)흐다가 바야흐로 이홍원(怡紅院)으로 도라오미 다만 보니 보챠와 대옥이 졍히 외간 캉 우히셔 계가ㅇ(桂哥兒)롤 다리고 지롱을 보거늘 보옥이 믄득 안간으로 와셔 폼 속으로 죠츠 한건(汗巾)을 내여 번복흐여 한즈음 보다가 습인이 당일의 겨롤 죠히 대졉흐던 일을 싱각흐고 즈연 눈믈이 얼골의 가득히 흐르미 이윽히 곡흐다가 스스로 싱각흐디, ‘계가 이졔 임의 긔관(琪官)의게 싀집갓시니 엇지 또 겨롤 도라오 【19】 게 흐리오. 혹 긔관으로 더브러 말흐여 즐겨 흐여도 노야와 태태긔셔 또 엇지 즐겨 흐시며 셜스 노야와 태태긔셔 또흔 비록 겨롤 집으로 다려와도 필경 또 무슨 명식이라 헴흐리오.’ 이곳치 싱각흐다가 홀연 탁즈롤 치고 인흐여 손으로 붓슬 가져 먹을 뭇쳐 방즈 읊던 네 귀 글을 슈건 우히 쓰더라.

지셜(再說), 림대옥(林黛玉)이 졍히 계가ㅇ롤 다리고 지롱을 보더니 홀연 드르미 안간의셔 탁즈 치는 쇼리 나거늘 이의 가마니 보챠롤 향흐 【20】 여 우스며 니르디,

　“겨겨야, 너는 듯느냐. 안간 방즁의셔 무어슬 치는 쇼리 요란흐니 이는 필시 방즈 보옥이 드러왓다가 우리가 겨의롤 아른 체 아니믈 보고 즈긔가 무료(無聊)흐여 공연이 셩을 내는 둣흐도다.”

보챠 또 썔니 계가ㅇ롤 안고 안흐로 향흐여 가랴 흐더니 대옥이 우스며 썔니 손치고368)

---

368) 【손치다】 图 손치다. 손사래 치다. ¶ 搖 ‖ 보챠 또 썔니 계가ㅇ롤 안고 안흐로 향흐여 가랴

즈긔가 가마니 거러 안간의 니르러 몬져 여허보
미 보옥이 낫츠로 안흘 향ᄒ여 쟝내의 누어시디
탁즈 우흘 보니 한 벌 한건(汗巾)이 노혓거늘
디옥이 믄 【21】 득 경경이 거러 드러가 슈건을
가지고 도로 믈너 나와 가마니 보챠롤 향ᄒ여
니르디,

"져져야 너는 쇼가ᄋ(小哥兒)롤 내마ᄌ(奶
媽子)롤 쥬고 샐니 이거슬 보라."

보치 듯고 계가ᄋ롤 내마ᄌ롤 쥬고 져의게
명ᄒ여,

"안고 가셔 달내여 지이라."

ᄒ거늘 대옥이 믄득 촉대롤 옴겨 오고 보
챠와 홈긔 등하의셔 슈건을 펴 보더니 대옥이
나죽이 소리ᄒ여 니르디,

"져져야, 너는 보라 져의 풍증(風症)이 죠
곰도 능히 곳치미 업도다. 이는 ᄯ오 아지 못게라
뉘 져롤 쥰 거시뇨?"

보치 니르디,

"이 믈건을 【22】 내가 보미 가쟝 눈의 익
으니 도로혀 보던 것 ᄀᆺ도다."

대옥이 니르디,

"이야, 이 우희 도로혀 글ᄌ 삐인 거시 잇
도다."

ᄒ고 샐니 닑어 니르디,

총인구미옥(總因求美玉)
반치실명화(反致失名花)
변허죵완벽(便許終完璧)
하능엄구하(何能掩舊瑕)라

ᄒ거늘 보치 듯고 황연대각(慌然大覺)ᄒ여
니르디,

"이야, 올토다. 이는 습인의 믈건이니 내가
당일의 져의 샹ᄌ 속의셔 보왓노라."

대옥이 니르디,

"내가 ᄯ오 맛춤내 너다려 습인을 니르지
못ᄒ엿도다. 계가 필경 어대로 싀집ᄀᆺ느뇨?"

보치 니르디,

"나는 드르니 무슴 【23】 희ᄌ(戲者) 총중의
노리부르는 사롬의게로 갓다 ᄒ엿느니라."

ᄒ더니 대옥이 우스며 샐니 손치고 즈긔가 가마
니 거러 안간의 니르러 (黛玉笑着忙搖了搖手兒,
自己躡手躡脚的走到裏間.) <續紅 18:20>

대옥이 듯고 우스며 니르디,

"이거시 무슨 말이뇨? 이런 일개 눕흔 사
롬의게 싀집갓도다. 다만 이 믈건이 ᄯ오 엇지ᄒ
여 져의 슈즁의 니르럿느뇨? 너는 보라. 이 필
젹이 곳 졔가 쓴 거시오. 이 일슈 시도 ᄯ오ᄒ 져
의 지은 거시로다."

보치 웃고 니르디,

"가히 올토다. 내 싱각 ᄀᆺ틀진더 이는 필
경 습인이 너의들이 모다 회싱ᄒ단 말을 듯고
엇던 사롬의게 부탁ᄒᆞᆫ 모르디 이 한건을 붓쳐
보낸거슨 ᄯ오ᄒ 집으로 도 【24】 라오고ᄌ ᄒ는
의시나 이는 필경 리치(理致)롤 통치 못ᄒᆞᆫ 일
이니 엇지 능히 힝ᄒ리오. 너는 다만 져의 ᄯ긋히
두 귀 글을 보면 곳 알니라."

대옥이 탄식ᄒ며 니르디,

"져져야, 너는 당일의 ᄯ오ᄒ 맛당히 져로
ᄒ여곰 나가게 아니ᄒᆯ지니 지금의 도로혀 사롬
으로 ᄒ여곰 보미 ᄆᆞ음의 히괴(駭怪)ᄒᆞᆯ 이긔
지 못ᄒ리로다."

보치 니르디,

"노야와 태태긔셔 쥬의(主意)롤 졍ᄒ여 져
로 ᄒ여곰 나아가게 ᄒ시고 져도 ᄯ오 현져ᄒ ᄌ
최 업는 사롬이라. 내가 엇더케 말ᄒ여 져로 ᄒ
【25】 여곰 슈졀케 ᄒ리오."

대옥이 듯고 우스며 니르디,

"다힝이 우리 회싱ᄒ기롤 일작이369) ᄒ엿
도다. 만일 일ᄌ(日子) 더대면 다만 져허컨더 보
챠두가지 ᄯ오ᄒ 모다 사롬의게 싀집갈 번ᄒ엿도
다."

보치 듯고 우스며 손을 내여 대옥을 눌너
것구르치고 져롤 쎠 슙을 못쉬게 ᄒ거늘 대옥이
챡급ᄒ여 빌며 니르디,

"져져야, 내 다시는 감히 어ᄌ러온 말을
아니리니 우리는 졍경(正經)의 말을 샹량ᄒ리라.
이 일을 곳 엇지 쳐치ᄒ리오?"

보치 니르디,

"이 일은 네가 밧비 【26】 구지 말고 이 슈

<hr>

369) 【일작이】 [부] 일찍. 일쩍이. ¶ 무 ‖ 다힝이 우
리 회싱ᄒ기롤 일작이 ᄒ엿도다 만일 일지 더대
면 다만 져허컨더 보챠두가지 ᄯ오ᄒ 모다 사롬의
게 싀집갈 번ᄒ엿도다 (虧了我們回生的早, 若再
遲些日子,　只怕連寶丫頭也都嫁了人了.)　<續紅
18:25> ⇒ 일, 일쁵이, 일쯕, 일쯕에, 일쯕이, 일
즙, 일죡

건을 가져 감쵸고 우리 모다 잠즈고 쟝춧 졔가 엇지ㅎ는 광경을 보와 우리 다시 샹량ㅎ미 올토다."

대옥이 듯고 믄득 한건(汗巾)을 셔쥬(書橱) 셜합 속의 감쵸거늘 보치 믄득 쳥문 등 ㅅ인을 블너와 침구를 베플고 보옥을 쳥ㅎ여 안침케 ㅎ더니 다만 보미 보옥의 긔식이 민망ㅎ여 졍치(精采) 업ㅅ미 옷술 벗고 취침ㅎ더 죠곰도 젼일 ㄱㅌ치 담쇼ㅎ미 업는지라. 챠·디 이인이 져의 광경을 보고 쏘혼 져의게 가셔 이야치지370) 아니ㅎ며 모다 각각 【27】 취침ㅎ더니 ㅅ경 삐의 니르러 홀연 드르니 보옥이 꿈 속의 놀나며 크게 곡ㅎ며 니르디,

"습인 져져야, 너는 나롤 기다리라. 내가 너로 더브러 한가지로 가리라."

ㅎ거늘 챠·대 이인이 모다 놀나 련망히 옷술 닙고 니러 안즈 등블을 혀고 보니 보옥이 니블 쇽으로셔 긔여 니러나며 눈을 직시ㅎ고 졍신이 업시 안줏거늘 보치 니르디,

"너는 쏘 엇지미뇨?"

보옥이 반향을 벙벙ㅎ다가 곡ㅎ며 니르디,

"습인져졔 죽어시니 이는 모다 내가 져롤 히ㅎ미로다."

대옥이 니 【28】 르디,

"필경 네가 몽압(夢壓)ㅎ엿도다. 무슨 고이혼 꿈을 쑤어 셤어(譫語)ㅎ느뇨?"

보옥이 니르디,

"쟉일의 진보옥이 경셩으로 도라오미 한 벌 한건(汗巾)을 가져오고 졔가 말ㅎ디, '길히셔 즈단보롤 지나다가 풍셜을 피코져 ㅎ여 그릇 져의 집의 니르러 습인을 보왓다.' ㅎ미 내가 한건을 보고 감샹ㅎ미 이시더 무슴 방법을 싱각지 못ㅎ엿더니 방즈 명빅히 꿈의 습인져졔 온 거술 보니 졔가 날다려 말ㅎ디, 노야와 태태긔셔 위력(威力)으로 져롤 사롬의게 싀집가게 ㅎ엿더니 이 【29】 즈음의 졔가 나의 도라오믈 알고 반복ㅎ여 싱각ㅎ더 업친371) 믈을 거두기 어려오미 단졍코 도라올 긔약이 업는지라. 졔가 쟝옥함을

속여 즈게 ㅎ고 가마니 즈쳐(自處)ㅎ여 죽으미 져의 혼령이 셩황묘(城隍廟)의 니르니 고노애 칙즈롤 사실(査實)ㅎ여 보고 져롤 명ㅎ여 몬져 태허환경(太虛幻境)의 니르러 공안(公案)으로 감ㅎ고 다시 디부의 니르러 환싱ㅎ기롤 구ㅎ라 ㅎ더라 ㅎ고 한즈음 원굴ㅎ믈 펴고 방즈 ㄱㅅ시니 즈셰히 싱각ㅎ미 졔가 죠곰도 나의 은졍을 져바리미 업고 도 【30】 로혀 내가 져의 셩명을 히ㅎ엿다."

말ㅎ며 쏘 대곡(大哭)ㅎ거늘 보치 니르디,

"고이토다. 쟉야의 네가 홍황 업는 거시 원리 츠ㅅ롤 위ㅎ미로다. 샹담(常談)의 니르디, '꿈은 ㅁㅇㅁ의 싱각ㅎ는 디로 된다.' ㅎ니 네 심즁의 이 일을 거리쪄 ㅎ는지라. 이러므로 방즈372) 이런 고이혼 꿈을 쑤미 모다 의희황홀ㅎ고 쏘 이번 ㄱㅅ치 진몽이 업노라."373)

대옥이 웃고 니르디,

"내가 젼일의 보져져의 말을 드르니 네가 그 삐의 셩심으로 내 혼이 와셔 꿈의 들기롤 기다렷다 ㅎ더 네 엇지 【31】 쏘 꿈의 나롤 보지 못ㅎ고 쏘 류오ㅇ도 보지 못ㅎ엿느뇨?"

보옥이 듯고 머리롤 돌니며 니르디,

"남의 ㅁㅇㅁ이 답답ㅎ미 비홀 더 업거늘 너는 쏘 츠언을 ㅎ여 남을 긔가 나게 ㅎㄴ냐?"

보치 웃고 니르디,

"내 네게 권ㅎ느니 죠히 잠이나 즈라. 반야삼경의 이쳐럼 들네면 노야와 태태 아라실가 ㅎㄴ니 쏘 러일을 기다려 일죽 비명을 시겨 즈

---

370) 【이야치다】동 혼들다. 부딪치다. ¶ 招攬 ∥ 챠 디 이인이 져의 광경을 보고 쏘혼 져의게 가셔 이야치지 아니ㅎ며 모다 각각 취침ㅎ더니 (釵、黛二人見他這般光景, 也不去招攬他, 也都大家各自就寢.) <續紅 18:26> ⇒ 이아치다

371) 【업치다】동 엎치다. 엎지르다. 엎어뜨리다. ¶ 覆 ∥ 노야와 태태긔셔 위력으로 져롤 사롬의게 싀집가게 ㅎ엿더니 이즈음의 졔가 나의 도라오믈 알고 반복ㅎ여 싱각ㅎ더 업친 믈을 거두기 어려오미 단졍코 도라올 긔약이 업는지라 (老爺, 太太生生的把他逼着嫁了人, 這會子他知道我回來了, 前思後想, 覆水難收, 萬無回來之理.) <續紅 18:28>

372) 【방즈】부 {방재(方纔 fāngcái).} 방금. 금방. 중국어 차용어. ¶ 纔 ∥ 네 심즁의 이 일을 거리쪄 ㅎ는지라 이러므로 방즈 이런 고이혼 꿈을 쑤미 모다 의희황홀ㅎ고 쏘 이번 ㄱㅅ치 진몽이 업노라 (你心裏惦着那件事, 所以纔有這樣的怪夢纏繞來了. 寶玉道: 我從來做夢總是恍恍惚惚的, 再沒像這一遭夢的眞切了.) <續紅 18:30>

373) 낙선재본에서는 보채의 말과 보옥이 답변하는데, 보채의 말로 일괄처리 됨. 앞 각주 참고.

단보의 가셔 쇼식을 듯보와374) 과연 졔가 죽어
시면 네가 다시 곡ᄒ여도 더디지 아닐 거시오.
만일 졔가 죽지 아낫시면 네가 이럿틋 ᄒ【32】
미 괴이치 아냐."

보옥이 듯고 엇지홀 길이 업셔 다만 도로
즈미 챠·대 이인도 ᄯᅩᄒᆫ 등블을 ᄮᅳ고 즈더니
블과 한즈음 몽롱이 즈미 동방이 긔빅ᄒᆞᆫ지라.
보옥이 졍히 나아가 비명을 시겨 가셔 쇼식을
듯보려 ᄒ더니 다만 드르미 비명이 ᄯᅳᆯ히셔 무르
디,

"이애(二爺) 니러낫ᄂ냐, 아니 ᄒ엿ᄂᆞ냐?
노지 말이 잇셔 이야긔 픔코즈 ᄒ노라."

보옥이 듯고 ᄲᆞᆯ니 신을 신고 즉시 밧그로
향ᄒ여 닷거늘 보치 보고 급히 청문(晴雯), 즈견
(紫鵑) 이인을 향ᄒ여 입짓ᄒ니 이인이 련망히
ᄯᅡ라 나오더니 다【33】만 보미 비명이 보옥의
게 픔ᄒ디,

"오늘 일개 화즈방(花自芳)이 와셔 노즈(奴
才)ᄅᆞᆯ 츠즈 노즈로 ᄒ여곰 이야긔 픔ᄒ여 말ᄒ
디, '어졔 삼경 후의 쟝옥함이 와셔 말ᄒ디 져
의 미즈(妹子)가 즈경ᄒ여 죽엇다.' ᄒ거늘 화즈
방이 즉시 져의 집의 니르러 보니 져의 미지 임
의 죽엇ᄂᆞᆫ지라. 곳 쟝옥함을 ᄯᅮ지즈디 져의 미
즈ᄅᆞᆯ 졸나 죽게 ᄒ엿다 ᄒ니 쟝옥함이 말ᄒ디,
졔가 다만 보이애 집의 도라왓단 말을 듯고 졔
가 스스로 죽엇다 ᄒ디 화즈방이 듯지 아니코
져의 집의【34】셔 운뮈만텬(雲霧滿天)ᄒ도록
들네고 ᄯᅩ 고을의 가셔 고쟝(告狀)ᄒ다 ᄒ며 노
즈로 ᄒ여곰 져ᄅᆞᆯ 디신ᄒ여 이야긔 간쳥ᄒ고 져
ᄅᆞᆯ 위ᄒ여 용력ᄒ시미 죠타 ᄒ고 화즈방이 겨유
가더니 쟝옥함이 즉시 와 ᄯᅩᄒᆫ 노즈의게 쳥ᄒ디
이야긔 픔ᄒ여 말ᄒ기ᄅᆞᆯ 졔가 이야가 도라왓단
말을 듯고 즉시 와셔 쳥안ᄒ려 ᄒ디 다만 어내
희의 이야긔셔 져로 더브러 죠하ᄒ시다가 노야
의 치시를 닙엇ᄂᆞᆫ지라. 이러므로 졔가 감히 와
쳥안치 못ᄒᆞᆫ 노야가 아르시면 ᄯᅩ 이야의 누가
될가【35】 져허ᄒ미라 ᄒ고 ᄯᅩ 말ᄒ디, 습인이
원러 이야가 집의 도라오믈 알고 졔가 스스로

붓그리고 뉘웃쳐 죽는 지경의 니르럿다 ᄒ며 ᄯᅩ
말ᄒ디, 습인을 영취(迎娶)ᄒ여 져의 집의 니롤
ᄯᅥ의 졔가 원러 이야의 사름인 쥴 몰낫다가 셩
혼ᄒᆫ 후의 졔가 이야롤 쥬던 쳔홍(茜紅) 빗375)
깁이 습인의 샹즈의 잇는 거슬 보고 바야흐로
아랏시며 날마다 습인을 능히 머리의 이지 못ᄒ
믈 한ᄒ여시니 엇지 도로혀 져롤 졸나시리오?
이졔 화즈방이 져와 더브러 관ᄉ(官司)의 징숑
(爭訟)ᄒ리라 ᄒ니【36】 ᄯᅩ 도로혀 졔가 이야긔
쳥ᄒ여 져롤 위ᄒ여 용력ᄒ여 달나 ᄒ더라."

ᄒ여 겨유 말이 이의 니르미 다만 보니 보
옥의 몸이 몃 번 흔득이다가376) 뒤흐로 너머져
니러나지 못ᄒᆞᆫ지라. 쳥문, 즈견 량인이 셤돌
우히 셧다가 보옥이 ᄯᅳᆯ의셔 이 광경ᄒ는 거슬
보고 련망이 앏흐로 다라와 니르혀는 이도 잇고
부츅ᄒ는 이도 이시며 보챠와 대옥과 잉ᄋᆞ(鶯
兒)와 금슌ᄋᆞ[金釧兒]는 방중 류리챵의셔 모다
보고 개개히 놀나 실식ᄒ며 일졔히 나올 시 잉
ᄋᆞ와 금슌ᄋᆞ 이【37】인은 ᄯᅩ한 앏흐로 가 쳥문
과 즈견을 도와 보옥을 메고 드러올 시 비명이
놀나 면식이 여토(如土)ᄒ고 혼신을 ᄯᅥᆯ다가 챠
·대 이인이 나오믈 보고 련망히 ᄭᅮ러 머리롤
두다리며 이걸ᄒ디,

"이위 내내야, 쳔만 번 비ᄂᆞ니 태태긔 고
치 말나. 노지 말을 잘못ᄒ여 이야롤 놀내여 긔
식ᄒ게 ᄒ여시니 태태긔셔 만일 아르시면 노즈
는 곳 ᄉᆞ지 못ᄒ리로다."

대옥이 보고 믄득 노파롤 향ᄒ여 니르디,
"너는 져의게 고ᄒ여 져로 ᄒ여곰 겁내지
말게 하고 ᄯᅩᄒᆫ 밧긔셔 들네지도 말며【38】 먼
니 가지도 말고 다만 ᄀᆞᆺ가히 잇셔 ᄉᆞ환ᄒᆞᆯ 기

다리미 곳 올흐리라."

노픠 샐니 가셔 고ᄒᆞ니 비명이 그 말ᄃᆡ로 밧그셔 기ᄃᆞ리더라.

진셜(再說), 보치 드러와 보미 청문 등 수인이 임의 보옥을 메여 상샹(床上)의 노핫거늘 다시 ᄌᆞ시 보니 곳 죽은 사룸으로 일반이면 ᄯᅩ 젼일의 털함수(鐵檻寺)로 죠ᄎᆞ 메여 도라오던 모양 ᄀᆞᆺ튼지라. 보치 급히 대옥을 향ᄒᆞ여 니ᄅᆞ디,

"너는 이 모양을 보라 가히 사룸으로 ᄒᆞ여곰 엇지 쳐치ᄒᆞ리오. 내 말ᄃᆡ로 홀진디 일족 태태긔 고ᄒᆞ고 왕태의(王太醫)룰 쳥ᄒᆞ【39】여 한 번 보미 곳 올토다."

대옥이 듯고 한ᄌᆞ음 침음ᄒᆞ다가 니ᄅᆞ디,

"날노 볼진디 이는 ᄯᅩ 실혼(失魂)ᄒᆞᆫ 모양이로다. 필연 져의 혼이 습인의 혼을 ᄯᆞ라가미 니 쟉야의 제가 ᄯᅩ 말ᄒᆞ디, 습인의 혼이 태허환경의 가셔 결안(結案)ᄒᆞ려 ᄒᆞᆫ다 ᄒᆞ니 내 말ᄃᆡ로 홀진디 우리 ᄯᅩ 경환이 젼일의 쥬던 젹은 최ᄌᆞ룰 내여보면 다만 져허컨디 그 속의 무슨 구경홀 방법이 이실 듯ᄒᆞ리로다. 우리가 ᄯᅩ 보고 다시 태태긔 고ᄒᆞᄂᆞᆫ 거시 더디지 아니리라."

보치 듯고 샐니 ᄌᆞ견을 명ᄒᆞ【40】여 그 갑을 가져와 대옥을 쥬니 대옥이 바다 갑 ᄶᅮ에 룰 열고 그 최ᄌᆞ룰 가져내여 펴 보미 희식이 만면ᄒᆞ여 니ᄅᆞ디,

"져져야, 너는 샐니 와셔 보라."

보치 듯고 급히 앏히 모혀 안ᄌᆞ ᄌᆞ셰히 한 번 보다가 우스며 니ᄅᆞ디,

"임의 이러ᄒᆞ량이면 우리 등이 엇지 이 모양ᄃᆡ로 힝치 아니리오."

대옥이 듯고 겸두ᄒᆞ며 최ᄌᆞ룰 덥고 도로 죠히 간직ᄒᆞ며 보챠룰 향ᄒᆞ여 니ᄅᆞ디,

"져져야, 너는 샐니 노파로 ᄒᆞ여곰 비명의게 말ᄒᆞ여 져로 ᄒᆞ여곰 이마(姨媽)의 집의 가 향릉져져(香菱姐姐)의게 【41】 두 가지 심몽향(尋夢香)을 가져오게 ᄒᆞ디 싱각건대 ᄯᅩ 청문을 태허환경으로 보내여 가져오미 ᄯᅩ한 죠토다."

보치 니ᄅᆞ디,

"비명은 다만 져허컨디 말을 명빅히 못홀 듯ᄒᆞ니 내가 향릉을 위하여 글ᄌᆞ로 뻐 보내기룰 기다리고 다시 싱각건디 비명으로 ᄒᆞ여곰 화ᄌᆞ방의게 말ᄒᆞ여 져로 ᄒᆞ여곰 쟝옥함으로 더브러

관수의 숑수치 말나 ᄒᆞ고 ᄯᅩ 져의 미자의 시신을 가져 져의 집으로 다려가게 홀지니 쟝리 회싱ᄒᆞ면 ᄯᅩ한 쟝옥함으로 ᄒᆞ여곰 츄후 다른 말이 업스리【42】라."

대옥이 니ᄅᆞ디,

"져져의 싱각이 가쟝 올흐니 너는 샐니 노파로 ᄒᆞ여곰 비명의게 고ᄒᆞ여 일죽 가게 ᄒᆞ라."

보치 듯고 믄득 부술 가져 향릉의게 한 봉 글월을 쓰고 노파룰 명ᄒᆞ여,

"가져다가 비명을 쥬라."

ᄒᆞ니 ᄎᆞ시 비명이 졍히 영희당(榮禧堂) 뒷일간 방중의 홀노 안ᄌᆞ 수환ᄒᆞ믈 기다리더 ᄆᆞ음의 크게 두려오믈 픔엇다가 노파가 이 일을 가져 밝히 말ᄒᆞ며 향릉의게 가는 글월을 내여쥬믈 보고 바야흐로 방심ᄒᆞ여 믄득 일필 말을 타고 나는 ᄃᆞ시 힝ᄒᆞ여 화ᄌᆞ방의【43】 집의 니ᄅᆞ러 수졍을 고ᄒᆞ여 알게 ᄒᆞ니 화ᄌᆞ방이 환희ᄒᆞ여 락종(樂從)ᄒᆞ거늘 ᄯᅩ 말을 달녀 셜이마의 집으로 니ᄅᆞ러 향릉의게 글월을 젼ᄒᆞ니 향릉이 보고 급히 두 가지 심몽향을 긴봉(緊封)ᄒᆞ여 비명을 쥬미 도로 몰을 달녀 도라오더라.

이ᄯᅥ 보챠와 대옥 이인이 스스로 샹방의 니ᄅᆞ러 방ᄌᆞ 지낸 수졍을 모다 왕부인긔 고ᄒᆞ니 왕부인이 듯고 크게 놀나 샐니 이홍원(怡紅院)의 와 볼 시 다만 보니 졔가 몸이 ᄲᅦᆺᄲᅦᆺᄒᆞ여377) 누어 ᄌᆞ디 블너도 대답지 아니ᄒᆞ고 미러도 동치 아【44】니ᄒᆞᄂᆞᆫ지라. 왕부인이 눈믈을 흘니며 니ᄅᆞ디,

"이는 모다 나의 업쟝(業障)이로다. 엇지 이런 일 모로는 원가(冤家)룰 나흔고? 내 이 늙은 목숨도 필경 져로 ᄒᆞ여곰 ᄯᆞ라가게 ᄒᆞ랴."

보치 권ᄒᆞ여 니ᄅᆞ디,

"태태야, 구틱여 챡급게 말나. 방ᄌᆞ 우리 경환션고(警幻仙姑)의 쥬던 최ᄌᆞ의 명빅히 쓴 거슬 보니 원리 무슴 방히로오미 업도다."

왕부인이 듯고 탄식ᄒᆞ며 니ᄅᆞ디,

"젼일 방중의 져의 무리 수인을 거두워 둔 것도 너의 노야긔셔 가쟝 환희치 아니시거늘 지

---

377) 【ᄲᅦᆺᄲᅦᆺᄒᆞ다】 圐 뻣뻣하다. ¶ 直挺挺 ∥ 다만 보니 졔가 몸이 ᄲᅦᆺᄲᅦᆺᄒᆞ여 누어 ᄌᆞ디 블너도 대답지 아니ᄒᆞ고 미러도 동치 아니ᄒᆞᄂᆞᆫ지라 (只見 他直挺挺睡着, 叫之不應, 推之不動.) <續紅 18:43>

금 쏘 습인 이른 말을 들 【45】 네여 내면 쟝리
의 쏘 사룸으로 ᄒ여곰 엇지 힝홀 방법이 이시
리오. 임의 계가 출가ᄒ여 간 사룸을 시로 쏘
거두워 오면 뉘 집의 이런 규뫼(規模) 이시리
오."

보치 웃고 니ᄅ디,

"이 일은 다만 태태긔셔 즐겨 은혜ᄅᆞᆯ 베프
러 노야ᄅᆞᆯ 쇽이면 쏘흔 판리(辦理)ᄒ기가 용이
ᄒ리라."

왕부인이 니ᄅ디,

"너의ᄂᆞᆫ 다만 너의 등의 판리ᄒᄂᆞᆫ 법을 말
ᄒ라. 내 드르리라. 내가 이즈음의 다만 나의 ᄋᆞ
지 ᄒ리면 도로혀 무슨 은혜 베푸지 못ᄒ미 이
시리오."

대옥이 듯고 쏘흔 웃고 니ᄅ디,

"임의 【46】 태태긔셔 즐겨 은혜ᄅᆞᆯ 베푸시
면 우리 등이 말ᄒ기 죠흐리로다. 젼일의 쳥문
등 ᄉ인을 임의 노야긔 폼ᄒ고 방즁의 거두워
두미 우리 다시 져의 무리ᄅᆞᆯ 가져 챠환ᄀᆞᆺ치 ᄉ
환홀 도리가 업스니 지금 우리 량인이 근슈(跟
隨)홀 챠환도 쏘흔 업도다. 쟝리 습인이 환혼(還
魂)흔 후의 다만 니ᄅ디 우리 량인을 위하여 챠
환을 산다 ᄒ디 ᄆᆞᆷ것 태태긔 온젼흔 은혜 베
푸시기ᄅᆞᆯ 구ᄒᄂᆞ니 습인 외에 류오ᄋ(柳五兒)가
지 일계히 모다 블너 드러오게 홀지라. 다만 노
야 일인만 쇽이면 우 【47】 리 등 량인이 ᄉ환홀
챠두가 이실 ᄲᆞᆫ 아니라 우리 쏘흔 가히 져로 ᄒ
여곰 죵금 이후의 다시 무슨 병을 알치 아니케
ᄒ리라."

왕부인이 듯고 기리 한숨지며 니ᄅ디,

"이야, 하눌림378)아, 엇지 쏘 류오ᄋ의 말
을 들네여 내ᄂᆞ뇨? 날노 ᄒ여곰 쏘흔 방법이 업
게 ᄒ미로다. 너의 량인은 모다 나의 외싱녀이
라. 나는 다만 보옥을 너의게 붓치미 곳 올토다.
너의디로 엇데케 ᄒ던지 ᄒ라."

말ᄒ더니 다만 보미 노퓌 심몽향을 가지고
드러오거눌 왕부인이 바다 한 번 보다가 도로 【
48】 디옥을 쥬며 니ᄅ디,

---

378) 【하눌림】 뎽 하느님. ¶ 老天爺 ∥ 이야 하눌
림아 엇지 쏘 류오ᄋ의 말을 들네여 내ᄂᆞ뇨 날
노 ᄒ여곰 쏘흔 방법이 업게 ᄒ미로다 (老天爺,
怎麽又鬧出柳五兒來了? 這可敎我眞也沒了法兒
了.) <續紅 18:47>

"너의 등 ᄆᆞᆷ디로 힝ᄒ라. 나는 쏘흔 아
른 체ᄒ지 아니리라."

말을 맛치며 한 잔 챠ᄅᆞᆯ 먹고 스스로 가더
라. 챠 · 대 이인이 믄득 쳥문을 블너 져로 더브
러 샹량ᄒ니 쳥문은 본디 동(動)ᄒ기ᄅᆞᆯ 죠하ᄒ
고 고요ᄒᄆᆞᆯ 죠하 아니ᄒᄂᆞᆫ 사룸이라. 져ᄅᆞᆯ 명
ᄒ여 태허환경의 니ᄅ러 습인의 혼빅을 ᄎᄌ라
ᄒᄂᆞᆫ 말을 듯고 심즁의 대희ᄒ여 련망히 시 오
슬 가라 입더니 더욱이 져ᄅᆞᆯ 명ᄒ여 보옥의 겻
히 누어시라 ᄒ고 심몽향의 블을 혀 벼개 가의
쏘즈니 【49】 쳥문이 다만 귀 속의 바룸 쇼리ᄅᆞᆯ
듯다가 거연이 잠드니 그 일졈 령혼이 믄득 몸
의 나가더라. 보챠와 대옥 이인이 쟝을 나리고
금슌ᄋ와 자견과 잉ᄋ의게 분부ᄒ여 여허보지
말나 ᄒ고 대옥이 쏘 일쟝 글월을 뻐 노파ᄅᆞᆯ 명
ᄒ여 가져다가 비명을 쥬고 입긱(立刻)의 셩황
묘로 달녀가 분화(焚火)ᄒ여 모든 일을 판리ᄒ
기ᄅᆞᆯ 졍당히 ᄒ미 져의 량인이 곳 챵하(窓下)의
셔 디ᄒ여 바독 두더라.

챠셜(且說), 쳥문의 일졈 령혼이 대관원(大
觀園)으로 나아가미 귀 속의 다만 바룸 쇼 【50
】 리만 들니더니 ᄌ긔 몸이 표표(飄飄)히 형질
업ᄂᆞᆫ 모양 ᄀᆞᆺ더니 대략 한식경은 ᄒ여 홀연 안
계(眼界)가 광명흔지라. 다만 보니 두 좌 픽방
(牌坊)이 놉기 가쟝 하눌의 다핫ᄂᆞᆫ지라. ᄌ셰히
보니 이는 과연 태허환경이니 ᄌ연 만심환희(滿
心歡喜)ᄒ여 가마니 싱각ᄒ디 '우리 등이 이곳
을 쩌ᄂᆞᆫ 지 쟝찻 반 년의 밋ᄎᆞᆮ디 엇지 ᄭᅮᆷ의도
뵈지 아니ᄒ고 이 심몽향이 과연 긔묘ᄒ도다.
너는 보라, 져거시 원비낭낭(元妃娘娘)의 머무시
던 젹하궁(赤霞宮)이 아니며 이거시 림고낭의
강쥬궁(絳珠宮)이 아니며 져 경환션고(警幻仙姑)
의 【51】 궁뎐도 도로혀 당일 모양이로다. 내 이
계 몬져 경환션고의 곳의 가 져ᄅᆞᆯ 보면 곳 가히
이야와 습인의 햐락(下落)을 알니로다.' 이리 싱
각ᄒ며 계가 곳 픽방디로(牌坊大路) 죠ᄎᆞ 완완
히 힝홀 시 겨유 박명ᄉ(薄命司) 문젼의 니ᄅ미
다만 보니 문이 반개(半開)ᄒ여시디 그 속의 사
룸이 잇셔 지져괴ᄂᆞᆫ 쇼리 잇ᄂᆞᆫ 듯ᄒ디 보옥의
셩음과 방블ᄒ지라. 쳥문이 듯고 ᄆᆞᆷ이 동ᄒ여
믄득 가마니 다라 드러가 한 번 여허보니 그 속
의 일좌 나한탑(羅漢榻)이 노혓시디 탑 우희 두
사룸이 ᄯᅡᆼ으로 안졋거눌 ᄌ 【52】 시 보니 졍히

보옥과 습인이라. 쳥문이 쌜니 은윽(隱景)훈 디
룰 츠즈 가마니 드러가 나한탑 등 뒤히 니르러
짜히 쥰좌(蹲坐)ᄒ여 귀룰 기우리고 즈시 드르
니 습인이 곡ᄒ며 니르디,

"우리 모진 쇼야야, 네가 곳 림고낭을 위
ᄒ여 츌가ᄒ엿다 ᄒ여도 네 또ᄒ 맛당히 내게
한 말을 고훌지니 노야와 태태긔셔 다만 네가
츄후 도라오고즈 ᄒᄆᆯ 아르시면 또ᄒ 단졍코 나
룰 내여보내지 아니시리라. 내 임의 살기룰 무
료이 ᄒ엿거늘 네 또 짜라와 무엇ᄒ려 ᄒᄂ뇨?"

보옥이 니르디,

"져져 【53】 야, 너는 반ᄃ시 샹심치 말나.
일음일탁(一飮一啄)이 막비젼뎡(莫非前定)이 잇
ᄂ니 너는 방즈 그 칙의 시룰 보지 아니ᄒ여ᄂ
냐? 그 시의 일넛시디 '견디여 챵 우희 복 잇는
거슬 블위ᄒ고 뉘가 공즈의 인연 업는 거슬 알
니오.' ᄒ여시니 이도 또ᄒ 졍ᄒ 명쉬라. 네 임
의 나룰 바리지 아니량이면 우리 등이 한가지로
가 경환션고긔 쳥ᄒ여 져로 ᄒ여곰 너룰 구ᄒ여
회싱케 ᄒ고 내 다시 보져겨와 림미미로 더브러
한 방법을 샹량ᄒ여 너룰 도로 집으로 도라오게
ᄒᄂ 거시 곳 올토다."

습인 【54】 이 니르디,

"우리 쇼야야, 내 이졔 임의 실졀(失節)ᄒ
사룸이라. 도로혀 무슨 낫츠로 도라가 사룸을
보리오."

보옥이 니르디,

"네가 원리 노야와 태태긔셔 핍박ᄒ여 사
룸의게 싀집간 거시오. 죠곰도 네가 쟝진(長進)
이 업는 일이 아니니 이는 또 무어슬 두리리오.
ᄒᄆᆯ며 네가 이졔 한 번 쥭기룰 결단ᄒ엿시니
또ᄒ 가히 쟝공속죄(長功贖罪)ᄒ리로다."

습인이 니르디,

"노야와 태태긔셔는 은혜가 텬디 ᄀᆺ튼신지
라. 싱각건디 또한 무슴 말슴이 아니 계실 ᄃᆺᄒ
고 곳 양위 내내(奶奶)도 또ᄒ 모다 대가(大家)
의 【55】 쳔금쇼졔(天金小姐)라 즈연 도량이 관
대ᄒ려니와 다만 쳥문 ᄀᆺ튼 젹은 즘싱은 입부리
가 칼과 ᄀᆺ튼니 내가 이번의 가면 져의 혀 밋히
셔 다시 니러나지 못ᄒ리라."

쳥문이 탑 뒤히셔 쥰파(蹲坐)ᄒ엿다가 이
말을 듯고 즉시 니러나 습인을 가르치며 니르
디,

"이야, 쟝내내(蔣奶奶)야, 너는 엇지 한가지
대ᄉ(大事)룰 말ᄒ다가 필경 뿌리는 내 몸으로
돌녀 보내는뇨?"

ᄒ거늘 이인이 돌연이 놀나더니 다만 보민
쳥문이 습인의 쌤을 가르치며 니르디,

"네 낫츨 귀ᄒ여 죠히 지내지 못ᄒ다 니르
기 【56】 어렵도다. 내 입부리룰 바느실노 호아
미라. 그러치 아니면 내가 지금 또ᄒ 남의게 싀
집가 너와 더브러 한 모양이 되기 젼의는 네가
곳 내라 니르지 못ᄒ리라. 쟝내내야, 너는 다만
입 쇽의 즐겨 죠고마ᄒ 음덕(陰德)을 힘쁘면 단
졍코 광대놈을 짜라 즈는 지경의 니르지 아니리
라."

ᄒ니 아지 못게라 습인이 엇지 대답ᄒ엿는
지 하회의 분히ᄒ라.

24

쟝옥함벽반쳔향나 픙ᄌ연근헌교쵸쟝
蔣玉函璧返茜香羅　馮紫英芹獻鮫綃帳

화셜(話說), 보옥(寶玉) 습인(襲人) 이인의 혼빅이 졍히 박명ᄉ(薄命司)의 【57】 셔 고졍(故情)을 펼 시 홀연 쳥문(晴雯)의 혼빅이 당두ᄒ여 ᄭ지ᄌ믈 당ᄒ미 이인이 모다 크게 놀나 습인이 머리를 드러보니 쳥문이라. 붓그러오미 스스로 용납홀 짜히 업셔 믄득 피ᄒ고져 ᄒ더니 보옥이 ᄲ니 ᄭ어 잡고 ᄯ호흔 손으로 쳥문을 ᄭ어잡으며 웃고 니ᄅ디,

"너는 ᄯ호 무엇ᄒ라 왓ᄂ뇨?"

쳥문이 우스며 니ᄅ디,

"나는 이위 내내의 명을 밧드러 특별이 도망흔 사름을 잡으라 왓노라."

보옥이 니ᄅ디,

"너는 어내 ᄯ의 왓ᄂ뇨? 우리 등이 엇지 ᄒ여 도시 너를 보지 못ᄒ엿ᄂ냐?"

【58】 쳥문이 니ᄅ디,

"곳 쟝내내가 너를 위ᄒ여 이리홀 ᄯ의 내가 곳 왓시디 네 두 눈이 다만 쟝내내만 보와도 도로혀 다 보지 못홀 거시어늘 엇지 무슨 결을이 잇셔 ᄯ호 나를 보리오."

보옥이 웃고 니ᄅ디,

"이야, 너는 다시 이런 말을 말나. 너의 ᄌ미 등이 당일의 ᄯ호흔 가쟝 죠하 지내엿고 ᄒ믈며 일이 년을 도시 얼골을 못 보다가 이졔 보니 가쟝 친근홀 거시어늘 ᄯ호 이런 ᄡᆯ디업ᄂ 말을 ᄒ여 무엇ᄒ리오."

쳥문이 니ᄅ디,

"너는 너의 쟝내내의게 무러보라. 제가 엇지 【59】 ᄒ여 한 마디 인심 잇ᄂ 뜻으로 말ᄒ디 '우리 쳥문미ᄌ야, 내 일이 년을 져롤 보지 못ᄒ미 내 ᄆ옴의 가쟝 져롤 싱각ᄒ노라.' ᄒ지 아니ᄒ고 입을 한 번 버리미 곳 나의 입부리가 칼과 ᄀᆺ다 말ᄒ니 내가 남이 모로게 누를 죽이던고? 태태긔셔 당일의 나롤 ᄭ지시디, 내가 녀호379) ᄀᆺ다 ᄒ시믄 이야롤 ᄭᅬ여 못된 곳으로 드러가게 ᄒᆯ믈 두리시미라. 지금 우리 삼인이 모다 이곳의 이시니 너는 다만 져로 ᄒ여곰 박명ᄉ 보살노 알고 져롤 디ᄒ여 밍셰ᄒ여 보라. 【60】 어내 넘치 업ᄂ 즘싱이 긔십 년을 이야롤 ᄭᅬ여 못된 곳으로 드러가게 ᄒ엿ᄂ뇨? 져로 ᄒ여곰 곳 졍경(正經)의 사름이 될진디 내가 날마다 녀호의 요괴로온 법으로 태태롤 속여 나의 월젼(月錢)을 가져 두 량 은ᄌ롤 난호와 내여 져의 맛당히 두 량 은ᄌ 먹을 사름 쥬기롤 원ᄒ노라. 속어의 니ᄅ디, '만일 사름으로 아지 못ᄒ게 홀진디 다만 ᄌ긔가 그 일을 ᄒ지 말나.' ᄒ여시니 임의 나의 입부리가 칼 ᄀᆺᄐᆯ 두릴진디 당일의 곳 맛당히 사름의게 싀집가지 【61】 아닐 거시니 엇지 노야와 태태의 좃지 아니시믈 져허ᄒ리오. 한 번 머리롤 태호셕(太湖石)의 부디져 죽고 우리 등과 한가지로 이곳의 니르면 필경 간졍흔 일홈을 어들 거시오. 지금 회싱ᄒ드라 ᄒ여도 이위 내내 외의는 뉘 감히 너의 션봉(先鋒)을 아ᄉ며 그 즈음의는 죽기롤 져허ᄒ다가 이 즈음의 이야가 도라왓단 말을 듯고 ᄯ호 공연이 ᄌ쳐ᄒ여시니 나는 너의게 뭇ᄂ니 네가 한 번 죽으면 곳 니ᄅ디, 드시 긔관으로 더브러 자지 아니ᄒ엿다 ᄒ랴! 쟝내내야, 너는 필경 한 마디 말 【62】 을 ᄒ라. 엇지ᄒ여 다만 슈건을

---

379) 【녀호】 圖 여우. ¶ 狐狸 ∥ 태태긔셔 당일의 나롤 ᄭ지시디 내가 녀호 ᄀᆺ다 ᄒ시믄 이야롤 ᄭᅬ여 못된 곳으로 드러가게 ᄒᆯ믈 두리시미라 (太太當日罵我, 說我如妖精狐狸似的, 恐怕把二爺引誘壞了.) <續紅 18:59> ⇒ 녀이, 여, 여오, 여으, 여이, 요ᄋ, 여호

282

가지고 쌤을 싸쥐느뇨? 너는 이즈음의 도로혀 신부 모양으로 붓그린다 니르기 어렵도다."

보옥(寶玉)이 듯고 챡급ᄒ여 셜니 쳥문을 ᄭ어 폼 속의 너코 빌며 니르디,

"죠흔 져져야, 너는 다시 말을 말고 나롤 위ᄒ여 일졈 안스롤 두라. 엇지 이러틋 쟝내내 만 부르느뇨?"

쳥문이 보옥의 챡급ᄒ여 ᄒᄆᆯ 보고 쏘 즘 즛380) 우스며 니르디,

"지금 져의 집 셩이 쟝개니 가히 날노 ᄒ여곰 져롤 무어시라 부르리오. 져롤 보이내내라 부른다 ᄒ면 【63】 이는 당치 아니ᄒ도다. 나는 쏘흔 감히 이런 망녕된 싱각을 내지 못ᄒ거눌 ᄒᄆᆯ며 져롤 니르리오."

말ᄒ며 쏘 습인을 바라보고 회회히 우으미 보옥이 엇지 홀 방법이 업스미 쏘 다만 습인을 ᄭ어 폼 속의 너코 니르디,

"죠흔 져져야, 너는 다시 곡ᄒ지 말나. 너의 량인이 평일의 셔로 죠하ᄒ여 ᄒᆼ샹 피츠 긔롱ᄒ던 스이라. 지금도 졔가 너로 더브러 긔롱으로 ᄒ미어눌 너는 엇지 진졍으로 아느뇨?"

습인이 듯고 더옥 낫츨 싸쥐고 대곡(大哭)ᄒ거눌 쳥문이 보고 믄득 【64】 밀치며 와 습인과 ᄀᆺ치 안즈 져의 머리롤 ᄭ어 폼 속의 너코 낫치 다힌 슈건을 ᄶ히며 웃고 니르디,

"이야, 이야가 보고 앗기믈 고히 너겻더니 원리 모양이 젼의 비컨디 더옥 아롬다히 되엿도다. 너는 보라. 쌤이 더옥 희고 눈셥이 더옥 가눌며 안졍(眼精)이 더옥 링슈(冷水) ᄀᆺ고 입이 더옥 젹엇도다. 나의 져져야, 우리 량인이 일 년을 보지 못ᄒ여시니 쏘흔 맛당히 친근이 굴니로다."

말ᄒ며 즈긔 쌤을 습인의 쌤의 다히고 입도 쏘흔 습인의 입의 다히니 습인이 【65】 긔가 막혀 울지도 못ᄒ고 웃지도 못ᄒ여 다만 ᄶ지져 니르디,

"긔롱 죠하ᄒ는 젹은 즘싱아, 엇지 내가 오늘 네 손의 쥭을 쥴 아랏시리오."

쳥문이 곳 짐즛 쏘 우스며 슈건으로 입을 뗏기며 니르디,

"이야, 견디기 어렵도다. 나는 다만 져져로 더브러 친근만 ᄒ고 필경 져져의 입의 일즉 쟝가 져부(姐夫)로 더브러 친근이 지내믈 이졋도다. 이야는 교계(較計) 말나. 내가 잘못ᄒ엿노라."

보옥이 챡급ᄒ여381) 다리로 밀며 니르디,

"사롬이 이 모양으로 울거눌 엇지 너는 더옥 일양으로 말ᄒᄂ 【66】 뇨?"

습인이 한탄ᄒ며 니르디,

"나의 쇼랑아, 나의 쇼죠태태(小祖太太)야, 내가 진개 너롤 두리노라. 죵용ᄒ 곳의 사름 업손 ᄯ는 너디로 엇더케 나롤 쳔답(踐踏)ᄒ던지 내 모다 네게 밧는 거슬 원ᄒ려니와 다만 너는 사름을 디ᄒ여 나롤 위ᄒ여 일졈 안졍을 머믈면 내가 곳 네게 대은(大恩)을 바닷다 ᄒ리라."

쳥문이 웃고 니르디,

"이는 쏘흔 가쟝 용이ᄒ도다. 너는 다만 나롤 위ᄒ여 결ᄒ면 내가 곳 사름을 디ᄒ여 다시 네 말을 아니리라."

습인이 듯고 져의게 한 번 혀츠고 보옥 【67】 도 흡흡대쇼ᄒ더니 졍히 담쇼홀 ᄶ의 믄득 보니 외면(外面)으로셔 일인이 드러와 무르디,

"엇던 스롬이 이곳의셔 혼잡히 웃느뇨? 션고긔셔 나롤 명ᄒ여 너의 등을 잡으라 왓노라."

즁인이 놀나 즈시 보니 다른 사롬이 아니라 졍히 묘옥(妙玉)이어눌 보옥 등이 보고 련망히 니르나 일졔히 안부ᄒ니 묘괴(妙姑) 답례롤 맛치고 우스며 니르디,

"보이야는 본디 글을 닑어 례롤 아는 사름이라. 이곳은 텬션복디(天仙福地)어눌 이졔 너의 등이 하계(下界) 범인으로 한 번도 몬져 통긔치 아니ᄒ고 스스 【68】 로 쳔즈(擅自)히 출입ᄒ니 이는 도리의 어긔도다."

보옥이 미쳐 대답지 못ᄒ여 쳥문이 몬져 우스며 니르디,

"우리 등은 쏘흔 션고(仙姑)의 칙즈롤 보고 오미오. 죠곰도 스스출입ᄒ미 아니니 너는 이졔

---

380) 【즘즛】 閉 짐짓. 일부러. ¶ 故意 ‖ 쳥문이 보옥의 챡급ᄒ여 ᄒᄆᆯ 보고 쏘 즘즛 우스며 니르디 (晴雯見寶玉着了急, 又故意的笑道.) <續紅 18:62>

381) 【챡급ᄒ다】 閉 착급(着急)하다. 황급(遑急)하다. 초조(焦燥)하다. ¶ 急 ‖ 보옥이 챡급ᄒ여 다리로 밀며 니르디 사롬이 이 모양으로 울거눌 엇지 너는 더옥 일양으로 말ᄒᄂ뇨 (急的寶玉踧脚道: "人家哭成這個樣兒, 怎麼你越說越來了呢.") <續紅 18:65> ⇒ 착급ᄒ다, 츅급ᄒ다, 탁급ᄒ다

우리 등의 집사룸이 아니믈 가히 알니로다. 엇지 이런 싱쇼흔 말을 ᄒᆞᄂᆞ뇨?"

묘괴 니르디,

"이는 내 말이 싱쇼ᄒᆞ미 아니라, 너의 임의 와셔 션고를 ᄎᆞᄌᆞ랴 ᄒᆞ면 엇지 몬져 션고의 곳의 니르러 보기를 구치 아니ᄒᆞ고 스스로이 이ᄯᆞ히 니르러 최ᄌᆞ를 도젹ᄒᆞ여 보ᄂᆞ뇨? 만일 신쟝(神將)이 스츌(査出)【69】ᄒᆞ여 샹뎨긔 쥬달ᄒᆞ면 죄를 젹지 아니케 당ᄒᆞ리니 너는 엇지 분슈를 아지 못ᄒᆞᄂᆞ냐. 너의 등은 도로혀 나를 ᄯᆞ라 오지 아니ᄒᆞᄂᆞ뇨?"

ᄒᆞ거눌 보옥 등 삼인이 듯고 일졔히 묘즁(廟中) 묘고를 ᄯᆞ라 경환의 젼뎡(前庭)의 니르미 믄득 보니 경환이 만면츈풍(滿面春風)으로 다라 나와 우스며 니르디,

"보옥아, 너는 ᄯᅩ 무엇ᄒᆞ라 왓ᄂᆞ뇨?"

보옥이 니르디,

"뎨지 범우(凡愚)ᄒᆞ여 ᄯᅩ 일단 졍연(情緣)이 잇셔 션고긔셔 ᄌᆞ비지심(慈悲之心)으로 셩취ᄒᆞ여 쥬시믈 구ᄒᆞ노라."

경환이 웃고 니르디,

"나는 필경 너의 일개 큰 즁【70】미가 되여시니 너는 맛당히 엇지 내게 스례ᄒᆞ려 ᄒᆞᄂᆞ뇨?"

보옥이 웃고 니르디,

"놉고 두터온 은혜를 갑기 어려오디 다만 조셕(朝夕)의 분향ᄒᆞ여 졍셩으로 비례ᄒᆞ미 이실 ᄯᆞ름이로다."

ᄒᆞ고 쳥문, 습인 이인도 ᄯᅩ흔 와셔 경환의게 비현ᄒᆞ고 빈쥬를 난호와 좌뎡ᄒᆞ미 습인이 경환을 향ᄒᆞ여 눈믈을 흘니며 니르디,

"뎨ᄌᆞ는 하계 범위(凡愚)라. 션고긔셔 문하의 머믈너 묘스부를 ᄯᆞ라 도를 닥가 죵신죄얼(終身罪孽)을 플기를 원ᄒᆞ노라."

경환이 웃고 니르디,

"너는 낙심치 말나. 무【71】릇 부녜 셰샹의 나미 졍음ᄉᆞ졍(貞淫邪正)이 모다 일졍흔 슈가 잇고 인력으로 능히 면강(勉强)ᄒᆞᆯ 빈 아니라. 너는 방ᄌᆞ 그 최ᄌᆞ의 명빅히 ᄢᅵ인 거술 보지 아니ᄒᆞ엿다 니르기 어렵도다."

습인이 ᄯᅩ 보옥을 향ᄒᆞ여 눈믈을 흘니며 니르디,

"이야는 나를 노ᄒᆞ라. 실노 내가 집의 도라가 사룸을 볼 낫치 업스니 너는 날노 ᄒᆞ여곰 묘스부를 ᄯᆞ라 뎨ᄌᆞ를 짓게ᄒᆞ라."

보옥이 미쳐 더답지 못ᄒᆞ여 쳥문이 웃고 니르디,

"이야! 져져야, 너는 몱은 쳬 말나. 내가 네게 권ᄒᆞ노니 붓그러오【72】믈 잇고 도라가라. 가즁의 이위 내내긔셔 임의 태태로 더브러 샹량ᄒᆞ시기를 졍당이 ᄒᆞ엿ᄂᆞ니라. 너의 거게(哥哥) 져즈음의 너를 위ᄒᆞ여 졍히 기관(琪官)으로 더브러 관가의 송ᄉᆞᄒᆞ려 ᄒᆞ더니 오늘 아춤의 내내 등이 비명(焙茗)을 식여 너의 거거의게 고ᄒᆞ여 네 시톄를 가져 집으로 도라오게 ᄒᆞ고 두 편이 셔로 화호케 ᄒᆞ여시며 쟝내내 등을 위ᄒᆞ여 챠환을 산다 말ᄒᆞ여 다만 노야 일인만 속이고 교ᄌᆞ(轎子)를 가져 너를 메여 집으로 도라오미 곳 대ᄉᆞ를 맛치게 ᄒᆞ엿ᄂᆞ니라."

묘【73】괴 듯고 우스며 니르디,

"습고낭아, 너는 ᄯᅩ흔 너모 교쥬고슬(膠柱鼓瑟)노 말지니 너는 드르라. 쳥고낭의 말이 이ᄀᆞ치 통쾌ᄒᆞ니 너는 필경 져디로 ᄒᆞ라. 너의 등은 모다 유복지인(有福之人)이라. 이러므로 방ᄌᆞ 이ᄀᆞ치 결쳐(決處) ᄒᆞ시미 잇거니와 나 ᄀᆞ튼 무복지인(無福之人)은 다만 죠히 이곳의 이셔 괴로온 뜻으로 도를 닥그미 죠토다."

말ᄒᆞ미 습인이 머리를 슉이고 말이 업더라. 보옥이 묘고를 향ᄒᆞ여 우스며 니르디,

"묘스부야, 너는 ᄌᆞᄀᆡ가 복 누리는[382] 거술 죠하ᄒᆞ지 아닐지언졍 네가 만일 복 누리믈【74】원홀진디 우리 당각(當刻)의 곳 복을 누리게 홀지니 무어시 어려오리오."

묘괴 듯고 뺨이 붉으며 츄쉬(秋水) 영영(盈盈)ᄒᆞ여 셩닌 눈으로 보거눌 보옥이 놀나 혀를 ᄲᅢ혀 반향이나 거두지 못ᄒᆞᄂᆞ지라. 경환이 웃고 니르디,

"너의 등은 슈다히 말을 말나. 뎨ᄌᆞ 등이 션쥬(仙酒)와 션단(仙丹)을 가져오거눌 너의 등 미인의게 한 잔식 밧들고 일즉 너의 등을 도라 가게 ᄒᆞ여 집의셔 기다리미 업게 ᄒᆞ리라. 만일

---

382) 【누리다】 圖 누리다. ¶ 享 ‖ 묘스부야 너는 ᄌᆞᄀᆡ가 복 누리는 거술 죠하ᄒᆞ지 아닐지언졍 네가 만일 복 누리믈 원홀진디 우리 당각의 곳 복을 누리게 홀지니 무어시 어려오리오 (妙師父, 你是自己不愛享福罷了. 你如果願意享福, 咱們立刻就享起福來, 何難之有.) <續紅 18:73>

보공의 성픔디로 홀진디 브득블(不得不) 나 아
오로 모다 범세의 나 【75】 려가 복을 누려야 바
야흐로 져의 무옴디로 되미로다."

말흐미 즁인이 모다 웃더라. 다만 보니 션
네 션단과 션쥬룰 가져오거늘 경환이 미인의게
숀으로 한 잔식 밧들고 각각 단약을 가져 쥬더
니 경환과 묘옥이 쏘 한즈음 대옥(黛玉)과 영츈
(迎春)과 봉져(鳳姐)와 향릉(香菱) 졔인의 회셩흔
후 광경을 뭇고 믄득 져의 등을 지축흐여 긔신
(起身)흐여 도라가게 흐니 보옥 등이 오히려 연
연흐여 놋치 못흐디 다만 눈믈을 뿌리며 니별홀
시 경환과 묘괴 모다 보내여 퇴방의 니르러 분
【76】 부흐디,

"너의 등은 츠후의 쏘 이곳의 와 놀녀 흐
거든 다만 내가 빈경(輕卿)을 쥰 최즈룰 스실(査
實)흐여 보면 스스로 묘법이 이시리라."

보옥 등이 듯고 오히려 무르려 흐더니 다
만 드르미 경환이 입 속으로 무슨 글을 외오며
한 쇼리 꾸지져, "가라!" 흐미 져의 삼인이 발이
짜히 붓지 아니흐고 바롬을 따라 날니더니 겨유
태허경 외의 나오미 텬식(天色)이 참담(慘淡)흐
고 믄득 보미 젼면으로셔 량인이 오는지라. 즈
시 보니 믄득 진죵(秦鍾)과 다못 지릉이(智能兒)
라. 보옥이 보고 샐니 무르디,

"너의 【77】 량인은 어내 곳으로셔 오느
뇨?"

진죵이 니르디,

"금조(今朝)의 림고낭이 비명을 식여 묘즁
의 니르러 글월을 술오더니 고노야긔셔 우리 량
인을 식여 몬져 디부로 가 글월을 드리고 쏘 이
슉(二叔)과 다못 량위 져제 다시 디부로 갈가
져허흐는지라. 이러므로 우리로 흐여곰 쏘 태허
환경 길노 죠츠 영졉흐라 왓노라."

보옥이 듯고 블승대희흐여 샐니 니르디,

"너의 부부 량인은 오기롤 가쟝 죠히 흐엿
도다. 다 너의 량인의게 쳥흐느니 습인 져져의
혼을 져의 거거 화즈방(花自芳)의게로 【78】 보
내여 가게 흐라."

습인이 듯고 믄득 보옥으로 더브러 눈믈을
뿌리고 분슈(分手)흐며 진죵과 지릉오룰 따라
분노(分路)흐여 가미 보옥이 쳥문의 숀을 끄을
고 완완이 도라오더라.

지셜(再說), 보차(寶釵) 대옥(黛玉) 이인이

경히 챵 압히셔 디흐여 바독 두더니 믄득 보미
옥슌이[玉釧兒] 다라와 고흐디,

"태태긔셔 이위 내내룰 쳥흐여 담화흐려
흐시느니라."

챠 · 대 이인이 듯고 다만 가고즈 홀 시 샐
니 금슌오[金釧兒]와 즈견(紫鵑)과 잉오(鶯兒)룰
블너 내여 분부흐디,

"너의 삼인은 이곳의 잇셔 죠심흐여 보와
공연이 지져 【79】 괴지383) 말며 쏘흔 잡인을 금
흐고 대략 두 시긱 즘 되면 쏘흔 맛당히 환혼흐
리라."

말을 맛치며 뺭뺭이 옥슌오룰 따라가더라.
잉오와 즈견 이인은 챵 아리 안즈 바독 두고 금
슌오는 틈을 타 가마니 쟝을 열고 한 번 볼 시
다만 보니 보옥과 쳥문 이인이 깁히 잠드러 미
러도 동치 아니흐여 곳 죽은 사롬과 깃튼지라.
홀연 무옴의 일계(一計)룰 내여 샐니 잉오와 즈
견의 앏흐로 다라가 우스며 니르디,

"져져야, 너의 등은 보라. 쟉야의 이야(二
爺)가 우리 방의 니롤 쩌의 이 즘싱 【80】 쳥문
이 우리 삼인을 가져 짜히 구러지도록 죠롱흐더
니 나는 싱각건디 우리 등이 오늘 쏘흔 져의 이
원슈룰 갑하 셜한(雪恨)흐는 거시 곳 죠토다."

잉이 우스며 니르디,

"너는 무슴 보슈(報讐)홀 방법이 잇느뇨?
쏘 말흐라."

금슌이 웃고 니르디,

"나는 싱각건디 내내 이곳의 업스믈 타 우
리 등이 이야와 다못 쳥문의 의샹을 모다 간졍
히 벗기고 다만 니블을 덥흐며 벼개룰 베이게
흐고 쏘 져의 등의 의샹을 모다 감쵸왓다가 한
즈음 지내여 져의 환혼흐여 의샹을 찻 【81】 지
못흐고 챡급흐여 능히 니러나지 못흐면 우리 등
이 모다 보고 일시의 우스면 이 원슈룰 갑흐미
아니냐?"

즈견이 듯고 샐니 니르디,

"공연이 들네지 말나. 만일 이애 환혼흐시

---

383) 【지져괴다】 圖 지저귀다. 떠들다. 소리치다.
　　 ¶ 胡吵亂鬧 ‖ 너의 삼인은 이곳의 잇셔 죠심흐
　　여 보와 공연이 지져괴지 말며 쏘흔 잡인을 금
　　흐고 대략 두 시긱 즘 되면 쏘흔 맛당히 환혼흐
　　리라 (你們三人就在這裏小心看着, 不許胡吵亂鬧,
　　不許閑雜人進來. 大約不過再兩個時辰, 也就該還
　　得魂了.) <續紅 18:79>

면 그겨 잇지 아니시리라.”

금슌이 웃고 니르디,

“익야, 이야는 무슴 그겨 잇지 아니미 이시리오? 다만 겨허컨디 심히 즐겨ᄒ오실 쓴이니라.”

즈견이 또 니르디,

“이위 내내가 그만 두지 아니시리라.”

금슌이 니르디,

“나는 싱각건디 이위 내내가 또혼 무슴 그만 두지 아니미 업슬지니 곳 겨의 등이 그만 두지 【82】 아니혼다 ᄒ여도 블과 두어 마디 쑤지줄 쓴이리니 도로혀 뉘 날기384)롤 미여달가 겨허ᄒ리오.”

즈견이 니르디,

“심히 텬긔가 찬디 이야가 셔늘ᄒᄆ믈 바드시면 곳 긔롱이 아니로다.”

금슌이 니르디,

“익야, 겨겨야 너는 또혼 너모 죠심ᄒ는도다. 계가 이졔는 대황산(大荒山)의셔 득도혼 몸이라. 너는 도로혀 젼일 이야로 아느냐?”

ᄒ니 츳시 잉이 임의 ᄆ옴이 졍ᄒ여 즈견으로 ᄒ여곰 쥬쟝치 못ᄒ게 ᄒ고 이의 금슌으와 홈긔 경경히 쟝을 들고 몬져 니블을 벗기며 벼개롤 편 【83】 히 노혼 후의 희희히 웃고 져 량인을 가져 일인이 일인식 안하 니르혀 샹하 의복을 낫낫치 벗기고 다시 벼개에 누이고 니블을 덥흐며 쌍으로 안치ᄒᄆ믈 졍당히 ᄒ고 도로 쟝을 나리미 즈견은 겻희셔 보고 또혼 우스디 또 텬긔 심히 츳믈 겨허ᄒ여 화로의 슛출 만히 뭇고 겨유 슈습ᄒ기롤 맛치미 보챠와 대옥이 외변으로셔 다라 드러오거늘 삼인이 보고 일졔히 마즈 나아갈 시 보챠 무르디,

“너의 등은 드럿느냐? 쟝내의셔 또혼 무슨 동졍이 잇느 【84】 냐, 업느냐?”

금슌이 셜니 디답ᄒ디,

“우리 등이 드럿시디 쇽의셔 도시 아모 동졍도 업다.”

말ᄒ며 또 우슴을 춤지 못홀 둣혼지라. 셜

니 슈건으로 입을 싸쥐고 급히 다라나거늘 챠·대 이인이 그 연고롤 아지 못홀지라. 보챠 니르디,

“엇지 이 금슌으는 이러툿 어린 으히 모양 ᄀ트뇨?”

대옥이 니르디,

“졔가 태허환경의 이실 졔도 날마다 곳 이 모양이라.”

말ᄒ며 이인이 안흐로 드러가 보미 큰 화로의 슷블이 가득혼지라. 대옥이 니르디,

“방이 본디 크지 아니커 【85】 눌 이ᄀ치 슷블을 만히 픠여시니 또혼 연긔가 사롬의게 뾰이는 거시 두렵지 아니냐? 우리 겨유 나가미 너의 무리는 곳 시 법을 내엿도다.”

잉으와 즈견이 감히 대답지 못ᄒ며 다만 입을 싸쥐고 웃거늘 보챠 니르디,

“내 보리라. 겨의 무리가 이즈음의 맛당히 동졍이 이실 둣ᄒ도다.”

잉이 듯고 우슴을 참지 못ᄒ더니 대옥이 니르디,

“잉으야 너는 엇지 또혼 금슌으롤 따라 못된 우슴을 비호느뇨?”

말을 도로혀 다ᄒ지 못ᄒ여 다만 보니 보챠 손으로 쟝을 들 【86】 고 우스며 니르디,

“익야! 이거시 엇지미뇨? 빙으야 너는 셜니 와 보라.”

대옥이 듯고 또혼 셜니 다라와 한 번 보미 믄득 우음을 춤지 못ᄒ여 가슴을 쥐고 니르디,

“고이토다. 금슌으와 다믓 잉이 귓것 들닌 것 ᄀ치 다만 웃더니 필연 겨의 량인이 가마니 지어닌 일이로다.”

ᄒ고 머리롤 두루혀 보니 금슌으와 잉이 믄득 우슴의 겨워 움죽이지 못ᄒ는지라. 챠·디 이인이 졍히 겨의 등을 슈죄(受罪)코즈 ᄒ더니 다만 드르미, 보옥이 하픠음ᄒ거늘 급히 볼 시 청문 【87】 이 한 번 기지개385) 혀며 슈족을 모다 펴 비단니블을 버스미 샹하 젼톄의 흰 살이 드러나는지라. 챠·디 이인이 크게 웃더니 청문

---

384) 【날기】 명 날개. ¶ 翎毛兒 ∥ 겨의 등이 그만 두지 아니혼다 ᄒ여도 블과 두어 마디 쑤지줄 쓴이리니 도로혀 뉘 날기롤 미여달가 겨허ᄒ리오 (就算他們不依了, 不過是罵兩句子, 還怕罵掉了誰的翎毛兒麽?) <續紅 18:82> ⇒ 나리, 날이, 눌개, 눌기, 눌릐

385) 【기지개】 명 기지개. ¶ 伸腰 ∥ 급히 볼 시 청문이 한번 기지개 혀며 슈족을 모다 펴 비단니블을 버스미 샹하 젼톄의 흰 살이 드러나는지라 (急忙看時, 又見晴雯一伸懶腰, 手足幷伸, 把錦被兒全登開了, 露出那上下雪白的肌膚來.) <續紅 18:87> ⇒ 기지게

이 찌여나 놀나며 련망히 니블을 찌고 니러 안
즈 스면 샹 우흐로 어즈러이 의샹을 츠즈나 엇
지 의샹 그림즈나 이시리오. 챡급ᄒ여 보챠와
디옥을 향ᄒ여 우스며 니ᄅ디,

"죠흔 이위 내내야, 엇지 나와 더브러 이
러틋 긔롱ᄒᄂ뇨? 내가 리일 이위 내내 앏히셔
쏘흔 무론 모스(某事)ᄒ고 긔롱ᄒ면 이위 내내
는 가히 셩내지 못ᄒ리라."

챠 【88】 디 이인이 듯고 졍히 져의게 원위
(原委)롤 고코즈 ᄒ더니 다만 보미 보옥이 쏘흔
눈을 부븨고386) 찌여나다가 이런 광경을 보고
믄득 ᄆ옴의 명빅히 뉘 쳥문으로 더브러 긔롱흔
줄 아랏더니 쏘 보미 즁인이 앏히 잇는 거술 보
고 회회히 우스며 쳥문을 향ᄒ여 그 몸의 가린
이블을 벗기려 ᄒ니 쳥문이 챡급ᄒ여 어즈러이
밀칠 시 보챠는 보고 일면으로 우스며 일면으로
잉으와 즈견을 명ᄒ여 쏠니 져의 이인의 의샹을
가져오라 ᄒ더니 졍히 말홀 씨 【89】 의 다만 보
니 금슌이 회회히 웃고 밧그로셔 한 아롬387) 의
샹을 안고 와 쟝내의 놋커눌 보치 인ᄒ여 쟝을
가져 져의롤 위ᄒ여 나리고 니ᄅ디,

"너의 등은 쏠니 닙으라. 다만 져허컨디
한즈음 지내면 티티긔셔 오시리라."

드디여 쏘 즈견과 잉으와 금슌으롤 신칙
(申飭)ᄒ디,

"우리 등이 다만 한즈음만 이곳의 업스면
너의 무리는 곳 별법을 지어내는도다. 비록 말
ᄒ디 쳥문과 더브러 긔롱388)으로 지져괴엿다 ᄒ
나 심히 찬 텬긔의 져의 량인으로 ᄒ여곰 얼게
ᄒ 【90】 미 두렵지 아니랴?"

잉으와 즈견은 듯고 감히 언어롤 못ᄒ고
금슌으는 우스며 니ᄅ디,

"우리 무리는 원리 이위 내내의 우음을 쳥
ᄒ려 ᄒ는 뜻이오. 쏘 방즁의 타인이 업스니 다
만 우리가 방즈 그 모양 보는 거시 무슴 관겨ᄒ
미 이시리오."

졍히 말홀 씨의 다만 보니 쳥문이 웃술 닙

고 쟝내로 죠츠 다라나와 금슌으로 더브러 짜호
려 ᄒ거눌 디옥이 쏠니 멈츄며 니ᄅ디,

"쳥문져져야, 너는 이즈음의 쏘 져로 더브
러 들네지 말고 우리 등이 졍경의 일을 말ᄒ리
라. 【91】 후일의 텬긔 온화ᄒ거든 너는 그 모양
디로 져의게 디졉ᄒ미 곳 올토다. 너는 쏘 말ᄒ
라. 네가 태허환경(太虛幻境)의 니ᄅ러 보니 엇
더ᄒ더뇨?"

쳥문이 듯고 믄득 긔롱ᄒ려 ᄒ던 일은 그
치며 드디여 태허환경의 니ᄅ러 몬져 박명스(薄
命寺)의셔 보옥과 습인을 츠즌 후의 흠긔 가셔
경환을 보던 일졀 졍스와 아오로 진죵(秦鍾)과
지릉으(智能兒)의 습인의 혼을 거느리고 화즈방
(花自芳)의 집으로 간 말을 종두지미(從頭至尾)
히 즈셰히 고ᄒ니 챠 · 디 이인이 듯고 블승환희
ᄒ여 졍히 사롬을 시 【92】 겨 왕부인긔 픔ᄒ려
ᄒ더니 다만 보미 보옥이 쏘흔 옷술 닙고 쟝내
로셔 다라나오며 "비가 골푸다." 쇼리 지ᄅ거눌
보치 칭원ᄒ며 니ᄅ디,

"너의 이런 셩품을 죠곰도 능히 곳치지 못
ᄒ엿도다. 곳 습인의 일을 위ᄒ엿다 ᄒ여도 쏘
흔 맛당히 죠케 샹량홀 거시어눌 엇지 고이흔
일노 사람을 놀내여 태태로 ᄒ여곰 쏘 한 번 놀
나시게 ᄒ니 이는 엇지 가타 말ᄒ랴?"

보옥이 니ᄅ디,

"이런 일은 너의 등이 임의 무방흔 줄 아
랏시니 쏘흔 태태긔 고ᄒ여 아시게 말미 올토 【
93】 다."

대옥이 니ᄅ디,

"집안의 인귀(人口) 만흐니 뉘 입을 호와
미리오.389) 만일 우리 량인이 친히 가이 곡졀(曲

---

386) 【부븨다】 图 비비다. ¶ 揉 ‖ 다만 보미 보옥
    이 쏘흔 눈을 부븨고 찌여나다가 이런 광경을
    보고 믄득 ᄆ옴의 명빅히 뉘 쳥문으로 더브러
    긔롱흔 줄 아랏더니 (只見寶玉也揉了揉眼睛醒了
    過來. 瞧見這般光景, 早已心下明白, 就知是誰和
    晴雯頑呢.) <續紅 18:88> ⇒ 뱌븨다, 부쥐다, 비
    븨다

387) 【아롬】 图 아름. ¶ 抱子 ‖ 졍히 말홀 씨의
    다만 보니 금슌이 회회히 웃고 밧그로셔 한 아
    롬 의샹을 안고 와 쟝내의 놋커눌 (正說時, 只
    見金釧兒笑嘻嘻的從外間抱進一抱子衣裳來, 放在
    帳子裏.) <續紅 18:89>

388) 【긔롱】 图 기롱(譏弄). 조롱(嘲弄). ¶ 頑兒 ‖
    비록 말ᄒ디 쳥문과 더브러 긔롱으로 지져괴엿
    다 ᄒ나 심히 찬 텬긔의 져의 량인으로 ᄒ여곰
    얼게ᄒ미 두렵지 아니랴 (雖說是和晴雯嗷着頑兒,
    怪冷的天氣, 難道也不怕他們兩個凍着了麼?) <續
    紅 18:89>

389) 【호다】 图 호다. 꿰매다. ¶ 縫 ‖ 집안의 인귀
    만흐니 뉘 입을 호와 미리오 (家裏這些人口, 縫
    得住誰的嘴呢.) <續紅 18:93>

節)을 세세히 태태긔 고치 아니터면 다만 져허
컨디 이즈음의 노야가지 아라 계시리라. 내 말
디로 너는 밧비 밥을 먹고 친히 태태의 쳐쇼의
가 낫츨 뵈면 쏘흔 노인네의 ᄆᆞ음이 노흐시게
흐리라."

보옥이 듯고 믄득 잉ᄋᆞ롤 명흐여 밥을 지
쵹흐여 먹기롤 맛치며 옷슬 밧고와 닙고 믄득
왕부인 샹방으로 오니 이쩌 가정(賈政)이 임의
아문(衙門)으로셔 도라와 죠반을 먹고 왕부인과
혼가지로 【94】 대좌흐여 한담흐더니 보옥의 드
러오믈 보고 믄득 니르디,

"너는 이졔 엇지 더옥 니러나기롤 더대흐
ᄂᆞ뇨? 만셰야의 텬은을 닙어 네가 한림시강(翰
林侍講) 직함(職銜)을 엇고 곳 반년 슈유(受由)
롤 바닷더니 오리지 아냐 슈유 한(限)이 차면
곳 나아가 당챠(當差)흘 거시니 가장 맛당히 민
일의 일즉 니러나 견일의 닑던 경ᄉᆞ(經史)롤 다
시 일일이 익힐지니 만일 쇼견(召見)흐시고 무
어슬 무르시면 쥬디(奏對)흐ᄂᆞᆫ디 가히 그르미
업술지라. 이런 긴요흔 일은 젼혀 유심치 아니
흐고 날마다 다만 사롬 못된 일만 힘 【95】 쓰니
엇지 샹텬(上天)의 지비(栽培)흐신 은혜롤 져바
리미 아니랴? 금죠의 만셰애 너의 ᄉᆞ대미부(史
大妹夫)롤 인견흐시고 경ᄉᆞ롤 무르시거놀 응디
흐기롤 여류(如流)히 흐미 텬안(天顏)이 대열흐
샤 쏘흔 한림슈찬(翰林修撰) 직함을 샹 쥬시고
일홈을 림셩옥(林成玉)이라 흠샤흐시니 나는 보
건디 그 힝지 쟝진이 네게 비컨디 더옥 죠토다.
곳 교져(巧姐)의 녀셔(女婿)도 쏘흔 네게 비컨디
나으미 잇셔 쟉일의 내가 약간 져의 포부롤 시
험흐니 네게 비컨디 필경 박남(博覽)이 만흐리
라."

흐니 보옥이 드르미 감히 분변치 【96】 못
흐고 다만 답응흐더라. 왕부인이 쳐음의 가정이
도라오믈 보고 다만 두리대 보옥의 말을 무르면
디답흐기 어렵다 흐여 졍히 황겁흐더니 믄득 보
옥이 문 밧그로 죠ᄎᆞ 드러오믈 보고 깃부미 젹
지 아니흐야 계가 임의 환혼흔 줄 아랏시디 가
정을 디흐여시믈 감히 져다려 다른 말을 못흐고
이졔 가정이 져롤 교훈흐믈 보미 쏘 보옥이 디
답을 잘못흐여 가정이 셩널가 져허흐여 샐니 보
옥을 향흐여 니르디,

"너의 ᄉᆞ대미뷔 직함을 바 【97】 닷다 흐니

너는 쏘흔 맛당히 가셔 너의 운미미(云妹妹)롤
위흐여 치하홀 거시오. 져의는 곳 봉지(奉旨)흐
여 너의 고노야긔 계후흔 사롬이라. 네가 쏘흔
져녁의 묘즁(廟中)의 가 너의 고노야와 고태태
롤 위흐여 치하흐고 노태태긔 평안흐디 노태태
긔셔 무슨 분부가 이시며 업스믈 볼지니 너는
즉시 가라. 사롬의 집의 경시 잇ᄂᆞᆫ디 우리 등이
가기롤 더듸흐면 고이히 너길 둧흐도다."

보옥이 듯고 련망히 답응흐거놀 가정이 니
르디,

"챠롤 타고 가디 묘의셔 어즈러이 말을 달
【98】 니지 말며 노셩흔 사롬을 시겨 싸르게 흐
라."

보옥이 드르미 곳 ᄉᆞ(赦)의 노힘것 ᄀᆞᆺ튼지
라. 련망히 디답흐고 공경흐여 믈너 나아가 의
복을 가라 입고 챠롤 타며 ᄉᆞ샹운(史湘雲)의 집
의 니르러 치하흐더라.

챠셜(且說), 왕부인이 보옥의 가믈 보고 믄
득 옥슌ᄋᆞ로 흐여곰 내내 등을 쳥흐여,

"몃 가지 집의 잇ᄂᆞᆫ 례믈 판비흐여 ᄉᆞ샹
운의게 보내여 치하흐기롤 샹량흐라."

흐니 가정이 식부 등을 쳥흐여 오믈 보고
믄득 스스로 셔당을 향흐여 가더라. 언마 못되
여 니환(李紈)과 챠, 【99】 디 등이 오거놀 왕부
인이 몬져 보옥의 환혼흔 원위(原委)롤 밝히 뭇
고 쏘 습인이 환혼흐여 지금 화즈방의 집의 잇
ᄂᆞᆫ 줄 알고 ᄆᆞ음의 환희흐며 쏘 모다 샹량흐여
례믈을 쥰비흐고 사롬을 시겨 샹운의게 보내더
라. 샹운이 믄득 보옥을 머믈너 셕식을 먹이미
보옥이 져의 녀셔 림셩옥(林成玉)으로 더브러
황혼 시의 챠롤 타고 셩황묘의 니르러 림공 부
부롤 뵈니 림공과 가부인이 블승환희흐고 가모
도 쏘흔 십분 희열흐여 믄득 방옥을 지으며 틱
일흐 【100】 여 반이(搬移)흐기롤 샹량흐더라. 보
옥이 쏘 습인의 일을 가모긔 품흐고 반야롤 반
환흐다가 비로쇼 각귀[기] 기[귀]가(歸家)흐더니
이튼날의 니르러 보옥이 가정을 디흐여 거즛 가
모의 명이라 닐ᄏᆞᆺ고 왕부인긔 고흐디 ᄌᆞ견(紫
鵑)과 쳥문(晴雯)을 임의 방의 거두워 두어시니
챠 · 대 이인 방즁의 각기 일개 비녀(婢女)롤 ᄉᆞ
셔 ᄉᆞ환흐미 죠타 흐거놀 왕부인이 믄득 니르
디,

"지금 집안의 엇지 남은 지믈이 이시리오

마는 임의 노태태긔셔 분부ᄒᆞ시미니 너는 곳 너의 두 식부로 ᄒᆞ여곰 【101】 ᄌᆞ긔가 몃 량 은ᄌᆞ롤 내게 ᄒᆞ라."

가졍이 웃고 니ᄅᆞᄃᆡ,

"노태태긔셔 져의 무리 ᄉᆞ랑ᄒᆞ시미 너모 과ᄒᆞ도다. ᄌᆞ견 등 ᄉᆞ인이 잇셔 통용(通用)ᄒᆞ여 ᄉᆞ환ᄒᆞ면 ᄯᅩᄒᆞᆫ 무던ᄒᆞ거ᄂᆞᆯ 임의 ᄯᅡ로 차환을 ᄉᆞ려 ᄒᆞᆯ진ᄃᆡ 너의 이 말이 가쟝 공도(公道)롭다. ᄉᆡᆼ각건ᄃᆡ 량개 식뷔 ᄯᅩᄒᆞᆫ ᄌᆞ긔가 ᄎᆞ환을 ᄉᆞ셔 별노이 ᄉᆞ환ᄒᆞ미 올흐리라."

보옥이 련망히 답응ᄒᆞ고 이의 가졍을 쇽여 다만 ᄎᆞ환을 산다 말ᄒᆞ고 죠흔 일ᄌᆞ롤 ᄀᆞᆯᄒᆡ여 화ᄌᆞ방(花自芳)과 류식부(柳媳婦)로 더브러 밝히 말ᄒᆞ니 두 집의셔 모다 낙 【102】 죵(樂從)ᄒᆞ여 습인과 류오ᄋᆞ롤 도로 드러오게 ᄒᆞ니 명위(名位)롤 ᄯᅩ 쳥문 등 ᄉᆞ인 아러로 뎡ᄒᆞ니라. 이의 보옥이 ᄆᆞ음의 쾌ᄒᆞ미 신츈명졀(新春名節)을 인하여 ᄌᆞ긔가 보차·대옥·ᄌᆞ견·금슌ᄋᆞ·쳥문·잉ᄋᆞ·습인·류오ᄋᆞ 팔인의 명ᄌᆞ로ᄡᅧ 일ᄃᆡ 련귀롤 지어 ᄡᅥ셔 젹은 토간 문 우희 븟쳐시니 닐너시ᄃᆡ,

ᄃᆡ젼문개징간류명화미(黛展雯開爭看柳明花媚)

차횡슌퇴막교잉투견졔(釵橫釧褪莫敎鶯妒鵑啼)

눈셥을 펴 그 구름이 열니미 다토와 버들이 붉고 ᄭᅩᆺ치 아름다온 거ᄉᆞᆯ 보왓고

빈혀가 빗기고 팔쇠롤 버ᄉᆞ미 ᄒᆞ여곰 ᄭᅬ고리가 【103】 투긔ᄒᆞ고 두견이 울게 말지로다.

신졍(新正) 샹원(上元) 명졀의 비하(拜賀)ᄒᆞᄂᆞᆫ 졀의 비하(拜賀)ᄒᆞᄂᆞᆫ 졀ᄎᆞᄂᆞᆫ 구ᄐᆞ여 길게 말 아니ᄒᆞ노라. 광음이 신쇽ᄒᆞ여 임의 이월의 니ᄅᆞ미 가졍과 왕부인이 몬져 범학ᄉᆞ(范學士)와 죠당관(趙堂官) 두 집을 위ᄒᆞ여 ᄭᅩᆺ고 ᄭᅮ미ᄂᆞᆫ 슈식의 례믈을 보내고 보옥은 가운(賈芸)과 가쟝(賈薔)을 블너 미인의 몃 량 은ᄌᆞ롤 쥬어 ᄒᆞ여곰 방옥을 슈습ᄒᆞ여 쇼홍(小紅)과 령관(齡官)을 영취(迎娶)ᄒᆞ여 안히롤 삼으니 이인이 모다 희츌망외(喜出望外)ᄒᆞ여 감샤블이(感謝不已)ᄒᆞ며 ᄯᅩ 우시(尤氏)롤 향ᄒᆞ여 만ᄋᆞ(萬兒)롤 달나 【104】 ᄒᆞ여 빙명을 ᄯᅥᆨ짓고 이월 십이일의 니ᄅᆞ니 이날은 대옥(黛玉)의 ᄉᆡᆼ일이오. ᄯᅩ 가환(賈環)과 가란(賈蘭)을 위ᄒᆞ여 영취(迎娶)ᄒᆞᄂᆞᆫ 날이라. 영희당(榮禧堂)의셔 현등결치(懸燈結彩)ᄒᆞ여 가쟝 열요ᄒᆞ미 젼날 져녁의 믄득 가모와 가부인올 영졉ᄒᆞ여 집의 니ᄅᆞ니 ᄎᆞ시 엇지된고. 챠텽 하회 분ᄒᆡᄒᆞ라.

[쇽홍루몽續紅樓夢 권지십구卷之十九]

【1】 화셜(話說), 영희당(榮喜堂)의 잔치롤 비셜ᄒᆞ고 현등결치(懸燈結彩)ᄒᆞ여 가쟝 열요ᄒᆞ미 젼날 져녁의 믄득 가모(賈母)와 가부인(賈夫人)을 영졉ᄒᆞ여 집의 니ᄅᆞ미 젼과 ᄀᆞᆺ치 가모의 샹방(上房)의 머믈게 ᄒᆞ고 ᄯᅩ 셜이마(薛姨媽)와 향릉(香菱)과 보금(寶琴)과 슈연(岫烟)과 ᄉᆞ샹운(史湘雲)과 영츈(迎春)과 탐츈(探春)과 교져(巧姐) 등을 영졉ᄒᆞ여 모다 몬져 ᄃᆡ관원(大觀園)의 니ᄅᆞ러 각쳐의 한 ᄎᆞ례 유완(游玩)ᄒᆞ더라. 사ᄅᆞᆷ이 챡 【2】 ᄒᆞᆫ ᄆᆞ옴이 이시면 하ᄂᆞᆯ이 반ᄃᆞ시 좃ᄂᆞ니 뉘 알니오 어니 ᄒᆡ 이홍원(怡紅院)의 임의 죽엇다가 다시 픠여 난 ᄒᆡ당화(海棠花) 나무가 그 후의 ᄯᅩ 샹셔롭지 아닌 일이 잇셔 왕부인이 가모 기셰ᄒᆞ믈 보고 곳 사ᄅᆞᆷ을 명ᄒᆞ여 버혀 바렷더니 금츈(今春)의 니ᄅᆞ러 우로(雨露)롤 닙어 ᄯᅩ 다시 무셩ᄒᆞ여 슈 일 ᄉᆞ이의 놉희 오쳑(五尺)은 되며 지엽(枝葉)이 모다 발ᄒᆞ고 ᄭᅩᆺ방울[390] 이 길게 나오거ᄂᆞᆯ 듕인이 보고 무블환희(無不歡喜)ᄒᆞ여 샹셔(祥瑞)의 증죄라 ᄒᆞ더니 ᄎᆞ일 인시(寅時)의 길긔(吉期)가 다 【3】 ᄃᆞ라 죠(趙)·범(范) 냥가(兩家)의 쇼져롤 영취ᄒᆞ여 집으로 오니 기간 젼안합근(奠雁合巹)ᄒᆞᄂᆞᆫ 례졀은 ᄌᆞ셔히 긔록지 아니ᄒᆞᄂᆞ니 이튼ᄂᆞᆯ의 니ᄅᆞ러 가(賈)·진(甄) 량부의 혼긔 희ᄉᆞ롤 지너ᄂᆞᆫ지라 가부의ᄂᆞᆫ 녀권을 쳥ᄒᆞ여 모히고, 진부의ᄂᆞᆫ 남긱을 쳥ᄒᆞ여 모다 치샹(彩觴)을 날니다가 져녁의 니ᄅᆞ러 파연ᄒᆞᆯ 시 진보옥(甄寶玉)이 댱옥함(蔣玉函)으로 ᄒᆞ여곰 가보옥(賈寶玉)을 뵈고ᄌᆞ ᄒᆞ여 ᄯᅩ 픙ᄌᆞ

390) 【ᄭᅩᆺ방울】 명 꽃망울. ¶ 花骨朵 ‖ 슈일 ᄉᆞ이의 놉희 오쳑은 되며 지엽이 모다 발ᄒᆞ고 ᄭᅩᆺ방울이 길게 나오거ᄂᆞᆯ (數日之間, 竟高有五尺, 都發了枝葉, 長出花骨朵來.) <續紅 19:2>

영(馮紫英)과 셜반(薛蟠)을 머믈너 긱이 모다 허여진 후의 내셔당(內書堂)의셔 져기 종용이 마실시 가 【4】 보옥이 댱옥함으로 셔로 보미 댱옥함이 바야흐로 쑤러 뵈거늘, 가보옥이 믄득 쌍슈로 당긔여 니르혀고 각각 리별ㅎ믈 말ㅎ며 환약평싱(歡若平生)ㅎ나 종시 각각 숨은 ᄆᆞ음이 잇셔 셔로 볼 ᄯᆞᆫ이오, 심회를 경홀 길이 업ᄉᆞ미 ᄯᅩ흔 산좌(散坐)ㅎ여 한즈음 챠를 마시다가 챠를 파ㅎ니 ᄎᆞ시는 경히 명월(明月)이 당공(堂空)ㅎ고 텬긔(天氣) 화란(和暖)혼지라.

진보옥이 이의 사름을 명ㅎ여 일개 등군 탁ᄌᆞ를 ᄯᅡ히 노코 한 벌 찬합을 버려 노흐며 빈쥬 오인이 【5】 렬좌홀 시 댱옥함이 병을 가져 미인 앏히 한 잔식 부은 후의 안기를 ᄉᆞ례ㅎ고 말셕의 안ᄌᆞ 술이 셰 슌이 지나미 댱옥함이 ᄯᅩ 니러나 가보옥을 향ㅎ여 우ᄉᆞ며 니르ᄃᆡ,

"이야(二爺)야, 쇼지(小的)가 대가(臺駕)의 회부ㅎ시믈 듯고 오리 부듕으로 나아가 뵈오려 ㅎᄃᆡ 다만 거년의 노ᄃᆡ인게셔 셩로(盛怒)ㅎ샤 이야가 쇼지로 ㅎ여 원굴ㅎ믈 바드신지라. 니러므로 감히 가비야이 동치 못ㅎ엿더니 이졔 다힝히 이곳의셔 다시 쳥범을 우러르니 【6】 쇼지는 하례홀 믈건이 업는지라. 원컨ᄃᆡ 손으로 한 잔을 밧드러 뻐 ᄧᅡ인 졍셩을 펴노라."

보옥이 듯고 샬니 ᄌᆞ긔 술잔을 들고 니러나 한 슘의 마시고 잔을 젼홀 시 진보옥이 샬니 니르ᄃᆡ,

"네 임의 보이야의게 술을 공경ㅎ려 ㅎ면 곳 맛당히 비파(琵琶)를 타고 젹은 곡죠를 부르미 올흐니 엇지 다만 술만 젼홀 도리 잇시리오?"

댱옥함이 듯고 겨유 겨유 가셔 비파를 취ㅎ려 ㅎ더니 다만 드르미 셜반이 니르ᄃᆡ,

"엇지 반드시 무슨 곡죠 【7】 를 ㅎ여 들네리오? 다만 셔로 ㅎ여곰 보형뎨의게 일개 가쥭 잔을 공경ㅎ여 일을 죵요로이 힝ㅎ미 죠토다."

픙ᄌᆞ영이 흡흡히 웃고 니르ᄃᆡ,

"셜노ᄃᆡ(薛老大)야, 너는 진개 큰 실업슨 놈이로다. 보형뎨는 곳 너의 표뎨(表弟)오, ᄯᅩ 너의 민뷔(妹夫)어늘 너는 엇지 니런 말을 ㅎᄂᆞ뇨? 너는 말ㅎ라. 벌이 맛당ㅎ냐, 맛당치 아니냐?"

셜반이 듯고 ᄌᆞ긔 입을 치며 니르ᄃᆡ,

"맛당히 칠지로다. 비파를 가져오라. 내 져를 디신ㅎ여 타고 져로 ㅎ여곰 샹 우희 어린ᄋᆞ히 모양으로 ᄶᅡ히 【8】 셔 몸을 틀고 <마두죠馬頭調>라 ㅎᄂᆞᆫ 곡죠를 부르면 우리 등이 ᄯᅩ흔 져의 손과 몸을 쓰는 법이 엇더혼가 보리라."

듕인이 듯고 모다 말ㅎᄃᆡ,

"올타."

ㅎ거늘 댱옥함이 듯고 다만 슈건을 가지고 몬져 민도리를 내며 보옥을 향ㅎ여 눈짓ㅎ며 챵ㅎᄃᆡ,

원가가(冤家家)야, 너는 진개 담이 크도다. 승·도를 ᄯᅡ라 필경 디황산(大荒山)의 츌가ㅎ엿더니 다힝히 션싀 친히 법을 지어 태허환경(太虛幻境)의 일 【9】 단 풍뉴로온 말을 머믈넛도다. 졸지의 도라오미 우리 등이 져 사름을 붓그럽게 ㅎ여 졔가 가마니 투환(投繯)ㅎ니 반야삼경(半夜三更) 샹 머리의 잇셔 심듕으로 한이 니러나미 능히 한 입 링슈(冷水)로 너를 홀륜탄하(囫圇吞下)치 못ㅎ미 한이로다.

ㅎ엿더라.

듕인이 듯고 일졔히 디쇼ㅎ며 니르ᄃᆡ,

"부르기를 가쟝 목하지경(目下之境)의 졀당(切當)ㅎ도다. 보형뎨야 이거슨 가히 한 잔을 권ㅎ여 먹으리로다."

보옥 【10】 이 듯고 샬니 술잔을 가져 젼ㅎ여 가니 댱옥함이 한 잔을 가득히 치거늘 보옥이 바다 한슘의 마시고 비록 듕인과 흠긔 환쇼ㅎ나 ᄌᆞ셔히 곡죠 듕 말을 드르미 필경 감개ㅎ믈 ᄭᅵ드라 ᄆᆞ음이 동ㅎ미 ᄌᆞ연 쥬긔가 오르ᄂᆞᆫ지라. 련망히 졋가락을 가져 술잔 우희 노코 니르ᄃᆡ,

"줌간 편ㅎ믈 고ㅎ노라."

ㅎ고 언파의 ᄌᆞ리의 나아가 후원으로 가니 댱옥함이 보고 믄득 ᄯᅡ라가며 셜반도 몸을 움즉여 니러나 ᄯᅩ흔 ᄯᅡ라가고ᄌᆞ ㅎ다가 믄득 풍 【11】 】 ᄌᆞ영의 붓들믈 인ㅎ여 멈츄더라.

챠셜(且說), 보옥(寶玉)이 경히 후원의셔 쇼피(小避)ㅎ더니 믄득 드르미 몸 뒤희 사름의 ᄌᆞ최 잇거늘 머리를 돌나보니 곳 댱옥함이라. 샬니 우ᄉᆞ며 니르ᄃᆡ,

"너도 ᄯᅩ흔 쇼피ᄒᆞ라 오ᄂᆞ냐?"

당옥함이 쇼리를 나죽이 ᄒᆞ여 니ᄅᆞ디,

"방ᄌᆞ 셕샹의 ᄌᆞ셔히 픔은 ᄆᆞ음을 펴지 못ᄒᆞ엿노라. 이애 가신 후로붓허 쇼지가 우연이 취쳐ᄒᆞ엿시미 실노 이야 방듕의 고인인 줄 아지 못ᄒᆞ지라. 후회막급(後悔莫及)이러니 젼일 이애 【12】 회부(回府)ᄒᆞ엿단 말을 듯고 습인(襲人)이 곳 붓그리고 뉘웃쳐 반야의 ᄌᆞ쳐(自處)ᄒᆞ여시니 쇼지가 다만 이야롤 볼 낫치 업술 ᄲᅮᆫ 아니라 ᄯᅩ흔 사람과 지믈이 일시의 븨ᄂᆞᆫ 지경의 니ᄅᆞ럿도다."

ᄒᆞ며 곳 눈믈을 흘니거늘 보옥이 니ᄅᆞ디,

"너는 구퇴여 샹심치 말나. 춘인을 내가 임의 구ᄒᆞ여 살녀시디 다만 져는 나의 고인이라. 도로 네게 보내미 비편ᄒᆞ니 내가 너롤 위ᄒᆞ여 다시 안희391)롤 취케 ᄒᆞ미 곳 올토다. 나는 싱각건디 네가 ᄒᆞᆼ샹 우리 집의셔 챵회ᄒᆞ 【13】 엿ᄂᆞᆫ지라. 우리집 녀반(女班) 등의 방관(芳官)과 우관(藕官)을 네가 ᄯᅩ흔 보왓시리니 져의 량인을 모다 너롤 쥬미 엇더ᄒᆞ뇨?"

당옥함이 듯고 련망히 쳔만ᄉᆞ례ᄒᆞ며 허리의 미인 쳔향나(茜香羅) 한건(汗巾)을 글너 내여 보옥을 쥬며 니ᄅᆞ디,

"이거슬 원리 쇼지(小的)가 당일의 이야긔 공경흔 믈건이러니 젼일의 ᄯᅩ 쟝염(妝奩)의 너허 왓ᄂᆞᆫ지라. 이졔 도로 도라 보ᄂᆞᄂᆞ니 다만 고ᄒᆞ건디 이야는 거두워 바드라."

보옥이 웃고 바드며 ᄲᅡᆯ니 자긔 가졋던 한 벌 옥식(玉色) 양츄라(洋縐羅) 한 건을 【14】 글너 내여 량인이 셔로 밧구고 보옥이 우스며 니ᄅᆞ디,

"우리 그만 도라가리라. 오리 이시면 셜대게(薛大哥) ᄯᅩ 와셔 들네리라."

ᄒᆞ고 언필의 이인이 나오니 듕인이 보고 모다 니러나 ᄌᆞ리롤 ᄉᆞ양ᄒᆞᆯ ᄉᆡ 풍ᄌᆞ영이 보옥을 향ᄒᆞ여 웃고 니ᄅᆞ디,

"보형데야, 내가 방ᄌᆞ 너의 표형이 내게 고ᄒᆞᄂᆞᆫ 말을 드ᄅᆞ미 네가 이졔 방듕 디쇼 권쇽

이 모다 여덟 분이라 ᄒᆞ니 실노이 경하(敬賀)ᄒᆞ 염죡ᄒᆞ도다."

진보옥이 웃고 니ᄅᆞ디,

"내게 한 마디 말이 이시니 보이거는 가히 교계(較計)치 아 【15】 니ᄒᆞ랴? 이ᄂᆞᆫ 졍히 속어의 니론바, '개가 여덟 무덕이 ᄯᅩᆼ을 가졋다.'392) ᄒᆞ미 올토다."

ᄒᆞ니 듕인이 모다 웃거늘 풍ᄌᆞ영이 니ᄅᆞ디,

"이 일을 의론ᄒᆞᆯ진디 여덟 분 권쇽(眷屬)은 ᄯᅩ흔 긔이ᄒᆞᆯ 거시 업스디 내가 도로혀 말을 드ᄅᆞ미 량위 곤군(閫君)이 한 방의 ᄀᆞᆺ치 잇고 여셧 분 여군(如君)이 ᄯᅩ흔 한 방의 잇다 ᄒᆞ니 이ᄂᆞᆫ 실노 이 셰샹의 드믄 긔이흔 일이로다. 내게 한 벌 믈건이 잇셔 졍히 네게 ᄡᅳ기의 합당ᄒᆞ니 내가 사롬으로 ᄒᆞ여곰 가져오거든 네가 몬져 보 【16】 라."

ᄒᆞ고 쇼시(小廝)롤 블너 니ᄅᆞ디,

"너는 ᄲᅡᆯ니 도라가 내내로 더브러 말ᄒᆞ고 져 한 벌 교쵸쟝(鮫綃帳)을 갑(匣) 아오로 가져오라."

ᄒᆞ니 쇼시 슈명ᄒᆞ고 가더라. 진보옥이 믄득 사롬을 명ᄒᆞ여,

"더운 슐을 가져오라."

ᄒᆞ고 니ᄅᆞ디,

"보거거야, 나는 싱각건디 우리 등이 무ᄉᆞᆷ 쥬령(酒令)을 힝ᄒᆞ미 가ᄒᆞ랴?"

보옥이 니ᄅᆞ디,

"슐을 임의 만히 마셧시니 한즈음 챠롤 먹고 일즉 허여지니만 ᄀᆞᆺ지 못ᄒᆞ리니 노뎨(老弟)는 신혼ᄒᆞᄂᆞᆫ 눌의 일즉 안흘(安歇)ᄒᆞ미 곳 올토다. 우리 등이 【17】 여긔 잇셔 다만 들네엿시니 가장 블안ᄒᆞ여라."

진보옥이 웃고 니ᄅᆞ디,

"이ᄶᅴᄂᆞᆫ 블과 쵸경(初更) 시분(時分)이니 가장 일도다. 쇼뎨ᄂᆞᆫ 블과 일인을 위흔 챠ᄉᆞ(差使)라 ᄒᆞ리니 도로혀 희로오미 업거니와 이거(二哥)야, 너는 여덟 사롬의 챠ᄉᆞ롤 당ᄒᆞ여시니

---

391) 【안희】 명 아내. ¶ 妻子 ‖ 다만 져는 나의 고인이라 도로 네게 보내미 비편ᄒᆞ니 내가 너롤 위ᄒᆞ여 다시 안희롤 취케 ᄒᆞ미 곳 올토다 (但他原是兒的舊人, 未便仍歸于你, 我別替你娶一房妻子也就是了.) <續紅 19:12>

392) 【개가 여덟 무덕이 ᄯᅩᆼ을 가졋다】 속 개가 여덟 무더기 ᄯᅩᆼ을 가졋다. 욕심이 많다는 뜻. ¶ 狗攬八堆屎 ‖ 이ᄂᆞᆫ 졍히 속어의 니론바 개가 여덟 무덕이 ᄯᅩᆼ을 가졋다 ᄒᆞ미 올토다 (這正應了俗語說的, '狗攬八堆屎'是也.) <續紅 19:15>

ᄌ연 씨의 한졍(限定)을 알니라."

말ᄒᆞ미 듕인이 모다 웃거늘 풍ᄌᆞ영이 니ᄅᆞ
디,

"보형뎨야, 내 ᄯᅳᆺᄋᆡ는 우리 등이 젼과 ᄀᆞ
치 어ᄂᆡ ᄒᆡ의 우리 집의셔 ᄒᆞ던 쥬령을 ᄒᆡᇰᄒᆞ는
거시 죠흐냐, 죠치 아니냐? 그 ᄒᆡ의 【18】 쥬령
은 곳 녀ᄋᆡ(女兒)니 지금은 곳쳐 가인(佳人)이라
ᄒᆞ고 그 ᄒᆡ의 쥬령은 ᄯᅩ 비환슈락(悲歡愁樂)이
니 지금은 곳쳐 싱ᄉᆞ거릭(生死去來)라 ᄒᆞ면 너
는 엇더ᄒᆞ다 니ᄅᆞᄂᆞ뇨?"

보옥이 듯고 우ᄉᆞ며 니ᄅᆞ디,

"임의 뎌거의 고흥(高興)이 이 ᄀᆞᆺ트면 쇼뎨
는 명을 좃는 거시 곳 올토다."

진보옥이 듯고 믄득,

"그 ᄒᆡ의 쥬령 ᄒᆡᇰᄒᆞ던 법이 엇더ᄒᆞ더뇨?"

댱옥함이 일편을 고하니 진보옥이 듯고 더
희ᄒᆞ여 쌜니 오인의 졋가락을 각각 한 ᄲᅡᆨ식 가
져 탁ᄌᆞ 우희 혜쳐 노하 젼후 ᄎᆞ 【19】 셔(次序)
룰 졍홀 ᄉᆡ 가보옥(賈寶玉)이 뎨일이오, 진보옥
(甄寶玉)이 뎨이오, 풍자영(馮紫英)이 뎨삼이오,
댱옥함(蔣玉函)이 뎨ᄉᆞ오, 셜반(薛蟠)이 뎨오라."

셜반이 듯고 눈셥을 찡긔며 니ᄅᆞ디,

"ᄯᅩ 쥬령으로 들네는도다. 나는 혬의 치지
말나. 그 ᄒᆡ의도 내가 취졸(醉卒)을 면치 못ᄒᆞ엿
거늘 너의는 다만 이 모양으로 나롤 힐란(詰亂)
ᄒᆞ니 내 명일의는 다시 너의 등과 홈긔 슐먹지
아니리라."

풍ᄌᆞ영이 우ᄉᆞ며 니ᄅᆞ디,

"네가 그ᄒᆡ의 쥬령 ᄒᆡᇰᄒᆞ기롤 가장 잘ᄒᆞ여
시니 지금 쥬령 ᄒᆡᇰᄒᆞ는 말 【20】 도 ᄯᅩ흔 담쇼ᄒᆞ
여 쇼일ᄒᆞᄌᆞ는 의ᄉᆡ니 일졍코 일곱 편 문쟝과
여덟 편 논을 지으라 ᄒᆞ미 아니오. ᄒᆞ믈며 긔관
(琪官)도 ᄯᅩ흔 ᄀᆞᆺ치 쥬령을 ᄒᆡᇰᄒᆞ랴 ᄒᆞᄂᆞ니 져도
복듕의 오거셰(五車書) 잇다 니ᄅᆞ기 어렵도다."

진보옥이 니ᄅᆞ디,

"우리 등은 셜뎌거의 능히 쥬령을 ᄒᆡᇰᄒᆞ고
못ᄒᆞ는 거슬 아론 쳬 말지니 만일 쥬령을 ᄒᆡᇰ치
못ᄒᆞ거든 져의게 한 큰 동의393) 슐노 벌ᄒᆞ여야

<hr>

393) 【동의】團 동이. ¶ 罏 ‖ 우리 등은 셜뎌거의
능히 쥬령을 ᄒᆡᇰᄒᆞ고 못ᄒᆞ는 거슬 아론 쳬 말지
니 만일 쥬령을 ᄒᆡᇰ치 못ᄒᆞ거든 져의게 한 큰 동
의 슐노 벌ᄒᆞ여야 곳 그만 두리라 (我們別管薛
大哥他說得上來說不上來. 如果說不上來, 罰他一
大罏酒就完了.) <續紅 19:20>

곳 그만 두리라."

셜반이 듯고 엇지홀 길 업셔 다만 니ᄅᆞ디,

"올토다. 쇼야야, 나는 【21】 실노 너의 등
을 두리노라."

진보옥이 우ᄉᆞ며 니ᄅᆞ디,

"임의 이 ᄀᆞᆺ트면 보이거야, 네가 몬져 ᄒᆡᇰ
ᄒᆞ라."

보옥이 웃고 니ᄅᆞ디,

"우리 등이 몬져 분명히 말ᄒᆞ리라. 각각
ᄎᆞ셔디로 슐을 먹으디 쥬령을 ᄒᆡᇰ치 못ᄒᆞ는 이는
별노 셰 큰 잔을 벌ᄒᆞ리라."

언파의 믄득 ᄌᆞ긔가 슐을 들고 한숨의 다
마시며 이의 니ᄅᆞ디,

"미인(美人)이 죽으미 향이 ᄉᆞ라지고 옥이
믓친 듯 혼이 날더니 미인이 살미 ᄭᅩᆺ치 거듭 픠
고 달이 ᄯᅩ 밝앗도다. 미인이 가미 ᄭᅩᆺ다온 일뎜
혼 【22】 이 어ᄂᆡ 곳으로 도라갓ᄂᆞ뇨. 미인이 오
미 믄득 구슬이 합포(合浦)로 죠ᄎᆞ 도라오믈 깃
거ᄒᆞ엿다."

ᄒᆞ니 졔인이 듯고 졔셩(齊聲) 칭찬ᄒᆞ거늘
셜반이 니ᄅᆞ디,

"져 말ᄒᆞ는 거시 모다 무슴 말이뇨?"

진보옥이 니ᄅᆞ디,

"이는 모다 목젼(目前)의 실ᄉᆡ(實事)니라."

풍ᄌᆞ영이 니ᄅᆞ디,

"우리 이 쥬령은 원릭 실ᄉᆞ로 말ᄒᆞ여야 바
야흐로 의취(意趣)가 이실지니 진형뎨야, ᄎᆞ례가
맛당히 네가 되니 말을 더디ᄒᆞ면 곳 벌ᄒᆞ리라."

진보옥이 듯고 ᄯᅩ흔 슐잔을 가져 먹기롤
다ᄒᆞ고 니ᄅᆞ디,

"미인 【23】 이 죽으미 션랑(仙郞)이 공규
(空閨)의 젹막ᄒᆞ더니 미인이 싱ᄒᆞ미 젼과 ᄀᆞᆺ치
ᄭᅩᆺ 앏히셔 녯 밍셰롤 밋ᄂᆞᆫ도다. 미인이 가미 버
들 ᄭᅩᆺ치 힘 업시 ᄶᅥ러지더니 미인이 오미 한 포
귀 부용이 ᄯᅡᆼ으로 나 디가 열니도다."

듕[인]이 듯고 ᄯᅩ흔 모다 칭찬ᄒᆞ거늘 셜반
도 ᄯᅩ흔 ᄯᅡ라 덤두ᄒᆞ거늘 진보옥이 니ᄅᆞ디,

"풍뎌거(馮大哥)야, 네게 ᄎᆞ례가 되엿도다."

ᄒᆞ니 풍ᄌᆞ영이 ᄯᅩ흔 슐을 가져 한 숨의 마
시고 말ᄒᆞ디,

"미인이 죽으미 궁통요슈(窮通夭壽) 원릭
이 ᄀᆞᆺ더니 미인이 싱ᄒᆞ미 젹 【24】 션지가(積善
之家)의 복이 스스로 더ᄒᆞ도다. 미인이 가미 텬

이희각(天涯海角)의 찻기 어렵더니 미인이 오미 줌간 스이의 운환(云鬟)과 금봉챠(金鳳釵)를 보리로다."

듕인이 니르디,

"이도 쏘흔 극히 죠토다."

흐거눌 셜반이 빅안(白眼)을 구을니며 니르디,

"올토다. 내 바야흐로 명빅히 아랏시니 긔관(琪官)은 썰니 말흐라."

댱옥함이 쏘흔 슐을 드러 마시고 말흐디,

"미인이 죽으미 공연이 다졍흔 사룸을 희롭게 흐엿더니 미인이 싱흐미 텬이지쳑(天涯咫尺)의 셔로 만나지 못흐엿도다. 미인 【25】 이 가미 비환리합(悲歡離合)이 진개 희롱 굿더니 미인이 오미 다만 일빵 나말(羅袜)과 일개 궁혜(弓鞋)만 나맛도다."

듕인이 듯고 쏘흔 일졔히,

"죠타!"

칭찬흐거눌 셜반이 니르디,

"져의 말흔 거슨 엇지 쏘 너의로 더브러 굿지 아니뇨?"

풍즈영이 니르디,

"져의 말흔 거슬 곳 져의 실시니라."

셜반이 니르디,

"이거시 합당(合當)흐냐?"

진보옥이 니르디,

"엇지 쓰지 못흐리오."

셜반이 니르디,

"임의 이거시 합당흐면 나도 쏘흔 나의 실스디로 말흐리라."

듕인이 니르디,

"이거 【26】 시 합당흐니 너는 썰니 말흐라."

셜반이 믄득 몬져 한 번 히슈(咳嗽)흐여 목구무룰 묽히고 말흐디,

"미인이 죽으미 방듕의 쇼히즈(小孩子)룰 바렷다."

흐니 듕인이 듯고 우스며 니르디,

"이도 가장 올흐니 곳 이 모양디로 말흐라."

셜반이 쏘 니르디,

"미인이 싱흐미 젼과 굿치 나의 나무몽치394) 굿튼 거슬 혐의흐는도다."

흐니 듕인이 쏘 우스며 니르디,

"이도 쏘흔 그르지 아니토다."

셜반이 쏘 니르디,

"미인이 가미 쟝모(丈母)가 와셔 녀셔(女婿)룰 찾는도다."

흔 【27】 니 풍즈영이 우스며 니르디,

"이거시 엇진 말이뇨?"

셜반이 웃고 니르디,

"네가 엇지 알니오? 너는 우리 표뎨(表弟)의게 무러보라."

보옥이 듯고 믄득 진수은[甄士隱]이 봉시(封氏)룰 경셩으로 보니던 말을 듕인의게 고흐니 진보옥이 니르디,

"이는 쏘흔 '미인이 간다.'흐는 말노 셔로 간셥(干涉)이 업도다."

셜반이 니르디,

"너의 듕이 방즈 말흐디,

"다만 운(韻)을 달면 곳 '올타.' 흐더니 엇지 쏘 혼잡히 충졀(層節)을 내느냐?"

풍즈영이 우스며 니르디,

"곳 올토다. 너는 그 아리룰 말 【28】 흐라."

셜반이 니르디,

"미인이 오도다."

흐고 반향을 믁믁흐다가 즈긔도 쏘흔 우스며 니르디,

"두어 달이나 경슈(經水)가 뵈지 아니흐는도다."

흐니 듕인이 듯고 더쇼흐며 니르디,

"이 무삼 말이뇨? 우리 듕이 진개 아지 못흐노라."

셜반이 낫츨 들고 우스며 니르디,

"내 실노 너의게 고흐리라. 쏘 태긔(胎氣)가 잇셔 너의 듕을 위흐여 쇼질ᄋ(小姪兒)룰 나흐려 흐느니라."

듕인이 듯고 모다 대쇼흐더라.

졍히 담쇼홀 시 다만 보니 풍즈영의 쇼시(小廝) 비갑(拜匣)을 들고 드러 【29】 오거눌 셜반이 우스며 니르디,

---

394) 【나무몽치】 圐 나무망치. ¶ 楞頭靑 ∥ 미인이 싱흐미 젼과 굿치 나의 나무몽치 굿튼 거슬 혐의흐는도다 (佳人生, 依舊嫌我是個楞頭靑.) <續紅 19:26>

“엇지 픙뎌거는 명일의 곳 돌님잔치395)룰 베플녀 ᄒᆞᄂᆞ냐? 쳥텹이 곳 오도다.”

픙ᄌᆞ영이 니ᄅᆞᄃᆡ,

“이ᄂᆞᆫ 내가 방ᄌᆞ 보형뎨의게 보닌다ᄒᆞ던 교쵸쟝(鮫綃帳)이니 네가 엇지 쳥텹으로 아ᄂᆞ뇨? 가쟝 ᄌᆞ셔히 보지 못ᄒᆞ엿도다.”

셜반이 니ᄅᆞᄃᆡ,

“이 쟝이 필경 언마나 크건ᄃᆡ 엇지 비갑 속의 너헛ᄂᆞ뇨?”

픙ᄌᆞ영이 니ᄅᆞᄃᆡ,

“심히 크니 만일 너의 표뎨의 집 뎌관원(大觀園) 방옥이 아니면 다른 곳의ᄂᆞᆫ 도로혀 이거술 칠 방옥이 【30】 업ᄂᆞ니라.”

셜반이 니ᄅᆞᄃᆡ,

“ᄲᆞᆯ니 열나.”

ᄒᆞ거ᄂᆞᆯ 픙ᄌᆞ영이 니ᄅᆞᄃᆡ,

“너ᄂᆞᆫ 갑 ᄲᅮ에룰 열고 보라. 만일 펴보면 이 근본 모양ᄀᆞ치 졉지 못ᄒᆞ리라.”

셜반이 듯고 과연 갑 ᄲᅮ에룰 열ᄆᆡ 듕인이 일졔히 볼 ᄉᆡ 다만 보니 믈식이 고으며 바탕이 가비얍고 가느러 진개 희셰지뵈(稀世之寶)라. 보기룰 맛치고 도로 ᄲᅮ에룰 덥더니 픙ᄌᆞ영이 ᄲᅡᇰ슈로 보옥을 쥬며 니ᄅᆞᄃᆡ,

“이 믈건은 곳 거게(哥哥)396) 듕가로뻐 어든 거시니 거년의 죤옹 노뎌인도 ᄯᅩᄒᆞᆫ 보아 계시니라. 【31】 다만 ᄎᆞ믈(此物)이 빈부(貧富)간 맛당히 둘 사롬이 젹어 여러 ᄒᆡ룰 팔녀 ᄒᆞ여도 갑도 오ᄅᆞ지 아니코 ᄯᅩᄒᆞᆫ 살 샤롬도 엇지 못ᄒᆞ엿시며 지금은 ᄯᅩᄒᆞᆫ 이거술 파라 돈을 ᄡᅳ지 아니려 ᄒᆞ더니 나ᄂᆞᆫ 드ᄅᆞᄆᆡ 노뎨(老弟)의 팔위(八位) 권쇽이 졍히 이 쟝을 치기가 맛당ᄒᆞ니 네게 보내ᄂᆞᆫ 이만 ᄀᆞᆺ지 못ᄒᆞ도다.”

보옥이 듯고 련망히 ᄉᆞ양ᄒᆞ며 니ᄅᆞᄃᆡ,

“대거의 니런 무가보(無價寶)룰 쇼뎨가 엇지 감히 공연이 바드리오.”

픙ᄌᆞ영이 웃고 니ᄅᆞᄃᆡ,

“뎨형이 셔로 죠하ᄒᆞᄆᆡ 엇지 니런 일의 교계(較計)ᄒᆞ 【32】 리오. 너ᄂᆞᆫ 명일 놉흔 벼슬의 승픔훌 ᄯᅦ의 나룰 발쳔(發闡)케 ᄒᆞ면 곳 죠ᄒᆞ리

라.”

보옥이 듯고 다시 ᄉᆞ양치 못ᄒᆞ여 믄득 은근이 읍ᄒᆞ여 ᄉᆞ례ᄒᆞ고 바다 갑 아오로 픔 쇽의 너ᄒᆞ니 ᄎᆞ시ᄂᆞᆫ 임의 이경(二更) 시분(時分)은 되엿ᄂᆞᆫ지라. 픙ᄌᆞ영이 니ᄅᆞᄃᆡ,

“우리 쥬령도 임의 맛치고 슐도 ᄯᅩᄒᆞᆫ 넉넉히 먹엇시니 일작 허여지며 ᄯᅩᄒᆞᆫ 진뎌형뎨[甄大兄弟]로 ᄒᆞ여곰 시 낭ᄌᆞ(娘子)로 더브러 겨기 담화케 ᄒᆞ리라.”

듕인이 듯고 모다 몸을 니러 하직ᄒᆞ거ᄂᆞᆯ 진보옥이 ᄯᅩᄒᆞᆫ 미인(每人)의게 슐을 한 잔 【33】 식 뎌졉ᄒᆞ고 바야흐로 나와 보닐 ᄉᆡ 보옥이 댱옥함을 한편으로 ᄭᅵ올고 가 귀히 다혀 이윽히 말ᄒᆞ더니 비로쇼 각각 집으로 도라가니라.

---

395) 【돌님잔치】 ⑲ 돌림잔치. ¶ 還席 ‖ 엇지 픙 뎌거ᄂᆞᆫ 명일의 곳 돌님잔치룰 베플녀 ᄒᆞᄂᆞ냐 쳥 텹이 곳 오도다 (怎麼? 馮大哥明日就還席麼, 請 帖兒可就來了.) <續紅 19:29>

396) 【거거】 ⑲ {가가(哥哥gēgē).} 형(兄). 중국어 차용어. ¶ 哥哥 ‖ 이 믈건은 곳 거게 듕가로뻐 어든 거시니 거년의 죤옹 노뎌인도 ᄯᅩᄒᆞᆫ 보아 계시니라 (這件東西, 是哥哥攤了大價兒得的, 去 年尊翁老大人也見過的.) <續紅 19:30>

25
ᄌ규학희화셕두시 졍지화지건희당샤
恣闺譃戲和石頭詩 逞纔華再建海棠社

시시의 가보옥이 진보옥의 집 잔치의 갓다
가 집으로 도라와 영희당(榮禧堂)의셔 물을 나
려 몬져 왕부인 상방으로 와 겨유 셤돌의 오ᄅ
미 다만 보니 쥬이랑(周姨娘)이 마ᄌ 나와 바올
을 들고 쇼리를 나죽이 ᄒ여 니ᄅ디,
  "노야긔셔 오늘은 곤ᄒ여 임의 취침ᄒ시고
태태긔셔 ᄯᅩᄒᆫ 노태태 샹방의셔 아직 도라【34
】오지 아니ᄒ여 계시니라."
  보옥이 텽파의 ᄲᆞᆯ니 몸을 두루혀 가모의
방듕으로 올 시 겨유 문어귀의 니ᄅ러 다만 보
니 보치 져를 향ᄒ여 손치며 니ᄅ디,
  "환형뎨(環兄弟)의 식부(媳婦)와 난가ᄋ(蘭
哥兒)의 식뷔 모다 이곳의 이시니 너는 드러오
지 말나."
  보옥이 듯고 우스며 니ᄅ디,
  "죠토다. 두 곳의셔 다 믈니치믈 당ᄒ도
다."
  ᄒ며 다만 드ᄅ미 가뫼 안의셔 무ᄅ디,
  "보옥이 왓ᄂ냐?"
  보옥이 ᄯᆞ의셔 디답ᄒ디,
  "도라왓노라."

가뫼 ᄯᅩ 니ᄅ디,
  "이곳의 너의 형뎨식부와 질ᄋ식뷔 잇【35
】시니 너는 가셔 곳 ᄌ고 ᄯᅩᄒᆫ 너의 태태를 기
ᄃ리지 말나."
  보옥이 ᄲᆞᆯ니 디답ᄒ고 ᄯᅩ 몸을 두루혀 디
관원으로 다라나와 이홍원(怡紅院) 월문의 니ᄅ
미 다만 보니 문이 반개(半開)ᄒ엿거눌 경경히
열고 드러가니 방듕의 등촉이 휘황ᄒ고 청문(晴
雯)과 금슌ᄋ[金釧兒] 량인이 옷술 닙은 치 캉
우희셔 ᄌ며 ᄌ견(紫鵑)과 잉ᄋ(鶯兒)는 탁ᄌ 량
편의 디좌ᄒ여 지필믁연(紙筆墨硯)을 버려 노코
희롱ᄒ거눌 보옥이 보고 우스며 니ᄅ디,
  "너의 냥인이 글시 쁠 줄을 모로거눌 이거
술 무어시 쁘려 【36】 ᄒᄂ뇨?"
  ᄌ견이 니ᄅ디,
  "이ᄂ 내내 등이 분부ᄒ여 미리 쥰비케 ᄒ
미니 아지 못게라 한즈음 지니여 도라오면 도로
혀 무어술 쁘려ᄒ미로다."
  보옥이 니ᄅ디,
  "이경이 되여 도라오미 ᄌ지 아니ᄒ고 도
로혀 글시를 쁘려 ᄒ니 져의 등은 ᄯᅩᄒᆫ 고흥(高
興)이 잇도다."
  잉이 니ᄅ디,
  "뉘 모다 너와 ᄀᆞᆺ치 날마다 노야의 셩 내
시믈 바드디 도시 글 닑기와 글시 쁘기를 져허
ᄒ리오!"
  보옥이 우스며 니ᄅ디,
  "너는 무어술 알건디 ᄯᅩᄒᆫ 혼잡히397) 말ᄒ
ᄂ뇨? 나를 위ᄒ여 의샹을 거 【37】 두라."
  ᄒ며 믄득 관(冠)과 옷술 벗고 씌를 그ᄅ
더니 다만 드ᄅ미 알연(戛然) 일셩의 회(懷)듕으
로셔 일개 비갑이 ᄯᅥ러지거눌 ᄌ견이 ᄲᆞᆯ니 집으
며 니ᄅ디,
  "이ᄂ 무어시뇨?"
  보옥이 놀나 바다보니 다힝히 죠금도 샹ᄒ
미 업ᄂ지라. 탁ᄌ 우희 노코 목화(木靴)를 버스
미 잉이 신을 가져다가 신기거눌 보옥이 갑을
열고 ᄌ견과 잉ᄋ로 더브러 일졔히 볼 시 ᄌ견
이 니ᄅ디,

---

397) 【혼잡히】 囹 혼잡(混雜)하게. 마구. ¶ 混 ∥
너는 무어술 알건디 ᄯᅩᄒᆫ 혼잡히 말ᄒᄂ뇨 나를
위ᄒ여 의샹을 거두라 (你懂得什麼, 也來混說來
了, 給我疊衣裳罷.) <續紅 19:36>

“이거시 무손 믈건이완디 니러툿 죠흐뇨?”

보옥이 니르디,

“이는 외국(外國)셔 가져온 교최【38】니 풍즈영이 보닌 거시라. 쟝리 여롬398)이 되거든 너의 등을 위ᄒ여 쇼의(小衣)롤 지어 닙으면 죠흐냐, 죠치 아니냐?”

잉이 니르디,

“내 이왕 져런 얇[얇]고 고은 옷손 닙어 보지 못ᄒ엿노라.”

ᄒ더니 청문이 캉 우희셔 한 번 몸을 번드쳐 니러나 니르디,

“무손 믈건을 너의 등이 모다 둘너 안즈 보고 쏘혼 나롤 부르지 아니ᄒ느뇨?”

말ᄒ며 앏흐로 니르러 손을 드리밀미 갑아오로 아스다가 교쵸쟝을 내여 펴고 보거놀 보옥이 급히 안아다가 캉 우희 노흐니 청【39】문이 니르디,

“이거시 무손 믈건이완디 니러툿 뭉치가 크뇨?”

보옥이 니르디,

“이는 한 벌 쟝이니라.”

청문이 니르디,

“나는 무어신고 ᄒ엿더니 필경 한 벌 쟝이로다. 그러ᄒ면 엇지 잉으로 쇼의롤 지어 닙게 ᄒ리오? 일족 이거신 쥴 아랏더면 공연이 잠만 밋졋도다.”

보옥이 니르디,

“이 믈건을 경솔이 펴 보면 곳 졉기가 어려오니 너의 등은 금슌으롤 블너 니르혀라. 캉 우희 동상이 이시니 우리 등이 곳 져거술 걸니라.”

청문이 듯고 믄득【40】금슌으롤 흔드러 니르혀더니 이의 스인이 쟝 네 귀롤 줍으미 보옥이 져의 등을 위ᄒ여 스개 의즈롤 옴겨다가 네 귀의 노흐니 스인이 의즈의 올나 셔셔 즉긔의 교쵸쟝을 거니 크지도 아니코 크지도 아냐 졍히 방의 맛는지라. 보옥이 짜히 셔셔 즈셔히 한즈음 보더니 블승디희(不勝大喜)ᄒ여 쟝을 갈구리의 거더 걸고 믄득 명ᄒ여 한 편의 삼인의

금침(衾枕)을 펴고 쏘 한 편의 일개 격은 탁즈롤 노흐며 문방사우(文房四友)롤 버려 노흐며 일지 납쵹(蠟燭)을 혀고 즈【41】긔가 의즈의 의지ᄒ여 안즈 한 권 칙을 보더니 홀연 드르미 뜰의셔 류오이(柳五兒) 부르며 니르디,

“져져와 미미 등은 와셔 샐니 블을 혀 오라. 등롱이 바롬의 블녀 쩌지도다. 내내 등이 도라오시ᄂ느니라.”

ᄒ거놀 즈견이 일지 납쵹을 혀 가지고 밧그로 나아갈 시 청문 등 삼인이 쏘혼 마즈 나가 겨유 뜰의 니르미, 다만 보니 셤돌 우희 바롬의 쩌진 명각등(明角燈)을 노핫거놀 청문이 샐니 들고 즈견의 가진 납쵹의 블을 혀고 졍히 앏흐로 가려 홀 시【42】믄득 보니 습인(襲人)은 보챠(寶釵)롤 뫼시고 류오ᄋ(柳五兒)ᄂ는 디옥(黛玉)을 뫼시고 월문 안흐로 드러오거놀 청문, 즈견 량인이 보고 샐니 등롱(燈籠)을 가져 젼도홀 시 보치 웃고 니르디,

“오기롤 과히 그르게 아니ᄒ여시니 만일 쏘 바롬의 등롱이 쩌지더면 필경 밍인ᄀᆺ치 더듬을 번ᄒ엿도다.”

디옥이 니르디,

“다힝이 날이 밝고 길이 머지 아니케 남앗시디 만일 져의 량인이 부츅ᄒ지 아니ᄒ여시면 다만 져허컨디 우리 량[인]이 모다 너머질 번ᄒ엿도다.”

말ᄒ며 방으로【43】드러가며 믄득 보니 보옥이 의즈롤 의지ᄒ여 등하(燈下)의셔 글을 보거놀 디옥이 우스며 니르디,

“가쟝 글을 죠하ᄒ는도다.”

보치 링쇼ᄒ며 니르디,

“오놀 쏘 슐을 만히 먹어 방즈 노태태 곳의셔 내가 보니 네가 얼골이 붉고 다리가 플닌지라. 내가 태태가 보실가 두려 막쟌나 말ᄒ디,

“형뎨식부와 질ᄋ식뷔 모다 이 속의 잇시니 너는 드러오지 말나 ᄒ엿거니와 만일 타인이 보와 니 취혼 모양을 젼셜(傳說)ᄒ더면 필경 대【44】빅즈(大伯子)와 슉공(叔公)과 ᄀᆺ틀 번ᄒ엿도다.”

보옥이 듯고 짐즛 모로는 쳬 ᄒ고 ᄆᆞ음것 머리롤 흔들며 고셩랑독(高聲朗讀)ᄒ디,

“방블혜(彷佛兮), 약경운지폐월(若輕雲之蔽月)ᄒ고 표요혜(飄搖兮), 약류풍지회셜(若流風之

---

398)【여룸】圐 여름. ¶ 夏天 ‖ 쟝러 여롬이 되거든 너의 등을 위ᄒ여 쇼의롤 지어 닙으면 죠흐냐 죠치 아니냐 (明兒到了夏天, 給你們做小衣穿好不好?) <續紅 19:38>

回雪)이라."

ᄒ거늘 보치 웃고 니ᄅ디,

"나는 무슨 경ᄉ(經史)로 아랏더니 원리 죠ᄌ건(曹子建)의 〈락심[신]뷔洛神賦〉로다. 만일 다시 져 머리를 흔들더면 다만 져허컨디 락심[신]부죠츠 흔들닐 번ᄒ엿도다."

보옥이 듯고 답지 아니며 일양 글만 닑더니 믄득 드르미 디옥이 놀나며 니ᄅ디,

"져져야, 너는 【45】 이 걸닌 거술 보왓ᄂ냐? 어디셔 온 한 벌 죠흔 쟝이니 우리 등은 드러와셔 다만 담화만 ᄒ고 필경 보지 못ᄒ엿도다."

보옥이 듯고 바야흐로 칙을 노코 우ᄉ며 니ᄅ디,

"우리 삼인 둥의 아지 못게라 오늘 뉘 술을 만히 먹엇ᄂ뇨? 니런 큰 믈건을 죠곰도 보지 못ᄒ여시니 취ᄒ여 안뎡(眼精)이 흐리지 아니면 무슨 곡졀이냐?"

보치 듯고 쟐니 쟝을 손으로 쥐며 ᄌ견을 명ᄒ여 촉블을 가져오라 ᄒ여 이인이 등광의 빗 최여 이윽히 보더니 보치 니 【46】 ᄅ디,

"이 믈건이 내가 본 거시로다. 내 ᄉ각건디 어니 희의 련이거게(璉二哥哥) 가지고 드러와 노태긔 보시게 ᄒ미 ᄯ 일개 큰 구술이 잇셔 일만 량 은지(銀子) 아니면 사지 아니ᄒ다 ᄒ더니 이런 귀흔 믈건을 네가 어디셔 어더왓ᄂ뇨?"

보옥이 웃고 니ᄅ디,

"무던토다. 곳 우리의 졍분 죠흔 사롬이 일만 냥 은ᄌ의 파지 아닌 믈건을 이졔 졍원(情願)으로 내게 보내엿ᄂ니라."

디옥이 텽파(聽罷)의 링쇼ᄒ며 니ᄅ디,

"니러텃 말ᄒ량이면 츠인은 ᄯ흔 원슈(冤讐)의 사롬이 【47】 라 니ᄅ리로다."

보옥이 니ᄅ디,

"내 붕우들이 죠흔 ᄆ옴으로 보내엿거늘 도로혀 너의 입으로 그 사롬을 쳔답(踐踏)ᄒᄂ뇨?"

보치 니ᄅ디,

"너는 말ᄒ라. 츠인이 필경 뉘뇨?"

보옥이 웃고 니ᄅ디,

"곳 너의 거거의 죠흔 붕우 풍ᄌ영(馮紫英)이니라."

보치 니ᄅ디,

"괴이토다. 나의 거게 도로혀 무슴 졍경(正經)의 붕위 잇는가 ᄒ엿더니 져로 더브러 죠하ᄒ는도다."

디옥이 듯고 링쇼(冷笑)ᄒ며 니ᄅ디,

"져져야, 우리는 옷슬 가라 닙고 ᄯ흔 일양 져의 말을 말나. 믈건을 임 【48】 의 바닷시니 말ᄒ나 무익(無益)도다."

ᄌ견과 잉이 듯고 쟐니 가셔 밧고와 닙을 의복을 가져오려 ᄒ거늘 보치 급히 막으며 니ᄅ디,

"오늘 져녁의 텬긔(天氣)가 져기 더우니 우리 등이 것 의샹을 벗고 ᄯ흔 다시 무어슬 닙지 말지니 한ᄌ음 지나면 곳 ᄌ리라."

ᄒ고 이의 견·잉 량인이 챠·디 이인을 뫼셔 몸의 것 의샹을 벗고 다만 젹은 젹삼과 고의(袴衣)를 닙고 디면ᄒ여 의ᄌ 우희 안ᄌ 챠를 먹더니 보옥이 니ᄅ디,

"보져져와 림미미야, 방ᄌ ᄌ견 등이 너 【49】 의룰 위ᄒ여 문방사우룰 슈습ᄒ니 너는 이 즈음의 무슴 쓸 거시 잇ᄂ냐?"

보치 웃고 니ᄅ디,

"우리 등이 챠룰 파ᄒ거든 다시 네게 고ᄒ리라."

보옥이 듯고 쟐니 의ᄌ룰 믈니치며 젹은 탁ᄌ머리의 옴겨 안고 탁ᄌ 두 편을 븨여 노ᄒ며 우ᄉ며 니ᄅ디,

"너의 냥인은 캉으로 올나 안줄지니 ᄯ히 안ᄌ면 필경 셔늘흔399) 거시 죠치 아니리라."

챠·디 량인이 듯고 챠잔을 놋코 쳥문 등 뉴인을 향ᄒ여 니ᄅ디,

"너의 등은 ᄯ흔 가셔 쉬라. 이곳의 무슨 【50】 홀 일이 업도다."

쳥문 등이 듯고 각각 스스로 흐터가더라.

챠·디 이인이 캉의 올나 쟝을 나리고 보옥의 겻히 디면ᄒ여 안줏더니 보옥이 믄득 ᄉ미룰 것고 져의 등을 위ᄒ여 먹을 갈 시 디옥이 우ᄉ며 니ᄅ디,

---

297

399) 【셔늘ᄒ다】 혱 서늘하다. ¶ 凉 ‖ 너의 냥인은 캉으로 올나 안줄지니 ᄯ히 안ᄌ면 필경 셔늘흔 거시 죠치 아니리라 (你們倆人上炕來坐罷, 地下坐着到底怪凉的.) <續紅 19:49> ⇒ 서늘ᄒ다, 셔날ᄒ다, 셔눌ᄒ다

"너는 필경 우리 등이 무어슬 쓰려 ᄒᆞᄂᆞᆫ 줄 알고 곳 셜니 먹을 가ᄂᆞ뇨?"

보옥이 니ᄅᆞ디,

"이ᄂᆞᆫ 무어슬 무ᄅᆞ리오? 너의 등이 뼈내면 내가 아지 못ᄒᆞᆯ가 져허ᄒᆞ랴."

보치 듯고 우ᄉᆞ며 니ᄅᆞ디,

"내가 네게 고ᄒᆞ리니 우리 등이 ᄯᅩ 시ᄉᆞ(詩社)ᄅᆞᆯ 미【51】ᄌᆞ려 ᄒᆞ노라. 쟉일 ᄉᆞ디미미(史大妹妹)가 우리 ᄯᅳᆯ 가온디 히당화(海棠花) 나무가 임의 버헛다가400) 다시 ᄉᆞ라나 지엽(枝葉)과 ᄭᅩᆺ치 모다 발ᄒᆞᆷ믈 보고 졔가 말ᄒᆞ디, 이ᄂᆞᆫ 모다 너의 회싱ᄒᆞᄂᆞᆫ 샹셰(祥瑞)오. ᄯᅩ 미부가 한림 벼슬을 엇고 고노야긔 계후ᄒᆞ여 희ᄉᆡ(喜事) 층층이 이시니 졔가 원리 우리 등을 청ᄒᆞ여 져의 집으로 갈 거시로디 져의 집은 곳 시로 지은 방옥(房屋)이라. 모든 이 블편ᄒᆞ므로 졔가 디슈ᄌᆞ(大嫂子)의게 이십 량 은ᄌᆞᄅᆞᆯ 쥬고 져로 ᄒᆞ여곰 러일 쥬인 노릇슬 ᄒᆞ며 낫의 우리【52】등인을 청ᄒᆞ여 히당시(海棠詩)ᄅᆞᆯ 짓고 ᄉᆞᄅᆞᆯ 모호며 져녁의 노태태와 고태태와 다못 태태 등을 청ᄒᆞ여 야연(夜宴)ᄒᆞ려 ᄒᆞᆯ 시 우리 등이 필연을 예비ᄒᆞᄂᆞᆫ 거슨 원리 글 지을 졔목을 내려 ᄒᆞ여 ᄀᆞᆺ치 샹량ᄒᆞᄂᆞᆫ 뜻이로다."

보옥이 텽파의 디희ᄒᆞ여 셜니 니ᄅᆞ디,

"내가 일죽 니런 뜻이 이시디 다만 긔회(機會)ᄅᆞᆯ 만나지 못ᄒᆞ고 ᄯᅩ 다만 이 일만 위ᄒᆞ여 사름을 청ᄒᆞ미 어렵더니 이졔 몃 개 ᄌᆞ미(姉妹) 등의 시ᄅᆞᆯ 지을 쥴 아는 사람이 모다 이곳의 이시니 졍히【53】ᄉᆞ(社)ᄅᆞᆯ 모호기 죠흘지라. 우리 ᄯᅳᆯ의 히당홰 픠기를 의취(意趣)가 잇게 ᄒᆞ여시며 ᄉᆞ디미미의 일이 더욱 취미가 잇도다. 다만 내가 츌가ᄒᆞᆫ 후로붓허 시ᄅᆞᆯ 일 슈만 지엇시미 ᄯᅩᄒᆞᆫ 과히 싱쇼(生疎)ᄒᆞ지라. 다만 져허컨디 러일 ᄯᅩ 취쥴을 면키 어렵도다."

보치 니ᄅᆞ디,

"네가 무슨 시 일 슈ᄅᆞᆯ 지엇ᄂᆞ뇨? 우리 등이 엇지 보지 못ᄒᆞ엿ᄂᆞ냐?"

디옥이 니ᄅᆞ디,

"젼일 습인(襲人)의 한건(汗巾)의 쓴 게 이거시 아니냐?"

보옥이 웃고 니ᄅᆞ디,

"만일 이 일 슈가지 혜면 곳 가히 두 슈가 되【54】노라."

디옥이 니ᄅᆞ디,

"그 외의 ᄯᅩ 일 슈ᄂᆞᆫ 필경 무어시뇨?"

보옥이 니ᄅᆞ디,

"내가 디황산(大荒山)의 니ᄅᆞ미 그 산샹의 가장 놉흔 봉은 일홈을 쳥경봉(青埂峰)이라 ᄒᆞ니 봉 앒히 한 덩이 돌이 이시디 대략 놉희 오륙 쳑은 되고 그 형샹이 곳 나의 통령옥(通靈玉)으로 더브러 일양(一樣)이미 우리 ᄉᆞ뷔 말ᄒᆞ디, '져거슨 곳 나의 젼신(前身)이라.' ᄒᆞ고 ᄯᅩ 말ᄒᆞ디, '림미미의 젼신은 곳 강쥬션최(絳珠仙草)라.' ᄒᆞ니 내가 그놀 봉 우히 올나가 그 돌을 보고 심듕의 블승강개(不勝慷慨)ᄒᆞ여 칠률 일슈ᄅᆞᆯ 지【55】어 그 돌 우히 뻣노라."

보치 니ᄅᆞ디,

"이샹토다. 너는 회싱ᄒᆞ여 엇지 이 말을 아니ᄒᆞ엿ᄂᆞ냐?"

디옥이 니ᄅᆞ디,

"졔가 태허환경(太虛幻境)의 이실 ᄯᆡ도 말ᄒᆞ미 업기로 나도 ᄯᅩᄒᆞᆫ 모ᄅᆞᄂᆞ니 너는 외오면401) 우리 등이 드ᄅᆞ리라."

보옥이 듯고 드디여 외오디

문치ᄂᆞᆫ 스스로 영롱ᄒᆞ고 바탕은 스스로 구드니 몃 번 죠탁ᄒᆞᆷ믈 지내여 빗치 형연ᄒᆞ뇨.

文自玲瓏質自堅, 幾經彫琢色瑩然

챠・디 량인이 듯고 뎜두(點頭)ᄒᆞ거늘 보옥이 ᄯᅩ 외오디

다힝히 졍위가 먹음어 바다흘 메이미 업고 와황이 잇셔 단【56】련ᄒᆞ여 하ᄂᆞᆯ을 이우믈 힘닙엇도다.

---

400)【버히다】⑧ 베다. ¶ 芟 ‖ 쟉일 ᄉᆞ디미미가 우리 ᄯᅳᆯ 가온디 히당화 나무가 임의 버헛다가 다시 ᄉᆞ라나 지엽과 ᄭᅩᆺ치 모다 발ᄒᆞᆷ믈 보고 (昨兒史大妹妹瞧見咱們院子裏的海棠花已芟復活, 如今都發出枝葉骨朵來了.) <續紅 19:51>

401)【외오다】⑧ 외우다. 암기(暗記)하다. ¶ 念 ‖ 졔가 태허환경의 이실 ᄯᆡ도 말ᄒᆞ미 업기로 나도 ᄯᅩᄒᆞᆫ 모ᄅᆞᄂᆞ니 너는 외오면 우리 등이 드ᄅᆞ리라 (他在太虛幻境也沒說過, 連我也不知道, 你且念念我們聽.) <續紅 19:55>

幸無精衛銜塡海, 賴有媧皇煉補天

보치 니르디,

"이거시 곳 올흐니 필경 알건디 즈긔가 텬은(天恩) 죠덕(祖德)을 힘닙엇시니 이 글귀가 죠토다."

보옥이 쏘 외오디,

한 덩이는 다만 형샹이 뢰락흐믈 머믈넛고 삼성의 공연이 뜻이 젼면흐믈 믹깃도다

一塊徒留形磊落, 三生空結意纏綿

디옥이 니르디,

"이 두 귀도 쏘흔 죠흐니 비록 강개흐미 이시나 도로혀 말흐기룰 혼후(渾厚)히 흐엿도다."

보옥이 쏘 외오디,

쳥경의 도라오미 뉘 지긔가 되느뇨? 홀연이 봉두의 셔셔 미젼을 기드리는도다

歸來靑埂誰知己, 屹立峰頭待米顚

【57】 디옥이 웃고 니르디,

"끗 귀가 비록 죠흐나 다만 스스로 지위(地位)룰 놉히 가졋도다."

보치 니르디,

"져의 이 글이 나는 헤아리건디 도로혀 젼의 집의 잇실 씨의 짓던 풍화셜월(風花雪月)을 니른 시의 비흐면 더옥 죠흐니 즈리(自來)로 시 짓는 도는 궁(窮)흔 후의야 공교(工巧)롭다 흐니 필경 밧긔 잇셔 여러 날 괴로오믈 밧더니 바야흐로 쟝진(長進)이 잇도다."

보옥이 듯고 우스며 니르디,

"네 임의 내가 밧긔 잇셔 괴로옴 밧는 거술 원흐량이면 엇지 나는 말을 드 【58】 르미 내가 출가한 후의 네가 날마다 싱각흐여 다만 울기만 흐엿다 흐느뇨?"

보치 듯고 혀츠며 니르디,

"쏘 가비야온 말을 흐는도다."

디옥이 니르디,

"네가 임의 말흐디, '져의 시짓기룰 잘흐엿다.'흐니 우리 등이 엇지 쏘흔 져의게 일 슈룰 화답(和答)지 아니리오."

보옥이 듯고 디희흐여 썰니 일 쟝 시젼지룰 가져 탁즈 우희 펴고 쏘 져의룰 위흐여 먹을 갈거놀 보치 니르디,

"씨가 느졋시니 우리 량인이 일 슈만 련귀로 지으디 네가 몬져 한 귀룰 지 【59】 으라."

디옥이 우스며 붓술 가져 한 귀룰 쓰고 련망히 젼흐여 보내니 보치 바다보고 쏘흔 우스며 붓술 가져 한 귀룰 쓰고 쏘 젼흐여 보내니 디옥이 바다보고 붓술 가져 쏘 니어 쓰거놀 보옥이 겻히 잇셔 왕리흐며 즈셔히 보더니 믄득 허리가 가려워 숀으로 긁다가402) 홀연 댱옥함(蔣玉函)이 쥬던 쳔향나(茜香羅) 한건(汗巾)이 만치는지라. 무음의 놀나 가마니 싱각흐디, '이 한건을 만일 져의 량인이 보더면 비록 니르디, 심히 관겨될 거시 업다 흐나 필경 근져(根底)【60】 룰 키여 무르면 쏘 일쟝 잡말이 이시리니 글너셔 감쵸왓다가 러일 가마니 습인(襲人)을 쥬면 엇지 허다 번괄흐믈 면치 아니리오.' 흐고 챠·디 량인의 련귀(聯句) 짓는 스이룰 타 몸을 샌혀 나아가 가마니 글너 내여 즈긔 료[褥] 밋히 씨이니 다힝이 챠·디 이인이 다만 글짓기의 골몰흐여 보지 못흔지라. 보옥이 도로 몸을 돌쳐와 우스며 니르디,

"시룰 맛쳣느냐?"

디옥이 우스며 니르디,

"맛치기는 다흐여시디 도로혀 락관(落款)을 못흐엿도다."

보옥이 쏘 웃고 니 【61】 르디,

"우리 등이 쏘 무슨 락관을 기드리리오. 가져오라 나는 보리라."

디옥이 듯고 믄득 화젼(花箋)을 가져 보옥을 쥬니 보옥이 바다 즈셔히 볼 시 다만 보니 디옥의 쳣 귀는 흐여시디

가라도 갈니지 아니흐니 굿지 아니타 니르리오

---

402) 【긁다】圖 긁다. ¶ 抓 ‖ 보옥이 겻히 잇셔 왕리흐며 즈셔히 보더니 믄득 허리가 가려워 숀으로 긁다가 (寶玉在旁, 不着眼珠的往來窺視. 忽覺腰間發痒伸手去抓.) <續紅 19:59>

磨不磷兮不曰堅

ᄒᆞ엿고 보챠의 두 귀의는 ᄒᆞ엿시ᄃᆡ,

쇼리를 드르미 구ᄐᆞ여 여운이 깅연치 아니
토다
쵸평이 ᄭᅮ짓는 곳의 양을 일우는 날이라

聆音未必韻鏗然
初平叱處成羊日

ᄒᆞ엿고 디옥이 ᄯᅩ 두 귀를 지어시니 ᄒᆞ엿
시ᄃᆡ,

영경이 칫직질ᄒᆞ미 피를 ᄲᅮ리는 ᄶᅵ더라
　【62】 완만ᄒᆞᄃᆡ 뎜두ᄒᆞᄂᆞᆫᄃᆡ 니르미 ᄆᆞ음이
가히 와[화]ᄒᆞ엿도다

嬴政鞭來瀝血天
頑到點頭心可化

보치 ᄯᅩ 두 귀를 니어 쓰니 ᄒᆞ엿시ᄃᆡ,

슛돌 ᄀᆞᆺ트여 이닥는 거슬 당ᄒᆞᄃᆡ 힘이 오
히려 약ᄒᆞ도다
만일 경위로 ᄒᆞ여곰 먹음어 바다흘 몌힌다

礪當漱齒力猶綿
倘敎精衛銜塡海

ᄒᆞ엿고 디옥이 ᄭᅳᆺ 귀를 지어시니 ᄒᆞ엿시
ᄃᆡ,

죠히 어룡을 ᄯᅵ라ᄒᆞ여 믈결을 ᄯᅡ라 구은다

好伴魚龍逐浪顚

ᄒᆞ엿거늘 보옥이 간파(看罷)의 더쇼ᄒᆞ며
니르ᄃᆡ,
　"죠흐나 너의 등이 필경 나를 욕ᄒᆞ엿도다.
날노 ᄒᆞ여곰 변ᄒᆞ여 양이 되고 ᄯᅩ 칫직을 마지
라 ᄒᆞ여시니 이【63】도 ᄯᅩ흔 그만 두려니와 엇

지 죵말의 도로혀 말ᄒᆞᄃᆡ 날노 ᄒᆞ여곰 어룡을
ᄯᅥᆨ 지으라 ᄒᆞ니 내가 필경 변ᄒᆞ여 무어시 되라
ᄒᆞ는 말이뇨? 이는 가쟝 죠치 아니토다."
　말ᄒᆞ며 곳 손을 내여 보챠를 것구르치고
져의 허리를 ᄭᅥ 단단이 쥐니 보치 긔운을 통치
못ᄒᆞ미 련망히 익걸ᄒᆞ며 니르ᄃᆡ,
　"죠흔 형뎨야 내 다시는 감히 아니리라."
　보옥이 웃고 니르ᄃᆡ,
　"오늘 편벽도히 너로 ᄒᆞ여곰 나를 거거라
블너야 내 비로쇼 너를 용셔ᄒᆞ리라."
　보치 챡【64】 급ᄒᆞ여 우스며 니르ᄃᆡ,
　"져가 너다려 거거라 부르는 사름이 아니
냐?"
　ᄒᆞ여 한 마ᄃᆡ 말노 아라 듯게 ᄒᆞ니 보옥이
보챠를 놋코 곳 디옥을 치려 ᄒᆞ거늘 디옥이 총
명ᄒᆞ여 보챠의 말을 듯고 졔가 미리 방비ᄒᆞ엿다
가 보옥이 치려 ᄒᆞᆯ을 보고 ᄲᅡᆯ니 몸을 피하여 캉
의 ᄲᅱ여 나리니 보옥이 필경 공듕(空中)을 치고
너머지려 ᄒᆞ다가 련망히 니러나 앏흐로 ᄯᅡ라가
다가 고의(袴衣)가 원리 내공을 면쥬(面綢)로 너
허 믯그럽고403) ᄯᅩ흔 한건(汗巾)을 믹지 아닌지
라. 블시【65】의 흘너 나리거늘 보챠·디옥 이
인이 흡흡디쇼ᄒᆞ니 보옥이 챡급ᄒᆞ여 고의를 드
러 믹고ᄌᆞ ᄒᆞᄃᆡ 져 량인이 한건 연고(緣故)를
무롤가 져허ᄒᆞ여 쥬져ᄒᆞ더니 사름이 급ᄒᆞ며 지
혜가 나는지라. 이의 짐줏 고의를 보며 칭원ᄒᆞ
여 니르ᄃᆡ,
　"네가 버셔지니 내가 곳 ᄆᆞ음것 버스리라.
이즈음의 도로혀 나를 피ᄒᆞᆯ 사름이 잇다 니르기
어렵도다."
　ᄒᆞ며 믄득 ᄲᅱ여 니러나 셩을 내며 버스려
ᄒᆞ거늘 보치 ᄲᅡᆯ니 니르ᄃᆡ,
　"텬긔 심링(深冷)ᄒᆞᄃᆡ 이거시 엇진 모양이
【66】 뇨? 도로혀 치우믈 두리지 아니ᄒᆞᄂᆞ냐?"
　디옥이 ᄯᅡ 아리뼈 니르ᄃᆡ,
　"보져져, 우리는 ᄯᅩ흔 문방을 슈습ᄒᆞ리라.
ᄶᅵ가 느졋시니 희당ᄉ 졔목은 러일 운ᄋᆞ로 더브
러 당쟝(當場)의 졍ᄒᆞ미 ᄯᅩ흔 더디지 아니니 너

---

403)【믯그럽다】휑 미끄럽다. ¶ 滑∥ 고의가 원
리 내공을 면쥬로 너허 믯그럽고 ᄯᅩ흔 한건을
믹지 아닌지라 블시의 흘너 나리거늘 (不承望褲
腰原是裏面綢子的, 又滑又沒繫着汗巾, 那條玉色
洒花褲兒竟順着腿掉了下來.) <續紅 19:64>

눈 보라. 졔가 더옥 들네여 졈졈 모양이 죠치
아니토다."

보치 니르딕,

"져롤 아른 쳬 말나. 우리 등이 이 믈건을
모다 거두리라."

더옥이 듯고 도로 캉 우흐로 올나와 붓슬
다듬고 벼루 쑤의롤 덥흐며 죠희롤 졉고 먹을
쓸 시 보옥이 보고 믄득 희희히 우【67】스며
더옥의 겻히 안즈 니르딕,

"오늘 내가 슐올 먹어 몸이 심히 가려오니
너는 나롤 위호여 한즈음 긁으라."

더옥이 듯고 샬니 혀츠며 니르딕,

"밧비 져리로 가라. 나는 단졍코 응락지
아니리니 이거시 무슨 모양이뇨? 겨가 보져겨가
아니냐? 너는 엇지 다만 나롤 죠르느뇨?"

보치 졍히 지필(紙筆)을 슈습호다가 더옥
이 졔게 밀위믈 보고 니르딕,

"너는 엇지 져롤 부츅여 ᄆᆞ옴딕로 들네게
호느뇨?"

더옥이 웃고 니르딕,

"너는 져의게 발쟉(發作)을 아니호니 졔가
【68】엇지 즐겨 ᄆᆞ옴이 가라 안즈리오?"

호여 한 마딕 말노 아라듯게 호니 보치 샬
니 블너 니르딕,

"잉ᄋᆞ야!"

호거늘 다만 드르미 잉이 져편의셔 무르
딕,

"내내야, 나롤 블너 무엇호려 호느뇨?"

더옥이 쏘흔 샬니 블너 니르딕,

"너의 류인은 모다 오라."

호고 다만 보믹 쳥문과 다못 잉이 몬져 딕
답호고 다라드러 오다가 보옥이 캉 우희 잇는
거술 보고 니르딕,

"쏘흔 치우믈 두리지 아니호느냐?"

보치 니르딕,

"너의는 가히 져다려 무럼죽호도다. 샬니
져롤 다리고 나롤 위호【69】여 너의 방듕으로
쯔을고 가라."

말홀 시 다만 보니 즈견과 금슌ᄋᆞ와 류오
ᄋᆞ와 슙인 등이 일졔히 드러와 무르딕,

"이위 너너는 엇지호여 지금가지 즈지 아
니호뇨?"

더옥이 우스며 니르딕,

"너의 등은 캉 우희 져 사롬을 보지 못ᄒ
느냐? 너의 등은 모다 져롤 너의 방듕으로 다려
가 져로 ᄒᆞ여곰 ᄆᆞ옴딕로 들네게 ᄒᆞ라."

쳥문이 웃고 니르딕,

"내내 등은 돌혀 쳥졍(淸靜)ᄒᆞ게 버셔나려
니와 가련토다! 우리 등은 곳 맛당히 죽을 사롬
이랴."

보옥이 웃고【70】니르딕,

"내내가 너의 등의게 분부ᄒᆞ미 너의 등이
모다 감히 어긔지 못ᄒᆞ여 하나토 쩌러지지 아니
코 일졔히 모다 오니 나도 쏘흔 너의 등의게 한
일을 분부ᄒᆞ려 ᄒᆞ노라."

쳥문이 니르딕,

"이야는 우리 등의게 무슨 일을 분부ᄒᆞ던
지 우리 등이 쏘흔 감히 어긔지 못ᄒᆞ리라. 이야
와 내내는 원릭 일양이라 엇지 내내 말을 듯고
이야의 말은 듯지 아닐 도리 이시리오."

보옥이 웃고 니르딕,

"임의 이 ᄀᆞᆺ트면 너의 등은 모다 나의 분
부롤 드르라. 너의【71】류인이 난호와 두 반렬
이 되여 삼인이 일인식 뫼시고 너의 두분 내내
롤 캉 우희 것구르치며 져의 등이 즐겨 벗지 아
니ᄒᆞ는 의샹을 모다 벗기라."

류인이 듯고 졔셩(齊聲)ᄒᆞ여 우스며 니르
딕,

"이 일은 우리 등이 진개 감히 못ᄒᆞ노라."

보옥이 니르딕,

"엇지미뇨? 가히 알지니 너의 등이 모다
내내만 두리고 이야는 두리지 아니ᄒᆞ는도다."

즈견이 듯고 우스며 니르딕,

"내내가 말솜을 유리(有理)케 ᄒᆞ면 우리는
곳 내내의 말을 죠출 거시오. 이야가 말삼을 유
리케【72】ᄒᆞ면 우리 등이 곳 이야의 말을 죠츠
려니와 이야의 방즈 말흔 거슨 일뎜 도리가 업
스니 우리 등이 엇지 죠츠리오?"

보옥이 니르딕,

"내가 방즈 말흔 거시 곳 도리가 업는 말
이라 ᄒᆞ면 내내가 이야롤 쯔어내는 거시 곳 도
리가 잇는 거시냐?"

금슌이 니르딕,

"이는 내내 등이 이야롤 스랑ᄒᆞ는[404] 뜻이

---

404)【스랑ᄒᆞ다】圉 사랑하다. ¶ 疼 ‖ 이는 내내
　　등이 이야롤 스랑ᄒᆞ는 뜻이니 (這是奶奶們疼爺

니 만일 내내 등이 일결 이야로 ᄒ여곰 져곳의
가지 아니케 ᄒ면 이야는 ᄯᅩ 맛당히 착급ᄒ여
내내 등이 톄면(體面) 업스믈 미원(埋怨)ᄒ리라.”

디옥이 듯고 우스며 니【73】ᄅ디,

“무던토다. 내 말디로 너는 죠히 져의 등
을 ᄯᅡ라가라. 너는 보져져를 볼지니 져곳의셔
심히 셩이 낫시미 져를 덧내여 몽치405)를 가지
고 오라 분부케 말지니 너는 말ᄒ라. 의취 업는
거슬 바드려 ᄒᆞ냐?”

말ᄒ미 보챠와 다못 듕인이 모다 웃거늘
보옥이 디답지 아니코 류오ᄋ(柳五兒)와 습인(襲
人)을 향ᄒ여 니ᄅ디,

“내내 등이 날노 ᄒ여곰 너의 곳으로 가게
ᄒ니 너의 등은 원ᄒᆞ냐, 원치 아니ᄒᆞ냐?”

류오이 웃고 니ᄅ디,

“우리 등은 노지(奴子)라. 원리 쥬인의【74
】분부를 드ᄅ리니 엇지 감히 원ᄒ며 원치 아니
믈 말ᄒ리오.”

보옥이 니ᄅ디,

“임의 니러ᄒ면 가히 나의 분부를 드ᄅ라.
쳥문과 오오는 킈가 샹등ᄒ니 나를 위ᄒ여 숀을
버려 교ᄌ를 민들면 내가 타고 안거든 잉ᄋ와
금슌ᄋ를 ᄡᅡᆼ으로 셰우고 자견으로 목말을 타게
ᄒ며 습인은 뒤히 ᄯᅡ라오게 ᄒ면 내가 죠히 너
의 곳으로 도임ᄒ라 가리라.”

쳥문이 웃고 니ᄅ디,

“말이 가쟝 듯기 죠흐디 다만 우리 등이
숀으로 교ᄌ 민들 줄을 모로노라.”

보【75】옥이 니ᄅ디,

“너의 량인은 니리오라. 너의 등을 가ᄅ치
리리. 너의 등이 을흔 숀으로 쾨편 팔을 줍은
후의 이인이 디면(對面)ᄒ여 셔셔 너의 좌슈로
져사룸의 올흔 편 팔올 쥐고 져 사룸의 좌슈로
너의 올흔 편 팔을 쥐면 곳 되리라.”

이인이 듯고 그디로 교ᄌ를 민ᄃ더니 우스
며 니ᄅ디,

“이 엇지 안ᄌ리오.”

보옥이 우스며 니ᄅ디,

“내 스스로 안는 법이 이시니 너의 등은
몬져 ᄡᅡᆼ 목몰올 예비ᄒ고 기ᄃ리라.”

견·잉·슌 삼인이 듯고 ᄯᅩᄒᆞᆫ 그 법【76】
디로 셧더니 보옥이 바야흐로 몸올 두루혀 ᄌ긔

쇄화(酒花) 겹고의롤 가지고 가마니 뇨 밋히 감
촌 쳔향라(茜香羅) 한건(汗巾)을 내여 바지 속의
너흔 후의 습인을 블너 ᄌ긔를 위ᄒ여 닙히게
ᄒ고 니러나와 두 ᄃ리를 도스리고406) 쳥·류
냥인의 목을 붓들고 져의 량인의 숀 우히 올나
안ᄌ미 ᄌ견과 금슌ᄋ와 잉ᄋ 삼인을 블너 ᄡᅡᆼ
목몰을 타고 앏히셔 길을 인도ᄒ며 후면의 습인
이 ᄯᅡ라 필경 져편으로 가니 챠·디 이인이 디
쇼【77】ᄒ거늘 보옥이 머리를 두루혀 챠·디
냥인을 보고 우스며 니ᄅ디,

“우리 등은 져곳의셔 한즈음 열요히 지니
면 너의 량인이 쳥령(淸冷)ᄒ여 가히 후회치 아
니랴 ᄒ더라.”

지셜(再說), 챠·디 냥인이 ᄯᅩ 안ᄌ 이윽히
말ᄒ다가 블을 ᄯᅳ고 ᄌ더니 익일의 니ᄅ러 홍일
(紅日)이 챵의 빗쵀미 바야흐로 좀을 ᄭᅵ여 련망
히 옷슬 닙고 니러나 혜아리디, ‘보옥, 쳥문 등
은 오히려 니러나지 못ᄒ엿시리라.’ ᄒ더니 뉘
알니오 문을 열 ᄯᅢ의 믄득 보니 보옥이 져 룩【
78】인으로 더브러 홈긔 뎡듕 히당화 나무 아리
셔 겻가지와 어ᄌ러온 입홀 ᄯᅡ고 ᄯᅩ 몃 개 노뷔
(老婆) ᄯᅡ홀 ᄡᅳᆯ더니 보옥이 챠·디 이인의 나오
믈 보고 우스며 니ᄅ디,

“죠히 잣느냐? 어졔 나를 니ᄅ혀 보내미
고이치 아니토다. 원리 금죠의 한 번 잘 ᄌ믈
위ᄒ미니 내 방ᄌ 잉ᄋ 등의게 분부ᄒ여 모다
너를 ᄭᅢ지 못ᄒ게 ᄒ여 너의 량인으로 ᄒ여곰
낫가지 ᄌ게 ᄒ디 태태로 ᄒ여곰 알게 ᄒ여 너
의 등으로 디면홀 낫치 업게 ᄒ면 바야흐로 내
심【79】둥의 한을 플니로다.”

디옥이 듯고 우스며 니ᄅ디,

“이야, 우리 량인이 너를 엇지ᄒ엿관디 곳

---

405) 【몽치】⑲ 쌀막한 몽둥이. 옛날에 무기로 사
용함. ¶ 棒槌 ‖ 너는 보져져를 볼지니 져곳의
셔 심히 셩이 낫시미 져를 덧내여 몽치를 가지
고 오라 분부케 말지니 너는 말ᄒ라 의취 업는
거슬 바드려 ᄒᆞ냐 (你看, 寶姐姐了在那裏生氣
呢. 莫要惹的他吩咐敎取出棒槌來, 你說要討沒趣
兒呢?) <續紅 19:73>

406) 【도스리다】⑧ 도사리다. ¶ 圈 ‖ 두 ᄃ리를
도스리고 쳥 류 냥인의 목을 붓들고 져의 량인
의 숀 우히 올나 안ᄌ미 (將兩只腿兒圈着, 包了
晴、柳二人脖子, 坐在他二人手膀子上.) <續紅
19:76>

的意思.) <續紅 19:72>

네가 니ᄅᆞ툿 표원(表怨)ᄒᆞ엿ᄂᆞ냐?"

보치 웃고 니ᄅᆞ디,

"너ᄂᆞᆫ 겨로 ᄒᆞ여곰 우리 등을 보면 가히 붓그러올 거시 무어시뇨? 이ᄂᆞᆫ ᄯᅩᄒᆞᆫ 우리 등의 일뎜 청복(淸福)이로다. 곳 금죠의 한즈음 잘 잣기로 태태긔셔 아ᄅᆞ시면 ᄯᅩᄒᆞᆫ 무ᄉᆞᆫ 쓰지 못ᄒᆞᆯ 일이 업ᄉᆞ리라."

습인과 류ᄋᆞ이 ᄲᆞᆯ니 가셔 셰슈믈을 가져와 져 이인을 뫼셔 쇼셰ᄅᆞᆯ 임의 맛치미 의샹을 닙고 모다 왕부인 【80】 샹방으로 올 ᄉᆡ ᄯᅳᆯ의 니ᄅᆞ러 다만 보니 보옥이 도로혀 ᄒᆡ당나무 아ᄅᆡ 잇셔 이것 져거술 안비(按排) 포치(布置)ᄒᆞ거늘 보치 우ᄉᆞ며 니ᄅᆞ디,

"나ᄂᆞᆫ 네게 고ᄒᆞᄂᆞ니 일업시 밧부게 구지 말지니 너ᄂᆞᆫ 보라. 우리 이곳의 날마다 ᄒᆞᄂᆞᆫ 일이 어즈러오미 만코 방등의 ᄲᅡ힌 믈건이 ᄯᅩᄒᆞᆫ 젹지 아니며 ᄯᅩ 쇼힝지 잇셔 무시로 규함(叫喊)ᄒᆞ니 엇지 도로혀 시ᄉᆞ(詩社)ᄅᆞᆯ 열니오. 사ᄅᆞᆷ을 식여 쇼샹관(瀟湘館)을 간졍(干淨)이 쇼쇄ᄒᆞ고 포진(鋪陳)을 ᄒᆞ면 안계(眼界)도 너ᄅᆞ며 ᄯᅩ 아치(雅趣)도 이시니 이곳의셔 노니ᄂᆞᆫ 이만 ᄀᆞᆺ지【81】 못ᄒᆞ도다. 한즈음 지내거든 모다 모혀 태태 샹방의셔 죠반 먹고 몬져 겨의ᄅᆞᆯ 청ᄒᆞ여 이곳의 니ᄅᆞ러 ᄒᆡ당화ᄅᆞᆯ 구경ᄒᆞ고 한즈음 챠ᄅᆞᆯ 마시고 ᄯᅩᄒᆞᆫ 몬져 혜여보디 능히 지으리가 모다 몃 ᄉᆞ람이 잇시며 몃 좌 탁ᄌᆞ와 몃 벌 필연올 쁠ᄂᆞᆫ지 졍ᄒᆞᆫ 후의 한가지로 쇼샹관의 니ᄅᆞ러 낫 잔치ᄅᆞᆯ 지내거든 일죽 허여져 한즈음 쉬고 져녁의 노태태 샹방의 니ᄅᆞ러 모혀 안ᄌᆞ 잔치ᄅᆞᆯ ᄒᆞᆯ지니 디져 틈을 어더야 바야흐로 쥬션ᄒᆞ기가 어렵【82】지 아니ᄅᆞ리라."

보옥이 듯고 블승디희ᄒᆞ여 ᄲᆞᆯ니 나아가 비명(焙茗)의게 분부ᄒᆞ여 겨로 ᄒᆞ여곰 사ᄅᆞᆷ을 식여 쇼샹관을 쇼쇄ᄒᆞ고 의ᄌᆞᄅᆞᆯ 버려 노ᄒᆞ며 담로[緂褥]ᄅᆞᆯ 펴더라.

챠셜(且說), 챠·디 이인이 왕부인 샹방의 니ᄅᆞ러 다만 보니 왕부인이 ᄯᅩᄒᆞᆫ 쇼셰ᄅᆞᆯ 맛치미 이인의 드러오믈 보고 믄득 무ᄅᆞ디,

"보옥이 쟉야의 진부 잔치의 술을 만히 먹지 아니ᄒᆞ엿더냐?"

챠·디 냥인이 듯고 ᄲᆞᆯ니 엄젹(掩迹)ᄒᆞ며 니ᄅᆞ디,

"술을 만히 먹지 아니ᄒᆞ엿노라."

왕부인이 니ᄅᆞ디,

"졔가 니러낫【83】ᄂᆞ냐, 니러나지 아니ᄒᆞ엿ᄂᆞ냐?"

보치 니ᄅᆞ디,

"니러 낫시나 쇼샹관의 가 보술펴 사ᄅᆞᆷ으로 ᄒᆞ여곰 쇼쇄포진(掃灑鋪陳)ᄒᆞᄂᆞ니라."

왕부인이 니ᄅᆞ디,

"지금의 ᄯᅩ 쇼샹관을 쇼쇄ᄒᆞ여 무엇 ᄒᆞ려 ᄒᆞᄂᆞ뇨?"

디옥이 니ᄅᆞ디,

"쟉일의 ᄉᆞ디ᄆᆡᄆᆡ(史大妹妹) 우리 디슈ᄌᆞ(大嫂子)의게 이십 냥 은ᄌᆞᄅᆞᆯ 쥬고 져ᄅᆞᆯ 위ᄒᆞ여 몃 탁ᄌᆞ 슐을 판비(辦備)ᄒᆞ여 낫의 우리 ᄌᆞᄆᆡ 등을 청ᄒᆞ고 스ᄅᆞᆯ 모화 시ᄅᆞᆯ 짓다가 져녁의 태태 등을 청ᄒᆞ여 노태태와 다못 우리 마마ᄅᆞᆯ 뫼셔 안ᄌᆞ 담화ᄒᆞ려 ᄒᆞᄂᆞ니라."

왕부인이 듯고 우ᄉᆞ【84】며 니ᄅᆞ디,

"너의 ᄉᆞᄆᆡᄆᆡᄂᆞᆫ 진개 고흥(高興)이 잇도다. 졔가 엇지 남은 돈이 이시리오."

보치 니ᄅᆞ디,

"우리 등이 쟉일의 여러 번 말니디 졔가 즐겨 좃지 아니ᄒᆞ니 다만 오늘 판비ᄒᆞ여 지니고 후일 우리 등이 모다 은ᄌᆞᄅᆞᆯ 모화 내여 져의게 갑ᄂᆞᆫ 거시 올토다."

졍히 니ᄅᆞ툿 말ᄒᆞ더니 다만 보미 쥬이랑(周二娘)이 환ᄋᆞ식부(環兒媳婦) 죠시(趙氏)ᄅᆞᆯ 거ᄂᆞ리고 니환(李紈)은 란가ᄋᆞ식부(蘭哥兒媳婦) 범시(范氏)ᄅᆞᆯ 거ᄂᆞ리고 모다 와셔 문안ᄒᆞ거늘 왕부인이 니환을 향ᄒᆞ여 우ᄉᆞ며 니ᄅᆞ디,

"나ᄂᆞᆫ 드ᄅᆞ니 너의 ᄉᆞ대【85】ᄆᆡᄆᆡ 오늘 네게 청ᄒᆞ여 져ᄅᆞᆯ 위ᄒᆞ여 쥬인이 되라 ᄒᆞ엿다 ᄒᆞ니 너ᄂᆞᆫ 모다 몃 탁ᄌᆞ나 판비ᄒᆞ엿ᄂᆞ뇨?"

니환이 웃고 니ᄅᆞ디,

"내 엇지 무ᄉᆞᆷ 쥬셕을 판비ᄒᆞᆯ 줄 알니오. 쟉일 ᄉᆞ디ᄆᆡᄆᆡ의게 내가 슈삼ᄎᆞ 말ᄒᆞ디, 듯지아니ᄒᆞᄂᆞᆫ지라. 내 부득이ᄒᆞ여 져의 은ᄌᆞᄅᆞᆯ 바닷다가 쟉야의 사ᄅᆞᆷ을 식여 봉챠두의게 보내엿노라."

졍히 말ᄒᆞᆯ 시 다만 드ᄅᆞ니 챵 외의 사ᄅᆞᆷ이 잇셔 우ᄉᆞ며 니ᄅᆞ디,

"ᄯᅩ 태태 앏히셔 봉챠두라 말ᄒᆞ믄 무ᄉᆞᆷ 일이뇨?"

듕인이 곳 봉져오ᄂᆞᆫ 줄 아랏더【86】니 과

303

연 보미 봉져, 교져의 손을 끄을고 모녀 량인이
드러오거늘 왕부인이 교져의 손을 끄을며 웃고
니르디,

"우리 ♀히야, 오늘 너의 심낭(嬸娘) 등이
스롤 모화 시롤 짓고즈 ᄒ니 너는 시 지을 줄을
아느냐, 모로느냐?"

교져 웃고 니르디,

"내 이제 ᄯᅩᄒᆫ 겨유 비호니 다만 두리건디
짓기롤 잘 못홀 듯ᄒ도다."

봉져 웃고 니르디,

"진개 늙은 갈마귀[407] 집의 봉황(鳳凰)이
낫시니 내게 비하면 가장 낫도다. 전일 내가 친
히 가모의 말을 드르니 제가 도로혀 져의 녀셔
롤 가르친다 ᄒ더라.【87】 가련토다. 나도 ᄯᅩᄒᆫ
당일의 한즈음 비홧시디 곳 한 ᄂᆺ 글즈도 모로
논지라. 지금 무슨 일을 당ᄒ던지 량안(兩眼)이
슛갓치 검도다."

니환이 웃고 니르디,

"너도 ᄯᅩᄒᆫ 능ᄒᆫ 곳이 잇도다. 내 쟉일 네
게 은즈롤 보내엿더니 너는 엇지 판비ᄒ느뇨?"

봉져 웃고 니르디,

"그만 두라. 이거시 태태롤 디ᄒ여 말ᄒ미
아니라. 너는 ᄯᅩᄒᆫ 너모 간亽(奸邪)ᄒ도다. 남이
네게 부탁ᄒ는 스졍을 네가 ᄯᅩ 내게 젼탁(轉托)
ᄒ니 이즈음의 내 도로혀 무슨 보틸 돈이 이시
리오? 다만 그 이십 량 은즈롤 다 드려【88】 네
탁즈롤 판비ᄒ면 겨유 져녁의 쓰기의 넉넉홀 거
시어늘 나지 ᄯᅩ 시亽롤 모흐려 ᄒᆫ 강론치 못
ᄒ엿도다. 내 져기 보터여 너의롤 위ᄒ여 세 탁
즈 찬합과 한 독 술과 세 합 치쇼롤 판비ᄒ여
겨유 요긔(療飢)케 ᄒ고 져녁의 니르거든 한 즈
리롤 베프러 모다 모혀 안게 홀지니 다만 내가
몃 ᄂᆺ 돈을 격게 보틱여 닐 쓴 아니라 ᄯᅩ 너의
등의게도 유익ᄒ니 이곳 져곳의셔 만히 먹고 그
잇튼눌 복듕이 블평ᄒᆷ롤 면케 ᄒ리라."

말ᄒ미 듕인이【89】 모다 웃더라. 다만 보
니 셜이미(薛姨媽) 샹운(湘雲), 향릉(香菱)과 슈
연(岫烟), 보금(寶琴)과 영춘(迎春), 탐춘(探春)과
셕춘(惜春)을 거느리고 담쇼ᄒ며 오거늘 왕부인

이 보고 밧비 셜이마롤 인도ᄒ여 캉 우희 니르
러 안게ᄒ고 모든 즈미 등은 모다 량편 의즈의
안더니 왕부인이 우스며 니르디,

"쟉야의 내가 총급(恩急)ᄒ여 너의롤 보슬
피지 못ᄒ여시니 ᄯᅩᄒᆫ 아지 못게라 너의 등이
모다 어니 곳의셔 머무럿느뇨?"

셜이미 웃고 니르디,

"다힝이 너의 방옥이 만코 우리 머무는 사
롬도 ᄯᅩᄒᆫ 젹지 아니ᄒ【90】엿도다. 나와 다믓
금♀는 형무원(蘅蕪院)의셔 머믈고 우리 디식부
와 다믓 져의 운미미와 탐미미는 츄상지(秋爽
齋)의셔 머믈며 이식부와 다믓 져의 이겨겨는
즈룽쥬(紫菱洲)의셔 머무럿시디 다만 스고랑은
즐겨 여러 사롬을 더브러 ᄌᆺ치 잇지 아니ᄒ여
져의 져져 등이 힘써 져롤 머무르디 제가 필경
량개 챠환만 다리고 롱취암(櫳翠庵)을 ᄌᆺ느니
라."

왕부인이 탄식ᄒ며 니르디,

"우리 스고랑은 슈도홀 ᄆᆞᆷ이 ᄯᅩᄒᆫ 지극
ᄒ니 싱각건디 후일 반드시 효험이 이시리라."

말을 맛치고 ᄯᅩ 샹【91】운을 향ᄒ여 우스
며 니르디,

"대고랑아, 네가 임의 스(社)롤 모화 시롤
짓고즈 ᄒ니 이도 ᄯᅩᄒᆫ 극히 아담(雅淡)ᄒᆫ 일이
로디 네가 곳 우리의게 한 말을 고ᄒ면 곳 쥬방
으로 ᄒ여곰 너의롤 위ᄒ여 한 번 쥬셕을 판비
ᄒ는 거시 ᄯᅩ 무슴 관겨되미 잇다 니르기 어렵
거늘 엇지 너는 은즈롤 내엿느뇨?"

샹운이 웃고 니르디,

"나는 ᄯᅩᄒᆫ 다만 스롤 모호기만 위ᄒ지 아
니미니 심낭이 싱각ᄒ라. 이졔 샹텬의 도으시믈
닙어 너의 녀셔가 회싱ᄒ고 한림원의 벼슬【92
】을 ᄒ며 ᄯᅩ 고노야와 고태태롤 위ᄒ여 계후ᄒ
고 향화 밧들 젼디롤 어덧시니 나는 원리 졍셩
의 ᄆᆞᆷ으로 모다 쳥ᄒ여 집으로 가 하로롤 열
요ᄒ려 ᄒ엿더니 쳣지는 시로 지은 방옥이 누습
(漏濕)ᄒ고 둘지는 챠환과 노파도 ᄯᅩᄒᆫ 쓰기의
넉넉지 못ᄒ지라. 니르므로 내가 디슈즈의게 쳥
ᄒ고 나롤 위ᄒ여 판비ᄒ라 ᄒ미니 블과 나의
일뎜 공경ᄒ는 ᄆᆞᆷ을 다홀 ᄯᆞ롬이오. ᄯᅩ 무슴 돈
을 만히 쓰미 업노라."

봉져 듯고 우스며 니르디,

"네 원리 디슈즈【93】의게 쳥ᄒ더니 이제

---

407)【갈마귀】⑲ 갈매기. ¶ 鸛 ∥ 진개 늙은 갈마
  귀 집의 봉황이 낫시니 내게 비하면 가장 낫도
  다 (眞是老鸛窩出鳳凰, 比我强多了.) <續紅
  19:86> ⇒ 갈막이, 갈민기

제가 이슈즈(二嫂自)롤 위력(威力)으로 시겻도 다.”

상운이 쳥파의 우스며 니르디,

“느는 쏘흔 무숨 슈지든지 아른 쳬 아니흐 고 다만 경의만 밧으미 곳 올토다.”

흐고 모다 이윽히 한담흐더니 믄득 보미 챠환 등이 나아와 탁즈롤 버리고 술잔과 졋가락 올 노흐미 모다 왕부인 샹방의셔 죠반을 먹으며 양치흐고 챠 마시기롤 맛치더니 셜이미 챠·디 이인을 향흐여 우스며 니르디,

“고랑 등아, 너의 등이 스롤 모호고 시롤 짓는 이가 모다 번지 일죽 경흐고 너 【94】의 등은 스스로 가셔 일을 보슯히더 그의 시 지을 줄 아지 못흐는 이는 모다 츠쳐의 머무르라. 우 리 등이 죠히 너의 태태로 더브러 골픠흐리라.”

디옥이 웃고 니르디,

“우리 등이 방즈 혜여 경흐여시니 모다 십 이인이로라.”

셜이미 웃고 니르디,

“모다 뉘완디 엇지 시 짓는 사룸이 이곳치 만흐냐?”

디옥이 니르디,

“친쳑 등의는 룽져져와 금미미와 즈미미와 교고랑이니 쏘흔 스인이오. 쏘 우리 디슈즈와 다믓 우리 즈미 등이 이시니 혜여 보미 다만 봉 져져와 신취(新娶)흔 형뎨 【95】 식부와 질ᄋ식 부와 아오로 태태와 다믓 태태가지 졍히 오인이 골픠흐느니라.”

셜이미 듯고 손을 쏩아 혜더니 우스며 니 르디,

“고랑아, 너의 등이 다만 십일인이 잇거늘 너는 엇지 십이인이라 흐느뇨?”

디옥이 듯고 슈건으로 입을 쓰쥐며 웃고 니르디,

“이마의 말숨이여, 우리 방등의 도로혀 일 인이 잇느니라.”

셜이미 니르디,

“이야, 올토다. 내 지금의 쏘흔 졍신이 챡 란(錯亂)흐믈 알니로다.”

왕부인이 니르디,

“우이고랑은 오늘 엇지 오지 아니흐뇨?”

봉졔 니르디,

“평이 【96】 아춤의 머리롤 비스미 졔가 평

ᄋ롤 위흐여 히즈롤 다리느니라.408)”

왕부인이 니르디,

“옥슌ᄋ는 가셔 보라. 만일 우이고랑과 평 고랑이 모다 씩반(喫飯)흐엿거든 말흐기롤 태태 긔셔 너의 등을 기드려 골픠흐려 흔다 흐며 냥 개 시 식부는 이곳의 한즈음 안즈시니 쏘흔 져 의 등으로 흐여곰 도라가 쉬게 흐라. 어린 ᄋ회 무숨 골픠롤 흐리오.”

옥슌이 답응흐고 가거눌 봉졔 웃고 니르 디,

“태태는 모다 혬이 분명흔지라. 아마도 우 리 방등 삼인이 모다 골픠 【97】 의 져야 겨유 태태의 ᄆ옴디로 되는 일이로라.”

셜이미 웃고 니르디,

“너는 방심흐라. 오늘은 나와 다믓 너의 태태가 골픠의 져셔 너의 삼인으로 흐여곰 모다 이긔고 가면 죠흐냐 죠치 아니냐?”

봉졔 웃고 니르디,

“리치롤 의존홀진디 이위 태태는 모다 지 려 흐시는 쥬견이 계시면 우리 어린 ᄋ히된 샤 룸이 일뎜 은퇴을 닙을지니 쏘흔 가장 쓰리로 다.”

흐미 둥인이 모다 웃더라.

왕부인이 쏘 상운을 향흐여 니르디,

“고랑 등아, 너의 등은 모다 【98】 쳥컨디 가셔 너의 경경(正經)의 일을 폐치 말지니라.”

이의 상운, 즁즈미(衆姉妹) 일졔히 흐직흐 고 모다 이홍원(怡紅院)으로 와 몬져 히당화 아 리 셔셔 이윽히 볼 시 향룽이 니르디,

“이 히당나무가 진개 긔괴(奇怪)흐도다. 엇 지 임의 버혀 바렷던 거시 쏘 능히 스라느뇨?”

샹운이 니르디,

“너의는 사룸이 죽엇다가 도로혀 능히 회 싱흐엿거눌 흐믈며 쵸목이랴! 이는 모다 너의 등의 상셔로온 징죄(徵兆)라. 니러므로 오늘 내 가 원러 너의 등을 위흐여 치하흐미로다.”

흐더니 다만 보미 보 【99】 옥이 방등의셔 분망히 사룸을 명흐여 좌셕을 볘플고 쏘 쳥문 등을 명흐여 죠흔 룽졍다(龍井茶)롤 달히라 흐

---

408) 【다리다】 툄 달래다. 꾀다. 유혹하다. ¶ 哄 ‖ 평이 아춤의 머리롤 비스미 졔가 평ᄋ롤 위흐여 히즈롤 다리느니라 (平兒早上梳頭, 他替平兒哄 孩子呢.) <續紅 19:96>

거눌 니환이 니르디,

"보형뎨야, 너는 어즈러이 분별을 말나. 우리 등이 이곳의 잇셔 희롤 보너는 거시 일즉 모다 쇼샹관으로 가는 것만 ズ지 못홀지니 그곳의 죠혼 챠롤 예비ᄒ미 업다 니르기 어렵도다."

모든 즈미 니르디,

"올토다."

ᄒ니 챠·디 량인이 만류치 못ᄒ고 일졔히 쇼샹관의 니르러 다만 보니 명챵(明窓) 졍졔의 포진을 십분 【100】 유아(猶雅)히 ᄒ여시디 뎡듕의 세 벌 ᄉ방 탁즈롤 노코 탁샹의 삼개 찬합을 버렷시니 모다 신션혼 과픔(果品)과 다못 남치(南菜)라. ᄉ면의 류개 나한탑(羅漢榻)을 놋코 미(每) 탑(榻) 우히 한 벌 격은 탁즈롤 노핫시더 미 탁즈 우히 한 벌 문방을 버리고 냥편의 료[褥]와 안식(案息)과 타호(唾壺)가 모다 구비ᄒ여시미 샹운과 보금은 뎨일탑의 안고 향릉·슈연은 뎨 이탑의 안즈며 영츈·탐츈은 뎨삼탑의 안고 셕츈·교져는 뎨ᄉ탑의 안즈며 니환·보챠는 뎨오탑의 안고 디옥 보 【101】 옥은 뎨륙탑의 안즈미 챠환 등이 츠셔(次序)디로 챠롤 드릴 시 다만 드르니 샹운이 니르디,

"보져져야, 너의 등은 쟉야의 졔목을 지엇ᄂ냐?"

보치 듯고 헤오디 쟉야의 보옥의 들네믈 당ᄒ여 짓지 못ᄒ엿다 말ᄒ기 어려온지라. 이의 웃고 니르디,

"졔목은 원리 맛당히 모혀 안즈 당쟝의 지으미 올ᄒ니 우리 등이 몬져 미리 지으면 폐가 될 듯ᄒ도다."

영츈이 니르디,

"나와 다못 ᄉ미미와 교고랑은 원리 시롤 잘 짓지 못ᄒ디 다만 희당이 다시 싱혼 거슨 큰 희 【102】 시(喜事)니 우리 등이 반ᄃ시 사롬을 짜라 몃 귀롤 희롱ᄒ여 법디로 ᄒ려 ᄒ나 너의 등이 만일 졔목을 너모 어려온 거슬 졍ᄒ고 운을 쏘 너모 험한 거슬 내면 우리 삼인은 곳 짓지 못ᄒ리라."

니환이 니르디,

"내 말디로 홀진디 졔목은 곳 희당이 듕싱혼 거슬 졍ᄒ고 쏘혼 구투여 운을 한(限)치 말지니 각기 칠률 일슈식 지으디 편홀디로 운을 다는 거시 너의는 말ᄒ라. 죠흐냐, 죠치 아니

냐?"

듕인 텽파의 졔셩ᄒ여 니르디,

"죠흐리라."

ᄒ니 보옥이 【103】 니르디,

"내슈즈야, 우리 등이 모다 별회(別號) 이시디 다만 릉져져와 금미미와 형디미미와 교고랑 ᄉ인이 모다 별회 업스니 너는 엇지 져의 등의게 별호롤 졍ᄒ여 쥬지 아니ᄒᄂ뇨? 한즈음 지니여 시롤 모다 지으면 쏘혼 락관(落款)ᄒ기가 죠흐리라."

니환이 듯고 한 번 싱각ᄒ더니 우ᄉ며 니르디,

"나는 싱각건디 릉미미는 가히 영련션긱(映蓮仙客)이라 이롤 거시오. 금미미는 가히 숑하쳥료(松下淸僚)라 이ᄅ롤 거시오. 형디미미는 가히 슈령일민(秀嶺逸民)이라 이ᄅ롤 거시오. 교고랑은 가 【104】 히 명하쇼우(明河小友)라 이ᄅ롤 거시니 너의 등은 말ᄒ라. 죠흐냐, 죠치 아니냐?"

향릉이 웃고 니르디,

"별호는 원러 무슴 긴요(緊要)ᄒ미 업스니 너의 디로 아모리나 부ᄅ미 올토다."

보옥이 웃고 니르디,

"모든 일이 임의 졍ᄒ엿ᄂ지라. 나는 시ズ치 날기롤 죠하ᄒᄂ니 내가 곳 몬져 챠롤 쓰리라."

언파의 시젼지롤 펴며 붓슬 가지고 쓰니 다만 드르미 교졔 웃고 니르디,

"이슉아, 너는 우리 이심랑(二嬸娘)으로 더브러 한 곳의 안즛시니 나는 방심치 못ᄒ노라. 다만 져허컨디 【105】 너의 등은 ᄉᄉ로이 롱락이 이실가 ᄒ노라."

듕인이 듯고 모다 웃거눌 샹운이 썔니 니르디,

"교고랑아 너는 너의 이슉으로 더브러 즈리롤 밧고라."

보옥이 듯고 썔닐 우ᄉ며 나라와 교고랑으로 더브러 한 곳의 안고 교져는 와셔 디옥으로 더브러 한 곳의 안즈 일졔히 먹을 갈며 죠희롤 펴고 고요히 안즈 글을 싱각홀 시 보옥이 챠환 등을 명ᄒ여 미인 앏히 더운 슐 한 잔식 부어노화 시흥을 돕더니 언마 못되여 츠셔로 모다 죠롤 내여 일 【106】 졔히 니환의게 보니미 니환이

보고 크게 칭찬ᄒ니 아지 못게라 필경 이 엇지
된고? 하회의 분히ᄒ라.

[쇽홍루몽續紅樓夢 권지이십卷之二十]

　　【1】 화셜(話說), 니환(李紈)이 글쵸롤 보고
크게 칭찬ᄒ며 니ᄅᄃᆡ,
　　"오늘 시ᄂ 젼일의 비컨ᄃᆡ 지은 거시 더옥
의ᄎ가 이시니 다만 ᄒᆡ당이 듕셩ᄒᄆᆞᆯ 읇흘 ᄯᆞ
아니라, 겸ᄒ여 져의 등이 회싱ᄒ 의시이시니
졍경이 썅으로 ᄀᆺ쵸앗시미 극히 묘ᄒ도다. 시
짓ᄂᄃᆡ 다시ᄂ 구ᄐᆞ여 운을 한졍치 아닐지니 잇
다감 죠흔 글귀롤 가져 운의 결박(結縛)ᄒ미 되
ᄂ 거슬 가히 보리로다. 나의 【2】 우견(愚見) ᄀᆺ
틀진ᄃᆡ ᄉᆞ미미(四妹妹)ᄂ ᄯᅩ로 벗겨 내여 구ᄐᆞ
여 빈쥬(賓主) ᄎᆞ셔(次序)롤 의론치 말며 ᄯᅩ 구
ᄐᆞ여 글 ᄯᅳᆺ의 공졸(工拙)을 의론치 말고 보형뎨
(寶兄弟)와　님미미(林妹妹)와　룽미미(菱妹妹)와
영미미(迎妹妹)등 ᄉᆞ인은 곳 몸쇼 그 지경을 지
닌 사ᄅᆞᆷ이라. 말을 더옥 친졀(親切)이 ᄒ여시니
져의 등 네 슈ᄂ 몬져 버려 쓰고 우리 등 팔인
은 무비치하(無非致賀)ᄒᄂ 의시라. 우리 등의
여닯 슈ᄂ 글 지은 션후롤 보와 뒤히 버려 뻐
모다 한 쟝의 벗겨 니거든 모다 다시 ᄌᆞ셔히 폄
론(貶論)ᄒ면 졔위(諸位)ᄂ 쎠 엇덧타 ᄒᄂ뇨?"
　　듕인이 졔셩 【3】 ᄒ여 니ᄅᄃᆡ,
　　"죠타."
　　ᄒ거놀 셕츈(惜春)이 쎨니 일 쟝 큰 시젼
지롤 가져 십이 슈 시롤 벗겨 내여 샹운을 쥬니
샹운이 바다 고셩낭독(高聲朗讀)ᄒᄃᆡ,

이홍공자(怡紅公子)

언연환시구개시(嫣然還是舊開時)
회슈당년계아ᄉ(回首當年系我思)
블시반혼향일쥬(不是返魂香一炷)
슈련쇽명루쳔ᄉ(誰聯續命縷千絲).

언연ᄒᆫ 거시 도로혀 녯 열녀실 ᄯᆡ러라.
당년의 머리롤 두루혀미 니 싱각이 미이도
다.
반혼향 일쥬가 아니면,

뉘 쇽명루 일쳔 실을 련ᄒ게 ᄒ리오.

타싱가복인란료(他生可卜人難料)
【4】 젼픠위샹믈유지(轉敗爲祥物有知)
진ᄎ춘심감슈호(趁此春深酣睡好)
막교화ᄉ부가긔(莫敎花事負佳期.)

타싱을 가히 뎜친다 ᄒᆞᆫ 사ᄅᆞᆷ이 혜아리기
어렵고,
픠ᄒᄆᆞᆯ 구을녀 샹셔가 되미 믈건을 아ᄂ
거시 잇도다.
이 깁흔 봄을 ᄯᅡ라 달게 ᄌᆞ미 죠흐니,
ᄭᅩᆺ일노 ᄒ여곰 가긔롤 져바리게 말나.

쇼샹션ᄌ(瀟湘仙子)

다졍약개ᄉ동풍(多情若個似東風)
젼옥도지발구총(剪玉涂脂發舊叢)
향ᄉ반혼훈란만(香謝返魂薰爛漫)
인여춘슈셩몽롱(人如春睡醒朦朧)

다졍ᄒ미 무어시 동풍 ᄀᆺ트리오,
옥을 갈기고 연지롤 발나 녯 떨기가 발ᄒ
더라.
향긔ᄂ 반혼이 픠기롤 란만이 ᄒ 거슬 ᄉᆞ
례ᄒ고,
사ᄅᆞᆷ은 봄 죠으롬의 ᄭᅢ기롤 몽농이 ᄒ엿더
라.

듕원경부표령분(重圓鏡傅瓢零粉)
【5】 계구등요쳔담홍(繼晷燈搖淺淡紅)
막도지싱용이득(莫道再生容易得)
지비하이답텬공(栽培何以答天公)

거듭 듕군 거울의 표령ᄒᆫ 분을 발낫고,
히 빗츨 잇ᄂ 등잔은 쳔담ᄒ게 븕은 거슬
흔드더라.
지싱ᄒᄂ 거슬 용이히 엇ᄂ다 니ᄅ지 말
나.
지비ᄒᄆᆞᆯ 엇지 쎠 텬공의게 ᄃᆡ답ᄒ리오.

영련션긱(映蓮仙客)

단혼표묘미다시(斷魂縹緲未多時)
우피츈풍취샹지(又被春風吹上枝)
홍슈록비젼한셕(紅瘦綠肥前恨釋)
빙미셔봉결환지(聘梅栖鳳結歡遲.)

단혼ᄒᆞᄂᆞᆫ 곳치 표묘ᄒᆞᆫ지라. 씨가 오러지 아니ᄒᆞ여,
ᄯᅩ 츈풍을 닙어 블녀 가지의 오ᄅᆞ더라.
붉은 거슨 여외고 프른 거슨 잘 졋시니 젼한을 푸럿고,
미화의 빙례ᄒᆞ고 봉이 깃드럿시미 결환ᄒᆞ미 더더더라.

등요명우심규반(重邀名友深閨伴)
【6】 블원동황박명ᄉᆞ(弗怨東皇薄命司)
모락죠영휴비례(暮落朝榮休比例)
신션블로구봉ᄌᆞ(神仙不老舊丰姿)

일홈난 벗 심규의 ᄧᅥᆨ을 거듭 마ᄌᆞ시니,
동황의 박명ᄉᆞ롤 원망을 말나.
져믈게 써러지고 아춤 영화로온 거슨 젼례로 비치 말나.
신션이 녯 모양이 늙지 아니ᄒᆞ엿더라.

룽쥬거ᄉᆞ(菱洲居士)

화목무지위져리(花本無知爲底來)
일년쵸최일년개(一年憔悴一年開)
류공쇽견쟝류한(劉公俗見張留恨)
여거비시경욕미(黎擧非時竟欲媒.)

화목이 아ᄂᆞᆫ 거시 업다ᄒᆞ미 엇지미뇨.
일년은 쵸최ᄒᆞ고 일년은 열니ᄂᆞᆫ도다.
류공의 쇽견은 쟝시한을 머믈넛고,
여거ᄂᆞᆫ 씨가 아니ᄅᆞ더 필경 듕미ᄒᆞ고ᄌᆞ ᄒᆞ엿더라.

전도슈ᄉᆞ풍력연(剪到垂絲風力軟)
【7】 균쟝분검야디회(勻將粉臉夜臺回)
등쇼승ᄉᆞ공천고(登巢勝事空千古)
나급명원역겁지(那及名園歷劫栽.)

갈겨 드리온 실의 니ᄅᆞ럿시미 풍녁이 고왓
고,
고로게 분 ᄲᅣᆷ을 가졋시미 야디로셔 도라오더라.
등쇼의 승ᄉᆞ가 부ᄌᆞ럽시 천고룰 일위여시나,
엇지 명원의 겁운을 심우ᄂᆞᆫ디 밋츠리오.

형무군(衡蕪君)

화여월결우듕원(花如月缺又重圓)
시신쟝면시단면(始信長眠是短眠)
악몽환회츈유력(噩夢喚回春有力)
옥안의구견유련(玉顏依舊見猶憐)

곳치 달의 이ᄌᆞ러 졋다가 ᄯᅩ 다시 둥굼과 ᄀᆞᆺ트니,
비로쇼 알대라. 길게 죠으ᄂᆞᆫ 거시 져ᄅᆞ게 죠으ᄂᆞᆫ 거시로다.
악몽을 블너 도라왓시니 봄이 힘이 잇고,
옥안이 녜와 ᄀᆞᆺ트미 보아도 오히려 어엿부더라.

풍이싱각표령탄(風姨省却飄零嘆)
【8】 텬녀능참분디션(天女能參粉黛禪)
죵입홍진쇼쇽태(縱入紅塵消俗態)
담파지슈북방연(曇葩祇樹比芳姸)

풍이ᄂᆞᆫ 표령ᄒᆞᆫ 탄식을 덜고,
텬녀ᄂᆞᆫ 능히 분디션을 참예ᄒᆞ더라.
비록 홍진의 드러 쇽티롤 바드니,
담파지슈로 방연ᄒᆞ믈 비ᄒᆞ리러라.

쵸하긱(蕉下客)

교예편도우로심(嬌蕊偏叨雨露深)
겁회쇼진깅셩림(劫灰燒盡更成林)
쥬여천일셩유취(酒如千日醒猶醉)
몽력삼싱거우금(夢歷三生去又今)

곳다온 곳부리가 우로 닙기롤 편벽도히 깁히 ᄒᆞ여시니,
겁지 살오기롤 다ᄒᆞ미 다시 슈플을 일웟더라.

슐은 천일과 Ⴌ트여시니 끼여도 오히려 취
ᄒ엿고,
　꿈은 삼싱을 지내미 거싱과 쏘 금싱이러
라.

　호셕신션응블스(號錫神仙應不死)
【9】쇼셩향국허듕심(巢成香國許重尋)
　화지졀향슈변호(花枝折向誰邊好)
　량셰운환벽옥잠(兩世雲鬟碧玉簪)

　일홈을 신션이라 쥬엇시디 응당 죽지 아니
ᄒ고,
　깃드린 거슨 향국을 일웟시미 거듬 ᄎᄌ믈
허ᄒ엿더라.
　곳가지롤 쩍거 뉘게 향ᄒ미 죠흐리오.
　두 세상의 운환과 벽옥잠일너라.

침하구우(枕霞舊友)

　히외이리위셔파(海外移來委逝波)
　류션무계내슈하(留仙無計奈愁何)
　슈지츈도부신예(誰知春到敷新蕊)
　유시샹침긔개가(猶是霜侵旣改柯)

　바다 밧긔 옴겨오미 가는 믈결의 버렷시
니,
　신션을 머믈미 계괴 업스니 근심의 엇지ᄒ
리오.
　뉘 알니오 봄이 니르러 시로 곳치 열니미,
　오히려 셔리가 침로하의 곳친 가지러라.

　디로텬황졍블스(地老天荒情不死)
【10】휴징셔응리비와(休徵瑞應理非訛)
　지슈구스듕신긔(只愁舊社重新起)
　젼요시마깅쥬마(纏繞詩魔更酒魔.)

　싸히 늙고 하늘이 것치러도 졍이 죽지 아
낫고,
　아롬다온 증험과 샹셔의 응ᄒ미 리치가 헛
되지 아니터라.
　다만 근심ᄒ느니 녯스롤 시로 니르혀미,
　시마와 쏘 쥬마가 얽히더라.

도향로롱(稻香老農)

　류리이쇄치운비(琉璃易碎彩雲飛)
　우향츈졔완환귀(又向春堤緩緩歸)
　쳔녀혼진이부합(倩女魂眞離復合)
　한궁인아시야비(漢宮人訝是耶非)

　류리가 부스러지미 쉽고 치운이 나랏시니,
　쏘 봄언덕을 향ᄒ여 셔셔히 도라오더라.
　고은 계집의 혼은 진개 쪄낫다가 다시 합
ᄒ엿고,
　한궁 사롬은 올흐며 그른믈 의심ᄒ더라.

　스릉쇽명쟝휴단(絲能續命腸休斷)
【11】화졍함파록샹희(花正含葩綠尙稀)
　막도순화요락이(莫道舜華搖落易)
　블슈포류입호긔(不隨蒲柳入嘲肌)

　실이 능히 명을 이엇시니 창ᄌ가 끈허지지
말나.
　곳치 졍히 곳부리롤 먹음엇시미
　곳다온 곳치 요락ᄒ미 쉽다 니르지 말나.
　포류롤 싸라 죠롱ᄒ는디 드지 아니터라.

슈령일민(秀嶺逸民)

　쇼득샹츈일루혼(招得傷春一縷魂)
　고원풍일우쳥훤(故園風日又晴暄)
　신당미개당시양(新粧未改當時樣)
　훈협젼비구분혼(暈頰全非舊紛痕)

　봄의 샹흔한 실혼을 블너시니,
　고원의 풍일이 쏘 개이고 덥더라.
　시로 단쟝흔 거슨 당시의 모양을 곳치지
아낫고,
　붉은 쌤은 녯 분 혼젹이 아닐너라.

　난입경초홍영육(暖入輕綃紅映肉)
【12】교쟝슈악젹무언(嬌藏繡幄寂無言)
　궤타봉졉증샹식(怪他蜂蝶曾相識)
　미쇼이졍요슈훤(未訴離情繞樹喧)

　더운 거시 가븨야온 비단의 드러시미 살의

비최엿고
　아름다온 거슬 슈장막의 감쵸앗시미 고요
이 말 업더라.
　괴이토다 져 봉졉이 일즉 셔로 아라,
　쩌난 졍을 알외지 못ᄒᆞ미 나무롤 둘너 짓
거리더라.

우ᄉ쥬인(藕榭主人)

락영란긔최챵졍(落榮難期最愴情)
고시분구억젼밍(敲詩分句憶前盟)
미화위반동이리(梅花爲伴同而異)
은촉고쇼멸부명(銀燭高燒滅復明)
　쩌러지고 영화로오믈 긔약기 어려오미 졍
이 가쟝 슬프니,
　시롤 고퇴ᄒᆞ고 료귀롤 난호아 고밍을 싱각
ᄒᆞ더라.
　미화로 ᄲᅥᆨᄒᆞ여시미 ᄀᆞᆺ트여도 다ᄅᆞ고,
　은촉을 놉히 술오미 쩌졋다가 다시 밝더
라.

몽셩한단츈깅호(夢醒邯鄲春更好)
【13】 셩최ᄉ표졉휴경(聲催謝豹蝶休驚)
만언쵸목무지식(漫言草木無知識)
야향동황감지샹(也向東皇感再生)

　꿈을 한단의 ᄭᅢ여시미 봄이 다시 죠핫고,
　쇼리ᄂᆞᆫ ᄉ표롤 직쵹ᄒᆞ여시니 나븨ᄂᆞᆫ 놀나
지 말나.
　헛되히 말ᄒᆞᄃᆡ 쵸목이 지식이 업다 ᄒᆞ나,
　ᄯᅩᄒᆞᆫ 동황을 향ᄒᆞ여 지싱ᄒᆞ믈 감동ᄒᆞ더라.

숑하쳥뇨(松下淸僚)

옥로홍부량협죠(玉露紅浮兩頰潮)
연풍무력투경쵸(軟風無力透輕綃)
유ᄉ블학슈양션(有絲不學垂楊線)
탈금슈징쵹군표(奪錦誰爭蜀郡標)

　옥로의 붉은 거시 량협의 쩌오ᄅᆞ니,
　고은 바룸이 힘이 업ᄉᄃᆡ 가비야온 깁을
ᄯᅮᆯ터라.
　실이 이시미 슈양 실을 비호지 아니ᄒᆞ엿
고,
　비단을 아ᄉ미 뉘 쵹군의 포치ᄒᆞ믈 닷토ᄂᆞᆫ
고?

복득듕영쟝이단(卜得重榮腸已斷)
【14】 가지일아몽비요(可知逸我夢非妖)
이금츈슈하시셩(而今春睡何時醒)
ᄉ표셩셩입긔료(謝豹聲聲入綺寮)

　거듭 영화로오믈 뎜쳣시미 창지 임의 ᄭᅳᆫ허
졋고,
　가히 알지라 편안ᄒᆞᆫ 내가 꿈이 요괴롭지
아니토다.
　어졔 츈슈롤 어니 눌의 ᄭᆡ일고
　ᄉ표가 쇼리 쇼리 비단 창의 들더라.

명하쇼우(明河小友)

위한동풍낭ᄌ광(爲恨東風狼藉狂)
잔쟝원허시신당(殘粧原許試新粧)
홍운뎜강죠감쥐(紅雲點絳朝酣酒)
빅운홍츈난욕향(白雲烘春暖欲香)

　위ᄒᆞ여 동풍의 낭ᄌ히 밋친 거슬 한ᄒᆞ미,
　쇠잔ᄒᆞᆫ 단쟝이 원릭 시로 단쟝 시험ᄒᆞ믈
허ᄒᆞ더라.
　홍운이 붉은 거슬 뎜쳣시미 아춤 슐의 취
ᄒᆞ엿고,
　빅운이 봄의 ᄠᅩ 이미 더워 향긔롭고ᄌ ᄒᆞ
더라.

사위믈원슈긔화(乍萎物原隨氣化)
【15】 졍샹화역위인망(呈祥花亦爲人忙)
록챵명우슈진샹(綠窓名友須珍賞)
긔션방비슈각방(豈羨芳非綺閣傍)

　졈간 마ᄅᆞ미 믈건은 원릭 긔운을 ᄯᅡ라 화
ᄒᆞ고,
　샹셔롤 밧치미 곳치 ᄯᅩᄒᆞᆫ 사름을 위ᄒᆞ여
밧부더라.
　록챵명우ᄂᆞᆫ 모롬죽이 보비로 샹 쥬더라.
　엇지 비단 집 가의 방비ᄒᆞᆫ 거슬 두려ᄒᆞ리
오.

　　샹운(湘雲)이 닑기롤 맛치미 쏘 듕인을 쥬
어 추례더로 한 번 보고 모다 칭찬ᄒᆞ믈 마지 아
닐 ᄉᆡ 졍히 평론ᄒᆞ고ᄌᆞ ᄒᆞ더니 믄득 보ᄆᆡ 문 밧
그로셔 봉졔 드러오며 웃고 니ᄅᆞ더,
　　"우리ᄂᆞᆫ 골픽롤 임의 맛쳣거ᄂᆞᆯ 엇지 너의
등의 시ᄂᆞᆫ 도로혀 짓지 못ᄒᆞ엿ᄂᆞ뇨?"

26

봉국경가시증쟉록 목황은원비지셩친

逢國慶賈氏增爵祿 沐皇恩元妃再省親

샹운이 니르디,

"임의 다 지엇시디 지금 모다 모 【16】 화한 쟝의 벗겨 내엿ᄂ니 너는 보라. 이게 아니냐?"

봉졔 바다 보더니 웃고 니르디,

"글지 거른 가마귀 ᄌ트미 져는 나를 아라도 나는 져를 모르노라."

디옥이 웃고 니르디,

"너는 도져히 보라. 이 글ᄌ가 쓰기를 분명히 ᄒ엿ᄂ냐, 분명치 아니ᄒ냐?"

봉졔 웃고 니르디,

"ᄌ연 죠흔 휘묵(徽繹)으로 갈기를 ᄯ 무루녹게409) ᄒ여시니 글ᄌ를 써 니미 ᄯ 무슨 분명치 아니미 이시리오?"

보금이 듯고 우스며 니르디,

"봉져져야, 너는 져다려 무러 보라. 림져졔 너를 욕 【17】 ᄒᄂ 말을 당ᄒ여시니 너다려 개라ᄒ며 한 죠각 분명ᄒ거술 셩셩(星星)이 보라 ᄒ거늘 너는 엇지 곳 분명ᄒ다 답응ᄒᄂ뇨?"

봉졔 듯고 우스며 믄득 디옥을 ᄐ 샹의 것 구르치고 쪄셔 숨을 통치 못ᄒ게 ᄒ더니 다만 보미 보치 져를 위ᄒ여 급히 눈짓ᄒ거늘 봉졔 련망히 손을 노코 우스며 니르디,

"올토다. 나도 아ᄂ니 필경 티긔 이시미 다힝히 내가 모호히 아니ᄒ엿도다. 다만 일뎜 그릇ᄒ미 잇던들 보형뎨 곳 나를 평싱의 한홀 듯 ᄒ리라."

【18】 디옥이 듯고 ᄲᆷ을 붉히며 혀츠고 니르디,

"다시 너를 아름다온 사룸으로 혬ᄒ지 못홀지니 입의셔 나오는 디로 혼잡히 말을 ᄒᄂ뇨?"

듕인이 듯고 모다 디옥을 보며 웃거늘 디옥이 붓그리며 련망히 니르디,

"우리 듕이 시 짓기를 맛츳시니 다시 슐을 마시리라."

언파의 믄득 챠환을 명ᄒ여 슐을 붓게 ᄒ거늘 져는 가쟝 유심(留心)ᄒ 사룸이라. 듕인이 모다 디옥을 보고 우스디,

탐츈·샹운과 향릉·보금 ᄉ인은 다만 미쇼 만ᄒ믈 보고 ᄆ음의 임 【19】 의 명빅히 아더라. 이의 모다 ᄌ리의 드니 챠환 등이 슐을 ᄯ라오미 샹운은 곳 쥬인이 되고 추례디로 슐을 드리거늘 듕인이 ᄯ 샹운의게 회싱ᄒ 후의 졍좌홀 시 다만 보니 디옥이 꿀410)의 담은 일개 양미(楊梅)를 집어 ᄌ긔가 몬져 먹고 ᄯ 일개를 집어 탐츈을 쥬며 니르디,

"삼미미야, 너는 맛보라. 이 마시 가쟝 죠토다."

탐츈이 바다 먹거늘 봉졔 보고 간간 디쇼홀 시 추시 샹운이 한 덩이 산ᄉ고(山楂糕)를 집어 겨유 먹으려 ᄒ다가 봉져의 우 【20】 스믈 보고 즉시 노ᄒ며 웃고 니르디,

---

409) 【무루녹다】 圖 무르녹다. 진하다. 짙다. ¶ 濃 ‖ ᄌ연 죠흔 휘묵으로 갈기를 ᄯ 무루녹게 ᄒ여시니 글ᄌ를 써 니미 ᄯ 무슨 분명치 아니미 이시리오 (敢自是上好的徽繹, 硏的又濃, 寫出字來又有什麼不明的呢.) <續紅 20:16> ⇒ 무르녹다, 무르록다, 무르녹다

410) 【꿀】 圐 꿀. ¶ 蜜 ‖ 다만 보니 디옥이 꿀의 담은 일개 양미를 집어 ᄌ긔가 몬져 먹고 ᄯ 일개를 집어 탐츈을 쥬며 니르디 (飮酒中間, 只見黛玉來了一枚蜜澆楊梅, 自己先吃了, 又來了一枚與探春, 道:) <續紅 20:19>

312

"너는 림져져(林姐姐)의 말을 원치 말나. 너는 과연 아롬다온 사롬이 아니로다."

니환(李紈)이 웃고 니루디,

"너의 등은 쏘흔 그만두라. 져는 져의 디로 웃고 너의 등은 다만 너의 디로 먹을 지니 이거시 쏘 무슨 뜻이 이시리오?"

보옥이 듯고 우스며 니루디,

"너의 등은 반일이나 스미(邪魅) 들닌 것 ㄱㄷ니 필경 말흔 거시 모다 무어시뇨? 내 엇지 아지 못흐느냐?"

보치 듯고 샐니 막아 니루디,

"무슨 말이던지 네가 모다 드루려 흐니 너는 져의 말을 【21】 아룬 체흐여 무엇흐리오."

보옥이 듯고 믄득 말을 아니커눌 봉져 우스며 니루디,

"내 네게 고흐리라. 방즈 내가 말흐디, '림미미가 티긔잇다.' 흐더니 이즈음의 져의 음식 먹는 거술 보니 필경 림미미 일인 쓴 아니라 도로혀 여러분이 계시도다."

보옥이 듯고 우스며 니루디,

"나는 무슨 듯지 못홀 말인가 흐엿더니 원리 이 일이로다. 세간의 부부가 이시면 곳 싱육(生肉)흐미 이시믄 이 턴디 간 디되(大道)라. 무스가 샤롬이 알가 두리미 이시리오? 곳 룽져져 ㄱㄷ튼 이는 태 【22】 긔이시면 셜대게(薛大哥) 일쪽 사롬의게 고흐더라."

흐니 향릉이 듯고 쌤을 붉히며 니루디,

"이거시 어내 쯰 말이냐? 네가 쏘 거즛말을 흐는도다."

보옥이 웃고 니루디,

"전일의 우리 등이 진부[甄府]잔치의 가셔 쥬령(酒令)을 힝홀 시 셜대게 친히 스스로 말흐엿느니라."

탐츈이 듯고 우스며 니루디,

"너의 등은 무슨 쥬령을 힝흐엿관디 이 일을 말흐엿느뇨?"

보옥이 웃고 니루디,

"나는 쏘흔 져의 말을 옴기지 못흐노라."

흐며 믄득 보챠의 귀히 다혀 말흐니 보치 【23】 듯고 우스며 니루디,

"엇지 니러툿 사롬의 모양이 업는 믈건이뇨? 쥬이랑(周姨娘)이라 니루지 못흐리로다. 쏘흔 그만두라 엇지흐여 입의셔 나오는 디로 혼잡

히 침범흐느뇨?"

향릉이 듯고 더옥 쌤이 붉으며 반향이나 벙벙흐다가 다만 보옥을 향흐여 우스며 니루디,

"너의 셜디거는 진개 사롬으로 흐여곰 엇지 홀 방법이 업도다."

봉져 웃고 니루디,

"엇지 공셩침듕단(孔聖枕中丹)을 먹고 쏘흔 일덤 쟝진(長進)이 업느뇨?"

향릉이 니루디,

"단약을 먹은 후로 쏘흔 십분의 삼스 분 【24】 은 나으미 잇도다."

봉져 웃고 니루디,

"원리 약을 먹고 즉시 니블을 버셔 쌈을 투텰(透徹)이 내지 못흔 연괴(緣故)로다. 너의 등은 보라. 환이 이제 젼의 비흐면 가쟝 낫고 곳 우리 등의 져 일인도 쏘흔 도로혀 일덤 분슈를 아는 것 ㄱㄷ도다."

보옥이 듯고 졍히 디답흐려 흐더니 다만 보미 우이져(尤二姐)와 평이(平兒) 내마즈(奶媽子)로 흐여곰 죠가ㅇ(藻哥兒)를 안고 일졔히 드러오며 웃고 니루디,

"우리 등은 쏘흔 먹는 거술 짜라왓노라."

듕인이 보고 일 【25】 졔히 니러나며 챠환 등을 명흐여 쏘 두 개 의즈를 옴겨와 져 량인으로 흐여곰 안게 흐고 챠환 등이 두 잔 슐을 짜라 오거눌 평이 믄득 과즈(瓜子)를 집어 먹으니 니환이 우스며 니루디,

"봉챠두는 오늘 쏘흔 밋지 아니흐엿도다. 비록 말흐디, '잔치를 출히미 몃 낫 돈을 보티엿다.' 흐나 너의 등은 모다 보라. 져의 집의 쇼히ㅇ 아올나 네히니 다만 본젼(本錢)을 츠줄 쓴 아니라 도로혀 리(利)를 취흐엿도다."

흐미 듕인이 모다 웃더라. 평이 듯 【26】 고 죠가ㅇ(藻哥兒)를 가루치며 니루디,

"너는 디랑(大娘)의게 말흐라. 질이 능히 언마나 크건디 곳 먹을 줄을 아느냐 흐라."

보옥이 듯고 샐니 죠가ㅇ를 바다 품 속의 너코 젓가락의 슐을 죠금 뭇쳐 져의 입의 바루니 죠가이 샐며 희희히 웃고 쮜거눌 보옥이 우스며 니루디,

"너의는 모다 보라. 이 ㄱㄷ튼 쇼히지 슐을 먹고 필경 쓴 맛슬 슬혀411) 아니니 쟝리 즈라면

____

411) 【슬히다】围 싫어하다. ¶ 害辣 ‖ 너의는 모

313

필연 한 동의412)룰 먹으리니 진개 련이거거(璉
二哥哥)의 ᄋ둘노 뒤뒤(代代)히 달맛도다."

평이 듯고 쏘 【27】 죠가ᄋ룰 가르치며 웃
고 니르뒤,

"너는 말ᄒ뒤 '이숙아, ᄆ옴의 ᄉ랑치 아니
ᄒ는 쏙413)을 업게 ᄒ라. 술을 가져 나룰 먹이
니 너의 등의 계가ᄋ(桂哥兒)는 네가 ᄎ마 술을
가져 져룰 먹이지 못ᄒᄂ냐.' ᄒ라."

보옥이 듯고 믄득 련쇽(連續)히 사룸을 명
ᄒ여 계가ᄋ룰 안아 오라 ᄒ니 챠환 등이 답응
ᄒ고 가더니 언마 못되여 다만 보니 내마지 과
연 계가ᄋ룰 안고 오거눌 보옥이 보고 믄득 죠
가ᄋ는 샹운의 폼 속으로 보니고 쏘 계가ᄋ룰
바다 보금의 폼 속으로 보 【28】 내며 웃고 니르
뒤,

"우리 등이 오늘 희당ᄉ룰 모핫시뒤 다만
져의 격은 뎨형 량인이 이곳의셔 지져괴니 만일
명년의 니르러 희당이 다시 픠고 ᄉ룰 모호며
시룰 지을 씨는 곳 희ᄌᄉ(孩子社)가 되리로다."

말ᄒ미, 듕인이 모다 웃더라. 졍히 말홀 ᄊ
의 다만 보니 노픠 황망히 드러와 폼ᄒ뒤,

"방ᄌ 옥슌ᄋ 고랑이 니르러 말ᄒ뒤, '노애
이야룰 쳥ᄒ여 담화ᄒ려 ᄒ신다.' ᄒ더라."

ᄒ거눌 보옥이 텽파(聽罷)의 놀나 련망히
니러나 밧그로 향ᄒ여 갈 시 챠·뒤 냥인 【29】
이 무슨 일인지 아지 못ᄒ뒤 져룰 위ᄒ여 두리
믈 면치 못ᄒᄂ지라. 샐니 노파룰 향하여 니르
뒤,

"너는 져곳의 니르러 탐지ᄒ뒤 노야긔셔
이야룰 부르시미 무슨 ᄉ졍이 잇거든 너는 곳
샐니와 고ᄒ라."

노픠 답응ᄒ고 가더니 언마 못되여 노픠
도라와 폼ᄒ뒤,

"노야와 태태긔셔 모다 샹방의 계셔 련이
야와 다뭇 보이야룰 쳥ᄒ여 명일 궁듕의 니르러
쳥안홀 일을 샹량ᄒ고 다시 다른 ᄉ졍이 업ᄂ니
라."

챠·뒤 량인이 듯고 비로쇼 방 【30】 심ᄒ
ᄂ지라. 봉졔 웃고 니르뒤,

"관겨치 아니토다. 나도 쏘ᄒ ᄆ옴의 놀낫

느니 내 성각건뒤 보형뎨 노야와 태태로 더브러
말솜이 길지니 아직 오지 아닐지라. 씨가 쏘ᄒ
한(限)이 이시니 우리 등이 뎜심(點心)이나 먹고
모다 허여졋다가 져녁의 니르러 다시 잔치ᄒ뒤
뎜심을 한 합(盒)만 두어 보형뎨룰 위ᄒ여 이홍
원(怡紅院)으로 보내뒤 쳥문(晴雯)과 ᄌ견 (紫鵑)
등의 먹을 것도 쏘ᄒ 잇도다."

보치 듯고 우스며 니르뒤,

"이리 말ᄒ량이면 우리 등의 방듕의 도로
혀 쇼득(所得)이 만토다. 우 【31】 리 량개 내마
ᄌ야, 량개 거ᄋ룰 모다 안아오라. 오러 이시면
오좀414)이 고내내 등의 의샹(衣裳)의 무들가 ᄒ
노라."

내마지(奶媽子) 듯고 샐니 거ᄋ룰 샹운과
보금의 폼 속으로 죠ᄎ 바다오미 각각 안고 지
이라 가더라. 챠환 등이 뎜심을 가져오거눌 모
다 죠금식 먹고 쏘 더운 술 두 잔식 마시며 비
로쇼 분부ᄒ여 연셕을 믈니고 양치ᄒ고 안ᄌ 이
윽히 한담ᄒ다가 챠룰 먹고 비로쇼 허여지더라.

황혼 시의 니르러 샹운이 믄득 사룸을 식
여 가셔 형부인(邢夫人) 【32】 과 우시(尤氏)와
진시(秦氏), 호시(胡氏)룰 쳥ᄒ니 호시는 시로
쇼희ᄋ룰 나하 겨유 달이 지낫시미 오기 비편타
ᄒ고 다만 형부인과 우시, 진가경을 다리고 몬
져 왕부인 샹방의 니르러 기드리다가 모든 ᄌ미
모히미 한가지로 가모의 샹방으로 올 시 다만
보니 가모와 가부인이 웃는 낫ᄎ로 마ᄌ 나오거
눌 가픠 니르뒤,

"모다 드러와 안ᄌ라. 엇지 오늘 운챠뒤
쏘 돈을 허비ᄒ엿ᄂ냐?"

샹운이 웃고 니르뒤,

"무슨 돈을 쓰지 아니ᄒ여시니 블과 노태
태와 고태태와 다뭇 태 【33】 태 등을 쳥ᄒ여 안

다 보라 이ᄌ튼 쇼히지 술을 먹고 필경 뜬 맛술
슬혀 아니니 (你們都瞧瞧, 這麽大兒的小孩子, 吃
酒竟不害辣.) <續紅 20:26> ⇒ 슬희다, 슬ᄒ다

412) 【동의】 몡 동이. ¶ 盅兒 ‖ 쟝리 ᄌ라면 필연
한 동의룰 먹으리니 진개 련이거거의 ᄋ둘노 뒤
뒤히 달맛도다 (將來長大了, 必會喝一盅兒, 眞是
璉二哥哥的兒子, 弓冶相承的了.) <續紅 20:26>

413) 【쏙】 몡 싹. ¶ 芽兒 ‖ 이숙아 ᄆ옴의 ᄉ랑치
아니ᄒ는 쏙을 업게 ᄒ라 (二叔搬着不心疼的芽
兒.) <續紅 20:27>

414) 【오좀】 몡 오줌. ¶ 尿 ‖ 오러 이시면 오좀
이 고내내 등의 의샹의 무들가 ᄒ노라 (把兩個
哥兒都抱過來罷,   看仔細尿到姑奶奶們身上.)
<續紅 20:31> ⇒ 오좀, 오쥼, 오짐, 오줌

ᄌ 담화ᄒ시게 ᄒ미라.”

ᄒ니 가뫼 니ᄅᄃᆡ,

“가쟝 죠토다. 이즈음의 져의 등 식부도 ᄯᅩᄒᆫ 영취(迎娶)ᄒ여 디스를 모다 맛치고 오늘 다시 너의 밥을 식여 먹엇시니 우리 등은 ᄯᅩᄒᆫ 모다 도라가리라. 일양 일업시 머믈면 모다 방편치 못ᄒ리로다.”

셜이미 웃고 니ᄅᄃᆡ,

“노태태의 말숨이 가쟝 올토다. 우리 등도 명일의 ᄯᅩᄒᆫ 도라가려 ᄒᄂ니 뉘 집의 아모 ᄉ 정이 업스며 ᄯᅩᄒᆫ 파파와 식부와 가듕 사롬이 모다 친쳑의 집의셔 머무는 【34】 도리가 업스리라.”

ᄒ며 모다 다라와 피ᄎ 안부를 맛치미 일졔히 두 편 캉 우희 ᄎ셔더로 안줄 시 챠환 등이 챠를 드리거늘 챠 먹기를 맛치미 봉졔 믄득 쥬션ᄒ여 탁ᄌ를 버릴 시 가모와 가부인은 한ᄌ리의 안ᄌ ᄌ비(自備)ᄒ여 온 음식을 먹게 ᄒ고 형·왕이 부인과 다못 우시는 셜이마롤 뫼셔 한 ᄌ리의 안게 ᄒ고 기외 ᄌ미 등은 모다 세 ᄌ리의 분좌ᄒ여 음쥬(飲酒)ᄒᆯ ᄉ이의 왕부인이 가모의게 픔ᄒᄃᆡ,

“방ᄌ 노애, 아문으로셔 도라와 말ᄒ【35】 ᄃᆡ, ‘금죠의 죠방(朝房)의셔 하태감(賀太監)을 만나미 졔가 말ᄒ기를 쟉일 원비낭낭(元妃娘娘)이 신샹이 흠령ᄒ시미 태의원(太醫院)의 젼교ᄒ여 드러가 간믹(看脈)ᄒ라 ᄒ시니 티의원이 간믹ᄒ고 알외ᄃᆡ, 믹의 희죠(喜兆)가 뵈니 이는 태긔가 계시미라. 블과 몃 졔(劑) 죠리ᄒᆯ 약을 쓰면 곳 나으시리라 ᄒ더라 하며 니러므로 보옥을 블너 져로 ᄒ여곰 릭일 쳥신의 져의 련이거거와 한가지로 이궁문(二宮門)의 니ᄅ러 명함을 드리고 쳥안ᄒ며 ᄯᅩ 낭낭의 지교(指敎)ᄒ시믈 쳥ᄒ여 무슨 【36】 믈건을 구ᄒ시나 아니시나 보라.’ ᄒ더이다.”

가뫼 듯고 심히 환희ᄒ더니 봉져는 입이 ᄲᅢᆫ른지라. ᄯᅩ 디옥과 샹운과 탐츈과 보금과 향릉 졔인이 틱긔 이시믈 고ᄒ거늘 가뫼 더옥 깃거 눈셥이 열니며 셜이마롤 향ᄒ여 웃고 니ᄅᄃᆡ,

“이티티야 우리 등이 즐거오랴, 즐겁지 아니랴? 명년의 우리 등이 다시 한가지로 모히거든 다만 희ᄌ 등의 열요ᄒ믈 보리라.”

셜이미 웃고 니ᄅᄃᆡ,

“이는 모다 노태태의 젹덕(積德)ᄒᆫ 쇼치라. 니러므로 이 ᄀᆺ튼 듕텹(重疊)ᄒᆫ 희시 잇셔 우【37】리 등 아오로 힘닙어 복을 밧노라.”

가부인이 니ᄅᄃᆡ,

“나의 곳의 한 권 칙이 이시니 이는 너의 미뷔 태샹로군(太上老君) 계신 곳의셔 어더온 거시라. 그 속의 희산ᄒᄂ는 법과 ᄋ희 기ᄅᄂ는 법을 극히 도리잇게 의론ᄒᄒ엿고 약방문도 ᄯᅩᄒᆫ 극히 효험이 이시니 고랑 등은 모다 글ᄌ롤 아는 사롬이라. 내가 명일 져의 등을 위ᄒ여 보닐 거시니 모다 보면 필경 유익ᄒ미 만ᄒ리라.”

형·왕 이부인이 듯고 ᄯᅩᄒᆫ 환희ᄒ여 당쟝의 빈쥐 슈쟉(酬酌)ᄒ여 삼경이 되도록 즐【38】기다가 바야흐로 허여지려 ᄒᆯ 시 왕부인이 오히려 가모와 가부인의게 다시 여러 날 머믈믈 쳥ᄒ거늘 가뫼 니ᄅᄃᆡ,

“우리 등이 묘듕으로 도라가야 모든 일이 편당ᄒ도다.”

가부인이 ᄯᅩ 니ᄅᄃᆡ,

“나도 ᄯᅩᄒᆫ 일즉 도라가 너의 미부를 위ᄒ여 힝쟝을 슈습ᄒ려 ᄒᄂ니 너의 미뷔 삼월 삼일 반도회(蟠桃會)의 가셔 참녜(參禮)ᄒ여 셔왕모(西王母)의게 헌슈ᄒ려 ᄒ미 ᄯᅩᄒᆫ 블과 반달 즘 남앗ᄂ니라.”

왕부인이 듯고 능히 강류치 못ᄒ여 다만 외간의 분부ᄒ【39】여 교ᄌ롤 ᄉ후케 ᄒ니 가모와 가부인이 하직ᄒ고 몸을 닐거늘 형·왕 량부인과 셜이마 등이 영희당(榮禧堂)의 니ᄅ러 보닐 시 모다 교ᄌ롤 타고 가믈 보며 형부인과 다못 우시, 진시도 ᄯᅩᄒᆫ 각귀 기가(歸嫁)ᄒ고 셜이마는 샹운 등 ᄌ미롤 거느리고 모다 형무원(蘅蕪院) 등쳐로 쉬라 ᄒ거늘, 왕부인은 환·봉·챠·디 ᄉ인을 거느리고 도로 가모 샹방의 니ᄅ러 챠환과 노파 등을 보솖혀 긔명(器皿)을 슈습ᄒ고 등블을 ᄭᆫ 후의 비로쇼 각산 기가ᄒ더라.

챠 【40】 셜(且說), 보챠·디옥 량인이 이홍원으로 도라올 시 다만 보니 명월이 당공(當空)ᄒ여 등쵹이 쓸디 업스며 방듕의 드러가 보미 다만 잉ᄋ 일인이 캉 우희셔 잘 시 탁ᄌ 우희 일개 등블이 명멸(明滅)ᄒ거늘 디옥이 블을 도도고 손가락으로 잉ᄋ의 이마롤 토기니415) 잉이

놀나 련망히 캉의 뛰여 나리며 웃고 니ᄅ디,

"내내 등은 도라왓ᄂᆞ냐?"

보치 무르디,

"이야야?"

ᄒᆞ거눌 잉이 니ᄅ디,

"이야는 일즉 져 곳으로 ᄌᆞ라 갓시디 져의 말이 리일 오경(五更)의 니러나 궁듕(宮中)으로 쳥 【41】 안ᄒᆞ라 간다 ᄒᆞ고 니르므로 나를 식여 여긔셔 내내 등을 기ᄃᆞ려 뫼시고 ᄌᆞ라 가더라."

보치 니ᄅ디,

"삼경은 되엿도다. 너는 우리 낡은 의복을 가져오고 시 의상은 궤 속의 넛코 챠와 믈이 모다 슬ᄒᆞ니 너도 ᄯᅩᄒᆞᆫ 즉시 가셔 ᄌᆞ라."

잉이 듯고 샬니 져 이인을 뫼셔 의상을 밧고와 닙게 ᄒᆞ고 시 옷슨 잘 간슈ᄒᆞ며 져의 등을 위ᄒᆞ여 장ᄌᆞ문을 닷치고 ᄌᆞ긔도 ᄯᅩᄒᆞᆫ 방듕으로 도라가더라.

챠 · 디 량인이 단장을 벗고 빈혀와 팔쇠를 거두 【42】 워 쟝ᄎᆞᆺ 취침ᄒᆞ려ᄒᆞ더니 다만 드ᄅ미 디옥이 니ᄅ디,

"가히 이닯도다. 잉ᄋᆞ를 노화 보내엿도다. 우리 등이 오늘 음식을 먹엇더니 내 복듕이 크게 블평ᄒᆞ여 여칙(如厠)ᄒᆞ려 ᄒᆞ디 다만 이즈음의 져의 등 부ᄅᆞ미 편치 못ᄒᆞ도다."

보치 니ᄅ디,

"네가 도로혀 이 말을 ᄒᆞᄂᆞ냐? 나도 ᄯᅩᄒᆞᆫ 크게 블평ᄒᆞ니 네가 임의 가려 홀진디 내 너로 더브러 홈ᄭᅴ 가면 져의 등을 부ᄅᆞᄂᆞᆫ 일을 덜게 ᄒᆞ리라."

ᄒᆞ며 믄득 쵸지(草紙)를 ᄉᆞ미의 너코 미인이 쟝향(藏香)의 블을 【43】 혀 가지고 경경히 후원 문을 열미 칙간으로 올 시 원리 이홍원의 보챠의 머믈믈 인ᄒᆞ여 후원(喉院) 태호셕(太湖石) 가산(假山) 등 뒤히 두 간 격은 칙간을 지어 ᄲᅥ 왕리ᄒᆞ기를 편케 ᄒᆞ엿더라. 챠 · 디 량인이 뒤보기416)를 맛치미 다만 보니 월식이 경히 밝고 쳥텬이 믈ᄀᆞᆺᄐᆞ며 심히 아롬다온지라. 이인이 티호셕 가의 셔셔 비회쳠망(徘徊瞻望)ᄒᆞ여 크게

유련(流連)ᄒᆞᆫ 의시 잇더니 경히 완월(玩月)홀 ᄯᆡ의 믄득 드ᄅᆞ니 져 편 토간[套間] 속의셔 웃는 쇼리 나ᄂᆞᆫ지라. 디옥이 보챠를 【44】 향ᄒᆞ여 웃고 니ᄅ디,

"져져는 드ᄅᆞ라. 삼경이나 되엿거눌 도로혀 ᄌᆞ지 아니ᄒᆞ니 리일 엇지 능히 일즉 니러나리오."

보치 웃고 니ᄅ디,

"ᄯᅩ 무슨 일 들네ᄂᆞᆫ지 아지 못ᄒᆞ리니 우리 등이 엇지 져의 챵(窓) 하의 니ᄅᆞ러 한 번 듯지 아니리오."

디옥이 듯고 우스며 보챠의 손을 ᄭᅳ을고 셔편 토간 창 하의 니ᄅᆞ러 귀를 기우리고 ᄌᆞ셔히 드ᄅᆞ니 그 속의셔 금슌이 부ᄅᆞ디,

"습인져져야, 너는 샬니 오라. ᄌᆞ견져졔 일싱의 졍디ᄒᆞᆫ 쳬ᄒᆞ더니 오늘은 이야로 더브러 긔롱ᄒᆞ기 【45】 를 ᄯᅩᄒᆞᆫ 심히 ᄒᆞ도다."

ᄒᆞ며 ᄯᅩ 드ᄅᆞ미 쳥문이 금슌ᄋᆞ를 향ᄒᆞ여 셩내여 니ᄅ디,

"너는 ᄯᅩᄒᆞᆫ 져를 부ᄅᆞ기를 죠하ᄒᆞ니 져는 우리 등의게 비컨디 아는 사롬이 만하 이야(二爺)가 잇고 ᄯᅩ 댱긔관(蔣琪官)이 이시니 무슨 모양의 일을 졔가 ᄯᅩ 보지 못ᄒᆞ여시리오? 져로 ᄒᆞ여곰 가셔 ᄌᆞ게 ᄒᆞ미 곳 올토다."

ᄒᆞ거눌 디옥이 듯고 샬니 보챠의 손을 ᄭᅳ을며 웃고 니ᄅ디,

"져져야, 우리 등은 가리라. 드를 거시 업도다."

하고 이인이 드듸여 방듕으로 도라와 손을 씻고 뒷 【46】 문을 다든 후의 비로쇼 블을 ᄭᅳ고 옷슬 버스며 취침ᄒᆞ더라.

이튼눌 쳥신의 니러나 혜아리디 보옥이 필연 늦게 니러나 궁듕의 드러갈 ᄯᆡ를 어긔리라 ᄒᆞ엿더니 문을 여러 보미 보옥이 임의 간지 오린지라. 이인이 비로쇼 방심(放心)ᄒᆞ더니 쳥문 등 류인이 일즉 쇼셰를 맛고 모다 와서 져 이인을 뫼셔 쇼셰를 임의 맛치미 믄득 몬져 왕부인 상방으로 와 쳥안ᄒᆞ고 그 후히 니환과 봉져와

---

415) 【토기다】 图 튀기다. ¶ 彈 ‖ 디옥이 블을 도도고 손가락으로 잉ᄋᆞ의 이마롤 토기니 잉이 놀나 련망히 캉의 뛰여 나리며 웃고 니ᄅ디 (黛玉將燈剔了一剔, 用手指在鶯兒額上彈了一下.) <續紅 20:40>

416) 【뒤보다】 图 뒤보다. 똥누다. ¶ 챠디 량인이 뒤보기를 맛치미 다만 보니 월식이 경히 밝고 쳥텬이믈 ᄀᆞᆺᄐᆞ며 심히 아롬다온지라 (釵、黛二人進內走動畢, 但見皓月當空, 碧天如水, 甚覺可愛.) <續紅 20:43>

아오로 성혼흔 죠시와 범시 【47】 추례로 쏘흔
와셔 쏘흔 모다 정히 담쇼홀 시 다만 보니 가련
과 보옥 이인이 모다 공복(公服)을 닙고 희희히
우스며 밧그로셔 다라 드러오거늘 왕부인이 보
고 샐니 마즈 방문 어귀의 니르러 무르디,

"너의 등은 궁등의 니르러 명함을 드럿느
냐? 낭낭의 신샹이 쾌히 평안ᄒ시며 무순 분부
가 잇느냐, 업느냐?"

가련이 픔ᄒ디,

"질ᄋ 등이 궁문의 니르러 명함을 드럿더
니 틱감이 낭낭의 구지(口旨)룰 밧드러 나와 말
ᄒ디, '노야와 태태는 다만 방심 【48】 ᄒ라. 아
모 병도 업고 지금은 평안ᄒ다.' ᄒ더이다."

왕부인이 쏘 무르디,

"무순 믈건을 구ᄒ시더냐, 아니 구ᄒ시더
냐?"

보옥이 니르디,

"다룬 거순 구ᄒ지 아니시고 다만 보져져
의 먹는 링향환(冷香丸)을 가져 십환만 드려 보
니라 ᄒ시더라."

왕부인이 듯고 우스며 니르디,

"진개 이샹토다. 편벽도히 이 약이 짓기가
어렵거늘 [곳 이거신] 곳 이거술 구ᄒ시도다."

보처 듯고 샐니 니르디,

"내가 이졔는 쏘흔 별노이 이 약을 먹지
아니ᄒ는지라. 도로혀 반병(半瓶)이나 이시니 러
일 【49】 병 아오로 드려 보내미 곳 올토다."

왕부인이 불승환희ᄒ더니 가련과 보옥이
죠시와 범시가 모다 방등의 이시믈 보고 드러가
미 비편흔지라. 믄득 슈쟉을 맛치고 각각 스스
로 방등의 도라와 의샹을 밧고와 닙으려 ᄒ더
라. 오러지 아니ᄒ여 셜이미 샹운 등 모든 ᄌ미
룰 거느리고 쏘흔 모다 와 쟝촛 죠반먹고 각귀
기가ᄒ려 ᄒ더니, 왕부인이 허치 아니코 쏘 머
믈너 져믈게 도라가게 ᄒ니 이의 쏘 모다 하로
룰 열요히 지니더라. 보옥이 쏘 초시룰 타 왕 【
50】 부인긔 고ᄒ고 방관(芳官), 우관(藕官) 등을
다려와 쟝옥함으로 ᄒ여곰 안히룰 숨게 ᄒ려ᄒ
거늘,

왕부인이 말ᄒ디,

"이 량개 회ᄌ(孩子)는 임의 내여보닌 사룸
이라. 내가 쏘흔 니런 등한흔 일을 아론 쳬 아
니ᄒ느니 너는 다만 져의 량인으로 더브러 샹량

ᄒ여 져의 등이 원ᄒ면 노닐게 ᄒ려니와 져의가
필연 져룰 노하 보내리니 니러툿 판리ᄒ미 곳
올토다."

보옥이 왕부인 말을 듯고 량일을 지내여
믄득 가운(賈芸)을 블너와 져의게 부탁ᄒ여 가
셔 이 일을 쥬션케 【51】 ᄒ니 가운이 쇼홍(小
紅)을 어더 안히룰 숨은 후로븟허 량인이 정의
가 교칠(膠漆) ᄀ튼지라. 보옥의 은혜룰 감격히
너기디 가히 갑흘 길히 업더니 이졔 져의게 부
탁ᄒ여 일을 쥬션ᄒ라 ᄒ믈 보고 믄득 극력담당
(極力擔當)ᄒ여 만두암(饅頭庵)의 니르러 믄득
보옥의 ᄋ롬다온 뜻을 방관과 우관의게 고ᄒ니
추시 방관과 우관이 년긔(年紀) 댱셩ᄒ여 지각
이 임의 나미 졍히 마론 고기 믈을 바룸 ᄀ트
며[417] ᄒ믈며 본디 댱옥함의 얼골이 아롬다오믈
아는지라. 【52】 깃부믈 이긔지 못ᄒ더니 가운이
이의 쏘 노니고(老尼姑)와 더브러 의론ᄒ미 노
니괴 쳐음은 응락지 아니ᄒ나, 가운의 공교흔
말노 형세로 누르고 리로 꾀오ᄂ디 엇지홀 길
업셔 노니괴 응락ᄒ거늘 드디여 방·우 량인을
명ᄒ여 머리털을 기르게 ᄒ더라.

가운이 회보흔 후의 보옥이 믄득 비명(焙
茗)을 식여 쟝옥함의게 고ᄒ니 쟝옥함이 디희ᄒ
여 감스블이(感謝不已) ᄒ며 곳 틱일ᄒ여 혼취
ᄒ더라.

영(榮)·녕(寧) 냥뷔 초후 슈월의 별노 스
고(事故)가 업더니 광음이 신속ᄒ 【53】 여 칠월
십오일이 된지라. 거년 회싱흔 날을 혜여보미
졍히 쥬년(周年)이 되엿고 원비 궁등의셔 황ᄌ
룰 탄싱ᄒ며 림디옥이 쏘흔 초일의 일개 녀ᄋ룰
나하 일홈을 혜져ᄋ[蕙姐兒]라 지으니 합개 환
희ᄒ며 친우 등이 치하ᄒ니 니런 일은 자셔히
긔록홀 거시 업더라.

초후 십이일이 지내미 가부인이 스샹운을
명ᄒ여 요거(搖車)와 례믈을 판비ᄒ여 보내니
이 날은 영부의셔 디연을 비셜ᄒ고 친우 등을
모화 정히 열요홀 스이의 홀연 셩지(聖旨)가 【

---

417) 【마론 고기 믈을 바르다】 ㉑ 마른 고기 믈을
바라다. ¶ 枯魚望水 ∥ 추시 방관과 우관이 년
긔 댱셩ᄒ여 지각이 임의 나미 졍히 마론 고기
믈을 바룸 ᄀ트며 ᄒ믈며 본디 댱옥함의 얼골이
아롬다오믈 아는지라 (此時芳官, 藕官年已及笄,
情竇已開, 正在枯魚望水之際, 況且素知蔣玉函美
貌, 早已喜的受不得了.) <續紅 20:51>

54】나리거눌 가스(賈赦)와 가정(賈政)이 즉시 쑤러 바다 향안의 뫼시고 힝례ᄒᆞ믈 맛친 후의 펴고 닑으니 이는 가귀비(賈貴妃) 황즈를 탄싱ᄒᆞ여 일국디경(一國大慶)이 되믈 인ᄒᆞ여 외척의게 은젼(恩典)을 더ᄒᆞᆫ 칙지(勅旨)라. 그 속의 ᄒᆞ여시디 가졍은 지금 공부시랑(工部侍郞)이라 곳 승품ᄒᆞ여 공부샹셔(工部尙書)를 ᄒᆞ이시고 가스ᄂᆞᆫ 년로ᄒᆞᄆᆞ로 셰습ᄒᆞᄂᆞᆫ 직픔을 죠ᄎᆞ 치샤ᄒᆞ고 ᄯᅩ 쟝군 록봉을 샹급ᄒᆞ여 여년을 누리게 ᄒᆞ고 가진은 셰습ᄒᆞᄂᆞᆫ 벼술을 씌여 경영부통졔(京營副統制)를 졔슈【55】ᄒᆞ시고 가용418)은 임의 동지(同知) 직함을 허용ᄒᆞᆫ지라. 샹당ᄒᆞᆫ 동지 궐(闕)이 나기를 기ᄃᆞ려 즉시 승실ᄒᆞ게 ᄒᆞ시고 가보옥은 임의 한림시강(翰林侍講) 직함을 샹급ᄒᆞ신지라. 즉시 시강 실함(實銜)을 졔슈ᄒᆞ시고 가용은 임의 룡금위(龍禁尉) 직함을 허용ᄒᆞᆫ지라. 즉시 룡금위 실함을 졔슈ᄒᆞ시고 가란은 곳 거인(擧人)이라. 국ᄌᆞ감좨쥬(國子監祭酒) 직함(職銜)을 샹급ᄒᆞ여 써 외척의게 은젼을 더ᄒᆞ신 ᄯᅳᆺ을 뵈신다 ᄒᆞ엿더라. 가졍이 닑기를 맛치미 감격ᄒᆞ여【56】눈믈을 흘니고 즉일 표를 올녀 칭찬ᄒᆞ고 익일의 니르러 가스와 가졍이 ᄌᆞ질을 거ᄂᆞ리고 모다 오문 밧긔셔 사은ᄒᆞ며 보옥은 한림시강 실함을 졔슈ᄒᆞ신지라. 감히 다시 슈유(受由)를 고치 못ᄒᆞ고 미일 한림원의 드러가 찰직(察職)ᄒᆞ더라.

팔월 쵸일일의 니르러 가졍이 죠회의 드러 갓더니 믄득 황티후(皇太后) 칙지를 밧들미 ᄒᆞ여시디,

'궁듕 원비 이하 졔인으로 ᄒᆞ여곰 거년 근친ᄒᆞᆫ 젼례를 죠ᄎᆞ 모다 팔월 십오일의 귀령(歸寧)ᄒᆞ믈 허ᄒᆞ【57】여 뼈 골육이 단원(團圓)케 ᄒᆞᄂᆞᆫ ᄯᅳᆺ을 뵈디 십오일 슐시의 동가(動駕)ᄒᆞ여 십륙일 인시의 환궁케 ᄒᆞ라.'

ᄒᆞ엿더라. 가졍이 보고 비록 블승환희ᄒᆞ나 ᄆᆞ음의 ᄯᅩᄒᆞᆫ 챡급ᄒᆞ여 다만 반월 동안의 범졀을 밋쳐 판비치 못ᄒᆞᆯ가 져허ᄒᆞᆫ지라. 죠회를 파ᄒᆞ

후의 샬니 집으로 도라와 왕부인긔 고ᄒᆞ고 즉시 가스와 가진을 쳥ᄒᆞ여 의론홀 시 모든 사름이 말ᄒᆞ디,

"긔한이 쵹박ᄒᆞ니 즉시 사름을 식여 쥬야로 강남의 가셔 지믈을 판비ᄒᆞ여 와도 ᄯᅩ【58】ᄒᆞᆫ 밋지 못ᄒᆞᆯ가 져허토다."

ᄒᆞ여 졍히 쥬져홀 스이의 믄득 하태감(夏太監)이 니르럿다 ᄒᆞ거눌 가스와 가졍이 련망히 영졉ᄒᆞ여 드러오미 하티감이 스미로셔 원비의 친필 비지(秘旨) 일도(一道)를 내거눌 가졍이 바다 공경ᄒᆞ여 쩌혀보미 기듕의 디강 말ᄒᆞ여시디,

'근친ᄒᆞ게 ᄒᆞ시ᄂᆞᆫ 일은 곳 쥬샹의 후은이라. 외신 등이 맛당히 셩의를 몸바다419) 범졀을 모다 검박(儉朴)ᄒᆞ믈 죳고 번화ᄒᆞ믈 일삼아 부졀업시 지믈을 허비치 마디 디관원의 임의 즈【59】미 등이 머므니 구ᄐᆞ여 반이(搬移)치 말고 ᄯᅩ 림시(臨時)ᄒᆞ여 미리 죠모(祖母) 태부인과 다믓 고부인을 쳥ᄒᆞ여 집으로 한 번 모도이믈 바라노라.'

ᄒᆞ엿더라. 가졍이 보기를 맛치미 ᄆᆞ음이 져기 편안ᄒᆞ여 드러여 하티감을 머믈너 관더ᄒᆞ고 ᄒᆞ여곰 회픔(回稟)ᄒᆞ게 ᄒᆞ더라. 가졍이 가스를 향ᄒᆞ여 니르디,

"임의 귀비긔셔 지교가 잇셔 나왓시니 우리 등은 다만 지교디로 힝ᄒᆞ미 죠흘지라. 디관원 각 쳐의 문챵(門窓) 쟝벽(障壁)을 다만 약간 슈리ᄒᆞ고 져기 화훼(花卉)를 심오며 일졀 포【60】진등믈(鋪陳等物)을 다만 집의 잇는 거술 판비ᄒᆞ디 만일 쓰기의 넉넉지 못ᄒᆞ거든 다시 친우의 집의 몃 가지를 비러 쓰는 거시 ᄯᅩᄒᆞᆫ 블가ᄒᆞ미 업스니 이ᄀᆞᆺ치 힝홀진디 젼의 비컨디 곳 셩비(省費)ᄒᆞ미 만토다. 집 안의 녀희ᄌᆞ(女戱子) 등이 임의 흐터지고 ᄯᅩ 귀비긔셔 가쟝 중, 북으로 들네는 거술 죠하 아니시니 드르미, 북졍왕(北靜王) 부듕(府中)의 팔개녀(八個女) 당ᄌᆞ(檔子)를 두엇다 ᄒᆞ니 님시ᄒᆞ여 비러다가 쓰면 ᄯᅩᄒᆞᆫ 가히 편당ᄒᆞ리로다."

가진이 니르디,

---

418) 《속홍루몽》 원문은 가용이 아닌 가진으로 되어 있다. 뒤에 가용이 룡금위 직함을 제수 받았다는 내용이 나오므로 가진이 옳다. 낙선재본 번역본의 오역임.

419) 【몸받다】 图 대신(代身)하다. ¶ 體 ‖ 외신 등이 맛당히 셩의를 몸바다 범졀을 모다 검박ᄒᆞ믈 죳고 번화ᄒᆞ믈 일삼아 부졀업시 지믈을 허비치 마디 (外臣等理宜仰體聖懷, 一切悉宜儉朴, 勿須踵事增華, 以靡無益之費.) <續紅 20:58>

"질♀의 우견 ♂홀진디 낭낭이 임의 【61】 번화ㅎ믈 죠하 아니시면 무♀미디로 모든 일올 아담ㅎ게 판비ㅎ여 일졀 문챵, 쟝벽과 포진등믈의 모다 금벽 휘황훈 거슨 쓰지 말고 다만 아취롤 취ㅎ여 곳 고완분경지뉴(古玩盆景之類)라도 각쳐의 블과 슈삼 죵을 놋코 화회쵸목(花卉草木)도 ♂훈 구퇴여 번거케 일단 신션(神仙)잇는 집 광경으로 ♂미디 일뎜도 부귀번화 긔샹이 업게 ㅎ면 도로혀 낭낭의 ♂의 마줄 거시오. 쇼비도 블과 이삼 쳔 은지 될 거시니 젼의 비ㅎ면 십분 지일이 못 될지라. 이위 노야 【62】 논 뼈 엇더타 ㅎ느뇨?"

수(赦)·졍(政) 이공이 듯고 모다 칭션ㅎ며 즉시 이 일을 가진과 가련의게 붓쳐 경영케 ㅎ니 가진과 가련이 슈명ㅎ고 믄득 문하의 노셩훈 긱듕 단빙인(單聘仁)과 호긔리(胡期來)와 쳠광(詹光) 등 졔공을 쳥ㅎ여 각쳐로 단이며 공역(公役)을 료량ㅎ미 슈일을 분망히 지내여 이홍원, 도향촌(稻香村) 두 곳은 사름들이 잇셔 머믈게 ㅎ미 슈리ㅎ지 아[안코] 기외(其外) 각쳐는 모다 형셰롤 혜아려 일신 슈보(修補)ㅎ니 졍히 이목의 황연ㅎ디 다만 셩친(省親) 졍뎐(正殿)은 금【63】 벽으로 ♂미고 그 남아 집은 모다 아담ㅎ게 비셜ㅎ여 긔화이쵸(奇花異草)와 션죠진금(仙鳥珍禽)으로 션경♂치 ♂몃시니 보옥 등 졔인이 왕리ㅎ며 구경ㅎ미 곳 태허환경(太虛幻境)과 방블훈지라. 가ᄉ와 가경이 보고 모다 블승환희ㅎ더니 십ᄉ일 야간의 몬져 셩황묘(城隍廟)의 가셔 가모와 가부인을 영졉ㅎ여 집으로 와 거년과 ♂치 쥬연을 텰벽당(凸碧堂)의 버리디 위병(圍屛)을 비셜ㅎ고 밧긔는 가모와 가ᄉ와 가경과 가련과 보옥과 가환과 가란이 두 즈리 【64】 의 안고 안의는 가부인과 형부인과 왕부인과 니환과 봉져와 평♀와 우이져와 보챠와 디옥과 죠시와 범시 등이 두 자리의 안즈 미리 완월ㅎ며 아오로 수환ㅎ는 챠환과 노파 등을 모다 명ㅎ여 산 언덕 밋히 안게 ㅎ고 ♂훈 슈박과 월병과 쥬과지뉴롤 ♂쵸아 쥬어 모다 이경(二更)가지[420] 음쥬ㅎ다가 곳 횻허진 후의 죽의ᄌ(竹椅子)롤 가져

가모롤 뫼시고 듕인이 뒤히 ᄯ라 모다 디관원 각쳐의 니ᄅ러 몬져 한 추례 유완ㅎ고 인ㅎ여 가 【65】 모와 가부인을 쳥ㅎ여 젼일 가모의 샹방의셔 머믈게 ㅎ더니 십오일의 니ᄅ러 왕부인이 샤롬을 식여 몬져 영츈(迎春)과 탐츈(探春)을 마즈 집으로 오고 ♂ 셜이마와 향릉과 슈연과 보금과 샹운을 영졉ㅎ여 와 ♂훈 모다 디관원의 니ᄅ러 한 추례 보고 오반(午飯) 먹기롤 맛치미 모다 례복을 곳쳐 닙고 귀비 오시기롤 기드리더니 ᄯ가 유경(酉正)이 되미 다만 보니 하태감(夏太監)이 쇼티감(小太監) ᄉ명과 ᄉ개 궁녀롤 거느리고 옷샹ᄌ롤 메워 와 귀비긔셔 【66】 오신 후 추ᄌ시기롤 기드리는지라. 가경과 왕부인이 몬져 일 아는 가인식부(家人媳婦)롤 보내여 인도ㅎ여 별실노 드러가 관디케[421] ㅎ고 하티감은 도로 몰을 타고 도라가더라.

슐쵸(戌初) 시긱이 되미 가ᄉ와 가경과 가진과 가련과 보옥과 가환과 가용과 가란이 모다 공복(公服)을 닙고 디문 밧긔셔 영졉ㅎ기롤 기드리고 형·왕 량부인은 우시와 환, 봉, 챠·디 졔인을 거느리고 영희당의셔 영졉ㅎ믈 디후ㅎ고 가모와 가부인과 셜이마와 다믓 샹운 ᄌ미는 모다 디관 【67】 원 졍문 밧긔셔 영졉ㅎ믈 디후ㅎ더니 언마 못되여 다만 보미 하태감이 ♂ 몰을 달녀와 보ㅎ디,

"낭낭이 동가(動駕)ㅎ여 오신다."

ㅎ거놀 가경이 샐니 교위(校尉) 등의게 분부ㅎ여 한잡인(閑雜人)을 치우더니 슈유의 쌍쌍이 블을 가져 젼도ㅎ고 그 뒤히는 곳 네 쌍 단향금로(檀香金爐)와 일개 황일산(黃日傘)이 셧고 ♂ ᄉ쇼태감 ᄉ인이 향로와 궁션(宮扇)을 밧드러 ᄯ로며 그 뒤히 슈쟝(繡帳) 드리온 팔인교(八人轎)가 유유아아(幽幽雅雅)히 오거놀 가ᄉ와 가경이 ᄌ질 등을 거느리고 모다 디문 밧긔셔 ᄭ러 영졉 【68】 ㅎ더니 ᄯ라 뫼신 궁녜 젼유(傳諭)ㅎ디,

"말나."

ㅎ며 디문과 의문(儀門)의 드러오미 ♂ 보

---

420) 【-가지】 죄 -까지. ¶ 至 ‖ ♂훈 슈박과 월병과 쥬과지뉴롤 ♂쵸아 쥬어 모다 이경가지 음쥬ㅎ다가 (也分賞了西瓜、月餅、酒果之類. 大家飮至二更卽散.) <續紅 20:64>

421) 【관디ㅎ다】 동 {관대(款待)하다.} 정성스레 대접하다. ¶ 款待 ‖ 가졍과 왕부인이 몬져 일 아는 가인식부롤 보내여 인도ㅎ여 별실노 드러가 관디케 ㅎ고 (賈政、王夫人先派出懂事的家人媳婦來, 先讓入別室款待.) <續紅 20:66>

니 형·왕 이부인이 우시와 환·봉·챠·디 등
을 거느리고 모다 영희당 쓸의 쑤러 영겹ᄒ거늘
궁녜 쏘 젼유ᄒ여,

"말나."

ᄒ며 영희당을 지내여 일즉 디관원 졍문으
로 향ᄒ여 올 시 다만 보니 허다ᄒᆫ 사ᄅᆷ이 그곳
의셔 쑤러 영겹ᄒ거늘 원비 교내(轎內)의셔 샬
니 무ᄅᆮᄃᆡ,

"이 뉘뇨?"

궁녜(宮女) 회쥬(回奏)ᄒ더니 원비 믄득 명
ᄒ여,

"교ᄌ를 머믈나."

ᄒ거늘 가모 등이 샬니 나가 쳥안(請安)ᄒ
니 【69】 원비 련망히 교ᄌ의 나려 뫼시려 ᄒᄂᆫ
지라. 가모 등이 블감당이믈 스례ᄒ고 인ᄒ여
낭낭을 쳥ᄒ여,

"교ᄌ의 오ᄅ쇼셔."

ᄒ거늘 원비 니ᄅᄃᆡ,

"모다 한가지로 보ᄒᆼᄒ면 쏘ᄒᆫ 죠히 경치
를 구경ᄒ리로다."

가뫼 죳지 아니코 니ᄅᄃᆡ,

"낭낭은 겨유 만월(滿月)이 지내여 신샹이
오히려 약ᄒ시니 보ᄒᆼᄒ시미 과히 슈고로오
실422) 듯ᄒ도다."

원비 부득이 ᄒ여 교ᄌ의 올나 일즉 셩친
졍뎐 단지(丹墀) 하의 니ᄅ러 교ᄌ를 나려 노ᄒ
미 몬져 왓던 수개 궁녜 일즉 겻 【70】 히셔 수
후ᄒ다가 원비를 교ᄌ의 뫼셔 내여 졍뎐으로 드
러가 거듕(居中)ᄒ여 좌뎡ᄒ엿더니, 다만 보미
가ᄉ와 가졍이 월ᄃᆡ(月臺) 아리셔 다라 올나와
겨유 례를 ᄒᆼ코ᄌ ᄒ더니 궁녜 샬니 젼유ᄒ여
니ᄅᄃᆡ,

"말나."

ᄒ거늘 가ᄉ와 가졍이 믈너가고 그 후ᄂᆫ
곳 가진과 가련과 보옥과 가환과 가용과 가란이
올나와 ᄒᆼ례ᄒ고 믈너 나오더니 믄득 가모와 가
부인과 셜이마와 형·왕 량부인이 다라 올나 오
거늘 궁녜 샬니 쏘 젼유ᄒ여 니ᄅᄃᆡ,

"말나."

【71】 ᄒ며 원비 몸을 니러 가모 등 졔인
을 인도ᄒ여 졍뎐으로 드러와 량편의 렬좌(列
坐)ᄒ더니 그 뒤ᄂᆫ 우시와 환·봉·챠 ,디 영·
탐·릉·샹 모든 ᄌ미를 거느리고 올나와 ᄒᆼ례
ᄒ고 모다 각기 량편의 시립(侍立)ᄒ니 슈유의
고악 이제 명(鳴)ᄒ고 싱쇠병듀(笙蕭幷奏)ᄒ며
세 번 챠 드리기를 맛치미 원비 믄득 몸을 니러
내실노 드러가 궁의(宮衣)를 벗[밧]고와 닙으며
궁녀를 명ᄒ여 나와 분부ᄒ되,

"죽교(竹轎) 오 치423)를 예비ᄒ라."

ᄒ여 ᄌ긔 몬져 한 치의 안고 드뎌여 가모
와 가 【72】 부인과 셜이마와 형·왕 량부인을
명ᄒ여 모다 죽교의 안게 ᄒ고 기외 우시 이하
졔인은 모다 보ᄒᆼ으로 짜를 시 몬져 가모의 샹
방의 니ᄅ러 안흐로 드러가 스례를 ᄒᆼ코ᄌ ᄒ거
늘 가모와 다뭇 졔위 부인이 모다 쑤러 말닌 후
의 안거늘 가모와 졔인이 모다 ᄎ셔ᄃᆡ로 안더니
원비 몬져 가모와 가부인을 향ᄒ여 니ᄅᄃᆡ,

"우리 등이 태허환경(太虛幻境)으로 죠ᄎ
한 번 니별ᄒ여 홀연이 일년이 지나미 다ᄒᆼ히
림고노애(林姑老爺) 경도성황(京都城隍)을 승픔
ᄒ엿 【73】 도다. 그러치 아니면 우리 모녀 등이
쏘ᄒᆫ 능히 다시 얼골을 못 볼 번ᄒ엿시리라."

가부인이 니ᄅᄃᆡ,

"이ᄂᆫ 모다 쥬샹(主上)의 셩덕(聖德)이 여
텬(如天)ᄒᄆ로 니런 젼고의 듯지 못ᄒ 긔이ᄒᆫ
일이 잇도다. 우리도 쏘ᄒᆫ 낭낭의 홍복(洪福)을
힘닙어 인간의 향화를 누리ᄂᆞ니라."

원비 쏘ᄒᆫ 셜이마를 향ᄒ여 니ᄅᄃᆡ,

"이마ᄂᆞᆫ 엇지 쏘ᄒᆫ 늙은 거시 현져(顯著)ᄒ
뇨? 싱각건디 집안 일의 과히 슈고로온 듯ᄒ도
다."

셜이미 웃고 니ᄅᄃᆡ,

"외신이 낭낭의 홍복을 힘닙어 가듕의 쏘
ᄒᆫ 식근(食根)이 【74】 이시디 다만 ᄋ지 분부를
아지 못ᄒ고 집안 일이 영쇄(零碎)ᄒ여 부득블
ᄌ긔가 ᄆᆞ음을 번뢰히 ᄒ노라."

원비 듯고 쏘 형·왕 량부인을 향ᄒ여 니

---

422) 【슈고로오-】 ⑲ 《슈고롭다》 수고(受苦)롭다.
¶ 勞 ‖ 가뫼 죳지 아니코 니ᄅᄃᆡ 낭낭은 겨유
만월이 지내여 신샹이 오히려 약ᄒ시니 보ᄒᆼᄒ
시미 과히 슈고로오실 듯ᄒ도다 (賈母不肯, 道:
"娘娘纏過了滿月, 身體尚弱, 步行未免太勞.") <續
紅 20:69>

423) 【치】 ⑲ 채. 집이나 가마를 세는 단위. ¶ 頂 ‖
궁녀를 명ᄒ여 나와 분부ᄒ되 죽교 오 치를 예비
ᄒ라 (命昭容出來吩咐豫備竹椅顯轎五頂.) <續紅
20:71> ⇒ 채

르디,

"냥위 태태의 용모도 쏘흔 내가 젼쟈의 왓실 찍 모양과 궃지 못흐니 이는 모다 우리 즈미의 싱ᄉ(生死)의 이우(貽憂)를 만히 흐는 곡졀이로다."

왕부인이 듯고 루쉬(淚水) 가득흐여 목이 메이미 이미 말을 일우지 못흐거늘 원비 쏘흔 눈물을 흘니며 니르디,

"태태는 종금 이후로 쏘흔 방심(放心)흐라. 지금 우리 등이 샹【75】 텬의 도으시믈 힘닙어 모다 회싱흐고 쥬샹의 텬은이 가쟝 듕흐니 쏘흔 태태는 무옴을 노흐라."

보옥이 쏘흔 텬은을 닙어 한림을 졔슈흐시니 비록 말흐디.

"쵸방지친(椒房之親)이라 흐나 필경은 쏘흔 져의 학문이 가히 담승홀 만흐므로 이 궃튼 은젼(恩典)이 이시미니 쏘흔 구틱여 져를 위흐여 무옴을 허비치 마르시고 란가오도 쏘흔 가쟝 쟝진이 잇는 힝지라. 이도 쏘흔 태태의 무옴을 허비치 마르실지니 지어(至於) 가무(家務)흐여는 모다 져의 축리(妯娌) 등으로 흐여곰 판리흐는 【76】 거시 곳 올토다."

왕부인이 루쉬를 거두고 니르디,

"냥냥은 다만 방심흐시고 원컨디 냥냥의 졔졀이 안강(安康)흐시면 우리 등이 곳 힘닙어 복을 바드리라."

졍히 말홀 시 다만 보니 궁녜 드러와 픔흐디,

"외신 가ᄉ와 가졍은 즈질을 거느리고 쳥안코즈 흐려 밧긔셔 지교(知敎)를 기드린다."

흐거늘 원비 니르디,

"내가 오믄 근친(覲親)흐려 흐미니 원리 날노 흐여곰 가셔 뵈옵는 거시 올토다. 너의 등은 쏘 죽교(竹轎)를 예비흐라. 내가 량위 태태로 더브러 한가지로 샹방의 가리라."

【77】 흐고,

"봉챠두야!"

흐거늘 봉졔 듯고 련망히 다라 드러오니 원비 무르디,

"너의 등은 어니 곳의 쥬연을 베플녀 흐느뇨?"

봉졔 디답흐디,

"쥬연을 모다 텰벽당(凸碧堂)의 버리고 기

다리노라. 그 곳의 디셰(地勢)가 놉하 완월흐기가 죠흐리라."

원비 니르디,

"가쟝 죠토다. 지금 쥬연은 가히 거년 젼례를 좃지 못홀지니 궁례도 의론치 말고 회즈(戲子)도 시기지 말며 다만 텰벽당의 거듕(居中)흐여 일개 큰 둥군 탁즈를 놋코 내가 노태태와 고태태와 이티티와 냥위 태태로 더브러 안즈【78】려 흐니 내 도로혀 너의 즈미 등으로 더브러 담화치 못흐노라. 두 편의 쏘 몃 개 탁즈를 노코 너의 즈미 등이 모다 안즈디 구틱여 셔셔 ᄉ후치 말나. 둘지는 너의 등의 쇼힝ᄋ(小孩兒) 잇는 사롬은 모다 힝ᄋ를 안고와 날노 흐여곰 보게흐라. 너는 곳 내 분부디로 판리흐여 졍당히 흐엿거든 몬져 노태태와 고태태 등을 인도흐여 가셔 안즈시게 흐라. 나는 태태 샹방의 니르러 노야 등과 다뭇 져의 졔형(諸兄) 등으로 더브러 쏘흔 말흐라 가리니 찍가 되거든 네 사롬을 싁여와 쳥흐【79】미 곳 올토다."

원비 분부흐믈 맛치고 믄득 형·왕 이부인으로 더브러 죽교를 타고 젼면 샹방으로 가더라. 가모와 가부인과 셜이마는 도로혀 죽교의 안고 모든 즈미 뒤히 짜라 일졔히 몬져 텰벽당으로 올 시 다만 보니 젼면의 일좌(一坐) 취가디(翠歌臺)를 지어시디 십분 화려(華麗)흐고 디 우히 팔개녀 당지(檔子) ᄉ후흐여시니 모다 십삼ᄉ 셰 된 녀히이라. 용뫼 아롬답고 티되(態度) 언연흐며 듕간 탁샹의 악긔를 버려노핫거늘 봉졔 가모의게 【80】 픔흐고 믄득 원비 구지(口旨)를 죠ᄎ 뎡듕의 큰 둥군 탁즈를 노코 량편의 쏘 네 탁즈를 버려노핫시며 기외 여러 즈리를 모다 두 월랑 아리 버려 귀비긔셔 극식(克食)을 샹ᄉ흐실 찍의 쓰기를 예비케 흐고 쏘 림지효(林之孝)의 식부와 쥬셔식부(周瑞媳婦)를 싁여 의ᄉ쳥(議事廳)의셔 모든 궁녀를 관디케 흐고 림지효(林之孝)와 뢰디(賴待)는 영희당 밧 셔방(書房)의셔 모든 티감을 관디케흐여 모든 일을 료리흐믈 졍당히 흐엿시미 환·봉·챠·디 ᄉ인이 친히 왕부인 샹방 문 어 【81】 귀의 니르러 궁녀의게 쳥흐여 나가시기를 픔흐라 흐엿더니 언마 못되여 다만 보미 원비 형·왕 이부인으로 더브러 다시 죽교를 타고 나오거늘 가ᄉ와 가졍이 진·련·환·봉 등을 거느리고 모다 나와 보닐 시

원비눈 앏셔고 형·왕 이부인은 뒤히셔셔 모다 더관원으로 향ᄒ여 오눈지라. 환·봉·챠·디 보고 믄득 원비 량편의 짜라 교ᄌ룰 뫼셔 힝ᄒ 거눌 원비 보고 몬져 니환(李紈)을 향ᄒ여 니ᄅ 디,

"낭낭의 홍복을 힘닙어 비록 말ᄒ디, 【82 】'능히 ᄌ로 만나본다.' ᄒ나 필경 음양(陰陽) 이 길이 달나 비록 보와도 보지 아니홈 ᄀᆺ도 다."

원비 텽파의 탄식고 니ᄅ디,

"우리 등 회성혼 사롬이 ᄯᅩ혼 젹지 아니나 편벽도히 제가 그 슈(數) 온의 드지 아니ᄒ여시 니 이도 ᄯᅩ혼 졍쉬(定數) 이시미라. 인력으로 능 히 강잉(强仍)홀 비 아니로다."

ᄯᅩ 봉져룰 향ᄒ여 니ᄅ디,

"다른 사름은 회성ᄒ여 모다 ᄒᆡᄋᆞ(孩兒)룰 나핫시니 너도 ᄯᅩ혼 희쇼식이 잇ᄂ냐, 업ᄂ냐?"

봉졔 웃고 니ᄅ디,

"남녀 셩산은 모다 졍쉬이시니 내 엇지 낭 낭과 다못 【83】 림미미 ᄀᆺ튼 큰 복분(福分)이 이시리오."

니환이 웃고 니ᄅ디,

"나눈 평ᄋ의 말을 드ᄅ니 너도 ᄯᅩ혼 일뎜 긔미(幾微)가 잇다ᄒ니 너는 곳 진실이 말ᄒ라. 엇지 낭낭의 앏히셔 ᄯᅩ 감히 졍결혼 쳬ᄒᄂ냐?"

봉졔 우스며 혀츠고 니ᄅ디,

"엇지 션블션(善不善)을 알고 너의 등은 혼 잡히 들네ᄂ냐?"

ᄒ거눌 원비 우스며 니ᄅ디,

"너의 축리(妯娌) 등은 도로혀 가쟝 열요ᄒ 도다. 가련토다! 나눈 궁듕의 잇셔 날마다 일이 규구(規矩)가 이시미 실노 이 구쇽ᄒ믈 견딀 길 히 업스니 엇지 누와 더 【84】 브러 취미잇ᄂ 말 을 ᄒ리오."

말을 맛치며 ᄯᅩ 챠·디 이인을 향ᄒ여 우 스며 니ᄅ디,

"림미미야, 내 방ᄌ 보옥으로 더브러 말ᄒ 엿노라. 우리 등의 모다 회성ᄒᆞ믄 비록 말ᄒ디, 샹텬이 민망히 너기시미라 ᄒ나 필경은 망망디 ᄉ(茫茫大師)와 묘묘진인(渺渺眞人)의 큰 힘을 힘닙엇시니[424] 만일 근원을 ᄎ줄진디 반ᄃ시 갑

홀 바룰 싱각홀지라. 내 임의 황샹긔 쥬달(奏達) ᄒ여 나의 록봉(祿俸) 등의셔 은ᄌ 이쳔 량을 내여 곳 셩황묘 겻히 짜로 한 묘우(廟宇)룰 셰 워 쇼샹(塑像)을 뫼시고 【85】 ᄯᅩ 진ᄉᆞ은[甄士隱] 으로 비향ᄒ더 일홈을 '삼현ᄉ(三賢司)'라 ᄒ고 묘우룰 락셩(落成)혼 후의 ᄯᅩ 쥬샹긔 봉호(封號) 쥬시기룰 쳥ᄒ디 만일 이 은ᄌ 이쳔 량이 부죡 ᄒ거든 너의 등 슈은(受恩)혼 사롬이 ᄯᅩ혼 모다 보시(布施)홀지니 너의 량인은 말ᄒ라. 죠ᄒ냐, 죠치 아니냐?"

챠·디 이인이 듯고 졔셩ᄒ여 니ᄅ디,

"낭낭의 싱각이 가쟝 쥬밀(周密)ᄒ여 졍리 의 졀당(切當)ᄒ도다. 우리 등은 ᄯᅩ혼 이 일을 쇼홀이 ᄒ엿노라."

ᄒ며 일로의 담쇼ᄒ더니 믄득 텰벽당 앏히 니ᄅ러는 형·왕 이부인이 임의 ᄉᆞ 【86】 이길노 죠ᄎ 몬져 와 가모 등을 짜라 일ᄌ로 반렬을 일 워 등후ᄒ더니 원비 교ᄌ의 나리미 챠·디 이인 이 뫼셔 텰벽당으로 올나가미 원비 가모룰 향ᄒ 여 니ᄅ디,

"노태태와 다못 고태태야, 우리 모녀 등은 지금 곳 두 디(代)가 단원(團圓)ᄒ엿도다. 내 이 졔 셩지룰 밧드러 근친ᄒ미 원리 가졍(家庭)의 즐거오믈 다ᄒ고ᄌ ᄒ미오. ᄒ믈며 노태태와 고 태태눈 임의 신인(神人)이 되신지라. 곳 죠가(朝 家)의셔도 ᄯᅩ혼 신령을 존경ᄒ시니 노태태눈 다 시 국례(國禮) 힝홀 말삼을 ᄒ 【87】 시면 곳 골 육 단원혼 죠혼 뜻이 아니로다."

가뫼 웃고 니ᄅ디,

"내 임의 낭낭의 구지(口旨)룰 죠ᄎ 쥬연을 모다 이곳의 버렷시니 ᄎ후는 다시 감히 국례룰 힝치 못ᄒ리라."

원비 듯고 이의 봉져룰 명ᄒ여 뎡듕(正中) 의 나한탑(羅漢楊)을 옴겨 치워 듕간 ᄌ리는 ᄯᅴ 여노코 두 편의 여섯 개 모진[425] 의ᄌ룰 버려

---

424) 【힘닙다】 图 힘입다. ¶ 仰賴 ‖ 우리 등의 모 다 회성ᄒᆞ믄 비록 말ᄒ디 샹텬이 민망히 너기시

미라 ᄒ나 필경은 망망디ᄉ와 묘묘진인의 큰 힘 을 힘닙엇시니 (咱們這一回生, 雖說是上天垂憫, 到底仰賴茫茫大師, 渺渺眞人的鼎力.) ＜續紅 20:84＞

425) 【모지다】 图 모지다. 모가 나다. ¶ 方 ‖ 원비 듯고 이의 봉져룰 명ᄒ여 뎡듕의 나한탑을 옴겨 치워 듕간 ᄌ리는 ᄯᅴ여노코 두 편의 여섯 개 모 진 의ᄌ룰 버려 노핫시디 (元妃聽了, 乃命鳳姐 將正中的羅漢椅挪開, 留下居中一隙, 兩邊圍上六

노핫시되 원비는 동편 슈좌(首座)의 안고 가모
는 셔편 슈좌의 안즈며 동편 둘지 즈리는 가부
인이오, 셋지 즈리는 형부인이오, 셔편 둘지 즈
리는 셜이미오, 셋지 【88】 즈리는 왕부인이러라.
쏘흔 듕간의 빈 터흘 두어 녀당즈(女檔子)를 세
워 곡죠챵(曲調唱)ᄒᆞ는 곳을 민둘고 디샹(臺上)
의는 셰악(細樂)을 알외게 홀 시 우시 환, 봉,
챠·디 스인을 거느리고 친히 병과 잔을 가지고
슬을 드리더니 졋가락 놋키롤 맛치미 비로쇼
릉, 탐, 영, 샹 스인으로 더브러 일졔히 올나와
힝례ᄒᆞ고 안기롤 스레ᄒᆞ며 각기 빈쥬(賓主), 댱
유(長幼) 추셔롤 죠추 량편 네 즈리의 분좌ᄒᆞ더
니 녀당지 올나와 고두(叩頭)흔 후의 일졔히 챵
을 시쟉ᄒᆞ니 원비 【89】 가모롤 향ᄒᆞ여 니ᄅᆞ디,

"나는 이 원듕(園中) 경식을 보니 슈습ᄒᆞᄆᆞ를
십분 유아(幽雅)이 ᄒᆞ고 월식의 보미 진개 일편
류리(琉璃) 갓트여 크게 태허환경(太虛幻境)과
ᄀᆞᆺ트니 젼쟈 그 벽 휘황ᄒᆞ디 비컨디 십분 승흔
지라. 샤롬으로 ᄒᆞ여곰 보미 심광신이(深曠神怡)
ᄒᆞ도다."

가뫼 니ᄅᆞ디,

"이는 모다 낭낭의 톄휼(體恤)ᄒᆞ신 뜻을 본
바다 감히 지믈을 허비치 못흔 연괴로다."

원비 니ᄅᆞ디,

"지금은 가듕이 원리 젼의 비치 못ᄒᆞ리니
이ᄀᆞᆺ치 ᄒᆞ는 거시 올토다."

ᄒᆞ고 샹운을 향ᄒᆞ여 니ᄅᆞ디,

"스디미미(史大妹妹)야, 【90】 내가 젼쟈의
근친ᄒᆞ미 너는 엇지 오지 아니뇨?"

샹운이 샐니 니러 디답ᄒᆞ디,

"그 희의 낭낭이 근친ᄒᆞ시미 나의 년긔 도
로혀 젹은 지라. 심낭(嬸娘)이 내가 규구(規矩)
롤 아지못홀가 두려 감히 나롤 오지 못ᄒᆞ게 ᄒᆞ
엿ᄂᆞ니라."

원비 웃고 니ᄅᆞ디,

"ᄌᆞ긔 ᄌᆞ미 무리 듕의 엇지 니러틋 다심ᄒᆞ
뇨?"

쏘 향릉을 향ᄒᆞ여 니ᄅᆞ디,

"릉고랑아, 너의 쇼히ᄋᆞ는 잘잇ᄂᆞ냐?"

향릉이 쏘 몸을 [니러] 디답ᄒᆞ디,

"낭낭의 홍복을 힘닙어 가쟝 령리(榮利)ᄒᆞ
고 주역(周易)도 쏘흔 ᄒᆞ엿도다."

張方椅.) <續紅 20:87>

원비 쏘 니ᄅᆞ디,

"우삼고랑은 금일 내가 온 【91】 단 말을
듯고 졔가 엇지 와셔 보지 아니ᄒᆞᄂᆞ뇨?"

향릉이 니ᄅᆞ디,

"져도 쏘흔 거월의 히ᄋᆞ롤 낫코 도로혀 만
월이 못되엇ᄂᆞ니라."

원비 쏘 교져(巧姐)롤 향ᄒᆞ여 니ᄅᆞ디,

"우리 교고랑도 쏘흔 츌가ᄒᆞ엿시니 너의
녀셔(女婿)는 글이 엇더ᄒᆞᄂᆞ교?"

고랑이 니러 디답ᄒᆞ디,

"낭낭의 홍복을 힘닙어 져도 쏘흔 글닑기
롤 죠하ᄒᆞ여 능히 향시(鄕試)롤 보ᄂᆞ니라."

원비 덤두ᄒᆞ며 쏘 탐츈을 향ᄒᆞ여 니ᄅᆞ디,

"삼고랑아, 삼고야는 이졔 무어슬 ᄒᆞᄂᆞ뇨?"

탐츈이 니러 웃고 니ᄅᆞ디,

"능히 글을 닑 【92】 지 못ᄒᆞ니 블과 무과
(武科)나 ᄒᆞ면 맛당ᄒᆞ리로다."

원비 웃고 니ᄅᆞ디,

"죠가(朝家)의셔 문무(文武)롤 병용ᄒᆞ시니
쏘흔 죠토다."

ᄒᆞ고 쏘 영츈을 향ᄒᆞ여 니ᄅᆞ디,

"방ᄌᆞ 내가 디랑(大娘)의 말을 드ᄅᆞ미 이고
디야(二姑大爺)가 디스(大師)와 진인(眞人)의 쟝
부(臟腑)롤 씨셔 쥬믈 닙어 이졔는 쾌히 낫다ᄒᆞ
니 이도 쏘흔 일단 희시로다."

영츈인 쌤을 붉히고 니러 우스며 니ᄅᆞ디,

"이도 쏘흔 낭낭의 홍복을 힘닙어 이졔는
쾌히 낫도다."

원비 니ᄅᆞ디,

"졔가 이졔 무슨 벼슬의 잇ᄂᆞ뇨?"

영츈이 니ᄅᆞ디,

"셰습지휘시(世襲指揮使)니라."

【93】 원비 니ᄅᆞ디,

"이 벼슬이 놉지 못ᄒᆞ니 미삭(每朔)의 록봉
이 죡히 지닐 만ᄒᆞ냐?"

영츈이 니ᄅᆞ디,

"원리 젼일은 남용(濫用)ᄒᆞ여 넉넉히 지내
지 못ᄒᆞ더니 임의 오쟝(五臟)을 씨사미 지금은
셰월 보내미 어려온 줄 아ᄂᆞ니라."

원비 웃고 니ᄅᆞ디,

"이는 쏘흔 괴이ᄒᆞ도다. 엇지 스고랑을 보
지 못ᄒᆞᄂᆞ뇨?"

우시 샐니 니러 디답ᄒᆞ디,

"스고랑은 오도(悟道)홀 무음이 졍셩되여 즐겨 쟝속(裝束)을 곳치지 아니ᄒᆞᆫ지라. 이곳의셔 낭낭을 뵈옵기가 비편ᄒᆞ므로 한즈음 지내여 낭낭긔셔 롱취암(櫳翠庵)【94】의 니ᄅᆞ러 분향ᄒᆞ실 ᄠᆡ의 졔가 그 곳의셔 스후ᄒᆞ다가 뵈오려 ᄒᆞᄂᆞ니라."

원비 듯고 탄식ᄒᆞ여 니ᄅᆞ디,

"이 무슴 말이뇨? 그만두라. 이도 ᄯᅩᄒᆞᆫ 사름의 각각 무음이라. 져 ᄒᆞ고 시분 디로 바려두미 곳 올토다. 디질ᄋᆞ 식부는 회셩ᄒᆞ여 ᄯᅩᄒᆞᆫ 무슨 희쇼식이 업ᄂᆞ냐?"

진시 듯고 가히 디답홀 말이 업ᄂᆞᆫ지라. 다만 몸을 니러 입을 쥐고 웃거눌 우시 니ᄅᆞ디,

"졔가 원릭 월경(月經) 부죠(不調)ᄒᆞᆫ 병이 잇더니 지금 회셩ᄒᆞ엿시나 뉘 도로혀 여젼홀 쥴 알니오. 두 번지 영취(迎娶)【95】ᄒᆞᆫ 식뷔 도로혀 희ᄋᆞ롤 나핫ᄂᆞ니라."

원비 니ᄅᆞ디,

"니러툿 말ᄒᆞ량이면 너도 ᄯᅩᄒᆞᆫ 손ᄌᆞ롤 둔 사름이로다."

우시 웃고 니ᄅᆞ디,

"이는 모다 낭낭의 홍복을 힘닙엇ᄂᆞ니라."
원비 ᄯᅩ 보금과 슈연을 향ᄒᆞ여 니ᄅᆞ디,

"너의 ᄌᆞ미 등은 내가 이졔 쳐음으로 보는도다. 나는 말을 드ᄅᆞ니 너의 냥인이 글짓기롤 가장 잘ᄒᆞᆫ다 ᄒᆞ니 오늘은 이 듕츄졀(仲秋節)이오. ᄯᅩ 내가 도라와 근친ᄒᆞ니 ᄯᅩᄒᆞᆫ 가히 시롤 지어 그 일을 긔록ᄒᆞ미 업지 못홀지라. 한즈음 지내여【96】 내 몬져 일 슈롤 지을지니 너의 등 글짓는 이가 일 슈식 지으니 내 ᄯᅩᄒᆞᆫ 가ᄅᆞ치믈 바드리라."

보금과 슈연이 일졔히 니러 우스며 니ᄅᆞ디,

"원컨디 낭낭은 가ᄅᆞ치기롤 구ᄒᆞ노라."
가뫼 듯고 우스며 니ᄅᆞ디,

"임의 낭낭의 고흥으로 시롤 짓고ᄌᆞ ᄒᆞ실진디 보옥을 ᄯᅩᄒᆞᆫ 블너드려 져로 ᄒᆞ여곰 일 슈롤 짓게 ᄒᆞ리라."

원비 웃고 니ᄅᆞ디,

"나도 ᄯᅩᄒᆞᆫ 졍히 져의 학업이 젼의 비ᄒᆞ여 엇더ᄒᆞᆫ지 시험코ᄌᆞ ᄒᆞ노라."
가뫼 듯고 믄득 사름을 명ᄒᆞ여 보옥을 블너 오【97】라 ᄒᆞ더니 슈유(須臾)의 녀당지 창

ᄒᆞ기롤 맛치미 원비 명ᄒᆞ여 동(銅) 팔십 문(文)을 상급ᄒᆞ니 팔개 녀당지 고두ᄒᆞ여 스례ᄒᆞ더라. 원비 믄득 사름을 명ᄒᆞ여 문방스우(文房四友)롤 가져오니 궁녜 먹을 갈고 시젼지롤 펴 놋커눌, 원비 붓술 줍고 싱각는 비 업시 일필휘쇄(一筆揮灑)ᄒᆞ더니 궁녀롤 명ᄒᆞ여 두 편 셕샹(席上)으로 보내ᄂᆞᆫ지라. 챠·디·릉·샹 등 모든 ᄌᆞ미 일졔히 모혀와 손으로 바들 시 다만 보니 우희 ᄡᅥᆺ시디

구파심궁료쇼쟝(久罷深宮闌掃妝)
【98】 쥬관하피우곤황(珠冠霞帔又焜煌)
신고ᄉᆞ목신하ᄒᆡᆼ(新膏乍沐身何幸)
구디듕릭의젼샹(舊地重來意轉傷)

오릭 심궁의 단쟝 다스리롤 파ᄒᆞ엿더니,
구술 관과 안개 치매 빗나도다.
시 은틱을 줌간 목욕ᄒᆞ여시니 몸이 엇지 다ᄒᆡᆼᄒᆞ여시며,
녯 ᄯᅡ희 거듭 왓시미 ᄠᅳ시 굴너 샹ᄒᆞ도다.

일믹졍편련ᄌᆞ미(一脈情偏怜姉妹)
지싱은욕보다랑(再生恩欲報爹娘)
원쟝금야단원쥬(願將今夜團圓酒)
디봉츈훤슈븍당(代奉椿萱壽北堂)

한 혈믹은 졍히 편벽도히 ᄌᆞ미롤 어엿비 너겻고,
지싱ᄒᆞ미 은혜는 부모의게 갑고ᄌᆞ ᄒᆞ더라.
원컨디 오늘 단원ᄒᆞᆫ 슐을 가져,
봄나무와 훤쵸롤 디신 밧드러 븍당의 헌슈ᄒᆞ도다.

듕인이 간필(看畢)의 일졔히 올나와 칭하ᄒᆞ여 니ᄅᆞ디,

"낭낭은 텬죵지ᄌᆡ(天縱之才)라. 신민 등의 능히 만분지일【99】도 밋지 못홀 비로다."
원비 웃고 니ᄅᆞ디,

"나의 이 글은 ᄯᅩᄒᆞᆫ 죠타 혜지 못홀지니 블과 스스로 나 홀 말을 홀 ᄲᅮᆫ이로다. 듕ᄌᆞ미(衆姉妹)는 구ᄐᆞ여 다 감격치 말고 쳥컨디 반악 강엄(潘岳江淹)의 지죠롤 내여 각기 ᄒᆡ륙진보(海陸珍寶)롤 기우리라."

　　보옥이 쏘흔 니르러 샬니 한 번 보더니 곳
사롬을 명ㅎ여 가셔 필연을 취케ㅎ미 원비 웃고
니르디,
　　"너의 등은 쏘흔 일졍코 화운(和韻)ㅎ는디
거리끼지 말고 각기 쇼견을 펴며 편홀 [디]더로
운을 다는 거시 쏘흔 가히 쓰리로다."
　　듕인이 【100】 듯고 일계히 응명ㅎ니 아지
못게라 듕인이 능히 쟉시(作詩)흔가 하회의 분
히ㅎ라.

[속홍루몽續紅樓夢 권지이십일卷之二十一]

27

슈션혜건묘ᄉ삼현 보친은칭샹츅이노
酬仙惠建廟祀三賢 報親恩稱觴祝二老

【1】 화셜(話說), 니환(李紈), 보챠(寶釵),
디옥(黛玉), 영츈(迎春), 탐츈(探春), 교져(矯姐)
샹운(湘雲), 향릉(香菱), 슈연(岫烟), 보금(寶禁)
등이 원비(元妃) 시ᄅ 보고 일졔히 올나와 칭하
ᄒ거ᄂ, 원비 ᄉ양ᄒ며 인ᄒ여 명ᄒ여 각각 ᄌ
리로 도라갈 시, 보옥은 믄득 월랑(月廊) 아리
쥬비 버려 노혼 탁ᄌ 엽히 안ᄌ 각기 ᄉ환ᄒᄂ
ᄉ롬을 명ᄒ여 필연을 가져다가 모다 먹을 갈고
시젼 지ᄅ 펴며 붓술 가 【2】 지고 글을 싱각ᄒ
더니, 언마 못되여 다만 보미, ᄉ샹운이 희희히
웃고 손의 일쟝 시젼 지ᄅ 가지고 원비 앏흐로
다라와 몸을 굽피고 드리거ᄂ, 원비 ᄉ롬 궁녀
ᄅ 명ᄒ여 바다 ᄌ시 보니 우희 써 닐너시ᄃ,

슈헌요림궁션개(繡幰遙監宮扇開)
명란픠옥계봉리(鳴鸞佩玉啓蓬萊)
일륜호월무셤훈(一輪皓月無纖暈)
십리향진졀뎜이(十里香尖絶點埃)

슈노혼 쟝이 먼리 님ᄒ며 궁션이 열니미,
명란과 픠옥으로 봉리ᄅ 여러라.

일륜 명월은 젹은 흔젹이 업고,
십리의 향진은 일뎜 진이가 업더라.

【3】 거셰하승션어거(去歲遐升仙馭去)
금쇼우견취화리(今宵又見翠華來)
쇼신쳠렬가부말(小臣忝列葭莩末)
원숑삼다진슈비(願領三多進壽杯)

거셰의 먼리 올나 션어가 가더니,
금쇼의 ᄯ 취홰 오믈 보리로다.
쇼신이 외람이 가부 ᄭᆺ히 버러시니,
원컨디 세가지 만혼 거술 외와 슈비ᄅ 나
오더라.

원비 보기ᄅ 맛츠미 웃고 니ᄅ디,
"내가 도로혀 운미 이 ᄀᆺᄐ 시ᄌ(詩才) 이
시믈 몰낫시니 가히 공경하례ᄒ염죽ᄒ도다."
샹운이 듯고 손ᄉᄒ려 홀 시, ᄯ 보니 탐
츈이 다라오며 글을 올니거ᄂ 원비 ᄯ 샐니 궁
녀ᄅ 명ᄒ여 가져오라 ᄒ여 보니 【4】 닐너시ᄃ,

방명증셕디관원(芳名曾錫大觀園)
금치즁츄셕샹원(今値中秋昔上元)
픔쥭탄ᄉ텰금각(品竹彈絲綴錦閣)
고금알옥요풍헌(敲金戞玉蓼風軒)

ᄭᆺ다온 일홈을 일쯕 디관원이라 쥬어시니,
지금 즁츄ᄅ 만나고 녯 젹은 샹원이러라.
디ᄅ 픔론ᄒ고 실을 타미 텰금각이오,
금을 두ᄃ리고 옥을 울니미 요풍헌이러라.

화영격셰인함쇼(花迎隔世人含笑)
인디즁영화증언(人對重榮花贈言)
휴득일ᄲ쳔셰쥬(携得一觴千歲酒)
귀리환슈북당훤(歸來還壽北堂萱)

ᄭᆺ출 격셰ᄒᆫ ᄉ롬을 마ᄌ 우음을 먹음엇
고,
사ᄅ은 거듭 셩ᄒᄂ ᄭᆺ출 디ᄒ여 말을 쥬
도다.
일잔 쳔셰쥬ᄅ 닛그러,
도라와 도로혀 북당 훤쵸ᄅ 헌슈ᄒ노라.

【5】 원비 보고 졍히 뎜두ᄒᆞ며 칭찬ᄒᆞ더니 ᄯᅩ 보미 더옥이 올나와 시룰 드리거늘 원비 샬니 궁녀룰 명ᄒᆞ여 가셔 바드라 ᄒᆞ며 샹운·탐츈·더옥 삼인을 향ᄒᆞ여 우ᄉᆞ며 니ᄅᆞ디,

"삼위 현민ᄂᆞᆫ 모다 쳥컨디 가셔 안즈라. 이ᄂᆞᆫ 도로혀 너의 등을 슈고 식여 왕리케 ᄒᆞ니 내 ᄆᆞ음이 블편ᄒᆞ도다. 츠후ᄂᆞᆫ 모든 즈민가 다시 글을 밧치ᄂᆞᆫ 이 잇거든 모다 보옥(寶玉)을 쥬어 져로 ᄒᆞ여곰 한 쟝의 뻐 오면 모다 로동(勞動)ᄒᆞ여 긔거ᄒᆞᄆᆞᆯ 면케 ᄒᆞ리라."

샹운·탐츈【6】 더옥이 듯고 련망히 믈너 나려와 각기 본좌로 가거늘, 원비 니ᄅᆞ디,

"방즈 더옥의 글을 바닷다."

ᄒᆞ고 ᄯᅩ 보니 닐너시디,

오운텬졔강요지(五云天際降瑤池)
공향금문비어의(共向金門拜御儀)
입셩션영란봉연(入省先迎鸞鳳輦)
개연지숑갈담시(開筵再頌葛覃詩)

오운 하늘가의 요지의셔 나려와,
한가지로 금문을 향ᄒᆞ여 어의룰 졀ᄒᆞ더라.
마을의 드러가미 몬져 난봉연을 마즛고,
즈리룰 열미 다시 갈담시룰 외오더라.

졍인왕ᄉᆞ비금일(惜因往事悲今日)
구본신련쇽구ᄉᆞ(句本新聅續舊詞)
【7】 고후은륜참막보(高厚恩綸慚莫報)
쥰젼썅헌ᄉᆞ하치(樽前雙獻紫霞巵)

졍은 왕ᄉᆞ룰 인ᄒᆞ여 오날날 슬퍼ᄒᆞ엿고,
글귀ᄂᆞᆫ 근본 시 련귀로디 녯 글을 이엇더라.
놉고 두터온 텬은을 갑지 못ᄒᆞ미 붓그러웟시니,
쥰 앏흐로 썅썅이 즈하치룰 드리더라.

원비 간필의 스스로 만면의 희쇼ᄒᆞᄆᆞᆯ 씨둣지 못ᄒᆞ며 궁녀룰 향ᄒᆞ여 니ᄅᆞ디,
"필경 져의 이 글이 말이 슌ᄒᆞ고 뜻이 싱신(生新)ᄒᆞ도다."
말을 맛치며 ᄯᅩ 샹운·탐츈의 두 슈 글을 가져 번복ᄒᆞ여 보다가 니ᄅᆞ디,

"이 두 슈도 ᄯᅩ흔 죠흐니 각기 쇼쟝이 잇도다. 졍히 말 홀 씨의 다만 보니 보옥이 다라 올나오디 손의 일 쟝 큰 시젼지룰【8】 가졋거늘 원비 샬니 봉져룰 명ᄒᆞ여 바다 오게 ᄒᆞ니 보옥이 즉시 믈너 가더라. 원비 바다 죵두지미히 졍신을 머믈너 즈셔히 보니 닐너시디,

니환(李紈)

광싱합포희쥬환(光生合浦喜珠還)
츠야혼쳠구옥안(此夜欣瞻舊玉顔)
명향광한통계격(名向廣寒通桂籍)
질죵요궐령션반(秩從瑤闕領仙班)

빗치 합포의 나미 구술이 도라오리 깃거ᄒᆞ니
츠야의 깃거 녯 옥안을 보더라.
일홈이 광한뎐을 향ᄒᆞ여 계격의 통ᄒᆞ엿고
직품은 요궐을 죠ᄎ 신션의 반렬을 거ᄂᆞ렷더라.

【9】 개염희불쥬원경(開匳喜拂重圓鏡)
탐슈의봉격세환(探樹疑逢隔世環)
시문고금슈득ᄉᆞ(試問古今誰得似)
만언텬샹승인간(漫言天上勝人間)

거울 집을 열미 거듭 둥군 거울을 썰치미 깃겁고
나무룰 탐ᄒᆞ여 격세흔 골회룰 만난가 의심터라.
시험ᄒᆞ여 뭇ᄂᆞ니 고금의 뉘 능히 ᄀᆞᆺ트리오.
헛도히 말ᄒᆞ디 텬샹이 인간보다 낫다 ᄒᆞᄂᆞᆫ도다.

셜보금(薛寶琴)

강졀젼러옥루요(絳節傳來玉漏遙)
계화풍니취화표(桂花風裏翠華飄)
치란셕가귀삼도(彩鸞昔駕歸三島)
단봉금승하구쇼(丹鳳今乘下九宵)

븕은 졀이 젼ᄒᆞ여 오미 옥루쉬 머러시니

계화 바람 속의 취해 나붓기더라.
치식 난죠는 녯젹의 멍에ᄒᆞ여 삼도로 도라
가더라.
붉은 시는 이졔 타고 구쇼의 나려오더라.

【10】 셩셰뎨융신광젼(聖世帝隆新曠典)
　　　듕츄텬가호량쇼(中秋天假好良宵)
　　　싱친예본희젼고(省親例本希前古)
　　　이졍의명괴셩죠(彝鼎宜銘記聖朝)

셩셰의 님군은 시광젼이 놉핫고
듕츄의 하늘은 죠흔 량쇼롤 빌니더라.
어버이롤 술피는 젼례는 본디 젼고의 드무
러시니
술잔과 솟히 맛당히 삭여 셩죠롤 긔록ᄒᆞ리
러라.

　　　진향룽(甄香菱)

　　　ᄌᆞ슈쇼용츌ᄌᆞ진(紫袖昭容出紫宸)
　　　명원경믈일시신(名園景物一時新)
　　　듕원경디듕원월(重圓鏡對重圓月)
　　　지셰화영지셰인(再世花迎再世人)

붉은 ᄉᆞ미의 궁녀가 ᄌᆞ신을 나오더니,
일홈난 동산의 경믈이 일시의 시롭더라.
거듭 둥군 거울은 거듭 둥군 날을 디ᄒᆞ엿
고,
지싱혼 곳촌 지싱혼 ᄉᆞ롭을 맛더라.

【11】 운긔혼슈션쟝옹(雲氣渾隨仙仗擁)
　　　산령여디봉환빈(山靈如對鳳凰賓)
　　　ᄌᆞ참학쳔무지식(自慙學淺無智識)
　　　하감당젼깅효빈(何敢當前更效響)

구롬 긔운은 혼연이 션쟝을 짜라 쪗고,
신령은 봉황을 기드려 손을 디졉홈 ᄀᆞᆺ더
라.
스스로 비혼 거시 엿허 식견 업스믈 붓그
려시니,
엇지 감히 당젼ᄒᆞ여 다시 씽긔는 거슬 본
바드리오.

　　　형슈연(邢岫烟)

　　　염염궁거츌금위(冉冉宮車出禁闈)
　　　군은부허셩친위(君恩復許省親幃)
　　　졍샹화죠영픙미(呈祥花鳥迎風媚)
　　　입화원림영월휘(入畵園林映月輝)

염염ᄒᆞ미 궁거가 금위로 나오니,
군은이 다시 어비이 장막 술피믈 허ᄒᆞ더
라.
상셔롤 드리는 화죠는 바룸을 마ᄌᆞ 고왓
고,
그림의 드는 원림은 달 빗히 빗최더라.

【12】 봉연지림인공션(鳳輦再臨人共羨)
　　　란병즁반셰응희(鸞軿重返世應稀)
　　　쇼신하힝요은총(小臣何幸邀恩寵)
　　　단축년년보월귀(但祝年年步月歸)

봉연이 다시 림ᄒᆞ미 ᄉᆞ룸이 한가지 블워ᄒᆞ
엿고,
난봉이 거듭 도라오미 셰상의 응당 드믈러
라.
쇼신이 엇디 다힝이 은총을 마ᄌᆞᄂᆞ뇨.
다만 빌건디 히마다 달의 거러 도라가려
ᄒᆞ노라.

　　　가영츈(賈迎春)

　　　월영월결삭휴원(月盈月缺數虧圓)
　　　인거인귀량도텬(人去人歸兩度天)
　　　원근ᄌᆞ신츄깅슉(園近紫宸秋更肅)
　　　화봉가졀구응련(畵逢佳節句應聯)

달이 츠고 달이 이즈러졋시니 ᄌᆞ로 휴원ᄒᆞ
엿고,
ᄉᆞ룸이 가고 ᄉᆞ룸이 도라오미 두 번 하늘
일너라.
동산이 ᄌᆞ신의 ᄀᆞᆺ가와시니 가을이 다시 엄
슉ᄒᆞ엿고,
시는 아룸다온 졀을 만나시니 글귀가 응당
이으리로다.

【13】 란예지힝셕년디(鑾輿再幸昔年地)
화각즁개챠일연(畫閣重開此日筵)
금야일샹환경쥬(今夜一觴欣慶酒)
가가단비월즁션(家家團拜月中仙)

난예 다시 셕년 짜히 깅림ᄒᆞ엿고,
화각은 거듭 챠일의 ᄌᆞ리를 여럿더라.
금야의 한 쟝 환경하는 슐은,
가가히 둥굴게 월즁션의게 졀ᄒᆞ더라.

셜보챠(薛寶釵)

단단삼오월승지(團圓三五月昇遲)
졍치란여귀셩시(正值鑾輿歸省時)
ᄉᆞ도원림신긔샹(乍到園林新氣象)
즁릭인면구봉ᄌ(重來人面舊丰姿)

둥글고 둥군 보롬달이 오ᄅᆞ기를 더듸ᄒᆞ여
시니,
졍히 란여가 도라와 셩친홀 ᄯᆡ를 만낫더
라.
좀간 원림의 니ᄅᆞ러시니 시긔 샹이오,
거듭 온 ᄉᆞ롬의 낫촌 녯 ᄌᆞ틸너라.

【14】 신션블근원응이(神仙不老原應你)
쥬옥죵환신유지(珠玉終還信有之)
류득샹징쇼셰셔(留得祥征昭世瑞)
쳔슈가화졍젼ᄉ(千秋佳話定傳斯)

신션이 늙지 아니믄 원릭 응당 그러ᄒᆞ고,
쥬옥이 맛츰내 도라오미 실노 올토다.
아룸다온 징죠셩쇠의 샹셔를 머믈너시니,
쳔츄의 아룸다온 말이 졍히 니를 젼ᄒᆞ너
라.

가보옥(賈寶玉)

고츄경믈최방연(高秋景物最芳姸)
우향원림렬긔연(又向園林列綺筵)
연시즁릭경과디(輦是曾來經過地)
졍유부진지싱연(情扰不盡再生緣)

놉흔 가을 경믈이 가장 꼿답고 고왓시니,

ᄯᅩ 원림을 향ᄒᆞ여 비단ᄌᆞ리를 버리더라.
연은 곳 일즉 와셔 지나간 짜히오.,
졍은 오히려 다ᄒᆞ지 아냐시니 ᄌᆡ싱ᄒᆞᄂᆞᆫ 인
연이더라.

【15】 형과쳔과금하일(馨瓜荐果今何日)
졔익관등졍긔년(題額觀燈定幾年)
감션인싱여월빅(堪羨人生如月魄)
분명휴거우즁원(分明虧去又重圓)

외가 꼿답고 과실을 드려시니 지금이 어니
날이며,
졔익ᄒᆞ고 관등ᄒᆞᆫ 졍히 몃 ᄒᆡ가 되엿ᄂ
뇨.
견듸여 인싱이 달ᄀᆞᆺ기를 블워ᄒᆞᄂᆞ니,
분명히 이ᄌᆞ러졋다가 ᄯᅩ다시 둥구도다.

교져(巧姐)

하힝신션하구텬(何行神仙下九天)
부지금셕시하년(不知今夕是何年)
가인국경가ᄌᆡ경(家因國慶家才慶)
월이인원월비원(月以人圓月倍圓)

엇지 다힝히 신션이 구텬으로 나려오ᄂᆞ뇨,
아지 못게라 이거시 어니 힝뇨.
집은 나라 경ᄉᆞ를 인ᄒᆞ여 집이 비로쇼 경
ᄉᆞ롭고,
달은 사롬으로ᄡᅥ 둥구러시니 달이 갑졀이
나 둥구럿더라.

【16】 봉연지림셩광뎐(鳳輦再臨誠曠典)
옥안즁근다션연(玉顔重觀果前緣)
귀령퇵급졔친권(歸宁澤及諸親眷)
공믁은파어좌젼(共沐恩波御坐前)

봉연이 두 번 림ᄒᆞ니 진실노 드문 은젼이
오,
옥안을 거듭 뵈오니 과연 젼 인연이러라.
귀령ᄒᆞ미 은퇵이 모든 친권의게 미쳣시니,
한가지로 좌를 어젼의 목욕ᄒᆞ더라.

원비 보고 블승환희ᄒᆞ여 니ᄅᆞ디,

“내 도로혀 모든 즈미 등의 이ᄀᆺ치 시ᄒᆞᆫ 스룸이 만흐믈 아지 못ᄒᆞ여시니 실노 깃부고 공경ᄒᆞ염죽ᄒᆞ도다. 우리 교고랑가지 ᄯᆞ흔 지엇시니 심히 죠토다.”

언필의 믄득 샹운과 디옥과 탐춘의 세 슈 글을 【17】 가져 모다 한 권의 ᄆᆡ여 궁녀를 쥬며 명ᄒᆞ디,

“궁듕으로 가져가 즈셔히 평론ᄒᆞ고 즉시 가듕으로 보내여 돌녀 삭여 뼈 그 일을 긔록게 ᄒᆞ라.”

ᄒᆞ니 궁녜 바다 스스로 감초더라. 원비 가 모롤 향ᄒᆞ여 우스며 니ᄅᆞ디,

“슐도 ᄯᆞ흔 넉넉히 먹어시니 나는 롱취암(櫳翠庵)으로 스고랑을 보라 갈지라. 로태태와 태태 등은 구튀여 ᄯᆞ라가지 말고 모든 즈미를 다리고 셩친 졍뎐의 가 나룰 기다리디, 다만 우리 등의 흠긔 태허환경(太虛幻境) 【18】 의 잇든 몃 즈미만 나룰 ᄯᆞ라가미 곳 올토다.”

가뮈 듯고 믄득 노파 등을 명ᄒᆞ여 죽교(竹轎)를 수후ᄒᆞ라 ᄒᆞᄆᆡ, 영춘과 디옥과 봉져와 향릉과 진가경 오인(五人)이 임의 나가 교즈 앏히 셔 수후홀 시 원비 즈리의 니러 하직을 고ᄒᆞ고 죽교의 오ᄅᆞ거늘 봉져 등 오인이 두 겻히셔 보힝으로 ᄯᆞ라 요뎡관(凹晶館)으로 죠ᄎᆞ 봉요교(蜂腰橋)의 니ᄅᆞ며 ᄯᆞ 요뎡관 화셔(花漵)룰 지니여 완완히 힝홀 시 원비 노샹의셔 ᄯᆞ 디옥 등 오인으로 더브러 이윽히 젼의 【19】 태허환경의 잇든 말을 ᄒᆞ더니 홀연 일진 경풍(輕風)의 ᄆᆞᆰ은 계화(桂花) 향긔 촉비(觸鼻)ᄒᆞ고 ᄯᆞ 죵경(鍾磬)쇼리 들니더니, 믄득 롱취암 묘문이 뵈고 ᄯᆞ 보ᄆᆡ 입화(入畵)와 셜안(雪雁) 냥개 챠환이 셕츈을 뫼시고 문안흐로셔 나와 로변(路邊)의셔 ᄭᅮ러 영졉ᄒᆞ거늘, 원비 보고 ᄲᆞᆯ니 명ᄒᆞ여 교즈룰 머믈나ᄒᆞ고 교즈의 나려 급히 몃 거름 거러 셕춘을 븟드러 니ᄅᆞ혀니, 다만 보ᄆᆡ 졔가 몸의 도복(道服)을 닙엇ᄂᆞᆫ지라. 즈연 심즁의 참연ᄒᆞ여 ᄲᆞᆯ니 져의 손을 닛 【20】 글고 거러 묘문의 드러가, 몬져 디웅보뎐(大雄寶殿)의 니ᄅᆞ러 분향ᄒᆞ고, ᄯᆞ 셕춘의 졍실(靜室)노 오니 다만 보ᄆᆡ 등쵹이 휘황ᄒᆞ고 챵과 궤가 졍결ᄒᆞ고, 병의 화쵸를 곳고 화로의 침향을 픠오며 깁쟝426)과 등침(藤枕) 등

물 포진ᄒᆞ기룰 십분 쳥아히 ᄒᆞ엿거늘, 원비 탄식ᄒᆞ여 니ᄅᆞ디,

“스미미가 홍진을 바리고 ᄆᆞ음을 굿게 ᄒᆞ여 슈도코즈 ᄒᆞ미 고이치 아니토다. 과연 이 ᄯᆞᆫ히 니ᄅᆞ미 스룸으로 ᄒᆞ여곰 심경이 활연(豁然)ᄒᆞ도다.”

셕츈이 니ᄅᆞ디,

“신미 【21】 명되 다 험ᄒᆞ고 복이 박흔지라. 만일 홍진의 ᄉᆡᆼ각을 두면 단졍코 블측지우(不測之憂)가 이시리로다.”

ᄒᆞ고 졍히 말홀 ᄯᆡ의, 다만 보니 입홰(入畵) 챠룰 드리거늘, 셕츈이 바다 친히 원비게 드리니 원비 바다 마시ᄆᆡ 다만 향미 쳥슌흔지라. 이의 무ᄅᆞ디,

“무슨 챠히 니러틋 향긔로오뇨?”

셕츈이 니ᄅᆞ디,

“이 챠ᄂᆞᆫ 곳 묘긔 당일의 쥰 비니 신미도 ᄯᆞ흔 무슴 일홈인지 아지 못ᄒᆞ고 곳 이 믈도 ᄯᆞ흔 졔가 당일의 십년 젼 셜슈(雪水)룰 바다셔 【22】 둔 거시니라.”

원비 듯고 뎜두ᄒᆞ며 ᄯᆞ 칙샹의 바둑판 노힌 거슬 보고 원비 믄득 셕츈을 더브러 이인이 디국홀 시 영춘은 본디 바둑두기룰 죠하ᄒᆞ고 향릉은 비룩 바둑두기룰 심히 아지 못ᄒᆞ나 ᄯᆞ흔 가쟝 죠하 ᄒᆞᄂᆞᆫ지라. 이 량인은 겻히 안즈 승부룰 구경ᄒᆞ고 봉져와 진시 냥인은 근본 바둑 둘 쥴 모ᄅᆞ고 님디옥은 비룩 능히 두디 심히 죠하 아니ᄒᆞᄂᆞᆫ지라. 이 삼인은 챠룰 먹고 모다 ᄯᅳᆯ의 니ᄅᆞ러 계화룰 【23】 ᄭᅥᆨ거 월식의 빗최여 보며 셔로 닷토와 머리의 곳더니 한식경은 ᄒᆞ여 이인이 바둑을 파ᄒᆞ고 집을 혜여 보ᄆᆡ 원비 졋ᄂᆞᆫ지라. 이의 우스며 니ᄅᆞ디,

“당시(唐詩)의 니론 바 ‘죽원(竹院)의 니러 즁을 만나 말ᄒᆞ믈 인ᄒᆞ여 ᄯᆞ 부ᄉᆡᆼ의 반일 한가ᄒᆞ믈 어덧다.’ ᄒᆞ니 졍히 금일을 니ᄅᆞ미로다.”

졍히 말홀 ᄯᆡ의 다만 보니 궁녜 보ᄒᆞ디,

“텬식이 일지 아니니 쳥컨디 낭낭은 가셔 샹급을 반ᄉ(頒賜)ᄒᆞ면 ᄯᆞ흔 환궁ᄒᆞ실 ᄯᆡ가 되

---

426) 【깁쟝】 圖 깁쟝(帳). 비단 휘쟝. ¶ 素羅帷帳 ‖ 다만 보ᄆᆡ 등쵹이 휘황ᄒᆞ고 챵과 궤가 졍결ᄒᆞ고, 병의 화쵸룰 곳고 화로의 침향을 픠오며 깁쟝과 등침 등물 포진ᄒᆞ기룰 십분 쳥아히 ᄒᆞ엿거늘 (但見灯燭輝煌, 窓明几淨, 瓶揷丹桂, 爐降沈檀, 素羅帷帳, 藤床竹枕, 收拾的十分淸雅.) <續紅 21:20> ⇒ 깁쟝

330

리라."

　　원비 듯고 【24】 쏘훈 한 잔을 먹고 바야흐로 긔신호여 묘즁으로 나와 인호여 쥭교의 올나 도라올 시 셕츈이 문외의 나와 보내고 스스로 묘듕으로 도라가더라. 영츈, 디옥 등 오인이 다시 짜라 셩친(省親) 졍뎐(正殿)의 니룰 시 가뫼 졔인을 거느리고 임의 월디(月臺) 우희셔 반렬을 버려 수후호거눌 원비 보고 밧비 쥭교의 나려 가모와 가부인과 형・왕 이부인과 셜이마룰 뫼셔 안흐로 드러가 흠긔 안고 기외 모든 ᄌ민는 젼과 ᄀᆞ치 낭편의 【25】 시립호더니 다만 보미 태감(太監) 등이 큰 샹ᄌ 한 쳑(隻)을 메워와 월디의 놋커눌 원비 궁녀룰 명호여 열고 그 속의 단ᄌ룰 내여 단ᄌ(單子)디로 샹급홀 시 가모와 가부인은 인셰 믈건을 쓰지 아니 호는지라. 미인의게 금불(金佛) 한 위와 금로(金爐) 일 개와 당향(藏香) 일 갑과 단향(檀香) 일 근을 보내고 가ᄉ와 가졍은 미인의게 여의(如意) 일 병과 쥬미(酒味) 일 병과 망의(蟒衣) 일 습과 옥디 일 죠룰 보내고 가진으로붓허 가란가지는 미인의게 궁ᄉ(宮紗) 두 필 【26】 과 금랑(金囊) 일 디와 옥반지(玉搬指) 일 개와 옥디(玉帶) 일건을 쥬고 형・왕 이부인은 미인의게 궁ᄉ(宮紗) 두 필과 궁션(宮扇) 일 갑과 침향집힝이 일 개와 젹금타긔(赤金唾器) 일 디룰 보니고 우시와 니환으로붓허 가란의 안히가지는 미인의게 궁ᄉ 두 필과 궁경(宮鏡) 일 개와 궁션(宮扇) 일갑과 구슬향훈 ᄶᅥ어미룰 쥬고 영・탐・교・릉・샹・금・련 칠인은 미인의게 금은과ᄉ디(金銀錁四對)와 금챠(金釵) 일 고와 궁경(宮鏡) 일 고와 궁화(宮花) 일 갑을 쥬고 쥬이랑으로붓허 쳥・슌・견・잉 【27】 가지는 미인의게 은과(銀錁) 일 디와 한건(汗巾) 일 건과 금계지(金戒指) 일 디와 옥이환(玉耳環) 일 디룰 쥬고 기외 비복 등은 아오로 돈 일빅 민(緡)을 샹급호여 반ᄉ(頒賜)호기룰 맛치미 쏘 안ᄌ 가모와 가부인으로 더브러 이윽히 가ᄉ룰 말호다가 바야흐로 긔신호여 개복(改覆)호고 시표(時表)룰 보미 졍히 튝말인쵸(丑末寅初) 되엿는지라. 련망히 하직을 고호고 몸을 니러 팔인교의 안ᄌ 디관으로 나와 도라갈 시 가모는 졔부인 졔ᄌ미룰 거느리고 영희당(榮禧堂)의 【28】 셔 쑤러 보니고 가ᄉ와 가졍은 ᄌ질을 거느리고 디문 밧긔셔 쑤러 보닐 시 의쟝이 먼

리가믈 보고 바야흐로 드러와 쏘 가인 복부룰 거느려 즙믈을 슈습호고 블을 ᄯᆞᆫ 후의 모다 안흘호더라.

　　몃 날이 지니미 원비 시츅을 내리며 인호여 명호여 돌의 삭여 셩ᄉ(盛事)룰 긔록게 호더라. 일일은 보옥이 졍히 한림원(翰林院) 당직이러니 셩지룰 밧드러 보미 내당은 이쳔 량을 반하호여 삼현ᄉ(三賢祠)룰 셰우디 보옥을 【29】 명호여 호부의 가 령슈호라 호엿거눌 보옥이 즉시 챠의 안ᄌ 호부의 니르러 령슈호여 집으로 도라와 가졍과 왕부인긔 픔호고 이의 봉져와 디옥 등으로 더브러 샹량호여 모든 회싱훈 사름이 흠긔 힘을 혜아려 지믈을 내여 그 일을 도와 일워뻐 디ᄉ와 진인의 덕을 갑게 호리라 호고 이의 듕인의게 알게 호니 봉져와 디옥은 은ᄌ 팔십 량식 니고 우이져와 우삼져는 은ᄌ 스십 량식 니고 영츈과 진 【30】 가경은 은ᄌ 십 량식 니디 오즉 향릉(香菱)은 져의 부친이 비힝호는디 참녜호므로 인호여 별노이 후히 지믈을 너려 호는지라. 이의 셜이마와 셜반으로 더브러 샹의호더니 뉘 알니오. 셜반이 별노이 의ᄉ룰 너여 이의 셜이마룰 향호여 니르디,

　　"지금 경셩(京城)의 우리 강남 동향 샹고(商賈)가 가장 만혼지라. 향녀의 회관이 협칙(狹窄)호고 쏘 만히 문허져 견디기 어려오므로 샹고 등이 달니 니방을 어드려 호나 다만 경ᄉ의 인연 【31】 이 듕다호여 엇기 어렵다 호니 지금 묘우 짓는 긔회룰 타 터흘 만히 엇고 곳 묘녀의 침뎐으로 회관(會館)을 믿돌고 두편 뷘 ᄯᅡ히 모다 방ᄌ(房子)룰 지어 긱샹을 안졉게 호고 이의 져의 등으로 더브러 의론호여 보시룰 모화 내게 호면 비록 만금이라도 엇기 여반쟝이로디, 다만 마미 가부룰 향호여 한 번 말슴호여 만일 낭낭긔 알외면 더옥 죠흐리라. 쟝리 긱샹의게 모혼 은지 쓰기의 넉넉호면 낭낭의 나리신 은ᄌ룰 도로 밧치리니 엇 【32】 지 죠치 아니리오?"

　　셜이미 듯고 한 번 싱각호미 쏘훈 스스로 환희호여 이의 가부의 니르러 왕부인긔 고호니 왕부인이 쏘 가경의게 고호고 가경은 쏘 하태감이 원비긔 알외거눌 원비 니르디,

　　"다만 짓기룰 화려히 호여 사롬으로 호여곰 보기의 죠케호면 기외는 져의 등이 호고 시분 디로 바려두미 올토다."

설반이 추의롤 밧들고 샐니 가 최샹 동무 당덕휘(張德輝)의게 고ᄒᆞ여 져로 ᄒᆞ여곰 셩니의 잇는 모든 동향【33】 긱샹의게 통긔ᄒᆞ니 몃 눌 동안의 믄득 만여금을 모혼지라. 가졍의게 픔ᄒᆞ니 가졍이 공퇴여가(公退餘暇)의 친히 와 형셰롤 혜아려 곳 셩황묘 셔편 ᄉᆞ샹운의 집 겻틔 터흘 졍ᄒᆞ고 셩황묘 집 지은 모양으로 의방ᄒᆞ여 지으디 블과 터히 져기 협칙ᄒᆞ더라. 큰 뎐각의 삼현의 소샹(塑像)을 뫼시고 침뎐 속은 븨여 두디 얇히는 쟝ᄌᆞ롤 민돌고 뒤히는 창을 내여 긱 안기의 편케 ᄒᆞ고 량편의 월랑을 짓고 젼면의 악루롤 지어시디【34】 신도롤 위ᄒᆞ여 연희홀 ᄶᅵ 외의는 긱샹 등이 일이 이시면 ᄯᅩ혼 가히 쥬연을 버리고 연희롤 구경케 ᄒᆞ며 동편 월랑은 바로 ᄉᆞ샹운의 집셔 샹방(床房)을 격ᄒᆞ엿더라.

추시 샹운이 임의 히ᄋᆞ(孩兒)롤 나혼지라. 믄득 져의 녀셔로 더브러 샹의ᄒᆞ고 묘니 동편 월랑의 ᄯᅡ로 쟝원을 ᄲᅡ치 아니코 곳 ᄌᆞ긔 집셔 샹방으로 쓰게 ᄒᆞ며 그 우히 류리(琉璃) ᄶᅵ인 일개 도낙이 쟝ᄌᆞ롤 올녀 놋케 ᄒᆞ디 져편 희디(戲臺) 우히 겨연희ᄒᆞ면 이편 캉 우히【35】 셔 곳 가히 류리쟝ᄌᆞ로 죠ᄎᆞ 구경ᄒᆞ게 ᄒᆞ여 샹의ᄒᆞ기롤 맛치고 당일의 공쟝(工匠)을 모화 시역ᄒᆞ미 블과 셕달 동안의 곳 락셩ᄒᆞ기롤 맛쳣ᄂᆞᆫ지라. 원비게 고ᄒᆞ니 원비 셩지롤 쳥ᄒᆞ여 망망디ᄉᆞ(茫茫大士)롤 봉ᄒᆞ며 좌화진인(佐化進人)을 ᄒᆞ이시고 묘묘진인(渺渺眞人)은 좌치진인(佐治眞人)을 ᄒᆞ이시며 진ᄉᆞ은 좌졍진인(佐政眞人)을 ᄒᆞ이시니 일톄로 쇼샹을 뫼셔 ᄌᆞ치 향화롤 밧드러 기리 만셰의 유젼케 ᄒᆞ더라. 락셩혼 후의 틱일ᄒᆞ【36】여 개광(開光)ᄒᆞ고 희ᄉᆞ롤 버릴 시 원비 보옥을 명ᄒᆞ여 ᄌᆞ긔롤 디신ᄒᆞ여 졔ᄉᆞ의 쥬ᄉᆞ케 ᄒᆞ고 가련과 가용과 셜반과 류샹련과 님셩옥도 ᄯᅩ혼 모다 슈은ᄒᆞ엿ᄂᆞᆫ지라. 일졔히 졔ᄉᆞ의 참녜케 ᄒᆞ더라.

추일 보옥 등 졔인이 모다 오경의 모혀 졔ᄉᆞ 힝례키롤 맛치미 명ᄒᆞ여 연희롤 시작ᄒᆞ니 곳 당옥함이 희ᄌᆞ 반쉬되엿고 묘듕의 드러와 구경ᄒᆞ는 남녜 락역부졀ᄒᆞᄂᆞᆫ지라. ᄉᆞ샹운이 믄득 환·봉【37】·챠·디·릉·연·영·탐·금·긔 모든 ᄌᆞ미 등을 영졉ᄒᆞ여 집으로 와 동편 월랑 류리쟝ᄌᆞ 속의셔 희ᄌᆞ롤 구경홀 시 낫의 종일 열요ᄒᆞ고 져녁의 니ᄅᆞ미 셜반이 ᄯᅩ 쥬연을 ᄌᆞᆺ쵸

와 가련과 보옥과 샹련 등 졔인을 쳥ᄒᆞ여 야회롤 구경홀 시, 믄득 사롬을 명ᄒᆞ여 묘문을 봉ᄒᆞ여 외인으로 ᄒᆞ여곰 츌입지 못ᄒᆞ게 ᄒᆞ더라. 셜반이 추시 디취ᄒᆞ여 ᄉᆞ샹운이 모돈 ᄌᆞ미롤 머믈너 야회 보는 줄을 아지 못ᄒᆞ【38】고 졔가 믄득 방ᄉᆞ 무긔(無忌)ᄒᆞ여 쟝옥함을 블너 몃 곡죠 풍월 희롱ᄒᆞ는 글을 타뎜ᄒᆞ여 니니 이는 무비 연지롤 희롱ᄒᆞ고 화류롤 평론ᄒᆞ는 등쇽이라. 졍히 챵ᄒᆞ여 십분 무루녹을 지경의 니ᄅᆞ미 디셩갈치ᄒᆞ믈 금치 못ᄒᆞ여 다만 환쇼ᄒᆞ더니 믄득 드ᄅᆞ미 셔편 월랑 아리셔 ᄯᅩ 혼 사롬이 갈치희쇼ᄒᆞ는 소리 잇거눌 셜반이 ᄯᅩ 뉘믈 아지 못ᄒᆞ고 믄득 쇼시(小廝)롤 ᄭᅮ지져 니ᄅᆞ디,

"엇지ᄒᆞ여 외인이 드러오게 ᄒᆞᄂᆞ뇨?"

【39】ᄒᆞ고 즁인이 ᄌᆞ셔히 보니 이는 타인이 아니라 곳 가쥬와 풍연과 진죵과 최문셔와 반우안 오인(五人)이 은은이 그곳의 잇셔 희ᄌᆞ롤 구경ᄒᆞ거눌 보옥, 가련 등이 보고 샐니 긔신ᄒᆞ여 인도ᄒᆞ여 드러와 홈긔 안ᄌᆞ 희ᄌᆞ롤 볼 시 가쥐 드디여 반우안을 명ᄒᆞ여 다시 한 탁ᄌᆞ 쥬연을 버려 모다 난호와 안고 졍회롤 펴며 즐기더라.

챠셜, 동편 월랑의셔 ᄉᆞ샹운이 환, 봉, 챠, 디 등으로 더브러 낫의 희ᄌᆞ롤 보고 임의 쥬반【40】을 지녀여시디 ᄯᅩ 야희가 이시믈 인ᄒᆞ여 드디여 즁인을 머믈너 산좌(散坐)ᄒᆞ여 챠롤 먹고 야희 맛치믈 기ᄃᆞ려 모다 가모와 가부인 곳의 니ᄅᆞ러 쳥안ᄒᆞ고 다시 각기 귀가ᄒᆞ려 ᄒᆞᄂᆞ지라. 이의 모다 안심락의(安心樂意)ᄒᆞ여 안ᄌᆞ 희ᄌᆞ롤 보더니 필경 보미 풍월 희롱ᄒᆞ는 글을 부ᄅᆞ는지라. 탐츈이 보금을 향ᄒᆞ여 니ᄅᆞ디,

"이는 져의 등 듕의 뉘 희ᄌᆞ롤 타뎜ᄒᆞ엿ᄂᆞᆫ지 엇지 니런 모양 업는 희ᄌᆞ롤 부ᄅᆞᄂᆞ냐? 져의 등이【41】우리 등의 모다 이곳의셔 희ᄌᆞ 보는 줄 아지 못ᄒᆞ다 니ᄅᆞ기 어렵도다."

보금이 웃고 니ᄅᆞ디,

"너는 짐작ᄒᆞ여 보라. 다시 뉘 이시리오. 블과 우리 등의 디거게로다."

봉졔 웃고 니ᄅᆞ디,

"그만두라. 너의 등은 이즈음의 모다 희ᄌᆞ롤 둔 사롬이오 ᄒᆞ믈며 ᄯᅩ 밝은 곳의 잇셔 희ᄌᆞ롤 보미 아니니 가히 무어슬 겨허 ᄒᆞ리오? 너는 짐쟉ᄒᆞ여 보라 져의 야야 등이 만일 홈긔 왓시

면 엇지 도로혀 즐겨 무슴 조흔 희즈룰 타뎜ᄒ리오?"

탐츈【42】이 웃고 니르디,

"희즈의 글은 원리 우음을 취ᄒ는 거시로디, 만일 너모 모양 업시 들네면 쏘흔 아치의 샹ᄒ미 잇ᄂ니 져 일개 희즈 부르는 사룸도 일덤 붓그러오미 업다 니르기 어렵도다."

봉졔 웃고 니르디,

"너는 엇지 져런 말을 ᄒᄂ냐? 졔 만일 붓그러오믈 알면 가히 쏘 무어슬 미더 남의 돈을 후리리오.427)"

졍히 말홀 ᄯ의 믄득 보니 져편 셕샹의셔 어즈러이 몸을 니러 즈리룰 ᄉ양ᄒ거눌 봉져는 눈이 밝은지라. 쌜니 니환을 향【43】ᄒ여 우스며 니르디,

"대슈즈야, 너는 보라. 져거시 대거게 쏘흔 와셔 희즈룰 보미 아니냐?"

니환이 듯고 즈시 보더니 우스며 니르디,

"사룸도 희즈룰 보고 귀신도 쏘흔 희즈룰 보니 이는 도로혀 취미가 잇도다. 져 일개 년경흔 이는 곳 쇼용대대의 형뎨어니와 져 여러 사룸은 쏘 뉘뇨?"

봉졔 니르디,

"져 마과즈 닙은 이는 반우안이니 스긔의 남인이오, 져 량개는 하나흔 풍셔판이오, 하나흔 쟝가녀 희즈의 녀셔어니와 이 량인【44】은 니가 도시 본 일이 업ᄉ니 곳 뉘믈 분변치 못ᄒ리로다."

ᄒ고 다만 드르미, 향릉이 웃고 니르디,

"져 일개 쌈이 넓어 한 번 우스면 입 우히 두 우믈 진 이는 필연 풍셔판이니 나는 싱각건디, 당일 나룰 ᄉ셔 갈 ᄯ의 내 져룰 한 번 보왓노라."

봉졔 듯고 손벽 치며 웃고 니르디,

"가셕도다. 필경은 네가 박복ᄒ도다. 당일의 만일 져의게 팔녀가믈 닙엇신들 엇지 셜디ᄉ즈(薛大傻子)의 비컨디 낫지 아니리오?"

향릉이 듯【45】고 져의게 한 번 혀츠며

___

427) 【후리다】동 후리다. ¶哄‖너는 엇지 져런 말을 ᄒᄂ냐 졔 만일 붓그러오믈 알면 가히 쏘 무어슬 미더 남의 돈을 후리리오 (你看你說的這個話, 他若知道害臊, 他可又仗着什麼哄人家的錢呢.) <續紅 21:42>

웃고 니르디,

"너는 더옥 모양 업는 말을 ᄒᄂ도다."

졍히 말홀 ᄯ의 믄득 보니 댱옥함이 희즈 졔목을 밧드러 가쥬의 앏히 니르러 희즈룰 타뎜ᄒ려 ᄒ더니 다만 드르미 가쥬 웃고 니르디,

"타뎜홀 거시 업도다. 너는 다만 평일의 가쟝 익이 부르는 곡죠 한두 가지룰 갈히여 부르라. 내 드르리라. 다만 무미흔 거슨 취치 아니ᄒ노라."

말ᄒ며 쏘 져의게 무르디,

"너는 무어시라 무르ᄂ뇨?"

쏘 드르미 댱옥함이 웃【46】고 니르디,

"소시는 셩이 댱(蔣)이오, 명은 긔관(琪官)이라 부르노라."

봉졔 이곳의셔 명빅히 듯고 쌜니 보챠룰 향ᄒ여 웃고 니르디,

"츠인이 과연 댱옥함이로다. 습인아, 오늘 져와 다믓 류오이 너룰[을] ᄯ라왓더니 엇지 피ᄒ여 갓ᄂ뇨. 져룰 블너와 쏘흔 이 경낭흔 모양을 보게 ᄒ리로다."

디옥이 듯고 니르디,

"그만두라. 너는 엇지 괴로이 구ᄂ뇨? 일덤 호ᄉ룰 힝치 아니ᄒ랴? 방즈 내 너의 광경을 보미 곳 얼골의 일덤 붓그러오미【47】잇셔 피ᄒ미 내 곳 일반분이나 짐쟉ᄒ엿시나 곳 말ᄒ기 어렵더니 너는 이즈음의 쏘 져룰 블너 무엇ᄒ려 ᄒᄂ뇨?"

봉졔 웃고 니르디,

"너는 져 일을 아론 체 말나 내 즈연 도리가 이시리라."

ᄒ고 니르디,

"류오ᄋ야, 너는 습인 져져룰 블너 오라."

ᄒ거눌 류오이 듯고 즉시 디답ᄒ며 겨유 한 번 몸을 두루혀더니 믄득 보미 취루(翠縷)와 시셔(侍書) 이인이 젹은 토간(套間)을 죠ᄎ 습인을 밀어 나올 시 습인이 쌈을 붉히고 우스며 니르디,

【48】"우리 내내 등은 무어슬 들네ᄂ뇨? 내 일죽 아랏더면 내내 등을 ᄯ라오지 아니ᄒ여도 쏘흔 죠흘노다. ᄉ더 고내내가 쏘 나룰 싱각흔다 말ᄒ리오?"

봉졔 웃고 니르디,

"네가 집 속의 이시면 멧 히가 되여뇨? 쏘

흔 능히 져러틋 긔롤 펴고 희즈 구경을 못ᄒ리
라. 내 도로혀 죠흔 뜻으로 너롤 블너 와 노닐
너 ᄒ거늘 너는 엇지 ᄯᅩ 모양을 과히 출히ᄂ
뇨?"

샹운이 즉시 웃고 니르디,

"습인 져져야, 너는 이러틋 쇼히ᄋ의 모양
을 말고 다만 몸【49】을 펴고 시훤히 안즈 보
라. 이 희즈는 ᄯᅩ흔 네가 슬토록 보왓시리라. 싱
각건디 그 즈음의 어내늘 져녁의 ᄯᅩ 너롤 위ᄒ
여 몃 곡죠롤 부르지 아니 ᄒ엿시리오?"

말ᄒ미 듕인이 모다 웃더라. 이의 봉졔 사
롬을 명ᄒ여 일개 젹은 궤롤 옴겨 와 습인을 명
ᄒ여 즈긔 겻히 안치고 무릇 대샹의셔 당옥함이
동인심빅(動人心魄)ᄒ게 부르는 ᄣᅥ의 니르면 져
편 셕샹의셔는 홍당(哄堂) 디소ᄒ고 이곳 봉져
등은 반ᄃᆞ시 습인을 긔막히게 죠르려 ᄒ【50】
미 습인이 스스로 용납ᄒᆞᆯ ᄯᅡ히 업셔 안지는 못
ᄒ고 다라나지도 못ᄒ며 우지도 못ᄒ고 웃지도
못ᄒ여 졍히 난쳐ᄒᆞᆯ 즈음의 ᄯᅩ 보미 당옥함이
희지 졔목을 밧드러 풍연의 앏히 니르러 희즈롤
타뎜ᄒ려 ᄒ더니 다만 드르미 풍연이 웃고 니르
디,

"타뎜치 말고 너의 등은 다만 쟝고동(張古
董)이 노파롤 견탈흔 곡죠롤 부르라."

ᄒ거늘 셜반이 듯고 심듕이 블열ᄒ여 쥬흥
을 타 안뎡(眼睛)을 몹시 ᄯᅥ 져롤 향ᄒ여 한 번
보며 니【51】르디,

"노풍아, 너는 너모 사롬을 업슈히 너기지
말나. 뉘 우리 냥인의 일을 아지 못ᄒ리오. 너는
엇지 편벽도이 이 한 곡죠롤 타뎜ᄒ려 ᄒᄂ뇨?
너는 이거시 유심ᄒ여 나롤 붓그럽게 ᄒ미 아니
냐? 당긔관아, 네 감히 져의 말을 드롤진디, 내
ᄯᅩ흔 너의 한 곡죠롤 타뎜ᄒ리니 《슈호지水滸誌
》의 노졔할(魯提轄)이 쥬머괴로 진관셔(鎭關西)
치던 거슬 챵ᄒ라."

ᄒ며 ᄯᅩ 드르미 풍연이 웃고 니르디,

"긔관아, 너는 셜디야의게 무러보라. 노지
심(魯智沈)은 즁이라, 쳐【52】쳡이 모다 업스
니, 사롬을 쳐 죽여도 가히 무어슬 가져 그 사
롬을 위ᄒ여 디면ᄒ며, ᄒᆞᆯ믈며 진관셔(鎭關西)
뎡도(鄭屠)는 ᄯᅩ 갈디 연못시 누어 더러온 믈을
먹으미 업스니, ᄯᅩ흔 도로혀 일개 호한이라 헐
지로다."

말ᄒ미 즁인이 모다 웃는지라. 셜반이 져
의 모양이 조치 아니믈 보고 크게 한소리 지르
며 즈리의 ᄲᅱ여나가 곳 풍연의 옷깃슬 ᄯᅳ러 줍
거늘, 츠시 풍연은 스스로 귀혼(鬼魂)이라. 엇지
져롤 두리리오. ᄲᆞᆯ니 엽흐로 피ᄒ니, 셜만이 임
의 공등의【53】 너머진지라. 다만 드르미 풍연
이 한쇼리 부르디,

"쟝삼(張三)이 어디 잇ᄂ뇨?"

ᄒ더니, 일진 음풍이 니러나는 곳의 담 모
롱이로 죠츠 일인이 다라 나오디, 머리와 ᄲᆢᆷ의
혈젹(血迹)이 림니ᄒ고 모양이 극히 츄악흔지라.
셜반이 한 번 보고 ᄯᅩ 뒤흐로 것구러지더니, 어
언 간의 다만 보미 긔인이 셕샹의 일개 슐 수발
을 집어 가지고 셜반의 이마롤 향ᄒ여 치니 다
만 드르미 '박연(啪然)' 일셩의 셜반이 임의 ᄯᅡ
히 구러지고 스긔 죠각이 어즈러이 날니며 류【
54】혈이 긋치지 아냐 당각의 막혀 가는지라.
져 편 셕샹의셔 가련, 보옥, 샹련 졔인이 놀나
슈망각난(手忙脚亂)ᄒ디 엇지ᄒᆞᆯ 쥬견이 업스며
이곳의 향릉과 보챠와 보금과 다뭇 모든 즈미
모다 놀나 혼블부톄(魂不附體)ᄒ더니 홀연 드르
미 반공 등의셔 알연 일셩의 일 쳑 션학이 한가
히 나려오거늘 보옥이 보고 환희ᄒ여 니르디,

"죠토다. 즈형이 오는도다. 셜대거가 구졔
흔 복셩이 잇다."

ᄒ거늘 즁인이 모다 놀나며 깃거ᄒ더니 다
만 보미 그 션학이【55】 ᄯᅡ히셔 한 번 구을미
임의 화ᄒ여 동지(童子) 된지라. 봉졔 깃거 손치
고 우스며 니르디,

"이야, 너의 등은 모다 보라. 일 쳑 션학이
변ᄒ여 사롬이 되니 진개 희즈 놀니는 법의 비
컨디 노리가 더옥 긔묘ᄒ도다."

보챠 니르디,

"타인의 ᄆᆞ옴의는 엇더케 놀나는지 모르거
늘 너는 도로혀 희즈 놀니는 구경ᄀᆞ치 너기니
네게 무슴 일이 샹관되지 아니믈 가히 보리로
다."

니환이 니르디,

"너의 등은 도로혀 쇼리롤 나즉이 아니 ᄒ
ᄂ냐? 이ᄀᆞ치 말을 긋치지【56】 아니ᄒ면 져편
의셔 드르리라. 너의 등은 보형뎨의 말을 듯지
아니ᄒᄂ냐? 졔 말ᄒᆞ디 져의 수형이라 ᄒ니 필
연 션인이라. 셜대형뎨 ᄯᅩ흔 히롭지 아니 ᄒ리

로다."

봉져와 보챠 이인이 듯고 믄득 말을 아니
ᄒ며 눈을 다른 ᄃᆡ로 두루지 아니코 져 곳만 보
더니 다만 보미 듕인이 일졔히 ᄌᆞ리의 나와 송
학 동ᄌᆞ로 더브러 례를 맛치고 빈쥬를 난호와
좌뎡ᄒᆞᆯ 시 다만 드ᄅᆞ니 송학 동지 니ᄅᆞᄃᆡ,

"스뷔 셩샹의 ᄃᆡ은을 닙스와 칙지【57】로
진인을 봉ᄒᆞ시고 ᄯᅩ 낭낭의 보시ᄒᆞ여 묘우 셰우
시믈 닙스와 기리 쳔ᄃᆡ의 젼케 ᄒᆞ시니 감격 무
디ᄒᆞ오나 산야의 ᄇᆡᆨ셩이 감히 친히 와 셩군을
뵈옵지 못ᄒᆞᆯ지라. 특별이 쇼동을 식여와셔 션쥬
와 션단을 드려 ᄡᅥ 만수무강을 츅원ᄒᆞ노라."

언필의 믄득 션쥬 두 병과 션단 두 갑을
내여 탁샹의 놋코 니ᄅᆞᄃᆡ,

"이ᄂᆞᆫ 진샹ᄒᆞᄂᆞᆫ 거시니 쳥컨ᄃᆡ 존ᄃᆡ인의게
ᄃᆡ신 알외여 스은ᄒᆞ여 쥬시믈 구ᄒᆞ노라."

ᄒᆞ고 ᄯᅩ 션쥬 일 병과【58】션단 일 갑을
내여 보옥을 쥬며 니ᄅᆞᄃᆡ,

"이ᄂᆞᆫ 션시 존옹ᄃᆡ인과 존당부인긔 공경ᄒᆞ
여 밧ᄃᆞᄂᆞᆫ 거시라."

ᄒᆞ고 ᄯᅩ 일개 젹은 호로를 내여 니ᄅᆞᄃᆡ,

"이ᄂᆞᆫ 션시 시로 지어 보내여 질ᄋᆞ 등을
쥬어 ᄒᆞᆼ샹 먹게 ᄒᆞᄂᆞ니 먹으면 지혜를 더ᄒᆞ고
ᄆᆞ음을 안졍케 ᄒᆞ며 글을 닑으미 한 번 본 거슬
엇지 아닐지라. 졔공은 모다 죠금식 난호라. 실
노이 ᄌᆞ뎨의게 크게 유익ᄒᆞ리라."

ᄒᆞ거ᄂᆞᆯ 보옥과 다믓 듕인이 듯고 일일이
스례ᄒᆞ며 거두기를 맛【59】ᄎᆞ미 이의 송학을
향ᄒᆞ여 니ᄅᆞᄃᆡ,

"방ᄌᆞ 표형이 픙형으로 더브러 피ᄎᆞ 셔로
희롱ᄒᆞ다가 귀신의게 샹ᄒᆞᆫ 비 되니 오히려 바라
건ᄃᆡ 슈형은 자비지심으로 구졔ᄒᆞ라."

송학이 듯고 우스며 니ᄅᆞᄃᆡ,

"이ᄂᆞᆫ 무방토다. 너의 등은 드ᄅᆞ라. 져편
셩황 묘의셔 졍히 이 옥안을 심단ᄒᆞᄂᆞ니라."

듕인이 듯고 모다 이샹히 너기다가 머리를
두루혀 보미 져편 셕샹의 가쥬와 픙연이 믄득
다 뵈지 아니ᄒᆞᄂᆞᆫ지라. ᄌᆞ셔히 드ᄅᆞ미 져편 묘
듕의셔 과연 죠【60】예의 질챵ᄒᆞᄂᆞᆫ 소리 나거
ᄂᆞᆯ 모다 놀나 ᄉᆞᆯ니 명ᄒᆞ여 희ᄌᆞ를 치우고 쥬연
을 거두며 셜반을 붓드러 탑샹의 누이더니 송혹
이 믄득 젼ᄃᆡ 속의셔 약가루를 내여 져의 머리
우희 ᄲᅳ리고 혈격을 씨셔 업시ᄒᆞᄃᆡ 다만 듕인으

로 ᄒᆞ여곰 방심케 ᄒᆞ더니 쇼각(少刻)의 믄득 분
효(紛曉)가 뵈ᄂᆞᆫ지라. 이편 보챠와 향릉 등이 ᄯᅩ
ᄒᆞᆫ 모다 방심ᄒᆞ더라. 보옥 등이 명ᄒᆞ여 다과롤
버려 송학을 관ᄃᆡᄒᆞ더니 언마 못되여 과연 보니
가쥬와 픙연 · 진【61】죵 등이 희희히 우스며
밧그로셔 다라드러오며 니ᄅᆞᄃᆡ,

"졔 위의게 공희(恭喜)ᄒᆞ노라. 옥안이 임의
맛쳐시니 만일 고노ᄋᆡ 즁간의셔 화호케 아니ᄒᆞ
엿더면, 셜대슈지 오ᄂᆞᆯ 크게 원통ᄒᆞ믈 당ᄒᆞ엿시
리라."

명일 져로 ᄒᆞ여곰 별노이 일곱 희ᄌᆞ를 블
너 다만 우리 등 만청ᄒᆞᄂᆞᆫ 거시 곳 올흐리라.
듕인이 보고 일졔히 몸을 니러 나가 마ᄌᆞ며 졍
히 진젹히 뭇고ᄌᆞ ᄒᆞ더니 홀연 보미 셜반이 탑
샹으로셔 ᄲᅱ여 나려오며 픙【62】연을 보고 ᄉᆞᆯ
니 읍ᄒᆞ며 스례ᄒᆞ여 니ᄅᆞᄃᆡ,

"노뎨야, 방ᄌᆞ 돌보시믈 만히 바닷노라. 우
형이 오ᄂᆞᆯ날이야 바야흐로 네가 졍경의 벗인 쥴
아노라."

픙연이 련망히 답례ᄒᆞ고 우스며 니ᄅᆞᄃᆡ,

"너ᄂᆞᆫ 다시 셩품을 부려 호란(胡亂)이 일을
말나. 방ᄌᆞ 만일 진노빅의 안면의 샹관이 되지
아니면 다만 두리건ᄃᆡ 너의 향릉슈ᄌᆞ가지 ᄯᅩᄒᆞᆫ
가인으로 ᄒᆞ여곰 쳥ᄒᆞ여 갈 번ᄒᆞ엿도다."

이편 류리챵 안의셔 봉졔 듯기를【63】명
빅히 ᄒᆞ고 ᄉᆞᆯ니 향릉을 향ᄒᆞ여 우스며 니ᄅᆞᄃᆡ,

"이야, 너ᄂᆞᆫ 드럿ᄂᆞ냐, 듯지 못ᄒᆞ엿ᄂᆞ냐?
다시ᄂᆞᆫ 너를 쟝삼의게 쥬지 아니ᄒᆞ리로다."

향릉이 듯고 져의게 한 번 혀츠며 ᄭᅩᆺ다온
ᄆᆞ음이 ᄌᆞ연 어ᄌᆞ러이 ᄲᅱ노라 눈을 두루지 아니
ᄒᆞ고 져편을 보더니 다만 보미 셜반이 ᄯᅩ 픙연
을 향ᄋᆞ여 읍ᄒᆞ거ᄂᆞᆯ 픙연이 웃고 니ᄅᆞᄃᆡ,

"너의 집 향릉슈ᄌᆞᄂᆞᆫ 본ᄃᆡ 나의 사롬이로
ᄃᆡ 지금은 ᄯᅩᄒᆞᆫ ᄡᅳ러 오지 못ᄒᆞᆯ지니 너ᄂᆞᆫ 다만
져로 ᄒᆞ여곰 친히 일【64】ᄲᅡᆼ 쥬머니를 지어와
내게 스례ᄒᆞ미 곳 올토다."

봉졔 듯고 ᄯᅩ 향릉을 향ᄒᆞ여 우스며 니ᄅᆞ
ᄃᆡ,

"너ᄂᆞᆫ 드럿ᄂᆞ냐, 듯지 못ᄒᆞ엿ᄂᆞ냐? 져 사
롬이 너의게 쥬머니를 쳥ᄒᆞ도다. 너ᄂᆞᆫ 죠히 용
심을 용녁ᄒᆞ여 져 사롬을 위ᄒᆞ여 한 ᄲᅡᆼ을 지으
라."

향릉이 혀츠며 니ᄅᆞᄃᆡ,

"나의 ᄆᆞ옴은 번민ᄒᆞ믈 이긔지 못ᄒᆞ거늘 너는 다만 입의셔 나오ᄂᆞᆫ디로 샤룸의 긔롤 올니ᄂᆞᆫ도다."

정히 말ᄒᆞᆯ 씨의 ᄯᅩ 보니 가쥬 등이 숑학으로 더브러 피츠 례ᄒᆞ더니 숑 【65】학이 ᄯᅩ 사룸을 명ᄒᆞ여 셰슈믈을 가져다가 셜반으로 ᄒᆞ여곰 샹쳐의 혈젹을 정히 씨스니 피육이 젼과 ᄀᆞᆺ트디 블과 져기 알플 ᄶᅵᆫ이러라. 셜반이 ᄯᅩ 숑학의게 졀ᄒᆞ며 스례ᄒᆞ여 니ᄅᆞ디,

"죵금 이후로 셰심쳑녀(洗心滌慮)ᄒᆞ여 다시는 감히 그론 노릇슬 힝치 아니리라."

ᄒᆞ더라.

지셜(再說), 환·봉·챠·디 졔인이 셜반의 샹쳬(傷處) 임의 죠ᄒᆞ믈 보고 모다 비로쇼 방심ᄒᆞ여 드듸여 몸을 니러 가부인 곳으로 가 쳥안ᄒᆞ고 한담ᄒᆞᆯ 시 가부인이 믄득 【66】쟉일의 쟝삼이 니ᄅᆞ러 졍쇼ᄒᆞ여 방즈 림공이 심단 결안ᄒᆞ여 쟝삼으로 ᄒᆞ여곰 환싱ᄒᆞ라 가게 ᄒᆞᆫ 말을 중인의게 일편을 고ᄒᆞ니 중인이 ᄯᅩᄒᆞᆫ 방즈 보던 바 광경을 가부인긔 고ᄒᆞᄂᆞᆫ지라. 가부인이 니ᄅᆞ디,

"이는 모다 퓽연이 경영ᄒᆞ여 셜반으로 더브러 원슈롤 플고ᄌᆞ ᄒᆞᄂᆞᆫ 의시로다."

ᄒᆞ거늘 향룽이 듯고 ᄆᆞ옴의 십분 감격ᄒᆞ여 ᄯᅩ ᄒᆞᆫ츠례 한담ᄒᆞ다가 바야흐로 하직을 고ᄒᆞ고 각각 스스로 집으로 도라가더라. 가 【67】쥬와 가련과 보옥과 샹련 졔인이 ᄯᅩ 숑학 동자롤 뫼셔 다과롤 먹고 이윽히 션가 락취롤 강론ᄒᆞ다가 숑학이 보옥을 분부ᄒᆞ여 션단과 션쥬롤 잘 거두라 ᄒᆞ고 믄득 몸을 니러 하직을 고ᄒᆞ거늘 중인이 괴로이 머믈너도 머무지 아니ᄒᆞᄂᆞᆫ지라. 다만 즈리의 나와 보닐 시 숑학이 따히셔 한 번 구을더니 알연 일셩의 궁듕으로 향ᄒᆞ여 가ᄂᆞᆫ지라. 듕인이 반향이나 탄식ᄒᆞ고 비로쇼 모다 분슈ᄒᆞ여 각귀 긔가ᄒᆞ더라.

보옥이 【68】집의 니ᄅᆞ믜 정히 오경이라. 가경이 임의 니러나 쇼셰ᄒᆞ고 옷슬 ᄀᆞᆺ쵸아 닙고 죠회의 드러가려 ᄒᆞ더니 보옥이 믄득 션단과 션쥬롤 가지고 즈레 샹방의 니ᄅᆞ러 가경을 보고 믄득 이위 션시 숑혹 동ᄌᆞ롤 식여와 수은ᄒᆞ고 션단 이 갑과 션쥬 이 병을 공경ᄒᆞ여 드러 만슈무강을 원ᄒᆞ던 말을 일 편을 고ᄒᆞ니 가경이 디희ᄒᆞ여 믄득 션과 션쥬롤 가지고 친히 죠방의

니ᄅᆞ러 북평왕(北平王)을 보고 디신 알외기롤 구ᄒᆞ엿더니 【69】셩의 디열ᄒᆞ샤 단쥬롤 거두시고 어필노 편익을 쥬어 포쟝ᄒᆞ시더라. 가경이 퇴죠ᄒᆞᆫ 후의 보옥이 ᄯᅩ 션단 일 갑과 션쥬 일 병과 쇼(小) 호로(葫蘆) 일 개롤 올니고 션스의 뜻을 ᄀᆞᆺ쵸아 긔록ᄒᆞ니 가경 부뷔 모다 환희ᄒᆞ여 감격ᄒᆞ믈 마지 아니터라. 보옥이 가경의 환희ᄒᆞ믈 타 믄득 니ᄅᆞ디,

"명일은 곳 노야의 슈신이라. 경히 션쥬롤 가져 칭샹ᄒᆞ고 ᄯᅩᄒᆞᆫ 친우롤 쳥ᄒᆞ여 경하ᄒᆞ미 죠토다."

ᄒᆞ니 원리 가경이 평일 【70】의 싱일 잔치ᄒᆞᄂᆞᆫ 거슬 가장 슬희 너기더니 추언을 듯고 믄득 눈셥을 ᄶᅵᆼ긔고 니ᄅᆞ디,

"내 ᄌᆞ젼으로 남의 집의셔 니런 일을 ᄒᆞ여도 죠하 아니ᄒᆞ던 거시라. 구ᄐᆞ여 니ᄅᆞ디, '노애 금년의ᄂᆞᆫ 륙슌이 되시ᄂᆞᆫ 슈신이라. 당년 심샹ᄒᆞᆫ 싱일의 비치 못할 거시오, ᄒᆞ믈며 ᄯᅩ 왕년의ᄂᆞᆫ 노태태가 지당ᄒᆞ시므로 싱일 잔치롤 힝ᄒᆞ엿더니 지금 ᄯᅩ 힝치 아니면 ᄯᅩᄒᆞᆫ 친우가로 ᄒᆞ여곰 보건디 【71】노애 너모 고집ᄒᆞ다 ᄒᆞ리니 나는 싱각건디 ᄯᅩᄒᆞᆫ 돈을 만히 허비치 아니홀 거시오. 블과 히ᄌᆞ 등이 져의 등의 일뎜 효심을 다ᄒᆞ미로다."

가경이 듯고 비록 쾌허치 아니나 ᄯᅩᄒᆞᆫ 말을 아니ᄒᆞᄂᆞᆫ지라. 보옥이 이 눈칙롤 보고 드듸여 ᄯᅩᄒᆞᆫ 극력ᄒᆞ여 돕ᄂᆞᆫ지라. 가경이 미미 거졀키 어렵더니 원비 ᄯᅩ 사룸을 식여 몃 가지 례믈을 보니고 당각의 모든 국쳑과 왕공 후빅이 모다 사룸 【72】을 식여 례믈을 보니니 친우가ᄂᆞᆫ 다시 말ᄒᆞ여 뿔디 업더라. 문셔 방의셔 일일이 문셔의 올니며 다만 영희당을 쇼쇄ᄒᆞ고 잔치롤 예비ᄒᆞ여 왕공후빅과 다믓 부쇽관뇨롤 졉디ᄒᆞ고, ᄯᅩ 셔방의셔ᄂᆞᆫ 친우가 남직을 잔치ᄒᆞ고, 디 관원 셩친 졍연의셔ᄂᆞᆫ 왕비와 고명부인(誥命夫人)을 졉디ᄒᆞ고 가모의 샹방의셔ᄂᆞᆫ 친쳑가 녀권을 졉디ᄒᆞ디, 모다 번화ᄒᆞᆫ 비쟉(杯酌)을 버리게 ᄒᆞ더니, 익일 쳥신의 니ᄅᆞ러 가진과 가련과 보옥과 가환 【73】과 가용과 가란이 모다 공복을 닙고, 그의 족듕의 가근(賈芹)과 가운과 가쟝(賈薔)과 가룽(賈菱)이 ᄯᅩᄒᆞᆫ 길복을 닙고 모다 왕부인 샹방의 잇셔 션쥬와 과픔을 버렷다가 가경이 겨유 퇴죠ᄒᆞ믜 믄득 추례롤 죠ᄎᆞ 술을 드려 헌

슈홀 시 일졔히 꾸러 힝례ㅎ기롤 맛치고, 쏘 왕
부인을 위ㅎ여 슐을 부어 경하ㅎ여 겨유 맛ㅊ
미, 곳 손이고야(孫二姑爺)와 쥬삼고야(周三姑
爺)와 쥬소고야와 셜반과 셜과와 림셩옥과 류샹
련과 진【74】보옥과 픙즈영(馮紫英) 등이 모다
드러와 례ㅎ기롤 맛치미 셔방으로 인도ㅎ여 관
디케 ㅎ더니, 그 후는 곳 우시 환·봉·챠·디
·죠·범·진·호 졔인을 거느려 힝례ㅎ고 쏘
영·탐·셕·교·릉·슈·샹·금 졔인이 모다
힝례ㅎ기롤 맛치미 기여 공후훈쳑과 다못 고명
부인은 모다 블감당이라 스례ㅎ고 다만 오간(午
間)의 쟈치 참녜ㅎ기만 쳥ㅎ 짜롬이러라. 가졍
이 겨유 개복(改服)ㅎ려홀 시, 쏘 보니 가인 남
뷔 모다 뎡하의셔 졀ㅎ고 쏘 보니 허다ㅎ【75】
내마지 무슈ㅎ 가으 져으롤 안고 드러오니, 이
는 곳 계가으와 죠가으와 혜져으와 호시의 희으
오, 쏘 향릉과 탐츈과 샹운과 슈연과 보금과 우
삼져의 희이라. 일일이 홍록금옥(紅綠金玉)을 닙
혀 안고 오는지라. 가졍이 보고 블승환희ㅎ여
낫낫치 안고 보며 쌜니 왕부인으로 ㅎ여곰 여간
슈식진완(修飾珍玩)과 노리 믈건을 츠즈니여 일
일이 분급ㅎ믈 맛치미, 쏘 호로 쇽의 션단을 가
져 미인의게 칠 개식 분급ㅎ더라. 져녁의 니【
76】 ᄅ러 친히 셩황묘의 가 가모롤 영졉홀 시,
곳 림공과 가부인도 가쥬와 원앙을 거느리고 모
다와 경슈ㅎ여 쏘 일야롤 열요히 ㅎ니, 이번 가
졍의 싱일 지내믄 별노이 몃 히 이래로 영부(榮
府)의 업는 열요ㅎ미라. 필묵으로 능히 모다 긔
록지 못ㅎ너라. 가졍이 싱일 지닌 후의는 곳 국
가의셔 셜과인지(設科人才)ㅎ시는 쩌라. 이히 향
시의 곳 져의 녀셔와 아울나 탐츈의 녀셔와 진
보옥과 류샹련 ᄉ인(四人)이 모다 문무 거인(擧
人)의 참녜【77】ㅎ엿더니, 회시의 니ᄅ미, 가란
이 탐화(探花)롤 뎜득ᄒ지라. 피츠 왕릭ㅎ여 치
하ㅎ믄 모롬죽이 길게 홀 말이 업더라. 계가으
는 츠시 임의 삼셰가 되고, 혜져으는 이셰가 되
엿더니, 션단을 먹은 후로붓허 계가으는 영오ㅎ
미 비샹ㅎ여 후일의 쏘ㅎ 진ᄉ롤 겸득ㅎ고, 혜
져으는 쟝셩ㅎ미 지뫼 졀눈ㅎ지라. 원비 심히
ᄉ랑ㅎ여 황샹긔 알외고 션퇵ㅎ여 황즈비(皇子
妃)가 되니, 이는 모다 후릭일이러라.

28

젼디도묘옥츌태허 증션연셕춘셩졍과
傳大道妙玉離太虛 證仙緣惜春成正果

챠셜(且說), 보옥이 임의 【78】 황은을 닙어 한림시강(翰林侍講)이 되여 임의 공직ᄒ더니, 일일은 아문으로 죠츠 도라와 가졍과 왕부인긔 뵈옵고 이홍원(怡紅院)으로 도라올 시 다만 보니 보챠와 디옥 이인(二人)이 졔가ᄋ와 혜져ᄋ롤 안고 히당화(海棠花)나무 아리셔 반텬 구롬 속을 가르치며 소희ᄋ 등을 뵈니, 아지 못게라 뉘 집의셔 일개 큰 호졉(胡蝶) 연을 날니는지 구롬 속의셔 표표탕탕ᄒ거눌, 보옥이 보고 믄득 의식 나믈 찌ᄃ지 못ᄒ여 보챠와 디옥 이인을 향ᄒ여 우ᄉ며 니로 【79】 디,

"보쳐져와 림미미야, 내가 ᄯᅩ ᄒ가지 ᄉ졍을 싱각ᄒ엿노라. 우리 등이 거년의 히당ᄉ(海棠社)롤 모호고 글을 지을 ᄯᅥ의 나는 싱각ᄒ미, 봉져졔 너의 등을 그룽으로 죠ᄅ더니, 후러의 과연 여러분이 모다 히ᄋ롤 나핫도다. 거년의 내가 ᄯᅩ 말ᄒ디, '금년의 히ᄌᄉ(孩子社)롤 모호리라.' ᄒ엿더니, 너의 등은 보라. 이졔 히당화도 ᄯᅩᄒᆫ 피고 졈졈 쳥명(淸明) 시졀이 ᄯᅩᄒᆫ 되ᄂ지라. 나는 싱각건디 명일의 태태긔 고ᄒ고, 져의 모든 ᄌ미 등을 영 【80】 졉ᄒ여 집으로 와

히ᄌᄉ롤 모호면 너의 등은 말ᄒ라. 죠ᄒ냐 죠치 아니냐?"

보쳐 듯고 우ᄉ며 니ᄅ디,

"내 말ᄒ디, 너는 일업시 밧부다 ᄒ엿더니 이졔 ᄯᅩ 공연이 일을 찻ᄂ냐? ᄒ믈며 거년의 우리 등 ᄉ듕(社中) ᄉ롬이 지금 ᄯᅩ 여러분이 티긔가 잇셔 슐위도 타지 못ᄒ고 리왕이 극란ᄒ거눌 엇지 능히 일졔히 모히리오?"

보옥이 니ᄅ디,

"네가 말ᄒ는 거슨 진개 나무롤 버히고 늙은 갈미기롤 줍으려 ᄒ는 말이로다. 〔鋸倒樹兒捉老鶴.〕 나는 원리 히ᄌᄉ롤 모혼 【81】 다 말ᄒ엿고 다시 무슨 시ᄉ롤 말ᄒ미 아니어눌 엇지 반ᄃ시 당일의 모혓던 사롬을 긔여히 모흐려 ᄒ리오? 다믓 소희ᄌ 잇는 이는 모다 영졉ᄒ여 오면 곳 올토다."

디옥이 듯고 우ᄉ며 니ᄅ디,

"너의 등은 닷호지 말나. 내가 혜여보리라. 히ᄋ 둔 이가 모다 뉘며 ᄯᅩ 아올나 몃 개 히지 잇ᄂ뇨? 능히 한 ᄉ롤 일우랴 못 일우랴?"

보옥이 디옥의 말 긋치기롤 기ᄃ리지 못ᄒ고 ᄲᆞᆯ니 ᄯᅩ 니ᄅ디,

"너가 쟉일의 ᄯᅩ 노티티의 말숨을 드럿노라. 【82】 란가ᄋ(蘭哥兒) 식뷔 ᄯᅩᄒᆫ 티긔잇다 ᄒ니, 다시 몃 달만 지내면 우리 등이 모다 사롬의 야야와 내내가 될지니, 너의 등은 말ᄒ라. 즐거오냐, 즐겁지 아니냐?"

보쳐 웃고 니ᄅ디,

"네가 도로혀 후두(糊塗)ᄒ도다. 우리 등이 이졔 임의 ᄉ롬이 잇셔 야야와 내내라 부ᄅ느니, 엇지 도로혀 다시 몃 달 지나기롤 기다리리오."

보옥이 듯고 놀나 니ᄅ디,

"뉘 우리 등을 야야와 내내라 부ᄅᄂ요?"

보쳐 니ᄅ디,

"진가 대슈ᄌ의 손ᄌᄂ 졔가 우리 등을 야야, 내내라 부ᄅ지 【83】 아니면 무어시라 부ᄅ리오?"

보옥이 웃고 니ᄅ디,

"올토다. 내가 ᄯᅩᄒᆫ 이 히ᄌᄉ롤 이젓도다. 다믓 간격이 잇ᄂ지라. 필경 란가ᄋ의 ᄋᄌ의 비컨디 져기 머도다."

디옥이 웃고 니ᄅ디,

"이는 블과세[시](不過是) 계(計)룰 의론ᄒ 미어니와 만일 원근을 의론코즈 홀진디, 다믓 계가이 ᄋ둘을 나하야 네가 바야흐로 진개야야 라 ᄒ리로다."

보치 웃고 니르디,

"그만두라. 너의 둥이 더옥 말홀스록 간졀 치 못ᄒ도다. 우리 둥이 히즈들을 혜여보리라. 우리 방듕의 【84】 지금 곳 량 개가 잇고, 평ᄋ 져져(平兒姐姐)의게 일 개가 잇고, 동부(東府) 속의 일 개가 이시니, 병ᄒ여 네 개오, 우리집 져 축리(妯娌) 등의게 삼 개가 이시니 이는 곳 칠 개오, 그 외의 ᄯ 이져져와 삼미미와 셜미미 와 금미미와 우삼져 등 오인(五人)의게 오 개가 이시니, 모다 혜면 다만 십이 개 히지 잇는지라. 무슨 스룰 일우리오."

보옥이 웃고 니르디,

"우리 등 시스(詩社)도 ᄯ흔 열두 개의 지 나지 못ᄒ거눌, ᄒ믈며 히즈스룰 모ᄒ는 거슨 블과 열요코즈 ᄒ미니, 엇지 만흔 거술 취ᄒ 【85】 리오. 우리 등 시스 속 스룸 듕의 대슈즈 (大嫂子)와 스미미 외의는 오지 못홀 스룸이 ᄯ 흔 다믓 일 개 교고랑(巧姑娘)만 이시니, 도로혀 스룰 일우지 못ᄒ다 니르기 어렵도다."

디옥이 니르디,

"십이 개 히지 진실노 젹지 아니나, 다만 쇼히즈 무리 일쳐의 모히면 무비규함(無非叫喊) ᄒ여 들녤 뿐이니, 필경 무슨 취미 잇시리오."

보옥이 니르디,

"너는 방심ᄒ라. 내 즈연 도리 이시리라. 슈일 후는 곳 쳥명 졀긔라. 너는 보라. 스룸의 집의셔 날니는 연이 보기가 죠ᄒ 【86】 니, 우리 등이 이 눌의 니르러 ᄯ흔 모다 연을 지어 일 개 히즈의게 일 개식 가지게 ᄒ여 인믈(人物)과 츙죠(蟲鳥)로 짓기룰 졍교신긔(精巧新奇)케 ᄒ여 모다 도향쳔(稻香村) 셔편 빈터의 니르러 챠환 등으로 ᄒ여곰 쮜여 단이며 날니게 ᄒ고, 다시 츄쳔(秋千) 밀 시령을 지어 츄쳔홀 줄 아는 이 잇거든, 츄쳔을 ᄒ면 엇지 취미 잇지 아니며, 이 듕의 곳 고흥이 잇셔 시문과 스곡 짓기룰 죠하 ᄒ는이어든 모음디로 한 슈식 지으면 ᄯ흔 가히 쓸지니, 너의 【87】 등은 말ᄒ라. 죠흐냐 죠치 아 니냐?"

챠·디 이인이 듯고 ᄯ흔 모다 뎜두ᄒ며,

"죠타."

ᄒ여 당각의 의론ᄒ믈 졍당히 ᄒ고, 믄득 가ᄋ 져ᄋ룰 도로 니마즈룰 쥬어 각기 스스로 안고 가 노닐게 ᄒ고, 모다 일졔히 방듕으로 드 러오니, 믄득 보미 쳥(晴), 슌(釧), 견(鵑), 잉(鶯), 화(花), 류(柳) 륙인이 영졉ᄒ여 나와 십금댱즈 (十錦幛子) 겻히셔 손을 느리고 뫼셔 셧거눌, 디 옥이 보고 보옥을 향ᄒ여 우스며 니르디,

"너는 보라. 네 이즈음의 고흥(高興)으로 히즈스룰 모화 노닐녀 ᄒ거 【88】 니와 다시 슈 삼년만 지니면 일개 외인(外人)을 쳥치 아냐도 드믓 우리 등의 방듕의셔 곳 가히 넉넉히 한 스 룰 모ᄒ리니 그 즈음의는 다믓 져허컨디 네가 ᄯ 들녀여 머리가 알푸다 ᄒ리라."

말ᄒ미 듕인이 모다 웃더라. 보치 ᄯ흔 스 모홀 말을 져 류인(六人)의게 일편을 고ᄒ고, 곳 져의 류인을 식여 미인(每人)이 각 한 개식 신 긔 졍교흔 연을 지어 님시(臨時)의 응용(應用)ᄒ 믈 예비ᄒ더라.

당각(當刻)의 부부 삼인이 탁즈룰 굿치ᄒ 여 죠반 먹고, 다시 【89】 모다 왕부인 샹방의 니르니, 다만 보미 왕부인이 졍히 니환, 봉져 냥 인으로 더브러 안즈 한화(閑話)ᄒ다가, 환, 봉 이인이 보옥 등 드러오믈 보고 셜니 니러 좌룰 스양ᄒ거눌, 왕부인이 니르디,

"너의 등이 오기룰 졍히 죠히 ᄒ엿도다. 모다 안즈라. 내가 방즈 너의 냥위 슈즈의게 고 ᄒ리라. 이 슈일니의 챠환 등의 말을 드르미, 스 고랑이 몃츨을 다믓 졍신업시 안즈 낫의는 밥을 만히 먹지 아니코, 밤의는 ᄯ흔 잠을 잘 즈지 못흔 【90】 다 ᄒ니, 느는 드르미 심히 방심(放 心)치 못홀지라. 너의 즈미 등은 한즈음 지너거 든, 모다 롱취암(櫳翠庵)의 가 져룰 보고 착실이 권ᄒ디, 만일 졔가 신샹이 블평ᄒ다 ᄒ거든, 일 죽 왕티의(王太醫)룰 쳥ᄒ여 져룰 위ᄒ여 한 번 보게ᄒ라. 가련토다. 져는 모친도 업고 부친도 업는 사룸이라. 져의 거거, 슈즈도 ᄯ흔 심히 즐 겨 져룰 돌보지 아니니, 비록 말ᄒ디 나의 녀이 아니라 ᄒ나, 곳 내가 져의 ᄋ시로붓허 보왓고, 즈라미 편벽도히 ᄯ 사룸의 말을 듯지 【91】 아 니코 쥬의룰 졍ᄒ여 출가코즈 하니, 너의 등은 싱각하라. 춘인이 낫의 밥을 먹지 아니코, 밤의 잠을 즈지 아니ᄒ다 ᄒ니, 이거시 도로혀 쓰깃

느냐?"

말ᄒᆞ며 믄득 락루(落淚)ᄒᆞ거놀, 보옥이 듯고 ᄆᆞ음의 임의 팔구분이나 명빅히 셕츈의 도를 닥가 장츳 효험이 이시믈 알지라. 이의 우스며 니ᄅᆞ디,

"태태ᄂᆞᆫ 다못 방심ᄒᆞ라. 나는 싱각건디, 스미미 ᄆᆞ음을 굿게 ᄒᆞ여 슈도ᄒᆞ미 날마다 일간 젹은 방 속의셔 고요히 안젓시니 【92】 싱각건디 반ᄃᆞ시 마를 들녓도다. 내 졍히 한가지 일이 잇셔 태태긔 품ᄒᆞ려 ᄒᆞ노라. 거년의 우리 등이 히당ᄉᆞ(海棠社)를 모화 시를 지을 ᄶᆡ의 내가 원리 말ᄒᆞ디, 금년의 히ᄌᆞ스를 모호리라 ᄒᆞ엿더니, 나는 싱각건디, 슈일 후는 곳 청명가졀(淸明佳節)이라. 모든 ᄌᆞ미를 영졉ᄒᆞ여 집으로 오디, 모다 담소ᄒᆞ여 슈일을 열요히 지니면 졔 ᄆᆞ음이 활연ᄒᆞ여428) 병이 ᄯᅩ흔 곳 나흐리라."

왕부인이 듯고 우스며 니ᄅᆞ디,

"너의 노야의 말을 원망 【93】 치 말나. 졔가 쳔빅가지로 들네는 법을 싱각ᄒᆞ여 닌다 ᄒᆞ시니, 엇지 홀연이 ᄯᅩ 히ᄌᆞ스를 싱각ᄒᆞ여 너느뇨?"

봉졔 듯고 우스며 니ᄅᆞ디,

"거년의 내가 공연이 말이 만하 져의 모든 ᄌᆞ미 등으로 더브러 긔롱으로 줄낫더니,429) 이졔 과연 모다 희지 잇는지라. 니러므로 보형뎨의 고흥이 낫도다."

왕부인이 듯고 ᄯᅩ흔 보옥을 향ᄒᆞ여 우스며 니ᄅᆞ디,

"임의 니러ᄒᆞ면 너의 등은 다시 몃 날을 기ᄃᆞ려 너의 봉져졔 ᄯᅩ흔 히ᄌᆞ를 나흐면 【94】 엇지 일개가 더ᄒᆞ지 아니리오."

봉졔 듯고 우스며 니ᄅᆞ디,

"태태긔셔 ᄯᅩ 날노 더브러 긔롱을 ᄒᆞ시는다."

보치 웃고 니ᄅᆞ디,

"쟝츳 보[교]고랑(巧姑娘)이 ᄋᆞ히를 나흐면 너는 곳 외손을 볼 사름이라. ᄌᆞ긔가 도로혀 히ᄌᆞ를 낫는 거시 낫치 붓그러올 거시니, 엇지 태태가 너로 더브러 긔롱ᄒᆞ시믈 원망ᄒᆞ리오?"

봉졔 듯고 우스며 니ᄅᆞ디,

"이ᄂᆞᆫ 가히 사름의 ᄯᅳᆺ디로 홀 일이랴? 너의 등은 후일의 곳 모다 늙게 낫는 ᄌᆞ식은 쓰지 아니랴?"

말ᄒᆞ미 즁인이 모다 웃 【95】 더라. 한즈음 담소ᄒᆞ며 챠를 먹은 후, 믄득 모다 하직을 고ᄒᆞ고 몸을 니러 일졔히 룡취암으로 올 ᄉᆡ 봉져는 잉틱흔지 임의 팔구 삭이 되엿는지라. 길의 단이미 몸이 무거오믈 ᄶᅵ다라, 왕부인 샹방으로 나와 오히려 디관원 문 어귀의 니ᄅᆞ지 못ᄒᆞ여 잇부믈430) 견디지 못ᄒᆞ는지라. 니환이 보고 우스며 니ᄅᆞ디,

"나는 네게 도라가기를 권ᄒᆞᄂᆞ니, ᄉᆞ상[고]랑의 곳의 가지 말지니라. 이곳으로 죠츳 룡취암의 니ᄅᆞ기 가장 멀고 봉 【96】 요교(蜂腰橋)라 ᄒᆞ는 곳이 ᄯᅩ흔 험ᄒᆞ니, 네가 죠심치 아니면 즁로의셔 보형뎨를 더ᄒᆞ여 히ᄌᆞ를 나을지니, 그거시 무슨 모양이리오."

말ᄒᆞ니 듕인이 모다 웃더라. 봉졔 혀츠며 니ᄅᆞ디,

"너는 입부리를 놀니지 말나. 너도 ᄯᅩ흔 손으를 볼 사름이로다. 나는 블과 보형뎨를 더ᄒᆞ여 모양이 죠치 못ᄒᆞ고, 너를 위ᄒᆞ여 죠흔 말거리가 싱기게 홀 ᄯᅮᆫ이라. 너는 ᄯᅩ흔 너모 남의 말을 아론 쳬 말나."

보·디 이인이 ᄯᅩ흔 권ᄒᆞ여 【97】 니ᄅᆞ디,

"봉져져야, 너는 디슈ᄌᆞ로 더브러 입씨름 말나. 져의 말이 비록 긔롱의 말이나 ᄯᅩ흔 졍경의 도리니 너는 보라. 네가 이즈음의 임의 쳔긔(喘氣)가 나거놀 엇지 도로혀 져런 험디를 힝ᄒᆞ리오."

봉졔 듯고 ᄯᅩ흔 스스로 것기의 힘이 드러엇지홀 길 업스믈 알고 다만 우스며 니ᄅᆞ디,

"그만두라. 사름을 공경ᄒᆞᄂᆞᆫ 거시 명을 좃ᄂᆞᆫ이만 ᄀᆞᆺ지 못ᄒᆞ다 ᄒᆞ니, 너의 등은 져곳의 가

---

428) 【활연ᄒᆞ다】 [형] 활연(豁然)하다. ¶ 開豁 ‖ 모다 담소ᄒᆞ여 슈일을 열요히 지니면 졔 ᄆᆞ음이 활연ᄒᆞ여 병이 ᄯᅩ흔 곳 나흐리라 (笑笑的熱鬧兩天, 他心裏一開豁.) <續紅 21:92>

429) 【줄나다】 [동] 잘나다. 미상. ¶ 玩兒 ‖ 거년의 내가 공연이 말이 만하 져의 모든 ᄌᆞ미 등으로 더브러 긔롱으로 줄낫더니 (去年是我多嘴, 來和他門衆姊妹們嗷着玩兒.) <續紅 21:93>

430) 【잇부다】 [형] 피곤(疲困)하다. ¶ 왕부인 샹방으로 나와 오히려 디관원 문 어귀의 니ᄅᆞ지 못ᄒᆞ여 잇부믈 견디지 못ᄒᆞ는지라 (出了王夫人的上房, 尙未走到大觀園的門口, 早已喘的受不得了.) <續紅 21:95>

거든 나룰 디신ᄒ여 스고랑의게 문후ᄒ미 곳 올
토다."

말 【98】 을 맛친 후 스스로 픙ᄋ(風兒)룰
다리고 집으로 도라가더라.

니환과 보옥과 보챠와 더옥 샤인(四人)이
완보로 힝ᄒ여 올 시 어언간의 롱취암의 니르러
한 번 묘문의 드러가미 다만 보니 입화(入畵)와
셜안(雪雁) 이인이 뜰의셔 ᄯ홀431) 쓰다가 등인
이 드러오믈 보고 겨유 입을 열녀ᄒ더니, 니환
이 쌜니 져룰 향ᄒ여 손을 져허 소리룰 너지 말
나 ᄒ거늘 냥개 챠환이 뜻을 알고 셕춘의 쳐쇼
룰 향ᄒ여 입짓ᄒ는지라.432) 니환 등이 경경히
거러 드러 【99】 가 볼 시 다만 보니 셕춘이 일
개 큰 포단 싼 상 우희 눈을 감고 안ᄌ시더 코
히 다만 미미한 숨이 잇고 곳 나무와 진흙으로
민든 소샹과 일반이며 안싁은 보미 ᄯ흔 젼과
갓치 예스로온지라. 보옥이 보고 광희ᄒ믈 이긔
지 못ᄒ니 아지 못게라 엇지ᄒ여 깃거ᄒ는지 알
녀 ᄒ거든 하회분히ᄒ라.

[쇽홍루몽續紅樓夢 권지이십이卷之二十二]

【1】 화셜 보옥(寶玉)이 광희ᄒ믈 이긔지
못ᄒ여 니르디,

"진개 신션이로다."

ᄒ거늘, 셕춘(惜春)이 셔셔히 눈을 쩌 등인
을 한 번 보다가 니르디,

"션지션지(善哉善哉)라."

ᄒ고, 바야흐로 셔셔히 몸을 니러 포단(蒲
團)의 나려 니환(李紈)을 향ᄒ여 우스며 니르디,

"너의 등은 어니 ᄶᅵ 왓건디 엇지ᄒ여 ᄯ흔
챠환 등으로 하여곰 한 마디도 통긔치 아니ᄒ엿
느뇨?"

니환이 웃고 니르디,

"우리 등이 【2】 본디 좌공(坐功)ᄒ는 사름
을 보지 못ᄒ엿는지라. 니러므로 내가 한 번 여
허보려 ᄒ엿더니, 과연 취미 잇게 안ᄌ도다."

셕춘이 듯고 우스며 니르디,

"무슴 좌공이리오. 다만 공연이 들녤 쓴이
로다."

언필의 믄득 니환 등을 인도ᄒ여 안게 ᄒ
고 곳 셜안(雪雁)으로 ᄒ여곰 챠룰 달히거늘 더
옥이 니르디,

"태태긔셔 드르시미, 네가 이졔 좌공ᄒ여
침식을 구폐(俱廢)ᄒ다 ᄒ는지라. 실노 ᄆᆞ음을
놋치 못ᄒ여 우리 등으로 ᄒ여곰 와셔 보고 너
를 위ᄒ여 ᄆᆞ음을 펴게 【3】 ᄒ시ᄂᆞ니라."

셕춘이 듯고 우스며 니르디,

"이는 ᄯᅩ 아지 못ᄒ리로다. 어니 분슈 모
로는 차환이 태태 앏히셔 혼잡히433) 말ᄒ엿ᄂᆞ
뇨. 니 몸이 원리 평안ᄒ니 어이 무슨 병이 이
시리오."

보옥이 니르디,

"태태(太太)긔셔 원리 너 일인이 암(庵)등
의 잇셔 답답히 안ᄌ 병이 날가 두리시ᄂᆞᆫ지라.
니러므로 우리 등으로 ᄒ여곰 모다 와 너를 보
고 ᄆᆞ음을 헤이게 ᄒ시ᄂᆞ 뜻이라. 수일 후ᄂᆞᆫ 곳
쳥명(淸明) 졀긔니 내 임의 태태긔 픔ᄒ고 모든
ᄌᆞ미(姉妹) 등을 영졉ᄒ여 집으로 와 일개 희ᄌ
【4】 ᄉ(孩子社)를 모화 모다 연을 날니고 노닐
냐 ᄒ니 너ᄂᆞᆫ 호불호(好不好)를 말ᄒ라."

셕춘이 웃고 니르디,

"너ᄂᆞᆫ ᄯ흔 큰 고흥(高興)이로다. ᄯᅩ 무슴
희ᄌᆞᄉ(孩子社) 명식을 들네려 ᄒᆞᄂᆞ뇨? 드르미
곳 싱신ᄒ도다.434)"

보치(寶釵) 웃고 니르디,

"우리 등이 방ᄌ435) 쳥문(晴雯) 습인(襲人)

---

431) 【ᄯᅡᆯ】 圀 ᄯᅡᆼ. ¶ 地 ‖ 다못 보니 입화와 셜안
　　이인이 뜰의셔 ᄯ홀 쓰다가 등인이 드러오믈 보
　　고 겨유 입을 열녀 ᄒ더니 (只見入畵、雪雁二人
　　在院子裏掃地.) <續紅 21:98> ⇒ ᄯᅡᆯ, ᄶᅡ, ᄯᅡᆶ

432) 【입짓ᄒ다】 圀 입을 내밀다. 입을 내밀어 신
　　호하다. ¶ 努嘴 ‖ 니환이 쌜니 져룰 향ᄒ여 손
　　을 져허 소리룰 너지 말나 ᄒ거늘 냥개 챠환이
　　뜻을 알고 셕춘의 쳐쇼룰 향ᄒ여 입짓ᄒ는지라
　　(李紈忙向他搖了搖手了, 不敎聲張, 兩個丫頭會了
　　意, 向靜室內努了個嘴兒.) <續紅 21:98>

433) 【혼잡히】 圀 혼잡(混雜)하게. 마구. ¶ 混 ‖
　　어니 분슈 모로는 차환이 태태 앏히셔 혼잡히
　　말ᄒ엿ᄂᆞ뇨 (這又不知是那個不知好歹的丫頭在太
　　太跟前混說的.) <續紅 22:3>

434) 【싱신ᄒ다】 圀 신션(新鮮)하다. ¶ 新鮮 ‖ ᄯᅩ
　　무슴 희ᄌᆞᄉ 명식을 들네려 ᄒᆞᄂᆞ뇨 드르미 곳
　　싱신ᄒ도다 (又鬧什麼孩子社, 名色兒聽着就新
　　鮮.) <續紅 22:3>

435) 【방ᄌ】 圀 ｛방재(方纔fāngcái).｝ 방금. 금방. 중

을 식여 연을 짓게 ᄒᆞ여시니 져의 등이 연짓기
를 맛치거든 도로혀 이 곳으로 보ᄂᆞ여 스미미
(四妹妹)의게 져의 등을 위ᄒᆞ여 그림을 그려 낫
치 나게 ᄒᆞ여 달나 ᄒᆞ리라.”

셕츈이 니ᄅᆞ디,

“가쟝 죠토다. 짓기를 맛치거든 곳 가져오
라. 【5】 내 져의 등을 위ᄒᆞ여 그림을 그려쥬고,
나도 리일 ᄯᅩᄒᆞᆫ 일개 연을 지어 너의 등을 ᄯᆞ라
한 번 날녀 죠히 태태로 ᄒᆞ여곰 방심하시게 ᄒᆞ
리라.”

니환이 니ᄅᆞ디,

“태태긔셔 말ᄉᆞᆷᄒᆞ시디, ‘네가 낫의 즐겨 밥
을 만히 먹지 아니ᄒᆞᆫ다.’ ᄒᆞ니 이졔 필경 너의
밥 먹ᄂᆞᆫ 거시 엇더ᄒᆞ뇨?’”

셕츈이 니ᄅᆞ디,

“이ᄂᆞᆫ 모다 엇진 말이뇨? 너의 등이 만일
방심(放心)치 못ᄒᆞᆯ진디, 한즈음 지ᄂᆞ여 너의 등
이 곳 내 곳의셔 오반(午飯)을 먹으라. 너의 등
이 친히 눈으로 나의 음식 먹ᄂᆞᆫ 거 【6】 술 보면
ᄯᅩᄒᆞᆫ 태태 말ᄉᆞᆷ을 회답ᄒᆞ미 조홀 거시로디, 다
만 의미히436) 너의 등이 오늘 한 ᄭᅵ 소밥(素飯)
을 먹으리로다.”

보옥이 듯고 환희ᄒᆞ여 니ᄅᆞ디,

“내 요ᄉᆞ이 졍히 소밥 먹기를 싱각ᄒᆞ엿노
라. 다만 셜안(雪雁)으로 ᄒᆞ여곰 이홍원(怡紅院)
의 가 한 항아리 쇼홍쥬(紹興酒)를 옴겨오라.”

셕츈이 니ᄅᆞ디,

“임의 쇼찬을 먹으면 ᄯᅩ 무ᄉᆞᆫ 술을 구ᄒᆞ리
오.”

보옥이 웃고 니ᄅᆞ디,

“스미미야, 너는 곳 긔록지 못ᄒᆞᄂᆞ냐? 동
파(蘇東坡) 시(詩)의 일너시디, ‘술이 능히 셩픔
을 길너 션가의셔도 마신 【7】 다 〔酒能養性, 仙家飮
之.〕 ’ ᄒᆞ니 우리 등이 모다 네게 일 ᄇᆡ 쥬로 공
번도히 치하ᄒᆞ여 혈믹을 유창(流暢)케 ᄒᆞ고, 졍
신을 셔발(舒發)케 ᄒᆞ면 엇지 더옥 죠치 아니리
오.”

셕츈이 듯고 믄득 부답ᄒᆞ거늘, 니환이 드
디여 셜안으로 ᄒᆞ여곰 가셔 류식부(柳媳婦)의게
고ᄒᆞ여 몃 가지 소치(素菜)를 만히 판비케 ᄒᆞ고

순편(順便)으로 이홍원의 니ᄅᆞ러 한 항 술을 옴
겨오라 ᄒᆞ고 이의 모다 롱취암(櫳翠庵)의 안즈
반일(半日) 한화(閑話)ᄒᆞ고 셕츈을 뫼셔 ᄀᆞᆺ치 셕
식(夕食)을 먹을 ᄉᆡ 다만 보니 셕츈의 술 마시
고 밥 【8】 먹ᄂᆞᆫ 거시 평시(平時)와 일반이라. 모
다 이상히 너기더니, 당각(當刻)의 밥 먹기를 맛
치고 보옥이 ᄯᅩ 셜안을 명ᄒᆞ여 감초왓던 셜슈
(雪水)를 가져 챠를 달혀 ᄯᅩ 한즈음 챠를 먹은
후의 하직을 고ᄒᆞ고 인ᄒᆞ여 모다 샹방으로 와
왕부인긔 회보ᄒᆞ니, 왕부인이 비로소 방심ᄒᆞ더
라.

쳥명일이 니ᄅᆞ미 왕부인이 쳥신(淸晨)의
니ᄅᆞ나 소셰(梳洗)를 맛치고 믄득 사ᄅᆞᆷ을 명ᄒᆞ
여 련속히437) 모든 ᄌᆞ미를 영졉ᄒᆞ여 와 모다 몬
져 왕부인(王夫人) 샹방(上房)의셔 조반(早飯)을
먹을 ᄉᆡ 보치(寶釵) 【9】 믄득 각 집 내마ᄌᆞ(奶媽
子)를 명ᄒᆞ여 몬져 모다 가ᄋᆞ(哥兒)와 져ᄋᆞ(姐
兒)를 안고 이홍원(怡紅院)으로 가 일졔히 모히
게 ᄒᆞ고, 쳥문(晴雯) 등으로 죠흔 챠를 예비케
ᄒᆞᆫ 후의 영(迎)·탐(探)·릉(菱)·샹(湘)·금(琴)
·슈(岫)·환(紈)·봉(鳳)·우(尤)·평(平)　등을
쳥ᄒᆞ여 모다 이홍원으로 와 챠를 먹ᄌᆞ ᄒᆞ거늘,
당각의 모든 ᄌᆞ미 왕부인긔 하직을 고ᄒᆞ고 모다
ᄭᅩᆺ밧갓치 이홍원으로 향ᄒᆞ여 올 ᄉᆡ 겨우 월문
(月門)의 들미 다만 보니 보옥이 모든 내마ᄌᆞ로
ᄒᆞ여곰 가ᄋᆞ와 져ᄋᆞ 등을 안고 임의 일ᄌᆞ(一字)
로 ᄯᅳᆫ히 버려 셧시 【10】 디, 미인(每人) 앏히 일
개 큰 연을 노핫시니 인물(人物)과 츙죠(虫鳥)로
지은 거시 극히 졍교(精巧)ᄒᆞ고 ᄯᅩ ᄭᅩᆺ붓허 혜여
가미 과연 십이(十二)개 소ᄒᆡ직(小孩子)라. 낫낫
치 금옥(金玉)과 화회 ᄀᆞᆺ더라.

원리 영츈(迎春)과 탐츈(探春)과 샹운(湘雲)
과 향릉(香菱)과 슈연(岫烟)과 보챠(寶釵)와 우삼
져(尤三姐)와 평ᄋᆞ(平兒)와 호시(胡氏)는 모다 가
ᄋᆞ(哥兒)를 낫코, 오즉 디옥(黛玉)과 보금(寶琴)
은 져ᄋᆞ(姐兒)를 나흔지라. 샹운이 보고 우ᄉᆞ며

---

436) 【의미히】 漢 애매(曖昧)히. ¶ 委屈 ‖ 다뭇 의
　　미히 너의 등이 오늘 한 ᄭᅵ 소밥을 먹으리로다
　　(只是委屈你門今兒吃一頓素飯罷了.) <續紅 22:6>
437) 【련속히】 漢 연속(連續)히. ¶ 陸續 ‖ 왕부인
　　이 쳥신의 니ᄅᆞ나 소셰를 맛치고 믄득 사ᄅᆞᆷ을
　　명ᄒᆞ여 련속히 모든 ᄌᆞ미를 영졉ᄒᆞ여 와 (王夫
　　人淸晨起來, 梳洗已畢, 便命人套了車陸續接了衆
　　姊妹來家.) <續紅 22:8>

국어 차용어. ¶ 剛纔 ‖ 우리 등이 방ᄌᆞ 쳥문
습인을 식여 연을 짓게 ᄒᆞ여시니 (我門剛纔已經
派了晴雯、襲人他門扎風箏.) <續紅 22:4>

니르디,

　　"거록ᄒᆞ도다,[438] 보거거(寶哥哥)는 엇지 싱각ᄒᆞ여 내엿느뇨? 과연 이 여러 ᄒᆡ지(孩子) 한 곳의 모히미 진개 취미 잇도다."

　　보옥(寶玉)이 우스【11】며 니르디,

　　"다만 가히 앗갑도다. 거으가 너모 만코, 져으가 너모 젹도다."

　　영츈(迎春)이 듯고 우스며 니르디,

　　"네 이거시 무슨 말이뇨? 사름이 세샹의 나미, 즈연 으지 만코 녀ᄒᆡ이 젹과져 ᄒᆞ는 거슨 바야흐로 졍리(正理)어놀, 너는 엇지 도로혀 녀ᄒᆡ으(女孩兒)가 만콰져 ᄒᆞ느뇨?"

　　봉졔(鳳姐) 웃고 니르디,

　　"너의 등은 모다 보형뎨(寶兄弟)의 뜻을 모로는도다. 나는 곳 짐쟉ᄒᆞ느니, 블과 륙 개 거으와 륙 개 져으로 쟝리 결친ᄒᆞ기 죠케 ᄒᆞ려 ᄒᆞ는 의시니, 올흐냐? 올치 아니냐?"

　　보옥이【12】듯고 우스며 니로디,

　　"네가 짐쟉ᄒᆞᆫ 거시 쏘흔 올치 아니토다. 나의 의ᄉᆞ는 녀ᄒᆡ이 만하야 쟝리 즈라면 져의 젹은 즈미(姉妹) 등이 쏘흔 가히 일개 젹은 ᄉᆞ(社)ᄅᆞᆯ 모호고, 우리 노즈미(老姉妹) 등은 곳 가히 노ᄉᆞ(老社)라 일크르리로다."

　　말ᄒᆞ미 듕인이 모다 웃더라. 보치 웃고 니르디,

　　"나는 보건디, 네가 평성의 다시는 다른 졍경(政經)의 일은 힘쓰지 아니ᄒᆞ고, 다만 우리 등의 츙듕의셔 혼줍히 지내려 ᄒᆞ느냐? 후일의 슈염이 나고, 쏘 그 후의 슈염이 회여도 즈미 등 총【13】 듕의셔 다만 너 잇는 거시 맛당타 니르기 어렵도다. 너의 등은 드르라. 이 말이 사름으로 ᄒᆞ여곰 가히 우으냐, 우읍지 아니냐?"

　　보옥이 웃고 니르디,

　　"네 말이 엇지혼 말이냐? 너는 보라. 우리 등 스듕 스름이 가히 내가 피ᄒᆞ염죽흔 사름이 잇느냐? 대슈즈(大嫂子)와 봉져져(鳳姐姐)와 삼미미(三妹妹)는 곳 나의 골육지친이오, 운미미는(云妹妹)는 곳 날노 더브러 으시로 일쳐의셔 즈랏고, 져의 무리 쏘 림고노야(林姑老爺)긔 계후

---

438) 【거록ᄒᆞ다】 圏 대단하다. 훌륭하다. 당당(堂堂)하다. ¶ 難爲 ∥ 거록ᄒᆞ도다 보거거는 엇지 싱각ᄒᆞ여 내엿느뇨 (難爲寶哥哥怎麼想來.) <續紅 22:10> ⇒ 거록ᄒᆞ다, 거록ᄒᆞ다

ᄒᆞ여시니 더옥 친샹가친(親上加親)이라 홀 거시오, 우삼져져(尤三姐姐)는 곳 진대거【14】거(珍大哥哥)와 련이거거(璉二哥哥)의 쳐뎨니, 임의 친쳑이 될 쁜 아니라 내가 류이거(柳二哥)로 더브러 쏘 환란을 지난 뎨형간이오, 금미미(琴妹妹)는 더옥 말홀 거시 업도다. 쇽어의 니르디, '져부(姐夫)와 소이(小姨)는 구분구리(九分九厘)라.' ᄒᆞ여시니, 곳 명일의 슈염이 잇고 슈염이 흰 들 쏘 무어시 두려오리오."

　　ᄒᆞ며 다만 보니 보금이 와셔 져의게 한 번 혀츠니 듕인이 쏘흔 웃더라. 다만 드르니 더옥이 니르디,

　　"모다 쳥컨디 방듕으로 드러와 안즈라. 엇지 일양 바름 부는 곳의 셔셔 말을 ᄒᆞᄂ【15】뇨?"

　　듕인이 듯고 바야흐로 모다 방듕의 드러와 안줄 시 쳥문 등이 챠롤 드리거놀 챠롤 파ᄒᆞ미 봉졔(鳳姐) 졍히 향릉(香菱)을 향ᄒᆞ여 향일의 셜반(薛蟠)이 삼현ᄉᆞ(三賢祠)롤 죠추 도라온 후 광경(光景)과 다못 풍연(馮淵)을 위ᄒᆞ여 쥬머니롤 지어 쥬며 아니믈 무르미, 향릉이 졍히 디답고져 ᄒᆞ더니, 다만 보미 ᄉᆞ월(麝月)이 드러와 픔ᄒᆞ디,

　　"ᄉᆞ고랑(四姑娘)이 니르럿다."

　　ᄒᆞ거놀 듕인이 듯고 일졔히 이상히 너겨 니르디,

　　"우리 등이 졍히 묘(廟) 듕의 가 져로 더브러 뫼히【16】려 ᄒᆞ엿더니, 엇지 졔가 도로혀 고흥으로 몬져 왓느뇨?"

　　ᄒᆞ고 챠(釵)·디(黛) 냥인이 련망히 마즈 나아갈 시, 다만 보니 셜안(雪雁)이 셕츈을 뫼시고 월문으로 죠추 드러오미, 혼신(渾身)의 도복으로 ᄭᅮ미기롤 십분 아담(雅淡)히 ᄒᆞ고, 톄되 경영(輕盈)ᄒᆞ여 곳 묘고(妙姑)의게 나리지 아닌지라. 보치 니르디,

　　"ᄉᆞ미미는 금일 엇지 불쳥긱이 즈러ᄒᆞ뇨?"

　　셕츈이 웃고 니르디,

　　"너의 등이 쟉일의 말ᄒᆞ디, 태태긔셔 나롤 위ᄒᆞ여 가장 방심치 못ᄒᆞ신다 ᄒᆞ는지라. 니러므로 내 일【17】 죽이 와 열뇨(熱鬧)ᄒᆞ고, 나도 쏘흔 일개 연을 지어 너의 등으로 더브러 모다 날니고 쏘 태태로 ᄒᆞ여곰 방심케 ᄒᆞ리라."

　　보옥이 ᄯᅡ히 졍히 소희으 무리로 더브러

긔롱ᄒ더니, 셕츈이 온단 말을 듯고 셜니 와 셔로 보다가 믄득 바라보미 입홰(入畫) 셕츈의 등 뒤히 셔셔 손의 일개 큰 란됴연(鸞鳥鳶)을 가졋시디 나뤼가 슐위 박회 ᄀᆞᆺ고 혼신의 모다 프론 깃스로 ᄶᅮ몃시디 곳 산 것 ᄀᆞᆺ거늘, 보옥이 보고 광희ᄒ여 니ᄅᆞ디,

"스미미야, 너의 이 연이 짓기 【18】 롤 ᄯᅩ흔 극히 졍교히 혓도다. 필경 산 난됴와 일반이니 어디 연 ᄀᆞᆺ트뇨? 나는 보건디 이 ᄀᆞᆺ튼 등군 꼼이 다만 두리건디 능히 날니기 어려올 듯ᄒ도다."

셕츈이 웃고 니ᄅᆞ디,

"너는 져롤 아른 체 말나. ᄯᅩ 날닐 ᄯᅵ롤 기ᄃᆞ려 내가 ᄌᆞ연 날 닐 도리 이시리라."

졍히 말홀 ᄯᅵ의 다만 보니 모든 ᄌᆞ미 모다 마ᄌᆞ 나오거늘, 셕츈이 영졉ᄒ여 일일이 셔로 보고 안부롤 맛치미, 일졔히 방의 드러가 ᄎᆞ례디로 안더니, 셕츈이 믄득 내마ᄌᆞ(奶媽子) 등을 명ᄒ여 【19】 거ᄋᆞ와 져ᄋᆞ 등을 모다 안아오라 ᄒᆞ여 일일이 안고 이윽히 긔롱ᄒ며 ᄯᅩ 미인(每人)의 머리 우흘 어로만지거늘, 샹운이 보고 우스며 니ᄅᆞ디,

"오늘 우리 여러 희ᄌᆞ 등이 곳 모다 스미미 문하(門下)의 나아가다 ᄒᆞ리로다. 너의 등은 보라. 낫낫치 모다 이마롤 만지고 슈계(受戒)롤 ᄒᆞ는도다."

탐츈이 웃고 니ᄅᆞ디,

"가히 올토다. 홍샹 말을 드ᄅᆞ미, 사롬의 집 희지 기ᄅᆞ지 못홀가 두리면 왕왕 즁과 승을 의론치 아니코 모다 져 묘즁의 일홈을 짓난다 ᄒᆞ니, 【20】 우리 여러 희ᄌᆞ(孩子) 등이 곳 옯히 잇거늘, 스미미는 엇지ᄒᆞ여 모다 문하의 뎨ᄌᆞ로 아지 아니ᄒᆞ느뇨?"

셕츈이 웃고 니ᄅᆞ디,

"삼져져야, 공연이 들네지 말나. 나는 쳥졍흔 거술 됴하ᄒᆞ미 니런 희ᄋᆞ 무리의 들네는 거슬 견디지 못ᄒᆞ고, ᄯᅩ 이 여러 희ᄌᆞ 등이 나의 외셩이 아니면 곳 나의 질이라. 어니 ᄋᆞ희롤 니가 맛당히 ᄆᆞ옴의 스랑치 아니리 업스니 반ᄃᆞ시 엇지 뎨ᄌᆞ로 알니오?"

봉졔 듯고 우스며 니ᄅᆞ디,

"사미미야, 너는 ᄉᆞ양치 말나. 나는 너롤 【21】 위ᄒᆞ여 성각건디 쇽어의 니ᄅᆞ디, '화상이

ᄋᆞ둘이 업셔도 효지 만타 [和尚無兒孝子多.] ' ᄒᆞ니 너는 보라. 져의 ᄌᆞ미 등이 쳔신만고(千辛萬苦) ᄒᆞ여도 일인이 일싱의 능히 몃 개 ᄋᆞᄌᆞ롤 기ᄅᆞ리오. 너는 이졔 일뎜 어려온 거시 업시 곳 지금 잇는 십 개 효ᄌᆞ(孝子)와 량개 효녜(孝女) 아올나 십이 개가 되니, 너는 도로혀 무슨 편치 못ᄒᆞ미 이시리오?"

셕츈이 듯고 졍히 져의게 혀츠려 ᄒᆞ더니, 다만 드ᄅᆞ미 샹운이 웃고 니ᄅᆞ디,

"봉져져야, 너는 하나홀 ᄲᅢ히도다. 모다 아오로 십삼 개 【22】 니라."

봉졔 웃고 니ᄅᆞ디,

"분명히 열두 개 ᄲᅳᆫ이어눌, 어디 ᄯᅩ 일 개가 잇느뇨?"

샹운이 우스며 니ᄅᆞ디,

"너는 보라. 우리 가온디 지금 보건디, 도로혀 일개 비가 블너 견디지 못ᄒᆞ는 이가 이시니, ᄯᅩ 일개 희ᄋᆞ로 혜지 못ᄒᆞ다 니ᄅᆞ기 어렵도다."

듕인이 듯고 일졔히 웃더니, 다만 드ᄅᆞ미 봉졔 웃고 니ᄅᆞ디,

"그만두라. 운미미야, 나는 ᄯᅩ흔 너롤 기른 사롬이어눌 너는 도로혀 링슈ᄀᆞ치 보고 날노 더브러 니런 한 마디 말노 긔롱ᄒᆞ니, 나의 톄뫼 너의 톄 【23】 모의 비기건디, 과히 부죡다 니ᄅᆞ기 어렵도다. 사미미야, 너는 져의 등 희ᄌᆞ들을 아른 체 말고 ᄆᆞ옴디로 내가 후일 분만키롤 기ᄃᆞ려 믈론 남녀ᄒᆞ고 너의게 보니여 뎨지 되미 곳 올토다."

ᄒᆞ니 졔인이 모다 웃더라. 믄득 드ᄅᆞ미 보옥이 ᄶᆞ히셔 들네며 니ᄅᆞ디,

"봉져져는 잔말 말나. 우리 등이 일즉 가셔 져의 등의 연 날니는 거슬 보미 죠흐리라. 이즈음 바롬이 졍히 죠흐니 한즈음 지니여 바롬이 쉬면 곳 날니기 어려오니라. 내 임의 분부 【24】 ᄒᆞ여 쥬연을 젹췌뎡(滴翠亭)의 버렷노라."

챠·디 냥인이 듯고 믄득 모든 ᄌᆞ미 등을 분부ᄒᆞ여 모다 젹췌뎡으로 갈 ᄉᆡ, 내마ᄌᆞ 등을 명ᄒᆞ여 거ᄋᆞ와 져ᄋᆞ를 안고 옯셔 몬져 힝케 ᄒᆞ고, 듕인이 뒤히 ᄯᆞ라 이홍원으로 나와 완보로 힝ᄒᆞ여 봉요교(蜂腰橋)로죠ᄎᆞ 빗긴 길노 젹췌뎡으로 오미 다만 보니 뎡ᄌᆞ 우히 창호롤 통개(洞開)ᄒᆞ고 이십분 란쵸(蘭草) ᄭᅩᆺ츌 버렷시미 쳥향

(淸香)이 촉비(觸鼻)ᄒ며 남편 일개 공디(空地)가 십분 관창(寬敞)ᄒᆫ디 량개 소나무 등간의 추천 시렁【25】을 베프럿고, 뎡ᄌ 등간의 네 탁ᄌ 쥬연을 버럿ᄂᆞᆫ지라. 듕인이 겨유 뎡ᄌ의 오르ᄆᆡ 보옥이 믄득 챠·디 냥인을 지촉ᄒ여 안줄 ᄌ리를 졍케 ᄒ니 샹운이 니르디,

"우리 등은 네가 분별치 말나. 각인이 편 홀디로 안ᄌᄆᆡ 죠토다."

ᄒ고 이의 상운과 보금은 뎨일셕의 안고, 우삼져와 격츈은 뎨이셕의 안고, 향릉과 슈연은 뎨삼좌의 안고 쏘 영츈·탐츈은 뎨ᄉ좌의 안ᄌ시더 니환과 봉져는 뎨일셕의 뫼시고 평ᄋ와 호시는 데【26】이셕의 뫼시고 보챠·디옥은 뎨삼좌의 뫼시고, 보옥은 홀노 뎨ᄉ좌의 뫼셔 챠·디 냥인이 슐을 젼ᄒ여 보닐 시 모다 일졔히 안ᄌ 슐이 슈슌의 니르ᄆᆡ 보옥이 믄득 챠환을 분부ᄒ여 연을 날니디 여러 소희ᄌ 등을 닛그러와 보게 ᄒ라.

언미필의 다만 보니 쳥문과 금슌ᄋ(金釧兒)와 ᄌ견(紫鵑)과 잉ᄋ(鶯兒)와 류오ᄋ(柳五兒) 오인(五人)이 다라 나오ᄆᆡ, 미인의 손의 연을 가졋ᄂᆞᆫ지라. 보옥이 보고 심듕의 블열ᄒ여 ᄉᆞᆯ니 막아 니르디,

"챠환 등으로 하여곰 날니【27】ᄆᆡ 올커놀, 너의 등은 엇지 지져괴ᄂᆞ뇨? 괴로이 혼신의 지와 틋글을 쓰고 뛰여단이며 만일 신이 버셔지면 가히 무슨 모양이리오. 너의 등은 쏘흔 사룸의 우음의 말을 두리지 아니ᄒᆫ다 니르기 어렵도다."

쳥문이 웃고 니르디,

"이거시 무슴 스룸의 우음을 두리ᄆᆡ 이시리오. 엇지 신이 버셔지도록 뛰여단이랴! 날마다 사룸을 방듕의 감쵸와두워 각쳐의 힝거는 능히 못ᄒ다가 오늘 별노이 무ᄋᆞᆷ 싀훤ᄒᆫ 일을 만낫거놀 너는 쏘 아론【28】 체ᄒᆞᆫ도다."

보옥이 니르디,

"아론 체ᄒᆞᄆᆡ 아니라 너의 등이 모다 오면 방을 누로 직희게 ᄒ리오."

ᄒ더니 다믓 드르ᄆᆡ 잉이 니르디,

"습인져계 집을 보ᄂᆞ니라."

보옥이 듯고 우스며 니르디,

"죠히 힘닙엇도다.439) 도로혀 니런 일개

분슈 아는 사룸이 이시리오."

ᄒ더니 다만 드르ᄆᆡ 금슌이 웃고 니르디,

"그만두라. 졔가 무슨 분슈룰 알니오. 졔가 만일 고내내(姑奶奶) 등이 댱긔관(蔣琪官)의 말을 너여 죠롱홀가 두리지 아니면, 졔가 임의 쏘흔 왓시리라."

듕인이 듯【29】고 모다 우을 시, 샹운이 우스며 보옥을 향ᄒ여 니르디,

"그만두라. 보거거야. 너는 드르라. 져의 ᄌᄆᆡ 등이 오늘 쏘흔 죠히 노닐지라. 과연 날마다 방의 감쵸와두어 견디지 못ᄒ엿ᄂᆞ니라. 우리 취루야 엇지 눈의 뵈지 아니ᄒᆞᄂᆞ뇨? 곳 그림ᄌ도 업도다."

디옥이 웃고 니르디,

"너는 보라. 져편 산 언덕 밋히 연 가진 스룸이 곳 져가 아니냐."

샹운이 바라보다가 웃고 니르디,

"젹은 즘싱이 어니 씨의 ᄭᆞᆺ더뇨?

탐츈이 웃고 니르디,

"우리 등이 오늘 ᄆᆞ【30】ᄋᆞᆷ디로 져의 등으로 ᄒ여곰 모다 노닐나 가게 ᄒ리라. 시셔(侍書)와 슈귤(繡橘)과 셜안과 입화(入畵)와 벽련과 풍ᄋ와 ᄉ월과 츄문(秋紋) 등은 모다 연을 날니라 가라. 일개 탁ᄌ의 일개 쥬호(酒壺)룰 노흐면 우리 등의 곳의셔는 쏘흔 너의 등의 ᄉ후(伺候)ᄒᄂᆞᆫ 거술 쓰지 아니리라."

ᄒ니 시셔와 슈귤 등이 탐츈의 분부룰 듯고 모다 뎡ᄌ의 나려 져편 공디의 니르러 슈각(手脚)이 황란ᄒᆞ게 연을 가지고 어ᄌ러이 날닐 시 다만 보니 쳥문이 몬져 일개 큰【31】진에440) 연을 날니고 그 뒤히 취뤼(翠縷) 쏘흔 일개 둣겁이441) 연을 날니ᄂᆞᆫ지라. 이의 잉ᄋ와 ᄌ

---

439)【힘닙다】图 힘입다. ¶ 虧 ‖ 죠히 힘닙엇도다 도로혀 니런 일개 분슈 아는 사룸이 이시리오 (好, 虧了還有這麽一個知道好歹的人兒.) <續紅 22:28>

440)【진에】명 지네. ¶ 蜈蚣 ‖ 다만 보니 쳥문이 믄져 일개 큰 진에 연을 날니고 그 뒤히 취뤼 쏘흔 일개 둣겁이 연을 날니ᄂᆞᆫ지라 (只見晴雯先放起一條大長蜈蚣風箏來, 隨後翠縷也放起一個劉海戱蟾的風箏來.) <續紅 22:31>

441)【둣겁이】명 두꺼비. ¶ 蟾 ‖ 다만 보니 쳥문이 믄져 일개 큰 진에 연을 날니고 그 뒤히 취뤼 쏘흔 일개 둣겁이 연을 날니ᄂᆞᆫ지라 (只見晴雯先放起一條大長蜈蚣風箏來, 隨後翠縷也放起一個劉海戱蟾的風箏來.) <續紅 22:31> ⇒ 두터비,

견과 시셔와 슈귤 등이 련속히 쏘흔 모다 날니니, 다만 보건더 공듕의 가득흔 거시 모다 표표 탕탕흔 연이라. 모든 내마지 거으 져으롤 안고 모다 짜히 셔셔 우러러 보니 쇼희으 등의 회쇼 흐는 쇼리 긋치지 아니흐는지라. 보옥이 손을 치고 우스며 니르디,

"운미미와 금미미야, 너의 등은 모다 보라. 나의 이 희즈스가 열요흐냐? 열요치 아니냐?"

보 【32】 금이 웃고 니르디,

"네가 여러 희즈의 넝쉬되여 거느리고 들네니, 무삼 열요치 아니리오."

보옥이 듯고 우스며 니르디,

"운미미야, 너는 드르라. 금미미가 말흐디, 내가 희즈의 넝쉬라 흐니, 이는 나롤 욕흐는 말이 아니냐?"

보금이 웃고 니르디,

"너는 공연이 고이히 너기지 말나. 스등의 곳 스댱(社長) 잇는 거시 맛당치 아니타 니르기 어렵도다."

보옥이 웃고 니르디,

"네말 ᄀ틀진디, 나는 곳 이 여러 남희으 등의 스댱이어니와, 너는 가히 져 량개 녀희 【33】 으의 사쟝(社長)이 되리로다."

말흐미, 즁인이 모다 웃더라.

졍히 담쇼홀 쩌의 믄득 보니, 셜안이 입화로 더브러 그곳의셔 고셩(高聲)흐여 블너 니르디,

"스고랑아, 우리 이 난죠연을 드시 날니지 못흐리로다."

보옥이 듯고 우스며 니르디,

"내 일즉 말흐디, 이 연이 짓기롤 둥글게 흐여 날니지 못흔다 흐나, 스미미 도로혀 즐겨 밋지 아니터니, 과연 내 말디로 되엿도다."

셕츈이 듯고 우스며 니르디,

"이 량개 즘싱의 거시 연도 날닐 줄 모 【34】 로고 남의 연을 엇지 날니느뇨?"

셜안이 니르디,

"우리 이 연을 쳥문져져도 능히 날니지 못흐더라."

흐니, 셕츈이 니르디,

"임의 니러량이면 너의 등은 져리가라. 내 친히 가셔 날니리라."

두텁이, 둑거비, 둑겁의, 둗거비, 둣거븨, 둣터비

흐며 믄득 니러나 스미롤 것고 바로 명즈로 나려가는지라.

듕인이 보고 모다 이상히 너겨 일졔히 니러 짜라 나려가 졔가 필경 엇지 날니는고 보려 흐더니, 다만 보미 셕츈이 명즈의 나려 힝보흐는 거시 편쳡흐여 젼일과 크게 다르며 산 【35】 두던442) 아리 니르러 그 난죠연을 가지고 일호도 힘을 허비치 아니코 슈건으로 손을 ᄲ고 줄을 한 번 쏘두기니443) 그 난죄 곳 스라나는 것 ᄀ트여 졈졈 플스록 졈졈 놉하 삽시간의 줄을 다 플미 바로 운쇼로 드러가는 것 ᄀ트여 다른 연의 비컨디 도로혀 가쟝 놉고, 다만 보미 난죄 두 나리만 치고 몸은 일호도 움죽이지 아니흐는지라. 듕인이 보고 모다 디경흐여 이샹히 너기디 다만 보옥과 샹운 냥인은 ᄆ음의 셕츈이 슈도흐여 【36】 득도흐믈 명빅히 알고 보챠 더옥 냥인도 쏘흔 몃분 짐쟉흐더니 디옥이 셕츈을 향흐여 웃고 니르디,

"스미미야, 너의 이 연이 짓기는 곳 긔묘히 흐엿거니와 날니기롤 더옥 긔묘히 흐는도다. 너는 보라. 이 한 ᄯ 란죄 공듕(空中)의 나라 산 것과 ᄀ트디, 가셕도다. 란죠 등 우히 일개 션인을 민다지 아닌 거시 흠젼이라."

흐니 셕츈이 웃고 니르디,

"이 한 ᄯ 란죠롤 내가 올닌 뜻은 원리 션인을 영졉흐여 나려오고즈 흐미니 너의 등 【37】 은 다만 보라."

즁인이 듯고 더옥 긔히이 너겨 모다 눈을 줌시도 두루지 아니코 그 연만 보더니, 아지 못게라 엇진 일인지 눈을 한 번 ᄶ쟉홀 동안의 과연 모다 보니 란죠 등 우히 은은히 사름이 잇셔 타고 안즌 것 ᄀ튼지라. 다만 드르미 취뤼 블너 니르디,

"란죠 등 우히 사름이 잇도다. 고내내 등아, 내 손을 짜라 보라."

---

442) 【두던】 圈 언덕. 둔덕. ¶ 山坡 ‖ 산 두던 아리 니르러 (走到山坡之下.) <續紅 22:35>

443) 【쏘두기다】 圈 꼬드기다. 연 놀이를 할 때, 연이 높이 올라가도록 연줄을 잡아 젖히다. ¶ 抖 ‖ 그 난죠연을 가지고 일호도 힘을 허비치 아니코 슈건으로 손을 ᄲ고 줄을 한번 쏘두기니 (拿着那個大靑鸞風箏來毫不費力, 用手帕包了手, 提着繩兒往上一抖, 只見那只靑鸞就像自己往上飛的一般.) <續紅 22:35>

ᄒᆞ며 ᄯᅩ 드르ᄆᆡ 봉졔 블너 니르ᄃᆡ,

"과연 진젹(眞的)ᄒᆞ도다. 나도 ᄯᅩᄒᆞᆫ 보왓노라."

ᄒᆞ며 ᄯᅩ 드르ᄆᆡ 탐츈이 니르ᄃᆡ,

"일개 도고(道姑) 모양【38】ᄀᆞᆺ고, 손의 파리치ᄅᆞᆯ 가졋도다."

ᄒᆞ고 ᄯᅩ 드르ᄆᆡ 더욱이 니르ᄃᆡ,

"삼미미야, 너ᄂᆞᆫ 보라. 져의 동쟉ᄒᆞᄂᆞᆫ 거시 졍히 묘ᄉᆞ부(妙師父) ᄀᆞᆺ도다."

ᄯᅩ 드르ᄆᆡ 우삼졔 니르ᄃᆡ,

"졍히 묘ᄉᆞ뷔 아니면 이 뉘리오. ᄉᆞ미미야, 너ᄂᆞᆫ ᄲᆞᆯ니 쥴을 거두라."

ᄒᆞ며 듕인이 모다 경희비상(驚喜非常)ᄒᆞ여 ᄒᆞ더니, 다만 보ᄆᆡ 셕츈이 ᄃᆡ답지 아니코 다만 쥴을 셔셔히 거두워 드리ᄆᆡ 졈졈 거둘스록 졈졈 진젹ᄒᆞ여 쟝ᄎᆞᆺ ᄯᅡ히 ᄶᅥ러질 ᄶᅵ 니르ᄆᆡ, 그 란죠 등 우히 션인이 임의 ᄯᅡ히 ᄲᅱ여 나리니 이ᄂᆞᆫ【39】과연 묘옥(妙玉)이라. 셕츈이 손을 드러 한 번 토기ᄆᆡ444) 그 란죠연이 도로 나라 오르거놀, 쥴을 입화ᄅᆞᆯ 쥬고 바야흐로 묘고ᄅᆞᆯ 향ᄒᆞ여 계슈(稽首)ᄒᆞᄃᆡ 다만 보기만 ᄒᆞ고 셔로 말업시 우스며 피ᄎᆞ ᄆᆞ음으로만 아ᄂᆞᆫ 모양 ᄀᆞᆺ튼지라. 듕인이 묘고ᄅᆞᆯ 보고 블승경희ᄒᆞ여 일졔히 안부ᄅᆞᆯ 무ᄅᆞ며 묘괴 ᄯᅩᄒᆞᆫ 일일이 셔로 보고 한온(寒溫)을 맛친 후의 듕인이 묘고의 손을 줍고 ᄆᆞᆫ득 뎡ᄌᆞ 우흐로 가며 보옥으로 ᄒᆞ여곰 ᄯᅩ 챠환 등을 명ᄒᆞ여 그 네 ᄌᆞ리 등【40】간의 ᄯᅡ로 일좌 쇼찬을 베플고 셕츈ᆞ묘고 량인으로 ᄒᆞ여곰 안게ᄒᆞ여, 모다 슐 먹을 ᄉᆡ 더욱과 봉져와 영츈 등이 ᄯᅩ 묘고ᄅᆞᆯ 향ᄒᆞ여 한ᄌᆞᆷ 터허환경(太虛幻境)의 경환(警幻)의 긔거와 광경을 무러 피ᄎᆞ 말을 열요히 ᄒᆞ더니, 다만 보ᄆᆡ 쳥문ᆞ금슌이 ᄯᅩᄒᆞᆫ 모다 연을 거두고 니르러 묘고로 더브러 안부ᄅᆞᆯ 무르ᄆᆡ 묘괴 ᄯᅩ 쳥ᆞ슌 냥인으로 더브러 이윽히 녯 일을 말ᄒᆞ더니, 홀연 드르ᄆᆡ 져곳의셔 입홰 소리ᄅᆞᆯ 놉혀 블너 니르ᄃᆡ,

【41】"ᄉᆞ고랑아, 이 난죠연을 거두워 나리지 못ᄒᆞᆯ지라. 우리 여러 사ᄅᆞᆷ이 힘을 ᄲᅥ 쥴을 감으ᄃᆡ 일호도 요동치 아니ᄒᆞᄂᆞᆫ도다."

셕츈이 우스며 니르ᄃᆡ,

"임의 거두지 못ᄒᆞᆯ진ᄃᆡ 곳 그ᄃᆡ로 두고, 다만 쥴 ᄭᅳᆺᄎᆞ로 쇼나무 우히 ᄆᆡᄂᆞᆫ 거시 올흐니라."

봉져 등 졔인이 듯고 모다 뎡ᄌᆞ로 나려가 란죠연을 보려ᄒᆞᆯ ᄉᆡ, 셕츈이 ᄲᆞᆯ니 막아 니르ᄃᆡ,

"우리 등이 일쪽 밥을 먹고 허여져야 ᄯᅩ 날노 ᄒᆞ여곰 묘ᄉᆞ부로 더브러 우리 졍경(正經)의 일을 ᄒᆞ라 가게【42】ᄒᆞ리라."

보옥이 듯고 ᄲᆞᆯ니 막아 니르ᄃᆡ,

"ᄉᆞ미미야, 너ᄂᆞᆫ 무어시 밧부뇨? 묘ᄉᆞ뷔 임의 범셰의 나려왓시니 너의 등이 졍경의 일을 홀 날이 만토다. 임의 츄쳔 시령을 셰웟시니, 우리 등은 챠환 등의 츄쳔ᄒᆞᄂᆞᆫ 거술 보고 다시 밥 먹으ᄆᆡ ᄯᅩᄒᆞᆫ 더ᄃᆡ지 아니리라."

셕츈이 미쳐 답지 못ᄒᆞ여셔 다만 드르ᄆᆡ 묘괴 웃고 니로ᄃᆡ,

"보이야야, 내 오ᄂᆞᆯ날 범셰의 나리믄 원리 ᄉᆞ고랑의 ᄃᆡᄉᆞᄅᆞᆯ 위ᄒᆞ미니, 너ᄂᆞᆫ 우리등으로 ᄒᆞ여곰 졍경의 일을 맛치고, 내 ᄯᅩ 샹【43】방의 가셔 노태태긔 쳥안(請安)ᄒᆞ려 ᄒᆞ노라."

탐츈이 듯고 우스며 니르ᄃᆡ,

"묘ᄉᆞ부ᄂᆞᆫ 너모 밧비 구지 말고 아직 안ᄌᆞ시라. 우리 ᄂᆡ마ᄌᆞ 등으로 ᄒᆞ여곰 소희ᄋᆞ 등을 모다 안아 오거든 보고 각인(各人)의게 일개 부쟉을 쥬면 다른 묘듕의 가셔 공연이 들네ᄂᆞᆫ 것보다 나흘 거시오, 둘지ᄂᆞᆫ 도로혀 져허컨ᄃᆡ 우리 태태 너의 범셰의 나리믈 알면 ᄯᅩᄒᆞᆫ 몬져 와 너ᄅᆞᆯ 보려 ᄒᆞ시리니, 져녁이 되거든 네가 ᄉᆞ미미로 더브러 롱취암【44】으로 도라가면 언마나 졍경(正經)의 일이 잇셔 판리ᄒᆞ기ᄅᆞᆯ445) 맛치지 못ᄒᆞ랴."

니환이 듯고 ᄲᆞᆯ니 사ᄅᆞᆷ을 명ᄒᆞ여 ᄂᆡ마ᄌᆞᄅᆞᆯ 블너오라 ᄒᆞ더니, 언마 못되여 ᄂᆡ마ᄌᆞ 등이 거ᄋᆞ 져ᄋᆞ 등을 모다 안고 뎡ᄌᆞ 우히 니른지라. 묘옥이 ᄌᆞ리의 나아가 일일이 안고 보니 개개히 ᄉᆡᆫ혀난지라. 웃고 니르ᄃᆡ,

"가히 깃부고 가히 하례ᄒᆞ염죽ᄒᆞ도다. 내

---

444) 【토기다】图 튀기다. ¶ 撤∥셕츈이 손을 드러 한 번 토기ᄆᆡ 그 란죠연이 도로 나라 오르거놀 (又見惜春將手一撤, 那靑鸞鳳筝仍舊飛了上去.) <續紅 22:39>

445) 【판리ᄒᆞ다】图 {판리(辦理)하다.} 처리(處理)하다. ¶ 辦∥네가 ᄉᆞ미미로 더브러 롱취암으로 도라가면 언마나 졍경의 일이 잇셔 판리ᄒᆞ기ᄅᆞᆯ 맛치지 못ᄒᆞ랴 (你和四妹妹回到櫳翠庵去, 有多少正經事辦不了的呢.) <續紅 22:40>

가 암듕의 도라가 미인의게 부쟉 일쟝식 그려
쥬어 져의 등을 도와 무지무병(無災無病)ᄒ【45
】고 빅셰쟝슈(百歲長壽)케 ᄒ리라.”

보옥이 듯고 더옥 환희ᄒ여 믄득 듕인을
지촉ᄒ여 가셔 츄천을 구경케 ᄒ니, 듕인이 졸
녀 견듸지 못ᄒ여 다만 일졔히 뎡ᄌ의 나려와
소나무 밋히 니르러 셔셔 볼 시, 믄득 보니 일
개 챠환이 츄천 시령 우희셔 답판(踏板)을 드듸
고 좌편으로 쒸여도 쒸지 못ᄒ고, 우편으로 쒸
여도 쒸지 못ᄒᄂ 듕인이 모다 웃더니 ᄌ셔히
보미 타인이 아니라. 곳 스뎌져익(傻大姐兒)라.
모옥이 웃고 ‘이야,’ ᄒ며 니ᄅ【46】디,

“ᄲᆯ니 나라라. 죠곰 오리면 밋그러져 죽으
리라. 져 못된 것도 ᄯᅩᄒ 츄천을 ᄯᅵᆫ다 들네ᄂ도
다.”

ᄒ더니 믄득 보미 쳥문이 의상을 안고 곳
가셔 쒸려 ᄒ거ᄂᆯ, 더옥이 웃고 니ᄅ디,

“그만두라. 네가 ᄯᅩᄒ 사람의 우음을 ᄌ하
내려 ᄒᄂ냐. 이 여러 챠환 등이 엇지 부죡ᄒ여
네가 츄천ᄒ려 ᄒᄂ냐?”

말ᄒ미, 쳥문이 가히 답홀 말이 업셔 우스
며 보옥을 한 번 보고 련망이 다라 가더니, ᄯᅩ
보미 취뤼 옷술 것고 앒흐로 【47】 나아오거ᄂᆯ,
더옥이 ᄯᅩ 막ᄋ 니ᄅ디,

“나는 권ᄒᄂ니 너는 ᄯᅩ한 잘ᄒ 체 말나.”
샹운이 니ᄅ디,

“림져져야, 너는 져의 고흥을 막지 말나.
샹관이 업스니 졔가 가듕의 잇실 ᄯᅥ의 흥샹 니
런 희롱을 ᄒ더니, 오늘 므음것 져로 ᄒ여곰 죵
일을 발광케 ᄒ리라.”

더옥이 듯고 믄득 말을 아니터니, 다만 보
미 취뤼 의상을 것고 답판의 쒸여 올나 몸을 한
번 쇼스미 발이 임의 올나가ᄂ지라. 다만 보니
져의 허리가 요라(裊娜)ᄒ고 옷스미 표양ᄒ 【48
】며 허다 명식을 쒸미 듕인의 눈이 밤븨여[446]
졔셩갈치(齊聲喝采)ᄒᄂ지라. 취뤼 쒸기를 맛치
고 쒸여 나릴 시, 안식을 곳치지 아니코 일호도
헐헐히 아니 ᄒᄂ지라.

모든 챠환 등이 보고 모다 항복ᄒ여 감히
나아와 취졸(醜拙)을 닛지 못ᄒ고 셔로 보며 피
ᄎ 츄탁ᄒ여 모다 즐겨 앒흐로 나아오지 아니커
ᄂᆯ, 보옥이 블열ᄒ여 니ᄅ디,

“너의 무리 여러 못된 것들은 다만 밥 먹
을 쥴만 아ᄂ냐?”

영츈이 웃고 니ᄅ디,

“져의 등을 ᄭᅮ짓지 말나. 【49】 너의 여러
부인이 낫낫치 모다 이곳의 잇셔 지조를 뵈지
못ᄒ여 견듸지 못ᄒ거ᄂᆯ, 너는 ᄯᅩ ᄎᆷ아 져의 등
으로 ᄒ여곰 험ᄒᆷ믈 무릅쓰게 못ᄒ고, 이즈음의
ᄯᅩ 다른 사람만 ᄭᅮ짓ᄂ냐?”

말ᄒ미 듕인이 모다 웃더니, 믄득 보미 셕
츈이 다라와 우스며 니ᄅ디,

“보거거야, 너는 발광말나. 너는 나의 친히
쟉란으로 쒸기를 기드리라. 필경 취루의 쒸ᄂ디
비ᄒ여 보기 죠흐면 곳 올흐니라.”

보옥이 듯고 ᄲᆯ니 막아 니ᄅ디,

“죠흔 미미야, 【50】 너는 나를 위ᄒ여 요
란이 구지 말나. 츄천 쒸ᄂ 거슨 원리 부죨 업
ᄂ 일이라. 쳥문 등도 내 오히려 감히 져의 등
으로 ᄒ여곰 험ᄒᆷ믈 무릅쓰게 못ᄒ엿거ᄂᆯ, ᄒ믈
며 네랴. 만일 태태긔셔 아ᄅ시면 내가 올치 아
니믈 당홀 길이 업노라.”

ᄒ디, 셕츈이 엇지 즐겨 드ᄅ리오. 필경 스
스로 옷술 안고 앒흐로 가니, 모든 ᄌ미 보고
일졔히 막ᄌᄅ더니[447] 다만 드ᄅ미 묘괴 웃고
니ᄅ디,

“샹관업도다. 내가 이곳의 이시니 너의 등
은 다만 방심ᄒ고 【51】 도로혀 져의 고흥을 막
ᄌᄅ지 말나.”

듕인이 듯고 다만 져로 ᄒ여곰 앒흐로 가
게 홀 시 다만 보니 셕츈이 답판(踏板)의 올나
유유양양히 쒸여가미 표표히 능운(凌雲)홀 형셰
잇고, ᄯᅩᄒ 각식명식(各色名色)으로 쒸미 취루의
쒸ᄂ 디 비컨디 더옥 긔묘ᄒ고 더옥 보기 죠흔
지라. 보옥이 깃거 손을 치며 크게 웃고 니ᄅ디,

“스미미야, 너는 진개 신션이 되엿도다.”

---

446) 【밤븨다】 图 멍하다. 동그랗게 되다. 침침하
　　다. 가물가물하다. ¶ 撩亂 ‖ 듕인의 눈이 밤븨
　　여 졔셩갈치ᄒᄂ지라 (看得衆人眼花撩亂, 齊聲
　　喝采.) <續紅 22:48> ⇒ 밤븨다, 밤븨다, 밤븨다,
　　밤븨다, 밤의다, ㅂ의다

447) 【막ᄌᄅ다】 图 막지르다. 막다. 거절(拒絶)하
　　다. ¶ 阻攔 ‖ 셕츈이 엇지 즐겨 드ᄅ리오 필경
　　스스로 옷술 안고 앒흐로 가니 모든 ᄌ미 보고
　　일졔히 막ᄌᄅ더니 (惜春那裏肯聽, 竟自摟衣前
　　往, 衆姊妹見了, 一齊阻攔, 只聽妙姑笑道.) <續紅
　　22:50>

　　언미필의 다만 보니 셕츈이 별노이 일앙
룽공(凌空)ᄒᆞᄂᆞᆫ 법으로 쒸더니, 믄득 한 소리 들
니【52】며 줄이 쓴허져 셕츈이 반뎐 구룸 속으
로죠촛 쩌러져 나려오ᄂᆞᆫ지라. 듕인이 경혼락담
ᄒᆞ니,

29
향졔ᄉ혼반대관원 경단원신유태허경
享祭祀魂返大觀園 慶團圓神遊太虛境

원리 셕츈이 룡취암의 츌가ᄒᆞᆫ 후로븟허 틋
글의 무드지 아니ᄒᆞ고, 셩심으로 도롤 ᄭᅵ드ᄅᆞ랴
ᄒᆞ여, 이졔 임의 태반이나 신션이 되고, 다만 밝
은 사ᄅᆞᆷ이 지뎜(指點)ᄒᆞ기롤 기ᄃᆞ려 즉시 보리
(菩提)롤 ᄭᅵ드ᄅᆞ려 ᄒᆞᆯ 시, 져의 일뎜 진셩(眞性)
이 밤마다 좌공ᄒᆞᆯ ᄯᅴ의 반ᄃᆞ시 묘고로 더브러
셔로 모혀 묘괴 가만ᄒᆞᆫ 가온디 묘결을 가ᄅᆞ치더
니 【53】 이졔 공힝(功行)이 원만(圓滿)ᄒᆞᆷ을 당ᄒᆞ
여 육톄(肉體)로 비승(飛昇)ᄒᆞ면 사ᄅᆞᆷ이 듯고 놀
날가 ᄒᆞ여, 피랑(皮囊)을 벗고 졍과(正果)롤 일
우려 ᄒᆞᄂᆞᆫ지라. 너므로 미리 묘고의게 언약ᄒᆞ
여 오ᄂᆞᆯ 범셰의 나려 져롤 도달케 ᄒᆞᆯ 시, 보옥
이 연 날닐 ᄯᅢ롤 인ᄒᆞ여 약간 젹은 술법을 볘프
러 묘고롤 영졉ᄒᆞ여 나려오고, ᄯᅩ 보옥이 고흥
으로 츄쳔 뛰ᄂᆞᆫ 거슬 구경코즈 ᄒᆞᆷ을 인ᄒᆞ여, 졔
가 짐짓 ᄯᅩ 츄쳔을 비러 범틱롤 버스려 ᄒᆞᆯ 시,
가 【54】 만ᄒᆞᆫ 가온디 줄을 ᄯᅵᆫ코 져의 범틱롤 반
공듕으로 ᄯᅥ러지게 ᄒᆞ고, 져의 일뎜 진셩은 젼
ᄀᆞ치 모혀 형상을 일워 믄득 공듕의 나라 란죠
연 우희 타고 안ᄌᆞ니 듕인이 엇지 니런 연고롤
알니오. 다만 보미 졔가 공듕의셔 츄쳔 시렁 우

흐로죠ᄎ ᄯᅥ러져 나려오니, 개개히 놀나 혼블부
톄(魂不不體)ᄒᆞ여 일졔히 앏흐로 다라와 보니,
졔가 임의 ᄲᅦᆺᄲᅦᆺᄒᆞ여 ᄯᅡ히 누엇ᄂᆞᆫ지라.
샹운이 챡급ᄒᆞ여 ᄯᅡ히 안ᄌ 져롤 븟드러
니ᄅᆞ혀 픔 【55】 속의 너흐미, 듕인이 ᄌᆞ셔히 보
니 임의 일뎜 긔운도 업ᄂᆞᆫ지라. 영츈과 탐츈 등
이 보고 모다 곡ᄒᆞ며 환·봉·챠·디 등이 일졔
히 보옥을 원망ᄒᆞᄂᆞᆫ지라. 보옥이 ᄎᆞ시 임의 엇
지ᄒᆞᆯ 쥬견이 업셔 ᄯᅩᄒᆞᆫ 디곡ᄒᆞᆯ ᄯᆞᄅᆞᆷ이오, 시후
ᄒᆞ던 챠환 등도 놀나 임의 ᄉᆞ면으로 소식을 보
ᄒᆞ랴 가더니, 듕인이 졍히 황란ᄒᆞᆯ 즈음의 다만
보니 옥슌ᄋᆞᄂᆞᆫ 왕부인을 뫼시고 가용(賈蓉)은
우시(尤氏)롤 뫼시고, 모다 봉요교로 죠ᄎ 랑창
(踉蹌)이 오거ᄂᆞᆯ, 듕 【56】 인이 보고 더옥 쥬견
이 업셔 모다 디곡ᄒᆞ며, 내마ᄌ 등은 소희ᄋᆞ 등
을 안고 졍히 회소ᄒᆞ다가, 홀연 드ᄅᆞ미 듕인이
모다 대곡ᄒᆞ거ᄂᆞᆯ, 소희ᄋᆞ 등이 놀나 엇진 곡졀
을 모로고 일졔히 우ᄂᆞᆫ지라. 묘괴 챡급ᄒᆞ여 고
셩ᄒᆞ여 권ᄒᆞ디,

"고내내 등은 구ᄐᆞ여 어ᄌᆞ러이 곡ᄒᆞ지 말
나. ᄉᆞ고랑이 신션이 되여 올나 ᄀᆞᄂᆞ니라."

ᄒᆞ디 ᄎᆞ시 곡셩이 진동ᄒᆞ여 듕인이 엇지
이 말을 드ᄅᆞ리오. 묘괴 졍히 방법이 업더니, 한
번 왕부인과 우시 【57】 니ᄅᆞᆷ을 보고 련망히 마
ᄌ나가 한 번 계슈ᄒᆞ거ᄂᆞᆯ, 왕부인이 눈믈을 머
금고 니ᄅᆞ디,

"네 임의 범셰(凡世)로 나려왓시면 엇지 ᄉᆞ
고랑을 가져 츄쳔 시렁 우희셔 ᄯᅥ러쳐 히롭게
ᄒᆞᄂᆞ뇨?"

묘괴 웃고 니ᄅᆞ디,

"태태는 구ᄐᆞ여 경황치 말나. ᄉᆞ고랑이 이
졔 져의 공힝이 원만ᄒᆞ여 범틱롤 벗고 졍과(正
果)롤 일웟시니 태태는 밋지 아니커든, 다만 보
라. 져 란죠연 우히 탄 거시 져가 아니냐?"

왕부인이 듯고 련망히 머리롤 드러 하ᄂᆞᆯ 【
58】 을 우러러 보미 과연 란죠 등 우희 은은히
사ᄅᆞᆷ이 탄 것 ᄀᆞᆺ트디, 믄득 진격히 넌지 모로나,
우시ᄂᆞᆫ 필경 년경(年輕)ᄒᆞᆫ지라. ᄌᆞ셔히[448] 바라

---

448) 【ᄌᆞ셔히】 閉 {자세(仔細)히.} ¶ 仔細 ‖ 과연
란죠 등 우희 은은히 사ᄅᆞᆷ이 탄 것 ᄀᆞᆺ트디 믄득
진격히 넌지 모로나 우시ᄂᆞᆫ 필경 년경ᄒᆞᆫ지라 ᄌᆞ
셔히 바라보미 (但見靑鸞背上隱隱綽綽的像是騎
着個人兒, 却看不眞切是誰, 尤氏到底年輕, 仔細
望去.) <續紅 22:58> ⇒ ᄌᆞ셔이, ᄌᆞ셰히, ᄌᆞ시,

보미, 진개 셕츈이 난죠 등 우희셔 파리치롤 흔들며 짜홀 가르치고 블너 니르디,

"이져져와 삼져져와 보거거야, 어즈러이 곡ᄒ지 말나. 오리면 태태롤 놀내리라. 나는 여긔 잇노라."

우시 듯고 셜니 왕부인을 향ᄒ여 니르디,

"태태야, 연 우희 탄 거시 과연 ᄉ고랑이오, 계가 도로혀 말 ᄒ는도다."

ᄒ거 【59】 놀, 왕부인이 듯고 경이ᄒ믈 이긔지 못ᄒ여 셜니 묘고롤 향ᄒ여 니르디,

"묘ᄉ부야, 너는 셜니 연을 거두워 나리라. 오리면 계가 ᄯ호 셜니 갈가 ᄒ노라."

묘괴 듯고 우시롤 명ᄒ여 셜니 가 등인을 권ᄒ여 구ᄐ여 어즈러온 곡(哭)을 셜니 긋치라 ᄒ니, 등인이 범태 버ᄉ 줄 알고 셜니 곡을 긋치고 묘고의 줄 거두믈 볼 시, 묘괴 셜니 손의 줄을 쥐고 일호 힘을 허비치 아냐 셜니 거두워 나리미, 란쥐 임의 짜히 쩌러진 【60】 지라. 셕츈이 바야흐로 쒸여나려 왕부인을 보고 련망히 졀ᄒ여 니르디,

"질녜 심낭(嬸娘)의 양휵ᄒ시믈 힘닙어 나혼 부모의 나리지 아니터니 오늘 큰 도롤 닥가 일윗눈지라. 맛당히 구로지은(劬勞之恩)을 비ᄉᄒ노라."

ᄒ고 사례ᄒ믈 마지 아니니, 왕부인이 셜니 겨의 손을 줍고 울며 니르디,

"우리 ᄋ희야, 나롤 놀너여 죽을 번ᄒ엿도다."

겨유 이 한 마디 말을 ᄒ더니, 믄득 영츈과 탐츈과 상운 등이 일졔히 앏 【61】 흐로 와 겨의 손을 줍고 무르디,

"네 임의 졍과롤 일워 범틱(凡胎)롤 버ᄉ면 엇지 명빅히 우리 등의게 고치 아니ᄒ엿는뇨? 우리 하마ᄒ더면 네게 놀나 죽을 번ᄒ엿도다."

셕츈이 웃고 니르디,

"내 만일 너의 등의게 밝히 고ᄒ면 너의 등이 엇지 즐겨 죠츠리오. 너의 등은 이즈음의 ᄯ호 구ᄐ여 두리지 말나. 우리 등이 태태긔 고ᄒ여 뎡ᄌ 우희 가셔 안ᄌ 죠히 담화ᄒ여 노인네로 ᄒ여곰 놀나시게 말지니라."

탐츈이 니로 【62】 디,

"ᄉ미미야, 네가 이졔 범틱롤 버셧시면 너

의 육신(肉身)은 믄득 엇던 모양이 되느뇨?"

왕부인이 듯고 셜니 츄쳔 시렁 아리셔 한 번 볼 시, 셕츈의 육신이 젼ᄌ치 그 곳의 누엇거늘, ᄌ연 ᄯ오 샹심락루(傷心落淚) ᄒ는지라. 봉졔 셜니 니르디,

"태태는 구ᄐ여 샹심치 말나. 내 가셔 진딕거거의게 고ᄒ여 져로 ᄒ여곰 소샹(塑像) 민돌 줄 아는 쟝공을 블너와 곳 ᄉ미미의 육신을 가져 우리 롱취암 대웅뎐(大雄殿) 동편의 소샹을 안쳐 기리 향화롤 누 【63】 리게 ᄒ면, 엇지 쳔츄의 아롬다온 말이 아니리오."

가용이 듯고 ᄯ호 왕부인의 개구(開口)ᄒ믈 기ᄃ리지 아니ᄒ고, 련망히 나는 ᄃ시 가셔 져의 부친긔 고ᄒ려 ᄒ거늘, 셕츈이 셜니 막아 니르디,

"보거거야, 내 일셩의 위인이 견개(狷介)ᄒ다가 이졔 탈틱ᄒ엿시니, 엇지 즐겨 공쟝 등으로 ᄒ여곰 와셔 나의 구각(軀殼)을 희롱케 ᄒ며, ᄒ믈며 ᄯ 들네여 내면 ᄯ호 시비(是非)롤 취ᄒ리라. 너의 등은 몬져 태태롤 쳥ᄒ여 뎡ᄌ 우흐로 가라. 나는 묘ᄉ부로 더브 【64】 러 삼미진화(三昧眞火)롤 뼈 져롤 술오는 거시 곳 올토다."

등인이 엇지 즐겨 죠츠리오. ᄯ호 쇼샹(塑像)을 ᄒ려ᄒ는 이도 잇고, ᄯ호 빈쟝(殯葬)ᄒ려 ᄒ는 이도 잇셔 분분블일(紛紛不一) ᄒ거눌, 셕츈이 일졀 듯지 아니코 묘고의 손을 ᄭ어 줍고 ᄌ긔 구각 앏흐로 다라드러 입으로 ᄉ구게(四句偈)449)롤 외와 맛치미, 다만 보니 묘괴 져의 육신을 향ᄒ여 입으로 신션의 긔운을 쁨더니, 믄득 일신 의복의 블이 니러나 곳 등블의 죠희 술오는 것 ᄀ더니 슈유(須臾)의 화ᄒ여 【65】 지가 되여 다만 일뎜 ᄉ지도 업눈지라. 왕부인이 등인으로 더브러 모다 비감ᄒ믈 이긔지 못ᄒ거눌, 셕츈이 셜니 왕부인의 손을 줍고 위로ᄒ여 니르디,

"질녀의 일셩의 큰 ᄯ이 임의 일윗시니 태태는 맛당히 환희ᄒ시미 올커눌, 엇지 도로혀 ᄆ음을 샹ᄒ시느뇨?"

왕부인이 락루ᄒ며 니르디,

"우리 ᄋ희야, 네 이졔 슈도ᄒ여 범틱롤

---

449) 《속홍루몽》 원문에는 偈가 직접 인용되고 있다. ‖ 是我全非我, 疑君不是君; 憑他三昧火, 化作嶺頭雲.

버셧시니 엇지 도로혀 즐겨 집의 이시리오. 즈연 묘스부룰 짜라가고즈 ᄒ리니 【66】 날노 ᄒ여곰 엇지 너룰 노하 보내리오.”

ᄒ며 ᄯ 우거눌 듕인이 일졔히 감샹ᄒ눈지라. 셕츈이 안위ᄒ여 니ᄅ디,

“태태ᄂ 구타여 과샹치 말나. 내 비록 범티룰 버셧시나 오히려 미료(未了)ᄒ 일이 잇눈지라. 도로혀 묘스부룰 머믈너 룡취암의 몃 날을 이실지니, 곳 쟝리 내가 가드라 ᄒ여도 모녜 낫츨 보려 ᄒ면 ᄯ흔 도로혀 용이ᄒ리라. 텬식이 느졋시니 우리 등이 모다 샹방으로 가셔 남화ᄒ리라.”

왕부인이 듯고 바 【67】 야흐로 눈믈을 씻고 한 손으로 셕츈을 ᄭ을고 한 손으로 묘고룰 ᄭ을며 믄득 샹방을 향ᄒ여 오거눌, 우시와 환봉 등이 ᄲᆞᆯ니 챠환 등을 명ᄒ여 쥬연을 거두고, ᄯ흔 연을 거두며 내마즈 등을 거ᄂ리고 소희ᄋ 등을 안아 일졔히 왕부인 샹방으로 올 시 겨유 방문의 니ᄅ러 밋쳐 드러와 안지 못ᄒ여셔 다만 보니, 왕션보의 식뷔 형부인(邢夫人)을 뫼시고, 랑챵(踉蹌)이 오다가, 쓸의 니ᄅ러 형부인이 믄득 무ᄅ디,

“엇지 스고랑을 【68】 츄쳔 시렁 우희셔 ᄯ려져 희롭게 ᄒ엿다 ᄒ니, 이ᄂ 도로혀 쓰깃ᄂ냐?”

우시 듯고 ᄲᆞᆯ니 마즈나와 셕츈이 범티룰 벗고 묘괴 나려와 인졉ᄒ눈 말을 형부인긔 일편을 고ᄒ니, 형부인이 비로소 방심ᄒ여 니ᄅ디,

“내 쳐음으로 소식을 드ᄅ미 놀나 거름을 거룰 슈 업더니, 대내내와 네가 오기룰 도로혀 젹당히 ᄒ엿도다.”

우시 니ᄅ디,

“나도 챠환 등의 고ᄒ믈 듯고 나의 혼이 곳 이마 우흐로 나가ᄂ 것 ᄀᆞᆺ트여, ᄯ흔 의상도 밧고와 【69】 닙지 못ᄒ엿노라. 다힝히 용이(蓉兒) 집 속의 잇셔 내가 곳 져로 ᄒ여곰 나룰 붓들고 나ᄂ 드시 다라왓시더, 너의 질ᄋ도 ᄯ흔 집의 업셔 이즈음의 도로혀 졔가 아랏ᄂ지 아지 못ᄒ엿ᄂ지 아지 못ᄒ리로다.”

졍히 니ᄅᆺ 말홀 시 다만 드ᄅ니 왕부인이 나와 니ᄅ디,

“대내내야, 너ᄂ 엇지 대태태룰 인도ᄒ여 드러오지 아니코, 일야 스스로 쓸의셔 말ᄒᄂ

뇨?”

우시 겨유 대답ᄒ려 ᄒ더니, ᄯ 보미 셕츈이 마즈 나와 형부인을 향ᄒ여 웃고 니 【70】 ᄅ디,

“질녀의 일을 위ᄒ여 도로혀 심낭과 슈즈 등으로 ᄒ여곰 놀나게 ᄒ여시니 내 ᄆᆞ음이 블안ᄒ도다.”

형부인이 듯고 ᄌᆞ셔히 셕츈을 [보미] 션풍도골(仙風道骨)노 풍치 표연ᄒ여 필경 육신과 다ᄅ미 업ᄂ지라. 경희ᄒᄆᆞᆯ 씨듯지 못ᄒ여 ᄲᆞᆯ니 져의 손을 줍고 니ᄅ디,

“내 ᄋ희야, 어렵도다. 네가 괴로온 뜻으로 도롤 닥가 필경 셩션ᄒᄂ 지경의 니ᄅ러시니, 쟝리 우리 등도 ᄯ흔 모다 너의 복분(福分)을 힘닙으려 ᄒ노라.”

일면으로 【71】 말ᄒ며 일면으로 셕츈을 ᄭ을고, 왕부인과 우시로 더브러 ᄀᆞᆺ치 샹방의 니ᄅ니, 환·봉·챠·디 졔인이 임의 모다 방문 어귀의셔 기드리다가 피츳 안부룰 뭇고 겨유 안즛더니, ᄯ 드ᄅ미 챠환 등이 쓸의셔 품ᄒ디, 노야 등과 쇼야 등이 모다 온다 ᄒ거눌, 보옥이 ᄲᆞᆯ니 마즈 나아갈 시 다만 보니 가스(賈赦)와 가졍(賈政)과 가진(賈珍)과 가련(賈璉)과 가용(賈蓉)과 가란(賈蘭)의 죠손(祖孫) 뉴인이 일졔히 드러오더니, 다만 드ᄅ미 가스 몬져 니ᄅ디,

【72】 “우리 집이 진개 텬은죠덕(天恩祖德)으로 의외의 이샹ᄒ 희시(喜事) 층싱(層生) 텹츌(疊出)ᄒ더니, 우리 등이 졍히 남안(南安) 왕부(王府)듕의셔 졔찬(祭饌)을 먹을 ᄯ의, 용이(蓉兒) 와셔 고ᄒᄂ지라. 쳐음으로 츄쳔ᄒ다가 시렁 우희셔 ᄯ러졋단 말을 듯고 놀나 견디지 못ᄒ다가 츄후의 범티룰 버셧단 말을 드ᄅ니, 필경 니런 긔의ᄒ 일이 잇도다. 스고랑은 어디 잇ᄂ뇨? 우리 등이 져룰 보려 왓노라.”

형·왕 이부인이 듯고 왕부인이 ᄲᆞᆯ니 환, 봉, 챠·디 【73】 모든 ᄌᆞ미룰 거ᄂ리고 모다 니간으로 피ᄒᄂ지라. 형부인이 믄득 셕츈을 ᄭ을고 방문 어귀의셔 기드리더니 스(赦)·졍(政) 량공이 믄득 져의 손을 ᄭ을고 한가지로 드러올 시 셕츈이 방듕의 드러와 ᄲᆞᆯ니 비례ᄒ거눌 스·졍 이공이 련망히 붓드러 니ᄅ혀며 니ᄅ디,

“내 ᄋ희야, 네가 ᄆᆞ음을 굿게 ᄒ여 졍과(正果)룰 일웟시니, 샹언(常言)의 니ᄅ디 ‘셩블ᄒ

면 구쪽이 등텬흔다〔一子成佛, 九族飛升.〕' 흐니 쟝
리 우리 등도 쏘흔 모다 죠흔 곳이 이실지라.
쏘【74】명일을 기드려 원비(元妃)긔 알외여 너
룰 위흐여 봉호(封號)룰 청흐면 쏘흔 너의 일쟝
슈도흐미 헛되지 아니리라. 내 ㅇ히는 쏘 너의
심냥을 짜라 내간의 가셔 안즈라."

셕츈이 듯고 믄득 형부인과 한가지로 내간
으로 가니 추시 임의 황혼시분(還魂時分)이라.
챠환 등이 등을 혀오거놀, 가스와 가졍이 겨의
젹은 뎨형 등으로 더브러 모다 왕부인 샹방의
추례로 안즈 챠룰 먹을 시, 모다 셕츈의 일을
의론흐디 필경 면쥬(面奏)흐여야 죠【75】타흐
며 혹 원비긔 알외여 구을너 아르시게 흐미 죠
타흐여 의론이 분분흔지라. 가졍이 잠시간의 쏘
흔 능히 졍치 못흐여 졍히 주져흐더니 홀연 보
미 비명(焙茗)이 밧그로셔 드러와 픔흐디,

"노태태긔셔 대야룰 식여와 노야 등의게
말을 고흐려 흐느니라."

듕인이 듯고 졍히 무르려 흐더니, 믄득 보
미 가쥬(賈珠) 황망히 밧그로셔 다라 드러오거
놀, 가련과 보옥과 가용과 가란이 일졔히 마즈
나오거놀, 가쥬 일일이 보기【76】룰 맛치고 샹
방으로 드러와 믄득 스·졍 이공과 다못 가진으
로 더브러 쳥안홀 시 형·왕 량부인이 가쥬의
왓시믈 듯고 모다 나와 셔로 보미, 가쥬 일일이
쳥안흐흐믈 맛치니 형·왕 이부인이 내간문 어
귀 의즈 우희 안즈 가쥬의 담화흐는 거슬 드르
려 홀 시 스·졍 냥공이 가쥬룰 명흐여 가진의
아리 안치고 모다 추셔디로 안즈미 가졍이 가쥬
룰 향흐여 니르디,

"태태긔셔 지금 너룰 보너시니 필연 무숨
긴요흔 일이【77】잇도다."

가쥬 몸을 굽혀 니르디,

"오늘 아춤의 고노야게셔 샹뎨 칙지룰 밧
들미, 텬죠의 각신을 계슈흐여 즉시 시 임소로
가게 흐시고, 우리 등의 샹계(上界)의 노태야게
셔도 쏘흔 글월이 니르러 노태태룰 영졉흐여 도
라가 완취케 흐시는지라. 노태태게셔 니르므로
ㅇ즈룰 식여 집으로 와 노야와 태태긔 고흐여
졍결흔 방옥 둔 너룬 곳을 예비케 흐고, 태태와
다못 고부, 고뫼 단졍코 명일 겨녁의 권속(眷屬)
을 거느리고 집의 와【78】한 번 모히고 곳 긔
신(起身)흐여 샹계로 도라가시려 흐시느니라. 스

·졍 량공과 형·왕 량부인이 듯고 모다 대경실
식흐여 즈연 샹심락루흐더니, 추시 모든 즈미등
이 내간의셔 모다 듯고 다른 샤롬은 오히려 관
겨치 아니디, 오즉 림대옥, 스샹운, 니환 삼인은
일시의 곡흐거놀, 가졍이 탄식고 니르디,

"완취(完聚)흔지 오리지 아냐 홀연 쏘 니별
흐니, 텬명을 가히 어긔지 못흐나 인심의 엇지
감동흐미 업스리오. 샐니 분부흐여 챠룰 디【79
】후흐라. 우리 등이 즉직의 모다 묘듕으로 가
노태태긔 뵈옵고 몬져 교훈을 쳥흐며 러일 겨녁
의 쏘 졔스룰 예비흐리라."

흐거놀, 여러 챠환 등이 듯고 련망히 밧그
로 나와 분부홀 시, 추시 왕부인이 쏘흔 오열
(嗚咽)흐며 가쥬룰 향흐여 니르디,

"다만 너의 고부와 고모는 곳 머무지 못흐
려니와 너는 가히 고노야긔 쳥흐여 너와 다못
원앙은 다시 몃 히룰 머물너 우리 등이 추추 명
을 맛거든 모즈 등이 한가지로 가리【80】라."

가쥬 쏘흔 눈믈을 흘니며 니르디,

"범시 모다 졍쉬(定數)이시니, 노태태 임
의 가시는지라. ㅇ즈 등이 엇지 다시 머믈니오."

왕부인이 듯고 더욱 디곡흐거놀, 가졍이
눈믈을 먹음고 니르디,

"내 ㅇ히야, 네 이졔 노태태룰 짜라 샹계
로 가셔 죠션(祖先)으로 더브러 뫼히려 흐느냐?
도로혀 너의 고노야룰 짜라 시 임소로 가려흐느
냐?"

가쥬 락루흐며 니르디,

"방즈(方才) 노태태긔셔 말슴흐시더, '만일
노태태룰 짜라가면 무슨 유익흔 곳이【81】업스
니, 젼굿치 고노야룰 짜라 텬죠(天曹)로 가 챠스
(差事)룰 단이면 블과 일이 년의 곳 가히 일 개
궁현셩황(郡縣城隍)으로 승챠흐리라.' 흐시더라."

흐니 가졍이 듯고 뎜두(點頭)흐며 니르디,

"이도 쏘흔 가장 올토다."

가시 듯고 형부인을 향흐여 니르디,

"너는 이태태긔 권흐라. 방즈 대질ㅇ의 말
을 듯지 못흐엿느냐? 쟝리 겨도 쏘흔 가히 셩황
지위의 니른다 흐니, 이도 쏘흔 인싱의 엇기 어
려온 일이로다. 겨의 등을 지쵹흐여 슐위룰 메
오고【82】우리 등이 쏘흔 일죽 묘듕으로 가리
라."

형부인이 듯고 샐니 왕부인을 권흐여 곡을

굿치게 ᄒ며, 보옥과 가란은 ᄲᆞᆯ니 니러 외변으로 가 슐위 메오기ᄅᆞᆯ 지촉ᄒ려 ᄒ니, 왕부인이 니ᄅᆞ디,

"너의 등은 나가 분부ᄒ디, 우리 량 부듕의셔 다만 오낭(五輛) 챠(車)ᄅᆞᆯ 메오면 두 분 노야는 미인이 한 슐위식 안고 대태태와 다못 너의 사대매매(史大妹妹)는 냥인이 한 슐위의 안ᄌ며 나와 다못 너의 림미미 냥인이 한 슐위의 안고 너의 진대슈 【83】 ᄌ와 다못 너의 대슈지 ᄯᅩ한 한 슐위의 안ᄌ디 기외 다른 ᄌᆞ미들은 모다 구투여 가지 말고 리일을 기ᄃ려 집의셔 뵈ᅌᆞᆸ고, 너의 뎨형 슉질은 모다 ᄆᆞᆯ을 타면, 이는 곳 젹지 아닌 일을 덜니라."

보옥과 가란이 답응ᄒ고 가더니, 오리지 아냐 드러와 픔ᄒ디,

"거ᄆᆞ(車馬)ᄅᆞᆯ 모다 쥰비ᄒᆞ여시니, 쳥컨디 노야와 태태 등은 가리라."

왕부인이 듯고 믄득 ᄯᅩ 내간으로 드러와 보챠의게 분부ᄒᆞ여,

"져녁의 보슬펴 묘고와 셕츈과 다못 모든 【84】 ᄌᆞ미ᄅᆞᆯ 안돈ᄒ고, ᄯᅩ한 사ᄅᆞᆷ을 식여 셜이마의게 쇼식을 통ᄒ라."

ᄒ며 이의 샹운과 디옥과 우시와 니환을 거ᄂᆞ리고 형부인과 한가지로 옯히셔 챠ᄅᆞᆯ 타고 힝ᄒ며 보옥과 가란은 ᄆᆞᆯ을 타고 싸로며 가슈와 가경은 츄후의 ᄯᅩ한 챠ᄅᆞᆯ 타고 진·뎐·쥬·용 타고 짜라 영부 디문으로 나가 셩황묘로 올 시 일로의 등홰 휘황ᄒᆞ여 가쟝 열요ᄒ더니 오리지 아냐 묘듕의 니ᄅᆞ러 단지(丹墀)의셔 모다 챠ᄅᆞᆯ 【85】 나릴 시, 믄득 드르니 안의셔 타뎜ᄒ고 문을 열미, 림공이 마ᄌ 나오며 샹운의 녀셔 림셩옥(林成玉)이 짜ᄅᆞ거늘 스·졍 량공이 련망히 힝ᄒᆞ여 앏흐로 나아가 피ᄎ 위문ᄒ며 진·련·보옥 등도 ᄯᅩ한 모다 와 쳥안ᄒ더니, ᄯᅩ 보미 안흐로셔 여러 부녜 나와 태태와 내내 등이 슐위의 나리기ᄅᆞᆯ 기ᄃ리며 형·왕 이부인과 우시와 니환과 샹운과 대옥이 일졔히 챠의 나려 림공으로 더브러 셔로 보고 안부ᄅᆞᆯ 무ᄅᆞᆯ 시, 디옥이 이ᄯᅥ 임의 곡ᄒ 【86】 여 말을 일우지 못ᄒ더라. 챠환 등이 뫼시고 대당을 지내여 믄득 ᄯᅩ 바라보니, 가부인이 이 당의셔 령후ᄒ거늘, 듕인이 가부인으로 보고 피ᄎ 디옥 비샹ᄒ며, 이당으로 지내여 믄득 셔ᄒ로 향ᄒᆞ여 가미 곳 가모의 머무는 곳이라. 겨유 ᄯᅳᆯ의 니ᄅᆞ러 드ᄅᆞ미 가뫼 안의셔 말ᄒ디,

"내 원리 쥬ᄋᆞᄅᆞᆯ 식여 너의 등의게 말ᄒ기ᄅᆞᆯ '리일 져녁의 집의셔 낫출 보리라.' ᄒ엿더니 이ᄶᅥ 반야삼경의 ᄯᅩ 모다 셩군ᄒᆞ여 와 무엇ᄒ려 ᄒ 【87】 ᄂᆞ뇨?"

형·왕 이부인이 듯고 밧비 몃 거룹 거러 샹방의 드러가 문안을 맛치미 모다 가모ᄅᆞᆯ 붓드러 통곡ᄒ며 뒤힛는 곳 스·졍 량공이 ᄌᆞ질을 거ᄂᆞ리고, 모다 일졔히 드러와 쳥안ᄒ고 복디 비통ᄒ거늘, 가뫼 보고 소리ᄅᆞᆯ 놉혀 니ᄅᆞ디,

"너의 등은 어ᄌᆞ러이 곡ᄒ지 말고 모다 니러 안ᄌ 나의 말을 드ᄅᆞ라. 자리로 골육취산이 근본 일졍ᄒ 쉬 잇ᄂᆞ니 내 이졔 고노야의 복분을 힘닙어 임의 죽은 귀혼이 ᄯᅩ 인셰의셔 삼년이나 【88】 혼잡ᄒᆞ여 골육이 다시 완취ᄒᆞᆷ을 어덧시니, 이도 ᄯᅩ한 무던토다. 너의 등은 ᄯᅩ 싱각ᄒ라. 셰샹의 어늬 부모된 사ᄅᆞᆷ이 능히 죽은 후의 ᄋᆞ손 무리로 더브러 셔로 보며, 셰샹의 엇지 ᄋᆞ녀된 사ᄅᆞᆷ이 ᄯᅩ 능히 죽은 부모로 더브러 셔로 보미 이시리오. 우리 등이 실노 텬은죠덕을 힘닙어시니, 이는 곳 쳔고의 업는 일이라. 너의 등은 모다 ᄲᆞᆯ니 니러나고 구투여 곡ᄒ지 말나."

ᄒ며 림공과 다못 가부인도 ᄯᅩ한 니ᄅᆞ러 셔로 권ᄒ니, 【89】 듕인이 비로쇼 눈믈을 거두디, 대옥은 일양 오열ᄒᆞᄂᆞᆫ지라. 가뫼 ᄲᆞᆯ니 니ᄅᆞ디,

"고내내야, 이곳의 ᄯᅩ한 여러 사ᄅᆞᆷ이 안지 못ᄒ리니 너는 져 소희 등을 다리고 니간으로 가셔 안ᄌᆞ리니 모녀 등이 ᄯᅩ한 담화ᄒ라. 원앙아, 너는 너의 ᄂᆡᄂᆡᄅᆞᆯ ᄯᅩ한 거ᄂᆞ리고 너의 듕 방듕으로 가디 쥬ᄋᆞ(珠兒)도 ᄯᅩ한 가셔 부븨 담화ᄒ라. 우리 등 량위태태는 캉(炕)으로 올나와 안고 우리 량위 노야는 곳 져편 샹 우히 안ᄌᆞ디 고노애 뫼시고 져 젹은 뎨형 등은 짜 아리 【90】 의ᄌ 우히 안ᄌᆞ디 스대고야(史大姑爺)가 뫼시라."

ᄒ거늘, 듕인이 듯고 모다 각기 말ᄒ 바ᄎᆞ셔더로 좌뎡ᄒ고 가부인은 우시와 샹운과 대옥을 거ᄂᆞ리고 내간으로 가셔 담화ᄒ며, 원앙은 니한을 거ᄂᆞ리고 ᄯᅩ한 가쥬의 방듕으로 가더라. 가시 림공을 향ᄒᆞ여 니ᄅᆞ디,

"고노야는 도임ᄒᆞᆫ지 삼년이 못되여 엇지

홀연이 승픔ᄒᄂᆞᆫ 쇼식이 잇ᄂᆞ뇨?"

림공이 니ᄅᆞ디,

"쇼뎨도 ᄯᅩᄒᆞᆫ 그 연고롤 아지 못ᄒᆞ니, 싱각건디 ᄯᅩᄒᆞᆫ 반ᄃᆞ시 사ᄅᆞᆷ이 잇셔 보쥬(保奏)【91】ᄒᆞᆫ 듯ᄒᆞ도다. 다만 인ᄉᆡᆼ이 취산이 무궁ᄒᆞ니, 노댱형은 ᄯᅩᄒᆞᆫ 가히 과샹치 말 거시오, ᄒᆞ믈며 ᄯᅩ 노태태게셔 승텬ᄒᆞ여 노태야로 더브러 완취ᄒᆞ여 ᄯᅩᄒᆞᆫ 우리 등 ᄌᆞ녀된 스롬을 위ᄒᆞ여 일건사(一件事)롤 완젼이 ᄒᆞ여시니, 이는 ᄯᅩᄒᆞᆫ 인ᄉᆡᆼ의 구ᄒᆞ여 엇지 못홀 일이로다."

가졍이 눈믈을 ᄲᅵ스며 디답을 ᄒᆞ려ᄒᆞ니, 아지 못게라 필경이 엇지 된지, 하회의 분ᄒᆡᄒᆞ라.

[속홍루몽續紅樓夢 권지이십삼卷之二十三]

【1】 화셜(話說), 가졍(賈政)이 눈믈을 ᄲᅵ스며 니ᄅᆞ디,

"부뫼 빅년 완취(完聚)ᄒᆞ시미 비록 말ᄒᆞ디, '오녀의 바라는 ᄆᆞᄋᆞᆷ을 일운다.' ᄒᆞ나 눈으로 음용(音容)을 뵈오미 능히 슬프미 업지 아니토다."

가뫼(賈母) 듯고 우ᄉᆞ며 니ᄅᆞ디,

"너의 등의 엇지 도로혀 명ᄇᆡᆨ지 못ᄒᆞ뇨? 나와 다믓 고노야 등이 두 번 인셰(人世)롤 밟으미 원리 일단 인연이 이시미라. 내 당일 셰샹의 이실 ᄯᅢ의 원리 【2】 보옥(寶玉) 등의 혼ᄉᆞ롤 그릇쳐 후회막급ᄒᆞ더니 후리의 디부의셔 다힝히 고노야(姑老爺)롤 만나 별노니 긔ᄉᆞ환ᄉᆡᆼ(起死還生)ᄒᆞ여 한가지 ᄆᆞᄋᆞᆷ의 일을 맛쳐시니 내 ᄆᆞᄋᆞᆷ의 실노 싀훤ᄒᆞ도다. 이즈음의 너의 노태애(老太爺) 나롤 영졉ᄒᆞ여가 완취ᄒᆞᆫ믄 곳 졍리어놀 너의 등이 도로혀 비샹(悲傷)ᄒᆞᄂᆞ냐? 너의 등은 싱각ᄒᆞ라. 곳 나롤 머믈너 인셰의 다시 빅년을 머문다 ᄒᆞ여도 ᄯᅩᄒᆞᆫ 모다 이 모양의 지나지 못ᄒᆞ니 인셰의 음식도 못 먹고 ᄯᅩ 의복도 못 닙는 【3】 지라. 필경 무어시라 혜리오? 내 당일의 즐겨 집으로 가셔 머므지 아니믄 원리 너의 등이 림별(臨別)홀 ᄯᅢ 니ᄅᆞ러 ᄎᆞᆷ아 ᄯᅥ나지 못홀가 두리미어놀 이즈음의 너의 등이 오히려 이 ᄀᆞᆺ트니 내가 권ᄒᆞᄂᆞᆫ 더로 죠ᄎᆞ라. 너의 등이 한즈음 곡ᄒᆞ여도 ᄯᅩᄒᆞᆫ 나롤 머무지 못홀 거시오. 만일

모ᄌᆞ(母子) 등이 한즈음이라도 더 담화ᄒᆞ면 엇지 곡ᄒᆞᄂᆞᆫ 디 비ᄒᆞ여 낫지 아니리오?"

가졍 등이 듯고 모다 일졔히 니러 니ᄅᆞ디,

"로태태(老太太)긔셔 임의 귀텬(歸天)ᄒᆞ려 ᄒᆞ시 【4】 면 오손(兒孫) 등이 ᄯᅩᄒᆞᆫ 감히 강잉ᄒᆞ여 머무지 못ᄒᆞ려니와 고ᄒᆞ건디, 노태태는 가듕의 일졀 후ᄉᆞ(後事)롤 한 번 교도(教道) 지시ᄒᆞ시면 오손 등이 쟝리 ᄯᅩᄒᆞᆫ 죠ᄎᆞ ᄒᆡᆼ홀 바롤 어드리로다."

가뫼 웃고 니ᄅᆞ디,

"너의 등은 모다 글을 닑어 리치(理致)의 밝고 ᄉᆞ환(仕宦)도 홀 사ᄅᆞᆷ이오, 나는 글을 닑지 못ᄒᆞ여 ᄯᅩᄒᆞᆫ 무슨 다른 거술 아지 못ᄒᆞ나 싱각건디 사ᄅᆞᆷ이 셰샹의 나셔 부귀궁통(富貴窮通)이 비록 졍쉬(定數) 잇다 말ᄒᆞ나 대져 죠ᄒᆞᆫ 일을 ᄒᆡᆼᄒᆞ면 필 【5】 연 죠ᄒᆞᆫ 보복(補福)이 이실 거시오, 악ᄒᆞᆫ 일을 ᄒᆡᆼᄒᆞ면 반ᄃᆞ시 악ᄒᆞᆫ 보복이 이실지니 너의 등은 다만 긔록ᄒᆞ면 곳 올흐리라."

듕인이 듯고 일졔히 "올타." 답응ᄒᆞ거ᄂᆞᆯ 형 · 왕 량부인이 ᄯᅩ 묘괴(妙姑) 범셰의 나리고 셕츈(惜春)이 졍과(正果)롤 일워 범태(凡胎) 버슨 말을 가모긔 일편을 고ᄒᆞ니 가뫼 듯고 환희ᄒᆞ여 니ᄅᆞ디,

"이는 ᄯᅩᄒᆞᆫ 긔이ᄒᆞ도다. 사ᄅᆞᆷ이 죠ᄒᆞᆫ 일을 ᄒᆡᆼᄒᆞ면 하늘이 가히 죠ᄎᆞ시믈 보리로다. ᄉᆞ챠두는 이거시 곳 우리 등의 집을 위ᄒᆞ여 빗출 【6】 더ᄒᆞ미라. 가련토다. 져의 부친이 평싱의 편단(偏斷)ᄒᆞᆫ다 들네다가 ᄯᅩᄒᆞᆫ 일우지 못ᄒᆞ엿더니 졔가 도로혀 능히 일위엿도다."

듕인이 듣고 일졔히 말ᄒᆞ디,

"이는 다 노태태의 복력(福力)을 힘닙은 쇼치(所致)로다."

ᄒᆞ거ᄂᆞᆯ 가뫼 웃고 니ᄅᆞ디,

"필경은 ᄉᆞ챠두의 오도(悟道)홀 ᄆᆞᄋᆞᆷ이 졍셩되미니 나의 무슨 복력을 힘닙엇시리오? 너의ᄂᆞᆫ 너 말을 드르라. 모다 챠롤 먹고 한즈음 안졋다가 일즉 도라가라. 우리 등의 ᄒᆡᆼ리(行李)ᄂᆞᆫ 임의 진죵(秦鍾)과 최문셔(崔文瑞)롤 식 【7】 여 져의 등 가권을 거ᄂᆞ리고 몬져 갓시미 이곳의ᄂᆞᆫ 다만 ᄉᆞ긔(司棋) 집 두 식구와 다믓 포이가(鮑二家)와 쵸디(焦大)롤 머믈너 ᄉᆞ후케 ᄒᆞᄂᆞ니라. 우리 등이 명일의 블과 뎜등홀 ᄯᅥ즘 ᄒᆞ여 곳 집으로 나리리니 너의 등은 대관원의 셩친(省親) 경

뎐(正殿)을 쇄쇼호고 여러 탁즈 쥬연을 버리며 친쳑 가의 남긱, 녀긱을 모다 쳥호여 한 번 모히디 안줄 씨의 믈론 빈쥬(賓主)호고 모다 부뷔 일셕의 동좌호여 츠례디로 버려가라. 비록 일홈호디 젼힝(錢行) 【8】 호는 리별쥬(離別酒)라 호나 또혼 일개 항녀단원회(伉儷團圓會)롤 지으디, 다만 환쇼(歡笑)호기만 허호고 비허호는 거슬 허치 아닐지니 고노야는 드르라. 내 말이 올흐냐, 올치 아니냐?"

림공이 디답호디,

"노태태의 싱각이 가쟝 올흐시도다. 맛당히 단원회(團圓會)롤 지어야 바야흐로 우리 등의 이 일단 인과(因果)의 합홀지니 량위 형슈는 곳 노인네 말솜디로 판리(辦理)호라. 명일의 우리 등 쥬연은 또 우리 이곳의셔 가져가미 올토다."

졍히 말홀 【9】 씨의 다만 보니 가부인이 내간(內間)으로 죠츠 나와 형·왕 이부인을 향호여 니르디,

"두 분 구태태야, 너의 등은 샹심치 말나. 내 방즈 너의 외싱녀와 더브러 말호엿노라. 노태태긔셔 귀텬호여 노태야로 더브러 완취(完聚)함도 졍리어니와 곳 너의 미뷔 텬죠의 승픔호여 벼슬홈도 또혼 한가지 엇기 어려온 일이오, 곳 쟝리 너의 등이 우리롤 보려홀진디 또혼 무숨 어려온 곳이 업스니 너의 외싱녀 등의게 지금 반혼향(返魂香)과 심몽향(尋夢香) 【10】 이 잇는지라. 이는 모다 션가(仙家) 믈건이니 다만 분향호면 피츠 또혼 가히 셔로 볼지라. 내 방즈 말호여 져의 등으로 호여곰 명일 향을 픠워 우리 등을 보내여 텬샹으로 가리라 호엿더니 져의 등이 비로쇼 모다 환희호더라."

호거놀 형·왕 이부인이 듯고 몸을 니러 겨유 담화코즈 호더니 다만 드르미 가뵈 웃고 니르디,

"가쟝 죠토다. 곳 니러호량이면 너의 등도 또혼 방심홀지니 모다 도라가라. 텬식(天色)이 느졋시니 또혼 우리 등으로 【11】 호여곰 한즈음 쉬고 명일의 또 길을 힝케 호라."

둥인이 듯고 감히 어긔지 못호여 다만 몸을 니러 하직을 고홀 시,

"스샹운(史湘雲)은 셕츈(惜春)을 싱각호여 즐겨 집으로 도라지 아니코 인호여 우시(尤氏)

와 환(紈)·디(黛) 이인으로 더브러 형(邢)·왕(王) 량부인을 짜라 챠의 안즈 도라오미, 림공과 가부인이 져의 등의 챠와 믈을 타고 묘문(廟門)으로 나가는 거슬 보고 바야흐로 도라가더라."

챠셜(且說), 영부(榮府) 둥인이 거미(車馬) 닌닌(粦粦)호고 등홰 죠요호여 일죽 부둥으로 【12】 니르미 스(赦)·졍(政) 이공이 즈질을 거느리고 몬져 셔방으로 와 사롬으로 호여곰 림지효(林之孝)와 뢰디(賴大) 등 여러 간수호는 가인을 블러 분부호디,

"명일 사롬을 식여 대관원 셩친 졍뎐을 졍졔히 쇼쇄호고 현등결치(懸燈結彩)호며 쥬연을 만히 볘플고 신인(新人)의 희즈(戲子)롤 버리게 호디, 친쳑가 남긱 녀긱의게 모다 쳥텹을 보니여 오고 아니 오는 거슨 각기 편홀 디로 호리라."

호여 분별호기롤 임의 졍호고 비로쇼 허여져 가더라.

지 【13】 셜(再說), 왕부인이 슐위의 나려 형부인과 우시롤 보니여 각기 집으로 도라가게 호고 샹운·니환·대옥을 거느리고 샹방으로 드러올 시 다만 보니 보치 마즈 나오며 웃고 니르디,

"태태긔셔 도라오시도다. 오늘 또 두가지 깃분 일이 문의 림호엿느니라. 봉져졔, 태태 가신 후의 져의 방둥으로 도라가더니 블과 오시(五時)는 호여 곳 분만(分娩)호미 일개 으즈롤 나핫는지라. 우리 등이 이곳의셔 졍히 져롤 위호여 분망호고 쥬친가(周親家) 내내의 집의셔 【14】 또혼 사롬을 식겨 와 말호디,

"교고랑(巧姑娘)이 또혼 으즈롤 나핫다 호니 졍히 공교호도다. 구구(舅舅)와 외싱(外甥)이 한눌의 낫시니 이도 또혼 취미 잇는 스졍이라."

호거놀 왕부인이 듯고 우스며 니르디,

"가쟝 죠토다. 모녀 등이 한 눌의 으즈롤 나핫시니 도로혀 취미 이시이시디 다만 일이 모다 함긔 모혀 사롬으로 호여곰 엇지 판리호리오? 묘스부와 다못 스고랑은 편히 머믈게 호엿느냐?"

보치 니르디,

"모다 도로혀 롱취암(櫳翠庵)으로 굿시디 내 입화(入畵)와 셜안(雪雁) 【15】 냥개 챠환이 수환호기의 넉넉지 못홀가 져허호여 또 츄문(秋

356

紋)을 보내엿느니라. 태태긔셔 묘듕의 가시미 노태태긔셔 무슴 말슴을 분부ᄒ시더뇨?"

왕부인이 쏘 가모의 분부ᄒ던 말을 일일이 고ᄒ니 보치 듯고 블승비감(不勝悲感)ᄒ거늘 왕부인이 니ᄅ디,

"야심(夜深)ᄒ여시니 너의 등은 모다 각기 방으로 가 쉬라. 다만 두리건디 너의 노야긔셔도 드러오시면 쏘흔 취침ᄒ려 ᄒ시리라. 리일 모다 일죽 니러나 싱각ᄒ여 몬져 사름을 식여교 【16】 고량의 집의 죽미(粥米)룰 보내여 치하케 ᄒ라. 보챠두야, 너의 등은 보술펴 너의 ᄉ디 미미룰 츄샹지(秋爽齋)로 가게 ᄒ미 죠토다."

샹운이 웃고 니ᄅ디,

"상관이 업스니 이 길은 내 쏘흔 단이기룰 익이 ᄒ엿다."

ᄒ고 이의 샹, 환, 디, 챠 ᄉ인이 하직고 샹방으로 나와 모다 대관원으로 갈 시 몬져 샹운을 츄샹지로 보내여 탐츈으로 더브러 ᄀᆞ치 머믈게 ᄒ고 니환은 스스로 도향촌(稻香村)으로 도라가거늘 챠·디 량인이 이홍원(怡紅院)으로 와 겨유 월문(月門)의 니ᄅ미 다만 보 【17】 니 보옥이 쇼샹관(瀟湘館)으로 죠츠 손의 젹은 등블을 가지고 셔셔히 오거늘 보치 웃고 니ᄅ디,

"니러툿 월식이 밝거늘 도로혀 등블을 가졋시니 쏘흔 너모 죠심ᄒ도다."

보옥이 웃고 니ᄅ디,

"너의 등은 엇지 도로혀 이즈음가지 단이느뇨?"

디옥이 니ᄅ디,

"우리 등이 ᄉ디미미(史大妹妹)룰 보니고 오노라."

보옥이 다라와 등롱을 가져 디옥을 쥬고 져의 낭인의 손을 쓰을고 한가지로 월문의 드러오미 믄득 보니 쳥문(晴雯) 등이 마즈 나와 등롱(燈籠)을 밧고 우스며 니ᄅ디,

"죠흔 【18】 쇼야와 다못 내내 등은 한가지로 모다 도라와 우리 등으로 오리 기ᄃ리지 아니케 ᄒ엿도다."

보옥이 니ᄅ디,

"금일 너의 오인이 쏘흔 노닐기룰 잘ᄒ엿다."

ᄒ니 쳥문이 웃고 니ᄅ디,

"우리 등을 가도와 두기룰 오리 ᄒ엿는지

라. 쏘흔 노니는 거시 맛당ᄒ도다."

보옥이 웃고 니ᄅ디,

"여러 사룸을 더ᄒ여 연도 날이고 츄쳔(鞦韆)450)도 ᄒ더 일덤 붓그러움도 쏘흔 타지 아니니 필경 습인이 너의 등의게 비컨디 심히 노셩ᄒ도다."

금슌이 웃고 니ᄅ디,

"그만두라. 우리 등은 【19】 다만 일개 쟝뷔(丈夫) 이시니 엇지 져의 노셩ᄒ믈 따ᄅ리오."

챠·디 량인이 웃고 니ᄅ디,

"이 젹은 즘싱의 입부리는 갈스록 당홀 길이 업도다. 무슴 노파와 댱부룰 모다 말ᄒ느뇨? 샐니 우리 등의 의샹을 가져와 우리 등이 의샹을 밧고와 닙게 ᄒ고 우리 등의 졍경(正經)의 말ᄒ는 거슬 드르라."

금슌ᄋ와 ᄌ견과 류오이 듯고 샐니 져 삼인의 날근 의복을 가져와 일졔히 밧고와451) 닙게 ᄒ고 쳥문과 잉ᄋ와 습인은 챠룰 가져올 시 챠·디·보 삼인은 캉 우희 【20】 안고 쳥·슌·견·잉·화·류 륙인은 모다 의ᄌ 우희 안ᄌ미 보옥이 믄득 방ᄌ 묘듕의셔 가부인을 더ᄒ여 말ᄒ기를, '심몽향을 픠오고 림공부부룰 보내여 도임ᄒ리라.' ᄒ던 말을 챠·디 량인의게 고ᄒ니, 이인이 듯고 모다 대희홀 시 보치 니ᄅ디,

"네 이 말이 도로혀 ᄉ긔(事幾)의 맛도다. 방ᄌ 내가 ᄉ미미의게 무ᄅ디, '졔가 이졔 범태룰 버셧시니 필경 엇지 결실(結實)ᄒ리오.' ᄒ엿더니 묘ᄉ뷔 말ᄒ디, '반ᄃ시 몬져 태허환경(太虛幻境)의 니ᄅ러 경환션괴(警幻仙姑) 【21】 [말ᄒ디 반ᄃ시 몬져 태허환경의 니ᄅ러 경환션괴]의게 쳥ᄒ여 샹뎨긔 쥬달ᄒ고 봉호룰 어드면 곳 결실ᄒ미 이시리라.' ᄒ며 묘ᄉ뷔 쏘 말ᄒ디, '노태태룰 보내여 간 후의 졔가 쏘 ᄉ미미와 한

---

450) 【츄쳔】 圏 추천(鞦韆). 그네. ¶ 鞦韆 ‖ 여러 사룸을 더ᄒ여 연도 날이고 츄쳔도 ᄒ더 일덤 붓그러움도 쏘흔 타지 아니니 필경 습인이 너의 등의게 비컨디 심히 노셩ᄒ도다 (當着那些人, 又放風箏, 又要打鞦韆, 一點臊兒也不害. 到底襲人比你們强, 老干多了.) <續紅 23:18>

451) 【밧고다】 圏 바꾸다. ¶ 換 ‖ 금슌ᄋ와 ᄌ견과 류오이 듯고 샐니 져 삼인의 날근 의복을 가져와 일졔히 밧고와 닙게 ᄒ고 (金釧兒、紫鵑、柳五兒聽了, 忙將他三人的舊衣取來, 一齊換上) <續紅 23:19> ⇒ 밧구다

357

가지로 태허환경의 가리라.' ᄒ거놀 내가 이겨 져와 삼미미로 더브러 샹량ᄒ고 묘고의게 쳥ᄒ여 우리 ᄌ미롤 다리고 태허환경으로 가 노닐게 ᄒ라 ᄒ엿더니 졔 임의 허락ᄒ지라. 네 지금 이 말이 져히 일시의 쥬 【22】 합ᄒ엿도다. 리일 우리 등이 모다 고태태롤 ᄯ라가 도임ᄒ고 다시 태허환경의 ᄉ미미롤 보라 갈 거시니 너의는 말ᄒ라. 죠ᄒ냐, 죠치 아니냐?"

보옥이 듯고 우스며 니ᄅ디,

"보져져야, 네가 필경은 로뎡(路程)의 원근을 아지 못ᄒ리라. 터허환경이 샹계(上界) 아리 이시니 리일 임의 모다 가고ᄌ 홀진디 ᄯ 노태태와 고마긔 쳥ᄒ여 몬져 모다 태허환경의 니ᄅ러 ᄉ고랑을 보내고 즉시 고노야의게 쳥ᄒ여 샹뎨긔 면쥬(面奏)ᄒ고 봉호(封號)롤 어드 【23】 면 엇지 더옥 슌편(順便)치 아니리오?"

디옥이 듯고 니ᄅ디,

"임의 이 ᄀᆺ트면 우리 등이 몬져 ᄯ라가려 ᄒ는 사롬을 한 번 혜여보리라. 그 갑 속의 심몽향이 ᄡ기의 넉넉ᄒ랴, 넉넉지 못ᄒ랴?"

보치 니ᄅ디,

"혤 거시 업도다. 림시(臨時)ᄒ여 뉘 가며 뉘 가지 아니ᄒ는 거슬 미리 알니오? 내가 방ᄌ ᄯᅩᄒ 향릉져져의게 무럿더니 졔가 말ᄒ디, '심몽향이 블과 이십여 지(枝)가 나맛다 ᄒ니 싱각건디 ᄯᅩᄒ 넉넉히 ᄡ리로다.' 다만 경환이 너롤 쥬던 젹은 【24】 갑을 묘괴 말ᄒ디, '나로 ᄒ여곰 리일 가지고 가 져의게 도로 쥬라.' ᄒ니 머믈너 두어도 ᄯᅩᄒ ᄡᆯ 디 업도다."

디옥이 듯고 우스며 니ᄅ디,

"기히 올토디. 엇지 져거슬 기져의 보지 아니리오? 그 속의 무ᄉ 법이 잇는지 보리라."

ᄌ견이 듯고 샬니 가셔 갑을 가져다가 삼인이 등하의셔 갑을 열고 칙ᄌ(冊子)롤 가져 펴고 ᄌ셔히 볼 시 디옥이 일변 보며 일변 가ᄅ치고 보챠롤 향ᄒ여 니ᄅ디,

"보져져야, 다힝히 네가 져거슬 계긔(提起)ᄒ엿도다. 너는 보라. 이거 【25】 시 졍히 명일의 ᄡᅵᆯ 거시니 이거시 잇시면 구텨 다시 심몽향을 ᄡᆯ 거시 업도다."

보옥과 보치 보고 모다 디희ᄒ여 니ᄅ디,

"극히 묘ᄒ도다. 우리 등이 엇지 이 법디로 그리지 아니리오? 곳 일빅 쟝만 그럿시면 녁

녁히 ᄡ리라."

대옥이 듯고 샬니 ᄌ견과 잉으롤 명ᄒ여 황지(黃紙)와 쥬ᄉ(朱砂)와 시 옷과 졍ᄒ 믈을 가져오라 ᄒ여 삼인이 등하의셔 대략 반시(半時)는 ᄒ여 일빅 쟝 부쟉(符籍)을 그려 노코 보치 부탁ᄒ여 니ᄅ디,

"이 일을 ᄯᅩᄒ 요란 【26】 이 말고 림시ᄒ여 우리 삼인이 벅벅이 갈 스롭을 짐쟉ᄒ여 져의게 일 쟝식 쥬어 ᄒ여곰 누어 잘 디 슬오게 ᄒ디 우리 등이 ᄯᅩᄒ 다만 쳥문과 금슌으롤 다리고 가고 져의 등 스인을 머믈너 방을 직희게 ᄒ리라."

ᄒ여 샹량ᄒ기롤 임의 졍ᄒ고 슈습ᄒ고 안침ᄒ더니 익일 쳥신의 니러나 쇼셰롤 임의 맛치미 보옥이 믄득 몬져 셩친 졍면의 니ᄅ러 보고 사롬으로 ᄒ여곰 쇼쇄포진(掃灑鋪陳)ᄒ여 보챠 · 디옥 량인은 믄득 모다 왕부 【27】 인 샹방으로 가 몬져 쥬션ᄒ여 사롬으로 ᄒ여곰 죽미와 례믈을 판비ᄒ여오라 ᄒ여 가련으로 ᄒ여곰 친히 몰을 타고 쥬친가(周親家)로 가셔 보게 ᄒ엿더니 곳 쥬쇼고얘(周小姑爺)와 비례ᄒ거놀 왕부인이 믄득 머므ᄅ고 보옥을 명ᄒ여 뫼셔 죠반을 먹고 가게홀 시 쥬쇼고얘 믄득 고ᄒ디,

"다시 다른 친쳑가의 가 비례ᄒ리라."

ᄒ고 ᄯᅩ 말ᄒ디,

"셩(城)이 격(隔)ᄒ여 져녁의 능히 와 노태태롤 보내지 못ᄒ리라."

ᄒ거놀 쇼고야롤 보내여 간 후의 【28】 비로쇼 모든 ᄌ미롤 쳥ᄒ여 한가지로 죠반을 먹어 겨유 맛치미 챠환 등이 와셔 보ᄒ디,

"이대대(姨太太) 오신다."

ᄒ거놀 등인이 듯고 일졔히 마ᄌ 나올 시 다만 드ᄅ니 셜이미 ᄯᅡ히셔 니ᄅ디,

"엇지 고노야는 승품ᄒ기롤 이ᄀᆺ치 샬니ᄒ며 노태태긔셔도 ᄯᅩᄒ 귀턴ᄒ여 가신다 ᄒ니 머지 아닌 곳의 머믈너 ᄌ로 왕리ᄒ다가 ᄯᅩ 별니케 되엿는지라. 내 쟉야의 듯고 일야롤 ᄯᅩᄒ ᄌ지 못ᄒ엿다가 오늘 쳥신의 곳 오랴 ᄒ엿더니, 쥬쇼고얘 ᄯᅩ 와셔 비례ᄒ며 【29】 말ᄒ디, '교고랑(巧姑娘)이 싱남ᄒ엿다.' ᄒ는지라. 내가 ᄯᅩ 죽미롤 판비ᄒ여 반으롤 식여 쥬가의 가 치하케 ᄒ엿는지라. 니러므로 죠반을 먹고 비로쇼 왓더니 방ᄌ 슐위롤 나리미 ᄯᅩ 말을 드ᄅ니 봉

계 쏘흔 싱남ㅎ엿다 ㅎ니, 죠토다! 모녀 등이
한눌의 히즈롤 나핫도다.”

말ㅎ미 듕인이 모다 웃더라. 왕부인이 바
야흐로 방듕으로 인도ㅎ려 ㅎ엿더니 쏘 드르미
셜이미 니르되,

“너의 등은 모다 봉챠두롤 보왓나냐, 못
보왓느냐?”

왕 【30】 부인이 웃고 니르되,

“쟉야의 봉챠뒤 겨유 분만(分娩)훈지라. 져
의 모돈 즈미 등이 즉시 모다 ᄀᆺ시되 다만 나와
다뭇 져의 대슈즈와 림미미와 스대미미 쟉일 모
다 묘듕으로 가셔 노태태롤 뵈옵고 오눌 쏘 이
씨가지 분망ㅎ여 도로혀 져롤 가셔 보지 못ㅎ엿
노라.”

셜이미 니르되,

“임의 이 ᄀᆺ트면 우리 등이 곳 져의 방듕
으로 가리라. 너의 등 단여온[452] 사룸은 곳 이
곳의셔 우리 등을 기드리라. 져의 방 듕의 쏘흔
이 여러 사룸을 용납지 못 【31】 ㅎ리라.”

ㅎ고 이의 셜이마와 왕부인과 니환과 더옥
과 샹운 오인(五人)이 모다 봉져의 방듕으로 와
한 번 문의 들미 곳 보니 평이 싸히셔 화로의
붓치질 ㅎ여 약을 달히고[453] 우이져는 캉 우히
셔 히즈롤 쓰며 봉져는 니블을 끼고 댱침의 의
지ㅎ여 죠으더니 평으와 우이졔 셜이마롤 보고
련망히 니러나 문안ㅎ거눌 봉졔 놀나 씨여 웃고
니르되,

“이태태와 태태 모다 오시도다. 나의 죄롤
용셔ㅎ라. 내 쏘흔 니러나지 못ㅎ노라.”

셜이매 【32】 웃고 니르되,

“고랑아, 너는 가히 크게 깃부리로다. 으즈
롤 엇고 쏘 외손을 어덧시니 진개 두 가지 깃부
미 문의 림ㅎ엿도다.”

봉졔 눈셥을 삥긔고 니르되,

“무어시 깃부리오? 일죽도 분만치 아니코
츄후는 분만치 아니ㅎ여 편벽도히 노태태긔셔
승텬(昇天)코즈 ㅎ시는 이즈음의 방듕의 안줏시

니 너 노인네는 말ㅎ라. 사룸으로 ㅎ여곰 착급
ㅎ랴, 아니ㅎ랴?”

셜이미 니르되,

“일이 한디 마죠쳣시니[454] 가히 무슨 방법
이 이시리오? 히즈 낫는 거시 엇 【33】 지 사룸
의 임의더로 훌 일이랴!”

샹운이 듯고 쏠니 니르되,

“만일 쟉일의 연을 날니고 들네지 아니ㅎ
엿시면 다만 져허컨디 도로혀 슈일을 기다려 분
만ㅎ엿시리라.”

더옥이 웃고 니르되,

“스미미의 말이 더옥 사룸으로 ㅎ여곰 웃
게 ㅎ는도다. 졔가 이졔 임의 과삭(過朔)ㅎ여시
니, 엇지 들네인 연괴리오?”

봉졔 탄식고 니르되,

“가련토다. 노태태긔셔 나롤 평싱의 스랑
ㅎ시더니 리일 승텬ㅎ시나 내가 능히 가시믈 뵈
옵지 못ㅎ니 실노 사룸으로 ㅎ여 【34】 곰 한ㅎ
여 죽으리로다. 이 히즈는 쟉야의 락디(落地)ㅎ
므로붓허 일야롤 쉬지 아니코 우러 내가 긔가
막히게 ㅎ니 져롤 더져 바리지 못ㅎ미 한이로
다.”

왕부인이 웃고 니르되,

“너는 이거시 모다 공연이 셩픔을 부리미
라. 어린 으히롤 가져 긔롤 너느냐?”

니환이 웃고 니르되,

“이심랑아, 내 이태태와 태태롤 더ㅎ여 ㅎ
는 말이 아니라, 이는 쏘흔 너의 입만 쾌ㅎ고
죤듕(尊重)치 못ㅎ미로다. 젼일 사룸의 앏히셔
졍결훈 쳬ㅎ여 날다려 말ㅎ되, ‘회싱훈 【35】 후
로붓허 이슉(二叔)이 도시 져 우이져와 평으의
방듕의만 잇고 너는 홀노 슈진양셩(修眞養性)ㅎ
다.’ ㅎ더니 이즈음 쏘 히즈롤 나핫시니 이는
즈긔가 즈긔롤 쇽이미 아니냐?”

---

452) 【단여오다】 圖 다녀오다. ¶ 去 ‖ 임의 이 ᄀᆺ
트면 우리 등이 곳 져의 방듕으로 가리라 너의
등 단여온 사룸은 곳 이곳의셔 우리 등을 기드
리라 져의 방듕의 쏘흔 이 여러 사룸을 용납지
못ㅎ리라 (你們去過的妹妹們, 就在這裏等着我們
罷, 他那房里也容不下這許多人.) <續紅 23:30>
⇒ 돈녀오다

453) 【달히다】 圖 달이다. 끓이다. ¶ 煎 ‖ 평이 싸
히셔 화로의 붓치질 ㅎ여 약을 달히고 우이져는
캉 우히셔 히즈롤 쓰며 (就瞧見平兒在地下扇爐
子煎藥, 尤二姐在炕上包裏孩子) <續紅 23:31> ⇒
다리다

454) 【마죠치다】 圖 마주치다. ¶ 碰 ‖ 일이 한디
마죠쳣시니 가히 무슨 방법이 이시리오 히즈 낫
는 거시 엇지 사룸의 임의더로 훌 일이랴 (事情
碰在一塊兒, 可有什麼法兒. 養孩子可是由得人的
事嗎!) <續紅 23:32>

말ᄒᆞ미 듕인이 모다 웃는지라. 봉졔 웃고 니ᄅᆞ디,

"너는 가히 말ᄒᆞᄂᆞ냐? 이거슨 모다 보형뎨의 그 흐린 스뷔 무슴 공셩침듕단(孔聖枕中丹)이란 약을 공연이 쥬어 그 약 먹은 후로붓허 홀연 져 냥인의 방듕의 가기ᄅᆞᆯ 죠하 아니ᄒᆞ고 스싱 간의 다만 나ᄅᆞᆯ 죠ᄅᆞ니455) 내가 무슨 방법이 【36】 이시리오."

말ᄒᆞ미 듕인이 더옥 대쇼홀 시 셜이미 입을 쥐고 우스며 니ᄅᆞ디,

"이야, 너의 등은 드ᄅᆞ라. 이 봉챠뒤 더옥 늙으믈 ᄌᆞ셰(藉勢)ᄒᆞ미로다. 다힝이 졔가 말ᄒᆞ는 거시 ᄯᅩᄒᆞᆫ 붓그러오믈 타지 아니ᄒᆞᄂᆞ니라."

봉졔 웃고 니ᄅᆞ디,

"나의 이태태야, 내 이졔 임의 외손ᄌᆞᄅᆞᆯ 둔 사ᄅᆞᆷ이라. 져의 등의 십륙칠 셰 된 격은 식부의 비치 못홀지니 임의 빅젼(百戰) 노졸(老卒)이라. 도로혀 무삼 붓그러오믈 알니오?"

듕인이 듯고 ᄯᅩᄒᆞᆫ 모다 디쇼ᄒᆞ며 니환은 【37】 도로혀 져ᄅᆞᆯ 아니쏘이여456) 가더니 다만 보미 평이 약을 달혀 가져와 봉져ᄅᆞᆯ 먹이거ᄂᆞᆯ 셜이미 니ᄅᆞ디,

"우리 등이 져로 ᄒᆞ여곰 약을 먹고 누어 졍신을 기ᄅᆞ게 ᄒᆞ리라."

ᄒᆞ고 이의 모다 샹방의 니ᄅᆞ러 모든 ᄌᆞ미ᄅᆞᆯ 모화 모다 롱취암(櫳翠庵)의 니ᄅᆞ러 묘옥과 셕츈을 보더라. 오후의 가졍이 아문으로셔 도라와 믄득 사ᄅᆞᆷ을 식여 친쳑과 붕우ᄅᆞᆯ 쳥ᄒᆞ니 관추(官差) 잇는 이는 능히 오지 못ᄒᆞ고 일즉 손이고야(孫二姑爺)와 쥬삼고 【38】 야(周三姑爺)와 ᄉᆞ디고랑(史大姑娘)과 셜반(薛蟠)과 셜괴(薛蝌)와 다못 셜이고야(薛二姑爺)와 진보옥[甄寶玉]과 류샹련(柳湘蓮) 등 졔인이 모다 니ᄅᆞᆫ지라. 가졍이 셔방(書房)의셔 남긱을 졉디ᄒᆞ고 왕부인은 가모 샹방의셔 녀권(女眷)을 졉디ᄒᆞ여 오반을 먹은 후의 대략 불 혈 ᄯᅢ의 니ᄅᆞ러 모다 렬좌ᄒᆞ여 한담ᄒᆞ더니 믄득 보미 비명이 드러와 품ᄒᆞ디,

"노태태와 고노야와 고태태와 대애 모다 오신다."

ᄒᆞ거ᄂᆞᆯ 듕인이 텽파의 련망히 긔신(起身)ᄒᆞ여 마ᄌᆞ 나가 모다 영희당 단지(丹墀) 하의 【39】 빈동쥬셔로 버려셔셔 기드리더니 과연 보미 림공이 명라(鳴鑼) 벽졔(辟除)ᄒᆞ고 오더니 단지의 니ᄅᆞ러 교ᄌᆞᄅᆞᆯ 나려노코 가쥬는 임의 의문 밧긔셔 물을 나려 보힝으로 드러오더니 림공이 교ᄌᆞ의 나려 듕인을 보고 일일이 한온(寒溫)을 필ᄒᆞ미 스ㆍ졍 량공이 믄득 림공과 다못 모든 친우ᄅᆞᆯ 모다 샹방으로 인도ᄒᆞ여 좌뎡케 ᄒᆞ고 츄후의 가모와 가부인이 각기 큰 교ᄌᆞᄅᆞᆯ 타고 원앙은 젹은 교ᄌᆞᄅᆞᆯ 타고 스긔와 포이가는 모다 의문(儀門) 밧긔셔 【40】 슐위의 나려 보힝을 ᄯᅡ라 일즉 영희당 문 앏히 니ᄅᆞ미 다만 보니 셜이마는 모든 ᄌᆞ미ᄅᆞᆯ 거ᄂᆞ리고 형ㆍ왕 량부인은 모든 츅리(妯娌)ᄅᆞᆯ 거ᄂᆞ리고 모다 문 어귀의셔 ᄯᅩᄒᆞᆫ 빈동쥬셔(賓東主西)로 반렬을 버려셔셔 맛더니 가모와 가부인이 교ᄌᆞ의 나려 모다 피ᄎᆞ 안부ᄅᆞᆯ 무른 후의 믄득 셜이마ᄅᆞᆯ ᄭᅳᆯ고 홈긔 샹방으로 오거ᄂᆞᆯ 형(邢)ㆍ왕(王) 이부인이 믄득 가모와 가부인과 셜이마ᄅᆞᆯ 인도ᄒᆞ여 모다 캉 우희 니ᄅᆞ러 안고 모든 ᄌᆞ미 등은 의ᄌᆞ 우희 안게 ᄒᆞ 【41】 며 ᄌᆞ긔와 다못 모든 츅리 등은 쥬셕(酒席)의셔 셔로 뫼시더니 챠환 등이 챠 드리기를 맛치미, 셜이미 쳐연(凄然)이 가모와 가부인을 향ᄒᆞ여 니ᄅᆞ디,

"별노이 기드려 노태태와 고태태긔셔 다시 인셰(人世)의 님ᄒᆞ엿더니 이졔 머믄지 언마 못 되여 ᄯᅩ 리별코ᄌᆞ ᄒᆞ시니 내 쟉일의 쇼식을 듯고 ᄆᆞ옴의 가장 견디지 못ᄒᆞ엿노라."

말ᄒᆞ여 믄득 눈믈을 흘니기ᄂᆞᆯ 가뫼 니ᄅᆞ디,

"이태태야, 너는 니러툿 말나. 이는 ᄯᅩᄒᆞᆫ 졍쉬(定數)라. 내 쟉일 임의 졍의 등으로 더 【42】 브러 모다 말ᄒᆞ엿노라. 오늘날 우리 등이 단취(團聚)ᄒᆞ여 한 번 항녀합환회(沆儷合歡會)ᄅᆞᆯ

---

455) 【죠르다】 图 조르다. ¶ 纏磨 ∥ 홀연 져 냥인의 방듕의 가기ᄅᆞᆯ 죠하 아니ᄒᆞ고 스싱 간의 다만 나ᄅᆞᆯ 죠ᄅᆞ니 내가 무슨 방법이 이시리오 (忽喇巴兒的不愛到他們倆人房裏去了, 死裏活裏的只是纏磨我, 教我可有什麼法兒呢.) <續紅 23:35>

456) 【아니쏘이-】 图 《아니쑵다》 아니꼽다. 비위가 뒤집혀 구역질나다. ¶ 慪 ∥ 듕인이 듯고 ᄯᅩᄒᆞᆫ 모다 디쇼ᄒᆞ며 니환은 도로혀 져ᄅᆞᆯ 아니쏘이여 가더니 다만 보미 평이 약을 달혀 가져와 봉져ᄅᆞᆯ 먹이거ᄂᆞᆯ 셜이미 니ᄅᆞ디 (衆人聽了, 又都大笑起來. 李紈還要慪他, 只見平兒煎好了藥, 端來服侍鳳姐吃了.) <續紅 23:37> ⇒ 아니꼽다, 아닛고오-, 아니쑵다, 아닉꼽다

짓ᄂ니 무론 빈쥬ᄒ고 모다 환희코ᄌ ᄒ며 비샹
ᄒᄂ는 거슬 허치 아닐 거시오. 지어(至於) 나와
다믓 우리 고내내는 원리 귀혼이라. 비록 인셰
의 거ᄒ나 ᄯ혼 능히 인셰의 복을 누리지 못ᄒ
고 블과 일단 긔운이 모혀 형상을 일워 거리(距
離)롤 블과 달ᄌ치 ᄒ미 뎡로(路程) 원근을 두리
지 아니코 ᄯ 산쳔의 죠셕ᄒ 거슬 져허 아니ᄒ
ᄂ지라. 오고 가는 거시 도시 일반이며 ᄯ 내가
【43】 가면 우리 등이 일노 죠ᄎ 곳 셔로 보지
못ᄒ다 니ᄅ기 어렵도다. 얼골을 보고ᄌ ᄒ면
ᄯ혼 도로혀 용이(容易)ᄒ리라. 이태태야, 네가
이러톳 샹심ᄒ면 ᄯ 져의 등 ᄆ음을 동케 ᄒ리
라."

경히 이ᄌ치 말ᄒ더니 다만 보미 듕인이
모다 닐며 니ᄅ디,

"묘ᄉ부와 ᄉ고랑이 온다."

ᄒ거놀 가뫼 웃고 니ᄅ디,

"신션이 오도다."

ᄒ더니 과연 보미 묘고와 셕츈이 다라 드
러와 겨유 례롤 볘플고ᄌ ᄒ미, 가모와 가부인
이 련망히 캉의 나려 ᄯ어 니ᄅ혀 【44】 고 믄득
져 이인을 ᄯ어 ᄯ혼 캉 우히 안게 홀 시 가뫼
셕츈을 향ᄒ여 니ᄅ디,

"우리 ᄋ희야, 어렵도다. 네가 ᄆ음을 굿게
ᄒ고 뜻을 괴로이 ᄒ여 필경 큰 도롤 일윗시니
우리롤 위ᄒ여 빗츨 더ᄒ도다. 내 쟉일 ᄯ혼 너
의 고노야긔 말ᄒ엿더니 졔가 말ᄒ디, '쟝리 옥
뎨긔 뵈오면 반드시 너롤 위ᄒ여 면듀(面奏)ᄒ
여 봉호롤 쳥ᄒ리라.' ᄒ더니 네가 이졔 임의
범티(凡胎)롤 버셔시니 가듕의 ᄯ혼 오리 머믈
기 어려울지라. ᄌ연 묘ᄉ부롤 ᄯ 【45】 라 태허
환경으로 가리라."

셕츈이 니ᄅ디,

"경환션긔 임의 노태태와 고마미 승텬ᄒ려
ᄒ시믈 아ᄂ지라. 니러므로 일즉롤 혜여 묘ᄉ
[부]롤 보내여 나롤 도달케 ᄒ여시니 우리 량인
이 이번의 ᄯ혼 노태태롤 ᄯ라라 흠긔 가리라."

가뫼 텽파의 환희ᄒ여 니ᄅ디,

"가쟝 죠토다. 너로 ᄒ여곰 모다 우리 등
을 보내여 가리라."

ᄒ니,

"우리 등이 함긔 가면 ᄯ혼 열요ᄒ리로다."

보치 듯고 샬니 니ᄅ디,

"쟉【46】 일 묘ᄉ뷔 ᄯ혼 우리 모든 ᄌ미
롤 다리고 태허환경으로 가셔 노닐게 ᄒ믈 허ᄒ
엿는지라. 우리 쟉일의 부쟉을 모다 그럿노라."

가부인이 니ᄅ디,

"고랑아, 너의 등이 무슴 심몽향이 잇지
아니냐? 엇지 ᄯ 부쟉을 그린다 들네ᄂ뇨?" 보
치 미쳐 디답지 못ᄒ여셔 다만 드ᄅ미 노긔 웃
고 니ᄅ디,

"너의 그린 거슨 필경 경환의 숑혼뷔(送魂
符)로다. 져의 이 부쟉457)이 능히 음양죠화(陰陽
造化)의 힘을 앗ᄂ니 사름이 만일 ᄌᄂ디 이 부
쟉을 슬오면 즉직의 진혼이 【47】 몸 밧긔 나가
임의로 단이ᄂ니 ᄯ 심몽향의 비ᄒ면 나흐니
라."

가부인이 듯고 보챠롤 향ᄒ여 니ᄅ디,

"너의 등이 임의 이 부쟉이 잇셔 여러 사
름이 만히 가면 더옥 죠토다. 아지 못게라 너의
ᄌ미 등이 뉘 모다 가려 ᄒᄂ뇨?"

보치 니ᄅ디,

"우리 대슈ᄌ와 이져져와 삼미미와 룽져져
와 운미미와 형대미미와 금미미와 우가이야와
삼이야와 쇼뎌내내와 나와 다믓 림미미, 쳥문과
금슌ᄋ롤 다리고 너 노인네 녀셔가지 아오로 십
오인이로다."

왕 【48】 부인이 듯고 샬니 니ᄅ디,

"너의 등이 임의 신통ᄒ 부쟉이 이시면 ᄯ
혼 내게 두 쟝만 보내라. 쟉야의 너의 노애 반
야나 샹심ᄒ고 말솜ᄒ디, '노태태 귀텬ᄒ시거놀
우리 등 ᄋᄌ와 식부 된 사름이 필경 능히 친히
가셔 보내지 못ᄒ다.' ᄒ시니 너의 등이 만일
부쟉을 보내면 우리 등이 ᄯ혼 맛당히 가셔 노
태태롤 보니미 올토다."

보치 듯고 감히 디답지 못ᄒ며 다만 가모
롤 보니 가뫼 니ᄅ디,

"너의 등 노부는 곳 한 집의 쥬인(主人)이
라. 엇지 【49】 가며 ᄒ믈며 ᄯ 초ᄉ롤 한 번 시
쟉ᄒ면 대태태와 디노야와 진가ᄋ와 진가ᄋ의

---

457) 【부쟉】 圈 부적. ¶ 符 ‖ 져의 이 부쟉이 능
히 음양죠화의 힘을 앗ᄂ니 사름이 만일 ᄌᄂ디
이 부쟉을 슬오면 즉직의 진혼이 몸 밧긔 나가
임의로 단이ᄂ니 ᄯ 심몽향의 비ᄒ면 나흐니라
(他這個符能奪陰陽造花之功, 人若睡下將此符焚
化, 入刻眞魂出殼, 任其所之, 又比尋夢香强了.)
<續紅 23:46> ⇒ 부작

식쥐 모다 가려 ᄒᆞ리니 가히 날노 ᄒᆞ여곰 누롤 막아 멈츄리오?"

셜이미 니르디,

"이ᄂᆞᆫ ᄯᅩᄒᆞᆫ 맛당흔 일이니 다만 져의 등쓴 아니라 나도 ᄯᅩᄒᆞᆫ 가셔 보니미 올토다."

가뫼 니르디,

"이태태야, 네가 비록 이러툿 말ᄒᆞ나, 나는 너의 져져가지 ᄯᅩᄒᆞᆫ 져로 ᄒᆞ여곰 가게 아니홀지니 ᄒᆞ믈며 네랴!"

ᄒᆞ고 ᄯᅩ 왕부인을 향ᄒᆞ여 니르디,

"임의 너의 노애 방심치 못ᄒᆞ여 가고즈 【50】 홀진디 곳 져로 ᄒᆞ여곰 가게 ᄒᆞ디 나롤 보내여 그곳가지 니르러 너의 노태야롤 보고 도라와 너의 등의게 고ᄒᆞ면 너의 등이 모다 방심ᄒᆞ리라."

경히 말홀 ᄶᅵ의 다만 보니 보옥이 드러와 픔ᄒᆞ디,

"대관원의 쥬셕이 모다 쥰비ᄒᆞ여시니 쳥컨디 노태태와 고마ᄂᆞᆫ 모다 가리로다."

가뫼 니르디,

"네가 오기롤 경히 죠히 ᄒᆞ여시니 내 네게 고ᄒᆞ리라. 너의 노애 ᄯᅩᄒᆞᆫ 우리 등을 보내여 가려ᄒᆞᄂᆞ니 너는 곳 져롤 위ᄒᆞ여 한 쟝 부작을 예비ᄒᆞ라. 우 【51】 리 등이 갈 ᄶᅵ의 곳 너의 노야로 ᄒᆞ여곰 너의 고노야와 디거거로 더브러 몬져 도임ᄒᆞ라 가고 너와 다못 모든 ᄌᆞ미 등은 모다 나롤 ᄯᅡ라 태허환경으로 가는 거시 곳 올흐리라."

보옥이 듯고,

"올타!"

답응ᄒᆞᄂᆞᆫ지라. 이의 가뫼 니러나 셜이마롤 향ᄒᆞ여 니르디,

"이태태야, 너는 우리 량위 태태와 한가지로 져의 모든 ᄌᆞ미 등을 거ᄂᆞ리고 몬져 디관원으로 가라. 나와 다못 고태태는 봉챠두 방등의 가셔 져롤 보려 ᄒᆞ니 블과 한즈음 동안의 곳 【52】 오리라."

말을 맛치고 믄득 모다 캉의 나릴 시 가모와 가부인과 원앙은 모다 후변으로 가거눌 평ᄋᆞ와 우이졔 ᄯᅩᄒᆞᆫ 샐니 다라가고 셜이마와 형·왕 이부인은 그 남아 ᄌᆞ미 등을 거ᄂᆞ리고 모다 디관원으로 와 셩친 졍뎐의 니르미, 다만 보니 량편의 모다 치붕(彩棚)을 짓고 디면ᄒᆞ여 희대롤

모핫시디 결치현등(結彩懸燈)혼 거시 십분 화려ᄒᆞ더니 졍뎐의 드러가미 다만 보니 뎡듕의ᄂᆞᆫ 한 ᄌᆞ리롤 볘플고 량편의 이십여 ᄌᆞ리롤 볘 【53】 프러시디 산진히챡(山珍海錯)과 슈륙찬션(水陸饌鮮)이 말노 다ᄒᆞ기 어려온지라. 듕인이 졍히 구경ᄒᆞ더니 다만 보미 보옥이 드러와 형·왕 량부인긔 픔ᄒᆞ디,

"방즈 노야 등이 말슴ᄒᆞ디 쟉야의 노태태겨셔 분부ᄒᆞ시는 말슴이 '오늘 반드시 항녀합환 단원회롤 지어 각각 부부로 ᄒᆞ여곰 ᄌᆞ리롤 ᄀᆞ치ᄒᆞ리라.' ᄒᆞ엿다 ᄒᆞ여 모다 혜여 보니 만일 부뷔 ᄌᆞ리롤 ᄀᆞ치 ᄒᆞ면 다만 우리 집의 대빅즈(大伯子)와 쇼심이(小嬸兒) 피홀 곳이 업술 쓴 아니라 친쳑 등의 류이 【54】 거와 우삼져 겻히 곳 사디미부와 스디미미 안즈미 ᄯᅩᄒᆞᆫ 편치 못ᄒᆞ디 노태태의 명을 어긔미 ᄯᅩᄒᆞᆫ 올치 아닐 시, 이졔 노야 등이 샹량ᄒᆞ디 남동녀셔(男東女西)로 량편의 분좌ᄒᆞ여 부뷔 홈긔 일당의 이시면 이도 ᄯᅩᄒᆞᆫ 항녀합환이라 ᄒᆞ여시니 쳥컨디 태태 등은 한 즈음 지니여 이 말을 노태태긔 픔ᄒᆞ미 곳 올토다."

형·왕 량부인이 듯고 모다 뎜두ᄒᆞ여 니르디,

"이 말이 가쟝 올타."

ᄒᆞ고 졍히 가모 오기롤 기드려 말ᄒᆞ려 ᄒᆞ더니, 다만 보미 평ᄋᆞ와 【55】 우이져와 원앙이 젹은 길노 죠ᄎᆞ 즈례와 픔ᄒᆞ디,

"노태태와 고태태 모다 오신다."

ᄒᆞ거눌 보옥이 듯고 샐니 밧그로 다라 가더라. 다만 드르미 희디(戲臺) 우희셔 풍뉴롤 알욀 시 남긱 등은 모다 치붕 안으로셔 죠ᄎᆞ 나와 단지 아리셔 영졉ᄒᆞ고 형·왕 이부인과 셜이마는 모든 ᄌᆞ미롤 거ᄂᆞ리고 모다 단지 우희셔 영졉ᄒᆞ더니 과연 보미 가모와 가부인이 모다 죽교(竹轎)의 안고 노파 등이 메고 올 시 단지의 니르러 일졔히 교즈의 나리더니 가뫼 【56】 셜이마롤 향ᄒᆞ여 니르디,

"이태태로 ᄒᆞ여곰 오리 기드리게 ᄒᆞ엿도다. 봉챠뒤 나롤 디ᄒᆞ여 다만 곡만홀 시 너가 방즈 져의게 셰셰히 개유(開諭)ᄒᆞ엿더니 졔가 바야흐로 곡을 긋치더라."

ᄒᆞ며 믄득 셜이마롤 ᄭᅳ을고 뎐문(殿門)으로 드러올 시 왕부인이 옯흐로 나아가 고ᄒᆞ디,

"부뷔 동셕(同席)ᄒ면 허다 방이ᄒ미 잇ᄂ
지라. 이졔 남동녀셔로 안ᄌ려 ᄒ노라."

ᄒ거늘 가뫼 니ᄅ되,

"나의 의ᄉ(意思)ᄂ 블과 화길(和吉)ᄒ 거
슬 취코ᄌ ᄒ미니 ᄯᅩᄒ 도로혀【57】 니런 방이
ᄒ믈 이졋시니 곳 남동녀셔로 ᄒ미 죠토다. 즉
시 노야와 졔야 등을 쳥ᄒ여 모다 드러오게 ᄒ
라."

챠환 등이 보고 셜니 가 젼ᄒ여 쳥ᄒ더니
이의 림공이 즁인을 거ᄂ리고 동편 문의[로] 죠
ᄎ 드러오거늘 가뫼 니ᄅ되,

"우리 등이 ᄯᅩᄒ 졍좌ᄒ리라. 이 태태야,
오늘은 곳 항녀합환회라 일홈ᄒ엿ᄂ니 우리 량
인은 ᄯ이 업ᄂ 사름이라. 이 둥간 ᄌ리의 나아
가 안고 묘ᄉ부와 ᄉ챠두 량인은 신션이라. 곳
우리 량인 우리 량인을【58】 뫼시게 ᄒ되 동편
슈셕은 림고노애오. 셔편은 고내내오, 동편 둘디
ᄌ리ᄂ 류이야오, 셔편은 우삼고랑이오, 동편 셋
지 ᄌ리ᄂ 쇼진대애오, 셔편은 니이고랑이이오,
동편 넷지 ᄌ리ᄂ ᄉ디고야오, 셔편은 ᄉ디 고
랑이오, 동편 다셧지 ᄌ리ᄂ 셜대야오, 여셧지
ᄌ리ᄂ 셜이애오, 셔편은 룽고랑과 형대고랑이
오, 동편 일곱지 ᄌ리ᄂ 손이고야오, 여덟지 ᄌ
리ᄂ 쥬삼고야오, 서편은 이고랑과 삼고랑이오,
그 남아ᄂ 곳 모다 쥬인이라. 동편은 우리【59
】 디노야와 진거거와 쥬ᄋ로 죠ᄎ ᄎ례디로 버
러 안ᄌ 난가ᄋ의 니ᄅ러 긋치고 셔편은 ᄯᅩᄒ
우리 대태태와 이태태로붓허 버러 안ᄌ 란가ᄋ
식부의 니ᄅ러 긋치게 ᄒ되 동편 ᄌ리의ᄂ 보옥
으로 ᄒ여곰 슐을 치게 ᄒ고 셔편 ᄌ리의ᄂ 디
옥으로 ᄒ여곰 슐을 치게 홀지니 이ᄂ 모다 져
의 량인을 위ᄒ 일이라. ᄯᅩᄒ 맛당히 치ᄉᄒ리
로다. 셜이마ᄂ 드ᄅ라. 나의 분별ᄒ미 올ᄒ냐,
올치 아니냐?"

셜이미 듯고 우스며 니ᄅ되,

"실노 노태태의 분별【60】 ᄒ시믄 우리 등
이 다만 찬죠(贊助)ᄅᆯ 못홀 ᄲᅥᆫ 아니라 감히 겸
양(謙讓)도 못ᄒ리로다. 묘ᄉ부와 ᄉ고랑은 니리
오라. 우리 등이 곳 노태태ᄅᆯ 뫼셔 안ᄌ리라."

ᄒ니 모다 다시 겸양치 못ᄒ고 가모의 분
별ᄒ ᄎ셔디로 죠ᄎ 졍좌ᄒ고 보·디 이인도 량
편의 슐을 치기를 맛친 후의 ᄯᅩᄒ 각귀 기좌ᄒ
더라. 챠환 등이 희ᄌ 졔목을 밧드러 와 노태태

긔 타졈(打點)ᄒ믈 쳥ᄒ거늘 가뫼 니ᄅ되,

"타뎜홀 거시 업스니 나의 분부ᄅᆯ 드ᄅ라.
쳐음 한 곡죠ᄂ <만【61】 샹호[홀]滿床笏>ᄅᆯ 부
ᄅ고, 둘지 곡죠ᄂ <아ᄉᆫ복兒孫福>을 부ᄅ고,
셋지 곡죠ᄂ <반도연蟠桃宴>을 부ᄅ되 곳 이
세 곡죠ᄅᆯ 부ᄅ면 무던ᄒ리라."

챠환 등이 듯고 말을 젼ᄒ여 가더니 당각
(當刻)의 나고 졔명ᄒ고 쇼싱(簫笙)이 병작(竝作)
ᄒ여 희ᄌ 곡죠ᄅᆯ 드ᄅᆯ 시 량편의 빈쥬(賓主)
굉쥬교착(觥籌交錯)ᄒ여 십분열요ᄒ더니 대략
두 시긱은 ᄒ여 세 곡죠 희ᄌ 부ᄅ기ᄅᆯ 맛친지
라. 노파 등이 돈을 가져 와 샹급ᄒ더니 가뫼
가졍을 향ᄒ여 니ᄅ되,

"희ᄌ 부ᄅ기ᄅᆯ 맛쳣시니 너의【62】 등이
나ᄅᆯ ᄯᅡ라가고ᄌ ᄒᄂ 사름은 ᄯᅩᄒ 모다 방등의
도라가 안홀(安歇)ᄒ라. 텬식이 느졋도다."

가졍과 보옥이 듯고 시긱이 한이 잇ᄂ 쥴
아ᄂ지라. 감히 오리 머므지 못ᄒ고 다만 몸을
니러 하직을 고ᄒ고 동편 문으로 나아가 각기
방으로 도라가며 챠·디 등 모든 ᄌ민도 ᄯᅩᄒ
뎐각 뒤ᄒ로 죠ᄎ 가더라. 가ᄉ와 가진과 형·
왕 이부인이 일졔히 읇ᄒ로 나아와 눈믈을 흘니
며 만류ᄒ되,

"텬식이 오히려 이ᄅ니 쳥컨디 노태태ᄂ
즘간 편히 안ᄌ라. ᄋ【63】 손 등이 도로혀 교
훈 밧들믈 구ᄒ노라."

가뫼 보고 셜니 니ᄅ되,

"너의 등은 착급지 말나. 우리 등이 아직
가지 아니리니 즘간 쥬연(酒宴)을 거두라. 우리
등이 손 씻고 도로혀 가묘의 가 분향ᄒ리라."

ᄒ거늘 가ᄉ 등이 듯고 일변으로 ᄌ리ᄅᆯ
거드라 명ᄒ고 믈을 가져오라 ᄒ며 일변으로 가
용과 가란을 명ᄒ여 가묘의 가 향쵹을 예비ᄒ라
ᄒ더니 언마 못되여 쥬연을 거둔지라. 모다 손
을 씻고 챠 먹기ᄅᆯ 맛치미 가뫼 몸을 니러 셜이
【64】 마ᄅᆯ 향ᄒ여 니ᄅ되,

"이태태야, 우리 등은 가묘의 가셔 분향홀
거시니 너ᄂ 친쳑가의 모든 노야 등과 내내 등
과 ᄒ가지로 이곳의 안ᄌ 즘간 기ᄃ리라. 우리
등이 곳 오리라."

셜이미 듯고 련망히 답응ᄒ며 다만 친쳑
등과 한가지로 모다 뎐샹의 안ᄌ 기ᄃ리려 ᄒᄂ
지라. 이의 포이가ᄂ 가모ᄅᆯ 뫼시고 ᄉ긔ᄂ 가

부인을 뫼시고 앏셔며 원앙은 뒤흘 짜르고 형·
왕 이부인은 우시·범시·죠시롤 거ᄂᆞ리고 모다
셔편 문으로 나아가며 림공과 【65】 가쥬ᄂᆞᆫ 앏셔
고 가ᄉᆞᄂᆞᆫ 가진과 가련과 가환을 거ᄂᆞ리고 뒤히
셔 모다 동문으로 나아갈 시 앏히 등블을 들녀
길을 모다 인도ᄒᆞ여 가묘(家廟)로 오니 원리 가
묘ᄂᆞᆫ 곳 디관원 동편의 잇셔 동각문(東角門)을
열고 가면 곳 그곳이라. 듕인이 담화ᄒᆞ며 흠긔
힝홀 시 어언간의 가묘의 니론지라. 다만 보니
그 속의 등쵹이 휘황ᄒᆞ고 향연(香煙)이 요요ᄒᆞ
ᄂᆞᆫ지라. 가용·가란은 문 밧긔셔 시립ᄒᆞ더니 가
뫼 가ᄉᆞ와 형·왕 이부인을 향ᄒᆞ여 니론디,

"이 속의 【66】 다 방이 좁아458) 여러 사롬
을 용납지 못ᄒᆞᆯ지니 너의 등은 모다 외면의 기
ᄃᆞ리라. 다만 우리 몃 사롬이 드러가 분향ᄒᆞ미
곳 올토다."

말ᄒᆞ며 믄득 림공과 가부인과 가쥬와 스긔
와 포이가로 흠긔 ᄉᆞ당의 드러가더니 가시 형부
인을 향ᄒᆞ여 니론디,

"비록 ᄉᆞ당의 여러 사롬을 용납지 못ᄒᆞᆫ다
ᄒᆞ나 우리 량인은 뫼셔 드러가미 곳 올토다."

형부인이 듯고 겨유 힝ᄒᆞ려 ᄒᆞ더니 다만
보미 림지회(林之孝) 챵황히 다라 나와 니론디,

"방ᄌᆞ 【67】 쵸디(焦大)와 반우안(潘又安)이
나아가 분부ᄒᆞ디 교마와 집ᄉᆞ롤 ᄉᆞ후ᄒᆞ라."

ᄒᆞ여 노지 등이 친히 눈으로 영희당 아리
모다 버러 잇ᄂᆞᆫ 거술 보왓더니 ᄯᅩ 노태태와 고
노얘 나오믈 보지 아니코 홀연 일진 션풍(旋風)
의 거두워 가 하나토 뵈지 아니ᄒᆞ다 ᄒᆞ거ᄂᆞᆯ 가
ᄉᆞ와 형·왕 량부인이 듯고 디경ᄒᆞ여 련망히 모
다 ᄉᆞ당으로 드러 볼 시,

"일인의 그림ᄌᆞ도 보지 못ᄒᆞᆯ지라."

듕인이 경히(驚疑) 경의ᄒᆞ더니 홀연 드ᄅᆞ
미 궁듕의셔 음악셩(音樂聲)이 일졔히 나거ᄂᆞᆯ
ᄌᆞ셔히 보미 【68】 가모의 셩음이 들니더,

"너의 등은 모다 가셔 친척 등을 보술펴
모다 도라가게 ᄒᆞ라. 우리 등은 가노라."

ᄒᆞ거ᄂᆞᆯ 듕인이 듯고 블승감샹ᄒᆞ여 공듕을
바라고 곡비(曲拜)ᄒᆞ더니 믄득 보미 챠환 등이

등롱을 가지고 ᄯᅩᄒᆞᆫ 셜이마롤 뫼시고 오더니 셜
이미 형·왕 이부인을 향ᄒᆞ여 니론디,

"이태태등은 샹심치 말나. 이ᄂᆞᆫ ᄯᅩᄒᆞᆫ 노태
태긔셔 우리 등의 곡ᄒᆞᆷ믈 져허ᄒᆞ시미라. 니러므
로 방ᄌᆞ 우리 등을 속이고 탈신(脫身)ᄒᆞ여 가시
도다. 우리 등이 방ᄌᆞ 뎐상의 안ᄌᆞᆺ 【69】 더니
남녜 일당의 잇ᄂᆞᆫ 거시 필경 편당치 못ᄒᆞ여 내
가 곳 반ᄋᆞ와 과ᄋᆞ로 ᄒᆞ여곰 몬져 져 희ᄌᆞ 등을
내여 보내고 고노야 등도 모다 셔방으로 인도ᄒᆞ
여 안게 ᄒᆞ고 내 졍히 고랑 등으로 더브러 한화
ᄒᆞ더니 묘ᄉᆞ부와 ᄉᆞ고랑이 말ᄒᆞ디, '노태태긔셔
임의 가셔 계시니 우리 등도 ᄯᅩᄒᆞᆫ 가리라.' ᄒᆞ
며 져의 등 량인이 몸을 한 번 움죽이더니 그림
ᄌᆞ도 보지 못ᄒᆞ고 ᄯᅩ 드ᄅᆞ미 너의 등이 이곳의
셔 곡ᄒᆞᄂᆞᆫ지라. 내가 놀나 ᄲᅡᆯ니 챠환 등으로 ᄒᆞ
여곰 고랑 등을 【70】 보내여 안홀ᄒᆞ게 ᄒᆞ고 내
가 비로쇼 와 너의 등을 보노라."

ᄒᆞ거ᄂᆞᆯ 듕인이 드ᄅᆞ미 셕츈이 ᄯᅩᄒᆞᆫ 갓ᄂᆞᆫ지
라. 더옥 감샹ᄒᆞ여 ᄯᅩ 이윽히 곡ᄒᆞ다가 겨유 권
ᄒᆞ여 멈츄더라. 가시(賈赦) ᄌᆞ질 등을 다리고 모
다 셔방(書房)의 니ᄅᆞ러 보술펴 모든 남ᄀᆡ을 보
내고 형·왕 량부인은 셜이마와 우시 등으로 더
브러 셩친 졍뎐의 니ᄅᆞ러 챠환 등을 명ᄒᆞ여 긔
명을 거두고 등블 ᄭᅳᆫ 후의 형부인과 우시ᄂᆞᆫ 각
귀 기가ᄒᆞ고 왕부인은 셜이마와 아오로 【71】 내
권 등 머믈 곳을 안돈(安頓)ᄒᆞ며 ᄯᅩ 가경과 보
옥과 챠·디·룽·샹 등을 위ᄒᆞ여 부쟉을 술와
진혼이 가모롤 짜라가게 ᄒᆞᆯ지라.

---

458) 【좁다】 圖 조아리다. ¶ 이 속의 다 방이 좁
    아 여러 사롬을 용납지 못ᄒᆞᆯ지니 너의 등은 모
    다 외면의 기ᄃᆞ리라 (祠堂內雖說容不下多少人,
    咱們倆人陪進去纔是.) <續紅 23:66>

<h1 style="text-align:center">30</h1>

경환녀증슈보한텬　도홍헌총결홍루몽

警幻女增修補恨天　悼紅軒總結紅樓夢

니러므로 옥슌ᄋ롤 거ᄂ리고 몬져 츄상지로 올 시 한 번 방문의 들미 다만 보니 시셔(侍書)와 슈귤(繡橘)과 취루(翠縷)와 벽년(碧蓮) ᄉ인이 등하의셔 골퍼롤 가지고 노다가 한 번 왕부인을 보고 모다 니러나거놀 왕부인이 무르디,

"고랑 등은 모다 죠히 ᄌᄂ냐?"

슈귤이 디답ᄒᄂ디,

"모다 내간의셔 임의 부쟉을 술오고 ᄌᄂ니라."

왕【72】부인이 내간 방문을 미러 긴히 닷고 이의 무르디,

"이 쇽의 몃 분 고랑이나 모혀 잇ᄂ뇨?"

시셰 니르디,

"니고랑과 삼고랑과 릉고랑과 형디고랑과 ᄉ디고랑과 셜이고랑과 우삼고랑이니 아오로 일곱 분이로다."

왕부인이 니르디,

"내 보고랑의 말을 드르미 보이야까지 아오로 십오 인이라 ᄒ더니 엇지 다만 일곱 뿐이뇨?"

취뤼 니르디,

"도로혀 한 분 쥬디내내와 두 분 보이내내와 우이내내와 쳥문과 금슌ᄋ는 각기 모다 집으로 도라가 ᄌᄂ니【73】라."

왕부인이 듯고 믄득 분부ᄒ디,

"너의 등은 블을 죠심ᄒ고[459] 유심(留心)ᄒ여 동졍을 드러보라."

말을 맛치고 ᄯ 도향쳔의 니르러 니환의 거취롤 뭇고 ᄯ 이홍원의 니르러 월문의 드러가 뜰의셔 견, 잉, 화, 류 ᄉ인(四人)을 블너 내여 보옥과 보챠와 디옥의 졍형(情形)을 무르며 ᄯ 흔ᄎ례 부탁ᄒ고 겨유 ᄌᄀ긔 방듕으로 도라오미 ᄯ 옥슌ᄋ롤 식여 후면으로 가 우이져의 거취롤 뭇게 ᄒ더니 다만 보미 쥬이랑이 내간으로 죠ᄎ 마ᄌ 나오【74】며 품ᄒ디,

"노야긔셔 부쟉을 ᄉ로고 임의 깁히 잠드시디 부탁ᄒ여 사룸으로 ᄒ여곰 경동케 말나 ᄒ시더라."

ᄒ거놀 왕부인이 듯고 썰니 내간으로 드러가 ᄌᄉ혀히 보니 가졍이 코롤 고을고[460] 깁히 ᄌ거놀 믄득 가마니 쥬이랑을 부축ᄒ여 죠심ᄒ여 ᄉ후ᄒ라 ᄒ고 ᄌᄀ긔는 도로 외간의 니르러 옥슌ᄋ의 회보롤 듯고 바야흐로 슈습ᄒ고 안침ᄒ더라.

지셜(再說), 보옥과 보챠와 디옥과 쳥문과 금슌ᄋ 오인이 방듕으로 도라와 잘 시【75】부쟉 술오믈 인ᄒ여 져의 등의 일뎜 진혼이 임의 본톄롤 떠나 쳐음은 다만 귓가의 바룸쇼리만 나며 몸이 표표(飄飄)히 가는 곳을 아지 못ᄒ더니 이윽고 바룸이 졍ᄒ미 다만 드르니 금슌이 들네여 니르디,

"이 부쟉이 가쟝 령응(靈應)ᄒ도다. 쳥문져져야, 나의 몸이 필경 어니 곳의 니르럿ᄂ뇨? 죠히 구룸을 탄 것 ᄀᆺ도다."

보옥이 듯고 썰니 쑤지져 니르디,

"말을 말고 너의 등은 다만 일인이 일인의 옷깃슬 쓰어 당기라."

---

459) 【죠심ᄒ다】 圖 조심(操心)하다. ¶ 小心 ∥ 너의 등은 블을 죠심ᄒ고 유심ᄒ여 동졍을 드러보라 (你們小心燈火, 留心聽着些兒.) <續紅 23:73>

460) 【고을다】 圖 코롤 골다. ¶ 鼾 ∥ 왕부인이 듯고 썰니 내간으로 드러가 ᄌᄉ혀히 보니 가졍이 코롤 고을고 깁히 ᄌ거놀 (王夫人聽了, 忙走進裏間瞧了瞧, 賈政鼾然熟睡.) <續紅 23:74> ⇒ 고으—

365

말이 맛지 못ᄒ여 믄득 안계(眼界)【76】
광명ᄒᆞᆫ지라. 다만 드르미 젼면의 사룸이 블너
니르디,

"보거거야, 너는 져의 등 다리고 나룰 ᄯᅡ
라 오라. 내 이곳의셔 너의 등을 기드리노라."

보옥이 머리룰 드러 볼 시 다만 보니 셕츈
이 숀의 쥬스룰 줍고 한 덩이 쳥셕(靑石) 우희
무릅ᄒᆞᆯ 도스리고461) 안줏고 ᄯᅩ 머리룰 도로혀
보미 보챠와 디옥과 쳥문과 금슌이 셔로 옷깃슬
ᄽᅵ어 줍고 뒤히셔 ᄯᅡ로거늘 즈연 심듕이 디회ᄒᆞ
여 ᄲᆞᆯ니 블너 니르디,

"스미미야, 네가 ᄯᅩ한 왓느냐? 노태태 등
이 지나가【77】 계시냐, 아니가 계시냐?"

셕츈이 니르디,

"지나간 지 죠히 한즈음 되엿고 노야도 ᄯᅩ
한 방즈 ᄯᅡ라 갓느니라."

보옥이 니르디,

"비명이 ᄯᅡ라 갓느냐, 아니 ᄒᆞ엿느냐?'

셕츈이 니르디,

"비명이 노야룰 ᄯᅡ라 갓느니라. 방즈 디거
게 이곳의셔 슈삼 필 물을 ᄭᅳ을고 노애 니르기
룰 기드리다가 져의 등이 모다 물을 타고 갓시
며 이곳의 ᄯᅩ 우리 등을 위ᄒᆞ여 예비ᄒᆞᆫ 교지 잇
느니라."

보챠 니르디,

"스미미야, 츠쳐 디명(地名)이 무어시뇨?"

셕츈이 니르디,

"이는 곳【78】 태허환경(太虛幻境) 디경이
라. 너의 등이 모다 와셔 보왓거늘 엇지 도로혀
아지 못ᄒᆞ느뇨?"

디옥이 니르디,

"스미미야, 네가 왓도다. 너는 이져져와 사
미미 등이 오는 거슬 보왓느냐, 못 보왓느냐?"

셕츈이 숀을 가르쳐 니르디,

"져 앏히 가는 한 무리 사룸이 곳 져의 등
이 아니냐? 모다 오기룰 일졔히 ᄒᆞ여시디 다만
너의 등 오인(五人)만 아니 온지라. 니러므로 묘
스뷔 몬져 져의 등을 다리고 앏셔 ᄀᆞᆺ느니 져의

등은 경치룰 보고ᄌᆞ ᄒᆞ여 모다 즐겨 교ᄌᆞ의 안
지 아니ᄒᆞ엿느니라.【79】 내 먼리셔 바라보니
너의 등이 오는 것 ᄀᆞᆺ튼지라. 내 니러므로 안ᄌᆞ
기드렷시니 너의 등은 교ᄌᆞ의 안ᄌᆞ려 ᄒᆞ느냐,
아니 안ᄌᆞ려 ᄒᆞ느냐?"

보쳐 니르디,

"우리 등이 단엿시디 몸이 곳 구름 탄 것
ᄀᆞᆺ고 ᄯᅩ ᄀᆞᆺ부믈 모로니 도로혀 단이며 경치룰
구경ᄒᆞ미 죠토다."

셕츈이 니르디,

"임의 니러ᄒᆞ면 우리 등이 ᄯᅩ한 곳 가리
라. 이즈음의 다만 두리건디 노태태긔셔 ᄯᅩ한
그곳의 니르러 계시리라."

이의 듕인이 담쇼ᄒᆞ며 힝ᄒᆞ여 오더니 다만
보미 쳥태(靑苔) 빅셕(白石)의 일편 명광(明光)【
80】이 잇셔 먼니 바라보미 일좌 픠방이 놉히
운한의 ᄭᅩᆺ쳣거늘 보옥이 보고 환희ᄒᆞ여 니르디,

"림미미야 너는 보라. 바라 뵈는 픠방이
곳 우리 등의 익이 단이던 길이로다."

보쳐 니르디,

"나는 ᄯᅩ한 한 번 와셔 보왓는지라. 다만
의히이 긔록ᄒᆞ노라."

쳥문과 금슌이 믄득 가르치며 고ᄒᆞ여 니르
디,

"동편은 젹하궁(赤霞宮)이 아니며, 셔편은
강쥬궁(絳珠宮)이 아니며, 즁간은 경환션고(警幻
仙姑)의 침뎐이 아니냐? 너의 등은 보라. 도로
혀 여러 방옥을 더 지은 것 ᄀᆞᆺ도다."

셕츈이 웃고【81】니르디,

"묘스뷔 날노 ᄒᆞ여곰 이곳의셔 너의 등을
기드리믄 너의 등이 길을 갈못 힝흘기 두리미리
니, 뉘 알니오 너의 등이 도로혀 내게 비컨디
가장 익도다. 나는 도로혀 쳐음으로 왓느니라."

듕인이 말ᄒᆞ며 힝ᄒᆞ더니 머리룰 드러보미
그 우희 진개 크게 금ᄌᆞ로 네 ᄌᆞ룰 빗기 쎠 일
너시디 '태허션경(太虛仙境)'이라 ᄒᆞ엿거늘 보옥
이 보고 디회ᄒᆞ니 아지 못게라 엇지ᄒᆞ여 깃거ᄒᆞ
는지 하회의 분히ᄒᆞ라.

---

461)【도스리다】동 도사리다. ¶ 盤 ‖ 보옥이 머
리룰 드러볼 시 다만 보니 셕츈이 숀의 쥬스룰
줍고 한 덩이 쳥셕 우희 무릅홀 도스리고 안줏
고 (寶玉擡頭看時, 只見惜春手執拂塵, 在一塊大
靑石上盤膝而坐.) <續紅 23:76>

【1】 화셜(話說), 보옥이 경희ᄒᆞ여 니ᄅᆞ디,

"림미미(林妹妹)야, 너는 보라. 필경 환(幻)ᄯᆞ롤 곳쳐 션(仙)ᄯᆞ롤 민ᄃᆞ럿시니 곳치기롤462) 류리(有理)히 ᄒᆞ엿도다!"

대옥(黛玉)이,

"우리 등이 다시 젼면 궁문의 니ᄅᆞ러 져 한 ᄡᅡᆼ 련귀(聯句)가 무어신고 보리라."

즁인이 듯고 ᄯᅩ 앏흐로 힝ᄒᆞ더니 언마 못 되여 궁문의 니ᄅᆞ러 머리롤 들고 볼 시 현판 우 희 크게 '보한텬(補恨天)'이라 세 ᄌᆞ롤 ᄲᅥᆺ거늘 보옥이 【2】 보고 디희(大喜)ᄒᆞ여 손을 치고 우 스며 니ᄅᆞ디,

"림미미야, 너는 보라. 필경 '리한텬(離恨 天)'을 고쳐 '보한텬'이라 ᄒᆞ엿도다. 이 남편(南 便) 현판을 모다 곳쳐시니 다만 두리건디 북편 현판도 ᄯᅩ한 곳쳣시리라."

말을 맛치고 믄득 즁인을 거ᄂᆞ려 급히 거 러와 북편 픠방(牌坊) 아리 니ᄅᆞ러 머리롤 드러 보미 현판 우희 젼과 ᄀᆞᆺ치 '복선화음(福善禍淫)' ᄉᆞ개(四個) 금지(金字)라. 보옥(寶玉)이 보고 니 ᄅᆞ디,

"우리 등이 다시 이편 궁문 우희 무슨 현 판인가 보리라."

ᄒᆞ며 ᄯᅩ 궁문의 니ᄅᆞ러 볼 시 샹면 현판 우 【3】 희 금ᄌᆞ로 ᄉᆞ개 글ᄌᆞ롤 빗기 ᄲᅥᆺ시더 '동 텬복디(洞天福地)'라 ᄒᆞ엿거늘 디옥이 웃고 니ᄅᆞ 디,

"이도 ᄯᅩ한 곳쳣도다. 당일의 원리 '얼희졍 텬(蘖海情天)' 네 글지 더니라."

보옥이 웃고 니ᄅᆞ디,

"당일의 원리 '얼희졍텬'이러니 금일 ᄯᅩ 맛 당히 '동텬복디'라 혜지 아니리오. 곳치기롤 가 장 올케 ᄒᆞ여시니 곳 내 ᄆᆞ음을 말ᄒᆞ여 내엿도 다. 이 거시 디략 경환션괴(警幻仙姑) 곳친 거시 니라."

챠(釵)·디(黛) 량인이 듯고 겨유 답(答)고 ᄌᆞ ᄒᆞ더니 다만 드ᄅᆞ미, 셕츈(惜春)이 지촉ᄒᆞ여 니ᄅᆞ 【4】 디,

"보거거(寶哥哥)야, 우리 등은 갈 거시니

도쳐의 셰월을 보ᄂᆞ지 말나. 오리 이시면 노태 태긔셔 기ᄃᆞ리시다가 ᄆᆞ음이 허겁ᄒᆞ여 ᄯᅩ 착급 ᄒᆞ시리라."

듕인이 듯고 비로쇼 경환 침궁(寢宮)을 향 ᄒᆞ여 올 시 대략 살 한 밧탕 남줏ᄒᆞ여463) 믄득 바라보니 경환이 몃 개 션녀롤 거ᄂᆞ리고 궁으로 다라나와 문 밧긔셔 영후(迎候)ᄒᆞ거늘 보옥 등 이 보고 련망히 몃 거롬 거러 일졔히 경환으로 더브러 힝례ᄒᆞ니 경환이 답례ᄒᆞ기롤 맛친 후 몬 져 셕츈을 줍고 【5】 우스며 니ᄅᆞ디,

"현미(賢妹)는 괴로온 뜻으로 슈도ᄒᆞ여 맛 춤내 졍과(正果)롤 일웟시니 가히 공경ᄒᆞ염즉ᄒᆞ 도다. 몃 날이 아니되여 곳 가히 우져(尤姐)의 직임을 디신ᄒᆞ리라."

셕츈이 머리롤 죠아 니ᄅᆞ디,

"션고의 바리지 아니시믈 닙어시니 원컨디 문하의 잇고ᄌᆞ ᄒᆞ노라."

경환이 니ᄅᆞ디,

"블감(不敢)ᄒᆞ여라."

ᄒᆞ고 ᄯᅩ 챠·디 이인의 손을 줍고 우스며 니ᄅᆞ디,

"이위 현미야, 별내 무양ᄒᆞ냐?"

챠·디 량인이 디답ᄒᆞ디,

"션범(仙范)을 어긔므로붓허 오리 싱 【6】 각이 간졀ᄒᆞ더니 이졔 다힝히 다시 현안(賢顔) 을 뵈오니 져기 ᄲᅡ힌 경셩을 위로ᄒᆞ리로다."

경환이 니ᄅᆞ디,

---

462) 【곳치다】 图 고치다. ¶ 改 ‖ 필경 환ᄯᆞ롤 곳 쳐 션ᄯᆞ롤 민ᄃᆞ럿시니 곳치기롤 류리히 ᄒᆞ엿도 다 (竟將'幻'字 改成'仙'字了. 改的有理, 有理!) <續紅 24:1>

463) 【남줏ᄒᆞ다】 图 남짓하다. ¶ 듕인이 듯고 비 로쇼 경환 침궁을 향ᄒᆞ여 올 시 대략 살 한 밧 탕 남줏ᄒᆞ여 ᄒᆞ여 믄득 바라보니 경환이 몃 개 션녀롤 거ᄂᆞ리고 궁으로 다라나와 문 밧긔셔 영 후ᄒᆞ거늘 (衆人聽了, 這才撲了正中警幻的寢宮來. 約有一箭多遠, 早望了見警幻了幾個仙女走出宮來, 在門外迎候.) <續紅 24:4> ⇒ 남줏ᄒᆞ다

464) 【골몰ᄒᆞ다】 图 골몰(汩沒)하다. 어떤 일에 몰 두하다. ¶ 노태태긔셔 너의 등을 미원ᄒᆞ여 말 슴ᄒᆞ디 너의 등이 죵시 졍욕의 골몰ᄒᆞ다 ᄒᆞ시더 라 (惹的老太太埋怨你們呢, 說你們藕斷絲不斷.) <續紅 24:8>

465) 【接風酒 졉풍주】 jiēfēngjiǔ <名> 마지술 ‖ "既 是這樣, 請老太太吃了茶, 咱們大家都到那裏去. 我就將豫備下的～就擺在絳珠宮, 也是一樣罷了." 임의 니러ᄒᆞ면 노태태의게 쳥ᄒᆞ여 챠롤 먹고 우 리 등이 모다 그곳으로 갈지라 내 임의 마지술 을 예비ᄒᆞ엿시니 곳 강쥬궁으로 옴겨 버려도 ᄯᅩ

"빈경(顰卿)아, 우졔 너의 등을 위ᄒᆞ여 일단 슉연(宿緣)을 완전케 ᄒᆞ엿시니 쏘ᄒᆞᆫ 한가지 쳔츄가홰(千秋佳話)라 혜리로다. 내 임의 '태허환경'을 곳쳐 '태허션경'이라 ᄒᆞ고 '리한텬'을 곳쳐 '보한텬'이라 ᄒᆞ여 모든 편읙을 시로 밧고 왓시니 너의 등은 보왓느냐, 보지 못ᄒᆞ엿느냐?"

보ㆍ더 이인이 듯고 련망히 치샤ᄒᆞ여 니ᄅᆞ디,

"방ᄌᆞ 모다 가ᄅᆞ치【7】믈 바닷노라. 션고의 디덕을 몸이 맛친들 엇지 갑흐리오?"

경환이 니ᄅᆞ디,

"니런 젹은 슈고로오믈 엇지 말삼ᄒᆞ리오? 쳥컨디 모다 궁의 드러가 안ᄌᆞ리라. 노태태긔셔 기ᄃᆞ리시기를 오리 ᄒᆞ시니라."

ᄒᆞ고 이의 일졔히 궁문으로 드러갈 시, 믄득 보니 가모와 가부인이 졍즁 탑 샹의 디좌ᄒᆞ엿다가, 보옥 등이 드러오믈 보고 모다 니러나 좌를 ᄉᆞ양ᄒᆞᆯ 시 가뫼 니ᄅᆞ디,

"너의 등은 엇지【8】이졔야 겨유 왓느뇨? 도로혀 너의 ᄉᆞ미미로 ᄒᆞ여곰 괴로이 기ᄃᆞ리게 ᄒᆞ엿도다."

보치 디답ᄒᆞ디,

"량개 쇼히지(小孩子) 졋슬 먹으려 ᄒᆞ는지라. 니ᄅᆞ므로 더디엿노라."

니환(李紈)이 웃고 니ᄅᆞ디,

"노태태긔셔 너의 등을 미원(埋怨)ᄒᆞ여 말ᄉᆞᆷᄒᆞ디, '너의 등이 죵시 졍욕(情慾)의 골몰ᄒᆞ다.464)' ᄒᆞ시더라."

디옥이 웃고 니ᄅᆞ디,

"너의 등은 블과 우리 등의게 비컨디 오기를 야간 한ᄌᆞ음 일게 ᄒᆞ엿거ᄂᆞᆯ 곳 니런 말노 죠롱ᄒᆞ느냐? 나는 밋지 아니ᄒᆞ노라."

가부인이 웃【9】고 니ᄅᆞ디,

"너의 디슈ᄌᆞ(大嫂子)와 다믓 너의 삼미미(三妹妹)와 ᄉᆞ디미미(史大妹妹) 등은 모다 몬져 이곳의 왓는지라. 강쥬궁(絳珠宮)으로 션쵸(仙草)를 보고 노닐나 가려 ᄒᆞ며 노태태긔는 쏘 긔한(期限)을 어길가 두리ᄂᆞᆫ지라. 니ᄅᆞ므로 너의

등이 우금 오지 아니믈 보고 모다 므음의 챡급ᄒᆞ느니라."

경환이 듯고 우스며 니ᄅᆞ디,

"임의 니러ᄒᆞ면 노태태의게 쳥ᄒᆞ여 챠를 먹고 우리 등이 모다 그곳으로 갈지라. 내 임의 마지슐465)을 예비ᄒᆞ엿시니 곳 강쥬궁으로 옴겨 버려도 쏘ᄒᆞᆫ 일양이【10】리라."

가뫼 웃고 니ᄅᆞ디,

"젼ᄌᆞ의도 우리 등이 이곳의 잇셔 션고의게 이폐(貽弊)ᄒᆞ여 임의 블안ᄒᆞ거ᄂᆞᆯ 이즈음의 쏘ᄒᆞᆫ 들네미 엇지 죠흐리오?"

경환이 웃고 니ᄅᆞ디,

"노태태는 엇진 말삼이뇨? 일비 박쥬(薄酒)가 공경ᄒᆞᆫ ᄠᅳᆺ을 일우지 못ᄒᆞ도다."

졍히 말ᄒᆞᆯ 쩌의 다만 보니 션녀 등이 챠를 밧드러 오거ᄂᆞᆯ 모다 렬좌ᄒᆞ여 챠 먹기를 맛치미 가뫼 믄득 몸을 니러 강쥬궁으로 가려 ᄒᆞ는지라. 이의 모다 홈긔 나와 완보로 힝ᄒᆞ며 션경을 구경ᄒᆞᆯ 시 다만 보니 량편【11】의 버려 지은 뎐각(殿閣)도 일례로 졍졔ᄒᆞ여 모다 시로 슈리ᄒᆞ엿고 젼일 잇던 현판의 '원분(怨粉)', '슈향(愁香)', '죠운(朝云)', '모우(暮雨)', '亽문(司門)'이라 쓴 거슬 쏘ᄒᆞᆫ 모다 밧고 와 '셕옥(惜玉)',

---

464) 【골몰ᄒᆞ다】동 골몰(汨沒)하다. 어떤 일에 몰두하다. ¶ 노태태긔셔 너의 등을 미원ᄒᆞ여 말ᄉᆞᆷᄒᆞ디 너의 등이 죵시 졍욕의 골몰ᄒᆞ다 ᄒᆞ시더라 (惹的老太太埋怨你們呢, 說你們藕斷絲不斷.) <續紅 24:8>

465) 【接風酒 접풍주】 jiēfēngjiǔ <名> 마지슐 ‖ "旣是這樣, 請老太太吃了茶, 咱們大家都到那裏去. 我就將豫備下的~就擺在絳珠宮, 也是一樣罷了." 임의 니러ᄒᆞ면 노태태의게 쳥ᄒᆞ여 챠를 먹고 우리 등이 모다 그곳으로 갈지라 내 임의 마지슐을 예비ᄒᆞ엿시니 곳 강쥬궁으로 옴겨 버려도 쏘ᄒᆞᆫ 일양이리라 (續紅 24:9) "卽差人搬取行李箱籠, 幷叫轎夫檯愛姑進衙. 擺了一日~, 內外歡喜." (如花情 13)

466) 【亽못-】동 《亽못다》 사무치다. 통(通)하다. ¶ 沁 ‖ 다만 보니 뎡듕 빅셕 란간 안의 강쥬션ᄎᆞ 무셩ᄒᆞ여 일루 류향이 사름의 골슈의 亽못는지라 (但見院中白石欄內的絳酒仙草蔥蘢茂盛, 一縷幽香沁人心髓.) <續紅 24:13>

467) 【싀훤ᄒᆞ다】형 시원하다. ¶ 舒服 ‖ 무슨 향이완더 이ᄀᆞᆺ치 취미 잇느뇨 이 향긔를 맛트미 사름으로 ᄒᆞ여곰 흉금이 싀훤ᄒᆞ도다 내가 몬져 입홀 ᄶᅡ 머리의 언고 향긔를 맛트리라 (怎麼香的這樣趣兒, 聞着叫人骨頭都是舒服的. 等我先掐個葉兒, 戴在頭上聞香了) <續紅 24:14> ⇒ 싀훤ᄒᆞ다

468) 【말거리】명 이야기거리. ¶ 話靶兒 ‖ 졔가 만일 아랏시량이면 쏘ᄒᆞᆫ 단졍코 보옥아 네가 죠

‘연향(憐香)’, ‘은이(恩愛)’, ‘쥬뮈(綢繆)’ 라 ᄒ엿
ᄂᆞ지라. 보옥이 보고 더옥 환희ᄒᆞ여 박명ᄉᆞ(薄
命司) 문 앒흐로 다라 니ᄅᆞ러 ᄯᅩ 머리ᄅᆞᆯ 드러
바라보니 현판 우희 ‘죵졍ᄉᆞ(鍾情司)’라 대ᄌᆞ로
빗기 ᄢᅥᆺ거늘 보옥이 더옥을 향ᄒᆞ여 우ᄉᆞ며 니ᄅᆞ
디,

　　“공교히 봉졔 오지 아니ᄒᆞ엿도다. 졔가 만
일 이 현판을 보면 ᄌᆞ연 환희ᄒᆞ리라.”

　　【12】더옥이 미처 답지 못ᄒᆞ여셔 다만 드
ᄅᆞ미 향룽(香菱)이 진시(秦氏)ᄅᆞᆯ 향ᄒᆞ여 니ᄅᆞ디,

　　“쇼대내내(小大奶奶)야, 너는 보라. 우리 등
이 이졔 모다 박명치 아니토다.”

　　진시 우ᄉᆞ며 답지 아니커늘, 더옥이 웃고
니ᄅᆞ디,

　　“룽져져야, 너의 등의 명쉬 ᄌᆞ연 박ᄒᆞ지
아니커니와 다만 아지 못게라 너의 등의 졍이
필경 깁흐냐, 깁지 아니ᄒᆞ냐?”

　　ᄒᆞ거늘 향룽이 듯고 우ᄉᆞ며 한 번 혀ᄎᆞ고
모다 니러퉷 담화ᄒᆞ더니 믄득 강쥬궁 문 젼의
니ᄅᆞᆫ지라. 다만 보미 쳥문(晴雯)과 금슌이[金釧
兒] 그 속으로 【13】셔 우ᄉᆞ며 마ᄌᆞ 나오거늘
가뫼 니ᄅᆞ디,

　　“너의 량개는 어니 ᄣᅢ의 왓ᄂᆞ뇨?”

　　쳥문이 니ᄅᆞ디,

　　“우리 등이 몬져 션고의 궁듕으로 가지 아
니코 바로 이곳으로 왓노라.”

　　ᄒᆞ며 ᄌᆞ긔는 믄득 가모ᄅᆞᆯ 뫼시고 금슌으는
가부인을 모셔 일졔히 궁문으로 드러와 젼뎐을
지내여 슈화문(垂花門) 안으로 드러올 ᄉᆡ 다만
보니 뎡듕 ᄇᆡᆨ셕(白石) 란간(欄干) 안의 강쥬션쵀
(絳珠仙草) 무셩ᄒᆞ여 일루 류향(幽香)이 사름의
골슈(骨髓)의 ᄉᆞ못ᄂᆞ지라.466) 모든 ᄌᆞ미 보고 무
블희이 ᄒᆞ더니 탐츈이 니ᄅᆞ 【14】디,

　　“림져져야, 우리 등이 엇지 너의 션쵸ᄅᆞᆯ
가져다가 우리 집 속의 심으지 아니리오?”

　　경환이 웃고 니ᄅᆞ디,

　　“이는 원리 너의 인간 믈건이 아니라. 가
져가지 못 ᄒᆞᆯ 지니 만일 능히 가져갈진디 져의

등이 임의 젼쟈의 가져 갓시리라.”

　　샹운(湘雲)이 니ᄅᆞ디,

　　“무ᄉᆞᆫ 향이완디 이ᄀᆞᆺ치 취미 잇ᄂᆞ뇨? 이
향긔ᄅᆞᆯ 맛트미 사름으로 ᄒᆞ여곰 흉금이 싀원ᄒᆞ
도다.467) 내가 몬져 입홀 ᄯᅡ 머리의 언고 향긔
ᄅᆞᆯ 맛트리라.”

　　더옥이 듯고 겨유 막ᄌᆞᄅᆞ고ᄌᆞ ᄒᆞ더니 샹운
이 손이 ᄲᅡᆯ나 【15】 임의 닙홀 ᄯᅡ 귀 밋히 ᄭᅩᆺ
ᄂᆞ지라. 모든 ᄌᆞ미 모다 웃더니 가뫼 니ᄅᆞ디,

　　“너의 등은 혼잡히 들네지 말나. 우리 등
이 일즉 노너러 션고의 아름다온 ᄯᅳᆺ을 밧들고
ᄯᅩ 샹계(上界)로 가리라.”

　　듕인이 듯고 다만 가모ᄅᆞᆯ ᄯᅡ라 침궁으로
드러갈 시 다만 보니 그 속의 비취병(翡翠屛)과
부용장(芙蓉帳)의 포진ᄒᆞ기ᄅᆞᆯ 십분화려히 ᄒᆞ지
라. 슈연(岫烟)이 보고 보금(寶琴)을 향ᄒᆞ여 우
ᄉᆞ며 니ᄅᆞ디,

　　“이미미야, 너는 보라. 림져져는 필경 유복
ᄒᆞᆫ 사름이로다. ᄉᆞ후의 도로혀 이 ᄀᆞᆺ튼 곳이 【
16】 잇다.”

　　ᄒᆞ니 보금이 웃고 니ᄅᆞ디,

---

466)【ᄉᆞ못—】⑧ 《ᄉᆞ못다》 사무치다. 통(通)하다.
¶ 沁 ‖ 다만 보니 뎡듕 ᄇᆡᆨ셕 란간 안의 강쥬션
ᄎᆡ, 무셩ᄒᆞ여 일루 류향이 사름의 골슈의 ᄉᆞ못ᄂᆞ
지라 (但見院中白石欄內的絳酒仙草蔥蘢茂盛, 一
縷幽香沁人心髓.) <續紅 24:13>

467)【싀원ᄒᆞ다】⑱ 시원하다. ¶ 舒服 ‖ 무ᄉᆞᆫ 향
이완디 이ᄀᆞᆺ치 취미 잇ᄂᆞ뇨 이 향긔ᄅᆞᆯ 맛트미
사름으로 ᄒᆞ여곰 흉금이 싀원ᄒᆞ도다 내가 몬져
입홀 ᄯᅡ 머리의 언고 향긔ᄅᆞᆯ 맛트리라 (怎麽香
的這樣趣兒, 聞着叫人骨頭都是舒服的. 等我先掐
個葉兒, 戴在頭上聞香了) <續紅 24:14> ⇒ 싀훤
ᄒᆞ다

468)【말거리】⑲ 이야기거리. ¶ 話靶兒 ‖ 졔가
만일 아랏시량이면 ᄯᅩᄒᆞᆫ 단졍코 보옥아 네가 죠
흐냐 ᄒᆞ던 말을 즐겨 일너 후인을 위ᄒᆞ여 말거
리ᄅᆞᆯ 머믈너 두지 아니ᄒᆞ엿시리라 (他如果知道
時, 也斷不肯說出, ‘寶玉你好’的四個字來, 給後人
留下個話靶兒了.) <續紅 24:16>

469) 《속홍루몽》 원문에는 십이부 곡조가 있으나,
번역본에는 생략되었다.

470)【앗다】⑧ 빼앗다. ¶ 奪 ‖ 보치 듯고 ᄲᅡᆯ니
보옥의 슈듕으로셔 아ᄉᆞ다가 샹운을 쥬며 니ᄅᆞ
디 (寶釵聽了, 忙向寶玉的手中奪了過來, 探着身
子遞與湘雲.) <續紅 24:25>

471)【거리ᄭᅵ다】⑱ 거리끼다. ¶ 牽掛 ‖ 고노야야
이졔 디사ᄅᆞᆯ 임의 맛쳐 너와 나의 한가지 심ᄉᆞ
ᄅᆞᆯ 일웟시니 죵ᄎᆞ 이후로 우리 등이 ᄯᅩᄒᆞᆫ 다시
무ᄉᆞᆫ 거리ᄭᅵᆯ 거시 업도다 (姑老爺, 如今大事已
完, 了結了你的一件心事, 從此以後, 咱們也再
沒有什麽牽掛的了.) <續紅 24:40>

“싱각건디 당일 림져졔 쏘흔 즈긔가 반드시 이 굿튼 복력이 잇는 줄을 미리 아지 못ᄒᆞ엿시리라. 졔가 만일 아랏시량이면 쏘흔 단졍코 ‘보옥아, 네가 죠흐냐?’ ᄒᆞ던 말을 즐겨 일너 후인을 위ᄒᆞ여 말거리[468]를 머믈너 두지 아니ᄒᆞ엿시리라.”

디옥이 듯고 우스며 져의게 혀츠고 니르디,

“오늘 맛당히 너로 ᄒᆞ여곰 오지 아니케 ᄒᆞ는 거시 곳 올흘 번ᄒᆞ엿도다.”

샹운이 디옥의 손을 줍고 우스며 니르디,

“너는 금미미로 ᄒᆞ여곰 말 [17] ᄒᆞ게 ᄒᆞ라. 이즈음의 무어시 붓그러오리오? 우리 등이 너의 머므던 방등을 보라 가리라.”

가뫼 듯고 우스며 듕인을 거느리고 동편 토간(套間)으로 가더라. 경환과 묘고 량인이 믄득 모든 션녀를 명ᄒᆞ여 탁즈의 의즈를 씻고 쥬연을 베플 시 샹면의 다셧 즈리를 일즈로 버리고 겻히 한 즈리를 버렷시미 흔 찬 과품(菓品)과 비반 긔명(器皿)이 모다 인셰의 업는 거시라. 즈리 버리믈 맛치미 다만 보니 가뫼 쏘 듕인을 거느리고 셔편 토간 속으로 가셔 [18] 보더니 경환이 쏘 분부ᄒᆞ여 듕간 짜 아리 담료를 쌀고 풍악홀 쥴 아는 션녀 십이 개를 블너 스후케 ᄒᆞ여 모든 일을 졍당히 ᄒᆞ미 션괴 친히 셔편 토간 속의 니르러 가모와 듕인을 쳥ᄒᆞ여 나올 시 가뫼 듕인을 향ᄒᆞ여 니르디,

“임의 션고의 비심(費心)ᄒᆞ시믈 닙어시니 우리 등이 쏘흔 다시 스양치 아닐지라. 모다 ᄎᆞ셔로 좌뎡ᄒᆞ미 맛당토다.”

ᄒᆞ고 이의 가모와 가부인은 뎡듕 슈셕의 안고 스샹운과 셜보금과 우삼져와 니환은 동 [19] 편 둘지 즈리의 안고 향릉과 슈연과 영츈과 탐츈은 셔편 셋지 즈리의 안고 보챠·디옥·보옥은 동편 넷지 즈리의 안고 진가경(秦可卿)과 셕츈과 묘고와 경환은 셔편 다셧지 즈리의 안즈며 쳥문과 금슌ᄋ와 스긔(司棋)와 포이가(鮑二家)는 겻즈리의 안즈 경환과 묘옥이 슐을 각 즈리를 보닌 후의 각기 취좌(就坐)ᄒᆞ여 빈쥬 슈작ᄒᆞ며 십분 환열ᄒᆞ더니 음쥬홀 스이의 경환이 보옥 향ᄒᆞ여 우스며 니르디,

“보이야는 가히 긔록ᄒᆞ느냐? 네 [20] 가

어렷실 ᄯᆡ의 쳐음으로 여긔 니르러 내가 십이개 풍뉴ᄒᆞ는 계집으로 ᄒᆞ여곰 십이부 홍루몽 시 곡죠를 부르게 ᄒᆞ엿느니 당시의 네게 쳥ᄒᆞ여 즈셔히 드르라 ᄒᆞ엿더니 네 이졔 도로혀 싱각ᄒᆞ느냐?”

보옥이 듯고 우스며 디답ᄒᆞ디,

“뎨지 당일 처음으로 올 ᄯᆡ의 나히 오히려 어린지라. 비록 가르치믈 바다 묘흔 소리를 드럿시나 이졔 필경 의희히 긔록ᄒᆞ노라.”

경환이 니르디,

“내가 곡죠 긔록흔 칙자를 너로 ᄒᆞ여곰 모다 보게 ᄒᆞ [21] 엿거늘 엇지 모다 이졋느뇨?”

보옥이 니르디,

“년쥐 오린지라. 실노 즈셔히 긔록지 못ᄒᆞ노라.”

경환이 니르디,

“이졔 녯 곡죠 칙자를 가져 쏘 시로 니어 십이부(十二賦) 곡죠를 지엇더니 이졔 다힝히 노태태와 모든 자미 광림(光臨)ᄒᆞ엿는지라. 쥰젼(樽前)의 공경을 펼 거시 업셔 쏘 져의 등으로 ᄒᆞ여곰 곡죠를 부르게 홀지니 모다 드르미 엇더ᄒᆞ뇨?”

보옥이 텽파의 희츌망외(喜出望外)ᄒᆞ여 련망히 즈리의 나아가 쳥샤ᄒᆞ더니 다만 보미,

“져 십이션녜 단쟝을 오라히 ᄒᆞ [22] 고 몬져 가모의 즈리 앏히 니르러 계슈흔 후의 스미 속의셔 곡죠 칙을 내여 보옥의 앏히 노코 모다 남로 우히 니르러 두 편의 렬좌ᄒᆞ고 싱쇼(笙蕭)를 블며 나고(鑼鼓)를 치며 소리를 ᄀᆞ치ᄒᆞ여 곡죠를 부를 시 보옥이 곡죠 칙을 펴고, 보챠·디옥으로 더브러 일면으로 곡죠 긔록흔 칙즈를 보며 일면으로 부르는 거술 듯더니[469] 시 곡죠 부르기를 맛치미 다만 보니 곡죠 칙이 오히러 멋 쟝이 남앗는지라. 번복ᄒᆞ여 즈셔히 보니 이는 원래 당일 녯 곡쥐라. 보 [23] 옥이 웃고 니

---

469) 《속홍루몽》 원문에는 십이부 곡조가 있으나, 번역본에는 생략되었다.

470) 【앗다】동 빼앗다. ¶ 奪 ‖ 보치 듯고 썰니 보옥의 슈듕으로셔 아스다가 샹운을 쥬며 니르디 (寶釵聽了, 忙向寶玉的手中奪了過來, 探着身子遞與湘雲.) <續紅 24:25>

471) 【거리씨다】형 거리끼다. ¶ 牽掛 ‖ 고노야야 이졔 디사를 임의 맛쳐 너와 나의 한가지 심스를 일윗시니 죵츠 이후로 우리 등이 쏘흔 다시 무슨 거리낄 거시 업도다 (姑老爺, 如今大事已

르디,

"내 당일의 곡죠롤 드롤 써의 필경 년유 (年幼)훈지라. 기듕의 즈셔훈믈 아디 못훈엿더니 오늘날 한 번 보미 므음의 비로쇼 명빅(明白)훈도다."

디옥이 웃고 니르디,

"이 녯 곡죠 칙 우희 말훈 것시 쏘훈 태과 (太過)훈도다. 내 엇지 일즉 한을 품어 눈물 홀니믈 가을붓허 겨을가지 니르고 봄붓허 여롬가지 니르럿느뇨?"

보치 웃고 니르디,

"필경은 쏘훈 그림지 잇는 곡졀이니 다만 말을 가져 뜻을 히롭게 아니미 곳 올토다. 겨 십이부 곡죠 【24】 쇽의 엇지 쏘 내 말이 업느 뇨?"

보옥이 웃고 니르디,

"너는 본디 유복지인이라. 이 쇽의 엇지 네 말이 잇시리오?"

보치 웃고 니르디,

"임의 니러훈량이면 엇지 네가 쏘 말훈디, <금룽십이챠金陵十二釵> 칙자 우희 쏘 내 말이 잇다 훈느뇨?"

보옥이 듯고 싱각훈더니 섈니 경환을 향훈 여 니르디,

"션고의 시 곡죠는 지은 거시 심히 내 뜻 의 합훈디, 다만 아지 못게라 <금룽십이챠> 칙 즈가 지금 잇느냐 업느냐? 청컨디 다시 보게 훈 라."

경환이 웃고 니르디,

"너의 등 인꽤(因果) 임의 결 【25】 안(結 案)이 된지라. 그 일과 샹관된 칙즈롤 모다 샹 텬의 도로 밧첫느니라."

보옥이 듯고 감히 다시 찾지 못훈고 도로 곡죠 칙을 즈셔히 볼 시 다만 드르미 샹운이 블 너 니르디,

"보거거야, 너의 삼인이 도로혀 다 보지 못훈엿느냐? 쏘훈 우리로 훈여곰 모다 보게 훈 라."

보치 듯고 섈니 보옥의 슈듕으로셔 아스다

가470) 샹운을 쥬며 니르디,

"너의는 모다 돌녀 보라. 그 쇽의 모다 너 의 일이 이시디 곳 나 일인만 간졍훈여 타인으 로 훈여곰 말홀 거시 【26】 업도다."

샹운이 바라 보다가 웃고 덤두훈며 믄득 초례디로 젼홀 시, 다만 보기롤 마치미 쏘훈 환 희훈여 강론훈는 이도 이시며 쏘훈 묵묵구언훈 여 렴즈훈 모양 잇는 이도 잇는지라. 보옥이 믄 득 경환을 향훈여 필연을 달나훈여 곡죠 칙을 쵸출(抄出)훈려 훈는지라. 경환이 믄득 사롭을 명훈여 필연을 가져오고즈 훈더니 홀연 일개 션 녜 창황히 드러와 품훈디,

"샹뎨의 칙지(勅旨)가 니르럿시니 청컨디 섈니 션고 등은 칙지롤 영졉훈라."

등 【27】 인이 듯고 모다 놀나며 경환과 묘 옥 등은 련망히 옷술 곳쳐 닙고 궁의 나아가 칙 지롤 영졉훈거늘 가모와 가부인은 모든 즈미 등 과 한가지로 내간으로 가 회피훈더라. 모든 션 녀 등이 슈각(手脚)이 황란훈여 쥬셕을 것고 악 긔롤 거두며 별노이 향안을 비셜훈여 스후훈더 니 언마 못되여 다만 보미 경환이 썅슈로 칙지 롤 밧들고 묘괴 뒤히 짜라 흠긔 드러와 칙지롤 향안의 뫼시고 옥궐을 향훈여 고두훈믈 맛치미 【28】 칙지롤 펴고 닑을 시 굴왓시디,

짐이 금신(今晨)의 원임도(原任都) 셩황 (城隍) 림히(林海)롤 쵸견훈미 알외오믈 드르 니 가보옥과 림디옥의 인과 일시 임의 결안 이 되고 가셕츈이 셩심 슈도훈여 지금 임의 범터롤 버셧다 훈니 짐심이 심히 가열(嘉悅) 훈지라. 몬져 망망디스(茫茫大士)와 묘묘진인 (渺渺眞人)으로 은혜롤 더훈여 쟉품을 더훈 외의 스실(査實)훈여 보미 경환이 태허롤 가 음아라 직스(職司)롤 경리훈디 시죵(始終)의 게 그 【29】 르미 업스니 치젹이 가히 아롭다 온지라. 훈여곰 요궁션스(瑤宮仙史)로 승탁훈 여 즉시 부임케 훈고 태허과결(太虛過缺)은 묘옥을 봉훈여 오진션고(悟眞仙姑)롤 삼아 젼 당훈여 경리케 훈고 젹하(赤霞), 강쥬(絳珠)

---

470) 【앗다】圖 빼앗다. ¶ 奪 ∥ 보치 듯고 섈니 보옥의 슈듕으로셔 아스다가 샹운을 쥬며 니르 디 (寶釵聽了, 忙向寶玉的手中奪了過來, 探着身 子遞與湘雲.) <續紅 24:25>

두 궁의 목하의 관리홀 사룸이 업스니 가셕
츈으로 쥬하션즈(珠霞仙子)롤 졔슈ᄒᆞ여 셔무
(庶務)롤 찬양케 홀지니 져의 량인은 져즈로
승션ᄒᆞ엿ᄂᆞ지라. 심지(心地) 순슈(純粹)ᄒᆞ니
보텬하의 ᄌᆡᄌᆞ가인(才子佳人)으로 ᄒᆞ여곰 기
리 항녀【30】롤 화ᄒᆞ게 ᄒᆞ고 탕즈(蕩子) 한
부(悍婦)로 더디 원가롤 지어 월로빙인(月老
氷人)의 무한쟉폐(無限作弊)ᄒᆞᄂᆞ 거슬 맛겨
두어 텬디의 큰 거스로도 사룸이 오히려 원
통ᄒᆞ미 잇게 말나.

ᄒᆞ엿더라.

경환과 묘괴 넑기롤 맛치고 모다 디회ᄒᆞ거
놀 가모 등이 임의 모다 명빅히 듯고 일졔히 나
와 경환과 묘고로 더브러 치하ᄒᆞ고 ᄯᅩ 셕츈으로
더브러 치하홀 시 보옥과 다못 영·탐·챠·디
등이 ᄯᅩ 쳐연이 락루ᄒᆞ여 니르디,

"ᄉᆞ미ᄂᆞ 빅일【31】승션ᄒᆞ여 봉호롤 바드
니 실노 가문의 힝이로디, 다만 즈미 골육이 일
죠의 리별ᄒᆞ니 ᄆᆞ음의 엇지 편ᄒᆞ리오. 다만 너
롤 위ᄒᆞ여 ᄉᆞ당을 세우고 쇼샹(塑像)을 밧드러
죠셕분향ᄒᆞ여 골육지졍을 다홀 ᄯᅡ룸이로다."

셕츈이 듯도 젼ᄒᆞ여 니르디,

"거거와 져져 등은 모다 구ᄐᆡ여 비샹치 말
고 내 네게 고ᄒᆞ믈 드르라. 롱취암(櫳翠庵)셔 쥬
안의 내가 스스로 그린 진영이 이시니 가져 내
여 곳 화상(畫像)을 쓰게 ᄒᆞ고 구ᄐᆡ여 쟝공(匠
工)을 블너 쇼샹을 민드지 말지니 본【32】디
면목을 일흐면 도로혀 아름답지 못ᄒᆞ도다. 너의
등이 만일 나롤 싱각홀진디 미양 샥망(朔望)이
되거든 모나 몽취암의 모노여 분향ᄒᆞ고 고요히
기드리면 우미 반드시 와셔 셔로 모히리라."

ᄒᆞ거놀 가뫼 듯고 ᄯᅩ흔 보옥과 모든 즈미
롤 향ᄒᆞ여 니르디,

"우리 ᄋᆞ희야, 너의 등은 샹심치 말나. 다
만 너의 ᄉᆞ미미 가히 입으로 도라와 너의 등으
로 더브러 시시로 셔로 볼 ᄲᅮᆫ 아니라 곳 나도
긔회롤 만나면 ᄯᅩ흔 집의 니르러 너의롤 보리
라. 텬식【33】이 느졋시니 우리 등이 ᄯᅩ흔 션
고긔 비샤(拜謝)ᄒᆞ고 가리라. 너의 고노애 임의
샹뎨긔 죠현ᄒᆞ여시니 이즈음의 다만 두리건디
아문으로 도라왓실 ᄃᆞᆺᄒᆞ고 너의 노야도 ᄯᅩ흔 벼
슬 잇ᄂᆞ 몸이라. 엇지 능히 오릭 우리롤 기드리

리오?"

보옥과 모든 즈미 듯고 다만 눈물을 거두
며 셕츈으로 더브러 비별홀 시 디옥이 품 속으
로 죠ᄎᆞ 젹은 갑(匣)을 내여 션고의게 도로 도
라 보니고 비로쇼 일졔히 비샤ᄒᆞ여 니르디,

"션고의 덕이 실노 산ᄒᆡᄀᆞᆺ치【34】놉고 깁
흐니 뎨즈 등이 몸이 맛쳐도 갑지 못ᄒᆞ리로쇼이
다."

경환이 답례ᄒᆞ여 니르디,

"범ᄉᆞ(凡事)롤 ᄀᆞᆺ쵸지 못ᄒᆞ여시니 오히려
바라건디 용셔ᄒᆞ라. 모든 즈미 등이 노태태롤
뫼시고 가니 우뎨(愚弟) ᄯᅩ흔 감히 머무르지 못
ᄒᆞ노라. 너의 그롤 위ᄒᆞ여 교즈롤 예비ᄒᆞ여시니
모다 타고 가라."

듕인이 듯고 ᄯᅩ 다시 비샤ᄒᆞ더니 가뫼 경
환을 향ᄒᆞ여 웃고 니르디,

"션괴 승픔ᄒᆞ여시니 아지 못게라 어니 ᄯᅥ
의 도임ᄒᆞ라 가ᄂᆞ뇨?"

경환이 웃고 니르디,

"우리ᄂᆞ【35】도로혀 신구(新舊) 교디ᄒᆞ미
이시니 범시 쳥쵸(淸楚)ᄒᆞ믈 기드려 바야흐로
능히 가리라."

묘괴 웃고 니르디,

"계가 엇지 능히 탈신ᄒᆞ리오? 우리 량인이
도로혀 져의 그릇 흔 곳을 ᄉᆞ실코즈 ᄒᆞ노라."

말ᄒᆞ미 듕인이 모다 웃더라. 이의 모다 강
쥬궁으로 나올 시 경환이 명ᄒᆞ여,

"교즈롤 모다 픠방 밧긔 ᄉᆞ후ᄒᆞ라."

ᄒᆞ더니 가뫼 니르디,

"션고ᄂᆞ 쳥컨디 도라가고 구ᄐᆡ여 먼니 보
내지 말나. 우리ᄂᆞ ᄯᅩ흔 다시 너의 궁 듕으로
가 ᄉᆞ례치 못ᄒᆞ리라."

경환이【36】니르디,

"엇진 말이뇨? 이 길은 우리 단이기롤 익
이ᄒᆞ여시니 죠곰도 먼 줄을 모로노라."

가뫼 듯고 가히 멈츄지 못 홀 줄을 아ᄂᆞ지
라. 다만 모다 완보(緩步)로 ᄀᆞᆺ치 힝ᄒᆞ여 빅운
홍슈(白雲洪水)롤 지뎜ᄒᆞ며 일로의 담쇼ᄒᆞ더니
믄득 픠방 외변의 니론지라. 경환과 묘옥과 셕
츈 삼인이 져의 모다 교즈의 오르믈 보고 비로
쇼 궁으로 도라가더라.

챠셜(且說), 가모 등 듕인이 교즈의 오르
미, 교뷔 메고 나ᄂᆞ ᄃᆞᆺ시 힝ᄒᆞᄂᆞ지라. 듕인이 다

만 눈이 현란ᄒ 【37】 고 ᄯᅩᄒ 젼면이 무슨 디방
인지 모ᄅ며 ᄯᅩᄒ 무슨 산쳔 슈목을 볼 슈 업고
귀의 다만 바름 소리만 들니더니 디략 한 식경
은 되여 믄득 보믹 젼면의 셩궐(城闕)이 외아(巍
峨)ᄒ여 모양이 뎨도(帝都) ᄀᆺ튼지라. 셩으로 드
러가 보니 금궐요궁(金闕瑤宮)과 경루옥위(璟樓
玉宇) 현뎌히 인간의 잇지 아닌 비라. ᄯᅩ 몃 구
븨롤 지니믹 다만 보니 진죵(秦鍾)이 일개 아문
밧 마디셕(馬臺石) 우희 셔셔 쇼리롤 놉혀 블너
니ᄅ더,

"교ᄌ롤 이곳으로 메여 오라. 이ᄂᆫ 곳 림
고노야의 아문이니라."

【38】 보옥이 듯고 련망히 교ᄌ롤 머므르
고 ᄲ여 나려 진죵으로 더브러 안부 뭇기롤 맛
치고 믄득 가모의 교ᄌ롤 붓들고 일죽 아문으로
드러가 이당의 니ᄅ러 교자롤 나려 노홀 시 다
만 보니 림여희와 가졍과 가쥬 삼인이 모다 이
당의셔 영졉ᄒᄂᆫ지라. 가모와 가부인과 다뭇 모
든 ᄌ미 교ᄌ의 나려 셔로 보고 십분 환회ᄒ더
니 가부인이 믄득 가모와 다뭇 모든 ᄌ미롤 인
도ᄒ여 앏셔고 ᄌ긔ᄂᆫ 뒤ᄒ셔 일졔히 퇵문(宅
門)으로 드러가 샹방 【39】 의 니ᄅ미, 다만 보
니 규뫼(規模) 굉챵(宏敞)ᄒ고 포진이 화려ᄒ여
셩황묘의 비컨디 더옥 긔샹이 ᄌ별ᄒ더라. 가부
인은 모든 ᄌ미롤 다리고 모다 내간으로 가셔
안고 가모ᄂᆫ 림여희와 가졍과 가쥬와 홈긔 모다
외간의셔 각기 ᄎ셔디로 취좌(就坐)홀 시 ᄉ긔
등이 챠롤 가져오거늘 챠롤 파ᄒ미 림공이 믄득
말ᄒ더,

"금신의 옥뎨긔 됴현ᄒ고 보·디의 인과
(因果)와 아오로 셕츈의 승션(昇仙)ᄒᆫ 일을 면쥬
(面奏)ᄒ엿더니 옥뎨게셔 즉시 칙지롤 ᄂᆞ리샤
황건력ᄉ(黃巾力士) 【40】 롤 식여 밧드러 태허
환경(太虛幻境)으로 ᄀᆺᄂᆞ니라."

ᄒ여 가뫼의게 일편을 고ᄒ니 가뫼 ᄯᅩᄒ
태허경의 니ᄅ러 셕츈을 보내고 칙지 영졉ᄒᆫ 말
을 가졍과 림공의게 고ᄒ니 피ᄎ 모다 환희홀
시 가뫼 림고야롤 향ᄒ여 웃고 니ᄅ더,

"고노야야, 이졔 디사(大事)롤 임의 맛쳐
너와 나의 한가지 심ᄉ롤 일윗시니 죵ᄎ 이후로
우리 등이 ᄯᅩᄒ 다시 무슨 거리낄471) 거시 업도

다. 너의 이거거는 졔가 벼슬잇ᄂᆫ 몸이라 가히
이곳셔 오릭 머믈지 못홀지니 나는 싱각 【41】
건디 우리 등이 곳 너의 댱인(丈人)의 곳으로
가 모다 얼골을 보고 ᄯᅩᄒ 져의 등으로 모다 일
죽 도라가게 ᄒ미 올토다."

림공이 디답ᄒ더,

"방ᄌ 쵸대(焦大) 니ᄅ러 고ᄒ더, '노태야
등이 모다 긔린각(麒麟閣)의셔 머무신다.' ᄒ니
이곳의셔 다만 머지 아닌지라. 우리 등이 모다
밥을 먹고 너의 녀ᄋ와 한가지로 뫼시고 가도
ᄯᅩᄒ 더디지 아니토다."

가뫼 니ᄅ더,

"임의 니러ᄒ면 우리 등이 곳 일죽 밥을
먹으미 ᄯᅩᄒ 가ᄒ니라."

림공이 듯고 믄득 ᄉ긔롤 명ᄒ여 드러가 【
42】 가부인게 고ᄒ라 하니 가부인이 샐니 포이
가롤 명ᄒ여 쥬하(廚下)의 가 밥을 직쵹ᄒ더니
언마 못디여 밥을 버려 오거늘 가부인이 인ᄒ여
모든 ᄌ미와 한가지로 내간의셔 분좌ᄒ고 가모
ᄂᆫ 가졍과 림공과 가쥬와 보옥으로 더브러 인ᄒ
여 외간의셔 한ᄌ리의 안ᄌ시니 샹계(上界)의
효찬쥬괘(看饌酒果) 과연 인세와 다른지라. 이로
긔록기 어렵더라. 모다 씩반(喫飯)ᄒ미 양치ᄒ고
챠롤 마신 후의 가뫼 믄득 직쵹ᄒ여 교무롤 ᄉ
후케 ᄒ니 【43】 이의 림공과 가부인이 ᄯᅩᄒ 모
다 관디롤 밧고와 닙고 모든 ᄌ미롤 거느리고
교ᄌ도 타고 물도 타 모다 긔린각으로 올 시 언
마 힝치 못ᄒ여 다만 보믹 두 집이 놉히 쇼ᄉ
거듭 하늘의 다핫시더 일면은 크게 룽연각(凌烟
閣)이라 쓰고 일면은 긔린각(麒麟閣)이라 크게
뻣거늘 림공이 ᄆᆞ샹의셔 가ᄅ치며 가졍을 향ᄒ
여 니ᄅ더,

"ᄌ고 이리로 무릇 젼쟝의 신ᄉ(身死)ᄒᆫ 이
와 다뭇 국가의 슌졀(殉節)ᄒᆫ 츙신은 모다 룽연
각의 머믈고 무릇 츙군익민(忠君愛民)ᄒ며 【44
】 임현용룽(任賢用能)ᄒ여 ᄉ직(社稷)과 싱민(生
民)의 공이 잇ᄂᆫ디 신은 모다 긔린각의 머무ᄂ
니라."

가졍이 듯고 ᄆᆞ샹의셔 뎜두탄식ᄒ더니 어

---

471) 【거리끼다】 ᄝᅠ 거리끄다. ¶ 牽掛 ‖ 고노야야
이졔 디사롤 임의 맛쳐 너와 나의 한가지 심ᄉ

롤 일윗시니 죵ᄎ 이후로 우리 등이 ᄯᅩᄒ 다시
무슨 거리낄 거시 업도다 (姑老爺, 如今大事已
完, 了結了你我的一件心事, 從此以後, 咱們也再
沒有什麼牽掛的了.) <續紅 24:40>

언 간의 믄득 영국공(榮國公)의 디문의 니론지라. 림공과 가정과 가쥬와 보옥이 몰긔 나려 림공이 가졍으로 더브러 몬져 드러가고 가쥬와 보옥은 가모의 교즈롤 붓들고 바로 듕뎡(中庭)의 니르러 교즈롤 나려 노홀 시 영국공 가디션(賈大善)이 듕뎡의 셧눈지라. 림여희와 가정이 복디비통ᄒ거놀 영공이 련망히 손 【45】 을 잡아 니르혀고 가모와 가부인과 다뭇 모든 즈미 모다 교즈의 나려 노부쳐(老夫妻)와 부녜 셔로 보미 비희교집(悲喜交集)ᄒ더니 가부인이 또 모든 즈미롤 거느리고 모다 영공으로 더브러 쳥안(請安)ᄒ고 일졔히 샹방의 니롤 시 모든 즈미롤 일일이 보고 셩명, 년치롤 뭇거놀, 가뫼 믄득 즈셔히 가르쳐 영공긔 일편을 고ᄒ니 영공이 듯고 블승환히ᄒ여 즈긔눈 믄득 가모와 한가지로 졍히 샹면 탑샹의 안고 림공과 가정과 가쥬와 보옥을 명ᄒ여 모다 【46】 동편 의즈 우히 안게 ᄒ며 가부인과 모든 즈미롤 명ᄒ여 모다 셔편 의즈의 안줄 시 챠환 등이 챠롤 드리거놀 챠롤 파ᄒ며 영공이 가정을 향ᄒ여 니르디,

"나눈 드르니 네가 벼술 지내기롤 공졍무소(公正無死)히 ᄒ여 우히 셩권(聖眷)도 또ᄒ 둇텁고[472] 외간의 셩명도 또ᄒ 죠타ᄒ니 내 모옴이 심히 깃분지라. 더옥 맛당히 갈진심력(竭盡心力)ᄒ여 고후(高厚)ᄒ 은틱을 디답홀 거시오. 가히 일호도 소심을 두어 스스로 하눌 꾸지람[473]을 부르지 아닐지니라. 보 【47】 옥도 인과롤 임의 맛쳐시니 또ᄒ 맛당히 힘뼈 젼경을 도모홀 거시오. 가히 임의로 랑유(浪遊)ᄒ여 가셩(家聲)을 츄락게 아닐지라."

가정과 보옥이 쎌니 니러니 올틱 답응ᄒ거놀 영공이 또 니르디,

"너의 등이 이졔 우리 노부부롤 모다 보내여 이곳의 니르러시니 너의 등 오손된 사롬의 일견 디사롤 맛쳣도다. 너의 등이 모다 관직 몸의 이시니 이곳의셔 가히 오리 머무지 못홀지라. 모다 히즈 등을 다리고 일죽 도라가라."

가정이 눈믈을 【48】 [을] 홀니며 니르디,

"오손이 블쵸ᄒ오니 가듕의 일졀 후소롤 노태야와 노태태긔셔 교훈ᄒ시믈 바라노라."

가뫼 니르디,

"젼일 봉챠뒤 내게 고ᄒ디, '장리 너의 등을 권ᄒ여 의젼(義田)을 두고 학당(學堂)을 셰우며 형디(塋地)롤 널니게 ᄒ리라.'ᄒ니 니런 일이 또ᄒ 모다 가히 지음즉ᄒ도다."

가정이 쎌니 또 올타 답응ᄒ거놀 영공이 탄식고 니르디,

"이눈 모다 사롬이 스스로이 쇠ᄒ눈 비로다. 내 말디로 홀진디 너눈 흥샹 방효유(方孝孺)의 지은 일편 <심 【49】 려편心慮篇>을 닑을지니 졔의 그 의론이 원리 텬하 국가롤 둔 사롬을 위ᄒ여 말ᄒ엿시나 우리 등도 또ᄒ 디디로 벼술ᄒ눈 집이라. 디부의 집을 두눈 거시 또ᄒ 인군의 나라 두눈 것 ᄀᆺ트니 또ᄒ 반드시 스스의 지셩(至誠)을 뿌코 디덕을 심어 텬의롤 죠츠면 후세 즈손이 바야흐로 능히 기리 부귀롤 보젼홀 거시오. 그러치 아니코 젼혀 사롬의 스스 쇠만 미드면 반드시 싱각이 간졀홀소록 화가 즈연 깁흐리라."

가졍이 듯고 또 올타 【50】 답응ᄒ거놀 영공이 니르디,

"씨가 느졋시니 너의 등은 모다 도라가라."

가정이 듯고 오히려 연연ᄒ여 놋치 못ᄒ눈지라. 영공이 또 지삼 지쵹ᄒ디 가정이 즐겨 몸을 닐지 아니코 오히려 무슨 일을 뭇고즈 ᄒ눈지라. 영공이 디로(大怒)ᄒ여 힘을 다ᄒ여 손으로 탁즈롤 한 번 치니 믄득 벽력쇼리 ᄀᆺ트여 짜히 움즉이고 방이 흔들니눈지라. 듕인이 모다 몸이 반공 듕으로셔 쩌러지눈 것 ᄀᆺ디니 다민 드르미 가정이 디규 일셩의 놀나 씨 【51】 니 침샹 일몽이라. 이 일을 위ᄒ여 시롤 읊흐니 ᄒ엿시디,

만암잉화부귀츈(滿眼鶯花富貴春)
번화이과변셩진(繁華已過便成塵)
일셩벽력당두향(一聲霹靂當頭響)
경셩홍루몽리인(驚醒紅樓夢里人)

---

472) 【둇텁다】 ᄒᆼ 《둇텁다》 두텁다. ¶ 厚 ∥ 나눈 드르니 네가 벼술 지내기롤 공졍무소히 ᄒ여 우히 셩권도 또ᄒ 둇텁고 외간의 셩명도 또ᄒ 죠타ᄒ니 내 모옴이 심히 깃분지라 (我聽見你做官公正無私, 上頭的聖眷也好, 外邊的聲名也好, 我心甚喜.) <續紅 24:46> ⇒ 둇터오-, 둇터우-

473) 【꾸지람】 ᄆᆼ 꾸지람. ¶ 譴 ∥ 가히 일호도 소심을 두어 스스로 하눌 꾸지람을 부르지 아닐지니라 (更宜竭盡心力仰答高厚, 不可稍有私心自招天譴.) <續紅 24:46>

눈의 가득흔 잉화 부귀의 봄이

번화흐미 임의 지나미 믄득 틋글을 일웟더
라.

한 쇼리 벽력이 머리롤 당흐여 울니니
홍루몽 속의 사롬을 놀내여 씨이더라.

츠시(此時), 텬식이 녀명(黎明)의 지나지 아
닌지라. 왕부인이 니러나 오히려 쇼셰롤 못흐엿
더니 내간의셔 가졍이 한 쇼리 크게 부르는지
라. 왕부인이 【52】 놀나 련망히 내간으로 드러
가 볼 시 다만 보니 가졍이 니블 속의셔 니러나
안줏고 쥬이랑이 져롤 위흐여 옷술 닙히는지라.
왕부인이 셜니 무르디,

"노애, 씨엿도다. 노태태롤 짜라 갓더냐?"
가졍이 탄식고 눈믈을 씨스며 니르디,

"긔괴(奇怪)흐도다. 원리 귀신의 황탄흔 일
을 내가 흥샹 즐겨 깁히 밋지 아니터니, 쟉야의
보옥이 나롤 위흐여 부쟉을 술올 찌의 말흐디,
'비명으로 흐여곰 짜라가 슈후케 흐리라.' 흐더
니 과연 부쟉을 술은 【53】 후의 내가 믄득 잠이
들미 다만 몸이 유유히 반텬(半天)의 오르고 비
명이 뒤히셔 짜로더니 쥬이 몰을 쯔을고 한 덩
이 쳥셕(靑石) 가의셔 져의 스미미로 더브러 담
화흐다가 한 번 우리 오는 거술 보고 졔가 믄득
우리롤 인도흐여 몰을 티이니 곳 구롬 탄 것과
일양이라. 그 후의 셩의 드러가 믄득 고노야 아
문의 니르러 반일이나 기드리미 노태태와 고태
태와 다믓 보옥과 고랑 등이 바야흐로 모다 니
르더니 져의 등이 내게 고흐디,

"스고랑 【54】 을 보내여 태허환경의 니르
럿다."

흐고 쏘 샹뎨 칙지롤 영졉흐미 스고랑을
봉흐여 쥬하션지(珠霞仙子) 되엿다 흐는지라. 밥
을 먹은 후의 모다 비로쇼 긔린각(麒麟閣)의 니
르러 노태야롤 뵈오미 허다 죠흔 말노 교훈 흐
시다가 다만 분부흐여 우리 등으로 흐여곰 도라
가라 흐시디 내가 부모롤 연연흐여 지삼 즐겨
몸을 움죽이지 아니 흐엿더니 노태애 더로흐여
탁즈롤 한 번 치미 곳 디렬산붕(地裂山崩)흠과
굿트여 필경 나롤 놀느 씨게 흐여시 【55】 니 다
만 아지 못게라 보옥과 고랑 등도 씨엿느냐?
왕부인이 듯고 셜니 옥쳔으롤 명흐여,

"츄샹지와 도향쵼과 이홍원 각쳐로 가 탐
지흐라."

흐거놀 옥쳔이 답응흐고 가더라. 믄득 드
르미 챵외의셔 노퍼 픔흐디,

"비명이 문 밧긔셔 노애 씨엿나 탐지흐며
니르디, '스관(司官) 등이 사롬을 식여 와 쳥흐
디 오놀 아문의 일이 잇다.' 흐니 쳥컨디 노야
는 일죽 갈지니 슐위롤 모다 메여 디후흐엿다."

흐거놀 가졍이 텽파의 련망히 【56】 쇼셰흐
고 옷술 닙으며 쏘흔 옥쳔으의 회신을 기드리지
못흐고 믄득 몬져 공부(工部)로 가더라. 왕부인
이 겨유 쇼셰롤 맛치미 다만 보니 옥쳔이 드러
와 픔흐디,

"대내내와 고내내 등이 모다 씨고 량위 고
내내와 다믓 나의 져져와 쳥문져졔 쏘흔 모다
씨엿시디, 다만 보이애 일양 혼침(昏沈)흔지라.
량위 내내 아모리 밀고 블너도 능히 씨지 아니
흔다."

흐거놀 왕부인이 듯고 디경흐여 련망히 캉
의 뛰여 나려 옥쳔으롤 다리고 챵황히 이홍원 【
57】 으로 올 시 겨유 쇼샹관을 지나미 다만 보
니 츄샹지의 머무던 영, 탐, 릉, 샹 등 즈미 칠
인이 모다 봉요교(蜂腰橋)로 죠츠 염염히 오고
니환도 쏘흔 도향쵼으로셔 오다가 왕부인을 보
고 모다 니르디,

"우리 즈미 등이 모다 노태태롤 보내여 긔
린각의 니르럿더니 노태태의 한 번 탁즈 치시므
로 놀나 씨엿시디 엇지 다만 보형뎨 일인만 씨
지 못흐엿느뇨?"

왕부인이 니르디,

"나도 쏘흔 옥쳔으의 와셔 말흐는 거술 듯
고 크게 놀난지라. 니러 【58】 므로 내가 셜니
보라오디 아지 못게라 이 쏘흔 무슨 년괴뇨?"

졍히 말흘 찌의 다만 보니 셜이미 니긔(李
綺)와 한가지로 쏘흔 쇼샹관으로 죠츠 오는지
라. 이의 모다 이홍원으로 올 시 보·디 량인이
셜니 마즈 나오거놀 왕부인이 무르디,

"보옥이 씨지 아니흐엿느냐? 이거시 쏘 흔
이 쩌러지미 아니냐?"

챠·디 량인이 디답흐디,

"태태(太太)는 방심흐라. 샹관이 업도다. 우
리 등이 져의 광경을 즈셔히 보미 도로혀 꿈 꾸
는 것 굿고 혼이 쩌러진 모양 굿지 아 【59】 니

ᄒ니 져로 ᄒ여곰 한즈음 더 자게 ᄒ는 거시 싱각건더 ᄯᅩᄒᆫ 무방(無妨)ᄒᆯ가 ᄒ노라.”

왕부인이 듯고 내간의 니르러 쟝을 열고 볼 시 다만 보니 보옥이 니블을 덥고 코롤 고을고 즈디, 얼골 긔식을 보미 샹시 ᄀᆞᆺᄐᆫ지라. 비로쇼 방심ᄒ고 도로 나와 모다 캉 우희 안즈미 견, 잉, 화, 류 스인이 챠롤 가져오고 챠·디 량인은 믄득 말ᄒ디,

“쟉야의 잘 씨의 부쟉을 술와 몬져 태허환경의 니르러 셕츈과 묘옥을 보내고 비로쇼 모【60】다 흠긔 긔린각의 니르러 가모롤 보닐 시 가졍이 지삼 즐겨 집으로 도라오지 아니믈 인ᄒ여 영공이 디로ᄒ여 한 번 탁즈롤 치미 모다 일졔히 경각ᄒ엿노라.”

ᄒ여 죵두지미히 이 일을 즈셔히 셜이마와 왕부인긔 고ᄒ니 노즈미 량인이 일변 환희ᄒ며 일변 샹심ᄒ더니 탐츈이 썔니 시셔(侍書)롤 식여 롱취암(櫳翠庵) 셔쥬(書廚)의 가셔 셕츈이 친히 그린 진영(眞影)을 가져 와 벽상의 걸고 모다 볼 시 형용과 태되 진개 셕【61】츈이 그곳의 안즌 것 ᄀᆞᆺᄐᆞᆯ 다만 입의 긔식(氣息)만 업ᄂᆞᆫ지라. 왕부인과 셜이마와 다믓 모든 즈미 ᄯᅩᄒᆫ 모다 눈믈을 흘니더니 왕부인이 눈믈을 씻고 니르디,

“그만 화샹을 거두라. 노애 도라오기롤 기드려 샹량ᄒ여 져롤 위ᄒ여 ᄉᆞ당을 짓게 ᄒᆯ지니 ᄯᅩ 거러두면 날노 ᄒ여곰 보미 ᄆᆞ음의 견디기 어렵도다.”

시셰 듯고 즉시 거두어 칙 탁즈의 넛터라. 왕부인이 믄득 챠·디 량인의게 분부ᄒ디,

“너의 량인은 이곳이 잇【62】셔 죠히 보옥을 보라. 나는 너의 이마와 즈미 등으로 더브러 샹방을 가셔 안고 ᄯᅩᄒᆫ 죠반을 버리리라.”

챠·디 냥인이 련망히 답응ᄒ거늘 이의 셜이마와 모든 즈미 등이 왕부인과 한가지로 모다 샹방으로 가더라. 챠·디 량인이 듕인을 보내여 간 후의 ᄯᅩ 흠긔 내간으로 와 보옥을 볼 시 겨우 문의 들미 믄득 드르니 보옥이 댱 내의셔 흡흡더쇼ᄒ거늘 량인이 듯고 경의ᄒ여 련망히 드러가 쟝을 들고 볼 시 보옥이 니블 속의셔 니【63】러 안즈 의복을 닙으며 졍히 눈을 부븨더니[474] 보치 썔니 무르디,

“우리 등은 일즉 모다 씨엿거눌 너는 엇지 이졔야 씨ᄂᆞ뇨?”

디옥이 ᄯᅩ 웃고 니르디,

“필연 ᄯᅩ 몽듕(夢中)의 무슨 죠혼 일을 보도다. 그러치 아니면 엇지 즐겨 우스리오?”

보옥이 웃고 니르디,

“너의 량인은 안즈 나의 셔셔히 고ᄒᆞᆷ믈 드르라. 방즈 우리 등이 모다 긔린각(麒麟閣)의셔 노태애 탁즈롤 한 번 치미 나의 몸이 곳 공듕으로셔 ᄯᅥ러지는 것 ᄀᆞᆺ더니 그 후의 다만 경경히[475] ᄯᅡᄒᆯ 드【64】디고져 눈을 ᄯᅳ고 보미 다만 한 시녀믈이 길을 막앗고 언덕 우희 한 픠방이 이시디 그 우희 ‘급류진각미도(急流津覺迷渡)’ 여섯 글즈롤 썻고 그 겻히 한 쵸암(草庵)이 잇더니 다만 드르미 그 속의셔 사롬이 말ᄒ디,

“이리오라.”

ᄒ거눌 암즈 문을 열고 보니 곳 원리 노야로 더브러 겨례[476]롤 지은 가우촌(賈雨村)과 다믓 일개 무슨 공공도인(空空道人)이라. 겨의 냥인이 내가 문을 열고 드러오는 거슬 보고 모다 디희ᄒ여 니르디,

“네가 오기롤 죠히 ᄒ엿도다. 너의 당일【65】《셕두긔石頭記》ᄂᆞᆫ 원리 나의 량인이 죠셜근(曹雪芹) 션싱의게 쳥ᄒ여 편츠(編次) 교졍ᄒᆯ 거시어니와 너의 등 후리의 일단 인과ᄂᆞᆫ ᄯᅩ 일개 븡위 잇셔 죠셜근의게 부탁ᄒ여 너롤 위ᄒ여 일부 《후홍루몽後紅樓夢》을 지어시니 너는 ᄯᅩ 안즈보라. 네 뜻의 합ᄒ냐, 합지 아니ᄒ냐?”

ᄒ고 이의 날노 ᄒ여곰 안게 ᄒ고 안샹으로셔 일부(一部) 셔롤 너여 나롤 쥬어 보게 ᄒ니 내가 바다 가지고 죵두지미히 한 번 보미 어

---

474) 【부븨다】 동 비비다. ¶ 揉 ∥ 보옥이 니블 속의셔 니러 안즈 의복을 닙으며 졍히 눈을 부븨더니 보치 썔니 무르디 (只見寶玉從被中坐起, 披着衣服, 正在揉眼.) <續紅 24:63>

475) 【경경히】 부 {경경(輕輕)히.} 가볍게. ¶ 輕輕 ∥ 그 후의 다만 경경히 ᄯᅡᄒᆯ 드디고져 눈을 ᄯᅳ고 보미 다만 한 시녀믈이 길을 막앗고 (後來只覺輕輕的落了地. 睜眼看時, 只見一條長河阻路.) <續紅 24:63>

476) 【겨례】 명 친척(親戚). 종친(宗親). ¶ 宗 ∥ 암즈 문을 열고 보니 곳 원리 노야로 더브러 겨례롤 지은 가우촌과 다믓 일개 무슨 공공도인이라 (我推開庵看時, 原來就是和老爺聯過宗的那個賈雨村, 和一個什麼空空人.) <續紅 24:64> ⇒ 겨레, 겨러

더 죠셜근의 필법이리오? 언어 구긔가 젼연 【66】 이 ᄀᆞᆺ지 아니ᄒᆞ니 심히 내 뜻의 합지 아니터라 ᄒᆞ거늘 보치 듯고 우ᄉᆞ며 니ᄅᆞ더,

"지은 말이 모다 무어시뇨? 너는 말ᄒᆞ라. 우리 등이 드르리라."

보옥이 니ᄅᆞ더,

"층졀(層折)이 너모 만ᄒᆞ니 ᄯᅩᄒᆞᆫ ᄌᆞ셔히 긔록지 못ᄒᆞᆯ 다만 의희이 긔록ᄒᆞᆯ건디 남방(南方)으로 죠ᄎᆞᆺ 림미미의 일개 거게 니ᄅᆞ럿다 ᄒᆞ더라."

ᄒᆞ니 더옥이 놀나 니ᄅᆞ더,

"내 어디 무슨 거거가 잇시리오?"

보옥이 니ᄅᆞ더,

"도로혀 다만 너의 거거 ᄲᅮᆫ 아니라 ᄯᅩ 일개 붕우를 다리고 왓시디 부르기 【67】 무슨 강경셩(姜景星)이라 ᄒᆞ여 한 번 가듬의 니ᄅᆞ러 너의 지뫼(才貌) 이시믈 듯고 계가 곳 일심으로 네게 빙례코ᄌᆞ ᄒᆞ며 너의 거거도 ᄯᅩᄒᆞᆫ 져를 쥬기를 원ᄒᆞ고 너도 ᄯᅩᄒᆞᆫ 스스로 져의게 싀집가믈 원ᄒᆞᆫ다 ᄒᆞ더라."

ᄒᆞ니 말이 여긔 니ᄅᆞ미, 다만 드르니 보치 니ᄅᆞ더,

"이야, 너의 말 ᄀᆞᆺ틀진디 그 후의 림미미가 그 사름의게 싀집ᄀᆞᆺ다 짓지 아니ᄒᆞ엿느냐?"

더옥이 듯고 셜니 혀ᄎᆞ며 니ᄅᆞ더,

"너는 엇지 맛당히 그 사름의게 싀집ᄀᆞᆺ다 말ᄒᆞ느뇨?"

보옥이 【68】 니ᄅᆞ더,

"너는 챡급지 말나. 이는 블과 글을 짓는 디 져기 파란(波瀾)을 내는 거시어니와 ᄌᆞ연 오리면 도로혀 우리 량인이 인연을 지을지니 엇지 진개 그 사름의게 싀집가믈 ᄋᆞᆫ는 리치(理致)가 이시리오?"

더옥이 얼골을 붉히고 니ᄅᆞ더,

"너ᄀᆞᆺ치 말ᄒᆞ량이면 우리 등이 후리의 일단 인과를 필경 져더로 말ᄒᆞ여 그릇ᄒᆞ엿다 ᄒᆞ고 능히 다시 곳치지 못ᄒᆞ랴?"

보옥이 니ᄅᆞ더,

"너는 챡급지 말고 나의 고ᄒᆞ믈 드르라. 방ᄌᆞ 나도 ᄯᅩᄒᆞᆫ 이 한가지 말을 져 【69】 공공도 인과 가우촌을 디ᄒᆞ여 말ᄒᆞ엿더니 져의 량인이 머리를 숙이고 이윽히 쥬져ᄒᆞ다가 니ᄅᆞ더, '또ᄒᆞᆫ 무던토다. 네가 임의 즐겨 감심(甘心)치 아니

면 우리 등이 너를 다리고 도홍헌(悼紅軒)의 니ᄅᆞ러 노죠(老曹)의게 무러 계가 무슨 방법이 잇셔 너를 위ᄒᆞ여 별노이 홍루(紅樓)를 니어 짓는가 보미 엇더ᄒᆞ뇨?' ᄒᆞ거늘 내 듯고 가장 환희ᄒᆞ여 곳 져의 량인을 ᄯᅡ라 쵸당(草堂)으로 나와 몃 구븨를 지내더니 과연 한 도홍헌이 이시디 그 속의 일개 빅 【70】 슈 노재(白須老者) 잇셔 궤의 업디여 글을 보다가 우리 드러오믈 보고 련망히 몸을 니러 좌를 ᄉᆞ양ᄒᆞ거늘 내가 곳 일단 인과를 가져 셰셰히 져를 디ᄒᆞ여 한 번 말ᄒᆞ고 져의게 별노이 이어짓기를 쳥ᄒᆞ니 그 노재 웃고 니ᄅᆞ더, '내 늙엇느지라. 능히 쓰지 못ᄒᆞᆯ지니 쪽ᄒᆞ는 다만 타인을 ᄎᆞᄌᆞ가미 죠토다.' ᄒᆞ거늘 내 져의 응락지 아니믈 보고 지삼 간걸(懇乞)ᄒᆞ엿더니 노재 부득이 ᄒᆞ여 니ᄅᆞ더, '임의 이 ᄀᆞᆺ트면 너는 너의 일단 인과를 쵸 【71】 출ᄒᆞ여 이의 두라. 내 공공노ᄉᆞ의게 간구ᄒᆞ여 너를 위ᄒᆞ여 일인을 어더 홍루몽을 이어 지으디 단졍코 너의 심ᄉᆞ의 합ᄒᆞ게 ᄒᆞ미 올토다.' ᄒᆞ거늘 내 져의 고집ᄒᆞ여 즐기지 아니믈 보고 ᄯᅩᄒᆞᆫ 다시 강권키 어려워 다만 우리 등의 후리 인과를 쵸출ᄒᆞ여 져를 위ᄒᆞ여 머믈너 두고 ᄯᅩᄒᆞᆫ 계가 진졍 사름을 어더 디필ᄒᆞᆫ지 혹 ᄌᆞ긔가 이어 짓는지 아지 못ᄒᆞ디, 내가 ᄯᅩ 져의게 한 번 거듭 부탁ᄒᆞ고 곳 가우촌과 공공도 【72】 인으로 더브러 하직을 고ᄒᆞ고 나와 도로 급류미각진도(急流津覺迷渡)의 니ᄅᆞ러 져의 등 일쳑 젹은 비를 블너 날노 ᄒᆞ여곰 시내를 건너오게 ᄒᆞ여 겨유 언덕의 오ᄅᆞ미 곳 홀연 놀나 ᄭᆡ엿노라."

더옥이 니ᄅᆞ더,

"임의 이 ᄀᆞᆺ트면 네가 방ᄌᆞ ᄭᆡ여 희희흡흡ᄒᆞᆫ 무슴 일이뇨?"

보옥이 니ᄅᆞ더,

"내가 ᄭᆡ여 홀연 《후홍루몽後紅樓夢》 글 우희 지은 거슬 싱각ᄒᆞ미 우리 량인이 셩혼 후의 네가 죵시 즐겨 나와 더브러 동샹공침(同上公枕)ᄒᆞ지 아니 ᄒᆞᆫ지라. 【73】 몃 달을 들네여 태태긔셔 ᄯᅩᄒᆞᆫ 챡급ᄒᆞ여 근심ᄒᆞ시더니 모든 ᄌᆞ미 일개 방법을 싱각ᄒᆞ여 너를 쳥ᄒᆞ여 꼿츨 구경ᄒᆞ고 슐을 니취(泥醉)케 먹여 너를 메워 당듕의 니ᄅᆞ러 샹 우희 누이고 나를 쳥ᄒᆞ여 방듕으로 드러가게 ᄒᆞ여 필경 일단 인연을 일윗시니 너는 말ᄒᆞ라. 맛당히 우으냐, 우읍지 아니냐?"

　　더옥이 쳥파의 쌤을 붉히고 졍히 말ᄒ고ᄌ
ᄒ더니 다만 드르미 쳥문이 드러와 니르디,

　　"태태긔셔 옥슌으로 보【74】내여 이애 씨
엿ᄂ지 탐지 ᄒ시고 내내 등도 모다 량위 내내
롤 기드려 한가지로 씌반ᄒ려 ᄒ다 ᄒ더라."

　　보옥이 듯고 련망히 옷슬 닙고 쇼셰ᄒ 후
의 챠·디 냥인과 함긔 모다 샹방으로 와 왕부
인을 볼 시 몽듕의 쏘 가우촌 본 말을 ᄒ기 어
려온지라. 다만 말ᄒ디,

　　"혼이 텬샹으로셔 죠츠 나려오미 길을 일
헛더니 다힝히 일개 도인의 인도ᄒ믈 힘닙어 도
라왓노라."

　　ᄒ여 왕부인을 쇽이고 이의 모다 샹방의셔
함긔 죠반 먹고 모든 ᄌ미【75】 훗허지려 홀 씨
의 다만 드르니 사룸이 잇셔 씰의셔 보ᄒ디,

　　"노애 도라 오신다."

　　ᄒ거ᄂ 보옥이 썔니 마ᄌ 나아갈 시 다만
보니 가졍이 드러오디, 얼골의 희식을 씌엿거ᄂ
보옥이 쳥안ᄒ고 믄득 쏘 길을 일허 씨기롤 더
디ᄒ 말을 가져 픔ᄒ니 가졍이 뎜두ᄒ고 샹방으
로 드러와 왕부인을 향ᄒ여 니르디,

　　"우리 집이 진개 텬은죠덕(天恩祖德)을 후
히 닙ᄂ도다. 금죠의 죠회의 드러 갓더니 셩샹
이 문화뎐(文華殿)의셔 쇼견(召見)ᄒ시고 말슴ᄒ
시【76】 디, 쟉야 꿈의 보미 림고노애 ᄉ은ᄒ며
하직ᄒ고 힁홀 시 쏘 셕츈의 승션ᄒ 일을 더신
알외더라 ᄒ시고 인ᄒ여 구지(口旨)롤 나려 그
ᄌ셔ᄒ 거슬 하슌(下詢)ᄒ시ᄂ지라. 내가 믄득
면관돈슈(免冠頓首)ᄒ고 실상을 알외엿더니 텬
안이 더열ᄒ샤 즉시 칙지롤 나리시디 셕츈으로
혜각션고(慧覺仙姑)롤 봉ᄒ시고 은ᄌ 쳔 량을
샹급ᄒ여 본가로 ᄒ여곰 스스로 ᄉ당을 셰워 봉
스케 ᄒ시며 림고노야ᄂ 승픔ᄒ여 영록디부(榮
祿大夫)롤 봉ᄒ시며 고내내ᄂ 승【77】 픔ᄒ여
부인을 봉ᄒ시디 셩황묘의 잇ᄂ 바 졔젼(祭田)
을 가져 ᄋᄌ 림셩옥(林成玉)을 샹급ᄒ여 영셰
가업을 삼게 ᄒ시며, 노태야ᄂ 승픔ᄒ여 광록디
부롤 봉ᄒ시며 노태태ᄂ 승픔ᄒ여 일픔 부인을
봉ᄒ시디 은ᄌ롤 ᄉ급ᄒ여 졔ᄉ롤 지니게 ᄒ시
니 진개 젼고(前古)의 업ᄂ 은젼이로다."

　　왕부인과 보옥과 다못 모든 ᄌ미 듯고 모
다 블승환희ᄒᄂ지라. 가졍이 쏘 보옥의게 챡실
이 한 번 권면ᄒ고 믄득 명ᄒ여 가ᄉ와 형부【

78】인과 아오로 가진과 가련과 가환과 가용과
가란을 쳥ᄒ여 샹의ᄒ여 퇴일ᄒ여 션죠의게 졔
ᄉᄒ고 공쟝(工匠)을 블너 셕츈을 위ᄒ여 ᄉ당
을 셰우고 진영(眞影)을 걸디 곳 셔방(書房)의셔
슐을 버리고 가연ᄒ며 왕부인과 형부인과 셜이
마ᄂ 모든 ᄌ미와 한가지로 샹방의셔 잔치ᄒ여
졍히 열요ᄒ다가 져녁의 니르미 셜이마ᄂ 릉·
슈·샹·금·영·탐·긔 모든 ᄌ미와 한가지로
모다 하직을 고ᄒ고 각기 집으로 도라가더니 일
노 븟허【79】 보옥의 셰심쳥려(洗心淸慮)ᄒ여
힘써 젼졍을 도모ᄒ고 쏘 챠·디 량인이 안의
잇셔 찬죠(贊助)ᄒ여 맛춤내 큰 그릇슬 일우미
후리의 벼술이 일픔의 니르고 ᄌ숀이 번렬[蕃
衍]ᄒ여 디디로 잠영(簪纓)이 부졀(不絶)ᄒ더라.

見說昨晚夢見林姑老爺說恩辭行又代奏了惜春昇仙之事因降旨詢其詳我便免冠叩首據實陳奏天顏大悅即聘降旨封惜春為慧覺仙姑賞賈千兩令本家自行建祠春祀林姑老爺管封榮祿大夫姑奶奶賞封夫人將城隍廟所有的祭田賞嗣子林成玉永遠為業老太爺晉封光祿大夫老太晉封一品夫人賜銀祭祀眞亙古未有之恩遇也至夫人寶玉及衆姊妹听了都不勝歡喜賈政又將寶玉著實的勉勵了一番傳命請遍賈赦邢夫人並賈珍賈

1473

珍賈蓉賈蘭來商議擇月祭祀祖先請匠與工與惜春建祠懸掛眞容就在畫房擺酒家宴王夫人邢夫人薛姨媽同衆姊妹在上房欢宴整熱鬧了一天王晚薛姨媽同菱□湘琴迎探綺衆姊妹大家告辭各自回家從此寶玉洗心滌慮可圖上進又有釵鸞二人內襄贊卒成大器後來官登極品子孫蕃衍世代簪纓不絕云

尚纷紜唐信不差　　難從野史考年華
三千大界知何地　　十二金釵是邢家

1474

海外神仙終詭誣　　空中樓閣總虛花
補天剩有遺盡石　　此事誰能問女媧

續紅樓夢卷三十終

1475

到悼紅軒問問老曹看他有個什麼法見替你另續何如我聽了也狠喜歡就跟上他兩個出了草菴不知轉了幾個灣子果然有個悼紅軒內有一白鬚老者伏几看書一見我們進來連忙起身讓坐我就將這段因果細細的對他說了一遍求他另續那老者笑道豈不聞孟子云是爲馮婦乎吾老矣不能爲也告那老者不得已道既如此你把你近來這段因果足下只好另別人去罷我見他不允就再三的央抄下留在這裏我想煩這位空空老師替你我一個

1469

人續續保管合你的心事就是了我見他執意不肯也不好再強只得把偺們後來的因果抄了給他留下也不知他是認真叫人代筆或是自己另續幾又叮嚀了他一番就同買雨村空空道人告辭而出仍舊到急流津覺迷渡他們叫了隻小船將我渡過河求經一上岸就猛然驚醒了黛玉道既是如此你方纔醒來嘻嘻哈哈的可笑什麼呢宝玉道我醒了忽然想起那後紅樓夢一書上編的偺們倆人聯姻之後你總不肯和我同牀共枕閣了有好幾個月太太也

1470

着了急熬煎起來了衆姊妹想了一個法見請你賞花把你拿酒灌了個爛醉如泥人事不醒將你抬到帳子裏又將你渾身上下的衣服褪了個寸絲不掛然後請我進房我就關好了門挀開帳子一看眞和出浴的太眞一般樂了我一個手舞足蹈跳上床去捉了一個死狗你說我該樂不該樂該笑不該笑呢黛玉听了紅了臉啐了一口正要說話只听晴雯進來說道太太打發玉釧兒來打听二爺醒了沒有上頭姑奶奶們都等着二位奶奶一同喫飯呢宝玉听

1471

了連忙穿衣梳洗同釵黛二人都到上房來見了王夫人不好說出又夢見賈兩村的話只說魂從天上掉了下來迷了路徑虧了一個道人送了回來的王夫人又念了好一會的佛於是大家都在上房同與了旱飯衆姊妹邊要散時只听有人在院內報道老爺回來了宝玉忙迎了出去只見賈政進來面帶喜色宝玉請了安便又將失迷路徑醒遲了的話回了一遍賈政點點頭見進了上房向王夫人道偺們家真是天恩祖德今早上朝蒙聖上在文華殿召

1472

裏間來看宝玉剛一跨門檻見忽听宝玉在帳子裏
哈哈的大笑起來二人听了驚訝常連忙進去掀
起帳簾看時只見宝玉從被中坐起披着衣服正在
操眼宝釵忙問道我們早都醒了你怎麼這會子纔
醒了呢黛玉笑起來了呢宝玉道你們倆人且坐下听
我慢慢的告訴你們奇怪奇怪方纔他們都在麒麟
閣老太爺把我的身子就像凭空掉下來
前一般後來只覺輕輕的落了地睜眼看時只見一

於是讓我坐下從案上取出一部書遞與我看我接
編了一部後紅樓你且坐下慢聯合你的意思不合
後來的這一段因果又有一個朋友託曹雪芹替你
原是我兩人煩贅雪芹先生編次校定的至於你們
來俱各大喜道你來的正好你當日的那部石頭記
賈雨村和一個什麼空空道人他兩個見我推門進
我推開菴門看時原來就是和老爺瞧過宗的那個
個字旁边有一草菴只听裏面有人說道來了
故長河阻路岸上有一牌坊上寫急流津覺遊六

《續》卷三十　三十

1466　1465

了過來從頭至尾閱了一遍那裏是瞢雪芹的手筆
言言口吻全然不像甚不合我的意思寶玉聽了笑
道編的都是些什麼你且說說我們聽了節月
太多也記不得了只忱惚記得是從南方來了林妹
妹的一個哥哥黛玉失驚道我那裏有什麼哥哥呢
寶玉道还不止單是你哥哥还帶着一個朋友來了
叫個什麼姜景星一到家裡听見你的才貌他就大
勤了心後來他一心兒要聘你你哥哥也願意給他
你自己也願意嫁他說到這裏只听宝釵道嗳喲你

蹭蹬了會早遲也罷既是你不肯甘心我們將你帶
一段話对那空空道人和賈雨村說來他兩個低頭
了麼宝玉道你莫着急听我告訴你方纔我也將這
那個人的理呢黛玉紅了臉道依你這樣說來徵們
後來的道一段因果竟要由他說壞是不能頭改的
玉道你莫着急这不過是編書上頭的一個小波瀾
見自然終久还是惜們倆個成緣那裏有認真嫁了
嗎黛玉聽了忙啐了一口道你不該嫁了那個人宝
你樣說來不是後來把林妹妹編的嫁了那個人了

《續》卷三十　三十

1468　1467

釧兒進來真道大奶奶和姑奶奶們都醒了兩位二奶奶和我姐姐雯晴姐姐也都醒了只有寶二爺仍是昏沉沉的睡着兩位奶奶往憑怎樣推呌總不能醒王夫人聽了喫了一大驚連忙跳下炕來仍舊帶了王釧兒慌慌張張的到怡紅院來瞧剛然過了瀟湘館只見秋爽齋住的迎探菱湘姊妹七個都從蜂腰橋那邊冉冉而來李紈也從稻香村來了一見王夫人都道我們姊妹們都是送老太太到了麒麟閣被老太爺一拍棹子唬醒了的怎麼單是寶兄弟

一個人見沒醒呢王夫人道我也繞剛聽見玉釧兒來說的把我嚇了一大跳所以我忙忙的瞧來這可不知又是個什麼緣故了正說時只見薛姨媽同李紈也從瀟湘館來了於是大家都到了怡紅院寶釵黛玉二人忙迎了出來王夫人便問道寶玉醒了不曾又是丟了魂了麼釵黛二人答道太太放心不相干的我們細瞧他那個光景倒像纔是作夢呢不像是丟了魂的樣子讓他多睡會子料也無妨王夫人聽了走到裏間掀開帳子瞧了瞧只見寶玉蓋着

被窩兒睡如泥瞧了瞧臉上的氣色照常這纔放了心依舊出來大家都坐在炕上鴛鴦花柳送上茶來釵黛二人傾辦昨晚睡下焚了神符先到太虛幻境送下惜春妙玉後又送下林公夫婦這纔榮公夫婦麒麟閣送了賈母因賈政再三不肯回家榮公大怒一拍棹子大家一齊嚇醒了這些節目細細的從頭至尾告訴了薛姨媽王夫人一遍老姊妹兩個又是歡喜又是傷心探春忙差侍書到櫳翠菴書櫥中取了惜春親自畫下的真容來掛在牆上大家請瞧形

容態度就真和惜春在那裏坐着的一般只少一口氣兒招的王夫人薛姨媽和眾姊妹又淌了多少的眼淚王夫人擦淚道罷了捲起來罷等老爺回來商量着他盡個祠堂沒的掛着教我看着心裏難過侍書聽了仍然捲起放在書橱子上王夫人便吩咐釵黛道你們倆人在這裏好生看着寶玉我和你姨媽姐姐妹妹們都到上房裏去坐也擺得早飯了釵黛二人連忙答應於是薛姨媽眾姊妹同王夫人都到止房去了這裏釵黛二人送了眾人去後依舊同到

是世宦人家，夫之有家，亦猶君之有國也，亦必要遇時隨事，積至誠，存大德，以繼天心，後世子孫方能永保富貴；不然專靠著人謀，必致慮切於此，而禍深於彼矣。賈政聽了，又答應了幾個是。紮公道：時候不早了，你們都回去罷。賈政聽了，猶依依不捨，紮公又催了一遍，賈政仍不肯起身，尚欲有所請問，忽見紮公大怒，用手將棹子極力一拍，豁然像空中打了個焦雷霹靂，得地裂房崩，眾人只覺身子就像從半虛空裏掉了下來的一般，只聽賈政大叫一聲，只是在夢中驚醒。

〔1457〕

正是：

滿眼當年花富貴，繁華已過便成塵。
一聲霹靂當頭響，驚醒紅樓夢裏人。

此時天色不過黎明，王夫人起來尚未梳洗，聽見裏間賈政一聲大叫，嚇得王夫人連忙跑進裏間看時，只見賈政在被中坐起，周姨娘替他披衣。王夫人忙問：老爺醒來了，把老太太送到了沒有？賈政歎了口氣，摻淚道：奇怪奇怪，從來鬼神荒誕之事，我再不深信了。昨兒晚上寶玉替我化符時，說教焙茗跟了

〔1458〕

同僕二人，果然化了符之後，我便睡著了，只覺身子忽忽悠悠的起在半天裏，果見焙茗在後跟隨，寶玉牽著馬，在一塊大壽石旁邊，和他四妹妹說話。一見我們來了，他便別我們，騎上馬就和駕上雲的一般。後來進了城，便到了姑老爺衙門，等了好半日，老太太、姑太太和寶玉、姑娘們纔都到了。他們告訴我說：把四姑娘送到太虛幻境，又接了上帝的勅旨，把四姑娘封為珠霞仙子了。喫了飯之後，大家纔都到了麒麟閣，見了老太爺，教訓許多的好話，只是吩咐催著

〔1459〕

了我們回去，我依舊竟又再三不肯動身，老太爺生了氣，把棹子一拍，和就地裂山崩一般，竟把我唬醒了。但不知寶玉和姑娘們醒了不曾。王夫人聽了，忙命玉釧兒到秋爽齋、稻香村、怡紅院各處去打聽。玉釧兒答應而去，忽聽窗外老婆子回道：焙茗在二門上打聽老爺醒了沒有，說司官們差人來請，今兒衙門裏有事，請老爺早些兒去呢，車都套下了。賈政聽了，連忙梳洗穿衣，也等不得玉釧兒的回信，便先到工部去了。這裏王夫人纔洗梳剛然完畢，只見玉

〔1460〕

夫人忙命魁二家的到厨下去催飯不多一時擺上飯來賈夫人仍同眾姊妹在裏間坐了三席賈母同賈政林公賈珠寶玉仍在外間坐了一席上界的餚酒果皆與人世不同也難以枚舉大家用畢盥漱喫過了茶賈母便催着伺候轎馬於是林公賈夫人也都換了冠帶領着眾姊妹坐轎的坐轎騎馬的騎馬都到麒麟閣而來走不多時只見兩閣高聳上出重霄一邊大書凌烟閣一邊大書麒麟閣的三字林公在馬上指着向賈政道古往今來凡屬臨陣捐軀

[1453]

及殉國難的忠臣都在凌烟閣上居住凡有忠君愛民任賢用能有功於社稷生民的大臣都在麒麟閣居住賈政聽了在馬上點頭歎息不知不覺早到了榮國公的大門林公賈政賈珠寶玉下了馬林公同賈政先入賈珠寶玉扶了賈母的轎杆直至中庭落轎榮國公賈代善站立中庭林如海賈政二人伏地悲慟榮公連忙用手拉起賈母賈夫人及眾姊妹都下了轎老夫妻父女相見悲喜交集賈夫人又領着眾姊妹都與榮公請過了安一齊都到了上房榮公

[1454]

又逐一的將眾姊妹看過問問姓名年歲賈母一一的指着告訴了榮公聽了不勝歡喜自己便同賈母正坐在上面榻上命賈夫人和眾姊妹都在西邊椅子上坐了命賈珠寶玉都在東邊椅子上坐了頭們獻上茶喫茶罷榮公向賈政道我聽見你做官公正無私上頭的聖眷也好外邊的聲名也好我心甚喜更宜竭盡心力仰答高厚不可稍有私心自招天譴寶玉的因果已完也宜九國上進不可任意嬉戲頽隳家聲賈政寶玉忙站起來答

[1455]

應了幾個是榮公又道你們如今已將我們老夫婦都送到此間也完了你們作兒孫的一件大事了你們都有職守在身此間不可久留都帶着孩子們早些見回去罷賈政流淚道兒孫不肖家中一切後事尚望老太爺老太太教訓賈母道前兒鳳丫頭告訴我說將來要勸你們把義田立家塾廣塋地這些事也都可作罷了賈政忙又答應了個是榮公歎道此輩入謀也依我說你常讀方孝孺的那一篇深慮論他那些議論原為有天下國家者而發然而我們也

[1456]

是大家寶前主後走出絳珠宮來只見許多轎子都在牌坊外邊伺候著呢賈母道仙姑請回不必送罷我們也就不到你宮裏再謝去了警幻道說那裏話這個路是我們走熟了的並不覺遠賈母聽了知不可攔眼只得大家緩步同行指點那白雲紅樹說笑笑不覺到了牌坊外邊警幻妙玉惜春三人聽著他們一個一個的都上了轎這繞各自回宮且說賈母等眾人上了轎子轎夫擡起行走如飛就如星馳電掣一般眾人只覺眼花乱滾也不知前面是何地

方也瞧不出什麼山川樹木耳內只聽呼呼的風響約有頃飯之頃忽見面前城闕巍峩狀類帝都進了城看時果見金闕瑤宮瓊樓玉宇迥非人世所有轉彎抹角走了又不知幾許只見秦鍾在一街門馬臺石上站著高聲叫道轎子擡到這裏來遠就是林姑老爺的衙門了寶玉聽了連忙住轎跳了下來秦鍾抱腰問好寶玉便扶了賈母的轎杆一直進了衙門在二堂落轎只見林如海賈政賈珠三人都在二堂迎候賈母夫人及眾姊妹下了轎大家相見十分

歡喜賈夫人便讓賈母及眾姊妹在前自己居後一齊進了宅門到了上房但見規模宏敞舖陳華麗連城隍廟氣象又自不同賈夫人領了眾姊妹都到裏間去坐賈母同林如海賈政賈珠都在外間各按次序就坐司棋等端上茶來茶罷林公便將早晨朝見玉帝面奏了寶繁的因果並惜春昇仙之事蒙玉帝即時降旨差黃巾力士齎赴太虛境送下惜春接過賈母一遍也將勅旨的話告訴了賈政林公一遍彼此俱各歡喜賈

母向林公笑道姑老爺如今大事已完了結了你我的一件心事從此以後咱們也再沒有什麼牽挂的了你二哥哥他是個官身子不可在此久留我想我們就到你那邊去罷大家見面見也好打發他們都早些回去繞是咋林公答道繞剛見集大老爺們都在麒麟閣住雖這裏只偏一條衚衕我們大爺喫了飯小菇同你女兒見一同嗶了過去也還不遲賈母道既是這樣咱們就早些見了飯快些使得林公聽了便俞同俱進去告訴賈夫人賈

勅旨朕今晨召見原任都城隍林海據奏賈寶玉林黛玉因果一事業經結案賈惜春誠心修道現已脫却凡胎朕心深爲嘉悅除將茫茫大士渺渺眞人加恩晉爵外查警幻職司太虛經理其事始終無懈勞績可嘉著陞補瑤宮仙史郎赴新任所遺太虛一缺封妙玉爲悟眞仙姑專司經理赤霞絳珠二宮現在乏人管理賈惜春即着授爲珠霞仙子贊襄庶務伊二人係處子昇仙心地純粹務使普天下才子佳人永借伉儷蕩子悍婦世做寃

〔1445〕

家勿任月老燚人顚頂舞蹈使天地之大人獵有所識也欽此

警幻妙姑讀畢俱各大喜賈母等早已都听明白了一齊出求與警幻妙姑道喜又與惜春道喜寶玉和迎探叙譓等與惜春道喜又不禁淒然淚下道四妹妹自日昇仙受了封號實屬家門之幸但姊妹骨肉一但分離於心何安也只好替你建祠塑像朝夕焚香以遣骨肉之情而已惜春听了勸道哥哥姐姐們都不必悲傷听我告訴你們櫳翠菴晉梅內有我自

〔1446　卷三十一〕

畫下的一副眞容取出來卽可作爲畫像不必另畫人揑塑失了本來的面目反爲不美你們若想念我時每到朔望之期都齊集櫳翠菴焚香靜待愚妹必來相會賈母听了也向宝玉及衆姊妹道我的兒你們不用傷心不但你四妹妹可以回家與你們常常相見就是我逢時遇節也要到家瞧瞧你們去的天不早了我們也就拜辭了仙姑走罷你姑老爺已經朝見了上帝這會了只怕也回了衙門了你老爺此是官身子如何能勾儘自等着偺們呢宝玉及衆姊

〔1447〕

妹听了只得收淚與惜春拜別黛玉從懷內取出個小匣兒來繳还了警幻這纔大家一齊拜謝道仙姑之德實同山海崇深弟子等終身莫報警幻答礼道一切不週尚望海涵衆姊妹們去送老太太愚姐也不敢强留替你們預備的有轎子大家坐了去罷衆人听了又復拜謝賈母向警幻笑道仙姑高陞了不知甚時到任去呢警幻笑道我們还有個新舊交代候清楚了纔能走呢妙姑笑道他如何能勾脫身我偺倆人还要盤查他的虧空呢說的衆人都笑了於

〔1448　卷三十一〕

天上皆如願完結了三生公案死去的又還魂在生的享富貴有情的成姻眷把夙債盡皆償貸天道何嘗遠方始信報應昭然請看他黃粱路巧相逢清煙峯奇遇合太虛境慶團圓綵絲欣藝藝瓜瓞綿綿我將那舊譜新翻編一套續紅樓任他人笑掉了牙

賈府賈夫人及衆姊妹聽了都各稱贊寶玉寶釵黛玉三人一面听曲一面翻閱曲本新曲唱完只見後面还有幾頁翻过篇來着時原來是嘗目的詩

1441

曲三人又從頭至尾的看了一遍宝玉笑道我嘗目听曲時倒是年幼竟不知其中的底細今日这一看心裏纔明白了黛玉笑道这舊曲上說的也太过了我何曾把恨淚秋流到冬春流到夏來呢宝釵笑道倒底也有些影兒只不以辞害義就是了这十一支曲子裏頭怎么又沒有我呢宝玉笑道你生來就是個福人兒这上頭如何該有你呢宝釵笑道既是这樣怎麽你又說金陵十二釵的册子上又有我呢宝玉听了想了一想忙向警幻道仙姑的新曲制的深

1442

合愚意但不知金陵十二釵的正副册子如今还有没有乞再賜一觀警幻笑道你們的因果已經結束所有的册子都繳上天庭去了宝玉聽了便不敢強纔係立起曲本來細看只聽湘雲呌道宝哥你們三人还没看勾也讓我們大家看看呢宝釵听了忖向宝玉的手中奪了过來探着身子遞與湘雲道你們大家輪流着看去上头都有你們的故典見就是我一個人于淨沒教人家嘲說湘雲接來看了一遍

1443

也各欢喜講說的也有嘻笑無語臉上發訕的宝玉便同警幻討取筆硯寫曲稿警幻纔要命人去取筆硯忽見一個仙女慌慌張張的進來禀道上帝的勅旨到了快請仙姑們接去衆人聽了都喫了一驚警幻妙玉等連忙更衣出來接旨賈母夫人同衆姊妹都到裏間去廻避這裏衆仙女們七手八脚的撤了酒席收了樂器另排起香案來伺候不多一時只見警幻兩手捧著勅旨妙姑在後跟隨一同進來將勅旨供在香案上叩頭畢打開宣讀

1444

太平令　歎當日折鴛鴦中道相拋受盡了無限嗷嘗幸喜得素性俠豪從未敗當時笑貌到而今風女當膠任意見逍遙好夫妻定同偕到老
擬改世难容

甘州歌　蕭菴深鎖正蒲團高卧靜念彌陀強梁入室宿世冤家难絮孤身那能嚴眾盜金斷惟言畏澗阿高人少傍子多囂囂磊眾口恐傳訛太虛境安樂高蕭從月下看嫦娥
擬改喜冤家

1437

折桂令　惧當初誤嫁豺狼受盡折磨稱盡妻凉遠兩天亡半年虚玉七月还陽鎖狂徒鼎鑊並剐提虀子刀斧齊張換了屏腸改了行藏喜而今有唇舉案倒有個地久夫長
擬改虛花悞

頌書眉　只道俺藏嬌身在綺羅叢却不道骨冷仙胎衆莫同南華一卷悟真空慢道神仙無我分譜試看昔跨青鴛上蕊宫
擬改聰明累

1438

解三醒　羡風流才調無双更誇誠懇語如簧腼覥反被聰明障誤逃不出利名塲自从地微見醜面昔日酸風都吹到歸來後看夫榮妻貴子女成行
擬改留餘慶

醉酒　只遊俺腔妊謀骨肉地飛來禍没遠逃裏神明相護保配郎君才貌看金屋貯阿嬌
擬改晚韶華

比翼双見　蕙蘭姿娥共羡雪霜操比栢舟嬌居獨犯孤見守受盡了青燈黃卷十年苦盡荻花雄

1439

侶鶯儔後戀到頭求增福壽博得個玉堂金馬強似他燕
擬改好事終

一半兒　比一生兒只自綬玉手拿慢疑他一半兒真情一半兒假太虛幻境愛中身雨云巫山陵可人此薔荒唐莫認真珀闐簸一半兒明言一半兒臁享宴帶歌拍燃從今後疑情幽姻發介相捐人間
擬改飛鳥各投林

1440

各席逓过了酒筵後各自就坐賓主酬酢十分歡暢飲酒中間警幻向宝玉咲道宝二爺你可記得你幼年初次到此我有十二個樂女演了十二支紅樓夢的新曲當時請你听過一回你如今还記得麼宝玉听了笑答道弟子當日初次來時年尚幼稚雖然領教过妙音如今竟記得恍恍惚惚的了警幻道我連曲稿的本見都教你看過怎麼都忘了呢宝玉道歷年久遠實在記的恍惚了警幻道我如今將舊譜翻新又續演出十二支曲子來了今日幸嘉老太太及眾姊妹光臨樽前無以为敬且教他們演來大家听听何如宝玉听了喜出望外連忙出席稱謝只見那十二個仙女打扮得嬝嬝婷婷先到賈母的席前面上打了稽首然後袖中取出曲本放到宝玉面前都到氍毹之上列坐兩旁吹起笙簫笛管打起鼓板云鑼漫啟歌喉和着登兒唱起曲來宝玉打開了曲木同寶釵黛玉一面看着曲稿一面听他唱过

紅楼夢引子
尾犯序　何事閒操湘管为氤氳相結判註姻緣簿舊夢兆絳云軒淒涼魂斷瀟湘館佳人緣淺才郎逞慳太虛有境大荒有山試憑空續把紅樓演

擬改終身悮
北新水令　只因結下死生緣喜藍田珠还璧返前盟今已踐舊恨兩相捐缺月重圓繞遂了平生願

擬改枉凝眉
玉交枝　婚姻遂願喜同登氤氳洞天孟光接了梁鴻案從今後珠淚不輕彈風姨月姊兩相憐鶼鶼長花柳长为伴再休題緣慳命悭但請看人圓月圓

擬改恨無常
沉醉東風　秋颯颯鴛鴦盪悠悠鶴駊昇遲赤復管姊妹逢太虛境神仙話任逍遙雪月風花歷盡刧灰返鈿車依舊是龍樓鳳廈

擬改分骨肉
青鶯兒　遠嫁悵離情拜椿萱辞弟兄暫時相別体悲哽到边關未停郎柴遷進京歸來巧合重圓鏡

擬改樂中非
想人生浮云聚散不必欢飄零

晚見可就跑來了晴雯笑道我們丟抄近兒就到這裏來了說着自己傻撬了賈母金鈆見撬了賈夫人一齊進了宮門趄過前殿進了垂花門內但見院中白石欄內的絳珠仙草蒸籠茂盛一縷幽香沁人心髓眾姊妹見了無不喜愛公探春道姝姐偕們何不把你這株仙草帶回些見去種在偕們院子裏既警幻所了笑道這原不是你們入間的東西帶不了去的若能帶哇偕們上次早巳帶去了湘雲道怎麼育的這样有趣見間着敎入看頭部

众前等我先摘個花見戴在頭上問香見侯黛玉听了懷要攔随淋盂的手快早巳揹了個藥見插在窩上了招的众姊妹都笑起來寳母道你們不鬧了偕們早些見逛逛頒了仙姑的美要還要到上寳云呢众人听了只得跟随賈母進了寢害但見其裏回屛開易壺襦綉失髮鋪設的十分華麗嗜烟見了同寳琴笑道二妹妹你着姝姐姐倒底是個有福的人兒死後還有這樣一個好地方見宝琴笑道總流黛玉林姐姐他自己巳未必預备就知道有道一嗤

嘔氣他如果知道時也断然不肯說出寶玉你好的四個字來給後人留下個話柄見了黛玉听了笑着哗了他一口道今兒狠不該敎你來變是呢湘云拉了黛玉的手笑道你讓琴妹妹說去罷遲會子可还燥什麼呢偕們到你住的房裏瞧瞧去賈母聽了笑着將众人便都頒到東边套閒裏去了這裡警幻妙姑二人便命众仙女們調樟抹椅擺設酒筵上面二字擺了五席旁边擺了一席肴饌菓盘碟杯筯叠非入世所有擺席巳畢只見賈母又領众人到西琫間

裏去看連這裏警幻又吩咐中間地下舖了罷毡將演戲的十二個仙女喚來伺候諮般傳變妙姑親到西套閒內請了賈母眾人出來賈母眾人道既承幼姑費心偕們也不用再兼大家就挨着次兒坐了就是了於是賈母夫人坐了正中的首席史湘雲遲寳琴尤三姐李紈坐了東边第二席香菱岫烟迎春探春坐了西边第三席宝釵黛玉宝玉坐了東边第四席秦可卿惜春妙玉警幻坐了西边第五席晴雯金釧與司棋鮑二家的了旁边的一席警幻妙玉

鈞々切懷恩今幸再觀仙姿稍慰積惆警幻道聽罷
愚姐替你們完成了一段宿緣也算一件于秋雀諞
我已經將大虛幻境改為大虛仙境離恨天改為禍
恨天一切區聯都換了新的你們瞧見了沒有宝德
二人听了連忙致謝道方纔都領教过了仙姑大德
終身何以仰報警幻道些須小勞何蒙齒及都講進
宮坐罷老太太候久了於是寶前玉役齊進宮門早
見賈母賈夫人在正中梯上对坐迎探菱湘眾姊妹
刻坐兩旁一見寶玉等進來都站起來讓坐賈母道

你們怎么這會子纔來倒反罷了你四妹比上了宝釵
餐道兩個小孩子要喫奶所以閑躭擱了李紈笑道
怎的未太太埋怨你們呢說你們藕斷絲不断的鬘
玉笑道你們不過比我們來的暑早一會兒就編排
只這些話來了我先不信賈夫人笑道你大嫂子和
你三妹妹史夫妹妹他們都是頭一遭見到这裹的
都強到絳珠宮狂逛看看仙草去呢老太太又怕躭
候了工夫所以見你們總不來他們都心裹覺着急
的了警幻聽了笑道既是這樣請老太太喫了荼偕

們大家都到那裏去我就將預備下的接風酒就擺
在絳珠宮也是一樣罷了賈母笑道上一次我們在
這裏打攪仙姑已竟不安怎好这一回又討擾呢警
幻笑道老太太說那裏話一杯薄酒不成敬意正說
時只見仙女們捧上荼來大家列坐喫荼畢賈母便
起身要到絳珠宮去於是大家一同出來緩步徐行
觀玩仙景但見兩边配殿一律鮮整俱是新修的所
有原日的怨粉愁香朝雲暮雨等司門上的區額也
都換作惜玉憐香恩愛綢繆等字宝玉見了愈加欢

喜走到薄命司門前擡頭一望只見區上橫書鍾悟
司三個大字宝玉向黛玉笑起偏偏的鳳姐姐没來
他要瞧見这個區自然也是喜欢的了黛玉未及回
宝只听香菱向秦氏道小大奶奶你瞧瞧結們如今
都不聽命了秦氏抓着嘴微笑不管鳳玉笑喧菱姐
姐你們的命自然是不濟的了但不知你謂的情倒
底纔不鍾呢看菱听了笑着呼了他一見大興說說
笑比早到了絳珠宮的門首只見晴雯金釧兒從東
剛我看迎了出來賈母笑道你們这兩個蹟去多卓

391

情出於性聖賢只辨貞淫
宝玉見了又笑道林妹妹我記得當日的原聯是什
麼厚地高天堪歎古今情不盡下聯是什麼來着黛
玉笑道我記得是什麼痴男怨女可憐風月債難酬
怎么也咬了宝玉笑道這改的狠好這鑿合了我的
心了這南边的區對都改了只怕北边的區對出要
改的偺們且去看來說罷便儘了眾人緊走了一程
來到批边牌坊之下擡頭看時只見區上仍舊是福
塗禍淫的四個金字再看對聯却不是原舊的了只

1421

偈上寫道
開闢鴻濛本是將無作有
機衡造化何妨弄假成真
宝玉見了哈哈大笑道林妹妹這副對聯改的更妙
原對是什麼來着黛玉笑道我也記不清楚了只記
得有什麼真勝假有非無把上頭的字竟忘了宝玉
道這兩句又是一個意思了此原日的地強偺們再
若這邊宮門上是什麼區對說着又走到宮門看時
只見上面區上橫書着四個金字道洞天福地黛玉

1422

笑道這也是改了的當日原是孽海情天四個字來
宝玉笑道當日原是個孽海情天今日还不諺算個
個天福地麼改的狠是又看聯對道
願天下才子佳人世世生生永做有情之物
度世間痴男怨女夫夫婦婦同登不散之場
宝玉見了直樂得手舞足蹈起來向黛二人道宝
姐比林妹比你們難送這副對聯作的恰當不恰富眞
說到偺們心坎兒上來了這大約都是警幻仙姑改
的黛二人听了纔要答言只昕惜春催道宝哥哥

1423

偺們走罷不用到處裏換層工夫了看仔細老太太
等的心慌了又要着急呢眾人聽了這纔撲了正中
警幻的寢宮來約有一箭多遠早望見警幻領了幾
個仙女走出宫來在門外迎候宝玉等見了連忙緊
行了幾步一齊跪警幻施瓜警幻連忙答礼畢一把
先拉了惜春笑道賢妹緊忘栏修終成正果可欽可
敬不日就可代愚姐之任矣惜春稽首道蒙仙姑不
棄願拜門墻警幻道豈敢豈敢又拉了黛二人的
手笑道二位賢妹別求無志黛二人答道直達仙

1424

逰四妹妹你也來了麼老太太他們过去了没有惜春逰过去了好一會了老爺也繞赶过去了宝玉逰焙茗跟着呢没有惜春逰焙茗跟着老爺呢繞剛兒大哥哥在这裏拉着兩三匹馬等着老爺到了他們都騎着馬去了这裏有給偺們預備的轎子宝玉逰四妹妹这是什麼地方惜春这就是太虛幻境的交界你們都是来过的怎麽倒都不認得了黛玉道四妹妹你來了你見二姐姐三妹妹他們來没有惜春用手指逰那前頭走的一夥人不是他們嗎都来

全了就少你們五個人所以妙師父先帶着他們頭裏走了他們要看景致都不肯坐轎子我遠遠的望見像是你們來了我所以坐着等一等兒你們坐轎子不坐宝釵逰我們走着身子就像架上云的一般又不竟之还是走着看景致兒的好惜春逰餓是这樣偺們也就走罷这會子只怕老太太也到了於是衆人說說笑笑这行來但見嵜岩自石一片明光遠遠望見一座牌坊高插云漢宝玉見了欢喜逰林妹妹你看匕望見牌坊这就是偺們的歸路了宝

釵逰我也來过一次只是記的恍恍惚惚的晴雯金釧兒便指着告訪逰東边那不是赤霞宫西边那不是絳珠宫中間那不是警幻仙姑的寢殿你們瞧瞧倒像又添了好些房子的偺惜春笑逰妙師父教我等着你們怕你們走錯了誰知逰你們倒比我都熟我倒是頭一遭見衆人隨說隨走早到了牌坊的跟前擡頭一看只見上面橫着斗大的四個金字逰太虛仙境宝玉見了讚善逰这林妹妹你瞧瞧將紅字欵成仙字了欵的有趣又看兩边對聯寫

道

情深不必分真假　興到何須問有無

宝玉笑逰意思连对聯也欵了这比從前的什麼無为有處有还無另是一番意思了偺們再到前边宫門上賺賺那副對聯是什麼衆人聽了又往前走不多一睁來至宫門擡頭着時只見圖上大書着補恨天三個大字宝玉見了喜的拍手笑道林妹妹你看離恨天竟欵成補恨天了又看聯對只見上寫道

色卽是空天地何生男女

續紅樓夢卷三十

警幻女增修補恨天　悼紅軒總結紅樓夢

話說王夫人於衆賓客散後，送了邢夫人尤氏各自回家，將薛姨媽李綺等安置在蘅蕪院住宿，心裏惦着賈政宝玉釵黛並衆姊妹焚化了神符顚魂離魄，王送賈母。因此命玉釧兒打着灯篭先到秋爽齋來。一進房門，只見侍書綉橘翠縷碧蓮四個人在灯下用骨牌打天九。一見王夫人都站起來。王夫人問道：姑娘們都睡好了么？綉橘答道：都在裏間早已燒了

神符睡下了。王夫人推了推裏間的房門，都捕得緊緊的，乃問道：裏頭都是那幾位姑娘？侍書道：二姑娘、三姑娘、菱姑娘、邢大姑娘、史大姑娘、薛二姑娘、尤三姑娘一共七位。王夫人道：我听寶姑娘說連宝二爷一共是十五個人，怎么只有七位呢？翠縷道：還有一位珠大奶奶、兩位宝二奶奶、尤二姨奶奶、小蓉大奶奶、晴雯、金釧兒各自都回家睡去了。王夫人听了便嘱咐：你們小心灯火，留心听着。此二見說畢，又到稻香村間了問李紈，又到怡紅院進了月門，在院子裏

叫出鴛鴦花柳四人，求問了問宝玉釵黛玉的情形，又嘱咐了一番，遂緫回到自己的上房來，又差玉釧兒到後邊去問尤二姐，只見周姨娘從裏間迎了出來，禀道：老爷燒化了神符已經沉沉睡去，嘱咐不許人驚動。王夫人听了忙走進裏間瞧了瞧，賈政果然熟睡，便悄悄的嘱咐周姨娘小心伺候護着，自己仍到外間候玉釧兒覆了命，這遂收拾安寢不提。再說宝玉宝釵黛玉晴雯金釧兒五個人回房安睡，因焚化了神符，他們的那一灵真性早都離了本竅。起初

但覺耳畔風響，身子飄飄然不知所之。少頃風定，只听金釧兒嚷道：這個神符好灵啊，晴雯姐姐，我的身子倒底到了那裏，好像架上雲了似的。宝玉听了忙喝道：少說話，你們一個拉着一個的衣裳瞧見。一語未了，忽覺眼界光明，只听前面有人叫道：宝哥哥，你帮了他們跟了我來，我在這裏等你們呢。宝玉抬頭看時，只見一個道人拿着拂麈在一塊大青石上盤膝而坐，回頭看時，只見宝玉釵黛雯金釧兒一個拉着一個的衣襟在後相隨，不由的心中大喜，忙叫

聯着都排在樂禮堂下又沒見老太太姑老爺出來
忽然刮了陣旋風全不見了賈赦邢王二夫人听了
喫了一大驚連忙一齊跑進祠堂着時連一個人影
見也不見了衆人正在驚疑忽听空中有音樂之声
一齊出來看時恍七惚七听見像是賈母的声音說
道你們都過去照ル着親戚們都回去了罷我們走了
衆人听了不禁傷望哭空見了頭們打着灯
寵撓着群娛媽也來了薛姨媽同邢王二夫人道姨
太太們不用傷心了這也是老太太怕借們哭所以

纔明着借們說身去了我們纔在殿上坐着男女一
室倒底不大方但我纔教蟷兒蜵兒先打發了載于
們把姑爺們都讓到書房裏坐了我正和姑娘們
說聞話見ル師父和四姑娘說老太太已經去了我
們也就去罷只見他倆人身子一幌連影兒都不見
了又听了听你們這边哭呪呪的我忙教了頭們把
姑娘們送到裏頭去了我纔過來雖你們來了衆人
所見惜春也去了愈知傷感又哭了一会了這纔勸住
了賈赦領了子侄們都到書房照ル着送衆男客回

《卷三十九》

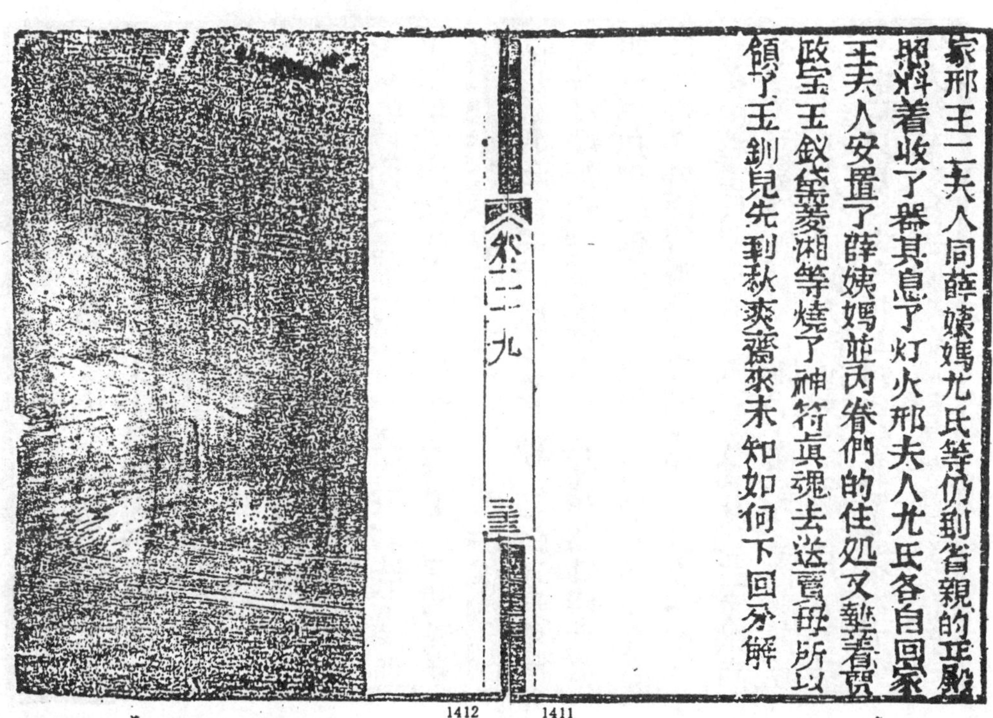

家邢王二夫人同薛姨媽尤氏等仍到省親的正殿
照料着收了器其息了灯火邢夫人尤氏各自回家
王夫人安置了薛姨媽並內眷們的住处又藝着賈
政寶玉鈙黛菱湘等燒了神符真魂去送賈母所以
領了玉釧見先到秋爽齋來未知如何下回分解

《卷三十九》

395

妙師父門姑娘過來偹們就陪着老太太坐罷於是
大家都不好再謙都照依着賈母分派的次序兒就
坐定第二人兩边送過了酒也各尹其位了頭們送
上戲目來請老太太点戲賈母道不用点听我吩咐
頭一齣唱懶床笏弟二齣唱兒孫福第三齣嚩蟠桃
賈就演這三齣罷了頭們听了傳下諸丟登時鑼
鼓齊鳴簫笙並作唱起戲來兩边賈王姒笋交錯十
分熱閙約有兩個時辰三齣戲唱完婆子們拍上办
樟子來放賞賈母向賈政道廬唱完了你們要送我

卷二十九

去的人也都回房安歇去罷天不早了賈政寶玉所
了知道時光有限不敢強留只得起身告辭由東边
門內下去各自回房去了欽鲎寶釵姊妹也由
去了這裏賈赦賈珍邢王二夫人一齊上前流
留道天泛尚早求老太太寬坐片時見孫倆還求致
訓賈母見了忙道你們不用着忙我們還不走呢暫
且把酒席撤去我們洗洗手还要到宗祠拈香去呢
賈赦等听了一面命人撤席資賈
到宗祠去預備香燭未多一　　撤完了酒席大家罷

嫩喫茶畢賈母站起身來向薛姨媽道姨太太我們
到宗祠去拈香你同親戚家的爺們奶奶們在遣重
坐着罷等一等我我們就來了薛姨媽听了連忙答
广只得同親戚們都仍在殿上坐候於是鮑二家的
搖了賈母司棋搖予賈夫人在前死央在後邢王二
夫人領了公氏趙氏范氏平兒等俱由西边門內出
去林公賈珠並前賈赦領着賈珍賈璉賈環在後俱
由來边門內出去前面提灯引路大家都往宗祠而
來原來宗祠就在大觀園的東边開了東角門轉亦

卷二十九

便是眾人說話同行並不覺遠到了宗祠只見裏面
点的灯燭輝煌香烟繚繞賈蓉賈蘭在門外待立賈
毋向賈赦邢王生夫人道裏面地力窄容不下多人
你們都在外面等着罷只我們幾個人進去拈香就
是了說着便同林公賈夫人賈珠司棋鮑二家的去
蓉進了祠堂遣裏賈赦向邢夫人道祠堂内雖說容
不下多少人偺倆人陪進去總是邢夫人听了只
要與步只見林之孝慌亡張亡的跑了進來道方容
焦大潘又安出去吩咐伺候轎馬執事奴才們親眼

会必要教夫婦同席耀阿兒大家笑了一笑若夫婦
佃席不但本家子大伯子小嬸見無所迴避就譬如
親戚們柳二哥尤三姐上旁边就是史大妹夫史大
妹妹這也不雞㑔違背了老太太的命這也不是如
今老爺們商量的是男東女西兩边分坐夫婦同在
一堂這也就是伉儷合歡了請太太們把這個話過
会子回回老太太就是了邢王二夫人听了都点頭
道這個話說的狠是正还要往下說只見平兒尤二
姐奴央從小道发來盧道老太太姑太太都來了宝

1401

《卷二十九》

王听了忙往外跑只听戲臺上奏起樂來男客們都
從彩棚內走出在丹墀下迎接那王二夫人薛姨媽
領了眾姊妹都在丹墀上迎接果見賈母賈夫人都
坐着竹椅轎了老婆子們抬着來了到了丹墀落轎
一齊下來賈母向薛姨媽迳教姨太太久等了凤了
顛為的只是哭我絲絲匕的開導了他一番他絲不
哭了說着便拉了薛姨媽進了殿門王夫人上前忙
将夫婦同席有許多妨礙如今改為男東女西的話
告訴了賈母一遍賈母道我的意思不過要取個吉

1402

利也倒忘了這些妨礙就是男東女西也罷了就請
老爺們爷們都進來罷了頭們听了忙去傳請於是
林公領了眾人賓前主後從東边門內進來賈母道
我們也就坐罷姨太太今兒這叫個伉儷合歡会偕
們俩人是没有老伴兒的就坐這中間的一席妙師
父和四了頭他們俩人是神仙就陪我們兩個東边
首席是林姑老爺西边就是姑奶奶二席是柳二爷
西边就是尤三姑娘三席是 小甄大爺西边就是李
二姑娘四席是史大姑爺西边就是史大姑娘五席

1403

六席是薛大爺薛二爷西边就是菱姑娘邢大姑娘
七席八席是孫二姑爺周三姑爺西边就是二姑娘
三姑娘其餘就都是主人家了東边從我們大老爺
二老爺珍哥兒珠兒挨着次兒排到蘭哥止西边也
就是我們大太太二太太一直排到蘭哥兒媳婦止
東边席上教寶玉送酒西边席上教黛玉送栖這都
是為他們俩人的事情也該謝一謝姨太太你所我
分派的好不好說的是不是薛姨媽听了笑道实在
老太太分派的我們連個謙遜的話見也不能了我

1404

此符焚化立刻真魂出壳任其所之又比尋夢香强
了賈夫人听了向宝釵道你們既有這個符多去幾
個人兒更好了不知你們姊妹們誰都要去呢宝釵
道我大嫂子二姐七三妹妹菱姐七雲妹妹邢大妹
妹琴妹妹尤家二姨見三姨見小大奶七我和林妹
妹帶着睛雯金釧兒連你老人家的女壻共是十五
個人王夫人听了忙道你們既有神符也給我們兩
張昨兒晚上你老爺傷心了半夜說老太太尹天我
們作兒子媳婦的竟不能親身去送你們既有神符

1397

我們也該去送老太太總是呢宝釵听了不敢答言
只聽着賈母道你們老夫婦兩是一家之主如
何去得呢況且這一開端大老爺大太太珍哥兒
哥兒媳婦都要去可教我攔住誰呢醉姨媽道這迴
都是該當的不但他們連我也該送去總是呢賈蔷
道姨太太你這一說就有了我連你姐七也不教他
去何況你呢夕向王夫人道這便罷既是你老爺不
放心聚去便教他去罷了把我送到地頭見見你老
太爺回來告訴你們你們大家也就都放了心了正

1398

說時只見宝玉進來禀道大觀園的酒席都齊備了
請老太太姑媽都過去罷賈母道你來的正好我告
訴你你老爺也要送我們去呢你就替他預備下一
張神符我們臨去時就教你老爺同你姑老爺大哥
哥笑到任去你和他們衆姊妹們都跟着我們到太
虛幻境去就是了宝玉听了忙答应了幾個是於是
賈母站了起來向薛姨媽道姨太太你同我們兩位
太太帶了他們衆姊妹們先到大觀園去我和姑奶
奶到鳳了頭房裏瞧七他去不過一会見的工夫就

1399

來了說畢便都下了炕賈母夫人死央都往後边
而去平見尤二姐也忙隨了去薛姨媽邢王二夫人
領了其餘的城妹們都到大觀園來到了省親的正
殿但見兩边都搭着彩棚對面搭着戲臺結彩懸灯
十分華麗進了正殿只見正中擺着一席兩边分列
着二十餘席俱是着毂內的山墻就如大万字炕一
般說不尽的山珍海錯水陸鮮衆人正在瞻玩只
真宝玉進來向邢王二夫人禀道方纔老爺們說昨
見晚上老太太吩咐說教今兒做個忼儷合歡團圓

1400

不得他們这些三六一十八的小娼婦子家早巳就一車骨頭半車肉了还害什麼羞呢衆人听了又都大笑起來李紈还要嘔他只見平兒煎好了藥端來服待鳳姐喫了薛姨媽道我們讓他喫了藥躺着養養神兒罷於是大家又到上房會了衆姊妹都到櫳翠庵去看妙玉惜春話休煩絮午後賈政下了衙門便差人去邀請親友除有官差不能來的不筭外兒有孫二姑爺史大姑爺薛蟠薛蝌與薛二姑爺甄宝玉柳湘蓮諸人都到了賈政在書房款待

1391

裏就狠难过的受不得了說着早流下淚來賈母道姨太太你快別这樣这也是個定数我昨兒巳經和他們都說過了的今兒我們大家團聚作一個伉儷合歡會無論賓主都要歡喜不許悲傷的至於我和我們姑奶奶原是鬼魂雖髣髴人世又不能享人世之福不过是一股氣見聚而成形來如水月去似鏡花又不怕程途遠近又不怕山川阻隔來去總是一樣的难道我們去了偺們從此就不能相見了麼要見面也还容易的姨太太你这一傷心又要招起他們

1394

來呢正然說到这裏只見衆人都站起來道妙師父和四姑娘來了賈母笑道神仙來了果見妙姑惜春走了進來綫要施礼賈母王夫人連忙下炕拉了起來就拉他二人也坐在炕上賈母向惜春道我的兒难為你志苦心堅倒底修成了大道替我們臉上增光我昨兒也向你姑老爺說求來見了玉帝必替你面奏討封的你如今巳經脫了凡胎家裏巳难以久住自然是跟了妙師父到太虚幻境去的了惜春道警幻仙姑早巳知道老太太姑媽要昇天所

1395

以摹着日子打發妙師父度脫我來的我們倆人這也就跟着老太太一塊兒去罷了賈母听了歡喜道狠好你姑媽还說教你宝哥哥林姐巳都送我們去呢偺們一塊兒倒也熱鬧些兒宝釵听了忙道昨兒妙師父也許下把我們衆姊妹們帶了太虚幻境去逛逛我們昨兒把符都畫下了賈夫人道姑娘你們不是有什么大要緊怎么又閙畫起什么符來了釵未及回答只听妙姑咲道你們畫的必是警幻的送親符他这個符能奪陰陽造化之功人若睡下將

1396

剛分娩了他們衆姊妹們就都去了只有我和他大嫂子林妹妹史大妹妹昨兒都到庿裏去看老太太今見又忙了一早上还没去看他呢薛姨媽道既是如此偺們就到他房裏去罷你們去過的姊妹們就在這裏等着我們罷他那房裏也容不下這許多人於是薛姨媽王夫人李紈黛玉湘云五個人都到鳳姐房裏來一進房門就瞧見平兒在地下搧爐子煎藥尤二姐在炕上包裏孩子鳳姐擁著被窩靠著引枕打睡平兒尤二姐見了薛姨媽連忙站起來問好

[1387]

鳳姐驚醒笑道姨太太都來了怨我的罪罷我也站不起來了薛姨媽便道姑娘你可大喜得了兒子又得了外孫子真是双喜臨門鳳姐皺眉道什么喜呢早不養遲不養偏偏兒的老太太要昇天這会子坐在屋裏了你老人家說教人着急不着急呢薛姨媽道事情碰在一塊兒可有什么法兒養孩子可是由得人的事嗎湘雲听了接口道要不是昨兒放風箏瘋鬧只怕还等兩天見黛玉笑道這個云妹妹說的越發招人笑了他如今巳經過了月了那裏是

[1388]

瘋鬧的緣故呢鳳姐歎氣道可憐老太太疼了我一輩子明兒昇天我也不能聽着送一送实在恨死人了這個孩子自從昨兒落了草兒一夜不住声兒的呱喇呱喇的哭氣的我恨不得把他兩脚踢死了王夫人笑道你這都是胡使性子呢拿着孩子撒起氣來了李紈笑道二嬢娘不是我當着姨太太說這也是你老嘴老臉不尊重的緣故前兒在人面前撒情告訴我們說自從回生以後他二叔總是在他尤二姨平姨房裏你各自一個人兒修真養性的道

[1389]

会子又养了孩子還不是自己把自己的謊摔出來了嗎說的衆人都笑起來鳳姐笑道你可說嗎道都是宝兄弟的那個濕賬師父好歹見又給了些什么我聖枕中丹自從喫了那世药忽喇巴兒的不愛到他們倆人房裏去了死裏活裏的只是纏磨我教我可有什么法見呢說的衆人越發都大笑起來薛姨媽搖着嘴笑道嗳喲喲你們听這個鳳丫頭越發偺老寶貝的了嘴他說着也不害個羞鳳姐笑道我的好姨太太我這如今已是有了外孫子的人了比

[1390]

去的人算一算看那匣内的桑憂香勾用不勾用宝釵道不用算知道定得勾臨期誰去誰不去呢我繞也問菱姐姐來他說桑憂香不過剩了有二十多支想來也勾用了倒是警幻給你的那個小匣兒妙姑說教你明見帶了去交还了他罷留着出無用了黛玉聽了咲道可也是呢何不把那個拿出來瞧瞧看那上頭有什麼法兒没有紫鵑聽了忙去將匣兒取了來三人在燈下打開匣兒取出冊頁打開細看黛玉一面看一面指向宝釵道宝姐姐戯你提起他

1383

來你看這一段兒正是明見用得着的有了這個可以不必再用桑憂香宝玉宝釵看了俱各大喜道妙極了偺們何不照這個樣兒畫起來就畫上二百張儘勾用了黛玉聽了忙叫紫鵑鶯兒取了黄表硃砂新筆淨水來三人在燈下約有半個時辰畫了一百張神符宝釵囑時道此事且莫聲張到了臨期我三人酌定應該去的給他符一張合其於臨時燒化不該去的共易濫與偺們也只帶了晴雯金釧兒去窗下他們四人看守屋子商量已定收拾安寢一

1384

宿歇畢不提到了次日黎明起來梳洗已畢宝玉便先到省親的正殿上看着致人打掃舖設宝釵黛玉二人便都到王夫人上房去先張羅着致人辦了粥米祀物來王夫人命賈璉親自騎馬去看接着就是周小姑爺來磕頭王夫人便留下命宝玉陪着喫了早飯去時便告訴尚須到別的親戚家去磕頭隔着晚上不能來送老太太的話打發小姑爺去後這裡請眾姊妹來一同喫早飯剛然喫畢就有丫頭們來報說姨太太來了眾人聽了一齊迎了出來只

1385

聽了薛姨媽在院子裡道怎麼些的太太也要歸天去住的熱剌剌的這樣快老晚上聽見一夜也没睡得着覺今見一早我就要來的周小姑爺又來磕頭來了說坊姑娘恭了喜了又擺了粥米打發蜡兒到伺家道喜去了所以我喫了早飯從來的撬剛見二下車又聽見說鳳丫頭也荛了鬧了奸娘見倆一夫見養我子說的鳳丫頭笑了王夫人纔要往房裡讓時又聽薛姨媽道你們都瞧過鳳丫頭了没有王夫人笑道作兒晚上人家

1386

個路我也走熟于於是湘綉釵簽四人走出上房都往大观園來先將湘雲送到秋爽齋與探春同住李紈自回了稻香村釵簽二人總向怡紅院來剛到月門只見宝玉從瀟湘館那边手裏提着個小明角灯見緩匕而來宝釵笑送这么亮的月色还打個灯笼也太小心過餘了宝玉笑送你們怎么倒走過去了呢從黛玉送我們送史大妹匕去來宝玉走到跟前將灯笼送與黛玉拉了他二人的手一同進了月門早見晴雯等迎了出來接了灯笼笑送好爷和奶匕們

1379

一現見都回來了免得我們等了这個又等那個的宝玉笑送今見你們五個人可也風光勾了瞧雯笑道躅也鋼勾了風光風光也該宝玉笑送當着那些人又放風箏又要打鞦韆一直燥兒也不害倒底雯人比你們強老幹多了金釧兒笑送罷隨我們只有一個懷子那裏跟得上他老幹呢招的釵簽二人一各笑送这個小蹄子的嘴越聰慂不得了什么老幹懷子的都說上來了快取我們的衣裳去罷我們换了衣裳听我們說正経話罷金釧兒紫鵑柳五兒听

1380

入送上蒸來釵簽宝三人坐在炕上晴釧鵑鴦襲柳六人都坐在椅子上黛玉便將適總在庙裏对要夫人說要古了尋慶香送林公夫婦到任的話告訴了釵宝二人一遍二人听了俱各大喜宝釵送你这綑話誃的到投了機了總剛見我問四妹匕他如今膝了凡胎倒底將來作何歸結妙師父說必須要先到太虛幻境求驚幻仙姑奏知了上帝討了封号就有了歸結了妙師父还說送了老太太去後他就同四

1381

妹匕到太虛幻境去呢我和二姐匕三妹匕商量求妙姑把我們姊妹們攜帯到太虛幻境去逛匕他巳経庅許下了你經这一說正說到一家子了明兒偹們一塊兒都送姑太太去送不姑太太再到太虛幻境看四妹匕去你們說好不好宝玉听了笑送宝姐匕你倒底不知路徑的遠近太虛在上界之下明兒既是大家要去索性請老太太姑媽都先到太虛幻境送下四姑娘就求姑老爷面奏上帝討個封号堂不更順便呢黛玉听了送既是如此偺們先把要送

1382

你妹夫陞了天曹的官兒這也是一件難得的事就是將來你們要見見我們也没什麽難處你外甥女兒他們現有什麽返魂香尋臺香那都是仙家之物只用點起香來彼此也就可以相見了我纔說教他們明兒點起香來送我們到天上去他們這纔都喜歡了邢王二夫人聽了站起身來纔要說話只聽賈母笑道狠好就是這樣罷你們可也放了心了大家都回去罷天不早了也讓我們歇息會子明兒還要上路呢眾人聽了不敢違扭只得起身告辭史湘雲

第二十九　1375

因牽掛着惜春不肯回家仍同尤氏緊跟着邢王二夫人坐車而回賈夫人送至大堂看着他們坐車的坐車騎馬的騎馬出了廟門這纔回後而去且說榮府的眾人車馬耀耀燈火輝耀一直回到府中賈政二公率領了往先到書房去教人傳了林之孝賴大等一功兒能事的家人來吩咐明日派人先將大觀園省親的正殿打掃潔淨懸燈結彩擺設鏡陳多備酒席演三齣神戲所有的親戚家的男客女客俱下請帖願來不來聽從其便分派已定這纔散

第二十九　1376

去各自回家再說王夫人下了車送了邢夫人尤氏各自回家領着湘雲李紈姊妹進了上房只見寶釵迎了出來笑道太太回來了今兒又是雙喜臨門鳳姐姐自從太太去後回到他房裏不過半個時辰就分娩了養了個怪好的小小子兒我們這裏正替他忙亂張羅開親家奶奶家也差人來說巧姑娘也養了小孩兒了可巧兒的舅舅外甥一天這也是件有趣兒的事情王夫人聽了笑道狠好娘兒倆一天兒養孩子兒也有趣只是事情都擠在一塊兒可

第二十九　1377

教人怎麽個辦法兒呢把師父和四姑娘安置妥當了寶釵道都依着搬到櫳翠庵去了我怕入畫雪雁兩個丫頭不勾使喚又把秋紋較也派了去了太太到了廟裏老太太吩咐了些什麼話王夫人也將賈母吩咐的話述了一遍寶釵聽了不勝悲感王夫人道夜深了你們都各自回房歇歇罷只怕你老爺這早也要睡呢明兒大家都早些兒起來想着先差人到巧姑娘家送粥米道喜去寶丫頭你們照應着狠你史大妹妹送到秋爽齋去湘雲笑道不相干的這

第二十九　1378

这会子你老大爺接我去完聚乃是正理你們反倒悲傷起來你們想上你們就留我在人世再住一百年也總不过是这個味兒又喫不得人世的飲食又穿不得人世的衣服倒底筹個什么見呢我當日不肯到家裏去住原為怕你們到臨別特不忍分離这会子你們仍是如此依我勸你們哭会子也留不下我何苦姐兒們多說会子話見豈不比哭強呢賈政等听了都一斉站了起來道老太太既要尸天見孫們也不敢強留只求老太太將家中的一切後事開

導指示一番兒孫們將來也得所遵循賈母笑道你們都是些讀書明理為官作宦的人我沒讀过書也不知道什么別的想來人生在世富貴窮通雖說有個定數總是行好必有個好報行惡必有個惡報你們只記着这兩句話就是了眾人听子一斉答応了個是邢王二夫人又將妙姑下凡惜春成了正果脫了凡胎的話告訴了賈母一遍賈母听了歡喜道这也奇了可見人行好事天必從之四了頭这就是慧偺個家增了光了可憐他老子闖了一輩子的煉丹

也沒修成他倒弄成了眾人听了一斉都說这總是托賴老太太的福氣所致賈母笑道倒底是四丫頭悟道的心誠可托賴我的什么福呢你們听我說大家喫了茶坐会子都早些兒回去罷我們的行李巳経打発馮淵秦鍾崔文瑞帶着他們的家眷頭裏去了这裏只留下司棋家兩口子和鮑二家的焦大伺候我們明兒不过一点灯的時候就到家裏你們把大观園省親的正殿打掃出來多摆上戋十棹酒席把親戚家的男客女客都請了來大家都見一見坐

的時候無論賓主都要夫婦同坐一席挨着次兒排了下去雖名為餞行的別離酒却做一個伉儷團圓会只許歡笑不許悲哀姑老爷你听我說的是不是林公答道老太太想的狠是狠該作個團圓会總合我們这一段因果二位兄嫂就遵着老人家的話兒罷明日我們的酒席仍是我們这裏攞了去就是了正說時只見賈夫人從裏間走了出來向邢王二夫人道二位舅太太你們不用傷心我總和你外甥女兒說來老太太尹天與老太爷完聚乃是正理就是

入見了賈夫人彼此益覺悲感過了二堂便向西轉乃是賈母的住處剛到院子裏就聽見賈母在內說道我原打發珠兒回去告訴你們明兒晚上在家重見這早晚見半夜三更又都成羣搭綴的做什麼派了那手三夫人等聽了連忙緊行了幾步進了上房弔問安以畢都拉着賈母痛哭起來隨後便是敘汝二公率領子侄們都一齊進來請安伏地悲痛賈母見了高聲說道你們不用亂哭都起來坐下聽我告訴你們自生骨肉聚散原有個一定之數我如今托

1367

着姑老爺的福氣已死的鬼魂又在人世混了三年骨肉再得完聚這也就狠勾了你們也想想世上那一個作父母的能勾死後還能與兒孫們相見世上那有個作兒女的又能勾與他死後的父母相見呢儞們實在托賴着天恩祖德這就是千古未有的事了儞們都快起來罷不必哭了林公與賈夫人也都過來相勸衆人這纔止了淚黛玉乃是抽抽噎噎的賈母忙道姑奶奶這裏也坐不下這些人你把他們小姊妹們帶到裏間去坐你們娘兒們也說說話罷

1368

寶玉呢你把你奶奶也領到你們房裏去珠兒也叫你們夫妻們也說說話我們的兩位太太上炕來坐你們的兩位老爺就在那邊床上坐姑老爺陪着他們小弟兒們都在地下杌子上坐史大姑爺陪着眾人聽了俱各遵照所說的次序兒坐定賈夫人領了尤氏湘雲黛玉到裏間去說話鴛鴦領了李紈也到賈珠的房裏去了這裏賈赦向林公道姑老爺蒞任未滿三年怎麼忽然又有榮陞的信兒林公道這小弟也不知其所以然想求也必定有人保奏的但只是

1369

人生聚散無常二位化長兄也不可過悲傷且老太太昇天與老太爺完聚也替我們做兒女的完全了一件大事這也是乃生求之不得的賈赦聽了撲簌道父母百年完聚雖說是遂了兒女期望之心然而慈親音容不能無慟賈母聽了笑道你們怎麼還不明白我和姑老爺他們再履人世原為有一段姻緣我當日在生時原將寶玉他們的姻緣弄錯後悔無及後亦在地府幸而遇著姑老爺好容易千奇百怪生生死死的了結了一件心事我心裏實在舒服了

1370

【1363】
聽再預備祭祀了頭們聽了連忙出外吩咐此時王
夫人也哭的抽抽噎噎的同賈珠道老夫太和你姑
家姑媽是留不住的你可求求姑老爺你和鴛鴦再
任幾年把我們看着送了終娘見們一同去罷賈珠
起流淚道凡事都有個定數老太太既去見等豈能
侯留王夫人聽了越發大哭起來賈政含淚問道我
的見你這如今還是跟了老太太到上界去會祖先
還是跟了你姑老爺到新任去呢賈珠流淚道方纔
老太太也說求若是跟了老太太去也沒什麽益處

【1364】（卷二十九）
真君仍舊跟了姑老爺到天曹去討個差事走走不
過二三年就可以補放一個縣城隍了賈政聽了點
頭道這也猶是賈政聽了向邢夫人道你把二太太
勸一勸經沒聽見大侄兒說將求他也可以巴到城
隍的地位這也是人生難得的事了催他們蚤套
偺們也蚤些兒到願裏去罷邢夫人聽了忙將王夫
人勸住這裏寶玉賈蘭忙站起來要到外邊去催套
車王夫人道你們出去吩咐偺們兩府裏備套五輛
車就勾了二位老爺每人坐一輛大太太和你尖太

【1365】
妹妹坐一輛我和你林妹妹坐一輛你珍大嫂子和
你大嫂子坐一輛其餘他們姊妹們都不必坐等着
明見在家裏罷你們弟兄叔侄們都騎馬與這就省
多少事中寶玉賈蘭答應而去不多一時進來囬道
車馬都齊備了請老爺太太們走罷王夫人聽了便
又進裏間來囑咐寶釵要晚上照應着安醫妙姑惜
春及衆姊妹並着人給薛姨媽送個信兒於是領了
湘雲黛玉尤氏李紈同邢夫人雀前坐車先行寶玉
賈蘭騎馬相隨貸救賈政隨後也坐了車珍璉珠蓉

【1366】（卷二十九）
四位騎馬相隨出了榮府的大門往城隍廟而來
一路燈火燦煌好不熱鬧不多一時已至廟中都在
丹舞下車早聽見裏面鼓樂點滴的林公運了出來湘
雲的女環珠成玉在紗幛隨救跡二公見了連忙囬
行上前彼此慰問珍璉寶玉等忙趕上來請安又見
裏面出來了許多婦女伺候太太奶奶們下車邢王
二夫人尤氏李紈湘雲黛玉一齊下了車都與林公
相見問好黛玉此時早已哭的說不出話來了顧
囬頭着過了大堂早以望見賈夫人在一堂迎候衆

屑見發出我們正在南安王府喫祭肉蓉見去告訴初聽見輒聽從架上跌了下來嚇得了不得後來總聽見說脫了凡胎竟有這樣的奇異四姑娘在那裏呢我們來看他來了邢王二夫人聽了王夫人忙領了紈鳳釵黛累姊妹都到裏間廻避邢夫人便拉著惜春在房門口迎候赦政二公便拉了他的手一同進來惜春進房忙拜了下云赦政三公連忙拉起道我的見难為你志苦心堅修成了正果常言道一子成佛九族飛昇將來我們也都有好處且待明日奏

《卷二十九》

知元妃替你討一個封號也不枉你修煉一場我的兒且隨你嬣娘到裏間坐着去罷惜春聽了便同邢夫人到裏間坐了此時已有黃香時候了頭們點上燈來賈赦賈政和他們小弟兄們都在王夫人上房挨次見坐下喫茶大家商議惜春之事倒底是面奏好還是具奏知了元妃轉奏的好議論紛紛賈政一時也不能酌定正在躊躇忽見焙茗自外跑了進來遇老太太差大爺回來告訴老爺們話來了衆人聽下稈嚜剛時早見賈珠慌慌怵怵的自外走了進來

賈璉賈玉賈蓉賈蘭一齊迎了出來賈珠一一的接見畢進了上房便與赦政二公暨賈珍請安邢王二夫人聽見賈珠來了都出來相見賈珠一一的請安畢邢王二夫人坐在裏間的門口的兩張杌子上聽賈珠說話赦政二公即命賈珠坐於賈珍之下衆皆依序坐下賈政問賈珠道老太太這時候差你回來必定有什麼要緊的事情賈珠躬身道今見早起姑老爺接到上帝的勅育授了天曹的閤部着卽赴新任爺們上界的老太爺也有書子來接老太太歸位

《卷二十九》

完聚老太太所以差兒子來家告訴老爺太太於明日晚上預備出潔淨房屋一所要寬大些老太太和姑爹姑媽定於明晚率領眷屬來家一會就此起身回上界去呢赦政二公暨邢王二夫人聽了俱各大驚失色由不得都傷心落淚此時衆姊妹們在裏間都聽見了別人猶可惟有林黛玉史湘雲季紈三個人早已哭作一團見賈政歎氣道完聚未久忽又分離夫命難不可違人心豈能无感快紛咐套車我們大家卽刻都到廟裏去見見老太太先討討教訓明

了王夫人及衆人見了都不勝悲感惜春忙拉了王
夫人的手慰道侄女一生的大志已遂太太該喜欢
總是如何反倒傷起心來了王夫人落淚道我的兒
你如今修的脫了凡胎如何還肯住在家裏自去是
要跟了妙師父去的教我如何捨得你去說着又哭
起來招的衆人一齊傷感惜春安慰道太太不必過
傷我雖脫了凡胎尚有未了之事還要留妙師父在
櫳翠菴住兩日呢就是將來我們去了娘兒們要見
面也還容易的天下早了偺們都倒上房說話兒去

1355

卷二十九　五

罷王夫人聽了這揆摻了眼淚一手拉了惜春一手
拉了妙姑便往上房而來尤氏紈鳳等忙命了頭們
撤去酒席收了風箏率領奶媽子們抱了小孩兒們
一齊往王夫人上房來剛進了房門尚未及坐談只
見王善保家的攙着邢夫人踉踉蹌蹌而來一到院
子裏邢夫人便問道怎麼把四姑娘從鞦韆架上吊
下來跌壞了這還了得尤氏聽了忙迎了出來將惜
春脫了凡胎妙姑下來接引的話告訴了邢夫人一
遍邢夫人這纔放了心道我一聽見信兒唬的我連

1356

路都走不上來了大奶奶你倒來的快當呀尤氏道
我聽見了頭們說了一声我的魂就像在頭顶兒上
冒了也沒顧得換衣裳鞋脚虧了賠兒在家裏我就
教他攙着我飛跑來了你侄兒也沒在家這會子還
不知他知道不知道正說到這裏只聽王夫人出來
道大奶奶你怎麼不讓大太太進來儘自在院子裏
說起話來了尤氏纔要答言又見惜春也迎了出來
向邢夫人說道爲侄女的事倒教嬸娘嫂子們受驚
我倒心裏不安了邢夫人聽了細將惜春一看但見

1357

卷二十九　六

他仙風道骨了教飄去竟與肉形无異不覺驚喜異
常忙拉了他的手道我的兒難爲你苦志修行倒底
熬到成仙的分兒上將來連我們也還都要托賴你
的福分呢一面說一面拉着惜春和王夫人尤氏同
進了上房紈鳳釵黛諸人早已都在房門口迎候彼
此問好畢剛去坐下又聽了頭們在院子裏嚷道老
爺們爺們都來了寶玉聽了忙迎了出去只見賈赦
賈政賈珍賈璉賈蓉賈蘭祖孫六個一齊進來只听
賈赦先道我們家正是天恩祖德意外異樣的喜事

1358

嚇着了太太我在這裏呢尤氏聽了忙向王夫人道太太風箏上騎的果然是四姑娘他還說話呢王夫人聽了不勝驚異忙向妙姑道妙師父你快把風箏收了下來罷看仔細他又去了妙姑聽了先命尤氏去勸衆人不必乱哭衆人這纔知道惜春是脫了凡胎了於是大家止了淚都聽着妙姑收風箏的繩兒只見妙姑手拿着繩兒並不費力漸漸的收了下來鳶落地惜春這纔跳了下來見了王夫人連忙下拜道侄女蒙娘娘恩養不審生身的父母今日大緣

1351

修成理宜拜謝劬勞之德王夫人聽了忙拉了他的手哭道我的兒嚇死我也剛只說得這一句就見迎春探春湘云等一齊前來拉了他的手問道四妹妹你既是修成了正果要脫凡胎为什麼不明明白白的告訴我們我們險些兒被你活嚇死了惜春笑道我若明告訴你們你們又如何肯依呢你們這會子也不必害怕了偺們把太太請到亭子上坐下好說話兒別把老人家嚇着了探春道四妹妹你如今脫了凡胎你這個肉身却怎麼樣呢王夫人聽了忙在

1352

軟轎架下看了一看只見惜春的肉身依舊在那車道挺挺的躺着不由的又傷心落淚寶玉忙道太太不必傷心等我去告訴珍大哥哥教他叫了匠人來就將四妹妹的肉身塑在偺們櫳翠菴大雄殿的東邊永遠享受香烟豈非千秋佳話寶玉聽了也不等王夫人開口連忙如飛的去告訴他父親去了惜春忙攔道寶哥哥我一輩子為人孤高偏僻如今脫了胎怎肯教些匠役們來擺看我的軀壳況且張揚出來也招搖是非你們先把太太請到亭子上

1353

去等我和妙師父把他用三昧真火化了去就是了衆人聽了那裏肯依也有要塑像的也有要殯葬的紛紛不一惜春一概不聽拉了妙姑的手走到自己的軀壳跟前口裏念出四句偈來道

是我全非我　疑君不是君　憑他三昧火　化作嶺上云

念畢只見妙姑向他的肉身噴了一口仙氣忽忽的遍身衣履着起火來就像燒燈草張紙似的須臾化为灰燼霎時一無一点氣息連一点骨殖渣兒也沒有

1354

続紅樓夢卷二十九

享祭祀現返大觀圖　一慶圓

話說惜春自從櫳翠菴出家以來道如今巳經修成了牛仙之體立證菩提他的那一靈真性於今夜坐禪期必與妙姑相會妙姑在暗中指授妙訣今當功行圓滿不欲肉體飛昇恐駭物聽恩欲脫却皮囊以成正果所以頒先約上妙姑今日下凡來度脫他因寶玉放風箏之便遣客施小術將妙姑接了下來又因寶玉高興要

看打鞦韆他自巳故又借打鞦韆之便脫却凡胎暗中將繩見扭斷將他的凡胎從半空中跌了下來他的那一靈真性依舊聚而成形早飛在空中騎在青鸞風箏的背上眾人那裏能知道這些緣故只見他懸空的從鞦韆架上跌了下來一個都嚇得魂不附體一齊跑上前來只見他直挺挺的躺在地下湘雲看了忙迎忙坐在地下將他抱了起來攬在懷內眾人看時巳連一點氣見也沒了迎春探春等見了早巳都哭起來紈鳳釵黛等一齊都理怨寶玉賈玉

此時早巳沒了主意了也只好大哭而巳此時伺候的了頭們早巳嚇得四下裏亂報去了眾人正在忙亂哭閙之際只見玉釧見攙著王夫人賈蓉攙看尤氏都從蜂腰橋跟蹌而來眾人見了越發沒了主意宗性都大哭起來奶媽子們抱的小孩見們正在嘻笑忽聽眾人都大哭起來嚇得小孩見們不知所以一齊亂哭鬧的妙姑高聲劝道姑奶奶們不必亂哭四姑娘舅了仙了此時哭聲震耳眾人那裏聽得見妙姑正在無法一見王夫人尤氏奔蹌而來連忙迎

了上去打了個稽首王夫人含淚道妙師父你既然下凡來了怎麼把四姑娘在鞦韆架上跌壞了呢妙姑笑道太太不必驚惶四姑娘如今他的功行圓滿脫却了凡胎成了正果了太太不信只看那青鸞鳳背上騎的不是他麼王夫人聽了連忙揚起頭來在天上一望但見青鸞背上隱隱綽綽的像是騎著個人見卻看不真切且是誰尤氏倒底年輕仔細望去果然就是惜春在青鸞背上揺着蠅拂子指著地下叫道三姐姐三姐姐寶哥哥你們不用亂哭看仔細

了頭們那裏叫你去打鞦韆呢說的晴雯無言可對笑着把寶玉看了一看連忙跑了又見翠縷撈衣上前黛玉又攔道我勸你也不用逛罷湘雲笑道林姐姐你不用攔他的高興不相干的他在家裏常幹這個把戲見今兒索性教他瘋一天罷黛玉聽了便不言語了只見翠縷撈了撈衣裳跳上踏板身子一縱脚兒早已登了起來但見他腰肢嫋娜衣袂飄揚又打出許多名色來有什麼套花環盤龍舞鳳朝陽又有什麼双仙渡海一鶻凌空雁字一帆風的這些名

〔卷二十八〕

色着得眾人眼花撩亂齊聲喝采翠縷打畢跳下來面不改色口不發喘眾了頭們見了盡皆驚服不敢上前獻醜一個個面面相覷你推我我推你俱不肯上前寶玉不悅道你們這些蠢才難道只會喫飯麼迎春笑道罷喲不用罵他們了你們的如夫人一個個都在那裏援你又捨不得教他們冒險這會子又罵別人來了說的眾人都笑了忽見惜春走來笑道寶哥哥你不用發急你等我親自去打着頑兒保管比翠縷打的好看就是了寶玉聽了忙攔道好

妹妹你不用替我惹亂子了打鞦韆原是個懸虛事見晴雯他們我尚不敢教他們冒險何況你呢萬一教太太知道了我當不起這個不是惜春那裏肯聽竟自撈衣前往眾姊妹見了一齊阻攔只聽妙姑笑道不相干的有我在這裏你們只管放心倒不要攔阻他的高興眾人聽了只得讓他前去只見惜春上了踏板悠悠颺颺的打了起去飄飄然有凌雲之勢也將各樣的名色兒打出來比翠縷打的更有奇妙頁又好看香的個寶玉拍手大笑道過妹妹你這是

〔卷二十八〕

成了仙了一語未了只見惜春打了個一鶻凌空的式子忽聽咯嘣的一聲繩兒裂斷將惜春從半天雲裏跌了下來唬得眾人魂不附體未知惜春性命如何且聽下回分解

齊拉住問訊妙姑姑也一一的相見寒溫畢眾人拉了妙姑的手便往亭子上讓寶玉又命了頭們在四席的中間另擺了一席素菓讓惜春妙姑二人坐大家飲酒中間黛玉鳳姐迎春等又向妙姑問了會子大廳幻境警幻的起居光景彼此說到熱鬧中間只見晴雯金釧兒二人也都收了風箏求與妙姑問好妙姑又和晴釧二人叙了會子舊事忽聽那邊人畫高聲叫道四姑娘這支青鸞鳳箏收不下來了我們好二人使勁兒籠繩子竟紋絲不動惜春聽了笑道既

1339

是收不動就儘他去罷只把繩頭見拴在松樹上就惡了鳳姐諸人轉了又都與下亭子去看青鸞鳳箏惜春忙攔道偺們早些見罷了飯散一散也讓我知妙師父幹我們的正經事去寶玉聽了忙攔道四妹妹你忙什麼呢妙師父既然下凡來了你們幹正經事的日子多着呢巳經立下鞦韆架子了偺們索性看着了頭們打了鞦韆再喫飯也還不運惜春未及回答只聽妙姑姑笑道寶二爺我今見下凡原為的是四姑娘的大事你讓我們辦完了正事我邊要到上

1340

房請太太的安去呢探春聽了笑道妙師父你也別太忙了你且坐坐教我們的奶媽子們把卜孩兒們都把來你也瞧瞧每人給他們一個記名符兒强如到別處廟裏聽胡鬧去呢再者還怕我們太太知道你下凡來了也要先來看看你的到了晚上你和四妹妹同到櫳翠菴去有多少正經事辦不了的呢李紈聽了忙命人將奶媽子們叫來不多一時奶媽子們將哥兒姐兒們都抱到亭子上來妙玉出席遂一的抱着瞧了一瞧笑道可喜可賀等咱們回

1341

到菴裏每人給他們畫一張記名符兒保佑他們無災無病長命百歲的寶玉聽了更加歡喜便催着眾人去看打鞦韆眾人被纏不過只得又一齊下了亭子到松樹底下站着觀看早見一個丫頭在鞦韆架上踏着踏板左也打不起來右也打不起招的眾人都笑起來仔細看時不是別人乃是傻大姐見寶玉笑着吆喝道快下來罷看仔細跌死了傻頭傻腦的他也開打鞦韆見說着早見晴雯撩挨着衣裳就要去打黛玉笑道罷嘍你又要惹的教說呢難道這些

1342

笑道四姑娘偺們這個大青鸞風箏總放不起去呢寶玉聽了笑道我早就說個這風箏裝成圓身子是放不起去的四妹妹還不肯信果然應了我的話了惜春聽了笑道這兩個夯蹄子連個風箏也不會放人家的風箏怎麼就放起去了呢雪雁應道偺們這個風箏連瑞雲姐姐都不能放的惜春道既是這樣你們走開等我親自去放說畢便站了起來挽了挽袖子徑自下亭去了眾人見了俱各詫異一齊起身都跟了下來看他倒底是麼樣一個放法只見惜春下

卷二十八　十六　　1335

了亭子行走大異往昔姍姍異常走到山坡之下拿看那個大青鸞風箏來毫不費力用手帕包了手提看繩兒往上一抖只見那隻青鸞就像自己往上飛的一般漸漸起漸漸高霎時將繩兒放盡直入雲霄比別的風箏邊高好些但見青鸞的兩翅搧搖身子紋絲兒不動眾人見了都大加驚異惟有寶玉湘雲二人心下明白惜春修的道行將有所得了此時寶釵黛玉二人也猜着了幾分見黛玉向惜春笑道四妹妹你這個風箏做的就奇妙放的更奇妙你

卷二十八　十六　　1336

看這隻青鸞放在空中就和活的一般可惜青鸞背上少了一個騎鸞的仙人似覺欠缺惜春笑道我這隻青鸞原是放了上去要接個仙人下來的你們只瞧着就是了眾人聽了愈加驚異大家都不錯眼珠兒的瞧着那風箏眼都瞧花了不知怎麼眼光一瞬間都瞧見青鸞背上隱隱綽綽的像有個人騎着的似的只聽翠縷叫道青鸞背上有了人了姑奶奶們順着我的手瞧那不是的麼又聽鳳姐叫道果然是真的我也看見了又聽探春道像個道姑打扮手

卷二十八　十六　　1337

裏還牽着蠅拂子呢又聽黛玉道三妹妹你看他那個神情兒好像妙師父的樣兒又聽尤三姐道可不是妙師父是誰呢四妹妹你快收繩子罷眾人俱各驚喜非常但見惜春並不答言只將繩子慢慢的收了攏來漸收漸近漸近漸真將至落地時那青鸞背上的仙人早已跳下地來果然就是妙玉又見惜春鬆手一撒那青鸞風箏仍舊飛了上去將繩兒送與丫鬟這纔向妙姑打了個稽首並不交言四目相視而笑似有默契的光景眾人見了妙姑不勝驚喜一

卷二十八　十六　　1338

走了过來每人手裏拿着個風箏宝玉見了心中不怳忙攔道教了頭們放就是了你們又都胡鬧什么呢何苦跑的渾身灰塵白土的万一跑弔了鞋可是個什么樣兒呢难为你們也不怕人笑話晴雯笑道这有什么怕人笑話的那裏就跑弔了鞋了呢成日家把人鐲在屋裏連各処裏走逛々都不能彀好容易碰見爽神的事兒你又管教起來了宝玉这不是管教你們都來了把屋子交給誰看着呢兒听鴛鴦道有襲人姐々看家呢宝玉听了笑逃好麻了

〔1331〕

卷二十八

还有这么一個知逃好友的人見只听金釧兒笑逃罷喲他知逃什么好友呢他要不是怕姑奶々們倡挑蔣琪官的話他早巳也來了衆人听了卻咲起來湘雲笑向宝玉逃罷喲宝哥兒你听他們姊妹們今兒也風光風光罷當眞的成日家也鐲的受不得了我們翠縷呢怎么眼錯不見的就没影兒了黛玉笑逃你着那边山坡底下拿着風箏的那不是他嗎湘雲望了望笑逃兒小蹄子多早晚見可就去了探春笑逃我們今兒索性教他們一總風光風光去罷侍

〔1332〕

書秀橘雪雁入畫碧蓮豐兒麝月秋紋你們一絶辮放風箏去罷一個椓子上放下一把酒壺我們这裡也不用你們伺侯了當下侍書秀橘等听了撰春的吩咐早都下了亭子到那边空地上七手八脚的拏起風箏來乱放起來只見晴雯先放起一條大長蜈蚣風箏來隨後翠縷也放起一個刘海戲蟾的風箏來於是鴛見紫鵑侍書秀橘等陸續也都放了起來但見滿空中都是風箏飄々蕩々悠々颺々的衆奶媽子抱了哥兒姐々們都往風地裏站着仰首覘看

〔1333〕

卷二十八

招的小孩兒們嘻咲吵叫之声不絕喜的宝玉拍手笑逃雲妹兒琴妹兒你們都瞧々我这個孩子社热開不熱鬧呢宝琴笑道有你这個孩子頭兒領着鬧可有什么不熱鬧的呢宝玉听了笑逃雲妹兒你听琴妹兒說我是個孩子頭兒他这不是駡我的話嗎宝琴笑逃你不用胡挑眼兒难道社裏頭就不該有個社長么宝玉笑逃依你說來我这些男孩兒們的社長你可就是他們兩個女孩兒的社長了說的衆人都笑了正然說笑忽見雪雁入畫在那边高声

〔1334〕

認在他門不作從弟呢惜春笑道三姐姐你們可就
不用胡鬧况我是清淨慣了的禁不得这些孩子們吵
那一個不是我該心疼的何用認從弟呢鳳姐听了
笑道四妹妹你不用推辞我替你想來俗語說的好
和尚無兒孝子多你替他們姊妹們受了千辛萬苦
一個人一輩子能養幾兒子呢你看你如今一點难
見不費就是現成的十個孝子兩個孝女一共就是
十二個了你还有什麼不便宜的呢惜春听了正要

卷二十八　三三一　1327

咐他只听湘雲笑道鳳姐姐你少算了一個一共是
十三個呢鳳姐笑道明明只有十二個那裏还有一
個呢湘雲听了笑道你瞧偺們这裏頭現在还有一
個大肚異墜的一個人难道算不得一個麼眾人听
了一齊都笑起來只听鳳姐笑道罷嘍雪妹妹我也
是看着你長大的一個老姐姐你还聽冷子和我頂
这麼一句見难道我的臉皮見比你的臉皮見還薄
不成能了四妹妹你不用認他們的孩子們了索性
等我明見分娩了不論男孩見女孩見認給你作徒

卷二十八　三三二　1328

弟就是了諭的家人又都笑了忽听宝玉在院子裏
嚷道鳳姐姐不用鬧嘴了偕們早些三見过去看他們
放風筝罷趂这會子風色正好过去了就难
放了我已經吩咐把酒席摆在滴翠亭去了鳳姐
听了便讓眾姊妹們都到滴翠亭去了命奶媽子們
抱了哥見姐見們在前边行走眾人随後出了怡紅院
緩步而行從蜂腰橋斜逕到了滴翠亭來但見亭子上
的槅扇洞開週圍摆着二十盆蘭花清香撲鼻南边
一帶空地十分寬厰兩顆松樹中間設着一個鞦韆

卷二十八　三三〇　1329

架子亭子中間摆着四棹酒席眾人都上了亭子宝
玉便催着釵黛二人安坐定席湘雲道我們不用你
張罗各人随便坐就是了於是湘雲宝琴坐了一
席尤三姐惜春坐了第二席香菱裊烟坐了第三席
迎春探春坐了第四席黛玉陪第一席平見胡
氏陪第二席宝釵黛玉陪第三席宝玉独自陪第
四席釵黛送过了酒大家一齊就坐酒行数巡宝玉便
吩咐了頭門放起風筝來引着这些小孩子們观看
一語未了只見晴雯金釧見紫鵑鶯見柳五見五個

卷二十八　三三〇　1330

麼大嫂子鳳姐姐二姐姐三妹妹這是我的至親實
閒麼姐姐邢大妹妹是咱們的內親雲妹妹是和我
從小在一塊兒長大的他們又給林姑娘老爺承了嗣
更是親上加親九三姐姐是珍大哥哥璉二哥哥的
小姨巴經就是親戚我和柳二哥又是患難的弟兄
琴妹妹是更不用說的了俗語說的好如夫小姨九
分九厘就是明兒有了嗣子嗣子白了又怕什麼呢
忩着只見寶琴過來咬了他一口招的眾人又
笑了只聽黛玉道都請到屋裏坐罷怎麼健自站在

1323

薛蟠從三賢祠回來以後的光景又問給馮淵做的
荷包做了沒有香菱正欲回答只見紫月進來真道
四姑娘來了眾人聽了一齊詫異道我們正要到廟
裏會他去呢怎麼他倒高興先來了綵鶯二人連忙
迎了出來只見雪雁搀着惜春從月門進來起身道
裝打扮十分雅淡想能盈不在妙姑之下寶釵道
因妹妹今兒高興啊怎麼真成了不速之客了惜春

1324

笑道你們昨兒說太太為我狠不放心所以我今兒
早些兒過來熱鬧熱鬧我也紮了一個風箏同你們
大家放放也教太太放心寶玉在院子裏正和眾小
孩們引逗着頑耍听見惜春來了忙過來相見一眼
早望見入畫在惜春身後手裏拿着一個大青鸞翅
如車輪渾身盡是翠羽裝成就和活的一般寶玉見
了不禁狂喜道四妹妹你這個風箏紮的也就巧極
了竟和活的一般那裏像個風箏呢我看這個圓巧
子只怕未必放得起去罷惜春笑道你別管他且等

1325

房挨次見坐下惜春便命奶媽子們將哥兒姐兒們
都抱進來逐一的抱着頑了曾子又在每人頭上摩
裝了曾子湘雲見了笑道今兒我們這些孩子們就
都貫拜在四妹妹門下了你們看看一個一個的都
摩頂受了戒了探春笑道可也是時常聽見說人家
的孩子恐怕養不起往往的無論僧尼都認在他廟
裏我們這些孩子們現放着他四妹妹爲什麼都不

1326

能养性仙家飲之我們大家公賀你一杯酒流暢流暢血脉發舒發舒精神豈不更好呢惜春听了便不言語了李紈遂教雪雁去告訴柳家的多辦幾様素菜順便到怡紅院搬一罎酒來於是大家都在櫳翠菴坐着說了半日的閒話陪着惜春同喫晚飯但見惜春飲酒喫飯無異平時衆皆詫異當下喫完了飯宝玉又命雪雁取鍋下的雪水烹茶又喫了會子茶然後告辞仍都到上房來回覆了王夫人的話王夫人这纔放了心到了清明这一日王夫人清晨起來

梳洗以畢便命人套了車陸續接了衆姊妹來家都先在王夫人上房喫了早飯宝釵便命各家的奶媽子先都把哥兒姐兒們抱到怡紅院去會齊了睛雯等預備下好茶然後請迎探黛湘琴岫紈鳳尤平等都到怡紅院來喫茶當下衆姊妹告辭了王夫人都花攢錦簇的向怡紅院而來剛一進月門只見宝玉將衆奶媽子抱的哥兒姐兒們早一字兒排在院子裏每人面前放着一個大風箏人物蟲鳥樣的極其精巧從頭兒數去果然是十二個小孩子一個個金

裝玉裹粉團花兒似的原來迎春探春湘云香菱岫烟宝釵尤三姐平兒胡氏都生的是哥兒惟有黛玉宝琴生的是姐兒湘云見了笑道难为宝哥哥怎麽想來果然这些孩子聚在一塊兒倒真有個趣兒宝玉笑道只可惜男孩兒太多女孩兒太少了迎春听了笑道你这是個什麽話呢人生在世自然要兒子多女孩兒少这纔是正理你怎麽反倒要女孩兒多起來了呢鳳姐笑道你們都不知道宝兄弟的意思我就猜着了不過是要六個男孩兒六個女孩兒將

來好做親家的意思是不是呢宝玉聽了笑道你猜的也不是我的意思是要女孩兒多些將來長大了他們小姊妹們也就可以另立一個小社我們老姊妹們就可稱為老社了說的衆人都笑了寶釵笑道我看你一輩子再也總不用幹個別的正經事兒總在我們羣兒裏混混難道明兒留下鬍子甚至後來鬍子白了姊妹們羣兒裏總該有你嗎你們聽聽說的教人可笑不可笑呢宝玉笑道你說的這是個什麽話呢你瞧瞧咱們社裏的人可有我該避諱的人

豐兒回家去了这裏李紈寶玉釵黛玉四個迤邐
步行來不知不覺來到攏翠菴一進庙門、只見入畫
雪雁二人在院子裏掃地一見衆人進來緫要開口
李紈忙同他搖了搖手見不教聲張兩個了頭會了
意向靜室內努了個嘴兒見李紈等輕輕的走了進來
看時但見惜春在床上一個大蒲團上合目瞑坐真
中但有微息就和木雕泥塑一般瞧了瞧臉上的颜
色邱仍舊紅是紅白是白的宝玉見了不禁狂喜道
仙乎仙乎惜春徐徐睁眼將衆人看了一看道善哉

1315

善哉遮緫慢慢的起身下了蒲團向李紈笑道你們
多早晚見来的怎麼也不教了頭們通知一聲見李
紈笑道我們從來没見過坐功的人所以我要偷着
看一看果去坐的有趣見惜春听了笑道什麼坐功
無非胡鬧而已說畢便讓李紈等坐下卽教雪雁去
煎茶坐宝玉道太太听見說你如今坐功寢食俱费心
裏着實的放心不下教我們來瞧二瞧替你散散心
見呢惜春听了咦道这又不知是那個不知好友的
了頭在太太跟前混說的我的身子原是好好的那

1316

裏有什麼病呢宝玉道太太原怕你一個人兒在巷
裏悶悶的坐出病來所以緫教我們大家來瞧瞧你
替你散散心兒的意思後見是清明節我已經回过
太太接了衆姊妹們來家做一個孩子社大家放风
筝頑兒你說好不好惜春笑道你也太高因了又閙
什麼孩子社名色見听着就新鮮宝釵笑道我們刚
緫巳經冶了晌要襲人他們紮風筝等他們紮完了
還要送到这裏來求四妹妹替他們畫一畫添添颜
色呢惜春道狠好罢咱元了就拿來我替他們畫畫我

1317

用見也采一個風筝隨着你們也放一放好教太太
放心李紈道太太說你自日裏不肯好生喫飯如今
倒底你的飯食如何惜春道这都是那裏的話听你
們若不放心过會子你們就在我这裏喫午飯你們
親眼見了我的飲食也好回覆太太的話只是麥
屈你們今兒喫一頓素飯罷了宝玉听了欢喜道好
極了我这兩日正想喫個素飯見呢只教雪雁到怡
紅院搬一罎紹與酒來惜春道既是喫素又要什麼
酒呢宝玉笑道四妹妹你就記不得蘇東坡的詩酒

1318

418

不睡覺這还了得呢說着便流下淚來宝玉听了心裏早已明白了八九就知是惜春的遠行修的將有所得了乃笑道太太只管放心我想四妹妹堅心修遠成日家在一間小房兒裏坐静想是坐的着了庵了我正有一件事要回太太呢去年我們開海棠社作詩的時候我原說下今年要立個孩子社我想後日乃是清明佳節接了眾姊妹來家都帶了孩子們大作個社把四妹妹也接了出來大家頑要笑笑的熱鬧兩天他心裏一開談端也就好了王夫人听了

卷二十六

1311

笑道怨不得你老子說你會千奇百怪的想着法兒那怎麼忽然又想到孩子社的上頭來了呢鳳姐所笑道去年是我多嘴來和他們眾姊妹們嚷着頑見如今果然都有了孩子所以招起宝兒弟的高興來了王夫人听了也向宝玉等笑道既是这樣你們何不再等幾天兒索性等你鳳姐姐也养了孩子豈不又多一個見呢鳳姐姐听了笑道太太也和我頑來了宝釵笑道眼看巧姑娘共了喜你就是抱妳孫了的人了自己瞧着臉还养孩子怎麼嫂嫂得太太和

1312

你頑呢风姐听了笑道这可是由得人的事嗎你俩明白呢可就都不用养老生子見說的眾人都笑了大家說笑了會子喫了茶兒也便都告辞起身到櫳翠菴來原來风姐的身孕已經八九個月了走路竟得累累墜墜的出了王夫人的上房尚未走到大观園的門口早巳喘的受不得了李紈見了笑道二嬸娘我勸你回去罷不用到四姑娘那裏去了從这裏到櫳翠菴好遠的呢蜂腰橋那裏又高高低低的你可看仔細當着宝兄弟把孩子养到半道地上那可像

卷二十六　六

1313

個什麼意思了呢說的眾人又都笑了鳳姐瞅逗你了你那個嘴罷你也是跟看抱孫子的人了我不过是嘗着宝兄弟不好意思給你上好話見罷了你也別太得人意了宝釵黛玉二人也勸道风姐姐你不用和大嫂子鬪口齒了他說的雖是些頑話却是正經道理你看你这會子已經發起喘來了那裏还走得了那些高高低低的路呢风姐听了也自竟走着費力無可奈何只得笑逗罷了恭敬不如從命你們到那裏替我問候四姑娘就是可說畢各自帶着

1314

二個孩子成得起個什麼社呢宝玉笑道偺們的詩
社也總不过十二個人何況孩于社不过是個執閙
而巳可要多少呢你算算偺唱詩社裏的人除了大
嫂子四妹子來不得的也只有一個巧姑娘难道还
成不起個社麼黛玉道十二個孩子固六不少去而
小孩子們到了一塊兒無非喞嗎喊叫的閙人可倒
底有個什麼趄見呢宝玉道你放心我自六有個道
理後日就是清明節了你看人家放的這個風筝好
看我們到了那一天也都紮起風

〔卷二十八〕

個風筝人物蟲鳥務要紮的精巧新奇都到稻香村
西边空地上教了頭們跑着放了起來再搭一個鞦
韆架有會打的打起鞦韆來豈不有趣見呢这裏頭
就是有高興愛做詩文塡詞曲的隨意見做一首塡
一兩闋也都使得的你們說好不好鈚黛二人听了
也都點頭迈好當下商議停妥便將哥見見姐姐舊
逛與奶媽子各自抱去頑耍这裏大家一齊進房早
見晴釧鸚萼花柳六個人迎接出來在十錦福子旁
边垂手侍立黛玉見了向宝玉笑道你瞧上你这一

子高興要立個孩子社頑要見再過兩年見不用請
一個外人只偺們月裏可就勾一個社了那會子只
怕你又要鬧的書頭疼呢說的衆人都笑了宝釵又
將立社的話告訴了他六個人一遍就派他們六個
人每人紮一個新奇精巧的風筝以俗臨時雁過宮
下夫婦三人同樑喫了早飯重新又都到王夫人上
房來只見王夫人正和李紈鳳姐二人坐着雜開社
見紈鳳二人一見宝玉等進來忙站了起來談坐王
天人道你們求的正好都坐下我纔告訴了你兩位

〔卷二十八〕

嫂子这兩日听見了頭們說四姑娘这有好些日子
總只是癡癡呆呆的坐着白日裏也不大吸飲食夜
裏也不大肯睡竟我听了心裏狠慈
妹們过會子大家都到桃翠慈去瞧瞧他把他着實
的勸解劝解要是他竟着身上有些不大爽快些
見請了王大夫來給他看一看可憐他沒娘慣惯老子
的他哥哥嫂子又不大肯照管他雖說不是我的女
孩見是我從小見看着長太的偏又不听人說拿老子
主意要出家你們想想一個人白日裏不喫飯夜裏

續紅樓夢卷二十八

傳大逆妙玉出太虛□證仙緣　惜春成正果

話說賈寶玉自翰林院回來見過了賈政王夫人一直回到怡紅院來剛進了月門只見寶釵抱着蕙姐兒黛玉抱着桂哥兒往院子裏指着云端裏不知誰家放的一個大蝴蝶風箏教小孩兒們看寶玉一見勾起心思忙道寶姐姐林妹妹偺們去年開海棠作詩的時候我記得鳳姐姐嗳你們頑兒後來果真的好幾位都生了孩子了去年我原說過今年要立個孩子社的你們瞧瞧這如今海棠花也開了眼看着清明節也到了我想明日告訴了太太接他們眾姊妹來家作個孩子社你們說好不好呢寶釵聽了笑道我說你是個無事忙這又不是沒事尋事呢況且去年偺們社裏的人這如今又有好幾位有了喜坐不得車走不得的如何能勾湊得齊全呢寶玉道你說的這雖是鋸倒樹兒捉老鵲的話了我原說立的是孩子社並不是什麼詩社何必定要當日的原人呢但凡有小孩子的都接來也就是了黛玉聽了笑道你們倆人且不用分競等我算一算看有孩子的都是些誰一共有幾個孩子成得起一個社成不起寶玉不等黛玉說完忙又道我昨兒還聽見太太說蘭哥兒媳婦也有了喜了再過幾個月偺們就都是做爺爺奶奶的人了你們說該樂不該樂呢寶釵笑道你還糊塗着呢偺們如今早已有人叫爺爺奶奶的了那裏還等再過幾個月呢寶玉聽了失驚道誰把偺們叫爺爺奶奶呢寶釵道東府裏珍大嫂子的孫子他不把偺們叫爺爺麼呢寶玉笑道可是呢我也把這個孩子忘了但只是隔了層次倒底比蘭哥兒的兒子又遠些兒了黛玉笑道這不過是論個輩數罷了若必要論什麼遠近除非桂哥兒養了兒子你總算得個填谷七呢寶釵笑道你越說越遠了偺們算算孩子們罷偺們屋裏現在就是兩個牛兒姐姐一個東府裏一個共是四個我們家他們妯娌倆的三個這就是七個了外頭只有二姐姐三妹妹雲妹妹琴妹妹尤三姐姐他們五個人的五個一共總只有了十

紅掛綠金裝玉嵌的抱了進來賈政見了不勝歡喜逐一的抱着看了一看忙教王夫人找了些首飾珍玩耍物之類一一的分給說叉將蘅蕪內的仙丹每人分給了七並到了晚上親到城隍廟去接賈母就有林公賈夫人領了賈璉鴛鴦都來家慶壽又整熱鬧了一夜此次賈政過生日寶從來榮府未有之熱閙筆墨之間不能盡述賈政過了生日之後即屆國家開科取士之時是年鄉試巧姐的女壻並探春的女壻魏寶王椰湘運四人都中了兩文兩武舉人到

了會試之期賈闌當了探花彼此往來致賀不須多贅桂哥兒此時已經三歲蕙姐兒絕交兩歲自從服了仙丹之後桂哥兒絕悟非常後來亦成進士蕙姐兒長成才貌絕倫元妃甚愛奏明了皇上選爲皇子妃此皆後求之事不提且說寶玉已紫塑上思首了翰林侍講業經供職這一日下衙門回來見過賈政王夫人回到怡紅院只見寶釵黛玉二人抱着桂哥兒蕙姐兒在海棠花樹下指着半天雲裏數小孩兒們看不知是誰家放起一個大蝴蝶風箏來

飄揚寶玉見了不覺觸動了心思問寶釵黛玉二人笑道寶姐姐林妹妹我又想起了一件事來了未知寶玉想起何事且聽下回分解

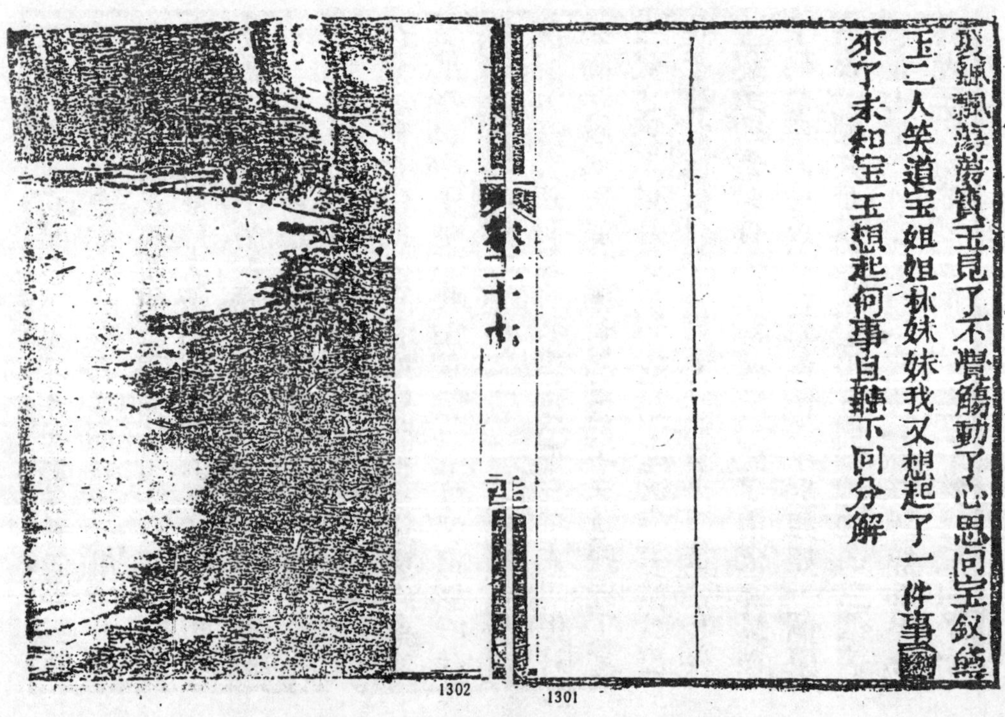

丹仙酒徑到上房見了賈政便將一疋仙鶴老松鐫童子來謝恩敬獻仙丹二匣仙酒一甁以祝萬壽無疆的話說了一遍賈政大喜便攜了仙丹仙酒親到朝房見了北靜郡王求為代奏聖心大悅收了丹酒復賜御筆匾額褒揚賈政退朝後賈玉又送上仙丹一匣仙酒一甁小葫蘆一個備述了仙師之意賈政與王夫人也都歡喜感激不盡賈玉趁賈政歡喜便道明兒是老爺的壽誕正好備個酒稱觴賜也請了親友來家慶賀原來賈政平日最厭的是做生

日一聞此言便皺眉道我從來最厭人家作這件事可以不必王夫人忙勸道老爺今年是六旬的整壽比不得當年的散生日況且往年原因有老太太在堂今年再不做做也教親友家聽著老爺太古板了我想這也化不多的錢兒不過是孩子們盡他們一點兒孝心賈政聽了雖未慨允也就不言語了寶玉借著勢兒遂又慫恿了幾句賈珍賈璉他二人又極力攛成不由賈政不依元妃又差人送了多少禮物當下衆國戚王公侯伯都差人送禮親友家是更忙

用說的中賬房裏一一的都登記了號簿只得打掃出榮禧堂來預備筵宴王公侯伯以及部屬官僚書房裏延宴親友家的男客大觀園省親的正殿上欵待王妃誥命夫人賈母上房欵待親戚家的女眷俱是彩服到了這一日清晨賈珍賈璉寶玉賈環賈琮賈蘭都穿了公服外有族中賈芹賈萍賈蔥賈菱也都穿了吉服都在王夫人上房擺了仙酒菓品賈政剛一退朝便換了吉服見遞酒上壽一齊跪下行礼畢又與王夫人斟酒慶賀剛繁完畢就有孫二姑爺周三

姑爺周小姑爺薛蟠薛蝌柳湘蓮甄寶玉馮紫英等都進來行過了礼都讓到費房欵待隨後就是尤氏領了姪鳳釵藥趙范素胡行過了礼又有迎探惜巧菱琴湘岫諸人行礼已畢其餘公侯勳戚以及誥命夫人俱讓謝不敢當惟請午間坐席而已叩見已畢賈政總要更衣又見家人男婦都在院子裏叩了頭又見有許多奶媽子抱了許多的哥兒姐兒上來乃是桂哥兒見藥哥見蕙姐兒胡氏的孩兒又有並有探春湘雲岫煙寶琴尤三姐的孩兒一個個穿

松鶴不多一時果見賈珠馮淵秦鐘等笑嘻嘻的自
纔走了進來道眾位恭喜事巳結了要不虧姑老爺
從中解處薛大傻子今兒要喫大虧呢明兒教他另
喝一本戲單請我們繞是呢眾人見了一齊起身出
還正要追問端的忽見薛蟠從榻上跳了下來見了
馮淵忙作揖謝道老弟台適繞多承眾應愚兄今兒

1291

開竅老伯的金面只怕連你們香菱嫂子也要教人
家裏了去呢這邊玻璃窗內鳳姐聽的明白忙向香
菱笑道嗳喲你聽見了沒有再別是把你斷給張三
了罷香菱聽了呀的啐了他一口芳心由不得笑笑
的亂跳起來不錯眼珠的聽着那邊只見薛蟠又給
馮淵作了個揖只聽馮淵笑道你家香菱嫂子本應
是我的入這如今原也挽回不來了你只教他親手
兒作一對荷包來謝謝我就是了鳳姐聽了又向香
菱笑道你聽見了沒有人家和你要荷包呢你好好
兒的用心用意的替人家做一對罷香菱聽了啐道

1292

人家心裏煩的什麼似的你總是信着嘴里哼人正
說時又見賈珠等與松鶴彼此見禮松鶴又命人皆
了臉水來教薛蟠洗去傷痕上的血跡皮囚照舊还
是好好的不過微覺疼痛而已薛蟠又拜謝了松鶴
從此洗心滌慮再不敢行凶了再說執鳳敘黛諸人
見薛蟠傷痕已好大家道絕放了心遂起身都往賈
母那邊去請安說閒話見賈夫人便將昨目張三來
告狀適經林公審斷結案押令張三前去脫生的話
告訴了眾人一遍眾人也將方絕所見的光景也告

1293

訴了賈夫人賈夫人道這全都是媧嫻的做用要與
薛蟠解繞的意思香菱聽了心下十分感激又說了
一回嫻話這繞告解各自回家罷賈珠賈玉
佛道諸人又培着松鶴道子喫了會子茶講了
子仙家的樂趣松鶴蟠附賈玉辦仙丹仙潛收好便
起身告辭眾人苦留不住只得出席相送只見松鶴
就地一滾變做一声騰空而去眾人歡恩了只見這
子天家分了手各自回家賈玉到家正是五鼓特線
滿眼落淚已進來梳洗卑衣個候上勤賈王便揖了仙

1294

中走堂的打扮娥頭滿臉血跡模糊薛蟠一見往後便倒說時遲那時快只見那人搶了席上的一個酒碗照着薛蟠的天靈蓋砸了下來只聽喵咱的一声薛蟠早已栽倒在地磕斫亂飛流血不止登時暈了過去那边席上唬得賈璉寶玉湘蓮諸人一齊手忙脚魂不附体正在忙乱之時忽聽半空中覺然一声一亂没了主意這边香菱寶釵寶琴及衆姊妹都嚇得隻仙鶴從耷落了下來寶玉見了歡喜道好了歸兄來了薛大哥有了救星了衆人俱各驚喜員只見那隻

《卷二十七》

1287

仙鶴就地一滾早已化為童了喜的個鳳姐拍手笑道噯喲你們都瞧一隻大仙鶴變成人了真比要戲法兒的頑的奇妙寶釵道人家心裏唬的什麼似的你還有心腸看凌戲法兒可見不関徑的什麼事了執道你們還不候悄墅声兒的罷仔細那边聽見你而縫没聽見宝兄弟說是他師兄必定是個仙人醉大兄弟也就不妨事了鳳姐宝釵二人聽了傻不言語下轉眼的瞅着那边只見衆人一齊出席與松鶴童子見禮巳罷分寶玉坐定只聽松鶴童子道家師

1288

蒙聖上洪慈勅封了真人又蒙娘上佈施建廟永垂不朽感激罷涯山野之民不敢親來面聖特差小童前來獻仙丹仙酒以祝萬壽無疆說畢便取出仙酒二瓶仙丹二匣來放在棹上道這是進上的很顧尊大人代奏謝恩又取仙酒一瓶仙丹一匣求遞與寶玉道這是仙師奉敬尊翁大人尊堂夫人的又取出一個小葫蘆兒來道這是仙師新製的送泰與桂兒們常服的喫了益智定慧讀書過目不忘諸公六家為此實與子弟大有禪益宝玉與衆人聽了一一的

《卷二十七》

1289

謝過敗訖乃向松鶴道通親家表兄與馮兄彼此相戲爲鬼病俏尚望師兄慈悲拯救松鶴聽了笑道無妨無妨你們聽上那边城隍廟正在審斷此案呢衆人聽了俱各詫異回頭看時那边席上的賈珠馮淵等身都不見了仔細聽時那边廟內果有皂隸吆唱之声衆皆驚渌忙念熟了戲文撤了酒席將薛蟠抬在楊下松鶴便從庙袋內取出藥未來撒在他頭上揎手血跡只教衆人放心少刻便見分晓這边寶釵香菱等也都放下心來寶玉等仍命擺了茶菓欵待

1290

425

你來了嗎怎麼躲到那裏去了叫他過來也看看這個輕浪樣兒黛玉聽了笑道罷喲你何苦來行點好兒不自纔剛兒我看他那個光景兒就有點子臉上訕訕的搭訕蹭上的躲着走了我就猜着幾分兒必是這個緣故我就沒好意思說你這會子可又叫他做什麼呢鳳姐笑道你別管他我自然有個道理柳五兒呢去把你襲人姐兒叫了來柳五兒聽了等着答應了一声繞一轉身早見翠縷侍書二人把襲人從小套間裏推推攘攘的拽了出來襲人紅了臉

卷二十七　三　〔1283〕

笑道咱的了奶奶們閒什麼我早知道我不跟了奶仍們來也罷了史夫姑奶仍又說是想我了鳳姐笑道你在家裏成年家也不能舒舒服服的看個戲我倒好意思叫你出來風光你怎麼又裝模作樣的起來了湘雲接口笑道襲人姐姐你不用這麼小家子氣只管大大方方的坐下看這個戲也是你看厭煩了的想來那一天晚上又不給你單唱兩齣子呢說的衆人都笑了於是鳳姐命人搬了個小馬杌子來命襲人坐在自己的旁边片屑羣上蔣

卷二十七　〔1284〕

玉函唱到動人心坎處那边席上閒坐的大笑起來這边鳳姐等必要將襲人嘔一陣子弄的個襲人無地自容坐也不是走也不是哭也不是笑也不是正在為難之際又見蔣玉函捧了戲目走到馮淵的面前點戲只聽馮淵笑道不用點了你們只唱個張舊借老婆罷薛蟠听了心中不悦借着酒興把眼睛往上一翻道老馮你也別欺人太甚了誰又不知道俺們兩人的勾當呢你怎麼偏要點這一齣子戲你這不是有心臊我呢瑪琪官你敢听他的話我也點

卷二十七　五　〔1285〕

你一齣子唱水滸傳上的曾提轄拳打鎮關西又聽馮淵笑道琪官你問比你們薛大爺曾知深是個和尚又投妾又沒妾打死了人可拿什麼替人家償命呢且那個鎮關西鄭屠又没有躺在葦塘裏嘴臭求也还算是一條好漢說的衆人都笑了一句話把薛蟠說急了大吼一声擠出席來就要揪馮淵的領子此時馮淵已是鬼魂那裏怕他忙向旁边一閃薛蟠早已撲空只听馮淵喝一声張三何在猛然一陣陰風起處從墻角下跑出一個人來像是酒肆

卷二十七　〔1286〕

潘又安去另拍了一桌酒席來大家分坐暢敘快淡且說東廂那边史湘云與紈鳳敘畢等白日藝霜戲已經用过了酒飯园又唱夜戲湘云遂又留下衆人散坐興茶候唱完了夜戲都同到賈毋賈夫人處諸安說上話兒再各自回家於是大家都安心樂意的坐著看戲及至看到唱出些風月戲文來探春向宅琴道道是他們誰听的怎麼唱出這些没人樣的戲來了难道他們不知道我們都在這裏看戲麼寶琴笑道你估量可再有誰呢不過是我們那個大哥哥

罷了鳳姐笑道罷嘍你們這會子也都是有了孩子的人了況且又不是在明處看戲可怕什麼呢你估量他們爺們家到了一塊兒那裏還肯點許邀妳戲呢探春笑道戲文内秌白打諢原是取笑兒若闡的太没人樣了况有傷雅道難為這一個唱小旦的怎麼學來難道就連一點爆兒也不害歷鳳姐笑道你看你說的這個話他若知道害燥他可又使著什麼吠人家的錢呢正然說時忽見那边席上凱匕烘匕的起身醿坐鳳姐眼尖忙同李紈就笑道大嫂子你看

那不是大哥哥帶他來看戲來了李紈聽了仔細瞧了一瞧笑道人少看戲兒也看戲這倒有趣的這一個年輕的是小蓉大奶奶的兄弟那幾個又是誰呢鳳姐道那個穿馬褂子的是潘又安就是司棋的男人那兩個必定是一個馮書辦一個是張家女孩子的女壻道倆人我都沒見過可就分不出誰是誰來了只聽香菱笑道那一個圓臉兒一笑嘴上有兩個窩兒的大約必是馮書辦我記的當日賈我的時候我覓過他一面的鳳姐聽了把手一拍笑道可惜可惜

倒底是你没造化你當日若救他把你買了去豈不比薛大傻子強呢香菱聽了呸的啐了他一口笑道你看你越說上樣兒來了正說時忽覺將玉函搽了戲目走到賈珠的面前點戲只聽賈珠笑道不用顆能你只撿你素日得心應手的唱一兩齣來我聽總要加點作料兒不要揀所無味的說著又問他道你叫個什麼官兒又聽驕玉函笑道小的姓蔣名叫琪官鳳姐在這边聽的明白忙同寶釵笑道這個小旦果然就是蔣玉函襲人呢今兒是他拼五兒跟了你

媽聽了想了一想也自歡喜於是到賈府告知了王夫人王夫人轉告賈政賈政又商之於夏太監夏太監奏知了元妃元妃但云只要蓋的華麗壯觀其餘遂他們去就是了薛蟠討了這個口氣忙忙去告知了賴計張德輝教他通知合城的同鄉客商不上幾日兩王夫便奏了蘭金有餘禀知了賈政賈政於公眼親承相度形勢就在城隍廟西边挨着史湘雲家的莊房勘定了基址彷照城隍廟的欵式蓋造不過局面餐小些二夫戲塑了三賢像寢殿內不必塑像而橋

後聽以便坐客兩边遊廊前边蓋了樂楼除演神戲之外客商們有事亦可擺酒演戲東边的遊廊緊靠著史湘雲家的西廂房湘雲此時已經生了孩見便郑祗女婿商議將廟內遊廊不必另砌山墻即借廟房的山墻用上面妥上二淌倒橋子敏了玻璃那边戲楼上演戲這边炕上放了橋子即可從玻璃聽中看戲商讓安當即目搆匠與工不過三個月的工夫即落成告竣奏知了元妃元妃請旨封荘上大士為佐化填人渺渺填人為佐治真人甄士隱為佐政真

八一體塑像同專祭祀永垂不朽落成之後擇日興光戲元妃命宝王代自巳主祭賈薔醉蟠柳湘蓮林成玉諸人也都是受過恩的俱准其陪祭這一月打醮演戲宝玉等諸人俱於五鼓齊集祭祀行礼巳畢開場演戲就是蔣玉函傾的班子上廟迎會的男男女女絡繹不絕史湘雲便接了鳳鈒黛迎探菱烟琴綺衆姊妹來家在東廊內玻璃聽中看戲百目裏又熱鬧了一天到了晚上薛蟠又備了酒席讓賈璉宝玉湘蓮等諸人看夜戲便命人封了山門

不許外人出入薛蟠此時巳入酣鄉並不知史湘雲又留下衆姊妹看夜戲他便肆無忌憚的叫了蔣玉函求點了幾齣鳳月戲文無非貝胭脂送桃等類唱到驚心動魄之時不禁五呼大叫喝起采來正在欢不忽聽西廊下也有人喝采嘻笑之声薛蟠也不看是誰便屬小廝說為什麼又放進外人來了衆人仔細着時不是別人乃是賈珠馮淵秦鍾龍文瑞醑又女五個人隱比絲上的在那裏看戲賈璉宝玉等見莊起身相見讓了過來一同坐着看戲賈珠遂命

來放在月臺。元妃命昭容打開內宵一單，取出照覽，給賈母王夫人不用人世之物，每人金佛一尊、金爐一個、藏香一匣、檀香一斤。賈赦、賈政每人如意二柄、塵尾一柄、蟒衣一襲、玉帶一條。賈珍起至賈蘭止，每人官紗二端、金荷包一對、玉搬指一個、金戒指一對。邢、王二夫人每人官紗二端、官扇一匣、沈香拐杖一根、赤金盒一對。尤氏、李紈起至賈蘭之妻止，每人官紗二端、宮鏡一圓、官扇一匣、香珠一串。迎、探、巧、菱、湘、琴、烟每人金銀錁四對、金釵一股、宮鏡一圓、官

（1271）

花一圍，周姨娘起至勝鈿翡翠止，每人銀錁一對、汗巾一條、金戒指一對、玉珥璫一對。其餘童僕婢嬭共賞劇錢一百緡。放賞已畢，又坐著和賈母王夫人說了賈子家常話，這纔起身更衣，看了看時辰表，恰有五更，賈妃連忙告辭起身，仍坐了大轎出大觀園而去。賈母率領眾夫人及眾姊妹都在柴禧堂跪送，賈赦、賈政率領子侄都在大門外跪送，看着儀仗去送，這纔進來，又看着家人僕婦收抬傢伙、吹息燈火，這纔大家安歇。過了幾日，元妃將詩發了下來，仍命錦

（1272）

石以祀其盛。於是榮府又忙了數日。忽一日寶玉正在翰林院該班，奉旨發下帑銀二千兩，建修三賢祠，命寶玉到戶部去領。寶玉即坐了車到戶部，具了結，領銀回到家，稟知了賈政王夫人，乃與鳳姐寶玉等商量：凡有回生之人，俱當竭力捐資共襄其事，以報大士真人之德。於是知會了眾人，鳳姐黛玉每人捐銀八十兩，尤二姐、尤三姐每人捐銀四十兩，迎春、秦可卿每人捐銀五十兩。惟有香菱因有他父親在世，意欲多捐幾兩，乃與薛姨媽薛蟠商議，誰知

卷二十七　八一

（1273）

薛蟠另有一番意思，乃向薛姨媽道：如今我們京城裏咱們江南同鄉的客商最多，向來有個會館，不但地小狹窄，而且坍塌的不堪了，客商們意欲另尋地方。但是京師地方人烟眾多，尋覓不易，莫若趁着蓋廟的機會，多估些地方，卻將廟內的寢殿作為會館，兩邊隙地都蓋了房子安寓客商，和他們湊起佈施來，雖萬金唾手可得。只用媽媽和賈府說一聲兒，若能奏知了娘娘，更又好了。將來湊的銀子勾用了，仍將發下來的帑項仍舊繳了上去，豈不好呢。薛蟠

卷二十七　八二

（1274）

姐去泡太太太們不必陪往帶了眾姊妹都到省親正殿上等着我罷只教我們同在太虛幻境的幾個姊妹隨了我去就是了賈母听了便命老婆子們伺候竹轎迎春黛玉凤姐香菱秦可卿五人早已出席在轎旁伺候元妃起廟告辭上了竹轎凤姐等五人在兩旁跟從凹晶館繞到蜂腰橋過了橋由蓼汀花漵一帶綏迆而行元妃一路又到黛玉等五人說了会子太虛幻境的舊事忽聞一陣桂花的清香撲鼻又問鐘聲之音早望見桃翠菴的廟門只見八

雪雁兩個了大撟了惜春由門內出來在道旁跪接元妃見了忙命住轎下了轎與行了些若換起了惜春只見他渾身道裝打扮不由的心中悚然忙揽了他的千步入廟門先到了大雄宝殿拈過了香復到惜春的靜室來但見燈燭輝煌總明几靜瓶梅桂鎰降沉檀弄爱羅帳藤床竹枕收拾的十分潔淨元妃欢逃怪不得四妹妹必欲棄捨紅塵竪心修遊果然到了此地令人心境豁然惜春道昆妹命小糊傅若必欲强恴紅塵定有不測之虞正說時识見大

畫捧上茶來惜春接求親自奉與元妃元妃接來一飲但覺香味清醇乃問何茶如此芳馥惜春問此茶乃妙姑當日所遺臣妹亦不知何名就是這水也是他當日收下十年前的雪水元妃听了點匕頭又見案上放着棋枰元妃使與惜春二人對奕迎春本是爱下棋的香菱雖不甚会而最爱他二人便坐在兩旁觀敢凤姐秦氏二人本不会下棋林黛玉雖能下而不甚嗜好他三人哭了茶都到院子裏掐桂花映着月色你替我捕我替你戴約有頓飯之時二人奕

罷笑了笑元妃輸了一子乃笑逆唐詩有云回過竹院逢僧話又得浮生牛日閑正今月之謂也正說時只見昭容真送夭不早了請娘匕过去放了賞也就是回宫的時候了元妃听了又嘆了一杯茶遂總起身出廟仍坐竹轎而回惜春送老門外各自回廟逝春黛玉等五人仍舊相隨回玉省親正殿賈母等早已在月臺上排班伺候元妃見了忙下了竹轎讓賈母賈夫人邢王二夫人薛姨媽㳟內同坐其餘的眾姊妹依舊侍立兩旁只見太監們捧上一隻大鵝子

桂籍秋從瑤闕領仙班開筵喜拂重圓鏡探樹疑
逢隔世環試問古今誰得似漫言天上勝人間
　薛寶琴
絳節儼來玉㠛逢桂花風裏翠華飄彩鷟昔駕歸
三島祥鳳今乘下九霄聖世奕隆新贖典中秋天
假好良宵省親例本希前古鑾堤宜銘記聖朝
　甄香菱
紫袖昭容出紫宸名園景物一時新重圓鏡對重
圓月再世花迎再世人雲氣渾隨仙仗擁山靈如

待鳳寰賓自媿學淺無如識何敢賞前瓮效顰
　邢岫烟
冉冉宮車出禁闈君恩復許省親幃呈祥花鳥迎
風媚入盡園林映光燭屬鳌再臨入共義鴛為斬重
返世應稀小臣何意敢閑龍但祝年年步月歸
　賈迎春
月盈月缺數虧圓八夫人歸兩度天園近紫宸秋
束素旂詩蓬佳節與自淬為與再幸昔年地畫閣重
開此日進今夜一般正度酒家家園拜羽中仙

　薛寶釵
團匕三五月升還正值鸞輿歸省時仁到園林新
氣象軍來人面舊手姿神仙不老原應兩珠玉終
還信有之留得祥徵獻世瑞于秋佳話是傳斯
　賈寶玉
高秋景物最芳妍又見園林列綺筵莚是會來經
過地情㠛不盡再生緣鬢瓜驚蕖今何日題玉終
定殺年堆羨人生如月總分明話去又重圓

何幸聯仙下九天不知今夕是何年家園團圞春晝
魏慶月以入團月倍圓富　　歸戴驍與玉頸真
觀果淪緣牌寧澤及諸親會共㠛恩披倒坐並前
元妃著了不勝歡喜游一我倒不知熙姊妹們裏頭者
如許詩翁之多讓在可菩可散連我們巧姑領也敏
的㠛好的說畢便將湘雲探森等玉的三首筆爭並
一並卷在一處遞與昭容們榜王昌中細加評閱
便發回鵝石以記其事昭特接一自夫收藏不程
元妃向賈母笑道酒也勾了我到龍坐卷習看着四姑

續紅樓夢卷二十七

酬仙惠建廟祀三賢　報親恩樓館□□□

話說李紈寶釵黛玉迎春探春□□□寶琴等看了元妃的詩一齊上來□□□命各歸本席寶玉便在廊下擺□□□边坐下各命伺候的人取過筆硯来大家研墨展箋提筆搆思不多一時只見史湘雲笑嘻嘻的手持一箋走到元妃面前躬身呈遞元妃忙命昭容接了过來仔細觀看只見上寫道

繡幃遙臨宮扇開鳴鸞佩玉殼蓬萊一輪皓月無
纖塵十里香塵總點埃去歲迴昇仙駁志今霄又
見翠華来小臣忝列殿舉未願頌三多進壽杯

元妃看畢笑道我倒不知雲妹妹有如此詩才可歡可賀湘雲聽了纔要遜謝又見探春走来交箋元妃又忙命昭容接来看道

芳名曾錫大觀園今值中秋昔比元巳品竹彈絲綵
歸閣誠金曼玉藜風軒花迎隔世人含笑人對□
榮花贈言瑤得一觴千歲酒歸来還壽牝堂萱

元妃看了正在點頭讚賞又見黛玉寶玉七来投詩元妃忙命昭容去接笑向湘雲探春黛玉三人道三位賢姊都請坐去罷這倒累你們上来下去的我心裏倒不安穩了以後衆姊妹再有完卷的一總都交與寶玉教他總錄一張上来免得大家勞動起起坐坐湘雲探春黛玉聽了連忙退了下来各歸原坐元妃道接過黛玉的詩来又看道

五雲天際降瑤池共向金門拜御儀入省先逝竄
鳳輦開進再頌葛單詩惜因往事悲今日句本新

聯續舊詞高厚恩綸慚莫報醺前雙獻紫霞卮

元妃君寵不由的喜笑盈腮向昭容道倒底是他这首詩婉而意新說畢又拿起湘雲探春的兩首詩来翻復玩索道這兩首也好各有所長正說時只見寶玉走了上来手持着一大張花箋元妃忙命昭容拔来寶玉郎時退下元妃接来從頭至尾留神細細的觀看只見上寫道

孛烑

先生合浦善珠還此夜欣頻舊玉顏名向廣寒通

卷三十六

洗了腸肚如今也狠知道過日子的艱難了元妃笑道這也奇怪极了怎麼不見四姑娘呢尤氏忙站起來答道四姑道悟道的心誠不肯改換粧束不好在這運見娘娘过會子娘娘到惶翠菴裡香時他在邢裡伺候叩見呢元妃聽了欢道這是怎麼說呢罷了這也是他各人的志氣由着他去罷了大侄見媳婦回了生也没個什麼喜信見麼秦氏聽了無言可對只得站起來抵着嘴見笑尤氏道他原先就有偏月水不調的病足如今回了生誰知道還是眶舊呢續

聚的媳婦倒養了孩子了元妃道這樣說起來你也是有了孫子的人了尤氏笑道都是託頼着娘娘的福元妃又向寶琴岫烟道你們姊妹倆我今見是頭一遭纔見我聽見說你們倆人做的詩狠好今見是中秋節又是我回來省親也不可無詩以紀其尊過會子我先做一首你們會伴詩的也都作一首扰也領教領教寶琴岫烟一齊站起來笑道願求娘娘賜教賈毋聽了笑道旣是娘娘高興要做詩把寶玉也呌進來教他遊屁底下也作一首元妃笑道我也正

要試他的學業比先何如寶毋聽了便命人夫呌寶玉須與女禢子唱畢元妃命寶制錢八十串交八個女檔子磕頭謝過了實元妃便命人取了交房西寶來昭容研墨舖了花箋元妃提起筆來無多思索郎一揮而就命昭容送到兩邊席上求鈦黛蓁湘等眾姊妹一齊奏求接到手中只見上寫道

卸罷深宮閒掃粧珠冠嚴報又煌煌新膏乍沐身
何幸舊地重求意轉傷一脈精偏憐姊妹再生恩
欲報後娘願將今夜團圓酒北奉椿萱壽北堂

眾人看畢一齊上來稱賀道娘娘天縱之才非臣妹等所能仰企於萬一元妃笑道我這首詩也弄不得好不過自云其所云明巳眾姊妹不必過謙請瀘淵江各領嫌海此時寶玉也到了忙忙的也看了一遍即命人去取筆視元妃笑道你們也不必拘呢定要和韻不拘所見遶便用韻也使得的衆人聽了一齊應命未知衆人能作詩與否且聽下回分解

且老太太姑太太巳是神仙了就是朝廷家也要重敬神藍的老太太再要講行國祗這就不像肯肉藺圓的欢慶了賈母笑道我巳經遵娘娘的口肯把酒席都摆定在這裏以後再不敢行國祗了元妃喔了乃俞鳳姐將正中的羅漢椅挪開留下居中一喙兩邊圍上六張方椅元妃坐了東邊的首座賈母坐了西邊的首座頭二座是賈夫人三座是那夫人西边二座是薛姨媽三座是王夫人中間也留一隙好聽女檔子唱山墓上奏起細樂來尤氏傾了執鳳鈥

寧親自執壺把盞遍酒放筯畢這繞同着菱湘迎探眾妹妹們一齊上來行禮謝過了坐各按賓主長幼的次序見分坐了兩旁的四席女檔子上來磕了頭一齊彈唱起來元妃向賈母笑道我看這圍中景色收拾的十分幽雅趣着月色真是一片琉璃大有太虛幻境的光景比上次輝金塗碧強多了瞧著教人心膽神怡賈母道這都是仰娘娘體恤之意不敢應贅的綠故元妃迫如今家遠原比不得先了這穡是呢又向湘雲道與大妹妹我上次省親俐怎麽沒

有來泥相雲惟鉛起來答道那年娘娘省親我的歲数還小嬌娘怕我一不懂規矩不敢教我來元妃笑道自巳姊妹們裏頭這也太多心了又向香菱道菱姑娘你的小孩見可好麽香菱也站起來答道托賴娘娘的洪福狠琲花見也出了元妃又道九三姑娘今見聽見我來了他怎麽也不來見一見呢香菱道他也是上月生了孩子了還没滿月呢元妃又向巧姐道我們巧姑娘也出了嫁了你女壻念的書怎麽樣巧姐站起來答道托娘娘的福他倒也愛念書能勾

奶小塌了元妃點頭見又向探春道三姑娘三姑翁如今作什麽呢探春站起來笑道不能念書將來不過考就罷了元妃笑道朝廷家又武並用也是好的又向迎孝道總剛兒我聽見大娘說二姑爺被大主真人洗了腸肚如今通好了這也是一件奇事迎春紅了臉站起來笑道這也托的是娘上的洪福卯今果然通好了元妃道他如今是個什麽官見迎春道世襲指揮使元妃道這個官見不太每月的俸兼勾過嗎迎春道原先胡化濫用原是不勾過的自徑

第二十六

中閒放了大團圓棹子兩邊又擺了四棹其餘的俱擺在兩廂廊下以備貴妃賞賜克食又派林之孝家的周瑞家的在議事廳欵待眾昭容林之孝賴大在榮禧堂的外書房欵待眾大監諸事料理停妥統鳳釵黛四人親自到王夫人上房門口來請昭容請了進去不多一時只見元妃同邢王二夫人仍舊坐了竹轎出來賈赦賈政率領珍璉寶璪等都送了出來元妃在前邢王在後都向大觀園而來統鳳釵寶黛侍候隨在元妃的兩旁幫着轎行走元妃見了

1247

先向李紈道珠兄弟跟林姑老爺剏任你們夫婦倆也見了一見沒有李剏道托娘娘的洪福雖說能勾常見倒底陰陽殊途雖見猶不見也元妃聽了太息道我們回生的人也不少偏他又不在這個數內這也是有一個定數的非人力所能彊也又向鳳姐道人家回了生卻杀了喜生了孩子你倒底也有喜信兒沒有鳳姐笑道兒女都有個分定我那裡有娘娘和林妹妹的那福氣大呢李紈笑道我聽覓平兒說你也有點困見了妳就老老實的說罷了怎麼在娘

1248

娘回蔴双混撖起淸來了鳳姐笑啐道可知道且不兒呢你們就混聲張起來了招的元妃笑道你們姐們倒很熱閙可憐我在官裡成日家規規矩矩的賣在拘束的受不得了可和誰去說倘趣話見呢說平又向釵黛二人笑道林妹妹我纔剛見和寶玉說來借們這一回生雖說是上天垂憫倒底仰賴荒花大士渺上真人的鼎力木本永源必該恩所以報我已奏明了聖上在我庭得的分例項下動支努銀二千兩就在城隍廟旁邊另建一廟朔像供奉卽以甄

1249

士巒配亨名曰三賢祠廟成之後再求主上錫封號倘這二千兩努項不勾你們受了恩的人也再夫家伽些見你們倆人說好不好釵黛二人聽了齊聲道娘上想的狠週到情眞理當我們也把這件事疏忍了一路說笑笑早到了呂碧堂的跟前邢王二夫人早從金道繞來隨着賈母等早都一字兒排班等侯元妃下了轎釵黛二人攙着上了呂碧堂向賈毋道老太太和姑太太偕們娘見們這如今是兩世的團圓了我如今奉旨省親原是為盡家庭之樂況

1250

435

想是家務過於操勞的緣故薛姨媽道外臣托賴娘娘的福家裏還有碗飯喫只是兒子不知好歹未免家事瑣碎不得不自己操一番心元妃聽了又向邢王二夫人道二位太太的臉面見也不像我上次來的那個樣兒了也總是為我們姊妹們生生死死受了許多熬煎之故王夫人聽了滿眼流淚早已哽噎的說不出話來了元妃也擦淚道太太從此也要把心放寬些這如今我們托賴着上天的保佑都回了生王子的天恩看待的狠重太太也狠該放心的了

1243

至於寶玉蒙聖主的天恩賞了翰林雖說是看椒房的分上倒底也是他的學問到得去總有這樣的恩典呢太太也就不必再操心他了蘭哥兒也是狠有出息的孩子更不用太太操心至於別的家務全交給他們妯娌們辦去就是了王夫人拭淚道娘娘只管放心惟願娘娘福履安康我們就托賴着罷了正說時只見蓉進來稟道外臣賈政率領子姪請安叩見在外候旨元妃道我來省親原該我去見繞是你們仍舊預備下竹轎我抬二位太太一

1244

同到上房裏去回了頭呢鳳姐聽了連忙走了過來元妃問道過會子你們在那裏擺酒席呢鳳姐答道酒席都擺在凸碧堂伺候着呢那裡地勢高看月亮瞧的真切些元妃道狼好如今的酒席不可照上年之例不論國禮不演戲文只在凸碧堂居中放一張大圓棹子我和老太太姑太太姨太太二位太太坐我還沒得和你們姊妹們說說話見呢兩旁再擺幾張棹子你們姊妹們也都坐下不必站着伺候再者你們有了小孩見的人都把孩子抱來我看看你

1245

就照着我吩咐的辦去罷辦妥了先把老太太姑太太們讓過去坐我到太太上房和老爺們並他們弟兄們也說說話去到了時候你差人來請就是了元妃吩咐已畢便同邢王二夫人坐了竹轎到前邊上房去了這裏賈母王夫人薛姨媽仍舊坐了六輛騾姊妹在後相隨一齊先到了凸碧堂來只見前面搭一架彩歌樓十分華麗樓上伺候着八個女檔子都是十三四歲的女孩兒丰姿韶秀態度嫣然中間掉上擺着樂器鳳姐回過了賈母便邊看元妃的日吉

1246

候迎接不多一時只見夏太監又飛馬而來報道娘娘起鸞來了賈政忙吩咐街上撤開了唯慕校尉們打散了閒人須與對對提燈前導過了四對攀馬隨後就是四對擅香金爐一柄黃傘後有四名小太監捧著香爐扇漱盂塵尾後面一頂繡幃予八轎幽幽雅雅而來賈敕賈政率領子任等都在大門外跪接臨侍的昭容傳諭曰免進了大門儀門又見邢王二夫人率領尤氏暨敕鳳釵犛等都在荣禧堂院子裏跪接昭容又諭曰免過了樂禧堂一直向大觀園的正門而來只見又有許家人在那裏跪接元妃在轎內忙問是誰昭容回奏元妃便命住轎賈母等忙上來請安元妃連忙下轎相挫賈母等遜謝不敢當仍請娘娘升轎元妃道大家一同走也好觀玩景致賈母不肯道娘娘纏過了滿月身體尚弱步行未免太勞元妃不得已只得仍舊上了轎一直擡至省親的正殿到了丹墀方纔落轎先來的四位昭容早在兩旁伺候擁了元妃下轎進了正殿居中坐下只見賈赦賈政自月臺下走了上來纔要行國禮昭容忙諭曰免賈敕賈政二人退下隨後就是賈珍賈璉寶玉賈環賈蓉賈蘭上來行過了禮退下便是賈母賈夫人薛姨媽邢王二夫人走了上來昭容忙又諭曰免元妃忙站起身來讓賈母諸人進了正殿列坐兩旁隨後乃是尤氏領了執鳳釵迎探湘諸姊妹上來行了國禮俱各侍立兩旁須與鼓樂齊鳴笙蕭並奏獻過了三道茶元妃便起身入內室脫去了宮衣換了常服命昭容出來吩咐預備竹椅顯轎五頂肩已坐了一頂遂命賈母夫人薛姨媽邢王二夫人都坐了竹轎其餘尤氏以下諸人俱皆隨行先到賈母上房進內欲行家禮賈母眾位夫人俱各跪止之然後就坐賈母以下諸人俱挨次坐下元妃先向賈母賈夫人道我們自從任太虛幻境一別倏然一年有餘了幸喜林姑老爺補授京都的城隍不然我們娘兒們也就不能再見面了賈夫人道這都是主上的聖德如天繞有這樣亘古未聞的奇事我們也是托賴著娘娘的洪福纔能享受人間的香火呢元妃又向薛姨媽道姨媽怎麼也蒼老了

班見六個女擋字，臨期借來一用，也可以將就云得了。賈珍道：依侄兒的愚見，娘娘既不愛繁華奢泰，性辨一個雅趣，所有一切門迥牆壁、燈彩舖設、簾毯綢褥，俱不用大紅大綠，也不要金碧輝煌，都用一色更雅淡。即諸玩盆景之類，每處不過兩三樣花卉樹木，亦不必太繁豔，鋪出一庄神仙的景況，絕無一點富貴繁華氣象，剣合娘娘的鳳意，所費不過兩三千銀子，尚不及上次平分之一二。位老爺以爲何如。赦政二公聽了，俱皆稱善，即將此事交與賈珍、賈璉二人對

1235

理。賈珍、賈璉領命，便請了門下的清客單聘仁、胡期來、脩光諸公，到處裏指點，忙亂了數日。除怡紅院、稻香村兩處有人居住，不加粉飾外，其餘各處，俱相度形勢，另外增損了一番，便覽耳目一新。除省親正殿，仍游金碧，其餘軒館亭榭，俱皆青石白粉，一色見雅淡，真花異卉，仙鳥珍禽，點綴出一番仙境來。諸人看去，竟彷彿太虛幻境一般。賈赦、賈政見了，俱不勝歡喜。到了十四日夜間，先到城隍廟，接下賈母、賈夫人來家，彷照上年，仍將酒席擺在凸碧山堂，依

1236

次設了圍屏，外邊是賈母、賈赦、賈政、寶玉、賈環、賈蘭坐了兩席，東邊是賈夫人、邢夫人、王夫人、李紈、鳳姐、平兒、尤二姐、寶釵、黛玉、趙氏、范氏，為賞月，並將伺候的丫頭老婆子們，都令在後稍下席地而坐，也分賞了西瓜、月餅、酒菓之類。大家飲至二更即散。然後將竹椅子擡了，賈母眾人隨都到大觀園，各處先遊玩了一回，仍請賈母眾夫人在賈母舊日的上房居住。到了十五日，王夫人差人先接了迎春、探春來家，又接了薛

1237

寶奉湖雲來，也都先到大觀園看了一回，喫畢了午飯，便都更換了禮服，伺候貴妃的鑾駕。到天剛西正，只見夏太監領了四名小太監，捧著黃容，擡了衣箱來，伺候貴妃衣。賈政、王夫人先派出懂事的家人媳婦來，先讓入別室，款待夏太監，依舊乘馬而回。一交初時分，賈赦、賈璉、賈蓉、賈薔、賈琪都穿了公服，在大門外等候，迎接邢、王二夫人領了八氏暨執事人等諸人，在紫禧堂等候，迎接賈母、賈夫人、薛姨媽，以及湘雲姊妹，都在大觀園的正門外，非

1238

同□遞過了。十二日，賈夫人命史湘雲率琴下搗
賷禮物送了來。這一日榮府大排筵宴，會眾親友。正
熱鬧間，忽有聖旨降臨，賈赦賈政即時跪接，供於
香案，行禮畢，打開宣讀，乃是因賈貴妃誕生皇子，逢
國大慶，加封外戚覃恩一道。內閱賈政係工部侍郎，
即陞授本部尚書；賈赦年老，著照世職原品休致，仍
賞給將軍全俸以養餘年；賈珍仍帶此職，補授京管
副統制；賈璉係捐同知職銜，遇有相當缺即

1231

行補用；賈寶玉係賞翰林侍講職銜，著即實授侍講；
賈蓉係捐龍禁尉職銜，著即實授龍禁尉；賈蘭俟舉
人，著賞國子監祭酒職銜，以示加惠外戚之意。賈政
讀罷，激感涕泣，即日上表申謝。到一次日，賈赦賈政
率領子侄俱在午門外謝恩。賈寶玉實授了翰林侍講，
倆不敢告病假，只得每日在翰林院去當差。話休

1232

有無限的歡喜，心下卻老大的著急，只得半月工夫，
一切惟恐趕辦不及。顛散之後，忙忙的回到家中，告
知了王夫人，即講過賈赦賈珍來商議，眾人都說眼
期太近，即差人星夜馳赴江南，亦恐趕辦不及。正在
躊躇間，忽報賈太監來了，賈赦賈政連忙迎接進來。
夏太監袖出元妃的手書秘旨一道，賈政接疏敬謹
拆開，內中大畧言省親之舉，出自主上高厚天恩，外
臣等理宜仰體聖懷，一切悉宜儉樸，無須踵事增華，
以免無益之費。今大觀園舊有姊妹居住，不必遷移，

1233

屆期預接祖母太夫人暨姑夫人來家一晤。是囑賈
政看畢，心下稍安，遂留賈太監喫了便飯，令其覆旨
而去。賈政向賈赦道：既是貴妃有旨在前，我們也只
好遵旨而行。只可將大觀園各處的門牆墻壁罩套
粉飾油漆，栽植些花卉樹木，至於一切舖陳燈彩匾
聯字畫圖書古玩等項，只儘家中所有的辦著瞧。如
果不夠用，再向親友處借幾樣來用用，亦未爲不可。
如此通融，較之上次就省多了。家中女戲班子早日
散了，並且貴妃最厭鑼鼓鉦聒閙，北靜王府著著一

1234

紈鳳姐並新娶的趙氏范氏陸續也來了大家正然說笑只見賈璉寶玉二人俱穿著公服映嘻嘻的自外走了進來王夫人見了忙迎到房門口問道你們到宮門授了職各了麼娘娘的身子可大安了有什麼吩咐的沒有賈璉稟道逕見們到了宮門授進名去太監傳出娘娘的口旨來說教老爺太太只管放心沒有什麼大病如今大安了王夫人又問可要什麼東西來沒有寶玉道別的一概不要只教把寶姐姐喫的冷香丸送進十九子去呢王夫人聽了笑

道真也奇怪偏是這個藥難配偏就要這個呢寶釵聽了忙道我如今也不大喫這個藥了還有半玻璃瓶兒呢明兒連瓶見送進去就是了王夫人聽了不勝歡喜賈璉寶玉見趙氏范氏都在房內不便進去就便說畢了話名自歸房換衣裳去了不多一時薛姨媽領了湘雲等眾姊妹也都來了意欲喫了早飯便都各自回家王夫人不肯又留者過了午去於是大家又熱鬧了一天寶玉就著勢兒告訴王夫人要將芳官藕官都要回來賞與蔣玉函為妻王夫人便

說這兩個孩子已經是放出去的人了我也不管這個閒爭你只和他們兩個商量去只要他們願意老尼姑子肯放他們出來也就是了寶玉計了王夫人的口氣過了兩日便呌了賈芸求託他去辦這件事賈芸自從得了小紅為妻兩人如魚得水似膠投廖感激寶玉之恩正在無門可報今見託了他辦事便祕力應承到了饅頭卷上先將寶玉的一番美意告知了芳官藕官此時芳官藕官年已及笄情寶已開正在枯魚望水之際況且素知蔣玉函素稅早已書的

愛不得了賈芸於是私老尼姑商議老尼姑起初不允無如賈芸花言巧語既挾之以勢又動之以利老尼姑不得不入其彀中也就應允了遂命芳藕二人變起頭髮求賈芸復命之後寶玉便差焙茗告知了蔣玉函蔣玉函大喜感謝不已便問日婚娶這都不在話下當下榮寧兩府數月以來並無事故可記光明迅速不覺到了七月十五日計去歲回生之日恰好一年元妃在宮中誕生了皇子林黛玉亦脫是日產生一女取名蕙姬見合家歡慶親友致如道些節

他挺尸去就是了。又聽寶蟾鶯兒二人在炕上,大有不可听之狀。黛玉在牕外悄向寶釵笑道:這都是你來要教他們住在一塊見,你听鬧的還有一點人樣見了麼?寶釵笑道:不用听了,偺們走罷。剛要轉身,只听晴雯問道:二爺昨見晚上奶奶們倒底為什麼不要你了?倒讓鶯見妹妹興見了。又听寶玉笑道:你還不知道他們的脾氣嗎?點着燈誰也不肯當着誰脫了小衣,就是為這個緣故,還為什麼呢?又听鶯見道:你既知道他們的脾氣,就不該點着燈當着林姑娘解我們姑娘的汗巾,你果然能耐着性見等着吹了燈,大家都睡下,你再慢慢的尋了他去。我們姑娘也就樂得而為之罷了,還有什麼不依的呢?黛玉在牕外聽了,向寶釵笑道:你聽聽倒底鶯見是你從小見貼身服待的人,所以你的脾氣惟他獨知道的親切。寶釵聽了,悄悄的啐了他一口,笑道:走罷,不用听了,小蹄子們一個好的也沒有。黛玉拉了寶釵的手笑道:剛聽到好處了,你怎麼又要走呢?忽聽晴雯道:紫鵑妹妹,你怎麼也不把林姑娘的什麼脾性見告訴告訴二爺,免得又再蹦釘子。黛玉听了,忙抗住寶釵的手笑道:姐姐偺們走罷,不用听了。寶釵笑道:我也剛聽到好處了,你怎麼又要走呢?黛玉强拉了寶釵一面走着笑道:罷喲,儘他們瞞編派着說去罷,何苦聽着怪生氣的。彄了偺們瞧上諸事留心,原也怕他們在背地裏談論。不然偺們姊妹倆經頭就是放着一點兒當真,又怕什麼呢?寶釵笑道:你只知其一,不知其二。既然把他們都放在一旁裏,就怕不了許多了。任憑偺們怎樣的嚴秘,他們斷没有不知道的理,就是他們不敢偷着看,不敢偷着偺們那一個魔王,還有個不告訴他們的嗎?只要他們知道好歹不在外人跟前嚼說也就罷了,自己窩子裏頭也沒什麼意思罷了。二人說話,不知不覺回到房中,洗手關了後門,這總吹燈脫衣就寢,一宿晚景不表。到了次日黎明起來,只打量寶玉進宫必然要誤,及至開門問時,寶玉早已去了多時了。二人這總放了心,晴雯等六人早已梳洗完了,都過來服待他二人梳洗已畢,便先到王夫人上房來請安,隨後李黛玉將燈剔了一剔用手指在鶯兒額上彈了一下鶯兒驚醒連忙跳下炕來笑道奶奶們回來了麼寶釵問道二爺呢鶯兒道二爺早就到那邊房裏睡去了說明兒還要起五更到宮裏請安去呪所以沺了我在這邊等着服待奶奶們睡覺呪寶釵道三更天了你把我們的舊衣裳拿來把新衣裳登了放在櫃子裏茶水都不用了你也就睡去罷鶯兒聽了忙服侍他二人換了衣裳將新衣放好替他們掩了櫥子門自巳也就回房去了這裏釵黛二人卸了殘粧收

1219

了釵釧將欲就寢只聽黛玉道可惜把鶯兒放走了咱們今兒的飲食喫重複了我覺着肚裡不大舒服要往後去走動縂好只是這會子又不好敲門打戶的叫他們寶釵道你倒說呪我也覺着大不受用你既要丟走走我同你一塊兒去省得又叫他們說着便袖了草紙每人點了半支藏香輕呪的開了後院門往池測而來原來怡紅院因住下寶釵伊在後山大湖石假山昔後葢了兩間小小中厠以條早去便當釵黛二人進丙走了畢但見皓月當空碧天

1220

如水甚覺可愛二人不覺站在太湖石旁徘徊個瞻望大有流連之意正玩月時忽聽西邊套間內有寶玉嘻哎之聲黛玉向寶釵笑道姐姐你聽聽三更天了還不睡覺明兒怎麼能夠起早呪寶釵笑道又系知是鬧什麼故典呪咱們何不到他們牕下聽他一聽黛玉聽了笑着拉了寶釵的手躡到西套間的牕下側耳細聽只聽裏兩金釧兒叫道五兒嫗姐你快睡來你看紫鵑姐姐粧了一輩子的正經人今兒教二翁擺飾的也會浪起來了只聽紫鵑啐了他一口寶

1221

玉嘻嘻的笑起來又聽柳五兒道我不看他怪燥答答的又聽鶯覚笑道罷呦你來罷你就是今兒總不看他明兒輸着了你衆人也是不肯饒你的你可苦裝傻子呪又聽金釧兒叫道襲人姐姐你倒底忙看個執鬧兒來嗎怎麼就磕睡到這步田地了又聽襲人道你倘也太厭氣了什麼沒見過的稀罕兒呪我這會子磕睡的什麼似的又聽嬌麥向金釧兒發氣道你也愛叫他他比咱們本來見所識面多了又是二爺又是蔣琪官什麼樣的勾當他又沒見過呪護

1222

事事情情的兜也没個婆婆媳婦合家子都九 親戚衆住着的道理説着大家走了進來彼此問詢興都在兩边炕上挨着次序兒坐下了聚献茶茶能鳳姐倩張羅着擺棹子賈母賈夫人一席仍是自偹的邢王二夫人和尤氏陪薛姨媽一席其餘的姊嫂芙又坐了三席歓酒中間王夫人禀知賈母道縂國克老爺下了衙門説今兒早起在朝房遇見夏火監告訴説脕兒元妃娘娘身上久安傳了太醫院進玉肜脉太醫院肜了脉奏知説脉上現出喜兆保屬孕嫉不

過服幾剤調理的藥可就安愈了所以呌了寶玉來救他明兒一黑早同他璉二哥哥到二宫門投職名請安再請示看要什麽東西不要賈母聽了甚是欢喜鳳姐嘴快又告訴了黛玉湘雲探春 寶琴香菱諸人也有了喜了喜的賈母眉開眼向薛姨媽笑道姨太太咱們該樂不該樂明年咱們再到了一塊兒你只看看孩子們執鬧罷薛姨媽笑道這都是老太太的積德所感縂有只樣重重叠叠的喜事連我們此托藏着受了福了賈夫人道我那裏有一本書是

《卷二十六》 十六

你姊夫在太上老君處得求的上頭保護嬰兒的止法諕的極有道理藥方兒也極有效驗姑娘們都定認得字的我明兒給他們送來大家看着倒底有些多了邢王二夫人聽了亦甚欢喜當下寶玉闘薛直喫倒交了三頭方縂席散王夫人尚欲挽留賈母道夫人多住幾日賈母道我們回到願籬講事便當些兒賈夫人道我也要單些兒回去還要替你妹夫料理料理行裝要趕三月三的蟠桃會與兩班母發奇去呢也不過只有斗月的工夫了王夫人聽了不肯

强留只得吩咐外頭伺候轎子賈母賈夫人告辭起身邢王二夫人薛姨媽等都送到荣禧堂看着上轎而去邢夫人和尤氏秦氏也都各自回家薛姨媽領着湘雲等姊妹都到蘅蕪院等處歇息去了王夫人領着紈鳳釵黛四人仍到賈母上房照應着了頭老婆子們收拾了器血吹息了燈火這縂各自散去不言王夫人紈鳳各自回房安歇且說寶釵黛玉二人回到怡紅院很見皓月當空無庸燈燭進房看時只有鶯見一人在坑上打盹棹上一盞殘燈半明不滅

《卷二十六》 八

多時只見奶媽子果然把桂哥兒也抱着求了寶玉
見了便將藻哥兒送到湘雲的懷裏又將桂哥兒接
來送到寶琴的懷裏笑道咱們今兒起的是海棠社
只有他們小弟兄兩個在這裏閙着到明年海棠再
開了起社做詩的時候那可就成了社了說的
衆人都笑了正說話只見老婆子慌慌忙忙的進來
稟道方纔玉釧兒姑娘來說老爺請二爺說話呢寶
玉聽了喫了一驚連忙起身向外而去釵黛二人不
知何事未免替他捏着一把汗兒忙向老婆子道你

1211

到上頭打聽打聽老爺叫二爺有什麼事情你就飛
行告訴來老婆子答應而去不多一時老婆子進來
稟道老爺和太太都在上房講璉二爺和寶二爺商
量明兒到宮裏請安的事並沒有什麼別的事情釵
黛二人聽了這纔放了心鳳姐笑道嚇了連我的心
都跳起來了我想寶兄弟和老爺太太說長了話了
求還早呢天也有了時候了我們端點心來喫罷喫
了大家散一散兒到了晚上再坐席把點心留下一
盒子給寶兄弟送到怡紅院去連晴雯紫鵑他們喫

1212

的也都有了寶釵聽了笑道這麼說起來我俱屋裏
倒占了便宜了我們的兩個奶媽子呢把兩個哥兒
都抱過來罷着仔細尿到姑奶奶們身上奶媽子們
聽了忙將兩個哥兒從湘雲寶琴懷裏接了過來連
忙各自抱去哄着睡覺去了這裏便端上點心
來大家喫了些兒又喫了兩杯燕酒這裏撤去
殘席嗽口喫茶又坐着說了會子閑話這纔大家散
了到了黃昏時候湘雲便差人去請邢夫人尤氏秦
氏胡氏胡氏因新產了小孩兒纔過了滿月不好來

1213

得只有邢夫人尤氏帶了秦可卿過來先到王夫人
上房等候衆姊妹都會齊了同到賈母上房而來只
見賈母笑容可掬的迎了出來賈母道都進
來坐罷怎麼今兒起了頭又破起鈔來了湘雲笑道
沒有化什麼錢不過請老太太姑太太和太太們坐
着說說話兒賈母道狠好這會子他們的媳婦也娶
了大事都完了今兒再擾了你的飯咱們也就都回
去罷盡自沒事住着大家都不方便薛姨媽笑道老
太太說的狠是我們明兒也要回去呢誰家都沒個

1214

卷二十六

不獨單是林妹妹一個人見還有好幾位呢寶玉腦了笑道我當是什麼藥呢原來是這符世界上有夫妻即有生育乃是天地間的大道選著什麼怕人知道的呢就像菱姐姐有了喜薛大哥遅已告訴了人了香菱聽了紅了臉道這是多早晚兒的話你又求謝荒求了寶玉笑道前見我們在跳蚤赴席行酒令兒薛大哥親目見說出來的探春聽子笑道你們倒底說什麼酒令兒來提到這上頭才不寶玉笑道我也學不上他那個話張說著便什在寶

釵的耳邊告訴了寶釵寶釵聽了笑道怎麼這樣一個怎人樣的東西呢說不上酒令兒來也就罷了麼什麼信着嘴見慢嗳呢香菱聽了益發紅了臉呆了半晌只得向寶玉笑道你那個薛大哥哥真也教人沒了法見了鳳姐笑道怎麼喫了孔聖枕中丹也沒出息一吐見慶香菱道自從喫了丹藥之後也不過千分之中妤了有三四分兒鳳姐笑這原說教喫了藥要提着被窩出汗他這想是揭臉的早了汗沒出透的過失你們看瑣見如今就比先強多了就是我

們那一個也倒像知道一聽妳又了寶玉聽了正欲答言只見尤二姐平兒二人攙了奶媽子抱的藥哥見二齊走了進來笑道我們也趕嘴兒來了衆人見了一齊站了起來忙命了頭們又搬過兩張椅于來讓他二人坐下了頭們斟上兩杯酒來平見便孤了把瓶平磕着李紈見了笑道鳳了頭今見可乂不喫廚了罷說辦席貼時了幾個錢見你們都瞧瞧他們屋裏連小孩見共是四口子不俱撈回本見去還要扬灣兒呪語的衆人都笑了平見聽了指着藥哥見

卷二十六

道你說大姐咱的了任見能勾多大見就會喫哩寶玉聽了忙將藥哥見接求抱到懷裏用筷子蘸了些兒涓抹在他嘴裏藥哥見啞着嗐笑跳躍起來寶玉咲道你們都瞧瞧這麼大見的小孩子喫酒覓不害辣將求長太了必會喝一鍾見真是璉二哥哥的見子弓治祚孚的了平見聽了又拵着藥哥見笑道你說咱的了二叔拔着不心疼的芽見拿酒唅我求了你們桂哥見你怎麼捨不得拿酒唅他呢寶玉聽了便一叠運聲的令人抱桂哥見去了頭們答應去不

續紅樓夢卷二十六

逢國慶賈氏增爵祿　沐皇恩元妃再省親

話說史湘雲將十二首海棠詩念完元妃與了眾人大家又挨次見看了一遍俱各稱賞不已正欲細加評論忽見鳳姐自外走來笑道你們的詩怎麼還沒作完湘雲這早已完了道伸手接了過來看了一看笑道字兒黑鴉鴉地認得我我認不得他黛玉笑道你倒底看這個字寫的明不明鳳姐笑道敢自是上好的微墨研的又濃寫出字來又有什麼不明的呢寶琴聽了笑道鳳姐姐你上了他的當了林姑娘罵你的話說你是狗看星星一片明你怎麼就答應明起來了鳳姐聽了笑着便欲將黛玉搡在榻上胳肢他只目寶釵忙與他遞了個眼色鳳姐連忙鬆了手笑道咱想了我知道了必定是有了喜了麼了我還沒有冒失萬一有點見閃錯寶兄弟可就要恨我一輩子呢黛玉听了紅了臉啐道你再不是個好人又信着他胡混說笑了眾人聽了都聽着黛玉笑笑的黛玉臉上不好意思起來忙道我們的詩也作完了也該大家喫酒罷說畢便命丫頭們斟酒鳳姐最是留心的人見眾人都聽着黛玉發笑惟有探春湘雲香菱宝琴四人只微笑了一笑鳳姐心下早已明白了於是大家一同入席丫頭們斟上酒來湘雲算是主人便按着次序兒遞過了酒眾人又回敬了湘雲然後依序就坐飲酒中間只見湘雲拈了一枚蜜餞楊梅自巳先喫了又夾了一枚送與探春道三妹妹你嘗這個味兒狠好探春接來便也喫了鳳姐見了樸樸的一笑此時湘雲夾了一塊山查糕剛然要喫見鳳姐一笑赶着連忙放了下來笑道怨不得林姐姐說你你果然不是個好人李紈笑道你們也就黑他笑他的你們只管喫你們的這又有什麼意思呢寶玉听了笑道你們這半日鬼鬼祟祟的倒底說的都是些什么我怎么總不懂呢寶釵听了忙揾道不拘什么話你都要打聽打听你管他們說什么呢寶玉听了便不言語了鳳姐笑道我告訴你罷經剛見我說林妹妹有了喜這会子看起他們喫東西來竟

衛藥君

花如月缺又重圓始信長眠是短眠匲慶喚回春
有為玉顏依舊見猶憐風姨省卻飄零欢天女能
恭粉黛禪從入紅塵消俗態臺范祇樹比芳妍

蕉下客

嬌蕾偏叨雨露深劫灰燒盡更成林酒如千日醒
猶醉婆歷三生去又今號錫神仙應不死巢成香
囯許重尋花枝折向誰边好兩世雲鬟碧玉簪

枕霞舊友

淼淼稊來委逝波留仙無計奈愁何誰知蒌到數
新蒞猶是霜侵既改柯地老天荒情不死休微瑞
應理非訛只愁舊社重新起繼續詩魔更酒魔

稻香老農

琉璃勿碎彩雲飛又向春堤緩緩歸休女魂真離
復合漢宮人訝是耶非孫能續命腸濤斷花正合
葩綠尚稀莫道聲華搖落易不隨浦柳入嘲譏

秀嶺逸民

招得傷春一縷魂故園風月又晴瞠新粧未改嘗

時樣鬟鬢仝非舊粉痕暖入輕綃紅映肉嬌羞繡
握寂無言怪他蜂蝶曾相識未訴離情繞樹喧

藕榭主人

落榮難期最惆情敲詩分句許前盟梅花為件同
而與銀燭高燒滅復明夢醒邯鄲春更好声催謝
豹蝶休驚漫言草木無知識也向東皇感再生

松下情僚

正露紅浮雨頻潮欲風無力透輕綃有絲不學垂
楊線奪錦誰爭蜀郡標卜得重榮腸已斷可知逓

我變非妖而今春睡何時醒謝豹声声入綺寮

明河仸友

為恨東風狠藉狂殘粧原許試新粧紅雲點絳朝
醋酒白雲烘春暖欲香乍萎物原隨氣化里祥花
亦為人忙緣膿名友須珍賞豈羡芳菲綺闥旁

湘雲念畢又遞與眾人挨次見看了一遍俱皆稱賞
不已正欲大家評論忽見門外進來了一箇人笑道
我們的牌早鬪完了怎麼你們的詩还沒做完麼未
知此人是誰且听下回分解

飛我就先打稿兒了說罷鋪開了花箋提筆就寫只所巧姐笑道二叔你和我二嬸坐在一必我可不大放心只怕你們私行傳遞衆人听了都笑起來湘云忙道巧姑娘你和你二叔換個过見寶玉听了忙笑著走來和惜春坐在一处巧姐过來和黛玉坐在一处大家一齐研墨舖紙支顧攬恩宝玉又命了頭們每人面前斟了一杯熱酒以助詩興不多一時先後俱各交卷都送到李紈的掉上李紈着了大加稱賞道今見的詩比往常做的更有感見不但咏海棠

重榮兼有他們回生的意思情景双關妙极了可見作詩再不必限韻往往的把好句爲韻所縛了依我的愚見請四妹妹另錄出來也不必論賓主次序也不必論詞意之工拙宝兄弟林妹妹菱妹迎妹妹他們四個人是身歷其境的人說的親切些見把他們這四首列在前頭我們八個人無非是稱賀的意思我們的八首按交卷的先後次序見列在後頭一總錄出一張求大家再細加評論諸位以爲何如眾人又齐声道好惜春忙取出一大張花箋來將這十

二首詩重新錄了出來遞與湘雲接來接来高声朗誦道

　　怡紅公子

嫣然还是舊開特回首當年斃我思不是返魂香一炷誰續命縷于絲他生可卜人难料轉敗爲祥物有知趁此春深酣睡好莫教花事貢佳期

　　瀟湘仙子

多情若個似東風剪玉塗脂発舊叢香謝返魂蕙爛熳人如春睡醒朦朧重圓鏡傳瓢零粉継昏灯摇淺淡紅莫道再生容易得栽培何以答天公

　　映蓮仙客

断魂繰緲未多時又被春風吹上枝紅瘦綠肥前恨穉聘梅棱鳳結歡遲重邀名友深閨伴弗怨東皇薄命司暮落朝榮休比倒神仙不老舊丰姿

　　菱洲居士

花本無知爲底來一年憔悴一年開刘公俗見長留恨黎舉非時竟欲媒剪到垂絲風力軟勻將粉臉夜臺回登巢勝事空于卉郏及各園歷劫裁

我們作小人兒的沾點兒光也狠使得罷了說的衆
人都笑了王夫人又向湘雲道姑娘你們都講過
去罷別躭擱了你們的正事於是湘雲衆姊妹一齊
告辭都到怡紅院來先在海棠樹下站着觀看了一
回香菱道這株海棠真也奇怪極了怎麼已經芟除
了的又會活起來湘雲道你們人死了还會回生何
况草木呢這都是你們的祥端之徵所以今兒我原
是替你們作賀的只見宝玉在屋裏忙亂着命人安
置坐位又命騎菱等冲上好的龍井茶李紈道宝兄

《第二十三》

弟你不用乱張罗了咱們與其在這裏躭擱工夫的
莫若早些見都到瀟湘館去那裏难道沒有預備的
好茶麼眾姊妹听了齊道好黛二人挽留不主
一齊都到瀟湘館來但見几净牕明收拾的十分齊
雅正中地下放着三張方棹棹兒上擺着三個捛盒
兒都是些干鮮菓品以及醃醋的南菜四圍放着六
張羅漢榻每榻上放着一張小炕棹每棹上一副文
其兩边坐褥引枕腳踏痰盒俱全湘雲宝琴坐了第
一榻香菱岫烟坐了第二榻迎春探春坐了第三榻

惜春巧姐坐了第四榻李紈宝釵坐了第五榻黛玉
宝玉坐了第六榻丫頭們挨次遞过了茶只听了不
雲道宝姐姐你們昨晚擬的匙目呢宝釵听了不好
說昨晚被宝玉閙的沒得擬乃笑道匙目原是迎春大家
現擬罷是我們預先擬定了似乎有弊病的迎春道
我和四妹妹巧姑娘原不大會做詩因為海棠盡荣
乃是一件喜事我們必得隨着調幾句子兒應應典
兒你們若把匙目擬的太难了韻再限的太窄了我
們三人可就不做了李紈道依我說匙目就是咏

《第二二五》

荣海棠也不必限韻各作七律一首随便用韻你們
說好不好眾人听了齊声道好宝玉道大嫂子咱們
都有別號只有菱姐姐琴妹妹邢大妹妹巧姑娘四
個人並無別號你何不也送他們個別號过會子作
完了詩也好落款秋李紈听了一想笑道我想菱
妹妹可稱映蓮仙客琴妹妹可稱松下清徠邢大妹
妹可稱秀嶺逸民巧姑娘可稱朋河小友你們說好
不好香菱笑道別號原沒什麼要緊任憑你們怎麼
呌就是了宝玉笑道諸事都說定了我是夯雀見先

訴我們一声兒難道就教厨房裏多替你們辦出一庽求又筭什麼要緊怎麼你拿出銀子来了呢湘雲笑道我也不是常為開社嬸娘想這如今托賴着上天保佑你女壻又回了生又賞在翰林院行走又給姑老爺姑太太承了嗣又得了多少香火地我願要虑心虑意的都講到家裏去熱鬧一天一来房子新蓋的裏頭潮濕一来伺候的丫頭老婆子也不夠用所以我求我大嫂子替我辦一辦不过稍盡我的一點兒敬心並没有爲化什麼錢的凤姐听了笑道你

原求的是大嫂子這如今有人硬派了二嫂子了湘雲笑道我也不筭是那個嫂子我只領情就是了大家說笑了會子早見丫頭們上來擺了棹子放下杯筯大家就都在王夫人上房喫了早飯盥漱喫茶畢薛姨媽向釵黛二人笑道姑娘們你們開社做詩的都是些誰早些打筭定了你們自去幹你們的其餘不會做詩的都留在這裏我們好和你太太闊牌黛玉笑道我們經就筭定了共是十二個人薛姨媽笑道老夫絵都是誰嘟這麼多的詩人黛玉道親戚裏

頭是菱姐姐琴妹妹雲妹妹邢大妹妹四個人本来的是二姐姐三妹妹四妹妹巧姑娘也是四個人還有我大嫂子和我們姊妹倆筭来筭去只剩下凤姐姐和新娶的兄弟媳婦佳兒媳婦連太太和姨媽正好五個人鬪牌薛姨媽听了掐着指頭筭了一筭笑道姑娘你們只有十一個人你怎麼說十二個人呢黛玉听了用手帕子捏着嘴笑道這個姨媽的話我們屋裏还有一個人呢薛姨媽笑道哦這就是了我這如今也覺着顛三倒四的了王夫人道尤二姑娘

丫頭怎麼没上來凤姐道平兒早上梳頭他替巧哥兒孩子呢王夫人道玉釧見过去瞧瞧要是尤二姑娘平姑娘都喫了飯你就說太太等着你們闊牌呢兩個新媳婦在這裏坐會子也教他們回去歇歇小人見家闊什麼牌呢玉釧兒答應而去凤姐笑道太太總是有筭計的巴不能我們屋裏三個人一齊輸了總是太太心上的事呢薛姨媽笑道你放心今見我和你太大輸讓你們三個人都滿贏了去好不好凤姐笑道論起理來二位太太都是輸得起的主見

嬸領了璉兒媳婦趙氏李紈領了蘭哥兒媳婦范氏鄰來問安王夫人向李紈笑道我听見你哭大妹妹今兒煩你替他辦東道你一共辦了幾桌李紈笑道我那裏會辦什麼酒席呢昨兒史大妹妹再三不依我不得已見接了他的銀子昨兒晩上我差人送給鳳丫頭丟了正說時只听窗外有人笑道又在太太跟前作弄我什麼呢鳳丫頭鳳丫頭的衆人就知是鳳姐求了果見鳳姐拉了巧姐的手毋子二人走了進來王夫人拉了巧姐的手笑道我的兒今兒你嬸

嬸們要問社做詩你會作詩不會巧娳笑道我如今也是絶要呢只怕做的不好鳳姐笑道真是老鴰窩出鳳凰比我强絳了前見我听見親家进說他还教他女壻呢可憐我當日也上了會子學就遠一個瞎字兒也沒認下如今不拘遇個什麼事兒兩眼煤黑子李紈笑道你可又有你的能處我昨兒給你送过銀子去你怎麼辦了鳳姐笑道罷嘍這不是賞着太太說你也太藏奸了人家託你的事情你又轉來託我這會子我还有什麼貼賠的麼只好儘着這二十

兩銀子辦了四席剛夠晩上用白日裏又要開詩社講不起我賠上點子替你們辦上三桌攢盒一大鑪惠泉酒三盒冷熱葷素點心將就著壓壓饑兒等到晩上打夥兒坐席罷不但我少賠幾個本兒而且於你們也有益免得左一頓右一頓的哭參了第二日不舒服說的衆人都笑了只見薛姨媽讓着湘雲吾菱岫烟寶琴迎春探春惜春說說笑笑的來了王夫人見了忙讓薛姨媽到炕上坐跟姊妹們都在兩边椅子上坐王夫人笑道昨兒晩上我乏的竟沒工夫

張羅你們也不知道你們都在那裡往求薛姨媽笑道虧了你們的房子也多我們往下的人也不少我和琴兒在蘅蕪院住着我們大媳婦和他雲妹妹探妹妹在秋爽齋住二媳婦和他二姐姐在紫菱洲往求只有四姑娘不肯和羣兒他姐姐們那麼樣的留他他倒底帶着兩個丫頭往櫳翠菴去了王夫人歎道我們四姑娘修道的心真也至誠極了想求往後求也必有一個效驗的說畢又向湘雲笑道大姑娘你既要開社做詩這也是一件極雅的事你就告

人出來忙笑道好睡啊怪不得眈見把我起發出來
原來為的是今兒早起的這一飽睡我總吩咐驚見
他們總不許叫你們讓你們倆人对頭見睡到晌午
教太太知道了狠狠的給你們一個没臉面總解我
心裏的恨呢黛玉听了笑道嗳喲喲我們倆人把你
怎麼了就把你恨成這個樣兒了宝釵笑道你教他
兒了僧們可燥的說個什麼兒呢這也是我們修下
的一點淸福兒就是早起爰睡了會子太太知道了
也没什麼大了不得的事不用理他俗們梳頭去罷

襲人柳五兒听了忙去昏臉水服侍他二人梳洗已
畢穿了衣裳都到王夫人上房來走到院子裏只見
宝玉還在海棠樹下安排這個佈置那個玉釵笑道
我勸你不用無事忙了你看僧們這個地方成日家
薰的亂頭羊兒似的屋裏惟的東西也不少又有小
孩子咖嗎喊叫的那裏还開得詩社呢莫若派人把
瀟湘館打掃干淨舖設起來又眼覽又雅趣过會子
大家會文有了就在太太上房裏喫了早飯先請他們
到這裏看上海棠喝會子茶也先打筝打筝能做詩

的茉莉幾個入用幾張棹子幾副筆硯然後同到瀟
湘館做詩就在那裏坐午席还要卓些兒散了大家
歇一會子到了晚上还要到老太太上房會席都要
騰挪出空兒來這總不受張羅呢宝玉听了不勝大
喜忙出去吩咐焙茗教派人打掃瀟湘館安排棹椅
舖設毡褥不在話下且說釵黛二人求至玉夫人上
房只見王夫人也繞梳洗完畢一見他二人選來便
悶玉玉昨晚在甄府赴席喝多了酒了没有釵黛二
人听了忙替遮掩道没有喝多了酒王夫人道池這

會子起求了没有宝釵道起來了在瀟湘館看着教
人打掃舖設呢王夫人道這會子又打掃瀟湘館作
什麼黛玉道昨兒史大妹妹給了我大嫂子二十兩
銀子教替他辦戲棹酒自目裏請我們姊妹們開社
做詩晚上請太太們陪老太太和我媽上坐着說說
話兒呢王夫人听了笑道你史大妹妹东是高興他
可那裏有多餘的錢呢宝釵道我們昨兒那麼柳他
他是必不肯依只得今兒暫且辦了过了後兒說我
大家湊出來还他就是了正然說到這裏只兒鳳姐

教我們怎麼遵呢寶玉道我總說的就是沒有理的話奶奶把爺擬出去這就是狼有道理麼金釧兒边這是奶奶們疼爺的意思要是奶奶們總不許爺过那边去爺又該着了急埋怨奶奶們不体面了黛玉听了哎道罷嘞依我說你好好的跟了他們去罷你看玉姐姐了在那裏生氣呢莫要惹的他盼咐教取出棒槌來你說要討没趣見呢說的宝釵和眾人都

《卷二十五》

笑了宝玉並不答言向柳五兒襲人道到你們那边去你們倒底愿意不愿我們作奴才的原是听主子的盼咐愿意不愿意呢宝玉道既是如此可要听我盼咐晴雯和五兒你們倆人身量見相彷替我拿手搭個花轎兒等我坐上鶯覓金釧兒搰一副對子帶子打頂馬襲人在後面替我拿着衣裳我好到你們那边上任去晴雯笑边說的到好听只是我俐不會搭什麼花轎兒宝玉边你們倆人过來等我教給你們你們

自己的右手抓住自己的左腕然後二人合起來你的左手抓住他的右腕他的左手抓住你的右腕就成了二人听了如法搭了起來笑道這可怎麼坐呢宝玉笑道我自有坐法你們先把對于頂馬同備妥當鴛鴦釧三人听了也便如法站好宝玉這裏圈过身主將自己的酒花夾褲取來悄悄的將褲遮腿下藏的茜香羅汗巾取出披在塊塊內然後叫襲人仍將褲子穿好了走了起來將兩隻腿兒圈着勾了精柳二人脖子坐在他二人手膀子上叫紫鵑金釧兒

《卷二十五》

頂馬前行引路後面襲人跟着覓二人都大笑起來宝玉回过們那边过贾子熱閙起來你們不言宝玉被他六人撮去再說了會子這總卸了妝桩吹燈而應這總一覺睡醒連忙穿衣起雯等尚在未起誰知開門看時早都在院子裏海棠樹下打揹旁枝乱葵又有幾個老婆子打掃院子宝玉一見釵黛二

姐姐作倔於前妹妹斂尤於後我所以膽大求姐姐施個全恩你瞧七僧們腮戶上月白風清如此良夜．何也別辜負了這樣體面帳子說着便嘻皮笑臉的將寶釵抱住寶釵紅了臉忙推道你這個人竟是給不得臉你瞧七明燈膩燭的點着底下人人都還沒瞧你這是個什麼意思呢寶玉哀告道好姐姐你今兒開了端底下他們誰敢不跟着姐姐學呢說着懷伸道手來替他解汗巾寶釵着了忙忙用手來遮護向黛玉笑道你怎麼瞧着也不哼一聲由着他的

性兒鬧嗎黛玉笑道你不起發了他他怎麼肯歇心呢一句話提醒了寶釵忙叫道鶯兒只聽鶯兒在那边問道奶奶叫我做什麼黛玉忙也叫道你們六個人都來只聽那边答應了一聲七手八脚的乱響了一陣子只見晴雯和鶯兒先走了進來一見寶玉在炕上光着下半截子偎着寶釵晴雯笑道嗳喲怎麼脫成這個樣見了也不怕個冷嗎寶釵道你們可問他嗎快把他給我拔到你們屋裏去說着只見紫鵑金釧兒柳玉兒襲人一齊走了進來問道二位奶奶

怎麼這早晚兒还不睡覺黛玉笑道你們難道没看見坑上的那個精人兒麼在那裏纏麼宝玉姐姐呢你們大家把他擡到你們尾裏讓他儘性兒鬧去罷只听晴雯笑道奶奶們倒會脫清靜兒可憐我們就都是該死的了罷了二爷下來走罷奶奶們不要你了你还在那裏呆着作什麼呢宝玉听了故意的揚養臉問道你們都做什麼來了鶯兒笑道二爷這不是明邦故問來了麼奶奶們叫了我們來請二爷送过那边去呢宝玉笑道哦奶奶奶吩咐你們你們就都不

敢違背一個見也不敢短少就都齊齊全全的求了我要吩咐你們一件事呢晴雯遊二爷吩咐我們什麼事我們也是不敢違背的令和奶奶原是一樣的那裏有遵奶奶的話不遵爷的話的道理呢宝玉笑道既是如此你們都听我吩咐你們六個人分做兩下見三個人服侍一個把你們這兩位奶奶擡倒在炕上把他們総不肯脫的那一件衣裳給我剝了下來六人听了齊聲笑道這件事我們可真不敢宝玉道何如可見你們総是怕奶奶並不怕爷紫鵑听了

下來我就索性把饞脫了去難道這會子還有我躲避的人麼說着便使性子脫了下來撩在一邊寶釵忙道怪冷的天氣這是怎麼說呢也不怕凉着了寶玉道我那裏像你們那樣嬌嫩的身子動不動見就凉着了說着索性跳了起來嬉笑不止黛玉在地下道你看你可有一點人樣兒麼這麼冷的還不快蓋上被窩去呢寶姐姐俗們也收拾了罷天也不早了明兒海棠社的題目且到明兒和雲兒現擬也不遲你看越閙越開上樣兒來了寶釵道不用理他你

來俗們把這些東西都收了罷黛玉聽了便仍舊上了炕同寶釵收筆蓋硯置紙包墨寶玉見了便嘻皮夫臉的偎在黛玉的身旁笑道妹妹俗們倆人生生死死的閙了一場好容易成的作了夫妻如今已經半年多了今日我身上想喝了些酒癢的狠你總不肯在人前與我抓抓今日求你這會子賞他個臉呢黛玉聽了忙啐道快走開罷我總不過是個什麼樣子呢寶玉笑道妹妹難爲你也讀過會子書你就沒看過張敞畫眉的故事他倒着皇帝尚且說閨房之

內更有甚於畫眉者你也想想更有甚於畫眉的倒底恕是些什麼事呢黛玉道任憑你說的天花乱墜我只有一個字的斷語不寶玉没了法兒只得扶着黛玉的眉頭跪了起來道好妹妹我與你跪下了你賞他個臉兒罷黛玉使性子道那不是寶姐姐你怎麼只是纏磨我呢寶釵正在收拾紙筆墨硯聽見黛玉來攀他他便隨意兒伸过手來在寶玉腿上边抓了一把向黛玉嘴上一抹笑道給顰卿喫了罷黛玉也發了急忙用手也在寶玉腿上边抓了一把就

往寶釵嘴上去抹只見寶釵用手帕子把嘴捂上個樂的寶玉直跳起來向寶釵作揖道寶姐姐你就是我萬代的恩人我再也忘不了你的恩了黛玉笑着赶了去在寶玉肩上打了一手掌道是了等你占了便宜了好好兒的睡覺去罷看仔細凉着了寶玉笑道你別管我我還有事要求寶姐姐呢寶釵聽了笑道我這就替你成全了莫大的臉面你還不好生睡去又有什麼事可求的呢寶玉笑道自從俗們三人搬在一塊兒見我留心記着不拘什麼事兒總是

喜忙取了一張花箋來鋪在棹上又替他們研起墨
來寶釵道時候兒不早了偺們倆人聯一首罷你就
先起一句黛玉聽了笑着提起筆來寫了一句忙遞
過來寶釵接來看了一看也笑着提起筆來寫了一
句又遞了過去黛玉接來看了提起筆又續寶玉在旁
不錯眼珠的往來窺視忽覺腰間發癢伸手去抓忽
然摸着將玉函膽的茜香羅汗巾兒心卞猛然一驚
暗想道這個汗巾若被他們倆人瞧見雖說無其妨
礙倒底盤根究底的問起來又是一番嘮叨莫若解

1163

了下來藏過等到明兒只悄悄交給襲人豈不省多
少囉嗦呢想罷趁着釵黛聯詩的空兒皆逃身去悄
悄的解了下來披在自己褥邊底下幸喜釵黛只顧
聯詩並未瞧見寶玉穿的乃是一條玉色西花夾褲
將腰提了一提被住仍舊掉過臉來笑道詩完了麼
黛玉笑道完是完了還沒搭款呢寶玉笑道偺倆自
已又鬧什麼款呢拿來我瞧罷黛玉聽了便將花箋
遞與寶玉接來仔細觀看只見黛玉的起句是
磨不磷今不日堅寶釵接的兩句是聆音未必韻鏗

1164

然初平叱石成羊日黛玉又聯了兩句是嬴政鞭來
瀝血天頑到鼈頭心可化寶釵又續兩句是礪當淑
齒力猶綿俏教精衛啣填海黛玉收一句是好件魚
龍逐浪頓寶玉看畢大笑道好你們竟罵起我來了
又教我變羊又教我推鞭子這地罷了怎麼臨了兒
還說教我去伴魚龍這不是要教我變個什麼兒去
呢這還了得說着便順手兒將寶釵搶倒兩隻手在
他脇下乱膈肢膈肢的寶釵笑的端不過氣兒來忙
哀告道好兄弟我再不敢了寶玉笑道今兒偏要殺

1165

你把我叫了哥哥我纏饒你呢寶釵着了急笑道那
不是把你叫哥哥的人嗎一勾話提醒了寶玉放了
下了見寶玉摸來忙將身子一轉早跳下炕來寶玉
寶釵就摸黛玉黛玉性靈聽見寶釵一說他早防備
摸空連忙跪了起來往前一趕不承望褲腰原是裹
面袖子的又滑又沒繫着汗巾那條玉色灑花褲兒
竟順着腿褪了下來褲的又是短只見招的宝釵黛
玉哈哈大笑起來寶玉着了急忙提起要繫又怕他
二人追問汗巾的緣故人急智生乃故意的恨道你

1166

又冷姑老爺承了嗣層層的喜事他原要請我們到他家去他家是新蓋的房子諸事不便所以他給了大嫂子二十兩銀子煩他明兒辦個東道自日裏請偺們眾人做海棠詩開社晚上請老太太姑太太和太太們夜宴我們預備下筆硯原要走趁出題目來大家斟酌的意思宝玉聽了大喜过望忙道我早就有這個意思只是總沒遇個機會又不好軍罗這件事彰明較著的請人如今趁著會作詩的幾個姊妹們都現在這裏正好起社我們院子裏的海棠

1159

發的有趣見史大妹妹這個人兒有趣兒但只是我自從出家之後可憐只作过一首詩只怕也太疏踈了明兒只怕又要出醜宝釵道你做过一首什麼詩我們怎麼沒見过呢黛玉道前兒襲人的汗巾子上寫的不是麼宝玉笑道要算上這一首可就是兩首了黛玉道你那一首倒底是什麼宝玉道我一到大荒山山上最高的一峯名曰青埂峯前有一塊石頭約高五六尺其形狀就和我那塊通靈玉是一模廝樣的我師父說那就是我的前身又說林妹妹也是

1160

什麼絳珠仙草我那日上了峯頂見了那塊石頭心中木勝感慨做了七律一首就寫在石頭上了宝釵道難為你回了生怎麼總沒說呢黛玉道他在太虛幻境也没說過連我也不知道你且念念我們聽宝玉聽了遂念道文自玲瓏質自堅幾經雕琢色瑩然釵黛二人聽了點點頭兒宝玉又念道幸無精衛嘲填海賴有娲皇辣補天寶釵道這繞惑呢要知道自已全何賴的是天恩祖德這兩句好宝玉又念道一塊徒留形磊落三生空結意纏綿黛玉道這兩句也

1161

好雖有感慨也還說得通宝玉又念道歸來青埂峯頭待誰知巳屹立米顛黛玉笑道結句雖好只是太高自位置了宝釵道他這首詩我覺得倒比先在家做的那些風花雪月的詩似乎好些詩之為道窮而後工倒底要在外頭受幾天的罪纔有出息呢宝玉聽了笑道既是願意我在外頭受罪怎麼我聽見說我走了之後你又成日家想的只是哭呢宝釵聽了卒道又說輕話來了黛玉道姐姐你既說他這首詩作的好偺們何不也和他一首呢宝玉聽了大

1162

蜀來二人映着燈光翻覆看了會子宝釵道這件東西是我見过的我記得那年璉二哥哥拿進來發老太太看过的还有一顆大毌珠子非離了一万銀子是不賣的這樣的貴東西你是從那裏得來的呢宝玉笑道罷了就是偺們這麼個小臉兒人家一万銀子不喜的東西這如今情願白送了我了黛玉听了冷笑道這樣說起來這個人也就爭是個兒柿了宝玉道人家朋友們的一番好心倒在你們嘴裏把人家遭塌壞了宝釵道你說這個人倒底是誰宝玉笑

這就是你哥哥的好朋友馮紫英宝釵道怪道呢佑量著我哥哥还有什麼正經朋友和他相好呢黛玉听冷笑道姐姐偺們换了衣裳罷也不用儘自說他了東西是已經收下的了說也無益了紫鵑兒听了忙去取换的衣裳宝釵忙攔住道今兒晚上天氣有點子躁熱我們脫了大衣裳也就不用另穿什麼了过會子也就睡得覺了於是鵑鸳二人服侍着釵黛脫了身上的大衣裳內裏只穿着小短伏兒宝釵穿的是玉色小袄兒大紅洋縐的袖子黛玉穿的是

桃紅色綉花小袄兒慈綠色的褲子二人對面坐在椅子上喝茶並不招攬宝玉宝玉在炕上靠着枕頭注目而視不覺情不自禁的搭訕道宝姐姐妹妹方纔紫鵑他們替你們收拾文房吧宝你們這會子可有什麼寫的呢宝釵笑道筭他們喝完了茶再告訴你宝玉听了忙將靠的枕頭打開自巳挪着坐在小炕棹的橫頭將兩边的褥面醞出來笑道你們倆人上炕來坐罷地下坐着倒底怪涼的釵黛二人听了放下茶杯向晴雯等六人道你們也歇歇去罷這

裏也沒有什麼做的了晴雯等听了各自散去這裏釵黛二人上了炕便將帳簾兒放了下來見宝玉讓出棹面來也並不謙讓便對面坐下宝玉便挽了挽袖子替他們研黑黛玉笑道你倒底知道我們要寫什麼就忙着研起墨來了宝玉道這何用問呢怕你們寫出來我不認得歷宝釵听了笑道我告訴你罷我們又要起詩社了昨兒史大妹妹瞧見偺們院子裏的海棠花樹巳甚復沾如今都發出枝葉咕嘟來了他說這都是你們回生的祥端妹夫又得了翰林

巳見金釧兒會了意，二人一擁上前將鶯兒抱到炕上，挍倒不容分說就替他脫衣解帶，急得鶯兒乱嚷起來。晴雯道：小蹄子你前見那樣的擺佈我，就使得的嗎。鶯兒又哀告道：好姐姐你饒了我罷，前見那都是金釧兒的勾當，與我無干。晴雯那裡肯依。宝玉在旁看着嘻嘻的笑，正在难解难分之際，忽听院子裡柳五兒叫道：姐姐妹妹們快點出倆燈亮兒來，燈籠被風吹滅了，奶奶們回來了。晴雯、金釧兒听了忙放起鶯兒來，笑道：便宜你這個小東西兒。早見紫鵑拿了一支蠟燭往外就走，他二人便也隨着迎了出去。鶯兒跳下炕來連忙跑到套間裏整理衣裳去了。宝玉仍舊拿起書來靠着枕頭閱看。紫鵑等三人剛到院子裏，只見台堦上放着個被風吹滅的小明角燈兒，晴雯忙拾起來在紫鵑拿的蠟燭上燃着，正欲往前走去，早見襲人攙着宝釵、柳五兒攙着黛玉從月門內走了進來，晴雯攙着紫鵑見了忙用燈籠前導。宝釵咲道：這走的巳經差不多兒，到了風又把燈籠吹滅了，倒底摸了一陣子瞎。見黛玉道：嚇了，月亮还沒下去，要不是他們兩人擁着，只相偕們倆人都要栽跤呢。說着走進房中，早望見宝玉在枕頭上靠着燈下看書。黛玉笑道：好勤學的人啊。宝釵冷笑道：今見又喝多了酒了，纔剛見到老太太那裏，我見他臉兒飛紅，腳底下咧裏咧蹶的，我生怕老太瞧出來，我總攔着說兒弟媳婦、侄兒媳婦都在裏頭，你不用進來罷，万一教人家瞧出喝成這個酔樣兒來，倒底像個什麼大伯子叔公呢。宝玉听了故意的只裝没聽見，索性搖頭恍腦的高声朗誦起來，彷彿兮若輕雲之蔽月，飄颻兮若流風之迴雪。宝釵笑道：我當着什麼經史呢，原來是曹子建的洛神賦。若再把那個頭搖一搖，連洛神賦只怕也要搖出來呢。宝玉听了不答言，誦讀如故。忽听黛玉驚訝道：姐姐你瞧挂的這是那裡來的，這一副好体面帳子，难為咱們進來只顧說話，竟没瞧見呢。宝玉听了這纔放下書笑道：偺們三大裏頭，今兒也不知誰喝多了酒了，連這麼大個的東西全没瞧見，不是醉麻了眼睛是什麼呢。宝釵听了忙用手將帳簾子揑了一揑，忙命紫鵑拿過蠟紫鵑道這是奶奶們吩咐教預備下的不知過會子回來還要寫字為什麼呢寶玉道二更天了回來不睡覺還要寫字他們也太高興了鶯兒道誰都像你呢我日家受老爺的氣總相念書寫字寶玉笑道你懂得什麼也來混說來了給我登衣裳罷說着便摘去金冠脫衣解帶只聽嘲喇一聲從懷裏弔下一個荷包兒來紫鵑忙拾了起來問道這是什麼寶玉喫了一驚忙接來看了一看幸喜並無傷損放在桌上拉了靴子鶯兒登了新衣將鞋襪送來寶玉打開睡兒和

紫鵑鶯兒一齊觀看紫鵑道這是什麼東西顏色嬌的這樣好看寶玉道這是外國出的一種鮫綃比軟烟羅還強百倍是馮紫英送的明兒到了夏天給你們做小衣穿好不好鶯兒笑道我先不穿他亮悅上的只聽晴雯在炕上一輄轉翻了起來道什麼東西你們大家圍着看也不叫我一聲兒說着走到跟前劈手連匣兒奪了過去取出鮫綃帳來一并劃喇的扑了一地寶玉着忙忙用手摟了起來放在炕上晴雯道這是什麼東西這樣些大寶玉道是一副帳

子晴雯道我當是什麼呢總是一副帳子那麼些可就要給鶯兒作褲子穿呢早知道是這個白躭擱了我的磕睡了宝玉道這件東西抖開就不好登了你們把金釧兒叫起來你們瞧炕上現成的架子偺們就把他掛起來罷晴雯听了便將金釧兒扡了一下打了起來於是四個人拉住四边的帳角兒比齊了宝玉便替他們搬了四張椅子放在四崎角四個人端着椅子登時將一副鮫綃帳掛了起來不大不小剛七合式宝玉站在地下仔細端相了會子不勝大

喜忙用帳鈎將帳簾鈎起便命在東邊鋪了他三人的被褥西边放了一張小炕棹兒擺了文房四寶點了一支蠟燭自已靠着枕頭坐了隨便取了一本書閱看晴雯在旁笑道二爺今兒有了新帳子不知今兒晚上該和那位奶奶試新呢宝玉听了忙放下書笑道你們又眼熱了趁這會子奶奶們沒來呢你們誰願意試新的早些兒說罷了晴雯笑道今兒該鶯兒的班兒了鶯兒听了着急道我不奶奶們來了可是個什麼意思呢晴雯听了忙向金釧兒丟了個眼

好那裏在這上頭計算呢你明兒高興了做了大官
的狩候扣哥哥提扳提扳就有了宝玉听了不好再
辞便深深的倖了個揖謝过了接过來連匣兒揣在
懷內此時已有二更天氣馬紫英道偺們令也完了
酒也勾了早些兒散散也讓甄大兄弟和新娘子多
說匕話兒罷眾人听了俱各起身告辞甄宝玉每
人敬了一六海子酒這總送了出來宝玉將将玉遞
拉在一边附耳低言又咕噥了會子这總坐車的坐
車騎馬的騎馬各自回家而去未知宝玉到家又有

何事且听下回分解

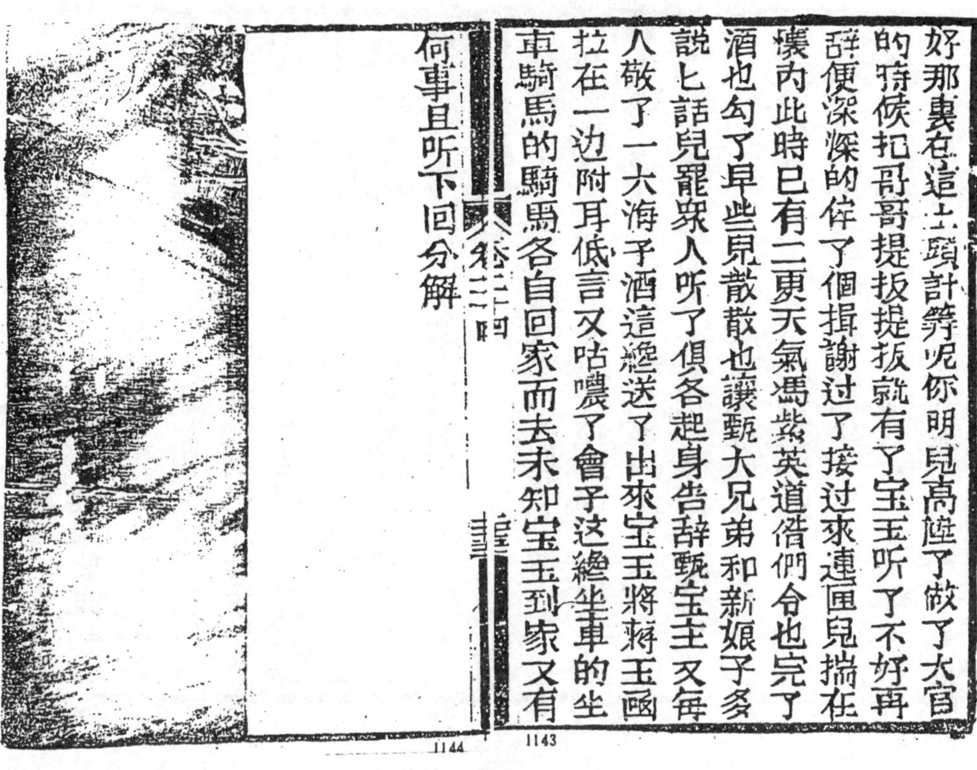

續紅樓夢卷二十五

盗閨誅戲和石頭詩

話說賈宝玉自甄宝玉家赴席
馬先到王夫人上房來刚上了
了出來撩着簾子低聲告道老爺
下了太太還在老太太上房裏還沒下來呢宝玉听
了忙趄回身去又往賈母上房來刚走至門口只見
寶致向他搖手兒見兄弟媳婦嫡哥見媳婦都在
這裏呢你就不用進來了宝玉听了笑道好兩下裏
都碰了釘子了只聽賈母在內間道宝玉回來了麼
宝玉在院子裏答道回來了只聽賈母又道這裏有
你兄弟媳婦在兒媳婦呢你就回去睡覺去罷也不
用等着見你太大了宝玉在院子裏忙答應了一個
是便又回身走出往大觀園來到了怡紅院的月門
只見門兒半掩輕輕的推開走了進去只見屋裏點
着燈燭晴雯金釧兒二人和衣兒在炕上睡着紫鵑
菖覺在槕子兩邊對坐着擺弄紙筆墨視視宝玉見了
笑道你們倆人又不會寫字可擺弄這個做什麼呢

佳人共悲歡離合真如戲佳人來只剩了一鈎羅襪一弓難眾人聽了也都一齐讚好薛蟠道他說的怎麼又不和你們的一樣呢馮紫英道他說的是他各人的實事薛蟠道這個使得嗎甄寶玉道怎麼使不得呢薛蟠道既然便得我也就說我的實事了眾人道這個使得你快說罷薛蟠便先咳嗽了一聲打掃爭了嗓子說道佳人死房中丟下個小孩子眾人聽了笑道這也狠是的就這樣說罷薛蟠又道佳人生依舊嫌我是個楞頭青眾人又笑道這也不錯薛蟠

1139

又道佳人去丈母娘家找女婿馮紫英笑道這可是句什麼話呢薛蟠笑道你那裏知道你問我們表弟寶玉聽了便將甄士隱送封氏來京的話告訴了眾人甄寶玉道這也與去字無相干涉薛蟠道你們絕說只要押韻就是了怎麼又混挑眼見來了呢馮紫英笑道就是了你說底下的罷薛蟠道佳人來說了薛蟠自己也笑道這兩個月的經水又沒見他來眾人聽了大笑道這是句什麼話呢我們真不懂了薛蟠揚著臉笑道我實告訴你們罷又有了孕了又要

1140

給你們養個小旦兒呢眾人听了又都大笑起來正然歡笑只見馮紫英的小廝手裏拿着個拜匣兒走了進來薛蟠笑道怎麼馮大哥明兒就还席麼請帖兒可就來了馮紫英道這是我總說送宝兄弟的鮫綃帳你怎麼認成請帖兒了呢好沒見識薛蟠道這副帳子倒底多大兒怎麼就裝在拜匣兒裏了馮紫英道大着呢非離了令表弟家大觀園的房子別處还沒這麼大的地方兒掛他呢薛蟠听了就要打開看馮紫英道揭開匣蓋兒看看罷打開了就登

1141

不成这個原樣兒了薛蟠听了果然一齐看時只見顏色嬌嫩輕軟無比真乃希世之宝看罷仍舊蓋好馮紫英双手遞與宝玉道这件東西是哥哥攤了大價兒得的去年尊翁老人家也見过的是個窮嫌富不愛的貨兒放了好幾年總賣不上價兒也沒出主顧求这時候哥哥也不等这宗錢使喚了我听見老弟台大小八位正配掛这個帳子不如送了你罷宝玉听了連忙遜謝道大哥这樣無價之宝小弟何敢居然白受馮紫英笑道弟兄們相

1142

然覺得時光有限了說的眾人又都笑了馮紫英道寶兒弟我的意思偺們仍舊行那年在我家行的那個令兒好不好那年說的是女兒如今改做佳人那年說的是悲喜愁樂如今改做生死夫來你道何如寶玉听了笑道既是大哥你高與小弟遵命就是了甄寶玉听了便追問那年的女兒令念樣說法蔣玉函便代為述說了一遍甄寶玉听了大喜忙將五人的筷子各取一支損在棹上以定先後次序乃是賈

卷二十四　三三

寶玉第一、甄寶玉第二馮紫英第三蔣玉函第四薛蟠第五薛蟠听了皺眉道又鬧酒令兒來了不用籌我的醜那年還沒丟勾你們只是這傢刁难我我明兒再也不和你們在一堆兒喝酒了馮紫英笑道你那年說的就狠好這個說酒令兒也無非是說說笑笑散酒的意思难道定要七篇文章八篇論嗎況且琪官他也要說呢难道他肚裏也有五車書么甄寶玉道我們別管薛大哥他說得上來說不上來如果說不上來罰他三大觥酒就完了薛蟠听了無奈只得道是了小爷我實在怕了你們了甄寶玉笑道

既然如此寶二哥你就先說罷寶玉笑道偺們先說過酒是各消門面說不上來的另罰三大海子說畢便將自已的酒端了起來一氣飲乾乃說道佳人死香消玉滅魂飄矣佳人生花又重開月又明佳人去芳魂一點歸何處佳人來都喜珠從合浦回眾人聽了齊聲讚好薛蟠道他說的都是些什麼甄寶玉道這都是眼前的寫事馮紫英道我這個令兒原是要說寫事的說着繞有趣兒呢甄兄弟該你了說遲了是要罰的甄寶玉聽了也將門杯喫乾了道佳人死

卷二十四　三四

仙郎寂覽空聞裏佳人生依舊花前締舊盟佳人去斷送楊花無氣力佳人來一朵芙蓉並蒂開眾人聽了也都贊好薛蟠也跟着點點頭兒甄寶玉道馮大哥該你了馮紫英也端起酒來一氣飲乾說道佳人死窮通天壽原如此佳人生積善之家福自增佳人去天涯海角難尋覓佳人來乍見雲鬟金鳳釵乘人道這也好極了薛蟠翻着白睍道是了我這繞明白了琪官快說罷蔣玉函便也端起酒來告了乾說道佳人死活活坑了多情子佳人生天涯咫尺不相逢

連忙將筷子擱在酒杯上道暫且告便說罷出席竟到後院去了蔣玉函見了便也隨了出去薛蟠楞楞怔怔站起來也要跟了去早被馮紫英一把按住且說宝玉正在後院小解忽听身後有人走的腳步响回頭一看見是蔣玉函忙掖起衣裳笑道你也小解么蔣玉函低声道適纔席上不便細陳隱曲自從二爺去後小的無意中娶親實不知是二爺房裏的舊人後悔不及前日聞得二爺回府也就愧悔莫當半夜投縊自縊小的不但無顏見二爺的金面抑且落

了個人財兩空說着就流下淚來寶玉道你不必傷心這個人我已經把他救活了但他原是我的舊人未便仍歸於你我另替你娶一房妻子也就是了我想你也常在我們家唱戲我們女班子裏有個芳官藕官你也是見过的就把他兩個都給你何如蔣玉函听了連忙打了個千兒道謝謝二爺忙將腰間所繫的茜香羅汗巾解了下來遞與宝玉道這原是小的當日孝敬二爺的東西前日忽又陪嫁过來今仍完璧歸趙惟求二爺賞臉寶玉笑着接來忙將自己

繫的一條玉色洋縐舊汗巾解下來兩相兌換宝玉笑道偺們过去罷仔細薛大哥又來胡開說罷二人依舊走了过來眾人一見都站起來讓坐馮紫英向宝玉笑道寶兄弟我方纔所見令表兄告訴我說你如今房裏大小是八位了實在可敬可賀甄寶玉笑道我說句話寶二哥可別計較這正應了俗語說的狗攮八堆屎是也說的眾人都笑了馮紫英道論起來大小八位却也不足爲奇我還听見說兩位闊君同在一個房裏六位如君又是同在一個房裏這

實在是件獨得之奇我有件東西正配你使用等我教人取來你先瞧瞧小廝呢过來你快回去和奶奶說把那副鮫綃帳連匣兒拿來小廝答應自去不提這裏甄寶玉便命人斟熱酒來寶二哥我想偺們行個什么酒令兒總好寶玉道酒已多了不如喝會子茶早些兒散罷老弟台新婚應該早些兒安歇總是我們在此只是打攪殊覺不安甄寶玉笑道此時不过絕有定更時忽早得狠呢小弟不过只當一個人的差使還不致貽誤二哥你當着八個人的差使自

且喜事到了次日賈府上請的是女眷会親甄府上請的是男客起席俱是彩觴到了晚上散然了戲文甄宝玉欲教蔣玉函見賈寶玉所以又留下馮紫英和薛蟠於客散後在內誇揚小旦賈寶玉與蔣玉函相見蔣玉函總跪了下去賈寶玉便復手攙了起來名道契濶欢若平生然而各有隱曲四目相視大难爲情又散坐着喫了会子茶茶罷此時正值皓月當空天氣和暖甄寶玉乃命人將一張圓圓棹子

〔1127〕

放在天井內棹上擺了一個攅盒兒賓主五人圓圓列坐蔣玉函提壺每人面前斟了一杯然後謝了坐坐在下首酒过了三巡蔣玉函又站起來向賈寶玉笑道二爺小的開台駕回府久欲造府叩見總因上年老大人盛怒二爺爲小的受了委屈所以不敢輕舉妄動今幸在此處再仰丰仪小的無以爲賀願于奉一杯以伸積悃宝玉听了忙將自巳的杯兒端了起來一口飲乾遞了过來甄宝玉忙道你既要敬宝二爺酒就該彈起琵琶來唱個小曲見總是那裡有單敬酒的理見蔣玉函听了總要去取琵琶只听薛

〔1128〕

蟠道又開什么曲兒哼哼唧唧的不如教他敬寶兄弟一個皮杯兒豈不剪絕些兒呢馮紫英哈哈的笑道薛老大你真是個大草包宝兄弟是你的表弟又是你的妹夫你怎么說出這個話來了你說該罰不該罰薛蟠听了自巳打嘴道該打該打拿琵琶來我替他彈教他學檔子上的孩子們在地下扭捏着唱個馬頭調兒我們也看他個手眼身法兒何如眾人听了都說使得蔣玉函听了只得拿了個手帕先走了個身式向宝玉飛了個眼兒唱道

〔1129〕

冤家冤家你真膽大跟隨了僧道竟去出家大荒山虧了仙師親点化太虛境留下了一段風流話　驀地归來燥壞了我們的那個他瞎技緩三更半夜在床頭掛恨起來恨不能一口涼水把你圇圇吞下眾人听了一齊大笑道咱的好恰當切題宝兄弟這可該喝一鍾了宝玉听了忙將杯子遞了过去蔣玉函滿斟了一杯寶玉接來一氣飲干雖然同眾欢笑細听曲中言語不覺感慨心中一動不覺酒上心來

〔1130〕

了黄昏時候一同坐車到城隍庙叩見林公夫婦補
公賈夫人不勝欢喜賈母也十分喜悅便商量建盖
房舍擇日遷居宝玉又將襲人之事禀知了賈母盤
柩半夜始各归家到了次日宝玉嘗着賈政告訴王
夫人說稱賈母之命說紫鵑晴雯業已收房釵黛房
中每人再買婢一個跟隨使令絕好王夫人便道目
下家中那有餘項既是老太太吩咐的你就錢你兩
個媳婦自巳拿出幾兩銀子來罷賈政笑道老太太
疼他們也太疼的过餘了有他們四個人通融使唤

遍就罢了既是要另買了頭你這個說的也狠公道
想來兩個媳婦自巳也还買得起只是別爲這件事
當當就是了寶玉連忙又答應了幾個是於是瞞着
賈政只說買了頭擇了個好日子和花自芳柳家的
言明兩家俱皆樂從將襲人柳五兒乃舊送了進來
謂之遍了房頭各位又在墻釧鵑鸳之下於是寶玉
心滿意足因新春过年自巳做了一副對联寫了貼
在小套間的門上道

黛展雯開爭看柳明花媚

釵橫釧褪莫敎鴛妬鵑嗁

新正上元拜年賀節的這些節目不須多贅光陰沈
速不知不覺巳到二月賈政王夫人便先與范學二
趙堂官兩家送过了捕藏的礼物寶玉叫了賈芸置
薔來每人給了幾兩銀子令其坟拾房屋迎娶小紅
齡官爲妻二人俱各喜出望外感謝不巳又和尤氏
將萬見要了过來配了焙茗到了二月十二日这一
日又是林黛玉的生日又與賈环賈蘭娶親荣禧堂
攀灯結彩好不甚鬧先一日晚上便接了賈母賈夫

人來家依舊住在賈母的上房又接了薛姨媽香菱
岫烟宝琴史湘雲迎春探春巧姐等都先到大观园
各處裏遊玩了一同人有善念天必從之誰知那年
怡紅院已萎復開的那株海棠後來知爲不祥王夫
人於賈母没後卽命人茇去誰知今春經了雨露又
復重榮數日之間竟高有五尺都發了枝葉長出花
咕嘟來衆人見了無不欢喜以爲祥瑞之徵是夜寅
時吉期將范趙兩家的小姐娶过門來其間執鳥尊
雁合卺交杯的这些三礼節無庸瑣叙因賈甄兩府同

太太那边去見個面見也免得老人家懸着心宝玉听了便命鴛鴦催了飯來喫畢換了衣帽便到王夫人上房來誰知賈政此時已經下了衙門用過了早飯偶同王夫人對坐閒談一見宝玉進來便道你這如今怎麼越發起的遲了蒙万歲爺的天恩賞了你翰林侍講的職銜就告上半年的假眼看假也滿了就須出去當差狠該每日早些兒起來將舊日讀过的經史逐一温習起來万一召見問起什麼來奏對可不致錯謬這些要緊的節目全不留心成日家只以見不得人的些事兒爲務豈不辜負了上天栽培造就之恩麼卽如今兒早起万歲爺的天恩引見你史大妹夫考問經史應對如流天顏大悅也賞了翰林修撰的職銜賜名林成玉我着那個孩子狠有出息比你强多了就是巧姐的女壻那個孩子也比你强前兒我畧畧試探了試探他肚裏竟比你博宝玉听了不敢家辦不住的只是答應是王夫人起初見賈政回來惟恐悲問及宝玉不好回答正在懷着鬼胎忽見宝玉從門外進來這一喜非同小可就知是

也已經还了魂因當着賈政不敢問他什麼別的話今見賈政教訓他又怕宝玉答應錯了話賈政生氣忙向宝玉道你史大妹夫賞了職銜你也該去給雲妹妹道道喜他們是奉旨給你姑老爺承嗣的人你晚土也到廟裏給你姑老爺姑太太道喜請老太大的安看老太太有什麼吩咐的沒有你就去罷人家有喜慶事我們去遲了怪不像的宝玉听了連忙答應了一個是賈政道坐了車去不許滿街上乱跑馬帶老成妥當人跟着宝玉聽了就像放了赦的一般連忙又答應了幾個是恭恭敬敬的退了出來更換了衣服自去坐車到史湘云家道喜不提且說王夫人見宝玉去了便教玉釧見去請奶奶們來商量辦幾樣現成的礼物與史湘雲送去賀喜賈政見請媳婦們來便自向書房去了不多一時李紈錢黛等都來了王夫人先問明了宝玉還魂的原委又知襲人也还了魂現在花自芳家心中自是歡喜又大家商量着打點凑了些現成的礼物差人給湘云送了去湘云便留宝玉喫了晚飯同他女壻林成玉到

一驚不小急忙擁被坐起滿床上乱抓衣裳那裡有
衣裳的個影兒着了急向宝釵黛玉笑道好個二位
奶奶怎麽和我這樣的頑兒起來了我明兒在二位
奶奶跟前也没大没小的賤起臉來二位奶奶可就
不用惱釵黛二人听了正欲告訴他原委只見宝玉
也揉了揉眼睛醒了過來瞧見這般光景早已心下
明白就知是誰和睛雯頑呢又見衆人都在面前嘻
嘻的笑便順手兒仍舊把睛雯搬倒便欲翻上身來
急的睛雯乱推乱搡宝釵見了一面笑着一面命鶯

1115

見紫鵑快取他二人的衣裳來正說時只見金釧兒
笑嘻嘻的從外間抱進一抱子衣裳來放在帳子裏
宝釵仍將帳簾替他們放下來道你們快争罷只怕
遍會子太太要來的遂又申飭紫鵑鶯兒金釧兒道
我們只一會兒不在這裏你們就生出故典兒來了
雖說是和睛雯嗽着頑見怪冷的天氣难道也不怕
把他們兩個凍着了麽鶯見紫鵑听了不敢言語金
釧兒笑道我們原是要請二位奶好笑一笑的意思
至於纔剛見的那個樣兒我們那一遭見又没見过

1116

呢正說時只見睛雯穿的齊齊備備的從帳子內走
了出來要撕打金釧兒黛玉忙攔住道睛雯姐姐你
这會子且不用和他開偺們且說偺們的正經事罷
等明兒天氣和暖了你們照樣兒还他個礼也就是
了你且說你到了太虛幻境是怎么樣的來睛雯听
了便將頑笑之事丟開遂將到了太虛先在薄命司
我着了宝玉袭人然後同去見了警幻的一切情事
並秦鍾智能兒送袭人的魂到花自芳家去的話從
頭至尾的細述了一遍釵黛二人听了不勝歡喜正

1117

欲差人禀知王夫人只見宝玉也穿了衣裳從帳子
裏走了出來便嚷肚裏好饿宝釵埋怨道你這個脾
性見總不能改就是為袭人這件事也該好好的商
量為什么嚇人道怪的教太太又受了一番驚恐這
可是怎么說呢宝玉道像這件事你們既知無碍也
就不該告訴太太知道絕是呢黛玉道家裏這些二人
口縫得住誰的嘴呢要不是我們兩人親自過去把
这原原委委細細的告訴了太太只怕這会子連老
爷也知道了俟我說你就快喫飯罷親自過

1118

了紫鵑又道二位奶奶要不依了呢金釧兒道我想二位奶奶也沒什麼不依的就羨他們不依了不過是罵兩句子还怕罵弔了誰的翎毛兒麼紫鵑道怪冷的天氣二爺受了凉可不是頑的金釧兒道罷喲姐姐你也太小心了你就記不得那一天晚上那麼樣冷的天氣二爺精光的睡了半夜也沒有凉着呢他這如今已在大荒山得了道的身子你还當是從前的二爺麼此時鶯兒早已心怔了便不由紫鵑做主乃和金釧兒二人輕輕的揭起帳簾先打開

《卷二十四》

了被窩安好了枕頭然後嘻嘻的笑着將他二人一個一個的抱了起來將上下的衣服一件一件的脫剝干淨重新放倒枕上一個枕頭蓋上一床錦被臉對着臉兒安置停妥仍舊放下帳簾紫鵑在旁看的也笑了又怕天氣嚴寒火盆裏多多的添起炭來剛然收拾完畢只見宝釵黛玉從外邊走了進來三人見了一齊迎了出去宝釵問道你們也聽了听帳子裏也有個什麼動靜兒沒有金釧兒忙答道我們聽了裡頭並没有什麼動靜兒鶯兒看又像忍不住的要

笑忙用手帕子握着嘴唔着跑了釵黛二人不解其意宝釵道怎麼這個金釧兒總是這樣孩子氣呢黛玉道他在太虛幻境成日家就是這個樣兒說着二人走到裏間一看只見一大盆炭火紅熖騰騰黛玉道房裏又不大籠下這一大盆火也不怕烟氣薰着了人我們只剛走了你們的新樣兒就上來了鶯兒紫鵑不敢答言只是抿着嘴兒笑宝釵道等我瞧瞧他們只怕這會子也該有了動靜兒了鶯兒听了早笑的不得活了黛玉道鶯兒你怎麼也跟着金釧兒

《卷二十四》

辛的傻笑起來了还未盡只見宝釵手揭着帳簾笑道噯喲喲这是怎麼了顰兒你快瞧來黛玉聽了忙也走來一看便笑的登了氣握着胸口道怪道金釧兒和鶯兒鬼鬼祟祟的只是笑道必是他們倆人悄悄兒的幹下的勾當回頭看時只見金釧兒鶯兒早笑的動彈不得了釵黛二人正要數落他們只聽宝玉打了個哈息急忙看時又見晴雯一伸懶腰手足並伸把錦被兒全登開了露出那上下雪白的肌膚來招的釵黛二人大笑起來晴雯醒了過來奧這

幻妙玉又問了會子黛玉迎春鳳姐香菱諸人回生
後的光景便催他們起身回去宝玉等尚戀戀不拾
只得酒淚而別警幻妙姑都送至牌坊那边囑咐道
你們此後想來狂逛時只管往我給暄卿的那副册
頁上查看自有妙用宝玉等聽了尚欲請問只聽警
幻口中念念有詞喝聲起去他三人便覺足不沾地
隨風而飄剛出了太虛境外但見天光悵淡忽見前
兩來了兩個人仔細着時都是秦鐘和智能見宝玉
見了忙問道你們倆人從那裏求的秦鐘道早上林

姑娘差焙茗到廟裏焚化了禀啟姑老爺差我們倆
人先到地府去投文又怕二叔和兩位姐姐又到地
府去所以又教我們投了文從大虛路上迎了來宝
宝玉聽了不勝大喜忙道你們夫婦兩個來的狠好
就煩你們二位將襲人姐姐的魂送到他哥哥花自
芳家去襲人聽了便和宝玉灑淚分手跟了秦鐘智
能見分路而去這裏宝玉拉了睛雯的手緩緩而歸
暫且不表再說宝釵黛玉二人正在牕前對奕忽見
玉釧見走來告訴道太太請二位奶奶說話釵黛二

人聽了只得要去忙喚出金釧兒紫鵑鴛兒來囑咐
道你們三人就在這裏小心看着不許胡吵亂鬧不
許閒雜人進來大約不過再兩個時辰也就該還得
魂了說畢雙雙的隨了玉釧兒去了這裏鴛兒紫鵑
二人坐在牕下下起棋來金釧兒聰了個空見悄悄
的揭開帳簾一看只見宝玉睛雯二人爛睡沉鼾推
之不動就和死人一般忽然心生一計忙走到牕兒
紫鵑跟前笑道姐姐們你們雕前只晚上二爺到牕
們星裏的時候睛雯這個晄子把牕們三人擺佈了

一個倒地見我想着們今兒也報他個仇兒解解恨
也是好的鴛兒笑道你有個什麽報仇的法見你且
說說金釧兒笑道我想趁着奶奶們不在這裏偺們
把二爺和睛雯的衣裳都着他們脫的干干淨淨蓋
上一床被窩枕上二個枕頭再把他們的衣裳都藏
過過會子他們还了魂摸不着衣裳干急不能起來
偺們大家雕着笑一陣子這不報了仇了麽紫鵑聽
了忙道快別胡鬧倘或二爺还了魂不依了呢金釧
見笑道嗳喲二爺还有什麽不依的呢只怕怪樂罷

姑怎麼不先到仙姑處求見為何私來此地偷翻朋子倘被日遊神查出奏聞了上帝取罪不小你那裏知道利害你們还不快跟了我來呢宝玉等三人聽了一齊都随了妙姑來至警幻的前殿早見警幻春風滿面的走了出來笑道宝公你又作什麼來了宝玉道弟予凡愚又有一段情緣求仙姑慈悲成就警幻笑道我竟成了你的一個總撮合山了你該怎麼謝我緫是宝玉哭道高厚難酬俟有朝夕焚香虔誠叩拜而已嬌雯襲人二人也過來拜見了警幻分賓主坐定襲人向警幻流淚道弟子下界尸愚愿求仙姑收留門下跟随妙師父焚修懺解終身的夙孽警幻笑道賢妹你莫要灰心大凡婦女生於世間貞淫邪正都有個一定之數非人力所能勉強你難道方緫没看見你那副册頁上寫的还不明白麼襲人又向宝玉流淚道二爺你捨了我罷實在我也没臉見回家見人了你讓我跟着妙師父做個徒弟罷宝玉未及回答晴雯笑道罷喲姐姐你不用撇清了我劝你老着臉見向去罷家裡二位奶奶已經和太太兩早上奶奶們打發焙茗去告訴你哥哥教把你的尸首領回家去兩下裏遞了和息將來就說給太奶奶們買了頭只騙着老爺一個人見拿轎子把你原償擡回家去就完了一天的大事了妙姑聽了笑道襲姑娘你也不要太膠柱鼓瑟了你聽晴姑娘說的這樣直捷痛快你竟依了他罷你們都是些有福的人所以上天緫有這些栽培像我這没福的人只好在這裏苦志修行罷了說的襲人低下頭去這緫不言語了宝玉向妙姑笑道妙師父你是自己不愛享福罷了你如果願意享福偕們立刻就享起福來何難之有妙姑聽了不覺紅了臉秋水盈盈怒目而視嚇得宝玉伸出舌來牛晌收不回去警幻笑道你們不用饒舌了徒弟們取仙酒仙丹來每人奉敬你們一杯趁早見打發你們回去緫是免得你們家裡懸心掛由着宝公的性兒巴不得遠我也下凡去享福緫是他心裏的事呢說的眾人都笑了只見仙女送上仙丹仙酒來警幻每人手奉了一杯各將丹藥送下警

可教我綽呼他個什么兒呢要說教我稱呼他宝玉奶乜這可又太幻不着的呢連我也不敢做如此的妄想何况他呢說着又弩着襲人嘻乜的笑鬧的宝玉悞了法兒只得又將襲人攬在怀内笑道好姐乜你再不用哭了你們倆人素日原是相好彼此頑慣了的這是他和你嗷着頑兒呢你怎么就認起真來了襲人听了越發揑着臉大哭起來晴雯見了便擠了過來挨着襲人坐下把他的頭攬在怀内將臉上握的手帕子拉了下來笑道嗳哟怪道二爷見了捨

1099　卷二十四　三

不得呢原來模樣兒越發比先出息的俊了你瞧乜臉兒越發白了眉毛兒越發濟了眼睛兒越發水冷冷兒的了嘴兒越發小了嗳我的姐乜偺們倆人一二年沒見的了也該親親熱熱說着便將自己的臉偎在襲人的臉上嘴也偎在襲人的嘴上嗚的襲人哭也不是笑也不是只得罵道涎臉的小蹄子我知道我今兒要死到你手裏呢晴雯又故意的笑着拿手帕子擦嘴道嗳哟乜了不得了我只顧和姐乜親熱竟忘了姐乜的嘴是和蔣家姐夫親熱過的二爷

1100

你可別許較我冒失了急的宝玉躁腳道人家哭成這個樣兒怎么你越說越來了呢襲人發恨道我的小娘我的小祖太太我真可怕了你了背後趣裏沒外人的時候任憑你怎么遭蹋我我都情願受你的只要你當着人給我留点分兒我就沾了你個大恩了晴雯笑道這也狠容易罷了你只又開腿讓我摸一摸要还是當日的原樣兒我就嘗着人再不說你什么了襲人听了呸的啐了他一口招的宝玉哈乜大笑起來正然說笑時忽見外面進來了一個人問

1101　卷二十四　四

道什么人在這裏混笑仙姑命我拿你們來了眾人喫了一驚仔細一看不是別人正是妙玉宝玉等見了連忙站了起來一齊問好妙姑答礼畢咲道宝二爷你本是讀書明礼的人此乃天仙福地你們如今乃是下界的凡人並不先來通知擅自私行出入這也不成個道理宝玉未及回答晴雯先笑道我們也是看了仙姑的册貢來的並非私行出入可見你這如爷不是我們家的人了怎么說出這樣生分話來可呢妙姑道並不是我說話生分你們既然來我仙

1102

續紅樓夢卷二十四

蒋玉函璧返茜香羅　馮紫英芹献鮫綃帳

話說宝玉襲人二人的魂魄正在薄命司叙說舊情，忽被晴雯的魂魄當頭一喝，二人俱各喫一大驚。襲人一攛頭見是晴雯，羞得無地自容，便欲走避。宝玉忙一把拉住了晴雯，笑道：你又作什么來了？晴雯笑道：我是奉二位奶奶之命，特特的捉拿逃犯來了。宝玉道：你是多早晩見到的，我們怎麼總没瞧見你呢？晴雯道：就是蒋奶奶給你攬嬌兒的那個時候我就到了的，你的兩支眼睛單照應蒋奶奶，还照應不過來，那裏还有工夫瞧見我呢。宝玉笑道：罷咧，你再別這樣說了，你們姊妹倆當目也就狙相好來着，况且一二年都沒見面，見了狠該親熱繞，是又說上這些沒要緊兒的話做什麼呢？晴雯道：你可問你們那個蒋奶奶嗎，他為什麼不說我們那個晴雯妹予我有一二年沒見他，我心裏怪想他的，這出是一句有人心的話罷，為什麼一張口就說我的嘴和刀子一樣，是我在背後地裏殺過誰嗎，太太當目罵我，說我如妖精狐狸似的，恐怕把二爺引誘壞了，這不是偺們三人都在這裏呢，你只教他當着薄命司的菩薩給去起個誓，看是那個沒臉的蹄子開天關地把二爺引誘壞了的，把他就正經的唦，成日家狐媚魘道的，把太太詭弄轉了，情願把自巳的月錢分出二兩銀子來給他，好個喫二兩銀子的人兒，俗語見說的好，若要人不知除非巳莫爲，既怕我的嘴和刀子一樣，當日就不該嫁人，那怕老爺太太不依呢，一頭撞死在太湖石上，同我們一塊兒到這裏來，倒底也落個乾凈的名兒，這會子回了生，除了二位奶奶誰还敢搶你的先兒呢，那會子可怕死，這會子聽見二爺回來了，可又淚的上了弔了，我問你你這一死就算總沒跟着琪官睑過的了，咦蒋奶奶倒底也說句話兒呀，怎麼只是拿手帕子握着臉，難道你這會子还裝新媳婦兒害羞不成麼。宝玉聽了着了急，忙將晴雯攬在懷內央告道：好姐姐你再別說了，你給我留點臉兒罷，怎麼艖艖自己只是叫蒋奶奶呢。晴雯見宝玉着了急，又故意的笑道：他家現姓蒋

禍誰知公子無緣運也是個定數教你既然捨不得我
你們同去求一求警幻仙姑教他救你回生我再和
寶姐姐林妹妹商量一個法兒把你仍舊弄回家求
也就是了襲人道我的爺我這如今巳是失了節的
人還有什么臉見回去見人呢寶玉道你原是老爺
太太遞着教你嫁人的並不是你自己不長進這又
怕什么呢且你這如今拼得一死也就可以功过
相抵了襲人道老爺太太是恩伺天地想來也沒有
什么說的就是二位奶奶迤都是大家子的千金小

如自然也是寬宏大量的就只是晴雯這個小蹄子
嘴和刀子一般我這一回去在他舌根底下再也翻
不起身來的了睛雯在楊後蹲着听到這裏一帖轆
站起來指着襲人道婆婆嘟嘟蔣奶奶你怎么說了一
大堆兒仔見尋到我身上來了二八喫了一京只
見睛雯指著襲人的臉道难道為你臉上不好過把
我的賞拿針線縫起來不成再不然除非是我這会
子也嫁了人也和你一樣了你可就沒的說了咱的
了蔣奶奶你嘴裏俱肯積点陰功兒你也斷不至於

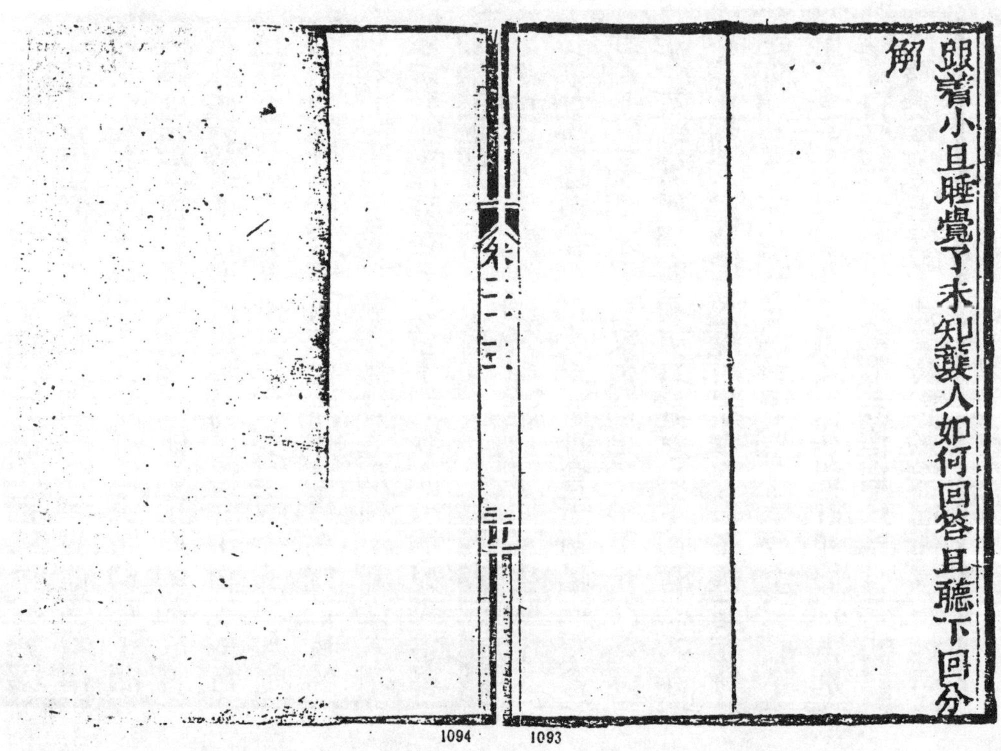

卿　跟着小且睡覺了未知襲人如何回答且聽下回分

1087

氣逃嘍老天爺怎么又閙出那五兒來了這可教我真也沒了法兒了你們倆人都是我的外甥女見我只把宝玉交給你們就是了隨你們怎么樣就怎么樣罷說着只見老婆子送進尋夢香來王夫人接來與了一雖仍目遞與黛玉道任憑你們怎么閙去罷我也不管了說畢坐着與了杯茶径自去了这裏釵黛二人便叫过晴雯來和他商量睛雯本是好動不好静的人听見命他到太虛幻境追起襲人的魂魄心中大喜連忙更換了新衣黛玉命他睡在宝玉的

《卷二十三》

1088

旁边点起尋夢香來插於枕畔晴雯便竟耳内風響栩然脫去他的那一灵真性早已出壳这裏宝釵黛玉二人將帳簾放下吩咐金釧兒紫鵑鶯兒等不許逈着黛玉又寫了一張禀啟命老婆子轉交焙茗即刻馳赴城隍庙焚化一切辦理要當他二人便在胭下对奕不提且說晴雯的一灵真性出了大觀園耳内只听呼匕的風響竟得自己的身子飘匕然虛如無物約有頓飯之時忽竟眼界光明只見兩座牌坊高插云漢仔細聽了雖眼然就是太虛幻境不由的

1089

滿心欢喜暗想道我們離了这個地方將及半年時常作夢怎么總夢不見呢這個尋夢香果眞奇妙你看那不是元妃娘娘住的赤霞宫这不是林姑娘的絳珠宫那不是警幻仙姑的宫殿还是当日的舊樣兒我如今先到警幻那裏見了他可就知道二爷和襲人的下落了想罢他便順着牌坊的大路緩緩而行飄走到薄命司的門前只見門兒半開半掩听了所似乎有人在內唧匕噥匕的說話彷彿宝玉的声音晴雯听了心中一動他便躡手潜踪的走了進去

《卷二十三》

1090

偷眼一望只見裏面橱櫃旁边放着一張罗漢榻匕上偎傍着兩個人仔細看去正是宝玉和襲人晴雯見了忙向黑處一閃輕匕的繞到罗漢榻的背後蹲在地下衡耳細听只听襲人哭道我的狠心的小爷你就是為林姑娘出家你也該告訴我們一声見老爷太太但要知道你後來还要回來也断不肯打發我出去的我這會子已經活的没了趣兒了你又赶來做什么兒宝玉道姐姐你也不必傷心了一飲一啄莫非前定你絕没看那冊子上的詩娶羨優俗有

《卷二十三》

討雨支罈菱香來我想就差睛雯去也罷了宝釵遊
焙茗只怕說不明白等我給香菱寫個字兒去我想
再教焙茗告訴花自芳教他不用和將玉函打官司
了就教他把他妹子的尸首頂到他家去將來回了
生也免得將玉函退有後言黛玉道姐姐想的很是
你快教老婆子告訴焙茗早些兒去罷宝釵所了使
揑起筆來給香菱寫了一封書啓命老婆子轉遞與
焙茗此時焙茗正在紫禧堂背後一間小房子裏獨
坐听候呼喚心裏躭着好大的京恐听見老婆子將

1083

上項事說明遞給與香菱的書啓他這絕放了心便
騎了四馬飛行到花自芳家告知了前情花自芳自
是歡喜樂從又飛馬到薛嫣媽家投了香菱的箸子
香菱看了忙取了兩支罈菱香包封嚴密發付焙茗
依舊飛馬而回此時宝釵黛玉二人親自來至上房
將前項事休悄悄的都告訴了王夫人王夫人听了
喫這一京不小忙到怡紅院來看視只見他直挺挺
睚着叫之不應主夫人流淚道這都是我
的業障怎么就養了這么一個不懂事的冤家我這

1084

《卷二十三》

一條老命終久總要教他追了去呢宝釵劝道太太
不必着急絕剛見我們見警幻仙姑給的冊頁上寫
的明白原没什么妨礙的王夫人听了歎了口氣道
前見房裏收他們四個人你老爷就狠不喜歡道公
子又開起襲人來了這可將來教人又是怎么一個
辦法見呢已經嫁出去的人了重新又收回來誰家
有這個規矩呢宝釵笑道這件事只要太太肯施恩
瞞着老爷也就容易辦了王夫人道你們只管說出
你們的辦法見來我所听我這会子只我的兒子好

1085

可还有什么不施恩的呢宝玉所了也笑道既是太
太肯施恩我們就好說了前見睛雯他們四個人已
經是回过老爷收在房裏的人了我們也再没有還
把他們當成了丫頭使喚的道理這会于我們倆人連
個跟隨的丫頭也没有了將來襲人还魂之後八說
給我們倆人買了頭密性求太太施個全恩連柳五
兒一齊都叫了進來只瞞着老爷一個人兒不但我
們倆人有了使喚的丫頭我們也可就保得住他從
此以後再不害什么病了主夫人听了長出了一口

1086

爷和他排好揸了老爷的打所以他不敢來請安恐怕老爷知道了又連累二爷受氣他說襲人原是爲二爷回了家他自已愧悔的尋了死了他还說自從把襲人娶到他家他原不知道是二爷的人成親之後雖見他贈二爷的茜香羅總知道的成日家恨不能把襲人頂在頭上絕好那裏还肯折磨呢如今花自芳要和他打官司他也要求二爷替他做主兒剛然說到這裏只見宝玉身子晃了幾晃往後一仰咕咚栽倒在院子裏晴雯紫鵑二人在台階兒上站着

1079

看的明白連忙跑到跟前抽的抽挽的挽宝釵黛玉萬兒金釧兒在屋內波瓈牌中早都瞧見了一齊嚇得惊慌失色一齊走了出來鴛鴦見金釧兒二人連忙就跑上前去那紫鵑晴雯鴛鴦將宝玉抬了進來嚇得焙茗面目焦黃渾身打戰一見黛釵二人出來連忙跪倒磕頭哀告道二位奶奶千萬別要告訴太太說奴才把話說漏了把三爷唬暈了太太一知道奴才就不得活了黛玉見了便向老婆子道你告訴他不要教他害怕教他別在外頭声張也別走远了

1080

只在就近听候呼喚就是了老婆子忙去告訴了焙茗自去在外听候不提再說宝釵黛玉二人進來見晴雯等四人已將宝玉抬了放在床帳之內仔細瞧了瞧就和死人一般又像從前自鐵檻寺抬回來的樣子宝釵着忙向黛玉道你看看這個樣兒可又教人怎么處呢依我說早些兒告訴太太講王大夫來看一看絕好黛玉听了沉吟了会子道據我看來這又是失了魂的樣子必是他的魂跟了襲人的魂去了昨見夜裏他还說襲人的魂还要到太虛幻境去

1081

結案依我說偺們且把京幻前兒給的那個小冊頁兒取出來瞧瞧只怕那上頭有什么解救的法兒也不可知偺們且看了再告訴太太也不遲宝釵听了忙命紫鵑取了匣兒來遞與黛玉黛玉接來打開蓋取出那副冊頁來展開觀看不意形於色道姐姐你快瞧瞧來宝釵听了忙湊在跟前仔細看了一遍笑道既是這樣偺們何不就照樣兒行呢黛玉听了點點頭兒合上了冊頁仍舊收好向宝釵道姐姐你快教老婆子告訴焙茗教他到姨媽家和香菱姐姐

1082

心想不出個什么法兒不誰知道絕剛兒明明白白的處見襲人姐姐來了他告訴我說老爺太太生生的把他逼着嫁了人這会子他知道我回來了前思後想襖水難收萬無回來之理他哄着蔣玉函睡着了悄悄的自縊死了他的魂灵兒到了城隍廟姑老爺查看了冊子命他先到太虛幻境結了案再到地府討脫生去罷訴了好一會的委屈絕走了仔細想來他並没有辜負我的恩情倒是我斷送了他的性命了說着又大哭起來宝釵道怪道咋兒晚上呆呆

〈卷二十三〉

的原來是為这件事常言憂是心頭想你心裏挃着那件事所以總有这樣的怪憂纏繞來了宝玉道我原來做憂總是恍恍惚惚的再没像这一遭真的真士了黛玉笑道剛見我听見宝姐七說你那会子虛了虛意的举我的魂來入麥你怎么又没處見我又只見柳五兒了呢宝玉听了扭頭道人家心裏煩的什么似的你又拿这個謅嘔人家來了宝釵笑道我劝你好好兒的睡覺罢半夜三更的看仔細鬧的老爺太太知道了且等到明兒早起打發焙茗到紫檀

〈卷二十三〉

堡打听打听果真他死了你再哭也不遲倘或他没有死你这不是自閙嗎宝玉听了也無可奈何只得仍舊睡下釵黛二人也就陪着宝玉听了也顧不得登靴子背子不貪東方大亮宝玉正然要出去打發焙茗前去打听只听焙茗在院子裏問道二爺起來了没有奴才有話要回二爺呢宝釵見了忙向晴雯紫鵑二人陞拉着鞋就往外跑宝釵見了忙向晴雯紫鵑二人分了個嘴兒二人也就連忙跟了出來只見焙茗向宝玉稟道今兒一個黑五更兒花自芳就來尋奴才

〈卷二十三〉

的奴才稟知二爺說咋兒有三更以後蔣玉函親到他家告訴說他妹子三更天上了弔了花自芳就到他家看了一回見他妹子已經死的挺七兒的了就罵蔣玉函說把他妹子折磨死了蔣玉函說他因為所見宝玉二爺回了家他自己尋了死的花自芳不依在他家閙了一個烟霧沉天還要到縣裏去告呢教奴才替他求求二爺給他做個主兒絕好花自花閙去下蔣玉函就來求了他求求奴才稟知二爺說他听見二爺回來了早就想來請問求見的只是因为那年二

這個東西我聽着狠眼熱倒像見過的似的黛玉道
噯喲喲這上頭还寫的有字忙念道寶釵求美玉反
致失名花便許終完璧何能掩舊瑕寶釵听了恍然
大悟道哦是了這是龔人的東西我當目在他箱子
裏見過的黛玉道我也總沒問你這個龔人他倒底
嫁到那裏去了寶釵道我听見說是個什么戲班裏
唱且的黛玉听了笑道這是怎么說呢嫁了這么一
個高人但只是這個東西又怎么得到他手裏來呢
你瞧瞧這個字的筆蹟是他自已寫的這首詩也見

他自已做的寶釵笑道可不是呢據我想來這必是
襲人听見你們都回了生不知託什么人將這汗巾
子寄了來也是要想回家的意思這竟是一件不通
理的事兒如何行得呢你只細玩他這後兩句詩就
知道了黛玉歎了口氣道姐姐你當目也狠不該教
他出去來這會子倒教人瞧着心裏怪难过的寶釵
道老爷太大拿定了主意要教他出去他又是沒过
問路的人我可怎么說也教他守節呢黛玉听了笑
道罷了我們回生的早若再選些日子只怕連寶了

頭也都嫁了人了寶釵听了笑着便順手兒將黛玉
按倒要胳支他噯的黛玉央道姐姐七我再不致胡說
了偺們商量正經事罷這件事可倒底怎么處呢寶
釵道這件事你且莫忙且把這個汗巾藏过偺們也
都睡覺罷且看他是個什麼光景兒偺們再商量就
是了黛玉听了便將汗巾藏在書橱子抽屜裏寶釵
便叫出晴雯等四八來安排卧具諸寶玉來安寢只
見寶玉悶懨懨無精打彩的脫衣就枕並不似往常
間有說有笑的釵黛二八見他這般光景也不去招

攬他也都大家各自就寢睡到四更時分忽听寶玉
在夢中京醒大哭道襲人姐姐你等我一等見我和
你一塊去釵黛二八都哭了一驚連忙披衣坐起
点起燈來只見寶玉從被中爬起眼睛瞪的直勾勾
的寶釵問道你又怎么了寶玉呆了半晌哭道襲人
姐比死了這都是我害了他了黛玉道必定是你魘
往了做了什么怪慶撒魔怔呢寶玉道昨兒甄寶玉
回京帶了一條汗巾來他說路过紫檀堡因避風雪
誤到他家遇見了襲人的我見了汗巾正在這裏作

去年分鸞鏡今朝寄縞巾還將舊來意憐取眼
前人
賈宝玉听了不覺長歎了一声遂也口占了一絕道
總因求美玉反致失名花便許終完璧何能掩
舊瑕
甄宝玉听了總要說話只見焙茗進來稟道老爺回
來了兩個宝玉一齊迎了出去一見賈政進來甄宝
玉見了忙上前跪下請安賈政連忙搀了起來携手
重入書房仍分賓主坐定賈宝玉親自捧过了茶仍

1067

在一旁待坐賈政遂向甄宝玉問了會子他父親往
邊疆的近況又問了會子他近日的孝業文章甄宝
玉這總告辞回府而去這裏賈宝玉送客去後便隨
他父親到上房來又和王夫人大家說了會子閒
話這總回到自已怡紅院來只見宝釵黛玉正在外
間炕上引闥桂哥兒須笑他便溜到裏間來從懷內
取出汗巾兒翻來覆去的看了會子想起襲人當日
待他的那一番好處來不由的淚流滿面自已哭了
會子想道他如今已經嫁了琪官了如何又能把他

1068

弄了回來呢卽或和琪官說的肯了老爺太太又如
何肯呢權當老爺太太也肯了又想了想他縱然把
他弄回家來倒底又筭什么名色見呢想到這裏
忽然把镯子咱的拍了一下隨手蘸起筆來將方絕
口占的四句詩寫在汗巾之上再說林黛玉正和桂
哥兒頑笑忽听裏間拍的镯子一響乃悄向宝釵笑
道姐姐你听裏間屋裏不知把什么拍的
是總剛見他進來偕們沒人理他自已竟着沒了
趣兒胡使性子呢里宝釵听了忙抱了桂哥見便往

1069

裏走黛玉笑着忙搖手兒自已躡手躡脚的走
到裏間先搀了個頭兒只見宝玉面朝裏在帳子裏
躺看棹子上放着一條汗巾見黛玉見了便輕輕的
走了進去將汗巾拿了起來仍舊輕輕的退了出來
悄向宝釵笑道姐姐你把小哥見遞給奶媽子快瞧
這個見來宝釵听了忙將桂哥見遞給奶媽子命他
擔了映着睡去黛玉便將灯臺挪了过來同宝釵在
灯下打開汗巾觀看黛玉低声道姐姐你看他這個
毛病見總不能改這又不知道是誰給他的宝釵道

1070

去煖壺熱酒來再拿些碟乾菓子我和你奶〻消〻夜打打寒氣老婆子听了忙去取了酒菓來擺上炕棹兒夫妻對飲襲人那裏还有心腸飲酒無如蔣玉函柔情媚譜放出他小旦的身分來弄的個襲人沒了法兒只得以酒澆愁約有一個時辰竟至陶然大醉蔣玉函將他扶入衾裯安寢這話暫且不提再說甄宝玉進了城先到家中見了甄夫人母子兩個叙过了別後的情事又說了会子甄公在外的光景到了下午便坐了輕車子帶了包勇來拜見賈政

《卷二十三》九

適值賈政工部有事尚未回府宝玉所以連忙迎出彼此一見欢若平生攙手各道契闊讓進書房分賓主坐定焙茗献上茶來茶罷賈宝玉知道甄宝玉的脾氣是愛道學的便先開口道自去歲秋闈一別寒暄再易今幸再瞻雅範知吾兄道德文章與時偕進士別三日當刮目相待信不誣也甄宝玉也知賈寶玉的脾氣愛的是風流乃笑答道豈敢豈敢自去歲吾兄遯跡天台眾皆悵惑小弟固知吾兄必另有一番作用今竟果如所料真可謂亙古未有之奇今又

推己及人所謂仁之端而智之術者皆往往是舉小弟今而後始知風流才子與道學先生一而二二而一者也二人彼此大笑賈宝玉道前者老伯母差包勇去後家母卽和家嫂商量迎娶一事通知了李親家太太他那裏說時屆殘冬年近歲暮諸事辦不齊備擇定明春二月十二日天恩上吉不知吾兄不以為晚乎甄宝玉听了笑道承吾兄不棄推念同類適經家母亦言及於此卽明春二月轉瞬卽到何晚之有小弟倒有一事奉瀆小弟今早在路行程偶遇風雪

《卷二十三》十

交加路經紫檀堡在一蔣姓人家借地少憩忽從屏後走出一少婦來誤將小弟認作吾兄慟哭不已小弟驚詢其故始知為吾兄之舊人託小弟轉致一物送上台端說着便從懷裏取出一個紙包兒來遞與了賈宝玉賈宝玉接來打開一看認得是當日和蔣玉函對換的松花洋縐的汗巾兒乃是襲人的舊物不覺一陣傷心眼淚早流下來又怕甄宝玉看見笑話連忙又忍住了甄宝玉分明看見了故意的只作不見口內吟道

十一

481

一樣兒待你不好真是心坎兒上溫存手掌兒上擎眼皮兒上供养那一天晚上又不是脸兒相偎腿兒相壓手兒相持呢我想就是宝二爷當日也未必把你如此的看待你說宝二爷當日總是把你姐比長姐比短的稱呼我這如今也是成日家把你姐不離嘴兒的叫你總是不舒服難道教我把你叫媽媽不成襲人道你不用喓人了我有件事要問你你可不許哄我若肯據實的告訴了我我絕信你疼我是真心實意呢蔣玉函笑道我的姐姐我倒底那一

件事兒哄過你呢襲人道我想你成日家在城裏演戲這件事你必然是知道的我听見說如今宝二爷回了家了前見七月十五在鐵檻寺僧道作法回生了好些人這可是真事么蔣玉函听了了呆了半晌忽然笑道這是你在那裏听家的謠言难为你也是极聰明的個人兒你也想世上也有個人已經死了又会活了的道理襲人道外頭人人都是這樣說还說官裏的娘比也囙了生了林姑老爺也做了城隍了怎么你还哄我呢蔣玉函道罢呦我劝你喝口凉

水把這椿妄心打退了罷你原是我明媒正娶之妻並不是我抢夺來的權当宝二爷認真的囙了家他还能勾贖你回去么呪且他如今現有嬌妻美妾逐隊成行也斷然不肯要你這個破貨的丫權富他想念前情还肯要你你也該打打細筭盤絕是我想你若依舊到他跟前不過一個月裏頭輪着你陪伴他一遭見还筭是你的造化那裏如跟着我夜夜不脫空兒的舒服呪書上說的好大丈夫宁務鶏口勿爲牛後难道你連這兩句話也不懂得么襲人道我也

不懂得什么書上的話據我想來你總真是個牛後呪蔣玉函听了笑道倒底你沒讀过書把這兩句話的意思講巔倒了襲人道我可懂得什么書呪你只自巳回过手去摸摸你那個後只怕也和牛的差不多見了罷說的蔣玉函紅雲滿面正待發作聽了瞧襲人又怪抢不得的只見老婆子進來問道爷还喫飯不喫了蔣玉函道我巳経在城裏喫過飯了你奶奶喫了飯了沒有老婆子道奶奶今見也不知是怎么了只喫了半碗兒飯呪蔣玉函道既是這樣你

遂請甄寶玉出來坐了駄轎起身而去不言甄寶玉進城回府且說襲人回到自已的房內前思後想愧恨萬端想起從前和寶玉是怎樣的恩愛求如今偏又嫁了人雖說蔣玉函模樣兒風流性格兒柔媚床第之間雖有無限的溫存倒底終覺下賤況且他原是眼着人睡的人如今我又跟着他睡這就保不住他高興了把我枕席間的光景告訴了他的相知道还有個什么趣兒了呢罷了宝二爷若不回來只等我命該如此我也就死心塌地的了偏也的他又回來了林姑娘和晴雯他們也都回了生了我這會子心裏就像蛩蚊一般倒底不知怎么着經好噯老天爷我仔細想來如今宝二爷晚上睡下去边是宝姑娘右边是林姑娘頭直裏是晴雯金釧見脚底下是紫鵑鶯見他那裏还想得起他當日的那個襲人姐比來呢卽或二爷明見了汗巾想起我來我如今已是嫁了人的人他如何肯把我重新贖了回去呢權当二爷肯了老爷太太地断然不肯的權當老爷太太都肯了把我贖了回去别人还罷了

晴雯這個蹄子嘴就和刀子一般我這个一輩子死到他舌根底下了嗎衆人一齊作踐起來就是我那個心坎兒上的爷也就未必能像從前那樣的疼我了權當我那個爷想念前情仍舊把我姐姐長姐姐短的叫一個損口兒甜沒主意沒化造的蹄子你跟着蔣玉函睡了將近一年了还有什么臉兒答應人家呢想到這裏不覺五內崩然淚如兩下情緒慷匕如癡如醉的也無心茶飯將及黃昏掌燈之候老婆子進來說道奶奶爷回來了只見蔣玉函自外走了進來脫了毡衫恠內掏出個包兒來笑嘻匕的遞與了襲人道姐匕你帶着試一試看好不好這個東西正配你那個雪白的膀子襲人接來打開一看見是一副鑲金碧霞塦的手鐲看了一看仍舊放下不覺淚流滿面蔣玉函見了不勝詫異忙搂在恠內問道你又怎么了想是家下的服侍你不週到得罪了你了么襲人把臉一扭道我幾時和他們這樣难纏过來蔣玉函笑道不然可又是為什么呢襲人不答只是流淚蔣玉函不悦道你自從進了我家的門我那

又重新仔細一看道你不是我們寶二爺你倒底是個誰你又怎么知道我叫個襲人呢甄宝玉笑道你們宝玉姓賈我姓甄雖同名宝玉而有甄賈之別所以把姐儿竟給混住了襲人听了方知是認錯了人不竟羞慚滿面往後退了幾步擦淚道原來是甄公子我在家時从巳听見人說公子的模樣兒長的和我們宝二爺是一模厮樣的我們從未見过果然話不虛傳但不知公子此時往那裏去如何走到這裏來甄宝玉听了遂將自巳隨父親到边疆外任今因

賈宝玉林黛玉回生特地接他回京與李綺成婚的話從頭至尾說了一遍襲人听了又哭起來道我前日也恍恍惚惚的听見人說荣國府回生了多少人那天在鐵檻寺僧道作法開動了城裏城外看熱閙的人紛紛言講可憐我是個年輕的婦女不但不能眼見一總不能耳聞可教我在誰跟前打听去呢如今我要求公子替我帶個信兒我又不會寫字我有件東西求公子帶了去見了宝二爺私下交給地就是了說畢便回身哭着回去了包勇道太爷你怎么

知道他的名字叫個襲人甄寶玉道我在家時听見太太說自從賈府的寶玉出家之後他房裏有個貼身的了頭叫個襲人因為没过明路所以打発他嫁了人了但不知這個姓蔣的倒底是何等樣的人賬他這所房子蓋的倒有些見講究包勇道小的方絕也問过他們老蒼頭求他說他主人叫個什么人愛我就听着詫異起來他總說是戲班裏的一個有名見的小旦甄寶玉听了唉道怪道說姓蔣呢原來就是琪官正然說到這裏只見從屏後轉出個老婆

子來手裏拿着個紙包兒襲人在後相隨老婆子將紙包兒遞了过來襲人道求公子將這件東西帶到荣府時面交寶二爺就是了我家的主人不在我也不敢留公子酒飯說畢仍舊帶了老婆子回後去了甄寶玉接了紙包兒來打開一看見是一條半新不舊的蔥綠色洋縐的汗巾子翻覆观玩了會子心下也竟傷感仍舊包好揣在怀內向包勇道我這會子竟得好些兒見了雪也下的慢了儧們趕進城去罷包勇听了忙去備上了牲口搭了行李賞了老蒼頭茶

續紅樓夢卷二十三

真後悔黑夜暗投緣　念前隔黃泉憶艷碑

話說甄寶玉在路行程偶因身子不快進了蔣橋堡暫借蔣姓客堂歇息片刻正然舉目往四邊墻上觀玩字畫忽听屏風後轉出個婦人來拉住他哭道我的小爷你徃那裏躲來害的我好苦啊列公你道這婦人是誰原來就是襲人自從嫁了蔣玉函雖說是夫妻和美你恩我愛倒底較之在寶玉跟前富貴懸殊氣象逈别每於花前月下對景傷情今值蔣

1047

玉函進城演戲他自巳獨坐上房忽見老蒼頭來說有一行路的少年相公暫借客堂少坐避避風雪襲人听了点頭應允正在寂悶無聊之際披了斗篷竟獨自走了出來在屏風後窺客驚見甄寶玉形容舉止與寶玉無二心中一慟也就不暇思索竟從屏後轉出拉住甄寶玉的手大哭起來嚇得甄寶玉連忙掙開了手倒退了幾步道在下乃行路之人偶因身子老倦暫借貴居少憩以避風雪與娘子並不認識襲人哭道我的爷你好狠心自從你跟隨僧道出

1048

家之後老爷太太就要打發我出來可憐偺們又是在老爷太太跟前过個明路你教我嘴裏怎么說得出替你守節的話來喲活活的逼着我嫁了人你這会子是從那裏回求了好狠心的爷你怎么还說出偺們並不認識的話來我不过是見了你明一明我的心我还有什么臉見活着想跟了你回去嗎甄宝玉听了益發不解只是徃後倒退仔細將他一看但見丰姿秀曼舉止風流心中一動不覺進退兩难忽見包勇走了進來問道大爷什么人哭呢甄寶玉道

1049

包勇你快瞧來包勇听了連忙走了進來將襲人仔細一看不覺喫了一驚忙同甄寶玉道大爷據我看這位姑娘十分面善好像在那裏見过的哦是了去年老爷遭了事把小的薦到荣府我記得有一夜失了盜小的还打死了一個為首的到了次日政老爷和太太從鐵檻寺回來查問情由我在稠人廣衆之中倒像是見过這位姑娘似的甄寶玉听了又將襲人仔細一看猛然想起一事忙問道你莫不是宝哥哥房裏的襲人姐儿么襲人听了哭着也將甄宝玉

1050

《卷二十二》

賈政深篇喜倫回明了賈母先不聘礼都等甄寶玉
到來然後迎娶寶母又差了徐之孝家的到甄府上
將接回甄寶玉來與李綺完婚的話告知了甄夫人
甄二人也十分欢喜倾来賈政爲着一函擇日差家
人包勇前起边疆而去諸事俱受賈母賈夫人乃舊
甄行夜宿饥餐渴飲不過月餘到了边疆見了應嘉
甄公投了書也覚欢喜喜擇日打發
甄寶玉起身回京甄寶玉叫辦了池父親自已坐了
駄輛帶領包勇並貼身的小斯四名俱各騎了大走
騾起身回京一路披星帶月沐雨櫛風又走了本月
餘光景時當殘臘這一日走的離京師只剩二十餘
里忽覚天氣驟寒大雪繽紛甄寶玉忽覚身体不決
思避風寒望見前面有一座村坐十分雅趣便命包
勇前去借問房房見暫且歇息避風雪包勇听
了顯着騾子上前去不多嗎回來真道堡丙有一家
姓蔣房屋十分幽雅主人不在家已已向他家老爹
頭借小了甄寶玉听了满心欢喜便勃了騾輛進了

門但見上寫紫檀堡三字之又走了一里多路果
然一家房舍蓋的精致只見老爹頭開了門讓甄寶
玉在客堂上坐定火盆内添了些炭奉上一杯熱茶
來各自去了包勇與四個小斯也自去照應行李馬
匹躲避風雲去了這裏甄寶玉獨自一人手擎茶杯
往四边墙上觀看那些名人的字畫冷不防忽見一
個少年的美婦人從屏風後轉了出來一把拉在池
的手大哭道我的狠心的小爺你往那裏去來害我
得好苦啊未知此婦人是誰且聽下回分解

《卷二十二》

個分定當日梨香院有個齡官他和薔見有情緣之分，我鳳姐姐的丫頭小紅和芸見有情緣之分，東府大嫂子的丫頭名字叫倩蕘見和焙茗有情緣之分。這三件事求老太太和大嫂子鳳姐姐說一說，把他們兩個丫頭放出來，再和饅頭菴的老尼姑子說說，把齡官也放出來，教他們各遂所願，这就把我推己及人的愿心還了。尤氏聽了笑道：寶兒弟，我不信你这個話，我們丫頭門的事情你怎麼都知道了呢？寶玉笑道：大嫂子你們萬兒和焙茗是那年大哥哥新

春唱戲我在小書房裏親眼見捉住的。尤氏道：你那會子怎麼不告訴我們呢？寶玉道：這是什麼好事，何苦苦訴你們，又鬧饑荒，所以我就忍在肚子裡了。鳳姐道：寶兒弟，我們小紅可又是多早晚見和芸見有緣故，我那裏知道這個氣息見呢？寶玉咲道：这是寶姐姐告訴過我，他也不如是在那裏聽見，求著賈母聽了向薛姨娘道：姨太太，你們都聽我素日最惡的是这些男女不安本分的事，誰知道这會子全都出在我們家丫頭这些事，怎麼教寶丫頭都知道了呢？寶

玉聽了，便將那年在滴翠亭撲蝴蝶兒到蜂腰橋見小紅在橋子上襲，說撿了賈芸的手帕子的話說了一遍；寶玉又將那年在梨香院晾見齡官在地下畫薔字，並賈薔給他買雀兒戲臺的話也說了一遍。賈母聽了，向那王二夫人道：你們聽聽这些勾當，真是俏們夢想所不到的罷了。秦鍾智能兒，司棋潘又安，在地府裡姑老爺尚且成全他們的好事，何況這些人現在人世呢。既是寶玉有這一番的好意，珍哥兒媳婦鳳丫頭就把你們的兩個丫頭放出來罷，等寶

玉將來由翰林補了什麼官，見教他每人賠你們一個丫頭就是了。尤氏鳳姐二人俱各滿口應許了。當下大家又坐着說了會子閑說，賈母便催着大家散去，即命奎車將湘雲送了回去。寶玉是夜卽與睛雯等成緣，無庸瑣述了。到次日賈政果然差了媒人到趙堂官范岑士家提親，范堂士原是個讀書人，又素日最愛賈蘭，一說便應許了。趙堂官雖與賈府不睦，他女見為鬼所迷，又是林公救的，又且賈政雖保工部侍郎，與刑部無涉，究屬上司見，以也就無不樂從

媽姑媽磕頭呢、王夫人道外頭的酒席也是纔散的只怕送了客也就來了正說時果見寶玉笑嘻嘻的走了進來見地下舖着紅毡不知所以便問寶釵委了個眼色宝釵故意的努了個嘴見宝玉信以為寶忙站在紅毡中間點手兒招呼晴雯急的晴雯紅了臉笑着只是摇頭見招的滿屋子的人一齊都笑起來賈母笑道没見識面的誰家房裏收人也双双的拜堂麼你只給你姑媽姨媽磕頭就是了难為他們替你养了兩個賢惠婦媳准你四個四個的收妾這

还不該磕頭麼寶玉聽了果真與賈夫人薛姨媽磕了頭起來又聽賈母的吩示賈母道收妾原没有男家與尊長磕頭之說我們俱各不用罷你只給你兩個媳婦每人作一個揖就是了宝玉聽了笑着果向寶釵黛玉深深的作了兩個揖招的眾人都笑了宝玉行礼以單便親自搬了一張椅子坐在賈母的身旁笑道我有一件心事要求老太太呢賈母笑道又有什麼心事呢难道房裏收了四個人还不勾麼宝玉笑道不是爲我的事我想我們如今仰邀上天的

眷佑托頼老太太的洪福生生死死的鬧了一場現在是嬌妻美妾逐隊成行天恩祖德無可以爲報立了一個推巳及人的願心願天下有情的都成了眷屬如今環見歲数也大了蘭哥見的年紀也不小了都該是成家的時侯了還有我大嫂子的妹妹綺姓娘雖說給了甄寶玉如今尚未過門我也要替他們成全成全這件事呢賈母道這三件事你該對你老爺說纔是怎麼求我來了寶玉道這三件事我纔剛見巳經回過我老爺了老爺恐怕環見不成器未必

有人肯把女孩見給他我說環見自從服了孔聖枕中丹較前好了許多我想趙堂官的女孩見被見所縷是姑老爺替他治好了的如今差了媒人去說合只怕趙堂官也不好駁回見范孝士素日最愛蘭哥見他現有個女孩見年紀與蘭哥見相彷遣媒去說斷無不允之理惟有甄宝玉現在臨著他父親到边疆外任讀書去了求老太太差人和甄太太說教仙差人到边疆接了甄寶玉回來這三件事也就妥常了遠有三件事也要禀知老太太人生的情緣都有

個的仔細端詳了一遍，心中甚是歡喜，便向黛玉道：姑娘我也没有什麼東西可給他們的，你可把你的尺頭檢上好的顏色、時興的花樣的，每人給他們一，正時興新樣的簪花，每人給他們一對，就弊我的拜踐罷。鴛鴦正聽了正欲答應，只聽文爛簪笑道：姑太太不用教我姐姐取東西了，昨見聽見萬歲爺有旨意，教我們給姑老爺、姑太太承嗣呢，名字都欽賜下來了，只爲身子們弱不能下地行走，所以还没到姑老爺烟雲誥頭子去呢。這一點見賞賜他們的東西我替

《卷二十二》

手笑道：我的見伶不用多這個心，你們的這件事我絕剛見也和老大太商量來，等明見你女婿身子將養的壯朗了，帶領引見之後，看萬歲爺賞個什麼差事，邢時把你們的舊房子拆变了，就在老太太那边房子的前頭另蓋一院新房者佳。我們也没什麼产業可給你們的，就是萬歲爺賞的幾頃祭田交給你們掌管，除了春秋祭祀之外，下餘的都你女婿當差就是了。至於這一點見賞賜你姐姐的東西也多着

呢，你的東西你自已留著用能，我的見你也是没娘没老子的人，佔量著你叔嬸娘还能勾照應得了你們許多麼。湘雲聽了這絕不言語了。黛玉笑道：我這如今可是你的大姑子了，你可要時時刻刻的微，我總是再要像從前在我跟前那樣的放肆，我可就要呼我兄弟狠狠的管教你呢。說的眾人都笑了。於是賈母讓薛姨媽同賈夫人炕上坐，邢王二夫人在氏妯娌等在西邊椅子上坐，嬰雲等四人侍立

《卷二十二》 九

一旁，自已盤膝坐在一張羅漢椅上了，鬚獻上茶來。茶罷，王夫人欠身向賈母道：請老太太的示，我們再伺備點喜酒見喫喫罷。賈母道：可以罷了，你們同姨太太白日裏都是喫過酒的了，我和姑奶奶也是絕喫了飯了，倒是大家坐着說會子話見，早些見散了送雲了頭同去他，女婿沒人照應，再者宝玉房裏收了人也該趕着好日子讓他們成緣絕是呢。薛姨媽听了笑道：這個老太太不拘什麼事見，再没有那麼想的週到了。賈母又道：怎麼宝玉也不迸來給他姨

〔卷二十二〕

把太太絕請起來了只怕這會了縂梳頭呢宝釵鐶
玉二人此時巳梳完了頭听見宝玉說王夫人也起
來了連忙跳下地來紫鵑鶯見端了臉水來忙忙的
洗了臉他二人本是买生的麗質敷粉施朱無葬黥
縂而巳梳洗完畢正要同过王犬人這边來請安忽
見王夫人差了玉釧見來說太太說奶奶們梳洗完
了先不用過去着呢就赶着給他們四個人上頭罷
怕老爷下衙門回來的早恐怕遲了宝釵听了笑道
你來的狠巧我正等個人見呢你去把你媽和柳嫂

1027

〔卷二十二〕

子叫來教他們帮一羣兒玉釧見答應去不多時只
見白老婆子柳家的都來了手裏端着個捧盒兒打
開乃是幾碗雞皮鴿蛋湯柳家的先端了三碗放在
宝玉宝釵鶯玉的面前笑道二爺和奶奶們都熬了
眼了這是我的一點見窮心宝玉道你可有什麽後
餘的錢呢以後再不必了柳家的又將其餘的分散
晴雯等四人並秋紋麝月奶媽子們喫了這絕取過
糚盒匣見來柳家的便與晴雯開臉白老婆子便與
金釧見上頭宝釵便跟鶯見東髮鬆玉便與紫碼掃

1028

〔卷二十二〕

眉宝玉在四人往來指點弄粉調脂奶媽子抱看柾
哥兒哄他頭笑秋紋麝月在一旁搬着嘴生一會子
的氣又扒不撬嘴的笑落一會子不多一時糚飾巳
畢釵盦二人便將他四人都帶到王夫人上房來王
夫人仔細打量了一番一個個青蛾皓齒較從前尤
慢玉韻心下不勝欢喜約有巳未午初時分賈政下
了衙門遂請了賈教邢夫人賈珍尤氏賢合族人等
過來按着長幼的次序見命他四人磕過了頭賈政
便讓男客們都到畫房王夫人便讓女眷們都在上

1029

〔卷二十二〕

房次排筵宴此時探春湘雲也都回來了王夫人又
差人接了迎春來宝玉又留下薛蝌整熱閙了一天
到了萬昏人靜之時邢王二夫人同薛姨媽以及眾
姊妹領了晴雯等四人開了屏風門都到賈母上房
來卑見上房點的燈燭輝煌賈母同賈夫人在正中
楊上对坐喫茶一見眾人進來忙站起來笑道我們
等了你們好一會了眾人見了忙走了進去一齊道
喜王夫人便吩咐地下鋪了紅氈命晴雯等與賈母
賈夫人磕頭賈夫人忙將他四人叫到跟前一個一

1030

已見的從院子裏進來教我出去開的呢嗳嗳兒紅了
臉道倒底你和二爺比我們又熟些見晴雯笑道自
巳姊妹們裏頭又撇的是什麼清呢若論和二爺熟
金釧兒是在太虛幻境陪着二爺睡過的金釧兒聽
了發氣道你不用混嚼舌根了我那天晚上問過二
爺二爺說你那年夏天撕扇子的時候見已經和
二爺那個話見了這會子又充正經人見來了晴雯
聽了紅了臉道小蹄子你等我開了門回來再撕你
的嘴就是了說着便走了出去嗳哪一声把門開了

玉在外站了半天正要發氣忽忽又轉念想道記得
那年叫門開遲了誤踢了襲人一脚至今後悔正在
思想忽聽嘩喇的開了門撞頭一看見是晴雯不覺
喜形於色齡了不曾造次忙拉了他的手笑道今兒
晚上我可再放不過你去了晴雯忙打了個手势兒
不許他亂說怕人聽見的音思宝玉笑着拉了晴雯
便往裏走問道二位奶奶起來了沒有晴雯道我們
也是絕起來梳完了頭还没上去呢也不知奶奶們
起來了沒有宝玉笑道好一對兒頻人等我進去

他們的被窩尚就是了於是蹋手蹋腳的走進內窐來
只見宝釵黛玉二人對面見在炕上坐着梳頭紫鵑
在地下取臉盆並肥皂盒見一見宝玉進來宝釵忙
問道回來的好快啊新親家也没留你們喫酒庶宝
玉道酒也喫了新親家的酒無非是個意思見邪裡
有久坐的理呢黛玉道史大妹妹三妹妹他們也都
回來了麼寶玉道他們坐的是轎子邪裡赶得上馬
呢我是大顛着馬回來的連薛老二蓉哥見蘭哥見
还都在後頭呢宝釵笑道你這又是牽掛着給他們

上頭所以飛馬跑回來了也不怕偺見們喫話宝玉
笑道他們都不會騎馬蓉哥見还好些薛老二蘭哥
見邪裏能跑馬呢所以他們繞落了後了黛玉听了
笑道這麼說起來總没你的不是別人是非敢後也
馬不進也你竟是非敢前也馬大顛也說的眾人都
笑了寶玉道罷嘍你們不用一遞一句見打趣我了
全當我是爲這件事跑了回來了也没有什麼怕人
笑話的宝釵笑道偺們說正經話罷太太遠會子起
來了没有宝玉道我到家時上頭还開着門呢是我

491

不好的若把他們四個人放在一塊兒越發沒個意思了宝釵聽了把身子向黛玉跟前湊了一湊笑道你那裏知道這裡頭的道理呢我且問你你我二人自從與寶玉成婚以來也都一個人兒和他單住過的你如今仔細想去偺們一個人和他住着他是怎麼一個涎臉的樣兒如今偺們兩人同在一塊兒他又是怎麼一個涎臉的樣兒彼此比較起來那個與他有益那個與他無益你可就知道了黛玉聽了握着嘴笑道可是呢我瞧着自從偺們搬在一塊兒他

雖然也是聰舊的涎臉可就比偺們一個人兒的時候安靜多了宝釵笑道何如你想如今若把他們四個人放在四處不但宝玉恣情縱慾無所不至的鬧起來他們四個人势必也要各出所長討宝玉的喜歡將來鬧的虧損了身子偺們兩人可拿什麼臉兒見老太太太太呢不說是他們鬧的來倒像是偺們兩人也不知好歹似的黛玉听了笑道姐姐你說的恨是妹妹的愚見不過說他們兩個人在一塊兒面光光的沒個意思宝釵笑道這有什麼呢譬如偺們

姐妹兩從小兒一塊兒見長大的情同骨肉如今又同嫁了一個人男女居室人之大論普天率土莫不皆然有什麼沒意思的呢我們如此他們自然是一樣的了若說不論尊卑貴賤我們也和他們都覺在一塊見這個自然是沒意思还用你說麼黛玉听了不覺歡喜道這件事真是姐姐明見萬里獨出心裁妹妹佩服之至如此辦理不但與宝玉的身子有益抑且與他們也好况宝玉之一舉一動皆四人所共見共聞免得喫醋拈酸雞噴鵝鬥的宝釵听了笑道

見你真是透極了的個人兒告諸往而知來者二人俱各大笑起來正然說咲忽听外面有人扣的月門上的銅環兒咱咱的乱響二人听了連忙起來穿好了衣服跳下炕來只听鴦見在院子裡問道誰叫門呢只聽門外答道是我回來了怎麼這早晚見还不起來麼鴦見听了听像是宝玉的声音因為眼看着就要上頭自己不好意思出來開門忙走進來向時愛道姐姐二谷回來了你快開門去罷晴雯笑道你們都听這個人瘋了不是你的手教猪咬了怎麼巴

《卷二十二》

道可不是呢倒底聽了這一會子又覺着好些呢剛見僧們商量要把柳五兒仍舊叫了進來也还只是他一個人見僧們兩人也不勾用的我前兒聽見他們說芳官藕官他們現在饅頭菴出家我想把他們這幾個也叫了回來就只怕老爺太太未必肯依宝釵道你想的這些個全不台我的意思當日五兒在家時僧們那個小爷因爲你去世之後總沒夢見你定要在外間等你的魂晤上服侍的就是五兒我在嘉間還着他們就有點子兒兒崇崇的這如今若

要把他仍舊叫進來只怕服侍不成僧們倒又給小爷弄下掛心的了至於芳官他們雖說是伶俐好倒底是唱過戲的女孩子那裏能勾像紫鵑鶯見服侍僧們貼心呢我想四妹妹那裏还有人畫翠靈兩個了呢雪雁雖說不好意思和他要我們若和他開個口他也斷然沒有不肯給的理我的意思莫若明兒依舊把雪雁要了過來服侍你我明兒把我嬷嬷的了頭要一個過來服侍我也就是了至於他們四個人不過說是跟上僧們還像個了頭似的似乎不

遞環些僧們回到房裏該服侍僧們小地方見也还要照舊服侍總是難道收在房裏毬遲了天了嗎黛玉听了笑道我的意思却不在芳官他們身上我想柳五兒他和錢家鬧死鬧活的不肯失身底是爲誰呢萬一這個了頭二輩子說不出嫁來我心裏覺得怪不忍的寶釵聽了沉吟了半晌道你想的这狠是原該推已及人存心忠厚纔是你我的爲人也不枉僧們主僕一場只是如今切不可告訴寶玉目下將他們四個人收在房裏老爺就不喜歡

的什麼似的不過是不敢駁老太太的回兒那裏還敢再提柳五兒的話呢且等收了他們四個人之後宝玉如菓狠好不致教老爺太太操心生氣那特再想法見辦就是了黛玉聽了笑道姐姐說的狠是就這麼着罷今兒給他們四個人上了頭曉上圓房可把他們都安置在那裏好呢宝釵笑道我的意思把這西边的兩個小套間打通把他們四個人都安置在一處你說好不好黛玉笑道噯喲喲僧們兩人在一塊兒晚上遇見宝玉涎起臉來我就覺着臉上燥

躭擱了黛玉道這麼說起來這了頭覺是個有志氣
的人兒等你寶兄弟回來偺們商量仍舊把他要逛
來罷寶釵笑道你這個呢我也偏婆教你叫寶釵哥
我總依呢黛玉笑道你也太認真了讓妹妹這一句
兒罷二人說說笑笑巳到了怡紅院的月門早見鴛
雯金釧兒紫鵑鶯兒秋紋庸月奶媽子抱着桂哥兒
迎了出來晴雯咲道二位奶奶今兒可乏透了我們
預備了些兒蓮子桂圓湯喝了早些兒躺一會兒罷
天也不早了雜也叫了好一會了宝釵道桂哥兒怎

卷二十二　八

麼今兒醒的這麼早呢奶媽子道繞剛兒鑼鼓喧天
吵的邢裏能勾睡呢我總抱着滿地走了會子寶釵
道這會子安靜了你再哄着他睡會子去秋紋麝月
你們兩人也歇歇去罷你們也乏了奶媽子聽了便
抱了桂哥兒回房而去秋紋麝月在後相隨剛一轉
臉兒只聽秋紋麝道沒臉的浪蹄子你等到明見再
叫奶奶我也不生氣麝月道你也不用生氣過會子
等我問他記得邢年二爺給我餵了一罎頭他在邢
邊頑錢一揪簾子進來看見了就說還沒開臉就上

趕頭求了這個話說的氣人不氣人等我過會子問
問他可看今兒是那個浪蹄子小養漢病兒上頭呢
晴雯聽了氣的臉兒刷白向寶釵黛玉道奶奶們聽
見了沒有寶釵道你們不用理他偺們都進來罷金
釧兒道奶奶們還不知道昨兒聰上他們兩人就是
這樣指桑說槐的罵了我們一夜我們都不敢哼一
聲兒後來鶯兒如姐氣不過問了他們兩句他們就
說你哽防着寶二爺今兒晚上把你怎長怎短說的
對不上牙兒黛玉笑道罷喲你們不用理他們就是

卷二十二　九

了都進來睡覺罷金釧兒聽了便不敢再言語了於
是大家回到房中鶯兒紫鵑端了桂圓湯來每人喝
了半碗這纔服侍他二人安歇之後四人也就各去
睡了約有一個更次黛玉一覺睡醒早見紅日東升
了臉弄影朦了朧寶釵尚在熟睡忙推道姐姐快醒
醒兒罷曰頭那山不了寶釵驚醒在臉上望了一望
笑道你莫要切怪昨兒是寅正繞睡的這會子只怕
合家的人還都沒睡醒呢昨兒一天一夜鬧的人腰
酸腿疼的且躺着舒服一會兒再起來也不遲黛玉

地撐不住了大太太回去義八同問二姑娘今見能求不能來我好拿重接他去鳳了頭回去告訴璉見把王大天請求來也給平見他們娘見兩看一看也喫個調養的藥見寶丫頭和你林妹妹回去躺一會子起來就強羅着給他們四個人上頭開了臉也打扮起來等寶玉送親回來老爺下了衙門把大老爺大太太珍大老爺珍大奶奶都請過來教他們都磕了頭到了晚上再見老太太豈不又省點事見麼衆人聽了一齊答應了這纔大家散去且說寶釵黛玉二

《卷二十二》 六

人只因熬了夜身體乏倦一路緩步而行寶釵向鶯玉笑道妹妹你看明見把他們四個人都放在房裏偺們兩人連一個伺候服待的人見也沒有了昨見晚上那麼熱鬧我教跟一個見過來四個人一個見也不肯你說嘔不嘔人黛玉笑道這也難怪他們大明大白的知道今兒給他們上頭他們怎麼好意思而光光的去見人呢再者你知道大嫂子鳳姐姐的脾氣又愛給人嗳着頑見他們越發不敢來了宝釵笑道可不具呢我想你的雪雁已經是太太給

《卷二十二》 十一

了四姑娘搬回紫鵑來的這會子也不好意思再和四妹妹要秋紋麝月兩個人桂哥見那裏又離不得這都怎麼好呢黛玉道那個雪雁我也不甚待見他索性教他伺候四妹妹去罷我記得當日還有個柳五見來着怎麼如今不見這個人了寶釵道說起來話長自從你宝哥哥出家之後剛說到這裏黛玉笑着將寶釵的肩上捏了一把道姐姐你信着嘴見把什麼都說出來了寶釵也笑道這有什麼呢難道是你沒叫過的嗎黛玉笑道我偏要教你說寶兄弟寶

《卷二十二》 十二

釵笑道就是了自從寶兄弟出家之後老爺嫌家裏人多了就要打發他的後來有趙姨娘他們什麼親戚名字叫個錢槐他老子在他們銀庫上管過賬當日就給他見子說柳五見柳嫂子執意不肯後求錢槐打聽出老爺要打發他他就攛掇他老子硬求了老爺把五見娶到他家去了誰知道五見到了他家晚上總不脫衣裳和錢槐鬧死鬧活的他們沒了法見仍舊送到柳嫂子家來了這會子再給婆家人家聽見這個信見都不敢求說把這個丫頭竟自

卷二十二

俉們那裏娶親來的既然沒有什麼官員我們這裏送親去的也不必請人家部院裏的老爺們就教姨太太家的蚪兒他也是個監生和我們寶玉蓉哥兒蘭哥兒他們也都是有頂戴的送親的女眷也就教我們三姑娘史大姑娘菱姑娘邢大姑娘四個人去我和姑奶奶劉老老都在平兒屋裏坐着躲會子就是了你們說好不好邢王二夫人言了笑道老太太想的狠週到我們就照着老太太吩咐的辦就是了說畢便領了李紈鳳姐都過那邊上房去了這裏賈

賈夫人仍舊到套間和劉老老說閒話見寶釵黛玉惜春三人服侍巧姐穿好了衣服大家坐在炕上又陪着巧姐淌了會子眼淚只見王夫人領了娶親的四位女眷前行後面跟着送親的史湘雲香菱邢岫烟探春一個個花枝招展的走了進來惜春寶釵黛玉一齊迎了出來大家相見各道寒暄彼此心中互相讚羨王夫人便讓娶親來的四位女眷上坐其餘的姊妹各按次序列坐兩边自己主位相陪釵黛二人一旁侍坐三道茶畢娶親來的女眷中一人向

王夫人笑道親家太太我們纔在那邊喜酒也喫過了時候兒也不早了我們早些且見給新人上頭罷王夫人聽了卽命人取了粧奩盒兒求女眷們一齊動手與巧姐上頭開臉諸事巳畢便起身告辭大家送了出來鳳姐賈璉領了寶玉蘭哥兒進來又將巧姐安慰開導了一番遂命寶玉蘭哥兒用紅毡抱到樂祥堂蒙上蓋頭安坐在花轎內俱見燈籠火把鼓樂喧天聚親送親的女眷坐轎男客騎馬十分熱鬧出了榮國府差林之孝討了鎖鑰出城而去此時巳有

丑末寅初時分賈母賈夫人仍舊回到自已的上房囑咐王夫人將前边的屏風門封鎖了不許家中上下男婦人等自晝往來行走俟寶玉送親回來卽與晴雯金釧兒紫鵑鸞兒開臉上頭先就給你們磕頭等到黃昏人靜之時再開門來見王夫人都一一的答應了不言賈母賈夫人在上房自晝養神且說邢王二夫人出來親自看着封好了屏風門邢夫人向王夫人道僧們大家也散兒罷輕鬆了一夜倒瘟也要騎一會子養養神兒王夫人道可不是呢我

卷二十二

來笑道老太太姑太太們大喜大喜養了個哥兒又白又胖的小哥兒賈母笑道老老有勞你了你難道不喜嗎薛母上了炕了沒有劉老老道諸事俱偃役了不老太太說我是幹這一行兒的老把勢這會子老太太姑太太們只管進去看看去罷賈母道既是這樣我和姑奶奶兩個太太進去瞧瞧去他們姊妹們過了三天再進去罷於是賈母並三位夫人自到套間去看平兒不提這裏鳳姐向寶釵黛玉道二位嬤姐你們也行點好兒罷把我這滿地的東西也替我

卷二十二

拾掇拾掇呢也讓我叫個人來給月子裏的人熬點粥兒嗎寶釵道我們昨日送過來的箱子匣子裏頭這些東西都是有的況且嫁粧巳是過去了你這會子好好兒的可又翻騰什麼呢黛玉又道你要不怕我們瞧了你的老包兒去我們就替你幫個忙兒鳳姐笑道愛喲我還有什麼老包兒呢這要不是平兒霸攬的緊這點子東西早被你璉二哥鼓盪淨了李紈也笑道宝妹妹林妹妹偺們替他和一幫罷論起理來我是個老嫂子人家不該替你做窠但只是

卷二十二

今兒又是狗長尾巴兒的日子又累成個浪鴨子的樣兒我又聽著怪心疼的說著便同宝釵黛玉一齊動手替他拾掇完了鳳姐叫道小紅給奶奶們沖了好茶來今兒可都累著了話未說完只聽門外鼓樂喧天娶親的到了賈母和三位夫人聽見鼓樂之音也都從套間內走了出來只見賈璉走了進來真請老太太和大太太們都在這裏呢麼新親們都來了太太上房裏一個人兒也沒有戲了這個當兒上姨媽帶了他兩個嬤娘到三妹妹史大妹妹多來了我

卷二十二

總教姨媽他們把新親們都讓到太太上房裏去了周家原是個鄉下的人也請不起什麼高官顯宦娶親的來了四個男客都是些窮秀才四但女客都是鄉間的閨秀模樣兒却都長得不入人意兒的賈母冷笑道既是新親們偏是你的眼睛兒尖怎麼可就偷著瞧見人家的模樣兒你們說的賈璉笑著伸了伸舌兒媳婦鳳丫頭你們快過去照應新親們去罷賈母又道既是新親們來了我們的兩個太太和珠兒寶玉和林丫頭在這裏照應著巧姐穿衣梳頭我想

膌不開身子教人有什麼法兒呢然太太和二位太太衆位姊妹們都來了你們看看我們屋裏盡的沒有個下腳的地方兒嗎賈母領了衆人一齊進來望了一瞥只見箱子匣子搬了一地翻的亂騰騰的巧姐在炕上坐着哭的抽抽噎噎的劉老老在旁邊坐着相勸賈母便坐在炕沿兒上拉了巧姐的手勸道我的兒你不必哭了世上都是這樣的大凡作父女兒的原沒有在娘家過一輩子的理我的乖乖你說記不得偺們那年聽那個八角鼓兒上唱的曲兒見說

〈卷二十一〉

彩轎兒到門前喜的那跳錯鑽你怎麼儘自哭起來了說的衆人都笑起來賈夫人總要說話只見尤二姐從套間內走了出來叫道老老快來罷劉老老听了就往裏跑只聽裏面呱喇呱喇的小孩兒哭起來了未知如何且聽下回分解

〈卷二十一〉

續紅樓夢卷二十二

推巳及人咸成佳耦　以真為假錯認櫃耶

話說賈母賈夫人正然勸慰巧姐只見尤二姐從套間內走了出來叫道老老快來罷劉老老聽了就往裏跑又聽裏面小孩兒呱喇呱喇的啼哭就知是平兒已經分娩了忙向尤二姐道姑娘你進去聽聽甚大喜呀是小喜尤二姐聽了連忙轉身進去不多一時走了出來笑道老太太大喜是個小子兒賈母聽了歡喜道今兒真是三喜臨門姑娘出嫁平兒養兒

〈卷二十二〉

子鳳丫頭的生日再算上寶玉房裏放人這就是四喜了賈夫人笑道今兒是鳳姑娘的生日麼我也不知道也沒備了上壽的禮物來鳳姐笑道噯喲姑太太再別折受我了這兩日沒忙成個淚鴨子那裏還記得什麼生日呢要不是老祖宗提起來連我自巳也忘了王夫人笑道真真的老太太的好記性我們那裏記得這個沒要緊兒的事情呢賈母笑道我那裏是什麼記性好我也是聽見妳二家的繞想起來的說的衆人都笑了只見劉老老從套間內走了出

〈卷二十二〉

人便叫了賈璉來商議賈璉也没有什麼不肯的也只躊躇嫁粧雜辦王夫人又將釵黛二人情願各將嫁粧拿出一半兒來的話説了賈政賈璉聽了不勝歡喜這總應許下了鳳姐又留下劉老老多住些日子以備平兒分娩先打發旺兒媳婦到周家迊知了他們王夫人又向賈政兩邊給晴雯金釧兒紫鵑蕾兒上頭圓房也凑在巧姐出嫁這一日以省糜費賈政也依了光陰迅速不知不覺已交了九月賈政預於初一日五鼓到城隍廟拓香請賈母賈夫人來家

賈母便吩咐將舊日住的上房騰出來把所有一切穢污之物打掃干淨焚起香來到了初一日晚上賈夫人先差了幾個老嬷僕婦前來伺候飲饌然後同賈母帶了鴛鴦司棋鮑二家的一齊坐轎而來這裏邢王二夫人率領着眾姊妹們先迎到上房喫了茶歇息了片刻便用竹椅子抬了賈母前行賈邢王姑嫂三人領了眾姊妹們隨後眾星捧月都到大觀園裏先從瀟湘館怡紅院秋爽齋暖香塢紫菱洲蘅蕪院稻香村挨着次兒逛了一遍然後到鳳姐這

裏來剛一進月門只聽鳳姐在屋裏嚷道二嬸兒你倒底也動一動兒嗎累死我了這不是昨日裏過嫁粧我一時兒想不到就忘下了好些的東西遛會子那一個又覺撒了要養孩子呢動轉不得了把我一個人兒累的跪兒爬兒亂動彈和打十不全兒的似的你倒在旁邊沒事人兒似的嘴着袋煙兒變着起來了你倒底也帮我一幫嗎怎麼就見死兒不救呢又聽尤二姐道賠送姑娘的東西都在你箱子裡我可知道都是些什麼可教我做那一條兒呢做的是

《卷二二一》

了不是了的你又該叮囑得了又聽鳳姐道你這麼做不來你去照應那個養孩子的人去呢尤二姐道你這越發說的沒了道理了我又沒養過孩子我可懂得個什麼見呢又聽鳳姐道噯喲恨死我了你去告訴他說瓜熟蒂落到了時候兒自然要養的不用哼哼唧唧的看仔細人家笑話難道這個話你也說不來嗎賈母聽了笑道鳳丫頭你不用着惱我們都替你着忙來了鳳姐聽了忙迎了出來笑道我早就聽見老祖宗來了心裏急的什麼似的一個總

【987】

們又來奚笑他忙道你們大情早起的這又不是
大夥兒來鬧我來了嗎寶玉聽了忙將昨晚擡棺到
廟僧道作法的話從頭玉尾的告訴了一遍湘雲道
變了顏色連忙換了衰服帶了繅縷同釵黛寶二
人一齊到王夫人上房此時王夫人早巳吩咐套了
輛車子又派了周瑞家的吳新登家的兩個有年紀
懂事的婦人送了湘雲到家就在那裏照應分派一
定一見湘雲進來告辭忙迎了出來與他道喜大家
送到榮禧堂外看着他上了車仍命宝玉騎馬跟隨

【988】　〈卷二一一〉

送了回來午後賈政迎朝王夫人便將史湘雲的女
塔回生以及周家擇日要娶巧姐並老太太吩咐將
晴雯金釧兒紫鵑蕎兒都給宝玉收到房裏的話告
訴了一遍賈政初聽了湘雲之壻回生之事不勝之
喜及聞周家要娶巧姐便贊躊躇惟恐家內空虛辦
理賠送不易後丞聽到將晴雯金釧兒紫鵑鶯兒四
個人都給宝玉放到房裏便皺眉道小人兒家巳經
有了兩個媳婦且等過了四十歲之後再立妾也還
不遲卽或不然兩放一兩個人也就是了怎麼四個

【989】

的放起人來夫非養身之道王夫人道這是老太太
當面吩咐的老爺倒不要違背他老人家的話纔是
呢賈政聽了沉吟了一會道既是老太太願意我們
就遲着辦就是了我想兩個媳婦都是讀過書的人
你只告訴他們把宝玉管着些見就是了說的王夫
人也笑了晚上寶玉回來將湘雲之壻回生之後擡
到家中灌了些飲食如今精神健旺起來也能說話
了告知了賈政王夫人老夫婦不勝歡喜到了次月
上朝賈政便將此事票知了北靜王北靜王聽了便

【990】　〈卷二一一〉

於辦公奏事之暇面奏了聖上聖心大悅因降旨查
其隱姓之由北靜王又奏原係勳舊子弟因其祖父
在先帝時得罪不敢直說姓名聖心深為憫惻因念
林海之嗣郎降旨與林海承嗣賜姓林名成玉侯調
理牡健時該部帶領引見量才擢用聖旨一下早聞
勤了滿朝文武及軍民士庶凡屬與榮寧兩府並史
候家有瓜葛者俱各紛紛賀喜一連鬧了幾日就
有劉老老一來為道喜二來為巧姐之事來見王夫
入言周家擇定九月初二日娶巧姐過門賈政王夫

房裏喫了飯這會子四個人都到報恩寺張羅着擺史大姑爺的靈柩到廟裏去了賈母聽了道煩太太時候不早了我們喫飯罷酒也勾了封氏劉老老邢王二夫人都道寶玉在酒也喫的不少了也都醉了薛姨媽聽了又每人敬了一大盃這纔端上飯來大家喫畢盥漱散坐喫茶又說了一會的閒話賈母賈夫人隨吩咐伺候起身皆辭衆人送至二門外看着上輦而去尤三姐劉老老邢王二夫人領着李紈尤氏

984

及一千的姊妹人等都與薛姨媽道謝上車各自回家且說邢王二夫人到家後各自歸房安寢寶釵黛玉回到怡紅院早有晴雯金釧兒紫鵑鶯見四個人迎了出來問了寶玉尚未回來釵黛二人脫了新衣便將纔剛兒賈母所說之言告訴了他們四人一遍他四人聽了都砌在心玖見上來了却不好意思喜歡出來却都故意的臉上放的淡淡的服侍釵黛二人脫衣就寢不過耻眦了片時東方大亮起來剛正梳洗只見寶玉笑嘻嘻的走了進來急問道史大妹妹呢黛玉道到秋爽齋睡覺去了寶玉道你怎麼

983

又不給他做伴兒去呢黛玉道他說他的病已經好了不要我去了寶釵道你們的這麼呢喝越越的想見史大妹夫有了回生的信兒了麼寶玉道昨兒晚上我和柳二哥薛二哥一同喫了飯出去就僱了幾個閒漢到報恩寺把靈柩擡到姑老爺廟裏我師父和甄老伯早巳在那裏等着呢開命打開棺未只見我師父披髮仗劍口誦真言繞柩三匝即取出金丹一粒用甘露調化納入口中不過頓飯之時聚見眉目流動大有生機事也湊巧極了恰恰的秦

986

鍾靈文瑞把他的真魂也我了回來了剛把他的屍身從棺內擡了出來放在軟榻上他就噯喲出來了所以我就飛馬跑了回來告訴了太太快把史大妹妹拿車送回去罷過會子擡了回來也有人好照應了釵黛二人聽了俱各大喜忙忙的梳洗了都一齊到秋爽齋來只見湘雲早巳梳洗完畢靠着靠背着一支長旱烟袋在那裏呆呆的出神剪剪叫道妹妹我們給你道喜來了你怎麼出了神了呢湘雲聽了立起身來只見釵黛寶三人一齊進來惟恐

985

線活計嫁粧都有了沒有王夫人道我們不兒真是個好的自從巧姐給了周家之後他就成日家閒針閒線的如今樣兒都弄全了其餘的木都棄西只要有錢也沒有什麼難辦處昨兒因為劉老老差人送了個信兒所以今兒鳳了頭和巧如都沒來呢劉老老聽了忙道既是老太太金口玉言的許了想來姑老爺姑太太也再沒有什麼說的了我明兒也就不必再到府上去了趁早兒趕回去他們家還等回信兒呢賈母道我們兩位太太是沒什麼說的了只

〈卷二十一〉

不知璉兒和鳳了頭願意不願意邢夫人道老太太既然應許了他們還有什麼說的呢賈母聽了道偺們家如今的事業原不能像先了有起正經事來總得在外頭拉扯借貸知道璉兒如今的把式打得開打不開呢這一副嫁粧也不是一兩個錢辦得來的鴛鴦道老太太不用壞這一番心我和寶如如的木器銅器銀器錫器用也不用了的每人拿出一半兒來也狠勾了賈母道狠好既是這樣他們要娶就教他們娶罷不用駮人家的回兒了我還有一件事要

和你們商量這個晴雯金釧兒兩個了頭在太虛幻境服侍了林了頭一場如今既然也都跟著回了生想來這也是一定的道理早些給寶玉放在房裏也就算完了他們的心事了王夫人道我們也久有此心只是家裏又有個紫鵑他原是舊日服侍林姑娘的人況且又是一個忠心實意的好了頭跟前也有個鶯兒又不仔厚一個薄一個的若說把這四個了頭都給了寶玉又怕老爺說房裏放的人太多了於寶玉無益所以有這樣子難處賈母道這

〈卷二十一〉

又怕什麼呢誰家沒個三妻四妾的難道都無益了麼只把這件事交給寶了頭林了頭兩個人但要於寶玉無益了惟他們兩人是問就是了說的寶釵黛玉不敢答言相視而笑賈母又道繡兒宝玉不是同我們一塊兒來的麼怎麼這半天沒見他呢薛姨媽忙問道外甥來了麼怎麼我總沒瞧見他呢王夫人道只怕在書房裏和他哥哥們在一塊兒呢罷薛姨媽聽了忙命了頭們到書房裏去看看了頭們去不多時回來回道寶二爺柳二爺大爺二爺都在書

去一囬差了蔡鍾崔文瑞到地府去找了魂來二位仙師一來就有了指望了眾人聽了賈母之言無不歡喜封氏奶奶便照湘雲道喜這都是姑老爺甄老伯的大德我該給姑娘太太甄老伯磕頭纔是呢王夫人道我的兒你不用忙且等姑爺回了生我把你帶到各處理燒香磕頭去眾人也都替湘雲道喜正在歡笑之際醉姨媽故意的鬧笑兒向賈夫人封氏奶奶笑道二位親家太太我們親宗老爺一位是城隍一位是神仙竟有本事把死人會弄活了

975

你們兩人倒底也可憐你親家母麼怎麼這個法兒把我們宝玉了頭他爹也替我我了囬來呢招的眾人闖堂的太笑起來彛的宝釵紅了臉埋怨這個媽媽你老人家喝上兩鍾兒把什麼話都說出來了賈夫人笑道我的兒你不用着急你媽媽看見你們姊妹們都是成双做对的了他的老與自然也要發作了甄親家太太這件事僧們姊妹兩倒要出點勁兒總是呢說的眾人又都大笑起來只聽劉老老笑道姑太太我也要請教一件事情死了四十多年

976

的人也能勾囬生不能賈夫人笑道這些事我們囬夫也还要求教於人的自巳那裏能勾知道呢你且說說這個死了四十多年的倒底是個誰呢劉老老笑道噯喲這個姑太太您怎麼追根究底的問起來了除了找老頭子我还吩誰囬生呢封氏奶奶道老老你也不必打听能不能你只打听我們親家太太的事辦成了你的事也就成了眾人听了又都笑起來賈母道老老你前兒說你是個鄉下人兒輕容易不能進城今兒又是那一陣風兒把你刮進城來了劉

977

老老咲道我原是不能進城的因為你們周親家奶奶煩我進城到府上見見姑太太說他們九月裏就要娶巧姑娘過門呢誰知道走到半路兒上這裏的姑太太又差人拿車接我去了賈母听了忙問王夫人道巧姐今年十幾了王夫人答道今年十五歲了論起歲數求給人家作媳婦还小呢賈母道我們既給了人家就該由着人家總是呢終久總是要教人家娶的僧們能勾留一輩子嗎十五歲也不算狼小了我儅目就是十五歲上到僧們家來的但不知釦

978

問道姑娘你是後求的只怕也餓了誰知道黛玉三人正把臉兒湊在一處低言悄語的告訴林公巳經癆了轉求僧道替湘雲成全好事的話薛姨媽一連問了三遍黛玉只顧和湘雲說話並未聽見薛姨媽笑道噯喲你們姊妹們成目家耳鬢撕磨的在一塊兒難道總沒把話說勾達肯子倒底交頭接耳喞咕的都是些什麼喲賈母見了笑道哦是了我把這件事也忘了你把他們那一席挪了過來放在我們的這一席前頭不但說話兒就近而且也教甄

親家太太瞧瞧他妹妹們薛姨媽听了忙命了頭們過來告訴了寶釵即刻把這一席連棹子搬了過來放在正中首席的前頭湘雲黛玉寶釵岫烟四人分兩兩坐下賈母另手指着向封氏道親家太太你瞧瞧他們姊妹們這一個是我娘家的孫女兒這一個是我的外孫女兒這一個是我們薛姨太太的女兒也是我的孫子媳婦見這一位你自然是認得的了封氏奶奶瞧着眼睛將他四人仔細一看笑道老太大怎麼姑娘們就長的一個賽如一個的這位林大

卷二十一　三三

972　971

媽和我們親家太太的大姑娘都是給了寶二爺兩了我聽見這位寶二爺也就是個千中選一的個人見月小老兒真也再沒有錯配了的不知這位史大姑娘絕了誰家了賈母道我正要告訴你們他的事情呢他女壻肚是個才貌雙全的人見剛只娶了他半年女壻就死了纔剛見他林姐姐到廟裡為他這件事和林姑老爺商量也是天緣湊巧甄親家老爺也來了林姑老爺就將這件事和他商量我們這位神仙親家老爺就一力躭承了因為隱了姓名雞

以我魂游了还有個行樂圖見林姑老爺就教掛在二堂上把馮淵秦鍾偉文瑞潘又安都教進來教他們看了模樣兒到地府裡去我覷誰又知道更巧極了他們四個人看了都說這個人不但知道而且認得是同崔守備的兒子在一塊兒住過的因為他隱瞞姓名閻王那裏無緣可查沒法見收留他只得把他筭作遊魂只怕這爺子还在關帝廟弄了我個牢生教書呢姑老爺聽見這個話就喜極極了一面告訴寶玉教他明兒把史大姑爺的靈柩先搬到廟裡

卷二十一

974　973

坐西邊一席便讓封氏奶奶坐劉老老坐薛姨媽下邊相陪横炕上也擺了三席首席是惜春和尤氏尤三姐坐陪的是寶琴二席是李紈尤二姐秦可卿坐陪的是香菱三席是湘云寶釵黛玉陪的是岫烟丫鬟們先送上茶來然後斟上酒來賈母擎杯向封氏奶奶道親家太太你這些年在那裏住着來怎麼認着我們親家公呀封氏奶奶笑道我的老太太說起來教你老人家笑話我們當日原是在蘇州閶門內仁清巷居住着來女兒五歲上因上元看燈被人拐

去後來隔壁葫蘆廟失火延燒了我們的家産我們夫婦無奈只得投奔到常州我娘家住了幾年後來因為過不來日子我們當家的就跟着和尚道士出家去了今年我父親又死了剩下我一個孤兒兒似的又沒一個大錢的過活兒弄的我沒了法兒罷了尋了死罷把心一橫總要上弔呢我們當家的就回來了告訴我說他如今已修的成了仙了女孩兒也到了好處了我把你送到女兒家去罷說着就把蒲團鋪在院子裏我們兩口子坐在上頭他教我把眼

一閉我只覺得耳內呼呼的風響不多有一頓飯的工夫就到了這裏城外公館裏了第二日大早就拿車把我接進來了如今雖然見了女孩兒只是我在這裏打攬我們親家太太我心裏覺着怪不上賈母道親家太太快別說這樣外道話自己女家比得別處嗎我們薛姨太太也是最愛親戚的你昨兒見了你女孩兒你還認得他的模樣兒麼奶奶笑道五歲上就丢了的模樣兒那裏還記得呢這兩天我留心看他說話行事的光景兒還有點予

像他小時候的那個樣兒賈母笑道這會子他說是滿腹的文章了詩也做的狠好都望我那外孫女兒教的封氏奶奶笑道我昨兒就聽見我女兒說這位大姑娘是當代第一個才女我聽見說他們這一段死生因果真是千古風流佳話纔剛兒我只顧和老太太姑太太談話竟把這位大姑娘没得細細的瞻仰瞻仰賈母聽了指着横炕上道那第三席上第二位不是他麼薛姨媽道我也錯怨了林姑娘是跟了老太太來的怎麼也没給他擺點心呢忙囬過頭去

午迎春探春兩家都差人來告訴說家中有事姑娘們俱不能來於是那夫人王夫人帶了湘雲惜春李紈尤二姐宝釵會上東府的尤氏秦可卿二人胡氏也是將近臨月的人了也就不肯出門當下大家坐了六七輛轎車子一齊來到薛姨媽家剛進了大門早見薛姨媽封氏奶奶率領着香菱宝蟾岫烟上齊迎了出來大家相見歡喜非常敘過了寒溫便往裏讓進了宅門又見宝琴九三姐劉老老三八在院子裏迎接彼此問好畢王夫人向刘老老道老你

963

這些時進城來的刘老老笑道我是今兒一早進城來的本是要到姑太太那裏去的誰知道走到半路上這裏的姑太太又拿車接我來了我所以繼先到這裏的說着便同來至上房邢王二夫人先與封氏奶奶見過了礼又與薛姨媽香菱過了喜孕執宝釵等挨次兒都行過了礼大家依序就坐了賢捧上茶來茶罷邢王二夫人先將黛玉到廂以及本兒等不能來的緣故告訴了薛姨媽便和封氏奶奶彼此敘了會子一往的事情香菱又抱上小孩兒來大家輪

964

流抱了關着頑笑了會子薛姨媽便吩咐先擺幾樣菓子燙了酒來喝着一面將打八角鼓兒的女檔子並說書的女先兒都叫上來請安已畢安排榻椅鋪了紅氈使琵琶絃索笛管笙簫的熱鬧起來直唱到定更時分方罷大家散坐喫茶只聽有人進來禀道賈老太太林姑太太來了遠裏大家聽了一齊起身迎了出來一見兩家的攙了賈母司棋攙了賈夫人來後面乃是宝玉攙着黛玉二人攙個人迎了出來黛玉忙向宝玉丟了個

965

玉會意忙鬆了手低聲道你好生走看仔細絆倒了我到書房裏去罷說畢遂向書房去了這裏賈母見了薛姨媽笑道我道喜來遲了那一位是我們的神仙新親家母只見封氏奶奶走了過來笑道老太太可好你老人家總是真正的老神仙呢我那裏敢當你老人家這樣稱呼於是拉了賈母的手同進了上房大家彼此對要行礼謙讓了會子只見上面炕上的酒席早已擺停當予正中的炕上是首席便讓賈母賈夫人坐東边一席後錢邢王二夫人

966

話說了一遍王夫人寶釵聽了都十分歡喜正在談講之間只見姨媽家差了個老婆子手裏拿着個拜匣兒進來先與王夫人請了安又向李紈等問了好稟道我們太太差了我來請這裏太太奶奶姑娘們來了昨兒我們那個神仙親家老爺把我們親家太太送到我們家來了我們太太和我們大奶奶都喜歡的什麼似的商量着請請親戚們家裏熱閙熱閙因為請下老太太和姑太太白日裏又不便當所以改成夜酒了王夫人聽了不勝歡喜向李紈笑道你

們看這個菱姑娘他倒是個有福的人兒從小兒被人拐了去賣到姨太太家作婢女因為模樣兒長的好後來大了蟠兒就收在房裏受了多少的委屈倒底熬的扶了正養了兒子月子裏得了病又死了死了又活了這會子索性連爹爹媽媽都認着了真是千奇百怪的事兒世上都有的你打開拜匣看看請的都是些誰寶釵聽了忙打開拜匣取出請帖來看了一看道偺們家的是滿有的還有東府的大嫂子和兩個小大奶奶親戚家就是雲妹妹和二姐姐三

妹妹湘雲聽了笑道我不去罷昨兒病成那個樣兒關大夫的藥的今兒可就又去赴席教人家賺着是個什麼樣兒呢王夫人笑道我的兒你快別這樣昨兒你得了病的話外頭人並不知道只管逛逛去湘雲聽了只得應允鳳姐道太太我想平兒已是臨月的人了大肚累墜的他可以不必去罷巧姐呢昨兒劉老老打發人來告訴我說他這兩三天兒裏頭就要進城來呢大概周家要撐目子娶巧姐過門因為昨兒史大妹妹病了太太心裏噢嘈所以我也沒敢

告訴我想巧姐既是人家眼看要娶我也得在家裏替他料理料理今兒姨太太那裏請我們屋裏只教他尤家二姨兒去罷王夫人聽了道也使得罷了我想這會子差人問問你二姐姐三妹妹去看他們能來不能來我的意思偺們令兒晌午就去也和你姨媽新親家母先多說說話留下你林妹妹和寶玉晚上先到廟裏見見老太太和你姑媽會到一塊兒再丟你們說好不好湘雲寶釵黛玉會了意悉聲道好於是大家又坐着說了會子閒話這纔散去到了晌

忙差紫鵑告訴王夫人去湘雲囑咐道紫鵑姐姐昨兒晚上我和你們姑娘說的話眾人面前露不得一個字兒眾人要知道了我可不依你黛玉笑道你只管放心我們紫鵑的嘴是最穩的倒是你們翠縷笑道你倒囑咐他一声兒湘雲道那個小蹄子他敢說出一個字兒來你看我扳他的舌頭翠縷笑道罷喲人家就連這麼一點好歹兒也不知道舌頭就教你輕容易扳了去的人家還要留下伺候姑爺呢招的眾人又都笑起來嘔的紫鵑推了他一把自去

告訴王夫人去了黛玉笑的摟住腰道這個翠姑娘真有趣極了湘雲笑道教他把我嘔的也沒了法兒了儘他混嗄去罷我並沒那個閒嘴罵他了黛玉道妹妹你說妹夫當日有個行樂圖兒還是在家裏收着呢湘雲道帶了來了黛玉道既是你帶了來乘着這會子没人你就取來交給我省得過會子他們來了又該問得了湘雲聽了便從衣箱裏取出一個軸子來遞與黛玉接來展開一看只見上面書着一個少年眉清目秀齒白唇紅

就是瘦弱些兒黛玉見了不覺點頭太息招的湘雲哭的抽抽噎噎的正在傷感之際忽聽紫鵑在院子裏說道太太奶奶姑娘們都來了湘黛二人聽了忙將行樂圖兒捲起暫且放在一边只見王夫人李紈鳳姐寶釵惜春五個人一齊走了進來王夫人問道大姑娘你倒底是怎麼了昨兒沒把我們的魂都唬弔了今兒我想再把王大夫請來多喫幾服藥調理調理湘雲道我大概是前兒在咏姑老爺廟裏受了顋子風寒昨兒夜裏喫了藥之後已經出了汗了今

兒覺得精神還是照常不用請王大夫了我素日也最怕喫那個苦水兒的黛玉道雲妹妹依我說昨兒這劑藥喫的就狠見效你今兒倒是再照原方子喫一服另改方子只怕未必像這個方子靈應了湘雲笑着點點頭兒便讓王夫人李紈等五人一齊坐下紫鵑翠縷送上茶來大家喫着茶李紈鳳姐惜春三人告訴湘雲昨兒孫紹祖來的那個樣兒黛玉便趁着空兒悄悄的拉了王夫人寶釵到一边將湘云的心事並自已要聽上親身到廟裏督湘雲求仙的

做妹夫把你平日侍奉妹夫的那個樣兒全個兒拿出來侍奉侍奉我也就靠你答報了我一輩子好不好湘云聽了哭著啐道呸放狗屁的話我不該是寶哥哥你不該把你那個樣兒拿出來二人嘻嘻哈哈的笑起來下边榻上早驚醒了紫鵑翠縷二人聽見嘻笑之声就知道湘雲的病好些兒了二人忙披了衣裳走至床边紫鵑問道史大姑娘你好些兒了麼你們半夜三更的笑什麼呢湘雲笑道我這會了好些兒了你看你們姑娘睡的糊裡糊塗的竟把我當

《卷二十一》

成你們寶二爺了你說該笑不該笑紫鵑聽了笑着捏頭不信翠縷聽了笑道這也怪不得林姑娘把姑娘認成寶二爺本來姑娘長的身段兒眉眼兒和寶二爺差不彷彿兒就只是少湘雲聽了不等說完忙喝道小蹄了又混暧你娘的來了少什麼你說招的紫鵑早已笑倒在床上了黛玉翻身坐了起來用手帕子握着嘴笑向翠縷道糊塗東西你坐下我告訴你罷纔剛兒你姑娘教我替他求求姑老爺請了二位仙師來救一救你姑爺我就和你姑娘嗷着頑兒

說教他把我暫且當成你姑爺侍奉我們就是為這個話咲的你就不問青紅皂白信着嘴兒混說來了翠縷聽了向湘雲道姑娘你也太古板了人家林姑娘替咱們成全這一件天大的喜事姑娘就把林姑娘當成咱們姑爺也沒有什麼難為着你的地方見難道林姑娘長的還不俊麼湘雲听了笑罵道你們都聽這個小蹄子越發說上樣兒來了不是你快給我來着睡去罷翠縷听了又向黛玉笑道姑娘我和你商量你明見只管求姑老爺去我們姑娘

他既不肯我當日也是侍奉過我們姑爺的人我就替我們姑娘侍奉你老人家也是一樣罷了黛玉听了笑着啐道睡覺去罷小蹄子你倒愿意我可不呢招的眾人又都大笑起來紫鵑是個心細的人知道湘雲一天沒進飲食忙去揚着風爐冲了兩碗藕粉桂圓見湯來湘雲黛玉每人喝了半碗分給紫鵑翠縷每人半碗大家喝畢重新安寢到了次日清晨起來湘云原無大病不過一時不能遂心急火上攻所致此時起來依舊精神照舊了黛玉見了不勝歡喜

續紅樓夢卷二十一

六禮告成　三姐出閨

話說史湘雲玉病中誤將黛玉連說帶頑會的私話今聽黛玉中省悟自巳錯認了人把話說來悔又悔不得只得扯綢子伸過手求把黛玉的脖子抱住笑道三姐姐那裏去了怎麼托新二嫂子的驚勞動過來了寶哥哥怎麼捨得放你出來不知他這會子怎樣恨我呢黛玉見湘雲摟了他的脖子也

便順手兒搬過湘云的臉來臉偎着臉兒笑道三姐姐家去了我好意來服待你給你做伴兒你倒說出這樣話來了寶哥哥心裏难過还有個寶姐姐替他解呢云妹妹心裏的难過這可教人就沒了法兒了湘云笑着啐了一口道罷哟你不用打趣我了老鴰也別笑話豬黑你為什麼因婚姻不遂作踐了自巳的身子寶玉你好的四個字關的普天下的人都知道了這會子还敢笑話人求了你也想想偺們姊妹倆從小兒耳鬢撕磨的這些年如今我的命不好落

到這個下場頭你就狠該可憐我替我分點憂見纔是怎麼你倒打趣起我來了這可还怪得我有句私話兒不肯對你說麼黛玉聽了摸着湘云的臉笑道云兒又念了你放心罷你這件事姐姐替你出點力兒就是了等我明兒親自到廟裏去見我父親求他轉求二位仙師發個慈悲也教妹夫回了生你願意不願意湘云聽了笑道你這個話是當真的麼还是哄我頑呢你若果把我這件事替我辦成了我情愿答報你一輩子的恩黛玉笑道別的事哄你頑罷

了這個事是如何哄得人的呢只是妹夫隱瞞姓名將來我魂只怕費點力兒湘云道我想這也沒什麼難處姓名雖隱容貌可認況且你妹夫靈柩尚未安葬只用請了仙師打開棺木看看模樣見也就容易我魂了倘或怕死後容顏難辨他還有遺下的一個影像圖見呢黛玉笑道你這個話說的倒也近理我明見就照着你的這他話說就是了只是你繞剛兒說要報我一輩子的恩姐姐也當不起你這一句話如今偺們現在一張床兒上睡着你就把我暫且當

[943]

了晚上茶罷，拿了衣裳被褥就鋪在湘雲身旁，以備夜間便於照料，又命紫鵑、翠縷二人就在下邊坑上睡，便旅呼喚。當下無事，也就大家關門睡了。約有二更時分，史湘雲忽然醒轉過來，竟覺得身旁睡着一人，只當还是探春，噯哟了一声。送三姐姐黛玉方在朦朧之際，耳內忽听湘雲叫了一声三姐姐，不勝京声，就知道是他，把目巳誤認做探春了，也就故意的占糊問道：妹妹你这

卷三十　三三

[944]

會子心衣明白些了么，你素日是個最呕達的人，怎么就得了这水一個怪病呢？湘雲听了流淚道：三姐姐你那裡不道我心裡的苦楚呢！昨兒僭們在林姑老爺庙裏，你看寶哥哥和林姐姐他們倆人生生死死的閙了一塲，倒底成就了良緣；誰着他們的禍氣回生了多少人，这如今也都是成双作對的。連珠大嫂子守了这些年的寡，昨兒老太太还教他和大哥比的魂灵見親親熱熱，想來他一都是前世裏燒了高香的。难道我就燒了幾十輩子的断頭香

[945]

不成如今落到这個下場頭的結果，你教我心裏怎么不难過呢？昨兒晚上回來，我越想越活的没個趣兒，不知怎么心裏一糊塗，就再連人事兒也不省了。僭們姊妹倆一塊兒住了这些日子，我也知道你可的為人。我總肯把告訴不得人的話對你說了，你可明見，千万賞要告訴別人。宝姐姐呢还老實稳重，那個蹚兒和鳳了頭都是嘴尖舌快的人，没的教他們听見了，又該當個笑話兒打趣得我了。黛玉听了，忍不住的大笑起來道：雲兒你看我是誰，这可不是我

卷三十

[946]

嘴尖舌快的打趣你，可是你嘴尖舌快的自已供出來了。未知湘雲如何回答，且听下回分解。

發問好畢讓進上房分坐邢夫人不等孫紹祖開口先替他將昨晚夢中被城隍捉到廟裏被一僧兩道剖腹剜心更換了腸肚如今負荆請罪接迎春回去的話說了一遍王夫人听了不勝欢喜更伏婉言解慰了一番於是邢王二夫人同宝玉引了孫紹祖到菱洲來見迎春真也奇怪孫紹祖一見了迎春那一番和諧纏綿的光景就如宝玉見了黛玉一般倒羞的個迎春反竟害起臊來宝玉和邢王二夫人都暗暗稱奇便命宝玉陪着他喫了飯命綉橘服侍迎

春换了新衣送他夫婦兩個双双的回家去了再說林黛玉在秋爽齋送了探春回後便催着紫鵑翠縷二人把药煎好命翠縷抱了湘雲起來攬在怀內鎖了摸牙關尚未甚紧忙命紫鵑用手帕子接着湘雲的嘴自己用匙子將药慢匕的替他灌了下去仍舊輕輕的放倒蓋好了被兒約有申末酉初的時分只見湘雲臉上的顏色轉過來了燒氣也減了些兒正欲差人告知王夫人只見宝玉笑嘻匕的走了進來道妹妹太太教我來瞧史大妹妹病了不知这會子

好些兒了没有黛玉道燒氣退了些兒了臉上的顏色也好看些兒了宝玉听了便走到跟前將湘雲的面色細匕的端詳了一回因看的忘了情便順手來揭湘雲的被窩黛玉見了忙一把將宝玉的手推開低声道你怎么越発橫的没道理了你还當这是小時候兒么幸了翠縷没在这裏倘若明兒雲兒好了知道了不說你没道理还要說我没人樣呢宝玉笑道这是我偶然看的忘了情只當做你和宝姐姐那裏是有心呢纔剛兒宝姐姐原也要來的因爲桂哥

兒撒了癈所以不能來了黛玉道你回去告訴宝姐姐說这裏有我呢教他不用來了这會子也不用給我送鋪蓋这裏有三姑娘的呢只教紫鵑把我的綘色小襖兒的領衣帶來怕晚上凉你就拿些兒過去告訴太太去罷也就不用再來了寶玉听了把眉頭于一皺道早起正經人家宝姐姐要來你偏要搶着來當着太太可教人家怎么說呢黛玉听了低声啐道你这是個什么話呢宝姐姐現有桂哥兒我來也是一樣罷了难道你就一天兒也離不得嗎說的宝

兒王太醫道这位姑奶奶不是半年孀居了的么宝玉道正是王太医點點頭兒道就我所診的脉上看起來雖非風寒外感乃是情欲內傷心有一縷慾火上攻以致痰迷了關竅所以身不能動口不能言泠宜説則一順氣为妥説畢提不立了一方遞與宝玉遂喫了这劑藥能勾説出話來那就無礙了説畢告辞而去宝玉送了回來拿了藥方仍到秋爽齋來剛一進門早見有探春家差了個老婆子來說丙家中有事要接探春回去王夫人因湘雲病势沉重晚上

《卷二十》

無人照料正在踌躇見宝玉進來忙問道你史大妹妹的病王大夫說什么來可有妨礙沒有宝玉道他說並非感冒乃是心有一縷他開了個一順氣的方子說喫了这服藥說出話來就好了說着便將藥方兒遞與王夫人看了王夫人便命宝玉速差人去取藥宝玉接了方子揭起帳子來把湘雲又看了一看这纔去了王夫人歎道这個孩子素日齡七達七的怎么心裡又有了一結了呢这會子偏偏見的三姑娘家又差人接他來了又不能不教他回去今兒

晚上可教誰在这裡招応他呢若說連史大姑娘也送回家去你們看看两成这個樣兒可怎么往人家家裡送呢況且他們家也沒他的個着己的人兒怎么都是这些撓頭的事兒呢宝釵道太太不必焦心晚上我搬過來就是了黛玉道姐姐你有小哥兒夜裡喫奶奶不大方便不如我搬過來省些兒王夫人笑道不拘你們兩人誰過來一個我就放了心了說着只見探春穿了衣服走來又把湘雲看了一看向王夫人道雲妹妹喫了藥若好些兒太太可差人

《卷二十》

給我個信兒我好放心既是家裡有事來接我我也早些兒回去纔是呢於是王夫人送黛玉來到大堂外過來看視湘雲只見宝玉從外面笑嘻嘻的跑了進看其坐車而去王夫人回到上房剛喫了早飯又要來裏逗太太那边大娘帶了我二姐夫來了一來負荊請罪二來親自坐了車接我二姐姐來了王夫人听了不勝詫異與宝玉遂將昨夜假逗作法將孫紹祖剖腹洗腸之事說了一遍王夫人听了不勝之喜連忙迎了出來只見邢夫人領了孫紹祖進來彼此請

問安王夫人笑逍你史大妹七平日生的本就壯宝從來輕易没听見他害個病兒突兒的從廂裏回來还是好好的怎么一會見的王夫就病的人事見不省了呢宝釵逍我們也是纔听見的也不知逍他是怎么了正要瞧他去呢黛玉逍太太該把王太医傳來給他膲膲脉苂知逍他是什么病了王夫人瞧瞧他說着婆媳三八一齊來到秋爽齋只見湘雲逍我已経差人告訴你璉二哥哥去了偺們先過去睡在帳子裏臉上燒的就和胭脂辦見一般只不能

言惟有兩眼直瞪而已探春坐在旁边流淚王夫人見了也竟傷心用手在他額上摸了一摸燒的火炭兒似的忙問逍大姑娘你倒底竟着是怎么了探春逍我問了他一早起連一声兒也答広不出來已経不能說話了宝釵逍三妹妹你同他昨兒回來倒底知道他是什么病呢探春逍昨見我們回來还坐着喝了會子茶緫睡的我見他無精打彩的那個樣兒我就問他說你怎么了他就淌眼抹淚的緫不肯說後來見我問的緊了越發哭起來了我也不敢偪自

再問只得劝着大家睡了今兒早起我已経起來怵完了頭了还不見他起來我教翠襪叫了他一遍誰知逍那個糊涂雖竟没着出他姑娘的病倒說姑娘昨兒熬了眼了讓他今兒多睡一會子罷後來还是我不放心親自揭開他的帳子看時已経病的就是这個樣見了王夫人少了纔要說話只見侍書進來稟逍宝二爺帯了王太医來了探春宝釵黛玉三人忙自迴避去了王夫人命人放下帳簾將湘雲的兩手用枕頭托在帳外唥咐請王老爺進來宝玉听了

忙拉了王太医一同進來先給王夫人請了安王夫人答礼畢便請王太医坐在杌子上診脉王太医不敢正視偷眼將湘雲的玉腕端詳了一回就知是着已的內眷輕乚的診了兩手的脉便起身趨出到了書房悄問宝玉道大凡医家看病望聞問切缺一不可今病者在帳內自必是要緊的內眷了望聞二字是無庸訳的了若再不問則是獨憑切字治病了請問病者究係何人倘望明示以便開方立藥宝玉笑逍这就是史侯爺的侄女我們老太太娘家的孫女

則有未嘗愈者这也無庸以刀鋸洽之我有一種乳
聖枕中丹乃宣聖在大成官秘製的向非八世寇板
鹿膠之類只須一九喫了下去清升濁降定志生慧
雖不能明善復初亦斷不致再流大下愚說畢從腰
閒解下個葫蘆來取了丹藥四九每人給了一九合
其到家臨睡時用無根水服之賈璉薛蟠賈環賈蓉
四人这總放了心一齐上來拜謝二堂背後鳳姐香
菱蓁氏諸人也都放下心來宝玉見辦完了公事便
也走了出來只見僧道甄土隱三人起身告辭林公

927

不敢強留致謝了一番率領賈璉宝玉等送出庙門
飄然而去这裏賈母听得遠匕有雞叫之声忙吩咐
外面套車仁候只見鴛鴦領了李紈也來了同鳳姐
諸人一齐拜謝告辭賈母賈夫人送至大堂只見林
公正在丹墀上讓賈璉宝玉等騎馬賈璉宝玉等再
三不肯都把馬拉到儀門外这總上馬而去李紈鳳
姐等又拜謝了林公林公也站着說了幾句客套看
着他們上車去了这總和賈母賈夫人回後去了不
提且說荣寧兩府的男女並親戚諸人出了城隍庙

928

一路車馬磷匕燈籠火把及至各自到家巳有丑未
寅初的時候賈璉賈蓉薛蟠四人到家各自將
孔聖枕中丹如法服訖因夜間勞苦一竟直睡到已
牌時分醒來只貪心境光明神清氣爽迴思一往听
行听爲殊甚愧恨真如邃伯玉行年五十而知四十
九年之非矣再說宝釵黛玉同住怡紅院也因昨夜
勞倦一竟睡醒早巳日上三竿二八連忙梳洗幾完
正欲到王夫人處請安只見鴛兒慌慌張張的走來
稟这二位姑娘快梳洗罷縂剛見侍書從这裏過說

929

史大姑娘自從庽裏回來剛走由下就發起燒來这
會子病的人事見不省了三姑娘害了怕打發侍書
告訴太太去了釵黛二人听了都喫了一京正欲追
問情由只听宝玉在帳子裏問这怎么的史大妹匕
病了么宝姐姐林妹妹你們倆八先到秋爽齋看匕
他去我穿了衣裳隨後就來釵黛二人听了便留下
紫鵑服侍宝玉穿衣帶了鴛見剛走出怡紅院的月
門就瞧見侍書玉釧兒挾了王夫人從那边來了釵
黛二八見了便止步等候着王夫八到了跟前一齐

930

兒求一鬼卒上前連忙拾起端過一盆清水來將那
心肝腸肚一齊放在水裏用力翻覆搓洗一連洗了
三盆黑水这總子淨了摶開心裏撒土了藥末整理
了一番仍舊裝在他腔子裏忙用兩手將刀口合上
又撒了些藥末兒揉了會子忽听孫紹祖嗳喲了一
聲道我好苦啊二堂背後看的眾人这總都放了心
迎春臉上的氣色这總轉過紅來忽听僧道二人向
林公笑道大功成了明日自有奇驗如冷放仙回去
罷只見林公欠身致謝那僧道便取了個油紙捻兒

卷二十

923

點了立起身來往孫紹祖臉上抹了去但見金光一
閃就如打了一個閃電一般孫紹祖忽然不見了只
听林公向僧道二人笑道二位仙長的法力果然深
奧濟世救人其劲不小小弟求仙師把我們这幾位
後輩也端詳詳倘其中也有性情倚於一偏的尚
求施仁進就造僧道二人听了便覷着眼從賈璉
看起挨着次兒看到賈蘭為止看畢乃向林公笑道
聖人云惟上智與下愚不移總剛兒孫令侄瑨所
謂下愚是也非剖腹煎腸不能療治乃指着湘蓮薛

924

蟠賈蘭三人道老先生請看他們这三位雖非上智
然而秉受的清氣為多無庸療治又指着賈璉薛蟠
賈環賈蓉四人道卽如他們这四位雖非下愚然而
秉受的濁氣為多四人之中我們甄公他令郎和賈
府的三公子殆有甚焉若不卽早匡救將來窒遏就到
了下愚不移的地步了甄士隱林公听了便求仙師
的方畧嚇得薛蟠賈璉賈蓉四人面如土色
不知又是怎樣的治洗面面相覷不敢作声二堂背
後的鳳姐平兒尤二姐香菱秦可卿胡氏听了也都

卷二十　末

925

唬得改变朱颜心頭突突的乱跳起來林黛玉忙回
過頭去往四边一望只見宝玉站在宝釵的身後伸
舌見他便從人空裡挤了過去將宝釵的衣襟一拉
附耳低声道姐姐你就近悄悄的告訴他一声兒教
他躲着些兒再別冒冒失失的出去了宝釵听了也
回頭看了看宝玉便向黛玉笑着揑了揑手兒以示
宝玉必不致於如此教他不必害怕之意二人正然
搗鬼只見僧道二人向甄公道他們四人雖然秉受
的濁氣為多不過其心為物欲所蔽然其本体之明

926

癬瘀得粉臉熊黃眼中流下淚來鳳姐笑道二姊匕你这可是怎么了呢他把你折磨到这步田地今兒剛匕兒的有人替你出氣你怎么又心疼起他來了你想是又不願意給四妹匕當徒弟了迎春笑道我臉于小听見这些事我怪害怕的宝玉笑道二姊匕放心不相干的这不過是警戒警戒他斷然不肯傷他的命的賈母笑道你們都不用害怕拿我的拐棍來等我把你們帶到二堂背後去倒底看匕他們怎么收拾这個沒人心的小雜種子呢於是賈母挪了

拐杖前行賈夫人領了眾人隨後探春湘雲二八攙了迎春一齊來至二堂背後隔着玻璃一整但見堂上點的燈燭輝煌看的十分真切上面設着四個公案正中坐的一僧一道東边坐的是甄士隱西边坐的是林公下边一溜椅子坐的是賈璉薛蟠柳湘蓮薛蝌賈璟賈蓉賈蘭七個人丹墀下站着兩個相貌狰獰的惡鬼手提鐵鎖匕着一個垂頭喪氣的人脆在丹墀仔細一認不是孫紹祖是誰眾人正在京异忽听上面坐的僧道向林公笑道这個人生的外秀

而內濁其病在臟腑非針灸藥餌所能療非剖腹控心不能治也林公道願求仙師的法力僧道听了點頭道兒忽然把京堂未一拍大喝道鬼卒們把这個狗才的衣服給我剝了只听下面伺候的鬼卒大吼了一声將孫紹祖揪了起來眾人一齊動手早把上身衣服脫剝淨了嚇得二堂背後的眾人面面相覷不知何事又听僧道二人喝道鬼卒們快把这狗才的心肝五臟剝了出來只見上來了一個猪嘴獠牙的惡鬼手持一柄明晃晃的半耳尖刀走至孫紹祖的面

前慌了一慌嚇得孫紹祖忙哀告道二位仙師我再不敢任性了只見那惡鬼不容分說哧的一刀將孫紹祖的肚子劃開伸進手去將一副血淋淋的五臟掏了出來嚇得二堂背後的眾人面目失色也有渾身打戰的也有說不出話來的也有叫爹匕媽媽的也有說哧死我了的正在忙乱又听僧道在座上唱道快取一大盆清水來把他这副黑心乱肝拿去給我淘洗千淨將我这種藥未兒撒在他心孔之內仍舊整理妥當裝在他腔子裏說着便扔下一包藥未

了舉人了老祖宗總还把我也當成他們小姊妹們看待呢这不成了個笑話兒了賈母听了笑道我的兒你不用說嘴了俗語說的好鋪稻草蓋稻草倒底有個老頭兒好別說你如今三十多歲了我如今倒八十多歲了呢只是你老太爺没在這裡要在這裏的時節我們老兩口子也要親熱親熱呢說的眾人都鬨堂的大笑起來林黛玉咲着把李統推了一把道大嫂子怪不得老太太說你你本來住的是稻香村可不是鋪的蓋的都是稻草是什麼呢李統笑

道嗳哟你也和我動起嘴兒來了當着姑太太我也不好說你别的話我只問你宝玉你好四個字可是我親耳躲听見的不是瞎說的黛玉紅了臉啐了他一口正然說笑時只見賈珠在房門口問道老太太叫我吩咐話呢麼眾人見了賈珠又都瞅着李統笑起來只听賈母向賈珠道你先到你屋裏等着去我們隨後就來了宝珠不知其所以只得答广了一声径自回房去了賈母向鴛鴦努了個嘴兒鴛鴦笑着拉了李統的手径自去了賈夫人向眾人笑逤

老太太真是高興老人家不拘說個什麼話兒行個什麼輩兒總教人瞧着有趣兒探春笑道可不是呢拘我們看来家裏這一點福氣也还是老太太一個人積下的自從老人家去世之後不但家裏過的没個什麼戀兒那怕就是來個親戚呢也總竟得冰井似的没一點熱鬧氣兒正然說到这裡只見宝玉喜的手舞足蹈的跑了進來咲逤老太太姥媽你們都不出去看热鬧去麼賈夫人道这早晚見可有什麼热鬧可看呢宝玉道绝剛見我出去把二姐夫的

那些逺處都告訴了姑老爺听了也很生氣後來甄伯說这件事容易辦他就從直袋內取出一支香來就在燈上點着約有一盞茶的工夫竟把我二位仙師請了來了这會子現在二堂上陳設了公案発了一張牌票差了一個青臉紅髮的惡兒竟把我二姐夫捉了來了如今現在二堂丹墀下跪着呢也不知是怎樣發落他我見二堂背後橱柜子上飲的都是玻璃你們若要看热鬧見大家都到二堂背後隔着玻璃可就都看見了眾人听了都不勝京異只見迎

笑了只見宝玉一面側耳听着賈母說話一面將賈夫人面前放的一杯酒仲手端了起來一口喝了賈夫人笑道我替你这個樣兒必是在外頭你姑爹沒有讓你喝酒宝玉笑道姑爹倒讓來只是我这個嘴書还講不過來那裏有喝酒的工夫呢賈夫人咲道既是这樣你就坐在我这裏罷司棋另取個杯子給你二爺斟鍾酒來宝玉听了便坐在賈夫人的旁边司棋斟上酒來又給他面前抓了些松瓤杏仁兒賈夫人道我的兒我有件事和你商量我想你二姐姐

回了生好些日子了你二如夫那個猴兒患子竟裝沒事人兒这也不成個事体你到外頭和你姑爹商量怎麼想個法兒把你二姐夫嚇唬嚇唬只怕他也就回了心了宝玉听了笑道这件事倒也容易辦趂着甄老伯在这裏我就出去商量商量只怕甄老伯有個什麼法兒出不可知說着便立起身來往外就走香菱忙叫道宝二爺你替我問候我父親教他明兒到我們家去我还有話說呢宝玉听了笑道姐姐我只顧說別的話竟忘了給你道喜絕剛兒甄老伯

說他已経把甄老伯母送到这裏來了現在城外公館裏住教薛大哥明兒一早套了轎車子接去呢薛大哥已経答應下了說畢径自去了香菱听了大喜過驚這裏衆人又一斉都與香菱道喜大家又欢笑了會子賈夫人舉杯讓送姑娘們倒底也都喫杯酒怎麼儘自說話連筷兒都不動了衆人斉声道姑太太我們的酒都勾了菜也喫的不少了早些見賜飯罷喫了大家卞炕散一散也到各處看上去賈母道也罷了想來他們也沒有裝假的人賈夫人听

了傻吩咐上飯於是了頭們端了飯來大家用畢盥漱了下炕散坐喫茶只見鴛鴦請李紈到他們房裏去坐李紈乃向鳳姐諸人道你們大家都不逛上去鳳姐笑道絕剛兒老太太原是教你去和大哥哥親熱親熱你这會子又混約我們作什麼呢李紈笑道你悄默声的罷着仔細我撕你的嘴賈母听了便向司棋道告訴你男人教他到書房裏請給你大爺就說我請他說話呢李紈听了笑道这個老太太外頭陪客呢我如今也是三十多歲的人了兒子也中

有祭銀子後來平兒知道了和太太商量着把巧姐帶到劉老老家躲了些日子這纔脫過這一場是非小繎以太太說不如早些見給個人家兒得他們又安壞心刘老老這纔做的媒給了周家了賈母听了大怒道這還了得了我們大太太真是個死木頭你們打發人到書房裏把環兒這個壞種子給我叫來等我問問他的娘已陰前程受罪作葯應夫人笑道罷了老太太事情已經是早過去了的只是見今我們請求的老太太給他留點分

兒罷賈母欢道發下這様的下流種子這就是家門不幸卫故若他就是了迎春他再不吵過等我老他活捉了來送到地獄裏去誰的家人又都笑了賈母又向迎春道二奶奶你自從回生之後孫家倒底如送了個人見來没有迎春听了流淚道可教誰來呢我前兒在太虛幻境早就說了我情愿和妙玉都跟著幻他如他們大家又都不彼硬把我擺撥着回生来了這會子我也想求也再没有别的路兒了只好將求給四妹七做個徒弟罷賈夫人听了歡道這

件事可怎応処呢纔剛見我聽見史大姑娘我心裏就狠不好然而姑爺的命短這也是件没法見的事了這個孫家二姑爺可又是現在活着的你們也没打听打听他如今個應續絃了絰了没有平兒管道這個話我們也問過的二爺說他还想續絃誰家有姑娘肯往火坑裏送呢以此看來這會子没有續絃罷賈夫人听了沉吟不荅黛玉如有所思忽見宝玉從外面笑嘻嘻的走了進來道勾了現的了剛瞧見盼了個收命的人來了賈母忙問道怎応你們外頭的

洒席可餘散了宝玉笑道早呢身呢纔繞上完了小碗子送没上點心呢賈夫人笑道怎応你可就下了席了宝玉笑道剛只一炗了脇妹老爺竟盤問我四書五经史記綱鑑以及古交辭賦若過這様又問薛蕚黛逼這條又問那條盼著他老人家逼那别人說七話兒繞總没有剛七兒的甄老伯來拜會了我這繞脸了身了賈母听了笑道好這繞合了我的心了薈過有個催着念書的老子外頭又有個催着念書家裏有個催着念書的丈人看你明見念著可用心不用心說的眾人又

520

我素日最心疼的如今都得了好女壻我所見心裏
就喜欢極了說畢又往下首一看坐的乃是史湘云
由不得歎了一口气道嗳我的云丫頭倒怪可憐見
兒的我從小兒瞧他我只說他是一個有福的長的
模樣兒純乎厚的說個話諭比綽綽的那知道
他的命倒比別人好及呢說而史湘云眼圈兒一紅
早流下淚來賈夫人見了忙用別話打岔賈母也會
過意兒乃向探春笑道一女壻人兒怎应樣今年多
大年紀了探春笑道今年二十一歲了書也讀了好

〔903〕

卷三十

些字兒寫的也好只是打心裏不愛念書歡喜
弓跑馬的這些事賈母听了笑道是哦武將家的公
子多一半兒都不愛念書老鶴窩裡原没有鳳凰的
只要認得幾個字兒不是個白眼窩也就罷了四丫
頭又打扮成個道姑了我所見說你一心兒的要出
家小人兒家頂是胡鬧極了你宝玉哥哥出家原為
的是你寶玉姐上你出家可又是為那一條兒呢惜
春紅了臉笑道這個老太太老人家又說起肯晦話
來了各人有各人的志願難道說世上出家的都是

七

〔904〕

有丫頭見的嗎賈夫人听了笑道我的兒你不用着
老太太是心疼你這应個年輕的人見入了坐門
就怪可惜的了只要你悟道的心堅只怕將來也定
有一個好処的賈母又道我昨見听見刘老老說所
姐也有了婆匕家了說是個鄉下的財主家女壻也
長的怪好的也哭念着昨見我見那個小親家母也
是怪伶俐的個人見倒渡有什应可挑剔處只是我
門遠樣人家的女見給到鄉裏倒庇听着怪不好的
鳳姐听了咲道老神宗还不知道呢要不是給到鄉

〔905〕

卷三十一

裏便賣与人家當了小老婆了賈母听了大驚
道你這個話從那裏說起呢鳳姐道自從老太太歸
天之後老爺扶柩回南去了我又死了二爺又瘋着
老爺帶了青千來叫到軍台上去了宝兒弟又是大
呢家裏一個正經人兒也没有環兒這個東西成日
家招了那些二個無賴的人到家裏來要錢這裏頭遊
有我哥匕王仁那個不得好死的兩個人輸的没馬
兒賣了就都想到侄女外甥女兒身上來了供着大
太太把巧姐賣給一個什应潘王家作妾廬了还没

八

〔906〕

《卷三》　五

們並沒有什麼爭論的不過往者不追來者不拒也就是了眾人聽了又都笑起來賈母了一聲乃向香菱道姑娘你那個小孩兒如今只怕也狠出息了只怕見了你倒要認生呢罷香菱笑道可不是呢出息倒狠出息了總和家裏的人生只認得他奶媽子一個人兒連我太太都不要抱我倘招呼他他倒哭了賈母笑道這麼說起來姑娘你可別已較真是蟠兒的種子了說的眾人又笑了賈夫人笑道據我看香菱姑娘倒是個有福的我聽見

899

《卷三》　六

他們這個主兒當日活着的時候就狠作踐他他這如今倒夫妻兒女團圓圓的他們這個主兒嫁了我們憑書辦教男人制的伏伏在地的如今見了誰書辦沈像避猫鼠兒似的宝釵聽了忙道沒臉的東西過會子求姑太太把他叫出來等我数落着他一頓出一出我的气賈夫人唉道罷喲姑娘他如今已經不是你們家的人了你又罵他做什麼呢寶玉也劝道姐七你何必見他呢我想他平日雖不顧臉這會子要叫他出來見俏們他斷然也是不肯出來

900

的宝釵聽了這纔不言語了只見賈母又戲着眼睛向各席上壑了一壑看到尤三姐的跟前乃笑間道三姑娘怪熱的天氣你脖子上纏上一條見絲線做什麼呢尤三姐聽了蹙了臉笑道這個老太太怎麼只是殺我們取笑見呢這那是絲線兒是個疤跡見賈母聽了點頭笑道哦這就是了這也就難為他們二位仙師的法力會能把割斷了的肉蓻了起來又向賈夫人道當日我們小的時候只知道跟着父母過日子及至長六了父毌要給到誰家就是誰家那

901

裡知道自已挑小女婿子呢你看這位三姑娘眼睛裏這是有水兒挑了個柳相公真見世上數一數二的人才倒底生生死死的鬧成了你說這不是世上的一個姑娘糟了麼說的尤三姐紅了臉低了頭不敢哼一声兒賈母又向宝琴岫烟二人笑道你們二位姑娘可也都出了嫁了薛二相公我是親過的不用說是個才貌双全的人兒才知悔翰林的公子人品孝問何如岫烟笑道我們二姑爺長的甚怪清秀的去年也扳了貢了賈母聽了欢喜道你們倆八是

902

這些人坐呢你們都看上花瓚錦簇的坐了一大炕教我瞧着怎麼不喜歡呢我的見你們也喝一鍾兒酒也喫幾個菓子兒這都是你們自己拾來的東西衆人聽了齊道我們好容易又見了老太太姑太太的金面今兒這個酒菜都是很量見的喫喝没人敢作假的賈母又向黛玉道昨兒有人給你送嫁粧去了你瞧那些東西可也还不好總共也值得幾個錢兒黛玉聽了正欲回答只聽寶釵道好極了樣兒都做的滑巧此我的嫁粧強多了裡頭綾羅紗緞

895

替環首餙都是全的也值個兩三千銀子瀟湘館地方兒窄小那裡擺得開這些東西呢我和林妹上商量着我們姊妹倆住在一塊兒怡紅院那裡要又寬闊又嚴亮所以昨兒把那些東西都擺在怡紅院了賈母聽了欢喜道狠好這繞是呢你們姊妹倆住在一塊兒甚事都便當多了也省得寶玉小子今兒要往這個屋裡來明兒又要往那個屋裡去教人家外上瞧着怪厭氣的你們姊妹倆可都是讀過書的人把宝玉交給你們兩個人我也是放心的可别跟着鳳

896

家身上來了這不是他們倆人都在這裏老太太你管問自從回生之後這些日子我總是撞着二爺到龙二姐房裏去平兒現在懷着身孕眼看要佔房的人了也該避諱着些見所以他如今倒見跟着我睡呢賈夫人聽了笑道姑娘你這個嘴真是要不得了老太太不過說的是句頑話你怎麼笑起清賬來了也不怕巧姑娘笑話說的衆人都笑了賈母笑道怪道

897

平兒進來的時候我看他走路累累墜上的原來我又要得重孫見了秦氏笑道老太太不徂要得重孫兒还要得累孫見呢我們胡氏妹子也有六七個月的身孕了賈母聽了愈加欢喜道這更好了我這可當真的是個老祖宗了我也忘了問問你們姊妹倆和氣不和氣喫䕘不喫醋呢秦氏聽了用手蝲子握着嘴嘻上的笑道老太太問的這個話真教我們也答不上言兒來了我們這個胡氏妹子也是一個怪老實的人我們姊妹倆也是一個屋子兩副床帳我

898

續紅樓夢卷二十

賈迎春擺佈薄情郎　史湘雲搜求短命兒

話說李紈鳳姐平兒尤二姐寶釵鶯兒萍兒卿胡氏迎春探春惜春巧姐史湘雲甄香菱薛寶琴邢岫煙尤三姐十七個人隨了賈夫人鴛鴦迎了西邊的偏院只見賈母倚門而待衆人見了忙趨行了幾步到了跟前一齊請安問好賈母笑道姑娘們都進來罷你們聽着這是給我蓋下的新房子都是照着園裡的樣兒蓋的也是一邊兒是大万字炕一邊兒是碧

紗櫥屋裏的陳設也是我自己親自佈置着擺的你們看了好不好李紈等衆人看了齊聲道老太太是全福全壽的人眼見耳聞的多了不拘調度個什麼見總比別人異樣些見賈母笑道你們姊妹們都上万字炕去坐偺們今兒也要鬧個新樣見每人面前放個小炕棹兒上擺一個攢盒兒一把自斟壺一双筷子一個酒杯兒上菜的時候見都用小碟子小碗兒各人喫各人的尤三姑娘薛二姑娘那大姑娘史大姑娘裘姊娘你們五個人是客就先上去順

把炕棹兒也都放上罷時光兒有限我們喝着酒說話見也是一樣的賈夫人笑道你們都聽上老太太事情想的又週到話見說的又撬脆次序兒分的又清楚偺們再趕不上老人家的姑娘們也再不用謙讓了就都照着老太太說的次序兒上去坐罷尤三姐史湘雲等衆人聽了也就不必再讓大家一齊上炕各按次序兒坐下這裏鴛鴦竟走來要給李紈磕頭

李紈見了忙又站了起來拉了鴛鴦的手那個眼淚就像珍珠一般的滚下來賈母道我的兒呵你不用檻自傷心了過會子喫了飯教鴛鴦把你領到他們房裏你夫妻兩個也只管親親熱熱去這難道还怕誰笑話嗎說的衆人都笑了只見衆丫頭們七手八脚的挨着次序兒放了二十張小炕棹兒每一棹上放了一個攢盒兒一把自斟壺一副杯筷賈母共叫鴛鴦也都坐下斟起酒來賈母舉杯笑道為了我嚷着教打了個万字炕若是個順山炕還不會你們

地方窄小擺不開多的酒席老輩子老爺們太太們
和珍大爺珍大奶奶另日再請罷這如今請的男客
是從璉二爺起都是小輩子的爺們女客是從珠大
奶奶起都是小輩子的奶奶姑娘們並教多帶些了
頭老婆子們伺備斟酒上菜呢王夫人聽了笑了一
笑便命宝玉打開圍取出請帖來念着聽聽看後
日請的些小輩子都是誰宝玉取出請帖來念了一遍
男客乃是賈璉宝玉賈環賈蘭賈蓉柳湘蓮薛蟠薛
蝌八個人女客乃是李紈鳳姐平兒尤二姐薛寶釵

林黛玉泰可卿胡氏迎春探春惜春巧姐史湘雲蛭
香菱邢岫烟薛寶琴尤三姐共十七八賈政王夫人
听了點點頭兒仍命連匣兒交與焙茗明兒一早就
照帖兒去請老天婦又和宝玉說了會子閒話兒這
纔各自踊房就囉話休煩絮到了第三日宝玉差人
約會這些應請的人無論男女都於午後到榮府會
齊敘了點心候至定更時分坐車的坐車騎馬的騎
馬燈籠火把二路輝煌都到城隍廟的前殿爾下了
車馬早有林公賈珠二人迎了出來將他弟兄叔侄

八人迎到書房去了這裏賈夫人鴛鴦也迎了出來
將李紈鳳姐等十七八人引到賈母新蓋的房子裏
見賈母手拄拐杖倚門而待一見他姊妹們進來拍
手笑道瞧我的兒們你看一個賽如一個的花攢
錦簇的都來了前兒我到家的時候只顧和你婆婆
們說話也沒工夫和你們談談今兒是你林妹妹回
門的日子所以也沒請你太太們只接了你們姊妹
們來也讓你們姊妹們風光風光未知李紈等如何
回答且聽下回分解

嫁妝都攞到門上來了惟恐老爺不肯賣臉所以他親自求見面稟緣故的老爺聽聽這件事真真有趣兒極了賈政聽了心中甚是詫異只聽王夫人笑道老爺只管收下他的這是老太太前兒說來姑太太爲沒有賠送叩叩了會子閙的如老爺沒了法兒說等我想着法兒辦就是了這如今姑老爺救了他女兒的命他親自送上門來又爲什麼不收呢賈政笑道雖是如此也該差賈玉到廟裡問問姑老爺去繞與呢賈璉笑道老爺未過於謹愼了事情若不是真

的趙堂官那個業障可是刀子尖得出血來的人他不想別人的便宜就勾了他肯自己化了銀子還登門派求賞臉歷賈政聽了沉吟了一會道也罷你就這樣回覆他說我家叔不管這些閙爭看他怎麼樣他卻若不依你就自己做主兒收了他的就是了賞遷的人也不用給他領謝的名帖兒賈璉聽了忙出來到書房向趙堂官笑道適纔將尊駕的來意稟知了家叔因個染微裘不能出陪說尊駕既是還願的東西他不敢管這個閒事趙堂笑道小弟

深知令叔大人的秉性但我此舉乃是我自己还願並不是矜令叔大人送情二爺你只管吩咐着人攞進去就是了賈璉見說便吩咐林之孝派人徍襄搬送完了攞的人五兩銀子趙堂官喫了茶親自站在儀門上看看一件一件的都搬完了這繞和賈璉作別上馬而去賈璉仍舊進來回明了賈政賈政便命宝玉騎上到廟裏給賈母請安去帶着問問送嫁妝的緣故起更之後宝玉帶了焙茗騎馬而去約有兩個時辰宝玉焙茗依舊回來亮賈政王夫人道老太

太這兩日狠好問了問送嫁妝的事誰知道趙老爺總不知道叫了馮淵來問繞知道送嫁妝的事都是馮淵閙的諸審已作成難以挽回姑老爺只得笑道這位趙堂官原是個沒才料兒的東西況且又敉了他的女兒教他化幾個錢兒也罷了賈政聽了正要往下再問只見焙茗手襄拿着個拜匣兒往棹于上一放王夫人便問道這又是什麼焙茗竟道姑太太那裡不來的請帖因爲後日是新一奶奶回門的日不幾絮了替薄訝一萬呢姑老爺姑太大說來廟裏

只當我的東西都教你姐夫姐姐他們鼓蕩淨了呢誰知還是照舊都擺的好好的明兒教林丫頭搬到他屋裏去也狠勾用了賈夫人笑道罷喲老太太喒們也走罷進不多兒雜要叫了再不用提這一條兒了我不過是為我們的臉面教親友們瞧着好看些兒那裏是為咱們家沒有女孩兒使用的東西呢賈母聽了向王夫人笑道我聽見那邊親戚都瞧了我們可也不驚動他們了你們吩咐教外頭伺候認真的天可也不早了邢王二夫人知不可留只得吩咐

外頭伺候齊二家的攬了賈母司棋攬了賈夫人衆人一齊送至榮禧堂看着賈母賈夫人上轎而去衆人仍至上房看着丫頭老婆子們收拾了傢具吹息了燈火這纔大家散去各自歸房不過畧歪了片時東方大亮衆親戚們起來梳洗畢又留着喫了點心纔各自回家去了連日無話到了寶黛成緣的第七天上這一日賈政下朝喫畢了早飯正然與了寶玉來吩咐教他晚上到庙裏去給賈母賈夫人請請安只見賈璉笑嘻嘻的走了進來稟道有一件稀罕

的事兒回老爺知道賈政道什麼事你這樣喜歡你坐下說罷賈璉便顧跨兒坐在椅子上笑道纔剛兒刑部堂官趙全親自到門上投手本求見老爺林之孝知道他的行為不端老爺素日不待見他況且他又不是本部的官員不敢求見老爺先告訴了侄兒侄兒出去見了見他問了問他的求懇他說的倒狠有個趣兒他說他有一個女孩兒今年十八歲了生的也狠像個人兒半年前頭被一個什麼鬼魂纏住了延醫調治總不見效堪堪待死了他心疼女兒

急的沒了法兒了親自到城隍廟燒香許愿說但要保祐着他的女孩兒病好了他情願出三千兩銀子的佈施修蓋廟宇晚上就夢見姑老爺差了一個姓馮的相公在他女兒房裏拿住了一個青臉紅髮的惡鬼救下他女兒的命了那個姓馮的就吩咐他說你的女兒好了並不要你出佈施修廟儘你許下的這三千兩銀子辦一副上好的嫁粧送到工部侍郎賈大人府上收了就筭你還了願了如今他女兒的病果然好了他不敢違背神語現在辦了一副上好

些親友在庙裡熱鬧一天横竪娘兒們常常見面那裏在平住不住呢劉老老道阿彌陀佛我的老太太別說姑娘們捨不得老太太和姑太太回去就是我也捨不得你老祖宗回去躲我們鄉下人成年來那裏有閒工夫進城上庙呢只好等到明年四月八做會的時候我再到庙裏給老祖宗燒香去罷說的衆人都笑了正笑時只見那夫人王夫人尤氏李紈姿媳四個走了進來王夫人道怎麽老太太和姑太太都要回庙去躲貴夫人道我們這裏住着不大方便

過兩日再來着你們來罷我們庙裏諸事同未齊全等到了九天上我接你外甥女兒回門那時再請二位舅太太和奶奶們姑娘們都到我們店裏逛逛去舅太太我還有句話外甥女兒是從小兒舅舅舅母疼大了的未免疼養的太嬌了凡有不到的地方兒還望舅舅舅母就待他些繞好王夫人笑道噯喲喲姑太太怎麽說起客套來了這是幾時學下的這個話買母笑道這箒什麽客套呢你沒見前兒嬈上和姑老爺吵着教辦一副狠体面的嫁粧再做四季的

幾套衣裳姑老爺說如今女兒是回了生的人了此不得原先在太虛幻境同是鬼魂了我們所用的東西人世如何用得呢姑奶奶就說你爲什麽不辦人世所用的東西呢姑老爺說你好糊塗如今偺們所用的銀錢都是人世焚化來的拿去買人世的東西誰家肯要呢姑奶奶聽了就埋怨起來了說我一輩子就只養了這一個女孩兒別的没有罷了難道連一副嫁粧也不能瞞送嗎當日活着在揚州作監院不和商人們要錢作了一輩子的窮官這會子死後

聆的咂了都城隍誰知道又是一個窮城隍呢開的姑老爺没了法兒了笑道你不用着忘等我想個法兒辦就是了你們想想如孫女兒到了偺們家難道還能勾缺少了他使用的東西麽又要什麽嫁粧呢薛姨媽聽了向前夫人咲道親家太太你也不用多操這一番心如今他寶姐姐的東西也不少暫且姊妹倆大夥兒將就用着等我們當鋪裏明兒等清了賬我教他蟠兒哥哥也給他照樣兒辦一副送來就是了賈母道姨太太你也不必費這個心繞剛兒我

栖裏看時但見鋪排陳設的儼如賈母生時景像自
是心中歡喜便指點床帳向賈夫人道姑奶奶你看
這副有架子的床就是我當日睡的這個榻子裡
边就是寶玉的睡處這個榻子外边就是寶玉的睡
處他們倆人從小兒就都跟着我睡的賈夫人笑道
老太太當日疼他們也疼的太過餘了正然說到這
裏只見鳳姐寶刘進來稟道酒席都罷亭當了請古
太太姨太太都土席罷賈母聽了仍拉了刘老老和
賈夫人走了出來坐次是賈母在先說定的眾人不

敢違拗也不必再行謙讓俱都照着賈母指定的地
方大家一齊就坐鳳姐寶釵遞過了酒便命琥珀瑪
瑙二人伺候東边兩席斟酒上菜司棋鮑二家的伺
候西边兩席斟酒上菜話休煩絮酒席筵前無非說
些別後的情事也有說到賞心處歡笑的也有說到
傷心處流涕的紛紛不一直喫到天文五鼓忽聽外
面鳴鑼響道就如是林公散席回廟去了這裏薛姨
媽刘老老賈母賈夫人送也起了席散坐喫茶賈夫
人便顯示兒叫了宝釵黛玉二人到碧紗櫥裏問娵

兒們說私話兒去了這裏賈母和薛姨媽刘老老湘
雲探春等又說了會子地府以及太虛幻境的話只
見周瑞家的進來裏道那边大觀園的席也散了眾
位親眷太太們都各自找地方打牸兒去了賈母聽
了看時只見薛姨媽刘老老都圍的打起哈息來了
忙筐道姑奶奶們也回去罷天不早了只見賈夫
人一手拉了寶釵一手拉了黛玉走了出來薛姨媽
見黛玉又哭的眼圈兒紅紅的便拉了他的手笑道
我的兒你這又是為汁麼哭呢你們如今紛回了生

姑老爺姑太太又做了本處的城隍老太太也隨住
來了你狠該歡繞是為什麼自只是哭呢你明
兒總跟着你寶姐姐學諸事總把心放的開開的你
的身子就不能再弱了賈夫人道他們姐兒倆要
我和老太太住在這裏呢我說我們如今並非生人
住下諸事不便他就又哭起來了賈母道我的兒
你不用哭我們過兩日再來睌你們來我們的房子
咋兒繞蓋完了裏頭的諸事還都不齊備且等你到
了九天上你媽媽自然要接你回九那時我們也請

盼望呢，這如今好容易聆的娘見們見了頂，怎麼老大太到說起生分話來了呢。這不是當着姑太太說嘴，我素日待林姑娘就和我們宝了頭是一樣的，從沒有一点外心。見賈夫人听了笑道：親家太太，我早就听見說你狠疼你甥女兒綠。剛兒我們老太太說的也是实在心裏過不去的話，並不是生分外道。命起堁來做妹子的狠給老姐乞磕個頭謝一謝綠是呢。薛姨媽道：爱喲，姑太太你的言太重了，我那裏來當得起，惜們這筻子只要他們夫妻和美姻

867

妹投緣這就是你我的們还有什么說的呢。正恭說到這里，只見司棋、琥珀、鮑二家的走來离道：兩点頭兒便叫過鳳姐主敍求吩咐蓮東边把你們的席擺上。兩桿首席中問讓姨太太坐，迎了頭厨了头林了头你們三人是於回了生的人就陪首一席，恐怕姨太太罷，和你們說七話兒。二席中問讓劉老老、华妾姑娘、尤三姑娘、尤二姑娘他們三人，也是緣回了生的人陪第二席。教他們把大虚幻境的光景

868

卷十九

告訴告訴劉老老，教他聽了好到鄉裏主說說古經兒。西边把我們擡來的兩席擺上，也把你們喫的莫菜擺幾樣兒。首一屐中間讓你姑媽坐賣了頭，你就帶着你兄弟媳婦和你四妹妹平兒作陪你姑媽，也要和你們說說話兒呢。第二席戶間我就坐了，教你琴妹妹、雲妹妹、探妹妹和你侄女奶姐兒都跟着我坐，我也要和他們說說話兒呢。你們倆人就照着我說的這麼擺照，不用再論什麼別的親跳長幼了。同妹姨媽姑媽劉老老暫且到碧紗櫥裏坐坐去也

869

看看我當日的那些古玩東西，不知你老爺太太還于給我照舊擺着，遠是給我送到當鋪裏去了呢。說的眾人都笑了。劉老老笑道：阿彌陀佛，老太太處的也太寬了。俗們這樣人家若要當起當來，我們這些鄉下人可都惡麼過日子呢。賈母聽了笑道：老老你快別說這個話。俗語說的好，蛇大窟窿大，有時見指住了也不能不當的。我只恐怕他們吉巳不肯當他門自巳屋裏的東西，自然都瞧視住我這個死見了。說的眾人又咲了。於是賈毋拉了劉老老都到碧紗

870

長幼的次序見逐一的磕起頭來眾人見他兩人打粉的天仙一般真是玉琢成粉捏就的一對兒大家齊聲讚不絕口喜的個賈母眉開限笑的向眾人道大家大太們這可是我的一件老不歇心的事見這如今仰賴上天的福佑生生死死的都成全了你們大家瞧瞧我這個外孫女兒和我這個小孫子兒可西好不好呢眾夫人們聽了齊聲讚道這都是老太太素日積功累仁的感格了上天所以纔有這樣豆有人求的事他此們不肖這一對小夫妻真就和天

上的金童玉女一般誰家能有這樣的大福呢說的與母愈加歡悅起來少頃拜畢賈母問王夫人道這個房裏擺席坐不開這些人麼王夫人答道這裏坐不開已經把酒席都擺在大觀園省親的正殿上了那裏預備的有戲地方还寬展些兒賈母道既是這樣你們就把周親家太太小周親家毋甄李尤三位薛家太太邢王二位舅太太和我們家的小侯太太右讓到大觀園上席聽戲去罷天也不早了我和林姑奶奶又都不喫你們人世的東西這裏另有遠去

的呢我們把戲也聽俗了而且也嫌鐃鼓聒的慌可就不陪過去了這裏再擺兩席留下薛姨太太刘老老俪人帶着他們小輩子的這些姑娘們搭着些兒坐罷我們就近好說說話兒你們老妯娌兩個和珍哥兒媳婦珠兒媳婦都到那边陪客照應去罷我們這裏有凤了頭宝了頭也就狠勾照應了邢王二夫人听了便將眾夫人們都讓到大观园去坐席賈毋送至房門口笑道眾位亲家太太們論理我該陪過去稜進尼俱尺足如今咱們人見咮之太太來不来

覺着你門可要恕我的罪罷眾人听了一齊謝道老太太如今是神人了我們那裏當得起呢說畢便都往大观园去了這裏賈毋拉了薛姨媽的手笑道姨太太偺們都是至親為我們宝玉的這件事情教你們娘兒倆倒操了多少的心受了多少的委屈我心裏狠過意不去的薛姨媽笑道老太太說那裏話偺們自巳親戚还是外人嗎自從前兒林姑娘給他姐姐託夢之後我們就知道老太太到了姑太太家了後來又聽見有個回生的信見我們那一天又不

言臨期再下吩去請湘蓮等去了王夫人又差了賈璉寶玉看望香菱和尤三姐又約會了邢夫人同過寧府去看望秦氏那邊尤氏也過這边來看視寶玉諸人彼此往來熱鬧了一天到了晚上賈政同來告訴說本日蒙皇上召見面奉口旨准其親屬人等進官與娘娘請安王夫人聽了不勝之喜晚上怕亂着將一切預備停妥次日黎明賈赦賈政並邢王二夫人一齊進官與元妃請安不免又是一番傷感王夫人鬼卅賀官訴言七日後請親戚拜堂的話奈郊了

元妃元妃甚喜又賞賜了許多礼物回到家中賈故便差了賈璉到城隍廟督工定限七日內完竣到了晚上宝玉賈環賈蘭三人送尤氏李紈平兒宝釵都到城隍廟與賈母請安相會這些節目也不須多贅果然到了第七日黛玉迎春惜姐尤二姐晴雯金釧兒六個人精神復舊都下地來到王夫人上房來叩見把個王夫人喜的眉開眼笑忙請了賈政進來受礼已畢便商量差人與各親戚家下帖到了次日早飯後就有史侯的夫人王子騰的夫人邢大舅的奶

奶薛姨媽帶了香菱納烟宝琴甄應嘉的夫人李嬸娘的老娘帶了尤三姐又有周統制的夫人巧姐的婆婆周安人並劉老老諸人都到了但見寧玉一堂花攢錦簇珠圍翠繞屏開翡翠帳設芙蓉十分熱鬧到了晚上黃昏人靜之時寶玉親自騎了馬到城隍潮迎請林公並賈母賈夫人來家不多一時都齊齊大輔一路旂鑼傘扇前呼後擁的直至榮禧堂下轎賈赦賈政率領子侄等迎接林公向吾房前未達裏諸位見試來的太太奶奶姑娘們都卡出屏門來迎

接黑壓壓的站了一院子的人司棋鮑二家的媳了賈母賈夫人走了進來大家相見也有見了傷心流淚的也有見承喜歡含笑的一一的敘過了寒温大家一同都到賈母舊日住的上房裏各按賈壬長幼的次序兒就坐賈母夫人便和這些太太們先敘了會子別後的情事茶罷王夫人便命了頭們將御賜的金蓮玉燭供在正中几上點了起來佢見香烟繚繞燭婳輝煌地下鋪了洋毯引了宝玉黛玉二人出來先向上叩謝了聖恩然後按着親戚主人尊卑

〔855〕
不提且說賈政回到家中早已東方微明晨光
熹現各自回房假睡了片時便早紅日東升起來梳
洗已畢賈政自去上衙門去了王夫人正和賈璉寶
玉商量過了七日請親戚接賈母賈夫人之事只見
李紈也進來問安王夫人見他眼睛哭的腫腫的又
覺傷心流淚起來宝玉見了忙勸道太太和大嫂子
都不用儘自傷心了我哥哥雖没有回生現在爲神
享受香烟僧們又能時常見面也就和回了生是一
般的若是嫂嫂萬念實在放心不下就讓你坐上車

續十九

〔856〕
我同蘭哥兒騎上馬都到廟裏見見老太太姑媽大
哥哥和鸞鷟姐姐你若是捨不得大哥哥就住在那
裡也使得的王夫人聽了忙道又信嘴兒亂說來了
没小的混說頑話你可就記不得了說的宝玉伸了
你老子先没盼咐過不許你們在嫂子們跟前没大
伸舌兒賈璉聽了笑道宝兄弟說的雖是頑話論理
我大嫂子他們也該到廟里見見老太太姑媽去繞
是呢我想晚上教平兒也臨了大嫂子去走走兒李
紈道他二嬸娘是繞还了魂的人跟前如何離得他

〔857〕
平姨娘呢賈璉笑道不相干的早就精神的什麼似
的了昨兒喫了一天的燕窩粥可就喝着嫌稀了今
兒一早醒來就吵着說想喫蓮葉羹了王夫人聽了
忙問宝玉道你林妹妹的光景兒何如宝玉笑道聽
那個光景兒也道像是要喫似的王夫人聽了笑道
既是這樣就吩咐柳家的今兒就作蓮葉羹就是了
又向李紈道既是他們都精神些見了今兒晚上來
性教宝了頭也隨了你們一塊見去見見老太太姑
問列卒九曹成巳也了繇人知介我珍大嫂子一声

續十九

〔858〕
見王夫人道我和大太太論來我們過會子还到那
边去看看蓉哥兒媳婦夫呢我替你問他一声見就
是了正然說到這裏只見始名進來喜道薛大介薛
二爺帶着柳二爺來拜來上買璉宝玉聽了剛迎到
院子裏就見薛蟠薛蝌柳湘蓮走了進來李紈忙自
迴避去了他三人到了上房與王夫人呵安叩喜王
夫人又與湘蓮道喜謝他在大荒山聚應宝玉又問
了會子尤三姐香菱回生後的光景將賈母所言七
日後請親戚朋友拜堂的話告訴了他三人一遍並

回來又和他們小叔侄倆說了好一會的話見纔來
的賈政王夫人等聽了又都傷起心來賈母道你們
不用傷心了壽夭各有定數你們只管把珠兒交給
我我們娘兒們还沒那麼逍遙自在呢前兒我已經
把鴛鴦丫頭給他做了妾了鮑二家的呢去把你鴛
鴦姑娘請出來給你兩位老爺兩位太太磕頭鮑二
家的答應去不多時領了鴛鴦進來賈母吩咐給老
爺太太們磕個頭見罷磕了頭在下面站立眾人看時
見鴛鴦打扮得齊整狠有幾分姿色大家贊好均向

851

老太太賈政王夫人道喜賈政見了又是愛又是愧
賈璉見了鮑二家的心裡也覺七上八下的父子兩
個正在心撼難撓之際忽聽賈母道天不早了差不
多咱們難喝了你們也都早些且回去罷我也沒有
什麼別的話囑咐你們你大太太是個老實頭
兒從今以後你也把那個迎丫頭疼着些兒璉兒和
鳳丫頭他們雖不是你養的將來倒底是給你們接
繼香烟的人也別嵩靠着那边兒我們大老爺也老
了須要保養身子為重再別左一個右一個的買小

852

老婆子我們二老爺二太太是沒有許多別的說的
但只是兒孫自有兒孫福也別慮的不必太寬了些
別把寶玉拘的太緊了家裏過日子也不過是勤儉
的兩個字也就是了珍哥兒也是年近半百的人了
去年又和你叔叔同在軍台上受過這些苦的也狠該知
道些好歹了以後須當當務些正事給你兄弟姪兒
們作個表率再別成日家弄些混賬
喫酒無所不至的了璉兒呢這如今
姊平兒二人和睦你也安心足意享福又是花朵兒

853

似的三個美人兒了以後總要幹些正經事業再不
許和下作愛人家的老婆了你也想想如今你老子
和你叔叔也都老了兄弟姪們都还小家裏再難
誰呢說的他叔侄四個面面相覷無言可對只得說
謝老太太的教訓招的賈夫人邢夫人王夫人都哭
了林公笑道二位兒媳二位賢侄都請回去罷天色
不早了若晨光一現你們就瞧不見我們了賈赦賈寶
政等聽了只得同邢王二夫人起身含淚告辭林公
仍送至大堂攙着他們坐車上馬而去按下城隍廟

854

〔847〕和林丫頭鳳丫頭他們都还了魂了沒有王夫人忙答道昨兒午時巳經都还了魂了別人是死後还魂的身子还弱还得將養將養惟有宝玉剛还了魂就嚷肚裏餓吵喫吵喝的今兒早上巳蒙皇上召見了因元妃还了魂面奏了他們的事所以又加恩賞了翰林侍講的職銜又欽賜金蓮玉燭與外甥女兒成婚老太太聽了更該喜歡了賈母聽了欣然歡喜笑道前兒我們在太虛幻境和你妹妹商量着巳經給他們成過親了這如今儘可以不必多此一事也罷

〔848〕了既是萬歲爺施恩賜了金蓮玉燭少不得也要舉動舉動驚動驚動親友們做像一件事呢賈政聽了忙站起來道老太太想的狠是早上宝玉說老太太要在廟旁另蓋一所房子居住依兒子的愚見仍要請老太太到家裏去住以便朝夕焚香供奉等外甥女兒身子養的壯旺了請請親友們也熱鬧幾天賈母道罷了你們不用請我到家裏去了一來我原是奉旨臨了姑老爺來的二來我這如今也是清淨慣了的沒的到家裏去人多混雜倒覺鬧的慌外孫女

〔849〕兒昨見姑老爺聽見甎上隱說七月之後精氣復元百無禁忌那時我的房子也蓋起來了你們到第八天上把親戚們都下帖請下到了夜裏我和姑老爺姑奶奶都到家裏去看着他們拜拜堂也就定了賈政聽了向林公道依老太太這樣說起來莫若把外甥女兒送到姑老爺這裏來我們另用鼓樂彩輿來迎娶豈不更覺体制呢林公笑道大兄之言雖合情理但只是你我人鬼殊途若在這裏迎娶這些無知的百姓們倡揚起來未免妖言惑眾招惹是非況且

〔850〕外甥女兒原是從小兒在府上長大的可以不必多此一舉賈夫人也道女婿女兒都是在太虛幻境成過緣的了這不過是為受了萬歲爺的賞賜請了親友們來拜拜堂應應典兒的意思二位哥哥嫂子你們也不甪大過花費事了再者我們這也喫不得你們人世的酒席等到那一天我們這裏辦幾席擺了去也就是了正然說到這裏只見賈珠從外面走了進來林公笑問道大夥兒你們一堆兒出來的你怎應淺在後頭了呢賈珠道宝玉和蘭哥兒不放在兒

們母子們長長見面也就和同了生是一樣的了王夫人聽了眼中又流下淚來賈珠遂又婉言安慰了一番王夫人這纔不傷心了只見林公站起身來要副瀟湘館去看看寶玉賈政忙命寶玉在前引路又命賈蘭引了賈珠往稻香村與李執相會賈赦也命賈環引賓往紫菱洲去看迎春這些節目可想而知無庸瑣述這裏賈政賈珍等不便相陪都到榮禧室和邢王二夫人商議榮府留下寶玉賈環賈蘭小叔佺三人看家賈府留下賈蓉看家賈赦賈政賈珍賈

843

遂邢夫人王夫人六個人都將車馬預備停當等候隨了林公到城隍廟叩見賈母約有一個時辰只見寶玉賈環賈蘭引了林公賈珠賈赦從大觀園走了出來眾人尚欲挽留林公道天也不早了二位兄嫂既然要到廟裏去見老太太這也狠是時候了賈赦賈政聽了不好再留遂讓林公坐轎先行大家坐車的坐車騎馬的騎馬帶了幾名得力的家人走不多時早到了城隍廟門前但見鬼卒數輩相貌猙獰伺候打點開門一直到予丹墀早有女僕數入將邢王

844

二夫人攙下車來賈政等一齊下了馬早見林公在堂上拱候先讓邢王二夫人前行眾人隨後進了宅門早望見賈母和賈夫人在卧房廊簷下站立等候邢王二夫人見了忙緊行了幾步拉了賈母痛哭起來賈赦賈政賈珍賈璉也都跪下伏地大哭賈夫人也哭的似醉如癡的林公忙將他叔侄四人拉了起來賈母掾淚道你們都不用哭了我活了八十多歲也把世上的福都享盡了這會子又跟着姑老爺來受享滿福你們聽見該喜歡該樂纔是呢怎麼反倒

845

哭起來了都進來罷偺們娘兒們坐下好說說見邢王二夫人並賈赦賈政等聽了一齊止了淚都到房中重新各按尊甲次序行過了禮賈夫人便拉了邢王二夫人並賈母都到南边炕上坐下林公便讓赦政二公坐在扎边羅漢榻上珍璉兄弟坐在旁边椅子上自己主位相陪司棋鮑二家的端上茶來鮑二家的眼尖瞧見賈璉臉上覺得訕訕的忙將司棋支到扎边送茶他自己踱到南边炕上送茶來了眾人也都不大理會茶罷賈母向邢王二夫人道寶玉

846

告訴了賈赦賈政二人听了忙問賈母現在何処林
公笑道老太太現在隨任來了因你們蓋的新宅子
尚未落成暫且與令妹同住候房子蓋完了再搬过
去賈赦賈政听了忙吩咐套車備馬同候过會子同
姑老爺一塊兒到廟裏去叫見老太太丫頭們听了
忙去傳話達裏邢夫人王夫人又問賈母賈夫人在
地府的光景林公正要回答只見焙茗飛也似的跑
了進來稟道太太大爺回來了宝玉賈蘭二人听了
連忙迎了出去王夫人便立起身來走到房門口

〔839〕

等候只見賈珠一手拉着宝玉一手拉着賈蘭走出
禮堂的屏風外眼淚汪汪的轉了進來未知妻子和
見如何且听下回分解

〔840〕

續紅樓夢卷十九

榮國府張燈開鬼宴　城隍廟月夜會新朋

話說王夫人聽見焙茗來稟說大爺回來了心中一
痛以就顧不得林公在座連忙走至房門口站着等
候只見賈珠一手拉着宝玉一手拉着賈蘭銜着眼淚
汪的走了進來王夫人一見便放聲大哭起來賈珠
見了忙搶行了幾步跪在王夫人面前伏地大哭這
裏賈赦賈政賈珍賈璉宝玉賈環賈蘭並邢夫
人等齊大哭起來林公在旁解勸了良久大家這纔

〔841〕

止了淚重新各按尊卑長幼彼此行過了礼大家又
坐着放了會子別後的事情王夫人乃向林公流淚
道姑老爺我們家如今托賴上天的福佑多少人都
回了生了姑老爺何不可憐我們娘兒們也教你大
侄兒同生呢林公聽了答道凡天下事都有個一定
之數的大侄兒一來他的陽祿已盡不能再享人世
之福二來他去世的年久肉身已壞豈能再履人世
呢如今他跟着我們受享滿麗這也是人生難得之
事舅太太只管放心我們現作這裏的城隍總保你

〔842〕

向賈政笑道政老爺恭喜恭喜令郎奏對詳明萬歲龍
心甚喜又下旨命他講了幾章四書也講的深合上
意即傳口旨將令郎補授了翰林院侍講並賜金遁
玉燭着與令甥女完姻俟在翰林上行走有功另加
恩賚賈政聽了連忙向上叩謝了聖恩又謝北靜王
推引之思道縂一同敬朝同府一到府門就辱有許
多報喜的人在門外吵着討賞賈政下了車便吩咐
從重賞了輦子進了書房早見賈赦賈珍賈璉賈環
賈琮賈蘭等氣盈盈的都在那裏等候賓玉了賈

835

赦賈珍連忙跪下請安賈赦賈珍忙拉了起來賈蓉
也過來與賈玉請安大家歡喜交集叙了會子別後
的情事賈政又帶了寶玉到宗祠裏祭拜了一番便
吩咐厨下伺備家宴父子叔侄兄弟就在榮禧堂喫
起喜酒來共叙天倫之樂坐間賈赦賈政又勉勵了
賈玉一番忠君報国的大道理直喫到紅輪西墜明
月東生方緩撤下殘席點起燈來大家都在院內喫
茶乘凉忽見林之孝慌慌張張的跑了進來禀道縂
剛兒外面來了一個人手持名帖說新任城隍大老

836

爺俟入靜之後親來拜會剛把名帖兒遞到奴才手
裏那個人就不見了賈赦听了忙接过名帖來在燈
下一萧只見上寫愚妹丈林海頓首拜不胜驚蕚忙
遞與賈政賈政接來看了忙命宝玉進夫告知了王
夫人並着合家男嬌先行佩上神符重新將榮禧堂
打掃收拾裏已外外懸燈結彩鋪設的焕然一新約
有二更時分街上人烟寂靜鴉雀無声忽所達道約
鳴鑼響道就知是林公来了賈赦賈政率領子侄都
換了公服不多一時果見林公来了到了榮禧堂下

837

《卷十八》

轎賈赦賈政忙迎了上去抱腰拉手彼此傷悲了多
會这縂攜手攙腕往裏相讓重門洞開直至賈母的
上房裏面縣的燈烛輝煌果然衆人佩了神符細視
林公果與生人無異就在賈母的正中楊上分賓主
坐定賈珍又領着宝玉賈璉賈環賈蓉賈蘭等一齊
过來與林公請安拜見林公一一的答礼敍了會子
寒温那夫人主夫人也过來相見喜悲夾集各挨次
序就坐了藝献上茶來茶畢林公徳爵自那年楊州
捐館以及地府作城隍認了賈珠賈母之事逐一的

838

了來紫鵑答應自去取畫不提且說寶玉見紫鵑去了房內無人便拉了黛玉的手低聲笑道姐姐我昨兒夜表給寶姐姐請罪你聽見了沒有黛玉聽了用指頭在他臉上劃着悄悄的笑道你也不害個臊還敢腆着臉告訴人來了我怎麼沒有聽見呢寶玉又笑道我們後來事情你可瞧見了沒有黛玉又低声笑道好有人樣的事我怎麼沒聽見等我過會兒沒人的時候我還要問比寶丫頭看他還敢說嗎不說了寶玉笑道罷唷你何必沒着的他撩挑你呢

《卷十八》

依我說你只好好的將養你的身子等養的壯狠了俗們也要請個罪黛玉聽了忙笑着啐了他一口只見紫鵑拿了匣兒進來遞與黛玉黛玉接來揭開匣蓋取出靈符來遞與寶玉數了一數共是一百八十四張等了等榮寧兩府主僕男婦親戚人等怡符其數寶玉歡天喜地的拿了靈符重新到王夫人上房裏和王夫人按着兩府主僕上下各房的人數見都分妥當了命丫頭按頭分送刪然完畢只見焙茗跑的喘吁吁的在院子裏叫道姑娘們快請二爺去老

爺在朝房裏差了人來說萬歲爺在御書房立等召見二爺呢寶玉聽了跑出來問道什麼事我在太太這裏呢焙茗道二爺快穿衣裳去罷萬歲爺立等召見呢馬已經都備停當了老爺在朝房立等着呢寶玉聽了忙進去告知了王夫人王夫人忙命丫頭們如飛的到稻香村將蘭哥兒嬛人的公服取了兩件扶侍寶玉穿了走出大堂兒見李貴把馬伺候齊了寶玉飛身上馬出了府門頓轡加鞭不多一時到了朝門步行商入只見北靜王和他父親在朝房裡

《卷十八》

坐着說話別位官員都散朝回去了寶玉見了北靜王連忙跪下叩頭請安北靜王忙拉了起來笑道才見貴妃娘娘還魂後萬歲爺御駕幸臨看視娘娘並奏了你們在太虛幻境之事所以今早辦完了國政萬歲爺下了御書房立刻召見你來的狠快狠好整理整衣冠跟了我進去罷說着便立起身來拉了寶玉的手從龍禁門角門進去了這裏賈政一人在朝房獨坐心下踌躇不安正不知召見有何旨意約有兩閣時辰只見北靜王笑吟吟的帶了寶玉出來

在睛雯金釧兒屋裏坐了好一會總回去的寶釵聽了忙道怎麼你們倆人昨見就在尤二姐姐房裏鬧了一天麼探春笑道可不是呢說來還是個大笑話兒尤二姐姐昨兒午時還魂之後我們只問了他兩三句話的工夫他就跐牙到嘴的嚷肚裏疼起來才就要往後去跐一跐我想他是纔還了魂的人如何下得地呢教他們拿過尿盆子來蹲下大家扶着他蹲在上頭鬧了足有兩個時辰掙的脖子臉通紅總撒不下來史大妹妹就說想是疑瘕症位了

827

給他熬上些大黃巴硝湯來喝了行動行動我說他是纔还了魂的身子虚弱極了那裏用得猛虎藥呢我們倆人正較量忽听他猛然放了個山響的大屁打的尿盆子噹的響了一声招的雲兒就笑的不得還了他總說覺得肚裏鬆快了好些拿出盆子來看時連一點見藥也沒有竟是真澄澄的一塊金子我們正都詫異他總告訴我們當日原是喫了金子姓的眾人听畢都笑起來就失道这都是鳳丫頭的过失你們倆人昨兒看見鳳丫頭來沒有探春

828

道我們昨兒原也想贖他去呢因為太太差人告訴說教他們靜些的將養一天不必彼此來往吵吵閙閙的所以我們昨兒也都不曾過去瞧他寶釵忙道既是如此過會子我也和你們一塊見看着他們去湘雲道既是宗姐姐也要去咱們大家逃就去罷先到紫菱洲看看二姐已再过那边聽鳳姐已去这裏也讓林姐姐靜已的養義神兒眾人听了一齊起身告辞宝釵也隨了眾人都往紫菱洲去了这裏寶玉送了衆人去後向黛玉道妹妹你昨兒從太虛幻

829

境帶來的小匣兒呢總剛兒我告訴了老爺說恐怕姑老爺晚上來拜早些二兒拿出符录來分給家下的眾人佩戴上免得臨時開鬧黛玉道你也沒打听打听修廟的事動了工了沒有我父親倒底到了任了沒有宝玉道修廟的事我總也聭著老太太的吩咐也都告訴老爺了如今已經差了璉二哥哥照料去了至於上任的事陰陽根隔如何能勾知道呢只肴晚上姑老爺來不來可就知道了黛玉听了忙向紫鵑道你去把昨兒宝姑娘炎給你的那個小匣兒跟

830

卷十八

昨日回了生身體康健如常萬歲爺甚喜御駕親臨慰問貴妃之上又加封了皇孕不知老爺太太樂時進宮請安去呢賈政聽了沉吟了一會道這作事並未奉旨未可造次等我到朝裡討討宰相大人們的訓示或求他們代為口奏此事方可舉行倒是與林姑老爺修廟一事我倒要和你商量商量昨兒戶部裏已經發下帑銀來了我昨兒也到城隍廟相度了形勢無非添新補舊無庸另事更張派了工部司官一員董理其事過會子你也帶了林之孝到那裏照

料照料賈璉聽了忙答應了一個是只見寶玉走起來說道前兒咱們在太虛幻境老太太當面吩咐教告訴老爺在姑老爺廟旁另建蓋一所房子以備老太太和我大哥哥居住廟內四時香上再蓋四院小房給馮淵秦鍾潘又安崔交瑞四人安置家眷前兒姑老爺也說十五日到了任辦完了公事就到偺們家求拜會老爺來呢賈政聽了詫異道陰陽路隔如何能勾相見呢寶玉道昨兒我們來的時候警幻仙姑給了有百餘張靈符佩在身邊就可以陰陽

卷十八

相見了賈政聽了半信半疑只得說道既是如此你過會子將靈符取來分給闔下諸人伺候着就是了正然說到這裏只見丫頭們端了蓮子桂圓湯來每人面前放了一碗賈政王夫人與賈璉寶玉賈環賈闌每人喝了一碗蓮子湯賈政這纔穿了公服上朝去了不提這裏寶玉又和賈璉賈環賈蘭哥兒說了一會又和王夫人撒了一會的嬌兒這纔大家散去寶玉回到瀟湘館剛一進門早見史湘雲探春惜春李紈四人都圍在黛玉的旁邊列坐彼此都哭的紅

眼媽兒似的一見寶玉進來大家都站起來彼此慰問又淌了會子眼淚寶玉道咱大妹妹我只說你們昨兒必要過來看我們的我昨兒就等了你一天湘雲道你還說呢昨兒我們心裏也急的什麼似的二嬸娘又教我們照應照應尤二姐姐直鬧到下晚見後來二嬸娘又吩咐說索性明兒再往別處看他們去罷今兒讓他們好生將養養所以我和三姐姐晚上到秋爽齋去的時候遠遠從你們門前過去的問了問老婆子們說你們已經都睡了我們倆人到

玉見了連忙接過來抱在懷內仔細瞧了一瞧便見眉目面龐彷彿與自巳差不多見不由得心中大喜忙放在黛玉的懷內向宝釵深深的作了一個揖笑道有勞多謝宝釵紅了臉使性子道你看你有點樣兒嗎这是怎麼說呢也不怕奶媽子們瞧着笑話倒氣也牽出那個做爺的体統來嗎宝玉聽了回頭一看果見奶媽子和鶯兒麝月都在那裏抿着嘴兒笑遂不好意思乃向鶯兒麝月道你們倆人把怎位嫂子讓到外間喝茶去過會子餘我叫你

819

們你們再來奶媽子和鶯兒麝月听了只得笑着都向外間去了這裏宝玉儭拍在床沿上看黛玉引逗哥見耍哭覺桂哥兒眉目流動似有知識一般喜的字宝玉忙來解黛玉鶯兒笑道妹妹你給他奶喫不能動彈早被宝玉解開來親嘴将一個新剝的雞頭看鶯兒喫不肯喫笑又兩手攬着桂哥兒又兩露了出來急的黛玉叫道宝姐姐你看他这個關法你也不管一發見仔細呢着小哥兒怎麼總是这樣涎臉呢扔的宝釵也忿了忙將宝玉推过道林妹妹

820

是總回了生的人那裏禁得小孩兒盤自揉搓呢等我給他喫喫奶仍舊教奶媽子抱了睡去罷於是黛玉的懷裡将桂哥兒見抱了過來喫了會子奶這總叫過奶媽子麝月來仍舊抱了回去此時紫鵑也來了宝釵便命鶯兒紫鵑鋪陳了卧具大家安寢一宿晚景不提到了次日黎明宝玉便起來梳洗巳畢先到賈政王夫人處來請安此時賈政要上朝早巳起索了寶玉走到房中見了他的父母連忙跪倒伏地大哭招的王夫人又哭起來賈政見了便也傷心

821

流淚忙拉了宝玉起來道我的兒你这如今仰賴上天的福佑仙故的慈悲諸事遂心如意了從今以後你可要洗心滌慮痛改前非舊志潛修力圖上進也不枉了你父母生你一場宝玉哭着忙答應了幾個是賈政拭淚親要命宝玉坐在旁邊只見賈璉賈環蘭哥兒叔侄三人聽見宝玉來見賈政也都一齐过求相見彼此請安慰問又大家傷感了會子這總各按次序列坐兩旁椅上只聽賈璉躬身稟道任兒今早起來聽見旺兒進來回說営裏有信出來說姐娘

822

815

新珠砂篆字形如蝌蚪大家細細的辨認似乎像是四句話乃是萬應神符各宜保帶除陽相違兩無阻礙宝釵看了不解乃向黛玉道你有這符上的呪語令人不解倒底要他作何使用呢黛玉接來仔細看了一遍忽然猛省這是了據我想來必是我父親做了京都的城隍將來大家相見必然要用這個符的宝釵听了笑道可也是呢你說的果然不錯又向宝玉道你明見見了老爺這打听打听姑老爺到了任了沒有昨見我听見太太說奉了皇上的薔薏領

816　卷十八

出圍給姑老爺修廟也不知如今動了工了沒有宝玉道这事不勞你們費心我明見自然要打听的你們瞧那匣兒裡还有一副小小的册頁何不兒拿出來看看宝釵听了伸手取了出來與這一副册頁打開看時也都是些蝌蚪篆文仔細辨認卻都一個字兒也辨別不出知是仙機不敢深究忽听廊外有人走的腳步響連忙合上亞灵符一總仍舊收在匣兩只見紫鵑走了進來笑道晴雯金釧兒倆人迏都喝了些兒燕窩粥这會子都睡着了纔剛見太太差

817

人來教告訴二奶奶說慧爺吩咐的說他們都是還了魂的人身子是虛弱的不許眾人來往的等到明見早起纔教奶奶姑娘們过來呢太太說教二奶奶好生照應著二爺和林姑娘也不必到別處去了宝釵听了忙將匣兒遞與紫鵑道这是你姑娘要緊的東西你拿去替他收在好處小心些紫鵑接來看了一看知是慎重之物便往裡藏去向宝釵笑道姐姐听起宝釵道这会子也未必有人來了你何不着人把小哥兒抱來我看一

818　卷十八

看宝釵听了總要開口早見宝玉起來就往外跑宝釵連忙上前一把拉住問道那裏去宝玉道这林妹妹要看小哥兒等我叫個人來好抱去宝釵道你这又是胡鬧來了那裏要你親自去叫人呢快給我好好的坐下看仔細太太知道了又該說得了正說時只見鶯兒點了燈來放在炕上宝釵便命鶯兒往怡紅院教奶媽子把桂哥兒抱來鶯兒答應去不多時只見麝月打着個明角燈與奶媽子抱着桂哥兒用錦綳包裹鶯兒在後相隨一齊走了進來宝

《卷一八》

了生的人臟腑虛弱那裏喫得這個東西呢寶玉道这是鹿尾吧喫了是聊下元的和鹿茸的功用差不多兒喫不得的東西我也肯給你歷宝釵也笑道妹妹这原是好東西此不得別的什麼肉你就喫这一塊兒也不相于的說的黛玉無奈只得張開嘴接去喫了宝玉笑着过來又來了一大筋子又到宝釵的唇边去喂宝釵見了忙笑着躲道我纔和林妹妹一塊兒喫的飽飽兒的了又喫这個作什麼呢宝玉笑道这是我的一點敬心兒难道姐姐的下元是不該

811

暖的招的眾人都笑了寶釵笑道你們瞧瞧这又不是涎臉來了歷柳家的任旁笑道二奶奶你老人家喫了罷別爆了二爺的于人家世士的夫妻們和巳氣氣原該是这樣的宝玉听了向鶯見紫鵑哭道你們倆人听巳可見你們兩位姑娘連柳嫂于也不如了說的眾人又笑一宝釵教宝玉鬧的沒了法兒只得也張開嘴接着喫了柳家的这總收拾撤去了杯盤只見鶯兒端了漱孟來向紫鵑道紫鵑姐姐偕們也法罗着給晴雯金釧兒姐匕送點兒喫的去呢宝

812

玉听了忙道柳嫂子你就把我們縂喫的这個運盒窄送給他們倆八去罷柳家的听了笑着端了涑盒各自去了宝釵向鶯見紫鵑道你們倆人照料着他們倆個喫了你們也就偷着空見喫飯罷過會子只怕太奶奶和妳奶奶們都要求的那會子可又不得閑了況且我過會子也得到他們各處看看去鶯鶯二人答應也就去了这裏宝玉見房中無人便坐在黛玉的床土一手拉了宝釵的手一手拉了黛玉的手放在自巳鼻子士閧閧这個又閧閧那個二八

813

笑着一齊把手奪了回去宝釵道我看这個歷義縂也離不得人了伯自沒了人就該你诞得臉了黛玉道你安安靜靜見的坐着趙送會子沒有人我教你們瞧一個東西說着便從被窩裏摸出一個小匣兒來遞與宝釵道这是昨兒警幻仙姑給的我只說帶不來呢誰知道縂刚兒我一伸腿到教他把我艷了一不子这也就奇怪極了宝釵接來一看只見圓蓋兒土寫着有求必應無感不灵的八個字揭去蓋兒大家仔細一看只見裝着許多黃表紙條兒土面畫

814

還來不要喫这些油膩東西可憐見兒的这都是在大荒山靠的饞透了驚見你去告訴柳家的把預備老爺晚上喫的燒鹿尾燒鴨子鍋燒羊肉片一盤子來我的兒你可要酌量着喫可莫發一頓喫多了那可不昇頭的又向宝釵道我絕剛兒是從卧了頭把個裏來的我見平兒和巧姐都只張罗了頭那九二姐揀的怪可憐見兒的我絕教你三妹它和你史大妹妹在他屋裏照應着些見迎了頭那裡也只有大太太和你大嫂子兩個人我到那裡也騙比去

807

等驚見拿了粥來你就照應着他們倆人喫罷聽着宝玉莫由着他的性見喫的多了說畢便自往紫鵑洲去了宝釵送了王夫人去後仍回到黛玉床前只見黛玉靠着靠背閉目養神宝釵便坐在旁過正要和紫鵑悄悄的說話只見宝玉在那邊床上面朝裏躺着嚷这餓死人了这個飯怎麼这樣難呢宝釵听了笑着絕要姜紫鵑去催只見黛玉睜開眼睛笑道姐姐你聽怎麼把個人餓的嚷起來了呢宝釵笑道你想想他这有多少日子沒喫飯了怎麼性得他餓

808

呢黛玉听了點頭道姐姐說的倒也是我这會子也竟心裏突突起來了紫鵑听了也不等宝釵吩咐便走出去催飯剛到了院子裏就見鶯覓和柳家的端了兩個捧盒來了紫鵑覓了忙進來在宝玉黛玉的面前八各放了一張小炕棹見鶯覓柳家的打開捧盒在黛玉的面前放了四碟精巧的南小菜一碗燕窩揚粥宝玉的面前放了一盤燒鹿尾燒羊肉燒鴨子三撥一碗燕窩雞皮湯兩中碗大米飯宝玉一見忙坐了起來拿起筷子也不挑揀大口家的乱喫

809

起來傾刻喫完了兩碟飯還在那裏夾肉喫宝釵見了笑道勾了罷看仔細喫多了你倒喝半碗粥罷宝玉所了这總放下筷子擎着肚子笑道这總舒服了我也不喝粥了林妹妹喫的是什麼宝釵道林妹妹喝了一碗燕窩粥喫了兩片笋千兒宝玉又道姐姐你怎麼不喫飯宝釵道我絕陪着林妹妹喝了些見粥已經飽了宝玉听了便跳下床來拿筷子夾了一堆燒鹿尾走過这邊送到黛玉的唇過笑迎妹妹你喫一堆見这個罷黛玉見了搖頭皺自道我是絕回

810

要小心將養我原是在大荒山睥睨這會子只剩一
安睡醒了身子原是無病無災的又不發軟可怕什
麼呢过會子穿了衣裳还要到書房裏見老爺去呢
尋夫人忙道你今兒暫且將養一天明兒早起再去
見你老爺也述不遲我的兒你聽我的話我就歡喜
了說着便拉了宝玉到他的床边頓後着教他躺下
这絆過去宝玉这边來一見了宝玉也就傷起心來流
泝道我的兒你这會子心裏不覺怎麼樣發慌怎麼
脚还了殘可就坐起來了呢笑着來拉了主夫人的手

卷十八

身上衣裳下了地了呢宝玉梦中言只听驚醒在
院子裏嚷道太太來了又听王夫人在院子裏走着
說道三四下裏都來告訴把我的腿都走疼了宝玉
听了忙迎到門口一見王夫人進來便跪了下去請
安王夫人一見嘆了一大驚道这还了得怎麼縴还
了覌可就下地走來了說着便拉了宝玉的手流淚
道我的兒快到你床上躺着去罷看仔細着了風等
我瞧瞧你妹妹偺們再說話兒宝玉道太太放心不
和子的我原此不得林妹妹他們乃是死後还魂必

804　803

了这縴琶珎起來了乃向宝啟道姑娘你也沒有張
罗着給他們預備下些兒喫的喀我想他們縴还了
魂的人少進些飲食倒底又精神些兒宝鈒道早起
我就告訴过柳家的了教他熬下些兒鴨湯燕窩淵
預備着不知这會子得了沒有鶯兒你去瞧比去罷
是得了你就教柳嫂子端了來罷鶯兒答應縴一輭
身只听宝玉叫道鶯兒姐姐你問柳嫂子有什麼烘
煮的大阿給我片一盤子來我肚裏餓的要紧
只怕稀騧未必中用王夫人听了傷心道我的兒你

卷十八

呪護為我一個人教老爺太太受了多少的委屈兒
了多少驚怕外甥女兒直是世上的一個罪人了王
夫人听了拭淚道我的兒你快別說這樣話了你是
縴还了魂的人身子是弱的那裏禁得住呢又問
壺鈒道姑娘你和紫鵑把你妹妹扶着躺下靜養一
貪子纔好說罷自己便坐在宝玉的身旁又細細的
盤問當日如何出了塲跟了僧道出家以及毘陵騷
叫見賈政又到了太虛幻境地府的这些緣故宝玉
就在床上躺着二五一十的告訴了一遍王夫人听

806　805

歪在黛玉的旁边問道姑娘你这會子可覺得心裏明白些兒了陳黛玉又點點頭兒道紫鵑姐姐我的衣裳是誰給我脫的紫鵑道沒有别人就是我和二奶奶黛玉听了向寶釵道姐姐你上床來把我摟着坐了起來紫鵑姐姐把我貼身的衣裳替我穿上枕頭把我靠着坐着罷就是这個樣兒過會子太太們來了瞧着不就像寶釵道妹妹我想你是緩还了魂的人身子还是弱的恐怕坐起來心慌氣短不知躺着倒底來快些兒橫豎盖着被窩又怕什麼睡覺罷黛

玉道姐姐放心不相干的我心裏並不發慌氣也不短倒覺氣爽神清不过覺着渾身一經勁兒也沒有的宝釵听了忙上床來將黛玉扶了起來攬在懷内順手取了件絲綿夾紗小襖兒替他披在身上紫鵑便替他伸袖扣鈕又取了件桃紅夾紗小衣將他手伸在被裏替他輕輕的穿好又取过兩個靠背來將他倚着坐好又命紫鵑坐在旁边拿蠅拂子給他赶着端安置妥当宝釵这纔下來刚要去瞧黛玉只听黛玉又叫道姐姐宝釵听了忙轉过身來黛玉道姐姐

你怎麼把他和我安置在一塊兒了呢過會子太太們來了瞧着我臉上怪不好意思的宝釵听了笑道前兒老太太來家託夢都明明白白的告訴了老爺了証你們在太虛幻境老太太和鮎太太作了主兒替你們已經成过了緣日後回了生也就不用彆扭了所以今兒是太太吩咐的教把你們倆人安置在一塊兒你二個人也好照應你怎麽倒又發起虛了呢黛玉听了又道既是太太吩咐的也就罷了姐姐你过去告訴他千萬莫教他當着旁人和我説話

宝釵听了笑道罷哟你也太囉嗦了前兒在太虛幻境的那一晚上你怎麼沒有这些囉嗦樣兒也都依了人家了呢黛玉听了笑着啐了他一口道你去罷有我仔細當着紫鵑說出你那天炕上的那個樣兒來宝釵听了笑着啐了他一口剛一轉身只見宝玉早穿了白紡綢單褲兒这边紗衫兒撒拉着鞋兒走了过來向宝釵深深的作了一揖道姐姐的賢德姐姐的好处我也一言难盡了宝釵听了也竟忙忙道你也躺着養養神兒罷怎麼纔还了魂可就

自然是君不見听不闻的且别管他僧们且進去看看僧们的肉身倒底在这裡呢没有又向晴雯金釧兒的陰魂道你們也各自找一找你們的肉身去罢說畢便向宝玉的陽魂進了瀟湘館仔細看時只見對面放着兩副床帳東边睡的是宝玉的肉身西边睡的是黛玉的肉身又見宝釵在黛玉的身上拍着拌奶喂他宝玉的陽魂笑道林妹妹你看宝姐姐疼体不疼你儘走的陰魂見了也十分感激正在傷感只見宝釵立起身来拥他盖的衾被兒向他肩頭上

795

挍了一挍便走过来望四下瞧了一瞧自已笑着上了宝玉的床帳解開衣鈕睡在旁边照梯兒挤乳喂他黛玉的陰魂見了忙笑着把宝玉的陽魂向床上一推單巳炟了本亮却說宝釵正題宝玉擠奶起初尚齊挣着用力後来便竟宝玉自巳嚇了乳頭睡唖起来心下正駭然忽听那边床上黛玉唉嘴了一声哎了宝釵一跳連忙爬了起来同頭一看見黛玉在床上睜了眼睛手足都能動轉了不睡玖翼忙走了过来笑在他床边經些的嚷姐妹比你们

796

遊魂從太虛幻境回来了罷只見黛玉點了點頭兒宝釵正欲再問又听宝玉在床上哼道宝姐姐人家絆嘴着甜頭兒你怎麽又走了呢宝釵聽見宝玉說出話來就知道他的魂也歸了壳了忙回過頭来道你悄默声兒的養着罷等我安頓了林妹妹就過去了纔剛兒是你師父說教給你們每人灌些人乳培元氣太太就教人在外頭尋去了我怕外頭来的余大千淨所以我纔悄悄的給你們倆人嘴裡都教着喂了些兒這也不过是一時之權宜你一

797

會兒嘴瘆的人家都知道了可是個什麽意思呢正然說到這裡只見紫鵑鶯兒一齊走来叫道二奶奶這個人乳果然妙的狠我們剛給晴雯金釧兒倆人灌了半杯誰知道立刻就都活過来了这會子也都會說話了兩個人一面說一面走了進來仔細着時只見宝釵歪在这過床上向黛玉說話那邊床上宝玉巳經披衣擁被坐了起来紫鵑見了不勝驚喜道二爺和林姑娘也都活過來了鶯兒妹妹你快告訴太太们去罷鶯兒听了俠如飛的跑了这裡紫鵑也

798

孫蓮花也用七而去再其次便是迎春杳芳鳳姐九
二姐秦氏瑞珠見六个八坐了八孫蓮花也就勝空
而去收後總是宝玉黛玉晴雯金釧見四八坐了四
朵蓮花也就飄七蕩七的云了甄士隱作法已畢也
就縱起云头赴來相送以便指示門戸道裏林公賈
母賈夫人都看得呆了早見秦鍾來票說馮淵將橋
馬人夫俱名辦齊在境外伺侯着呢賈母賈夫人又
與警幻妙玉道謝告辭率領着鴛鴦司棋智能見張
金戰夐金桂鮑二家的一齊一擁林公率領着賈珠

發鍾備次安崔次瑞馮淵焦大都騎了馬上任而去
渲理警幻妙玉二八大息了良久率領眾仙女各自
回家新配示表且說甄士隱脚架云此趕上了這十
三朵蓮花直囘長安大道而求未知如何且听下回
分解

791　792

續紅樓夢卷十八

賈宝玉初登翰林院　林如海再授都城隍

話說甄士隱脚架雲光走上那十三朵蓮花漸漸來
至京師便將手中塵尾按照各家門戸路徑四處指
揮只見那十三朵蓮花忽然散開名照所指悠悠
蕩七而去且說宝玉黛玉晴雯金釧兒坐的这四朵
金蓮飄至大观园瀟湘舘的院前嘯的一声落下地
求四個灵魂都嘆了一驚四朵金邊倏然不見宝玉
的傷魂定了定神往四下裏一望果然就是瀟湘舘

啞頭看了看黛玉晴雯金釧兒的陰魂都花那裏喘
思非欲向黛玉的陰魂說話忽听竹簾動響紫鵑從
房內走出在院子裏張望又見鴛鴦從一边端了個
茶杯兒來宝玉的陽魂見了不勝欢喜忙叫道紫鵑
鴛兒姐姐你看我們都囘家來了只見紫鵑鴛兒兩
個人就像一無所兒一無所喜的似的並不理他各
自去了宝玉的陽魂向黛玉的陰魂道妹妹你看紫
鵑鴛見這兩個了頭怎麼也不理俗們了呢黛玉的
陰魂道是了想求俗们这如今竝都是些兒魂他們

793　794

每人喫一丸各因其病而藥之說畢便從葫蘆內倒出十九藥來命人取了些甘露來每人喫了一丸黛玉便將警幻當日給的葫蘆瓶兒仍旧交與警幻警幻接來又命人取出个小匣兒來遞與黛玉命他貼身帶著便可帶到人世黛玉接來一看但見匣兒寫著八个硃紅小字道有求必應無戲不靈知是仙家之物連忙拜謝貼身收起警幻又向香菱道尊翁給你的那个香匣兒你也可以帶了回去还有用处香菱听了正欲回答只听鳳姐道仙姑您怎麼也不給

為什麼呢警幻笑道貴妹你道一回去夫榮妻貴福壽雙全還缺少什麼呢晴雯道仙姑你只把你那个點石成金的法兒教給我們二奶奶省得他老人家回家去又該放賬了說的眾人都笑了鳳姐啐道小蹄子嘴乖了賈和尤可就嘴尖舌快的來了說的更大又笑了正在說笑之間就有仙女們來報說城隍林大老爺和甄仙人都到了警幻忙命人打掃出前殿來伺備與林公和甄士隱下榻眾姊妹听了

都接了出去不多一時林公已到先到絳珠宮見了賈母黛玉與甄林公相見父女痛哭了一場香菱也與士隱在前殿敘過別情當晚賈母又命人在絳司將鳳姐絡開的宮打掃出來將賀鸞鸞與賈珠做妾成了合卺之礼林公和甄士隱就在前殿暫住一宵到了次日便是七月十五日林公賈珠並蔡鋪等在牌坊南邊擺了香案等候宣讀上帝的勅旨甄士隱便作起法來只見就地生出金蓮花十三朶大如車輪以備亡魂之用警幻妙玉二人在牌坊北边擺了

香案不多一時只見宝玉坐蓮二人先到了隨後就是元妃黛玉等十一人欵巳而來再後便是賈母賈夫人鴛鴦等諸人來送到了牌坊北边跪听宣讀了勅旨中的言語亦與僧道所奏不过大同小異宣讀巳畢警幻妙玉親自摇了元妃坐在第一朶金連花上甄士隱口中念念有詞喝声起去只見那朶朶連花離地丈餘悠悠蕩蕩飄然而去眾人見了不勝驚異甄士

見正南上有人飛馬而來漸至臨近瞥眼都是賈珠
寶玉忙迎上去賈珠下馬與寶玉相見彼此請安
問好畢一同進了絳珠宮見了賈南賈夫人衆道姑
老爺少刻就到了奉上帝的恩詔寶湘太虛幻境應
放同生之人俱恨明日午時三刻必陽又派新歷掭
的散飭大仙就土憶親來作法选魂侯娣公莘辨見
姑老爺的就隨後携眷上午賈珠之人俱各大營
蚝叫了迎春蘂玉此來也見了見賈珠次間了會子
林公朝見上帝的詔賈珠便到赤霞宮叩見元妃去

783

了這裏賈母便催着迎春蘂玉教他們收拾預先命
寶省得臨時忙迫迎春政道我們也沒有什麼我收
拾的難道這裏的東西还能勾帶到家去用麼我們
早就和林妹々説來將我們的這些東西都又給京
幻仙姑收下等姑娘到了在狹少什麼就差司棋他
們來取就是了賈夫人听了笑道這都是些小事我
想你們姊妹們到此將近一年也虧了警幻仙姑娘
應你們姊妹們倒不今兒都会在一塊兒也到警幻
仙姑处謝一謝去再求指教指教岂不好呢迎春蘂

784

玉听了便知会了鳳姐喬愛聘雯金釧兒又笑金釧
兒知会了秦氏护光氏姊妹大家一齊到警幻仙姑
的宫裏來警幻听見衆人到了忙迎了出衆笑道衆
位姊妹茶畢你們的功行也圓滿了黛玉等道弟子
等蒙仙姑大德照應了將近一年明日就要拜別等
來奉謝説畢一齊跪了下去警幻忙命仙女們都拉
了起來讓到宫裏各接次序坐定妙玉也·來與他
們道著鳳姐道妙師父你為什麼求著不回去呢倘
們在一塊見混慣了去下你在這裏我們怪捨不得

785

的妙玉笑道二奶々我原比不得你們今若再來紅
塵豈不被人耻笑就看便命仙女奉上茶來茶罷鳳
姐們警幻笑道我們今日此來一則叩謝仙姑的大
德二則还要求仙姑的指教警幻笑道貧妹你的為
人兒倒有什麼可指教的只是從今以後把那紅塵
中之事看淡些兒就是了我們輕輕貧妹更無可
指教处只是聰明太過須要放渾厚著些迎二嬡妹
惰性過於太懦須放剛直些其余姊妹們的性情都
有一偏我也説不了許多我有秘製的中和丸你们

786

府見上抱了下來放在床帳之內替他脫去了裝殮
衣裳蓋上來被父取了一套新衣放在旁边以備还
魂後好穿諸事妥協只見玉釧兒走來道二位太太
教告訴二奶乜房裏不許閒雜人進來看視太太倆
也不过來了等过了午時三刻还魂後再許別人進
來如今太太打發人在外头尋人乳去了过会子拿
來時教二奶乜給二爺林姑娘都灌些一見說畢各自
酒他姐乜上去了這裏宝釵忙命紫鵑将門上的竹簾
兒放了下來笑道太太教人在外头尋人乳去了我

〈卷十一〉

779

想外头尋來的也未必好我道会子竟得奶濃濃的
桂哥兒又輕着了你去取个茶杯來等我擠出半杯
來給你姑娘灌乜甚不比外头尋求的強呢紫鵑听
了笑道擠到茶杯裏不但冷了而且也难灌依我說
不如二奶乜拍在林姑娘身上就和奶小哥兒一般
替他擠在嘴裏豈不省便呢宝釵听了笑了一笑果
真把在黛玉的身边解開衣鈕将乳头兒送在他嘴
裏輕乜的捐出乳來只兒黛玉嚥的唖乜有声紫鵑
在旁大喜道二奶乜遠个法見果然好们不也給三

780

爺接上些見宝釵听了不奈紗了臉笑道你這个了
火又信嘴兒胡說來了你去罷看乜外头尋的人乳
拿來乜沒為紫鵑听了忙走出來在院子裏一張只
見蒨兒笑嘻乜的端了半杯人乱走來紫鵑忙接过
來往裏便走剛一踏門檻兒就瞧見宝釵面朝裏在
宝玉身上拍着擠奶紫鵑本是聰明人就知道宝釵
将他支出來原是怕他們看見笑臉上不好意思的
忙回头和蒨兒笑着搗了揉手見輕乜的退了出來
怕向蒨兒笑道這裏不用人乳了你绝瞧見了沒有

〈卷十二〉

781

蒨兒笑道我怎麼沒瞧見呢偺們不進去的好這半
杯人乳道裏既然不用了偕們何不拿去灌乜睄变
和金釧兒呢紫鵑笑道狼好便拉了蒨兒一同去了
曹要節絕至鳳姐迎看香菱尤三姐等各指到家中
都有着巳的親人如法料理無庸瑣述再說林黛玉
諸人的靈魂在太虛幻境自從送了宝釵回家賈母
託夢之後一同回至絳珠宮大家彼此又宴会生还
了好些日子十分热闹光陰迅速不覺到了七月十
四目這一目早飯後宝玉正從湘蓮处闲話回來忽

782

靜些兒如今可命婦女們將他們合吕棺來用軟轎抬到府中灌些二人乳以培生氣等到午正三刻貞魂婦女曰然起奕大菲完畢賈政極力挽留吩咐祠備齋供僧道二人吹人問烟八者千有余年大人不必煩心只求奏聞聖上替貧僧等討一封號處一祠竟其願是矣回共又向隨來的四員尤禁尉謝道有勞衆位大人講游轎馬挑弼傾回繳旨轉代貧僧等叩謝聖慈說畢二人一捽袍袖忽然不見此時邢王二位夫人聽見說僧

道二八去了大家一齊出來在十副棺前挨次兒看了一遍俱各大菲忙命周瑞家的領八一齊動手將他們抬出棺來賈璉見了忙命人台邊軟轎溜見搬了十頂王夫人坐了一頂挨了黛玉邢夫人坐了一頂挨了迎春薛姨媽坐了一頂挨了普菱尤氏坐了一頂挨了秦可卿平兒坐了一頂挨了原姐尤老娘坐了一頂挨了尤三姐旺兒媳婦坐了九二如和家的坐了一頂挨了晴雯自老婆子坐了一頂挨了金釧兒順哇家的坐了一頂挨了瑞珠兒

其余的圭僕男婦仍是坐車的坐車騎馬的騎馬一齊進城到府且說王夫八在轎內揭起轎簾把黛玉只見他身軟如綿因搬遇他的臉來仔細一看直是寶蟬出水光艷異常用手摸了一摸寬是濕熱的又拉过他的手來看了一看仍是蔥枝兒一般稀軟的只見一股香氣從袖中發出溫臟非常心下暗和得公王小子死裏活裏的熱不得泉然別的姑娘們一不過他不言王夫人在轎內暗想再說寶釵李紈等在家送了那王二位夫八去後李紈便照應著

巧姐將鳳姐尤二姐的卧房打掃收拾出來安設了坏帳被褥又到紫斐洲將迎着的住房也打掃收拾出來安設了床帳被褥也同寶見紫鵑在瀟湘館玉的床帳對面替黛玉安設了床帳破褥又在當甘紫鵑在的房內替晴雯金釧兒安設下床帳被褥不多一時王夫人邢夫人都到了荣禧堂落下轎來揚退轎天這裏老婆子們早預備下藤牀兒將他六个人挨着欽見都台到各人的房內寶釵和紫鵑見台了黛玉進來又悲又喜親目到牀將黛玉從新

彼此見過了禮分賓主坐定賈政將那僧道仔細一看那裡像從前瘋頭跛足的形容都是軒頤降準美自修耳飄已然神仙之概心下暗已稱奇不敢怠慢忙躬身笑道小兒蒙二位仙師大德收錄門墻成全了他們的死生因果下官感激難名惟有朝夕焚香以酬高厚僧道二人笑答道貧僧等出家人原該以慈悲為本些小微勞何勞大人藍及賈政叉道下官敬違法諭將太虛幻境諸人靈柩俱已伺候停妥不知二位仙師作何施為尚祈賜教僧道二人笑道我

二八是奉上帝勅旨而來係用覘元空一炁真法回生起死並非世上僧道上法台登講座法鼓金鐃誦經禮懺者可北大人只用預備下健僕數十人先將棺蓋打開後預備下老練婦女十數人以便灌藥其余一概不用賈政听了便听咐賈璉派撥僕僕又差人告知王夫人派撥老練婦女諸事完畢只見僧道二人喫完了於五起身來披上喪衣各執七星寶劍走到他十人的柩前口裏不知念的是些什麼每至一柩繞柩三匝便唱声即速開柩就有林之孝賴大李

賈焙茗來旺兒與見賴大周瑞吳新登金文翔等一齊答應上前七手八腳斧鑿並施不等一時將十副棺材的靈見一齊揭了下來只見僧道又取出一个楂瓶一枝楊柳來用柳枝醮了瓶中甘露閉各棺中塵了一遍又取出了个萌蘆來倒出十粒仙丹叉命取十个小茶杯來將瓶中甘露各傾了半杯命賈璉嫣子進去令婦女將金丹用甘露調化灌入死者曰中賈璉听了忙取了个大茶盤來達仙丹放在盤內合艙見托了進去就有周瑞家的林之孝家的賴大

家的柳家的旺兒媳婦金文翔媳婦並葉媽出嫣祝嫣宋嫣一齊上前接來年着膽子走到造干副棺前揭去蓋單但見他十人顏色如生面厐依旧便沖仙丹用甘露調化灌入他們的口中約有頓飯之時賈璇便走到鳳姐的棺前一看只見他身有微息軍目流動不勝京喜忙占手見招淨賈蓉賈蓉便也走來看了一看忽忙跑到秦氏的棺前一看但見他丹辱忽散星眼微開大有生意不禁驚喜似旺忙走來票知了賈政只听僧道二人道諸公不須京怪須愛孤

卷十七

已畢薛姨媽也回家住了几天終究克湘蓮在家不耍不但不放心薛蟠抑且不放心宝蟾便將這些緣放告訴了王夫八王夫八又告訴了賈璉賈璉便和賈珍商議仍將那年為娶尤二姐買的新房子收拾出來接了尤老娘來居住將湘蓮挪了过來等到七月十五日还魂之後就與尤三姐在此合卺賈珍自是欢喜異常話休煩絮且說光陰荏苒不克到了七月初開座陸續卜的就有王善保將迎瞽的靈板搬來賴逕將尤氏姊妹的靈柩搬來旺兒將

767

晴雯金釧兒琭珠兒的靈柩搬來果然到了初十一兩日賈蓉薛蟠二人也將黛玉鳳姐秦氏香菱的靈柩搬到了賈政便差賴大先在鐵檻寺搭藍棚厰戀掛燈彩收抬得十分華麗將道十副靈柩各按名分年齒的次序兒都停放在柳內就命本寺的里僧人先念了三日的真經株動了滿城的軍民百姓每日扶老携幼挈男抱女就如看會的一般到了十五日黎明賈政剛要上朝請言就有太監駱彩忠飛馬而來傳諭曰賈說昨夜三更時分僧道二八在皇

768

寺設壇作法又進了一粒仙丹用甘路調化的宮感灌入娘上的口中少項就覍娘上鼻中微有出入的声息又命灌了些入乳即竟眉目活勁伊等又奏說到了午時三刻真覩附体自然回生万坐三尤顔甚喜賞了僧道每八八橋一乘一品執事全副五品先禁尉四員一斉令其迷赴鐵檻寺作法並著我來傳諭老爺們速爲遊耶辦理我的差事甚忙怱我不下焉了說畢仍飛馬而去賈政听了夏大監之言便請了賈赦过來商量荣寧兩府外边只留下賈赦内裡只

769

營下宝釵李紈惜春巧姐賈蓉之妻胡氏每人只留不貼身服侍的丁襲余主僕與婦都到鐵檻寺去於是坐車的坐車騎馬的騎馬一齊出了府門將一依術擁滿更有跟着看熱閙的閒人就如千佛頭一般不知不克的便到了鐵檻寺王夫人邢夫人薛姨媽尤氏平兒來傾着了火老婆子們都到寺內地院裡去了賈政宝珍賈璉等都在棚內列坐不多一時只見那僧道坐着八人大轎全副执事前呼後擁而求賈政率領着子弟連忙迎接僧道二八下了轎

770

763

你為什麼打我已又沒喫著你們薛家的飯你打我還罵呢一头撞在薛蟠的怀裡嚷道今兒你就把我打死在你們家裏有不的財主爺罷咧还能勾給人家償命嗎氣的薛蟠扎煞著兩手嚷道好个野雜種反了天了反了夫了焙茗那裏肯服愈加肆鬧尽驚劲了去面的薛蟠和那咄烟听見書房一片吵嚷薛蟠連忙就往外跑咄烟也走出房門在院内側耳細听只見宝蟾從他房裏跑了出來同咄烟笑道二奶奶你不出去看上热鬧兒咄烟笑道你道个人想是

764

瘋了你知道大爺在書房裏和誰吵鬧俗們如何出去看得呢宝蟾把头一扭道你不去了罷等我各人看去說著他便跑了出來刚到了書房小夽間丙就瞧見薛蟠在抪边站著种焙茗兩个人說話薛蟠一个人在東边椅子上板著嘴坐著生氣只見南边床帳内躺着个年輕赤身的後生只穿條白綾單褲見肌廬如玉一般不克喫了一驚晴想道世上竟有這樣的美男子道个模樣兒又在我們二爺的上一層了想的出了神帳不能一口涼水將湘蓮嚥在肚裏

765

只恨人多不能走到跟前摸他一摸正想到慾火上炎之際忽见有八在他額顛上噹的一声狠狠的弹了个脑弹見來的宝蟾立刻抱着脑袋嗳喲趄來薛蟠合头往奢間裏一看道總恍然大悟方纔的脖子拐不是焙茗打的不要颐罵宝蟾說他不該出來忽听嘆然一声一隻白鶴從艗戸裹飛了出去眾人都笑了一驚焙茗道六爺道雙仙鶴就是送柳二爺宝二爺來的童子他迩会变八形說話呢薛蟠听了這總明白方纔的脖子拐脇弹見其來自有這緣死心

766

塌地的把湘蓮當作自巳的親兄弟不敢再萌他念了一面喝退了宝蟾一面令人進去取了一床來被一个桃來自巳不敢上前命薛蟠將湘蓮安置着睡的妥妥當巳的仍命兩个小厮看守叉向焙茗跟前認了个不是弟兄二八都随了焙茗到榮府來見薛姨媽誰知焙茗見了薛姨媽便將方纔的緣故一五一十的都告訴出來薛姨媽听了大怒便將薛蟠痛比的歡駡了一頓追緣命薛蟠到當鋪裏暫挪三百銀子卽日起身回南搬取香菱的靈柩去了諸事

嬭媽暨合家人等無不歡悅薛姨媽儍命老婆子叫了培茗進來教他速到家中告訴薛蟠立刻打點路費命薛蝌星夜回南搬取香菱的靈柩暫厝舊廳而去再說薛蟠於昨晚將柳湘蓮抬到家內安置在青房小套間內訴了兩个小厮在內看守自已仍回到寶蟾的房裏睡見薛蟠進來他便輕聲浪氣的問道大爺你想是瘋了怎麼把个死人抬到家裏來了呢薛蟠道胡說那是我的盟弟柳老二是他師父從大荒山差人送到鐵檻寺太太吩咐教我把他

抬到家裏來等到七月十五纔還魂呢寶蟾聽了把眉頭子一攢笑兒一撒笑道太太也老背晦了非親非故的把个死人弄了來也不害个晦氣薛蟠道這更胡說了你難道不知道我在江南回來路上遇着了友人不虧人家救活我的命呢寶蟾聽了又從肚子裏笑道罷哟我倒不知你的命是人家救下的我只知道你教人家掆了个扁担還撳在葦塘裏灌一口臭水呢薛蟠被寶蟾說的滿臉通紅無言可對不去他各自睡了到了次日飯後這嬭走到書房

來看湘蓮天氣炎熱只見湘蓮枕着包袱合衣仰卧推之不動問之不答那臉兒上有紅似白的嫩的真要掐出水來薛蟠一見了不由想起昨夜寶蟾之言觸起前情不由滿心頓熾暗唉道我把你這个小東西趁這會子比和你頑一頑見你就那樣的利害打了我還不算還教我喝那葦塘裏的臭水這會子我可看你往那裏跑這可該由着我了罷說着便叫兩个小厮撵了出去將湘蓮輕輕的抱了起來先替他脫了渾身的衣服仍舊放倒又替他脫了鞋襪

他渾身的肌膚如冰雪一般愈覺淫興勃然連忙替他解開衣帶只覺有人在他背後咱的一聲重重的打了二个脖子拐打的薛蟠火冒眼花金星兒乱冒正在昏迷之際只聽焙茗自外走來叫道薛大爺姨太太差我給大爺說話來了薛蟠正在神魂昏乱之際一見焙茗進來也不思前想後便批臉打了他一巴掌罵道小雜種你怎麼打起我來了焙茗正然說的與他頭上的被薛蟠批臉一掌打的摸不着頭腦兒便撒潑哭道姨太太差我來說話來了你好

賈赦賈政等俱行三跪九叩礼畢伏俟
听候宜讀夏太監打開聖旨讀曰
朕前於几眼批閱古今忠鑑偶叉神倦隱凡假寐
憂見一僧一道衣冠太古相貌清奇將朕引入天
宮蒙　上帝降階延入升瑤碧之宮登丹霄之殿
笙開王母之桃樂奏鈞天之曲問答頁久酬酢甚
欢座閒出示大士眞人所奏賈宝玉林黛玉因果
一本讀之殊堪憫測業蒙批示定期於七月十五
目命大士眞人降世弘法施力將所有太虛境註

755

脵之人概令回生以昭盛世昇平之瑞朕敬聆之
下深為感悅叉蒙議及已故原任楊州鹽運司林
海生前忠正宜補京都城隍之職等語既而酒闌
送出即見林海伏謁道旁叩謝朕復與彼溫諭片
時始奇遽然而寤朕以憂境迷離不肯遽信不意
昨日早朝竟有一僧一道在午門求覲朕即宣入
觀其形貌果與夢中所見相同听其奏对亦與夢
中所聞無異是以暂將二人安置皇羌寺古刹除
將賢淑貫妃梓宮另降論旨令內廷首行敬謹辦

756

理外其自林黛玉以下諸人之柩自應著照僧道
所請在鐵檻寺先期聚齊俟屆孟蘭会日听候僧
道作法以觀成效再已故連司林海著勅授京都
城隍賞發帑銀三千兩增修庙宇並賜祭田百畝
口供香火之費查工部侍即賈政乃賈宝玉之父
又係林海妻兄著賈政即遵諭行欽此
賈赦賈政等跪听宣讀畢又行了三跪九叩礼謝恩
將聖旨供在中庭遠繞與夏太監見礼便向裏讓夏
太監笑道壹老爺們此乃亘古来聞之奇事今意

757

出自賈府可敬可賀我今日事忙另日再來喝老
們的喜酒罷說畢便命拉边馬來仍在滴水簷前上
馬徑自去了這裏賈政接了這道丞旨真是喜
從天降將從前滿腹疑猜一時盡解使賈珍賈璉
等商量仍命賈蓉帶了林之幸回南搬取黛玉鳳姐
秦氏的靈柩賈赦差王善保搬取迎春的靈柩賈珍
差賴陞搬取尤二姐尤三姐的靈柩賈璉又差來旺
見訪尋碍变金釧見瑞珠兒的靈柩俱限七月初十
日在鐵檻寺聚齊這个信兒早傳到內裏王夫八群

758

下涼來正欲上前來看只見賈政賈璉都跟在後面他便暫且廻避了王夫人一面哭着一面吩咐老婆子們將宝玉安放在床帳之內仍將藏屈子戶了出去便坐在床沿見上拉了宝玉的手就如哭亡人的一般数匕搯匕的哭將起來賈政也坐在櫃子歎氣賈璉忙劝道太太不必儘自傷心了雖說他這個操兒教人瞧着心裏难過究竟蓝不相千的不過再几天見他師父就來救他來了太太若是儘自哭只怕他的魂靈見在太虛幻境也是不安的劝了多会玉

夫人道纔止了淚賈政見王夫八不哭了乃向賈璉道我們到外边坐去罷這裏也藥他們姊妹們过來看匕說畢倆間賈璉各自去了宝釵見賈政賈璉去了這纔走到宝玉的床前仔細看了一看用手在他額上摸了一摸乃向王夫人道太太放心不用儘自哭了這是他魂未歸壳所以如此他師父既然差人送了來想來亦也不至另有他虞卓头兒道我的兒我想怪热的天氣你的衣服都替他脫下來蓋上夾被把臉戶上的竹簾

子都放下來雖茶不可受暑亦不可受寒宝釵听了便挨上床去將宝玉扶了起來攪在怀內只凭他身軟如綿王夫八忙替他解鈕脫衣蛣去了鞋襪便蓋了夾被玉夫人又伸手在被內替他褪了小衣只留下貼身綉的塊肚見便命宝釵輕匕將他放倒側身而即取过了包袱換上綉桃仔細一看宛如睡一般臉見上仍旧紅是紅白是白的王夫人看了道纔喜欢起來了剛然瓷盒安當只見薛姨媽史湘云探森帳春李紈平兒巧姐等都來了大家齊到床頭仔

細看了一看也有欢喜的也有傷心的滿屋裏紛匕談諧十分热閙這一晚宝釵安置了桂哥見便帶了鸎兒紫鵑麝月秋紋等就在瀟湘館守宿到了次日賈政剛下了衙門就有賈敕賈珍賈璜賈芸賈喬等一齊过來看視宝玉正在热閙之際忽見林之孝慌慌張張的跑來稟道聖旨意來了請老爺快出去接賈政听了俱各奥一大驚賈璉忙換了朝服趋出門外雖接大監騎着馬背了旨意直至大堂簷滴水前下馬將

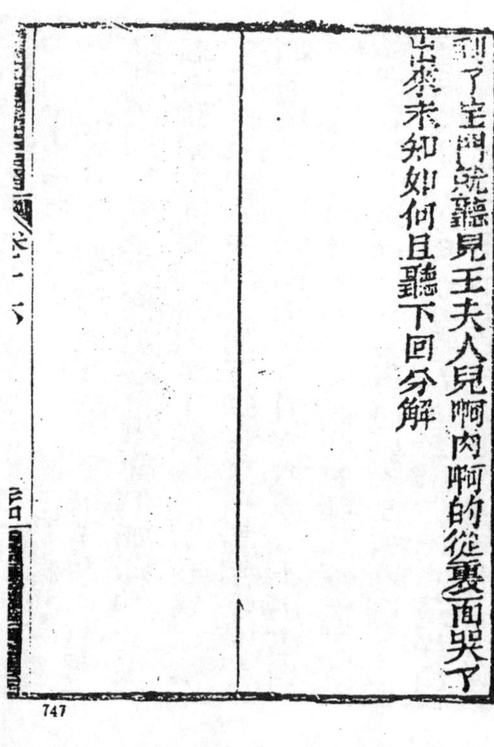

到了宅門就聽見王夫人見啊肉啊的從裏面哭了
出來未知如何且聽下回分解

747

續紅樓夢卷十七
天上人間双媾恩諮
癡智怨女大返幽魂
話說賈政從鐵檻寺將宝玉湘連二人用軟轎抬了
進城走至榮府衙口薛蟠便吩咐轎夫岔道將柳湘
連台了家去這裏賈璉在轎內揆了宝玉剛到了宅
門就有小廝上前接住了轎杆喝退了轎夫一直的
台到榮喜堂的院內這纔落下轎求早見王夫人從
裏面哭了出來賈璉在轎內忙道此乃大喜之事太
太不必悲傷快教老婆子們台了藤扈子來此時李

749

統平兒等都在上房門首站立听了忙命老婆子們
合了个藤扈子過來只見賈璉從轎內搂看宝玉的
腰焙着台了宝玉的腿輕七的台出轎來放在藤扈
子上就將包袱做了枕头老婆子們台了便向大观
園而來王夫人見了便哭着跟了進來再說宝釵一
闻焙茗報信草命紫鹃將瀟湘館收拾打掃妥當安
設了床帳一見老婆子們台了宝玉進來聽見他那
个樣兒就像那年捱了打台進來的一般又像台進
一个小和尚子來了也由不得一陣心酸撲籟七流

750

陡起扳木揚塵與棚內的灯火俱皆吹滅塵沙迷目
对面看不見人忽聞空中有鶴唳之声眾人俱各驚
疑欽神屏息不敢少動只所嗄夫一声也落在棚內
須臾大家頓息眾人看時只見一隻仙鶴元裳縞衣
翅如車輪背上駝着兩個人俱各閉目飲息如癡似
醉仔細看時正是宝玉和柳湘運賈政賈璉見了又
悲又喜忙命李貴焙茗林之孝賴大等一齊動手將
他二人抬了下來但覺身體夯重懶軟如綿不能站
立賈璉忙拉了宝玉的手叫道璉兄弟老爺在這裡

呢但見宝玉目垂息微並不荅应再看湘蓮也是如
此賈政見了這般光景也覺凄楚落淚正在傷感之
際忽見邪隻仙鶴收了雙翅就地一滾化做清俊的
一個道童向賈政稽首道恭喜老夫人小道奉仙師
之命特送公子來此賈政見了不勝驚異知是仙童
不敢怠慢忙答禮道有勞仙童下降下官何以克當
但不知小兒渾身灘軟口不能言且是何緣故刘公你
道這隻仙鶴是誰原來就是松鶴童子所化見賈政
問他忙笑道他二人的真魂現在太虛幻境未曾入

壳是以如此且請大人將他二人抬到府中安置在
靜室用心蒋養候七月十五日家師到來親自施展
法力令他二人真魂入壳自犬耳目聰明手足靈動
了賈政听了這綟放了心忙命焙茗飛馬進城報信
並着抬兩頂軟轎來一面命人將湘宝二人攏進禪
堂一面命佳持襲松鶴仙童到客房待茶只見邪仙
童就地一滾依舊化作仙鶴嘎然一声騰空而去賈
政遂纔知道僧道二人果是真仙不勝感激連忙向
空拜謝進了禪堂又將寶玉湘蓮仔細一看寶玉是

僧家打扮湘蓮是道家裝束直挺挺的躺在榻上就
和死人一般摸了摸手臉却都是溫暖的鼻中亦似
有出入微息每人腰裏拴着一個包袱解下來打開
觀老原來是他二人當日出家時穿了去的衣服賈
政見了點頭欢息了多會只見焙茗飛馬跑來並命
入攪了兩乘軟轎薛蟠得了信見也飛馬而來賈政
便命賈璉坐一乘軟轎擡了宝玉李貴焙茗攙着薛
蟠坐一乘軟轎擡了湘蓮賴大林之孝攙着自已仍
坐了車一齐進城約有掌燈時分纔到了榮国府剛

〔739〕

荒誕不經之事誰有多大的膽子敢在萬歲爺跟前
乱奏呢王夫人道不然道可怎麼處呢賈政沈思了
一會忽然道我記得昨兒我看過媳婦從婆那裏抄來
的奏稿後面有上帝的御批我好像記得有朕已示
爱於人間帝王的這一句話如果真有示爱之事再
不過幾天見外頭也就知道信兒了卽或並無託爱
之事且等臨期別人如果真都叫了生那時再求大
人們代奏也還不遲倒是外甥女見和璉兒媳婦蓉
見媳婦的靈柩我明兒和大老爺珍大侄見商量仍

〔740〕

舊打祭蓉見回南搬取教他趕緊些一見總趕七月初
十日到京絲好再者說有人送寶玉的肉身到鐵檻
寺之事我想我今見下了衙門親自到鐵檻寺托
盼附住持們打掃了經室先替老太太念三天經防
內住持們幽心打聽着也就是了王夫人聽了點點
頭見道老爺想的狠是老夫婦一面訴話一面服侍
賈政穿衣梳洗畢重新到買母的影像前流拜了二
苗便命琥珀兒收了影像撤了供献喝了茶喫
了点心追經上衙門去了這裏王夫人督率着琥珀

〔741〕

打掃干淨仍然關好了門邊遮着王鏪兒仍到怡紅
院來便將賈母昨夜果真求家託爱的話告訴了薛
姨媽史湘雲探春室釵一遍合求無不歡悅薛姨媽
便命人叫了薛蟠薛蝌弟兄兩個來告訴他們教薛
蝌差人回南搬取香菱的靈柩又教薛蟠打聽着有
人將柳湘蓮的肉身送到鐵檻寺時可撞到家中打
掃一間避風的密室用心將養以報朋友揪救之德
薛蟠薛蝌二人聽了都一一的答應了自去料理不
提再說賈政下了衙門喫了早飯坐了車帶了買璉

〔742〕

賴大率貴林之孝焙茗出城一直求到鐵檻寺本寺
的住持開郊大檀越親來拈香見傳為了合寺的僧
人出來迎候賈政下車先進禪堂更衣這裡賈璉便
盼附林之孝催人搭盖經棚勒廠大家並不費事吹
口之力搭起棚來登時懸燈結彩法鼓金鐃請賈政
出求拈香禮拜賈政素性剛直本不信神鬼渺茫之
事只因買母託爱所以求此念經也無非是遵敬神
明思念父母的意思拈香已畢就在寺裏喫了些素
齋約有未未申初時分纔要進城回府忽太閒大風

了一支蠟燭三人一同走了过來猛見了賈母的影像與平日大不相同真如活人一般眉目俱動曉了一咳嗽只見賈政披着衣服坐在榻上面帶淚痕一見王夫人進來忙迸真奇怪極了我只竟剛然聽着就瞧見老太太一手挂着拐杖一手扶着金釧兒走了進來声音笑貌宛若生前和我足足的坐着說了有兩個時辰的話老人家告訴我說林姑老爺陞了京都的城隍也是七月十五到任老太太和珠兒鴛鴦等俱進隨任喜受人間的香火又與我商量要將

735

卷十六

鴛鴦與珠兒作姿我就答應說朱爭任憑老太太尊裁其餘的話都和二媳婦甦醒後所說的相同我就問老人家說太虛幻境冊上註名的寃係何人請老太太明示以便好搬取他們的灵柩老太太便說金陵十二釵你难道不知道这句話把我說恍了我只得答應說實在不知求老太太明示老太太又說我告訴你你可要記清白些是元妃賈迎春林黛玉王熙鳳秦可卿香菱尤二姐尤三姐晴雯金釧兒瑞的蓉和尼姑妙玉共是十二個人如今除过妙玉

736

他自行陳請惋惜陷俘殺身不願同生外其餘的十一個人都是願回生的這是已死的十二釵了如今現在的薛宝釵史湘雲李紈平兒探春惜春巧姐難宝琴妙烟鶯兒紫鵑花襲人這又是現在活着的十二釵了目下有人若將宝玉的肉身送來你可要好生將息他不可難為他一點見時光兒有限我也要回去了我聽見他老人家要去我就拉住哭着問如今的家運並子孫後來之事老太太站起來只說了個俱行好事真開前程便叫金釧兒偕們回去罷

737

剛見金釧兒定了過來老太太就將拐杖在地下一撅就像打了個悶雷一般把我就嚇醒了王夫人聽了也由不得一陣心酸悲咽了半晌道既是老太太有靈有神的來家託夢這件事可就千真萬真老爺也不用再疑惑了我想別人的靈柩雖然路途遙遠不過多化幾兩脚費早些二兒差人赶着搬去也還好辦惟有元妃的鳳柩非離了奏明請旨如何敢私自動得呢莫若老爺上朝去回了宰相大人們求着替我們奏一奏絕好賈政聽了搖頭道不妥不妥此等

738

了不應妻夫歡逭自從老太太去世之後我也意見过幾次總是糢糢糊糊的旣是老人家要來家託遠今兒可將老太太的上房打掃潔淨預備下一楝子好的供献等我晚上祭奠了就在老太太房裡睡竟且看有什麼動靜兒僧們再作道理明兒是南安大她的壽誕我讓你过來悵們商量如今別的私物都有了只少一支如意只岀老太太懷上还有你去我一我瞧把我的飯送到書房裏我就和璉兒一塊兒察龍說罷便和賈璉起身向書房而去這裏王夫人

731

便將琥珀叫來教他先開了賈母的房門王夫人遂到裏边看了一遍但見屏帳依然人亡物在不勝凄惋悲傷了多會跥咐老婆子們收拾打掃重新舖設了一番一面上樓取了一支三鑲的如意命人送與賈政一切完畢这總过來又與那夫人尤氏探春湘云諸人計議了會子慨㪚眾人灵柩的話又不知誰是回生的誰是不回生的紛紛講說俱各病疑不定閗了一天到了晚土婑各㪚去这一晚賈政便齋戒冰浴就在賈母房中擺了供献懸起賈母的影像來

732

莫了酒叫祝了一番便獨自一人在賈母平日住的聤閣內安寢王夫人一求为賈政悆遍一人在又空的房內獨睡不甚放心二求也要悄悄的窺听到底有什麼影響乃悄悄的俞人將自巳的卧具搬來就在板壁後琥珀睡的房內帶着琥珀玉釧兒同宿翻來覆去一夜不曾合眼不時的伏榻靜听似乎板壁那边微有声息並不听見賈政言語帳了瞧幾燈明滅玉釧見琥珀三人歃然沉睡將至五更時分忽所玉釧見在姜中驚醒隄送姐姐站起我还有話

733

要問你你怎麼就走了呢王夫人听了驚逴小蹄子你怎麼撤起嗤怔來了只見王釧兒揉了揉眼睛爬了起來道大太我如姐跟了老太太來了我們绝說了幾句話見道太太在那边就叫他他就赶着过去了呢这夫人听了不勝驚異正要徃下盤問忽听賈政在板壁那边嗳喲了一声似有悲咽之狀王夫人听了喫了一驚隔着板壁先咳嗽了一声尖後問逭老爺輕醒了麽只听賈政哽咽逭快點燈來王夫人听了連忙起來穿好了衣服叫起琥珀玉釧兒來罷

734

時傳喚不敢擅離他說明兒早起來罷王夫人尚未及回答賈政忙問道誰又病了王夫人笑道說來又是好笑的事老爺又該不信的了二媳婦昨兒總过了滿月今兒早起睡的總不能醒來把我嚇的只當他又得了什麼怪病了呢所以總教璉兒差人請王太醫去了後來誰知道絕不是病却是夢見請要把他引到太虛幻境去了剛說到这裏只听了賈政咳道这真奇怪了早起我今兒在箭門裏也听了個笑話見外頭的人都嘆着說这兩天夜裡城隍廟有人听

見人喊馬嘶的說舊城隍現在辦理交代新城隍眼下就要到任呢又有人說新城隍就是當日在揚州作塩運司的林老爺你說这個話荒唐不荒唐呢王夫人听了笑道依老爺这樣說起來这件事竟是千真万真了昨兒見寶丫頭夢中到了太虛幻境連老太太姑太太都看見了还抄了林姑老爺的書子並大土真人的奏稿來了老爺看一看也就知道了玉釧兒去和你二奶奶把那個稿兒要來玉釧兒听了如飛而去不多一時將兩固稿兒拿來遞與賈政賈政

接來看了一遍望着賈璉笑道我不信天地間竟有这等的奇事我想林姑老爺素日为人骨鯁方正或着死後为神也是有的寶玉到了大虛幻境或者他修道的心誠得了他仙師的什麼指引這也在情理之中從來沒听見死人回生之說这一節倒底教我不能無疑你瞧瞧这個稿兒賈璉接來看了一遍忙站起來笑道侄兒讀的書不多也不能深究其奥妙而常听見俗語說的聖天子百神相助大將軍八面威風侄兒想如今聖天子在位恩德加於四海神灵

感応也是該當的至於老爺居官清正為国为民土天加護降之福雖这也是有的依侄兒的愚見寧可信其有不可信其無我們如今只把應該預備的事早早兒的預備下就是了賈政听了沉吟了多會道我想这件事雖說似屬可信終是渺渺茫茫的万一吵哄出來外頭都知道了不但教親戚朋友們笑話上頭要是知道了只怕还要問不是呢王夫人道總剛兒二媳婦还說老太太惟恐怕你不吉这些荒誕之事老人家還要親自來家給你記慶求呢賈政听

人不大巳王將王善保家的抬到下房裏去讓了些湯水这絰甦醒過來滿面羞慚從些可說惟有暗恨睛雯而巳將息了半晌王夫人便差柳家的將他送过那边去並接邢夫人和東府尤氏睛牛过來大家說說話兒这裏薛姨媽王夫人等就在怡紅院大家喫了早飯王夫人便又差人接了探春來不多一時邢夫人尤氏也都來了王夫人遂將宝釵做夢的話告訴了眾人一遍彼此又盤問了會子太虛幻境的光景宝釵又俻細的述了一遍大家听了無不欢悦

邢夫人笑道我倒不知睛雯这個小蹄子利害多着呢絰剛兒王善保家的回到家裏他又附下來了嘴裏只嚷要叫他姑舅哥哥吳貴教把他的靈柩快舁了出來预備着好回生關的我没了法兒只得央告他說好孩子你只管放心我一會兒过去告訴你太太替你收尸首就是了勒掯了我個到地兒他絰走了呢尤氏听了笑道若是这麼說起來鳳丫頭和我們媳婦我們的兩個妹子也都要搬回他們的灵柩來絰是呢王夫人道这個自犬的等明兒我和你叔

叔商量了仍舊打發蓉兒到蘇州搬你林妹妹的灵柩去呢就帶著把你們媳婦和鳳丫頭的灵柩也搬了來你兩個妹子都在这裏城外埋着呢那是更容易的了尤氏道我想林妹妹和鳳丫頭是去年死的我們二姨兒三姨兒是前年死的年代还不多見的尸首也遭罷了只怕我們媳婦死的年代太多了想來尸首也未必能勾團圞罷玉釵道咋兒夢中在太虛幻境听見你兄弟說他師父臨時自有妙用想來他師父既是神仙臨期自然有個什麼教法兒也不可

知據我想來別人的靈柩無論年代的遠近倒底邊有個埋塟的地方兒都还容易惟有妙師父可教人在邓裏尋我他的尸首去呢眾人听了齊声大息道这可填难了正在彼此談論只見玉釧兒走來真道老爺回來了請太太过去說話呢王夫人听了便起身領了玉釧兒出了怡紅院一直回到自巳的上房只見賈政正和賈蓮坐着說話一見王夫人進來賈蓮忙站了起來迈太太絰剛見教我請王太醫回來的人說令兒是他在太醫院的正班兒恐怕內廷一

一面着人我你璉二哥哥教他快請王大夫去一面我們就挂这裡雖你來了怎麼你这會子倒好好的起來了呢你倒底自已竟着是怎麼了宝釵笑遊我並不竟怎麼樣有個緣故太太和媽媽史大妹妹都坐下等我慢慢見的告訴你們薛姨媽听了便和王夫人史湘云二齊坐在炕上鶯見忙叠下餹盖端了臉水來宝釵一面梳洗一面將賸愛昨夜來家題起尋愛香將他帶到太虛幻境與賈母賈夫人宝玉黛玉等諸人相見並林公帶了着子來抄了簡述奏稿

卷十六　　十一

的話從頭至尾細說了一遍又將抄下的實子奏稿取了出來遞與湘云湘云接來照呈一遍俱朗朗的念了一遍王夫人薛姨媽听了俱各大喜过望宝釵又將賈母要親來託襲以及僧遊差松鶴童丫送宝玉柳湘蓮的肉身到鐵檻寺的話說了一遍王夫人听了更加欢喜忙命人傳知祢之孝教他飛行到鐵檻寺告訴住持門一声兒二有什麼信見飛來稟報正在吩咐間只見王善保家的笑嘻嘻的走了進來先與王夫人薛姨媽請了安又與湘云宝釵閒了好

道那邊大太太听見說我璉二爺請王太醫給宝姑姊看病大太太說昨兒還是好好的过了滿月今兒怎麼忽然又病了呢大太太狠不放心打發我过求打听打听王夫人笑道没有什麼大病你且坐下等我告訴你緣故王善保家的听了總然要訓生忽然噯喲了一声兩支眼睛直勾勾的瞪了起來大嚷逗睛姑娘饒了我罷我再不敢在太太跟前給你墊舌根了說着但見他如瘋瘓了一般把自已渾身的衣紐兒都解開連裤帶兒都揪斷了兩支手只在腿

班裡乱採乱撈嚇得王夫人薛姨媽一齊行道这是怎麼了这是怎麼了湘云在炕上瞧見这般光景卓麼夭的動不得了宝釵一見就知是睛雯作祟忙命馬兒快教柳家的拿幾張黃表紙錢來在院子裏焚化日讓暗帖的祝讚了幾句只見王善保家的这總不歇了咕咚一声栽倒在地口裏的自诼子渎了出來手裏还攥着一撮子黑毛招的眾人又是害怕又是好笑一時轟動了家下只見李紈平見情春巧姐紫鵑麝月一齊都來了柳家的和鶯見麝月紫鵑四

我們去了不大方便罷宝玉道不相干的他們兩家相離好遠的呢況且他們倆人我已経嘱咐过了說这裏乃是女仙之所不許他們無故出來乱走的迎春听了乃回黛玉笑道林妹妹你既然不去你就和金釧兒先回去着我陪着菱姑娘去走一回寶兄弟你把我們倆人送了去罷宝玉听了不好違拗只得随了迎春菱往蘅蕪苑司而來黛玉帶了金釧兒自回絳琇宫而去彼此分路走了有一箭多遠忽所宝玉回頭叫送金釧兒你好生挽着妹妹走看仔細跌

715

倒了說的眾人都笑了迎春笑道罷拗你不用虛了这是我們來來往往走熟了的一條路比儜們大观園的路还好走呢你就單怕跌倒了你妹妹難道別人就不是個人見說的宝玉無言可對自已也笑了按下太虛幻境之華暫且不表再說宝釵的陽魂随了睛雯的陰魂出了太虛幻境耳內只听呼呼的風響轉瞬之間早望見怡紅院自已的卧室正要和睛雯說話只竟睛雯在旁將他猛力一推早已魂歸了本売不竟嘆哟了一声只听驚見在旁叫道史大姑

716

娘快回來罷不用告訴太太們了我們姑娘醒來了宝釵在夢中京醒听見鶯見叫贼忙揉了揉眼看時但見日色橫應約有巳牌時分不竟喫一大驚連忙坐了起來道鶯見你嚷什麼呢鶯見迯姑娘你從來没有失睡过今兒怎麼了人家都起來梳洗完了你還睡的不醒任憑我怎麼推着叫你總不荅應一店見後來史大姑娘來了他把手伸到你被窩裏百樣的胳肢你連動也不動他總看着看了急怕你得了什麼怪病見他教我好生還着你他親自告訴

717

太太們去了宝釵听了點點頭見又將夢中的景呪想了一想忙在袖挽見裏摸了一摸果然有個字帖見取出來看了一遍忙又披起即便穿好了衣服下地來在四下裏望了一望問道鶯見你可瞧見睛雯來没有鶯見聽了奧驚迯姑娘你怎麼說起鬼話來了正犬說到这裏只見薛姨媽和王夫人史湘云一齊走予進來一見宝釵都發起证來薛姨媽迯我的見你怎麼了纔剛見你史大妹妹說你睡的總不能醒來了任兒怎麼膈肢總不動一動見嚇得你太太

718

裡有警幻仙姑送的仙酒喝了百病消除你喝些兒
回去省得喫王大夫的藥金釧兒聽了忙燙了酒來
宝釵立飲了三杯黛玉仍命晴雯送去金釧兒道我
送二奶奶去我也要帶着看看我媽和我妹妹呢賈
母道小蹄子你不用混爭晴雯比你歲數大点子他
兒跟了我回去就是了金釧兒聽了便不敢言語道
送宝姑娘去我們放心些兒你要回家看看你嫣明
裏宝釵告辭了賈母衆人一齊送出絳珠宮繞王迎
春眷菱金釧兒四人仍將宝釵晴雯送至牌坊外邊

711

忽見宝玉從薄命司飛跑着趕來呌道宝姐姐你等
一等見我还有話告訴你呢衆人聽了只得止步等
宝玉到了跟前向宝釵道纔剛兒我又接着兩位
仙師的一封書子說我與柳湘蓮的肉身都在大荒
山空空洞內他們目下不要差松鶴童子送到鐵檻寺
去呢你到家可告訴老爺太太差人不時的打聽着
些兒你若有人將我們的肉身送到就將我抬在家
中安置在瀟湘館把柳二哥的肉身就交給你們家
薛大哥再差人到蘇州把林妹妹的靈柩搬來等到

712

七月十五日我師父自有好用你就把我這塊玉帶
了回去請太太看看也好放心宝釵道纔剛兒老太
太說这塊玉是你帶慣了離不得的不用帶了
回去明兒老太太親自到家給老爺託處玉呢你可
將方纔的这些話也告訴老太太呌声兒我一個人
的話恐怕老爺未必肯信說話之間早走到牌坊外
邊宝玉宝釵黛玉三人大目相視大有不忍分離之
狀只見香菱點起香來與宝釵晴雯插在鬢边念声
去罷只見二人雙翅離地如電掣星驰一般須臾不

713

見了这裡宝玉迎春等五個人由舊路而回香菱向
宝玉間道宝二爺我的那個馮書辦走了没有宝玉笑道姑娘我
逰走了好一會了香菱所了向黛玉笑道姑娘我
見我們的这個主見妹了馮書辦如今現在薄命司
裏佳着呢我們何不去看他一看燥他一燥呢黛玉
笑道什麼好有賬的人看他作什麼他又知道什麼
是個燥呢我先不去看香菱見黛玉不肯去便又向迎
春道三姑娘你同我一塊兒逛去罷迎春不好意
思羞回頭便間宝玉道只怕柳湘蓮秦鍾都在那裏

714

〔707〕

這裏只見迎春走了進來先与宝釵相見彼此叙了會子寂温便向宝玉道宝見弟你到外邊坐坐去罷菱姑娘小大奶奶都要進來瞧瞧宝妹妹呢宝玉听了便立起身來向賈夫人道我就去見見憑著辦給姑老爺寫個回字兒去罷賈夫人道你就去寫上說書子上的話我們都知道了以後再有什麼信兒即速再差人來就是了宝玉听畢各自去了只見香菱蔡氏也走了進來与宝釵相見各道別後情事太家坐定賈夫人向宝釵笑道姑娘我纔問你小哥兒是

〔708〕

幾時生的你还未曾開退一逕兒就要念書子把偕們姐兒俩的話把兒打趣了宝釵道是上月十五生的昨兒纔过的滿月賈夫人又道如今你婆婆和你媽媽身子可还壯狠宝釵道如今家裏爭不遂心我太太和我媽媽也都蒼了老了賈夫人聽了歎息了良久又向香菱道姑娘你倒底有種什麼香这等奇妙又能送你妹妹到家又能把宝姑娘接了來呢香道这種香是我父親給的原是仙家之宝一名返魂一名尋覓燃起香來彼此往來相會也無非魂愛

〔709〕

而已賈夫人道依你還等說求你們姑娘到这裏來竟是做夢了麼香菱笑道姑太太这個話說的好笑不是作夢难道是他的肉身真來了麼賈夫人聽了沉吟了半晌道他既是做夢偺俩也該早些送他回去總是恐怕留的時候長了他太太在家必定要受驚怪呢賈母也道可也是呢我們这裏的飯可也不好留他喫的宝丫頭你也就回去罷仔細你太太掛心你回去就把你姑老爺的書子和那僧道的蔡稿上頭寫的那些話先告訴你老爺太太教他們放心

〔710〕

宝釵道纔剛兒我也把姑老爺的書子並蔡稿的兒都抄下了他還說教把通靈玉帶了回去作個憑據本然太太還罷了老爺素日最是不信神鬼荒誕的話賈母聽了沉思了一會道你老爺那個脾性兒我也是知道的那塊玉也是你女婿離不得的東西也罷你先回去等明兒我也和菱姑娘借一支香点了親自到家給你老爺託託當面告訴他这些因果他也就不能不信了我的兒你就早些回去罷宝釵听了便起身告辞黛玉道姐姐你且慢着我这

呢和他妹妹真是天生地就的一對兒賈夫人聽了也將寶釵仔細一看忙拉了他的手笑道我的兒難爲你這個模樣兒倒底怎麼長來真像畫兒上璧的八了我聽見老太太說你就狠疼你妹妹將來你們姊妹倆到了一地見我也是放心的了從今以後不許你叫我姑媽你也把我叫媽媽就是了賈母聽了笑道狠好這緣是呢當日薛姨媽太太也教林丫頭他叫媽媽來着這如今寶丫頭也把你叫媽媽賈母道情過理順妥當極了那兒我還聽見說得了賢孫兒

了姑奶奶你知道不知道賈夫人聽了忙向寶釵笑道姑娘你可恭喜是幾時生的小哥兒寶釵正欲回答只聽寶玉道你們也讓老太太姑媽坐下讓我把姑老爺帶來的書子念與兩位老人家聽聽馮書辦還等回信呢賈夫人聽了忙問道你姑爺有書子來麼寶玉道有的差了馮書辦五更天來的賈夫人道既是如此二姪兒就念與老太太聽聽於是賈母賈夫人鳳姐寶釵黛玉各挨序次坐下寶玉便取出書子並奏稿來從頭至尾高聲朗誦的念了一遍眾人

聽了無不歡喜惟有林黛玉坐在椅上思前想後又流下淚來鳳姐逗林妹妹你也太愛哭了人家聽見這個信兒人人都見歡喜的偏你又傷起心來了想是你捨不得你這個絳珠宮黛玉逗你好糊塗你仔細想想我們太虛幻境的人普令回生老太太到姑爹媽又不能回生這可不是又要離別邐我怎麼不該哭呢鳳姐逗我不糊塗你纔是糊塗了呢你纔沒聽見姑老爺書子上明白白寫着說不忍教骨肉再離所以纔補了姑老爺京師裡都城隍了这句

話你想是沒聽見黛玉逗雖去如此倒底有些陽之隔豈能常常見面呢賈夫人忙逗我的兒你不用傷心橫竪我們得了都城隍老太太也隨了我們任上去娘兒們要見面也沒有什麼難處比不得當日在地府了你也想想你父親和我也都是半百過外的人了就讓如今也放我們回生又能在人世过多少日子呢老太太是更不用就的了况且你父親當日在揚州做鹽運司又不要商人們的錢尚且每日提心吊膽的那裏有做城隍逍遥自在呢正去說到

上帝座下居高听卑作真宰於十方靜專墊錫福
祥於三界有求必应無感不灵願昭陀陽不測
之神明以示彰爛無私之至意宏施法力大發
慈悲凡屬紅枝蒼有情之物俾使普返幽魂所
有太虛噴玉惡之人概令咸臻壽域郎才女貌
都成伉儷仁起蘗海情天永絕相思之鬼將見
恩洋天上之去明悠久之無疆德溢人間作盛
世豈平之祥瑞臣等臨表無任驃　天仰　聖
激悭屏營之至　奉

699

上帝御批據奏寶玉玉林過普一事情妹可憫朕已
示爱於人間帝王之於七月十五日風闌勝会俾
使太虛幻境所有註册之人普令回生以彰盛世
昇平之瑞尖士真人等屆期遵諭行欽此
寶玉看罷回過頭來左边墊匕寶釵右边又瞧匕黛
玉不禁哈匕大笑道宝姐匕林妹匕這可真樂死我
了未知二人如何回答且听下回分解

700

續紅樓慶卷十六
　　史太君示慶大觀園　　賈有老遇兒戲
話說寶玉寶釵黛玉三八看罷林公的書啟並抄錄
大士真人的奏稿俱各歡喜不盡寶釵道金釧兒見快
拿筆硯过求待我抄錄一張帶回家寶玉世批匕大聽
着老歡喜欽金釧兒聽了忙將筆硯送了过來寶釵
道林妹妹你替我抄姑老爺的書子我自己抄奏稿
寶玉聽了便穩起袖子來替他們研墨釵黛二八各
取花笺一張就在燈下一揮而就寶釵遂又看了一

701

遞叠了一叠掖在袖兒裏這裡聘爱又便送進淨水
來大家梳洗穿衣刚然完畢只見鴛鴦走來問道姑
娘們起來了沒有聘爱忙追早就起來了鴛鴦道姑
太太早就梳洗完了聽見寶姑娘來了要過來看看
呢寶釵忙道我們就要過去請姑太太的安去呢因
為姑老爺的書子來了所以就擱了會子正然說着
早見鳳姐攙著賈母司棋攙了賈夫人走了進來寶
釵見了忙迎了上去與賈夫人行礼賈夫人忙拉了
起來賈母道姑奶奶你看你這個女孩兒可好不好

702

齊聰了他一眼宝玉笑着接了書子軍新走了進來
叫道晴雯姐姐點支蠟燭來屋房黑的還看不見字
呢睛雯金釧見聽了忙點了蠟獨送了進來只見鑑
玉空釵二人俱穿着短衫兒在炕沿兒上坐着見宝
玉拿進書子來站在燈下拆封兒二人便也走來一
邊一個扶着宝玉的肩頭只見皮面上大書二賢徑
開拆五個大字拆去封皮大家一齊觀看只見上寫
日前分手馳赴　彤庭叩覲
天顏厚蒙獎賚命下部曹即行查缺補授正在守

候聞忽有茫茫大士渺渺真人面陳一本表奏
繫徑與小女前生一段因果蒙
上帝垂憫許令回生完聚並將太虛幻境所有入冊
之一切痿魂責行釋放回生俾得各逐所願又
憫愚一生鉄嗣僅存一女不忍令其再離卽着
與現在京師之都城隍兩柏對調所有酆都隨
任之親戚幕友長隨家人概准其帶赴新任候除
將大士真人原奏本章並奉到
上帝御批抄錄送覽併希轉呈

老太太以慰
慈懷肅此佈候近祉不宣
　　侍生林
海頓首謹稟
宝玉等釵黛玉三人看畢不勝大喜遂又將抄錄奏
稿打開觀看只見上寫道
茫茫大士渺渺真人臣某某謹
奏為仰懇
天恩俯鑒隱曲事竊維
紫微垂象獨秉造化之隆
衡青頌隨琰分司激揚之責任供查酆都城隍
林海之女黛玉生本靈河仙草謫為人世名姝

學邁班姬才超謝女醫齡失恃累見皆於椿萱
弱息依人竟託身旅祈舅年纔及笄欣逢閬苑
仙郎緣在前生曾做神瑛侍者情出於性本人
倫玉化之原禮守平經豈濮上桑間之事倘終
身之事託馬則一生之屈还吳詎意紅顏薄命
忽遭僵李代桃可奈白髮昏老遂致移花接未
絳雲軒裏會無三夢之緣瀟湘館中遽抱百年
之恨魂歸幻境當遊縹緲之鄉名籍太虛永註
氳氤之冊事最堪傷情殊可憫伏惟

氣兒來晴雯金釧兒在牆外聽的也来平笑出聲来只得忍了又忍忍聽寶釵敍笑道寶玉你敢和我誕臉聲兒這都是你的詭你看我饒你不饒你金釧兒德到這裏望着晴雯伸了伸舌兒又聽黛玉笑道寶玉你敢和我沒人祿騙雯聽到這裏也望着金釧兒伸了伸舌兒又聽寶玉笑道罷喇我今兒可臉大幹出來了索性得罪了姐妹七罷只聽三個人嘻七哈哈的笑作一圍兒金釧兒聽了在牆外拉了晴雯悄悄的咲道喂嚇嬲姐七俏們走罷不用再往下聽了看

691

卷十三

仔細把偺們聽的不好了晴雯怕悄的啐了他一口便仍舊把迪拉到院內自石壇邊上下正欲講說他們房中之事只聽有人在外邊拍的大門山響二人契了一驚瞧了瞧天色但是東方微明金雞亂唱二入作着護子走到官門問道什麼人這早晚兒說來打門只聽外面答應乃是個婦人的聲音遠姑娘們問門罷我是鮑二家的咲訕兒林姑老爺差了馮書辦來給寶二爺送下來子來了寫書辦自已不好紗的韓差我送了來一晴雯金釧兒聽了咋将大

692

門開了只見鮑二家的手裏拿着一封書子遞與晴雯道姑娘們拿進去送與寶二爺看就說馮書辦在薄命司等回信見呢晴雯道你怎麼不進來歇歇呢鮑二家的道這裏人多璉二奶奶的嘴又不給人留分見沒的進去教他常着人說的臉上怪沒意思的我就回去罷說畢徑自去了晴雯金釧兒仍舊開好了門一直往上房兒來金釧兒問道這個女人是誰我怎麼不認得他呢晴雯道誰認得他呢我也是聽見璉二奶奶說那年二奶奶坐日都在老太太房

693

卷十三

裏喫酒他就和璉二爺勿搭上了後來璉二奶奶大閙了一場他就爆的上了吊了金釧兒聽了笑道怪道他不進來怕璉二奶奶當着人揭他的短兒二人一路說笑來到了東套間的門首便將銅環兒叩了幾下只聽寶玉在內問道做什麼金釧兒叫道二爺起來罷姑老爺差人送要緊的書子來了只聽嘩喇的一忽門早開了寶玉只穿着作短汗衫見撒拉着鞋兒走了出來不圖青紅皂白先摸了晴雯一個臉且見又打了金釧兒一個下頦見二人不敢声張一

694

的恩寬慣的來說的眾人又笑了笑的宝玉臉上發了訕的向晴雯金釧兒道原來你們兩個人是在这裏看我的笑声兒的都給我山字碼山字請出去罷一面又悄向他二人丟了個眼色晴雯金釧兒会了意忙一齊走了出去这裏宝玉便蹿唧的一声把門閂上了晴雯金釧兒見宝玉揷了門由不得都嘻嘻的咲着走到院子裡晴雯笑道我們二爷令兒真是哈吧狗兒掉在糞坑裏沒嘴兒的喫了金釧兒道这都是經惱兒林姑娘和二爷商量下的偺們倆人何

卷十五

不悄悄的听听去呢晴雯听了便笑着拉了金釧兒的手輕輕的走到總下側耳靜听只听宝釵在內游你們將來倒底还是回生啊不回生呢倒底開言吐語的說明了我回去也好告訴太太教他老人家放心放着正經話不說可又嘻皮笑臉的閂上偺們作什么呢又听宝玉笑道姐姐你別性急回生的事大約眼前也該有信兒了你明兒回去之時先把我的逼灵玉帶了回去教太太看一看請太太放心就是了綗剛兒是林妹妹恐怕姐姐走了这些路也乏透了

卷十五

了教我閂上門請姐姐脫了衣裳躺着歇一歇兒又听宝釵道可不是呢我也竟着身上乏乏的蠻兒偺們可要先說開只許偺們躺着說话兒罷教宝玉上來明閂我可不依又听黛玉笑道姐姐你只管放心有我呢难道你們倆人離別了多日就沒兩句話兒說什么又听宝玉笑道一個姐姐一個妹妹我就有多大的膽子敢放肆呢你們倆人放心只管躺着怪熱的天氣我在旁边替你們打扇子好不好黛玉听了向金釧兒悄悄的笑道这到有趣兒的狠呢

金釧兒忙笑着擺了擺手兒隔了会子就听見裏面手觸動的響声兒扇子搧的風声兒不多一時忽听宝玉笑道林妹妹你記得偺們小時宝姐姐纏來的時候偺們都在姨媽家喫酒喫糟鵝掌那会子宝姐姐把姨媽長姨媽短的叫迴想起來好像不多幾天兒怎么这会子他也有了孩子了也有人把他叫媽媽了我真嘻歡的受不得了呢又听宝釵笑道蠻兒你听了這個人給不得臉兒不是纏搌了些屏子混話可就上來了又听黛玉在炕上笑的喘不過

姐你可好么晴雯是昨兒去的你怎么今兒總來了
呢宝釵也拉了黛玉的手笑道妹妹我今兒偏來的
不巧了打攪了你們的好事了黛玉听了也笑道怎
么姐姐說起这樣話來竟冇我竟得姐姐今兒來的
巧極了呢你坐下罷便拉了宝釵到炕上对面坐下
金釧兒送上茶來茶罷黛玉姐姐恭喜我總听
見金釧兒說你生了一個小哥兒昨兒總瀕月的宝
釵答道可不是呢不是为这件事昨兒見我就來了黛
玉遂你見了老太太了么宝釵遂我見了老太太問

了閒家裏近來的事又告訴了我地府裏的些爭說
了好一会子的話見後來老太太就教凤姐姐送我
過來說既是你妹妹差了你來你也早些
見過去聯兒他們去罷所以我總過來了姑太太老
人家已經睡了我也没敢勤黛玉遂姐姐你不必
忙橫竪我們这裏的人到了明兒早上你都要見面
的宝釵听了老兒見在四下裏一望並不見宝玉
忍不住的問遂妹妹怎么出遂的人那裏去了
黛玉未及回答只听宝玉在对面帳子背後咳遂我

在这裏給姐姐跪着請罪呢晴雯金釧兒听了都大
笑起來宝釵冷笑道好個出家訪遂的人見你給我
請的什么罪呢可憐太太成日家為你哭的連茶飯
都減了你也不想回去請罪我和林妹妹兩個的情分么
道你还不知道我和林妹妹姊妹的情分么
玉听了忙道姐姐你不用說了这總是妹妹命裏帶
來的魔心姐姐受累我竟是個罪魁了宝釵听了
教太太懸心姐姐被他死活的纏住了如今開到遂步田地
笑道这與妹妹什么相干呢那不是他么總剛見老

了他他就來涎臉來了黛玉笑道這總是姐姐平日
招的衆人都笑了宝釵問黛玉笑道你雖兒剛說饒
姐兒你請打打着問他還問他还敢去當和尚不敢了
兒宝釵先嚇兒的作了一揮然後把臉遮了過去道
見撒拉着一双大紅鞋兒從帳子背後走了出來一
出來罷二奶兒饒了你了只見宝玉穿着件白紗衫
也不說他了金釧兒听了忙道二爺你快老着臉兒
今妹兒又替他認不是可教我还說什么呢罷了我
太太还教我狠兒的數落他一頓出一出我的氣如

卷十五

說难为你把这些三子年右代的話總記着呢二爷听了这一句話上了臉兒了後來我听着他只是呌好妹七親妹七你把你身上的香再教我大大方方的聞一聞罷招的林姑娘又使起性子來了我只听他說难迳你这一会的工夫迳没有聞勾么这闻的不大方要怎么總籌大方呢撤搾的二爷好二会没敢哼一声見後來也不知怎么又大樂起來了笑着說阿彌陀佛好了好了可憐我在林子洞當了一辈子的小耗子繪了一辈子的東西今兒剛七兒的經

摸羊着莘兒了林姑娘就笑着呸的唪了他一口我正听到这裏你就拿扇子打了我一下子把我的魂没嚇掉了晴雯听了笑迳你看人家倒底是千金小姐你听說见的这幾句話见也教人听着爱听那裏像你前見那個浪樣兒說的那些話我听着怪生氣的金釧見听了忙站起來要撕晴雯的嘴罵道朋兒輪看了你这個蹄子你就把牙關咬的紧七的總不許哼出一声兒來晴雯忙拿扇子又打了他一下了大道我也不和你这個小蹄子說了我上去瞧七宝姑

娘去你趁着这個當見上就把他們俩人請起來能金釧見听了占七頭兒笑着各自去了这裏晴雯迳步一直往後房而來剛至院中只見凤姐妃央正將宝釵夢中的陽魂送了出來總七下臺皆見凤姐迳晴雯快來你攪着宝姑娘些見他这裏路生老太太教他瞧七宝兒弟林妹七去呢晴雯听了忙上前攪了宝釵剛下了臺皆見只听賈母在屋裏叫迳室了頭你見了宝玉可要狠七的数落他一頓出一出你的氣宝釵听了笑迳我知道了老太太請安歇罷說畢

傻纸七晴雯的肩頭慢七的走到前边來只見前的灯爛輝連不似從前趣黑的了又見錦屏秀幃宝鼎金鈔陳設的十分華麗心下暗七稱奇暗想林妹七死後竟有这樣一個所在眞可謂雖死之日犹生之年正在讚歎只見金釧見從黛玉房中走了出來與宝釵請安迳姑娘可好林姑娘請姑娘到裏間坐呢宝釵听了笑迳你是金釧見么越發長的出息了說着便往裏所走只見黛玉窣着件玉色百蝶捣金的夾紗祅兒一面扣着鈕子笑嘻七的迎了出來迳姐

用扇子在他頭上打了一下猛然嚇了一跳回頭一看都是晴雯連忙擺擺手兒不教晴雯聲張便拉了他的手同到院內白石欄邊一齊坐下乃悄悄的問道姐姐你幾時回來的晴雯道我回來了沒多會兒宝姑娘養了一個小哥兒昨兒纔滿月所以今兒我纔把他帶了來了我們剛走到脾坊這邊就遇見了妙師父他告訴我們說昨兒我剛走了之後老太太姑太太就都到了奉元妃娘娘之命令兒就與寶二爺林姑娘成婚呢宝姑娘聽見老太太也在這裏他

卷十五

675

就急着要見見老太太我們纔進來的時嗳屋裏鴉沒雀靜兒的一個人兒也沒有我們一直的走列後迭姑太太帶著司棋在西屋裏已經關門睡了覺了厨了老太太在東屋裏還沒睡着如今寶姑娘在老太太屋裏和老太太二奶奶鴛鴦姐姐坐着說話兒呢那裏也沒我挿嘴的地方見我仍舊到前邊來我了我總不見你的影兒我就猜着你必定在人家腦根底下熘着聽來了金釧兒聽了笑道既是宝姑娘來了依我的主意把二爺和林姑娘請了起來罷晴

676

雯道你且慢些見今見是他們的好日子讓他們多睡一會子宝姑娘和老太太說話自然也還有一會子工夫呢等我過會子再看一看去如果是時候見了再叫他們也不遲好妹妹你纔在腦根底下窃聽了些什麼故典見你可要據實告訴我你要撒一句就見我明見告訴林姑娘就說你在腦根底下聽來教我可捉住了金釧兒笑道好姐姐你于萬莫告訴林姑娘這個話我據寶告訴你就是下我剛到腦根底下就聽見二爺好像念了兩句書似的晴雯笑道

卷十六

677

你這就是胡說了二爺這個當見上還有工夫念書麼金釧兒啐道你不信了罷我明明的听見念的甚什麼多愁多病啊又是什麼傾國傾城列的我還不大懂得晴雯聽了點點頭兒笑道你可聽見林姑娘說什麼來金釧兒道我只聽見林姑娘說你怎麼越發學的涎臉了呢二爺就說你這會子又使性兒紅了臉要告訴舅母去勒掯的我給你起誓發誓呢我聽到這裏只當林姑娘聽了必然要惱的我就替二爺捏着一把汗兒誰知道竟沒惱反倒笑起來了

678

教二姐見他妹妹房裏去見一見也不憚的鳳姐聽了笑道宝兄弟你聽見姑太太的話了沒有還不快老着臉兒進去呢宝玉聽了遂借着鳳姐的口氣赸然老着臉兒站了起來慢慢的走了進去剛一踏門檻兒早瞧見黛玉在椅子上坐着手裏拿着羅帕上捡的耳挖牙籤在燈下玩弄一見宝玉進來忙將手帕往外一擺原是教他不愛進來的意思宝玉不解又往裏走了一步黛玉便使性子把身子一挫臉兒背了过去宝玉見了只得笑着伸了伸手兒遊又

671

出求鳳姐在外哈哈大笑道蹦了釘子出來了衆人一齊都笑起來宝玉遂沒個意思只得臉上訕訕的推故道老太太和姑媽一路辛苦也乏透了早些安歇罷我也回去睡竟去了說畢便告辭各自去了這裏鴛鴦司棋金釧兒七手八腳將賈母賈去人的行李衣箱都搬到後邊房內舖設安當大家又在裏玉房裏訴了會子話兒這纔各自歸寢一宿晚景不提到了次日黎明起來梳洗完畢賈母夫人便領了來宝玉到赤霞宮叩見元妃元妃即留單夏又賜了

672

金蓮玉燭冠袍帶履命玉釵二人即日完娶賈母賈夫人叩謝已畢回到絳芸宮送裏鳳姐迎春賈蓉秦氏早命人懸燈結彩舖設的煥然一新賈母向元妃處討了八個能動樂器的宮娥兩名贊礼的小太監登時鼓樂喧天宝玉換了吉服鳳姐迎春擁了黛玉出來雙雙拜了天地送入洞房合巹交杯諸事已畢早見警幻妙玉尤氏姊妹都來道喜各有饋贈元妃又差太監送了許多上用之物因柳湘蓮九三姐都往地府去過也照樣賞賜了一分賈夫人也差人與

673

元妃送礼又與尤三姐也送一了分賀礼這一日都在絳珠宫大排筵宴宝玉也請了湘蓮秦鐘在外庭宴賞玉脫席散賓客各自歸家这裏迎春鳳姐連顏帶嗷的將宝玉送入洞房各自散去只留金釧兒在這裏照應燈燭時當賈夜皓月橫室金釧兒將各処燈燭俱皆吹息思欲就枕恐难成寐輾轉徘徊忽想道何不到新房牕根底下聽一听去想罢他便輕輕的走了出來蹑足潛踪的走到黛玉的牕下仔細側耳听了有頓飯之時自已笑着纔要轉身只竟有人

674

卷十五

尤二姐咳逗放你的屁罷秦氏笑逗二嬸娘放心不相于的我們三姨見也不是讓人的人說的眾人又都笑了鳳姐等送了尤氏姊妹回來剛然坐下只見司棋進來逗宝二爺送老太太姑太太的行李衣箱來了妞央姐上來替們大家往裏搬罷黛玉聽見宝玉來了連忙起身到自己房裏躲着去了鳳姐見了笑逗快把他給我拉住嗳喲從小兒在一塊兒長大的把哥上妹上叫的都不愛叫了誰还認不得誰呢这会子又鬧躲起來了說的賈毋賈夫人都笑了只

667

見宝玉搖搖擺擺的走了進來先給賈母賈夫人請了安又與迎春相見行过了尤泰氏也給宝玉行了礼自往西套間裏邦着尤央司棋安頓行李去了这裏宝玉便坐在椅子上賈夫人問道我的兒他們三家子的行李可都安置妥當了么宝玉逗都安置在薄命司兩廊配房裏了賈夫人逗你可喫了飯了沒有宝玉逗喫过了住兒是同柳湘蓮蔣玉鐘一塊兒喫的也是这裏送了去的酒席賈毋逗你今兒晚上在那裏住呢宝玉答逗那裏我見有一座怪

668

体面的官問了問說是鳳姐上的我就在那裏暫住賈母逗要是你一個人兒任着害怕只管搬到这裏來跟着我睡也使得宝玉笑逗不害怕的那裏还有泰鍾給我做伴兒呢正然說到这裏只見金釧兒送了茶來宝玉一面接茶一面低声問逗林妹上怎么不見呢金釧兒向裏間努了努嘴兒不肯撲嗦的笑了出來賈母罵逗小蹄子好上兒的送茶笑什么呢怨不得你太太打你难逗跳过一回并你还不害怕么呢的金釧兒紅了臉逗二爺悄上的問我林姑娘

669

呢我總敢笑的鳳姐听了咲逗宝兄弟人家正經在这裏好上的坐着因为你來了總把人家嚇跑了的你这会子又怕上的問人家哥怨得金釧兒怨你么賈母听了也笑逗姑奶上我想他們姊妹兩原是從小兒在一塊兒長大的況且明兒就要圓房又躲的是什么呢不如把外孫女兒叫出來教他們見一見罷賈夫人也笑逗这個老太太我並没有教他躲的是他自巳听見二径兒來了躲進去的如今教他出來他如何肯自巳尚來呢既是老太太心疼他們就

670

求香菱便引了買母買夫人到院內白石欄杆觀玩
那一株絳珠仙草死央便和迎春商議將元妃送來
的酒筵分了兩席差人送到廊下各司與宝玉秦鍾
脂蓮一席夏金桂張金哥鮑二家的智能見一席上
房裡了三席迎春邦着黛玉定席送酒正中一席是
買母兩边陪的是香菱尤三姐東边一席是買夫人
兩边陪的是迎春尤二姐西边一席是鳳姐兩边陪
的是秦可卿林黛玉下面也放了一席乃是死央司
棋陪的是金釧兒瑞珠見大家開怀暢飲無非談講

《卷十五》

些別後的情事無庸瑣述直至上燈方繞飯罷盥漱
大家散坐喫茶買母向迎春道這裏只有這一進房
子晚上如何住得下許多的人呢迎春道这後边還
有一進房子呢已經着人打掃收拾去了晚上就請
老太太和姑媽後边住罷買夫人送今見晚上我暫
且在你妹妹房裏住且等明見與你兄弟合了送我
再搬在後边去今見且教你二嫂子陪着老太太住
罷鳳姐道前見鴛鴦姐姐說我也有一個官可憐我
也没得住一天見就往地府去了我今見也要到我

宫裏難已去呢死央听了笑道二奶已你不用張受
你的宫了我絕听見人說堂二爺巳經住下了鳳姐
笑道既是他住下了我只得讓他住罷了我就跟着
老太太住去但不知眾位奶巳姑娘們都在那裏住
呢迎春道我和菱姑娘就在西套間裏住罷秦氏道
我今兒也不回去陪着二嬤娘伺候老太太尤三姐
道我也該當在这裏伺候老太太絕是呢鳳姐道你
也住下了可教人家三姨兒一個人怎么回去呢尤
三姐道我也住下就是了鳳姐笑道罷哟你不用搬

《卷十五》

清了你想是不知道柳湘蓮今見也來了么尤三姐
紅了臉啐了他一口招的眾人都笑了買母笑道我
也老的沒記性了柳相公也來了早就該打發他們
姊妹倆回去總是道理鳳丫頭为什么不早說呢二
姑娘三姑娘你們就早些兒回去罷尤氏姊妹听了
只得告辭鳳姐秦氏香菱三人送了出去關上院門
鳳姐在尤二姐肩上一拍尤二姐回頭道姐已你有
什么說的鳳姐笑道我告訴你你妹夫雖然長的俊
二爺的臉面倒底也要緊拿出点兒良心來就是了

林妹妹的這一段因果你老人家想求也是知道的了我今兒的來意一則為接風二則还要做媒的賈夫人尚未及回答只听賈母笑道娘娘上不用操這一番心了我們兩家兒的親事已經當而說成了昨兒晚上林姑老爷同我們分路之時我已經和他說的牙白口清的了不等他回來我們就要擇日子替他們完婚呢完妮听了笑道旣是如此明日乃是六月十五又是天恩月德不將上好的吉日老太太主婚我就為媒替他們完了大事不知姑太太

的意下如何賈夫人听了笑道旣是娘娘和老太太願意我也不敢推辞但不知二位兒所說的回生一事倒底是假呢元妮道这件事除非問問驚幻仙姑他自然是知道的了賈夫人道驚刁仙姑和妙師父都在这裏求着從求他們都迎接老太太去了怎么这会子他們倆人都没來呢賈母道方纔我在牌坊那边也見这位驚幻仙姑來我們說了好一会子的話兒後來他和妙師父說这裏人多他們倆人在这裏不大方便朗日另來道喜罷所以各自都回

去了賈夫人听了絕待開口只听鳳姐在旁插嘴道姑太太只管放心完全了這件大事罷也別管他回生是真是假如果是真呢他們小兩口兒回家去享荣華受富貴姑太太难道还不喜歡么即或是假你老人家只用把女婿女兒都帶到姑老爷任上去也就是了这有什么三心二意的呢元妮听了笑道你們都听鳳了頭这個嘴真要把死老鶴說下樹來呢姑太太賞他個小臉兒罷賈夫人听了忙道旣是娘娘如此操心遵旨办理就是了正然說到这裏只見

兩名宮娥進來跪禀道娘娘酒筵齊備都攞了來了元妮听了便立起身來笑道我想來今兒林妹妹这裏也備力不及酒席我那裏替他力了幾席送來了我本談在这裏作陪娘兒們坐着多說說話兒但只是我在这裏大家又要拘礼不能舒舒服服的我心裏倒貧不安不如我暫且告別明日我再接老太太姑太太到我宮裏去娘見們再說話兒罷賈母賈夫人等听了諒也难留只得拜謝了酒席一齊送出絳珠宮來元妮上輦而去不提这裏賈母等重新進

卷十五

面傳話說元妃娘七的駕到了眾人听了一齊忙乱整理衣裙出外迎接剛然走出宮門早望見東边一帶翠華招展綉益飄颺对七宮扇前導元妃坐子鳳輦漸次到了跟前賈夫人率眾跪接元妃降輦忙將賈夫人攙起彼此傷感了一回鳳姐忙也过來叩見謝罪元妃拉了起來也安慰了幾句纔待要進官門只見正南大路上也來了一羣人仔細看時正是賈母一手拄着妃央的肩頭顫嗦嗦的緩步而求後面跟的是秦可卿香菱尤二姐尤三姐

元妃見了便頒了迎春黛玉上前迎了幾步賈母見了一陣傷心纔然要行国礼元妃連忙抱住娘兒四個又哭了会子眾人解勸方止仍讓元妃前行眾人攙了賈母步入絳珠宮行過了礼便讓元妃在楊上居中正坐賈母夫人兩旁命坐其餘的姊妹們各按次序俱在下首一字兒侍坐三道茶獻畢元妃笑道老太太和姑太太到來我們怎么連一点信兒也不知道方纔小太監回官銷差我纔知道了賈夫人道外臣遠求理宜先進官請安何敢反勞娘七的鳳

駕元妃道我與姑太太相別年久了心裏也着實的牽掛況且老太太也來了這裏又非朝廷禁地原也不必拘泥的賈母聽了歡道自從娘娘昇遐之後家裏連遭不幸弄了個家敗人亡老的小的死了好幾口子虧了我到了地府遇着了親戚不然那裏還能勾團圓呢元妃道我也聽見鴛鴦說來這裏頭就有鳳頭的功一半子不是所以我纔罰他到地府我老太太丟了鳳姐聽了忙站了起來元妃笑道也還筹他有本事竟把老太太我了來了鳳姐笑道这都

是娘七的虔心所感我有什么未事呢若不是姑老爹做酆都的城隍不但我不來老太太只怕連我还都教餓鬼分着喫了呢說的眾人都笑了元妃問道宝玉來了没有只見秦氏站起來答道來了是跟着老太太的轎子一塊兒來的因爲还有幾家子的家眷没処安置如今宝二叔和我兄弟都在兩廊配房裏我地方兒安置他們去了元妃又問誰的家眷賈夫人便將馮淵秦鍾崔又瑞携眷隨任的話說了一遍元妃吉七頭兒乃向賈夫人笑道姑太太宝玉和

你求罷我經問你妹七當目老太太把他接了家去是怎樣的操心扶養他求他告訴我說老太太舅七七母們着哭的疼他就是姊妹們也羨的憐愛他總是他自巳多病多灾的沒造化辜負了老太太舅七舅母的恩了鳳姐听了笑道这個話我不信說老太太舅七舅母們疼他这还是有的若說到姊妹們裏頭別人到也罷了惟有鳳姐七嘴尖舌快的最討人嫌是这個話不是呢賈夫人笑道姑娘你不要寃屈了你妹七人家說你比別人更疼他的狠呢鳳姐

〔卷十五〕　七

听了笑道我只不信如果是說这個話為什么又哭成紅眼媽見了呢賈夫人道这是繞剛見你妹七問你姑爷幾時到呢我說你姑爷說他在这裏住着不大方便先帶了你大哥七和馮書办潘又安焦大他們先進了南天門朝見玉皇去了他听見这個話又抽七搭七的哭起來了鳳姐咲道这就是了我只當他在姑太太跟前作弄我呢黛玉听了也笑道你不用賊人膽虛了全當我就說了你最討人嫌的話也没有什么害怕你的鳳姐听了便拉了黛玉的手笑

道姑嫂七你不用和我利害了今兒偕們倆人还是姑嫂我自去要保讓你些兒明見偕們就是妯娌了那会子我經和你等賬呢說的黛玉紅了臉又啐了他一口迎春笑道姑媽你看我二娘子他这張嘴真是天生的万爱頑爱笑的成日家就和戲臺上裝醜的差不多見說的众人都笑了只見金釧兒托進一盤茶來賈夫人將他一看便向鳳姐道这個丫頭就是你說的那個眺了井的金釧兒么金釧兒听了不敢答言只是抵着嘴兒笑賈夫人道怪不得你宝兄

〔卷十五〕　八

弟咽氣原來也長的鬼灵精兒似的你前兒說这有個大些兒的呌個什么晴雯怎么不見他呢鳳姐未及回答迎春忙道繞剛兒我們在牌坊那边就是送他來賈夫人又問道他如今往那裏去了迎春便又將黛玉和香菱借香與宝釵蕚中相会以及逢了晴雯前去送香的話說了一遍賈夫人鳳姐听了一齊歡喜賈夫人道倒底你們这裏是仙家的所在繞有这般的妙用来去自由若像我們地府裏只有進去的人可就没有出來的人了正然說到这裏忽听外

〔647〕《卷十五》

賈夫人听了不禁點頭歎息了一會正要回頭和黛玉說話只听黛玉悄悄的向香菱笑道你可記得我那個葫芦兒么香菱也笑道眞是仙家之宝妙極了賈夫人听了忙問道姑娘你們說的什么是仙家之宝黛玉見賈夫人問他就知和衆人說完了話要和他說話的意思忙站起來答道當日警幻一姑給了一個小葫芦兒菱姑娘說是仙家之宝太太要看請到裏間屋裏看看去賈夫人也會了意便也立起身來笑道二位仙姑和姑娘們我暫且失陪到你妹妹

〔648〕

妹屋裏看看去說着便向東套間裏去了黛玉隨卽跟了進去這裏鳳姐絕也要往裏間走去秦氏忙趕上一把拉住低声道二嬸娘你怎么沒眼色了人家娘兒們離別了多少年好容易盼的見了面兒难道就沒有幾句私話說么你忙着進去作什么呢鳳姐笑道可也是呢虧了你提醒了我你看我真成了個冒失鬼了秦氏听了絕待回言只听妙玉向警幻道方纔夫人的駕到了我們原不知道失於迎接如今老太太还在後面與其我們在這裏閒坐莫若在牌

〔649〕《卷十五》

坊那邊擺個接風酒兒熱鬧熱鬧这裏讓林太太和林姑娘說說兒話衆人听了齐声道好賈夫人向迎春道二姑娘你不用去罷你就在这裏陪着璉二奶奶也張羅教導金釧兒姑娘吩咐廚下備辦酒席過會子老太太到了只怕就要用飯呢迎春听他說的有理便同鳳姐將衆人送了去遂叫過金釧兒來吩咐命廚下治備酒筵金釧兒答应自去料理这裏迎春便和鳳姐对面坐下又命司棋也坐在小杌子上三人彼此講了些別後的事情以及地府的光景約

〔650〕

迎春笑道这個蠻兒眞是愛哭已經見了姑媽了你自哭什么呢我們这会子進去瞧瞧他們去罷說着便拉了鳳姐的手走進裏間來只見黛玉坐在賈夫人的怀裏一隻手摟着賈夫人的脖子賈夫人用手在他鬢角兒上替他抹撒頭髮鳳姐一見由不得大笑道嗳哟这是誰家的個小姐兒今年裁尖了怎么絕会撒嬌兒了呢說的賈夫人也笑了黛玉呸的啐了他一口連忙站了起來賈夫人笑道姑娘們坐

卷十五

一時到了絳珠宮迎春香菱秦氏尤二姐尤三姐金
釧兒等接着次第重新與賈夫人行礼畢賈夫人也
重新稽首賈夫人一一答拜畢各按次序坐金
釧兒献上茶來茶罷賈夫人先向警幻謝道小女橫
遭夭折蒙仙師不棄收錄門墻諸承照拂愚夫婦焚
頂膜拜銘感不盡警幻笑道此乃小仙分內之事此
小微勞何足掛齒賈夫人又向妙姑道久聞吾師道
法宏深且又高才絕學可敬可羨妙玉答道小尼竈
無知識有琉法門慚愧慚愧賈夫人又向尤二姐道

643

這位可是我們新二奶奶好個風流人物見過和
我們鳳姑娘可以並駕齊驅尤二姐紅了臉無言可
对只謙言不敢當賈夫人笑着又向尤三姑道三姑
姑你可大喜前兒有勞你送你鳳姐姐去我們那個
小徭門一切簡褻姑娘可要包涵着些見尤三姐
站了起來答道前見在姑太太处打撒臨來又賞賜
好些東西实在心裏不安賈夫人又向秦氏笑道違
位是小蓉大奶奶你兄弟也跟了我們來了你瞧
見偺了没有秦氏也忙站起來咲答道我們正在警

644

幻仙姑那裏坐着說開話兒忽然途金釧兒慌慌張上
的告訴了一声說姑太太來了我們就一同迤出來
的並没有離兒我兄弟前兒我們三姨見回來告訴
我說我兒弟也在姑老爺衙門裏呢蒙姑老爺姑太
太疼爱照发他我听見心裏实在感激不盡了鳳姐
道你兄弟是我差了他迎接老太太去了老太太的
轎子走的狠慢只怕下半晌兒纔能到呢秦氏听了
點點頭兒賈夫人又向香菱道這位可就是薛大奶
奶了香菱紅了臉也站起來答道不敢婢子從小兒

645

被人拐賣乃是偏房不敢當姑太太這樣稱呼賈夫
人笑道我的兒你坐下你們家的事情我都知道了
如今你們的這個主兒巳經嫁了我們媽書亦了眾
人听了俱各詫異不解鳳姐嘴快不等賈夫人開口
他便一五一十的將夏金桂的原委告訴了眾人一
遍眾人听了無不掩口而笑賈夫人又向迎春笑道
二姑娘我听見說你女婿狠不成個脾性兒倒底是
怎么一個乖張法兒呢迎春歎道姑媽一言难尽總
是侄女兒的命該如此也没有什么怨天尤人的了

646

586

續紅樓夢卷十五

絳珠宮室諧良緣　丹宵殿僧道陳因果

話說賈夫人林黛玉母女二人抱頭痛哭鳳姐迎春香菱三人在旁解勸了好一会賈夫人这經止了淚黛玉仍是抽七噎七的哭個不住迎春忙拉了他的手勸迎林妹七你不用哭了妳媽是遠路風塵受了辛苦的人那裏禁得住倪白哭呢賈夫人听了留神將迎春一看也便拉了他的手問道这是二姑娘么我的兒你妳媽不承望在这裏見了你們姊妹了

又指着薛姨金釧兒問道这兩位是誰啊鳳姐忙答道这一個是薛姨太太的兒媳婦名叫香菱那一個就是你妹妹的丫頭金釧兒賈夫人听了點點頭兒道我們並沒有前頭打發人送信兒求姑娘們怎麼知道信兒这麼遠的接我們來了迎春笑道我們这個太虛幻境乃是人跡罕到之處那裏能幻知道姑媽來的信兒方纔幽兒我們姊妹們原是为送睛娑次家出來逛來的遠过的望見了一羣轎馬把我們唬了一大跳正要請警幻仙姑來看就听見小

太監大嗓子嚷着說我二嫂子來了所以我們在此等着他的及至見了我二嫂子總知道老太太姑爺姑姑都來了我們眾人听見喜歡的什么似的誰知这林妹七他倒哭的總下不了塲罷了賈夫人听了總要說話只听鳳姐这林妹七你不用倸自傷心了我們先請姊太太到絳珠宮去罷老太太的轎了走的慢只怕離这裏还有一二十里路呢这裏又沒個坐處难道大家都站着不成黛玉听了这絕拭乾了眼淚怕命金釧兒先回去打掃舖設这總走到賈夫

人的跟前跪下磕頭賈夫人忙伸手拉了起來便拉了他的手又一手拉了迎春的手歎步而行这裏鳳姐又吩咐秦鍾將轎馬人夫一概打發出去塲內不料理賈夫人一同走着細將黛玉的面厖一看頭是出水芙蕖未足喻其香艷又將迎春香菱諸人看了一遍不覺喜形於色剛过了牌坊早見警幻妙玉尤三姐尤二姐秦氏迎面而來見了賈夫人一齊問訊賈夫人逐一問了姓名答礼畢一同緩步而行不多

話忽見正西上塵埃滾滾遠遠望見一匹引馬後面一乘駝轎又有一個騎馬的後面相隨再往後看時隱隱綽綽還有無數的轎馬人夫蜂擁而來黛玉等四人俱各喫一大驚迎春忙道林妹妹偕們快走罷你看這都是些什麼人來了那騎馬的不像是些男人們麼黛玉也看忙道金釧兒你快去請警幻仙姑教他出來看看就知道是什麼人了金釧兒聽了就往回裏飛跑忽見引馬的人顧著馬如飛而來高声叫道姑娘們不要害怕我是跟了寶三爺去的小六

又驚又喜迎春道金釧兒不用跑了既是二嫂子回來了偕們就在這裏等著他他就說是我們特意別來迎接他的黛玉香菱金釧兒一齊止步不多一時到了跟前人夫上前落了轎後面騎馬的趕下了馬原來是個清俊的後生都不認得是誰只見他上前推開了轎門稟道二嬌娘快下轎罷姑娘們多在這裏等著迎接你呢果見鳳姐從轎門兒下來一見了眾人悲喜交集忙道妹妹們可都好麼你們怎顾知道我

們來了迎春未及開口只聽從轎裏問道姐姐你們來了老太太和我父親母親都在那裏呢鳳姐聽了忙一把拉了黛玉的手笑道妹妹恭喜大喜姑老爺老太太姑太太都來了你看前面來的那些轎子就是的寶兄弟也來了我為你們倆人的事在姑太太跟前把孝嵐盡兒都跪折了咱們如今是姐姐們了你怎麼還把我叫姐姐呢黛玉聽了這纔知道他的父母都來了由不得一陣傷心痛哭起來眾人正在解勸只見又到了一乘大轎一乘小轎正見賈

夫人和司棋賈夫人耳內聽見哭聲忙命停轎司棋先下了小轎攙了賈夫人出來忙告訴道那哭的就是姑娘了賈夫人聽了連忙上前將黛玉摟在懷內也就大哭起來要知端的且聽下回分解

也不勝欣喜道寶兄弟去了好些日子了算着也該有個回信見了將求你們的大事成了一同回生直是雙喜臨門我叔叔嬸娘直是喜歡極了呢我算着寶妹妹此時也該分娩滿得月了你何不差了晴雯去給他送香就把他的眞魂帶了來我們大家會一會豈不有趣見呢黛玉聽了纔要開口只見晴雯早向香菱咲道菱姑娘你聽見二姑娘的話了沒有把你那個什麼寶貝香賞出兩支兒來罷別要儘自只是捨不得了就讓你自己天天晚上家去會薛大爺

也沒個意思罷說的眾人都笑了香菱笑道你別信着嘴兒說了仔細看我撕你的嘴黛玉道前見他就急的愛不得了好容易整了這些日子如今可也是蔫去的時候了菱姑娘你給他幾支香罷香菱聽了便伸手從薔櫥子頂見上取下一個小錦面見來打開取出一支返魂香來連引單一並遞與迎着觀看壚雯見了笑道這個錦匣見我早就瞧見了我只當是我們林姑娘的首飾匣見呢早知道這裏頭裝的就是香我嘍空見偷也偷他幾根子也

不用這樣來爺爺告奶奶的丫香菱道你不用嚇你的嘴了我這是神香非離了我親于自致別人再也打不開匣見的你既然眞去就收拾早些見喫飯嘍了飯我們大家把你送到開坊外邊我替你點起香來自有奇驗睛雯聽了果然歡天喜地的命人罷上飯來大家喫畢他便重新梳洗挽了一套新衣將一支返魂香帶在身邊黛玉香菱迎春金釧見四個人一齊將他送出綺珠宮來時當仲夏榴火飛紅蒲青疑碧但覺日長晝永五個人說說笑笑早到了開坊

外邊香菱用火將一支返魂香燃着遞用手在他肩上一拍說声去罷只見晴雯雙足離地御風而行竟取開去的遠影也不見了兒拍手哈哈大笑道這倒有趣的狠菱姑娘等晴雯姐姐回來你過給我一支香點了我出到家去瞧瞧我媽香菱聽了笑遞是了我彭知道你瞧見必定要眼熱呢金釧見未及回答只聽黛玉道金釧見你先同去照應門戶二姐姐咨們趁此出來何不到騰蒻仙姑處我妙師父不盤棋去呢金釧見聽了纔要說

你可曾見香菱道我也怪想他的巴不得他來了見一見縱好有什麼不肯的呢只是這種香原見不得孕娠生產的若被穢氣冲了可就不靈應了你可知道他的身孕倒底如今有幾個月了黛玉道他悄悄的告訴我說巳經有七八個月了香菱聽了沉思了半晌道依我的主意索性再運些日子等他生產過了滿月纔可以使得呢晴雯道怎麼你越說越遠了教人家怎麼等得呢香菱笑道姐姐你不必着急橫竪這一回差便總是你的何必忙在這一會見呢晴

627

雯聽了扭着頭道敢自你們又有什麼返魂香咧等着香咧愛到那裏趕進去就由着性見去了可憐把人家成年家圈在屋裏悶的人家心裏可受得嗎金釧兒聽了笑道罷喲偺們家裏除了寶二爺還有你的什麼姨親爺故呢你倒底牽扯着誰這樣着急你也想想我我家裏還有我媽和我妹妹我也沒有急成你這個樣見晴雯聽了發氣道小蹄子你管我呢家裏雖沒我的什麼姨親爺故難道外頭也沒有嗎放着姑表哥哥嫂子難道就不該看看他們去

628

麼金釧兒笑道嗳喲你還提你那個姑表嫂子呢你看他那個浪樣兒我覷着半個眼見也不待見他晴雯聽了正要變臉只見黛玉笑道你們倆人不用瞎吵開了橫豎不過了寶姑娘的滿月菱姑娘也斷然不肯給香的依我勸你們倆人撩開手罷再不必提這一條兒了叫金釧兒到赤霞官請二姐姐晴雯姐姐到薄命司請尤家的二位姐姐到小六奶奶去就說香菱姐姐巳經來了我們今日鬧一天解解悶兒省得你們兩個人鬧的只是要想拌嘴晴雯金

629

釧兒二人聽見請客的二字這纔轉怒為喜各自煩請客去了話休煩絮不多一時迎春九二姐九三姐秦氏一齊到來敘過寒溫便喫早飯飲罷八個人分作兩堆子鬪起牌來尤五迎春九三姐金釧見鬪的是紙牌香菱九二姐秦氏晴雯鬪的是骨牌熱鬧了一天至晚方散黛玉留下迎春香菱二人在絳珠官作伴以備朝夕下棋做詩倒也快樂光陰荏苒不覺過了月餘這一日閒暇無事黛玉忽然想起寶釵便將那日與寶釵夢中相會之事告訴了迎春迎春

630

娘了沒有黛玉道見過了誰知道雲兒也在那裏在著呢香菱道你也見雲姑娘麼黛玉道時候見有限那裡還有見他的空兒呢我只和寶姐姐說了會子話兒就去我看紫鵑剛說了幾句話兒就叫了急的我趕緊的回來了香菱道寶姑娘可還好只怕心裏嘈嘈的模樣兒也未必像先了黛玉道寶姐姐素日爲人原是曠達的我看他那個樣兒倒也罷了照舊還是白白胖胖的香菱道所以我們姑娘一輩子沒病就在這個上頭呢你可將寶二爺梛二爺到

了這裏並我父親書子上所言回生之事可都告訴了他了麼黛玉紅了臉低聲道我都告訴了他了寶姐姐的意思也要到偺們這裏來逛逛只是他如今現在有事我說等他恭了喜之後再差人給他送香去你想這件事可使得使不得呢香菱聽了正欲答話只見睛雯忙忙的走了進來笑道好姑娘悶你們偺們的梯己我都聽見了你們兩個人悄悄兒的回家去怎麽就瞞的我風雨不透的難道我們就不是人兒就不肯把我們帶到家裏走走走見呢黛玉

聽了笑道你那個胖性兒誰還不知道呢若是早告訴了你你早急的受不得了如今你也不用着急再過些日子我自然也要差你去走一回呢睛雯笑道我纔聽見姑娘說寶姑娘有了喜不知可是大喜呀小喜呢黛玉聽了咲着啐道你這又是胡問了人家還沒生産我可怎麽知道是大喜小喜呢睛雯聽了笑道也別管他是大喜小喜我只一聽見我就喜歡的受不得了香菱聽了不禁發笑道這個睛雯姐姐你倒是個有趣的人兒人家寶姑娘恭了喜可與

你什麽相干你可喜歡的是那一條兒呢睛雯笑道我也沒有什麽別的喜歡只喜歡我們寶二爺小時那樣的喘氣如今眼看又有人把他叫爹爹了一个話說的黛玉香菱一齊用手帕子握着嘴嘻嘻的笑起來黛玉忙拉了香菱的手道偺們到裏問坐着說正經話去罷不用聽他信嘴兒說的招人笑了說着二人一齊進去裏問對西坐下睛雯金釧兒送過了茶也都坐在下邊小杌子上黛玉向香菱道寶姐姐和我說要借你的寶慶香到偺們這裏求逛逛不知

蝦兒差不多兒倒便宜了那個小蹄子了正說到這
裏只見賈夫人笑嘻嘻的走了出來道老太太好性
急啊怎麽把二侄兒的通靈玉都摘下來了呢賈母
笑道我怕你們三心二意的送過玉去我就放了心
賈夫人笑道我總總兒鳳姑娘說這塊玉乃是二
侄兒的命根子離了這個玉他就要害病的只要外
係女兒你老人家不嫌棄他就是了那裏必定在乎
聘禮呢道塊玉仍舊教二侄兒帶上我們也沒有什
麼回的禮這是當日老大爺給他姑多的一副珥霧

璽的帶鉤兒也給二侄兒帶上等我們的回禮罷賈
毋聽了不勝之喜忙命寶玉一齊接了來帶在腰間
賈夫人道拿酒來我倒底敬你們一杯衆人一齊姑
起求道酒勾了姑太太賜飯罷於是了鬟衕捌上酒
來太家飲了一巡這經端上飯來太家用罷監漱大
家又散坐着說了一會子話各自散去湘寶二人就
在賈珠的房內安寢到了次日林公進了王府將上
項事一一的禀求閭王閭王因林公進了天曹不妤
意想駁自一一的都名進了林公回府一回將城隍

勅印送交崔判官署里一面吩咐馮淵將賈瑞趙姨
娘二人放去脫生又傳了張金哥鄭文瑞來賜以金
花羊酒判為夫婦賈珠暗向賈母討了三千兩銀子
與張金哥安家又將夏金桂青樓冊上除名擇吉與
馮淵含爸這些節目不須多贅林公將任內經手事
件一切催辦交代清楚因署內乏人又求了閻王將
賈母賈珠攜帶同往閻王因林公居官清廉臨別無
以為情並令馮淵奉鍾崔文瑞三人一同攜眷隨從
林公叩謝回府擇吉備了駝轎車伕收拾行李起身

赴任一日合城的官僚紳化俱在城外望潮亭作
餞行不勢開林公一路行程暫且不表再說林黛玉
目從及笄以來布相會之後回轉太虛幻境起來姑
娘自洗完進只聽金釧兒在外間屋子裏檠逃漿姑
姐你怎麼這麼早的就來了只怕我們姑娘還沒有
林洗先呢寶玉聽了連忙出迎早見香菱笑嘻嘻的
走了進來寶玉笑道姐姐你回來的好快呵娘媽和
小哥先可都好麼希奧又道起些姑娘的福按們太
太狼珠健小孩兒也狼出息了姑娘你可見過病姑

書辦他自家也有事裝求姑老爺施恩呢林公令笑道他又有什麼事求我呢賈珠道姑老爺記不得馮書辦生前是爲買妾被人打死的麼林公道是啊道什事我到任後他還告過的因查這凶手陽穀蘇不蠹誓將此案懸擱他如今求我意思要怎麼樣呢賈珠躬身笑道打死馮淵舊辦的凶手就是侄兒的表弟名叫薛蟠是我姨媽的兒子林公聽了笑道哦這個薛蟠就是辞姨太太的兒子麼嗜聽見你姑媽說這個薛姨太太是一個狠好的人兒怎麼養了這樣不肖的一

個兒子呢可惜馮淵這如今倒底要套怎樣呢賈珠剛要說出夏金桂的話來又覺礙口只得悄悄的將泰鍾推了一卜泰鍾站起來笑道馮書辦如今又要買妾呢林公聽了拈鬚笑道他要買妾只管儘他買罷了難道又害怕有人來打死他麼泰鍾也笑道不是怕人打死只因前次發在青樓爲妓的那個婦人原來就是薛蟠的妻子馮書辦意欲買來做妾求姑老爺朋上除了他的名字林公道這樣說起來馮書辦就該打了閏王已經許下將來替他結案也

怎麼又圖謀人家的妻子呢賈珠聽了忙站起來笑道馮書辦在先原不知道是薛蟠的妻子今日在望湖亭請侄兒去遊玩將此婦喚來彈唱也多不認得後來還是侄兒的兄弟他們到了纔認得認他木是薛蟠的媳婦侄兒想他生前爲婦不貞薛家還要他作什麼呢況且他與馮淵巳經是生米做成就飯的了莫若來姑老爺施恩就將此婦配了馮淵稟明了閏王以抵薛蟠償命之罪倒也兩全其美不知姑老爺意下如何林公聽了沉思半晌嘆了一聲道

也罷了只是可惜你們薛姨太太既沒養看好兒子怎麼又沒娶着好媳婦呢老太太可知道他生前怎麼不好來買毋聽了笑道我老了在家也不大里會這些事只聽見他們說這個媳婦子不六老成蟠兒犯了官司招在監裏也就受不過冷清不知多早晚兒又看上他小叔子了罷了他兄弟蝌兒是個好的不然早閙出事來了姑老爺這一辦里狠好不但蟠見減了罪名馮書即也感激姑老爺的思典呢前見我瞧見那個馮書辦也是個年輕的俊人物兒也和

593

〔卷十四〕

道姑老爺你這可放了心了我們明日擇吉就行聘罷林公笑道老太太可以不必多這一番心的外甥女兒原是在老太太處長大的老太太不和我們要飯錢也就是了我們怎麼還敢和老太太要聘礼呢賈母聽了更加歡喜忙向寶玉笑道你聽見你姑的說了麼還不下來磕頭呢寶玉聽了紅了臉縱要起身林公連忙按住道老太太偺們是至親骨肉此不得外人只要他們孩子們彼此情投意合我們做父母的也就放了心了那裏在這些俗套子礼上講

究呢賈母笑道姑老爺也太撇脫了雖如此說聘礼無非是個信行兒我想別的東西你們也未必稀罕只有他的那塊通靈玉是在他娘胎裏帶來的寶貝寶玉快把你的通靈玉摘了下來教了頭們送給你姑太太寶玉聽了忙解開衣鈕從內裏摘下通靈玉來遞與賈母賈母接來忙命了鬟送到賈夫人後邊去了不提這裏賈母又道姑老爺高興了不知幾時起身赴任呢林公笑道目下都城隍尚未補放有小婿意欲求求閻王先著列判官暫行署理

611　612

小婿交代了纔能擇日起身呢賈母聽了咲道我還有一件事要求姑老爺呢昨兒我們到地獄裏去遊玩男獄裏有我們本家子姪的一個孫子名叫賈瑞女獄裏有你二哥哥房裏的一個妾他娘家姓趙他們兩個人求姑老爺施恩懇求閻王放他們脫生去罷林公聽了詫異道這兩個人小婿竟没見過等我明日查查册子如果不是什麼大惡犯行可以通融辦得來的賈珠聽了便也立起身來向林公笑道姪兒昨日也查出一宗公案此女名喚張金哥原許聘

了崔守備的兒子爲妻因他父母逼他改嫁別人此女不從自縊而死他未夫崔文瑞聞知他妻子守節而亡他也就徇義而死如今這一男一女俱在冥司姪兒求姑老爺施恩賜給花紅判爲夫婦以彰風化賈母聽了就知是昨日告狀的女孩子之事已經辦妥了不禁大喜道姑老爺這樣好事是我們做官的人應該作的你大姑爺說的狠是林公欣然道這好事原是該作的只是讓道生夫那有這個閒工夫有主夫兒和馮書辦商量着辦也就是了賈珠笑道嗎

613　614

見今兒綑來連我們家的碗選未端呢事情的結局
巳經定了何必忙在這一會兒呢柳相公大住見都
在這裏坐着怎麼叫人家鳳了頭出來跪着求呢老
人家填是老背晦了說的衆人又都笑了賈母笑道
可怎麼樣呢你們夫婦兩個推活給船見可教我再
有個什麼法見呢我這副老臉也不要了任憑你們
編排着說去罷柳湘蓮聽了忙着笑話了起來問林
公又將太荒山僊道所言的因果並甄士隱所言回
生之事細述了一遍林公聽了更加喜形於色剛要

《續紅樓夢》卷十四　八一

遙答道太虛幻境那裏有他親姐姐作主見所以一
到就妥當了賈母聽了點點頭兒繞婆徍下再問只
聽賈夫人道定了更好一會了老太太和爺們還沒
擺飯候着老爺回來呢這會子只怕也餓透了林公
聽了道怎麼這早晚兒還不擺飯倒等起我來了賈
笑道這是我的主意今兒大喜事等姑老爺回來
大家坐着熱鬧些兒我們繞剛兒喫了點心也不大
餓呢賈夫人道天不早了就擺了飯罷這裏就把那

張太圓圓棹子擺上老爺就陪着老太太爺們大家
說說話兒也熱鬧些見我看着給爺們斟了酒到後
邊房裏陪鳳姑娘去湘寶諸人聞言一齊起身遜謝
道徑謹敬當不起姑太太請便罷小用道既然如此
夫人到後邊去罷這裏有我遞酒也就見了賈夫人
聽了這繞向後邊去了這裏林公吩付了髮儀嬸們
擺過團圓棹子來擺在正中陳上菜碟斟上酒
來林公一一的遞過了酒賈母上坐其餘各按長幼
賓主次序就坐秦鍾雖在衙門當差林公並不看輕

《續紅樓夢》卷十四　九

於要試寶玉的才學卽命人取過筆硯又命將去歲
鄉試闈中三藝默寫出來林公看了點頭稱賞不巳
賈母見了更加歡喜道姑老爺你看你侄兒的文章
還好麼林公笑道少年奇才可敬可敬賈母道他在
家時常常和他姊妹們做詩我聽見說攢的有好厚
的一本子了呢林公聽了又向寶玉索詩詞舊作看
寶玉不得巳只得又將海棠菊花詩以及姽嫿詞等
篇錄了出來林公看了更又歡喜大加稱賛賈母笑

回到府中寶玉湘蓮諸人忙迴出二堂請安即見林
公瞧見湘寶二人俱各儀表堂堂玉姿秀美心中大
喜忙一手拉了寶玉一手拉了湘蓮直往襄走鳳姐
見了忙到後边賈母房中迴避去了這裡賈母一見
林公拉了寶玉湘蓮去了進來忙起身迎着笑道姊
老爺大喜高隆了你二位見也來了他恳從大荒山
修道得了他仙歸的指引先到了太虛幻境如今又
不遠千里來求姑爺姑媽來了姑老爺你罪神看看
你這個侄見可好不好呢寶玉你們給你姑爺磕過

603

頭了没有林公聽說尚未及回答寶玉湘蓮早又跪
了下去剛要磕頭林公忙又拉了起來即命各按次
序坐林公笑向賈母道二位見器宇軒昂吐屬風
雅真乃克家大器這都是老太太的福澤家傳所致
賈母笑道嗳我的姑老爺什麽福澤家傳直是個傻
小子罷了他自從五六歲見上接了他黛玉妹妹到
家兩個人都是跟着我一張棒見上喫飯一張床見
上睡覺可就情義到萬分上了我們作大人的只說
他們兄妹倆原是從小見在一處長大的自然比別

604

的姑姊不同與那裡想到他們後來的婚姻呢到後
來偏偏見的竟家路兒礙你二嫂子的妹子薛姨太
太帶着家眷也來了他跟前也育個女孩見你二嫂
子偏又愛的狠所以就給他聘下了誰知我那外孫
女兒就鬧這上頭一病再没能好又弄的這一個傻
小子開剃出家訪道上天入地的分見上我這副老
臉可也見不得姑老爺姑奶奶了如今只是可憐他
十山萬水雲天霧地的奔到這裏來姑老爺姑奶奶
成全成全他就是成全了我的老臉了林公本是聰

605

明人又聽了賈夫人告訴過鴛鴦的一番言語就知
寶玉此來爲的是黛玉的親事一聞賈母之言就也
笑道老太太的這些話小塔也明白了只是女孩兒
的終身大事原該由着他娘做主見纔是老太太只
和你女兒商量就是了賈母聽了笑道這可就难了
繞剛兒姑奶奶說等姑老爺回來作主見這賈子姑
老爺又說應該姑奶奶做主見這可怎麽好呢鳳了
頭吁般到那裏去了叫他出來着他疏着求說的家
入一齊都笑了賈夫人笑道老太太不用着急二位

606

笑之際忽聽外面一片吵嚷之聲只聽焦大在院子
兩嚷道把這一起沒臉面的雜種們都給我鎖了柳
號在蔾門外石獅子上賈夫人聽見喫了一大驚
忙問道這個老業障又混罵誰呢又聽焦大在院內
嚷道姑老爺高陞了外頭來了他娘的我個貼報單
的我叫賬房兒裏一個人賞他們一兩銀子他們反
倒嫌少說他們都是從天上來的都是費了本錢的
非離了每人賞他一個大元寶他們斷不依的我在
傍看不過說了他們兩句混血分的們一個一個的

599

和我睜起硬眼見來了好一起不知好歹的王八羔
子若不把他們一個一個的枷號起來他們也不知
道我們這們衙門裏的利害賈夫人聽了忙命潘又
安出去打聽潘又安聽了飛也似的去了焦大便也
咧裏咧蹦的跟了出去不多一時只見潘又安跑了
進來先與賈夫人請安即菩道姑老爺轉怪了沃曹
了閙汪爺方纔接着了汪肯的勅旨現在留姑老爺
在王府喫便飯呢只怕晚上纔得回來報喜的人小
的又教賬房兒裏每人給他們添了二兩銀子共是

600

五個人一總賞了他們十五兩銀子已經去了賈夫
人賈母鳳姐一齊欢喜鳳姐笑道姑太太真是大喜
姑老爺高陞了寶兄弟又來了將來你老人家與我
妹妹見面兒的日子也近了雙喜臨門真是天從人
願寶兄弟你快下炕來偺們先給姑太太叩喜賈夫
人笑道罷喲姑娘你兄弟終好些兒了你教他多躺
一會子養養神兒罷又閙什麼喜呢鳳姐聽了忙
咲向寶玉道你聽見了沒有你看姑太太心疼你的
這個樣比世上別的丈母娘疼女壻更又不同些見

601

說的賈夫人賈母寶玉都笑了寶玉笑着換鞋炕沿
脚線茗地只見賈珠帶了柳湘蓮秦鍾進來都住房
門口與賈夫人叩喜寶玉見了忙也隨在裏頭跪下
竫空已畢遂也跟了賈珠到書房裏與湘蓮攀話去
了這裏賈夫人便吩附司棋伺俻酒筵賈母道酒席
且漫些見我們此時尚不覺餓索性等一會見姑老
爺回來大家在一處喫酒也熱閙些見賈夫人聽了
便依言命人先辦些點心來送到書房裏去給爺們
喫喫語休絮煩約有定更以後林公遣緣鴨錢響道

602

太他老人家又怎麼好意思不讚我一個小臉兒呢你瞧我替你跪下了說著便咕咚一声的跪的直梆兒似的招的賈母夫人都笑起來賈夫人笑道姑娘快起來罷你不用和我開嘴了就是這件事也要等你姑爹回來商量定奪終是正理難道我一個人就能勾得主見鳳姐在地下跪著笑道做寶兄弟你瞧見了没有姑太太終說的這就是應許的話了姑太太應許了姑老爺還有什麼說的呢我先替你

謝謝姑太太磕倒頭罷說著便又磕了下去賈夫人忙拉住笑道姑娘你起來罷別鬧笑声兒了賈母也笑鳳姐是頑的鳳了頭臉兒乖一會兒可就把他姑太太誑住了寶玉正在鳴鳴咽咽聽見方纔的這些言語也由不得要笑只得將臉兒背了過去鳳姐見了一轱轆爬了起來指著賈玉笑道你這個呢行哭行笑倆眼兒搭尿說的眾人又都笑起來只見駕鴦端了一碗桂圓兒湯漱來遞與寶玉喝畢賈夫人又命人取出枕頭來就令寶玉順跨兒躺在炕上

備辦酒席正在說話之間只見潘又安領了進兩小太監來與賈母夫人請安寶玉見了傻坐了起來問道行李都來了麼潘又安答道方纔楜二爺教小的到外面將他們我了來的寶玉道你把衣箱搬進來交給駕鴦姐姐被套被有個拜匣兒拿了來達義賈夫人便問小太監問了元娘娘的起居命命領到外边芳內歡待只見潘又安搬進兩口箱子交與了駕鴦又將拜匣遞與寶玉接來打開取出盛

玉的賈啟遞與賈夫人道這是妹妹給姑爹姑媽請安的賈啟賈夫人接來拆看護封看了一遍綠要收起只聽鳳姐呋道姑太太念給我聽七上面都寫的是些什麼賈夫人笑道没有什麼別的話不過是請安的幾個字兒鳳姐笑道怎麼也没寫賢兒弟來的話呢宝毋啐道猴兒又混說求了你妹妹怎麼好意思自巳寫上這些話呢鳳姐用手帕握著嘴笑道噯喲喲我就知道林妹妹他必定有這些細心要是我我早巳自已都寫上了說的眾人又都笑了正在歡

的都是些什麼話呢你寶兄弟現放著金玉姻緣又是你一力撮成的今兒你怎麼又說起這個話來了難道教你黛玉妹妹給你寶兄弟做個二房不成況且他沒造化已經死了我們娘兒們正好將來骨肉完聚又回的是什麼生死又沒金玉又沒玉又多病多災的又跟不上什麼寶姑娘可是為什麼來呢我也斷然不肯放他回生的鳳姐聽了滿臉羞慚正欲支吾說話忽見寶玉站起來一頭滾在賈夫人的懷內大哭一聲早已沒氣兒了未知寶玉的性命如何且聽下回分解

《卷十三》

591　592

續紅樓夢卷十四

林如海在滿轉天曹　　賈夫人幻境逢嬌女

話說寶玉聽了賈夫人的一番言語只當認真的不見黛玉的親事心中一急也就顧不得別的了一頭滾在賈夫人的懷裏大哭一声直挺挺的沒了氣兒了唬得賈夫人賈母鳳姐三人一齊攬住掐人中的掐人中盤腿的盤腿叫的叫鬧了有頓飯之時這漸漸的甦醒過來仍是哭的抽抽噎噎的賈夫人這了心由不得心中疼愛起來用手摸索著他的脖子道我的兒你這不成了個傻小子了麼我只問你你妹妹有什麼好處你們就情義到這步田地兒了你也不等我把話說完兒不就急成這個樣兒了這個性格兒想來都是你媽七素日慣的寶玉聽了總不言語只是低著頭兒嗚嗚的哭賈母也劝道寶玉我的乖乖你不用哭了你姑媽適總已是應許了偺們明兒只管辦理下聘就是了鳳姐在旁也笑道寶兄弟你不用著急剛兒姑太太老人家說的那些話原是惱我的意思千不是萬不是總是我平日

《卷十四》

593　594

佳兒‧肉啊‧哭做一團兒玉珠兒見了忙令秦鍾先娣柳湘蓮讓到書房裏坐這裏賈夫人也迎了出來拉佳玉玉也哭了又會子大家勸解了一回這終換了玉母仍到上房賈玉重新與賈母賈夫人賈珠磕了頭這終依次坐下賈母恨道好小子你在那裏出家去了如今你倒底还是個人是個鬼呢宝玉聽了滿眼華淚便將跟隨僧道往大荒山和湘蓮一同修道以及甄士隱賜香到太虛幻境見过了黛玉又來地府求親的話從大至尾說了一遍玉母聽了這終欢喜

卷十三

起來正待要問黛玉的光景只見鳳姐從後面走了進來宝玉一見忙與鳳姐請安大家又為了會子眠淚玉珠兒鳳姐來了也就到書房與湘蓮說話去了却說賈夫人自從私問了鸞鶯巳知宝玉與黛玉二人並無苟且之行晚開告知了林公夫嫄二八十分感欢今見宝玉竟從大荒山修的得了道找到太虛幻境又來地府求親可謂情義兼盡之至又見宝玉生得儀容秀美牛致媽太心下已欢喜只是惱恨鳳姐不談多事玉母也有些偏處所以故意的胲上

卷十三

放的淡淡的並不追阿黛玉在太虛幻境的光景也不承攬黛玉的親事賈母忍不住乃向鳳姐笑道好了我一輩子放不下的心這加今都放下來了难為你賈兒弟千辛萬苦的跟着和尚去出家又难為他去天霧地的找到太虛幻境兒了你妹妹又难為他千山萬水的奔到這裏來將冰你林妹妹和你賈兒弟成了親雙雙的回生到家不但你老爺次太育了倚靠就是我和你姑太太在九泉之下也是的心舒意的了鳳姐聽了笑道可不是呢前見找到了太虛

卷一三

幻境林妹妹还有些見惱我的意思我就連顽帶嚇的尖及他說好妹妹你不用恨我了這都是我做如姐的嘴尖舌快的不是了我明兒出了地府你打聽着賈兒弟的下落那怕海角天涯呢我總把他我了回求將功折罪誰知道我這個贫果太于壶劃應兒把窮兒弟盼到這裏來了這也是我的福氣大造化高虑心虑意的緣故如今我也没有別的話說了只求姑太太金口玉言說這麼一句話一天的去霧都散了賈夫人聽了故意的冷笑道罷嘡姑娘你說

將夏金桂張金哥的原委述了一遍賈玉聽了喫了一驚乃悄向賈珠道我適纔瞥見彼嫗面龐十分可疑今聽其名果太就是他這可怎麼處呢賈珠聽了也喫了一驚道你認得他麼你說他倒底是誰呢賈玉道他就是表兄薛蟠之妻生前本不正道因暗害香菱自己誤服毒藥而死的賈珠聽畢也就呆了半晌忽然把腿一拍道天網恢恢我們這個老馬就是為買香菱被薛蟠倚財仗勢白打死的後來些到閻王案下稽查冊籍因薛蟠陽祿未盡暫將此案緊擱

如今只是生米作成熟飯了勢難挽回不如明目將錯就錯的回明了姑老爺就將夏金桂配了馬淵以當薛蟠抵令之罪了結此案我想薛蝌弟既有了香菱何必要此不貞之婦為妻呢寶玉湘蓮秦鍾三人聽了齊聲說好正在談論之間只見馮淵面有愧色訕訕的進來道小弟的敬意不誠我們的那一個忽然受了風寒心口裏疼得狠了我只得拿輀子把他們都还回去了寶珠聽了也訕訕的答道這裏也不用他們了儘他們去罷正說之間只見走堂的帶了

兩個妓女進來湘蓮一見忙道也不用了教他們也回去罷一會子開發你賞錢就是了眾人不解其故問明了緣由大家又笑了一陣馮淵便欲留下這兩個妓女彈唱陪酒玉珠忙攔道不必了我們早些兒喫飯罷只怕老太太聽見這個信兒心裏必定是眈望著慈的馮淵聽了便吩咐走堂的連後面所坐的酒席都一齊開在我的賬上走堂的聽了只得打發兩個妓女去了於是玉珠催著端上飯來大家喫罷正在漱口喫茶只見瀟又急跑的渾身汗津津的

來先呌寶玉請了安便道老太太聽見二爺到了歡欢的什麼似的偏偏的王府裏又差人請姑老爺商議公事衙門裏與各行人役都伺候去了老太太十分著急教小的備了幾匹馬來請爺們早些兒回去玩寶玉聽了忙立起身求與馮淵作揖道謝於是大家坐車的坐車騎馬的騎馬一齊進城穿行過巷也無心觀看路景一直到了廳門下了車馬步行而進剛到了二堂只見了驚惶着玉母夫咳嗽的迎了出呌寶玉一見忙跪了下去玉母也不問長短一把摟

衡將寶玉攬在懷內兄弟二人大哭起來這裏柳湘連也從腮臺上跳了進來忙與馮淵作揖陪禮各敘姓名复將珠寶兄弟勸住馮淵忙吩咐小厮另整酒席回頭一看早見那三個妓女躲的連影兒也不見了你道為何原來夏金桂眼尖自從賈珠開了腮子叱問之時他就早已瞧見了寶玉心中正在驚疑又聽秦鍾叫出口來羞的他無地自容忙拉了他同伴的二人跑到廂房把門揀上了這裏賈珠攙起寶玉來又與柳蓮叙過了禮便問他二人的來歷湘寶二

579

人遂將眼隨僧道出家以及到了太虛幻境之後便求地府求親的話從頭至尾說了一遍賈珠聽了大喜也將自已並馮淵秦鍾的原委一一的告訴了寶玉遂與從人套車大家早些回府馮淵忙攔道寶二爺柳二爺今日初到小弟本不成敬意不敢攀留但只是車少人多難以乘坐不如先差人回去替老太太叫喜先送個信兒再備幾匹馬來進城也覺觀瞻些求大爺寬坐一會兒索性終了席再回去何如寶珠聽他說的有理便先差外厮回去報信這裏馮淵

580

又命人換了酒席大家敘禮就坐了馮淵挨次送酒已畢便問小厮道他們三人那裏去了小厮向廂房去了回來向跟前湊了一湊低聲道夏姑娘請爺說話馮淵聽了笑道寶二爺柳二爺却不是外人怎麼又作起怪來了呢賈珠笑道他們既不肯見外客馮大哥也就不必張羅方纔小弟巳經在腮外領教過了說的馮淵哈哈大笑起來道二爺你可說令兄嘔氣不嘔氣呢賈珠聽了也笑起來道不說你自巳不尊重怎麼倒賴到我身上來了我勸你乖乖兒的

581

把他們叫出來罷這會子又嚷起來了馮淵聽說便笑着向廂房去了這裏賈珠又問秦鍾道你的那個崔公子可找着了沒有秦鍾笑道巳經尋着了他說他身上的衣帽襪鞋不好尋見明日教我把衣服借與他穿件他穿了親到衙門裏去叫見我呢我想寶二叔此來求親老姑爺姑太太斷無不允之理大叔可就趁着這個機會回明了姑老爺將馮大哥崔公子之事一併替他們成全了三喜臨門豈不更熱鬧呢賈珠點點頭見寶玉忙問什麼事賈珠遂又

582

過臉來嘴對些兒喂了下去寶玉在腮外看的忘了
情不覺大叫一聲道好啊哈哈的大笑起來只聽裡
面有人喝道什麼人大膽在這裏偷看呢吱嘍二聲
腮了早已推開了兩個少年一齊大怒道你們是兩
個做什麼的人在這裏混笑的是什麼湘蓮正正獨
酌忽聽有人開腮叱問便有些見不悅忙答道你們
自喫你們的酒我們笑我們的笑不
與你們什麼相干呢難道你們還管住我們的
成只見那兩個少年齊道胡說你們既然笑你們的

為什麼笑到我們腮根底下來了你瞧瞧腮紙上
的窟窿不是他戳的嗎你瞧他的膽子比天還大還
在那裏沒事人兒似的笑呢麼湘蓮仔細看時只見
寶玉還在那裏揸着肚子笑道嗳唷樂死我了我今
見纔見了識面了那少年大怒道你們聽聽說的好
聽不好聽那裏求的野黃子也不打聽打聽就在太
歲頭上動土來了湘蓮聽了大怒道你們這個東西
滿嘴裏混唉的是什麼你們不過是叫了兩個婊子
在這裏彈唱罷了就是我們這位不兄弟人家在腮

下偷著看了一看也不妨過怎麼你們就罵起來了
難道是偷看了你們家的內眷了嗎兩個少年聽了
一齊大怒道好個野黃子越發信嘴兒胡唉起來了
小廝們過去快把這兩個野黃子拿繩子捆了帶到
衙門裏去湘蓮聽了六怒撲到腮下搶拳攘袖
勢將用武忽見從門內走進一個少年來忙問道大
權怎麼了什麼人這樣膽大等我瞧瞧他大上有幾
個腦袋湘蓮一見認得是秦鍾忙叫道來的不是秦
鯨卿兄弟麼秦鍾仔細把湘蓮看了一看為大叫道

你不是柳二哥麼寶玉剛大止了笑見湘蓮和兩個
少年鬧起來正待也要發話忽見秦鍾進來和湘蓮
廝讓忙也高声叫道秦鯨卿你在那裏教我好想
啊秦鍾聽了仔細一看認得是寶玉不禁大叫道珠
大叔不用罵了大水沖了龍王廟了他就是你們家
的宝二叔賈珠馮淵二人聽了一齊發起来寶玉
便問秦鍾道过位倒底是誰秦鍾道他就是令兄珠
大爺你怎麼就認不得了宝玉聽了便一手拉了秦
鍾的手從腮臺上跳了進來便給賈珠請安賈珠也

莫各自叫媳婦去了這裏湘蓮二人斟酒對飲原來這破廳正對着正房的後簷相離不遠忽聞管絃之韻歌內中有一人哈哈大笑道老馮妙極了你昨兒還哄我說他是初到青樓尚未學唱你聽方纔的小耗子上燈臺唱的何如就是久經大敵的唱手也不過如此罷了又聽一人笑道今日原是誠心誠意敬大爺的大爺既然聽着好這就是我小弟的福氣到了總望你替我們成全了這件事日後教你樂的日子多着呢寶玉聽了悄悄的向湘蓮笑道你聽見了沒

卷十三

571

有這兩個寃桶倒底不知是個什麼樣兒的人這倒唱的人又不知是怎樣的個玉天仙見待我去在廳戶眼兒裏偷着看他們一看湘蓮笑道罷嚇看仔細惹出事來寶玉搖手道不相干不過是個妓女罷了難道是誰家的內眷人看不成說着他便躡手躡腳的走至廳根底下舐破牕紙向裏偷着一看只見正中棹兒上對面坐着兩個少年衣冠齊楚兩旁分坐着三個妓女俱皆衣裙華麗香艷可觀東邊的一個面貌有些相熟一時也想不起是誰來心下正然

572

驚奇只見上面坐的少年笑道老馮將來我替你們成全了好些你可教他怎麼謝我呢又見下面坐的少年笑答道那也看大爺罷了要教他怎麼謝他改不怎麼謝麼又見上面的少年笑道我想將來我替你們成全了好事之後那就有個名分在內我就不好意思的了不若趁着此時尚未定局你教他坐在你懷裏喂你一個皮杯兒讓我看着這麼一樂就讓他謝了我了好不好呢又見下面的少年笑道大爺說的倒好只是太冤磣了些見只怕他未必肯呢

卷十三

573

又見東邊的面貌相熟的妓女咲道我不那是個什麼樣兒呢又見那上面的少年笑道罷喲你不用撒清了依我說你趁着小秦兒不在這裏乖乖兒喂他個皮杯兒這還是你的造化過會子小秦兒回來了只怕比這個更甚的頑意兒還要鬧出來呢可着你依不依又見下面的少年笑道是了大爺不用說了想來他自已也斷然不肯的不如我喂他一個皮杯兒你看他也是一樣罷了說着便噙了一口酒走過東邊來將那面貌相熟的妓女抱在懷裏不容分說搬

574

覺相視而笑，正不知琵琶歇曲聲自何來，方欲尋訪，忽見走堂的端了一碗熱騰騰的釀鴨子上來，轉過屏風而去。寶玉見了，便從屏風縫見裏望後一張，但見後面還有三間正房，裏走出一個小廝子來，將走堂的端的接了進去，依舊退了出來。寶玉便點頭，將走堂的叫到跟前問道：這後面的亭子也是你們的麼？走堂的答道：正是。這亭子原是官的，我們不過借著賣茶，後面的房子乃是小店自己蓋的，以備安寓來往客商的。今日是我們這裡的一位馮先生，

這裏包整酒筵請客呢。寶玉又問道：纔剛兒聽見琵琶響，就是後面房裏彈的麼？走堂的道：正是呢。寶玉又道：可是什麼人彈呢？走堂的笑道：我的老爺，我看你老的年紀，也有十八九了，怎麼還是這麼怯呢。彈琵琶的無非是媳婦兒罷了，還有什麼人呢。湘蓮聽了笑道：你莫笑話他怯，他本來是大家子的公子哥，見他可知道什麼叫個媳婦兒呢。走堂的笑道：既是如此，你老何不叫他老見識呢。我們小店這正房之後，還有三間小廝廳兒，又雅靜，酒席也是現成

的叫兩個媳婦兒來唱一唱，樂一樂，化不多幾個錢兒罷了。湘蓮聽了，點頭咲道：你既然說的這樣熱鬧，你就去打掃廳兒去罷，收拾妥了你再來領我們進去。走堂的聽著，喜的眉開眼笑的，連忙答應著去了。這裏寶玉埋怨道：柳二哥，咱們千辛萬苦的到此，是作什麼來了？你怎麼又高興，關起嫖來了呢。湘蓮聽了笑道：怪不得走堂的誚你怯，果然性極了，難道聽聽曲兒，就算是嫖子嗎？寶玉笑道：雖如此說，我只怕尤三姐知道了，有些兒不安。湘蓮聽了大笑道：罷

唷，你狠不用替我操心，我那裏有你那麼怕事的呢。寶玉正欲回言，只見走堂的笑嘻嘻的走來道：收拾安當了，請二位老爺進來罷。於是二人跟了走堂的，轉過了屏風，但見院內車轎俱有，上面三間正房，兩邊六間廂房，旁有一月洞門，走堂的將他二人引進月門，繞到正房的背後，果有三間小廝廳，十分精雅。二人便在正中的棹兒上對面坐下，吩咐走堂的先送上菜碟兒，煨了暖酒來，二人先對飲著，候叫了彈唱的人來，再隨便上菜。走堂的一一答應，送上酒

總也未能觀玩今日業已到了二十里舖離城不遠
了欲我的主意莫若先打發小太監們押了驛子行
李先進城去我個下處你我二人換了新衣緩步遊
行也看看他們幽真的景致可與陽世同不同不知
你的意下如何寶玉聽了歡喜道如此甚妙我們何
不把店小二喚了過來問問他們這裏可有什麼熱
鬧有景致的去處沒有問明日了再去也免得偕們
跑了腿子湘蓮點頭道是極了於是叫過店小二來
問他道你們這裏可有什麼熱鬧有景致的去處麼

卷十三　八　563

店小二笑道二位爺我們這二十里舖原是個小地
方見那裏有什麼景致呢惟有離城三里多渡向南
有一條岔道欲了過去那裏有一個望湖亭前臨大
湖後通街市楚館秦樓樣樣俱全等我們鄭都的第
一勝境二位爺攜眷真是要速城去的不過多繞點
路也就可以遊玩了湘寶二人聽了太喜遂命兩名
小太監押了驛子行李先進城去我了個體面公館
以便赴城隍衙門認親他二人換上了新衣等還了
店賬一路上說說笑笑緩步而行不多一時早望見

564

城闕巍然向南果看一條岔道二人遂由岔道而進
走了約有三里許果見了亭廬上橫書望湖亭三個
大字前面一道長湖碧水澄清街擘翠蓋二人見了
十分歡喜又見亭邊茶坊酒肆碧幌青帘亭上設著
幾席棹椅也有喫茶的也有飲酒的湘寶二人上了
亭子也就揀了一張乾净棹兒對面坐下走堂的見
了忙送了兩碗茶來面前又放了四碟菓子無非瓜
子松瓤花生杏仁之類二人正然喫茶間諸忽聞一
陣琵琶絃索之聲悠揚入耳寶玉二人舉茶杯側耳聽

卷十三　九　565

去不覺聽的出了神湘蓮笑道寶兄弟你怎麼又動
了凡心了寶玉笑道非也我常念白樂天的琵琶行
常恨不能身到九江的亭子上一看今日不想此亭
前臨大湖彷彿相似又聽見琵琶之聲不覺有感湘
蓮聽了正欲答言忽又聞歌聲婉轉迎着順風字句
真切但聽道
小耗子上燈臺偷油喫下不來碰的銀燈噹啷
唧的響驚醒了奴家的夢赴陽臺
那一種清脆柔膩之聲動人魂魄湘寶二人聽了不

566

公出城間玩林公不好攔阻只說早去早回不可多事於是賈珠帶了秦鍾走出儀門早望見馮淵在那裡等候三人一齊上車車夫赶起出轅門而去賈珠在車上問馮淵道老馮你昨兒說你們那一口子總沒接過客他可又是從那裡認得崔守備的兒子來呢這不是你替他混充正經人呢麼馮淵笑道大爺你何必只是打趣我這個話呢閆王爺說他生前好淫所以緣對入青樓的你也想想天下有個好淫的薔花女兒麼不過是他自己害燥不肯說出他丈夫的名姓以及他好淫的寶蹟來罷了你當我不知道他是個舊貨兒麼我不過是愛他的風流美貌所以要賈珠做妾無非是取樂兒的意思聖人云人潔己以進與其潔也不保其往也正說到這裡只聽秦鍾大笑道馮大哥你這句話真說的有理極了明兒日後他又看卜了我我們傭人也那話兒起來你可又該說得與其進也不與其退也了你真是個君子哉只見馮淵未及回答賈珠早喝道你又混插嘴了老馮你別理他你說你的罷他倒底和姓崔的有緣故

沒有呢馮淵笑道昨兒晚上我也是這樣追問他來誰知道他說這位崔公子乃是個正人君子他說他原是為義憤而死的斷不肯妄貪花柳只因我不著他的妻子所以纔到青樓來訪求他只與我們那一個見過一面叙了叙家鄉住處以及他歿妻的原委並沒有別的勾當你們若不信我着崔公子一問便知道了賈珠道這樣說起來這位崔公子竟是個可交的朋友了偺們務必替他成全了好事纔是依我的主意偺們到了望湖亭先喫了早飯秦鯨卿就去辛苦一回你到關帝廟我找這位崔公子我們慢慢兒的喝着酒等你若找着了這個人一來成全了人家的好事二來早結了我們的冤案一舉而兩得你們說好不好呢馮秦二人齊聲道好他三人一路同車共話出城向望湖亭而去暫且按下不表再說賈寶玉和柳湘蓮他二人自從離了太虛幻境便促了長行的走驛帶了兩名小太監曉行夜住饑餐渴飲這一日到了鄒都的二十里舖住任旅邸湘蓮向寶玉道方今暮春天氣花明柳娟偺們只顧一路奔馳

在外頭就咳嗽直開到雞都叫了我這纔打了個盹兒今兒一黑早老馮起來一開房門就找我我只當他要撕打我呢把我嚇的就要跑他反倒把我叫住教我快回來告訴大叔說張金哥的丈夫他們那一口子纔知道也認得賈珠聽了歡喜道這也奇怪了他怎麼又能知道呢秦鍾道老馮說昨日晚上他們在被窩裏提起偺們審問張家女孩子的事來他們那一口子說他當日在青樓的時候會過見過一個年輕的公子名叫崔文端他父親作過守衞的給他

《卷十三》四

〔555〕

定的媳婦是張鄉宦家的四娘姑因有人打破了他們的婚姻他媳婦未過門自縊而死他義不俱生的也跟了死了以此看來不是張金哥的丈夫可是誰呢賈珠忙問道他可知道這個人的住處嗎秦鍾道我也問他來老馮說他知道就離青樓不遠有一座開帝廟這位崔相公就在廟裏住着呢賈珠聽了把手一拍笑道妙極了我為這件事躊躇了一夜誰知道又有這麼湊巧呢你說說老馮他昨兒晚上還誇他們那一口子總沒接過客是個原封

〔556〕

貨兒今兒纔頭一夜可就招承出認得崔相公來了秦鍾笑道我看他那個樣兒就讓他不認得崔相公也未必就是原封貨兒賈珠笑道是也罷不是也罷俗語說的好香油調苦菜各人心上愛只要老馮各人愛罷呀與偺們什麼相干呢他昨兒高興說今兒請偺們到城外望湖亭樂一天到底是順嘴兒說的說啊還是當真呢秦鍾道是當真的請呢過會子打了二鼓他還到衙門裏來伺候着姑老爺簽押了文書約會上偺們爺兒倆一同出城去跟今兒一早就

《卷十三》五

〔557〕

催了轎子把他們那一口子送到望湖亭候着又差了家人僱辦酒席去了賈珠笑道罷了既是他真心實意的請偺們偺們也別辜負了他的美意你一會兒出去告訴潛又安教他把偺們家的轎車子套上預備着等老馮來了我們一同坐上車出城好不好呢秦鍾答應了又坐着說了會子別的話這纔去了這裏賈珠叫過小廝來打開箱子取了一套新衣穿戴起來又取了一封蘇元錁子命小廝帶上以便放賞不多一時林公簽押回了後堂賈珠便稟知了林

〔558〕

卷十三

且張家的女孩子又認得他丈夫的模樣兒如何哄
得過他去呢鳳姐在簾內罵道沒臉的小蹄子既然
認得模樣見為什麼不自己慢慢的找呢這會子
住訛頭混勒措人來了又不知他娼的個名見姓見
教人怎麼替他找呢賈珠在外間听了笑回道二嫂
娘不用着急我們明日和馮菁商量着想法見辦
就是了賈母也笑道鳳了頭不用着急咱們咱人只
把這件專交給你大哥哥就完了你只把咱們咱人
今兒分來的揁箱打開打筭出三千兩銀子來明日

551

卷十三

打發鴛鴦給你太哥哥送過去別的專情咱們娘兒
們一概不管了你大哥哥要辦不妥當你看我罵他
不罵他呢賈珠听了連忙笑着站了起來道老太太
只管放心罷銀子原是重頭兒既是你老人家肯拿
出銀子來別的專也就好辦了天下也沒有過不去
的何我們明日只應許下替他找人人也就完了賈母
聽了滿心欢喜正欲開言忽聽前邊打點開門就知
是林公回來了賈珠連忙告辭迎了出去剛至上房
林公已是走了進來賈珠迷又與林公說了一會子

552

卷十三

的間話這纔回到自己的房中有貼身服待的小廝
伺候着腌了衣裳上床安歇在枕上翻覆尋思不能
成寐直至五更方纔睡去直睡到次日日上三竿方
醒起來穿衣甫畢只見秦鍾笑嘻嘻的跑了進來道
大叔恭喜恭喜張家女孩子的丈夫有了下落了賈
珠聽了驚喜道你在那裏得的信見秦鍾咲道昨見
晚上我並莫回家就在老馮家鬧了他一夜我們送
了大叔回家之後就六碗家鬧起酒來了把老馮灌
了個爛醉進了洞房拍在枕頭上動也動彈不得了

553

卷十三

我正要替他們那一口子解鈕子誰知道老馮纔是
個老好臣滑他扶着枕頭呌道秦兄弟外間屋裏書
櫥子上有一部十錦春宮冊頁你替我取來待我揀
一齣子好的妙照個樣見我就信以為真剛跨出他
的門檻見只聽裏頭咯噔的一聲把門挿了個結實
賈珠聽了哈哈大笑道小猴兒你也不涎臉了秦鍾
笑道他們把我誆了出來我那裏就肯饒他們呢我
就把他們外間放的一張小竹床兒挪在挨他們床
帳的板壁背後躺在上頭聽見他們在裏頭唧唧噥我

554

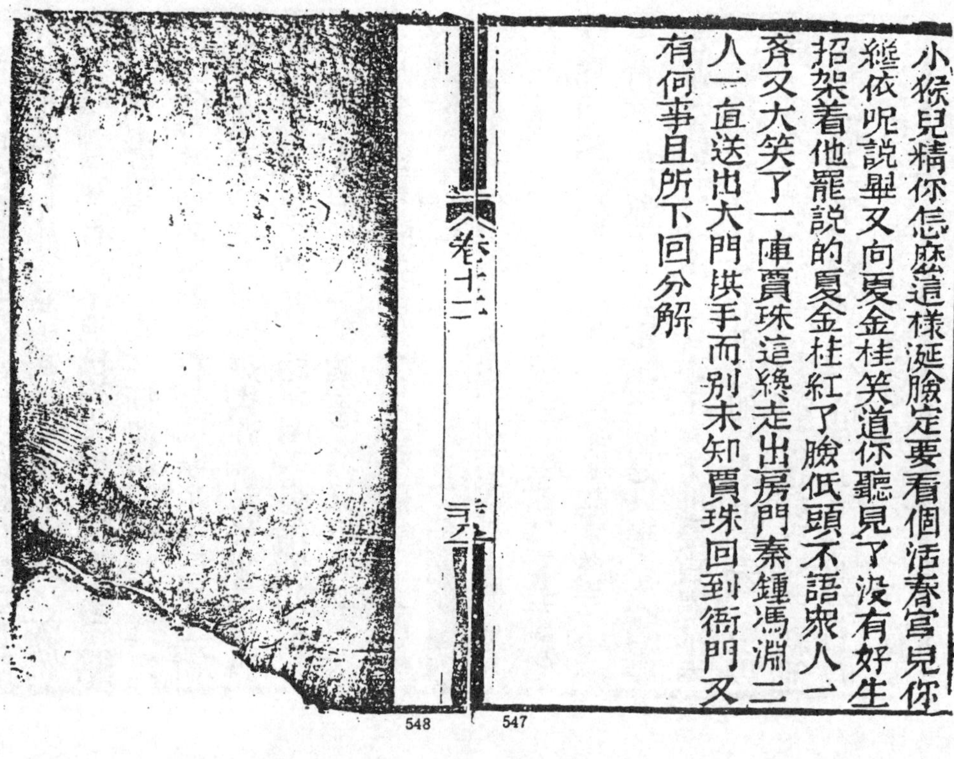

小猴兒精你怎麽這樣涎臉定要看個活春宮兒你
繼依呢說畢又向夏金桂笑道你聽見了沒有好生
招架着他罷說的夏金桂紅了臉低頭不語衆八一
齊又大笑了一庫賈珠這纔走出房門秦鍾馮淵二
人一直送出大門拱手而別未知賈珠回到衛門又
有何事且所下回分解

卷十二

547

續紅樓夢卷十三

　胞兄弟相逢不相識　親姊妹

話說賈珠從馮淵的寓所回到衛賈珠
適值崔判官招欲尚未回衛賈珠
見賈夫人因等林公在炕上和犬假
們攞攞手兒便一直來到後面賈母房中賈母尚在
走了進來不勝歡喜忙問事情辦妥了賈珠便接
名賈府的身旁屈膝坐下低聲道妥是妥當了的只

549

是這位守備的兒子漢有下落又不知他的名字叫
什麽若找着了他張家的女孩子一概全依名找不
出這個人來到有些兒麽嘛他說他是個女孩兒家
沒有丈夫孤身如何過日子呌賈母聽了笑道這個
小蹄子倒有這些囉嗦定然娶個小女堆子這可就
難了賈珠正欲回答只聽鴦如在裡問坎着簾子向
外叫道鴛鴦姐姐你問問大哥哥把秦鍾打扮起来
裝作守備的兒子此哄他可使得使不得賈珠聽了
笑道這如何使得呢不但秦鍾已是娶了智能兒况

卷十三

550

好淶原來是没有丈夫的只好打野食渙罷了可惜
偕倆人生前怎麼没有會過呢列公你道這婦人是
誰原來就是薛蟠的妻子夏金桂因施毒暗害香菱
誤戕了自巳的性命閻王因他生前好淶罰他在青
楼爲妓因未學熟彈唱尚未接客一日偶與馮淵相
過彼此都動了個愛慕之情馮淵因青楼往來不便
所以接到家中欲買來作爻只聽見馮淵說賈珠是
本官的少爺並不知他就是薛蟠的表兄今見賈珠
問他丈夫不好意思說出口來只得含糊荅應說没

有賈珠見他風情流蕩眉口動人也覺情不自禁乃
笑問道你可會唱麼夏金杜聽了不覺紅了臉道初
到青楼未久尚未學唱賈珠笑道豈有此理你這樣
一個聰明人見難道就連一兩個曲兒都没學會夏
金桂笑道學了一個多月緫會了兩個曲見只是在
人面前燥的唱不出來呢賈珠便拉了他的手笑道
妙啊你會那兩個曲兒唱給我聽聽夏金桂道一個
是解不開的連環扣一個是好难熬的春三月賈珠
聽了也科着眼見蛏頭道不好不好這兩個曲見我

都不愛听我只愛听的是風見刮你會不會夏金桂
听了把臉一紅低下頭去拮弄衣帶秦鍾拍手笑道
馮大哥你听大爺教你們那一口矛唱個風見刮呢
我且听他會叫阿媽不會还要嬌聲嫩氣的叫的親
親見的緫好听呢馮淵見他二八更齡戲謔忙攔著
笑道今見天也晚了小寓就在衙門身後若彈起琵
琶絃索求恐怕老爺裡頭聽見了問出來难以回荅
大爺既然高興賞臉我明兒備個小東在城外望湖
亭上再叫戏個會彈的索性熱開上一天明兒衙門

裏也没什麼公事就請秦兄弟做陪將來還要卯使
大爺的羆力替小弟成全此事拿酒壺來敬大爺一
杯賈珠吟了哈哈大笑道老馮急了喫起醋來了我
那裏就肯奪人之所愛呢既然你明日請我我今日
也還有事暫且告別讓你們好好兒的樂一夜罷秦
鍾卿你也跟了我回去罷秦鍾笑道今日不是我的
班兒姑老爺也叫不着我你老人家讓我在這裏多
喫幾杯酒我還要看着把他們倆人送入洞房看着
他們脱了衣裳進了被窩我緫回去呢賈珠也呋道

說來更容易了但凡姓崔的他父親做過守備的就
是你的丈夫了金哥道你們不用混我我認得他的
模樣兒秦鍾聽了拍手笑道姓名都不知道可又該
得模樣兒了這必是你們倆人早已那個話兒了金
哥道你少混唉仔細我罵你當日我母親要相看他
所以把他請進臥房裏來坐我是從牕戶眼兒裏看
見的說的衆人又笑了馮淵道既如此說我們明日
就替你訪查此人若真是你丈夫了你可不許反悔
的金哥道你們如果我出他來我都依你們就是了

卷十二

馮淵道既如此女禁子過來把這位小姐的鎖子開
了不必押着了送到官媒王媽媽家生去教他三茶
六飯好生供給不可怠慢用了幾兩銀子教他到我
這裏來領你們就去罷女禁子忙替他開了鎖手拉
手兒各自去了暫且不提這裏賈珠向馮淵笑道公
事畢了該你說你的私事了馮淵也笑道前日我偶
到青樓一逛遇見了這個女子他前生本是良家的
子女因素性好淫所以死後罰入青樓為妓因到館
未久琵琶絃索倘未習熟是以尚未接客小弟因愛

卷十二

他美貌所以接他來家欲買作妾他倒也愿意只是
他乃官妓也須得回明老爺冊上除名方總娶當我
正和秦鯨卿商議要求大爺不承望大爺來得如
此湊巧真小弟之幸也小廝過來把酒席換了請新
姐子出來與大爺手奉一杯小廝答應忙將殘席撤
去換上新鮮肴菓馮淵便讓賈珠上坐自已和秦鍾
對面相陪斟上酒來飲了一巡秦鍾便高声叫道夏
姑娘快出來罷不用裝腔了大爺不是外人正說時
只聞一陣香風早見一位美人自櫥後走了出來馮

卷十二

淵指着賈珠道這位是大老爺的少爺快些過來拜
見那婦人聽了向上輕輕的福了兩福剛要下跪賈
珠站了起來便道只行常禮罷那婦人聽了只得又
福了兩福便拿起酒壺來每人斟了一巡這繞挨着
馮淵坐下小廝點上燭來賈珠在燈下細將那婦人
一看果有八九分姿色乃笑問道姑娘貴姓那婦人
低聲蒼道姓夏賈珠又問芳名那婦人又道賤名金
桂賈珠又笑問道生前可有丈夫沒有那婦人聽了
早已面紅過耳低聲道沒有秦鍾道怪道說你生前

若他不依我們再另設法兒好不好呢賈珠道如此
甚妙馮淵便叫小廝過來傳喚女禁子將張金哥立
刻帶來小廝領命而去不多一時只見女禁子將張
金哥拉了進來馮淵忙取了一個坐得舖在台堦上
命他坐下這裡賈珠方問他家鄉籍貫並告狀的原
委張金哥一一的哭訴了一遍賈珠听了與狀子上
寫的絲毫不爽乃笑道我如今要替你們和解此案
所以請了你來和你商量如今你所告之人情願將
當日所得過你家的三千兩銀子拿出來替你安家

535

卷十二

兩下裏和息了好不好呢我想你也是鄉宦人家的
小姐出頭露面的當堂審問口供也覺不雅萬一說
錯了話王法無情不是拶手指頭就是打屁股你這
樣姣姣嫩嫩的如何受得起呢秦鍾在旁插嘴道張
姑娘我告訴你罷堂上打起板子來还要脫弔了褲
子的你自已想去罷馮淵道你莫在裏頭胡攪張小
姐我和你說正經話這一位就是買府裏的珠大爺
你告的就是他的弟婦都是我們老爺的至親俗語
說的好是親三分向你必欲要到堂上去只怕不能

536

打上風官司依我說私和了又得銀子又不喫虧豈
不好呢張金哥道這位就是賈府裏的大爺麼你們
家原是國家的勳戚还希圖人家的銀子害的我好
苦啊如今雖說还我三千兩銀子替我安家我又
不着我丈夫在邪裡我一個女孩兒家自已怎麼过
日子呢秦鍾听了笑道你原來是我你丈夫的你看
我是不是賈珠忙喝道又胡說了秦鍾笑而不言賈
珠道你既這樣說也容易辦的你丈夫可叫什麼名
字張金哥道我不知他的名字叫什麼賈珠道可姓

537

卷十二

什麼金哥沉思了一會道大概姓崔賈珠听了笑道
怎麼連自已丈夫的姓都不知道呢还說大概姓崔
如此看來你這張狀子多半也是謊的了金哥發急
道人家一個女孩兒家給了婆家怎麼好意思打聽
丈夫的名姓呢賈珠笑道既不好意思打聽怎麼又
知道大概姓崔呢金哥道這也有一個緣故當日他
家下聘之時我哥哥就和我嚷着頑見我就急了狠
狠的啐了他一口我哥哥說照你婆婆家姓崔所以
我終知道了說的眾人一齊都笑起來馮淵道如此

538

[531]
街時常馮淵講賈珠到寓所小飲間談所以賈珠並
不用旂牌引路一直走到馮淵的門首將門扇鐵還
敲了兩下只听裏面出來了一個小廝開了門一見
是賈珠飛也似的蹌了進去高声嚷道大少爺來了
賈珠見如此動做心下疑惑起來連忙跟了進去剛
至院門只見馮淵春風滿面的從房中迎了出來咲
道大爺今日勞乏了半天还是這樣高興賈珠道我
有件要緊的事特意找你來了馮淵笑道大爺的事
我猜着了必是爲攔輿告狀的事賈珠道你既然猜

[532]　卷十二
着了這件事更好辦了正說時只見秦鍾也從房裡
笑着跑了出來道妙呀大叔也道喜來了賈珠進了
房向秦鍾道小東西你多早晚兒跑了來的老馮有
什麼喜事馮淵笑道大爺別听他的瞎話秦鍾道罷
喲大叔又不是外人你何必瞞他老人家作什麼呢
說着便向賈珠努嘴兒賈珠向炕上一看只見擺着
一棹酒席秦鍾笑着又向書櫥子背後努嘴賈珠果
然走到書櫥之後一看只見一個美貌青年的婦人
在那裏含羞而坐見了賈珠連忙站了起來以衣袖

[533]　卷十二
遮面賈珠見了哈哈大笑道老馮你怎麼幹起這個
勾當來了馮淵笑着拉了賈珠的手道大爺你先過
來偺們且把正經事商量妥了等我慢慢的告訴你
這喜事的緣故小弟既蒙大爺厚愛斷没有瞞着你
作事的理賈珠体說也就走了過來大家分賓主坐
定小廝献上茶來賈珠接杯笑向馮淵道方終喊寃
的女孩子押在那裏去了馮淵道発給女禁子押到
班房裡去了我只畧問了他幾句他說被人打破婚
姻夫婦雙亡的事賈珠道狀子在我這裏他告的就

[534]
是我們舍弟婦當日我們這位弟婦原和雲節度家
是老親所以張家繞來我們弟婦向雲老爺處説和
着泒壓着這位守備家退親邪時我們弟婦年幼無
知就應承了他家的情面其寔並無受賄包撹情獘
但只是稟明了老爺當堂審斷必致舍弟婦要當堂
對詞有礙寒舍的臉面所以我特求與你商量私下
和息了大家都有光彩不知你有何高見馮淵道這
件事却也容易辦我的意思先將邪女孩子帶來我
們和他講講給他幾兩銀子安家他若依了就罷倘

《卷十二》

覆观看見鴛鴦來了忙放下欠起身來笑道鴛鴦姐姐稀客呀有什麼事情來了鴛鴦道老太太差了我來教告訴大爺說經剛兒告狀的那女孩子告的是璉二奶奶如今二奶奶嚇得什麼似的老太太教大爺費点心兒替他們私下撕羅開了罷莫教姑老爺知道了不但關平二奶奶一個人的臉連偕們賈家的臉面就全丟了賈珠听了将桌子一拍道我在這裏正看狀子心裏尚在疑惑這件事情如今听你這樣說這件事竟是真的了怎麼你二奶奶一個年輕

的少婦就這樣膽大難道當日給蓉哥兒媳婦送殯再没有偕們家的一個正經人就由着你二奶奶胡行乱作的麼鴛鴦道邢年蓉大奶奶死了是珍大爺求了太太們把二奶奶請过去惼理家務的所以送殯時老輩子的太太奶奶們都到鐵檻寺就都各自回家去了只有二奶奶帶着玉玉泰鍾兩個人在石頭巷住了兩三天誰知道就弄出這件事來了想必二奶奶也断不是替人家目劝興的自必裏頭要占八家的什麼便宜了買珠道可不是呢人家狀子上

寫的明白受了人家三千兩銀子逼死了兩條人命难道你二奶奶作這些事你二爺也不管一管見鴛鴦笑道二爺还能勾管二奶奶他連他自巳的難子还拾掇不过來呢只要有了銀子出着性見乱化罷了賈珠听了嘆了一口氣道這是怎麼說呢也罷你告訴老太太和你二奶奶教他們放心罷我就親自去找馮書辦我們商量個計策辦着瞧罷了大約總要化我兩銀子綫能叏當呢鴛鴦道老太太也說來銀子任憑大爺酌量着用就是了只要不丟臉就好

老太太还等回信見呢我就去了說畢各自去了這裏賈珠又將狀子看了一遍仍復揣在懷內登上靴子戴了個便帽兒走上大堂叫过潘又安來嘱咐道我到外邊走走老爺要問我你就說老太太差我買袖緞去了潘又安問道大爺坐車去还是騎馬去呢賈珠道車馬一概不用步行逛逛也好也不用小厮們跟隨再着老爺面前不必說總剛兒見老太太回來路上有人告狀的話潘又安忙答應了一個是賈珠遂從角門步行走出原來馮淵的寓所即在衙門後

好姐姐這會子你还說這些個做什麼呢快些去罷过會子大爺出去了就难辦了鴛鴦道二奶奶你且莫要着慈我想大爺他也是極聰明的人他难道就不顧偺們家的臉面麼再者這件事也先得告訴老太太一声兒別要先对姑太太說出有人攔轎喊冤的話來絕好等我先把老太太請進來說明了緣故我再去我大爺方爲妥當不然你是個小嬸子我是個大了頭不回明了老太太私自徃大爺房裏去做什麼呢鳳姐道你說的也狠是就這樣快着些兒罷

卷十二

523

我心裏這會子就像猫抓的似的鴛鴦答應着連忙出來看時只見賈母獨自坐在椅上喫茶賈夫人在那边炕上開箱子像我什麼東西的似的鴛鴦忙向賈母使了個眼色賈母會了意便立起身來道鳳丫頭這會子可好些了没有我也瞧瞧他去說畢便扶了鴛鴦走進鳳姐的卧室來鳳姐見了賈母雖貧害羞却也無可奈何只得老着臉見連哭帶訴的將告狀之事原原委委的説了一遍賈母也唬得呆了半晌道猴兒精你就是個乱見眚前見家裏抄家的事

524

襄頭也有你今兒這襄又被人家告了唉小人見家聰明过餘了也不是好事鴛鴦你快去我着你大爺就說我的話賈家的臉面要緊敎他把這件事秘下了結了罷要用銀子我這裡也有只別敎姑老爺知道就是了辭了這件事我还没有告訴你姑太太呢鴛鴦荅應一声各自去了這裡鳳姐被賈母說了幾句低了頭無言可对那眼淚珠兒一澲一澲的徃不乱滚賈母看着反又过意不去心疼起來道我的乖乖心肝兒你別害怕你大哥他也是個極能幹的人

卷十二

525

這点子小事斷没有辦不來的况且就當姑老爺知道了也是稀鬆的事难道把你拉到堂上打一頓板子不成鳳姐听了把頭一扭哭道人家這就燥的受不得了還禁得起邪樣麼正說時只見賈夫人進來笑道鳳姑娘你這會子可好些兒麼我給你配了一丸子藥燙了些黃酒你喫了可就好了後面司棋果然提着一壺暖酒來鳳姐不敢推辭只得接來喫了暫且不提且説鴛鴦一直來到賈珠房內只見賈珠正然換了衣服盤膝坐在榻上手拿着一張狀子反

526

臉上的顏色狠不好想是在城外受了風寒了罷鳳
姐道我只竟得心口裏怪疼的賈母听了也將鳳姐
一看便道今日天氣和暖未必是受了風寒想是瞧
見那些地獄裏受罪的人驚嚇着了快到你屋裏去
脫衣裳躺一會子去罷盡的暖暖兒的說着大家進
了上房換了新衣賈母與賈夫人講些地獄裏的故
事並賈瑞趙姨娘哀憐之事鳳姐早巳拉了鴛鴦到
自巳的臥室換了衣服拉了鴛鴦的手流淚道鴛鴦
姐姐你想個法兒救我一救罷鴛鴦大驚道二奶奶

你怎麼了怎說起這個話來了鳳姐低声說道好
姐姐你悄着些兒等我告訴你那一年我給小蓉大
奶奶送殯之時不是帶着宝玉秦鍾在饅頭菴佳過
兩天麼那時老姑姑和我商量着有一件沒天
艮的事兒有一個張鄉宦他有個女孩兒名叫金哥
原許聘了一個守備的兒子後來長安府知府的小
男子李衙內看見金哥美貌也要聘了爲妻這個守
備家不依打了官司因我們家和雲節度家是親戚
老姑姑子求我和雲節度處說了硬壓孤着守備家

退了親誰知道這個女孩子守志不從自縊而死守
備的兒子也是個情種听見金哥縊了死他也尋了
死我自從作了這件事活一日懸着一日的心如今
剛纔放了心誰又知道絕剛見大街上有一個女孩
子拉住老太太的轎子喊寃告狀我聽見秦鍾說就
是張家的女孩子告的就是我想這件事若救姑
老爺知道了我這個臉可放在那裏呢与絕秦鍾說
脈子大爺摟在懷裏了把那女孩子交給馮書辦帶
了去了好姐姐你趂着這個空兒快到大爺房裏去

就說我求大哥哥好友想個法兒把這件事私下
結了絕好千萬莫教姑老爺知道就是要用銀子我
這裏也有若能勾保全了我的臉面這就是保全了
偺們賈家的臉面了好姐姐你就快去罷仔細大爺
外頭去了可又我着賣力了鴛鴦听了大驚道我的
奶奶你怎麼連這些事都包攬起來了戲了姑老爺
是偺們的親戚若是別的衙門告了這還了得也還
弄是二奶奶的福氣大若是這件事在陽間犯了出
來只怕連二爺遭帶累在裏頭呢鳳姐听了發急道

道秦鍾怎麼眼錯不見的你又跑到那裏去了秦鍾笑道那裏一開獄門我早溜進去了各處裏看了一個勾聽見老太太要回衙門我總跑了來的鳳姐道你都看了些什麼秦鍾道男獄裏我看見刀山上又着一個人他總認得我他說他是周瑞的乾兒子只教我救他的命唬的我連忙跑出來了噯喲那個女獄裏總有趣兒呢赤條精光的女人們不知有多少都睜着不成拉罷的惟有西北畸角上醋缸裏泡着個女人長的十分美貌見我來了羞的鑽到缸底裏

去了我就把傍子伸到醋缸裏要摸摸他的光屁股他就把我的手抓住狠狠的咬了一口這會子我的指頭还疼呢鳳姐听了噚道你這個下做小東西兒人家一個婦人家你去摸人家作什麼咬的好狠該二人只顧說話不知不覺的走到大街之上忽見人叢裏跑出一個女子在賈母轎前喊寃叫屈投遞紙狀鳳姐忙命秦釘前去打听告的是什麼事秦鍾如飛的跑上前去只見賈珠下馬接了狀子細看了一遍連忙揣在懷內命將女子着人帶去人付馮淵押

管秦鍾便跟了那女子去細將原委問了一遍嚇得喘吁吁的跑到鳳姐的轎前低聲說道二嬸娘那個女孩子告的總是你鳳姐道胡說我又不認得他是誰他告我什麼呢秦鍾道那年借們給我姐姐送殯我記得你帶了我和寶二叔在饅頭菴住着你和老尼姑商量了一件什麼事來如今告的就是這件事告狀的女孩子叫個什麼張金哥鳳姐听了只竟一股凉氣從頂梁骨上冒了出來忙問道你見他的狀子來沒有秦鍾道珠大爺揣在懷裏了把那女孩子

交給馮書辦去了鳳姐听了因恐轎夫听着不雅便不好再往下問坐在轎裏也無心觀看路景心裡好像十五個吊桶打水七上八下的不多一時回到衙門軍牢鳴鑼響道重門洞開一直抬到二堂落轎賈母鳳姐剛然下轎只見賈夫人奴央迎了出來賈夫人笑道老太太求了將近半年經也沒得出去逛逛木來此處也沒有什麼可逛之處大牛都是些凶神惡鬼的賈母也笑道逛什麼呢沒的教人怪害怕的賈夫人見鳳姐面如金紙忙問道二奶奶你怎麼了

《卷十二》

姐和司棋目瞪口呆半晌說不出話來鳳姐定了定神不竟心下恍然大悟將平日喫醋的心腸立冰消雪化矣司棋也猜着幾分見只是不敢言語已得攙着鳳姐過東邊來只見一座刀山萬鋒攢立霎母在那裏手指一人罵道沒良心的老豬狗這遭見你自作自受誰能救你呢鳳姐仔細看時却是馬道婆四脚拉叉的挿在刀山之上只叫老太太開恩救命罷我再不敢鎭魘人了鳳姐聽了忙拉了賈母道老太太別理他這個老娼婦這絕使得該着呢賈母道

阿彌陀佛這裏果然報應不爽你們小人兒家可該害怕不害怕呢鳳姐道怎麽不害怕呢嚇的我腿肚子都轉了筋了逛什麽呢怪怕人的老太太偺們早些回去罷賈母道也罷了再往後看也不過總是些受罪的人沒的瞧着心裏怪不忍的鳳姐聽了忙攙了賈母將一轉身忽見裏面跑出一個披枷帶鎖逢頭垢面的人來拉住賈母的衣襟大哭道老太太救我一救罷我再不敢黑心乱肝花的了賈母倒退了幾步仔細瞧他遭撓的竟不像個人形那裏還認得

出是誰來呢只聽鳳姐在後叫道你不是趙姨娘麽那婦人道二奶奶你救一救我罷大人不記小人過我再也不敢在你們跟前使黑心了賈母聽了又仔細一看不是趙姨娘是誰呢賈母罵道混賬老婆你也想想你在家裏我和你老爺太太那一個待你不好呢你不過養了個不成器的小子罷咧你就成精做怪的安起性情來了你自己說如今受罪還是不該的麽趙姨娘只是不住的磕頭哀告道老太太我再不敢胡言乱道了自今以後我全放了老太太

也別着我和環兒見只看三姑娘的分上開一點恩罷賈母雖見他行爲不端倒底終有慈念所見他說山探春來也由不得傷心落淚道也罷你且去罷等我回去求求姑老爺你聽信見就是了趙姨娘磕頭叩謝而去鳳姐攙了賈母走出獄門賈珠卽命人關門上鎖畢又請問老太太還逛不逛賈母笑道這沒把人嚇壞了還逛什麽呢回衙門去罷賈珠乃命人抬進轎來賈母鳳姐一齊上轎出了虎頭門仍由舊路而回鳳姐在轎內只見素鍾扶着他的轎杆乃問

事我就是從那一天得了相思病再沒得好就死了
的大哥哥要不信只問我二姐夫就知道了賈珠听
了冷笑道這是你自作自受我也管不了許多賈瑞
又跪下百般的哀告賈珠沉思了半晌道你倒底是
真改了還是假改呢賈瑞道如今把我罰在陰山背
後凍的我真真的受不得了怎麼還不是真改呢賈
珠道苦海無邊回頭是岸你既能真改這也就好說
了等我回去求求姑老爺看你的福分罷了說着便
又吩咐鬼卒們好生看待賈瑞先給他兩件衣服暫

卷十二　八

507

且遮體說畢走了出來命人將獄門封鎖妥當便將
賈瑞的話回明了賈母又吩咐鬼卒將西邊的題報
司的獄門打開賈母鳳姐一齊走進來觀看但見裏
面陰風慘慘刀山油鍋之類一如男獄忽見中間有
大磨一盤將一個婦人倒懸入碾磨的只剩下下半
截子雪白的兩隻光腿一雙小腳見鳳姐見了由不
得心瞻俱裂低聲向司棋道你看這也不知是誰家
的媳婦見不知犯了什麼罪了磨的這樣可憐你看
他這兩條腿這樣雪白細嫩的一定是個年輕的俊

508

人物見司棋未及同苔鮑二家捅嘴道前見晚上二
奶奶洗脚我看你那個腿比他這個腿還白些見鳳
姐照臉啐了一口罵道混賬老婆不管說得說不得
就信着嘴見混嗳你娘的來了歔了大爺和秦相公
都沒進來賈母聽了也笑道浪蹄子這麼嘴尖舌快
的你跟了我到東邊看去罵的鮑二家的咭鄙着嘴
跟了賈母東邊去了這裏鳳姐帶了司棋向西轉了
一個灣子只見西北畸角上放着一個大缸滿滿的
盛着一缸釀醋裏面泡着一個赤條精光的婦人仔

卷十二　九

509

細一看模樣兒與鳳姐一般嚇得司棋面面相覷不
敢言語鳳姐自己也嚇呆了一定神問道你是
誰家的媳婦只听那婦人也道你是誰家的媳婦鳳
姐道你姓什麼那婦人也道你姓什麼鳳姐心中一
急便拉了那婦人的膀臂往上一拉只見那婦人撲
的一声躧了出來赤條條的站在面前怡似白羊上
般鳳姐細看他渾身上下無一不酷肖自己不濟差
的滿臉飛紅忙揭起自己的衣襟來替他遮蓋只見
那婦人上來將鳳姐一抱忽然間踪影今無嚇得鳳

510

太太歷放我一教罷二嫂子我再不敢了賈母聞言擡頭一看只見陰山背後跳出一個後生來赤條精光面黃肌瘦的跪在面前鳳姐眼尖早已瞧見認得是賈瑞又見他上下情光不由的滿臉飛紅連忙躲了出去賈氏老眼昏花看不出是誰忙問道你是誰家的孩子年輕見的犯了什麼罪了賈瑞哭道老太太不認得孫子麼我的名字叫賈瑞家塾裏的先生就是我爺爺賈母听了又仔細一看这纔認出他來了忙問道你是瑞兒麼你犯了什麼罪了你告訴

我等我替你求求你姑老爺再看你的造化罷你小人兒家活着總又肯教好逗着總後悔了賈瑞磕頭道老太太你只教我二嫂子開個恩他說一声見我的罪孽就滿了二嫂子我再不敢了你怎麼躲着还了呢賈母瞧了不解其意忙回頭向鳳姐道你听这個瑞兒小子怎麼要他開恩說一声兒我也不明白他的話你倒底知道他犯了什麼罪了你可記得他常日是什麼病死的鳳姐紅了臉道这個老太太說的話我可知道他犯了什麼罪了呢我也不知道

《卷十二》

他是什麼病死的老太太只問他教他自已說就是了賈母道你總沒聽見他說教你開恩說一声呢麼鳳姐把頭一扭道他可教我開個什麼恩呢可又教我說一声見什麼呢只聽賈瑞在內哭喊道二嫂子你饒了我罷我再不敢了你可教我把那些話當着老太太說得出口來麼鳳姐道罷了老太太也不必追究他的罪過只問他改了沒有賈母未及回答又賈瑞在內哭道二嫂子我改了我改了我全改了賈珠原是極聰明的人聽見他們的這些話忙道老

太太讀出來罷等我問問他於是賈母鳳姐都走了出來賈珠剛然進去只見賈瑞忙拉住哭道大哥哥你救我罷我凍的受不得了賈珠道瑞老大你幾時來的我怎麼不知道你在這裏呢麼你是大家子的子弟我總聽見你和你二嫂子說的那些話你還是個人嗎怎麼把瀆倫的事都幹出來了賈瑞哭道大哥哥我並沒有幹瀆倫的事那年東府裏的大老爺生日我在花園裏遇見我二嫂子我原年輕不懂事和二嫂子說了兩句不知好歹的話並沒有作別的

《卷十二》

賈母鳳姐上轎鳳姐又命秦鍾随在自已的轎旁便於問話賈珠仍騎頂馬引道一齊進城順着大街但見六街三市熱鬧非常轉了也個灣了早望見王府的正門氣象魏峩街頭街門繞向東大道一直繞到府後忽見一座虎頭照門獰惡正在那裡老掯等候開門見他們到了便將虎頭的門開了一边迴逕去了賈珠下了馬伶轎天落轎可挨鮑二家的挃了賈母鳳姐在前賈珠秦鍾在後相随其餘都在外边伺候進了虎頭門但竟一團陰森之氣侵人肌骨

〔499〕

又見兩边廊下一帶房屋綿亘百餘間每一門外立着一個像貌狰獰的惡鬼賈母見了這股光景不竟心中害怕乃向賈珠道這個地方有什麼可逛之處看着怪怕人的賈珠笑道這都是惡人垂教後世勉人為善的意思譬如世上的人顯然為惡的固有常刑惟有惡在隱微國法所不及者死後必入地獄所以這頭一層地獄就是王莽曹操秦檜這一千人道二層就是李林甫楊國忠王安石蔡京這一千人道些人都是永世千年不得脫生的其餘的罪犯惟是

〔500〕

有年限的年限一滿就做去脫生或人或甯或盦皆視其罪之輕重臨時分別酌定这東边一帶都是男獄西边一帶都是女獄老太太既然看看害怕也不必盡行開看只揀愛看的看一兩处也就是乎賈母迳古來的人我們也不必看他我們也做不出他們的那樣牽來只檢如今世上常有的罪孽看一兩处觸目驚心不但警醒自已兼可勸化他人賈珠听了便吩咐兒卒將㧀在的速報司的獄門打開只兒守門的惡兒手持狼牙梨嚙的一聲將獄門扦開

〔501〕

賈母等進去一看但竟冷氣逼人徑向兩嚓天動地哭声震耳也有上刀山的也有下油鍋的也有剖腹挖心的也有凌遲支解的也有舂碓磨磰的種種妻慘不一而足賈母見了惟有合掌念为悲憐嗟欢而已鳳姐在賈母背後嚇得粉面焦黃渾身打戰忙將賈母拉了一把道老太太我不看這個了你太那些男人們赤身露體血跡淋漓的又青怕又臊之二把到西边女獄裏看看去罷賈母听了点点頭二用有也賈珠鎖門只听裏面有人一声大叫逆來的的是老

〔502〕

跑了上來凤姐道你這個小子早上怎麼總沒見你呢你弔过臉去我扶着你的肩膀下罷秦鍾笑道我一早就來了這個涼棚就是我看着他們搭的說着便將脊背調了过來凤姐一隻手抓住他的肩頭一步一步的慢慢蹭了下來凤姐道我們來了這半日怎麼總沒瞧見你呢秦鍾道我只說老太太來了還早呢我先到前面化我的金銀去來凤姐道如今你們家裏还有你的什麼人呢誰給你燒化金銀呢秦鍾道我們家那裏还有什麼親人不过有素日相好

的幾個朋友即如你們家的寶二叔还有我們相好的柳二哥逢時遇節的燒些錢紙誰知今兒連他們的也沒有了倒教我蹭跑了一回凤姐道聽見他們倆人如今都出了家了你还想蹭他們的錢紙呢你如若没錢使用到家裏我給你就是了一面說着早已下了高合轎夫抬过轎來凤姐上了轎眾人擁簇着回到涼棚賈母笑問道你巴巴結結的上了一回望鄉台倒底望見了家裏的些什麼人凤姐道望什麼呢倒塋了一肚子的好氣正要徃下說時忽見寶

球站在棚口連忙收口說道我望見我們屋裏炕上坐着兩個人好像平兒和巧姐做針線呢再沒有瞧見別人賈母听了也自傷感鮑二家的道二奶奶到底望見什麼了忽然栽了一跤凤姐故意罵道瘋蹄子你不好生擰着我怎麼不栽跤呢虧了台上再沒有外人你还敢說求了賈母信以為眞反將鮑二家的罵了一頓凤姐剛然坐下要茶喫只見焦大帶了許多人抬着樓庫損宿上來回話賈珠忙攔住道焦大你就帶了他們都一到衙門裏去罷等我回去按

着分兒就是了焦大荅應了連忙退出領了抬箱的人徑自去了賈母乃向賈珠道我們出來了大半天了也該回去罷賈珠這裏給太太預備下点心了請老太太和他二嬸娘喫些見進了城就徃七十二司去看看再回衙門免得出出進進的賈母道既然如此就把点心拿來罷天氣也不早了於是賈珠催着瀾又端正了点心上來司棋忙接了進去擺在棹上賈母與凤姐二人喫了些点心喝了一碗甜湯一面便吩咐司棋端了去分給衆人喫畢倆三

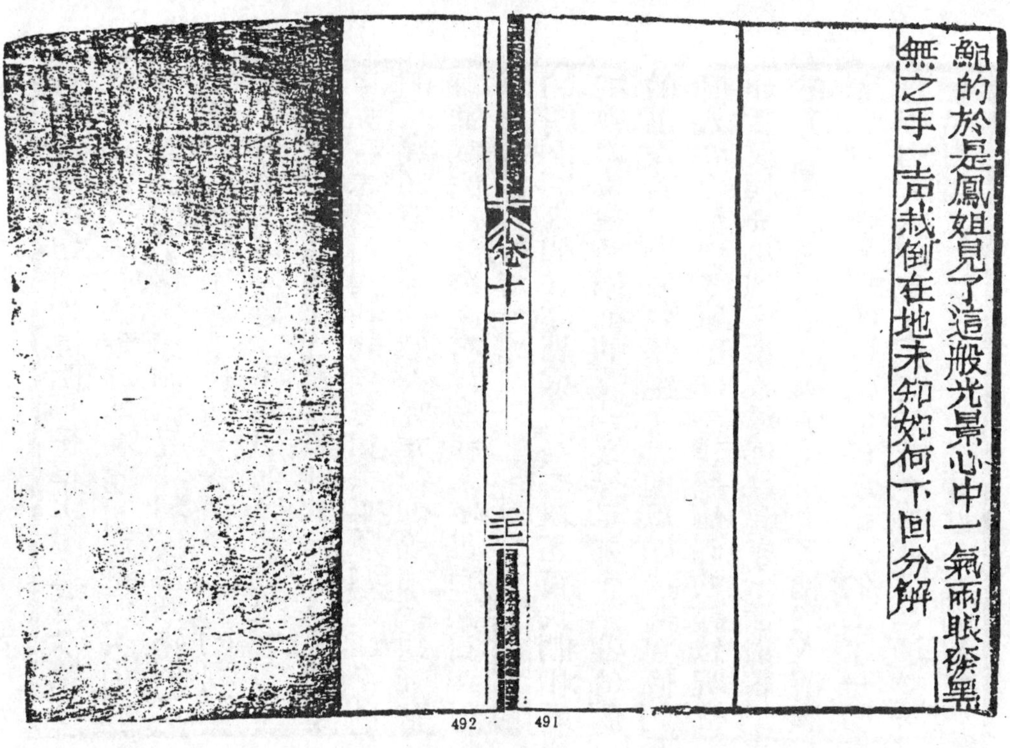

鯤的於是鳳姐見了這般光景心中一氣兩眼發黑

無之手一声栽倒在地未知如何下回分解

卷十一

三

續紅樓夢卷十二

張金哥憤輿投控欸　金桂假舘訴風情

話說凰姐在望鄉台上望見賈璉和多渾虫的老婆
在後院春櫈上恣情的淫樂不由的怒氣攻心兩眼
發黑栽倒在地嚇得鮑二家的魂不附体連忙扶起
攬在懷內叫勾多時只見凰姐甦醒過來罵道沒臉
的浪娼婦鮑二家的問道二奶奶你怎麼了凰姐這
總明白自巳跌倒了聽見鮑二家的問他越發生起
氣來待袈直說出來又竟磁口又怕鮑二家的暗裏
笑話他喫醋但道你扶我起來罷望什麼家鄉呢倒
望了他娘的一肚子悶氣來了鮑二家的道二奶奶
你老人家望見什麼就跌倒了呢凰姐道你
別管他偕們下台去罷你可要好生攙着我的兩
條腿軟了鮑二家的不敢再問只得小小心心
的攙着他慢慢的下台闖下了兩三級凰姐望下一
看心中害怕腿上越發没了勁兒了正然設了主意
只見秦鐘在台下叫道二嬸娘別害怕只管把脚步
放朗些我上來抽你求了說着便兩手撩衣一氣兒

的事了你去請老太太和你二奶奶再往外边些坐就看見前頭的六道輪廻了也瞧見後边的望鄉臺了司棋聽了忙走來告知賈母和鳳姐都把坐位向外挪了幾步果見南边立着六個大車輪上面站着個赤髮紅鬚的兒王將那些脫生轉世的人推上車輪轉了下去就不見了北边有一座高台約高百餘尺四面俱有階梯只見有許多的老少男婦爭鬧着四面攀援而上鳳姐見了便也高興起來也動了個望鄉之念忙向賈母道老太太為什麼不上望鄉臺去望望家鄉呢賈母道我也老天拔地的了手脚也不伶便了沒的白受奔波望見他們心裏倒又难過不如不上去的好鳳姐道老太太懶忘上去我要上去走走不知可使得使不得呢賈母道你既然高興要上去走走等我問你大哥哥看使得使不得乃向賈珠道你妹妹要上望鄉臺去逛逛這可使得麼賈珠道旣是他嬸娘要上台去走走等我吩咐把閒人拔淨了再去不遲於是賈珠便叫過潘又安來吩咐皂班上的人把台下的閒人攔淨就是應上台的人也教他們等一會見潘又安答應了帶了些皂役不多一時將望鄉台上下的人攔的干干淨淨的這裡鳳姐留下司棋伺候賈母自已帶了鮑二家的坐上轎徑自去了賈珠又打發潘又安也跟了去只在台底下照應原來這座望鄉台只離涼棚有一里多遠賈母和賈珠仍坐在棚內看着他們上台郏說鳳姐坐上轎來至台下落轎卿二家的忙扶了他兩手挨衣攀梯而上一級一級的慢慢踏來上上歇歇不多一時上了巓頂只見台上並無房屋竟足青石鑲就的四方方的一塊平地約有半畝大四面白石欄杆鳳姐扶了欄杆喘息了片刻望下一看但見烟霧迷漫不辨東西南北定了一定神仔細望去忽見一帶樓台房舍果是榮國府的景况順着房子的形勢望去只見自已的屋內紗牕半啟平兒和巧姐都在炕上坐着作針線活計鳳姐見了由不得一陣心酸眼中流下淚來忙用手帕擦淚再細看時忽見賈璉和一個年輕的婦人在後院春橙上摟抱着無所不至的頑愛仔細望去却是多渾蟲的老婆新嫁了鮑

總為的是這一條見賈夫人聽畢冷笑了一聲道這就是了我這絕明白了我想這件事雖是鳳了明的私心也是老太太你和太太希圖薛家是財主的意思我想也不過是得一副好陪送罷了難道還能勾得薛家的家常麼鴛鴦聽了遠忙陪笑道姑太太不必多這個心托事總是個定數況且姑娘如今已經成了仙了老太太也後悔的什麼似的姑太太還提這個做什麼呢賈夫人道我並不是多心我惟恐怕我的女孩兒不長進給我打了嘴他既然沒有什麼

《卷十一》

483

傷風敗化的事情我就放了心了宝玉出家也好不出家也好與我什麼相干呢我問你的這些話老太太和你二奶奶回來你可千萬莫對他們說姑娘已是死了還提這些個作什麼呢鴛鴦登道姑太太見的狠是我也不敢對他們說我說了這不是我在姑太太跟前翻了老婆舌麼按下賈夫人與鴛鴦閒話且說賈母等出城遊玩賈珠在前騎馬引道全副執事一同到都城關門口見來往的行人也有手裡盒着金銀的也有背着包袱的也有倆人抬着箱子的

《卷十一》

484

鬧鬧烘烘絡繹不絕一見執事到來俱問兩旁迴避不多一時走到城外寬廠之處只見坐北面南搭着一架大涼棚到了涼棚賈珠便先下馬吩咐落轎擡了賈母走進涼棚只見裏面結彩懸燈鋪設的十分華麗司棋也擡了鳳姐下轎賈母便坐在正中羅漢榻上鳳姐遂命司棋搬了倚子來坐在賈母的身後司棋鮑二家的侍立兩旁賈珠就坐在涼棚門口看那些男婦老幼往來收取金銀十分熱鬧滿又安送上茶來司棋連忙接了進去鳳姐眼尖早望見前面

《卷十一》

485

搭着一溜席棚好像茶館一般門外站着個赤足蓬頭相貌猙獰的惡鬼又見有一羣人狀類囚犯來至棚前那惡鬼便端出一盤茶來每人分給一碗令其飲畢押解向東而去鳳姐手擎茶杯向司棋道你去問問大爺那個賣茶的惡鬼怎麼只賣與出道的人喝不賣與進來的人喝這是什麼緣故呢司棋遂走來詢問賈珠賈珠道那棚裏並不是賣茶的乃是迷魂湯這些出去的人都是打發脫生轉世的每人給他一碗迷魂湯喝他轉世為人就不能知道他前生

《卷十一》

486

青好強的性格兒就是我們宝二爺他也是大家子的公子府裏又有那些了頭老婆們成日家跟着那裏能勾做出没道理的事來呢總是仙們倆人素日彼此都有了個愛慕之心原指望着將來老太太替他們成全此事不承望中間又有宝姑娘的一段間隔所以他們倆人各不遂心總鬧的死的死了出家的出家去了如今老太太提起求後悔的什麼似的賈天人聽了這總放了心笑道道位宝姑娘的模樣兒長的比我們姑娘何如鴛鴦的嗚模樣兒也和姑

479

娘差不多兒都是長的怪俊的賈夫人道倒底比我們姑娘強不強呢鴛鴦道拘我看来也不能強過姑娘賈夫人道宝姑娘既没有強適姑娘的去處老太太為什麼又色近而求遠呢鴛鴦笑道姑太太我總剛兒没說嗎這也是我們二奶奶的一點兒私心說宝玉有胎裏帶來的一塊玉宝姑娘也有种和尚給的金鎖這是天配的姻緣所以一五一攔重着定下了賈夫人道這就是了拘你說宝姑娘也是怪俊的模樣見怎麼宝玉还不如意呢难道當日給他定的時候

480

見他自巳不知道麼鴛鴦道原是恐怕宝玉不依所以瞞着他總没教他知道就是姑娘也並不知道宝玉姑娘的事後來丟了通靈玉又瘋病發了老太太要娶过宝姑娘來冲一冲喜臨娶用又怕宝玉不依只得哄着他說給你娶林妹妹呢那時姑娘在潇湘舘正病的着紧兒二奶奶就說把姑娘的了頭雪雁叫了过來摟着宝姑娘拜堂哄宝玉誰知後求娶才過來宝玉果然喜欢的了不得拜了天地揭了蓋頭一看見是宝姑娘宝玉就裁倒昏迷过去了迨边

481

正忙乱之時那边就有人來說姑娘也去了世了賈夫人聽了大驚道如此說夾我們姑娘这不是自巳薨了死了麼鴛鴦道姑娘頭幾天就病了的後來大約也是聽見說了姑娘的風声兒了未免事不遂心病如何还能勾想好呢賈夫人道姑娘死後宝玉也就没想望了為什麼又出家呢鴛鴦道姑娘死後宝玉就成日家瘋瘋顛顛的不時的號哭後來老太太去了世我也就自縊了他後來倒底為什麼出家我也就不知道了我前見所說的也是佔量着他大約

482

宝玉爲什麼出了家我聽見你說了句總是爲林姑
娘來你二奶奶就連忙瞪了你一眼你也就不致再
徃下說我瞧出他那個神情來我也就不好徃下再
問了到底宝玉出家怎麼爲的是林姑娘進裏頭来
道另有什麼緣故我的兒你可要是告訴我不可
撒謊鴛鴦聽了忙站起來道姑太太不問到這裏我
們作下人的也不敢說姑太太既問我也不敢撒
謊這件事都是我們二奶奶把事情幹昌失了當日
老太太接了姑娘到家那時姑娘綠五歲宝玉總六

歲兄妹兩個一見面兒就親熱的狠又都跟着老太
太在一張桌兒上喫飯一張床兒上睡覺比別的姊
妹們分外的不同些賈夫人聽到這裏便點點頭兒
道後來呢鴛鴦道後来大了囙元妃省親府裏
蓋了一所大觀園省親之後姑娘又命他們姊妹
們都搬進園裏去住我們家的三位姑娘還有薛姨
太太家的寶姪娘時常結社做詩十分親熱忽有一
日姑娘的了頭疼紫鵑和宝玉頑笑哄他說蘇州姑太
太家有人要接姑娘回南去呢宝玉听了這句話心

裏一急立刻就瘋的連人事都不省了賈夫人笑道
這麼說起來宝玉竟成了個傻小子了後來怎麼治
好了的鴛鴦道把老太太眞嚇壞了請了王大醫来
喫好了幾服藥總不見效後來還是叫了紫鵑來對
出說来說是典他頑說這緣故漸漸
俊小子這是什麼緣故呢鴛鴦道姑太太想這是他
心裏想着將來必定要和林姑娘結親的意思只是
小人兒家自已說不出口來那時我們眾人都瞧出
他的心事求誰知老太太和太太只說他兒妹二人

是從小兒在一堆長大的不忍分離的意思並没
有想到這件事上頭賈夫人道宝玉爲了一句頑話就
會急瘋了這是他心裏有我們姑娘了不知我們姑
娘心裏也有宝玉没有呢鴛鴦笑道姑太太問的這
個話姑娘心裏怎麼没有宝玉呢如果姑娘没有宝
玉如何聽見娶宝姑娘就會病的死了呢賈夫人聽
了氣色道我的兒拘你這樣說来难道姑娘和宝玉
有什麼苟且的事情麼鴛鴦忙又站了起來答道姑
太太怎麼疑心說起這樣的話来了別說姑娘提讀

他就推故着你我装烟去了由此看来可不是這個緣故是什麽呢林公啐了一声道夫人我想才子佳人之事從古有之後世相傳爲美談若像西廂記上的故事可就不通之至了我常和崔判官頑笑説他冶家不嚴不想如今竟輪到我頭上來了賈夫人道老爺不必胡思亂想的只管放心我們再也羨不出那樣的女兒求你想黛玉如果像了崔鶯鶯他又如何能曾死呢我久已有心要在背地裡問問鶯鶯只是成日家鼻子臉子的在一塊兒又不好意思的尚

着人盤根究底的問他怎麽得一個空閒没人的地方見等我細細的把鶯鶯了頭盤問他一番这件事可就水落石出了林公聽了想了一想道有了後日是清明佳節陽間的人都要祭掃墳墓我們這裏也要大開鬼門開放亡魂出入收取金銀幣帛我們預備下轎子請老太太臨期在城外遊玩遊玩看着热闹回來再到七十二司十八層地獄看看那些受罪的人道就得一整天的工夫你想個方見把鶯鶯留在家中細細的問他緣故豈不好呢賈夫人聽了欢

童道如此甚好夫妻二人計議已定又説了一會子開話这绝笑雙月寢到了次日賈夫人便將林公欲請賈母鳳姐出城遊玩的話説了一遍賈母鳳姐素日最喜遊玩聽了俱各不勝欢喜到了清明這一日林公便吩咐佃備轎馬人夫旗鑼傘扇預佈傳妥賈夫人只推身上不大爽快不能奉陪又留下鶯鶯打荷包穗子這裏賈母鳳姐俱坐了大轎賈珠騎馬在前引道司棋鮑二家的並幾個家人媳婦丫頭們也坐了小轎潘又安黛大也騎了馬衆星捧月出府而

去一路上好不威武不言賈母等出城遊玩且説賈夫人送了賈母去後回到卧房遂將鶯鶯叫道跟前搬了個小杌子命他坐下鶯鶯笑問道不知姑太太爲什麽荷包穗子打的只管拿來姑太太教給我打就是了只怕我的手段見平常打的未必能中姑太太的這賈夫人笑道我那裏有什麽荷包穗子打的你且些下我有一句要紧的話要問你呢鶯鶯聽了便側着身子坐有馬車上笑道不知姑太太要問我什麽話追樣秘密賈夫人道前見那一天我問你們

的死的死了出家的出家去了送會子你總樣般
般的說出來了鳳姐聽了把頭一扭忙取了宝夫人
的烟袋推故裝烟去了这裏賈夫人便教丫頭婆子
們來將黛玉寄來的儀物打開查點清楚挨著分見
分的分了該收的收了这總收拾擺完了飯各自隨
便散散到了晚上各自歸房安寢林公送了卧室在
燈下復將黛玉的稟帖展開又細閱看了一遍乃問
賈夫人这我細看女兒書子上的話竟有些緣故在
裡頭你聽他說偶因一念之癡遂抱百年之恨倒像

467

有什麼心愿不遂抱恨而死的意思賈夫人聽了喫
了一驚忙这你再念一遍我聽林公遂又念了一遍
賈夫人聽畢沉思了半晌道是了怪这呢我只追問
到他倒底怎麽病死的老太太他們就含含糊糊答
應起來那一日我記得我問宝玉为什麼瘋了些得
就說了句總是為林姑娘來嗟鳳丫頭就心忙樂發
了他一眼我就再沒敢徃下問今見說起晴雯金一
見兩個丫頭來裏頭也有宝玉老太太又說鳳丫頭
都是他們瞞的風雨不透的如今鬧的死的死了出

468

家的出家去了仔細推詳一來莫非宝玉也和我們
黛玉有什麼說到這裏又咽住了林公聽了便將書
子一持这若果如此这個丫頭還成了我們的女孩
見了麽賈夫人这老爺也不用着急我想我的丫頭
斷然不至於此只怕內中還有別的緣故也不可知
林公道这個寶玉倘見我都沒見過不知人林生的
何如賈夫人道我見他的時候他也不過三四歲某
的原得人意兒前見聽見他們說如今竟是第一等
的人物見林公又道不知他的學問何如賈夫人道

469

既能中舉學問自然是好的了林公聽了沉思了一
會忽將桌子一拍道是了夫人我想宝二爺又有
才又有貌我們黛玉女兒也是有才有也的又是從
小兒在一處長大的只怕他們彼此都有出愛慕的
意思後來寶玉侄兒又娶了薛家的女孩家这不是
彼此都不遂心麽賈夫人聽了連忙點頭边是了老
爺猜的真不錯前見駡駡說宝玉出家為的是林姑
娘總剛兒老太太又埋怨說死的死了出家的出家
去了都是凤丫頭瞞着的过失凤丫頭見說到道这

470

喫的穿的用的都儘勾貼身服侍的又有晴雯金釧兒兩個丫頭還沒那麼逍遙自在的呢姑太太也不用操一點心兒賈夫人道晴雯金釧兒這兩個名字我倒聽這狠熟就只是記不得他們的模樣兒了這兩個丫頭年輕輕兒的怎麼也都死了呢司棋聽見問到這句他便紅了臉不能答應鳳姐忙道晴雯是我寶兄弟屋裏的丫頭就是為司棋和潘又安他們見兒崇崇的在園子裏太湖石人一丟下了個香袋兒被傻大姐兒揀著了太太知道了就疑心了頭們

裏頭有平常的把寶兄弟恐怕引誘壞了偏他老娘王善保家的和晴雯有渣兒他就在太太跟前說了晴雯的多少不好處太太便生了氣把這個丫頭帶着病兒攆出去了就這麼生生兒的把個丫頭氣死了金釧兒是我太太屋裏的丫頭那年夏天太太睡中覺他就和寶玉兒鬼崇崇的說話被太太醒了聽見了打了一個嘴巴子也攆了出去這個丫頭他就自巳羞憤跳井死了賈夫人聽了點頭兒道這兩個丫頭既是這樣行為不端怎麼你妹妹還要他們

頭原是好的這都是受了委屈死的賈夫人道晴雯這個丫頭等他委屈罷了怎麼金釧兒也筭委屈呢鳳姐笑道你老人家不知道原是我寶兄弟先招他來他不过說了句金簪兒掉在井裏要你急什麼呢這句話就教太太聽見了就打就攆的究竟並沒有什麼茍且的事情賈夫人笑道這就是了這樣看起來你寶兄弟也是一個小嘔氣精兒了怎麼这樣一個嘔氣的人如今倒又出了家了可教人真不懂了鳳

姐道这都是小時候幹的事後求為什麼出家我們可也就不知道了賈母歎了一口氣道姑奶奶我也老的不中用了又搭着諸事他們都瞞著不肯告訴我我只知道一個跳了井一個攆出去了那裏知道他們有这些鈎籐倒籐的勾當呢鳳姐道这些事誰敢教老祖宗知道呢你老人家記不得了寶兄弟挨了老爺一頓好打是為什麼呢曽用這候兒精一是你們的过失像这樣的事情也有諕瞞着我的也有該教我知道的你們一樁樁瞞的鳳雨不透的如今門

婦獲送先姊來境跪讀慈諭始悉
父母大人榮任鄮城與　外祖母完聚女私衷竊
慰倘思　慈幃不遠咫尺天涯誰問雖逝相逢
無日言念及此肝腸斷絕惟願早陞上界速轉
天曹此女所日夜引領而望之者也慈遣司棋
天婦回轅具稟恭請
慈安臨稟泣弟不知所云
林如海看畢不覺傷心落淚招的賈母並賈夫人也
都流下淚來賈璉道姑老爺念與我們聽聽林公遂

又念了一遍賈母賈夫人又都哭起來林公勸道老
太太不必傷心了外孫女兒既有了安身之處將來
相逢有日我算着日子也差不多了說着正要問司
棋盤究黛玉在太虛幻境的光景只見鳳姐鴛鴦在
裏間掀着簾子向外張望林公瞧見忙立起身來通
我暫到書房坐坐讓姑娘們出來也看看他妹妹的
書子說罷各自去了鳳姐兒見林公出去連忙走了出
來同司棋問道林妹妹身子可好他們近求的光景
候如司棋答道姑娘身上狠好就只是想念老太太

姑老爺姑太太心裡十分著急那裏的光景見此我
們這裏还強呢元妃娘娘和二姑娘諸人俱問二奶
奶的好鳳姐道元妃娘娘和二姑娘都好麼二姑娘
怎麼不留你多住些日子呢司棋道二姑娘倒也要
留來只是我和潘又安一同去的那裏都是些仙女
們出入不大方便所以姑娘打發我們早些兒回來
的鳳姐點點頭兒又向賈夫人道姑太太這可放了
心了我早就說我妹妹在那裏很好姑太太还不肯
信如今司棋回來得了回書兒總知道我的話不是

撒謊呢賈夫人道姑娘你總沒聽見你妹妹書子上
寫的只盼着娘兒們早些見面又不知你姑爹幾
時纔能轉陞教我心裏急的如何受得呢說着又流
下淚來賈母聽了劝道姑奶奶你也不必著急你總
沒聽見姑老爺說算着日子也差不多了賈夫人揩
了眼淚又向司棋問道你看姑娘的臉面兒何如弱
不弱呢司棋道姑娘的模樣兒那裏像從前的弱樣
兒呢那個臉兒上紅是紅白是白的那一種幽閒体
度畫兒上也畫不出來的姑太太只管放心罷那裡

[455]
反倒要生出別的枝葉來呢王夫人道我說的並不是模樣兒要平常的是家道兒平常的难道窮民庄農人家就沒有個好女孩兒必定要在高官顯官人家求去麼賈政聽了冷笑道依我看求就是庄農人家有好女孩兒偺們倚仗着势利破了來也是白遭塌了人家的好兒好女的王夫人聽了笑道依老爺這麼說求我們環哥兒難道就打一輩子的光棍子不成依我的主意明兒乘着接哥兒十二天薛姨太太家必然要搬連禮物的我們也要請親戚喫酒

卷十一　三

[456]
的就趁了势兒挑一個好些兒的了頭先給他放在屋裏圓着房兒得他成日家流蕩和丫頭們打牙撂嘴兒的他如今已是沒娘的孩子了儘自航延着倘或弄出個別的缘故來旁人倒要說我老不賢惠兒賈政道這也使得罷了明兒你就挑一個了頭給也放在房裏我也囑咐璉兒在外頭打聽有邢庄農人家有好女兒的只要模樣兒比得上姑娘們的我們就煩人去說人家肯與不肯也只看他的造化罷了老夫妻商量已就到了次日送劉老老去後王夫人

[457]
大巳着出賈環素日私和彩雲鬼鬼祟祟的只是當着賈政不肯說出口來故意的將府裏所有的了頭傳齊了挑揀了一番这纔挑出彩雲來回明了賈政的擇於往哥十二天上揀重視戚聚會之日與他二人圓房賈環彩雲二人也都喜出望外这纔明目張瞻無所不至的樂起求不似從前偷偷摸摸的了接下榮府之事不表再說潘又安司棋夫婦送了尤三姐回至太虛幻境與黛玉相見後便打發他二人仍回地府沐雨櫛風曉行夜住這一口到了酆都進了衙

卷十一　四

[458]
門叩見了賈母並林公夫婦呈上了黛玉的稟啟並寄來的衣物賈母併林公夫婦俱名大喜林如海便將黛玉的稟啟折開觀着上寫道
女玉自睽違膝下迄今十有餘載孤弱荌荌形影相吊幸頓祖母慈庇移取來京衣食藥餌撫養成立方幸一介餘生稍尉九原慈念不意時命不辰橫遭天折俾因一念之癡遂抱百年之恨幽魂一縷幸返太虛明月清風都無所苦昨因司棋夫

續紅樓夢卷十一回

酆都城賈母玩新春　望鄉臺鳳姐潑舊醋

話說賈環正與彩雲吵嚷忽聽隔壁周姨娘問道三哥兒你怎麼了老爺這裏問呢賈環聽了這便不敢嚷了遂與彩雲悄情的綢繆了一番各自歸寢原來周姨娘就在王夫人的卧室炕旁板壁後睡因先服侍賈政王夫人瞳下他自已便要解衣就寢就聽見賈環在那邊吵嚷之聲仔細側耳聽了一聽全是些犯上無礼之言惟恐賈政聽見賈環定然要喫大苦

固念和趙姨娘同事了一場就動了個兔死狐悲之意遂隔着板壁警教他一聲兒教他害怕的意思誰知這一問反被賈政聽見了忙間道環兒在那邊作什麼呢周姨娘聽了反倒嚇了一跳忙替他遮掩道沒有作什麼和丫頭們說話呢賈政歎了一口氣道這個下流東西怎麼好呢成日家一點正經事見不務就這樣遊心放蕩的將來不知成個什麼才料見王夫人雖然瞳下早就聽見賈環吵嚷但聽不明日說的都是些什麼又怕賈政聽見生氣所以只粧聽

不見今見賈政發氣怨懥乃勸道老爺也不必爲環兒獨自生氣如今珠兒已是死了寶玉又出了家了偺們只剩下他這一個兒子他媽又死了好也罷又也罷老爺慢慢的教訓他就是了我想他如今歲數也不小了或者給他娶房媳婦或者先給他房裏放一個丫頭也好收籠收籠他的心賈政歎息道我也久有此心但是這個小子模樣兒長的又不打眼脾氣又乖張學問又平常又是個庶出的誰家有好女孩兒肯給他呢別說和大觀園人家去議親就是自

己的親友家有好女孩兒偕們也難敢齒王夫人道老爺慮的也太寬了像偺們這樣人家的子弟就是才貌平常些見只要將高就低的說了去也再沒有定不出媳婦求的理只要將就着娶個媳婦完了大事他也就不必對了賈政聽了咲道太太你真是婦人之見你却不知世上的男人們目之於色也有回美嗎你看偺們家的這些老輩子小輩子的媳婦們那一個不是出類拔萃的人材如今獨給他娶個不常的在她姐們裏頭再一比較不但不能拴住他的

霞朦朧的喫起這個求了你倒會疼我多謝罷收着你明兒早起喫罷賈環笑道好個蠢才迎喫喜蠶的道理不也明白這是喫了要養兒子的我這會子盼着有人也把我叫爹爹我總舒服呢彩雲聽了照臉啐了一口道糊塗東西我問你偺們倆人是在老爺太太跟前過了明路的麼我不過爲的是當初和你好了一場如今一旦斷絶了我心裡不忍你也想想偺們如今一年大似一年了萬一弄出個孩子來你可教我死啊還是教我活着呢你這會子反倒教我

喫起喜蛋來了眞眞的你就和死鬼姨奶奶是一樣的糊塗賈璉聽了發起急來偺着酒勁兒便嚷道你只管放心我雖然不是太太養的難道也不是老爺養的嗎你算算寶玉屋裏多少丫頭又娶了寶姑娘他心裏還不足意脹兒你没聽見太太說他如今又到天上我林姑娘去了他是十個月養的難道我就不是十個月養的麼老爺太太也別太偏心了又不給我屋裏放丫頭又不張羅給我定親難道教我打一輩子光棍不成我想我如今就和你好出殘子求

娶有什麼砍頭的罪名兒再要不張羅着給我定親再不給我屋裏放人我急了也不管他三七二十一什麼丫頭老婆我一概混來那時我可看老爺太太就把我殺了急的彩雲忙來握他的嘴道小祖宗你悄着些兒罷這裏離老爺太太只隔一堵板墻仔細聽見了你就要喫不了的兜着走呢好祖宗勸你只當是疼我罷了賈璉未及回答只聽那邊周姨娘問道三哥兒你怎麼了這還老爺問呢未知如何下回分解

奶奶不是大天白日鎖上門就是什麼改個新樣兒
舊樣兒的胡鬧起來如何能勾養兒子呢賈璉聽了
嘻嘻的笑道這些事情你又怎麼都知道了呢平兒
笑道噯喲豈但知道那一遭兒我又沒看見過呢別
說奶奶我們在一塊兒就是尤二姨兒秋桐你們的
那些故典兒你又當我不知道嗎賈璉笑道這麼說
起來你竟是我的一個總掌櫃的了好的狠妙極了
偕們一會睡下你就把你奶奶尤二姨兒秋桐和
你四個人的妙處細細的評論評論我聽我看你說

的公道不公道平兒聽了鼻子裏笑了一笑道也不
用我評論依我看來我們四個人也沒一個兒中你
的意的那裏趕得上什麼多姑娘鮑二家的好呢
輕又浪又會教你喜歡賈璉道罷喲這又該你揭挑
得了你也想想當日有他們三個在的時候你也就
狠受了委屈了這如今你獨霸為王的也就快活極
了還揭挑這些沒包子爛粉湯做什麼呢平兒道我
也不稀罕什麼獨霸為王只求爺明兒立一點丈夫
的志氣諸凡事要點兒強不要日後落到搭拉嘴了

的分兒那我就沾了爺的大恩了也再沒有什麼別
的癡心妄想了賈璉把手一拍笑道罷了不用說了
我也不喝茶了睡覺罷說畢便脫了靴襪自巳先睡
下了這裏平兒慢慢的收拾了器皿卸了殘粧關上
房門獨自坐在檀香鑪旁邊聞香兒賈璉道你倒底
也睡呀這會子三更天了還點燈熬油的做什麼呢
平兒笑道偕們可要預先講下睡下你可要給我老
老寶寶的不許像那一回喝醉了勁捎奶奶的那回
樣兒賈璉笑道哦是了寡人願安承教好不好呢說

的平兒也笑了只得吹燈就寢一宿晚景不提再說
賈環自從書房散席之後也就喝的半酣了他便悄
悄的先到上房睡了一頭打聽賈政王夫人都睡下
了他便我着了彩雲悄悄的拉到他屋裏關上房門
開了揿屜取出兩個鼻蛋求遞與彩雲笑道好姐姐
你瞧瞧這是我和太太旦上要下的我自巳捨不得
喫特特的留下給你喫的彩雲接來看了一看仍舊
放在桌子上鼻子裏笑了一笑道今兒家裏有喜事
我大酒大肉的喫嗝了一天還會子你教我水涼的

裏換衣裳去了豐兒也就跟了進去平兒問小紅道二爺怎麼還沒回來小紅道聽見外頭說大老爺一老爺早就散了剩下一夥小爺們又把姨太太家薛大爺也邀了來了這會子只怕正喝到熱鬧中間了平兒道既然如此你就和豐兒陪著姑娘頑一頑兒去他娘喫了飯沒多大時候兒睡下怕停了食我這會子也不用你們作什麼了茶兒水兒都預備著些兒仔細二爺回來要用你就去罷小紅答應著各自去了平兒這裏放下手帕洗了洗手取出一支藏香

439

又取了些三檀香點著焚在鑪內恭恭敬敬磕了三個頭起來又福了兩福意乘虔誠暗暗的禱告天地神明菩薩並去世的老太太的靈魂惟念賈璉年屆三旬荒於酒色妻妾相繼而亡僅存一女尚無子嗣只求神明保佑早賜繼續香烟是禱祝賀已畢這纔換了衣裳獨對銀燈想起當日鳳姐在時那一番勢焰繁華的光景如今雖說復了產業所入不抵所出那裡勾賈璉的浪費正在傷感只聽院內走動的靴子響便知是賈璉回來了平兒素知賈璉的脾氣故竟像

440

佯耻睡只見賈璉咧裏咧趷的走了進來口中只嚷好熱一面摘帽子脫衣裳道怎麼屋裏連一個人兒也沒有這早晚還在那裏浪去了一回頭見平兒在炕沿上盤膝打盹忙在靴桶內取了些紙拈了一個撚兒悄悄來撥平兒的鼻孔剛到跟前平兒猛然一笑倒把賈璉唬了一跳笑道昨兒晚上又沒有累著你今兒這早晚就困的這個樣兒了平兒笑道你悄默聲兒的罷那邊姑娘還沒有睡著呢仔細聽見了是個什麼意思呢賈璉笑道哦就說低聲些你瞧

441

這個薛大傻子傻不傻因為我沒兒子把他倒急壞了纔剛兒把他配的什麼種子丹打發小廝取了一服來立刻逼著我用黃酒喫了他說這個藥萬靈萬應百發百中的管他姐的我借著酒勁兒也就糊裏糊塗的兩口喫了咱們今兒且試試就知道藥靈不靈了平兒笑道你又胡鬧了知道是什麼藥喫得喫不得的就混喫起來了況且養兒子一來也要自己的修積你只把你那個下作毛病兒改一改也就有了兒子了二來也要自己保養身子你看你當日和

442

的多喫兩杯酒也是我們主人家的一點兒敬意劉老老道阿彌陀佛姑太太快別這樣說我真可當不起了薛姨媽笑道老老如今上年紀了你看今兒我們的這幾位姑娘也沒一個兒善静好纏的老老如何攪得過他們呢平姑娘道會子讓老老喝點粥罷平兒聽了忙吩咐丫頭們重新放上炕棹端上幾碟精致的小菜並留下的兩碗蒸肘子釀鴨子來劉老老寶釵巧姐每人只喫了兩傑糯米粥隨便用了些小菜郤命徹去又坐着喫茶說了會子問話薛姨媽

便留劉老老在怡紅院同住恐怕夜間睡不着好說說話兒裏間仍是寶釵帶着鶯兒和奶媽子照料着桂哥兒王夫人李統巧姐平兒遂也各自散去不說王夫人李統各自回家且說平兒一手拉丫巧姐一手提着個手帕包兒一同緩緩而行巧姐問道姨媽你那雙手裡拿的什麼東西平兒道是今兒盆裏的喜蛋太太給了我五個今兒如何還能喫這個東西呢我所以包在手帕裏帶回家去給你奶媽子喫去罷巧姐又道太太給你喜蛋原是教你喫了也給我

養個兒弟又給我奶媽子喫什麼呢平兒笑道女孩兒家隨得的太多了巧姐笑道我今兒瞧見我二媽娘養的那個小兄弟我就怪愛的我記得那一年我媽媽小月了一個兄弟要不然這如今也好大的了平兒聽了心裏有些傷感早把眼圈兒紅了剛到自已院內早有鶯兒小紅迎了出來平兒道你們這兩個東西怎麼逛不來一個人兒拿燈籠接一接我們教我們黑影裏摸瞎兒回來了幸虧是晴天若是陰天路都看不見了姑娘怎麼走呢小紅笑道姨奶奶

你別生氣我告訴你緣故今兒太太知道偺們屋裏沒人伺候差人賞了一大壺酒四碗菜兩盤餑餑一鼓子大米飯我們就放在姑娘屋裏誰知道老奶奶趁眼錯不見的把一大壺酒一個人兒都灌喪了這會子醉的人事兒不省叫着總不起來兩三間屋子就剩下我們倆人又怪害怕的又摸不着燈籠故往那裡了心裏也急的什麼似的巧姐道這都是姨媽素日輕青大過了一個一個的都慣的不成樣兒了要是我媽媽活着他們再不敢的說着便自已到屋

各自到外間喫飯不提這裏巧姐到套間裏教奶媽子將桂哥用小被兒裹了抱在寶釵的面前巧姐便推寶釵道二嬸娘醒一醒兒罷兒弟餓的哭呢宝釵驚醒翻身坐了起來笑道姑娘你怎麼不喫飯去巧姐道我這會子也不餓了我終聽見兒弟哭呢我教奶媽子抱了來你給他喫一喫唔唔兒宝釵聽了便將桂哥接來放在懷裏解開衣鈕輕輕的奶上奶將衣袵一把胸前盖住巧姐笑道我特意要看你的唔唔兒你怎麼又盖上了呢說着便伸手將宝釵的胸

襟兒揭過了宝釵笑道這麼大的個姑娘眼看中嫁的人了還是這樣陶氣巧姐笑道二嬸娘你看我平媽媽他倒比你歲數大他的唔唔兒怎麼倒比你的還小呢也不像你這麼樣漲騰騰的呢宝釵聽了笑道去罷女孩兒見家管的閒事太寬了正說時只聽劉老老打了個哈息一伸懶腰放了個山響的大屁出涞把個巧姐只楽得哈哈大笑起來宝釵笑的奶也驚了把桂哥也嗆的咳嗽起來奶媽子鴛鴦也跑到套間裏咲去了忽見劉老老一軲轆爬起來唡裏唡

蹶的往外就跑慌的宝釵忙叫鴛鴦快跟了老老去看仔細跌倒了鴛鴦在裏間正和奶媽子對笑一聞呼喚連忙走出來就往外起原來此時薛姨媽邢夫人等已經用完了飯散坐喫茶忽見劉老老趿牙唎嘴的跑了出來鴛見在後揀架着平兒一見就知是他要找中廁連忙也就跟了來劉老老哼哼道姑娘快把我的裙子替我解下來我也灣不下腰了平兒伸手忙替他解了裙子剛到太湖石背後早已走不動了便褪下小衣蹲了下去鴛見平兒二人也無可

奈何又不敢鬆了手怕他跌在屎窩裏只得一隻手捏着鼻子一隻手拉着他少時解畢二人這繞將他慢慢的換了回來此時已有掌燈時分邢夫人尤氏已經各自回家去了寶琴岫烟湘雲探春四人也都回秋爽齋去了這裏只剩下薛姨媽王夫人李紈巧姐四人都在寶釵裏間看着安頓桂哥見睡覺呢一見劉老老求了都站了起來劉老老笑道二位姑太太別笑話我教姑奶奶們鬧的又丟了底了王夫人笑道老老這兩目把你也狠累着了没有什麼好喫

下海子只覺頭暈目眩，撐持不住，順蹉兒就倒在炕上。寶釵忙把枕頭推了過來，湘雲便抽起劉老老的頭枕着他枕上。寶釵埋怨這都是三妹妹閙的，人家說笑話兒你又在裏頭胡挑眼兒，一哄子把老老灌醉了，過會子太太知道了還要說呢。探春笑道：都是雲兒攛掇的求，我也本來沒有留這些心。湘雲笑道：怎麼賴起我來了？難道瑪瑙酒海子也是我教人拿來的麼？我想太太知道了也沒什麼可說的，他各人嘴饞要往醉裏喝罷了，難道牛不喫水强按得頭疼。

427

巧姐笑道：不相干的，我乾媽那一遭兒來了沒有醉過呢，不過睡一會子也就好了。偹們何不也把殘席撤了夫，大家都到抱厦底下和太太們說一回話兒，去這裏也讓我二媽媽躺着歇一歇兒，給我兄弟一碗粥喫。尤氏笑道：我的兒，你比我們還想的週到，明兒出了嫁真趕得上你媽媽的腳踪兒。說的大家都笑了。於是丫頭們撤去了殘席，岫烟寶琴湘雲探春四人社外還去了，這裏寶釵也隨便躺下。巧姐向李紈道：大娘，你們都進來了，我平姨媽在那裏去了？

428

李紈笑道：姑娘，你那個平姨媽當日不知怎麼跟着你媽媽學來，就學的一模一樣的毛鬼神似的，狠怕家裏丟了什麼東西，太太們剛下了席，他就早溜到家裏去了。尤氏笑道：未必是怕屋裏丟了東西，只怕是隄防他老子趁這個空兒又弄了什麼鮑二家的來在屋裏喝酒，所以忙忙的捉去了。巧姐笑道：這是沒有的事，我父親陪着爺爺們在書房裏喫酒呢，我平姨媽只怕是到上房裏看我四姑娘去子。正然說着，只見平兒咲嘻嘻的進來道：老老又醉了，這是怎

429

麼說呢，來一遭兒醉一遭兒的。纔剛兒太太吩咐了，教把兩席都擺在外間，請姑娘們出去一塊兒喫飯罷，這裏讓老老和他孀娘躺一躺兒，留下幾碗爛些的粥，等老老睡醒了晚上同月子裏的人一塊兒喝粥罷。外間已經擺停當了，二位大奶奶請出去罷，太太們都候着呢，我們姑娘也求罷。巧姐笑道：姨媽，我這會子也不餓了，等着晚上同他們喝點兒粥罷。我還要在這裏等二媽媽醒來給兄弟喫奶時，我還要看他的小哂哂兒呢。說的尤氏李紈平兒都笑了，遂

430

《卷十》

子害熱都到抱廈底下散坐着風凉去了我們倆八
聽見你們裏間笑的狠熱鬧所以我們也進來聽一
聽兒你們倒底一陣一陣笑的是什麼巧姐笑道大
娘我告訴你我乾媽說了個笑話兒我姑媽說他不
該說三姑娘來所以要罰我乾媽酒呢李紈笑道曖
喲倒底什麼笑話笑話上有個三姑娘呢劉老老便拉了
他二人的手笑道二位奶奶坐下我告訴你們這個
笑話兒求二位奶奶替我評一評這個理看該罰不
該罰呢尤氏李紈聽了便坐在劉老老的身旁劉老

423

老遂將方纔的笑話兒又述說了一遍尤氏李紈也
都失笑起來李紈笑道老老據我公道說來罰老老
一海子酒也不爲多劉老老道曖喲我的大奶奶纔
剛兒史大姑奶奶已經灌了我十杯了這會子又罰
我這一大海子那我就實在要醉死了呢尤氏笑道
老老你聽我說個公道話罷我們三姑娘的性睨兒
老老也是知道的小小兒在家就好強臉熱如今這
一位三姑爺又是個文武全才的人兒你把人家比
成哎話上的傻女壻了怨得他要罰你呢依我調停

424

罰一海子酒你喫一半兒我們妯娌倆替你喫一半
兒好不好呢劉老老又無言可對只得應尤探春遂
命侍書滿斟了一大海子送到劉老老面前劉老老
笑道這一傢伙可要追了我的命呢李紈聽了忙取
了個杯子舀出了一杯遞與尤氏自己又取了個杯
子也舀出一杯來原來這個瑪瑙酒海子是一塊整
瑪瑙石根子雕出來的外面明處盛酒有限裏面暗
處藏酒最多劉老老見他二人舀出兩杯來海子裏
所剩的酒不過只有兩杯了遂也不再分競只見尤

425

氏李紈拿起杯來一飲而盡向劉老老照杯告于劉
老老只得端起海子來喝了一氣子燕着干了放下
來酒又上來了劉老老詫異道怎麼這個海子成了
聚寶盆了作的這樣有趣見我再喝你一氣子看你
還有沒有了此刻也不用人讓端起來喝了一氣子
總在桌子上一放酒又冒上來了喜的劉老老拍手
扛掌的笑道真有趣見極了湘雲便又恩慫道老老
你再喝一氣子比這個好看的頑意見還在後頭呢
劉老老不知是計果真的端起來又喝了一氣下放

426

一提脖兒喝了湘雲忙又端起一杯來劉老老笑道
好姑奶奶讓我歇歇慢慢的喫罷探春便用筷子夾
了一塊糟魚喂到劉老老嘴裡劉老老只得嚼了一
嚼嚥了下去湘雲端着酒又放在劉老老的唇邊劉
老老推辭不過只得又喝了寶琴也夾了一塊鵝掌
來喂他話休煩絮湘雲一鼓氣兒端着酒來喂鬧的
劉老老一來推辭不開二來也喝順了嘴不知不覺
竟將十杯酒全数喫了只因喫緊了嗆的咳嗽起來
巧姐便在他脊背上替他搥打翠縷撤去杯盤劉老

卷十　三

419

老這總覺得有些兒醉上來了忽見侍書取了個瑪
瑙酒海子來劉老老見了忙接在手中看了一看笑
道這個杯子狠像當日在櫳翠菴喝茶的那個杯了
的樣兒姑娘你拿這個給我斟一杯茶來罷探春咲
道老老我也不敢說罰你的話了如今侍書取了海
子來我倒底要敬你一杯總是你想你總剛兒說的
笑話幸虧我出了嫁一年多了臉皮兒也闖下來了
若像從前在家做女孩兒教你方總這一路三姑爺
怎樣丟醜三姑娘怎樣發急可教我還在這裏坐得

420

住麼說的衆人又都大笑起來忽見尤氏李紈二人
走了進來笑道你們做什麼頑呢一會兒嘻嘻哈哈
的一陣子笑的這樣熱鬧太太們說怕吵着小哥兒
打發我們倆人來申飭你們來了宝釵听了信以為
真便道我說你們别太鬧的沒樣兒了如今倒底教
外間太太們都聽見了湘云道宝姐姐你信他們的
話呢太太打發這边的大嫂子來看或者还在情理
之中怎麼好意思使喚起那边的大嫂子來了呢尤
氏笑道你真是個玻璃人兒透極了你卻不知道太

卷十　四

421

太怕你這個大嫂子年輕臉軟管不下你們來說我
老練些兒所以總教我來管教你們來了還說誰要
不服我管就教我把他揍倒打一頓吧掌呢探春笑
道你們聽聽把他就傻的太太還打發他來管教我
們來了你管不成我們只怕我們要把罰老老的這
一大海子酒倒要罰了你呢說着便叫侍書斟一海
子酒來尤氏忙又笑道罷了姑奶奶别胡鬧我在外
間喫的也不少了你看我的臉紅的這個樣兒我實
告訴你們罷二位太太和姨太太都喫多了酒這會

422

續紅樓夢卷十

艱子嗣平兒禱神明　滯婣緣[illegible]

話說劉老老將笑話說完招的滿席上並伺候的了頭們都哈哈大笑起來湘雲向探春笑道三姐姐你聽老老的笑話兒他竟是編排的呢探春聽了也就笑道老老的笑話說的妙啊你自已說罷該罰多少酒侍書拿個大杯來只聽侍書答應而去劉老老着了忙笑央道姑奶奶我這說的原是一個舊有現成的笑話兒並不是我肚裏新編出來的那裏我就敢

編排姑奶奶呢探春笑道俗語說的好當着矬子不說短話老老為什麼儘自只是說三姑娘呢劉老老笑道姑奶奶人家現成的笑話兒上原是三位姑爺三位姑娘你可教我怎麼私自加減呢探春又笑道說現成的笑話兒原也不必加減只是老老也該變通變通或是說大姑爺說不上來或是說二姑爺說不上來皆都使得怎麼單單的就該說是三姑爺說不上來呢這一夕話分明是探春的强詞無如劉老老是個鄉下人一時擺佈不開只得答道姑奶奶這

難了我要說大姑爺說不上來難道不怕那大姑奶奶疑心若要說二姑爺說不上來難道又不怕薛二姑奶奶嗔怪麼岫烟寶琴二人聽了一齊笑道怪道呢老老的笑話兒總都是要笑我們的麼這越發該罰了探春笑道你們聽聽說了大姑爺二姑爺怕你們倆人疑心嗔怪這可不是單單兒的遭塌我呢麼劉老老聽了無可對答着了急用手將自已的嘴打了一下子笑道姑奶奶們我只顧說笑話惟恐說的衆人不笑了要加倍罰我酒那裏還有什麼別的心

眼兒想起這些忌諱來呢好姑奶奶們你們也不用罰我就把我擲出來的罰杯我自已喫了也就是了湘雲聽了忙向探春丟了個眼色笑道三姐姐就是這樣罷老老你總擲的是妓女古墓揮拳妓女雖屬下賤倒底也是女流那有揮拳之理況在古墓猶屬不通本就該罰五大杯況且說的笑話又傷失了人再加一倍也就是了翠縷斟十杯酒來翠縷答應了一聲轉身用一個茶盤托了十杯酒來放在席上湘雲便端起一杯來放在劉老老的唇邊劉老老只得

【411】罰酒不罰呢湘云咲道怎麼不罰擲出妓女來還要多多的罰酒呢刘老老道令底是什麼巧姐道是笑語該你老人家說個笑話了刘老老听了笑道罷喲我就是個笑話見怎麼還要替另說個笑話見呢巧姐道你老人家不說笑話見這罰的酒就都要自巳喝了呢刘老老笑道這麼樣我就說一個罷說着便先咳嫩了一声打掃淨了嗓子道這裏眾人都止了說笑鴉沒雀靜兒的听刘老老說笑話只听刘老老說道一家子三個交孩兒尋了三個女壻這一日是又

【412】人的生日三個女壻女兒都來上壽鄉下人房屋不多只得同坐一席堂屋裏放了個八仙棹見丈人丈毋而南坐大姑爺大姑娘面西坐二姑爺二姑娘面東坐三姑爺三姑娘面北坐大家喝起酒來誰知他丈人偏要試試三位姑爺的才幹便說道偺們今日至親會飲必得行個酒令纔好我的意思要說兩句四書上的話還要兩頭有八字不知三位姑爺可肯賜教否只見大姑爺沈思了一會連忙站起來說道人能宏道非道宏人丈人丈毋听了喜了個了不得

【413】大姑娘這一喜欢也就难以言語形容了又見二姑爺也站了起來說道仁者安仁智者利仁丈人丈毋聽了越発拍手讚好不絕二姑娘也就樂到云眼見裏法了只有這位三姑令怎的滿臉飛紅大上的汗就像蒸籠一般求說不出來說垣位三姑娘氣的臉兒沙自的恨的悄悄做仕他大臉上撑了一把忽見三姑爺把頭一扭姑我求拍三姑娘瞅了一眼适人越不會越來擰人就的派人都哈哈大笑起來只聽湘云向探春笑道二娘八你聽老老他說的纔、是編

【414】你你呢未知探春如何回答且聽下回分解

一看乃是雅謎遂又笑道斟酒來罷我說謎你們猜
罷猜不着的怕不替我喝麼湘云道偺們先說過不
要市井俗談要文雅的纏舞呢採春道你放心這也
短不住我我先說一個邢妹妹猜罷苔痕上堦綠草
色入簾清曲牌名三字解岫烟想了一想道敢是滿
庭芳探春笑着点点頭見道我再說一個琴妹妹猜
罷九天閭闔開宫殿萬國衣冠拜冕旒也是曲牌名
三字宝琴笑道這一個更好猜了不是朝天子可是
什麼呢採春道好啊都利害的狠我給我們巧姑娘

說一個或目放焉人皆掩鼻而過之你猜是個什麼
巧姐笑道這是我奶媽子常幹的勾當有什麼難猜
的呢說的眾人又都笑起來探春道老老我也給你
說一個罷一濟西子臂七竅比干心猜一菓名刘老
老聽了沉思了一會乃夾起一片藕來道姑奶奶是
這個不是探春笑道我這三杯酒只怕堆不出去了
連老老都猜着了呢宝妞如我給你說個骨牌名你
猜罷子路惘見日會哲後宝釵笑道不過是恨点不
到頭罷了探春笑道今見可輸定了云見你猜我兩

句四書罷湘云道你只管說罷不拘什麼我都猜就
是了探春乃用筷子在棹子上醮着酒寫了个令字
四書二句解湘云仔細端詳了一会唉道這也沒什
麼难处既不能令文不受命是不是呢探春笑道剛
剛兒的短佳你了快把這三杯酒喝了罷湘雲笑道
探了頭着了急了人家猜着了怎麼頼着說不是呢
你說不是這兩句又是邪兩句呢你且說說你說的
如果比我猜的恰當我情願替你喝酒探春道賞頁
的不許反悔我的這兩句是要人有臧倉者咀君君

是以不果來也湘雲與眾人听了一齊想了一想果
真探春說的比湘云猜的恰富俱各歎服湘雲只得
將這三杯酒與探春死着喫了然後將骰盆推在刘
老老面前笑道老老該你擲了刘老老笑道我已經
醉了还擲什麼呢湘云道酒令大如軍令老老怎麼
不擲呢刘老老只得抓起骰子來同巧姐道姑娘你
可替我看着些見唰的扔了下去笑道是个什麼巧
姐道是大个妓女古墓揮拳刘老老笑道好个浪蹄子
想是受了老保子的氣跑到墳堯裏打鬼去了這可

聽湘云道翠縷斟十杯酒來翠縷聽了忙去二盤托了十杯酒來放在他面前湘雲挽了挽袖子端起一杯來慢慢的放在唇邊留神把衆人一瞟只見刘老老正然用筷子夾了個蝦肉圓子張着嘴繞要喫時湘云忙指道老老塑住罷原來刘老老雖是鄉下人時常在城內親友處喫酒也懂得這些頑笑的意思他便張着嘴輕着眼拿筷子夾着蝦圓子離嘴不遠文絲兒不動招的合席並伺候的丫頭們都哈哈大笑起來誰知蝦圓子是滑的從筷子上轆轆下來刘

403

老老忙用筷子趕着去夾湘云笑道塑不住了快把這九杯酒都給老老送過去刘老老道繞笑起來道罷了姑奶奶我怕圓子捭下去油了我的新裙子這不筭違令的湘云那裏肯依還是探春從中排解每人喫了五杯方罷宝釵笑道又輪着我了可又不知擲出個什麼來呢岫烟笑道姐姐恭喜添了外甥自然要擲出好的來呢湘云道罷喲你這又是溜奉太姑子的話了擲骰子與添外甥什麼相干骰子是憑手擲呢難道外甥也是手添的麼宝釵呸的啐了湘

404

云一口招的大家又都笑了只見宝釵擲了下去自巳先歡喜道這個呢可教我剛剛見擲出本色來了快拿酒來每人我先敬一杯衆人看時正是老僧方丈衆禪大家齊声喝彩道真擲的好我們這杯酒是要頒的巧姐也笑道我說我二嬸娘要擲出和尚來呢果然就擲出和尚來了湘雲咲道只是還差一点兒老字改成小字這纏恰當呢宝釵笑道去見你少狂我這會子且饒了你等你晚上睡下我纏和你等賬呢衆人又都笑着每人飲了一杯也就不必再看

405

令底了第六便輪到探春探春道我這是憑大賜罷了擲了下去看時却是乞見章台刺繡乃笑道你們賺我擲的這也沒有什麼可罰之處章台雖係遊賞之地筭無一二乞見他穿的鶉衣百結難道不許自巳用針線縫縫麼湘云笑道三姐姐你快別強詞奪理了章台刺繡獨有妓女方可別人都是要罰的若依你說乞見可以使得推而至於老僧屠沽誰又便不得呢探春笑道依你說罰多少呢湘雲道不過三杯罷了探春道就這樣罷我且看看令底是什麼

406

我只佑量着姑奶奶一定要出小指所以我纔出了個無名指誰知道反倒上了當了說着端起酒來一飲而盡底下就該寶琴擲了寶琴抓起骰子來笑着擲了下去道擲個好的罷衆人一齊看時乃是少婦市井酣眠又都笑起來湘云笑道好個沒臉的少婦怎麼跑到市井上酣眠去了該罰五大杯又看令底乃是覓句又道屬了這個令底還好你快覓句罷覓的不通了可要加倍呢丫頭們斟上酒來寶琴用筷了指着菓碟內的桃杏說道天上碧桃和露種日邊

紅杏倚云栽湘云道這是爛熟的兩句舊詩人人都能說的這個不筭你還得喝酒寶琴道這個酒就該罰你喫纔是你纔說的原是舊詩文成語怎麼這會子你又嫌熟了這又不是出題限韻要什麼生的呢賛釵笑道我說個公道話罷琴兒說的也不驚人雲兒挑飭的也沒理這五杯酒你們倆人平分了罷寶琴聽了便將酒端了三杯放在湘云面前湘云只端了兩杯邪一杯尚在分爭只聽探春道老太太在日原說過我們都大了不許提名道姓的稱呼怎麼寶

姐姐又提名道姓的叫起來了這一杯酒該罰寶姐姐纔是呢寶釵笑道你叫我寶姐姐難道又不是提名道姓麽這杯酒偺們倆人也分了衆人一齊都道狠是狠是於是大家飲畢就輪到巧姐了只見巧姐抓起骰子來先笑道我擲的不好了你們可莫要笑唎喇的扔了下去大家看時乃是公子花街衆禪湘雲笑道果然擲的好雖然不是本色這却免罰的公子到了花街還想去叅禪這樣好公子如何還罰他呢再看令底仍是拇戰又道旣不罰酒也就不必那

人猜拳了倒底是我們巧姑娘真擲的巧極了巧如也歡喜道我擲的這個名色狠該讓三嬸娘擲出來纔是呢說的大家又笑了湘云道這可該着我了我可莫要學了商鞅為法自斃可就了不得了說着便使勁兒擲了下去連忙一看先自笑的動不得了衆人看時乃是老僧閣閭賈俏都大家笑起來湘云道我這個手真該打了怎麼擲出這個大罰來了再一看令底又咲道阿彌陀佛有道個救命呢衆人一看却是呢塑大家都捏着一把汗兒不知他要塑难只

戰受罰者將罰酒與同席一人拇戰猜拳負者飲酒如遇覓句受罰者將罰酒放在面前自己席上生風或詩或文或成語說一句恰當的免罰通順的減半不通的加倍罰如遇飛觴受罰者將罰酒隨意飛與同席之人代飲如遇雅謎受罰者將所罰之酒放在面前自己說一雅謎同席人猜猜不著者代飲如皆猜著或不能謎者本人加倍罰如遇笑語受罰者將罰酒放在面前自己說一笑話同席人皆笑免罰皆不笑加倍受罰如遇泥塑受罰者將罰酒慢慢

395

飲隨意指同席一人令其泥塑其人即就當下的情形凡眼耳口鼻手足一如泥塑之狀不許梢動侯酒飲完纔罷如笑而動者代罰設此六條不過為受罰之人酒多易醉取其活潑變通熱鬧的意思湘云將酒令講明大家俱各歡喜願行惟有劉老老攢眉蹙鼻道姑奶奶這個酒令兒有這些囉嗦我又認不得字越發鬧不清楚了別筭我罷湘云道老老你只管放心沒人賴你教巧姑娘替你看著些就是了巧姐也唉道乾娘你只管放心頑罷我替你老人家看著

396

呢於是湘云命鴛鴦取出骰盆放在棹上又將棹上七個人的筷子各取一隻比齊了在棹上一擱以筷子出進之長短定擲骰先後之次序乃是刑岫烟第一寶琴第二巧姐第三湘云第四寶釵第五探春第六劉老老第七於是翠縷鴛鴦等換上熱酒來只見荊岫烟抓起骰子來笑道我這也不知道擲出什麽笑聲兒來呢說畢便擲了下去大家看時乃是屠沽方夫走馬一齊都笑起來湘云道屠沽非走馬之人方夫亦非走馬之地該罰三大杯又看令底是拇戰

397

又笑道邢姐姐你和誰猜拳纔好說着又丟了個眼色岫烟會意道我們如今要高聲叫拳一來怕外間太太們聽見不雅二來也怕吵着小哥兒莫若猜啞拳出指頭大菅小最妙我就近和老老猜罷劉老老笑道我這如今老的手指頭都嘶巴巴的不聽使了姑奶奶可要讓着我些兒纔好說着二人一齊伸出指頭來眾人看去只見劉老老出的是無名指刑岫烟出的是中指眾人都笑道老老輸了岫烟便將應罰的三大杯酒送到劉老老的面前劉老老咲道

398

們裏頭怎麼總不見那一位姑娘了呢探春聽了就知道他說的是襲人乃答道老老你不知道那個丫頭就是我二哥哥房裏的人因為我二哥哥出了家所以太太把他打發着出了嫁了劉老老点頭歎息道說起寶二爺來也難怪太太想起來就淌眼抹淚的你們記得那年他拉住我儘自追問抽柴火的女孩兒把我勒掯的沒了法兒只得順着嘴胡謅罷了直到如今我想起他那個怪撩人愛的小模樣兒來心裏也覺怪酸的說着便取手帕擦淚湘云聽見劉

老老提起舊事忽想起當日鴛鴦說的牙牌令來又見劉老老說起寶玉淌眼淚忙攔道今兒大喜事你不用提這個話仔細看招的太太們又要傷心呢我的意思偺們今兒也還像那年行個酒令兒頑頑罷劉老老聽了笑道好姑奶奶你們饒了我罷難道我的醜還沒有丟勾麼探春寶釵聽了一齊笑道老老你那年說的就狠好不過大家說說笑笑免得喫点子酒悶在心裏史大妹妹你有個什麼新鮮酒令兒要行呢湘云道我倒有個酒令兒是你妹夫在衙門

裏得的雖不算什麼新鮮倒也有點趣兒說着便向翠縷道你把那個酒令兒拿來翠縷答應去不多時取來遞與湘云衆人看時只見是四顆骨角骰子上面鐫的並非紅絲點數乃是一面鐫着兩個字每骰六面共十二字第一顆骰上鐫的是公子老僧少婦屠沽妓女乞兒十二個字第二顆骰上鐫的是章台方丈閨閣市井花街古墓十二個字第三顆骰上鐫的是走馬參禪剌繡搤拳賣俏酣眠十二個字擲下去合成六句成語乃是

公子章台走馬　　老僧方丈參禪
少婦閨閣剌繡　　屠沽市井搤拳
妓女花街賣俏　　乞兒古墓酣眠

行此令時若擲出本色成語者合席各飲一杯公賀若擲出參差綜錯名目時卽酌量其人其地其事之輕重以定罰酒杯數之多寡第四顆骰乃是令底也是六面一面也是兩個字鐫的是拇戰覓句飛觴雅謎笑語沈塑十二個字與三顆色骰一齊擲下如色樣相差應罰酒若干杯將看令底是何名色如遇拇

淨昏了水來恍手畢這縷、向王夫人薛姨媽笑道二位姑太太恭喜大喜是一位公子哥兒王夫人薛姨媽聽了俱各大喜忙命人到書房裏告知了賈政也十分喜慰想起宝玉來不竟傷感了一回忙傳了王太醫求與宝釵脈脈看看小孩兒王太醫只說大人小兒都无疾病不过喫兩剤苧歸湯小兒給此二担金喫喫也不必胡乱服薬惟以飲食調養就是了王太醫去後賈政又到宗祠裏拜謝了天地祖先遂與小孩兒取名賈桂取蘭桂齐芳之意邢邊

卷九

賈赦邢夫人併寧府賈珍九氏等也都一齐过來夫家歡悅不必細逃到了三朝賈政乃差人與南安太妃西平郡王北靜郡王暨公侯伯凡有親誼以及交好人家俱送喜蛋一盒各處也都餽送粥米以及添盆的礼物這一日並不請親友外客只筹自已家宴

劉老老史湘雲邢岫烟薛宝琴探春巧姐兒連宝釵共是七個人坐了一席因惜春悟道心誠不肯身臨産室只在王夫人上房喫素兼看照料門戶且說刘老老飲酒中間忽太瞧見穿衣鏡的門兒乃指着笑道衆位姑奶奶我記得邢一年老太太在日留我在園子裏逛過一天邢時我因喫多了酒到山後中厠裏走了一回過來我就迷了路了不知怎麽繞了幾個彎子就到了這個屋裏了誰知鴉没雀靜兒的一個人見也沒有只有這個大鏡子裏頭照出我自巳

卷九

的影兒來了我心裏一恍惚只當是我們親家毋也來了呢我就和他說了好一會的話後來怎麽我說什麽他也說什麽我笑了他也笑了呢說到這裏宝釵相云等五人都大笑起來劉老老又道後來我摸到跟前磕了我的頭這纔豁唎的一声門兒開了我走進來一看好鮮明齊整的床帳也不知道是誰的倒下身去就睡着了後來有個容長臉兒高挑兒身量的一位姑娘來了這纔把我叫醒來仍舊送到席上去了如今我來了這兩三天留心看着這些姑娘

派人套了車去接劉老老立刻來就是了平兒答應
了自去料理不提這裏姨媽向來便將接劉老老
的話告知宝釵宝釵此時正與探春湘云三人悄悄
的講究達生編上所載的生產之理聽見差人去接
劉老老便皺眉道有媽媽在跟前也就是了何必弄
了他們求胡開怪厭氣的薛姨媽聽了笑道大姑娘
三姑娘你們都聽我就養了一輩子的孩子從不
敢說不用接老老的話你聽你寶姐姐說的好不好
養頭生兒孩子就厭煩老老了這不成了個人精了

歷說的眾人都笑了探春道姐姐姨媽說的也是倒
底也要個經綀人兒纔好諸事我們各人自己拿主
意那裏由得他們胡開呢王太談論有人來報說劉
老老來了薛姨媽便留下探春與寶釵作伴自己同
史湘云过上房裏來看一進門早見劉老老和王夫
人对坐喫茶一見他們進來連忙站了起來薛姨媽
笑問道老老你可好戒個有一年多沒會面了你怎
麼越老越精神了呢劉老老笑道姑太太納福恭喜
你老人家要抱外孫兒了我皆從老太太归天之後

好容易巴結着來了一回後來自從送了巧姑娘回
來我家裏可就接二連三的窮饑荒打不開了總也
沒個空兒來走老想起老太太姑太太們待我的恩
與求教我那一會兒忘得了呢總剛兒聽見說二奶
奶要恭喜姑太太又差人接我去了我正在喫飯忙扔
下筷子就來了這一位是史大姑奶奶不是湘云笑
道老老你好你怎麼不把你外孫子外孫女兒都帶
了來呢劉老老道噯喲我的姑奶奶他們如今都大
了又不知道規矩野頭野腦的身上又沒個好穿戴

兒沒的帶了來打嘴現世的正說時只見覺兒慌々
張々的跑了來道太太三姑娘打發我來教請老老
快些兒过去呢王夫人薛姨媽聽了慌了手腳就請
湘云平兒換了刘老老的脇窩裏插得脚不帖地如飛
的向怡紅院來王夫人薛姨媽在後督催剛進了十
锦槅子的門檻見就聽兒小就兒的哭声丁原來刘
老老是久經大敵的老手連忙進去抱起了小孩兒
剪断脐带用被子裹好安顿在炕上暖好又服侍宝
釵上了炕坐在被內這纔叫進老婆子們來打掃潔

將宝釵的旧搬來怡紅院居住將來分娩了小孩兒取其幽靜之意薛姨媽也十分願意王夫人便吩咐平兒教說給林之孝傳人收拾裱糊以備擇日搬來太家又說了一回閒話又到紫菱州藕香樹蘅芜院秋爽斋坡香塢看了一回去後到稻香村李紈処來就在稻香村喫了晚飯湘云又擦撥王夫人要把探春也搂來住些日子王夫人也應許了至晚各自散击王夫人遂將薛姨媽宝釵紫鵑三夢相同的話告听了賈政乃是讀書之人那裏肯信這些荒誕

渺真之說又見王夫人說的鑿鑿有據又怕王夫人思念宝玉想出病來只得答道鬼神之道变化无窮只要我們積功累仁的行了去或者上天憐憫转禍为福也未可知但只是事涉荒唐切不可逢人乱講只好聽着罷了王夫人也点々頭兒來的光景到了次日王夫人便差人把探春也接了來與史湘云在秋爽斋同住擇日又將宝釵搬在怡紅院就留下薛姨媽與宝釵作伴兒光陰桂苒不覚过了月餘將近端陽的時候這一日清晨起來宝釵便覚有些腹痛

的光景悄悄的告知他母親薛姨媽也筹着該是分娩之時了便到上房向王天人商議要接個老成安当收生的老老王夫人低頭想了一想道我記得当日養宝玉的時候邪一位收生的老老就狠安当又老成又諳練可惜他如今死了後求趙姨娘養瑔兒收生的就是馬道婆別說如今他已經死了就是現在活着断乎也要不得邪個老娼妇凤丫頭養巧姐兒我可就記不得是誰了等我問問平姑娘就知道了說着便差玉釧兒請了兒不多一時平兒到來王

夫人便低声問道你可記得邪一年你奶奶養巧姐接的老老是誰求呢平兒尋思了一會道我也記不清了再別就是巧姐的乾媽劉老老罷薛姨媽聽了呢道你可說呢我熙劉老老邪個人雖說是個鄉下人倒也模模實々的况且上了年紀經見的也多倒是請了他來也罷了平兒道劉老老菜日倒也常韓這些軍人是狠妥当的就只是謠譜行事的那個樣兒有点了招人笑罷了倒还不眼皮子淺見什麽爱什麽的王夫人道既如此你就打發人告訴了之孝

就是這樣脾氣所以不拘什麼人他都和得來的况
且林姑娘我瞧着他也怪心疼的這也是他姊妹倆
前世裏結的緣法深所以今世裏終能會到一塊兒
我想你們這樣的人家就是三妻四妾也不为过的
只要他們夫妻姊妹們和气這就好極了什麼是個
大什麼是個小呢王夫人也点点頭兒道像姨太太
這樣存心体貼人情實在就是难得的將來如更能
勾這樣的這就是你們娘兒兩個成全了我們娘兒
兩個了正說時只見李紈平兒一斉進來向薛姨媽

《卷八》　六　375

請安問好畢也就挨着次序兒坐下惜春遂將薛姨
媽宝釵紫鵑三夔相符的話告訴了李紈平兒一遍
二人聽了也都驚喜倍常薛姨媽又將香菱曾說賈
珠也在林公衙內代管家務的話告知了李紈招的
王夫人李紈又淌了許多眼淚大家坐着又談了好
一會子的閒話這纔擺上了早飯大家喫完盥漱喫
茶史湘云便邀薛姨媽到大观園逛~於是老婆子
小丫头們前行引路薛姨媽史湘云王夫人等一斉
緩步進園現值暮春天気旭日和風花明柳媚逍

376

行來早望見瀟湘舘翠竹叅天綠陰匝地湘玉便要
到瀟湘舘看看只見紫鵑忙向胸坎鈕上解下鑰匙
來開了房門這裏薛姨媽史湘云王夫人等一齊進
來但見牕明几淨鑪鼎依太宛如黛玉在生時一般
大家俱皆欢異宝釵遂將紫鵑平日時常打掃收拾
的話說了一遍薛姨媽聽了不禁傷感乃將紫鵑喚
至面前拍着他的肩膀道我到不知道你是這樣一
個忠心的丫頭你記得那年我和你姑娘嘔着頑見
你就信真了忙忙的擦揉來了等明兒你姑娘回了

《卷九》　十一　377

生我和你太太說把你也收在房裏免得我又费心
替另給你我小女婿于了說的紫鵑滿臉飛紅的道
姨太太老人家又老沒正經了湘云便教紫鵑我了
香來親手焚在鑪內不覺眼中流淚口裏默祷一
番招的眾人又淌了會子眼淚俳徊了半晌這纔一
同出了瀟湘舘往怡紅院求又見花木蕭疏畫長人
静只有幾個老婆子在那裏看守眾人雖見這般裏
凉的景況不免觸物思人想起宝玉在家何等的華
麗不交覑又鄰傷起心來王夫人便向薛姨媽商議要

378

來只怕太虛幻境的這些姑娘都还要回生的說諸又向宝釵道姑娘你昨晚夢見你林妹妹他和你怎麼說來宝釵忙答道昨晚林妹妹說的和媽⼽總說的香菱的話是一字不差的真也奇怪極了林妹⼽也告訴我說香菱到家裏看媽⼽去了他还要看⼽紫鵑去呢今兒一里早四姑娘就到我屋裏來說紫鵑昨晚也夢見林妹⼽了說的話也和方總的話是一樣的我們三個正在驚異要同上來告訴了太⼽接了媽⼽來对一对这個夢誰知道媽⼽不用接去

就來了呢薛姨媽道可不是呢我想这個夢做的奇怪就像活眼兒見的似的所以我今兒一里早起來瞧了瞧你妊兒比昨兒大好了我就趕着梳了头洗了臉教他們套上車先到这裏來問問你作夢沒有果去你林妹⼽了这可真也是人意想不到的一件奇事兒王夫人聽了他⺟女之言这話放了心乃長欢了一声道姨太太你为他們開的这些故点兒真應了老太太的話了不是寃家不聚頭你看我們宝玉生成的脾性小小兒就與別的小孩

子不同偏他就和林丫頭情分到这步田地我們做大人的那裏敢留心到这上頭呢後來大家都說是宝丫頭穩⺌重⺌的林丫頭多病多災的所以總給他們完全了大事也並不是偏着心厚一個薄一個的誰就知道關的後來一個死了一個出家去了如今倒底閙到上天八地的分兒这不反倒苦了宝丫頭了麼雖說是他們目後还要回生这樣淼淼宜真的事情教人怎麼信得过呢況且他們將來果真的回了生宝丫头和林丫头可分個什麼次敘兒呢宝釵

忙道太太也不必焦愁这許多如今三夢相符这回生的事也就不爲無據况且他們說定期在七月間这也還有好幾個月的工夫呢且再聽信兒罷了至於我和林妹妹原是從小兒在一塊兒長大的彼此也長情投意合太太也不必慮當什麼次序兒當日竟王把兩個女兒娥皇女娛都配了舜王難道他們親姊妹兩個誰又是大誰又是小呢王夫人聽了又悲又喜道我的兒你真真的是個好的就在这上頭怎麼不教人心疼呢薛姨媽道我們宝丫頭從小兒

的怪藝鬧的王夫人听了不勝驚訝道從求沒有聽見這樣的奇事他們這些人已經死了怎麽親戚主僕的魂靈兒还能勾聚在一塊兒住着這竟是死了和活着是一樣的了薛姨媽道还有奇異的事呢他还說你們林家姑老爺姑太太如今現做酆都的城隍和老太太認了親了如今連鳳丫頭鴛鴦珠大外甥都在姑老爺衙門裏住着呢王夫人聽了更为詫異道常聽見人說陰間和陽間是一樣的誰又看見來呢依這麽說起來果太也是真有的事了薛姨媽

又道还有此這個更奇的事呢他又說前日宝玉同柳湘蓮也到了太虛幻境了王夫人听了人驚道這又怪極了我前見晚上就夢見宝玉同一個年輕的小道士要到无上我林姑娘去呢那個小道士莫非就是柳湘蓮不知這個柳湘蓮又是一個什麽人呢薛姨媽道姐姐你怎麽忘了呢這個柳湘蓮就是蟠兒的好朋友先前蟠兒換过他的打後未蟠兒貿易回來路上遇見了賊他又救了從此兩偏人便結拜了到家裏璉二爷又替他聘了尤家三姑娘後求仙

卷九

又不知为什麽要退親所以尤三姑娘就抹了脖还你怎麽這件事姐姐就記不得了呢王夫人道可不得呢我如今的記性也平常了不知宝玉又怎麽和他到了一塊兒了呢薛姨媽道蟠兒說那會子尤三姑娘死後這個柳湘蓮就跟着那道士出家去了我們蟠兒因我不着他还哭了幾天呢想來僧道同門外甥和他有什麽遇不見他呢王夫人道不知他們到太虛幻境又怎麽樣呢薛姨媽道香菱說他們到了太虛幻境之後尤三姑娘圭婚警幻仙姑为媒

就將他妹子與柳湘蓮認了親了林姑娘因沒有他父母之命所以又打發宝玉往地府裏去求姑老爺妹太太去了王夫人听了發急道這樣說起來我的宝玉当真的也死了呢不夬如何能到地府裏去呢薛姨媽道姐姐你且不必着急我且就去問問香菱闻香菱說外甥和柳湘蓮巳經修成的得了道了还有他們的師父是行麽茫茫大士渺渺真人在臨裏施展神通替他們成全這一段因果所以他們縷能升天入地府　並不提死後的靈魂地地还說將

卷九

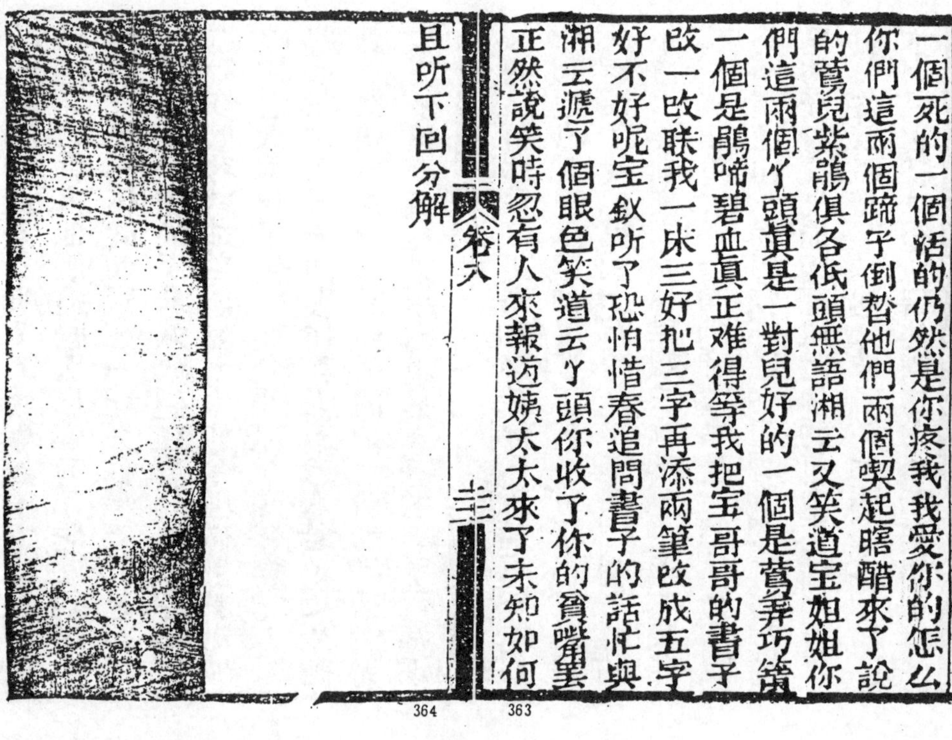

一個死的一個活的仍然是你疼我我愛你的怎么
你們這兩個蹄子倒替他們兩個喫起醋來了說
的鴛兒紫鵑俱各低頭無語湘云又笑道宝姐姐你
們這兩個了頭真是一對好的一個是鴛弄巧策
一個是鵑啼碧血真正难得等我把宝哥哥的書子
改一改聯我一床三好把三字再添兩筆改成五字
好不好呢宝釵听了恐怕惜春道問書子的話忙與
湘云遞了個眼色笑道云丫頭你收了你的貧嘴里
正然說笑時忽有人來報道姨太太來了未知如何
且听下回分解

卷八

三十

364　363

續紅樓夢卷九

小寧榮喜降萊禧堂　毋蝗蟲再醉怡紅院

話說宝釵湘云惜春三人正杰說笑只見老婆子們
報道姨太太來了三人聽了更加驚異連忙一齊奔
至上房只見薛姨媽剛和王夫人敘过了寒溫縷甫
坐定一見他三人進來薛姨媽便問宝釵道姑娘你
昨晚夢見你林妹妹怎有宝釵道我猜媽
媽昨晚必是夢見香菱求王夫人聽了詫異道怎麼
你們娘兒倆今兒總見面可就彼此都知道昨見晚
上做的夢了呢薛姨媽道姐姐你說真个的奇怪極
子昨兒晚上我夢見香菱來了他告訴我說他自
從死後就認着了他父親他父親已經修成半仙了
名字叫個什麼甄士隱引他同妙玉的靈魂都送到
京幻仙姑处那個地名叫个什麼境來宝釵忙道敢
是太虛幻境薛姨媽点头道就是的我也孝不上這
個字見來了仙还說元妃娘娘迎姑娘林姑娘東府
裏的小蓉大奶奶尤家姊妹兩個檻翠菴的妙師父
还有聴雯金釧見瑞珠兒諸人都在那裏一塊兒住

卷九

366　365

釵道我的意思這個書子倒不必教老爺太太看見
你瞧他這上頭的話全說的是我們的些私情恐怕
老爺看了反要生氣我明兒只把夢見林妹妹的話
告知太太就見了再者我媽媽來了說他也夢見了
香菱這也就有幾分兒可信了何必在子這封書子
呢說着又將書子看了一遍遞了個方勝兒伸手在
鬢標上扷下一條帶線的針來將自己貼身穿的紅
綾小襖子折開將書子放在裏頭仍舊縫好又與
湘雲說了會子話見不覺雞唱天明一齊穿了衣服

〔卷八〕〔六〕

起來梳洗巳畢鶯兒纔剛然收拾了臥具只見惜
春忙忙的走了進來急問道宝姐姐你昨兒晚上夢
見林姐姐來沒有宝釵聽了喫一大驚道四姑娘你
怎麼知道的惜春道纔剛兒紫鵑告訴我說他也作
夢見林姑娘求了和他說了好一會的話說的那些
話還都是有來有去的他說原是給你託夢來的我
听着奇怪的狠所以我纔梳了頭洗了臉先到這裏
來問問你倒底也做夢來沒有宝釵你湘雲听了都
大加驚異宝釵便將夢見黛玉的話告訴了惜春一

遍惜春不禁狂喜起來道這樣說來林姐姐一定是
成了仙了宝哥比也一定是得了遊了大約回生的
事也是真的了這也實在是人八意想不到之事我
們喝了茶同到上房去告訴了太太也教他老人家
听着喜欢且等到七八開再着罷了大家正然
喫茶議論只听外邊房裏紫鵑鸚哥拌起嘴來鸚兒
嚷道我就說了這么一句話你也不該就罵我呀难
迍你比林姑娘还难纏此兒麼又听紫鵑道我罵你
什么來休為什么說林姑娘不害燥死裏活裏的纏

〔卷八〕〔九〕

佳了宝二爺的話呢別說你這樣的賠房丫頭就是
二奶奶這如今也不好意思說出林姑娘這樣的話
來又所喬兒道你不用和我利害你有本事能把林
姑娘從棺材裏抽了起來我緫服你呢又听紫鵑道
你有本事能把宝二爺留住不教他當和尚去我緫
服你呢宝釵惜春听了正待要發作他們只見㑇云
笑嘻嘻的走去將他二人撐着其睞拉了進來笑道
你們兩個小蹄子為什么好好的作起怪來了你們
也想七你們的兩個主兒平日是怎樣和氣的如今

壁外榻上睡醒剛伸懶腰一聞呼喚忙答應了一声只听宝釵叫道快點燈來鶯覚揉了揉眼披上衣裳下床找了火煤在薫篭內點着点起燈來問道姑娘這会子要燈作什麼敢是你肚裏疼了么寶釵道胡說拿燈來罷鶯兒忙將燈台執到寶釵的面前宝釵便將字帖兒拿在燈下一看果然是一張泥金桃紅花箋上面的筆跡果是宝玉寫的又細細的讀了一遍與方綻夢中的一字兒不差心中愈加驚異鶯見問道姑娘你怎麼半夜三更的又看起字帖兒來了

想是前兒王太醫給的那個保産無憂散的藥方兒宝釵使性子道你別管他把燈放在棹子上你睡你的覚去罷鶯兒不敢再問只得輕輕的放下燈台各自睡去了這裏宝釵又將書啟拿來迎着燈亮兒翻覆看了一回心下暗忖莫非黛玉真是成了仙了宝玉真是修的得了道了若說夢境迷離怎麼又有這一封書子呢又摸了摸自巳的臉道莫非我还在夢中未醒怎麼又有鶯見点燈呢正然呆想只聽史湘雲在旁边伸懶腰打哈息忙回過頭看時只見湘雲

正在將醒未醒之時手足並伸幾乎把披抱都登開了宝釵心下猛省忙推他道雲妹妹你醒醒兒湘雲驚醒睜眼一看只見寶釵披衣擁被而坐又見點着燈燭忙問道宝姐姐你怎麼了莫非有個恭喜的信兒了麼宝釵笑道你怎麼也和鶯兒他們一般的見識呢你也披上衣服坐起來我教你瞧個東西湘雲听了也便披衣坐起宝釵將書啟遞與湘雲又伸手將棹上的燈台移近了此湘雲接來迎着燈光仔細看了一遍不禁大驚道半夜三更的這個字兒見那

裏來的呢宝釵便將黛玉的灵魂託夢寄書的始末細細的述了一遍湘雲听了也就大喜過望道姐姐你明兒一早就差人接了姨媽來問問如果姨媽也夢見香菱來這件事可就千真萬真了怎麼林丫頭給你託夢說了這半夜的話兒你們怎麼也不叫我一聲兒宝釵笑道你這個話說的又招人咲了他一個人的魂如何能入兩個人的夢呢湘雲聽了又拿起書子來看了一遍道你明兒何不把這個書子送到上頭去看看也教他們兩位老人家喜歡喜歡宝

七月十五日又說未來的天機不敢十分泄漏我們
也猜解不透只好听着罷了剛纔我和香菱姐上
一同來的他在你們家裏看姨媽去了宝釵听了驚
喜道原來這個大虛幻境內也不止單是你一個人
了宝玉又將太虛幻境自元妃以下諸人並凤姐処
央前往地府的話說了一遍宝釵笑道這樣說起來
你們那裏倒比家还熱闹些兒好妹妹你有什么
法見把我也引到大虛幻境去瞧七他們這可能不
能呢宝玉听了沉思了一會道這也容易前兒香菱

姐上他父親給了他兩種名香一名返魂香一名尋
夢香方總我們倆人就是点了返魂香能到家來
的等我同去向他討幾支尋夢香差睛雯姐姐給你
送了來憑你臨時点用但須意秉虔誠便可夢入太
虛只是切忌孕娠之人宝釵听了切忌孕娠的話
由不得臉就飛紅起來黛玉瞧出他的光景來便順手
在宝釵的怀裏摸了一摸笑道宝姐姐你不要瞞我
你實告訴我我也好算著日子差睛雯來一則道喜
二則送香大約總要滿了月總可点得香的宝釵听

了料难隱瞞只得又附在黛玉耳边告訴他已經懷
孕有七八個月了黛玉听了十分歡喜便也附在宝
釵的耳邊笑道姐姐你到了分娩之時也留點心見
只怕小孩兒口中也卸着一塊玉是的宝釵听了呸
的啐了他一口自巳也笑起來只見黛玉忽然立起
身來道宝姐姐你好生將養着罷心裏也不用煩惱
了舅舅舅母上替我請安姊妹們都替我問好罷睛
光也不早了我还要瞧雎紫鵑去呢难寫他服侍了
我一塲你只把我方經說的話記着些兒就是了宝

釵听了連忙一把拉往道妹妹我還有話問你你絕
說香菱的父親他原是從小兒買來的如今他父親
倒底是誰呢黛玉道明日你見了姨媽他自然要
告訴你呢說畢將寶釵使勁兒推了一把寶釵忽從
夢中驚醒尚覺心頭突突的乱跳定了一定神細將
黛玉的面貌並夢中所言之事摹擬着想了一番心
中甚是驚異又在枕边摸了一摸像有個紙片兒似
的連忙坐了起來披上衣裳在四下裏望了一望但
見滿屋昏昏黑魆魆窓紙微明便叫鶯兒此時鶯兒正在板

还說的不想切麼黛玉噎飞的笑道我說的是頑話
宝丫頭又着了急了我也不和你說了我給你個字
兒你自已看　去罷說畢便將寶玉的書放從筲袖裹
取了出來遞與宝釵寶釵接來拆去封皮仔細看主
只見上寫道
怡紅院濁玉謹奉書
蘅蕪君姐姐粗次病玉迂迷成性一往情凝五
内私要諒蒙矜恕均來青埂之峰遂悟黄庭之
秘幸得牛年砥礪覺能三月不違片帆室筏旱

渡擘海迷津一辨心香重天大虛幻境瀟湘仙
子悲聯再世之緣芙蓉女兒喜踐三生之約締
舊盟於碧落惟愧無月老牽絲奉新使於黄泉再
頁冰人執斧惟願六禮早成雖千里而何憚但
使一生願遂縱萬死其笑辭第念遄征既八歲
月云遙高堂有倚閭之愁闈中有白頭之歎挨
義難安捫心弗忍知孟光之賢淑燈前快讀佳
篇借倩女之離魂月下代呈雁字況賴仙師慈
庇許我玉返藍田更蒙上帝鴻慈並使珠還合

瀟湘陸無懷對
閬端此後尚祈問寒問暖奉彼堂上二人將來
更擊鼓瑟鼓琴聯我一床三好書不盡言餘容
面晤
宝釵看畢不覺驚喜異常乃先將黛玉按在懷內笑
問道你這個呢你可得給我說說他倒底是誰們的
那一個黛玉笑央道我再不敢說這個話了好姐姐
饒了我罷宝玉炎道央及不中用你總得給我說了
我總饒你呢說着便夜脇肢他弄的黛玉無可奈何

滿臉飛紅的只得拿手把宝釵指了一指又把自已
也指了一指宝釵這纔笑着鬆了手饒了他了復又
拿起書子來指着問道這兩句我怎麼不大懂得呢
奉新使於黄泉再頁冰人執斧這是怎麼講呢黛玉
笑着附在宝釵凶耳边將宝玉的來去行踪並自已
的父母現儀鄹城隍與賈母認了親的話細述了
一遍宝釵听了不勝大喜過望忙問道如今說來這
回生的一節都是千眞萬真的了黛玉道這也是香
菱姐姐他父親給的書子上如此寫的大約定期在

前他本是一團的神光並無半點陰森惡氣是以寶
釵並不害怕仔細將他細看只見他身穿桃紅綾綿
縷片金鑲边的嵌眉小裙臉上全無半點病容徂燒
香艷迎人遂不禁歡喜忙拉了他的手笑問道林妹
妹你這些日子倒底在那裏來我們倒像總沒看見
你似的只見黛玉長出了一口氣道我也乏透了如
姊倒們且坐下再說罷於是二人在炕沿上盤膝坐
下黛玉道寶姐姐我是從太虛幻境來的只因除父
見了姐姐惠賜的新詩心中着實的感念所以今見

特特的回來瞧你來了寶釵嗐了心下恍然醒悟黛
玉前來顯魂離有些害怕但見黛玉那一段溫柔和
藹大有仙風轉不覺親熱起來往前湊了一湊將黛
玉攬在懷內摸着他的臉道顰兒我且問你你為什
麼自己作踐了身子這如今害的我好苦啊黛玉也
用手摸着寶釵的臉道萬般皆有個定數妹妹不肯
埋怨姐姐姐姐怎麼反倒埋怨起妹妹來了寶釵道
城門失火殃及池魚我怎麼不該埋怨你呢黛玉笑
道寶姐姐你這個話我不懂得倒底誰是城門誰是

池魚呢寶釵也笑道你是城門我是池魚有什么難
懂呢黛玉笑道你這個話只怕是說顛倒了罷寶釵
笑道我的話並不顛倒你再細細的想去黛玉笑道
我也不用細細的想你不過欺負我是個女孩兒家
嘴裏說不出別的話來由着你顛去罷了我也不和
你分辨了我且問你你前見給我的詩上有托鉢慚
闕癡之句你知道你們那一個當了和尚如今現在
那裏呢寶釵笑道嗳喲你怎麼說他是我們的那一
個來了我可知道他如今現在那裏呢昹見太太远

夢見他說要到天上找你去呢我看他明見到了天
上我着了你那會子你可又說他是誰們的那一個
呢黛玉聽了又笑道姐姐你也不必和我說這樣的
話我且問你譬如他如今果然要到了我那裏我一
定要歡他早些回家來你可喜歡不喜歡呢寶釵笑
道那也只看妹妹待姐姐的情分罷了黛玉又笑道
設若他不到天上去就從這裏回家只怕那時姐姐
也就未必肯想起妹妹來了宝釵听了發急道顰兒
你怎麼又說起這樣狡詐話來了我前見的詩難道

只怕自從林姐姐去世之後無人居住也就遭塌的不像樣兒了罷寶釵道你可說呢再也瞧不出紫鵑這個丫頭來真算得個赤膽忠心的如今雖是服侍四姑娘每日偷着空兒到瀟湘館去打掃收拾焚香供茶就像林妹妹在生的一般你說難得不難得呢湘雲聽了也讚歎道真是難得不知林姐姐怎麼修積來就得了他這個好丫頭你瞧我們這個傻東西只會信着嘴兒胡嗳罷了翠縷笑道人家不過是嘴快點兒愛接舌罷了姑娘就把人家說的一個錢

兒也不值了人家心裏待姑娘的分兒和紫鵑姐姐待林姑娘的分兒是一樣的湘雲道你不用說了你這不是也要逼我一死麼你是個好的天下誰有你好呢罷了快給我倒茶去罷翠縷嘟着嘴倒茶去了湘雲又道提起林姐姐來也怪可憐見的聽見大嫂子紫鵑說他臨危的時候把詩稿都燒了還呌着寶哥哥的名字說你好呢嘖了氣了這會子想起來教人心裏貫在難過的寶釵道可不是呢我前兒大年三十晚上想起他來倒傷了

340　339

半夜的心我給他作了一首詩裝在包袱裏燒了不知他的魂靈兒在九泉之下知道不知道呢湘雲聽了便索詩稿來看寶釵即命鶯兒取出來遞與湘雲湘雲接來細細的讀了一遍也就傷心彈了幾點眼淚道寶姐姐你這也就算情義兼盡了林姐姐在九泉有知他一定要感念你呢寶釵也點了頭兩個人燈前相對倒又淌了一會子眼淚鶯兒翠縷倒了茶來二人喫茶嗽口畢吩咐鋪陳了各自卸去殘粧一齊歸寢湘雲平日血旺氣足頭一着枕便睡熟了

寶釵只覺惝惝恍恍在被內翻來覆去約有一個更次這纔漸漸的朦朧睡去他的那一靈真性早已出竅只聽耳邊有人低聲喚道寶姐姐你可別害我賺你來了寶釵夢中聽去彷彿是林姑娘的聲音猛然唬了一跳心中只覺恍恍惚惚的又像是黛玉的死又像是黛玉依舊在生的光景忙問道你在那裏藏着呢怎麼不正明公道的進來呢只見林黛玉笑着早已到他面前原來林黛玉的真魂是送了寶玉去後點了返魂香纔從太虛幻境來

342　341

边趄腿見湘雲衆人進來連忙起身讓湘雲到炕上去坐又道這些日子想要接接大姑娘總因家裏事故故的你今兒來的狠好你宝姐姐惜妹妹也來想你了你就在這裏多住些日子罷我的兒你們姨妹們年輕兒的怎麽都是這樣沒造化呢說着又流下淚來湘雲道怎麽這些日子姨太太也沒有來嗎王夫人道他姨媽自從搬了家去蝌兒剛娶了親香菱就死了又留下個孩子雖說有奶子也還要他姨媽親自照應蟠兒自從放罪回來總還不大十分

好歹所以他姨媽如今也不能長來了李紈笑道史大妹妹要和太太鬧牌呢太太何不打發人套上車接姨太太一聲兒寶釵忙道太太不用差人去罷昨兒听見說小姪兒這兩日身上又懶懶的橫豎史六妹妹是住着的大約我媽媽明兒不來後兒一准來的王夫人道既是這樣也就罷了我們收拾就鬪起牌來自從老太太去世之後我也就不愛這個頑意見了本來武藝見就有限如今眼睛也花了精神地短了邪裏是你們年輕兒家的敵手呢不過是瞎

閙罷了玉釧兒聽了便放上炕褥兒舖了紅氊王夫人李紈湘雲寶釵惜春平兒六家子飛鷹兒頑了一天到喫晚飯時方罷算了輸贏只有湘雲一個贏家别人都輸了於是大家喫了晚飯又坐着說了一會子閒話將欲散時王夫人問道史大姑娘你晚上在那個屋裏住好你自己挑揀罷湘雲道我在寶姐姐屋裏我們姊妹們晚上也好說說話見王夫人道很好如今春天天氣尚寒新房子裏也還暖和此將來到了夏天我還要教你寶姐姐搬到怡紅院去住

呢那裏也凉爽僻凈期秌就是分她了小孩兒也沒人吵鬧湘雲道你老人家想的狠是那麽大的個園子兒有大嫂子和四妹妹住着也覺太冷清些見說着王夫人已將他們姊妹們送到房門口大家告辭了各自散去不說王夫人李紈惜春平兒各自回家只說湘雲寶釵同到房中坐下鴛鴦點上燈來湘雲道我今兒原要到園子裏去逛逛却又閙了一日閒明兒偺們大家過去一來看看大嫂子和四妹妹二來我還要到瀟湘館祭一祭林姐姐看着那此竹子

孩見的終身有靠了誰知道這會子也還是這個樣兒的下場頭這也只好怨自己的命罷了可有什麼法兒呢說着也就流下淚來又低聲說道兒且姐姐已經是有了身孕的將來生下一男半女也就筭是終身有靠你這就比我強多着呢寶釵正欲回答翠縷又道二奶奶你不知道我們姑娘一輩子總是喫了聰明太過的虧了你們看他連虮蚤蚊子蒼蠅螞蟻蝴蝶兒蜜蜂兒樹葉兒花瓣兒磚頭兒瓦片兒的陰陽他都能勾辨得出來的歸根落葉輪到自己身

331

上倒成了個孤陰實陽了說的眾人都笑起來湘雲笑着照臉啐了一口罵道小蹄子怎麼又混唚你娘的來了翠縷扭着頭道人家長這麼大從來不知道什麼是個陰陽姑娘那一天忽喇巴兒的教人家主服侍姑爺人家從那一天總知道陰陽了誰知道姑娘的命不好又把姑爺妨了這會子連人家都帶累的又不知道什麼是個陰陽了這一夕話壞性招的寶釵也掌不住笑起來了湘雲笑的揝着嘴罵道好個沒臉的小蹄子快給我夾着嘴滾出去罷越說越

332

說出好的來了翠縷笑道姑娘還怪人家說的不好了人家要總不說話你們倆人這會子還淌眼抹淚的呢湘雲笑道說的好屬了你說你還有你娘的什麼話你也索性信着嘴兒都說出來省得收在肚裏看仔細臊死了正說時只見李紈走了進來笑道史大妹妹幾時來了怎麼丫頭們也不告訴我一聲兒湘雲道大嫂子可好我在這裏正勸寶姐姐還未能到你那裏請安去呢李紈笑道豈敢你們說什麼來我聽見大家笑的好熱鬧呢寶釵道他們的翠姑娘

333

啊我們姊妹倆正說話他在旁邊鬧笑話兒所以招的我們都笑起來了李紈也笑道倒底是個什麼笑話兒招的你們鬨堂的都笑起來了我也听比湘雲笑道大嫂子你問他這些話作什麼你估量着他嘴裏還有什麼正經話呢不過是那些沒溜道見的話罷咧我們喝了茶都到上房裏去和太太鬥几牌替他老人家解解悶兒正說時惜春平兒也都來了彼此問了好又坐着說了一回閒話這繞一齊都到王夫人上房裏來只見王夫人歪在楊上玉釧兒在旁

334

了湘雲的手流淚道妹妹你那裏知道我心裏的苦處呢我早就想着要接了妹妹來大家說說話見也替我解解愁煩又所見說你在家裏出不得間空兒再撘着我們家也事事故故的所以就攔到如今偏偏兒的昨兒晚上太太又夢見你寶哥哥要到天上我你林姐姐去今兒一早我剛梳完了頭那边彩雲就來叫說太太哭的了不得我同大嫂子四姑娘一齊過去那裏勸得住呢後來还是璉二哥哥來了說離這裏三百多路有一個宏恩寺那裏和尚最多他

明日親自找一回去也不知是真是謊哄的太太這絕不哭了湘雲劝道姐姐也別儘自只是哭了璉二哥哥既然許下親自去找自然有點影兒他絕敢承攬呢或者寶哥已就在那裏也未可知宝釵又流淚道妹妹你也說起糊塗話來了你想他是中过舉的人皇上家四路裏貼了告示訪查尚且尋訪不着何況璉二哥哥呢我瞧他那個光景像是哄太太呢再者我心裏也不是崩為這件事雖过我只歎我的命苦偺們姊妹們從小兒在一塊兒長大的誰還不知

道誰呢就是宝玉和顰兒他們倆人的那一番光景你還有個不知道的麼湘雲忙道我怎麼不知道呢你記得那年紫鵑哄了他一句頑話他就會立刻瘋了這還有什麼難知道的呢寶釵道你可說嗎人人都知道偏偏兒的就是老太太不知道去年差人和我媽媽議婚我媽媽還倒和我商量妹妹你想那會子我是個女孩兒家可教我自已說個什麼見呢自然是要遵父母之命了你看後來娶進門來的那個樣兒我臉上實在的狠沒意思這會子倒底弄

得上不上下不下的說是個寡婦又不是個寡婦說不是個寡婦又是個寡婦這不弄成了個活人妻子麼說着又流下淚來湘雲未及回答只听翠縷在旁插嘴道二奶奶說錯了二奶奶又沒有嫁人怎麼說是個活人妻像襲人姐姐那總算弄個活人妻呢湘雲聽了忙喝道小蹄子又混插嘴來了翠縷便不言語了湘雲道姐姐你也熬煎不了許多這也總是各人的個命定就像我呢我叔叔孃娘也就為我操了多少心挑的人家也好才貌也好這也就筭我們作女

除夕寄林妹妹的詩也不過是一時感懷作無聊之極思罷了難道林妹妹認真的成了仙了噯喲見你若認真的成了仙也該把做姐姐的攜帶攜帶也不柱偕們姊妹們和好一塲我也時常肯做夢怎麼就總夢不見你們兩個人呢想到此處不覺又滾下淚來鶯見在旁勸道姑娘太太剛剛見的不哭了姑娘又怎麼傷起心來了倘或教太太過來看見了又要招的儘自哭了正說到這裏只見秋紋和麝月進來說道史大姑娘來了未知湘雲與寶釵相見說此什

麼且聽下回分解

《卷七》

三二三　三二四

續紅樓夢卷八

夢相逢釵黛兩無嫌　敘幽情鵑蕊各為主

話說薛寶釵正然傷心落淚鶯見在旁解勸忽見秋紋麝月進來報道史大姑娘來了寶釵立起身來將欲出迎只見史湘雲領了翠縷巳經進來彼此敍過寒溫對面坐在榻上湘雲道偺們姊妹們有好幾個月沒見面了怎麼我所見人說太太和你成日家只是哭呢我想寶哥哥他不過是爲的林姐姐的緣故一時想不開昌昌失失的跟了和尚去了他到了外頭受起罪來不怕他不想家的只怕日後追悔仍舊我了回來也未可定再者你們也再差些箇幹練的人到四處裏訪查若成日家只是哭這也不是長法見今兒我好容易偷了箇空兒瞧瞧你們一進門就看見太太哭的臉且見蠟渣黃的眼胞兒腫的桃兒似的我也狠狠的勸了一塲到這边來你又哭的紅眼媽見似的教我看着心裏怎麼過得呢況且姐姐素日是明理的人老人家時常的哭還要姐姐解劝總是呢你怎麼倒跟着你自哭起來了寶釵拉

《卷八》

三二五　三二六

這般光景也不禁傷心落淚乃勸道夫人也不必儘自哭了俗語說的好是見不死是財不散這也是個一定的道理若只管時常的哭起來不惟無益而且自遭塌了身子王夫人哭道老爺說的雖然有理但只是他果然死了我倒也死心塌地的不想他了昨兒晚上我做了一夢夢到一個荒山曠野的地方只見寶玉同着一個少年的道士笑嘻嘻的從一個石頭洞裏走了出來我就哭着叫他寶玉你怎麼不回家來呢只聽寶玉答道我們要到天上我林妹妹去

呢我就趕了去要拉他回來又見前面站着個老道士將袍袖子一摔我就像從半虛空裏掉下來的似的嚇了我一身冷汗醒來聽了聽正是三更天我想林姑娘已是死了他如今要到天上找去這也就是不祥之兆了可憐我們娘兒們今輩子再也不能見面了賈政聽了正要解說夢境無憑的話只見賈璉同着平兒也來了見了王夫人的光景就知道是想起寶玉來了賈璉料着不能直勸乃扯謊道太太不必哭了娃見昨見在外頭得了個荒信見有人說離

這裏有三百多路有個玄恩寺那裏和尚最多內中有個新出家的小和尚人人都說生的清俊像是個大家兒的公子娃見明日騎上快馬到那裏查一查保不往寶兒弟年輕教和尚迷了去也不可知王夫人聽了信以為真這繞不哭了便追根究底的問起賈璉來賈璉又編排着說了會子賈政明知賈璉是謊只圖王夫人喜歡也就跟着說了幾句便同賈璉到背房裏去了這裏李紈也將寶釵勸住大家服侍王夫人喫了早飯這繞各自散去寶釵回到房中坐

在榻上思前想後不覺又傷起心來自己想着若說與寶玉無緣怎麼又有金玉相配之驗若說與寶玉有緣怎麼又有個林妹妹在中間攬和着呢又細想寶玉與黛玉他兩個那一番情分所有在大觀園的人那一個人都不知道呢怎麼老太太老爺太太都不把林妹妹配他偏又舍近而求遠的把我娶了來如今弄的死的死了走的走的嫁的嫁了既得我有始無終的臉上也見不得人了昨兒晚上太太又夢見他要上天去找林妹妹道也就奇怪極了就是我

可答應好不好呢只聽金釧兒笑道我不敢我怕林姑娘知道了又要生氣呢寶玉又笑道不然我把你摟住叫一聲晴雯姐姐你答應這可好應又聽金釧笑道我不我也犯不上借人家的光兒寶玉又笑你就都不肯我就把你摟住叫個親親見的金釧見妹妹這可該你答應了罷只聽金釧兒呸的啐了一口道你看你這個涎臉的樣兒恨也恨死我了晴雯聽到這裏由不得笑的握著嘴走求告訴了黛玉黛玉聽了也笑道儘他們去罷聽他做什麼我們也

睡罷於是晴雯服侍黛玉安寢一宿晚景不提原來尤氏妹妹聽見柳湘蓮到了十分歡喜秦氏又從旁慈恩使二姐主婚警幻為媒就將他二人即日合卺成就了百年之好無庸瑣述到了次日便先差人到絳珠宮致賀這裏寶玉起來洗了臉也便親身至湘蓮處道喜二人相見寶玉便將黛玉的一段守禮之處告訴了湘蓮一遍湘蓮也深加敬服遂自已慨然願隨寶玉同赴鄉都寶玉大喜議定過了三朝一同前往又請出尤氏姊妹並秦氏來大家相見敘了此

當日的舊話遂在湘蓮處喫了早飯方回黛玉此時已將與賈母並自己的父母請安的稟啟寫完封好了聽見柳湘蓮願隨同往更加歡喜便教晴雯取出些尺頭來與寶玉湘蓮二人製作行衣又催著寶玉與寶釵寫了一封書子諸事停妥到了第三日也大排筵宴請了眾人來寶玉陪著湘蓮在外黛玉陪著迎春香菱尤二姐尤三姐秦氏妙玉警幻在內室熱鬧了一天到了第四日寶玉先到赤霞宮叩辭了元妃元妃又賞了許多衣物並兩名小太監服役跟隨

回來又與黛玉晴雯金釧見鬧了一齣長亭餞別然後到薄命司邀了湘蓮帶看兩名內監起身赴地府去了這話暫且不表再說賈政自奉了慈柩安厝回來居官勤慎轉眼春目陸過了些時便陞了工部侍郎這一日下朝囘來剛至院中聽得上房內一片哭聲進來看時只見王夫人正炕上哭的兩鬢蓬鬆趷床擟枕的只叫寶玉我的兒啊你倒底在那裏出家去了教我那一會見不想你喲又見寶釵李紈惜春併了頭老婆子們站了一地都在那裏陪哭賈政見了

成個什麼人兒呢寶玉聽了點頭道明日我就寫書子但不知妹妹有何仙術可與寶如姐夢中相會呢黛玉便將和香菱借返魂香的話述了一遍寶玉驚喜道我們昨晚也是蒙甄老伯賜香點了纔能勾到這裏來的妹妹他既有這香你為什麼不早借了來點上和我夢中相會呢黛玉道你這又是胡說了我夢中會你做什麼呢寶玉道這麼說妹妹還是恨我呢我聽見大嫂子說你臨終之時大叫一聲說寶玉你好四個字就不說了直到如今我總猜不着底下

的話是什麼好妹妹你告訴我底下的話罷黛玉聽了把頭一扭總不言語寶玉見他不理了又自己笑道哦我猜着了必定說的是寶玉你好沒良心是不是呢說的晴雯金釧兒一齊都哭起來招的黛玉也由不得笑道罷罷罷你饒了我罷你也和他們倆人敘敘舊議我閉閉眼睛養養神兒說着便掀過靠枕來歪倒身子一手支頤合目而眠兼之帶了三分酒意兩頰紅暈真是一副美人春睡圖這裏寶玉不錯眼珠懸的發起獃來晴雯在燈背後向寶玉笑着先

丟眼色後打手勢作摟抱接唇之狀又指指黛玉寶玉只是搖頭伸舌兒的笑不敢造次只聽黛玉從鼻子裏笑了一聲道晴雯姐姐你作什麼呢你也問問你們那個二爺他倒底敢不敢呢寶玉忙笑道這個我真可不敢我怕妹妹惱了不理我了黛玉笑着坐了起來道晴雯姐姐你聽見了沒有晴雯覺得不好意思乃扯縐子道夜深了酒也勾了請二爺安歇罷我先到西套間裏替他們舖炕去於是大家起了席撤去杯盤正在漱口喫茶只見晴雯走來哭道舖設

好了金釧兒妹妹姑娘教你跟了二爺服侍去呢金釧兒紅了臉道我沒有服侍慣二爺你是從小見服侍慣了的晴雯道只怕由不得你了說着便將金釧兒一抱了出去金釧見急的嚷道晴雯姐姐你要這麼硬求我可又要跳井呢晴雯那有工夫理他將他推到西套間裏又將寶玉也送了過去將門扇見倒扣起來側耳同內綑聽只聽裏面二人嘻嘻的笑了一陣並不聽見別的說話正待轉身要走勿聽寶玉笑道我把你親親的摟住叫你一聲林妹妹你

的紅綾袄見來晴雯見是自己當日脫給他的心中一動便用手翻弄着仔細看着玩冷不防寶玉將他的額子勾住一嗅晴雯呸的啐了一口連忙掙開跑了只見黛玉金釧兒從西套間內走了出來手裏拿着一對玻璃燈罩兒寶玉連忙站了起來笑道元妃姐姐問妹妹的好黛玉也笑道元妃姐姐見了你可說了些什麽寶玉道元妃姐姐一見面先就申飭了一頓說我為什麽撇下老爺太太跟着和尚去了呢黛玉歪頭笑道這個申飭的狠是還說什麽求寶玉咲

307

道還說你林妹妹是讀書明禮的人他怎麽樣說你就怎麽樣聽噎不得一句嘴兒的黛玉聽了抿着嘴笑道這也是該的正說時只見金釧兒走來道燈都點上了請二爺姑娘裏間坐去罷寶黛二人聽了走了進來只見炕上擺着一棹藥碗當中舖着兩個大坐褥兩邊一個小坐褥黛玉道這又是晴雯姐姐幹的故典兒晴雯笑道姑娘纏說大家熱閙熱閙若不這樣舖設我們倆人可怎麽坐呢黛玉聽了便不言語了因天氣和暖遂脫了小毛皮袄只穿着桃

308

紅綾小緋衫片金錢鈕的坎肩兒寶玉穿着月白色綾衫緋色領衣換上瓜皮便帽兒二人只得上炕並排兒坐下晴雯金釧兒斟了酒也就坐在兩邊寶玉喫着酒有一答兒沒一答兒的只是追問黛玉臨死之事黛玉皺眉道說過不許提舊事了難道你口裏說着心裏也不害臊麽我教你看個新鮮事兒晴雯忙把前兒寶姐姐寄來的詩取來寶玉聽了驚訝道寶姐姐的詩怎麽能寄到這裏來了黛玉笑道你的芙蓉妹妹怎麽就能來呢寶玉聽了正欲細問芙蓉誄

309

的詩只見晴雯將詩遞與寶玉接來看了一遍不覺淚流滿面道林妹妹你瞧這意思是寶姐姐紅藥句休賦白頭吟敢辭令我顧了妹妹也就顧不得寶姐姐這件事也行的太猛浪了我自從前日這件事也行的太猛浪了我自從感念正要到家與寶姐姐夢中我說你竟把你的這些原委給贅你帶去也教他放心就是日後回去好見面著說只顧了我不願寶姐姐了那

310

理二姐姐那裏也不大方便別處是更不用說了想來想去若說騰出一間屋子來教他一個人見各自睡去偕們也不大放心二來外人不知其中的底依舊是好說不好聽的三來他那個涎臉的病見你也是知道的教我實在也沒了法見了好姐如我的意思今見晚上你受點委屈罷晴雯咲道姑娘認真的和我頑見起來了姑娘是千金貴體本該要守一番大禮的難道我們作奴才的就不是十個月養的麼姑娘也是知道的當日太太為什麼撐出我來我

如今自已再不尊重些兒將來拿什麼臉見人呢不過我如今伺候了姑娘一場想着後來禿子跟着月亮走借姑娘的光見那就沾了大恩子今見晚上可再也不敢遶姑娘的主派黛玉又發急道好姐姐我也是沒了法見了纔央及你的你若是執意不肯這不是安着心見要壞我的名聲呢麼晴雯挐着黛玉笑了一笑向金釧見身上努嘴見黛玉會了意笑着點點頭見道也罷了一會見寶二爺回來你就把這些話悄悄的告訴他他要肯了偕們就擺一桌酒席

大家熱熱鬧鬧的坐着說說話見他若不肯還要有別的想頭我就插上房門再也不理他了二人的這番計議金釧見只顧擦棹掃地也並不理會晴雯又一面取出梳下的頭髮求紮個綱巾戴玉又用青緞了替他做個爪皮便帽釘上一顆大珍珠金釧見掃完了地遂又整理了一棹菜碟見伺候停安約有掌燈時分只見寶玉搖搖擺擺的回來一進門就嘆好熱就解鈕子晴雯忙攔道春天毛孔眼見是開的看仔細冒了風消停一會再脫黛玉見晴雯和寶玉說

話便叫了金釧見同到西套間內推故作別的去了晴雯遂將寶玉拉到椅子上坐下把黛玉方纔的一番言語儘情的都告訴了他寶玉便將晴雯摟在懷裏笑道妹妹不肯罷了你怎麼也不肯呢你們也太狠了晴雯用指頭在寶玉額上戳了一下笑道狗攢八堆屎有個人陪着也就罷了強如你往大荒山跟着和尚受罪呢寶玉笑道不用着急我都遵命就是了晴雯聽了將欲掙脫要走寶玉又道好姐姐你瞧瞧這是什麼遂將自已的袍襟解了撥開露出貼身穿

我穿着大長的只怕也將就得就只少一雙靴子一項帽子晴雯想了一想道金釧兒妹妹你到赤霞宮去把他們小太監的靴子借一雙來等我拿絲背子金箔給他作一頂紫金冠暫且戴了去見一見娘娘等到下半天同來再把偺們梳了來的頭髮給他紮個網巾道一身都齊全了可就脫了和尚殼兒了說的寶玉也咲了金釧兒便去借靴這裏晴雯收拾了臉盆便將杯筯放在棹兒上遂又擺上看饌黛玉道晴雯姐姐可把仙姑送來的仙酒燙些見來給二爺

299

喝我到外間去陪着二姑娘菱姑娘喫飯去只聽迎春在外間說道我們早巳在這裏喫完了喝茶呢你就在屋裏喫罷寶玉聽了巳不得一聲見晴雯斟上酒來寶玉忙將頭一杯接來恭恭敬敬的放在黛玉的面前自巳方喫第二杯黛玉也並不言語指示晴雯將肴饌內可喫者都挪到寶玉的面前二人並不交言以心相照而巳飯畢徹去正然喫茶只見金釧兒笑着拿進一雙靴子來寶玉接來一看倒也時樣忙脫了僧鞋登在脚上也覺合式晴雯遂至套間內

300

取了些搧背金箔之類先剪成個樣兒然後用漿子糊起來黛玉也下了炕進套間裏取出些青緞子來與他作個襯帽見寶玉穿了靴子便走出外間來與迎春香菱說了一厄開話又同到院內看了一回絳珠仙草只見金釧兒走來道二爺衣裳帽子都齊備了早些見到娘娘那邊去罷寶玉迎春香菱三人一齊走了進來只見黛玉晴雯早巳將紫金冠襯帽做成了替他戴在頭上又拿出小毛袍褂來替他穿上長短寬窄倒也將就去得迎春看了笑道這不像個

301

人見了麼纔剛見從門裏進來我瞧他打扮的那個樣兒又是傷心又招人笑林妹妹我們倆人把他帶了去罷方纔菱姑娘說寶兒弟求了他在這裏住着不方便暫且在我那裏住兩天等寶兒弟去了他再來罷黛玉聽他說的有理遂也不肯苦留乃將他三人送至宮門外瞧着他們去了這纔回來金釧兒便重新擦棹掃地收拾起來黛玉悄悄的向晴雯笑道晴雯姐姐我有句話和你商量我想寶二爺此來並無仕處娘娘那裏是國家的制度並無留佳外戚之

302

了心了黛姑娘我們到外間屋裏下盤棋去罷讓他們好好的坐一會見林妹妹再要哭我們也別理他了金釧見到廚房裏吩咐給寶二爺預備早飯說畢便同香菱到外間坐着去了這裏黛玉見他二人去了便低了頭一言不發寶玉這纔偷眼將黛玉仔細一看那裏像從前病弱的樣見了那個臉見上真是紅是紅白是白的眼內的神光恬似一汪秋水寶玉此時喜的心花兒都開了要想搭訕着說話又不知從那一句上說起纔好呆獸了半晌只得搭訕道妹

卷七

295

妹我記得我發了瘋病之後你還到我房裏看過我一回可是有的麼黛玉聽了點點頭見寶玉又道那時我心裏總覺迷迷糊糊的聽見襲人說偺們倆人對厮臉見笑了半天後來你說寶玉你為什麼瘋了我說我為林姑娘瘋了這可也是有的話麼黛玉聽了扭過頭去道你還說呢都是你鬧的把我的臉都羞淨了你再不用提這些舊事了提起來我心裏就受不得了寶玉忙道妹妹不愛聽這些舊事偺們立刻就說新鮮的纔剛見二姐姐說老太太和姑爺姑

卷七

296

來這可是有個麼黛玉點點頭見問睛雯道你把前日的書子拏了出來給二爺瞧睛雯便從書櫥抽屜內拏了出來遞與寶玉寶玉接來細細的看了一遍笑道你看這個天緣奇巧也就筭巧到極處了想總是上天可憐偺們倆人的意思黛玉道我想你明日就去一回罷儘着住在這裏也不雅相寶玉正欲回答只見金釧見皺了臉水挪過銅盆架來寶玉見了忙將僧帽摘下露出一個光葫蘆來招的黛玉睛

卷七

297

麼呢黛玉道你看你這個禿樣見還不招人笑麼寶玉聽了笑着索性把僧衣也脫了只穿着月白色綾袄見灣腰洗了臉睛雯遞過手巾來擦臉乃向睛雯道元妃姐姐在那裏住着呢我也得去請請安睛雯道東邊一帶紅墻那就是娘娘的赤霞宮黛玉道只怕娘娘見了你這個禿禿光瀁還要生氣呢睛雯姐姐我記得你新做的小毛皮袄長短只怕他也穿得前見姑太太給我作來的小毛見潼絨有挑穗的褂子

卷七

298

《卷七》

裏呢迎春笑着向裏間屋裏努嘴兒道他自已不肯
出來的等我們倆人把你帶進去你好好的見一見
他他總剛兒原是哭着不肯見你的我們好容易總
勸的好了前着元妃姐姐打發璉二嫂子和鴛鴦姐
姐到地府裏尋老太太去來終知道林姑老爺現作
酆都的城隍和老太太認了親了如今鳳姐姐鴛鴦
姐珠大哥哥都在姑老爺衙門裏住着呢前見姑
媽給林妹妹帶了書子來了說今年裏頭姑老爺輕
了天曹一同到這裏相會呢林妹妹的意思要教

你明日往地府裏走一囘見見老太太姑爺姑媽把
你們倆人的道一段因果囘明了林妹妹總要等姑
爹姑媽的口話見他總肯與你成婚呢但是地府裏
走這一回你倒底肯去不肯去呢寶玉聽了笑道只
褒林妹妹不恨我不惱我見了面叙叙話我別說到
地府去見老太太姑爹姑媽就教我往閻王殿上上
刀山下油鍋我也是願意去的迎春聽了咲道噯喲
啲你們兩個人倒底結了幾十輩子的緣法怎麻就
情義到這步田地了噯可憐我們不知把綠豆兒都

撒到那裏去了林妹妹你也該隔着簾櫳聽見了還
哭呢沒有我們帶了寶兄弟瞧你來了晴雯早把桃
紅綾子欵簾揭了起來迎春拉了寶玉同了香菱一
齊走了進來只見南邊一個小炕放着一張四方
小棹兒兩邊擺列着坐褥靠枕下面放着兩個脚踏
兒黛玉在西邊坐褥上倚着靠枕用手帕握着臉坐
着見了寶玉進來又扭過身去哭起來了寶玉見了
心中一慚那眼淚就像雨點兒一般滾了下來抽抽
噎噎的連一句話也說不出來兩個人倒哭了有半

個時辰迎春無奈只得將寶玉扶到東邊坐褥上坐
下自已也坐在寶玉的身旁用手帕替他擦淚香菱
便在西邊挨着黛玉坐下也用手帕替黛玉擦淚晴
雯便一盤見托了四鍾茶來放在棹上迎春香菱每
人端了一鍾放在他兩個的唇邊勸着每人喝了幾
口這總止了哭寶玉只剛說得妹妹我的這個心恨
不能掏出來擱在這個棹兒上黛玉聽了哽噎道你
不用說了我都知道了我不怨你的心我只怨我的
命迎春聽了笑道好了兩個人說了話了我們也放

人就在對面的四張杌子上坐下金釧見隨郎送上茶來寶玉接茶時望四下裏一看但見珠簾綉幀粉壁紗牕陳設的幽幽雅雅心中十分喜慰茶罷只聽迎春問道寶兄弟前者菱姑娘到此說你中了第七名舉人我們就狠喜歡後來又說你跟着一個癩頭和尚出家去了那和尚倒底是個什麼活神仙你跟他到那裏出家去來你也不想一想老爺太太都是上了年紀的人了後來可都倚靠着誰呢寶玉聽了淚流滿面道二姐姐的話雖然說的是一番大道理

但只是我心裏想着我和林妹妹自小兒在一處長大情深義重如今一旦閒弄的他九原徹恨我心裏怎麼過得去呢所以我心裏一痛就連老爺太太也顧不得了幸而遇着了茫茫大士渺渺真人將我攜到大荒山空空洞内與柳湘蓮在一處焚修如今修煉的雖不能肉體飛昇也算得了此見道行了前日幸虧甄老伯賜香引路所以我同柳二哥纔能勾到這裏求了香菱忙問道寶三爺見我親父來麼前日我父親說你們都在青埂峰怎麼又是大荒山呢寶

玉答道青埂峰就是大荒山的一個山峰的名兒甄老伯有給姐姐帶來的一封家書在此說着便從懷内取出書子來遞與香菱香菱接來折開看了一遍連忙籠在袖内道二姑娘據我父親書上的話看起來只怕我們這些人竟有個囘生的信兒却也好笑一個人死了怎麼又能活轉過去呢寶玉道前日老伯也曾對二位仙師說來但只是未來的天機仙師也不肯說破也只含糊說了幾句我們寧可信其有不可信其無况且還有好幾個月的光陰呢你們

聽着就是了迎春聽了長出了一口氣道你們都是些有情有義的都回生去罷我只住在警幻仙姑那裏就是了寶玉道二姐姐你不過所怕的是二姐夫邪個混賬東西你只管放心我那師父的手段高多着呢等到囘生的時節只用將孫紹祖捉了來閞了他的腔替另給他換上一副肚腸還怕他怎的呢迎春聽了笑道瘋話又上來了香菱忍不住也笑了寶玉因見說了半天話總不見林黛玉出來心裏就急的受不得了乃悄悄的問迎春道林妹妹倒底在那

怎麼還是這個毛病兒怨不得林姑娘哭着不肯與你面兒見寶玉聽了嚇了一跳忙問道好姐姐你告訴我林妹妹為什麼哭着不肯與我見面想是他心裏還恨我呢晴雯忙揾眼淚拉了寶玉到垂花門的旁邊低低的說道二爺林姑娘打發我出來迎接二爺來的教我悄悄的告訴你說你的委屈你的苦況他都知道了如今二姑娘姜姑娘都在這裏呢一會見了面說起話來不教你當着人說的玩見兒的仔細人家在背地裏談論再者還要規規矩矩

的莫要涎臉教你留點神兒寶玉聽了晴雯的一番嚀咐就知道黛玉心中並無恨他之意又且素日深知黛玉的脾性是要強的在人面前傷不得一點臉見的乃笑道妹妹也太多心了何用差姐姐來嚀咐我呢難道我就是個糊塗蟲連個人都不知道避諱了就是當日在家偕們在一塊兒頑笑尚然知道避諱着人何況如今在他跟前呢晴雯笑道敢是你嘴裏說的倒好聽纔剛見見了我可是怎麼了呢寶玉笑道我的好姐姐偕們今離了好幾年我今兒好容

易見了姐姐的面兒只覺情不自禁那裏還由得我了呢晴雯嘆道却又來你見了我就情不自禁的由不得你了一會見了林姑娘少不得越發情不自禁的更由不得你了還怪人家囑咐你呢二人正說時只見金釧兒到宮門內張了一眼笑道二爺快進去罷二姑娘和姜姑娘都在院子裏等着二爺呢寶玉聽了便一手拉了晴雯一手拉了金釧兒往裏走二人搖手笑道纔囑咐你的是什麼話來怎麼這一會兒也沒有可就忘了呢金釧兒又道我看二爺好

是狗屁不了喫屎了纔剛見在街上就恨不得把人家怎麼樣了說好晴雯笑道小蹄子多早晚得了信兒就溜着跑了我連個氣兒還不知道呢寶玉笑着拉着他二人的手一直走進垂花門來一見了迎春由不得滿眼垂淚先請了個安迎春忙拉了他起來止不住也就哭了香菱忍淚勸道二姑娘請寶二爺到裏邊坐罷不用傷心了仔細招的林姑娘越發要哭壞了呢迎春聽了便止了淚將寶玉拉到房中寶玉重新又與迎春眾丫鬟行過了禮問好了畢

一個此真是天淵相隔了林姑娘還不肯相見難道
你自巳心裏也過得去嗎說着便和迎春手拉手兒
到院子裏看着寶玉去了這裏襲玉見他二人去了
一面試着眼淚一面點手兒把晴雯叫到跟前附耳
悄悄道你也快出去迎迎去罷你悄悄的告訴他就
說他的苦處他的委屈我都知道了當着二姐姐沒
姑娘見了面見不用說的那麼樣般般的仔細人
求聽見了背地裏當個笑話說論再者說話舉動
要規規矩矩的莫要見了忘了情像小時在家

裏的那個涎臉的樣見可就不成事了你就去罷
看些見嗳小祖宗旗道的具一命
了笑道姑娘的心也太細了這有什
呢他們也犯不上咲話俏俏我就沒
玉便性子道你是個好的雖有你好
就服侍他去晴雯扭着頭笑道人家
又給人家道個話契來了把我舞個
姑娘的兄見襲玉越發着急道是了
再挨磨一會人家到了晴雯道這裡

趕到迎春香菱的前頭口裏一面說道二位姑娘慢
慢的走看仔細絆倒了讓我任意窩門外望一望看來
了沒有香菱喜歡笑道晴雯姐姐我看着寶二爺來了你比
林姑娘喜歡的還自歎些見晴雯跑着笑道你不用
拿這個話打趣我不巳經是老虎不喫人惡名見在
外的了我的臉早巳就是城墙了還怕什麼呢一會
見你可不用和林姑娘嗷着頑見饒是他巳經哭的
你嚅嚅晴雯聽了咲着一直的跑到官門外向南一

望朶見遠遠的寶玉拉着金釧兒的手說說笑笑的
來了晴雯一見又是喜歡又是傷心又恨道金釧兒
渴相小蹄子多早晚兒可就溜着接去了他倒搶了
先見了正說着只見寶玉巳到了官門霎然覺見了晴
雯不由的一陣傷心忙鬆了金釧兒的手跑上來一
提手便將晴雯的脖子摟住流淚道我的親姐姐你
遠幾年可好活泛見的想壞了我了晴雯心中雖有
十分的親愛見寶玉當着金釧見摟住了他也覺不
好意思連忙把寶玉的手推下來哭道我的小爺你

迎春香菱三人談及寶釵寄書的話來黛玉心中十分感念意欲向香菱求借返魂香點了要與寶釵密中相會香菱也要回家去看看薛姨媽並自己邀下的小孩兒惟有迎春心無罣礙聽見他二人如此計議反到笑道你們的牽連也太多了知道點起香來靈驗不靈驗呢黛玉笑道二姐姐你不要管我們的閒事惟都像你呢提起二姐夫來恨的牙都癢癢了正說着只見睛雯滿臉飛紅的跑了進來道林姑娘寶二爺我到這裏來了黛玉聽了赫得心頭突突的

亂跳起來忙道這是誰說的話呢睛雯要答道適纔警幻仙姑差仙女們求說的他說寶二爺柳二爺兩個人都隨了那癩僧跛道在大荒山出家來如今都修的功行圓滿了他師父特意將他二人送到這裏來與姑娘尤三姑娘相會求了迎春香菱聽了倒也十分歡喜只有林黛玉聽了眼中流下淚來忙用手帕握了臉見說道離了道我不見他迎春忙勸道林妹妹你這又是何苦呢可憐見的寶兒弟千辛萬苦拋家離業的不知跟着那僧道在那裏受了一回罪

也虧他一片的真誠方能勾熬到這裏來你如何反倒說出這樣話來你的意思我也猜着了必是為我和菱姑娘都在這裏呢你臉上不好意思是道個緣故不是呢你要是為這個緣故真真的可就俗極了難道你們倆人的事情我們兩個人還有個不知道的嗎黛玉聽了進來迎春一把道這個二姐姐你想是聽見你兄弟來了把徐喜歡糊塗了你想想此處又沒有我的父母又沒有老太太和舅舅母難道你教我們相會想是教我們作個淫奔下賤麼迎春

聽了笑道原來是為這個緣故這也沒有什麼難處的寶兒弟也是讀青明理的人等我見了他先把這些話告訴了他你們倆人只管好好兒的見見面見再叫寶兒弟辛苦 回到地府裏去見見老太太姑菱姑媽還有什麼不妥當處呢黛玉聽了低頭拭淚便不言語了迎春便拉了香菱道菱姑娘偺們先到院子裏等着寶兒弟去可憐見的他倒底熬的到了這裏了香菱也讚歎道像寶二爺那樣的人世上再也我不出第二個來了就拿二姐老爺和我們那

謂的縈煩神仙姐姐們代為通稟一聲說賈寶玉柳湘蓮求見只見仙女中有一乖鬟女郎將他二人凝眸端詳了一會悄向那幾個仙女笑道姐姐們你們仔細瞧瞧這個小和尚狼像那一年來的那個帶髮金冠的小淘氣兒如今長大了好些怎麼又出了家了呢內中又有個仙女笑道可不是他是誰呢我記得那一年仙姑帶了他來擺酒作樂的樂了一天到了晚上還把你兼美姐姐配了他了想是他喫着甜頭見了如今又來了這一回只怕可就該輪着你了

《卷七》

271

只見那乖鬟女郎向他啐了一口笑着進宮去了寶玉聽了這些話直樂得心花兒都開了湘蓮將他捏了一把低低的問道寶兄你的悄悄事兒可都教我聽見了當真的有這樣事麼寶玉紅了臉笑道你信他們的話呢正說着只見那乖鬟女郎走出宮來笑道仙姑有請湘寶二人整理了衣冠恭恭敬敬的走進宮來只見警幻笑嘻嘻的迎了出來道恭喜二位你們的功行圓滿了只因你們這些凝情孽債倒關的我們出家人不得安靜倒成了你們的撮合山

272

了湘寶二人連忙搶步進宮雙雙叩拜畢分賓主坐定仙女獻茶茶罷寶玉先就立起身來笑道弟子二人的求懇仙姑既已明白無庸再贅但所謂伊人俱在仙姑門下求仙姑慈悲導引俯賜矜全弟子等感恩非淺警幻笑道柳公之事倒還容易有他親姐姐作主見也就可以成全了尊駕之事我都不能包管只我們那個瀟湘仙子的脾氣你是素日領教過的雖說你二人的情分生死纏綿只怕沒有父母之命媒妁之言竟有些覓費力呢寶玉聽了沉吟了半晌

《卷七》

273

答道弟子此求只求相見一面訴一訴苦心至於成全一事弟子另行設法警幻聽了笑道既然如此我先差人去替你們通知一聲兒仙女們呢過來一個只見那乖鬟女郎走來警幻道你去到絳珠官薄命司兩處通知一聲就說寶二爺柳二爺到了看他們是何光景卽速轉來女郎應答了一聲笑着去了不言湘寶二人與警幻閒敍再說林黛玉自從打發司棋天嫗去後連日與尤三姐等往來賡謝熱鬧了幾天因留迎春同住這一日清晨起來開眼無事正與

274

堂安宿當下他二人送了僧道士隱便回至臥室在起燈來將名香取出來仔細看了一番亦不見有甚奇處遂在燈上點著但聞一縷清香自鼻入腦令人心說俱醉二人只覺困倦思眠禁不住打起呵欠來了寶玉笑道有些意思倆先打開了臥具將欲解衣湘蓮笑道寶兄弟脫不得衣服的難道我們赤身露體的去登太虛麼一句話提醒了寶玉也就笑起來道柳二哥你真是個精細人兒若都像我這樣粗心只怕到了太虛還把尤三姐嚇的跑個沒影兒呢

267

湘蓮也笑道悄默聲兒的睡罷我讓你是個小兄弟人家不肯說你什麼頑話罷了你也別太遲臉了二人笑著俱各和衣就寢頭一著枕早已入了夢鄉了起初但覺耳畔呼呼的風響停了一會便覺眼界光明真是琉璃世界早望見甄士隱在那裏招手兒湘寶二人的真魂一見俱各歡喜一直的撲了士隱來寶玉道甄老伯你如何求的這樣快呢士隱道我在此久等多時了你們順著我的手瞧前面隱隱綽綽的那不是太虛幻境的牌坊寶公是來過兩次的

268

順著牌坊走去竟無一失我卻未便相陪說著遂從懷中取出一封書信來遞與寶玉道這封書煩二位帶去轉給我女見便了寶玉接來揣在懷內三人拱手而別士隱自回仙洞且說湘寶二人歡天喜地的一直順著牌坊走去約有三里之遙早望見石頭牌坊上寫著離恨天斗大的三個金字寶玉見了不勝大喜又將對聯看了一遍與前次的話絲毫不爽乃笑向湘蓮道柳二哥這個所在我雖然來過兩回心裏也覺恍惚我只記得正中的那座殿是警幻

269

仙姑所居卻不記得別人的佳處湘蓮道依我說偕們先去求見警幻仙姑說明了來歷央求仙姑導引纔與嘗莽昌冒失失的造次了反為不美寶玉心中雖是急於要見黛玉但自己與湘蓮同來也生怕弄出岔兒來連忙答應了一個是一齊撲了正中的殿來只見宮門外有五六個仙女在那裏掃花一見他兩個來了便都詫異道那裏求的野僧野道少往前走仔細黃巾力士來打你們湘寶二人連忙陪笑道神仙姐姐們我兩個是仙姑的舊門生特來奉

270

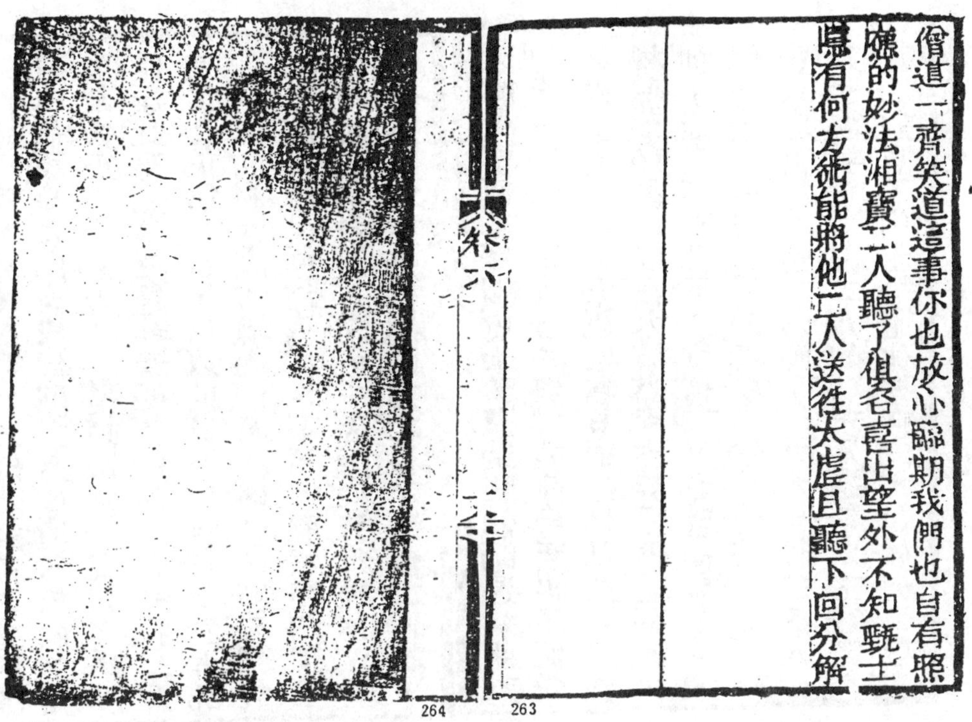

僧道一齊笑道這事你也放心臨期我們也自有照應的妙法湘寶二人聽了俱各喜出望外不知甄士隱有何方術能將他二人送往太虛且聽下回分解

續紅樓夢卷七

碧落黃泉尋踪覓跡　紅[illegible]

話說湘寶二人聽了甄士隱的忙問道方纔老先生所言送令愛是誰難道也在金陵十二釵數內麼士隱笑道二位原來不知小女英蓮因上元佳節家人抱去看燈丟失後來被拐子賣與薛家改名香菱的即小女也湘寶二人聽了忙又重新施禮道晚生輩不知老伯的大駕多有得罪香菱即晚生輩之嫂也士隱亦忙答禮道我們原是老親應嘉甄公與弟是同宗寶玉聽了愈加歡喜道適蒙老伯慨許晚生輩魂登太虛不知有何仙術尚祈明示士隱咲道二位不必疑懼覷着回了向直袋內取出個小匣兒來打開抽出兩支名香來遞與湘寶二人各一支道你們二位今晚臨睡時可將此香點着插在枕旁自有奇驗二人接來又拜謝了一番只見那僧道二人吩咐松鶴擺上酒菜來與士隱湘寶五人暢飲了一回又談了一會天機僧道遂留士隱在後洞同歇湘寶二人仍在禪

知你迷了本性指才任意所以縱有這番苦境你與絳珠仙草原有夙緣只因你二人性情皆信於一偏哀樂失正害和故遭此一番顛沛卽柳賢契之事亦皆煩此諺云求說是非者便是是非人如今我二人反倒不能辭其責了所以前日下山會見了四大部洲的眾仙辦太虛的境內所有紅樓夢中應行釋放回生之鬼魂俱已繕寫花名事實册聯銜奏閣了上帝奉批尚須會同人間帝主面議後另行降旨俟聖肯一下那時就是你們團圓之日了湘寶二人聽了

不勝大喜連忙拜謝寶玉又道請問仙師這纔所說的絳珠仙草莫非就是林黛玉的前身麼弟子前蒙仙師從夢中引入太虛也曾見過這株仙草但不知林黛玉的靈魂尚在太虛否那僧笑道他是那裏的仙子豈有不在那裏之理寶玉又道蒙仙師不棄收錄門墻已用過三月的苦功不知此時肉身亦可重登太虛否那僧道二人聽了一齊大笑起來道人心不足得隴望蜀你二人的功夫不過纔入正途能分正心誠意了尚未到過化存神的地位如何就想上

登太虛呢寶玉聽了正欲請問只見松鶴走來回道後无洞的甄老先生來拜謁僧道二人聽了忙起身出迎但見甄士隱笑嘻嘻的進來大家相見揖畢就坐松鶴獻茶茶罷士隱笑道二位仙師恭喜前日眾仙曹奏之事蒙上帝已經允准大約定期於本年七月十五日孟蘭勝會釋放大眾回生屆期只怕仙師們又有一番勞苦了那僧道二人笑道出家人以慈悲為本正當竭力以廣皇仁豈可憚勞乃向湘寶二人道這位甄老先生你二人可認得麼二人躬身答

道人間仙範未獲瞻顏士隱笑道小弟姓甄名費字士隱蘇州人氏因小女去失家遭回祿所以跟隨仙師到此業已修成正果前送小女魂返太虛今聞上帝矜憫賜令還生所以特來謁見仙師並與二位報個喜信那僧笑道方纔他二人正然求著要往太虛一遊可巧見的尊駕就到了你何不將他們成全成全將來也好討個封號士隱答道此事不須二位仙師費心小道自有方術將他二人的真魂攝去送至大虛以完夙願但他兩個的肉身尚須仙師照應那

與林黛玉尤三姐相見也不用等什麼功行圓滿湘寶二人聽了嚇一大驚心下暗想道若非真正的神仙如何連他兩個的姓名都叫了出來呢二人忙立起身來道二位仙姑如果能使我們立刻就與林尤二人相見那時仙姑再有所命無有不遵的二位仙子聽了笑道這有何難呢遠在千里近在眼前你們那裏間屋裏坐的那不是他們兩個麼哄的湘寶二人回頭一看只听二位仙子笑道在這裡呢二人忙回過頭來看時那裏是兩位仙子了果然就是林

黛玉尤三姐二人端然坐在椅上喜的個寶玉剛叫出妹妹的兩個字來湘蓮忙喝道寶兄弟你忘了仙師傳授的口訣了麼所謂致知在格物者言欲致吾之知在即物而窮其理也寶玉聽了恍然大悟暗想林妹妹素日為人就美他死後的林魂也斷不肯當着柳二哥與我相見定是那個仙子的什麼障眼法見心中一急便將通靈玉摘了下來望着林黛玉臉上打來湘蓮也扳出寶劍剁來望着尤三姐砍來只聽得嘩啷的一声犹如地裂山崩之狀震得湘寶兩

人一齊栽倒正在迷惑之間只听旁邊有人叫道二位師兄起來罷師父回來了你們快去告訴了好打我湘寶二人醒了一會睜眼看時不是別人都是松鶴童子連忙爬了起來問道你從那裏來的松鶴笑道你們看這是那裏二人倶望四下裏子細一看原來就是空空洞的院子寶玉看了發起怔來只見松鶴輕輕的在他臉上彈了一下笑道不害燥的連妹妹都叫出來了二人這纔明白是仙師的幻術試探他們呢羞的寶玉將松鶴啐了一口忙將通靈

玉拾了起來掛在頸上湘蓮也收了寶劍只得跟了童子走進禪堂只見那一僧一道對面坐在榻上見他二人進來一齊點頭讚道孺子可教也孺子可教也二人忙向上叩見已畢坐在兩旁椅上那和尚向寶玉笑道我適纔在青埂峯覷見你所作的石頭詩甚嘉你既知道你的來歷我如今索性與你說明你原是女娲氏補天所剩的一塊頑石當日原是我將你攜到昌明隆盛之邦富貴榮華之地就是為人的指點你建功立業裕後光前影畫丹青名垂竹帛誰

仙姐姐雅愛我二人斷然不敢從命那女郎又笑道二位仙郎如何聰明一世懵懂一時既然能句到此這就是真、仙了尚何道之可悟呢況且你們斬斷的原是塵緣此乃天緣豈塵緣之可比只怕你們錯過了機會打着燈籠遶沒處尋呢湘寶二人聽了只是再三的遜謝忽見那女郎怒道你們這兩個沒福的東西真正不識擡舉你們既然來到此處只怕也由不得你們了說着便問頭上拔下一股金釵向他二人迎面擲來忽然化作一條五色彩繩將他二人的

〔251〕

脖頂套住那女郎拉了就走湘蓮着了急便欲抽出鴛鴦劍來割斷他的彩繩只覺身不由已手不能動寶玉更不必說了但竟兩腳前奔收留不住二人無可奈何只得隨他拉到樓下登梯而上那女郎喚道二位仙姑仙郎到了但聞一陣環珮玎璫香風撲面引得他二人不由的心蕩神搖便連忙定性寧神以理制情定睛一看只見迎面站着兩位仙子生得美艷異常光華奪目笑容可掬的道二位仙郎請坐只見那女郎將彩繩一捉他二人早已坐在椅上了那

〔252〕

彩繩仍舊化作金挿釵在鬢旁將手向牌外一招早又飛進一個茶盤托着四盞香茶接了來先賓後主分送畢又向兩位仙子笑道二位仙姑你看他兩個的模樣兒長的可比當日的劉郎阮郎何如只見那兩位仙子秋波斜睨笑了一笑低声罵道癡了頭快去整備酒筵上來別誤了千金一刻那女郎答應了一聲哎着接了茶杯各自去了這裏一位仙子問道二位仙郎尊姓大名仙鄉何處湘寶二人正在寧心定性之際忽聞此問嚇得他二人不敢仰視但躬身

〔253〕

敬謹答道弟子二人乃下界凡愚一名賈寶玉一名柳湘蓮都因一念癡情不遂故俯棄藥招紅塵入山訪道幸蒙茫茫大士渺渺真人不棄收錄門墻原許下我們功行圓滿包我們遂心如意的此時雖蒙仙姑垂愛我二人實心的不敢從命乞二位仙姑慈悲放我們回去我們就焚頂無旣了二位仙子听了笑道你二人的心事我們作仙人的早已知道了難道我們姊妹二人反不如林黛玉尤三姐兩個賑你們若肯依從了我們成就了好事包管你們眼下立刻就

〔254〕

只見湘蓮手彈劍鋏，高聲唱道：

舞罷鴛鴦劍，淒涼淚汪汪。大荒山猛乘得紅塵透，沒來由死別生離颩颩好。姻緣何日方成就，到對着青天碧海兩茫茫。愁心當他春花秋月年年舊。

湘蓮唱畢，寶玉聽了笑道：咱們的好聲韻鏗鏘，惜無金石絲竹以應之耳，但只是曲中太覺感慨淋漓，悲不似我們出家人的口氣。湘蓮大笑道：寶兄弟你這個可又是鑿起四方眼兒來了，這是怎麼說呢？寶玉

247

也不禁大笑起來，道：咱們何不再往前去，一直把桃花的踪跡追盡，看那裏倒底有什麼人家沒有，我們也尋個酒肆沽飲三杯，以助清興，豈不更有趣呢。湘蓮道：也好。二人遂又順着桃花又走了有數里之遙，隱隱的望見前面桃花影裡露出些樓臺殿閣來。寶玉大喜道：此乃荒山，怎麼又有這樣一個所在，之真真的，我們今日可勝過當日的陶淵明了。湘蓮道：我來此多年，也下山走過幾次，怎麼總沒見過這個地方呢。二人一面說話，一面走到了跟前，忽見一條長

卷六　十一

248

何阻路，白涌碧翻，又尋至河邊窄處，恰一石橋。兩邊白石欄杆，直接到那邊綵緞飛樓之下。二人緩步上橋，迤邐行來，只見那邊垂楊影裏露出一帶粉墻。內有幾層飛樓，直掛雲漢，盡的十分華麗。及到粉墻角下，忽見一座花門，朱扉半啟，曲徑通幽。二人止步，正在徘徊瞻顧間，忽見從裏面走出一個二八女郎來。風鬟霧鬢，環珮珊珊，見了他二人並無羞怯之態，笑問道：三位仙郎尊姓大名，求此何幹。二人聽了，只得正色答道：小僧小道，乃茫茫大士、渺渺真人的徒弟

249

現在空空洞內修行，今因春光明媚，下山閒步，偶爾到此，不知此處何名，這等富麗，望祈神仙姐姐明示。只見那女郎笑道：此處乃天台山樓上，乃玉真仙子姊妹二人的住處。當日有個劉晨阮肇，採藥誤入此山，與我家仙姑姊妹二人綢繆燕好，自從他二人返掉之後，至今千有餘年，再無人能句到此。今日二位仙郎忽然光降，真是三生有幸了，快請到裏边奉茶。湘寶二人聽畢，嚇得呆了半晌，答道：神仙姐姐，我二人因被癡情所縛，所以斬斷塵緣，來此悟道，雖蒙神

卷六　十二

250

來但見天朗氣清惠風和暢湘蓮同寶玉笑道你我
自從用功以來雖覺太苦然頗覺效驗我只覺得近
來氣爽神清骨輕體健飄飄然似有凌雲之意我瞧
你如今的容貌也有個悴回昔的光景了你本來
生的面如美玉只因從前爲富貴繁華所擾却少一
叚溫潤之色如今看去真是羊脂白玉中透出一番
寶色來了名之曰寶玉可謂名實相符之至了寶玉
聽了不禁大笑道柳二哥你我弟兄素無戲言今兒
可該罰你了湘蓮道並非相戲你不信你去照照鏡

子可像你光前的樣兒不像寶玉聽了果然取出鏡
子來自己照了一照也不覺壺形於色道柳二哥我
今日始信吾儒之道卽仙佛之道總因世上的人爲
氣禀所拘人慾所蔽習爲而不察終日迷於聲色貨
利及玉迷的要死又妄想仙佛的長生豈不可笑呢
湘蓮道倒底寶兄弟是個極聰明的人一悟就悟徹
了我想今日天氣晴和偺們何不下山去逛逛一則
可以流通血脉發舒精神二則可以縱觀花柳怡情
悅性這些日子偺們也太苦了寶玉聽了歡喜道正

合我的意思你何不把鴛鴦劍帶上到了寬闊厰亮
之處試演一回小弟也領教領教湘蓮聽說遂繫了
鴛鴦劍喚松鶴童子喚求囑咐道你在家小心門户
我們下山走走就回來的松鶴答應着笑道二位師
兄逛呢只管逛去且莫要學那劉晨阮肇誤入了天
台就不能回來了二人聞言一齊吆喝道胡說等
師父回來告訴打你說着湘蓮便拉了寶玉的手
步出洞門曲折下山但見蒼松翠栢青碧接天異卉
奇花幽香撲鼻二人下山走了約十餘里方見地平

路坦四顧一片桃花彷彿武陵景況寶玉大喜道柳
二哥我幼讀陶淵明的桃花源記意謂是文人的曲
筆皆假設之詞今日親歷其境始信古人不我欺也
這裏寬厰你就舞起劍來也可使桃花壯色湘蓮
見說便解下鴛鴦劍來先走了個架式便斜行拗步
的舞了起來只見一片寒光渾身盤繞喜的個寶玉
拍手呌好不絕湘蓮舞罷收了劍笑道有武事者必
有文備但我幼而失學詩詞上我却不能只好唱一
隻寄生草與你聽聽寶玉越發歡喜道如此更好了

香袋兒上頭遶綉着他們兩個不害燥的行樂圖兒不知怎麼到了太太手裏把太太氣了一個發昏好好的在二奶奶房裏特特的把我叫了去大罵了一頓說我長的客長臉兒水蛇腰兒妖猜狐狸似的把寶玉都引誘壞了這些話都是他老娘王善保家的嚼下的舌根若不是前兒鴛鴦姐姐告訴了我我一輩子再也不能知道太太權我倒底是為那一件事呢幸虧老太爺有眼睛後來二奶奶在他屋裏搜出贓證來了要不然我就跳到黃河洗不清呢什麼司棋聽了無奈只得含羞央他道好姐姐你當著姑娘們給我留點臉兒罷這也是我一時走錯了路我也後悔不來了好姐姐我給你磕頭說着便跪了下去招的黛玉香菱一齊笑起來道晴雯姐姐你們這言是前因前世的緣故他也不是有意害你過去的事了不用儂自提了他知道他的不是迴就罷了晴雯聽了也由不得撲味的笑了忙一手拉他起來道我竟不知道你這個小蹄子鬧這麼大的詭真是紅樓

黃拌辣子看着不出來呢罷了我也不說了只教你老娘挑個老媽婦隄防着我就是了正說時只見金釧兒進來道天也不早了姑娘們還沒有喫晚飯呢我預備了幾樣菜菓大家喫些罷說着便搬那小炕桌兒黛玉道就在地下桌子上罷咱們五個人一塊兒吃着熱鬧些金釧兒於是擺上菜菓大家隨意喫了些又說了一會閒話黛玉方向司棋道夜深了你也安歇去罷我們也要睡了司棋答應了便告辭了出去晴雯送出房門笑道司棋妹妹你可要好好的約束你們那一個這是天仙福地你們老老實實的睡思諕着些兒莫要不干不淨的司棋也笑着答應道你嘴裏也積點陰隲罷說着各自去了這裏晴雯笑着進來舖陳了卧具大家歸寢到了次日黛玉寫了稟啟又備了幾樣異樣的禮物打發司棋夫婦回轉鄧都以及與尤三姐諸人彼此往來賀謝這些節目暫且不表再說賈寶玉與柳湘蓮二人在青埂峯下空空洞內每日將仙師傳授的口訣心法用起功來倒也十分快樂韶光荏苒不覺三月有餘這一日清晨起

又有一副泥金粉紅箋拿來一看只見上面題着雙文調望江南詞一首細細的讀了一遍遞與香菱道你看填的這首詞何如香菱接來遂也朗朗的讀了一遍晴雯道這又是第二次冬、天得的你也講給我聽聽香菱也就與他講了一遍晴雯聽到淡衣還見尋雲求脉脉使人愁又復傷起心來黛玉勸道晴雯姐如你不用哭若你倘細想去你這就比我强多着呢晴雯拭淚道姑娘何苦求來又說這樣話呢寶二爺為什麼出了家連寶二姑娘襲人一齊都撇下了倒底是

235

為誰呢正然說到這裏只見司棋走了進來晴雯眼尖忙將文詞來在樣本内早連箇羅端王走了司棋笑道姑娘還没有睡覺嗎元妃娘娘和二姑娘教給始娘道謝黛玉笑道你怎麼不住在那裏和二姐姐多說說話見司棋道我原要住在二姑娘那裏的只是娘娘吩咐說此處乃是仙家清虛之府原不容男人們到此的所以教我回來約束潘又安又教我告訴姑娘明日寫了回覆早些心發我們回去也是娘娘謹慎的意思我想潘又安雖是個男人他頭上長

236

着幾個腦袋瓜子敢在仙女們跟前無禮呢黛玉聽了笑道這也不過是避嫌疑的意思我也方纔教金釧兒吩咐他這個話來我明日就寫了家書打發你們回去也是正理司棋正欲回答只見晴雯收了管羅怒容滿面道司棋妹妹我有句話要問你呢你幾時和你表弟鬼鬼祟祟的弄出事來害的我好苦啊今見你們兩口子倒都得了好處投到姑老爺衙門裏了方纔娘娘還怕潘又安那個小雜種子多事他敢多一點事兒我把他的筋還都抽了呢說的司棋

237

紅了臉低了頭不敢哼一聲見香菱聽了笑道晴雯姐姐你何苦求姊妹們好些年沒見面況且他又是姑老爺大大遠路風塵打發來的你如何當着人就給人家個臉上下不來呢晴雯道菱姑娘你那裏知道呢那一年太太攆了我全是他們鬧出來的姑娘你問問他他可教鴛鴦姐姐在太湖石背後捉住過沒有那時鴛鴦姐姐老奴婢的回了老太太早就水落石出的那有後來追一塲是非呢誰知道鴛鴦姐姐又在他們跟前發了慈悲忍在肚裏了偏偏見

238

巳將自巳的包袱看過取好了走來見黛玉手持詩箋眼中流淚忙伸手接來仔細也讀了一遍讀到誤聚嫂為獅之句不覺觸起他的舊恨也就眼淚汪汪的傷起心來晴雯走了進來道你們兩個人又是怎麼了對頭兒哭成紅眼媽兒似的香菱道這是我們寶姑娘給林姑娘寄來的一封書子所以林姑娘看了在這裏傷心呢晴雯道你念給我聽一聽香菱道是一首五言排律詩晴雯聽了把頭一扭道好容易瞧他們一個字兒來再不肯明明白白的寫幾句話

《卷六》二

231

兒總是閙什麼濕咧乾咧的敎人家連一句兒也不懂得我就來了這幾年也總没個親人兒給我焚化些什麼只記得那一年秋天又不是年又不是節忽然小大奶奶他們在牌樓那邊得了一副冰鮫縠上頭長篇大論的不知寫的都是些什麼說是寶二爺給我寄來的我又不認得字求他們念給我聽誰知道小大奶奶也認不得字幸虧尤家二姨兒三姨兒他們倆人大夥兒凑着這終結吧吧的念了一遍我也不懂說的都是些什麼只記得有什麼芙蓉

232

祜見采兒的黛玉聽了忙道是了那就是寶二爺祭你的芙蓉女兒誄那一年祭你的時候我還瞧見了那晴雯道還有我替他改下的呢這張字你還收着了麼晴雯道那時他們念了我一句也不懂求他三個給我講講他們也不懂得我就賭氣子叠了一叠夾在我的樣本兒裏頭了不知如今還有没有等我我一我去說罷便去拿了個針線笸籮來取出樣本翻了幾頁果見有叠的一副冰鮫縠取了出來遞與黛玉黛玉接來打開一看果然就是芙蓉誄遂從頭王

《卷六》三

233

尾朗誦了一遍晴雯聽了歡喜道姑娘念的怪好聽的他們那會子結結吧吧的那裏念得成個句頭兒呢我再央求姑娘替我講一講這麼長篇大論的倒底說的都是些什麼黛玉聽了遂又念一句講一句逐句講完只見晴雯早巳抽抽噎噎的哭成個淚人一般香菱在旁用指頭兒在臉上刮着羞他道你這個呢明兒再敢笑話人了晴雯着急忙推他道你家家心裏難過的什麼似的你還好意思拿話嘔人家來了林黛玉講完便依舊叠好揭開樣本兒夾時只見

234

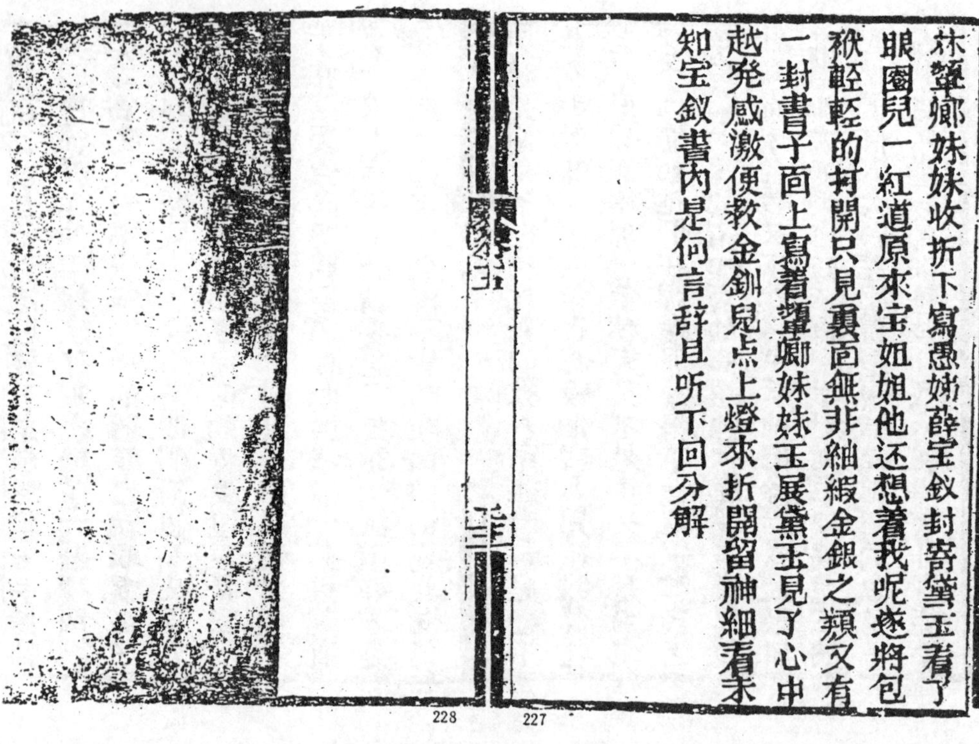

林颦卿姝妹收折下寫愚姊薛宝釵封寄颦玉看了
眼圈見一紅道原來宝姐姐他还想着我呢遂將包
袱輕輕的打開只見裏面無非紬緞金銀之類又有
一封書子面上寫着颦卿姝妹玉展黛玉見了心中
越發感激便教金釧見点上燈來折開留神細看未
知宝釵書內是何言辞且听下回分解

227

續紅樓夢卷六

試真誠果明心見性　施手叚許起死回生

話說林黛玉見了寶釵的書子不勝傷感乃命金釧
兒點上燈來折夫封皮留神細看乃是一首五言排
律詩仔細讀道

久結金蘭契相憐絕世姿花前肩每並月下步同
移午倦停針早查長罷綉遲清談消俗障雅謔解
人頤酒閑怡紅品茶馮欄翠遺海棠爭步韻薼雪
戲聯詩再建桃花社重填柳絮詞語華驚牛殴氣
運歎中長雁序傷兄劣萱堂顦母慈望希家有鳳
誤聚嫂為獅苦口咮吾諫甘心受彼欺兼葭欣倚
玉月老許牽絲青鳥傳佳信紅鴦近吉期結褵矜
得偶染疾忽生悲瞥見金鶯惱頻窺雪雁疑經軒
虛好夢泖館痛相思児我于歸曰富卿屍續時焚
巾憐妹苦托鉢痛卿瘝紅莫句休賦白頭吟敢解
悠悠此死恨只我两人知

颦聊賢妹粧次　　　僅句書呈

　　　　　　愚姊薛寶釵歛衽

黛玉讀畢不禁一陣傷心眼中流下淚來此時香详

229　230

上寫

汝父母不德中年相繼殞謝幸邀天眷補受鄆
都城隍亦無所苦惟念遺汝煢然弱息靡所依恃
莘頓汝外祖母慈庇教取京師寄食十年傷心
千里方幸撫育成人年已及笄秦樓弄玉何愁引
鳳之簫瑤島飛瓊不少鈿車之騎何期修短隨化
忽罹夭亡前因外祖母歸泉始悉顛末因而大
索幽冥倏無彩翬二在痛悼間熙鳳任婦求轅始
知汝名列仙班鑾聲府神遊迤邐

《卷五》〔二二三〕

湘之號見女之情難抑父母之心稍慰今我幽冥
職任已滿十年待轉天曹相看有日囑汝慎勿詿
傷時加珍重茲因尤氏閨秀廻車特差司棋次
同來看視各寄汝衣飾若干尺頭若干玩具若干
食品若干外進元妃娘娘並致眾姊妹不腆之
儀統即照數查收可也
黛玉看畢撲簌簌眼中流下淚來晴雯在旁勸道姑
娘我親所見司棋說姑老爺姑太太現做地府城隍
又和老太太認了親姑娘所見狠該歡喜纔是況且

《卷五》〔二二四〕

姑老爺不凡的高陞了就要見面的何苦來大年初
一的你自只是傷心呢黛玉聽了便也拭了眼淚問
司棋道二姑娘教你晚上過去呢依我說你喫了飯
就早些去晴雯姐姐把方纔給娘娘和二姑娘的禮
物查了出來就交給司棋姑娘送了過去別位姊妹
的也按名查了出來明日再送罷晴雯司棋三人答
應所去只見金釧兒端上茶來放在桌上道潘又安
要給姑娘磕頭呢黛玉道教他在外頭歇著
等我寫了回書仍舊差他們夫婦回去呢這裏是

《卷五》〔二二五〕

仙人所在教他在外邊住著不可多事金釧兒聽了
便自告訴潘又安去了黛玉這裏端起茶來正然喫
茶只見香菱手內提著兩個包袱笑嘻嘻的走了進
來黛玉道偺們一塊兒走著怎么眼錯不見的你往
那裏去了香菱笑道方纔大家分路的時候小大奶
奶點手兒叫我我就跟了他去了到了胖坊那邊果
然有些衣箱包袱都是各人家中寄來的我就將我
的一個拿了出來還有你的一個我也帶了來了說
着便將一個包袱遞與黛玉黛玉接來一看上寫着

《卷五》〔二二六〕

沒事索性在我這裏熱鬧一天等晚上再都回去罢家人听了一齊站了起來道蒙娘們賜复淇巳醉酒飽德娘們勞了半日鳳休也乏倦了請回後官歇ヒ罢說着一齊走來即謝元妃立起身來笑道既然如此我也不敢强留了二妹妹替我送送容罢說畢自回後官去了這裏秦司卿拉了尤三姐的手問道三姨兒你見我兄弟來你瞧他可比從前出息了么尤三姐道也沒見怎麽出息越發學壞了尤三姐道怎么學還了想是你喫了他的虧了尤三姐道什麽話

呢你們都听我姐們進來說話越發沒人樣了我倒沒喫他的虧你們这個主兒咻乎哘兒秦氏道三姨兒的这個話我越發不信了这明是遭塌我兄弟呢他ぞ大点子年紀二嬸娘雖然羞羞不下他这么大的個兒于當田也就狠疼过他我不信他就敢在二嬸娘面前無礼尤三姐笑道你不必着急不是他有意是認錯了人了設起來話長等偺們到了家裏慢慢的告訴你們迎春送至官門向黛玉笑道林妹妹你回去料理妥當了教司棋晚上到我这裏來黛玉道

我知道了二姐們請同去罢又向尤三姐道三姐們今兒也勞乏了暫請回家與二姐們說ヒ話見明日我新身过去給你磕頭道謝尤三姐與衆人齊道你請回去罢我們明日会齊了还要給你道喜去呢於是大家作別分路各自回家不提且說林黛玉領了金釧兒同幾個仙女們回到絳珠官早有晴雯同了司棋迎接出來笑道姑娘回來了今月酒席如何散得这樣早黛玉道娘娘因為他們來了所以教早些散了說畢進了套間先向上給賈母並自巳的父母

請了安司棋这續走來與黛玉磕頭黛玉忙拉他起來道老太太和我父親母親司遝康健司棋道老太太姑老爺姑太太都好恐怕姑娘想念所以差了我來瞧瞧姑娘大約年內姑老爺必然高陞的那時骨肉完聚敎姑娘不妥發急耐着此二兒罢所有給姑娘帶來的衣物總和晴雯姐們照數查点清楚一一的收好了小炕棹上放的是姑老爺的書畫黛玉听了便伸手從棹上取了家書只見笺上大書愛女玉兒手拆六個字由不得落下淚來拆去護封留神細看

寶呢黛玉听了又是欢喜又是傷心道三姐姐你歡
息幾天我可出也要求你把我也送往地府走走看看
老太太和我母親元妃笑游林妹妹你想是喜欢覩
塗了你如何比得他們你是这裏有名兒的人如何
能私離職守呢你若是應入地府去的前日早巳去
了尤三姐道姑太太在邪裡想你也念的什么似的
姑老爺說必待明年任滿轉了天曹方能相見呢據
我想來如今巳是正月初一了大約今年裏頭總可
以見回的你又何必忙在这一会兒呢元妃道鳳丫

頭央他們怎么不回來想是被老太太留住了尤
三姐道老太太見了他們喜欢的什么似的捨不得
救他們回來所以林姑老爺就留下他們等轉了天
曹時和老太太一同來呢元妃道这都去好我倒放
了心了迎春道我倒不承望司棋这個蹄子他倒得
了好處了尤三姐道現在他們兩口子都送我求了
可則是林姑太太不放心差他們求看看林妹妹路
上又給我作了伴見二則他也說要求看看你的迎
春道他如今現在邪裏呢尤三姐道他如今現在林

妹妹邪裏同着晴雯看着收拾帶來的東西呢林姑
太太疼女孩兒的心凡穿的戴的喫的用的駝了兩
三駝子來了元妃笑道你这可不用傷心了方纔听
見人家年節都有家中焚化的金銀幣帛早把眼圈
兒紅了你如今有了兩三駝了可要檢妝的分給我
們衆人些兒呢黛玉忙立起身來笑道我母親邪裏
自必端另有娘娘的孝敬就是衆姊妹們自必出是
宏的且待看了家書即差人分送只怕没有什么稀
奇之物可儘娘娘御用的只好留着賞人罢了元妃

笑道我是嘔你頑呢你自已留着用罢我們如今位
列仙班这些衣物器具使也使不了的姑媽又給你
帶了好些來可見天下作父母的心也就說不盡了
宮娥們換熱酒來尤三姑娘也劳苦了我們大家公
敬三杯我們也再喫幾杯今日早些兒喫飯讓林妹
妹早些回去看看家書他的心也就安稳了於是宮
娥們斟上熱酒來尤三姐連飲了三杯然後大家又
暢飲了一回方纔喫了飯盥漱畢散坐喫茶元妃向
黛玉笑道林妹妹你先回去瞧瞧家書別的姉妹們

幾句的如今見了這回探詩把我的詩興早嚇到九霄雲外去了可惜寶丫頭雲丫頭探丫頭他們三不能在座若有他們三個人今見又成了詩社了元妃歎了一口氣道幽明異路我們如何能與他們唱和呢我仔細想來我們的字蹟他們除了扶乩萬不能勾見的倒是他們的字蹟我們倒能勾見的忙問道幽明路隔他倆既不能見我們的字蹟我們又如何能見他們的字蹟呢元妃道你原來不知譬如昨日是除夕今日是元旦朝廷家皆有祭祀的定

211

倒祀都撰的祭文一經宣讀焚化我這裏就得了即是庶民百姓家所有逢時遇節焚化的金銀幣帛以及悼輓的詩文只要填註姓名亦無不得之理秦可卿接口道林姑娘來此未久或者不知徑婦來此多年每逢年節時令總有家中焚化的金銀幣帛都在牌坊外邊堆着呢因今日五鼓同侯朝賀尚未眼差人收取黛玉迎春二人聽了這番言語眼圈兒一齊紅了你道為何迎春心氣熱的是孫紹祖那個沒天民的卻何倘有夫婦之情那裏还想着年節的祭祀

212

呢黛玉心裏想的是自已並無父母兄弟寄居外祖母家此時也未必有人想着了元妃瞧出他二人的光景來正欲用言解釋只見一名宮娥進來跪奏道尤三姐娘回來了在宮門侯旨眾人听了一齊大喜元妃笑道我筭着日子他們也該有信兒了怎么他一個人獨自回來應了頭死夬院不知訪着老太太了沒有請三姑娘進來罷宮娥答應而去不多一時只見尤三姐全身的行裝走了進來先與元妃行了大禮後與眾姊妹們叙了寒暄元妃因尤三姐遠行

213

勞苦即令稽坐了首席尤三姐謝了坐遂將他三人同往地府先在觀音巷遇了秦鍾後來到了林府見了賈母的話從頭至尾細述了一遍元妃與眾人听了俱各大喜黛玉听見他的父母現作酆都的城隍又與賈母認了親戚真是喜出望外忙問道三姐姐你瞧我父母可还康健么尤三姐道你放心罷姑老爺姑太太兩個老人家身子狠好雖係地府官員也與人世無異衙門裏一天家熱閙的什么似的賈府上的珠大爺和司棋家兩口子都在姑老爺衙門

214

斟上热酒來衆人皆飲了一巡香菱便拈起筆來笑嘻乜的也寫了一首躬身呈與元妃道婢子初學僅句不足以辱娘娘鳳眼元妃接來一看上寫道

不羡盈盈掌上身　幽芳一縷靜無塵
康成書幃留佳話　茂叔芸窗占早春
號絳果堪餐秀色　名珠未許近籬笆
東皇有意憐仙骨　白玉雕闌護翠翬

元妃看了驚喜道我倒一不知菱姑娘有此詩才可敬可羡黛玉笑道他的天分本高又且專心致志所以

不多幾年如今竟居然老手了元妃笑道如此說來一定是你的徒弟了黛玉笑了一笑只見妙玉也提起筆來道小尼也要獻醜遂也寫畢呈與元妃元妃接來看道

三生石畔舊時身　留得芳儀接後塵
拾瑟每羞仙侶玩　踏青寧羨陌頭春
饒卿娜娜風前影　動我逍遙檻外人
若使怡紅公子見　繞欄幾度喚聲頻

元妃看畢笑道妙師父的詩作的真妙香艷之中仍

帶烟霞之氣只是結句詞近與謗只怕林妹妹要罰你一大杯酒呢黛玉听了忙接過詩來看了一遍笑遊娘乜不知妙師父在先原是個好人來着如今是跟着強盜奔波壞了因為他高自期許自稱檻外人所以總教強盜把他拉到檻內求了衆人听了一齊笑遂妙師父你也不必等他罰你自已先喫這一杯罷說的妙姑紅雲滿面只得喫了一杯這裏黛玉趁着妙姑酒的空兒提起筆來也就和了一首躬身送上元妃元妃接來念道

仙機識破愧前身　珠竟沉淵縋汲塵
為報當時甘露澤　釀成今日太虛春
靈河舊貫三生願　湘館淒涼再世人
一自東風吹恨去　青山展却舊眉顰

元妃念畢衆人都道倒底是瀟湘仙了與衆不同元妃笑道我們警幻大師自然不屑與我們咆和的我們小大奶奶我是知道的詩上原本有限二妹妹你為什么也不做一首呢迎春笑道臣妹平日原不会作詩方總也正高高興興的在肚裏打稿兒也要謅

娘娘的意思豈不比別的強呢黛玉听了点点頭見道也罷了你成天家也是自開著呢只當解悶兒似的你就佈置起來每日多澆些甘露不过七八天的工夫就可以長成盆景兒了晴雯容應了便去佈置不必多贊过了些時乃是除夕太虛景况並不似人世繁鬧惟有燭煙香菜氣馥而已次日元旦乃是元妃誕辰自黛玉警幻以下都有祝敬無庸細述元妃見了這六金仙草喜不自勝卽安放在正院大排筵宴以待少塡黛玉香菱尤三姐秦氏可卿妙玉

警幻等一齊來到迎春替元妃迎客大家進宮先行朝賀之礼然後謝恩依序坐下元妃先向黛玉笑道前日在妹妹處偶見仙草香艶異常十分愛慕今承愧贈足見多情黛玉立起身來道娘娘千秋臣妹無以爲敬對菲小草何敢自私元妃又和妙玉等諸人叙了一回閒話乃命擺上酒遂大家暢飲命衆仙女們奏起釣天樂來又歌了一回霓裳羽衣曲音喉節奏非人世所有須與樂止元妃笑道這些歌舞實在也听厭了依我的意思今日姊妹們聚會實不必拘泥

大礼倒不如大家猜拳行令倒竟有趣黛玉等諸人俱各立起身來答道今日乃娘娘千秋又是元旦今節休制攷開臣妹等何敢放肆元妃笑道這些年我在宮裡實在教這礼數把我拘的受不得了今日好容易離塵超世你們仍然还要拘礼敎我也难了也罷拿筆硯过來這絳珠仙草我十分喜愛我就以此爲題做七律一首你們能詩者步韻作起來豈不雅趣呢衆人听了又道娘娘聰明天縱學問淵深臣妹等學識淺陋焉敢續貂元妃笑道不必过謙只見官

娘送上文房四寶來元妃題筆一揮而就遞與黛玉黛玉接來仔細讀道

自是靈河不朽身　偶因一念滿紅塵
分來蘭蕙瑤池品　占斷風花上苑春
青甪入簾香微霽　苔初繞砌翠迎人
芳姿別有銷魂處　未許凡葩強效顰

黛玉讀畢連聲讚頌又遜謝獎賞太过實不敢當遂入选與香菱妙玉迎春等大家看了一遍都稱贊不巳元妃笑道換熱酒來大家喫一杯助助詩興嫦娥

並葫蘆依舊收起只見他二人走進來晴雯先笑道我今兒偏了二位姑娘了適纔在蓉大奶奶家和尤二姨兒妙師父我們四家子鬪了半日的牌來了他們好些瓜子兒乾菓子說着便向袖子裏拿出個手帕包兒來打開都是些松瓤杏仁葡萄乾蜜棗兒之類便抓了一把放在黛玉的面前又抓了一把遞與香菱又抓了一把遞與金釧兒金釧兒接來笑道你今兒不過是彩頭好贏了些嘴頭子喫你可沒得看見個稀罕的事兒你們四家子剛上了塲我就縛了

個雞毛毽兒到警幻仙姑那裏和那些仙女們踢起來倒也好頑晴雯道踢毽兒就算個稀罕的事見唦金釧兒道你听罢人家還沒有說完呢你就攔人家的話耙兒我們正踢到热鬧中間只見正南上遠遠的轎馬人夫牌匾金扇过了一嗾又是二嗾都向正南上去了我只當是拜偺們來的什麼客呢問了問警幻他竟說今兒是臘月二十三了过去的都是各府州縣的竈王爺我就問他偺們怎么也不祭起竈王呢他說竈王爺不敢當偺們的宗他明口反

倒要把收下人家的竈糖差人送些來給偺們喫呢你說這事兒稀罕不稀罕呢晴雯道這出没有什么稀罕處偺們在家裏的時候那一年臘月二十三又不祭竈呢金釧兒便使性子道不稀罕也罷明兒竈王爺送了糖來你就不用喫黛玉笑道你這個丫頭大家不過自說閒話也值得鬧臉急了嗎快給我們倒茶去罷這個丫頭氣趄趄的咕嘟着嘴倒茶去了黛玉又向晴雯道我們如今生在這裏連四時八節也都不知道了纔听金釧兒

說起祭竈的話來不是離年盡了麼元妃娘娘的生日也到了偺們可打点些什么礼物送送呢晴雯答應據我看來偺們這邊所有的東西娘娘那邊都是有的縱然多送幾樣也不為奇特依我的主意前兒娘娘在這裏的時候瞧見姑娘的那株絳珠仙草甚愛的什么似的他那裏仙草正少這個如今趁好幾天的空兒何不將仙草四邊發的嫩芽兒移了出來栽在白石花盆內照着原樣兒作成碌紅架子這么一色兒的八盆遞过去作為祝夀又新鮮又合

五十支一名返魂香一名尋夢香俱有七寸長短各
有金字引單上寫
返魂香出自天竺国焚之能返亡人之魂與生
者相会尋夢香出自西番焚之能送生人之夢
與亡人相会一是漢武帝所製一是楚襄王所
製意秉虔誠無不神效切忌孕婦
香菱看畢笑道原来是兩種名香姑娘你瞧它這張
引單上寫的倒也有趣黛玉接来看了一遍笑道這
是甄老伯疼你的意思教你焚起

回家去看看你們大爺再致醉大哥焚起尋夢香来
就可以到這裏看看你李夫人見了漢武帝楚襄王
也就会了神交了果然有趣香菱咲道你怎麽跟着
璉二奶奶学的說起這樣話来可不要招出我的話
来你又該着了急呼人家了黛玉道隨你怎樣編排
着說去我的心早已定了一塵不染各人幹各人的
正路是真的香菱笑道既是這樣前兒九三姑娘人
家打听人家的桃二爺你爲什么听見又那個樣兒
了黛玉正然手裡摩弄菊蘆听了便笑着啐了他一

口道你不信了罷你只瞧瞧這個菊蘆裏頭是什么
你就知道了香菱接来一看道好個西湖景兒裏頭
是什么故事說着便將玻璃小鏡對在眼上看了好
一会忽然放下菊蘆駡道好個沒臉的娼婦黛玉听
了嚇得怔了問道你駡那個呢香菱道我們那裡頭
鬼奶奶黛玉忙道你瞧見什么故事了香菱道我裡頭
的相公在一處坐着兩個人只用一個酒杯一替一
狠好的一院房子只見死鬼奶奶和一個少年
口兒喝酒那個樣兒真〻的难看我也不好往下說

了黛玉不信拿起菊蘆来在小鏡中仔細一望仍是
漆黑的一無所有知是天機奇妙便問道你看見的
那個少年倒底是誰呢香菱道那個人的模樣兒也
像在那裏見過的似的只是說不出是誰来呢黛玉
說的順了嘴便道你看像寶玉不像香菱不覺大笑
起来道這可不是我来你自家可把奚醋的話都順
嘴兒說出来了黛玉自覺把話說冒失了紅了臉笑
着就要撕香菱的嘴二人正然嘻咲只听外面有走
的腳步聲就知是睛雯金釧兒回来了連忙將錦巨

替他們辦一辦免得外頭弄來的不合你的意思林公說畢便起來道把我的早飯擺在書房裡去這裏別老太太和姑娘們說說話兒說罷自往書房裏去了這裏賈夫人便催着叫人打掃花廳安排唱戲與他們姊妹接風又告訴了林公將秦鍾智能兒搬進衙門居住智能兒從此留髮还俗這些節目不須多贅再說林黛玉自從凤姐等去後每日與香菱講究詩詞倒也快樂这一日偶坐閒談提起舊事香菱向黛玉道前見我父親歸山十分忙趂我替你們

問了宝二爷柳二爷的下落我父親只說得青埂峯三個字便不見了但不知青埂峯是什麼地方姑娘何不在一統地輿誌上查一查倒底是那一省屬那一州縣所管呢黛玉听了沉吟了一會道是了我記得那年丟了通靈玉時求妙姑扶乩上面有青埂峯三字又有什么人我門來一笑逢的話想來那和尚道此必非凡人既然度了他們兩人去出家自必他們兩個原有仙根方能有此奇遇我想这個青埂峯地不就是個山名也同太虛幻境一般地輿誌上那

裏查得出來呢前見是尤三姐姐他的癡情不斷故有此問我如今把那些塵世的俗緣也都看淡了倒不如替們姊妹們在一處長長的聚守無拘無束自在逍遥的倒覺得爽然香菱笑道你說的倒好只怕臨時又由不得你了前見我父親歸山時給我留下一個小小的錦匣兒上寫仙家妙用敬謹開看八個字今見趂晴雯金釧兒都不在家我們打開悄悄的看看不知裏面倒底是些什么黛玉笑道難為你那一日拿回匣兒來这些了于我總没瞧見你倒底藏

在那裏了香菱道姑娘不留心就在書櫥子上和你那個葫蘆在一處放着呢黛玉道你就取來咱們着看順便將葫蘆也帶了來我也教你瞧個稀罕的頑意兒那也是警幻仙姑送我的香菱遂走至櫥边伸手將錦匣兒並葫蘆取了下來遞與黛玉黛玉接來看了匣面上的六個字便仍遞與香菱笑道这是甄老伯給你的我如何敢折封呢你且打開看了如果我也看得那時再許也不遲香菱笑道姑娘總是这様多心記着便打開錦匣一看原來是兩種名香各

續·紅樓夢卷五

慶生辰元妃開壽宴　得家報黛玉慰芳心

話說鳳姐等听見林如海回來一齐站了起來整理衣裳預備叫見只見林公笑吟吟的走進來姑娘們都到了偺們都是至親不必多礼請到裏間坐罷這裏鳳姐先三姐処央三人早已拜了下去林公答了三拜了頭便將發開的簾子打起來讓他三人內室暫坐丫鬟便隨了進去林公先與賈母道了喜然後归坐賈夫人便將鳳姐所言黛玉在太虛幻境的光景告訴了林公一遍林公也自欢喜道我前日在崔判官衙門裏赴席提起黛玉的話來崔判官也說有個太虛幻境當日白樂天的長恨歌上有何云忽聞海上有仙山山在虛無縹緲間楼閣玲瓏五云起其中綽約多仙子就是那個地方如今令愛姑娘不到地府必是登了太虛了我还謙說那裏能勾愛姑娘知果然應了他的話了賈夫人道老爺也要想個主意教我們姑娘見們也見一見林公听了長玲了一会欵了一口氣道天人不與性急我想立完列仙班自不能私離職守我們也有官守責任不敢擅離此地我到任已滿九年明年必轉天曹那時同到木虛母女相見也不过轉瞬光景如今只好寫封家書煩來的人帶去以慰女兒之心也就同見了他的一樣賈夫人流淚道如此說來还有一年的光景教我如何熬耐呢林公道夫人不必傷心多的日子都熬过了何在乎這一年呢待我寫了家書就打發兩個小太監明早先回去且留下三位姑娘住着陪伴老太太明年同我們一塊見去也不爲晚說到這裏賈見処央走了出來道適絶我們三人也商量來我與二奶乜好容易見了老太太也不忍遽離尤三姑娘都不能入任他要先回去林公道既然如此且留三姑娘與兩個太監住任幾日讓我們稍盡地主之誼賈夫人道這個自然今日可嘮叨外頭叫一班小戲見再打点孝敬元妃娘乜並選別位姊妹們的礼物也來預備渣役花所上請老太太和他们姊妹們听乜給女見帶些衣物去早些辦安了免得臨時周章林公道這個自然依我的主意這些事你竟託大任見

道總爲的是林姑娘麽鳳姐急的忙把鴛鴦瞪了一眼賈母也會過意來歡了一口氣道罷了都是我的業障教我也後悔不來了賈夫人聽見話語蹉跎又見鳳姐瞪了鴛鴦一眼不好性下追問便也歡道這個孩子怎麽幹出這樣糊塗事來了這把他娘活要想壞了呢不知他娶的是誰家的姑娘這可不把人家的女孩就躭擱了麽賈母就是薛姨太太的女兒賈夫人道不是小名兒叫個寶釵的麽鳳姐道就是他姑太太倒还記得正說時只見賈珠進來站在

上房門口問妹妹們的好鳳姐喫了一驚立起身來道怎麽的大哥哥也在這裏麽賈夫人便將賈珠的原委告訴了鳳姐一遍鳳姐道鴛鴦姐姐你去替我給大哥哥請安就說家裏大嫂子狠好蘭哥兒也中了與人了賈珠也歡喜道這都是二嬭娘的疼愛所致賈母道你寶玉兒弟也中了舉人了遠個下流頑子放着福不享跟了和尚出家去了珠兒你在外頭抔聽着如若他在那個廟裏出家把他給我活活的捉着來賈夫人笑道這個老太太想是氣糊塗了

陰陽路隔壽天各有定數豈能活捉呢若都由着人的性兒活捉起來鳳了頭早把璉兒活捉來了鳳姐也笑道好姑太太總見了姪兒媳婦就說起趣話兒來了爲什麽不說教我大哥哥把我大嫂子活捉了來呢說的賈珠也笑了正然說笑只听外面當的一聲點響威武開門賈珠忙退了出來道姑老爺回來了未知如何下回分解

声道太虚幻境賈母問這個太虚幻境這個地方離偺們這裏有多遠鳳姐道太虚幻境在上界之下下界之上原是個虚無縹渺的所在都是些仙人的住處賈夫人听了也歡喜道如此說來你們姊妹們如今都是些仙人了你林妹妹既在邪裏爲什麼不和你們一塊兒來呢鴛鴦道我們並不知道姑老爺姑太太在這裏我原因老太太去了世沒人服侍我就自縊死了後來到了太虚幻境纔知道元妃娘娘林姑娘都是邪裏的仙子因他二人不放心

老太太所以纔差了我們三個人來訪尋的林姑娘是邪裏有名兒的瀟湘仙子如何能勾私自來呢賈母听了愈加歡喜送我這個鴛鴦丫頭真真的不枉我疼了他一塲賈夫人又問鳳姐道你黛玉妹妹在邪裏可有人伺候他麼鳳姐笑道姑太太放心邪裏除了元妃娘娘他就是第二位了龍王爺少了漱口水邪個敢不伺候他呢況且貼身服侍的还有晴雯金釧兒外頭还有薛姨太太家的香菱東府裏的蓉兒媳婦尤家他們姊妹兩個櫳翠菴的妙玉元妃娘

娘那邊又有迎妹妹比這裏還熱閙多的呢賈母道前兒沒把你姑媽急壞了把七十二司十八層地獄都翻了個過見也沒找着你林妹妹今兒你妹妹有了下落你姑娘也放了心了賈夫人流淚道我如今雖然放了心但不知我們娘兒們幾時纔能見面呢賈母道這也不必着急等姑老爺回了衙門商量就是了賈夫人只得點點頭兒拭了眼淚回頭瞧見司棋站在邊旁便道你這個丫頭怎麼聽着熱閙了也不倒茶去呢也該告訴厨房裏預備早飯司棋聽了

忙去斟茶鮑二家的便到厨房告訴去了鳳姐忙道我們在觀音菴喫過飯了只預備老太太姑太太的飯罷賈母問鳳姐道家裏你兩個公公兩個婆婆你宝玉兄弟他們都好麼鳳姐道二位老爺二位太太都好只有宝兄弟我听見香菱說中了第七名舉人後來跟着個什麼癩頭和尚出了家了賈母聞言大驚失色道怎麼的宝玉出了家當了和尚了這还了得這個傻小子媳婦也娶了舉人也中了放着福不享好好兒的爲什麼出家呢鳳姐尚未及回答鴛鴦

自去這裏老尼姑歡喜非常忙叫智能兒收拾早飯來不多一時只見秦鍾上來與鳳姐道喜鳳姐笑道老太太有了下落了這裏的城隍就是我們林姑老爺你和智能兒也跟了我們去罷秦鍾道承二嬸娘見愛我也正沒個托足的地方老尼姑道如此甚好我們智能兒終身也有了靠了鳳姐道你白折了個徒弟我心裏又覺不安老尼姑道這到不相干我的徒弟多著呢只要奶奶在大老爺面前將我提拔提扳多賞點佈施就有了正說時智能兒端上早飯來

大家歡歡喜喜的喫畢喝茶時只見潘又安進來先給鳳姐等請了安稟道小的適纔回去稟知了老太太姑太太都歡喜的了不得立刻擡了轎子來接奶奶姑娘們進城呢外邊已經伺候妥當了鳳姐等三人立起身來向老尼姑道謝又出了十兩佈施老尼姑千恩萬謝的道了簡慢直送至大殿前頭服侍他們一一的上了轎方纔回去這裏鳳姐等三人坐了轎但見族鍭傘扇前呼後擁熱鬧非常十分得意也無心看那六街三市的風光不多一時轉灣抹角到

到城隍轅門但見看熱鬧的閒人如千佛頭一般軍牢用棍打開只聽一聲點響重門洞開一直抬進二堂方纔落轎兩边閃出許多僕婦來擡了他三人進了宅門早望見賈母與賈夫人在上房倚門而待見他三人進來又悲又喜賈母道我的鳳了頭鴛鴦都來了這一位姑娘是誰呢嗐我只說你們年輕的小人兒家往後來還有幾年的福享怎麽就都走了這絕路了呢鳳姐鴛鴦見了賈母便跪下痛哭賈夫人忙攙起他們來勸道請老太太進來罷娘兒們相逢

本該歡喜纔是於是大家進房一一的行過了禮賈母問道這位姑娘好面熟啊怎麽再也想不起是誰呢鳳姐道他是我珍大嫂子的第三個妹子那年爲柳湘蓮退親抹了脖子的就是他嚛尤三姐不好言語恨的狠狠的瞅了他一眼賈母道尤三姐來的年代久了你們如何會在一處了呢鳳姐道我們好些人都在太虛幻境呢不屬這裡管元妮娘娘林妹妹迎妹妹都給老太太請安賈母聽了驚喜道你說真些你林妹妹你元妮姐姐都在那裡呢鳳姐又高

守着廟門你們飛也飛不出去只好等他們相看了
再作商量罷了尤三姐大怒道拿我的鴛鴦劍來等
我殺了出去正忙乱之間只聽院內有個婦人的聲
音問道老姑姑起來了沒有老尼姑聽了連忙出來
一看只見是兩個婦人一個是鮑二家的那一個不
大認識老尼姑大喜道奶奶姑娘們不用怕了前見
跟老太太的鮑二嫂子來了你們問問他就知道老
太太了鳳姐等听了連忙出來一看大喜道你們兩
人從那裡來這一個不是司棋麼原來這兩個婦人

果是司棋鮑二家的一齊進來笑道原來總是二奶
奶林姑娘沒來嗎鳳姐道你們兩個從那裡來的如
何問起林姑娘來了鮑二家的道二奶奶原來不知
這裏的城隍就是我們的林姑老爺前見老太太認
了親了姑太太因爲林姑娘去了世沒到這裏來怕
是走迷了路如今現在阿城門貼了告示遍處尋訪
昨見晚上有這裏的鄉約地保報說觀音巷住下了
美人兒似的三位姑娘姑太太聽見恐怕內中有林
姑娘所以五更天催齊了八役打發我們兩人來看

來了鳳姐等三人听了真是喜出望外鳳姐道方纔
老師父來說城隍老爺要差人來相看我們呢把我
們都唬糊塗了老尼姑笑道這個話想是外頭衙役
們把話說錯了倒教奶奶姑娘們受驚鴛鴦笑道這
都是我們鮑二嫂子的過失他當日說我們二奶奶
是閻王老婆今日幾乎兒教城隍老爺相看了去說
的眾人都笑了鳳姐又道你們兩人怎麼得到姑老
爺衙門裏的司棋鮑二家的各將自已的始末述了
一遍鳳姐道你們這兩個蹄子倒有造化都得了好

處了我倒替你們受了多少委屈鮑二家的我也不
恨他了是我們那個爺自已平常司棋你和你姑舅
哥哥偷情就該机密着些兒爲什麼又弄你姐的個
香袋兒扔在山子石背後教傻大姐兒拾了去遞給
大太太好教我受太太的数落說的司棋紅了臉低
頭不答鮑二家的笑道二奶奶我們如今都改了求
你老人家當着老姑姑給我們留點臉見罷司姑娘
你也出去告訴你們那一個快回去給老太太姑太
太報個信見再⋯⋯轎子求同候司棋听了連忙

鳳姐道我們如今都在太虛幻境你姐姐也在那裡
呢我們是奉了元妃娘娘之命來訪尋老太太的他
們兩人你可認得麼泰鍾細將尤三姐鴛鴦看了一
看笑道這一位好像鴛鴦姐姐我在老太太屋裏見
過的這一位姐姐也面熟只是想不起來是誰尤三
姐笑道好個小猴兒我是你姐夫的三姨兒你如今
和我翻了臉兒叫起我姐姐來了我不看你這個小
模樣兒長的怪可憐見兒的我打你幾個好耳刮子
呢泰鍾聽了笑著連忙給尤三姐請安又給鴛鴦作

揖請二嬸娘三姨兒放心罷住兒明日起個黑早進
城到城隍衙門裏有個馮書辦我們兩個人最相好
的步着他必然知道老太太的下落鳳姐道狠好相
公用點心兒罷我好替你成全好事智能兒呢怎麼
羞的躲着去了這裏來我和你師父說明白了你如
今放心大膽的把你這個小女婿子帶了房裏去罷
我們和你師父也要安歇呢他二人聽了只得老着
臉兒雙雙的去了這裏鳳姐等三人進了套間各自
就寢老尼姑也在外間睡了次日天纔黎明鳳姐等

尚未起來只聽門外人喊馬嘶打的廟門山響鴛鴦
忙起來穿上了衣服推他二人道二奶奶三姑娘快
穿上衣裳罷你們聽外面嚷鬧的了不得不知是什
麼事情說着忙下炕走出外間將老尼姑推醒老尼
姑連忙起來走出外邊開了廟門看時只見一羣衙
役進來嚷道昨晚這裏的鄉約地保報了大老爺說
你慈襲窩藏下了美人兒似的三個姑娘你們可莫
要放他們走了大老爺少刻差管家奶奶們來相看
呢老尼姑聽了嚇了一跳飛也似的跑了進來道奶

奶姑娘們不好了你們昨晚住在這裏城裏的大老
爺知道了差了許多衙役把守廟門說少刻差人來
相看你們呢鳳姐聽了大驚失色道這还了得邪裏
有這樣的混賬大老爺呢我們又不屬他轄管相看
我們作什麼況且我也是五品的宜人有夫之婦相
看了他又敢怎麼樣呢只是他們兩個人倒有些費
手鴛鴦道二奶奶說的是什麼話呢不知趁早見商
量着大家逃出去倒還妥當些老尼姑道這也說不
起了現官不如現管又有許多衙役如狼似虎的把

便大了膽子蹲手蹲腳的溜到後院門首推了推門扇兒插得緊緊的不覺心中暗笑道這個作怪的啼子今兒可又輕浪的插上門了正然尋思只聽吱嘍的一聲開了門走出一個婦人來秦鍾也並不細看是誰一把拉了他的手笑道你師父睡了麼嚇得鳳如魂不附体大声嚷道不好了有了賊了尤三姐生來的矯捷便倒上前一步一把遂將秦鍾揿倒鴛鴦便嚷道老師父快拿燈來捉住賊了禪堂內老尼姑听見外面喊叫有賊也就慌了手腳忙命智能兒提

163

了燈師徒二人走上前來一看只見尤三姐揿着一個人只叫快拿繩子來捆了他智能兒一看認得是秦鍾嚇得呆了連忙跪下央告道二奶奶三姑娘不必生氣他就是寶二爺的朋友小蓉大奶奶的兄弟鳳姐道怎麼是秦鍾這個小子欵好小子幹起這樣沒臉的勾當來了秦鍾在地下哼哼道原來是璉二嬸娘我該死認錯了人了當是智能兒呢二嬸娘饒了我罷鳳姐道三妹妹放起他來罷尤三姐一鬆手秦鍾羞羞慚慚的爬了起來給鳳姐請安只見老尼

164

姑照着智能兒臉上下死勁見的睜了一口道沒臉的東西成日家閙姑表兄弟今兒可不閙了奶奶姑娘既然認得這個秦相公且請到禪堂坐下慢慢的讓罷於是大家進了禪堂坐下秦鍾只得訕訕的走到跟前鳳姐笑道好孩子幾年沒見你竟幹出這些把戲來了秦鍾也笑道這都是二嬸娘的過失鳳姐道噯喲喲你們幹下不才的事怎麼都是我的過失呢秦鍾道那年給我姐姐送殯二嬸娘若不帶了我們住在饅頭菴

165

邪裏有這一件勾當呢鳳姐笑道這麼說起來寶玉一定也被你們引誘壞了我只說你們多大點子小崽子竟會成起精來了老師父你方纔說秦相公我也再猜不到就是他他是我侄兒的小舅子呢老師父你可將智能兒讓我們贖了去成就了他們兩個的生死姻緣也是你出家人的好事我們好差他尋訪老太太去老尼姑道很好奶奶說的狠是絕我早就要教他还俗呢秦鍾道前者我聽見智能兒說老太太過去了好些日子了二嬸娘怎麼又來尋找呢

166

706

姐道你不用着急偺們明日到了城隍衙門也就好
尋訪了鳳姐道我們原是太虛幻境的人本不屬城
隍所轄爲什麽出頭露面不顧羞恥自已尋上門去
教人家點各過堂呢鴛鴦道二奶奶偺們千辛萬苦
原爲老太太而來也講不起出頭路面的話了鳳姐
道你更糊塗了就是偺們明日出頭露面見了城隍
難道敢問城隍要老太太不成老尼姑勸道奶奶姑
娘們不必發急一路辛苦此時也餓了且擺飯罷喫
了飯我替你們想個主意於是吩咐智能兒擺上酒

飯來大家喫畢送上茶來鳳姐擎了茶杯笑道老師
父你方纔說替我們想個主意我到要領教領教你
倒底有個什麽主意呢老尼姑道依我的愚見奶奶
姑娘們且不必進城就住在這裏我這個徒弟智能
兒他有個姑表兄弟秦相公不時的瞧他妹子來呢
奶奶給他幾兩銀子託他到各處裏打聽老太太的
下落如果得個准信兒你們再作商量豈不妥當麽
鳳姐聽了點點頭兒道如此甚好就依着老師父罷
大家俱各歡喜惟有智能兒捏着一把汗兒恐怕露

出他的破綻來却也無可如何只得將行李搬到小
套間裏替他們鋪了炕收拾點上燈來大家又閒談
了一回將要歸寢只見尤三姐閙老尼姑道你們這
裏可有方便的去處麽老尼姑道我這禪堂西邊有
一小後院極其僻靜奶奶姑娘們就在那裏走動走
動罷尤三姐向鳳姐鴛鴦道你們不去走走麽鳳姐
道你和鴛鴦姐姐先去我隨後就來於是尤三姐鴛
鴦頭裏去了鳳姐這事慢慢的口裏吐淨了檳榔渣
兒裝了一袋玉蘭香喫着緩步出了禪堂向西而去

誰知秦鍾因與智能兒生前綢繆過度一病而亡後
因智能兒找了來二人雖然情好甚密却不敢在老
尼姑面前露出形跡每晚黃昏乘人亂的空見他便
鑽在智能兒屋裏只等上頭老尼姑睡了智能兒回
房兩個便赴巫山今晚正在智能兒房裏潛等了良
久不見智能兒下來只得伏在牕下舐破牕櫺望外
偷看忽見一個婦人向西而去此時月色朦朧看不
真切是誰但見一個白生生的臉見慌了過去秦鍾
自思必是老尼姑睡了智能兒到後院子小解了他

人說話新知是他們到了連忙迎了出來道你們的
車好慢啊我到了好一會了鳳姐道你怎麼找了下
處也不迎了我們上去呢尤三姐道你越發狂的受
不得了怎麼還要我迎你前頭來了鳳姐道你原是我
們的護身符兒方纔你們來了我們的車正走的
好好的忽然跑出三兩個乞丐來渾身上下精他娘
的沒一條線兒巴住了車轅只是要錢小太監吆喝
著那裏肯聽幸而我車內還有一串錢打開串子拿
給一百不勾再拿給一百還不勾我着了急連串子

拿了出去他們才散了嚇的我這會子心还跳呢我
回過頭來從坡璃熊內瞧瞧鴛鴦姐姐他倒在車裏
閉著眼坐的没事人兒似的鴛鴦也笑道可教我有
什麼法兒呢我心裏也急的什麼似的只是那些人
精的那個樣兒可教人睜得眼睛呢老尼姑笑
道奶奶姑娘們都是嬌養深閨的人那裏見過這些
個人呢這些乞丐是這裏常有的我們是見慣了的
也不爲怪且請到禪堂歇歇息罷於是大家進了
禪堂一齊歸坐老尼姑便叫智能兒道我方纔都問

過了這都是賈府上的奶奶姑娘們可將行李搬到
裏邊小套間裏說給厨房裏收拾上等酒飯泡了好
茶來智能兒答應着去了鳳姐道這個智能兒是老
師父幾時收下的徒弟他是我們的個舊人兒老尼
姑又將智能兒的來歷述了一遍鳳姐聽了也不理
會這個蓁相公是誰鴛鴦道老師父方纔智能兒說
我們老太太到你這裏過來如今過去了好些日子
了老師父可知道我們老太太現在那裏呢老尼姑
道老太太過去的日子久了且今的下落這却難知

我們這裏的規矩是進城之後頭一天先在城隍大
老爺衙門點名過堂第二日總帶見閻王稽查了善
惡也有送往上界骨肉完聚的也有打發脫生轉世
的也有發在各處地獄裏受罪的種種不一我們如
何能知老太太的下落呢鳳姐聽了着忙道這可怎
麼好呢我們三個人原是從太虛幻境奉娘娘之命
來訪尋老太太的我想我們老太太一生好善也斷
不至有地獄之虞此時或者送往上界去了或者脫
生轉世去了皆不可知可教我們怎樣尋訪呢尤三

道來那可就失了我們仙家的體統了湘蓮一聲大喝道放屁又要討打了松鶴連忙走開笑着罵他們舖設去了這裏湘寶二人日夜用功暫且不表再說王熙鳳尤三姐鴛鴦三人離了太虛幻境車走如飛少時但見陰風慘淡黑霧迷漫不似太虛光明景象只見往來行人絡繹不絕悲歡苦樂各有不同三人看了都不勝感歎鴛鴦向尤三姐道二姑娘你看日色平西天也不早了也要早些找個下處我們此不得男人們塊土沒處住就不成事了尤三姐道遠遠

望見前面一叢樹林那裏必有人家待我前去尋個下處你們隨後慢來說畢一展雲光頃刻卽到舉目看時但見人烟湊密熱閙非常路南有座小廟上寫觀音菴三字旁立木牌一面上寫小菴崇寓往來女眷尤三姐一見六喜連忙用手將門環叩了幾下只聽裏面嘩啷一声開了廟門走出個老尼姑來見了尤三姐問道姑娘是那裏來的尤三姐答道我們是從太虛幻境來的特借寶刹暫住一宵後面还有雲車二乘少刻就到老尼姑道旣然如此請姑娘先到

裏面坐待我教徒弟在門外招呼着就是了三姐聽了走進廟門只見裏邊又走出個小尼姑來老尼姑便道智能兒你去到門外等着有兩輛車到時引了進來說畢便讓尤三姐到禪堂去了這裏智能兒出了廟門向東一望遠遠果見來了兩輛車不多一時來到跟前智能兒點手兒叫道到這裡來方纔來了一位姑娘往這裏呢小太監聽了一齊將車御進廟門鳳姐鴛鴦下車瞧見智能兒站在面前鳳姐便向鴛鴦道你看這個小尼姑像誰鴛鴦也仔細一瞧道

你不是饅頭菴的智能兒嗎智能兒聽了也將他二人一看道你們是那裏來的好像賈府的璉二奶奶和鴛鴦姑娘似的鳳姐笑道可不是智能兒是誰呢鴛鴦道好了有了熱人就好打聽老太太的下落了智能兒道老太太過去好些日子了奶奶和姑娘是找老太太來的嗎鳳姐欠伸道嗳喲我也乏的不得了且到你們裏頭坐下慢慢的說罷說着大家往裏所走小太監將車推到大殿廊下安歇各自歇息去了這程尤三姐正與老尼姑敘談只听院內有

位仙師的來歷雖是出家人極愛成全人間的好事
前者愚兄到此也蒙仙師口授了幾句四書崇心學
去果有奇妙那日偶爾閒談便中將我的一段隱衷
微露一二他二位聽了一日先就叫出你的名字來
說你不久也要到來又道只要你們立志真誠修到
功行圓滿包你們遂心如意也教天下之人瞧瞧我
們兩個的手段免得你們儒家動不動說我們是虛
無寂滅無用的異端寶兄我想他們這話雖說的
荒唐也不可不信我們既然到此出家便依他們所

傳的心法用起功來且看他們臨時如何作用寶玉
聽了也歡喜道小弟無知尚望二哥指教湘蓮道適
總仙師說頑石也點了頭了這句話你懂得他說的
是什麼寶玉道這也不過以小弟為頑石譬喻的話
罷了湘蓮笑道非也他們說這塊石頭就是你的化
身乃女媧氏補天所剩如今現在青埂峰頭故仙師
以此取笑寶玉聽了便立刻要上青埂峰去看湘蓮
只得陪他到後院來但見青翠嵯天一峯屹立二人
遂由盤道而上直至絕頂果見一塊石頭約高七尺

剔透玲瓏瑩然如玉與那塊通靈玉的形狀雖有大
小之殊並無絲毫差之別寶玉見了不勝驚異悲歎了
一回忽覺詩興勃然拾起一個瓦片就在石頭正面
題詩一首云

文自玲瓏質自堅　幾經雕琢色瑩然
幸無精衛卿填海　賴有媧皇煉補天
一塊徒留形磊落　三生空結意纏綿
歸來青埂誰知己　屹立峯頭待米顛

湘蓮念了一遍笑道寶兄弟你真可謂一往情深道

詩詞一道我竟不能也不敢免強秦和正說時只听
松鶴童子在山下叫道二位師兄下來用飯罷喫了
飯也是用工夫的時候了二八聽了只得曲折下山
回到禪堂歸坐松鶴端上飯來無非胡麻桃脯蓴羹
鱸膾之類二人飯饕巳畢漱口喫茶又談了一回閒
話湘蓮便叫松鶴將我們的蒲團舖在裏間榻上我
們也該打坐了松鶴答應着覷着眼向他二人臉上
仔細一看笑道二位師兄這兩副尊品你們在
一處裏打坐我可不大放心不要悄悄的二仙傳起

過的熟的說與你罷譬如道也者不可須臾離也可離非道也是故君子戒慎乎其所不睹恐懼乎其所不聞這就是至捷的路徑非禮勿視非禮勿聽非禮勿言非禮勿動這就是絕妙的口訣人一能之已百之人十能之已千之遠就是極盡的工夫你若必要講些通關運氣坎離鉛汞之事卽就是惑世誣民之言非我二人所知了寶玉聞言不禁大驚失色道依仙師這等講來何如能勾成仙成佛白日飛昇呢那僧道笑道你真是個癡人所過者化所存者神上下

與天地同流豈止白日飛昇而已寶玉聽了恍然方悟喜的手舞足蹈起來道原來仙佛之道不用他求只是正心誠意而已那僧道二人一齊拍手大笑道頑石也點了頭了你如今旣然醒悟就在此與湘蓮二人同心協力的將我們適纔所傳的口訣密授的心法日新日新起來到了三月不違的時候我二人再來指點迷津如今尚有未了的因果還要下山走走說着便立起來同松鶴道你在此好生伺候你二位師兄說着便走出洞來湘寶二人送出洞

外只見他二人將袍袖一揚早已不見了寶玉這裏看的出了神獃獃的發怔湘蓮笑道寶兄弟爲何發起獃來寶玉這纔回過頭來拉着湘蓮的手笑道柳二哥你原來也就是跟了這二位仙師來了你如今修煉多年想也有半仙之體了湘蓮道你且進來坐下我細細的告訴你於是二人攜手重入禪堂對面坐下湘蓮先就問道寶兄弟你乃是侯門公子國家的勳戚爲什麼藥捨家園拋離骨肉跟着他二人來此荒山受這無限之苦寶玉笑道柳二哥你這個話

講的不通了你也是當代的豪傑宦門世裔你又爲什麼來到此處湘蓮笑道我有我的一段情緣不得不如此寶玉道你有你的一段情緣難道我是個草木就不該有一段情緣的麼二人說到投機相視而笑松鶴童子送上茶來寶玉手擎茶杯向着柳湘蓮歎了一口氣道柳二哥小弟因一念癡情誤入太虛幻境因而棄捨紅塵跟隨仙師到此實指望修成正果重返太虛必當遂願誰知和二位仙師反講了半天的四書使我大失所望湘蓮笑道寶兄弟你竟不知二

玉笑遊師父这樣仙境如何不題些京八之句怎將
一副極熟的匾對鑿在这裏那僧遊听了哈哈大笑
遊你这對聯的話語極熟么口裡讀去自然狼熟
親身行去只怕就覺很生了你若能將这十四個字
身休力行便是禪門第一義了宝玉听了就如醍醐
灌頂恍然大悟只見那和尚將洞門的石環輕輕的
擎了一下遊松鶴只听嘩啷一声開了洞門出來
了一個垂髫童了問遊師父回來了么却又跑了進
去这裏僧遊二人引了宝玉往裏所走一進洞門但

見奇花異卉古幹虬枝情香撲鼻並無半点飛塵窈
然而深蔚然而秀宝玉正在愛慕之間忽見裏面走
出一個少年來笑容可掬的遊師父辛苦了宝兄弟
來了么宝玉仔細一看不是別人却是柳湘蓮不禁
大喜过望要知二人相見如何且听下回分解

續紅樓夢卷四

觀音菴鳳姐遇秦鍾
鄧都城鴛鴦見賈母

話說賈寶玉跟隨那一僧一道走進洞門只見裏面
走出一個少年來不是別人乃是柳湘蓮也
笑道柳二哥原來在這裏別來無恙乎湘蓮也笑著
問好拉拉手兒那道人和尚便笑起來道你二人可
謂他鄉遇故知了且進禪堂再叙罷說着他二人先
就進了禪堂湘蓮寶玉隨後跟了進來先行了師徒
之禮後叙些朋友之情僧道二人上坐湘寶二人侍

坐松鶴童子捧上茶來茶罷寶玉先就站起來笑道
弟子下界凡塵蒙二位仙師不棄度脫來山願仙師
慈悲指示些參禪悟道的路徑明心見性的工夫也
不枉弟子負笈千里一塲僧道二人大笑道你原來
是個癡人儒釋道三教名雖殊而理則一釋道兩家
之明心見性卽儒教之克已復禮也釋道兩家之坐
靜參禪卽儒教之正心誠意也釋道兩家之定慧卽
儒教之慎獨也你方絕見洞門對聯便以爲熟可見
你是個舍近而求遠的我們如今索性將你小時讀

［卷三　一三五］

閻王說你喝醉了酒不知去偵各分混嘡罵人誦障下振去地獄因你跟着老太爺出过死力又嘴裏填过馬糞暫且加恩予以自新之路你狠要改總好焦大忙跪下磕頭謝恩林公又道鮑二的女人不准收賠我求之再三閻王不得已还教我買定騾子償还他脫生的主兒以結此案鮑二家的聞言也过來磕頭謝了合家無不欢悅買母也欢欢喜喜的住着听候找尋黛玉的一落这也按下不表再說賈宝玉自從那日鄉試出場在稠人廣衆之中見了那個癩頭

［卷三　一三六］

和尚合他点手兒他便趕着大搭的空兒抛下賈蘭跟着那和尚就走那和尚向他臉上咳了一口便覺心中迷迷惑惑就像脚下生雲的一般不多一時走的連城池房舍的影兒都不見了但見一個跛足道人在那裏哈哈大笑道这裏來这裏來天倫至性不可以不拜辭於是二人引了宝玉來到河边只見一隻大船灣在那裏便將宝玉扯上船頭令其叩拜宝玉此時明明見他父親坐在船內心中只覺恍恍惚惚口裏也說不出話來身子好像由不得自巳的一

［卷三　一三七］

般叫頭巳畢二人便擁了他上岸脚不沾地行走如飛走勾多時只見前面一座高山萬丈巑岏直插雲漢進了山口頓覺眼界光明別是一番世界宝玉此時纔覺心中清醒舉眼看那和尚道士適才頭跛了形容那裏是什么癩頭跛足的形狀但見這一位頭戴毘盧帽衣穿袈裟白面長鬚那一個頭戴束身披鶴氅美目修髯飄飄然有神仙之概眞好似

取經天竺唐三藏　　夢醒黃粱呂洞賓

宝玉看罷喫了一驚倒身下拜道請問二位師父的

［卷三　一三八］

法号那和尚笑道我乃茫茫大士這位道友乃渺渺真人我二人自開闢以來就在此山居住宝玉又道請問師父此山何名這等嶔岑空翠那道人道此山名為大荒山那中間最高的一峯就名青埂峯下面有一洞府名曰空空洞就是我二人修眞之所你且臨了我們來这裏还有你一個朋友在此宝玉听了不勝欢喜便隨了他二人緩步而行到了洞門口只見上面懸着一石區鑿着四個大字道爲善最樂兩边一副石對聯鑿的是栽培心上地涵養性中天宝

坐堂点名問出他們的來歷是和他姑舅哥哥潘又
安婚姻不遂双匕自盡你女壻憐他們義氣留在家
中配爲夫婦的賈母道我只知他有了不是攆下出
去了並不知道他有这些鈎兒麻藤的事情可惜迎
丫頭老老實實的他老子那個糊塗東西許給了孫
家女壻極平常活的把迎丫頭折磨死了賈夫人
喫了一点迎丫頭也死了么君爺每日点名怎么
也没有点着他呢林公詫異迎莫非世上的女孩兒
都不属我們管怎么过堂的時候往往的也点着別

131

人家的女孩兒呢正說到这裏只听膻外有人稟道
潘又安回老爺的話林公迢進來說罷这裏也没你
可迴避的人只見潘又安進來給賈母磕了頭到林
公耳边悄悄的說了幾句林公黙然良久皺眉道知
逍了賈夫人迢你不用鬼鬼祟祟的找不着姑娘我
是不依的林公道夫人不必着急我另有道理大佳
兒明早親自帶些人去到十六層地獄七十二司查
一回潘又安改了裝在城裏城外鄉村墅寨菴观
寺院各處尋訪断無尋不着之理再教馮書貫辦寫些

132

告示遍處粘貼縣懸賞尋覓更又週到些
了一個是去了這裡大家用过了飯嗽口喫茶只見
焦大與鮑二家的走來與林公夫婦遂請
示林公明目見閻王的規矩並回明路上賭了鮑二
家的話林公笑道明日老太太也不用去你們也不
用去明日我進府頁票閻王也不好意思不賞臉你
們放心都喫飯去罷司棋遂將他二人領去欵待林
公惟恐他母女傷悷笑道夫人和大佳兒何不跟着
老太太到花园裡走走閒散散步見回來你們媎兄

133

們鬧牌我到書房裏催着他們辦文書
过閻王就留老太太在这裏佳一半年等我明年轉
了天曹一同昇天說罷各自起身去了賈
撫了賈母到花園各處開步又講些家中之事不必
細贅到了次日林公進府辦事午正方經回來的賈
母道小壻今早晃子閻王將老太太之事回明便稽
查冊子老太太一生並無过惡閻王甚喜一切充從
焦大呢焦大見林公同來早在門外伺候打听一開
呼喚忙上來打千兒迢奴才在这裏呢林公迢老業

134

聊道怎么的你們没見黛玉兒丫頭嗎他死了有一
年多了這個孩子可往那裏去了呢賈夫人听了嚇
得面目失色半晌哭道怎么的我的黛玉死了一
年多了我們这裏怎么総没見他呢想來必是老爺公
出衙門裏的人踉怨了不大理論送到那個地獄裏
去了不然就是打發到那裏脱生去了这还了得我
的兒啊你了説着便放声大哭起來賈母由不
得也哭將起來林公也傷心落淚便向賈珠道大任
兒你去叫了馮菁辦來吩咐教他在上年过堂的號

簿上查一查看有林黛玉的名字没有再到王府裏
崔判官衙門轉輪王府裏出入的號簿上都查一查
就知道你妹妹的下落了教他查明了即刻回覆賈
珠答應了一個是即忙去了林公又劝他母女道夫
人不必哭了只管多心別説地獄是俗們管的还怕
我不出來么就是脱生了人家也容易辦的老太
太上了年紀的人莫教他老人家只是悲傷賈夫人
止淚問道我想黛玉小孩子家三災八難也是常有
的不知得了什么利害病就死了呢賈母欲要賈說

出黛玉的病源又怕賈夫人着惱自己也覺碍口便
流淚含糊答道這個孩子生來的又弱又聰明的狠
心眼兒又多自從到家三六九的咳嗽我給他配的
人蔘養荣九每日燉些燕窩湯百般將養不能見效
後來倒底吐血而亡説到這裏便又哭道我的乖乖
兒啊真真的教我也後悔不來了賈夫人不解其意
乃道老太太也不必後悔这是他自己没造化老太
太白疼了他了他母女正然說話只見個管家婆子走
來禀道早飯齊備了擺在那裏林公往老太太處來

身子之倦早飯就擺在这裏罷你去告訴你男人晚
上預備酒席或是小戲兒或是八角鼓兒不拘那樣
伺候老太太聽戲賈母忙攔道不用弄戲等你們找
着姑娘的下落我再听戲説着只見賈珠也進來回
道嗎菁辦已經遵諭查去了於是丫鬟們擺上飯來
賈母正坐林公夫婦旁坐賈珠下面相陪飲酒中間
賈夫人便叫司棋呢只見走出一個年輕的婦人來
跪下與賈母磕頭賈壻仔細一瞧問道你不是二姑
娘的丫頭嗎賈夫人道不是他是誰呢前兒你女壻

驚疑之際只听堂上噹的一声点響感武三声大門仪門一齐洞開出來了八個小么兒擦賈母的轎子抬起那公子扶了轎杆轉身進了仪門又見一名旅牌跪稟遊請老太太的轎堂上又戲武了三声八個小么兒抬起一直的上了大堂穿暖閣兒進到了二堂繼然落轎早見一位官員錦衣繡服拱立轎旁賈母下轎仔細看時果然就是林如海不由的大哭起來林公也自傷感忙請安問好畢兩边閃出幾個僕婦來逸了賈母往裏所走剛到宅門早見兩個丫鬟

123

撚着夫人哭了出來賈母認得是他女兒賈敏母女二人抱頭勵哭與林如海在旁劝遊老太太今日母女相逢正諛欢喜夫人也不必哭了讓老太太到上房裏去於是大家止淚母女攜手進了宅門丫頭們早打起簾權進了上房只見裡面陳設的十分精雅雖係幽宾無殊人世林公夫婦讓賈母炕上坐了重新拜叩賈母还了萬福賈珠也來叩見已畢一斉归坐賈母問遊姑老爺是從揚州仙逝之後就補了这裏的城隍么珠兒怎么得到这裡的林公笑答遊小婿

124

自那年報舘見了閻王閻王因查小婿做了一任坐運司竟不曾弄商人的錢所以十分被罷閑了上帝就補了鄬都的城隍幫着閻王辦事大任兒也是閻王愛他的文筆就留在案下主文後來小婿到任認了親戚誰知他姑母就在他那裏呢小婿現無弟嗣求了閻王將大任兒討了討來替我管管家務那年東府裏的敬大哥到了这裏定要把他帶了去見老太爺們去呢小婿和他說要再三他總給我留下了賈母听了十分欢喜遊眞是天緣凑巧也是姑老

125

爺的德行所致賈夫人又問賈敔賈政邢王二夫人的好賈母便将賈敔犯罪抄家的話說了一遍林公夫婦不勝歡息賈母又向賈珠道你的蘭小子虧了你媳婦守着撫養他如今也十七八兰了詩也做的好文章也作的好也愛讀書賈珠听了不覺心內慚然忙站起來答遊这都是老太太素日的教養賈夫八怒接日遊我的黛玉兒丫頭今年也有十七八兰了难為老太太把他接了家去恩养他不知可比小時壮期了些兒還是那樣的弱呢賈母聞言乐了半

126

淵道蘇州府人就是當日做过揚州塩運司的剛說到這裏只見從仪門裡走出一個長隨來叫道馮經承在那裏呢馮淵急忙答應跑到跟前陪笑道潛二爷有什么吩咐那長隨道老爷今兒身上不大爽快教你把过堂的花名冊予拿進書房裏去过目呢想是委少爷出來点点也未可定馮淵听了忙取出冊予一面打開看着一面又走到轿前問道老太爷的尊諭可是賈代善老太太娘家可姓史今年八十三歲了賈母未及回答只听那長隨嚷道快來罷老爷

在書房坐着等着呢早作什么來這會子嘮裏唠叨問這個問那個的馮淵听了不敢怠慢連忙拿上冊予隨着長隨進去了這裏賈母向鮑二家的道你們听見了嗎他不知道咱們是薛蟠的親戚他總就是爲賈香菱被薛蟠打死的那個公子焦大道這倒不相干他們當書辦的人只知黑眼睛認得白銀子那裡管什么仇人的親戚呢賈母又道他總說這位大老爷姓林作过揚州的塩運司咱們稱姑老爷不是揚州的塩運司么可惜沒有問他名字正說話時只

見馮淵喘吁吁的跑來到轿前笑嘻嘻的道老太太恭喜方纔晚生拿上冊予去老爷看了低頭沉吟了好一会便吩咐教請少爷过來少爷出來看了冊予他便囘了老爷要親身來看呢晚生雖不知其中底細看那光景倒像和老太太是什么親戚似的老爷如今進了內宅想是告訴太太去了所以晚生先來送個信兒若認了親戚求老太太把賞晚生的使費莫向老爷提起晚生卽刻就繳上來賈母笑道这有何妨些小筆賞那個衙門裏沒有但只是我原有

個女婿姓林並無子嗣只有一個女孩兒去作也罷了如今是那裏來的少爷呢鮑二家的听了忙插嘴道姑老爷在这裏爲官多年难道姑太太就再不養個老生子阿哥嗎招的馮淵也笑了正然說話時只听見堂上吆喝道閒人都退後些少爷出來了賈母在轿內大神細看只見兩三個小廝擁簇着一位少年公子生得器宇軒昂眉目清秀年約二十餘些賈母細看大惊哭道來的不是我那珠兒嗎那公子見了賈母也就上前抱住腿働哭衆人不解其故正在

道我瞧着眼生呢那二年在凤丫頭屋裏說他是閏
王老婆的就是你嗎鮑二家的紅丫臉笑道這個者
太太又揭挑起人家的短兒來了正說時只見主人
婆子送了臉水上來賈母盥漱畢然後瑞上飯來乃
是八個小碟八個大碗一個火鍋賈母飲了兩杯酒
喫了碗飯鮑二家的送上茶來然後自去喫飯賈母
下揭開步只見焦大走來回護奴才總到衙門裡打
听了兒了個年輕的書吏柏公他說這裏的規矩不
論陽世的官職一概上堂要縣所唱名的若無罪過

115

还好若有罪过時立刻就上刑具的奴才許了給他
才個元宝他總許了個明目昆機而作的話奴才想
先把銀子給他徃後也就好說話了賈母听了這番
言語自念生平雖無大惡終覺不甚放心便遂有的
是銀子你只管辦去罷你明日可怎樣呢焦大道奴
才怕什麼呢當日跟着老太爺出兵的時候什麼酸
甜苦辣沒受過呢別說大老爺過堂就是閻王殿上
上刀山下油鍋也不怕他說的賈母也笑了焦大遂
取了十個元寶一徑去了這裏賈母又與鮑二家的

116

說了一回閒話各自歸寢一宿無話次日黎明焦大
便催齊了轎夫俟賈母梳洗巳畢坐上了轎子出了
公館鮑二家的焦大步行相隨不多一時早到了轅
門只見一個年輕的書辦生得眉清目秀齒白唇紅
在那裏笑嘻嘻的点手兒教把轎子抬進角門西边
一個小院子內落下自巳走到轎前恭巳敬巳的作
了一個揖遊晚生請老太太的安賈母見他人物風
流語言乖巧就知是十個元宝的力量忙欠身唤遊
相公你可好我們諸事还要仰仗呢那書辦道老太

117

太只管放心晚生無有不盡力的賈母笑道相公尊
姓那書辦笑遊晚生姓馮名洲江南常州人氏父親
也做过官的只因晚生買婆與金陵一個姓薛的叫
個什么歡霜王彼此爭寶總就衙財仗勢將晚生打
死晚生到了這裏告了一狀查了查姓薛的與晚生
原有凤寃又且他陽寿未終难以結案幸喜城陽大
老爷也是南方人姓林可憐晚生無故受寃又是讀
書的人就補了這衙門的六房總經承之缺如今也
好幾年了賈母又問道大老爺是南方那一府的憑

118

尼姑道這是新收的徒弟他說為找親戚來的後來我着了一位姓秦的相公他二人那樣親热的光景也难以言語形容了我的意思要劝他还俗呢賈母听了也並不理会姓秦的是誰但笑道可是呢年輕的小人兒家再別輕易出家二人說話之間鮑二家的早偷了個空兒打扮了上來伺候賈母笑道浪猴兒精多早聽見可就把我的衣裳諉弄出來穿上了老尼姑笑道這位媳子是老太太的館家我也不敢說上閒話我這裏鮑二家的听了着急忙忙拿眼睛

瞅他道你去罷把你們的好點心菓子撿些兒來与老太太喫喫罷我們还要赶進城呢那有工夫和你叙家常呢老尼姑會过意來笑着忙命智能兒取了八碟菓点之類擺上賈母隨便喫了些喫畢只見焦大進來叫道鮑姑娘你的轎子撂下了請老太太走適我在外边打听了城外鬧雜住不得城內城隍大老爷衙門西边有一所大公館又雅靜又離衙門近明早先要到大老爷衙門过堂驗看呢遲了怕赶不進城了鮑二家的回明了攙着賈母走了出來老尼

卷三　十一

112　111

姑看着上了轎方纔回去這裏主僕三人逍遥行來早望見一座城池楼堞巍峩焦大便吩咐轎夫慢些的抬着走小心些兒我頭裏看公館去了說罷顛着驢子如飛而去這裏賈母進了城在轎內看時但見六街三市熱閙非常楚館秦楼都如人世正然看時只听焦大叫道抬到這裏來眾轎夫听了便跟了焦大抬進一座公館落下轎來鮑二家的撂了賈母進了上房只見裏面舖設的十分幽雅賈母也覺乏倦伏了引枕閉目養神焦大向鮑二家的道我已向主

人家言明了酒飯茶水燈燭一總包了明日開發他五兩銀子等老太太醒了你就伺候洗臉喫飯照應賃行李損箱我要從六老爷轅門上打听打听明日过堂是些什么規矩也好預備說畢一徑去了這裏賈母盹睡了片時起來向鮑二家的道你过來我細細的瞧瞧你你既是家裏的人我眼中怎么不大見你呢鮑二家的道奴才們兩口子原是珍大爷那边的人璉二爷愛奴才的男人好絕要过來的只在外边當差那裏能勾輕容易見老太太呢賈母笑道性

卷三　十二

114　113

們喝個茶兒那人听了道這點子東西你老請收養
罷我們沒有身家也有性命呢鮑二家的听了忙跪
下磕頭哭道好爺們唎開個恩罷積修的好兒好女
的我給爺們磕頭那解差便戲着眼一看高声嚷道
老三老五你瞧瞧偺們的眼睛真是喫了蒜了昨兒
晚上瓜裡挑瓜竟把這麽個妙人兒白饒過去了又
笑向鮑二家的道你多大年紀了鮑二家的道我記
不得我的岁数只聽見人說比我們二奶奶大一歲
那解差听了不由的哈哈大哭道我又知道你們二

107

奶奶多大岁数了呢這麽個怪俊的模樣兒原來是
金玉其外敗絮其中的罷了我們行個好兒老爺了
你把他帶了去罷說着向焦大手中接了元寶大家
說說唱唱押解其餘因犯伴長而去鮑二家的过來
給買母磕了頭焦大遊鮑姑娘你也顧点臉面罷方
絕那個樣兒我也替你燥的受不得了鮑二家的道
你這個老人家你絕没听見嗎昨兒晚上要是瞧出
我俊來我还不得干静呢買母道不用說了我們赶
路罷鮑二家的道焦大爺你倒底也給我弄頂轎子

108

來嗎焦大怒道不知足的東西見你絕剛兒是轎子
抬來的嗎乖乖兒給我呀布罷這樣謊郊野外教我
在那裏弄轎子去呢鮑二家的道你老人家不用生
氣过這個山坡邊這就是半都城的十里舖那裏轎
子爻甯尼街頭上有個尼姑菴也讓老太太喝碗茶
歇比界尓着我上這個樣兒也讓我和老太太討
件衣裳與上吧焦人笑道小東西有這些罗嗦就是
了走罷恣又走了有四五里之遙繞过山波果見
人烟輳熱開非常路南有座小庙上寫觀首菴三

109

字鮑二家的忙教住歐揦了買母出來步入庙門只
見一個尼姑迎了出來道老施主請到禅堂坐坐唉
呀這一位好面熟啊你不是在這裏住过的鮑二嫂
子嗎鮑二家的笑道老姑姑好記性啊這是我們的
老太太是國公爺的一品夫人呢老尼姑道原來是
老太太失敬了於是揦了買母到禅堂坐下小尼姑
端上茶來遞與買母臨跪下請安買母伸手拉起細
將小尼姑一看向鮑二家的道你看這個小尼姑是
饅頭菴的智能見不傻鮑二家的末及回答只听老

110

子呢只見一個小廝拉过一頭驢來道焦大爺你這
個驢是林大爺賴大爺給你預備的焦大道我知道
哦這是他們哥兒倆可憐我沒見沒女的意思孩子
你扣我抽上去這小廝將焦大抽上了驢跟着轎子
緩緩而行但見來來往往絡釋不絕這边去的也有
施盔接引的騎馬坐轎的逍遥步行的也有披枷带
鎖的那边去的也有歡天喜地的愁眉淚眼的賈母
在轎中看見一一明白惟有合掌念佛而已矣一霎
時忽然一個個都过去了又只見一夥披着牛皮馬

皮猪皮羊皮的也有披着驢皮騾皮猫皮狗皮的後
面跟着幾個解差手提悶棍搖頭愰腦而來忽听囚
犯內有個婦人高声叫道驢上騎的不是焦大爺麼
救一救我罷焦大問道你是個誰啊那婦人道我是
鮑二的女人你老人家記不得了麼焦大道就是你
這個浪東西嗎悄默聲兒的罷着仔細驚了老太太
那婦人听了越發嚷起來道轎子裏坐的是老太太
麼好老祖宗喇救我一救罷賈母聞声忙令住轎只
見那婦人早已跪在面前哭道老祖宗可憐我罷閣

王老爺說我前生引誘主子犯了淫罪罰我變個騾
騾子只許受苦不許下駒老祖宗可憐我罷我再不
敢浪了這裏焦大也下了驢吆喝道慘開罷小東西
成天家擦脂抹粉的恨不能怎樣總好今日是自做
自受教老太太有什麼法兒呢賈母道焦大我也想
來你雖是個八九十歲的老頭子伺候我倒底不方
便這個鮑二家的雖然平常倒底是家裏的個舊人
兒你去和那些解差們商量商量看他們肯教我們
賕不肯焦大答應了一個是忙走上前去問那些解

差拱手道衆位爺們站一站我有件事合衆位商
方絕這個媳婦于是我們府裏的舊人我們老太太
要他跟了去服侍衆位爺們通点情見讓我贖了去
罷只見一個歪戴帽子的人上前喝道胡說你喫了
燈草灰見了說的這么輕巧這都是王爺親點出來
的誰敢通情呢焦大笑道好兄弟你別生氣偺們走
衙門的人一點桨兒不敢作可仗什麼喫飯穿衣呢
哥七總不肯委屈你就是了說着便從損箱裡取出
一掛元宝來笑道足足的十個五百兩敬你們哥兒

兒晚上教答大奶奶把我数落的恨不能鑽到地縫
裏撥着晴雯這個丫頭也數落了我一頓說太太當
日擡他只怕也是我調唆的就只有金釧兒跳井不
好意思賴到我身上來妹匕你可再別記怪我了只
看我受這一回辛苦將功折罪罷黛玉道鳳姐姐你
也不必再提這些事了你只路上留神保重找着了
老太太先差人給我們送個信來我們就放了心了
尤三姐姐妃央姐姐路上也好生留神照應見了老
太太替我們請安二人也答應道你們只管放心罷

卷三　四

99

秦氏道天也不早了二嬸娘請上車罷鳳姐站起身
來正欲作別只見警幻與妙玉咲嘻匕的走來道我
們來遲了快拿酒來我們借花獻佛晴雯忙送过酒
來每人又遞了三杯各道了謝彼此灑淚而別鳳姐
兇夫坐了車尤三姐架起手帕雲兩個太監監御車
如飛而去這裏迎春也回赤霞宮去了香菱因要學
詩便與黛玉同住尤二姐秦氏各自回家妙玉仍與
警幻同住這話暫且不表再說賈母自從那日仙逝
之後一灵真性出了府門四顧茫茫不辨路徑正在

100

心中憂懼只听後面有人高声叫道前面走的是老
太太麼賈母回頭看時認得是東府裏的焦大賈母
道你作什么來了焦大道奴才活了這麼大的年紀
如今老太太又去了世奴才在小爺們手裡过着还
有什麼趣兒呢不如跟了老太太來見見老太爺們
强如活的猪嫌狗不愛的所以昨兒晚上痛痛的喝
了些酒跌拌了幾下子也就赶着來了賈母笑道老
孽障你也活勾了來的狠好我正盼個熟人兒呢你
去給我僱頂轎子我步行走不動了焦大回道前面

卷三　五

101

就是界牌乃是陰陽交界只怕預備老太太的轎子
在那边伺候着呢賈母听了抬頭一看果見一座界
牌但見人烟湊雜車馬穰穰焦大高声嚷道喫你們
那個是榮國府預備老太太的轎子只見一夥人答
應道我們就是的你老是誰啊焦大道狼王八姜子
們抬过來罷老太太到了你管我是誰呢衆人听了
連忙抬过轎子伺候賈母上了轎焦大又問道樓底
損稍呢又有人答應道在這裡呢焦大道好生抬着
緊跟着老太太的轎子走預備路上好賞人我的驢

102

迎春道狠好菱姑娘就跟着我在林妹妹房裏住九
家二姐姐三姐姐也別回去大家晚上熱閙熱閙罷
尤三姐道我巳許下同他們徃地府裏去呢也要回
去收拾收拾纔好尤二姐道也罢我們姊妹倆一塊
見回去明日一早在牌坊那边擺了袓餞候着你們
罷說着仙女們捧上茶來大家喫了一回茶警幻和
妙玉尤氏姊妹告辞各自回家這裏迎春黛玉凤姐
秦氏香菱鴛鴦晴雯金釧兒瑞珠兒九人又談了一
會別後的情事這緫各自歸寢次日黎明香菱起來

梳洗畢先徃警幻前殿見他父親去了甄士隱未免
又勸慰了香菱一番給了個小小錦匣兒上寫着仙
家妙用敬謹開着八個字香菱知是仙家之宝不敢
細看遂緊緊收藏起來又問湘蓮宝玉的下落士隱
只說得青埂峯三個字便走出殿門忽然不見香菱
怔了半晌悲傷了一回正欲回來只見遠遠的尤二
姐姊妹兩個在那裏招手叫他道這裏來香菱聞言
只得跟了來到牌坊外早有仙女們撲着園屏棹椅
酒菓伺候着呢三人敘祀坐下尤三姐便笑道老伯

走了罷我的那個話你可問了没有香菱笑道問了
倒惱的我父親說我不害羞怎麼替人家問起這個
話來了尤三姐笑道這是你編排的話老伯肚裡那
裏說出這樣老没正經的話來呢香菱正欲回答只
听見尤三姐那边他們一行子都來了大家看時果
見前边是兩個小太監御着雲車二乘後边凤姐是
行妝打扮身穿絳色襖兒外罩三藍丹金廂边的嵌
頭上戴着貂鼠昭君套越顯得風流出衆隨後就是
迎春黛玉秦氏鴛鴦晴雯等一齊到了衆人讓凤姐

上面坐兩边讓尤三姐鴛鴦也坐了晴雯執壺秦氏
把盏迎春黛玉尤二姐等每人親遞了三杯酒凤姐
三人等飲畢又每人回敬了一杯這緫依序坐下在
姐歎了一口氣向黛玉道林妹妹你知道我素日在
老太太面前凡事多嘴多舌慣了的實在我把事情
幹冒失了我也後悔不來了妹妹恨我這是不消說
的宝兄弟好好的爲這件事出了家他也是要恨我
的就是宝妹妹如今弄的他守了活寡他又不恨我
嗎噯我眞眞的成了大观園的反叛罪人頭兒了昨

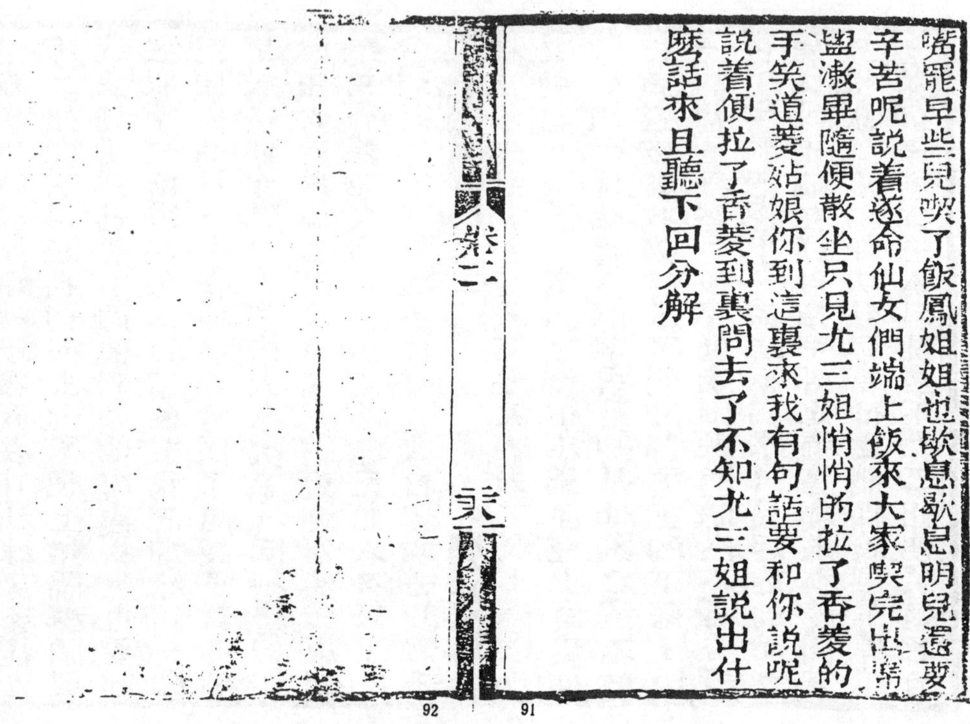

嘴罷早些兒喫了飯鳳姐姐也歇息歇息明兒還要
辛苦呢說着遂命仙女們端上飯來大家喫完出席
盥漱畢隨便散坐只見尤三姐悄悄的拉了香菱的
手笑道菱姑娘你到這裏來我有句話要和你說呢
說着便拉了香菱到裏間去了不知尤三姐說出什
麼話來且聽下回分解

續紅樓夢卷三

黃泉路母女巧相逢　青埂峯朋友奇遇合

話說尤三姐拉了香菱到裏間悄悄的笑道好
妹妹我有句話對你說你可千萬不要告訴別人我
問甄老伯已修成半仙之体几屈同道之人斷無不
認得之理你可替我問問柳湘蓮的下落香菱聽了
不由的笑起來正欲嘔他頑笑只見黛玉笑嘻嘻的
進來道好話不背人你們有什麼私話在這裏說來
了尤三姐見有人來也沒細看是誰是從後門走了

這裏香菱笑着將尤三姐的話告知了黛玉黛玉聽
了把臉一紅拉了香菱的手好像有話說不出口來
的意思香菱是極聰明的人早巳会过意來哭道我
知道了明日一總替你們問問我父親就是了黛玉
听了便拉了香菱走了出來笑道偺們今日人多晚
上都在那個屋裡睡早些說定了好教他們收拾卧
其妙玉先到我还要來警幻仙姑的指教就住在他
那裏罢蓉氏道我和二嬸娘死夬姐姐就在西套間
裏睡我們娘兒們好幾年没見面我們还有話說呢

一紅低頭不語默默如有所思秦氏道寶二叔嘞玉而生本就是胎裏帶來的仙體日後成了正果未必無相見之時何必悲傷我們今日大家聚會正該破滌爲笑總是換熱酒來大家且喫幾杯於是仙女們樹上酒來一齊舉杯相讓只見鳳姐斟杯向妙姑咲道妙師父自從那日大觀園被盜後來聽見你破賦人却了去我就一夜也沒合上眼兒我想你这麼個嬌嬌滴滴的人兒一個強盜也還支撐不住何况一緊強盜呪底下的話我可就不敢說了妙玉聞言氣

的把棍子一拍道二奶奶这是什麼話我如今拚着一死原爲的是保全众節你如何反說出这樣的話來我聽見你明日往地府裏去只保佑你不要撞着一顆惡鬼總是你的造化呢若真撞着了惡鬼那時節徐要求其如我这一死只怕不能勾罷迎春笑道二嫂子說的是頑話妙師父怎麼就着了惡了呢誰知妙姑这一席話倒提醒了鴛鴦忙道二姑娘少師父雖然說的是極話仔細想求倒也狠是呢我想二奶奶和我兩個年輕的婦女兩個小太監也筭不得

什麼萬一路上遇見了友人可怎麼處呢迎春未有回答尤二姐道我倒有個主意和仙姑商量把我們二爺迪弄着來跟了他們去岂不放心些兒呢迎春道这如何使得呢这裏都是些仙女們那裏有安頓爺們的地方呢鳳姐道你可說嗎人家这裏商量正經事他又想到他們二爺身上了尤二姐道我想到二爺身上原是爲保護你難道是爲我嗎尤三姐笑道鳳丫頭你出不用和我姐姐鬥嘴他也說不过你你只管着衆人給我磕個頭三姑娘明兒個保

了你去憑着我手中的鴛鴦劍腳下的手帕雲就有幾百個惡鬼包管你平安無事就是了衆人听了都齊声道好鳳姐也點點頭兒笑道三妹妹你也不必要我給你磕頭我就認真的給你磕個頭难道你妣着我这個頭不成你只管保了我去我總剛兒已經許下給林妹妹找寶兒弟弟呢順便把柳老二找了回來双手兒也送到妹妹的还裏答報你的恩好不好呢迎春咲道三姐姐你听見了没有你这可再推辞不得了說的众人都笑了黛玉笑道你們都收了贄

你不是攏翠菴的妙師父麼那女子也擡頭一看道你不是香菱姑娘麼原來这女子果是妙玉自從那日被强盜劫去因衆賊盜都要搶先各不相讓争閗起來內中一個强盜憤極天吼一声一刀將妙玉殺死他的那三魂七魄聚在一處只因逃了路徑身無所歸正然悲泣忽見了香菱真如見了親人一般遂將那夜被刧衆盜爭風遇害的緣由細訴了一回香菱也將自巳産厄認了父親的話說明只見甄士隱上前向妙玉臉上噴了一口仙氣就像戲臺上放了

〔83〕

一股松香火亮見似的大家都喫了一驚仔細看時只見妙玉渾身血跡全無依然是花容月貌越顯得艷麗非常香菱妙玉一齊歡喜拜謝了士隱相救之恩大家齊奔大虛而來又走不多時只見前面一片光明真是琉璃世界瓊樓璧飛閣流丹遠遠來了一位仙姑向士隱稽首笑道老先生辛苦了此一段因果士隱也稽首笑道因果雖了只怕还不能結局呢乃向衆發道这就是驚幻仙姑二人一齊上前施礼驚幻咲道二位賢妹你們在紅塵中閙了这些

〔84〕

年不知可享了些什麼福二人齊道弟子等愚蒙全賴仙姑指引驚幻連忙攙起笑向士隱道老先生請到前殿歇息我領他們到絳珠宮去教他們姊妹大家相會香菱忙道爹爹不要悄悄的走了士隱道我今日也无了且在前殿打坐一宵明早回山我尚有囑咐你的言語你放心去罷說畢自去前殿打坐去了於是驚幻先差了一個仙女去報信自巳隨後攜了他二人的手並肩緩步而行这裏驚幻等一聞仙女來報的出席來看果見他三人來了喜的金釧兒

〔85〕

拍手笑道我們这裏越發熱閙了大家彼此問了好進了宮門黛玉迎春凤姐等也都迎了出來大家相見悲喜交集不必細贅驚幻先道大家仍舊坐了席方好說話我與妙姑喫素就在榻上小炕桌兒上坐罷於是他二人便在榻上對面坐下香菱便換着襲人坐下遂將宝玉中了鄉魁跟了和尚去出家的話以及襲人嫁了蔣玉函並夏金桂施毒自害的這些事一一的告訴出來衆人聽了也有詫異的也有傷感的也有欢息的也有稱讚的惟有林黛玉眼圈兒

〔86〕

於是黛玉迎春秦氏鳳姐尤二姐尤三姐坐了一席那一席便是襲人晴雯金釧兒瑞珠兒坐了正然飲酒敘談只見警幻差了一個仙女來報說你們的親戚又來了三個一位奶奶一位尼姑還有一位道士呢衆人都詫異道道士是誰呢尤三姐道莫非就是那年送我來的那個跛道士罷仙女道这個道士並不跛他說是送他女兒來的衆人听了越發測摸不出道人是誰列公你道这個道人是誰原來就是甄士隱自從那日草菴別过了賈雨村來到薛蟠的門

首正值香菱遭災甄士隱就在菴中將袍袖一展只見香菱的靈魂出殼隨了他來飄飄蕩蕩走勾多時士隱叫道英蓮我的兒你認得爲爹的麼香菱正然心中渺渺恍惚听有人叫他止步回神細看只見一位道長鶴髮綸巾仙風道骨站在面前香菱倒退了幾步道你是何人把我引到那裏去我們薛家可不是好惹的士隱笑道我的兒你那裏知道我就是你生身之父姓甄名費字士隱家住姑蘇閶門內仁清巷葫蘆廟旁你母親封氏膝下無兒單生你這一

女小名英蓮五歲上因上元佳節家人霍啟抱你到街上去看灯一時手失霍啟懼罪潛逃後來葫蘆廟失火延燒了家產我是你母親投奔你外祖家棲住那年遇見一僧一道我就棄捨紅塵隨他們出家如今已修成半仙之体今知你孽債已滿特送你到太虛幻境結案以完父母之情香菱聞言連忙跪倒拉住士隱的袍袖放声大哭道女兒長了二十多歲只知爲人拐賣並不記得家鄉住處父母何人至今絕能認着父親不知我母親現在何處爹已可把我領

了去見見母親士隱嘆道我的兒你母親如今現在你外祖家你今並非生人陰陽路隔豈能相見你也不必悲傷母女後會有期你今且同我到太虛幻境與你們那些姊妹相逢亦可稍慰寂寞實香菱聞言甚哭問道姊妹又是何人士隱笑道到彼自知一面說一面挽了香菱緩緩而行走勾多時轉过了一個山灣只見一個女子披頭散髮血跡模糊號泣跟蹌而來士隱指着笑向香菱道这不是你們的一個姊妹麼香菱聞言嚇了一跳搶步上前仔細一看忙問道

衣托鉢這不是冬瓜拉到茄子地裏去了這不是林妹七現在這裏呢你和宝兄弟兩個人肚裡的事情我如何能勾知道呢因为老太太說宝了頭穩重林了頭爱病我不过是順着老人家的杆兒底就說了句現成的金玉姻緣的話大主意也还要老太太老爷太太作主兒那裡就能由着我呢我要是你們兩個人肚裏的慧蟲能勾知道你們兩個人的心事我要肯說金玉姻緣的話就教我嘴上長個大疔瘡爛了否頭黛玉正色逮凤姐七你說的都是些什么話

75

適繹責備你的这些話乃是元妃娘七的盲意與我什么相于呢你如果委屈的受不得就該往赤霞宮喊寃去这些閒話在这裏說給誰听呢說着賭氣子到裏間屋裏去了迎春逮二嫂子你也不能没不是姻緣呢固然有個天定你为什么趂着人家痛的要死把人家的雪雁叫过去撬着宝妹七哄宝兄弟呢凤姐逮已經把事情幹錯了可教我再有什么法見呢少不得要弄神弄鬼的了秦氏逮二嬌娘不必焦躁也怨不得要元妃娘七嗔怪也不怨得林姑娘生氣

76

總是二嬸娘平日精明強幹的过餘了俗語說的功之首罪之魁也这也不必提了且和鴛鴦姐姐商量明日如何起身才是正理迎春向晴雯道你該差人到厨房裏去問問飯得了没有只怕你二奶奶開了这大半天也餓了晴雯答應自去料理这裏迎春便拉了凤姐一同進裏間來瞧黛玉只見黛玉面朝裡躺着凤姐便歪在炕沿土搬过黛玉的臉來摟在懷裏笑道姑奶奶你别生氣了都是小的的不是要打要罵我情愿領我明日就往地底裏去呢姊妹們也

77

親親熱熱的說半天話兒罷我明兒到了外頭打听宝兄弟如果出了家時那怕海角天涯呢我總把他找了回來双手兒送到妹妹懷裏將功折罪迎春笑道林妹妹妳饒了他罷你听他說的怪可憐見兒的黛玉由不得也笑了回过半來輕輕的打了一下道我看你这個貧嘴没一些時總改呢只見晴雯走來回道酒席已經摆下了請喫酒罷於是三人走了出來只見摆了兩席酒迎春向黛玉道我們六個人坐一席好說話兒那一席挪下些讓鴛鴦姐姐他們坐罷

78

神十殿森羅半是刀山劍樹瞻瞻白髮難免恐怖
之憂渺渺黄泉誰是提携之件今勅熙鳳擬正遂
兩孫慕之初心鴛鴦擬陪成彼殉主之素志併錫
雲車二乘內監二名夙與夜寐早抵鄴都事竣功
成速歸幻境於戲余一人秉其瑕而錄其瑜用觀
後效爾熙鳳勉其新而革其舊以贖前愆曰性欽
哉勿負乃命
眾人听畢都喫了一京鴛鴦道我久有此心適見娘
娘親筆書旨我就猜着幾分是為這件事如今可遂

71

了我的心了只見凤姐还在地下跪着発怔黛玉笑
着拉他道念完了你起來罷你的差使到了元妃娘
娘派你往地府找老太太去呢恭喜恭喜鳳姐這纔
起來道我不信這個話方纔念的都是些交話我一
句兒也不懂你們講給我听听迎春遂又念一句講
一句逐句講完大家俱不言語都抿着嘴咲凤姐拍
手道阿彌陀佛天在頭上呢冤屈死我了抄家的事
原是大老爺和珍大哥哥鬧出來的乱子我不過是
放了點子零碎賬在外頭月間求幾個利亦这就第

72

鹽簍不餿把夭大的不是都安在我頭上了那一年
東府裏的大老爺生日我在後園裏撞着瑞老大那
個小短命鬼兒弄的我臉上狠沒個意思大概把这
一案又給我安上帷薄不修了迎春笑道二嫂子你
没听明白娘々原寫的是幸免兩個字並非說你夫
有其事凤姐道这也犯不上說到幸免的上頭啊晴
雯忙插嘴道这個二奶々怎么不趕幸免呢那一天
要不是二奶々的志謀廣瑞大爺的膽子小倘若他
是個胃失鬼情急了不管青紅皂白把你老人家一

73

抱了抱到山子石背後那可如何能勾幸免呢凤姐
啐了一口遂放你娘的狗屁小蹄子越発說上樣兒
來了尤二姐笑遂晴姑娘好孩子你一說怎么就說
到我心坎兒上來了呢抱的眾人都笑起來凤姐着
急遂你們听正經話罷前兒我來的時候宝兄弟好
好的在家裏和宝妹々小兩口兒一盆火兒似的那
一天到舅老爺家去巴巴兒的打発焙茗飛馬跑回
來告訴說二爺不教二奶々在風地裏站着这都是
宛央姐々親眼見的事这如今真意上寫的什么緣

74

呢鳳姐哭了一京道這是什麽意思呢我又不認得字這不是难我嗎鴛鴦道不如我們都到絳珠宫見了林姑娘和二姑娘教他們念給二奶奶听好不好鳳姐道如此甚好只見方終送菓子的兩個小太監回來道菓子送到了二位姑娘在娘娘上叩謝鴛鴦道你們來的好這是娘娘的一道懿旨你們背起來頭裏徃絳珠宫去於是三人出了赤霞宫慢慢的行來約有二里之遙早到絳珠宫門首只見金釧見晴雯笑嘻嘻的迎了出來道二奶奶可好尤家二姨奶

奶說二奶奶來了我們在這裏等了好半天了鳳姐笑道原來你們這兩個小蹄子也在這裡呢好熱鬧啊晴雯笑道二奶奶的這個嘴總莫有哎一點兒於是大家進了宫門只見秦氏尤二姐在院中彼此問了好只听簾櫳響處迎春室玉也迎了出來大家相見悲喜交集叙過寒溫剛要歸坐只見鴛鴦走來道娘娘有旨給二位姑娘代為宣讀迎春道他幾來了就有什麼旨意呢鴛鴦道二奶奶纔到了赤霞宫娘娘說今日不大爽快未曾見面就降了

道這一道旨意因二奶奶不識字所以帶過來請姑娘們宣讀着他听迎春送過旨來我就替他宣讀黛玉忙道这樣使不得娘娘有旨心須排下香案令凤姐姐磕了頭跪听宣讀纔合礼呢晴雯听了忙擺了香案過來供上旨意凤姐只得恭恭敬敬的磕了頭端端正正的跪在那裏迎春這終打開懿旨高声念道

蓋閨閫佽閨範端有頼於資媛四德三從望允孚乎内助焱爾王氏熙鳳質雖蘭惠識雜薰猶利口

厥邦巧言乱德堅貞自守幸免帷薄不修利慾薰心竟蹈籃盤不飭家資抄没子孫無可立錐骨肉流離功業都成畫餅況伏妾言金玉使凝情怨女紅粉埋香巧弄機關致溝倖情郎緇衣托鉢撲厥由來罪莫大焉本宏除名仙籍罰赴輪迴但念雨賦性聰明言詞婉妙斑衣戲彩效老莱子之娛親菽水承欢法子與氏之養志功堪補過罪可從輕恭惟　祖母太夫人鴛鴦未返鶴馭难逢魂飄閬苑之風魄冷瑶臺之月九重泉路不無牛鬼蛇

卷二

声拔出鴛鴦劍來鳳姐一見嚇得魂不附体只見前
边不遠有一帶紅墻他便兩手撩衣往前就跑着尤三
姐臨後赶來只見迎面來了個美人後面跑着兩個
人捧着盒子冉冉而來鳳姐一見高声嚷道快救人
啊尤家三丫頭要殺人呢原來前面來的正是鴛鴦
奉元妃之命與迎春黛玉送菓子去鴛鴦留神一看
認得前頭跑的是鳳姐後頭赶的是尤三姐連忙跑
了幾步將鳳姐攬在怀內喝道三姑娘不得無礼姐
姐聞知取罪不便尤三姐收了宝劍笑道我嚇唬鳳

丫頭呢那裏就殺了他了呢鴛鴦拉着鳳姐的手道
二奶奶你老人家怎麼也來了鳳姐道我倒不愿意
來呢可由得我嗎這是什麼地方这样体面你們如
何都在這裡鴛鴦道此乃太虛幻境有一位警幻仙
姑那中閣正殿便是仙姑的住處這東边一帶紅墻
是元妃娘娘的赤霞宮那西边一帶粉墻是林姑娘
的絳珠宮兩边的配殿都是怨粉愁香朝雲暮雨薄
命癡情等司就是我們這些人的住處了鳳姐道我
呢难道連個宮也没有嗎鴛鴦道有呢東廊下第一

所就是二奶奶的宫警幻說來我們都是這些司裏
的一夥冤家惟有二奶奶是這些司裏的一個總冤
家頭兒凤姐笑道這遭罷了我們如今先到那一処
去好鴛鴦道二奶奶跑的頭髮也松了褲腿也散了
偺們就近先到赤霞宫二姑娘屋裏歇歇梳洗梳洗
見過了娘娘再往林姑娘那裏走路也順便些凤姐
道这都是尤家三丫頭鬧的來把我一輩子的臉都
氣了回頭又向尤三姐道你儘防着就是了你二姐
姐呢眼錯不見的就没影見了尤三姐只不答言抵

着嘴兒笑於是鴛鴦先差兩個小太監將菓盒送到
絳珠宮去三人同至赤霞宮迎春房裏凤姐道怎麼
二姑娘没在家嗎鴛鴦送上茶來道二娘娘是林姑
娘接了住着去了二奶奶也乏了喫了茶歇一會見
罷遂命宫娥們留水取了粧奩來這裡凤姐重新打
扮整理衣裳鴛鴦便先進宫敬奏元妃去了約有頓
飯之時纔走出來道娘娘身上不大爽快了不肯出
來見人听見二奶奶來了倒像有些嗔怪的意思親
不寫了一道諭旨封了命我発給二奶奶自已開讀

的惰事彼此傷感了一回就將鴛鴦留下作伴差人告知了黛玉黛玉臨卽也來會了迎春過了幾月又接迎春到絳珠宮居住二八開眼無事不是下棋就是吟詩倒也十分快樂这话暫且不表且說王熙鳳自從物故之後一靈眞性悠悠蕩蕩不知身在何處但听一片哭声低頭下視只見自已停在床上賈璉平兒巧姐以及丫鬟僕婦繞床慟哭心中恍然大悟意欲飛身下去只竟有兩個人兩边挽架起來行走如飛脚不沾地走了有頓飯之時竟得眼界光明前

面顯出無數的楼臺殿閣正然心中欢喜忽听喚他的那兩個人罵道小蹄子我當你日頭長晌午呢你也有今兒麼凤姐唬了一跳仔細看時原來是尤二姐尤三姐姊妹二人鳳姐道嗳喲我當是誰原來綂是你們这兩個東西怎麼開口就罵起我來了九二姐迸罵道你便怎麼这裏又是你們的荣囯府你又是當家奶奶莫人敢惹我今兒可瓃報他呢凤丫頭我且問你我好好的在外边住着又擬不着你的什麼事你為什麼把我誆到家裏去千方百計折磨死

了我你这綫舒服了凤姐道好個不識撞舉的東西你既然嫁到我家难道教你在外頭住一輩子倒底算個什麼名色兒呢我好意收拾了房子親自把你接回來樣樣讓你佔個頭分兒你自已命小福薄消受不起折受死了你倒不領我的情反倒嘴裏嗳出这些話來了尤二姐道你不用和我巧辯你把我搬到家裏來了尤二姐長姐姐短那一件事情我不是看你的眉高眼低呢那一點兒把你敬錯了你不過爲的是那個漢子把我擺猁死了你就該守着漢子

過個白頭到老啊怎麼也跑到这裏來了凤姐道嗳喲嗳喲好個没臉的東西越發說上樣兒來了什麼老婆唎漢子唎的你既然正経爲什麼二爺回來了幾天兒你就恇上孕了呢你看那些日子就把你狂的嗃成天家呲牙裂嘴的又想喫酸的了尤二姐道生兒養女原是人所共有的大道理有什麼怕人的呢难道你的巧姐是你在娘家帶來的嗎尤三姐道姐姐你这張嘴那裏說得過他呢你只把他撿倒剝了他的衣裳等我取出傢伙來收拾他說着喇的一

說姑娘也沒了氣見了黛玉听到这裏不由的嗳喲了一声半晌說不出話來忽然咲道仍舊把宝玉弄瘋了也筭不得什麼妙計鴛鴦看出黛玉的光景自悔把話說冒失了連忙解勸道这都是過去的事了姑娘如今位列仙班何必又尋煩惱黛玉笑道可不是呢不必提他了我們睡竟罷於是安寢到了次日清晨起來梳洗已畢鴛鴦便先到警幻處謝了賜藥之惠講了一回天機又與秦氏並先家姊妹叙談了一回这繞到了赤霞宫守門的小太監問明了來歴

奏了上去不多一時元妃升殿將鴛鴦宣進先行了大礼一旁侍立元妃降旨詢問家中别後的情事鴛鴦一一的跪奏明白只見元妃面含怒色道这些事体前日二姑娘已經告訴過我了雖是家運使然倒茂是鳳丫頭恃才妄作老太太為其蒙蔽所致前兒警幻在我這裏提及宝玉與林妹妹的一段因是我心深為悚愧今既听你所言鳳丫頭眞眞的不是個人了你也没問警幻老太太如今現在何處鴛鴦奏道奴才問過警幻了他說我們这個太虛幻境

在上界之下下界之上原是個虛無縹緲的所在不是這裏有名兒的人是不能到的老太太是寿終的人必要先归她府見過閻君稽查過善惡然後送徃上界去與去世的祖先相會的豈能到这裏來呢元妃道老太太贵為一品夫人生平謹慎樂善好施並無過惡就到閻君那裏也無甚可怕処惟是那些刀山劍樹牛鬼蛇神老人家未曽見過不免受些惊恐且又無人服侍如何是好鴛鴦奏道奴才原為老太太求的奴才的意思要求警幻指引一條明路親身

到地府裏訪一訪老太太的下落奴才住在这裏心裏如何得安呢元妃聞奏沈吟了半晌點點頭兒这你这個丫頭眞是個好的可嘉之至前兒警幻說凤丫頭不久也要來的等他到來我自有道理你也歇息幾日你且到二姑娘屋裏坐着說說話兒去罷説罷元妃起身回身去了这裏宫娥引了鴛鴦到西边一個小小院落三間正房都盖得十分別致只听迎春在內間道鴛鴦姐姐來了麼鴛鴦聞听連跑了幾步進門先請了安迎春含淚拉起問了些別後家中

了我來的時候我只知他病着呢才為丟了通靈玉的緣故不知後來倒底為什麼瘋了呢鴛鴦歎道姑娘你們不知道呢就是姑娘去世的那一天那边就娶了宝姑娘過來了誰知宝二爺揭了盖頭一看大嚷起來道給我取的是林妹妹怎麼又換了宝姑娘了呢太太就安慰他道你林妹妹如今病的要死呢所以才把你宝姐姐娶了過來了宝玉听了就昏了過去後來甦醒過來就發起瘋來了黛玉道姐姐你這個話我不大明白偹們這樣人家給宝二爺定親

自然要個三媒六証行茶過礼繞是怎麼我連一點声氣兒也不知道呢况且宝姑娘也是一位千金小姐难道說要娶就立刻娶嗎既是娶了宝姑娘宝玉又為什麼嚷出林姑娘的話來难道拿我給宝姐姐頂名見嗎这倒底是什麼緣故呢鴛鴦歎了一口氣道这都是我個璉二奶奶幹的勾當姑娘記不得上年老爺把宝玉二次送到家塾裡念書去了老爺就向太太說宝玉也大了也該定得親了太太就把这個話回了老太太璉二奶奶就在旁边插嘴道現放

着金玉姻緣再往那裏我去呢他就一力的慫恿着悄悄的向薛姨太太說了姑娘你想我们这樣的人家宝玉那樣的品格姨太太有什麼不肯的呢一口就応承了这些事原是瞞着宝玉作的宝玉全不知道後來襲人知道了就將宝玉素日和姑娘你們俩小小兒在一處長大的情分告訴了太太並且說宝二爺因那年紫鵑說了句頑話就病成那個樣兒如今既听見給他定了宝姑娘他断然是不依的太太也為难起來就說個这話為什麼不早說呢如今

生米巳經做成熟飯了难道好意思去向姨太太家說着退親麼璉二奶奶就說不妨事的他就想出这條妙計來了後來宝玉病的狠了老太太要娶過宝姑娘來冲一冲喜他就說趁着宝玉如今病的糊塗着呢姑娘又病的着紧呢把雪雁叫了過來扮着宝姑娘拜堂哄哄宝玉就說是林姑娘哄的宝玉果然欢天喜地的拜了天地進了洞房揭了盖頭一看是宝姑娘不是姑娘氣的宝玉大叫一声昏倒在床上衆人正忙乱着救他的時候那边瀟湘館的人來報

了什麼疯歸了天了呢鴛鴦歎了一口氣道說起來話長大老爺弄出事來了家產也抄了和東府裏的珍大爺一同發往頭臺効力去了又揹着二老爺在江西作糧道也革職回家來了寶玉又瘋的人事不懂的姑娘你想老太太是上了年紀的人如何禁得這些嗅嚏呢所以一天一天的老起來了不過在疴上疴倒了不多幾日見就歸了天了這個老人家既沒在這裏卻往那裏去了呢秦氏道我想老太太是年尊了的人未必同我們一樣只怕壽終了要歸地

府罷鴛鴦便着急道如此說來我可不又撲空了嗎小夫奶奶你把我弄到這個地方來你還得把我送到老太太那裏去我總依你呢鶯玉聞言又覺傷心起來道鴛鴦姐姐你不必着急等我見了驚幻仙姑問准了老太太的下落偺們再作商量你且說二位太太倉奶奶們姑娘們的光景也還都好麼鴛鴦道二位太太的身子都還康健只是家中遭了許多不幸也都臉上露了老了二姑娘怪可憐見見的生生的被二姑爺折磨死了不知可曾到這裏來秦氏道

來了好些日子了現在元妃娘娘那裏住着呢黛玉道我也是前見總知道的还莫有過去瞧他呢鴛鴦又道三姑娘也出了嫁了就是路大遠些三四姑娘还是照常不言不語的似乎心裏另有一番高見似的珍大奶奶也露了老了珠大奶奶还是照舊璉二奶奶也病的不成樣見了誰知抄家的事裏頭也干連着他呢把他屋裏抄了個乾乾淨淨搭着老太太的事情上又沒永又受褒貶已經発了幾個昏了还不知如今是個什麼光景見呢秦氏道如此說來只怕

他也是我們这一夥見的罷好他來了偺們這裏更熱鬧主黛玉笑道熱鬧什麼呢不過是兩片子貧嘴怪制人嫌的秦氏又笑道姑娘說的这個話我倒怪想他的呢那一日我还到大觀園警教了他一回只是他这個心總不醒悟麼大家正說話閒只見眾仙女送上晚飯來黛玉便命將那日仙姑送來的酒燙了來大家喫了幾杯飯畢漱口喫茶又說了一會開話見秦氏告辞各自家去了當夜黛玉就留鴛鴦在自巳房中睡宿爲悄悄的問道姐姐你終說宝玉瘋

姐姐只見那女子舌伸唇外口不能言惟有點頭流淚而已黛玉見這般光景心下早已明白便教金釧兒快到仙姑那裏去告訴說鴛鴦姐姐來了求仙姑快來救一救金釧兒答應着飛也似的去了這裏晴雯與眾仙女將鴛鴦攙進房中不一時只見金釧兒跑的喘吁吁的進來道仙姑給了一粒仙丹教用甘露調化一半兒點在舌上再將那一半兒喫了下去就好了晴雯接來即忙如去調治不多一時果見他自垂舌嫩遶睜開眼睛哭了出來道我好苦啊

晴雯忙叫道姐姐你瞧我們都在這裏呢鴛鴦望四下裏看了看道這是什麼地方兒怎麼林姑娘也在這裏你們怎麼就湊到一塊兒了呢黛玉未及回答晴雯又道這裡是太虛幻境林姑娘前身是這裡的瀟湘仙子這就是他的絳珠宮我們都是薄命司的仙女所以你如今也到這裡來了鴛鴦聞言點了點頭兒道原來如此你們可會見老太太來黛玉聞聽老太太三字心中驚詫忙道你怎麼問起老太太來了莫非老太太也歸了天了麼鴛鴦道可不是呢前

兒晚上老太太歸了天了我想我服侍了他老人家一埸將來也沒個結果又恐怕後來落人的圈套趁着老太太還沒有出嬪我就把心一橫恍恍惚惚的像個人把我抽着上了弔了我懵糊記得好像東府裏的小蓉大奶奶似的後來我心裡一糊塗不知怎麼就到了這裡了黛玉一聞賈母仙逝不覺慟哭起來晴雯勸道姑娘你又糊塗了老太太歸了天大家正好團圓你哭的可是那一條兒呢黛玉忙拭淚道我也忘了情了這想是我平日哭慣了的緣故正然

說話時只聽見院子裏有人說道鴛鴦姐姐來了麼好快腿啊我倒奔忙了一夜他倒走到我頭裏了大家看時却是秦氏進門便退金釧兒快倒碗茶來喝喝今兒可把我乏透了黛玉迎着笑道你看你累的這個樣兒你既有這個差使爲什麼不告訴我們一聲兒呢秦氏道警幻只是催着教快去連我換衣裳的空兒還不容呢那裏還有工夫告訴你們黛玉道大奶奶坐下歇歇兒罷於是大家一齊坐下仙女們添上茶來茶罷黛玉先問鴛鴦道老太太好好的得

蘆來看時只見宝玉還在面前並非從前的打扮頭
戴僧帽身穿僧衣向著他笑道妹妹我可直當了和
尚了言還未盡只見一個癩頭和尚一個跛足道人
一齊上前撓了宝玉就走漸走漸遠漸漸的不見了
看的黛玉似醉如癡正欲放下葫蘆時耳內隱已似
聞哭泣之聲又定神看時却又似榮國府的光景只
見三個人哭作一團一個好像王夫人一個好像宝
釵一個好像襲人黛玉看著也自傷心忽見四面罣
雲佈起將葫蘆內覺得漆黑一無所有了黛玉放下

39

葫蘆癡癡呆呆的坐著思想遶繞葫蘆內看的那些
光景心中七上八下的一時也索解不透又恐怕驚
醒了眾人少不得又要盤問只得攜了蠟臺拿了葫
蘆悄悄的仍舊回至套間裡只見金釧兒仍是鼾然
沉睡輕輕的收了葫蘆吹了燈解衣就寝意欲在
枕上尋思誰知喫了仙丹仙酒精神滿足頭一著枕
便栩然睡去了次日清晨梳洗已畢便先往赤霞宮
謁見元妃元妃獨居寂寞與聞黛玉到來不勝之喜先
行了君臣之礼後叙些姊妹之情十分親熱元妃又

40

說迎春不久也要歸位的話直留著喫了早饍方回
元妃隨即差了些宮娥來問安又送了許多祀物接
著警幻仙姑也來回拜黛玉又將葫蘆內所見的光
景再三求教仙姑仙姑只道不久自知天機不可預
泄黛玉也不好深究警幻去後又有尤二姐尤三姐
姊妹來望不過彼此叙了些別後情況黛玉也都一
一的回拜這些節目不須多贅這一日早飯後黛玉
在院中閒步正看這些仙女們用甘露澆灌那絳珠
仙草只見晴雯打扮的齊齊整整笑嘻嘻的走來說

41

道姑娘這好幾日也沒到外邊逛逛今日開眼
無事我到小大奶奶家去和他們說說見姑娘可
肯教我去麼黛玉道總是閒著呢你就逛逛去見了
他們贊我問候晴雯答應了笑着歡歡喜喜的去了
莫有一盞茶時只見他慌慌張張的跑了進來道你
們快瞧來前邊來了一個女人那個樣兒好稀碎怕
人啊好像鴛鴦姐姐似的黛玉等聞言一齊走出窗
門看時只見那個女子披頭散髮張目吐舌踉踉蹌
蹌而來晴雯見人多了仗着膽子問道你可真是鴛鴦

42

的沒了影兒了黛玉道你跳了井之後老爺知道了
把寶二爺狠狠的打了一頓呢金釧兒此時已經磕
睡的受不得了連打着哈息签道阿彌陀佛打的該
着就沉沉打起鼾來黛玉也自好笑便悄悄的起來
穿好了衣服將警幻給的那個葫蘆拿了又一手秉
燭走出外間將葫蘆蠟臺放在小炕棹兒上鑪內焚
起香來慢慢的盤膝坐在榻上將葫蘆輕輕的拿起
斷着眼在玻璃鏡內一看不知葫蘆裏面倒底是什
麼故事且听下回分解

35

續紅樓夢卷二

訊鸞颸受虐驚　救妙玉香魂認親少

話說林黛玉候夜深人靜之時獨坐綉幃別亮燈
焚起一鑪好香來豈乘虔誠拿起葫蘆秋波凝睇戲
向坡睛小鏡中一看但見裏面十分寬廠隱隱有樓
臺殿閣之形越看越頭宛如大觀園的景况又仔細
看去却又貌自已住的瀟湘館寶玉在那裏搖
胸互相倒係仍弗聽見他哭道林妹
妹這是我父母所為並不是我負心你在九泉之下

37

不要恨我黛玉看着不覺一陣心酸眼中流下淚來
忙用手帕拭措心中聘对這個小小葫蘆如何這般
奇妙真是仙家之物所謂壺中日月祖祖乾坤了想
罷復又將葫蘆放在眼上看時却又不見大觀園了
又限睛目拜警幻時所見的大皇幻境的光景總見
宝玉從迎面遠上而來漸近漸真一而到了自已的
面前大壞道妹妹原來在這裡教我好想阿黛玉嘆
了一跳忙放下葫蘆望迎而一看只門關得好好的
微聞外邊濂橢一響而已黛玉怔了半晌又拿起葫

38

為人倒教人可敬你們那個二姨兒真真的是個笑話兒好好的要給璉二哥哥作個二房那時我們和宝姐姐珠大嫂子都替他捏著一把汗兒他倒自已得意洋洋的後來到底上了鳳了頭的當了秦氏逆我們璉二嬸娘這個人你瞧他那個模樣兒說話兒行事兒那一樣不教人打心裏愛呢可就是他老人家的這個毛病兒總不能改把個醋罐兒抱的結實實的總不肯撒手麼睛雯笑道罷喲大奶奶也別單怪璉二奶奶喫醋我看那個二姨兒也就不大正

經你忘了那一天偺們大家坐着說閒話見大奶奶擬起小大爺來你看他那個神情兒到像比大奶奶还着急似的據我看起那個光景兒求只怕大奶奶去世之後他和小大爺定有一合兒說的秦氏黛玉都笑起來道你這張嘴真要不得了黛玉道你收拾舖炕去罷夜深了請大奶奶也安歇罷睛雯道教金釧兒在這边服侍姑娘安請我和小大奶奶在西边套間裏睡去我們还有好些話兒說於是大家散了谷目歸寝黛玉先就睡下金釧兒在下面一個小榻

上也就睡下了黛玉問道金釧兒你好好的扶侍太太太也很疼你宝二爺和丫頭們頑唉也是常有的事你也犯不上跳井啊金釧兒道那年夏天太太睡中覺我給太太搥腿也就困的打起盹來不知宝二爺多會見溜了進來輕輕的在我臉上摸索索的我醒來看時太太仍是閉著眼睡我只當太太还睡熟着呢我就悄悄向宝二爺說金釵兒弔在井裏有你的總有你這會子忙什麼呢一句話莫說完誰知道太太總莫睡着就听見了翻過身來胚的

声先給了我一個嘴巴我就唬的赶着跪不磕頭央及太太說我再不敢了太太那裏肯依就打發人傳了我媽來立刻教人帶了出去姑娘你想偺們家的丫頭們那一個嘴上的脂胭都沒教宝二爺喫过呢難道都尋了死了嗎只是人有臉樹有皮太太攔了我吵嚷的人人都知道了我还有什麼趣兒呢我只說跳一跳井可以遮遮羞見誰知道跳了下去可就上不來了呢黛玉道太太打你的時候宝二爺怎麼樣來金釧兒道宝二爺看見太太一翻身他早跑

黛玉道他們也都好二姐姐給了孫家了听見說二姐夫爲人渾氣乖張二姐姐如今狠不得意三妹妹听見說二舅舅在糧道任上許了周統制的公子了尚未过門四妹妹还沒有人家呢秦氏道前兒元妃娘娘到來我去請安的時節娘娘向我說迎姑娘不日也要來現在給他修理住房呢黛玉道我緫剛兒恍恍惚惚听見驚幻也這樣說來可憐二姐姐一輩子老實懦弱也还如此簿命秦氏听了也點頭嗟歎了一回忽然笑道你看我問了這半天的話竟把這

27

一個人忘了宝三叔他可好今年也有十八九了不知可曾娶了親了莫有黛玉見問出宝玉來不覺眼圈兒一紅流下淚來低頭不答晴雯在旁插嘴道這個大奶奶你看你說的這些話可教姑娘怎麼答言兒呢你难道莫有听見前兒驚幻仙姑說的那些話嗎秦氏道我沒有听見驚幻仙姑前兒說的什麼話晴雯道你旣不知道等我夜裏躺下慢慢的告訴你你可也想想林姑娘爲什麼到偺門這裏求的呢嗳嗳喲你這個人倒像在鑼子裏过日子呢似的這一

28

席話倒把黛玉招的笑起來了晴雯道姑娘不用傷心偺門如今到這天仙福地來無拘無束自在逍遙好不舒服受用呢譬如襲人那個浪蹄子本來他的命比我好我也不去恨他我也不去氣他且看他的收緣結果罷咧秦氏也笑道可不是呢譬如我們蓉大爺如今娶了胡家的姑娘那裏还能勾想起我來呢這也是氣不來恨不來的有什麼法兒呢晴雯道豈但沒法兒我看小蓉大爺那個年輕的狂樣兒只怕在被窩裏把當日和大奶奶怎長怎短的故與現

29

都要告訴了新娶的大奶奶呢秦氏笑着啐道还你這個蹄子又要教我撕你的嘴呢黛玉用手帕子窩著嘴咳道說正經話罷大奶奶你家如今在那裏住呢秦氏道姑娘还不知道呢我們都是簿命司裏的一蹤兒家喲簿命司裏边地方寬敞多着呢東西兩廊都是一院一院的好斉整房子我求了没多年兒我們的九家三姨兒二姨兒也陸續來了我們如今大家住的倒也熱熱鬧鬧的他們姐兒倆說明兒緫沫給姑娘請安來呢黛玉笑道你們那個三姨兒的

30

副册子逐一的留神看了一遍以中也有一看便知的也有杂詳而知的逝有不大明白的遂將册子令上众身笑道許參册子一時也不能深究其奥只是宝姐姐的簿倫弟子到底不能無疑仍望仙姑明白指示警幻笑道未來的天機我也不敢泄漏你與宝玉不俱有人世夏緣兼有天台宿分也罷你既疑惑你寶姐姐我給你個小小的頑意兒你拿了去到三更人静之時獨坐中庭焚香一看便知分曉說着因向伺候的女童們道把我那個葫蘆兒取來女童應声而去不多時拿了一個小小的葫蘆兒出來遞於黛玉黛玉接來一看只見上面雕刻的山水樹木人物花卉蟲鳥禽魚極其精妙嘴兒上镶着個玻璃顯微鏡就如街市上賣的西湖景兒一般看畢便遞於金釧兒收好立起身來笑道天也晚了仙姑請歇息罷明日再來領教警幻道有勞賢妹玉趾先施恕愚姊今日不能回拜了於是二人携手送出宮門而別這裏黛玉率領眾仙女仍從舊路而回前面兩對吉熖引路後面金釧兒一手擎着葫蘆兒一手提着個

小明角灯兒相隨走不多時回至絳珠宫內只見晴雯打起簾子來笑道小蓉大奶奶和瑞珠兒來了好半日了秦氏也就迎了出來道姑娘見过警幻仙姑了麼黛玉笑答道見过了教大奶奶候的工夫久了我們到東套間裏坐去剔起灯來好說話見說着便拉了他的手走進東套間內只見一切鋪設光華奪目二人遂在炕上對面坐下瑞珠兒便过來與黛玉磕頭黛玉連忙撫起因其殉主而死也着宝的獎慰了一番金釧兒送上茶來秦氏問道老太太如今可还康健二位老爷二位太太都好黛玉答道老太太舅舅舅母們俱各康健秦氏又道我們東府裏的太爺和我公公婆婆可好黛玉道大哥哥大嫂子都好大老爺不知怎麼服了金丹昇仙去了秦氏道我們太爺的脾氣古怪放着福不會享呢不知你蓉哥哥兒如今續了絃了没有黛玉道听見說續娶的是胡家的姑娘模樣兒性格兒也和大奶奶差不多見秦氏又道我們珠大嫂娘璉二嫂娘可都好黛玉道他們可有什麼不好的呢秦氏又問道姑娘們可都好

以甘露澆灌受了日月精華秉了山川靈氣故能脫化爲人你與宝玉兩個人生前纏綿死後纏綿也不过是以情補情而已黛玉聞言暗忖道原來是如此怪不得宝玉那樣頑頑我又遠樣多病原來是頑石與草木耳想罷又向仙姑道弟子與宝玉既是以情補情他就不該預心使弟子九原啣恨警幻笑道莫之爲而爲者天也莫之致者命也你與宝玉之事天也亦命也黛玉聞言不禁蹙起双蛾一声長歎道易肴乾坤詩首關雎人倫王化之原情之所鍾上天

19

弗禁弟子與宝玉一叚情緣出於至情誼非傷風敗化鑽穴踰墙之比天地之大於人何所不容奈何苟毒至此弟子實所不解警幻笑道賢妹你如何聰明一世懵懂一時我且教你瞧一個東西你自然明白了女童喚过來只見一個蓬鬆仙女答應着走來警幻道你去到薄命司櫥內將金陵十二釵的正副冊子一總拿來女童領命去不多時抱着一路冊子笑嘻嘻的走來放在中間小炕桌上黛玉便將頭一本册子揭開留神看去只見頭一頁上畫着兩株枯木

20

掛着一條玉帶下面畫着一堆雪雪裏一股金簪後兩一首五言絕句寫道

堪歎停機德　誰憐詠絮才
玉帶林中掛　金簪雪裏埋

林黛玉生來頴悟念了兩遍早已明白因問警幻道細玩此詩不過是我們兩個人的名姓可有什麼別的在上頭呢警幻道你只細玩這個歎字憐字就可以明白了黛玉笑道原來就在這兩個字上分別且如弟子因如緣不遂欲恨而亡遠弊得薄命原該可

21

歎可憐若說宝姐姐他如今婚姻如意夫唱婦隨行何可歎可憐的呢警幻道人之薄命遭際各有不同未可一概而論因將册子又揭了一頁指着道你看這一頁是你元春姐姐這一頁是你迎春姐姐他兩個一個是貴爲娘娘一個是誥命夫人怎麼算得薄命呢只因富貴不長榮華不久所以也就謂之薄命了如今你元春姐姐現在東边赤霞宮居住至於其餘的姊妹們也是各人有各人的薄命處豈能相同呢你往後遠頁看去自然知道了黛玉聞言便將正

22

在這裏光著屁股精着脚過日子嗎說的仙姑没了法兒照樣兒納了我一雙鞋兒我如今現穿的不是嗎一席話說的黛玉用手帕子捥着嘴唇喜的笑起來道你這個丫頭虧你嘴裏說得出這些話來也不害臊了金釧兒正欲回答只听迎面有人說道那不是林姑娘來了麼黛玉擡頭細看只見迎面有一個丫頭跟隨着一個麗人由門而來忙問金釧兒道前面來的就是警幻仙姊麼金釧兒也仔細一瞧道這來的不是仙姑是偺們東府的小

15

蓉大奶奶黛玉道原來他也在這裏可知了說着只見秦氏等已到面前笑容可掬的閒道姑娘可好幾年没見模樣兒越發標致了我今兒听見姑娘的駕到了趕着請安來了不知姑娘又往那裏去呢黛玉拉住秦氏的手笑道大奶奶你這幾年可好我竟不知道你也在這裏我如今要到警幻仙山處拜見去呢你且先到我那裏等着我就住下罷了的晚上也好多說說話兒秦氏道就是這麼着天也不早了姑娘請去罷二人說畢分手而去黛

16

玉又走不多時早到了那裏的宮門首只見匾上書着離恨天三個大字欲觀看其餘只見警幻率領着一班仙女迎接出來黛玉先將仙姑一看只見他仙風道骨別有一段風流羽衣蹁躚另是一番丰致比櫳翠菴的妙姑尤覺光艷動人連忙上前施礼道弟子下界凡愚深閨弱質偶因一念癡情遂兩自捐身命乃蒙不棄收留門墻一切癡緣仍望仙姑指示警幻見黛玉容華絕世舉止幽閒不禁點頭暗歡連忙携手相挽笑道賢妹不必过謙你我原係姊妹

17

只因你有一段因果在內故兩謫峰塵寰了此一番宿債且請進來坐下慢慢的告訴與你於是二人携手攬腕步入宮來就在正中榻上寶東圭西一齊坐座女童捧上茶來茶罷黛玉先就欠身問道適蒙仙姑見教因果一事請指迷津以開茅塞警幻笑道說來話長這個賈寶玉他的前身乃是女媧氏補天所剩的一塊頑石未經投胎之先曾作过赤霞宮的神瑛侍者那時賢妹乃西天灵河岸三生石畔的一株仙草名曰絳珠因雨露滋養日漸就萎蔫神瑛侍者日

18

就覺頭暈今日這酒倒喫了三杯不但不醉反覺長
起精神來了晴雯聽說把寶玉端詳了一回不禁
狂蕩道姑娘的面色全然不是窗目病弱的樣兒了
益真的牡丹芙蓉也無此嬌艷越顯出眉稍眼角的
丰韻來了葯能教我們寶二爺看見還不知樂成酒
什麼樣兒呢黛玉笑道你這個了頭怎麼耍笑起我
來了晴雯笑道姑娘不信等我取鏡子來姑娘自巳
照一照就知道了說着回身向裏間取出一面靶兒
鏡子遞與黛玉黛玉接來自巳照了一照心中也自

《卷一》　六　11

歡喜於是漱口喫茶畢向院中閒步一回看了一回
絳珠仙草這纏吩咐女童們伺候拜謁仙姑只見四
個女童擡進轎來黛玉問道此處離仙姑的住處有
多遠眾仙女回道就在兩座牌坊的中間那個宮便
是黛玉道如此說路也莫多遠此處又無閒雜人徒
來我們正好步行玩玩仙景豈不有趣晴雯姐姐你
在家裏照應只教金釧兒同仙家的幾位姐姐跟了
我來說着便輕移蓮步走出宮門但見一片青哲角
石毫無半點飛塵四面玉宇瓊樓高插九霄雲漢極

《卷一》　六　12

遜行來但覺身輕步健氣爽神清乃笑向金釧兒道
警幻所贈的仙丹大有意思我往日在家時常害病
從瀟湘館走到怡紅院就喘的受不得了今日走了
這些路反覺得腿上有勁見似的金釧兒道可不是
呢那年我跳了井之後不知怎麼就糊裡糊塗的到
了這裏肚裏的水漲的實在受不得了滿地打滾也
虧警幻仙姑給我灌了一粒仙丹沒多一會的工夫
那洞水除嘴裏吐的不筭底下就像撒尿似的直流
出來可惜將太太賞的裝殮还是宝姑娘穿过的一

《卷一》　七　13

傑桃紅灑花中衣全濕透了还把我媽給我費着心
兒礼的一双滿拼字四季花的鞋兒也遭塌了後來
我就甦醒过來覺得眼明耳亮心內清爽十分感激
只是遭塌了衣裳我心疼的什麼似的我反到埋怨
起來說仙如你老人家既是慈悲救人如何連個救
人的决見也不知道呢我從常閒听見人說有投河
井的總是打撈起時將人倒控起來肚裏的水都
從嘴裏流出來總是你怎麼灌了我一九子葯水都
從底下撒了出來遭塌了我的褲子鞋兒又道救我

《卷一》　七　14

達黛玉手扶着睛雯輕移蓮步走進宮門但見金碧輝煌耀人眼目錦裀綉毯翠嗊珠屏迥非人世所有正中一座榻上放着一張小炕棹紫檀雕刻極其精工棹上放着一個小小金釵不知焚着什麼香旁有一盤佛手金色爛燦異香撲鼻金釧兒先將引枕靠背挪好了讓黛玉坐定迷又捧上香茶只見十數個仙女俱各丰姿秀曼羽衣蹁躚上來來見方纔跪了下去黛玉立起身來忙命睛雯挽他們起來衆仙女道娘㔾今日初歸理應叩賀的黛玉聞言暗忖我

是個女孩兒家他們如何把我稱起娘娘來了忙問睛雯道姐姐你說此去到底是什么地方他們都是些什么人你與金釧兒什么也在這裏睛雯笑道此乃天仙清虚之府徑自太虛幻境此寓各為絳珠宮前殿有一位警幻仙姑善知過去未來之事我前日來時也是蒙他接引的當時他對我說過姑娘是什麼絳珠仙草寶二爺是什么神瑛待者我們的三位姑娘和璉二奶奶都是什麼薄命司的仙姑又有什麼金陵十二釵的冊子我與金釧兒都是副冊上有

各兒的其中的精微詳維我們也衆解不透姑娘今日初到身上未免勞乏俟歇息一夜他明日必來拜賀的那時姑娘寬甯閒他底裏自然明白的了黛玉聞言點頭太息道原來如此正欲往下問時只見金釧兒真道驚幻仙姑差人送仙丹一粒仙酒一糚仙果二盒脩饌四品黛玉向睛雯䖳道我尚未來謝仙姑反蒙惠賜先忿眞惡却之不恭受之有愧知何是好睛雯䖳道仙姑的美意姑娘領受纔是黛玉聽了点頭兒於是睛雯䖳領衆仙女將礼物收下發付來

使去託金釧兒道姑娘遠路勞乏只怕也餓了可將送來的酒菓喫些見過會子只怕警幻就來也未可定黛玉笑道裕云行客拜坐客那有反勞仙姑先來之理我們喫些點心先去奉謁仙姑纔是正理睛雯遂令衆仙女將酒菓脩饌擺上來杯盤頃刻俱是上界仙品都不知何名但覺香美異常黛玉此刻也竟肚中饑餓遂將仙丹一粒用酒溶化喫了下去又喫些酒菓之類竟得一樓熱氣自湧氣直達泥九精神頓長乃笑向睛雯道我徃日不大會喫酒喫一半杯

引路翠帶飄颻鼓樂喧闐十分熱鬧黛玉坐在轎中心下狐疑低頭一看只見自已華冠綉服並非家常打扮恍然驚惶真非我身已死回想卧病時焚詩燒稿與紫鵑悲慟之事又不知寶玉果真娶了寶釵目下是何光景眼中不覺滲滲淚來忽又一轉念想道我生來薄命父母雙亡依靠外祖母家雖然老太太十分疼愛倒底不比自已家中寶玉既然負心更復何甞死了到此干淨既有鼓樂接引自必是天仙福地且看他們把我抬到那裏一路行來遠遠但見一

個石頭牌坊玲瓏剔透上面横書斗大的四個金字太虛幻境又有一副對聯云假作真時真作假無爲有處有還無轉過牌坊便是一座宫門金碧輝煌上面一扁横書四個金字云孽海情天又有副長對聯寫道厚地高天堪歎古今情不盡癡男怨女可憐風月債難酬黛玉看罷心中詫異道這麽一個極好的所在如何題出這樣的話來正然尋思只見轎走如飛轉過宫

門律面又有一座牌坊上面橫書着真如福地四個大字兩邊想有一副對聯寫道假作真來真勝假無原是有有非無黛玉看罷又想道此處匾聯的話語却如何與前面的大不相同不知是何意見但又見轉過牌坊也有一座宫門上面橫書一匾大書福善禍淫四個金字也有一副長聯寫道過去未來莫謂智賢能打破前因後果須知親近不相逢

黛玉看罷正在沉吟玩索間忽見前面別一洞天宫門高聳殿閣巍峩十分都麗轉過兩層便是一垂花門進了垂花門只見兩旁遊廊層欄曲榭院中間白石欄内種着一叢仙草一縷幽香沁人心髓擡轎的女童落下轎來只見正房中珠簾響處走出一個麗人來笑容可掬道姑娘到了姑娘可好麽黛玉細視其人長眉秀項笑語嫣然不禁驚喜道你不是晴雯姐姐麽怎麽也在這裏晴雯答道說來話長請姑娘進宫慢慢的細稟說着搀步上前將黛玉搀出轎來

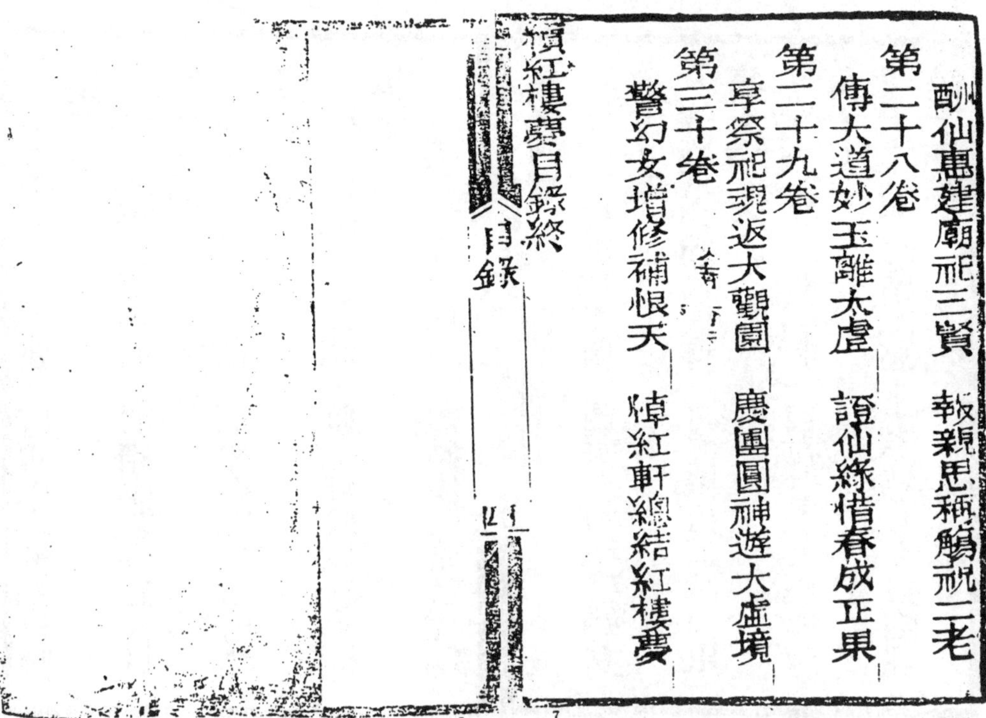

酬仙惠建廟祀三賢　教親恩稱觴祀二老

續紅樓夢目錄終

目錄

續紅樓夢卷一

絳珠宮黛玉悟天機　太虛…

話說林黛玉自那日歸繚之後，自知其身死出了瀟湘館悠悠蕩蕩，知身在何所，心中正然驚疑，忽聞迎面有鼓樂之音，繡幢翠蓋飄飄颺颺而來，只見女童數輩上前稽首。別數載，姑娘可還認得我麼？黛玉聞言細視其，內有一人明眸皓齒，鬖鬖亞鬢，調道姑娘可好相，分面熟却一時想不起他的名字，乃問道你是誰呵。好像在那裏見過你似的，那人笑答道我是服侍太太的了鬟金釧兒，姑娘如何就忘了呢？黛玉聞言不勝驚疑道你不是那年投井死了麼？如何又在這裏？這是什麼地方？金釧兒答道此處名為太虛幻境，乃天仙極樂世界，我們奉…仙姑之命，伺備彩輔特來迎接姑娘。黛玉又道我誰不認得什麼警幻仙姑，接取我何緣故？金釧兒道此乃天機，見了警幻仙姑自然分曉。說罷只見幾個女童擁過彩輔，金釧兒擁扶着黛玉坐好，四個女童抬起行走如飛，前面繡旗

凡例

床帳鋪設衣服飲食起玩等事正所以見榮寧
兩府之富貴使讀者驚心炫目如親歷其境親
見其人觀嘗其味並本不須重贅不過於應点
染處畧爲點染至於太虛幻境與天曹地府皆
淌花眞潰之所更不必言之確鑿也

一前紅樓夢開篇先叙一段引文以明其著紅樓
夢所以然之故然後始入正交使讀者知其原
委兹續本開篇卽從林黛玉死後寫起直入正
文並無曲折雖覺突如其來然正見此本之所
以爲續也雖名之曰續紅樓夢第一回讀者只
作前書第一百二十一回觀可耳

一後紅樓夢費中因前書卷帙浩繁恐海內君子
或有未購及已購而難於携帶故又叙出前書
事畧一段列於卷首以便求者鄙意不敢效顰
蓋閱过前書者再閱續本方能一目瞭然若前
書目所未觀卽兼考事畧豈能盡知其詳續本
縱有可觀依舊味同嚼蠟不如不叙事畧之爲
省筆也

續紅樓夢目錄

續紅樓夢凡例

一書中所用一切入名腳色悉本前書內所有之人茲續者續前書也原不宜妄意增添惟僧道二人在大荒山空空洞焚修苦無童子伺應似腐非宜故添出松鶴童子此外悉仍其舊

一前紅樓夢書中如史湘雲之壻以及張金哥之夫均無紀出姓名誠為缺典兹本若不擬以姓名各仍令閱者茫然今不得已妄擬二名雖涉穿鑿君子諒之

1

一書內諸人一切語言口吻悉本前書概用習俗之方言如昨兒晚上今兒早起明兒晌午不得換作夜今晨明午也又如適纔之為剛纔兒究竟之為歸根兒一日兩日之為一天兩天此時彼時之為這會子那會子皆是也以一概百可以搢紳士君子散處四方雖習俗口頭之方言各省之不同者故倒此則以便觀覽非敢饒舌也

一前紅樓夢書中每每詳寫樓閣軒楹樹木花草

2

……諸公一撫掌也耶

嘉慶三年九月中浣雪塢子沈氏題於宛郡營署之百戲軒

7

詞曰

堪歎吾生真草草一往情深每代他人慟曹子雪芹書可謂收緣殊恨空空洞釵黛菱湘才伯仲傲儕風流更有妖韶鳳斧在班門原許弄無端濫續紅樓夢

右調蝶戀花

8

概此真十洲連金泥續紅線也彼續西廂之誚豈脛
貂尾者又烏足並論書以質之
雪塢以為然否

　　　　秀水弟鄭師靖藥園拜題

《鄭序》

將軍不好武更比今求古只為那金釵無主續寶
梁離恨天堪補證仙緣丁壁冤幻境無愁苦漫擬猜
天曹地府筆端生花原同夢中吐
　右調南柯子

　　　易水弟譚　澡拜題

續紅樓夢弁言

紅樓夢一書膾炙人口者數十年余以孤陋寡聞固
未嘗見出丁巳春余偶染瘧疾乞假調養伏枕呻吟
不勝苦楚聞同寅中有此即為借觀以解煩悶匝月
讀竣而疾亦賴是漸瘳矣然余賦性癡愚多愁善病
每有考父之迂杞人之謬疾雖愈而於寶黛之情緣
終不能釋然於懷夫以補天之石而仍有此缺陷耶
適過瑛黌醫院晤鄭藥園山長偶及其故藥園戲謂
曰子盍續之乎余第笑而頷之然亦不過一時之

戲談耳迨藥園移席於滕復致書曰紅樓夢已有續
刻矣子其見之乎余頗幸其先得我心也因多力購
求得窺全豹見其文詞浩瀚詩句新奇不勝傾慕然
細玩其叙事處大率於原本相反而語言聲口亦與
前書不相吻合於人心終覺未愜余不禁故志復萌
戲續數卷以踐前語不意新正藥園來郡見而興之
一經傳說遂致
同寅諸公輩然索閱自慚固陋未免續貂俯賜覽觀
亦堪噴飯又何敢自匿其醜而不博

嘉慶己未新鐫

續紅樓夢

抱甕軒

序

紅樓夢為記恨書與西廂記等顧讀者不附崔張酸
鼻而咸為寶黛抒心者續與未竟之分也然離而合
之易死而生之難
雪塢寮都閫以隴西世胄有牟邠風韻飾鈴之暇不廢
鉛槧輾然謂余曰是不難蘆將蓺返魂香補離恨天
作兩人再生月老使有情者盡成眷屬以快闖者心
目未操筆他氏已有後紅樓之刻事同而旨異
雪塢乃別撰續紅樓夢三十卷著為前書衍其緒非

與後刻爭短長也余讀之竟恍若游華胥登
天闈排地戶生生死死無礙無遮遂使吞聲
紅樓一變而為快心滿志之紅樓抑亦奇矣雖然豈
徒為夢中人作操合哉夫謝豹傷春精衛塡海物之
懸也而人效之鯤紅莫續破鏡難圓天之數也而人
昧之變惟不溺於情者能得其情之正亦惟不泥於
夢者始博夫夢之趣
雪塢之以夢續夢直以夢醒夢其嗟乎夢有盡而情
無盡雖猶是游戲筆墨而無怨無曠之抱貧巳覘其

校註 : 최윤희
선문대학교 중한번역문헌연구소 연구원
한서대학교 강사
교주서 :『인봉쇼(引鳳簫)』
논문 :「雙美奇逢의 번안양상 연구」외 다수

김명선
선문대학교 중한번역문헌연구소 연구원
논문 :「『松泉筆譚』의 僧傳 연구」외 다수
저서 :『조선조 문헌설화 연구』

조선시대 번역고소설 총서 ㉑

속홍루몽(續紅樓夢)

2004년 11월 5일 첫판 찍음
2004년 11월 10일 첫판 펴냄

교주자 : 선문대학교 중한번역문헌연구소
        최윤희 · 김명선
발행인 : 송미옥
발행처 : 이회문화사

주 소 : 130-030 서울시 동대문구 답십리동 488-338 부영BD 503호
전 화 : (02) 2244-7912~3
팩 스 : (02) 2244-7914
E-mail : ih7912@chollian.net

등 록 : 제6-0532(1992. 5. 2)
ISBN : 89-8107-423-2 94820
        89-8107-400-3 (세트)

정가 45,000원

이 저서는 2003년도 한국학술진흥재단의 지원에 의하여 연구되었음.
(KRF-2003-071-AS3008)